TOVTES

LES
OEVVRES
DE Mr. ANDRE DV LAVRENS
Sieur de Ferrieres, Conr. & premier
Medecin du Tref-chreſtien Roy de
France, & de Nauarre, HENRY LE
GRAND, & ſon Chancelier en
L'vniuerſité de Montpellier:

REVEILLES
ET TRADVITTES EN FRANCOIS
PAR
Mr. THEOPHILE GELÉE MEDECIN
ordinaire de la Viſle de Dieppe,
Auec Priuilege du Roy,

A PARIS.
M.DC.XXI.

Pour RAPHAEL DV PETIT VAL Libraire, et
Imprimeur ordinaire du Roy a Rouen.

de A. Bernard

A

TRES-ILLVSTRE ET VERTVEVX

SEIGNEVR MESSIRE FRANCOIS DE MONCEAVX,
BARON DE BEZIGNI, SIEVR DE LADON, DE VILLERS HOVDAN, &c.

Conseiller du Roy en ses Conseils d'Estat & Priué, Capitaine de cinquante hommes d'armes de ses ordonnances, Vice Admiral en Nor-
mandie, & Gouuerneur pour sa Majesté des ville, chasteau & Citadelle de Dieppe.

*V I pourrois-ie mieux choisir pour parrain & protecteur
de cette version des œuures du sieur Du Laurens, que ie
donne à ma patrie en sa langue, que vous, Monseigneur,
qui outre la splendeur de vostre illustre & ancienne maison & la gloire de vos ancestres, auez receu du Ciel en present tous les biens de la Nature & de la fortune, & qui
paroissez par tant d'excellentes vertus qui vous font particulieres parmy le demeurant de la noblesse, tel qu'vn
gros flambeau au milieu d'vne nuict obscure : tellement*
*que ces vertus qui vous ont cy deuant seruy de marches & degrez pour vous faire
paruenir iusques en l'amitié du plus grand, du plus sage, du plus vaillant, du plus heureux, & du plus debonnaire Roy du monde, pour estre par luy employé en des charges
fort honorables, soient encore celles-là mesmes qui vous maintiennent auiourd'huy en
la bonne grace de cette heroïque & vertueuse Princesse, qui Mere & Regente tres-
digne de nostre Louys Auguste à present regnant heureusement, a bien sçeu recognoistre
vos merites, & adiouster de nouuelles charges à celles ausquelles ce grand Roy vous
auoit meritoirement aduancé. Considerant donc ces vertus excellentes qui vous rendent autant signalé en valeur & grandeur de courage, comme richement pourueu de
prudence & de sagesse, i'ay pensé qu'il estoit impossible pour donner cours à cette traduction, de luy bailler pour bouclier & sauue-garde vn meilleur protecteur que celuy
qui estant également chery de Mars & des Muses, aime également les armes & les lettres, & s'adonne de pareille ardeur, affection & volonté aux affaires de la paix que
aux exercices de la guerre : car cette traduction n'estant si limée que merite son prototy-
pe & original, il m'a semblé totalement necessaire tant pour reboucher les pointes de
l'enuie, que pour la faire regarder d'vn meilleur œil à nos François, de l'authoriser en
grauant en grosses leteres sur son front le celebre nom de Villers Houdan, comme celuy
de quelque bon genie & Dieu tutelaire, afin que prenant vn sauf-conduit de vostre
sage valeur, elle se puisse librement pourmener par la France sans crainte des critiques*

médifans , lefquels fans doute retiendront leur venin caché dans leurs cœurs, quand ils verront que vous qui fçauez tres-bien iuger de l'excellence des œuures dudit fieur, & du labeur qu'il a falu employer pour les traduire en François , ne dédaignez point de prendre cette verfion en voftre protection & fauue-garde, & de luy donner parmy vos plus importans affaires , quelques heures pour en entendre la lecture. Elle efpere & fe promet de vous , Monfeigneur , cette bonté, non feulement en confideration de ce qu'elle a efté ébauchée du viuant de feu monfieur de Sigongnes voftre Orefles , & paratheuée durant le gouuernement de vous qui eftiez fon Pylades ; mais principale- ment pource que celuy qui vous la dedie eft tout enfemble , & voftre feruiteur tres- humble , & Medecin ordinaire de cette floriffante ville , en laquelle Dieu, la Royne & vos merites , vous ont , au grand contentement de tous les habitans d'icelle , eftably Gouuerneur pour fa facrée Maiefté, pere commun de tout le peuple , & protecteur fpe- cial des gens de bien. Permettez donc , Monfeigneur , à cette verfion , ores que par trop inégale à vos vertus & merites , de voir le Soleil fous voftre protection , & de porter fur foy voftre nom comme vn Amulete ou preferuatif à l'encontre des regards louches & ennieux de tous detracteurs. Que fi elle a vne fois ce bon-heur de receuoir de vous quelque témoignage de bien-veillance , & que vous faciez enuers elle ce que font les fages qui n'ont befoin de rien , & fe feruent de tout, elle fe vantera par tout le monde de tenir fa vie & fa reputation de voftre faueur, comme de ma part ie pro- tefte de viure & de mourir,

MONSEIGNEVR,

Voftre tres-humble feruiteur,
THEOPHILE GELEE, Medecin.

A Dieppe ce 20. May 1613.

AV LECTEVR.

E ne doute point, Amy Lecteur, que les iugemens des hommes touchant cette verſion que ie donne au pu-blic, ne ſe trouuent auſſi diuers que les appétits des trois perſonnages qu'Horace auoit à ſon banquet: car ie ſçay qu'il n'y a rien plus difficile que de contenter tout le monde. Et meſme ie ſçay qu'il y a des Gobe-lins qui ne pouuans faire autre choſe que blaſonner les labeurs d'autruy, ne ceſſent d'égratigner, mordre & calomnier les plus gens de bien, leur impoſant ce qu'ils controuuent en leur ceruelle malade & mal timbrée. Ces ames tortuës & bouffies de vaine philautie ſe chatoüillent tellement en l'opinion de leur ſuffi-ſance, qu'ils eſtiment que perſonne ne leur vient au pair, & ne peuuent ſouffrir qu'aucun s'auance vn pas pour paroiſtre qu'ils ne tiennent que leur reputation en eſt amoindrie d'autant: c'eſt pourquoy vn aiguillon d'enuie les ayant piqué iuſques au cœur, vous les voyez vomir vn venin de détraction contre l'honneur de ceux qui s'auancent trop à leur gré, eſperans par cette pratique deshonneſte faire accroire au populace qu'eux ſeuls meritent le tiltre de doctes & de gens de bon entendement. Or m'eſtant de pieça reſolu de ne faire non plus de compte des coups de bec & de langue que me pourront donner ces loups garoux (qui ne ſçauent ſinon hurler de nuict, & mordre par derriere) que faict l'elephant de la piqueure d'vn mouſcheron; ie te prie croire, amy Lecteur, que ce que i'adiouſte icy eſt ſeulement pour contenter les eſprits paiſibles qui par la lecture des bons Autheurs cherchent d'acquerir accroiſſement de cognoiſſance en leur vacation, & non pour crainte que i'aye de ces ſycophantes & ardelions.

Ie te dy donc qu'il y a jà pluſieurs ans paſſez que ie me mis à traduire en Fran-çois l'Anatomie du ſieur Du Laurens, ſelon ſa premiere édition, non en intention de la publier, mais ſeulement pour m'exerçer en la cognoiſſance de cette ſcience, qui eſt autant neceſſaire à gens de noſtre profeſſion, qu'aucune autre partie de la Medecine: Et neanmoins il arriua qu'ayant communiqué ma verſion à quelques ieunes Chirurgiens, il y en eut qui en copierent quelques pieces, ce qui apporta à d'autres tant d'enuie de faire le ſemblable, que i'eſtois inceſſamment importuné de la preſter pour en tirer des copies. Quelque temps apres la ſeconde édition m'ayant eſté apportée, ie la conferay auec la premiere, & l'ayant trouuée accruë d'vne iuſte moitié, ie reſolus d'en recommencer la traduction, & la pourſuiure ſelon que les affaires me donneroient loiſir d'y trauailler. A peine auois-je ébau-ché l'ouurage, que ledit ſieur Du Laurens pria monſieur de Sigongnes de faire

Probe noui eum qui ſcri-bit multos ſu-mere iudices, ita alius in al-terius liuet & graſſatur in-genium. Ill ſi vna periodi clauſula vel membrum defuerit man-cam eſſe ora-tionem cla-mabit: Alius ſi eloquentiæ cothurnum paululum ex-tuleris non medicum ſed rhetorem eſſe latrabit. Hie-ronimus. epi. 32. part. 3.

en forte que ie luy en enuoyaſſe la copie, & qu'il deſiroit la voir. Ie fus tellement preſſé, que pour les contenter tous deux, ie fus contraint de la leur mettre entre leurs mains. Le ſieur du Laurens l'ayant receuë, m'eſcriuit qu'il la reuerroit luy meſme auſſi toſt qu'il en auroit la commodité. Pluſieurs années ſe coulent, ie l'en preſſe par lettres, ie luy en fais parler; il s'excuſe ſur ſes occupations, finalement il meurt.

Ayant en ſa mort perdu l'eſperance de retirer ma copie ie deliberay pour ſatisfaire aux ſolicitations de mes amis, de reuoir quelques broüillons qui me reſtoyent, & en dreſſer vne nouuelle traduction: mais ma charge, mes affaires domeſtiques, & vn procez de pluſieurs années (qui me fut ſuſcité par la charité

Nulli grata reprehenſio eſt, imo quod peius multò eſt, quamlibet malus, quamlibet perditus mauult mendaciter prædicari quam iure reprehendi, & falſarum laudum irriſionibus decipi quam ſa lubettima admonitionē ſeruari. Salvian. l. 8. de prouiden.

d'vn quidam qui à ſon ordinaire me vouloit bailler vn quid pro quo d'Apoticaire) retardant fort long temps mon deſſein; neanmoins ie ſurmonte à la longue toutes difficultez: & apres auoir depuis trois ans contreluité les remiſes & longueurs de l'impreſſion, voicy que finalement ie te donne en François ce long œuure de l'Anatomie du ſieur Du Laurens, que i'ay accompagné de ſes liures des Criſes & Eſcroüelles. Et afin que tu ayes toutes ſes œuures en vn corps, l'Imprimeur y a adjouſté quatre diſcours François cy-deuant imprimez qui ſont de l'excellence de la veuë, des maladies melancholiques, des catharres, & de la vieilleſſe, & trois autres petits traittez qui n'ont point encore eſté publiez, deſquels les deux premiers ſont des Annotations ſur les deux premiers chapitres du ſixiéme traitté de Guidon, où il parle de la goutte & de la lepre: & le troiſiéme eſt vn diſcours de la maladie venerienne: leſquels trois traittez m'ont eſté volontairement communiquez par monſieur de Braſdefer Docteur en Medecine, exerçant auec beaucoup de reputation en la ville de Roüen, homme tres-docte, fort curieux, & grandement deſireux de l'auancement des lettres; & par maiſtre Dauid Canu Chirurgien iuré en la ville de Dieppe, lieu de ſa naiſſance, où il pratique heureuſement, tous deux mes intimes amis, auſquels tu demeureras obligé du contentement & profit que tu receuras d'iceux.

Que ſi tu trouues le ſtile de cette verſion bas, populaire, & n'approchant que de loin à la ſublimité du Latin dont elle eſt tirée, ie te prie croire qu'en icelle ie ne me ſuis propoſé autre but que de repreſenter nettement l'intention de l'Autheur par termes communs, & quelquesfois barbares, mais vſitez & entendus par ceux de la profeſſion, ſçachant bien que l'Anatomie & les deux diſcours des Criſes & des Eſcroüelles, n'ont point tant beſoin des fards & fleurs d'Athenes, comme d'eſtre enſeignez clairement: Dailleurs, le ſubject eſtant aſſez peu capable d'embelliſſement, i'eſpere apres que tu auras eſſayé combien il eſt difficile de bailler de l'enrichiſſement à vne verſion où on eſt obligé de repreſenter nuëment le ſens de ſon original, que tu aduouëras qu'il eſt plus aiſé de reprendre que d'imiter ou faire mieux. Que ſi en quelques endroits ie me ſuis égaré de l'intention de l'Autheur, ou ſi ie n'ay pas rencontré ſi heureuſement comme il ſeroit à deſirer, ie ne doute point que tu ne me ſupportes, & ne dies qu'il eſt mal-aiſé en vne longue traduction que l'homme ne ſommeille, choppe & bronche quelquesfois, meſmement quand tu ſçauras que ie n'ay eu l'heur de pouuoir conferer auec vn ſecond ſur les doutes qui ſe ſont preſentez, tant ſont rares en ces quartiers les hommes auec leſquels on puiſſe librement communiquer.

Quant à ce que i'ay renuoyé à la marge les quottes des liures & chapitres, ç'a eſté afin de ne rompre à chaque ligne le fil du texte en les y inſerant: joint qu'elles groſſiroient le liure de beaucoup, & ne ſeroient de nulle vtilité à ceux aufquels s'addreffe cette verfion, car n'eftant que pour les ignorans des langues? comment pourront-ils recourir aux originaux Grecs & Latins pour les verifier, Et toutesfois ie diray qu'en cela le Lecteur ne fouffre aucune perte, & qu'il a les mefmes quottes en marge : voire ie l'affeureray qu'il y a peu de paffages que ie n'aye recherché aux originaux tant pour m'éclaircir de l'intention de l'Autheur, que pour reftituer les chiffres qui auoiét efté deprauez en vne infinité d'endroits. I'ay retenu plufieurs vocables Grecs, Latins & Arabes, parce qu'ils font vfitez, & que les fils de l'art les entendent mieux que s'ils eftoient tournez en François: Que fi les ignorans de la Medecine les trouuét rudes & difficiles , c'eft chofe dont ie me donne peu de peine, d'autant que les liures qui traittent de cette fcience, doiuent à telles gens eftre diuulguez, côme s'ils n'eftoient point diuulguez. Ie me fuis deporté de retenir trop curieufement toutes les nominations des parties, foient Grecques foient Latines, alleguées par l'Autheur, n'eftant fouuent contenté de celles qui font vfitées & familiaires à nos Anatomiftes: car combien que la recherche curieufe des mots puiffe eftre vtile aux Doctes, fi eft-ce qu'il faut aduoüer qu'vne grande multitude de noms obfcurs & ambigus, ne fert de rien aux ieunes eftudians , finon à leur embroüiller l'efprit : pour enfeigner clairement la paucité des mots clairs & fignificatifs, eftre à preferer à vne multitude confufe & ambiguë , & feroit à fouhaitter, comme difoit Euripide, ou que muets nous vefcuffions en perpetuel filence , ou que les chofes mefmes parlaffent auec nous ouuertement. Voilà , amy lecteur, les raifons & excufes que ie te rends touchant ma traduction: c'eft à toy de fupporter charitablement les defauts que tu y pourras remarquer tant de ma part, que de celle de l'Imprimeur: ce faifant, tu m'encourageras d'entreprendre quelque autre chofe pour ton contentement. Que fi d'auanture il fe treuue des critiques fi reuefches qu'ils ne vueillent prendre aucunes excufes en fatisfaction, ie les prie laiffer cet ouurage à ceux qui ne font fi difficiles: auffi bien mon intention n'a point efté de tranailler pour gens qui ne fçauent rien que medire, accufer & calomnier. Pour fin reconnoiffant les deffauts qui font en moy, & aduoüant franchement ceux qui fe trouueront en ma verfion, de ma part ie conclu cet aduertiffement par cette excufe qui eft commune à tous hommes : *Homo fum , humanum autem eft errare , ignorare, labi.*

Dieu foit auec toy.

LETTRE DV TRANSLATEVR A MONSIEVR
DV LAVRENS, CONSEILLER ET PREMIER
Medecin du Roy, &c.

MONSIEVR, Ie vous ennoye suiuant la vostre du septiéme de Decembre dernier, la version de vostre Anatomie, que i'ay fait tellement quellement, & en tel quel François, plus pour m'exercer en cette science, qu'en intention de luy faire voir le iour. Si vos grands affaires vous donnent quelques heures de loisir, ie vous supplie d'en vouloir employer quelques vnes en la lecture d'icelle: & si vous la trouuez en quelque façon tolerable, de prendre quant & quant la peine de corriger les lieux où ie me peux estre élongné de vostre intention, & d'y retrancher ou adiouster ce que vous verrez necessaire pour l'intelligence plus facile d'icelle: mais si vous la iugez telle qu'elle ne puisse receuoir de santé sans employer les remedes extremes, ie me deli-bereray, ayant eu vostre aduis sur la suppression d'icelle, de l'enseuelir pour iamais en l'oubly, ou plustost d'en faire vn sacrifice au boiteux mary de Cypris. Sous l'asseurance que i'ay que vous ne dédaignerez point à vostre commodité de me faire sçauoir vostre volonté, ie supplieray le Createur vous donner en bonne santé longue & heureuse vie, & accroistre en vous les dons & graces qu'il vous a departis si li-beralement, afin que vous puissiez employer le temps qui vous peut rester apres vostre onereuse charge aupres de sa Majesté, à esnoder (labeur deu à vn seul du Laurens) les controuerses qui se rencontrent en toute la medecine, comme vous auez desia heureusement commencé en vos diuins & immortels li-ures de l'Anatomie & des Crises.

Vostre plus humble & affectionné seruiteur
THEOPHILE GELEE.

A Dieppe le 14. de Ianuier 1605.

RESPONSE DE MONSIEVR DV LAVRENS
A LA LETTRE DV TRANSLATEVR.

MONSIEVR, Vous aurez iuste occasion de vous plaindre de ma paresse, veu que ayant depuis quelques mois receu vne si honneste lettre de vous, auec la traduction de mon Anatomie, i'ay demeuré si long-temps à vous faire responce: mais ie vous prie de ne croire pas que ce soit par mespris, car i'estime & honore tous ceux de vostre profession, & vous particulierement, à qui ie recognois auoir de l'obligation, pour auoir prins la peine de lire auec tant d'affection mes œuures. Ce qui m'a retenu a esté le peu de loisir que i'ay eu de voir vostre traduction, car nous ne faisons que courir, & n'auons point d'arrest. I'en ay couru plusieurs chapitres, que ie treu-ue tres-bien: il y en a d'autres que la phrase Latine vous a contraint & assujetti de tourner en nostre langue, qui n'ont point tant de grace: I'espere à ce seiour que le Roy fera à Monceaux pour y prendre ses eaux, de voir l'œuure tout du long, & apres, puis que vous desirez que ie parle librement auec vous, vous en mander mon aduis auec franchise. Cependant i'aduoüe que ie vous suis infiniment obligé: & croyez, Monsieur, que s'il se presente iamais occasion de reconnoistre cette bien-veillance, & la memoire que vous voulez laisser de mon nom, que ie ne la laisseray pas passer, & que vous ver-rez par effet que ie suis,

MONSIEVR,
Vostre plus humble & affectionné seruiteur
A. DV LAVRENS.

A Paris le 19. Iuin 1605.

AVTRE LETTRE DE MONSIEVR DV LAVRENS
AVDIT SIEVR GELEE TRANSLATEVR.

MONSIEVR, Vous sçauez que depuis quelques mois nous n'auons fait que courir; de sorte qu'il ne m'a esté possible de voir entierement vostre traduction: Nous esperons de faire deux mois entiers de seiour à Fontaine-Bleau, où estant de loisir, ie l'employeray à la relire plus exactement. Ie reconnois vous auoir beaucoup d'obligation, ayant prins cette peine pour vn sujet qui ne le merite pas, mais i'espere n'en demeurer point ingrat, & quand l'occasion se presentera de vous témoigner combien i'honore vostre affection & merite, ie vous feray paroistre que ie suis

MONSIEVR,
Vostre plus humble & affectionné seruiteur
A. DV LAVRENS.

A Paris le 6. May 1606.

LES MANES DV GRAND DV LAVRENS PARLENT
SVR LA TRADVCTION DE SES OEVVRES
faites par monsieur GELE'E.

SONNET.

VEL Cigne doux-chantant, quelle voix emmiellée
Se fait ainsi entendre en ces celestes lieux?
Quel des humains épand les sons harmonieux
Qui percent par dessus la campagne estoillée?
Ha! ie la recognoy, c'est la voix de GELE'E,
Qui pieça deuenu de mon nom amoureux,
Tasche de l'arracher du cercueil oublieux,
Et le semer par tout la terrestre vallée.
Et combien que mon nom soit si grand de luy-mesme,
Qu'il ne craigne l'effort de la mort triste & blesme,
Si m'est-ce vn grand plaisir de voir les gens sçauans
Trauailler à l'enuy pour accroistre ma gloire,
Car la vie des morts gist toute en la memoire
Des hommes vertueux qui sont là bas viuans.

L.P.D.M.

A MONSIEVR GELE'E, SVR LA TRADVCTION DES
OEVVRES DV SIEVR DV LAVRENS, PAR LVY FAITE.

HVICTAIN.

'EST-CE assez mon GELE'E en pratiquant ton art,
Que tu te faces voir & docte & admirable,
Si tu ne fais encor paroistre le semblable
Par les diuins escrits que ta main nous depart?
Courage, c'est ainsi que le bruit de ta gloire
S'espandra prés & loin dans ce grand Vniuers,
Et que ton nom brillant en tes labeurs diuers
A iamais se lira au temple de memoire.

AVTRE HVICTAIN AV MESME SIEVR.

E grand Dieu Medecin qui en Raguse habite,
Ayant resuscité le corps mort d'Hippolite,
Fut mis pour vn tel acte au rang des immortels:
De mesme qui voudroit faire choix & élite
D'honneurs, mon cher GELE'E, égaux à ton merite,
Il faudroit te bastir vn temple & des autels,
Veu que par ton sçauoir tu nous as fait reuiure
Le grand Du Laurens mort, dedans ce docte liure.

M.R.V.A.

DOCTISSIMO VIRO THEOPHILO GELÆO MEDICO.

BSCVRAS Stagirite nimis secreta sophiæ,
Nec dum innotescit quid nos edoctum velis:
Ambitiosa fuit scribendi hæc norma, volebas
Et viuus audiri & post fata suspici;
Hinc rixæ & pauci numerosa volumina fructus,
Quibus sophiæ natiuum opprimitur decus,
Laurenti melior, breuis ambitione remota,
Lucidusque mentis exeris arcanum tuæ.
Quid tuus interpres? quantum ex se scribere dignus,
At studet docere, non audiri, aut suspici.
Vtroque es victus Stagirite ænigmata scribens,
Quippe de docebas quàm docebas verius.

Nicolaus du Montier Archarum Vicecomes Amiens.

DOCTISSIMO VIRO THEOPHILO GELIDO MEDICO
DEPPENSI CELEBERRIMO; IN ANATOMIAM D. A. LAVRENTII
Idiomate vernaculo tranſlatam.

· O D E.

VÆ turba montis Pieriſ tenes
Templum, diſertos concelebrans viros;
　　Qua parte docto voluit vndas
　　Caſtalius fluuius ſuſurro.
Illum ſupremis laudibus efferas
Qui lumen ægris reddit amabile,
　　Facunda cuius blanda Pitho
　　Melle liquente ſaporat ora.
Te cingit omnis Sicelidum chorus,
Centum lepores gratia, comitas,
　　Aſtræa lenis, docta Pallas
　　Aurea verba tibi miniſtrans.
Chiron, Machaon, ſiue Epidaurius,
Artiſque princeps Pæoniæ, tibi
　　Hanc tradiderunt diſciplinam
　　Qua miſeris medearis ægris.
Ignita ab imo ſit tibi pectore
Cedat perito vt Fernelio febris,
　　Exoſa peſtis ſicut ab alto
　　Artis Apollineæ parenti,
Hæc ſcripta, doctæ ſigna ſcientiæ
Præbent, diſertum, ô Hippocratis genus,
　　Sic arte totam poſt cohortem
　　Pæonia ſuperare, perge.

Claudius Varambaut Augenſis, Ætatis anno 15.

IN LAVDEM OPERIS A THEOPHILO GELIDO
Medico prudentiſſimo gallicè redditi.

EPIGRAMMA.

AVRENTI tua dum perpendo volumina, dicam
　　Artis Apollineæ gloria viuus eras;
Per te viuebant ferè mortua corpora viuum,
　　Ducere plus vitæ, poſt tua fata doces.
Corporis exciſas partes modo cogis in vnum,
　　Innumeras numeras, quis peto plura Deus?
Par tibi, quando dedit noſtræ tua verba loquelæ.
　　Debetur Gelido gloria, talis honos:
Quæ fuerant quondam Laurenti mortua cunctis,
　　Per Gelidum, ſcriptis eſt data vita tuis.

Ioannes Pouyer D. Medicus Depenſis Amicus.

THEOPHILO GELIDO MEDICO PRÆSTANTISSIMO
in Anatomen Laurentij ab eo gallicè expreſſam.

EPIGRAMMA.

HARA Deo ſoboles, noſtræ facundia linguæ,
　　Per te quæ fuerant abdita multa patent.
Mitari Gelidum ſatis eſt mihi, namque poteſtas
　　Nulla quidam ſupereſt, præter amicitias.
Ergo age muſa precor tanto pro munere canta.
　　Sit Gelidi virtus inuiolata mei.

Petrus Reſtoule Depenſis, Pharmacopæus Amicus.

SVR LA VERSION DE L'ANATOMIE DE MONSIEVR
DV LAVRENS, FAICTE PAR MONSIEVR GELEE
Medecin ordinaire de la ville de Dieppe.

STANCES.

'EST à ce coup que noſtre longue attente
Se ſaoulle à plain du bien tant deſiré,
C'eſt à ce coup que DV LAVRENS tiré
Hors du Latin, noſtre attente contente.

C'eſt à ce coup que l'art Anatomique
S'en va pour nous clairement entendu,
Puis que voyons en cet œuure attendu
De tout cet art la ſcience & pratique.

C'eſt donc à nous, troupe Guidonnienne,
De feüilleter ces excellens eſcrits,
Nous remplirons, ce faiſant, nos eſprits
Des plus beaux traits de l'art Pæonnienne.

Nous apprendrons que c'eſt du microcoſme,
De quelles parts eſt fait ſon baſtiment:
Ce que ſçachant nous pourrons dignement
Guarir les maux qui aduiennent à l'homme.

Mais qu'auras-tu GELEE en recompence
De ton trauail au bien public voüé?
C'eſt que ſeras aimé, chery, loüé
A tout iamais, & par toute la France.

Par M. Thomas Cornier Chirurgien iuré à Dieppe.

A LA LOVANGE ET RECOMMANDATION DE
M. THEOPHILE GELEE, SVR LA VERSION DE L'ANATOMIE
de Monſieur du Laurens, faite par luy de Latin en François.

SONNET.

LEXANDRE admirant les ouurages d'Appelle,
Et les traits émaillez de ſon hardy pinceau,
Lequel non moins au vif que le miroir ou l'eau,
Repreſentoit à l'œil ſa face naturelle:

Et connoiſſant que nul n'auroit la grace telle
De le peindre & tirer tant au vray, ny ſi beau,
Fit defendre qu'aucun ne peignit ſon tableau,
Fors cette docte main qui n'auoit ſa pareille.

Ainſi ſi DV LAVRENS pouuoit cy bas reuiure,
Pour voir la verſion de ce ſien docte liure,
Sans doute il defendroit toute autre verſion

Excepté celle-cy, parce qu'elle ſurpaſſe
Toute autre en netteté & en perfection,
Autant que le cipré fait la viorne baſſe.

E. C. ſon Amy.

TABLE DES CHAPITRES ET
CONTROVERSES DE L'ANATOMIE.

LE PREMIER LIVRE, AVQVEL SONT EXPLIQVE'ES la dignité de l'homme, l'excellence, vtilité & neceſsité de l'Anatomie, & les preceptes generaux de l'art Anatomique.

Les Chapitres du premier liure.

Les controuerſes du premier liure.

Le deuxieme

Table des Chapitres.

ẽ

Table

Le quatriéme liure auquel est traitté des vaisseaux, c'est à sçauoir des veines, des arteres & des nerfs, & ensemble plusieurs controuerses entre les Medecins & les Philosophes y sont exactement expliquées.

Les Chapitres du quatriéme liure.

Les controuerses du quatriéme liure.

Exercitations.

Table

Le ſeptiéme liure auquel les parties genitales tant de l'homme que de la femme ſont pre-mierement décrites, & puis les controuerſes qui ſe rencontrent en l'hiſtoire d'icelles expliquées bien au long.

Les Chapitres du ſeptiéme liure.

Le huitiéme liure auquel l'hifloire du fœtus eft exactemét décrite, & les principes de la generation, la conceptió, la conformation, la nutritió, la vie, le mouuemét & l'enfantement sont expliquez autant que faire se peut felon l'intentió & volonté d'Hippocrate.

Les Chapitres du huictiéme liure.

Le neufiéme liure auquel les parties vitales font décrites : fçauoir eft les organes du poux & de la refpiration : & plufieurs difficultez dont les Medecins font en debat, exactement expliquées.

Les Chapitres du neufiéme liure.

ẽ iij

Table

Le dixiéme liure auquel sont décrits les organes de la faculté animale, à sçauoir le cerueau & les parties qui naissent de luy.

Les Chapitres du dixiéme liure.

des Chapitres.

L'vnziéme liure auquel sont descrits les organes des sens, & plusieurs choses controuersés entre les Philosophes & Medecins expliquées.

Les Chapitres de l'vnziéme liure.

Les controuersés de l'vnziéme liure.

Le douziéme liure auquel est décrite l'histoire des Iointures.

Les Chapitres du douziéme liure.

Fin de la Table des Chapitres & Controuerses de l'Anatomie.

ANDREAS LAVRENTIVS HENRICI IIII GALL. ET NAVAR. REGIS CONSILET MEDIC. ORDINARVS ÆT SVÆ XXXIX

Vultum Laurenti cernis sub imagine scriptis
Divini Ingenij conspiciuntur opes.

Tel du grand du Laurens fut iadis le visage
Que tu le voids dépeint aux traits de cet image:
Mais lisant ce bel œuure admire son écrit,
,, Car pour connoistre vn homme il faut voir son esprit.

LE PREMIER
LIVRE DES OEVVRES ANA-
TOMIQVES DE M. ANDRE' DV LAVRENS,
Conseiller & premier Medecin du Roy Henry le Grand,
& son Chancelier en l'Vniuersité de Montpellier.

Auquel sont expliquées la dignité de l'homme, l'excellence, vtilité & necessité
de l'Anatomie, & les præceptes generaux de l'art Anatomique.

*L'excellence de l'homme est demonstrée par la dignité de ses parties, qui sont l'Amé
& le corps : & premierement de la dignité de l'Ame.*

CHAPITRE PREMIER.

L'ANTIQVITE' nous a laissé par escrit, l'homme, lequel a en soy des estincelles celestes & des semences de la Diuinité, comme tesmoignent tant la Maiesté grauée en sa face comme la figure de son corps qui est droicte & esleuée vers le Ciel, auoir esté appellé par les tres-sages Prestres d'Egypte, *Animal adorable & admirable*. Mercure surnommé trois fois tres-grãd, le nomme *Miracle grand, Animal tres-semblable à Dieu & truthement des Dieux*. Pythagore, *Mesure de toutes choses*. Platon, *Merueille des merueilles*. Theophraste, *Exemplaire & modelle de l'Vniuers*. Aristote, *Animal politique nay pour la societé*. Synesius, *Orizon des choses corporelles & incorporelles*. Ciceron, *Animal Diuin, plein de conseil & de raison*. Pline, *Abregé du monde, & les delices de Nature*. Mais ils l'ont tous appellé d'vn commun consentement *Microcosme*, c'est à dire, *petit monde* : d'autant qu'il contient en son corps, les facultez de tous les corps, & en son ame, les puissances de toutes les choses animées. Le tres-ancien Zoroastre ayant long-temps contemplé l'artifice singulier du corps humain, s'escria enfin par admiration. *O Homme effort & image de Nature hardie, & qui fait tout considérément*. Le Sarrazin Abdalas estant interrogé qu'est-ce qu'il estimoit de plus admirable au monde, répondit enfin, non comme Barbare, mais comme vn grand Philosophe, *Que l'homme seul surpassoit toute merueille*, comme celuy qui estant l'image de ce grand monde peut en vn instât se transformer en tout, comme vn Prothée ou vn Chameleon. Phauorin ne recognoist rien de grand en la terre horsmis luy. Les Theologiens l'appellent *toute creatures*

L'homme de quels tiltres honoré par les anciens.

Pourquoy nommé petit monde.

A

parce qu'il est en quelque façon toute chose par puissance, non point *materielle-ment*, comme vouloit Empedocles , mais par analogie & par la reception des especes. Les autres le nomment *le sainct Temple & image de Dieu.* Car cõme on void en vne piece d'argent le pourtraict de Cæsar, ainsi void-on en l'homme l'image de son Createur. Les autres, *la fin de toutes choses, auquel toutes les choses sous-lunaires ministrent, & luy à nulle, sinon par auanture l'homme à l'homme.* Le Prophete Royal remply du S. Esprit surhausse la dignité de l'homme en ces mots.

Psalm. 8.

> *Tu l'as de quelque peu fait moindre que les Anges,*
> *Et couronné d'honneur , de gloire & de loüanges:*
> *De tout ce que tes mains puissamment ont parfait,*
> *Souuerain tu l'as fait.*

Les titres honorables attribuez à l'homme sont tirez en partie de son ame , qui est

Ces loüanges attribuées à l'homme sont tres-excellentes (afin que ie ne die diuines) lesquelles il a en partie de son ame, qui est la plus excellente de toutes les formes ; & en partie de son corps, qui est la mesure & comme l'exemplaire de toutes les choses corporelles. L'Ame certes est vne chose si diuine , que s'esleuant quelquesfois par dessus toutes les formes naturelles , elle embrasse par la puissance admirable de l'intellect totalement libre & qui ne peut estre contrainte, les choses incorporelles & separées de toute matiere. Si elle pouuoit estre veüe des yeux corporels, ou au moins par ceux de l'entendeiment, combien, ie vous prie, auroit-elle d'amoureux ? Il n'y a que cette Ame seule qui soit creée &

Toute diuine, Creée & non engendrée,

non engendrée, & combien qu'on suppose (comme parlent les Philosophes) *quelque subiect en sa creation,* elle n'est point toutesfois tirée de la puissance d'iceluy, mais elle le parfait. Il n'y a qu'elle seule qui soit indiuisible ; toutes les autres

Indiuisible,

formes naturelles augmentent, diminuënt & se diuisent auec leur sujet : mais celle-cy est toute au tout, & toute en chaque petite partie du corps. Il n'y a

Immaterielle,

qu'elle seule qui soit immaterielle, ayant seulement cela de commun auec la matiere , c'est qu'elle est capable de receuoir toutes les especes , non autrement que la matiere premiere toutes les formes: & toutesfois la maniere de la reception n'est point semblable ; Car la matiere reçoit les formes indiuisibles & sans cognoissance; & l'Ame seulement les especes vniuerselles & auec cognoissance. La matiere reçoit les formes particulieres materiellement & auec abiection du contraire; & l'Ame les idées vniuerselles des choses separées de toute matiere sans ab-

Incorporelle & impatible,

jection du contraire. Il n'y a qu'elle seule qui soit incorporelle, impatible & non sujette à alteration. Elle peut estre dicte *l'Arsenal & le Magasin de toutes choses,* & selon Aristote *elle est en quelque maniere toutes choses :* Car les especes sensibles sont

Estant au moyen degré de toutes choses,

effacées en l'organe, & n'y a que l'Ame seule qui les conserue. Cette forme, selon les Platoniciens , est au moyen degré de toutes choses , ayant Dieu & les Intelligences par dessus soy, & les corps & les qualitez par dessous: de sorte qu'elle soit participante des vns & des autres, & selon les Theologiens , *elle approche fort*

Et fort approchante de la nature des Anges,

de la Nature des Anges , à cause de son intelligence , origine , eternité, image , cognoissance & beatitude. Finalement il y a en icelle quelque chose de metaphysique & supernaturel , qui n'a point esté cognuë aux vieux Philosophes , qui ont vescu en vne ignorance tres-espoisse, mais aux seuls Chrestiens esclairez de la lumiere

En laquelle reluit l'image de la Trinité.

de l'Euangile : car en icelle reluit l'image de la Trinité à raison de ses trois facultez Princesses, de la memoire , de l'intelligence & de la volonté. Mais pourquoy osay-je descrire l'essence de l'Ame , veu qu'elle est toute diuine , & que des choses diuines nous pouuons seulement dire (comme disoit iadis Simonides) *ce qu'elles ne sont point ?* Pourquoy entrepren-je d'expliquer sa nature qui est voilée de tant d'obscuritez & qui ne tombe point sous nos sens, qu'Hippocrate pour cette raison appelle *Nature inuisible?* Ces choses sont d'vne plus haute contemplation & appartiennent à vn autre artisan. Traittons donc des choses physicales qui sont exposées aux sens, & venons à l'autre partie de l'homme, qui est le corps, lequel tombe vrayement en la contemplation du Medecin.

De la dignité admirable du corps humain en sa composition.

CHAPITRE II.

OMME l'ame de l'homme est la plus noble forme qui soit sous la voûte du Ciel, ainsi le corps humain qui luy sert de domicile, excelle tellement par dessus les autres corps, qu'il peut à bon tiltre estre dit *la mesure & la reigle de toutes les choses corporelles.* Plusieurs choses demonstrent son excellence, mais entre toutes les autres celles-cy. 1. *La figure droite &* qui s'éleue vers le Ciel. 2. *La temperature mediocre.* 3. *La proportion égale & iuste des parties.* 4. *Et l'embrassement admirable de toutes les choses qui sont contenuës sous l'empire & commandement de Nature:* Car on peut voir en iceluy, comme en vn miroir, ou dépeinte en vn petit tableau la viue image de cet vniuers que nous voyons de nos yeux. Entre tant de milliers d'animaux qui fourmillent de tous costez. Il n'y a que l'homme qui ait la figure droicte & éleuée vers le Ciel; qui est la raison pourquoy il a esté nommé ὀρθοσκόπος & ἄντρωπος, comme qui diroit *regardant en hault;* jaçoit que Platon estime qu'il ait esté nommé ἄντρωπος parce qu'il contemple les choses qu'il voit. La raison de cette figure est totalement Philosophique, comme celle qui dépend des causes efficiente, materielle & finale. L'efficiente est double, primitiue & secondaire: la primitiue c'est l'ame, laquelle venant de dehors & estant enuoyée du Ciel dans le corps, pendant qu'elle se bastit vn domicile apte à faire ses functions se resouuenant de son origine, elle l'éleue & dresse vers le Ciel: la secondaire c'est la chaleur, de laquelle l'homme abonde sur tous les autres animaux & nommément autour des visceres. La chaleur venant donc à s'accroistre, pousse & chasse l'accroissement du mitan selon son effort, c'est à dire, elle le pousse vers la partie du monde, à laquelle elle se meut naturellement, à sçauoir vers haut. La matiere est molle, temperée & fort obeïssante à l'artisan: car l'homme est le plus humide de tous les animaux & fort sanguin. Or la cause finale est diuerse: Car il a eu la figure droite. 1. Pour contempler les choses celestes. A cette cause Anaxagore interrogé pourquoy il estoit au monde, respondit *que c'estoit pour contempler le Ciel & les Estoiles.* 2. Pour exerçer plus parfaictement les functions des sens exterieurs, lesquels comme satellites ont esté tous logez au Palais Royal de la teste & comme en veuë de la raison, car les sens n'ont point esté donnez à l'homme pour fuir seulement les choses nuisibles ou pour suiure celles qui sont vtiles, mais aussi pour la côtemplation: & partant il estoit necessaire qu'ils fussent logez en vn lieu haut éleué; ainsi la parole messagere de l'ame s'entend mieux de haut, le flairer reçoit mieux la vapeur qui monte, & les yeux, comme ainsi soit qu'ils seruent de sentinelles pour faire continuellement le guet pour nostre conseruation, & qu'ils nous ayent esté donnez pour contempler les choses celestes, demandoient vne figure haute & droite. 3. Parce que seul entre tous les animaux, il a la main organe auant tous organes: que s'il estoit courbé vers terre, il marcheroit comme les autres bestes aussi bien sur ses mains que sur ses pieds, & ne pourroit executer tant de belles actions, qu'il fait auec les mains. Qui

Et en partie de son corps, duquel l'excellence se recueille.

1. De la figure droite, qui dépend des causes

efficiente,

materielle &

finale.

eft celuy qui couché fur le ventre ou à l'enuers pourroit eferire, monter à cheual, mener vne vie pleine de ciuilité, dreffer des autels, baftir des nauires, manier toutes fortes de baftons de guerre, & pratiquer tant d'arts excellens & neceffaires à la vie humaine; Il n'y a donc que l'homme qui ait la figure dreffée vers le Ciel, & partant auffi il n'y a que luy qui foit formé à la raifon de l'Vniuers, & qui ait les parties fuperieures, inferieures, anterieures, pofterieures, dextres & feneftres diftinétes : car les autres animaux, ou ils ne les ont point, ou bien ils les ont fort confufes. Les dextres & feneftres font totalement femblables, horfmis que les feneftres font plus foibles : or les anterieures & pofterieures different fort, mais les inferieures reffemblent en quelque façon aux fuperieures.

2. de la temperature.

Quant à la temperature de l'homme, elle eft telle, qu'il eft le plus temperé de tous les corps, leur feruant comme d : mefure & de regle, les corps des autres animaux eftans ou trop terreftres ou trop aqueux. C'eft à iceluy comme au milieu du genre, qu'on rapporte la temperature de toutes chofes viuantes, à ce qu'elles foient dites chaudes, froides, feches & humides pour quelque refpeét, en faifant comparaifon d'icelles à la temperature de l'homme : lequel feul contient en fon efpece la temperature de tous les corps viuans, là où prefques tous les indiuidus des autres animaux ont en vne mefme efpece vn mefme temperament. Car en l'efpece humaine, tu en trouueras plufieurs qui ont des eftomachs d'auftruche, d'autres qui ont des cœurs de lyon, & d'autres encor, qui en leur temperature reffemblent aux chiens, pourceaux & afnes. Mais cela demonftre auffi la bonne temperature du corps humain, c'eft qu'il eft fubiect à vn grand nombre de maladies, & qu'il eft également offencé par les extrémes, parce qu'il en eft également reculé. Ce corps qui furpaffe en nobleffe tous les autres, eut peu eftre compofé d'vne matiere celefte, la plus noble de toutes les matieres; mais il a fallu qu'il fut fait d'vne matiere élementaire, pour receuoir les efpeces des objeéts, de la reception defquelles prouient toute noftre cognoiffance. Car comme ainfi foit que l'homme foit nay pour auoir intelligence, & qu'il faille que celuy qui a intelligence contemple les objeéts, & qu'il ne fe faffe point de perception d'objeéts finon par le miniftere des fens exterieurs, qui font les meffagers & rapporteurs de l'ame, il s'enfuit qu'il eftoit neceffaire que le corps humain fut compofé d'vne matiere qui fut capable des fentimens : or le fondement de tous les fens c'eft le taét, duquel l'effence onfifte en vne mediocrité des quatre qualitez premieres.

3. de la proportion admirable des parties, en laquelle fe remarque

Or la Symmetrie & proportion des parties du corps humain eft admirable. Les artifans fe la propofent comme vn modelle tres-parfait : à icelle comme à vne regle de Polyclete, les Architeétes rapportent tous leurs baftimens, & conftruifent felon icelles les Temples, les maifons & les nauires. On dit mefme que l'Arche de Noé fut baftie fur cette mefure : car comme le corps humain eft de trois cens minutes en longueur, de cinquante en largeur, & de trente en profondeur; ainfi la longueur de l'Arche eftoit de trois cens coudées, la largeur de cinquante, & la profondeur de trente.

la figure ronde & la quarrée.

Mais on remarque auffi en cette proportion des parties du corps humain, la figure circulaire qui eft la plus parfaiéte de toutes, & la quarrée; chofe qui ne fe void point aux autres animaux : Car ayant mis le nombril pour le centre, fi on le couche à l'enuers & qu'on luy faffe eftendre les pieds & les mains le plus qu'il pourra, & puis qu'on mette l'vn des pieds du compas fur le nombril, & qu'en tournant l'autre on faffe vn cercle entier, on touchera les gros orteils des deux pieds & les doigts du mitan de la main; que s'il manque en quelque endroit, il faut croire qu'il y a du defaut & du vice. Que si apres auoir fait le cercle, tu viens à tirer vne ligne entre les deux pieds estendus, & vne autre entre la main & le pied de costé & d'autre, tu auras vn quarré parfaict descrit dans vn cercle. Ces choses que nous venons de déduire touchant la figure, temperature, & proportion du corps humain sont tres-belles ; mais cette derniere icy surpasse toute admiration. C'est qu'il contient dans soy toutes les choses que ce grand monde comprend en sa cauité tres-ample : tellement que ce n'a point esté sans bonne raison que les Anciens l'ont nommé *petit monde & patron ou abregé de l'Vniuers.* Les anciens Mages & Prestres Egyptiens diuisoient tout l'Vniuers en trois parties : ils appelloient la superieure, Intellectuelle & Angelique, & vouloient qu'elle fust le siege des Intelligences, par la volonté desquelles sont conduites les choses inferieures : ils nommoient la moyenne, Celeste, c'est en icelle que preside le Soleil comme chef & moderateur des autres Estoilles : & l'inferieure, Soubzlunaire, ou Elementaire, la fœcondité de laquelle en la procreation, augmentation, & nutrition des animaux & plantes est incroyable. Or de ces trois parties, qui est-ce qui n'en void point la representation tres-bien exprimée & comme tracée auec le pinceau au corps humain ? La teste forteresse de l'ame, siege de la raison, domicile de la sagesse, boutique de la memoire, du iugement & des imaginations (qui rendent l'homme fort semblable aux Intelligences) occupant le lieu le plus éleué, ne represente-elle point fort bien la partie superieure & Angelique de l'Vniuers ? or tu as la moyenne & celeste exactement exprimée en la poictrine & ventre moyen : Car comme le Soleil preside en la region celeste, lequel par ses mouuemens, rayons & clarté, échauffe, viuifie & éclaire toutes choses : ainsi le cœur est logé au milieu de la poictrine, duquel l'analogie auec le Soleil est si grande, que les Anciens n'ont point douté d'appeller le Soleil *le cœur du monde,* & le cœur *le Soleil de l'homme.* Car comme le Soleil par son mouuement perpetuel & sa chaleur viuifiante, viuifie, réjouyt & maintient tout ce qui est en ce monde elementaire en son estre : car à son retour la terre se pare de mille sortes de fleurs diuerses, elle produit vn nombre infiny de differences d'herbes & de fruicts : les arbres poussent hors leurs bourgeons & se parent de la verdeur de leurs fueilles, & tous les animaux picquez des aiguillons d'amour se iettent aux embrassemens Veneriens, remplissans les villes, la terre & les mers de petits par leur fœcondité ; D'où Aristote appelle cette Estoille salutaire *Genneticé,* comme qui diroit, mere & procreatrice de toutes choses : Et au contraire le mesme Soleil venant à s'éloigner de nous, la terre deuient hideuse, les arbres se dépoüillent de leurs fueilles & fruicts, & la meilleure partie de ce qui auoit esté produit par la fertilité de nature, est gastée par la rigueur du froid : Ainsi le cœur par son mouuement continuel & par sa chaleur viuifiante, restaure, conserue & viuifie ce petit monde, & rien ne peut estre en iceluy ou fertile ou apte pour produire, sinon que cette faculté tres-puissante du cœur luy élargisse & donne la fœcondité. Du cœur prouient & decoule la faculté vitale, & du Ciel la faculté celeste : celle-cy est dite conseruatrice des choses inferieures, & celle-là réueille, repare & fomente la chaleur implantée de chaque partie. Le Ciel agit aux corps inferieurs par son mouuement & sa lumiere ; & le cœur éclaire & viuifie par son continuel mouuement & par son esprit influë toutes les parties. Le Mouuement & la lumiere aux corps superieurs sont instrumens des Intelligences & du Ciel ; des Intelligences comme du premier mouuant immobile, & du Ciel comme du premier mouuant qui est meu.

4. De ce qu'il contient en soy toutes les choses de l'Vniuers.

L'homme petit monde comparé auec le grand.

Belle analogie du Soleil & du cœur.

Belle similitude de la faculté vitale & de la celeste.

Des Præceptes generaux de l'Anatomie,

L'esprit vital & le battement de cœur sont instrumens de l'ame & du cœur ; de l'ame comme du mouuant qui n'est point meu, & du cœur comme du mouuant qui est meu par l'ame : or maintenant qui est-ce qui ne voit point la partie souz-lunaire representée au ventre inferieur ? Car en iceluy sont contenuës les parties dediées à la nutrition & à la generation : de sorte qu'il ne faille faire difficulté de confesser qu'on trouue au corps humain toutes les choses que ce grand monde

Les estoilles du petit monde.

enserre & comprend en sa cauité tres-ample. Veux-tu voir des estoilles errantes au petit monde ? La moëlle molle du cerueau represente la faculté humide de la Lune ? les parties genitales seruent à la puissance de Venus ; à Mercure inconstant & ingenieux ministrent les organes de l'eloquence & du bien dire. Nous auons desia declaré l'Analogie admirable qui est entre le Soleil & le cœur, le foye fontaine de la vapeur gracieuse est tres-bien comparé au benin Iupiter ; La vesicule du fiel enserre dans soy l'embrazement & la fureur de Mars ; la chair flaistrie de la ratte receptacle de l'humeur melancolique represente fort bien l'estoille froide & malefique de Saturne : Ainsi donc les parties dites celestes de l'vn & de l'autre monde correspondent les vnes aux autres en nombre & proportion. Ie passe sous silence les douze signes du Zodiaque dépeints elegamment par les Astrologues au corps humain ; Car ce sont choses communes & assez vulgaires ; mon intention est de mediter choses plus grandes & d'esleuer la force de mon

Comparaison des deux mondes selon la doctrine des Peripateticiens.

entendement vn peu plus haut. Les Peripateticiens diuisent le monde en corps simples & composez ; les simples sont cinq, le Ciel & les quatre elements ; des composez, ils veulent que les vns soient imparfaits, ils les appellent meteores, lesquels sont ardents, aërez, aqueux ou terrestres : & les autres parfaits, comme ceux qui sont animez. Or comment ces choses se trouuent en l'homme, par-

Les corps simples &

ce qu'elles sont tres-belles ie vous prie les escouter diligemment. Les corps simples de ce petit monde sont cinq, l'esprit & les quatre humeurs : *L'esprit est vne cinquiéme essence respondante* (dit le Philosophe) *en proportion à l'element des Estoilles* ; les quatre humeurs sont appellées elements sensibles du corps ; la bile de temperament chaude & seche est accomparée au feu ; le sang chaud & humide à l'air ; la pituite froide & humide à l'eau ; & la melancolie froide & seche à la terre. Voyez maintenant l'Analogie admirable des meteores de ce petit monde.

La meteorologie du petit monde.

Les suffusions rouges des yeux flamboyans de ceux qui sont colerez, representent les foudres & les esclairs ; les rugissements, bruits & pets des boyaux, & les rots du ventricule representent les especes de mille tonnerres ; les exhalaisons qui prouiennent des cruditez, les sibillements & tinnissements d'oreilles nous monstrent les vents & les orages comme au doigt ; l'humeur qui distille comme vn ruisseau dans la gorge, la trachée artere & la poictrine ressemble à la pluye ; & les crachats espois & ronds representent la gresle ; les larmes sont accomparées à la rosée ; & les mouuements concussifs, conuulsifs, tremblotans & palpitans, aux tremblemens de terre. Il se trouue aussi des mines & des carrieres aux corps humains, dont on tire des metaux & des pierres, non pour édifier la maison, ains pour la ruiner ; & partant les pierres des reins & de la vessie ressemblent aux fossiles & minéraux. Voilà la meteorologie du petit monde, & la demonstration des corps mixtes imparfaits. Que si tu veux auoir vn corps composé parfaict en l'homme, voilà ie te presente son corps tout entier, auquel se trouue vne telle concorde des quatre qualitez discordantes, & vn meslange d'elements si égal, qu'il tient le mitan entre toutes les choses viuantes & animées. L'homme est donc *vn petit monde, vn miracle grand*, & la structure & composition

d'iceluy semblent estre beaucoup plus admirables que l'ouurage de tout l'Vniuers : car il est plus aisé de peindre beaucoup de choses en vn grand tableau, que
de les comprendre toutes en vne petite carte.

Arrest de condamnation contre Epicure, Mome, Pline, & semblables
Calomniateurs de Nature, auec la demonstration de
l'excellence de l'homme par sa nudité.

CHAPITRE III.

VE le brutal Epicure, qui affermoit *les corps des hommes auoir*
esté faits par cas & fortuitement du concours & assemblement con-
fus & seditieux des atomes, se taise maintenant. Que Mome,
qui disoit que *beaucoup de choses manquoient en la composition du*
corps humain, soit chassé hors & sifflé comme imprudent. Que
Pline & semblables pseudophilosophes qui ne cessent d'outra-
ger Nature, l'accusant *d'auoir exposé l'homme à sa naissance tout nud & sans defen-*
ce sur la terre nuë aux cris & pleuremens, soient bannis de l'escole de Nature. Car
pour commencer par Epicure : les choses qui se font par cas (ô Epicure) arriuent
rarement & l'euenement d'icelles ne peut estre tousiours esperé heureux ny certain ; mais si tu regardes attentiuement dix mille hommes, tu trouueras qu'ils ont
tous les corps composez d'vn pareil artifice, & y remarqueras vne mesme structure, vne mesme liaison, figure, nombre & situation aux os, cartilages, ligamens,
nerfs, veines, arteres & autres parties, & verras par vn mesme que les parties dextres sont totalement semblables aux senestres, tout le corps estant en équilibre &
tres-bien contrepesé sans incliner plus d'vn costé que d'autre. Il ne s'ingere donc
rien de fortuit en la composition du corps humain, & n'y a rien en icelle qui ne represente la maiesté d'vne sagesse souueraine. Gal. disoit pour conuaincre l'erreur
d'Epicure *qu'il luy donneroit cent ans pour changer la situation, figure, & composition*
de quelque partie du corps, & qu'il ne doutoit point qu'il ne fust finalement contraint de
confesser qu'il n'eust peu estre fait d'autre façon ny plus parfaictement. Ie diray plus
hardiment encor que tous les Anges eussent employé mille ans de temps au bastiment de l'homme, qu'ils ne l'eussent sçeu former autrement ny d'vne façon plus
belle & parfaite. Que doncques Epicure s'en aille auec ses fantasies. Mome qui
desiroit *qu'il y eust des fenestres au corps, pour voir par icelles toutes les passions de*
l'ame, doit estre condamné d'imprudence : toutes les passions de l'ame ne reluisent-
elles point (ô Mome) en la face, au visage & aux yeux ; les yeux sont les messagers de
l'ame, tout ainsi que le visage en est l'image : car on penetre & descend par les yeux,
tout ainsi que par vne fenestre, iusqu'au plus profond de l'ame : de sorte qu'Alexandre a tres-bien dit *les yeux en estre le miroir.* Les yeux admirent, aiment, conuoitent,
ils sont les messagers d'amour, de haine, de fureur, de pitié, de vengeance : bref ils
sont côposez à toutes les passions de l'ame & en representent l'image en telle sorte,
qu'ils semblent estre vne seconde ame : car quand nous les baisons il nous est aduis que nous baisons l'ame mesme. O combien voit-on manifestement les signes
d'vne ame triste, craintiue, conuoiteuse, courroucée ou ioyeuse en la face ! Au visage l'audace, la honte & la maiesté apparoissent clairement : car l'orgueil habite aux
sourcils, la honte aux iouës, & la maiesté au menton ; Il est bien vray que ces passions se conçoiuent au cœur & y prennent leur naissance, mais elles ont estably

Epicure est
conuaincu
d'erreur.

Mome est con-
damné comme
calomniateur.

leurs demeures en ces parties, elles s'y monſtrent & s'y font voir à découuert.

Pline appelle la nature ma- raſtre pour a- uoir produit l'homme nud en ſon ame,

Or il faut à cette heure reprimer l'audace effrenée de ceux qui appellent la Nature maraſtre & cruelle pour auoir produit l'homme tout nud auſſi bien en ſon ame comme en ſon corps, le diſant pour ce regard eſtre le plus imparfaict de tous les animaux. Et premierement touchant la nudité de l'ame voicy comme ils en gazoüillent. *Tous les autres animaux dés qu'ils ſont naiſ, par vn certain inſtinct connoiſſent leur nature & s'appliquent à ce qui leur eſt donné par icelle ; les vns ont les pieds viſtes pour courir, les autres l'aiſle roide pour voler, & les autres pour nager : Il n'y a que l'homme ſeul qui ne ſçait rien, & qui ne peut ny parler, ny cheminer, ny manger, ſinon entant qu'on le luy apprend : bref l'animal qui ſeigneurie ſur tous les autres n'eſt porté par ſon inſtinct & mouuement naturel à autre choſe qu'au pleurer, tellement qu'il commence ſa vie par tourmens, pour vn ſeul meſfait qui eſt pource qu'il eſt nay. Outre-plus pluſieurs animaux, ce diſent-ils, ſurmontent l'homme en perfection des ſens, car les aigles ont la veuë meilleure, les chiens flairent mieux, les taupes & les renards oyent plus clair, les poulles ont le gouſt plus aigu, & les araignes l'attouchement. Ainſi donc l'homme eſt moins parfait en ſon ame que les beſtes.* Mais

& en ſõ corps.

oyons auſſi leurs complaintes touchant la nudité du corps. *Nature a reueſtu tous les autres animaux de couuertures de diuerſes ſortes, leur ayant donné des coquilles, des eſcorces, du poil, de la ſoye, des plumes, des écailles, de la laine, des cornes, des ongles, des dents, par le moyen deſquels, ils ſe peuuent & defendre & offenſer ceux qui les at- taquent, & n'y a que l'homme ſeul qui ait eſté abandonné par elle tout nud & ſans deffence.* Ils ſe plaignent auſſi que l'homme en grandeur de corps n'égale les elephans, en viteſſe les cerfs, en legereté les oiſeaux, en impetuoſité les taureaux, en longueur de vie les corbeaux, de ce que les beſtes ont la peau plus ſolide que les dains l'ont plus de- cente, les ours plus denſe & veluë, & bref de ce qu'il n'y en a piece de qui la vie ſoit ſi freſle & ſi caduque que de l'homme. Mais combien vaines ſont leurs plaintes, & comme ils ſont peu de cas, par leur ingratitude, des dons excellens que le ſouue- rain Createur a élargis gratuitement à l'homme, qu'ils l'entendent tous.

Mais il eſt re- futé par l'Au- theur, qu'il de- uoit auoir

Dieu certes a creé l'homme nud afin de le faire Prince & dominateur de tou- tes les choſes qui ſont ſous l'empire de nature, car comme les organes des ſens ſont dépoüillez de toute qualité eſtrange, afin qu'ils puiſſent receuoir les eſpeces de tous les objets : il n'y a point de couleur particuliere au Cryſtalin, il n'y a point de ſon aux oreilles, la langue n'eſt point abbreuuée d'aucune ſaueur, les narines n'ont point d'odeur, ny le tact de qualité extreme : ainſi il ne falloit point que l'ame de l'homme, *laquelle* (comme enſeigne le philoſophe) *eſtoit en quelque façon toutes choſes par puiſſance,* fut ornée de quelque art ou induſtrie par-

l'ame nuë, &

le corps nud.

ticuliere. Or il falloit qu'il euſt le corps nud & non armé, de peur que l'animal, qui doit commander à tous les autres ne s'adonnaſt qu'à vne ſorte d'armes. Com- bien ſeroit-ce vne choſe & incommode & mal-ſeante de voir l'homme, qui eſt nay pour la contemplation, marcher touſiours armé ? il peut veſtir toutes ſortes d'armes, & les mettre bas ſelon le bon plaiſir & commandement de la volonté.

L'homme ar- mé de trois aides.

L'homme donc eſt nud, & falloit auſſi qu'il le fuſt, mais Dieu l'a armé de trois ai- des qu'il a deſniées aux autres animaux ; de la raiſon pour l'inuention, de la parole pour le ſecours, & des mains pour la perfection : La raiſon eſt la main de l'intel- lect, l'oraiſon de la raiſon, & la main de l'oraiſon : la main execute les comman- demens, les commandemens obeïſſent à la raiſon, & la raiſon eſt la puiſſance de l'intellect. L'homme a donc eu au lieu de la nudité de l'ame deux aides, à ſçauoir la raiſon, qui eſt l'art auant tous arts, l'art & officine de tous les arts : & la parole

meſſagere & truchement de l'ame : & au lieu de la nudité du corps, la main, organe auant tous organes, l'inſtrument des inſtrumens. L'homme par le moyen de
la raiſon & des mains, combien qu'il naiſſe foiblet & nud, ſe guarantit du danger
des beſtes muettes : Et combien que les plus courageuſes & plus feroces ſuppor-
tent courageuſement toutes les iniures du Ciel ; ſi eſt-il qu'elles ne ſe peuuent garantir de tomber ſous la puiſſance de l'homme. Regarde maintenant qui que tu
ſois calomniateur, combien grandes ſont les choſes que nous a donné noſtre
mere & parente Nature ; combien de plus puiſſans animaux nous mettons ſous
le joug par le moyen de la raiſon & des mains ; combien nous accouſuiuons de
beſtes tres-viſtes, & comme il n'y a rien de mortel qui n'ait eſté mis ſous noſtre
pouuoir. Et ainſi tu verras que la raiſon nous ſert plus que ne fait la nature aux
beſtes, que la viteſſe & legereté de la langue & de la parole nous eſt plus vtile que
la legereté & l'vſage des plumes aux oiſeaux, & que l'induſtrie de nos mains nous
vaut mieux que la force impetueuſe aux toreaux, que les deffences aux ſangliers,
ny que les ongles & cornes aux autres beſtes : d'autant qu'elles ne peuuent empeſcher auec toutes leurs armes & deffences naturelles, que nous ne les oppri-
mions & domptions, & qu'elles ne tombent en noſtre puiſſance.

En quoy differe le corps humain de celuy des autres animaux : & qu'eſt-ce
qu'il a de particulier en ſa compoſition.

Chapitre IIII.

MAIS afin que les doctes ne puiſſent rien deſirer de ce qui regarde l'excellence de l'homme & ſon admirable compoſition : pourſuiuons les
autres choſes que la ſageſſe diuine, mere & gouuernante de l'Vniuers,
luy a octroyées particulierement, & monſtrons en quoy ſon corps
differe de celuy des autres animaux. Tout ainſi que la faculté vitale, & la faculté
naturelle qui répandent la vie & la nourriture par tout le corps, ſont ſemblables tant en l'homme comme aux autres animaux : auſſi les organes qui leur
miniſtrent & ſeruent ne ſont en rien differens : Mais le ſentiment & le mouuement, tout ainſi qu'en l'homme ils ſont aſſujettis à vne forme plus noble, & qu'ils
luy ont eſté donnez pour des vſages plus diuins, que pour fuir les choſes nuiſibles, ou pour ſuiure les autres objets de l'appetit, comme aux beſtes brutes : Ainſi
requeroient-ils des organes compoſez d'vn plus grand artifice. L'homme donc
outre les choſes ſuſdites, à ſçauoir la figure droite & les mains, en a pluſieurs
autres particulieres en la compoſition des organes qui miniſtrent à la faculté
animale, leſquelles demonſtrent de plus en plus l'excellence & dignité de ſon
corps : & pour les pourſuiure toutes particulierement, en commençant par la
teſte & finiſſant par les pieds. Nous diſons 1. Qu'il n'y a que l'homme qui ait la
teſte ronde pour la capacité, pour la ſeureté, pour la facilité du mouuement, &
pource qu'elle eſt le domicile de l'ame, qui eſt infuſe dans nous du Ciel qui eſt
rond : & toutesfois elle n'eſt point exactement ronde, mais oblongue, eleuée
de deux éminences & applatie par les coſtez. 2. Qu'il n'y a que luy qui ait le
cerueau tres-grand & tres-humide, à raiſon de la diuerſité des functions animales : car l'ame ne fait point ſes actions ſans eſprits, la matiere des eſprits c'eſt le
ſang, or beaucoup de ſang ne peut eſtre contenu en vn petit corps. 3. Qu'il
n'y a que luy qui ait la face, nature ayant donné aux autres animaux des gueu-
les ou des becs : C'eſt en icelle qu'ont leur ſiege l'audace, la honte, & la majeſté :

Qu'eſt-ce que l'homme fait par le moyen de la raiſon & des mains.

L'homme a de particulier par deſſus les autres animaux.

1. la teſte ronde.

2. le cerueau tres-grand.

3. vne face.

Pline liu. 7.
chap. 1.

de là vient qu'il n'y a que l'homme qui soit honteux. Au regard de cette face tremblent tous les animaux ; parce qu'en icelle reluisent plus de rayons de la diuinité qu'au reste du corps. Au reste, cecy est admirable: C'est, bien qu'en la face il n'y ait que dix membres, ou guere dauantage, neantmoins on ne sçauroit trouuer parmy tant de miliers d'hommes deux visages si semblables, que l'on n'y remarque aisément de la difference. 4. Il n'y a que luy qui ait les

4. Les yeux de
diuerses cou-
leurs.

yeux de diuerses couleurs : car tous les autres animaux, excepté le cheual, les ont tousiours semblables à leur espece: Ainsi les bœufs les ont noirs, les brebis de couleur d'eau, & les autres animaux roux. 5. Il n'y a que luy, eu égard à sa

5. Fort peu di-
stans l'vn de
l'autre.

grandeur, qui ait les yeux si peu distans de l'vn de l'autre, afin que les esprits puissent

6. Et suiets à
estre depraués.

passer de l'vn à l'autre plus promptement. 6. Il n'y a que luy qui soit sujet à les auoir deprauez, d'où sont tirez les sobriquets de bigles, louches, borgnes, &

7. Des paupie-
res aux deux
cils.

semblables. 7. Il n'y a que luy (l'austruche exceptée) qui ait des paupieres aux deux cils; car les bestes à quatre pieds n'ont des paupieres qu'au cil d'en haut, &

8. Le nez émi-
nent.

les oiseaux n'en ont qu'en celuy d'embas. 8. Il n'y a que luy qui ait le nez pro-minent & éleué pour la beauté: car aux autres animaux il n'apparoist point plus

9. Les oreilles
immobiles.

éleué que les autres parties. 9. Il n'y a que luy qui ait les oreilles immobiles & assises de chaque costé en mesme ligne que les yeux, ny qui ait les clauicules.

10. Des mam-
melles.

10. Il n'y a que luy qui ait ses mammelles en la partie de deuant : les éléphants

11. La situa-
tion des par-
ties diuerses.

en ont bien deux, mais non point en la poictrine. 11. Les parties qui en l'hom-me sont en haut & anterieures, comme la poictrine, le ventre & la gorge, sont inferieures aux bestes à quatre pieds : & celles qui sont posterieures en l'homme le

12. Fort peu de
poil.

dos, les lombes & les fesses sont superieures aux bestes à quatre pieds. 12. L'hom-me est couuert de fort peu de poil horsmis en la teste, laquelle, comme elle est

13. Au re-
bours des au-
tres animaux.

tres-humide, ainsi est-elle fort couuerte de cheueux. 13. Les animaux qui ont le poil pour couuerture, ont les parties de dessus le dos veluës, & les parties de des-sous le ventre, ou du tout sans poil, ou bien moins couuertes de poil : là où au contraire l'homme est plus velu par deuant : Car comme ainsi soit que le poil ait esté fait pour seruir de couuerture & de deffence, les parties de dessus le dos des animaux à quatre pieds en ont besoin, comme celles qui sont les plus expo-sées aux iniures de l'air : car combien que les parties prieures ou de deuant soyent

14. Et sous les
aisselles.

plus nobles, si est-il toutesfois qu'elles sont échauffées par le fléchissement du

15. Qu'il de-
uient chenu
& chauue.

corps. Mais en l'homme, qui à raison de sa figure droite a la partie de deuant du corps égale à la posterieure, il falloit que la partie la plus noble fut couuerte

16. Qu'il a les
cuisses & iam-
bes fort char-
nuës.

de poil. 14. Il n'y a que l'homme qui ait du poil sous les aisselles & au penil. 15. Ny aussi qui soit sujet à deuenir chauue & chenu. 16. Les bestes à quatre pieds ont les iambes & les cuisses faites de beaucoup d'os & de nerfs, sans aucune chair : &

17. Qu'il fle-
chit ses mem-
bres autremét
que les autres
animaux.

l'homme au contraire n'a quasi point de parties plus charnuës que les fesses, cuis-ses & iambes. 17. Ils fléchissent aussi les iambes, tant celles de deuant que celles de derriere tout au rebours de l'homme, qui flechit ses bras en derriere & ses

18. Qu'il a les
parties supe-
rieures & in-
ferieures dif-
ferentes selon
la diuersité de
l'aage.

iambes en deuant. 18. L'homme quand il a prins son accroissement, a la partie superieure du corps moindre que l'inferieure, mais auant estre parcreu, il a la su-perieure plus grande & plus grosse que l'inferieure, au contraire de tous les autres animaux: De là vient qu'il ne marche point tousiours d'vne mesme façon : Car estant encor enfant il se traine sur les mains & sur les pieds, apres il se dresse peu à

19. Qu'il a des
os imparfaits.
20. Qu'il a ses
dents fort tard.

peu, & marche finalement à deux pieds. 19. Les os aux autres animaux apparois-sent parfaits dés le premier iour de leur naissance ; là où aux enfans les os du de-uant de la teste sont mols & s'endurcissent assez tard. 20. Et combien que les au-

tres animaux naiſſent auec leurs dents , l'homme toutesfois ne commence point
à en auoir pluſtoſt qu'à ſept mois. 21. De tous les animaux terreſtres , il n'y a pareillement que l'homme qui n'ait que deux pieds. 22. Ny qui chemine en ſe tenant droit debout ſur deux iambes. 23. Il n'y a auſſi que luy qui ſe puiſſe ſeoir:
parce qu'il ne ſçauroit durer long temps debout, comme les beſtes qui ont quatre iambes, & qui ſe couchent contre terre : car deux pieds ne peuuent longuement ſouſtenir la maſſe lourde du corps : & pource qu'il falloit qu'il fuſt aſſis
pour vne meilleure fin, c'eſt à dire, pour la contemplation, & pour exercer tant
de ſi beaux arts neceſſaires à la vie humaine. 24. Bref, il n'y a que l'homme qui ait
la peau vnie, égale, diaphane & fort temperée ; les autres animaux l'ayant ou
crouſteuſe, ou veluë, ou trop molle : & ce d'autant que l'attouchement eſt le fondement de tous les ſens ; parquoy en vn tact plus pur, les ſentimens ſont plus
nets & eſpurez, & les imaginations plus ſubtiles : de là vient que les operations
de l'ame ſont plus ſublimes & parfaites : & c'eſt la raiſon pourquoy Ariſtote veut
qu'on iuge des facultez de l'entendement & de l'eſprit, par l'attouchement.

Marginalia right:
21. *Qu'il n'a que deux pieds*
22. *Qu'il chemine ſe tenant droit.*
23. *Qu'il ſe peut ſeoir.*
24. *Qu'il a la peau liſſée & polie.*
L. 2. de anim.

Combien l'Anatomie eſt vtile à l'homme pour ſe connoiſtre ſoy-meſme

CHAPITRE V.

OMME ainſi ſoit donc que l'homme ſoit *vn petit monde*, & qu'il contienne en ſoy les ſemences de toutes les choſes qui ſont contenuës dans
le contour ſpacieux de cet Vniuers; c'eſt à ſçauoir des aſtres, des meteores, des metaux, minereaux, vegetables, animaux & eſprits : celuy qui
ſe connoiſtra, connoiſtra tout: d'autant qu'il a en ſoy les images de toutes choſes. Il connoiſtra premierement Dieu, parce qu'il a eſté formé à l'image d'iceluy, d'où les Theologiens l'ont nommé *le ſaint Temple de Dieu* : puis les Anges,
parce qu'il a intelligence auec iceux : en apres les brutes, parce que les facultez
ſenſitiue & appetitiue luy ſont communes auec icelles : il a l'ame vegetatiue
auec les plantes, & l'eſtre auec les pierres : bref il eſt la reigle de tous les corps.
Pour cette cauſe l'homme eſt ſagement exhorté par l'oracle d'Apollon, comme
témoigne Platon *in Alcibiade*, à ſe connoiſtre, d'autant qu'en cette connoiſſance, ſelon le iugement de tous les Sages, conſiſte la vraye & parfaite Philoſophie.
Car Demonax eſtant interrogé, quand il auoit commencé à philoſopher, *Alors*
dit-il, *que ie commençay à me connoiſtre*. Socrate diſoit, *Que c'eſtoit vn vice appro-*
chant fort de la folie, que de rechercher les choſes celeſtes, & s'enquerir des affaires d'au-
truy, & ignorer cependant les choſes qui ſont en nous C'eſt le reproche que faiſoit vne
vieille à Thales Mileſien en ſe raillant de luy : car comme ainſi ſoit qu'en leuant inconſiderément les yeux pour regarder les Cieux, il ſe fuſt laiſſé cheoir en vne foſſe:
O fol, s'écria-elle, *tu cherches ce qui eſt au deſſus de toy, & ignores ce qui eſt au deſſous,*
voire dedans toy. Voix certes magnifique & digne, non d'vne vieille, mais d'vn
grand Philoſophe. Or la connoiſſance de ſoy, comme elle eſt tres-belle, auſſi eſt-
elle tres-difficile, & toutesfois elle ſe peut facilement acquerir par l'Anatomie &
diſſection des corps. Car comme ainſi ſoit que l'ame, enfermée dans la priſon du
corps ne puiſſe faire ſes functiós ſans l'aide des organes corporels, il eſt neceſſaire
que celuy qui deſire paruenir à la connoiſſance de l'ame connoiſſe premierement
toute la compoſition du corps humain. Ainſi Democrite voulant trouuer le ſiege de la cholere & de la melancolie, decouppoit les corps des animaux, & eſtant
reputé fol par ſes Citoyés, fuſt iugé tres-ſage par l'arreſt & témoignage d'Hyppo-

Marginalia right:
Celuy qui ſe connoiſt, connoiſt toutes choſes.

La connoiſſance de ſoy com̄ bien vtile.

L'anatomie eſt vn guide fidel-le pour mener l'homme à la connoiſſance de ſoy, comme celle qui luy apprend

Des Præceptes generaux de l'Anatomie,

Appriuoiſer ſes mœurs & à refrener ſes paſſions en luy monſtrant crate: Or ie te prie, n'eſt-ce point à bon droit, que t'eſtuy-là eſt dit auoir la conſnoiſſance de ſoy, lequel ſçait adoucir & appriuoiſer ſes mœurs, appaiſer les ſeditions inteſtines, deſquelles, comme de flots & orages, il eſt miſerablement tourmenté, & refrener les diuerſes paſſions, deſquelles, comme de cruelles furies, il eſt continuellement gehenné? Or l'Anatomie enſeigne fort bien cela. Car celuy qui aura veu, comme tout le corps qui eſt compoſé d'vn grand nombre de parties de diuerſes ſortes, eſt fait vn par l'vnion & aſſemblement d'icelles: celuy qui aura remarqué la ſympathie admirable des membres, leur conſpiration ſemblable, & offices mutuels: comme n'eſtans point agitez des aiguillons d'auarice, ils ne ſe reſeruent point leurs commoditez pour eux particulierement, ains les communiquent liberalement aux autres qui en ont beſoin: Celuy-là ſans doute apportera vne telle moderation en ſes mœurs, que toutes choſes s'accorderont tres-bien, & que les inferieures obeïront aux ſuperieures. Celuy qui aura bien conſideré l'vſage, figure, ſituation & artifice merueilleux de toutes les parties, & les organes des ſens exterieurs, connoiſtra comment il ſe doit ſeruir de cha-

comment il ſe doit ſeruir de tout le corps, cune d'icelles. Qui a-il de plus excellent ou de plus vtile que cela: tu as la figure droite, afin que te ſouuenant de ton origine, tu ne rampes point contre terre à la façon des brutes, ains que te dreſſant vers le Ciel, tu die auec les Theologiens *Noſtre conuerſation eſt aux Cieux*. Les yeux ont eſté placés au plus haut, afin que

des yeux, tu ſçaches qu'ils t'ont eſté donnés pour contempler les choſes celeſtes. Nature

des oreilles, t'a fait deux oreilles, qui ſont touſiours ouuertes, afin de t'aprendre que tu dois deux fois plus ouyr que parler, veu qu'elle ne t'a donné qu'vne langue ſeule, & icelle attachée de dix muſcles & d'vn lien tres-fort, comme d'vn frein, & renfer-

de la langue. mée dans la bouche & les dents, comme dans des barreaux: comme ſi elle te voüloit monſtrer qu'il faut que la raiſon delibere auant que la langue profere, & que la parolle doit paſſer premier par la lime, que par la langue. Si tu regardes les ſieges des facultez de l'ame, tu trouueras que la raiſonnable a eſté logée au lieu le plus eſleué, ſçauoir eſt au cerueau couuert de tous coſtez du crane, comme d'vn fort rempart: l'iraſcible au cœur, & la concupiſcible au foye: & partant que ces deux dernieres doiuent ſeruir à la ſuperieure, comme à la Royne & Prin-

Et faiſant la leçon tant aux Roys, en leur monſtrãt comme ils doiuent gouuerner, ceſſe. Si les Princes & les ſujets regardent les offices mutuels des parties nobles & des ignobles: ceux-là verront comment il faut commander, & ceux-cy comment ils doiuent obeyr: les Princes apprendront du cerueau, comment ils doiuent rendre la Iuſtice à leurs ſujets: du cœur, comme ils les doiuent defendre & conſeruer: & du foye, la liberalité. Car le cerueau ſeant au lieu le plus eſleué, comme en vn ſiege de Iudicature, departit les offices de ſes dignitez aux organes des ſens. Le cœur, comme vn bon Roy, conſerue par le moyen de la chaleur vitale, la vie de toutes les parties: Et le foye fontaine de l'humeur gracieuſe, comme vn Prince tres-liberal, nourrit la famille de tout le corps à ſes propres

Comme aux ſuiets en leur enſeignant les loix de la ſeruitude & de l'obeyſſance. couſts & deſpens. Le commun peuple entendra pareillement par les organes & parties qui miniſtrent aux nobles, quelles ſont les loix de la ſeruitude: car toutes les parties contenuës au ventre inferieur ſeruent au foye: le ventricule luy appreſte la viande, les boyaux l'a luy portent, les veines du meſentere l'a luy preparent, la veſicule, la ratte & les roignons nettoyent la maiſon, & en iettent hors toutes les immondices. Toutes les parties encloſes dans la poictrine ſeruent au cœur: & celles qui ſont en la teſte au cerueau: & ainſi les parties nobles & les ignobles s'entre-ſecourent mutuellement, & s'il aduient que quelqu'vne ne faſſe point ſa charge comme elle doit, toute l'œconomie naturelle ſe ruine auſſi

.toſt.

coſt. Iadis Menenius Agrippa reconcilia par cet artifice ingenieux le peuple Romain, qui portant impatiemmént l'authorité & gouuernement du Senat, s'eſtoit mutiné, & retiré au mont Auentin. Doncques l'Anatomie eſt comme vn guide fidelle qui nous conduit à cette cognoiſſance ſi excellente de nous-meſmes, c'eſt à dire de noſtre propre nature. Ainſi nous liſons les Princes genereux, les Heros renommez, & les Empereurs inuincibles, pouſſez du deſir de ſe cognoiſtre, auoir parmy le bruit des armes, & au milieu des alarmes, curieuſement pratiqué l'art Anatomique. Alexandre le Grand ſe vante d'auoir entre tant de triomphes de ſes belles victoires diligemment remarqué ſous ſon Precepteur Ariſtote la nature & les parties des animaux. Les hiſtoires nous témoignent que les Roys d'Egypte faiſoient de leurs propres mains la diſſection des corps. L'Empereur Marc Antonin diſoit auoir apprins par la diſſection des corps, la conſtitution du ſien. Nous liſons auſſi que Boëce & Paul Sergius Conſuls Romains aſſiſterent aux diſſections publiques que Galien fit à Rome. Que ce ſoit donc icy la premiere vtilité de l'Anatomie.

Combien l'Anatomie eſt vtile à l'homme pour cognoiſtre Dieu.

CHAPITRE VI.

VOIR la cognoiſſance de ſoy-meſme, à laquelle nous paruenons par la diſſection des corps; c'eſt certes vne choſe tres-belle: mais nous recueillons de l'Anatomie vn ſecond fruict, beaucoup plus diuin & copieux, qui nous eſt particulier: à nous, dy-je, qui ſommes illuminez de la clarté de l'Euangile, c'eſt à ſçauoir la cognoiſſance du grand Dieu immortel. Le Pere & ſouuerain Createur de toutes choſes, ayant ſeul de ſoy l'immortalité, lequel habite vne lumiere plus claire que toute clarté, & qui eſt inacceſſible, & lequel perſonne ne ſçauroit voir, ie ne dy pas ſeulement des yeux corporels, mais de ceux de l'ame meſme, ne peut eſtre cognu, ſinon par ſes effets ou ouurages inimitables: & toute la cognoiſſance que nous pouuons auoir de luy, doit eſtre tirée, non *à priori*, comme les Philoſophes parlent, mais *à poſteriori*. Ainſi l'Eſcriture ſaincte témoigne que Moyſe ne peut voir & ſupporter la ſplendeur de la face de Dieu. *Les choſes inuiſibles de Dieu,* ce dit l'Apoſtre, *ſont cognuës par celles qui ſont viſibles.* Qui eſt donc celuy qui ayant attentiuement contemplé l'admirable compoſition du corps humain, n'adore, venere, & admire l'Autheur & Architecte d'vn ouurage ſi excellent? *Ie te celebreray,* dit le Prophete Royal, *ô Seigneur, parce que i'ay eſté miraculeuſement formé.* L'antiquité a admiré la minerue de Phydias, la Venus d'Appelle, & la reigle de Polyclete, & a decerné des hôneurs preſque diuins, à ces hommes, pour l'excellente perfection qui ſe remarquoit en leurs ouurages. Cteſicles eſt loüé pour auoir fait vne image de marbre de telle beauté, que la ieuneſſe de Samos ſe cachoit la nuict dans le temple pour en ioüir: & toy tu n'admireras point l'archetype & modelle de toutes ces choſes, à ſçauoir le corps humain? Ceux-là contrefaiſoient ſeulement ce qu'il y a de moindre aux œuures de Nature, c'eſt à ſçauoir la face exterieure; car leurs ouurages eſtoient ſans parole, ſans mouuement & ſans ame. Mais combien ſont diuers & émerueillables les mouuemens du corps humain, la veuë meſme nous l'enſeigne ſuffiſamment. Il y en a eu parmy les Anciens qui ont nommé la com-

L'Anatomie nous guide à la vraye cognoiſſance de Dieu.

La ſtructure du corps humain eſt le liure de Dieu, auquel on peut voir

B

position de l'homme, *le liure de Dieu. En toutes choses,* ce disoit Heraclyte, *appa-*
roit la diuinité de Nature : car comme il se reposoit dans vne logette de boulenger,
& que ceux qui vouloiét luy parler fissent difficulté d'entrer: *Entrez*(ce leur dit-il)
hardiment: car il y a mesme icy des Dieux. Toutes choses (disent les Poëtes) *sont pleines*
de Iupiter. Mais en la structure & composition du corps humain, il y a ie ne sçay
quoy de plus venerable; comme celle en laquelle reluit clairement la puissance admirable de Dieu, sa sagesse incredible, & sa bonté infinie. Qui est celuy qui ne

Sa puissance
admirable.

haut-loüera point sa puissance, voyant cóme de si peu de semence, de laquelle les
parties apparoissent homogenes, & de mesme nature, & de quelques gouttelettes
de sang, il forme tant de parties diuerses, & fait plus de deux cens os, plusieurs cartilages, vn gräd nombre de ligamens, vne infinité de membranes, tant de tuyaux
d'arteres, tant de milliers de veines, plus de trente paires de nerfs, prés de quatre

Sa sagesse in-
dicible.

cens muscles, & finalement tous les visceres? Or sa sagesse se manifeste en l'artifice
& composition merueilleuse de tout le corps, & de ses parties si dissemblables.
Entre qui que tu sois, voire mesme, toy Athée, entre ie te prie dans le sacré chasteau de Pallas (i'entends le cerueau de l'homme) & considere les colomnes de
cette maison Royale, & les voûtes qui soustiennent toute la masse de ce superbe
édifice, les salles, les quatre chambrettes, le miroüer transparant, les rets faits comme vn labyrinthe d'vn million de petites arteres, les canaux admirables des veines, les esgouts & aquæ ducts du cerueau, les sources innombrables des nerfs, & la
fœcondité admirable de cette moële blanche, que le Sage en l'Ecclesiaste appelle *chorde d'argent.* D'icy iette les regards de ton entendement sur les portes du
Soleil, & dans les fenestres de l'ame (ie dy les yeux) regarde la netteté du crystallin
reluisant, la pureté des humeurs aqueuse & vitrée; la tissure & pollissure des six
tuniques, & l'agilité merueilleuse des muscles. Regarde l'artifice singulier de
l'oreille interne si artistement faite de labyrinthes, de coquilles, de fenestres,
d'vn tambour, de trois osselets, de quelques muscles, du nerf auditoire, & d'vn
conduit cartilagineux. Regarde les forces du petit corps de la langue; par laquelle nous benissons nostre Dieu, & maudissons les hommes, & laquelle se meut
de tant de diuers mouuemens, qu'il semble que ce soit vne anguille. Considere sa
composition, ses muscles, sa chair, ses membranes, ses nerfs, & le petit frain. Regarde les deux ventricules du cœur, les deux oreillettes, les quatre grands vaisseaux,
qui sont (cóme dit Hippocrate) *les fontaines de la nature humaine, & les fleuues qui*
arrousent tout le corps, les vnze portelettes, les entrelasseures du foye, les diuisions
des veines & des arteres. Et bref l'admirable structure des parties animales, vitales & naturelles; Ne t'escrieras-tu point mesme contre ta volonté, *ô Archite-*
cte admirable, ô Ouurier inimitable ! & ne chanteras-tu point auec le Prophete vn
hymne au Createur : *Ie me confesseray à toy, Seigneur, d'autant que tu as monstré la*
Et sa bonté
infinie.
grandeur de ta sagesse en la composition de mon corps ? Finalement l'infinie bonté de
Dieu reluit en cet artifice : car il a si bien pourueu à toutes les parties que chacune
a son vsage particulier, & les a toutes jointes ensemble auec vn si bel accord,
qu'elles s'entre-aident mutuellement; de sorte que l'vne venant à estre malade,
toutes les autres sont incontinent attirées en sympathie; & amenées à se condou-
loir auec icelle : & c'est de cette mutuelle & reciproque societé des parties que
parle Hippocrate, quäd il dit, *Conspiratio vna, confluxus vnus, consentientia omnia.*
Doncques ces ouurages admirables & inimitables de Dieu en la composition du
corps humain, sont comme des maistres muets, les liures de la Theologie vulgaire, & les Docteurs de la Sagesse diuine.

Combien l'Anatomie est vtile aux Philosophes, & autres Artisans.

CHAPITRE VII.

ES deux fruicts de l'Anatomie sont (à mon aduis) communs à tous, la cognoissance de nous-mesmes, & celle de Dieu. Elle en a encore d'autres, qui sont particuliers aux Philosophes, Poëtes, Peintres, & autres artisans pour la perfection de leur art. Galien l'estime vtile au Philosophe naturel, ou pour la contemplation seulement, ou pour enseigner & demonstrer l'artifice singulier de Nature en chaque partie du corps: car comme ainsi soit que son subject dit (*Adæquatum*) soit le corps naturel, & que le corps humain soit la mesure & la reigle de tous les autres; celuy qui ignore l'histoire du corps humain, ne peut ny ne doit estre vrayement appellé Philosophe: pour cette cause ce grand Interprete de la Nature Aristote a escrit ses liures de l'histoire des parties, & de la generation des animaux, qui sont tres-elegans & remplis de beaucoup de doctrine. Elle est semblablement vtile au Philosophe moral; car il apprendra facilement par les offices mutuels des parties, & par la disposition de l'œconomie naturelle le moyen d'attremper ses mœurs, de regir vne Republique, ou de goulu erner vne maison particuliere. Ie me deporte de dire combien elle est vtile aux Poëtes, & aux Peintres pour l'enrichissement de leurs professions, veu qu'Homere en a semé plusieurs choses tres-belles par-cy par-là dans ses escrits. Ie veux seulement faire voir qu'elle n'est point seulement vtile, mais aussi totalement necessaire au Medecin, Chyrurgien & Apoticaire.

L'Anatomie est vtile au Philosophe naturel, &

moral,

aux Poëtes & Peintres.

Que l'Anatomie n'est point seulement vtile, mais totalement
necessaire au Medecin.

CHAPITRE VIII.

COMME la Geographie est reputée vtile & seruir à la verité de l'histoire: ainsi la cognoissance du corps humain semble necessaire pour la perfection du Medecin. *Car la Nature du corps est le commencement de la parole en l'art de Medecine.* Hippocrate ne reconnoist qu'vne idée & forme de maladies, & veut qu'il n'y ait que la seule diuersité des parties qui en fasse la difference. Celuy donc qui ignorera l'histoire des parties du corps, il ne pourra cognoistre ny guarir les maladies, ny en prédire l'éuenement futur.

l. de statib.

Le Diagnosticq s'occupe tout à recognoistre la maladie, & la partie malade: les signes pour recognoistre la partie malade se tirent principalement de la situation & de l'action blessée. Celuy qui cognoist l'action du ventricule estre la concoction, s'il arriue qu'elle soit blessée, il iugera aussi tost que c'est le ventricule qui est affecté. S'il sçait que le foye est situé en l'hypochondre dextre, & qu'il voye quelque douleur ou tumeur audit hypochondre, il asseurera aussi tost que la maladie occupe, non la ratte, mais le foye. Or c'est l'Anatomie qui nous enseigne & la situation, & les actions des parties.

Combien l'Anatomie est necessaire au Medecin pour cognoistre les maladies,

*pour en prédi-
re l'énencmēt,
&*

Le prognosticq selon Hippocrate se prend de trois poincts, des excremens, de l'action blessée, & de l'habitude du corps en la couleur, figure & masse ou grandeur : qui sont choses qui se cognoissent par la seule Anatomie. Or combien la cognoissance des parties est necessaire à la curation des maladies, Galien l'exprime

*pour les guarir
L. des os.*

fort bien, quand il dit : *Toutes les choses qui sont en la curation, ont leur intention, ce qui est selon Nature.* Hippocrate commande au Medecin de considerer premierement les choses semblables, & puis celles qui sont dissemblables. *Le droict* (selon

L. 4. de l'ame.

Aristote) *sert de reigle à soy-mesme, & à l'oblique.* Car comment pourra le Medecin remettre les os desloüez ou rompus, s'il ignore leur situation, figure & composition naturelle ? La methode exacte de guarir ne s'accomplit que par les indications : or on les tire non seulement de la maladie, mais aussi de la partie malade, & faut changer les remedes selon la diuerse nature, temperature, situation, connexion & sentiment des parties. Mais l'Anatomie n'est point seulement necessai-

*Elle est aussi
vtile au Chi-
rurgien, &*

re au Medecin Physicien, elle l'est aussi au Chirurgien & à l'Apoticaire. Au Chirurgien est plus necessaire la cognoissance des parties externes, comme des muscles, des nerfs, des veines & des arteres ; pour empescher en ses operations qu'il ne prenne vn large ligament au lieu d'vne membrane, & vn ligament rond pour vn nerf : de peur aussi qu'il n'ouure vne artere au lieu d'vne veine : car celuy qui ignorera ces choses, sera tousiours en doute, craintif aux operations seures, & treshardy en celles où il y à beaucoup de peril.

*à l'Apoticai-
re*

Il sert beaucoup au Pharmacien de cognoistre la situation & la figure des parties pour l'application des remedes : car aux maladies du foye, il appliquera les medicamens topiques, comme fomentations, linimens & emplastres sur l'hypochondre droit, si la ratte est affectée sur le gauche ; si c'est la matrice ou la vessie sur l'hypogastre ; si c'est le cœur, sur la mammelle gauche : il donnera aussi la figure aux remedes topiques semblable à celle de la partie malade, de peur qu'il ne couure les parties voisines. Ie laisse à dire combien elle est vtile & necessaire pour entendre les escrits des Medecins anciens, ausquels se trouuent de grandes obscuritez qui ne peuuent estre éclaircies que par la lumiere de l'Anatomie ; & c'est la raison pourquoy les Anciens proposoient d'entrée aux Escoliers en Medecine, les Præceptes Anatomiques, comme les premiers enseignemens de l'art.

Quelle methode il faut tenir pour enseigner l'Anatomie.

CHAPITRE IX.

OMME ainsi soit donc que l'vtilité & necessité de l'Anatomie soient si grandes, i'exhorte tous ceux qui sont desireux d'acquerir la perfection de la Medecine, de s'employer diligemment en l'estude de cet art, & n'en point craindre la difficulté ; car il est facile, pourueu qu'il soit enseigné methodiquement & selon l'ordre que nous leur allons presenter.

*L'Anatomie
se peut appren-
dre en deux
manieres.
1. Par l'inspe-
ction.
2. Par la do-
ctrine.*

L'Anatomie se peut (à mon aduis) acquerir 1. par la veuë. 2. & par la doctrine ; estant l'vne & l'autre maniere necessaire pour paruenir à la perfection d'icelle : mais la premiere est la plus certaine, & la derniere la plus noble : celle-là est historique, & celle-cy peut estre dite scientifique. La veuë ou elle est seulement des figures & pourtraicts, ou bien elle est des corps, & iceux ou d'hommes ou de brutes : d'hommes seulement morts ; des brutes, & mortes & viuantes, afin de remarquer les mouuemens des parties internes. La doctrine s'ac-

quiert en deux manieres, par les escrits des doctes & par la viue voix. Il y en a qui *L'inspection est*
blasment les figures, disans que ce ne sont qu'ombres qui retardent plus qu'ils *ou des figures,*
n'auancent;Car si Galien,ce disent-ils,ne veut point,ie ne dy pas qu'on peigne les *& est blasmée*
plantes, mais mesmes qu'on les descriue; ains qu'on les monstre & enseigne *par aucuns.*
de main en main, Comment souffriroit-il les peintures des parties du corps
humain? ie ne croy point toutesfois, que telles figures soient totalement inutiles veu qu'on remarque iournellement des choses nouuelles, & qui ont esté inconnuës à nos deuanciers, lesquels se representent par ces figures comme auec
le doigt, non autrement que les demonstrations de Geometrie, ou les tables de
Geographie. Ioint qu'on n'a point tousiours des cadauers, & partant les choses
qui ont esté remarquées aux dissections precedentes, sont conseruées & rappel-
lées en la memoire, estans tirées au vif par le moyen du pinceau. Ce n'est
pas toutesfois, que ie vueille qu'on se reste seulement en ces peintures, veu
qu'on ne sçauroit faire vn Pilote, vn Capitaine, ou quelque autre bon Artisan par cet exercice vmbratile, & typique; & partant il faut venir à l'inspection
& veuë des corps, qui est plus certaine & plus asseurée. Or comme ainsi soit que *ou des corps,*
ces corps soient diuers & differents, le Medecin se doit principalement exercer
sur le corps humain, comme estant le subject de sa profession: or il anatomisera *& iceux d'hó-*
seulement les hommes morts, encore que ie sçache qu'Erophile & Erasistrate *mes morts seu-*
entre les Anciens, & Carpus & Vesale entre les modernes, ayent disséqué vifs *lement.*
par permission du Magistrat souuerain, ceux qui estoient condamnez à la mort,
mais c'est, à mon iugement, vne chose impie, du tout inhumaine, & qui n'est nullement necessaire : car ce qu'on fait dissection des corps viuants, c'est pour remarquer les actions des parties qui n'apparoissent point és morts, lesquelles on
peut aussi bien voir aux brutes viuantes, comme aux corps humains. Tu obiecteras que les actions des hommes different de celles des brutes, & principalement les animales ; & mesme que les organes du mouuement volontaire, qui
sont les muscles, ne sont point en tout & par tout semblables. Mais ie respondray
que la dissection n'est point necessaire pour connoistre les actions motrices &
sensitiues, d'autant qu'elles sont quasi toutes apparentes au sens? & qu'il n'y a
que les mouuemens des parties internes; qui ayent besoin d'estre connus par
l'Anatomie : Or le battement du cœur & des arteres, & les mouuemens du cerueau, du diaphragme & des boyaux sont totalement semblables aux hommes, &
aux brutes. Qu'on ne disseque donc iamais des corps humains viuans, mais des
morts tant seulement. Aux vieux siecles il n'estoit pas licite aux Medecins d'ana-
tomiser des cadauers d'hómes, comme il est à present:car on tenoit cela pour vne
chose pleine d'impieté ; mais on a iugé depuis que c'estoit chose plus inhumaine
que cela, de tuer les hommes vifs par l'ignorance de l'anatomie : & partant l'authorité des Princes & des loix estant interuenuë,ils en ont eu la permission, Et en
l'Vniuersité de Montpellier les Consuls de la ville donnent d'ordinaire à la Faculté quatre cadauers par chacun an.Que si on manque de cadauers d'hommes, *ou des brutes*
on aura recours aux brutes, desquelles & viuantes & mortes on fera la dissection. *& vifs & morts desquels*
En l'Anatomie des corps vifs on remarque l'action, & quelle partie le muscle *on choisira.*
meut:& en celle des morts la situation,figure,magnitude,connection,origine,&
choses semblables. Au reste, comme ainsi soit qu'il y ait plusieurs differences de *Les brutes qui*
brutes, on dissequera celles qui ressemblent le plus au corps humain. Galien en *ressemblent le*
raconte iusques à cinq sortes. La 1. est des bestes ruminantes, lesquelles remas- *plus au corps*
chent la viáde qu'elles ont ja mangée & aualée;comme sont les bœufs,& les mou- *humain, que l'on anatomi-*
sera.

tons: La 2. est de celles qui ont la corne du pied entiere & solide, comme les asnes, les mulets & les cheuaux: la troisiéme, est de celles qui ont les dents faites en façon de scie, comme les chiens, les loups, les lyons. A la quatriéme il rapporte les pourceaux, & à la derniere les Singes. Or la dissection des animaux ne se doit point faire confusément, mais par bon ordre, & pour cette fin nous donnerons icy les loix qu'il conuient obseruer en faisant cette operation : Et d'autant qu'il conuient tousiours commencer par les choses plus connuës, nous mettrons en premier lieu celle-cy comme la plus commune & la plus generale ; Qu'il faut que la dissection des corps morts precede celle qui se doit faire des animaux viuans, parce qu'elle est & plus facile & plus connuë. Secondement les parties du corps externes ou internes, il faut s'exercer premierement sur celles qui sont externes, parce que la cognoissance en est & plus aisée & plus necessaire au Chirurgien. Tiercement les parties estans ou solides comme les os, cartilages & ligaments, ou charnuës comme les muscles, on doit commencer par celles qui seruent d'appuy, base & soustenement aux autres ; Ainsi les muscles sont adherents aux os, y prennent leur origine & y ont leur insertion : Et de fait auant Galien on auoit accoustumé en l'escole d'Alexandrie de monstrer dés le cõmencement aux estudians en Medecine des squeletes ou cadauers dessechez, & puis apres d'autres corps tous entiers. Or pour bien connoistre & exactement remarquer les parties solides, les corps des vieilles gens & personnes maigres, sont les plus propres, comme ceux qui n'ont gueres de chair ny de graisse. Quartement y ayant double dissection, ou de la partie qui est separée de son tout, ou bien de la partie qui y est encore iointe ; il faut premierement dissequer celle qui est retranchée de son tout, parce qu'il est plus aisé d'en faire la dissection, que de celle qui est encor iointe au tout. Quintemét, & d'autant que Galien commande de considerer trois choses en chaque partie, *la composition, l'action, & l'vsage*. L'Anatomiste doit premierement rechercher la composition, en apres l'action, & finalement l'vsage. Sextement il faut finalement en faisant la dissection remarquer deux ordres, l'vn quand on a nombre de cadauers, & l'autre quand on en manque : si tu en as plusieurs, tu te contenteras de voir en l'vn les vaisseaux, en l'autre les muscles, & en vn autre les visceres; mais si tu n'en as qu'vn, & que tu vueilles voir toutes les parties, tu choisiras vn cadaure qui soit entier & non corrompu, & qui ait esté estráglé ou suffoqué entre des couuertures ou dans l'eau, duquel tu demonstreras toutes les parties, selon l'ordre Anatomique. Or cet ordre est triple, de dignité, de dissection, & de durée. L'ordre de dignité requiert qu'on commence par le cerueau, qui est la plus noble partie de tout le corps; celuy de dissection, autrement dit de situation, veut qu'on demonstre les parties qui se presentent. Premierement, les premieres : mais si tu veux longuement conseruer ton sujet sans qu'il se corrompe, tu commenceras à dissequer par les parties plus sujetes à pourriture; & partant tu anatomiseras, premierement le ventre interieur, puis le moyen, en apres le superieur, & finalement les jointures: & c'est l'ordre que tous les Anatomistes gardent aux dissections publiques, quand ils veulent faire demonstration de toutes les parties en vn mesme sujet. Et telle est la premiere methode d'apprédre l'Anatomie, à sçauoir l'inspectiõ & la veuë, laquelle s'acquiert par la dissection des corps : Elle se peut aussi enseigner sans dissectiõ, & ce, ou de viue voix, ou par écrits: car il y a beaucoup de choses qui ne se peuuét connoistre par la veuë, qu'on est contraint rediger par écrit; comme, pourquoy il y a vn tel nõbre de muscles, & pourquoy ils sont tels; pourquoy le figure & magnitude d'vne partie est telle, & autres choses semblables.

en gardant les loix Anatomiques qui suiuent.

L'ordre anatomique est triple.

La doctrine Anatomique se peut acquerir par l'ouye, & par la lecture.

Ce que l'on apprendra en fueilletant & lifant les écrits de ceux qui ont excellé en cette fcience, & maniere d'enfeigner: Or qui font ceux qui ont excellé, nous le declarerons aux chapitres fuiuans. Au refte la methode d'écrire ou enfeigner l'Anatomie est double : la premiere est l'Analitique où refolutiue, laquelle refoult & departit tout le corps en fes parties : comme quand elle fe diuife en quatre parts principales, qui font la teste, la poictrine, le ventre inferieur & les extremités, & departit derechef chacun d'icelles en d'autres moindres, iufques à ce qu'on foit paruenu aux tres-fimples. La feconde est de generation ou de compofition, laquelle des parties fimilaires compofe les diffimilaires & des diffimilaires le tout. Nous fuiurons ces deux methodes en cet œuure : car aux quatre liures fuiuans nous defcrirons toutes les parties fimilaires, defquelles nous compoferons apres vn tout, & ce tout, nous le decoupperons aux liures enfuiuants en trois ventres, & aux extremités : en la defcription defquels nous fuiurons l'ordre de diffection.

La methode d'efcrire de l'Anatomie est double.

Qui font ceux qui ont écrit de l'Anatomie : & premierement qu'est-ce qu'en à écrit Hippocrate.

CHAPITRE X.

IPPOCRATE a esté tenu par l'antiquité pour l'oracle de la Grece, & quelque diuinité venerable, luy ayant attribué là loüange d'auoir donné vn tres-grand accroiffement à la Medecine, qui de fon temps ne faifoit encore que naistre, & de nous auoir laiffé côme vn bon laboureur, les pepinieres & femences de toutes les chofes qui font contenuës en fon camp large & fpatieux; mais affez obfcurement & comme fous des énigmes: de forte qu'il y ait en fes écrits quafi autant de diuinations comme de mots. Auant fon temps l'Anatomie n'auoit point esté cultiuée, & n'y auoit eu encore perfonne qui en eut rien laiffé par écrit : il fut le premier, qui infpiré d'vn efprit diuin & appuyé fur fon grand courage, fit fortir en public beaucoup de chofes qui concernent cette fcience. Ie diray librement (en fremiffe qui voudra) qu'Hippocrate n'a rien ignoré de ce qui femble appartenir à l'vfage de la Medecine. Car comme ainfi foit que l'Anatomie foit double; l'vne vtile, laquelle est neceffaire à la pratique de la Medecine; & l'autre qui est par deffus l'vfage de l'art, laquelle apporte plus d'ornement & de volupté, que d'vtilité, Galien l'appelle *fuperabondante:* Qu'Hippocrate ait exactement defcrit cette premiere-là, ie m'en vay commencer à le monstrer.

Loüange d'Hippocrate.

Qu'il n'a point ignoré l'Anatomie qui est vtile pour la pratique de la medecine.

Des parties les vnes font fimilaires & les autres diffimilaires: les fimilaires font les os, cartilages, ligamens, membranes, veines, nerfs & arteres : de toutes lefquelles il nous a laiffé plufieurs chofes tres-exéellentes dans fes écrits. Il a declaré en general quelle est la nature des os, quelle la màniere de leur generation, quelle leur caufe materielle & efficiente, & quel leur vfage, en fes liures de la nature des os, des chairs , & de la nature de l'enfant. Il en a defcrit la caufe materielle en ces mots, *Où il y a eu plus de matiere graffe que glutineufe, les os ont esté formés,* Il a groffierement dépeint l'efficiente en ces termes, *Les os estant condenfés par la chaleur, deuiennent fecs & durs.* Qui est celuy qui a iamais exprimé fi exactemét, & en fi peu de paroles leur vfage cômun? *Les os* (dit-il) *donnent au corps la fermeté, la rectitude &*

Ayant fort elegamment defcrit la nature des os.

la figure. Or il en a deſcrit l'hiſtoire particuliere, les differencés, figures & parties de chacun d'iceux, comme ceux du crane en ſon traité des playes de la teſte, & les autres aux liures des articles & de la nature des os : car premier que traiter des affections des os, il recherche la nature & figure de chacun d'iceux particulierement, & pour preuue de mon dire i'ameneray la deſcription de l'eſpine qui me ſeruira d'exemple pour tous les autres.

Comme teſmoigne la deſcription de l'eſpine. Auant toutes choſes (ce dit-il) il faut connoiſtre la nature de l'eſpine : or ſa figure eſt comme toute droite, mais de ſorte qu'elle decline maintenant en dehors, & tantoſt en dedans Depuis la premiere vertebre de la nuque iuſques à la ſeptiéme, ſa figure incline en dedans pour ſeruir cõme de cuiſſin à l'œſophage & à la trachée artere. Depuis la premiere vertebre du dos iuſques a la douziéme, ſa figure decline en dehors, pour laiſſer aux organes de la reſpiration, vne cauité plus ample & plus libre. Les lombes r'entrent en dedans : or l'os ſacrum s'auance droit en dehors afin de rendre la capacité de l'hypogaſtre, qui contient la veſſie, le droit boyau, & la matrice plus ample & ſpacieuſé. Il pourſuit

des cartilages, ligamens, membranes, des veines. les autres os tout de meſme façon. Touchant les cartilages, ligaments & membranes il en a par-cy par-là laiſſé quelque choſe par écrit. Il a fait le ſemblable des veines, mais obſcurément, & nommément en la 4. ſect. du 2. liu. des Epidem. où il repreſente fort brauemẽt les deux troncs de la veine caue qu'ils appellent hepatique en ces mots. La veine hepatique s'auale du long des lombes iuſques à la grand' vertebre, & s'eſleuant du foye paſſant à trauers du diaphragme, s'en va droit au cœur, & de là aux clauicules. Et jaçoit qu'il n'ait point baillé vne deſcription particuliere de tous les rameaux de ces veines, ſi apparoiſt-il qu'il n'a rien ignoré de ce qui

Ayant fait mention de celles qu'on ſaigne ordinairement. concerne la pratique de la Medecine : car il a fait mẽtion de toutes les veines qu'on ouure ordinairement aux maladies : qui ſont celles du front, de deſſous la langue, de derriere les oreilles, les iugulaires, la cephalique, la baſilique, la poplitique & la ſaphene. Or il appert qu'il les à toutes connuës ; car il ouure la veine du front pour ſoulager ceux qui ont mal au derriere de la teſte : il ouure les ranules en l'eſquinancie : il écrit que les Schytes ſe faiſoient ouurir les veines de derriere les oreilles pour ſe garantir de la goutte ſcyatique : au 4. liu. des maladies il décrit les iugulaires : il commande ſeigner de la poplitique où de la ſaphene aux douleurs des lombes & des teſticules : il appelle la cephalique ſanguiflua, & ouure la baſilique qu'il appelle veine interne en la pleureſie. Il monſtre auſſi l'origine & vſage des veines & des

Des arteres. arteres, où il dit que le foye eſt la radication des veines, & le cœur la radication des arteres, & que d'iceux découllent le ſang, l'eſprit & la chaleur dans toutes les parties du

Et des nerfs. corps. Tu liras ſemblablement par-cy par-là beaucoup de choſes des nerfs : mais ce qui eſt fort conſiderable, c'eſt qu'il a deſigné l'origine commun d'iceux, lequel a eſté depuis ignoré de quaſi tous les Anatomiſtes : qui affermoient que les mols & ſenſitifs prenoient leur naiſſance du cerueau, & les motifs du ceruelet, iuſques à ce que quelques modernes, & entre autres Varolius ont remarqué que tous les nerfs & les optiques meſme naiſſent du derriere du cerueau. Hippocrate n'a-il point eſté le premier qui nous l'a declaré, quand il dit que l'origine des nerfs eſt depuis le derriere de la teſte iuſques à l'eſpine, aux anches, au membre viril, aux cuiſſes, aux pieds, iambes & mains ? Des glandes il en a fait vn liure tout exprés : & voilà touchant les parties ſimilaires : quand aux organiques il en a auſſi écrit pluſieurs choſes tres-belles. Il a écrit vn liuret du cœur qui eſt du tout diuin, en l'hiſtoire duquel il a tellemẽt excellé qu'on ne penſe pas que Galien ny Veſale l'ayent peu faire mieux. Il eſt vray qu'il y a pluſieurs choſes obſcures, que nous auons commencé d'éclaircir de commentaires, auſſi bien que ſes autres liures Anatomiques. N'a-il point exactement defcrit l'hiftoire du fœtus, les principes de la generation, la conception, formation, nutrition, vie, mouuement & enfantement de l'enfant en fes liures de l'enfantement feptimeftre & octimeftre? Diuins donc, mais tresobfcurs font les efcrits d'Hippocrate touchant l'Anatomie.

Qu'eft-ce que Galien a efcrit de l'Anatomie, & combien il eft blafmé à tort par les modernes.

CHAPITRE XI.

Loüanges de Galien.

'E s t à bon droit que quafi tous les Grecs, Arabes, & Latins publient Galien eftre apres Hippocrate, le pere & le reftaurateur de la Medecine : car il l'a tellement enrichie & amplifiée par fes diuins efcrits, qu'elle femble auoir eu vne feconde naiffance fous iceluy. Les anciens nous auoient bien laiffé par efcrit plufieurs chofes, mais fort confufément, aufquelles ce grand perfonnage a beaucoup apporté d'ornement & de clarté, en recueillant ce qui eftoit épars, en poliffant ce qui eftoit groffier, en redigeant par ordre ce qui eftoit confus, & en remarquant par fes experiences particulieres ce qui manquoit. Ie ne diray rien des autres parties de la Medecine, feulement affermeray-ie auec affeurance qu'il a tellement éclaircy l'Anatomie, qu'ayant diffipé les tenebres du fiecle precedent, il a apporté vne lumiere excellente au fuiuant. Car comme ainfi foit qu'il y ait trois moyens qui nous guident comme par la main à la connoiffance parfaite de cette fcience ; la diffection des parties, leurs actions & leurs vfages : il a traité de chacun d'iceux fi exactement qu'il a furpaffé en cette matiere tous ceux qui en ont iamais efcrit. Il a baillé le moyen de faire la diffection en fes liures des adminiftrations Anatomiques, de la diffection des mufcles & des nerfs. Il a declaré les actions des parties aux liures des facultez naturelles & des decrets d'Hippocrate & de Platon. Touchant l'vfage de toutes les parties il en a compofé dixfept liures, que la pofterité a eu en telle admiration, qu'elle les a baptifez du nom de diuins & admirables. Tresgrands donc font les bienfaits de Galien enuers la pofterité, & neantmoins, helas! tous les modernes le reprennent & taxent à tous propos, ou pour mieux dire le picquent & defchirent foit à droit foit à tort, eftans pouffez les vns d'ambition, les autres d'vn defir de reprendre, & bien peu pour affection qu'ils portent à la verité. Mais tout ainfi que les vagues qui choquent vn rocher, d'autant plus qu'elles le heurtent impetueufement, d'autant fe diffipent-elles plus miferablement : ainfi les efforts de ceux qui fe veulent acquerir de la gloire par la ruine du nom d'autruy, & nommément de leurs maiftres, font vains & ridicules. Les modernes l'accufent. 1. D'auoir defcrit l'Anatomie des brutes & non des hommes, car ils fouftiennent qu'il n'en anatomifa iamais. 2. D'auoir ignoré beaucoup de chofes qui font auiourd'huy bien connuës. 3. De s'eftre fouuent contredit. 4. D'auoir efcrit confufément. *Car quelle methode (difent-ils) remarquez-vous en fes liures de l'vfage des parties, que vous appellez diuines? Il traite premierement de la main, puis du pied, en apres du ventre inferieur & des parties naturelles.* Mais combien ces calomnies font vaines, & comme ils fe trompent pauurement, qu'ils l'entendent tous. Ie dy donc que Galien n'a point feulement anatomifé des finges, ains qu'il a auffi fait diffection de corps d'hommes : pour preuue dequoy ie produiray

Calomnies des modernes contre iceluy, defquelles il eft defendu par l'autheur.

Des Præceptes generaux de l'Anatomie,

l.13. ch. 11. de vſu partium.

vn paſſage de luy meſme où il dit. *I'ay ſeulement deliberé d'expliquer la compoſition du corps humain.* Et au liu. des adminiſt. anat. *Il faut attentiuement conſiderer chaque particule, notamment au corps humain.* Au 2. liu. *Maintenât le pied du ſinge differe de celuy de l'homme, parce que la compoſitiô de ſes doigts eſt diſſemblable.* Au 4. liu. & au 3. de l'vſage des parties, il monſtre la difference des tendons des iambes & des pieds. Au 1. des admin. anat. il veut que la teſte du fœmur ſoit plus oblique, & que les muſcles different de ceux qui s'inſerent en la iambe : il monſtre auſſi quelle difference il y a entre les lombes de l'homme & du ſinge. Au 2. de la faïon de viure, il dit *que l'homme differe de quelques animaux en l'origine de la veine ſans pair.* Au 14. de l'vſage des part. il eſcrit *que l'amarri de la femme eſt different de celuy des autres animaux.* Doncques ſi Galien a reconnu ce qu'il y a de ſemblable, & de diſſemblable au corps des hommes & des ſinges : il y a de l'apparence qu'il a diſſequé des corps humains : Car de reconnoiſtre & diſcerner parmy les choſes ſemblables celles qui ſont diſſemblables, cela n'appartient qu'à l'artiſan expert & bien entendu en ſa profeſſion. Voilà touchant la premiere calomnie. Ils diſent qu'il a ignoré beaucoup de choſes qui concernoient la ſtructure du corps humain : Comme ſi ce n'eſtoit point le propre de l'homme d'ignorer. Quoy Veſale n'a-il point ignoré pluſieurs choſes, qui ont eſté depuis remarquées par Fallope, & n'en remarquons-nous point auſſi iournellement d'autres qui ont eſté inconnuës aux ſiecles precedents? *Nous ſommes* (ce diſoit le bon Cauliac, *au col du geant:* & comme chante le vieil Poëte, *Vn homme ſeul ne voit point tout.* Quant à ce qu'ils diſent qu'il ſe contredit ſouuent : qu'ils apprennent que les anciens auoient cette couſtume d'alleguer beaucoup de choſes ſelon l'opinion d'autruy : Ainſi Hippocrate, Ariſtote & Platon ſelon le témoignage de

Explication de la methode admirable tenuë par Galien en ſes liures de l'vſage des parties.

leurs Interpretes eſcriuent bien ſouuent ſelon la façon de parler du vulgaire. Pendant donc que Galien parle ſelon l'opinion d'autruy, il ſe peut bien eſtre contredit, mais iamais quand il traite quelque choſe exprés & ſuiuant ſon opinion. Ils diſent finalement que ſes liures de l'vſage des parties ſont confus & ſans methode : mais ie ne ſçay, où le deſir de contredire & de calomnier les tranſporte : car la methode de ces liures eſt admirable, laquelle pour n'eſtre point bien reconnuë, ie m'en vay faire ſortir au iour. *Ie me ſuis propoſé* (ce dit Galien) *d'expoſer a ſtructure du corps humain, & d'expliquer l'vſage de toutes les parties d'iceluy: il me faut donc premierement monſtrer ce qu'il a de particulier en ſa compoſition, & ce en quoy il differe des autres animaux.*

Or il a au lieu de la nudité de l'ame, la raiſon qui eſt l'art auant tous arts: & au lieu de la nudité du corps, la main, qui eſt l'organe auant tous les organes. Il diſcourt donc aux deux premiers liures ſi élegamment de la main, partie qui n'a eſté donnée qu'à l'homme, qu'il a oſté à la poſterité tout moyen d'acquerir gloire en eſcriuant ſur cette matiere: & d'autant que les pieds ont vne grande affinité auec les mains, & qu'ils ont quelque choſe particuliere en leur compoſition, car il n'y a que l'homme qui chemine ſe tenant droit debout ſur ſes pieds : ç'a eſté la cauſe pourquoy il a traité des pieds au troiſiéme liure : car l'ordre de doctrine ſemble requerir que les choſes ſemblables ſoient expliquées enſemblement. Ayant aux trois premiers liures declaré les choſes qui ſont particulieres à l'homme : il vient en apres à celles qui luy ſont communes auec les autres animaux. Or de ces parties communes, comme ainſi ſoit que les vnes conſeruent ou l'indiuidu ou l'eſpece, & que les autres leur miniſtrent & ſeruent, comme les veines, les arteres & les nerfs : il traite premierement de celles qui conſeruent l'indiuidu, leſquelles sont ou naturelles, ou vitales, ou animales : d'où le corps estant diuisé en trois regions, il traite brauement des naturelles aux quatre & cinquiéme liure : des vitales au six & septiéme : des animales à sçauoir du cerueau, au huict & neufiéme; & des parties qui dépendent du cerueau, qui sont les organes des sens aux dix, vnze, douze & traiziéme, qui est vn ordre qui peut estre dit naturel. Quant aux organes dediés à la propagation de l'espece, i'entends les parties genitales tant de l'homme que de la femme, il les descrit aux quatorze & quinziéme liures : & pour le regard des parties qui ministrent aux nobles qui sont les veines, les arteres & les nerfs, le saiziéme les represente bien exactement : le dixseptiéme & dernier est comme vne recapitulation de tous les autres. Doncques que tous ces calomniateurs s'en aillent auec leurs calomnies.

L'opinion d'Aristote touchant l'Anatomie.

CHAPITRE XII.

TOVs les Philosophes appellent Aristote *le vray Interpreté, Genie & lumiere de nature, l'vnique esprit de verité, lequel non seulement resueille & eschauffe, mais aussi saoule & remplit les esprits, & finalement vne seconde nature, & icelle tres-éloquente.* Car pour ce qui regarde les choses naturelles & leurs causes, il les a fort exactemét expliquées, mais si obscurement, que peu de gens l'entendent, d'autant qu'il ne vouloit point reueler au vulgaire les secrets de la Philosophie: il les cachoit donc non point sous des fables, comme les Poëtes ; ny sous des nombres comme les superstitieux Pytagoriciens; mais sous vne briefueté obscure, & ainsi il mettoit ses œuures en lumiere, comme ne les y mettant point. Ainsi la Seche pour ne point tomber és mains des Pescheurs se cache en versant autour de soy vne humeur noire. Or comme ainsi soit que la Physique ait deux parties, l'vne qui traite de la nature vniuerselle, & l'autre qui recherche la nature particuliere de l'homme & des autres animaux: qu'il ait surpassé tous les autres en ce qu'il a escrit de la nature vniuerselle, c'est chose qui est aussi certaine, comme ce qui est tres-certain; mais aussi qu'il ait ignoré beaucoup de choses de la particuliere, & qu'il ait mesme escrit des absurdités fort grandes, Galien & tous les Medecins le prouuent par plusieurs demonstrations, & notamment par la veuë, qui est la plus certaine de tous les sens. En ses liures de la generation, des parties, & de l'histoire des animaux, il a publié beaucoup de choses plus suiuant l'opinion d'autruy, que selon la sienne, & y a de l'apparence qu'il ne dissequa iamais de corps humains, autrement il n'eust point bronché si lourdement és choses qui sont manifestes aux sens, en étallant au iour de si grandes absurditez, comme d'escrire que les *veines, & les nerfs naissent du cœur : que le cœur a trois ventricules : que le cerueau a esté seulement fait pour rafraichir le cœur : & autres semblables que nous remarquerons en l'histoire particuliere des os, des veines, des arteres, des nerfs, du cœur, du cerueau, & des autres parties :* que le lecteur curieux les reprenne donc de là.

Loüanges d'Aristote.

Il a ignoré beaucoup de choses touchãt la nature particuliere.

Des Præceptes generaux de l'Anatomie,

EPVIS Hippocrate ont vescu plusieurs notables personnages, qui ont soigneusement cultiué l'art Anatomique, & consigné és monumens publics beaucoup de choses, lesquelles par ie ne sçay quel malheur sont peries depuis. Alcmeus de Crotoniate (comme escrit Calchidius) faisoit ordinairement la dissection du corps humain ; Diocles Caristien le diuise en teste, poictrine, ventre, & vessie. Lycus Macedonien estoit reputé sçauant en la dissection des muscles, & ses liures, comme recite Galien, estoient recherchez auec beaucoup de curiosité. Quintus Præcepteur de Lycus auoit escrit quelque chose de cet art. Marin traitoit en vint liures, les choses que Lycus auoit ignorées : Erasistrate en a aussi escrit quelque chose. Tertulian raconte qu'Herophile auoit Anatomisé plus de septante cadauers, & qu'il auoit mesme disséqué des hommes viuants : Galien parle de luy en ces termes. *Herophile, outre ce qu'il estoit paruenu à vne parfaite connoissance de toutes les choses qui concernent l'art, il auoit aussi acquis la connoissance tres-exacte de l'Anatomie, & auoit fait ses essais, non comme font plusieurs sur des brutes, mais sur des hommes mesmes.* Pelops Præcepteur de Galien, lisoit publiquement l'Anatomie, & entre ses autres opinions il soustenoit *que tous les vaisseaux naissoient du cerueau.* Diogenes Apolloniata a escrit des veines : Asclepiades, Eudemus, Praxagoras, Philotimus, Ælianus, Polybius, & Calistus, ont en leur temps excellé en cette science : de tous lesquels ne nous sont restez aucuns escrits. Et toutesfois si nous croyons Aristote & Galien, ils ont eu beaucoup d'opinions estranges & ridicules. Il y en a aussi eu entre les modernes Grecs, comme Arethée, Theophile & Oribase, qui en ont redigé quelque chose par escrit : mais la premiere loüange est deuë à Galien, ainsi que nous auons des-ja monstré.

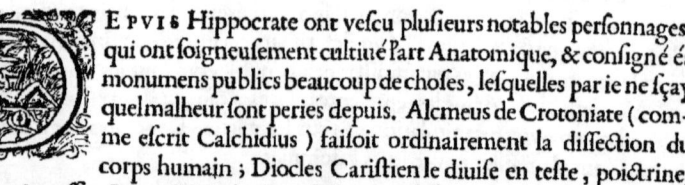

ES Arabes ont aussi escrit quelque chose de l'Anatomie, & entre iceux Auicenne, mais les Latins plus que tous, & nommément ceux qui ont vescu en ce siecle, lesquels ont tellement enrichy cet art, qu'il semble estre maintenant paruenu à la cime de sa perfection. Nous auons entre les vieux, Mundinus, qui d'vne methode facile, & icelle analitique, descrit toute l'Anatomie selon l'ordre de dissection: il a esté éclaircy de commentaires fort amples par Carpus : mais ie remarque en tous deux beaucoup de deffauts. Thomas de Zerbis a fait imprimer vn grand œuure, mais ie croy qu'il parle plus selon l'opinion d'autruy que selon la sienne, & qu'il n'estoit point fort exercé aux dissections. Ceux-cy ont esté suiuis de Vassée, de Charles Estienne, & d'Andernacus. I'estime que Vesale a escrit plus exactement que tous, & aucuns tiennent qu'il a compris & expliqué fort exactement en ses œuures les trois moyens qui nous guident à la connoissance de cet art, à sçauoir 1. la dissection des parties. 2. leurs actions. 3. & leurs vsages : mais plusieurs le blasment en ce qu'ayant quasi tout transcrit de Galien

lien

lien, il n'a point toutesfois cessé (poussé de ie ne sçay quel aiguillon d'ambition ou desir de contredire) de le picquer & reprendre. La loüange est deuë à Syluius *Syluius.* d'auoir redigé par ordre la confusion des muscles & des vaisseaux, & de leur auoir imposé leurs noms : mais il y a beaucoup de defauts & de superfluitez en ses écrits de la part des Imprimeurs. Vesale & Syluius ont flory en vn mesme temps, mais cettuy-là estoit trop mordant & prompt à calomnier, & cettuy-cy trop aspre & vehement en la deffence de Galien : cettuy-là laschoit temerairement plusieurs faussetez contre Galien, & cettuy-cy en le defendant trop opiniastrement, est contraint d'auançer plusieurs absurditez. Nous deuons beaucoup à Fallope pour *Fallope.* nous auoir fait voir en ses obseruations plusieurs choses qui auoient esté incon-nuës aux siecles precedens. Il a aussi fait imprimer des Commentaires tres-beaux sur le liure des os de Galien. Colomb a compris exactement & briefuement toute *Colomb.* cette science en quinze liures. Valuerda Espagnol a aussi fait le mesme. Eustache nous a laissé quelques traittez des os, & de la structure des reins. Bauhin a bien exactement representé toutes les parties du corps. Nous auons les leçons Ana-tomiques d'Archangelus Picholomineus citoyen Romain, qui sont tres-doctes & enrichies de plusieurs disputes & controuerses. Varolius, Arantius & Pigafeta ont aussi fait quelques traittez. Volcherus Coïter, & Felix Platerus ont redigé cette science par tables, les escrits du premier sont assez faciles : mais ceux du der-nier sont tels qu'ils ne peuuent estre entendus sinon par les doctes. Nous auons aussi vn bon nombre de nos François qui en ont escrit en leur langue mater- *Escriuains* nelle. Entre les autres M. Iacques Guillemeau Chirurgien du Roy a éclaircy tou- *François.* te l'Anatomie de tables & de figures si clairement qu'il ouure le chemin & le rend *Guillemeau.* facile à tous pour entendre les escrits des autheurs. Ie peux dire le mesme de M. Paré & de Cabrol Anatomiste du Roy en l'vniuersité de Montpellier. M. Pinceau *Paré.* m'a communiqué plusieurs choses qui concernent cet art, qui ne sont point enco- *Cabrol.* re imprimées. Il a mis au iour vn liuret des marques de la virginité, auquel l'hi- *Pinceau.* stoire des parties qui seruent à la generation est bien exactement descrite : il a desià depuis plusieurs ans enseigné & enseigne encores à present l'Anatomie à Pa-ris, auec beaucoup de reputation. Voilà quasi tous ceux qui ont ennobly cette science de leurs escrits. I'auois mis vn grand œuure en lumiere ces ans passez, lors que ie lisois à Montpellier, forcé à ce faire par les persuasions de mes amis, & les prieres de mes escoliers, lequel i'ay commencé à reuoir, polir & enrichir. Ie des-cris premierement l'histoire de chaque partie, puis i'expose les choses controuer-ses, & adiouste en forme de commentaires toutes les disputes Anatomiques.

C

CHAPITRE XV.

A diction Grecque *tomé* signifie entre les Latins, toute section ou couppeure: & le mot *anatomé* est vne section exacte & diligente, ou vne section qui se fait pour la cõtemplation & pour acquerir quelque cognoissance. Car l'infinitif *anatemnein* est coupper ou diuiser exactement, la particule *ana* signifiant quelquesfois cela. Or l'acception d'Anatomie est double, entre les Medecins. Car ou elle denote vne action qui se fait auec la main; ou bien vne habitude de l'ame, & action tresparfaite de l'entendement. Celle-là s'appelle practique, & celle-cy theorique: celle-là s'acquiert par experience, & celle-cy par la raison. Nous paruenons à celle-là par l'inspection, & la dissection, & à celle-cy par la voix viue des Docteurs, & par leurs escrits.

L'Anatomie est double, Historique & Scientifique. Nous pouuons appeller celle-là *Historique*, & celle-cy *Scientifique*. Celle-là est totalement necessaire pour l'vsage & pratique de l'art; & celle-cy vtile seulement, & souuentefois par dessus l'vsage de l'art. Celle-là recherche la composition des parties; & celle-cy les causes de leur composition, leurs actions, & leurs vsages. Si tu

Premiere definition d'Anatomie. regardes la premiere signification, l'Anatomie sera definie, *vne dissection artificielle de toutes les parties du corps humain.* I'ay dit *artificielle* pour la distinguer de celle *Quelles choses sont requises à ce que la dissection soit artificielle.* qui est fortuite, laquelle Galien appelle *vulneraire:* Car on remarque quelquefois aux grandes playes la figure, grandeur, situation, & composition des parties, mais confusement; car on n'y sçauroit voir exactement tous les rameaux des nerfs, les diuisions des veines, & distributions des arteres. Or à ce que la dissection soit artificielle, sont requises les choses suiuantes. 1. Que les parties soient separées des parties auec telle dexterité qu'elles apparoissent toutes entieres, & sans estre en aucune maniere déchirées. 2. Que les parties qui ne sont point connées soient facilement separées. 3. Que celles qui sont connées soient difficilement diuisées. 4. Que de plusieurs parties jointes ensemble on n'en face point vne partie, ou d'vne seule plusieurs. Or il est impossible de disseequer artificiellement les parties, sinon *Instrumens desquels les Anatomistes doiuent estre munis.* que les dissecteurs, & leurs seruiteurs soient garnis d'instrumens commodes & necessaires, comme de rasoüiers de toutes sortes, grands, petits, mediocres, pointus, mousses, droits, & trenchans des deux costez: de sondes rondes & longuettes, d'airain, d'argent, de plomb: de cousteaux de boüis, d'yuoire: de haims, crochets, aiguilles, plustost courbes que droites, cannules, roseaux, tuyaux pour faire enfler les parties, fil, fiscelle, scies, tarieres, maillets, trepanes, esponges, & *Seconde definition d'Anatomie.* semblables. Par sa derniere signification l'Anatomie sera definie, *vne science qui épluche & recherche exactement la nature de chaque partie, & les causes d'icelle nature.* Ie l'appelle *science*, parce qu'elle a des theoremes vniuersels, & des notions communes, desquelles premieres, vrayes, immediates & plus cognuës, elle tire ses demonstrations. Sous le nom de *nature* ie comprens 1. la substance, qui est le domicile d'vne faculté limitée; 2. la temperature, qui est la forme des parties similaires; 3. les qualitez qui suiuent la temperature, comme la dureté, mollesse, densité, rarité, épaisseur, tenureté, couleurs, saueurs & odeurs; 4. & celles qui aduiennent & sont accidentaires; à sçauoir la composition de la partie, à laquelle ie rapporte la magnitude, le nombre, la situation, la figure, la connexion & la situation; 5. les actions des parties & leurs vsages.

Qui eſt le ſubieƈt de l'Anatomie.

CHAPITRE XVI.

L E ſujeƈt de l'Anatomie tant hiſtorique que ſcientifi-
que, c'eſt la partie; car l'Anatomiſte ne traitte point vn
corps entier & continu , mais diuiſé en membres &
parties : il faut donc declarer la nature de la partie , &
expliquer toutes ſes differences. Partie, particule, mem-
bre, lieu, ſelon aucuns ſont noms ſynonimes, & ſigni- *Noms de la partie.*
fient ordinairement vne meſme choſe. Ariſtote veut
que le nom de partie conuienne aux ſimilaires, & celuy
de membre aux organiques. Theodore eſtime que le
nom de partie & de lieu, s'eſtend plus au large que celuy de membre ; parce que
membre ſe dit ſeulement des parties organiques & compoſées, & que partie ſe
dit auſſi bien des compoſées, que des ſimples. Pour noſtre regard il ne nous chault
ſi on l'appelle auec Hippocrate & Galien partie, particule ou lieu. Galien definit *Definition de*
la partie, *Ce qui accomplit , & parfait le tout :* Item , *Tout ce qui fait à la compoſition* *Galien.*
du corps humain. Car la partie eſt du nombre des choſes que les Logiciens appel- *L.1. Meth.c.5.*
lent *ad aliquid ,* & qui ſe diſent pour quelque reſpeƈt ; car la partie eſt dite partie
du tout. Il la definit plus exaƈtement, *Vn corps qui n'a point de circumſcription pro-* *Autre defini-*
pre de tous coſtez , & auſſi qui n'eſt point ioint de tous coſtez aux autres parties : Car ce *tion de Galien.*
qui eſt circumſcript & ſeparé de tous coſtez, ne doit point eſtre appellé partie, ains *part. c. 1.*
vn tout : mais d'autant que la partie doit compoſer le tout, il eſt neceſſaire qu'elle
ſoit iointe à iceluy par la connexion de quantité; donqs la partie à vray dire a
ſon exiſtence au tout, & eſt continuë à iceluy, en eſtant ſeulement ſeparée par la
raiſon. Mais toutes ces deux definitions ſont trop amples , d'autant qu'elles ne
comprennent point ſeulement les parties viuantes, qui ſont les vrayes parties,
veu qu'il n'y a qu'elles ſeules qui façent des aƈtions, & qui ſoient le ſujeƈt des maladies : ains auſſi les inanimées, comme le poil, les ongles, la graiſſe, & la moële
des os. La definition donnée par les modernes eſt tres-parfaite. *Partie eſt vn* *Definition plus*
corps adherent au tout, iouyſſant d'vne vie commune auec iceluy, fait pour ſon aƈtion *exaƈte.*
& vſage. Il faut recueillir d'icy que deux choſes ſont requiſes pour conſtituer la
nature de la partie; 1. qu'elle ſoit adherente au tout. 2. qu'elle ſoit faite pour quelque vſage. Or elle eſt adherente au tout par vne connexion double , mathemati- *Connexion*
cale, & phyſicale : la premiere eſt des quantitez, car vne partie ſeparée de tout l'a- *double.*
nimal, ne peut plus eſtre dite partie du meſme animal, ſinon par équiuoque : &
la derniere eſt dite vnion de vie & d'eſpece : car vne partie morte encor qu'elle ſoit
adherente au tout, ne peut eſtre appellée partie, ſinon par équiuoque, d'autant
qu'elle n'a point la forme vniuoque auec le tout. Au reſte parce que monſieur *Lib 2. Phyſic.*
Fernel explique exaƈtement, & par le menu toutes les parcelles de cette defini- *cap 2.*
tion, ie ne m'arreſteray point plus longuement en l'explication d'icelle.

Des Præceptes generaux de l'Anatomie,

Qu'est-ce que l'Anatomiste doit considerer en chaque partie.

CHAPITRE XVII.

L'Anatomiste doit considerer trois choses en chaque partie.

Es Anatomistes remarquent d'ordinaire beaucoup de choses en chaque partie, lesquelles Galien rapporte toutes à neuf. Mais pour rendre cette doctrine plus facile & ne point embroüiller les entendemens des apprentifs, nous y en considererons seulement trois, ausquelles nous rapporterons toutes les autres ; 1. la composition, 2. l'action, 3. & l'vsage. Ie prens icy le mot de composition fort largement, comme font souuent Aristote & Galien, non seulement pour la conformation de la partie, mais aussi pour tout ce qui concourt au bastiment d'icelle : or les choses qui font la partie sont trois, la substance, la temperature & la conformation. 1. La

1. La composition en laquelle faut considerer la substance,

substance est le domicile d'vne faculté determinée, & est particuliere à chaque partie, c'est à raison d'icelle qu'elle est dite osseuse, membraneuse, nerueuse, charnuë & moëlleuse : or elle a cette substance, partie de la forme & partie de la matiere ; & est recognuë par les qualitez sensibles, comme par la dureté, mollesse, crassitude, tenureté, rarité, densité, couleur & saueur. 2. La temperature accompa-

la teperature,

gne immediatement cette substance & suit les qualitez materielles : Car ce n'est point vne chose abstracte & separée de la matiere, mais fermement adherente à icelle ; & c'est la raison pourquoy les Medecins l'appellent la forme des parties similaires, jaçoit qu'elle ne le soit point à la verité, mais son premier suject seulement. Cette temperature doit estre bien considerée par le Medecin, d'autant que c'est par icelle que toutes les parties font leurs actions, tellement que celuy qui veut conseruer l'action d'vne partie, il faut qu'il conserue sa temperature. C'est aussi à raison d'icelle que les parties sont dites chaudes, froides, seches & humides, en faisant comparaison d'icelles auec vn certain medium, qui est la peau. Le temperament chaud & le froid, se recognoissent plus par la raison que par le sens, d'autant qu'il n'y a rien d'actuellement froid au corps viuant : mais le sec & l'humide se iugent seulement par le sens, & tout ce que l'attouchement trouue mol au corps viuant, il le fait tenir pour humide ; & tout ce qu'il y trouue dur, pour sec, d'autant qu'il n'y a rien en iceluy de dur par concretion.

& la conformation.

3. La conformation consiste en la symmetrie & constitution naturelle de plusieurs choses, comme de la figure, magnitude, nombre & situation. A la figure ie rapporte la superficie, les meats & les cauitez ; à la situation, le siege de la partie & la connexion qu'elle a auec les autres membres : car les parties ne sont point souspenduës ny tout à fait separées les vnes des autres, ains ont connexion estant attachées ensemblément par le moyen des membranes & des ligamens. Pour cette cause le Medecin doit bien cognoistre à quelles parties c'est qu'elles sont attachées, pour sçauoir quand vne partie est malade, qui sont celles qui peuuent estre attirées en sympathie. Galien rapporte la beauté de la partie à la conformation, & veut qu'elle consiste en vne égallité de parties ; nous posons la beauté de tout le corps en vne inégalité de parties ; sçauoir est en vne quantité & magnitude dissemblable d'icelles, & qui neantmoins rapportent tres-bien en vne belle proportion les vnes aux autres. Ce qui soit dit de la composition de la partie. Ensuit l'action qu'Aristote dit estre *la fin de la composition* : car c'est pour l'amour

d'icelle que chaque partie a & la substance telle que nous voyons, & la temperatu- 2. l'action,
re & la conformation : ainsi le cœur parce qu'il est le domicile de la faculté vitale
& la boutique du sang arterieux, a esté fait d'vne substance charnuë, doüé d'vn
temperament chaud & humide, orné d'vne figure oblongue, fort approchante
de la spherique, & perçé de plusieurs ventres & fossettes. Ie definy l'action auec *Definition d'action,*
Galien, *vn mouuement des parties factiues, ou bien le mouuement d'vne partie*
agente, afin de la discerner de l'affection, qui est vn mouuement passif, ou le mouuement d'vne partie qui souffre : ainsi le poulx est vne action, c'est à dire vn mouuement actif ou effectif du cœur, & la palpitation vne affection ou mouuement
passif d'iceluy : cettuy-là prouenant de la faculté, & celle-cy d'vne cause morbifique. Des actions les vnes sont communes, & les autres propres : celles-là se trou- *& ses diffe-*
uent par tout, & celles-cy ne se font que par vne partie seulement. L'action com- *rences.*
mune, c'est la nutrition : car toutes les parties viuantes & animées se nourrissent,
veu que la vie se definit par la nutrition : les actions propres sont faites par vn organe particulier, & sont ou princesses, ou ministrantes aux princesses. Derechef
des actions les vnes sont similaires, & les autres organiques, l'action similaire est
commencée par la temperature seule, parfaite par la mesme temperature, & faite
toute entiere par chaque particule de la partie : mais l'organique n'est ny commencée par la temperature seule, ny faite toute entiere sinon par tout l'organe.

Finalement l'Anatomiste doit considerer l'vsage des parties, *car c'est par luy que* *3. L'vsage*
nous sommes (comme veut le Philosophe) *amenés à la cognoissance de l'organe & non* *lequel*
par sa composition. Au reste l'vsage est double selon Galien : l'vn suit l'action, c'est *est double,*
à dire il procede de l'action mesme, & est la fin de ladite action, comme de l'a-
ction de voir, vient cet vsage à l'homme de fuir les choses nuisibles, & poursuiure
celles qui sont profitables. Cet vsage, si tu regardes sa generation & constitution,
est dernier que l'action, mais il est reputé premier en dignité, parce qu'il est la fin
de toutes les actions : or la fin est plus noble que les choses par lesquelles on paruient à icelles. L'autre vsage precede l'action, & est defini *vne certaine aptitude &*
disposition à agir; ainsi en l'œil, l'humeur crystalline fait la veuë premierement; les
autres humeurs, les tuniques, & le nerf optique donnent vn vsage & seruent à
rendre l'action plus parfaite. Cet vsage est en dignité dernier de l'action, mais il *Que l'vsage*
est premier en generation. Il appert de ces choses que l'action differe de l'vsage, *differe de l'a-*
combien que plusieurs les confondent : Car l'action est vn mouuement actif de *ction,*
la partie, & l'vsage vne certaine aptitude à agir : l'action consiste en l'operation
seule, & l'vsage au repos mesme de la partie : l'action en tout organe parfait n'appartient qu'à la seule partie princesse, & l'vsage, à toutes les autres : & finalement
il y a beaucoup de parties qui ont vsage, lesquelles n'ont point d'action, comme le
poil & les ongles.

Les differences des parties, & premierement la diuision des parties d'Hippocrate.

CHAPITRE XVIII.

Hippocrate diuise le corps en parties.

LA diuision des parties *en contenantes, contenuës, & en celles qui font effort*, donnée par le diuin Hippocrate, est tres-ancienne: Alexandre diuise le corps plus clairement *en parties solides, humides & spiritueuses*; & nous *en parties qui se nourrissent, en celles qui nourrissent, & en impellentes*. Les parties contenantes sont celles qui sont solides & qui se nourrissent. Or ie ne pren point icy le mot *solide*, côme le vulgaire, pour ce qui est dur & dense, ny pour ce qui est opposé à rare & concaue: mais auec les meilleurs Philosophes, pour ce qui est tel, qui est tout plein de soy, & non d'autre chose, & qui est en toutes ses parcelles de mesme substance & nature. Et ainsi les parties

contenantes, charnuës peuuent aussi estre dites solides & contenantes. Ainsi le cœur qui est vn viscere charneux contient en ses ventricules, au dextre le sang veineux, & au seneftre l'arterieux: ainsi le cerueau percé de force cauitez, contient le sang & l'esprit animal. I'appelle aussi *parties solides*, toutes celles qui se nourriffent, d'autant que tout ce qui est solide, est aussi similaire: or l'action similaire c'est la nutrition. Les

contenuës, parties contenuës, sont les humeurs enfermées dans leurs vaiffeaux, comme dans leurs receptacles: ie les ay appellées corps qui nourriffent, pour monstrer que ie n'entends comprendre sous ce genre de parties, que les humeurs alimentaires, &

& impellentes qui font les esprits, non les excrementeuses. Fernel rapporte les parties impellentes ou qui font effort aux facultez de l'ame, & non point aux esprits; mais ie croy qu'il se trompe: Car combien que les esprits soient contenus, & qu'ils ayent leurs propres receptacles, les veines, les arteres & les nerfs: si est-ce qu'ils sont dits faire effort. Hippocrate parle du corps & des choses corporelles, & non donc des facultez. Au reste par le mot *d'esprit*, ie n'entends point les vents, car ce sont faux esprits, qu'Auicenne appelle *esprits frauduleux*, lesquels ont quelquefois des mouuemens si impetueux, qu'ils suscitent de tres-grands tumultes en l'œconomie naturelle, & trauaillent miserablement le pauure corps. Lisez ce qu'Hippocrate en a écrit en son liure *de flatibus*. Mais i'entends par *les esprits* le premier & immediat instrument de l'ame, que les Stoïciens ont nommé *le lien de l'ame & du corps*; la puiffance & subtilité naturelle desquels sont si grandes qu'ils traçassent & sont portez en vn moment par toutes les parties du corps, pour grossieres & denses qu'elles soient, ainsi qu'il se peut voir aux perturbations de l'ame, au dormir & au veiller, pour faire tous les mouuemens & actions naturelles, vitales & animales, & porter la vie, la nutrition, le mouuement, & le

desquels le mouuement est perennel & de deux sortes. sentiment, dans toutes les parties. Finalement le mouuement des esprits est perennel & de soy & par autruy: de soy & de leur nature ils se mouuent en haut & en bas; en haut, parce qu'ils sont legers, & en bas, pour chercher leur nourriture. Ils sont aussi meus par autruy quand ils sont attirez ou qu'ils sont chaffez; les vitaux sont chaffez en la contraction du cœur, & les animaux en la compreffion du cerueau. Doncques les esprits sont parties qui font effort: car ils tiennent de la nature du feu & de l'air, & partant ils sont tres-subtils & tres-vistes en soudaineté. Ainsi la femence, bien que crasse & visqueuse, ne laisse point de passer en vn moment à trauers des vaiffeaux, qui n'ont point de cauité apparente, parce qu'elle eſt ſpiritueuſe. Il ſe trouue encores d'autres differences *Autres diffe-* des parties dans Hippocrate, qui ſont tirées de leur ſubſtance, figure & ſituation. *rences des par-* De la ſubſtance, les vnes ſont denſes, les autres rares & ſucculentes, les autres *leur ſubſtance* ſpongieuſes & molles. De la figure, les vnes ſont caues, & d'vne largeur, vont en s'eſtreſſiſſant, les autres eſpanduës, les autres ſolides & rondes, les autres larges & pendantes, les autres eſtenduës, & les autres longues. De la ſituation les vnes *& ſituation.* ſont anterieures, les autres poſterieures, les autres profondes, les autres moyennes, ſuperieures, inferieures, dextres, ou ſeneſtres.

La diuiſion des parties en nobles & ignobles.

CHAPITRE XIX.

A diuiſion des parties en *nobles & ignobles*, eſt celebre & *Les parties no-* fort vſitée. Ie definy la partie noble, *qui eſt abſoluëment ne-* *bles ſont trois,* *ceſſaire à la conſeruation de tout l'indiuidu:* ou bien, *qui donne* *vne faculté, ou pour le moins vne matiere commune à tout le* *corps:* & ainſi nous n'en admettons que trois, le cerueau, le cœur, & le foye. Le cerueau eſt aſſis au lieu le plus éminent, *le cerueau,* comme en vn throſne, d'où il départit à tous les organes des ſens, les offices de ſes dignitez. Le cœur logé comme vn *le cœur,* Roy au mitan de la poictrine, entretient, deffend & conſerue la vie, & le ſalut de toutes les parties: & le foye, comme vn prince liberal, nourrit la famille de tout le *& le foye, deſ-* corps à ſes propres couſts & dépens. La faculté animale decoule du cerueau par les *quelles trois* nerfs, qui ſont comme cordelettes dans tout le corps: La vitale ſe répand du cœur par les arteres, qui ſont comme aqueducts en toutes les parties: & du foye ſe répand par les veines, ſi ce n'eſt vne faculté, à tout le moins vn eſprit: ſi ce n'eſt vn eſprit, à tout le moins vne matiere commune: à ſçauoir le ſang dans tout le corps; de ſorte qu'il n'y ait que ces trois parties, le cerueau, le cœur & le foye, qui ſoient abſoluëment neceſſaires à la conſeruation de tout l'indiuidu, leſquelles toutesfois ſont jointes enſemble d'vn lien ſi eſtroit, qu'elles ne ſe peuuent paſſer les vnes des autres; qui fait que l'vne d'icelles venant à defaillir, les autres meurent enſemblement. Or combien que ces trois parties ſoient dites nobles, ſi eſt-il qu'elles ne ſont point toutes en pareil degré de nobleſſe & dignité: car le cœur eſt reputé plus noble que le foye, & le cerueau que le cœur, tant pource que ſes actions ſont plus di- *le cerueau eſt* uines, car il eſt le ſiege de la raiſon, que pource que toutes les parties luy obeïſſent, *plus noble que* & pource meſme qu'il donne la forme à tout le corps: car *de la groſſeur & grandeur* *le cœur, & le* *de la teſte & du cerueau, dépend* (ſelon Hippocrate) *la figure des autres os.* Galien ad- *cœur que le* iouſte à ces trois les teſticules; pource qu'ils ſont les principaux inſtrumens de la *foye.* generation, par laquelle l'eſpece eſt conſeruée. Mais nous luy répondons qu'ils *Galien ad-* ne ſeruent de rien pour la conſeruation de l'indiuidu, veu qu'ils ne donnent point *cules,* ny de faculté, ny d'eſprit, ny de matiere à tout le corps, mais ſeulement vne qualité auec vn air tres-ſubtil, qui fait que les chairs ont vne odeur & ſaueur ſe- minale, qu'on appelle *le bouquin*: & que tout le corps en eſt plus robuſte à faire ſes operations. Toutes les autres parties ſont dites ignobles. 1. Pource que d'icel- *les parties* les ne decoulent point de faculté, d'eſprit ny de matiere commune dans tout le corps. *ignobles,* 2. Pource qu'elles miniſtrent aux nobles; ainſi les organes des ſens n'ont eſté faits que pour l'amour du cerueau; Ainſi le poulmon, le diaphragme & les arteres tant afpres que polies, font ordonnées pour rafraifchir le cœur, & le purger de fes vapeurs fuligineufes : Ainfi le ventricule, les boyaux, la ratte, les reins & les deux veffies ont efté conftruites pour le feruice du foye. 3. Et pource finalement qu'elles ne font point neceffaires à la conferuation de tout l'indiuidu : car elles ne font point fimplement neceffaires, mais feulement pour quelque refpect. De-quoy feruent, ie vous prie, le poulmon, la ratte & les reins aux bras & aux iam-bes ; & les bras & iambes au poulmon, à la ratte, & aux reins ; or le cœur leur fournift la vie, le foye la nourriture, & le cerueau le fentiment & le mouuement: de forte que le cœur, le foye, & le cerueau, foyent en toutes les parties du corps par leurs vaiffeaux. Au refte comme les parties nobles ne font point égales en di-gnité, auffi y a-il diuers degrez entre les ignobles : car d'icelles les vnes feruent aux nobles, en leur preparant quelque matiere, dont elles ont befoin, & les autres en l'a leur portant; les Barbares appellent cette feruitude-icy *portereffe*, & celle-là *preparatoire*: Il y en a outre des parties qui ne feruent feulement qu'à l'expurgation des nobles, lefquelles font les plus ignobles & viles de toutes, appellées pour cette raifon par les Barbares *Emonctoires*. Ainfi le ventricule cuit & prepare la viande au foye, les veines du mefentere donnent quelque commencement au fang, & la veine caue le diftribuë eftant parfait: le poulmon prepare au cœur la matiere pour engendrer l'efprit vital, & les tuyaux de la grand' artere diftribuent ledit efprit, apres qu'il a receu fa perfection au cœur, dans toutes les parties: La reth admira-ble prepare l'efprit animal au cerueau, & les nerfs le diftribuent. Les Emonctoi-res du cerueau fe trouuent derriere les oreilles, ceux du cœur fous les aiffelles, & ceux du foye aux aines.

& leurs diffe-rences.

Belle diuifion des parties en fimilaires & diffimilaires, auec l'exacte interpretation d'icelle.

CHAPITRE XX.

La partie fimi-laire.

A diuifion des parties en *fimilaires & diffimilaires*, qui eft la plus neceffaire de toutes, pour paruenir à l'exacte connoiffance des ma-ladies, eft fort vfitée entre les Philofophes & les Medecins. Platon a efté le premier, qui a appellé les fimilaires πρωτόγονα, premieres nées ou premieres engendrées : parce qu'elles font aucunement premieres en l'ordre de generation que les compofées, ou pource qu'elles font les premiers fondemens en la compofition du corps. Ariftote les appelle *fimples & incompofées*, ou pource qu'elles ne font point compofées, ny faites d'autres parties, ou bien ayant égard aux compofées, en comparaifon defquelles elles ap-paroiffent fimples : car pour dire vray, elles ne font telles, veu que le corps des animaux ne peut eftre fimple, ny par confequent les parties dont il eft bafty. Anaxagore le premier mis en auant le mot de *homoiomerie*, duquel Ariftote s'eft puis apres feruy, d'autant que la fubftance de ces parties apparoift toute vne & femblable aux fens. Il y en a qui les appellent *parties continuës*, d'autant qu'elles font continuës felon leur forme & leur matiere : & les autres *parties informes, ou fans forme*, & nous plus proprement vniformes. Arift. les nomme *fenfitiues*, parce que ce qui eft fimilaire, eft capable des fentimens, & que tout fentiment fe fait pre-mierement, & de foy par les parties fimilaires. Gal. les appelle tantoft *élemens fenfi-bles*, parce qu'elles apparoiffent tres-fimples aux fens, tantoft *particules tres-petites,*

& tantoſt *premiers & derniers corps. Premiers,* ayant égard à l'ordre de generation & de compoſition, parce que les parties ſimilaires ſont premieres que les compo-ſées : *& derniers,* ayant égard à la diuiſion & reſolution du corps, qui ſe fait & arreſte en ſes parties, comme en celles qui apparoiſſent les plus petites aux ſens. Il y en a qui les nomment *parties ſolides,* non point que leur conſiſtence ſoit dure, ferme & non fluxile (car ainſi la chair ne ſeroit point ſimilaire) mais pource qu'el-les ſont pleines de toutes parts. Le vulgaire appelle *ſolide* ce qui eſt dur, denſe, & amaſſé, & partant il ne tiendra point l'eau ny l'eſponge pour corps ſolides : mais le Philoſophe par *ſolide,* entend ce qui eſt tout plein de ſoy, & non d'autre choſe, & qui eſt d'vne nature & matiere ſemblables. Ainſi les doctes appellent le feu en ſon globe, & le Ciel, *corps ſolides,* combien qu'ils ſoient d'vne ſubſtance tres-rare & tres-ſubtile. Hippocrate les appelle *parties contenantes.* Mais cecy ſuffiſe tou-chant le nom des parties ſimilaires : expliquons à cette heure leur eſſence.

La partie ſimilaire ſe conſidere en deux manieres, ou au regard de ſa matiere, *eſt definie ſe-lon ſa matiere, ou* ou au regard de ſa forme : ſi on regarde ſa matiere, qui eſt en tout & par tout ſem-blable à ſoy ; elle ſera definie ſelon Ariſtote, *qui ſe diuiſe en parties ſemblables à ſoy.* Et ſelon Galien, *de qui toutes les particules reſſemblent & à elles meſmes, & à leur tout :* ou bien, *qui ſe diuiſe en parties qui ne different point d'eſpece.* Mais ſi on conſi- *ſelon ſa forme,* dere la forme, on la definira, *Vne partie de qui la forme eſt en tout & par tout ſembla-ble.* Car comme ainſi ſoit que la choſe ait ſa propre denomination de ſa forme, la partie ſera dite ſimilaire, à raiſon que ſa forme & figure eſt par tout ſemblable. Par la premiere definition, chaque particule de la partie ſimilaire retient le nom de toute la partie, mais non point par la derniere. Ainſi l'os de la iambe, ſi tu regardes ſa matiere, il eſt en tout & par toutes ſes parties ſemblable, mais ſi tu regardes ſa figure, tu trouueras que toutes ſes parties ne ſont point de meſme nature : car vne petite piece dudit os n'a point, ny de cauité, ny d'apophyſes, ny par conſequent la figure de tout l'os. D'icy ſe peut recueillir, que toute partie ſimilaire peut eſtre ap- *& peut eſtre dite organi-que,* pellée organique, & partant que c'eſt ſans raiſon qu'on oppoſe l'organique à la ſi-milaire, veu que *la nature du tout, & d'vne partie,* ſelon les Philoſophes, *eſt vne & meſme.* Or tout le corps eſt organique : car l'ame eſt l'acte & perfection d'vn corps organizé. L'eſſence de la partie ſimilaire ſemble conſiſter en vn certain meſlange *ſon eſſence con-ſiſte en la tem-perature,* des élemens, & en vne ſymmetrie & proportion des quatre qualitez premieres, qui eſt la raiſon que les Medecins appellent la temperature, *la forme des parties ſimilaires,* parce que s'en eſt le premier ſujet, & la premiere vertu, auec laquelle & par laquelle la forme agit & pâtit tout ce que la partie ſimilaire agit comme ſimi-laire. Ainſi la nutrition qui eſt l'action commune des parties ſimilaires, eſt com-mencée par la temperature ſeule, parfaite par la meſme temperature, & faite en- *ſes differences ſelon les Philo-ſophes ſe pren-nent des pre-mieres quali-tez.* tiere & parfaite par chaque particule de la partie. Le Philoſophe prend les diffe-rences des parties ſimilaires des premieres qualitez, & des choſes qui ſuiuent la temperature. Les premieres qualitez ſont bien quatre, mais parce que la chaleur & froidures ſont actes en quelque façon, & que l'acte de ſoy eſt indiuiſible : De là vient qu'il ne prend ſes differences que de la diuerſité du ſec & de l'humide, & ainſi des parties ſimilaires, il en met les vnes humides, & les autres ſeiches : Les humides, ou elles ſont dites ainſi proprement, comme celles qui de leur nature ne ſe peuuent contenir elles-meſmes dans leurs propres bornes, ains ont beſoin de receptacles & vaiſſeaux, pour eſtre contenuës, comme le ſang : ou elles ſont molles, & ſe contiennent mieux dans leurs fins, comme la chair. Ces parties là ſont dites ſeiches, deſquelles la ſuperficie eſtant preſſée, n'obeït point, ou

Des Præceptes generaux de l'Anatomie,

difficilement, le Philosophe les appelle *parties solides*, & en fait de deux sortes, les vnes frangibles, qui ne se peuuent plier sans rompre, comme les os : & les autres pliables, qui se plient & estendent sans casser ny déchirer, comme les ligamens & les membranes. Le Medecin recueille les differences des parties similaires, des principes sensibles & materiels de la generation, qui sont deux, le corps de la semence, & le sang maternel : & partant il en appelle les vnes spermatiques, & les autres charnuës, & veut que celles-là soient immediatement engendrées de la semence, & celles-cy du sang. Or les parties spermatiques en ceux qui sont parcrus, & aux vieilles gens ne se reünissent iamais ou difficilement par la premiere intention, à cause de l'imbecillité de la cause efficiente : car elles sont froides & de la mauuaise disposition de la matiere qui n'affluë point toute ensemble ny abondamment, & qui subit diuerses alterations : joint la dureté & secheresse desdites parties, car les choses seches ne s'assemblent ny vnissent point aisémét, & le Philosophe demande en toute mixtion vne substance aqueuse, pour seruir comme de colle & de ciment afin d'assembler, & contenir toutes les parties en vn. Les charnuës au contraire, parce qu'elles sont plus chaudes, plus moles, & qu'elles se nourrissent de sang qui n'a point besoin de grande alteration, se reünissent incontinent, quelquefois immediatement, & quelquefois aussi par vn moyen de mesme genre. Les differences des parties, & spermatiques & charnuës, sont diuerses : car la semence encore qu'elle apparoisse similaire, a neantmoins des parties dissimilaires, les vnes plus grossieres, les autres plus deliées, les autres grasses, les autres gluantes, les autres propres à l'extension, & les autres à la concretion. Cependant que la vertu procreatrice agit en la partie de la semence capable de s'estendre, elle en forme les membranes, les veines, les arteres, & les nerfs : quand elle agit en celle qui se peut endurcir, elle en bastit les os & les cartilages, & ainsi du reste.

Selon les Medecins elles se prennent des principes de generation,

& sont dites les vnes spermatiques,

ausquelles on remarque deux substances,
Galien remarque derechef deux substances aux parties spermatiques, l'vne vrayement solide, & l'autre charnuë, & veut que la premiere se puisse seulement arrouser, & non reparer, & que la derniere soit comme vne liqueur figée autour des fibres solides, laquelle se repare & remet facilement. Il fait aussi trois sortes de parties charnuës, parce qu'il y a trois sortes de chair : la vraye chair qui est celle des muscles, la chair des visceres nommée parenchyme, & celle qui est particuliere à chaque partie. Adioustons vne troisiéme diuision de parties similaires en *Communes & en Propres.* I'appelle *Communes* celles qui seruent à faire & composer plusieurs parties dissimilaires, comme les os, ligamens, cartilages, membranes, chair, nerfs, arteres & veines, desquelles les cinq premieres sont vrayement similaires, & les trois dernieres ne le font seulement qu'au rapport des sens, car le nerf est moüelleux par dedans, & membraneux par dehors. Et *Propres,* celles qui ne composent seulement qu'vne partie, & dont il ne s'en trouue point de semblable au reste du corps, comme sont la moëlle du cerueau, & les humeurs de l'œil, la cristalline & la vitrée. Au reste l'vsage & necessité de toutes les parties similaires sont deux, 1. pour composer les parties dissimilaires, 2. & pour estre (comme veut Auerroës) le siege de toutes les facultez sensitiues : car ce que toutes les parties ont sentiment, c'est par le moyen des similaires.

& les autres charnuës, lesquelles sont de trois sortes.

Autre diuision en communes,

& en propres,

leur vsage & necessité.

La partie dissimilaire.
A la partie similaire est opposée la dissimilaire : car comme la similaire se diuise en *parties semblables,* ainsi la dissimilaire en *parties dissemblables :* Et comme les particules de la similaire retiennent le nom de leur tout, ainsi celles de la dissimilaire n'ont point de nom propre. Definissons donc les dissimilaires *celles qui se diuisent*

en parties diſſemblables de nature & d'eſpece. Les Medecins les appellent par excel-
lence *organiques*, d'autant que leur action eſt plus parfaite & plus apparente; & *ſa definition, pourquoy nommée organi- 1me.*
que la figure, la magnitude, le nombre & la ſituation (qui ſont quatre choſes qui
rendent l'organe parfait) reluiſent & apparoiſſent plus manifeſtement aux compoſées qu'aux ſimilaires, de ſorte qu'ayant égard tant à leur forme comme à
leurs actions qu'elles meritent mieux le nom d'organes que les ſimples, veu que
la forme des ſimples, c'eſt la temperature, & des compoſées, la loüable conformation. Or la conformation conuient mieux à l'ame que la temperature, veu
qu'elle eſt definie eſtre *l'acte & perfection du corps organique.* L'action de la ſimilaire eſt naturelle, à ſçauoir la nutrition, comme celle qui eſt meſme apparente
aux plantes, mais l'action de la diſſimilaire eſt animale: & partant celle-là eſt dite *Qu'eſt-ce qu'organe.*
eſtre action de nature, & celle-cy action de l'ame. Au reſte ie definy l'organe
auec les anciens, *vne partie qui peut faire vne action parfaite.* Par *parfaite* faut
entendre *propre.* Car l'action des parties ſimilaires eſt commune, à ſçauoir la nu- *Galien fait quatre degrés*
trition, & non point propre. Galien fait quatre ordres d'organes, & met au pre-
mier ceux qui ſont tresſimples, & qui ne ſont compoſez que des parties ſimilaires, comme les muſcles: il met au deuxiéme ceux qui ſont compoſez des premiers, comme le doigt: ſous le troiſiéme il comprend ceux qui ſont compoſez
des ſeconds, comme la main: & ſous le quatriéme; ceux qui ſont compoſez des
troiſiémes, comme le bras. Il remarque derechef quatre ſortes de parties en *& remarque en tout organe parfait quatre ſortes de parties.*
l'organe tresparfait; la premiere eſt celle par qui l'action eſt premierement faite,
& laquelle poſée, on poſe la faculté, de là vient qu'elle eſt dite partie princeſſe
de l'organe, telle eſt l'humeur criſtalline en l'œil; car il n'y a qu'elle qui ſoit alterée par les couleurs & qui reçoiue les eſpeces des objets viſibles. La ſeconde eſt
de celles ſans qui l'action ne ſe feroit point: & celles-cy ne regardent point l'a-
ction premierement & de ſoy, mais la neceſſité de l'action: telles ſont en l'œil, le
nerf optique & les humeurs vitrée & albugineuſe. La troiſiéme eſt de celles, par
qui l'action eſt mieux faite, elles regardent à la perfection de l'action, & partant
ſont nommées adiuuantes: telles ſont les tuniques & les muſcles qui mouuent
l'œil de tous coſtez d'vne agilité & viteſſe incroyable. La quatriéme eſt de celles
qui conſeruent l'action: & ces dernieres icy ſont que toutes les autres agiſſent
aſſeurément: & qu'elles ſont dirigées à faire leur action, non point entant qu'elle
eſt ſimplement action, mais entant qu'elle doit durer: & telles ſont aux yeux les
paupières & l'orbite interieure. Ce qui ſoit dit des parties organiques. Au reſte *Diuiſion des parties diſſi- milaires.*
afin de ne rien laiſſer derriere, nous adiouſterons encore pour la fin: que des par-
ties diſſimilaires les vnes ſont telles dés la premiere inſtitution de nature, comme
les mains & les pieds, deſquelles ſi tu ſepares toutes les ſimilaires, elles deuiendront à rien: & les autres par l'inſtitution ſecondére à cauſe de l'entrelaſſement
des veines, arteres & nerfs, comme le cœur, le cerueau & le poulmon: Car encores que tu ſepares du cerueau toutes les parties ſimilaires & communes, ſi eſt-ce
qu'il reſtera encores apres la ſubſtance propre du cerueau.

Des Præceptes generaux de l'Anatomie,

Explication de quelques autres differences des parties.

CHAPITRE XXI.

Differentes
des parties
prises de Ga-
lien,
In arte parua.

L reste encore quelques differences de parties qui ne sont pas si necessaires, lesquelles, pour ne rien obmettre, nous expliquerons icy briefuement. Galien dit des parties qu'il y en a de nobles, & qui tiennent nature de principe, comme le cerueau, le cœur, le foye & les testicules, qu'il y en a d'autres qui naissent des nobles, & qui leur ministrent, cóme les nerfs, arteres, veines, & vaisseaux spermatiques, qu'il y en a d'autres qui ne gouuernét point, & qui ne sont point gouuernées, ains qui ont seulement en elles les facultez innées, comme les os, cartilages, ligamens & membranes : & finalement qu'il y en a d'autres qui ont & les facultez innées, & les facultez influentes d'ailleurs, comme les organes du

des Arabes. mouuement & du sentiment. Les Mores recueillent les differences des parties de leur substance, de leur temperature, des choses qui suiuent leur temperature, & de celles qui leur aduiennent : & ainsi ils departissent les parties en spermatiques & en charnuës : en chaudes & en froides : en seiches & en humides : en molles & en dures : en parties auec mouuemét : & en parties sans mouuemét : & bref en parties qui ont sentiment, & en parties qui sont sans sentiment Or des parties qui ont sentiment les vnes l'ont fort exquis, & les autres l'ont obtus & hebeté : celles qui l'ont fort exquis, c'est 1. Pour la perfection du sentiment : ainsi la peau de la main, mais principalement celle du bout des doigts sent fort exactement les qualitez traitables. 2. Ou pource qu'elles sont facilement offençées par les causes nuisibles internes ou externes qui alterent le sentiment : ainsi l'œil est dit estre d'vn sentiment tresexquis. 3. Ou bien pource qu'elles ont quelque sentiment particulier qui ne se trouue point ailleurs : ainsi l'orifice du ventricule a le sentiment fort exquis pour sentir le defaut & succement des autres parties, & les parties genitales de l'vn & l'autre sexe, pour les induire par la copulation à la propagation

Du vulgaire,
des Egyptiens,
de Diocles,
de Fernel.
Lib. 2. meth.
medic. c. 1.

de leur espece. Le vulgaire des Anatomistes diuise tout le corps en la teste, en la poictrine, au ventre inferieur & aux jointures. Les Egyptiens en la teste, au col, en la poictrine, aux mains & aux pieds. Diocles en la teste, en la poictrine, au ventre & en la vessie. Et Fernel, en regions publiques & priuées, & ce (à mon aduis) fort à propos pour la pratique de la Medecine. Les publiques sont trois, la premiere descend depuis l'œsophage iusques au milieu du foye, & en icelle sont comprins le ventricule, les veines mesaraïques, la partie caue du foye, la ratte & le pancreas. La deuxiéme du milieu du foye s'auançe iusques aux petites veines de toutes les parties, & comprend la partie gibbeuse du foye, toute la veine caue, la grand' artere, & tout ce qui se trouue de ses vaisseaux entre les aisselles & les aines. La troisiéme comprend les muscles, membranes, os, & finalement toute la masse du corps. Les priuées sont en grand nombre, lesquelles ont aussi & leurs propres excremens, & des canaux particuliers pour l'expurgation d'iceux.

Enodation

ENODATION DES CONTROVERSES QVI SE
rencontrent en la suite des Chapitres precedens.

De la definition de partie. **QVESTION PREMIERE.**

PLVSIEVRS ont écrit de l'Anatomie, mais peu ont tasché d'expliquer les controuerses qui se rencontrent en icelle: i'ay entreprins, à la persuasion & requeste de plusieurs de mes amis, de décrire l'histoire des parties du corps humain; & d'y adjouster en forme de commentaires toutes les disputes anatomiques; & ainsi donner au public tout ce que i'ay succé des heureuses mammelles des Autheurs, Grecs & Arabes, & ce non point par paroles bien adjancées (Car la joliueté des mots trop curieusement recherchez, efface bien souuent le lustre des sentences) mais par dictions significatiues, & mesme quelquesfois barbaresques. Et pource que mon intention n'est point de rechercher seulement les choses graues & difficiles; mais aussi de m'ebatre en faueur des Apprentifs, és petites & legeres; ie m'en vay entamer ces disputes par la definition de partie. *Partie, particule, membre & lieu sont synonimes, en la doctrine d'Hippocrate, & de Galien. Nous appellons* (dit Galien) *l'œil, membre: car il n'importe si on l'appelle partie, ou membre: si quelqu'vn dit que l'œil est vn membre, & non vne partie, ou bien que c'est vne partie & non vn membre, nous ne lairrons point d'estre d'accord. Et ailleurs, Non seulement les Modernes, mais mesme plusieurs des Anciens, ont de coustume de nommer les parties du corps, lieux:* ce que fait semblablement Hippocrate. Il y en a toutesfois qui mettent difference entre *membre & parties* & entre *particule & lieu.* Aristote veut qu'il n'y ait que les corps composez de parties dissemblables, qui soyent appellez *membres,* comme la teste, le pied, la main; & appelle proprement ceux qui sont similaires, *parties.* Theodore estime que le nom de *lieu* & de *partie* s'estend plus largement dans Aristote, que celuy de *membre.* Galien est aussi de la mesme opinion, Quand il dit; *On peut appeller l'œil & membre & partie; & la tunique cornée partie & non membre.* Mais d'autant que les Philosophes doiuent estre plus curieux des choses, que des mots, ce nous est tout vn, qu'on l'appelle *partie, particule, membre, ou lieu.* Employons maintenant le temps à expliquer la nature de partie par vne definition essentielle. Auicenne la definit, *Vn corps engendré du premier meslange des humeurs, comme les humeurs sont composez de la premiere mixtion des alimens, & les alimens des élemens.* Mais cette definition est trop estroitte, comme celle qui ne conuient qu'aux parties similaires: car qui ne voit point que les dissimilaires prennent immediatement leur origine des similaires, & non du premier meslange des humeurs? Galien l'enseigne en termes exprés quand il écrit, *que les parties composées sont immediatement faites des simples, les simples des humeurs, les humeurs des alimens, & les alimens des élemens.* Ceux qui defendent l'Arabe, disent que cette definition est materielle, & non formelle; car & les similaires, & les dissimilaires communiquent en matiere, & different en forme: mais ils ne voyent point que la definition essentielle doit exprimer la forme qui est la principale partie de l'essence, & qui donne estre à la chose. Aponense la definit, *Vn corps solide & dense engendré des humeurs, & orné des facultez naturelles.* Mais cette definition peche au mesme vice que la premiere, & ne comprend seulement que les similaires. On en trouue deux dans Galien. 1. Il la definit, *Ce qui parfait & accomplit le tout* ou bien, *Tout ce qui entre en la composition du corps humain.* 2. Il veut que ce soit, *Vn corps qui n'ait point de circumscription propre de tous costez, & qui ne soit point aussi ioinct aux autres parties de tous costez:* mais elles sont

Dessein de l'Autheur.

Partie, particule, membre & lieu sont synonimes.
l. 1. Meth.
l. 1. de loc. aff.
l. de loc. in Hom.
l. de vict. rat.
in acutis.
l. 1. de hist. animal. 1.

l. 1. Meth. c. 6

La definition d'Auicenne.
fen. 1. l. 1. c. 1. doct. 5.
est reiettée.

l. 1. de Elem.

Excuse d'Auicenne nulle.

Definition d'Aponense est reiettée.
Deux definitions de Galien.
l. 1. Meth c. 5.
l. 1. de elem. c. 6.
l. 1. de vsu part. c. 1.

D

Reiettées.
l. 6. Epidem.
fect. 7.
l. 2. de part.
animal. c. 2.

Definition de
Fernel. l. 2.
phyfiol. 2.
Blafmée par
Argentier.

toutes deux trop larges, & ne comprennent point feulement les parties viuantes, qui feules font les vrayes parties ; mais auffi les inanimées, comme les cheueux, les ongles, & la graiffe. C'eft en cette fignification ample & large, qu'Hippocrate & Ariftote vfent du mot *partie*, quand ils qualifient les humeurs, les efprits, la femence, le laict, la moëlle, & le fuif, de ce nom. M. Fernel en baille vne tres-par-faite qu'il expofe par le menu, laquelle Argentier blafme à fa façon accouftumée, & confidere le corps humain. 1. Comme fubftance, & ainfi il le diuife en matie-re & en forme. 2. Comme corps, & ainfi les parties d'iceluy, font toutes les fub-ftances corporelles. 3. Comme viuant & animé ; & en cette façon, toutes les par-ties viuantes doiuent eftre appellées parties du viuant, & non du corps : dont il

conclud que M. Fernel n'a point bien definy la partie, *vn corps adherent au tout,*
Et deffenduë
par l'autheur.
ioint d'vne vie commune à iceluy, fait pour fon action & vfage. Mais toutes ces rai-fons font trop fubtiles, & hors la contemplation du Medecin, qui ne confidere point le corps humain, comme corps phyfique, compofé de matiere & de forme, mais entant qu'il eft fujeçt à fanté, & à maladie. Il veut donc qu'il n'y ait que ces corps-là feulement, qui doiuent eftre appellez *parties*, lefquels font le fujeçt de la fanté, & de la maladie : or il n'y a que les parties, qui font des actions qui foyent le fujeçt de la maladie ; & les actions prouiennent des parties viuantes, & non des inanimées ; car la maladie eft vne difpofition, qui bleffe l'action premierement & de foy. Doncques la definition de Fernel eft medecinale & parfaite.

Que le cœur n'eft point feul principe au corps humain.
QVESTION DEVXIESME.

Ariftote ne
recõnoit qu'vn
feul principe,
à fçauoir le
cœur.
LEs Philofophes & les Medecins font en querelle pour la principauté des parties. Ce grand Interprete de la nature, Ariftote, ne met qu'vne feule partie noble, & veut qu'il n'y ait qu'vn feul principe qui contienne en foy toutes les facultez. Or il dit que *le cœur eft ce principe, la fource des veines, arteres, & nerfs, la fontaine de la chaleur, des efprits & du nectar viuifiant, l'vnique boutique*

Et a efté fuiuy
de plufieurs
qui approu-
uent fon opi-
nion de ces
raifons.
La premiere.
de la fanguification, & le domicile de l'ame vegetatiue, fenfitiue, & rationale. Il a efté fuiuy d'Auerroës, d'Aphrodifée, & de plufieurs autres Grecs & Arabes. Ils ame-nent pour confirmer leur opinion, des raifons probables, & cachées fous l'ap-parence de la verité, mais non neceffaires. Il eft meilleur (ce difent-ils) de ne met-tre qu'vn principe, que d'en pofer plufieurs ; car ce qui tient nature de principe, ne doit neceffairement eftre qu'vn : car fi l'ame de l'homme, n'eft qu'vne en nombre, & icelle indiuifible, il faut auffi ou que tout le corps humain ne foit qu'vn, ou bien que quelque partie d'iceluy foit feule princeffe ; car il ne faut pas multiplier les ens fans neceffité : & comme il n'y a qu'vn feul principe en l'vniuers, que nous voyons

l. 8. Phyfic.
l. 2. Illiados.
de nos yeux, qu'Ariftote appelle *premier mouuant, & premier moteur.*

[*Plufieurs regner n'eft bon, qu'il n'y ait qu'vn feul Roy.*]
Dignité du
cœur.
Ainfi au petit monde, il ne faut admettre qu'vn feul principe & vn feul Prince, le cœur fera tel ; l'excellence & dignité duquel, nous eft fuffifamment demonftrée. 1. Parce qu'il eft le premier viuant, & le dernier mourant : d'où il peut eftre dit *le commencement de l'ame, & de la vie.* 2. Parce qu'il ne peut fouffrir de grandes ma-ladies, & qu'il ne prolonge point les griefs tourmens de la vie. 3. Parce qu'il eft fitué en la partie la plus digne, à fçauoir au milieu du corps. 4. Et parce finalement, que toutes chofes font refiouyes, & viuifiées par le continuel mouuement d'iceluy, & qu'il n'y a rien de fecond en l'homme, finon que la faculté tres-puiffante du cœur luy élargiffe la fœcondité. 2. Il faut (ce difent-ils) mettre le fiege de l'ame à

La deuxiéme.
l'endroit où fe trouue la chaleur naturelle, principal inftrument dont elle fe fert

pour faire toutes les fonctions ; or le cœur est la fontaine de la chaleur naturelle, *La troisiéme*
d'où elle se répand par les arteres dans tout le corps. 3. Il faut mettre le siege des
facultez, au lieu où apparoissent leurs organes : or l'origine de toutes les veines, arteres & nerfs, est du cœur. Touchant les arteres, personne n'en a iamais douté.
Or l'origine des veines doit estre mis au lieu, où se voit leur fin & extremité ; mais *Le cœur est le principe des veines,*
leur fin se voit au cœur : car l'implantation de la veine caue, dans le ventre dextre
du cœur, est semblable à celle de la grand artere dans le gauche. Ioint que toutes les veines sont continuës au cœur ; sont affichées à iceluy, & ont leurs orifices
des petites membranes, comme portelettes, qui semblent estre les principes &
commencemens desdites veines, là où elles ne font que s'épandre dans le foyé, *& des nerfs,*
passer à trauers des autres visceres, ou s'y perdre en filamens. Mais il est aussi
le principe des nerfs, car sa chair est dure, dense & peaussaire ; & ses ventres sont
remplis d'vne infinité d'entrelasseures nerueuses. 4. Le cœur est le premier au- *La quatriéme*
theur de la sanguification, de la vie, du mouuement & du sentiment. Qu'il
soit la boutique de la sanguification, il appert de ce que le sang est contenu dans
le cœur, comme dans vn vaisseau & receptacle, & dans le foye, comme dans vn
canal ; & mesme qu'il n'est point contenü dans aucune partie du corps, hors de
ses veines, hors mis dans le cœur ; tellement qu'il soit le reseruoir & le magazin
du sang : car aussi aux perturbations de l'ame, il se retire tout au cœur, & non
au foye, ny au cerueau. Or que le cœur soit le premier sentant, c'est à dire, que
la faculté sensitiue, motrice & appetitiue prouienne d'iceluy, ils le prouuent par
les raisons suiuantes. Parce qu'en la syncope, on voit vne ruine subite de toutes les facultez, ce qui arriue à raison du deffaut de l'esprit vital ; parce qu'en la
crainte, le visage deuient pasle, & en l'esperance & poursuitte du bien, rouge &
vermeil, & ce à raison que la chaleur & les esprits du cœur se retirent au profond
du corps, ou accourent à la superficie. Parce que la ligature & surprinse des Carotides, cause vn Caros ou dormir profond, & priue l'animal de tout mouuement,
sentiment & cognoissance. Parce que la ioye, la tristesse & l'esperance sont mouuemens ou passions du cœur, desquelles dépend l'appetit, ou de poursuiure ce
qui est vtile, ou de fuir ce qui est dommageable ; & parce finalement que toutes
les facultez animales se reposent & cessent durant le dormir : or nous dormons
lors que la chaleur se retire au cœur. Ils soustiennent aussi que le cerueau estant
de temperament froid, est totalement inepte à faire le mouuement, & qu'il n'a
esté creé que pour rafraischir le cœur : Et nient, qu'il puisse estre l'autheur du sentiment, veu qu'il est totalement insensible. Tels & semblables sont les argumens
des Peripateticiens, par lesquels ils veulent persuader qu'il n'y a qu'vn seul prin-
cipe au corps humain, à sçauoir le cœur. Mais il y a desià long-temps que leurs *Mais leur opi- nion est refu- tée, & est monstré que le cœur n'est point le prin- cipe des veines ny des nerfs*
decrets ont esté bannis des escoles de Medecine ; car toutes leurs assumptions
sont fausses, & toutes leurs raisons ne concluent rien necessairement. Qui a-il ie
vous prie de plus absurde, que de preferer la probabilité des argumens à l'authorité des sens, de la raison & de l'experience ? Or que les veines prennent leur
origine du foye, & les nerfs du cerueau, vn aueugle mesme le iugeroit. Le Philosophe auoit remarqué nombre de filets nerueux aux deux ventres du cœur,
lesquels filets naissent des extremitez des membranes, & valuules, qui sont
aux orifices des vaisseaux, & pensoit que ce fussent vrays nerfs, combien que le
cœur n'en reçoiue qu'vn fort petit de la sixième coniugaison. Il auoit veu la
veine caue fort grosse au ventricule dextre, mais il n'auoit point consideré
qu'elle ne fait seulement que s'y ouurir & entrebaailler, pour y verser le sang,

comme dans vne cisterne pour la generation de l'esprit vital, & qu'elle ne sort nullement du cœur, ainsi que les membranes triangulaires ouuertes par dehors, & fermées par dedans, monstrent manifestement. Mais nous agiterons cette

Aux quest. 1. & 7. du 4 liu. question touchant l'origine des veines & des nerfs en son lieu, qu'il suffise d'auoir dit cecy en passant. N'est-ce point chose qui repugne à la raison & à l'experience

Que le cœur n'est point le principe du mouuement volontaire. de mettre le cœur pour principe du sentiment & du mouuement? le cœur veritablement se meut, mais son mouuement est naturel, & non volontaire; il se meut selon son appetit, & non selon nostre volonté. L'experience nous fait voir tous les iours, que la compression ou repletion des ventricules du cerueau, comme en l'Apoplexie, Epilepsie & Caros, priue tout le corps de mouuement & de sentiment; ce qui n'arriue point aux indispositions du cœur. Que s'il estoit le siege de toutes les facultez, comme ils veulent, il faudroit qu'il s'ensuiuit lesion de toutes les functions, aussi-tost qu'il seroit en quelque maniere affecté & depraué en son temperament, parce que les actions dépendent de la temperature; mais en la fiéure hectique, en laquelle le cœur est fort alienè de son temperament (car l'intemperature est égale) les facultez volontaires & princesses demeurent saines & sans estre offencées. Au mouuement depraué du cœur, comme en la palpitation. le mouuement volontaire reste sain aux parties, & la raison aussi. Qui osera nier que la peste, les morsures des bestes venimeuses, & les poisons prins par la bouche, n'attaquent & combattent la faculté vitale? or ceux qui sont ainsi affectez, ont le sentiment entier & la raison tres-bonne. Le cerueau estant refroidy, le dormir se glisse incontinent dans les yeux; or Aristote definit le dormir, *estre la cessation ou le repos du premier organe des sens.* S'il aduient que quelqu'vne des facultez princesses, sensitiues ou motrices, soit affecté, on applique les remedes à la teste, & non sur le cœur. Dont s'ensuit que le cerueau, & non le cœur, est le premier principe du mouuement & du sentiment.

Commene le cerueau sent. Les Peripateticiens objectent, *Que le cerueau est insensible, & partant qu'il ne peut estre l'autheur du sentiment.* Qu'ils écoutent la docte réponce de Galien, *Le cerueau ne sent point passiuement, mais actiuement: il ne reçoit point les especes des obiects, mais comme vn bon iuge il discerne les especes receuës en l'organe, & iuge de tous les sentimens.* Le cerueau (ce disent-ils) *est inepte pour faire le mouuement, parce qu'il*

Pourquoy il est froid. *est froid.* Mais au contraire, il falloit qu'il fut froid, c'est à dire moins chaud, pour faire ses actions: car s'il estoit tres-chaud, les mouuemens seroient dereglez, & les

Responce aux raisons des Philosophes. sentimens égarez, comme sont ceux des phrenetiques. Les facultez animales defaillent en la syncope, à cause de la resolution & disette de l'esprit vital, qui fournit de matiere au cerueau, pour la generation & conseruation de l'esprit animal. Les Carotides estans liées, l'animal demeure sans sentiment & mouuement, à raison que la ligature empesche que l'esprit vital ne monte au cerueau, pour engendrer l'esprit animal, autheur du sentiment & du mouuement. Mais i'entends crier

Qu'vn seul principe ne suffit point. les Peripateticiens, *Qu'il est meilleur de ne mettre qu'vn principe, que d'en establir*

Demonstration premiere. *plusieurs.* chose que ie leur accorde volontiers: mais que cela se puisse faire au corps humain, il y a plusieurs choses qui empeschent. La substance des veines, arteres, & nerfs est diuerse, & leur composition & temperature dissemblables; comment donc est-ce, que des parties de nature si diuerse, pourront naistre d'vne seule partie? Ces organes doiuent estre tres-gros en leur naissance, pour verser abondamment l'esprit, & la matiere commune dans toutes les parties; mais la masse du cœur ny d'aucun autre principe, n'est point suffisante pour produire vn si grand nombre d'organes differents. Adiouste que comme ainsi soit que les fa-

cultez de l'ame suiuent la temperature du corps ; comment est-ce que trois facul- *Deuxiéme.*
tez diuerses, & icelles bien souuent contraires, la raisonnable, l'irascible, & la concupiscible pourront estre en vn mesme organe? & comment est-ce, quand le cœur *Troisiéme.*
est agité de boüillons de colere ; que la raison luy resistera , laquelle demande *Quatriéme.*
vne temperature mediocre? quoy? la faculté vitale & l'animale ne demandent-elles
point des temperamens differens? leurs organes sont donc diuers ; & le cœur est
propre à contenir & promouuoir la faculté vitale ; mais inepte pour conseruer
l'animale. Car pour engendrer & contenir l'esprit vital, il estoit besoin d'vn organe fort & robuste, qui fut tres-chaud & capable de supporter des mouuemens
continuels : mais la faculté animale requeroit vn autre temperament, autrement
les mouuemens seroient furieux, les sentimens precipitez, & la raison égarée, parce que le propre de la chaleur est de mouuoir tousiours, & de confondre toutes
choses. Par ces raisons est enuoyé l'opinion des Peripateticiens en exil, & chassée
hors des escoles de Medecine. Auicenne expose l'opinion d'Aristote, & veut que *Comment*
toutes les facultez soient au cœur, comme en leur premiere racine ; mais qu'elles *Auicenne ex-*
reluisent & apparoissent aux autres parties : c'est à dire, que le cœur soit le prin- *pose Aristote.*
cipe de toutes les facultez, mais qu'il se serue du cerueau pour sentir, comme d'vn *fen. 1. l. 1. c. 1.*
instrument ; de sorte que la faculté animale soit radicalement (il parle ainsi) au *doct. 6.*
cœur & manifestatiuement au cerueau. Il y en a qui debattent en leur faueur *Exposition de*
que les facultez princesses, motrices & sensitiues sont resseantes au cœur, comme *quelques mo-*
en leur principe & fontaine, & que toutes les racines des nerfs sont en iceluy ; mais *dernes.*
d'autant que le cœur est trop petit pour produire vn si grand nombre de branches, que le cerueau a esté fait comme vn principe secondaire, auquel reluisent
les facultez animales, non point obscurement comme au cœur, mais manifestement ; & que le cerueau ayant vne fois receu ce pouuoir du cœur, il n'ait point besoin de son aide, que bien long-temps apres. Comme si nous disions qu'vn General d'armée ayant vne fois receu du Roy vne armée en bonne conche, n'auoit plus
besoin de l'aide d'iceluy. Ils veulent donc que le cerueau & le foye soient dits *par-*
ties nobles, mais qu'elles doiuent rapporter leur principauté au cœur, comme
l'ayant receu d'iceluy, non autrement que les vice-Roys choisis par le Prince souuerain reçoiuent d'iceluy la puissance de commander pour Lieutenans. Les autres
disent que les nerfs naissent du cerueau, & les veines du foye materiellement, mais
que leur premier & formel principe est au cœur. Le tres-docte de l'Escale met au *Opinion de*
cœur plusieurs principes ; le premier est *le vital,* le secondaire est *le motif,* & ces *Scaliger exer-*
deux icy ne cessent iamais, & ne sont point empeschez par le dormir ; & toutesfois *citat. 289.*
ils ne sont point les premiers principes sentans, combien qu'ils le soient du sentiment. Voilà comme plusieurs grands personnages ont tasché de concilier les
Philosophes auec les Medecins : mais il me semble que leurs expositions sont tou- *Elles sont re-*
tes fort éloignées de l'intention d'Aristote : car il n'a iamais voulu que le cerueau *iettées.*
fust autheur du sentiment, ny que les nerfs prinssent leur origine d'iceluy ; il ne
luy a iamais aussi donné la puissance de sentir comme Lieutenant, ains veut qu'il
ait seulement esté creé pour refroidir le cœur, encore qu'il soit le premier principe du sentiment & du mouuement, & qu'il ne reçoiue du cœur aucune puissance de sentir ou de mouuoir. Pour le regard de ce que disent les Arabes, *Que la*
faculté animale est radicalement au cœur & manifestatiuement au cerueau, c'est chose que nous ne receuons point : car si ladite faculté estoit au cœur comme en sa
racine, tout le corps aux obstructions du cerueau ne demeureroit point priué de
mouuement & de sentiment, parce qu'il en resteroit encores quelque portion

en la racine. Or le cœur estant bouché, & les chemins qui meinent d'iceluy au cerueau estans liez & empeschez, tant s'en faut que les animaux en demeurent en vn instant priuez de sentiment & de mouuement : qu'au contraire, il s'en est veu plusieurs qu'on sacrifioit, qui ont crié & couru encores apres auoir le cœur arraché. Galien éclaircit toute cette difficulté par vne belle demonstration. *Si le cœur* *(dit-il) donnoit la faculté animale au cerueau, il faudroit que ce fut par les veines, les* *arteres, ou les nerfs, car il n'y a point d' autres vaisseaux qui soient communs à ces deux* *parties. Que ce soit par les veines & les arteres, Aristote ne l'a iamais voulu : ioint que* *ces vaisseaux ne s'en vont point droit au cerueau, mais estans diuersement entortillez.* *Or qu'elle ne luy soit point enuoyée par les nerfs, cecy entre les autres choses le demonstre :* *c'est que le nerf qui se voit dans le cœur, estant couppé ou lié, l'animal ne perd point le* *mouuement ny le sentiment, ains deuient seulement muet.* Il y a donc bien plus d'apparence, que comme ainsi soit que l'ame soit vnique & simple, & icelle toute au tout, & toute en chaque particule du corps, & qu'elle ne fasse point ses functions sans le ministere des organes, d'assigner les sieges des facultez aux lieux où apparoissent leurs organes plus manifestement. Or est-il que les Peripateticiens confessent que les organes du mouuement & du sentiment sont plus apparens au cerueau, qu'au cœur : pourquoy donc ne logent-ils point aussi auec les Medecins la faculté animale au cerueau, la vitale au cœur, & la naturelle au foye ? Que cette vnité de principe soit donc explodée, & chassée des escoles de Medecine.

marginnote: Belle demonstration de Galien. l.1. de placit.

marginnote: Conclusion de toute la dispute.

Du nombre des parties nobles.

QVESTION TROISIESME.

COMME ainsi soit donc, que chacun puisse voir par ce que nous venons de déduire assez amplement, qu'il est necessaire qu'il y ait plus d'vn principe au corps humain : il reste maintenant que nous voyons combien ils sont. Or nous n'en sçaurions mieux recueillir le nombre, que de l'essence & definition de partie noble : mais c'est chose qui n'est point bien resoluë entre les Medecins, en quoy consiste cette noblesse. Galien la definit par la necessité, tellement qu'il faille appeller partie noble, celle qui est necessaire à la vie. *Ie veux (dit-il) monstrer par quelles marques il faut iuger vne partie noble, à sçauoir par l'vtilité, laquelle* *estant triple en general : car ou elle se rapporte à la vie simplement, ou à la vie meilleure,* *ou finalement à la conseruation de l'vne & de l'autre. Celles qui sont necessaires pour la* *vie, ou pour viure, doiuent sans doute estre tenuës pour nobles.* Item, *L'intention ou* *but de nature en la composition des parties du corps humain est triple : la premiere est de* *celles qui sont necessaires à la vie, telles sont le cerueau, le cœur & le foye.* Definissons donc la partie noble estre celle, *Qui est absoluëment necessaire à la conseruation de* *tout l'indiuidu.* Argentier, qui par vne certaine accoustumâce de contredire, a declaré vne guerre immortelle à Galien, rejette cette definition, *Parce que si on definit* *la principauté par la necessité, le ventricule, le poulmon, la ratte, la vessie, & les reins* *seront parties nobles : car l'action du ventricule est necessaire à la vie, l'animal ne sçau-* *roit viure vn seul moment de temps sans l'aide du poulmon, la suppression de l'vrine* *est mortelle, son excretion, qui se fait par le moyen de la vessie & des reins, est donc ne-* *cessaire.* Mais il semble qu'il n'ait point bien comprins l'intention de Galien, car la necessité des parties est double : Il y a des parties qui sont absoluëment neces-

marginote: Qu'est-ce que partie noble. l. 6. de vsu part. c. 7. l. 14. de vsu part. c. 1.

marginote: Premiere definition de partie noble, calomniée par Argentier, &

marginote: Deffenduë par l'Autheur.

faires à la conferuation de l'indiuidu; il y en a d'autres qui ne le font point fimplement, mais pour quelque refpeſt; celles-là font vrayement dites nobles, comme
le cerueau, le cœur & le foye: & celles-cy miniſtrent & feruent aux nobles. Dequoy feruent le poulmon, la ratte, les reins & la veſſie au bras, à la iambe & au
ventricule; mais le cœur leur donne la vie, le foye la nourriture, & le cerueau le
fentiment & le mouuement. Ces chofes fembleront obfcures aux Apprentifs,
mais nous les éclaircirons par exemples. Le foye eſt l'vnique prince du ventre inferieur, & feul abfoluëment neceſſaire en iceluy, nourriſſant à fes propres frais
toute la famille du corps: Toutes les autres parties de cette region ont eſté faites
pour le feruice d'iceluy: le ventricule, comme vn pouruoyeur ou cuifinier luy
fournit de viande: la veſſie du fiel purge la colere, la ratte l'humeur melancolique,
& les reins les ferofitez: Ainſi elles iettent hors, comme d'vne cuifine toutes les *Gal. l. de fœt.*
immondices de la maiſon royale du foye: elles miniſtrent donc toutes au foye, *format. c. 5.*
& ſi elles font neceſſaires, ce n'eſt point abfoluëment & de foy, ny pour la conferuation de tout le corps, mais feulement pour le feruice du foye. Le cœur eſt
logé au ventre moyen, comme en fon Louure: le poulmon, le diaphragme, & les
arteres ont eſté faites pour le feruir: il en faut dire autant du cerueau. Il n'y a donc
que ces trois parties, le cerueau, le cœur & le foye qui foient nobles, parce qu'il
n'y a qu'elles qui foient abfoluëment neceſſaires à la conferuation de tout l'indiuidu. Galien répond encore autrement. *Que l'action du ventricule n'eſt point abfoluë-*
ment neceſſaire, mais lors feulement que les animaux doiuent viure long temps, d'au-
tant que ceux qui demeurent tout l'hyuer dans leurs caehettes n'ont point befoin durant
ce temps-là de l'action du ventricule. Outre plus les clyſteres nutritifs ne montent point
iuſques au ventricule, & neantmoins vne portion d'iceux eſt fuccée par les veines me-
farayques, & tranſportée au foye. L'animal peut donc viure quelque temps fans
l'action du ventricule, qui eſt la chylification: mais non pas, comme enfeigne
Galien, fans la fanguification, qui eſt l'action du foye. Ce qu'ils objectent du poul- *6. de pla. 11.*
mon, eſt de nul poids: car il n'eſt point abfoluëment neceſſaire à la vie, mais feulement pour le feruice du cœur. Or le cœur pourroit bien attirer l'air par les arteres fans le poulmon, mais Nature craignant qu'il ne fuſt offenſé par cet air impur entrant tout à coup dans fes ventricules, elle a mis entre-deux le poulmon,
comme vn fourneau, pour le luy preparer. Ainſi ie penſe auoir fatisfait aux objections des Modernes; & prouué qu'il n'y a feulement que ces trois parties qui meritent le tiltre de *nobles*, lefquelles font abfoluëment neceſſaires à la conferuation de l'indiuidu. Mais i'en voy quelques-vns qui objectent Galien à Galien, & *obiection.*
qui difent *Qu'il n'y a que le cœur qui foit noble, parce qu'il n'y a que luy feul qui foit* *3. de loc. aff. 1.*
abfoluëment neceſſaire: car voicy les propres paroles de Galien, *Encore que l'animal*
ne fe nourriſſe, qu'il ne fente, ny ne fe mouue point (ce qui aduient aux animaux cachez
durant l'hyuer aux lieux fouſterrains) il ne lairra pas neantmoins de viure auſſi long
temps que le cœur demeurera fans eſtre offenſé: mais s'il eſt vne fois priué de la reſpi-
ration, il faut que l'homme meure incontinent. Nous répondons que *L'action du cœur* *Refponce*
& du cerueau aux animaux fanguins & parfaits eſt totalement neceſſaire, & que ceux
qui demeurent cachez tout l'hyuer font exangues & imparfaits: & qui eſt plus, il y en
a mefme quelques-vns des parfaits, qui viuent quelque temps fans reſpirer, comme
les femmes hyſteriques.

Il fe trouue dans Galien vne feconde definition de partie noble qui eſt fort *Deuxiéme de-*
belle. *Cette partie-là* (ce dit-il) *eſt appellée noble, qui donne vne faculté, ou pour le moins* *finition de par-*
vne matiere à tout le corps. Par cette definition il n'y en aura que trois, non plus que *tie noble.* *l. 6. de pla. 10.*

par la premiere : le cerueau donne la faculté animale , & le cœur la vitale : on peut douter du foye : car il ne semble point qu'il y ait de faculté naturelle influente, veu qu'elle est implantée en toutes les parties : mais s'il ne donne à tout le corps vne faculté, il luy enuoye à tout le moins vne matiere qui est assez pour l'anoblir. Auicenne definit la partie noble, *Qui a en soy le principe des principales facultez du corps: ou bien, en laquelle reluit manifestement, comme en son principal siege, l'vne des facultez qui gouuernent tout le corps.* Quelques Modernes la definissent, *Qui met hors de soy quelque instrument actif, & le communique aux autres parties :* or cet instrument c'est l'esprit. Il y aura donc tousiours trois parties nobles, le cerueau, le cœur, & le foye : car si tu regardes la necessité, il n'y a seulement que ces trois qui soient necessaires : si les principes des facultez, l'animale reluit manifestement au cerueau, la vitale au cœur, & la naturelle au foye : si les instrumens, l'esprit animal decoule du cerueau par les nerfs, le vital du cœur par les arteres, & le naturel du foye par les veines. Galien adiouste à ces trois *les testicules,* non point qu'ils soient necessaires à l'indiuidu, mais pour la conseruation de l'espece : car ils n'auoyent point de matiere, ny de faculté, ny d'esprit à tout le corps, mais seulement vne certaine qualité, auec vn air tres-subtil, qui donne vne odeur & saueur seminale (qu'on appelle *le bouquin*) aux chairs, & force pour mieux faire les actions.

Quelle partie, entre les trois, doit estre tenuë pour la plus noble.

QVESTION QVATRIESME.

ES choses ainsi arrestées touchant le nombre des parties nobles, pour ne rien laisser derriere de ce qui concerne la connoissance de cette matiere, nous rechercherons briefuement laquelle des trois est la plus noble. Il semble que Galien ait preferé les testicules au cœur, quand il dit, *Le cœur est veritablement autheur de la vie, mais les testicules font que les animaux viuent mieux : car estans couppez ils perdent tout le desir de copulation, ils ne recherchent plus les femelles, leurs veines s'estrecissent, le poulx deuient debile, lasche & pesant, le corps est glabre & sans poil, il perd toutes ses forces, & deuient tout effeminé.* Il met aussi en iceux vne seconde fontaine de la chaleur naturelle, & veut *qu'ils contiennent le feu pour rechauffer tout le corps: bref leur puissance est tres-grande & quasi incroyable, non seulement pour la fecondité, mais aussi pour changer le temperament, l'habitude, la substance & les mœurs. D'autant donc que bien & heureusement viure est plus excellent que viure simplement: d'autant font les testicules plus nobles que le cœur.* Mais cet argument est captieux : car les testicules ne font point viure, comme le cœur ; ains font que l'on viue plus heureusement, comme les yeux : or ce qui fait viure, & bien viure, est à la verité plus excellent que ce qui fait viure simplement ; les testicules ne seruent de rien à viure simplement: car sans iceux on peut viure, ce que personne ne dira du cœur. Dont s'ensuit qu'il est plus noble que les testicules. Le debat du cerueau auec le cœur est beaucoup plus incertain. Les Peripateticiens & Stoïciens *deferent la principauté au cœur,* tant pource qu'il occupe le lieu le plus digne à sçauoir le mitan du corps , & qu'il est la fontaine de la chaleur naturelle, que pource qu'il est le principal siege de l'ame: car Hippocrate mesme l'a logé *au ventricule gauche d'iceluy:* pour cette cause les Grecs l'ont nommé Cardia, comme qui diroit Cratia, qui signifie *Principauté:*

Definition d'Auicenne, sen. I. lib. I. c. I. doct. 6.
Definition des Modernes.

c. 9. art. medica.

l. I. de semine.
Que les testicules font plus nobles que le cœur.

Responce.

Que le cœur est plus noble que le cerueau.
l. de corde.

Nous maintenons au contraire, que c'est le cerueau qui est le plus noble: d'autant que toutes ses functions sont plus diuines & excellentes: car le sentiment &
le mouuement volontaire prouiennent d'iceluy, & mesmes qu'il est le domicile
de la sagesse, & la boutique de la memoire, de la raison, & des imaginations. Mais
qui est plus, toutes les parties obeïssent au cerueau, & le corps a esté fait pour
l'amour de luy: car comme ainsi soit qu'il soit le siege de la raison, & qu'il faille
que la raison contemple les objects, & que la conception des objects ne se fasse
point sans le rapport des sens; pour cette cause il a fallu former les organes des
sens. Or pour la perfection des sens, & afin qu'ils puissent reconnoistre la diuersité des objects, l'homme a eu besoin d'vn mouuement local, & à cette cause ont
esté creés les organes du mouuement, les muscles, les tendons, les nerfs, qui
auoient besoin d'estre appuyez & soustenus par les os, & les cartilages, autrement
il seroit contraint de ramper contre terre, comme les serpens, & iceux os d'estre
joints & attachez ensemble par liens. Toutes ces parties auoient besoin de l'influence de la chaleur naturelle, & du sang pour leur nourriture, qui leur sont
fournis du foye par les veines, & du cœur par les arteres; tellement qu'il semble
que toutes les parties ayent esté faites pour le cerueau. Tu objecteras, *Que le cer-*
ueau ne sçauroit faire ses functions sans l'influence de la chaleur & des esprits du cœur.
Ie répondray, *Que cela sert à monstrer de plus en plus son excellence: car la fin est plus*
noble que les choses par lesquelles on paruient à icelle, doncques la vie & le cœur mi-
nistrent au cerueau, & ont esté faits pour l'amour de luy. Adioustons encore cette
demonstration, qui n'est point triuiale: *C'est que le cerueau donne la forme à tout le*
corps: car la teste n'a esté faite que pour le cerueau. Or Hippocrate veut que de la grosseur de la teste dépende la nature de tous les os: non point qu'ils prennent leur origine de
la teste, mais pource que tous les os se doiuent rapporter en proportion aux os ausquels
ils s'emboüettent, & auec lesquels ils sont articulez: à sçauoir les os du bras à l'humerus, le femur à l'os sacrum, l'os sacrum aux vertebres, les vertebres à la medulle spinale, & la medulle spinale au cerueau. Quant à ce qu'ils alleguent de l'ethymologie
& non Grec du cœur, c'est chose ridicule: & à ce qu'amenent les Peripateticiens
touchant la situation, nous disons que cela ne doit point estre receu: car nous reconnoissons le nombril pour le centre de tout le corps; & les Anatomistes ne
mettront iamais le cœur pour estre le milieu du tronc. Que si on peut tirer quelque argument de dignité à raison de la situation, le cerueau sera trouué plus noble
que le cœur, d'autant qu'il est logé au lieu le plus éminent, comme dans vne citadelle. Ainsi le feu entre les élemens, & le Ciel Empirée (qu'on tient estre le siege
des bien-heureux) entre les Cieux, occupent les premiers lieux en dignité. Quand
Hippocrate loge l'ame au ventre gauche du cœur, ou il parle à la façon du commun peuple, ou par l'ame il entend la chaleur naturelle, comme nous monstrerons
ailleurs. Concluons donc que le cerueau tient le premier lieu en noblesse, le cœur
le second, & le foye le troisiéme: car aussi cet ordre est gardé en l'œconomie du
corps, que celles qui sont premieres par l'ordre de nature, soient dernieres par celuy de dignité. Le fœtus vit premierement comme les plantes, puis il a sentiment,
& est en fin rendu capable de raison: doncques le cerueau commande, & le cœur
obeït. Galien comparant la dignité & necessité de ces trois parties entre elles, en
parle en ces termes. *Certes la dignité du cœur est tres grande, & son action est totale-*
ment necessaire aux malades: quant au cerueau, il n'est moins necessaire à la vie, &
toutesfois sa force n'est point si necessaire aux malades que celle du cœur: or l'action du
foye est tres-necessaire à toutes les parties, & toutesfois non si necessaire que celle du cœur.

*Que le cerueau
est plus noble
que le cœur.*

*Belle demon-
stration.*

Obiection.

Responce.

*Autre de-
monstration.*
l. 6. Epidem.
sect. 6.

*Responces aux
raisons des Pe-
ripateticques.*

l. 9. quest. 115

l. 7. Meth. cap.
vlt.

Resolution de
toute la dispu-
te.
Il y en a qui pour vuider cette difficulté mettent trois principes, l'vn d'origine, l'autre de dignité, & le troisiéme de necessité. D'origine, quant aux parenchymes, le foye est le premier: en dignité le cerueau est le plus noble: & en necessité le cœur: & toutesfois ces trois parties sont jointes entre-elles d'vne amitié si estroitte, qu'elles ne se peuuent passer l'vne de l'autre, tellement que l'vne d'icelles venant à defaillir, les autres meurent ensemblement, non autrement que nous voyons en vne Cité bien reiglée vn sage conseil, vne forte garnison, & vne grande diuersité de toutes sortes d'artisans estre bien d'accord entr'eux, combien qu'ils soient distincts & separez de charges & de lieux. C'est ce que Galien nous

l. de fœtus
format. c. 5.
declare en termes exprez, quand il dit, *Le cœur estant priué de la respiration, cesse de mouuoir: d'icy la mort: Or il demeure priué de la respiration quand les nerfs sont*

Obiection.
l. de placit.
c. 4.
couppez, oppilez ou liez. Tout ainsi donc que le cœur a besoin de l'aide du cerueau: ainsi le cerueau de l'aide du cœur: & tant l'vn comme l'autre du secours du foye. Il semble toutesfois que Galien contrarie à nostre opinion, quand il dit, *Tout ainsi que le battement du cœur, & le mouuement volontaire sont mouuemens de diuers genres, ainsi nul des deux principes n'a besoin de l'aide de l'autre.* Mais il faut exposer

Solution.
ce passage en cette maniere. Que le cœur n'enuoye point la faculté animale au cerueau, ny le cerueau la faculté pulsifique au cœur: parce que la temperature de ses facultez est diuerse, & leur forme dissemblable; & ainsi que le cœur ne contribuë rien au mouuement volontaire, ny le cerueau à la faculté pulsifique: non pas toutesfois qu'il faille pour cela croire que le cerueau n'ait point besoin de l'aide du cœur, ny le cœur de l'aide du cerueau.

Des parties similaires & dissimilaires : & premierement du nombre des similaires.

QVESTION CINQVIESME.

Obiection.

l. 1. de élem. 8.

l. 1. de sem.

Solution.
E veux vuider en faueur des Apprentifs vn debat touchant la nature, & le nombre des parties similaires, qui est assez ordinaire aux Escoles. Il y en a qui soustiennent qu'il n'y a point de parties similaires, veu qu'elles sont toutes composées en plusieurs sortes: *Car les parties simples* (ce dit Galien) *sont engendrées des humeurs, les humeurs des alimens, & les alimens des élemens.* Item, *Toutes les parties sont engendrées de la semence & du sang.* Mais la responce à ces choses est aisée, & toute preste. Elles sont dites *similaires*, non point qu'elles soient vrayement simples & incomposées, mais pource qu'elles ne peuuent estre diuisées en parties differentes en espece, & qu'elles ne sont point faites d'autres parties plus simples. Ainsi le Philosophe appelle les élemens *corps sim-*

Combien il y a
de parties si-
milaires.
comment. in
li. Hipp. de
nat. homin.
ples, d'autant qu'ils ne sont point composez d'autres corps, encores qu'ils soient faits de matiere & de forme. Le nombre de ces parties similaires n'est point bien resolu, Galien n'en compte quelquesfois que sept, *l'os, le cartilage, le ligament, la membrane, les fibres, la graisse & la chair*: Au reste, comme ainsi soit qu'il y ait trois sortes de chair, l'vne propre aux muscles, qui est la vraye chair: l'autre aux visceres, qui est nommée parenchyme: & celle qui est particuliere à

l. 1. de fac.
nat. 6.
chaque partie: il veut qu'elles soient toutes trois similaires: car voicy comme il en parle. *Entre les parties similaires sont la chair du foye, de la ratte, des reins, des poul-*

mons,& du cœur: comme auſſi les tuniques du ventricule & des boyaux,& le propre
corps du cerueau: car ſi tu oſtes à chacune de ces parties les veines, arteres,& nerfs, le
reſte apparoiſtra ſimple & elementaire. En vn autre endroit il adiouſte à ces ſept, les *L. de elem. 6.*
nerfs, la mouëlle, lès ongles & les cheueux. Et ailleurs, les tendons, la peau, les veines *de inæq. in-*
& les arteres: tellement que ſelon Galien, L'os, le cartilage, le ligament, la membrane, *temp. 2. de*
les fibres, les nerfs, les veines, les arteres, la chair, la peau, la graiſſe, la moëlle, les ongles, *diff. moib. 3.*
& les cheueux ſoyent toutes parties ſimilaires. Mais nous qui auons exclus *la moël-* *& 2. de elem.*
le, la graiſſe, les ongles & les cheueux de la definition de *Partie*, nous eſtimons
qu'elles ne doiuent point auſſi eſtre appellées *Similaires*. Pluſieurs accuſent Ga- *Galien accu-*
lien, ou de legereté, ou de faute de memoire, d'auoir mis *les veines, arteres &* *sé.*
nerfs, tantoſt entre les *Parties Similaires*,& tantoſt entre les *Diſſimilaires*. Argen- *Defendu par*
tier répond *Que Galien conſidere deux choſes aux parties ſimilaires, la matiere & la* *Argentier.*
forme: & lors qu'il les appelle ſimilaires, qu'il regarde à leur matiere, laquelle eſt toute
ſemblable à ſoy, mais quand il les nomme organiques, qu'il a égard à leur forme. Mais *Solution vul-*
cette ſolution eſt nulle: car la matiere des veines, arteres, & nerfs, n'eſt point vne *gaire preferée,*
& ſemblable, comme enſeigne Galien, quand il dit, *Que les nerfs ſont mols &* *à celle d'Ar-*
moëlleux par dedans, & membraneux par dehors, & que le corps des arteres eſt tiſſu *gentier.*
de membranes & de fibres: & partant la ſolution vulgaire me plaiſt dauantage, laquelle fait deux ſortes de parties ſimilaires, *les vnes vrayement telles, comme l'os*
& le cartilage: & les autres au iugement & rapport des ſens ſeulement: & c'eſt en cette
derniere ſignification, que les veines, arteres & nerfs, ſont dites *Similaires*: car
leur ſubſtance au premier regard apparoit vne, & ſemblable. Mais quelqu'vn *obiection.*
pourra repliquer, que les nerfs, veines, & arteres, ne ſont pas au rapport meſme
des ſens ſimples, ains compoſées: car le ſens iuge la ſubſtance interieure du nerf,
eſtre moëlleuſe, & l'exterieure, membraneuſe. *Il ne faut point diſcerner les parties*
ſimilaires (ce dit Galien) par aucune methode & raiſon, mais par la diſſection & l'auto- *1. de fact. nat.*
pſie. Montanus pour leuer ce doubte, veut qu'on conſidere deux Anatomies, l'vne *6.*
tres-exacte & artificielle, & l'autre groſſiere, comme eſtoit celle d'Hippocrate, de *Solution de*
Diocles, & d'Eraſiſtrate, & veut que par cette derniere icy, les veines, arteres, & *Montanus.*
nerfs apparoiſſent au premier regard *ſimilaires*. Il obiectera derechef, qu'il y a *obiection.*
plus grand nombre de parties *ſimilaires*, que Galien & les autres Medecins ne
deſcriuent: car la moëlle du cerueau, & de l'eſpine du dos, l'humeur cryſtalline,
& les autres humeurs de l'œil ſont *parties* vrayement *ſimilaires*. Ie réponds, qu'el- *Reſponce.*
les ſont à la verité *ſimilaires*, mais qu'il n'y a qu'vne partie qui en ſoit compoſée:
or Galien parle ſeulement de celles, deſquelles, comme d'elemens communs, pluſieurs *parties diſſimilaires*, ſont compoſées.

A ſçauoir ſi la partie ſimilaire peut eſtre dite organique, & à ſçauoir
ſi les actions ſont des parties ſimilaires, ou
des organiques.

QVESTION SIXIESME.

RISTOTE & Galien ne mettent point de difference entre *diſſimilai-*
re & *organique*. Mais, comme ainſi ſoit que l'eſſence de la partie organique
conſiſte, ſelon les Decrets du meſme Galien, *en la ſeule conformation*,
c'eſt à dire, *en vne loüable figure, magnitude, nombre & ſituation, & que*
toutes ces choſes ſe trouuent aux ſimilaires, auſſi bien qu'aux diſſimilaires; Ie me

Que les par-
ties similaires
peuuent aussi
estre dites or-
ganiques.
5. de ortu &
interitu.
laisse aisément aller en l'opinion des Modernes, qui maintiennent que les *parties similaires* peuuent aussi estre appellées *Organiques*, & pour cette cause opposent à la *similaire* la *dissimilaire*, & à l'*Organique*, celle qui est informe ou sans forme. I'estime que Galien n'a point ignoré cela : mais d'autant que la conformation, & la figure apparoissent mieux aux *dissimilaires* qu'aux *similaires* qui sont *Vniformes*, ç'a esté la cause pourquoy il les a appellées absoluëment & par excellence *Organiques*. Ainsi le Philosophe appelle la teste, la poictrine, & le ventre, *les organes principaux du corps*, à raison que leur action & figure se voyent manifestement. Il y en a qui veulent qu'*organique* se considere en deux manieres, ou entant

Organique se
considere en
deux manie-
res.
que figuré, ou entant que faisant vne action *organique* : par la premiere signification les *parties similaires* sont quasi toutes *organiques* : car l'os à sa figure, grandeur, nombre, & situation : mais par la derniere, il n'y a seulement que les *dissimilaires*, parce qu'il n'y a qu'elles seules qui fassent des actions *organiques*. Qui dira que l'os fasse vne action *organique* ? La figure, magnitude, & situation de l'os prestent bien quelque vsage au corps, mais d'actions, elles n'en font point: mais la veine, & le muscle, encores qu'ils soyent organes tres-simples, si est-il qu'ils font vne action *organique* : car la veine porte & distribuë le sang, & le muscle fait le mouuement volontaire. Mais pour esclaircir ces choses dauantage, ie m'en vay les remettre sur l'enclume, afin de les battre tout de nouueau.

l. 1. meth. 6.
Qu'est-ce
qu'organe.
Galien definit l'organe, *Vne partie du corps qui peut faire vne action parfaite,* c'est à dire, *propre*. Nous le definissons plus elegamment, *Vne partie du corps, qui seule fait vne action qui luy est propre, & particuliere*. Ainsi le muscle, & l'œil seront dits *organes* : car il n'y a que le seul muscle qui meut, ny que l'œil qui void. Toutes les *parties similaires* font bien vne action parfaite, mais elle est commune à toutes les parties, & non propre: à sçauoir la nutrition, qui est cause (à

Qu'est-ce
qu'action si-
milaire.
proprement parler) qu'elles ne peuuent estre appellées *organes*. Que la nutrition soit vne action *similaire*, & non *organique*, il appert par la definition de l'vne & l'autre action. L'action est dite *similaire*, qui est commencée par la seule temperature de la partie, parfaite par la mesme temperature, & qui est faite entie-

La tempera-
ture est la for-
me des parties
similaires.
re, & parfaite par chaque particule de la *partie* : Que la nutrition soit telle, c'est chose si claire qu'il n'est point besoin de le prouuer : car chaque petite piece d'os attire sont aliment, le retient, le cuit, & chasse les reliques & excremens ; parce que chaque petite piece d'os, est os, & a en soy la forme & la nature de tout l'os, & cette forme se nomme *temperature* : dont s'ensuit que la nutrition est com-

l. 1. de vsu par.
9. &
l. 1 de fac. nat.
Qu'est-ce qu'a-
ction organi-
que.
mencée, & acheuée par la seule temperature. *La chair* (dit Galien) *est chair par sa temperature*. Item, *Celuy qui veut conseruer l'action des parties similaires, il est necessaire qu'il garde leur temperature*. L'action organique n'est ny commencée, ny paracheuée par la temperature, & n'est point faite entiere ny parfaite, sinon par tout l'organe. Ainsi la venë, qui est la propre action de l'œil, n'est point faite par le crystallin seul, ny par le nerf optique, ny par les tuniques, mais par toutes ces parties ensemble. La forme de cette action organique n'est point la temperature, mais la loüable conformation de la partie. L'œil ne void

Que les actions
font seulement
des parties si-
milaires.
l. 7. meth. 2 6.
de loc. aff. 3.
& 2. de opt.
corp. const.
point, la main n'empoigne point, le pied ne marche point, & le muscle ne meut point, parce qu'ils ont vne telle temperature, mais pource qu'ils ont vne telle, ou telle forme. Icy quelques vns soustiennent *Que toutes les actions se font par les parties similaires, & que les organiques n'en font point*. Ils nous alleguent Galien pour fauteur de leur opinion ; lequel veut, *Qu'en tout organe parfait, il y ait vne partie similaire, qui soit cause principale de l'action organique, & que toutes les autres*

ne faſſent que luy preſter quelque vſage. Ainſi la veuë eſt faite par le cryſtallin, la ſanguification par la chair du foye, & le mouuement volontaire par la chair du muſcle : les tuniques, les muſcles, les nerfs, & les deux autres humeurs de l'œil, ou rendent l'action de l'œil plus parfaicte, ou bien ils la conſeruent ſeulement. Il écrit auſſi, *Que les actions appartiennent premierement, & de ſoy aux parties ſimi- laires, & ſecondement, & par accident aux organiques. Ioint que les functions proce- dent des facultez, les facultez du temperament, & que le temperament eſt la forme des parties ſimilaires :* Il veut auſſi ailleurs, *Que l'eſſence des facultez conſiſtent en la temperature. Que les actions procedent de l'eſſence propre des parties, & non de leur ſituation :* parce encore qu'on mette le cœur ou le foye en quelque autre endroit, qu'ils ne lairront pourtant de faire leurs actions. Item, *Les hectiques ſont aiſément offencez par le froid,* parce qu'ils ont les parties ſolides & ſimilaires, par leſquelles ſont faites tou- tes les actions du corps, nuës, & toutes découuertes : meſmes que tous les ſens (ſelon Ariſtote) ſont faits par les parties ſimilaires. Ils penſent par ces inuétions apporter quelque choſe de probable, mais ils obſcurciſſent toute la clarté de Galien. Il reconnoiſt veritablement en tout organe parfait vne certaine *partie ſimilaire,* qui eſt cauſe de l'action ; mais il ne rapporte pas la cauſe de l'action parfaite, à la ſeule temperature de cette partie principale. Ainſi il reconnoiſt la cauſe efficiente de la veuë, eſtre la temperature du cryſtallin, accompagnée de la pureté, poliſſeure & ſituation d'iceluy, qui ſont conditions *organiques :* car ſi le cryſtallin eſt changé en ſa ſituation, s'il eſt trop enfoncé dans l'humeur vitrée, qu'il retienne ſa tem- perature tant qu'il voudra, la veuë ne ſe fera iamais parfaitement. Dy donc le principe de l'action eſtre veritablement deu à la *partie ſimilaire,* mais que l'action parfaite doit eſtre attribuée à tout *l'organe.* Et c'eſt ce que Galien enſeigne, quand il veut, *Que les actions procedent premierement des parties ſimilaires ; & par- faitement de tout l'organe.*

l. de conſtit. art. 5.

Expoſition de la queſtion.

Concluſion.

l. de diff. mot. 6.
l. de opt. corp. conſtit.

A ſçauoir ſi les parties ſpermatiques ſont engendrées de la ſemence.

QVESTION SEPTIESME.

Ⅰ L ſe fait trois demandes touchant les *parties ſpermati- ques.* 1. *Si elles ſont immediatement engendrées de la ſemen- ce.* 2. *Si elles ſe peuuent rengendrer.* 3. *Et ſi elles ſont plus chaudes que les ſanguines :* leſquelles nous allons exami- ner par ordre. Et d'autant que la ſolution de la pre- miere, contient pluſieurs difficultez, il ſembleroit ne- ceſſaire de la prendre de plus loin, & d'expliquer toute la nature de la ſemence : mais d'autant que nous en traitterons quand nous viendrons à parler de la gene- *Auli. 8.* ration de l'homme, cela fait que nous nous contenterons pour cette heure de trait- ter briefuement ce qui concerne noſtre ſujet. Les Medecins, & les Peripateti- ciens ſont d'accord, *Que la ſemence eſt le principe de la generation,* mais ceux-cy ne la reconnoiſſent, *Que pour principe formel & efficient,* & ceux-là, *Pour formel & pour materiel : formel* à raiſon des eſprits, dont elle eſt toute remplie, & *materiel,* à rai- ſon de ſon corps. Doncques les Medecins veulent, *Que les parties ſpermatiques ſoyent engendrées du corps de la ſemence,* & les Peripateticiens, *Qu'elles ſoyent ſeule- ment engendrées du ſang.* Cette derniere opinion n'eſt point deſtituée de deffence,

E

Que toutes les parties sont engendrées du sang.
Raison premiere.
Deuxiéme.
2. Physicor.
1. de gen. ani. 20.
Troisiéme.
Quatriéme.
Cinquiéme.
Authorité de Galien.
Sixiéme.
2. de fac. na. 3.

ains est appuyée sur les raisons suiuantes. 1. Si les parties spermatiques estoient engendrées de la semence, comme de leur matiere, il s'ensuiuroit que l'actif & le passif, l'acte & la puissance, le mouuant & le meu, la matiere & la forme, ce qui engendre & ce qui est engendré seroit vne & mesme chose, ce que la Philosophie ne peut souffrir. 2. *L'Artisan* (selon Aristote) *n'est iamais partie de son ouurage.* La semence est comme l'artisan, & Galien l'appelle Phidias : & selon le mesme Aristote, *La semence n'est point faite partie de l'enfant engendré, non plus qu'il ne se separe rien du Charpentier, qui s'ioigne au bois, & que nulle partie de l'art de Charpentier, n'entre au bastiment, qui est fait par le Charpentier, mais la forme du bastiment prouient en la matiere par le mouuement de l'artisan.* 3. C'est vn axiome en Medecine, *Que nous sommes nourris des mesmes choses dont nous sommes engendrez.* Or toutes les parties se nourrissent du sang : doncques elles en sont engendrées. 4. Si les parties princesses, le cœur & le foye sont engendrées du sang, comme témoignent leur substance rouge & charnuë, & l'authorité d'Hippocrate, qui les appelle tous deux, *visceres charneux :* Pourquoy les autres parties, qui sont formées depuis, n'en seront-elles point aussi engendrées? 5. Si la semence masculine est *principe efficient & materiel,* d'où vient que le masle seul n'engendre point en soy? La nature de la semence que les Philosophes disent *n'estre iamais oyseuse,* cessera-elle? 6. Vne si petite quantité de semence, iettée toute à vne fois, peut-elle estre suffisante pour engendrer tant de parties spermatiques, les os, cartilages, ligamens, nerfs, veines, arteres, membranes, & semblables? Ils concluent donc par ces raisons, que la semence n'est point *principe materiel, mais efficient, & formateur seulement.* A cette opinion semblent fauoriser deux passages de Galien : le premier est en ces mots, *La semence est le principe efficient en la generation de l'animal : car le materiel, c'est le sang menstruel :* En l'autre il le declare en termes tres-clairs, quand il dit : *La raison de Phidias, & de Nature est fort dissemblable : car Phidias auec de la cire ne sçauroit iamais faire de l'or ny de l'yuoire, mais Nature ne retient point la vieille forme d'aucune estoffe, & du sang elle engendre les parties exangues : car l'os, le cartilage, le nerf, la veine, & l'artere sont parties exangues, neanmoins engendrées du sang.* Galien toutesfois deffend vne opinion contraire : car en ses liures de la semence, il refute Aristote, & monstre que la semence sert de principe & materiel, & formel : D'efficient & formel, à raison des esprits, & de materiel, à raison de son corps : Chose que l'admirable Hippocrate nous auoit laissé par escrit long-temps auparauant, & que Aristote est aussi contraint de confesser, quand il dit *que quelques parties sont engendrées de l'excrement seminal, & de l'alimentaire, & quelques autres de l'alimentaire seul.* Finalement cette opinion est confirmée par plusieurs raisons. 1. La semence de l'homme blanche, écumeuse & crasse, versée au fonds de la matrice, si la conception se doit faire, est retenuë en iceluy : car son orifice (soudain la semence receuë) se ferme si estroitement, que la pointe d'vne sonde n'y sçauroit entrer. Les femmes cognoissent bien cela, & cette chanteresse dont Hippocrate fait mention, voyant qu'elle n'auoit rejetté la semence, la fit sortir hors au septiéme sault : que si le corps de la semence est retenu, & qu'il ne s'écoule point, il faut necessairement ou qu'il s'éuanouysse en rien, ou que quelque chose soit faite d'iceluy, ou bien *qu'il se resolue en vents,* comme veulent les Peripateticiens. Le Philosophe n'admettra point le premier : car comme rien n'est fait de rien, ainsi ce qui est, ne peut s'éuanouyr en rien. Que le dernier soit impossible, Galien le prouue par cette raison, parce que la semence estant conceuë, la matrice s'estressit, & resserre pour l'embrasser de

Que les parties spermatiques sont engendrées de la semence.
Authorité.
Raison premiere.

toutes parts, tellement qu'elle ne laiſſe aucune eſpace vuide pour contenir le vent,ou la vapeur:Ioint que ſi la ſemence ſe reſoluoit en vents,que la matrice deuenant fort tenduë par iceux, ſeroit trauaillée de cruelles douleurs : car d'vne partie de terre, ſont faites dix parties d'eau ; & d'vne d'eau, dix d'air : Il reſte donc que quelques parties ſoient engendrées du corps craſſe de la ſemence;telles ſeront les ſpermatiques, les os, cartilages, veines, arteres & membranes, choſe que la blancheur de leur ſubſtance,& leur viſquoſité,demonſtrent ſuffiſamment.2.Que *Deuxiéme.* les parties ſpermatiques ſoient engendrées de la ſemence, on le prouue en cette maniere. Les os, cartilages, liens, membranes, & ſemblables, ſont exangues & blanches, elle ne ſont donc point immediatement engendrées du ſang, comme les chairs, mais d'vn ſang blanchy, alteré & épaiſſi. Or le corps craſſe de la ſemence eſt tel, ce ſera donc en vain que nature rejettera cette matiere propre pour former ces parties, & comme s'eſtant oubliée, qu'elle taſchera de rendre le ſang tel qu'eſtoit au commencement la ſemence. Adiouſtons à ces demonſtrations de Galien, deſquelles le calomniateur Argentier ſe mocque, nos raiſons. 3. La ſe- *Troiſiéme.* mence receuë au fonds de l'amarry, la matrice ſe reſſerre auſſi-toſt, & réueillant la faculté formatrice, qui eſtoit comme endormie en la ſemence, les eſprits, & la chaleur naturelle, dont la ſemence eſt toute pleine, commençent leur action: Doncques la ſemence agit au meſme moment en quelque matiere, ce n'eſt point au ſang, parce qu'il n'en eſt point encores decoullé en la matrice : car qui dira qu'en la copulation il ſe faſſe deux ſeparations, l'vne de la ſemence, & l'autre du ſang enſemble, & à vne fois? le Philoſophe ne l'admettra point. Or que ce qu'on iette au coït ne ſoit point du ſang,c'eſt choſe cognuë de tout le monde : il s'enſuit donc que les eſprits & la chaleur agiſſent en la ſemence, dans laquelle ils ſont contenus, comme en leur ſubject, ils la peſtriſſent, la manient, & en ſeparent les parties diſſimilaires, des plus terreſtres,deſquelles ils en façonnent les os, & de la plus viſqueuſe, les membranes & les vaiſſeaux,leſquelles eſtans circumſcriptes au ſeptiéme iour, le ſang affluë pour former les parenchymes, & remplir les eſpaces vuides, qui ſont entre les fibres. 4. Si lors que la conception ſe fait, il n'eſt point *Quatriéme.* encores deſcendu de ſang dans la matrice, comment eſt-ce que la premiere delineation des parties ſe fera de ſang? Car, que le ſang dont le fœtus ſe nourrit, & dont les parenchymes ſont engendrez, ſoit porté par les veines, c'eſt choſe dont perſonne n'eſt en doute, & à cette fin a eſté faite la veine vmbilicale, qu'on appelle *la nourrice de l'embryon.* Il faut donc auant que le ſang puiſſe eſtre porté à la ſemence que quelque vaiſſeau ſoit engendré; mais comment ſera-il engendré du ſang, qui n'eſt point encores meſlé auec la ſemence? Tu diras, peut-eſtre, *que ce ſang eſt verſé des veines de la matrice dans ſon fonds. Mais ſi tu crois cela,dy-moy, pourquoy c'eſt que le fœtus n'eſt point immediatement nourry par les meſmes veines, & quel beſoin il eſt de la veine vmbilicale ?* Certes il faut que les orifices des vaiſſeaux du fœtus ayent vnion auec ceux de la mere par quelque vaiſſeau entredeux & mitoyen. 5. La nature de la ſemence du maſle, & celle de la femelle eſt ſembla- *Cinquiéme.* ble, leur couleur ſemblable, la maniere de leur generation ſemblable, & les vaiſſeaux qui la preparent,portent & élaborent,ſemblables : elle differe ſeulement en perfection, entant que celle du maſle eſt plus chaude, & mieux élabourée que celle de la femelle. Or ils confeſſent que celle de la femelle eſt principe materiel, pourquoy donc denierons-nous le meſme au corps groſſier de celle du maſle? Concluons donc que la ſemence tant maſculine que feminine n'eſt pas ſeulement *Concluſion.* *principe efficient,* mais auſſi *principe materiel.* Et afin que la verité apparoiſſe plus

Solution des
raisons de la
premiere opi-
nion.
Exposition des
passages de
Galien.
De la premie-
re raison.

clairement , ie m'en vay soudre par ordre les raisons amenées au contraire.
Quand Galien dit , *que les parties spermatiques sont engendrées du sang,* il ne parle
point de la generation qui se fait immediatement du sang rouge , mais du sang
diuersement changé, qui a souffert diuerses alterations , & qui a esté blanchy &
espaissi aux testicules : or qu'est-ce cela , sinon estre engendré de la semence ? Ie réponds à la premiere raison : Qu'on considere deux choses en la semence, les esprits
& le corps : & qu'Aristote à raison de ces esprits, l'appelle *Nature, principe, & cause efficiente de la chose engendrée* : Et Galien, *le formateur du fœtus.* Et que le mesme
Galien ayant égard au corps, la nomme *principe materiel & passif* : Dont s'ensuit
qu'vne mesme partie de la semence n'est point tout ensemble acte & puissance.
Auerroës monstre qu'en plusieurs choses, *le mouuant & ce qui est meu est vn &*
mesme. Ainsi en la pierre la pesanteur meut , & la pierre est meuë : en la semence,

De la deuxié-
me.

le mouuant c'est l'esprit , & ce qui est meu c'est le corps d'icelle. 2. L'artisan és
choses artificielles, n'est point veritablement fait partie de son ouurage : mais il
n'en est point ainsi aux choses naturelles. C'est ce qu'enseigne Aristote, où il dit,
*Il y a difference entre l'art & la nature : car l'art se sert de la chaleur comme d'vn in-
strument , mais la nature s'en sert, & comme d'instrument & comme de matiere : car
le feu, dont l'art se sert pour faire quelque ouurage, n'est point fait partie de l'ouurage,
mais la chaleur . qui en nature est respanduë dans l'ouurage, est l'ouurage.* Quelques

Belle distinctiō
d'instrumens.

doctes mettent deux sortes *d'instrumens,* qu'ils appellent *quo & in quo,* comme
qui diroit , *par lequel & dans lequel.* L'instrument *par lequel* ne demeure point en
la chose faite, mais si fait bien celuy *dans lequel,* c'est à dire, *la semence subiect de la
faculté formatrice* : Autrement on accorderoit le passement ou passage formel d'vn
subject en vn autre subject : car cette faculté delairoit son subject propre, à sçauoir la semence, & passeroit au sang. 3. Que les os, & autres parties spermatiques

De la troisié-
me.

se nourrissent du sang, nous ne le nions point : mais ce sang-là, auant que nourrir,
acquiert en épaisseur, tenacité & blancheur, la nature de semence. Ou bien ie réponds, que le sang est l'aliment élongné des parties spermatiques, & la semence,

De la quatrié-
me.

ou quelque chose qui luy ressemble, le prochain & immediat. 4. Les parenchymes
sont veritablement engendrez du sang, mais leurs premiers estains , filets & fon-

De la cinquié-
me.

demens, tirent leur origine de la semence. 5. Le masle seul n'engendre point en
soy , encores qu'il ait les deux principes, parce qu'il n'a point de lieu propre pour
conceuoir, nourrir & conseruer le fœtus. Et toutesfois la semence masculine ne
doit point pour cela estre dite oyseuse, & cesser : car vne chose est oyseuse, laquelle
se repose & ne trauaille point, quand elle doit ou peut trauailler : or en l'homme elle
ne doit ny ne peut trauailler, parce qu'il n'a point de matrice : Ainsi le froment n'a-
git point hors du sein de la terre. Argentier fait grand cas de la derniere raison : *Car
à peine est-il croyable* (ce dit-il) *que toutes les parties spermatiques soient engendrées de
si peu de semence* : & là dessus il conclud contre les decrets de tous les Medecins anciens, *qu'il n'y en a aucune qui en soit engendrée.* Mais c'est chose dont nous ne nous
deuons pas beaucoup émerueiller : car le principal chef de sa gloire consiste, en ce
qu'il n'a rien laissé en la doctrine des Anciens sans le corrompre & contaminer. Il

Argentier est
refuté.

reprend & picque à tout propos Galien, puis il tourne ses aiguillons contre Hippocrate, & tantost contre Aristote : mais si c'est à droit ou à tort, i'en laisse le iugement aux hommes doctes. Or combien il accuse icy meschamment Galien d'erreur, tout le monde le pourra voir par ce qui ensuit : *Il n'est point* (ce dit-il) *possible
qu'vne si grande masse d'os , de cartilages , de membranes & vaisseaux , soit engendrée
d'vne si petite quantité de semence : doncques il n'y en a pas vne qui en soit engendrée.*

mais c'eſt vn argument foible. Argentier (peut-eſtre) eſtime que la geniture conceuë, & circumſcripte au ſeptiéme iour, excede la grandeur & maſſe de la ſemence iettée par les parents en la copulation. Mais l'embryon (croyez-moy) eſt durant tout le premier mois ſi petit, combien qu'il ſoit formé, & dearticulé, qu'il n'excede point en grandeur la moitié du poulce. I'ay chez moy deux auortons de cette grandeur, deſquels tous les membres apparoiſſent diſtinĉts & bien formez. Que ſi quelqu'vn ne s'en veut fier à ma parole, qu'il eſcoutte Ariſtote, qui le dit en termes exprez. *Le maſle qui eſt ſorty au quarantiéme iour, ſi on le met dans quelque autre choſe, il s'épand: ſi on le iette dans l'eau froide, il s'affermit & arreſte, comme dans vne petite membrane, laquelle eſtant rompuë, le fœtus apparoit de la grandeur d'vne grande formis, ayant deſià tous les membres diſtinĉts & formez.* Que répondras-tu à ces choſes, Argentier ? quoy ? la maſſe de la ſemence n'eſt elle pas plus grande qu'vne grande formis ? es-tu ignorant de la doctrine d'Ariſtote, *Que les principes ſont tres-grands en vertu, & qu'en petite quantité ils ont de grandes forces ?* Que ſi tu ne t'en veux point croire à Ariſtote, comme peu entendu en l'Anatomie : ie t'adiourne à comparoir en perſonne deuant Hippocrate, duquel tu orras, *Que la geniture en ſept iours a tout ce qu'elle doit auoir. Or les putains, quand elles connoiſſent qu'elles ont conceu, elles tuent en elles ce qu'elles ont conceu, lequel mort, il ſort comme vne certaine chair. Or ſi tu contemples cette chair attentiuement apres l'auoir iettée dans l'eau, tu trouueras qu'elle a tous les membres, les places des yeux, les oreilles, les mains, les doigts des mains, les cuiſſes, les pieds, les doigts des pieds, les parties honteuſes, &c.* Il iette donc la geniture petite, & dearticulée dans l'eau, de peur que les parties ne s'écoulent, & ne tombent en elles-meſmes, à raiſon de leur trop grande molleſſe, & afin que les plus petites parties apparoiſſent mieux, à raiſon du corps épois & diaphane de l'eau. Que ſi le fœtus eſt ſi petit les premiers iours, qui empeſchera que tous les eſtains, & filets des parties ſpermatiques ne ſoyent engendrez de la ſemence iettée par les deux parents en la copulation, leſquels en apres prennent leur accroiſſement & perfection, par l'appoſition, & aſſimilation continuelle de l'aliment ? Concluons donc que toutes les parties ſpermatiques ſont engendrées du corps de la ſemence, comme de leur matiere. Au reſte, encore que ce corps de la ſemence apparoiſſe ſimilaire, & de meſme nature, ſi eſt-il qu'il contient en ſoy des parties diſſemblables, les vnes plus minces & deſliées, les autres plus groſſieres, les autres plus graſſes, les autres plus gluantes, les vnes propres à la concretion, & les autres à l'extenſion.

Prob. 36. ſeĉt. 1. & 7. de hiſt. animal. c. 3.

l. de principi

Concluſion de toute la diſpute.

Des Præceptes generaux de l'Anatomie,

A sçauoir si les parties spermatiques se peuuent reünir.

QVESTION HVICTIESME.

Que toutes les parties spermatiques se peuuent reünir.
Raison premiere.

E vx qui soustiennent que *Toutes les parties spermatiques se peuuent reünir par la premiere intention*, s'appuyent sur les raisons suiuantes. 1. Là où les causes efficiente, materielle, & finale de la reünion, sont presentes, il n'y a rien qui puisse empescher la reünion : or ces trois causes sont presentes aux corps des enfans, des ieunes gens, & de ceux qui sont parcrus, voire mesmes iusques à la vieillesse ; doncques il n'y a rien, qui puisse empescher la reünion. La proposition majeure, est assez claire d'elle-mesme : la mineure se confirme ainsi : la cause efficiente de la reünion c'est la faculté formatrice, laquelle se sert de la chaleur, comme d'vn instrument : or cette faculté est implantée en toutes les parties, mais principalement aux spermatiques. La matiere, c'est la semence, laquelle, comme elle est en quantité suffisante pour la nutrition, & l'accroissement des parties, aussi est-elle pour la regeneration. Outre plus *la semence*, selon Hippocrate, Aristote, & Galien, *est l'excrement du dernier aliment.* Or le dernier aliment ne manque iamais, sinon en la derniere vieillesse ; doncques son excrement ne manque point aussi. Mais qui est dauantage, les veines, nerfs, & arteres, en la doctrine d'Hippocrate, ont en eux la vertu d'engendrer la semence, comme ont aussi toutes les autres parties spermatiques. La cause finale ne defaut point aussi : car l'os rompu, & la veine couppée

Deuxième.
demandent leur reünion, veu que l'aise & santé de nature consiste en l'vnion, comme sa ruine en la diuision. 2. Les vlceres creux se remplissent de chair nouuelle, laquelle est entretissuë de nerfs, de veines, & d'arteres : car elle vit, se nourrit, & a sentiment ; doncques c'est par le moyen des nerfs, des veines, & des arte-

Troisième.
res. 3. Qui est (ie vous prie) celuy tant hors de sens, qui ozast effacer les dents du catalogue des parties spermatiques ? or les dents couppées, ou rompuës renaissent, & leur generation, selon Hippocrate, est triple, la premiere se fait en la matrice, de la semence : la seconde, hors de la matrice, du laict : & la troisié-

Quatrième.
me, des alimens solides. 4. Si les parties spermatiques croissent par la transmutation de l'aliment en leur substance, pourquoy ne se reüniront-elles point aussi,

Cinquième.
veu que l'accroissement est vne certaine espece de generation. 5. Galien écrit auoir veu plusieurs arteres reprinses, & raconte l'histoire d'vn ieune homme, lequel ayant vne artere ouuerte au bras, elle se reünit, & en fut parfaitement

L'opinion contraire appuyée sur les authoritez d'Hippocrate Aph. 19. sect. 6.
guary. Voilà les raisons de cette premiere opinion, en faueur desquelles ils concluënt, *Que toutes les parties spermatiques se peuuent reünir, mesmes par la premiere intention.* Ceux qui ont iuré contre elle, taschent de prouuer le contraire par authoritez & raisons. Ils alleguent l'Aphorisme, *Si l'os, le cartilage, le nerf, & le prepuce sont couppez, ils ne se reprennent iamais :* & les passages de Galien, où il dit, *Que les parties sanguines se reünissent aisément, & les spermatiques iamais, &*

& sur ces raisons.
que la fracture en l'os est incurable, d'autant que les os ne se reünissent point par la premiere intention. L'authorité est confirmée par raison. La cause efficiente defaut, & la matiere defaut aussi : l'efficiente, c'est la faculté formatrice, qui se trouue seulement en la semence, & a besoin de la chaleur de la matrice, pour

estre réueillée & amenée de puissance en acte : il demeure bien aux parties solides, quelque faculté qui conserue leur figure, mais de former quelque chose de
nouueau ; cette puissance n'a esté donnée qu'à la seule semence : & ainsi la cause
efficiente manque ; la matiere manque aussi, à sçauoir la semence : laquelle, comme ainsi soit, qu'elle ne soit engendrée qu'aux seuls testicules : comment pourra
elle-estre portée à la teste, aux bras, & aux autres parties pour les r'engendrer? *Resolution de*
Mais afin de tirer les ieunes & apprentifs, flottans incertains au milieu des flots *la question.*
des opinions contraires, & les mettre à couuert dans vn port tranquille & affeuré : Nous definirons toute cette question, par le moyen de trois conclusions
tirées des trois fondemens suiuans. Le premier prins de Galien est tel, l'vnion *Premier fon-*
des parties diuisées se fait en deux façons, par la premiere, & par la seconde in- *dement.*
tention. La premiere intention consiste en *la conglutination*, qu'on appelle *sym-*
physe & vnion : la seconde en *la colligation ou liaison*, que les Grecs appellent
pore, les Latins *callus* on la pourroit nommer en nostre langue *soudeure*. La premiere se fait quelquefois sans moyen : comme en la chair, laquelle estant couppée se reprend incontinent : & quelquesfois auec vn moyen, qui est de mesme
espece : la seconde se fait tousiours, auec vn moyen de diuers genre, comme
par le moyen d'vn callus, d'vn cicatrice, ou de quelque autre chose, qui n'est
point de mesme espece auec la partie blessée. Or à ce que les parties se reprennent par vn moyen de mesme genre, qui est par la premiere intention, plusieurs choses sont necessaires. 1. Que la cause efficiente (qui sont la faculté for- *Deuxiéme*
matrice & la chaleur naturelle) soit puissante. 2. Que la matiere soit bien dispo- *fondement.*
sée, c'est à dire, qu'elle soit abondante pour fournir à la nutrition, à l'augmentation & à la generation : & qu'elle affluë non point peu à peu, mais tout à coup
& ensemblement, pour estre tost & soudainement changée en la substance de
la partie, auant qu'vn troisiéme corps de diuerse nature se mette entre les parties diuisées. Voicy le second. Des parties spermatiques, les vnes sont molles
comme les veines, les autres plus dures comme les arteres & les nerfs, & les au- *Troisiéme*
tres tres-dures, comme les os. Ensuit le troisiéme. En l'enfance toutes les par- *fondement.*
ties spermatiques sont tres-molles, & mesme les os ressemblent à du beurre ou
à du fromage caillé : en l'aage consistant, elles son plus dures, & aux vieillards
tres-dures. Ces fondemens ainsi iettez, nous tirons trois conclusions. 1. Que *Conclusion*
les parties charnuës se reünissent & r'engendrent facilement par la premiere in- *premiere.*
tention, & les spermatiques tres-difficilement. 2. Qu'aux enfans & natures *Deuxiéme.*
molles, toutes les parties spermatiques, les os mesme se peuuent reünir par vn
moyen de mesme genre : en ceux qui sont parcrus quelques vnes seulement :
les veines le plus souuent, les arteres rarement & les os iamais : mais qu'aux vieilles gens il ne faut point esperer de neurose aux nerfs, membranes, arteres, veines & peau : de chondrose au cartilage : ny d'osteose en l'os. 3. Que les parties *Troisiéme.*
spermatiques, en tout sexe & aage, mesme en la derniere vieillesse se peuuent
reünir par la seconde intention, ou par vn moyen estranger, qu'aux os on ap-
pelle *callus*, & aux autres parties *cicatrice*. La verité de la premiere conclusion se *Confirmation,*
confirme ainsi. Le changement de sang en chair est facile, parce qu'il se fait par *de la premiere*
vne legere, & quasi vnique alteration : car le sang est rouge, chaud & humide, *conclusion.*
& la chair, rouge, chaude & humide : il n'est donc besoin à ce que le sang soit
changé en chair, sinon qu'il soit épaissi : la matiere est donc bien disposée. La
cause efficiente est aussi tres-puissante ; parce que les parties charnuës ont plus
de chaleur, que les spermatiques, elles se reprennent donc bien tost : quelquesfois

fans moyen, quelquesfois auffi par vn moyen, mais qui eft toufiours de mefme genre, & arriue quelquesfois, que la chair croift fi demeſurément aux playes,

qu'on eft contraint de l'empeſcher, & conſommer par charpies & poudres Ca-
therecétiques, mais les ſpermatiques ſe reüniſſent tres-difficilement, par la premiere intention, à raiſon de la debilité de la cauſe efficiente, de la mauuaiſe diſpoſition de la matiere, & de la ſechereſſe des parties. L'efficiente c'eſt la chaleur, laquelle eſtant foible ne fait ſeulement que conſeruer les parties & les nourrir ſans pouuoir r'habiller ny remettre ce qu'elles ont perdu. *C'eſt aſſez* (ce dit

Galien) *ſi elle empeſche qu'elles ne ſe deſechent.* Comment donc entreprendra-elle
vne nouuelle generation, ſi elle ne les peut conſeruer telles que Nature les a produites? Il y aura peut-eſtre abondance de matiere, mais elle n'affluera point tout
enſemble ny à coup: parce que le changement de ſang en os, ne ſe fait point ſinon par pluſieurs changemens & alterations, ſçauoir eſt de la moëlle, du viſqueux, & de la ſemence: il faut de rouge qu'il deuienne blanc, d'humide qu'il
ſoit deſſeché, de liquide qu'il ſoit eſpois: bref qu'il change ſa temperature, &
toutes ſes qualitez: & partant comme ainſi ſoit que l'aliment n'affluë point, que
petit à petit pour nourrir les os, & les autres parties ſpermatiques, l'excrement
qui en reſulte s'interpoſe entre les parties bleſſées, d'où s'engendre le cal, auant
que elles ſe puiſſent reünir. Ioint l'empeſchement que donnent les parties voiſi-

nes, à ſçauoir les charnuës, leſquelles deuancent la reünion, en rempliſſant le
lieu vuide qui eſt en la playe. Adiouſte la dureté & ſechereſſe des parties ſpermatiques, qui ſont pareillement cauſé de leur difficile vnion: car les choſes ſeiches
s'vniſſent & aſſemblent malaiſément, & le Philoſophe requiert en toute mixtion quelque humidité pour cimenter & tenir comme de la colle, les parties
enſemble.

La ſeconde concluſion ſe confirme ainſi. Les enfans parce qu'ils ne ſont gueres élongnez des principes de leur generation, ont encore la cauſe efficiente
puiſſante, car ils ont beaucoup de chaleur naturelle: ils ont auſſi le corps rempli de matiere ſpermatique & icelle bien diſpoſée, laquelle eſt toſt & facilement
alterée & changée, à raiſon de la molleſſe des parties ſpermatiques. En ceux qui
ont prins leur grandeur, les veines parce qu'elles ſont molles & en repos, ſe reprennent aiſément, les arteres fort difficilement, tant à raiſon de leur mouuement continuel, qui empeſche la reünion, que de l'eſpoiſſeur de leurs tuniques:
car Herophile veut, *qu'elles ſoyent cinq fois plus eſpoiſſes que les veines.* Quelques-
vns ont remarqué, que pluſieurs parties, entre celles qui ſont molles ne ſe reüniſſent point à raiſon de l'excellence & neceſſité de leur action, d'autant que l'animal
meurt premier qu'elles ſe puiſſent reprendre: ainſi la chair du cœur ne ſe reünit
iamais, parce que l'homme meurt incontinent eſtant priué de l'action d'iceluy,
qui eſt totalement neceſſaire à la vie.

La troiſiéme concluſion eſt ſi claire, qu'elle n'a point beſoin de confirmation:
car toutes les parties ſpermatiques ſe peuuent en tout temps reünir par vn moyen
eſtranger & de diuers genre: la peau bleſſée peut en tout temps eſtre cicatricée,
& les os rompus, reſoudez par vn callus noüeux: & toutesfois pour l'éclarciſſe-
ment d'icelle, nous ſoudrons deux problemes. Dont voicy le premier. *Pourquoy
eſt-ce qu'aux os cariez, & qui ſouffrent deperdition en leur ſubſtance, il ne s'engendre
point de chair?* car Hippocrate écrit, *qu'aux vlceres qui ont duré vn an, il faut
qu'il ſe faſſe deperdition en la ſubſtance de l'os, & que les cicatrices de tels vlceres ſoyent
caues: qui empeſche que la chair ne repliſſe la cauité, qui s'eſt faite en l'os qui s'eſt exfolliée.*

ou s'il fait vn callus, que la chair ne se r'engendre point sur iceluy ? Respond que la *Solution.* chair ne se r'engendre point en la cauité de l'os, parce que la chair ne s'engendre que de la chair, ny le nerf que du nerf : or les extremitez des bords de l'os, qui a souffert deperdition en sa substance sont osseuses : que feront-elles donc ? Certes ou elles ne feront rien du tout, ou bien elles engendreront de l'os, ou vn callus. Que s'il ne se r'engendre rien en la place de ce qui a esté perdu de l'os, la chair n'aura point de fondement pour se r'engendrer. Or est-il que l'os ne se *Objection.* r'engendre point aux natures dures & seches : il reste donc qu'il s'y fasse vn callus. Mais pourquoy la chair ne s'engendre-elle point sur le callus ? C'est parce *Solution.* que la chair est viuante & animée, & le callus priué d'ame & de vie : or ce qui a ame, & ce qui n'en a point, comme aussi ce qui est viuant, & ce qui est mort, different d'espece & de forme : Doncques le callus qui est inanimé, ne peut estre pour fondement à la chair qui est animée. Or que le callus soit priué d'ame, on le peut recueillir, parce qu'il est engendré de l'excrement, qui prouient de la nourriture de l'os, & des parties voisines. Mais on objectera, si le *Objection.* callus est inanimé, il s'ensuit qu'il ne se nourrit point ; comment donc est-ce qu'il croist & dure aussi long-temps que nous viuons ? Ie respondray qu'il aug- *Solution.* mente par apposition de matiere, comme font les ongles & les cheueux ; or il dure aussi long-temps que les os se nourrissent, parce qu'il reste tousiours quelque excrement de leur nourriture. Voicy l'autre problesme, *Si le callus se fait de* *Autre proble-* *l'excrement de l'os, pourquoy est-ce qu'il ne s'engendre point sur l'os sain :* C'est parce *me. Solution.* que les parties voisines déchargent plus grande quantité d'excremens sur l'os debilité par la blesseure, qu'auparauant : non autrement qu'on voit tout le corps se décharger de ses superfluitez sur la partie blessée. Ie pense auoir maintenant *Responce aux* expliqué tout ce qui concerne la reünion des parties spermatiques, & partant *raisons.* ie passeray à autre chose, apres que i'auray donné la solution aux raisons contraires. La premiere raison de la premiere opinion, est seulement vraye au corps *A la premie-* des petits enfans : aux vieilles gens, qui ne voit point la debilité de la cause effi- *re.* ciente & la disette de matiere propre ? La seconde est totalement fallacieuse : *A la seconde.* car il n'est point necessaire que là où il y a sentiment, il y ait quant & quant vn nerf, autrement tout le corps ne seroit qu'vn nerf : il suffit qu'il y en ait vn porté à la partie, par l'irradiation duquel toutes les particules de la partie ayent senti- ment : il en faut autant dire des veines & des arteres, car l'attouchement cor- porel n'est point necessaire en toute action, mais le physique seulement. Ce *A la tierce.* qu'ils alleguent des dents & des os n'est point de mise : les dents couppées ou rompuës renaissent, tant à raison de la cause finale que de la materielle : à rai- son de la finale, parce qu'elles sont necessaires pour mascher, mouldre, & pre- parer les viandes au ventricule, & partant comme elles croissent tousiours estant vsées par la mastication, à raison de la necessité de leur vsage, car autre- ment elles s'vseroient dans peu de temps en mascheant continuellement : ainsi la necessité du mesme vsage les fait renaistre quand elles sont rompuës. Mais aussi si on regarde la cause materielle de leur regeneration, on trouuera qu'elle est contenuë en tres-grande abondance aux cauitez des maschoires : joint que la dent n'est point enuironnée des parties qui puissent empescher sa regenera- tion. A la quatriéme qui est telle, l'accretion & nutrition, sont especes de gene- *A la quarte.* ration : or les os croissent & se nourrissent, pourquoy donc ne se reüniront- ils point aussi ? Nous respondrons que l'ordre de Nature est, que premierement la partie soit nourrie, puis s'il reste quelque aliment, qu'elle croisse en toutes ſes dimenſions : & finalement s'il en reſte encor, qu'il ſoit employé à la regeneration de ce qui defaut. Or la ſemence ne s'engendre point en telle quantité, qu'elle puiſſe fournir à la nutrition, à l'augmentation, & à la regeneration des parties. La generation des parties ſpermatiques en la matrice, eſt veritablement facile : parce qu'il y a abondance de matiere, & que l'agent eſt double, l'vn en la ſemence, & l'autre en la matrice; mais difficile apres que nous ſommes nais, parce que l'agent manque. Les authoritez de Galien prouuent que les parties ſpermatiques ne ſe peuuent toutes ny en tout temps reünir, auſquelles nous ſouſcriuons volontairement. La raiſon de la ſeconde opinion, qui dénie la faculté formatrice aux parties ſpermatiques, & la donne à la ſeule ſemence, ſe refute facilement, veu que *la ſemence*, ſelon Hippocrate, Ariſtote & Galien, *contient en ſoy l'idée de toutes les parties, laquelle elle reçoit des parties ſolides.* Et de fait l'os a en ſoy la faculté d'engendrer vn os, & la veine, d'engendrer vne veine, pourueu que la matiere ſoit bien diſpoſée. Au reſte quand nous diſons que les os ſe nourriſſent, croiſſent, & r'engendrent de la ſemence, nous n'entendons point que ce ſoit de la ſemence, qui prend ſa forme & perfection aux teſticules, ains de quelque matiere qui luy reſſemble. Les authoritez d'Hippocrate & de Galien prouuent ſeulement, *que les parties dures ne ſe reüniſſent point en ceux qui ſont aagez :* ce que nous auons auſſi prouué en la ſeconde concluſion.

Reſponce aux raiſons de la ſeconde opinion.

A ſçauoir ſi les parties ſpermatiques ſont plus chaudes que les ſanguines.

QVESTION NEVFIESME.

QVE les parties exangues ſoient plus froides que les ſanguines, Hippoc. Ariſt. & Galien l'ont dit tant de fois, que ce ſeroit vne ſuperſtition grande ou vne oſtentatió que de citer icy les paſſages. Or que les parties charnuës ſoient les ſanguines, & les ſpermatiques, celles qui n'ont point ou peu de ſang, perſonne que ie ſçache ne l'a encore nié : ce qui s'enſuit chacun le peut voir, car la concluſion parle aſſez d'elle-meſme. Et toutesfois il s'en eſt trouué parmy les Modernes, qui ont ſouſtenu le contraire, & entre-autres Ioubert, iadis Chancelier tres-digne en l'Vniuerſité de Montpellier, a traitté ſubtilement cette queſtion en vn de ſes paradoxes, & en iceluy allegué pluſieurs raiſons auec beaucoup d'apparence de verité. Or cóbien que i'aye touſiours beaucoup priſé l'erudition & ſubtilité de cet excellent perſonnage, ſi eſt-ce que pour auoir eſté le premier, qui en ce poinct a violé l'authorité de l'ancienne doctrine, ie ſuis forcé de quitter ſon party, & de refuter toutes ſes raiſons par le menu. *Les choſes (dit-il) ſont atteſtées par leurs principes, c'eſt à dire les effets retiennent la nature de leur cauſe : or la ſemence eſt plus chaude que le ſang : Dont s'enſuit que les parties ſpermatiques ſont plus chaudes que les ſanguines.* Que la ſemence ſoit plus chaude que le ſang, il ſe prouue, parce que *la ſemence,* ſelon Hippocrate, *eſt ignée & aërée, & le ſang froid & aqueux : & parce que la ſemence paſſe, & eſt portée par des vaiſſeaux qui n'ont point de cauité apparente, marque tres-certaine de ſa chaleur & ſubtilité :* là où le ſang eſt contenu dans vn canal. Mais cette raiſon eſt trop molle, & ne reſſent rien de la doctrine d'vn ſi grand perſonnage. Car Galien enſeigne qu'il faut conſiderer deux choſes en la ſemence, le corps & les eſprits : à

Opinion de Ioubert touchant la chaleur des parties ſpermatiques.

La ſemence eſt plus chaude que le ſang.

En icelle on conſidere le corps & les eſprits.

raiſon du corps elle eſt dite aqueuſe & terreſtre, & ignée à raiſon des eſprits. Les eſprits ſont les inſtrumens dont l'ame ſe ſert pour baſtir ſon logis, & former toutes les parties, d'où ils ſont appellez *formateurs* : & c'eſt auſſi à raiſon d'iceux, que la ſemence eſt principe & cauſe efficiente en la procreation. Le corps de la ſemence aqueux & froid, eſt la matiere dont ſont engendrées les parties ſpermatiques. Doncques la ſemence auec toutes ſes parties eſt plus chaude que le ſang, parce qu'elle côtient plus grande quâtité d'eſprits ; mais dépoüillée de ces eſprits elle eſt plus froide : de là vient qu'auſſi-toſt que ſortie de ſes vaiſſeaux, & venant à ſentir l'air & le froid, elle deuient liquide & noire, & telle eſt la matiere ſelon Galien, dont les parties ſpermatiques ſont engendrées. Ioubert appuye cette raiſon d'v- *Raiſon deuxiéme.* ne ſeconde qui eſt telle, *La conformation & ſituation des parties ſpermatiques demonſtrent manifeſtement la chaleur d'icelles : car les os occuppent le centre & ſont couuerts des parties charnuës, il en eſt de meſme des nerfs : & ce pour empeſcher que la chaleur natiue d'iceux, ne ſe diſſipe & ſoit offençée par le froid de l'air ambient.* Mais *Reſutée.* ie ne voy point ce qu'il veut conclurre : veu que ces choſes témoignent au contraire qu'elles ſont froides : car d'autant que le froid leur eſtoit ennemy, Nature les a enuironnées de toutes parts, des chairs reueſtuës de membranes comme de robes, afin de conſeruer leur chaleur debile, & les deffendre contre la rigueur du froid. Dauantage les os n'ont point eſté ſituez au centre du corps, afin que leur chaleur fuſt conſeruée par les parties externes, mais parce que la condition d'ap- *Raiſon troiſiéme.* puy & ſouſtenement, dont ils ſeruent au corps, le requeroit ainſi. Que ſi tu veux que les parties externes ſoyent plus froides que les internes, il faudra que la peau qui eſt temperée ſoit plus froide que les os & les nerfs, la troiſiéme raiſon eſt tres-abſurde. *Les parties ſpermatiques ſont aiſément offencées par le froid ; elles ſont donc chaudes : d'autant que les choſes ſont alterées par leur contraire, & conſeruées par leur ſemblable.* Mais au contraire Galien nous baille cette marque commune *Impugnée.* pour reconnoiſtre la temperature des parties ; c'eſt que celles qui ſont facilement *59.art.parux.* offençées par le froid ſont froides, & au contraire : Ainſi *le froid,* ſelon Hippocrate, *eſt ennemy des os, des dents, des nerfs, de la medulle ſpinale, &c.* parce que ces parties ſont froides. Voicy les propres mots de Galien. *C'eſt* (dit-il) *vne marque commune de la temperature en toutes les parties, ſi le membre ſe refroidit aiſément, de froidure ou rarité : que s'il ne ſe refroidit point aiſément, de la chaleur & denſité : que s'il s'offence des choſes qui deſeichent, s'il eſt aride & ſec, & s'il ne ſe meut point facilement, de ſiccité : Comme auſſi s'il ſe trouue mal de celles qui humectent, d'humidité.* Finalement Ioubert conclud que *les principales actions des parties ſpermatiques* *Raiſon quatriéme.* *ſont indices de tres-grande chaleur : ainſi le ventricule membraneux digere les vian-* *Riſutée.* *des pour dures qu'elles ſoyent, & en l'Auſtruche, il amollit le fer. La veſſie partie membraneuſe engendre des pierres plus dures que les roignons, qui ſont parties charnuës.* Ces choſes pourront ſembler inexplicables aux apprentifs, leſquelles toutesfois nous eſſayerons de démeſler comme enſuit : Ce qu'il objecte du ventricule eſt plein d'erreur : car les animaux qui ont la tunique interne du ventricule plus charnuë, ſont ceux qui digerent mieux : & ceux qui n'ont point de dents pour mouldre leur viande comme les oyſeaux, ont vne chair ſolide attachée au fond de leur eſtomach : & comme Falloppe a le premier remarqué *la tunique interne du ventricule en l'homme, eſt par tout couuerte d'vne crouſte charnuë.* Mais ſoit, accordons-luy, que le ventricule membraneux digere plus puiſſamment, & que la veſſie engendre des pierres plus dures que les reins, dirons-nous pour cela, que les parties ſpermatiques ſoyent plus chaudes que les ſanguines : non, mais nous dirons que c'est à raison que la chaleur en vne matiere plus dense, brusle plus puissamment. Qui dira qu'vn fer rouge soit plus chaud que la flamme : Certes il brusle plus violamment, & toutesfois le degré de chaleur est moindre au fer rouge, qu'en la flamme. Ainsi le feu en sa sphere, & en l'eau de vie ne brusle point à raison de la subtilité de la matiere, en laquelle il est allumé. Or le calcul n'est point tant engendré par l'acrimonie & mordacité de la chaleur, que par la longue action d'icelle, & par la viscosité de la matiere, comme aux vieillards. On peut voir de ces choses, que les parties spermatiques ne sont point plus chaudes que les sanguines. Et ne faut point icy receuoir la distinction de chaleur natiue, & de chaleur influente, parce que la comparaison se doit faire entre choses égales.

A sçauoir si les parties solides desechées peuuent estre humectées.

QVESTION DIXIESME.

1. 6. epidem.
sect. 7.

l. 1. de Diuin.

E nom de *partie solide* est ambigu : par iceluy le vulgaire entend *celle qui est dure, dence, ferme & compacte:* ainsi *la chair du cœur,* selon Galien, *est solide.* Hippocrate appelle *toutes les parties contenantes solides,* & sous cette signification sont aussi comprises les *charnües.* Il y en a qui par ce mot entendent toutes les parties animées, qui ont vne circonscription propre, & qui se contiennent dans leurs propres fins. Les Philosophes appellent *vne chose solide, qui est toute telle,* c'est à dire,

Qui sont proprement les parties solides.

qui est toute pleine de soy : ainsi le feu & l'air en leur sphere, sont dits *solides.* Ainsi Ciceron écrit qu'Alexandre voulant porter vne couronne, douta si elle estoit *solide,* c'est à dire, si elle estoit d'or massif, ou si elle estoit seulement dorée. Ainsi toutes les *parties similaires,* comme nous auons desia prouué, d'autant que leur nature est par tout vne & semblable, sont dites *solides* Mais les Medecins appellent proprement *parties solides,* celles qui sont spermatiques : car Galien nomme coustumierement *les parties charnues, sanguines, & les spermatiques solides :* il appelle aussi *les spermatiques premieres,* ou pource qu'elles sont les premieres estayes & fondemens des autres, & qu'elles appuyent toute la fabrique du corps humain, les espaces vuides qui sont entre-deux, estans farcies & remplies de chair : ou pource que la semence, dont elles sont engendrées est le premier principe, & le sang menstruel le second : ou finalement pource qu'elles sont engendrées premieres que les charnües. Or touchant ces parties vrayement solides se fait ordi-

Et si elles peuuent estre humecter.

nairement vne question, à sçauoir *si estant vne fois desechées, elles se peuuent derechef humecter,* c'est à dire, *à sçauoir si l'aliment qui est remis, est de mesme espece auec celuy qui s'est écoullé.* Galien a donné l'occasion de ce doute, quand il a dit,

c. 59. art.
paruæ.

Les parties solides ne peuuent en aucune maniere estre rendues plus humides : c'est assez

l. 11. Meth. 1.

si on empesche qu'elles ne se desechent. Item, *La quantité des parties solides est tousiours semblable,* & ailleurs, *la secheresse des parties solides est incurable.* Ie croy qu'il est

La substance des parties solides est double selon Galien.

facile de vuider cette question, si on reconnoit deux substances aux parties solides : l'vne exactement solide, fibreuse, & du tout exangue : l'autre remplissant les espaces vuides qui sont entre les fibres, qui est dite estre la chair propre & particuliere de chaque partie : cette premiere-là ne peut en aucune maniere estre renduë plus humide, c'est à dire, elle ne peut estre remise ny en telle quantité, ny en pareil degré de perfection, qu'elle s'est écoullée : Mais la derniere se

repare

repare facilement. Mais afin qu'on ne penſe point que cette diſtinction ſoit de mon inuention, voicy les paroles expreſſes de Galien. *Les parties ſolides qui ſont* 59.art. paruz. *vrayement ſolides & premieres, ne peuuent en aucune maniere eſtre renduës plus humides, c'eſt aſſez ſi on empeſche qu'elles ne ſe deſſechent trop viſtement : mais on peut remplir les eſpaces d'entre-deux de quelque humidité.* Item, *Il y a aux parties ſolides* 10. Meth. 11. *vne ſubſtance fibreuſe, & vne autre comme charnuë : Ainſi la veine qui n'a qu'vne tunique deliée, a pluſieurs fibres diuerſement entretiſſus, autour deſquels s'engendre la propre chair & ſubſtance de la veine. Cette ſubſtance n'a point encore de nom, mais pour rendre cette doctrine plus intelligible, rien n'empeſche que tu ne l'appelles ſubſtance charnuë.* Cette diſtinction eſt donc de Galien. Or il y a pluſieurs raiſons pour- *Pourquoy les* quoy les parties vrayement ſolides & fibreuſes ne peuuent eſtre humectées, c'eſt à dire, *eſtre hume-* pourquoy leur humidité ne peut eſtre reparée, ny ſi bonne, ny en telle quantité, qu'elle *ctées.* eſtoit. 1. Le ſuc qui eſt remis, n'eſt point ſi cuit, ny élaboré, qu'il eſtoit en la *Raiſons pre-* premiere generation : la ſemence dont les parties ſolides ont eſté engendrées, *miere.* auoit eſté preparée aux labyrinthes des vaiſſeaux ſpermatiques, élaborée aux teſticules, & r'affinée aux vaiſſeaux éiaculatoires & proſtates glanduleux, maintenant elles ne ſe nourriſſent plus de cette ſemence, mais d'vn ſang qui eſt ſeulement blanchi. 2. La diſſipation de la ſubſtance de la partie ſe fait continuelle- *Deuxiéme.* ment & ſans intermiſſion, mais la reſtauration ne s'en fait que peu à peu, & apres diuerſes alterations. 3. Les parties ne peuuent eſtre humectées, ſinon par *Troiſiéme.* la nutrition, or comme l'aliment ſe change & tourne plus difficilement en vne partie dure, qu'en vne molle, ainſi ſouffre-il dauantage par icelle. Pour cette cauſe l'humidité de l'aliment ne peut autant remettre à la partie, comme ſon action luy en oſte auant qu'elle ſoit nourrie. 4. La chaleur naturelle s'affoiblit *Quatriéme.* en agiſſant continuellement, car tout agent naturel ſouffre & patit en ſon action : & pourtant elle ſe prepare, & fait vn aliment qui n'eſt point ſi bon, ny ſi loüable, ny en telle quantité que celuy qu'elle a conſommé : & combien que la faculté de l'ame ſoit touſiours vne meſme, ſi eſt-ce que ſon inſtrument eſtant vſé, & affoibly par vne action continuelle, elle ne peut plus fournir à la taſche qui luy eſt demandée par le droict de Nature ; qui eſt cauſe que la chaleur naturelle ainſi agitée par ſon trauail iournalier s'affoiblit, deuient languide, & finalement s'eſteint, & perit tout à fait. Dont s'enſuit, que la ſubſtance fibreuſe des parties ſolides ne peut eſtre reparée : mais ſeulement arrouſée,

Fin du premier Liure.

F

LE DEVXIESME LIVRE
DES OEVVRES ANATOMIQVES
DE M. ANDRE' DV LAVRENS,
CONSEILLER ET PREMIER
Medecin du Roy , &c.

Auquel

L'histoire de tous les os est exactement décrite , & toutes les controuerses,
qui se rencontrent en icelle expliquées.

HISTOIRE ANATOMIQVE.

Qu'il faut commencer par les Os.

CHAPITRE PREMIER.

Pourquoy l'Autheur

'AVTANT que le simple (selon les arrests des Philoso-phes) est premier & de Nature & de doctrine que le com-posé : afin de traitter toutes choses par bon ordre nous commencerons nostre Anatomie par la description des parties simples, lesquelles nous expliquerons briefuement & clairement és quatre liures suiuans. Au premier nous parlerons *des os*: au second *des cartilages, des ligaments , des membranes, & des fibres*: au troisiéme , *des vaisseaux , à sça-*uoir *des veines, des arteres, & des nerfs*: Et au quattiéme, *des chairs, tant de celle des visceres & des glandes, que de celle des muscles*; lesquels Hippocrate appelle propre-

Commence par les os.

ment *chairs*; parce que la chair est la principale partie d'iceux. Or nous commen-çons nostre Anatomie *par les os*, parce, comme Hipp. a tres-bien remarqué, qu'ils donnent *la fermeté, la rectitude, & la figure à tout le corps*. Car ce sont comme des pieux, ausquels toutes les autres parties sont attachées, & sur lesquels elles sont for-mées & naissent; les os seruans comme de fondement, & d'estançon pour porter

Combien la connoissance d'iceux est ne-cessaire.

& soustenir toute la masse du corps. Ioint que de la figure & grandeur des os , on iuge de la figure & magnitude des autres parties : & qu'on ne sçauroit entendre les origines & insertions des muscles, les distributiós des veines & arteres, ny les diui-sions des nerfs, si on ne connoist premier toutes les parties des os. Et c'est la raison, pourquoy anciennemét en l'école d'Alexádrie on proposoit d'entrée aux estudiás en Medecine, *des ſqueletes deſſechez*, & puis apres *des corps entiers*. Au reſte les anciens Grecs nomment, ſquelete, *l'aſſemblement & compoſition de tous les os, depuis la teſte iuſques aux pieds*: car σκέλετος, eſt autant, cóme qui diroit *corps deſſeché*, & vient du verbe Grec, σκέλλω, qui ſignifie *ie ſeiche*: de là vient que les Autheurs qui ont traitté des os, ont mis au front de leurs liures, ces inſcriptions les vns, *Du ſqueletes* les autres, *De l'oſteologie*, & les autres, *Des os*: leſquelles reuiennent toutes à vne.

Definition d'Os: & belle explication d'icelle.

CHAPITRE II.

ALIEN definit l'os, *eſtre la partie, la plus dure, la plus ſeiche, & la plus terreſtre de tout le corps*; mais cette definition n'eſt point exacte, ayant eſté ſeulement écrite en faueur des ieunes & Apprentifs: Nous le definirons vn peu plus exactement, *eſtre vne partie ſimilaire la plus ſeiche & plus froide de toutes, engendrée par la faculté formatrice, à l'ayde d'vne grande chaleur, de la portion plus graſſe & terreſtre de la ſemence, pour ſeruir de fondement à tout le corps, & luy donner la rectitude & la figure.* Cette definition deſignant les cauſes, formelle, materielle, efficiente & finale; peut à bon droit eſtre dite *eſſentielle*. La forme des parties ſimilaires, ſelon les Medecins, c'eſt *la temperature*, parce qu'elle eſt, *le premier ſuiet, & la premiere faculté, auec laquelle & par laquelle la forme agit & patit tout ce que la partie ſimilaire, comme ſimilaire agit & patit.* Doncques *la ſechereſſe & la frigidité*, expriment la forme de l'os. Il eſt ſec parce que la grand' chaleur a épuiſé la portion humide & graſſe qui eſtoit en la ſemence: & froid parce que la meſme chaleur s'éuanoüit & ſe perd apres la conſomption de l'humidité huileuſe, à faute de paſture & d'aliment. Ces premieres qualitez ſont ou accompagnées ou ſuiuies des ſecondes, comme de *la dureté, peſanteur, & blancheur.* L'os eſt dur, non point par concretion, comme la glace; car il ſe fondroit au feu: ny par tenſion, comme vn tambour, mais par ſechereſſe, comme du bois. Il eſt peſant, tant pource qu'il eſt terreſtre, comme pource que l'eau & l'air ſont fort condenſez en iceluy; & blanc parce que c'eſt vne partie ſpermatique. La matiere des os, c'eſt *la portion plus groſſiere & terreſtre de la ſemence*, qu'Ariſtote appelle, *excrementum ſeminale.* Car encore que la ſemence apparoiſſe ſimilaire; ſi eſt-il qu'elle contient en ſoy des parties plus groſſieres, les vnes que les autres; & en icelle il y a vne portion graſſe, & vne autre gluante & viſqueuſe. De la gluante, parce qu'elle s'entend facilement, ſont formez les nerfs, les membranes & les ligaments: & de la graſſe, les os. C'eſt ce que le diuin vieillard nous a declaré, quand il dit, *Où il y a eu plus de matiere graſſe que gluante, les os ont eſté formez.* La cauſe efficiente, c'eſt la *faculté formatrice*, que quelques vns appellent, *l'idole & idée de la vertu engendrante*; laquelle ſe ſert de la chaleur naturelle comme d'vn architecte, & de l'eſprit, comme d'vn manouurier, ou d'vn peintre. C'eſt à iceux que le Philoſophe attribuë la puiſſance de diſpoſer, de ſeparer, de concréer, de condenſer & de rarefier. Doncques la chaleur conſomme la graiſſe de la ſemence & de la deſſeche: de là vient la dureté & la ſolidité. Hippocrate a le premier reconnu la maniere de leur generation, quand il dit, *Les os condenſez par la chaleur s'endurciſſent & deſſechent*, Au reſte combien que cette chaleur ſoit temperée, (car la ſubſtance de la

Des os,

chaleur natiue eft bien temperée) fi eft-il toutesfois que fa longue action & demeure en vne matiere denfe produit les mefmes effets qu'vne chaleur tres-intenfe ; tellement qu'elle femble brufler : qui fait qu'Hippocrate veut que *la generation des os fe faffe par aduftion*. La derniere partie de la definition exprime fort bien la caufe finale, que Galien appelle *vfage* ; car le premier & plus commun vfage des os, c'eft de donner *la fermeté, la rectitude & la figure à tout le corps*. La *fermeté* : parce qu'ils feruent comme de propugnacles encontre tous les efforts, & qu'ils fouftiennent le corps en l'appuyant non autrement que les bazes & colomnes aux baftimens : *la rectitude*, parce que l'homme ne fe pourroit tenir droict debout fans iceux, ains fe traineroit, comme font les ferpens & vermiffeaux contre terre. Nous lifons bien dans Hippocrate l'hiftoire *d'vn enfant fans os, lequel ne laiffoit point d'auoir les principales parties difcrettes & bien formées, mais il n'excedoit point la grandeur de quatre doigts, & ne vefcut point long-temps* : & finalement *la figure* : parce que la hauteur du corps, & la borne de l'accroiffement dépendent des os : car ceux qui ont la tefte groffe, ont le cerueau tres-grand : ceux qui ont la poictrine eftroite, ont le poulmon & les vifceres petits & refferrez : ceux qui ont les mafchoires petites, ont auffi les mufcles petits. C'eft à raifon de cette caufe finale, laquelle demeurant immobile meut toutes les autres, comme témoigne le Philofophe, *que les os ont la fubftance telle que nous voyons, à fçauoir, dure, folide & fans fentiment* : *dure & folide*, parce que la nature d'appuy & de propugnacle, dont ils feruent aux corps, le requeroit ainfi ; & *fans fentiment*, de peur que l'animal ne fuft en continuelles douleurs. Car comme ainfi foit qu'ils fouftiennent & portent toute la maffe du corps, & qu'ils foyent agitez de mouuemens continuels, ils ne fçauroient fupporter tant de diuers mouuemens fans douleur, & ainfi la vie des animaux feroit continuellement accompagnée de plaintes, de peine & de trifteffe. Au refte les os font priuez de tout fentiment, non pource qu'ils font terreftres, car ainfi les dents qui font tres-dures ne fentiroient point : mais pource qu'ils n'ont point de nerfs répandus dans leur fubftance. Ils ont encore d'autres vfages particuliers, lefquels feront décrits en l'hiftoire particuliere de chacun d'iceux.

Et finalle qui eft,

Hipp. l. de offium nat.

De donner la fermeté.

La rectitude,

1. 2. epid. fect. 2.

Et la figure à tout le corps.

Les os pourquoy durs & folides.

Et pourquoy fans fentiment.

Des differences des os.

CHAPITRE III.

ALIEN enseigne qu'il faut prendre les differences des os, comme de toutes les autres parties, *des choses qui suiuent leur essence, & de celles qui leur aduiennent.* Les qualitez traittables, *la dureté, la mollesse, la densité & la rarité* suiuent l'essence de l'os, c'est à dire, sa temperature froide & seche : & les accidens qui luy suuiennent sont *la grandeur, la figure, la situation, le mouuement, le sentiment,* & semblables. Tirons donc la premiere difference d'os, *de la dureté,* & disons que des os, les vns sont tres-durs, comme ceux qui sont nommez *petreux,* & les *dents* : les autres mols pour quelque respect, comme les *Ethmoïdes* & les *Epiphyses* : & les autres durs simplement, comme tous les autres. La deuxiéme *de la grandeur,* & disons que par icelle, les vns sont grands, les autres petits, & les autres mediocres. Il y en a qui definissent les grands qui ont vne cauité grande & pleine de moëlle : mais ie rapporte la nature de la grandeur à la seule quantité, & non point à vne plus grande ou moindre quantité de moëlle. Ainsi l'os Ischium & les omoplates ne sont ny caues ny moëlleux, & toutesfois personne ne niera qu'ils ne soient grands. Or comme ainsi soit que la quantité soit des dimensions, & qu'il y ait trois dimensions, la longueur, la largeur, & la profondeur ou épaisseur : nous prenons trois differences de la grandeur, & disons des os, que les vns sont longs, comme le femur ; & les autres courts, comme ceux des doigts ; les vns sont larges, comme les omoplates ; & les autres estroits ; & les vns épais & les autres tenvres. La troisiéme *de la figure,* & disons que les vns sont plats, les autres ronds, les autres ont trois faces, les autres en ont quatre, il y en a qui ressemblent à vn esquif, à vn cube, à vn marteau, à vne enclume, à vn estrieu, &c. Les meilleurs Medecins rapportent les meats & les cauitez, la polissure & l'aspreté à la figure : & de là nous tirons la quatriéme, & disons que les vns sont solides, les autres non solides ; les vns polis, & les autres rudes & non polis, prenant icy le mot *solide,* à la façon du vulgaire, *pour ce qui est opposé à caue.* Les os qui sont solides, ou ils apparoissent totalement solides, & n'ont aucuns pores ny cauernositez, ou s'ils en ont, elles n'apparoissent quasi point, comme les osselets des oreilles & du nez, ou bien ils apparoissent solides par dehors : mais estans rompus on les trouue par dedans percez comme vne éponge, d'vne infinité de petits trous & pertuis : Galien les appelle *spongieux,* comme les corps des vertebres. Aux solides sont opposez les caues, lesquels ont vne cauité sensible & manifeste, que Galien appelle *ventre* : or nous disons que ces derniers contiennent vne vraye moëlle, & ces premiers-là vn suc seulement pour leur nourriture. De *la situation,* nous tirons la cinquiéme, & d'autant que par la situation on entend & le siege & la connexion : de là est que nous en prenons deux differences, & disons si on regarde le siege ou place, que les vns sont superieurs, les autres inferieurs, les autres anterieurs, & les autres posterieurs, &c. Mais si on regarde la connexion qu'ils ont auec les autres parties,

F iij

Marginalia:
l.1. de vsu par. 9.
Les differences des os se tirent de leur
Dureté.
Grandeur.
Figure.
Cauité.
Situation.

que les vns ont connexion aux parties voisines par les muscles, les autres par les cartilages, & les autres par les ligamens. Nous tirons la sixiéme *du mouuement,* & disons que les vns ont mouuement, comme ceux qui sont articulez par *Diarthrose;* & que les autres sont sans mouuement, comme ceux qui sont joints par *Synarthrose.* Nous tirons la septiéme *du sentiment,* & disons que les vns ont sentiment, comme les dents, & que les autres n'en ont point, comme les autres os. Nous en adioustons vne huictiéme, qui se prend *de l'ordre de la generation:* & disons que les vns sont engendrez parfaicts, comme les osselets des oreilles & les costes : celles-cy certes, pour former la cauité de la poictrine ; & ceux-là, d'autant qu'il falloit qu'ils fussent tres-durs & tres-secs, pour mieux resonner : & que les autres apparoissent imparfaicts à la naissance, comme les os du crane & grand nombre d'autres.

Mouuement.

Sentiment.

Et ordre de leur generation.

De toutes les parties des os, auec l'explication de certains mots, dont on fait souuent mention en l'histoire particuliere des os.

Chapitre IIII.

IL faut remarquer deux choses aux os, leurs parties & leurs cauitez ou sieges : les parties sont trois, à sçauoir; 1. La partie la plus grande & principale. 2. La partie éminente. 3. Et la partie adioustée. La premiere n'a point encore de nom particulier, & retient celuy de tout l'os : la partie adioustée, est proprement appellée *Epiphyse,* & la partie éminente *Apophyse.* La partie principale & plus grande, est l'os le premier engendré, lequel sert de fondement aux autres parties : qui est la raison qu'il occupe coustumierement le milieu, & qu'il est plus dur que tout le reste : car il falloit en la generation des os, non autrement qu'en la disposition de l'Vniuers, que ce qui est dur & terrestre, fust logé au centre. A cette partie principale est souuent adioustée vne autre partie appellée des Grecs *Epiphyse,* & des Latins *appendix, additamentum, annexus, applantatio.* Car comme si Nature s'estant oubliée auroit fait l'os trop court, elle le parfait & allonge par le moyen de l'appendice. Ainsi les Charpentiers mettent des blocs de pierre ou de bois, sous les pots, colomnes & piliers qui sont trop courts. Hippocrate appelle quelquefois l'*Epiphyse, peroné,* comme au liure des lieux en l'homme & ailleurs. Doncques l'*Epiphyse* est vn os de soy-mesme, *annexé à tout l'os par symphyse : &* non point l'vnion d'vn os auec vn autre os : car ainsi elle ne differeroit point de la symphyse. Que ce soit vn os de soy, il se iuge aisément, parce qu'elle a vne circumscription propre, & qu'aux enfans elle se separe facilement, mesme sans coction ny pourriture : & qui plus est on a souuent remarqué aux coups & cheutes des petits enfans, l'epiphyse estre luxée ou arrachée d'auec l'os principal, auquel elle est joincte par l'espece de symphyse, qui se faict sans moyen, à raison que l'os principal est plus mol en ses bouts qu'en son mitain, & que les epiphyses ont leur substance rare & lasche;

Les parties de l'os sont trois.

La principale.

L'Epiphyse, &

Or *les chofes molles* (felon Ariftote) *cedent & fe laiffent facilement contenir en d'au-*
tres bornes. Au refte cet affemblement & fymphyfe ne fe fait point par vne fuperficie pleine & égale, mais par vne mutuelle & reciproque entrée de teftes &
de cauitez: tellement qu'elle femble fe faire par ginglyme. La fubftance des epiphyfes eft rare, lafche, & quafi cartilagineufe aux enfans, s'endurciffant &
deffeichant par l'âge, & à mefure que la chaleur s'accroift par le mouuement &
le frayement des jointures en cheminant. Nature a appofé aux bouts des épiphyfes vn cartilage, pour les garder de receuoir fi facilement les coups, & pour
faire, au cas qu'elles foient rompuës, qu'elles fe reprennent plus aifément par
la molleffe du cartilage: Aux vieillards elles adherent à l'os principal, en forte
qu'elles n'en peuuent à peine eftre feparées, & femblent eftre parties dudit os.
Or tous les os n'ont point des epiphyfes, car il ne s'en trouue point à la mafchoire de bas: Il y en a qui n'en ont qu'vne, comme les racines des coftes, & les
dents des enfans: il y en a qui en ont deux, vne à chaque bout; comme le tibia,
le peroné, l'humerus, le cubitus, le radius: il y en a qui en ont trois, comme l'os
ilium: d'autres quatre, comme l'os femur qui en a trois en haut, & vne en bas:
les vertebres en ont cinq, deux aux apophyfes tranfuerfes, deux aux corps, &
vne à l'efpine. Il y a auffi grand nombre d'epiphyfes, que le vulgaire tient pour
apophyfes, comme la dent de la feconde vertebre, le grand trochanter, les
ftuloïdes, &c. Leurs vfages font diuers, Galien en reconnoit deux. 1. Pour feruir comme de couuercle aux os moëlleux qui font caues & lafches, afin d'empefcher que leur moëlle ne s'épande: car ceux qui font caues & folides comme la mafchoire inferieure, n'en ont point befoin. 2. Pour affermir l'articulation, car les os font plus fermes fur vne baze large: Que s'ils fe terminoient
en pointe, l'articulation feroit dangereufe & tromperefle, & les os tomberoient pour peu d'occafion hors de leurs boëttes & lieux. Ainfi on tient ordinairement les bazes des piliers plus larges pour les rendre plus fermes à fouftenir le refte de l'édifice. Et d'autant que les epiphyfes eftoient larges, Nature les
a faites rares, lafches & cartilagineufes, pour les rendre plus legeres, & empefcher qu'elles ne preffent les parties par leur pefanteur. Nous leur en donnons
vn troifiéme, afin que les ligamens qui accouplent les os; ou qui forment les
tendons des mufcles puiffent naiftre d'icelles. Fallope a remarqué *que les ligamens*
ne s'eftendent point plus loin que les epiphyfes, dont ils fortent: tellement que fi l'e-
piphyfe eft courte, le ligament eft pareillement court. 4. L'epiphyfe eftant plus
molle que l'os, & plus dure que le ligament; elle fert comme de moyen pour faire la fymphyfe des os: ainfi Nature a accouftumé de ioindre les chofes extremes
par les moyennes. 5. Elle fert par fon interpofition pour arrefter la fracture de
l'os, & empefcher qu'elle ne paffe outre, comme il fe vöid aux futures du crane.
6. Elles conferuent les articulations: car comme ainfi foit que les os foient tres-
durs (fi le dur eftoit ioint contre le dur) ils s'vferoient, ou bien ils fe romproient
en pieces, à raifon de leurs continuels mouuemens; comme on peut voir aux
dents: & partant il eftoit neceffaire de les accoupler par le moyen des appendices
qui font plus molles. 7. Aucuns veulent (felon Hippocrate) *qu'elles feruent de*
ventre aux os pour cuire leur aliment, & que d'icelles il decoule peu à peu dans les po-
res & cauernofitez des os.

Enfuit la troifiéme partie, que les Grecs appellent *apophyfe*, & les Latins *l'apophyfe.*
éminence, production, extuberance, proiecture & procez. On la definit *vne partie*
vraye & legitime de l'os, fortant du mefme os, & s'éleuant en forme de boffe par

deſſus la ſuperficie pleine d'iceluy. Il n'y a gueres d'os qui n'ayent des apophyſes: mais entre toutes, celles de la maſchoire inferieure & des vertebres ſont fort apparentes. Nous leur donnons deux vſages: l'vn pour l'origine & inſertion de pluſieurs parties, & ſpecialement des muſcles: car ſi les os n'auoient des éminences & des ſaillies, & s'ils ne s'allongeoient en maniere de col, les muſcles ny les ligamens ne pourroient prendre leur origine d'iceux: l'autre eſt pour ſeruir de defence à quelques parties, comme on peut voir aux vertebres & aux omoplates.

Les differences des epiphyſes & des apophyſes ſont trois, teſte, col, & pointe.
Les differences tant des epiphyſes que des apophyſes ſe prennent de leur figure: car ſi l'os s'éleue en vne boſſe ronde, ſoit que ce ſoit ou epiphyſe ou apophyſe, elle eſt nommée *teſte* : ſi d'vn commencement greſle & menu il ſe dilate peu à peu, comme vn col, elle eſt appellée *col:* que s'il ſe termine en pointe, & fait vne éminence pointuë, elle eſt dite *coroné, coronis, ou coronon.* Les differences d'epiphyſe & d'apophyſe ſont donc trois, qui ſe prennent de la diuerſité de leur figure, à ſçauoir *teſte, col, & pointe.* Derechef la *teſte* eſt de deux ſortes, l'vne oblon-

La teſte eſt de deux ſortes.
gue & tres-groſſe, comme celle du femur, on l'appelle abſoluëment *teſte* : l'autre plus platte, laquelle les Grecs appellent *condyle,* encore que ce mot en Hippocrate & Galien ſignifie quelquesfois *vne teſte gemelle,* ainſi ils appellent les nœuds & extremitez des doigts *condyles,* parce qu'ils ont des doubles teſtes. Le

Le col n'eſt que d'vne ſorte.
col eſt ſeulement d'vne ſorte : or il differe de *la teſte,* en ce que *la teſte* eſt le plus ſouuent *epiphyſe,* & *le col* quaſi touſiours *apophyſe.* Mais le *coroné* a pluſieurs differences : car l'vne reſſemble à vne *touche,* l'autre à vne *anchre,* l'autre à vn *bec de corbin,* & l'autre *aux bouts des mammelles* : les Grecs appellent la premiere *ſtyloïde ou graphioïde,* la deuxiéme *anchiroïde,* la troiſiéme *coracoïde,* & la derniere *ma-*

La pointe a pluſieurs differences.
ſtoïde. Quant aux procez, qui s'éleuent autour des ſinus & boëtes des os en forme de léures, afin de rendre la cauité plus profonde, ils ſont nommez *léures & ſourcils,* d'autant qu'ils reſſemblent aux ſourcils des yeux, & aux bords des pots de terre, aux léures de la bouche, & aux moïeux des roües. Voilà donc toutes les parties des os en general. Pour le regard de leurs cauitez & ſieges, elles ont eſté faites pour l'articulation : & d'icelles il y en a de deux ſortes, car les vnes ſont profondes, & les autres ſuperficielles : les profondes enuironnées de grands orifices

Les differences des cauitez.
& ſourcils, ſont nommées des Grecs *cotyles & cotylides,* & non *cotyledons.* Telles ſont celles qui ſe voyent en l'iſchium & en l'os nauiculaire. Les ſuperficielles ſont nommées *glené & glenoïdes,* à raiſon qu'elles reſſemblent aux foſſes des yeux, quand ils ſont fermez. Or elles ſont ſi peu apparentes, que de prime face on eſt en doute ſi elles reçoiuent quelque os, ou bien ſi elles-meſmes entrent & ſont receuës dans quelque autre. I'ay bien voulu expliquer au long la ſignification de tous ces mots, parce qu'il s'en fera ſouuent mention en l'hiſtoire particuliere des os.

De la compofition & connexion des os en general.

CHAPITRE V.

QVE l'homme nay pour raifonner, & faire tant de belles actions, ait befoin d'vn mouuement local, afin de
reconnoiftre la diuerfité quaſi infinie des efpeces fenfibles, & éuiter, ou pourſuiure les diuers obiets de l'appetit, c'eſt chofe (ce me femble) reconnuë de tout le
monde. Car s'il eſtoit fait d'vn os feul, & iceluy continu, comme fe pourroit-il courber, dreffer, tourner,
empoigner auec les mains, & marcher en auant? Certainement celuy, qui doit commander à tout le mon-
de, demeureroit touſiours debout, comme vn tronc inutile, & feroit moqué des
autres animaux. Il eſtoit donc neceffaire que le corps humain fut fait d'vn grand
nombre d'os, differens en figure, & articulez les vns dans les autres en diuerfes manieres & façons. 1. Pour la diuerfité des mouuemens. 2. Pour la feureté,
de peur que l'vn eſtant rompu, les autres ne foyent enfemblement offencez.
3. Pour la tranſpiration des fumées & vapeurs. 4. Pour la feparation des parties,
les vnes d'auec les autres. 5. Et pour donner entrée ou fortie aux vaiffeaux. Or
combien que ces os foyent en ſi grand nombre, & ſi differens en figure; leur
connexion neanmoins eſt ſi admirable, qu'ils apparoiffent tous enfemble, comme ſi ce n'eſtoit qu'vn os feul, eſtant tous, ou continus, ou contigus les vns aux
autres. Les Grecs ont nommé cette liaifon & compofition d'os *fquelet*, comme
qui diroit *corps deffeché* & veulent qu'elle fe faffe en general en deux manieres, par
articulation & par *fymphyfe*. L'articulation que les Grecs nomment *Arthron* denote fouuent dans Hippocrate *la groffe teſte d'vn os qui entre dans la boëtte d'vn
autre os*: quelquefois il ſignifie par excellence *la teſte du femur qui s'emboëtte dans
l'Ifchion*; Mais à parler proprement il denote *l'extremité & bout de quelque os que
ce foit*, tellement qu'il vaut icy tout autant que *commiffure, liaifon, articulation,
ſtructure ou compofition.* Definiffons donc l'articulation, *Vne naturelle compofition
d'os, en laquelle les extremitez de deux os s'entre-touchent.* Tellement que l'effence
de l'articulation confiſte en l'attouchement des extremitez de deux os. Cette articulation, felon Galien eſt de deux fortes, l'vne *lafche* qu'il appelle *Diarthrofe*: car la
particule, *Dia*, ſignifie *laxité & feparation*: & l'autre *ferrée, & tellement compacte
& eſtroite*, qu'il ne reſte aucun efpace pour faire le mouuement, & la nomme, *Synarthrofe.* Celle-là eſt auec mouuement manifeſte, & celle-cy fans mouuement, ou
ſi elle en a, il eſt ſi obfcur qu'il ne fe void point. Les efpeces de *Diarthrofe* font
trois *Enarthrofe, Arthrodie, & Ginglyme.* Elles appelle *Enarthrofe*, quand la boëtte qui reçoit eſt fort profonde, & la teſte qui eſt receuë, longue: comme il fe void
en l'articulation du femur auec l'Ifchion. Elle fe nomme *Arthroide*, quand la cauité qui reçoit, eſt fuperficielle, & la teſte qui eſt receuë, platte, comme en l'articulation de la mafchoire inferieure auec l'os des temples, & de l'os occipital
auec la premiere vertebre. Et *Ginglyme*, quand vn mefme os reçoit, & eſt receu,
comme il fe void aux huis & feneſtres, où le gond qui porte, & la panture qui
tourne, entrent reciproquement l'vn dans l'autre. Doncques le *Ginglyme* fe fait
proprement entre deux os qui ont chacun des cauitez & des éminences, ou des

*Pour la com̄
modité du mou
uement local.*

*Tous les os fõt
ioints enfem-
ble, & com-
pofez,
Ou par articu-
lation.*

*Qui eſt de
deux fortes,
l'vne nommée
Diarthrofe,
& l'autre Sy-
narthrofe, def-
quelles chacu-
ne côtient fous
foy trois efpe-
ces.*

*Car Diarthro-
fe a fous foy
Enarthrofe,
Arthrodie,
&*

*Ginglyme le-
quel.*

teftes, tellement qu'ils reçoiuent mutuellement dans leurs cauitez les éminences l'vn de l'autre : Et ainfi il paroit qu'il fe fait en deux manieres, car où vn os reçoit & eft receu par vn mefme bout, ou bien il reçoit par vn bout vn os & eft receu par l'autre bout par vn autre os. Nous auons pour exemple de la premiere efpece, l'articulation du coude, & du bras; & de la derniere, celle des vertebres: car la vertebre affife entre deux autres, reçoit celle de deffus, & eft receuë par celle de deffous: & c'eft ce qu'entend Hippocrate, quand il dit, *Que les vertebres font entre-elles le Ginglyme*, ce qui n'a point bien efté entendu de Colomb.

Les efpeces de *Synarthrofe*, font pareillement trois, *Suture, harmonie, & gomphofe.* La future ou coufture eft, *Vne compofition d'os, qui reffemble aux chofes coufuës*; & eft de deux fortes, *en forme de fcie, & en forme d'ongle :* La premiere reffemble à deux fcies joinctes enfemble en telle forte, que les dents de l'vne entrent dans les coches de l'autre, comme il fe void aux os du crane; & la derniere reprefente la figure de deux ongles, couchés l'vn fur l'autre. *L'Harmonie* eft vne articulation faite par fimple ligne, droite, oblique, ou circulaire? comme il appert en l'affemblement des os de la mafchoire fuperieure. La *Gomphofe*, fe fait quand vn os entre, & eft fiché dans vn autre os, en maniere de clou, comme les dents. Voilà les deux efpeces d'articulation, Diarthrofe & Synarthrofe, aufquelles nous en adioufterons vne troifiéme, que Galien appelle, *Neutre & douteufe*, c'eft à dire, *Qui n'eft point tout à fait Diarthrofe, ny tout à fait Synarthrofe, mais participante de l'vne & de l'autre:* comme celle qui à raifon du mouuement obfcur, peut eftre dite *Synarthrofe*, & à raifon de la compofition, c'eft à dire, des teftes & des cauitez, *Diarthrofe :* Telle eft l'articulation des coftes, auec le fternum & les vertebres, & celle des os du carpe & du tarfe. Et ainfi Galien fera vendiqué des calomnies des Modernes. Telle eft l'effence de l'articulation & de toutes fes efpeces. Il refte vne feconde compofition de l'os, qui fe fait par *Symphyfe :* car Nature voyant que l'articulation des grands os n'eftoit point affeurée (car ils pouuoient pour peu d'occafion tomber de leurs boëttes) elles les a voulu accoupler & attacher les vns aux autres plus eftroitement. Doncques la *Symphyfe* eft *vne naturelle vnion d'os, par laquelle les os qui eftoient deux, font rendus continus & faits vn :* Tellement que la nature de la fymphyfe confifte en la continuité, comme l'effence de l'articulation en la contiguïté, & au feul attouchement des extremitez. Or la fymphyfe fe fait en deux manieres, *l'vne fans moyen l'autre auec moyen.* Les os mols & fpongieux s'vniffent & ioingnent fans moyen. Ainfi les Epiphyfes qui font molles & cartilagineufes s'vniffent quafi toutes auec leurs os fans moyen : Mais ceux qui font fecs & durs ne fe peuuent vnir fans quelque corps moyen, qui interuienne. Or ce corps moyen eft de trois fortes, *Le nerf, le cartilage, & la chair*, d'où naiffent trois differences de fymphyfe, *Syneurofe*, qui fe fait par le moyen du nerf, c'eft icy à dire, du ligament ; *Synchondrofe*, qui fe fait par le moyen du cartilage, & *Syffarcofe*, qui fe fait par le moyen des chairs, c'eft à dire des mufcles, qu'Hippocrate appelle couftumierement *Chair.* Les exemples de la fyneurofe apparoiffent en toute diarthrofe : de la fynchondrofe, aux os du penil, & de la mafchoire inferieure : & de la fyffarcofe, en l'os hyoïde, & aux pafterons. Au refte, tu auras l'effence tant de l'articulation, que de la fymphyfe, plus clairement exprimée aux controuerfes.

fe fait en deux manieres,

2. de articul.

Et la fynarthrofe a fous foy la future,

l'Harmonie &

la Gomphofe.

Aufquelles deux fortes d'articulations, Galien en adioufte vne troifiéme, qu'il nôme neutre, ou douteufe.

Ou par fymphyfe,

qui fe fait en deux manieres fans moyé, ou auec moyen,

& a fous foy trois differences.

LES CONTROVERSES ANATOMIQVES.

A fçauoir fi Galien en fon Liure des Os, ne defcript que les os des finges, comme les Modernes luy impofent fauffement.

QVESTION PREMIERE.

Calomnie con- tre Galien.

ALIEN a écrit en faueur des ieunes Anatomiftes vn fort beau Liure des Os, lequel quafi tous les Modernes reprennent, & déchirent, fouftenans impudemment qu'il ne defcrit en iceluy que des os de finge, & qu'il ne vid iamais de fquelete humain : Affermans auffi fort temerairement qu'il a ignoré la nature de l'articulation, l'effence de la fymphyfe, & l'vfage des epiphyfes, & des apophyfes. Or combien que i'aye efté tel iufques à prefent, que ie n'aye point iuré aux paroles d'aucun maiftre, fi eft-ce que i'ayme mieux tenir le party de mon maiftre Galien, & fuiure fon opinion, quand il enfeigne la verité, que les decrets noueaux & faux des Modernes. Or combien leurs calomnies font vaines, ie m'en vay le faire voir. Galien écrit auoir eu deux fqueletes, l'vn d'vn brigand, qui pour la haine qu'on luy portoit, fut laiffé fans fepulture : & l'autre d'vn certain, qui fut deffoüy de fon tombeau par des rauages d'eaux. Il auoit donc veu deux fqueletes d'hommes entiers : car qu'il euft veu vne infinité d'os particuliers, cecy entre autres chofes le témoigne ; c'eft qu'il exprime fort exactement ce, en quoy les os des hommes & des finges fe reffemblent, & ce auffi, en quoy ils different. Et pour le prouuer plus particulierement, il monftre comme les futures, qui au crane humain fe ioignent en forme de peigne, ou de fcie, font fi obfcures aux finges, qu'elles femblent pluftoft harmonie que future. Les os des temples n'apparoiffent diuifés ny par dedans, ny par dehors aux finges, ains faits d'vne feule piece. L'os petreux a deux apophyfes en l'homme, l'vne dite, *mammillaire,* & l'autre, *ftyloïde :* Or aux finges, la premiere n'apparoit quafi point, & la derniere eft fort petite. L'os zygoma par l'endroit qu'il s'auance de la pomette, apparoit tendre & deflié en l'homme, & diuifé par vne future, mais au finge, il eft epois & diuifé pluftoft par vne ligne que par vne future. Les apophyfes de la mafchoire inferieure different en l'homme de celles des finges : car en l'homme l'articulation s'en fait par arthrodie, & aux finges par ginglyme. Aux vertebres de la nucque, ils ont auffi cecy de diffemblable, c'eft que l'efpine, c'eft à dire, l'apophyfe pointuë, eft fenduë en deux en l'homme, & n'eft que fimple au finge. Elles different auffi en forme, en grandeur, & apophyfes. Les lombes aux finges font plus longs, & font compofez de fept vertebres. Pour le regard des omoplates & des clauicules, l'homme & le finge fe reffemblent fort. L'homme a la poictrine tres-large, & les coftes tres-amples, lefquelles en l'homme font feulement vingt & quatre, là où les finges en ont vingt & fix. Aux finges elles ont leur infertion aux efpaces, qui font entre les vertebres, en l'homme elles font attachées aux corps mefmes des vertebres. Or maintenant l'os facrum & le coccix ne font point femblables en compofition : car l'os facrum aux

Refutées par l'autheur.

En quoy diffe- rent les os de l'homme & du finge.

l. 13. de vfu part. 11.

Des Os,

singes est seulement fait de deux vertebres , & ont le coccix tres-long & troüé.
Les os ilium manquent aux singes en la partie où sont coustumierement les os
pubis, tellement qu'ils semblent n'auoir point ces os pubis. Aux ioinctures, certes, l'homme & le singe s'entresemblent fort, mais Galien monstre aussi ce qu'ils
y ont de semblable , & de dissemblable. Et partant si Galien a reconnu ce en
quoy les os des hommes & des singes se ressemblent, & ce aussi en quoy ils different, pourquoy ces calomniateurs luy font-ils cette iniure , de dire qu'il n'a descrit que le squelete d'vn singe? Car il veut seulement, au cas qu'on n'ayt point de
corps humains, qu'on prenne au lieu ceux des singes qui ressemblent fort à ceux
des hommes.

l.1.&3. de
У su part.

De la definition d'os , & de son temperament.

QVESTION DEVXIESME.

La definition
d'os de Galien,
blasmée par
aucuns , &
deffenduë par
l'Autheur.
Que les os sont
chauds.

lib. de prin-
cipijs.

lib. citato.

li. de semine.

In Timeo.

Qu'ils sont
froids.

PLVSIEVRS blasment la definition d'os baillée par Galien,
comme peu philosophique : car au Philosophe , tout ce qui est
tres-sec & tres-dur, est aussi terrestre, & ce qui est terrestre, est
pareillement tres-sec & tres-dur. Mais ils ne voyent point que
le Liure des os a esté écrit en faueur des ieunes Anatomistes, &
que l'essence de l'os est plus clairement exprimée par cette definition , tellement qu'il soit dur , parce qu'il est sec , & sec parce qu'il est terrestre. Il y a quelques legeres difficultez touchant la temperature des os. Empedocles vouloit qu'ils fussent *chauds*, de laquelle opinion a aussi esté Albert le Grand.
Ie l'appuyeray de ces raisons. Les choses sont attestées par leurs principes : or la
matieres des os est chaude, & leur cause efficiente tres-chaude. *La matiere* (selon
Hippocrate) *est la portion grasse de la semence : or la graisse* (selon le Philosophe)
tient de la nature de l'air, qui fait qu'elle flotte sur l'eau. La cause efficiente c'est la
chaleur, non point moderée, ains tres-intense & bruslante : car Hippocrate,
Aristote, Galien , & Platon veulent que *Les os soyent engendrez par adustion.*
Voicy les paroles d'Hippocrate, *Quand les os sont faits, ce qu'il y a de gras en iceux,*
est tres-promptement bruslé. Item, *Où il y auoit peu de matiere gluante , & beaucoup*
de graisse & de froid, cela a esté promptement bruslé , à raison de la graisse, & les os
ont esté faits tres-durs & fort solides. Aristote rapporte leur generation à *Vulcan,*
c'est à dire, *au feu bruslant.* Galien reconnoît leur cause efficiente *estre la chaleur*
qui les rostit & desseiche. Platon a aussi voulu le mesme, *Nature* (ce dit-il) *a com-*
posé l'os en cette façon, broyant de la terre pure, elle a meslé du limon, & l'a moüillé
& trempé de moëlle, & a ietté cela puis apres dans le feu.

Nous voulons au contraire qu'ils soyent froids : car tout ce qui estoit gras
en leur premiere generation a esté épuisé : & partant l'humidité estant consommée, & la nourriture venant à manquer & deffaillir par euenement & accident, ils ont esté rendus froids. Or la cause efficiente, n'est point vne chaleur
bruslante, parce que la chaleur natiue, qui est en la semence, n'est point feu , &
ne prend point son origine du feu elementaire, ains c'est *Vne chaleur benigne*
& suaue, respondante en proportion (ce dit le Philosophe) *à l'element des Estoil-*
les. Elle est toutesfois dite *brusler* par Hippocrate, Aristote, Galien & Platon,
parce qu'en destiant toutes ses forces sur vne matiere dense à raison du long temps
qu'elle met à faire son action, elle agit si vehementement qu'elle semble brusler. Ainsi
la pierre

la pierre n'eſt point touſiours engendrée par vne chaleur grande, mais par vne chaleur diuturne & longue, bien que moderée. Il n'eſt point mal-aiſé d'accorder les paſſages de Galien touchant la ſechereſſe des os : car il veut en vn lieu, *Que les cheueux ſoient plus ſecs que les os, parce que la matiere dont ils ſont engendrez eſt totalement ſeche & bruſlée, & celle des os graſſe.* Et en vn autre endroit il recognoit *les os pour eſtre les parties plus ſeches de tout le corps.* Réponds, que les os entre les parties viuantes ſont les plus ſeches, & que les cheueux ne ſont point parties viuantes, parce qu'ils n'ont point de nutrition ny d'accroiſſement qui ſoient vrays & legitimes.

l. 1. de temp. c. 3. & 10.

A ſçauoir ſi les os ſont plus ſecs que les cheueux.

l. de oſſibus.

A ſçauoir ſi les os ont du ſentiment.

QVESTION TROISIESME.

VE le ſentiment ne ſoit point de l'eſſence de l'os, mais vne choſe accidentaire : (car il influë du cerueau par les nerfs) Galien l'enſeigne en mille endroits : Or que les os ſoient inſenſibles, c'eſt choſe ſi claire, qu'il n'eſt point beſoin de la prouuer : car, & ils ſont trauaillez de phlegmons, & eſtans découuerts du perioſte, ils ſont bruſlez, rompus, & ſciez ſans ſentiment de douleur, & meſmes (comme nous auons deſià monſtré) ils n'en deuoient point auoir, parce qu'ils portent toute la maſſe lourde du corps, & qu'ils ſont agitez de diuers mouuemens, autrement l'homme ſeroit en perpetuelle douleur. *L'os de la teſte* (ce dit Galien) *eſt priué de ſentiment, & Celuy du nez, tant s'en faut qu'il ait le ſens du ſlair, qu'il n'a pas ſeulement celuy de l'attouchement.* Il y en a toutesfois qui maintiennent qu'ils n'en ſont point totalement priuez : l'allegueray par maniere d'exercice en leur faueur, des authoritez & des raiſons, qui en apparence ne ſont point trop éloignées de la verité. *Les os* (ſelon Hippocrate) *qui ſont ioints à la iambe ſouffrent douleur.* Item, *Quand la carie eſt faite en l'os, il ſuruient douleur à raiſon de l'os.* Quelques-vns, ce dit Galien, *ſentent en leurs os vn ſentiment de peſanteur, lequel toutesfois eſt fort obſcur.* Il y a vne douleur, ſelon le meſme Galien & tous les Medecins, qui eſt particuliere aux os, appellée *oſtocopos.* Les os, eſcrit Aretée, *ne ſouffrent point douleur, voire pour petite qu'elle puiſſe eſtre, encore qu'on les couppe ou qu'on les briſe : mais ſi quelqu'vn eſt trauaillé de douleur par iceux, il n'y a rien plus puiſſant à cauſer douleur qu'iceux.* Auenzoar veut qu'ils ayent *tout le ſentiment,* parce qu'ils ont l'ame raiſonnable, & que ſous la raiſonnable ſont compriſes, ſelon Ariſtote, la *ſenſitiue* & la *vegetatiue,* comme le trigone & le tetragone ſous le pentagone : il faut donc, ou qu'ils ayent deux ames, ou bien qu'ils ayent le ſentiment. Mais auſſi, ſi les os n'auoient l'attouchement, la plus grand part de l'animal ne differeroit point de la plante : car *Nature,* comme écrit Galien, *a donné à vn chacun des viſceres autant de ſentiment comme il leur faiſoit beſoin, pour les diſtinguer des plantes, & les faire parties de l'animal.* Outre plus, *Il n'y a point d'arteres ſemées dans la ſubſtance des os, & neantmoins ils ne laiſſent pas de viure par l'influence de la faculté vitale du cœur, qui empeſchera donc que l'eſprit animal plus ſubtil que le vital n'influë du cerueau dans les os ſans nerfs?* Doncques Auenzoar eſtime que les os ont ſentiment, mais aſſez obſcur & confus, qui eſt cauſe que les anciens les ont dits *inſenſibles :* tout ainſi qu'il y a vne ſaueur dite *inſipide,* parce qu'elle eſt ſi obſcure qu'elle n'altere quaſi point la langue. Que ſi en les bruſlant, ou ſçiant, ils ne ſentent point la douleur, il veut que cela leur arriue, parce que la douleur du perioſte, & des par-

Que les os n'ont point de ſentiment.

l. 13. method. c. 22. l. de inſtrum. odorat. Que les os ont ſentiment. Authoritez. l. de fract.

l. 2. de morb. l. 4. de placit.

l. 2. de cauſ. & ſignis diuturnorum. c. 12.

l. 2. de anima.

Raiſon premiere.

ſeconde

Cette opinion est refutée.
Exposition des authoritez.

ties voisines plus vehemente, obscurcit celle des os, qui est moindre. Mais toutes ces choses sont trop legeres pour corrompre l'opinion de tout temps receuë aux escoles. Il conuient expliquer les passages alleguez en la maniere qui suit. La douleur qui ensuit la carie n'est point en l'os, mais aux parties voisines; & les os joints à la cuisse souffrent douleur par leurs membranes : Ainsi la douleur dite *ostocopos* n'occupe point proprement les os, mais les membranes : car voicy comme en parle Galien.

l. 2. de loc. affect. 2.

Quant à ce que les douleurs des membranes, qui enuironnent les os sont & profondes, & qu'elles donnent vn sentiment, comme si c'estoient les os mesmes qui souffrissent la douleur, c'est chose dont on ne se doit point émerueiller : car ces douleurs sont nommées de plusieurs ostocopoi, c'est à dire, trauaux & douleurs d'os, & ont accoustumé pour la pluspart d'arriuer apres les exercices violens. Les raisons d'Auenzoar

Responce aux raisons.

ne concluent rien. Il n'y a (ie le confesse) qu'vne seule ame en l'homme : mais qui ornée de diuerses facultez, a besoin d'organes diuers pour faire ses functions. Nous accordons que la nature de l'animalité consiste au sentiment, & que l'animal ne differe des plantes que par l'attouchement, mais on ne sçauroit inferer de là que

Pourquoy les os n'ont point de sentiment.

les os sentent actuellement : or ils ne sentent point, d'autant qu'ils n'ont point de nerfs, qui sont les organes du sentiment, répandus dans leur substance : car nous ne leur ostons pas la puissance de sentir, comme font aucuns, à raison de leur dureté & secheresse, veu que les dents qui sont plus dures que les autres os ne laissent point d'auoir du sentiment, à raison qu'elles reçoiuent des rinceaux de nerfs dans leurs cauitez. Mais nous en parlerons plus au long quãd nous traitterons des dents.

A sçauoir si tous les os ont de la moëlle, & si elle est l'aliment des os.

QVESTION QVATRIESME.

Que tous les os n'ont point de moëlle.
l. 11. de vsu part. 18. l. de ossibus. l. 3. hist. animal. c. 20.

Il semble que Galien se soit contredit parlant de la moëlle des os, quand il écrit, *Que les petits os, parce qu'ils n'ont point de cauitez manifestes, ne sont point moëlleux :* & quand des os il en fait les vns grands, fort caues, & pleins de moëlle, & les autres petits, solides, & sans moëlle, conformément à l'aduis d'Aristote, *qui nie tous les os auoir de la moëlle :* veu ce que le mesme Galien dit, *la moëlle estre à tous les os, telle qu'est le sang aux chairs.* Ces passages seront accordez, si on

l. 2. de part. animal. c. 6.

dit qu'aux os se trouuent deux substances, de la moëlle & du suc. Or la moëlle ainsi

Que tous les os ont de la moëlle.
Qu'est-ce que moëlle.
Qu'est-ce que suc.

proprement dite, est *vne substance crasse, épaisse & blanche :* Le suc est plus liquide & rougeastre : celle-là est contenuë dans les ventres & cauitez manifestes des os, & cettuy-cy aux pores & cauernositez d'iceux seulement. Doncques tous les os, & grands & petits, ont en eux quelque substance alimentaire dont ils se nourrissent, que si on la veut appeller moëlle *largement,* ie n'y contrediray point. *Nous*

l. 11. de vsu part. c. 18.

auons (dit Galien) *monstré que la moëlle est le propre aliment des os, & que ceux qui n'ont point de cauité manifeste contiennent dans leurs pores quelque chose de semblable à icelle, & finalement que personne ne se deuoit émerueiller si la moëlle est plus crasse & épaisse que suc, encore qu'elle ait esté faite pour vn mesme vsage.*

l. de facul. natur.

Au reste, quãd Galien dit, *Que des os les vns sont grands, caues, & pleins de moëlle, & les autres petits, solides, & sans moëlle:* Fallope veut que ce ne soit qu'vne diuision en grands & petits, & que les grands soient definis, *Qui ont vne cauité grande & pleine de moëlle, & les petits au contraire qui sont solides & sans moëlle.* Mais ie n'ap-

Expofition de Fallope touchant la magnitude des os reiettée.

prouué point fon expofition : car la nature de la grandeur des os ne gift point en la cauité ny en la moëlle, veu que l'ifchion & les omoplates ne font ny caues ny moëlleux, lefquels ne laiflent point d'eftre mis au rang des plus grands. I'eftime donc que Galien propofe trois differences d'os, tellement que d'iceux les vns foient *grands*, les autres *petits*, les vns *folides*, les autres *caues*, & *non folides* ; & les vns *moëlleux*, & les autres *fans moëlle*.

A fçauoir fi la moëlle eft l'aliment de l'os.

Ariftote le nie. 2. de part. anim. 6.

Hippocrate & Galien tiennet le contraire. l. de aliment.

Mais on peut douter fi la moëlle eft l'aliment des os ; Ariftote le nie, d'autant qu'elle eft humide, & les os tres-fecs : or les chofes fe nourriffent de ce qui leur eft femblable : joint qu'elle abonde plus aux natures froides & humides, qui fait qu'elle doit pluftoft eftre tenuë pour excrement, que pour aliment. Nous difons qu'elle eft l'aliment des os, comme le fang eft celuy des chairs : c'eft ce qu'enfeigne Galien, quand il dit, *Tel qu'eft le fang aux chairs, telle eft la moëlle aux os*. Et auant luy Hippocrate auoit dit en termes exprez, *Que la moëlle eft la nourriture des os*.

Deffence pour Galien, contre Vefale, Colomb, & les Modernes, touchant l'vfage & fubftance des Epiphyfes.

QVESTION CINQVIESME.

Galien defendu contre Vefale, touchant l'vfage des epiphyfes.

GALIEN attribuë deux vfages aux epiphyfes. 1. *Pour feruir de couuercle aux os moëlleux, de peur que leur moëlle ne fe perde & s'efpande. 2. Pour rendre les articulations plus fermes.* Vefale fe mocque du premier, d'autant que la mafchoire inferieure, qui eft moëlleufe, n'a point d'epiphyfe, & qu'aux parties laterales de l'os facrum, & en l'ifchium, où il ne fe void ny cauité ny moëlle, il fe trouue des epiphyfes : il en faut dire autant des omoplates, & des corps des vertebres. Mais ie ne fçay où l'emporte le defir violent de contredire : car Galien n'a iamais efcrit qu'elles euffent feulement efté faites pour feruir de couuercle, veu qu'il fçauoit tres-bien qu'en plufieurs os fe trouuent des epiphyfes, où il ne fe void aucune cauité. Il n'a iamais dit auffi, que tous les os moëlleux euffent des epiphyfes : car luy-mefme allegue l'exemple de la mafchoire inferieure : ains des os, il en fait les vns *caues* & *folides*, & les autres *caues & lafches*. Ceux-là n'ont point befoin d'epiphyfe : car eftans denfes & folides, ils contiennent leur moëlle fans aide externe : mais ceux-cy en ont meftier, parce qu'ils font debiles, autrement leur moëlle s'épandroit aux mouuemens violens. La mafchoire inferieure n'en a que faire, parce qu'elle eft *caue & folide*, & que les bouts d'icelle fe joignent en bas par fymphyfe, en forte que rien n'en peut decouler, & par haut ils fe terminent en deux apophyfes. Quant aux autres os qui n'ont point de moëlle, & ont des epiphyfes : Refponds, qu'elles leur ont efté données pour l'articulation, le mouuement & la feureté. Le Calomniateur objecte derechef que les epiphyfes font lafches, & qu'elles ont des pores remplis de moëlle : & partant qu'elles ne feruent point de couuercle aux autres os. Refponds, que veritablement elles ont des pores, & non des cauitez, & que la lafcheté de leur fubftance eft recompenfée par leur épaiffeur. Or elles ont efté faites lafches, pour garder qu'elles ne chargent les parteis par leur pefanteur. 3. Il l'accufe d'auoir dit que les grands os ont des epiphyfes, veu que les petits en ont auffi bien que les grands : mais il n'a iamais écrit qu'il n'y eut que les

l. 11. de vfu part. c. 18.

obiection.

Refponce.

Accufation.

Deffence.
Colomb l. 1. c.
2. reprend Ga-
lien, mais

grands qui en euſſent. Les grands en ont pour la pluſpart, les autres n'en ont point tous : mais ceux-là ſeulement qui ſont caues & moëlleux. Colomb reprend Galien en ce qu'il veut que les epiphyſes ſoient plus dures que les os, *Ce n'eſt point,* dit-il, *la dureté des epiphyſes qui empeſche que les os ne ſoient offencez aux frequents & violens mouuemens, mais la lubricité du cartilage.* De là vient que tous les os n'ont point des epiphyſes, ains vne crouſte cartilagineuſe. Mais il luy impute ce qu'il

il ſe trompe. ne penſa iamais : car il ne dit point qu'elles ſoient plus dures, mais plus denſes & plus épaiſſes.

Deffence pour Galien, contre les calomnies de Veſale, Colomb, & autres, touchant la nature de l'Articulation.

QVESTION SIXIESME.

Compoſition des os ſelon Veſale.

IL fait bon ouyr les diſcours & exclamations des Modernes contre Galien touchant la compoſition des os. Veſale le premier, ne pouuant comprendre l'eſſence de l'articulation exactement par luy exprimée, les compoſe d'vne façon toute nouuelle par luy controuuée. Voicy donc comme il en parle. *La compoſition des os, ou elle eſt auec mouuement, ou bien elle eſt ſans mouuement :* celle-là s'appelle *diarthroſe,* & celle-cy *ſynarthroſe.* La *diarthroſe* eſt de deux ſortes, l'vne auec mouuement manifeſte, & a trois eſpeces, *énarthroſe, arthrodie & ginglyme :* l'autre eſt auec mouuement obſcur, & a auſſi trois eſpeces, *énarthroſe, arthrodie & ginglyme.* Quant à la *ſynarthroſe,* elle a quatre eſpeces, *ſuture, harmonie, gomphoſe & ſymphyſe, &* s'aſſemblent, *ou ſans moyen, comme les os qui ſont mols & ſpongieux, ou par l'interpoſition de quelque corps moyen, comme d'vn cartilage, d'vn ligament ou d'vne chair :* iuſques icy Veſale. Colomb re-

Diuiſion de Colomb. l. 1. c. 4. prend & Galien & Veſale, & ne recognoit que deux compoſitions d'os, *articulation & ſymphyſe :* mais il les explique toutes deux en diuerſes manieres, & propoſe diuerſes eſpeces, tant de l'vne que de l'autre. Il veut que l'articulation ſoit auec mouuement, & la ſymphyſe ſans mouuement : il baille les meſmes eſpeces d'articulation que Veſale, diarthroſe auec mouuement manifeſte, & ſynarthroſe auec mouuement obſcur, & veut en outre, que l'enarthroſe, l'arthrodie & le ginglyme conuiennent auſſi bien à l'vne comme à l'autre. Or touchant la ſymphyſe, il en recognoit trois differences, *ſuture, harmonie & gomphoſe.* Et ainſi il

Il accuſe la diuiſion de Galien d'eſtre imparfaicte. veut que la diuiſion de Galien ſoit imparfaicte & inepte, d'autant qu'on trouue pluſieurs articulations qui ne peuuent eſtre rapportées, ny à la diarthroſe, ny à la ſynarthroſe de Galien. Ainſi l'articulation des os du carpe & du tarſe ne peut eſtre dite *diarthroſe,* parce qu'il n'y a point de mouuement manifeſte ; ny *ſynarthroſe,* parce qu'elle ne ſe fait point par *ſuture, harmonie, ny gomphoſe.* Il en eſt de meſme de l'articulation des coſtes auec les vertebres. Or que *ſuture & harmonie* ſoient eſpeces de *ſymphyſe,* & non *d'articulation,* il le prouue par Galien meſme, lequel nomme la conjonction des os de la maſchoire ſuperieure *ſymphyſe :* Or qu'elle ſe faſſe par harmonie & alignement ſimple, il n'y a perſon-

Opinion de Fallope. ne qui ne le ſçache. Voilà ce qu'en dit Colomb. Fallope en ſes commentaires approuue la diuiſion d'articulation propoſée par Galien : mais en ſes obferuations il la contredit. Voilà les diuerfes opinions des Autheurs touchant la compofition des os, lefquelles ie m'en vay pefer à la balance de Philofophie & de Medecine : Et d'autant que chacun eft libre de philofopher, i'en diray franchement mon opinion. Vefale n'a point entendu la nature de l'articulation: Colomb a ignoré l'effence & de l'articulation & de la fymphyfe : Et Fallope tenant tantoft le party de Galien, & tantoft le combatant pefle-melle, confond tout. Que Vefale ait ignoré la nature de l'articulation, il eft facile de le prouuer, parce qu'il rapporte à la diarthrofe comme au genre, les articulations compactes & tellement ferrées, qu'il ne refte que fort peu d'efpace pour le mouuement, comme font celles des os du carpe, du tarfe & des coftes auec les vertebres : bien que *diarthrofe* ne fignifie autre chofe qu'vne *articulation lafche* : car la particule *dia* vaut autant que feparation : tellement que la *diarthrofe* foit cette *articulation*, en laquelle à raifon des grands mouuemens la tefte de l'os n'eft point fort adherente à la cauité. Or *l'articulation* des os du carpe & du tarfe n'eft point lafche (autrement leur mouuement feroit tres-apparent) mais tellement ferrée & compacte que leur mouuement eft tres-obfcur. On collige aufsi qu'il a ignoré la nature de l'articulation, quand il rapporte la fymphyfe à la fynarthrofe, veu qu'en la fymphyfe il y a vnion & continuité de deux os, comme nous ferons voir cy apres, & qu'en l'articulation il n'y a que contiguité feulement. Quand Colomb accufe Galien & Vefale d'erreur, il s'enferre luy-mefme en de plus grandes difficultez. Il eftime que la nature de l'articulation confifte au mouuement ; & que rien ne foit articulé qui ne fe mouue : mais le mouuement n'eft point de l'effence de l'articulation ; & pour la faire il eft feulement befoin que les extremitez de deux os s'entretouchent, foit que cela fe faffe ou auec mouuement, ou fans mouuement. C'eft ce que nous monftre l'Etymologie du nom : car *arthron* que nous tournons en François *articulation*, fignifie *l'extremité de tout os quelle qu'elle foit*. Doncques l'attouchement & connexion des extremitez de deux os eft ce qu'on appelle proprement *articulation*. L'os hyoïde, parce qu'il n'a point d'attouchement auec d'autres os, n'eft point dit eftre articulé, & toutesfois il a fymphyfe & continuité auec les autres os *par les chairs*, c'eft à dire *par les mufcles*. C'eft aufsi ce que l'admirable Hippocrate nous a voulu enfeigner, quand il écrit, *Que tous les os qui font ioints enfemble font des articles*. Erotian fur Hippocrate, *Il appelle*, ce dit-il, *proprement les conionctions que les os font entre-eux* arthra, c'eft à dire *articulations*, quand il écrit que les mains ont plufieurs articulations. C'eft donc vne abfurdité de definir l'articulation, *vne compofition auec mouuement* : Car fi l'articulation eft lafche, elle fera auec mouuement, & s'appellera *diarthrofe* : que fi elle eft ferrée & tellement compacte qu'il ne refte aucun efpace pour le mouuement, elle fera nommée *fynarthrofe*. Ie fçay qu'entre les anciens le nom *Arthron* fe prend en diuerfes fignifications, & bien fouuent pour *l'articulation mobile* feulement : & c'eft peuteftre ce qui a trompé Colomb, quand il veut que *toute articulation foit vne compofition d'os faite pour le mouuement* : Mais il n'auoit point remarqué que la dénomination du tout fe fait bien fouuent par ce qui eft le plus apparent. Ainfi, bien qu'arthron foit l'extremité de quelque os que ce foit, fi eft-il toutesfois qu'abfoluëment, & par excellence, il fignifie la tefte ronde de l'os qui entre dans vne boëte ou cauité. Quand Galien definit l'articulation *vne compofition d'os, faite pour le mouuement*, il ne nie point qu'il y ait quelque *articulation* fans *mouuement* : mais d'autant qu'il y a plus grand nombre *d'articulations* auec *mouuement*, & qu'elles font plus apparentes aux fens, de là vient qu'il les appelle abfoluëment, &

Que Vefale a ignoré la nature de l'articulation.

Que Colomb n'a point entendu en quoy gift l'effence de l'articulation.

l. de loc. in hom.

Et ce qui l'a trompé.

par vne façon de parler, qui met vn nom pour l'autre , *articulations*. Au reste pour les articulations des os du carpe, & du tarfe, que Vefale & Colomb amei-nent pour renuerfer la diuifion de Galien, lefquelles ne font point *diarthrofes*, veu que leur mouuement n'eſt point manifeſte, mais obſcur ; ny *fynarthrofes*, veu qu'elles ne fe font point par *future*, *harmonie & gomphofe*. Nous les receuons vo-lontiers, & Galien a eſté le premier qui en a parlé, les appellant *neutres & douteu-fes* : car elles ſont *fynarthrofes*, à raiſon de leur mouuement obſcur, & qui ne ſe void point à peine (car ie veux ainſi expoſer le mot δυσθέατον, & non point difficil-le) mais *diarthrofes*, à raiſon de leur compoſition : car elles ont des teſtes & des cauitez. Voicy les paroles de Galien, *Le mouuement des coſtes eſt ſi petit, qu'il peut eſtre dit fynarthrofe : la compoſition des os eſt ſemblablement ambiguë & douteuſe en beaucoup d'autres parties du corps : de ſorte qu'on peut douter ſi on la doit rapporter à la diarthrofe ou à la fynarthrofe.* Pour cette cauſe nous auons propoſé trois diffe-rences d'articulations, *la diarthrofe*, *la fynarthrofe*, & *la neutre ou douteuſe*. De ces choſes il appert clairement que c'eſt à tort que Vefale & Colomb accuſent Galien d'erreur, en ce qui concerne la nature de *l'articulation*.

Deffence pour Galien, contre Vefale, Colomb, Fallope, & autres Modernes, touchant la nature de la Symphyfe.

QVESTION SEPTIESME.

l. de ofsibus.

Vefale n'a point entendu la nature de la fymphyfe.

G ALIEN a bien exactement exprimé la nature de la *fym-phyfe*, quand il la definit *vne naturelle vnion d'os*, & neantmoins tous les Anatomiſtes crient contre luy. Que Vefale ſoit Porte-enſeigne en cé combat, que Colomb luy ſerue de ſecond, que Fallope & vn bon nombre des Modernes ſoient Chefs de quelques bandes. Vefale veut que la *fymphyfe* ſoit vne eſpece *d'articulation*, & la rappor-te à la *fynarthrofe*, encore que *l'articulation* & la *fymphyfe*, ſelon les Philoſophes & les Medecins, different grandement, l'eſſence de *l'articulation* conſiſtant en la contiguité & attouchement de deux os : & de la *fymphyfe* en la continuité. Or la *fynarthrofe* appartient à la compoſition de deux os, dont s'enſuit que la *fymphy-fe*, par laquelle les os ſont continus & faits vn, ne doit point eſtre rapportée à la

Calomnie d'i-celuy contre Galien.
fynarthrofe. Vefale reprend Galien de ce qu'il dit, *que les os mols & fpongieux s'v-niſſent fans moyen, & ceux qui ſont ſecs & durs par quelque moyen. Les os du penil & de la maſchoire inferieure* (ce dit le Calomniateur) *ſont mols aux petits enfans, & toutefois ils s'vniſſent par le moyen d'vn cartilage : là où aux vieilles gens, les cartilages eſtans deſſechez & deuenus oſſeux, ils s'vniſſent fans moyen.* Mais il ne

Deffence pour Galien.
void point que Galien compare les os entre-eux : car bien que tous les os aux en-fans ſoient mols ? ſi eſt-il qu'il y en a de plus mols & de plus ſecs les vns que les

Vefale nie qu'il ſe faſſe aucune fym-phyfe par les chairs.
autres : les ſecs ont beſoin de moyen, & les mols non. Finalement Vefale nie qu'il ſe faſſe de *fymphyfe* par les chairs, d'autant qu'il ne ſe trouue point de com-poſition d'os, en laquelle la chair ſe mette entre-deux pour les ioindre, ſi ce n'eſt parauenture en la connexion des dents auec les maſchoires : mais il ſemble n'a-

Mais il n'a point compris l'intention de Galien.
uoir point entendu Galien : car il n'a iamais voulu que la chair ſe mit entre deux os, comme le cartilage : ains que par les chairs, c'eſt à dire, par les muſcles, les os fuſſent attachez & rendus continus aux autres parties : il nous a declaré ſon

intention en ces mots, *Les omoplates sont situées derriere le thorax: or elles sont at-* c. 13. li. ossib.
tachées par les muscles à l'os occipital, à l'espine du dos, aux costes, & à l'os hyoïde.
Doncques par les chairs, c'est à dire, par les muscles, les os sont faits continus aux
autres os: Et deuant Galien, Hippocrate auoit reconnu cela, quand il dit, *Les* l. de oss. nat.
chairs lient & accouplent toutes les parties.

Colomb ne s'accorde ny auec Galien ny auec Vesale, & met *suture, harmonie* Opinion de Colomb reiet-tée.
& *gomphose,* pour differences de *symphyse,* & non d'*articulation:* si c'est à tort ou à
droit, i'en laisse le iugement au Lecteur. La Nature de *la symphyse* gist en la conti- ·En quoy consi-ste la nature de symphyse.
nuité: or en *la suture,* en *l'harmonie,* & en *la gomphose,* les os sont seulement con-
tigus, & non continus. Tout ainsi donc que *l'articulation* consiste au seul attouchement des extremitez; ainsi *la symphyse* en la continuité, tellement que par *la*
symphyse, les os qui estoient deux, soient faits vn. Ainsi Galien appelle *symphyse,* li. 15. de vsu part. c. 4. & 6. & com. ad. Aph. 1. se. 4.
la *conionction & continuité des vaisseaux,* qui se void au cœur du fœtus: comme aussi
la *conionction du fœtus auec la matrice qui se fait par la continuité des vaisseaux vm-*
bilicaux. Et Hippocrate escrit *que le corps humain composé de grand nombre de par-*
ties diuerses en genre & en figure, a vnion & est fait vn par le moyen de la peau. Ainsi
les os depuis la teste iusques aux pieds sont continus les vns aux autres, par le moyen
du perioste. Colomb donc se trompe, quand il fait *suture & harmonie* especes de Errcurs de Colomb.
symphyse: il se trompe aussi, quand il veut que *la symphyse* soit *sans mouuement:*
veu que le mouuement n'est point de l'essence de *symphyse:* car il y a *symphyse sans*
mouuement, comme en *la synchondrose,* aux os du penil, & de la maschoire inferieure: & *symphyse auec mouuement,* comme en *la syneurose:* ou pour mieux dire,
la symphyse estoit necessaire en toute *articulation lasche:* car *l'articulation* des
grands os n'estant point assez seure (veu que pour peu d'occasion ils pouuoient
tomber de leurs boëttes: comme aux mouuemens violens, & quand l'animal
fleschit, estend & manie ses membres) Nature ingenieuse & prouuoyante, les
a accouplez & attachez ensemble par les bouts, par le moyen des ligamens. Ceux
donc ne Philosophent point bien, qui opposent *la symphyse* à *l'articulation,* comme si celle-là estoit sans mouuement, & celle-cy auec mouuement. Il y a *articula-*
tion sans *symphyse:* comme en l'harmonie, il y a *symphyse* sans *articulation:* comme en l'os hyoïde: il y a aussi *articulation auec symphyse,* comme en toute *diar-*
throse: ainsi qu'il se void au bras, au coude, en la cuisse, &c. Il semble qu'Hippo- Beau passage d'Hippocrate. l. de artic. & fract.
crate nous ait voulu enseigner cela, quand il dit que *l'articulation du coude peut*
estre viciée sans que la symphyse soit blessée, comme quand le coude est desloüé sans
playe: que la symphyse peut estre blessée sans que l'articulation soit offencée, comme si les
ligamens du coude estoient couppez par quelque coup d'espée: sans que l'os fust sorty de
sa boëtte: & que l'vne & l'autre peuuent aussi estre ensemblément blessées. Galien en- l. de different. morb. 10.
seigne le mesme, où il dit, *si le ligament est trop lasche ou trop tendu, ou bien qu'il soit*
rompu, le mouuement de l'articulation est blessé en cette partie-là, non pour autre chose,
sinon pource que les parties ne gardent point vne bonne & loüable conionction. Que
Colomb donc s'en aille auec son inuention, lequel cuide auoir mieux entendu la
nature de *la symphyse* & de *l'articulation,* dictions Grecques, que Galien homme tres-eloquent & Grec de nation. Ie sçay bien qu'en Hippocrate & Galien 2. de articul.
la symphyse se prend quelquesfois pour *l'articulation:* comme quand Hippocrate
appelle la conionction de la maschoire superieure *symphyse: Il n'y a dit-il qu'vne*
symphyse en la maschoire de bas, mais en celle de haut il y en a plusieurs, & quand il
appelle la composition des doigts de ce nom. Mais s'il faut curieusement rechercher la proprieté des dictions: il n'y a seulement que les choses qui ont vnion, &

font continuës, qui meritent d'eſtre dites jointes *par ſymphyſe*. Et c'eſt en cette ſignification que Galien vſe du mot *ſymphyſe*, quand il la definit *vne naturelle vnion d'os*. Fallope a eſcrit beaucoup de choſes, & ce fort obſcurement touchant *la ſymphyſe*, mais quand il rapporte *la ſyſſarcoſe*, *la ſyncondroſe*, *& la ſyneuroſe*, c'eſt à dire, *la ſymphyſe charneuſe*, *cartilagineuſe*, *& nerueuſe à l'articulation*. Il ſe rend digne de la meſme reprehenſion & cenſure.

HISTOIRE ANATOMIQVE.

Diuiſion & briefue enumeration de tous les os du corps humain.

Les os ſont ou De la teſte,

NOvs diuiſons le *ſquelete* en trois : *en la teſte*, *au tronc & aux iointures*. Sous *la teſte* nous comprenons *le crane & la face*. Le crane eſt compoſé de huiƈt os, de ſix propres & de deux *communs*. Les *propres* ſont l'os du front, l'os occipital, les deux parietaux, & les deux des temples, dans leſquels ſont contenus trois oſſelets, nommez *eſtrieu*, *enclume & marteau*. Les deux com-

Ou de la face,

muns ſont le *ſphenoïde* & l'*ethmoïde*. *La face* comprend les deux maſchoires : la ſuperieure eſt compoſée d'vnze os, & l'inferieure de deux, en chacune deſquelles ſont articulées ſeize dents *par gomphoſe* : deſquelles quatre ſont inciſoires, deux canines & dix molaires. Nous

Ou du tronc,

diuiſons *le tronc*, en *l'eſpine : aux coſtes*, *& en l'os innominé*. *L'eſpine* a quatre parties, *le col*, *le dos*, *les lumbes*, *& l'os ſacrum*. Les *vertebres du col* ſont ſept, celles du dos douze, des lumbes cinq, & de l'os ſacrum quatre, l'extremité duquel s'appelle *coccix*. Les coſtes ſont douze de chaque coſté, ſept vrayes, & cinq fauſſes, auſquelles le ſternon eſt attaché par deuant, les clauicules par haut, & les omoplates par derriere. L'os innominé a trois parties, *l'ilion*, *l'iſchion & le*

Ou des iointures.

pubis. Reſte la tierce partie qu'on appelle *les iointures*, qui ſont deux, *la main & le pied*. *La main* ſe diuiſe en *bras*, *coude & extreme-main*. Le bras eſt fait d'vn os ſeul : *le coude* de deux, du coude & du raion : *l'extre-main* ſe departit en carpe, metacarpe & doigts : les os du carpe ſont huiƈt, ceux du metacarpe quatre, & ceux des doigts quinze, auſquels il faut adiouſter les ſeſamoïdes. *Le pied* ſe diuiſe en *cuiſſe*, *iambe & extreme-pied* : la cuiſſe eſt faite d'vn os ſeul, *la iambe* de deux du peroné, & du tibia auec la rotule : *l'extreme-pied*, comme *l'extreme-main* a trois parties, le *pedion*, le *metapedion*, & les orteils. Les os du *pedion* ſont ſept, du *metapedion* cinq, & des *orteils* quatorze, auec leurs ſeſamoïdes. Adiouſtons à tous ceux-cy *l'os hyoïde*, lequel n'a point *d'articulation* auec les autres os. Voilà vn brief denombrement de tous les os du corps humain. Il nous les faut maintenant deſcrire l'vn apres l'autre particulierement, & par ordre.

Des os du crane, & de leurs futures.

CHAPITRE VII.

IL y en à qui commencent l'histoire des os *par l'espine,* d'autant qu'elle est au corps, ce qu'est vne carine ou quille, en vn nauire. Mais nous la commencerons *par la teste,* parce qu'il faut (comme remarque Hippocrate) *iuger de tous les os, par la grosseur & magnitude de la teste:* non point qu'ils prennent leur origine d'icelle, mais pource qu'ils doiuent respondre en proportion à ceux dans lesquels ils s'emboëttent : sçauoir est les os du bras aux paslerons, ceux de la cuisse à l'ischion, l'ischion à l'os sacrum, l'os sacrum aux vertebres, les vertebres à la medulle spinale, la medulle spinale au cerueau, & le cerueau au crane. Or *par la teste,* i'entends seulement icy cette partie, qui est le domicile du cerueau, la partie osseuse laquelle a esté nommée des Grecs *cranion,* d'autant qu'elle couure & deffend le cerueau : comme vn heaume, du vulgaire *calua & caluaria,* & des François *le tez ou test de la teste.* Or il falloit que le crane fut osseux, pour la deffence du cerueau, & estoit necessaire que la partie de l'homme qui est annoblie de la raison, & le siege de l'ame fut couuerte d'vn rampart solide, pour empescher qu'elle ne fut offençée par les iniures externes. Il estoit donc besoin pour l'asseurance du cerueau, qu'il fut ou dense & tenure, ou dense & épais, ou épais & rare : il ne falloit point qu'il fut dense & tenure, d'autant qu'il seroit aisément faussé : ny dense & épais, parce qu'il seroit trop pesant : Reste donc qu'il fut épais & rare : épais, parce que l'épaisseur resiste mieux aux iniures externes : & rare, c'est à dire, lasche & percé de meats & porositez. 1. Pour estre plus leger. 2. Pour contenir vn suc pour sa nourriture. 3. Et pour la transpiration des fumées & vapeurs. Car la teste estant comme le souspirail & la cheminée de tout le corps, & attirant continuellement comme vne ventouse (de laquelle elle represente assez bien la figure, en se terminant d'vne grande largeur en vne fin estroite) les exhalaisons des parties inferieures, dont elle se remplit : le cerueau s'abbreueroit en receuant continuellement ces vapeurs, & s'en enyureroit, si les os n'estoient percez de ces pores, comme d'éuens & souspirails, pour leur donner issue. L'épaisseur du crane se iuge de ce qu'il est par tout double : & sa rarité par la substance qui est entre les deux os. Les Barbares appellent cet os double, *les lames & tables du crane,* & la substance d'entre les deux, *diploë* : nom mis en vsage par Hippocrate, lequel les Latins ont tourné en leur langue, *meditullium.* Or le mesme Hippocrate veut que *ledit diploë soit parsemé d'arteres, de venules & de caruncules.* Doncques l'os du crane est rare & épais, mais il n'est point par tout rare : car ses deux faces, la superieure & l'inferieure, comme deux escorces sont denses, vnies & polies, pour empescher qu'elles ne blessent les membranes, à sçauoir le pericrane, & la dure mere, par leur inégalité & rudesse. Chose que Celse a iugé necessaire au Chirurgien de sçauoir. Car ainsi sondant la playe auec l'esprouuette, s'il sent & trouue quelque aspreté ou inégalité, il iuge qu'il y a fracture. La figure naturelle de tout le crane est ronde : mais aucunement longue, éleuée de deux éminences, l'vne au deuant, & l'autre au derriere, & applatie par les costez. Elle est ronde. 1. Pour la capacité, afin de

Pourquoy l'autheur cômence par la teste. l. 6. Epidem. sect. 6.

Ce qu'il entend par la teste.

Qu'est-ce que le crane.

Pourquoy osseux,

Gal. l. 9. de vsu part. 2.

Pourquoy épais & rare,

Et fait de deux tables du diploë.

l. de vulner. capit.

l. 8. cap. 4.

La figure naturelle de la teste

Pourquoy ronde,

contenir toute la grande maſſe du cerueau. 2. Pour la ſeureté, afin d'empeſcher qu'elle ne ſoit ſi facilement offençée par les iniures externes : car la figure ronde eſt continuë & toute d'vne ligne, & n'a point de point donné qui puiſſe eſtre le commencement de diſſolution. 3. Pour la facilité du mouuement, afin qu'elle ſe puiſſe plus promptement tourner de tous coſtez. Elle eſt oblongue, afin de contenir le grand & le petit cerueau : éleuée d'vne éminence par deuant, à raiſon des apophyſes mammillaires, qui ſont les organes de l'odorat : & d'vne autre par derriere pour l'origine de la medulle ſpinale, & la ſituation du ceruelet ou petit cerueau. Or elle eſt applatie par les coſtez, mais principalement ſur le deuant. 1. Pour faire que la teſte demeure comme au niueau ſur le dos, ſans eſtre plus peſante deuant que derriere : car la partie anterieure eſtant plus peſante, à raiſon des os de la maſchoire ſuperieure, emporteroit la poſterieure, ſi elle n'eſtoit contrepeſée par le crane moins applaty par derriere. 2. Pour faire vne cauité, dans laquelle s'aille rendre l'air venant de deuant. 3. Pour garder que les os des temples ne donnent point d'empeſchement aux yeux de regarder autour d'eux, c'eſt à dire, vers les coſtez. Telle eſt la figure du crane en general. Quant à la figure de ſes parties elle eſt fort diuerſe, & la partie interne ne reſſemble point à l'externe. Car la ſuperieure & externe, eſtant égale & polie reſſemble à vne moitié de boulle : là où l'inferieure, qui eſt comme la baſe d'iceluy eſt fort inégale, raboteuſe & éleuée de pluſieurs boſſes & montagnettes, que ſont les apophyſes mammillaires, ſtyloïdes, & corones de l'os occipital, qui ſe voyent en cet endroit. Mais la partie ſuperieure & interne, qui ſert de couuerture au cerueau, combien qu'elle ſoit ſolide & quaſi également conuexe, a neantmoins des inſcriptions faites par les veines, & grand nombre de ſinuoſitez qui luy donnent quelque inégalité ; & l'inferieure ſur laquelle le cerueau ſe repoſe, eſt fort inégale, à raiſon des cauitez des yeux, de la ſelle du ſphenoïde, de la creſte de coq, & de ſemblables parties. Telle donc eſt la figure naturelle de la teſte, quand à celle qui eſt vitieuſe, deprauée & non naturelle : elle eſt de pluſieurs ſortes. Hippocrate en deſcrit ſeulement trois. En la premiere, il n'y a ſeulement que l'éminence du deuant : or il definit l'éminence, *ce qui ſe monſtre éleué en rondeur par deſſus les autres parties de l'os.* En la ſeconde, il n'y a ſeulement que celle du derriere, & celle-cy eſt reputée pire que la premiere : car il y doit auoir plus de cerueau au deuant qu'au derriere, dont aduient que telles gens ſont ſtupides, ſans iugement ny memoire. En la troiſiéme, toutes les deux éminences defaillent, & la teſte apparoit comme toute ronde. Galien appelle toutes ces figures deprauées *Phoxon*, encore que ce mot denote proprement, celle qui eſt pointuë comme vne toupie, telle qu'eſtoit celle de Therſite, dans Homere. Il en deſcrit vne quatriéme, en laquelle la longueur eſt changée en largeur, & eſtime qu'elle ſe peut imaginer & feindre, mais non point trouuer en l'homme viuant.

Pourquoy oblongue.

Pourquoy éleuée d'éminence par deuant & par derriere.

Et pourquoy applatie par les coſtez.

La figure des parties du crane.

Les figures de la teſte non naturelles ſont trois.

1. des playes de teſte.

l. 2. Iliados.
l. 9. de vſu part. 17.

Que le crane eſt compoſé de pluſieurs os qui ſont articulez par ſutures.

CHAPITRE VIII.

Le crane pourquoy fait de pluſieurs os qui ſont.

OVs auons deſià monſtré que le cerueau viſcere tres-noble, a eſté par vne prouidence admirable de Nature couuert de tous coſtés d'vn teſt oſſeux pour le deffendre & garantir des iniures externes : or la meſme Nature, pouruoyant de plus en plus à la ſeureté d'iceluy, a fait

ce teſt ſolide non d'vn os ſeul: mais de pluſieurs pieces qui different, & en épaiſſeur, & en rarité, & en ſolidité; leſquelles ſont jointes & aſſemblées par vne articulation non point laſche, mais fort compacte & immobile. Et d'autant que
ces os qui compoſent le crane (iuſques au nombre de huict, ſix propres & deux
communs) ſont ſeparez les vns des autres, par ſutures: Et partant, il nous faut *Separez les*
premier que paſſer outre expliquer le nombre des ſutures, & declarer leur vſa- *vns des autres*
ge. La difference du ſexe, quoy que die Ariſtote, ne change point le nombre des *par ſutures,*
ſutures, leſquelles ſont ou *propres* ou *communes.* l'appelle *propres*, celles qui ſe- *ou propres,*
parent les os du crane les vns d'auec les autres: & *communes*, celles qui diuiſent *ou communes.*
le crane d'auec la maſchoire ſuperieure, & les os ſphenoïde & ethmoïde. Des
propres, les vnes ſont vrayes, qui ſe joignent en forme de peigne ou de ſcie; elles *vrayes, ou*
repreſentent les diuers angles des riuages, & les lignes multiformes tirées par les *Fauſſes, leſ-*
Geographes en leurs cartes: les autres fauſſes qui s'agglutinent en forme d'é- *Varient en*
cailles de poiſſons ou de tuilles. Les *vrayes* ne ſont point en tous touſiours *nombre ſelon*
d'vne meſme façon, ains elles varient en nombre ſelon la diuerſité des figures *la variété de*
de la teſte. En la figure naturelle, laquelle eſt ronde, aucunement oblongue, *turelle, elles*
applatie par les coſtez, & ayant deux éminences, l'vne au deuant, & l'autre au *ſont trois*
derriere, ſe trouuent touſiours trois ſutures vrayes. La premiere eſt anterieure, *vrayes,*
& eſt appellée *coronale*, parce qu'on porte ordinairement les couronnes ſur cette *La coronale,*
partie: les Arabes l'appellent *Arcualis*, parce qu'elle eſt courbée en forme *d'arc*
& puppis. Cette ſuture monte des deux temples, tranſuerſalement au ſommet
de la teſte. La deuxiéme appellée *ſagitale & droite*, s'auance ſelon la longitude de *La ſagitale,*
la teſte. La troiſiéme qui eſt poſterieure, a eſté nommée *Lambdoïde*, d'autant *La Lambdoï-*
qu'elle reſſemble à la lettre Grecque Lambda ʌ: Il y en a qui l'appellent auſſi *de.*
ſutura laudæ & proræ, elle commence aux deux coſtez de l'inferieure partie du
derriere de la teſte, & montant vers haut s'aſſemble & fait vn angle, & la figure de ces trois ſutures jointes enſemble repreſente la lettre Romaine H. Or *Pourquoy trois.*
la demonſtration de ce nombre, c'eſt à dire, pourquoy ces ſutures ſont trois,
deux tranſuerſes & vne droite, qui s'auance par le milieu de la teſte, eſt fort
belle. La longueur de la teſte, qui s'eſtend depuis le front iuſques au derriere,
excede la largeur, qui eſt des parties dextres & ſeneſtres: afin donc que les parties anterieures & poſterieures du cerueau demeuraſſent en équilibre, & d'egale
peſanteur, il eſtoit beſoin de deux ſutures, l'vne anterieure, & l'autre poſterieure: mais pour le regard des parties dextres, & des ſeneſtres, vne ſeule ſuffiſoit, &
icelle metoyenne, autrement Nature auroit baillé aux choſes inégales des parties
égales. Et iuſques icy, des trois ſutures vrayes qui ſe trouuent aux cranes deſquels la figure eſt naturelle. Quant à la figure non naturelle, le nombre & la ſi- *Comment elles*
tuation de ces ſutures varient. Car ſi l'éminence de deuant defaut, la *coronale* ſe *varient en la*
perd: ſi c'eſt celle de derriere, *la lambdoïde*: & alors la figure de celles qui reſtent, *turelle.*
reſſemble à la lettre capitale T. Car comme ainſi ſoit que la teſte, en ces
deux ſortes de figure deprauée, ne ſoit point ſi longue à raiſon du defaut de
l'vne des éminences, comme elle eſt en la figure naturelle, vne ſeule ſuture
tranſuerſe ſuffit. Que ſi toutes les deux éminences defaillent, il reſtera encore
deux ſutures. Mais elles s'entre-coupperont en forme de la lettre capitale X. deſquelles l'vne ſe viendra rendre tranſuerſalement aux temples, & l'autre s'a-
uançera par le milieu de toute la longueur de la teſte. Iuſques icy des ſutures
vrayes. Les fauſſes & baſtardes ſont deux, on les appelle *ſquammeuſes* ou *eſcail- Les ſutures*
leuſes, parce qu'elles s'aſſemblent en maniere d'eſcailles de poiſſon ou de tuiles: on *fauſſes.*

Pourquoy elles s'assemblent en maniere d'écailles. les appelle aussi *temporales*, parce qu'elles entourent les os des temples. Or il falloit qu'elles se joignissent en forme d'écailles , parce que les os des temples estans tres-épais en leur partie inferieure, ils seroient trop pesans s'ils ne s'attenvrissoient peu à peu par la superieure. Il y a donc cinq sutures qui sont propres au *Les sutures comunes sont trois.* crane, *la coronale , la sagittale , la lambdoïde , & les deux escailleuses.* Les communes qui separent le crane d'auec les os sphenoïde, ethmoïde , & maschoire superieure , sont trois. La premiere , separant l'os occipital du sphenoïde , par vne ligne transuerse, s'auance iusques à la cauité des temples, puis redescendant vers bas , & portée iusques aux dernieres dents, elle marche iusques aux parties voisines du palais, & entoure tout l'os sphenoïde. La deuxiéme , sortant des cauitez des temples , s'auance iusques aux fosses des yeux, & passant par le mitan d'iceux, s'en va joindre au milieu du nez, & separe la maschoire superieure d'auec l'os coronal. Les Modernes en adioustent vne troisiéme, qui separe le mesme os coronal d'auec l'ethmoïde ou cribreux. Voilà donc le nombre de toutes les sutures du *Les vsages des sutures sont, ou premiers, & sont deux.* crane, reste que nous en declarions les vsages, lesquels sont ou *premiers* ou *secondaires:* Les *premiers* sont deux ; l'vn pour attacher & suspendre la dure mere , laquelle descend aux sinuositez plus profondes du cerueau , separant le grand du petit, & le diuisant en parties dextre & senestre, afin de laisser plus d'espace au cerueau , & à ses ventricules, pour faire leur mouuement, & empescher qu'elle 1. ne les offence par sa pesanteur. Or que ce soit là leur premier & principal vsage, ie le recueille de ce qu'il y en a deux transuerses, & vne droite qui s'auance par le milieu ; ce qui a esté fait, à cause que la teste est plus longue qu'elle n'est large. Il faut aussi noter, que cette membrane est plus fort attachée par la suture lambdoïde, que par la coronale ; d'autant que la teste se meut en deuant, & par tant pour empescher que le cerueau ne branfle & vacile , il falloit qu'il fut plus ferme-2. ment attaché par derriere. Le second est pour l'exhalaison & transpiration libre des vapeurs fuligineuses. Car le cerueau auoit besoin de cette éuacuation , & de soy, car sa substance est moëlleuse , & sa temperature froide & humide ; d'où il est nommé *le siege du froid:* & par accident, à raison de sa situation : car il est assis au plus haut de tout le corps, comme vn couuercle sur vn vaisseau qui boult, & *1. de loc. in hom.* represente la figure d'vne grande ventouse : de là vient que ceux qui n'ont point de sutures au crane, sont miserablement affligez de douleurs de teste : & qu'Hip-*ou secondaires, & sont cinq.* pocrate escrit, *Que ceux-là ont la teste plus saine, qui ont plus grand nombre de sutu-*1. 2. *res.* Les *secondaires* sont diuers. 1. Pour donner passage aux vaisseaux qui arrousent le crane & le pericrane. 2. Pour mettre hors des filets de la dure mere pour 3. engendrer le pericrane. 3. Pour empescher que la fracture d'vn os ne se commu-*Gal. l. 9. de vsu part. 17.* nique à l'autre. Et c'est ce qui a induit Fallope à maintenir que la cinquiéme espece de fracture, que les Modernes appellent *contre-fente*, en laquelle l'os se fend en 4. vne autre partie qu'en celle qui reçoit le coup, ne se trouue point. 4. Pour laisser penetrer la vertu des medicamens appliquez iusqu'au dedans ; & c'est la raison pourquoy Galien *commande d'appliquer les topiques sur la region des commissures.* *l. 13. Metho. c. 22.* Aristote en a reconnu vn cinquiéme, pour rendre la capacité du crane plus spa-5. cieuse.

Defcription particuliere des os du crane, & premierement
de l'os du front.

CHAPITRE IX.

ES os du crane font huict; l'os du front, dit *coronal* : les
deux os du deuant de la tefte nommez *parietaux* : les deux
des temples appellez *petreux* ; l'os du derriere de la tefte
dit *occipital* : le *fphenoïde* & l'*ethmoïde*. L'os du front faifant
la partie anterieure du crane, & la fuperieure de la face,
apparoit le plus fouuent vnique & entier, & quelquesfois feparé en deux par la future fagitalle, laquelle paffant
par le milieu du front, & entre les deux fourcils fe termine
à la racine du nez. Fallope veut, *qu'il foit toufiours feparé en deux aux enfans,* & Ariftote *aux femmes :* mais ils fe trompent tous deux. Sa figure eft demi-circulaire,
vnie & polie par dehors, mais inégale par dedans, prominente par fa partie fuperieure, & caue par l'inferieure pour la deffence des yeux. Sa fubftance eft affez
épaiffe : mais plus tenuë & defliée que celle de l'os occipital : & plus épaiffe que
les parietaux, & toutesfois fon épailleur n'eft point égale par tout: car elle eft plus
defliée en la partie fuperieure de l'orbite de l'œil, & au deffus des fourcils, où il y
a de grandes finuofitez, qui ont efté incognuës aux anciens, qu'és autres parties.
Cet os eft circonfcript par haut, de la future coronale, & ainfi il eft attaché aux
parietaux; par bas de la fix & feptiéme futures, qui le feparent des os fphenoide,
ethmoïde & mafchoire fuperieure. Il faut remarquer plufieurs chofes en iceluy.
1. Deux foffes comme vn rampart qui font la fuperieure partie de l'orbite. 2. Deux
trous au fiege des fourcils. 3. Deux foffes internes dediées pour contenir le cerueau & les apophyfes, mammillaires. 4. Deux finuofitez tres-amples fituées enuiron les fourcils, entre deux écailles, ou lames, & feparées par des fibres offeux
& écaillettes, dans lefquelles eft contenu vn corps mollet & moëlleux, qui eft
couuert d'vne membrane verde. Or ces finuofitez doiuent eftre remarquées
par le Chirurgien, depeur qu'il ne penfe quand il n'y a qu'vne écaille rompuë,
en cet endroit, qu'elles le foient toutes deux, & ainfi qu'il ne vienne au grand
dommage du malade à appliquer le trepan. Il y en a qui afferment ces finuofitez
auoir efté faites pour rendre la voix plus refonnante, & les autres, afin que l'air
vehicule des odeurs & matiere neceffaire pour la generation, & l'expurgation de
l'efprit animal foit preparé & élabouré en icelles.

L'os du front.

In obferuat. anat.

Sa figure,

Sa fubftãce &

Sa circumfcrip-tion.

En iceluy, il faut remar-quer deux foj-fes,
Deux trous,
Deux foffes internes,
Et deux finuo-fitez.
Qui doiuent eftre diligem-ment remar-quées par les Chyrurgiens.
Leur vfage.

Des os du deuant de la tefte nommez parietaux.

CHAPITRE X.

NSuiuct les deux os du deuãt, ou du haut de la tefte, appellez des Barbares, *parietaux,* des Latins, *offa fyncipitis,* & des Grecs, *brechma* parce
qu'en cet endroit le cerueau eft tres-grand & tres humide, ces os felon Galien, ont quatre coftez, & font bornez par derriere de la future lambdoïde, par deuant de la coronale, par haut de la fagitalle, & par bas des

Les os parie-taux.

Leur figure & bornes.

escailleuses, comme de leurs termes & fins. La partie anterieure d'iceux aux enfans nouueau-nez est membraneuse, en apres elle deuient cartilagineuse, & finalemét auec l'âge, dure & osseuse: & c'est ce qui a induit Aristote de les appeller *hysterogenes*, d'autāt qu'ils ne prénent la nature d'os, sinon long téps apres que nous sommes nez: car comme ainsi soit, que le cerueau anterieur soit tres-humide, l'os dont il est couuert, ne peut estre changé en vray os, que premierement le cerueau ne soit desseché. Ces os, selon Hippocrate, sont les plus rares & les plus debiles de tous; pource que la teste en cette partie, a besoin d'vne grande éuaporation, à raison du grand nombre de veines & d'arteres qui se terminent en cet endroit du cerueau. Leur épaisseur & connexion ne sont point par tout semblables; car par la partie qu'ils s'assemblent, en maniere de tuilles ou d'écailles, ils sont solides, & s'amenuissent peu à peu, estant aussi plus tenuës à l'os du front, qu'à l'os occipital. Mais par la partie qu'ils sont articulez auec l'os du front, les commissures sont entre-ouuertes, de façon qu'il ne s'en trouue point ailleurs de plus lasches, & appliquant la main dessus aux enfans nouueau-nez, on y ressent apparemment le mouuement du cerueau. C'est en cet endroit, que les Arabes appellent *tendic*, & le vulgaire *fontenelle*, que les Chirurgiens ont accoustumé d'appliquer des cauteres; ce que ie n'approuue point à raison des vaisseaux, & des filets de la dure mere qui s'y trouuent. La superficie externe de ces os, est toute lisse & polie, mais l'interne est inegale, parce qu'elle a des insertions: comme des petits canaux & sinuositez, dans lesquels se cachent les vaisseaux de la dure meninge, qui sont pleins de sang.

Des os des temples.

CHAPITRE XI.

AV dessous des deux parietaux joignant les oreilletes, sont deux autres os, vn de chaque costé, appellez les *os des temples*, parce que le poil apparoissant premierement chenu en cette partie, est comme l'auant-coureur de la vieillesse, leur figure, selon Galien, est *triangulaire*, & selon les modernes, *circulaire*. Ils sont circumscripts par leur partie superieure des sutures écailleuses, par la posterieure des additions des costez de la lamboïde, & par l'anterieure de celle, qui est commune à la teste, & à l'os sphenoïde. Or il falloit qu'ils fussent articulez auec les parietaux en maniere d'écailles, parce qu'estant tres-épais en leur inferieure partie, ils chargeroient trop le cerueau, s'ils ne s'amenuissoient en la superieure. Mais il falloit aussi, que les os des temples, plus durs, fussent articulez auec les parietaux plus rares, en maniere de tuilles, afin de cacher les bords des parietaux, qui sont lissez & polis au dedans, & ainsi empescher que les bords de ceux des temples qui sont tres-durs & raboteux n'offencent la dure meninge. L'habitude de ces os, (i'appelle habitude auec Galien, la rarité, densité, épaisseur, tenuité, polisseure, aspreté, mollesse & dureté) n'est point par tout femblable. Car leur partie fuperieure, qui eft attenuée & mince comme vne écaille, eft appellée, *os fquammeux ou écailleux*, & l'inferieure reffemblante à vne roche inégale & rabbotteufe, *os petreux ou pierreux*; & c'eft à raifon de cette varieté de fubftance, & de la multitude de fes apophyfes qu'aucuns l'ont nommé *polyide*, c'eft à dire *multiforme*, Hippocrate veut qu'il foit tres-debile, car voicy comme il en parle. *Entre tous les autres os, celuy des temples eft le plus debile.* Or il reconnoit quatre caufes de cette debilité. 1. La fymphyfe qui fe fait par le moyen des mufcles temporaux, l'excellence & dignité defquels, eft fi grande, qu'eftans, ou alterez, ou fouffrans diftention, ils caufent vn Caros & des conuulfions. 2. L'articulation arthrodiale auec la mafchoire inferieure. 3. Le conduit de l'ouye, qui fait que cet os n'eft point folide. 4. Et les vaiffeaux notables qui paffent par les temples, qui rendent les playes de cette partie, mortelles: tellement que ces os foient tres-debiles, non point tant à raifon de leur confiftence propre, parce qu'elle eft tres-dure & tres-épaiffe, comme a caufe des parties adiacentes & voifines. En ces os fe remarquent trois apophyfes notables, deux cauitez memorables & quelques trous. La premiere des apophyfes, & icelle plus groffe eft nommée *Maftoide*, c'eft à dire mammillaire parce qu'elle reffemble au memmellon d'vne vache. La feconde plus menuë, *ftiloide*; parce qu'elle eft droite comme vne colomne *graphiotde*, parce qu'elle a la figure d'vne touche à efcrire, *beneloide*, parce qu'elle reffemble à vne éguille, & *plettron*, parce qu'elle reffemble à vn efperon. La troifiéme fait vne portion du zygoma. La premiere eft dediée à l'infertion des mufcles fléchiffans la tefte; or elle eft cauerneufe par dedans & quelque peu caue, tant pour la legereté, que pour la commodité de l'ouye. La feconde fert à l'infertion des mufcles: car vn grand nombre de ceux de la langue, de ceux de la mafchoire inferieure, & de l'os hyoïde naiffent d'icelle. Cette apophyse aux enfans nouueau-nez, eft cartilagineufe, & non offeufe, & eft vne epiphyfe. Nous décrirons la troifiéme en l'hiftoire du zygoma. Des cauitez l'vne eft externe, dans laquelle s'infere la tefte de la mafchoire inferieure, & l'autre interne, qui fait le meat auditoire. L'vn des deux trous donne entrée à l'artere carotide, & l'autre iffuë au nerf de la cinquiéme coniugaifon.

Des trois offelets, contenus dans la cauité des temples.

CHAPITRE XII.

A cauité interne des temples entaillée quafi au milieu de l'os petreux, eft conftruite par vn fi excellent artifice qu'elle excede toute admiration: nous en reprefenterons l'hiftoire en fon lieu, nous contentans de traicter pour l'heure, ce qui appartient à l'ofteologie. Doncques cette cauité vray organe de l'ouye eft comme departie en quatre chambrettes, & conduits. Le premier qui fe prefente au dehors eftant toufiours ouuert, eft tortueux, rond, eftroit, & porté obliquement vers haut, à l'extrémité d'iceluy fe voit vne feparation non offeufe ny charnuë, mais membraneufe. Le fecond (qu'Ariftote appelle, *coclea*, Vefali, *pelui*, & Fallope, *tympanum*) contient l'air implanté confociable à celuy qui nous enuironne, lequel le

Trois offelets. Philofophe appelle *immobile*. En ce conduit fe voyent deux petites feneftres, & trois offelets incognus aux anciens, lefquels ont efté nommez de leur forme pluftoft que de leur vfage *malleolus, incus & ftapes*, c'eft à dire, *marteau, enclume, & eftrieu.* Or ces offelets font dés la premiere naiffance tres-folides, tres-fecs & tres-parfaicts, pour mieux raifonner, & font auffi grands (qui eft chofe merueilleufe) aux enfans nez de trois iours, qu'aux hommes aagez de cent ans. Au refte

Leur articulation, ils font articulez, en forte que le marteau pende par fon apophyfe à la membrane, & foit articulé par fa tefte en la cauité de l'enclume. L'enclume reffemblant felon aucuns, à vne des dents mafchelieres, eft appuyée fur deux iambes, par la plus courte defquelles elle eft affermie à la meninge, & par la plus longue attachée à l'eftrieu. Or l'eftrieu (ainfi nommé, parce qu'il reffemble à l'eftrieu des anciens eftant triangulaire, ou reprefentant la figure de la lettre Grecque delta, icy mife △) eft plongé par fa baze plus large dans la feneftre ouale, & reçoit par fa poincte & fommité aiguë le tres-petit tubercule de l'enclume. Ces trois offelets font attachez à la meninge, par le moyen d'vne corde tres-deliée, qui eft tenduë fur toute la membrane, comme eft la corde fur les tambours de guerre. Ces offelets eftant lancez par l'abord & entrée de l'air externe, feruent autant à la diftinction des fons, comme font les dents à l'explanation de la voix. Or ceux-là fe trompent, qui penfent qu'ils fe mouuent en forte que frappans les vns contre les autres, ils faffent vn bruit, car ce fon interne confondroit l'exterieur; ioinct que les mouuemens violens desautres articulations fe font fans bruit. Leur vfage

Et vfage. donc, eft de faire que l'efpece du fon foit receuë, qu'elle foit portée aux parties interieures, & que le chemin foit ouuert, pour vuider les excremens de l'oreille. Car l'eftrieu fermant la feneftre fuperieure, eft meu par l'enclume, l'enclume par le marteau, & le marteau par la membrane frappée par l'abord, & entrée de l'air externe. De ce mouuement arriue que la feneftre eft ouuerte, d'où & l'efpece du fon paffe au nerf, & du nerf au fens commun, comme au iuge; & les excremens font vuidez par le petit canal cartilagineux. Or il falloit que la feneftre fuft fermée par vn os folide, parce que l'air porté dans vne fubftance molle, s'éuanouiroit.

La troifiéme. Enfuit la troifiéme cauité nommée *labyrinthe*, parce qu'elle a plufieurs deftours & chambrettes fecrettes, defquelles l'vfage eft de rendre le fon paffant par ces deftours anfractueux plus aigu & efclatant; & empefcher, qu'il ne diffipe point.

Et quatriéme. Fallope appelle la quatriéme *cochlea*, parce qu'elle reffemble à la coquille d'vn limaçon; il y en a qui le nomment, *foramen cæcum, trou aueugle.* Nous explique-

l. II. cap. 12. rons le refte plus au long, en l'hiftoire de l'oreille.

De l'os Occipital.

CHAPITRE XIII.

L'os occipital. E fixiéme os de la tefte eft appellé, *l'os du derriere de la tefte, de la proüe & de la memoire.* Les Grecs le nomment *inion*, d'autant qu'il *eft fibreux & nerueux:* car il y a grand nombre de tendons qui font portez à cet os; & mefme l'origine de tous les nerfs (felon Hippocrate) eft de cette partie. Il eft fitué en la partie derniere

l. de off. natur. du crane, & fait quafi toute la partie pofterieure & inferieure d'iceluy. En ceux qui font grandelets, il eft feul & vnique, mais aux enfans nouueaux-nez, il fe voit compofé tantoft de cinq pieces, comme en ceux à qui la future ſagitale deſcend par le mitan d'iceluy, & tantoſt de quatre ſeulement. La ſu- *Sa ſituation.* perieure partie eſt tres-grande ; les deux moindres font vn trou tres-ample : la quatriéme s'eſtend iuſques au ſphenoïde, & eſt appellée *additamentum occipitis.* La figure de cet os eſt inégale, approchant de fort prés à la rhomboïde ; car il a *Sa figure,* cinq coſtez, où deux lignes circulaires, qui ſe terminent en pointe. Il eſt circum- *Et circumſcri-* ſcript quaſi de tous coſtez par vne ſuture triangulaire, & eſt ſeparé par l'infe- *ption.* rieure partie, d'auec le ſphenoïde par la ſuture commune. Ariſtote veut qu'il ſoit *le plus debile de tous ;* & Hippocrate auec la verité, *le plus fort :* parce qu'il eſt tres- *Il eſt le plus* épais, & couuert de beaucoup de chair, qui fait que nous ne deuenons iamais ou *fort de tous les* rarement chauues par cette partie, encore que le cerueau ſoit plus ſec en cet en- *os du crane,* droit qu'ailleurs, à raiſon que les chairs qui couurent l'os fourniſſent d'aliment aux cheueux. Or il falloit qu'il fuſt tres-fort, parce que le quatriéme ventricule *Et pourquoy.* qui eſt le plus noble, eſt ſitué en la derniere partie de la teſte, & que la medulle ſpinale vicaire du cerueau, & tous les nerfs en general ſourdent de cette partie comme de leur vnique fontaine. Ioint que les coups de l'os occipital ne peuuent eſtre ny repouſſez par les mains, ny preueus par les yeux, & partant l'épaiſſeur de cet os leur eſt oppoſée comme vn fort rampart & boulleuart. Cette épaiſſeur n'eſt point par tout ſemblable ; car la partie poſterieure découuerte de chair eſt tres-épaiſſe, principalement par l'endroit où ſont portées les deux ſinuoſitez de la dure mere ; leſquelles contiennent, & portent le ſang & l'eſprit vital : mais par la partie qui eſt charnuë, encore que l'os apparoiſſe ſolide & denſe, ſi eſt-il beaucoup plus mince que le premier. Or ce qui ſert beaucoup à renforcer cet os, c'eſt vne éminence oblongue, qui s'auance comme vne ligne par le mitan d'ice- luy. On y remarque des trous, des ſinus & des apophyſes. Le premier & le plus *Les trous de* grand de tous les trous, & iceluy vnique, eſt celuy par lequel deſcend la moëlle *cet os.* du cerueau dans le canal de l'eſpine. Il y en a quatre autres, deux deſquels donnent iſſuë au ſeptiéme paire de nerfs : les autres deux ouurent le chemin aux veines, & aux arteres carotides qui montent par les trous des apophyſes tranſuerſes de la nucque, pour entrer au cerueau. Quant au trou qui eſt dedié au ſixiéme pair de nerfs, & à la iugulaire interne, il eſt commun à deux os, à celuy des temples & à l'occipital. Il y a quatre ſinus ou cauitez : deux, comme deux foſſes, les plus *Ses ſinuoſitez.* grandes de toutes, ſont dediées pour contenir le petit cerueau ; il y en a auſſi deux autres aux parties laterales, qui ſont oblongues & eſtroites, & repreſentent la forme de deux canaux, dans leſquelles ſe cachent les ſinuoſitez de la dure me- re, qui ſont comme ruiſſeaux, & vicaires des vaiſſeaux. Car il eſtoit à craindre, lors qu'elles ſont tenduës & pleines de ſang, ou quand le cerueau eſt violemment agité, qu'elles ne fuſſent ou bleſſées ou preſſées par la dureté de l'os, s'il n'euſt eſté ſinué & caue en cet endroit. Finalement il y a pluſieurs apophyſes internes & *Et apophyſes.* externes, ſuperieures & inferieures : mais on remarque principalement les deux qui s'inſerent dans les cauitez de la premiere vertebre, que Galien appelle *Coro- nes,* combien qu'elles ne ſoient point tout à fait pointuës, comme aux chiens, mais applaties comme des glands. Ainſi il appelle ſouuent l'apophyſe, anchyroï- de du paſſeron, & le circuit du coude, courbe : comme cette lettre Grecque ζ de ce nom. Au reſte ces apophyſes, aux enfans nouueaux-nez, ſont epiphyſes cou- uertes de cartilage.

De l'os Sphenoïde.

CHAPITRE XIV.

L reste encor deux os, situez entre le crane & la maschoire superieure, nommez *sphenoïde & ethmoïde*. Le *sphenoïde*, est ainsi appellé des Grecs, & des Latins, *cuneiforme*, nó point qu'il ait la figure d'vn coin, mais de la maniere de son insertion ; parce qu'il s'infere entre quasi tous les os de la teste & de la maschoire superieure, comme vn coin, Les Barbares le nomment, *os basilaire*, d'autant qu'il est situé en la base de la teste : & les Arabes, *l'os du Colatoire*, parce que la glande pituitaire (laquelle reçoit en sa chair spongieuse, les excremens du cerueau, & les laisse peu à peu distiller par les trous de cet os, dans le palais) est adjacente à iceluy. En ceux qui sont grandelets, il apparoit vnique, mais aux enfans nouueaux-nez, il se voit fait tantost de trois, & tantost de quatre pieces. Il est situé en la base, & aux costez du crane. Or les fins & bords d'iceluy s'étendent si au large, qu'ils touchent à quasi tous les os de la teste, & de la maschoire superieure ; il est premierement articulé à l'os occipital par la suture transuerse & commune ; puis par vn long trait il touche les os des temples;& par dessus ceux-cy l'angle du parietal : Il separe aussi les os du front par le moyen de la suture transuerse & commune ; outre plus il touche les os de la maschoire superieure qui font la plus grand' partie de l'orbite, & par les apophyses pterygoïdes, les petits os du palais. Il est fort inégal en habitude & consistence: il est tres-épais en sa base, & plus tenuë & mince en la cauité des temples ; mais il est aussi inégal & rabbotteux tant en sa partie interne, comme en l'externe, à raison de grand nombre d'apophyses qui y sont esleuées comme des montagnetes. Il a pareillement plusieurs sinus & trous. Les apophyses externes, parce qu'elles ressemblent à l'aisle d'vne chauue-souris, sont nommées *pterigoïdes*, elles ont en leur milieu, vne cauité, dont prennent leur origine les muscles cachez en la bouche, nommez *delitescentes & latitantes in ore*, qui ferment la maschoire inferieure: & les internes à raison de la semblance, qu'elles ont auec la partie inferieure d'vn lict, sont dites *clinoïdes*, & de quelques vns *selle*; parce qu'elles ressemblent à la selle d'vn cheual. Icy est assise la glande pituitaire, sous laquelle sont cachées deux cauitez, qui contiennent le retz admirable de Galien : de ces cauitez sortent deux canaux, qui s'en vont rendre aux petites fentes, par lesquelles la pituite decoule dans le palais. Or les petits trous descrits par Galien se trouuent en quelques cranes, & en d'autres non. Cet os a aussi diuers trous, par lesquels passent les branches des nerfs, veines & arteres. Le premier donne issuë au nerf optique, le second aux nerfs qui mouuent l'œil & aux petites veines & arteres. Le troisiéme fort petit & rond, enuoye vne portion du cinquiéme couple au muscle crotaphite ; & le quatriéme est dedié à la troisiéme & quatriéme paires de nerfs.

L'os sphenoy-de,

Sa situation, Ses bornes,

Sa connexion,

Il est inégal,

ses apophyses,

Ses sinuositez,

Et trous.

De l'os Ethmoïde.

CHAPITRE XV.

TOVT cet os eſt appellé par ſynecdoche tantoſt ethmoïde, c'eſt à dire *cribriforme* ou *os cribreux*, & tantoſt *ſpongoïde*, c'eſt à dire *ſpongieux* : car il n'eſt point tout ſpongieux, ny tout cribreux. Il eſt ſitué au milieu de la baze du front, & eſt porté de la racine du nez en haut, rempliſſant quaſi toute la cauité des narines. Il a des parties de nature diſſemblables, qui ſont auſſi appellées de diuers noms. La premiere & interieure, percée comme vn crible de force trous, doit propre- ment eſtre appellée *cribreuſe*. La deuxiéme contenuë hors de la baze du crane dans la cauité des narines, eſt rare & ſpongieuſe, on l'appelle *os ſpongieux*. La troiſiéme eſt tenuë ſolide & polie, & eſt nommée par Fallope *planaplate*. L'os ethmoïde eſt donc articulé par ſa partie cribreuſe au cra- ne, par la ſpongieuſe à la cauité des narines, & par la plate ou large à l'orbite des yeux. La partie cribreuſe a force trous, & iceux petits & obliques : petits pour garder que quelque corps dur & groſſier ne ſoit porté au cerueau de dehors, & obliques pour empeſcher que l'air impur & eſtranger entrant, ne ſoit porté tout à coup droit aux ventricules du cerueau : elle a auſſi vne fente demy-circulai- re, qui ſert pour attacher & affermir la dure mere. L'vſage de ces trous eſt, ou pre- mier ou ſecondaire : le premier eſt double, l'vn pour l'inſpiration de l'air qui eſtoit neceſſaire à la generation & expurgation de l'eſprit animal : l'autre pour porter les eſpeces des odeurs auec l'air au cerueau, qui eſt la raiſon que les procez mammillaires, principaux organes de l'odorat, ſe terminent en ces trous, & s'il aduient qu'ils ſoient bouchez, comme au *coriza* quand le catarrhe ſe iette dans le nez, que la vertu de flairer perit. Le ſecondaire eſt pour l'expurgation du cerueau : car combien que la pituite diſtille par l'entonnoir, comme par vne manche à hy- pocras dans la glande pituitaire, ſi eſt-il toutesfois, s'il arriue que les ventres ſu- perieurs du cerueau ſoient remplis de grande quantité d'excremens pituiteux, que ces excremens diſtillent par des tubercules qui reſſemblent à des mammelons dans l'os cribreux & les narines. Or cette partie cribreuſe a vne apophyſe poin- tuë qui diuiſe tout l'os, comme vne ſeparation, appellée de ſa forme *criſtagalli*, c'eſt à dire *creſte de coq* : à icelle eſt attaché le procez & aduancement de la dure mere qui ſepare le cerueau, lequel elle aſſeure & affermit : elle ſepare auſſi les or- ganes de l'odorat. L'autre partie de l'os eſt rare & laſche comme vn eſponge ou vne pierre ponce, d'où elle eſt dite *ſpongieuſe*. Elle remplit de coſté & d'autre la cauité des narines. Il y a de l'apparence que l'air inſpiré auec les odeurs eſt alteré en icelle : ainſi que l'air auditoire eſt preparé en la coquille & au labyrinthe de l'oreille. La troiſiéme partie eſt tenuë, mais ſolide & plaine, elle fait vne portion de l'orbite. Veſalj donc ſe trompe qui veut que ce ſoit vne partie de la maſchoire ſuperieure.

En marge : L'os ethmoï- de. ― Sa ſituation. ― ſes parties. ― cribreuſe. ― ſpongieuſe, & pleine, ſa connexion. ― Pourquoy per- cé de force trous. ― L'vſage de ces trous eſt pre- mier. ― ou ſecondaire. ― L'os ſpongieux ſon vſage. ― Erreur de Veſali.

Des Os,

Le crane des enfans pourquoy mol.
Il est separé par plus grand nombre de sutures.

LEs enfans nouueaux-nez n'ont point le crane dur & solide comme ceux qui sont parcrus, mais mol & quasi cartilagineux. 1. Pour la facilité de l'enfantement. 2. Et pour laisser vne capacité ample & spacieuse au cerueau: car les choses molles obeïssent, & s'estendent aisément en toutes les dimensions: leurs os sont aussi articulez par vn plus grand nombre de commissures: car la sagitale descend tousiours par deuant, iusqu'à la racine du nez, & par derriere, passant par le milieu de l'os occipital, elle se termine bien souuent au trou de la medulle spinale. Les os des temples ont aussi vne suture qui separe la partie écailleuse de la petreuse: & la

Comment leurs sutures s'assemblent.

lambdoïde a plusieurs parties, tantost quatre tantost cinq. Or leurs sutures ne se joignent point en maniere de scie, & ne s'agglutinent point en façon de tuille, mais elles sont tellement entr'ouuertes, & leur articulation est si lasche, qu'elles se mouuent au diastole du cerueau. L'os du front apparoit tousiours fendu en

Quels sont les os parietaux.

deux: les parietaux sont entiers & solides par leur partie inferieure, mais par la superieure, où s'assemblent les sutures coronale & sagitale, ils sont les plus imparfaits de tous, & font vne cauité comme vn entrebaillement, que les Arabes

La fontanelle.

appellent *tendic*, & les Latins *fontanelle*: & cette membrane est la derniere de toutes, qui s'épaissit, desseche, & deuient osseuse, qui est cause qu'Aristote ap-

Les os des temples.

pelle ces os *hysterogenes*, c'est à dire, *engendrez les derniers*. Les os des temples sont éuidemment diuisez en *partie écailleuse & petreuse*. Le meat de l'ouye est quasi tout cartilagineux. Les trois osselets de l'oreille sont tres-secs, tres-durs, &

L'os occipital est fait de quatre pieces.

quasi de mesme grandeur qu'aux hommes. L'os occipital a quatre parties. La premiere est la capacité plus grande & superieure d'iceluy, les deux moindres sont situées aux costez du trou: & la quatriéme fait l'addition qui s'assemble auec

L'os sphenoyde.

le sphenoïde. L'os sphenoïde apparoit separé en quatre parties, desquelles deux font les apophyses pterigoydes, la tierce la selle, & la quatriéme celle où est le

L'os ethmoyde.

trou destiné au nerf optique. L'os ethmoïde est tout cartilagineux, & les parties d'iceluy cribreuse, spongieuse & pleine, se voyent diuisées par lignes. La mas-

La maschoire inferieure.

choire inferieure est apparemment separée au milieu du menton. Au reste les sinus, que nous auons descrit en l'os coronal, en la cauité du sphenoïde, & en l'apophyse mammillaire, ne s'y voyent point: ains tous ces os à la naissance apparoissent espais, & non caues, afin qu'il y ait de la matiere preste pour estendre & amplifier les os, à mesure que le cerueau augmente & croist.

LES CONTROVERSES ANATOMIQVES.

Deffence pour Hippocrate & Galien touchant les figures
& sutures de la teste.

QVESTION HVITIESME.

Hippocrate
veut que le
nombre des su-
tures varie se-
lon les diuerses
figures de la
teste : l. des
playes de la
teste.

IEN ne gehenne tant les Anatomistes en toute l'o-
steologie, que la diuersité des figures & sutures du crane, proposée par les Anciens. Hippocrate escrit que le
nombre des sutures varie selon la varieté des figures
de la teste. Voicy ses mots, *Les testes des hommes ne s'en-*
tre-ressemblent point en toutes choses, & les sutures ne
sont point semblables en toutes : mais à ceux qui ont vne
éminence au deuant de la teste, les sutures sont faites de
nature, en la sorte qu'on peint la lettre T. *Et ceux qui ont*
vne éminence au derriere ils ont les sutures situées tout au contraire, mais celuy qui a
éminence & au deuant & au derriere, en cetuy-cy les sutures representent la figure de
la lettre H. *Et celuy qui n'a point d'eminence ny au deuant ny au derriere : à cetuy-là*
les sutures sont faites à la maniere qu'on escrit la lettre X. *Or les sutures sont placées*
en sorte, que l'vne vienne transuersalement aux temples, & que l'autre se traine
selon la longitude de la teste. Hippocrate ne descrit donc que quatre figures de teste,
vne *naturelle*, & trois *vicieuses*. Galien semble auoir suiuy la mesme opinion,
lors qu'il escrit, *Que le nombre & la situation des sutures varient selon la diuersité*
des figures de la teste. Or il reconnoit deux especes de figure, l'vne *naturelle* & l'autre
deprauée. La *naturelle*, est oblongue, ayant éminence au deuant & au derriere.
Il appelle celle qui est *deprauée*, *phoxon*, & comprend sous ce mot toutes les figures
de teste qui sont contre nature, lesquelles il reduit à trois, encore qu'il estime
qu'on en puisse imaginer vne quatriéme, bien qu'elle ne se trouue point : car s'il
aduenoit que la longueur de la teste fut changée en largeur, & que les eminen-
ces du deuant & du derriere, fussent placées aux oreilles : il n'y auroit point de
cauité pour les ventricules superieurs, ny de lieu pour le petit cerueau, & les organes du flairer : Ainsi les esprits enfermez dans vne cauité estroite, viendroient
à estre suffoquez. Mais à sçauoir si toute teste pointuë est vicieuse c'est chose que
l'on peut reuoquer en doute : veu qu'Hippocrate louë ceux qui l'ont telle en ces
mots. *Ceux qui ayans la teste pointuë ont la nuque forte & puissante, sont robustes*
tant aux autres parties comme aux os. Responds que la teste est pointuë par la perte de l'vne ou de toutes les deux éminences, & que telle teste est tousiours vicieuse : ou bien par l'accroissement de l'vne des éminences, telle qu'estoit la teste de
Pericles : ou de toutes les deux, comme estoient les Macrocephales, ou longues
testes, dont Hippocrate fait mention, & que telles testes ne sont point vicieuses,
pourueu que toutes les autres parties y respondent. Voylà l'opinion d'Hippocrate
& Galien, touchant les figures de la teste.

Vesale s'accorde à Hippocrate, touchant la varieté du nombre & de la situation des sutures, selon la diuersité des figures de la teste : mais picqué de ie ne
sçay quel aiguillon d'ambition & desir de calomnier Galien, il maintient auoir

Opinion de
Galien l. de
ossib. & 9 de
vsu part. c. 17.

A sçauoir si
toute teste
pointuë est
blasmable.
l. 6. epidem.
sect. 1.
Responce.
Plutarque en
la vie de Peri-
cles.
l. de aere, loc.
& aq.

Vesale contre
Galien.

Des Os,

veu, & à Venife, & à Bolongne la quatriéme efpece, en laquelle la longeur eft changée en largeur, que Galien eftime impoffible de trouuer: & produit Hippocrate pour tefmoin, lequel il veut auoir defcrit cette figure. Voicy les propres mots du calomniateur: *Hippocrate fait mention d'vne quatriéme efpece de figure non naturelle, en laquelle la tefte a des éminences beaucoup plus grandes aux coftez aupres des oreilles, que non pas au deuant ny au derriere.* Mais hé, bon homme! pourquoy impofes-tu à Hippocrate? feuillette toutes les œuures d'iceluy, & poife attentifuement tous fes efcrits, tu ne trouueras point qu'il defcriue en aucun endroit cette quatriéme figure. Tu as, peut-eftre, efté trompé, parce qu'il efcrit qu'il y a quatre figures: mais il comprend fous ces quatre, la *naturelle*, tellement, qu'il y en ayt vne *naturelle*, & trois feulement *vicieufes, & outre nature*: & non quatre. Les Modernes, Falloppe, Colomb, & Euftache ne s'accordent point auec Hippocrate & Galien, & nient que *La diuerfité des figures de la tefte, foit caufe de la variete des futures.* Ils difent donc qu'Hippocrate a efcrit cela, pluftoft fuiuant l'opinion du vulgaire, que felon la verité de la chofe. Fallope dit auoir veu vne infinité de cranes exactement ronds, qui auoient toutes leurs futures: d'autres qui n'auoient qu'vne éminence, aufquels ne manquoit aucune commiffure, & d'autres auffi, qui n'auoient piece de futures, qui auoient les deux éminences: il efcrit auffi n'auoir iamais veu les futures faire vne croix Bourguignonne, ny connu aucun qui les ait veuës. La confequence n'eft donc point neceffaire: il n'y a point d'eminence au derriere de la tefte: donc la future lambdoïde manque: car mefmes aux os des temples qui font fort applatis, on y remarque deux futures. Colomb afferme auoir manié fix cens mille teftes, tant en l'hofpital de Florence, comme au Camp fainct à Rome, & n'en auoir iamais trouué vne feule, qui euft perdu l'vne des futures ou en laquelle la figure non naturelle fuft apparente. Euftache grand deffenfeur d'Hippocrate & de Galien, les abandonne toutesfois icy, & eftime que c'eft comme vn miracle, fi on rencontre quelque crane, où deffaille la future coronale, ou la lambdoïde, parce que l'eminence de deuant manque, ou bien celle de derriere. Pour mon regard, ie diray franchement ce que i'en penfe. Ie croy qu'il n'eft point toufiours veritable, quand l'vne des éminences defaut, que l'vne des futures deffaille femblablement, & toutesfois ie ne nie point que cela ne puiffe quelquesfois aduenir, & qu'Hippocrate, Galien, & les Anciens ne l'ayent ainfi remarqué: car il appert combien Hippocrate eftoit fcrupuleux d'efcrire, où il dit, *Qu'il ne veut rien affermer que ce qu'il a luy mefme veu,* & mefme c'eft chofe qui ne repugne point aux principes de l'Anatomie, que l'vne des éminences deffaillante, la commifure deffaille auffi: car comme ainfi foit que le principal vfage des futures foit pour fufpendre la dure mere de peur qu'elle ne preffe les ventricules: le cerueau en la figure naturelle eftant plus long que large, il n'auoit point befoin que d'vne commiffure, pour le feparer par le milieu de fa largeur, & de deux pour le feparer tranfuerfalement en fa longeur, afin qu'il fuft fitué efgallement entre les futures. Mais en la figure non naturelle, comme ainfi foit que la tefte ne foit point fi longue, à raifon de la perte de l'vne des éminences, vne feule future fuffit pour fufpendre & attacher la membrane: & partant fi l'eminence anterieure defaut, la future coronale deffaut auffi: fi la pofterieure, la lambdoïde. Or qu'on puiffe trouuer plus grand nombre, & de figures, & de commiffures, que n'ont efcrit les autheurs, ie ne le veux point nier: car Nature fe plaift fouuent en cette varieté, d'où Pline appelle l'homme, *le ioüet de Nature.* Et

l. 9. de vfu part. 17.
Il impofe à Hippocrate.

Les Modernes ne s'accordent point auec Hippocrate, & Galien, touchant la varieté des futures.
In obferuat. anat.

lib. 1. cap. 5.

Aduis de l'Autheur.

Hippocrate combien religieux à efcrire.
l. de artic. fec. 1.

Pourquoy la future manque quand l'eminence defaut.

*Erreur d'A-
riftote.*

Syluius afferme auoir veu deux lambdoïdes separées l'vne de l'autre de trois doigts. Au reste, ce qu'Aristote escrit *Que les sutures ne sont point en nombre pareil aux hommes & aux femmes*, est faux : comme aussi, *Que la suture sagittale aux femmes descende tousiours par le milieu du front insques au nez, & qu'en cela elles different des hommes.*

A sçauoir si le crane donne la figure au cerueau, ou le cerueau au crane.

QVESTION NEVFIESME.

OVCHANT la figure & la situation du crane, il y a vne controuerse, qui n'est point legere. Aucuns veulent que le cerueau prenne sa figure du crane, parce, comme nous auons deja remarqué de nostre Hippocrate, *Que les os donnent la figure au corps*, Galien escrit que *Nature forme les parties à l'imitation des os*, tellemét que si le crane est rond, & oblong, que le cerueau le soit semblablement. Adioustons que les os seruent de base & de fondement pour porter & soustenir les autres parties : or les Charpentiers posent les fondemens les premiers : joint que la maison, & la retraite sont les premieres faites : or le crane est le domicile du cerueau : car mesme en la generation, les membranes qui enueloppent le fœtus sont les premieres formées. Toutesfois Galien deffend le contraire, & dit en termes exprez, *Que le cerueau donne la figure au crane & non le crane au cerueau. Comme le cerueau (ce dit-il) est creé grand, ainsi est-il de la teste.* Il escrit ailleurs, *Que l'os de la teste est formé apres toutes les autres parties; & par consequent apres le cerueau.* Item, *Tous ceux qui veulent que le cerueau soit figuré par le crane, semblent ignorer que le cerueau est éloigné de la dure mere.* Cap de Vache Medecin, & Philosophe excellent sould cette question, & veut *Que le cerueau ne soit point formé par le crane, ny le crane par le cerueau, ains que la figure de toutes les parties soit produite par la faculté formatrice.* I'aymerois mieux dire, que le cerueau est engendré le premier, & que le crane est formé selon la figure d'iceluy : pource que le cerueau n'a point esté creé pour le crane, mais le crane pour le cerueau. Car les apophyses mammillaires, organes de l'odorat, les quatre ventricules & le cerue let rendent la figure de tout le cerueau oblongue. Tout ainsi donc que le cœur est formé premier que la poictrine qui luy sert de deffence : ainsi le cerueau est formé premier que le crane, qui luy a esté donné pour son domicile. Et jaçoit que les premiers estains & filets des parties spermatiques soient créez ensemble & en vn mesme moment, si est-il toutesfois qu'il y a trois ampoulles ou clochettes qui sont les principes des trois parties nobles, du cerueau, du cœur & du foye, qui apparoissent les premieres.

*Que le crane
donne la figure
au cerueau.
I.de anat. ad-
minist.*

*Que le cer-
ueau donne la
figure au cra-
ne.
com. 1.ad.l.6.
epidem.
l. de fœt. for-
mat. l. 8. de
vsu part. c. 12.
Solution de
Capitaceus.
Conclusion de
l'Autheur.*

A sçauoir si le crane a esté fait pour le cerueau.

QVESTION DIXIESME.

GALIEN en vn long & fort beau discours qu'il fait exprez, monstre que la teste a esté faite pour l'amour des yeux. Or voicy vn sommaire de sa démostration. Les écreuisses, escarbots, sauterelles & autres animaux couuers de coquilles molles n'ont point de teste, & toutesfois ils ne laissent point d'auoir vn

*Que la teste est
faite pour les
yeux.
l. 8. de vsu
part. c. 51*

cerueau, & quasi tous les organes des sens situez en la poictrine, les yeux exceptez, lesquels occupent le lieu le plus esleué, & sont placez sur des longs cols, pour descouurir de plus loin: & partant il semble que la teste ayt esté faite, tant pour la perfection de l'action des yeux, comme pour leur seureté & deffence: car Nature pouruoit premierement à l'action, entant qu'action simplement: & puis apres à la seureté. L'action des yeux c'est la veuë, laquelle doit voir & recognoistre de loin les choses qui sont nuisibles ou profitables: or cela ne se fait que par la reception des especes. Afin donc que la veuë se fit, & de plus loin & plus commodément, il estoit besoin que les organes qui luy sont dediez, fussent placez en vn lieu haut esleué, & que comme sentinelles, ils veillassent continuellement pour nostre conseruation. Or afin que les especes des obiets fussent plus facilement receuës, la veuë auoit besoin d'vn nerf mol, la molesse requeroit la vicinité du cerueau: car les nerfs deuiennent d'autant plus durs, que plus ils s'esloignent du cerueau: dont s'ensuit qu'il falloit que le cerueau fust placé en la teste pour l'amour des yeux. Mais la structure, & composition de la teste estoit pareillement necessaire pour leur deffence: car à ce que les yeux fussent plus asseurement placez, & qu'il se fit vne moindre dissipation d'esprits, ils ont esté mussez dans vne fosse, comme dans vn vallon creux, & enuironnez d'os de tous costez comme de rampars. Vesale ne contredit point (qui est merueille) en cecy à Galien. Colomb veut, que le crane ayt seulement esté fait pour le cerueau: car il n'a point esté caué de tant de sinuositez, il n'a point eu ces éminences qu'on y voit, & n'a point esté diuisé par tant de sutures, n'y percé d'vn si grand nombre de trous, pour les yeux: mais pour seruir de domicile & de forteresse au cerueau. J'estime quant à moy, que le crane aux animaux parfaits, a esté premierement fait pour le seul cerueau: car nous auons jà monstré que le crane est formé pour le cerueau: mais ie concluds auec Galien qu'il occupe le plus haut lieu, premierement pour les yeux, & secondairement pour la commodité des autres sens: car le cerueau eust peu engédrer l'esprit animal, imaginer, discourir, & faire ses autres actions en la poictrine, ou au ventre inferieur, aussi bien qu'en la teste, d'autant que ces actions prouiénent de la temperature, & partant là où est la temperature, là sont aussi les actions: mais les yeux n'eussent peu voir au loin & regarder plusieurs choses à vne fois, s'ils n'eussent esté situez en vn lieu haut esleué.

Le cerueau a esté logé en la teste pour l'amour des yeux.

Opinion de Colomb. lib. 1. cap. 5.

Celle de l'Autheur.

Deffence pour Galien touchant les trous du sphenoïde, contre les calomnies des Modernes.

QVESTION VNZIESME.

l. 9. de vsu part. c. 3.

Vesale & colomb reprennent Galien.

L'autheur le defend.

ALIEN escrit *Qu'en la partie plus profonde des apophyses clynoïdes, il y a des petis trous, par lesquels la pituite sereuse distile dans deux fort grandes fosses, qui sont au dessous pour estre vuidées par le palais:* Vesale & Colomb nient, *Que ces trous se trouuent, & veulent que tout cet os en cet endroit soit continu, poly, solide, & tres-espois.* Ils assignent donc d'autres conduits à l'expurgation de ces excremens. Pour mon regard, j'ay souuentesfois remarqué ces trous aux os desseichez mais iamais aux os noueaux: d'autant qu'ils sont farcis & bouchez d'vne pituite tenace, & visqueuse; car comme ainsi soit que la glande pituitaire, qui reçoit les superfluitez du cerueau soit assise en la selle du sphenoïde, & que la superficie de cet os, qui est mince, & aisée à fausser, encores que les Modernes

nes

nes veulent qu'elle foit tres-épaiffe (eftant rompuë l'on voye vne finuofité tres-
ample, qui s'en va rendre au palais, & aux narines, eftant ordinairement remplie de pituite. Il y a bien de l'apparence que ces excremens du cerueau decoulent peu à peu par ces petits trous, qui font quafi infenfibles ; ou fi tu aymes
mieux, à trauers de la fubftance poreufe de l'os, dans la finuofité ample & fpa-
cieufe, dont nous venons de parler. *Il eft meilleur (ce dit Galien) que les excremens* l.9. de vfu. part. c. 3.
du cerueau decoulent peu à peu, que de defcendre tout à coup, autrement nous ferions
contraints de cracher continuellemét, & d'auoir toufiours la bouche ouuerte. Syl- *Comme fait auffi Syluius.*
uius en la refutation de la feconde calomnie, allegue ces experiences, pour deffen-
dre la verité de Galien. *Si tu perçes*, dit-il, *auec vn coufteau, vn poignart, ou vne*
tarelle l'os fphenoïde à l'endroit où font les trous n'agueres dits, & puis fi tu y verfes par
le moyen d'vne canule quelque humeur fubtile & chaude, & que tu fouffles, tu orras là
dedans vn bruit ou fufurration fait par la matiere qui paffe des finuofitez au nez & au
palais. Si tu trouues vn crane nouueau par deffus, vis à vis des trous du fphenoïde, &
que tu y verfes de l'eau par le moyen d'vn tuyau, tu la verras incontinent decouller, &
fortir tantoft par le nez, & tantoft par la bouche, felon les diuerfes fituations de la tefte.
Que fi tu ouures ce crane-là plus profondement, & d'vne ouuerture plus large, en forte
que le fond des finus apparoiffe, tu verras alors les trous dont i'ay n'agueres parlé, fort
manifeftement. Au refte, les Modernes impofent beaucoup de chofes à Galien en
l'hiftoire particuliere des os de la tefte, aufquelles il ne penfa iamais. Colomb le *Colomb calomnie Galien l. 1. ch. 5. & Vefale luy impofe.*
reprénd en ce qu'il a dit, *Que l'os occipital a trois coftez*, mais Galié n'a iamais dit cela.
Vefale veut que Galié ait defcrit, *vn autre os du crane, & que ce foit celuy qui fe trou-*
ue aux chiens entre le grand & le petit cerueau, les feparant comme vn entre-deux: Mais
ce font fauffetez & niaiferies : car en fon liure des os, il n'en touche pas vn feul mot.
Voicy fes paroles fur la fin dudit liure. *Que s'il fe trouue ailleurs quelque autre offelet,*
comme au cœur, au nez, au larinx, aux doigts (comme ceux qui font nommez fefamoïdes)
ou quelque autre de femblable genre, il n'eft point neceffaire d'en parler en ce liure.

HISTOIRE ANATOMIQVE.

Du Zygoma.

CHAPITRE XVII.

 'Os nommé des Grecs *Zygoma*, & des Latins *iugale*, n'eft *Zygoma qu'eft ce.*
point vn os particulier, comme plufieurs ont eftimé,
mais vne vnion & rencontre de deux apophyfes, defquelles l'vne naift de l'os temporal, & l'autre de l'os de
la mafchoire fuperieure, qui fait le petit angle de l'œil;
eftans ces deux apophyfes jointes & affemblées par le
moyen d'vne future oblique en leur milieu. Tout cet os *Sa figure, & fon vfage.*
boffu par dehors, & caue par dedans, s'auançant de part
& d'autre par des groffes racines s'agraiffit & amenuife en fon mitan, & a efté fait
pour la protection & deffence du mufcle temporal, nommé des Grecs *crotaphyte.*
Car comme ainfi foit que les playes & bleffeures de ce mufcle foient mortelles, Hipp. l. de fr. Hipp l. de art. Gal. l. 11. de part. 3.
& que la diftenfion & alteration d'iceluy caufent vn profond endormiffe-
ment, nommé *caros*, & des conuulfions, Nature induftrieufe & pouruoyante

I

'a couuert le tendon de ce mufcle auec cet os, comme auec vn rampart, ou pont de pierre. De cet os naiffent auffi les mufcles maffeteres, defquels l'action eft de mafcher les viandes. Il fert auffi à fortifier & affermir le crane qui eft tenuë en cet endroit, & l'orbite des yeux.

De la mafchoire fuperieure.

CHAPITRE XVIII.

LA mafchoire eft fuperieure ou inferieure : la fuperieure eft immobile en l'homme, & en tous les autres animaux, horfmis au perroquet & au crocodille : car combien feroit-ce vne chofe laide & difforme de voir toute la face, image de l'ame, fe retirer & renfrongner par le mouuement de cette mafchoire ? joint que fon mouuement empefcheroit le nez de receuoir les odeurs, & les yeux de voir loin autour d'eux : mais l'inferieure fe meut felon le commandement de la volonté, pour coupper, mafcher & broyer les viandes ; Ainfi aux moulins, l'vne des meules ne bouge de fa place, & l'autre fe meut & tourne. La fuperieure eft ronde, & non longue, comme aux brutes, & l'inferieure apparoit vn peu plus longuette. La fuperieure eft compofée de plufieurs os joints enfemble par harmonie & allignement, & l'inferieure de deux feulement, joints par fynchondrofe. La fuperieure eft feparée des os de la tefte par trois futures, defquelles deux font communes, qui ont jà efté décrites plufieurs fois, & la troifiéme eft celle qui fe void au zygoma : mais les os particuliers d'icelle font feparezles vns des autres par plufieurs lignes, defquelles fortent les ligamens qui affermiffent les mufcles. Sa figure eft toute diuerfe, eftant plus large en fa partie fuperieure, & plus eftroite en l'inferieure : elle eft auffi prominente, tantoft en fa partie fuperieure, & par l'endroit qu'elle forme le nez, qui eft vne chofe peculiere à l'homme : car il n'y a point d'animaux à qui le nez foit efleué en dehors comme en l'homme, & par l'endroit auffi qu'elle fait le bord de l'orbite, & l'apophyfe ronde de la jouë, qu'on appelle *la pommette*, & tantoft en l'inferieure, là où font affifes les racines des dents. Il y a pareillement des cauernes & trous cachez dans la fuperieure, qui font comme des foffes & finuofitez tres-amples, affez femblables aux images caues faites de cire, qui feruent pour la rendre plus legere. On y voit finalement les alueoles & coches des dents, & des trous qui donnent le paffage aux nerfs, veines, & arteres : *Car de tous les os, il n'y a* (comme efcrit Hippocrate) *que les mafchoires qui ayent des veines, qui eft caufe qu'elles reçoiuent plus de nourriture que les autres os.*

Le nombre des os de cette mafchoire eft fort controuerfe : mais delaiffant les flots des opinions contraires, j'en mets feulement onze, cinq de chaque cofté, & vn impair. Le premier fait le petit angle de l'œil, & vne portion de l'orbite, comme auffi vne partie du zygoma & de la pommette : il eft articulé à l'os du front par la future, qui paffant par le trauers de l'orbite fe termine à la racine du nez, à l'os fphenoïde par vne future commune, & à l'epophyfe de l'os temporal, qui fait l'autre partie du zygoma par vne future oblique. Le fecond le plus petit de tous, fait le grand angle de l'œil, où fe void le trou qui s'en va rendre aux narines, fur lequel eft affife vne glandule charneufe, qui décharge la pituité decoulante du cerueau dans le nez. Cet os est tenuë comme vne escaille, transparent, & se pert aisément, parce qu'il n'est point fort adherent, qui fait qu'il se trouue rarement aux cranes deffoüis de terre. Le troisiéme, le plus grand de tous, contient toutes les dents de son costé, & les incisoires mesmes : il constituë quasi toute la partie inferieure de l'orbite, & cette apophyse ronde, qu'on appelle à raison de sa rondeur *la pommette*, & finalement la meilleure & plus grande partie du palais. Cet os a des sinuositez tres-grandes, & trois trous qui donnent passage au nerf de la tierce coniugaison, & aux petites veines & arteres. Le quatriéme est situé aupres du fonds du palais, c'est à sçauoir à l'endroit où les trous du nez se terminent au palais. Ils sont separez du plus grand os par la suture transuerse de l'os sphenoïde, par la ligne qui est portée entre les dernieres dents & l'apophyse pterigoïde, & les vns des autres par la suture qui passe par le mitan du palais. Le cinquiéme est l'os du nez, tenuë, solide, dur & quadrangulaire. A tous ces dix, Colomb en adiouste vn vnziéme, qui est au dessus du mitan du fonds du palais, lequel ressemble à vn soc de charuë, il separe comme vn entre-deux l'inferieure partie du nez.

3.

4.

5.
l. 1. cap. 8.
11.

De la maschoire inferieure.

CHAPITRE XIX.

 A maschoire inferieure, caue & moëlleuse par dedans pour la nutrition, l'accroissement & regeneration des dents ; solide & tres-dure par dehors, pour la force & la seureté ; est d'vne plus belle figure en l'homme qu'aux autres animaux. C'est par son mouuement, lequel s'exerce par le moyen des muscles, que se fait la preparation de la premiere coction : car par iceluy sont moulluës & maschées les viandes, & la parole messagere de l'ame plus parfaictement exprimée. Elle est faite de deux os qui s'vnissent au milieu du menton, par le moyen d'vn cartilage, lequel se void apparemment aux enfans iusques à sept ans, apres lequel temps il degenere en os, en sorte qu'il ne peut estre separé par pourriture, coction, ou autre effort, & semble que toute cette maschoire ne soit qu'vn seul os. Elle est inégale & raboteuse par deuant, pour seruir à l'origine & insertion des muscles : mais par sa partie superieure & posterieure elle se termine de chaque costé en deux apophyses ; desquelles la premiere, parce qu'elle se termine en pointe, est appellée *coronie*, & reçoit le tendon du muscle temporal : de là vient que la luxation de cette maschoire est le plus souuent mortelle, comme veut Hippocrate, *à raison de la distension & alteration de ce muscle*. La seconde, nommée *condyle*, fait l'articulation de la maschoire auec l'os temporal, Or cette articulation est aidée par vn cartilage mol, lequel sert de ligament, rend le mouuement plus aisé, & empesche que les os ne s'vsent ou rompent en frayant l'vn contre l'autre en leurs mouuemens assiduels. On remarque en cette maschoire des sinuositez remplies de moëlle, des coches ou fossettes qui reçoiuent

La maschoire d'en-bas.

Pourquoy mobile.

Faite de deux os.

sa figure.

Ses apophyses.

Pourquoy la luxation en est perilleuse.
l. de Articul.

Ses sinuositez alueoles, &

les racines des dents, & deux trous; l'vn interieur donnant passage au nerf de la troisiéme coniugaison qui depart des petits scions aux racines des dents, & aux petites veines & arteres; & l'autre exterieur, donnant issuë aux nerfs qui se distribuent en la léure d'en-bas. Que si tu rompts ces deux trous ils apparoistront continus.

Des dents.

CHAPITRE XX.

Definition des dents.

A V x petites mortaises & coches des deux maschoires sont fichées les dents, comme des clous dans du bois. Les Grecs les nomment *odontes*, & les Latins *dentes*, comme qui diroit *edentes*; parce qu'elles maschent, broyent & mouldent les viandes. Leur nature sera declarée par cette definition. *Les dents sont os les plus durs de tous, quelque peu caues par dedans, ayans des nerfs, des veines & des arteres, articulez aux deux maschoires par gomphose, & attachez à icelles par le moyen des nerfs, des membranes, & de la chair, lesquels ont esté créez premierement & de soy, pour mascher & preparer les viandes au ventricule.* Epluchons toutes les parcelles de cette

Exposition de la definition.
Elles sont osseuses,

definition par le menu. Que les dents soient osseuses & os, leur temperature tresseche & tres-dure, comme aussi leur durté, solidité, blancheur & polisseure (qui sont conditions communes aux autres os) le demonstrent manifestement.

Tres-dures,
l. 3. de hist. anim. 7.

Qu'elles soient tres-dures, ces choses entre les autres le témoignent, c'est qu'elles ne se consomment point au feu auec le reste du corps, & combien que *la pierre sarcophage* consomme & mange tout le corps dans quarante iours, les dents neantmoins restent entieres; joint qu'il n'y a de tous les os qu'elles seules qui ne se laissent point entamer au fer, & qui pour cette raison soient (au rapport d'Aristote)

& pourquoy

inutiles à la graueure. Or il falloit qu'elles fussent tres-dures, de peur qu'elles ne s'vsassent au frayement & rencontre qu'elles font les vnes contre les autres, en maschant & rompant les viandes dures & solides, d'autant qu'elles ne sont point enduites de cartilage, ny couuertes de chair ou de graisse, pour empescher le

caues.

frayement & la collision. Elles sont caues, non point par tout, mais en leurs racines seulement: & la grandeur de leur cauité, n'est point telle aux hommes faits, qu'elle est aux enfans, esquels iusques à l'âge de sept ans, elle apparoit fort ample, & enuironnée seulement d'vne écaille tendre, fort semblable aux crechettes ou auetiers, où les mousches font leur miel, & remplie d'vne humeur blanche comme glaire: là où aux hommes, cette humeur se dessechant, s'endurcit à la maniere de l'os, en telle sorte qu'il n'y demeure plus qu'vne cauité fort petite, qui ne passe quasi point à la partie qui est hors la genciue, laquelle pour estre dediée à mascher & broyer les viandes, deuoit estre dure & fort solide. Dans cette ca-

Ont des vaisseaux

uité se trouuent des petits nerfs, des venules & des arteres, qui estans entrelacées par vn artifice merueilleux s'espandent partoute l'interieure partie des dents, &

& du sentimens.

de là vient, icelles estans perforées & gastées, qu'il en decoule quelquesfois du sang, & qu'on sent aux affections phlegmoneuses d'icelles vne douleur accompagnée de pulfation & battement. Les dents ont donc le fentiment, & font mieux éclairées des rayons de l'efprit animal que les autres os, à raifon qu'elles reçoiuent dans leur cauité des nerfs de la troifiéme coniugaifon, & vne membrane tres-déliée : mais elles fentent plus exquifitement en leur partie interne, à raifon de la vicinité du nerf & de la membrane, qu'en l'externe qui en eft plus éloignée, & alterée par l'air ambient. Or elles fentent mieux les qualitez premieres que les fecondaires : car elles font incontinent bleffées par l'attouchement du froid, là où elles ne font point offençées par le rencontre des corps rudes & durs, veu qu'elles fe couppent & liment fans fentiment, d'autant que la qualité du dur ou du mol ne fe communique point facilement à la membrane ny au nerf : là où au contraire, les chofes qui echauffent, ou refroidiffent en alterant l'efprit animal répandu dans leur fubftance, les alterent foudainement. Or il *& pourquoy.* falloit qu'elles euffent le fentiment, parce qu'elles font expofées aux iniures externes, qu'elles ne font point reueftuës du periofte comme les autres os, & qu'elles feruent à recognoiftre & difcerner les differences des faueurs, comme font toutes les autres parties de la bouche, & partant elles doiuent fentir l'abord & rencontre des chofes qui peuuent eftre ou nuifibles ou profitables. Outre plus elles ont des vaiffeaux, c'eft à fçauoir des veines & des arteres affez apparentes, d'où vient qu'elles feules entre tous les os croiffent iufques à la derniere vieilleffe, & eftans arrachées, qu'elles fe rengendrent bien fouuent : *Car leur aliment*, comme eferit Hippocrate, *affluë en plus grande abondance.* Mutianus témoigne auoir veu vn nommé Zancles de l'Ifle de Samothrace, à qui les dents eftoient reuenuës, ayant paffé cent quatre ans. Et Ariftote eferit que les mafchelieres reuindrent à des femmes qui en auoient plus de quatre vingts. Ioint la neceffité de la caufe finale : il falloit qu'elles creuffent toufiours, parce qu'elles s'vfent par le mutuel frayement en mafchant les viandes : & de fait s'il arriue qu'on arrache vne dent, ou bien qu'elle tombe d'elle-mefme, celle qui eft vis à vis excedera toufiours en longueur les autres du mefme rang. Elles font articulées par gomphofe, & fichées dans les coches & cauitez des mafchoires, comme des cloux dans vne piece de bois, en telle forte qu'on ne les peut nullement mouuoir, & neantmoins il arriue quelquesfois qu'elles branflent, leur articulation deuenant plus lafche, à raifon qu'elles diminuent en groffeur par faute de nourriture. Elles ont auffi fymphyfe & vnion par le moyen des nerfs, des membranes, & de la chair des genciues. Le nerf implanté dans leur cauité les affermit, les filets des membranes adherents à leurs racines les lient, & attachent les vnes aux autres, & la chair des genciues les enuironne de tous coftez ; de là vient qu'elles branflent & tombent alors que cette chair eft corrodée, & mangée par quelque vlcere. La fymmetrie & pofition des dents des deux mafchoires eft admirable : car elles fe monftrent toutes, comme les cheuillettes d'vne lyre, nuës hors des genciues, les inferieures eftans égales en magnitude, figure, & nombre aux fuperieures, les dextres aux feneftres, les liens totalement femblables aux liens, les alueoles aux alueoles, & les vaiffeaux aux vaiffeaux. Or elles font jointes enfemble, & difpofées fi proches les vnes des autres, qu'elles s'entretouchent pour garder que ce qu'elles brifent & mafchent ne s'arrefte aux efpaces d'entre-deux, & ne s'y pourriffe. Leur generation n'eft point bien recognuë de tous ; le vulgaire croit qu'elles naiffent feulement alors qu'elles fortent de la genciue, & nous au contraire difons qu'elles font formées enfemble auec les

Elles croiffent & renaiffent.

l. de princip.

Plin. lib. 11. cap. 37.
l. 2. de hift. animal. c. 4.

Leur articulation.

Leur fymphyfe.

Leur conexion & fymmetrie admirable.

Le têps de leur generation.

autres os en la matrice, qu'elles demeurent quelque temps cachées aux maschoires, & qu'elles ne percent point toutes enſemblement hors de la genciue, ains les vnes pluſtoſt que les autres, comme celles de deuant. 1. Parce qu'elles ſont plus aiguës. 2. Parce que l'os eſt plus menu & mince en cet endroit. 3. Parce qu'elles ſont plus neceſſaires pour le ſuccement, & l'articulation de la voix. 4. Et parce qu'elles ſont petites : Or *les choſes petites* (ſelon Ariſtote) *combien qu'elles ne ſoient commençées pluſtoſt que les grandes, ſi eſt-il qu'elles paruiennent pluſtoſt à leur perfection, & iuſte grandeur :* Or les dents de deuant ſont moindres en grandeur que les maſchelieres. Il s'en eſt veu qui ſont nés auec leurs dents, comme M. Curius, qui pour cela fut ſurnommé *Dentatus*, Dentu, & Cn. Papyrius Carbo, Gentils-hommes Romains. *La generation des dents eſt triple* (ſelon Hippocrate) *la premiere ſe fait du ſang en la matrice, la ſeconde du laict, & la troiſiéme des alimens ſolides.* Tout ainſi donc que ce triple aliment differe en épaiſſeur, auſſi font les dents en ſolidité, dureté & groſſeur : car celles qui ſont engendrées du ſang en la matrice, ou du laict que l'enfant tette, ſont plus molles & tombent facilement : mais celles qui ſont produites des alimens ſolides ſont dures & plus fermes : or telles ſont celles qui naiſſent ordinairement à ſept & à quatorze ans. Au reſte elles tombent à quatre, à cinq ; & à ſix ans, à raiſon que les alueoles des maſchoires croiſſent touſiours, là où les dents molles & laicteuſes diminuent, & deuiennent comme tabides, à cauſe que leur nourriture eſt trop dure, & par conſequent inepte pour les nourrir, dont aduient qu'elles branſlent, & tombent : mais celles qui ſortent apres le premier ſeptenaire ne tombent point, d'autant qu'elles ſont & engendrées & nourries d'vn aliment plus ſolide. Or pour voir quelles ſont les dents en la premiere generation, il faut ouurir la maſchoire d'vn auorton, ou d'vn enfant nouueau-né, & on trouuera toutes les dents, les inciſoires, les canines, & les maſchelieres cachées dans leurs logettes, & icelles eſtre en partie molles & glaireuſes, & en partie oſſeuſes : car la partie qui doit ſortir hors de la genciue eſt oſſeuſe, creuſe & blanche, couuerte d'vne écaille, comme vn auetier ou trou, où les mouſches font le miel : mais celle qui doit reſter cachée au dedans eſt glaireuſe & molle, comme on void aux plumes des oyſeaux ; & toutesfois toutes les deux parties ſont continuës entr'elles, & celle qui ſe monſtre nuë hors la genciue, ne doit point eſtre dite epiphyſe de celle qui demeure au dedans, comme ſongent quelques Modernes : car encores qu'elles apparoiſſent diuiſées l'vne de l'autre, comme par vne certaine ligne, ſi eſt-il qu'en limant la dent on remarque apparemment que cette ligne ne profonde point, & qu'elle eſt ſeulement entaillée en la ſuperficie de la dent par les bords de la maſchoire & de la genciue. Les vſages des dents ſont en grand nombre. 1. Pour coupper, maſcher & preparer les viandes au ventricule : car la preparation de la premiere digeſtion ſe fait en la bouche, & ceux qui maſchent bien les viandes, les digerent beaucoup plus facilement. 2. Pour l'articulation de la voix : Car les dents de deuant tiennent le gouuernement de la voix & de la parole, en receuant par vn certain accord & meſure le battement de la langue ; de là vient que ceux qui ont perdu les dents ne peuuent bien prononçer les lettres R. & S. 3. Pour l'ornement : car c'eſt vne choſe hydeuſe & laide de voir vne perſonne ſans aucune dent en la bouche, tel qu'on dit auoir eſté le Poëte Pherecrates. 4. Homere veut *qu'elles ſeruent pour brider la langue & refrener le babil, ayans eſté poſées au deuant d'icelle comme vn*

1. de principiis.

De leur cheute.

Quelles elles ſont en leur premiere generation.

Leurs vſages.
1.

2.

3.

4.

fort rampart. 5. Aristote escrit *quelles ont esté données à quelques animaux pour le combat & la defence, comme on voit aux sangliers.*

5. l. 2. de part: animal. c. 9.

Le nombre des dents, & l'histoire particuliere de chacune d'icelles.

CHAPITRE XXI.

E nombre des dents n'est point semblable en tous : le plus grand toutesfois doit estre preferé au moindre. *Ceux qui sont de langue vie* (dit Hippocrate) *ont beaucoup de dents* : & (selon Aristote) *Ceux qui ont peu de dents & icelles rares, sont de plus courte vie.* La rarité & peu de dents est blasmée, & comme signe, & comme cause : comme signe, parce qu'elle demonstre ou le defaut de matiere spermatique, ou la debilité de la faculté formatrice : comme cause, parce que ceux qui

l. 2. epidem sect. 6.
l. 2. de hist. animal. c. 3.
Le peu de dents pourquoy blasmé.

n'ont gueres de dents, ne peuuent bien mascher & preparer les viandes au ventricule : de là se fait vne mauuaise chylification, de laquelle on ne peut esperer de sanguification qui soit bonne & loüable. Or elles sont le plus souuent trente deux : nous lisons qu'aucuns en ont eu plus, & d'autres moins. On dit d'Euriphée Cyrenien, d'Euryptoleme Cyprien, & de Pyrrhus Roy des Epirotes, qu'ils n'auoient qu'vne dent en la maschoire superieure. Pour la mesme cause, Festus appelle Prusias fils du Roy de Bithynie, *Monodous*, c'est à dire, *n'ayant qu'vne dent.* On raconte que la fille de Mithridates, nommée Direptine, auoit deux rangées de dents en chaque maschoire, & que cela la rendoit fort laide. On dit aussi que Timarchus fils de Nicocles Paphien, auoit pareillement deux rangs de dents, & Hercule trois. Colomb excellent Anatomiste escrit qu'on en voyoit manifestement trois rangées en la bouche d'vn sien fils nommé Phœbus : mais ces choses arriuent rarement. Les dents sont donc le plus souuent trente deux, seize en chaque maschoire, & icelles disposées non à mode de scie, ou de peigne, comme aux poissons & aux serpents : ny forjettées, comme aux sangliers, cheuaux de riuiere, & elephans, à qui elles sortent hors de la bouche, mais continuës, égales & toutes d'vne ligne tant en haut comme en bas. Or de ces trente deux dents, les vnes sont *incisoires*, les autres *canines*, & les autres *mascheliéres.* Les *incisoires* sont aussi nommées *premieres :* non point pour le regard de leur origine, mais de leur rencontre & situation, qui a aussi meu Celse de les appeller *anterieures :* elles sont dites *incisoires*, parce qu'ayant le tranchant affilé comme vn coufteau, elles coupent & tranchent les morceaux, & sont quatre en chaque maschoire. Leur superficie externe apparoit caue par dedans, & quelque peu gibbeuse par dehors, mais leur partie interieure qui est cachée dans la maschoire, se termine en pointe. Les *canines* ainsi dites, non tant de leur figure que de leur vsage & durté, sont plus grosses & plus mousses que les *incisoires*, & sont seulement deux, parce que l'homme est vn animal sociable & politique : or leur vsage est de rompre & casser ce qui ne peut estre couppé par les *incisoires :* le vulgaire les appelle *dents œilleres*, parce qu'elles reçoiuent quelques rinceaux des nerfs qui mouuent l'œil,

l. 1. cap. 10.

Le nombre ordinaire.

Les incisoires.

Les canines.

Les maſche-
lieres.

& pour cette cauſe, il croit qu'il y a du peril à les arracher. Les maſchelieres ſont dix, elles ſont auſſi nommées *molaires*, parce qu'elles broyent & mouldent ſa viande comme les meules d'vn moulin : & à cette fin leur ſuperficie a eſté faite

1. de princip.
raboteuſe & inégale. Hippocrate appelle les deux dernieres des maſchelieres,

Dents de ſa-
geſſe.

dents de ſageſſe, parce qu'elles ſortent à trente ans, & au quatriéme ſeptenaire, qui eſt le temps que l'homme commence d'eſtre ſage, raſſis & poſé. Auicenne les nomme *dents de ſens & d'intelligence*, & Ariſtote, *dents de perfection*, parce qu'elles parfont & accompliſſent l'âge. Les Latins les appellent *genuinos*. Nature a donné plus grand nombre de dents *molaires* à l'homme, que *d'inciſoires*, & aux beſtes rauiſſantes au contraire : d'autant que les *molaires* ſont faites premierement & de ſoy, pour broyer & mouldre les viandes, & les *inciſoires*, outre cela, pour le

Racines des
dents.

combat & la deffence. Or les dents ont leurs racines : les *inciſoires* & les *canines* n'en ont qu'vne, & les *maſchelieres* deux & trois. C'eſt choſe toutesfois qui ſe remarque touſiours aux *maſchelieres*, que les racines de celles de bas ſont & moindres, & en plus petit nombre que les racines de celles de haut, & ce parce que la maſchoire ſuperieure eſt d'vne ſubſtance plus rare & plus molle, qui fait que les dents n'y tiennent point ſi bien. Ioint que celles de bas ſont aſſiſes ſur leurs racines par leur peſanteur, là où celles de haut ſont ſuſpenduës : & partant ont beſoin de plus grand nombre de liens pour les contenir.

Epilogue ou recapitulation des cauitez, ſinuoſitez & trous de toute la teſte.

CHAPITRE XXII

Foſſe,

Trou,
Et le ſinus.

Foſſes inter-
nes

Ovs mettons auec Syluius trois differences de cauitez en la teſte ; *foſſe*, *trou* & *ſinuoſité*. La *foſſe* eſt comme vne certaine vallée renfermée de toutes parts d'os comme de montagnettes. Le *trou* eſt vn conduit percé de part en autre, & la ſinuoſité d'vne entrée eſtroite va en s'élargiſſant. Des *foſſes*, les vnes ſont *internes*, & les autres *externes*. Les *internes* ſont ſix dediées à contenir le cerueau : deux en la partie inferieure de l'os coronal, à l'endroit des narines & des yeux qui ſont les moin-

Et externes.

dres de toutes : deux en l'os occipital qui ſont les plus grandes de toutes, & deux moyennes en ſituation & en grandeur. Les *externes* ſont quatorze, deux au deſſous des oreilles, qui reçoiuent la teſte de la maſchoire inferieure ; deux en l'apophyſe pterigoïde : deux au trou déchiré de la ſixiéme coniugaiſon : deux au deſſus, & autant au deſſous du palais ; deux ſous le zygoma en la cauité

Trous inter-
nes.

des temples, & deux finalement en l'orbite des yeux. Des *trous* les vns ſont *internes*, & les autres *externes* : les *internes* apparoiſſans au dedans à la baſe du

I.

crane, ſont vingt & cinq, douze de chaque coſté. Le premier ſe void en l'os cribleux, lequel, combien qu'ils ſoient pluſieurs en nombre, n'eſt toutesfois icy compté que pour vn : c'eſt par iceluy que l'air & les odeurs ſont at-

2.

tirées au cerueau, & que les ſeroſitez & excremens du cerueau ſe purgent par le nez & le palais. Le ſecond apparoit en la ſelle du ſphenoïde, c'eſt par iceluy

3.

que la pituite diſtile du cerueau au palais. Le troiſiéme donne paſſage au nerf

4.

optique. Le quatriéme fait le chemin aux nerfs qui mouuent l'œil, & aux pe-

5.

tites veines & arteres qui l'arrouſent. Le cinquiéme fort petit & rond ſe void au deſſous du precedent, & tranſmet vne portion du cinquiéme pair au muſcle crotaphite. Le ſixiéme oblong eſt deſtiné au troiſiéme & quatriéme couples de nerfs. Le ſeptiéme contigu au ſixiéme, introduit la veine iugulaire. Le huictiéme comme déchiré reçoit la carotide montant au cerueau. Le neufiéme tortueux & ouuert dans l'oreille eſt dedié au nerf auditoire. Le dixiéme aſſez ample, met hors la ſixiéme coniugaiſon, & introduit vne portion de la iugulaire & de la carotide. L'vnziéme eſt deſtiné pour donner paſſage au ſeptiéme pair de nerfs. Le douziéme fort petit & ſitué aupres de l'apophyſe de l'os occipital, introduit le reſte de la veine iugulaire, & de l'artere carotide. Le dernier & plus grand de tous donne la ſortie à la moëlle de l'eſpine. Les trous *externes* ſont les ſuiuans. Le premier au ſourcil des yeux: le deuxiéme au deſſous de l'œil: le troiſiéme au grand angle de l'œil: le quatriéme au commencement du palais: le cinquiéme à la fin du palais: le ſixiéme au coſté de la fendaſſe: le ſeptiéme entre les apophyſes maſtoïde & ſtiloïde: le huictiéme derriere l'apophyſe maſtoïde. Il y a finalement vne longue fendaſſe au deſſous du zygoma qui enuoye les nerfs & vaiſſeaux aux muſcles crotaphites. Les ſinuoſitez ſont ſeulement huict, deux en l'os coronal à l'endroit des ſourcils: aucuns veulent qu'elles ſeruent à l'odorat: deux en l'os ſphenoïde dediées pour receuoir la pituite du cerueau: deux en l'apophyſe maſtoïde qui ſeruent à l'oüie: & finalement deux en la maſchoire d'en-haut, qui contiennent la moëlle neceſſaire pour la nourriture, l'accroiſſement & generation des dents.

(marginal notes, right column:) 6. 7. 8. 9. 10. 11. 12. 13. *Les externes.* 1. 2. 3. 4. 5. 6. 7. 8. 9. *Le ſinus.*

LES CONTROVERSES ANATOMIQVES.

Du ſentiment des dents.

QVESTION DOVZIESME.

QVE les dents ayent ſentiment, & qu'elles ſoyent trauaillées de douleur, c'eſt choſe (comme i'eſtime) que perſonne ne reuoque en doute: car ceux qui touchent celles qui ſont creuſes rudement, ou qui les irritent par l'attouchement du chaud & du froid l'eſprouuent iournellement. Hippocrate fait mention de leur douleur en l'hiſtoire de la femme d'Aſpaſius & du fils de Metrodoris. Mais à ſçauoir ſi la douleur occupe toute la dent, ou ſeulement vne partie d'icelle: c'eſt choſe qui n'eſt point ſans controuerſe. Aucuns eſtiment qu'il n'y a que la membrane, qui eſt en la cauité interne de la dent, & qui enueloppe le nerf qui ſente: d'autres diſent qu'il n'y a que le nerf qui s'inſere dans ladite cauité: & les autres veulent que le corps meſme de la dent, qui eſt tres-dur & tres-ſolide, ſoit doüé de ſentiment, mais non point par tout, d'autant (ce diſent-ils) que la partie qui eſt nuë hors la gencine, & qui eſt expoſée à l'air, peut eſtre limée, rompuë & bruſlée ſans douleur: ce que l'interne qui eſt cachée dans la maſchoire ne peut ſouffrir. Pour mon regard, ie croy que tout le corps de la dent a ſentiment, mais plus grand & exquis en la partie interne: & par l'endroit qui approche de plus prés du nerf, & de la membrane, qu'en l'externe qui apparoit nuë & découuerte, &

(marginal notes, right column:) l. 5. epidem. Sçauoir ſi toute la dent a ſentiment. Que toute la dent a ſentiment.

Authorité, l.5. de Comp. med. secund. loc. c. 8. qui eſt alterée par l'air. Ie confirme mon opinion par l'authorité de Galien. *I'ay reconnu* (ce dit-il) *que la dent non ſeulement ſouffre douleur, mais meſme qu'en la douleur elle a vn battement, ſemblable à celuy qui arriue couſtumierement aux inflammations des parties charnuës : parquoy ayant eſprouué le ſentiment de l'vne & de l'autre douleur, ie ne doute point qu'il n'y en ait vne aux gencies, & l'autre en la ſubſtance meſme de la dent.* Outre-plus les Medecins attribuent vne affection particuliere aux dents que les Grecs nomment *haimodian, agacement & ſtupeur*, de laquelle Ga- l. 1. de ſympt. cauſ. 5. lien fait mention, quand il dit, *tant le nom d'haimodie, comme le ſymptome, appartient à la ſeule faculté qui iuge des qualitez tactiles, & à de touſtume d'occuper & la bouche & les dents, lors principalement qu'on a mangé des fruicts aigres, acerbes, &* l. 2. de loc. aff. c. 1. *verds.* Item, *L'haimodie n'arriue qu'à la bouche, & meſme elle n'occupe point toute la bouche, mais les dents & les gencies ſeulement.* Il s'enſuit donc que le propre corps de la dent a ſentiment. Et ne feut point dire qu'il n'y a que la membrane ou le nerf qui ſente : car ainſi il en faudroit dire de meſme des autres parties. Le muſcle veritablement ſent par le moyen du nerf, mais tout le corps du muſcle ſent auſſi ; il ſuffit qu'il y ait vn nerf porté à la dent qui reſpande l'eſprit animal, & auec iceluy *Pourquoy l'intemperature offence plus les dents que la ſolution de continuité.* la faculté du ſentir par tout le corps d'icelle ? Au reſte, comme ainſi ſoit que les cauſes de douleur ſoient l'intemperature, & la ſolution de continuité, à peine les dents ſentent-elles la ſolution, car elles ſont couppées, rompuë, & limées ſans douleur, & ſont ſeulement affectées par l'intemperature, & icelle pluſtoſt froide que chaude : car on les bruſle & cauteriſe ſans douleur, mais elles ne peuuent ſupporter la froidure de la glace ſans ſouffrir. Les cauſes de cela ſont fort occultes & *Diuerſes opinions.* obſcures : Il y en a qui diſent que les dents ne ſentent point la douleur quand on les couppe, parce qu'elles ne peuuent eſtre renduës plus rudes ny inégales, à raiſon de leur denſité & ſolidité. Les autres veulent que le fer rouge leur oſte le ſentiment auec la temperature, comme il ſe void en l'eſcharre. Ariſtote dit, *que les dents ſont offençées par le froid, parce qu'elles ont fort peu de chaleur dans leurs pores &* Sect. 14. prob. 2. & 3. *meats, laquelle eſt facilement ſurmontée par le froid.* Aucuns veulent que ce ſoit à raiſon du nerf qu'elles ſont pluſtoſt & plus grandement offençées par le froid que par la chaleur, parce que le froid eſt ennemy capital des nerfs. On allegue auſſi ordinairement cette raiſon. Comme la chair à raiſon de ſa molleſſe, parce qu'elle ſe couppe facilement, endure plus difficilement & auec plus de douleur la ſolution de continuité que l'intemperature : ainſi les os, parce qu'ils ſont à raiſon de leur durté couppez plus difficilement, ils ſont plus facilement & plus grandement offençez par l'intemperature que par la ſolution : Ainſi Nature n'a pas doüé les beſtes fortes & rauiſſantes de beaucoup de prudence : là où au contraire elle a armé celles qui ſont foiblettes & paoureuſes, de fineſſe ou de viteſſe. Pour mon re- *Celle de l'Autheur.* gard, i'eſtime que les dents ſont plus offençées par les premieres qualitez, que par les ſecondes qui couppent & rendent les parties aſpres, rudes & inégales, d'autant que la qualité du dur & du mol ne ſe communique point aiſément à raiſon de la durté & denſité de la dent, iuſques au nerf & à la membrane, qui eſt en la partie caue & interne d'icelle : là où au contraire les choſes qui échauffent & refroidiſſent, venant à alterer l'eſprit animal tres-ſubtil reſpandu dans la ſubſtance de la dent, alterent & offençent par vn meſme moyen le nerf & la membrane. Arethée *Solution d'Arethée*, l. 2. de cauſ. & ſig. diutur. c. 12. ſould fort bien cette difficulté. *Les dents* (ce dit-il) *combien qu'on les couppe, ou qu'on les rôpe ne ſentent douleur aucune, pour petite qu'elle puiſſe eſtre : mais ſiquelqu'vn eſt trauaillé de douleur à raiſon d'icelles, il n'y a rien qui ait plus de puiſſance qu'icelles à cauſer douleur. Quãd à la vraye cauſe, il n'y a certes que Dieu ſeul qui la connoiſſe, les hõmes*

en peuuent außi rendre quelque raifon probable & vray femblable. Or cette caufe pour
le dire fimplement eft telle. Ce qui eft fort denfe, ne fent point l'attouchement ny la bleffeure, & partant il n'en eft point offencé de douleur: car la douleur eft vne chofe rude, &
afpre au fentiment. Or ce qui eft denfe ne peut eftre rendu plus afpre ny inégal, ny par confequent außi fentir douleur: mais ce qui eft rare eft doüé d'vn fentiment exact, & eft
rendu afpre & rude par la bleffeure. Au refte d'autät que les chofes denfes viuent par le
benefice de la chaleur naturelle, elles peuuët außi fentir par le moyen de la mefme chaleur.

De la matiere des dents, & pourquoy elles croiffent toufiours.

QVESTION TREIZIESME.

NOVS auons prouué par bonnes & fortes raifons *que toutes les par-* | l. 1. quæft. 7.
ties fpermatiques font engendrées du corps efpois de la femence, & | l. 2. c. 2.
auons außi monftré, *que les os font faits de la portion plus groffiere*
& plus graffe d'icelle. Que les dents foyent parties fpermatiques; | Que les dents
& icelles offeufes, c'eft chofe qui eft plus claire que le Soleil de | font engen-
midy: il faut donc conclurre, que leur premiere generation fe | drées de la fe-
| mence.
fait de la femence auec les autres parties dans la matrice. Il femble toutesfois | Opinion
qu'Hipp. foit de contraire opinion, quand il écrit que la matiere des dents, & des | d'Hippocrate
os eft diuerfe, & que les dents font engendrées de l'aliment des mafchoires, lequel | au l. de prin.
tout ainfi qu'il eft de trois fortes, ainfi produit-il trois diuerfes generations de
dents. *Les dents* (ce dit-il) *font engendrées les dernieres, parce que l'accroiffement de*
la fubftance gluante fe fait des os des mafchoires, & ce qu'il y a de gras eftät deffeiché par
la chaleur eft bruflé, & les dents deuiennent plus durés que les autres os, parce qu'il n'y
a rien de froid. Et les premieres dents naiffent de la nourriture dans la matrice: &
apres que l'enfant eft né quand il iette, elles naiffent du lait, & apres que celles-cy font
tombées elles naiffent des viandes & breuuages. Dont s'enfuit que toute generation
des dents, felon Hippo. fe fait de la nourriture, laquelle les deux mafchoires fourniffent en tres-grande abondance, d'autant qu'elles font caues & moëlleufes, &
qu'elles ont des veines particulieres répandues dans leur fubftance, ce qui ne fe
voit point aux autres os. *Il n'y a de tous les os* (dit Hippocrate) *que les feules mafchoi-* | loco citato.
res qui ayent des veines dans elles mefmes; & pour cette caufe elles attirent de l'aliment
en plus grande abondance que les autres os: c'eft pourquoy elles rendent vn tel accroiffe-
ment d'elles mefmes, qu'elles font elles mefmes. Quelques vns blafment cette opi- | Blafmée par
nion: car pourquoy demandent-ils, fera la faculté formatrice pluftoft implan- | aucuns.
tée aux mafchoires qu'aux autres os; veu qu'il fe trouue plufieurs autres os qui
font caues & moëlleux außi bien qu'elles, lefquels neanmoins n'ont point cette
faculté procreatrice? Les vertebres des lumbes font percées de force trous, qui
reçoiuent les veines dictes lumbaires, & le diploë du crane eft parfemé d'vn nom-
bre quafi infiny de venulés. Pour mon regard, ie tiens que la premiere & princi- | Opinion de
pale partie de la dent eft engendrée dans la matrice, de la portion groffiere, & | l'Autheur.
plus graffe de la femence, laquelle à raifon de cette graiffe, eft fort promptement
defeichée par la chaleur: & que cette petite portion de femence, qui eft côme vne
humeur glaireufe, cachée dans les mafchoires, eft fomentée, accruë, & nourrie par
leur aliment, qui leur eft enuoyé en plus grâde quantité, qu'aux autres os, à raifon
qu'elles ont des vaiffeaux plus apparents, & des cauitez remplies de beaucoup de
moëlle. En la cauité de l'os femur, il y a certes force moëlle, mais on n'y remar-

que point de veines ; & aux vertebres des lumbes il y a grand nombre de veines, mais il n'y a point de cauité, autre que celle qui contient la moëlle de l'espine,
pour la nourriture de laquelle, ces petits trous semblent auoir esté faits. Les maschoires sont donc plus propres que les autres os pour r'engendrer les dents de
nouueau ; d'autant qu'elles ont en elles, aussi bien que les autres os, la faculté ossi-
c.91. art.med. fique, & de la nourriture en plus grande abondance. Ainsi Galien veut *que les os*
des petits enfans, qui sont comme du beurre, ou du fromage caillé, se reprennent & r'en-
Premiere ge- *gendrent de nouueau, à raison de la bonne disposition de la matiere.* Doncques les pre-
neration des mieres dents sont engendrées de la semence dans la matrice, & prennent leur
dents. nourriture & accroissement en icelle de l'aliment du fœtus : mais la nutrition &
l'accretion sont souuent, entre les Medecins, prises pour especes de generation:
Seconde, & & c'est ce qui a meu Hippocrate, à dire *que les dents estoient engendrées de l'aliment.*
troisiéme. La seconde generation se fait du lait, qui est le deuxiéme aliment, & la troisiéme
des aliments solides. Il y en a qui veulent que la racine soit engendrée de la semence, & que la partie qui sort hors de la genciue (ils l'appellent *epiphyse*) soit faite de
l'aliment des maschoires. Et ainsi ils maintiennent, que la racine vne fois arrachée ne se r'engendre point ; & qu'il n'y a seulement que l'epiphyse qui tombe, &
Toute la dent qui se r'engendre : mais ce sont contes faits à plaisir, & pures niaizeries. Car tou-
est continuë. te la dent est contenuë à soy, & combien que l'on voye en icelle comme vne certaine ligne & diuision, elle n'est toutesfois qu'externe & superficielle, engrauée
en son corps par les bords & cauitez des maschoires.

La dent est Au reste il faut remarquer, que les os en leur premiere generation sont quasi
osseuse dés la tous cartilagineux, excepté les dents, qui engendrées d'vne humeur glaireuse
premiere gene- desseichée & endurcie, deuiennét immediatement osseuses. Or comme ainsi soit,
ration. que toutes les parties ayent des termes certains & arrestez d'accretion, ausquels
Elle croist & estans vne fois paruenuës, elles cessent de croistre : pourquoy est-ce que les
renaist tou- dents croissent iusques à la derniere vieillesse, & estans arrachées qu'elles se r'en-
siours, & gendrent ? Nous en reconnoissons deux causes la *finale* & la *materielle*. Il falloit
pourquoy. qu'elles creussent tousiours, parce qu'elles s'vsent & accourcissent par leur mutuel
frayement & rencontre, en maschant les viandes : il y a tousiours aussi de la matiere preste, en quantité suffisante pour leur accroissement & r'engendrement,
qui leur est fournie par les deux maschoires. Mais auant que sortir de cette ma-
Pourquoy estât tiere, nous souldrons ce probleme, *Pourquoy les dents creuses & gastées ne se gua-*
rompuë elle ne *rissent point, les couppées ne se reprennent point, & celles qui sont rompuës ne se re-*
se resoud point *soudent point par le moyen d'vn callus, comme font les autres os, & toutesfois elles*
par vn Callus. *croissent & renaissent ?* Est-ce pource que les dents sont nuës, & exposées à l'air, le
froid duquel empesche l'engendrement du callus ? Est-ce que la chaleur petite des
dents, n'en peut épreindre aucune humidité à raison de leur durté & solidité ?
Ou bien est-ce pource que le callus n'est point tant engendré par l'excrement de
l'os, que de celuy des parties voisines ? Or les dents sont nuës ; les parties voisines
ne fournissent donc rien.

A sçauoir

A sçauoir si les dents sont os.

QVESTION QVATORZIESME.

V'IL faille mettre les dents au nombre de os; outre l'authorité d'Hippocrate & de Galien ; leur temperature
tres-seche & tres-froide, leur solidité, dureté, polisseure
& blancheur le demonstrent manifestement. Il se trouue toutesfois des Sophistes, qui s'efforcent de les en effacer, estans (comme i'entends) appuyez sur les raisons
suiuantes. 1. Les os sont sans sentiment, les dents ont
sentiment, elles ne sont donc point os. Mais cette raison
est tres-inepte ; car le sentiment n'est point de l'essence *Que les dents
ne sont point
os.*

*Raison pre-
miere.*
Responce.

de l'os, comme n'est point aussi le mouuement, mais vne chose accidentaire. Il est
seulement requis à l'essence de l'os que ce soit vne partie tres-froide, tres-seche,
& tres-dure ; toutes lesquelles conditions ; d'autant qu'elles conuiennent fort
bien aux dents, nous concluons qu'elles sont os. 2. Les os ont des termes cer- *Deuxiéme.*
tains & arrestez d'accroissement, & ne se r'engendrent iamais par la premiere
intention, les dents croissent tousiours iusques à la derniere vieillesse & estant
arrachées elles se r'engendrent. Mais nous auons (ce croy-ie) desià satisfaict à *Responce.*
cette raison, il falloit qu'elles creussent tousiours, parce qu'elles s'vsent tousiours
en maschant. 3. Les dents sont plus dures que les autres os, elles ne sont donc *Troisiéme.*
point os : conclusion certes & ridicule & puerile. *Le plus & le moins*, selon les Phi- *Responce.*
losophes, *ne changent point l'espece.* Les os ethmoïdes sont plus mols que les autres
os, & toutesfois personne n'oseroit nier qu'ils ne soyent os. Les dents certes
sont plus dures, que les autres os, & falloit aussi qu'elles le fussent pour broyer,
mouldre & rompre les aliments tres-durs & tres-solides. 4. Les os estans expo- *Quatriéme.*
sez à l'air se noircissent & alterent, les dents ne souffrent rien de semblable. *Responce.*
Mais ils ne voyent point, que les dents accoustumées d'estre exposées nuës à
l'air externe, ne sont point offencées par iceluy : car *la passion* (dit le Philosophe) *l. 1. Aphor. 2.*
ne se fait point par les choses accoustumées, & comme enseigne Hippocrate, *les cho-*
ses accoustumées blessent moins, que les non accoustumées. Ainsi les pleins verres de-
lectent le ventricule; là où vne gouttelette de liqueur moleste le poulmon, vn petit d'air ou de vent gehenne le ventricule; là où le poulmon accoustumé à le tirer
le puise en tres-grande abondance, & se recrée de la presence d'iceluy. 5. Hippo- *Cinquiéme.*
crate n'a iamais vsé de redittes, & comme a remarqué Galien, il n'a iamais dit que *l. 5. Aphor. 18.*
le laict fust blanc, le miel doux, ny l'huile gras : Or il separe les dents d'auec les
os, quand il dit, *le froid est ennemy aux os, aux dents, aux nerfs, &c.* Doncques
ou les dents ne sont point os, ou bien il y a vne tautologie & reditte en cet Aphorisme. Nous répondons qu'Hippocrate demonstre en ce passage les diuerses affe- *Responce.*
ctions du froid ; car les os & les dents sont alterez par le froid, mais en diuerses
manieres. Les os éprouuent l'iniure du froid, en souffrant seulement : mais les
dents l'éprouuent & en le souffrant, & en le sentant tout ensemble : c'est à dire les
os : comme les pierres & les metaux sont alterez par la violence du froid, mais ils
ne sentent point cette alteration & violence ; là ou les dents sentent soudainement
l'iniure du froid. 6. La pierre sarcophage, mange & consomme tout le corps dans *Sixiéme.*
quarante iours, & les os mesmes hormis les dents ; dont s'ensuit qu'elles ne sont
point os. Nous nions tout à plat leur experience, ou bien nous disons, que cela *Responce.*

se fait, parce que les dents sont plus dures que les autres os. Doncques que l'o-
pinion d'Hippocrate, d'Aristote, & de Galien demeure ferme en son entier, &
concluons que les dents sont os : mais de leur genre.

HISTOIRE ANATOMIQVE.

La seconde partie du squelete qui comprend le tronc, & premierement de l'Espine.

CHAPITRE XXIII.

L'espine.

Ovs diuisons le tronc du squelete en trois, en l'espine, en la poictrine, & en l'os innominé, & comprenôs
soubs le nom d'*espine*, tout ce qui est estendu depuis
la premiere vertebre du col, iusques au coccyx. Les
Grecs appellent l'espine *rachis*, & les Latins *spina*, parce que la partie posterieure d'icelle est pointuë & épi-
neuse ; ils l'appellent aussi *notos*, c'est à dire le dos, &
la moëlle qui est enclose dans sa cauité *notiaios*, c'est
à dire *dorsale*, de sa plus grande partie, qui fait le dos.

*Son excellen-
ce.*

Cette espine est le domicile & le rampart de la moëlle, comme le crane du cerueau ; car comme ainsi soit que la moëlle approche fort de la dignité du cerueau (car tous les nerfs tirent leur origine d'icelle, horsmis sept couples qui
naissent du cerueau ; d'où elle est dite estre le vicaire du cerueau) Nature ne s'est
point monstrée moins soigneuse de sa conseruation, que du cerueau mesme.
Tout ainsi donc qu'elle a couuert le cerueau de toutes parts, des os du crane :
comme d'vn heaume, ainsi elle a enuironné la moëlle de l'espine de tous costez
des vertebres : comme d'vn rampart osseux, & à ce qu'elle fit cela plus commodement : elle a premierement caué, & percé toute l'espine, puis apres elle l'a ar-

*Pourquoy
creuse.*

mée de toutes parts, de plusieurs apophyses, tant pointuës que transuerses, qui
s'auancent en dehors, comme des montagnettes. Or elle a fait cette espine amplement caue, pour la rendre propre à contenir la moëlle, qui est cause que quel-

*Pourquoy ar-
mée d'apophy-
ses.*

ques vns l'ont nommée *canal ou tuyau sacré*, & a creé les apophyses, qui passent
& auancent en dehors de tous costez, pour la deffendre des rencontres externes.

*Pourquoy fai-
te de plusieurs
os.*

L'espine est donc osseuse, & toutesfois elle n'est point faite d'vn os seul, mais
de plusieurs, tant pour la varieté des mouuemens, parce qu'il falloit que l'homme fit ses mouuemens en deuant, & en arriere, comme pour la seureté : car *la
luxation d'vne vertebre seule, est estimée plus dangereuse,* selon Hippocrate, *que
de plusieurs, parce qu'elle contraint & reduit la moëlle en vn angle quasi aigu,* d'où
il est necessaire ou que la moëlle se rompe, ou bien qu'elle soit comprimée. Les
Grecs appellent ces os *spondyles*, à raison de la semblance qu'ils ont auec les
fuseaux dont les femmes filent, & *stropheis*, c'est à dire *vertebres*, d'autant que
par le moyen d'iceux le corps se meut & contourne de tous costez. Pline les appelle *ossa orbiculata & vertebrata*. L'espine peut estre dicte *la base & le fondement
de tout l'edifice* : pour cette cause les anciés l'ont comparée à la carene ou quille d'vn
nauire, qu'on pose la premiere au bastiment, & sur laquelle on assiet, appuye & affermit la proüe, la pouppe, les courbes & tout l'attelage du vaisseau : car les costes
respondent aux courbes, les bras à la proüe, & les pieds à la pouppe, qui ont vn

seur appuy & liaison tres-ferme sur l'espine comme sur leur fondement. Hippo-crate a le premier descrit bien élegamment la figure de cette espine, quand il dit, *Elle est comme toute droite, mais en sorte qu'elle incline tantost en dehors & tan-tost en dedans. Depuis la premiere vertebre du col iusques à la septiéme elle incline en dedans, pour seruir comme de litiere à l'œsophage & à la trachée artere. De la premie-re vertebre du dos iusques à la douziéme, elle se voute vn peu en dehors, afin de lais-ser la capacité dediée pour contenir les organes de la respiration; le cœur & le poulmon, plus large & spatieuse. Les lombes r'entrent en dedans, pour appuyer les troncs de la veine caue descendante, & de la grand'artere, & l'os sacrum s'auance auec rectitude en dehors pour rendre la capacité de l'hypogastre qui contient la vessie, le boyau rectum & la matrice, plus ample & plus large.* Adioustons que par sa partie de deuant, & interieure, elle est égale pour ne point offençer les visceres, marquée toutesfois tout le long de son canal d'inscriptions & entailleures trauersieres; mais inégale & raboteuse par la posterieure, pour seruir à l'insertion des muscles, & donner passage asseuré aux vaisseaux. L'espine est diuisée en quatre parties, au col, au dos, aux lombes, & en l'os sacrum. Les vertebres du col sont sept, celles du dos douze, & celles des lombes cinq, desquelles l'articulation & symphyse sont ad-mirables. Leur articulation est double, anterieure & posterieure: l'anterieure se fait par les corps des vertebres, & la posterieure par les apophyses obliques; celle-là est plus serrée, & celle-cy plus lasche, en partie pour rendre le mouuement vers le deuant plus facile, car l'homme se meut en deuant; & en partie pour empescher que les vaisseaux, quand nous fléchissons & courbons le corps en derriere, ne soient estendus, pressez ou rompus: & partant les articulations des vertebres sont six, deux par les corps, & quatre par les apophyses obliques ascendantes & descendantes. Celle qui se fait par les apophyses est ginglimoïde: car chaque ver-tebre (excepté la premiere & l'vnziéme) reçoit celle de dessus, & est receuë par celle de dessous; de sorte que trois vertebres soient requises au ginglyme. La sym-physe des vertebres ne se fait point par le moyen des cartilages, combien que leurs bouts & extremitez en soient couuerts: mais par des liens tres-forts qui naissent en partie des os, en partie des cartilages, & en partie des membranes qui enueloppent & couurent les os.

Toutes les vertebres ont beaucoup de choses communes entre-elles. 1. Cha-cune d'icelles a son corps situé en la partie interne, qui est plus espais & plus po-reux que le reste de l'os, sur lequel naissent & les épiphyses & les cartilages; il est plus large en sa base superieure & inferieure pour la seureté de l'articulation, & empescher que le déplacement & la luxation ne s'en fasse promptement vers les costez. 2. Chacune d'icelles a vn trou grand & spatieux, dedié pour contenir la moëlle, lequel est quasi par tout égal, & ne se remarque point qu'il soit plus grand aux superieures, ny plus petit aux inferieures. Car encores que la grosseur de la moëlle diminuë peu à peu, & à mesure qu'elle descend bas, si est-il que le trou des vertebres inferieures est rempli par les membranes épaisses qui lient & attachent estroittement les vertebres les vnes aux autres. 3. En chacune d'icel-les se remarquét trois sortes d'apophyses, des obliques, des transuerses & des poin-tuës. Les obliques sont quatre, deux en la partie superieure, & pareil nombre en l'inferieure; celles-là sont dites ascendantes, & celles-cy descendantes. Hippocrate veut que les vertebres par le moyen de ces apophyses fassent le ginglyme; d'où elles peuuent estre dites *articulatoires*. Les transuerses sont deux, faites pour la seureté, & les diuerses insertions & naissances des muscles. Et la pointuë vnique,

Belle descrip-tion de sa fi-gure.
l. de articul.&
l. de oss. nat.

Ses parties sont quatre.

L'articulation des vertebres est double.

Leur symphy-se.

Ce qu'elles ont de commun.

situeé en la partie posterieure, laquelle a donné le nom à toute l'espine. La premiere vertebre n'en a point. 4. En chacune d'icelles sont cinq epiphyses, deux
aux corps, deux aux apophyses transuerses, & vne en la pointuë. 5. Chacune
d'icelles, jointe & articulée auec sa prochaine fait vn trou, qui donne sortie aux
nerfs de l'espine. Or ce trou n'est point semblable en toutes, car en celles du col
l'inferieure est plus échancrée que la superieure : en celles du dos le demy-rond
est égal en l'vne & en l'autre : en celles des lombes, l'eschancreure ou trou est
quasi tout en la superieure. Au reste l'assemblement & liaison de toutes les vertebres, est nommé des Grecs *gués :* & le rayon qui s'estend iusques aux lombes
hyporrhacis. Ces choses sont communes à toutes les vertebres : voyons maintenant ce qu'elles ont de particulier.

Des vertebres du col.

CHAPITRE XXIIII.

l. 9. c. 13.

Ce que les ver-
tebres du col
ont de particu-
lier.

NOvs décrirons l'vsage & la composition admirable
du col en vn autre lieu, & parlerons seulement icy
des choses qui concernent l'osteologie. Doncques les
vertebres de la nucque ou du col sont sept, lesquelles outre toutes les choses communes desia dites, ont
celles-cy de particulier. 1. Toutes leurs apophyses
transuerses sont fourchuës pour seruir à la naissance
des muscles, & pour la deffence des nerfs qui se répandent au diaphragme & au bras. 2. Les mesmes
apophyses sont trouées pour donner passage aux veines & aux arteres ceruicales qui montent au cerueau. 3. Les apophyses pointuës sont toutes fourchuës
ou fenduës en deux pour l'insertion & origine des muscles. Or les deux pre-

Ce que la pre-
miere a de
particulier.

mieres ont quelque chose de propre. Aucuns appellent la premiere *Atlas :* parce qu'elle porte comme vn *Atlas* ou crocheteur tout le faix de la teste, & les
autres *Epistrophé,* c'est à dire *tournoyante :* elle n'a point d'espine ou apophyse
pointuë, de peur qu'elle ne blesse les deux petits muscles qui naissent de la seconde vertebre, lors que la teste fait son extension. Elle reçoit & n'est point
receuë. Son corps est fort mince & tres-large, caué par dedans pour receuoir

Ce que la deu-
xiéme a de
particulier.

la dent, & gibbeux par dehors. La deuxiéme a vne apophyse particuliere, qui
est longue & pointuë, nommée *dent,* & des Grecs *odontoïde :* parce qu'elle ressemble à vne dent canine; & de quelques-vns *pyrenoïde,* parce qu'elle represente

l. 2. Epidem.
sect. 2.

la figure d'vn noyau d'oliue : c'est à raison d'icelle que Hippocrate appelle par
synecdoche, toute cette seconde vertebre *dent,* quand il escrit que *la luxation de*
la dent cause vne esquinancie incurable. En ces deux vertebres se rencontrent plusieurs choses dignes d'admiration : car & leur articulation ne ressemble point à
celle des autres : & leur symphyse qui se fait par le moyen des liens qui leur sont

Leur articula-
tion.

propres, est beaucoup plus forte. Toutes les autres vertebres sont articulées les
vnes auec les autres, & par leurs corps, & par leurs apophyses obliques, mais les
deux superieures ou premieres ne sont point articulées par leurs corps ny auec
elles-mesmes, ny auec la teste; ains la premiere reçoit par le haut les corones de
l'os occipital dans ses coches & cauitez, & donne entrée à la dent de la seconde: &
par bas elle reçoit dans ses cauitez *glenoïdes* le double *condyle,* ou les deux petites

apophyfes de la deuxiéme. Or leur fymphyfe fe fait par des ligamens tres-forts: Leur fym-phyf. defquels le premier tres-gros & tres-large embraffé en rond toute l'articulation, le fecond yffu de la fuperficie rude & pointuë de la *dent*, attache la *dent* à l'os occipital : le troifiéme tranfuerfal, & quafi rond enuironne la cauité de la premiere vertebre qui reçoit la *dent* ; & affermiffant ladite *dent*, il couure & defend la moëlle de l'efpine, de peur qu'elle ne foit offenfée par le rencontre de l'os nud quand il fait fes mouuemens. Car ie croy, que l'articulation & fymphyfe particulieres de ces deux vertebres ont efté feulement faites pour les mouuemens de la tefte, lefquels fe deuoient faire foudainement de tous coftez, pour receuoir les images & efpeces infinies des objects fenfibles. Or des mouuemens diuers & faciles requeroient beaucoup de chofes, vne articulation feule & icelle lafche, des teftes exactement rondes, & des cauitez demy-circulaires. Mais ce n'eftoit point chofe affeurée, d'expofer vn membre fi noble à vne fimple articulation & icelle lafche, & pourtant Nature ingenieufe & prudente, pouruoyant à la feureté, a recompenfé par deux petites articulations plus ferrées & grand nombre de mufcles, ce qu'elle ne pouuoit feurement faire par la lafcheté d'vne feule articulation, & pour cette caufe elle a voulu que tous les mouuemens fimples & propres de la tefte fe fiffent fur les deux premieres vertebres. Or les mouuemens propres de Mouuemens de la tefte. la tefte, font deux, le droit & l'obli que. Le droit a deux parties, la flexion & l'extenfion, la flexion fe fait en accordant, & l'extenfion en refufant auec la tefte. L'oblique fe fait quand on tourne la tefte vers les coftez ; c'eft à dire, à dextre ou à feneftre. Car quand on la panche ou baiffe vers les efpaules, il n'eft defià plus particulier à la tefte, ains il luy eft commun auec le col. Or nous difons auec Galien, quoy que les Modernes crient au contraire, que le mouuement qui fe fait en accordant, & refufant, fe fait par la tefte & la feconde vertebre : & l'oblique, par la tefte & la premiere, ainfi que nous monftrerons aux Controuerfes.

Des vertebres du dos & des lombes.

CHAPITRE XXV.

Es Grecs appellent le dos, *noton*, & les Latins, *tergum*. Il eft compo- En quoy different les vertebres du dos de celles du col. fé de douze vertebres, aufquelles font articulées les douze coftes. Elles different en quelque chofe de celles du col ; Car les corps de celles du col font longs, larges & égaux pour feruir de cuiffin à l'œfophage, & à la trachée artere ; & les corps de celles du dos font ronds, courbes, plus épais & moins folides. Les apophyfes poinctuës du col font fourchuës, & celles du dos fimples, longues & inclinantes vers bas. Les tranfuerfales du col, font larges & troüées, & celles du dos épaiffes, folides & rondes, pour rendre l'articulatió des coftes plus ferme & affeurée, excepté l'onziéme & douziéme, aufquelles font articulées les dernieres coftes, qui fót les plus courtes de toutes pour faire place au foye, à la ratte, & aux parties de deffous. Les anciens ont nómé la premiere vertebre du dos, *lophia:* parce qu'elle auance plus en dehors que les autres, la 2. *mafchalifter*, ou *axillaire*, & les autres, *pleuritai* ou *coftales*: l'onziéme, *arrepés*, d'autant que fon apophyfe poinctuë eft toute droite, & qu'elle n'incline ny en haut ny en bas. Or elle eft toute contraire à la premiere du col qui reçoit,

& n'eſt point receuë : car elle eſt receuë, & ne reçoit point. Elle ſert pour ficher & affermir, comme vn clou ou cheuille, les autres vertebres, quand elles branſlent & ſe remuent vers haut, ou vers bas. Toutes les vertebres du dos ont deux cauitez, pour ſeruir à l'articulation des coſtes, l'vne aux apophyſes tranſuerſes, & l'autre aux parties laterales de leurs corps, eſtans toutes deux fort petites, & reſpondantes aux teſtes des coſtes.

Les vertebres des lombes.

Les lombes ſont la troiſiéme partie de l'eſpine, & ſont compoſez de cinq vertebres, auſquelles ne ſe void rien digne de remarque, ſinon qu'elles ſont perçées de force petits trous, à raiſon que leur corps eſt tres-épois ; & que leurs apophyſes obliques ſuperieures ont la figure d'vne ſinuoſité, & les inferieures apparoiſſent vn peu éminentes en dehors. Leurs apophyſes tranſuerſes ſont plus longues que les autres : mais plus tenuës, & ſeruent comme de petites coſtes, excepté en la premiere & en la cinquiéme, auſquelles il ne falloit point que ces apophyſes fuſſent ainſi longuettes en celle-cy, à raiſon de la connexion de l'os ilium, auec l'os ſacrum ; & en celle-là, de peur qu'elle n'empeſchaſt le mouuement du diaphragme. Et les poinctuës ſont plus groſſes & plus larges que les autres, & definies par vne ligne circulaire. Finalement on trouue en ces vertebres des lombes, quelquesfois en toutes, & quelquesfois aux ſuperieures ſeulement, vne apophyſe ſemblable aux oſſelets des neſles.

De l'os ſacrum, & du coccyx.

CHAPITRE. XXVI.

L'os ſacrum pourquoy ainſi nommé.

l. 2. Epidem. ſect. 4.

'Os ſacrum ainſi nommé, non point pource qu'il contient en ſoy (comme aucuns ont dit) quelque choſe de ſaint & de ſecret, mais à raiſon de ſa grandeur, car c'eſt le plus grand de tous les os de l'eſpine. Ainſi Homere appelle les grands poiſſons, *ſacrez* & Hippocrate pour la meſme raiſon, appelle l'os ſacrum *grande vertebre :* quand il dit, *La veine du foye deſcend du long des lombes iuſques à la grande vertebre :* il eſt auſſi nommé *Os large & ſous vertebral.* Il fait par ſa largeur comme vn trian-

Sa figure.

gle, ſe terminant peu à peu d'vn commencement large en vne fin eſtroicte. Il a vne cauité en ſa partie anterieure, comme vn demy-cercle, qui rend la capacité de l'hypogaſtre, qui contient la veſſie, le boyau droict, & la matrice, plus ample & ſpacieuſe : mais il eſt gibbeux & vouté en la poſterieure. Il eſt compoſé de cinq pieces, & quelquesfois de ſix, faciles à ſeparer aux enfans : mais aux hommes faits, elles s'vniſſent en ſorte qu'elles ſemblent n'eſtre qu'vn os ſeul. Ces os ſont mis au nombre des vertebres, non point qu'ils en ayent l'vſage, car ils ſont immobiles,

Ses apophyſes.

mais à raiſon de leur figure ; car ils ont des apophyſes comme les vertebres & des trous, pour donner paſſage aux nerfs, combien qu'ils ſoyent aucunement diſſemblables : les apophyſes poinctuës ſont petites, & les tranſuerſes fort obſcures, qui ſe terminent en vne cauité peu profonde, inégale & rude qui reçoit les os des iles. Il n'y a de ces os que le premier qui ait des apophyſes aſcendantes, par leſquelles il s'articule auec les apophyſes deſcendantes de la derniere vertebre des lombes.

Ses trous.

Or i'ay dit que leurs trous eſtoyent differens, parce qu'ils ne ſont point aux coſtez comme ils ſont aux vertebres : mais au deuant & au derriere ; d'autant que les os des iles occupent les coftez : or les trous de deuant font plus grands que ceux de derriere, d'autant que les nerfs qui fe diftribuent aux parties anterieures, font plus gros que ceux qui s'épandent aux pofterieures. Aux parties laterales des trois os fuperieurs font entaillées des finuofitez, aufquelles les os des iles font tellement adherents & articulez, qu'ils femblent n'eftre qu'vn.

Au bout de l'os facrum fe void vn os, lequel a efté nommé des Grecs *coccyx*, à raifon qu'il reffemble au bec d'vn cocu, aucuns le nomment *queuë* ou *croupion*. Il eft fait de trois offelets, & par fois de quatre, lefquels au temps de l'enfantement obeiffent, & fe retirent en dehors pour rendre le paffage plus large : car c'eft vne abfurdité de penfer que les os du penil fe feparent, & des-joignent en l'accouchement. Au bout d'iceluy fe voit vne petite appendice cartilagineufe.

Le coccyx.

CONTROVERSES ANATOMIQVES.

Deffence pour Galien contre les Modernes, touchant le mouuement de la tefte.

QVESTION QVINZIESME.

 IEN ne m'a tant trauaillé en toute l'Hiftoire des os, que la nature du mouuement de la tefte, & la maniere de fon articulation auec les deux premieres vertebres. Galien a laiffé plufieurs chofes tres-belles par efcrit, touchant cette matiere : mais dautant que tous les Anatomiftes luy contredifent, ie feray icy en peu de mots comme vn fommaire de toute cette difpute. Des mouuemens de la tefte, les vns font propres, & les autres communs. Les propres font deux, l'vn droit, & l'autre oblique. Le droit a deux parties, la flexion & l'extenfion. La flexion fe fait en accordant auec la tefte, & l'extenfion en refufant. Le mouuement oblique fe fait quand on tourne la tefte vers les coftez à dextre & à feneftre. Le mouuement eft commun à la tefte & au col, quand nous l'inclinons & panchons vers l'efpaule : car on ne fçauroit baiffer la tefte, & la ployer vers le pafferon fans remuer le col. Tous les mouuemens propres fe font fur les deux premieres vertebres, & à cette fin elles ont efté attachées par plufieurs forts ligamens, naiffans de l'os occipital : car il n'eftoit point feur de commettre vn membre fi noble & fi grand à vne fimple articulation, & icelle lafche. Or Galien veut *Que le mouuement qui fe fait en accordant & refufant, fe faffe par la tefte & la feconde vertebre : & celuy par lequel la tefte fe meut vers les coftez, fur la premiere.* Les Modernes au contraire veulent que le mouuement qui fe fait en accordant & refufant, dependent de l'articulation de la tefte auec la premiere vertebre, & celuy par lequel la tefte fe tourne en rond : (car ils parlent ainfi) de l'articulation de l'os occipital auec la deuxiéme. *Car fi la tefte (ce difent-ils) fe mouuoit vers les coftez fur la premiere vertebre on admettroit vne cauité : & autant de fois que la tefte fe mouueroit en rond, autant de fois elle fe difloqueroit & defplaceroit de fon lieu, d'autant qu'il faut que les chofes*

l. 12. de vfu part.

Les mouue-mens de la tefte.

Opinion de Galien in l. de offib. tit. 12. de vfu part.

Combattuë par les Modernes. Colomb. l. 1. c. 15. Leurs raifons.

qui doiuent tourner orbiculairement soyent portées sur vn point, comme sur vn essieu
ou piuot, & non sur deux parties opposites : or la dent est comme vn essieu. Pour mon
regard, ie me tiens à l'opinion de Galien : car pour le couper court, que le mouuement droit se fasse sur la seconde vertebre, & l'oblique sur la premiere : & la structure des vertebres, & la maniere de leur articulation, & l'insertion des muscles le
monstrent suffisamment. La premiere vertebre embrasse & reçoit en ses cauitez
d'en-bas la deuxiéme en telle sorte, que tous les costez de cette deuxiéme sont abo-
lis & perdus : on void aussi en cette articulation les léures, & sourcils des cauitez de
la premiere, qui empeschent (au cas qu'on errast, ou tordit quelque peu aux gráds
mouuemens) que les apophyses de la deuxiéme ne sortent de leurs lieux & coches.
La demonstration de Galien est fort belle. *Voyons (ce dit-il) pourquoy Nature a fait*
les léures des cauitez de la premiere vertebre, & le ligament de la dent, & qu'elle n'a
point voulu que le nerf sortit des parties inferieures, ou apophyses transuerses. N'est-
ce point pource qu'il y auoit danger, qu'aux mouuemens violents, ausquels cette ver-
tebre peut changer de place, ces cauitez-là ne se desuoyassent & tordissent quelque peu,
& que ce nerf icy ne vint à s'arracher, ou à estre comprimé ? Or au mouuement droit, ny
le nerf ne peut estre comprimé, ny la situation de la vertebre beaucoup changée : mais en
cestuy-là seulement, par lequel la teste est tournée vers les costez. Il est donc plus vray
semblable que les léures des cauitez, qui se voyent en la premiere vertebre, ont
esté faites pour le mouuement oblique. Que si Nature eust fait ces cauitez pour
le mouuement droit, elle eust placé l'vne au deuant, & l'autre au derriere. Or la
structure de la seconde vertebre, tesmoigne que le mouuement droit se fait sur
icelle : car elle a en sa superieure partie la dent, & par son inferieure elle s'insere, &
emboëtte tout son corps, qui est comme vne baze, non plate ny égale, mais re-
courbée & inclinante en deuant dans la cauité de la troisiéme vertebre. Que si le
mouuement oblique se faisoit sur la seconde, comme soustiennent les Modernes,
il faudroit que la premiere par sa partie inferieure, & la deuxiéme par sa partie
superieure fussent pleines, lisses & égales : & que cette deuxiéme n'eust pour toute
chose que la dent sur laquelle la teste se tournast comme sur vn piuot. L'insertion
des muscles fauorise aussi à nostre opinion ; car des quatre droits, les deux plus
grands prenans leur origine de l'espine de la deuxiéme vertebre, & estans portez
à l'os occipital, tirent la teste vers la seconde vertebre, qui est refuser : & les deux
obliques issus de l'espine de la mesme seconde vertebre, s'inserans aux apophyses

Lequel refute
les argumens
des Modernes.

transuerses de la premiere vertebre mouuent la teste obliquement. Les argumés
des Modernes contre Galien ne sont de nul poids : car ils tombent au mesme danger de vacuité, & luxation qu'ils taschent d'euiter : car si la teste tourne sur la dent,
les extremitez des vertebres ne viendront elles point semblablement à entrebaailler ? Outre plus ils disputent du mouuement circulaire contre Galien, duquel
il n'a iamais dit vn mot : La diction Grecque, *periagein*, les a (à mon aduis) fait
broncher : car elle ne signifie point *tourner en rond*, mais *detordre*, ou *tourner vers*
les costez : & Galien n'vse iamais du verbe *cyclophorein*, qui vaut autant que *tour-*
ner en rond. Voicy ses propres mots. *Or les parties communes au col, & à la teste sont*
celles par lesquelles nous abbaissons la teste, & la leuons, & la tournons vers les costez.
Et ailleurs. *Comme ainsi soit qu'il faille que les mouuemens de toute la teste soyent deux,*
l'vn quand nous accordons & refusons, & l'autre quand nous la tournons vers les
costez. A quel propos donq' Colomb dispute-il contre Galien, touchant le mouuement circulaire ? Les Modernes objectent que si la teste se flechissoit sur la seconde vertebre, que la moëlle de l'espine ne seroit exempte d'estre souuent, ou

Defenduë par
l'Autheur.

l. 12. de vsu
part. 1.

l. 12. de vsu
part. 4.

rompuë ou comprimée. Mais qu'ils regardent comme Nature a pourueu à cette Solution.
l. 12. de vſu
part. 7. incommodité ; *Elle a premierement caué la premiere vertebre en la partie qu'elle reçoit la dent, & puis apres elle y a apposé vn ligament qui enuironne toute la dent, pour empeſcher qu'elle n'offence la moëlle.* Concluons donc que tous les monuemens propres de la teſte ſont faits par les articulations des deux premieres vertebres, les droits par la ſeconde, & les obliques par la premiere. Ce n'eſt point toutesfois que les droits ne ſoient aidez par la premiere, & les obliques par la ſeconde, comme Syluius le diſpute contre Veſale. Car pour quelle fin auroit Nature implanté les muſcles droits, qui ſont tres-courts, de la partie poſterieure de la premiere vertebre en l'os occipital, ſi cette premiere articulation n'aidoit au mouuement droit de la teſte, lequel toutesfois ſe doit principalement faire par deux autres muſcles droits, plus grands, qui s'en vont de l'eſpine de la ſeconde vertebre inſerer en l'os occipital ? Pourquoy auroit-elle auſſi attaché deux muſcles obliques à l'apophyſe tranſuerſe de la premiere, & à l'eſpine de la deuxiéme, ſinon qu'elle euſt voulu que le mouuement oblique fut fait principalement par la premiere articulation, & toutesfois aidé par la ſeconde.

HISTOIRE ANATOMIQVE.

Des os de la poiƈtrine.

CHAPITRE XXVII.

A ſeconde partie du tronc nommée des Grecs *thorax*, Le thorax pourquoy ainſi nommé. du verbe *thoro*, qui ſignifie *ſaillir & bondir*, d'autant que le cœur, qui eſt enclos en icelle, eſt agité d'vn mouuement continuel, ou bien, comme veulent les Stoïciens (parce qu'elle contient dans ſoy la raiſon, partie princeſſe de l'ame) a eſté pour la deffence du cœur, viſcere tres-noble, & tres-neceſſaire à la vie enuironnée de toutes parts d'os, comme de ramparts. Mais d'autant Pourquoy partie oſſeux, & partie charneux. qu'il falloit pour la neceſſité de la reſpiration, qu'elle ſe dilataſt & reſerraſt continuellement, c'eſt la raiſon pour laquelle elle n'a point eſté faite du tout oſſeuſe, mais en quelque partie charneuſe. Nous ne deſcrirons icy autre choſe que les os, & r'enuoyerons l'Hiſtoire des chairs au traité des muſcles. Le thorax eſt definy Ses bornes. & limité, comme par ſes bornes & fins, par haut des clauicules, & par bas du cartilage xiphoïde. Or les principales parties d'iceluy ſont, ou anterieures, où Ses parties. poſterieures, ou laterales. La partie anterieure eſt nommée *ſternum*, les parties laterales ſont dites *les coſtes*, & la poſterieure *le dos*, duquel les parties ſuperieures & laterales ſont dites *omoplates*, *eſpaules & aiſles*, Et de chacun de ſes os à part & briefuement.

Les clauicules ſont nommées des Grecs *cleides*, parce qu'elles ferment tout le La clauicule. thorax, ou pource qu'elles comprennent l'humerus & le col, & qu'elles affermiſſent, comme vne clef, l'omoplate auec le ſternum & le bras, par le moyen de l'omoplate. Celſe les nomme *iugulum*, du verbe *iungo*, qui ſignifie *ioindre*. Son vſage. Elles n'ont eſté données qu'à l'homme & aux ſinges, d'autant qu'il n'y a que l'homme qui ait la main, de laquelle, comme ainſi ſoit que les mouuemens

Des Os,

Sa figure. ſoient diuers, & iceux faciles, le bras ſeroit aiſément abbaiſſé & amené en deuant, mais il ſeroit fort difficilement rehauſſé & mené en arriere, s'il n'eſtoit affermy par cet os, comme par vn pieu ou vne cheuille. Leur figure reſſemble à la
lettre Romaine S. totalement inégale. Car la clauicule eſt caue en dedans vers
le ſternum, & gibbeuſe en dehors: & vers l'omoplate elle eſt gibbeuſe en dedans
Pourquoy par & caue en dehors. Or Nature l'a faite en demy-cercles, parce qu'il falloit qu'il
demy-cercles. paſſaſt pluſieurs grands vaiſſeaux par là, qui ne deuoient point eſtre preſſez, &
a fait deux demy-cercles & non vn ſeul, afin qu'elle ſoit plus forte & ne ſe rompe
Son articula- ſi aiſément. Elle eſt articulée auec l'omoplate par le moyen d'vn cartilage, lequel
tion. toutesfois ne naiſt point ſur icelle, afin qu'il obeïſſe quelque peu aux mouuemens du bras & de l'eſpaule. Ce cartilage eſt nommé *Acromion* par quelques-
vns: mais plus proprement *catacleïs*, comme qui diroit, *cloſture* ou *fermeture:*

Du Sternum ou Brichet.

CHAPITRE XXVIII.

Le ſternum.  A partie anterieure du thorax eſt nommée *ſternum,*
Hippocrate l'appelle *ſtethos*, les Latins *pectus*, & les
François *la poictrine* ou *le brichet.* Mais nous laiſſerons
la recherche trop curieuſe des noms, pour venir à l'ex-
Ses os poſition de la choſe meſme. Le nombre des os du ſternum eſt incertain, à raiſon de la diuerſité des aages:
car on y en trouue tantoſt ſept, tantoſt cinq, tantoſt
trois, & quelquesfois vn ſeul: & ainſi Galien pourra
eſtre vendiqué des calomnies des Modernes. Or com-
ment ces os varient ſelon la varieté des aages, ie m'en vay le declarer en peu de
quels aux pe- mots. Le ſternum aux enfans nouueaux-nez eſt tout cartilagineux. Or quand il
tits enfans. commence à ſe deſſecher & former en os, les parties ſuperieures d'iceluy prennent pluſtoſt la nature d'os que les inferieures, & celles du mitan que celles du
bout: tellement qu'il apparoiſt tantoſt compoſé de ſix pieces, qui ſont ſeparées
par des lignes obliques, & quelquesfois on y en trouue vne ſeptiéme, mais rarement. Car comme ainſi ſoit que les coſtes inferieures ſoient touſiours moins
diſtantes l'vne de l'autre en leur inſertion que les ſuperieures, la ſixiéme eſt ſi proche de la ſeptiéme, qu'il ne reſte plus (car elle la touche) de diuiſion ou de ligne.
aux hommes. Aux hommes, on n'y en trouue que quatre, & quelquesfois trois: mais on remarque touſiours que la ligne ſe perd pluſtoſt aux parties inferieures qu'aux ſu-
Le premier. perieures. Le premier os eſt ample & eſpais, & a de chaque coſté en ſa partie ſuperieure vne cauité, dans laquelle s'emboëtte la teſte de la clauicule: & en ſon
La fourchette. mitan comme vne foſſe, que le vulgaire nomme *la fourchette ſuperieure.* Le deuxié-
Le deuxiéme. me eſt plus eſtroit, & a pluſieurs cauitez qui reçoiuent les cartilages des trois,
Le troiſiéme. quatre, cinq & ſixiéme coſtes. Le troiſiéme eſt petit, & ſe termine en vn cartilage pointu, duquel nous deſcrirons l'Hiſtoire en ſon lieu. Et d'autant que la figure de tout le ſternum reſſemble à vne eſpée, il y en a qui l'ont nommée *xyphoïde,*
encore que le vulgaire ne donne ce nom qu'au cartilage qui eſt au bout d'iceluy.
Au reſte, quand Galien met ſept os au ſternum, il ne regarde point aux diuiſions
ou lignes trauerſieres, mais aux cauitez, dans leſquelles ſont inſerez les bouts
cartilagineux des coſtes.

Des Coſtes.

CHAPITRE XXIX.

E s parties laterales du thorax ſont dites des Grecs *pleurai*,   *Les coſtes.*
c'eſt à dire *coſtes*, parce qu'elles formét les coſtes, & *ſpathai*,
parce qu'elles ſont arrangées comme des auirons, le vul-
gaire Latin & François les nomme *coſtes*. Leur articulation   *Leur articula-*
eſt double, l'vne auec les vertebres du dos, & l'autre auec *tion eſt double.*
les cartilages du ſternum. Cette articulation eſt nommée
douteuſe par Galien : car à raiſon du mouuement obſcur,
elle peut eſtre dite *ſynarthroſe*, & à raiſon de la compoſi-
tion, parce qu'il y a des cauitez, & des teſtes, *diarthroſe*. Au reſte cette articulation
n'eſt point ſemblable en toutes les coſtes : car les neuf ſuperieures par derriere ont
double articulation, l'vne auec le corps des vertebres, & l'autre auec l'apophyſe
tranſuerſe : mais les inferieures n'en ont qu'vne ſeulement, parce que les ſuperieu-
tes doiuent receuoir plus de force de la part des vertebres que du ſternum. Les ſept
ſuperieures ont vne articulation parfaite auec le ſternum : mais les autres cinq ne
paruiennent point iuſques à iceluy : ains encommencées & comme mutilées, elles ſe terminent en des cartilages, leſquels eſtant recourbés en haut, s'entretiennent côme s'ils eſtoient collez enſemble. Elles ont la figure d'vn arc, eſtant eſtroi- *Leur figure.*
tes, & quaſi rondes en leurs origines, larges & plates en leur milieu, & derechef plus
eſtroites en leur fin. Leurs bouts & extremitez regardent vers haut, & leur milieu
vers bas, & des parties du milieu, celle qui eſt inferieure eſt plus mince, & la ſuperieure plus épaiſſe. La premiere eſt la plus large de toutes, les inferieures ſont les
plus eſtroites, & celles du mitan ſont moyennes en largeur entre les vnes & les
autres. La partie la plus large des coſtes eſt dite *palmula*, & de Pollux, *platé*, com- *Leurs parties.*
me qui diroit *le bout large & plat d'vn auiron*, & la plus eſtroite qui touche l'eſpine
remulus, c'eſt à dire *petite rame ou auiron*, Les coſtes ſont par tout égales, liſſes &
polies, excepté en la partie qu'elles ſont rabboteuſes pour l'inſertion & origine des
muſcles intercoſtaux, ou qu'elles ont des teſtes, par le moyen deſquelles elles s'articulent aux cauitez des vertebres : elles ſont auſſi cauées en leur partie inferieure,
pour receuoir vne veine, vne artere, & vn nerf : & cette cauité repreſente la forme d'vn canal, rendant l'inferieure partie de la coſte plus aiguë. Que les ieunes *Obſeruations*
Chirurgiens apprennent d'icy, que l'ouuerture du thorax ſe doit faire de haut en *pour les Chi-*
bas, & non de bas en haut. Les coſtes ſont en partie oſſeuſes, & en partie cartilagineuſes *rurgiens.*
cartilagineuſes : oſſeuſes par la partie qu'elles s'aſſemblent auec les vertebres, & en- *Pourquoy les*
uiron les coſtez, & cartilagineuſes par la partie qu'elles ſe joignent auec le ſter- *coſtes ſont car-*
num, pour obeïr plus promptement à la dilatation & contraction du thorax, & *tilaginueſes.*
pour mieux reſiſter aux fractures. Or les cartilages des coſtes ſuperieures ſont
plus durs, parce qu'ils s'aſſemblent auec les os, & ceux des inferieures plus mols,
parce qu'ils ſe joignent auec les cartilages. Ainſi les choſes mólles ſont accouplées
auec les molles, & les dures auec les dures. On fait deux differences de coſtes : car *Leurs diffe-*
les vnes ſont vrayes, qui s'articulent au ſternum, & ſont ſept, deſquelles les deux *rences.*
ſuperieures ſont nommées de Pollux, *antiſtrophoi*, comme qui diroit *recourbées*,
les deux ſuiuantes *ſtereai*, c'eſt à dire *ſolides*, & les trois autres *ſternitides*, qui ſignifie *pectorales*. Les autres fauſſes, d'autant qu'elles n'ont point d'articulations par-

faites auec le sternum, & sont cinq plus menuës & plus courtes que les vrayes,
desquelles la derniere merite (à proprement parler) le nom de *fausse*, & *bastarde*,
d'autant qu'elle n'est adherante à nulle autre : ce que ie pense auoir esté fait par
vne prouidence admirable de Nature, pour laisser plus de lieu & d'espace au foye,
à la ratte, & aux boyaux superieurs.

Des espaules.

CHAPITRE. XXX.

Les espaules.

Leur vsage.

Leur figure.
Articulation.

Symphyse.

Ses parties.

LEs Grecs appellent toute l'espaule *omoplate*, Celse *sco-
ptulum opertum*, les Barbares *spatula*, & les François le
pasleron. L'omoplate, toutesfois à parler proprement,
est la partie de tout l'os la plus large qui couure le derriere
des costes. Son vsage est triple. 1. Pour la force & la deffence des costes. 2. Pour l'implantation des muscles : car
tous les muscles presque qui mouuent le bras naissent
d'icelle. 3. Et pour l'articulation du bras & de la clauicule. Sa figure est quasi triangulaire & inégale. Son articulation est double, l'vne auec la clauicule par l'acro-
mion, & l'autre auec l'humeur par son col & sa cauité glenoïde : elle a aussi symphyse, c'est à dire, *vnion* & *continuité* auec l'os occipital, l'espine, les costes, & l'os
hyoïde, *par les chairs*, c'est à dire, *par les muscles*. On remarque plusieurs parties
en l'omoplate, qui seruent beaucoup pour bien entendre l'Histoire des muscles.
La baze qui descend du long du dos & des espines des vertebres, en laquelle faut
considerer deux angles, l'vn superieur & l'autre inferieur. 1. Deux costes, l'vne superieure, & l'autre inferieure. 3. La partie caue, ou interne, & la partie gibbeuse, bossuë ou externe, que les Latins appellent à raison de sa figure *testudo*, c'est à
dire *tortuë*, laquelle aux personnes maigres pousse en dehors, comme des aisles.
Il y en a qui l'appellent *le dos de l'espaule*. 4. Vne espine qui monte de la base en
haut, l'extremité de laquelle nommée *acromion*, encores que *l'acromion dans Hippocrate soit l'articulation mesme de la clauicule, auec la superieure partie de l'omoplate,
ou bien l'os cartilagineux, seruant à ioindre & attacher comme vn ligament ces deux
os ensemble*. 5. Deux cauitez, l'vne au dessus, & l'autre au dessous de l'espine:
6. Vne apophyse pointuë, laquelle est nommée, *anchyroïde*, ou *coracoïde*, à raison
qu'elle resemble à vne anchre, ou à vn bec. 7. Le col, à l'extremité duquel se void
vne cauité, dans laquelle entre & s'insere la teste de l'humerus, laquelle cauité
est glenoïde, & toutesfois d'autant qu'elle est agrandie par vn cartilage, enuironnant les leures de ladite cauité, tellement qu'elle en apparoisse profonde on
l'appelle *omocotule*. 8. Cinq appendices, trois au costé interne aupres du canal
de l'espine : les deux autres fournissent les ligaments, par lesquels l'humerus est
attaché à sa cauité, & la clauicule à l'acromion. 9. Il y a aussi vne sinuosité au
costé superieur de l'omoplate, par laquelle sont portez vn nerf, vne veine, &
vne artere.

Des os Ilion, Ischion, & Pubis.

CHAPITRE XXXI.

'Os qu'Oribaze, appellé *os sans nom*, fait la derniere ¶ *L'os sans nom.* partie du tronc ; il y en a qui le nomment de sa plus grande partie *Ilion*, Ruffus l'appelle *Ischium*. Il semble n'estre qu'vn seul os, attaché de part & d'autre à l'os sacrum : mais aux ieunes enfans il se void distingué par trois lignes, qui est cause qu'on le separe ordinairement en trois parties. La premiere, la plus large de toutes & superieure, est articulée auec l'os sacrum, & est nommée *ilium, os des iles*, à cause qu'il contient le ¶ *L'os Ilium.* boyau ileon. On remarque en iceluy la partie gibbeuse, la partie caue, & vne apophyse nommée *spina*. Il y a aussi vne coste, comme vne partie plus éminente & courbée comme vne demi-lune en la partie que cet os est tres-gros & tres-épais. La deuxiéme partie est nommée *os pubis, l'os du penil*, ou *l'os barré* : elle est iointe ¶ *L'os Pubis.* par deuant si estroittement par synchondrose, que c'est mocquerie de penser qu'elle se déioigne ou separe en l'enfantement. Ces os sont plus grands, plus amples & plus capables aux femmes qu'aux hommes ; & ont vn trou fort grand comme vne fenestre, fait pour les rendre plus legers, lequel est remply par deux muscles nommez obturateurs. La troisiéme est dite *Ischion* : en icelle se void vne ¶ *L'os Ischium.* cauité profonde, nommée *cotule* ou *acetable*, dediée pour receuoir la teste du femur, où on obserue vne apophyse cartilagineuse, nommée *sourcil*, qui enuironne la teste dudit os femur. Ces trois parties de l'os *anonyme, inominé*, ou *sans nom*, constituent comme vne baze, sur laquelle, icelle demeurant immobile, tout le reste du corps se meut de diuerses sortes de mouuemens. Elles sont aussi, iointes auec l'os sacrum, vne cauité comme vn grand bassin, qui contient la vessie, la matrice & les intestins. Aucuns adioustent que le membre viril est appuyé & affermy sur l'anterieure partie de ces os comme sur vn rocher, de peur qu'il ne ploye ou gauchisse au coït quand ce vient à l'intromission.

La troisiéme partie du Squelete, qui comprend les iointures:
& premierement de l'Humerus.

CHAPITRE XXXII.

L reste la troisiéme partie du squelete, qui comprend les iointures, qui sont deux, la main & le pied. La main s'estend depuis ¶ *La main a* l'espaule iusques aux bouts des doigts, & se diuise au bras, au *trois parties.* coulde & en l'extréme-main. Le bras nommé des Grecs *bra-* ¶ *Le bras, & ses* chium, & de Celse *humerus*, est fait d'vn seul os, & iceluy grand *parties.* & tres-fort, auquel il faut remarquer la partie superieure, l'inferieure, l'interne, l'externe, l'anterieure & la posterieure. La superieure a vne ¶ *Sa teste.* grosse teste qui est adioustée à l'os, laquelle s'infere dans la cauité de l'omoplate. Cette cauité là est veritablement superficielle, pour faire que le bras se puisse mouuoir plus legerement de tous costez : mais elle est amplifiée & agrandie auec

L

beaucoup de cartilage pour rendre l'articulation plus ferme. En la partie anterieure de cette teste se void vne sissure ou fente qui la diuise en deux parties, par
où passe, comme par vne poulie, vne portion du muscle biceps, fléchisseur du
coulde, qui prend son origine de l'acetable ou cauité de l'omoplate. L'inferieure
qui s'articule auec le coulde & le rayon est fort belle, à raison de la varieté des apo-

Les apophyses sont deux. physes & des cauitez. Les apophyses sont deux, l'vne externe & l'autre interne; de
l'externe naissent quasi tous les muscles, qui estendent le carpe & les doigts : &

Les cauitez. de l'interne ceux qui les fléchissent. Il y a pareil nombre de fosses ou cauitez qui
ressemblent à vne rouë ou poulie, par où les cordes vont & viennent, qui ont esté
construites par vn artifice tel, qu'elles permettent au coulde de se ployer & fléchir
en vn angle tres-aigu : mais elles ne le souffrent point s'estendre par dessus, ny
plus outre la droite ligne. Il y a outre plus au costé exterieur de cette orbite ou
roüe vne teste oblongue & arrondie, qui s'emboëtte dans la cauité glenoïde du
rayon, & fait l'articulation de ces deux os, par le moyen de laquelle nous faisons
le mouuement de pronation & supination de la main. Aux parties anterieures,
posterieures, internes & externes ne se remarque rien qui merite le dire, sinon que
cet os est gibbeux en deuant & en dehors pour la seureté, & cambre en dedans.

Du Coulde & du Rayon.

CHAPITRE XXXIII.

Le coulde. E coulde est composé de deux os, desquels l'vn plus grand & inferieur, retenant le nom du tout est nommé des Grecs *pechus*, des Latins *vlna* & *cubitus*, & des Arabes *le grand focile*, & des François *le
coulde*. L'autre plus petit & superieur est dit des Latins *radius*, des

Ses parties. Arabes *le petit focile*, & des François *le rayon*. On considere au premier la partie

Son articula- superieure, l'inferieure, l'anterieure, la posterieure, l'interne & l'externe. La supe-
tion par haut. rieure est articulée par ginglyme auec l'humerus ou bras, & par cette articulation
se fait l'extension & la flexion : or comme ainsi soit qu'il faille des testes & des cauitez pour faire le ginglyme, on void en cette superieure partie deux apophyses &
vne cauité. Les apophyses se terminent en pointes, & sont nommées *corones*, c'est
à dire, *becs* ou *glands* : l'anterieure est plus petite, & la posterieure plus grande &
plus grosse, aboutissant à vn angle mousse & obtus, nommé des Grecs *olecrane* : la
cauité est nómée *sigmoïde*, ou *sigmatoïde*, d'autant qu'elle ressemble à la lettre Grecque *C* sigma. Ainsi dóc cette cauité du coulde reçoit les apophyses de l'humerus ou
bras, & les cauitez du bras reçoiuent les apophyses du coulde, & font le ginglyme.

Par bas. L'inferieure est articulée auec le carpe par le moyen d'vn cartilage & d'vne
apophyse pointuë, nommée *stiloïde* : faut aussi remarquer en cette inferieure partie vne épiphyse gibbeuse par dehors, & caue par dedans. Aux parties anterieures, posterieures, internes & externes ne se void rien digne de remarque, horsmis

Le rayon. que les externes sont gibbeuses, & les anterieures caues & enfoncées. En l'autre
os que nous auons nommé *rayon*, doiuent estre considerées les mesmes parties; la
superieure est articulée par diarthrose auec l'apophyse externe du bras, & de cette

Son articula- articulation dépend le mouuement de supination & de pronation. L'inferieure
tion par haut. se joint par le moyen d'vne épiphyse auec l'os du carpe, qui regarde le plus grand

Par bas. des doigts; l'interne est gibbeuse, & l'anterieure enfoncée. Au reste ces deux os
sont contraires en la position de leurs parties superieures & inferieures : car la su-

perieure du coulde eſt plus groſſe, & l'inferieure plus menuë, au contraire la ſuperieure du rayon eſt plus menuë, & l'inferieure plus groſſe. Derechef ils ſe joignent & aſſemblent par leurs extremitez en telle ſorte que le rayon par haut eſt
receu du coulde, & au contraire le coulde ſoit receu par bas du rayon, eſtant entr'ouuerts & ſeparez en leur milieu, pour faire place aux muſcles, & ayder le mouuement de pronation & de ſupination.

Des Os de l'Extreme main, du Carpe, du Metacarpe, & des Doigts.

CHAPITRE XXXIV.

'Extreme main ſe diuiſe en trois parties, au carpe, au metacarpe, & aux   *Les os du carpe*
doigts. Le carpe nommé *brachiale* des Latins, des Arabes *raſetta*, & des   *ſont huiſt.*
François *le bracelet* ou *poignet,* eſt compoſé de huit os, qui n'ont point
des noms propres. Leur figure eſt inégale, tantoſt gibbeuſe, tantoſt
enfoncée en partie droite, & en partie ronde. Ils ſont joints par le moyen des ligamens & des cartilages, & leur articulation doit eſtre rapportée à l'eſpece que
nous auons cy deuant apres Galien nommée *neutre & doubteuſe:* car elle peut eſtre
dite *ſynarthroſe,* à raiſon du mouuemét obſcur, & *diarthroſe* à raiſon de la compo-
ſition qui ſe fait par des teſtes & des cauitez. Ces os ſont diſpoſez en deux rágées;   *Diſpoſez en*
la poſterieure qui eſt articulée auec le coulde & le rayon eſt faite de quatre, deſ-   *deux rangées.*
quels les trois externes joints enſemble de telle façon qu'ils ſemblét n'eſtre qu'vn,
ſont joints & articulés par le moyen d'vn cartilage à la cáuité du rayon & du coulde. Le quatriéme, le moindre de tous & interieur eſt ſitué au deſſous du petit
doigt. L'anterieure eſt compoſée de pareil nóbre qui s'aſſemblent auec les quatre
os du metacarpe. L'autre partie de la main nommée *metacarpe,* des Latins *poſtbra-*   *Ceux du me-*
chiale, & des François *la paulme de la main,* eſt compoſée de quatre os longs, greſles   *tacarpe ſont*
& menus, leſquels ſont joints par leur partie inferieure auec les os du carpe par   *quatre.*
l'articulation douteuſe; & par leur ſuperieure auec les doigts par ginglyme. Ils ont
tous des epiphyſes, tant en leur partie ſuperieure qu'inferieure, leſquelles s'entre-
touchent en leurs extremitez, non autrement que font le coulde & le rayon, &
ſont ſeparées en leur milieu pour faire place aux muſcles entr'oſſeux. Ces os ſont
caues par dedans, & gibbeux par dehors; il ont auſſi vne cauité pleine de moëlle.

Les doigts font la troiſiéme partie & ſont compoſez de quinze os, diſpoſez en   *Et ceux des*
trois rangs, auſquels rangs, les Grecs ayans égard les ont appellez *phalanges,* com-   *doigts quinze.*
me qui diroit *armées rangées en bataille.* Ils ſont tous articulez par ginglyme, &
leurs éminences ſont nommées des Grecs *condyles,* & des Latins *nodi,* c'eſt à dire
nœuds. Or ce grand nombre d'os eſtoit neceſſaire à la main pour la varieté, & facilité de ſes mouuemens, d'autant qu'elle eſt l'organe auec lequel nous donnons
& receuons. Les os des doigts ſont gibbeux par dehors, & caues ou plains par
dedans, tant pource que nous empoignons auec le dedans de la main, comme
pource qu'il y a plus grand nombre de tendons portez à la partie externe. Au
reſte encores que ces os ne ſoyent point égaux en magnitude, ſi eſt-il toutesfois
qu'ils apparoiſſent égaux quand ils s'employent tous également à empoigner
vne boulle, ou quelque autre corps rond : Nous expoſerons plus au long les   *Au douziéme*
autres choſes qui regardent la figure, ſituation, nombre & magnitude des os de   *liure.*
la main, quand nous décrirons l'hiſtoire admirable de toute la main, organe tres
noble: que le Lecteur curieux les reprenne de là.

Des Cartilages,

CHAPITRE XXXV.

Le pied a trois parties. La cuisse.

Sa figure.

E pied se diuise comme la main en trois parties, en la cuisse, en la iambe, & en l'extréme-pied. La cuisse appellée des Latins *femur*, est le plus grand & le plus long de tous les os du corps humain. Sa figure est ronde & droicte, mais non point exactement : car les parties anterieures & externes sont gibbeuses & cambrées, & les posterieures & internes enfoncées, pour faire que l'homme puisse courir, cheminer & se tenir droit debout plus asseurément. Il conuient remarquer en iceluy la partie superieure, l'inferieure, l'anterieure, la posterieure, l'interne, & l'externe. La superieure est articulée par enarthrose, dans la boëtte de l'ischion, & l'inferieure par ginglyme auec la iambe.
En la superieure se voyent trois apophyses, sçauoir est la grosse teste de la cuisse, & les deux trochanteres ou rotateurs. La teste la plus grosse de toutes celles qui sont au corps est nommée par excellence d'Hippocrate *arthron*, c'est à dire *article*, & est faite d'vne epiphyse : elle s'insere en la cauité profonde de l'ischion, à laquelle elle est aussi attachée par vn ligament rond & tres-fort, qui est cause que cette teste a vne coche en son milieu. Les deux trochanteres ou rotateurs (ainsi dits, parce que les courses & mouuemens de la cuisse se font par le moyen des muscles qui ont leur insertion à ces apophyses) sortent comme des nœuds de la partie inferieure du col de cet os. L'vn d'iceux & externe est le grand rotateur, nommé quelquefois des Grecs *gloutos*, ou pource qu'il ressemble à la fesse, ou bien pource que les muscles des fesses s'inserent en iceluy. L'autre interne est appellé petit rotateur. Or leur vsage est semblable à celuy des autres apophyses, & seruent pour la naissance & insertion des muscles. Ces trois apophyses icy sont aussi epiphyses : car elles se separent aisément aux enfans nouueau-nez. L'inferieure s'articule par ginglyme auec la iambe. Or le ginglyme ne se fait point qu'il n'y ait des testes & des cauitez ; & partant il y a en l'inferieure partie de cet os deux testes & vne cauité. Des testes, l'vne est interne & l'autre externe, l'interne est plus grosse, & l'externe plus large & plus plate, pour ne point nuire au mouuement oblique. Les autres parties anterieures, posterieures, internes & externes, sont inégalles & rabboteuses, à raison de plusieurs apophyses, qui seruent pour la naissance & l'implantation des muscles. Tout cet os est amplement caue, & contient de la moëlle pour sa nourriture.

Ses parties.

Son articulation.

Sa teste.

Ses deux trochanteres.

La partie inferieure.

Des Os de la Iambe & de la Rotule.

CHAPITRE XXXVI.

La iambe.

A iambe est composée de deux os ; le plus grand retenant le nom du tout, est nommé des Grecs *cnemé*, des Latins *tibia*, & des François *la iambe*, les Arabes le nomment *le grand focile*. Et le plus petit est nommé des Grecs *peroné*, des Latins *fibula*, & des Arabes *le petit focile*. La partie superieure de la iambe est articulée par ginglyme auec l'inferieure de la cuisse : & partant elle a deux cauitez dans

Son articulation par haut.

lefquelles entrent les deux teftes de la cuiffe, & vne apophyfe en fon milieu, qui entre dans la cauité de la mefme cuiffe. L'inferieure s'amoindrit & amenuife peu à peu : au bout d'icelle fe voit vne appendice prominente & gibbeufe, nommée *malleole*, ou *cheuille interne*. L'anterieure faifant vn angle long & aigu, eft appellée des Grecs & des Latins *efpine*, & des François *la greue*. Le deuxiéme os nommé *fibula*, ou *l'os de l'efperon*, eft plus petit : il ne monte point iufques au genoüil, & ne le touche point par fa partie fuperieure: & par fon inferieure il fait vne apophyfe, appellée *malleole*, ou *cheuille du pied externe*. Ces deux os, comme le coulde & le rayon font contigus en leurs extremitez, & feparez & entr'ouuerts en leur milieu. L'os rond placé au deuant fur l'articulation des os de la cuiffe & de la iambe, eft commun à la cuiffe & à la iambe, & fert auffi bien à l'vne comme à l'autre. Le vulgaire le nomme *la rotule & palette du genoüil*. Son vfage eft d'affermir & affeurer l'articulation du genoüil qui eft lafche, & empefcher lors que nous cheminons par des lieux qui font roides en pente, ou que nous fléchiffons fort le genoüil, qu'il ne fe faffe luxation en deuant: & pour faire auffi qu'on puiffe fléchir le genoüil en vn angle droit.

La maleole interne.
Le peroné.

La rotule.
Son vfage.

Des os de l'Extreme-pied.

CHAPITRE XXXVII.

'EXTREME-PIED eft à proprement parler *l'organe du mouuement progreffif* : il fe diuife comme la main en trois parties, au tarfe, au metatarfe, & aux doigts ou orteils. Les os du tarfe font fept, defquels les quatre ont efté appellez de noms propres, prins de leur figure, mais les trois autres n'en ont point. Le premier eft nommé par les Grecs *aftragale*, des Latins *talus*, & des François *le talon*: aucuns le nomment *noix d'arbaleftre*. Il eft embraffé par les apophyfes inferieures des os de la iambe & de l'efperon. Il eft auffi nommé des Grecs *tetroros*, & des Latins *quatrio*, à raifon de fes quatre faces, ou coftez dextre, feneftre, anterieur & pofterieur. La partie fuperieure caue en fon milieu, & releuée de part & d'autre de bords & fourcils, reffemble à vne poulie ; l'inferieure eft inégale, trois fois boffuë, ou gibbeufe, & deux fois cauée. Le deuxiéme eft nommé en Grec *pterna*, & en Latin *os calcis*, ou *calcaneum*, il eft le plus grand & le plus gros de tous, & reçoit l'implantation des tendons des trois mufcles, qui font la corde. Le troifiéme nommé, à raifon de fa forme, qui reprefente vn efquif ou batteau de nef, des Grecs *fcaphoïde*, des Latins *os nauiculare*, & des François *os nauiculaire*, a en fa partie gibbeufe trois fuperficies ou furfaces, qui approchent de fort prés aux plaines. Le quatriéme a efté nommé à raifon de fa forme *cyboide*, par les Grecs, parce qu'il eft quarré comme vn cube ou vn dé : les Latins l'appellent *os teffera*. Il eft quarré & a huit faces. Les autres trois n'ont point encore de nom propre : & toutesfois Falloppe les nomme *chalcoïdes*, c'eft à dire *cuneiformes*, parce qu'ils font de figure femblable à vn coin. Le metatarfe, que quelques-vns aiment mieux nommer *pedion*, & les Latins & François *la plante du pied*, eft compofé de cinq os: ils ont en leurs extremitez vne appendice couuerte de beaucoup de cartilages, & leur compofition eft prefque femblable à celle du metacarpe. Les os des doigts, ou

Les os du tarfe font fept.
L'Aftragale.

Le calcaneum.

Le nauiculaire.

Le cyboide.

Les os du metatarfe font cinq.

Ceux des or-
teils quatorze. orteils font feulement quatorze, difpofez en trois rangées, horfmis au poulce, ou gros orteil, qui n'eft compofé que de deux feulement : car en tous les autres il y a trois jointures. Or ils font articulez par ginglyme, & leurs entre-nœuds font plus courts qu'en la main, gibbeux par deffus, & caues par deffous.

Des os Sefamoïdes.

CHAPITRE XXXVIII.

Les fefamoy-
des pourquoy
ainfi nommez. V x entre-nœuds & jointures des doigts des mains & des pieds fe trouuent des os forts petits, lefquels parce qu'ils reprefentent fort bien la figure de la graine de Sefames ou Gingeolaines, ont efté appellez par le vulgaire *Sefamoïdes*. Ils font folides & ronds, mais quelque peu applatis, & font cachez fous les tendons qui fléchiffent & eftendent les doigts, eftans tellement confondus & entrelaffez auec les ligamens, que fi on ne prend garde de fort prés en repurgeant & nettoyár *Leur nombre.* les os, on les iettera quant & les ligamens. Leur nombre n'eft point bien certain ; les vns en ont remarqué en la main douze, les autres feize, & les autres plus grand nombre. Pour mon regard i'ay trouué de ces os en la partie interne & externe de la main : mais plus en l'interne qu'en l'externe. Il n'y en a point en la premiere jointure du poulce, en la feconde il y en a deux, & vn en la troifiéme. Aux autres quatre doigts, aux premieres jointures il y en a deux, & en chacune des autres *Il y en a dix-* jointures vn ; & ainfi il y en a dix-neuf en la partie interne de la main. Ceux qui *neuf en la par-* font en l'externe font moins en nombre, plus petits & moins durs. Le nombre *tie interne de* de ces os eft prefque femblable aux orteils & doigts des pieds. Leur vfage princi- *la main.* pal eft d'affermir l'articulation, & ainfi d'empefcher la luxation : car les offelets *Leur vfage.* qui font aux jointures de la partie interne de la main empefchent que les doigts ne fe defloüent en dedans, quand on eftend fort la main, & ceux qui font pofez au dehors des jointures empefchent qu'ils ne fe demettent en dehors en la grande & extréme flexion. Or les fefamoïdes de la partie interne font (comme Syluius a fort bien remarqué) fituez en telle forte, qu'en ceux qui fléchiffent les doigts, ils remontent en haut vers le ligament, & ne font plus oppofez à la jointure, de *Aux pieds.* peur qu'ils n'empefchent la flexion extréme. Aux jointures des pieds les offelets qui font par deffous femblent faire le mefme vfage : car ils font que le pied, quand nous nous tenons debout, & que nous cheminons, mefmes par les lieux inégaux & raboteux, en foit plus ferme & affeuré, & empefchent que les orteils comme renuerfez en trouuant des pierres, ou quelque autre chofe éleuée, quand nous nous tenons debout, ou que nous cheminons, ne fortent & fe demettent aifément de leurs lieux.

De l'os Hyoïde.

CHAPITRE XXXIX.

R I S T O T E veut que *tous les os foient ou continus ou contigus*, à l'aduis duquel nous foufcriuons volontiers auec Galien. Car ceux qui s'affemblent par articulation font *contigus*, & ceux qui fe joignent par fymphyfe *continus*. L'os hyoïde ne touche point par fes extremitez, les extremitez & bouts des autres os, & partant il n'a point d'articulation auec aucun d'iceux, qui eft caufe qu'il ne fe monftre point en nos fqueletes, & qu'il n'a point efté *Pourquoy l'hyoyde n'eft point defcrit au fquelete.*

defcrit par Galien en fon traité des os. Et neantmoins d'autant qu'il a continuité auec les parties voifines, par le moyen des chairs; car il eft attaché au menton, au fternum, aux efpaules & au derriere de la tefte par les mufcles, qui font cette efpece de fymphyfe, que Galien appelle *Syffarcofe* : afin qu'il ne femble point que nous ayons rien obmis, nous en defcrirons icy briefuement l'hiftoire.

L'os fitué à la racine de la langue a efté nommé, à raifon de fa figure, *hyoïde,* *hypfiloïde*, ou *lambdoïde*, d'autant qu'il reffemble à ϒ l'hypfilon, ou au Λ lambda *Pourquoy nommé hyoyde.* renuerfé des Grecs : quelques-vns le nomment *l'os du gofier*. Nature luy a donné cette figure, pour faire que l'entrée foit toufiours ouuerte & libre à l'air, au manger & au boire, pour entrer aux poulmons & au ventricule. Il a efté fait pour l'amour de la langue, & du larynx feulement, qui eft caufe qu'il eft dit eftre *l'appuy* *& firmament des mufcles de la langue & du larynx* : car fi la langue n'eftoit appuyée *Son vfage.* fur cet os, comme fur vne bafe ferme, elle ne fe pourroit mouuoir comme vne anguille ou vne lamproye de tant de fortes de mouuemens, ny auec vne telle foupplefle & agilité. Cet os eft compofé de plufieurs pieces, defquelles celle du milieu, qui eft la plus grande & la plus large, eft appellée *la bafe* : la partie ante- *Ses parties.* rieure eft voûtée & gibbeufe, pour la feureté; & la pofterieure qui regarde la langue, caue & enfoncée. De la bafe fortent quatre apophyfes (on les appelle *cornes*) deux de chaque cofté, deux inferieures plus courtes & faites d'vn os feul, & deux fuperieures plus longues, plus menuës & plus rondes, compofées tantoft de trois & tantoft de quatre offelets joints & liez enfemble, lefquels montent en haut vers la racine de l'apophyfe ftyloïde. Ces offelets manquent & defaillent quelquesfois, & lors il y a vn ligament tres-fort qui fupplée à leur defaut. Il n'y a donc que ce feul os icy qui foit foufpendu & feparé de tous les autres, lequel toutesfois eft fermement attaché aux parties voifines, par le moyen des mufcles & des ligamens.

Fin du deuxiéme liure.

LE TROISIESME LIVRE,
AVQVEL EST TRAITTÉ
DES CARTILAGES, DES LIGA-
MENS, DES MEMBRANES,
& des Fibres.

HISTOIRE ANATOMIQVE.

Qu'est-ce que Cartilage.

CHAPITRE PREMIER.

Pourquoy apres les os l'Autheur traite des cartilages.

D AVTANT que les os en leur premiere origine apparoissent presque tous cartilagineux, & que plusieurs cartilages se desseichans par l'aage deuienent osseux : parce aussi que les extremitez des os, & principalement de ceux qui sont mobiles sont enduites de cartilage : l'ordre de doctrine requiert qu'apres la description des os nous adioustions celles des cartilages : & pour commencer, nous exposerons premierement la nature, l'vsage & les differences des cartilages en general, & puis nous donnerons l'histoire d'vn chacun d'iceux en particulier.

Definition du Cartilage.

Exposition de la definition.

Le Cartilage *est vne partie similaire, froide & seiche, engendrée de la portion grossiere & terrestre de la semence, condensée par la chaleur, pour seruir à la diuersité & seureté des mouuemens, & à rompre & éluder les efforts ou rencontres externes.* Que le cartilage soit vne *partie similaire,* d'autant qu'il est tout semblable à soy, & qu'vn petit fragment d'iceluy retient la nature, la temperature & le nom de tout : c'est chose connuë à tout le monde : & si on en croit Galien, il doit estre mis au rang des parties *qui se gouuernent d'elles-mesmes & qui ne president point au gouuernement des autres.* Il est *froid & sec,* à raison de la consomption de l'humidité & de la resolution de la chaleur, qui s'est éuanoüie à faute de nourriture : de là vient aussi qu'il est *dur,* mais moins que l'os. La matiere c'est *le corps grossier de la semence :* & la cause efficiente, *la chaleur* organe immediat de la faculté procreatrice (à laquelle ministrent l'alteratrice & la formatrice) non en estendant comme aux membranes, ny en perçant comme aux vaisseaux : mais en amassant & condensant. La derniere parcelle exprime la cause finale. Car encore que les vsages des cartilages soient diuers, si est-il que ces deux sont les principaux. 1. De

1. Art. paruæ. ca. 9.

La cause efficiente.

L'vsage.

rendre les mouuemens des os ioints par diarthrose, plus faciles, plus seurs, & plus aisez à continuer longuement. 2. Et pour deffendre les parties des iniures externes. Le cartilage & l'os conuiennent & different en plusieurs choses: ils conuiennent. 1. En vsage: car le cartilage, selon Aristote, sert d'os aux animaux qui n'en ont point. 2. En temperament qui est quasi semblable en tous les deux. 3. En sentiment: car le cartilage n'a point de sentiment non plus que l'os, à raison qu'il n'a point de nerfs respandus dans sa substance: & mesme qu'il n'en deuoit point auoir, autrement l'animal eust esté en continuelle douleur. Et tout ainsi qu'entre les os, il y en a qui ont le sentiment comme les dents: ainsi semble-il qu'il y ait quelques cartilages qui en soyent doüez comme ceux des paupieres: à cause qu'ils reçoiuent quelques rinceaux de nerfs. Or ils different. 1. En ce que l'os est plus dur, plus sec & plus froid. 2. En ce que le cartilage est transparent, vni & poli, là où l'os est le plus souuent inégal & raboteux. 3. En ce que le cartilage n'a point de cauité, de cauernosité, ny de moëlle comme l'os: car estant moins espais & solide, son aliment passe plus facilement dans sa substance. Or le cartilage tient le milieu entre l'os & le ligament, estant plus dur que le ligament, & plus mol que l'os.

En quoy con-
uiennent l'os
& le cartila-
l. 2. part. aui.
9.

Et en quoy ils
different.

De l'vsage des Cartilages:

CHAPITRE II.

Es vsages du cartilage sont diuers. 1. Pour aider le mouuement des os joints par vne articulation lasche: le mouuement se rendant par le moyen d'iceluy, & plus facile, & plus asseuré, & plus diuturne. Plus facile, parce qu'estant lissé & poli, en applanissant & lissant les testes des os, il les rend plus prompts à se mouuoir: de là vient que toutes les articulations mobiles sont enduites de cartilage, & que tant les testes que les cauitez & boët-tes en sont couuertes par la partie que les os s'entre-touchent: Plus asseuré, parce que le cartilage aggrandit

vsages des
cartilages pre-
mier.

les boëttes, & ainsi empesche que les os ne se disloquent & sortent de leurs places, ainsi qu'il se voit en l'articulation du bras auec l'omoplate, & en plusieurs autres: & plus diuturne & côtinué: car côme ainsi soit que les bouts des os soyét tres-durs, ils s'vseroient en frayant les vns contre les autres en leurs mouuemens, s'ils n'estoient enduits & couuerts d'vn cartilage mol. 2. Pour éluder en obeïssant mollement les causes & rencontres qui viennent de dehors offencer le corps: car estant de nature moyenne entre les corps tres-durs & tres-mols, il n'est point si facile à rópre que les choses dures & friables, ny si aisé à coupper & froisser que celles qui sont molles & charnuës. De là vient que les os qui sont exposez aux iniures externes, ont pour la pluspart des cartilages en leurs extremitez côme il se voit au nez & aux oreilles: & tels sont à mô aduis les deux principaux vsages du cartilage. Outre lesquels il y en a encore grand nôbre d'autres. 3. Car il sert quelquesfois à affermir au lieu d'os, les parties, à appuyer les vaisseaux & à l'insertió des muscles: & tels sôt les cartilages du larynx, de la trachée artere & des paupieres, ausquels les poils des cils sont attachez. 4. Il sert de répart aux parties internes: ainsi les cartilages du brichet & des costes deffendent le cœur & le poulmon, & rendent le mouuement plus facile en obeïs-

Deuxiéme.

Troisiéme.

Quatriéme.

fans librement à la dilatation & contraction de la poictrine : ainfi le xyphoïde defend le diaphragme & couure l'orifice du ventricule. 5. Il joint & affemble les os comme de la colle : ainfi les os du penil & de la mafchoire inferieure s'vniffent par le moyen du cartilage, & cette efpece de fymphyfe eft nommée *fynchondrofe*.

Cinquiéme.
Gal. de offibus.

6. Il conjoint les os durs & denfes, auec ceux qui font rares & lafches : car ainfi il remplit les cauernofitez de l'os lafche & poreux & en applanit l'afpreté. Finalement il a plufieurs vfages particuliers, tellement que l'vn fert à la veuë, l'autre à l'ouye, à l'odorat, à la deglutition, à la refpiration, à la comprehenfion, ou à la progreffion : comme il fera declaré en l'hiftoire particuliere de chacun d'iceux.

Sixiéme.
Gal. l. 11. de
vfu part. c. 19.
Les particuliers font en grand nombre.

Des differences du Cartilage.

CHAPITRE. III.

Differences prinfes.
De la fubftance.

Es differences des cartilages, ainfi que des os, fe prennent de leur *fubftance, grandeur, figure, fituation, vfage & connexion.* 1. De *la fubftance,* ou pluftoft des chofes qui fuiuent la fubftance, comme font la molleffe & la dureté : Des cartilages les vns font durs, lefquels par laps du temps deuiennent offeux, comme ceux du larynx : les autres moyens, lefquels ne degenerent iamais en os comme l'epiglotte : & les autres mols, lefquels affemblent les articulations & tiennent nature de ligamens : les Grecs les nomment *chondrofyndefmous,* c'eft à dire *cartilages ligamenteux.* 2. De *la grandeur,* les vns font petits, & les autres grands. 3. De *la figure,* ils font nommez *enfiforme, annulaire, fcutiforme, aritenoïde,* & femblables. 4. De *la fituation,* ils font dits *fuperieurs, inferieurs, anterieurs, pofterieurs, internes & externes.* 5. De *l'vfage,* les vns feruent au mouuement, les autres à repouffer les efforts externes, les autres pour defendre certaines parties, & les autres d'appuy. 6. De *la connexion,* (de laquelle fe tirent les differences, les plus neceffaires à l'Anatomifte) les vns font adherens aux os, naiffans fur iceux : les autres font folitaires & conftituent vne partie d'eux-mefmes. Ceux qui font adherens aux os, ou ils conjoignent les os enfemble, & ce ou par l'interiection des ligamens communs, comme on voit aux extremitez des os articulez par diarthrofe : ou bien immediatement comme il appert aux os du penil & du brichet : ou bien ils font feulement pendant aux os, comme font les cartilages du nez, le xyphoïde & celuy qui eft au bout du coccyx. Le cartilage folitaire & qui fait vne partie de luy mefme, fe voit aux cils, au larynx, à la trachée artere, à l'oreillette, & l'epiglotte. Mais pour rendre cette doctrine plus facile, ie reduiray toute l'hiftoire des cartilages à trois principaux chefs ; tellement que les vns foyent de la tefte, les autres du tronc, & les autres des extremitez. Les cartilages de la tefte font ceux des oreilles, du nez, des paupieres, & de la mafchoire inferieure. Le tronc fe diuife en trois, en l'efpine, en la poictrine, & en l'os fans nom. Les parties de l'efpine font le col, le dos, les lombes, & l'os facrum. Les cartilages du col font ou pofterieurs, lefquels conjoignent les vertebres ou anterieurs : le larynx, la trachée artere, & l'epiglotte. Ceux de la poictrine fe voyent aux extremitez des coftes & du brichet. Ceux des extremitez font tant des os qui reçoiuent, que de ceux qui font receus : les vns de la main & les autres du pied.

De la grandeur.
De la figure.
De la fituation
De l'vfage.
De la connexion.
Diuifion des cartilages.

Defcription particuliere des Cartilages : & premierement de
ceux des paupieres.

CHAPITRE IIII.

E s paupieres nommées des Latins *palpebræ*, font pour *Les paupieres.*
la plus grande partie cartilagineufes. 1. Pour la facilité du mouuement : car c'eft par le moyen du cartilage *Pourquoy car-*
que l'œil s'ouure & ferme également. 2. Pour refifter *tilagineufes.*
aux iniures externes. 3. Pour affermir les cils, qui font
petits poils arrangez au deuant des yeux, pour empefcher qu'ils ne foient offençez par les chofes externes :
car fi ces paupieres eftoient molles, faites feulement
de chair ou de membranes, elles s'abbattroient pour
bien peu d'occafion, d'autant que les chofes molles
s'abbattent & affeffiffent aifément, & fi elles eftoient dures & offeufes, elles fe
mouueroient difficilement, & blefferoient par leur dureté les tuniques des yeux,
qui font d'vn fentiment tres-exquis. Elles font donc cartilagineufes, & falloit
auffi qu'elles le fuffent : mais ce cartilage eft tenuë & mince, tant pour eftre plus
leger, que pour tranfmettre à l'œil quelque petite ombre de la lumiere externe.
Il eft de figure demi-ronde, & du nombre de ceux que nous auons nommez foli- *Leur figure.*
taires, d'autant qu'il n'eft point adherent aux os : il eft reueftu par dedans d'vne
petite membrane, & par dehors de la peau. Ces cartilages font deux, vn en haut
& l'autre en bas : celuy de haut en l'homme, & aux animaux qui ne meuuent
point celuy de bas eft le plus grand : & aux oyfeaux au contraire celuy de bas eft
plus grand que celuy de haut. Ils ont des petits trous d'où naiffent des petits poils,
lefquels eftans arrangez fort induftrieufement font nommez des Grecs *tarfes*,
& c'eft auffi à raifon de l'ordre & difpofition de ces poils ainfi bien arrangez, qui
reffemblent aux auirons d'vne Galere, que ces cartilages font nommez *tarfes*. Il
y a outre plus vn cartilage fitué au grand angle de l'œil, lequel a & la figure & *Vn cartilage*
l'vfage d'vne poulie. Fallope a efté le premier qui l'a defcrit fort élegamment. Il *au grand an-*
a vn canal, par lequel va & vient la corde du mufcle qui meut l'œil en rond, du- *gle de l'œil.*
quel nous parlerons plus au long en l'hiftoire de l'œil. *In obferuat.*
anat.

Des Cartilages des oreilles.

CHAPITRE V.

E s oreilles externes nommées *oreillettes*, font de nature moyen- *Les oreilles*
ne entre l'os & la chair, à fçauoir cartilagineufes & arroufées de *pourquoy car-*
peu de fang. Si elles eftoient offeufes, elles fe romproient aif- *tilagineufes.*
ment, & empefcheroient l'homme de fe coucher ; & fi elles
eftoient molles & charnuës, elles ne garderoient point la forme
de voûte ou de coquille, & empefcheroient l'entrée à l'air : car la chair s'abbat
facilement, elle fe meurtrit, & ne repouffe point le fon. D'autant dont qu'elles *Leur vfage.*
font cartilagineufes, elles rompent, & eludent l'abord & rencontre des chofes

Gal. l. 11. de
vsu par t. 12.

externes, & font vne foſſe & cauité aſſez ample, qui reçoit le ſon de l'air qui veut entrer, ſi d'auanture il eſt échappé & n'a peu entrer dans le meat auditoire. Ainſi l'Empereur Adrian mettoit le fond de ſes mains au deuant de ſes oreilles pour mieux ouyr: & ceux qui par bleſſeure ou pour quelqu'autre occaſion ont perdu les oreilles, oyent les ſons & voix articulées, comme ſi c'eſtoit vne eau courante, ou le chant d'vne cigalle. Ces cartilages ſont plus épais & plus durs par leur ſuperieure partie: & ont tant par dehors que par dedans des parties caues, & des parties gibbeuſes. Tout le bord & circuit d'iceux eſt nommé des Grecs *helix*, & des Latins *voluula*.

Des Cartilages du nez.

CHAPITRE VI.

Les narines
pourquoy car-
tilagineuſes.

E s extremitez du nez ſont cartilagineuſes. 1. Afin qu'on ſe puiſſe plus commodément moucher. 2. Afin que les narines ſe dilatent & ferment plus facilement quand nous inſpirons & expirons, ou que nous voulons éuiter quelques odeurs puantes. 3. Et afin de ſe garantir plus ſeurement des rencontres externes. Les cartilages du nez ſont cinq; deux ſuperieurs,

Elles ſont fai-
tes de cinq
cartilages.

attachez aux os rudes du nez; & trois inferieurs, deſquels les deux qui ſont aux coſtez, & qui ſe mouuent en reſpirant, font les aiſles du nez, & le troiſiéme qui eſt au milieu, ſeparant les deux aiſles ou narines comme vne paroy metoyenne, eſt nommé des Grecs *diaphragme*.

De l'Epiglotte.

CHAPITRE VII.

L'Epiglotte.

Qu'eſt ce que
la gloſſe.

'EPIGLOTTE ainſi nommé, parce qu'il eſt couché ſur la fente du larynx, laquelle Galien appelle *glotte*; car la glotte eſt vne petite fente faite des deux apophyſes du cartilage Aritenoïde, qui reſſemble à la languette qu'on fait aux fluſtes auec de petites lames de roſeaux, jointes & collées enſemble, laquelle ſert infiniment à la diſtinction de la voix, de laquelle, ſelon Galien, *elle eſt le principal inſtrument*. Doncques l'epiglotte couchée ſur la glotte

l. 7. de vſu
part. 13.
La figure de
l'Epiglotte.

reſſemble à vne fueille de lierre, ſe terminant peu à peu d'vne baſe large & ample en vne pointe qui n'eſt point fort aiguë. La baſe ſe voit en la partie ſuperieure & interieure du cartilage tiroïde, & la pointe incline vers le palais. Au reſte il falloit

Pourquoy car-
tilagineuſe.

que ce couuercle fuſt cartilagineux, non oſſeux ny membraneux, afin de ſe pouuoir ſoudainement abbaiſſer quand les viandes & bruuages paſſent de la bouche au ventricule, & releuer promptement pour l'inſpiration de l'air. Les choſes molles s'abbaiſſent à la verité facilement, mais eſtans vne fois abbaiſſées elles ſe releuent difficilement, & les choſes oſſeuſes demeurent touſiours dreſſées, là où le

ſes vſages.

cartilage fait l'vn & l'autre fort commodément. Or les vſages de cette épiglotte ſont deux: l'vn pour couurir le larynx, de peur qu'en mengeant & beuuant il ne tombe quelque choſe dans l'artere & les poulmons: l'autre pour frapper l'air

chaſſé

chaſſé par force & impetuoſité par les poulmons pour former la voix. Ce cartilage icy, ſoit que nous inſpirions ou expirions, eſt touſiours entre-ouuert & ne
s'abbaiſſe iamais de luy meſme comme ont voulu quelques-vns, mais ſeulement
par la peſanteur des aliments, & toutesfois il ne ſe ferme point ſi exactement en
la deglutition, que quelque petite portion de ce qu'on boit ne ſe coulle par la
fente dans la trachée artere.

Des Cartilages du Larynx.

CHAPITRE VIII.

 OMME l'Epiglotte eſt le couuercle du larynx, ainſi le la- l.9.c.14.& 15.
rynx eſt le couuercle & la teſte de la trachée artere. Nous dé-
crirons l'hiſtoire entiere du larynx & de la trachée artere en
vn autre lieu, & pourſuiurons ſeulement pour ceſte heure
les choſes qui appartiennent aux cartilages. Le corps du *Le larynx*
larynx eſt donc quaſi tout cartilagineux, tant pource qu'il *pourquoy car-*
tilagineux.
eſt l'organe de la reſpiration (il faut donc qu'il ſoit touſiours
ouuert pour donner entrée & ſortie à l'air) que pource qu'il eſt l'inſtrument de la
voix ; or ce qui raiſonne doit eſtre vni, c'eſt à dire poli, liſſe & ſolide ; d'autant que
la voix eſt vn battement de l'air, & que l'air ne ſe rompt point ſinon par le rencontre & la percuſſion d'vn corps ſolide, dur & poli. Il eſt compoſé de trois cartila- *Il eſt fait de*
ges, ou pluſtoſt (ſi nous aymons la verité) de quatre, leſquels ſont joints enſem- *quatre carti-*
ble en telle façon, que par le moyen d'iceux il ſe peut dilatter ; reſſerrer, clorre *lages.*
& ouurir fort facilement. Le premier le plus large & le plus grand eſt appellé *ty-*
roïde, c'eſt à dire *ſcutiforme*, parce qu'il a la figure d'vn bouclier quarré, il eſt *Le ſcutiforme,*
auſſi nommé *anterieur*, parce qu'il eſt ſeulement ſitué en la partie anterieure ; il
eſt gibbeux par dehors & caue par dedans, il apparoit quelquesfois double, ſpecialement aux femmes, auſquelles il n'auance point tant en dehors comme il fait
aux hommes. Le ſecond qui n'a point eu de nom parmy les anciens, eſt nommé
des Modernes *annulaire*, d'autant qu'il reſſemble à l'anneau que les Turcs met- *l'Annulaire,*
tent au poulce dextre quand ils tirent de l'arc ; il eſt plus eſtroit par ſa partie inferieure & anterieure, & plus large par la poſterieure reſſemblant au chaton d'vne
bague, il ſert de baſe aux autres : & d'autant qu'il eſt tout rond, il tient touſiours
l'artere ouuerte, & empeſche que les autres qui ſont demy-circulaires ne ſoyent
preſſez aux mouuemens du larynx. On appelle le troiſiéme *arytenoïde*, parce qu'il *l'Arytenoïde,*
repreſente la forme d'vn pot dont on verſe l'eau à lauer les mains ; il peut auſſi
eſtre nommé *poſterieur*, d'autant qu'il eſt ſitué en la partie poſterieure : tous les
Anatomiſtes le décriuent *ſimple*, mais nous l'auons touſiours troüué *double*. Les
parties d'iceluy ſont jointes par des membranes & liens, & font cette fendaſſe qui
eſt deſtinée pour la diſtinction des ſons & de la voix, qu'on appelle proprement
la glotte. C'eſt ce cartilage principalement qui fait la voix éclatante & groſſe, aydé
toutesfois par l'epiglotte fermant plus ou moins l'arytenoïde. Au reſte Colomb *Erreur de Co-*
ſe trompe, quand il met ces cartilages au nombre des os, car encore qu'aux vieil- *lomb.l.1.c.13.*
les gens ils apparoiſſent oſſeux, ſi eſt-ce que tout le reſte de la vie, ils ſont cartilagineux.

M

Des Cartilages de la Trachée artere.

CHAPITRE IX.

*L'artere tra-
chée pourquoy
cartilagineuse*

A trachée artere organe de la voix, & de la respiration, d'autant qu'elle porte comme vn tuyau, l'air aux poulmons, & rapporte les vapeurs fuligineuses excremens des esprits, pour les chasser dehors par la bouche : a esté pour la plus grande partie faite cartilagineuse, d'où elle est dite *tracheia*, c'est à dire *rude* ou *aspre*, d'autant qu'elle est renduë inégale & rude par les anneaux cartilagineux qui la composent. Car le cartilage est vn instrument fort propre pour former la voix, estant moyen entre le dur & le mol. Les corps mols à raison de leur mollesse & debili-

*Pourquoy les
cartilages ne
font point vn
cercle entier.*

té, frappent l'air trop laschement, & les durs le peruertissent facilement. Ces cartilages representent la figure d'vn anneau, mais ils ne paracheuent point vn cercle entier ; car ils finissent par la partie posterieure qu'ils touchent l'œsophage en des membranes, tellement qu'ils soyent demi-circulaire, & que leur figure represente la lettre Greeque *C sigma*, d'où ils les ont nommez *sigmoïdes*. Or ces cartilages ne descendent point seulement iusques aux clauicules (comme ont songé quelques vns) ains ils se distribuent auec tout le corps de l'artere, & ses rameaux dans toute la chair des poulmons pour luy porter l'air. Or pourquoy ces cartilages ne font point vn cercle entier, c'est à mon aduis, pour garder que l'œsophage ne soit offencé par la dureté de l'artere, & pour rendre la deglutition plus libre : car estans affamez, nous auallons souuent les morceaux gros, durs & mal maschez, lesquels nous blesseroient si l'artere n'obeissoit à l'œsophage. Tu obie-

Obiection.

cteras que *le larynx est tout cartilagineux, & toutesfois qu'il ne nuit point à la deglu-*

Solution.

tition : mais regarde combien il y a de difference entre les deux ; car l'œsophage en la deglutition est tiré en bas, & le larynx refuit en haut ; & ainsi la situation de ces parties change en sorte que le commencement de l'œsophage soit enuiron la trachée artere, & que le larynx remonte en haut vers la racine de la langue. Au reste ces cartilages ne sont demi-circulaires, que iusques aux clauicules, car quand ils ne touchent plus à l'œsophage, & qu'ils entrent dans les poulmons ils parfont le cercle entier, parce qu'il faut que l'artere soit tousiours ouuerte dans le corps des poulmons pour l'attraction & expulsion de l'air.

Des Cartilages de l'Espine.

CHAPITRE X.

*Cartilages du
col & du dos.*

N l'espine sont plusieurs cartilages, qui rendent le mouuement plus facile, & l'articulation plus ferme. Toutes les vertebres du col, en ont par dessus & par dessous excepté la premiere. Celles du dos en ont tout de mesme, afin de se contourner & courber plus facilement. Celles des lombes ne different point des precedentes. Les cartilages de l'os sacrum, sont plus durs & plus secs : parce qu'il est immobile, mais son extremité nommée *coccyx*, est cartilagi-

neufe. Or ce coccyx reffemble au bec d'vn cocu, car d'vne largeur il s'eftreffit & *Le coccyx.*
recourbe; il affermit le boyau rectum, & le col tant de la veffie que de la matrice.
Aux femmes qui font en trauail, il fe recourbe en arriere, & en dehors non fans
grande douleur.

Des Cartilages de la Poictrine & du Xyphoïde.

CHAPITRE XI.

L falloit qu'vne partie de la poictrine fuft cartilagineufe pour *Vne partie de* obeïr plus librement, quand nous infpirons & expirons. A cet- *la poictrine* te caufe le fternum a vn cartilage en la partie fuperieure, & vn *pourquoy car-* autre en l'inferieure : le premier apparoit entre le premier & *tilagineufe.* deuxiéme os, & fert de ligament: & le dernier c'eft le xyphoïde *Le xyphoïde,* que les Arabes appellent *malum granatum,*duquel la figure n'eft *fa figure.*
point toufiours vne & mefme; car il n'eft point toufiours pointu; ains apparoit
affez fouuent large en fon extremité, & quelquesfois auffi il eft fourchu, d'où
quelques-vns le nomment *la fourcelle.* Nous l'auons fouuentesfois trouué tout
rond, comme l'epiglotte; quelquefois qu'il a vne petite partie couchée fur vne
plus grande, comme la fueille de *l'Hypogloffum.* Ce cartilage a en fon mitan vn
petit trou remarqué de peu de gens, dedié pour paffer vn nerf & vne veine. Son
vfage eft femblable à celuy des autres cartilages, qui font pendans aux os ; c'eft *Les Latins la* qu'en obeïffant doucement par fa moleffe, il refifte aux violentes rencontres fans *nomment bis* rompre, & deffend les parties qu'il couure. Il y en a qui veulent qu'il ait efté creé *lingua, & les* pour feruir de bouleuart au diaphragme, qui eft nerueux en cette partie; & les au- *François lin-* tres que ç'ait efté pour la deffence de l'orifice du ventricule,& que pour cette cau- *gua pagana.* fe il excite des naufées & volontez de vomir, quand eftant courbé en dedans il *Son trou.* vient à preffer ledit orifice. Quelques Modernes fe mocquent de ce dernier vfage, *Son vfage.* d'autant (ce difent-ils) *qu'il eft reculé d'vn long interualle dudit orifice, lequel eft fi- Contre les* *tué tout ioignant le dos:* mais il eft faux, qu'aux corps viuans il en foit tant élongné, *Modernes.* car mefme ceux qui veulent vomir fentent douleur à l'endroit de ce cartilage, &
Hippocrate veut *que la repletion du ventricule ferue pour r'adreffer les coftes rom-* *l. de articul.* *puës,* ce qu'il ne pourroit faire s'il n'inclinoit vers les parties anterieures. Au refte
c'eft vne abfurdité grande ce que les bonnes femmes difent, que ce cartilage tom- *Contre les* be de fon lieu, & qu'elles le remettent en grommelant ie fçay quelles prieres *femmelettes.* entre leurs dents, ou en le maniant. Chaque cofte a fes cartilages, & par la partie
pofterieure qu'elle eft articulée auec les vertebres, & par l'anterieure qu'elle eft
jointe auec le fternum: mais les cartilages anterieurs font plus grands & plus gros
que les pofterieurs, à raifon que l'anterieure partie du thorax fe dilatte & refferre
pour l'infpiration & l'expiration. Les cartilages des fauffes coftes font auffi plus
longs que ceux des vrayes.

Des Cartilages des Ioinctures.

CHAPITRE XII.

L fe trouue en quafi toutes les articulations des cartilages faits pour la
facilité & feureté de leurs mouuemés; en l'articulation de la mafchoire
inferieure auec l'os des temples il y a vn cartilage gliffant & mobile,

Le cartilage de la maſchoi-re inferieure.

Des clauicu-les.

Des omoplates.

Du coulde.

Du penil.

1.8. quæſt. 33. de l'Iſchion.

De la cuiſſe.

pour empeſcher que ces os ne s'vſent en frayant l'vn contre l'autre, ou que laſſez par vn trop long trauail, ils ne ceſſent leur mouuement. Les clauicules en ont deux, l'vn ſert à les joindre auec l'acromion de l'omoplate, & l'autre auec le ſter-num, afin de rendre les mouuemens du bras & de la poictrine plus ſouples & faciles. Nature a appoſé en la cauité de l'omoplate vn cartilage, qui aggrandit ladite cauité, pour empeſcher que l'os ne ſe diſloque ſi facilement aux mouue-mens violens. En l'inferieure partie du coulde, laquelle a vne apophyſe pointuë, ſe trouue vn cartilage qui remplit le lieu vuide. Il empeſche que la main, quand on la meine vers le coſté ne heurte contre ladite apophyſe pointuë. Il y a vn car-tilage tres-épais & tres-dur, entre les deux os du penil, les vniſſant enſemble de telle façon, que ce n'eſt point choſe croyable qu'ils ſe diſioingnent ou ſeparent en l'enfantement, ainſi que nous monſtrerons en ſon lieu. En la cauité de l'Iſchium, il y en a vn qui ſert pour amplifier ladite cauité. Aux teſtes qui ſont en l'inferieu-re partie de la cuiſſe, on en voit deux demi-circulaires, qui aggrandiſſent les ſourcils des cauitez. Bref, à grand' peine ſe trouue-il jointure qui ne ſoit reueſtuë de cartilages, pour rendre le mouuement plus facile, plus ſeur & plus diuturne.

DES LIGAMENS.

Qu'eſt-ce que Ligament.

CHAPITRE XIII.

IL falloit que les os appuyans & affermiſſans la maſſe de tout le corps, ſe meuſſent de diuerſes ſortes de mou-uemens, pour la perfection de l'animal, duquel l'eſſen-ce giſt au ſentiment & au mouuement. Or à ce que le mouuement fuſt plus ſouple & plus facile, Nature a enduit & couuert les bouts des os d'vn cartilage liſſe & poly, afin de les rendre plus gliſſans & plus mobiles; & la meſme Nature pouruoyant maintenant à la ſeu-reté, tant de l'articulation que du mouuement, les a attachez enſemble en leurs extremitez, par le moyen des liens tres-forts & fort ſerrez qu'elle y a appoſé, pour empeſcher qu'ils ne s'arrachent és mouuemens vio-lens. Nous auons cy deuant expoſé la ſtructure des os & des carrilages, expliquons

Le ligament ſe prend en deux ſignifications largement & h de off-natur.

maintenant la compoſition des ligamens. La ſignification du mot *ligament* eſt double, l'vne ample & l'autre ſerrée; la premiere comprend tout ce qui lie & attache vne partie à vne partie, & ſuiuant icelle toutes les membranes peuuent eſtre dites ligamens : Ainſi Hippocrate eſcrit que *la chair & la peau lient & aſ-ſemblent toutes les parties,* & les anciens appellent les veines, arteres & nerfs *liga-mens communs,* par la derniere nous appellons ligament *vn corps qui eſt aſſez dur & ferme, laſche toutesfois & ployable, priué de ſentiment, lequel lie, attache & con-tient les articulations :* Or noſtre deſſein eſt ſeulement de traitter icy de ce der-

proprement.

nier. Doncques le ligament proprement dit, eſt nommé des Grecs *ſyndeſmos,*

& des Latins *copula & vinculum*. Hippocrate & Galien le nomment quelques- l. de loc. in homine l. de oſub.
fois *neuron*, c'eſt à dire *nerf*. Or nous declarerons la nature d'iceluy par cette
briefue definition. *Le ligament eſt vne partie ſimilaire froide & ſeche, moyenne en-* ſa definition.
tre le nerf & le cartilage, engendrée par la chaleur de la portion lente & tenace de la
ſemence ſeruant à attacher, contenir & couurir les parties, & à compoſer les muſcles.
Touchant la temperature qui eſt la forme de la partie ſimilaire, tous en ſont
d'accord, car elle eſt froide & ſeche, combien que les particuliers ligamens des
jointures ſoyent abbreuuez d'vne humeur lente & viſqueuſe. Mais touchant les
choſes qui l'accompagnent & ſuiuent, & celles qui luy ſont accidentaires, quelques vns en ont douté; la dureté & molleſſe ſuiuent la temperature, & le mouuement & ſentiment luy aduiennent, & ſont qualitez accidentaires. Nous diſons que les ligamens ſont de nature moyenne entre les cartilages & les nerfs:
car ils ſont plus durs que les nerfs, pour garder qu'ils ne ſe rompent aux mouuemens violens, & plus mols que les cartilages afin d'obeïr facilement aux muſcles
qui mouuent & tirent les os. Or ils ſont quaſi tous priuez de ſentiment, tant Pourquoy pri-né au ſenti-ment
pource qu'ils ne reçoiuent point de nerfs, que pour empeſcher que l'animal ne Obieſtion.
ſoit trauaillé de continuelles douleurs. Que ſi quelque petit Sophiſte obiecte que l. 3. de fac.nat.
Galien écrit que les ligamens ſont compoſez de filets ſenſibles: ie luy répondray, Reſponce.
qu'il entend par les *fibres ſenſibles*, non qu'ils ayent ſentiment, mais qu'ils ſoyent
apparents aux ſens. Ils n'empruntent donc rien du cerueau, qui fait qu'ils n'ont
point auſſi de ſentiment, & qu'ils ne ſe mouuent point d'eux-meſmes. Au reſte
comme entre les os, les dents ont ſentiment: & qu'entre les cartilages, ceux des
paupieres en ſont ainſi doüez: ainſi entre les ligamens il s'en trouuent quelques
vns qui ont le ſens de l'attouchement, tels ſont les deux de la verge; & celuy de
la langue nommé *le frein*. La matiere des ligamens eſt la portion tenace de la ſe- Leur matiere.
mence, laquelle s'allonge & eſtend facilement par la chaleur; dont aduient qu'ils
ne ſe peuuent & retirer & relaſcher commodément. Au reſte ie ne croy point Leur aliment.
que la moëlle ſoit leur aliment (comme ont voulu aucuns) ains le ſang qui leur
eſt porté par les veines capillaires, & qui à raiſon de leur petiteſſe ne ſe voyent
point. Leur vſage qui eſt la cauſe finale eſt exprimé à la fin: car ou ils attachent Leur vſage.
les parties, ou ils les contiennent en leurs lieux, ou ils les couurent, ou ils forment les muſcles: comme il ſera monſtré au chapitre ſuiuant.

Des vſages des ligamens.

CHAPITRE XIIII.

Es vſages des ligamens ſont diuers; le premier & plus commun eſt Le premier vſage des li-gamens.
pour affermir les articulations des os & des cartilages, & princi-
palement les plus laſches; & empeſcher la luxation: car il eſtoit à
craindre que les os déjoints & écartez aux violens mouuemens, ne
s'arrachaſſent de leurs lieux, s'ils n'eſtoient attachez en leurs extremitez auec
des liens fort ſerrez. Or ceux qui font cet vſage, ou ils ſont communs, leſquels
ceignent & enuironnent l'articulation de tous coſtez, ou bien ils ſont particuliers; ceux-là ſont tenuës, deſliez & membraneux: & ceux-cy ſont gros & quaſi

Le deuxieme. ronds. Le deuxiéme eſt pour lier les os, meſme par la partie qu'ils ne s'entre-touchent point; ainſi il y a des ligamens deſliez qui attachent le rayon au coulde, &
l'eſperon à la jambe, par la partie que ces os ne s'entretouchent point: il y en a
d'autres qui font le meſme aux eſpines des vertebres. Galien en reconnoit vn

Le troiſiéme. troiſiéme qui eſt d'eſtre appoſé exterieurement, comme vne robbe pour la deſ-
fence des tendons: Ainſi les tendons qui fleſchiſſent & eſtendent les doigts, ſont
couuerts ſelon leur longitude de ligamens & de membranes. Ajouſtons-en vn

Le quatriéme. quatriéme, pour contenir les tendons en leurs places, les affermir, & leur donner paſſage aſſeuré, tels ſont les ligamens tranſuerſaux du carpe reſſemblans à vn

Le cinquiéme. anneau, leſquels pour cette cauſe ſont nommez annulaires. Le cinquiéme eſt
pour empeſcher que les tendons ne ſoyent offencez par la dureté des os, en ſe

Le ſixiéme. mettant comme quelque cuiſſinet ou lictiere entre les deux. Le ſixiéme pour ſeparer les muſcles dextres des ſeneſtres; les anterieurs des poſterieurs, & les autres parties ſemblablement, comme on peut voir au coulde & au rayon, & en la

Le ſeptiéme. jambe & à l'eſperon. Le ſeptiéme pour aggrandir non autrement que les cartila-
Le huitiéme. ges, les cauitez des os. Le huitiéme pour ſouſpendre les viſceres & empeſcher
qu'ils ne tombent en bas, à raiſon de leur peſanteur. Tels ſont ceux du foye, de

Le neuſiéme. la veſſie & de la matrice. Et le dernier pour ſeruir à la compoſition du muſcle, car
le tendon eſt fait de filets du nerf, & du ligament meſlez enſemble.

Les differences des ligamens.

CHAPITRE XV.

Differences des ligamens prinſes.
De la ſubſtance.
E s differences des ligamens ſe doiuent prendre de là
ſubſtance, grandeur, figure, ſituation, origine, inſertion,
vſage & parties principales. De *la ſubſtance*, les vns ſont
mols, les autres durs, les autres membraneux, c'eſt à
dire *ſemblables aux membranes*, parce qu'ils ſont larges; les autres *nerueux*, parce qu'ils ſont ronds comme des nerfs: & les autres cartilagineux, leſquels
pour cette raiſon ont eſté nommez des Grecs *neuro-*
chondrode, comme qui diroit *ligament cartilagineux*.

De la magni-
tude.
De la figure.
De *la grandeur*, les vns ſont grands, les autres petits; les autres larges, & les au-
tres eſtroits. De *la figure*, les vns ſont larges, les autres ronds, les autres continus, les autres trouës, les autres tranſuerſes & annulaires, & les autres longs.

De la ſitua-
tion.
De l'origine
& inſertion.
De *la ſituation*, les vns ſont ſuperieurs, les autres inferieurs, dextres, ſeneſtres,
anterieurs ou poſterieurs. De *l'origine & inſertion* ſe tire vne belle diuiſion; les
vns naiſſent des os, les autres des cartilages, & les autres des membranes. Ceux
qui naiſſent des os, s'inſerent ou aux os, ou aux cartilages, ou aux teſtes des muſcles, ou en quelque autre partie. Ceux qui ayant pris naiſſance de l'os s'inſerent
en l'os, les vns affermiſſent les articulations, les autres attachent les deux os ſans
articulation: les autres couurent & reueſtent les tendons. Ceux qui ayant pris
naiſſance de l'os, s'inſerent aux cartilages, ſe voyent au genoüil, l'vn de la racine
interne du condyle interne, & l'autre au deſſous d'iceluy. Ceux qui s'inſerent aux
teſtes des muſcles ſont diuers: il y en a qui ayant pris naiſſance des os, s'inſerent en

d'autres parties, comme les deux de la verge qui fortent des os du penil. Les liga-mens qui naiffent des cartilages, les vns s'inferent aux cartilages, comme ceux qui conjoingnent les cartilages du larynx : ceux qui font au bout du coccyx , & qui lient les cartilages de la trachée artere ; les autres s'inferent aux teftes des muf-cles, comme ceux qui font portez aux mufcles propres du larynx. Ceux qui naif-fent des membranes font peu en nombre. *De l'vſage*, ſe recteille pluſieurs dif-ferences ſelon que les vſages deſcrits au chapitre precedent ſont diuers. Finale-ment *les parties principales* nous fourniſſent cette diuiſion fort propre à noſtre ſujet : *Des ligamens les vns ſont de la teſte , les autres de la poictrine & du dos , & les autres des extremités.*

De l'vſage.

Des parties.

HISTOIRE PARTICVLIERE DES LIGAMENS.

Des Ligamens de la Teſte.

CHAPITRE XVI.

ES liens de la teſte, les vns ſont de toute la teſte, & les au-tres de quelque partie d'icelle, comme de la maſchoire ſu-perieure ou de l'inferieure. Toute la teſte ſe meut ſur la premiere & la deuxiéme vertebre, il falloit donc qu'elle fut attachée auec des liens fort ſerrez , autrement elle courroit hazard, eſtant expoſée à vne articulation laſche. Ces ligamens ſont trois en general, leſquels peuuent eſtre diuiſez en pluſieurs parties : Le premier tres-grand & large attachant la premiere vertebre à la teſte embraſſe tout le tour de l'articulation : il a deux parties, par l'vne qui reſſemble à vne membrane eſpaiſſe, il eſt porté à la partie interne de la premiere vertebre, & par l'autre il ceint & enuironne toute l'articulation par dehors : il prend ſon origine de la baſe de l'os occipital, laquel-le pour cette occaſion eſt rude & rabboteuſe : & aux enfans nouueau-nez fenduë en pluſieurs pieces. Le deuxiéme attachant la dent de la ſeconde vertebre à la teſte, eſt fait de trois parties , deſquelles les deux ayant prins leur origine de la ſuperficie externe de la dent , s'inſerent aux corones internes de l'os occipital. La troiſiéme qui eſt ronde comme vn nerf, naiſſante de la partie anterieure de la dent ſe termine & finit dans le trou de la vertebre contenant la moëlle de l'ef-pine, auquel elle eſt fort adherente. Le troiſiéme reſſemble à vn nerf, & eſtant tiſſu d'vn artifice admirable ceint & enuironne la cauité de la premiere vertebre qui reçoit la dent, & ſerrant ladite dent il l'affermit en telle façon qu'elle n'incline ny deçà ny delà : il couure auſſi la moëlle & la defend de peur qu'elle ne ſoit of-fenſée en heurtant contre l'os nud, & qui ſe meut continuellement. A ces trois les Modernes en adiouſtent vn quatriéme, lequel eſtant appoſé & par dehors & par dedans lie & attache la ſeconde vertebre auec la premiere. Les ligamens de la maſchoire ſuperieure qui ſont entre les ſutures & conjonctions d'icelle, leſquel-les les Grecs nomment *harmonies* , ſont tenuës deſliez & membraneux, faits pour l'origine des muſcles : car d'iceux naiſſent les tendons des muſcles de la face & des parties voiſines. La maſchoire inferieure eſt attachée à l'os temporal par vn ligament commun membraneux ; lequel enuelope toute l'articulation :

Les ligamens de la teſte ſont trois.

Premier.

Deuxiéme.

Troiſiéme.

Ceux de la maſchoire de deſſus.

De deſſous.

Des Ligamens,

CHAPITRE XVII.

Les ligamens de l'os hyoïde.

De la langue.

ES apophyſes plus grandes de l'os hyoïde naiſſent deux ligamens qui attachent la langue par le bout de haut. Il y a deux autres ligamens qui s'inſerent aux cornes du meſme os, qui ſuſpendent tout cet os auec ſes muſcles, en telle façon que la langue ſoit appuyée ſur iceluy, comme ſur vne baſe. La langue a auſſi vn ligament particulier aſſez fort, qui ſouſtient, renforce, & appuye la molleſſe de ſa chair, & fait qu'elle ſe tire & darde hors plus facilement. Il s'eſtend iuſques aux dents de deuant, & ſi les ſages femmes ne le rompoient auec la main quand nous naiſſons, nous ne pourrions ſinon à peine parler diſtinctement.

Des Ligamens de l'Eſpine, & de la Poictrine.

CHAPITRE XVIII.

Les ligamens de l'eſpine.

ES mouuemens de l'eſpine ſont diuers, il eſtoit donc neceſſaire que les vertebres qui la compoſent fuſſent attachées enſemble auec des ligamens. On remarque aux vertebres leurs corps & leurs apophyſes, d'où ſe tirent deux differences de ligamens : les vns conjoingnent & attachent les corps des vertebres, qui ont tant en la partie ſuperieure qu'en l'inferieure des épiphyſes couuertes de cartilages. Ils ont la figure d'vne lune, & ſont fibreux, eſpais, pleins de baue & tres-forts, afin de ſupporter les mouuemens & efforts violents, & les fardeaux qui ſe chargent ſur le dos. Les autres naiſſent des apophyſes, tant des tranſuerſes que des pointuës : des tranſuerſes pour l'aſſemblage & liaiſon des muſcles & coſtes : & des pointuës pour attacher les vertebres enſemble plus eſtroittement. Or ces ligamens attachans & lians les eſpines des vertebres, ayans prins leur origine du milieu d'vn petit canal, qui eſt en la ſuperieure partie de l'eſpine ou apophyſe pointuë, & s'implantans en vne certaine ligne, qui eſt en l'eſpine de deſſous, continuent leſdites eſpines, comme ſi ce n'eſtoit qu'vn os ſeul.

De la poictrine

    Les ligamens de la poictrine ſont diuers : car les coſtes par la partie qu'elles s'articulent auec les vertebres, ſont attachées auec des ligamens forts & quaſi cartilagineux, qui naiſſent des apophyſes tranſuerſes des vertebres : & par la partie qu'elles s'articulent auec le ſternum, elles ont des ligamens tenuës & deliés. Le ſternum eſt auſſi attaché aux clauicules par l'interiection & moyen d'vn ligament propre.

Des ligamens du Pasteron, du Bras, du Coulde & du Rayon.

CHAPITRE XIX.

E bras est attaché auec l'omoplate ou pasteron par le moyen des ligamens communs & propres. Les communs enuironnans l'articulation de toutes parts sont déliez & membraneux. Les propres épais & ronds sont quatre. L'vn plus large de la fin de l'acromion se termine au bout de l'apophyse coracoïde. Le deuxiéme plus estroit & plus court, de la racine de l'acromion s'insere à la racine du coracoïde. Les deux autres font la plus grande partie du muscle biceps: ils naissent l'vn de l'apophyse coracoïde, & l'autre de l'aceta- *Les ligamens du bras & de l'espaule.* ble de l'omoplate. Il y a des ligamens communs qui attachent le bras auec le coul- *Du coulde & du rayon.* de & le rayon. Le coulde & le rayon ont en leurs parties superieure & inferieure, par lesquelles ils entrebaillent des ligamens minces & desliez. Il y a outre plus vn ligament membraneux, estendu tout du long de ces deux os, separant comme vne paroy, ou entre-deux les muscles internes fléchisseurs, des externes exten- seurs.

Des Ligamens du Carpe & des Doigts.

CHAPITRE XX.

NO vs remarquons deux sortes de ligamens au carpe: les vns ne sont seulement qu'attacher & lier les os en- semble, & les autres ne seruent point à l'articulation: ains sont destinez pour affermir, deffendre & couurir les tendons, & pour leur asseurer les passages & che- mins. Ces premiers-là, ayans prins leur origine de l'apophyse inferieure du coulde & du rayon, s'inserent & insinuent aux huict os du carpe, qui sont distinguez en deux rangées en telle sorte qu'ils tiennent leur arti- *Les ligamens du carpe.* culation ferme & bien serrée. Ces derniers icy sont deux, l'vn interne & l'autre externe, & tous deux transuersaux. L'interne de l'os du carpe qui regarde le *Interne, &* poulce, est porté transuersalement à l'os du mesme carpe, qui touche le petit doigt: il ressemble à vn anneau, & contient les tendons des muscles fléchisseurs des doigts, pour garder, quand ils se retirent, qu'ils ne sortent de leurs lieux. L'externe contient les tendons des muscles extenseurs. Au reste ces ligamens *externe.* transuersaux & annulaires, encores qu'ils semblent n'estre qu'vn, si est-ce que si tu les regardes bien attentiuement, tu trouueras qu'ils sont six. Les doigts ont *Des doigts.* aussi chacun leurs ligamens portez par la partie interne, selon leur longueur, re- presentans comme la figure d'vn canal: ils contiennent les tendons en leurs lieux, & les attachent aux doigts. On peut appeller cette sorte de ligament, *mem- brane dure*, ou *ligament membraneux*.

Des Ligamens,

Les ligamens
des iles.

De la cuisse
&

de la iambe.

Es os des iles sont attachez à l'os sacrum par des ligamens membraneux : les os du penil joints par le moyen d'vn cartilage, sont encores plus fermement attachez ensemble auec des ligamens communs. Il y a outre plus deux ligamens propres, qui sont ronds, lesquels de la partie inferieure de l'os sacrum sont portez à l'apophyse pointuë de l'ischium, laquelle ils lient fort estroittement auec l'os sacrum : ils appuyent aussi le boyau droit, & les muscles sphincteres. Il y a aussi vn ligament membraneux qui occupe & remplit le trou de l'os pubis. La cuisse est attachée à la cauité de l'ischium par deux ligamens : l'vn commun, large & tres-épais, enuironne toute l'articulation : l'autre propre, lequel du fond de la cauité s'implante au milieu de la teste de la cuisse, il est roide, dur, rond & court, de sorte qu'il peut estre tenu pour vn nerf cartilagineux. Outre les ligamens communs & larges, il y en a trois forts & ronds qui attachent la iambe à la cuisse : le premier en la partie interne du genoüil, petit & rond, sortant du canal qui est entre les deux testes, se termine en la partie plus pointuë. L'autre cartilagineux du reste de l'aspreté du canal, se termine au milieu de l'apophyse éminente de la iambe. Le troisiéme aussi cartilagineux, enuironnant de toutes parts les deux cauitez de la iambe, s'insere au canal, qui est entre les deux testes de la cuisse, & separe tout l'article en deux parties. Il y a vn ligament commun qui attache la iambe au talon. Entre la iambe & l'esperon, par la partie que ces deux os ne s'entretouchent point, se void vn ligament délié & large, qui lie & attache ensemble les parties superieures & inferieures de ces os, & separe les muscles internes de la iambe d'auec les externes.

Des ligamens du Pied.

CHAPITRE XXII.

Les ligamens
du tarse.

Des orteils.

Omme la composition du pied & de la main est quasi semblable ; ainsi les liens qui conjoingnent leurs os, & contiennent & affermissent leurs muscles ne sont point fort dissemblables, ny en structure ny en nombre. Il y a donc des ligamens communs qui attachent les os du tarse aux os voisins, & des propres qui les assemblent & lient entr'eux. Il y a aussi des ligamens transuersaux internes & des externes, qui contiennent les tendons qui fléchissent & estendent les doigts. Chaque orteil a pareillement vn ligament membraneux pour affermir le tendon. Finalement sous la plante du pied apres auoir leué la peau & la graisse, se trouue vn ligament large & fort, lequel de la partie basse du deuxiéme os du tarse, nommé *pterna*, ou *l'os du talon*, s'en va inserer en tous les sesamoïdes de la premiere rangée pour la plus grande asseurance & fermeté de tout le pied. Au reste nous descrirons les ligamens du foye & de la verge vn chacun en son lieu.

DES MEMBRANES.

Qu'eſt-ce que Membranes.

CHAPITRE XXIII.

ES mots *hymen, chiton, meninx, membrane, tunique, & meninge*, en la doctrine d'Hippocrate, de Galien, & de quaſi tous les Medecins ſignifient ſouuent vne meſme choſe : quelquesfois auſſi qu'ils ſont diſtinguez en ſorte que *l'hymen* ou *membrane* prenne ſon nom de ſa ſubſtance ſimple, nerueuſe, deſliée, denſe & large, qui s'eſtend & retire facilement ; & le *chiton* ou *tunique* de ſon vſage, parce qu'elle couure & reueſt quelque partie. Il y en a qui donnent le nom de *tunique* aux corps des vaiſſeaux & des parties organiques, & celuy de *membrane* à ce corps qui couure & enueloppe les parties exterieurement.

En quoy different la membrane & la tunique.

La tunique & la meninge.

Le mot *meninge*, ſe prend tantoſt pour toute *membrane*, & tantoſt elle eſt diſtinguée d'auec *la tunique*, d'autant que la *meninge* eſt engendrée d'vne matiere plus ſeche & plus tenuë, & *la tunique*, d'vne ſubſtance plus groſſiere. Ainſi Hippocrate eſcrit que *la dure meninge par ſucceſſion de temps deuient tunique*. *Meninge* (ſelon Heſychius) *eſt proprement la membrane du cerueau*, & entre les Anatomiſtes, il n'y a que les ſeules membranes qui couurent & enueloppent de toutes pars le cerueau, qui ſoyent qualifiées de ce nom. Mais à nous qui ne ſommes point par trop curieux des mots, il ne nous chaut ſi tu l'appelles *membrane*, *meninge* ou *tunique*. Ainſi Galien parlant du peritoine, *Il n'importe de rien* (ce dit-il) *ſi tu le nommes tunique ou membrane* : Il vaut mieux declarer l'eſſence de la membrane par ſa definition, ce que nous eſſayerons de faire en cette maniere.

l. de carnib.

l. 4. de vſu par. c. 9.

La membrane eſt, *Vne partie ſimilaire, froide & ſeche, engendrée de la portion tenace & viſqueuſe de la ſemence, laquelle s'eſtend facilement*. De là vient qu'elle eſt large, deſliée & denſe pour eſtre l'organe de l'attouchement, pour conſeruer les parties qu'elle couure, pour les attacher enſemble, & pour les ſeparer les vnes des autres. Que ce ſoit vne *partie ſimilaire*, il appert de ce qu'elle eſt vniforme : & combien qu'elle ſoit tiſſuë de fibres, ſi eſt-ce qu'ils n'apparoiſſent point aux ſens. Ie parle icy des vrayes membranes, & non point des corps membraneux, tels que ſont la matrice, la veſſie, le ventricule, & les boyaux : qui d'eux-meſmes conſtituent vne partie, & eſquels apparoiſſent les trois ſortes de fibres. Qu'elle ſoit *froide & ſeche*, Galien l'enſeigne en ſes liu. des temp. mais elle l'eſt moins que les tendons, ligamens, cartilages & os, & plus que les arteres, veines & nerfs. La matiere eſt *la portion tenace de la ſemence, qui eſt eſtenduë par la chaleur* : de là vient que elle ſe peut dilatter & reſerrer ſans dommage. Il n'y a (ce dit Galien) *que les ſeules membranes qui ſe puiſſent eſtendre & retirer ſeurement, & pour cette cauſe toutes les parties qui ont beſoin de ſe reſerrer & dilatter, ont eſté faites membraneuſes*. La mébrane eſt *large & s'eſtend facilemét*, afin de mieux couurir & reueſtir les parties : elle eſt denſe, afin d'eſtre plus forte & de ne point receuoir ſi facilement la defluxion des

Definition de la membrane.

Expoſition d'icelle.

La matiere des membranes.

La membrane pourquoy large, denſe & mince.

Des Membranes,

humeurs, & *defliée*, afin de ne point preſſer les parties par ſa peſanteur. Or encores qu'elle ſoit *mince & defliée*, & qu'elle apparoiſſe *ſimple*, ſi eſt-il qu'elle eſt par
tout *double*, d'autant qu'entre la duplicité d'icelle, s'épandent des nerfs, des vei-
L'office des
membranes.
nes & des arteres, qui luy portent le ſentiment, la nourriture & la vie. L'office
commun des membranes eſt, *de ſeruir d'organe au ſens de l'attouchement, comme*
l'œil au ſens de la veuë. De là vient qu'elles ſont doüées d'vn ſentiment tres-exquis.
Le nerf eſt veritablement le porteur des eſprits animaux, & porte le commandement de l'ame : mais comme au muſcle il n'eſt point le premier & principal organe du mouuement, ny ne reçoit point en l'œil les eſpeces des objets viſibles:
Elle eſt l'or-
gane imme-
diat de l'at-
touchement.
auſſi ne reçoit-il point les qualitez traitables premieres ny ſecõdes. C'eſt la membrane ſeule, qui doit eſtre miſe pour l'organe du ſentiment, & ſi on dépoüille les
parties de leurs membranes, on les rendra priuées de tout ſentiment. Ainſi la
chair du foye, des poulmons, de la ratte, & des viſceres eſt inſenſible. Or comme le ſentiment eſt diffus par tout le corps parce qu'il eſt par tout neceſſaire;
auſſi ſont les membranes reſpanduës par toutes les parties tant externes comme internes. Celles qui couurent tout le corps par dehors, ce ſont la peau & la
membrane nerueuſe : mais celles qui l'enueloppent par dedans, ce ſont les mem-
nes particulieres à chaque partie, leſquelles ſont quaſi infinies. Si tu objectes que
Obiection.
Galien écrit, *Que les membranes n'ont point de facultez influentes : mais ſeulement*
des facultez innées, & que le ſentiment influë du cerueau. Le Conciliateur reſpon-
in arte parua.
c. 9.
dra, *Que Galien parle des ligamens membraneux & larges naiſſans des os.* Les trois
dernieres parcelles de la definition expriment fort bien les trois principaux vſages des membranes. 1. Elles couurent & reueſtent, comme vn accouſtrement les
Solution.
parties : d'où elles ſont nommées. 2. *tuniques.* Elles conſeruent les fibres, afin
qu'ils rendent les chairs plus fermes : Elles contiennent la ſubſtance des parties,
& les enuironnent de tous coſtez pour empeſcher qu'elle ne s'épande & ſe diſſip-
pe : & finalement elles lient & attachent les parties aux parties, d'où vient la ſympathie & ſocieté admirable, qui eſt entre toutes les parties du corps. Ainſi tous
les os ſont continus les vns aux autres par le moyen du perioſte. Tous les muſcles
Les vſages
communs des
membranes.
ont vnion par la membrane qui leur eſt commune, & tout le corps compoſé de
parties de diuers genres, a ſymphyſe, & eſt fait vn par le moyen de la peau. 3. Finalement, elles ſeparent les parties d'auec les parties, comme il ſe peut voir en la
diſſection des muſcles. Elles ont encores d'autres vſages particuliers, pour ap-
Les particu-
liers.
puyer certaines parties comme au mediaſtin : pour empeſcher le reflus des humeurs, & qu'elles ne retournent d'où elles ſont ſorties, eſtant appoſées aux emboucheures des vaiſſeaux en forme de valuules & portelettes, comme au cœur,
aux grandes veines, au conduit de la veſicule du fiel, & au boyau cœcum, pour
conduire & affermir les vaiſſeaux qui ſe diſtribuent dans les parties, comme au
meſentere, en l'epiploon, & en la membrane, dite *charneuſe.*

Les differen-

Les differences des membranes.

CHAPITRE .XXIIII.

Es differences des membranes, qui sont en grand nombre, doiuent estre prises de leur *substance*, *grandeur*, *situation*, *figure*, *composition*, *& de la nature des parties qu'elles reuestent & contiennent*. Si tu regardes *la substance*, qui est le domicile d'vne faculté déterminée. Des membranes les vnes sont vrayes & legitimes, ausquelles conuient la definition cy dessus donnée; telles sont les deux menynges, la pleure, le peritoine, le perioste,&c. Les autres non vrayes & illegitimes, lesquelles sont plus proprement nommées *corps membraneux*, & d'iceux il y en a de trois sortes, les vns naissent des os, ils sont larges, sans sentiment, & attachent les articulations. Ils sont nommez *membranes ligamenteuses*, ou *ligamens membraneux*. Les autres sont faits des tendons des muscles dilatez, & par ainsi representent plustost vne membrane qu'vn tendon : telles sont les aponeuroses des muscles obliques & transuersaux de l'epigastre, & le tendon du muscle ameneur de la iambe, que le vulgaire appelle *bande large*. A la troisiéme sorte, ie rapporte les corps membraneux, qui d'eux-mesmes constituent vne partie, lesquels bien qu'ils soient reuestus de tuniques, sont neantmoins tout composez d'vn corps membraneux, comme sont les deux vessies, celle du fiel, & celle de l'vrine, le ventricule, les boyaux, & la matrice. Derechef la substance de ces membranes, que nous auons appellées *vrayes*, est ou mince & déliée, fort semblable aux larges toiles des araignes, telles sont celle de l'œil qui enueloppe le cristalin, nommée *aracnoïde*, & celles qui couurent immediatement le corps du cerueau, des poulmons & du foye : ou elle est crasse & épaisse, comme est la dure meninge & la tunique de la vessie, ou elle est charnuë, comme en la face, ou bien elle est toute nerueuse. De *la magnitude*, les vnes sont larges, & les autres longues. *La figure* des membranes est fort diuerse selon la diuersité des parties qu'elles couurent. De *la situation*, les vnes sont internes, les autres externes : les autres superieures, les autres inferieures. De *la composition*, les vnes ont des fibres de toutes sortes, ou de deux sortes, ou d'vne seulement ; les autres n'en ont point, & se peuuent par tout diuiser comme du papier.

Les differences des membranes se tirent.
1. De la substance.
2. De la grandeur
3. De la figure.
4 De la situation
5. De la composition.

Bref denombrement de quasi toutes les membranes, ou pour le moins des principales.

CHAPITRE XXV.

E nombre des membranes est quasi infiny, & toutesfois nous en ferons icy comme vn sommaire & abregé. Des membranes les vnes seruent au fœtus, & les autres se trouuent au corps de l'animal qui est desià né. Celles qui enueloppent le fœtus en la matrice sont trois, le chorion, l'amnios, & l'allantoïde. Le chorion ainsi nommé, ou pource qu'il contient le fœtus, ou bien pource qu'il le ceint

Les membranes qui seruét au fœtus.

Des Membranes,

comme vn cercle ou vne couronne, eft tout adherent à la matrice par l'interjection des veines & arteres vmbilicales. L'amnios ou agnine eft le receptacle de la fuëur. L'allantoïde, *qui ne fe trouue qu'aux beftes brutes feulement*, ainfi nommée, parce qu'elle a la figure d'vne fauciffe ou d'vne andoüille, ceint le fœtus comme vne ceinture ou quelque bande large, elle eft le receptacle de l'vrine.

Voy le ch. 5. du liure 8.

Celles qui feruent à l'homme né font ou vniuerfelles.

Les membranes de l'animal né font vniuerfelles ou particulieres; les vniuerfelles, ou elles reueftent tout le corps, comme la peau & le pannicule dit charneux, ou bien elles reueftent toutes les parties de mefme genre, comme les mufcles & les os. Tous les mufcles font reueftus de la membrane commune à tous les mufcles, & tous les os depuis la tefte iufques aux pieds du periofte. Les mem-

ou particulieres à vne region.

branes particulieres reueftent ou vne region particuliere ou quelque partie fimple. Les regions font trois au corps, la fuperieure, la moyenne & l'inferieure. La fuperieure (à fçauoir le cerueau) eft couuerte de deux meninges, de l'épaiffe, & de la déliée, & non feulement le cerueau : mais auffi la moëlle de l'efpine, vicaire d'iceluy, & tous les nerfs, comme branches & fcions naiffans de l'vn & de l'autre. La moyenne eft ceinte de toutes parts d'vne membrane qui eft eftenduë fur les coftes, de laquelle naiffent le pericarde, le mediaftin, les tuniques du cœur, du poulmon, des veines, des arteres, & de toutes les parties contenuës en la poiétrine. Le peritoine au ventre inferieur, comme vn fac comprend toutes les par-

ou à chaque partie.

ties contenuës en iceluy, & leur donne à toutes vne tunique commune. Toutes les parties du corps ont auffi leurs membranes propres. Celles des yeux font la conjonctiue, la cornée, l'vuée, l'aracnoïde, la vitrée & la reticulaire. La langue eft reueftuë d'vne tunique propre, qui fert à difcerner les faueurs, laquelle reçoit des nerfs de la troifiéme & quatriéme coniugaifon, comme l'œfophage, la bouche, le palais & le pharinx, de celle qui eft commune au ventricule. Le cœur a fon enueloppoir propre, nommé *pericarde*, & des tuniques particulieres, les vnes externes, qui naiffent de la bafe d'iceluy, & les autres internes, qui enuironnent fes ventricules. Le poulmon en a vne fort déliée. En la poiétrine fe trouuent encores quelques membranes, qui la diuifent en parties dextre & feneftre, on les nomme *le mediaftin*. Au ventre inferieur, chaque partie eft couuerte de fa membrane, comme le foye, la ratte, le ventricule, les boyaux, les deux veffies, la matrice, & tous les vaiffeaux : mais les reins ont vn enueloppoir particulier & épais, nommé *fafcia*, c'eft à dire *bande*. On y trouue auffi l'épiploon fait du peritoine redoublé, & le mefentere. Tous les mufcles ont leurs tuniques, qui naiffent des tuniques des nerfs, ou bien du periofte, qui conduit les ligamens dans lefdits mufcles. Bref il y a vn nombre quafi infiny de membranes déliées qui n'ont point de nom propre. Nous décrirons l'hiftoire de celles qui ont des noms, en leurs lieux ; comme celles de la tefte au dixiéme liure, celles de la poiétrine au neufiéme, & celles du ventre inferieur au fixiéme.

DES FIBRES.

Qu'est-ce que Fibre.

CHAPITRE XXVI.

Es fibres ou filets sont nommez des Grecs *ines*, combien que ce nom puisse aussi estre approprié aux nerfs & tendons : car les anciens ont appellé l'occiput & derriere de la teste *inion*, parce que l'origine de quasi tous les nerfs est de cette partie. Il y en a qui les appellent *étedones*, d'autant qu'ils sont comme des canneleures & petites pieces, desquelles les membranes sont entretissuës. Ainsi Theophraste appelle *étedones*, aux arbres les petites lignes & filamens qui sont en la pulpe d'iceux. Nous definirons donc les fibres, estre parties similaires, froides & seches, engendrées de la semence qui est cause qu'elles sont blanches, solides & oblongues comme des petits filamens, destinez pour faire le mouuement & conseruer la chair. Les premieres parties de cette definition sont si claires, qu'elles n'ont point besoin d'exposition : il reste que nous expliquions les dernieres, qui demonstrent leur vsage & cause finale en peu de paroles. Les fibres ont deux vsages principaux, le mouuement & la conseruation de la chair. Le mouuement (selon les Medecins) est triple, *animal, vital & naturel*. Le mouuement animal ou *volontaire*, se fait par le moyen des muscles : or le muscle se meut, quand ses fibres s'estendent, ou bien quand ils se retirent vers leur principe. Pour cette cause Galien écrit, *Que si on couppe aux muscles tous leurs fibres transuersalement, qu'ils demeureront aussi-tost priuez de tout mouuement*. Le mouuement *vital*, c'est celuy du cœur & des arteres. Doncques le cœur a ses fibres ; par le ministere desquels il se dilate, resserre & repose ; les arteres ont aussi les leurs, & ce en leur tunique interne, grand nombre de transuersaux, & en l'externe des obliques & des droicts. Le mouuement naturel est apparent en l'attraction, retention & expulsion. Tous les mouuemens dependent donc des fibres, & leur action propre c'est la contraction. Au reste les organes naturels n'ont point eu de fibres pour l'attraction, retention, ou expulsion particulieres, ains seulement pour les actions officiales & communes. Ainsi le ventricule, les boyaux, les veines, les arteres, la matrice, la vessie & le cœur, n'ont point eu besoin de fibres pour leur nutrition particuliere, veu que les os, le cerueau, les cartilages & les chairs des parenchymes, attirent bien leur aliment sans fibres : ains pour quelque action officiale & commune ; le cœur pour la generation de l'esprit vital, les arteres pour le rafraichissement de la chaleur naturelle ; les veines pour la distribution du sang, le ventricule pour l'élaboration du chyle, les boyaux pour la distribution du chyle, & l'excretion des matieres fæcales ; la vessie pour l'expulsion de l'vrine, & la matrice pour la conception & l'enfantement.

Le second vsage des fibres, est de deffendre & conseruer la chair : tant la musculeuse, comme celle qui fait la propre substance de chaque partie : car

Noms des fibres.

Leur definition.

Leur vsage est double. 1. pour le mouuement.

8. de anat. administ.

Les fibres necessaires pour l'action officiale, & non pour la priuée.

2. pour la conseruation de la chair.

les fibres font comme les premiers filets & eftains des parties, & la chair remplit les efpaces vuides qui font entre iceux, comme en calfeutrant, & eftou-
pant les fentes, canneleures & creuaffes. Les fibres ont encores d'autres vfages
particuliers aux veines & aux arteres pour leur feureté, afin qu'elles fe puiffent
eftendre, & obeïr à toutes les rencontres violentes du fang.

Des differences des Fibres.

Chapitre XXVII.

Les differen-
ces des fibres
fe prennent.
1. de la fitua-
tion.

I L conuient prendre les differences des fibres, de la
fituation, dureté, fentiment, texture & diuerfité des orga-
nes. De la *fituation,* ils font dits, *droits, obliques, & tranf-*
uerfaux : car s'ils font portez felon la longitude de la
partie, ils font nommez *droits & longs ;* fi felon la
largeur entrecouppans les *droits,* ils feront appellez
tranfuerfaux, ronds & circulaires. Que s'ils ont vne fituation moyenne, & qu'ils couppent les vns & les autres, faifans des angles inégaux, ils feront nommez
obliques. L'office *des droits* eft d'attirer; *des tranfuerfaux* d'expulfer; & *des obliques*
de retenir. Quand il n'y a que les *droits* feuls qui agiffent, la longueur de la partie
s'accourcit pour faire l'attraction : s'il n'y a que *les tranfuerfaux* feuls qui fe retirent, la largeur de la partie s'eftrecit, pour faire l'expulfion. Que fi tous les fibres,
& *droits,* & *obliques,* & *tranfuerfaux* agiffent, & bandent enfemblement, toute la
partie fe retire dans foy pour faire la retention, laquelle on appelle auffi *embraffe-*
ment. La retention ne fe fait donc point par vne feule forte de fibres : mais par tous
les trois genres agiffans enfemblement, comme quand nous voulons tenir quelque chofe fermement auec les mains, nous l'empoignons de tous coftez. Et toutesfois les obliques font dits particulierement faire la retention, parce qu'en fe retirans, ils ne font feulement qu'embraffer : car ils eeignent les parties de tous coftez, & les refferrent & ferment de toutes parts. Mais fi les droits & les tranfuerfaux fe retirent, ils ne feruent point feulement à faire la retention, ains les droits
feruent principalement à l'attraction, & les tranfuerfaux à l'expulfion. La deu-

2. de la dureté.

xiéme difference fe peut prendre de *la dureté,* les vns font plus durs & plus forts,
comme ceux du cœur : car l'action puiffante de la chaleur d'iceluy, & l'agitation
continuelle de fon mouuement neceffaire à la vie, en demandoient de tels ; les

3. du fenti-
ment.

autres mols comme ceux des mufcles. Il faut prendre le troifiéme du *fentiment,* de
forte que des fibres les vns ayent du fentiment, comme ceux qui naiffent des
nerfs, & les autres en foyent priuez, comme ceux qui viennent des ligamens des

4. de la tex-
ture.

os. Que fi tu regardes la tiffure des fibres, les vns font entremeflez en forte, qu'ils
font vn corps continu : ainfi les membranes vrayes ont leurs fibres, ou pour mieux
dire elles ne font rien autre chofe que des fibres meflez enfemble. Les autres font
feparez de la fubftance de la partie, & ont vn autre vfage que la partie mefme :
& iceux font ou fimples comme aux mufcles, lefquels n'ont tous (excepté quel-

Comment les
fibres font fi-
tuez.

ques vns) qu'vne feule forte de fibres, à fçauoir droits, tranfuerfaux & obliques,
ou bien ils font de plufieurs fortes, & tellement entretiffus & confondus qu'ils
ne peuuent en nulle façon eftre feparez. Ainfi la chair du cœur eft tiffuë de trois

ſortes de fibres : & aux organes naturels ceux qui miniſtrent au mouuement naturel, ſi la partie n'a qu'vne tunique propre, comme la veine, la matrice, les deux
veſlies, en icelle ſe trouuent toutes les trois ſortes de fibres : mais ſi elle a deux tuniques, l'vne interne, & l'autre externe : les tranſuerſaux ſont en l'externe, & les
droits & obliques en l'interne : il faut excepter les boyaux & les arteres, parce
que les boyaux ſeruent à la diſtribution & à l'excrerion : & les arteres à l'expurgation du cœur : or Nature eſt touſiours plus ſoigneuſe de chaſſer hors ce qui luy
eſt nuiſible, que d'attirer ce qui eſt vtile. La derniere difference eſt priſe *de la va-* 5. De la varieté des organes.
rieté des organes : les vns miniſtrent aux organes animaux, comme aux muſcles,
nerfs, ligamens & tendons ; les autres aux vitaux, comme au cœur & aux arteres;
& les autres aux naturels, comme à l'œſophage, au ventricule, aux boyaux, aux
deux veſliés, à la matrice, & aux veines. Or touchant les actions de chaque ſorte de fibres, & comment ils ſont ſituez, nous le monſtrerons en l'Hiſtoire particuliere de chaque partie.

Fin du troiſiéme Liure.

QVATRIESME LIVRE,
AVQVEL EST TRAITTE
DES VAISSEAVX : C'EST A SCAVOIR,
DES VEINES, DES ARTERES, ET DES NERFS;
& enſemble pluſieurs choſes controuerſes entre les
Medecins & les Philoſophes y ſont
exactement expliquées.

HISTOIRE ANATOMIQVE.

Qu'eſt-ce que Veine?

CHAPITRE PREMIER.

Methode de
l'Autheur.

Ce qu'il faut
entendre par
le nom de vaiſ-
ſeau.
l. de corde.

Pourquoy il
traitte premie-
rement des
veines.

Les noms de
la veine.
Gal. l. de mor.
cauſ. c. 3.
l. de carnibus.

APRES eſtre ſorty de ces ſentiers raboteux des os, cartilages, ligamens, membranes & fibres, leſquels ſont
veritablement neceſſaires, mais non ſi plaiſans, & vn
peu plus épineux. Il nous faut entrer aux iardins delectables des vaiſſeaux arrouſans tout le corps humain,
leſquels pour eſtre remplis de beaucoup de fleurs de
doctrine & d'vne grande diuerſité, nous contenteront
dauantage. Or par le nom de *vaiſſeaux*, i'entends *les
veines, les arteres & les nerfs* ; par leſquels, comme par
des ruiſſeaux & aquæducts, *le ſang, la chaleur, l'eſprit, la vie, la nourriture, le mouuement & le ſentiment*, découlent & s'épandent dans tout le corps: qui eſt la raiſon pourquoy Hippocrate les appelle *les fleuues de la Nature humaine*. Or nous
traitterons premierement des veines, puis des arteres, & en ſuite des nerfs; parce
que les veines ſont les plus ſimples, comme celles qui n'ont qu'vne ſeule tunique
propre, & icelle mince & déliée, là où les arteres en ont deux épaiſſes; & les nerfs
ſont compoſez de diuerſes ſubſtances, eſtans mols & moëlleux par dedans, &
membraneux par dehors. La veine nommée par les Modernes Grecs abſoluëmét
phlebs, eſtoit parmy les anciens, comme du temps d'Hippocrate, vn nom commun
aux veines & aux arteres. Il y a, ce dit le meſme Hippocrate, *deux veines caues qui
ſortent du cœur, l'vne eſt nommée veine, & l'autre artere*, & quelquesfois auſſi qu'il
les diſtingue en adiouſtant le mot *ſphuxein*, qui ſignifie *frapper & battre*, tellemét que les arteres ſoient veines battantes, & nos veines ſans battemét. Auicenne

appelle les arteres *veines battantes & hardies* : Ciceron , *veines treffaillantes, qui maintenant s'éleuent, & maintenant s'abbaiffent* : Celfe, *veines ordonnées pour contenir & porter l'efprit* : & appellent nos veines *veines paifibles.* Hippocrate les a quelquesfois nommées *veines fanguinaires,* comme qui diroit *veines qui contiennent & portent le fang,* pour les diftinguer des arteres , qui font *les receptacles & referuoirs des efprits.* Or en fuiuant les veftiges des Grecs Modernes qui ont referré le nom de *veine* de plus eftroittes barrieres, ne l'attribuant feulement qu'aux veines paifibles, & qui n'ont qu'vne fimple tunique : nous n'appellerons plus les arteres *veines,* mais *arteres* : & tout ainfi que ce font deux vaiffeaux differens, nous diftinguerons auffi leurs noms , afin d'éuiter l'homonimie & la confufion. Or ces deux vaiffeaux different en compofition, mouuement & vfage. 1. En compofition, parce que la veine n'a qu'vne tunique mince & déliée, & l'artere deux tres-épaiffes. 2. En mouuement, parce que l'artere eft agitée d'vn mouuement continuel & manifefte de diaftole & de fyftole, & la veine eft fans mouuement. 3. En vfage, parce que l'artere porte l'efprit vital auec vn fang tres-fubtil , & la veine ne porte qu'vn fang groffier , & vn efprit vaporeux & nebuleux. Ioint que les veines ont en elles la faculté d'alterer, cuire & élaborer le fang, ce que n'ont point les arteres, lefquelles ne reçoiuent point le fang arterieux qu'il n'ait receu fon élaboration parfaite au feneftre ventricule du cœur. Mais expliquons maintenant la nature de la veine par fa definition. La veine fe confidere, ou comme partie *fimilaire,* ou comme *organique,* Galien veut qu'elle foit *fimilaire :* que fi elle n'eft telle à la verité, elle l'eft à tout le moins au rapport des fens. Il enfeigne auffi qu'elle eft *organique,* quand il la met au nombre des organes tres-fimples. Si on confidere la veine entant que *fimilaire,* on la definira par fa temperature qui eft la forme des parties fimilaires, *vne partie froide & feiche , engendrée de la portion lente & tenace de la femence, laquelle s'eftend & allonge facilement.* Ie l'ay dite *froide,* ayant égard à fon temperament naturel : car par l'acquis & accidentaire, qu'elle reçoit du fang & des efprits, elle eft tres-chaude, voire Galien la dit eftre *plus chaude que la peau.* Que fi on la confidere comme *organique,* on la definira *vn vaiffeau long, rond & creux, fait d'vne tunique fimple & déliée, & entretiffuë de toutes les trois fortes de fibres, prenant fon origine du foye dedié de nature pour contenir, élaborer & diftribuer le fang.* Cette definition exprime fort élegamment la figure ; la compofition, l'origine, l'vfage & l'action de cet organe. La rondeur & la cauité demonftrent fa figure, par laquelle elle differe du nerf qui n'a point de cauité fenfible : d'où l'on peut conuaincre l'erreur de Praxagoras , & de ceux qui tiennent encore auiourd'huy que les nerfs ne font autre chofe que les veines continuées & deuenuës plus menuës & déliées. Vne tunique & icelle déliée & mince, denote fa compofition, & la diftingue d'auec l'artere qui en a deux épaiffes : & fi on en croit Herophile, elle eft cinq fois plus épaiffe que la veine , à raifon qu'elle porte vn fang & vn efprit plus fubtils, lefquels s'éuanoüiroient facilement s'ils n'eftoient renfermez d'vne paroy denfe & fort épaiffe. Or cette fimple tunique eft entretiffuë de toutes fortes de fibres , de droits , d'obliques, & de tranfuerfaux : non pour la nutrition particuliere, à laquelle miniftrent les facultez attractrice , retentrice & expultrice : mais pour certains vfages communs, qui font, contenir le fang threfor de Nature, l'attirer des veines voifines, le tranfporter des vnes aux autres pour en faire la diftribution, feparer le pur de l'impur, & affeurer les vaiffeaux. Car comme ainfi foit que le fang abondant en trop grande quantité entre fouuent de force, & auec impetuofité dans les veines, elles courroient le hazard

l. de morbo facro.

Comment la veine differe de l'artere.

La veine fe confidere en deux manieres.
Comme fimilaire.
l. de Elemêt.
l. 1. de differ. morb. 3.
fa difinition.

l. de temperam. 10.
Comme organique, & fa definition.

Explication d'icelle.
La figure de la veine.

Sa compofition pourquoy d'vne tunique déliée.

Et pourquoy entretiffuë de toutes les fortes de fibres.

d'eftre rompuës, fi elles n'auoient des fibres de toutes fortes pour fe pouuoir eftendre & dilater aux extenfions, tantoft droites, tantoft obliques, & tantoft tranfuerfales ; & ainfi obeyr à toutes les violentes rencontres & fituations de la maffe du fang. Ces fibres font les particules premieres, tres-fimples, & vrayement folides de la veine, lefquels font enuironnez d'vne fubftance molle, qui farcit & remplit les efpaces vuides qui font entre-deux : laquelle par analogie eft nommée charnuë. *Les fibres des veines* (ce dit Galien) *font plus froids que la peau, mais la chair qui eft entre-deux feruant de remplage eft plus chaude.* Il appert d'icy que la tunique des veines differe des autres membranes comme du peritoine, de la pleure & du periofte, qui font vrayement fimples, lefquelles n'ont point de fibres feparez, & fe peuuent par tout diuifer comme du papier ; car la tunique des veines eft diffimilaire, & eft compofée de fibres & de chair. Cette tunique propre eft *fouuent* reueftuë d'vne feconde commune, que les veines empruntent des parties voifines, de la pleure en la poictrine, & du peritoine au ventre inferieur. I'ay dit *fouuent,* car elles n'en empruntent point toutes : car celles qui s'épandent dans la fubftance de quelque vifcere, qui fe trainent par les chairs des mufcles, & qui s'inferent aux parties & fe prouingnent en icelles, n'en reçoiuent point : d'autant qu'elle empefcheroit le fang d'exuder & couler facilement à trauers du vaiffeau, & n'y a que celles-là feulement qui font vn long chemin, ou qui font couchées fur quelque corps dur, ou qui font fufpenduës en quelque endroit qui en ayent befoin. Telle donc eft la compofition de la veine. Ie reconnois en ma definition le foye pour *le principe des veines,* non certes *de generation :* car toutes les parties font formées enfemblément dans la matrice, mais *de radication & de diftribution : de radication,* parce que toutes les racines des veines porte & caue font dans le foye, d'où Hippocrate l'appelle *la radication des veines : & de diftribution,* ou *d'office :* parce qu'il enuoye à toutes les parties par les veines vne matiere commune, à fçauoir le fang pour leur nourriture, d'où Hippocrate le nomme *la fontaine de l'humeur gratieufe.* La parcelle derniere de la definition, defigne l'vfage commun des veines, & leur action : car elles font ordonnées pour porter, diftribuer & élaborer le fang. Or pourquoy & comment cela fe fait, ie m'en vay commençer à le declarer.

Qui font les parties premieres & folides des veines.
l. 2. de temperam. 4.

Toutes les veines n'ont point de tunique commune.

Le foye comment principe des veines.

l. de Alimento.

l. 1. de morb. mul.

leur vfage commun.

De l'vfage des veines, & de leur action.

Chapitre II.

'Avtant que la triple fubftance des parties fouffre vne perpetuelle perte & diffolution : Nature foingneufe de fa conferuation, tafche de la reparer par l'abord continuel du fang aliment commun, lequel toutes les parties puifent & attirent du foye comme de l'arfenal & magafin public. Or ce fang ne pouuoit eftre porté du foye aux parties plus éloignées, s'il n'y auoit quelques vaiffeaux qui rendiffent les parties continuës au foye, & qui comme canaux & aqueducts propres, le continffent & diftribuaffent par tout le corps : telles font les veines, lefquelles Ariftote appelle *les vaiffeaux & receptacles du fang :* car il eft contenu dans icelles, comme dans fon eftuy & propre referuoir, & hors d'icelles il fe pourrit & fige auffi-toft, parce qu'il eft hors de fon lieu naturel,

Les veines à quoy neceffaires.

leur premier vfage.

qui eſt la conſeruation du local. Or il conuient noter en paſſant; que le ſang ſe fige auſſi-toſt que l'animal eſt mort, dans les ventricules du cœur meſme (qui eſt vne choſe bien eſtrange & merueilleuſe) ce qu'il ne fait iamais dans les veines: dont s'enſuit qu'elles ont implantée en elles de nature, la puiſſance de contenir & de conſeruer le ſang qui eſt leur premier vſage. Elles en ont encor vn ſecond *Le ſecond* qui eſt *de le diſtribuer* : cette diſtribution ſe fait par action, c'eſt à ſçauoir, par l'attraction du ſang des veines voiſines, & par la tranſmiſſion & enuoy aux autres : ce qu'elles font par le moyen des fibres droits & circulaires. Hippocrate en *Troiſiéme.* reconnoit vn troiſiéme, *pour porter la chaleur & les eſprits dans toutes les parties:* de là vient que les parties ne meurent point incontinent que les arteres ſont liées: car les veines leur communiquent encore de la chaleur & des eſprits tant naturels, leſquels elles reçoiuent du foye, que vitaux leſquels elles reçoiuent du cœur par les anaſtomoſes & embouſchemens admirables que les arteres ſont dans les veines. C'eſt par cet eſprit influent qu'eſt reueillé celuy qui eſt implanté aux parties, c'eſt auſſi par luy comme par quelque conducteur; que le ſang eſt porté dans tout le corps. Leur dernier vſage, lequel on peut auſſi rapporter à leur *Quatriéme.* action commune, c'eſt *l'alteration & l'élaboration du ſang:* car aux veines a eſté donnée la faculté de cuire & alterer le ſang, aux vnes de le preparer, comme à celles du meſentere : aux autres de le parfaire & élaborer comme aux grands rameaux de la veine caue : or elles reçoiuent cette faculté du foye par irradiation, comme les vaiſſeaux ſpermatiques des teſticules la puiſſance d'engendrer la ſemence. Les veines ont encor d'autres vſages particuliers comme les émulgentes, *d'attirer* *Les vſages* *l'humeur ſereuſe* : les ſpermatiques, *de donner quelque commencement à la ſemence:* *particuliers.* les meſaraïques *de porter le chyle au foye & esbaucher le ſang,* le *vas venoſum de* *verſer le ſuc melencholic au fond du ventricule pour exciter l'appetit,* les veines de la matrice *de purger par certains interualles le ſang ſuperflu:* les ſpleniques *d'euacuër le* *ſang feculent:* & ainſi des autres, les vſages deſquelles ſeront deſcrits en l'hiſtoire particuliere des veines. On tire, ſelon Hippocrate, de l'habitude & ſtructure *ſ. & 1. lib. 2.* des veines, de tres-grands indices pour reconnoiſtre la complexion de tout le *Epidem.* corps. Car ceux qui ont les veines larges, ont le ventre & les os larges : parce que le ſang eſtant porté par icelles dans tout le corps, on peut recueillir de la grandeur & petiteſſe d'icelles, & la quantité & la temperature de la maſſe ſanguinaire. Et partant ceux qui ont beaucoup de ſang, ceux-là ſont reputez chauds & ont les veines diaphanes & tranſparentes : & ceux qui ont les veines menuës & eſtroites doiuent eſtre tenus pour froids. *Ceux qui ſont fort charnus, ſi on croit Ari-* *l. 3. de par.* *ſtote, ont les veines eſtroites, le ſang plus vermeil, & le ventre & les viſceres petits:* *animal. c. 16.* *au contraire ceux qui n'ont gueres de chair, ceux-là ont les veines larges, le ſang plus* *noir les viſceres grands, & vn grand ventre.* Tout le corps a ſymphyſe par le moyen des veines, d'où elles ſont appellées *ligamens communs.*

Les differences des veines.

CHAPITRE III.

E s veines ſont preſques infinies en nombre, & toutesfois elles ſont *Il y a cinq* dittes naiſtre toutes de cinq troncs : tellement que les Anatomiſtes *vaiſſeaux qui* deſcriuent cinq vaiſſeaux qualifiez du nom de *veines* : ſçauoir eſt la *ſont nommez* *veines.*

veine caue, la veine porte, la veine vmbilicale, la veine arterieuse, & l'artere

La veine caue.
veineuse. La veine caue la plus grande de toutes, sortant de la partie gibbeuse

La veine por-te.
du foye, respand des ruisseaux dans quasi toutes les parties du corps. La veine
porte sortant de la partie caue du foye, se distribuë toute au ventricule, à la ratte,

L'vmbilicale.
aux boyaux, & à l'epiploon. L'vmbilicale nourrice de l'embryon, est portée de
la scissure ou fente du foye au nombril & conduit le sang ; nourriture du fœtus,
aussi long temps qu'il demeure dans la matrice : mais apres qu'il est né, elle de-

*La veine arte-rieuse.
Et l'artere veineuse.*
genere en vn ligament. La veine arterieuse a le nom de *veine*, & en fait l'office,
mais elle est vrayement artere, & se perd toute dans les poulmons. Et l'artere
veineuse a & la tunique & la composition de veine, & merite mieux le nom de
veine, que celuy *d'artere* : elle se respand par ses rameaux diuisez en diuerses fa-

Que l'autheur reduit à deux.
çons dans toute la chair des poulmons. On conte donc ordinairemens ces cinq
veines, lesquelles, curieux de la verité, ie reduiray seulement à deux, à la caue
& à la porte : car l'vmbilicale est vn scion de la porte, & est continuë à icelle en
telle façon, que ie ne doute point que ce ne soit vn de ses rameaux. Or l'artere
veineuse est vn scion de la caue : comme monstre l'anastomose admirable qui se
voit au fœtus, dont nous parlerons en son lieu. Quand à la veine arterieuse elle
est continuë à la grand' artere par vn vaisseau artericux, & doit plustost estre ditte *artere* que *veine*, d'autant qu'elle a vne tunique double & tres-épaisse. Il ne re-

Comment les racines de la caue & de la porte s'épan-dent dans le foye.
ste donc que deux veines, qui sont la caue & la porte. Or les racines de ces deux
veines sont confusément respanduës dans la chair du foye, en sorte toutesfois
qu'il y ait plus grand nombre de racines de la porte, qui se trainent par la partie
caue du foye que par la gibbeuse : & au contraire qu'il y ait plus grand nombre
des racines de la caue à la partie gibbeuse qu'à la caue : tellement qu'il y a beaucoup d'apparence que la sanguification se fait principalement en la partie caue,
& la distribution & perfection en la gibbeuse. Les racines de ces deux veines

Leurs anasto-moses.
ainsi esparses par tout le foye, font des anastomoses & emboschemens admirables, remarquez par peu d'Anatomistes : car les extremitez des racines de la
veine porte se fichent & entrent au milieu des racines de la veine caue : & les
bouts des racines de la veine caue, entrent au milieu des racines de la veine porté, & s'vnissent de telle mode que le sang peut aisément aller & venir de la por-

*l. de part.ani-mal. 9.
l. de loc. in hom.*
te dans la caue, & de la caue dans la porte. Vray donc est, ce qu'Aristote escrit
que *toutes les veines sont continuës:* & que long temps auant luy, Hippocrate auoit
remarqué quand il dit, *que toutes les veines communiquent ensemble, & qu'il se*

Observation nouuelle de la continuité des veines.
fait vn reflus des vnes dans les autres. I'ay quelquesfois experimenté cela aux enfants nouueau-nez : car mettant vne canule dans la veine vmbilicale & soufflant,
on dilatte & les boyaux, & les rameaux de la veine caue, & le cœur, & la chair
mesme des poulmons : ce qui arriue d'autant que la veine vmbilicale se termine
dans la veine porte, & que des racines de la porte & de la caue, il se fait nombre d'anastomoses dans le parenchyme du foye : joint que la veine caue a continuité par le moyen d'vn trou tres-grand auec l'artere veineuse, qui est le vaisseau

*Les differen-ces particulie-res des veines se tirent.
De la magni-tude.*
particulier du poulmon. Voilà donc la premiere & plus generale diuision des veines. On peut tirer les diuisions particulieres de la *magnitude*, *du nombre*, *de la si-*
tuation, *de l'office* & *des noms des parties ausquelles elles s'en vont.* De la *magnitu-*
de, les vnes sont grandes, les autres mediocres, & les autres petites : Hippocrate
appelle les grandes *cauas & sanguifluas*, d'autant qu'ouuertes ou rompuës elles
versent du sang en grand' abondance : & les petites sont nommées par quelques
vns *capillaires*, parce qu'estant ouuertes elles rendent peu de sang, & qu'il s'arreste

incontinent. Les parties qui ont besoin de beaucoup de nourriture, & celles qui
sont agitées de continuels mouuemens, ont des veines grosses & notables : ainsi
le poulmon a des vaisseaux amples & grands, & les chairs semblablement auec
toutes les parties chaudes & humides, là où les os, cartilages & ligamens en ont
de si petits qu'ils sont insensibles. *Du nombre*, les vnes sont sans pareille, comme *Du nombre.*
l'azygos : les autres ont leurs pareilles, comme toutes les autres, les vnes sont so-
litaires, c'est à dire, elles n'ont point d'artere qui les accompagne, comme la cephalique, les autres ont tousiours l'artere pour compagne. Or il faut remarquer *obseruation.*
en passant, qu'il y a & plus grand nombre & de plus grosses veines, qu'il n'y a
pas d'arteres, parce qu'elles contiennent vn aliment plus grossier & vn esprit nebuleux. *De la situation* la veine est dite superieure, inferieure, ascendante, des- *De la situatiõ.*
cendante, dextre & senestre, interne & externe. Ainsi le rameau splenique est
appellé *senestre*, & le mesenterique *dextre*. Ainsi Hippocrate appelle la basilique 1. de viĉt. rat.
veine interne, à raison qu'elle descend par le dedans du bras, & la cephalique *ex-* In acut.
terne. *De leur office*, les vnes sont dites *emulgentes*, parce qu'elles attirent l'humeur *De leur office.*
sereuse : *spermatiques*, parce qu'elles donnent quelque commencement à la se-
mence. A raison *des parties* où elles s'en vont, elles sont nommées *iugulaires*, *Des parties.*
phreniques, *renales*, *iliaques*, *hypogastriques*, *epigastriques*, *axillaires*, *humeraires*,
crurales, *poplitiques*, &c.

Belle description de la veine Porte, & de ses rameaux.

CHAPITRE IIII.

E la partie caue du foye naist vne grosse veine, que Ga- *Noms de la*
lien appelle quelquefois *megalé*, c'est à dire, *grande*, *veine porte.*
comme il fait la veine caue *megisté*, c'est à dire, *tres-*
grande : quelquefois *stelechiæa*, parce qu'elle ressemble
au tronc d'vne plante, ou pource qu'elle est comme le
tronc de toutes les veines qui s'épandent en la vessicule, au ventricule, en la ratte, aux boyaux, & en l'épiploon : quelquefois aussi qu'il la nomme *la veine qui est*
aux portes. Le vulgaire la nomme *la veine porte*, *portie-*
re, *huissiere*, ou *veine de la porte* : Il y en a qui l'appellent *la main du foye*, parce qu'il
s'en sert comme d'vne main pour attirer le chyle. Les Arabes la nomment *veine*
laicteuse, non point qu'elle soit blanche ny remplie d'aucune humeur laicteuse,
(car le chyle rougit au mesme instant qu'il entre dans les veines, à raison qu'il
se mesle auec le sang qui y est contenu) mais parce qu'elle attire vne *cresme*, c'est
à dire, *vn suc semblable à du laict*. La distribution de cette veine ressemble to- *Belle similitu-*
talement aux diuisions des arbres : Car comme les racines d'vn arbre répan- *de des veines*
duës dans la terre par vne infinité de racinettes & filamens s'assemblent en vn *& des arbres.*
tronc, lequel sortant vn peu dehors se fend en deux gros rameaux dissemblables : & ces deux-cy se diuisent derechef en d'autres, & ces autres encores en d'autres iusques à ce que finalement ils se perdent en des scions tres-menus. Ainsi *Diuision de la*
les racines de la veine porte répanduës par vn nombre infiny de petits scions *veine porte.*
dans toute la chair du foye, se terminent en vn tronc, lequel aussi-tost quasi
qu'il est forty du foye se fend comme en deux gros rameaux, desquels l'vn est *Quatre bran-*
nommé *splenique*, & l'autre *mesenterique* : auant toutesfois que se fendre en *ches sortent*
du tronc.

La cistique. ces deux gros bras , il iette quatre scions, desquels le premier nommé *cystique*, ayant prins son origine de la partie anterieure & plus haute du tronc, se distribuë
La gastrique. aussi-tost au col & corps de la vessicule du fiel. Le second est nommé *gastrique* , à raison qu'il arrouse le ventricule & le pylore de ses ruisseaux. Nous nommerons
La gastri-épi-ploique. le troisiéme auec Syluius *gastrepiploique*: car il se répand à la partie dextre du fond du ventricule & à l'épiploon, enuoyant ses branches vers haut à cestuy-là , & vers
L'intestinale. bas à cestuy-cy. On appelle le dernier *veine intestinale*, d'autant qu'elle se traine selon la longitude de l'intestin duodenum. Nous auons par plusieurs fois remarqué ces deux derniers naistre de la mesenterique. Le tronc de la veine porte ayant produit ces quatre petits sciós, se fend tout en deux gros rameaux, desquels le plus haut, le plus menu & senestre est nommé *splenique*: parce qu'il s'en va quasi tout à la rattelle : & l'autre le plus bas, le plus gros & dextre *mesenterique*: d'autant qu'il se
Le rameau splenique produit. perd quasi tout au mesentere & aux boyaux ? Le splenique produit quatre branchettes, *la petite gastrique, l'épiploique dextre, la coronaire estomachique & l'épiploi-*
La petite gastrique. *que postérieure*. La petite gastrique sans produire beaucoup de scions, se distribuë
L'épiploique dextre. en la partie gibbeuse du ventricule. L'épiploique dextre enuoye quelques branchettes en la partie dextre de l'épiploon inferieur , & arrouse le boyau colon de
La coronaire stomachique. quelques ruisselets. La coronaire stomachique, la plus grande des quatre, venant à la partie enfoncée du ventricule se fend en deux rameaux, elle ceint auec le premier, comme auec vne couronne l'orifice superieur du ventricule : & auec le der-
L'épiploique postérieure. nier elle descend au pylore. L'épiploique postérieure enuoye ses branches à tout l'épiploon postérieur & à la partie du colon qui est attachée au dos, c'est à dire en celle partie du colon, qui est attachée au dos par le moyen de l'épiploon, comme d'vn autre mesentere. Le reste du rameau splenique se departit en deux veines : ces deux en d'autres, & en d'autres, iusques à ce que par vn nombre infiny de scions elles s'implantent en la partie enfoncée de la ratte, & répandent par toute la substance d'icelle vne infinité de venules fort entrelacées. Et toutesfois du plus haut du rameau auprés de la ratte, est portée vne petite branche dans le costé
Le vas breue. gauche du ventricule , qu'on appelle *vas breue & venosum* : c'est par ce petit vaisseau que le suc melancolique est versé au fond & à l'orifice superieur du ventricule, pour réueiller l'appetit par sa saueur aigre & acerbe. Voilà vne fidelle
Vsage du ra-meau splenique. description de tout le rameau splenique, lequel a esté fait de nature pour porter la nourriture au ventricule & à la rattelle , & pour repurger la masse du sang de la partie plus grossiere & bourbeuse, qu'il porte à la rattelle ; non point pure, mais meslée de beaucoup de suc bon & loüable.

Le rameau mesenterique produit. L'autre rameau beaucoup plus grand, nommé *mesenterique*, répand vne infinité de branches dans le mesentere & les boyaux ; mais on en remarque trois prin-
L'hæmorrhoidale. cipales , appellées de ces noms *hæmorrhoidale, cœcale & mesenterique*. L'*hæmorrhoidale* se traine par les extremitez du colon , & la longueur du rectum iusques au siege , lequel elle ceint en rond auec plusieurs branchettes : elle a esté faite de nature , afin que lors que l'humeur melancolique ne peut estre éuacuée à raison des opilations de ratte , elle soit à tout le moins par certains interualles de temps portée hors par le moyen de cette veine qui fait les hæmorrhoides internes : comme l'hypogastrique rameau de la veine caue descendante les externes ; celles-là sont dites seruir pour purger la cacochymie , & celles-cy
La cœcale. pour suruider la plethore : cette veine naist bien souuent du rameau spleni-
La mesenteri-que, & son vsage. que. La *cœcale* est portée au boyau cœcum. La derniere retenant le nom de tout produit vn nombre quasi infiny de branchettes, lesquelles sont portées obli-
quement

quément, entre les deux tuniques des boyaux fans s'ouurir à la cauité interne d'iceux. Ces branchettes icy fuccent la plus fubtile portion du chyle contenu dans les boyaux, lequel elles tranfportent au foye luy donnant en paffant quelque cómencement de fang ; & rapportent le fang parfait au foye, pour la nourriture des boyaux : tellement que les veines qui portent le chyle des boyaux au foye, ne different point de celles qui rapportent le fang du foye aux boyaux ; ains qu'elles foyent toutes également affujetties à vne mefme condition de feruitude. Au refte il y a des glandes qui enuironnent ces veines mefaraïques de toutes parts pour la diuifion des vaiffeaux, afin d'empefcher que leurs conduits ne foyent preffez, & pour feruir aux veines de ligamens ; & garder qu'elles ne fe rompent aux mouuemens violens. Quand aux petites membranes qui empefchent le reflux du chyle des veines aux boyaux, que Colomb fe vante d'auoir trouuées ; ce font pures fictions. Voilà la diftribution de toute la veine porte.

Les glandes du mefentere, & leur vfage.

Erreur de Colomb. l. 6. non longè à principio.

Defcription de la veine Caue, & premierement du Tronc defcendant.

CHAPITRE V.

E fang preparé aux rameaux de la veine porte, parfait aux racines d'icelle, & purifié de fes excremens de la bile amere ; & du fuc melancolique feculent & terreftre : eftant vermeil, pur & net, coule & paffe tant par les anaftomofes defià décrites ; que par diapedefe & tranfcolation : (car les tuniques des veines qui font femées dans la chair du foye font tres-defliées) dans les racines d'vne autre veine tres-grande, que les anciens ont appellé *creufe & grande*, à raifon de fa cauité notable. Hippocrate la nomme *hepatique* : comme qui diroit *la veine du foye* : car tout le corps eft arroufé par les tuyaux de cette veine, comme par des ruiffeaux. Cette veine eft la fontaine de la Nature humaine ; & le fleuue tres-grand du Microcofme. Hippocrate nous a laiffé en fes efcrits plufieurs chofes, & icelles tres-obfcures touchant la diftribution de la veine caue, quand il deriue quatre fontaines de veines du cerueau : mais Galien fouftient qu'elles ne font point de luy, & qu'elles ont efté adjouftées à fes œuures, auquel nous foubfcriuons fort volontiers : veu qu'il en reprefente fort élegamment l'hiftoire en la quatriéme fection du deuxiéme liure des Epidem. lieu qui eft reconnu par Galien, pour eftre vray & naturel. Voicy donc comme il en parle. *La veine du foye defcend du long des lombes vers bas iufques à la grande vertebre, & montant du foye à trauers du diaphragme, s'en va droiét au cœur, & de là aux clauicules.* Tu as icy vn vray pourtraiét des deux troncs de la veine caue ; car le tronc afcendant monte iufques aux clauicules ; & le defcendant s'auance iufques aux iles & à l'os facrum, qu'Hippocrate appelle *grande vertebre* : mais quand ce vient à la diftribution des rameaux, il confond tout & parle fi obfcurement qu'il eft impoffible de comprendre ce qu'il veut dire. Mais il le faut excufer : car l'Anatomie eftoit de fon temps encore groffiere & à grand peine la connoiffance de cet art, a elle efté affeurée auant le temps d'Herophile : tant c'eftoit chofe difficile que de l'amener à fa perfeétion. Et toutesfois il doit eftre

Noms de la veine caue.

Belle defcription de la veine caue donnée par Hippocrate.

admiré en ce qu'il n'a rien ignoré, de ce qui concerne la practique de la Medecine : car il fait mention de toutes les veines que les Medecins faignent au corps
humain, ainfi que nous auons prouué ailleurs. Nous enfuiuant les diuins écrits

I. 1. chap. 10. de Galien, & ce que nous en auons peu remarquer, la reprefenterons icy fort
exactement, & nommerons tous les rameaux d'icelle, felon les noms que Syluius leur a impofé.

Diftribution de la veine caue. Tout ainfi que les racines de la veine porte, s'épandent d'auantage par la partie caue du foye, que par la gibbeufe, ainfi les racines de la veine caue s'épan-
dent dauantage par la gibbeufe, que par la caue. Or toutes ces racines fe terminent en vn tronc ; nommé le tronc de la veine caue. Ce tronc icy fortant du
foye, fe diuife en deux parties, inferieure & fuperieure : celle-là eft nommée *defcendante*, & celle-cy *afcendente* : elles produifent toutes deux diuerfes branches :
qui font appellées de diuers noms prins des parties où elles s'en vont, de leur of-

Le tronc def- cendant pro- duit, fice, & de leur fituation. Le tronc defcendant, couché tout joignant la grande artere, defcend iufques au commencement de l'os facrum & aux iles, où il fe
fend en deux gros raineaux nommez *iliaques*, auant toutesfois que fe fendre ainfi en deux, il produit cinq branchettes de chaque cofté, *l'adipeufe*, *la renale*, *la*

L'adipeufe, *fpermatique*, *la lumbaire* & *la mufculeufe*. L'adipeufe eft portée à la tunique exterieure des reins, qui fe voit couuerte de beaucoup de graiffe : ie l'ay veuë quel-

La renale. quesfois naiftre de l'émulgente. La renale (ainfi nommée d'autant qu'elle s'en va
aux reins ; & émulgente, parce que c'eft par le moyen d'icelle que les reins attirent l'humeur fereufe) eft la plus grande de tous les vaiffeaux qui naiffent du
tronc ; elle fe répand par vne infinité de branchettes par toute la fubftance des roignons : car elle fe fend premierement en deux rameaux, chacun de ces deux derechef en deux autres, tous lefquels finalement fe departiffent en grand nombre
d'autres, iufqu'à ce qu'ils ne foyent plus que filets ou cheueux : i'ay quelquesfois

La fpermati- que. trouué cette émulgente double & triple de chaque cofté. La fpermatique ainfi
nommée parce qu'elle porte la matiere du fperme aux tefticules ; la dextre naift
immediatement du tronc, & la feneftre de l'émulgente : c'eft pourquoy la femence de la droicte eft plus chaude & plus feconde, & celle de la gauche plus fereufe & plus froide. D'icy vient ce dire commun, *Les mafles font engendrez des
parties dextres, & aux dextres, & les femelles des feneftres, & aux feneftres.* Ces
deux veines aux mafles, s'en vont tout aux tefticules où elles s'entrelaffent par vn
artifice admirable, en forte qu'elles faffent comme vn entrelaffement retiforme,

I. 7. c. 2. ainfi que nous monftrerons plus au long en fon lieu. Il n'en eft point de mefme
aux femmes ; car vne partie eft portée aux tefticules, & l'autre femée au fond de

La lombaire, la matrice. La lombaire diuifée ordinairement en plufieurs branchettes, arroufe les vertebres des lombes, & la moëlle de l'efpine d'vn fuc agreable. Aucuns ont
eftimé qu'elle portoit la femence du cerueau, & de la medulle fpinale, aux tefti-

La mufculeu- fe. cules en tres-grande abondance : mais ce font pures refueries. La *mufculeufe*,
ainfi dite, d'autant qu'elle donne plufieurs ruiffeaux aux mufcles des lombes, &
de l'epigaftre naift quelquesfois des iliaques. Le tronc de la veine caue ayant

Diftribution du rameau iliaque. produit ces cinq veines, fe fend tout en deux gros rameaux nommez *iliaques*. En
cette diuifion la veine cede à l'artere, comme à la plus noble, & fe met au deffous,
pour la garder d'eftre offencée par la dureté de l'os facrum, & par le continuel
mouuement du dos & des lombes. De chacun de ces deux rameaux, fourdent
quatre veines pareilles, nommées *facrée, hypogaftrique, epigaftrique, & honteufe.*

En facrée. La *facrée* paffe par les trous des os, à la moëlle de l'os facrum pour nourrir. L'*hypo-*

gaſtrique la plus grande des quatre nourrit quaſi toutes les parties contenuës en *Hypogaſtri-* l'hypogaſtre; & d'icelle diuers rameaux diuerſement diuiſez ſe répandent au *que.* long & au large, les vns à la matrice & col d'icelle, les autres à la veſſie, & les autres aux extremitez du boyau rectum, leſquels font les hæmorrhoïdes exter-nes dediées pour ſuruuider la plethore. L'*épigaſtrique* eſt ſemée dans les muſcles *Epigaſtriqui,* de l'épigaſtre, & toutesfois la meilleure partie d'icelle eſt portée ſelon la longitu-de du muſcle droit, en haut iuſqu'au nombril, où elle rencontre les extremitez des veines nommées mammaires, & fait cette anaſtomoſe excellente, que plu-ſieurs ont eſtimé ſeruir à la communication des mammelles & de la matrice. Elle naiſt quelquesfois de la crurale. *La honteuſe,* eſt ainſi nommée parce qu'elle ſe *Et honteuſe.* perd aux parties genitales des hommes, & à la chair des parties honteuſes de la femme. Le meſme rameau iliaque ſortant hors de la cauité de l'abdomen, & deſ- *Diſtribution* cendant aux aines & aux cuiſſes eſt nommé *crural :* d'iceluy naiſſent grand nom- *du rameau* bre de branches, qui ſe répandent par toute la cuiſſe, la iambe & l'extreme-pied, *crural, en* entre leſquelles on en remarque principalement ſix, qui ont eſté bien élegam-ment décrites par Syluius, ſous les noms de *ſaphene, ſciatique mineure, muſcule, poplitique, ſurale & ſciatique maieure.* La *ſaphene,* autrement dite *la veine de la* *Saphene,* *malleole ou cheuille du pied,* prenant ſon origine enuiron les glandes des aines, portée par le dedans de la cuiſſe entre la peau & la membrane charnuë deſcend à la malleole interne, & ſe perd par diuers ſcions dans la peau du deſſus du pied. La *ſciatique* mineure naiſſant à l'oppoſite de la ſaphene, ſe diſtribuë à la peau de de- *Sciatique pe-* uant de l'Iſchium, & aux muſcles de cet endroit. La *muſcule* ſe fend en deux ra- *tite,* meaux, le plus petit répand des ruiſſeaux aux muſcles extenſeurs de la iambe : le *Muſcule,* plus grand & plus profond ſe répand dans quaſi tous les muſcles de la cuiſſe. La *poplitique* ou *iarretiere* faite de deux rameaux de la crurale s'vniſſant, ayant ſemé *Poplitique,* quelques ruiſſelets dans la peau du derriere de la cuiſſe, deſcenduë par le mitan du jarret, ſe perd tantoſt à la peau du mollet de la iambe, tantoſt elle deſcend iuſqu'au talon, & tantoſt elle eſt portée par la malleole externe. La *ſurale* ſemée dans les *Surale, &* muſcles du gras de la iambe, & dans la peau du dedans de la iambe, ſe recourbant enuiron la malleole interne, s'en va au coſté interne du pied, & à la peau du gros orteil, & rarement aux autres. La *ſciatique* maieure ou grande, portée par la plus *ſciatique* grande partie par les muſcles du mollet de la iambe, ſe perd en dix ſcions, deſ- *grande,* quels elle en enuoye deux à chaque orteil ; & par la plus petite, finiſſant entre le peroné & le talon, elle ſe répand quelquesfois, apres auoir percé le ligament par le mitan, dans le muſcle qui emmene l'orteil & dans la peau. Voilà la diſtribution de la veine caue deſcendante & tous ſes rameaux.

Diſtribution de la veine Caue aſcendante.

CHAPITRE VI.

A veine caue ſortant de la partie gibbeuſe du foye, & paſſant à *Le tronc aſ-* trauers du diaphragme auec vn fort gros tronc, que le vulgaire *cendant de la* nomme *aſcendant,* monte iuſques aux clauicules : or en faiſant *veine caue,* tout ce chemin qui eſt aſſez long, ce grand vaiſſeau remply de *comment at-* beaucoup de ſang, ſeroit en danger s'il n'eſtoit eſtroitement at- *tes voiſines.* taché aux parties voiſines ; & pourtant Nature ingenieuſe & pouruoyante, l'a

Ó ij

attaché premierement au diaphragme par le moyen du trou qui luy eſt propre, ſecondement aux membranes du mediaſtin par des tuniques communes, & en troiſiéme lieu au cœur par l'oreillette dextre, & les membranes ou valuules triangulaires. Et pour garder que ce vaiſſeau ne fuſt en ſa partie ſuperieure bleſſé par la dureté des os, & pour aſſeurer la diſtribution de ſes rameaux, elle a mis & poſé en cet endroit vne glande molle & tres-grande pour luy ſeruir de cuiſſinet ou de lictiere, que les Latins appellent *thymus*, & les François *la fagouë*. Ainſi donc le tronc aſcendant de la veine caue monte iuſques aux clauicules. Or de ce tronc ſortent quatre veines, *la phrenique*, *la coronaire*, *l'az ygos & l'intercoſtale*. La *phrenique* ſe traine par tout le corps du diaphragme, & enuoye quelques ſcions au pericarde & aux membranes du mediaſtin. La *coronaire* ceint toute la baſe du cœur comme vne couronne ; elle eſt le plus ſouuent ſimple & rarement gemelle ; elle répand de coſté & d'autre des branchettes par toute la ſubſtance du cœur pour luy porter ſa nourriture : mais elle en enuoye beaucoup plus grand nombre au coſté gauche qu'au dextre, d'autant qu'eſtant plus denſe & plus épais, il a beſoin de dauantage de nourriture. Il faut auſſi remarquer icy l'orifice & ouuerture de la veine caue qui ouure ſon coſté, comme s'il eſtoit déchiré dans le ventricule dextre du cœur, pour y verſer le ſang pour la nutrition des poulmons, & la generation de l'eſprit vital en tres-grande abondance: eſtant attachée audit ventricule en telle ſorte qu'elle n'en peut eſtre en aucune façon ſeparée. *L'az ygos* ainſi dite, parce qu'elle eſt ſans pair, & qu'elle ſe trouue ſeulement au coſté dextre, produit huict ſcions, qui s'en vont au coſté gauche auſſi bien qu'au droit, nourrir les huict coſtes inferieures & les eſpaces d'entre-deux, enuoyant cependant des branchettes fort petites : mais en bien grand nombre à l'œſophage. Les Anatomiſtes Modernes ont remarqué vne double communion de cette veine ſans pair ; l'vne eſt auec les veines thoraciques qui naiſſent de l'axillaire ; de là vient que la ſaignée en la pleuriſie faite du coſté meſme de la douleur, ſoulage merueilleuſement. L'autre eſt auec l'adipeuſe & l'émulgente par vn rameau fort petit ; & c'eſt par iceluy que Fallope veut que ſe purge le pus du thorax par les vrines. Quant aux petites membranes, qu'Aimé Portugais dit eſtre comme petites portelettes aux rameaux de l'azygos, pour empeſcher le reflux du ſang, ie n'ay encore peu les voir, & n'ay veu aucun qui m'aſſeuraſt les auoir veuës, qui me fait croire que ce ſont pures niaiſeries. *L'intercoſtale*, ainſi nommée parce qu'elle nourrit les eſpaces qui ſont entre les trois ou quatre coſtes ſuperieures, ne ſe trouue point quelquesfois, & lors l'azygos fait office d'intercoſtale, & enuoye vn rameau aux coſtes ſuperieures. Le tronc de la veine caue ayant produit ces quatre veines ſe fend tout en deux gros bras, leſquels à raiſon de leur ſituation, & de la nature de la partie par où ils paſſent ſont nommez *ſouſclauiers*, car ils paſſent par deſſous les clauicules. Vne partie de ces rameaux eſt cachée dans la cauité de la poictrine, l'autre partie ſaillant dehors eſt portée aux aiſſelles, & eſt nommée *axillaire*. De là premiere partie qui retient le nom de tout, & eſt nommé *rameau ſouſclauier*, naiſſent cinq veines, *la mammaire*, *la thymique*, *la capſulaire*, *la ceruicale & la muſcule*. La *mammaire* eſt portée par le dedans du ſternum, & enuoye des branches aux muſcles thoraciques & aux mammelles : mais par ſa plus grande partie elle ſort & ſe monſtre à la partie interne du muſcle droit ; où elle va rencontrer vn peu au deſſus du nombril par quelques ſiens ſcions, autant de ſcions de l'épigaſtrique aſcendante. La *thymique* ſe répand par tout le corps glanduleux, nommé *thymus*, & les mem:

La fagouë.

Le tronc aſcendant produit.

La phrenique.

La coronaire.

Comment la veine caue s'ouure au cœur.

L'az ygos.

Double communion de l'azygos.

In obſerua. anatom.

Scholio ad curat. 52. Centur.

Et l'intercoſtale.

Du rameau ſouſclauier naiſſent

La mammaire,

La thymique,

branes du mediaſtin. *La capſulaire* remarquée de peu d'Anatomiſtes ſe traine ⟨*La capſulaire.*⟩
dans le pericarde & rencontre les phreniques aſcendantes tellement, qu'elles
ſemblent eſtre meſmes vaiſſeaux. *La ceruicale* monte au cerueau par les trous ⟨*La ceruicale.*⟩
des apophyſes tranſuerſes de la nuque, ayant enuoyé en paſſant des branchet-
tes aux muſcles voiſins. *La muſcule* eſt portée aux muſcles épineux tant de la nuc- ⟨*La muſcule.*⟩
que que du haut du thorax. L'autre partie du rameau ſoubſclauier ſortie de la
cauité de la poictrine, & venuë iuſques aux aiſſelles ſe nomme *axillaire*, de la- ⟨*Le rameau axillaire.*⟩
quelle naiſſent trois veines, *la thoracique*, *la baſilique & la cephalique*, que nous
décrirons au chapitre ſuiuant. Le meſme rameau eſtant ſorty par deſſus la cla-
uicule, eſt nommé par Syluius *ſurclauier*, & d'iceluy naiſſent deux groſſes vei- ⟨*Du rameau ſurclauier naiſſent.*⟩
nes dites *iugulaires*, l'vne *externe* & l'autre *interne*. L'*externe* plus grande aux
brutes qu'aux hommes montant par les coſtez du col entre la peau, & la mem- ⟨*La iugulaire externe.*⟩
brane charnuë, eſpard grand nombre de branchettes aux muſcles voiſins ; mais
quand elle eſt paruenuë au pharinx, elle ſe fend en deux parties, deſquelles l'vne
eſt employée aux muſcles du larynx, de l'os hyoïde, & de la langue : l'autre ſuperficielle répand des ruiſſelets aux deux léures, aux aiſles du nez, au front, à
quaſi toute la face, au grand angle de l'œil, & aux parties poſterieures des oreilles. *La iugulaire interne* beaucoup plus grande en l'homme qu'aux brutes, à rai- ⟨*Et l'interne.*⟩
ſon qu'il a le cerueau plus grand, comme elle monte par le coſtez du col au cerueau, elle enuoye en paſſant pluſieurs ſcions aux parties voiſines, comme aux
muſcles du larynx & de la langue, & paſſe finalement par les trous du crane aux
ſinuoſitez de la dure menynge, deſquelles ſortent vne infinité de ſcions des veines, qui s'épandent de tous coſtez pour nourrir les deux menynges & tout le
corps du cerueau. Or la maniere qu'elle eſt portée par les ſinuoſitez de la dure ⟨*Chap. 7. l. 10.*⟩
mere, ſera expliquée ailleurs.

Diſtribution du Rameau axillaire.

CHAPITRE VII.

V rameau axillaire naiſſent trois veines, *la thoracique*, ⟨*Le rameau axillaire produiſe.*⟩
la baſilique & la cephalique. *La thoracique* eſt de chaque
coſté double ; l'vne ſe diſtribuë aux mammelles & aux ⟨*La thoracique.*⟩
muſcles anterieurs de la poictrine comme au pectoral
& au petit dentelé ; & l'autre aux poſterieurs : & trois
& quelquefois quatre ſcions de cette veine s'vniſſent
auec trois ou quatre branchettes de la veine ſans pair,
qui eſt vne obſeruation nouuelle & tres-belle. *La ba-* ⟨*La baſilique.*⟩
ſilique eſt portée par la partie interne du bras, & la
cephalique par l'externe, qui eſt cauſe qu'Hippocrate appelle la premiere *inter-* ⟨*l. de vict. rat. in acut.*⟩
ne, & la derniere *externe*. *La baſilique* ſe diuiſe en *profonde* & *ſuperficielle*. La *pro-* ⟨*profonde &*⟩
fonde couchée ſur l'artere axillaire & le troiſiéme pair de nerfs s'auance iuſqu'au
mitan du plis du coulde, & deſcend par l'vn de ſes rameaux du long du rayon,
& par l'autre du long du coulde par dedans l'anneau qui attache & contient les
tendons des muſcles. Le premier rameau ſe fend en grand nombre de ſcions, deſquels il en donne deux au poulce, autant au doigt index, & vn au medius : le dernier ſe diuiſe pareillement en cinq ſcions, & en donne vn au medius, deux au me-

La superficielle. dicus & deux à l'auricularis. La *superficielle* descend du long de la peau , & quand elle est venuë à la jointure du coulde , elle se diuise en deux rameaux , desquels l'vn porté à la partie interne du coulde , se joint & vnit auec vn rameau de la *cephalique* , & de cette vnion naist vne veine commune que le vulgaire nomme *la* La mediane. *mediane* , & les Arabes *veine noire*. Ceux donc bronchent qui reconnoissent la mediane pour vne veine particuliere & troisiéme au bras , veu qu'elle est faite au plis du coulde , de l'vnion de la cephalique & de la basilique. L'autre rameau descend par la partie ou costé inferieur du coulde , enuoyant forces branchettes La cephalique. à la peau voisine & aux parties subjacentes. La *cephalique* , ainsi dite parce qu'on l'ouure aux affections de la teste , est nommée par Hippocrate , *externe*, parce qu'elle rampe par l'exterieure partie du bras : Et de quelques vns *humeraire* , à raison qu'elle descend du long de l'humerus ; elle ne naist point de la iugulaire externe comme aux chiens , mais du rameau axillaire. Cette veine descendant superficiellement entre le muscle deltoïde & le tendon du pectoral ; venuë au plis du coulde , se fend en deux rameaux , desquels l'vn porté obliquement à la partie interne du coulde , s'vnit auec le raineau de la basilique , & fait la mediane. L'autre plus grand descend du long du rayon , quasi iusques au milieu d'iceluy , d'où se trainant obliquement au carpe , il arrouse quasi tout le dehors de la main , & se termine par vn rameau apparent , entre le petit doigt & l'annulaire. Les Arabes La saluatelle. le nomment la *saluatelle*, & l'ouurent fort heureusement aux affections melanco- Portillons remarquez aux grands vaisseaux. liques , aux opilations de ratte , & aux fiéures quartes. Quelques Modernes ont remarqué aux grandes veines des bras & des jambes , certaines portelettes comme des valuules & petites membranes , qui rompent l'impetuosité du sang accourant & descendant en grand'abondance aux parties inferieures ; ce qui ne se voit point au tronc de la veine caue ; d'autant qu'il faut qu'il soit tousiours patent Plusieurs communions. & ouuert pour la distribution. Ils ont aussi remarqué grand nombre de communions & assemblemens entre les veines ; car celles qui s'épandent dans la peau, s'assemblent & vnissent finalement auec les veines de la partie opposite ; ainsi les dextres s'vnissent & assemblent auec les senestres , comme en la face ; les superieures auec les inferieures , comme aux muscles de l'epigastre ; les internes auec les externes , comme certains rameaux de la iugulaire interne auec des rameaux de l'externe , les thoraciques externes auec les veines internes de l'azygos , les externes des mammelles auec les internes de la poictrine , & les externes de la teste auec Et grand nombre d'anostemoses. les internes qui sont semées dans les membranes. Et ont finalement remarqué plusieurs anastomoses & emboucheures , par lesquelles les veines entrent dans les arteres , & les arteres dans les veines.

CONTROVERSES ANATOMIQVES.

EXERCITATIONS TOVCHANT L'ORIGINE DES VEINES.

Diuerses opinions touchant l'origine des Veines sont proposées : & premierement qu'elle a esté celle du grand Hippocrate.

EXERCITATION PREMIERE.

E debat touchant l'origine des veines est si grand entre les Philosophes & les Medecins, & les opinions si discordantes entre elles ; que si quelqu'vn les vouloit toutes reciter par ordre, comme deuant vn censeur, il entreprendroit vn trauail grand & fort laborieux. Il y en a (ainsi qu'escrit Aristote) qui deriuent *l'origine des veines du cerueau.* Et Albert le Grand veut que l'Autheur de cette secte ait esté vn Philosophe Persan, nommé par les Arabes *Syamor Cabronensis*, & par Auicenne *Thesée.* Galien remarque, que *Pelops enseignoit que tous les vaisseaux naissoient du mesme lieu*, & Hippocrate escrit, *qu'il y a quatre sources de veines qui prouiennent de la teste* : Mais Galien estime que ce passage a esté adiousté aux escrits d'Hippocrate, & qu'il ressent mieux la doctrine de Polybius, que celle de ce grand personnage. Ie n'ay leu aucune de leurs raisons, mais i'estime qu'ils peuuent auoir esté portez en cette opinion, pour auoir remarqué plusieurs sinuositez, comme canaux remplis de sang en la duplicature de la dure mere, desquelles le sang, comme d'vn pressoir, est exprimé dans grand nombre de venules, & dans toute la substance du cerueau. Herophile confesse ignorer l'origine des veines. Syennencis Medecin Cyprien, & vn certain Blemor Arabe *les deriuent des yeux* : & Diogenes Apolloniate *du ventricule.* Mais la legereté de ces opinions n'a point besoin de longue confutation : car qui est celuy qui ne void que ce sont choses tout à fait éloingnées du sens & de la raison ? i'examineray seulement les raisons de ceux qui disent quelque chose de vray semblable, qui ont excellé en la Medecine, ou qui ont curieusement recherché les secrets de la Nature. Or ceux-cy sont diuisez en deux factions : car les vns maintiennent que *les veines naissent du cœur*, comme les Peripateticiens : & les autres soustiennent que *c'est du foye*, comme les Galenistes & quasi tous les Medecins ; desquels ie m'en vay examiner les raisons par le menu, non point à vne balance populaire, mais tres-iuste, c'est à dire au tresbuchet de Philosophie & de Medecine. Et d'autant qu'Hippocrate a laissé par cy par là beaucoup de choses par escrit touchant cette matiere, voyons premierement quelle a esté son opinion. Ce grand & admirable Philosophe & Medecin a escrit des choses diuerses & contraires touchant l'origine des veines, en mettant tantost le cœur, & tantost le foye pour le principe d'icelles, & niant aussi tantost qu'elles ayent aucun principe. Il dit au liure des chairs, *qu'il y a deux veines caues qui sortent du cœur, que l'vne se nomme artere, & l'autre caue, apres de laquelle le cœur a sa situation.* Au mesme liure, *Les veines sont tres-caues*

Marginal notes:
Que les veines naissent du cerueau. 3. de hist. ani- mal. 2. & 3.

l. 6. de placit. l. de nat. hom.

Raisons.

Diuerses opi- nions. Arist. l. 3. de hist. anim. cap. 2.

Celle d'Hippo- crate.

Qu'elles vien- nent du cœur.

O iiij

aupres du cœur, & peu apres, *Le cœur est situé à la teste de la veine caue.* Au liure des lieux en l'homme, *La veine caue du cœur, perçant le diaphragme passe au foye.* Au quatriéme liure des maladies, il appelle le cœur *la fontaine du sang.* Au liure du cœur il nomme; *Les deux ventricules du cœur, les fontaines ou sources & les veines & arteres, les fleuues qui arroüsent tout le corps.* En d'autres passages il maintient l'opinion contraire, & reconnoist le foye pour *le principe des veines,* comme quand il dit au liure de l'aliment, *Que la radication des veines, c'est le foye, & la radication des arteres, le cœur.* En d'autres passages il appelle la veine caue *hepatique,* comme qui diroit *la veine de foye.* Il a aussi quelquesfois nié, que ny le foye ny le cœur fussent le principe des veines, affermant que toutes les parties estoiét engendrées ensemblement, comme quand il dit, *les veines qui sont esparses par tout le corps donnent l'esprit, la fluxion, & le mouuement d'vne d'icelles, plusieurs sont engendrées, & cette vne ou elle commence & finit, ie ne sçay: car en vn cercle donné il n'y a point de commencement.* Item, *Certes il me semble que le corps humain n'a point de principe, mais que toutes choses sont semblablement principe, & toutes choses semblablement fin: car en vn cercle fait on ne trouue point de commencement.* Voilà ce que Hippocrate a escrit touchant l'origine des veines, en quoy bien qu'il semble à plusieurs y auoir de la contrarieté, si est-il que le tout pourra estre concilié en disant, que le foye est *le principe radicatif* & *distributif.* Le cœur *le principe conseruatif,* & qu'il n'y a aucun principe d'origine, veu que toutes les parties spermatiques sont engendrées ensemblement en la matrice.

Marginalia left column:
Qu'elles viennent du foye.

l.de off. nat. l. de loc. in hom. & l. 2. epid. sect. 4. & l. 6. sect. 7.
Qu'elles n'ont point de principe.
l. de off. natur. l. de loc. in hom.

Conciliation.

L'OPINION D'ARISTOTE DE L'ORIGINE, DES VEINES.

Toutes les raisons des Peripateticiens sont proposées.

EXERCITATION DEVXIESME.

Marginalia:
Opinion d'A-ristote.
l. 3. de part. anim. 4.
l. 3. de hist. anim. c. 3.
l. 2. de part. anim. 1.
Ses sectateurs.

D'AVTANT qu'Aristote reconnoist *Le cœur pour vnique principe aux corps des animaux, premier viuant, mouuant sentant & sanguifiant:* Il s'efforce de prouuer par plusieurs raisons, non toutesfois necessaires, que *les organes communs de toutes ces facultez prennent leurs origines d'iceluy.* Il soustient donc en vne infinité de lieux que *le cœur est le principe des veines.* Il a esté suiui d'Auerrhoës, d'Alexandre, de Themistius, & de quasi tous les Philosophes. Il se trouue aussi des Medecins Physiciés, qui ont tenu le mesme party, & entre autres Erisistrate, Aponensis, & Turisanus. Vesale est seul entre les Anatomistes, qui ayant abandonné le party de Galien s'est jetté du costé du Philosophe. Or dépoüillant toute enuie, médisance & calomnie, i'allegueray en premier lieu fidelement toutes les raisons d'Aristote, & de ceux qui ont iuré en son opinion: puis ie les éclairciray & empliray, & finalement ie les examineray à la reigle de la verité. 1. Le cœur est la fontaine de la chaleur naturelle, & l'officine du sang: les veines sont les organes dediez pour distribuer le sang: elles doiuent donc prendre leur origine du cœur. Que le cœur soit la fontaine de la chaleur naturelle, personne ne le reuoque en doubte: or qu'il soit l'officine, où le sang est engendré, on le prouue, par ce que le sang est contenu au vétre droit du cœur, côme dans vne fontaine, cisterne, & receptacle, & au

Marginalia:
Leurs raisons.
Premiere.

foye comme dans vn canal & petit ruisseau: d'autant qu'il n'y a point de cauité au foye, & qu'on n'y void seulement que des entrelaceures de veines. I'éclairciray la raison du Philosophe en cette maniere. Par tout où il se fait vne coction nouuelle & officiale, là est requise vne cauité: ainsi le ventricule a vne cauité notable, où le chyle est engendré: il y a deux fosses au cœur, & quatre au cerueau pour la generation des esprits. Mais il n'y a point de cauité au foye, il n'y a donc point en iceluy d'officine ou boutique de coction. 2. Le cœur est le premier viuant, doncques *Deuxiéme.* le premier nourrissant: car la vie se definit par la nutrition. Or toutes les parties se nourrissent du sang: les ruisseaux de la veine caue portent ce sang, lequel elles reçoiuent du cœur. Il est donc le principe de la sanguification & des veines. 3. Le *Troisiéme.* sang n'est en nulle partie contenu hors des veines dans vne fosse & cauité, sinon au cœur: car il se pourrit ou fige incontinent qu'il est sorty des veines. Ergo les ventricules du cœur sont les receptacles du sang. Que si tu le concedes, il s'ensuiura que la veine en prend aussi son origine, veu qu'elle est seulement ordonnée pour le porter & le distribuer. 4. Aux perturbations de l'ame, comme en *Quatriéme.* la peur & en la tristesse, le sang se retire au cœur, & non au foye ny au cerueau. Ergo l'officine du sang est en iceluy: que si l'officine du sang est au cœur, aussi est donc le principe des veines. 5. Là est l'origine des veines, là où apparoit le bout *Cinquiéme.* de quelqu'vne d'icelles: mais le bout de la veine caue apparoit au ventre dextre du cœur, & son implantation est toute semblable à celle de la grand' artere, là où ses rameaux ne font que s'épandre dans le foye, passer à trauers des autres visceres, ou se perdre en cheueux. 6. La veine caue est si fermement adherente au *Sixiéme.* cœur, qu'elle n'en peut en aucune maniere estre arrachée sans la deschirer; là où ses racines se separent du foye entieres, & sans estre violées, & les veines des autres parties semblablement. 7. Quoy? la veine ne ressemble-elle point dauantage au cœur qu'au foye? car la chair du foye est molle, & celle du cœur dure, *Septiéme.* dense, & comme peaussaire ou cuirassée, telle qu'est celle des veines: joint que le cœur est caue, & que les veines le sont aussi. 8. Mais on void aussi en la *Huictiéme.* baze du cœur les orifices & ouuertures de quatre grands vaisseaux, lesquels s'ouurent & entrebaaillent tous d'vne mesme façon: & ces quatre vaisseaux sont la grand' artere, l'artere veneuse, la veine arterieuse, & la veine caue. Or tous sont d'accord que les trois premiers naissent du cœur: Pourquoy donc la veine caue, qui ne differe point en composition de l'artere veineuse, ne naistra-elle point aussi de la mesme fontaine. I'ay tousiours beaucoup prisé la doctrine & subtilité de monsieur Rousset Medecin du Roy. I'adiousteray icy ses raisons. 9. La similitude des valuules & épiphyses du cœur apposées à l'entrée de la veine caue auprès du cœur, comparée auec les trois autres vaisseaux *Neusiéme.* naissans du milieu du cœur, monstre éuidemment que la caue en prend aussi son origine: car ces petites membranes, comme portelettes mises aux ouuertures des veines semblent estre comme les testes des veines: il ne se void rien de tel au foye. 10. Toutes les veines sont continuës au cœur, & sortent de la caue *Dixiéme.* comme de leur matrice, tellement que la porte & l'vmbilicale soient rameaux de la caue, descendante du cœur au foye: car si tu mets vne canule dans l'vmbilicale d'vn enfant mort né, & que tu souffles, tu verras le cœur & le poulmon se mouuoir, chose que moy-mesme ay aussi quelquesfois experimentée. 11. Il falloit *l'nziéme.* que les principes des veines & des arteres fussent prochains, à raison de la necessité de l'accompagnement perpetuel, & de la presence mutuelle de ces vaisseaux: car l'vn d'iceux est inutile sans l'aide de l'autre. Et ç'a esté à raison de cet accompagnement & vnion, comme fraternelle que les anciens ont nommé ces deux fortes de vaiſſeaux *veines*, les vnes *battantes*, & les autres *paiſibles*. Veſale pouſſé pluſtoſt d'vn aiguillon de contredire que d'vn deſir de rechercher la verité, appuye cette opinion des Philoſophes de quelques raiſons futiles & vaines, leſquelles nous reſeruons à déduire en vn chapitre exprés. Tirons maintenant en public les argumens du party contraire.

L'opinion de Galien & des Medecins qui mettent le foye principe des veines.

EXERCITATION TROISIESME.

Raiſons de Galien.

Premiere.

ALIEN au 6. liu. des Decrets, prouue en vn long diſcours contre Ariſtote, que toutes les veines naiſſent du foye ſon premier argument tiré d'vne ſimilitude eſt tel. Tout ainſi que les racines de l'arbre eſparſes par diuers filamens dans la terre s'vniſſent en vn tronc, lequel ſaillant vn peu dehors ſe diuiſe en deux rameaux fort gros & diſſemblables: ces deux icy ſe fendent derechef en d'autres, & en d'autres, iuſques à ce qu'ils s'en aillent en des branchettes tres-petites. Ainſi les racines de la veine caue, eſparſes par vn nombre infiny de ſcions par tout le parenchyme du foye ſe terminent toutes en vn tronc, lequel auſſi-toſt preſque qu'il eſt ſorty du foye ſe fend en deux, eſtant comme diuiſé en deux fort gros bras, deſquels l'vn eſt nommé *aſcendant*, & l'autre *deſcendant*: chacun de ces deux produiſant derechef vn nombre quaſi infiny de branchettes. La diſtribution de la veine porte eſt totalement ſemblable. D'autant donc que les racines de toutes les vei-

Improuuée.

nes ſont au foye, il s'enſuit qu'il en eſt le principe. Il y en a qui improuuent cette ſimilitude: car le tronc de l'arbre ne naiſt point des racines, & n'eſt point nourry par icelles: ains pluſtoſt & la racine & le tronc, & les rameaux dépendent de l'eſcorce viue qui eſt au milieu. Or que la plante ne prenne point ſa naiſſance des filamens de la racine, il appert parce que des ſemences d'vne autre plante, qui n'ont point de racines, ou des plantals & iectons d'arbres fichez en terre ſans aucune racine, les racines ſe pouſſent vers bas dans la terre, comme les branches vers haut dans le ciel. Mais il ſemble qu'ils n'ayent point compris l'intention de

Expliquée.

Galien: car il ne veut point que les veines germent du foye comme vne plante, & puis eſtans peu à peu groſſies qu'elles ſoient portées aux parties; ains il veut ſeulement que les racines de toutes les veines ſoient fichées dans le foye, comme dans la terre, & que ces racines verſent dans le tronc & tous les rameaux de la veine caue le ſang alteré & élaboré au parenchyme. La ſeconde raiſon eſt

Deuxiéme.

priſe de la couleur du ſang. Si tu conſideres le ſang de toutes les veines, qui n'ont qu'vne ſimple tunique, tu verras qu'il ne differe ny en couleur, ny en ſubſtance, ny en temperature de celuy qui eſt contenu aux vaiſſeaux du foye: Au contraire, tu trouueras que le ſang élaboré au ventre dextre du cœur eſt plus ſubtil, plus chaud, & plus eſcumeux. Dont s'enſuit que le cœur n'eſt point l'officine du ſang veneux, ny par conſequent le principe des veines: ou bien on peut argumenter ainſi. Le ſang contenu en la veine caue & aux rameaux de la porte eſt rouge, repreſentant la couleur du foye: or celuy qui eſt élaboré au cœur eſt iaune & ſpumeux: doncques s'il prend cette couleur rouge au foye, il eſt vray-

femblable que le foye eft le principe de la fanguification, & par confequent des
veines. Il y en a qui fe rient de cette raifon : parce (difent-ils) que le foye en- *Improuuée.*
gendre la ferofité, le phlegme, & la bile qui ne font point rouges : Ils difent outreplus que le fang rougit pluftoft le foye, que le foye le fang : d'autant que la *Deffenduë.*
bile teint en jaune la veſſicule, & toute l'habitude du corps en la jauniſſe. Mais
ils ne voyent point qu'il n'y a que les chofes homogenes, de mefme nature, &
qui peuuent eftre aſſimilées, qui rougiſſent par l'attouchement du foye ; & que
les chofes heterogenes, & qui font de nature diſſemblable fuiuent feulement la
difpofition de la matiere, & de la caufe efficiente, & non point la couleur de la
partie qui cuit & altere la matiere. Mais paſſons outre. Les animaux qui n'ont *Troifiéme.*
point de poulmons, n'ont point de ventricule dextre au cœur : car ils n'en ont
qu'vn, à fçauoir le gauche. Or comment pourront en ces animaux-là les veines
naiftre du cœur ? Se pourra-il faire que deux efprits diftincts, & deux fangs diuers en temperament, le veineux & l'arterieux, lefquels font diftribuez par
deux fortes de vaiſſeaux, puiſſent prouenir d'vn feul ventricule, qui n'a qu'vne
feule temperature & compofition ? Il faut donc que les veines en ces animaux
naiſſent d'ailleurs que du cœur, & que le foye foit en iceux l'officine du fang
veineux, comme le ventricule qui eft vnique au cœur, celle de l'arterieux. Da- *Quatriéme.*
uantage, il n'y a que deux veines, la caue & la porte qui diftribuent le fang rouge: or la porte ne touche en aucune maniere au cœur, & toutesfois elle a fes racines efparfes dans la chair du foye : fi donques ils accordent que la porte naift du
foye, pourquoy la caue n'en naiftra-elle point auſſi, veu qu'elle ne differe point
en compofition : qu'elle contient vn fang de mefme couleur, fubftance & temperament : & qu'elle a fes racines fichées & femées par diuers filamens dans
toute la chair du foye comme la porte ? Que fi les aduerfaires difent qu'il fe fait *Obieftion.*
dans la fubftance du foye des anaftomofes, & communions des racines de ces
deux veines, lefquelles ont efté inconnuës à Galien & aux anciens : & ainfi
que la porte eft continuë au cœur, & qu'elle naift de la caue. Ie leur oppofe- *Refponce.*
ray que les racines de la porte & de la caue font diuerfes & diuerfement entrelaſſées, tellement que l'vne ne peut rapporter à l'autre le principe de fon origine. Ainfi fe fait grand nombre d'anaftomofes des veines & des arteres dans
diuerfes parties, & toutesfois perfonne ne dira pour cela, que les veines naiffent des arteres, ou les arteres des veines. Quoy fi ie dis que ces deux veines *Cinquiéme.*
apparoiſſent feulement attachées au foye & non au cœur ? La diſſection du fœ- *Sixiéme.*
tus monftre clairement que le fang eft porté du foye au cœur : car la veine vmbilicale le verfe droit au foye. Si la veine caue naiſſoit du cœur, elle auroit (ce *Septiéme.*
dit Galien) battement, comme ont les arteres : car tout le cœur bat, & le ventricule dextre non moins que le feneftre. Mais qui eft plus, l'infertion de la veine caue dans le cœur monftre éuidemment qu'elle ne prend point naiſſance d'i-
celuy : car elle ne fait feulement qu'ouurir fon cofté, comme s'il eftoit defchiré,
dans le ventre dextre, & ne fort point d'iceluy. Ce qui fe verra clair comme le
foleil de midy, fi ayant ouuert la veine felon fa longueur dans la poictrine tu la
vuides de fang : car tu trouueras tout fon corps continu monter haut iufques aux
clauicules, fans faire infertion de tout fon tronc au dextre ventricule du cœur.
Mais ces raifons font trop legeres, appuyons-les de quelques demonftrations *Autres rai-*
plus valides. *fons plus for-*
tes.

    Là eft le principe des veines, là où eft l'officine du fang veneux : or que le *Huitiéme.*
foye & non le cœur foit l'officine du fang veneux, ie m'en vay le prouuer. 1. La

où font les recéptacles des excremens, là eft l'officine de la coction, où pour le moins elle n'en eft guere loin : or les receptacles des excremens de la fanguification, la veflicule, la rattelle, & les roignons apparoiffent au foye, ou non gueres loing de luy : Doncques le foye eft l'officine du fang veineux. 2. La fanguification n'eft iamais deprauée finon que le foye foit offencé. L'hydropifie ne fe fait iamais, comme tefmoigne Galien, que le foye ne foit affecté : or l'hydropifie eft vn erreur & deffaut de la fanguification. Les Peripateticiens fouftiennent que le foye ne fait que preparer le fang, & que c'eft le cœur qui le parfait & le di-ftribuë. Mais nous prouuons au contraire, que c'eft le foye qui le parfait, & qui le diftribuë à toutes les parties par cette belle demonftration. L'office du ferui-teur eft feulement de preparer & non de diftribuer : or la matiere non encore parfaite eft inepte pour eftre diftribuée & pour nourrir : & partant fi le foye ne faifoit que preparer le fang pour le cœur, il le laifferoit au cœur pour le diftri-buer, mais il le diftribuë luy-mefme : car incontinent qu'il a efté purifié de fes excremens en la partie caue du foye, il eft enuoyé dans la veine caue, & la meil-leure partie d'iceluy portée par le rameau defcendant, pour nourrir parfaitement les parties inferieures. D'autant donc que ce fang fans auoir monté au cœur, eft diftribué pour nourrir, il s'enfuit qu'il a acquis fa perfection, & partant que le foye n'eft point le feruiteur preparant mais qu'il eft le maiftre impofant la der-niere main à l'œuure. Si le cœur receuoit le fang feulement encommencé, & non parfaitement elaboré, à celle fin de le rendre apte pour nourrir : il faudroit qu'il y eut des vaiffeaux pour porter ce fang imparfait au ventricule dextre, com-me dans vne cifterne, & puis ayant acquis fa perfection en iceluy pour le diftri-buer à toutes les parties. Or il ne fe trouue point de vaiffeau pour le diftribuer: car on ne remarque que quatre vaiffeaux au cœur, la veine caue, la veine arte-rieufe, la grand'artere, & l'artere veineufe. Quand à la veine arterieufe, & à l'artere veineufe, elles ne feruent que aux poulmons, & fe perdent toutes deux en iceux : la grand'artere porte l'efprit vital, & le fang arterieux & fpumeux. Il ne re-fte donc que la veine caue : or cette veine a fes iffuës fermées par trois petites membranes, qui s'ouurent de dehors en dedans. Ce feroit dont en vain que la veine caue naiftroit du cœur, fi le fang parfait & r'affiné en iceluy ne pouuoit eftre renuoyé dans ladite veine, pour le diftribuer aux parties pour leur nourriture. Ie fçay que les aduerfaires refpondent que ces membranes n'ont point efté faites pour empefcher que rien du tout entre ou forte : mais pour empefcher que le fang entre ou forte tout à coup & confufément : mais peu à peu, & l'vn apres l'autre : & que c'eft la raifon pourquoy les trois membranes fituées en l'orifice de la vei-ne caue font comme defchirées, pour garder qu'elles ne ferment fi bien l'orifice, que quelque portion du fang ne puiffe retourner du ventricule dextre dans la vei-ne caue. Mais encores qu'on leur accorde cela, fi n'éuiteront-ils point la force de l'argument qui eft, *Qu'il faut que le fang qui doit nourrir tout le corps, foit verfé du* *ventricule dextre du cœur dans la veine caue abondamment & ferrément, & non point* *peu à peu.* Ils pourront objecter l'artere veineufe qui donne entrée à l'air, & fortie à l'efprit, & à la vapeur fuligineufe : mais qu'ils regardent combien eft diffemble-ble la raifon de cet artere & de la veine caue : c'eft autre chofe de donner paffage à vne fumée, & à quelque peu d'efprits pour fortir dehors ; & autre chofe de don-ner iffuë à autant de fang, comme il en eft befoin pour nourrir tout le corps : la fumée peut à raifon de fa fubtilité, paffer par des vaiffeaux quafi infenfibles, mais vne telle quantité de fang, comme eft celle qui eft requife pour la nourriture de

tout

Neufiéme.

Dixiéme.

Vnziéme.

Refponce de quelques vns, nulle.

Obiection.

Solution.

tout le corps demande vne ouuerture tres-grande & bien libre. Cette demonstration est valide, & toutesfois elle sera fortifiée par la suiuante. Pourquoy Na- *Douziéme.*
ture n'a-elle mis que deux valuules en l'orifice de l'artere veineuse ? n'est-ce point,
d'autant qu'il n'estoit besoin qu'il fust tout à fait clos, afin de ne laisser la sortie à
la vapeur fuligineuse & à l'esprit vital. Doncques si le sang élaboré & r'affiné au
ventre dextre doit sortir d'iceluy, pour r'entrer dans la veine caue, elle n'y deuoit
mettre qu'vne valuule, pour rompre l'impetuosité du sang, ou bien il estoit plus
raisonnable de n'en mettre que deux en l'orifice de la veine caue , & d'en poser
trois en celuy de l'artere veineuse: parce que le sang grossier, bien qu'il sorte peu
à peu, a besoin d'vne ouuerture plus ample & patente que n'ont les fumées &
esprits tres-subtils. Mais accordons qu'il n'y ait point de valuules en l'orifice de la *Treiziéme.*
veine caue, encores qu'elles apparoissent aux sens, ou qu'elles n'ayent point esté
faites pour l'vsage qu'ont cuidé les Anciens : si est-il au moins necessaire que les
Peripateticiens confessent que le sang grossier, & non encores élaboré, entre de
la veine caue au ventre dextre du cœur, qu'il est plus parfaitement r'affiné en iceluy, & estant ainsi r'affiné qu'il r'entre dans la mesme veine caue, pour estre puis
apres distribué à tout le corps. Que si ainsi est, il y aura tousiours en vn mesme
vaisseau, en vn mesme temps, deux mouuemens contraires: car le cœur puisera
en se dilatant en son diastole le sang de la veine caue, & reuersera en se resserrant
en son systole le sang r'affiné dans la mesme veine. Ainsi le parfait & l'imparfait,
le cuit & le crud seront tousiours meslez ensemble, & y aura tousiours deux mouuemens contraires continuels (car le mouuement du cœur est perpetuel, & qui
ne s'entrerompt iamais) du sang montant du foye au cœur, & du mesme sang redescendant du cœur au foye : chose certes que la Nature ne peut longuement
souffrir. Aux veines du mesentere apparoissent bien diuers mouuemens du chyle
& du sang : mais ils ne sont point perpetuels, & les diuers appetits des parties qui
attirent font cela: car le foye succe le chyle, & l'attire par les veines mesaraïques,
& les boyaux attirent le sang par les mesmes veines , pour leur nourrissement.
Mais la veine caue n'a point de faculté en elle , par laquelle elle puisse attirer le
sang du ventre dextre du cœur. *Nature* (dit Galien) *n'a point accoustumé d'introduire vne matiere non encore élaborée , & puis apres la mettre hors estant élaborée
par vn seul & mesme vaisseau.* Voilà les demonstrations des Medecins.

L'opinion d'Aristote est examinée, & est respondu aux raisons des Peripateticiens.

EXERCITATION QVATRIESME.

 OVS voyez les armées ennemies rangées de part &
d'autre, prestes à s'entrechoquer: Nous ne sçaurions
deffendre les deux partis : car la verité ne soustient
point deux contraires ensemble. Nous aimons donc
mieux suiure celuy de Galien, que celuy du Philosophe, estans obligez par tous deuoirs de porter nostre
maistre en sa iuste querelle, encore qu'il n'ait point besoin de nostre aide, estant assez grand de luy-mesme.
Or pour rendre la verité de l'opinion de Galien plus *Responce aux
raisons des Pe-*
éclattante, nous examinerons par le menu toutes les raisons proposées par les Pe- *ripateticiens.*
ripateticiens. 1. Ils objectent que le cœur est l'officine du sang. Nous recognois- *A la premiere.*

fans deux fortes de fang , le veineux & l'arterieux ; accordons qu'il foit l'officinē de l'arterieux, & non du veineux : à raifon qu'il ne peut retourner du ventricule dextre dans la veine caue, pour les trois membranes qui font en l'orifice de ce vaif-feau, & les raifons fus alleguées. *Au foye* (ce difent-ils) *il n'y a point de cauité il n'y a donc point d'officine de coction.* Galien refpond, *Qu'il n'y a point de cauité au foye, parce qu'il eftoit neceffaire que le parenchyme du foye, organe principal de la fanguifica-tion touchaft le fang de toutes parts, afin de luy imprimer par cet attouchement la forme, la rougeur & la perfection. Ioint qu'il n'eft point befoin de cauité en toute coction, veu que la femence eft engendrée aux tefticules & le laict aux mammelles , où il fe trouue force entrelaçeures de vaiffeaux fans cauitez. Et n'y a que ces parties-là qui ayent mef-tier de cauité , lefquelles doiuent ou receuoir ou enuoyer quelque matiere à coup & en grande abondance.* 2. Ils veulent que le cœur foit le premier viuant, & par confe-quent le premier nourriffant , parce que la vie eft definie par la nutrition. Nous nions que le cœur foit le premier viuant, comme nous prouuerons ailleurs : mais donnons qu'il foit le premier viuant, s'enfuiura-il qu'il foit le premier nourriffant? Car premier nourriffant peut eftre entendu en deux manieres, ou pour ce qui fe nourrit le premier, ou pour ce qui fournit de nourriture à autruy. Or l'vn & l'au-tre eft faux, car la nutrition fe fait du fang; le fang n'eft point porté finon par les veines : or la veine vmbilicale verfe le fang au foye premier qu'au cœur, dont s'en-fuit que le cœur ne fe nourrit point le premier. Mais il n'eft point auffi le premier qui nourrit les autres parties, d'autant que le fœtus fe nourrit du fang de la mere, porté par la veine vmbilicale à la porte , & d'icelle à la caue, tant afcendante comme defcendante. 3. Le fang fe fige hors des veines par tout, horfmis dans le cœur. Mais il ne fe fige point auffi dans le foye, ou pour dire mieux, il fe fige auffi aux ventricules du cœur, auffi-toft que l'animal eft mort, & iamais aux veines du foye. 4. Le fang aux perturbations de l'ame fe retire tout au cœur, & non au foye , mais cette raifon ne conclud rien ; elle monftre feulement que le cœur eft le fiege des paffions. 5. La fin des veines eft dans le cœur ; là où leurs rameaux font répandus par tout le foye. Mais quoy les rameaux de l'artere coronaire ne font-ils point auffi femez par toute la fubftance du cœur, & n'en eft-il point de mefmes de la veine coronaire? 6. La veine caue eft adherente au cœur en telle forte qu'elle n'en peut en aucune façon eftre arrachée. Nous leur accordons cela, & falloit qu'elle y fuft ainfi fermement adherente & attachée, à raifon des mou-uemens continuels d'iceluy : & partant c'eft pluftoft vne infertion inexplicable de la veine caue dans le cœur , qu'vne émanation ou fortie d'icelle veine hors d'iceluy. 7. La fimilitude qu'ils difent eftre entre les veines & le cœur eft de nul poids; car ny nous ne recognoiffons pas cette fimilitude, ny perfonne verfé en l'Anatomie ne dira que les veines prennent leur origine de la fubftance du cœur, ou du parenchyme du foye, veu que les veines font premieres que l'vne & l'autre, & que les parties fpermatiques font engendrées auant les fanguines. 8. & 9. Il faut foudre la fimilitude tirée des valuules & des vaiffeaux , en niant que ces trois vaiffeaux qu'ils alleguent naiffent du cœur : mais deux feulement, la grand'arte-re, & la veine arterieufe : car quant à l'artere veineufe, c'eft vn rameau de la vei-ne caue, ainfi que nous prouuerons contre Vefale. Et mefmes ces quatre vaif-feaux ne s'ouurent point d'vne mefme façon dans le cœur : car les vns entrent & les autres fortent. Les membranes de l'artere veineufe, qui eft vrayement veine, & qui a communion auec la veine caue, font à trois pointes ou triangulaires ; & celles de la grand'artere, & de la veine arterieufe, laquelle au fœtus eft continuē

Pourquoy il n'y a pas de ca-uité au foye. l. 4. de vfu part. 13.

A la deuxié-me. l. 8. quæft. 37.

Troifiéme.

Quatriéme.

Cinquiéme.

Sixiéme.

Septiéme.

Huictiéme & Neufiéme.

à la grand'artere font demy-circulaires. 10. La continuité des veines auec le *Dixiéme*
cœur ne monftre point que le cœur en foit le principe; ains pluftoft le foye, parce
que les veines caue & porte n'ont point de communion entre-elles, fi ce n'eft en
la fubftance du foye. 11. Ce qu'ils alleguent de l'accompagnement neceffaire des *Vnziéme*
veines & des arteres, & de leur conjonction comme fraternelle, ne conclud
point le cœur eftre le principe des veines; ains au contraire, prouue que les origines de ces vaiffeaux different: car s'ils haiffoient tous deux d'vne mefme fontaine, les anaftomofes des veines & des arteres, qui font en grand nombre, ne feroient point neceffaires.

*L'opinion de Vefale touchant l'origine des Veines, eft examinée
& refutée.*

EXERCITATION CINQVIESME.

CERTES ce grand Genie & interprete de la Nature Ari-   *Excufe pour*
ftote, doit eftre excufé és chofes qui concernent l'Ana-   *Ariftote.*
tomie, d'autant que la connoiffance de cet art eftoit de
fon temps negligée; & comme enfeuelie és tenebres d'i-
gnorance: mais ie ne me peux affez émerueiller qu'vn fi
excellent Medecin, & fort exercé aux diffections, comme
Vefale, fe foit ainfi en vne telle clarté de l'Anatomie miferablement trempé, qu'il ait mieux aymé fuiure le party d'Ariftote, que de
foubfcrire auec la verité aux decrets des Medecins. Veftons donc contre luy
(comme on dit en commun prouerbe) la peau de lyon, & comme vn autre
Hercule domptions tous les monftres, que par vn defir de contredire il a enfantez; ainfi il fera puny de fon arrogance & chaftié de fon ingratitude enuers fon
maiftre & Precepteur Galien: mais oyons fes raifons.

1. Les plus grandes chofes font les principes des moindres, or la veine caue *Premiere rai-*
apparoift plus ample & plus groffe enuiron le cœur, qu'en aucune autre partie. *fon de Vefale.*
Ergo le cœur & non le foye eft le principe de la veine caue. Que la veine caue *Refutée.*
foit plus groffe enuiron le cœur, nous le nions abfoluëment; encore que nous
conteffions qu'elle y foit fort groffe, & mefme qu'elle y apparoiffe beaucoup
plus groffe qu'elle n'eft, tant à raifon de l'oreillette dextre qui eft fort caue, que
du diaftole perpetuel du cœur, qui amplifie & aggrandit toutes chofes; mais
elle y eft plus menuë qu'elle n'eft en la partie gibbeufe du foye. Mais accordons
luy qu'elle foit plus groffe enuiron le cœur, faudra-il pour cela mettre le cœur
pour principe d'icelle? ne trouue on point entre les arbres & les plantes des rameaux qui font plus gros que leur tronc? le Philofophe enfeigne qu'il ne faut
point mefurer les chofes naturelles tant par la neceffité de leur matiere, que par
la neceffité de leur fin. Il eftoit neceffaire que l'orifice de la veine caue fuft tres-
grand enuiron le cœur, parce qu'il falloit qu'il defchargeaft le fang au ventre
dextre copieufement & à coup pour la generation de l'efprit vital & le nourriffement des poulmons, ce qui ne fe pouuoit faire que par vne ouuerture tres-ample
& tres-large. 2. Si les veines naiffoient du foye, elles feroient toutes ou continuës *Deuxiéme*
ou contiguës à iceluy: or la veine arterieufe ne touche point au foye, & l'artere
veineufe qui n'a qu'vne tunique comme la veine & qui eft vrayement veine, n'eft
nullement continuë au foye, & n'a nulle communication auec luy. Comment

donc en pourront-elles naiftre ? mais las bon homme ! t'es tu laiffé ainfi trompé
en vne chofe fi claire, que tu n'ayes point preueu vne infinité de lacs, donc tu te
fentiras incontinent enferrer ? Cuides-tu que la veine arterieufe foit vne veine,
ou vne artere ? Certes fi tu euffes eu des yeux, tu euffes iugé que c'eft vne artere,
veu qu'elle a vne tunique cinq fois plus épaiffe que la veine, & qu'en la premiere
conformation elle eft continuë à la grand'artere, par le moyen d'vn canal affez
apparent, inconnu à plufieurs, qui me fait dire que c'eft vn fcion de la grand'artere : car mefmes fes membranes font femi-circulaires, & totalement femblables
à celles de la grand'artere, & partant fi c'eft vn artere, il s'enfuit qu'elle ne deuõit
point naiftre du foye, mais du cœur. La difficulté touchant l'artere veineufe eft
plus obfcure : car elle a vne tunique fimple, & fi tu regardes fa compofition, elle
eft vrayement veine : & toutesfois elle n'eft point continuë au foye, fi nous en
croyons Vefale. Mais ie dis au contraire, qu'en la premiere conformation des
parties elle eft continuë au foye & à la veine caue, & l'ay toûfiours ainfi remarqué
au fœtus : car auffi long temps que l'enfant eft en la matrice elle fert à porter le
fang pour la nutrition des poulmons, qu'elle reçoit de l'orifice de la veine caue,
qui luy eft contiguë, non autrement que la veine arterieufe porte l'efprit & le fang
arterieux qu'elle reçoit de la grand'artere par le petit canal, & le verfe dans les
poulmons : mais plufieurs Anatomiftes ont ignoré cette communion des vaif-

l. 8. quæft. 25.
feaux du cœur, qui auoit efté fort élegamment declarée par Galien au chap. 6.
du 15. liure de l'vfage des parties, & laquelle nous éclaircirons plus amplement en

Troifiéme.
fon lieu. 3. Il ne faut point mettre le foye principe des veines, pource que la veine
vmbilicale eft portée au foye, parce que les arteres vmbilicales ne touchent point

Refutée.
au cœur, defquelles toutesfois il eft le principe. La raifon des veines & des arteres vmbilicales ne me femble point de mefme : car les arteres vmbilicales ne pou-
uoyent point eftre portées droit au cœur, tant pource que le chemin n'eftoit
point affez feur, que pource que la grandeur du foye l'empefchoit. Que doncques Vefale s'en aille auec fon inuention.

Epilogue & conclufion de toute la difpute : & quelle eft l'opinion de l'Au-
theur touchant l'origine des veines.

EXERCITATION SIXIESME.

Les Medecins
pofent diuers
principes.

OR fus donc, puis que chacun voit clairement par ce que
nous auons difcouru cy deffus, que *Le foye eft le principe des*
veines, refte que nous expofions briefuement comment
c'eft qu'il faut entendre ce principe, d'autant que la fignification de ce mot eft diuerfe entre les Medecins, & qu'vne
partie eft dite naiftre de l'autre en diuerfes façons. Nous
trouuons dans Galien vn principe *d'origine,* duquel comme

L'vn d'ori-
gine.
L'autre d'of-
fice.
L'autre de ra-
dication.
Il n'y a point
de principe
d'origine.

de la matiere quelque chofe eft dite prendre fa naiffance. Nous y trouuons vn
principe *de diftribution, difpenfation & office,* duquel prouient vne faculté, ou
quelque matiere commune. Nous y trouuons auffi vn principe *de radication,* auquel apparoiffent les racines des vaiffeaux. Si nous regardons à la premiere fignification, ny le foye, ny le cœur, ne peuuent eftre dits principes des veines : car
vne partie ne naift point de l'autre ; ains les premiers filets de toutes les parties
fpermatiques font encommencez enfemble de la femence dans la matrice : en-

core que toutes ne paruiennent point à leur perfection en vn mesme temps.
C'est donc vne grande absurdité ce qu'alleguent les Peripateticiens, que *la chair*
du cœur est dure, dense & peaussaire, & que les veines naissent d'icelle. C'est aussi
vne chose ridicule ce que disent quelques Medecins; que *la tunique des veines est*
molle, parce que la chair du foye est molle: car elles sont premieres que la chair du
foye & du cœur, parce que les parenchymes sont engendrez du sang amassé &
sige, porté par les veines; tellement que le foye naist plustost des veines, que les
veines du foye. Ainsi Galien prouue, que *le foye naist & est engendré par la veine* l. de format.
vmbilicale. Dont s'ensuit qu'il n'y a point de principe d'origine. Telle a esté l'opi- sœt.
nion de l'admirable Hippocrate, quand il dit, *plusieurs veines naissent d'vne vei-* l. de loc. in
ne, & cette veine où elle naist & où elle finit ie ne sçay: car en vn cercle fait il ne se hom. & l. de
trouue point de principe. Quand on dispute donc du principe des veines, il faut en- osfium natur.
tendre la question de celuy de *radication* ou *de dispensation.* Or nous voulons que
pour l'vne & l'autre raison le foye soit le principe des veines ; *de radication* certes, *Le foye com-*
parce que les racines des veines caue & porte ne se trouuent qu'en luy, & qu'elles *ment principe*
ont communion dans son parenchyme, comme dans leur propre matrice, non *de radication.*
point qu'elles germent du foye comme vne plante, & puis croissant peu à peu
qu'elles soient portées aux parties: car toute la veine, l'artere & le nerf, comme les
racines, les troncs & les rameaux des plantes, sont tous engendrez ensemblément: mais pource qu'elles sont fichées dans la chair du foye, comme dans quelque terre. Et tout ainsi que les plantes attirent par leurs racines, comme par leurs
principes, leur aliment de la terre; Ainsi toutes les parties puisent leur nourriture
du foye par les racines des veines porte & caue: *Les plantes* (dit Aristote) *ont leur* l. 2. de part.
aliment de la terre, lequel elles cuisent en leur racines, comme au ventre des animaux. anim. 3.
Et selon Hippocrate, *le foye est la radication des veines.* Or le foye est aussi le prin- *& d'usice.*
cipe d'office & dispensation, parce qu'il enuoye tant par les veines ascedantes que
par les descendantes vne matiere commune, sçauoir est le sang, aliment commun
des parties, dans tout le corps: Tellement que le foye ne prepare point seulement
côme vn cuisinier la viande, mais aussi la departit & distribuë à toutes les parties.

A sçauoir si les veines ont la faculté de sanguifier.

QVESTION DEVXIESME.

 V E les veines ayent en elles la faculté de contenir, con-
seruer & distribuer le sang, c'est chose (à mon aduis)
que personne ne reuoque en doute. Mais sçauoir si elles
ont aussi la puissance de le cuire, alterer & elaborer;
c'est vne difficulté qui n'est point sans debat. Il y en a
qui donnent toute la vertu de sanguifier aux veines;
d'autres la leur ostent totalement, & ne la donnent
qu'à la chair du foye, & d'autres la donnent & aux veines & à la chair, mais à la chair premierement & de soy,
& aux veines secondairement, & par l'irradiation du parenchyme. Les autheurs parad. & dec.
de la premiere opinion sont Vesale & Ioubert, lesquels ne donnent point d'autre 1.
vsage à la chair du foye, que de remplir les espaces d'entre les veines, afin de les
empescher de s'attacher les vnes aux autres, de les appuyer & affermir comme vn
cuissinet, ou de la lictiere molle, & d'aider à la sanguification par sa chaleur: non
autrement que l'epiploon, la rattelle, & les parties voisines aident la concoction

du ventricule. Ils veulent donc que les veines ne seruent point seulement pour receuoir, contenir & distribuer le sang, mais aussi pour l'engendrer, élaborer & parfaire. Ils s'appuyent sur quelques authoritez de Galien, & sur plusieurs raisons *Authoritez de Galien.* assez fortes. Or de tous les passages dudit autheur, il suffira d'en alleguer icy quelques-vns seulement. Voicy donc comme il en parle, *Quand le chyle est tourné en* c. 1. de facult. *sang, il se fait vn mouuement passif du chyle, & vn mouuement actif de la veine.* Item, natur. *La faculté des veines qu'on appelle sanguifique est du nombre des choses qui se disent pour* 4. de vsu part. *quelque respect.* Il dit ailleurs, *Que le sang est cuit & parfait dans toutes les veines.* 1. de vsu part. Item, *Que les veines ont esté faites pour la generation du sang.* Item, *Que les chairs ne* 5. de sanitate. *cuisent point bien quand elles reçoiuent le sang des veines qui ont mal cuit.* Ces autho-*Raisons.* ritez sont confirmées par ces raisons. 1. Les veines sont premieres que la chair du *Premiere.* foye & ne dépendent point du parenchyme : car elles se separent d'auec iceluy par élixation ou maceration : dont s'ensuit que la sanguification doit plustost estre attribuée aux veines, qui contiennent vn sang tres-élabouré, auant que la chair du foye soit engendrée, que non pas au perenchyme : car commét cette chair pourra-elle communiquer aux veines la faculté d'engendrer le sang, veu qu'elles sont engendrées premier qu'icelle ? & comment ce qui est dernier de generation pourra-*Deuxiesme.* il estre le principe de la sanguification à ce qui est premier que luy ? 2. Toute action naturelle, principalement la nutrition & l'assimilation se fait par attouchement : or il n'y a que les veines du foye qui contiennét le sang, qui le touchent immediatement, & qui l'agitent de toutes parts : car la chair du foye ne fait qu'enuironner les vaisseaux par dehors, & ne touche point le sang immediatement. Donc la san-*Troisiesme.* guification doit estre attribuée à la veine seule & non à la chair du foye. 3. Les orifices & extremitez de la veine porte ne s'vnissent point auec les orifices de la caue ; & partant si le sang est engendré dans la chair du foye, il faut qu'il sorte de la veine porte pour entrer dans la substance du foye, & qu'il soit là épuisé, ou bien *Quatriesme.* qu'il s'y fige, estant hors de sa garde & de ses propres receptacles. 4. Les veines mesataïques engendrent le sang dont se nourrissent l'epiploon, le pancreas, le mesentere, les boyaux, & les parties voisines sans l'aide du parenchyme. Dont s'ensuit que la veine, & non la chair du foye, est l'organe de la sanguification.

L'opinion contraire. Argentier deffend vne opinion totalement contraire, & oste entierement la *Raison pre-* faculté sanguifique aux veines. 1. C'est vn axiome de medecine que l'aliment *miere.* represente tousiours l'idée, nature & temperature de la partie dont il prouient. Ainsi le chyle est blanc, parce qu'il est engendré par le ventricule, partie blanche & spermatique : la semence est blanche, parce qu'elle est élaborée aux testicules ; & le laict blanc, parce qu'il est engendré aux glandes des mammelles. Et pour le faire court la concoction n'est rien autre chose qu'vn changement & assimilation de l'aliment qui est cuit, en la nature de la partie qui le cuit : Or la couleur, forme & temperature du sang & des veines sont dissemblables : car les veines sont exangues, froides & blanches, & le sang chaud & rouge ; Ergo elles n'ont point la fa-*Deuxiesme.* culté d'engendrer ny d'élaborer le sang. 2. C'est vne chose tenuë pour constante, que le pus est engendré par les parties solides & les veines, & que l'hypostase des vrines est l'excrement des veines. Or le pus & l'hypostase, pour estre loüables, doiuent estre blancs & le sont aussi quand les facultez de ces parties sont *Troisiesme.* valides. 3. Si les veines ont la faculté sanguifique, pourquoy les arteres ne l'ont-elle point aussi ? Or les arteres sont seulement dediées pour contenir & distribuer le sang spiritueux & non pour l'engendrer : Ergo les veines ne seruent aussi que pour distribuer le sang & non pour l'engendrer.

Troisiéme opinion, & ses raisons.

Là derniere opinion est la commune & celle de Galien mesme; que la sangui-fication se fait & par le parenchyme, & par les veines, mais premierement & de soy par le peranchyme,& par les veines secondairement,& par l'influence & irra-diation du parenchyme: pour l'éclarcissement de laquelle ie m'en vay mettre quel-ques raisons en auant. 1. On remarque en tout organe diuerses sortes de parties, mais il y en a tousiours vne similaire, à laquelle comme principale est deuë toute l'action. Ainsi l'œil est composé de diuerses parties : mais le crystalin est la prin-cipale comme celuy qui est seul alteré par les couleurs, & qui reçoit les especes des objects visibles. Or le moyen de reconnoistre cette partie similaire principa-le, Galien l'enseigne, quand il dit, que la partie qui est particuliere & propre à l'or-gane & qui ne se trouue point ailleurs, doit estre estimée la partie principale de l'organe. Or la chair du foye est particuliere à ce viscere,& ne s'en trouue point de semblable au reste du corps, là où les veines sont communes à toutes les parties. C'est donc à icelle qu'est deuë la principale cause de la sanguification. 2. La cou-leur, forme & temparature du chyle & du sang sont diuerses; cette diuersité vient ou de la cause materielle ou de l'efficiente: elle ne procede point de la matiere, car la matiere prochaine du sang, c'est le chyle : il reste donc que ce soit de l'efficiente. Or la cause efficiente & prochaine de la sanguification, comme de toutes les au-tres actions similaires, c'est la temperature : non des veines, car elles sont froides, membraneuses, spermatiques & blanches, comme le ventricule & les boyaux: mais du parenchyme, lequel imprime au chyle sa forme & temperature chaude & humide, auec toutes les autres qualitez qui accompagnent la temperature, à sçauoir la couleur & la rougeur. 3. Si tu consideres attentiuement toutes les espe-ces de concoctions, tu verras que la preparation s'en fait aux vaisseaux , & la con-coction en la substance particuliere de quelque partie : la semence est preparée aux vaisseaux spermatiques, & parfaite en la substance des testicules, où elle prend sa forme & sa fœcondité. L'esprit animal est preparé aux entrelaçemens labyrin-thiques des arteres, & parfait aux ventres & en la substance du cerueau. La prepa-ration de la troisiéme coction se fait aux veines capillaires, & la perfection en la substance de la partie. Or la substance particuliere du foye est charnuë, d'où Hip-pocrate & Galien l'appellent *viscere charneux* : c'est donc à icelle qu'est deuë la principale action, à sçauoir la sanguification,& aux veines secondairement & par l'influence & irradiation du foye. Voilà les opinions des autheurs, touchant la sanguification qui sont totalement contraires entre-elles. Or pour nous rétirer du milieu des flots des doutes en vn port tranquille & asseuré, nous considerons auec le docte Veiga, deux choses en la sanguification, l'élaboration & la rubrifi-cation : lesquelles d'autant qu'elles pourront sembler obscures à plusieurs, nous es-sayerons d'éclaircir icy briefuement. L'élaboration qui est vne espece de coction, d'autant que c'est vne action similaire, est parfaite par la seule temperature : mais la rougeur ne dépend point immediatement de la temperature, ains des choses qui la suiuent immediatement, comme de la couleur. Ainsi la blancheur du chyle ne dépend point de la temperature, mais de la couleur du ventricule: la blancheur du pus & de l'hypostase ne prouient point de la temperature, mais de la couleur des veines: & la blancheur de la semence & du laict, prouient de la seule couleur blanche des parties glanduleuses. Toutes les veines, & principalement celles qui sont prochaines du foye, ont en elles la faculté de cuire & alterer; les vnes de pre-parer le sang comme les mesaraïques,& les autres de le parfaire, comme les grands rameaux de la veine caue : mais de luy donner la rougeur, cela n'a esté donné

Premiere: l. de diff. morb. c. 6.

l. 4. de vsu part. c. 12,

Deuxiéme.

Troisiéme.

Opinion de l'autheur. comment. ad cap. 7. lib. 5 de loc. affectis.

qu'au feul parenchyme du foye, parce qu'il n'y a que la chair d'iceluy qui foit de couleur rouge. Nous voulons donc que la fanguification fe faffe comme enfuit. Les veines mefaraïques ayant fuccé & attiré la plus fubtile portion du chyle, elles la preparent au foye, & la tranfportent au tronc & racines de la veine porte, répanduës par tout le parenchyme d'iceluy : le fang attenué aux entrelaçeures des racines de la veine porte, & ayant acquis vn commencement de fang non en couleur, mais en fubftance & qualité, exude facilement à raifon de la fubtilité des tuniques des veines (car elles font plus minces & déliées dans la fubftance du foye qu'aux autres parties) & coule à trauers de la chair de ce vifcere, par l'attouchement de laquelle il deuient incontinent & comme en vn moment rouge : puis apres il eft porté ou par diapedefe ou par anaftomofe aux racines de la veine caue, de là au tronc d'icelle, lequel le diftribuë finalement aux rameaux pour le répandre dans toutes les parties. Telle donc eft mon opinion touchant la fanguification. Mais afin qu'il n'y ait rien qui puiffe retarder les ieunes, il faut fatisfaire aux raifons alleguées au contraire, & premierement à celles de la premiere opinion.

Comment la fanguification fe fait.

Refponce aux raifons de la premiere opinion.

Les authoritez de Galien ne prouuent autre chofe finon que les veines ont la faculté d'alterer & de cuire le fang, mais non point de le rougir : aufquelles nous foufcriuons volontairement. Or leur premiere raifon ne conclud rien : car encore que les veines foient premieres en la generation que le parenchyme du foye, nous ne dirons point pourtant qu'elles engendrent du fang premier que luy, d'autant qu'elles ne font que porter le fang qu'elles puifent des veines de la mere. Ioint que le fœtus ne fait point en la matrice d'action commune & officiale : le ventricule ne chylifie point, le foye ne fanguifie point, le cœur n'engendre point d'efprit vital, le poulmon ne refpire point, & la poictrine ne fait point d'action : les veines ne fanguifient donc point auffi, & ne font que porter & diftribuer le fang qu'elles reçoiuent de la mere. On fatisfera à leur feconde & troifiéme raifon par vne mefme refponce. Le fang ne demeure point toufiours dans les veines, ains il coule & paffe à trauers de la chair du foye : car autrement comment entreroit-il de la veine porte dans la caue ; La tranfcolation de l'humeur fereufe ne fe fait-elle point à trauers de la chair des reins ? le fang ne paffe-il point du ventre dextre du cœur dans le gauche à trauers du feptum medium ? le laict ne coule-il point à trauers des mammelles, & la femence à trauers des tefticules ? Or par cette tranfcolation du fang qui fe fait à trauers de la chair du foye, toutes les particules d'iceluy font alterées & rougies par l'attouchement du parenchyme. Nous nions la derniere raifon tout à plat, & n'accordons point que l'epiploon & les boyaux fe nourriffent du chyle. Ce qu'Argentier objecte de la couleur des veines, prouue feulement qu'elles ne donnent point la couleur rouge au fang : mais il ne monftre point qu'elles n'ont pas la vertu de l'alterer & élaborer. Quand il dit que le pus eft l'ouurage des veines, & l'hypoftafe leur excrement, il ne voit point que l'action des veines eft double, l'vne particuliere & priuée, l'excrement de laquelle eft l'hypoftafe : & l'autre commune & officiale, qu'elles empruntent du foye qui eft la preparation, la coction & l'élaboration du fang. Ainfi nous concluons que la chair du foye eft la partie princeffe qui fait la fanguification, & qu'il n'y a qu'elle qui donne la rougeur & la forme au fang.

A celles d'Argentier.

La solution de trois problemes esclarcissans la question precedente.

QVESTION TROISIESME.

L nous faut icy examiner trois problémes. 1. *Si les veines ne rougissent point le sang, d'où vient que les mesaraïques apparoissent tousiours rouges, & que le suc contenu
en icelles ne se voit iamais blanc ?* Responds, que combien que le ius attiré par les mesaraïques soit blanc,
que neanmoins il rougit aussi tost, non qu'il soit rou-
gy par les veines, mais parce qu'il se meslange auec le
sang qui y affluë du foye, pour la nourriture des boyaux ; vne gouttelette duquel est suffisante de teindre
tout le chyle : Ainsi vne goutte de sang suffit pour rougir vne liure d'vrine, ou de
laict. *Mais si le sang* (diras-tu) *se mesle auec le chyle dans les mesaraïques, il s'ensuiura
que les boyaux se nourriront d'vn sang crud, & que le foye n'attirera point le chyle
pur & simple, ains meslangé de beaucoup de sang.* Responds, que les diuers appetis
des diuerses parties attirent & separent ces sucs meslez. Mais quelque curieux demandera, *si le chyle rougit dans les veines à cause qu'il se mesle auec le sang : pourquoy
ne rougit-il point aussi dans les boyaux ?* Responds, que c'est pource que les orifices
des veines, ne s'ouurent point dans la cauité des boyaux, ains qu'ils sont portez
par vn chemin oblique & tortueux entre les deux tuniques d'iceux. 2. *Si la pituite contenuë dans les veines, peut estre changée par les ieusnes en sang comme enseigne Galien, pourquoy denie-t'on la faculté de rougir le sang aux veines, veu que la pituite
est blanche, & le sang rouge ?* Nous aduoüons que la pituite peut estre tournée en
sang : mais nous disons que ce changement doit estre attribué au foye & non
aux veines. Car le foye affamé attire la pituite & les humeurs cruës, non seulement des grands vaisseaux : mais mesme comme enseigne Galien *des plus petits.*
Car si le ventricule durant la faim ; attite quelquesfois vn suc pourry & fœtide
des boyaux, qui empeschera que le foye n'attire des veines les humeurs cruës &
pituiteuses ? 3. *Si la rougeur du sang vient de la chair du foye, pourquoy est-ce que tous
les sucs qui y sont engendrez, ne sont point de la mesme couleur, ains que les vns sont
iaunes & les autres noirs :* Responds, que le propre de la chaleur, est d'assembler
les choses de mesme nature, & separer celles qui sont de nature dissemblable. Et
partant il n'y a que les parties de mesme nature, parce qu'elles peuuent estre renduës semblables, qui rougissent par l'attouchement du foye : car celles qui sont
de nature dissemblable, suiuent seulement la disposition de la chaleur & de la
matiere, & non de la partie qui altere & change. Ainsi ce qui est dissemblable &
plus subtil au chyle, est rendu iaune par la chaleur : & ce qui est plus grossier
estant bruslé par la mesme chaleur deuient noir : car ce sont les effets des diuers
degrez de la chaleur & du feu, qu'vne chose de iaune deuienne noire : comme il
appert aux charbons allumez. Et ainsi ie pense auoir touché tout ce qui concerne
la nature de la sanguification.

Marginalia:
- Pourquoy les mesaraques sont rouges.
- Responce.
- Obiection.
- Responce.
- Pourquoy le chyle ne rougit point dans les boyaux.
- Responce.
- Second pro-blesme.
- Solution.
- Troisiéme.
- Solution.

Des Veines,

Du ſentiment, mouuement & fibres des Veines.

QVESTION QVATRIESME.

Que les veines n'ont point de ſentiment. L.de loc.aff. c. 1. & l.de mor. different.3.li. de vſu. part. 12.

VIDONS icy vn different de peu de merite, qui eſt entre les Medecins, touchant le ſentiment & le mouuement des veines. Galien eſcrit en quelques endroits, qu'elles ſont priuées de ſentiment : & oſte meſme quelquesfois le ſentiment à tous les vaiſſeaux : comme quand il dit, *Les arteres & veines de quelque partie que ce ſoit, ſont priuées de tout ſentiment, ſoit ou que tu les rompes, ou que tu les bruſles, ou que tu les couppes, ou que tu les lies.* Au contraire il eſcrit aux Aphoriſmes, que *les*

Qu'elles ont du ſentiment. Com.ad Aph. 5. ſect. 6. l.de plenitud.
Conciliation des paſſages de Galien.

affections des reins qui occupent les vaiſſeaux, cauſent des douleurs tres-cruelles : & ailleurs, *il reconnoit aux veines & aux arteres quelque eſpece de douleurs.* Mais on accordera ces paſſages en diſant : que les veines & arteres ont bien quelque ſentiment, mais fort petit : & que ce qu'ó objecte des vaiſſeaux des roignons, doit eſtre entendu des vreteres membraneux & d'vn ſentiment fort exquis, & non point des veines ny des arteres, dans leſquelles les pierres ne s'engendrent point, comme elles ſont dans la cauité nerueuſe des roignons. Le meſme Galien veut quel-

Sçauoir ſi les veines ont mouuement. L.de trem.pal-pitat.

quesfois que *les veines ſe mouuent, & quelquesfois qu'elles ſoyent immobiles.* Réponds ſelon-luy meſme, que des mouuemens les vns ſont ſenſibles, & iceux, ou animaux, comme ceux des muſcles : ou vitaux, comme ceux du cœur & des arteres, ou inſenſibles, comme ſont ceux des veines. Au reſte les veines ne ſe mouuent ny ne battent point : parce que la faculté pulſifique n'influë point du cœur en icelles.

Sçauoir ſi les fibres des veines ſont faits pour le mouue-ment.

La difficulté touchant les fibres des veines eſt plus obſcure, d'autant qu'aucuns ònt eſtimé qu'ils ne ſeruoient point au mouuement, parce que s'ils y ſeruoyent nous verrions les veines ſe mouuoir continuellement, c'eſt à dire, ſe dilatter & reſerrer : car les fibres longs ſe retirans, pour attirer, nous verrions auec les yeux & ſentirions auec le tact, les deux autres ſortes ſe dilatter : & les tranſuerſaux ſe retirans, nous les verrions des yeux, & ſentirions auec la main ſe reſerrer pour faire l'expulſion : choſe que perſonne n'a iamais remarquée. Mais auſſi ceux qui recherchent curieuſement la compoſition des veines, en faiſant la diſſection, n'y trouuent point de fibres : ou s'ils y en voyent, ils ſont tellement entrelaſſez qu'il eſt impoſſible qu'ils ſe puiſſent mouuoir. Pour mon regard i'eſtime

Opinion de l'Autheur.

que ces mouuemens ne ſont point ſi apparens, ny ces fibres ſi ſenſibles, comme veulent aucuns : & toutesfois ie ne veux point nier tout à fait que les veines n'ayent des fibres, & quelques mouuemens : & ne ſert de rien d'objecter l'entrelaſſement & tiſſure des fibres, car ceux du cœur ſont diuerſement entretiſſus, & toutesfois ils ne laiſſent point pour cela de le mouuoir en toutes les ſortes, les veines donc attirent le ſang les vnes des autres, & l'enuoyent les vnes aux autres, par le

In obſerua. anatom.

moyen de ces fibres. I'eſtime toutesfois auec Fallope que leur vſage principal eſt pour la ſeureté, & qu'ils ſont que la veine ſe peut eſtendre & obeïr à toutes les rencontres violentes du ſang. Mais à ſçauoir ſi l'éuacuation qui ſe fait *cat'ixin,* c'eſt à dire *directement,* ſe fait par le miniſtere de ces fibres, il le nous faut icy

Que c'eſt que le cat'ixin.

briefuement rechercher. *Cat'ixin* en Grec, vaut autant comme qui diroit *vis à vis, directtement,* ou *ſelon la rectitude :* à iceluy eſt appoſé *tò a' napalin,* c'eſt à dire, *à l'oppoſite.* Or tout ce qui ſe fait ſelon ce *cat'ixin,* eſt de tres-grande efficace aux éuacuations critiques. Diuers interpretent ce *cat'ixin & rectitude* diuerse-ment. Les vns la rapportent à la rectitude des fibres ; les autres à la continuation des parties ; & les autres à la situation des parties, & à leur rectitude. M. Fernel est autheur de la premiere opinion, quand il escrit, *que les humeurs fluent de leur bon gré par le cours droit des fibres :* & Galien commande *quand on a mal à vne iambe de sacrifier celle qui est saine, en regardant la rectitude des fibres.* Mais ie ne croy point que les fibres aident en rien, ou bien peu aux éuacuations : car si elles se font par la force de nature, elles se font par excretion : or les fibres transuersaux & non les droits sont destinez pour faire l'excretion & chasser hors les excremens, & autres humeurs peccantes. Que si tu veux que les fibres droits attirent l'humeur nuisible : pourquoy l'attireront-ils plustost sur la partie blessée & debile que sur vne autre ? Outre-plus les fibres droits bandent également en toutes les parties, & se trainent selon la longueur des veines : & partant le foye souffrant inflammation, les parties dextres & les senestres attireront ensemblément & également. Ceux qui rapportent le *cat'ixin* à la société & continuation des parties, estiment que les droites sont continuës aux droites, & les gauches aux gauches, & non les dextres aux senestres. Mais il est aisé de les conuaincre : car comme ainsi soit que le tronc de la veine caue ne soit qu'vn, tous ses rameaux sont également continus au foye. Il faut donc rapporter la rectitude de l'éuacuation à la rectitude des parties, parce que les parties dextres sont de mesme tribut auec les dextres, & les senestres auec les senestres. Car il y a plus de force en la forte contention de la partie affectée qu'en la situation des veines. Mais ces choses sont parauanture hors de propos : qui en voudra sçauoir dauantage le puisera de la methode de guarir, & des loix de la reuulsion.

l.2. meth. c.5.

l. 13. method. ca. 5.

Les fibres ne conferent rien à la rectitude.

A sçauoir, si mesmes veines du Mesentere portent le chyle & rapportent le sang ensemble, & en vn mesme temps.

QVESTION CINQVIESME.

COMME le tronc de la veine porte se fend en deux gros rameaux nommez *splenique & mesenterique :* ainsi en son histoire se presentent deux difficultez. 1. A sçauoir *si le sang melancolique est purgé par le splenique.* 2. A sçauoir *si le chyle est porté des boyaux au foye, & le sang rapporté du foye aux boyaux par le mesenterique.* Nous agiterons la premiere au traitté de la ratte, & examinerós icy brieuemét la derniere.

l.6. quæst.25. & 26.

Les opinions touchant l'vsage des veines mesaraïques sont diuerses. Il y en a qui veulent qu'elles ne fassent seulement que porter le chyle des boyaux au foye, & luy donner en passant quelque commencement de sang, sans qu'il retourne rien du foye aux boyaux par icelles. 1. Parce que les boyaux ne se nourrissent point du sang, mais de la plus subtile portion du chyle. 2. Parce que ces veines sont portées droit aux boyaux, & s'ouurent en iceux sans s'épandre ny trainer dans leur substance : car si elles portoient le sang du foye aux boyaux pour les nourrir, il faudroit qu'elles se répandissent dans leurs tuniques, & non pas qu'elles s'ouurissent incontinent qu'elles paruiennent à icelles. 3. Parce qu'il y a aux orifices de ces veines des petites membranes, comme portelettes, qui empeschent que le chyle & le sang ne puissent refluer & rentrer dans

Diuerses opinions touchāt l'vsage des veines mesaraïques.

La premiere.

Les raisons.

Refuté.
les boyaux. Mais la fauſſeté de cette opinion ſe deſcouure en ce que le ventricule ny les boyaux ne ſe nourriſſent point du chyle, comme nous monſtrerons en ſon
l.6.quæſt.20.
lieu, ains du ſang élaboré au parenchyme du foye. Or combien que les orifices des veines s'ouurent dans les boyaux, ſi eſt-il qu'elles ne laiſſent point de ſe trainer obliquement & répandre par toutes leurs tuniques. Quand aux portelettes,
l. 6.
deſquelles Colomb eſt l'inuenteur, ce ſont pures fictions & vrayes réueries : car s'il ne decoule rien du foye par ces veines dans les boyaux, comment les humeurs peccantes ſont-elles éuacuées par les purgations ou naturelles ou artificielles? Cette éuacuation qui ſe fait ainſi par les boyaux eſt ordinaire, & fort familiere à
l.1.Aphor.21.
com.ad Aph.
21. l. I.
nature, *& ces lieux*, ſelon Hippocrate & Galien, *ſont vtiles & deputez à telles éuacuations?* car c'eſt par iceux que ſe font les dyarrhoës crytiques *& les dyſenteries ſanglantes*.

Autre opiniõ.
　　La ſeconde opinion, eſt de ceux qui eſtiment que le chyle eſt porté des boyaux au foye, & le ſang rapporté du foye aux boyaux par les veines du meſentere; mais ils veulent que les vaiſſeaux dediez à ces diuers offices ſoient diuers. 1. Car ſi les vaiſſeaux n'eſtoient diuers, les boyaux ne pourroient attirer vn ſang pur pour leur nourriture, mais meſlé du chyle, ny le foye vn chyle put, mais meſlé de ſang; ainſi tous les ſucs ſeroient confus dans les vaiſſeaux, & ne ſe feroit iamais de parfaite nutrition. 2. Si les vaiſſeaux n'eſtoient diſtincts, il y auroit en iceux deux
Réfutée.
mouuemens contraires, le flux du chyle & le reflux du ſang. Choſe que Nature ne peut ſouffrir. Mais comme ainſi ſoit qu'il ne faille point adiouſter foy en l'Anatomie ſinon à la veuë; ie ne voy point comment ils ont peu remarquer ces differences de vaiſſeaux. Regarde ie te prie, voire auec des yeux de Lynx toutes les veines meſaraïques, leur inſertion, origine, compoſition, couleur, & ce qu'elles contiennent, tu verras qu'elles ſont en tout & par tout ſemblables. Que ſi de ces veines les vnes ne faiſoient que porter le chyle des boyaux au foye, & les autres apporter le ſang du foye aux boyaux; celles-là paroiſtroient quelquesfois blanches, ou à tout le moins plus blanches que les autres : & celles-cy auroient leur inſertion differente des premieres. Or qui eſt celuy qui a iamais veu les veines meſaraïques remplies d'vne creſme blanche, ou d'vn ſuc laitteux : Que ſi les anciens nomment par fois la veine porte *veine de laict*, ou *veine blanche*, ce n'eſt point qu'elle ſoit pleine d'vn ſuc blanc, mais pource qu'elle attire vn ſuc blanc reſſemblant à de la creſme. Ce qu'ils alleguent de la contrarieté des mouuemens eſt de peu de conſequence. Ces deux mouuemens ſont à la verité diſtincts en nombre, mais ils ne different point d'eſpece, & ne ſont point contraires : le chyle ſe meut vers le foye, & le ſang vers les boyaux; ces deux parties attirent chacune le ſuc qui luy eſt familier : mais les objets ſont diuers, & les deux termes, d'où commence le mouuement & où il finit ſont diuers, mais celuy par où il ſe fait eſt vn & ſemblable.

Troiſiéme opi-
nion.
　　La troiſiéme opinion, eſt de ceux qui ſe perſuadent que le chyle eſt porté des boyaux au foye, & le ſang rapporté du foye aux boyaux par meſmes veines, mais en diuers temps : parce que les temps de la diſtribution du chyle & du ſang ſont diuers, leſquels n'empeſchent point les attractions des parties. Car le chyle eſt premierement fait au ventricule, puis parfait aux boyaux, aux anfractuoſitez deſquels eſtant retardé, la plus ſubtile portion d'iceluy eſt attirée par les veines du meſentere, & tranſportée au foye où il prend la forme de ſang. Or ce ſang eſt incontinent apres renuoyé aux veines, & attiré par chaque partie. Comme ainſi ſoit donc que les temps de la coction ſoient diuers, auſſi ſeront ceux de la

diftribution ; & rien n'empefchera que le chyle & le fang ne foyent portez par
mefmes vaiffeaux : mais en diuers temps. Ainfi l'artere veineufe au diaftole du
cœur porte l'air au ventre gauche du cœur, & la mefme artere au fyftole reçoit du
cœur les vapeurs fuligineufes qu'elle porte hors par la bouche. Comment fe pourroit-il faire (ce demandent-ils) que le chyle & le fang fuffent en vn mefme temps
tirez en deux parties contraires, par mefmes fibres ? Car fi le foye eft plus fort, il
attirera à foy le fang & le chyle tout enfemble ; & fi la faculté attractrice des boyaux eft plus puiffante, elle attirera auffi de fon cofté le fang & le chyle pefle-
mefle. Que fi l'attraction des fibres eft de part & d'autre égale, il ne fe fera point
d'attraction. Voilà touchant l'office & vfage des mefaraïques la philofophie de *Refutée.*
quelques vns, laquelle le bon Medecin ne receura iamais, d'autant que la vraye
nutrition, & l'attraction n'ont point de temps certains ny definis. La partie attire auffi fouuent qu'elle reffent fon indigence : il fe pourra donc faire que les
boyaux & le foye feront affamez en vn mefme temps, & pourtant ils attireront
auffi en vn mefme temps le foye le chyle, & les boyaux le fang pour fe remplir.
L'appetit de ces parties, n'eft point volontaire ny obeyffant à la raifon pour faire
que celle-cy obeïffe, & celle-là commande : chaque partie a fon appetit particu- *Celle de l'au-*
theur.
lier, & on ne remarque point d'ordre en la troifiéme coction. Il refte maintenant, que nous declarions noftre aduis touchant cette queftion. Nous voulons
que toutes les veines mefaraïques foyent affujetties à vne mefme condition de
feruitude, c'eft à dire, qu'elles portent toutes le chyle des boyaux au foye, & que
du foye, elles rapportent le fang aux boyaux, quelquefois en diuers temps, &
quelquefois en vn mefme temps, à fçauoir lors que la neceffité preffe, & nions
que le foye ou les boyaux pour cela attirent les fucs meflez ou impurs ; parce que
de diuerfes parties qui attirent, les appetits font diuers, & les defirs diffemblables.
Ainfi les quatre parties du fang affemblées en vne mefme maffe, & contenuës en
vn mefme vaiffeau font attirées & feparées par toutes les parties, le poulmon attire la plus fubtile partie, le cerueau, la plus froide, & les os, la plus groffiere.
Quoy ? ne remarquons-nous point iournellement la feparation des humeurs, &
fucs meflez, fe faire aux éuacuations critiques ? le laict refluë fouuent des mammelles dans les veines, qui le déchargent puis apres par la matrice, & la veffie tout
pur & fans eftre meflé ; & toutesfois perfonne n'oferoit nier qu'il n'ait efté meflé
dans les veines auec le fang. Le pus des Empyïques, pleuritiques, & peripneumoniques, eft fouuent purgé par les vrines & les felles, fans eftre teint d'aucun fang,
combien qu'il ait paffé par les veines & les arteres, ainfi qu'il fera difputé en fon *l.9. quæft. 12.*
lieu, parce qu'il eft chaffé hors par nature comme ennemy & nuifible, & le fang *Vertus de la*
retenu par icelle : comme vn threfor precieux. Certes les vertus de la faculté fe- *faculté fecre-*
cretrice (laquelle fepare le bon du mauuais, & le pur de l'impur) font tres-gran- *trice.*
des, lefquelles nous deuons plus admirer, qu'efperer de les pouuoir connoiftre
par noftre diligence & recherche. Qui ne demeurera eftonné de voir l'vrine à
tous momens eftre attirée de tout le corps, par les reins, & ce par les mefmes
voyes & veines, par lefquelles le fang attiré par les parties pour leur nourriture
paffe iufques à elles par vn mouuement & paffage contraire ? Qui n'admirera
point de voir des humeurs contraires non feulement au ventricule, mais auffi
en toute autre partie, non feulement loger & demeurer paifiblement enfemble
en vne mefme partie, mais auffi aller & venir par des mouuemens contraires
deçà & delà : pour fe retirer chacune au lieu qui luy a efté ordonné ? Ainfi donc
les boyaux attirent & feparent le fang d'auec le chyle, d'autant qu'il n'y a que

Des Veines,

le sang qui soit l'aliment des parties: & le foye n'attire plus le sang qu'il a vne fois rejetté & mis hors de soy, comme superflu, mais seulement le chyle, parce qu'il luy est familier & agreable. Et telle est l'opinion de Galien au 3. *des fac. nat.* & au 4. *de l'vsage des part.*

De la Veine Azygos & des Veines iugulaire contre Vesale.

QVESTION SIXIESME.

Que la Iugulaire interne est plus grande que l'externe contre Vesale.

& pourquoy.

'A Y remarqué plusieurs erreurs notables de Vesale en l'histoire de la veine caue ascendante, lesquels ie m'en vay examiner en cette question. 1. Il veut que des Iugulaires l'externe soit plus grosse que l'interne; chose qui est contraire au sens & à la raison: car en l'homme l'interne est beaucoup plus grosse que l'externe: mais aux bestes, comme aux chiens, singes & autres animaux, l'externe apparoit plus grosse que l'interne. En voicy la raison. La iugulaire externe, ne nourrit seulement que les parties exterieures du col & du visage, là où l'interne arrouse tout le cerueau & ses membranes: or les parties externes du col, & de le teste, sont plus grosses aux bestes, qu'en l'homme: mais l'homme a les parties internes de la teste beaucoup plus grandes que les brutes, & Nature luy a donné à raison de l'excellence & diuersité des fonctions animales, vn cerueau beaucoup plus grand. Dont s'ensuit qu'il falloit que la Iugulaire interne fust plus grosse, &

Que la cephalique ne naist point de la iugulaire.

Touchant l'azygos.

plus capable en l'homme, que l'externe, & aux brutes, au contraire. 2. Il veut que la Cephalique naisse de la Iugulaire externe, ce qui se trouue veritable en beaucoup d'animaux: mais faux en l'homme: car elle prend son origine de l'axillaire. 3. Il a controuué vne opinion nouuelle touchant l'azygos ou veine sans pair, & veut que toutes les pleuresies vrayes soyent faites par les rameaux de cette veine: & pour cette cause il soustient qu'il faut tousiours saigner du bras droict, d'autant que l'azygos ne se trouue qu'au costé dextre. Mais il y a en cette doctrine plusieurs erreurs. 1. Toute pleuresie (qui est vne inflammation de la membrane qui couure les costes) n'est point faite par les rameaux de l'azygos; ains Hippocrate

Quatre differences de pleuresies.

1. de morbis & de Vict. rat. in acut.

en reconnoit quatre differences, *l'Intercostale qui occupe les costes superieures: l'hypochondriaque qui occupe les costes inferieures & bastardes: l'anterieure qui occupe le sternum & le mediastin: & la thoracique qu'il appelle dorsale:* Il est vray-semblable que ces quatre especes de pleuresies sont faites par quatre veines differentes. La premiere par le rameau *Intercostal,* la seconde par *l'Azygos:* la troisiéme par *la veine mammaire,* & la quatriéme par *les veines thoraciques:* dont s'ensuit que toute

Qu'il ne faut point en toute pleuresie saigner du bras droit.

pleuresie n'est point faite par *l'Azygos.* Mais accordons-luy que cela soit: faudra il pourtant en toute pleuresie quelque costé qu'elle occupe, saigner tousiours au bras droict, pource que l'azygos vient de ce costé-là ? *l'Azygos* n'enuoye-elle point autant de rameaux au costé gauche, comme elle fait au droict, par lesquels l'euacuation, reuulsion & deriuation se peut faire, & plus promptement, & plus asseurément, que non pas du bras droict, quand l'inflammation occupe le costé gauche? le chemin est certes plus court, du costé gauche à la basilique gauche,

1. 6. Epidem. sect. 6.

qu'il n'est à la dextre. Or Hippocrate *aux grandes douleurs ouure tousiours le ventre prochain.* Outre plus l'azygos a de costé & d'autre vne tres-grande communion

auec les veines thoraciques, laquelle Vefale a ignorée : car trois & quelquesfois
quatre fcions des veines thoraciques s'affemblent & vniffent auec trois ou quatre
ruiffeaux de la veine fans pair : le premier entre la tierce & quarte coftes : le
deuxiéme entre la quarte & quinte : le troifiéme entre la quinte & la fixiéme : &
le dernier entre la fixiéme & la feptiéme : il s'enfuit donc que le chemin eft plus
court du cofté gauche à la bafilique gauche qu'à la droite, à raifon de la communion que ie viens de décrire : d'autant que la thoracique vient de l'axillaire, de laquelle naift auffi la bafilique. Chaffons donc des efcoles cette nouuelle opinion
touchant la faignée en la pleurefie, laquelle n'eft appuyée d'aucunes raifons, &
fuiuans les veftiges des Grecs, faignons toufiours en la pleurefie du mefme cofté,
non point toute veine indifferemment, mais comme Hippocrate commande *la
bafilique*, laquelle il appelle *veine interne*, & ce pour faire éuacuation, reuulfion
& deriuation. Nous ne receuons point les petites membranes, qu'Aimé Portugais dit eftre en l'azygos, pour empefcher le reflux du fang; non plus que l'obferuation chimerique du tres-docte Houllier, touchant le mefme fujet. Pour le regard du petit rameau de Fallope qui s'en va à l'émulgente & à l'adipeufe, il en fera
difputé en fon lieu. Au refte ceux faillent qui diuifent la veine caue afcendante en
deux gros rameaux, qu'ils appellent *axillaires ;* car ils ne doiuent point eftre ainfi
nommez, finon apres qu'ils font fortis de la cauité de la poictrine & paruenus
aux aiffelles : ils font mieux nommez par Syluius *fouſclauiers*.

Qu'en la pleu-refie il faut toufiours fai-gner du mefme cofté.
l. de vict. rat. cent. 1. fchol. 52. fch. cap. 26. pract.

In obferuat. anat. l. 9. quæft. 12.

HISTOIRE ANATOMIQVE.

DES ARTERES.

Qu'eſt-ce qu'Artere.

CHAPITRE VIII.

OMME le foye eft la radification des veines, ainfi *le cœur*, felon Hippocrate, *l'eſt des arteres.* Les Grecs appellent l'artere tantoft *Aorté*, parce qu'elle eft comme le coffret & le receptacle du fang arterieux, tantoft d'vn verbe qui fignifie *attirer l'air*, & tantoft d'vn autre qui fignifie *éle-uer*, parce qu'en fe dilatant elles s'éleuent. Hippocrate les nomme fouuent *veines treffaillantes* : quelques Arabes, *nerfs batans* : Auicenne, *veines hardies* : Pline, *le chemin ou fentier des efprits.* Ie trouue trois fortes de vaiffeaux auoir efté nommez du nom *d'artere, la trachée arte-re, l'artere veineufe & la grande artere :* mais les deux premiers font nommez arte-res auec addition. La premiere certes à raifon de fon afpreté & rudeffe eft nommée *trachée*, c'eft à dire, *rude & afpre*, car elle eft toute cartilagineufe : & la deuxiéme à raifon de fa compofition *veineufe* : parce qu'elle a vne tunique mince & déliée comme les veines : mais la derniere eft abfoluëment dite *Aorté & grand artere.* Or l'artere fe confidere comme la veine, ou comme partie fimilaire, ou comme orga-nique. Entant que fimilaire on la definira *vne partie froide & feiche engendrée de la portion lente & vifqueufe de la femence.* Ie l'ay dite *froide* en côfideration de fa tem-perature naturelle : car elle eft tres-chaude par accident : à raifon qu'elle contient

l. de Aliment. *Les noms de l'artere.*

Trois vaif-feaux nommez arteres.

L'artere fe confidere, Comme partie fimilaire.

i. de carnibus. & enferme l'esprit vital & le sang arterieux ; & pour ce regàrd elle est plus chaude que la veine, *parce qu'elle contient,* selon Hippocrate, *dauantage de chaleur.* Elle est

Obiection. seiche, mais moins que le tendon, & plus que le nerf. Que si tu objectes qu'il faut dauantage desecher les parties nerueuses que les arterieuses, & partant que les

Responce.
l. 2. ad Glauc. parties nerueuses sont plus seiches : Responds, que par les parties nerueuses Galien n'entend point les nerfs prôprement dits, mais les corps neruex, comme

*Ou comme or-
ganique.* les ligamens & les tendons. Que si on considere l'artere entant que partie organique, on la definira *vn vaisseau rond, oblong, creux, comme vn tuyau, composé de deux tuniques entretissuës de fibres, ordonné de nature pour distribuer le sang spiritueux & pour contemperer, restaurer & repurger la chaleur ignée de toutes les parties.*

*La figure de
l'artere.
Sa côposition.* La rondeur & la cauité expriment la figure de cet organe, car les arteres ont des cauitez sensibles. Le nombre des tuniques & la tissure des fibres designent la composition. Car tout le corps de l'artere est membraneux, pour se pouuoir dilater & reserrer facilement, d'autant qu'il estoit necessaire qu'elle se dilatast & reserrast continuellement aussi long-temps que l'homme vit en ce monde : mais cette membrane n'est point simple, & ainsi elle est distinguée d'auec la veine,

*De deux tuni-
ques propres.* d'autant que la veine n'a qu'vne tunique, & l'artere deux ; l'vne externe & l'autre interne : desquelles l'externe est mince & déliée, & l'interne cinq fois plus épaif-

*De plusieurs
fibres.* se, si on en doit croire Herophile : & ce pouree qu'elle contient vn sang spiritueux & écumant. L'externe a grand nombre de filets droits, & quelques obliques, & l'interne beaucoup de transuersaux & peu d'obliques & de droits : parce que l'artere auoit plustost besoin de distribuer le sang spiritueux que de l'attirer ou retenir. Cette tunique interne a encore comme vne cuticule ou eroustelette ressemblant fort aux larges toiles des araignes, & semble estre comme vne troisiéme

*Et d'vne troi-
siéme tunique
commune.* tunique propre. Outre ces deux tuniques propres, elle en a quelquesfois encore vne troisiéme commune, qu'elle emprunte des parties voisines, de la pleure en la poictrine, & du peritoine au ventre inferieur, par le moyen de laquelle elle est suspenduë & attachée aux parties voisines : mais quand elle se traine dans la substance de quelque viscere, elle n'a point cette troisiéme tunique commune. Le reste de la definition denote l'action & vsage : car l'artere porte le sang spiritueux & l'esprit vital, & par son mouuement continuel de Diastole & de Sistole elle conserue, contempere & repurge la chaleur innate des parties. Bref *elle rend* (selon

*l. 6. Epidem.
sect. 6.* Hippocrate) *le corps tout perspirable & dedans & dehors.*

De l'vsage des Arteres.

CHAPITRE IX.

*Les vsages des
arteres.
Le premier.* Es vsages des arteres sont trois. 1. Pour contenir, distribuer & porter le sang spiritueux élaboré au ventre gauche du cœur, tant pour seruir à la nutrition parfaite des parties : car on estime que le veineux ne suffit point, sinon qu'il soit éclairé par l'arterieux, que pour estre employé à la generation & nutrition de l'esprit animal, lequel est

Le second. repeu & fomenté du sang arterieux contenu aux arteres labyrinthiques. 2. Pour verser & répandre la chaleur influente du cœur, auec la faculté vitale dans tout le corps : or elle est portée non seulement par des cauitez apparentes (comme estime le vulgaire) mais mesme par la substance des tuniques, de sorte que bien qu'on lie les arteres de quelque fil, on n'ostera point pour cela la chaleur aux par-

ties subjacentes : Or elles font ces deux vsages entant qu'elles font caues. 3. Pour Le troisiéme.
temperer, nourrir & repurger la chaleur natiue, ce qu'elles font par leur conti- *Comment & qu'est-ce que*
nuel mouuement de diastole & de systole ; car en se serrant elles chassent horsen *les arteres tiq*
leur contraction les vapeurs fuligineuses qui font contenuës en icelles, & ainsi *rent.*
empeschent la suffocation de la chaleur natiue ; & en se dilatant elles attirent l'air :
les externes l'attirent & par des meats insensibles, & par leurs orifices qui abboutissent à la peau, par lequel la chaleur est ventilée & conseruée. *Car tout chaud* (se- *l. de natur,*
lon Hippocrate) *est nourry par vn froid moderé.* Mais les internes attirent & l'es- *pueri.*
prit, & la vapeur, & le sang : l'esprit, du cœur pour estre le vehicule & chariot de
la faculté influente : la vapeur, pour estre la nourriture de l'esprit vital, & le sang
des veines voisines par des anastomoses occultes pour estre leur nourrissement.
Les arteres font donc plus nobles que les veines, c'est pourquoy Nature les a lo- *Elles font plus*
gée en vn lieu plus asseuré & plus profond : car elles font tousiours couchées au *nobles que les veines.*
dessous des veines, & comme muslées sous icelles, pourueu qu'il n'y ait rien qui
empesche ; comme enuiron l'os sacrum, ou l'artere monte par dessus la veine, sous
laquelle estoit auparauant cachée, & ce pour garder qu'elle ne soit blessée par
l'os découuert de chair en cet endroit : qui fait aussi ayant passé ce danger, qu'elle
se cache derechef sous la veine. On tire de tres-grands indices de santé ou de mort
de leur mouuement, qu'on appelle *poulx* ou *battement.* Or comment elles se mou- *l. 9. quæst. 9.*
uent & par quelle faculté, il en sera disputé en son lieu.

Description de l'Artere Ascendante.

CHAPITRE X.

L'ARTERE saillant hors du ventricule gauche du cœur, re- *Distribution*
plie incontinent vn scion, qu'elle enuoye à la base & circon- *de l'artere as-cendante.*
ference d'iceluy, on l'appelle *l'artere coronaire :* elle apparoit *La coronaire.*
quelquefois simple, & le plus souuent double : puis apres elle
se fend toute en deux, estant comme diuisée en deux fort gros
rameaux : l'vn desquels se tort vers bas, & descend du long des
vertebres des lombes : & l'autre qui est moindre monte en
haut iusques aux clauicules, où il se diuise en deux gros bras nommez soubscla-
uiers. Du soubsclauier dextre sortent cinq arteres, l'intercostale superieure qui *Du rameau soubsclauier*
est portée aux costes superieures pour nourrir les espaces, qui font entre les qua- *dextre naissent,*
tre costes superieures & les muscles voisins. La mammaire est portée, par la par- *sent,*
tie interne du sternon & enuoye des branchettes aux maimmelles. Il y a quelques *L'intercostale,*
ruisselets de cette artere qui rencontrent pareil nombre de ruisseaux de l'epiga- *La mammaire.*
strique ascendante, vn peu au dessus du nombril. La muscule se distribuë aux *La muscule.*
muscles posterieurs de la nucque. La ceruicale montant par les trous des apo- *La ceruicale.*
physes transuerses de la nucque, perce la dure mere qui enueloppe la medulle spinale, & entrée dans le crane, se joint & vnit incontinent auec sa pareille venant
du costé opposite, & estant faite vne, se rampe sous le milieu de la base du cerueau, iusques à ce qu'elle paruienne à la selle du sphenoïde, en laquelle est assise
la glande pituitaire, où elle se fend en deux parties, desquelles l'vne est portée à la
dextre & l'autre à la senestre : elles se répandent toutes deux diuersement dans la
pie & dure mere, montent en fin aux ventricules superieurs, où elles font la rets *La rets admi-*
admirable, auec vne portion des carotides, de sorte qu'il semble que cette rets *rable.*

soit faite de quatre artères. Vesale a donc erré, quand il écrit que les arteres ceruicales sont portées auec les veines aux sinuositez de la dure meninge. La derniere-
re est la carotide nommée aussi, *lethargique & apopleçtique*, parce qu'estant liée
elle cause le caros & l'apoplexie en deniant le passage à l'esprit vital qui fournit de
matiere à l'esprit animal. Cette artere montant auec la iugulaire interne, auant
qu'entrer dans le crane, produit vne infinité de scions pour estre departis par vn
artifice admirable aux parties voisines : car d'iceux les vns s'en vont aux muscles
du larynx, & de l'os hyoïde, & aux glandes voisines, les autres se trainent à la
maschoire inferieure, au menton & aux léures ; les autres sont portez aux apophyses mammillaires & aux muscles voisins, & les autres se distribuent à la racine de la langue, aux muscles masseteres, aux temporaux, à la cauité des dents &
aux narines. Ce qui reste de la carotide monte par son propre trou, qui est situé
entre le sphenoïde & l'os des temples, à la selle du sphenoïde, où estant encore
caché sous la dure mere, comme ont fort bien remarqué Fallope & Colomb, il
produit de soy aux bestes brutes vne infinité de scions qui ne sont point si apparents aux hommes, lesquels ressemblent de telle façon à vne rets, que Galien la
tient pour la rets admirable : d'icy montant plus haut & perçant la dure mere, il
enuoye premierement des arteres aux yeux, qui portent l'esprit vital aux nerfs
optiques & aux muscles qui mouuent l'œil, comme aussi aux muscles temporaux ; puis appuyé sur ladite selle par la membrane desliée, il se distribuë vers le
derriere, en haut, en bas & vers les costez, finalement montant aux ventres superieurs, il s'entrelassent diuersement, formant l'entrelassure labyrintique auec
les arteres ceruicales. La distribution de la soubsclauiere senestre, est semblable,
horsmis qu'elle ne produit point de carotide ; car la carotide senestre semble naistre du tronc. Ce qui reste du rameau soubsclauier incontinent qu'il est sorty
hors de la cauité de la poictrine, & qu'il est paruenu aux aisselles est dit axillaire; &
d'iceluy naissent la thoracique & la basilique. La thoracique est double, l'vne est
portée aux muscles anterieurs de la poictrine, & l'autre aux posterieurs. Nous remarquons aussi deux basiliques, l'vne profonde & l'autre superficielle, lesquelles
produisent diuers ruisseaux, entre lesquels il y en a vn qui vient de la superficielle ; fort apparent au carpe, au lieu où on a de coustume de rechercher les differences du poulx auec la main.

Du rameau axillaire naissent La thoracique, & La basilique.

Distribution de la grand' artere descendante.

CHAPITRE XI.

A grande artere perçant le diaphragme descend au ventre inferieur, au mesentere & aux boyaux, ainsi qu'écrit Hippocrate.
Le tronc d'icelle declinant vn peu à gauche (pour faire place à la
veine caue descendante du long des lombes) premier que se diuiser aux deux rameaux iliaques produit neuf branches ; *l'in-
tercostale maieure*, *la phrenique*, *la cœliaque*, *la mesenterique superieure*, *la renale*, *la spermatique*, *la mesenterique inferieure*, *la lombaire & la muscule*. L'intercostale majeure est portée aux espaces d'entre les huit costes inferieures. La
phrenique se répand au diaphragme & enuoye quelques scions au pericarde.
La cœliaque produit diuers ruisseaux, l'vn s'insere par diuerses branchettes

l. de corde.
*Le tronc des-
cendant de la
grande artere
produit,*
*L'intercostale
grande,*
La phrenique,
La cœliaque,

au ventricule, au pylore & en l'omentum : le deuxiéme s'en va au foye & à la veſicule, & le troiſiéme le plus grand ſe rend par vn chemin oblique & tortueux à la
ratelle : car ce viſcere, d'autant qu'il auoit beſoin d'vne tres-grande expurgation,
a eſté parſemé de grand nombre d'arteres. La meſenterique ſuperieure eſt por- *La meſenteri-*
tée dans la ſuperieure partie du meſentere, qui attache & contient les menus bo- *que ſuperieu-*
yaux & la meilleure partie du colon. La renale ou émulgente s'inſere dans la ſub- *re.* *La renale.*
ſtance des reins, non tant pour leur porter l'eſprit vital, que pour eſpurer les ſeroſitez contenuës aux arteres : car le ſens nous témoigne que les arteres contiennent plus de ſeroſité que ne font les veines. La ſpermatique tant dextre que ſene- *La ſpermati-*
ſtre prouient du tronc, & s'inſere par vn chemin tortueux & des entrelaſſemens *que.*
labyrinthiques aux teſticules. La meſenterique inferieure reſpand des arteres *La meſenteri-*
menuës à la partie inferieure du meſentere, & aux boyaux colon & rectum. La *que inferieu-*
lombaire paſſe dans les vertebres des lombes pour nourrir la medulle ſpinale. La *re.* *La lombaire,*
muſcule eſt la derniere, & eſt ainſi dite, parce qu'elle eſt portée aux muſcles lom- *& La muſcule.*
baires. Apres que le tronc de l'artere deſcendante a produit ces neuf branches, il *Puis il ſe fend*
ſe fend tout en deux gros bras nommez, à raiſon des parties par leſquelles ils ſe *en deux ra-*
trainent *iliaques.* Derechef chacun de ces deux produit comme cinq branches : *meaux nom-*
la premiere eſt nommée *ſacrée,* parce qu'elles s'en va à la moële de l'os ſacrum. La *mez iliaques,*
ſeconde la plus grande de toutes, *hypogaſtrique :* parce qu'elle arrouſe toutes les *qui produisēt.*
parties de l'hypogaſtre. La troiſiéme, *vmbilicale :* parce qu'elle ſort du nombril : *La ſacrée,* *L'hypogaſtri-*
c'eſt par icelle que le fœtus vit & tranſpire dans la matrice. La quatriéme, *epiga-* *que.* *L'vmbilicale.*
ſtrique :* d'autant qu'elle ſe répand dans tous les muſcles de l'epigaſtre. Et la der- *L'epigaſtrique*
niere *honteuſe,* parce qu'elle eſt portée aux parties honteuſes, & à ces deux corps *Et la honteuſe.*
caues de la verge : elle eſt fort entrelaſſée, tellement qu'elle fait comme vne rets :
ce ſont elles quand elles ſont remplies d'vn ſang ſpumeux ou d'vn eſprit flatulent
qui bandent la verge. Le meſme rameau iliaque deſcendu aux cuiſſes eſt nom- *Le rameau*
mé crural, & la diſtribution d'iceluy eſt toute ſemblable à celle de la veine cru- *cuiſſier.*
rale, excepté qu'elle n'enuoye point tant de branchettes à la peau : car elle enuoye
premierement grand nombre de ruiſſeaux aux muſcles de la cuiſſe : puis elle ſe diſtribuë au genoüil, & au iaret, & finalement elle ſe reſpand diuerſement & aux
muſcles anterieurs de la jambe, & aux poſterieurs & à tous les orteils. Et telle
eſt la diſtribution de toutes les arteres.

Des Vaiſſeaux du Nombril, de la Veine Arterieuſe, & de l'Artere Veineuſe.

CHAPITRE XII.

ES vaiſſeaux du nombril ſont quatre, vne veine, deux arte- *La veine om-*
res & l'ourachos. La veine nourrice de l'embryon, de la fente du *bilicale.*
foye eſt portée au nombril, & non du nombril au foye, car
elle eſt vne des branches de la veine porte, comme nous auons
deſià monſtré : mais quand elle eſt ſortie hors du nombril *l. 4. c. 3.*
elle ſe fend en deux ruiſſeaux, & ces deux derechef en grand
nombre d'autres, leſquels appuyez de la membrane dite *chorion,* s'vniſſent &
aſſemblent auec les orifices des veines de la matrice, aux beſtes à quatre pieds
par le moyen des cotyledons ou acetables, qui ont la figure d'vn nombril, &
aux hommes par le moyen de la maſſe charnuë que les Anatomiſtes Modernes

Les arteres vmbilicales sont deux.

nomment *foye vterin*. Les arteres sont deux, vne de chasque costé qui naisse du rame au iliaque: elles se respandent par diuers scions dans le chorion & s'vnissent finalement auec les arteres de la matrice. La veine attire des veines de la matrice, ce qu'elles contiennent de tres-doux; & les arteres attirent l'esprit & le sang arterieux des arteres de la mere, & ainsi le sœtus vit, transpire & se nourrit par le moyen de ces vaisseaux.

L'ouraches.

L'ourachos vaisseau caue & membraneux du fond de la veslie est porté au nombril: c'est par ce canal que le sœtus verse son vrine dans la membrane allantoïde. Ces quatre vaisseaux s'assemblans au nombril, l'enfant estant nay, degenerent en vn ligament & suspendent le foye & la veslie; mais de ces choses en vn autre lieu.

Voy le chap 5. du 8 liure où l'autheur escrit que l'allantoïde ne se trouue point au sœtus humain. l. 8. quæst. 18. La veine arterieuse.

Il reste encore deux vaisseaux, la veine arterieuse & l'artere veineuse: celle-là est au ventre dextre du cœur, & celle-cy au senestre. La veine arterieuse à la tunique d'vne artere & en la premiere conformation elle est continuë à la grand'artere: de sorte qu'au sœtus elle ayt, & la composition d'artere & en fasse l'office; d'autant qu'elle reçoit par vn petit canal arterieux, vne portion du sang arterieux, portée des arteres vmbilicales aux rameaux iliaques, & d'iceux au tronc de la grand'artere, pour le distribuer aux poulmons. Mais l'enfant estant né, elle ne porte plus l'esprit vital, mais vn sang r'affiné au ventre dextre du cœur, tellement qu'elle ne fasse plus office d'artere: mais de veine.

L'artere veineuse.

L'artere veineuse à la tunique de veine, & est continuë à la veine caue par vne anastomose fort grande & remarquable: mais l'enfant estant né, ce trou se perd, & lors ce vaisseau sert à porter l'air du poulmon au cœur, à mettre hors les vapeurs suligineuses, & à porter vne portion de l'esprit vital aux poulmons, tellement qu'elle face office d'artere & non de veine. Nous décrirons l'histoire de ces vaisseaux au neufiéme liure.

chap. 12.

HISTOIRE ANATOMIQVE.

DES NERFS.

Qu'est-ce que Nerf.

CHAPITRE XIII.

OVT ainsi que la faculté naturelle est portée auec vn sang grossier & vn esprit vaporeux par les veines: la vitale auec vn sang subtil & vn esprit deslié par les arteres comme par des canaux & aqueducts dans toutes les parties du corps: ainsi l'animale sensitiue & motrice est portée auec vn esprit tres-subtil seulement par les nerfs qui sont comme cordelettes aux parties capables de sentiment & de mouuement. Nous auons desià traité des veines & des arteres, il reste que nous parlions des nerfs. Galien fait *de trois sortes de nerfs: qui naissent, les vns des os, les autres des muscles, & les autres du cerueau & de la medulle spinale.* Ceux qui sortent des os & epiphyses des os, sont nommez *ligamens, liens & accouples:* ils se trouuent en toute diarthrose attachans les os aux os, & faisans l'espece de symphyse nommée *syneurose.* Ceux qui viennent des muscles, sont parties desdits muscles, &

Trois sortes de nerfs.
l. 1. de motu musc. & l. de ossib.
Le ligament.

font nommez *aponeurofes & tendons*. Car le tendon n'eft rien autre chofe *qu'vne* **Le tendon, &**
production des filets du ligament & du nerf, lefquels eftans femez dans les chairs s'af-
femblent, & font vne corde qui tire & meut la iointure felon qu'il plaift à la volon-
té. Ceux qui naiffent du cerueau & de la medulle fpinale font proprement nom- **les nerfs pro-**
mez *nerfs* par les Medecins. Galien les appelle *les organes du fentiment & du mou-* **prement dits.**
uement volontaire : d'autant qu'ils portent la faculté animale, *& les efprits du cer-*
ueau aux parties. C'eft d'iceux que parle Hippocrate, quand il dit, *que le corps eft* **1. de loc. in**
tout plein de nerfs : comme s'il difoit que les nerfs fe diftribuent du cerueau, & **hom.**
de la moëlle de l'efpine dans tout le corps. Galien compare ces trois fortes de **1. 1. de motu**
nerfs entr'eux, en telle forte qu'il veut *que le ligament foit fans fentiment, le nerf* **mufcul.**
d'vn fentiment tres-exquis ; & le tendon de nature moyenne entre l'vn & l'autre :
'c'eft à dire, *non totalement infenfible comme le ligament, parce qu'il reçoit des filets*
de nerfs : ny de fi grand fentiment que le nerf, parce qu'il participe du ligament. Il y a
encore d'autres parties qui font dites *nerueufes*, à raifon de la fimilitude qu'elles
ont auec les nerfs, encore qu'elles ne puiffent point eftre rapportées à aucun de
ces trois genres : telles font la matrice, la veffie, les boyaux, les vreteres, les conduits de la veffie du fiel, & les vafes éjaculatoires. Or nous prenons icy le mot de
nerf proprement pour l'organe, par le moyen duquel la faculté animale portée
dans vn efprit tres-fubtil influë dans tout le corps : la nature duquel fera brief- **Definition du**
uement expofée par cette definition. *Le nerf eft vne partie fpermatique naiffante* **nerf.**
du cerueau ou de la moëlle de l'efpine moëlleufe par dedans, & membraneufe par de- **Expofition d'i-**
hors, laquelle porte l'efprit animal pour faire le fentiment & le mouuement. Que ce **celle.**
foit vne partie *fpermatique*, perfonne ne le niera, s'il confidere attentiuement, & **En la queftion**
fa fubftance, & fa couleur, & fa temperature. Nous prouuerons cy apres qu'ils **7.**
naiffent tous du cerueau & de la moëlle de l'efpine. Quant à leur fubftance elle eft **La fubftance**
double, interieure & exterieure; l'interieure eft moëlleufe, blanche & molle tel- **du nerf eft**
le quafi comme eft celle du cerueau & de la medulle fpinale : mais plus dure, **double.**
comme qui diroit vn cerueau deuenu plus denfe & plus dur. Or il falloit que le cerueau fut mol pour receuoir les efpeces de tous les objets fenfibles. L'exterieure eft
membraneufe : car comme le cerueau eft enueloppé & couuert de la pie & dure
mere, auffi eft le nerf : la dure contient la moëlle pour garder, ou qu'elle ne cou- **L'interieure**
le, ou qu'elle ne foit offençée : Que fi le nerf eft fait de plufieurs cordelettes, elle **eft la principa-**
les lie & attache toutes enfemble. La partie interieure eft la partie principale du **le partie d'icce**
nerf, par laquelle il porte la faculté de fentir & de mouuoir : car comme le cer- **luy.**
ueau eft dit cerueau par fa fubftance moëlleufe, & non par fes membranes, ainfi
le nerf eft nerf par fa moëlle. Ainfi les apophyfes mammillaires, bien qu'elles
ne foient point reueftuës de deux meninges, fi ne laiffent-elles point d'eftre dites
les organes du flair, & de porter *la faculté de fentir,* parce qu'elles font moëlleufes.
Si tu couppes tout à fait (ce dit Galien) *la moëlle du nerf, la partie eft incontinent pri-* **Il n'a point de**
uée de mouuement & de fentiment. L'interieure partie du nerf eft certes toute po- **cauité appa-**
reufe, mais elle n'a point de cauité fenfible, parce qu'elle ne porte feulement **rente.**
qu'vn efprit fans fang. Au refte cet efprit animal eft le plus fubtil de tous : il eft
encommencé aux entrelaçemens admirables, & parfait aux ventricules : d'où il
fe répand par toute la fubftance du cerueau, pour faire les fonctions princeffes:
& dans la moëlle fpinale, & les nerfs pour faire le fentiment & le mouuement.

Des Nerfs,

CHAPITRE XIIII.

Les nerfs pourquoy necessaires.

'**A**VTANT que la nature de l'animal consiste au sentiment &
au mouuement, & que le sentiment & le mouuement ne sont
point implantez aux parties, mais qu'ils y influent d'ailleurs:
Il estoit necessaire qu'il y eut des organes formez pour porter
la puissance de sentir & de mouuoir de quelque fontaine comme de quelque principe commun, aux parties capables de sentiment & de mouuement : tels sont les nerfs lesquels portent l'esprit animal &
gardent la continuité de la faculté découlante du cerueau. Car l'esprit de soy &
de sa substance ne donne point le sentiment & le mouuement aux parties ; mais
entant qu'il est éclairé des rayons de la faculté, lesquels on ne sçauroit non plus
separer de la continuité du cerueau, comme il nous est impossible de garder les
rayons du Soleil estans diuisez d'auec iceluy. Doncques l'vsage le plus commun
des nerfs est *de porter la faculté animale auec vn esprit tres-subtil* : & de cet vsage
il en prouient deux autres particuliers, sçauoir est *de communiquer le mouuement & le sentiment* : qui fait que les Medecins les appellent *les organes du sentiment & du mouuement* : qu'ils soient les organes du sentiment, il se prouue,
parce qu'il ne se fait point de sentiment sans nerf, car la veuë ne se fait point
sans les optiques, ny la perception des odeurs, saueurs, sons & qualitez traittables sans nerf : & mesme le nerf estant lié, couppé, opilé & refoidy, il se fait
priuation du sentiment : or qu'ils ayent esté ordonnez pour faire le mouuement
volontaire, Hippocrate l'enseigne quand il dit, *les nerfs font la flexion, la contraction & la distension. Il n'y a point de partie* (ce dit Aristote) *sans nerfs qui soit
trauaillée de stupidité, de paralysie & de conuulsion.* Or la stupidité est vne diminution du sentiment, la paralysie vne priuation du sentiment & du mouuement, & la conuulsion vn mouuement depraué & inuolontaire. Ie ne veux
point toutesfois que tu croyes que les nerfs soient les organes immediats du
mouuement, c'est à dire, *qu'ils retirent, fléchissent ou estendent les lourdes masses
des membres,* car cela n'appartient qu'aux muscles : mais ie veux que tu sçaches
que les organes du mouuement sont diuers, le cerueau, les nerfs, & les muscles : Le cerueau siege de l'appetit & de l'imagination, commande : le nerf porte
ce commandement, & le muscle obeït. Et comme l'escuyer conduit le cheual
auec la bride, ainsi la faculté appetitiue seante au cerueau, comme en son siege
iudicial, meut auec les nerfs, qui sont comme brides, les muscles qui ressemblent
aux cheuaux. Au reste les nerfs donnent le sentiment & particulier à vn organe,
& commun à plusieurs parties : particulier, comme le sens de la veuë aux yeux,
de l'ouye aux oreilles, du flairer au nez, du gouster à la langue, & de l'attouchement à l'orifice du ventricule & aux parties genitales. A l'orifice du ventricule
pour l'appetit animal qui se fait par vn ressentiment d'attraction & de succement : Car il n'y a que cette seule partie qui ressente la faim & le succement de
toutes les autres. Et aux parties genitales pour les aiguillons de la volupté venerienne, afin d'inciter les animaux à la copulation. Or l'attouchement commun
par lequel nous discernons les qualitez premieres & secondaires est quasi diffus
& répandu par tout le corps & les membres : mais la peau d'autant qu'elle est

Leur vsage commun.

Qu'ils sont les organes du sentiment

& du mouue-ment.
l. de ossium natur.
l. 3. de hist. anim. 5.

Les organes du mouuement sont trois.

Les nerfs don-nent le senti-ment particu-lier.

Et le commun.

la plus temperée de toutes les membranes & principalement celle des bouts des doigts est estimée iuge & estimatrice de l'attouchement. Galien reconnoit vn troisiéme vsage, pour sentir ce qui peut offencer les parties : Ainsi les boyaux & les parties dediées à la nutrition ont des nerfs. Mais cet vsage doit estre rapporté au precedent, car tout ce qui irrite les boyaux ou les autres parties, peut estre rapporté aux qualitez premieres ou secondes qui alterent l'attouchement : d'autant que l'attouchement a esté donné aux animaux, principalement pour se conseruer & pour éuiter les choses ou qui corrompent & destruisent soudainement & violentement l'vnité de la nature & de la complexion, ou qui rompent & violent la continuité ou contiguité des parties. Les nerfs ont aussi outre leur vsage, vne action animale, car ils sont affectez & alterez par l'object, & de là vient que les mols sont plus propres au sentiment & les durs à faire le mouuement.

Troisiéme vsage des nerfs.

Leur action.

Des differences des Nerfs.

CHAPITRE XV.

 L ne faut mettre (si nous aymons la verité) qu'vne seule difference de nerfs, sans estimer que les vns soyent destinez au mouuement, & les autres au sentiment : Car vn mesme nerf est doüé de la faculté de sentir & de mouuoir. Mais il sera tantost au sentiment & tantost au mouuemént, selon qu'il s'insere aux parties capables de l'vn ou de l'autre. Il fait le sentiment, s'il est porté aux parties qui ont sentiment : & meut, s'il est porté aux organes du mouuement. Et toutesfois pour l'éclarcissement de cette matiere, nous en constituerons plusieurs differences, lesquelles nous tirerons de leur *substance, magnitude, vsage, origine, insertion, texture & chemin*. De la substance, ou des choses qui la suiuent, les vns sont dits mols & les autres durs. La cause de leur mollesse ou dureté doit estre rapportée à ces trois choses, à leur origine, à leur vsage, & au chemin qu'ils font. Ainsi ceux qui prennent leur origine du cerueau sont plus mols, & ceux qui naissent de la medule spinale plus durs : parce que le cerueau est plus mol, & la medule spinale plus dure. Si tu regardes l'vsage, ceux qui sont destinez au sentiment sont plus mols, & ceux qui seruent au mouuement plus durs, parce que le mouuement se fait en agissant, & le sentiment en patissant : or les choses molles reçoiuent plus facilement. Au chemin on doit obseruer la longitude, la rectitude, l'oblique, & l'attouchement des corps. D'autant que les nerfs sont plus eslongnez du cerueau, d'autant sont-ils plus durs : & au contraire s'ils sont portez par vn chemin oblique & anfractueux, ils sont plus durs, & s'ils s'en vont droit inserer en quelque parties plus mols. S'ils touchent vn corps dur comme l'os, le cartilage, la membrane, ils acquierent de la dureté. De la magnitude, les vns sont gros & les autres petits, ce qui arriue à raison de la dignité de l'action de la partie & de l'assiduité de son vsage : Ainsi les optiques sont tres-gros. De l'vsage les vns sont dits *sensitifs*, & les autres *motifs*. De l'origine les vns naissent du cerueau, & les autres de la medule spinale. De l'insertion les vns s'inserent aux organes naturels : les autres aux vitaux, comme au cœur, aux poulmons & aux arteres : & les autres aux organes animaux & iceux ont du sentiment, comme aux yeux, oreilles, nez, langue, membranes : ou du mouuement, comme aux muscles : & ce tantost directement, tantost obliquement, & tantost transuersalement

Vn mesme nerf sent & meut.

Differences des nerfs prises. 1. De la substance.

2. De la magnitude.
3. De l'vsage.
4. De l'origine.
5. De l'insertion.

selon la diuerse situation des muscles, tantost vers haut & tantost vers bas. Si tu

6. De la tex-
ture.

regardes leur texture, les vns sont continus, & sont portez entiers en quelques parties comme les optiques : les autres sont diuisez en plusieurs scions comme en plusieurs cordons, & sont portez dans diuerses parties. A raison du chemin les

7. Du chemin.

vns sont adherens aux membranes, les autres aux chairs, quelques vns passent par les trous des os, ou entrent dans des canaux oblongs comme aux oreilles, & à la machoire de bas, quand ils sont portez aux racines des dents.

Des Nerfs qui naissent du cerueau, & premierement de la premiere coniugaison.

CHAPITRE XVI.

L'origine de
tous les nerfs
est la posterieu-
re partie du
cerueau & de
la moëlle de
l'espine.

TOvs les nerfs naissent du grand cerueau ou de la medulle spinale, car il n'y en a point qui naisse du petit. Les anciens en faisoyent sortir sept paires du cerueau anterieur, mais ie croy auec les Modernes qu'ils naissent tous du posterieur enuiron la partie que la medule spinale prend son origine. Car estans les porteurs de la faculté animale & des esprits, il falloit que leur principe fut tout joignant l'officine où les esprits sont engendrez : Or les esprits prennent leur perfection au troisiéme & quatriéme ventricule. C'est parauan-

1. de off. nat.

ture ce qu'a voulu Hippocrate quand il dit, *que l'origine des nerfs est depuis l'occiput iusques à l'espine, à l'anche, à la verge, aux cuisses, aux bras, aux pieds & aux iambes.* C'est donc du cerueau posterieur comme de leur principe commun & de la fontaine des esprits que naissent des nerfs en grand nombre, lesquels sont tous appariez par couples, tellement qu'il ne s'en trouue piece d'impair, qui est cause

Sept couples
du cerueau.

qu'on les appelle *paires, couples & coniugaisons.* Les anciens en descriuent ordinairement sept, mais Fallope en reconnoit plus grand nombre, auquel nous soubscriuons volontairement, ayant esté enseignez par la veuë qui est la plus certaine

Le premier est
l'optique.

de tous les sens. Le premier pair nommé *optique*, le plus mol & le plus gros de tous, & separé de son origine, s'auançant obliquement en deuant se joint & vnit

Ou & com-
ment il s'vnit.

quasi à my-chemin enuiron la selle du sphenoïde auec son pareil du costé opposite, non par intersection ny par attouchement simple, mais par la confusion de leur moëlle, en telle sorte que l'vn ne peut estre separé de l'autre en aucune ma-

Et pourquoy.

niere. Or il falloit que les nerfs optiques s'entrecroisassent & vnissent ainsi. 1. Pour la force & la seureté, de peur qu'ils ne se laschassent & abbatissent ayans à trauerser vn si long chemin. 2. Pour les faire garder vn mesme plan en la prunelle, car s'ils ne s'entrecroisoyent en cet attouchement, ils s'en pourroient quelquesfois reculer, & les yeux ainsi trompez iugeroient tous les objets doubles. 3. Pour vnir les formes & idoles des objets visibles. 4. Pour faire qu'ils se rendent plus commodément par les trous du crane, au centre des yeux. 5. Et finalement pour faire que l'esprit visoire puisse en vn moment passer d'vn œil à l'autre pour la perfection de la veuë, car ainsi l'vn des yeux estant fermé nous voyons plus subtilement. Doncques les optiques estant ainsi confondus & meslez se separent aussi tost & s'en vont rendre chacun de son costé par les trous du crane au centre

Son insertion.
Trois des tuni-
ques de l'œil
sont faites de
l'optique dila-
té.

de l'œil. Or leur substance interne molle & moëlleuse estant paruenuë au crystalin se dilate & respand l'esprit visoire par tout l'œil, & de cette dilatation se fait la tunique reticulaire : & l'exterieure qui est faite des deux tuniques de la pie & dure mere, se perd & consomme en l'vuée & en la cornée : donc aduient

que

que l'esprit animal est porté en vn moment par la continuité de l'optique tout *Les optiques*
iusques à la prunelle. Herophile appelle ces nerfs *pores ou meats visoires* : pour *ne sont point manifestemens*
nostre regard nous n'y auons iamais remarqué de cauité sensible & apparente,& *creux.*
toutesfois nous confessons qu'ils sont les plus mols & spongieux de tous,à raison
qu'ils portent l'esprit visoire en plus grand' abondance. Si ces nerfs sont vne fois
opilez,comme en la goutte serene des Arabes, la veuë perit tout à fait.

Des autres paires de Nerfs du cerueau.

CHAPITRE XVII.

A seconde coniugaison est des nerfs qui mouuent les *Le second paire.*
yeux, laquelle produit grand nombre de branchettes:
la premiere se répand au muscle qui ouure la paupiere,
& qui leue l'œil en haut; la seconde au muscle qui l'abbaisse; la troisiéme en celuy qui l'ameine, & la quatriéme en celuy qui le tourne en rond : il y a aussi quelques
filets fort menus de ces nerfs qui sont portez aux tuniques externes des yeux, & n'y en a pas vn de cette coniugaison qui se traine (comme pensent quelques-vns)
aux muscles temporaux. Ces nerfs motifs icy sont continus en leur origine, telle- *Belle obseruation.*
ment qu'ils ne font que comme vne seule corde : de là vient, si on meut vn œil
vers le costé, que l'autre œil suit necessairement son mouuement, qui est vne obseruation nouuelle & tres-belle , ainsi que nous monstrerons ailleurs. Le troisié- *L.11.c 8. quest.*
me paire s'insere en la tunique de la langue, organe principal du goust. Galien *6.* *Le troisiéme.*
l'appelle *gousteur.* Premier toutesfois que se rendre à la langue, il produit nombre
de scions, desquels les vns se répandent dans quelques muscles des yeux & du
front; les autres se distribuent aux muscles de la face, aux crotaphites & aux masseteres. De là vient la sympathie si admirable des yeux & des muscles temporaux;
& les autres à la tunique des narines, & aux racines des dents. La quatriéme con- *Le quatriéme.*
iugaison prochaine de la precedéte, mais moindre, s'en va en partie au palais, & en
partie à la membrane de dessous la langue, & sert au goust auec la troisiéme. La
cinquiéme est portée par le meat auditoire au tambour de l'oreille, où elle répand *Le cinquiéme.*
grand nombre de branchettes : d'entre lesquelles il y en a vne qui descend aux
muscles du larynx & de l'os hyoïde, de laquelle prouient la sympathie admirable
qui est entre les oreilles, la langue & le larynx : car ceux qui sont sourds dés leur
naissance & premiere conformation, à raison de l'obstruction, paralysie ou refrigeration de ce nerf, sont aussi muets: & si tu touches auec vn cure-oreille la membrane de l'oreille, dite le tambour, tu exciteras aussi-tost vne toux seche & fascheuse. Le sixiéme paire tres-grand, se répand & traine par quasi tous les visceres. Ce *Le sixiéme*
paire sortant hors du crane estant contigu à l'artere carotide, quãd il est venu aussi
bas que les clauicules, se fend en trois rameaux fort apparents, desquels le premier
& dextre embrasse l'artere axillaire, & se repliant autour d'icelle, comme vne corde passée dans la roüe d'vne poulie, remonte en haut , semant force branchettes
dans les muscles du larynx. Le senestre à cause que l'artere axillaire est trop droite,
ne se replie point là, mais il embrasse tout le tronc de la grand' artere par la partie
qu'elle se courbe vers le dos. Le vulgaire nõme ces nerfs-icy *recurrents & vocales,* *Nerfs recurrents.*
parce qu'ils sont les organes principaux de la voix: car estans ou liez ou couppez,

R

l'animal demeure à l'inftant muet & priué de la voix : ainfi que nous l'auons fouuentesfois experimenté. Le deuxiéme fe traine par les parties laterales des coftes,

Nerf coftal. & eft nommé *coftal.* Le troifiéme plus grand defcend au ventricule , & eft dit

Nerf ftoma- *ftomachique :* c'eft par le moyen d'iceluy que l'orifice fuperieur eft doüé d'vn fenti-
chique. ment fi exquis, que les Grecs l'en ont nommé *cardia,* c'eft à dire *le cœur* & que les

Le feptiéme. Medecins ont pofé en iceluy le fiege de l'appetit animal. Le feptiéme paire ayant
prins fon origine du cerueau quafi tout joignant la medulle fpinale s'en va aux
mufcles du larynx & de la langue , & eft dit feruir au mouuement de la langue.

Les pieces A ces fept paires les Modernes en adjouftent encore deux autres. Or les apophy-
mammillaires. fes mammillaires, organes principaux de l'odorat, ne font point ordinairement
comptées entre les paires de nerfs, parce qu'elles ne fortent point hors du crane,
& qu'elles ne font point couuertes de deux meninges. Qui en voudra fçauoir dauantage, qu'il life les obferuations de Fallope.

Comment les Nerfs naiffent de la moëlle de l'efpine.

CHAPITRE XVIII.

'A Y efté long-temps incertain & douteux touchant l'origine
des nerfs de la moëlle de l'efpine : car voyant quafi tous les Anatomiftes nous reprefenter le corps de la medulle tout continu à
foy, & ne dériuer feulement de la medulle de la nucque que les
nerfs de la nucque ; de la moëlle du dos, les nerfs dorfaux ; & de
la moëlle des lombes , les lombaires : & ayant remarqué auec
M. Cabrol cela eftre faux, d'autant qu'il fe trouuoit des nerfs qui du plus haut de
la moëlle defcendoient infques aux lombes, ie me mis en l'opinion que tous les
nerfs de l'efpine naiffoient d'vn mefme principe, fçauoir eft de la partie fuperieure de la moëlle de l'efpine, & qu'il leur en arriuoit, non autrement qu'à vne queuë
de cheual, en laquelle tous les poils ayans prins leur naiffance du bout de haut : les
vns fe terminent au haut de ladite queuë, les autres au mitan, & les autres finalement tout au bas. Mais l'vfage & l'infpection oculaire m'ayant rendu plus fage,
i'ay depuis changé d'aduis, & ay remarqué que plufieurs des nerfs lombaires prouiennent de la medulle du dos, & quelques-vns auffi, mais non pas tous (comme

Vraye defcri- i'ay creu autresfois) de la moëlle de la nucque. Or quelle eft la vraye hiftoire &
ption de la me- de la medulle fpinale, & des nerfs qui en viennent, ie m'en vay vous le reprefen-
dulle fpinale. ter briefuement. La moëlle de l'efpine, production du cerueau, eft immediatement enueloppée de la pie mere , & eft quelque peu diftante de la dure. Par la
fubftance de la pie mere fe répandent force petites veines & arteres diuerfement
entrelaçées, qui portent la vie & la nourriture à ladite moëlle. Or cette moëlle
fortant par le trou grand & rond du derriere du crane, eftant tres-groffe en fon
commencement, s'amenuife & appetiffe peu à peu, c'eft à dire, elle pert peu à peu
fa fubftance moëlleufe, & non fa maffe corporelle, laquelle elle garde par tout de
femblable groffeur : finalement quand elle eft paruenuë auffi bas que la fin du
dos, elle fe perd & confomme toute en des cordellettes & filamens qui reffemblent quafi à vne queuë de cheual. Pour le regard des nerfs qui naiffent de cette moëlle de l'efpine , ils font infinis en nombre : mais d'autant que lors qu'ils
fortent par les trous des vertebres, en s'vniffans enfemble, ils ne font qu'vn corps,
les Anatomiftes en ont compté autant de coupples , comme il y a de trous aux

vertebres. Doncques tous les nerfs ont en leur origine plusieurs filets composez de la substance medullaire, & de la meninge desliée, lesquels en descendant se separent peu à peu de la moële, & quand ils approchent des trous des vertebres, ils se reuestent de la dure meninge, & s'assemblans en vn corps, font vn nerf, lequel apres qu'il est sorty hors du trou se separe derechef aux mesmes cordelettes. Or d'autant plus que la medulle spinale descend bas, d'autant plus ces filets de nerfs, prennent-ils leur origine de plus haut, tellement que tu trouueras que quelques vns des nerfs du dos & des lombes (si tu les regardes curieusement) naissent de la medulle de la nucque du col. Depuis le commencement des lombes iusques à l'extremité de l'os sacrum, les cordelettes sont & en plus grand nombre, & plus grosses, & toutesfois elles s'vnissent à la maniere des autres, enuiron les trous des vertebres.

Comment les nerfs naissent de l'espine.

Belle observation.

Des Nerfs de la Nucque.

CHAPITRE XIX.

 A fecondité de la moële de l'espine est admirable en la propagation des nerfs, mais entre iceux les Anatomistes en ont remarqué trente paires principaux ; sept de la nuque, douze du dos, cinq des lombes, & six de l'os sacrum. De la nucque donc sortent sept paire de nerfs, desquels le premier & le second ont ie ne sçay quoy de particulier & d'admirable en leur origine : car l'vn des nerfs ne sort point à la façon des autres, du costé droit & l'autre du gauche : mais l'vn de la partie anterieure, & l'autre de la posterieure ; d'autant que l'articulation des deux premieres vertebres, pour l'asseurance des mouuemens de la teste, a esté faite differente des autres. La premiere coniugaison par son rameau posterieur s'insere aux petits muscles de l'occiput & des vertebres, & par l'anterieur elle se répand dans les muscles couchez sous l'œsophage & dans ceux du col. La seconde par le rameau de deuant se perd dans quasi toute la peau de la face, & par celuy de derriere elle se traine aux muscles communs à la seconde vertebre & à l'os occipital. La troisiéme issant hors par le trou commun à la seconde & troisiéme vertebre se fend aussi tost en deux rameaux, desquels celuy de deuant se répand aux muscles qui fléchissent le col, & celuy de derriere en ceux qui estendent le col & la teste. La quatriéme par le rameau moindre & posterieur arrouse les muscles de la nucque : & par le plus grand & anterieur elle est portée aux muscles qui leuent le bras, les espaules, & au diaphragme. La cinquiéme sortant de l'articulation commune à la quarte & quinte vertebres, par le plus petit rameau se distribuë aux muscles posterieurs de la nucque, & par le plus grand au diaphragme, au bras & aux muscles de l'omoplate. La sixiéme a sa distribution quasi toute semblable : car par le rameau posterieur elle est portée aux muscles de la nucque & des épaules, & par celuy de deuant elle enuoye diuerses branchettes, les vnes aux bras, & les autres au diaphragme. La septiéme est semée par son plus grand rameau au bras, & quelquesfois aussi au diaphragme, & par le moindre aux muscles posterieurs. De ces choses il faut recueillir que de la 4. 5. 6. & 7. coniugaisons, il y a quatre nerfs portez au diaphragme, dont vient la sympathie admirable qui est entre iceluy & le cerueau : & que de la cinquiéme, sixiéme & septiéme coüpples, beaucoup de nerfs des bras prennent leur origine. Il y a donc six paires de nerfs semez dans le bras

Les nerfs du col font sept paires.

La premiere.

La seconde.

La troisiéme.

La quatriéme.

La cinquiéme.

La sixiéme.

La septiéme.

Nerfs semez par le bras & la main.

Premier paire. & toute la main. Le premier sortant de la cinquiéme vertebre se perd au muscle

Deuxiéme. deltoïde, & à la peau de dessus. Le second sortant de la sixiéme vertebre est premierement porté au muscle biceps, puis aussi tost il donne vn petit rameau au muscle tres-long du bras, finalement estant descendu au plis du coulde, il se diuise en deux rameaux; desquels le moindre descendant du long du rayon, & le plus grand appuyé de la membrane charnuë, du long du coulde, se perd dans

Troisiéme. toute la peau du coulde & de la main. Le troisiéme meslé auec le deuxiéme répand ses ruisseaux au muscle du bras, couché sous le biceps, puis estant paruenu à l'ar-

Quatriéme. ticulation du coulde, il se confond & mesle auec le cinquiéme. Le quatriéme le plus gros de tous descendant sous le mesme muscle auec la basilique profonde, & l'artere interne, apres qu'il a enuoyé quelques petits scions aux muscles extenseurs du coulde, & dans la peau interne du bras, & externe du coulde, finalement il se fend enuiron l'articulation du coulde en deux rameaux, desquels l'vn se traine selon la longitude du rayon, & l'autre du coulde. Ceituy-là ayant produit cinq scions en donne deux au poulce, deux au doigt index, & vn au doigt medius: &

Cinquiéme. cettuy-cy finit au carpe. Le cinquiéme porté entre les muscles extenseurs, & les fléchisseurs du coulde, estant passé outre par derriere l'apophyse interne du bras, & meslé auec le troisiéme pair, se perd aux doigts, donnant deux scions au petit

Sixiéme. doigt, deux au medicus, & vn au medius. Le sixiéme descendant entre la peau & la membrane charnuë par l'apophyse interne du bras se termine dans la peau du coulde.

Des Nerfs de la Poictrine, des Lombes, de l'os Sacrum & du Pied.

CHAPITRE XX.

Les nerfs du dos sont douze paires. **D**Es vertebres de la poictrine ou du dos sourdent douze paires de nerfs, le premier par le rameau de deuant est porté au bras, & par celuy de derriere aux muscles de la poictrine. Le deuxiéme se distribuë tout de mesme aux muscles du bras & de la poictrine. Les autres dix sont portez par la partie anterieure aux espaces d'entre les costes, & par celle de derriere aux muscles de la poictrine, & aux épineux cachez dans les vertebres.

Ceux des lombes sont cinq. Les coniugaisons des lombes sont cinq, desquelles les rameaux posterieurs sont portez aux muscles épineux, & les anterieurs aux muscles de l'epigastre, du

Ceux de l'os sacrum six. dedans de la cuisse, & aux testicules. Les nerfs de l'os sacrum sont six couples, lesquels se répandent partie en la cuisse, partie aux muscles voisins & à la peau, comme aussi au col de la matrice, aux sphincteres, muscles du siege & de la vessie,

Les nerfs semez dans tout le pied. & à la verge. Or il y a quatre nerfs notables semez dans tout le pied, qui naissent des trois paires inferieures des lombes, & des quatre superieures de l'os sacrum,

Le premier. desquels le 1. & plus haut sorty sous le peritoine enuiron le petit rotateur, se perd aux muscles de la cuisse, & dans la peau interne & externe d'icelle, premier que

Le deuxiéme. descendre au genoüil. Le 2. & inferieur descend auec la veine & l'artere crurale par l'aine dans la cuisse & enuoye bas vn gros rameau auec la saphene par la partie interieure de la cuisse iusques au pied, donnant à la peau voisine des branchettes: Or la plus grande partie se distribuë auec la veine, & l'artere aux muscles internes

de la cuiſſe. Le troiſiéme, inferieur de ceux-cy, donne des ſcions aux muſcles de la *Le troiſiéme.*
verge, & à quelques-vns de ceux de la cuiſſe, comme auſſi à la peau de l'aine, puis
il ſe termine aux muſcles prochains au deſſus du milieu de la cuiſſe. Le quatriéme, *Le quatriéme.*
le plus gros, le plus ſec & le plus fort de tous les nerfs, ayant prins ſon origine des
quatre parties ſuperieures de l'os ſacrum, ſorty entre l'os ſacrum & l'ilium, donne
des branchettes aux parties voiſines; comme à la peau des feſſes & de la cuiſſe;
& aux muſcles de deſſous: puis il ſe fend en deux rameaux; le moindre d'iceux
deſcendant du long du peroné au deſſus du pied, donne deux ſcions à chacun des
orteils. Et le plus grand, s'auançant du long de la iambe & du pied, donne pareillement à chacun des orteils deux ſcions: mais ces deux rameaux s'en vont en paſſant aux teſtes des muſcles, & à la peau de la iambe & du pied:

CONTROVERSES ANATOMIQVES.

De l'origine des Nerfs contre les Peripateticiens.

QVESTION SEPTIESME.

Es Peripateticiens & les Medecins ſont en debat pour *l. 3. de hiſt.*
l'origine des nerfs. Ariſtote, Alexandre, Auerrhoës, & *animal. 5.*
tous les Philoſophes les deriuent du cœur, eſtans (com- *l. de anima.*
me i'entends) appuyez ſur ces raiſons. 1. Il faut mettre *l. 2. colliget.*
l'organe de la faculté au lieu où apparoit le principe de *Que le cœur*
la faculté; or la faculté de ſentir & de mouuoir reluit *eſt le principe*
plus au cœur qu'aux autres parties: car c'eſt le cœur qui *des nerfs.*
ſe meut le premier, & ſon mouuement eſt perpetuel; là *Raiſon pre-*
où le cerueau ſe meut ſeulement par le mouuement du *miere.*
cœur & des arteres. 2. Là eſt le principe du mouuement, où eſt le ſiege de l'appe- *Deuxiéme.*
tit: or le ſiege de l'appetit eſt au cœur: car la ioye, la triſteſſe, l'eſperance, &c. ſont
mouuemens & paſſions du cœur, eſquelles giſt l'appetit de pourſuiure ou de fuir.
Que ſi la faculté appetitiue & motiue eſt au cœur: Ergo ſon organe, à ſçauoir le
nerf, y eſt auſſi. 3. Quand nous voulons faire vn grand effort & mouuement, *Troiſiéme.*
nous retenons l'air attiré par l'inſpiration: mais dequoy ſeruiroit cet effort autour du cœur, s'il n'y auoit vn conduit continu qui allaſt du cœur aux organes du
mouuement pour leur porter beaucoup d'air & d'eſprit? 4. Le cœur eſt doüé *Quatriéme.*
d'vn ſentiment tres-exquis, & ne peut ſupporter de grande offence ou leſion, là
où le cerueau eſt priué de ſentiment. 5. Les carotides eſtant liées; il ſe fait vne *Cinquiéme.*
interception & priuation du ſentiment & du mouuement, de là le caros & l'apoplexie. Or les carotides ſont des arteres qui naiſſent du cœur. Et c'eſt ce que dit
Ariſtote; *Ceux à qui on ſurprend & lie les veines au col demeurent inſenſibles.* 6. En *l. de ſomno.*
la ſyncope, qui eſt vne affection propre au cœur, il ſe fait vne cheute ſoudaine de *c. 2.*
toutes les facultez. Si doncques le cœur eſt autheur du ſentiment & du mouue- *Sixiéme.*
ment: il s'enſuit auſſi qu'il eſt le principe des nerfs qui en ſont les organes. 7. Tous *ſeptiéme.*
les vaiſſeaux du cœur, comme la grande artere & l'artere veineuſe, ſont durs &
nerueux, & tous les deux ventres du cœur apparoiſſent quaſi remplis de petits

Huictiéme. nerfs & filets nerueux. 8. Le cœur eſt engendré & formé premier que le cerueau : Or il y a vn petit nerf de la ſixiéme coningaiſon ſemé dans la ſubſtance du cœur auant que le cerueau ſoit formé. Ergo les nerfs naiſſent non du cerueau, mais du *Interpretation* cœur. Il y en a qui interpretent l'opinion d'Ariſtote, & diſent que veritablement *de l'opinion* il ſe trouue plus grand nombre de nerfs au cerueau, mais que le cœur en eſt la *d'Ariſtote.* ſource & l'origine. Ils veulent donc qu'il y ait vn petit nerf qui monte de la baze du cœur au cerueau, lequel ſe multiplie en apres en telle ſorte au cerueau, qu'il en naiſſe par vne fecondité admirable ce grand nombre de nerfs, qui s'épandent au long & au large par tout le corps : Car le cerueau ne receuant, à raiſon de la petiteſ-ſe du cœur, qu'vn ſeul petit nerf, il en produit incontinent ſept paires, tellement que la racine des nerfs eſt au cœur, mais la propagation s'en fait au cerueau. Ainſi les petites fontaines ſourdent des montagnes, & d'icelles finalement s'engen-drent de groſſes riuieres. Ainſi les nerfs optiques, paruenus au criſtallin ſe dila-tent, & font la tunique reticulaire. Ainſi les veines & les arteres vmbilicales, ſim-ples en leur origine, eſtans ſorties du nombril, & ſe répandant dans l'arriere-*L'opinion* faix produiſent vne infinité de petites branches. Auicenne ſemble auoir eu di-*d'Auicenne.* uerſes opinions touchant cette matiere : il ſuit tantoſt le party d'Ariſtote, & tan-*d'Eraſiſtrate.* toſt celuy de Galien. Eraſiſtrate eſtant encore ieune affermoit, comme écrit Ga-*l. 7. de placit.* lien, *que les nerfs naiſſoient des meninges :* Il n'auoit parauanture conſideré que *c. 3.* leur ſubſtance externe, qui eſt membraneuſe : mais deuenu plus grand d'âge & d'experience, & ayant trouué leur partie interieure molle & farcie de beaucoup de moëlle, il quitta ſa premiere opinion, & ſouſcriuit à celle des Medecins. Auer-*d'Auerrhoës.* rhoës veut, *Que le cœur ſoit le principe des nerfs par l'entremoyen du cerueau.* Apo-*d'Aponenſis.* nenſis eſtime, *Qu'ils naiſſent du cœur comme de leur racine & principe formel, mais* *Autre opiniō.* *auec vn medium prouenant du cerueau.* Les autres diſent pour Ariſtote, *Que le cœur* *eſt le premier principe du mouuement & du ſentiment, & par conſequent auſſi des* *nerfs : mais qu'il ſe ſert du cerueau pour la commodité des ſens, parce que l'agitation de* *la chaleur empeſcheroit l'action de ſentir, là où le cerueau par ſa froideur concilie, &* *donne au ſang & aux eſprits la temperature propre pour faire le mouuement & le ſen-*Celle des Me-* *timent.* Les Medecins ſouſtiennent, *Que tous les nerfs tirent leur origine de la ſub-*decins.* *ſtance du cerueau, ou de la moëlle de l'eſpine ſa lieutenante, & que le cerueau en eſt le* *principe, & (d'origine) parce que la ſubſtance du cerueau & des nerfs eſt ſemblable, &* *(de diſpenſation & office) parce que l'eſprit animal influë du cerueau dans iceux.* C'eſt *l. de off. nat.* ce qu'Hippocrate a voulu dire quand il écrit, *Que l'origine des nerfs eſt depuis l'oc-*ciput iuſques à l'eſpine, aux anches, à la verge, aux cuiſſes, aux bras, aux eſpaules,* *Leurs raiſons.* *aux pieds & aux iambes.* Galien l'a dit tant des fois, que ce ſeroit choſe ſuperfluë de citer les paſſages entiers : Il vaut mieux nous arreſter quelque temps à appuyer *La premiere.* cette opinion de raiſons. 1. Il faut que l'organe vienne de la partie d'où decoule la faculté ; or le mouuement volontaire, & le ſentiment procedent du cerueau : *Le cerueau eſt* auſſi ſont donc leurs organes, à ſçauoir les nerfs. Que le mouuement & le ſenti-*le principe du* ment viennent du cerueau, ces choſes le prouuent. C'eſt que le cerueau eſtant *ſentiment &* affecté, & ſes ventres remplis comme en l'apoplexie, toutes les facultez anima-*du mouuemēt.* les periſſent, ſans que le cœur ſoit en aucune maniere offencé : or le cœur eſtant bleſſé ou attaqué d'abſcez froids il n'arriue rien de ſemblable. Dauantage le cer-ueau eſtant indiſpoſé, toutes les parties nerueuſes ſont incontinent & en vn mo-ment attirées en ſympathie, & le cerueau ſe retirant, toutes les parties nerueuſes ſe retirent auſſi. Ainſi en l'epilepſie, qui eſt vne maladie du cerueau, tout le corps tombe en conuulſion : choſes qui ne ſe voyent point arriuer aux indiſpoſitions

du cœur. Il faut que le principe du fentiment & du mouuement foit bien temperé, parce que la chaleur pefle-mefle & confond tout ; Ainfi quand le cœur
boüillonne de courroux, les fens, la raifon, & toutes les funétions animales font
troublées. Aux phrenetiques les fentimens font égarez, les mouuemens précipi-
tez & furibonds : & felon Ariftote, *l'agitation du fang chaud empefche les fens de
faire leur deuoir.* Or le cœur eft tres-chaud, car il brufle fi on appofe la main deffus. Le mefme Ariftote enfeigne aux Ethiques, que *les enfans & les ieunes gens ne
font point propres à l'eftude de la Philofophie Morale, parce qu'ils font en continuelle
agitation & mouuement.* Doncques fi le cœur n'eft point le principe du fentiment
ny du mouuement volontaire, il s'enfuit qu'il ne l'eft point aufli des nerfs. 2. La Deuxiéme.
fubftance & la compofition du cerueau & des nerfs eft femblable; le cerueau eft
tout moëlleux, & couuert de deux tuniques : les nerfs font femblablement moëlleux par dedans, & reueftus de la pie & de la dure mere : d'où Galien appelle le
nerf *vn petit cerueau, mais plus dur & defeché.* Or qui eft celuy qui a iamais remar-
qué de la moëlle au cœur, ou en fes vaifleaux. 3. Mais pourquoy m'amufay-ie à Troifiéme pri-
fe de la viine.
alleguer tant de raifons, veu que le fens mefme témoigne que les fources de tous
les nerfs font au cerueau : Certes il ne s'en trouue au cœur qu'vn fort petit, qui
prend fa naiffance du recurrent gauche, lequel eftant ou couppé ou lié ne fait
point mourir l'animal, mais luy ofte feulement la voix, & le rend muet. 4. La con- Quatriéme.
tinuation du nerf auec le cerueau, eft plus grande & plus apparente qu'auec le
cœur : car fi on lie vn nerf en fon milieu, la partie fuperieure qui eft vers le cerueau
aura fentiment & mouuement, & la partie inferieure, voifine du cœur, reftera
immobile & infenfible. 5. Si le cœur eftoit le principe des nerfs, les chemins qui Cinquiéme.
meinent du cœur au cerueau eftant furprins, les animaux demeureroient foudain
priuez de mouuement & de fentiment : mais le cœur eftant bleffé, defcouuert &
arraché, les actions volontaires reftent : ainfi qu'enfeigne fort bien Galien en ces 2. de placit.
mots, *Si tu defcouures le cœur, & que tu le deprimes, tu verras que pour cela l'animal
ne fera point priué, ny de la voix, ny de la refpiration, ny d'aucune action volontaire :
mais qui eft d'auantage, tu pourras arracher le cœur tout à fait, fans que les actions volontaires en foient offençées, ce qui eft arriué en quelques facrifices aufquels les animaux
ont efté veus, non feulement refpirer ou crier puiffamment, mais mefme courir & fuir,
leur cœur ayant efté arraché & pofé fur l'autel : & continuer cela iufques à ce qu'ils
foyent morts par la profufion totale du fang.* Concluons donc que le cerueau eft le
principe des nerfs. Mais auant que clorre cette controuerfe il faut foudre les rai- Refponce aux
raifons des Pe-
ripateticiens.
fons des Peripateticiens. Nous nions que le cœur fe mouue le premier : car aufli
long temps que l'enfant eft enfermé dans la matrice, il n'a point befoin du mouuement ny de l'action du cœur. Mais accordons qu'il fe meut le premier, ce mouuement-là n'eft point volontaire, ny en noftre puiffance pour nous obeïr : or les
mouuemens des mufcles & des nerfs font volontaires. Le cerueau ne fent point,
parce qu'il ne doit point fentir : il ne doit point fentir, parce qu'il eft le iuge commun de tous les fens. Les carotides eftans liées, il fe fait priuation du mouuement
& du fentiment, non point premierement & de foy, ains par accident : parce que
l'efprit vital, duquel l'efprit animal eft engendré, eft empefché de monter au cerueau. Toutes les facultez defaillent en la fyncope, à raifon de la diffipation de
l'efprit vital, & de la chaleur naturelle du cœur. Quant à la fimilitude qu'ils difent
eftre entre les nerfs & le cœur, nous le nions tout à plat. Car les nerfs font mols
& moëlleux par dedans, mais il ne fe trouue point de moëlle au cœur. Quant
aux filets nerueux qui fe trouuent aux ventricules d'iceluy, ce font les épiphyfes

triangulaires des membranes, & non pas des nerfs. Finalement quand ils difent que le cœur eft formé premier que le cerueau, ils fe mécontent grandement : car les premiers filets, tant des parties nobles comme des autres parties fpermatiques, font traçez & iettez en vn mefme temps. Chaffons donc de nos efcoles l'opinion des Peripateticiens, & concluons auec les Medecins que le cerueau eft le princi-pe des nerfs.

A fçauoir fi les Nerfs font continuë aux veines & aux artereres, comme veulent aucuns, & de la tranfmutation des douleurs de colique en paralyfie.

QVESTION HVITIESME.

Opinion de Praxagore, c. 7. de placit. l. I.

'A efté jadis l'opinion de Praxagore, comme recite Ga-lien, *que les nerfs eftoient continus aux arteres, & qu'ils n'eftoient rien autre chofe que les arteres deuenuës plus menuës & déliées :* Car comme ainfi foit que le corps des arteres foit caue & dur, il eftimoit que leur cauité par vne conti-nuelle diuifion s'eftreciffoit, en forte que leurs tuniques venoient à s'entretoucher, quoy aduenant l'artere appa-roiffoit eftre vn nerf. Il femble qu'Ariftote ait voulu le

& d'Arifto-te. l. 3. de hift. animal. c. 5.

mefme, quand il dit, *La grande artere eft plus eftroitte, & fort neruecufe, & quand elle eft menée plus loing,* c'eft à dire, *à la tefte, ou aux extremitez, elle s'eftrefcit fort, & prend du tout la nature du nerf.* Doncques les nerfs font faits de plufieurs de ces petites arteres qui s'affemblent en vn, faifans non vn canal commun, mais vn corps compofé de grand nombre de ces canaux tres-deliez, qui eft caufe que le nerf fe peut diuifer en plufieurs cordelettes felon fa longueur : Car les petites arteres fe terminent en des fibres droites, qui conftituent & font les nerfs. Mais

Refutée par Galien au lieu cotté.

Galien refute la vanité de cette opinion fort brauement : car & les arteres interco-ftales font fort déliées, & celles qui font les entrelaçemens du cerueau font tres-eftroittes, neantmoins perfonne ne dira que ce foient des nerfs : outre-plus le nerf de la cuiffe eft fort gros, & toutesfois Praxagore n'oferoit l'appeller du nom *d'ar-*

L'opinion de Reufner. i. de probat. vrinal. pag. 25. & fequ. *Raifon pre-miere.*

tere. J'ay ouy dire que quelques Modernes forgeurs de nouuelles opinions, en-feignent publiquement, que les nerfs ne font rien autre chofe que veines, lef-quelles venuës à la fubftance du cerueau dégenerent en nerfs : ils s'appuyent de ces raifons. 1. Il y a vne grande quantité de fang qui eft portée par les petites vei-nes & arteres, tant à la bafe du cerueau, comme dans fes ventricules anterieurs où fe voyent les entrelaçeures. Ce fang eft là contemperé par la froideur du cerueau pour empefcher qu'il ne s'éuanoüiffe ; & ainfi il donne la faculté de fentir & de mouuoir. Or ces petites veines demeurent inutiles, finon qu'elles foient enuoyées aux parties doüées de mouuement & fentiment : car quel be-

Deuxiéme.

foin a le cerueau d'vne fi grande quantité de fang ainfi r'affiné. 2. Outre-plus fi les nerfs ne font point veines, ou pour le moins continus aux veines : il faut neceffairement que le fang fpiritueux forte de fes vaiffeaux, dans la fub-ftance lafche du cerueau, & de la fubftance du cerueau, qu'il rentre dans les nerfs : chofe repugnante à la nature des efprits, qui eft de s'eftendre au long, & au large, & non de fe referrer. Les nerfs ne font donc rien autre chofe que veines changées en nerfs : or les nerfs apparoiffent plus blancs auptes du cer-

ueau, parce qu'ils font appuyez par la fubftance blanche d'iceluy, comme de
quelque bourre ou lictiere. 3. L'experience eft conforme à la raifon. La paraly- *Troifiéme*
fie fe termine fouuent en douleurs de colique & de goutte : & ces douleurs en
paralyfies. Il faut donc neceffairement que l'humeur paffe des veines dans les
nerfs, & ce par la continuité des vaiffeaux. Voilà les plaifans argumens de *Refuté.*
Reufnerus, homme certes & facetieux & plaifant : car il appélle ceux qui defendent les decrets d'Hippocrate & de Galien, *cuifiniers*, & dit *qu'ils fe font en-*
yurez d'Hippocras : parauanture qu'il ne banquetta iamais auec Hippocrate ny
Galien, & qu'il ne goufta onc du bout des léures (comme on dit) de leurs
mets & faulces tres-delicates, autrement il ne parleroit point d'eux tant à Pe-
ftourdie ny fi outrageufement comme il fait. Or combien fon opinion eft abfurde chacun le poutra voir, parce que nous allons oppofer au contraire. Comment eft-ce que les nerfs peuuent eftre productions des veines, veu qu'ils n'ont
aucune continuité ny fimilitude entr'eux ? Les veines font par tout caues, les
nerfs font feulement poreux : la tunique externe des veines eft molle & celle des
nerfs tres-dure : la partie interieure du nerf eft moëlleufe, mais on n'a iamais
remarqué de moële dans les veines. Pour refponce à fes raifons nous difons.
Que le fang contenù au cerueau, eft deftiné pour la nourriture d'iceluy, & la
generation de l'efprit animal : Car fon corps eft tres-grand, & pourtant il a be-
foing de beaucoup de fang pour fa nourriture. Il eftime eftre chofe abfurde que
le fang fpiritueux forte des veines, & puis apres qu'il r'entre dans les nerfs, finon que ces deux corps foyent continus. Mais il ne voit point que le fang paffe
de la veine porte, à trauers de la fubftance du foye aux racines de la caue. Ce
qu'il objecte de la tranfmutation des douleurs de colique & goutte en paralyfie
ne conclud rien. Car la matiere des coliques & gouttes n'eft point toufiours
contenuë dans les veines : & encores qu'elle y fut contenuë, il n'y a rien qui empefche que le tranfport ne s'en faffe dans les nerfs, & derechef des nerfs dans
les veines, veu que les flux & reflux des humeurs fe font fouuent par des meats
occultes & infenfibles. Mais puis que nous fommes tombez fur le difcours de
la paralyfie & de la colique, nous n'ennuyerons point (comme ie croy) le Le- *Tranfmuta-*
cteur curieux, fi nous touchons en paffant quelque chofe de la tranfmutation *tion des dou-*
leurs de coli-
de ces deux maladies. Æginette remarque les douleurs de colique en plufieurs *que en paraly-*
s'eftre changées en paralyfie ou epilepfie. Auicenne fait mention de ce chan- *fie.*
l. 3. cap. 18.
gement : comme auffi fait Houllier. Doncques la cholique fe change quelques- *cap. de paral.*
fois en paralyfie, & la paralyfie en colique. Les chemins par où cette tranfmu- *Par quels che-*
mins elle fe
tation fe fait, font quelquesfois apparens, & quelquesfois infenfibles. Car qui *fait.*
empefche que les humeurs ne tombent des nerfs dans les boyaux : & que des
boyaux elles ne foyent rauies & portées dans les nerfs : *Tout le corps aux ani-*
maux viuans eft tranfpirable. Aux abfcés des parties inferieures & aux tumeurs
cruës, les humeurs recourent fouuent aux fuperieures ; apportant vne mort precipitée & ce par des meats infenfibles. En la fracture de l'os du talon, il furuient *Hipp. l. de fra.*
des fiéures accompagnées de fanglots & de conuulfions par épigenefe, & aux
Aphorifmes l'efquinancie r'entre fouuent auec tumeur & rougeur de la nucque.
Qui empefchera donc qu'il ne fe faffe tranfport des humeurs des nerfs dans les
boyaux, & les veines, & des veines dans les nerfs ; la matiere de la fiéure enfermée dans les veines, entre fouuent dans les nerfs : I'ay pour tefmoing Hippocrate *En fes coaques*
qui écrit, *La conuulfion met fin à la fiéure, pourueu qu'elle furuienne le mefme iour, ou*
le lendemain ou pour le plus tard l'apres demain : mais fi elle paffe l'heure qu'elle a prins

& ne ceſſe point : malum. La conuulſion eſt vne indiſpoſition des nerfs, & la matiere febrile eſt contenuë dans les veines : ſi donc la conuulſion rompt la fiéure, il
faut qu'il ſe faſſe tranſport de la matiere enfermée aux veines dans les nerfs, & le
genre nerueux. La colique ſe change auſſi quelquesfois en goutte, & la goutte en
colique, & de ce changement fait mention Hippocrate en ces mots. *Celuy qui*
eſtant detenu des gouttes eſtoit trauaillé en la partie dextre de douleur de boyaux, il s'en
portoit moins mal : mais quand ce mal icy fut guary, ſes douleurs eſtoient plus grandes.
Car les humeurs eſtant deſchargées dans les boyaux, ce n'eſt point merueille que
les douleurs des jointures diminuent, ny que les meſmes douleurs augmentent,
les douleurs des boyaux eſtant guaries. I'ay bien voulu noter ces choſes en paſſant, afin que les ieunes apprennent qu'il y a des chemins occultes, qui nous
ſont inconnus, par leſquels ſe font les tranſports des humeurs, & auſſi des com-
munications & ſocietez admirables entre tous les vaiſſeaux, ſans que pour cela,
il faille croire qu'ils ſoyent de meſme genre. Car & les veines & les arteres ont
continuité entre-elles par vn nombre preſque innombrable d'anaſtomoſes, &
toutesfois leur compoſition eſt fort diſſemblable. Doncques les nerfs ne ſont
point des veines, ou des arteres continuës & deuenuës plus graiſſes menuës &
deſliées.

La colique ſe
change en gout-
te & au re-
bours.
l.6.Epid.ſect.
4. & in fine l.
de humor.

A ſçauoir ſi les Nerfs ſont les organes du ſentiment & du mouuement.

QVÉSTION NEVFIESMÉ.

Les nerfs ſelon
Galien ſont les
organes du ſen-
timent & du
mouuement.

Obiection.

Reſponce.

V E les nerfs ſoyent les organes du ſentiment & du mouuement,
Galien l'enſeigne : parce qu'eſtant liez, couppez, oppilez & refroidis, il ſe fait priuation du ſentiment & du mouuement. Aucuns improuuent cette raiſon, parce que les arteres carotides
eſtant liées, il ſe fait priuation du ſentiment : & toutesfois les carotides ne ſont point les organes du ſentiment. Quelques vns
reſpondent qu'auec l'artere on lie le nerf de la ſixiéme coniugaiſon qui eſt contigu à l'artere, & par ainſi que le caros ne vient point tant de la ligature de l'artere
que du nerf. Pour mon regard, ie dis que le caros qui prouient ou de la ligature,
ou de l'obſtruction des carotides, ſe fait à raiſon que l'eſprit vital duquel l'eſprit
animal eſt engendré ne peut plus monter au cerueau, à cauſe que la ligature luy
ferme le paſſage : de là vient qu'il ne s'engendre plus d'eſprit animal, & par conſequent qu'il n'en decoule plus dans les nerfs. Que ſi on ne lie que le nerf de la ſixiéme coniugaiſon, on ne priuera point tout le corps de ſentiment pour cela, mais
les parties ſeulement auſquelles il ſe diſtribuë. Les Peripateticiens ne reconnoiſſent point le nerf pour l'organe du ſentiment : mais la chair ou quelque choſe
qui luy reſemble ; C'eſt l'opinion d'Ariſtote, & d'Auerrhoës. Ceux qui ſuiuent
leur party ſe fortifient de ces raiſons. 1. L'objet mis ſur l'organe du ſens ne fait
point le ſens : mais l'objet appliqué ſur le nerf decouuert eſt ſenty par le nerf : Ergo le nerf n'eſt point l'organe du ſentiment. Nous reſpondons que le moyen externe, n'eſt point neceſſaire aux ſens fort terreſtres, tels que ſont l'attouchement & le gouſt : ainſi qu'il eſt pour faire la venue, l'ouye & l'odorat : & que leur
medium eſt vn auec l'organe. Ainſi la peau ſent ſans medium externe, & la
chair meſme laquelle Ariſtote reconnoit pour organe de l'attouchement eſtant

Les Peripate-
ticiens ſont
d'opinion con-
traire.
l. 2. de part.
animal. 5. 2.
colliget.
Leurs raiſons.
Premiere.
Reſponce.

dépoüillée de sa peau sent aussi sans medium. 2. Les nerfs ne sont point répan- *Deuxiéme.*
dus par toute la substance de la partie, & neanmoins elle sent toute : Ainsi le nerf
n'est point répandu par toute la chair, & toutesfois la peau & la chair sentent par
tout. Ie responds qu'il suffit qu'il y ait vn petit nerf porté en la partie par lequel *Responce.*
les esprits soient répandus en icelle : car comme les veines & arteres ne sont point
semées par toute la chair, & que le sang & les esprits ne laissent point pour cela
de se répandre par toutes les particules de la partie ; Aussi n'est-il point necessaire que le nerf soit semé par toute la substance de la partie, autrement tout le corps
ne seroit qu'vn nerf. 3. S'il n'y auoit que les nerfs seuls qui fussent organes du sen- *Troisiéme.*
timent, il s'ensuiuroit que ces parties-là n'auroient point de sentiment, lesquelles
n'ont point de nerfs : or il se trouue plusieurs parties qui ont sentiment, lesquelles
n'ont point de nerfs, comme la dure mere, laquelle est neanmoins doüée d'vn
sentiment tres-grand. Ie responds que les membranes du cerueau prennent la fa- *Responce.*
culté de sentir de la moëlle qu'elles couurent & enueloppent : Car le cerueau donne la faculté de sentir à ses membranes, non autrement que fait la substance interieure & moëlleuse du nerf aux membranes, desquelles elle est reuestuë : car le
nerf est comme vn petit cerueau deseché, & le cerueau comme vn nerf tres-grand
& tres-mol. Dauantage, c'est vne absurdité de penser que les membranes du
cerueau soient sans nerfs, veu qu'elles les reçoiuent tous, & qu'elles sont troüées
en plusieurs endroits pour leur donner passage. Concluons donc suiuant la doctrine d'Hippocrate, & de Galien, que *le nerf est l'autheur du sentiment, d'autant* *Le nerf com-*
qu'il porte le commandement de la faculté sensitiue. Or il a encore vn autre vsage, *ment organe*
c'est de faire le mouuement volontaire : car il ne se fait point de mouuement vo- *de mouuemt̃.*
lontaire sans l'aide du nerf. Et combien que le muscle soit l'organe immediat du
mouuement volontaire, si est-ce qu'il ne meut point sinon par l'influence de la
faculté & de l'esprit animal. Or cette influence se fait par les nerfs, qui de cet office sont nommez *les porteurs des esprits.* On recueille d'icy que les organes du
mouuement volontaire sont diuers : le cerueau, les nerfs & les muscles. Le cerueau siege de la faculté animale commande, le nerf porte le commandement, &
le muscle obeit. Mais quelqu'vn pourra demander, si ainsi est que le sentiment *Obiection.*
soit porté par les nerfs, comment rapporte-on le sentiment à la temperature de la
partie ? Car Galien escrit, que *ce que la partie sent ou ne sent point, est comme vne* *l. de const.*
proprieté du plus ou du moins, procedante de l'alteration & mélange des élemens. *art. c. 8.*
Responds que deux choses sont requises au sentiment : la premiere, que la faculté *Solution.*
sensitiue influë, & que pour cette cause les nerfs ont esté faits : la seconde, qu'estant
influée elle entre dans la partie, la temperature de laquelle, soit organe propre &
accommodé pour faire le sentiment.

A sçauoir si les Nerfs motifs different des sensitifs.

QVESTION DIXIESME.

OMME on diuise coustumierement le cerueau en *anterieur* & *posterieur,* *Galien veut*
Ainsi Galien fait deux sortes de nerfs, les vns *anterieurs,* qu'il dit pren- *que les nerfs*
dre leur origine du grãd cerueau, & les autres *posterieurs,* qu'il dit naistre *sensitifs nais-*
du petit cerueau, & de la moëlle de l'espine : il veut que les premiers soient plus *sent au cer-*
mols, & les derniers plus durs : & croit que ceux-là sont seulement destinez au *ueau, & les*
motifs de la
moëlle de l'es-
pine.

Des Nerfs,

l. Artis par. c.
11. l. 9. de vsu
part. c.14. l. 5.
de placit. c. 1.

Son opinion
refutée.

Tous les nerfs
senstifs ne
naissent point
du cerueau.

sentiment , & ceux-cy au mouuement. Nous recueillons donc deux choses de Galien, l'vne *que les nerfs sensitifs naissent du cerueau anterieur, & les motifs du posterieur & de la moëlle de l'espine.* L'autre , *que les durs sont seulement destinez au mouuement & les mols au sentiment.* Mais ces deux propositions , si elles sont entenduës absoluëment & generalement, sont fausses, & ne sont point conformes au principe χατὰ πάντος. Car tous les nerfs sensitifs ne naissent point du grand cerueau, ains vn bon nombre de la moëlle de l'espine : ny tous les motifs du petit, mais quelques-vns du grand. Dauantage, tous les durs ne sont point motifs, ny tous les mols sensitifs : ains il s'en trouue entre ceux qui seruent au mouuement plusieurs qui sont plus mols, que ceux qui ministrent au sentiment. La premiere proposition se confirme en cette maniere. Le nerf de la seconde coniugaison meut l'œil, & toutesfois il est contigu à l'optique, & naist presque du mesme endroit. Tous les nerfs qui donnent sentiment au col, à la poictrine, aux bras, aux espaules, aux iambes, naissent non point du cerueau, mais de la moëlle de l'espine : dont s'ensuit que tous les sensitifs ne naissent point immediatement du grand cerueau. Que sera-ce si nous disons auec les Modernes, que tous les nerfs prennent leur origine de la partie posterieure du cerueau & du commencement de la moëlle de l'espine ? La verité de la seconde proposition est appuyée de cette demonstration. Les nerfs sont d'autant plus durs qu'ils sont plus éloignez du cerueau, & plus mols qu'ils en sont plus prochains : Or le nerf de la sixiéme coniugaison, qui s'insere à l'orifice superieur du ventricule, on l'appelle stomachique , est plus éloigné du cerueau , que la seconde & septiéme coniugaisons. Dont s'ensuit que le nerf stomachique est plus dur que ceux du second & septiéme paires : or le stomachique est seulement destiné au sentiment, & le second & septiéme pairés au mouuement, cettuy-là de l'œil , & cettuy-cy de la langue ; d'où s'ensuit que quelques nerfs motifs sont plus mols, que quelques vns de ceux qui seruent au sentiment. Ioint que les nerfs qui s'inserent aux racines des dents, & qui leur portent la faculté de sentir, sont beaucoup plus durs que ceux qui mouuent les yeux & la langue. Il y a encore vne autre demonstration qu'il nous faut tirer des principes de Galien ; à sçauoir, que tous les nerfs motifs sont aussi sensitifs. Car comme ainsi soit que l'esprit animal, qui meut & sent, ne soit qu'vn d'espece : que l'influence de la faculté animale ne soit qu'vne mesme : & que la composition des nerfs soit en tout & par tout semblable : ie ne voy point qu'il y ait rien qui puisse empescher que le sentiment & le mouuement né soient faits par vn mesme nerf. Il ne faut donc point (à mon aduis) rapporter à la dureté ou mollesse des nerfs, la cause pourquoy cettuy-cy meut & cettuy-là sent : mais à la maniere de la passion du nerf, ou de son insertion, car s'il a son insertion aux parties charnuës & musculeuses, il leur communiquera la faculté de mouuoir : que s'il ne s'insere point aux muscles, il ne seruira point au mouuement, d'autant que le nerf ne meut point sans muscle, qui est l'organe immediat du mouuement volontaire. Mais ces choses qui pourront sembler obscures à plusieurs seront éclaircies par ces exemples. Vn seul & mesme nerf de la sixiéme coniugaison meut & sent selon la diuerse condition des parties ausquelles il est distribué : car en l'orifice du ventricule il sent fort exactement, de là vient que cet orifice est dit le siege de l'appetit : mais il ne meut point, parce qu'il n'y a point de muscles. Vne portion de la mesme coniugaison sixiéme, remontant au larynx meut les muscles d'iceluy, & est dite *l'organe principale de la voix.* Vne portion du cinquiéme couple oyt, & l'autre

Que tous les
nerfs viennét
de la partie
posterieure du
cerueau & de
la moëlle de
l'espine.

Que tous les
nerfs durs ne
sont point de-
stinez au mou-
uement.
Demonstration
premiere.

Demonstration
seconde.

Qu'vn mesme
nerf meut &
sent.

Exemples es-
clarcissans les
propositions cy
dessus posées.

meut

meut les mufcles temporaux. Doncques les nerfs ne fentent point parce qu'ils font mols, & ne mouuent point parce qu'ils font durs ; ains vn niefme nerf eft perpetuellement doüé des deux facultez de fentir & de mouuoir, & fait l'vn ou l'autre indifferemment felon la diuerfe condition de la partie, en laquelle il s'infere; car il fent icy & meut là : s'il s'infere aux organes du mouuement, il meut:& fi aux organes de l'attouchement, il fent. Nous confeffons & reconnoiffons tresbien que les mols font plus propres au fentiment, & les durs pour faire le mouuement; parce que le fentiment fe fait par reception & paffion, & le mouuement par action : or les chofes molles reçoiuent plus facilement, & les dures agiffent plus puiffamment : mais que tous les fenfitifs foyent plus mols que les motifs nous le nions tout à plat. On pourra toutesfois excufer Galien en difant alors qu'il appelle les nerfs fenfitifs *mols*, qu'il n'entend parler de l'attouchement, mais des quatre autres fens feulement, de la veüe, de l'ouye, du gouft & du flair : car celuy du gouft eft mol, celuy de la veüe plus mol, & celuy du flair (on l'appelle *procez mammillaire*) tres-mol: mais que celuy qui communique la faculté de toucher ne differe point en dureté de ceux qui font le mouuement. Et c'eft ce que veut dire Galien quand il efcrit, *que tout nerf eft doüé du fens de l'attouchement.* Il y en a qui interpretent Galien en cette maniere: que les nerfs fenfitifs d'vne mefme partie, comme des yeux & de la langue, font toufiours plus mols que les motifs : car ainfi ils veullent que le nerf optique foit plus mol que celuy de la feconde coniugaifon qui meut l'œil : & les trois & quatriéme couples plus mols que le feptiéme. Mais ces chofes ne me contentent point : car veu que les deux premiers paires naiffent d'vn mefme endroit, ie ne voy point pourquoy l'vn doïue eftre plus mol ou plus dur que l'autre : Car la molleffe ou dureté des nerfs dépend de trois chofes. 1. Ou du principe de leur origine, ainfi ceux qui naiffent du cerueau font plus mols que ceux qui viennent de la moëlle de l'efpine, parce que le cerueau eft plus mol. 2. Ou de ce qu'ils font plus eflongnez ou plus prochains de leur principe : ainfi les optiques, parce qu'ils ne s'efloignent gueres de leur principe font tres-mols, & ceux des mains & des pieds au contraire tres-durs. 3. Ou à raifon de l'attouchement de quelques corps durs comme des os, cartilages & membranes. Concluons donc que la molleffe ou dureté ne font point des efpeces de nerfs differentes; & que les nerfs ne fentent point, parce qu'ils font mols, ny ne mouuent point parce qu'ils font durs ; mais qu'eftans doüez de l'vne & l'autre faculté, ils fentent icy & mouuent là, felon qu'ils s'inferent aux organes du fentiment ou du mouuement.

Excufe pour Galien.

Interpreta-tion du dire de Galien.

Reiettée.

D'où vient la molleffe ou dureté du nerf.

Conclufion.

Pourquoy le fentiment perit fans que le mouuement foit offencé, & au contraire, le mouuement fans que le fentiment foit bleßé.

QVESTION ONZIESME.

 OMME ainfi foit que cette queftion Medicinale, & Anatomique ferue beaucoup pour entendre la nature de la paralyfie : il femble qu'elle ne doit point eftre paffée fous filence : Galien l'agite fort doctement en plufieurs endroits où nous renuoyons le Lecteur. Les practiciens font

1. 1.de loc.aff. 6. & 1.de fimpt. cauf. c. 5.

Trois sortes de paralysie.
trois sortes de paralysie ; l'vne vraye & parfaite , qu'ils definissent *vne priua-tion totale du mouuement & du sentiment* : la seconde imparfaite en laquelle le mouuement perit, le sentiment n'estant point blessé ; & la tierce tres-imparfaite en laquelle le sentiment est perdu, sans que le mouuement soit offencé : &

l.3.de loc.aff.
32.
Pourquoy le sentiment pe-rit sans que le mouuemēt soit offencé & au rebours.
cette derniere si on en croit Galien doit plustost estre dite *priuation de sentiment* que *paralysie.* Or pourquoy le mouuement demeurant sain , le sentiment perit; & au contraire le mouuement estant perdu , la liberté de sentir demeure en-tiere : c'est chose qu'il nous faut icy rechercher. Il se trouue plusieurs parties qui ont des nerfs destinez au sentiment seulement , & d'autres au sentiment & au mouuement: pour exemple l'œil voit par l'optique & se meut par la secon-de coniugaison : la langue gouste par la troisiéme & quatriéme coniugaisons,

Premiere rai-son en la di-uersité des nerfs.
& se meut par la septriéme. Or en ces parties il n'est point difficile de rendre raison, pourquoy l'vn des deux perit, sans que l'autre soit offencé: parce qu'ils ont des nerfs distincts qui ont leurs principes diuers , & leur insertion dissem-blable. Doncques s'il n'y a que l'optique seul qui soit oppilé comme en la gout-te serene , la veuë perit aussi tost sans que le mouuement de l'œil soit offencé: mais si le nerf de la seconde coniugaison est affecté , les yeux demeureroient priuez du mouuement: que si tous les deux nerfs sont blessez ensemblement, a raison que leur principe commun est affecté comme en l'apoplexie & au caros,

La seconde raison en vn mesme nerf est plus obscure.
tous les deux actions periront. Mais quand les deux facultez sont portées par vn mesme nerf, pourquoy l'vne des deux perit, l'autre demeurant saine : la rai-son en est beaucoup plus difficile, & c'est ce que nous allons rechercher. Le mou-uement perit le sentiment n'estant point blessé, encore que les deux facultez in-fluent par vn mesme nerf, à raison de la disete d'esprits animaux : d'autant que l'irradiation de peu d'esprits peut bien faire le sentiment, mais non pas le mouue-ment : parce que la faculté doit estre plus forte pour mouuoir que pour sentir: veu que *mouuoir,* selon le Philosophe, est *agir*: & *sentir,* c'est comme *patir*: Doncques

Le mouue-mēt perit sou-uent sans le-sion du senti-ment , mais le sentiment se perd d'arement le mouuement restant entier.
le mouuement peut bien perir sans que le sentiment soit blessé. Mais au contraire à sçauoir si le sentiment peut perir, le mouuement restant entier : c'est vne que-stion qui n'est point sans difficulté : car il ne semble point que ce soit chose con-forme à la raison que le plus foible, à sçauoir le sentiment defaillant, le plus fort, à sçauoir le mouuement, reste entier. Ie dis donc si l'insertion des nerfs est diuer-se & distincte, que c'est chose qui se peut faire, mais en vn mesme nerf qu'elle est impossible. Pour exemple, le sentiment peut bien estre blessé en la main, sans que le mouuement d'icelle soit offencé : parce qu'vn mesme nerf a diuers scions & distributions, dont vne portion se répand à la peau, & l'autre aux muscles. S'il n'y a que la partie qui s'en va à la peau qui soit affectée, il n'y aura aussi que le senti-ment de la peau qui perira, le mouuement des muscles restant sain & entier : ainsi

l.3.de loc.aff.
c.12.
Opinion d'Arcula-nus,
qu'enseigne Galien en l'histoire de Pausanias. Le docte Arculanus rapporte la cause pourquoy le mouuement perit quelquesfois, sans que le sentiment soit of-fencé , & au contraire, à la diuerse nature des parties reccuantes & des causes effi-cientes. *L'intemperature froide* (ce dit-il) *a plus de force pour corrompre le sentiment & l'humide le mouuement : car les nerfs abreuuez sont ineptes à faire le mouuement; & ceux qui sont desséchez à faire le sentiment.* Mais ie trouue la raison de Galien meilleu-

Improuuée.
l.1.de loc.aff.
c.6.
Autre opi-nion.
re que le mouuement perit, le sentiment n'estant point blessé, *parce qu'il est besoin de plus grande force & quantité d'esprits pour faire le mouuement que le sentiment.* Il y en a qui disent que la partie ne se peut mouuoir quand elle a perdu le sentiment: parce que le mouuement ne se fait point , que l'alteration faite par le sentiment

n'ait precedé ; de forte que les nerfs feruent premierement au fentiment, & fecondairement au mouuement : de là vient que le mouuement eft fouuentesfois
aboly fans que le fentiment foit en rien offencé : mais le fentiment eftant ofté,
il eft impoffible que la partie ait le mouuement. Tellement que l'induftrie de
Nature foit femblable aux orgues qui remplies de vent par les foufflets, rendent
diuers fons, felon qu'il prend enuie à l'Organifte de toucher diuerfes cheuilles.
Ainfi aux animaux, l'alteration faite par le fentiment, eft comme l'attouchement
du joüeur qui difpofe l'inftrument à s'emplir de vent ; de forte que le fentiment
venant à defaillir, le mouuement defaut par vn mefme. Mais il fe prefente icy   *cinq problé-*
plufieurs difficultez qui femblent enfraindre la verité de l'opinion de Galien.   *mes.*
Car s'il eft meftier de plus grande quantité d'efprits pour le mouuement que le
fentiment. 1. Pourquoy le cerueau commun principe des nerfs eftant bleffé en
l'épilepfie, les fentimens periffent-ils du tout, & toutesfois le mouuement refte
fort & entier? 2. Pourquoy le fentiment perit-il au caros, & neanmoins la refpiration, qui fe fait par le mouuement de la poictrine, demeure libre & fans eftre in-
tereffée? 3. Pourquoy le fentiment diminuë-il aux phrenetiques, veu qu'ils ont
les mouuemens forts & violents? 4. Pourquoy les ladres perdent-ils le fentiment fans perdre le mouuement? 5. Et pourquoy ceux qui dorment ne fentent-ils
point, veu que plufieurs cheminent en dormant? Nous foudrons ces cinq problémes par ordre. 1. Les épileptiques ne fentent point, parce que le fens commun   *Le premier.*
qui iuge des objects particuliers de tous les fens eft bleffé, mais ils ont le mouuement entier, parce que l'empire du mouuement n'eft point tout à fait ruiné : car
deux chofes font requifes au fentiment, l'alteration de l'organe faite par l'object
fenfible, & l'apprehenfion de l'alteration ; or les épileptiques ne fentent point,
parce que le fens commun eft empefché, fon organe qui font les ventricules anterieurs du cerueau, eftant bleffé, efquels (comme enfeigne Galien) l'épilepfie a   *1. 3. de loc.*
fon fiege : mais la moëlle de l'efpine, de laquelle naiffent tous les nerfs qui mou-   *affect. 5.*
uent la poictrine, les bras & les cuiffes n'eft point affectée premierement & de
foy. Doncques le fentiment ne perit point en l'épilepfie à caufe de la difette d'efprits animaux, mais pource que le commun principe fenfitif eft bleffé. Ou bien
difons que les épileptiques fe meuuent, mais que ce mouuement-là n'eft point
volontaire, & qu'il ne fe fait point par la faculté influente du cerueau, ains pluftoft
qu'il fuit la violente conftriction d'iceluy : car au mal caduc les nerfs fe retirent, à raifon que le cerueau fe retire, & pour vfer des termes de l'Arabe, fe
fronce & ride, afin de chaffer hors ce qui luy eft nuifible, à fçauoir la vapeur veneneufe qui l'irrite, ou l'humeur pituiteufe qui l'opile & remplit : d'où les Arabes
appellent l'épilepfie *conuulfion non proportionnée*, parce que les parties qui fouffrent
la conuulfion n'en contiennent point en elles les caufes, qui font inanition & repletion. 2. La folution du fecond eft telle. La refpiration au caros demeure libre, &   *Solution du fe-*
en l'apoplexie, pour forte qu'elle foit, les mufcles de la poictrine gardent encore   *cond.*
leur mouuement : à raifon que la neceffité de la refpiration eft fi grande, qu'elle
contraint le principe des nerfs à cela. Ioint que le caros occupe principalement
les ventricules anterieurs, defquels le fentiment, felon Galien, influë dans toutes
les parties. 3. Quand eft des phrenetiques qui ont les mouuemens forts, & les fen-   *Du troifiéme.*
timens debiles : la difficulté s'en refoudra en cette maniere. La phrenefie eftant
vne inflammation du cerueau & de fes membranes, elle enflamme & defeiche les
nerfs, & ainfi les rend aptes & prefts à mouuoir : car le propre de la chaleur eft de
mouuoir. Et pourtant les nerfs defeichez & échauffez mouuent plus puiffam-

Des Nerfs,

ment , mais ils font ineptes pour fentir, parce que la molleffe eft requife au fens *Du quatriéme.* & non la fechereffe. La raifon des lepreux eft quafi femblable : car la fechereffe des nerfs & de la peau, caufée par l'humeur atrabilaire , fait que le fentiment des *Du cinquiéme.* parties externes perit. Ce qu'on objecte de ceux qui dorment, femble eftre d'vne plus haute contemplation; car en vne mefme partie' à laquelle la faculté de fentir & de mouuoir eft portée par vn mefme nerf : comme au bras & en la iambe, il n'y a que le mouuement & point de fentiment. Plufieurs en dormant parlent, che- 2. de mot. mufcul. 4. minent & font des actions comme s'ils veilloient. Galien raconte auoir luy-mef- me cheminé quafi vne ftade en dormant fans s'éueiller, iufques à ce qu'il heurta du pied contre vne pierre. Theo Tithoreus Stoïcien fe pourmenoit en dormant, comme faifoit auffi vn des feruiteurs de Pericles, qui tout endormy cheminoit fur le toict & couuerture de la maifon. Aucuns répondent que le dormir eft le lien des fens & non du mouuement : d'où Ariftote le definit *le repos du premier organe des fens*. Les autres difent qu'il ne fe fait point de mouuement , finon aux parties qui prennent leurs nerfs de la moëlle de l'efpine. Mais ces refponces ne me con- *Pourquoy ceux qui dorment fe remuent.* tentent point. Difons donc que ceux qui dorment fe mouuent, parce qu'vne pe- tite faculté cachée dans les mufcles eft reueillée & meuë par vne forte imagina- tion ; & pourtant ceux qui dorment ne fe mouuent point , finon par le com- *L'imagina-tion de ceux qui dorment reffemble à celle des bru-tes, & pour-quoy.* mandement d'vne forte imagination , qui reffemble fort à celle des beftes. Or l'imagination de ceux qui dorment reffemble à celle des beftes, parce qu'elle n'a point la raifon contredifante : de la vient qu'ils font beaucoup de chofes, eftans endormis, qu'ils n'oferoient entreprendre eftans éueillez ; ils montent fur les toicts ils cheminent fur les poultres & lambris , & finalement font toutes chofes fans crainte, parce que l'imagination affoupie par les vapeurs groffieres, ne re- connoit point le danger. Or ceux qui dorment ne fentent point , parce que l'ob- ject du fentiment n'eft point prefent ; mais le mouuement a vn object propre, à fçauoir l'appetit qui reprefente les efpeces des objects à l'imagination. Comme ainfi foit donc que toutes les autres facultez animales ceffent durant le dormir, la feule imagination trauaille quelquesfois en telle forte qu'elle meut la faculté mo- trice & les autres inferieures comme fes chambrieres ; quoy arriuant les efprits animaux feruans au mouuement font forcez d'aller à leurs organes pour les mouuoir. Or ces mouuemens-là font meus & excitez par les efpeces des objects forçans à cela, qui ont efté gardées au dedans. Au refte ceux qui ont les vaiffeaux pleins d'vn fang écumeux , & de force efprits tres-chauds font fujets à cette in- difpofition. Il y a encore vne autre réponce. Au dormir & par le dormir les ven- tricules anterieurs , efquels refide le fens commun, font affectez, & non la moël- le de l'efpine, de laquelle naiffent quafi tous les nerfs motifs. Concluons donc que le mouuement perit fouuent en vne partie, fans qu'elle perde le fentiment, parce qu'il eft befoin de plus d'efprits pour mouuoir que pour fentir. Au refte afin qu'il ne femble point que nous ayons rien laiffé derriere de ce qui concerne la con- noiffance parfaite des nerfs : Il nous faut icy examiner deux problemes tres-ob- *Deux autres problemes.* fcurs ; L'vn, pourquoy la moëlle de l'efpine eftant bleffée en la partie fuperieu- re, comme au col & au dos, le mouuement de la cuiffe & de la iambe perit , fans que le mouuement & fentiment du bras & de la poictrine, qui font plus pro- chains de la bleffeure foyent en aucune maniere offencez. Or que cela foit tres- vray : Galien l'enfeigne, & nous mefmes l'auons remarqué par plufieurs fois , & entr'autres en vn ieune Gentilhomme, lequel ayant efté bleffé en la moëlle de la nucque, perdit à l'inftant mefme le mouuement de la iambe & du pied droit,

celuy des deux bras, & du reſte du corps, luy reſtant entier. L'autre probleme eſt,
pourquoy le ſentiment eſt plus debile aupres du cerueau, & plus puiſſant & exquis aux extremitez : car le ſentiment eſt plus grand aux racines des ongles, &
tres-exquis au bout de la verge. La ſolution du premier ne peut eſtre prinſe d'ail- *Solution du premier.*
leurs que de l'anatomie de la moüelle de l'eſpine, laquelle peu d'Anatomiſtes ont
bien remarqué : Car ils veulent tous qu'il n'y ait ſeulement *que les nerfs du col qui*
naiſſent de la moëlle du col : ceux du dos de la moëlle dorſale, & ceux des lombes de la
medulle lombaire : & ne croyent point *que les nerfs des parties inferieures puiſſent*
naiſtre de la partie ſuperieure de la moëlle. Pour mon regard i'ay ſouuentesfois re- *Belle obſerua-*
marqué que quelques filamens des nerfs du dos, & des lombes prenoient quel- *tion.*
quesfois leur origine de la moëlle de la nucque, tellement que la diſtribution des
nerfs de l'eſpine. ſoit ſemblable à celle de la queuë d'vn cheual. Tout ainſi donc
qu'en vne queuë de cheual, des poils qui ſont ſortis de la partie ſuperieure d'icelle, les vns ſe terminent en haut de ladite queuë, les autres viennent iuſques au milieu, & les autres deſcendent iuſques au bout : Ainſi des nerfs de la moëlle de
l'eſpine; de pluſieurs qui ont prins leur naiſſance d'vn meſme endroit, aucuns ſe
terminent au col, les autres en la poictrine, & les autres aux lombes. Il ſe peut
donc faire aux bleſſures & playes de la moëlle de l'eſpine, que le principe du nerf
de la iambe & du pied ſera offencé, ſans que ceux qui ſe diſtribuent aux bras &
en la poictrine ſoyent bleſſez. On en peut encore rendre vne autre raiſon fort
probable qui eſt telle. La moëlle de l'eſpine ayant eſté bleſſée en ſa ſuperieure partie, il y a vne certaine humeur ſereuſe & ſubtile cachée entre la moëlle & la membrane deſliée, qui tombe & decoulle en vn moment, laquelle abbreuuant les
nerfs des parties inferieures reſout leur force & rend les eſprits animaux ineptes à
faire le mouuement & le ſentiment. Galien ſoult le dernier en ces mots. *Les nerfs* *Solution du dernier.*
d'autant qu'ils ſont plus eſloignez, d'autant eſt leur principe plus ſoigneux de leur con- *l. 7. de placit.*
ſeruation : ainſi les peres & meres ont plus de ſoin de leurs enfans qui ſont abſents, que
de ceux qui ne bougent de la maiſon. D'autres diſent qu'il ſe fait vne reflexion des eſprits aux extremitez, & qu'ils ſe redoublent là à raiſon des angles aigus. Adiouſtons cette troiſiéme raiſon, que d'autant plus que chaque organe du ſentiment
requiert vne plus eſtroitte vnion auec ſon principe, qu'il s'enſuit vne douleur
d'autant plus grande quand il s'en fait diuiſion de pluſieurs particules d'auec leur
principe. Ainſi la chair couppée tranſuerſalement eſt plus douloureuſe, qu'eſtant
couppée ſelon ſa longueur, parce que l'vnion des parties auec le principe eſt mieux
gardée en la playe longitudinale qu'en la tranſuerſale.

Des Nerfs,

A ſçauoir ſi par les Nerfs il n'influë qu'vne faculté, ou bien ſi auec la fa-
culté, il influë quelque eſprit.

QVESTION DOVZIÉSME.

Irreſolution de Galien.
l. 7. de placit.
4.

NOVS auons monſtré que la faculté de ſentir & de mouuoir decoule & influë du cerueau par les nerfs dans
toutes les parties du corps : mais à ſçauoir s'il n'influë
rien que la faculté ; ou ſi auec la faculté il influë quelque choſe corporelle, c'eſt vne queſtion qui n'eſt point
ſans controuerſe. Galien auec l'influence de la faculté
admet quelquesfois vn eſprit corporel, & quelquesfois auſſi qu'il le nie, eſtant en doute s'il y a quelque
eſprit contenu dans les nerfs, comme en la ſubſtance
& aux ventricules du cerueau : il conclud finalement qu'il y a quelque choſe de
corporel qui influë, & eſt porté par certains nerfs, comme par les optiques ; d'au-

Que les opti-
ques contien-
nent en eux
vn eſprit.

tant (ce dit-il) qu'ils ſont manifeſtement poreux & caues. Or que les optiques
contiennent en eux quelque eſprit il l'enſeigne, parce que l'vn des yeux eſtant fermé, la prunelle de l'autre ſe dilate en vn inſtant : ce qui ſe fait par vn eſprit & non
point par vne humeur, d'autant que l'humeur ne pourroit point paſſer ny rapaſ-
ſer ſi ſoudainement d'vne prunelle à l'autre. Le meſme ſe voit auſſi aux ſuffuſions,
car ſi en fermant l'œil, l'autre vient à ſe dilater, c'eſt ſigne que la veuë n'eſt point
encore tout à fait perduë, & qu'il reſte encore quelque paſſage ouuert à l'eſprit. Il
veut donc que les optiques contiennent & portent quelque certain eſprit : mais
à ſçauoir s'il en influë quelqu'vn du cerueau, dans les autres nerfs qui n'ont point
de cauité apparente, il confeſſe franchement qu'il n'en ſçait rien. Il ſemble toutesfois qu'il ne reconnoiſſe en d'autres paſſages que l'influence de la ſeule faculté,

l. 1. de loc.
aff. c. 7.

quand il dit ; *Les muſcles d'autant qu'ils n'ont point le principe du ſentiment & mou-*
uement, ont beſoin de nerfs pour le leur porter, non autrement que le Soleil apporte la

l. 1. de loc. aff.
c. 6.
l. 1. de ſemine.
Qu'il n'influë
rien de corpo-
rel par les
nerfs.

lumiere à toutes les choſes qu'il éclaire. Item, *il deſcend aux iambes vn faculté mais*
ſans eſſence. Et ailleurs, *telle qu'eſt la lumiere au Soleil, telle eſt au cerueau la faculté*
qui ſe répand dans les nerfs. Quelques doctes remarquans ces choſes & voyans
Galien fort irreſolu, ont iugé qu'il n'influoit rien de corporel par les nerfs : mais
ſeulement vne faculté & qualité incorporelle. I'ameneray les raiſons que i'ay tiré
de leurs écrits, & ven ſouuent agiter publiquement en nos eſcholes.

Raiſon pre-
miere.

1. Tout eſprit eſt corporel, car c'eſt vne exhalaiſon tres-ſubtile du ſang ; il
a donc meſtier de quelque cauité apparente, pour y eſtre contenu comme dans
quelque vaiſſeau ou receptacle ; Ainſi l'eſprit vital tres-ſubtil & tres-chaud eſt
porté par la cauité des arteres : or les nerfs n'ont point de cauité, car leur ſubſtance, & nommément celle des motifs eſt tres-dure : Il s'enſuit donc qu'vn eſprit

Deuxiéme.

corporel ne peut eſtre porté par iceux dans tout le corps. 2. Il ſe fait en la paralyſie priuation du ſentiment & du mouuement, à raiſon que *les nerfs* (ce diſent les
Medecins) *ſont bouchez & oppilez par vne pituite tenace & viſqueuſe, qui ferme*
les paſſages aux eſprits : Que ſi les eſprits ne peuuent paſſer à trauers de la pituite
plus molle, comment paſſeront-ils à trauers de la ſubſtance des nerfs plus denſe

Troiſiéme.

& plus dure ? 3. Si la faculté de ſentir & de mouuoir eſtoit portée par des eſprits corporels, il feroit impoſſible qu'elle ſe peut en vn moment communiquer par tout le corps : car rien de corporel ne ſe meut en vn inſtant. Mais les muſcles obeïſſent au cerueau ſelon le plaiſir de la volonté ; & auſſi-toſt qu'il luy plaiſt nous mouuons la derniere jointure du pied : Doncques le mouuement ſe fait, non point par vn eſprit corporel, ains ſeulement par vne qualité incorporelle. 4. S'il *Quatriéme.* influoit quelque eſprit par les nerfs, le cerueau ſouffrant oppilation en ſes ventricules, comme en l'apoplexie, il ne ſe feroit point vne ſi ſoudaine priuation du ſentiment & du mouuement ; d'autant qu'il y auroit en toutes les parties des eſprits, pour conſeruer le ſentiment & le mouuement quelque eſpace de temps. 5. Le nerf eſtant couppé ou lié, nous voyons que les parties qui ſont au deſſous *cinquiéme.* ſont en vn moment priuées de ſentiment & de mouuement ; que s'il y auoit quelque eſprit contenu dans les nerfs, le ſentiment & le mouuement demeureroient aux parties, iuſques à ce que ledit eſprit fut totalement conſommé. 6. Les phrenetiques auec peu d'eſprits font des mouuemens tres-forts, & pour- *ſixiéme.* tant les eſprits ne ſont point neceſſaires au mouuement. 7. C'eſt choſe qui repu- *ſeptiéme.* gne à la nature des eſprits d'eſtre portez de la ſubſtance & des ventricules du cerueau dans les nerfs, d'autant que leur nature eſt de ſe dilater, & non point de ſe reſſerrer : Comment donc les eſprits animaux ſe pourront-ils vnir, pour entrer dans la ſubſtance denſe des nerfs. 8. Argentier demande comment l'eſprit ani- *Huictiémi.* mal tres-ſubtil, & de nature d'air & de feu, peut deſcendre dans les nerfs : car ſi de ſa nature il monte touſiours en haut ; il s'enſuit donc que ce ſera par force qu'il deſcendra : mais par qui cette force & violence ? & comment ne ſentons-nous point ce qui ſe fait en nous violentement ? ils concluent donc par ces raiſons qu'il n'influë ſeulement qu'vne faculté, comme par quelque irradiation & illuſtration dans les nerfs, ſans aucun eſprit corporel. Nous au contraire appuyez *L'opinion con-* ſur les raiſons ſuiuantes, croyons qu'il influë quelque eſprit du cerueau dans les *traire qu'il in-* ne rfs. 1. L'ame ne fait point au cerueau les functions animales ; elle ne raiſon- *dans les nerfs.* ne point, elle n'imagine point ſans l'aide & miniſtere de l'eſprit, reſpandu dans *Raiſon pre-* les ventricules, & toute la ſubſtance moëlleuſe d'iceluy : pourquoy donc ne ſe *miere.* ſeruira-elle point du meſme eſprit hors du cerueau, pour faire le ſentiment & le mouuement ? or qu'il y ait vn certain eſprit animal dans la ſubſtance du cerueau, *l. 10. quæſt.7.* nous le monſtrerons en ſon lieu. 2. L'obſtruction du nerf priue la partie du *Deuxiéme.* ſentiment & du mouuement : le nerf optique eſtant oppilé la veuë perit, comme ſi on auoit eſteint la chandelle ; à raiſon que le paſſage eſt fermé à l'eſprit pour venir au cryſtallin : l'obſtruction n'empeſche point la faculté : car elle eſt incorporelle. Ie ſçay que les aduerſaires reſpondent que le ſentiment & le mou- *Fuite de quel-* uement ne ſont point ſurprins par l'oppilation, mais par la refrigeration & mol- *ques vns.* lification du nerf, qui reſoudent la faculté, laquelle a neceſſairement beſoin de la temperature loüable de l'organe pour bien faire ſon action. Ainſi le cerueau *Reſutée.* eſtant refroidy, comme en la melancolie, ou ſouffrant inflammation, comme en la phreneſie, les facultez princeſſes comme l'imagination & la raiſon ſont bleſſées, encore qu'il n'y ait point d'obſtructions au cerueau ; mais ce ne ſont que ſubterfuges : car qui fait en la luxation des vertebres du col & du dos, que les parties qui ſont au deſſous ſoyent priuées de mouuement & de ſenti- ment ? ce n'eſt point le refroidiſſement ny l'humectation des nerfs, mais la com- preſſion qui ferme le chemin à l'eſprit animal, & qui rompt la continuité d'ice- luy auec ſon principe. Au calcul des roignons on ſent vn endormiſſement en la cuiſſe, qui eſt vis à vis, à raiſon de la compreſſion du nerf faite par la pierre.

Des Nerfs,

Troifiéme.

Car il n'y a point là d'alteration ny en la faculté, ny en l'organe, mais feulement vice en la conformation. 3. La dilatation de la prunelle qui fe fait, l'autre œil eftant fermé, ne fe fait point par la faculté feule : car vne qualité feule ne fait point diftenfion, & n'occuppe point de lieu : il faut donc que ce foit par vn corps. Or ce corps, ou c'eft vn efprit, ou bien c'eft vne humeur : ce n'eft point vne humeur, parce qu'elle ne pourroit point fi foudainement repaffer d'vn œil à l'autre, joint qu'il n'y a point d'humeur en l'œil qui coule fi facilement : il refte donc que ce foit vn efprit qui paffe par l'vnion & confufion des optiques : & de là vient la fympathie admirable qui eft entre les deux yeux. Que fi tu confeffes qu'il y ait vn efprit aux nerfs optiques pour faire la veuë; pourquoy le mefme ef-prit ne fera-il point autheur du fentiment & du mouuement aux autres nerfs?

Quatriéme.
l. de vfu part.

4. Tout le mouuement volontaire laffe en fin s'il eft continué, parce que les ef-prits s'épuifent & diffipent, & non la faculté. Aux faillances les efprits fe reti-rans au dedans, ou bien eftant efpuifez, l'homme chet à terre, & tombe com-me mort ; & au vertige il chancelle & demeure tout affouppy, parce que l'ef-prit animal qui doit eftre porté droit dans les optiques, fe deftourne & incline ailleurs, à raifon du mouuement circulaire. 5. Galien demande, fi vn nerf peut

Cinquiéme.

porter la faculté animale fans trou ou cauité, pourquoy c'eft que nature a fait vn meat en l'origine & commencement de la moëlle de l'efpine ; il n'eft point be-foin de cauité pour l'influence de la faculté. En vn autre endroit, *Il veut que la faculté de fentir foit tranfmife en telle forte qu'elle influë tantoft plus, & tantoft moins* Or la faculté animale fpirituelle ne reçoit point ne de plus ny de moins. Dont

l. 1. de fympt.
cauf. 8.

s'enfuit qu'il entend l'influence des efprits. On peut auffi recueillir d'vn autre paffage du mefme Galien, qu'il y a quelque efprit qui influë dans les nerfs, quand il veut que *les plus mols, & les plus gros foient plus propres pour faire le fentiment, par-ce qu'ils reçoiuent & plus promptement, & en plus grande abondance, les rayons de l'e-fprit animal.* 6. Si on n'admet point vn efprit influent par les nerfs, il ne fe pour-

l. de org. odo-
rat.

Sixiéme.

ra faire qu'en vne & mefme partie à laquelle n'eft porté qu'vn feul nerf, le mou-uement periffe fans que le fentiment foit offencé : car tous difent que cela ad-uient parce que l'irradiation de peu d'efprits peut bien fuffire pour faire le fen-timent, & non le mouuement : veu que le fentiment fe fait en fouffrant, & le mouuement en agiffant. Concluons donc que la faculté de mouuoir & de fen-tir n'influë point du cerueau dans les nerfs feule, ains auec quelque certain ef-prit corporel. Mais afin qu'il ne femble point que ceux du party contraire ayent emporté la victoire fur nous, il nous faut foudre toutes leurs raifons par le me-nu. 1. Les nerfs (ce difent-ils) n'ont point de cauité, ergo l'efprit qui eft vne fubftance corporelle ne peut influer par iceux. Cette façon d'argumenter eft tres-inepte : car qui empefchera que les efprits qui font les plus mobiles & fub-tils de toutes les fubftances qui font au corps, ne puiffent paffer à trauers de la moëlle interne du nerf, qui eft toute fpongieufe, veu que l'aliment paffe bien à trauers de l'efpaiffeur des os, & la fueur, & les autres excremens à trauers de la peau? Les veines & les arteres ont des cauitez apparentes : mais ce n'eft point pour contenir l'efprit vital, ains le fang veineux & arterieux : mais il n'influë par les nerfs rien autre chofe qu'vn efprit fans fang. Or que la fubftance interne des nerfs foit fpongieufe & percée d'vne infinité de trous & meats, c'eft chofe qui fe connoit, parce que des veines il fe fait fouuent tranfport des humeurs dans le genre nerueux. Ainfi *la fiéure fe termine par la conuulfion*, comme efcrit Hippo-crate, & *la colique* (felon Æginette) *change fouuent en paralyfie*. Que fi l'humeur

Conclufion.

Refponce aux raifons de la premiere opi-nion.
A la premie-re.

peut paſſer à trauers de la ſubſtance interieure du nerf, qui empeſchera que les eſprits tres-ſubtils & tres-viſtes en ſoudaineté n'y puiſſent auſſi paſſer. 2. Ils ob- *A la ſeconde.* jectent que l'eſprit ne peut paſſer par la ſubſtance denſe du nerf, pource qu'en la paralyſie il ne peut paſſer à trauers de la pituite plus molle qui le bouſche & opi-le : à quoy ie reſponds, que la pituite eſt à la verité plus molle que le nerf, mais viſqueuſe, tenace, froide, & non plus regie par la chaleur naturelle, là où le nerf en eſt tout remply, & gouuerné par icelle. Ou bien que les eſprits par leur effort penetrent à trauers de la pituite, mais qu'ils ſont rendus ineptes & inhabiles pour mouuoir, parce qu'ils ſont humectez & refroidis par l'humeur, & par ainſi qu'ils perdent leur pureté, ſubtilité & ſplendeur, non autrement que les rayons du So-leil ne luiſent point à trauers des broüillas & nuages obſcurs. 3. A ce qu'ils diſent *A la troiſié-me.* que l'eſprit ne ſe peut mouuoir en vn inſtant, parce qu'il eſt corporel. Nous reſ-pondons que l'eſprit, organe de l'ame, obeït ſoudain à ſon commandement, & meſme qu'il y en a touſiours de contenus dans les nerfs, qui ſont continüellement reſtaurez par ceux qui influent du cerueau : De là vient auant que les premiers ſoient épuiſez, qu'il y en a deſia d'autres preſts. 4. & 5. Le nerf eſtant lié, le ſen- *A la quarte & quinte.* timent perit, & le cerueau eſtant opilé, il ſe fait priuation de l'animalité, à rai-ſon que la continuité de la faculté influente du cerueau eſt rompuë & empeſchée : car l'eſprit de ſoy & de ſa ſubſtance ne donne point le ſentiment ny le mouuement aux parties, mais entant qu'il eſt illuminé des rayons de la faculté, leſquels nous ne ſçaurions non plus ſeparer de la continuité du cerueau, qu'il nous eſt impoſſi-ble de garder les rayons du Soleil ſeparez d'auec iceluy. 6. Ce qu'ils alleguent des *A la ſixiéme com. ad c.6. l.1. loc.affect.* mouuemens des phrenetiques, Veiga les ſould en cette maniere. *Les mouuemens des phrenetiques ſont forts & impetueux, mais ils ne ſont point de durée : Or ces fou-gues & émotions furibondes ſe font, à raiſon que les eſprits ſont enflammez, & les nerfs deſeichez.* 7. & 8. Ie dis que l'eſprit ſe conſidere en deux façons, ou entant *A la ſept & huictiéme.* que corps naturel & regy par ſa propre forme, ou entant qu'inſtrument aſſujetty à vne forme plus noble, à ſçauoir à l'ame : ſi l'eſprit ſuit le mouuement de ſa for-me, il ſe mouuera touſiours en haut & en dehors, parce qu'il tient de la nature du feu & de l'air : Mais quand il miniſtre à vne forme plus noble, il ſe meut tan-toſt en haut, tantoſt en bas, tantoſt en dehors, & tantoſt en dedans, maintenant il ſe reſerre, & tantoſt il ſe dilate, ſelon qu'il plaiſt à l'ame de s'en ſeruir pour faire ſes operations. Receuons donc auec l'influence de la faculté vn eſprit corporel, *Concluſion.* decoulant du cerueau par les nerfs dans les parties doüées de ſentiment & de mou-uement. Il y en a qui concilient les paſſages de Galien en cette ſorte. Que l'eſprit par quelques nerfs paruient & deſcend tout ſelon ſa ſubſtance à la partie, & par d'autres, qu'il eſt le vehicule de la faculté animale, de ſorte qu'apres s'eſtre ad-uancé ſelon ſa ſubſtance iuſques à quelque certain poinct, il enuoye puis apres en vn moment de temps vne qualité ſeule, comme le Soleil fait ſes rayons.

Des Nerfs,

Par quelle partie du nerf interne ou externe est porté l'esprit & la faculté sensitiue & motrice : & sçauoir si les Nerfs sont caues.

QVESTION TREIZIESME.

Que l'esprit animal est porté par les arteres.

OMME ainsi soit que la substance du nerf soit double, l'vne *interne & moëlleuse*, & l'autre *externe & membraneuse :* Aucuns veulent que l'esprit animal soit porté par l'externe, non certes par entre les deux tuniques, ny par le trauers de la substance des membranes, mais par les petites arteres répanduës dans lesdites membranes. Praxagore est autheur de cette opinion : car il vouloit *Que les nerfs ne fussent rien autre chose que les arteres deuenuës plus menuës & déliées :* Comme il a esté veu cy-dessus. Argentier soustient *Que l'esprit animal n'abandonne iamais les arteres, & ne met aucune distinction entre iceluy & le vital.* Nous examinerons toutes ses raisons en son lieu. Le docte Rondelet estime *Que l'esprit autheur du sentiment & du mouuement est porté, non par la moëlle, mais par les vaisseaux des tuniques qui sont entrelacez entr'eux par vn artifice merueilleux : & veut Que la moëlle serue seulement pour appuyer & soustenir les petits vaisseaux, comme de la bourre ou du remplisage.* Nous disons auec Galien qu'il est porté par la substance interieure : *Car comme ainsi soit* (ce dit-il) *que les nerfs naissent du cerueau & de ses membranes, le sentiment & le mouuement sont enuoyez aux parties par la substance interne : & pour les membranes elles conferent le mesme vsage aux nerfs, que font les meninges au cerueau : De là vient, bien que tu les separes toutes deux, que le membre auquel s'en va le nerf n'en receura point pour cela le dommage. Il en aduient tout autant au cerueau descouuert de ses membranes.* Confirmons cette opinion de nos raisons, & pour les rendre plus claires, ie desire en premier lieu que l'on m'accorde que les nerfs n'ont point de cauité sensible & manifeste, d'autant que les esprits animaux, qui sont les plus déliez & subtils de tous, n'ont point besoin de cauité apparente, & toutesfois que leur substance interieure est toute poreuse & spongieuse. C'est ce que veut Hippocrate, quand il appelle les nerfs ἀκοίλια, c'est à dire, *sans ventres.* Et Galien, quand il escrit *Que les nerfs sont destituez de cauitez.* Que si tu objectes que le mesme Galien dit que les nerfs optiques sont apparemment caues, & mesmes qu'il demonstre en vn autre lieu que les nerfs ont des cauitez, en ces mots : *L'influence de la faculté animale est empeschée, quand le nerf qui a vne cauité est ou bousché ou pressé.* Ie responds que des cauitez les vnes sont sensibles, comme sont celles des veines & des arteres : Or Galien n'a iamais voulu que les nerfs fussent caues en cette façon : & les autres quasi insensibles, lesquelles sont nommées *pores*, & en cette façon tous les nerfs sont caues, & entre les autres les optiques, parce qu'ils sont plus mols & plus amples. Et pour le regard des nerfs de la verge qu'on allegue ordinairement, lesquels ont des cauitez sensibles, ce ne sont point nerfs volontaires, mais des ligamens naissans des os, & leur mouuement n'est point animal mais naturel. Posons donc que la substance interieure du nerf est molle & poreuse. Or nous voulons que ce soit par icelle, & non par les vaisseaux que decoule l'esprit animal, estant persuadez par les raisons suiuantes. 1. Quand l'apoplexie degenere en paraly-

Marginal notes

Que l'esprit animal est porté par les arteres.

l. 10. quæst. 7. *Opinion de Rondelet.*

l. 7. de placit. *Opinion de Galien & de l'autheur.*

Que les nerfs n'ont point de cauité manifeste. l. de loc. in hom. *Obiection. Responce.*

Raison premiere.

fie : l'humeur ne fe jette-elle point de la fubftance du cerueau dans fes ventricules , & d'iceux fur la moëlle de l'efpine & les nerfs qui en prennent leur origine,
ce qui defnie le paffage à l'efprit & altere fa temperature ? Qui dira qu'elle influë
dans les petites veines & arteres & qu'il les oppile : veu que la partie paralytique, la moëlle interne du nerf & les membranes qui la couurent viuent ? Doncques fi l'efprit vital influë par ces petites arteres pour donner la vie à toute la fubftance du nerf, pourquoy l'efprit animal beaucoup plus-fubtil que le vital n'y in-
fluëra-il point auffi, pour faire le fentiment & le mouuement? 2. Aux apophyfes *Deuxiéme.*
mammillaires qui font toutes moëlleufes, les vapeurs & les efprits tres-fubtils, ne
font-ils point portez auec l'air à trauers de leur fubftance interieure? 3. Le nerf *Troifiéme.*
optique eftant bouché, la veuë perit en vn moment, ce n'eft point à caufe de l'obftruction des arteres : car la partie mourroit n'eftant plus efclairée des rayons de
l'efprit vital : c'eft donc à raifon de l'indifpofition de la fubftance moëlleufe d'i-
celuy. 4. Les vertebres eftant luxées, les parties qui font au deffous tombent en *Quatriéme.*
paralyfie, à raifon que la moëlle eft preffée, & non point les petites arteres ; car
la partie vit encore. 5. Ceux qui ont vn calcul au roignon fentent vne ftupidité *Cinquiéme,*
en la cuiffe qui eft vis à vis, à raifon de la compreffion des nerfs & des mufcles fléchiffeurs de la cuiffe, fur lefquels les deux roignons font couchez. Or en la compreffion des arteres il n'arriue rien de femblable, premierement & de foy. 6. Les *Sixiéme.*
petites arteres refpanduës dans les tuniques des nerfs , verfent l'efprit vital aux
nerfs, & non la faculté de fentir & de mouuoir ; parce qu'elles ne different point
d'efpece des autres arteres : or elles ne contiennent point l'efprit animal aux autres parties. 7. Comme le cerueau eft dit cerueau par fa fubftance moëlleufe, & *Septiéme.*
que la moëlle du cerueau eft la plus noble partie de cet organe tres-noble, fiege
de la memoire, de l'imagination & de la raifon , ainfi la moëlle eft la principale
partie du nerf, laquelle porte la faculté de fentir & de mouuoir. Pour cette caufe
Galien appelle le cerueau *vn nerf tres-grand & tres-mol*, & le nerf *vn petit cer-*
ueau deffeiché & plus dur. Que fi cette partie interieure du nerf eftoit feulement
dediée (comme veut Rondelet) pour appuyer & affermir les petites arteres, elle
feroit la plus ignoble partie d'iceluy. Quelqu'vn parauanture objectera que les *Obiection.*
nerfs des lumbes ne font point moëlleux, parce qu'ils ne touchent point la moëlle de l'efpine. Car toute ladite moëlle eftant paruenuë à la fin du dos fe perd en fibres & filamens. Mais que ceftuy-là apprenne que les filamens des nerfs des *Solution.*
lumbes tirent leur naiffance de plus haut que des lumbes : car ils la prennent les
vns du dos, & les autres de la nucque.

Fin du quatriéme Liure.

L É

CINQVIESME LIVRE
DES OEVVRES
ANATOMIQVES.

Auquel l'Hiſtoire des Chairs des Viſceres , des Glandules &
des Muſcles eſt expliquée.

HISTOIRE ANATOMIQVE.

Qu'eſt-ce que chair , & quelles ſont ſes differences.

CHAPITRE PREMIER.

*Diuerſes ſi-
gnificatiõs du
mot de chair.
La premiere.*

l.de carnibus.

*Deuxiéme.
l. 4. aph. 16.
& l. de fract.
ſect. 2.*

l. de arte.

Troiſiéme.

l. de off. na-
tura.

*Quatre ſortes
de chairs.*

VSQVES icy nous auons expoſé la nature des parties, qui ſont vrayement ſpermatiques, maintenant il nous faut deſcrire l'hiſtoire de celles qui ſont charnuës. La chair nommée des Grecs *ſarx* , ſe prend en diuerſes ſignifications parmy les anciens : quelquesfois pour le ſecond ouurage de la conformation, auquel ſe void vne delineation groſſiere des parties & comme vne maſſe toute charnuë : Ainſi Hippocrate appelle la conception de ſept iours *chair* , quand il dit : *Si tu conſideres attentiuement cette chair apres l'auoir iettée dans de l'eau , tu trouueras qu'elle a les commencemens de toutes les parties.* Mais cette ſignification eſt trop ample & fort impropre. Il y en a vne autre dans le meſme Hippocrate, qui eſt plus ſerrée & plus propre , par laquelle il entend les *muſcles* : Tellement que la chair ſignifie tout autant comme *muſcle* , & qu'il appelle ſouuentesfois les muſcles abſoluëment *chairs* , parce que la chair eſt la principale partie d'iceux ; comme quand il dit , que *toutes les parties qui ſont enuironnées de chair en rond laquelle on appelle muſcle , ont toutes vn ventre.* Et quelquefois auſſi qu'elle ſe prend pour la partie ſimple qui eſt particuliere à chaque partie, laquelle enuironne les fibres , les aſſemble & les couure , les défendant contre le rauage de la chaleur innée qui conſomme tout, contre le chaud & le froid de l'air , & contre les iniures externes. De cette chair voicy comme en parle l'admirable Hippocrate. *Les chairs donnent la liaiſon & compoſition à toutes les parties.* Nous ſuiuans les eſcrits de Galien , & des Modernes, reconnoiſſons quatre differences de chair. 1. Il y a la chair proprement ditte. 2. Il y a la chair des viſceres. 3. Il y a la chair particuliere à chaque partie : & 4.

La

La chair glanduleuse. La chair proprement dite *eſt vne partie molle & rouge, en-* **La chair pro-**
gendrée du ſang mediocrement deſſeché, à cauſe dequoy elle eſt dite *partie ſanguine &* **prement dite.**
chaude : & telle eſt celle des muſcles qu'on appelle abſoluëment *chair,* celle des
genciues, & celle du gland de la verge. Eraſiſtrate nomme la chair des viſceres **La chair des**
parenchyme, comme qui diroit *affuſion & amas :* car il veut que le corps des viſce- **viſceres.**
res ſoit engendré d'vn ſang épandu & figé hors des veines : nous eſtimons que
c'eſt la ſubſtance propre des viſceres, & la principale partie d'iceux, à laquelle eſt
deuë leur action premierement & de ſoy. La chair qui eſt particuliere à chaque **La chair par-**
partie, meſme à la ſolide n'a point de nom propre, Galien l'appelle ordinairement **ticuliere à**
chaque partie.
ſubſtance charnuë, car il reconnoiſt aux parties ſolides, deux ſubſtances, l'vne exa- **l. 10.method.**
ctement ſolide & fibreuſe totalement exangue; & l'autre enuironnant les fibres, **c. 11.**
& rempliſſant les eſpaces d'entre-deux, laquelle il dit eſtre la chair propre de chaque partie. Or il veut qu'il ſoit impoſſible de la pouuoir iamais remettre ny reparer, & que c'eſt tout ce qu'on peut faire que de l'arrouſer & humecter : telle eſt
celle du ventricule, des boyaux, de l'oeſophage, des deux veſſies, & de la matrice. Galien deſcrit les vſages communs de ces trois ſortes de chair, quand il dit **vſages com-**
qu'elles ſeruent à deffendre les parties du chaud, du froid, & des autres iniures **muns des**
chairs.
externes : car elles ſeruent de lictiere molle à l'animal quand il tombe ou qu'il ſe **l. 12. de vſu.**
couche : elles obeïſſent aux coups quand il eſt bleſſé; elles le couurent quand il **patt. 3.**
eſt froiſſé & meurtry : elles luy ſeruent d'ombrage quand le Soleil bruſle, & de
fourrure pour l'échauffer contre le froid. I'ay dit ces vſages eſtre communs, d'autant que chaque ſorte de chair en a d'autres particuliers : Ainſi celle des muſcles **vſages parti-**
fait le mouuement volontaire & en rempliſſant les eſpaces d'entre les fibres, elle **culiers.**
empeſche que le tendon en ſe retirant pour faire le mouuement ne s'arrache du
corps du muſcle; elle corrige auſſi par ſa preſence la ſechereſſe des nerfs & des ligamens acquiſe par le continuel mouuement. Celle des viſceres ſert comme de
bourre, remplage & garniture pour affermir les vaiſſeaux, remplir les eſpaces
qui ſont entre iceux, & faire vne action ſimilaire & officiale, comme nous monſtrerons en ſon lieu. Il y a encores vne quatriéme eſpece qui eſt dite *chair glandu-* **La chair des**
leuſe : telle eſt le corps glanduleux ſitué quaſi aux portes du foye, qui a eſté nom- **glandules.**
mé des anciens *pancreas & callicreas :* & y en a qui definiſſent la glande *vne chair*
amaſſée en ſoy. Voilà à mon aduis, toutes les differences de chair, deſquelles nous
auons à décrire l'hiſtoire en ce liure.

Des chairs des Viſceres.

CHAPITRE II.

A chair des viſceres (ſelon Galien) eſt ſimilaire & ſimple, **La chair des**
non ſeulement en conſideration du meſlange ; car toutes **viſceres com-**
les particules d'icelle, voire meſme les plus petites ſont de **ment ſimple.**
meſme nature ; & totalement ſemblables ; mais pource
qu'en ſoy elle n'a aucune delineation ny figure, d'où quelques Arabes l'ont nommée *chair confuſe,* & Eraſiſtrate *pa-*
renchyme, comme qui diroit, *amas, affuſion & concretion de*
ſang. Ruffus dit que le parenchyme eſt, *ce qui s'amaſſe & fige autour des vaiſſeaux*
aux viſceres. Eraſiſtrate fait fort peu de compte de cette chair, & ne luy donne

T

C'eſt à icelle qu'appartient l'action principale des viſceres.

qu'vn vſage, qui eſt d'enuironner les vaiſſeaux, en rempliſſans les eſpaces vuides qui ſont entre iceux, de peur qu'ils ne s'attachent les vns aux autres, & ainſi les affermir & appuyer, comme ſi c'eſtoit quelque cuiſſin ou de la lictiere molle. Mais nous luy attribuons vn vſage beaucoup plus excellent, & voulons que ce ſoit la partie principale du viſcere, à laquelle premierement & de ſoy appartienne l'action commune & officiale. Ainſi la ſanguification doit eſtre rapportée premierement & de ſoy à la chair du foye, & aux veines ſecondairement & par irradiation. La chair du poulmon prepare l'air au cœur. Celle de la ratte purge le

Pourquoy priuées de ſentiment. in arte parua. 9.

ſang feculent. Celle des reins attire & ſepare l'humeur ſereuſe. Doncques cette chair fait la propre ſubſtance du viſcere, & n'y a que cette eſpece icy entre les chairs qui ſoit exempte de ſentiment ; qui eſt cauſe que Galien la met entre les parties qui n'ont que la faculté implantée.

La chair du foye.

La chair du foye eſt rouge & mediocrement denſe & épaiſſe : Elle n'ayde point ſeulement à la ſanguification des veines par ſa chaleur, comme l'omentum, la ratte, & les parties voiſines à la coction du ventricule : mais elle imprime par vne faculté qui luy eſt propre & innée, la forme, la temperature, & la rougeur au ſang. La chair de la ratte eſt comme vn parenchyme rare, poreux & mol-

De la ratelle.

laſſe, ainſi qu'vne éponge plus ſolide, ou quelque pierre ponce plus legere, pro-

Des roignons.

pre pour attirer & contenir les humeurs groſſieres & melancoliques. La chair des reins eſt rouge, denſe, ſolide, & non beaucoup differente de celle du cœur, horſmis qu'elle n'eſt point entretiſſuë de fibres : Or elle eſt ſolide, pour garder que par vne trop grande molleſſe & laſcheté, elle ne laiſſe couler l'vrine trop abondainment. Elle attire par vne faculté qui luy eſt innée & particuliere, la ſeroſité de tout le corps meſlée auec quelque peu de ſang, lequel elle ſepare pour ſa nourriture, & laiſſe puis apres diſtiller le ſuperflu excrementieux dans les ſinuoſitez membraneuſes des roignons.

Des poulmons.

La chair des poulmons eſt rare & legere, ſemblable à vne éponge, & comme faite d'vn ſang ſpumeux, figé & épaiſſi. Elle eſt legere, afin de s'abbaiſſer & releuer facilement, & ainſi obeïr promptement aux mouuemens de la poictrine : Elle eſt rare & ſpongieuſe, afin qu'elle ſe puiſſe remplir ſoudain comme vn ſoufflet de l'air attiré par l'inſpiration, & enſemble donner libre iſſuë à la vapeur fumeuſe en l'expiration. Cette chair prepare au cœur l'air, ſeconde matiere de l'eſprit vital ; car l'air externe, impur & entrant tout à coup au cœur, ne pouuoit eſtre fait paſture conuenable à l'eſprit vital ; il eſtoit donc neceſſaire qu'il fuſt premierement & peu à peu alteré au poulmon, & qu'il print par vne petite demeure qu'il

Du cœur.

fait en iceluy vne qualité familiere à l'eſprit interne. On peut douter, à ſçauoir ſi on doit rapporter la chair du cœur à celle des parenchymes, ou à celle des muſcles. Galien veut qu'elle ſoit neutre, & qu'elle ne tienne ny de l'vne ny de l'autre, d'autant que les parenchymes n'ont point de fibres, là où le cœur en a de toutes ſortes : Les muſcles n'ont auſſi qu'vne ſeule ſorte de fibres en vne meſme partie, au lieu que le cœur apparoit tiſſu par vn artifice merueilleux de toutes les trois ſortes en vn meſme endroit, joint que les mouuemens des muſcles ſont volontaires ; mais celuy du cœur n'eſt point en noſtre puiſſance pour nous obeïr. La chair du cœur luy eſt donc peculiere, & telle qu'il ne s'en trouue point de pareille au reſte du corps. La difficulté touchant celle de la langue n'eſt gueres moindre, car elle

De la langue.

ſe meut comme vne anguille de diuers mouuemens, & toutesfois elle n'a point de fibres, qui fait qu'elle ne peut eſtre dite *muſculeuſe*. J'aymerois mieux la rapporter au genre des parenchymes.

DES GLANDVLES.

Qu'eſt-ce que Glandule, & quelles ſont ſes differences.

CHAPITRE III.

'AVTANT que la plus grand' part des Anciens definit la glandule *vne chair amaſſée en ſoy*; l'ay eſtimé qu'il eſtoit propre pour rendre cette doctrine plus facile de la rapporter au genre des chairs. La glandule, appellée des Grecs *adene*, eſt vne partie *ſimple*, *rare*, *friable & molle comme vne eſponge*, *inſtituée de Nature pour affermir les diuiſions des vaiſſeaux*, *receuoir les humiditez ſuperfluës*, *& arrouſer quelques parties.* L'autheur du liure des glandes, ſoit Hippocrate ou Polybius, a fort élegamment exprimé leur nature, quand il dit : *Elles ſont ſpongieuſes de leur nature, car elles ſont rares & graſſes : Or tu reconnoiſtras cela facilement ſi tu les preſſes bien fort entre les doigts, car elles rendront vne humeur huyleuſe, & en ſortira vn ſang blancheaſtre comme de la pituite.* Or Nature leur a donné vne telle ſubſtance pour quelque vſage; l'en ay remarqué trois en la definition, leſquels ie m'en vay icy expoſer vn peu plus clairement. 1. Pour affermir les diuiſions des vaiſſeaux : car eſtans portez par des cauitez amples & ſpacieuſes ſans eſtre deffendus que de leurs tuniques, ils ſe pourroient arracher aux mouuemens violens, comme font les branches des arbres de leur tronc, s'ils n'eſtoient appuyez de ces glandes, comme de cuiſſinets. Elles ont donc eſté creées pour l'aſſeurance, appuy & conſeruation des vaiſſeaux, qui eſt la raiſon pourquoy Nature en a mis par tout où les grands vaiſſeaux ſe fourchent & diuiſent : Ainſi elle en a mis vne fort notable en la diuiſion de la veine porte, nommée *pancreas* : Et vne infinité d'autres moindres par tout le meſentere, pour l'appuy des veines meſaraïques. En la diſtribution de la veine caue aſcendante eſt le corps nommé *thymus* ou phagouë. Aux vaiſſeaux du cerueau eſt le *conarium* : au col, aux aiſſelles & aux aines, où les veines iugulaires, axillaires & crurales ſe diuiſent, ſe voyent des glandes pour les affermir : & c'eſt pourquoy elles ont eſté faites molles & rares, de peur qu'elles ne bleſſent les vaiſſeaux par leur dureté, & n'empeſchent la dilatation d'iceux quand ils ſont remplis de beaucoup de ſang. 2. Pour receuoir & boire comme vne éponge la pituite, la ſeroſité & les humeurs ſuperfluës, de peur qu'elles ne ſe débordent ſur les parties nobles; de là vient qu'elles ſont rondes, oblongues & rares, fort propres à receuoir les defluxions. C'eſt ce que nous enſeigne Hippocrate au lieu allegué, en ces mots : *Elles oſtent & reçoiuent la redondance du reſte du corps, ce qui leur ſert de nourriture familiere.* Or qu'elles ayent eſté faites pour cette fin; on le prouue parce qu'on en trouue, & de plus groſſes & en plus grand nombre aux parties caues, nommément en celles qui ſont humides de leur nature, & pleines de ſang; qu'en celles qui ſont ſolides & moins ſucculentes, comme aux jointures. Ainſi il y a de groſſes glandes derriere les oreilles, autour du col, où ſont les veines iugulaires; ſous les aiſſelles, où eſt le rameau axillaire; aux aines, où ſe void la crurale, qui reçoiuent les excremens des trois parties nobles, du

Marginal notes:
- La glande pourquoy rapportee aux chairs.
- Definition de la glandule.
- Pourquoy elle eſt rare & ſpongieuſe.
- Vſage premier.
- Deuxiéme.
- Belle demonſtration.

cerueau, du cœur & du foye, lesquelles le vulgaire appelle pour cette raison *émunctoires*. Que s'il arriue qu'elles foient indifpofées, & qu'elles viennent à s'enfler & tumefier, elles demonftrent l'intemperature & mauuaife diathefe de quelque vifcere.

l. 6. epidem. fect. 2. Les *abfcez* (ce dit Hippocrate) *comme les tumeurs des glandes donnent témoignage des parties dont ils germent , & dont ils prouiennent comme iectons , & auffi des autres parties , & principalement des vifceres.* Et en Galien, lors qu'il fe

l.13. method. 5. fait vlcere aupres de quelque artere, ou veine notable, il fe fait fort foudainement

Troifiéme. des bubons, c'eft à dire, des inflâmations aux glandules. 3. Pour arroufer certaines parties, de peur qu'elles ne fe deffeichent, & ainfi ne deuiennent ineptes à faire leurs mouüemens : telles font quelques-vnes de celles du mefentere, qui par leur moiteur humectent les boyaux : celles du larynx & de la langue, qui engendrent la faliue : celles des angles des yeux , qui aident le mouuement d'iceux : & les proftates fituez au col de la veffie , qui arroufent le canal de la verge d'vne humidité faliuale & huileufe, de peur qu'il ne foit offencé par l'acrimonie de l'v-

Autre forte de glandes, nômées corps glanduleux. rine : & telle eft la nature des glandes proprement dites. Il s'en trouue encorés vne autre forte, qui doit pluftoft eftre dite *corps glanduleux* que *glande* : car combien que leur fubftance foit femblable, à fçauoir rare & lafche, fi ont-ils efté en-

En quoy ils different. gendrez pour vne meilleure fin ; fçauoir eft, pour engendrer des fucs vtiles à l'animal. Or ils different entre-eux. 1. En ce que les glandes proprement dites n'ont

l. 16. de vfu. part. 2. l. art. par. c. 9. point de vaiffeaux particuliers, comme veines , arteres & nerfs , & qu'elles n'ont point (felon Galien) de facultez influentes d'ailleurs : au lieu que les corps glanduleux ont des vaiffeaux de toutes fortes , & font doüez d'vn fentiment tres exquis. 2. Les glandes ne font feulement qu'vn vfage, & les corps glanduleux font & vn vfage & vne action. Ainfi *les tefticules* (felon Galien) *font corps glanduleux: car leur fubftance eft molle & cauerneufe , en laquelle la femence eft engendrée & parfaite.* Ainfi les mammelles font *corps glanduleux*, aufquels eft implantée la faculté d'engendrer le laict : toutesfois elles preftent auffi par fois au corps le mefme vfage que font les autres glandules en beuuant, & receuant les excremens de tout le corps, d'autant que Nature abufe bien fouuent d'vne mefme partie à diuers

l. de glandulis. vfages. Ainfi Hippocrate met *les roignons au nombre des glandes , & le cerueau, felon luy-mefme, reffemble à vne glande, d'autant qu'il eft blanc & friable, & qu'il donne les mefmes vtilitez à la tefte.*

Briéue énumeration des principales Glandes de tout le corps.

CHAPITRE IIII.

Les glandes du cerueau font;

La glandule pituitaire.

L E nombre des Glandes eft prefque infiny : ie décriray feulement en ce chapitre les principales , aufquelles l'vfage a donné des noms propres. Il y en a deux au cerueau qui ne font pas fort groffes; la premiere eftant de la figure d'vne toupie & fort femblable à vne noix de pin, eft nommée des Grecs *conoïde & conarion*. Elle eft eftimée feruir comme les autres glandes , pour affermir les veines & les arteres éparfes dans le cerueau, & à tenir le chemin ouuert & libre à l'efprit animal, pour paffer du troifiéme ventricule au quatriéme. L'autre fituée entre les apo-

physes clinoïdes de l'os sphenoïde, & couchée sous l'entonnoir reçoit comme
vne éponge les excremens des ventres superieurs du cerueau, & les laisse peu à peu
distiler par les trous de l'os basilaire au palais. Derriere & dessous les oreilles se
trouuent plusieurs glandes, nommées *parotides*, destinées à appuyer les diuisions *Les parotides.*
des vaisseaux, & à receuoir les humeurs du cerueau ; le vulgaire les nomme *les*
émunctoires du cerueau. Au dedans du pharynx, que les Grecs nomment *isthmos*, se
voyent deux glandules semblables à deux amandes pelées, dites des Grecs *parist-*
mies, & du vulgaire *amigdales* & *tonsiles* ; elles arrousent continuellemèt le *Les amigda-*
pharynx, la bouche & la langue de saliue. Il y en a deux à la racine du larynx, & *les.*
deux autres qui sont couchées sous l'œsophage, lesquelles s'enflent quelquesfois *Les glandes du*
en telle façon qu'elles ferment le chemin à la boisson, & aux alimens liquides, & *larynx & de*
non point aux solides, d'autant que les solides se font passage en comprimant, *l'œsophage.*
là où les liquides remplissent dauantage la substance spongieuse de la glande. l'ay
remarqué cette maladie en quelques-vns. En la diuision de la veine caue ascendante se void vne glandule, que les Grecs nomment *thymus*, & les François *la* *Le thymus*
phagoüé, laquelle est dediée pour affermir les vaisseaux. Il y en a grand nombre
d'autres en la capacité de la poictrine, sous les aisselles, aux aines, aux bras & aux
cuisses, qui n'ont point de nom propre. Sous le ventricule & le duodenum est *Le pancreas.*
couché vn corps glanduleux, que les Grecs ont nommé *pancreas & calicreas*, à
raison qu'il ressemble à vne chair simple. Il embrasse & appuye les rameaux de la
veine porte qui se distribuent au ventricule, au duodenum & à la ratte, pour asseurer leur diuision, qui n'est appuyée que de la membrane inferieure de l'epiploon. Nature a logé au mesentere vn nombre quasi inombrable de ces glandes. *Les glandes du*
1. Pour la diuision des vaisseaux. 2. Pour empescher que les conduits des veines *mesentere.*
& des arteres ne soient pressez quand les boyaux sont remplis, ou que l'epigastre
est serré & comprimé, & ainsi que la distribution du chyle ne soit empeschée.
3. Pour arrouser les boyaux par leur humidité. 4. Et pour seruir de ligamens
aux vaisseaux, de peur qu'ils ne se rompent aux mouuemens violens. Au col de la
vessie il y a les glandes *prostrates*, qui élaborent la semence & la gardent pour la *Les prostrates*
necessité, & arrousent le canal de la verge d'vne humidité huileuse, de peur qu'elle *glanduleux.*
ne soit offencée par l'acrimonie de l'vrine. Nous poursuiurons les autres en la
description particuliere de chaque partie.

DES MVSCLES.

Qu'est-ce que Muscle.

CHAPITRE V.

R **E S T E** encor à expliquer le principal genre de chair, la varieté *La chair mus-*
de laquelle, jointe à vne tres-grande difficulté, nous arrestera *cul. use fait*
quelque temps en sa description: car elle se répand au long & *quasi la prin-*
au large en telle façon, qu'elle constituë quasi la plus grande *cipale masse*
partie du corps, estant la masse de la chair musculeuse si tres-am- *du corps.*
ple & grande, qu'icelle estant consommée, comme il aduient
au marasme par la chaleur febrile, le corps ne represente plus rien que l'image

d'vn mort, ou pluſtoſt d'vn cadavre & ſquelete deſſeiché. Et c'eſt parauanture la raiſon pourquoy Hippocrate a intitulé le liure où il traitte des principes , & de la nature de toutes les parties , par excellence de ce nom περὶ σαρκῶν , c'eſt à dire, *des chairs*. Et au liure de l'Art, qu'il appelle cette chair *muſcle* , & les muſcles *chairs* , d'autant que la chair eſt la principale partie d'iceux. Il recueille au pro- gnoſtic la ſanté parfaite de tout le corps de l'habitude loüable de la chair muſcu- leuſe , & voulant deſigner les hommes ſains aux aphoriſmes , il fait ſeulement

Aphor. 16. mention des chairs , c'eſt à dire, des muſcles , quand il écrit *Que l'helebore eſt*
ſect. 4. c. 9. *perilleux à ceux qui ont les chairs ſaines :* Car les muſcles eſtans du nombre des
art. part. parties qui gouuernent , & qui ſont gouuernées , comme ceux qui gouuernent les membres qu'ils mouuent , & qui ſont gouuernez par le cerueau , par le cœur & par le foye , par le moyen des veines , des arteres & des nerfs , quand ils ſe portent bien (ce qui ſe recognoit aiſément à leur figure naturelle, à leur couleur floride & vermeille , & à leur grandeur proportionnée) ils demonſtrent la con- ſtitution loüable de toutes les parties nobles. Et c'eſt de ces muſcles deſquels nous allons rechercher en ce liure la nature, les differences & les actions.

Noms du muſ- Le muſcle eſt nommé des Grecs *mus* , ou pource qu'il reſſemble à vne ſouris
cle. écorchée , ou pource qu'il eſt ſemblable au poiſſon appellé *muſcle* ; il eſt encore nommé par les Latins *lacertus*, d'où eſt tiré le mot *lacertoſus*, qui ſignifie vn hom-
Le muſcle ſe me *muſculeux & bien charnu*. Il ſe conſidere en deux manieres. 1. Ayant égard à
conſidere en ſa compoſition. 2. Ayant égard à ſon office & vſage ; & ainſi il peut eſtre definy
deux manie- en deux manieres : car ſi tu regardes ſa compoſition, Galien le definit *Vne chair*
res. *tiſſuë d'vne chair ſimple & de fibres nerueux :* Item, *Vn corps nerueux meſlé de chair.*
Definition du Nous le definirons plus élegamment, *Vne partie organique & diſſimilaire tiſſuë de*
muſcle tirée *nerfs , de chair , de fibres , de veines , d'arteres , & d'vne tunique propre.* Que ce
de ſa compoſi- ſoit vne partie organique, Galien l'enſeigné quand il la met au rang des organes
tion. tres-ſimples, & de la premiere ſorte, à raiſon qu'elle n'eſt point compoſée de par-
c. 50. art. part. ties diſſimilaires, mais ſeulement de ſimples. Qu'elle ſoit diſſimilaire ſa compoſi-
lib. definit. tion, qui eſt de parties de diuers genres, le demonſtre clairement ; les nerfs por-
med. tent la faculté & les eſprits ; la chair en rempliſſant autour des fibres empeſche
Le muſcle eſt qu'ils ſe meſlent ; contempere la ſeichereſſe des nerfs & des tendons ; garde les fi-
vn organe. bres d'eſtre meürtris & rompus , & rend finalement les eſprits animaux par ſa
l. de diff. mor. chaleur plus aptes à faire le mouuement. Les fibres tiſſus des plus petites parcel-
c. 3. les des ligamens diuerſement diuiſées, affermiſſent, arreſtent & conſeruent les
Les parties du chairs qu'elles ne ſe diſſoudent. Les veines portent la nourriture , les arteres con-
muſcle. ſeruent la chaleur naturelle, & la tunique ſert à couurir le muſcle, à contenir la ſubſtance d'iceluy, à le ſeparer des parties voiſines, & à luy donner le ſentiment.
Autre defini- Voilà la ſtructure du muſcle, laquelle conuient à tous les muſcles, à eux ſeuls, &
tion priſe de en tout temps. Par l'autre definition tirée de l'office, Galien le definit *L'organe du*
ſon office. *mouuement volontaire* , ou bien *L'organe qui ſe meut ſelon noſtre volonté.* Or ce
l. 1. de mot. mouuement-là eſt volontaire, lequel tu peux ceſſer quand tu veux , le réueiller
muſcul. quand il ſe repoſe, & le rendre plus viſte, plus tardif, plus rare & plus frequent.
Qu'eſt-ce que La volonté eſt double, l'vne qui ſe fait auec élection & choix , & l'autre qui ſe
mouuement fait de l'inſtinct : la premiere reluit en ceux qui veillent, & l'autre en ceux qui
volontaire. dorment ou qui font quelque choſe ſans y eſtre ententifs : celle-là eſt auec ten-
La volonté eſt ſion, & celle-cy eſt vne certaine remiſſion de la tenſion : de là vient que ceux
double , l'vne qui dorment ne parfont point les figures externes , ny le mouuement tonique
du choix , & parfait, comme font ceux qui veillent. Les organes de ce mouuement volontaire
l'autre de l'in-
ſtinct.

font diuers, le cerueau, le nerf & le mufcle: mais il n'y en a qu'vn qui le foit immediatement. Le cerueau commande, le nerf porte le commandement, & le
mufcle obeït; le cerueau raifonne fur l'objet appetible, pour fçauoir s'il eft vtile
ou dommageable, & s'il doit eftre pourfuiuy ou fuy: d'icy procede le commencement du mouuement; le nerf porteur des efprits, porte la faculté de mouuoir, &
le mufcle éclairé des rayons des efprits fe retire auffi-toft, & meut immediatement la partie en diuerfes façons, felon le commandement de la volonté. Et
comme l'Efcuyer conduit le cheual auec la bride: ainfi l'imagination feante au
cerueau, meut les mufcles auec les nerfs, comme auec vne bride. Ces chofes font
donc neceffaires pour faire le mouuement local & volontaire, & s'entre-fuiuent
par ordre; l'objet appetible, la faculté appetente, la faculté motiue, le cerueau,
l'efprit animal, les nerfs & les mufcles. Doncques le mufcle eft l'organe immediat
du mouuement volontaire. Ce qui fe peut apporter pour improuuer la verité de
cette definition fera examiné aux controuerfes.

Des parties des Mufcles.

CHAPITRE VI.

E diftingueray les parties des mufcles en forte, que les
vnes foient *fimilaires*, defquelles tout le corps du mufcle eft compofé: & les autres *diffimilaires*, aufquelles
tout le corps du mufcle fe diuife felon fa longueur. Les
fimilaires font les nerfs, les fibres, les tendons, la chair,
la veine & l'artere: & les diffimilaires font trois; le
commencement, le milieu & la fin: autrement la tefte,
le ventre & la queuë. Des fimilaires jointes enfemble
& diuerfement entrelacées eft fait l'organe du mouue-
ment volontaire: mais elles ne font point toutes en pareille dignité, ny ne concurrent point toutes en femblable degré, pour faire le mouuement: Ains comme en tout organe parfait, on remarque quatre fortes de parties. 1. Celles qui font
l'action premierement & de foy, aufquelles Galien donne la principauté. 2. Celles fans lefquelles l'action ne fe feroit point. 3. Celles par lefquelles l'action fe fait
mieux. 4. Et celles qui conferuent l'action: Ainfi en remarquons-nous quatre
differences au mufcle. La chair fibreufe eft la partie principale, & felon Hippocrate & Galien, *elle eft la propre fubftance d'iceluy*: car il ne s'en trouue point de
femblable au refte du corps: icelle defaillante le mouuement defaut: & par tout
où elle fe trouue, là eft auffi le mouuement volontaire: il n'y a qu'elle qui foit apte
& bien difpofée à receuoir l'influence de la faculté motrice, & qui fe puiffe facilement retirer, relafcher & remettre la partie attirée: ainfi la chair eft la principale
partie des vifceres. Les nerfs répadus dans les mufcles font les parties fans lefquelles le mouuement ne fe feroit point: car ils portent l'efprit & le commandement
enuoyé du cerueau: c'eft pourquoy eftant couppez, opilez, refroidis, enflammez,
ou en quelque autre maniere que ce foit affectez, le mouuement perit. Les ligamens & les tendons rendent l'action meilleure & plus parfaite: car le tendon

n'a point esté fait simplement, c'est à dire, premieremèt & de soy pour le mouuement, mais par accident, & pour quelque respect pour faire les mouuemens
plus vehemens, plus valides, & de plus longue durée : de là vient que plusieurs

Les veines, ar-
teres & mem-
branes conser-
uent le mouue-
ment.
l. 6. Epidem.
sect. 6.

muscles n'ont point de tendon. Les veines, les arteres, & les membranes conseruent l'action : car les veines & les arteres reparent la substance des muscles qui se
dissipe facilement, qui est cause qu'elles sont répanduës en grand nombre dans
les chairs pour leur porter la nourriture : Car les chairs (selon Hippocrate) sont
attractrices;& de là vient que le sang est en plus grande quantité que les autres humeurs, car la masse des parties musculeuses estant fort grande, elle en despend &
consomme beaucoup iournellement. La membrane comme vn enuelopoir couure le muscle, & luy donne le sentiment. Telle donc est la nature des parties simi-

Parties dissi-
milaires du
muscle.
La teste.

laires qui composent le muscle. Or tout le corps du muscle ainsi composé se diuise en trois parties dissimilaires, appellées la teste, le ventre & la queuë. La teste est
le plus souuent nerueuse, & rarement charnuë : car elle est faite des ligamens
naissans des os : mais elle n'est point totalement priuée du sentiment, à raison des
nerfs qui s'inserent en icelle, & est couuerte d'vne membrane particuliere. Le

Le ventre.

ventre est le mitan du muscle : il est quasi tout charneux,& fait la plus grande partie du muscle. Ainsi les Grecs nomment *gastrocnemian* le mollet de la iambe, auquel les ventres de tous les muscles de cette partie s'entre-touchent,en sorte qu'ils
semblent ne faire qu'vn seul muscle. Le bout & extremité du muscle est coustu-

La queuë.

mierement nommée *fin, queuë, tendon, aponeurose* : comme qui diroit *éneruation*,

Le tendon de
quoy fait.

dautant qu'elle est quasi toute nerueuse. Galien veut que le tendon soit engendré
de filets de nerfs & de ligamens confondus & meslez ensemble, en telle sorte
toutesfois qu'il y ait beaucoup plus de filets de ligamens que de nerfs, dont se
fait que le tendon est six & dix fois plus gros que le nerf, Le ligament de soy & de
sa nature immobile & insensible, ne pouuoit point seul faire le mouuement volontaire : & les nerfs à raison de leur mollesse & delicatesse n'auoient point la force de tirer les lourdes & grosses masses des membres. Il falloit donc créer quelque
organe meslé des deux, qui fut plus dur & plus fort que le nerf, & plus mol & plus

Il tient le mi-
lieu entre le
nerf & le li-
gament.

souppe que le ligament : tel est le tendon qui tient comme le milieu entre l'vn &
l'autre : car en sentiment il surmonte le ligament, & est surmonté par le nerf. Au

Que les mus-
cles n'ot point
tous des ten-
dons.

reste les muscles n'ont point tous des tendons : ainsi ceux de la langue, des testicules, des léures, du front, de la verge, & les sphincteres n'en ont point : mais ceux
qui font des mouuemens forts & vehemens, ou bien des mouuemens longs &
continus, en ont besoin. Ceux qui sont destinez au mouuement des os se terminent tous en des tendons plus gros ou plus menus : or ils s'inserent non point en
la conjonction des os, ny aux bouts de l'os dont ils naissent, mais quasi en la teste
de l'os, qu'ils doiuent mouuoir, en l'enueloppant. Ceux qui font vn mouuement
continu, ont besoin d'vn moteur fort & puissant, & par consequent de tendons:
ainsi les muscles des yeux ont des tendons & des cordes.

De l'action des Muscles, & des differences de leurs mouuemens.

CHAPITRE VII.

ES Muscles en tant qu'organes ministrans à la faculté ani- *Les mouuemés* male n'ont qu'vne action, à sçauoir, *le mouuement volon-* *des muscles* *taire*, lequel n'estant point cogneu de tous, nous tasche- *sont quatre.* rons de le faire entendre en ce chapitre en peu de mots. Galien en reconnoit quatre differences, quand il dit, *car* *ou les muscles se retirēt, ou ils s'estendent, ou ils sont transpor-* lib. de mot. *tez, ou ils demeurent tendus*. La contraction ou le retire- *La côtraction.* ment est l'action propre du muscle ; car quand il meut le membre, soit qu'il le bande estant fléchy, ou qu'il le fléchisse estant bandé, il se retire tousiours vers son principe, c'est à dire, vers sa teste. Or que la contraction soit l'action propre du muscle, il appert parceque le muscle estant couppé de tra- uers, les deux parties se retirent, l'vne vers haut & l'autre vers bas. L'extension est *L'extension.* le second mouuement du muscle, non point propre, mais accidentaire; car quand le muscle retiré s'estend, il est relasché par vn autre, & non par soy-mesme: & c'est la raison pourquoy à chaque muscle a esté donné vn autre muscle autheur de l'a- ction contraire: comme au fléchisseur vn extenseur, à l'ameneur vn emmeneur, au hausseur ou leuateur, vn abbaisseur ou deprimant. Lors donc que le muscle retiré s'estend, il suit le mouuement de son antagoniste & opposite: tellement que l'ex- tension ne soit point le propre mouuement du muscle qui s'estoit retiré, ains plustost passion qu'action. Le muscle a vn troisiéme mouuement fort impropre, *La decidence.* auquel il ne se retire ny estend, ains tombe vers bas par sa pesanteur : & c'est ce que les Grecs entendent par *metapherein*, & les Latins par *transferri*, c'est à dire, estre transporté. Ce mouuement n'est point fait par l'ame, mais par la forme 'éle- mentaire : car la partie n'estant plus éclairée des rayons de l'esprit animal, tombe vers bas à raison de sa pesanteur, & ainsi la partie se meut, encore que la faculté motrice demeure oyseuse & sans rien faire. Ainsi Galien disoit la tremeur ou trem- *Comment se* blement estre fait par vne presque égale contention du mouuant & du meu, de la *fait le trem-* faculté & du membre : car la faculté le leue en haut, & la pesanteur le deprime en *blement.* bas : tellement que le tremblement soit fait par cette vicissitude de hausser & d'ab- baisser. Le dernier mouuemét est le tonique, auquel les fibres des muscles bandent *Le tonique.* & demeurent bandez, de sorte qu'il semble que la partie ne bouge & qu'elle soit immobile, encore qu'elle se mouue actuellement & à la verité. Ce mouuement est apparent aux oyseaux qui volent, & aux hommes qui se tiennent droit debout : & c'est d'iceluy que Galien parle, quand il dit *que les muscles agissent mesmes au repos*. Doncques les mouuemens des muscles sont quatre en general : deux qu'ils font *Les muscles* d'eux-mesmes & de leur nature, à sçauoir la contraction & la conseruation du mus- *font d'eux-* cle contract & retiré; qui est le mouuemét tonique : car telle est la nature des mou- *mesmes deux* uemens successifs, qu'ils ne se font point moins, quãd ils sont maintenus & gardez *mouuemens.* en leur estre, que quand ils se font premierement: & deux par accident, contraires aux precedens, à sçauoir l'extension & la decidence. La contraction, l'extension *Et deux par* & le mouuement tonique, ont tantost des figures extremes & tantost des moyen- *accident.* nes. Toutes les figures extremes sont douloureuses, & les moyennes tres-agrea- *Figures extre-* bles & plaisantes. Nous ne pouuons long-temps supporter les extremes, sinon que *mes & moyē-* *nes.*

nous y apportions de la volonté : mais les moyennes nous les endurons facilement, mesmes en pensant à autre chose ; c'est pourquoy ceux qui dorment font rarement des flexions ou extensions extremes : ains se couchent tantost sur vn costé, & tantost sur l'autre, ayant, comme remarque Hippocrate, les cuisses, iambes, mains & pieds fléchis mediocrement : dautant qu'il se fait par le dormir vne remission & relasche des forces de la faculté animale, & non pas vne totale ablation. Ceux qui dorment font & supportent aussi le mouuement tonique, mais non celuy qui est extreme comme font ceux qui veillent, ains celuy qui est plus remis, comme on peut voir aux muscles qui ferment la sortie aux excremens, lesquels font leur action au dormir mesmes assez profond par vn certain mouuement tonique. Au reste, c'est chose digne de remarque que tous les muscles deuiennent courbez quand ils agissent, & droits quand ils se reposent : dautant qu'ils deuiennent plus larges & plus courts quand ils se retirent vers leurs principes, & plus longs & estroits quand ils s'estendent & relaschent. Il faut excepter ceux de l'épigastre, & les intercostaux : car estans relaschez & leur tension se remettant, ils se courbent : ce qui se fait (à mon aduis) à raison de la vacuité lasche & obeïssante du ventre inferieur & de la poictrine.

Les differences des Muscles.

CHAPITRE VIII.

LES differences des muscles se prennent de leur *substance, quantité, figure, situation, origine, insertion, fibres, parties, vsage & action.* 1. De la substance, les vns sont quasi par tout charneux, comme les sphincteres & les muscles de la langue : & les autres sont quasi tous nerueux ou membraneux, comme celuy qui emmeine la iambe, nommé *membraneux.* 2. De la quantité (laquelle est des dimensions en longueur, largeur & profondeur) se tirent trois differences : & ainsi de la longueur, les vns sont longs, comme le muscle droit de l'épigastre, & l'emmeneur de la iambe : & les autres courts : de la largeur, les vns sont larges, comme les obliques & transuersaux de l'épigastre, & le tres-large abbaisseur du bras : & les autres estroits : & de la profondeur ou épaisseur, les vns sont épais, comme les deux vastes : & les autres tenues & minces. 3. De la figure qui est fort diuerse, les vns sont dits ressembler à vne souris, les autres à vn lezard, les autres à vne rhaïe. Il y en a qui sont triangulaires, quadrangulaires, pentagones, de figure pyramidale, orbiculaires ou ronds, &c. Ausquels on peut rapporter le deltoïde, le rhomboïde, le scalene, le trapeze, & semblables. 4. De la situation qui se considere, & en la situation des fibres, & aux differences du lieu : de la situation des fibres, les vns sont droits, les autres obliques, & les autres transuersaux. Les muscles obliques, seruent aux mouuemens obliques : & les droits, à l'exacte flexion ou extension. Les differences du lieu selon la longueur, sont des muscles, les vns superieurs & les autres inferieurs : selon la latitude, les vns dextres & les autres senestres : & selon la profondeur, les vns anterieurs, les autres posterieurs, internes ou externes. Ceux qui fléchissent, occupent le lieu profond & interieur : & ceux qui estendent l'externe

En son prognostic.

Ceux qui dorment font rarement les figures extrémes.

Quelle est la figure des muscles quand ils agissent & se reposent.

Les differences des muscles se prennent; 1. De leur substance.

2. De leur quantité.

3. De la figure.

4. De la situation.

& ſuperficiel. 5. De l'origine, les vns naiſſent des os , & ce tantoſt des teſtes d'i-
ceux, alors à ſçauoir qu'ils doiuent eſtre grands : tantoſt d'vn peu plus bas, ou des
cauitez ſuperficielles nommées glenoïdes : tantoſt d'vn os ſeul , tantoſt de pluſieurs : les vns des cartilages : comme les muſcles propres du larynx ; les autres de
la membrane enuelopante les tendons , comme les vermiculaires ou lumbricaux :
les autres d'autres parties, comme les ſphincteres. 6. De l'inſertion, les vns s'inſerent aux os, les autres aux cartilages , comme ceux du larynx & des paupieres : les
autres aux membranes, côme ceux qui mouuent l'œil : les autres en la peau, comme ceux des léures : les autres en d'autres corps : les autres ayans prins leur origine
de pluſieurs parties ſe terminent en vne ſeule partie : ou au rebours ayans prins
leur origine d'vne ſeule partie , s'inſerent en pluſieurs. 7. De la tiſſure des fibres.
Tous les muſcles preſques n'ont qu'vne ſeule ſorte de fibres : il y en a toutesfois auſquels en apparoiſſent de deux & trois ſortes, comme au pectoral, au trapeze, & en
ceux des léures : qui fait qu'ils ont pluſieurs & diuers mouuemens. 8. Des parties.
Or par les parties j'entens, & les parties principales des muſcles, & celles ſur qui ils
ſont couchez. Les parties du muſcle ſont trois : la teſte, le ventre & le tendon. Les
muſcles n'ont quaſi tous qu'vne ſeule teſte : il y en a qui en ont deux & trois , d'où
ils ſont nommez *bicipites & tricipites* : Aucuns n'ont qu'vn ventre , & les autres en
ont deux, côme le muſcle qui ferme la maſchoire inferieure , & celuy de l'os hyoïde , leſquels pour cette raiſon ſont nommez *digaſtres & digaſtriques*. Le tendon
aux vns, eſt large & membraneux , aux autres rond , aux autres court : aux autres
long : aux autres troüé : aux autres non : il y en a qui n'en ont qu'vn : & les autres
en ont pluſieurs. On peut quelquefois voir pluſieurs muſcles ſe terminer en vn
tendon , comme en la iambe des gemeaux , & du ſolaire eſt faite vne ſeule corde.
Or des parties ſur leſquelles ils ſont couchez, ils ſont nommez *crotaphites*, ou *tem-*
poraux, rachites ou épineux & iliaques. 9. La difference des muſcles la plus neceſſaire de toutes (ſelon mon iugement) eſt priſe de l'vſage & action : l'action des
muſcles , c'eſt le mouuement volontaire : & pourtant ſelon la varieté des actions
les differences des muſcles ſeront auſſi diuerſes, leſquelles ie rapporteray à ces trois
principales. 1. Les muſcles ſont de meſme genre, ou bien ils ſont contraires : i'appelle de meſme genre, ceux qui conſpirent à faire vne & meſme action , comme
deux fléchiſſeurs, & deux extenſeurs : deſquels l'vn occupe ordinairement la partie dextre, & l'autre la ſeneſtre : l'appelle contraires ou antagoniſtes, ceux qui font
les actions contraires & les mouuemens qui ſuccedent les vns aux autres : Car
quaſi à tout muſcle a eſté dóné vn muſcle pour faire vne action contraire à la ſienne, comme au fléchiſſeur vn extenſeur, au leuateur vn abbaiſſeur, à l'ammeneur
vn emmeneur &c. Il faut excepter les ſphincteres du ſiege, & de la veſſie & les ſuſpenſoires. Les congeneres, ou qui ſont de meſme genre, ſont quaſi touſiours pareils en magnitude, nôbre & force : mais les antagoniſtes ne ſont point touſiours
pareils en force, nombre & grandeur : ains varient beaucoup ſelon la peſanteur
de la partie qu'ils doiuent mouuoir , ou la vehemence de leur action. Ainſi les fléchiſſeurs de la teſte ne ſont que deux , & les extenſeurs douze : ceux qui ferment
la maſchoire ſont en grand nombre, & ceux qui l'ouurent ne ſont que deux : car
les choſes peſantes, s'abbaiſſent facilemét d'elles meſmes par leur peſanteur. Touchant les congeneres, voicy l'arreſt qu'en a prononcé Galien, *Toutes & quantes-*
fois que les muſcles congeneres, ſont pareils aux parties oppoſites en nombre, magnitude,
& force , la reſolution de l'vn fait la conuulſion de l'autre. Touchant les antagoniſtes, voicy ce qu'il en a écrit , *Quand l'vn des mouuemens qui ſuccedent les vns*

Des Muſcles,

La ſeconde.

aux autres perit, il faut neceſſairement que l'autre ſoit oſté: car ſi le muſcle qui eſtend
eſt couppé, le membre ſe pourra bien fléchir, mais il demeurera touſiours en
cet eſtat, d'autant qu'il n'y a plus de muſcle pour l'eſtendre. 2. Des muſcles les vns
ſe mouuent eux-meſmes, & les autres mouuent d'autres corps. Ceux qui ſe mouuent eux-meſmes, ſont les ſphincteres du ſiege & de la veſſie : Quand à ceux qui
mouuent d'autres parties, ou ils mouuent les os; ou quelque choſe differente de
l'os. Ceux qui mouuent les os, ſe terminent en des tendons, ou plus gros ou plus
menus : ceux qui mouuent d'autres corps que l'os, les vns ont des tendons, les autres n'en ont point : Ceux qui mouuent des parties aiſées à mouuoir n'en ont
point, parce que leur mouuement eſt facile & non point vehement, comme ceux

La tierce.

de la langue & des teſticules : Or ceux des yeux ont des tendons, parce que l'œil
eſtant en continuel mouuement a beſoin d'vn puiſſant moteur. 3. Des muſcles les
vns ſont nommez fléchiſſeurs, extenſeurs, leueurs, abbaiſſeurs, ameneurs, emmeneurs, rotateurs ou roüeurs, circum-agiſſans, maſſeteres ou maſcheurs, cremaſteres ou ſuſpenſoires, & ſphincteres ou fermeurs.

Du nombre des Muſcles.

CHAPITRE IX.

*Le nombre des
muſcles eſt in-
certain.*

*Ils ſont quatre
cens cinq, à
ſçauoir.
Au front deux.
Aux paupie-
res ſix.
Aux yeux,
douze.
Aux oreilles,
ſix.
Aux narines,
quatre.
Aux léures,
neuf.
En la maſchoi-
re d'en bas,
dix.
En l'os hyoïde,
huit.
En la langue,
dix.
Au pharynx,
huit.
Au larynx,
quatorze.
A la teſte,
quatorze.
Au col, huit.
Aux eſpau-
les, huit.
Aux bras,
ſeize.
Aux couldes,
huit.*

E nombre des muſcles n'eſt point definy parmy les autheurs, & meſme il n'eſt point facile d'en arreſter vn au
certain : car les vns en mettent plus & les autres moins.
Il y en a qui d'vn ſeul en font pluſieurs, & ceux-là en
augmentent le nombre : il y en a d'autres qui de pluſieurs n'en font qu'vn, & ceux-cy le diminuent. Nous
les reduirons en vn abregé en ce chapitre, & retiendrons les noms que Syluius leur a impoſé; les ayans
prins de leur action, vſage, figure, & reſſemblance qu'ils ont auec les choſes
externes : d'autant qu'ils ſemblent declarer la choſe plus clairement & ayder
merueilleuſement à la memoire. Doncques les muſcles ſont en general quatre
cens & cinq. Ceux du front ſont deux : ceux des paupieres ſix, trois de chaque
coſté, deux qui les ouurent & quatre qui les ferment : ceux des yeux ſont douze : ſix en chaque œil, le leuateur, l'abbaiſſeur, l'ameneur, l'emmeneur, & les deux
roüeurs. Ceux des oreillettes ſont ſix : trois en la dextre, & autant en la ſeneſtre.
Ceux des narines ſont quatre : deux qui les ouurent, & deux qui les ferment. Ceux
des léures ſont neuf : deſquels il y en a quatre, qui les mouuent vers haut, quatre
vers bas, & vn rond nommé *buccinator*. Ceux de la maſchoire inferieure ſont dix :
qui la mouuent en haut, en bas, en deuant, en derriere & vers les coſtez. Ceux
qui ſuſpendent & affermiſſent l'os hyoïde ſont huit. Ceux de la langue dix : ceux
du pharynx huit, quatre de chaque coſté qui ſeruent à la deglutition. Ceux du
larynx ſont quatorze : quatre communs & dix propres. Ceux de la teſte ſont
auſſi quatorze : ſix grands & huit petits. Ceux du col ſont huit : quatre fléchiſſeurs
& quatre extenſeurs. Ceux des omoplates ſont huit : quatre en chacune, le trapeze, le leuateur propre, le petit dentelé & le rhomboïde: Ceux des bras ſont ſeize :
huit en chacun, qui ſont le deltoïde, le ſupraſpinéux, le tres-large, le grand
rond, le pectoral, l'infraſpinéux, le petit rond & le ſoubs-ſcapulaire. Ceux du
coulde ſont huit, quatre en chacun, deux fléchiſſeurs, le biceps & le brachiæus : &

deux

deux extenseurs, le long & le court. Ceux du rayon sont aussi huit, quatre en chacun; deux pronateurs, le rond & le quarré, & deux supinateurs. Ceux du carpe sont pareillement huit, quatre en chacun; deux qui le fléchissent, & deux qui l'estendent. Ceux de la main sont cinquante quatre; vingt-sept en chacune; desquels il y en a trois qui fléchissent tous les doigts, excepté le poulce; quatre qui les estendent, quatre qui les ameinent, & six qui les emmeinent. Le poulce en a neuf, vn fléchisseur, deux extenseurs, trois ameneurs, & trois emmeneurs. Le petit doigt en a aussi vn particulier qui l'emmeine d'auec les autres, tellemét qu'il y en ait vingt-sept en chaque main. Les muscles de la respiration sont en general soixante & cinq; desquels trente-deux dilatent la poictrine, & pareil nombre la resserrent : à ceux-cy faut adiouster le diaphragme pour fournir le nombre de soixante & cinq : car nous ne receuons point les douze intercartilagineux, tant internes comme externes. Ceux de l'épigastre sont dix; quatre obliques, deux droits, deux transuersaux, & deux petits. Ceux du dos sont dix; cinq de chaque costé. Ceux du fondement sont quatre; deux sphincteres, & deux leuateurs. La vessie n'en a qu'vn, nommé sphinctere. Ceux des testicules sont deux, nommez cremasteres ou suspensoires. Ceux de la verge sont quatre. Ceux des cuisses sont vingt-huit, quatorze en chacune : deux fléchisseurs, le psoas & l'iliaque, trois extenseurs, qui font les fesses, trois ameneurs, & six emmeneurs, les deux obturateurs & les quadrigemeaux. Ceux de la iambe sont vingt & deux, onze en chacune; quatre fléchisseurs, quatre extenseurs, deux ameneurs, & vn emmeneur. Ceux du pied sont douze, six en chacun; deux fléchissent le tarse, & quatre l'estendent. Et finalement ceux des orteils sont vingt & vn en chaque pied; deux les fléchissent, deux les estendent, quatre les ameinent, & huit les emmeinent : le poulce ou gros orteil est fléchy par vn muscle particulier, & estendu par vn autre : il est amené par vn, & emmené par vn autre. Le petit orteil a aussi vn emmeneur particulier. Or tous ces muscles en general sont quatre cens cinq. Que si tu y en veux accroistre ou diminuer le nombre, c'est chose dont ie ne m'en soucie point.

Aux rayons huit.
Aux carpes, huit.
Aux mains, cinquante & quatre.
Pour la respiration soixante-cinq.
Voy cy dessous le chap 30. & la question 7.
Ceux de l'épigastre, sont dix.
Du dos, dix.
Du siege, quatre.
De la vessie, vn.
Des testicules, deux.
De la verge, quatre.
Des cuisses, vingt-huit.
Des iambes, vingt-deux.
Des pieds, douze.
Des orteils, quarante & deux.

CONTROVERSES ANATOMIQVES.

A sçauoir si le muscle est l'organe du mouuement volontaire.

QVESTION PREMIERE.

E s Medecins & les Philosophes sont en debat touchant l'organe du mouuement volontaire. Auerrhoës veut que ce soit le cœur; pource qu'il faut que tout ce qui meut ait luy-mesme mouuement. Or le cœur est agité d'vn mouuement continuel : au lieu que le cerueau & les nerfs sont quelquesfois en repos : dont s'ensuit que le cœur est le premier organe du mouuement. Mais la legereté de cette opinion ne merite point de plus longue dispute. Les Medecins mettent tantost le cerueau pour l'organe des mouuemens volontaires, tantost le nerf, & tantost le muscle. Que le cerueau soit l'autheur de ces mouuemens, Galien le dit en tant de lieux, que ce seroit vne grande offence que de ne le croire

L'opinion d'Auerrhoës.

Les Medecins.

l. 12. de vſu
part. 3.
point ; que les nerfs faſſent le mouuement volontaire , le meſme Galien l'eſcrit
ſemblablement, & l'experience nous le monſtre iournellement : car eſtans couppez, piquez, ou autrement affectez, le mouuement perit ſoudain, encore que
les muſcles ne ſoient point offencez. Or que le muſcle ſoit l'inſtrument du mou-
l. de mot.
muſcul. &
l. 16. de vſu
part. 2.
uement volontaire, le ſuſdit Galien le prouue auſſi par pluſieurs bonnes & fortes
raiſons. Ces choſes ont ſemblé à pluſieurs ſe contrarier, & toutesfois il eſt aiſé de
*Les organes
du mouuemēt
ſont diuers.*
les concilier. Les organes du mouuement ſont diuers, & les autheurs d'iceluy differens, mais pour diuerſes conſiderations. Le ceruelle commande, le nerf porte
le commandement, & le muſcle obeït. Les inſtrumens du mouuement volontaire ſont donc trois : mais il n'y a que le muſcle qui le ſoit prochainement & immediatement : & c'eſt ce que veut Galien, quand il le definit *l'organe du mouue-*
*Que le muſcle
n'eſt point l'or-
gane du mouue-
mēt. Auerr-
hoës contre
Galien.*
ment volontaire : & qui ſe confirme par cette raiſon. Qu'il n'y a point de partie
qui ſe mouue volontairement, encore qu'elle reçoiue des nerfs, ſans l'aide du
muſcle ; de ſorte que ce ſoient choſes qui ſe reciproquent entre les Medecins, *que
ſe mouuoir volontairement, & auoir des muſcles.* Or par le mouuement volontaire, i'entends celuy qui eſt en noſtre libre diſpoſition. Auerrhoës grand Philoſophe
*Raiſon pre-
miere.*
taſche d'oppugner cette definition par quelques legeres raiſons. 1. Les vers &
inſectes ſe mouuent volontairement, & toutesfois ils n'ont point de muſcles.
Deuxiéme.
2. Nous tirons la langue hors la bouche ; or il n'y a point de muſcle qui ait ſon in-
Troiſiéme.
ſertion au bout de la langue pour la tirer dehors. 3. La verge bande, l'eſtomach
ſe meut, & la matrice vague & erre ſouuent par tout le ventre inferieur ſans l'aide
d'aucun muſcle. A ces raiſons d'Auerrhoës nous en adiouſterons quelques autres
Quatriéme.
plus valides. 4. Nous mouuons le bras en rond, or il n'y a point de muſcle cir-
Cinquiéme.
culaire au bras pour faire ce mouuement. 5. Nous fléchiſſons & courbons toute
l'eſpine du dos & des lumbes, & toutesfois il n'y a point de muſcles dediez à faire
Sixiéme.
ce courbement. 6. Que ce ne ſoient point choſes reciproques que ſe mouuoir
volontairement, & auoir des muſcles : il ſe recueille de ce que l'os hyoïde a huit
Septiéme.
muſcles, & n'a aucun mouuement. 7. Que les brutes ont vn ſeptiéme muſcle
en l'œil enuironnant le nerf optique, lequel ne fait point de mouuement : car
l'œil n'a que ſix mouuemens, quatre droits & deux obliques. Doncques le ſeptiéme muſcle ne meut point, ains tenant l'œil ferme il ſert pluſtoſt à le tenir en re-
Huictiéme.
Neufiéme.
pos qu'à le mouuoir. 8. Au conduit & oſſelets des oreilles ſe voyent des petits
muſcles qui ont eſté incognus aux anciens ; or nous oyons malgré nous. 9. Nous
reſpirons en dormant par le mouuement des muſcles : or ceux qui dorment n'ont
Dixiéme.
point de choix ny de volonté. 10. Mais il s'en trouue auſſi qui cheminent en
dormant : car Galien écrit auoir luy-meſme cheminé vne ſtade entiere ſans s'é-
ueiller, iuſques à ce qu'il heurta contre vne pierre. Or toutes les facultez anima-
Vnziéme.
les & volontaires repoſent & ceſſent au dormir. 11. Toute volonté procede de
cognoiſſance : il faut donc que le mouuement volontaire ſoit touſiours conjoint
auec cognoiſſance de ſa fin. Or le mouuement des muſcles eſt ſouuent ſans connoiſſance : Ainſi les petits enfans & les brutes ſe mouuent ſans connoiſſance.
*Douziéme.
l. de corde.*
12. Hippocrate appelle le cœur *vn muſcle*, mais le mouuement du cœur n'eſt
point en noſtre puiſſance pour nous obeïr. Doncques le muſcle ne doit point
eſtre mis pour l'organe du mouuement volontaire. Ces argumens pourront
*Reſponce aux
raiſons.*
ſembler aſſez forts à pluſieurs, leſquels toutesfois ie m'en vay monſtrer eſtre
*A la premie-
re.*
tres-foibles & tres-legers. 1. Les animaux exangues & inſectes ſont imparfaits,
comme chacun ſçait, leſquels comme ils ſe ſouſtiennent ſans os, & expulſent le
ſuc melancolic ſans ratte : ainſi rien n'empeſche qu'ils ne ſe puiſſent mouuoir

volontairement fans mufcles. 2. Quelques vns ont cuidé que le corps de la langue n'eftoit rien qu'vn mufcle, & que c'eftoit la raifon pourquoy elle fe mouuoit, comme vne anguille de toutes fortes de mouuemens. Pour mon regard ie
confeffe bien que fa fubftance eft molle, charneufe, & poreufe comme vne
éponge; mais dautant qu'elle n'eft point entretiffuë de fibres, ie ne puis me per-
fuader que ce foit vn mufcle, ains ie tiens qu'elle en a plufieurs qui luy feruent
à faire ces mouuemens fi differents, entre lefquels il y en a deux qui la tirent dehors, lefquels Auerrhoës plus fubtil Philofophe, que bon Anatomifte n'a point
connus. 3. Le mouuement du ventricule eft totalement naturel : celuy de la verge eft en partie naturel, & en partie volontaire : naturel à raifon des nerfs cauerneux, & volontaire à raifon des quatre mufcles qui dilatent les nerfs : & celuy de
la matrice eft fymptomatique & contre nature. 4. Le mouuement circulaire du
bras, n'eft point fait par vn mufcle particulier & fimple, mais par tous ceux du
bras agiffans fucceffiuement, l'vn apres l'autre : dautant que le mouuement circulaire n'eft point fimple, mais compofé de tous les droits & les obliques : le deltoïde le meut en haut, le rhomboïde en arriere, le tres-large en bas & le pectoral
en deuant. 5. Les anciens ne décriuent point les mufcles pour courber l'efpine,
dautant que les vertebres du dos font naturellement (comme Hippocrate declare fort bien) courbées en dedans, tant pour faire place aux vifceres contenus
au coffre du corps, comme au poulmon, au cœur & au foye, que pource que
cette figure eft affez encline d'elle mefme à fe courber fans l'aide d'aucun mufcle, encore que de noftre part nous reconnoiffons quelques mufcles feruans à
cela. Ioint la pefanteur du corps, car le corps humain fe fléchit autant en deuant, comme les mufcles deftinez pour releuer l'efpine relafchent de leur action.
6. Touchant l'os hyoïde, on peut reuoquer en doute s'il a mouuement ou non,
mais accordons qu'il n'en ait point : nous difons que fes mufcles luy ont efté
feulement donnez pour la fymphyfe. Car dautant que les os fe joignent, ou par
articulation, ou par fymphyfe, & que cet os ne foit point joint par articulation,
dautant qu'il n'a point d'attouchement auec les autres os; il eftoit neceffaire,
qu'il fuft attaché aux parties voifines par quelques liens, & mefme que ces liens
fuffent charneux, de peur de bleffer l'œfophage, la trachée artere, les arteres carotides, les veines iugulaires, le nerf recurrent, ou les mufcles de la langue &
du larynx, par leur dureté. 7. Le mufcle enuironnant le nerf optique, aux yeux
des brutes, quand il arrefte l'œil, il le meut du mouuement tonique; car fes fibres font bandées, & les parties fe mouuent (ce dit Galien) au repos mefme,
comme on voit au Tetanos & aux oyfeaux qui volent. Si cela ne contente : Refponds, que ce qui enuironne le nerf optique, n'eft point proprement vn mufcle,
mais vne chair fimple mife là pour l'affermir : comme celle des genciues. 8. Les
Anatomiftes n'attribuent point d'autre vfage aux mufcles, qui font au conduit
& aux offelets de l'ouye, que pour reculler la teftellette du maillet, de l'attouchement & articulation de l'enclume. 9. Nous parlerons de la repiration en fon
lieu, & fuffira de remarquer icy en paffant que la volonté eft double, l'vne qui
prouient du choix, & l'autre de l'inftinct : la premiere eft propre à ceux qui veillent, & la derniere à ceux qui dorment. 10. Galien répond que l'ame ne ceffe point
tout à fait au dormir, mais qu'il fe fait vne remiffion de fes actions : de forte
que la force des fonctions animales, foit remife & relafchée, mais non
oftée tout à fait pour la faire ceffer. 11. Scaliger veut que la volonté des enfans,
& des brutes procede de l'inftinct : & que ce foit vne mefme faculté qui mini-

ftre à l'ame pour la commodité du corps. 12. Quand Hippocrate appelle le cœur vn *mufcle*, il abuſe du mot de *mufcle*, car il ne veut point que le cœur ſoit vn muſcle compoſé de nerfs & de fibres nerueux, mais que la chair d'iceluy, c'eſt à dire, ſa ſubſtance charnuë & ſa couleur rouge & vermeille, reſſemble à vn muſcle. Concluons donc en faueur de Galien que le muſcle eſt l'organe immediat du mouuement volontaire.

A ſçauoir ſi la Chair eſt la partie principale du Mufcle.

QVESTION DEVXIESME.

Parties du mufcle entant qu'il eſt organe miniſtrant à la faculté animale.
l. 12. de vſu. part. 3.
Que le tendon eſt le premier organe du mouuement.
com. ad cap. 50. art. par.
Que le nerf eſt la principale partie du muſcle.
Authorité de Galien.
l. de plenitud. c. 5.
l. 12. du vſu. part.
l. 8. de anat. admini.
l. 12. de vſu. part. 3.
L'autheur recônoit la chair fibreuſe pour la principale partie du muſcle.
l. 1. de motu. muſcul. cap. 3.

LE muſcle à trois parties ſimilaires qui ſeruent au mouuement, *le nerf, le tendon, & la chair*: & trois diſſimilaires, *la teſte, le ventre, la queuë.* Et dautant qu'en tout organe il y a touſiours vne partie ſimilaire qui eſt la cauſe principale de l'action: il nous faut ici rechercher à laquelle des trois doit eſtre deferée la principauté. Il ſemble que Galien n'en ait point bien eſté reſolu, car il veut tantoſt que ce ſoit au tendon, & que tout le muſcle ait eſté fait pour l'amour de luy: qui eſt auſſi l'opinion de Veiga, lequel dit en outre, *que le tendon eſt vn ligamēt dur (comme celuy qui naiſt de l'os) rond, greſle, tres-fort, & fort enclin à ſe retirer volontairement:* Combien qu'ils different grandement, dautant que le ligament eſt ſans ſentiment, & le tendon d'vn ſentiment fort exquis. Et tantoſt, il veut que ce ſoit au nerf côme quand il dit, *que les fibres des nerfs répandus dans les muſcles, ſont les premiers qui font le mouuement.* Item, *que le muſcle eſt vn organe en partie naturel, & en partie animal: naturel entant que compoſé de veines & d'arteres, & animal entant qu'il a des nerfs, deſquels il a cecy qu'il eſt l'inſtrument du mouuement volontaire.* En vn autre endroit il veut *que ce ſoit vne choſe commune à tous les muſcles: que ſi les nerfs ſont bleſſez, tout le muſcle ſoit auſſi toſt priué de mouuement.* Et ailleurs il écrit, *que l'vſage du nerf eſt de porter le commandement enuoyé par la raiſon, & de donner le commencement du mouuement.* Pour mon regard, ie ne croy point que le tendon ſoit la partie principale du muſcle, ny le nerf auſſi, mais la chair fibreuſe. Car le tendon n'a point eſté fait ſimplement pour le mouuement, mais par accident, & pour mouuoir les parties plus lourdes & faire les mouuemens violens; qui eſt cauſe que les muſcles n'ont point tous des tendons, comme monſtre Galien, témoin ceux du larynx, de la langue, & les ſphincteres du ſiege & de la veſſie, mais ceux-là ſeulement, qui font des mouuemens forts, vehemens ou continus. Mais le nerf ne le peut eſtre auſſi. 1. Parce qu'il mouueroit par tout; or il ne meut point au ventricule, aux boyaux ny aux viſceres. 2. Il eſt trop menu pour mouuoir les membres lourds & peſans en ſe retirant. Que ſi tu objectes que les muſcles ſe retirent en la conuulſion à raiſon de la grande deſiccation ou repletion des nerfs. Ie réponds que le mouuement en la conuulſion eſt inuolontaire, & que les nerfs ne ſont point ſeulement deſſechez, ains que les chairs le ſont auſſi: car ſi le corps eſt reduit à vne telle ſechereſſe, que l'humidité des nerfs ſoit conſommée, il eſt neceſſaire que les chairs le ſoyent premierement. Que ſera-ce ſi nous diſons que la conuulſion ne ſe fait

point tant par deſiccation ou repletion , que par le vice de l'imagination? 3. Son
inſertion dans le muſcle eſt oblique & tortueuſe, qui empeſche qu'il ne puiſſe
faire la contraction neceſſaire pour mouuoir la partie. 4. Ioint qu'il n'enuoye
point des branchettes par tout le corps du muſcle , mais tantoſt au ventre ſeulement, tantoſt à la teſte, & tantoſt à la queuë. Reſte donc que ce ſoit la chair. Et
ſemble que l'admirable Hippocrate nous l'ait voulu monſtrer, quand il appelle
abſoluëment les muſcles *chairs* : car il écrit *que les parties qui ſont enuironnées de*
chair en rond , qu'on appelle muſcle , ont toutes vn ventre. Item, *que l'helebore eſt*
dangereux à ceux qui ont les chairs ſaines, c'eſt à dire, *le genre muſculeux.* Galien veut
auſſi *que la chair proprement & ſimplement nommée , ſoit celle qui ſe trouue aux muſ-*
cles. Il écrit ailleurs *que les muſcles droits de l'épigaſtre ne ſont couuerts d'aucun muſ-*
cle: c'eſt à dire *chair,* car perſonne ne nie qu'ils ne ſoient couuerts des tendons &
aponeuroſes des obliques. Il appelle l'eſpece de ſymphyſe qui ſe fait par les muſcles *ſyſſarcoſe :* comme qui diroit *ſymphyſe charnuë.* Il veut *que la graiſſe aux corps*
froids & ſecs ſoit répanduë dans les chairs , & non ſur les tuniques : or par les chairs
il entend les muſcles qui ſont reueſtus de leurs propres tuniques. Il veut auſſi *que*
la propre ſubſtance du muſcle ſoit vne chair fibreuſe. Iadis en vne certaine conſtitution peſtilentielle couroit vne ſorte d'vlcere , lequel conſommoit & mangeoit
la chair des muſcles, ſans toucher aux veines, arteres & nerfs : *& alors* (ce dit
Galien) *la partie perdoit le mouuement.* Mais delaiſſant les authoritez , éclairciſ-
ſons & appuyons noſtre opinion de quelques raiſons. 1. Il n'y a point de partie
qui ſe mouue volontairement ſans l'aide de la chair fibreuſe ; mais il y en a pluſieurs qui ſe mouuent ſans tendon : & par tout où il y a des fibres charneux, là
auſſi eſt le mouuement volontaire : ce que perſonne n'oſeroit dire du nerf, car
le ventricule reçoit des nerfs de la ſixiéme coniugaiſon, & toutesfois il ne ſe meut
point volontairement. 2. Le cuir des beſtes à quatre pieds ſe meut volontairement par tout, parce qu'il eſt adherent au pannicule tout tiſſu de fibres charneux.
3. L'homme a la peau totalement immobile, parce qu'il a (choſe qui n'a point
eſté remarquée des Anciens) le pannicule tout nerueux & non charneux, horsmis au viſage & au front où il eſt charneux & muſculeux, qui fait que de toute la
peau, l'homme ne meut ſeulement que celle de la face ſelon ſa volonté. 4. Le
col de la veſſie, parce qu'il eſt charneux, fait office de muſcle & ſert à retenir l'v-
rine quelque temps: il en eſt de meſme du ſphincter du ſiege. 5. Galien veut *que*
cette partie ſoit la principale de l'organe , laquelle luy eſt particuliere , & telle qu'il ne
s'en trouue point ailleurs de ſemblable ; or la chair muſculeuſe ne ſe trouue point
ailleurs qu'aux muſcles : au lieu que les nerfs & ligamens ſe voyent par toutes les
parties ; Doncques la chair eſt la principale partie du muſcle. Ariſtote veut pareillement *que la chair ſoit la principale partie de tout organe ;* Ainſi la chair du cerueau engendre l'eſprit animal, & les arteres ne font que le preparer ; la chair du
foye imprime la rougeur, & la forme au ſang ; la chair des teſticules donne la fecondité à la ſemence ; la chair du poulmon prepare l'air au cœur ; & la chair des
roignons attire & ſepare l'humeur ſereuſe. Doncques la chair du muſcle fait le
mouuement volontaire. Au reſte quand ie dis la chair eſtre *la cauſe principale du*
mouuement , ie n'entends point celle qui eſt particuliere à chaque partie, car ainſi
toutes les parties ſe mouueroient volontairement : mais la vraye chair ſeulement,
laquelle enuironnant les fibres nerueux ne peut eſtre diſtinguée de la ſubſtance
nerueuſe : de ſorte que ce ſoit vne chair fibreuſe ; à cette cauſe Galien veut par
tout que la propre ſubſtance des muſcles ſoit vne chair fibreuſe : car la chair

Authoriſez
qui enſeignét
la meſme.
l. de arte.
l. de fract. &
articu.
& l. 4. aphor.
16.
l. 10. method.
c. 9.
l. 5. de loc.
affect. c. 6.
l. de oſſibus.
c. 59. aut.
partæ.

eodem lib.
cap. 50.

Raiſons qui le
confirment.
La premiere.

ſeconde.

Troiſiéme.

Quatriéme.

Cinquiéme.

l. 3. de hiſt.
animal.
La chair de
chaque partie,
eſt la partie
principale de
l'organe.

conserue les fibres qu'ils ne soient rompus ou froissez , & les fibres gardent la chair qu'elle ne se dissolue. Et ainsi ie pense auoir suffisamment confirmé mon opinion. Reste pour la fin de cette question à rechercher pourquoy la faculté de mouuoir a plustost esté donnée à la chair qu'aux autres parties. Personne ne doute que la faculté motrice ne decoule du cerueau par les nerfs dans tout le corps: cette faculté requiert la bonne disposition de la partie receuante : ainsi les os à raison de leur dureté & solidité sont ineptes pour sentir, & les corps mols,des enfans tres-ineptes pour mouuoir. Or il n'y a que la chair qui soit apte & bien disposée à receuoir l'influence de la faculté motrice, d'autant qu'il est besoin de plus grande quantité d'esprits , & iceux plus chauds pour mouuoir que pour sentir: veu que le mouuement, selon les Philosophes, est vne action, & le sentiment vne passion : or les fibres charneux sont beaucoup plus chauds que les nerueux : ils eschauffent donc les esprits animaux, & les rendent plus aptes à faire le mouuement. Ioint que la chair fibreuse se retire, se relasche, & remet plus facilement la partie qu'elle ne l'attire. Galien & les Modernes assignent encore d'autres vsages à la chair outre le mouuement. 1. *Pour seruir de deffence aux visceres & autres parties interieures. La chair* (ce dit Galien) *est faite litiere molle à l'animal quand il se couche ou qu'il tombe : elle obeyt aux coups ourbes , & resiste aux choses trenchantes quand il est blessé : elle luy sert d'ombrage quand le Soleil brusle , & de couuerture contre la rigueur du froid : bref elle défend les visceres des iniures externes. 2. Pour empescher en enuironnant les tendons qu'ils ne s'arrachent d'auec le corps du muscle, lors qu'ils sont tirez violentement. 5. Pour corriger par son humidité la seicheresse des nerfs & des ligamens acquise par le mouuement & trauail continuel.*

Pourquuey la faculté de mouuoir a esté donnée à la chair.

Autres vsages de la chair. l. 12. de vsu part. 3.

Défence pour Galien contre les calomnies de Vesale.

QVESTION TROISIESME.

LE diuin Galien a fait paroistre son érudition admirable en ses liures qu'il a mis en lumiere touchant le mouuement des muscles; & toutesfois Vesale poussé de ie ne sçay quel desir de contredire, le reprend par tout , ou pour dire mieux le déchire. 1. Il le calomnie d'auoir dit , que la nature des muscles est mixte & moyenne entre le ligament & le nerf: car voicy comme il écrit; *Les mesmes affections arriuent aux tendons qu'aux muscles : or la nature d'iceux est mixte & moyenne entre le ligament & le nerf.* Mais il n'a point entendu Galien , car la derniere clause doit estre rapportée, non aux muscles, mais aux tendons : comme il s'explique luy-mesme vn peu plus bas en ces mots, *que la nature des tendons soit comme mixte des ligamens & des nerfs , nous l'auons dit cy dessus.* 2. Il l'accuse d'auoir dit *que tous les muscles se terminent en des tendons.* Mais il ne s'apperçoit point que Galien ne parle que de ceux *qui mouuent les os* : veu qu'en vn autre endroit il fait mention de plusieurs qui n'en ont point , quand il dit : *Des muscles , les vns se mouuent eux-mesmes , & les autres mouuent d'autres corps. Ceux qui se mouuent eux-mesmes , sont les sphincteres du siege & de la vessie , desquels ne naist aucun tendon : Ceux qui mouuent d'autres corps , ou ils mouuent les os , ou bien quelque autre chose differente de l'os: Ceux qui mouuent les os se terminent tous en des tendons plus gros ou plus menus: Ceux qui mouuent d'autres choses que les os , les vns ont des tendons , & les autres*

Calomnie de Vesale contre Galien.

l. 1. de motu muscul.

Autre accusation de Vesale contre Galien.

l. 11. de vsu part. 9. l. 1. de motu muscul.

'n'en ont point. 3. Il le redarguë d'auoir voulu que le tendon fuſt le premier orga- *Troiſiéme ca- lomnie.*
ne du mouuement, encore que la chair fibreuſe ſoit la principale partie du muſ-
cle. Reſponds qu'aux muſcles qui ont des tendons , le tendon meut premierement, & toutesfois qu'il n'eſt point le premier moteur : car comme ainſi ſoit que
le tendon ſoit la fin du muſcle, il eſt reputé mouuoir la partie premier que le ventre, ou la teſte. 4. Il le blaſme d'auoir écrit beaucoup de choſes inconſiderément *Quatriéme.*
en l'hiſtoire particuliere des muſcles, tellement qu'il ſemble auoir pluſtoſt deſ-
crit les muſcles des brutes que du corps humain. Ie ne nie point que Galien n'ait *Veſale ſur- prins au crime dont il accuſe Galien. In obſeruat. anat.*
obmis beaucoup de choſes, ou bien qu'il ne les ait point aſſez exactement expri-
mées : car il eſtoit homme : Or c'eſt choſe humaine que de faillir, ignorer &
broncher , mais on peut retorquer le meſme blaſme contre Veſale : car en l'hiſtoire du larynx, de l'epiglotte & des yeux, il deſcrit (comme remarque fort bien
Fallope) des muſcles, non d'hommes mais de bœuf : car le ſeptiéme muſcle enuironnant le nerf optique, ne ſe trouue point en l'œil humain : non plus que les
muſcles qui ouurent l'epiglotte , & pluſieurs autres qu'il dit eſtre propres au larynx. Mais il a auſſi obmis beaucoup de choſes en l'hiſtoire particuliere des muſcles, ou bien il ne les a point aſſez exactement exprimées, leſquelles nous ont eſté
plus clairement expoſées par Fallope.

HISTOIRE ANATOMIQVE.

Des Muſcles du front.

CHAPITRE X.

A partie qui eſt au deſſous du crane découuerte de *Comment la face ſe meut.*
poil, nommée des Latins *facies* , comprenant les or-
ganes des ſens exterieurs , & repreſentant toutes les
paſſions de l'ame , ſe meut de diuers mouuemens par
l'aide premierement de la peau muſculeuſe , & puis
apres de pluſieurs muſcles qui luy ſont propres. I'ay
dit la peau de la face eſtre muſculeuſe, d'autant que la *La peau muſ- culeuſe de la face que c'eſt.*
membrane nerueuſe, parſemée de fibres charneux, eſt
tellement adherente à toute la peau de la face, qu'elle
n'en peut eſtre ſeparée qu'auec beaucoup de peine : De là vient que la peau eſtant
au reſte du corps ſans mouuement, ſe meut toutesfois en la face volontairement.
Galien nomme cette membrane muſculeuſe *muſcle large* , il reſſemble au capu- *Le muſcle large.*
chon que les hommes portent à cheual, pourueu qu'on en couppe autant comme
on en couure auec le bonnet : car il couure quaſi tout le viſage & le col. Les Anciens eſtimoient que toute la peau de la face ſe mouuoit par le benefice de ce ſeul
muſcle large, mais les Modernes recherchant les choſes plus exactement, donnent à toutes les parties du viſage des muſcles particuliers, leſquels ie m'en vay
commencer à deſcrire. La premiere & ſuperieure partie de la face eſt nommée *Le mouuemẽt pourquoy ne- ceſſaire au front.*
le front, au bas duquel ſe voyent les ſourcils, qui s'éleuent ou abbaiſſent ſelon
les diuerſes paſſions de l'ame. Or il falloit que le front ſe meuſt pour l'amour

des yeux, d'autant qu'il eſtoit neceſſaire qu'ils s'ouuriſſent bien grands, quand tout à vn coup ils s'efforçent de voir pluſieurs objets externes d'vne veuë, & auſſi qu'ils ſe reſerraſſent alors qu'ils ſe ferment. A ce mouuement outre la membrane charnuë ſeruent deux muſcles, leſquels ayant prins leur origine des parties ſuperieures du front, où finiſſent les cheueux, s'en vont inſerer aux inferieures, & leuent le front & les ſourcils en haut. Les fibres de ces muſcles ne ſont point obliques, ainſi que veulent aucuns; ils ne ſont point auſſi ſituez tranſuerſalement, comme les rides de la peau, ains ils deſcendent droit vers bas. Or ces muſcles qui ſont deux ſont quelque peu ſeparez en leur milieu : car toutes les fois que nous ſommes fort émeus de crainte, ou que nous admirons quelque choſe, nous retirons & fronçons la peau au mitan du front en telle ſorte, que les ſourcils s'entretouchent. Or ce froncement de la peau ne ſe feroit point s'il n'y auoit qu'vn ſeul muſcle.

Des Muſcles des paupieres.

CHAPITRE XI.

'AVTANT que les paupieres ſont les fueilles & couuertures des yeux, il falloit neceſſairement qu'elles ſe meuſſent pour ouurir & fermer l'œil : car les yeux eſtant touſiours clos, ils ne receuroient iamais les images des objets viſibles, & eſtant touſiours ouuerts, ils ſeroient à toute heure en danger d'eſtre offencez par les iniures externes, & ſeroient facilement déprauez, à raiſon de la grande diſſipation des eſprits & de la lumiere interne. Il falloit donc qu'ils s'ouuriſſent & fer-

maſſent alternatiuement ſelon que la neceſſité le requeroit. Or les paupieres encores qu'elles ſoient deux, ſi eſt-il qu'il n'y a que la ſuperieure qui ſoit mobile : car quel beſoin eſtoit-il du mouuement de l'inferieure, veu que l'œil eſt fermé par le mouuement de la ſuperieure fait vers bas, & ouuert par le mouuement de la meſme paupiere fait vers haut. La paupiere ſuperieure ſe meut donc vers haut & vers bas; vers haut par le moyen d'vn muſcle,
lequel ayant prins ſon origine de la partie interieure de l'orbite, quaſi du meſme endroit dont naiſt celuy qui hauſſe l'œil, & ſe terminant en vn tendon aſſez large, s'inſere au tarſe & bord de la paupiere d'enhaut, & leuant ladite paupiere ouure l'œil & le découure. Il y en a deux autres qui l'abbaiſſent & ferment, l'vn naiſſant de l'angle interieur enuironne tout le cil, comme vn ſphincter : l'autre ayant prins naiſſance du meſme endroit, & de la racine du nez, s'inſere au tarſe.

Des Muſcles des yeux.

CHAPITRE XII.

 ES yeux veillans continuellement pour noſtre conſeruation, & ayans eſté donnez aux animaux afin de pourſuiure ce qui leur eſt vtile, ou de fuyr ce qui leur eſt dommageable, ils deuoient ſe mouuoir de tous coſtez, afin de tourner leur regard facilement de

toutes parts selon le bon plaisir de la volonté. Doncques les muscles qui tournent *Leur muscles font fix.*
& mouuent les yeux d'vne vistesse incroyable, sont six, desquels il y en a quatre
droits, ordonnez pour faire les mouuemens droits, & deux obliques. Le premier *Quatre droits.*
des droits tire l'œil vers haut, le deuxiéme le meut vers bas, le troisiéme le meut à
dextre, & le quatriéme à senestre. La structure de ces quatre muscles n'est point *Leurs origine*
dissemblable, ny les principes de leur origine beaucoup éloignez: car ils naissent *&*
tous presque d'vn mesme endroit, c'est à sçauoir de la partie interieure & plus *Insertion.*
profonde de l'orbite, qui est faite d'vne portion du sphenoïde, d'où ils s'en vont
inserer en diuerses parties de la conjonctiue par des tendons nerueux, & assez larges. Or ces muscles, bien que petits ont neanmoins des tendons, pour fournir
à la durée & continuité de leurs mouuemens, dautant que l'œil se mouuant sou-
uent a besoin d'vn fort & puissant moteur. Ceux donc se trompent qui estiment *Erreur de quelques vns, touchant l'origine des muscles.*
que les muscles prennent leur origine de la dure mere enueloppante le nerf opti-
que: car cela est totalement contraire au sens, & mesmes ils ne deuoient ny ne
pouuoient naistre de la membrane. Ils n'en doiuent point naistre, d'autant que
cette membrane est d'vn sentiment tres-exquis & qu'elle enuironne le nerf, &
partant les muscles en faisant les mouuemens de l'œil viendroient à presser & serrer le nerf: & ainsi nuiroient à la veuë. Ils n'en pouuoient point aussi naistre, dautant qu'ils ne seroyent point appuyez sur vne base assez ferme. Que si ces quatre
muscles icy agissent tous ensemblement, ils tirent l'œil en dedans & l'arrestent.
Les deux obliques tournent l'œil obliquement, l'vn vers haut, & l'autre vers bas. *& deux obliques.*
Le premier issant de la partie interne de l'orbite, comme les quatre droits desià
descrits, s'en va au grand angle, où il se termine en vne corde desliée inconnuë
aux anciens, & descrite premierement par Falloppe, laquelle passant autour de la
poulie, s'insere en fin obliquement au costé de la conjonctiue. Or ie nomme *pou-* *La poulie.*
lie le cartilage, qui a comme vn canal par dedans lequel passe ladite corde, & qui
est pendu à l'angle de l'œil par vn ligament membraneux, en telle sorte qu'il resemble du tout à vne poulie. Ce muscle icy quand il se retire en dedans vers son
principe, il tourne & roulle l'œil auec sa corde d'vn certain mouuement circulaire vers le grand angle. Le dernier sortant du grand angle, & de la fente qui conjoint les deux os de la maschoire, ayant embrassé l'œil transuersalement, s'insere
au petit angle. Colomb veut *Qu'il naisse de l'œil & qu'il s'y implante.* Mais il a par *Le septiéme muscle ne se trouue point en l'œil hu-main.*
auanture esté trompé par la situation de ce muscle qui est oblique, & comme
cachée entre les autres. Le septiéme muscle descrit par tous les Anatomistes, &
par Vesale mesme, enuironnant le nerf optique, & affermissant l'œil pour garder qu'il ne tombe de sa place, se trouue seulement aux bestes brutes qui regardent tousiours en terre, & iamais en l'homme. Doncques les muscles de l'œil sont *Leurs noms.*
seulement six, ausquels les Anatomistes ont donné des noms particuliers, appellant le premier *hausseur & superbe,* le second *abbaisseur & humble,* le troisiéme *ame-*
neur & beuueur, & le quatriéme *emmeneur & desdaigneux,* & les deux obliques
tournoyeurs, circulaires & amoureux; d'autant qu'ils sont comme les guides &
messagers d'amour.

Des Muſcles,

CHAPITRE XIII.

Les muſcles des oreilles ſont trois.

L n'y a que l'homme qui ait les oreilles quaſi touſiours immo-biles: que s'il arriue quelquesfois qu'aucuns les mouuent, com-me i'ay ſouuent remarqué, il faut croire que cela ſe fait par le moyen de quelques muſcles, leſquels ſont iuſques au nombre de trois. Le premier ſitué en la partie anterieure ayant pris ſon origine du bout & partie ſuperieure du muſcle du front, ſe ter-mine en la partie de l'oreille nommée *antilobion*, & tire l'oreille en haut & en de-uant. Le deuxiéme naiſt de l'occiput par vn principe eſtroit & deuenant plus lar-ge s'inſere au derriere de l'oreille, & la tire en arriere. Le troiſiéme eſt vne portion du muſcle large & peauſſaire qui s'eſtend iuſques aux oreilles.

Des Muſcles des Narines.

CHAPITRE XIV.

Le mouuement pourquoy ne-ceſſaire aux narines.

'Avtant que les narines portent les eſpeces des odeurs aux apophyſes mammillaires, & l'air au cerueau pour la ge-neration de l'eſprit animal, & meſmes qu'elles ſeruent au cerueau pour le purger & décharger de ſes excremens: il eſtoit neceſſaire qu'elles ſe dilataſſent & reſerraſſent par vn mouuement volontaire. 1. Afin qu'elles peuſſent eſtre plus commodément mouchées. 2. Qu'elles ſe dilataſſent plus facilement en l'inſpiration & en l'expiration. 3. Et fermaſ-

Deux muſcles les ouurent.

ſent plus promptement quand nous voulons éuiter quelques mauuaiſes odeurs. Or les muſcles qui dilatent les narines ſont deux, vn de chaque coſté, prenant leur origine du front par vn principe pointu & charneux, & deuenus plus larges, ſont portez aux aiſles du nez, repreſentans quaſi la figure d'vn triangle. Il y en a auſſi deux qui les reſerrent & ferment, qui ſont continus aux muſcles des léures: de ſorte que nous ſommes contrains toutes les fois que nous tirons quelque cho-ſe dans les narines de retirer & ſerrer la léure d'en-haut. Quant à celuy que Veſa-le dit eſtre dans les narines dedié pour les fermer, nous ne l'auons peu encores voir, non plus que Colomb & Fallope. C'eſt donc vne pure fiction.

Des Muſcles des Léures.

CHAPITRE XV.

Le mouuement pourquoy ne-ceſſaire aux léures.

Ource qu'il eſtoit neceſſaire que les deux léures, ſe peuſſent re-ſerrer, relaſcher, ouurir, fermer, fléchir, & finalement ſe tour-ner par tout où requeroit la neceſſité de ceux qui mangent, boi-uent, parlent ou font quelque autre choſe: Nature induſtrieu-ſe & prouuoyante a fait la ſubſtance des léures de peau & de

muſcles confus & meſlez d'vn artifice admirable en telle ſorte, que cette peau peut *Leur peau eſt*
eſtre dite muſculeuſe ou muſcle peauſſaire. Il y en a eu d'entre les Anciens & Mo- *muſculeuſe.*
dernes pluſieurs qui ont voulu que les deux léures ſe meuſſent par le moyen du
muſcle large ſeulement; & tout ainſi que les fibres ſont diuerſement entretiſſus
& meſlez, qu'ils fiſſent auſſi diuers & contraires mouuemens. Mais les Anatomiſtes ont remarqué des muſcles particuliers mouuans les deux léures, deſquels le
nombre n'eſt point bien reſolu entr'eux. Pour mon particulier ie remarque que
les deux léures ſe mouuent en haut & en bas. Il y a deux muſcles qui mouuent la *Deux muſcles*
ſuperieure vers haut, leſquels ayant prins leur origine de la pommette par vn prin- *hauſſent celle*
cipe charneux, deſcendent obliquement & s'inſerent aux coſtez de ladite léure *de deſſus.*
ſuperieure : il y en a pareil nombre qui la mouuent vers bas, leſquels du menton *Deux autres*
ſont portez en la meſme léure ſuperieure. Il y a deux muſcles qui mouuent l'infe- *l'abbaiſſent.*
rieure vers haut, leſquels ayant prins leur origine de la circumference oſſeuſe des *Deux muſcles*
yeux & de la pommette s'inſerent obliquement en ladite léure inferieure. Il y en a *hauſſent celle de deſſous.*
deux autres qui la mouuent vers bas, qui du menton s'inſerent en la meſme léure *Deux autres*
inferieure. On peut remarquer en tous ces huit muſcles deux ſortes de fibres, les *l'abbaiſſent.*
vns internes & les autres externes; les internes tirent les léures en dedans, & les *Tous ces muſ-*
externes les retirent en dehors. Il y a finalement vn certain muſcle, qui comme vn *cles ont deux ſortes de fi-*
ſphincter enuironne toute la bouche, lequel eſt nommé *buccinateur* : Pluſieurs le *bres.*
prennent, mais mal, pour vn des muſcles de la maſchoire inferieure. Il prend ſon *Le buccina-*
origine des genciues ſuperieures, & ſe termine aux meſmes genciues ſuperieures, *teur.*
eſtant comme vn cercle entretiſſu de diuers fibres. Il enuironne toute la partie de
la bouche que nous bouffiſſons & enflons en ſoufflant. La tunique qui reueſtit
toute la bouche, touche quelque peu à ce muſcle, eſtant ſi fermement attachée à
ces parties, qu'elle n'en peut iamais eſtre arrachée entiere. Son office eſt de pouſſer la viande en diuerſes parties de la bouche, afin qu'elle ſoit mieux maſchée, &
remplir & bouffir les joües quand nous voulons joüer de la trompette.

Des Muſcles de la maſchoire d'en bas.

CHAPITRE XVI.

OVS auons cy-deſſus monſtré que des deux maſchoires, la *La maſchoire*
ſuperieure eſt immobile à l'homme & aux autres animaux, ex- *de deſſus pour-*
cepté au perroquet & au crocodille : car le mouuement de cet- *quoy immobi-*
te maſchoire euſt empeſché le nez de receuoir les odeurs, & *le.*
d'attirer l'air, & les yeux de regarder loing autour d'eux. Il
eſtoit donc neceſſaire que l'inferieure ſe meut pour coupper, *Le mouuemẽt*
broyer & moudre les viandes, & pour former & articuler la voix. Or les mou- *pourquoy ne-*
uemens ſimples d'icelle ſont ſix en general, en haut, en bas, à dextre, à ſenc- *ceſſaire à celle de deſſous.*
ſtre, en deuant & en derriere : tous leſquels ſont parfaits par le moyen de grand
nombre de muſcles. Il y en a quatre qui la mouuent en haut, c'eſt à dire, qui *Quatre muſ-*
la ferment, deux de chaque coſté : à ſçauoir le temporal, & celuy qui eſt caché *cles la ferment.*
dans la bouche. Le temporal, autrement nommé *crotaphite*, ayant prins ſon
origine de toute la cauité des temples par vn principe charneux & demy
rond, s'amenuiſant peu à peu, & porté par deſſous le zygoma, s'inſere par

vn tendon nerueux & tres-fort à l'apophyse coronoïde de la maschoire d'en-bas. Ce muscle surpasse tous les autres en dignité, & Nature s'est seruie d'vn artifice merueilleux pour le défendre, l'ayant en premier lieu couuert du pericrane, membrane épaisse & dure : car ce muscle, par la partie qu'il est adherent à l'os est tout charneux, & l'os en cet endroit n'est point couuert du perioste, chose remarquée de peu de gens. Et cette portion du pericrane, couurant ainsi ce muscle, en a trompé plusieurs, qui à raison d'icelle donnent à ce muscle deux tendons, l'vn interne & l'autre externe. 2. Elle a couuert la partie inferieure d'iceluy, parsemée de force nerfs, de l'os zygoma, comme d'vn rampart de pierre, de sorte que l'os iugal semble auoir esté seulement fait pour l'amour d'iceluy. 3. Elle a muny tant par dessus que par dessous ce tendon d'vne lictiere & garniture molle, & comme d'vne couuerture charneuse, pour faire qu'il fust moins exposé aux iniures exter- nes. Hippocrate a creu la dignité de ce muscle estre telle, qu'il a iugé la luxation de la maschoire estre le plus souuent mortelle, à raison de l'alteration & distension du muscle temporal, quand il dit ; *Si on ne remet les os de la maschoire inferieure en leurs places, la vie est en peril, à raison des fieures continuës, & des endormissemens profonds qui suruiennent : car ces muscles icy, lors qu'ils sont ou alterez ou estendus outre nature, causent les endormissemens.* Ce qui arriue parce qu'ils sont fort prochains du cerueau, & qu'ils ont vne tres-grande communication auec iceluy par le moyen de plusieurs notables nerfs : Or les parties qui sont prochaines, & qui ont vne estroitte communication, sont celles qui compatissent les premieres & le plus grandement. En l'homme ces muscles sont petits, mais tres-forts, les lions, les loups, les chiens, & les autres bestes, qui ont les dents en forme de scie, les ont & tres-grands & tres-nerueux, parce qu'ils ont besoin de beaucoup de force pour mordre. Au muscle temporal en a esté donné vn autre petit en aide, lequel est caché dans la bouche ; il prend son origine des apophyses pterygoïdes de l'os sphenoïde, & s'insere interieurement aux costez de la maschoire, & ces deux muscles icy ferment la maschoire. Il y en a deux seulement qui l'ouurent, vn de chaque costé : car il n'estoit point besoin qu'il y en eut autant pour l'ouurir que pour la fermer, & n'est point necessaire que les muscles qui succedent aux actions contraires soient semblables ny égaux en nombre, force & grandeur ; ils naissent tous deux de l'apophyse styloïde, estant charneux en leur origine, nerueux en leur mitan, & derechef charneux en leur fin, par laquelle ils s'implantent en la partie interne du menton, de là vient qu'ils sont nommez *digastriques*, c'est à dire, ayant deux ventres : car ils sont charnus en leurs deux extremitez, & ressemblent par leur milieu à vn tendon, qui est vne figure tres-belle, & qui n'a esté donnée à nul autre muscle, horsmis à celuy de l'os yoïde qui naist de l'espaule. Or il falloit qu'ils fussent menus & nerueux en leur mitan, à fin d'occuper moins de lieu, d'autant qu'ils deuoient laisser de la place pour les muscles de la langue & de l'os yoïde. Mais on peut aussi remarquer icy comme la figure d'vne poulie, laquelle estoit bien necessaire : car, veu que ces muscles ne naissent point des parties inferieures, mais plustost des superieures, comme mouueroient-ils la maschoire vers bas, s'ils n'estoient passez comme dans la meullette d'vne poulie ? Il y a deux muscles qui mouuent la maschoire vers les costez dextre & senestre, vn de chaque costé : Les Grecs les nomment de leur office *masseteres*, & les Latins *mansorios & molitores*, comme qui diroit mascheurs ou broyeurs, parce que leur action propre c'est *la manducation.* Ces muscles semblent auoir deux testes, desquelles l'vne soit portée de la pommette à l'extremité de l'angle de la maschoire, & l'autre du zygoma

vers

vers le menton. Or les fibres de ces deux teftes s'entre-couppent en forme de la
lettre romaine X, & partant il eft croyable que ces mufcles icy mouuent la mafchoire & vers les coftez, & en deuant & en derriere, parce que pour bien mafcher
il eft befoin qu'elle fe mouue de plufieurs & diuerfes fortes de mouuemens. Fa-
loppe en adioufte encores vn autre, lequel il dit naiftre des parties fuperieures
de l'apophyfe pterygoïde, & s'inferer en la pofterieure partie de la mafchoire
pour la mouuoir en deuant, comme celuy qui eft caché en la bouche, defià décrit,
la meut en arriere.

Des Mufcles de l'os hyoïde.

CHAPITRE XVII.

'O s hyoïde n'ayant point d'articulation auec les os
voifins (car les extremitez d'iceluy ne touchent point
les bouts d'vn autre os) il eftoit neceffaire qu'il fut attaché aux parties voifines par quelques liens : car autrement comment feroit la langue appuyée fur iceluy,
comme fur fa bafe ? Or il falloit que ces liens fuffent
non durs & nerueux, mais mols & charneux, pour
garder qu'ils ne preffaffent l'œfophage, l'artere trachée, les veines iugulaires, les arteres carotides, le

Les ligamens de l'os hyoï-de pourquoy charneux.

nerf de la fixiéme coniugaifon; & les mufcles du larynx & de la langue par leur
dureté; afin auffi qu'ils obeïffent plus promptement aux mouuemens de la langue, & n'empefchaffent point la deglutition. Les mufcles de l'os hyoïde femblent donc eftre dediez, non à mouuoir, ains pluftoft à attacher cet os, & le tenir ferme en fa place. Or les mufcles qui font cet office font huit ; defquels deux
ayans prins leur origine de la fuperieure partie du fternon, s'inferent à la bafe de
l'os hyoïde : deux font portez de la partie interieure du menton à la bafe du mefme
os; les cinq & fixiéme font portez obliquement de l'apophyfe coracoïde aux cornes de l'os hyoïde. Ces deux mufcles font charneux en leurs extremitez; c'eft à
dire, à leur origine & infertion, & nerueux & exangues en leur milieu, eftant
quafi femblables à ceux qui ouurent la mafchoire, qui eft la raifon pourquoy
Galien les nomme *digaftriques*, & veut qu'ils feruent à hauffer l'efpaule : mais il
s'eft trompé. Les fept & huiétiéme ayans prins leur origine de l'apophyfe ftyloïde, s'inferent aux cornes de l'os hyoïde, ils font troüez en leur milieu pour donner paffage au mufcle qui ouure la mafchoire.

Ses mufcles font faits plu-ftoft pour la tenfion que pour le mouue-ment.
Ils font huiéf.

Les digaftri-ques.

Des Mufcles de la langue.

CHAPITRE XVIII.

A langue organe du goufter & du parler, pour receuoir l'impreffion
des faueurs, pour tranfmettre & chaffer bas les viandes dans l'œfophage, & pour exprimer les lettres, fe meut comme vne anguille
de diuerfes fortes de mouuemens : A cette caufe Nature l'a faite
d'vne fubftance charnuë, molle & large; qui fe retire, s'allonge & dilate facilement ; & luy a donné plufieurs mufcles propres, qui la mouuent en haut,

Le mouuemét à quoy necef-faire à la lan-gue.

X

ses muſcles
ſont dix.

en bas, en arriere, en deuant, & vers les coſtez. Il y en a deux qui la leuent en
haut, leſquels de l'apophyſe ſtyloïde, s'inſerent quaſi au mitan de la langue, il y
en a deux autres qui l'abbaiſſent, qui ſortis de la maſchoire inferieure, où ſont les
dents maſchelieres, ſont pareillement portez à la langue. Il y en a deux qui la
mouuent en deuant & en dehors, qui naiſſent de l'interieure partie du menton,
& deux qui la tirent en arriere & en dedans, qui naiſſent de la baſe de l'os hyoïde:
Il y en a vn qui la tire à dextre, & vn autre à ſeneſtre, naiſſans tous deux des cornes ſuperieures de l'os hyoïde, & s'inſerans aux coſtez de la langue. Quand tous
ces muſcles agiſſent ſucceſſiuement l'vn apres l'autre, ils mouuent la langue en
rond. Il y en a qui en comptent plus, & d'autres moins, qui eſt vne choſe de fort
petite conſequence. Au reſte nous expliquerons plus au long l'hiſtoire de la
langue en ſon lieu.

Des Muſcles de la Gorge.

CHAPITRE XIX.

Muſcles ſer-
uans pour
aualer.

Sont ſix.

VICENNE décrit quelques muſcles qu'il dit eſtre propres à la gorge: Entre les Modernes Fallope a eſté le premier qui en a parlé, ils ſemblent toutesfois eſtre neceſſaires à la deglutition, d'autant qu'il falloit que le pharynx & entrée de la gorge s'ouuriſt & reſerraſt pour donner paſſage à la nourriture. Or ces muſcles ſont ſix, trois
de chaque coſté. Le premier ayant prins ſon origine par
vn principe délié & nerueux de la portion de l'os ſphe-
noïde, qui eſt prochaine de l'articulation de la maſchoire, s'inſere dans la cauité du
palais, & tire le fonds du palais en haut & en deuant. Le deuxiéme iſſu quaſi du
meſme principe, s'implante aux parties laterales de la gorge, où ſe voyent les
amigdales, il ſert à la dilatation. Le dernier naiſt de la partie par laquelle la teſte
eſt jointe à la nucque, eſtant mince & fort tendre : il enuironne toute la cauié
poſterieure de la gorge, & deſcendant vers bas il eſt porté aux coſtez de l'os hyoïde : Il eſtreſſit & reſerre la gorge, & ſert à la deglutition. l'adiouſterois à ces trois
vn quatriéme muſcle, que la pluſpart des Anatomiſtes diſent eſtre l'vn de ceux
du larynx, & l'appellent *commun* : il naiſt des coſtez du cartilage ſcutiforme, &
auec ſes fibres circulaires & tranſuerſaux, il embraſſe & ceint l'œſophage de toutes parts, & ainſi il ſert à la deglutition.

Des Muſcles du Larynx.

CHAPITRE XX.

Le mouuemẽt
pourquoy ne-
ceſſaire au la-
rynx.

E larynx, qui eſt le couuercle de la trachée artere, auoit beſoin
de ſe dilater, reſerrer, ouurir & fermer pour la perfection de la
voix, & l'articulation de la parole. Or ces mouuemens-cy, d'autant qu'ils ſont volontaires, ont beſoin de l'aide des muſcles.
Doncques les muſcles du larynx ſont en grand nombre, & ce
nombre en grand debat parmy les plus ſçauans Anatomiſtes:
mais delaiſſant les flots des opinions contraires, nous en mettons ſeulement

quatorze, defquels les vñs font *communs*, & les autres *propres*. Iappelle *communs* Ces mufcles font quatorze.
ceux qui naiffent dvne autre partie que du larynx, & *propres* ceux qui naiffans du
larynx sinferent en iceluy. Or par le larynx ïentends tout ce corps, qui eft compofé de trois cartilages, du tyroïde, annulaire & arytenoïde, defquels deux fe
mouuent, à fçauoir le tyroïde & l'arytenoïde; & le troifiéme, qui eft l'annulaire, eft immobile; le tyroïde, qui a la forme d'vn écuffon, fe dilate & referre; &
l'arytenoïde, qui par fa fuperieure partie reffemble à la langue d'vne flufte, fe ferme & ouure. Au refte la raifon de ces mouuemens eft telle. Les mufcles com- Quatre com-muns.
muns font feulement quatre, defquels les deux premiers font nommez bronchiques, parce qu'ils montent du long des coftez de l'artere trachée : ils naiffent de
la partie fuperieure & interieure du fternon, & montans du long des cartilages
de l'artere, ils sinferent en la partie inferieure du tyroïde; ils tirent le larynx vers
bas, & referrant les parties inferieures de ce cartilage, ils dilatent les fuperieures.
Les deux autres oppofez aux precedents, ayans prins leur origine des coftez de
l'os hyoïde, sinferent par des filets droits en la partie inferieure du tyroïde, qu'ils
tirent en haut : or quand ils referrent les parties fuperieures du larynx ils dilatent
les inferieures. A ces quatre, la plufpart des Anatomiftes en adioufte encore
deux communs, qu'elle dit naiftre de l'œfophage, & sinferer aux coftez du tyroïde, mais elle fe trompe : car ce font mufcles de l'œfophage, & non du larynx,
& feruent à la deglutition, d'autant qu'ils ceignent & enuironnent l'œfophage
de toutes parts. Les mufcles propres font dix, tous fort petits, cinq de chaque Dix propres.
cofté. Le premier ayant prins fon origine de la partie anterieure de l'annulaire
eft porté obliquement, & par des filets obliques à la partie anterieure & inferieure du tyroïde ; or quand il eftrecit & referre cette partie inferieure du tyroïde, il dilate la fuperieure du larynx. Le fecond plus large & plus long, naiffant
de la partie pofterieure de l'annulaire, & montant droit en haut fe termine à
l'arytenoïde, & eft eftimé ouurir la glotte. Le troifiéme eft porté de la partie
anterieure & interne de l'annulaire, obliquement à l'arytenoïde : il dilate la partie pofterieure de la glotte, & referre l'anterieure. Le quatriéme de la partie interne du tyroïde, sinfere obliquement en l'arytenoïde, faifant vne action contraire au troifiéme. Le dernier le plus petit de tous, du milieu de l'arytenoïde,
sinfere aux coftez de l'arytenoïde, & ouure le conduit. Dans ces mufcles font
femées plufieurs branchettes du nerf recurrent. Quant aux controuerfes qui fe
prefentent icy, & comment Vefale s'eft trompé en la defcription de ces mufcles,
nous le ferons voir cy deffous. L'épiglotte couure le canal du larynx. Or tous les
Anatomiftes prefques veulent qu'elle fe hauffe & abbaiffe par le moyen de quelques mufcles, mais il ne s'en trouue point en l'homme pour faire cette action : car
le larynx eft toufiours entre-ouuert, & l'épiglotte ne s'abbaiffe iamais finon par
la pefanteur de l'aliment : or elle fe releue d'elle-mefme, parce qu'eftant cartilagineufe elle eft abbaiffée par force.

Des Muscles qui mouuent la teste.

CHAPITRE XXI.

Le mouuemēt
pourquoy ne-
ceſſaire à la
teſte.

l.2. quæſt. 25.

ACe que la teſte peuſt éuiter les choſes nuiſibles , & pourſuiure celles qui ſont vtiles, il eſtoit beſoin qu'elle ſe meut de tous coſtez. Or à faire ces mouuemens diuers euſt peu ſuffir vne ſeule articulation laſche, mais ce n'eſtoit point choſe ſeure de commettre & hazarder vn membre ſi noble à vne ſeule & ſimple articulation. A cette cauſe Nature (ainſi que nous auons cy-deſſus monſtré) pouruoyant à la ſeureté a recompenſé par deux articulations moindres, mais plus ſerrées, & grand nombre de muſcles , ce qu'elle euſt bien peu faire par vne ſeule articulation plus grande & plus laſche. De ſorte que tous les mouuemens de la teſte ſe faſſent ſur les deux premieres vertebres. Or de ces mouuemens les vns ſont droits, les autres obliques, & les autres ſemy-circulaires: les droits ſont deux, la flexion qui ſe fait en accordant , & l'extenſion qui ſe fait en refuſant. A la

Les muſcles fléchiſſeurs ſont deux.

flexion ſont ſeulement dediez deux muſcles ſituez en la partie anterieure, nommez *maſtoides* , parce que les choſes peſantes s'abbaiſſent d'elles-meſmes facilement. Ces muſcles icy naiſſent de la partie ſuperieure du ſternon & des clauicules, & s'en vont obliquement inſerer aux apophyſes mammillaires de l'os occipital ; il y en a qui les départiſſent en deux & en trois, d'autant que leurs principes ſe voyent diſtincts & ſeparez, & qu'entre iceux il y a vne cauité fort apparen-

Les extēſeurs ſont huit.

te aux ſens. A l'extenſion miniſtrent huit muſcles, quatre grands & quatre petits. Des grands, Syluius nomme les deux premiers *ſpleniques :* Ils prennent leur naiſſance des eſpines des cinq vertebres ſuperieures du thorax , & des quatre inferieures de la nucque , eſtant premierement continus & puis apres ſeparez, s'inſerent par vne partie aux apophyſes tranſuerſes de la deuxiéme vertebre, & par l'autre partie à l'occiput, & eſtendent la teſte tout droit quand ils agiſſent auec leur compagnon de meſme genre. Les deux autres ſituez ſous les precedents, parce qu'ils ſont compoſez de parties de nature diſſemblables, tantoſt charnuës, & tantoſt nerueuſes, tellement qu'ils ſemblent eſtre pluſieurs , ſont nommez *complexi & implicati.* Ils naiſſent de pluſieurs principes, comme de l'eſpine de la premiere & deuxiéme vertebre du thorax , & des apophyſes tranſuerſes des cinq vertebres inferieures de la nucque, & eſtant diuerſement meſlez , & ne faiſant qu'vn meſme corps, ils ſe terminent quaſi au mitan de l'os occipital. Les quatre petits ſont fort greſles, & ſont nommez droits, à raiſon de leur ſituation: D'iceux les deux ſortent de l'eſpine de la deuxiéme vertebre du col, & les deux autres encores moindres, ſituez au deſſous des derniers, ayans prins leur naiſſance de la partie poſterieure de la premiere vertebre, ſont tous portez à l'occiput.

Les mouuemēs obliques faits par quels muſcles.

Voilà les deux mouuemens droits de la teſte, la flexion & l'extenſion : les obliques ſont auſſi deux, à dextre & à ſeneſtre, pour faire leſquels n'ont eſté deſtinez aucuns muſcles particuliers: mais quand le fléchiſſeur d'vn coſté, & l'extenſeur oppoſite agiſſent enſemblément , ils font le mouuement oblique, comme on peut voir au carpe. La teſte ne fait point de mouuement circulaire parfaict, car il eſt impoſſible de la tourner en rond, il n'eſt donc que demy-circulaire, & *Le mouue-ment ſemicir-culaire ſaſt par quatre pe-tits muſcles.* eſt fait par quatre petits muſcles qui ſont ſituez obliquement. Les deux pre-miers ſortans du milieu de l'occiput s'inſerent aux apophyſes tranſuerſes de la premiere vertebre : les deux autres ayans prins naiſſance de l'apophyſe poin-ctuë de la vertebre nommée *dent*, ſe terminent à l'apophyſe tranſuerſe de la premiere. Les muſcles de la teſte ſont donc quatorze en nombre.

Des Muſcles du Col.

CHAPITRE XXII.

E col ſe fléchit, eſtend & meut vers les coſtez. Il y a quatre muſcles qui le fléchiſſent, deux longs & deux ſcalenes. Les *Quatre muſ-cles fléchiſſent le col.* longs cachez ſous l'œſophage, ayans prins leur origine des corps des vertebres ſuperieures du thorax par vn principe charneux & fort pointu, s'implantent la premiere du col, & quelquesfois à l'occiput. Les ſcalenes ainſi nommez parce qu'ils ont la figure d'vn triangle à coſtez inégaux, ayans prins naiſſance de la premie-re coſte & de la clauicule par vn principe charneux & large, en s'eſtreciſſans peu *Et quatre l'e-ſtendent.* à peu s'inſerent en quaſi toutes les apophyſes tranſuerſes de la nuque par des fi-bres obliques. Il y en a autant qui l'eſtendent, deux tranſuerſaux & deux épi-neux: les tranſuerſaux iſſus des ſix apophyſes tranſuerſes des vertebres du thorax, ſont portez à toutes les apophyſes traſuerſes des vertebres du col. Les eſpineux ſi-tuez entre les eſpines ſortis des racines des eſpines des vertebres du thorax ſe ter-minent aux eſpines du col. Le mouuement qui ſe fait vers les coſtez eſt parfait par vn extenſeur & vn fléchiſſeur agiſſans enſemblement.

Des Muſcles des Eſpaules.

CHAPITRE XXIII.

O vs mouuons l'eſpaule en haut, en bas, en deuant, & *Mouuemens de l'eſpaule.* en derriere. Or il ne falloit point qu'elle ſe meut en rond, partie pour la force & ſeureté du bras, & partie pource que la clauicule auec laquelle elle a articula-tion empeſchoit le mouuement circulaire. Les muſ- *Muſcles qui la leuent.* cles qui la hauſſent ſont vne portion du trapeze, & les leuateurs propres. Le trapeze ainſi dit, à raiſon de ſa figure & des autres circulaires, parce qu'il reſſemble au capuchon d'vn moyne ou à la collerette d'vne femme, naiſſant de quaſi tout l'occiput, de toutes les eſpines de la nuque & des huict ſu-perieures du thorax, s'inſere en toute l'eſpine de l'omoplate, & au mitan preſ-ques de la baſe d'icelle. En ce muſcle ſe voyent diuerſes ſortes de filets & plu-ſieurs principes, qui eſt cauſe qu'il fait diuers mouuemens, & qu'il meut l'eſpaule en haut, en arriere & en bas. Il y a aussi les leuateurs propres qui la leuent en haut, lesquels tous les Anatomistes ne comptent que pour vn, combien que leur naissance & insertion soyent diuerses, car ayans prins leur origine de la premiere, seconde & troisiéme vertebre du col, ils s'inserent en diuerses parties de l'angle superieur: ils sont tous charneux & separez par leurs propres membranes.

qui la baissent. Ceux qui la mouuent vers bas sont la partie inferieure du trapeze & vne portion du treslarge: car le trapeze s'inserant au bras par vn tendon fort & comme recourbé, est attaché par sa partie charnuë à l'angle inferieur de l'omoplate, laquelle il tire en bas. Or il n'estoit point necessaire qu'il y eust des muscles propres pour abbaisser l'espaule, parce qu'elle s'abbaisse facilement par sa pesanteur, quand les *qui la meinent* muscles superieurs viennent à se lascher. Il y en a vn qui la meut en deuant, nom-*en deuant,* mé *petit dentelé,* iceluy ayant prins son origine des cinq costes superieures auant qu'elles se terminent en cartilages, s'implante en l'apophyse coracoïde par vn *& qui la tirēt* tendon partie charneux, & partie nerueux. Il y en a vn autre qui la tire en der-*en arriere.* riere, lequel de sa figure quadrangulaire a esté nommé *rhomboide,* il naist des trois épines inferieures de la nucque, & des trois superieures du dos, & s'insere dans quasi toute la baze de l'omoplate: il peut estre diuisé en deux. Plusieurs adioustent le grand dentelé, & le digastrique selon Galien, mais ils se trompent: car le premier est propre au thorax, & l'autre à l'os hyoïde.

Des Muscles du Bras.

CHAPITRE XXIV.

Muscles qui haussent le bras.

Ovs haussons volontairement le bras, l'abbaissons, le mouuons en deuant, en derriere, & en rond, par le moyen de huict muscles: il y en a deux qui le leuent en haut, le deltoïde & le supraspineux. Le deltoïde ayant prins ce nom de la figure de la lettre Grecque Δ, *delta,* est nommé autrement *epomis & humeralis:* ayant prins son origine de la moitié de la clauicule, & de toute l'espine de l'omoplate, & de l'acromion, s'ame-nuisant peu à peu s'insere par vn tres-fort tendon au milieu du bras. Le supraspineux sorty de la cauité qui est au dessus de l'espine de *qui le baissent.* l'omoplate, s'implante au col du bras. Le tres-large & le grand rond l'abbaissent, le tres-large nommé autrement *scalptor ani, & grand dorsal,* naist des épines de l'os sacrum, des lumbes, & des neuf inferieures du dos, par vn principe large & ner-ueux, cóme aussi de la partie superieure de l'os ilium, & de là montant en haut tout charneux, il est porté premierement à l'angle inferieur de l'omoplate, puis par vn tendon fort & cóme recourbé, il s'insere au dessous de la teste de l'humerus. Il a di-*qui le meinent* uerses sortes de fibres, & tire en diuerses manieres le bras vers bas, mais tousiours *en deuant.* obliquement; il a trois angles inégaux, deux longs & vn court. Le grand rond de la coste inferieure de l'omoplate, est porté au col du bras. Il n'y a qu'vn muscle, mais tres-fort, qui le meut en deuant, lequel est nommé *pectoral,* à raison qu'il est couché sur la poictrine, & *pentagone,* parce qu'il a cinq costez. Il naist de plus de la moitié de la clauicule, de quasi tout le sternum, de la six, sept & huictiéme costes par vn principe charneux & large, puis il s'insere par vn fort tendon, & iceluy comme

redoublé en l'os du bras, entre le muscle deltoïde & le biceps, & abandonne la
cauité de l'aisselle. En iceluy apparoissent trois sortes de fibres, qui est la cause
qu'il meut le bras en haut, en bas, & tout droit, mais tousiours en deuant. Trois *En derriere.*
muscles le mouuement en arriere, l'infraspineux, le petit rond & le souscapulaire.
L'infraspineux, naist de la cauité qui est au dessous de l'espine de l'omoplate, estãt
fort large & charneux : car il remplit toute cette partie de l'omoplate qui est au
dessous de l'espine, & s'insere par vn tendon qui est espais, mais large à la teste &
au col du bras. Le petit rond issu de la coste inferieure de l'espaule, est porté au
col du bras & à la partie interieure d'iceluy, le souscapulaire naissant de toute la
cauité de l'omoplate, & la remplissant totalement de sa chair, s'implante par vn
tendon assez large & fort, au col & à la teste du bras. Voilà les trois muscles qui
mouuent le bras en arriere, & qui semblent faire vn mouuement demi-circulaire. Or le circulaire parfait d'autant qu'il est composé de tous les droits & obli- *Et en rond.*
ques, n'est point fait par vn muscle particulier, mais par tous ces muscles du bras
agissans successiuement.

Des Muscles du Coulde.

CHAPITRE XXV.

L A deuxiéme partie de la main est composée de deux os, du *Muscles flé-*
coulde & du rayon; desquels les mouuemens sont diuers : car *chisseurs du*
le mouuement propre du coulde, c'est la flexion & l'extension: *coulde.*
& celuy du rayon la pronation & la supination. Les muscles
du coulde sont quatre, deux fléchisseurs, & deux extenseurs.
Les fléchisseurs sont le biceps, & le brachiëus. Le biceps a
deux testes, l'vne portée de l'acetable de l'omoplate, & de la cauité glenoïde
par la fissure du bras : l'autre ayant prins son origine de l'apophyse coracoïde,
s'vnissans en vn seul ventre & tendon s'inserent, non (comme estime le vulgaire) en la partie anterieure du coulde, mais du rayon. Cependant, chose remarquée par peu d'Anatomistes, il donne en passant vne appendice charneuse à l'os
du bras, enuiron son milieu. Le brachiëus fort charneux de la partie superieure *Extenseurs.*
& anterieure du bras, & estant adherent à l'os, est porté auec son compagnon
de mesme genre au rayon, & au coulde. Il y en a deux autres qui l'estendent, le
long & le court. Le long sort de l'omoplate, vn peu au dessous du col d'icelle. Le
court issu de la partie posterieure du col du bras, s'assemble auec le precedent
en telle façon qu'ils ne peuuent en aucune maniere estre separez : & pourtant
estant ainsi confondus ensemble, ils s'inserent par vn mesme tendon nerueux
par dehors & charneux par dedans à l'olecrane.

Des Muscles du Rayon.

CHAPITRE XXVI.

L E mouuement du rayon, c'est la pronation & supination de la main:
car comme ainsi soit qu'il n'y ait presque que le rayon qui reçoiue
toute la main: elle peut estre toute tournée en rõd à la fois par le mou- *Les muscles*
ment de ce seul os. Or les parties de la main comme sont les doigts *du rayon sõt*
quatre.

ne peuuent ni ne doiuent se mouuoir en rond, afin que leur articulation & l'appreprehension soyent plus fermes & plus assurées. Il n'y a donc que quatre muscles qui mouuent le rayon, deux pronateurs & autant de supinateurs. Des pronateurs l'vn est appellé rond, lequel ayant prins naissance de l'apophyse interne du bras, & souuentesfois aussi de la partie inferieure du bras, se termine obliquement par vn tendon membraneux quasi au mitan du rayon. L'autre quarré se termine de la partie inferieure & basse du coulde, en la partie inferieure & basse du rayon. Les supinateurs sont deux, l'vn plus long s'insere de la partie inferieure du bras en la partie inferieure du rayon. L'autre nerueux est porté de l'apophyse externe du bras, quasi au milieu du rayon, estant totalement adherent à iceluy. Il est charneux par dedans & membraneux par dehors. Or il s'auance obliquement, d'autant que son mouuement est oblique.

Deux prona-teurs.

Et deux supi-nateurs.

Des Muscles du Carpe ou Poignet.

CHAPITRE XXVII.

Les Muscles du Carpe sont deux flechis-seurs.

E Carpe ou poignet se fléchit, estend & meut obliquement vers les costez. Les muscles fléchisseurs sont deux, tous deux internes, desquels l'vn ayant prins son origine de l'apophyse interne du bras, estendu sur l'os du coulde, s'insere par son gros tendon qui est en partie charneux & en partie nerueux au quatriéme os du carpe. L'autre superieur issu de la mesme apophyse se termine au premier os du metacarpe, qui est sous le doigt index. Il y a pareillement deux extenseurs tous deux externes: le premier & superieur ayant prins naissance de l'apophyse externe du bras estendu sur le rayon se termine en vn tendon fourchu, duquel tendon vne partie s'insere au premier os du metacarpe, & l'autre partie au deuxiéme. Le second muscle & iceluy inferieur, sorty du mesme endroit se termine en vn seul tendon, au quatriéme os du metacarpe, qui est sous le petit doigt. Ces mesmes muscles mouuent le poignet obliquement, & vers les costez quand ils font leur action separément, ou bien l'vn des fléchisseurs agissant ensemblement auec vn extenseur.

Et deux extenseurs.

Des Muscles des quatre doigts.

CHAPITRE XXVIII.

au l. 12.

L'action de la main c'est em-poigner & prendre.

Pourquoy les muscles des quatre doigts font quasi se-blables.

Ovs décrirons en son lieu la structure & composition de la main, & traiterons seulement icy ce qui concerne l'histoire des muscles. L'action de la main c'est *l'apprehension*; or l'apprehension ne se peut faire sans mouuement; & partant la main auroit besoin de muscles pour faire son action. Ce mouuement se fait par l'aide & benefice de tous les doigts, qui sont fléchis, estendus, amenez & emmenez. Or comme ainsi soit que les doigts soyent cinq, *le polex, l'index, le medius le medicus & l'auricularis*, d'autant que le mouuement des quatre derniers est totalement semblable, & que *le polex* a quelque chose de particulier en ſa flexion & en ſon extenſion, de là vient que les muſcles de ces quatre doigts-là n'ont quaſi rien de diſſemblable : mais le poulce a beſoin de muſ-cles particuliers que nous décrirons à part au chapitre ſuiuant. Doncques les muſ-cles qui fléchiſſent les quatre doigts ſont trois, *le palmaire, le ſublime* & *le profond:* le palmaire, iſſu par vn principe pointu & nerueux de l'apophyſe interne du bras, deuenant auſſi-toſt charneux, rond & petit, s'auançe premierement en vn tendon eſtroit & long, lequel ſitué au deſſous de quaſi tous les muſcles internes de la main, & ayant paſſé par deſſus le ligament interne du carpe, répand vn tendon large: mais fort tenuë au deſſous de toute la peau du dedans de la main, tout iuſques à la premiere jointure des doigts, & s'eſtend dans quaſi toute la paulme de la main; non ſeulement pour ſeruir au fléchiſſement des doigts, mais auſſi pour faire que la main apprehende & empoigne plus fermement, & qu'elle ayt le ſentiment plus exquis. Le ſublime ſorty de l'apophyſe interne du bras, auant que venir au carpe, produit quatre tendons, comme quatre liens, leſquels s'aſſemblant & eſtant ſer-rez par vn ligament tres-fort & tranſuerſal qui reſſemble à vn anneau, ils s'inſe-rent en la ſeconde articulation des quatre doigts : or en paſſant du long de la pre-miere jointure, ils y ſont ſi fermement attachez par le moyen des membranes & filets, qu'ils la font mouuoir. Le profond couché ſous le precedent, ſorty de la meſme apophyſe, ſe diuiſe pareillement en quatre tendons nerueux, leſquels at-tachez par des ligamens membraneux à la premiere & deuxiéme rangée des os des quatre doigts, s'inſerent finalement en la troiſiéme, laquelle ils fléchiſſent tous ſeuls. Or pour ouurir le chemin à ce muſcle profond pour ſe rendre à la troi-ſiéme articulation, Nature par vn artifice admirable a troüé les quatre tendons du muſcle ſublime. Or les tendons de ces muſcles fléchiſſant les doigts ſont ronds, ſinon lors qu'ils s'inſerent en la jointure, car alors ils s'applatiſſent afin de rendre le mouuement & l'apprehenſion plus faciles.

Les fléchiſ-ſeurs ſont trois.

　　Les muſcles qui eſtendent les doigts ſont pluſieurs, leſquels Syluius ne compte que pour vn, & l'appelle extenſeur des doigts : Combien que leurs origines & inſertions ſoient diuerſes, ils naiſſent quaſi tous de l'apophyſe externe du bras, ou vn peu au deſſous, & eſtant premierement attachez enſemble par le ligament annulaire, s'inſerent diuerſement en la deuxiéme & troiſiéme jointure. Donc-ques l'extenſeur des doigts peut eſtre départy en quatre parties, deſquelles la pre-miere eſt portée au petit doigt, & eſt vn tendon fourchu: la deuxiéme plus grande ſe fend en deux tendons, deſquels le premier qui eſt fourchu s'inſere aux doigts *auricularis* & *medicus*, & l'autre qui eſt ſimple au *medicus :* la troiſiéme confuſe & meſlée au commencement auec les precedentes ſe termine en deux tendons, deſ-quels l'vn eſt porté au *medius*, & l'autre à *l'index :* & la quatriéme eſt portée par vn tendon tantoſt ſimple & tantoſt double à *l'index.* Or il faut remarquer que ces tendons ne ſont point ronds, comme ſont ceux qui fléchiſſent les doigts : mais larges & comme membraneux, d'autant que l'os eſtoit trop rond par ſon exte-rieure partie! Voilà donc les muſcles fléchiſſeurs & extenſeurs des quatre doigts. Or ils ſe mouuent auſſi vers les coſtez interne & externe, quand ils ſont amenez vers le poulce, ou qu'ils en ſont reculez, & ce par le moyen de quelques petits muſ-cles. Ceux qui les ameinent ſont quatre petits, nommez de leur figure *lumbri-caux & vermiculaires :* ils naiſſent des tendons du muſcle profond, eſtant char-nus & ronds en leur commencement : puis apres par vn tendon petit & ner-ueux, eſtant premierement adherents & attachez aux coſtez des doigts, s'en vont obliquement implanter à la partie externe de la troiſiéme jointure. Ceux

Les exten-ſeurs.

Les ameneurs.

Les emme-neurs.

qui les emmeinent sont six, & non huit, nommez *entr'osseux*, cachez aux espaces du metacarpe, trois internes, & trois externes, lesquels montans par les costez des doigts, & portez à la partie externe de la derniere jointure, s'assemblans auec les lumbricaux ne font rien qu'vn large tendon, de sorte qu'il semble que tant les lumbricaux que les entr'osseux, par la partie qui est adherente aux costez des doigts, seruent à emmener les doigts les vns des autres, & à les amener & rapprocher, & par leur extremité qu'ils seruent à les estendre, dont aduient souuent jaçoit que le muscle qui estend tous les doigts soit couppé, que l'extension de la main ne perit point pour cela tout à fait, les petits muscles qui seruent & ministrent à la mesme action restans sains & entiers.

Des Muscles du Poulce.

CHAPITRE XXIX.

Le fléchisseur du poulce.
Les extenseurs.

Les ameneurs.

L E poulce, d'autant qu'il équipolle à toute la main a des muscles particuliers fléchisseurs, extenseurs, ameneurs & emmeneurs. Il est fléchy par vn seul muscle qui ayant prins naissance de la superieure partie presque du rayon, s'insere en la derniere jointure. Il est estendu par deux, naissans tous deux du coulde : le premier s'insere par vn seul tendon en la troisiéme jointure, & le dernier se termine par vn tendon fourchu en diuerses parties du poulce. Il y a trois muscles qui l'ameinent, lesquels font la montagnette de Venus. Le premier de l'os du carpe, qui soustient le doigt *medius*, estant charnu s'éleue quelque peu, mais par vn tendon membraneux s'insere vn peu plus en dedans qu'en dehors au costé du poulce qui regarde le doigt *index*. Le second contigu au precedent, & naissant quasi d'vn mesme endroit, s'insere au deuxiéme os du poulce. Le troisiéme sorty de l'os du carpe, qui est quasi vis à vis du doigt du milieu, est porté obliquement au deuxiéme article du poulce. Ces trois muscles icy quand ils se retirent ensemblément, ils fléchissent fort la deuxiéme jointure du poulce : mais quand ils agissent separément ils ameinent le poulce aux autres doigts. Le premier certes le meine à *l'index*, le deuxiéme au *medius*, & le troisiéme à *l'auricularis*. Il y en a aussi trois qui l'emmeinent,

Les emmeneurs.
Les emmeneurs du petit doigt.

lesquels n'ont point de noms propres. Il se trouue pareillement au petit doigt d'autres muscles qui peuuent estre départis en trois ou quatre, lesquels l'emmeinent d'auec les autres : ils font le mont de Mercure.

Des Muscles de la Respiration.

CHAPITRE XXX.

Comment la respiration se fait.

L A respiration (d'autant qu'elle se fait par vn mouuement local, & iceluy volontaire, sçauoir est par la dilatation de la poictrine, par laquelle l'air est attiré aux poulmons, & par la contraction de la mesme poictrine, par laquelle la vapeur fumeuse est chassée dehors) auoit besoin de deux sortes de muscles, les vns pour faire la dilatation, & les autres pour faire la constriction. Or le nombre de ces muscles dilatans & referrans est en controuerse parmy les escriuains

Anatomiftes : pour noftre regard nous voulons que les vns foient propres feruans à la feule refpiration, & les autres comuns, qui miniftrent à d'autres actions tels que font les huit de l'épigaftre. Derechef nous diftinguons les organes faifant le mouuement de la refpiration en telle forte auec Galien, que les vns feruent à la refpiration libre, & les autres à celle qui eft forçée & contrainte. I'appelle *refpiration libre*, celle qui par vn vfage paifible de refpirer eft quafi infenfible : & *contrainte* celle en laquelle la diftention & contraction de toute la poictrine eft apparente à la veuë. Celle-là fe fait quafi par le feul mouuement du diaphragme, & celle-cy par le moyen de foixante-quatre mufcles. Les mufcles donc de la refpiration font en general foixante-cinq, & non point (comme veulent quafi tous les Medecins) quatre-vints & neuf : d'autant qu'il n'y a point d'intercartilagineux. Or de ces foiaxnte & quatre mufcles, il y en a trente deux qui font la dilatation, & pareil nombre qui font la conftriction. Le premier de ceux qui font la dilatation, appellé *foufclauier*, ayant prins naiffance de la partie interieure de la clauicule, s'infere obliquement en deuant à la premiere cofte. Le deuxiéme nommé de fa forme, grand dentelé, forty de la bafe interne de l'omoplate, s'infere en maniere de fcie dentelée, aux fix & fept coftes fuperieures, où il s'attache en façon de doigts ou de peigne, auec l'oblique exterieur de l'épigaftre. Quelques-vns eftiment qu'il fert à mouuoir l'efpaule, mais ils fe trompent. Le troifiéme contigu au deuxiéme, amplifiant le thorax, eft l'oblique exterieur de l'épigaftre, duquel nous reconnoiffons la neceffité & force eftre tres-grande en la forte infpiration : car il eft eftroitement attaché à toutes les coftes fuperieures. Les quatre & cinquiéme font les deux dentelez pofterieurs ; cettuy-là eft fuperieur, & cettuy-cy inferieur ; cettuy-là fitué fous le rhomboïde prend fon origine des trois efpines inferieures de la nuque, & de la premiere du dos, & s'infere obliquement, eftant fendu en trois, aux trois coftes fuperieures. Cettuy-cy femblable en figure au precedent, ayant prins fa naiffance des efpines inferieures du dos, & fuperieures des lombes, s'infere aux trois ou quatre coftes inferieures par digitation. Il y a dauantage, les onze intercoftaux externes, nommez des Grecs *mefopleuriens*, d'autant qu'ils occupent les efpaces qui font entre les coftes. Ces mufcles-cy, prenans leur origine de la partie fuperieure de la cofte, font portez obliquement en la partie inferieure, & finiffent aux cartilages du fternon ; & ne rempliffent pas comme font les intercoftaux internes les efpaces d'entre les cartilages. Il y a donc de chaque cofté de la poictrine feize mufcles dediez à dilater les coftes pour l'infpiration de l'air. Ceux qui feruent à l'expiration font en pareil nombre : à fçauoir onze intercoftaux internes, lefquels naiffans de la partie inferieure de la cofte, s'en vont obliquement inferer en la fuperieure. Ils ont leurs fibres contraires aux intercoftaux externes, s'entre-couppans en croix Bourguignonne, ou comme la lettre capitale X. Ceux-cy ne rempliffent point feulement les efpaces qui font entre les os, mais ceux auffi d'entre les cartilages : de là vient que les fibres qui font entre les efpaces des os apparoiffent diuers de ceux qui font entre les cartilages. Le douziéme mufcle feruant à l'expiration, occupe la partie interne du fternon, & eft nommé triangulaire à raifon de fa figure. Il prend fa naiffance de la partie inferieure du fternon, & s'auançant vers haut, il ameine les cartilages vers bas, & eftreffit la poictrine. Le treiziéme appellé facrolumbe, parce qu'il naift de l'os facrum, & des efpines des lombes, eftant en fon commencement confus, auec les mufcles du dos, puis en eftant par apres feparé, il s'en va par vne infertion admirable, & inconnuë aux Anciens, à quafi toutes

Les mufcles de la refpiration font propres ou comuns.

La refpiration eft ou contrainte ou libre.

Les mufcles de la refpiration font foixante & cinq.

Trente deux faifant la dilatation feruët à l'infpiration.

Trente-deux faifant la conftriction feruent à l'expiration.

les costes, & s'attache à chacune d'icelles par vn double tendon, & iceluy tres-fort, duquel l'vn est porté vers haut, & l'autre vers bas, en telle façon qu'ils sem-blent s'entre-coupper, & par ce mouuement serrer & amener les costes ensem-ble. Reste trois muscles de l'épigastre, l'oblique interne, le droit & le transuer-sal, qui fournissent le nombre de seize : ausquels si tu adioustes ceux de l'autre costé, qui sont en pareil nombre, tu trouueras qu'ils sont trente deux, & ainsi tu auras soixante-quatre muscles ; à tous lesquels s'adjoint le diaphragme, seruant tant à l'inspiration qu'à l'expiration, lequel parfournit le nombre de soixante & cinq. Quant aux vingt-quatre intercartilagineux, externes & internes décrits par tous les Anciens, & la pluspart des Modernes, ils ne se trouuent point, com-me nous monstrerons en nos controuerses. Le muscle triangulaire interieur qui a des fibres particuliers les a trompez.

Il n'y a point d'intercartila-gineux.

Du Diaphragme.

CHAPITRE XXXI.

D'où le dia-phragme tire son origine.

Ovs décrirons l'histoire parfaicte du diaphragme au neufiéme liure, car c'est comme vne paroy metoyen-ne separant les organes vitaux d'auec les naturels : d'où aussi ce nom luy a esté imposé. Il suffira icy remarquer que cette haye & separation est musculeuse, & qu'à raison de la situation elle est nommée *septum transuer-sum :* comme qui diroit cloison & separation transuer-tale : car de la partie anterieure de la poictrine il s'a-uance iusques à la posterieure. Il naist. 1. Des vertebres des lumbes, ausquelles il est attaché par deux tendons. 2. Des extremitez des fausses costes. 3. Et de la partie inferieure du sternon & du cartilage ensiforme, estant tout charneux : & se termine en vn tres-fort tendon qui est circulaire & membraneux. Le mouuement propre du diaphragme, c'est la contraction : & par-tant il sert premieremét & de soy à l'expiration, & secondairement à l'inspiration. Ce qui se remarque facilement en vn animal mort, car le diaphragme se voit tou-siours bandé : or la vie finit par l'expiration. Touchant la structure, la forme, les parties & l'vsage de ce muscle, nous en parlerons plus amplement en vn autre lieu.

Son mouue-ment.

l. 9. cap. 4.

Des Muscles de l'Epigastre.

CHAPITRE XXXII.

OMME ainsi soit que les muscles de l'épigastre seruent à la respira-tion, l'ordre de doctrine requiert que nous en adioustions icy la de-scription. Or ces muscles en l'homme sont tousiours huict, quatre de chaque costé, pareils en figure, grandeur, force & action : des-quels quatre sont obliques, deux droits & deux transuersaux, ainsi nommez à raison de leur situation & de la tissure de leurs fibres. Les premiers qui se pre-sentent en faisant la dissection sont les deux obliques externes, les plus larges de tous, lesquels tous les Anatomistes appellent obliques descendans : s'estant aussi pauurement trompez en cecy, comme en leur assignant leur origine, inser-tion

Les obliques externes.

Erreur des Anatomistes.

tion & office. Ils naiffent de la partie fuperieure de l'os du penil & des ifles, comme auffi des apophyfes tranfuerfes des lumbes : d'icy montans en haut, ils s'inferent par leur partie charnuë à toutes les fauffes coftes, & à la huiɕt, fept & fixiéme
vrayes, eftans entrelaçez au grand dentelé en maniere de doigts, de peigne &
de fcie : & par leur partie nerueufe, qu'on nomme *aponeurofe*, & par vn tendon
tres-large, ils fe terminent à la ligne blanche, laquelle eft ainfi dite d'vn corps
cuiraffé, membraneux & exangue qui fe void quelquesfois recouuert de beaucoup de graiffe : la figure de ces mufcles eft triangulaire. Or qu'ils foient portez
de bas en haut, pluftoft que de haut en bas, cecy le monftre clairement ; c'eft
qu'ils feruent à l'infpiration & à la dilatation de la poiɕtrine, dont enfuit qu'il
eftoit neceffaire qu'ils s'implantaffent au thorax. Sous les obliques externes font   *Les obliques internes.*
fituez les deux obliques internes, qui ont leurs fibres tellement oppofez aux fi-
bres des precedents, qu'ils s'entre-couppent en forme de croix Bourguignonne;
ils naiffent de la crefte de l'os ilion & des apophyfes tranfuerfes des lumbes : d'icy
eftans deuenus plus charnus & portez obliquement vers haut, ils s'inferent aux
quatre fauffes coftes inferieures : puis par leur tendon fendu, embraffant le mufcle droit, ils fe terminent à la ligne blanche. Or ce tendon fourchu fert à fortifier
les mufcles droits, & à les tenir fermes au milieu des mufcles. Enfuiuent les deux   *Les droits.*
droits, lefquels ayans prins leur origine de la partie anterieure de l'os pubis,
eftant en leur naiffance contigus, puis foudain quelque peu feparez & deuenus
vn peu plus grands, ils s'inferent aux cartilages du fternon. Ces mufcles ont
des fibres droits, non point que les fibres foient continus iufques au penil, car
ils font couppez en plufieurs parties, mais parce qu'ils montent droit en haut:
Aux finges & beftes à quatre pieds ils montent quafi iufques aux clauicules: mais
en l'homme ils ne montent point plus haut qu'enuiron la moitié du fternon. En
ces mufcles fe voyent deux chofes dignes de remarque: La premiere, ce font quelques aponeurofes, ou certaines interfeɕtions nerueufes, qui font trois, & quelquesfois quatre, par le moyen defquelles, comme par des entre-nœuds les mufcles droits, qui font foibles à raifon de leur longueur, font fortifiez, & la figure
ronde de l'epigaftre conferuée. La deuxiéme, font deux veines qui s'vniffent enuiron le nombril, l'epigaftrique afcendante, & la mammaire qui defcend interieurement fous le fternon. C'eft par l'anaftomofe de ces veines (felon l'opinion
du vulgaire) que fe fait la communication des mammelles auec la matrice. Pour
mon regard ie ne nie point la fympathie, mais i'eftime que ces veines ont feulement efté faites pour la nourriture, veu qu'elles fe trouuent auffi bien aux hommes comme aux femmes. Au deffous de tous ces mufcles, font les deux tranfuer-   *Les tranfuer-faux.*
faux, ainfi dits, parce qu'ils font fituez tranfuerfalement en l'epigaftre, & que
leurs fibres font tranfuerfaux : ils naiffent des apophyfes tranfuerfes des lumbes,
& des os ilion & pubis, & s'inferent aux fauffes coftes & à la ligne blanche : or
ils font attachez au peritoine fi eftroittement, qu'à peine en peuuent-ils eftre
feparez entiers. Les tendons des mufcles tranfuerfaux, & ceux des quatre obliques font trouiez au nombril & au penil, au nombril pour les vaiffeaux vmbilicaux, & au penil pour les fpermatiques. Outre ces huiɕt mufcles, il s'en trouue
par fois, tant aux hommes comme aux femmes deux petits triangulaires, lefquels ayans prins naiffance de la partie externe de l'os pubis, ont leur infertion en
la partie inferieure & nerueufe des mufcles droits : on les nomme *fuccenturiaux*;   *Les fuccentu-riaux.*
comme qui diroit, aidans à l'aɕtion des grands mufcles. Ils feruent de deffence
aux tendons des mufcles droits pour les garder d'eftre froiffez, & à faire la com-

preſſion des parties inferieures de l'épigaſtre : & non point à l'érection de la verge comme veulent aucuns. Au reſte, la cauſe pourquoy les tranſuerſaux ſont ſituez au dedans, les droits au mitan, & les obliques au dehors, ſemble eſtre d'autant que les bandages profonds & tranſuerſaux preſſent dauantage, les droits
moins, & les obliques encore moins. Voilà vne briefue deſcription des muſcles
de l'abdomen, leſquels ont eſté tous faits de Nature pour comprimer le ventre inferieur : car quand ils font leur action ſeparément, ils preſſent tantoſt vne partie,
tantoſt l'autre, tantoſt la ſuperieure ou inferieure, & quelquesfois la moyenne.
Mais s'ils agiſſent tous enſemblément, ils compriment également tout le ventre
inferieur, dont prouiennent des vtilitez admirables ; l'expulſion des matieres fecales, qui eſt auſſi aidée par le diaphragme ; vne forte expiration ; la retention
de l'haleine & l'expulſion de l'enfant, & des arriere-faix en l'enfantement. Ie tais
l'vſage commun de ces muſcles, & de toutes les chairs, qui eſt la défence des parties contenuës. Au reſte, c'eſt choſe digne d'eſtre notée que la figure de ces muſcles ; quand ils font leur action, ou qu'ils ſe repoſent, eſt diſſemblable des autres.
Car quaſi tous les autres muſcles ſont droits quand ils ſe repoſent, & courbes
quand ils agiſſent ; au contraire ceux de l'épigaſtre, auant qu'ils agiſſent, & quand
ils ſe repoſent, ſont courbes comme les parties de deſſous ; mais quand ils agiſſent ils entrent en dedans, car ils compriment facilement la cauité interieure ; ce
qui arriue à raiſon de la vacuité laſche & obeïſſante du ventre inferieur ; de ſorte
qu'elle ſoit portée au dedans en l'action de ces muſcles, & releuée en dehors en
leur remiſſion.

Raiſon de la ſituation de ces muſcles.

Leur vſage.

La figure de ces muſcles diſſemblable des autres.

Des Muſcles du Dos.

Chapitre XXXIII.

Par le dos nous entendons quaſi toute l'eſpine, laquelle fait des mouuemens de pluſieurs ſortes en deuant, en derriere & vers les coſtez, &
ce par le moyen de dix muſcles. Les deux premiers ſortis, par vn principe charnu & large de la cauité ſuperieure & poſterieure de l'os ilion,
& de la partie ſuperieure & interieure de l'os ſacrum, montant par deſſus les vertebres des lumbes, & attachez à leurs apophyſes tranſuerſes, ſe terminent en la
coſte inferieure & derniere : ſi ces deux muſcles agiſſent enſemblément, ils fléchiſſent les lumbes, & le dos droit en deuant ; mais s'il n'y en a qu'vn qui agiſſe, il
les meut vers les coſtez. Les deux autres, les plus longs de tous, ſortis du dos, des os
ſacrum & ilion, & des eſpines des vertebres des lumbes, ſont portez à toutes les
apophyſes tranſuerſes des vertebres du dos, aux eſpines du dos & de la nucque, &
à la teſte ; ils fléchiſſent tout le col & le dos en arriere. Les cinq & ſixiéme naiſſent
de toutes les apophyſes tranſuerſes des lumbes, produiſent pluſieurs cordes & tendons, par leſquelles ils s'inſerent en toutes les vertebres des lumbes & du dos par
diuerſes inſertions ; l'vne certes externe, l'autre interne, l'vne aux apophyſes tranſuerſes, & l'autre aux eſpines. Les ſept & huictiéme naiſſans des apophyſes tranſuerſes de la premiere, ſeconde & troiſiéme vertebres du dos, ſont portez aux apophyſes tranſuerſes de quaſi toutes les vertebres du col. Les deux derniers iſſus des
eſpines des vertebres du dos, s'implantent en quaſi toutes les eſpines du col. Ces
deux cy, auec les ſuperieurs du dos & du col, fléchiſſent l'eſpine en arriere, ſans
mouuoir les lumbes.

Les muſcles du dos ſont dix.

Le 1. & 2.

Le 3. & 4.

Le 5. & 6.

Le 7. & 8.

Le 9. & 10.

Des Muscles du Siege.

CHAPITRE XXXIIII.

'AVTANT que l'homme est vn animal politique, né *Les muscles du siege pour-quoy faits.* pour la contemplation & l'action, il ne falloit point que la premiere entrée de la viande, & la derniere sortie des excremens fussent perpetuelles, comme aux plantes, mais dépendantes de la volonté. Tout ainsi donc que Nature a logé dans la bouche & la gorge, des muscles ordonnez pour faire la deglutition, aussi a-elle apposé au bout du boyau rectum des muscles pour fermer la sortie, & empescher que l'excretion des matieres fecales ne se fasse inuolontairement. Doncques les muscles du siege sont quatre, deux sphincteres & deux releueurs. Des sphincteres, l'vn est plus char- *Ils sont qua-tre.* nu, lequel naissant des vertebres inferieures de l'os sacrum, & entrelacé en rond *Deux sphin-cteres.* comme vn anneau par ses fibres transuersaux autour de l'extremité du boyau rectum, il ferme le siege en telle sorte qu'il ne laisse point de passage aux excre-mens. L'autre est cuirassé, & n'est, à mon aduis, rien autre chose que la peau endurcie, entretissuë de fibres charneux. Les deux releueurs ainsi nommez, par- *Et deux rele-ueurs.* ce qu'ils retirent & releuent le fondement sorty apres l'excretion des fientes; sont tenuës, larges & non beaucoup charneux. Ils naissent des costez, & parties in-ternes de l'os pubis & ischion; ou plustost des ligamens qui naissent du coccyx & de l'ischion : de là s'auançans chacun de son costé vers bas, ils embrassent & enuironnent le boyau rectum, ayant leur insertion à la tunique externe d'i-celuy.

Du Muscle de la Vessie.

CHAPITRE XXXV.

A vessie comme vne bouteille reçoit & contient l'vrine; mais pour *Vsage du muscle de la vessie.* empescher que nous ne soyons contraints de la rendre continuelle-ment & hors heure; Nature a construit vn muscle, lequel ceignant de toutes parts le col d'icelle, & faisant office de portier, ferme la sortie de peur qu'elle ne coule contre nostre volonté. Les Grecs ont nommé ce muscle de son office *sphincter*. Il est situé à l'entrée du col de la vessie, & ne peut estre distingué de la substance dudit col, non plus que le sphincter du siege : car ce n'est rien autre chose que la substance plus charnuë dudit col ; qui est entretissuë de plusieurs fibres transuersaux, par le moyen desquels elle agit, en sorte qu'elle se ferme elle-mesme. Ce muscle icy estant relasché; refroidy ou couppé, l'vrine coule inuolontairement. Les femmes ont aussi vn sphincter au col de leur vessie, mais il est plus épais, d'autant qu'elles n'ont point de prosta-tes comme les hommes.

Des Muſcles des Teſticules.

CHAPITRE XXXVI.

Les cremaſte-
res ou ſuſpen-
ſoires des teſti-
cules.

Es muſcles des teſticules ſont deux, nommez *cremaſteres*, c'eſt à dire ſuſpenſoires. Ils naiſſent des extremitez & fins des muſcles obliques & tranſuerſaux de l'épigaſtre & du peritoine, & eſtans adherents aux productions d'iceluy, ſont portez aux teſticules;

Leur vſage. leur vſage eſt de tirer quelque peu les teſticules en haut, & de les ſuſpendre, de peur qu'ils ne faſſent extenſion aux vaiſſeaux par leur peſanteur.

Les ſuſpenſoi- Aucuns recognoiſſent auſſi des ſuſpenſoires en la matrice de la femme, ſçauoir
res de la ma- eſt les membranes du peritoine entreſemées de fibres charneux, leſquelles atta-
trice. chent & ſuſpendent l'amarry, de peur qu'il ne tombe en bas.

Des Muſcles de la Verge.

CHAPITRE XXXVII.

Les quatre
muſcles de la
verge.

L eſt tres-certain que l'action du membre viril eſt plus natu-relle que volontaire : & toutesfois qu'elle ſoit en quelque ſorte aidée par la faculté animale, & la volonté ; les quatre muſcles le prouuent clairement. Or de ces muſcles, il y en a deux qui naiſ-ſent des extremitez des muſcles du fondement, ou bien de la partie inferieure du pubis, & ſont portez aux coſtez du conduit qui eſt commun à la ſemence & à l'vrine. Les deux autres nais de l'appendice de l'os iſchion, eſtans charnus, montent obliquement en haut. Ces premiers-là preſ-ſent les proſtates, & en expriment la ſemence au temps de l'éjaculation, & les reſtes de l'vrine quand on acheue de piſſer. Et ceux-cy eſtant bandez, amplifient la verge, afin que la ſemence puiſſe eſtre éjaculée & dardée droit, & ſans empeſ-
Les muſcles chement. On trouue auſſi aux femmes vne petite partie qui reſſemble au mem-
du cliſoris. bre viril, les autheurs la nomment *clitoris & tentigo*, qui a deux petits muſcles qui ſeruent pour la faire tendre & bander.

Des Muſcles de la Cuiſſe.

CHAPITRE XXXVIII.

Deux muſcles
fléchiſſeurs de
la cuiſſe.

A cuiſſe eſt fléchie, eſtenduë, amenée, emmenée, & tournée en rond : les muſcles qui la fléchiſſét ſont deux ; le premier ſitué dans l'abdomen, ayant prins ſon ori-gine des vertebres inferieures des lumbes, s'en va inſe-rer en deuant par vn fort tendon au petit trochanter, Hippocrate & Galien le nomment *pſoas* C'eſt ſur ice-luy que ſont couchez les roignons : dont arriue que ceux qui ont vn calcul dans le roignon, ſentent vne ſtupidité en la cuiſſe, qui eſt vis à vis. Le deuxiéme nommé *iliaque*, naiſſant de toute la cauité interne de l'os ilion, s'attache au meſme

petit trochanter. Il y en a trois qui l'estendent, nommez fessiers ; le grand ; le Trois l'esten-
dent.
moyen & le petit. Le grand quasi demy-circulaire, le plus superficiel & ample de
tous, ayant prins naissance du coccyx, de l'os sacrum, & de la coste superieure de
l'os ilion, descendant obliquement en bas, se termine en la cuisse, vne paulme au
dessous du grand trochanter. Le second, moyen & en situation & en grandeur,
de la partie anterieure de la coste de l'os ilion, s'en va inserer à la superficie & couronne externe du grand trochanter. Le petit sorty de la mesme face externe de
l'os ilion, mais vn peu plus interne, est porté à la partie interieure de la couronne
du grand trochanter. Il y en a pareillement trois, qui l'ameinent & tournent en Trois l'amei-
nent.
rond vers le dedans, lesquels les Anatomistes ne comptent que pour vn, & le
nomment *triceps*, c'est à dire, ayant trois testes. Le premier de la partie superieure, de la commissure, des os pubis, & de leur espine, s'en va inserer à la ligne de
l'os de la cuisse, vn peu au dessous du mitan dudit os. Le second de la partie inferieure de la commissure des os pubis, s'implante au dessous du petit trochanter.
Le tiers sorty du mesme endroit, est porté à la racine du petit trochanter. Ceux
qui l'emmeinent & tournent en rond vers le dehors sont six, les quatre gemeaux Et six l'em-
meinent.
& les deux obturateurs. Les quatre gemeaux du tout semblables les vns aux au-
tres & petits, estans situez quasi transuersalement, ayans prins leur origine de la
tuberosité de l'os ischion, s'inserent au grand trochanter. Les deux obturateurs
ainsi dits, parce qu'ils bouchent & remplissent le grand trou, qui est entre l'os
pubis & ischion ; d'iceux, l'vn est externe & l'autre interne. L'externe naissant de
toute la circumference externe du trou, est porté en la cauité du grand trochanter. L'interne sortant de la circumference interne du mesme trou, se reflechit
en dehors par dessus la hanche en forme de poulie, & accreu de diuers tendons,
il s'insere finalement par vn seul tendon au grand trochanter & à la racine d'i-
celuy.

Des Muscles de la Iambe.

Chapitre XXXIX.

E s mouuemens de la iambe sont semblables à ceux de Quatre mus-
cles flechissint
la iambe.
la cuisse, car elle est fléchie, estenduë, amenée & emme-
née. Les muscles qui la fléchissent sont quatre, nommez posterieurs ; desquels trois naissent de la tuberosité de l'ischion, deux internes & vn externe : le premier
des internes est nommé demy-nerueux, & le second
gresle. Le quatriéme a deux testes, desquelles l'vne naist
de la commissure de l'os pubis, & l'autre de la partie exterieure de l'os de la cuisse, & s'inserent par vn seul ten-
don en la partie posterieure de la iambe, laquelle il fléchit & ameine en dedans.
Ceux qui l'estendent sont en pareil nombre, le droit, les deux vastes & le crural. Quatre l'e-
stendent.
Le droit naist de l'espine externe & inferieure de l'os ilion. Les deux vastes, ainsi
nommez à raison de leur masse & grandeur : D'iceux l'externe naist de toute la
racine du grand trochanter, & de l'os de la cuisse qui est au dessous : l'interne
du petit trochanter, & de l'os de la cuisse qui est au dessous. Le crural est attaché
à l'os de la cuisse, comme le brachial à l'os du bras. Ces quatre muscles icy se terminent en vn seul tendon, lequel ayant embrassé la rotule, s'implante au large en

Deux l'amei-
nent.

la partie anterieure du haut de l'os de la iambe, & ſert au genoüil par cette partie de ligament. Ceux qui l'ameinent en dedans, en la fléchiſſant par vn meſme, ſont deux, le long & le poplitée. Le long, le plus long de tous les muſcles, nay de l'eſpine de l'os ilion, deſcend obliquement en la partie interne & anterieure de la iambe. Le poplitée ſorty de la partie inferieure & exterieure du condyle externe de l'os de la cuiſſe, s'inſere en la partie interne de la iambe, & eſt quarré. Elle eſt

Et vn l'em-
meine.

emmenée par vn muſcle nommé membraneux & bande large. Il naiſt par vn principe charneux de l'eſpine de l'os ilion, & eſt porté obliquement en la partie externe de la iambe; il couure par ſon large tendon quaſi tous les muſcles de la cuiſſe, & deſcend iuſques au bout du pied.

Des Muſcles du Pied.

CHAPITRE XL.

Deux muſcles
fléchiſſent le
pied.

E pied eſt fléchy & eſtendu : il eſt fléchy par deux muſcles, nommez iambier anterieur & eſpronnier. Le iambier anterieur, attaché à l'os de la iambe, ayant prins naiſſance de l'apophyſe ſuperieure dudit os de la iambe s'inſere par vn tendon vnique, mais ſur la fin fourchu, en l'os du pedion qui eſt au deuant du gros orteil. L'eſpronnier a deux teſtes, par l'vne d'icelles il naiſt de l'épiphyſe ſuperieure du peroné, & par l'autre du milieu du meſme peroné, & fait vn tendon dou-

Quatre l'e-
ſtendent.

ble; duquel la plus grande portion portée obliquement ſous la plante du pied, s'inſere en l'os du pedion qui eſt vis à vis du poulce; & la moindre eſt portée à l'os du petit doigt. Ceux qui l'eſtendent ſont quatre, deux gemeaux, le ſolaire & le plantaire. Des gemeaux, l'interne naiſt du condyle interne de l'os de la cuiſſe, & l'externe du condyle externe. Le ſolaire caché ſous les precedents & plus large, prend naiſſance de la commiſſure de l'os de la iambe & du peroné. Ces trois muſcles icy ſe terminent en vn ſeul tendon, & iceluy tres-

I. des fractures.

gros & tres-fort, qui s'inſere au commencement du talon. Hippocrate appelle ce tendon *corde*, où il écrit, *qu'en la fracture du talon il ſuruient des fieures accompa-gnées de hocquets & conuulſions, à raiſon de la ſympathie de la corde.* Le dernier, c'eſt le plantaire qui répond au palmaire de la main : il eſt greſle & dégenere en vn fort long tendon, lequel s'élargit au dos de l'aſtragale, & paſſant par les coſtez du talon, ſe perd en la peau de toute la plante du pied.

Des Muſcles des Doigts.

CHAPITRE XLI.

Deux muſcles
fléchiſſent les
doigts.

Es doigts du pied, auſſi bien que ceux de la main, ſont fléchis, eſtendus, amenez & emmenez. Ils ſont fléchis par deux muſcles, le grand & le petit. Le grand répond au profond. Il naiſt de l'épi-phyſe ſuperieure de l'os de la iambe, & paruenu ſous la plante du pied il ſe fend en quatre tendons, leſquels perçans le petit, s'en vont inſerer en la troiſiéme articulation des quatre doigts. Le petit répondant au fublime, fitué au milieu de la plante du pied, ayant prins naiffance de la partie inferieure du talon, eft porté par fes quatre tendons troüez au deuxiéme article des quatre doigts. Ils font eftendus par vn feul mufcle, naiffant de la partie fupe- *Vn les eftend,* rieure & externe de l'os de la iambe, & fe diuifant en quatre tendons. Il y en a encore vn autre moindre caché fous le precedent, lequel eftend les doigts, mais obliquement; il naift tout charneux de la partie fuperieure du tarfe, & fe termine incontinent en quatre tendons, & quelquesfois en cinq, quafi femblables aux lumbricaux, mais plus gros, & s'infere aux quatre doigts, au medicus, au medius, à *Quatre les* l'index, & au pollex : & n'enuoye point de tendon au petit doigt. Les quatre lum- *ameinent,* bricaux ameinent les doigts; ils naiffent des tendons du mufcle grand, ou fléchif- feur des doigts. Ceux qui les emmeinent font les huict entr'offeux, lefquels naif- *& huict les* fans des os du tarfe, & rempliffans les efpaces du metatarfe, feruent auffi à la *emmeinent.* flexion. Le poulce a des mufcles particuliers fléchiffeurs, extenfeurs, ameneurs & *Les mufcles* emmeneurs : il eft fléchy par vn naiffant de l'os de la iambe : il eft eftendu par vn *particuliers* autre fortant du milieu du peroné, lequel fe diuife fouuentefois en deux ten- *du poulce.* dons. Il eft amené par le moyen d'vn mufcle mis interieurement fur le plus grand os du tarfe. Il eft emmené par vn autre, lequel naiffant par vn principe charneux de la partie interne du talon, s'infere au premier os du poulce. Le petit doigt a auffi vn emmeneur particulier, naiffant du talon, tellement que ces emmeneurs *L'emmeneur* icy répondent au tenar & à l'hypotenar. Voilà vne briefue & facile defcription *du petit doigt,* de tous les mufcles, ie n'ay point voulu, afin d'éuiter la confufion, & pour aider la memoire des eftudians, m'arrefter plus long-temps en la defcription d'iceux, m'eftant contenté de remarquer feulement les chofes neceffaires au Medecin & Chirurgien.

Explication des chofes controuerfes qui fe rencontrent en l'Hiftoire particuliere des Mufcles.

CONTROVERSES ANATOMIQVES.

A fçauoir fi l'os hyoïde fe meut volontairement, & fi les mufcles d'iceluy ont efté faits pour le mouuement.

QVESTION QVATRIESME.

N troüue plufieurs chofes en l'Hiftoire particuliere des mufcles, defquelles les Anatomiftes ne font point bien d'accord entr'eux. Ie pourfuiuray feulement icy les principaux chefs. La veuë nous enfeigne que l'os hyoïde a bon nombre de mufcles : mais quel eft l'vfage de ces mufcles, & quelle leur action, ce font chofes qui ne font point bien reconnuës de tous. Il y en a qui veulent que cet os fe mouue *Diuerfes opi-* d'vn mouuement volontaire en haut, en bas, & vers les coftez, par le moyen de *nions touchãt* ces mufcles; d'autant que le mufcle eft l'organe du mouuement volontaire, telle- *les mufcles de* ment que ce foient chofes qui fe reciproquent, qu'*auoir des mufcles, & fe mouuoir* *l'os hyoïde*

volontairement. Les autres confeſſent bien que les muſcles ont leur inſertion en l'os hyoïde, mais d'autant que la langue eſt appuyée ſur cet os, comme ſur ſa baſe, ils ſe font croire qu'ils ſont pluſtoſt ordonnez pour faire les diuers mouuemens de la langue que pour mouuoir cet os. Pour mon regard ie ne croy point que cet os ſe mouue volontairement : car il ne bouge iamais de ſa place, ſinon que l'on ait enuie d'aualer, ou bien qu'on remuë la langue. Il ſe meut donc, non point par ſon mouuement propre, mais au mouuement d'vne autre partie. Mais pourquoy a-il des muſcles qui ſont les organes du mouuement volontaire ? car Nature ne fait rien en vain. Nous diſons qu'ils luy ont eſté donnez pour la ſymphyſe, afin à ſçauoir qu'il le tinſſent ſuſpendu & attaché de tous coſtez : car d'autant qu'il ſert à la langue de baſe & de fondement, pour l'affermir & appuyer, il eſtoit neceſſaire qu'il fut attaché aux parties voiſines par quelques liens commodes. Et partant ces muſcles ſeruent pluſtoſt pour le tendre & bander, que pour le mouuoir. Or cet os auoit beſoin d'eſtre attaché & tendu en cette façon, d'autant qu'il n'a point d'articulation auec les os voiſins, & qu'il n'a point d'attouchement par ſes extremitez auec aucun autre. Cette mienne opinion eſt confirmée par la ſituation de ſes muſcles : car les vns naiſſent de l'apophyſe coracoïde, les autres de l'apophyſe ſtyloïde, les autres de la partie ſuperieure du ſternon, & les autres de la partie interne du menton. Or que l'os hyoïde ſe mouue vers les apophyſes ſtyloïde & coracoïde, il ne s'eſt encores trouué perſonne qui l'ait remarqué. Quelqu'vn parauanture ſe mocquera de cette noſtre inuention, & dira que cet os pouuoit eſtre plus fermement bandé & attaché par des nerfs, ou des ligamens plus durs & plus forts. Mais que celuy-là admire la ſinguliere prouidence de Nature en cet ouurage : car il falloit que les liens de cet os fuſſent charnus & mols, autrement ils euſſent preſſé & froiſſé par leur dureté l'œſophage, la trachée artere, les veines iugulaires, les arteres carotides, le nerf de la ſixiéme coniugaiſon, & les muſcles du larynx & de la langue. Ioint qu'eſtans ainſi mols & charneux, ils obeïſſent plus ſoupplement aux mouuemens de la langue, & n'empeſchent point la deglutition : car la chair ſe retire, ſe relaſche, & remet plus facilement la partie qu'elle attire.

Celle de l'Autheur.

Les muſcles de l'os hyoide ſeruent pluſtoſt à la tēſion qu'au mouuement.

Les ligamens de l'os hyoïde pourquoy charneux.

Du nombre des Muſcles du larynx, & pourquoy le Col & le Sternon rougiſſent quelquesfois en l'Eſquinance du Larynx.

QVESTION CINQVIESME.

Diuerſes opinions touchant les muſcles du larynx.

Es Anatomiſtes ne ſont point bien d'accord touchant le nombre des muſcles du larynx : car les vns en comptent vingt, les autres dix-huit, les autres ſeize : mais nous n'en mettons que quatorze. Ceux qui en comptent vingt, en reconnoiſſent huit communs, & douze propres. Ie croy qu'vn pair des muſcles de l'os hyoïde, qui eſt contigu aux muſcles bronchiques, & monte par les coſtez de la trachée artere, les a trompez. Outre plus, quand ils décriuent les muſcles propres du larynx, ils veulent qu'il y en ait deux qui ſoient portez du cartilage tyroïde à l'annulaire, combien qu'il n'y en ait point du tout ; parce que ce cartilage eſt immobile, & qu'il n'y a point de muſcles qui s'inſerent à iceluy ; les autheurs de cette opinion ont eſté Galien, Veſale & Syluius : partant donc

si tu ostes ces deux couples, il n'en restera plus que seize, qui est le nombre approuué de quasi tous les Anatomistes. I'estime toutefois que les deux communs, Les deux communs nommez
æsophagiques
ne sont point
muscles du la-
rynx, & ser-
uent à la de-
glutition.
nommez æsophagiques, ne sont point muscles du larynx, ains de l'œsophage,
estant induit par ces raisons. Ces muscles ne peuuent naistre de l'œsophage (comme veut le vulgaire) & estre implantez aux costez du cartilage tyroïde, *parce que
ce qui meut doit estre plus fort que ce qui est meu, & que tout muscle doit estre appuyé
sur vne base ferme.* Or l'œsophage est mol, & ce cartilage dur : comment donc
l'œsophage attirera-il à soy le larynx? 2. C'est chose tres-certaine que la *deglutition est vne action meslée de l'animale & naturelle*, comme Galien l'enseigne en
plusieurs passages, car nous auallons quand il nous plaist. Ioint qu'il ne falloit
point que la premiere entrée de la viande, & la derniere sortie des excremens
fussent perpetuelles, comme aux plantes, ains libres & dépendantes de la volonté, de peur que l'homme ne fust sans raisonner & philosopher. Doncques si la
deglutition est vne action animale, il est necessaire qu'elle se fasse par le ministere de quelques muscles : or il n'y en a point qui ceignans & enuironnans l'œsophage puissent le restreissir, si ce ne sont ces deux cy. Il y a donc bien plus d'apparence qu'ils prennent leur origine des costez du cartilage tyroïde, & qu'ils embrassent l'œsophage de toutes parts, ayans leur insertion en la partie moyenne
d'iceluy separée par vne ligne blanche. Colomb veut *que ce ne soit qu'vn muscle,* Erreur de Colomb.
*& non deux qui fasse office de sphynéter, & que naissant d'vn des costez du tyroïde,
il s'insere à l'autre.* Ce muscle veritablement au premier regard apparoit vnique,
mais ceux qui le considerent de prés trouuent qu'il est separé par vne certaine ligne metoyenne. Or il se trompe en ce qu'il veut qu'il soit vn des muscles du larynx. De ce discours des muscles communs, il nous faut tirer la demonstration
anatomique de ce que le sternon & la nucque du col rougissent quelquefois en Pourquoy le
sternon & la
nucque rougis-
sent en l'angi-
ne du larynx.
l'esquinance du larynx. Le sternon rougit à raison de la continuité du muscle
bronchique, lequel naissant du haut du sternon, s'insere aux costez du tyroïde,
mais les costez du col rougissent à raison des muscles œsophagiques : & la partie
anterieure & superieure du col, à raison de la continuité des muscles, lesquels
ayans prins leur origine de l'os hyoïde, s'en vont inserer au cartilage tyroïde. Au
reste cette rougeur se fait en deux manieres, ou par le transport & renuoy de Cette rougeur
se fait en deux
manieres.
l'humeur des muscles internes aux externes ; ou par propagation, quand l'humeur peccante est en si grande quantité qu'elle assiege & occupe aussi bien les
muscles externes que les internes. Par le moyen de cette distinction seront con- Conciliation
des passages
d'Hippocrate.
ciliez les passages d'Hippocrate, lequel veut en ces prognostics & coaques que
l'esquinance soit salutaire, en laquelle le sternon & la nucque rougissent, quand
il escrit. *A ceux à qui la gorge, la nucque & la poictrine rougissent, les esquinances
sont veritablement plus longues : mais la plus grand part d'iceux échappe.* Item, *que* Aph. 25. sect.
6.
l'érisipele du dedans soit portée au dehors, c'est chose bonne. Au contraire, *la femme* l 3. epidem.
sect. 2.
*angineuse, qui estoit malade chez Biton auec vne rougeur de col & de poictrine, de costé
& d'autre, mourut le quatriéme iour.* Item, *vne autre femme ayant vne esquinance,* l. 5. epidem.
auec rougeur aux maschoires, mourut le cinquiéme. Responds que la rougeur qui se
fait par transposition de l'humeur est salutaire, mais que celle qui se fait par propagation est mortelle. Ce seroit vne chose digne de mocquerie de vouloir icy décrire les muscles de l'epiglotte, d'autant qu'ils ne se trouuent point en l'homme:
car le larynx est tousiours entre-ouuert, & la languette ne s'abbaisse iamais sinon
qu'elle soit contrainte par la pesanteur de la viande, comme nous auons desià dit
par plusieurs fois.

Des Muscles,

QVESTION SIXIESME.

Du mouuemēt de la langue.

'IL y a rien de caché & admirable en l'Anatomie, certes le mouuement de la langue surpasse toute admiration: car ses mouuemens sont en si grand nombre, & si diuers, que quelques-vns des Anciens ont estimé qu'elle ne se mouuoit point par l'aide d'aucun muscle, mais par sa substance charnuë comme vne anguille ou vne murene. Ie confesse veritablement que sa substance est charnuë: mais aussi ie nie que cette chair soit musculeuse, car elle n'a point de fibres: or la chair

Se fait par dix muscles.

ne meut point sans fibres. La langue se meut donc par le moyen de dix muscles qui luy sont propres, lesquels la haussent, la baissent, la tirent en dehors & en dedans, & la meinent vers les costez: dont appert qu'Auerrhoës s'est trompé quand il veut qu'elle se tire hors sans muscles, *pource (dit-il) qu'il n'y en a point qui soit*

Erreur d'Auerrhoës.

implanté exterieurement au bout d'icelle. Certes Auerrhoës estoit homme fort subtil, & grand Philosophe, mais non si bon Anatomiste, car il y a deux muscles naissans de la partie interieure du menton qui seruent à la tirer hors de la bouche.

Du nombre, & de l'action des Muscles intercostaux.

QVESTION SEPTIESME.

L'opinion commune touchāt les muscles de la respiration.

IEN, ie le confesse franchement, ne m'a tant trauaillé en toute l'Histoire des Muscles que la description de ceux qui sont dediez à la respiration: car il se rencontre plusieurs difficultez touchant le nombre, l'action & l'vsage d'iceux. Tous les Anatomistes presques en mettent octante & neuf, lesquels ils comptent en sorte, qu'il y en ait quarante-quatre qui dilatent, & pareil nombre qui reserre la poictrine. Le premier de ceux qui font la dilatation, c'est le sousclauier: le deuxiéme, le grand dentelé anterieur: le troisiéme, le dentelé posterieur superieur: le quatriéme, le dentelé posterieur inferieur; il y a puis apres les onze intercostaux externes, les six intercartilagineux externes, & l'oblique descendant de l'épigastre, tous lesquels font le nombre de vingt-deux. Ils en mettent tout autant pour faire la constriction, à sçauoir onze intercostaux internes: six intercartilagineux internes, le triangulaire, le sacrolumbe, & trois de ceux de l'épigastre, l'oblique, dit *ascendant,* le droit & le transuersal. Il y a donc en chaque costé quarante-quatre muscles, lesquels estans doublez font le nombre de quatre-vingts-huit: que si on adiouste le diaphragme, on aura le nōbre d'octante-neuf. Les Modernes ont quasi

Celle de l'autheur.

tous approuué ce nombre. Nous toutesfois enseignez par la veuë, n'en admettons que soixante-cinq, trente-deux seruans à l'inspiration, & autāt à l'expiration:

car nous rejettons les vingt-quatre intercartilagineux, desquels douze sont dits internes, & les autres douze externes, d'autant qu'ils ne different point des intercostaux, & qu'ils ne sont point separez d'iceux par aucune membrane. Ils ont, à mon aduis, esté trompez par la diuersité des fibres, & par le passage de Galien, où il dit ; *Les fibres des muscles intercostaux, internes & externes sont semblables tout iusques aux cartilages du sternon : mais quand ils viennent aux espaces des cartilages, ils apparoissent dissemblables.* La cause de les faire broncher a esté, qu'ils n'ont point bien remarqué le muscle triangulaire, qui est situé sous le sternon, lequel a ses fibres differens de ceux des intercostaux. Tenons donc pour vne obseruation nouuelle, que les muscles intercostaux ne different point des intercartilagineux, & que les muscles intercostaux externes ne s'auançent que iusques aux cartilages, & qu'ils ne remplissent point les espaces qui sont entre iceux : au lieu que les intercostaux internes passent plus outre : de là vient qu'il nous apparoit diuersité de fibres quand nous regardons les espaces qui sont entre les costes & les cartilages, combien toutefois que ce ne soient point muscles distincts ny differens. La difficulté touchant l'action & vsage de ces muscles est beaucoup plus grande. Aucuns veulent que ces muscles intercostaux ne seruent point au mouuement, parce qu'il seroit absurde que le muscle fit mouuoir la partie de laquelle il prend son origine : Or tous les intercostaux naissent des costes. Ils disent donc qu'ils seruent comme de membranes, pour attacher & conjoindre les costes ensemble, & que Nature a entrelardé lesdites membranes de fibres charnus, comme de quelque remplage & garniture, tant pour cóseruer la chaleur des costes & de la poictrine : car la chair est plus chaude que les membranes : que pour garder que les nerfs intercostaux, qui se trainent par les entredeux des costes, ne soient froissez contre les membranes. Mais la vanité de cette opinion est conuaincuë, parce que si ces muscles seruoient seulement pour remplir les entredeux des costes, & les attacher ensemble, pourquoy Nature les a-elle faits gemeaux, & pourquoy est-ce qu'ils s'entre couppent en forme de croix Bourguignonne? Pour quelle fin cette diuersité de fibres? car rien ne s'ingere fortuitement en la composition du corps humain. Vn seul muscle, & iceluy plus espais suffisoit pour attacher les costes ensemble. Puis donques qu'ils sont diuers muscles, separez par leurs propres membranes, qu'ils ont diuersité de fibres, & que leur origine & insertion sont diuerses, nous leur attribuons aussi vn vsage bien different, & autre que de seruir de ligament. Or cet vsage, comme enseigne fort bien Galien, est *de mouuoir la poictrine, & seruir à la respiration.* Mais cóme ainsi soit que la respiration ait deux parties, l'inspiration & l'expiration, desquelles celle-là se fait par la dilatation de la poictrine, & celle-cy par la constriction : Il veut que les externes fassent la premiere, & les internes la derniere. Cette opinion de Galien, bien que vraye, est neantmoins rejettée par quelques Modernes, soustenás que tous les intercostaux sont dediez à la constriction, & non à la dilatation ; à l'expiration, & non à l'inspiration ; estans appuyez sur les raisons & authoritez suiuantes. 1. Les externes ayans prins leur naissance de la superieure partie de la coste, s'inserent en l'inferieure : les internes au contraire, naissans de la partie inferieure de la coste, s'en vont à la superieure. Quand les externes agissent, ils tirent la coste inferieure vers haut, & les internes tirent la superieure vers bas : ils ameinent donc toutes les costes les vnes vers les autres, & ainsi ils estrecissent la poictrine : or par la dilatation la cauité de la poictrine est renduë plus ample. Dont s'ensuit que tous les intercostaux ne seruent qu'à la constriction, & non à la dilatation. 2. Il est besoin de plus grand nombre

ce qui les a trompez l. de auic. dist. se. 23. & l. 5. de anat. administ. c. 3.

obseruation Anatomique, qu'il n'y a point d'intercartilagineux.

opinion de quelques-vns, touchant l'vsage des intercostaux.

Refutée.

Leur vray vsage. l. 5. de vsu par. 15.

Les Modernes contre Galien.

Des Mufcles,

de mufcles pour faire l'expiration que l'infpiration : parce que la contention du thorax eft plus grande en l'expiration qu'en l'infpiration : mais fi les externes feruent à l'infpiration, & les internes à l'expiration, les mufcles dilatans & referrans feront égaux en nombre. Ils adiouftent l'authorité de Galien, où il efcrit que les mufcles intercoftaux ont efté faits pour le foulagement du diaphragme. *Car comme ainfi foit (ce dit-il) que le diaphragme fuft feul, il eftoit à craindre qu'il ne fut pouffé hors de fa place par les huiĉt mufcles de l'épigaftre, & porté dans la cauité ample & fpacieufe de la poiĉtrine. Pour obuier à cela, Nature a fait tous les mufcles qui font entre les coftes, pour bander le thorax, & fe retirer en dedans, afin que la cauité fuperieure eftant reftrecie de tous coftez, le diaphragme demeuraft ferme & ftable en fon lieu.* Il femble que Galien par ce paffage maintienne que tous les intercoftaux miniftrent à la conftriĉtion. Mais il leur faut refpondre, encores que les intercoftaux internes & externes ameinent les coftes, que la poiĉtrine n'eft point pour cela également reftrecie par les vns comme par les autres. Car comme ainfi foit que les coftes foient courbées en leur origine vers bas, il aduient quand la cofte inferieure eft menée vers la fuperieure par le mouuement & l'aĉtion des mufcles externes, que la capacité de la poiĉtrine en eft renduë plus ample & fpacieufe ; mais quand elle eft tirée vers l'inferieure par les internes, la poiĉtrine fe referre, & la cauité s'eftrecit. Qu'il foit requis plus grand nombre de mufcles pour faire l'expiration que l'infpiration, nous le nions : car ce n'eft point le nombre, qui eft vne quantité, qui agit : mais la qualité, fçauoir eft la force & puiffance des mufcles : or ceux qui feruent à l'expiration font plus forts & plus grands : car le dorfal, nommé *facrolumbe*, a douze forts tendons, tellement que luy feul eft plus fort que tous ceux qui font la dilatation. Il y a dauantage trois des mufcles de l'épigaftre, l'oblique afcendant, le droit & le tranfuerfal, & le triangulaire du fternon, lefquels ont bien plus de force que le foufclauier & les dentelez. L'authorité de Galien ne contrarie point à cette opinion : car il ne dit point fimplement & abfoluëment *que tous les intercoftaux referrent la poiĉtrine :* ains il veut *qu'ils ayent efté faits pour l'amour du diaphragme, & que tous ceux qui font la contraĉtion pouffent le diaphragme en bas.* Concluons donc que les mufcles intercoftaux externes dilatent la poiĉtrine, & que les internes la referrent : & que ceux-là feruent à l'infpiration, & ceux-cy à l'expiration. Au refte les intercoftaux ont cela de propre, qu'auparauant qu'agir ils ont leur figure femblable aux coftes, courbée exterieurement, & caue interieurement : mais quand ils agiffent en preffant la membrane & les poulmons, ils entrent autant en dedans, comme ils ont la fubftance des organes fubjacens obeïffante : de forte que pour cette caufe ils deuiennent moins courbez quand ils agiffent.

De l'origine & mouuement du Diaphragme.

QVESTION HVICTIESME.

TOVCHANT l'origine du diaphragme, & le mouuement d'iceluy, à grand peine ay-ie rien qu'en dire : car les Medecins font en tel difcord entr'eux, que ie ne voy perfonne qui en concluë rien de certain.

Galien a efcrit beaucoup de chofes de fon mouuement, mais il parle fi obfcurement que ie ne puis, qu'à peine, comprendre ce qu'il veut dire : il refte
donc

Margin notes left:

l. 5. de vfu par. c. 12.

Refponce.

Le paffage de Galien eft expofé.

l. 5. de vfu par. 15. l. 2. de mot. mufcul.

donc en vne chofe fi controuerfe & debatuë que nous déclarions en peu de mots noftre opinion. Le vulgaire eftime que le cercle nerueux qui apparoit au centre eft le principe & la tefte du mufcle ; de forte que le diaphragme ait cette prerogatiue d'auoir fon tendon charneux, & fa tefte nerueufe, contre la nature de tous les autres mufcles. Cette opinion peut eftre confirmée par ces raifons. 1. Il eft certain entre tous que la refpiration fe fait par la dilatation & conftriction de la poictrine ; Il faut donc que tous les mufcles dediez à la refpiration ayent leur infertion en quelque partie du thorax. Le diaphragme eft le premier & principal organe de la refpiration libre feruant à l'infpiration & à l'expiration : il faut donc que fes extremitez fe terminent à la circonference de la poictrine, & que fon principe foit au centre, autrement la poictrine ne fçauroit eftre dilatée ny eftrecie par le mouuement d'iceluy. 2. Il y a de l'apparence que le principe & tefte du mufcle doit eftre à l'endroit où fe voyent les infertions des nerfs ; or la veuë nous apprend que tous les nerfs fe terminent au cercle nerueux. Il s'enfuit donc que le principe de ce mufcle doit eftre au milieu du diaphragme. Nous au contraire logeons, non la tefte, mais la queuë de ce mufcle, au cercle nerueux : & voulons qu'il ait diuers origines, car d'autant que ce mufcle eft rond & circulaire, nous croyons qu'il prend fon origine de toute la circonference de la poictrine, & qu'il fe termine au cercle nerueux, comme en fon centre. Il naift donc tout charneux des vertebres des lombes, aufquelles il eft attaché par le moyen de deux tendons, puis des extremitez des fauffes coftes, & finalement de la partie inferieure du fternon & du cartilage xyphoïde, & fe termine en vn tendon tres-fort circulaire & membraneux. Or la caufe pourquoy le diaphragme naift ainfi de toute la circonference de la poictrine, eft à mon aduis, parce qu'il faut que les principes de diuers mouuemens foient diuers : Or les mouuemens du diaphragme font diuers, à fçauoir la conftriction & dilatation, qui font l'infpiration & l'expiration. Doncques il eft neceffaire que les principes d'iceluy foient diuers. Que fi tu pofes le centre pour la tefte du diaphragme, il n'aura qu'vn feul principe & vn feul mouuement. Mais i'oy de toutes parts les Anatomiftes s'oppofer à ce que nous venons de dire, & rejetter contre nous les mefmes traits que nous auons dardé contr'eux. Car fi la refpiration fe fait par la dilatation & conftriction de la poictrine, comment pourra le diaphragme dilater ou referrer le thorax, s'il prend fon origine de toute la circonference d'iceluy ? C'eft vn axiome en l'Anatomie que *tous les mufcles fe retirent vers leurs principes, & qu'ils ne mouuent iamais les parties defquelles ils prennent naiffance.* Mais ie leur répondray, que la compofition & l'action de ce mufcle font admirables. Car tout ainfi qu'il eft diuifé en deux parties en fa compofition, auffi eft-il diuers en fon action : & comme il a vne compofition qui luy eft particuliere & qui n'eft point commune aux autres mufcles, auffi fait-il vne action qui n'eft point fujette aux loix des autres mufcles. Tous les autres tirent la partie en laquelle ils ont leur infertion, mais le diaphragme tire celle de laquelle il prend fon origine. Or comment cela fe fait, ie m'en vay le déclarer en peu de mots. Les fibres charneux du diaphragme ayant prins leur origine de la circonference du thorax fe retirent tous égallement afin d'attirer le cercle nerueux vers eux. Quand ils tirent tous de pareille force ils ne mouuent rien : car pourquoy le centre du diaphragme fe mouueroit-il pluftoft en deuant qu'en vers le derriere, ou vers l'vn des coftez ? Car il arriue tout de mefme au cercle nerueux, qu'au fer qui eft enuironné d'aimant de tous coftez, lequel demeure foufpendu & immobile. Comme ainfi foit donc que le tendon du diaphragme

Z

L'opinion vulgaire touchant l'origine du diaphragme.

Celle de l'Autheur.

Objection.

Refponce. Prerogatiues du diaphragme.

Comment le diaphragme fe meut.

ne se puisse mouuoir vers le principe charneux & les costes à raison de l'égale contention que font toutes les parties du thorax pour tirer le centre à elles; alors le principe est tiré vers la fin, & les costes qui sont aisées à fleschir sont amenées vers le cercle nerueux ; & par cette attraction ou contention égale des fibres se fait l'expiration, & l'inspiration quand lesdites fibres viennent a se relascher & à retourner en leur premier lieu. Doncques la fin du diaphragme est en son milieu, *Opinion de* & non en la circonference de la poitrine, & telle est aussi l'opinion de Piccolo-*Piccolomineus.* mineus Medecin & Philosophe tres-excellent. Quant à ce qu'ils alleguent de *Responce aux* l'insertion des nerfs au centre du diaphragme, c'est vne chose ridicule ; Car les *choses alle-* nerfs ne tirent point immediatement les muscles, ils ne font que porter le com-*guées.* mandement de l'ame. En quelque part donc qu'ils versent l'esprit animal soit ou au centre, ou à la queuë, ou à la teste du muscle, il n'importe de rien : Ainsi les nerfs recurrents s'inserent en l'inferieure partie des muscles du larynx. Il ne reste *Sçauoir si le* plus qu'vn scrupule à oster, qui est de sçauoir si le diaphragme est bandé & haussé *diaphragme* en l'expiration, & s'il est relasché & abbaissé en l'inspiration. Galien veut *qu'il* *bandé en l'ex-* *soit relasché en l'inspiration, & bandé en l'expiration,* auquel nous souscriuons vo-*piration.* lontairement. Il semble toutesfois que le mesme Galien soit d'opinion contraire *Opinion de* quand *il veut que l'expiration soit vne disposition du thorax semblable à la decidence* *Galien.* *& cheute :* Dont s'ensuit que le thorax s'abaisse & que le diaphragme se relas-*l. 2. de mot.* che en l'expiration. Responds que veritablement le thorax s'abbaisse en l'expira-*muscul.* tion, mais non le diaphragme : Car quand les costes sont tirées vers le cercle ner-ueux ; alors tous les fibres bandent, mais quand les mesmes costes s'en retour-nent en leur lieu, les fibres se relaschent. Or que l'expiration se face par la con-traction du diaphragme, cecy entre autres choses le demonstre, c'est que l'ani-mal estant mort le diaphragme se voit perpetuellement retiré vers haut ; or la vie cesse & finit par l'expiration. Tu diras *que les fientes sont chassées bas par l'expira-*Obiection.* *tion, & partant que le diaphragme ne se retire point vers haut, ains plustost qu'il* *descend bas, vers le ventre.* Ie responds que les excremens & fientes ne sont point Responce. chassées bas par la contraction du diaphragme, mais des muscles de l'epigastre, & toutesfois que la situation du diaphragme aide le mouuement peristaltique des boyaux.

De l'origine, insertion & situation des muscles de l'epigastre : Galien est aussi *deffendu des calomnies des Modernes.*

QVESTION NEVFIESME.

A GRAND peine me puis-ie garder de rire, quand ie voy les apprentifs disputans de l'anatomie faire si peu de cas des mus-cles de l'epigastre, que celuy qui n'en peut faire la dissection, est incontinent tenu pour ignorant & nouice. Pour mon re-gard i'ay tousiours creu qu'il n'y auoit rien de plus embroüillé *En quoy fail-* en toute l'histoire des muscles, & n'ay encore veu personne qui *lent les Ana-* les ait separez entiers & sans les déchirer. Or côbien telles gens se trompent pau-*tomistes en* urement ; i'en laisseray le iugement au Lecteur, & me contenteray de monstrer *l'histoire des* commen ils bronchent en la nomination, origine & insertion desdits muscles, *muscles de l'é-* quand des quatre obliques ils en font les vns descendans & les autres ascendans *pigastre.*

Car quand à moy ie tiens qu'ils font tous afcendans, & qu'à cette caufe ils doiuent
eftre nommez, ceux-là obliques externes ou premiers, & ceux-cy obliques internes ou derniers. Or que tous les obliques foyent afcendans, ie le recueille de
l'office qu'ils leur affignent : Car ils veulent que les premiers qui font les plus larges de tous, s'affemblans en forme de peigne auec le grand dentelé, feruent à l'infpiration & dilatation de la poictrine. Mais comment feront-ils cela s'ils defcendent? D'icy chacun peut voir combien ils leur ont mal affigné leur origine & infertion : car ils veulent qu'ils naiffent de l'attouchement du grand dentelé de là
cinq, fix, fept & huitiéme coftes, qu'ils s'inferent aux os du penil & des ifles, &
qu'ils feruent à mouuoir les coftes inferieures. Que s'il eft ainfi comme ils veulent, il faudra que le mufcle mouue vne partie immobile, & qu'il fe retire vers fa
queuë, & non vers fon principe, & ainfi toute la fplendeur anatomique fera ob-
fcurcie. Quand à moy i'eftime qu'ils naiffent de la fuperieure partie des os du pe-   *Opinion de l'Autheur.*
nil & des ifles, comme auffi des apophyfes tranfuerfes des lombes, & que de là ils
s'en vont inferer par leur partie charnuë aux coftes, & par leur nerueufe à la ligne
blanche : & qu'ils mouuent par leur premiere infertion la poictrine, & preffent
l'epigaftre par leur derniere. En l'origine & infertion des droits, ie fuis d'opinion   *Il eft d'aduis côtraire à Ga-*
toute contraire à celle de Galien : Car il veut qu'ils foyent portez des os du fternon   *lien en l'origi-*
au penil, & moy au contraire du penil aux parties laterales du fternon : parce que   *ne des mufcles*
les os du penil, des iles & de l'ifchie font immobiles. Quelques-vns accufent Ga-   *droits.*
Galien accusé
lien d'inconftance & de legereté, pour auoir écrit que les mufcles droits ne font   *par les moder-*
point couuerts d'aucun mufcle externe, jaçoit ce qu'ils foyent reueftus des deux   *nes. l. 5. de loc. aff.*
obliques, ainfi que nous enfeigne la diffection. Mais qu'ils apprennent que Ga-   *l. 5. de loc. aff. c. 6.*
lien par le mot de *mufcle* entend la chair qui en eft la principale partie. Or que les   *Excufé par l'Autheur.*
droits ne foyent point couuerts d'aucune chair, mais feulement des aponeurofes
des obliques ; c'eft chofe connuë de tous : mais les modernes s'écarmouchent   *Autre accu-*
auffi contre le mefme Galien, touchant la fituation de ces mufcles. Car au 5. liure   *fation contre Galien.*
de l'vfage des parties, il décrit premierement les droits & les obliques puis apres :
& au 5. des part. malad. chap. 6. Il veut que les droits foient les premiers de tous,
& fort apparens au toucher : d'autant qu'ils ne font point couuerts d'aucun muf-
cle externe. Mais en d'autres lieux il met les obliques les premiers de tous, puis   *l. 5. adm. anat.*
les droits, & & finalement les tranfuerfaux : mais il n'eft pas mal-aifé de concilier   *l. 6. meth.*
ces paffages. Car au premier allegué il décrit l'hiftoire & vfage des mufcles, &   *Conciliation des paffages de*
non la maniere d'en faire la diffection : & pourtant il commence par les droits,   *Galien.*
parce que *le droit fert de regle à foy & à l'oblique.* Au fecond il enfeigne le moyen
de reconnoiftre les tumeurs de l'epigaftre? à cette caufe il dit que les tumeurs des
mufcles droits, parce qu'ils font par tout charneux, & qu'ils ne font point couuerts d'aucune chair, mais feulement des aponeurofes des mufcles obliques, fe re-
connoiffent facilement au touche : mais aux autres derniers il décrit fimplement
leur fituation, & fuit l'ordre de diffection : or ceux qui fe prefentent les premiers
en diffequant ce font les obliques, puis les droits & finalement les tranfuerfaux.
Mais fçauoir fi les mufcles de l'epigaftre ont efté faits pour le feruice de la poictrine, pluftoft que du ventre inferieur ; c'eft chofe qu'aucuns ont mis en queftion, & eftiment qu'ils ont efté faits premierement pour le feruice du thorax,
d'autant que c'eft par leur moyen qu'il fe dilate & referre, comme vn foufflet ; &
fecondairement pour la compreffion du ventre, de laquelle prouient l'expulfion
des matieres fecales. Car (ce difent-ils) l'excretion des excremens ne fe fait point
continuellement, là où le mouuement de la poictrine eft continuel & ne ceffe

iamais. Moy au contraire, ie reconnois leur principal vsage estre la compression de l'abdomen; & le secondaire, le mouuement de la poictrine : parce qu'il n'y a qu'eux seuls qui font la compression de l'epigastre, là où il y en a grand nombre d'autres, outre iceux qui font la dilatation & contraction de la poictrine; & pour cette cause ils doiuent estre mis entre les muscles communs seruans à la respiration.

De l'vsage & composition des muscles succenturiaux.

QVESTION DIXIESME.

Opinion de Colomb,

brauement refutée par Fallope.

In obseruat. anat.
Diuerses opinions.

Celle de l'Autheur.

C OLOMB estime que ces petits muscles, d'autant qu'ils ne se trouuent point en tous, ne sont point distincts ny differents des muscles droits, & lors qu'ils se trouuent que ce sont parties des droits. Fallope veut au contraire qu'ils soyent muscles totalement distincts & separez des droits : Car 1. & ils sont separez par des membranes particulieres; 2. & se terminent à la ligne moyenne & blanche, & non aux muscles droits; 3. & leurs fibres sont obliques, & non droits; 4. & leurs fibres ne se meslent iamais auec les fibres des droits. Lisez ce qu'il en a écrit : car de le transcrire icy, ce seroit abuser du loisir & des lettres. Touchant leur vsage plusieurs en pensent diuersement. Aucuns veulent qu'ils seruent à l'erection de la verge, mais leur origine & insertion monstrent clairement le contraire. Ils naissent de la partie externe de l'os du penil, & s'inserent aux fins & tendons des droits : ils ne peuuent donc point mouuoir la partie à laquelle ils ne sont point portez : ioint qu'ils se trouuent aussi bien aux femmes comme aux hommes. D'autres veulent qu'ils seruent à l'excretion de l'vrine : mais ie ne voy point comment ils puissent faire cela, si ce n'est par accident en pressant l'hypogastre. I'estime donc qu'ils seruent de deffence aux tendons des muscles droits, pour empescher qu'ils ne soyent froissez. Car comme ainsi soit qu'ils soyent aucunement foibles à raison de leur longueur & de la varieté de leur action, Nature industrieuse a pourueu à leur seureté par trois moyens. 1. en leur donnant trois ou quatre intersections nerueuses, comme entre-nœuds, qu'on appelle aponeuroses. 2. en les embrassant de part & d'autre auec le tendon fourchu des obliques internes, comme auec deux mains. 3. & en apposant ces petits muscles triangulaires sur leurs tendons, non autrement qu'au muscle temporal & au dixiéme de la cuisse. Ce qui se peut recueillir, parce qu'alors que ces muscles defaillent, lesdits tendons des muscles droits se voyent couuerts & enuironnez de beaucoup de graisse : mais il y a aussi bien de l'apparence qu'ils ont esté construits pour l'aide & soulagement des obliques & transuersaux, parce que lesdits obliques & transuersaux ne pouuoient pas bien exactement comprimer les parties inferieures du ventre.

De la situation & de l'office du sphincter de la Vessie.

QVESTION VNZIESME.

A controuerse, touchant la situation de ce muscle *L'usage de n'est point inutile; car comme ainsi soit qu'au col de prostates.* la vessie on trouue deux corps glanduleux, lesquels contiennent & gardent la semence pour les vsages necessaires, & arrousent le canal de la verge d'vne humidité oleagineuse, pour garder qu'il ne soit offencé par l'acrimonie de l'vrine : Aucuns estiment que ce muscle embrasse & enserre tant le col de la vessie que les glandules nommées *prostates*. Les autres au contraire veulent qu'il soit situé au dessus de ces corps glanduleux, c'est à dire, que ces glandules soient libres de l'embrassement de ce muscle, à l'opinion desquels ie souscris plustost qu'à celle des premiers. Car s'il estoit ainsi comme ils soustiennent, on ne pourroit iamais faire émission de la *Raisons.* semence que l'vrine ne coulast quant & quant : Car le muscle estant relasché & ouuert pour donner passage à la semence, l'vrine couleroit aussi-tost, parce qu'elle n'est retenuë en la vessie que par le moyen d'iceluy. Ioint qu'en la gonorrhée virulente ou chaude-pisse, qui est causée par l'inflammation & vlceration des prostates, le sphincter qui fait office de portier estant ouuert, l'vrine distilleroit continuellement auec la semence. Outre-plus l'vrine flotteroit tousiours dessus ces corps glanduleux, elle les abbreuueroit & rongeroit finalement par son acrimonie. Il s'ensuit donc que le sphincter est situé à l'entrée mesme du col de la vessie. Vesale objecte au contraire. 1. *Qu'en pissant l'vrine s'arreste bien souuent, quand* *Opinion de par la veuë de quelque belle nymphe la verge vient à bander.* 2. *Qu'ayant la verge* *Vesale.* *roide & bädée l'vrine ne peut sortir encor qu'on presse tout l'hypogastre auec les mains.* *Ses raisons.* 3. *Qu'aux gonorrhées on rend la semence meslée auec l'vrine, & mesme qu'on rend bien souuent le pus tout pur au commencement de la miction.* 4. *Que plusieurs font éiaculation de la semence dans la vessie & non dans la verge, laquelle ils rendent puis apres meslée auec l'vrine.* 5. *Que ceux qui ont la pisse-chaude sont contraints de pisser fort souuent.* Dont il conclud que le chemin meine & est ouuert des prostates en la vessie, & qu'il n'est point fermé par le muscle sphincter. Mais i'estime que l'on satis- *Responce aux* fera à ces choses en disant : Que la verge estant roide & tenduë, l'vrine vient à s'ar- *raisons de Ve-* rester, encore que le muscle soit relasché & ouuert, à raison que les glandules qui *sale.* sont situées derriere & au dessous de ce muscle sont alors enflées & tumefiées en telle sorte qu'elles ferment le chemin à l'vrine. La semence en la gonorrhée virulente est quelquesfois meslangée auec l'vrine, & au commencement de la miction le pus coule, mais encore qu'on ne pisse point, on ne laisse pas de rendre continuellement ie ne sçay quoy de purulent, qui distile contre nostre volonté. Ceux qui éiaculent leur semence dans la vessie, ont les chemins, qui meinent des prostates au canal commun à la semence & à l'vrine, fermez ; ou par quelque vlcere fistuleux, ou par quelque carnosité, ou bien par quelque cicatrice : Et partant encore que le col de la vessie soit fermé par le muscle, il n'est point toutesfois fermé si exactement, qu'il n'ouure le passage à la semence toute spiritueuse & qui sort auec impetuosité. Le desir de pisser souuent en la pisse-chaude ne prouue

point que le muſcle ſoit ſitué au deſſous des proſtates glanduleux. Car cela arriue à raiſon que la faculté expultrice de la veſſie eſt irritée par l'acrimonie de
l'vlcere à raiſon de la vicinité ; & que l'vrine eſt deuenuë plus chaude & plus
acre. Quant à ce que Veſale eſtime qu'il n'importe rien à la pureté de la ſemence & des glandes que le muſcle ſoit ſitué au deſſus ou au deſſous, parce que c'eſt
touſiours vn meſme canal dedié à la ſemence & à l'vrine ; Il ne voit pas que c'eſt
veritablement vn meſme canal commun à l'vrine & à la ſemence, mais qu'il eſt
preſques touſiours vuide d'vrine, là où la veſſie en eſt quaſi touſiours remplie, là-
quelle abbreuueroit ces glandules & rendroit la ſemence infeconde, ſi ce muſcle faiſant office de portier n'eſtoit ſitué entre la veſſie & les proſtates. Touchant
l'vſage & office de ce muſcle, il nous faut expoſer quelques paſſages de Galien, qui

Quelques paſ-
ſages de Ga-
lien ſont ac-
cordez.
ſemblent ſe contredire. Il veut au 2. & 5. de l'vſage des parties *que le muſcle de la*
veſſie ait eſté fait pour haſter la ſortie des excremens, c'eſt à dire, *pour ſeruir à l'ex-*
cretion de l'vrine. Au contraire au 6. des adminiſt. anatom. il écrit qu'il eſt nommé *ſphincter, parce qu'il ferme l'orifice de la veſſie & empeſche que l'vrine ne ſorte*
ſans noſtre congé. Et au 2. du mouuement des muſcles, il écrit *que l'office du muſ-*
cle qui eſt à la veſſie & au ſiege, n'eſt point de chaſſer hors les excremens, mais de les
retenir. On accordera ces paſſages ſi on dit que le muſcle ne ſert point ny premierement ny ſimplement à l'excretion de l'vrine, mais ſecondairement : car
quand par le commandement de la volonté il vient à ſe laſcher en ouurant les
chemins, il laiſſe couler l'vrine ; & ainſi il aide à en haſter la ſortie. Il fait auſſi le
meſme quand ſur la fin de la miction il ſe reſſerre afin de refermer la veſſie, car
en exprimant le col d'icelle, il chaſſe hors les reſtes de l'vrine. Or l'action propre
d'iceluy c'eſt la tenſion, laquelle d'autant qu'elle dure long temps ſans aucun
mouuement manifeſte (car ceux qui dorment ne piſſent point, & en veillant on
retient l'vrine quelque temps) elle peut eſtre dite mouuement tonique : or il eſt
relaſché non par vn muſcle contraire, mais par ſoy-meſme.

Fin du cinquiéme Liure.

ANDRE DV LAVRENS

Au Lecteur, Salut.

LVSIEVRS blasment & rejettent l'inspection des ta-
bles & figures, & disent qu'elle retarde les studieux
plus qu'elle ne les auançe ; pour moy ie tiens qu'elle
n'est point totalement inutile. Et par ainsi me laissant
aller aux prieres de plusieurs, l'ay fait tirer & peindre
les principales, mais sur le patron des pourtraits de
ceux qui par cy deuant les ont employées en leurs
Anatomies ; n'ayant peu à raison des occupations de
ma charge, qui me retient tousiours en Cour aupres
du Roy, les faire tailler selon ma fantasie. I'en ay adiousté quelques nouuelles, en
la description desquelles, s'il s'est glissé quelque faute, tu la rejetteras toute sur
le peintre & le graueur? Car ie pense auoir fait entendre assez clairement mon intention & volonté en l'Histoire Anatomique. Au reste i'ay commandé de mettre toutes les figures ensemble au milieu presque de l'œuure, afin de recréer les
yeux des Lecteurs. Tu prendras donc le tout en bonne part.

La FigvreI. eſt des parties
anterieures.

AA *Monſtre la circumſcription de toute
la teſte depuis le menton iuſques au
ſommet.*
B *Le front indice de la honte.*
C *Les temples qui lors qu'elles ſont che-
nuës decelent les ans.*
D *Le petit angle ou coing de l'œil, autre-
ment dit le canthus externe.*
E *Le grand angle ou canthus interne.*
F *La ioüe, ou pommette.*
G *La bouffe.*
H *Le nez externe.*
I *Les oreilles externes nommées oteil-
lettes.*
K *La bouche.*
L *Le menton.*
M *Le col.*
N *Les clauicules.*
O *Les mammelles.*
P *Le ſternon ou brechet.*
Q *L'epigaſtre.*
R *Les hypochondres.*
S *Le nombril.*
T *La region lombaire, les lombes.*
V *L'hypogaſtre.*
X *Les iles ou flancs.*
Y *Le penil, ou motte.*

Z *Les aines.*
a *La verge, le membre viril.*
b *Le bras.*
c *Le coude.*
d *Le carpe ou poignet.*
e *Le metacarpe.*
f *La cuiſſe.*
g *Le genoüil.*
h *La greue.*
i *Le tarſe.*
k *Le metatarſe.*
l *Les cheuilles.*

La FigvreII. repreſente les parties
poſterieures.

A *Monſtre le couppeau ou ſommet de la
teſte.*
B *L'occiput ou derriere.*
C *Le muſcle deltoïde.*
D *Les omoplates, eſpaules ou paſterons.*
E *La region des reins.*
F *La ſituation de l'os ſacrum.*
G *Le coccyx ou croupion.*
H *Les feſſes.*
I *Le gras ou parties charnuës des cuiſſes.*
K *Le iarret.*
L *Le molet ou gras de la iambe.*
M *Le talon.*

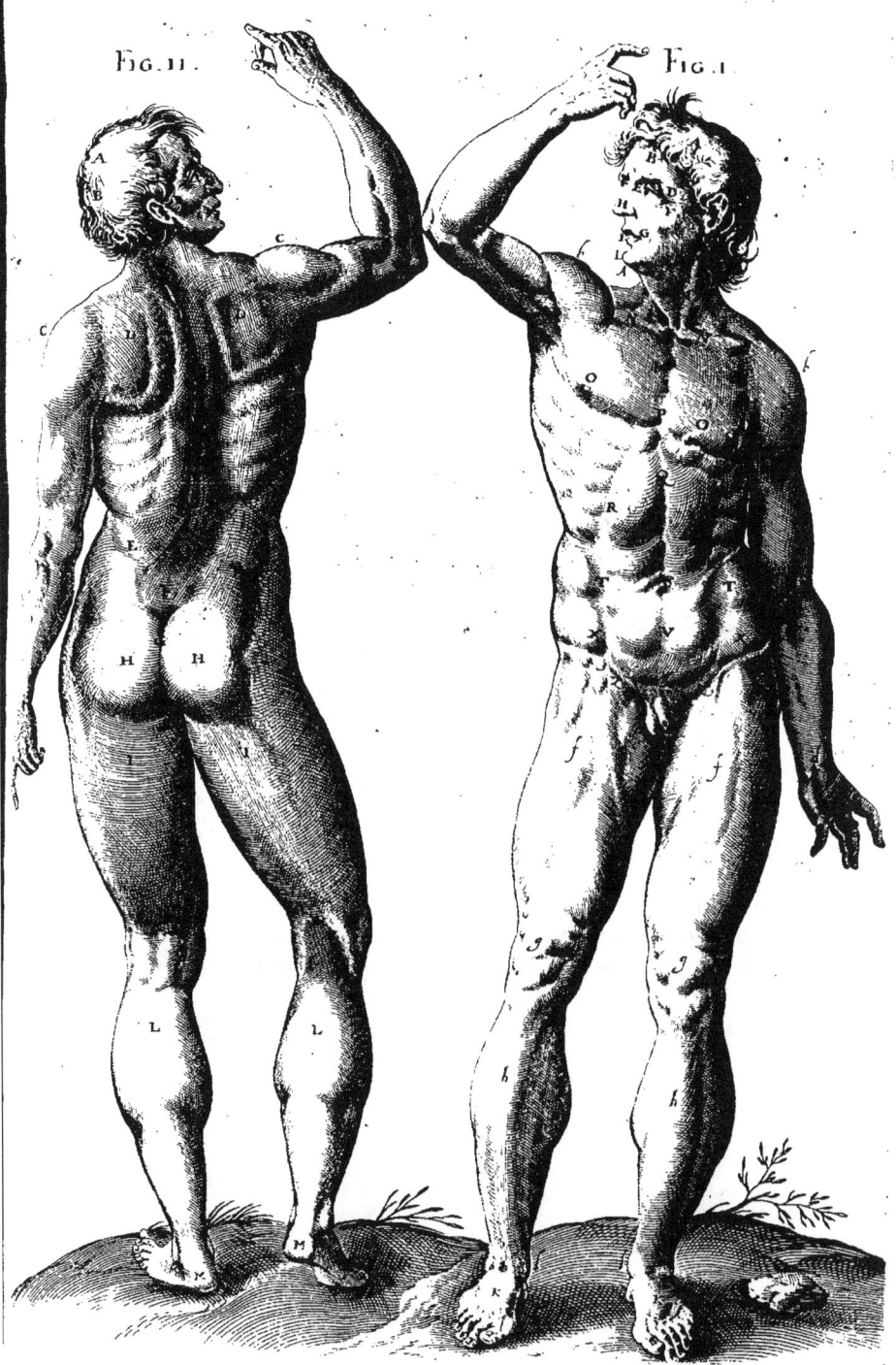

137

Fig. II.

Fig. I.

A *L'os coronal, l'os du front, l'os eshonté.*

B *La suture qui separe les os de la teste des os de la maschoire superieure.*

C *L'os iougal dit zygoma.*

D *L'os de la maschoire superieure, contenant toutes les dents superieures & les incisoires mesmes.*

E *L'apophyse mammillaire qui est en l'os petreux.*

F *La maschoire inferieure.*

GHIK *Ces quatre lettres monstrent toute l'espine du dos, qui est faite de plusieurs vertebres.*

L *L'os de la poitrine nommé* sternon.

* *Le cartilage ensiforme.*

MM *Les clauicules.*

N *L'apophyse de l'espaule nommée* Acromion.

O *L'apophyse coracoïde.*

P *L'espaule ou omoplate.*

Q *La teste du bras qui s'insere dans la cauité de l'omoplate.*

R *L'os du bras.*

SS *L'articulation du coulde.*

T *Le rayon.*

V *L'os du coulde.*

XX *L'articulation du coulde auec le poignet.*

Y *Les cinq doigts.*

ZZ *Les quatre os du metacarpe.*

1. 2. 3. 4. 5. 6. 7. 8. 9. 10. 11. 12. *Ces douze chiffres monstrent le nombre des costes, desquelles les sept superieures sont vrayes: & les cinq inferieures fausses & bastardes.*

aa *Les os des isles ou hanches.*

b *L'os ischion.*

c *Les os du penil.*

d *La symphyse ou union des os du penil qui se fait par un cartilage.*

e *Le trou de l'os ischion qui n'a point de nom, fait pour rendre l'os plus leger.*

f *La teste ronde & grosse de la cuisse qui entre dans la cauité de l'ischion.*

g *Le col de la cuisse.*

h *Le grand trochanter ou rotateur.*

i *La petit trochanter.*

k *L'os de la cuisse.*

l *La rotule du genoüil.*

mm *Les deux condyles inferieurs de l'os de la cuisse.*

n *Le genoüil.*

o *L'articulation de l'os de la cuisse auec celuy de la iambe.*

p *L'os de la iambe, grand fossile.*

y *L'os de l'esperon, petit fossile.*

q *La cheuille interne.*

s *La cheuille externe.*

t *Les os du tarse.*

uu *Les os du metatarse.*

yy *Les doigts des pieds ou orteils.*

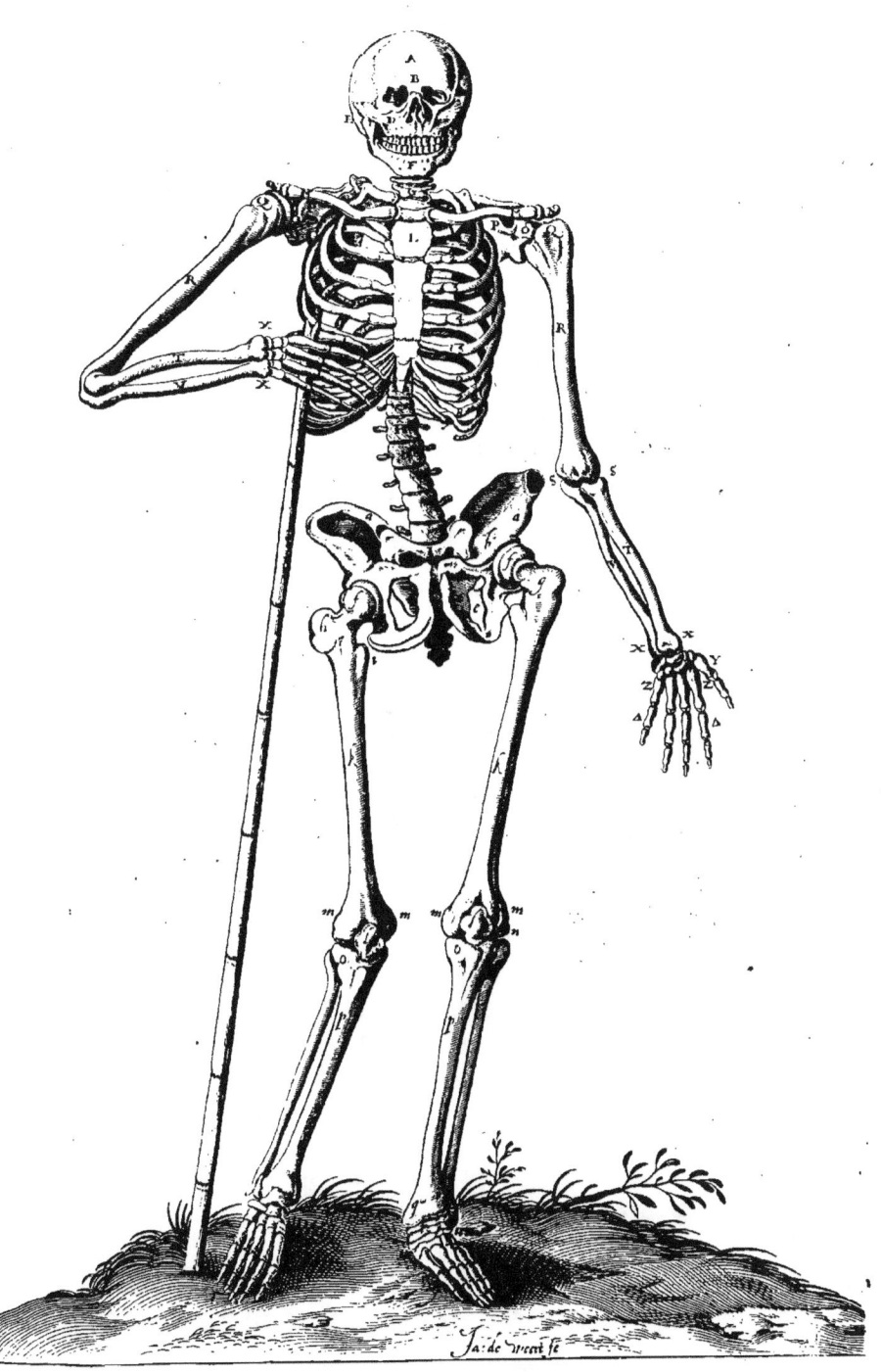

138

Ja: de weert fe

CETTE TABLE REPRESENTE LES OS
postericux & lateraux.

A	Monstre les os nommez parietaux.	d	L'olecrane.
B	La suture Coronale.	e e e	Le rayon.
C	L'os du front.	f	Les doigts de la main.
D	Les os des temples.	g	La premiere vertebre des lombes.
E	Les productions de l'os sphenoïde.	i i i	Le circuit de l'os innominé.
F	L'os iugal ou zygoma.	k k	Les os ilion ou des hanches.
G	La maschoire inferieure.	l	Le coccendix.
H	La place de la suture lambdoïde.	m n	La symphise ou connexion des os du penil qui se fait par synchondrose.
I I	Les deux apophyses de la maschoire inferieure, l'vne pointuë on la nomme Corone : & l'autre est dite Condylodis, par laquelle se fait son articulation auec les os des temples.	o	Le coccyx ou croupion.
		p	Le grand trochanter.
		q	Le col de l'os de la cuisse.
		r	La teste de l'os de la cuisse.
K K	Le metacarpe.	s	Le sinus ou trou de l'os innominé.
L	Le carpe fait de huit os.	t t	Les os de la cuisse.
M M	L'os du coulde.	u u	La rotule ou palette du genoüil.
N	L'apophyse inferieure du coulde.	x x	Le peroné, l'os de l'esperon.
T	Comment s'assemblent les os du coulde.	y	Le iarret.
		z z	L'os de la iambe.
V	La premiere vertebre du dos.	1 1	Les deux cheuilles.
X	L'omoplate ou pasteron.	2	La plante du pied.
Y	Le sternon ou l'os de la poictrine.	3	L'os du talon.
Z	Les clefs ou clauicules.	4	L'astragale.
1. 2. 3. 4. 5. 6. 7. 8. 9. 10. 11. 12.	Les douze costes.	5	L'os nauiculaire.
a	La teste du bras.	6 6	Les os innominés.
b	Le mitan du bras.	7 7	Le metatarse.
c	La partie inferieure du bras qui se termine en deux apophyses.	8 8	Les os des doigts, disposez en trois rangées.

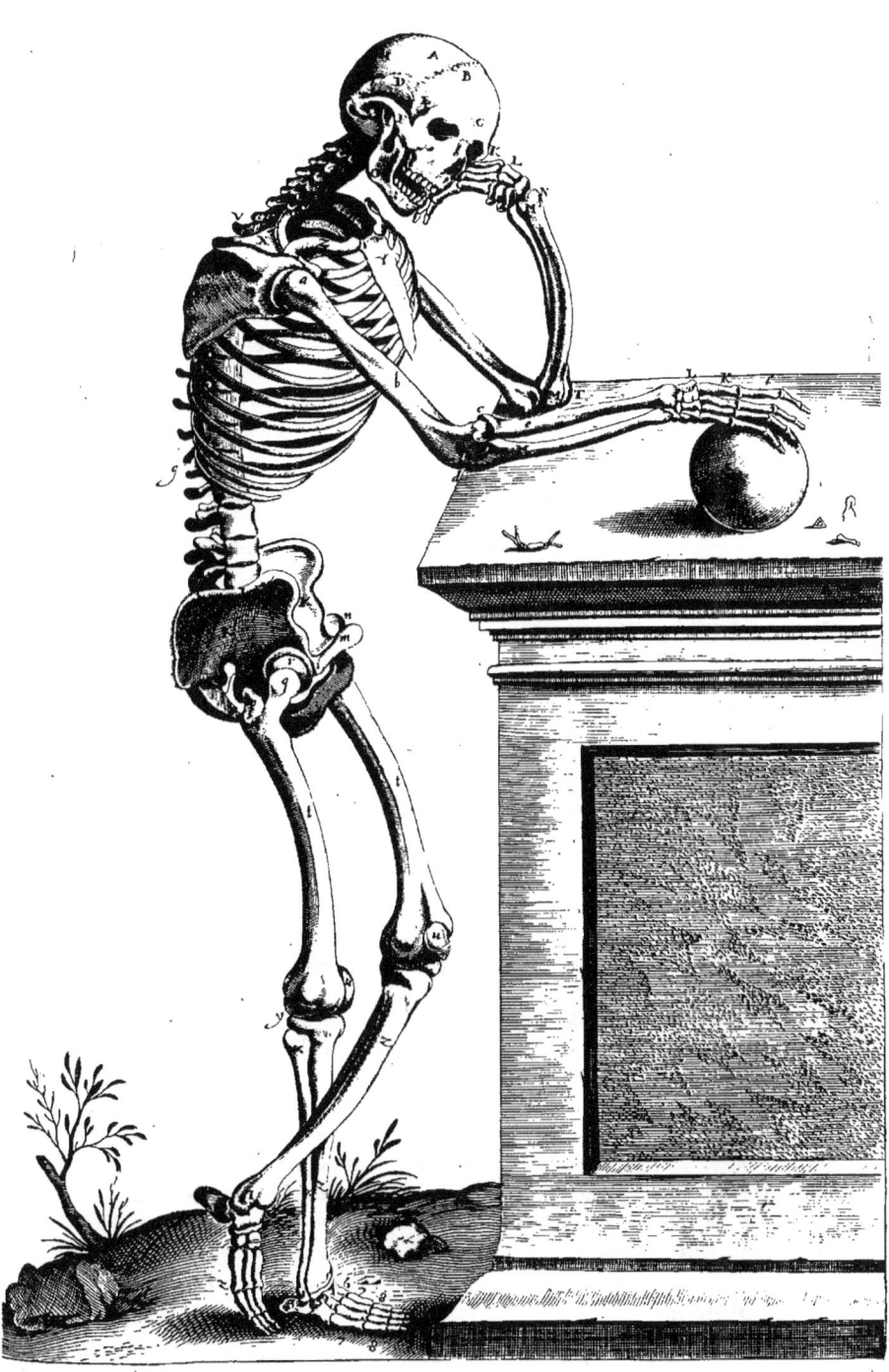

139

CETTE TABLE CONTIENT PLVSIEVRS FIGVRES,

CAR ELLE REPRESENTE TOVTE L'ESPINE, LES
omoplates, les clauicules, tous les os du bras, des mains,
de la cuisse, de la iambe & du pied.

La **FIGVRE I.** monstre toute l'espine.

AB Les sept vertebres du col sont monstrées par ces chiffres 1.2.3.4.5.6.7.
CD Le dos ou metaphrene composé de douze vertebres.
EF Les cinq vertebres des lombes.
GH L'os sacrum fait de six os.
IK Le coccyx fait de quatre os.
LLLL Les apophyses pointuës des vertebres nommées proprement espines.
MMMM Les apophyses transuerses des vertebres.
NNNN Les apophyses obliques superieures.
oo Les apophyses obliques inferieures.
pp Les trous des vertebres, par lesquels sortent les nerfs.

Les deux Figures II. & III. qui suiuent la premiere monstrent l'os sacrum & son extremité.

A.b.c.d.e.f. Les six vertebres de l'os sacrum.
G.H.i.k. Les quatre os du coccyx.
 A L'apophyse superieure de la premiere vertebre.
 B La sinuosité entaillée en ladite vertebre.
cccc La cauité ordonnée pour contenir la medule spinale.
DD La cauité dans laquelle s'insere l'os ilion.
EE La partie exterieure de ladite cauité.
FF Les apophyses superieures de l'os sacrum, nommez espines.
 G Le cartilage pendant au bout du coccyx.
illr Les apophyses transuerses.
 M L'apophyse superieure de la premiere vertebre.

HGIK monstrent tout l'os coccyx peint en la figure III.

Les trois Figures IIII. monstrent l'omoplate & les parties qu'il faut remarquer en icelle.

AA La cauité superficielle dans laquelle s'insere la teste du bras & fait l'articulation arthrodiale.
BB Le col de l'omoplate.
CD L'apophyse coracoïde ou anchyroïde.
EF Seconde apophyse de l'omoplate en laquelle s'insere la clauicule, on la nomme Acromion.
 G La cauité qui est en la partie externe de l'omoplate.
HH L'angle superieur de l'omoplate.
II L'espine de l'omoplate.
KK La cauité qui est ioignant l'espine.
LL Le bout de la base de l'omoplate.
MM La partie caue.
N Le bout de l'angle inferieur.

La Figure V. represente les clauicules.

AAA La teste de la clauicule qui est articulée auec le sternon.
BBB La partie qui est articulée auec l'omoplate.
CCC Lignes entaillées aux clauicules.

Les Figures VI. contiennent l'explication des os du bras.

AA Le teste du bras qui s'insere dans la cauité glenoïde de l'omoplate.
BC Le col du bras.
 D La sinuosité, ou pour mieux dire, la scissure du bras diuisant quasi l'os en deux parties, dediée pour receuoir le tendon du muscle biceps.
EF La partie posterieure de l'os.

140

HI *La partie anterieure de l'os.*

KLM *La partie de l'os cambré & enfon-*
cée.

N *La ligne ou espine seruant à l'origine*
des muscles.

O *La cauité qui reçoit la reste du coulde.*

P *L'autre cauité opposée à la premiere,*
qui reçoit les apophyses du coulde.

Q *La poulie qui est au bout de l'os.*

RR *Les deux apophyses inferieures du*
bras, l'externe & l'interne.

T *La troisiéme apophyse qui est au mi-*
lieu des deux, par le moyen desquel-
les se fait le ginglyme.

Les FIGVRES VII. monstrent l'os
du rayon & du coulde.

ABB *Les apophyses pointuës qui sont au*
bout de l'os du coulde.

CC *La cauité qui reçoit la poulie du bras.*

D *Les asperitez de l'os qui seruent à l'in-*
sertion des muscles.

EE *L'epiphyse ronde & caue du rayon qui*
fait la pronation & supination de
la main.

FF *Le col de l'epiphyse.*

GG *Les asperitez & la scisseure du rayon.*

HH *Les apophyses pointuës.*

II *L'olecrane.*

KK *La partie pleine & égale.*

La FIGVRE VIII. monstre les
deux os de la jambe.

AA *La partie interne de l'epiphyse supe-*
rieure de l'os de la iambe, laquelle a
deux cauitez superficielles qui reçoi-
uent les testes inferieures de l'os de
la cuisse, nommées condyles.

BB *La ligne qui separe l'epiphyse de l'os.*

C *L'epiphyse superieure du peroné, la-*
quelle touche immediatement l'epi-
physe superieure de l'os de la iambe.

D *En cet endroit sont attachez & com-*
me affichez les quatre muscles qui
estendent la iambe.

EEEE *Les distances & separations qui*

sont entre l'os de la iambe & le pe-
roné, ausquelles il faut remarquer les
lignes, angles & espines.

FFFF *Les lignes & apophyses aiguës qui*
sont apparentes en l'os de la
iambe.

GGGG *D'autres fentes qui sont au mes-*
me os.

HH *La premiere ligne du petit fossile.*

I *La deuxiéme.*

KK *La troisiéme.*

LL *L'epiphyse inferieure de l'os de la*
iambe.

M *L'apophyse inferieure de l'os de l'es-*
peron faisant la cheuille externe.

N *L'apophyse inferieure de l'os de la iam-*
be faisant la cheuille interne.

O *Les deux cauitez superficielles qui re-*
çoiuent le premier os du pied, nom-
mé astragal.

P *La connexion des deux fossiles par*
leur partie inferieure.

Q *La cauité qui est en l'epiphyse infe-*
rieure du petit fossile, de laquelle
sort vn ligament tres-fort qui est
porté à l'os astragal.

La FIGVRE IX. décrit tous les os
tant internes, qu'externes de l'extréme-main.

1.2.3.4.5.6.7.8. *Les huiĉt os du carpe*
separez en deux ordres qui n'ont
point de noms propres, desquels les
quatre premiers sont articulez auec
le coulde & le rayon, & les quatre
autres auec le metacarpe.

1.11.111.1111. *Les quatre os du metacarpe*
qui sont articulez par leur partie in-
ferieure auec le carpe par synarthro-
se : c'est à dire par vne articulation
compaĉte & fort serrée, laquelle a-
pres Galien nous appellons neutre &
douteuse : Car elle est diarthrose, situ
as égard à la maniere de la composi-
tiõ parce qu'il y a des testes & des ca-
uitez : mais elle est synarthrose à rai-

ſon du mouuement qui eſt tres-obſcur.

ABC *Les trois os du poulce.*

DDDD *La premiere rangée des os des doigts.*

EEEE *La deuxiéme rangée.*

FFFF *La troiſiéme rangée.*

HHH *Les os ſeſamoïdes qui rendent l'articulation plus ferme & aſſeurée.*

La FIGVRE X. monſtre tous les os du pied, tant internes, qu'externes.

AA *L'os du talon, nommé auſſi aſtragal, noix d'arcbaleſte & quatrio à raiſon qu'il a quatre coſtez.*

BB *L'os calcaneum.*

CC *L'os ſcaphoïde ou nauiculaire, ainſi dit, parce qu'il reſemble à vn eſquif, ou batteau de nef.*

DD *L'os cyboïde ainſi nommé, parce qu'il eſt quarré comme vn Dé.*

EEE *Les trois os innominez, ou ſans nom, appellez de quelques vns chalcoïdes, c'eſt à dire cuneiformes.*

FFFF *Les cinq os du metatarſe, la compoſi-*

tion deſquels eſt preſques ſemblable à ceux du metacarpe.

GG *Les iointures des cinq orteils qui ſont diſpoſées en meſme ordre que les doigts de la main : car chaque orteil eſt fait de trois os, excepté le poulce ou gros orteil, qui n'en a que deux.*

* *Les os ſeſamoïdes affermiſſans les articulations des orteils.*

On auoit obmis quelques particularitez en la figure des os du coulde, que nous adjouſterons en cet endroit.

L *La partie interne de l'epiphyſe inferieure de l'os du coude qui eſt caue & qui eſt articulée au carpe.*

M *L'apophyſe ſtyloïde de ladite epiphyſe.*

N *La partie ſuperieure de l'epiphyſe inferieure du rayon qui a en ſon extremité deux cauitez qui reçoiuent les os du carpe.*

** *Comment le rayon & le coulde ſont ſeparez en leur milieu pour faire place aux muſcles, & ioints par leurs parties ſuperieures & inferieures.*

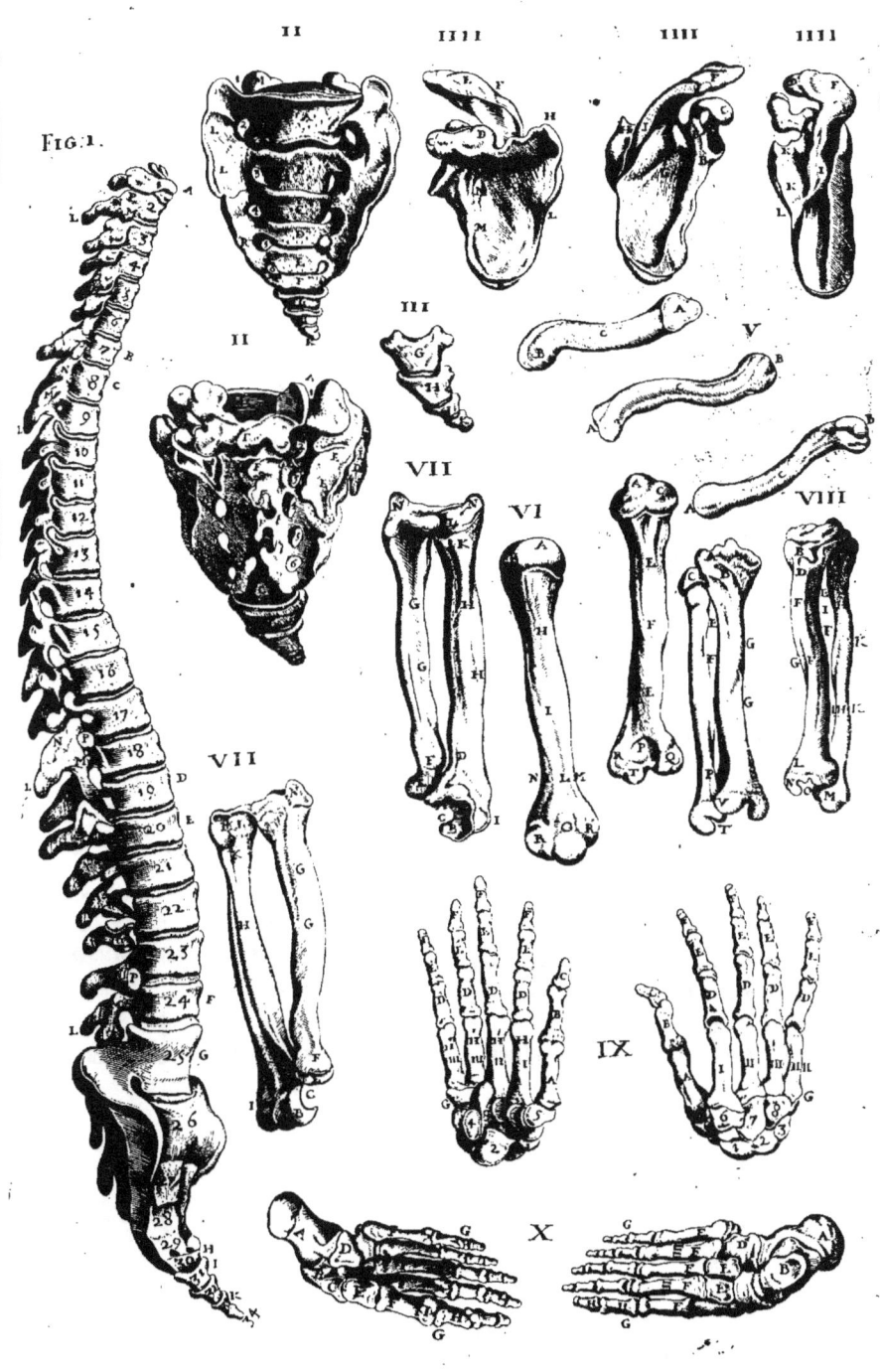

141

CETTE TABLE REPRESENTE LES FIGVRES DES OS ET DES CARTILAGES DES ENFANÇONS
nouueaux formez & nouueaux nais.

La FIGVRE I. monftre l'enfant defia grandelet.

A   *L'os du front feparé en deux parties égales par vne future qui defcend iufques aux narines.*

B   *La partie fquammeufe de l'os des temples, offeufe en fon milieu & membraneufe en fon circuit.*

C   *La feparation de la mafchoire inferieure qui fe fait par vn cartilage.*

DD   *Les vertebres du col.*

E   *Les os du fternon qui font cartilagineux.*

F   *Les extremitez de l'os ilion qui font cartilagineufes.*

G   *La tefte de l'os de la cuiffe qui eft molle & cartilagineufe.*

H   *Les trochanteres qui font épiphyfes & mols.*

I   *La rotule du genouil qui eft toute cartilagineufe.*

La FIGVRE II. monftre les os tendrets d'vn enfant abortif de deux mois, qui font encore beaucoup plus cartilagineux que ceux de l'enfant defia repréfenté.

La FIGVRE III. repréfente vn fœtus de trente iours, defia articulé & formé, tous les os duquel reffemblent à du fromage caillé ou à du beurre.

a   *L'ouuerture qui eft en la partie fuperieure du crane, monftre cette partie que le commun peuple appelle la fontenelle ou fontaine de la tefte, & les Arabes zeudech, où l'on voit manifeftement le cerueau anterieur fe mouuoir.*

bb   *Les extremitez du bras totalement cartilagineufes.*

cc   *Les épiphyfes du coulde & du rayon molles & quafi feparées des os, qui fait qu'elles fouffrent quelquesfoi luxation.*

dd   *Les épiphyfes des os de la cuiffe & de la iambe.*

ee   *Les os du tarfe du tout cartilagineux.*

La FIGVRE IIII. monftre la partie externe du crane.

AA   *L'os occipital diuifé en quatre parties.*

BB   *Le trou de l'os occipital qui eft tresgrand & dedié à la medulle fpinale.*

CCC   *L'os fphænoïde diftingué en quatre parties.*

DDD   *Les alueoles ou mortaifes des mafchoires, dans lefquelles les dents font fichées, voire mefme aux petits enfançons.*

La FIGVRE V. monftre la partie interne du crane de l'enfançon.

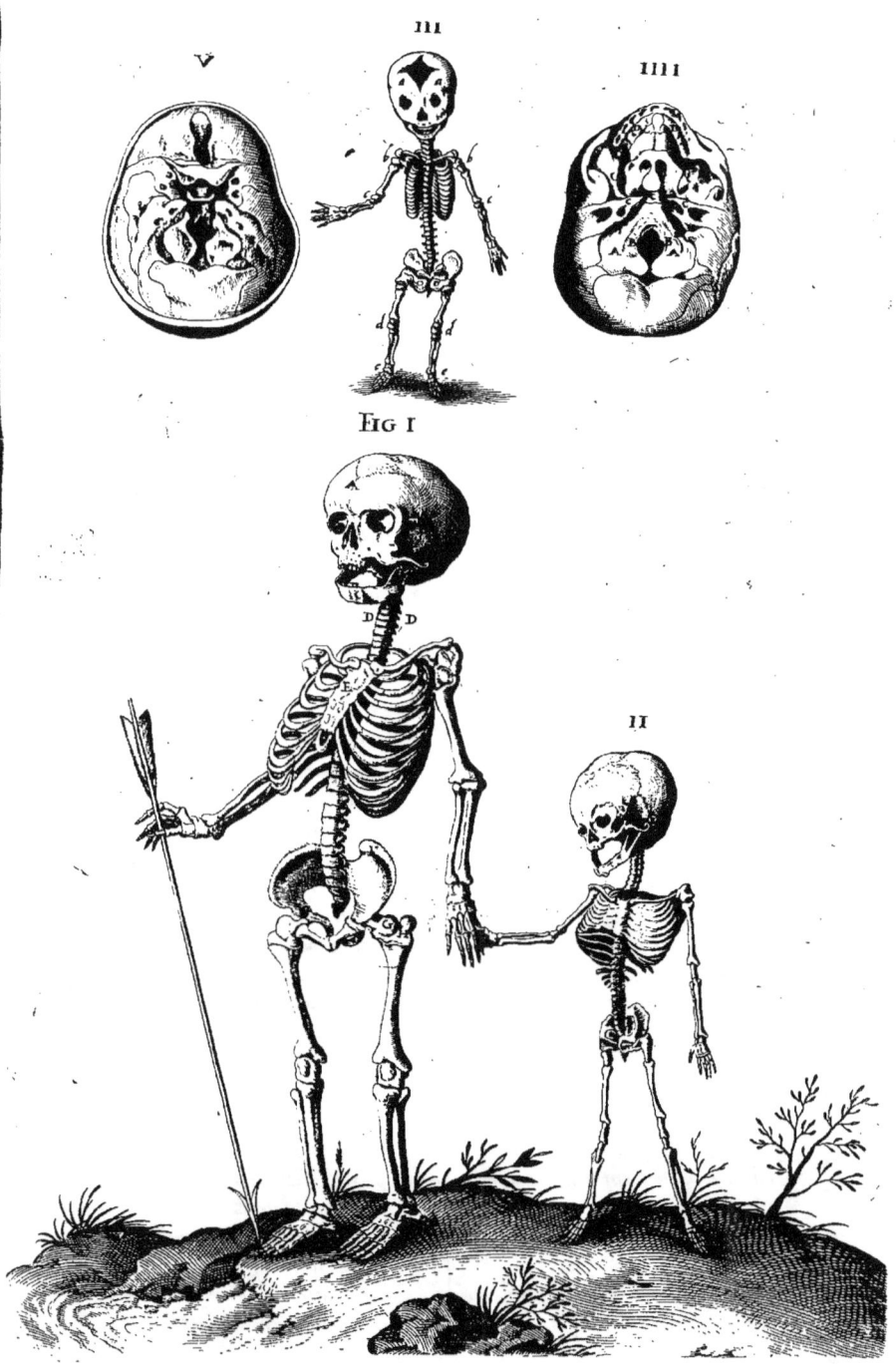

142

V

III

IIII

FIG I

II

CETTE TABLE DEMONSTRE TOVS LES RVISSEAVX
DES VEINES ET ARTERES, LEVRS
naiſſances & leurs inſertions.

Explication de la FIGVRE I.	1 *La iugulaire interne.*
AAA *Le diaphragme.*	2, 2 *La iugulaire externe.*
B *Vne portion du pericarde.*	4 *Diuiſion de la iugulaire externe.*
C *La ſituation du cœur, duquel naiſſent*	5 *La veine auriculaire qui paſſe par les*
toutes les arteres.	6 *temples, diuiſée en deux rameaux.*
DDDD *Les quatre aiſles ou lobes du*	7 *Le rameau faiſant la veine du front.*
poulmon.	9 *Le nerf recurrent gauche.*
E *La trachée artere.*	10 *Les rameaux de la veine cephalique.*
F *La partie gibbeuſe du foye.*	11 *La veine cephalique.*
GG *La partie caue du foye.*	12 *La veine baſilique.*
H *La veſicule du fiel.*	13 *Fourchement de la cephalique.*
QR *Les deux reins, le dextre & le ſe-*	14 *Petit rameau de la cephalique qui*
neſtre.	*manque quelquefois.*
T *La ſituation de la veine caue entre le*	15, 16, 16 *Rameau de la cephalique faiſant*
diaphragme & le cœur.	*la mediane.*
VX *La baſe du cœur.*	17 *La baſilique deſcendant au bras.*
Y *La pointe du cœur.*	18, 19 *Diuiſion de la baſilique.*
a *Le tronc de la veine caue s'ouurant*	20 *Le rameau de la baſilique faiſant la*
d'vne tres-grande ouuerture dans le	*mediane.*
ventricule dextre du cœur.	21 *La veine commune ou mediane.*
b *L'oreillette dextre du cœur.*	22, 23 *Baſilique profonde diuiſée en deux*
c *L'oreillette gauche.*	*rameaux.*
d *Le tronc de la veine arterieuſe.*	24 *Rameau de la mediane allant au petit*
e *Les rameaux de l'artere veineuſe, &*	25 *doigt & faiſant la ſaluatelle, marquée*
de la veine arterieuſe.	*par ce chiffre 25.*
f *Le tronc de la groſſe artere.*	26 *Quelques rameaux de l'artere qui ac-*
g *Le rameau ſoubſclauier naiſſant de la*	*compagnent les rameaux ſuſdits.*
groſſe artere.	27 *Petits ſcions qui ſe trainent à la peau.*
i *La portion plus grande & plus appa-*	28 *Comment la cephalique & la baſilique*
rente de ce rameau qui ſe fourchant	*ſe diſtribuent diuerſement dans quaſi*
en deux fait la carotide.	*toute la main.*
kl *La dextre & la ſeneſtre marquées par*	
ces lettres k l.	
m *L'artere axillaire.*	1 *Le tronc de la veine porte.*
nn *Les nerfs qui vont au diaphragme,*	2 *Les cyſtiques qui ſont gemelles.*
par leſquels ſe fait la ſympathie ad-	3 *Le conduit de la veſicule.*
mirable qui eſt entre luy & le cer-	✱ *Les nerfs & arteres du foye.*
ueau.	4 *La grande artere.*
o✱ *Le commencement de la veine ſans*	5 *Les rameaux de la grande artere qui*
pair.	*accompagnent quaſi par tout les ra-*
pq *Diuiſion de la veine caue aſcendante*	*meaux de la veine porte.*
en deux rameaux notables.	6 *Les arteres du meſentere.*

143

7　La veine adipeuse.

8, 9　Les deux émulgentes ou renales.

10. 10　Les veines spermatiques, la dextre sort du tronc & la senestre de l'emulgente.

11. 11　Les deux vreteres.

12　La grande artere décendante.

q　L'origine des arteres spermatiques.

13　Le meslange des veines & arteres spermatiques.

a　Les veines & arteres lombaires.

b　Diuision de la veine & de l'artere.

c　Les arteres sacrées,

d　Le rameau iliaque.

e　La veine muscule.

g　La veine sacrée.

h　La veine honteuse.

i　La veine hypogastrique.

n　La naissance de l'artere vmbilicale.

l　Le rameau épigastrique.

mm　La saphene & ses rameaux.

n　La petite sciatique.

o　La muscule externe.

p　La muscule interne.

r　La veine crurale.

ſt　La veine poplitique & ses rameaux.

v ✲　Sa diuision au iarret.

x ÿ　Deux rameaux externes venans de la petite sciatique.

z　Vn rameau naissant de la veine crurale.

3. 4　La veine surale.

5　La grande sciatique.

La FIGVRE II. monstre la veine azygos ou sans pair, mais tu l'auras plus exactement representée en la table suyuante.

La FIGVRE III. monstre le consentement qui est entre les mammelles & la matrice par les veines épigastrique & mammaire.

I　Le rameau épigastrique qui s'en va iusques au nombril.

a b　Les veines mammaires.

Explication de la FIGVRE IIII..

A　Le tronc de la veine porte.

B　L'artere entrant au foye.

C　L'artere & le nerf qui se distribuent dans la vessicule.

D　La veine cystique

EF　La veine & l'artere gastrique.

G　Le conduit de la bile qui s'en va au costé du boyau Duodenum.

H　Les veines & arteres gastrépiploiques.

I　Le rameau mesenterique.

K　Le rameau splenique.

L　La veine & l'artere intestinale.

M　Le tronc de la veine porte.

N　La veine coronaire stomachique.

O　L'epiploique dextre.

PQ　L'epiploique posterieure.

R　La petite gastrique.

S　Les ruisseaux du rameau splenique qui se distribuent par toute la ratte.

T　Le vas breue ou venosum.

V　La ratte.

XX　Les veines du mesentere.

2. 2　Les arteres mesaraïques.

Y　Les veines hæmorrhoïdales.

3. 3. 3　Les glandes du mesentere.

Explication de la FIGVRE V.

A A　La plus grande partie du foye.

B　La veine vmbilicale.

La FIGVRE VI. monstre les vaisseaux des testicules.

A A　Le testicule.

9. 9　La membrane dartos enuelopant le testicule.

2　Le muscle suspensoire.

3. 4　Les replis du vaisseau éiaculatoire.

5　Le testicule couuert de sa membrane propre.

6. 7　L'pididyme.

8　Comment les vaisseaux spermatiques decendent & remontent par la protection du peritoine.

9 Les vaiſſeaux éiaculatoires.
10 Les petits rameaux naiſſans des veines & arteres ſpermatiques.
11 Les veines & arteres ſpermatiques
ſeparées.
12 Les conduits vrinaires.
13 Comment les vaiſſeaux éiaculatoires
vont & s'aſſemblent aux teſticules.

Explication de la FIGVRE VII.

A Le nombril.
B La veine vmbilicale.
C L'ourachos venant du fonds de la
veſſie, lequel ne ſe trouue point
ſeulement aux beſtes à cornes, com-
me eſtiment les modernes, mais auſ-
ſi en l'homme.
DD Les deux arteres vmbilicales qui
viennent des arteres iliaques.
E La veſſie.
F Les vreteres.
G Les proſtates.
H L'hourethra ou conduit commun à la
ſemence & à l'vrine.

Explication de la FIGVRE VIII.

A Le nombril.
B La veine nourrice de l'embrion, ditte

vmbilicale.
C L'ourachos.
D Les arteres vmbilicales.
EE Les proſtates.
F Le conduit commun à la ſemence & à
l'vrine.
G Le muſcle ſphincter faiſant office de
portier.
H La verge ou membre viril.

Explication de la FIGVRE IX.

Cette figure repreſente la matrice & ſes
vaiſſeaux, ſelon que tous les décriuent ordinairement ; tu en auras
cy apres vne repreſentation plus au
vif, & conforme à ce que nous en
auons écrit en noſtre Hiſtoire Anatomique.

a Le fonds de la matrice.
b L'orifice interieur de la matrice.
c Le col de la matrice.
d L'orifice du col auquel ſe voit le conduit
par lequel l'vrine ſort de la veſſie.
e Grand nombre des branchettes des veines & arteres honteuſes qui ſe terminent au col de la matrice.
ff Les montagnettes, au milieu deſquelles eſt vne ſciſſure qui fait la grande
fente.

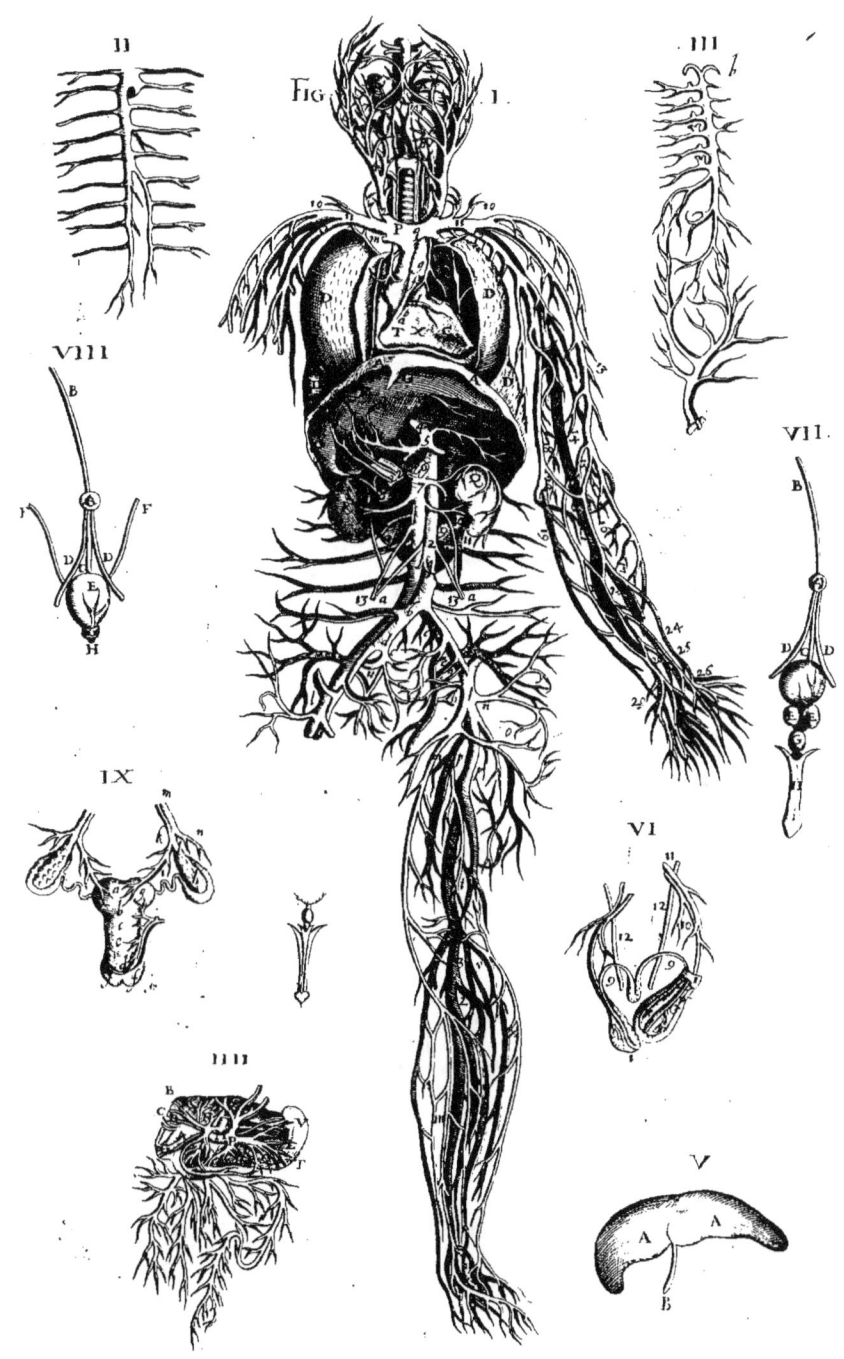

CETTE TABLE MONSTRE LES RACINES DES
VEINES CAVE ET PORTE ET LES ANASTOMSOES
qu'elles font entre elles qui font en grand nombre , &
qui ont efté inconnuës aux anciens.

144

La Figvre I. reprefente les racines de la veine caue & de la porte éparfes dans le foye & s'vniſſans & aſſemblans en iceluy.

AAAA Ce font les plus notables racines de la veine caue.

B Le tronc de la veine caue afcendante.

CC Le tronc de la veine caue defcendante.

DDD Les racines de la veine porte.

EEEE Les anaſtomoſes des veines caue & porte, car ces deux veines s'vniſſent en pluſieurs lieux , & le fang paſſe & repaſſe librement de la veine caue dans la porte & de la porte dans la caue.

La Figvre II. monſtre les rameaux de la veine caue afcendante & la communion des veines thoraciques auec quelques rameaux de la veine fans pair.

a Le tronc de la veine caue afcendante.

b La veine azygos ou fans pair.

cc Les rameaux foubfclauiers.

dd Les veines intercoſtales qui nourriſſent les coſtes fuperieures.

eee Les veines thoraciques qui arrouſent les mufcles anterieurs de la poictrine & les mammelles.

ffff Les rameaux des veines thoraciques qui s'vniſſent par anaſtomoſe auec les branches de l'azygos.

gg Le rameau axillaire.

hh La veine bafilique ou interne.

ii La veine cephalique , humeraire , ou externe.

KK La mediane , que les Arabes nomment veine noire.

II Le rameau de l'azygos qui a communion auec l'emulgente.

La Figvre III. reprefente tous les rameaux de la veine porte

Le Sculpteur a failli en la taille de cette figure , car il a mis le rameau fplenique au coſté droit , lequel toutesfois eſt au gauche.

A Le tronc de la veine porte fortant hors du foye.

BBB Les racines de la veine porte eſparſes dans la chair du foye.

CC Les cyſtiques qui font gemelles.

D La veine gaſtrique qui va à l'orifice du ventricule.

E Diuiſion de la porte en deux notables rameaux , nommez fplenique & mefenterique.

F Le rameau fplenique qui eſt au coſté gauche & plus eſleué.

G Le rameau mefenterique qui eſt au coſté dextre , & plus grand.

H La coronaire ſtomachique qui ceint l'orifice du ventricule.

II Diuiſion du rameau fplenique s'en allant à la ratte.

LL Le rameau hæmorrhoïdal qui fait les hæmorrhoïdes internes.

MM Les autres rameaux du mefentere , qui font quaſi innombrables.

Il ne feruiroit de rien de marquer icy tous les petits rameaux , il fera meilleur & plus vtile de les obferuer aux cadauers en faifant la diſſection.

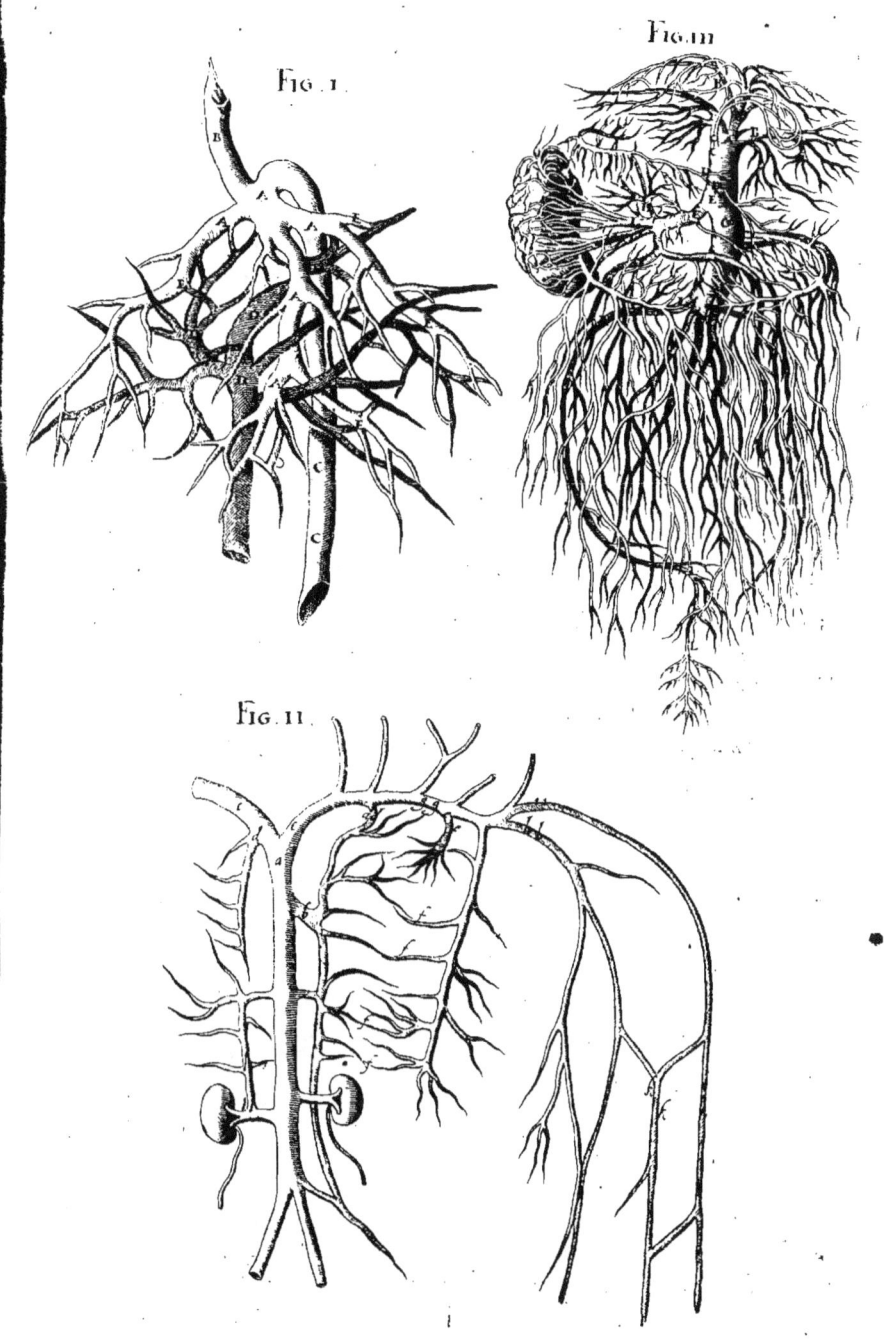

145

FIG. I.

FIG. III.

FIG. II.

TV TROVVERAS EN CETTE TABLE TOVTES

LES VEINES EXTERNES QVI SE TRAINENT
sous la peau fort exactement representées.

La FIGVRE I. monstre les veines anterieures.

aa   *La veine du front.*

bb   *Petits scions de la iugulaire qui vont aux bouffes & au nez.*

cc   *Les veines qui vont aux temples & au derriere de la teste.*

dd   *La iugulaire externe.*

ee   *La cephalique ou externe.*

ff   *La basilique ou interne.*

gg   *La mediane faite des rameaux de la cephalique & basilique s'vnissans ensemble.*

hh   *Petites branchettes qui vont des veines thoraciques aux mammelles.*

i   *Rameaux naissans de la veine epigastrique.*

kkk   *Les ruisseaux externes de la veine crurale qui décend aux aines & aux cuisses.*

ll   *La veine crurale décendant par la partie interne de la cuisse.*

mm   *La veine interieure de la iambe.*

nn   *La veine exterieure de la iambe qui se distribuë dans les parties externes.*

oo   *La saphene.*

La FIGVRE II. monstre les veines externes du derriere du corps.

1   *La veine puppis.*

2   *Les rameaux qui vont de la iugulaire au dos.*

3   *La veine saluatelle qui est sous le petit doigt.*

4   *La veine qui s'ouvre sous le poulce.*

5.5   *La veine du iarret ou poplitique.*

FIG. II.   FIG. I.

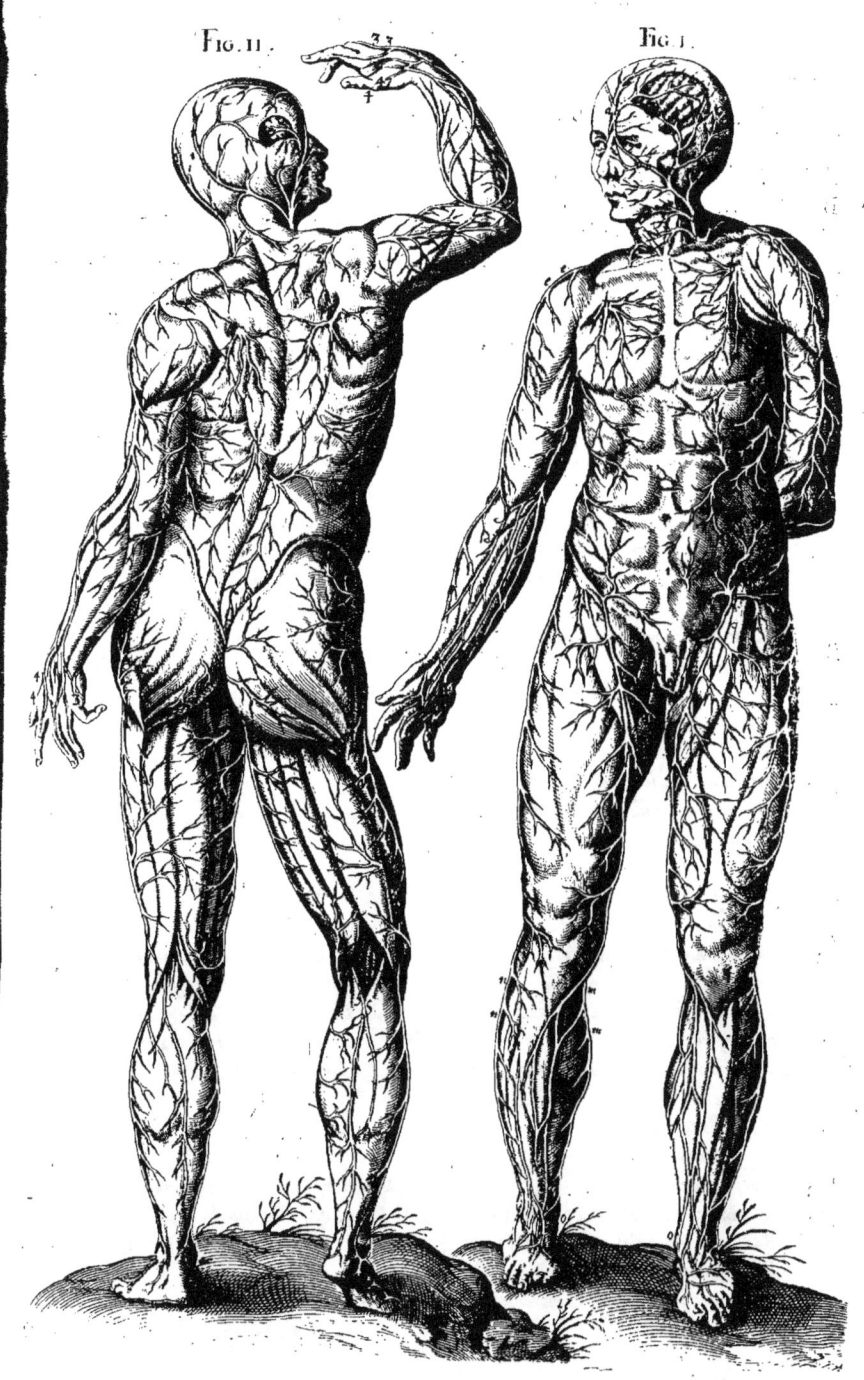

CETTE TABLE MONTRE LES NERFS
SORTANS DV CERVEAV.

Explication de la FIGVRE I.

A A A *La superficie du cerueau.*
B *Le Cerebellum ou ceruelet.*
C *Les apophises mammillaires.*
E *Vne portion de la moëlle de l'espine.*
F *L'organe du flair.*
G *Le nerf optique.*
I *La tunique reticulaire.*
K *La seconde coniugaison mouuant l'œil.*
L *Vn petit rameau du troisiéme paire.*
M *Le nerf seruant au goust.*
N *Vn rameau du troisiéme paire qui s'en va au front.*
O *Autres rameaux du troisiéme paire.*
PP *La tunique interne des narines.*
Q *Autres rameaux du mesme troisiéme paire.*
R *Rameau du troisiéme paire qui va à la bouche.*
S *Rameau du troisiéme paire qui s'insere aux dents mascheliéres.*
T V *Autre rameau.*
X X *Rameaux qui sont portez aux dents.*
Y *Rameau du troisiéme paire qui s'insere dans la langue.*
Z *La quatriéme coniugaison.*
a *Le cinquiéme paire dedié à l'ouye.*
b c d *Rameau du cinquiéme paire qui est porté aux muscles masseteres.*
e e *La sixiéme coniugaison.*
f g *Rameaux semez dãs les muscles du col.*
h *Le nerf costal.*
✳✳ △△ *Le nerf de la septiéme coniugaison.*
i i *Nerf intercostal venant de l'espine.*
k *Nerf stomachique.*
l m *Nerf recurrent dextre.*
n o p *Nerf recurrent gauche.*
q *Rameaux qui vont aux poulmons.*
r *Rameaux qui finissent au pericarde.*
s t u *Ramification du nerf stomachique.*
x y *Rameaux qui vont à l'epiploon & à la vessicule.*

1.2.3.4.5.6. *Ces rameaux se distribuent*
7.8.9.10. *dans quasi toutes les parties du ventre inferieur.*

Explication de la FIGVRE II.

A A *La partie exterieure du cerueau.*
B *Le Cerebellum ou ceruelet.*
C *Les apophyses mammillaires.*
DE *Le commencement de la moëlle de l'espine.*
F *Les organes du flair.*
G *Les nerfs optiques.*
1.2.3 *Trois trous.*
H *L'vnion des optiques.*
I *La tunique retiforme.*
K *La seconde coniugaison.*
LM *La troisiéme coniugaison.*
a b c d *La cinquiéme coniugaison & ses rameaux.*
e *La sixiéme coniugaison.*
f *La septiéme coniugaison.*

La FIGVRE III. monstre les nerfs recurrents.

A *L'orifice de la grand' artere auec les deux arteres coronaires.*
B *Le tronc descendant de la grand' artere.*
C *L'artere soubsclauiere senestre.*
D *Le tronc ascendant de la grand' artere.*
E *L'artere soubsclauiere dextre.*
F G *Les arteres carotides.*
H I K *Les rameaux de la trachée artere.*
L *Le larynx.*
M *Les glandes du larynx.*
N Q *Le nerf de la sixiéme coniugaison.*
P Q Q *La reflexion du nerf recurrent dextre soubs l'artere soubsclauiere.*
R S S *La reflexion du nerf recurrent gauche au tronc de la grand' artere.*

.11.

FIG.1.

.111.

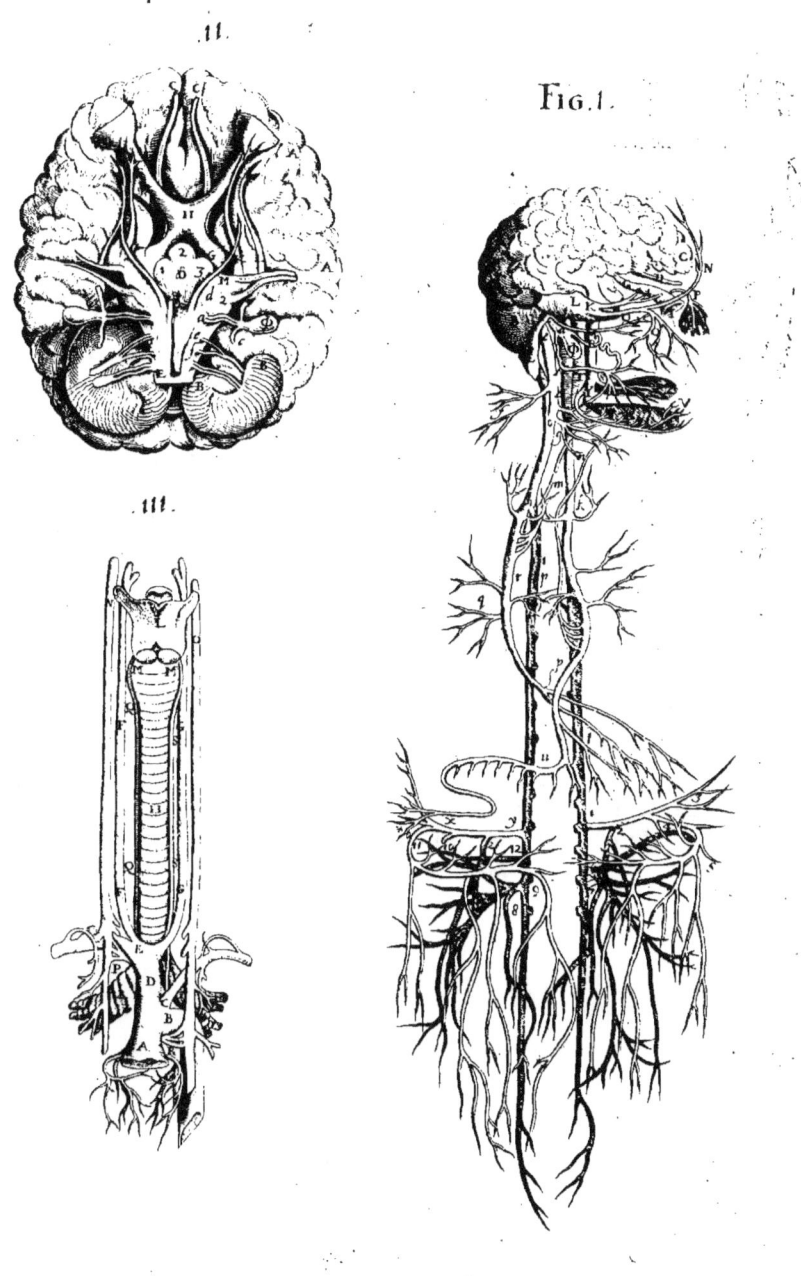

Cette Figure monftre tous les nerfs ; & principalement ceux qui naiffent de la moëlle de l'efpine.

A   *Le lieu de la moëlle de l'efpine.*

1.2.3.4.5.6.7.8.9.10.11. &c. *Sont les ver-tebres de la medulle fpinale.*

G   *Diftribution du rameau pofterieur du premier paire des nerfs du col.*

HI L *Diftribution du rameau anterieur du mefme paire.*

MN   *Le rameau du fecond paire & fa di-ftribution.*

O   *Le rameau pofterieur du troifiéme paire.*

P   *Le rameau anterieur du mefme paire.*

VXY *Tous les rameaux du quatriéme paire.*

5   *Le cinquiéme paire.*

cdef *Les rameaux anterieurs & pofte-*
ghi   *rieurs du cinquiéme paire.*

6   *Le fixiéme paire.*

nnoo *Les nerfs du diaphragme.*

7   *Le feptiéme paire.*

8   *Le premier paire du dos.*

9   *Le deuxiéme paire du dos.*

10.11.12. 13. *Les dix paires des nerfs fortans*
14.15.16.17. *de l'efpine du thorax.*

1.2.3.4. *Les fix paires de nerfs qui fe diftri-*
5.6.   *buent dans les bras.*

△ ✳ *Diuifion des nerfs du bras.*

20.21.22. *Les cinq paires des nerfs fortans*
23.24.   *de la medulle lombaire.*

25.26.27. *Les fix paires des nerfs fortans*
28.29.30. *de l'os facrum.*

14   *Le premier nerf eft porté dans la cuiffe.*

15   *Petit fcion du premier paire de la cuif-fe fe ramifiant dans la peau.*

16   *Petit fcion du mefme premier paire qui fe diftribuë aux mufcles.*

17   *Le fecond paire de la cuiffe.*

18   *Le rameau fuperficiel de ce fecond paire.*

K   *Le rameau profond de ce fecond paire.*

19   *Le troifiéme paire des nerfs de la cuif-fe.*

20   *Le rameau de ce troifiéme paire qui va au mufcle triceps.*

21   *Le quatriéme paire des nerfs de la cuif-fe, qui eft le plus gros de tous.*

22.23.24. *Tous ces chiffres marquent les*
25.26.27.   *fcions du quatriéme paire,*
28.   *& monftrent comment ils fe fourchent diuerfement dans tous les mufcles & par-ties du pied.*

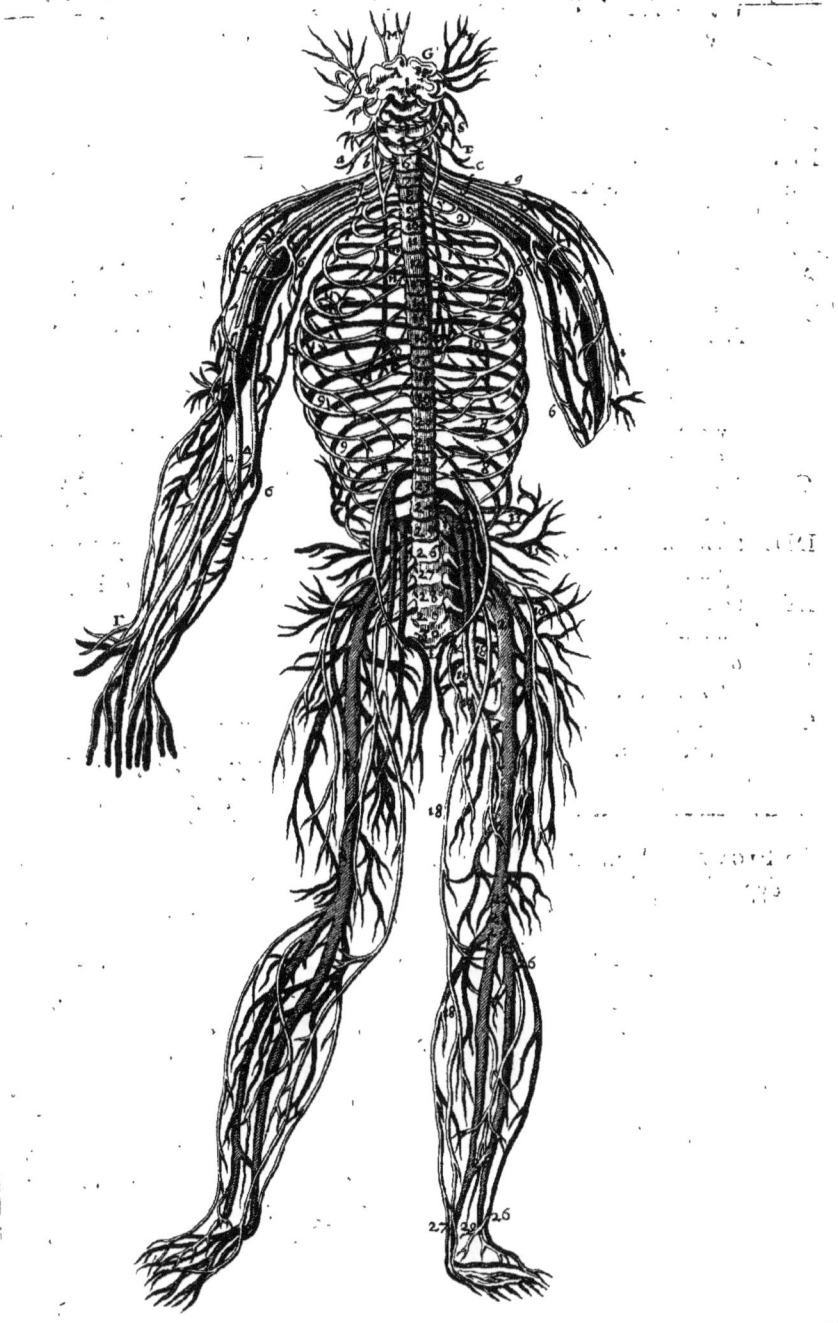

148

CETTE TABLE MONSTRE LE VRAY ET NAIF

POVRTRAIT DE LA MEDVLE SPINALE ET DES
nerfs qui naiſſent d'icelle.

La **FIGVRE I.** monſtre la moëlle toute entiere couuerte & enuelopée de ſes membranes.

A   *La portion de la medulle ſpinale qui eſt couuerte par le crane.*

BBB *La medulle ſpinale ſortant hors du crane, enfermée dans les vertebres & reueſtuë de ſes deux membranes de l'eſpaiſſe & de la deliée.*

C   *Comment la moëlle eſt plus large & plus groſſe au col.*

DDD *Comment elle appetiſſe & diminuë peu à peu au dos.*

EE   *Comment elle deuient plus large enuiron la region des lombes.*

F   *Comment elle deuient fort menuë ſur la fin de l'os ſacrum.*

G   *Les nerfs ſortans neuds à neuds & par cordons.*

La **FIGVRE II.** monſtre la medulle dépoüillée de la membrane épaiſſe & qui n'eſt plus reueſtuë que de la deliée, elle monſtre auſſi les petites veines & arteres, & comment les nerfs ſortent également de la partie anterieure & poſterieure.

a a   *La membrane deliée.*

b b   *Les petites veines & arteres ſemées dans les membranes.*

ccc   *Comment les nerfs ſorteut.*

La **FIGVRE III.** monſtre la face anterieure de la medulle qui eſt tout à fait dépoüillée de ſes membranes.

La **FIGVRE IIII.** monſtre la moëlle jettée dans de l'eau, & comment tous les nerfs finiſſent en cheueux, & reſſemblent à vne queuë de cheual.

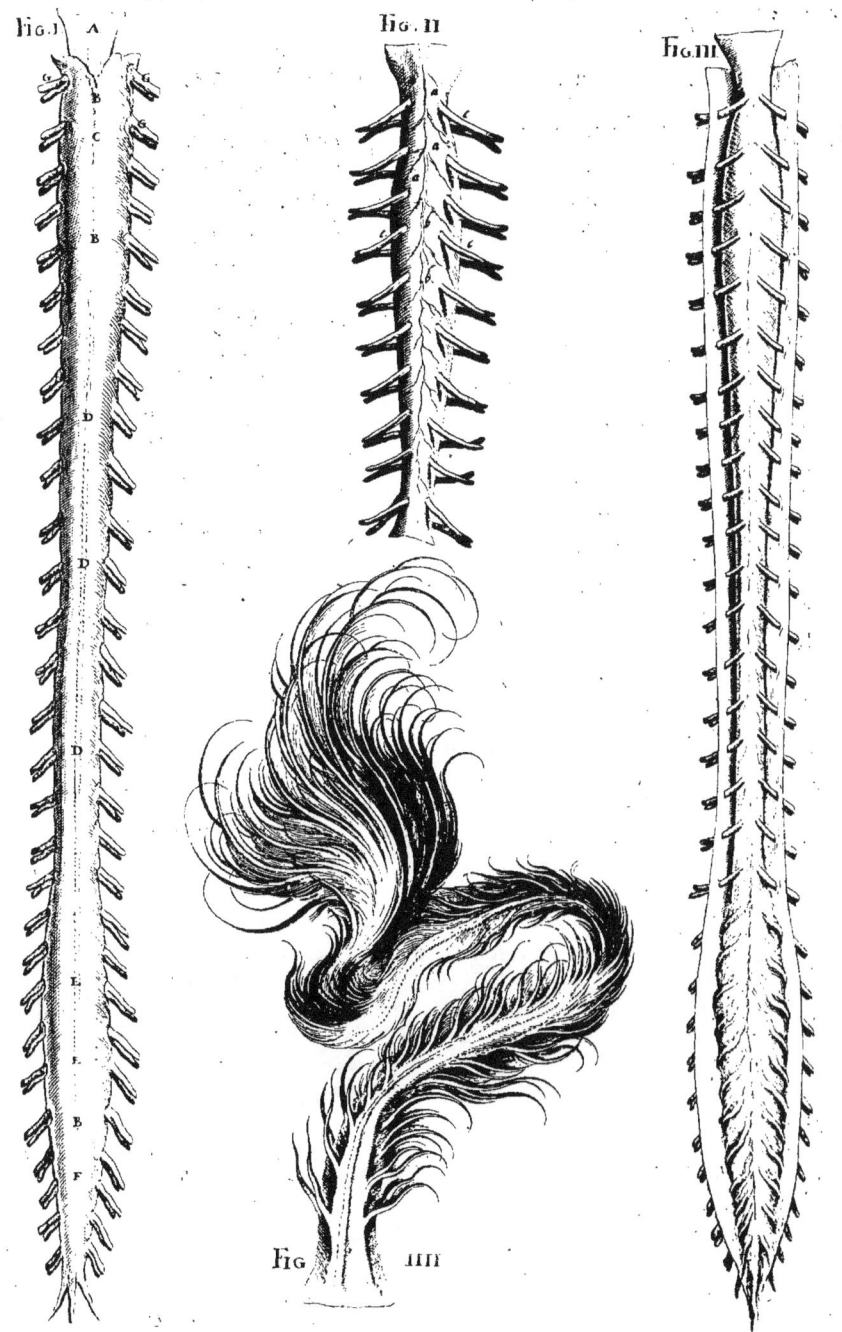

149

La Figvre I.

A   Les glandes qui sont sous les oreilles.
B   Le muscle qui ouure la maschoire.
C   Le muscle sternohyoïde.
D   Le muscle coracoïde.
F   Le muscle fléchissant la teste, nommé mastoïde.
G   Vne portion du trapeze.
H   La cauité qui est au dessus de la clauicule.
I   La clauicule.
K   Le muscle deltoide.
L   Le muscle pectoral.
M   Le sternon.
O O O   Le petit dentelé.
PP   L'origine de l'oblique externe ou descendant de l'epigastre.
Q   Le muscle biceps.
R   Vne des testes du biceps.
SS   Le muscle brachial.
T   Vne portion du muscle long estendant le bras.
V   Le muscle rond pronateur du rayon.
X X   Le fléchisseur superieur du carpe.
Y   Le palmaire.
Z   Le fléchisseur inferieur du carpe.
aa   Le muscle long supinateur du rayon.
bb   L'extenseur superieur du carpe.
ccd   L'extenseur du poulce.
e   Le tendon du muscle extenseur du doigt index.
h   Muscle moyen qui ameine le poulce.
3.4.5.6. L'anneau du carpe.
i   Muscle tenar.
*   Muscle hypotenar.
k   Production du peritoine.
l   Les glandes des aines.
m   Le muscle triceps.

o   Le muscle cousturier.
p   Le muscle gresle.
q   Le muscle membraneux ou bande large.
△   Vne portion des muscles fessiers.
r   Le muscle vaste externe.
s   Le muscle droit gresle.
t   Le vaste interne.
u   Le biceps.
x y   L'os de la iambe sans chair.
z   Le iambier anterieur.
2   Le gemeau externe.
3   L'esperonnier.
4.5   L'extenseur des orteils.
7   La cheuille externe.
8   L'anneau du tarse.
9   L'ameneur des orteils.
10   Le gemeau interne.
11   Le tendon du muscle plantaire.
12.13   Vne portion du muscle solaire.
14   Vne portion du iambier posterieur.
15   Le ligament qui venant de l'os de la iambe finit au talon.
16   Le muscle qui respond au tenar.

La Figvre II. monstre le diaphragme.

A   Le corps du diaphragme.
B   Le trou de la veine caue.
C   Le trou de l'œsophage.
D   Comment la grande artere passe entre les deux parties du diaphragme sans qu'il soit troué.
****   La partie charnuë du diaphragme.
E F   Les deux liens par lesquels de diaphragme est attaché aux vertebres des lombes.
G H   Les bouts des liens susdits.

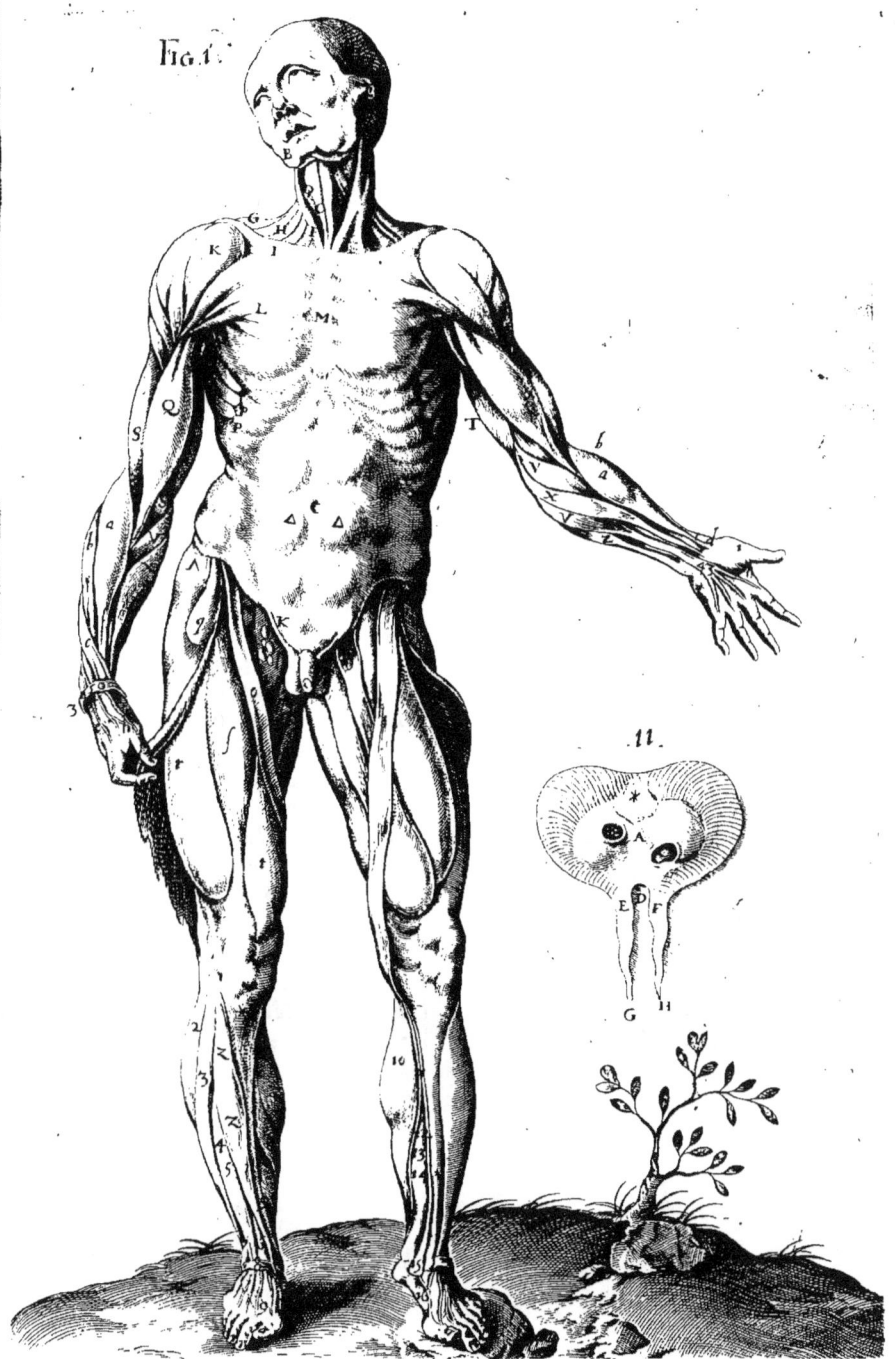

150

Fig. I.

11.

Explication de la FIGVRE I.

1	Le muscle frontal.
2	Les deux muscles qui ferment les paupieres.
4	Les muscles qui tirèt les léures en haut.
A	Le muscle temporal.
B	L'os zygoma.
C	Le muscle massetere.
D	Le muscle buccinateur.
E	Muscle de l'os hyoïde.
F	Le muscle sternohyoïde.
G	Le muscle du larynx dit bronchique.
H	Le muscle caracoïde.
I	Le muscle mastoïde.
K	La partie superieure du trapeze.
L	La partie inferieure du trapeze.
M	Le muscle deltoïde.
N	Le muscle brachial.
Z ✻	Le muscle biceps.
O P	Les extenseurs du coulde.
Q	L'union des deux muscles extenseurs.
R	Comment ils s'inserent en l'olecrane.
S S	Le muscle rond du rayon.
T T	L'extenseur superieur du carpe.
V	L'extenseur des doigts.
X Y	L'extenseur inferieur du carpe.
Z	Le fléchisseur inferieur du carpe.
a	Le palmaire.
b c	L'extenseur du poulce.
d e	Le muscle moyen.
f	Le muscle du rayon nommé rond.
g	Le fléchisseur superieur du carpe.

i	Le muscle infraspineux.
l m	Le tres-large qui abbaisse le bras.
o o o	Le grand dentelé.
p p	L'oblique descendant de l'épigastre.
△	Le pectoral.
q	Le cousturier.
r	Le membraneux.
s	Le muscle droit de la iambe.
t	Le vaste externe.
u	Le grand fessier.
x	Le grand trochanter.
y	L'autre fessier.
z	Le muscle triceps.
5	Le demi-nerueux.
6, 6	Le demi-membraneux.
✻	Le gresle.
7	Le biceps de la iambe.
8	Le cousturier.
9	Le vaste interne.
10	Le gemeau externe.
12	Le gemeau interne.
13	L'os de la iambe décharné.
14	Le muscle solaire.
15	Le muscle profond.
16	Le tendon des gemeaux.
17	Le muscle espronnier.
19	L'extenseur des orteils.
20	Le ligament du tarse.
21	La cheuille interne.
22	Le lien commun aux deux os de la iambe.
23	La cheuille externe.
25,26	L'hypotenar.

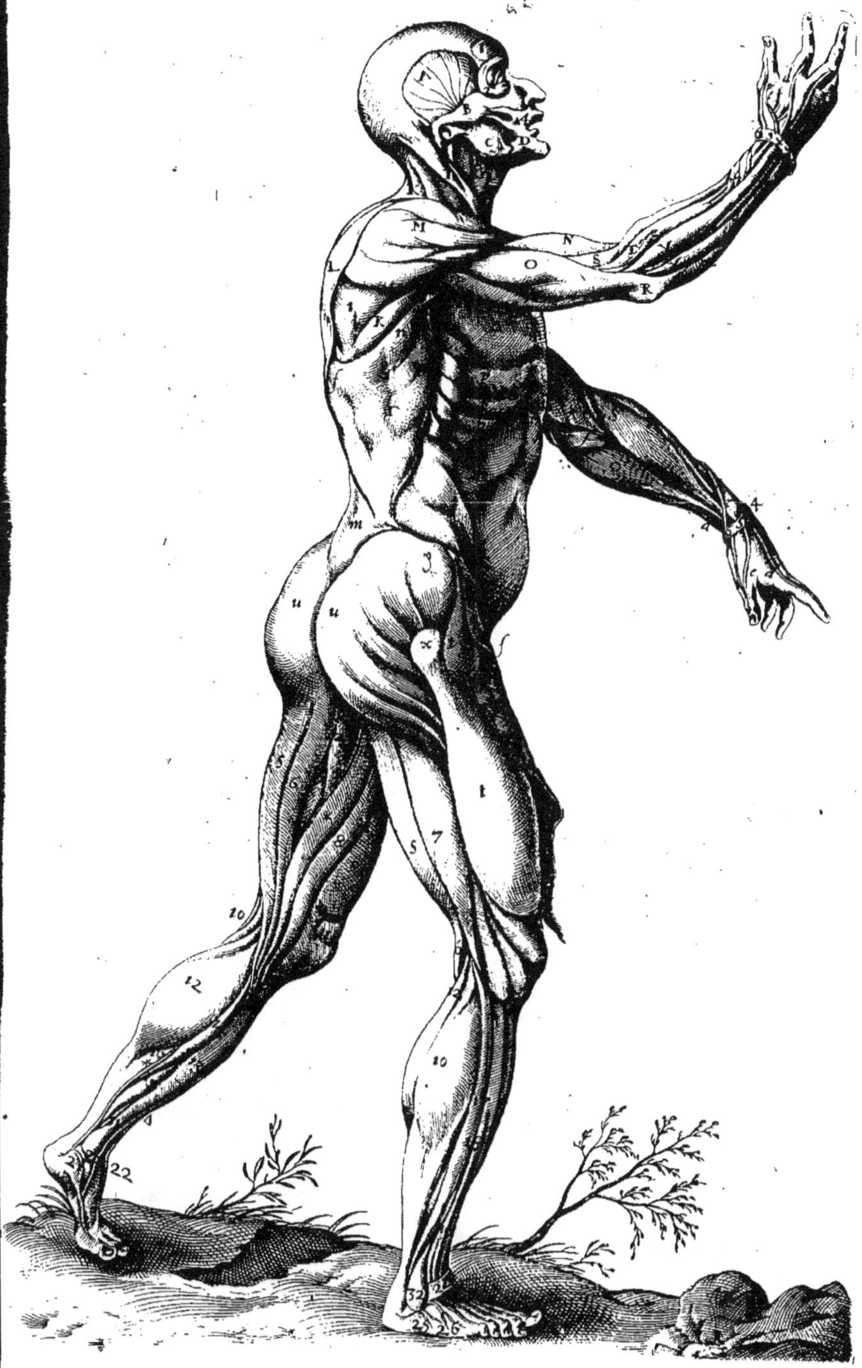

151

Explication de la FIGVRE I.

A	*Vn petit trou en l'os du front.*
B	*Le muscle temporal.*
C	*Vne portion du zygoma.*
D	*Le muscle massetere.*
E	*Vn trou apparent en la maschoire de bas.*
F	*Le muscle buccinateur.*
G	*La chair spongieuse des léures.*
HI	*Le muscle digastrique.*
L	*L'os hyoïde denué de ses muscles.*
M	*Les muscles lateraux de la langue.*
N	*Le cartilage scutiforme.*
O	*Le muscle caché.*
P	*Le bronchique.*
Q	*La partie anterieure de l'artere trachée.*
RS	*Le coracoïde digastrique.*
T	*Le muscle complexus de la teste.*
V	*Les leuateurs propres de l'espaule.*
X	*Le muscle scalene.*
Y	*La clauicule.*
Z	*Le deltoïde.*
a	*L'acromion.*
b	*Le coracoïde.*
cdef	*Les liens du bras & de l'omoplate.*
g	*Le sternon.*
h	*La premiere coste du thorax.*
ſ	*Le petit dentelé.*
ikl	*La circonscription dudit dentelé.*
m	*Le grand dentelé.*
▵▵	*Les muscles droits de l'epigastre.*
opquu	*La contiguité & les aponeuroses de ces muscles.*
ſx	*Les aponeuroses du muscle transuersal.*
y	*Le muscle transuersal.*
3.4.5.6.7.8.9.10.11.12.13.	*Ces muscles & parties ont ia esté décrites.*
40	*Le muscle profond.*
41	*Le sublime.*

12.12	*Les productions du peritoine.*
14	*L'oblique ascendant de l'epigastre.*
17	*Le grand trochanter.*
25	*Le vaste externe.*
19	*Le muscle iliaque.*
21	*Le lombaire.*
22	*Le triceps.*
23 24	*Le muscle crural.*
26	*Le vaste externe.*
27	*Le droit.*
28	*Le gresle.*
29	*L'espronnier.*
30	*L'extenseur du poulce.*
31	*L'os de la iambe.*
33	*L'espronnier.*
34	*L'emmeneur des orteils.*
	L'extenseur des orteils.

Explication de la FIGVRE II.

AB	*Les deux ligamens de la verge.*
CC	*Le commencement des ligamens.*
D	*La teste de la verge.*
E	*Le sphincter.*
F	*Les prostates.*
G	*Le corps de la vessie.*
HH	*Vne portion des vaisseaux éiaculatoires.*
II	*Les vreteres qui finissēt en la vessie.*

Explication de la FIGVRE III.

1.2	*Les neux nerfs caues.*
3	*Les vaisseaux de la verge.*
4	*La teste de la verge decharnée.*
5	*Le conduit commun à la semence & à l'vrine.*
6.7	*La substance spongieuse & noirastre du corps de la verge.*
8	*L'vnion des ligamens qui font la verge.*

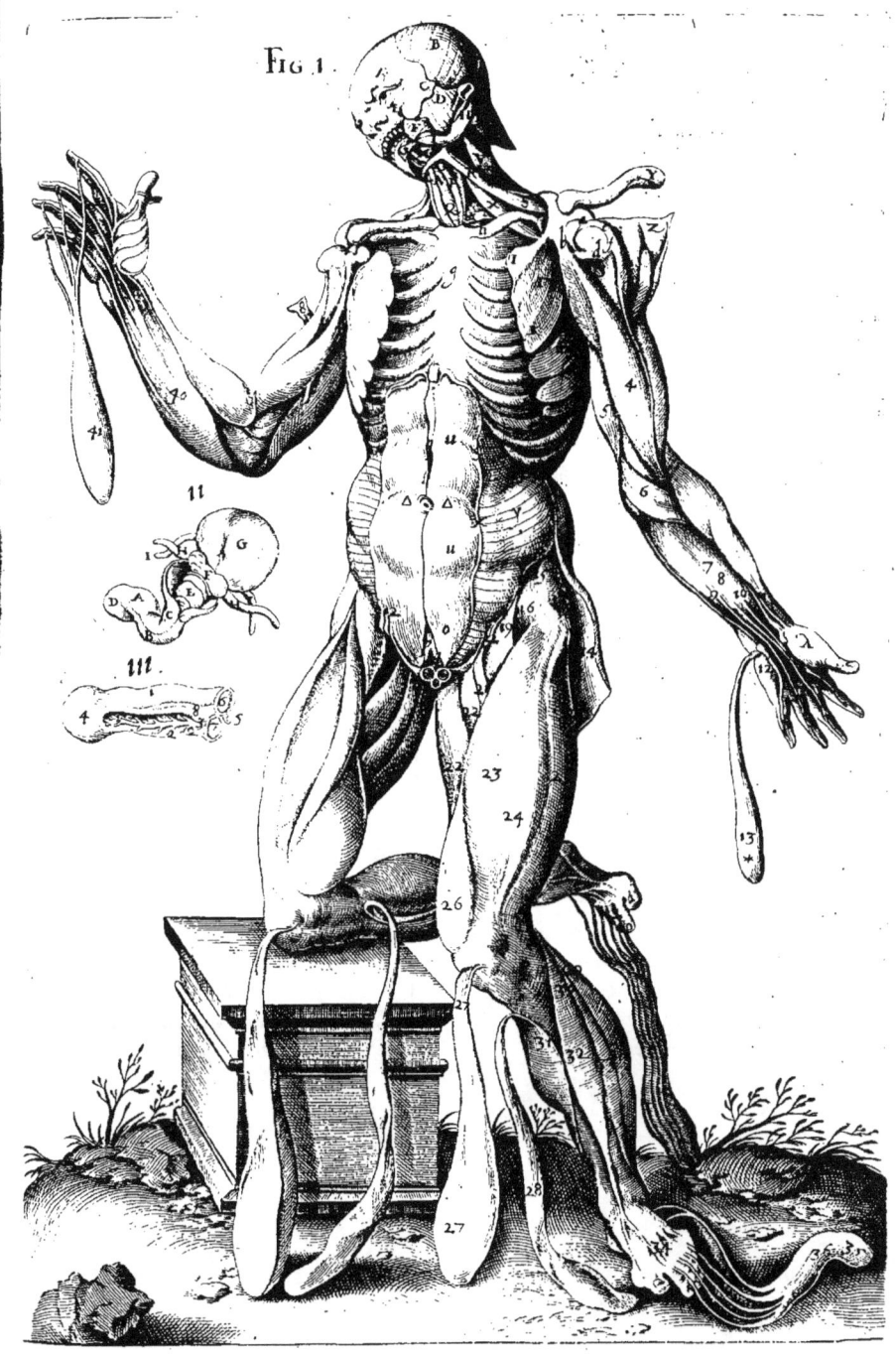

152

FIG. 1

Explication de la FIGVRE I.

A   *Le muscle temporal.*
B   *Le zygoma.*
C   *Le muscle massetere.*
D   *Le muscle mastoïde.*
▵E F G H I K *Le trapeze.*
L   *Le deltoïde.*
M   *Le grand rond.*
N   *L'abaisseur du bras.*
O   *Le tres-large.*
P   *Vne portion de l'oblique descendant.*
Q   *Vne portion du biceps.*
R   *Vne portion du brachial.*
S   *Le court estendeur du coulde.*
T   *Le long estendeur du coulde.*
V   *Les extenseurs du coulde.*
X   *Vne portion du rond supinateur.*
Y   *L'extenseur superieur du carpe.*
Z, a *L'extenseur des doigts.*
b f *Diuision d'iceluy en plusieurs tendõs.*
c e *Les extenseurs du poulce.*
g   *Le muscle moyen.*
h   *Ses tendons.*
6   *Le grand fessier.*
i k l m *Son origine & insertion.*
o   *Le petit fessier.*
p   *Le principe charneux du muscle membraneux.*
q   *La membrane de ce muscle, on l'appelle bande large.*
r   *Vne portion du vaste externe.*
ſ   *Le biceps de la iambe.*
.t t *Le demi-nerueux.*

v   *Le demi-membraneux.*
x   *Vne portion du triceps.*
y   *Le grefle.*
7   *Le droit.*
8   *Le couſturier.*
9   *Le crural.*
10   *Le iarret.*
11. 12. 13. *Les deux gemeaux.*
14. 15. *L'esperonnier.*
16   *La cheuille externe.*
17   *L'hypotenar.*
18   *La cheuille interne.*
19   *Les tendons des muscles qui fléchissent le tarse.*

Explication de la FIGVRE II.

H   *La teste de l'os du bras.*
I I *Le quatriéme nerf.*
K   *Le commencement du muscle court.*
L   *Le commencement du muscle long.*
M   *Le lieu du quatriéme nerf.*
N   *La fin des muscles extèseurs du coulde*
O   *L'olecrane.*
P   *Diuision du nerf prés l'olecrane.*
Q   *Vne portion du brachial.*
R   *Vne portion du long.*
S   *L'extenseur superieur du carpe.*
T   *L'extenseur inferieur du carpe.*
V   *Le fléchisseur inferieur du carpe.*
X Y *L'extenseur des doigts.*
Z   *Le fléchisseur superieur du carpe.*
a   *L'extenseur du poulce.*

153

FIG. 1.

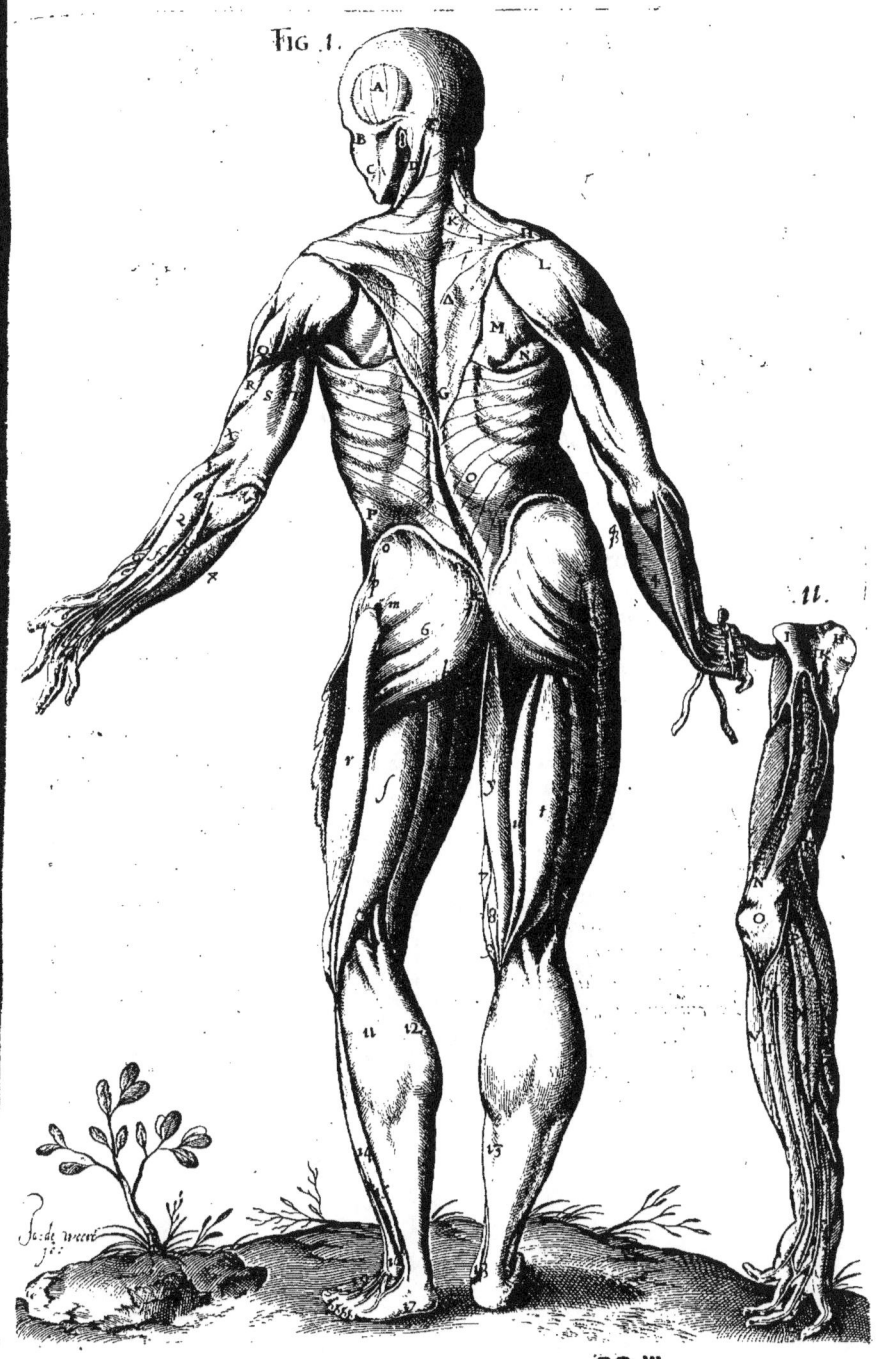

FIG. 11.

Explication de la FIGVRE I.

A   Le muscle splenitique.
BB   Les deux muscles nommez complexi.
C   Les releueurs de l'omoplate.
D   La clauicule.
E   Le dentelé posterieur superieur.
F   Le romboïde.
GHIK   Son origine & insertion.
L   Le petit rond.
M   L'espine de l'omoplate.
★   Le deltoïde.
NOP   Son origine & insertion.
Q   L'infraspineux ou sous-espineux.
R   L'abbaisseur du bras.
2,4   Le tres-large.
STV   Son origine & la connexion qu'il a auec la base de l'omoplate.
X   La connexion qu'il a auec l'os ilion.
Z   Vne portion de l'oblique descendant de l'epigastre.
a   Le long extenseur du coulde.
b   Le court.
cd   Vne portion du biceps.
e   Le muscle rond du rayon.
f   L'extenseur superieur du carpe.
g   Le ligament du coulde.
hh   L'os du coulde.
i   Le fléchisseur inferieur du boulde.
k l   Le muscle court du rayon.
m   Le tendon du muscle long.
n   Le tendon du muscle lateral du poulce.
6   L'emmeneur superieur des doigts

index & medius.
q   L'extenseur inferieur du carpe.
rs   L'extenseur des doigts separé en plusieurs.
7,8   Le muscle fessier moyen.
6,0   Les ligamens de l'os sacrum.
10   Le muscle gemeau.
11   Le grand trochanter.
12   L'obturateur interne.
13   Le nerf de la cuisse qui est le plus gros de tous.
14,15   Le muscle semi-nerueux.
16   Le vaste externe.
17,17   En l'autre cuisse se void le grand muscle fessier.
18   Le biceps.
19   Diuision du gros nerf.
20   Le muscle gresle.
21   Vne portion du triceps.

Explication de la FIGVRE II.

1   L'apophyse mastoïde.
2,4   Les quatre muscles obliques petits.
3,3   Les deux muscles droits.

Explication de la FIGVRE III.

1   L'espine de la seconde vertebre du col.
2   L'apophyse transuerse de la premiere vertebre du col.
3   L'apophyse mastoïde.
4,5   Les deux muscles droits petits.

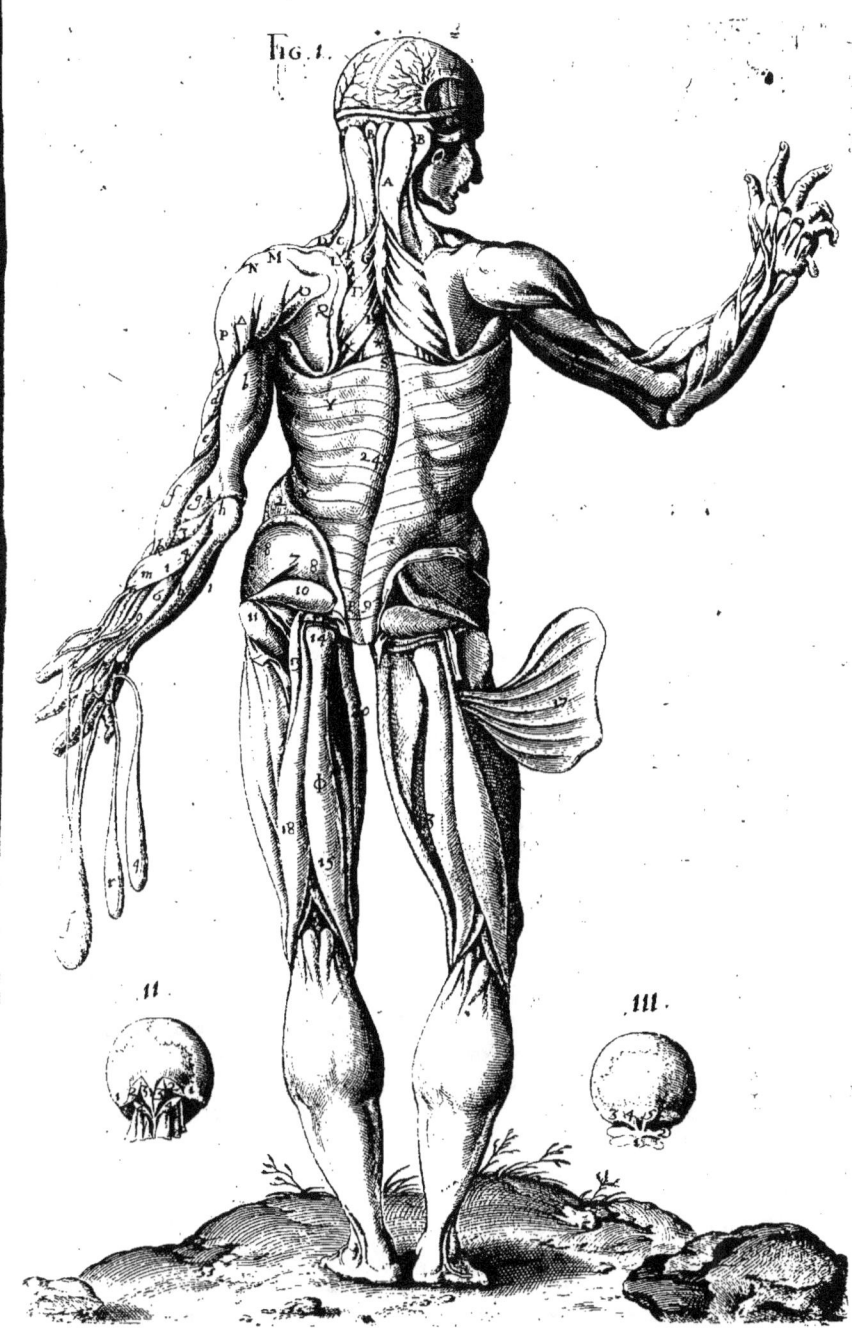

154

Explication de la FIGVRE I.

A A Le muscle splenitique gauche.
B B Le muscle nommé complexus.
C Le releueur de l'omoplate.
D La clauicule.
E Le muscle coracohyoide.
F Le dentelé posterieur superieur.
G Le grand rond du bras.
H K L'origine & insertion de l'infra-
spineux.
L Le petit rond.
M N O P L'origine & insertion du del-
toide.
Q Le sacrolombe.
R Le demy-espineux.
S Le sacré.
T Les costes.
V Les intercostaux externes.
X Vne portion du grand dentelé.
△ Le dentelé posterieur inferieur.
a b L'oblique descendãt & son insertion.
c Le treslarge.
d e g h i k l m n o p q t u ce sont les muscles
de la main & du carpe desià ex-
pliquez.
1. 2. 3. 4. 5. 6. 7. 8. 9. 10. 11. 12. 13. 14. 15. Ce
sont les muscles de la cuisse, de la
iambe & du pied descrits en la
Table precedente.

Explication de la FIGVRE II.

A L'origine du deltoide.
B La portion qui couure l'omoplate.
C L'origine du deltoide de l'espine de
l'omoplate.
D Son insertion.

Explication de la FIGVRE III.

A L'os sacrum.
B Le lieu de l'articulation de l'ischion.

C Le ligament attachant l'os sacrum à
l'ischion.
D La partie dextre de l'os du penil.
E Le lieu du quatriéme nerf.
F G H L'obturateur interne.
I L'iliaque.
K Le lombaire ou psoas.
L M Le cousturier.
★ Le gresle.
P Le droit.
Q Le vaste interne.
R Le demi-nerueux.
S T Le triceps.
V Le demi-membraneux.
a b c d e f g Les gemeaux, le solaire, le iam-
bier, & les fléchisseurs des doigts.

Explication de la FIGVRE IIII.

A L'os de la cuisse.
B La teste d'iceluy.
C D Ses deux condyles.
E L'os de la iambe.
F G H I K monstrent les parties dudit os
descrites au squelete.
L M Le muscle solaire.
N Le tendon des gemeaux.
O Le tendon attachant l'os de la cuisse
à l'ischion.
P P Les ligamens qui enuironnent cette
articulation.
Q R Les ligamens du grand & du petit
trochanter.
S Le ligament commun de l'articulation du genoüil.
T Le ligament propre.
X Y Z Les ligamens de l'os de la iambe.
a Le ligament attachant l'os de la iambe au peroné.
b c Le ligament annulaire.
d e Les ligamens attachans l'os de la
iambe auec le calcaneum.
f g Les ligamens attachans l'os de la
iambe auec l'astragal.

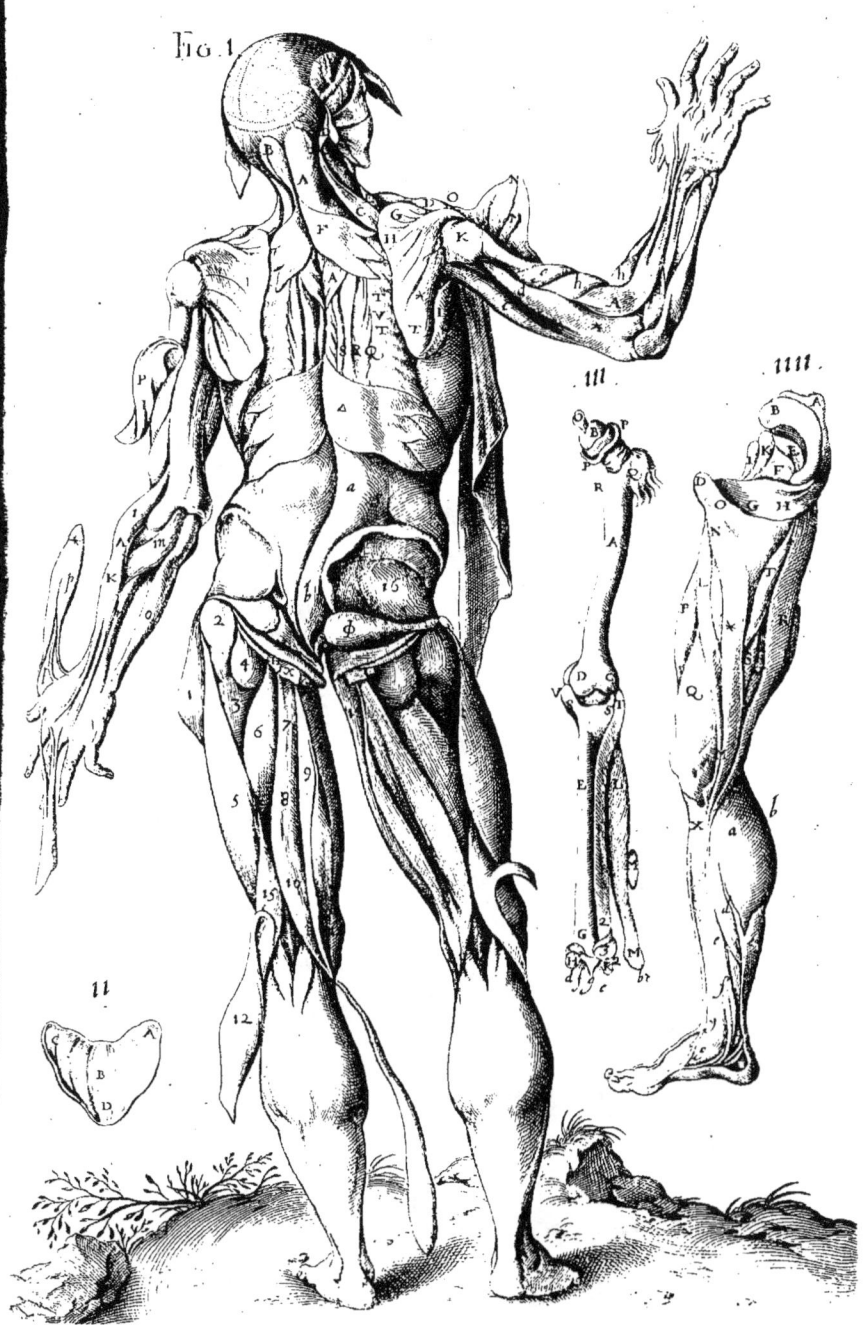

155

Fig. 1

III.

IIII.

11

CETTE TABLE REPRESENTE QVASI TOVTES LES
PARTIES QVI SERVENT A LA NVTRITION.

Explication de la FIGVRE I.

A A A A	Le peritoine couppé en trois parties.
B	Le principal ligamen du foye.
C D	La partie gibbeuse du foye.
E E	L'anterieure partie du ventricule découuerte.
F G	Les veines, arteres & nerfs qui vont à l'inferieure partie du ventricule.
H	La ligne qu'on dit estre le commencement de l'epiploon.
I I I I	L'epiploon, omentum, coeffe.
K	La veine ombilicale.
L	Le nombril separé du peritoine.
M M	Rameaux semés dans l'epiploon.
N O	Les deux arteres ombilicales.
P	L'ourachos.
Q	Le fond de la vessie.
R	La connexion du peritoine & de la vessie

Explication de la FIGVRE II.

A	La fente du foye où se cache la veine ombilicale.
B B	Vne portion du peritoine.
C	Le fond de la vesicule du fiel.
D	La partie ou va la veine ombilicale.
E	Vne portion de la partie gibbeuse du foye.
F	Le nerf du foye.
G	La partie caue du foye.
H	Sinuosité qui fait place à l'oesophage.
I	Lien attachant le foye au diaphragme.
K K	L'estomach, ou ventricule.
L	Son orifice inferieur.
M	Son orifice superieur.
N	Situation du rein gauche.
O	Le tronc de la veine porte.
P	Le pancreas.
Q	L'artere du foye.
R	Le boyau duodenum.
S T V	Le mesentere.
Y Y	Les vreteres.
Z	Les vaines & arteres spermatiques.
X	Les vaisseaux eiaculatoires.

Explication de la FIGVRE III.

A A A	Premiere tunique du ventricule nommée commune.
B	Premiere mèbrane propre du ventricule
C	Deuxième membrane propre.

Explication des FIGVRES IIII.

A A	Partie superieure de l'oesophage.
B B	L'oesophage cede à la grande artere.
C D	La portion qui perçe le diaphragme.
E E	Les deux glandules, Amigdales.
F F	Vn certain corps glanduleux.
G G	L'orifice superieur du ventricule.
H H	L'orifice inferieur.
I	La partie superieure du ventricule.
K K	Le fond du ventricule.
L L	La partie anterieure du ventricule.
M N O	La partie posterieure.
P	Le boyau duodenum.
Q	Le conduit de la vessie du fiel.
R	Le duodenum couppé.
S	Le Pancreas tenant au boyau.
T V	Les nerfs stomachiques.
Y	Le rameau gauche du nerf stomachique.
1	La veine & artere gastrique.
2	La petite gastrique.
3	La gastreploique.
4 5	La coronaire stomachique.
6 7	Les branches qui viennent de la splenitique.

La FIGVRE V. monstre le foye.

A A	Le dessus de la partie gibbeuse du foye.
B B	Le dessous.
C	L'endroit où la veine caue passe à trauers du diaphragme.
D E	Le tronc de la veine caue.
F G	Les ligamens du foye.
H	La veine porte.
I	La cauité qui reçoit l'orifice du ventricule.

Les FIGVRES VI. representent la ratte.

A	La partie gauche de la ratte.
B B	Portion de l'epiploon qui appuye les veines de la ratte.
C C	Autre partie de l'epiploon.
D	La partie superieure de la ratte.
E	La partie inferieure.
F G	Les parties dextre & senestre.
H	La ligne qui se voit en la ratte.
I K	La partie caue de la ratte.
L L	La partie gibbeuse.

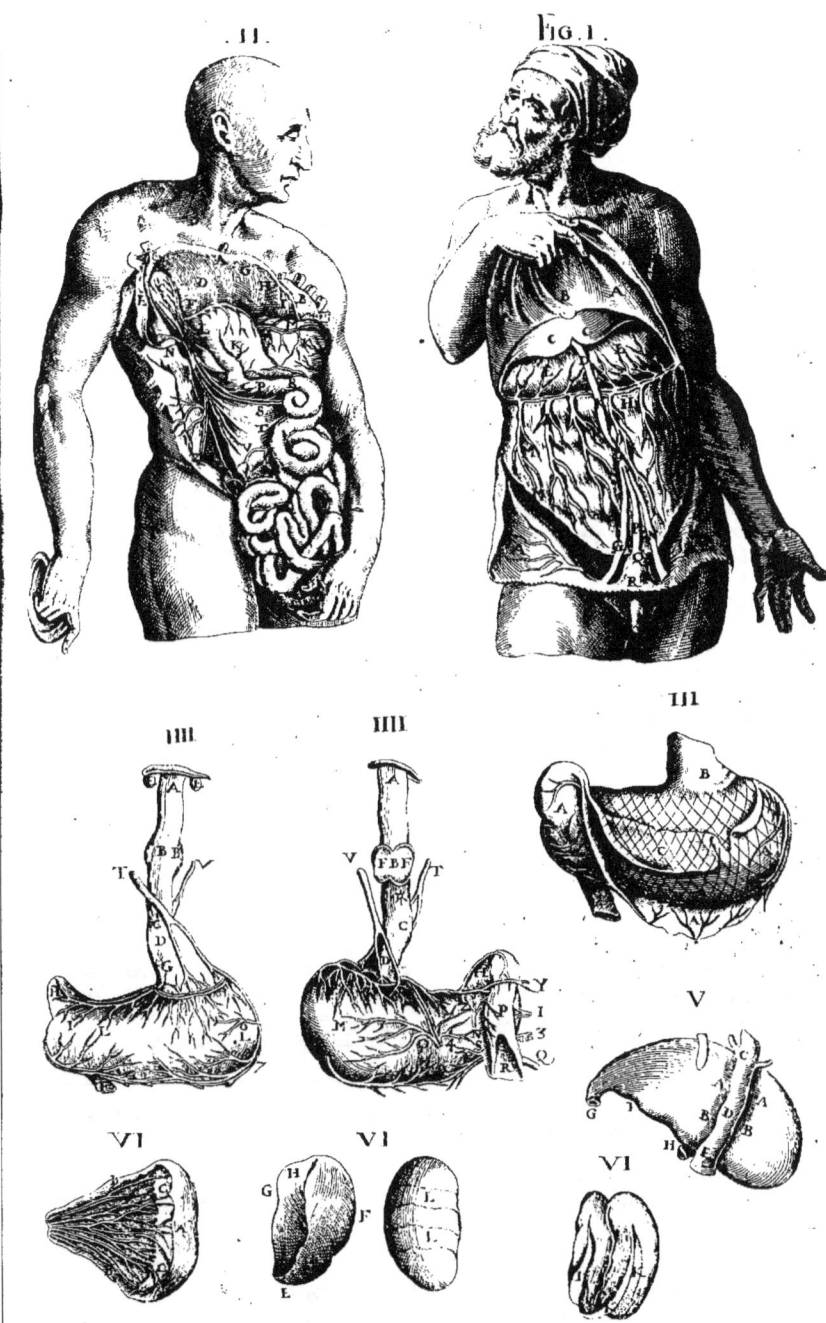

156

Declaration de la FIGVRE I.

A A	Vne portion du peritoine.
B	Le principal ligament du foye.
C C	La partie gibbeuse du foye.
D D	La partie caue.
E	Le ligament dextre.
F	La veine porte.
G	Le tronc de la veine caue.
H	Le tronc de la grosse artere.
I	La veine adipeuse.
K	Les rameaux de la grosse artere.
M	Les veines & arteres emulgentes.
N O	Les veines & arteres spermatiques.
P P	La membrane du roignon.
Q Q	Les roignons.
R S T T	La veine spermatique gauche & la connexion des veines auec les arteres.
V V	Les arteres spermatiques.
X X	Les vaisseaux eiaculatoires.
Y Y	Les vreteres.
1	La vessie de l'vrine.
2	Les prostates situez au col de la vessie.
3	Le muscle sphincter.
4	La veine honteuse.
5.5	Les ligamens caues de la verge.
6.7	Les deux tuniques des testicules.
9	Comment les vaisseaux eiaculatoires sortent.
10	Les parastates tenant aux testicules.

Declaration de la FIGVRE II.

A B C D E F G. &c. Toutes ces lettres ont jà esté descrites : car elles monstrent les parties du foye, les rameaux de la veine porte & semblables.

4	Comment la veine caue cede à la grosse artere.
5	L'artere lumbaire & la muscule.
6	Fin du boyau rectum couppé.
7	Les vaisseaux eiaculatoires.
8	La vessie.
10	La production du peritoine.
11	La membrane couurant la verge.
12	La membrane nommée erythroïde.
13	Le scrotum ou bource.

Declaration de la FIGVRE III.

A A	Le tronc décendant de la grosse artere.
B B	Le tronc décendant de la veine caue.
C D	Les veines & arteres emulgentes.
E F	Les deux roignons.
G G G	Les vreteres.
H H	La veine spermatique dextre naissante du tronc.
I I	La veine spermatique gauche.
K	L'origine des arteres emulgentes.
M	La vessie decoupée.
N N	L'incertion des vreteres.
O	Le conduit commun à la semence & à l'vrine.
Q	Le muscle sphincter.
R	Les vaisseaux spermatiques preparans.
S	Les vaisseaux eiaculatoires.
T	L'insertion des vaisseaux preparans.
V X Y	La teste du testicule.
1,1	Le membre vril.
2	Le conduit commun.
	Les deux nerfs cauerneux.

Declaration de la FIGVRE IIII.

A B	La partie dextre du testicule.
C C	Les veines & arteres spermatiques couppées.
D	Comment elles s'vnissent.
E E	D'où naissent les vasses eiaculatoires.
F G	La teste du testicule.
H I	La teste tu testicule separée.
L M	Le testicule separé de l'epididyme.
N	L'vnion des veines & arteres.
O	Les vaisseaux des testicules.
P	Le testicule couuert de ses membranes.
Q R	Le testicule descouuert separé de sa membrane.
T V	Le corps du testicule couppé.

Declaration de la FIGVRE V.

1,1	La membrane du rein qui est dans la cauité interne.
2	Le trou par lequel l'vrine coulle dans l'vretere.
3,3,3	Les extremitez des veines qui se terminent dans la chair des reins.
4	La partie de derriere.
5	La partie de deuant.
6	L'vretere.

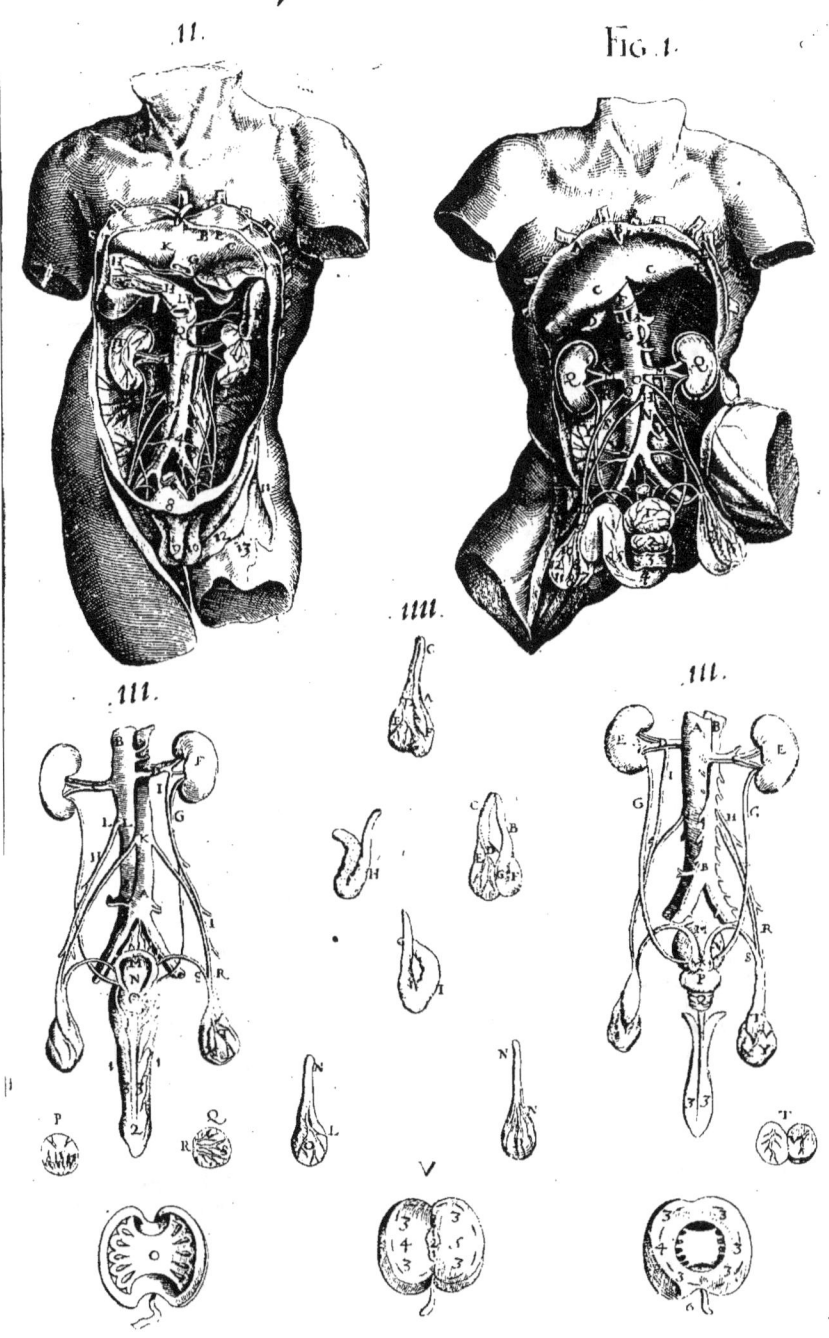

157

Declaration de la FIGVRE I.

ABCD *La partie interne du peritoine.*
EE *Vne portion du mesentere.*
FG *La membrane du mesentere.*
HI *Vne portion du mesentere qui attache le boyau colon.*
K *Le boyau rectum ou droict.*
L *Le fonds de la matrice.*
MN *Les testicules des femmes.*
OO *Membranes du peritoine qui attachent la matrice.*
P *Fibres charneux qui font le muscle de la matrice.*
RS *La partie de deuant du col de l'amarry.*
T *La vessie couchée sur la matrice.*
V *Le nombril separé du peritoine.*
X *Vne portion de la veine ombilicale.*
Y *L'vrachos.*
Z* *Les arteres ombilicales.*

Declaration de la FIGVRE II.

AB *Les veines mammaires externes.*
C *Le corps des mammelles.*
DD *Les glandes des mammelles.*
EFGH *Le peritoine.*
IK *Les veines mammaires internes.*
L *La partie gibbeuse du foye.*
MN *La partie caue.*
O *Le tronc de la veine porte.*
P *La veine caue descendante.*
Q *La grande artere descendante.*
R *Arteres qui se fourchent dans le ventre inferieur.*
ST *Les veines adipeuses.*
VV *Les veines & arteres emulgentes.*
YZ *Les reins.*
aa *L'vretere couppé.*
bc *L'vretere dextre.*
de *Les veines spermatiques.*
fg *Les arteres spermatiques.*
iκ *Le corps de la matrice.*
l *L'orifice interne de la matrice.*
op *Connexion des veines & arteres spermatiques.*
q *Vaisseaux attachans le testicule au peritoine.*
rrr *Les testicules.*

ff *Commencement du vaisseau éjaculatoire.*
xx *Le col de la matrice.*
y *Les veines & arteres hypogastriques.*
4 *Les vreteres entrans dans la vessie.*
6 *Les labies de la matrice.*
8 *Branchetes de la veine epigastrique.*
9 *Le sphincter de la vessie.*
7 *Le col de la vessie tenant au col de la matrice.*

Declaration de la FIGVRE III.

AABB *La cauité de la matrice.*
CD *La ligne qui separe la cauité de la matrice.*
EEE *L'espaisseur du fonds de la matrice.*
FF *Le fonds de la matrice.*
GG *L'orifice interne de la matrice.*
HH *Membrane de la matrice qui vient du peritoine.*
II *Membranes qui attachent la matrice.*
L *Portion du col de la vessie qui finit dans le col de la matrice.*
MM *Le col de la matrice.*

Declaration de la FIGVRE IIII.

A *La partie de deuant du fonds de la matrice.*
B *Le col de la matrice.*
CD *La partie interne de la matrice, qui ressemble quasi au gland de la verge.*
EE *Membranes qui attachent la matrice.*
F *Le testicule gauche.*
G *Les veines & arteres spermatiques.*
H *La matrice.*
K *Les vaisseaux éjaculatoires.*
L *La capacité de la vessie.*
M *Les deux trous.*
N *Les deux vretaires.*

La FIGVRE V. represente la matrice, mais tu la trouueras plus exactement exprimée en l'vne des prochaines planches.

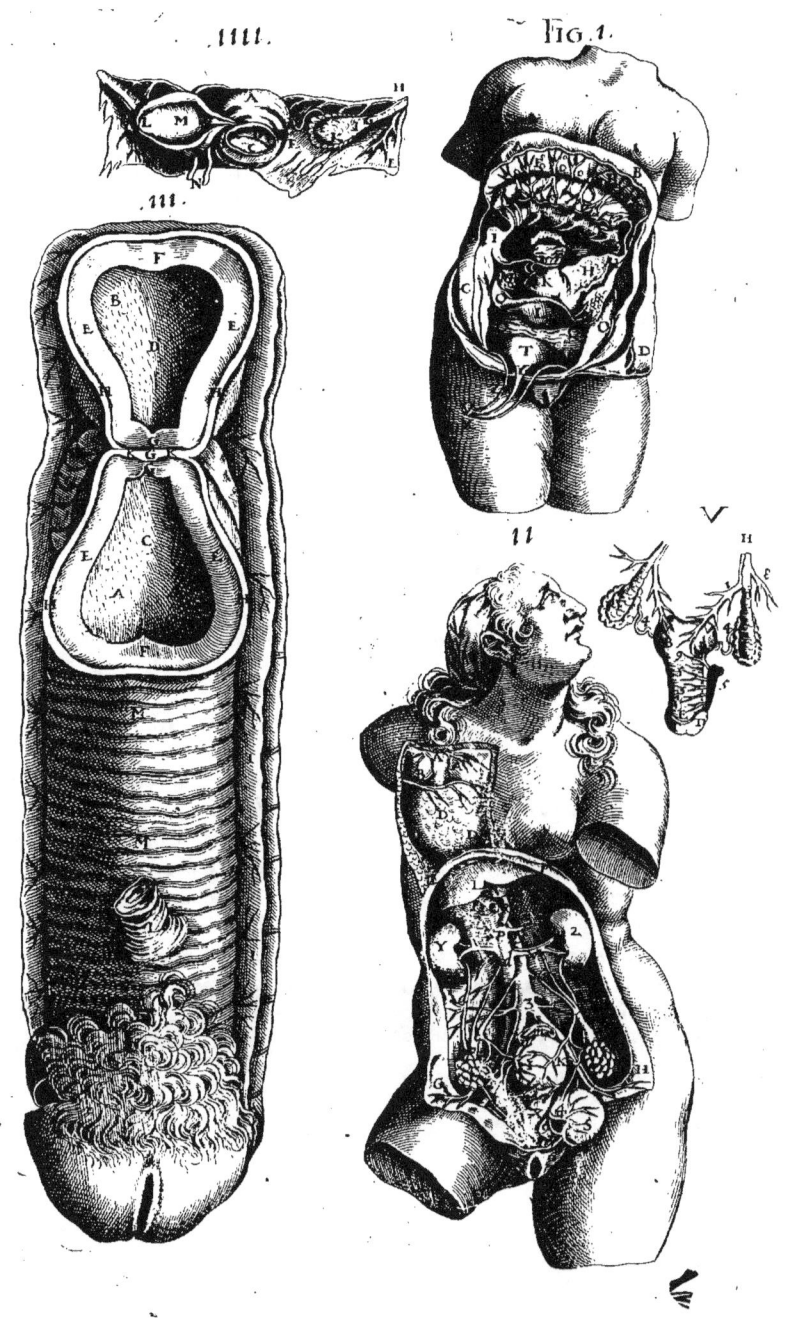

158

Explication de la FIGVRE I.

A B C *Le peritoine couppé en quatre parties.*

E E *Vne portion du foye apparente.*

F F *Le ventricule.*

G H *La reflexion du boyau colon.*

I K *Les membranes ou liens par lesquels la matrice est attachée.*

L *La partie de deuant la matrice grosse, dans laquelle est contenu l'enfant, laquelle monte iusques au nombril.*

O O *Membranes naissantes du peritoine qui enueloppent toute la matrice.*

Q *Commencement du fonds de la matrice.*

R *Le siege & place de la vessie.*

S *L'vrachos.*

T T *Les arteres ombilicales qui viennent des iliaques.*

V *Le nombril.*

X *La veine ombilicale.*

Declaration de la FIGVRE II.

A B C D *Le corps de la matrice, & sa partie posterieure decouppée en quatre parties.*

E E E *L'inferieure partie de la matrice en laquelle apparoissent les orifices des veines.*

G *Le col de la matrice.*

H *La veine honteuse.*

Declaration de la FIGVRE III.

I I I *L'arriere faix hors de la matrice.*

K K *La membrane dite chorion qui enueloppe l'enfant de toutes parts, dãs laquelle paroissent des milliaces de veines & arteres.*

Declaration de la FIGVRE IIII.

L M N O *La membrane dite amnios qui enueloppe immediatement le fœtus, laquelle est le receptacle de l'vrine & de la sueur, car quant à l'allantoïde décrite par quasi tous les Anatomistes nous ne la receuons point au fœtus humain.*

★ *Les vaisseaux qui font le nombril.*

Declaration de la FIGVRE V.

P Q *La premiere membrane qui enueloppe le fœtus.*

R *Vne portion du foye vterin, ou chair de gasteau.*

S S S *Les veines internes & externes.*

T *Comment tous les vaisseaux s'vnissent au nombril.*

V Y *La partie externe de la membrane amnios.*

X X *La partie interne de la mesme membrane.*

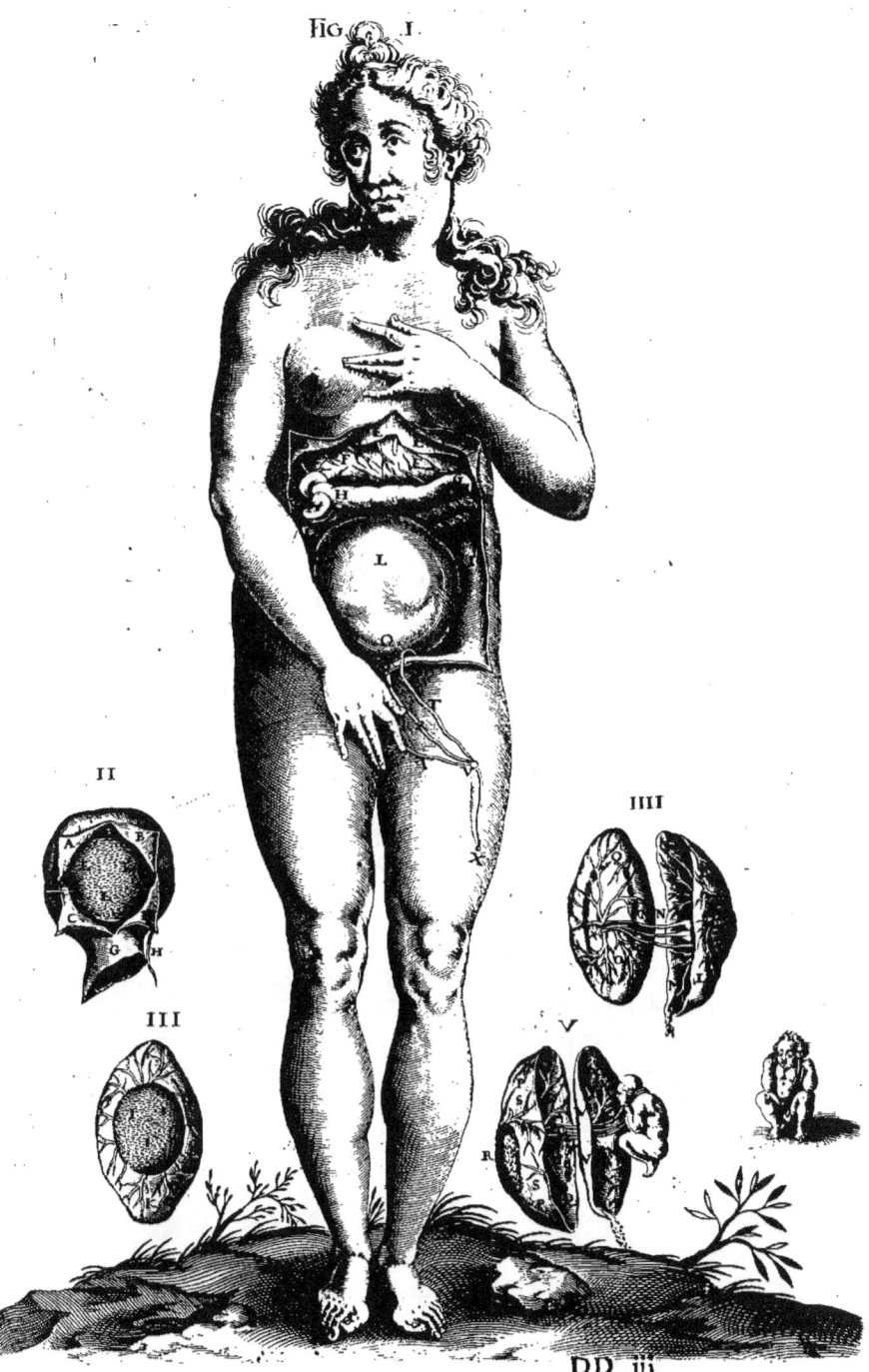

159

La Figvre I. monstre les arrierefais.

AAAA *La chair de gasteau, ou foye vterin des modernes, i'estime qu'elle sert plustost à affermir & contenir les vaisseaux, qu'à élaborer ou raffiner le sang.*

La Figvre II. represente les tuniques chorion & amnios.

BBB *La membrane nommée chorion, qui appuye tous les vaisseaux du fœtus.*
CCC *Les rameaux des veines & arteres ombilicales espandus par tout le chorion.*
DDD *Les vaisseaux du nombril qui s'assemblent en vn.*
EEE *La membrane dite amnios qui est le receptacle de l'vrine & de la sueur : car en l'homme nous ne receuons point l'allantoïde encore que l'ourachos se trouue.*

La Figvre III. monstre le fœtus de quatorze iours, auquel se voit la delineation de toutes les parties.

FF *Le fœtus de quatorze iours, auquel tous les membres paroissent formez.*
GG *Les quatre vaisseaux du nombril s'assemblans en vn.*
HH *Comment les vaisseaux du nombril*

se grosissent peu à peu, & c'est ce qui a fait que quelques-vns ont douté s'ils naissoient de la matrice, ou non.
III *Comment les veines & arteres ombilicales se ramifient par vne infinité de scions dans le chorion.*
kkkk *La membrane amnios dans laquelle se recueillent les vrines & les sueurs dans lesquelles le fœtus nage & est assis comme dans vn bain sans en receuoir aucun dommage.*

La Figvre IIII. monstre les vaisseaux éiaculatoires de la matrice, lesquels n'ont encores esté descrits de personne.

LL *Le corps de la matrice.*
M *Le col de la matrice.*
N *Le col de la vessie finissant dans le col de la matrice.*
OO *Les testicules des femmes.*
PP *Les vases spermatiques preparans.*
QQ *Les vaisseaux éiaculatoires.*
RR *Cōment les vaisseaux éiaculatoires se diuiset en deux rameaux, desquels l'vn va aux costez de la matrice que les anciens appelloiet cornes, & l'autre descend iusques au col d'icelle.*
SS *Conduit par nous remarqué qui est porté au col de la matrice, & n'entre point dans son fonds, par lequel les femmes enceintes éiaculent leur semence.*

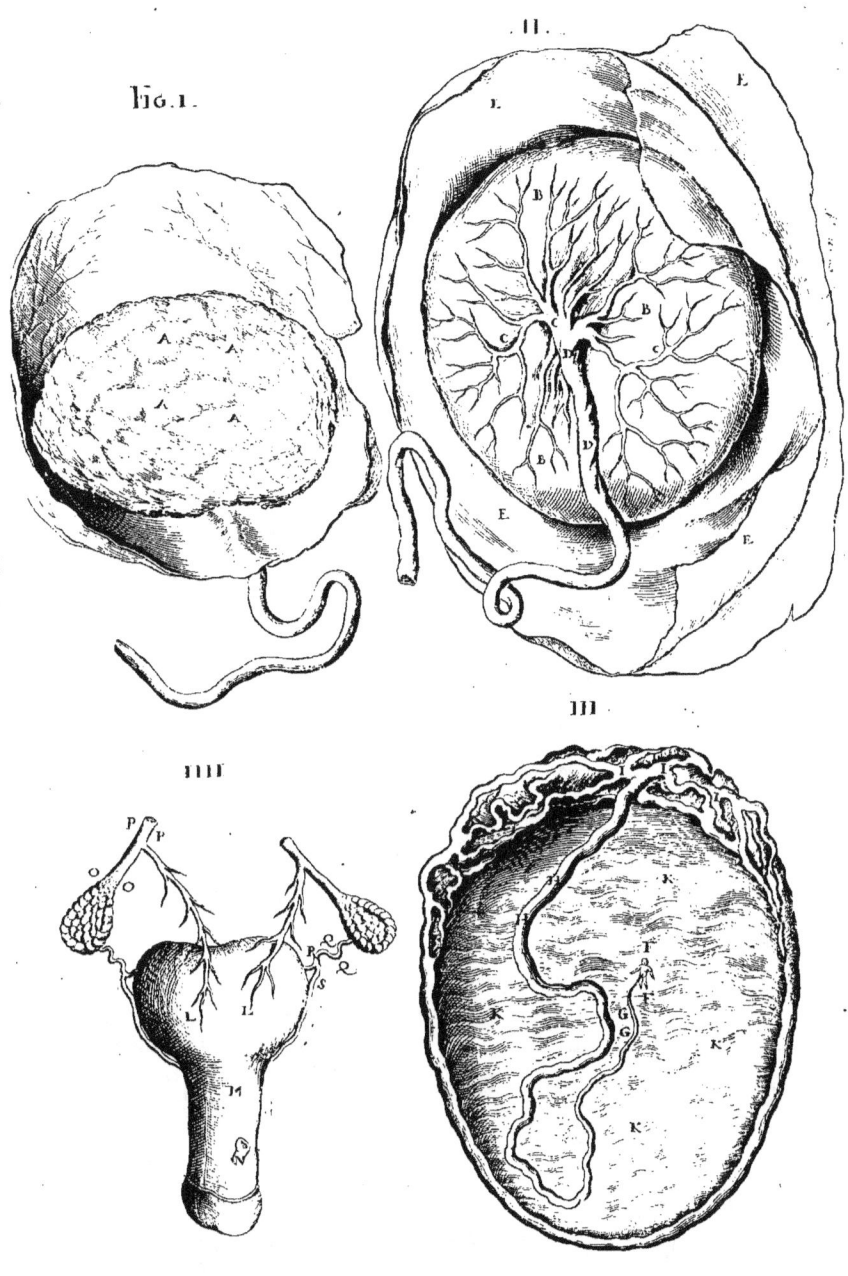

CETTE TABLE MONSTRE QVASI TOVS LES
ORGANES VITAVX CONTENVS AV VENTRE MOYEN,
ou poictrine.

Explication de la FIGVRE I.

A A   *La fin des cartilages des costes.*
B B   *Les muscles intercartilagineux.*
C C   *Les costes separées des cartilages.*
D E   *Les clauicules découuertes.*
F   *Les vaisseaux axillaires.*
G   *La iugulaire externe.*
H H   *Le mediastin.*
I I   *La superficie du diaphragme.*
K   *Comment le mediastin est attaché au diaphragme.*
L   *La pointe du cœur.*
M N O P Q   *La veine qui se respand au costé gauche.*
R S T V   *La partie du poulmon qui emplit le costé gauche du thorax.*

Declaration de la FIGVRE II.

A A A   *La partie interne du sternon.*
B B   *Les veines mammaires.*
D E   *Les arteres mammaires.*
F   *Le thymus ou phagoüe.*
G   *Portion du mediastin qui decline vers le costé gauche.*
H I   *Celle qui decline vers le droit.*
K L L   *La cauité qui est entre les deux tuniques du mediastin.*
M M   *La situation de la base du cœur.*
N O   *Le poulmon gauche.*
P Q   *Le dextre.*
R T V   *La peau de la poictrine.*
★ S S* *Vne portion du diaphragme separée du xyphoïde.*

Declaration de la FIGVRE III.

A   *La veine caue & grosse artere.*
B   *L'origine du pericarde.*
C D E *La base du cœur.*
F   *La pointe du cœur.*
G   *Par cet endroit le pericarde est adherent au diaphragme.*
H   *Vne portion du diaphragme.*
I I   *Les nerfs du diaphragme.*
M N O   *Les lobes des poulmons.*

La FIGVRE IIII. monstre le pericarde & le cœur tout découuert, & tous ses vaisseaux.

La FIGVRE V. represente les poulmons & la partie dextre du cœur.

A   *La partie dextre du cœur.*
B   *L'oreillette dextre.*
C   *Comment la veine caue s'ouure dans le cœur.*
D E   *La veine caue perçant le diaphragme.*
F   *La veine caue ascendante.*
H   *Le tronc de la grosse artere.*
K   *Le nerf de la sixieme coupple.*
L M N O   *Les lobes des poulmons.*
P   *Les vaisseaux des poulmons.*

La FIGVRE VI. monstre la partie senestre du cœur

A B C *La partie gauche du cœur.*
D E E *Les vaisseaux qui nourrissent le cœur.*
F   *L'oreillette senestre.*
G H   *L'artere veineuse & ses rameaux.*
I   *Le commencemët de la veine arterieuse.*
L L   *Le poulmon gauche.*
M   *L'oreillette dextre.*
N N   *La veine caue.*
O   *La grosse artere.*
       Les autres caracteres ont desià esté declarés.

Les FIGVRES VII. VIII. IX. X. XI. monstrent les vaisseaux du cœur & les valuules, tant demi-circulaires que triangulaires.

Les FIGVRES XII. & XIII. monstrent les poulmons.

A   *Vne portion de l'œsophage.*
B   *Vne portion de l'artere trachée.*
C   *La veine arterieuse.*
D   *L'artere veineuse.*
E F G H *Les quatre lobes du poulmon.*

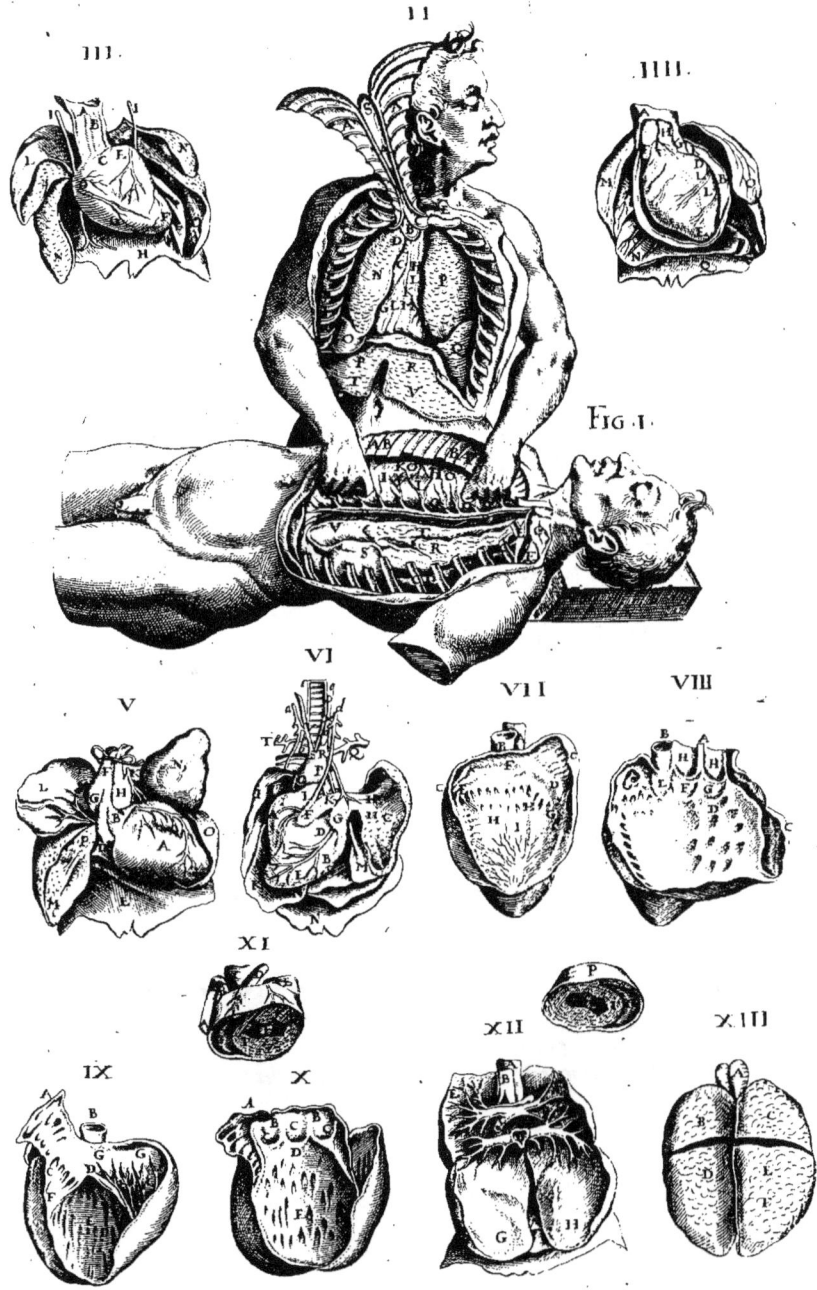

III.

II

IIII.

FIG. I.

VI

V

VII

VIII

XI

XII

XIII

IX

X

CETTE TABLE REPRESENTE LES ANASTOMOSES
QVI SE TROVVENT AV COEVR DV FOETVS ET DE
l'enfant nouueau nay, touchant lefquelles tu auras vne
fort belle difpute au huictiéme liure.

La FIGVRE I. reprefente au vif le pourtrait du cœur, des poulmons, de la grande artere, de la veine caue, de la veine arterieufe & de la trachée artere: comme auffi la communion qui fe fait de la grande artere dans la veine arterieufe, par le moyen d'vn canal arterieux, laquelle fert pour la tranfpiration & la vie du poulmon du fœtus : Or le peintre a failly en ce qu'il a placé les parties dextres au feneftres.

A A A *Tout le corps du cœur.*
B   *La grande artere fortant du ven-*
     tricule gauche du cœur.
C   *Le tronc afcendāt de la grāde artere.*
D   *Le tronc defcendant.*
E   *La veine arterieufe.*
F   *Le Canal arterieux qui va de la*
     grande artere dans la veine arte-
     rieufe, & rend ces deux vaif-
     feaux continus.
G G *Les lobes ou aifles du poulmon.*

La FIGVRE II monftre plus clai-rement la mefme communion des vaiffeaux.

a   *Le tronc de la grande artere.*
b   *Le tronc de la veine arterieufe.*

c   *Le Canal arterieux vniffant les*
     deux vaiffeaux.
d   *La veine caue afcendante.*
e e e *Branchetes de la veine coronaire fe-*
     mées dans la fubftance du cœur.

La FIGVRE III. reprefente l'ana-ftomofe qui fe rend de la veine ca-ue dans l'artere veineufe, par le moyen d'vn trou fort ample.

1   *Le tronc afcendant de la veine caue.*
2   *Le tronc defcendant.*
3   *L'orifice de la veine coronaire.*
4   *Le trou fort ample faifant l'anafto-*
     mofe.
5   *La valuule ou portelette qui eft ap-*
     pofée à ce trou.
6   *Les membranes triangulaires fituées*
     en l'orifice de la veine caue.
7   *La trachée artere.*
8   *Le larinx.*

La FIGVRE IIII. monftre la veine arterieufe & tous fes rameaux.

A   *L'orifice de la veine arterieufe:*
B   *Diuifion d'icelle en deux troncs.*
C   *Diftribution d'icelle par toute la fub-*
     ftance des poulmons.

FIG.1.

.IIII.

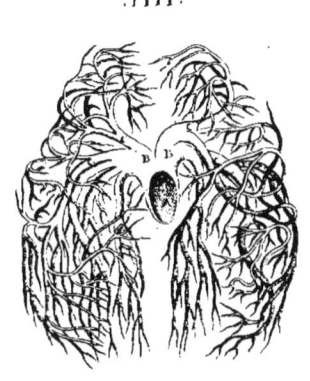

.II.

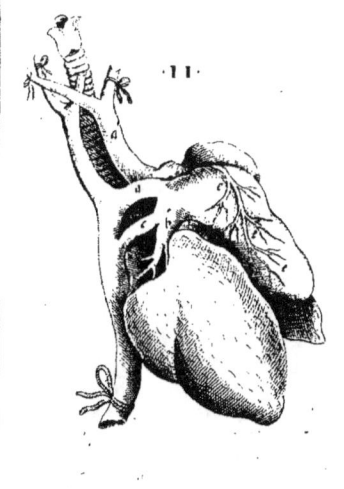

III

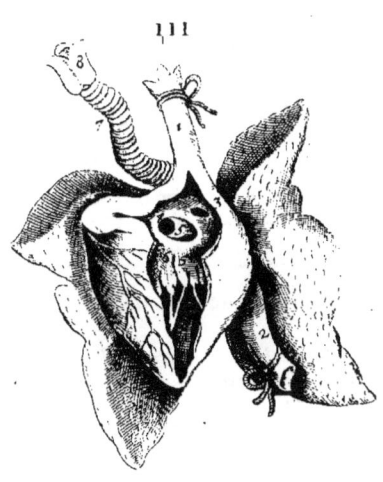

CETTE TABLE MONSTRE LES PARTIES
DV CERVEAV.

Declaration de la FIGVRE I.

A A A	Le cofté dextre de la dure mere.
B B	Le cofté feneftre.
C C	La troifiéme finuofité de la dure mere s'aduançant felon la longueur de la tefte.
D D D	Les vaiffeaux efpars dans la dure mere.
E	Les petites arteres qui fe trainent dans la dure mere.
F F F	Sions fortans par les trous du crane & fe diftribuans dans le pericrane & la peau mufculeufe.
G G G	Fibres fort deliez affermiffans & attachans la dure mere au crane.
H H	Fibres fortans par la future fagittale pour l'origine du pericrane.
I I	Fibres fortans par la lamdoïde pour le mefme vfage.
L	La cauité qui eft en l'os du front.
M	L'os du crane.
N	Le pericrane.

Declaration de la FIGVRE II.

A A	La troifiéme finuofité de la dure mere.
B C	La cauité de la troifiéme finuofité découuerte.
D D D	Vaiffeaux fortans de ladite finuofité & fe refpandans dans la pie mere.
E E E	La pie mere.
F F	Vaiffeaux efpars dans la pie mere.
G G G	Vaiffeaux de la dure mere.
H H H	La dure mere couppée en quatre parties.

Declaration de la FIGVRE III.

A A A	Partie feneftre du cerueau.
B B B	Partie dextre.
C C C	Les vonds & anfractuofitez du cerueau.
D D D	Portion de la dure mere, qui fepare le cerueau en partie dextre & feneftre.

E E E	Les vaiffeaux du cerueau.
F	Vn conduit comme vne vaine feparant le cerueau en deux parties.
G G G	Branches du conduit fufdit.
H	Rameaux fortis de la troifiéme finuofité.
I I	Vaiffeaux qui de la quatriéme finuofité finiffent dans les membranes.
K	Le commencement de la quatriéme finuofité.
L L	Le corps calleux.
M M	Sinuofitez apparentes aux corps calleux.
N	L'endroit où finit la portion de la dure mere qui fepare le cerueau en deux parties, & qui fait la faucille.
O O	Portion de la pie mere.
P P	Portion de la dure mere.

Declaration de la FIGVRE IIII.

A A A	La partie gauche du cerueau.
B B B	La dextre.
C	La partie dextre du cerueau feparée & oftée d'auec le cerueau.
D D	Les anfractuofitez du cerueau.
E E E	La partie grife ou cendrée du cerueau.
G H	La partie plus blanche du cerueau.
I I I	Le corps calleux feparé d'auec le cerueau.
L L M M	Les ventres fuperieurs du cerueau.
O O	Le plis choroïde.
P P	Les vaiffeaux qui vont audit plis.
Q	Les vaiffeaux qui vont à la membrane deliée.

Declaration de la FIGVRE V.

A B C D E F G H I L M N O P Q R	monftrent les ventricules, les vaiffeaux du cerueau, le plis choroïde qui ont ja efté declarez.
S T V	Le corps voûté, porté fur trois piliers.
X	La cloifon tranfparente.
Y Y	La partie fuperieure de la cloifon.

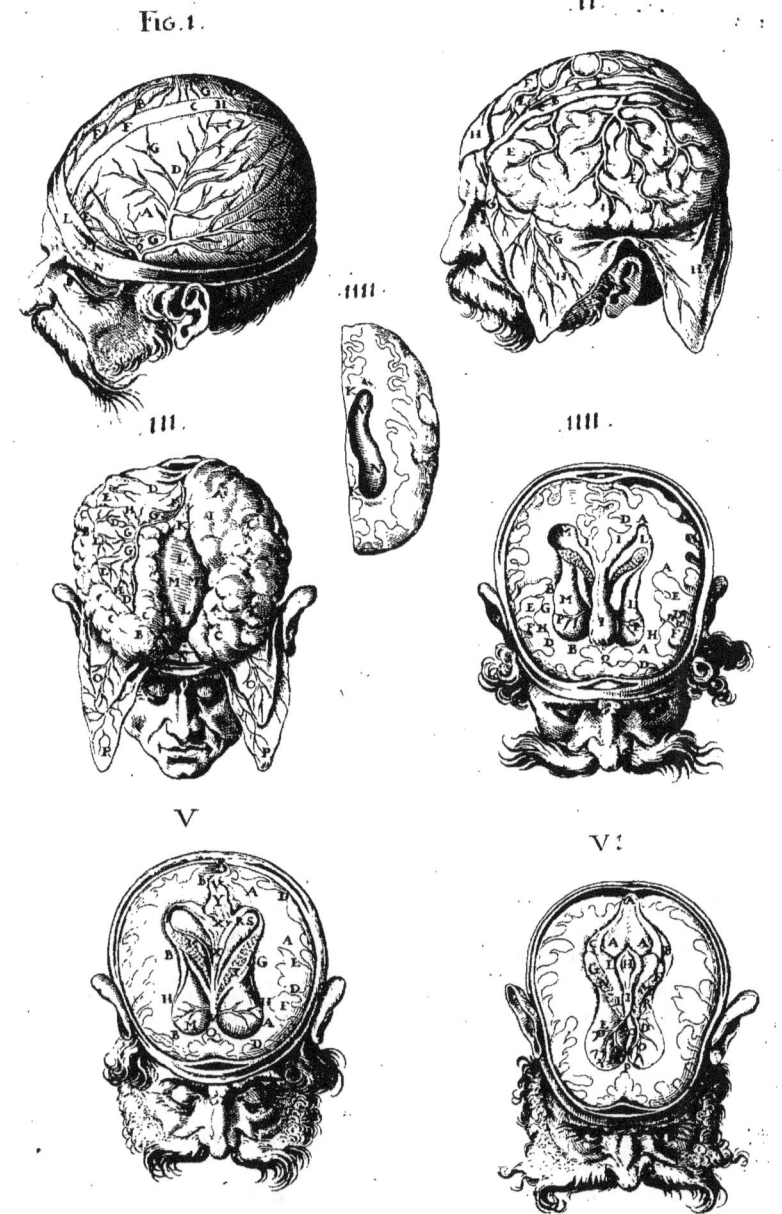

FIG.1.

II.

IIII.

III.

IIII.

V.

VI.

Declaration de la FIGVRE VI.

AAA *La partie du corps voûté, qui couure le troisiéme ventricule.*

BC *Deux iambes ou piliers du corps voûté.*

D *Le ventricule seneftre.*

E *Le dextre.*

FG *Les deux arteres qui font le plis choroïde.*

H *Vaiffeau de la quatriéme finuofité.*

I *Diuifion dudit vaiffeau.*

KL *Partie dextre & feneftre de la diuifion.*

MN *Le plis choroïde.*

OO *Vaiffeaux fortans de la quatriéme finuofité de la dure mere.*

P *Autres vaiffeaux épars dans la pie mere.*

Q *Conduit allant de la troifiéme finuofité à la quatriéme.*

R *Canaux placez dans la fubftance des ventricules du cerueau.*

Declaration de la FIGVRE VII.

AA *Partie feneftre du cerueau.*

BB *Partie dextre.*

CCC *Les anfractuofitez du cerueau.*

DD *La fubftance exterieure du cerueau qui eft cendrée ou grifatre.*

EE *La fubftance qui eft blanche.*

FG *Portion des arteres carotides.*

H *Partie inferieure du troifiéme ventricule.*

K *La vulue.*

L *Le conarion ou glande pineiforme.*

NN *Les feffes ou tefticules.*

OOO *Production de la dure mere qui couure le ceruelet.*

PP *La finuofité feconde & feneftre faite de la duplicature de la dure mere.*

QQ La finuofité premiere & dextre qui

QQ *La finuofité premiere & dextre qui s'auance par les coftez de la future lambdoïde.*

R *Le concours & rencontre des trois finuofitez, qu'aucuns nomment torcular ou preffoir.*

S *La troifiéme finuofité de la mêbrane.*

T *La quatriéme.*

V *Le vaiffeau fortant de cette quatriéme finuofité.*

XX *Le cerebellum ou cerulet couuert feulement de la pie mere.*

Y *Petits fcions qui fe diftribuent de la quatriéme finuofité dans la pie mere qui couure le cerulet.*

ZZ *Portion de la dure mere qui eft attachée à l'os petreux.*

Declaration de la FIGVRE VIII.

AB *La partie dextre & feneftre.*

CDE *Les anfractuofitez & la partie grifatre, enfemble la partie blanche.*

FF *Vne portion des arteres carotides.*

H *La partie inferieure du troifiéme ventricule.*

I *Vn conduit allant à l'entonnoir.*

★ *La partie moyenne & pofterieure du troifiéme ventricule.*

M *Le conarion.*

NO *Les tefticules.*

RR *Le cerulet.*

TVXYZ *Les vaiffeaux du cerulet & de fes membranes.*

L *La vulue.*

Declaration de la FIGVRE IX.

AA *Le cerueau couppé plus bas.*

BCD *Trois portions du cerulet renuerfées fur le deuant.*

E *L'apophyfe vermiforme.*

164

FGH *Commencement de la medulle ſpi-*
nale, qui eſt au dedans du crane.
I *Le quatrieme ventricule.*
K *Les venules du ceruelet.*
L *Les vaiſſeaux qui vont de la du-*
re mere dans la pie mere.
PQR *Les cauitez de l'os occipital, auſ-*
quelles ſont contenuës les trois
parties du ceruelet marquées par
ces lettres BCD.
SSS *La ſinuoſité ſeneſtre faicte de la du-*
plicature de la dure mere.
TTT *La dextre.*

Declaration de la FIGVRE X.

AA *La partie du cerueau de laquelle la*
moëlle de l'eſpine prend ſon com-
mencement.
B *Le conduit menant du troiſieſme*
ventricule au quatrieſme.
C *Le quatrieme ventricule.*
D *Le conarion.*
EF *Les teſticules.*
GH *Les feſſes.*
IK *Les parties auſquelles la moëlle de*
l'eſpine eſt attachée.
LMNO *La cauté au commencement de*
la medulle ſpinale, qui reſemble à
vne plume à écrire.

Declaration de la FIGVRE XI.

AB *La partie dextre & ſeneſtre du cer-*
uelet.
CC *La partie du milieu du ceruelet.*
D *La partie anterieure du procez ver-*
miforme.
E *Le conduit du quatrieſme ventri-*
cule.
GG *La portion du ceruelet qui produit*
la moëlle dorſale.

I *La partie poſterieure de l'apophyſe*
vermiforme.

Declaration de la FIGVRE XII.

AA *La partie dextre.*
BB *La ſeneſtre.*
CD *Les deux apophyſes mammillaires,*
organes principaux du flair.
E *La cauité dediée pour receuoir l'apo-*
phyſe mammillaire
G *La cloiſon qui ſepare les deux caui-*
tez.
H *La portion de la dure mere qui ſepa-*
re le cerueau en partie dextre &
ſeneſtre.
IK *Vaiſſeaux enträs dans le cerueau.*
LMN *Trois cauitez ſituées en l'os occi-*
pital.
OPQ *Les ſinuoſitez de la dure mere.*

Declaration de la FIGVRE XIII.

AABB *Les parties dextre & ſeneſtre*
du cerueau.
CC *Les apophyſes mammillaires.*
DD *Les cauitez dediées pour receuoir leſ-*
dites apophyſes.
EF *Les veines du cerueau.*
I *Vaiſſeau ſortant de la ſinuoſité de la*
dure mere, & ſe reſpandant dans
la pie mere.
K *Autres vaiſſeaux.*
M *L'vnion & entrecroiſement des*
nerfs optiques.
NO *Les nerfs optiques.*
PQR *Rameau de l'artere carotide qui*
va au ventricule dextre du cer-
ueau & dans la pie mere.
S *Vne portion de l'entonnoir qui reçoit*
la pituite, qui diſtille peu à peu du
cerueau.

Declaration de la FIGVRE XIIII.

A A *Vne portion du cerueau auec le com-*
memcement de la medulle ſpinale.
B B *Vne portion des nerfs optiques.*
C C *L'entonnoir.*
D   *Conduit allant du troiſiéme ventri-*
cule du cerueau à l'entonnoir.
E F *Les rameaux de l'artere carotide.*
G   *La ſeconde coniugaiſon qui meut les*
yeux.
H   *Vn petit nerf ſeruant au gouſt.*
I   *Le nerf du troiſiéme paire.*
K   *La quatriéme coniugaiſon.*
L   *Vn petit rameau du cinquiéme paire.*
M   *La cinquiéme coniugaiſon.*
N   *Rameaux de la ſixiéme coniugaiſon.*
O   *Rameaux de la ſeptiéme.*

Declaration de la FIGVRE XV.

A B *Les nerfs optiques.*
C D *Les arteres carotides.*
E   *L'entonnoir.*
F   *Le trou de l'entonnoir qui touche à*
la glande pituitaire.
G G *Vne portion des nerfs de la ſeconde*
coniugaiſon.

Declaration de la FIGVRE XVI.

A   *La glande pituitaire.*
B   *L'entonnoir.*
C C *Vne portion des arteres qui mon-*
tent au cerueau.

D E F G *Les rameaux deſdites arteres*
s'vniſſans enſemble.

Declaration de la FIGVRE XVII.

A B *Les arteres aſcendantes qui font la*
rets admirable.
C D *Petits rameaux de la rets admira-*
ble, diuerſement enlacez.
E   *La glande pituitaire.*

Declaration de la FIGVRE XVIII.

A   *La glande pituitaire.*
A C *La ſituation des arteres entrées dans*
le crane.

Explication de la FIGVRE XIX.

A   *La glande pituitaire, ordonnée pour*
receuoir les excremens de tout le
cerueau.
B   *L'entonnoir.*
C D E F *Les conduits qui purgent la pitui-*
te & les ſeroſitez du cerueau.

Ce qui reſte appartenant à l'hiſtoire du
cerueau, de la medulle ſpinale & des
nerfs naiſſans d'icelle, a eſté repreſenté aux tables des nerfs : il le faut
donc reprendre de là.

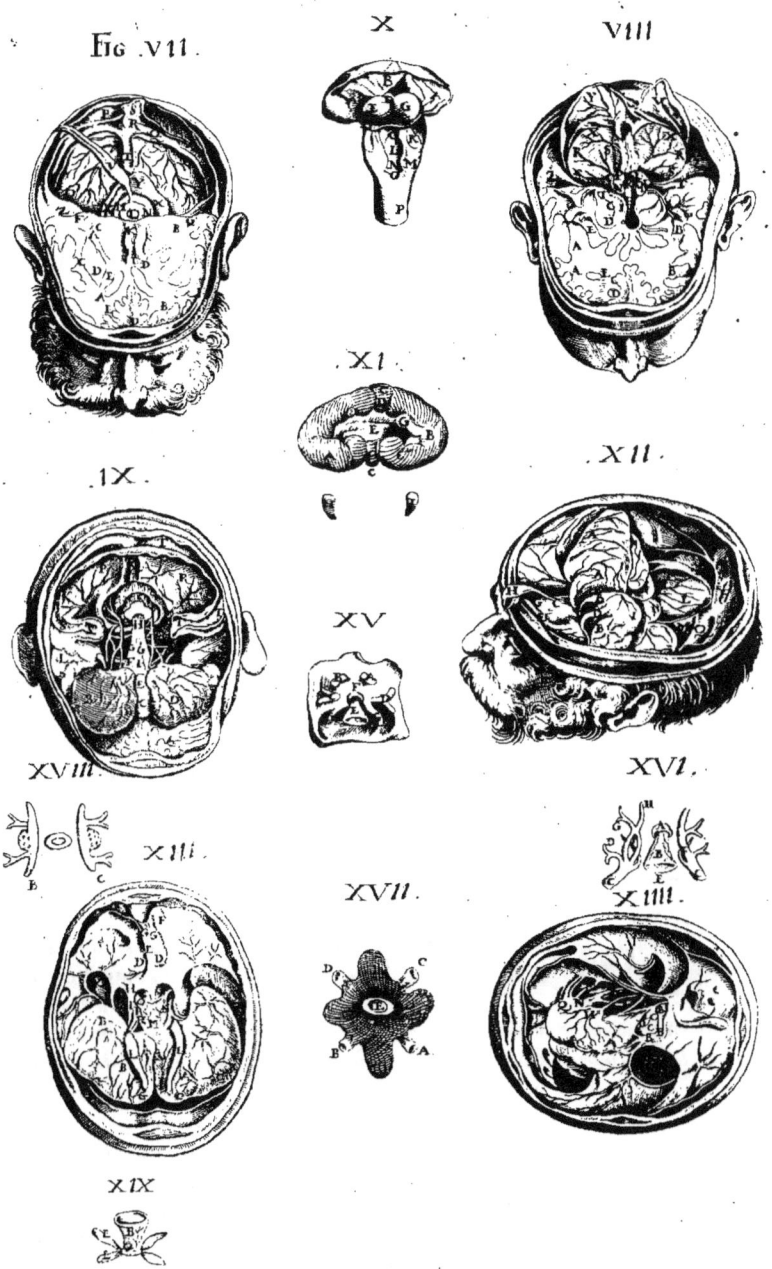

LE
SIXIESME LIVRE

DES OEVVRES ANATOMI-
QVES, AVQVEL EST DESCRITE
L'HISTOIRE DES PARTIES DEDIE'ES A LA
nutrition, & puis ce qui est en icelle de
controuersé est expliqué.

*De la version de M. Theophile Gelée, Medecin ordinaire
de la ville de Dieppe.*

HISTOIRE ANATOMIQVE.

Diuision du corps humain.

CHAPITRE PREMIER.

OVs auons poursuiuy aussi briefuement & clairement qu'il a esté possible les élemens medicinaux,
c'est à dire les parties plus petites & similaires du
corps humain, il nous faut à cette heure traicter des
dissimilaires & composées Or à ce que cela se face
par ordre & methode, nous departirons tout le
corps qui est composé de particules simples, en ses
principales parties, lesquelles puis apres nous decou-
perons en d'autres moindres iusques à ce que nous

Diuision du
corps humain.

Paul. Aegin.
l.1.c.100.

La teste & ses
fins.
l.de vuln.cap.

La poitrine &
ses fins.
soyons paruenus aux tres-petites & tres-simples. Diocles le diuise en *la teste,*
en *la poictrine,* au *ventre* & en *la vessie.* Les Egyptiens en *teste, col, poictrine,*
mains & pieds : Et nous en trois regions, sçauoir est, en *la superieure, en la moyen-*
ne & *en l'inferieure :* ausquelles nous adioustons *les extremitez ou iointures.* La
superieure circonscripte & bornée par le sommet de la teste, & la premiere
vertebre est en sa signification large & commune, nommée des Grecs *cephalé,*
des Latins *caput,* & des François *la teste.* I'ay dit en sa signification large &
commune, parce qu'Hippocrate décrit la teste plus estroittement, où il dit
qu'elle est *la forteresse & le logis du cerueau, le test de laquelle tissu d'vn os double,*
entre-tissu du diploë, parsemé de caruncules & venules, est enueloppé par dessus du pe-
ricrane recouuert de la peau cheuelue, & par dedans il est adiacent à la dure menynge. La

Aph. 38. fect.
7. l. de arte.

feconde region eft nommée par les modernes, *ventre moyen & poitrine*. Hippocrate l'appelle quelquefois, *ventre fuperieur*. Et quelquesfois auffi qu'il entend
par le mot de thorax ou poitrine, le tronc de tout le corps, quand il dit *que le foye
eft logé dans la poitrine*. Elle eft de toutes parts bornée de fes fins : car par haut font
les clauicules ou clefs, ainfi dites parce qu'il femble qu'elles fermét toute la poitrine : par bas fe voyent le cartilage enfiforme & le diaphragme, lequel comme vne
cloifon metoyenne, ou quelque forte paroy fepare ce ventre moyen d'auec l'inferieur, par les coftez droit & gauche, elle eft bornée des 12. coftes : par deuant de l'os
de la poitrine nommé fternon, par derriere du dos, par dehors elle eft enuironnée
de tous coftez de grand nôbre de mufcles, & par dedans de la pleure, qui eft eftenduë fur toutes les coftes La troifiéme region dite le *vêtre inferieur*, eft appellé par
excelléce le *ventre* : & eft bornée par haut du cartilage enfiforme & du diaphragme, par bas des os du penil, des iles & de l'Ifchion : par derriere des 5. vertebres des
lumbes & de l'os *facrum* : par deuât de tout *l'abdomen*, qu'aucuns appellét *epigaftre*,
& les Arabes *mirach*. Ce qui refte du corps ce font les extremitez, ou jointures : à
fçauoir les bras & les cuiffes, qui naiffent côme des rameaux fur le tronc du corps.

Le ventre in-
ferieur & fes
fins.

Les iointures.

En la region fuperieure font contenus les organes de la faculté animale : à
fçauoir le cerueau, qui eft le fiege des imaginations & de la raifon, & la fource &
fontaine du mouuement & du fentiment. En la moyenne font enclofes les parties vitales dediées à la refpiration, le cœur, le poulmon & les arteres. En l'inferieure font enfermez les organes naturels ordonnez à la coction des alimens, à
l'expurgation des excremens & à la procreation. C'eft la raifon pourquoy la
fuperieure eft nommée animale, la moyenne vitale & fpirituelle, & l'inferieure
naturelle. La fuperieure eft couuerte de tous coftez d'os comme de ramparts,
parce qu'il falloit que la partie qui deuoit eftre le fiege de l'ame raifonnable, fuft
munie & couuerte d'vn tect folide pour la garder d'eftre offençée. La moyenne
eft en partie offeufe & en partie charneufe : Offeufe pour deffendre le cœur &
figurer la cauité, & charneufe pour rendre le fyftole & diaftole plus foupple &
plus aifé. L'inferieure eft toute charneufe par deuant, parce qu'il faut qu'elle fe
referre, ou élargiffe en la coction des alimens, fuppreffion des excremens & portée de l'enfant. En la fituation de ces trois regions, qui n'admirera la prouidence admirable du fouuerain Createur? Il a pofé l'animale au plus haut lieu 1. Pour
la commodité des fens : car la voix s'entend mieux de haut, l'odorat reçoit plus
commodément la vapeur qui monte, & les yeux eftans comme fentinelles qui
font toufiours le guet pour noftre conferuation, demandoient d'eftre placez
au plus haut lieu afin de defcouurir de plus loin. 2. Et pource qu'il falloit que
les facultez princeffes fuffent logées bien loin de la boutique de la coction, de
laquelle s'éleuent ordinairement force odeurs puantes & exhalaifons putrides.
Il a logé la vitale fontaine de la chaleur naturelle & du nectar viuifiant au mitan,
afin qu'elle peut éclairer, comme vne eftoille falutaire aux deux autres par fon
mouuement & par fa clarté. Et a renuoyé la naturelle comme la cuifine au plus
bas, parce que les excremens de la viande, à raifon de leur pefanteur, font & plus
commodément receus aux parties baffes & plus aifément chaffez hors Voilà
vne briefue defcription de ces trois regions, defquelles nous allons rechercher
toutes les parties par ordre : non certes par celuy de dignité, mais par celuy de
diffection. Or ceux qui font la diffection des corps demonftrent couftumierement l'inferieure la premiere, parce que c'eft comme l'égouft du corps & la plus
fujette à pourriture : nous commencerons donc noftre defcription par icelle.

Quelles par-
ties font con-
tenues en la
tefte.
En la poitrine.
Au ventre
inferieur.

La tefte pour-
quoy offeufe.
La poitrine
pourquoy par-
tie offeufe &
partie char-
neufe.
Le ventre
pourquoy char-
neux.
La region ani-
male pourquoy
logée au plus
haut.

La vitale
pourquoy au
mitan.
La naturelle
pourquoy au
plus bas.

CHAPITRE II.

Le ventre inferieur se diuise en partie anterieure & posterieure.

LE ventre inferieur appellé par excellence des Grecs *coilié*, de quelques-vns *nedus & ceneon*, & de Suidas *raros*, est coustumierement diuisé en *la partie anterieure & en la posterieure*. L'anterieure & externe bornée par haut du cartilage ensiforme, & par bas des os du penil, est nommée par Galien *Epigastre*, par les Arabes *mirach*, & par les Latins *abdomen*. En icelle se trouue vne grande diuersité de parties qui sont si confuses parmy les autheurs, & leur signification si incertaine & variable, que ie ne pense pas qu'il y ait rien plus embroüillé en l'anatomie : car on n'est point d'accord touchant la signification des mots *epigastre, hypogastre, hypochondre, lombes, iles, etron, ephebaion, ceneon*. Or pour éclaircir les choses obscures, distinguer les confuses, & demesler celles qui sont embroüillées : Nous diuiserons tout le ventre inferieur en trois regions, en la superieure, moyenne & inferieure : & nommerons la superieure *epigastrique*, la moyenne *vmbilicale*, & l'inferieure *hypogastrique*.

L'Anterieure se diuise en region epigastrique. Vmbilicale & hypogastrique.

L'Epigastrique s'estend depuis le cartilage ensiforme quasi iusqu'au nombril : l'vmbilicale finissant vn peu au dessous du nombril a trois ou quatre doigts de largeur : & l'hypogastrique descend iusques aux os du penil. Il faut derechef departir chacune de ces trois regions en d'autres parties plus petites, sçauoir est en partie moyenne, en dextre & en senestre Les costez, c'est à dire les parties dextre & senestre de l'epigastrique, sont proprement nommez *hypochondres*.

Les hypochondres.
Aph. 73. sect. 4.
L. 6. epidem. sect. 2.
L. 3 epid. sect. 1. hist. 2.

I'ay dit proprement, parce que la signification du mot *hypochondre* est fort diuerse dans Hippocrate : Il en vse par synedoche, pour tout *l'abdomen* : quelquefois par metonimie entendant par la partie contenante celles qui sont contenuës, & quelquefois par excellence pour *l'hypochondre droit* : mais proprement les *hypochondres* sont les parties de la region epigastrique, qui sont adiacentes aux cartilages des fausses costes : l'etin:ologie du nom le monstre, car *hypochondre* vaut autant comme qui diroit *sous cartilage* : parce qu'ils sont au dessous des cartilages des fausses costes. Celse les nomme *præcordia*, parce qu'ils sont proches du ventricule, que les anciens appelloient *cardia*. La partie moyenne retient le nom du tout, & est nommée absoluëment *epigastre*. Le foye est quasi tout situé en l'hypochondre droit, la ratelle auec la meilleure partie du ventricule au gauche, & vne partie du foye & du ventricule en l'epigastre. La region vmbilicale se diuise en autant de parties, en moyenne, dextre & senestre : la moyenne est dite le *nombril*, & son centre est proprement nommé *omphalos*, d'vn verbe Grec qui signifie *respirer*. Ses parties dextre & senestre sont nommées *lombaires*, ou les *lombes*, là est le siege de la volupté venerienne : Au lombe droit est contenu le roignon droit, vne partie du boyau *colon*, quasi tout le *cæcum* auec vne portion du *ieiunum* : au gauche l'autre roignon auec vne partie du *colon* & du *ieiunum*, & au milieu quasi tout le *ieiunum*. La region inferieure a aussi ses parties dextre, senestre & moyenne : les parties dextre & senestre sont nommées les *iles* : parce qu'elles contiennent le boyau *ileon* : & la moyenne retenant le nom de tout est dite proprement *hypogastre*. I'ay dit *proprement*, parce qu'Hippocrate en

Que c'est à parler proprement.
Quelles parties en la regiõ epigastrique.
La region vmbilicale.

Ses parties.
Ce qu'elle contient.

L'hypogastrique & ses parties.
Les iles.

vſe quelquefois largement, entendant par *l'hypogaſtre* tout le ventre inferieur. Derechef la partie inferieure de cette region hypogaſtrique ſe diuiſe en partie droite, gauche & moyenne : la droite & la gauche ſont nommées en Grec *boubones*, en Latin *inguina*, & en François les *aines*. Et la moyenne ou le poil croiſt eſt dite en Latin *pecten & pubes* : parce qu'en icelle paroiſſent tout premierement les ſignes de puberté, c'eſt ce que le François appelle *le penil ou la motte*. Aux iles ſont contenus le boyau *ileon* & les vaiſſeaux ſpermatiques & en l'hypogaſtre, c'eſt à dire, en l'eſpace qui eſt entre les iles, le boyau *rectum*, la veſſie & la matrice aux femmes.

Parties de l'inferieure partie de l'hypogaſtre

Quelles parties ſont en l'hypogaſtrique.

La partie poſterieure ou le derriere du ventre inferieur, s'eſtend depuis les dernieres coſtes iuſques à la fin de l'os *ſacrum*, & ſe diuiſe en partie ſuperieure & inferieure : la ſuperieure parce qu'elle eſt charnuë eſt dite des Latins *pulpa* poulpe, du verbe Latin *palpare* qui ſignifie taſtonner, & des Grecs *pſoa*. L'inferieure ſe departit en partie dextre, ſeneſtre & moyenne, les parties dextre & ſeneſtre ſont nómées des Grecs *gloutoi*, des Latins *nates*, & des François *les feſſes*, & la moyenne qui comprend la fente ou raye, le cul & les rugeoſitez du fondement *pyga*. Voilà vne briefue deſcription du ventre inferieur & de chacune de ſes parties : Il nous les faut maintenant pourſuiure vn peu plus exactement : & éplucher toutes les particules d'icelles le menu : & afin de le faire plus cómodément nous mettrons de ces parties, les vnes *contenantes* & les autres *contenuës*. Des *contenantes* les vnes ſont communes qui ſe trouuent par tout le corps, comme ſont la cuticule, la peau, la graiſſe, le panniculé dit charneux, & la tunique commune à tous les muſcles : & les autres propres qui ſe trouuent ſeulement en cette region, comme ſont les muſcles de l'epigaſtre & le peritoine. Or des parties contenuës les vnes ſeruent à la coction des alimens, les autres à l'expurgation des excremens, & les autres à la procreation.

La partie poſterieure du ventre inferieur.

Pſoa que c'eſt.

Diuiſion du ventre en parties contenantes & contenuës.

De la cuticule.

CHAPITRE III.

A premiere de toutes les parties contenantes du ventre inferieur c'eſt *la cuticule*, laquelle les Grecs nomment *epiderme*, comme qui diroit petit cuir, ou faux cuir, parce qu'elle s'engendre ſur la vraye peau. Celſe la traduit *cuticula ſumma*, c'eſt à dire, la ſuperficie ou deſſus de la peau. Hippocrate appelle en quelque endroit la vraye peau *epiderme*, mais c'eſt par abuſion. Galien la nomme *la ſuperficie de la peau*, & les autres *la pelicule ſuperieure*. Or cette cuticule n'eſt autre choſe qu'vne effloraiſon fort deliée de la peau, qui reſſemble aux pellicules plus ſubtiles des oignons, priuée de ſang & de ſentiment, engendrée de l'excrement de la peau, non vaporeux ny aqueux, mais groſſier & terreſtre : pour cette cauſe elle ſe ſepare facilement & ſans douleur d'auec la vraye peau, & ayant ſouffert deperdition ou par le frayement ou par affuſion d'eau boüillante faiſant vne clochette ou veſſie, elle ſe rengendre promptement. Il n'eſt pas aiſé de la ſeparer d'auec la peau, mais aux bruſlures quand il ſe fait vne puſtule ou cloche plaine d'eau, on la void fort apparemment ſe ſeparer. Hippocrate attribuë ſa generation au froid, & veut qu'elle ſe face ſur la peau, comme il ſe fait

Noms de la cuticule.

lib. de natura pueri.

Que c'eſt que la cuticule.

l. de Carnib. Elle eſt engendrée du froid

vne crouftelete fur la boüillie, & vne petite membrane fur le fang caillé : quand
il dit *la fuperficie du corps expofée à l'air fe couure neceffairement d'vne pellicule par
l'abbord du froid & des vents.* Cette cuticule ne fe trouue point au fœtus pendant
qu'il eft en la matrice : ains on luy void la peau rouge & toute parfemée de venu-

*En quoy dif-
firentes de la
vraye peau.*

les Elle differe de la peau. 1. En ce qu'elle eft priuée de fentimét, afin que le corps
fouffre moins : car elle eft expofée aux premieres rencontres des iniures externes.
2. En ce qu'elle n'eft point arroufée de veines ny d'arteres. 3. Et en ce qu'elle eft
plus denfe & plus épaiffe : & de la viét que les humeurs aqueufes qui font chaffées
du fond à la fuperficie, paffent aifément à trauers de la peau & s'arreftent en la cuticule plus denfe, où elles font des puftules, bibettes, veffies, la verole, rougeole

*Elle n'eft point
par tout egale-
ment épaiffe.
Sa couleur.*

& femblables indifpofitions. Elle n'eft point par tout de pareille confiftance &
épaiffeur : car elle eft fort épaiffe aux pieds, pour garder que la peau ne s'offence
en cheminant par des lieux rabboteux. Sa couleur eft par tout femblable, hor-
mis au fondement & aux endroits où les parties frayent les vnes aux autres. Il y
a des animaux qui la quittent tous les ans de leur bon gré, ce que l'homme ne
fait iamais fi ce n'eft par maladie ou par artifice, comme en ceux qui font curieux

Ses vfages.

d'auoir le teinét frais & delicat Ses vfages font en grand nombre. 1. Pour feruir
de moyen au taét : car le fentiment ne fe fait point bien par l'attouchement immediat de l'objet & de l'organe, elle fert donc pour faire que le taét puiffe plus
parfaiétement & auec plus de iugement difcerner les qualitez qui alterent l'attouchement : que fi elle eft vne fois perduë la peau ne laiffe point de fentir, mais
ce fentiment eft depraué & douloureux. 2 Pour deffendre la peau qui a le fentiment fort vif des iniures externes : on efprouue tous les iours cela aux vlceres, car
la peau eftant defcouuerte de la cuticule, les douleurs en font bien plus violentes, & le froid plus cuifant aux vlceres. 3. Pour couurir la peau & empefcher qu'il
n'exude continuellement quelque humidité à trauers, cóme on void aux efcor-
cheures où la peau eft toufiours moite. 4. Pour fermer les orifices des vaiffeaux
qui abboutiffent à la peau. 5. Pour feruir d'embelliffement à la peau, qui de foy
eft rude, inegale & groffiere : & de fait qui a-il de plus vni, liffé & poli que la cuticule ? Les femmes le fçauent bien, & ceux auffi qui par bains, vnguents & fri-
étions, rendent plus molle & delicate celle qui s'eftoit endurcie & deffeichée par
quelque maladie : & c'eft ce que les anciens difoient en prouerbe *curare cuticulam.*
Donc la nature fage, (bien qu'elle n'ait efté enfeignée de perfonne) n'abufe
point de l'excrement terreftre de la peau : ains elle en vfe vtilement pour l'engendrement de cette cuticule.

De la peau.

CHAPITRE IV.

*Noms de la
peau.*

Sa definition.

ES Grecs appellent la peau qui eft fous la cuticule *derma*, parce qu'elle fe peut par tout efcorcher, & les Latins *cutis, co-
rium, aluta pellis.* Iaçoit ce que les trois derniers noms conuiennent mieux au cuir des beftes à quatre pieds. Or la peau eft
la membrane la plus grande & efpaiffe de toutes celles du
corps, engendrée du meflinge de la femence & du fang, ayant
vne temperature mediocre, pour feruir d'organe à l'attouchement externe, &

de couuerture, deffence & embellissement à toutes les parties. Que ce soit vne membrane, sa couleur, texture sentiment & vsage le demonstrent assez. Car elle est blanche, elle s'estend au long & au large, elle est de sentiment fort exquis & faite pour la deffence & conseruation des parties. Mais elle est d'autāt plus épaisse que les autres membranes, que la masse de tout le corps est plus grande qu'vne partie Sa substance est meslée du sang & de la semence; car elle n'est point totalement exangue, comme le nerf, ny toute plaine de sang comme la chair: ains c'est comme vn nerf rempli de sang: tellement qu'elle semble estre de moyenne nature entre la chair & le nerf, & neantmoins pource qu'en la premiere generation elle reçoit plus de semence que de sang: de là vient qu'elle ne se reprend iamais sinon aux corps mols (comme ceux des enfans) par la premiere intention mais seulement par la seconde: c'est à dire par vn moyen d'autre nature, qu'on appelle cicatrice, laquelle est tousiours plus dure que le reste de la peau, & ne se repcut ie iamais de poil en l'homme, à raison de son épaisseur & densité. A icelle aboutissent quasi toutes les extremitez des vaisseaux: ce qui fait qu'elle est de sentiment fort exquis, & qu'elle ne se peut separer d'auec la chair, sinon auec grande douleur: & ne faut pas toutesfois croire pour cela auec le vulgaire qu'elle s'engendre des extremitez des vaisseaux dilatez Elle est moyenne en temperature entre toutes les parties, & tient comme le milieu entre les extremitez: parce qu'elle est l'organe de l'attouchement & le iuge de toutes les qualitez traitables. Or tout l'organe (selon Aristote) doit estre dépoüillé de toute qualité estrange, & ce qui reçoit ne doit point communiquer à la nature de la chose qu'il reçoit. Ce qui est tres-dur & tres sec est difficilement alteré par l'obiet sensible. & ce qui est tres-mol ne retient point les especes. La peau est moyenne en mollesse & dureté, principalement au fond de la main, & sur tout celle des bouts des doigts: parce que nous empoignons auec le dedans de la main. Au reste elle est temperée tant par son temperament naturel, que par celuy qu'on appelle influent: par le naturel certes, parce que c'est comme vne chair nerueule ou vn nerf charneux: & par l'influent, parce qu'elle reçoit autant de chaleur & d'humidité des chairs, des muscles, des nerfs, des veines, & des arteres, de leur sang & de leurs esprits: comme elle fait de froidure & de seicheresse des nerfs, ligamens, cartilages & os. Albert tient qu'il n'y a que l'homme qui l'ait temperée, & icelle fort deliée & diaphane. D'où nous lisons qu'vn Roy de Perse s'en seruoit à faire des fenestres & chassis. Aux autres animaux ou elle est crouteuse & écailleuse, ou elle est trop molle. Elle n'a point de figure particuliere, mais elle la prend des parties qu'elle couure estant icy égale & ailleurs inégale: tantost éleuée & tantost enfoncée en dedans: mais elle est aussi entrecoupée de force traces, lignes & rides, selon la varieté des mouuemens, par la consideration desquelles les chyromances & diseurs de bonne auanture promettent merueilles La couleur des parties spermatiques, iaçoit ce qu'elle soit blanche, elle apparoist toutesfois diuerse en la peau, selon la diuerse couleur des humeurs qui y affluent *Quelle est l'humeur* (dit Hippocrate) *telle paroist la couleur en la peau.* Elle pallit aux bilieux & noircit aux melancoliques: les sanguins l'ont teinte d'vne couleur rosine & vermeille. Elle se change diuersement aux passions de l'ame, comme en la colere, ioye, honte, peur & tristesse. Combien qu'elle paroisse par tout continuë, si est-il qu'elle est percée de force trous & pertuis, desquels les vns sont apparens & les autres ne se voyent point: Ces premiers-là sont finis en nombre, & destinez à mettre quelque chose dedans ou dehors le corps: comme aux yeux, aux narines, aux oreilles, à la

Que c'est vne membrane.

Qu'elle est engendrée du sang & de la semence.

Qu'elle ne s'engendre point.

Sa temperature.

l. de animal

Sa figure.

Sa couleur.

l. de humorib.

Ses trous.

bouche, au nombril, aux parties honteuses & au fondement : ces dernieres-cy
sont infinis, faits pour la transpiration insensible, & pour donner issuë aux

Ses pores.

sueurs & aux excremens suligineux. Ceux qui ont la peau rare & percée de force petits trous & soufpirails, sont moins offencez par les superfluitez interieures : mais ceux qui l'ont dure & dense, en sont facilement blessez. *La rarité de*

l. 6. epidem.
sect. 3.

la peau (dit Hippocrate) *rend le ventre dense & reserré.* Or il falloit que ces
trous fussent petits & presque insensibles, pour empescher que par iceux il ne
se fist vne trop grande dissipation d'esprits. Que s'il aduient qu'ils se relaschent
trop, comme en vne ioye demesurée, ou par vn trop excessif vsage de saffran,
l'homme meurt subitement. Il arriue quelquefois que ces pores s'ouurent en
sorte que le sang pur en coulle, comme en la sueur anglicane. Et Galien re-

Com. in l. de
fract.

marque que les souf-bandes aux fractures des os paroissent parfois rouges &
toutes ensanglantées, encore qu'il n'y ait point de playe en la chair : ce se

Ses differences
se prennent.

fait par le sang qui exude à trauers des pores de la peau. Ses differences sont en
grand nombre & se prennent toutes de la substance, connexion, mouuement,

De la substan-
ce.

sentiment & poil. 1. De la substance, l'vne est plus molle, plus rare & plus
deliée, comme celle de la face, de la verge & de la bourse : l'autre plus dure,
comme celle du couppeau de la teste, du dos & de la plante des pieds : l'autre
est moyenne en mollesse & dureté, comme celle des mains & nommément
celle des bouts des doigts, pourueu qu'elle ne soit point couuerte de cal &
durillons comme l'ont ordinairement les manouuriers & fossoyeurs. 2. De la

De la conne-
xion.

connexion, qui n'est pas par tout semblable : car en quelques parties elle
est fort adherente, comme aux paumes des mains, tant pour rendre l'apprehension de la main plus forte, que pour faire qu'elle ait l'attouchement plus
exquis, aux autres elle est lasche & se separe aisement, comme en la poitrine,
au ventre & aux autres parties. Celle qui est fort adherente, ou elle tient &
s'vnit auec la chair musculeuse, comme en quasi toute la face : ou bien auec
le tendon, comme au fond de la main. Celle qui est lasche ne fait seule-

Du mouue-
ment.

ment que pendre à la chair musculeuse. 3 Du mouuement, par lequel l'vne
se meut volontairement, comme celle du front & de la pluspart de la face :
l'autre est totalement immobile, comme celle du reste du corps. Il y a beaucoup d'animaux qui mouuent tout leur cuir selon qu'il leur plaist, comme le
Herisson quand il se ramasse tout en rond comme vne boulle, l'Elephant, le

Du sentiment.

Cerf, le Cheual & semblables. 4. La peau a bien par tout sentiment, mais c'est
en sorte qu'il est plus exquis en quelques parties, comme à la racine des ongles, au bout du membre viril & aux bouts des mammelles des femmes : parce
que les extremitez des nerfs y abboutissent, & plus obtus & grossier aux autres, comme en la teste : ce qui a fait dire à Aristote que la peau de la teste est sans

Du poil.

sentiment. 5 Il ne naist point du poil par toute la peau, à cette cause l'vne est veluë & bien couuerte de poil, & l'autre n'en a point. La peau (si nous en croyons
les anciens) ne fait point d'action commune & officiale, mais seulement vne

Son action.

coction pour son particulier profit. Ie luy donne toutesfois vne action animale, parce qu'estant l'organe immediat de l'attouchement externe, elle doit receuoir les qualitez qui frappent & alterent le tact. Or la reception, combien que ce
soit vne passion, comme est aussi tout sentiment, si est-il toutesfois qu'elle ne se

Ses vsages.

fait point sans action. D'icy on peut recueillir son premier vsage, qui est d'estre
l'organe de l'attouchement : car le tact estant absoluëment necessaire à la vie, il
a fallu qu'il fust espandu par tout le corps, & interieur & externe : les organes

nes de l'attouchement interne, ce sont les membranes internes, & de l'exterieur, la peau. Son second vsage c'est de vestir toute l'habitude du corps, & conseruer la chaleur des parties qu'elle couure. Aristote estime qu'elle a esté faite pour la deffence & conseruation de la chair, parce que tous les animaux qui ont du sang, ont aussi vne peau. Le troisiéme, c'est d'allier & assembler toutes les parties en vn: car le corps composé d'vn grand nombre de parties differentes a symphyse, vnion, & est fait vn par le moyen d'icelle. *La peau* (dit Hippocrate) *donne la* l. de off. natur. *liaison & conionction à toutes les parties.* Le quatriéme, c'est pour éuiter les iniures externes : car estant d'vn sentiment fort exact , elle nous aduertit aussi-tost des choses qui nous pourroient offençer. Le cinquiéme & dernier, c'est pour seruir de borne à tout le corps, & empescher qu'il ne croisse en vne grandeur démesu-rée. Et Nature de propos deliberé l'a faite debile, afin qu'elle receust les excre-mens des parties internes : de là vient qu'aucuns l'appellent *l'émunctoire vniuer-sel* , & que Galien la met au rang des parties profitables aux éuacuations. Or elle est debile, & à raison de sa situation, & à raison que les extremitez de tous les vais-seaux se terminent en icelle : Mais Nature pour la recompenser de l'incommodité de sa foiblesse, l'a perçée par tout de force petits trous & souspirails, pour rendre la transpiration libre , & l'a logée en la superficie , afin qu'on puisse plus facile-ment remedier aux maladies qui luy arriuent. Selon Hippocrate on tire de l'ha-bitude & temperature de la peau de tres-grands signes de santé ou de mort. Ari-stote recueille de la substance de la peau & de la chair la dexterité de l'esprit, tellem-ment que ceux qui l'ont molle soient ingenieux, & au rebours ceux qui l'ont dure & épaisse, lourdauts & niaiz. Mais cela n'est point tousiours veritable : car les crocodiles ont la peau fort dure, & toutesfois on les tient pour bestes rusées & ma-licieuses. Le cheual marin a le cuir de telle épaisseur que l'on en peut tourner des lances & jauelots, & neanmoins on tient qu'il a en soy ie ne sçay quelle dexterité de se medeciner. Les élephants ont le cuir du dos si dur qu'on ne le peut quasi en-foncer, & toutesfois cet animal en sens approche fort de l'homme : car il entend la langue de sa patrie, il est curieux de l'amour & de la gloire, il a de la prudence, de l'équité, & mesme de la religion.

Pline l. 11. c. 39.
Pline l. 8. c. 1.

De la Graisse.

CHAPITRE V.

A troisiéme couuerture du corps humain , c'est la graisse, que les Grecs nomment tantost *pimelé*, tantost *stear*, & tantost *lipos :* car Galien estime que ces cho-ses ne different point d'essence ny d'espece : mais seu-lement selon le plus & le moins, d'autant que ce que les Grecs appellent *pimelé*, & les Latins *pinguedo, axun-gia, lardum*, graisse, axunge, ou oing & lard, est plus mol & plus humide ; & ce que les Grecs nomment *stear* , & les Latins *adeps & seuum* suif, est plus sec, plus épais & plus terrestre. La matiere de la graisse, c'est la portion plus grasse & aërée du sang, laquelle passant comme vne rosée à

voy Aristote l. 2. des parties des animaux. cap. 5.

La matiere de la graisse.

FF

trauers des tuniques déliées des vaisseaux, & decoulant sur les parties froides, telles que sont les membranes, s'épaissit & fige sur icelles, tant à raison de leur chaleur debile (qui est pour froid aux Medecins) que de leur densité & épaisseur. Doncques la cause efficiente d'icelle, c'est le froid, non certes actuel : car nous n'en recognoissons point de tel aux corps viuans ; mais vn froid moins chaud, c'est à dire, vne chaleur foible & debile. Il s'en engendre beaucoup sous la peau ; parce que la portion du sang, qui pour sa subtilité a passé à trauers des chairs rares des muscles, est retenuë par la peau, qui est plus dense & plus épaisse. Pour cette cause les animaux qui ont le cuir épais, comme le pourceau entre les terrestres, & le Dauphin entre ceux qui viuent en l'eau, en amassent beaucoup; & mesmes en Hyuer toutes choses sont plus grasses. Ses vsages sont diuers : car elle sert, Premierement pour la deffence des parties : car enuironnant tout le corps comme vn accoustrement, elle le deffend par ce moyen des iniures externes. 2. Pour la conseruation de la chaleur naturelle ; car empeschant par sa presence & sa viscosité la dissipation de la chaleur, elle la redouble & bousche l'entrée au froid, & ainsi elle nous échauffe comme font les accoustremens : Ainsi l'épiploon farcy de force graisse, est estimé aider la coction du ventricule. 3. Pour humecter & enduire les parties chaudes & seiches en s'amassant autour d'icelles. Ainsi il s'en engendre force autour du cœur, qui est boüillant & fort chaud. 4. Pour asseurer les vaisseaux qui vont à la peau, lesquels, sans ce qu'elle leur sert de lictiere, demeureroient nuds, & seroient en danger. 5. Pour rendre les mouuemens plus soupples & aisez, ainsi celle qui naist d'ordinaire sur les ligamens des joinctures, qui est assez épaisse, enduit & oingt les parties qui doiuent frayer les vnes contre les autres, empesche qu'elles ne se desseichent, & les rend plus soupples à se mouuoir : telle est aussi celle qui est en bonne quantité sous l'œil. 6. Pour remplir les lieux vuides, comme fait la chair, & seruir de coissin. 7. Pour se donner en nourrissement & pasture à la chaleur ignée, & se tourner en aliment par la faim : car les hommes (dit Galien) amaigrissent par l'vsage des choses fort chaudes qui consomment la graisse.

Du Panniicule charneux.

C H A P I T R E VI.

N trouue encores sous la peau & la graisse vne certaine membrane fort épaisse, courant tout le corps depuis la teste iusques aux pieds, laquelle le vulgaire des Anatomistes appelle d'vn nom barbare *panniicule charneux*, elle seroit, à mon aduis, mieux nommée *membrane charneuse*. Nous aduoüons bien qu'elle est charneuse aux bestes brutes, comme aux chiens, bœufs, cheuaux & singes, & entretissuë de fibres charneux, en telle sorte qu'elle trompe fort souuent les moins exercez en l'Anatomie, lesquels la prennent pour vn muscle : mais en l'homme elle est toute nerueuse & membraneuse. Aux bestes elle tient au cuir, & est difficilement separée d'iceluy, au lieu qu'en l'homme elle y est seulement attachée par quelques fibres, & y a beaucoup de graisse

La cause efficiente.

Ses vsages.

Les noms du panniicule charneux.

Comment celuy de l'homme differe de celuy des bestes.

entre-deux : De là vient que les beftes mouuent volontairement tout leur cuir, au lieu que l'homme a la peau totalement immobile. Ce pannicule ne doit donc pas en l'homme eftre dit charneux, mais nerueux & graiffeux ; finon parauanture par fynecdoche, d'autant que la partie d'iceluy qui couure le vifage eft charnuë : car en cet endroit il eft tellement adherent à la peau par fes fibres charneux, qu'à peine l'en peut-on feparer, & c'eft la raifon pourquoy l'homme ne meut de toute la peau que celle de la face volontairement. Galien appelle cette membrane charneufe qui couure toute la face, *mufcle large* : elle reffemble fort au capuchon que les hommes portent à cheual, fi on en ofte autant qu'on en couure auec le chappeau. Cette membrane, aux enfans nouueaux-nez, paroit toute rouge : mais en ceux qui font parcrus, elle eft blanche & nerueufe. Elle eft enduite par fa partie interieure d'vne humeur lente & glaireufe, de peur qu'elle n'empefche le mouuement des mufcles. Elle a, comme toutes les autres membranes, le fentiment fort exquis ; partant fi elle eft piquée & irritée par les humeurs internes, comme par l'acrimonie de la bile, elle caufe vn mouuement concuffif, que les Latins nomment *rigor*, & les François *tremblement*. Elle fert, premierement pour fortifier & appuyer les veines, arteres & nerfs qui fe rendent à la peau. Secondement, pour retenir par fon épaiffeur & denfité les vapeurs du fang, & les changer en graiffe. Tiercement, pour couurir les chairs des mufcles, & empefcher qu'ils ne foient offencez par les iniures externes.

Comment il peut eftre dit charneux en l'homme.

Le mufcle large c'eft.

Où fe fait le tremblement.

Ses vfages.

CONTROVERSES ANATOMIQVES.

Sçauoir fi la peau eft l'organe de l'attouchement.

QVESTION PREMIERE.

Es Philofophes & les Medecins font en debat touchant l'organe du tact. Ariftote & Alexandre veulent que ce foit la chair & non la peau. Leur opinion s'appuye de ces raifons. 1. La peau de foy-mefme eft fans fentiment, & ne fent rien que par le moyen de la chair. 2. Elle n'a point de fentiment en la tefte, parce qu'il n'y a point de chair. 3. La chair expofée à l'air eft plus douloureufe que la peau. 4. La chair a le fentiment plus fubtil : car les lapidaires recognoiffent plus exactement les qualitez traittables auec la langue qu'auec la main, & difcernent par le feul attouchement de la langue les pierres vrayes & fines d'auec les artificielles & groffieres. 5. L'objet appliqué fur l'organe des fens ne fe fent point : or la peau fent l'objet quand il eft appliqué fur icelles. A ces raifons on peut adioufter l'authorité d'Auicenne, écriuant *que la peau ne fent point les chofes égales*, que fi elle ne fent les chofes égales, il s'enfuit qu'elle n'eft point l'organe de l'attouchement ; parce que l'organe des fens doit auffi bien fentir les chofes moyennes que les

Que la chair eft l'organe du tact l. 2. de part. anim. c. 5. & 8. Raifons.

Authorité, fen. 1. l. 1. doct. 3. c. 1.

Que la peau est l'organe du tact. extrémes. Ainfi l'œil void les couleurs & extrémes & moyennes. Les Médecins maintiennent au contraire, qu'elle eft l'inftrument du toucher. Et de faict tu trouueras leur opinion plus vray-femblable & plus probable, fi tu confideres fa temperature, fa compofition, & fa fituation : car en temperature c'eft la partie la plus temperée de tout le corps, & tenant le milieu entre les extremitez, & feruant pour cette raifon de reigle pour iuger de la temperature de toutes les parties : il s'enfuit donc qu'elle iugera plus parfaittement des qualitez qui alterent l'attouchement. *l.2.de anima.* *L'organe des fens* (felon Ariftote) *doit eftre dépoüillé de toute qualité eftrange.* Ainfi l'humeur cryftaline receuant les efpeces des objets vifibles n'a point de couleur particuliere. Pour cette caufe les icteriques qui ont les yeux teints d'vne bile iaune, iugent tout ce qu'ils voyent eftre iaune. Et ceux qui ont la langue abbreuuée de bile, tout ce qu'ils mangent leur femble amer. Il n'y a point de fenteur particuliere aux narines, ny de fon propre aux oreilles. Ainfi la peau eftant exempte de toute qualité exceffiue doit eftre mife pour l'organe de l'attouchement. Quant à fa compofition, tu verras qu'il y a plus grand nombre de nerfs qui fe terminent en elle qu'en la chair : Or le nerf eft celuy qui porte & fournit les efprits aux organes des fens. Et pour le regard de fa fituation, elle eft plus proche des objets externes que la chair : & ainfi eftant la borne de toutes les parties, elle nous aduertit auffi-toft de ce qui nous peut offencer ou profiter. Doncques la peau eft pluftoft l'organe du tact que *Refponce aux raifons des Peripateticiens.* la chair. Les raifons des Peripateticiens font trop foibles pour corrompre la verité de cette opinion. Que la peau fente par le moyen de la chair, c'eft chofe fauffe : car le nerf qui va à la chair eftant couppé, le mouuement perit, fans que le fentiment de la peau foit en rien offencé : mais fi c'eft celuy qui va à la peau qui foit couppé, le fentiment perit tout auffi-toft. Nous confeffons que la chair découuerte de fa peau a le fentiment plus vif, & qu'elle eft plus douloureufe, à raifon qu'elle eft plus lafche & moins accouftumée aux iniures de l'air ; & quant à ce que la peau n'eft point offencée par l'air, c'eft à raifon qu'elle eft accouftumée à le fentir. Ainfi les dents expofées à l'air ne s'alterent point, au lieu que les autres os eftans découuerts fe noirciffent incontinent. La langue fent plus exactement la froidure des pierres precieufes, non certes par fa chair, mais par fa membrane : Or nous difons que les membranes font les organes du toucher. Que l'objet appofé fur l'organe ne foit point fenty par iceluy eft vne chofe fauffe : car ainfi le tact n'auroit point d'autre organe que l'os, le cartilage & le ligament. Mais cette axiome d'Ariftote a befoin d'interpretation. Des fens les vns font fimplement neceffaires à la vie, (les Scholaftiques difent *pour eftre fimplement*) tels font l'attouchement & le gouft ; & les autres pour mieux eftre & viure, comme la veuë, l'ouye & l'odorat. Ces trois derniers icy ont vn moyen externe & feparé de l'organe : mais és deux premiers, le moyen eft interne, & tellement ioint auec l'organe qu'il n'en peut eftre feparé. En ces trois-là, cet axiome eft veritable, que l'objet pofé fur l'organe du fens n'eft point parfaittement fenty par iceluy : Car, & nous voyons quelque chofe au dedans de l'œil, & oyons vn bruit au dedans de l'oreille, & fentons vne odeur puante au profond des narines ; mais cette maniere de fentir, voir & ouyr eft imparfaitte & déprauée : mais le gouft & l'attouchement, parce que leur moyen eft interne, peuuent apprehender & fentir l'objet, encore qu'il foit appliqué fur leurs organes. Mettons donc la peau pour l'organe de l'attouchement, & la cuticule pour fon moyen. I'expofe les paroles d'Auicenne, comme enfuit, *La peau ne fent point les chofes égales & temperées*, c'eft à dire, *elle ne fouffre point quand elle les fent & apprehende.* Tu objecteras que la peau fent par le nerf, & ainfi que le nerf, & non la peau, eft l'organe du toucher. Ie répondray que les mufcles mouuent par le moyen du nerf, & toutesfois que le nerf n'eft point pour cela l'organe immediat du mouuement volontaire. Certes le nerf donne le fentiment auffi bien que le mouuement, parce que c'eft luy qui porte le commandement de la faculté animale fellé en vn efprit tres-fubtil. Mais répondons à Galien, qui appelle le ventricule organe du tact, parce qu'il eft doüé d'vn fentiment fort exquis. Nous aduoüons que l'orifice du ventricule eft veritablement doüé d'vn fentiment fort excellent, à raifon des nerfs infignes qu'il reçoit de la fixiéme coniugaifon; & ne nions point à raifon de la faim & de la foif, dont le fentiment fe fait en cette feule partie, qu'il ne puiffe eftre dit organe d'vn attouchement particulier, non plus que les parties genitales, qui font doüées d'vn aiguillon incroyable de volupté pour la procréation: mais nous voulons qu'il n'y ait que la peau feule qui foit l'organe du toucher externe, & le iuge de toutes les qualitez tactiles.

Obiection.

Reſponce.

Comment le ventricule eſt l'organe du tact.

De la temperature de la Peau.

QVESTION DEVXIESME.

N Ovs vuiderons icy, en faueur des apprentifs, quelques legeres difficultez touchant le temperament de la peau. Galien écrit qu'elle eft tres-temperée, d'autant qu'elle tient le milieu entre les parties fanguines, & les exangues, d'où elle eft dite *chair nerueufe*, & *nerf charneux*. Parce (dit-il) ailleurs, *Que la peau eft plus feiche & denfe que la chair, fi tu deffeiches & referres la chair, tu la rendras fort femblable à la peau.* Hippocrate veut le mefme, quand il dit, *La peau externe qui eft continuë, & à foy-mefme & au nerf fanguin, veu qu'elle eft hors de fa chaleur propre & familiere, expofée au froid externe, elle eft fouuent alterée par l'vn & l'autre, & a fouuent befoin de l'vn & de l'autre.* Au contraire, on peut monftrer par les authoritez de Galien & d'Auicenne qu'elle n'eft ny égale ny temperée. Galien écrit qu'elle fe nourrit d'vn fang pituiteux: Or nous nous nourriffons des mefmes chofes dont nous fommes engendrez. Et Auicenne veut *que la chair approche plus prés de l'égalité que les autres parties*: La chair donc eft temperée, & non la peau. Ioint que la peau ne peut eftre dite temperée, parce qu'elle eft tres-debile, comme celle qui reçoit les fuperfluitez des parties, & qui pour cette raifon eft dite eftre *l'émunctoire vniuerfel*, ou *de tout le corps*. Mais la réponce à toutes ces chofes eft facile, & toute prefte. La peau fe nourrit d'vn fang pituiteux, c'eft à dire, de celuy qui n'eft point parfaictement cuit & élaboré, lequel fans doute feroit chaud & non temperé. Auicenne ne dit pas que la chair foit égale & temperée: mais qu'elle approche fort prés de l'égalité, non autrement que le corps humain eft dit temperé, encores qu'il foit chaud & humide. L'imbecillité de la peau ne procede point de fa temperature: car elle n'eft point ainfi debile de foy & de fa

Que la peau eſt temperée.

l.1.de tép.c.9.

l.3. meth. c.5.

l. de hum. vfu.

Qu'elle n'eſt point temperée.

Com. 2. in progn.

Fen. l. 1. doct. 3. c. 1.

Reſponce.

nature, mais par accident, à raifon de fa fituation & des vaiffeaux : car les grands vaiffeaux fe terminans dans les petits font plus forts, parce qu'ils font moins éloi-gnez de leur origine : & partant la faculté expultrice des parties internes eftant plus forte, il leur eft aifé de fe décharger de leurs fuperfluitez fur les externes; tellement que la peau foit plus debile, à raifon de la faculté expultrice. Mais fça-

uoir fi le Medecin peut cognoiftre la temperature de tout le corps par la peau, c'eft vn doute qui peut eftre mis en auant. Ariftote de l'organe de l'attouchement recueille la dexterité de l'efprit, parce qu'en vn attouchement plus pur, les fenti-mens font plus nets, & les imaginations plus fubtiles, ce qui rend les operations de l'ame plus fublimes & releuées. Galien fouft cette queftion en ces mots : *Ceux fe trompent qui iugent de la temperature de tout le corps par la feule peau : car il n'eft point neceffaire, fi la peau eft dure, que l'animal foit fec, ou fi elle eft molle, qu'il foit totalement humide : mais fi le corps eft par tout également temperé, il eft raifonnable que telle qu'eft la peau, telle foit auffi la temperature de chacune des parties. Que s'il n'eft point également temperé, il ne s'enfuit nullement : car tout le corps des huiftres eft tres-humide, & neanmoins elles ont l'écaille ou coquille qui leur fert de peau & couuerture tres-feche.*

De l'origine & generation de la peau.

QVESTION TROISIESME.

IVERS parlent diuerfement de la generation de la peau. Le vulgaire eftime qu'elle naift des extremitez des veines, arteres & nerfs dilatez, parce qu'elle vit, fe nourrit, & a fentiment par tout : or la vie eft four-nie par les arteres, la nourriture par les veines, & le fentiment par les nerfs. Ie ne nie point qu'il n'y ait vn grand nombre de vaiffeaux qui fe terminent à la peau : car tant des veines que des arteres axillaires, iugulaires & crurales, il y a vne infinité de fcions qui y aboutiffent : elle eft auffi parfemée de beaucoup de nerfs, mais pour cela ie ne penfe point qu'elle s'engendre de leur entrelaçement inexplicable. Galien veut que *la peau foit la premiere partie de l'enfant*, fi cela eft vray ou non, il en fera traitté en fon lieu. Quelques-vns difent qu'elle fe fait de la fuperficie de la chair deffe-chée, parce qu'aux playes la chair deffechée deuient peau. Les authoritez d'A- riftote & Galien fortifient cette opinion. Ariftote écrit qu'elle fe fait *par la chair fe deffechant*. Et Galien dit *qu'elle s'engendre de la chair fubiacente.* Mais y ayant en-tre la chair & la peau plufieurs corps interpofez, fçauoir eft la graiffe & le panni-cule, dit *charneux*, lequel toutesfois eft vrayement nerueux en l'homme, hor-mis en la face & au col : Ie ne voy point comment elle fe puiffe engendrer de la chair.

Et pour le regard de celle qui fe fait fur les playes de la chair épaiffie, deffe-chée & referrée par les medicamens épulotiques, ce n'eft point vne vraye peau, mais vne peau baftarde, engendrée non par vn moyen de mefme genre, mais diuers, & de nature diffemblable ; car elle eft plus dure que le refte de la peau, & en l'homme elle ne fe recouure iamais de poil, à raifon de fon épaiffeur. Il y en a

encore d'autres qui veulent qu'elle s'engendre de la chair & des nerfs meſlez enſemble : parce que Galien la definit en pluſieurs lieux eſtre *comme vn nerf doüé* *Troiſiéme opinion.*
de ſang, que cela ſoit faux, cecy entre autres choſes le teſmoigne : que là où il y a
plus grand nombre de nerfs, la peau n'en eſt pas pourtant plus dure : car en la
paulme de la main il y a plus de nerfs qu'au ſommet de la teſte : & toutesfois elle
eſt plus dure au couppeau de la teſte qu'au fonds de la main. Quant à moy, ie *Celle de l'Au-theur.*
croy qu'elle s'engendre enſemble auec les autres parties, de la ſemence & du ſang
meſlez enſemble, & à cette cauſe qu'elle peut eſtre dite *nerfs charneux*, ou *chair*
nerueuſe, parce qu'elle tient comme le milieu entre la chair & le nerf : car elle
n'eſt point du tout exangue comme le nerf, ny ſi abondante en ſang comme la
chair : ains eſt comme vn nerf ſanguin & charneux.

A ſçauoir ſi la peau fait quelque action officiale.

QVESTION QVATRIÈSME.

TOVS les Medecins preſque diſent de l'action & vſage
de la peau, le meſme que de l'vſage & action des os.
Les os certes ont bien vn vſage commun, car ſelon
Hippocrate *ils donnent la fermeté, la rectitude & la fi-* l. de oſſ. natur.
gure au corps : mais d'action commune & officiale ils
n'en ont point. Par action commune, i'entends ſeruant ou à tout le corps, ou à grand nombre de parties.
Pour la meſme raiſon la peau a vn vſage commun,
parce qu'elle couure, conſerue & aſſemble tout le
corps : mais on tient qu'elle ne fait aucune action of-
ficiale. Galien le declare en termes fort clairs, quand il dit, *La peau ne fait point de* *Que la peau fait point d'a-*
coction comme le ventricule, ny de distribution d'aliment comme les boyaux & les *ction commune.*
veines, ny de generation du ſang comme le foye, ny de poulx comme le cœur & les ar- l. de moib. cauſ. c. 6.
teres, ny de reſpiration comme le poulmon & la poictrine, ny de mouuement volontai-
re comme les muſcles. Ie luy donne toutesfois vne action commune, à ſçauoir l'a-
nimale : car encore que tout ſentiment ſoit paſſion, parce que ſentir c'eſt ſouffrir, *L'Autheur tient le con-traire.*
ſi eſt-il qu'il ne ſe fait aucun ſentiment ſans action. Les meilleurs Philoſophes reconnoiſſent deux mouuemens en chaque ſentiment, l'vn materiel & l'autre formel : le materiel ſe fait par la reception de l'eſpece, & le formel par l'action : le
materiel eſt en l'organe à raiſon de la matiere, & le formel à raiſon de la puiſſance & de l'ame : le materiel n'eſt point la cauſe efficiente du ſentiment, mais vne
diſpoſition pour ſentir ; mais le formel eſt eſſentiellement le ſentiment, qu'il nous
ſoit permis d'vſer des termes des Eſcoles. Doncques quand la peau perçoit, &
ſent les qualitez traitables, & qu'elle iuge de l'attouchement externe, elle fait non
ſeulement vn vſage, mais auſſi vne action commune à tout le corps. Au reſte,
l'action particuliere de la peau, c'eſt la nutrition à laquelle miniſtrent les facultez
attractrice, retentrice, concoctrice & expultrice.

A ſçauoir ſi la graiſſe ſe concrée & fige par la froidure ou par la chaleur.

QVESTION CINQVIESME.

E s diſputes ont iadis eſté ſi grandes , & les opinions ſi differentes entre les Medecins , touchant la genera-tion & la temperature de la graiſſe, que nous en voyons encore auiourd'huy de tres-grands flots & tourmentes en la mer de la medecine, leſquels, guidé de la raiſon & comme éclairé des rayons lumineux de quelque eſtoille fauorable & ſalutaire, ie taſcheray d'accoiſer, & d'écarter les nuages obſcurs des doutes des eſprits des ieunes apprentifs. Et afin que la varieté des noms ne nous retarde point, il faut ſçauoir que les Medecins confondent ordinaire-ment ces mots, *ſein , axunge , oing , graiſſe & ſuif*, & que ce ſont choſes qui ſont

l. 2. de part. ani. c. 5.
l. 4. & 11. de ſim. med. fa.
Que la graiſſe ſe fige par le froid.
l. 2. de temp. c. 5.

preſques d'vne meſme & ſemblable nature, encore qu'Ariſtote & Galien les ayent fort exactement diſtinguez en pluſieurs endroits, auſquels ie renuoye le lecteur curieux, n'ayant point deliberé de rechercher icy autre choſe que la temperature & generation de la graiſſe. Galien declare en termes fort clairs, qu'elle ſe condenſe & fige par le froid, & exprime la maniere de ſa generation comme s'enſuit. *Quand la portion aërée & plus graſſe du ſang, qui paſſe comme vne roſée à trauers des tuniques déliées des veines , vient à decouler ſur les parties froides comme ſont les membranes, elle s'épaiſſit & caille par la force du froid. De là vient que les femmes ſont plus graſſes que les hommes: car elles ſont plus froides, & qu'en hyuer tous animaux ſont plus gras, & ceux-là auſſi qui ont les vaiſſeaux eſtroits & menus: or la petiteſſe des veines vient d'vne temperature froide. Que s'il aduient quelquefois que ceux qui ont les veines lar-ges engraiſſent, cela ne leur arriue point à raiſon de leur temperature naturelle , mais de quelque autre acquiſe, comme par leur façon de viure, ou par la maniere de leur exercice & occupation. Outre plus que le froid épaiſſiſſe la graiſſe, il appert parce que la chaleur la fond incontinent. Le ventre inferieur en eſt tout farcy, parce qu'il eſt membraneux, & fort éloigné de la fontaine de la chaleur, mais les parties qui ſont encloſes en la poictrine n'en amaſſent point tant.* Voilà la Philoſophie de Galien, & de quaſi tous les Mede-cins anciens tant Grecs comme Arabes. Ceux qui tiennent le contraire, taſchent de prouuer que la matiere, la cauſe efficiente & les effets de la graiſſe ſont chauds, en cette maniere. *La matiere de la graiſſe* (ſelon Galien meſme) *eſt la portion aërée, graſſe & huileuſe du ſang, laquelle eſt auſſi la matiere de la bile & de la ſemence:* pour cette cauſe les animaux qui ſont fort gras deuiennent ſteriles, & ceux qu'on veut haſter d'engraiſſer on les fait chaſtrer. Ariſtote dit que *la graiſſe n'eſt ny terreſtre ny aqueuſe mais aérée, & que c'eſt la raiſon pourquoy elle flotte touſiours ſur l'eau:* le meſ-me a eſté le premier qui a dit que ſa cauſe efficiente eſtoit la chaleur, quand il écrit *qu'elle s'engendre par coction:* car toute coction ſe fait par la chaleur. Et rendant la raiſon pourquoy elle ne put point, il dit que c'eſt pource *qu'elle n'eſt point cruë, mais digerée & biencuite.* Voilà l'opinion du Philoſophe qui a eſté ſuiuie de Veiga, d'Ar-gentier & Ioubert. Voicy les principaux chefs de leurs raiſons. 1. Toute cocretion ſe fait par le froid actuel: or il ne s'en trouue point de tel aux animaux pendât qu'ils

L'opinion contraire.

l. 2. de temp. c. 5.

l. 3. de hiſt. ani. c. 17.
l. 2. de part. ani. c. 5.

com. in c. 9. art. par. parad. 7. de cad. 1.

viuent: car mefmes leurs os paroiffent fort chauds au toucher, & toutes les membranes font auffi actuellement chaudes: car le ventricule qui eft membraneux cuit
le chylé, & la veffie membraneufe par fa chaleur brufle la pituite & la tourne en
pierres. Mais qui eft plus, Auicenne a quelquesfois dit que les membranes font
plus chaudes que le cerueau: or le cerueau eft plus chaud que l'air en plein Efté: or
l'air de l'Efté fond toufiours, & ne fait iamais rien figer. 2. Le cœur qui eft le plus
chaud des vifceres, & en continuel mouuement, eft en fa bafe couuert de beaucoup de graiffe. 3. Il ne s'en engendre iamais fur les membranes du cerueau qui
font arroufées de force fang, & entretiffuës d'vne myriade de vaiffeaux; & non
plus fur les tuniques des os qui font fort froides. 4. Les vieillards & les melancoliques qui font froids de leur temperature en amaffent fort peu. 5. Le roignon
tres-chaud, qui brufle la pituite & la durcit en pierres en paroit tout couuert.
6. C'eft vne partie du corps animée & viuante, parce qu'elle a fa figure certaine &
propre, & qu'elle eft blanchie par la faculté de la membrane qui altere le fang. Or
qui a iamais dit qu'vne partie fut engendrée par le froid? 7. Adiouftons encore
pour renforcer ce party l'auctorité de Galien qui femble le fauorifer. Il efcrit *que* c. 59. art. par.
la graiffe aux natures froides & feiches s'épand par les chairs & non par les tuniques: l. 5. de fimp.
or les chairs font chaudes. 8. Les effets monftrent pareillement qu'elle eft chaude: med. c. 9.
car Galien la met entre les medicamens peptiques, & veut que l'épiploon graiffeux aide au ventricule à faire fa digeftion. Ioint qu'elle brufle & s'enflamme facilement. Ils rapportent donc auec Ariftote, la caufe de la concretion & generation
de la graiffe à la denfité des membranes, & veulent que la portion aërée du fang
coule aifément à trauers des chairs à caufe de leur rarité; mais que trouuant la
membrane épaiffe & denfe qui l'arrefte, elle foit épaiffie & endurcie par la chaleur, & blanchie par la faculté de la membrane, partie fpermatique, à laquelle elle
eft adherente. Adiouftes-y encore fi tu veux le lieu d'Hippocrate, où il dit *que le* l. de carnib.
chaud eft le fiege & la demeure de la graiffe. Vous voyez, ce croy-je, les armées rangées de part & d'autre, preftes à s'entrechoquer, nous ne fçaurions tenir les deux
partis, & partant nous nous rangerons du cofté de Galien & des Anciens. Voicy *Aduis de*
donc mon iugement touchant la nature & generation de la graiffe, à la mienne *l'Authur.*
volonté qu'il foit trouué bon. La matiere dont elle eft engendrée eft vn fang gras
& aëré: la caufe efficiente, vn froid condenfant & épaififfant, non point abfoluëment & actuellement tel (parce que nous n'en reconnoiffons point de femblable
aux corps qui ont vie) mais moins chaud, qui eft pour froid aux Philofophes: &
ainfi ce ne font point les parties abfoluëment froides qui amaffent & figent la
graiffe, mais les moins chaudes, comme font les membranes. Nous éclaircirons *Efclairciffe-*
ces chofes qui femblent obfcures par quelques exemples. Le plomb fondu en- *ment de fon*
core chaud & bruflant fe reprend & fige incontinent qu'il eft tiré du feu, & ce ou *opinion.*
par la chaleur ou par la froidure: ce n'eft point par vne chaleur actuelle, car elle
le fond: ce n'eft point auffi par vne froidure actuelle, car il brufle fi on le touche:
il refte donc que ce foit par vne chaleur moindre, qui luy eft pour froid. Car il
faut que la chaleur vienne iufques à vn certain degré, pour empefcher que le
plomb & la graiffe ne fe condenfent & figent. Or il n'y a que les feules parties
charnuës qui ayent ce degré de chaleur; & de là vient qu'il ne s'en engendre iamais autour d'elles: mais les membraneufes, parce qu'elles font moins chaudes, épaififfent incontinent la partie aërée & graffe du fang, & la tournent en
graiffe. La vapeur d'vn pot qui bout venant à rencontrer le couuercle, fe tourne foudain en gouttes d'eau, non par le froid actuel, car le couuercle eft chaud;

mais parce que le couuercle est moins chaud que la vapeur, comme celuy qui n'est
échauffé que par icelle : Et partant cette chaleur moindre du couuercle est pour
froid à la vapeur boüillante. Ainsi les exhalaisons chaudes qui trouuent la voûte
des esteuues qui est moins chaude, sont surmontez par icelle, & leur chaleur venant à se perdre, elles se reduisent en gouttes d'eau. Ainsi les vapeurs des melancoliques, qui s'éleuent d'autour des visceres échauffez & boüillonnans, estant
portées à la peau moins chaude s'amassent & condensent par le froid, & s'en vont
en sueurs. Ainsi les exhalaisons de toutes les parties portées au ceruneau moins
chaud se condensent en eau. C'est donc en cette façon que nous disons que la
graisse se prend par le froid, c'est à dire, par vne chaleur moindre ; comme nous
disons le ceruneau froid, c'est à dire moins chaud : & disons l'air de l'Esté estre
chaud de sa nature & à soy, & neanmoins il est froid comparé au feu, ou à la chaleur par laquelle nous viuons : parce que nous viuons par vne certaine proportion & quantité de feu, & que les termes moyens comparez aux extremes, sont

Responce aux
 raisons.

contraires en la premiere Philosophie. Ces choses ainsi arrestées, il nous faut satisfaire à toutes les raisons des aduersaires. Nous nions que toute concretion se
fasse par le froid actuel, veu que le plomb encore chaud se fige & reprend par le
froid. A ce qu'il s'engendre de la graisse autour du cœur viscere tres-chaud : nous
disons que cela se fait par vne prouidence admirable de Nature, pour empescher
que le cœur ne s'enflamme à raison de ses mouuemens continuels. *C'est pour la mes-*
me raison (ce dit Hippocrate) *qu'elle a mis de l'eau comme de l'vrine au pericarde, à*
fin qu'en son estuy, il peut fleurir & estre conserué en sa bonne santé. La cause finale (dit

La cause fina-
 le est la pre-
 miere aux œu-
 ures de la Na-
 ture.

Chrysippe) *vainc pour le certain l'efficiente & la materielle* : & Aristote monstre
contre Democrite, que *la fin est la premiere & principale cause aux œuures de Natu-*
re, comme celle qui meut toutes les autres sans estre meuë en aucune façon. Ie sçay que
les aduersaires répondent, que Nature n'entreprend rien contre ses propres loix,
& partant qu'elle deuoit créer le cœur temperé. Mais qu'on nous permette de leur
faire vne semblable objection. L'inspiration de l'air froid n'estoit point necessaire
pour rafraischir le cœur : il ne falloit qu'en sa premiere formation le créer temperé. Qui ne void combien ces choses sont absurdes ? Il falloit de necessité que le
cœur fust creé tres-chaud, parce qu'il est comme le foyer, par lequel est conseruée
la chaleur naturelle de toutes les parties. Que s'ils ne veulent point accorder que
cette graisse soit necessaire au cœur, qu'ils sçachent qu'elle ne s'engendre point
dans ses ventricules, ny en sa substance charneuse, mais seulement autour des
membranes de ses vaisseaux, qui sont parties moins chaudes. Il y en a qui veulent
que cette graisse soit vne partie du cœur, parce qu'elle garde tousiours vne mesme
figure & circonscription, & qu'elle ne se fond point au feu comme fait l'autre. Il
ne s'engendre point de graisse sur les membranes du ceruneau, parce qu'elle n'y
auroit point d'vsage : ains au contraire elle empescheroit par sa viscosité la transpiration & sortie des vapeurs fuligineuses. Car le ceruneau comme vne ventouse tire
continuellement, & boit les exhalaisons des parties inferieures, desquelles il
s'enyureroit, si le crane ne leur donnoit issuë par ses sutures. Adiouste qu'elle
nuiroit au mouuement du ceruneau. Doncques la cause finale defaillant, la materielle defaut aussi : car le ceruneau a besoin d'vne fort grande quantité de sang,
tant pour se nourrir que pour engendrer l'esprit animal : & partant il n'estoit
point conuenable qu'il se conuertit en graisse. Les vieillards & les melancoliques en amassent fort peu, parce que la matiere propre manque aux premiers,
& que les derniers sont trop secs de leur nature : La graisse des roignons ne fait

ſeulement qu'enuironner leurs membranes, & il ne s'en trouue point dans leur chair. Ariſtote eſcrit *que tous les deux roignons engraiſſent, mais le droit moins que le gauche, parce qu'il eſt plus chaud.* Si la graiſſe eſt vne partie animée & viuante nous en diſputerons en la prochaine queſtion. Quand Galien eſcrit *qu'elle s'épand aux corps froids & ſecs, dans les chairs & non ſur les membranes. Par les chairs,* il entend les muſcles, qui ſont couuerts de tuniques propres : or la graiſſe s'amaſſe ſur ces tuniques des muſcles, parce qu'elles ont beaucoup de veines & de ſang : mais non ſur les membranes plus éloignées, parce que la matiere y manque, à raiſon de leur ſeichereſſe : car nous auons deſia enſeigné qu'elle ne s'engendre que du ſang ſuperflu : or les corps froids & ſecs n'en ont point.   Quant aux effets de la graiſſe qu'ils nous alleguent, ils ne concluent rien contre nous. C'eſt veritablement vn medicament peptique, & en l'épiploon elle fomente & conſerue la chaleur du ventricule, non premierement & de ſoy, mais par accident : entant à ſçauoir que par ſa preſence & viſcoſité elle empeſche que la chaleur ne ſorte & ſe diſſipe, elle la redouble & fait croiſtre au dedans, & ferme les chemins par leſquels le froid entreroit aux parties internes : & partant elle nous échauffe à la maniere des acouſtremens. Quant à ce qu'elle bruſle & s'enflamme aiſément, elle a cela de la matiere graſſe & aërée. Ainſi le camphre allumé bruſle dáns l'eau, lequel touteſfois eſt tenu pour froid : mais meſme ces effets-là ne monſtrent pas que la cauſe efficiente de la graiſſe ſoit la chaleur : car l'huile condenſé & épaiſſi en Hyuer, s'enflamme fort promptement : or qui niera qu'il n'ait eſté figé par le froid ? Concluons donc que c'eſt le froid, c'eſt à dire, vne chaleur debile & moins chaude, *Concluſion.* qui fait amaſſer, prendre & figer la graiſſe, & qu'elle ne s'engendre que ſur les membranes, parce que leur chaleur naturelle n'eſtant point beaucoup éclairée de l'influence du cœur, eſt languide & debile.

Sçauoir ſi la graiſſe eſt partie du corps animée & viuante.

QVESTION SIXIESME.

E v x qui maintenoient que la graiſſe ſe figeoit par la chaleur, appuyoient leur opinion de cette raiſon. Que nulle partie ne ſe condenſe par le froid, & que la graiſſe eſt vne partie du corps animée & viuáte. Il reſte que nous voyons ſi cela eſt vray ou non. L'affirmatiue ſe peut confirmer par authoritez & par raiſons. Galien met la graiſſe au nombre des parties ſimilaires : il eſcrit *qu'elle fait par tout vne ſemblable funɛtion, comme les arteres, les veines & les nerfs : Que la graiſſe eſt vne partie. com. in l. de nat. hum. l. 6. de plac. c. 8.* ſi elle fait quelque aɛtion, il s'enſuit qu'elle eſt animée & qu'elle vit. Le meſme faiſant quatre ſortes de parties, met la *graiſſe au rang de celles qui ſe gouuernent d'elles-meſmes.* Il eſcrit auſſi *qu'on oſte le nombre des parties, quand on oſte les arteres, les veines, les nerfs, la chair & la graiſſe.* Item, *que les os, cartilages, ligamens, arteres, veines, chair & graiſſe ſont les particules des doigts.* Les authoritez ſeront fortifiées de ces *c. 9. ar. paruæ. l. de morib. d. c. 8. l. de in æq. in temp. ca. 2.* raiſons. 1. La graiſſe croiſt & augmente iuſques à vn certain terme, & en quelques *Raiſons.* animaux elle ſe voit touſiours en vne meſme place, & de meſme figure. 2. Elle eſt blanchie par la faculté alteratrice de la membrane, qui change le ſang, & taſche de ſe le rendre ſemblable, aɛtion qui n'appartient qu'à l'ame & à la chaleur naturelle. 3. Il ſe trouue des glandes au milieu du lard. Or elles n'y ſeroient point engendrées *Expoſition de la queſtion.*

l. 3. de hiſt. animal. c. 17.

Des parties Naturelles,

fi la graiffe n'auoit quelque faculté formatrice. Nous eftimons qu'il faut diftinguer le nom de *partie*, en forte qu'il fe prenne largement ou eftroittement; par fa
fignification large, Tout ce qui parfait & accomplit le tout, eft dit partie du tout.
Or là graiffe en cette façon peut eftre dite partie : comme auffi font le poil, les ongles, la moëlle, le fang & le laict : mais non par fa fignification eftroitte. 1. Car

*Qu'elle n'eft
point partie
animée.*

elle n'a point de circumfcription propre, & ne ioüit point d'vne vie commune
auec le tout. 2. Elle fe donne en nourriture au corps en la faim, felon que témoigne Galien : or vne partie ne fe donne point en nourriture, pour nourrir l'autre.
3. Elle n'eft ny partie fpermatique, ny partie fanguine; elle n'eft point partie fpermatique, car elle ne paroit point en la premiere formation des parties; elle n'eft
point auffi fanguine, parce qu'elle eft blanche, & que toutes les parties fanguines

*Refponce aux
authoritez &
raifons.*

font rouges. Elle ne doit donc pas eftre dite partie animée & viuante. Quand
Galien l'appelle partie fimilaire, il prend le nom de partie en fa fignification large. Quand il efcrit qu'elle fait vne function, par function il entend vfage, comme il fait fouuent confondant ces deux termes : comme nous auons monftré ailleurs, encore qu'ils different beaucoup. A ce qu'ils objeċtent que la graiffe augmente & croift, il faut refpondre qu'elle croift par appofition de matiere, comme font les cheueux : elle croift donc auffi long-temps qu'il y a de la matiere prefente : mais fi elle vient à manquer comme en la vieilleffe, elle ceffe auffi de croi-

*D'où vient la
blancheur de
la graiffe.*

ftre, & il ne s'en engendre plus. Touchant fa blancheur il y en a qui nient qu'elle la prenne de la vertu formatrice, ains veulent que ce foit pluftoft le froid qui la
luy donne : ainfi la pituite eft blanche, laquelle reconnoit le froid pour la caufe
efficiente de fa generation. Pour mon regard, ie rapporte la caufe de fa blancheur à vne legere alteration du fang faite par les parties membraneufes : car
quand le fang decoule fur les membranes en plus grande quantité qu'il n'eft befoin pour leur nourriture, elles luy donnent premierement quelque leger commencement : mais d'autant qu'il y eft decoulé en trop grande abondance, elles ne
le peuuent affimiler ny parfaittement changer en leur fubftance, & demeurant là
impacte & enferré, il eft épaiffi, condenfé, & finalement par la chaleur debile
des parties, conuerty en graiffe. Elle ne fe tourne donc point tout à fait en la nature de la partie, tellement qu'elle femble eftre vne partie imparfaitte. Et c'eft
ce que veut Ariftote, quand il efcrit que la difference d'entre la chair & la graiffe
eft en ce qu'en la generation de la chair, le fang eft tellement élaboré, qu'il fe
change en la fubftance d'vne partie qui a fentiment : mais qu'en la generation de
la graiffe, il fe change en vne partie qui n'en peut auoir du tout. A la derniere, il
faut refpondre que les glandes qui font dans le lard ne font point engendrées par
le lard, ains qu'elles ont efté creées en la premiere formation, & depuis couuertes
par la graiffe : ou que la graiffe s'amaffe autour d'elles, ou bien qu'elles font engendrées par la chaleur des parties voifines, & non point par celle de la graiffe.

HISTOIRE

HISTOIRE ANATOMIQVE.

Description des parties contenantes propres.

CHAPITRE VII.

L Es parties contenantes propres du ventre inferieur, sont les muscles de l'épigastre & le peritoine; les muscles en tous sont tousiours huict, quatre de chaque costé, congeneres ou de mesme genre, c'est à dire, pareils en figure, magnitude, force & action. D'iceux, quatre sont obliques, deux droits & deux transuersaux, ainsi nommez à raison de leur situation & de la tissure de leurs fibres. Les premiers qui se presentent en faisant la dissection, sont les deux obliques externes, qui sont les plus larges de tous. Ceux qui suiuent, sont les deux obliques internes : tous les Anatomistes appellent ces premiers-là descendans, & ces derniers-cy ascendans, si bien ou mal nous l'auons monstré au traitté des muscles. Ensuiuent les deux droits, en la partie interne, desquels se voyent des veines, les vnes ascendantes & les autres descendantes, qui s'vnissent ensemble enuiron le nombril. Au dessous de tous ceux-cy sont les deux transuersaux. A ces huict faut adiouster les deux petits, nommez *succenturiaux*. Nous auons décrit exactement, tant l'histoire de ces muscles, que les controuerses qui se rencontrent en icelle au cinquiéme liure. Que le Lecteur studieux la reprenne donc de là.

(marginale : Nombre des muscles de l'épigastre.)

CONTROVERSES ANATOMIQVES.

A sçauoir si c'est par les veines Epigastrique & Mammaire que se fait la communication d'entre les mammelles & la matrice.

QVESTION SEPTIESME.

QV' I L y ait deux branches de veines qui se traînent par l'interieure partie des muscles droits, c'est chose que personne ne reuoque en doute ; mais sçauoir si ces deux branches s'vnissent au milieu de ces muscles, qui est enuiron le nombril, quelques-vns semblent n'en estre point bien resolus. Pour mon regard i'ay tant de fois remarqué cette vnion, que ie ne pense pas qu'il y ait rien plus certain en l'Anatomie. L'vne de ces veines se nomme *épigastrique*, & l'autre *mammaire*. L'épigastrique naist souuent de l'iliaque rameau de la caue descendante, & fort souuent aussi de la crurale ; & la mammaire d'vn rameau de la caue ascendante, appellé sousclauier : celle-là monte le long des muscles de l'épigastre, & celle-cy descend par la partie interne du sternon, & le muscle triangulaire, ne touchant en nulle façon aux mammelles, si ce n'est parauanture qu'elle leur enuoye quelque filet

(marginale : L'vnion & rencontre des veines épigastrique & mammaire.)

GG

capillaire & quaſi inſenſible, qui me fait ébahir de ce qu'on l'appelle mammaire, veu que les mammelles ont des veines fort groſſes, qui viennent des thoraciques. Aucuns veulent que ces deux veines s'vniſſans par leurs orifices, & faiſans des anaſtomoſes & abbouchemens, ſeruent pour faire la communication qui eſt entre les mammelles & la matrice, tant celebrée par Hippocrate, Galien, & tous les Medecins. Quant à moy i'eſtime ces deux veines auoir ſeulement eſté faites pour bailler la nourriture aux parties où elles ſe vont rendre; car elles ſe trouuent auſſi bien aux hommes comme aux femmes. Or que la matrice ait communication auec les mammelles par le moyen de ces veines, c'eſt choſe que ie ne veux point

l. de Aliment. abſoluëment & ſimplement nier, parce *qu'il n'y a* (ſelon Hippocrate) *qu'vne conſpiration, qu'vne confluction, & que toutes les parties communiquent les vnes auec les autres.* Mais ie reconnois d'autres conduits pour faire cette ſympathie, qui ſont plus ouuerts & apparens, à ſçauoir les veines internes. L'Anatomie nous apprend qu'il y a de grands vaiſſeaux qui vont du rameau axillaire aux mammelles, & qu'il y a pareillement force branches qui s'epandent du rameau ſpermatique & hypogaſtrique dans la matrice. Or que la veine epigaſtrique n'aille point à la matrice, ny la mammaire aux mammelles, ſinon par quelque filet capillaire, la

Que cette com- veuë meſme l'enſeigne. Il y a donc bien plus d'apparence que le ſang refluë des
munication ſe mammelles à la matrice, & de la matrice aux mammelles, par les vaiſſeaux inter-
fait le plus nes qui ſont grands, & fort remarquables, que par les externes qui ſont fort
ſouuent par petits, & qui ne les touchent quaſi en aucune maniere. Nous auons pluſieurs fois
les vaiſſeaux remarqué les femmes de couche, trois ou quatre iours apres leurs enfantemens,
interieurs. rendre vne fort grande abondance de laict par les vrines. Et qui oſeroit dire que cela ſe fit par la veine epigaſtrique? perſonne, ce croy-ie, s'il n'auoit perdu le ſens. C'eſt donc par l'hypogaſtrique, laquelle enuoye pluſieurs ſcions à la veſſie pour nourrir ſes tuniques. Nous diſons donc que le laict & le ſang refluent des veines thoraciques, qui abbreuuent les mammelles dans l'axillaire, d'icelle au tronc de la veine caue, & de là qu'ils decoulent à raiſon de la continuité des vaiſſeaux au rameau hypogaſtrique, & d'iceluy tantoſt en la matrice, & quelquesfois auſſi en

l. 8. quæſt. 12. la veſſie. Or comment le laict pur & ſans eſtre meſlé d'aucun ſang peut eſtre rendu par les vrines, nous le monſtrerons en ſon lieu.

HISTOIRE ANATOMIQVE.

Du Peritoine.

CHAPITRE VIII.

Noms du pe-
ritoine.

L A derniere des parties contenantes de cette region, c'eſt le peritoine, membrane tres-déliée, & fort ſemblable aux larges toiles que filent les araignes, laquelle parce qu'elle eſt tenduë tout à l'entour des viſceres, &

l. 7. epidem. des autres parties contenuës au ventre inferieur, & qu'elle les couure & enuironne comme feroit vn en-
Sa figure. ueloppoir, a eſté nommée des Grecs *peritonaion.* Hippocrate la nomme *peritonaia* au pluriel. Les Arabes l'appellent *ſyphac.* Sa figure eſt ronde; mais plus lon-

gue que large, fibreufe par dehors, pour tenir plus fermement aux mufcles ; & vnie, liffe & nette par dedans, & comme enduite d'vne humidité aqueufe, afin que les vifceres foient plus libres & plus doucement. Le vulgaire croit qu'elle prend fon origine des ligamens qui lient & ferrent les vertebres des lombes, & *Son origine.* qui joignent l'os facrum à ceux des ifles. Pour moy ie tiens que toutes les membranes s'engendrent enfemblément, auec les autres parties fpermatiques de la femence, dans la matrice. Et toutesfois fi on veut croire qu'vne partie puiffe naiftre & prendre fon origine d'vne autre, parce qu'elle y eft eftroitement attachée, i'aime mieux dire auec Fallope qu'elle naift de l'infiltration tres-forte des nerfs, qui donne naiffance au mefentere : car elle fe fepare aifément d'auec les vertebres des lombes, & les autres parties : mais elle tient fi bien à cette infiltration qu'on ne l'en peut feparer fans la déchirer. Sa fubftance eft toute membra- *Sa fubftance.* neufe & déliée, mais tres-forte. Membraneufe, afin qu'elle fe puiffe lafcher & eftendre facilement, lors que le ventre vient pour quelque occafion que ce foit à s'enfler & groffir ; déliée, pour garder qu'elle ne preffe les parties contenuës par fa pefanteur ; & tres-forte ; pour empefcher qu'elle ne fe déchire facilement, quand elle eft contrainte de fouffrir vne grande diftenfion. Elle eft par tout double, mais non pas par tout également épaiffe ; car elle eft plus épaiffe par derriere que par deuant ; & derechef elle eft plus épaiffe aux hommes depuis le cartilage enfiforme iufques au nombril, & aux femmes au contraire depuis le nombril iufques au penil ; & ce certes aux femmes, afin qu'elles puiffent prefter autant qu'il eft befoin pour l'accroiffement de l'enfant en la matrice : & aux hommes pour obeïr à la diftenfion du ventricule, quand ils font de grands excez de boire & de manger. Or c'eft vne chofe digne de remarque, & qui a efté incognuë à quafi tous les Anatomiftes, que le peritoine eftant venu auffi bas que la veffie, *telle obferua-* fe redouble fi manifeftement, qu'il laiffe entre fes deux tuniques vn efpace grand *tion.* & affez fuffifant pour contenir la veffie : tellement qu'elle ne foit point contenuë dans ce grand enclos du peritoine comme les autres vifceres, & auffi qu'elle ne foit point dehors le peritoine, comme ont penfé quelques-vns, mais cachée entre les deux tuniques d'iceluy. Le peritoine eft troüé par haut ; par bas & par *Ses trous.* deuant ; par haut où il eft adherent au diaphragme il a trois trous, pour paffer l'artere defcendante, la caue afcendante & l'œfophage. Or il eft fi fort attaché au diaphragme, qu'alors qu'il fouffre inflammation il tire les hypochondres en dedans vers haut, ainfi que témoigne Hippocrate en fes coaques. Par bas, il eft percé au fondement, au col de la matrice, par l'endroit que les veines & arteres crurales defcendent : comme auffi par la partie que les vaiffeaux fpermatiques defcendent aux tefticules, & les éjaculatoires remontent au col de la veffie ; mais ces trous-cy feront mieux nommez *procez* ou *productions*, comme d'vn canal allongé. Par deuant il fe void tout éuidemment troüé au nombril du fœtus. Que fi ce trou vne fois bouché vient à fe relafcher ; il fait l'hernie, que les Grecs appellent *omphalocele*, c'eft à dire, *hergne ombilicale*. Il a cinq vfages : car il fert ; 1. Pour *Ses vfages.* reüeftir toutes les parties du ventre inferieur ; & de fait, il leur donne à chacune vne membrane commune, aux vnes plus épaiffe, & aux autres plus déliée, felon que leur vfage & neceffité le requierent. 2. Pour feparer comme vn entredeux les vifceres contenus d'auec les mufcles qui les couurent extérieurement, de peur que les boyaux remplis ne fe laiffent couler aux efpaces qui font entredeux. 3. Pour faire defcendre plus viftement les excremens de la viande folide, en preffant les boyaux par deffus comme auec vne main. 4. Pour ferrer toutes les parties contenuës, estant exactement tendu autour d'icelles, ny plus ny moins qu'vne couuerture, de peur que le ventricule trop lasche ou les boyaux ne soient à tout propos trauaillez de ventositez. 5. Pour attacher toutes les parties qu'il contient, & les tenir fermes en leurs places. Que s'il arriue qu'il souffre solution de continuité, il en prouient de fort fascheux accidents & diuerses especes d'hernies.

CONTROVERSES ANATOMIQVES.

Des membranes du peritoine, de leurs vsages & productions.

QVESTION HVICTIESME.

l. II. cap. II.

IL se trouue quelques difficultez en l'histoire du peritoine que nous vuiderons en peu de mots. 1. Les Anciens ont escrit que cette membrane est simple, parce qu'elle apparoit tres-déliée & fort semblable aux toiles plus larges des araignes. Colomb escrit *qu'elle n'est simple que depuis le cartilage ensiforme iusqu'au nombril, & depuis le nombril iusques au penil qu'elle est double ; & ce à cause qu'il falloit que les vaisseaux vmbilicaux fussent portez entre ses doubleures.*

Que toutes les membranes sont doubles.

Quant à moy i'ay tousiours remarqué le peritoine estre par tout double, & ose hardiment affermer que non seulement le peritoine est double en toutes ses parties ; mais que toutes les autres membranes du corps pour déliées qu'elles soient, mesme la pie mere, le sont aussi. Tout ainsi donc que les deux arteres & l'ourachos montent par entre les deux membranes du bas du peritoine au nombril: ainsi la veine vmbilicale s'en va du nombril au foye entre les deux tuniques d'iceluy, tellement que ie ne peux assez admirer comment Colomb fort exercé aux dissections ne l'a point remarqué. 2. Vesale se mocque du troisiéme vsage que Galien luy assigne, *car comment (ce demande-il) pressera il les boyaux, & chassera-il bas les superfluitez de l'aliment, veu qu'il n'a point de mouuement volontaire par lequel il se puisse ou reserrer ou dilater? que si ainsi estoit, il s'ensuiroit que la pleure & le diaphragme reserreroient aussi la poictrine.* Mais Galien n'a pas dit qu'il fit cela de soy, & de son mouuement propre, mais *par accident:* car quand les muscles de l'épigastre & le diaphragme, comme des mains jointes par dessus, & separées par dessous, pressent ce qui est entre-deux & le poussent en bas, alors le peritoine leur aide & preste secours. 3. Vesale nie que *les productions du peritoine se trouuent aux femmes, parce que leurs testicules ne pendent point dehors comme ceux des hommes:* mais il ne s'est point aduisé que ces procez & allongemens s'en vont aux femmes vers les aines, & qu'ils seruent de cremasteres pour suspendre la matrice; & que ces mesmes trous se voyent aux cordes & tendons des muscles obliques descendans: de là vient qu'elles sont sujettes aux hernies inguinales, que les Grecs nomment *bubonoceles,* aussi bien que les hommes.

HISTOIRE ANATOMIQVE.

Des vaiſſeaux Vmbilicaux.

CHAPITRE IX.

'AVTANT que les vaiſſeaux nommez des Anciens *vmbilicaux*, ſont portez entre les deux tuniques du peritoine, l'ordre de diſſection requiert qu'on en faſſe deimonſtration auant que de l'oſter tout à fait. Ces vaiſſeaux ſont dits vmbilicaux, parce qu'ils s'aſſemblent enuiron le nombril, & qu'ils ſortent par iceluy; ils ſont ſeulement quatre, vne veine, deux arteres & l'ourachos. La veine tire ſon origine des racines de la porte & de la partie caue du foye, & n'eſt pas moins branche de la porte, que l'azygos de la caue; d'icy ſortant par la fente & ſciſſure du foye, & portée entre les deux membranes du peritoine, elle s'en va rendre au nombril. Or comment elle ſe diſtribuë par tout le chorion, nous le monſtrerons en ſon lieu. Il eſt aiſé de remarquer au fœtus tendret la continuité de cette veine auec la porte, & par le moyen de la porte auec la caue, en l'empliſſant de vent auec vn tuyau: car on voit tout le foye, tous les rameaux de la caue, & meſme le cœur & les poulmons s'enfler & dilater. Les deux arteres ayant prins naiſſance des rameaux iliaques, & appuyées par les membranes du peritoine montent en haut au nombril. Or elles ſont pluſtoſt branches naiſſantes des rameaux iliaques, que non pas leurs racines; autrement ny le cœur ne ſeroit point la radication des arteres, ny le foye des veines: mais la membrane qui enueloppe le fœtus en l'amarry, que les Grecs nomment *chorion*, & les François *arriere-faix*. La veine eſt nommée la *nourrice de l'embrion*, d'autant qu'elle luy fournit ſa nourriture auſſi long temps qu'il eſt en la matrice, en portant le plus pur du ſang de la mere aux racines de la veine porte, & d'icelles par des anaſtomoſes admirables dans la caue. Et les arteres ſont dites *les ſentiers & chemins de l'eſprit*, d'autát que c'eſt par leur moyen que le fœtus reſpire, ou pour dire mieux, tranſpire au ventre de ſa mere. C'eſt ayant égard à la veine, que le nombril eſt dit *la racine du ventre*: car eu égard aux arteres, les Grecs le nomment *omphalos*, d'vn verbe qui ſignifie *reſpirer*. Tellement que le fœtus tire & ſa nourriture & ſa vie du nombril ſeul. Et c'eſt ce que Hippocrate nous a declaré en ces mots: *le plus vieil aliment, par l'abdomen le nombril*. Il reſte le quatriéme vaiſſeau, lequel naiſſant du fonds de la veſſie monte entre les deux tuniques du peritoine au nombril, & eſt nommé des Grecs *ourachos*: C'eſt vn canal caue dedié pour conduire l'vrine en la tunique *amnios*, lequel ne ſe trouue pas ſeulement aux brutes (comme veulent aucuns) mais auſſi aux hommes, comme appert par les hiſtoires de ceux qui ayans le col de la veſſie bouché, & ne pouuans piſſer, ont par l'eſpace de pluſieurs mois rendu leur vrine par le nombril, ainſi que nous monſtrerons ailleurs. Ces quatre vaiſſeaux-cy, s'vniſſans au nombril, lors que l'enfant eſt né, deuenans comme fannez & fleſtris, degenerent en vn ligament, & ſeruent à ſuſpendre le foye & la veſſie. Or la dignité du nombril à cauſe de ce ligament eſt ſi grande, qu'auiourd'huy les Egyptiens pour

Ces vaiſſeaux ne ſont que quatre.
Vne veine.

l. 8. quæſt. 18.

Deux arteres.

l. de Aliment.

Et l'ourachos.

l. 8. quæſt. 18.

Cardan ſur la fin du 13. liure de la ſubtilité.

GG iij

púnir les voleurs les font écorcher tout vifs, lesquels languiſſent long-temps en grands tourmens, ſinon que le bourreau leur tranche le nombril : car auſſi-toſt qu'il eſt couppé, ils meurent ſuffoquez ; à raiſon que ces quatre vaiſſeaux vien-nent à deſaillir & tomber.

CONTROVERSES ANATOMIQVES.

Façon nouuelle d'ouurir les hydropiques par le nombril,

QVESTION NEVFIESME.

P VIS que nous ſommes tombez ſur le propos du nom-bril, nous ne nous éloignerons point de noſtre deſ-ſein, ſi nous adiouſtons icy vne nouuelle maniere de piquer les hydropiques, qui ſe peut ſeurement faire par le nombril. Les Medecins anciens appellent toute ou-uerture des hydropiques *paracenteſe*, ſur laquelle on fait couſtumierement quatre demandes. 1. Si elle ſe doit faire. 2. Quand. 3. En quelle partie. 4. Et comment.

Si la paracen-teſe ſe doit faire.

Qu'elle ſe puiſſe & doiue faire, l'authorité de pluſieurs

l. de mor. int.
l.6.epi.ſect.7.
Aph. 27.ſect.
6.
l. 14.meth.
l.6. cap. 50.

doctes perſonnages, & la raiſon le perſuadent aſſez. Hippocrate, Galien, Æginete, Albucaſis, & preſques tous les Medecins la recommandent : la raiſon fortifie ces témoignages. Car puis que ces eaux croupiſſantes ne peuuent eſtre vuidées par aucuns medicamens internes ou externes, pourquoy ne ſera-on point ouuerture pour les éuacuer, comme on fait aux autres tumeurs aqueuſes & phlegmatiques, veu principalement que toutes les parties qu'il faut entamer ſont ignobles ? Hip-

Quand.

pocrate a fort bien monſtré le temps qu'elle ſe doit faire, quand il dit, *Il faut in-*

l.6.epi.ſect.7.
l. de mor. int.

continent ouurir les hydropiques, & bruſler les empyïques. Or i'explique cet *inconti-nent*, ou auec le meſme Hippocrate, *le commencement de la maladie.* Ces remedes, dit-il, *ſe doiuent adminiſtrer au commencement de la maladie,* ou bien auec Galien *auant que les viſceres ſoient gaſtez* : ce ſeroit pour neant qu'on vuideroit les eaux, ſi les parties nobles vitiées & alienées de leur temperament en rengendroient d'au-tres continuellement en leur lieu. On peut recueillir d'icy, que ceux ne font point vne petite faute qui font la paracenteſe, à ceux qu'ils tiennent pour incurables : car *il ne faut pas,* dit Celſe, *profaner temerairement les aides qui ont apporté la guariſon à*

En quelle par-tie.

pluſieurs. Le troiſiéme poinct eſtoit du lieu où ſe doit faire l'ouuerture. Æginete & tous les Medecins qui nous ont deuancez, font l'inciſion vn peu au deſſous du nombril vers le coſté, afin d'éuiter les aponeuroſes des muſcles ; & ce en la partie oppoſite au viſcere malade. Pour mon regard i'approuue bien cette inciſion, mais i'eſtime qu'elle ſe peut plus commodement faire par le milieu du nombril ; & pour

Hiſtoires ra-res.
c. 12. l. exept.
medi.obſeru.

éclaircir mon opinion, i'allegueray des obſeruations fort rares & des raiſons aſſez pertinentes. Beniuenius raconte qu'vn enfant hydropique, priué de tout ſecours de Medecins, ſe guarantit par vne action hazardeuſe & fortuite : Car ayant beu vne fort grande quantité d'eau, l'vnion du nombril vint inopinément à ſe laſ-cher, & les eaux à ſortir auec telle impetuoſité, qu'elles jalliſſoient la hauteur de trois coudées, tellement que ſon ventre ſe deſenfla du tout, & ſe conduiſant par l'aduis d'vn ſçauant Medecin guarit en fin parfaittement. Ie vis à Montpellier vne femme hydropique, de laquelle le nombril se lascha de luy-mesme, sans qu'elle y pensast la nuict, & perdit en peu de temps vne fort grande quantité d'eaux : ie fus appellé de grand matin pour la voir auec monsieur Cabrol Chirurgien & dissecteur fort docte, nous trouuons les forces du tout presques prosternées à raison de l'euacuation soudaine & démesurée, nous commandons de les restaurer : quoy fait, elle recouura (par la grace de Dieu) sa santé, en laquelle elle a continué iusques à ce iour. Monsieur de Villeneufue me conta estant à Grenoble, qu'il auoit veu vn païsan entierement guary par cette punction vmbilicale. Balthasar Gabriel Chirurgien de Montpellier, bien docte, & fort mon amy, ouurit par mon commandement vn importun hydropique : Tout le ventre estoit quasi desenflé, & sembloit estre hors de danger, quand le dixiéme iour d'aprés il mangea, à mon deçeu, vne liure entiere de cerises, ce qui ruina l'œconomie naturelle, & luy causa vn flux de ventre, dont il mourut dans le deuxiéme iour. En ma presence & par mon commandement fut faite cette ouuerture vmbilicale à vn ieune homme hydropique, qui estoit à Pouques pour y boire des eaux : Monseigneur le Duc de Boüillon Marechal de France estoit present à l'operation, auec plusieurs autres grands seigneurs; à icelle aussi assisterent Messieurs Petit, Bernard & le Foüillou, Medecins fort renommez, il fut guary dans quarante iours. Donc l'experience témoigne que cette operation se peut seurement pratiquer, & la raison n'y contredit point : car *il faut mener* (dit Hippocrate) où *Nature incline*. Or elle tasche bien souuent de faire cette éuacuation par le nombril. Dauantage cette incision & ouuerture se fait sans blesser beaucoup de parties: car les quatre vaisseaux vmbilicaux s'vnissent au nombril, lesquels s'ils entrebaillent, comme ils font ordinairement aux hydropiques par l'impetuosité des eaux qui y affluent, il ne reste rien à coupper que la peau. Tu diras que les aponeuroses de tous les muscles de l'épigastre se terminent là, & partant que la conuulsion est à craindre. Certes les extremitez & aponeuroses de tous ces muscles finissent à la ligne blanche, mais elles sont troüées au nombril, comme nous auons enseigné ailleurs, pour donner passage aux vaisseaux vmbilicaux. Outre-plus, la pluspart de ceux qui ont l'hydropisie ascites, est trauaillée de l'hernie vmbilicale, qui se fait par les eaux qui y accourent, tellement que si on perçe seulement la peau, ces eaux couleront aussi-tost en fort grande abondance. Ie tais que ceux qui sont ainsi piquez se peuuent coucher sur tel costé qu'ils voudront sans douleur. Or la maniere de faire l'ouuerture est telle: Il faut premierement lier & trauerser toute la circumference du nombril auec vn fil, afin de pouuoir estrecir & reserrer le trou, au cas que l'eau sortit trop impetueusement, puis ouurir la peau auec vn poinçon & ferrement pointu, en la partie où les vaisseaux entrebaillent, & mettre dans l'ouuerture vne cannule de cuiure ou d'argent, afin de vuider les eaux par icelle, ce qu'il ne faut point faire tout à coup & à vne fois, mais peu à peu. Nous auons l'arrest solemnel d'Hippocrate, où il dit: *Quand on ouure ou brusle les hydropiques, ou empyiques, ils meurent tous, si on éuacuë le pus ou l'eau tout à vn coup:* car selon le mesme, *éuacuer beaucoup & soudainement, c'est chose perilleuse.* Et ailleurs, *brusle les hydropiques auec le fer, & tire les eaux peu à peu.* Il semble auoir fait mention de cette nostre ouuerture ou section, quand il escrit: *Fay en bruslant autour du nombril des escarres fort petites & legeres, afin que tu en puisses faire sortir l'eau.*

Aph. 21. sect. 1.

Et en quelle maniere.

Aph. 27. sect. 6.
Aph. 51. sect. 1.
l. de morb.
Inter.
l. de loc. in hom.

HISTOIRE ANATOMIQVE.

Briefue defcription des parties contenuës au ventre inferieur.

CHAPITRE X.

Ovs auons defcrit iufques icy toutes les parties contenantes, & communes & propres du ventre inferieur:
il nous faut à cette heure rechercher auffi foigneufement celles qui font contenuës en iceluy. Or elles font
de deux fortes : car les vnes feruent à la coction , les
autres à la procreation. La coction officiale ou commune eft double, la chylification & la fanguification.
Le ventricule, les boyaux & l'epiploon miniftrent à la
chylification. Le ventricule, receptacle du boire & du
manger, cuit le chyle, les menus boyaux le diftribuent & paracheuent, les gros
portent hors les matieres fecales , & l'epiploon comme vne couuerture aide la
digeftion. Les veines mefaraïques, le foye, la veine caue, la veficule, la ratte &
les roignons feruent à la fanguification. Les veines mefaraïques preparent le
chyle, & donnent comme quelque commencement au fang ; le foye luy baille la
forme & la rougeur, la veine caue le diftribuë, la veficule , la ratte & les reins
vuident toutes les immondices de la fanguification & de la maifon royale du
foye. Voilà le dénombrement des parties dediées à la coction , en la defcription
defquelles nous garderons l'ordre, non point de Nature ny de dignité , mais celuy de diffection. Or de toutes ces parties contenuës, la premiere qui fe prefente,
c'eft l'epiploon, puis les boyaux , le mefentere , & les rameaux de la veine porte:
ces parties leuées, on void le ventricule, puis le foye, la veficule, la ratte , & finalement la veine caue, les roignons & la veffie. Des parties deftinées à la procreation, les vnes font des hommes, & les autres des femmes : celles des hommes
font les vaiffeaux fpermatiques, les tefticules & la verge : celles des femmes font
les mefmes vaiffeaux, les tefticules & la matrice.

De l'Epiploon.

CHAPITRE XI.

Ses noms.

l. 4. de part.
ani. c. 3.
l. 5. epid. &
l. de Glandul.

Sa fituation.

OMENTVM eft nommé des Grécs *épiploon*, parce qu'il
nage fur le fond du ventricule , & fur les boyaux : il y
en a qui l'appellent *gangamon* & *fagené* , parce qu'il eft
fait comme vn filé , ou rets d'vne milliace de petites veines , arteres & nerfs. Ariftote le nomme *membrane
graiffeufe* , les Arabes *Zirbus* , & Hippocrate *dertron* &
épiploa , au plurier : c'eft ce que les François nomment
la coëffe. Doncques cet épiploon eftendu fur les fonds
du ventricule & des boyaux fuperieurs , ne defcend gueres en l'homme

plus bas que le nombril; ainſi il ſe retire pour la pluſpart vers la ratte, & ſe ramaſ-
ſe comme en des ronds entortillez. Il n'eſt en nulle façon attaché aux boyaux, ex- *ſa connexion.*
cepté au colon, auquel il ſert de meſentere. Sa figure reſſemble à vne gibeſiere, *ſa figure.*
ſac ou beſace : car il a deux tuniques, l'vne ſuperieure & anterieure, & l'autre inferieure & poſterieure, qui eſt cauſe qu'aucuns le nomment *peritoine redoublé.* La *ſon origine.*
ſuperieure naiſt de la partie gibbeuſe du ventricule & de la caue de la ratte, & l'inferieure du peritoine, vn bien peu au deſſous du diaphragme. Sa ſubſtance eſt *ſa ſubſtance.*
membraneuſe, tiſſuë de deux tuniques, d'vn nombre quaſi infiny de veines, arteres & nerfs, & de beaucoup de graiſſe. La raiſon de cette compoſition eſt , à *ſa cōpoſition.*
mon aduis, parce qu'il falloit qu'il fuſt denſe, leger & chaud; denſe pour renfer-
mer & retenir la chaleur naturelle; leger pour ne point preſſer les parties qui
ſont ſous luy; & chaud pour aider au ventricule à faire la digeſtion: & c'eſt pour
la meſme fin qu'il eſt entretiſſu de nombre de veines & arteres, & recouuert de
force graiſſe. Il prend toutes ſes veines de la porte, ſes arteres de l'artere cœliaque
& de la meſenterique, & ſes nerfs de la ſixiéme coniugaiſon. Ses vſages ſont diuers: car il ſert. 1. Pour conſeruer & deffendre la chaleur naturelle du ventricule
& des boyaux, eſtant comme vne couuerture eſtendu au deuant d'iceux, & ainſi
aider à la digeſtion. 2. Pour appuyer & aſſeurer les rameaux de la porte qui s'en *ſes vſages.*
vont à la ratte, au ventricule, & aux boyaux duodenum & colon, & pour ſouſtenir les arteres & les nerfs. 3. Pour retenir les vapeurs glueuſes qui volettent par
tout le ventre inferieur, & les conuertir en graiſſe. 4. Pour ſeruir de meſentere
au boyau colon qui monte de la ratte au ventricule, & à la partie caue du foye.
5. Pour receuoir & contenir (comme veut Hippocrate au liure des Glandules) en
ſoy, comme dans vn reſeruoir, l'humeur ſurabondante qui decoule des boyaux
& qui ne peut eſtre tout à la fois receuë & conſommée par les glandes.

Deſcription vniuerſelle des Boyaux.

CHAPITRE XII.

'OMENTVM leué, ſe monſtrent les boyaux nom- *Noms des*
mez des Grecs *entera & endina*, des Latins *inteſtina*, & *boyaux.*
des Barbares *chorda:* de là vient que les cordes des inſtrumens de muſique s'appellent ainſi, parce qu'elles
ſe font de boyaux deſſeichez. Les anciens Comiques
les nommoient *interanea*, d'où eſt tiré ce vieil verbe
exenterare, qui vaut autant qu'éuentrer, ou étriper.
Or les boyaux ſont corps longs, ronds & caues s'eſten- *Leur defini-*
dans depuis le fond du ventricule iuſques au fonde- *tion.*
ment, ordonnez de Nature pour alterer & cuire quel- *Pourquoy an-*
que peu les viandes, diſtribuer le chyle au foye, & porter hors les matieres fecales: *fractueux.*
& pour cette cauſe elle les a entortillez d'anfractuoſitez, & ronds tortueux pour
empeſcher que la viande s'écoulant tout à coup, nous ne fuſſions aſſujettis à manger continuellement. Car il ne falloit point (comme remarque Platon) que
l'homme né pour faire tant de belles actions, & auoir intelligence, fut ſans raiſonner & philoſopher. Doncquès la viande tarde dans ces labyrinthes Dedali-

ques, & sa plus subtile partie est succée par les veines mesaraïques ; & transportée au foyé. Leur substance est toute membraneuse, composée par vn artifice admirable de Nature de deux tuniques propres, d'vne troisiéme commune, d'vn nombre quasi infiny de scions de veines & arteres, & de quelques petits nerfs. Ils ont esté faits membraneux, afin qu'ils se puissent estendre sans déchirer, lors qu'ils sont remplis de chyle, d'excremens ou de ventositez : mais non
pas d'vne membrane seule, ains de deux tuniques propres : & ce, 1. Pour rendre
la faculté expultrice plus forte. 2. Pour garder qu'ils ne soient si aisément offençez par les iniures & externes & internes. 3. Pour faire si la tunique interne vient à se putrefier, ou à estre érodée par l'acrimonie & malignité des humeurs, que l'externe demeure à tout le moins saine & entiere. Ils ont esté pour
la mesme raison doüez d'vn sentiment fort exquis, afin qu'ils ne fussent pas in-
citez par la Nature seule à décharger leurs excremens, mais qu'ils y fussent aussi
aiguillonnez par l'acrimonie de la bile. Et toutesfois de peur que l'animal ne fut
continuellement trauaillé de douleurs, elle a quelque peu hebeté ce sentiment,
lequel tant à raison de leur substance membraneuse, que de leur objet irritant
continuellement, estoit fort vif, en les enduisans par dedans d'vne humidité graisseuse & figée, laquelle par son égalité lissée émousse la pointe de la
bile : par son épaisseur empesche son acrimonie, & par sa lubricité la haste de
descendre : & c'est ce qui a induit les Anciens à comparer les boyaux à vn Roy sot
& niaiz, qui n'entreprend iamais la guerre qu'il n'y soit forcé. De ces tuniques propres l'interieure est nerueuse, entresemée toutesfois de fibres charneux, & l'exterieure plus charneuse : & neanmoins elles sont toutes deux plus
minces & plus molles que celles du ventricule, lequel receuant les viandes dures,
rudes & non digerées, auoit besoin d'vne tunique plus épaisse & plus dure :
au lieu qu'il ne descend rien du ventricule aux boyaux qu'il ne soit cuit & bien
digeré, sinon qu'il soit irrité par l'acrimonie de la viande, ou par quelqu'autre qualité poignante. La tunique interne est plaine de rides, pour faire que le
chyle mette plus de temps à passer, lequel sans cela couleroit si legerement que
les veines n'auroient point le loisir de le tirer : & est recouuerte d'vne certaine
crouste, qui a esté inconnuë aux Anciens, laquelle empesche que les orifices
des veines ne s'aueuglent & bouschent. Or cette crouste s'engendre, non
autrement que l'épiderme, des excremens de la tierce concoction. Toutes
les deux tuniques ont tout plein de fibres transuersaux & circulaires, par lesquels elles chassent hors sans tarder tout ce qui est contenu dans leur cauité :
c'est par le moyen de ces fibres que les boyaux font leur mouuement, nommé *peristaltique*, par lequel ils se referrent & poussent de haut en bas, afin de
mettre hors par le siege les vents, les matieres fecales & humeurs excremen-
titieuses. Que s'il arriue que ce mouuement soit dépraué, comme aux douleurs
de colique, & en l'iliaque passion, les fibres circulaires se referrent tout au
rebours de l'ordonnance de Nature de bas vers haut, en telle sorte que rien
ne peut vuider par le fondement, non pas mesmes par l'injection des clysteres plus acres & forts, ains tout reuient par la bouche. Pour la seureté de ces
fibres transuersaux & circulaires, Nature en a apposé quelque quantité de
droits, desquels les menus boyaux en ont moins, & les gros plus grand
nombre, nommément le *rectum*, ou droit, à cause qu'ils contiennent les excremens plus secs & plus durs : autrement il estoit à craindre que les fibres
circulaires ne se rompissent & quittassent leur lieu, s'ils n'estoient affermis ex-

*Leur substan-
ce.*

*Pourquoy mé-
braneuse.*

*Leur composi-
tion pourquoy
de deux tuni-
ques propres.*

*Pourquoy ils
ont le sentimēt
fort vif.*

*Pourquoy leur
tunique inter-
ne est enduite
d'vne humeur
graisseuse.*

*Pourquoy plei-
ne de rides, &
couuerte d'v-
ne crouste.*

Leurs fibres.

*Le mouuemēt
peristaltique.*

*Pourquoy ont
des fibres
droits.*

cerieurement par les droits, comme par quelque furbandage. Ainfi on a accouftumé d'embraffer & retenir les bandages circulaires, en appofant des droits par deffus. La troifiéme tunique qui couure les deux propres exterieurement, n'eft point de la propre fubftance des boyaux, mais elle prend fon origine du peritoine. *Leur tunique commune.*

Les veines viennent toutes du tronc de la porte, & du rameau mefenterique, & fe diftribuent en forte, que leurs orifices ne s'ouurent point droit dans la cauité des boyaux, mais fe trainent obliquement entre les deux tuniques : de là vient que le chyle ne rougit point dans les boyaux par le meflange du fang. Au refte le nombre en eft quafi infiny, de peur qu'en vn fi long & tortueux chemin, quelque portion vtile du chyle ne paffe outre fans eftre attirée, & que fi d'auanture elle auoit échappé le premier tour, elle fut arreftée au fecond, troifiéme, ou quelqu'autre des fuiuans. Les arteres naiffent du rameau cœliaque & mefenterique, & les nerfs de la fixiéme coniugaifon du cerueau. *La longueur des boyaux* (felon Hippocrate) *eft de treize couldées.* l'ay remarqué qu'eftans deffeichez & pleins de vent, ils égalent fept fois la longueur du corps. Ils occupent & rempliffent quafi toute la region vmbilicale & hypogaftrique, & font par vne prouidence admirable de Nature difpofez en tel ordre & fituation, que les déliez qui font les plus nobles, & deftinez pour cuire & diftribuer le chyle, occupent le plus digne lieu, à fçauoir le milieu, & qu'ils font enuironnez de tous coftez des gros, comme d'vn rampart : car il falloit que le plus gros rameau de la porte, nommé *mefenterique,* allaft par vn fort court chemin aux boyaux, afin de tranfporter foudainement d'iceux, le chyle au foye pour la generation du fang : & c'eft la raifon pourquoy elle a placé les menus au milieu : & les gros qui font ordonnez pour contenir les excremens & fuperfluitez de l'aliment, elle les a mis tout à l'entour, de peur qu'ils ne fuffent trop preffez. Ils font attachez au dos par l'interpofition du mefentere. Mais ie m'en vay décrire la fituation, compofition & office de chacun d'iceux en particulier. *Leurs vaiffeaux. Leur lõgueur. l. de loc. in hom. Leur fituatiõ. Leur cõnexiõ.*

Defcription particuliere des boyaux ; & premierement des menus.

AÇOIT que le corps des boyaux ne foit qu'vn & continu, s'eftendant depuis le fonds du ventricule iufques au fiege : fi eft-ce qu'il eft diuerfement nommé, felon la diuerfité de fa fubftance, de fon office, de fa figure & de fa fituation. 1. Car de la fubftance des boyaux, les vns font dits menus & graifles, & les autres gros, lefquels Ariftote appelle *gras* Les graifles font trois, le duodenum, le ieiunum & l'Ileon : Et les gros en pareil nombre, le cæcum, le colon & le rectum. 2. De l'office, *Les differences des boyaux fe preinent; De leur fubftance. De leur office.*

les vns font ordonnez pour élaborer & diftribuer le chyle, comme les menus, & les autres pour receuoir & contenir les matieres fecales, comme les gros. 3. De la figure, les vns font droits, c'eft à dire, ils n'ont point d'anfractuofitez, & ne font point de circomuolutions, comme le duodenum & le rectum : les autres font entortillez de force tours & deftours, comme le ieiunum, l'Ileon & le colon. *De leur figure.*

4. De la fituation, en confideration de laquelle les Anciens ont mis les menus fuperieurs, & les gros inferieurs : Ce que i'ay toufiours remarqué veritable *& de leur fituation.*

Erreur des an- aux chiens, & en plufieurs beftes à quatre pieds : mais qu'il n'en foit point de
ciens. mefme en l'homme, il eft aifé de le monftrer, parce que le colon, qui eft le plus
gros de tous, occupe le plus haut lieu, eftant attaché au fonds du ventricule, & à
la partie caue du foye, & que l'ileon, qui eft vn des menus, s'eftend auec fes circomuolutions iufques aux iles. Nous décrirons icy les menus, & les gros au cha-
Le duodenum. pitre fuiuant. Le premier des boyaux graifles, c'eft le *duodenum,* ainfi nommé des
Latins (car ie tais les nominations Grecques) parce qu'il a enuiron la longueur
Son origine. de douze doigts. Il prend naiffance de l'inferieure partie du ventricule; & defcend
vers l'efpine, eftant attaché par des liens membraneux, fans faire aucuns tours &
circomuolutions : & ce, 1. Pour faire place à la veine porte, fortant de la partie
caue du foye. 2. Pour empefcher que le chyle ne regorge & remonte au ventricule. 3. Pource qu'il n'y a point de lieu vuide en cet endroit, pour fe pouuoir cour-
Ce qu'il a de ber & ployer en rond. Il eft le plus eftroit de tous, pour garder que le chyle ne
particulier. defcende trop promptement, & a quatre chofes qui luy font particulieres. 1. Vne
veine naiffant du tronc de la porte, laquelle s'auance, non de trauers, ny obliquement, mais droit en bas, felon la longitude du boyau : & laquelle pour cette raifon eft nommée *inteftinale.* 2. Il ne reçoit aucune veine du rameau mefenterique.
3. Il reçoit le conduit par lequel la veficule décharge la bile, pour aiguillonner les
boyaux pareffeux à mettre bas leurs excremens, & chaffer hors le phlegme vifqueux, attaché aux parois & membranes d'iceux. 4. Il a fous luy pour luy feruir
de cuiffin le pancreas, qui eft vn *corps glanduleux,* ainfi nommé par excellence.
Sa fituation. Sa fituation eft au cofté dextre vers l'efpine. Celuy qui fuit eft nommé *ieiunum,*
Le ieiunum. ou *affamé,* parce qu'on le trouue toufiours, non vuide tout à fait, mais moins
Pourquoy plus
vuide que les plein que les autres. Les caufes de cette vacuité font trois. 1. La proximité du foye,
autres. qui tire le chyle plus promptement de luy que des autres. 2. Vn plus grand nombre de veines qui l'épuifent plus viftement. 3. Et la bile, laquelle par fon acrimonie l'irrite à chaffer bas, fans tarder, le fuc contenu en iceluy. Aucuns adiouftent
à ces trois la confiftence fluide du chyle. Il commence à l'endroit où le *duodenum*
commence à fe courber en rond, mais de defigner exactement fa fin, ce n'eft pas
chofe aifée à faire : car il reffemble fort à celuy qui vient apres, appellé *ileon :* On
Son commen- la pourra toutesfois diftinguer par ces trois marques. 1. Il a plus grand nombre
cement.
Sa fin, & fes de vaiffeaux. 2. Il apparoift vn peu plus rougeaftre. 3. Il fe trouue plus vuide. Il
marques pour occupe quafi toute la region vmbilicale, s'eftendant par fes circomuolutions iuf-
le connoiftre.
Sa fituation. ques aux iles. Le dernier c'eft l'*ileon,* nommé des Grecs abfoluëment *lepton,* parcé
L'ileon. qu'il eft le plus menu & le plus long de tous : & *ileon,* c'eft à dire, *entortillé,* parce
qu'il fait plus de tours & circomuolutions que pas vn des autres : car le verbe *ilein*
fignifie *tordre & entortiller :* d'icy vient l'*ileos,* que les Latins nóment *conuoluulus,*
Sa fituation. & les François *iliaque paffion.* Sa fituation eft au deffous du nombril vers les iles
& anches, de cofté & d'autre. Il tombe fouuent dans le *fcrotum* ou *bourfe,* ce que
ne peuuent pas faire le *cæcum* ny le *colon,* qui font fort bien attachez aux parties
voifines. Ces trois boyaux graifles ont en leur tunique interne plufieurs rides &
plis tranfuerfaux, d'autant qu'elle eft plus longue que l'externe, non autrement
qu'au membre viril, où la peau paroit frifée & ridée. Il faut auffi remarquer que
cette mefme tunique interne reffemble à la partie veluë du veloux, & qu'elle eft
enduite & couuerte d'vne certaine croufte.

Des

Des gros Boyaux.

CHAPITRE XIV.

NSvivent maintenant les trois gros boyaux, ainsi dits   *Les gros bo-* parce que leurs tuniques sont plus époisses, & qu'ils con- *yaux sont* tiennent la plus grossiere partie du chyle Le premier c'est *trois.* le *cæcum*, nommé autrement *monoculus & saccus*, comme *Le cæcum,* qui diroit *aueugle*, *borgne*, & *sac*, d'autant que c'est com- me vn gros ventre qui n'a qu'vn seul trou & sortie, à l'ex- tremité de laquelle se void vne petite appendice qui res- semble à vn vers tors, qui n'est en aucune façon attachée au mesentere. Galien declare fort bien son vsage quand il veut qu'il ait esté fait, *Son vsage,* afin que si d'auanture quelque portion plus liquide du chyle, est échappée sans *l. 4. de vsu.* auoir esté tirée par les mesaraïques, elle soit toute recueillie dans ce boyau, com- *part.c.18.* me dans vn sac, & que les veines du mesentere ayent loisir de l'attirer & succer pendant qu'elle y tarde & seiourne, à raison de l'angustie du passage: Pour cette cause ce boyau, comme ont remarqué les Anciens, est ou fort grand, ou double aux pourceaux & autres animaux voraces. En cette petite appendice tardent *Son appendice* quelquesfois, non seulement plusieurs iours, mais mesmes plusieurs mois, beaucoup de choses auant qu'estre reiettées : l'ay veu rendre par les selles des noyaux de cerises, plus de quatre mois apres qu'ils auoient esté auallez. Cette appendice aux enfans nouueaux-nez paroit plus grosse & plus large qu'aux au- tres aages, d'autant qu'ils se nourrissent d'alimens plus liquides, lesquels s'écoul- leroient fort promptement s'ils n'estoient arrestez en icelle comme dans vn sac. Les poissons & oyseaux qui viuent de proye, ont plusieurs semblables appendi- ces, où ils reseruent leur viande, comme dans quelque promptuaire ou garde- manger. Celuy qui vient apres, c'est le *colon*, le plus gros de tous, ainsi nommé *Le colon,* du verbe Grec *coláƷesthai*, qui signifie *gehenner*, & *tourmenter*, d'autant que les douleurs de colique se font ordinairement en iceluy Or ce boyau est fort capa- ble de ces douleurs, tant pource qu'il est comme l'officine & boutique où s'en- gendre la pituite cruë : car celle qui demeure aux boyaux graisles se cuit facile- ment à raison de l'angustie du lieu, & de la multitude des veines qui y abboutis- sent : mais elle se refroidit en cettui-cy, & deuient vitrée, & ce tant à raison de son amplitude & grosseur, que pource qu'il est le receptacle des vents, & qu'il re- çoit l'air par en bas. Galien l'appelle quelquesfois *enteron*, c'est à dire, boyau, &c. *com. 4. in* Ce boyau estant comme couppé en plusieurs cellules & chambrettes s'enfle & *l. 6. epist,* grossit, & a des replis voûtez dans lesquels les matieres fæcales prennent leur figure : outre-plus il paroit farcy par dedans de beaucoup de graisse inégale, & est couppé de force froncissemens qui estrecissent la largeur de sa cauité, pour y re- tarder plus longuement les excremens, & faire pendant ce retardement que ce qu'il y a de bon au chyle soit mieux succé & attiré. Ce boyau est porté du roi- *Sa situation* gnon droit à la partie cauc du foye, d'icy attaché au fonds du ventricule & cou- ché sur la ratte, il est lié au roignon gauche ; puis se recourbant en arriere, il fait deux tours en forme d'vne S romaine, & se termine en fin au commencement

HH

de l'os sacrum: de sorte que par ses circumuolutions il enuironne quasi tous les menus boyaux, comme vn rampart. Or il falloit qu'il montast vers haut, pour garder que ce qu'il contient ne s'écoule si promptement, & que les veines mesaraïques ayent loisir de succer parfaictement tout ce qu'il y a de bon au chyle: & pour le regard de la reflexion ou du recourbement resemblant à la lettre S, il estoit necessaire pour la retention des matieres fæcales; de la vient que nous les rendons à deux fois quand nous asselons, & que la premiere deiection est aussi tost suiuie d'vne deuxiéme. Nous auons souuent remarqué au commencement

Vne valuule, de ce boyau colon, vne valuule, comme vne porte lette qui regarde en bas, que Bauhin a décrite fort élegamment, elle sert pour empescher que les fientes, & les humeurs inutiles, ne remontent & regorgent vers haut. Finalement d'autant que

Deux ligamens. ce boyau estoit fort gros, il a deux ligamens comme deux ceintures, qui l'attachent estroictement aux parties superieures & aux inferieures. Cecy est encores digne de remarque, c'est qu'il y a vn ligament qui n'est gueres plus large qu'vn demy-doigt, qui s'auance selon la longueur & partie moyenne & superieure de ce boyau, qui n'est rien autre chose que la substance du mesme boyau, qui est deuenuë plus époisse, & plus dense, seruant (selon mon aduis) pour contenir en leurs places les cellules faites pour l'exsuccation parfaicte du chyle: car ce lien lasché ou rompu, les cellules se desfont & perdent aussi tost. Le dernier est nommé

Le rectum, rectum, droict, d'autant qu'il n'est point entortillé d'aucuns ronds ny destours, mais qu'il s'en va tout droict de l'or sacrum terminer au siege ou fondement: les

sa connexion. Barbares l'appellét longaon. Il est court & plus ample & large vers le bout d'en bas, tant afin que les matieres fæcales sortent plus facilement, que pour en contenir plus grande quantité, d'autant que la retention d'icelles, est vne action animale, & qui doit dépendre de la volonté. Il est fermement attaché à l'os sacrum, par le moyen du peritoine, pour empescher estant remply d'excremens, qu'il ne tombe hors à raison de sa pesanteur, & c'est la raison pourquoy l'os sacrum s'auance auec rectitude en dehors. La partie basse où le bout d'iceluy est fermé par quelques muscles qui le ceignent tout à l'entour, lesquels pour cette raison sont nom-

Le Sphincter. mez sphincteres: pour empescher que les matieres fæcales ne sortent sans le commandement de la volonté & de la raison. Il y a grande sympathie entre ce boyau & la vessie aux hommes, mais beaucoup plus grande entre luy & la matrice aux femmes.

Du Mesentere & Pancreas.

CHAPITRE XV.

Le mesentere. E mesentere ainsi nommé, non point comme veut Ciceron, parce que c'est le boyau du milieu; ains parce qu'il est situé au milieu des boyaux, seruant à lier les boyaux ensemble, & à tenir leurs circonuolutions en leurs places. Il y en a qui mettent le mesentere pour genre, & veulent qu'il ait deux parties, le mesaraïon & le mesocolon; le mesaraïon qui contienne les menus boyaux, & le mesocolon les gros. Mais quoy

que ce soit, le mesentere est vn corps membraneux, liant les boyaux ensemble, *Que c'est*
composé de deux tuniques, d'vne infinité de veines & arteres, de beaucoup de
graisse, & de grand nombre de glandes Les tuniques prennent leur naissance *Son origine.*
des ligamens qui lient les vertebres des lombes, & attachent l'os sacrum auec
ceux des iles, ou bien de l'amas & entrelassement de nerfs, remarqué par Fallope: D'icy vient l'admirable sympathie, qui est entre les lombes, & les boyaux
de laquelle Hippocrates fait mention en ses Coaques, quand il écrit que *ceux qui*
se plaignent souuent des lombes ont le ventre lasche, ce qui leur arriue (ce d. Galien)
à cause du *consentement du mesocolon*. Ses membranes sont deux, l'une pour de- *Ses membra-*
nes pourquoy
fendre & appuyer les vaisseaux : car il y auoit danger de conduire des veines si *deux.*
petites, comme sont celles qui portent le chyle au foye sans defence ny appuy,
comme pour empescher que les boyaux ne s'entrelassent & pesle-meslent, c'est à
dire, pour garder que leur situation ne se change & confonde aux mouuemens
violents. Toutes ses veines naissent du rameau de la porte, nommée mesenteri- *Ses vaisseaux.*
que, ses arteres des deux mesenteriques, inferieure & superieure, & ses nerfs de
la sixiéme coniugaison du cerueau. Les espaces qui sont entre ces vaisseaux, sont *Sa graisse.*
farcis & remplis de force graisse, en laquelle se trouuent plusieurs glandes, qui *Ses glandes &*
leurs vsages.
seruent. 1. Pour asseurer la diuision des vaisseaux. 2. Pour empescher que
leurs conduits ne soyent trop pressez, ou par les boyaux remplis, ou par la compression du ventre, & ainsi que la distribution du chyle ne soit empeschée. 3.
Pour humecter les boyaux par leur moiteur. 4. Et pour lier les vaisseaux, &
garder qu'ils ne se rompent aux mouuemens violents. Il y en a qui leur donnent vn cinquiéme vsage pour defendre le ventricule & les boyaux qu'ils ne
soyent offencez par l'attouchement de l'espine Sous la partie de derriere du
ventricule, & le boyau duodenum, est couché vn certain corps glanduleux, lequel d'autant qu'il ressemble assez bien à vne chair simple, a esté nommé des
Grecs *pancreas* & *callicreas*, comme qui diroit *tout-chair*, ou *belle-chair* : Il em- *Le pancreas.*
brasse, appuye & supporte les rameaux de la veine porte, qui se distribuënt au
ventricule, au duodenum & à la ratte, pour asseurer leur diuarication & fourchement, qui n'est soustenuë que par la membrane inferieure de l'epiploon, & *Son vsage.*
pour seruir de lictiere ou de cuissin mollet au ventricule.

CONTROVERSES ANATOMIQVES.

A sçauoir si les boyaux ont la faculté Attractrice.

QVESTION DIXIESME.

E s Medecins ont esté jadis en grand debat, pour sçauoir si
les boyaux n'ont qu'vne seule faculté, à sçauoir l'expultrice ; ou bien s'ils ont toutes les quatre qui ministrent à la
nutrition, l'attractrice, la retentrice, la concoctrice, &
l'expultrice. La cause de ce different est venuë de la dis-
cordance des passages qui se trouuent aux écrits des Grecs
& des Arabes : car tantost ils leur donnent toutes les quatre, & tantost ils les leur denient. Nous éplucherons le

tout par le menu, & entamerons cette difpute par l'attractrice. Et afin que nous ne nous abufions point en l'équiuoque & ambiguité des facultez & actions : il nous faut premierement propofer quelques diftinctions, & ietter ces fondemés.

Deux fortes d'actions.
Des actions, les vnes font communes ou officiales, & les autres priuées ou particulieres. Les communes fe font, ou pour l'amour de tout le corps, ou pour le moins de quelques parties : Ainfi le foye n'engendre point le fang pour luy feul, mais pour le nourriffement de tout le corps: le cœur engendre l'efprit vital, & le cerueau l'animal pour la conferuation de toutes les parties : le ventricule cuit le chyle, non pour foy feul, mais pour le foye : la veficule, la ratte & les reins n'attirent point la cholere. la melancholie & la ferofité proprement pour leur nourriture ; mais pour purger le foye, & feparer les fuperfluirez de la maffe fanguinaire : partant donc ces actions font dites *officiales*, comme qui diroit *feruantes & miniftrantes aux autres.* Mais les priuées font feulement dediées à la conferuation propre de chaque partie. Ainfi le ventricule, outre la chylification a vne action priuée, par laquelle il pourroit à fon indigence & nourriture particuliere : car il tire le fang qui luy eft familier, il le retient, il le cuit, & expulfe les reliques & fuperfluitez. Ces chofes font fi claires qu'elles n'ont point befoin de plus longue demonftration. La feconde diftinction eft telle. L'aide & miniftere des fibres n'eft point neceffaire pour l'attraction ou expulfion priuée, mais feulement pour la commune & officiale ; d'autant que celle-là fe fait toufiours fans mouuement local, & celle cy fe fait quafi toute auec mouuement. Les os, cartilages, & ligamens, tirent & expulfent fans fibres : car qui les a iamais veu mouuoir quand ils tirent leur nourriture ? Tout ainfi donc que l'aimant encore qu'il ne bouge de fa place, ne laiffe point par vne proprieté fecrete de tirer le fer, & les plantes immobiles de fucçer de la terre le fuc qui leur eft conuenable ; tout de mefme les parties de noftre corps tirent l'aliment qui leur eft familier. Mais l'attraction ou expulfion commune & officiale, d'autant qu'elle fe fait quafi toute par vn mouuement local, elle a befoin de l'aide des fibres. Ainfi le mouuement du cœur, bien que naturel fe fait par les fibres, il tire par les droits en fon diaftole le fang de la veine caue dans fon ventricule dextre, & l'air de l'artere veineufe dans le gauche : & chaffe hors par les tranfuerfaux en fon fyftole, l'efprit, le fang & les vapeurs fuligineufes. Ainfi la matrice tire la femence virile par fes fibres droicts, pour faire la conception, & fe referre en l'enfantement par le moyen des tranfuerfaux pour pouffer hors l'enfant & les fecondines.

Les vnes officiales & les autres priuées.

Les fibres ne font pas neceffaires pour l'attraction priuée.

Mais pour l'action commune & officiale.

Ces fondemens ainfi pofez, nous expoferons le fommaire de cette queftion, comme enfuit. En la queftion, fçauoir fi les boyaux ont la faculté attractrice? La demande n'eft point touchant l'attractrice particuliere : car ce que Galien a laiffé par écrit en mille lieux, eft tres-vray, que ces quatre facultez, l'attractrice, la retentrice, la concoctrice, & l'affimilatrice font implantées en toutes les parties du corps, d'autant que la vie fe definit par la nutrition, à laquelle miniftrent ces quatre facultez La queftion eft donc de l'attractrice commune & officiale, fçauoir fi les boyaux ont la faculté de tirer le chyle du ventricule Quant à nous, nous ne donnons point cette faculté attractrice commune aux boyaux, & auons Galien pour fauteur de noftre opinion, où il écrit, *Que les boyaux n'ayans befoin ny de tirer, ny de retenir, n'ont qu'vn fimple mouuement & des fibres fimples.* Item, *Que tous les boyaux ont en toutes leurs deux tuniques des fibres circulaires, d'autant qu'ils fe refferrent feulement & n'attirent point.* Tu obiecteras, s'ils ne tirent point le chyle, comment leur eft-il porté ? cet aliment tant neceffaire, eft-il

En fes liures de l'vfa. des part. & des facultez naturelles.

Que les boyaux n'ont point l'attractrice commune.
l. 4. de vfu. part. c. 17.
l. 5. de vfu. par. c. 11.
l. 3. de facul. natur.
l. 6. de loc. aff. c 2.
obiection.

chaſſé hors par le ventricule comme inutile ? L'opinion de Galien eſt, que le chyle eſt cuit au ventricule; que durant tout le temps de la coction, le pylore demeure fermé, pour garder qu'il n'en ſorte rien, ſoit épois, ſoit liquide, qu'il ne ſoit parfaictement attenué, cuit & élaboré. La coction paracheuée que le ventricule, à raiſon d'vne certaine familiarité, qui eſt entre luy & le chyle; ſe recrée quelque temps de ſa preſence, & finalement la petite membrane portiere, venant par vne prouidence admirable de Nature à s'ouurir, qu'il eſt chaſſé hors, comme quelque choſe de ſuperflu, & tombe dans les boyaux, aux anfractuoſitez deſquels eſtant retardé, la portion plus ſubtile & claire, eſt ſuccée par les veines meſaraïques, & la plus groſſiere deſcend, tant à raiſon de ſa peſanteur, que pource qu'elle eſt chaſſée par les fibres circulaires dans les gros boyaux. Voilà la Philoſophie de Galien, laquelle nous apprend que le chyle n'eſt point tiré par les boyaux, mais qu'il leur eſt enuoyé par le ventricule Il y en a toutesfois entre les Modernes, qui ſe font accroire que tous les boyaux, mais principalement les menus ont la faculté attractrice, eſtant appuyez (comme ie penſe) ſur l'authorité des Arabes, & ſur quelques legeres raiſons. Auicenne écrit, _Que le chyle deſ-_ _cend du ventricule aux boyaux, par l'aide de deux facultez, de l'expultrice du ventri-_ _cule, & de l'attractrice des boyaux._ L'authorité eſt fortifiée de ces raiſons. 1. Perſon- ne ne nie que toutes les parties ne tirent le ſuc qui leur eſt familier: Or le chyle eſt l'aliment agreable dont les boyaux ſe nourriſſent, auſſi bien que le ventricule. 2. Si le chyle n'eſt point tiré par les boyaux, & s'il eſt ſeulement chaſſé par le ventricule; il s'enſuit que ce mouuement eſt violent: or c'eſt vne choſe fort abſurde à dire, que la nutrition ſe faſſe auec violence, car ſi ainſi eſtoit, elle ne ſeroit point de durée: Doncques les boyaux tirent leur aliment, & le chyle n'eſt pas chaſſé dans iceux par le ventricule. 3. Les boyaux ont des fibres droicts: or les fibres droicts ont eſté faits pour l'attraction Mais, combien ces raiſons ſont pueriles, vn Apprentif meſme le iugeroit: Car, premierement ce qu'ils mettent en auant de la nutrition du ventricule & des boyaux, n'eſt point de miſe. Le ventricule ne ſe nourrit point du chyle, il ne fait ſeulement que s'eſiouyr de ſa preſence; il tire par les deux gaſtriques, & la coronaire du ſang en grand abondance pour ſa nourriture, lequel il aſſimile & conuertit en ſa ſubſtance, ainſi que nous monſtrerons cy apres. Les boyaux ne s'en nourriſſent point non plus, mais du ſang qui leur eſt porté par les veines meſaraïques, & par conſequent ils ne tirent point le chyle pour leur nourriture. Secondement, quand ils diſent que le mouuement du ventricule pouſſant le chyle dans les boyaux eſt violent, ils bronchent (à mon aduis) lourdement: car il eſt naturel, d'autant qu'il ſuit la contraction du ventricule, à laquelle la peſanteur, qui eſt la forme naturelle du chyle ne repugne point. Tiercement, Nous nions tout à plat ce qu'ils alleguent des fibres droicts: car en toutes les deux tuniques il n'y a que des fibres circulaires. Que ſi on y en void quelques droicts, ce n'eſt point aux menus boyaux qui contiennent le chyle: mais ſeulement au _rectum_, qui ne contient autre choſe (ſelon leur propre confeſſion) que les excremens inutiles. Mais accordons-leur que les deux tuniques des boyaux ayent des fibres droicts; nous ne ſerons pas forcez pour cela d'accorder la faculté attractrice aux boyaux: car les fibres droicts ne ſont point touſiours deſtinez pour tirer, côme Galien monſtre fort bien quand il écrit, _Qu'il n'y a que le rectum qui ait des fibres droicts, & ce non point pour l'attra-_ _ction, mais pour la defence des tranſuerſaux, leſquels ſe pourroient ſeparer & arracher_ _les vns d'auec les autres, ſi les droits ne les ſerroient & attachoient par dehors, comme_ *quelque bandage.* Ainſi les tuniques des veines ont des fibres droicts, non point pour l'attraction, mais pour leur aſſeurance & defence. Ainſi pour embraſſer & tenir ferme les bandages circulaires, on a accouſtumé d'en mettre de droicts par deſſus.

A ſçauoir ſi les boyaux ont la faculté retentrice.

QVESTION VNZIESME.

Que les boyaux ont la faculté retentrice.
Authoritez de Galien.
com. ad Aph. 22. ſec. 3.
com. ad Aph. 12. ſec. 4.
com. ad Aph. 1. ſec. 6.
com. ad ſent. 53. ſec. 3.
l. 3. epidem. & l. 1. de cryſib. c. 6. &
Auicenne ſen. 13. l. 3. doct. 5. cap. 5.
l. 3. de ſymp. cauſ. c. 5.
l. de med. exp. c. 5.
com. ad Aph. 20. ſect. 2.

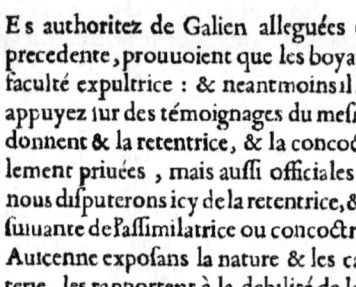

Es authoritez de Galien alleguées en la queſtiõ precedente, prouuoient que les boyaux n'ont que la faculté expultrice : & neantmoins il s'en trouue qui appuyez ſur des témoignages du meſme Galien, leur donnent & la retentrice, & la concoctrice, non ſeulement priuées, mais auſſi officiales & communes: nous diſputerons icy de la retentrice, & en la queſtion ſuiuante de l'aſſimilatrice ou concoctrice. 1. Galien & Auicenne expoſans la nature & les cauſes de la lienterie, les rapportent à la debilité de la faculté retentrice des boyaux, non point du ſang qui eſt leur aliment propre, mais du chyle qu'ils contiennent. 2. Le meſme Galien veut que les enfans ayent la faculté concoctrice forte & puiſſante. & la retentrice, & l'expultrice foibles & debiles. 3. Il ordonne contre le flux de ventre, des medicamens ſtyptiques, & adſtrin-gens, pour fortifier la faculté retentrice des boyaux ; & nous appliquons auſſi ordinairement aux diarrhoées ſur le ventre des medicamens, pour fortifier & reſtraindre. 4. Pluſieurs ont le ventre ſerré & pareſſeux, dont Galien en rap-porte la cauſe à la force de la faculté retentrice. 5. La retention du chyle & des matieres fæcales eſtoit neceſſaire ; du chyle, certes de peur que l'aliment s'écou-lant auſſi toſt qu'on l'auroit prins, on ne fuſt contraint de manger continuelle-ment; & des matieres fœcales, pour garder qu'on ne fuſt reduit à aſſeller ſans ceſſe. Voilà les authoritez & raiſons qu'ils mettent en auant, pour prouuer que les boyaux ont la faculté retentrice. Et d'autant qu'elles ſont fort eſloignées des decrets de Galien, & des Anciens, nous expoſerons leurs authoritez en la maniere qui enſuit.

Les authoritez de Galien ſont expoſées.
La premiere.
Qu'eſt-ce que lienterie.

1. La lienterie n'eſt point vne affection des boyaux, mais du ventricule: & eſt vn ſymptome en l'eiection trop ſoudaine des viandes, qui ne ſont en au-cune maniere digerées : car Galien dit, *Qu'elle ſe fait, quand on rend les vian-des par les ſelles, ſans qu'elles ſoyent en aucune façon cuites ny digerées :* Et partant elle eſt mal proprement nommée *polliſure des boyaux*, parce qu'elle peut eſtre quelquefois auec aſpreté, & que c'eſt vne affection qui tient au ventricule, & non aux boyaux : car, que les boyaux ſoyent liſſes & gliſſans, tant qu'on voudra, ſi le ventricule fait bien la digeſtion, nous ne ſerons iamais trauail-lez de la lienterie, à cauſe que ſa nature conſiſte en la priuation de la premiere coction qui ſe faict au ventricule, & en l'egeſtion haſtiue & precipitée des ali-mens, auant qu'ils ſoyent digerez. Ils concluënt donc tres-mal, quand ils di-ſent, qu'elle ſe fait par la foibleſſe de la faculté retentrice des boyaux : & meſ-me c'eſt choſe à quoy Galien ne penſa iamais ; car recherchant les cauſes de cet-

l. 6. de loc. aff. c. 1.

te indispositiõ il les rapporte à l'intemperature froide du ventricule qui debilite toutes ses facultez, & à vne superficielle vlceration, à raison de laquelle la lientarie se fait au ventricule, comme la strangurie en la vessie. L'intemperature des boyaux peut bien causer la lienterie, mais non premierement, & sinon que le ventricule soit tiré en sympathie par droit de societé, communion & voisinage. *La deuxiéme.*

2. Quand Galien escrit, que les enfans vomissent & assellent souuent, il en attribuë la cause à la debilité de la faculté retentrice, non des boyaux, mais du ventricule. D'ailleurs il reconnoit leur voracité & gourmandise, estre la principale cause, qu'ils ont tousiours le ventre lasche : car leur chaleur naturelle forte, & puissante, appette plus qu'elle ne peut contenir & digerer de viandes : & ainsi les fibres du ventricule, qui sont mols & foibles en ce ieune aage, venans à se lascher, ils sont contraints de vomir & asseller à toutes heures. 3. Ce qu'ils alleguent des *La troisiéme.* medicamens astringents, qui fortifiant les boyaux, arrestent le flux de ventre, est puerile. Car on ne les applique pas en intention de fortifier la faculté retentrice des boyaux, qui n'est point : mais ou pour reserrer les veines mesaraïques, qui respanduës par tous les boyaux, deschargent en iceux les humeurs qui font le flux : ou pour addoucir, contemperer, refroidir & espoissir lesdites humeurs chaudes, subtiles & participantes d'vne grande acrimonie, & ainsi les rendre moins disposées à couller. 4. Qui a-il ie vous prie plus absurde, que de rappor- *La quatriéme.* ter la cause de l'adstriction & dureté du ventre, à la force de la faculté retentrice? qu'ils escoutent Galen, qui l'attribuë tantost à la foiblesse de la faculté expultri- *L.3. de symp.* ce, tantost au sentiment obtus & mousse des boyaux, tantost à la dureté, stypti- *caus. c. 6.* cité & paucité des alimens, & tantost à l'imbecilité des muscles de l'epigastre, qui aident merueilleusement à faire expulsion de ce qui est contenu au ventre inferieur : mais de la vertu retentrice des boyaux, pas vn mot. 5. Nous receuons vo- *La cinquiéme.* lontiers, ce qu'ils alleguent de la necessité de retenir le chyle & les matieres fæcales, mais nous ne l'attribuons point à la faculté retentrice des boyaux. Car Natu- *La retention* re industrieuse a pourueu à la retention du chyle, par les anfractuositez & ronds *des matieres* tortueux des boyaux, qui empeschent qu'aucune portion de l'aliment, puisse *fæcales est ani-* passer par vn si long chemin, sans s'appliquer à l'orifice de quelqu'vne des veines *male & non* mesaraïques : & quand à la retention des matieres fæcales elle n'est point natu- *le.* relle, mais animale, & se fait par le moyen des sphincteres, qui sont muscles destinez à fermer, & serrer la partie inferieure du boyau rectum, afin d'empescher que les excremens ne sortent sans nostre congé & volonté. De ces choses on peut donc conclurre, que les boyaux n'ont point la faculté retentrice commune & officiale.

A ſçauoir ſi les boyaux ont la faculté concoctrice:

QVESTION DOVZIESME.

Trois à conſiderer en toute coction. ALIEN enſeigne en mille endroits, qu'il faut conſiderer trois choſes en toute coction, la preparation, la coction & la perfection. Ainſi la preparation de la premiere coction ſe fait en la bouche ; la coction au fond du vétricule, & la perfection aux menus boyaux. La preparation de la ſeconde ſe fait aux vaines meſaraïques, la coction au parenchyme du foye, & la perfection aux grands vaiſſeaux. La ſemence reçoit ſon commencement aux vaſes ſpermatiques, ſa forme & ſon idée aux teſticules & ſa perfection aux paraſtates. L'eſprit animal eſt encommencé aux entrelaſſemens faits de petites arteres, il prend ſa forme au ventricule moyen du cerueau, & ſa perfection en celuy de derriere. Voilà comment és œuures de Nature, il y a diuers degrez auant qu'elles ſoyent amenées à leur perfection. Or la coction tant des eſprits, que de l'aliment, ſoit ou qu'elle ſoit priuée ou officiale, ſe fait ſans le miniſtere d'aucuns fibres, par la chaleur naturelle, & par vne proprieté innée & ſecrette de la partie où elle s'exerce, qui eſt cauſe **l. 4. de vſu. par. c. 17.** que Galien la nomme *Alteration.* Or Galien ne denie point cette faculté aux **l. 3. de facul.** boyaux : car voicy comme il en parle, *Combien que les boyaux n'ayent point eſté faits* **natur.** *pour cuire le chyle, mais pour le contenir & diſtribuer : ſi eſt-ce qu'en paſſant par iceux, parce que Nature n'eſt iamais oyſeuſe, il acquiert vne élaboration plus parfaite : non au-* **l.1.de ſig. &** *trement que les grandes veines ont la faculté de parfaire & élaborer le ſang.* Arethée & **cauſ. mor.** Auerrhoës ont ſuiuy la meſme opinion : & la raiſon y eſt toute conforme. Car **diutur. c. 15.l.** ſoit qu'on regarde ou la temperature, ou la couleur, ou la compoſition des tuni- **2. collig c. 9.** ques : on verra que la ſubſtance du ventricule & des boyaux eſt toute vne, & ſemblable. Doncques le chyle ſe cuit au ventricule, il y prend ſon idée, eſpece & forme : mais en paſſant par les boyaux, & tardant aux anfractuoſitez d'iceux, il y reçoit quelque alteration & plus grande perfection.

Opinion de quelques modernes. Ie ſçay qu'il y en a qui tiennent les boyaux auoir plus de puiſſance à cuire le chyle que le ventricule ; & qui veulent que le pylore ſoit ouuert durant tout le temps de la digeſtion, afin de laiſſer deſcendre la viande aux boyaux, auant que elle ait eſté parfaictement cuite au ventricule Et pour prouuer ceſtuy leur paradoxe ; & opinion contraire à la commune, ou pluſtoſt cacodoxe, c'eſt à dire, opinion mauuaiſe, fauſſe, & erronée, ils mettent en auant quelques exemples. **Leurs raiſons.** 1. Nous voyons (ce diſent-ils) que le chyle, qui ſort par les playes qui percent les menus boyaux, n'eſt point encore tout à fait digeré : dont s'enſuit qu'il n'auoit point prins ſa forme & perfection au ventricule. 2. Les viandes non parfaitement élaborées, ſortent en l'hernie vmbilicale du ventricule dans les boyaux : & quand nous beuuons de l'eau froide en eſté, nous en ſentons en vn **Refutées.** moment la froidure dans les boyaux. Mais ils ne voyent point, qu'en telles playes & hergnes, les boyaux ſont mal diſpoſez, & que le ventricule eſt auſſi toſt tiré en ſympathie & contagion, tant à raiſon de la communion & ſimilitude **l. de humor.** de ſubſtance, comme à raiſon du voiſinage : ainſi que porte cet arreſt d'Hippo-

crate, *Les parties qui sont proches , & qui ont quelque communion sont les premieres &*
le plus grandement affectées. Quelle merueille donc si aux playes des boyaux l'aliment sort auant qu'estre parfaittement digeré? Ie confesse que ce qui est clair descend aisément, mais en recompense il se digere aussi fort promptemét. Ils disent,
qu'il est impossible que le ventricule seul puisse contenir vne si grande quantité
de viandes, que deuorent iournellement les yurongnes & écornisleurs : veu que
la grandeur d'iceluy, selon Hyppocrate, *n'a point plus de cinq paulmes.* Mais qu'ils
apprennent, qu'il est membraneux, & qu'il se dilate & estend aisément en toutes
les dimensions : ioint qu'és yurongnes & goulus, la premiere digestion ne s'acheue point, d'autant que la pesanteur des viandes prinses en quantité demesurée,
contraint la petite membrane portiere, à se lascher & ouurir, auant qu'elle soit
paracheuée. Concluons donc, que le chyle reçoit sa coction au ventricule, & sa
perfection aux menus boyaux.

De la faculté expultrice des boyaux , & de leur mouuement nom-
mé Peristaltique.

QVESTION TRAIZIESMÉ.

V E les boyaux ayent la faculté d'expulser , non seulement leur
excrement propre , mais aussi le commun , c'est chose qui n'a
point besoin de demonstration. Ioint que l'authorité des anciens, la composition des boyaux , & la necessité de cette action
la prouuent assez suffisamment. Galien l'a remarqué si souuent
que de cotter les passages entiers , ce seroit abuser du temps &
des lettres. Si tu regardes leur composition , tu verras que leurs deux tuniques
n'ont que des fibres circulaires & transuersaux , qui seruent à les reserrer & à
chasser hors les excremens. Que si les opiniastres ne se contentent de ces raisons , ils seront au moins forcez par la necessité de cette operation , qui est la
cause finale. Il faut que les matieres fæcales soyent chassées hors, il s'ensuit donc
que la faculté expultrice est necessaire : & qui est dauantage , la necessité de l'expultrice est plus grande que de l'attractrice , & Nature est tousiours plus soigneuse de chasser hors, ce qui peut nuire, que de tirer ce qui est vtile. Ainsi l'expiration de ceux qui tirent à la fin est plus forte que l'inspiration. Car la vapeur
fuligineuse nuisible est chassée hors en l'expiration, & l'air amy & sociable au
cœur tiré par l'inspiration. Concluons donc que les boyaux ont la faculté expultrice. Mais la maniere de leur expulsion, estant inconnuë à plusieurs, ie m'en vay
essayer de là leur faire entendre. L'expulsion des matieres fæcales se fait par vn
mouuement local, lequel est double; l'vn naturel & l'autre animal. Le naturel est particulier aux boyaux, & l'animal aux muscles de l'epigastre. I'appelle
naturel celuy qui n'est point volontaire, & *animal*, celuy qui dépend de la volonté. Les anciens ont appellé le naturel , *peristaltique* , & se fait quand les fibres
transuersaux & circulaires, estrecissent & reserrent les boyaux ; & est de deux
sortes, l'vn selon, & l'autre contre nature. Le premier se fait quand les boyaux
se reserrent du haut en menant en bas, pour chasser hors par le siege les humeurs,
les vents & les excremens : & le second tout au contraire , quand les boyaux se
reserrent de bas en menant vers haut : & lors les vents , le chyle & les matieres
fæcales sont rendus par la bouche , & rien ne peut sortir par bas. *Ce mouuement*

Que les bo-
yaux ont la fa-
culté expultri-
ce.

l. 4. de vsu
part. c. 17.
l. 6. loc. aff.
c. 2.
l. 3. de facul.
nat.
Que cette fa-
culté est neces-
saire.

Le mouuement
des boyaux de
deux sortes
naturel &
animal.

Le naturel est
de deux sortes.

l. 3. de symptō.
caus. ca. 3.

Le depraué à trois cauſes.

(dit Galien) *empeſche que les ventoſitez ne paſſent en bas*, ains il les fait remonter en *haut*. Hippocrate reconnoit trois cauſes de ce mouuement depraué, 1. *Vne in-flammation aux boyaux*. 2. *Vne obſtruction fort rebelle*. 3. *Et quelquesfois vne legere vlceration*. Toute inflammation eſtreſlit les paſſages; l'obſtruction les bouche tout à fait: & partant quand les fientes ne peuuent paſſer, la faculté expultrice gardant l'ordre naturel, commence premierement ſa conſtriction par haut afin de chaſſer les excremens par bas: ce qu'elle eſſaye vne fois ou deux: mais voyant ſes efforts inutiles, elle renuerſe l'ordre naturel, & commence la conſtriction par bas, en menant vers haut auec telle violence que l'on vomit (choſe horrible) le chyle & les excremens par la bouche, tant nature eſt ſoigneuſe de chaſſer hors ce qui luy eſt dommageable. Vne legere excoriation peut auſſi cauſer le meſme: car le boyau vlceré, eſtant irrité par les choſes qui paſſent, il les rechaſſe en haut, auec violence & changeant de route, prend ſon cours vers haut contre la Nature de celuy qu'il tenoit auparauant naturellement vers bas. Ce mouuement contre

Ileos ou miſe-rere mei.

nature ſe voit en cette maladie lamentable, que l'on nomme *ileos, iliaque paſſion*, & *miſerere mei*, en laquelle le ſiege eſt tellement fermé que la pointe d'vne ai-guille n'y ſçauroit entrer: & les clyſteres ſont fort ſoudainement tirez & remis par la bouche à raiſon que les fibres circulaires ſe eſerrent de bas en haut. Cette

I. de affectio.

maladie, ſelon Hippocrate, *eſt tres-aiguë, & fort perilleuſe* Il y a encore vn ſecond mouuement, qui ſert à chaſſer hors les excremens du ventre, lequel eſt animal & volontaire, & ſe fait lors que les muſcles de l'epigaſtre, & principalement les tranſuerſaux, ſerrent & preſſent les boyaux, & ainſi aydez du diaphragme & peritoine, ils pouſſent les excremens en bas. Car les huict muſcles comprimans le ventre & les boyaux, par tout égallement, chaſſeroient les excremens égalle-ment, tant en haut comme en bas, c'eſt à dire, auſſi bien vers le ventricule & la bouche, que vers le ſiege, & partant il a eſté neceſſaire, qu'il y euſt quelque par-tie au deſſus, qui en les empeſchant de monter en haut les pouſſaſt en bas. Or tel eſt le diaphragme.

A ſçauoir, ſi les clyſteres peuuent monter iuſques au ventricule.

QVESTION QVATORZIESME.

Opinion de Rhaſis, l. 9. continent.

D'AVTANT que les Medecins debattent quelquesfois entr'eux, ſçauoir ſi les clyſteres peuuent móter iuſques au ventricule. & que Gal. & Raſis ſont contraires en opinion ſur ce ſujet, i'ay voulu pour vuider la difficulté adiouſter icy cette queſtion, la demonſtration de la-quelle dépend toute de l'Anatomie. Rhaſis veut que les clyſteres montent au ventricule, & meſme qu'ils ſoyent ſouuent rendus par les narines, *ſi le clyſtere (ce dit il) eſt donné auec impetuoſité, il montera iuſqu'au ventricule, mais s'il eſt donné doucement, & peu à peu à peine paſſera il les gros boyaux*. Galien tient

*de Galien.
l. 5. meth. c. 11.
l. 13. meth. ca.
17.
l. 4. meth. cap.
7 &
l. 6. de loc. aff.
cap. 2.*

au cótraire, que la liqueur pour fort qu'elle ſoit ſyringuée ne móte qu'à peine iuſ-qu'au *ieiunum*: car il guarit les vlceres des poulmons, de la poictrine, & du ventri-cule par remedes prins par la bouche & ceux des boyaux, tant par remedes qui ſe prennent par la bouche, que par ceux qui ſe donnét par le ſiege: auec cette diſtin-ction. Que ſi l'vlcere occupe les gros boyaux, il ſoit traitté par clyſteres: mais

s'il eft aux menus par medecines prifes par la bouche. Ie fuis en ce point pluftoft *De l'autheur.*
de l'aduis de Galien que de Rafis. Car i'ay remarqué que les boyaux feichez ef-
gallent fept fois la longueur du corps, & feló Hippocrate, *leur longueur eft de trai-* l. de hom. ftr.
ze coudées. Mais la longueur feule n'empefcheroit point fi les antractuofitez, &
ronds tortueux des boyaux n'arreftoient l'impetuofité de la liqueur fyringuée. Ie
croy donc que les clyfteres ne paffent point le *cæcum,* & allegueray icy vne chofe
que i'ay plufieurs fois remarquée aux boyaux deffeichez & enflez, qui eft para- *Obferuation rare d'vn por- tillon au cæcũ.*
uanture nouuelle & connuë de peu de gens Si on entonne quelque liqueur par le
duodenum, elle fortira aifément par le *rectum,* mais fi on l'entonne par le *rectum,*
elle s'arreftera en l'appendice du *cæcum;* & ne paffera point outre: ce qui monftre
qu'il y a vne valuule ou portelette à l'extremité du *cæcum :* laquelle par vne prouidence admirable de Nature empefche que les fientes & autres matieres fuperfluës ne puiffent remonter, non autrement qu'au conduit de la veficule, & aux
petites membranes du cœur. Mais il femble que Galien nous foit contraire, car
il efcrit *qu'à aucuns les clyfteres ont monté en forte qu'ils les ont rēdus par la bouche, non* *Obiection l.3.de fympt. cauf.c.3. Solution.*
autrement qu'on vomit les fientes en l'iliaque paffion. Mais Galien ne fe contredit
point:car c'eft autre chofe parler du ventricule fain, & autre chofe de celuy qui eft
malade. Si le ventricule fe porte bien, les clyfteres ne monteront iamais iufques
à luy:mais s'il eft indifpofé ou affamé comme en la boulimie,il ne tirera pas feulement les clyfteres des boyaux inferieurs, mais mefme les matieres fæcales: Car
comme le foye affamé, tire des veines les fucs cruds, & nullement digerez, ainfi le
ventricule peut tirer les excremens, & les clyfteres des parties inferieures. Ioint
fi le mouuement naturel des boyaux eft depraué, les fibres circulaires fe referrans
de bas vers haut, nous ne nions point que la liqueur fyringuée ne puiffe monter
au ventricule. Tu obiecteras que les clyfteres nourriffans font portez au foye. *Obiection. solution.*
Ie refpordray qu'ils n'y font point portez d'eux-mefmes, ny par l'impetuofité de
l'iniection, mais qu'ils font tirez par les veines mefaraïques, & de là tranfportez au foye.

De la puanteur des matieres fæcales.

QVESTION QVINZIESMÉ.

L E vulgaire s'eftonne de ce que les excremens du ven- *La caufe effi- ciente de la puanteur.*
tre aux corps fains & bien temperez, fentent mau-
uais: veu que toute puanteur vient de pourriture, &
que la pourriture a pour caufe efficiente vne chaleur
eftrangere, & non naturelle. Les Medecins reconnoiffent deux caufes de cette puanteur; *l'efficiente &*
la materielle : Touchant l'efficiente voicy comme ils
en parlent. La chaleur naturelle bien qu'vne quand
à fon fujet, diuerfe toutesfois quand à la raifon, fe
confidere, ou entant que chaleur fimplement, ou
entant que chaleur naturelle & inftrument, dont l'ame fe fert pour faire fes
functions. Entant que chaleur fimplement elle efpuife & confomme continuellement l'humide: mais entant que naturelle elle fait la coction, la nutrition & la procreation: & ainfi vne mefme chaleur produit diuers & quafi contraires effets. Pendant que le chyle fe fait au ventricule, la chaleur natiue s'infinuë égallement & enfemblement en toutes les parties d'iceluy: elle affem-

ble tout ce qu'il y a de femblable, & fepare ce qui eft diffemblable. Ce qui eft femblable, d'autant qu'il eft vtile eft tiré par les mefaraïques, & porté au foye: mais ce qui eft diffemblable, eftant inepte pour nourrir, eft chaffé dans les bo-

La materielle. yaux, & abandonné par la chaleur natiue comme inutile. Et partant la chaleur n'agit plus en iceluy: comme naturelle & regie par l'ame, mais comme chaleur, ayant prins nature de chaleur eftrangere: & d'icy vient la puanteur. Ioint la dif-position de la matiere: car ces excremens font cruds & abondans en humidité:&

Pourquoy la fiête de l'hom-me put dauan-tage. d'icy vient la pourriture. Que fi l'humidité s'épuife, la pourriture en eft moindre, & la puanteur plus legere. Et c'eft icy la feule raifon pourquoy les fientes de l'homme, quelque bien temperé qu'il foit, puent dauantage que ceux des autres animaux: parce qu'il vfe d'vne plus grande diuerfité de viandes, & icelles fort humides: & qu'il paffe la plufpart du temps fans trauailler: là où les autres ani-

Problem. 1. fect. 13. maux vfent d'alimens plus fecs, & ont leurs excremens moins humides. Et c'eft la mefme caufe qu'en donne Ariftote, quand il demande: *pourquoy les excremens du ventre, plus ils font retenus long temps, & moins ils puent, & l'vrine au rebours, put d'autant plus fort qu'elle eft gardée plus long temps. C'eft (ce dit-il) pource que les fientes fe deffeichent par la longue demeure qu'elles font dans les boyaux, & ainfi l'humi-dité qui fomentoit la pourriture leur eft fouftraitte.* Au refte les excremens prennent leur figure dans le boyau colon, lequel a des replis voûtez, & s'efleue & groffit, eftant comme feparé par plufieurs cellules & chambrettes.

De la fubftance & fituation des Boyaux.

QVESTION SAIZIESME.

Accord de quelques paffa-ges de Galien. l. 3 Met. c. 1. & l. 6. Meth. c. 4. l. 14. du vfu. part. c. 14.

Ap. 26. fect. 4.

 L nous faut concilier quelques paffages touchant la fubftance des boyaux. Galien veut *qu'ils fe reüniffent difficilement, printipalement les menus, d'autant que leur fubftance eft nerueufe & membraneufe* Mais il efcrit ail-leurs, que les boyaux, & le ventricule ont efté faits char-neux, parce qu'ils font les organes de la coction. Il femble qu'Hippocrate ait voulu dire de mefme, où il efcrit. *En la dyfenterie, quand il fort des petites chairs, c'eft chofe mortelle.* Certes la fubftance des boyaux eft nerueue, mais elle eft auffi toute entretiffuë de fibres charneux, de forte qu'elle peut eftre dite *membraneufe & charneufe.* Ainfi Galien appelle la matrice tantoft *nerueufe,*& tantoft *charneufe.* Il y a auffi quelques legeres difficultez, touchant la fituation des

Erreur des an-ciens touchant la fituation des boyaux. boyaux. Les anciens ont bronché eftimans que les gros boyaux occupoyent l'in-ferieure partie, & les menus la fuperieure: car le colon qui eft le plus gros de tous, monte iufques à la partie caue du foye, & au fond du ventricule: & l'ileon qui eft le plus menu, defcend iufques au penil. Ie penfe que la diffection des chiens & beftes à quatre pieds les a trompez. Galien parlant felon l'opinion du vulgaire, appelle quelquefois les gros *inferieurs* & les menus *fuperieurs.* La plufpart des Medecins fe méprend encore auiourd'huy, en la reconnoiffance de la difenterie, des gros & des menus boyaux, voulans *qu'elle occupe les menus quand la douleur eft*

Diuerfes opi-nions touchat la fituation du colon. *aux parties fuperieures, & les gros lors qu'elle eft aux inferieures.* Touchant la fitua-tion du colon diuers en parlent diuerfemét. Les vns veulent qu'il monte au fond du ventricule, pour ayder comme font les autres parties voifines, par fon attou-chement

chement à la premiere digestion. D'autres disent qu'il va à la cauité du foye à l'endroit où est la vessicule, afin que la bile qui exude à trauers de ses tuniques aiguillonne par son acrimonie la faculté expultrice de ce boyau & l'induise à décharger ses excremens. Les autres veulent que ce soit pour faire place aux menus & les enuironner comme vne haye, n'estant point fort proche du centre du mesentere. Et ce qu'il occupe le costé gauche, que ce soit afin que le plus grand rameau & iceluy dextre de la porte appellé *mesenterique*, se rende par vn plus court chemin aux menus boyaux, & transporte par vn plus court sentier le chyle des boyaux au foye. Il y en a encore d'autres qui pensent qu'il est adherent au fonds du ventricule & à la cauité du foye, afin que les reliques de l'aliment retardées aux cellules de ce boyau soyent cuites plus parfaitement. Ils disent en outre qu'il a esté ainsi situé au dessus des autres, pour empescher que ce qui est contenu en iceluy ne s'écoulle si promptement, & ainsi que le chyle ait le loisir d'estre parfaitement succé & tiré par les mesaraïques; & veulent que les cellules, les replis, voûtes, & le cæcum ayent esté faits pour la mesme fin. Ce boyau est veritablement le plus gros de tous, mais quand il vient aux reins & à la ratelle il s'estressit afin de ne point presser la ratte; de là vient que ceux qui l'ont dure & enflée ne peuuent laisser leurs vents par bas que difficilement, si ce n'est en pressant la ratte auec les mains.

Pourquoy il monte en haut.

HISTOIRE ANATOMIQVE.

De la Veine Porte.

CHAPITRE XVI.

'AVTANT que la veine porte répand ses rameaux dans les boyaux & le mesentere, l'ordre de dissection requiert que nous en adioustions icy la description. Mais l'ayant desià fait au quatriéme liure fort exactement, ce seroit abuser du temps, de la transcrire icy. Le Lecteur curieux la reprendra donc de là. Cependant ie t'aduertiray en passant, qu'il est besoin d'vn Anatomiste habile pour faire vne exacte dissection de cette veine & de tous ses rameaux.

Du Ventricule.

CHAPITRE XVII.

E ventricule qui est le receptacle commun du boire & du manger, & la grande marmite où se fait la premiere coction, a esté nommé par excellence des Grecs *coilia* & *gaster*. Car encore que la signification du nom *coilia*, soit fort diuerse en la doctrine d'Hippocrate (laquelle diuersité ie passe soubs silence, afin de n'amuser point le Lecteur en choses qui surpassent la portée de son esprit, renuoyant ceux qui sont capables de faire leur profit des

Le ventricule combien digne.
diuerses acceptions de ce nom au Latin de l'Auteur) si est-ce qu'à parler propre-ment, on entend par iceluy le ventricule qui est le receptacle du boire & du manger, & comme vn certain promptuaire & reseruoir, la dignité duquel est fort grande en l'œconomie naturelle, & sa necessité encore dauantage. Ces cho-ses entre les autres témoignent de son excellence, c'est qu'il a vne puissance tres-grande pour alterer & changer tout le corps, qui est la raison pour laquelle

l. 6. epidem. sect. 4.
Quintus Serenus luy donne le nom & tiltre de Roy. Voyez sur ce sujet vne sen-tence d'Hippocrate du tout dorée, mais fort obscure, *Ceux qui ont le ventricule chaud ont les chairs froides ; ils ont les veines larges & se courroucent aisément.* Car le ventricule trop chaud engendre vn chyle qui sent comme le bruslé & à demy pourry : d'vn mauuais chyle il ne se peut engendrer de bon sang ; les chairs ne tirent point celuy qui est impur, & ainsi estant defraudées de leur genie, nour-riture & nectar viuifiant elles se refroidissent, parce *que nous auons autant de cha-leur comme de sang :* or les veines remplies de ce sang impur s'enflent ; d'icy vient la cholere, à raison que les sucs s'enflamment & pourrissent à faute de la transpi-ration. Voilà la dignité du ventricule. Or le diuin Hippocrate nous a monstré

Combien ne-cessaire.
l. de humo-rib.
combien il est necessaire, quand il a dit. *Telle qu'est la terre aux plantes, tel est le ventricule aux animaux,* de là vient s'il est le moins du monde affecté, & qu'il deuienne paresseux, & comme ne se resouuenant plus de son deuoir pour auoir esté long temps sans rien faire, que toute l'œconomie naturelle décheoit aussi

l. e. epidem. sect. 3.
tost & se ruine. Item, *la paresse du ventricule met tout en desordre & remplit les vaisseaux d'impuretez* Ie m'en vay maintenant commencer à décrire l'histoire de ce cuisinier tant excellent & si necessaire.

Sa définition.
Sa figure.
Le ventricule est *vn organe caue, rond & oblong, membraneux, entretissu de tou-tes sortes de fibres, ordonné pour receuoir les viandes & pour engendrer le chyle.* Sa fi-gure est ronde : mais plus longue que large, ressemblant assez bien à vne courge,

Pourquoy ronde.
l. 4. de vsu. part. c. 7.
ou à vne cornemuse de Berger. Elle est ronde, parce que de toutes les figures qui ont la circonference égale, *le cercle entre les plattes, & la sphere entre les solides sont plus capables :* Or il falloit que le ventricule fut fort ample & capable, parce qu'il est le receptacle commun de toutes les viandes. Elle est plus longue que lar-ge à raison de ses deux orifices, par l'vn desquels il reçoit les viandes, & par l'au-

Pourquoy ob-longue.
tre il les pousse bas dans les boyaux apres qu'elles sont digerées. Les bestes à qua-tre pieds l'ont plus rond, & les hommes plus longuet, parce qu'il n'y a que l'hom-me seul qui ait le dos large, tous les autres animaux l'ayant aigu, qui est vne for-me qui laisse vne cauité large & spacieuse au milieu. Il est situé sous le diaphra-

Sa situation.
gme, entre le foye & la ratte, en sorte toutesfois que sa plus grande partie occupe l'hypochondre senestre, afin de le rendre en tout & par tout égal au dextre, & seruir à la ratte de contre-poids contre le foye. Au reste il n'a pas esté logé tout au-

Sa connexion.
pres de la bouche, tant pource qu'il falloit que les organes de la respiration fussent placez plus haut, que pource qu'il falloit que la cuisine fut renuoyée en bas, de peur qu'elle ne troublast par les vapeurs puantes qui en sortent, le cœur & le cer-ueau, qui sont les sieges des facultez princesses & ne peruertist les sentimens. Et pour empescher estant remply de beaucoup de viande que sa pesanteur ne l'arra-che & emporte bas, Nature l'a attaché fermement aux parties voisines ; par haut au diaphragme, par bas à l'epiploon, par derriere au dos, par le costé droict au

Son nombre.
duodenum, & par le gauche à la ratte. Il est vnique en l'homme ; mais fort grand & capable, & qui selon Hippocrate *a la largeur* de cinq paulmes. Il y a des animaux qui en ont plusieurs, les oyseaux l'ont triple, & les bestes qui ruminent, l'ont

quadruple, parce que leur aliment est sec & épineux. Sa substance est membra- Sa substance.
neuse, tissue de deux tuniques propres & d'vne troisiéme commune, d'vn nom- Sa composition
Sa tunique in-
terne.
bre quasi infiny de veines & arteres & de plusieurs nerfs. Des tuniques propres,
l'interieure est nerueuse, commune à l'œsophage, à la langue, au palais, & à la
bouche, la continuité de laquelle nous est monstrée éuidemment, par l'amertume de bouche, que ressentét ceux qui ont le ventricule remply d'humeur cholerique, & par le mouuement & la palpitation de la léure d'en-bas, qu'ont ceux
qui sont sur le poinct de vomir. Or il falloit qu'elle fust continuë à la bouche, afin Hipp. in pro-
gnostico.
Gal. com. 3.
in progn.
d'empescher qu'elle ne receust rien qui fust desagreable au ventricule. Ioint que
la preparation de la premiere coction se fait en la bouche. Cette tunique est entretissuë de trois sortes de fibres, tant afin que le ventricule se puisse estendre selon toutes les positions, que pour faire qu'il puisse par leur moyen attirer l'aliment, le retenir & le pousser hors. La superficie interne de cette tunique est cou- L'vsage de
la crouste.
uerte d'vne certaine crouste, qui s'engendre des excremens de la troisiéme coction, de laquelle l'vsage est d'empescher que la tunique ne deuienne trop calleuse & dure, que les orifices des vaisseaux ne s'aueuglent & bouchent, & pour
aider à vne moderée retention de la viande : car la superficie lisse, glissante & é-
gale, la laisse écouler auant qu'elle soit digerée. La tunique externe est plus char- La tunique
externe.
La commune.
nuë, & a grand nombre de fibres transuersaux, & fort peu d'obliques. La troisiéme qui couure les deux propres exterieurement, est commune & naist du peritoine, elle est la plus épaisse des trois, & engendre l'epiploon anterieur. Elle est
si fort adherente au ventricule qu'elle n'en peut estre separée qu'auec grande peine, & ce en partie pour affermir les tuniques propres, de peur qu'elles ne s'arrachent & déchirént par la charge & pesanteur des viandes, & en partie pour asseurer & fortifier les vaisseaux, lesquels se pourroient rompre quand le ventricule est plein & fort tendu. Le ventricule reçoit grand nombre de veines de la por- Ses vaisseaux.
te : du tronc il reçoit la grande gastrique, & la gastr'epiploïque : & du rameau splenique, la petite gastrique, la coronaire, l'epiploïque posterieure : & du plus haut
du rameau, tout aupres de la ratte le *vas venosum*. Toutes ces veines luy apportent du sang pour sa nourriture, & reportent la plus subtile portion du chyle au
foye pour la generation du sang. Elles sont accompagnées de nombre quasi pareil d'arteres qui naissent toutes du rameau cœliaque. Il a ausfi plusieurs gros
nerfs qui sont vne portion de la sixiéme coniugaison, lesquels estant confusément entrelassez à l'orifice superieur, puis se distribuans par vne infinité de brancheages par tout le corps du ventricule, se perdent finalement en des petits filets.
Outre ces vaisseaux, il se trouue par fois vn conduit, qui de la vessicule se rend au
fond du ventricule : mais c'est vn vice en la conformation, & la condition de telles gens est à déplorer, dautant qu'ils sont tousiours affligez de mal d'estomach
& miserables dés leur naissance, estant continuellement trauaillez de vomissemens bilieux, qui est là cause que les Grecs les nomment *pichrocoloi ano*, comme
qui diroit *bilieux vers haut*. Voilà toute la composition du ventricule & toutes les
parties similaires desquelles il est fait & construit.

Des parties diſſimilaires du ventricule, qui ſont ſes deux orifices
& ſon fonds.

CHAPITRE XVIII.

L Es parties diſſimilaires du ventricule ſont trois, les deux orifices & le fonds. L'orifice ſuperieur à raiſon de ſa grandeur eſt nommé par excellence des Grecs, *ſto-machos*, car le mot *ſtoma*, ſignifie autant que bouche ou entrée: Et ſelon Hippocrate, *la matrice & la veſſie ont leur ſtomachos*, c'eſt à dire *entrée & orifice*. Les anciens Medecins l'ont appellé *cardia*, *cœur*, dautant qu'il a le ſentiment fort exquis, & qu'il cauſe des ſymptomes ſemblables à ceux qui ſuruiennent aux indiſpoſitions du cœur, tels que ſont le *cordiogmos*, morſure du cœur & le *cardialgia*, douleur du cœur. Hippocrate l'appelle par metonimie, *ſtethos ſternon*: parce qu'il eſt ſitué droict ſous la poictrine, & le cartilage enſiforme. Nous mettons en iceluy le ſiege de la faim animale & de l'appetit. Il a vne fort grande ſympathie auec le cœur & le cerueau ; auec le cœur à raiſon du voiſinage: car il ſemble toucher la poincte du cœur, ou pour le moins n'en eſtre point fort éloigné. Et auec le cerueau à raiſon de la communion qui ſe fait entr'eux par les nerfs ſtomachiques. De là vient que les indiſpoſitions d'iceluy s'accompagnent ordinairement de ſymptomes melancoliques : & toutes les fois qu'il ſent en la faim le ſuccement, qu'il n'eſt point ſeulement affamé luy-meſme, mais qu'il agaſſe auſſi & irrite le cerueau en dardant ſes nerfs. Il a grand nombre de fibres circulaires qui eſtreciſſent & ferment ſon entrée, pour empeſcher que la viande ne rejalliſſe & remonte dans le goſier & la bouche, quand l'homme ſe couche, ou ſur le ventre, ou à l'enuers. L'orifice inferieur eſt nommé des Grecs *pylore*, & des Latins *ianitor*, c'eſt à dire portier, parce qu'il retient comme vn portier les viandes dans le ventricule, & les garde de ſortir que la digeſtion ne ſoit paracheuée. Cet orifice ne regarde point droit en bas, comme ont ſongé pluſieurs des anciens, mais il s'eſleue vers haut pour garder que rien ne ſorte, qui ne ſoit parfaitement digeré, puis il s'abbaiſſe droit dans le *duodenum*. Ces deux orifices different l'vn de l'autre en ſituation & grandeur, car le ſuperieur eſt ſitué au coſté gauche vers l'eſpine, enuiron l'onziéme vertebre du dos, & l'inferieur au coſté droit. Ce premier-là eſt plus grand & plus large, parce qu'en la faim on auale bien ſouuent les viandes toutes dures & mal maſchées : & ce dernier icy beaucoup plus eſtroit, dautant qu'il ne ſort rien du ventricule qui ne ſoit bien attenué & digeré. Au reſte ils ſont tous deux faits d'vne ſubſtance plus épaiſſe que le reſte du corps du ventricule, pour garder que parauenture ils ne ſe déchirent en l'effort que font les choſes qui entrent ou ſortent. Ils ſont tous deux pleins de rugoſitez & de plis, ils ſont plus épais & ſont ceints & enuironnez de fibres circulaires, & iceux charneux, comme de quelque ſphincter, afin qu'ils ſe puiſſent élargir, reſſerrer, ouurir & fermer. Ils s'ouurent quand ils donnent entrée aux viandes pour deſcendre au ventricule, & ſortie aux meſmes viandes apres la digeſtion pour deſcendre aux boyaux : ils ſe ferment, l'inferieur, pour empeſcher

L'orifice ſuperieur.

Gal. com. 3. in progn.

In coacis.

l'inferieur.

Comment ils different.

Pourquoy ils s'ouurent & ferment.

que rien sorte qui ne soit bien digeré, & le superieur pour garder que les fumées & vapeurs ne s'éleuent & perdent, lesquelles seruent beaucoup à parfaire la digestion : Ainsi ceux qui veulent haster quelque chose de cuire, ferment le pot d'vn couuercle, afin de retenir les vapeurs : & pour empescher que les fumées de la cuisine ne blessent le cœur & le cerueau. En quelques-vns, il demeure entrebaaillé en telle sorte à raison de leur gourmandise ou de quelque intemperature humide, qu'il ne se peut reserrer exactement ; & telles gens sont ordinairement affligez de vertiges, suffusions & de migraines. Il y en a d'autres qui l'ont tellement reserré à raison de quelque fascherie, qu'il ne veut laisser entrer aucune viande solide. L'ouurir & le fermer de ces deux orifices ne se fait point selon le commandement de la volonté, ny par le moyen de quelques petites membranes portieres, ny par le ministere des tubercules glanduleux, faisans comme vn anneau (ainsi que i'ay autresfois creu) mais par la seule impulsion de Nature. Ainsi l'orifice interne de la matrice se ferme pour la conception, & ouure pour l'enfantement, sans l'aide d'aucun muscle, glandule ou membrane portiere. Reste la *Le fonds.* troisiéme partie située quasi au milieu de l'épigastre, enclinant toutesfois plus au costé gauche qu'au droit, laquelle est nommée *le fonds ou corps du ventricule,* & est le promptuaire & magasin des viandes, & le garde-manger & vaisseau des alimens. C'est icy que les Medecins mettent le siege de la premiere coction : car *En iceluy se fait la premiere coction.* la chylification ne se fait point aux orifices, mais au fonds, & ce en partie par vne proprieté naturelle & forme specifique, & en partie par la chaleur natiue du ventricule & des parties voisines. A cette fin Nature sage & prouuoyante l'a enuironné de tous costez de parties chaudes, lesquelles, non autrement qu'vn feu *Il est entouré de parties chaudes.* allumé autour d'vne grande chaudiere ou marmite, aident à la concoction des alimens. Le foye l'embrasse & couure exactement par le costé droit, la ratte par le gauche, le diaphragme est en la partie superieure, lequel l'échauffe tant par sa chaleur propre, que par celle qu'il emprunte du cœur : l'épiploon & le colon entouré de force graisse sont en l'inferieure ; par deuant est l'épiploon comme vne couuerture, auquel assistent le peritoine, les muscles de l'épigastre, & la veine vmbilicale : & par derriere est l'espine & les muscles nommez *espineux ;* l'espine luy sert comme de bouleuart, & les muscles comme de lictiere molle : icy se trouuent aussi finalement les troncs de la veine caue & de la grande artere. Il a connexion auec les parties veineuses & arterieuses par grand nombre de veines *Sa connexion.* & arteres, auec le cerueau par les nerfs ; auec l'œsophage par son orifice superieur ; auec les boyaux par l'inferieur ; bref auec toutes les parties contenuës au ventre inferieur, par le moyen du peritoine. Son mouuement est naturel, & non vo- *Son mouuement.* lontaire. Son vsage est double pour seruir de receptacle au boire & au manger,& *Et son vsage.* pour faire la chylification : il fait le premier, parce qu'il est caue ; & le dernier par sa forme & temperature.

CONTROVERSES ANATOMIQVES.

A sçauoir si l'orifice superieur est le siege de l'appetit.

QVESTION DIX-SEPTIESME.

'AVTANT que la vie des animaux est fuyarde & courte, & qu'il se fait vne continuelle dissipation de la triple substance du corps ; Nature soigneuse de sa conseruation tasche de les maintenir en estre, par la respiration & le nourrissement : reparant la perte de la substance spiritueuse par la respiration, & de la charnuë & solide par le nourrissement. D'icy vient la necessité du triple aliment de l'air, du manger & du boire. Et pource que la nutrition ne se fait point sans appetit, Nature à implanté en chaque partie vn certain desir, qui l'incite comme vn aiguillon à tirer & succer l'aliment qui luy est propre & familier. Mais ce desir est en chaque partie sans sentiment, car elles ne sentent point cette attraction & succement d'aliment : de peur donc qu'estant épuisées & affamées elles n'amaigrissent & defaillent, Nature ingenieuse a fait vne partie de sentiment tres-exquis, laquelle seule ressentant le succement de toutes les autres, conuie l'animal à boire & manger. Car si le sentiment de ce succement estoit en toutes les parties elles languiroient perpetuellement durant la faim & la soif, & l'animal seroit en continuelle peine. Cette partie c'est l'orifi-
ce superieur du ventricule, lequel comme a remarqué Galien a esté nommé des Anciens *Cardia* cœur. Tous les Medecins mettent en iceluy le siege de l'appetit animal & de la faim, qui est vn sentiment de suction, qui luy est communiqué par les nerfs stomachiques qui naissent de la sixiéme coniugaison du cerueau. Or comment cet appetit animal icy se fait, Galien l'a fort bien enseigné ; & neanmoins pour l'éclaircissement de cette matiere, il conuient remarquer que l'appetit animal est double, l'vn *selon* & l'autre *contre nature*. Pour faire le premier, il faut necessairement que ces cinq symptomes concurrent, & s'entresuiuent en cet ordre. 1. L'indigence & disette des parties precede. 2. Puis suit leur attraction & succement ; car les parties affamées tirent des voisines, & celles-cy des autres par continuation, iusques à tant que l'attraction vienne iusques à quelque fin, qui est l'orifice superieur du ventricule, auquel finit l'attraction des parties. 3. De cette attraction naist vn troisiéme symptome, qui est la diuulsion de l'orifice superieur. 4. De la diuulsion vient le sentiment. 5. Et du sentiment l'appetit. Mais en l'appetit non naturel ces symptomes ne gardent point cet ordre. Car en la boulimie, la faim est sans appetit. Et en la faim canine, l'appetit est sans faim. En la boulimie les parties affamées tirent de l'estomach, elles le poignent & agassent, mais il ne sent point ces pointures ny la diuulsion, & par consequent il n'appete point, qui fait que les parties languissent estant desfraudées de leur nourriture. La cause pourquoy l'orifice ne sent point la diuulsion, c'est le refroidissement & l'obstruction des nerfs stomachiques, & la resolution de la faculté appetitiue. Au contraire, en la faim canine les parties ne sont point affamées, mais le sentiment de diuulsion & succement est tres-grand, à raison

L'orifice superieur est le siege de l'appetit.

l. 1. de sympt. caus. c. 7.

L'appetit animal est de deux sortes.

Cinq symptomes cocurrent pour faire l'appetit animal naturel.

Comment la boulimie, & la faim canine se font.

que l'orifice fuperieur eft abbreuué d'vne humeur froide & aigre. *Elle fe guarit* *Aph. 21. fect.*
(felon Hippocrate) *par l'vfage des vins purs & genereux.* Il appert d'icy que l'ap- 2.
petit animal eft excité en l'orifice fuperieur du ventricule ; lequel a le fentiment
fi exquis, que Galien l'appelle *l'organe de l'attouchement.* Il ne refte plus qu'vne *l. de inft. ado.*
difficulté. Comment la faculté appetitiue, qui fe rapporte à la fenfitiue, a fon fie- *Queftion.*
ge en l'orifice du ventricule, veu que le cerueau eft le fiege de toutes les facultez
animales? La refponce eft aifée. La faculté appetitiue eft au cerueau, mais fon *Refponce.*
action eft en l'eftomach. Ainfi la faculté de voir eft au cerueau, mais la veuë fe
fait en l'œil. Ainfi la faculté motrice eft au cerueau, & toutesfois le mufcle eft
l'organe immediat du mouuement volontaire. Si on objecte que le foye eft le fie- *obiection.*
ge de la faculté appetitiue. Refponds qu'il eft à la verité le fiege de la faculté con- *folution.*
cupifcible & appetitiue qui eft fans fentiment, & non point de l'appetitiue qui
eft auec fentiment. Au refte, combien que l'appetit du ventricule foit auec fentiment, fi eft-il qu'il n'eft point auec connoiffance.

De la fituation & communication de l'orifice fuperieur du ventricule.

QVESTION DIX-HVITIESME.

ETTE queftion touchant la fituation de l'orifice fupe- *Situation de*
rieur du ventricule, départira la querelle qui eft entre *l'orifice fupe-*
les Medecins pour l'application des remedes externes. *rieur.*
Ils font tous d'accord qu'il s'incline plus au cofté gauche
qu'au droit, mais s'il approche plus de l'efpine que du
cartilage enfiforme, ils en font encor en debat. Il y en a
qui veulent qu'il foit fitué droit fous ledit cartilage, lequel ils fouftiennent auoir efté fait pour luy feruir de
bouleuart & de deffence. *Ceux qui veulent vomir* (ce difent-ils) *fentent douleur* *Sect. 3. l. de ar-*
enuiron ce cartilage, & non point à l'efpine. Ils alleguent Hippocrate, qui dit *que* *ticul.*
la repletion du ventricule remet les coftes rompuës en leurs lieux. Nous luy auons
affigné auec Galien fa fituation au cofté gauche vers l'efpine, non point qu'il foit
couché fur l'efpine comme eft l'œfophage : mais pource qu'il approche plus de
l'efpine que du cartilage, c'eft pourquoy nous eftimons qu'il conuient aux maladies de l'œfophage & de l'orifice fuperieur, appliquer les remedes topiques au
derriere, auffi bien comme au deuant. A ce qui a efté allegué de la douleur que *où il faut ap-*
fentent ceux qui veulent vomir, & la direction des coftes rompuës en leurs *pliquer les re-*
lieux : Nous refpondons que cela fe doit entendre du fond du ventricule : car les *medes exter-*
alimens, comme nous auons remarqué, font contenus, non aux orifices ; mais *nes.*
au fond du ventricule, lequel nous ne nions point encliner plus vers le cartilage que vers l'efpine. Or pourquoy l'orifice fuperieur eftant affecté on fent douleur au fternon, la raifon en peut eftre tirée de l'Anatomie. Le diaphragme eft
attaché au fternon, or l'orifice du ventricule eft adherent par vn grand trou au
diaphragme : C'eft pourquoy le cartilage enfiforme pâtit à raifon de la continuité qu'il a par le moyen du diaphragme auec ledit orifice, parce que les douleurs
font plus fenfibles aux extremitez qu'aux milieux, comme il fe void aux membranes qui fouffrent grande extenfion. Touchant la fympathie de cet orifice
auec le cœur & les membranes du cerueau, il s'en trouue beaucoup de chofes

l. 5. de loc.aff.
c. 5.
l. 1. de fymp.
cauf. c. 7. dans Hippocrate & Galien : Car les indifpofitions de cet orifice font accompagnées de fymptomes femblables à ceux qui fuiuent les maladies du cœur, comme
font la fyncope, la cardialgie & la refolution de toutes les forces & facultez : ce
qui a induit les Anciens à le nommer *cardia* cœur. Aux playes & fractures du
crane, fi la dure mere vient à eftre expofée à l'air qu'elle n'a point accouftumé de
fentir, les malades vomiffent incontinent vne humeur iaune & verdaftre : d'autant que le ventricule eft amené en fympathie auec la dure mere, à raifon de la
fimilitude de leur fubftance & de la communion de leurs vaiffeaux, *qui* (felon
Galien) *font les principales caufes de toute fympathie.*

A fçauoir fi le Ventricule engendre le Chyle par fa temperature ou par fa forme : &
pourquoy il n'engendre point quatre fubftances comme le Foye.

QVESTION DIX-NEVFIESME.

La chylifica-
tion fe fait par
la forme du
ventricule.

NOVS vuiderons icy deux difficultez. 1. Sçauoir fi la
chylification doit eftre attribuée à la chaleur pluftoft
qu'à la forme fpecifique du ventricule. 2. Pourquoy le
ventricule n'engendre point quatre humeurs comme
fait le foye, ny pareil nombre d'excremens. Ces deux
queftions n'ont rien de difficile à expliquer. Or pour
definir la premiere : Nous difons que la chylification
ne fe fait point tant par la chaleur du ventricule que
par vne proprieté naturelle qui eft en luy. C'eft vne
chofe bien refoluë que toute coction fe fait par l'aide & miniftere de la chaleur :
c'eft pourquoy Nature a enuironné le ventricule de tous coftez de parties chaudes, afin de luy accroiftre & conferuer fa chaleur : mais la coction ne doit point
eftre attribuée à la chaleur, entant que chaleur (car ainfi la chaleur du feu & la
chaleur de la fiéure, qui corrompent tout, feroient caufes efficientes de la digeftion) mais entant qu'elle eft inftrument de l'ame. Et quant à la chylification, elle
fe fait par la feule forme & proprieté du ventricule : Car pour grande que foit la
chaleur elle ne fera point de chyle ailleurs qu'en iceluy.

Pourquoy il
n'engendre
point quatre
fubftances.

Or pourquoy le ventricule n'engendre point quatre humeurs comme le foye,
on en peut bailler double raifon : L'vne de la part de la caufe efficiente, & l'autre
de la materielle. L'efficiente c'eft la chaleur natiue, laquelle eftant puiffante fepare puiffamment les parties de diuerfe nature : Or il eft certain que le foye eft d'autant plus chaud que le ventricule, que les parties fanguines font plus chaudes que
les exangues : car le foye eft charneux, & le ventricule membraneux. Et partant
la chaleur du foye plus forte partit l'aliment en plus de parcelles, que ne fait celle
du ventricule plus debile. Ioignez à la puiffance de la caufe efficiente la difpofition de la materielle : car les chofes liquides s'alterent & changent plus facilement
que les folides. Or le ventricule reçoit les viandes folides, lefquelles il broye, attenuë & digere auec beaucoup de peine, au lieu que le foye ne reçoit qu'vn fuc defià
attenué & preparé, duquel il fepare & chaffe hors les parties diffemblables prefques fans peine ny refiftance aucune.

A ſçauoir ſi le ventricule ſe nourrit de chyle oũ de ſang.

QVESTION VINGTIESME.

Es Medecins ſont en diſcord entr'eux touchant la nu- *Diuerſes opi-* trition du ventricule : Aucuns eſtiment qu'il ſe nourrit *nions touchant* de chyle, & les autres du ſang crud & non encore ela- *du ventricule.* boré au parenchyme du foye, mais ſeulement ébau- ché aux rameaux de la porte. Auicenne veut que *Satu-* *Fen.1.l.1.c.2.* *nique externe ſe nourriſſe du ſang, & l'interne du chyle:* *doct. 5. l. 2.* Auenzoar écrit, *que la ſuperieure partie qui eſt plus ner-* *tract. 2. c. 1.* *ueuſe, ſe repaiſt du chyle, & l'inferieure qui eſt la plus char-* *neuſe du ſang.* Nous diſons auec Galien, *qu'il ſe nourrit* *Celles de l'au-* *d'vn ſang pur & élaboré au foye, comme font toutes les autres membranes du corps.* *theur.* Et pour confirmer noſtre opinion nous amenerons outre les raiſons vulgaires des argumens irrefragables. Le premier tiré de l'Anatomie eſt tel. Toutes les deux *ſes raiſons.* tuniques & orifices du ventricule ſont parſemées d'vne infinité de veines aſſez notables : ces veines n'ont point eſté faites en vain, elles ne tranſportent point le chyle au foye, (ſinon en cas que le foye ſoit fort affamé) autrement elles le luy porteroient crud, & non encore parfait aux boyaux. D'ailleurs la chylification ſe faiſant au fond du ventricule & non en l'orifice ſuperieur : il s'enſuit qu'il fau- droit qu'il y eut plus grand nombre de ces veines au fond qu'en l'orifice, ſi elles ne ſeruoient qu'à porter le chyle du ventricule au foye : or elles paroiſſent plus groſſes en l'orifice : car la coronaire ſtomachique ceint toute la baſe d'iceluy, dau- tant que les tuniques de l'orifice eſtant plus épaiſſes que celles du fond, ont be- ſoin de plus grande quantité de ſang pour leur nourriture. Dont s'enſuit que ces veines ſont deſtinées pour le nourriſſement du ventricule. Appuyons cette rai- ſon d'vne ſeconde plus forte. Au chyle pour bon & pur qu'il puiſſe eſtre, il y a touſiours des parties excrementeuſes & inutiles, la bile, le ſuc melancolic & l'hu- meur ſereuſe, qui ne peuuent eſtre ſeparées que par la chaleur du foye : or rien ne peut nourrir parfaitement qu'il ne ſoit ſeparé d'auec ſes excremens. Comment donc pourra le chyle eſtre dit aliment conuenable du ventricule : Il ſemble que *l. 3. de temp.* Galien nous ait voulu monſtrer cela quand il dit, *que rien ne peut nourrir parfaite-* *c. 1.* *ment qu'il n'ait paſſé par toutes les coctions.* 3. Que le ventricule ſe nourriſſe du ſang, il ſe recueille de ce que les beſtes qui viuent tout l'Hyuer dans leurs cachots ſe nourriſſent du ſang. Car ne prenant aucuns alimens par la bouche, il s'enſuit fort bien qu'elles n'engendrent pas de chyle dont le ventricule ſe puiſſe nourrir. Et le ventricule, pendant que l'enfant eſt au ventre de la mere ſe nourrit pareillemét du ſang porté par la veine vmbilicale. Valeſius répond *qu'il ſe nourrit de la portion* *Reſponce de* *plus cruë du ſang de la mere, qui en quelque façon reſſemble au chyle.* Mais cette répon- *Valeſius.* ce eſt indigne d'vn ſi grand perſonnage. Car ainſi il faudroit dire, que le cerueau, *l. 2. cont. c. 3.* les os & les membranes ſe nourriſſent auſſi de chyle : parce qu'ils tirent le ſang *l. 1. c. 14.* crud & pituiteux pour leur nourriſſement. 4. Aux grandes foibleſſes d'eſtomach *Reiettée.* & aux degouſtemens, quand le malade ne prend rien par la bouche, pour empefcher qu'il ne defaille, on luy donne des clyfteres nourriffans faits de boüil-lons de chapons, perdrix & femblables. Or ces boüillons ne montent point au ventricule, ains font tirez par les mefaraïques & tranfportez au foye, où ils fe tournent en fang, qui eft en apres diftribué par les veines à toutes les parties.Qui dira que le ventricule fe nourriffe lors du chyle, veu qu'il n'en engendre point? & toutesfois il fe nourrit cóme toutes les autres parties. 5. Toutes les parties mem-braneufes fe nourriffent de fang, pourquoy non auffi le ventricule? Concluons donc que le ventricule fe nourrit de fang non feulement encommencé aux vei-nes de la porte; ains parfait & elaboré au foye. Il s'eft toutesfois trouué des do-ctes perfonnages entre les modernes comme Ioubert & Veiga qui maintiennét par plufieurs raifons, *qu'il fe nourrit de la plus fubtile portion du chyle*. Mais il ne fera mal aifé de les refuter l'vne apres l'autre.

Que le ventri-cule fe nourrit du chyle.
Opinion de Ioubert. para. 5.de cad.2.& *de Veiga* com. in c. 62. aitis part.
Raifon pre-miere.
l. 3. de facul. nat. c.17.
l. 4. de vfu par.c. 19.
Deuxiéme.

1. Ils alleguent l'authorité de Galien qui enfeigne en plufieurs lieux en termes ex-prés *qu' il fe repaift & nourrit du chyle*. Nous reconnoiffons auec le mefme Galien deux fortes de nutrition : l'vne parfaite qui eft l'affimilation, le principal & der-nier ouurage de Nature : l'autre imparfaite imitatrice de la premiere, laquelle eft comme vne certaine obleсtation & recreation qui fe fait à raifon de quelque fa-miliarité & refemblance de qualité:Galien la nomme *Lafciua,lafciue*, ou *lafciueté*. Or il veut que le ventricule fe nourriffe du chyle en cette derniere façon,& non en la premiere.2.Ils objeсtent que le ventricule ne reçoit des veines que de la porte, l'office de laquelle eft de porter le chyle au foye, & non de porter le fang : & par-tant que les organes de la nutrition fe nourriffent, non du fang elaboré au foye, mais du chyle feulement.Cet argument (fi ie ne me trompe) eft tres-abfurde : car fi le fang alimentaire eftoit tout contenu aux ruiffeaux de la veine caue, & fi les ra-meaux de la porte portoient feulement le chyle, il s'enfuiuroit que la ratte, le me-fentere & l'epiploon fe nourriroient du chyle, parce qu'ils ne reçoiuent point de veines de la caue : cóme auffi feroyent les gros boyaux,lefquels toutesfois ne con-

Troifiéme.

tiennent rien en eux que les excremens inutiles & deffeichés. 3.Les veines ne font que s'ouurir au ventricule, & ne fe trainent point dans fes tuniques : elles fuccent donc pluftoft qu'elles ne nourriffent. Bon Dieu, quelle eft cette nouuelle Ana-tomie ! les deux gaftriques ne s'épandent-elles point par toutes les deux tuniques du ventricule? Et la coronaire ne ceint-elle point tout l'orifice fuperieur d'iceluy comme vne couronne, en diftribuant fes brancheages de cofté & d'autre? Leur

Quatriéme.

infertion (croyez moy) eft du tout femblable à celle des autres veines. 4. Veiga allegue que *Les organes de la premiere coсtion font moins nobles, & engendrez d'vn fuc moins pur que la chair*. Il faut donc auffi qu'ils fe nourriffent d'vn fuc moins pur & non encor elaboré au foye.Mais cette raifon eft tres-abfurde. Car les os moins nobles & plus froids que le ventricule & les boyaux,ne laiffent point de fe nour-rir du fang qui leur eft porté par les ruiffeaux de la veine caue : il en eft de mefme de quafi toutes les membranes qui tirent le fang cuit au foye pour leur nourritu-

Cinquiéme.
La faim eft de deux fortes.

re. 5. D'où vient que la faim ceffe & que la foif s'appaife foudain qu'on a beu ou mangé,fi le ventricule ne fe nourrit point de chyle : Nous répondons que la faim eft de deux fortes, naturelle & animale : celle-là eft implantée en toutes les parties fans fentiment : mais celle-cy eft auec vn fentiment fort exquis, particuliere au ventricule & principalement à fon orifice fuperieur. Celle-là ne s'appaife que par l'affimilation de l'aliment : & celle-cy parce que c'eft vn fentiment de diuulfion, qui s'appaife quád la diuulfion ceffe & finit. Soudain dóc qu'on a mangé, la faim animale ceffe, parce que le ventricule eftant remply, la diuulfion & compreffion de fon orifice finit : La naturelle s'appaife auffi en quelque façon, à raifon que fes fibres font arroufés & humectés, mais non tout à fait, iufques à tant que l'affimilation qui ne s'acheue qu'auec beaucoup de temps, foit parfaite. Quand Galien écrit *qu'il faut que ce qui nourrit fouffre trois coctions*. Veiga l'expofe, comme fi cela fe deuoit feulement entendre de la nutrition des parties charnuës, combien que le mefme Galien ait monftré en mille endroits, *qu'il n'y a que le fang feul qui foit l'aliment conuenable pour la nourriture des parties*. D'ailleurs voyant qu'il ne pouuoit deffendre cette doctrine erronée, il reconnoift trois coctions en la nutrition du ventricule, la chylification qui fe fait au fond du ventricule, la fanguification qui fe fait aux veines d'iceluy, & l'affimilation qui fe fait aux tuniques. Il veut donc que le chyle fait au fond du ventricule foit tiré par les veines d'iceluy & tourné en fang; & qu'en apres il foit derechef tiré par le ventricule. Mais il y a icy trois fautes remarquables. 1. Il eft certain que le fang ne prend fa rougeur que de l'attouchement du parenchyme du foye. 2. Ie ne voy point pourquoy le chyle foit pluftoft tiré par les veines que par les tuniques du ventricule, fi tant eft qu'il y ait vne fi grande fimilitude de fubftance entre le chyle & les tuniques. 3. Si les veines tirent le chyle, & fi elles l'ébauchent & luy donnent quelque commencement de fang : ie concluds toufiours que le ventricule ne fe nourrit point immediatement du chyle, mais du fang. *Erreur de Veiga.*

HISTOIRE ANATOMIQVE.

Du Foye.

CHAPITRE XIX.

E s parties contenuës en la region inferieure il n'y en a qu'vne noble & abfoluëment neceffaire, les Grecs la nomment *hepar*, les Latins *iecur*, & les François le *foye*. Le ventricule comme vn pouruoyeur, luy fournit de viande : la vefficule, la ratte & les reins purgent la maifon royale & en jettent hors les immondices comme d'vne cuifine. Le foye, felon Hippocrate, eft *la radication des veines, la boutique de la fanguification, le magafin du fang, l'architecte de l'efprit naturel, & le principe des veines*, non point *de generation*, mais *de diftribution*, par lefquelles, comme par des aqueducts & ruiffeaux il arroufe toute la republique des membres, & nourrit comme vn prince liberal la famille de tout le corps à fes propres coufts & dépens. A cette caufe Hippocrate l'appelle *la fource & fontaine de l'humeur gratieufe*, & quelques Anciens, *terre fertile*. Platon le met, *le fiege de l'amour & de la concupifcence*, & luy donne la puiffance *de deuiner*, voulant qu'il foit meu par les images & reffemblances des chofes. D'icy eft tirée la fable de Titius, & ce dire commun, *cogit amare iecur, le foye fait aymer*. Les Medecins logent la faculté naturelle en iceluy. Car l'appetit qui miniftre à la faculté nutritiue, *Le foye. Ses noms. Sa dignité. l.1. de alimen. l. de morb. mul.*

est communiqué & enuoyé de luy à toutes les parties, mais principalement à l'o-
rifice superieur du ventricule. De là vient que ceux qui ont le foye debile ou scir-
rheux abhorrent toutes viandes & principalement la chair & le vin. Et quant au
desir de procréer son semblable que Nature a implanté en tous animaux pour la
conseruation de leurs especes, il est aussi enuoyé du foye aux testicules. Le fondement des principautez & facultez vitales & animales, consiste en la bonne
prosperité de ce viscere, comme leur ruine & desolation en l'infelicité & infortu-
ne d'iceluy. Ioint que la couleur de la peau de tout le corps dépend immediatement de luy : car *quelle est l'humeur, telle se manifeste la couleur en la peau.* Or le foye

Sa necessité. est la premiere officine & boutique de toutes les humeurs. Tres-grande donc est
la dignité du foye, mais sa necessité l'est encore beaucoup plus : de là vient que
Galien le met *premier d'origine & de nature entre tous les parenchymes.*

Sa situation. Il est situé en l'hypochondre dextre au dessous du diaphragme & des fausses
costes, & est souuent appellé par Hippocrate *hypochondre* par excellence : il est
toutefois quelque peu reculé du diaphragme afin de luy laisser son mouuement,
qui sert d'éuentoir aux parties internes, libre & sans empeschement. Nature luy a
donné cette situation tres-asseurée & tres-digne, l'ayant couuert des costes comme d'vn rampart, & ne l'ayant point laissé nud & sans estre couuert d'os comme
elle a fait le ventricule & les boyaux, dautant qu'il n'a point besoin de s'estendre
comme ils font : mais seulement de contenir le sang dans la capacité de ses vaisseaux. Au fœtus & enfans nouueau-naiz il occupe aussi l'hypochondre gauche, à
raison que leur ventricule chomme & qu'il ne se dilate point tant : mais en ceux
qui sont plus aagez, la distention du ventricule ne permet point qu'il occupe cet
Sa figure. espace. Les Anciens & plusieurs des Modernes ont ignoré la figure du foye humain. Hippocrate le diuise en cinq lobes (qu'il nomme *pinnas, pinnulas, fibras,*
l. de off. nat. & à chacun desquels Theophile a donné des noms propres. Galien en reconnoist
l. 6. epid. plus grand nombre au foye des bestes qu'en celuy de l'homme. Mais s'il en faut
l. 2. cap. 11. croire la veuë, le foye humain est continu & n'est point separé en lobes comme
l. 4. de vsu. aux autres animaux, desquels le ventricule estant plus rond il falloit que le foye
part. c. 8. l'embrassast de tous costez : il a seulement vne fente (on l'appelle *fissure*) en son
milieu, dans laquelle se cache la veine vmbilicale nourrice de l'embryon : & par
la partie posterieure, vne petite portion qui remplit la partie enfoncée du ventricule. Tout ce corps ainsi continu paroist caue par bas & par dedans, & gibbeux par dessus & par dehors : d'où la partie superieure est nommée gibbeuse
& teste, & l'inferieure caue & enfoncée. Il n'a point de figure propre, parce que la
figure ne sert de rien à faire l'alteration : Or le foye est l'organe qui sanguifie, la
sanguification est vne action similaire qui est, & commencée & paracheuée par
la seule temperature. Doncques la partie superieure est lisse, ronde comme le dehors d'vne voûte, & égale pour garder qu'elle ne nuise au mouuement du diaphragme : & l'inferieure inegale, ressemblant assez bien aux pointes & precipi-
ces des rochers, pour donner sortie à la veine porte & aux conduits qui purgent
la bile : joint s'il estoit égal & tout vny en sa partie inferieure, que les rameaux
de la porte seroient souuent pressez par le ventricule remply, & la distribution
Sa grandeur. du chyle & du sang empeschée. Outre-plus il apparoist rond par le costé droit,
& par le senestre il s'amenuise peu à peu & se termine comme en vn angle aigu. La
grandeur de ce viscere n'est point pareille en tous animaux : car l'homme l'a plus
grand qu'aucun autre, & entre les hommes ceux qui sont craintifs, gourmands,
& qui ne semblent naiz que pour la panse & la graisse sont tenus l'auoir plus

grand

grand que les autres. Or l'homme l'a plus grand que les autres animaux ; tant pource qu'il a la peau plus rare & desliée, par où se fait vne plus grande dissipation & éuaporation, que pource qu'il fait vne plus grande diuersité de functions, qui ne se font que par le moyen des esprits: or la matiere des esprits c'est le sang. Il est composé de grand nombre de parties. 1. D'vne chair qui luy est particuliere. 2. Des racines des veines porte & caue. 3. De grand nombre de petites arteres. 4. De plusieurs scions creux comme arteres, qui portent la bile en la vesficule. 5. De deux petits nerfs. 6. Et d'vne tunique fort desliée qui le couure par tout. La chair fait la propre substance d'iceluy, & pour cette raison Hippocrate le nomme *viscere charneux*. Cette chair ressemble à du sang caillé, & comme rosty. Erasistrate a esté le premier qui l'a nommée *parenchyme*, le vulgaire l'appelle *affusion*. Les anciens veulent qu'elle serue pour enuironner les vaisseaux, de peur qu'ils ne s'attachent les vns aux autres, pour les affermir & appuyer comme quelque cuissin, ou de la lictiere molle, & pour aider à la sanguification des veines par sa chaleur, non autrement que l'epiploon, la ratte, & les parties voisines aident la digestion du ventricule. Nous luy donnons vn vsage beaucoup plus excellent; qui est de donner la forme, la temperature & la rougeur au sang: & ainsi nous maintenons qu'elle est la plus noble partie du foye, qui seule; premierement & de soy fait & engendre le sang. Des veines, les vnes luy portent la plus subtile portion du chyle, apres l'auoir attenuée & preparée, on les nomme *la veine porte*; les autres portent le sang desià élaboré & parfait au foye, & le dechargent au tronc de la veine caue. Les racines de ces deux veines porte & caue, sont répanduës par tout le corps du foye, & entre-lassées par vn artifice admirable, en telle sorte qu'il y ait beaucoup plus grand nombre des racines de la porte en la partie caue du foye qu'en la gibbeuse: tellement qu'il y a bien de l'apparence que la sanguification se fait principalement en la partie caue, & la distribution & perfection en la gibbeuse. Or les racines de ces veines sont des anastomoses admirables, qui ont esté inconnuës aux Anciens, par le moyen desquelles toutes les veines ont communion les vnes auec les autres dans le foye, comme dans leur propre matrice, tellement qu'il merite à cette occasion, d'estre dit *le principe des veines*. Au reste Nature a fait ces entrelassemens, & comme lacis de veines au foye, afin d'élaborer le sang plus parfaitement: car tardant long temps aux destroicts de ces petits vaisseaux; il acquiert vne plus parfaite coction, estant alteré & changé par le parenchyme; qui touche iusques aux moindres parcelles d'iceluy: & pour cette raison les tuniques des veines qui sont semées dans la chair du foye, sont les plus desliées de toutes. Ainsi les menus boyaux ont esté entortillez en force ronds: ainsi les vaisseaux qui preparent la semence ont esté impliquez d'entrelasseures labyrinthiques, qui ressemblent aux fleaux tortueux de la vigne ou du lierre, & les petites arteres des ventricules du cerueau, enlassées d'vn entretissement merueilleux. Mais pourquoy Nature a-elle fait deux fosses au cœur & point d'entrelasseures? & force entrelasseures au foye & point de fosse ou cauité? C'est pource que les parties qui doiuent ou receuoir ou enuoyer quelque matiere tout à coup en grand' abondance ont besoin de cauité: mais celleslà n'en ont que faire, qui n'en reçoiuent ou enuoyent que peu, & petit à petit. Il a aussi des petites arteres pour temperer la chaleur naturelle & conseruer les esprits contenus, mais elles ne sont épanduës qu'en la partie caue, car la gibbeuse est continuellement ventilée par le mouuement du diaphragme comme d'vn éuentoir. Entre ces vaisseaux (i'entends les veines) se trainent plusieurs scions desliez

Sa composition

Sa chair.

ses vaisseaux.

Les entrelassemens des veines pourquoy faits.

Ses arteres.

& creux, comme des arteres, qui sont destinez à l'expurgation de la bile, tous lesquels s'assemblans en vn tronc s'en vont à la vessicule. Tout ce corps est couuert d'vne tunique ou membrane fort desliée, qui naist du peritoine, dans laquelle il y a deux petits nerfs: desquels l'vn vient des branches de la sixiéme coniugaison, qui s'inserent en l'orifice du ventricule & au mesentere, & l'autre naist de celuy qui se distribuë entre les costes: ils sont tous deux petits, dautant que l'action du foye est purement naturelle & non animale, & qu'il n'engendre point le sang pour le mouuement & le sentiment: joint qu'il n'a point besoin de grand sentiment, veu qu'il est de toutes parts déchargé de ses excremens inutils & dommageables, de la cholere, du suc melancholic & de l'humeur sereuse, par la ves-

sicule, la ratte & les reins. Son temperamment naturel est chaud & humide: il falloit qu'il fust chaud, tant pour faire la coction: or de toutes les qualitez la chaleur est la plus efficace: que pour accroistre la chaleur des alimens. Il falloit aussi qu'il fust humide, afin d'arrouser tout le corps par son humidité & tiedeur,

qui est la raison qu'il est nommé *la fontaine de la vapeur gratieuse*. Il a connexion auec le cerueau par les nerfs; auec le cœur par les arteres & la veine caue; auec le ventricule, les boyaux, & la ratte, par le rameau splenique & mesenterique: Brief à peine y a-il partie au corps, auec laquelle il n'ait communication par le moyen des veines, qui sont nommées *ligamens communs*. Il est en outre attaché au dia-

phragme, au peritoine, aux fausses costes, au cartillage ensiforme & au nombril

par ses ligamens propres. D'iceux il y en a vn rond & tres-fort qui l'attache & lie au diaphragme, le vulgaire le nomme *suspensoire*. Le deuxiéme l'attache par ses costez aux costes, & aux lombes. Le dernier c'est la veine vmbilicale, nourrice de l'embryon, laquelle lors que l'enfant est né, degenere en vn ligament, & empesche que le foye ne soit porté vers le dos. Les Barbares pour faire mourir d'vn nouueau genre de supplice les malfaicteurs cruellement; ils leur couppent le

nombril tout au tour; iceluy couppé ils meurent aussi tost suffoquez: car la veine vmbilicale qui sert au foye de ligament estant couppée, le foye tombe en arriere & en bas & tire quant & soy le diaphragme, qui est le principal organe de la respiration. Touchant l'vsage du foye, Platon en philosophe en cette façon. *Dieu*

voyant que la partie concupiscible de l'ame seroit telle, qu'elle n'escouteroit point la raison, ains se laisseroit nuict & iour emporter par toutes sortes d'obiects & visions, il a fait la nature du foye dense, doulce & non du tout exempte d'amertume. Aristote veut

que *le sang soit seulement preparé en iceluy, & qu'il reçoiue sa forme & perfection aux ventricules du cœur.* Les Medecins luy attribuënt la sanguification, soustiennent

que c'est luy qui donne la temperature, la rougeur & la forme au sang, & le mettent le siege de la faculté naturelle. Il faut recueillir de ces choses que l'action du foye

est double; l'vne officiale & commune, à sçauoir la sanguification qu'on appelle *la seconde concoction*: & l'autre priuée & particuliere qui se fait par la troisiéme coction.

CONTROVERSES ANATOMIQVES.

A fçauoir fi le Foye eft vne partie noble.

QVESTION VINGT-VNIESME.

Ovs auons prouué cy-deuant par plufieurs bonnes raifons, que le foye doit eftre decoré du tiltre honorable de prince & de partie noble. Et neanmoins il y en a plufieurs, & des anciens & des Modernes qui s'efforcent de luy ofter fa prerogatiue Royale, & de le dépoüiller de tous fes droicts & appanages, fouftenans qu'il n'eft ny le principe des veines, ny le fiege de la faculté naturelle, ny la boutique de la fanguification, ny finalement l'architecte d'aucun efprit. Nous ne redirons point icy ce que nous auons defià bien au long difputé touchant le principe des veines & l'officine de la fanguification; & rechercherons feulement icy briefuement, fçauoir s'il y a quelque efprit & faculté naturelle qui influë du foye dans toutes les parties.

lin. 1. queft. 2.

Aux controuerfes du 4. liure.

A fçauoir fi le Foye engendre l'Efprit Naturel.

QVESTION VINGT-DEVXIESME.

ETTE difpute touchant l'efprit naturel eftant affez ordinaire aux écholes, ie la pafferay legerement fans m'arrefter en vne chofe fi claire, & me contenteray de toucher feulemét en faueur des jeunes apprentifs, quelques points touchant les efprits en general. Galien definit l'efprit, *vne exhalaifon du fang beining*, les Stoïciens, *le lien de l'ame & du corps :* Car l'ame eft aufsi differente du corps, que le ciel empyrée de la terre. Il y en a qui le definiffent, *vn corps celefte fiege & lien de la chaleur & de la faculté, & le principal inftrument pour faire les fonctions.* Au refte, il eft dit *celefte*, par analogie à raifon de fa fubtilité, & de la façon admirable de fon operation : Car de nature & origine, il eft totalement élementaire. Nous le definiffons *vn corps tres-fubtil perpetuellement mobile, engendré du fang & de la vapeur pour eftre le vehicule & chariot des facultez de l'ame.* Hippocrate veut que ce foit vn corps, quand il le met au nombre des chofes qui conftituent le corps ; Car il diuife le corps aux parties contenantes ou qui contiennent, aux parties contenuës & aux parties qui font effort. Qu'il foit corporel, cecy aufsi le demonftre ; C'eft qu'il a befoin d'vn canal comme d'vn porteur qu'il eftend & dilate les parties, & qu'il occupe vn lieu : Car l'homme eftant mort la prunelle deuient lafche & ridée, & les membranes de l'œil s'abbatent n'eftant plus éclairées des rayons de l'efprit. Il s'enfuit donc que c'eft vn corps, mais le

Fernel. l. 4. phif. c. 2.

Sa denfition.

l. 6. epid. fect. 7.

plus deflié & fubtil de tous ceux qui font contenus au corps, & duquel la puiſſance & l'incurſion non autrement que du vent font tres-grandes : Ainſi la femence bien qu'épaiſſe & viſqueuſe paſſe par des vaiſſeaux qui n'ont point de cauitez apparentes, parce qu'elle eſt toute groſſe & pleine d'eſprits. Galien veut que *le ſang ſoit ſubtil, la vapeur plus ſubtile, & l'eſprit tres-ſubtil.* I'ay dit qu'il eſt perpetuellement mobile : car les eſprits font en continuel mouuement, non point qu'ils foient meus & agitez par quelque autre moteur feulement, comme les humeurs, leſquelles, foit ou qu'elles foient attirées ou chaſſées, font touſiours meuës par vn autre : mais auſſi par eux meſmes, & par vn principe qui leur eſt naturel. Tellement que le mouuement des eſprits dépend, ou d'vn principe qui eſt en eux-meſmes, ou d'vn autre venant de dehors. Ils fe mouuent du principe qui eſt en eux-meſmes (comme la flamme) en haut & en bas, ainſi qu'enſeigne Galien; en haut parce qu'ils font legers ; car ils font de nature de feu & d'air : & en bas pour chercher leur nourriture.

3. de fac. nat.

1. de rigore.
palpit.

Si ces deux mouuemens font empeſchez, l'eſprit fe corrompt, ou en languiſſant, ou en s'eſteignant; en languiſſant, c'eſt à dire, par faute de nourriture, parce, qu'il ne fe peut mouuoir vers bas ; & en s'eiſteignant à raiſon de la preſence de fes contraires, comme d'vn grand froid, ou d'vne abondance d'humidité qui le ſuffoquent, parce qu'il ne fe peut mouuoir vers haut. Ils font auſſi meus par vn principe venant d'ailleurs, quand ils font pouſſez ou tirez: Les naturels font pouſſez par le foye, les vitaux par le cœur en fon fyſtole, & les animaux par le cerueau quand il fe reſerre. Ils font tirez, les naturels par les veines, les vitaux par toutes les parties auec le fang arterieux, & les animaux rarement, finon que la partie foit touchée ou de douleur ou de volupté: car ainſi, ny la vehemence de l'objeét ne permet point que la faculté intermette ce qui eſt de fa charge, ny la chaleur ne ceſſe point d'attirer à foy. Doncques l'eſprit eſt vn corps mobile. Or il eſt engendré du fang & d'vne vapeur tres-ſubtile, tellement que la matiere d'iceluy foit double, l'exhalaiſon du fang & l'air : De là vient qu'il eſt conſerué, fomenté & reparé, & par le fang & par l'air. La derniere parcelle de la definition deſigne l'vſage des eſprits, qui tient lieu de cauſe finale: car l'eſprit eſt le chariot, non de l'ame mais de fes facultez : car fi on lie les vaiſſeaux, les veines, les arteres & les nerfs, la vie, le mouuement & le fentiment periſſent par l'interception de l'eſprit, & non de la faculté laquelle eſt incorporelle: car le lien ne luy oſte point ny la continuité auec fon principe, ny la diſpoſition naturelle. Telle eſt en general la nature des eſprits. Des eſprits les vns font implantez, leſquels font autant en nombre, que l'on met de differences de parties, & les autres font influents, leſquels influënt & decoulent de diuerſes ſources & fontaines, & feruent à réueiller la faculté des eſprits implantez, qui eſt comme aſſoupie & cachée. Quand au nombre de ces eſprits influents, les Medecins ne s'accordent point. Argentier veut qu'il n'y en ait qu'vn; parce qu'il n'y a qu'vne ame, qu'elle n'a qu'vn organe, qu'il n'y a qu'vn fang, & vn air feul attiré par la reſpiration. L'antiquité a beaucoup mieux recognu trois eſprits, d'autant que les facultez de l'ame font trois, la naturelle, la vitale & l'animale: qu'il a trois principes, le cerueau, le cœur & le foye; & trois fortes de vaiſſeaux, les veines, les arteres & les nerfs. Qu'il y ait en nous vn eſprit animal, Galien l'enſeigne en fix cens endroits, & pluſieurs raiſons le prouuent: car à quelle fin auroit Nature caué tant de ventricules au cerueau, à quelle fin y auroit elle fait tant d'entrelaſſemens labyrinthiques d'arteres, & creé tant de couples de nerfs; mais nous en auons traitté plus amplement ailleurs.

Combien il y a
d'eſprits.

Argentier ne
met qu'vn eſ-
prit influent.

1. 10. quæſt.
20.

Perſonne n'a encor nié le vital, & il n'a pas meſme eſté inconnu aux Poëtes: car voicy comme en parle l'vn d'iceux.

Nous auons dedans nous vn Dieu qui nous échauffe
Par ſes émotiõs.

On diſpute ſeulement du naturel, lequel pluſieurs effacent du roole des éprits, appuyez ſur les raiſons ſuiuantes. 1. La faculté naturelle n'a point beſoin de chariot pour eſtre portée par tout le corps, veu qu'elle eſt implantée en toutes les parties. 2. Il n'y a point de matiere dont il puiſſe eſtre engendré, dautant qu'il n'y a point de conduits qui ſoyent ordonnez pour tranſporter l'air au foye. 3. Il n'y a point de lieu où il puiſſe eſtre engendré : car au foye ne ſe void point de ca-uité, ny de foſſe, comme au cœur & au cerueau pour le contenir. 4. Il n'y a point de canaux pour le departir à toutes les parties : car les tuniques des veines ſont trop deſliées pour contenir l'éprit celeſte & tres-ſubtil. Et de fait Herophile veut *que l'artere ait eſté faite ſix fois plus épaiſſe que la veine, dautant qu'elle contient l'eſprit, lequel à raiſon de ſa tenuité s'éuanouyroit aiſément s'il n'eſtoit enfermé d'vne paroy denſe & épaiſſe.* 5. Comme ainſi ſoit qu'Hippocrate appelle les éprits *hormonta,* c'eſt à dire *faiſans effort,* s'il y en auoit dans les veines elles battroyent non autre-ment que les arteres. 6. Poſé qu'il y ait quelque eſprit porté par les veines, de quelle paſture ſera-il conſerué ? Car *le chaud* (dit Hippocrate) *eſt nourry par vn froid moderé:* mais il n'y a point d'air qui ſoit porté dans les veines. Tels & ſem-blables ſont les argumens de ceux qui dénient l'eſprit naturel. Mais ſi on les poiſe à vne iuſte balance ils ſeront ſans doute trouuez trop legers : car Galien n'a ia-mais dénié cet eſprit, il en a ſeulement douté, & ſemble meſme qu'il ait quel-quesfois auſſi douté du vital, combien que ce ſoit choſe toute notoire qu'il ſoit contenu dans les arteres. Galien écrit en termes tres-clairs, *que les veines contien-nent quelques eſprits groſſiers & nebuleux.* Et pour réponce à leurs raiſons. 1. Nous leur accordons que veritablement la faculté naturelle eſt implantée en toutes les parties : mais dautant que la chaleur innée ſe diſſipe facilement, & que l'eſprit na-rel implanté eſt ſeulement par puiſſance, il a beſoin de l'influence de quelque eſ-prit ſemblable pour le réueiller & fomenter. Les Arabes veulent que par le moyen de cet éprit naturel influent, le ſang ſoit porté par tout le corps : car en-cores que chaque partie ſucce & attire (comme l'aimant le fer) le ſuc qui luy eſt familier; ſi eſt-il qu'elle ne le peut faire des lieux tres-éloingnez non plus que l'ai-mant n'attire point le fer, ny l'ambre la paille quand ils ſont trop reculez. 2. Les aduerſaires reconnoiſſent l'eſtoffe & matiere de l'eſprit eſtre l'air, lequel n'ayant point de conduits par leſquels il ſoit porté au foye, ils demandent comme c'eſt que l'eſprit naturel, contenu au foye & aux veines, pourra eſtre reſtauré & con-ſerué? mais ignorent-ils que tout le corps (ſelon Hippocrate) *eſt tranſpirable & transfluxible ?* Cet eſprit groſſier & nebuleux n'a point beſoin de beaucoup d'air pour ſa conſeruation, & ſe contente de la ſeule tranſpiration, qui ſe fait en la par-tie caue du foye par les arteres, & en la gibbeuſe par le mouuement continuel du diaphragme, qui ſert d'éuentoir pour raffraichir les viſceres. 3. La concluſion qu'ils tirent de ce qu'il n'y a point de cauité au foye, que par conſequent il n'y a point de lieu où l'eſprit naturel puiſſe eſtre engendré, me ſemble tres-hardie, mais oppoſons-nous hardiment à icelle couuers du bouclier de Galien; & diſons que le foye n'auoit point beſoin de cauité comme le cœur, dautant qu'il n'y a que les parties qui doiuent receuoir ou enuoyer tout à coup quelque matiere en

Raiſon pre-miere.

Deuxiéme.

Troiſiéme.

Quatriéme.

Cinquiéme.
l.6.epid.ſect. 7.
Sixiéme.

l. de princip.

Cette opinion eſt refutée.
l.12.met.c.5.

l.6.de vſu par.
Reſponce à la premiere rai-ſon.

A la ſeconde

A la tierce.

abondance qui en ayent befoin. L'efprit vital tres-fubtil, comme il s'épuife promptement, auffi doit-il eftre reparé promptement ; or il ne peut affluer en abondance, s'il n'eft receu foudainement & copieufement : & partant il auoit befoin d'vne cauité pour fa generation, non autrement que Nature a ordonné des veines fort groffes, pour la nourriture des poulmons : mais l'efprit naturel groffier, comme il ne fe diffipe point fi promptement, auffi n'a-il point befoin d'eftre reparé ny engendré en fi grande abondance : à quoy fuffifent les entre-laçemens des veines qui font au foye, fans qu'il foit befoin de foffe ny de cauité

A la quarte & quinte. apparente pour la generation d'iceluy. 4. & 5. Ils nient que les veines foient vaiffeaux propres pour contenir & diftribuer les efprits, d'autant que leurs tuni-ques font trop déliées & qu'elles ne battent point comme font les arteres. A cela nous répondons, qu'vn efprit groffier comme eft cettuy-cy, n'a point befoin d'eftre renfermé de paroy fi denfe & épaiffe, comme ils veulent faire croire ; & difons que les veines n'ont point de battement, d'autant que la faculté pulfifique ne decoule point du cœur en icelles : car nous maintenons que les arteres bat-tent, non point pource qu'elles font remplies de chaleur & d'efprits, mais à rai-fon qu'elles reçoiuent l'influence de la faculté pulfifique & vitale du cœur, com-

A la fixiéme. me nous monftrerons en fon lieu. 6. Nous difons que l'efprit contenu aux vei-nes eft entretenu, conferué & reftauré par la tranfpiration : car chaque veine a vne artere qui l'accompagne par tout : & mefme il fe fait grand nombre d'ana-ftomofes & emboucheures de veines & d'arteres. Concluons donc qu'il y a en nous vn certain efprit naturel, qui eft comme le chariot de la faculté naturelle & du fang groffier, lequel eft porté du foye par les veines dans toutes les parties du corps.

HISTOIRE ANATOMIQVE.

De la veſſicule du Fiel.

CHAPITRE XX.

'AVTANT que la fanguification fe fait par coction, & que toute coction fe fait par la chaleur, au comman-dement de laquelle les chofes femblables & de mefme genre s'vniffent & affemblent, & les chofes qui font diffemblables fe feparent. Il ne fe pouuoit faire que toutes les parties du chyle, lefquelles font de diuers genre, fuffent changées & conuerties en vn fang doux & vermeil : mais aucunes en vne humeur amere & jaune, les autres en vn fuc noir & acide, & les autres en vne humidité fereufe & fallée : De forte que de cette coction il en refulte trois excremens, l'vn pefant & fort terreftre, qui répond à la lie du vin, on l'appelle *fuc melancolic* : l'autre leger & plus aëré qui nage par deffus, eftant femblable à la fleur du vin, on le nomme *bile*, le troifiéme eft *aqueux & fereux*. Ces trois ex-cremens, parce qu'ils font ineptes pour nourrir le corps (car il ne fe nourrit que de ce qui eft doux) font feparez par Nature d'auec le fang pur & loüable, & ren-uoyez en de certains lieux, comme en leurs propres vaiffeaux & receptales. Car

fi la bile amere fe mefloit auec le fang ; elle foüilleroit les efprits contenus dans
les veines, & rongeant par fon acrimonie les chairs, & piquottant les membranes, elle cauferoit vn fentiment continuel d'vlceration aux parties : joint qu'elle
rendroit tous les mouuemens precipitez, & les fentimens égarez tels que font
ceux des phrenetiques. Quant à l'humeur terreftre & melancolique, elle contamineroit toute la maffe du fang, & par fes exhalaifons malignes répandant des
tenebres autour des efprits, elle combleroit l'homme de defefpoir, de crainte &
de trifteffe : Et pour le regard de l'humeur fereufe, fa fubftance eftant toute
aqueufe & fans nulle graiffe, elle empefcheroit la parfaite affimilation du fang
auec les parties. Et partant Nature a deftiné la veffcule pour receuoir la bile, la ratte pour purger le fuc melancolic, & les reins pour tranfcouler l'humeur fereufe.
La bile irritant par fon acrimonie plus que les deux autres humeurs eft purgée la
premiere, & fon receptacle eft fi prochain du foye, qu'il fe voit pendant en la par- *Ses noms.*
tie caue & dextre d'iceluy. Ce receptacle eft nommé des Grecs *cyftis cholidochas,*
des Latins *folliculus felleus,* & des François *la bouteille ou veffie du fiel.* Sa fubftan- *Sa fubftance.*
ce eft membraneufe, afin qu'elle fe puiffe facilement referrer & dilater, faite d'v-
ne feule & fimple tunique propre; mais iceile forte & entretiffuë de trois fortes de
fibres, en telle forte que les droits & obliques font fituez interieurement, & les
tranfuerfaux & circulaires au dehors : elle attire la bile par les droits, elle la retient
par les obliques, & par les tranfuerfaux elle la chaffe dans le boyau duodenum.
Cette tunique propre eft reueftuë d'vne autre commune, non point par tout,
mais feulement par la partie qui pend hors du corps du foye. Elle a des petites
veines du tronc de la porte nommées Cyftiques, qui luy portent le fang pour fa
nourriture; des petites arteres de la *cœliaque;* & des petits nerfs du *coftal* dextre;
Sa figure eft longuette & ronde, s'élargiffant peu à peu, comme vne longue poi- *Sa figure.*
re tout iufques à l'extremité de fon fond. On confidere trois parties en icelle, fon
fond, fon col, & fes deux conduits. I'appelle fond, fa partie plus ample & large, *Son fond.*
qui eft le receptacle de la bile : & col la partie plus eftroitte : les conduits font *Son col.*
deux, l'vn fe répand par vne infinité de fcions dans le foye entre les racines des *Ses deux con-*
veines porte & caue, par lefquelles elle tire à foy la bile pure, & fans eftre meflée *duits.*
d'aucune autre humeur. L'autre s'en va rendre au *duodenum :* c'eft par iceluy que
la veffcule apres s'eftre quelque temps recreée par la prefence de l'humeur, la chaffe bas dans les boyaux, pour les inciter à mettre hors les excremens, & ballier les
reliques de la viande. Ce conduit icy n'eft point feulement implanté entre les tu- *Valuules aux*
niques des boyaux obliquement, mais il a auffi des petites membranes, comme *deux conduits.*
portelettes qui empefchent que la bile ne rentre dans la veffcule dont elle eft fortie. Ainfi quoy que dient les Modernes la bile eft premierement portée du foye
droit à la veffcule, & d'icelle en apres déchargée par vn autre conduit dans les
boyaux, & non point du foye dans les boyaux, & des boyaux dans la veffcule,
comme nous monftrerons cy apres en nos controuerfes contre Fallope. Car que
cela fe puiffe faire, comme ils pretendent, les membranes & portelettes qui fe
voyent és deux conduits l'empefchent totalement. Or tu reconnoiftras facilement ces portelettes en mettant vn tuyau dans le conduit qui fe répand dans le
foye : car en foufflant par ce chalumeau tu rempliras de vent la veffcule & non le
boyau : mais fi tu remplis auec vn autre tuyau la veffcule, tu verras le boyau s'é-
largir & enfler, & le foye non : qui monftre clairement que le chemin eft ouuert
du foye dans la veffcule, & d'icelle dans le boyau : & non au contraire, du
boyau dans la veffcule. Au refte, ces deux conduits ont au milieu vers le col vn

canal commun, par lequel la veſsicule attire à ſoy la bile & chaſſe hors la meſme bile, mais en diuers temps. Or le conduit, qui du col de la veſsicule s'implante dans le foye, eſt porté dans iceluy, non point tout droit, mais obliquement, parce que la ſituation de la veſsicule cachée en la partie caue du foye l'empeſchoit. On trouue auſsi par fois vn troiſiéme conduit qui s'en va rendre au fond du ventricule, dont Galien fait quelquesfois mention, & Veſale ſe vante l'auoir veu vne fois: mais c'eſt vne mauuaiſe conformation, & ceux en qui il ſe trouue vomiſſent continuellement de la bile, & leur condition eſt tres miſerable, Les Grecs les appellent *picrócholoiáno*, comme qui diroit *bilieux vers haut:* Comme ils appellent *picrócholoicáto*, comme qui diroit *bilieux vers bas*, ceux qui ont vn conduit, qui de là veſsicule s'implante au boyau *ieiunum*, deſquels les dejections ſont perpetuellement bilieuſes: mais nous en parlerons plus au long en nos controuerſes.

Vn troiſiéme conduit qui ſe trouue rarement.
l. 2. de temp. c. 8.
l. art. par. cap. 74.

CONTROVERSES ANATOMIQVES.

A ſçauoir ſi la veſſicule attire la bile, & ſi elle s'en nourrit.

QVESTION VINGT-TROISIESME.

IL n'y a perſonne pour peu aduancé qu'il ſoit en l'Anatomie, qui n'ait cent & cent fois remarqué la veſsicule attachée à la partie caue du foye, eſtre quaſi touſiours plaine d'vne húmeur iaune & amere. Mais à ſçauoir ſi cette humeur eſt portée de ſon bon gré à la veſsicule, ou ſi elle y eſt tirée par icelle, ou bien ſi elle y eſt enuoyée par la faculté expultrice du foye, c'eſt choſe qui n'eſt point encore bien reſoluë. Qu'elle y ſoit portée volontairement & de ſa nature par la ſeule forme élementaire, perſonne ne le dira s'il n'a perdu le iugement. Il reſte donc qu'elle y ſoit ou enuoyée, ou attirée. Galien veut l'vn & l'autre, & la raiſon le perſuade auſsi: cóbien que l'ingenieux Fallope vueille *qu'elle y ſoit ſeulement enuoyée par le foye, & non attirée par la veſſicule:* mais nous le refuterons en la queſtion ſuiuante. Or que la bile ſoit chaſſée hors par le foye, ſa nature le déclare aſſez: c'eſt vn excrement nuiſible de toute ſa nature & qualité au foye, il doit donc eſtre ſeparé & chaſſé hors: ou pour mieux dire il eſt ſeparé plus viſtement que les deux autres excremens: à raiſon que ſon acrimonie eſt plus grande: & pour cette raiſon, ſon receptacle eſt fort prochain du foye & attaché à la partie caue d'iceluy, au lieu que la ratte & les reins en ſont reculez d'vne aſſez longue diſtance. Or qu'elle ſoit auſsi attirée par la veſsicule Galien l'enſeigne & la conformation de la veſsicule & de ſes conduits le perſuade ſuffiſamment: car comme ainſi ſoit qu'il y ait pluſieurs conduits, la bile tomberoit pluſtoſt dans les boyaux qui inclinent vers bas qu'en la veſsicule, la ſituation de laquelle eſt plus éleuée, s'il n'y auoit quelque attraction particuliere de la part de la veſsicule. Dont s'enſuit qu'elle attire la bile pure, & icelle non meſlée d'aucune humeur benigne: mais à ſçauoir ſi elle l'attire pour ſa nourri-

Que la bile eſt chaſſée par le foye.

Et attirée par la veſſicule.
l. 4. de vſu. par. c. 13. &
l. 5. c. 4.

ture, ou à raifon de quelque familiarité qui eft entr'eux, ou bien pluftoft par quelque proprieté qui nous eft inconnuë? c'eft chofe qui a efté & qui eft encore auiourd'huy en debat parmy les gens de lettres. Monfieur Ioubert traitte cette queftion en l'vn de fes paradoxes, & prouue en iceluy, *que la veſſicule fe nourrit de la bile comme la rate du fuc melancholic, & les roignons du fang fereux.* Cette opinion peut eftre confirmée par ces raifons. 1. C'eft vn axiome de Philofophie & de Medecine lequel eft fouuent repeté par Galien: *que rien n'attire pour l'amour de l'attraction feule mais pour iouyr de ce qu'il attire:* c'eft à dire, *que toute attraction fe fait pour quelque fin:* la veſſicule attire la bile, c'eft donc pour fa nourriture : & c'eft ce qui nous eft clairement monftré par la couleur de la vefsicule, laquelle eftant toute iaune, tefmoigne affez, que c'eft à raifon de l'affimilation de la bile dont elle fe nourrit. 2. Les veines qui font femées dans les tuniques de la veſſicule, font fi petites qu'elles ne fe voyent quafi point. Comment donc pouuront-elles arroufer leur fubftance interieure d'vn fang aggreable pour leur nourriture ? 3. Les poulmons, felon le tefmoignrge de Galien, *fe nourriſſent de bile:* pourquoy donc la veſſicule partie moins noble ne fe nourrira-elle point auſſi de la mefme humeur quelque peu plus impure? Tels & femblables font les argumens de ceux qui fouftiennent la bile eftre la nourriture de la veſſicule. Mais fondez fur l'authorité de Galien, & fur des raifons beaucoup meilleures nous maintenons affurément, qu'elle fe nourrit non de la bile, mais du fang qui luy eft porté par les veines, & pour cette caufe difons, qu'elle attire la bile pour quelque autre fin. Galien efcrit, *Que les deux veſſies, parce qu'elles attirent l'excrement inutile, tout pur, ont befoin de veines pour leur porter leur nourriture.* Il demande ailleurs, *pourquoy le ventricule & les boyaux ont deux tuniques, & que les deux veſſies n'en ont qu'vne propre.* Il refpond, *que c'eft pource qu'aux veſſies, il ne fe fait aucune coction de ce qu'elles contiennent, & par confequent aucune nutrition.* Là raifon confent à l'authorité. 1. Toute nutrition fe fait par affimilation, la bile ne peut eftre affimilée, parce que c'eft vn excrement, qui ne peche point feulement en quantité, ains qui eft nuifible de toute fa qualité. 2. Mais cóme ainfi foit que Nature ne faſſe rien en vain: pour quelle fin a elle fait les petites veines nómées *cyftiques,* fi ce n'eft pour porter la nourriture à la veſſicule? Elles font petites (ie le confeſſe) mais aſſez grandes pour nourrir ce corps petit & exágue. Pour fatisfaire à leurs raifons, Nous difons qu'ils cócluent fort ineptemét, quand ils difent : *la veſſicule appaIoit toute iaune, c'eft donc par aſſimilation de la bile:* Car on en pourroit dire autant du boyau colon, lequel encore qu'il fe nourriſſe, nó de la bile, mais du fang, ne laiſſe point de paroiftre iaune, pource quil touche à la veſſicule, & qu'il eft teint du fuc qui exude à trauers de fes tuniques. 2. Quand ils font comparaifon de la nutrition de la veſſicule auec celle du poulmon, ne voyent ils point que c'eft autre chofe de la bile & autre chofe du fang bilieux ? Le poulmon fe nourrit d'vn fang bilieux, c'eft à dire d'vn fang tres-fubtil, & qui a efté elaboré au ventre dextre du cœur : mais de la bile excrementieufe & pure, il n'y a point de partie qui s'en nourriſſe. Ils objectent la nutrition de la ratte & des roignons : car la ratte attire le fang groſſier & excrementieux, & les reins le fereux pour leur nourriture. Mais combien il y a peu de fembláce entre la nutrition des reins, & de la ratelle, & celle de la veſſicule, qu'ils l'apprennent de ce qui fuit. La ratte attire le fang craſſe & excrementieux, & les reins le fang fereux, mais non point purs, ains meflez de beaucoup de fang : car leurs vaiſſeaux qui font le fplenique & les emulgentes, font tres-larges? Or les vaiſſeaux qui tirent les humeurs par des orifices larges ne les peuuent (dit Galien) tirer pures & non

Que la veſſicule fe nourrit de la bile, opinió de Ioubert parad. 6. de cad. 2.

Raifon premiere.

Deuxiéme.

Troifiéme.

Qu'elle ne fe nourrit point de la bile, opinion de l'autheur. l. 5. de vfu. part. c. 7. l. 5. de vfu. part. c. 13.

Raifon premiere.

Deuxiéme.

Refponce aux raifons de la premiere opinion.

meſlées: il s'enſuit donc qu'ils attirent les excremens meſlez de beaucoup de ſang bening & alimentaire, qu'ils ſeparent pour leur nourriture le ſang d'auec ce qui eſt ſuperflu, lequel ils chaſſent & mettent hors par apres, comme inutile & nuiſible. Mais la veſſicule tire à ſoy la bile pure, & non meſlangée d'aucune autre humeur: tant pource que la petiteſſe des chemins ne permet point que les autres humeurs plus groſſieres puiſſent paſſer, que pource que cette attraction ſe fait principalement à raiſon de la familiarité qui eſt entre la veſſicule & l'humeur bilieuſe.

Pour quelle fin la veſſicule attire la bile.
l. 5. du vſu.
part. c. 10. De ces choſes chacun peut voir que la veſſicule n'attire point la bile pour ſon nourriſſement. Mais pour quelle fin eſt-ce donc qu'elle l'attire? Galien veut, que ce ſoit à raiſon d'vne familiarité & ſimilitude qui nous eſt inconnuë: car comme l'aymant attire le fer, & l'ambre le feſtu, ainſi la veſſicule attire la bile, de la preſence de laquelle elle reçoit quelque reſſentiment de volupté & plaiſir. Car voicy comme il en parle *la veſſicule attire la bile, à raiſon de quelque certaine communion de qualité qu'elle a auec cet excrement: car nous pouuons voir en chaque animal, quelque long temps qu'il viue, quelque quantité de bile contenuë en icelle: & meſme l'animal eſtant mort, nous ſeparons la veſſicule d'auec le foye, & la gardons fort long temps toute plaine de ladite humeur, ſans que pour la longueur du temps, elle en ſoit offencée: &*

Demande. *ainſi ce qui eſt amy & familier à vne choſe ne luy eſt point nuiſible.* Mais quelque curieux demandera, comment peut la veſſicule prendre plaiſir à cet excrement, la ſauuageté & acrimonie duquel eſt ſi grande que s'il tarde tant ſoit peu dans les boyaux, il y fait des vlceres, & s'il ſe répand dans l'habitude du corps, il cauſe vn tremblement vniuerſel en picquant le pannicule nerueux? d'où vient que cette veſſie partie membraneuſe, & par conſequent de ſentiment tres-grand ne ſent point cette acrimonie, & qu'elle n'eſt point bleſſée par la congeſtion de cette hu-

Reſponce. meur? *Nature,* dit le Poëte *a caché beaucoup de choſes d'vn voile obſcur.* Il y a des ſympathies & antipathies admirables en l'vniuers: la veſſicule prend plaiſir de la preſence de la bile: & de là vient qu'elle n'eſt point offencée par l'acrimonie d'icelle: outre-plus eſtant accouſtumée à l'attouchement de cette humeur, cela fait qu'elle n'en reçoit aucun detriment. Ainſi ceux qui ſont accouſtumez aux poiſons, ne ſont point offencez par iceux. Vne goutte de liqueur irrite la trachée artere, là où les pleins verres reſioüiſſent le ventricule. Vn peu d'air ou de vent gehenne cruellement le ventricule & les boyaux, au lieu que les poulmons le tirent auec volupté en tres-grande abondance. Ceux qui ne veulent point admettre l'amitié & familiarité d'entre la bile & la veſſicule, rapportent la cauſe de cette attraction à la neceſſité & prouidence de Nature & diſent que c'eſt afin de purifier le ſang, de peur qu'eſtant infecté de cet excrement, il ne deuienne inutile à la nourriture du corps.

Des conduits qui purgent la bile contre Fallope.

QVESTION VINGT-QVATRIESME.

Loüange de Fallope.  OVs deuons beaucoup à l'ingenieux Fallope, l'vn des plus ſubtils Anatomiſtes de noſtre temps, pour auoir découuert pluſieurs choſes inconnuës aux ſiecles precedens: car il a eſté le premier qui nous a exactement décrit l'hiſtoire de l'œil humain, & qui en iceluy a remarqué ce corps cartilagineux qu'il nomme *poulie:* Il a auſſi eſté le premier qui a demonſtré la verge de la femme qu'il appelle *clytoris*, & qui en outre a expliqué plufieurs difficultez enueloppées de mille obfcuritez en l'hiftoire des mufcles, des veines & des nerfs. Mais quand il parle de l'vfage de la veſſicule, & qu'il defcrit les conduits qui portent la bile, en accufant l'antiquité d'erreur, il fe trompe luy-mefme pauurement, ainfi que nous allons monftrer. L'opinion des anciens eft qu'il y a deux conduits deftinez à l'expurgation de la bile, defquels l'vn eft refpandu par vn nombre infiny de fcions dans le foye, & l'autre s'en va rendre dans le boyau duodenum: que par le premier la veſſicule attire à foy la bile, & par le dernier elle la defcharge dans le duodenum. Falloppe veut au contraire *que les conduits refpandus dans le foye s'aillent rendre non point à la veſſicule mais droiƈt au duodenum, & qu'ils defchargent continuellement la bile en iceluy.* Mais pource qu'il aduient fouuent que les boyaux font remplis des vents, ou que le chyle au temps de la diftribution ferme le paſſage à la bile, ce qui empefche qu'elle ne defcende. Nature a fait la veſſicule, comme vn deftour ou referuoir pour la receuoir & contenir, iufques à ce que les boyaux foyent ouuerts & libres, de peur que ladite bile regorgeant dans le foye, ne vienne derechef à infecter toute la maſſe du fang. Il fouftient donc deux chofes. 1. *Que la bile eft portée du foye droit au duodenum: 2. Que la veſſicule n'attire point la bile: mais qu'elle regorge en icelle, lors que les vents ou le chyle rempliſſant les boyaux, luy couppent le chemin & empefchent qu'elle ne defcende:* qui font comme ie m'en vay monftrer par le fens & la raifon (crytiques tres-certains de toutes chofes) toutes deux tres-abfurdes. 1. Rien ne s'ingere fortuitement en la compofition du corps humain, mais l'vfage que Fallope affigne à la veſſicule, eft fortuit & accidentaïe: car il arriue rarement aux corps fains & bien difpofez, que les boyaux foyent remplis de vents, & leur paſſage bouché par le chyle: dont s'enfuit que la veſſicule en quelques corps eft par fois inutile & faite de Nature en vain, chofe que la vraye Philofophie ne peut fouffrir, car Nature ne fait rien contre les caufes malefiques, excepté contre celles qui aduiennent tous les iours & neceſſairement, fon premier deſſein a efté de créer l'homme fain & non maladif: elle engendre donc les parties premierement & de foy, non fortuitement, & les defigne à vne fin certaine, encore que elle en abufe fouuent à plufieurs & diuers vfages. 2. Il falloit que la bile fut portée à la veſſicule, premier qu'au duodenum: car fi elle decoulloit peu à peu & continuellement dans les boyaux, elle ne les aiguillonneroit point à fe décharger de leurs excremens, parce que peu de bile & decoullant goutte à goutte, n'auroit point aſſez de force pour les irriter: mais ayant efté attiré par la veſſicule & recueillie en icelle, elle vient finalemenr à fe ietter tout à coup en grande quantité dans les boyaux, & ainfi les aiguillonne à fe décharger par certains interualles de temps. 3. Que fi la veſſicule n'eftoit ordonnée pour attirer la bile, & la contenir quelque temps, dequoy feruiroit à Nature de l'auoir feparée d'auec la maſſe du fang? Car fi du foye elle defcendoit continuellement droit dans les boyaux, elle fe meſleroit tout de nouueau auec le chyle & le contamineroit: car le chemin eft toufiours oùuert pour defcendre dans le duodenum, & la diftribution du chyle ne fçauroit empefcher, comme veut Fallope, le chemin à la bile. 4. Mais auſſi fi la bile ne faifoit feulement que regorger dans la veſſicule alors que le paſſage des boyaux eft fermé, la veſſicule ne fe verroit point toufiours pleine; mais quelquefois feulement: or eft-il qu'elle eft toufiours pleine, mefmes aux corps fains & bien compofez. 5. Si la veſſicule feruoit feulement de deftour & referuoir

L'opinion des anciens touchant les conduits portebile.

Celle de Fallope, en fes obferuations Anatomiques.

Raifons de l'autheur cenтre Fallope. premiere.

Deuxiéme.

Troifiéme.

Quatriéme.

Cinquiéme.

à la bile, quel befoin auoit-elle d'vne cauité fi ample ? vn fort petit corps pouuoit fuffire, veu que l'intention de Nature n'eftoit point de defcharger la bile en icelle, mais de l'enuoyer droit au duodenum. 6. Si la veficule n'auoit la faculté de tirer la bile, pourquoy reflueroit-elle pluftoft dans icelle que dans le foye, veu que le chemin eft plus long & plus tortueux ? Car fi l'humeur ne fait feulement que refluër : ce reflus & regorgement fe fera par les chemins plus larges & plus cours. Il s'enfuit donc qu'elle eft tirée par la veficule. 7. Outre-plus fi la bile n'eftoit point attirée, & qu'elle ne fift feulement que regorger, elle ne feroit point retenuë, mais chaffée au mefme inftant comme nuifible : & ainfi ce reflus fe feroit en vain & pour neant. Car pourquoy n'irriteroit-elle point la veficule, aufi bien qu'elle fait le ventricule & les boyaux, fi elle ne luy eftoit point amie & familiere ? *Nature* (dit Galien) *n'a point renuoyé la bile au ventricule, dautant qu'elle luy eftoit nuifible*, car fi elle émeut foudain les boyaux par fon attouchement, elle gafteroit (à bien plus forte raifon) la coction du ventricule. Galien demande *pourquoy les boyaux ont des tuniques, & que les deux veffies qui contiennent l'vrine & la bile, qui font humeurs plus acres n'en ont qu'vne:* il répond, *que c'eft pource que la bile eft nuifible aux boyaux & les endommage, & qu'elle eft amie & familiere à la vefficule:* Vn peu de bile irrite les boyaux, & non la veficule, dautant qu'elle n'eft point attirée par iceux, & ne leur eft point familiere, comme elle eft à la veficule. Ce qui a meu Fallope à fe deftourner de l'opinion commune, eft à mon aduis, dautant qu'il voyoit que le chemin qui meine du foye à la veficule eft oblique, mais du foye qu'il s'en va rendre tout droit aux boyaux : & partant que la bile ne pouuoit par ce fentier oblique & tortueux aller à la veficule premier qu'au boyau. Mais cette raifon me femble trop molle & ne refentir rien de la grauité d'vn fi grand perfonnage. Car autre eft le mouuement de la faculté expultrice, autre de l'attractrice, & autre de la forme elementaire : celuy qui fuit la forme elementaire eft droit, & fe fait le plus fouuent par les chemins plus cours, plus ouuers & plus droits : mais au mouuement de la faculté attractrice qui fe fait par l'ame, ny l'obliquité des chemins, ny la pefanteur de la matiere n'y donnent point d'empefchement : car & le fang pituiteux, bien que pefant eft porté au ceruau, & en la faim le ventricule attire les excremens groffiers des boyaux. Dautant donc que le veficule attire la bile, l'obliquité des chemins n'empefche point fon mouuement. Or ce conduit ne pouuoit eftre porté droit du foye à la veficule, dautant qu'elle eft fituée en la partie caue du foye : il defcend donc, & puis apres il monte. Tu objecteras fi la veficule attire la bile pource qu'elle luy eft familiere, pourquoy la rejette-elle puis apres ? Car par la mefme proprieté qu'elle l'attire, par la mefme elle la doit retenir pour fon contentement. Répond qu'elle ne la chaffe point finon qu'elle l'irrite ou par fa quantité, ou par fa qualité : car ayant efté longuement retenuë, elle en deuient plus acre & plus chaude : Ce qu'aucuns alleguent que la veficule n'attire point la bile, parce qu'il fe trouue beaucoup d'animaux qui n'en ont point, ne prouue rien : car en ceux qui n'ont point de veficule, perfonne ne dira que la bile foit tirée par icelle : mais quand elle fe trouue, nous maintenons que fon vfage eft de la tirer. Or qu'il y ait des animaux qui n'ayent point de veficule, Ariftote l'écrit en ces mots: *Le fiel en quelques animaux eft attaché au foye, aux autres non.* Le cerf & le dain n'en ont point : le cheual, le mulet, l'afne, le veau marin n'en ont point non plus, & les cerfs furnommez *achaines* font eftimez l'auoir en la queuë : le foye de l'elephant & du dauphin eft aufsi fans fiel. Au deftroit de Negre-pont en la Morée

la mou-

Sixiéme.

Septiéme.

l. 5. de vfu part. c. 4.

l. 5. de vfu part. c. 12.

Ce qui a meu Fallope.

Obiection.

Solution.

Quelques animaux n'ont point de veficule. l. 2. de hift. animal. c. 15.

la moutonnaille n'en a point, mais en l'iſle de Naxe, elle l'a fort grand ou double.
Or maintenant s'il eſt vray-ſemblable comme eſtime Fallope, que la bile ſoit premierement portée du foye au boyau, parce que le chemin eſt plus court (qu'il
nous ſoit permis de retorquer les meſmes traits contre luy) la bile refluëra donc
auſſi pluſtoſt du boyau au foye, qu'à la veſſicule, parce que le chemin n'eſt point ſi
oblique & tortueux; & ainſi ce deſtour & reſeruoir n'aura plus d'vſage. Mais quit-
tant les raiſons mettons en auant noſtre obſeruation. Ie dis donc que du foye il y Obſeruation de l'autheur.
a vn conduit apparemment ouuèrt qui s'en va à la veſſicule, & qu'il n'y en a point
qui aille du foye au boyau : & qu'il y en a vn autre petit qui de la veſſicule eſt ouuert dans le duodenum, & non du duodenum au foye; & qu'en chacun de ces conduits il y a des valuules & portelettes qui empeſchét que la bile ne rentre aux lieux
dont elle eſt partie. Or pour reconnoiſtre la verité de ces valuules, mets vn feſtu
dans les conduits qui ſe voyent au foye & ſouffles, tu verras la veſſicule s'enfler premier que les boyaux, dautant que le conduit eſt ouuert du foye à la veſſicule; que ſi
tu mets le feſtu dans la veſſicule & que tu ſouffles, le códuit qui mene de la veſſicule au boyau s'emplira, & non point celuy qui vient du foye : Et ainſi la bile eſt portée premierement du foye à la veſſicule, & d'icelle déchargée par apres dans le
duodenum. Concluons dóc que la veſſicule attire la bile de la partie caue du foye,
qu'elle la retient pour vn certain temps, & puis apres la décharge au temps ordonné de Nature dans les boyaux. C'eſt l'opinion d'Hippocrate, de Galien & de tous l. 4. de morb.
les anciens, & qui eſt receuë aux Eſcholes de Medecine. Car où il y a vn ſi grand
conſentement de tant de grands perſonnages, appuyé ſur l'authorité de toute
l'antiquité, ie ne me laiſſe point aiſément emporter à ce qu'vn ou deux peuuent
auoir pour leur plaiſir, allegué au contraire. Mais afin qu'on ne puiſſe rien deſirer Que la veſſicu-le ſe déſcharge quelquesfois dans le fond du ventricule.
à la parfaite connoiſſance de ces conduits : il faut remárquer que le dernier par
lequel la veſſicule ſe décharge dans les boyaux apparoit quelquesfois double, &
que l'vn s'en va au fond du ventricule & l'autre au boyau duodenum; ainſi qu'écrit
Galien & que Veſale dit auoir vne fois remarqué. Il faut auſſi remarquer que ce I 2. de temp 7 & l. ar. part. 74.
meſme conduit n'eſt quelquesfois qu'vn & ſimple mais mal conformé de Natu-
re, & qu'aux vns ils'implante au fond du ventricule & aux autres au deſſous du
duodenum ; dont aduient que ces premiers-là vomiſſent continuellement la bile
toute pure, & que ces derniers-cy ſont touſiours trauaillez d'vn cours de ventre
bilieux. Ceux-là ſont nommez des Grecs *picrocholoi ano*, bilieux vers haut, & ceux-
cy *picrocholoi cato*, bilieux vers bas. Galien appelle tant les vns que les autres, *bilieux
d'habitude & de conformation*. Mais afin d'éclaircir ces choſes dauantage, il con- Deux ſortes de bilieux.
uient noter, qu'il y a ſelon Hip. & Galien deux ſortes de bilieux ; *les vns de nature
& les autres d'euenement:* ceux qui le ſont *de nature* ſont tels ou de temperature, ou
d'habitude, de temperature, comme ceux qui ont le foye tres-chaud, car ceux qui
l'ont tel engendrent beaucoup de bile & d'habitude, c'eſt à dire de conformation,
cóme ceux dont la veſſicule eſt conformée en telle ſorte que le conduit par lequel
elle ſe décharge de la bile ſe va rendre ou au fond du ventricule, ou dans le boyau
ieiunum; & ces premiers-là ſont nommez par noſtre Hippo. *bilieux vers hauts* & l. de victi rat. in acut.
ces derniers cy, *bilieux vers bas.* Ceux-là vomiſſent continuellement la bile toute
pure, ladite bile regorgeant de l'eſtomach dans la bouche, & ceux-cy ſont perpetuellement affligez d'vn flux de ventre bilieux : Or tant les vns que les autres,
peuuent eſtre pituiteux de temperament. Il ſe trouue dans Galien vne fort belle cóm. 2. ad lib. de victi. 1. et. in acuti
hiſtoire ſur ce ſujet, d'vn Paul Rhetoricien & d'vn Eudemus Philoſophe : cettuy-
là de temperament pituiteux eſtoit affligé de frequents vomiſſemens & auoit tou-

fiours le ventre ferré : & cettuy-cy au contraire auoit fes dejections bilieufes, mais il ne vomiſſoit point de bile : Or tous ceux-cy font dits bilieux de Nature. Il y en a d'autres qui le font par éuenement, c'eſt à dire par vn temperament acquis, comme ceux qui trauaillent beaucoup , qui veillent & fe courroucent ſouuent, qui mangent à force ſalleures & épiceries , & qui boiuent force vins forts & non trempez. Mais à ſçauoir ſi la veſſicule attire & chaſſe hors la bile, par vn & meſme conduit; pluſieurs en ſont en doute. Vn Moderne grand interprete d'Hippocrate, mais peu exercé en l'Anatomie a laiſſé par écrit, qu'il y a deux canaux qui s'implantent dans le corps de la veſſicule , & que par l'vn d'iceux elle attire la bile & la chaſſe hors par l'autre. Mais ce font pures fictions. Car il n'y a qu'vn feul conduit qui va à la veſſicule par lequel elle la tire & chaſſe hors, mais en diuers temps: Et toutesfois de ce conduit commun naiſſent & ſortent deux ſcions, l'vn deſquels ſe diſtribuë & répand diuerſement par tout le foye , par lequel elle ne fait ſeulement qu'attirer la bile à ſoy , & l'autre s'inſere au duodenum: par lequel elle ne fait ſeulement que chaſſer hors. Et c'eſt ce qu'a voulu Galien quand il dit. *Ce n'eſt point choſe mal aiſée à faire qu'vn meſme conduit ſerue , mais en diuers temps à l'attraction & à l'expulſion : veu que l'œſophage ne ſert point ſeulement à conduire les viandes au ventricule , mais auſſi à porter hors aux vomiſſemens par vn mouuement contraire tout ce qui eſt contenu en iceluy.*

Il n'y a qu'vn feulconduit au col de la veſſicule.

l. 3. de fac. nat. c. 13.

HISTOIRE ANATOMIQVE.

De la Rattelle.

CHAPITRE XXI.

COMME les laboureurs enuironnent les bleds fertiles de lupins, afin que l'amertume de la terre eſtant attirée par iceux , le froument en deuienne plus beau & plus doux: ainſi Nature a logé la ratte vis à vis du foye, afin qu'en le déchargeant des excremens groſſiers & feculens, la maſſe du ſang en ſoit renduë plus pure & plus loüable. A cette cauſe elle eſt dite eſtre *l'organe du ris* , & Platon veut que ſon vſage ſoit *de rendre le foye net & reluiſant comme vn miroir, pour mieux repreſenter les images.* Que ſi elle manque à ſon deuoir qui eſt de purifier le ſang , il eſt incroyable combien il en ſourd de faſcheux accidens : Car & les tenebres viennent à obſcurcir les eſprits , & les vapeurs malignes à offuſquer le cœur & le cerueau & tout le corps en deuient liuide & paſſe, qui occaſionnoit Stratonicus de dire *que les morts cheminoient en Carie, parce que les habitans de cette Iſle eſtoient tous trauaillez d'enflure & dureté de ratte.* Elle eſt ſituée en l'hypochondre ſeneſtre, à l'autre coſté du foye, regardant le foye & le ventricule par ſa partie caue, & les extremitez des fauſſes coſtes par ſa partie gibbeuſe; eſtant ſituée aux vns vn peu plus haut, & aux autres vn peu plus bas : & c'eſt de ces derniers icy, que parle Hip. quand il dit, *Que ceux à qui la ratte incline vers bas , ont les pieds & les genoux chauds , & le nez & les oreilles froides.* Sa figure apparoit diuerſe , ſelon la diuerſité des parties ſur leſquelles elle eſt couchée: car elle eſt vn peu gibbeuſe par la partie qu'elle touche la cauité du diaphragme, & vn peu caue parce qu'elle eſt appuyée ſur le ventricule gibbeux: on luy dóne toutesfois vne figure longuette & quaſi quadrágulaire,

La ratte.

Sa ſituation.

l. 6. epid. ſect. 2.

Sa figure.

reſſemblante à vne langue de bœuf. Hippócrate l'accompare à la plante du pied. Elle n'eſt point en tous de pareille grandeur, ny d'vne meſme couleur; & toutefois la grandeur de cette partie eſt en general pire que la petiteſſe; & ceux à qui le corps fleurit & ſe porte bien, la ratte diminuë; & au contraire, elle croiſt & groſſit à ceux à qui le corps amaigrit. D'où l'Empereur Trajan l'appelloit aſſez bien *le fiſc :* car comme la ratte croiſſant le reſte du corps diminuë, ainſi le fiſc s'enrichiſſant le peuple s'appauurit. Tout le corps de la ratelle eſt compoſé d'vne chair qui luy eſt particuliere. 2. De grand nombre de veines & arteres. 3. De quelques nerfs. 4. Et d'vne tunique qui le couure par tout. Sa chair eſt comme vn parenchyme rare, plein de petits trous, & laſche comme vne éponge plus ſolide, ou quelque pierre ponce bien liſſe, propre pour receuoir & contenir les excremens plus groſſiers de la maſſe du ſang. Elle a des veines notables implantées comme en droite ligne, & répanduës par toute ſa ſubſtance qui naiſſent toutes du rameau ſplenique, par leſquelles elle attire le ſang épais & melancolic, non point pur, mais meſlé de beaucoup de ſang loüable, lequel par le moyen des arteres, elle attenuë & raffine afin de s'en nourrir; & chaſſe hors la portion plus groſſiere qui reſſemble à la lie du vin, & qui n'a peu eſtre attenuée, tantoſt par le meſme rameau ſplenique dans la veine porte & les boyaux, tantoſt par le *vas venoſum* au fonds du ventricule, tantoſt au ſiege par les veines hæmorrhoïdales, & tantoſt dans les roignons par les arteres émulgentes. Elle a auſſi vn grand nombre d'arteres & icelles notables, répanduës par toute ſa ſubſtance, deſquelles les vſages ſont. 1. D'attenuër & purifier l'humeur melancolique par leur battement. 2. De haſter ce ſang de tomber des veines dans la ſubſtance de la ratte. 3. Pour ventiler la chaleur de ce viſcere, qui languit eſtant comme ſuffoquée par la preſence de ce ſang excrementitieux. 4. Pour luy porter la faculté vitale. Elle eſt finalemét reueſtuë par tout d'vne membrane déliée qui prend ſon origine du peritoine, dans laquelle s'inſere vn petit nerf de la ſixiéme coniugaiſon. Elle eſt attachée par ſa partie gibbeuſe au diaphragme & au rein ſeneſtre, par le moyen des membranes du peritoine: & par ſa partie caue au ventricule tant par les veines qu'elle luy enuoye, que par l'épiploon.

Marginalia: 1. de corpor. reſectione. Sa magnitude. — Sa compoſition. — Sa chair. — ſes veines. — ſes arteres. — Sa tunique. — Sa connexion.

CONTROVERSES ANATOMIQVES.

Défence pour Galien touchant l'vſage de la ratte.

QVESTION. VINGT-CINQVIESMÉ.

ES opinions des Anciens & des Modernes ſont diuerſes touchant l'vſage de la ratte. Eraſiſtrate veut *qu'elle ait eſté orée en vain :* & Ariſtote *qu'elle ne ſoit point neceſſaire, ſinon par accident.* Ces deux opinions n'eſtant point appuyées d'aucunes raiſons, n'ont point eu de bruit entre les Medecins : car ils ſçauent bien que Nature (bien qu'elle n'ait point eſté enſeignée de perſonne) eſt vn tres-bon œconome, & qu'il n'y a rien de fortuit en la ſtructure du corps humain, ny rien qui ne reſſente la majeſté d'vne Sageſſe ſouueraine. Aphrodiſée, Arethée & quelques autres veulent *qu'elle ſoit l'organe de la ſanguification,* & ſouſtiennent, appuyez ſeulement ſur quelques conjectures (à raiſon que ſa ſubſtance eſt rare comme celle du foye, & que tous ces deux viſceres ont de grands vaiſſeaux) *que le ſang veineux eſt*

Marginalia: L'opinion d'Eraſiſtrate & d'Ariſtote, l. 3. de part. animal. c. 7. Refuté. — celle d'Aphrodiſée & d'Arethée, l. 1. de cauſ. & ſig. dint. c. 13.

Leurs raiſons. preparé & élaboré en icelle ; & pourtant ils l'ont appellée *foye baſtard & lieutenant ou vicaire du foye: Car,* diſent-ils, *Nature a de couſtume de faire les parties de noſtre corps qui ont vne action commune ou double, logeant l'vne au coſté dextre & l'autre au ſeneſtre: ou vnique ſeulement, & la loger au mitan du corps, comme le cœur, le ven-tricule, la matrice, la veſſie, la bouche, la langue & le nez.* D'autant donc qu'elle a poſé le foye au coſté droit, & la ratte au gauche, ils concluent de là que ce ſont
Refutées. deux organes miniſtrans à vne meſme action. Mais ces choſes ſont trop legeres pour violer l'authorité de l'opinion commune receuë aux Eſcoles. Car comment eut peu Nature loger deux ſi grands viſceres, & qui miniſtrent à tout le corps au deſſous du cœur, droit au milieu du corps? & comment ne ſe ſeroit-elle point monſtrée ſuperfluë, ſi elle euſt creé pluſieurs inſtrumens pour engendrer le ſang,
Celle de Ron- veu qu'vn ſeul pouuoit & deuoit ſuffire? L'opinion de Rondelet eſtoit *que la ratte*
delet. *n'eſtoit point le receptacle de l'humeur melancolique, parce que toute cette humeur, auſſi long temps qu'elle eſt naturelle, eſt employée à la generation & conſeruation des os & des autres parties dures de noſtre corps ; & parce qu'eſtant en tres-petite quantité, il n'y a point de partie ordonnée pour la receuoir, non plus que pour receuoir les excremens du ſang, leſquels pour la pluſpart ſe conſomment par les ſueurs & la tranſpiration in-*
Celle de l'Or- *ſenſible.* Vn certain Medecin de Poictiers, en vn liuret qu'il a mis en lumiere tou-
me. chant la ratelle, luy attribuë vn vſage nouueau & non encore ouy. *Il veut que l'eſprit vital ſoit preparé en icelle, c'eſt à dire, vn ſang tres-ſubtil matiere de l'eſprit vital: que de là il ſoit porté par les arteres de la ratte au ventricule ſeneſtre du cœur, où il ſoit meſlé auec l'air, & acquiere ſa perfection: eſtant parfait, qu'il ſoit répandu dans toutes les arteres, comme dans quelques canaux & aquæducts.* Il appuye cette ſienne
Ses raiſons. opinion de quelques raiſons aſſez fortes & cachées ſous l'apparence de la verité. *La matiere de l'eſprit vital (ce dit-il) ſont deux, l'air & le ſang, qui ont tous deux beſoin d'eſtre preparez & attenuez, l'air eſt preparé aux poulmons: mais quant au ſang, il n'eſt*
l. 11. cap. 2. *point preparé au dextre ventricule du cœur (comme a penſé Galien) car du ventri-cule dextre, il n'y a point de chemins manifeſtes pour paſſer au gauche: il n'eſt point auſſi preparé aux poulmons, comme eſtime Colomb: il reſte donc que ce ſoit en la ratte. La compoſition de ce viſcere, & les accidens qui trauaillent ceux qui ſont indiſpoſez de*
l. 1. de morb. *la ratelle, le perſuadent aſſez.* Ce viſcere, ſelon Hippocrate, *eſt rare, ſpongieux & eſt*
mul. *ſitué aupres du ventre* Dauantage on voit en iceluy vn nombre preſque infiny d'arte-res entrelaſſées: or les entrelaſſures ne ſe trouuent nulle part, ſi ce n'eſt pour faire quelque élaboration nouuelle, comme il ſe voit au cerueau, au foye & aux teſticules. Dont s'en-ſuit que Nature a deſtiné la ratelle pour preparer & attenüer le ſang vital! Outre-plus les ſymptomes des ſpleniticques, la couleur liuide, l'odeur fœtide de leurs ſueurs, l'abon-dãce des pouls, l'inflation des pieds, la palpitation de cœur & ſemblables, ſont ſignes tres-certains de la debilité & reſolutiõ de la chaleur & de l'impureté des eſprits. Ces choſes
Elle eſt refu- ſembleront parauanture probables à pluſieurs, mais ſi on les examine au niueau
tée. de la verité, on trouuera qu'elles ſont fauſſes & pleines d'erreur. Car pour ne le fai-re long. Commét l'eſprit vital preparé aux entrelaſſeures de la ratte pourra-il eſtre porté par la grande artere au ventricule gauche du cœur, veu qu'il y a en l'orifice de la grande artere trois portelettes ouuertes par dedans, & fermées par dehors, pour garder qu'il n'entre rien par icelle dans le cœur? Hippocrate l'enſeigne en ces
l. de corde. mots: *Aux orifices des arteres ont eſté adaptées trois pellicules rondes en haut, com-me vn cercle demy-couppé: & ceux qui ſont ſçauans s'eſmerueillent comment c'eſt qu'elles ferment les orifices & extremitez de la grande artere: que ſi quelqu'vn ayant prins vn cœur en oſte l'vne & abbaiſſe l'autre, il verra que ny l'eau ny le vent ne paſ-*

sent point iusques dans le cœur : Or ces pellicules ont esté adaptées plus exactement & à
bon droit certes, aux orifices du ventricule senestre. Iusques icy Hippocrate, dont ie
recueille cecy. S'il n'entre rien dans le cœur par l'artere, comment le sang attenué
aux entrelaßemens de la ratte y pourra-il entrer, comme veut de l'Orme ? Ie sçay
ce que quelqu'vn répond, que ces petites membranes ont esté construictes, non
point pour empescher que rien du tout entre ou sorte, mais pour empescher qu'il
entre ou sorte tumultuairement & tout à la fois. Mais ce sont des échappatoires,
Car le sang doit estre porté en grande abondance dans le cœur pour la generation
de l'esprit vital ; ce que les membranes semi-circulaires empeschent : mais nous
en disputerons ailleurs plus au long, qu'il suffise d'auoir dit cecy en passant. Au
reste ce qu'il dit que les arteres notables qui sont en grand nombre dans la ratte,
n'ont point esté faites en vain, mais pour quelque élaboration nouuelle : Ie responds que leurs vsages sont quatre. 1. Pour purifier & attenuër par leur pulsation
le sang épais & melancolique. 2. Pour le haster de sortir des veines dans la substance de la ratte. 3. Pour éuenter la chaleur naturelle de ce viscere, qui est comme
suffoquée par ce sang impur. 4. Et pour luy porter la faculté vitale : & ainsi qu'elles n'ont point esté faites en vain. Quant aux symptomes qui aduiennent aux
splenitiques, ils viennent tous de l'impureté du sang non épuré de sa fece, & sont
plustost des effets de l'erreur de la sanguification, que du vice des esprits. Mais
aussi si la ratte estoit dediée pour preparer l'esprit vital, comme ainsi soit que ce
esprit soit tres-necessaire à la vie ; il faudroit qu'elle se trouuast en tous les animaux
parfaits, or il y en a plusieurs qui viuent & engendrent les esprits vitaux sans ratte,
& ces ans derniers fut ouuert à Paris le corps d'vn ieune homme de bonne habitude, qui fut trouué sans ratelle ; on y voyoit le rameau splenique se terminant en
vn petit corps glanduleux, & deux veines hæmorrhoïdales qui deschargeoient le
sang feculent. Pline écrit que ce membre empesche fort à courir, & que pour cette
cause on la brusle & cauterise à quelques vns ; on dit qu'on peut oster la ratte par
incision (ce qu'on appelle eratter) à vn animal sans le faire mourir. Les animaux
qui n'ont gueres de sang feculent, n'ont point de ratte, & toutesfois ils ne laissent
point d'engendrer des esprits vitaux. Aristote le témoigne en ces mots. *Les ani-*
maux qui ont sang, ont pour la pluspart la ratte, mais en la pluspart de ceux qui font des
œufs & non des animaux, la ratte est si petite qu'elle ne se voit quasi point : ce que
nous voyons estre vray aux oyseaux, *comme aux pingeons, milans, espreuiers &*
hiboux. Ayant ainsi arresté ces choses, il reste que nous declarions nostre opinion.
Nous voulons auec Galien, qu'elle ait esté faite pour l'expurgation du sang crasse,
feculent & melancolique ; & qu'à cette cause elle ait esté logée vis à vis & à l'opposite du foye, afin qu'en attirant & separant le suc melancolic, grossier & bourbeux,
le sang en deuienne plus net & plus pur. Or elle l'attire par vne prouidence merueilleuse, ou bien par quelque familiarité qui nous est inconnuë, non point pur
& sans estre meslé comme la vessicule fait la bile, mais arrousé de beaucoup de sang
bening & loüable : car les vaisseaux qui tirent les sucs par des orifices larges ne les
tirent iamais purs, ains meslez auec d'autres humeurs. La ratte ayant attiré ce sang
melancolic, l'attenuë par le moyen de ses arteres, le raffine, se le rend semblable,
& en fin se nourrit de la plus subtile portion d'iceluy : & c'est ce que veut monstrer
Galien quand il écrit, *que la ratte tire vn suc plus grossier que le foye, mais qu'elle se*
nourrit d'vn plus subtil : & qu'elle reiette la portion plus grossiere & impure, tantost au
fonds du ventricule & tantost dans les veines hæmorrhoidales. Voilà l'opinió de Galien & de la pluspart des Medecins, que ie m'en vay appuyer de quelques raisons.

Marginal notes

l. 9. quest. 11.

Vsage des ar-
teres de la rat-
te.

Responce aux
raisons.

Animaux
parfaits vi-
uans sans rat-
te.

l. 11. de son hi-
stoire nat. ch.
37.

l. 2. de hist.
anim. 15.

Opinion de
Galien.
l. 1. de san-
tuenda.
l. de for. sent.
l. 6. de loc. aff.
l. 2. de fac. nat.
& l. de atra
bile.

Confirmée par
l'Autheur.

Raifon premie-re. 1. C'eſt choſe conſtante qu'il s'engendre trois ſortes d'excremens au ſoye auec le ſang, l'vn ſubtil & plus aëré nageant par deſſus; on l'appelle bile; l'autre groſſier & plus terreſtre répondant à la lie du vin, on le nomme melancolic; & le troiſié-me aqueux & ſereux, qui eſt la matiere de l'vrine & des ſueurs. La bile irritant plus que les deux autres à raiſon de ſon acrimonie, eſt auſſi la premiere ſeparée: le ſuc melancolic qui eſt craſſe & impur a pareillemét beſoin d'eſtre purgé, & faut pour l'expurgation d'iceluy qu'il y ait quelque receptacle qui ne ſoit point beaucoup éloingné du foye: or ce receptacle n'eſt point le ventricule, ny les boyaux, ny les roignons, ny les rameaux de la veine caue; il reſte donc que ce ſoit la rattelle, qui reçoit du tronc de la veine porte & de la partie caue du foye, vn grand rameau nó-mé *ſplenique.* La couleur de ce membre qui eſt quaſi en tous animaux noire & liui-de; nous monſtre cela clairement, comme auſſi fait ſon gouſt acide; car la cou-

Deuxiéme. leur apparoit en la partie telle qu'eſt l'humeur qui domine. 2. Que la ratte ſoit de-diée pour purger la lie & fece du ſang, on le peut recueillir de ce qu'elle eſt fort

l. 11. meth. ca. 16. ſujecte aux obſtructions & tumeurs ſcyrrheuſes, nó point à raiſon de ſa ſubſtan-ce, car elle eſt rare & ſpongieuſe; ny à raiſon de ſes vaiſſeaux, car ils ſont amples & larges; mais à raiſon de l'humeur qu'elle contient, laquelle ſi elle eſtoit ſubtile, el-

l. 13. meth. c. 16. l. de ſympt. med. fac. l. de ſan. tuéd. le ne feroit point d'obſtructions ny de ſcyrrhes. C'eſt ce que veut Galien quand il dit *que la ſubſtance de la ratte eſt plus rare que celle du foye, mais qu'elle eſt plus ſou-uent vexée de ſcirrhes, à raiſon qu'elle contient en ſoy vn ſang groſſier & feculent pour ſa nourriture.* Item *la ratte a des meats larges;* d'où vient donc qu'elle eſt ſi ſujecte aux obſtructions, ſi ce n'eſt qu'elle attire vn ſang épais & limonneux à raiſon de cette humeur groſſiere. Galien écrit que *l'exercice ſoulage la rattelle,* entant qu'il

En la vie de Demoſthene. Troiſiéme. *la rend plus ſubtile:* & dans Plutarque vn certain Orchomenien nommé Laome-don, trauaillé d'vne indiſpoſition de ratte s'exercita tellement à courir qu'enfin il remporta la palme entre les pietons. 3. Que cette partie ſoit le receptacle du ſang melancolic, on le peut monſtrer en cette maniere. Le ſang melancolic aux ob-ſtructions de ratte refluë incontinent au foye, & infecte & teint par ſa couleur toute la maſſe du ſang, rendant toute l'habitude du corps melancolique & faiſant la jauniſſe noire, non autrement que la bile regorgeant au foye par les obſtru-ctions de la veſſicule, fait la jauniſſe flaue. Et ç'a eſté à mon aduis, la raiſon pour-quoy les anciens ont mis le ſiege du ris en icelle; témoins ces vers.

> *Le cœur diſcourt & raiſonne,*
> *Le poulmon la voix nous donne,*
> *Le fiel allume dans nous*
> *Le dédain & le courroux,*
> *Le foye à l'amour nous tire,*
> *Et la ratte nous fait rire.*

Et le diuin Platon y faiſant illuſion, écrit *que la ratte a eſté logée tout aupres du foye, afin de le rendre touſiours net clair & luiſant commé vn miroir, & propre pour bien exprimer & repreſenter les images des choſes.* Mais on fait ordinairement pluſieurs objections contre la verité de cette opinion, qu'il nous faut ſoudre auant que

Obiection. paſſer outre. 1. Si la ratte eſtoit le receptacle du ſuc melancolic, elle auroit des con-duits pour l'attirer, & vne cauité pour le contenir; & auroit auſſi des conduits pour le chaſſer hors; non autrement qu'on voit en la veſſicule des meats caues, comme des arteres répandus par tout le foye, par leſquels elle attire la bile, vne cauité ample & ſpacieuſe dans laquelle elle la reçoit, & des canaux par leſquels elle la décharge dans le boyau duodenum. Il en eſt de meſme de l'vrine, car les

veines émulgentes la portent; les finuofitez membraneufes des reins la reçoiuent, & les vreteres & la veffie la chaffent hors : mais de conduits particuliers
pour porter ce fuc melancolic, du foye à la ratte, il n'y en a point : il n'y a point
auffi de cauité pour la receuoir & contenir : ny de canaux pour la porter dehors :
Dont s'enfuit qu'elle n'eft point deftinée pour attirer ny purger cette humeur.
Qu'il n'y ait point de canaux pour tranfporter ce fuc groffier du foye à la ratte,
ie le prouue. La prouidence de Nature eft fi grande, qu'elle fepare les parties inutiles & diffemblables qui font en la maffe du fang, incontinent que la fanguification eft paracheuée, de peur qu'elles ne gaftent la maffe du fang par leur mélange : mais fi le fuc melancolic eft porté par le rameau fplenique à la ratte : le
cette loy de nature eft renuerfée, & le fang melancolic paffant par tout le tronc
de la veine porte infectera tous les rameaux qui nourriffent le ventricule, l'epiploon & les parties voifines. La ratte ne peut point auffi eftre receptacle propre
pour le receuoir, dautant qu'elle n'a point de cauité pour le contenir : & toutesfois l'excrement groffier occupe plus de place que le fubtil. Mais il n'y a point
femblablement de canaux pour le porter hors : car dire qu'il foit enuoyé aux veines hæmorrhoïdales, ou au fond du ventricule, il n'y a nulle raifon : dautant que
s'il eftoit chaffé dans les veines hæmorrhoïdales, il s'enfuiuroit que tous hommes feroyent fujets aux hæmorrhoïdes, veu que tous engendrent de ce fang fæculent : joint que le fang qui fort par les hæmorrhoïdes eft fubtil & vermeil, &
non point noir & groffier. Et s'il eftoit enuoyé au fond du ventricule, il faudroit
qu'il fut en fin mis hors, ou par les vomiffemens, ou par les felles : & par ainfi
nous vomirions continuellement vne humeur aigre, ou bien nos dejections feroyent toufiours noiraftres. Voilà les argumens defquels nous preffent ceux qui
tafchent de renuerfer l'vfage que Galien affigne à la ratte. Mais il ne fera point
mal-aifé de guarir ces bleffures. Nous difons que le rameau fplenique eft idoine
pour tranfporter le fuc melancolic du foye à la ratte, & bien que toutes les veines
du ventricule & de l'epiploon naiffent d'iceluy, que pour cela il n'eft point neceffaire que ces parties tirent ce fang impur, mais la ratte feulement, & ce par vne
familiarité mutuelle qui eft entr'eux : tout ainfi qu'il n'y a feulement que les reins
qui attirent par des vaiffeaux amples & larges l'humeur fereufe, & icelle non pure, mais meflée de beaucoup de fang. Nous difons pareillement que la ratte n'a _Refponce._
point befoin de cauité, parce qu'elle a vne infinité d'entre-laffeures de veines &
arteres, dans lefquelles ce fang épais & fæculent eft élaboré & raffiné : ainfi il y a
plufieurs entre-laffemens au foye & point de cauité : comme auffi aux mammelles & aux tefticules. Galien demande _pourquoy les reins font deux, veu qu'il n'y a_ l. 5. de vfu.
qu'vne vefficule & vne ratte. Il répond, _que c'eft pource qu'il y a beaucoup d'humeur_ part. 6.
fereufe, moins de bile, & encores moins de fuc melancolic. L'humeur fereufe eft tres-
fubtile, la fece melancolique tres-épaiffe, & la bile moyenne entre l'vne & l'autre. Doncques pour receuoir vne humeur petite en quantité, épaiffe en confiftence & peu mobile, fuffifoit vn organe tres-grand & tres-rare : & n'eftoit
point befoin qu'il eut de cauité, dautant qu'il ne deuoit point chaffer foudainement ce fuc groffier dehors, mais l'attenuer & le changer. Que s'il refte quelque
portion de ce fuc melancolic, qui ofera nier qu'elle ne foit renuoyée au fiege
par les veines hæmorrhoïdales, & au fond du ventricule par le _vas venofum,_
fans que pour cela il foit befoin que les dejections foyent noires, ny les vomiffemens acides & aigres : Car ce fuc groffier eftant en petite quantité, peut
eftre refoult en vapeurs par la chaleur des parties internes, non autrement que

l'excrement des os, cartilages & autres parties. Mais s'il aduient qu'il y en ait trop grande quantité, comme aux melancoliques, les vrines, les selles & ce qui sort des hæmorrhoïdes paroistront noirs. Le sang qui coule des hæmorrhoïdes est quelquesfois subtil & vermeil, parce que les sangsuës tirent seulement la portion plus subtile, la plus grossiere ne pouuant sortir, à raison de la petitesse de l'ouuerture qu'elles font. Ou bié nous disons que les hæmorrhoïdes sont internes ou externes : que les internes viennent du rameau splenique, & les externes de l'iliaque, & que les internes seruent à vuider la cacochymie & le sang pechant en qualité, & les externes à survuider la plethore & le sang qui ne peche qu'en quantité : De là vient que le sang qui coule des externes est pur & loüable.

Par quels chemins le Suc melancolic est porté de la Ratte au fond du Ventricule, & pour quelle fin.

QVESTION VINGT-SIXIESME.

Opinion d'A-uicenne.
Fen. 2.l. 1.
doct.4.c. 1.

L E s Medecins sont quasi tous d'accord qu'vne portion du suc melancolic est portée au fond du ventricule : mais par quels chemins & pour quel vsage, ils en sont encor en debat. Auicenne veut qu'il soit porté par la veine coronaire à l'orifice du ventricule, auant qu'entrer en la rattelle : *C'est chose digne d'admiration* (ce dit-il) *que l'excrement leger, sçauoir est la bile, soit enuoyé bas dans les boyaux, pour garder qu'il n'offence le ventricule, & que le plus pesant, à sçauoir la melancolie monte haut à l'orifice du ventricule, pour l'esperance de quelque commodité.* Il semble que Galien n'ait point esté bien resolu sur ce point ; car il escrit quelquesfois, que *l'humeur melancolique est chassée de la ratte en l'omentum, de là aux menus boyaux, par iceux à l'orifice inferieur du ventricule, & finalement au fond mesme d'iceluy.* Il descouure en vn autre lieu vn chemin beaucoup plus court, qui est le *vas venosum,* autrement dit *breue,* qui naissant du plus haut du rameau splenique tout joignant la ratelle, s'en va au fond du ventricule. Mais il afferme ailleurs que ce *vas breue* ne se trouue point en tous. Or pour en dire franchement mon opinion, i'ay tousiours remarqué ce *vas venosum.* Comme ainsi soit donc que ce conduit soit tres-court & fort manifeste, il y a de l'apparence que la partie plus grossiere du suc melancolic, qui n'a peu estre elaborée & attenuée par la ratte, est renuoyée par iceluy au fond du ventricule, plustost que par ces chemins qui sont égarez & si longs. Ie ne veux point toutesfois nier, s'il aduenoit que ce *vas breue* fut bouché, qu'elle ne peut rentrer dans le rameau splenique & iceluy estre enuoyée tantost en la coronaire stomachique, tantost en l'hæmorrhoïdale, & quelquesfois aussi aux veines du mesentere. Or pourquoy ce suc melancolic est versé au fond du ventricule, l'opinion cómune & vraye, est que c'est pour exciter l'appetit : car estant aigre & froid, il reserre l'orifice superieur du ventricule & l'incite à manger. Ainsi *l'eau est vorace* (selon Hipp.) *& tous les melancoliques sont ordinairement grands mangeurs.* Auicenne estime qu'il n'excite point seulement l'appetit par son astriction, mais mesme qu'il sert à la retention & concoction : C'est aussi ce qu'a voulu Galien, disant *qu'il reserre & retire le ventricule en soy mesme, & le contraint d'embrasser exactemét la vian-*

Celle de Ga-lien.
l.3. de fac.na.

l. 4. de vsu.
part. 15.
l. de ven. &
ar. dissect.
Celle de l'Au-theur.

Pourquoy la
melancolie est
versée au fond
du ventricule.
l. 6. epid.sect.
4.

Au lieu cotté.
l. 5. de vsu.
part. 4.

de, & la retenir iufques à tant qu'elle foit digerée. Tu objecteras, fi áinfi eft que **obiection.**
l'humeur melancolique excite l'appetit, d'où vient que Nature n'a point implanté le *vas venofum* à l'orifice du ventricule, qu'on tient eftre le fiege de l'appetit,
mais au fond d'iceluy? Refponds que ç'a efté de peur que cette humeur mordant **Refponce.**
& poignant continuellement l'orifice du ventricule, n'excitaft vne faim perpetuelle. C'eft par le moyen de ce rameau qu'il arriue que ceux qui ont la fiéure **Trait digne de**
quarte, & qui ont ce conduit ample & large, font fort aidez par les vomiffemens **remarque.**
faits ou de Nature ou par l'art, deuant & apres l'accez, & principalement fur le
declin de la maladie. Ce mefme rameau fait auffi que la ratelle n'eft point feule affectée aux fiéures quartes, mais que l'orifice du ventricule l'eft auffi, & mefme que
le ventricule eft quafi toufiours indifpofé en toutes maladies melancoliques.

Comment font purgez les Splenitiques par les vrines, &
par quels chemins.

QVESTION VINGT-SEPTIESME.

'AVTHORITE', la raifon & l'experience prouuent
que tous les fplenitiques & melancoliques abondent
en ferofitez : Hippocrate appelle par tout l'humeur **Hippocrate**
melancolique *hydor*, c'eft à dire *eau*, comme quand il **appelle l'hu-**
dit , *Tant la femme comme l'homme ont quatre efpeces* **meur melanco-**
lique hydor,
d'humiditez , le fang la colere, l'eau & la pituite. Et ail- **eau, & pour-**
leurs ; *Il y a quatre fortes d'humiditez , le fang , la bile,* **quoy.**
l'eau & la pituite. Par *l'eau*, tous les Interpretes en- **l. 4. de morb.**
tendent l'humeur melancolique, d'autant qu'elle abon- **l. de genit.**
de en ferofitez : car elle eft froide, & pourtant elle refoult & affoiblit par fa prefence la chaleur naturelle de la ratte, du ventricule, du foye & des parties voifines : d'où fe fait vn tres-grand amas de cruditez & d'eaux. Mais l'experience nous
monftre auffi iournellement le mefme : car ceux qui ont la fiéure quarte fuent &
piffent beaucoup, & les melancoliques font quafi tous grands cracheurs : Ce qui
a meu Galien de mettre, felon l'opinion de Diocles, *le cracher frequent, comme*
principal entre les fignes de l'hypochondriaque. Concluons donc que les fplenitiques
abondent en ferofitez. Or qu'ils foient purgez par les vrines, Hippocrate, Ga- **l. 3. de loc. aff.**
lien, Auicenne, Paul & Rhafis l'enfeignent, & nous l'experimentons tous les **c. 6.**
Que cette hu-
iours en faifant la Medecine. Hippocrate efcrit que *les medicamens qu'on ordonne* **meur fe purge**
aux fplenitiques doiuent purger par les vrines. Il veut auffi en vn autre lieu, *qu'on* **par les vrines.**
l. de inter. aff.
prouoque les vrines aux bilieux qui ont la ratte enflée, & qui pour cette raifon ont &
la couleur mauuaife, & des vlceres malings. Les Modernes guariffent les vlceres du **l. de affectio-**
fcorbuth, qui viennent du vice de la ratelle, par medicamens qui prouoquent les **nibus.**
vrines & les fueurs. Il y a vne fort belle hiftoire dans Hippocrate, de Bion, *lequel* **l. 2. epidem.**
piffoit beaucoup fans hypoftafe, & enfemble faignoit de la narine gauche : car il auoit **fect. 2.**
la ratte gibbeufe & dure. Galien guarit ceux qui ont la fiéure quarte par medica- **l. 1. ad Glauc.**
mens dyuretiques : & veut que les boyaux foient purgez par les felles, comme la **l. 2. ad Glauc.**
ratte & les reins par l'vrine. Il efcrit auffi ailleurs, *que les vrines noires font fi-*
gnes que la ratte fe liquefie & diminuë. Auicenne dit , *qu'alors que ceux qui ont* **Com. 5. l. 6.**
Epid.
mal à la ratte s'exerçent & trauaillent beaucoup, l'humeur melancolique fe defcharge
dans les conduits vrinaires, & rend leur vrine noire. Nous mefmes auons **Fen. 15 l. 3.**
c. 5. tract. 2.

Vrines noires de deux sortes.

remarqué plusieurs splenitiques auoir esté guaris par vne grande profusion d'vrines noires. Or elles estoient noires, non de liqueur ny de generation : parce que telles vrines sont perpetuellement mortelles, entant qu'elles denotent, ou vn grand embrasement qui brusse tout, ou l'extinction de la chaleur naturelle : mais par le meslange d'vne humeur noire que la ratte deschargeoit dans les roignons. Mais par quels conduits & chemins se fait l'expurgation des humeurs sereuses & melancoliques de la ratte par les reins, c'est chose qui n'est point bien reconnuë de tous. Il y a deux sortes de vaisseaux dans la ratte, des veines qu'elle reçoit du rameau splenique, & vn grand nombre d'arteres : entre le rameau splenique & les veines émulgentes il n'y a point de communion, sinon tres-éloignée : car le rameau splenique naist du tronc de la veine porte, & l'émulgente du tronc de la veine caue descendante : Or il n'y a point de communion entre la veine caue & la porte, si ce n'est en la substance du foye, ou (selon que quelques Modernes ont remarqué) il se fait plusieurs anastomoses & abouchemens de ces deux veines. Et partant, si cette expurgation se fait par les veines, il faudra que le sang melancolic retourne de la ratte dans la veine porte, d'icelle dans la caue, de là par les

Que la melancolie est purgée dans les reins & la vessie par les arteres.

émulgentes aux reins, qui est vn chemin fort long. I'estime donc que cette expurgation se fait par les arteres plustost que par les veines, d'autant que l'humeur est portée par vn chemin plus court & plus large, de la ratte par l'artere émulgente dans les roignons. Ainsi le pus des empyïques, pleuritiques & peripneumoniques est purgé par les arteres, & non point par les veines. Et la veuë nous apprend que les arteres contiennent plus de serosité que ne font les veines. Et les arteres émulgentes ont, à mon aduis, esté ainsi faites grandes, non tant pour porter l'esprit vital aux reins : car des petites suffiroient : que pour décharger, comme enseigne Galien, *la serosité contenuë aux arteres, dans les roignons.*

1. 5. de vsu part. 5.

HISTOIRE ANATOMIQVE.

La description de la veine caue descendante.

CHAPITRE XXII.

E sang repurgé de la bile & du sang melancolic, tombe rouge, pur & net dans vne grande veine, de laquelle l'ordre Anatomique requiert que nous adioustions icy l'Histoire : mais l'ayant descrite fort exactement au quatriéme liure, le Lecteur la reprendra de là.

Des Reins.

CHAPITRE XXIII.

EXCREMENT aqueux & fereux de la premiere & feconde concoction, ayant fait fon office de porter (d'où Hippocrate l'appelle *le chariot de la nourriture*) eft enfin mis hors du foye, chaffé arriere des grandes veines, & renuoyé en fes propres receptacles. A cette expurgation Nature a deftiné trois fortes d'organes, defquels les vns attirent par vne certaine familiarité qui nous eft inconnuë, la ferofité, non point pure & feule, mais meflée de beaucoup de fang, lequel ils feparent, non point par coction, mais par tranfcolation, tels font les roignons : les autres la conuoyent eftant feparée, comme les conduits vreteres: & les autres finalement la reçoiuent, contiennent & chaffent dehors, comme la veffie: lefquels ie m'en vay defcrire par le menu.

Les reins font nommez des Grecs *nephroi*, d'vn verbe qui fignifie *neger* ou *pluuoir*, ou bien du verbe *rhein*, qui vaut autant que *fluer* ou *couler*. Ils font deux, de peur que l'vn eftant bouché, il ne fe fit vne totale fupreffion des vrines. Vn feul & iceluy petit, n'euft point efté fuffifant pour feparer les ferofitez, parce qu'elles font en tres-grande quantité, & vn gros euft demandé d'eftre placé iuftement au milieu & non point à l'vn ou à l'autre cofté pour rendre le corps bien contrepefé & en equilibre : mais cette fituation euft empefché le paffage à la veine caue décendante. Ie n'ay quelquesfois trouué qu'vn feul rein, & d'autres fois trois & quatre. Ils font affis vn peu au deffous du foye, afin de fepater plus promptemét cet excrement de la maffe du fang, & afin d'auoir des vaiffeaux plus gros & plus amples : ils font couchez fur les mufcles des lumbes (les Grecs les nomment *pfoas*) qui fléchiffent la cuiffe, & de là vient que *ceux qui ont vne pierre aux reins fentent* (dit Hip.) *vne ftupidité ou endormiffement en la cuiffe qui eft vis à vis*. Outre-plus, il font fituez aux deux coftez de la veine caue, afin de n'empefcher point le cours du fang vers bas. Il y en a toufiours vn plus haut que l'autre : & ne font point oppofez diametralement ny en mefme ligne, de peur que l'vn ne donne du retardement à l'attraction de l'autre, & que la ferofité ne deineure fufpenduë entre les deux, & afin que fi vne portion de l'vrine eftoit échappée à l'vn, elle fuft recueillie dans la cauité de l'autre. Galien écrit *que le dextre eft plus haut que le gauche* : Nous au contraire auons quafi toufiours remarqué le feneftre plus haut que le droict, parce que l'homme a le foye grand & la ratte petite : or aux brutes la ratte encline plus vers bas. Leur figure eft fort femblable au pois, qu'on nomme *phafeoles*, ou à ce legume que le vulgaire nomme *febues du brefil*, ou comme veulent aucuns à vne demy-lune : car ils font enfoncez par la part qu'ils regardent la veine caue, & gibbeux & longuets par dehors vers les iles : Hippocrate leur donne la forme d'vn cœur, non point en confideration de leur figure externe, mais entant qu'ils ont des cauitez comme le cœur : car de tous les viceres qui ont du fang, il

Les reins: pourquoy ainfi nommé.

Pourquoy deux.

Où placé?

l. 6. epidem. fect. 1.

l. 5. de vfu part. & 6.

De quelle figure.

l. de offium natura.

Leur fubftance.

l. de Glan.

n'y a que le cœur & les reins qui ayent des cauitez manifestes. Hippocrate met leur substance entre les glandules, c'est à dire entre les corps glanduleux : & ce, ou à raison de la similitude de leur substance, ou parce qu'ils sont faits de plusieurs pieces, comme les glandes, ou bien pource qu'ils se resioüissent de l'humidité, Galien les compte entre les visceres & parenchymes, à raison que leur substance est charnuë, rouge, dense & solide, ne differant gueres de celle du cœur, horsmis qu'elle n'est point entretissuë de fibres : or elle a esté faite solide, de peur que par vne trop grande mollesse & laschete, elle ne laisse escouler l'vrine trop abondamment. Leur magnitude est aussi grande qu'il estoit besoin pour purger la serosité. Ils sont attachez aux lombes, au diaphragme ; au boyau colon par le moyen du peritoine à la vesie par les vreteres, au ceruëau, au cœur & au foye par les veines, arteres & nerfs. Leur structure est admirable & a esté inconnuë aux Anciens & à quasi tous les Modernes, lesquels ont plustost descrit des roignons de brutes que d'hommes. Deuenu plus sçauant, tant par la lecture des escrits de Fallope & d'Eustache, que par la dissection des corps & par la veuë, ie m'en vay la declarer en peu de mots. Aux reins doiuent estre considerées les parties externes & internes : les externes qui se presentent les premieres, sont les membranes qui couurent & enueloppent tous le corps des roignons & les vaisseaux, tant ceux qui entrent que ceux qui sortent. Les internes sont la propre chair des reins, plusieurs cauitez, la distribution des veines, arteres & nerfs, élegante & fort plaisante à voir, la separation des conduits vrinaires en plusieurs rameaux, & les caruncules qui ressemblent aux petits bouts des mammelles, qui ferment les extremitez larges de ces rameaux, & plusieurs trous comme si c'estoient des couuercles.

Leur magnitude.
Leur connexion.
Leur composition inconnuë aux Anciens.
In obseruat. anat.
Toutes leurs parties.

Les membranes. Les membranes sont deux, l'vne externe & l'autre interne, lesquelles naissent toutes deux du peritoine : L'externe couure le roignon de toutes parts, comme vn enueloppoir : d'où elle est appellée *l'enueloppoir des roignons*, & est enuironnée de beaucoup de graisse, tant pour accroistre la chaleur des roignons de peur qu'elle ne languisse estant comme suffoquée par l'abondance des humeurs sereuses qui y accourent continuellement, que pour leur seruir de cuissin & de lictiere molle. L'interne, *la propre couuerture de la chair des reins*, plus subtile & mince que la precedente, priuée de toute graisse, & prenant son origine de la dilatation de la tunique commune des vaisseaux qui entrent dans les reins, en les couurant par dehors, tient leur substance vnie & lisse, & rend leur superficie glissante : & s'estant repliée par dedans, entrant dans les portes & ventres des roignons, elle accompagne tous les vaisseaux, & les ceignant de tous costez, les rend plus fermes. *Les vaisseaux.* Les vaisseaux entrans dans les reins & sortans, se presentent encores qu'on ne fasse point la dissection, c'est à sçauoir vne veine notable dite *émulgente*, laquelle naissant du tronc de la veine caue descendante, s'insere dans la partie caue du roignon : c'est par elle que les reins attirent naturellement l'humeur sereuse, n'estant point sollicitez à ce faire pour leur nourriture, mais à raison d'vne mutuelle & commune familiarité qui est entr'eux : nous l'auons tantost trouuée double, & quelquefois triple. Il y a encore vne autre veine qui arrouse les tuniques externes des reins, qu'on appelle *adipeuse*, dans laquelle s'insere souuent vn petit scion de l'azygos, apres auoir percé le diaphragme, par laquelle (s'il en faut croire les Modernes) se fait l'admirable societé des reins & de la poictrine : car nous reconnoissons auec Galien d'autres chemins pour l'expurgation des Empyiques par les vrines. Il y a aussi vne artere fort grande qui entre auec la

veine

veine émulgente dans le rein, non feulement pour luy porter l'efprit vital, &
mouuoir le fang & la ferofité, de peur qu'eftans enfermez en vn lieu chaud & humide, ils ne fe corrompent à la maniere des eaux croupiffantes ; mais auffi pour
repurger le fang arterieux & décharger dans les reins les ferofitez des arteres. Il
y a pareillement des petits nerfs naiffans du ftomachique, qui font portez aux
roignons, par lefquels fe fait l'admirable communication qui eft entre les reins
& le ventricule, & qui caufe vne telle fubuerfion d'eftomach en la nephritique,
que les malades abominent toute viande & la vomiffent & rejettent auffi-toft
qu'ils l'ont prinfe. Voilà les vaiffeaux qui entrent dans la cauité des roignons.
Ceux qui en fortent font deux affez notables, blancs, creux & nerueux comme
des arteres, vn de chaque cofté, lefquels le vulgaire nomme *vreteres*, ou *conduits
vrinaires*, defquels tu auras cy apres la defcription. Tu prendras foigneufement
garde à ces chofes auant que commencer la diffection des reins.

Les parties internes font en grand nombre, & fabriquées par vn artifice ad- *Les parties in-*
mirable : Premierement la partie caue, laquelle reçoit les trois vaiffeaux, eftant *ternes.*
quafi toute torfe, fe diuife le plus fouuent en trois, & plus rarement en quatre
parties, & cette diuifion eft ample & penetre affez profondement. C'eft icy que *Fourchement*
commence la diuarication des veines & arteres, qui eft fort plaifante à voir : Car *des veines & arteres dans*
ces vaiffeaux fe fendent premierement en trois ou en quatre rameaux, & chacun *les reins.*
d'iceux derechef en d'autres, tous lefquels finalement fe diuifent & répandent
en grand nombre d'autres, iufques à ce qu'ils fe perdent en des filets auffi menus
que cheueux. Or ils fe terminent, non point comme veut le vulgaire, en vne cauité feule, ains ils fe répandent diuerfement par toute la chair des reins, & font
portez iufques à la partie gibbeufe d'iceux : & toutesfois le plus grand nombre de
ces filets capillaires s'en va rendre aux caruncules qui reffemblent aux petits
bouts des mammelles, afin que la tranfcolation de l'humeur fereufe fe faffe au
trauers d'icelles dans les rameaux des conduits vrinaires qui fe terminent là. Et
quant au nerf, il ne fe perd point, comme plufieurs croyent, aux tuniques exter- *Diftribution*
nes, ains fe traine iufques dans les parties interieures des roignons. La diftribu- *du nerf.*
tion des vreteres dans la chair des reins eft cognuë de peu d'Anatomiftes ; car ils
veulent quafi tous (ce que moy-mefme ay auffi creu quelquefois) qu'il y ait dans
les roignons deux cauitez qui s'auançent felon la longitude du vifcere, l'vne faite
des extremitez des veines & des arteres, laquelle fepare la ferofité d'auec le fang :
& l'autre plus grande, rencontrant la premiere, formée de l'vretere, qui ferue
pour receuoir comme quelque cifterne la ferofité defià épurée, & qui y diftille
petit à petit. Mais ces cauitez tres amples & oblongues ne fe trouuent point en *Les deux finus*
l'homme : Car & les veines fe perdent en filets menus comme cheueux, fans faire *longs & fort*
aucune cauité, & les vreteres ne font nulle part cette autre cauité ou foffe vnique *par les anciens*
qu'ils difent s'auançer felon la longueur du rein. Or quelle eft la diftribution des *ne fe trouuent*
vreteres dans la chair des roignons, ie m'en vay vous le declarer. Les conduits *mé.*
vrinaires entrez dans la cauité des reins, viennent premierement à s'élargir *Diftribution*
n'ayans qu'vne cauité feule, mais non oblongue ; puis foudain ils fe diuifent com- *des vreteres*
me les veines ou arteres en diuers rameaux, qui font quelquefois plus & quel- *dans les reins.*
quesfois moins en nombre, mais en trois principaux, lefquels derechef fe diuifent en d'autres, tellement qu'il y ait en tout neuf ou dix tuyaux. En ces rameaux
il faut remarquer deux chofes dignes d'eftre notées. La premiere, qu'ils ne fe terminent point en filets capillaires comme font les veines, ains qu'ils font plus larges en leurs extremitez : la feconde, qu'ils font fouuentesfois troüez en leur mi-

lieu. L'vn & l'autre, à mon aduis, a esté fait afin qu'ils puissent admettre & receuoir les caruncules qui ressemblent aux petits bouts des mammelles: Car chaque extremité de ces vaisseaux reçoit vne caruncule, & y est attachée par ses fibres, & chaque trou est bouché par l'vne des caruncules. Cette caruncule est vn petit corps fait de la chair du roignon, se terminant d'vne base plus large peu à peu en vne pointe aiguë, & qui s'auançe comme vn petit mammelon. L'humeur sereuse separée d'auec le sang coule à trauers de ces caruncules, & distille petit à petit dans les canaux formez de l'vretere, desquels elle deriue finalement dans le conduit

Obseruation. commun, & d'iceluy par les vreteres dans la vessie. Si tu veux bien voir cet artifice singulier: Ayant quelque peu découuert la chair du rein, mets des tuyaux dans la veine, dans l'artere & dans le vaisseau vrinaire, puis remplis de vent vn chacun de ces vaisseaux l'vn apres l'autre, tu verras tout le roignon s'enfler, & qu'il n'y a pas vn des rameaux des veines & arteres émulgentes qui entre manifestement dans la cauité des reins, ou qui s'vnisse auec ceux qui naissent de l'vretere, mais par les caruncules: & si tu y verses de l'eau, tu la verras & entrer dans la cauité des roignons par ces caruncules, & en sortir puis apres par les mesmes. Voilà la structure admirable des reins, de laquelle tu recueilliras facilement leur vsage &

L'vsage des reins. action. L'vsage commun est de purifier le sang veneux & l'arterieux de sa serosité: Ils attirent donc par des vaisseaux fort amples l'humeur sereuse meslée auec le sang: Ils retiennent le sang pour leur nourriture, & laissent distiller la serosité par les rameaux capillaires premierement dans les caruncules; d'icelles elle deriue dans les tuyaux membraneux engendrez des vreteres, & finalement dans les vreteres mesmes. Eustache a laissé par escrit qu'il se trouue vne glande assez remarquable en la partie superieure du rein. Nous l'auons quelquesfois veuë, mais nous auons aussi remarqué qu'elle defailloit souuent.

CONTROVERSES ANATOMIQVES.

De l'vsage des reins, & de la matiere de l'vrine.

QVESTION VINGT-HVICTIESME.

l. 1. de fac. nat. l. 3. de part. anim. 7. & 9

Le vray vsage des reins selon Galien. l. 1. de fac. nat. l. 5. de vsu par. 5. & l. 6. de loc. aff. c 3.

RASISTRATE & Asclepiades ne donnent (comme raconte Galien) quasi aucun vsage aux reins. Aristote estime *qu'ils ont esté créez premierement pour affermir les veines: mais que Nature en abuse secondairement pour purger les humeurs superfluës.* Nous tenons auec Hippocrate, Diocles & Galien, *qu'ils seruent à purifier le sang des veines & des arteres:* car comme ainsi soit que le foye engendre trois excremens, la bile, la melancolie & l'humeur sereuse: & que les deux premiers, incontinent la coction faite, soient separez de la masse du sang: il falloit aussi que le troisiéme, apres auoir fait sa charge (qui est de destremper & éclaircir le sang crasse & épais, afin qu'il passe plus aisément dans les veines estroittes) fust finalement separé comme inutile, repurgé & enuoyé en ses receptacles, qui sont les roignons, comme il se recueille facilement de leur substance, qui est cauée de plusieurs sinuositez, & percée de plusieurs tuyaux comme colatoires, & de la continuité de la veſſie auec iceux, par le moyen des vreteres. Mais comment cette expurgation ſe fait, ſi c'eſt par l'attraction des reins, ou par la faculté expultrice des veines, ou par le propre mouuemēt de l'humeur ſereuſe, ou par quelque autre moyen : c'eſt choſe qui n'eſt point bien reſoluë. Eraſiſtrate eſtime *qu'elle ſe fait par ſucceſſion à ce qui a eſté euacué: c'eſt à dire, par la ſuite du vuide:* mais la legereté de cette opiniō n'a point beſoin de noſtre refutation. Hippocrate, Diocles, Praxagore & Galien veulent, *que les reins attirent des veines l'humeur ſereuſe non pure, ains meſlée de beaucoup de ſang, qu'ils retiennēt le ſang pour leur nourriture, & ayant ſeparé la ſeroſité, qu'ils la laiſſent decouler à trauers des caruncules dans pluſieurs petits tuyaux, deſquels puis apres elle deriue dans vne cauité mēbraneuſe, & d'icelle par les vreteres dans la veſſie.* Quelques Modernes ſouſtiennent, *que l'expurgation des ſeroſitez ne ſe fait point par l'attraction des reins, mais par la ſeule expulſion des veines; parce que rien n'attire pour l'attractiō ſeule, mais pour iouyr de ce qu'il attire: or les reins ne ſe nourriſſent point ny de la ſeroſité, ny du ſang ſereux: parce que leur ſubſtāce eſt denſe, ſolide & compacte, & le ſang ſereux, aqueux & fort liquide.* Dont ils concluent que l'vrine eſt chaſſée des veines dans les reins par Nature, qui ſe reſſent, ou ſurchargée de la quantité, ou irritée par l'acrimonie & ſalleure d'icelle. Il y en a d'autres qui deſfendent tout le contraire, & veulent que cette expurgation ne ſe faſſe iamais par expulſion. 1. Parce qu'il ſe feroit compreſſion des veines & des arteres, les ſuperieures venant à s'eſtrecir, & les inferieures à s'élargir; & par ce moyen, non ſeulement les ſeroſitez, mais auſſi toute la maſſe du ſang ſeroient confuſément chaſſez dans les reins. 2. Outre-plus la ſituation des roignons repugne à cette expulſion: car il ſaudroit qu'ils fuſſent ſituez droit au deſſous de la veine caue, & de la grand'artere, & non point aux coſtes. 3. Ioint que l'expulſion des ſeroſitez ſe feroit dās les autres veines crurales & iliaques, auſſi bien que dans les émulgentes, ou pour dire mieux, elle ſe feroit pluſtoſt en celles-cy qui ſont inferieures & plus panchantes. Ils veulent dōc que l'humeur ſereuſe ne ſoit ny attirée par les reins, ny expulſée par les veines, mais qu'elle y ſoit portée, & ce, ou par accident, comme eſtime Eraſiſtrate qui veut *que cette expurgation ſe faſſe par ſucceſſion à ce qui a eſté euacué, c'eſt à dire, par la ſuite du vuide,* ou bien *de ſoy, & par ſon propre mouuement,* comme le tres-ſubtil Auerrhoës qui a laiſſé par écrit, *que l'aliment n'eſt point attiré par les parties, mais que de ſon mouuemēt propre il ſe meut & eſt porté à icelles: car quand l'aliment par vne nouuelle cōction prend vne forme nouuelle, il acquiert auſſi la faculté de ſe mouuoir & eſtre porté de ſon propre mouuement à cette partie-cy, ou bien à celle-là: Ainſi les Elemens ſe mouuent par leur propre forme vers leurs lieux naturels.* Mais l'opinion d'Eraſiſtrate ny celle d'Auerrhoës ne peuuent eſtre receuës, dautant qu'elles dépoüillent l'ame de ſes facultez, & ſpecialement de l'attractrice, qui miniſtre à la nutritiue.

Pour accorder les opinions de ces grands perſonnages, nous diſons que des vrines, l'vne eſt en partie attirée & en partie expulſée, mais que l'attraction eſt plus forte que l'expulſion. Que l'autre eſt ſeulement expulſée ſans eſtre en aucune façon attirée: & finalement que l'autre n'eſt ny attirée par les reins, ny expulſée par les veines, mais portée de ſon bon gré par le chemin de long temps accouſtumé. L'vrine naturellement diſpoſée, qui eſt la ſeroſité du ſang, eſt en partie attirée par les reins, & en partie chaſſée par la faculté expultrice des veines: pourueu que tout ſoit bien reglé en l'œconomie naturelle: mais alors la faculté attractrice des reins eſt tres-forte, & l'expultrice des veines tres-debile: car pourquoy tomberoient les ſeroſitez pluſtoſt dans les roignons que dans les autres parties, s'il n'y auoit quelque particuliere attraction des reins? Au flux d'vrine crytique, elle eſt ſeulement

---

Marginalia:

Comment la purgation de la ſeroſité ſe fait.

Opinion fauſſe d'Eraſiſtrate.

Qu'elle ſe fait par expulſion, & non par attraction.

Opinion contraire.

Raiſon premiere.

Deuxiéme.

Troiſiéme.

Conciliation de ces opinions.

expulsée par les veines & non attirée par les reins. Mais quand il se fait colliquation des humeurs, elle n'est point expulsée par les veines, d'autant que la faculté
expultrice est trop foible ; elle n'est point aussi attirée par les reins, mais elle fluë
& coulle de son propre mouuement par la porte qu'elle trouue ouuerte. Mais
pour éclaircir ces choses, il les faut remettre sur l'enclume & les battre tout de
nouueau. La matiere de l'vrine est diuerse. 1. C'est toute sorte de boisson, tantost
cruë & de mesme couleur, & tantost quelque peu changée. 2. C'est la liqueur sereuse des humeurs contenuës dans les vaisseaux. 3. Les humeurs de toutes sortes &
toûs les corps qui se fondent, comme les chairs & la graisse. Hippocrate a comprins cette triple matiere de l'vrine en ces mots, *L'vrine de couleur semblable au*
manger & au boire, puis telle qu'elle a accoustumé d'estre, & quand elle est la colliqua-
tion de l'humide. O briesue, ô claire, ô parfaite doctrine, qui a iamais comprins
tant de choses en si peu de mots? *L'vrine de mesme couleur,* monstre la premiere
matiere d'icelle, à sçauoir la boisson ; laquelle aucuns reconnoissent pour seule &
vnique matiere, estans persuadez par ces raisons. 1. Que les animaux qui ne boiuent point ou peu n'ont point de vessie. 2. Que ceux qui boiuent beaucoup, pissent aussi beaucoup. 3. *Que la quantité de l'vrine* (selon les decrets des Medecins)
doit respondre à la boisson. 4. Qu'en la suppression d'vrine on deffend de boire, de
peur de croistre les serositez. Ces raisons, certes, prouuent bien que la meilleure
partie de l'vrine vient de la boisson, mais elles ne concluent point que la boisson
en soit la seule matiere. Premierement, car l'enfant pisse en la matrice par l'ourachos & toutesfois il ne boit point : Secondement, nous pissons plus en Hyuer
qu'en Esté, combien que nous beuuions moins. Tiercement, Et Galien raconte
l'Histoire d'vn ieune homme qui rendit quatre demy-septiers d'vrine, lequel de
trois iours n'auoit ny beu ny mangé. La seconde parcelle de la sentence alleguée
qui dit ainsi, *puis telle qu'elle a accoustumé d'estre,* nous demonstre la seconde matiere ; à sçauoir la serosité, ou le megue des humeurs contenuës és veines, qui est
la matiere de l'vrine vraye & naturellement disposée, qui est cause que Galien
la definit *la serosité des humeurs contenuës és vaisseaux.* Et ne faut point écouter
Lycus Macedonien, qui soustenoit *l'vrine n'estre rien autre chose que l'excrement*
des reins seuls : car comment deux si petits corps pourroient-ils engendrer si
grande quantité d'humeur sereuse ? Si tu objectes que Galien a quelquesfois dit
l'vrine estre le propre excrement des reins & de la vessie : Ie respondray qu'il l'appelle *propre,* non pource qu'il est engendré aux reins, mais pource qu'il est attiré &
separé par les roignons seuls. La derniere parcelle exprime la troisiéme matiere,
à sçauoir tous les corps & humeurs qui se liquefient. Les humeurs de toutes sortes
sont souuentesfois purgées par les vrines, comme au flux d'vrine crytique & en
la perithæ purulente & strangurieuse. Nous auons sur cecy vn arrest solemnel du
souuerain Dictateur, en ces mots. *Plusieurs rendoient auec douleur des vrines bi-*
lieuses, aqueuses, purulentes, abradentes & stangurieuses : parce (comme l'expose
Galien) *que tout le corps se deschargeoit de l'amas & superfluité des mauuaises humeurs.*
Mais nous traicterons plus au long de cette expurgation en vn autre lieu. Or les
humeurs ne sont point seulement la matiere de l'vrine, mais les corps qui se liquefient, comme la graisse & les chairs le peuuent estre aussi : D'icy prouiennent les
vrines huileuses & grasses és fiéures hectiques, lesquelles sont signes de la colliquation du corps. Et c'est d'icelles que parle Hippocrate, quand il dit, *l'vrine*
huileuse est vn signe mauuais. Or par huileuse il n'entend pas qu'elle ait la couleur
& consistence d'huile ; ains qu'elle apparoisse telle, à raison de la graisse fonduë

La matiere de
l'vrine est tri-
ple.

l. 6. epid. sect.
5.

La premiere
c'est la boisson.

l. 1. de loc. aff.
c. 1.

La seconde c'est
la serosité des
humeurs.

La tierce ce
sont toutes les
humeurs.

l. 1. epi. sect. 2.

Com. ad Hip.
sent.
l. 9. quæst. 12.

Vrine huileuse
In Prognost.

qui se void en icelle. Touchant cette triple matiere de l'vrine , M. Duret mon maistre en a laissé beaucoup de choses par escrit en ces doctes commentaires qu'il a fait sur les Coaques d'Hippocrate. Ayant ainsi arresté ces choses, comme ainsi soit que la matiere de l'vrine soit diuerse ; Nous concluons que toute vrine n'est point attirée par les reins, mais celle-là seulement qui est disposée selon Nature, laquelle est le megue & la serosité des quatre humeurs contenuës dans les veines: & toutesfois nous ne voulons point pour cela que les reins s'en nourrissent, parce que toute attraction ne se fait point pour la nourriture. L'Aimant attire le fer, & l'Ambre le festu, & toutesfois ils ne s'en nourrissent point. Mais quant à l'vrine, de laquelle la matiere sont les humeurs crües ou autres quelles qu'elles soient, qui est renduë en grande quantité aux iours de cryses, elle est seulement, à mon aduis, expulsée & non attirée. Et pour le regard de celle qui vient de la colliquation des humeurs ou des chairs ; elle n'est point attirée par les reins, parce qu'elle n'est point disposée naturellement, ny expulsée par les veines, parce que les forces sont extremement debiles, mais est portée de son bon gré & propre mouuement par les émulgentes aux roignons, à raison que ces parties sont fort accoustumées à cette éuacuation. Nous auons (ce me semble) touché sommairement tous les chefs de cette question, & partant acheminons nostre discours ailleurs.

Tract. 4. de excrem. c. 4.

conclusion.

Raisons Anatomiques de diuers symptomes qui trauaillent ceux qui sont vexez du Calcul.

QVESTION VINGT-NEVFIESME.

NOVS ne disputons point icy de la generation ny des causes de la pierre, nous recherchons seulement en ces liures les difficultez qui regardent l'Anatomie : mais d'autant que ceux qui sont sujets à la nephritique sont trauaillez de plusieurs symptomes , desquels on ne peut tirer la cognoissance d'ailleurs que de l'Anatomie ; nous ne nous éloingnerons point beaucoup (comme ie pense) de nostre but, si nous les expliquons icy briefuement.

La similitude qui est entre la douleur nephritique & la colique est si grande; que non seulement le vulgaire prend l'vne pour l'autre, mais les doctes mesmes & bien experimentez y sont souuentesfois surpris. Or pour le recognoistre & distinguer, il faut considerer les symptomes, les excremens, & l'effet des remedes appliquez. De tous les symptomes le plus cruel c'est la douleur, laquelle 1. Est vague en la colique, & fixe en la nephritique. 2. Elle monte en la colique à raison de la situation du boyau colon, & descend en la nephritique, à raison de la continuité des vreteres. 3. Elle occupe quasi tout le ventre inferieur en la colique, & vn fort petit endroit en la nephritique. 4. Elle afflige principalement la region épigastrique & vmbilicale en la colique, & la lumbaire en la nephritique. 5. Elle diminuë (ainsi que quelques-vns ont remarqué selon la doctrine des Arabes) en la colique lors que le ventricule est vuide & à jeun, & s'enaigrit en la nephritique : & au contraire la colique rengrege le ventricule estant remply.

Gal. l. 6. de loc. aff. 2.

Comment la nephritique se cognoist & distingue d'auec la colique. Par la douleur.

Des parties Naturelles,

Ce qui doit eftre entendu comme enfuit, que la colique diminuë toufiours quand le ventricule & les boyaux font vuides ; ce que ne fait point toufiours la nephritique, parce que le calcul y refte toufiours. Mais qui plus eft ; la douleur diminuë en quelques nephritiques apres auoir mangé : parce que fi le calcul eft fixe dans les reins, il eft deprimé, & s'abbaiffe à raifon de fa pefanteur, d'icy la douleur, au lieu que les boyaux eftans remplis apres le repas, ils viennent à foufleuer les reins, & ainfi la douleur s'addoucit. Il y a auffi d'autres nephritiques qui s'empirent apres le repas, comme quand il y a inflammation aux reins, d'autant que la diftenfion du ventricule & des boyaux l'augmente. La douleur des reins graue & pefante a precedé la nephritique, mais la colique eft toufiours lancinante &

Objection:
l.de int. affec.
Solution.
Com. 1. ad l.
6. epid.

poignante. Que fi tu nous objectes qu'Hippocrate a dit *la douleur des reins eftre aiguë* : Ie réponds felon Galien, *que la fignification de grauité & pefanteur eft double ; l'vne d'aigreur & afpreté, à raifon de laquelle fe fait la douleur aiguë ; & l'autre de pefanteur à caufe de l'abondance & quantité.* Les temps de la douleur acerbe & aiguë font deux ; l'vn en la generation, & l'autre en l'expulfion : mais la douleur pefante n'a qu'vn feul temps, à fçauoir tout l'efpace qui eft entre la generation & l'expulfion ou bien réponds, Que la douleur eft pefante, quand le calcul ne bouge de fa place, & aiguë quand il fe remuë. Il y a encores d'autres fymptomes qui trauaillent les nephritiques : car ceux qui ont vne pierre dans les roignons *reffentent ordinairement vne ftupidité en la cuiffe qui eft vis à vis du rein affecté*, ce qui n'aduient point en la colique : mais en la colique les naufées, vomiffemens & dégouftemens font plus fafcheux & trauaillent dauantage. Secondement, la colique &

Par les extremens.

nephritique fe diftinguent par les excremens : car en la colique les excremens du ventre font dauantage retenus, voire quelquesfois en forte, que mefmes les vents ne peuuent auoir iffuë ; & en la nephritique l'vrine eft pluftoft fupprimée : laquelle vrine au commencement eft claire & fine, puis apres elle deuient épaiffe & trouble. Si on rend des vents ou quelque pituite par les felles, la colique s'addoucit & ceffe : mais la nephritique ne s'appaife que par la fortie du calcul. Tierce-

Par les remedes.

ment, les remedes ou prins ou appliquez feruent à recognoiftre & faire diftinction entre ces deux douleurs.

Comment le calcul des reins fe recognoift d'auec celuy de la veffie.

Or le calcul des reins eft diftingué de celuy de la veffie par la proprieté & fituation de la douleur, & par la pefanteur ; la veffie eft fituée en l'hypogaftre, & les roignons aux lombes : la generation du calcul fe fait en la veffie fans fentiment, à raifon de fa capacité : mais aux reins auec douleur, à raifon que leur cauité eft petite & eftroitte. L'vrine s'arrefte toufiours au calcul de la veffie, ce qui n'arriue point toufiours en celuy des reins, à caufe qu'ils font deux : le calcul de la veffie eft accompagné d'vne ftrangurie & d'vn tenefme, à caufe de la proximité du boyau rectum ; ce que n'eft point celuy des reins. Il y en a qui en prennent la diftinction des fables, parce que ceux qui viennent des reins font plus rouges, & ceux qui font engendrez en la veffie plus blancs : & mefmes que la pierre venant des reins eft plus molle, & celle de la veffie plus dure. Mais cela n'eft point perpetuellement veritable : car la dureté des pierres, & la diuerfité des fables doiuent eftre rapportées à la puiffance de la caufe efficiente, & à la difpofition de la matiere : car les fables felon les diuers degrez de chaleur peuuent eftre blancs, iaunes & noirs : & felon la diuerfe nature de l'humeur, comme du fang & de la pituite, rouges ou cendrez. Mais ces chofes font parauanture hors de propos, & femble que nous ayons outrepaffé les bornes de noftre deffein ; retournons-y donc.

Ces deux symptomes, *la stupidité de la cuisse, qui est vis à vis du rein affecté, &* les *vomissemens,* tourmentent ordinairement fort les nephritiques. Langius & Iacotius rapportent la cause du premier à la repletion des veines. Voicy comme ils en parlent. Les troncs descendants de la veine caue & de la grand artere sont couchez sur l'espine : or de ces vaisseaux sont enuoyez des rameaux aux roignons & aux cuisses, lesquels estant remplis (ce qui arriue quand les reins, les vreteres & veines émulgentes sont bouchées) les nerfs & les muscles sont reserrez & pressez, & de là vient la stupidité. Mais leur raison me semble peu Anatomique : car la pierre des reins ne remplit pas les veines de telle sorte qu'elles puissent presser les muscles, veu que les tabides desquels les veines sont toutes vuides de sang, quand ils ont vne pierre dans le rein, ne laissent point de ressentir ce mesme endormisse-ment en la cuisse : joint que les plethoriques qui ont les veines tenduës à raison de la quantité du sang, ne ressentent rien de semblable ny aux bras ny aux cuisses. Il nous conuient donc rechercher d'autres causes de cette stupidité. I'en recon-nois deux. 1. La compression du muscle *psoas,* sur lequel sont couchez les roi-gnons : or les Anatomistes sçauent que ce muscle sert à fléchir la cuisse, & qu'il s'insere en la partie interne d'icelle. 2. La compression du nerf qui se departit dans tous les muscles de la cuisse. Or cette compression se fait par la dureté & pe-santeur de la pierre, car lors qu'elle ne fait que commencer à s'engendrer, elle ne cause point cet endormissement, mais lors seulement qu'elle est grande.

Or pourquoy en la nephritique le ventricule vient tellement à se renuerser & l'appetit à se perdre, que les malades abhorrent toutes sortes de viandes, & re-uomissent aussi-tost celles qu'ils ont prises : il en faut rapporter la cause à la sym-pathie qui est entre les reins & le ventricule : laquelle sympathie simple ne se fait point à raison du voisinage, car les roignons sont assez reculez du ventricule : ny à cause de la similitude de leur substance, car le ventricule est membraneux & les reins sont charneux : ny à raison de la societé de leurs operations, car ils ne ten-dent point à vne mesme fin ny ouurage : mais à raison de la communion & con-tinuité des vaisseaux & des membranes : car le roignon reçoit des petits nerfs du rameau stomachique qui s'insere en l'orifice superieur du ventricule : & là tunique qui enueloppe exterieurement le rein (le vulgaire la nomme *fascia*) prend son origine du peritoine, lequel chacun sçait *estre continu & adherent au fonds du ventricule.*

Opinion de Langius & de Iacotius tou-chant la stupi-dité en la ne-phritique.
l. 7. in sect. 2. coac. præsag. com. ad Aph. 1.

Celle de l'Au-theur.

Pourquoy on vomit aux ne-phritiques.

HISTOIRE ANATOMIQVE.

Des Vreteres.

CHAPITRE XXIIII.

 E la partie enfoncée des roignons sortent deux vaisseaux creux, blancs, épais & neruaux, comme des arteres, lesquels s'en vont rendre dans la vesie. Les Grecs les appellent de leur office *vre-teres,* & les Latins *vasa vrinaria:* Celse les nomme à raison de la similitude de leur substance *veines blanches.* Ils sont faits d'v-ne tunique simple, mais dense & tissuë seulement de fibres obli-ques : car par ce moyen ils se dilatent & estrecissent plus aisément, & resistent

Les conduits vrinaires.

Leur composi-tion.

Leur cõnexion. plus puiſſamment aux iniures. Ils ſont adherents au peritoiné, & prennent vne
Leur inſertiõ. tunique commune d'iceluy, d'icy couchez ſur les muſcles des lombes nommez
pſoas ; ils ſe rampent vers bas, & s'en vont implanter par vn artifice merueilleux,
non point directement, mais par vne reflexion tortueuſe & amphractueuſe aux
deux coſtez de la veſſie, pour empeſcher que l'vrine vne fois deſcenduë en icelle
ne regorge dans les vreteres. Il y en a qui forgent ſur cette inſertion des vreteres
dans le corps de la veſſie, des couuercles fabriquez par vne induſtrie admirable.
Leur vſage. Ces vaiſſeaux n'ont qu'vn ſeul vſage, qui eſt de porter l'vrine (apres qu'elle a eſté
ſeparée par les roignons) dans la veſſie.

De la Veſſie.

CHAPITRE XXV.

La veſſie.
Ses noms.
l. 1. de hiſt.
anima. 2.
Sa ſituation.

'VRINE portée par les vreteres, eſt finalement receuë dans la veſſie, comme dans vne bouteille, où elle
eſt retenuë & gardée pour quelque temps, de peur
que nous ne ſoyons contraints de piſſer continuellement : Et c'eſt la raiſon pourquoy les vns l'appellent *la
veſſie de l'vrine,* les autres *le pot à piſſer du corps,* & Ariſtote *le receptacle de l'excrement humide.* Elle eſt ſituée
en l'hypogaſtre, eſtant attachée par des filets déliez &
par les membranes au boyau rectum, & ce aux hom-
mes : car aux femmes elle eſt aſſiſe entre la matrice & l'os du penil. Or elle n'eſt
point contenuë, comme pluſieurs croyent, dedans ce grand enclos du peritoine
comme les autres viſceres : & n'eſt point auſſi au dehors du peritoine comme veulent aucuns : mais eſt cachée entre les deux tuniques d'iceluy en telle ſorte, qu'elle
n'apparoiſſe point le plus ſouuent, quand elle eſt vuide d'vrine, à ceux qui font la
diſſection. Ce qui a eſté fait (à mon iugement) à cauſe de l'ourachos & des arteres
vmbilicales, qui pour leur aſſeurance doiuent eſtre portées entre les deux tuniques de cette membrane. Il ſemble donc que la veſſie ait vn ventre & receptacle
particulier ſeparé des autres regions : & c'eſt ce que Diocles a parauanture voulu
Sa figure. monſtrer, quand il a departy *le corps en la teſte, en la poictrine, au ventre & en la
Sa ſubſtance. veſſie.* Sa figure eſt ronde & quelque peu longuette. Sa ſubſtance eſt membra-
Ses tuniques. neuſe, afin qu'elle ſe puiſſe eſtendre & reſerrer. Elle eſt faite de trois membranes,
d'vne commune & de deux propres : la premiere ayant prins ſa naiſſance du peritoine, attache la veſſie au boyau rectum & aux os des iles. Et les deux derniers ſont
ſolides, épaiſſes & dures, de peur qu'elles ne ſoient offencées par l'abondance &
acrimonie de l'vrine, ou par l'aſpreté des pierres : entretiſſuës de trois ſortes de
fibres, & enduittes par dedans d'vne certaine crouſte. Dans toute cette ſubſtance ſont ſemées pluſieurs veines du rameau hypogaſtrique, grand nombre d'arteres qui luy portent l'eſprit vital, & deux nerfs, deſquels l'vn prend naiſſance de
Ses vaiſſeaux. la ſixiéme coniugaiſon, & l'autre de la medule ſpinale. Outre ces vaiſſeaux, il y a
L'ourachos. vn canal apparent qui va du fonds de la veſſie au nombril, par lequel, lors que
l'enfant eſtoit en la matrice, l'vrine eſtoit verſée dans l'allantoïde.

Les parties de la veſſie ſont deux, le fonds ou corps dans lequel l'vrine eſt re-
Le fonds de la ceuë & gardée, & le col. Le fonds venant à s'eſtreſſir peu à peu ſe termine au col
veſſie. qui eſt plus épais & charreux, lequel eſt ceint & enuironné d'vn muſcle qui

fait office de portier, & eſt nommé des Grecs *ſphinéter* : ſon office eſt *de fermer* Le ſphinéter.
le paſſage de peur que l'vrine ne fluë inuolontairement. De là vient qu'elle coule ſans
ſentiment & contre noſtre volonté, alors que ce muſcle eſt ou paraliſé ou refroidy. Le col de la veſſie eſt plus longuet & eſtroit aux hommes, & plus large & Le col.
plus court aux femmes. Voilà vne fidelle deſcription de toutes les parties dediées
à la nutrition.

CONTROVERSES ANATOMIQVES.

A ſçauoir ſi la Veſſie attire l'Vrine.

QVESTION TRENTIESME.

IL ſe preſente quelque legere difficulté, ſur les facultez de la veſſie, attraétrice, retentrice & expultrice de
l'vrine : laquelle ie veux deſmeſler en peu de mots. 1.
On peut doubter touchant l'attraétrice, car tantoſt l.3.de.fac.nat.
Galien la luy donne, & tantoſt il la luy oſte. Il écrit &.
que les deux veſſies, & celle de la bile, & celle de l'vrine l.5.de vſu.
ont la faculté d'attirer leur propre excrement. La com- part.5.
poſition de la veſſie demonſtre le meſme : car elle apparoiſt tiſſuë de trois ſortes de fibres, de droits, d'o-
bliques & de tranſuerſaux. *La veſſie* (dit-il) *non ſeulement celle qui reçoit le fiel,* l.5.de vſu.
mais celle auſſi qui reçoit l'vrine, comme ainſi ſoit que l'vne & l'autre attirent leur part.7.
propre excrement pur & ſeparé des autres humeurs, ç'a eſté à bon droit qu'elles ont eu
d'autres vaiſſeaux pour leur porter leur nourriture. Nulle humeur (dit Ariſtote) *n'eſt* l.3.hiſt.anim.
enuoyée dans la veſſie aux corps morts : mais aux viuants il y deſcend, non ſeulement 15.
de l'humeur, mais meſme quelques excremens ſecs, deſquels s'engendrent des pierres.
Que ſi l'vrine decoulloit ſeulemét de ſon bon gré dans la veſſie ſans y eſtre attirée,
pourquoy ne deſcendroit-elle point auſſi aux morts : Il ſemble toutesfois que Ga- l.9.de loc.
lien ſoit ailleurs d'opinió contraire, car recherchât la nature & les cauſes de la ma- aff.3.
ladie nommée *diabetes* : il ſouſtient, *que la veſſie n'attire point l'vrine à ſoy.* Mais
i'expoſe ce paſſage en la maniere qui enſuit. Quand Galien dit que la veſſie en la
diabete n'attire point l'vrine à ſoy, il entend qu'il ne faut point rapporter la cauſe
de la diabete à la faculté attraétrice de la veſie, & qu'elle n'eſt point maladie de la
veſie : mais à la vertu attraétrice des reins trop grande, ou à la retentrice trop
debile. Et ainſi que ce n'eſt point la veſie, qui attire en cette maladie, cette grande abondance d'vrine qu'on rend continuellement : mais que ce ſont les reins
échauffez, qui en attirent plus qu'ils n'en peuuent contenir : & partant ou elle
decoulle de ſon propre mouuement par les vreteres dans la veſie, ou bien elle y
eſt chaſſée par force. Mais quand toutes choſes ſe fondau corps, ſelon les loix de
Nature, rien n'empeſche qu'elle ne ſoit attirée par les vreteres & par la veſſie : &
n'eſt point neceſſaire pour cela, qu'elle ſe nourriſſe de cet excrement, veu qu'elle reçoit dans toutes ſes deux tuniques, vne infinité de veines du rameau hypogaſtrique, & grand nombre d'arteres qui leur portent le ſang & l'eſprit vital.

De la retention & de l'excretion de l'vrine: à sçauoir si ce sont des effets de la faculté naturelle ou de l'animale.

QVESTION TRENTE-ETVNIESME.

E propre office de la vessie c'est *de retenir quelque temps l'vrine, & puis de la chasser hors :* mais si elle fait cela, par le moyen de la faculté naturelle, ou bien de l'animale, c'est chose dont on est en debat. Il y en a qui maintiennent que toutes ces deux actions, tant la retention que l'expulsion sont naturelles : parce que la raison des deux vessies est semblable : or la vessie du fiel retient la bile & la chasse hors par le moyen de la seule faculté naturelle. Adiouste que les trois sortes de fibres, qui se voyent en l'vne & en l'autre, prou-uent assez suffisamment, que leur triple action est purement naturelle, & nullement volontaire.

On peut monstrer au contraire, que toutes ces deux actions sont animales, & qu'elles despendent de la volonté en cette maniere. La retention de l'vrine en la vesie se fait par des organes ministrans à la faculté animale : dont s'en-suit que c'est vne action animale. Le muscle est l'organe de la faculté animale : or il y a vn muscle qui ceint & enuironne le col de la vesie, lequel faisant office de portier, ferme la sortie, & empesche que l'vrine ne coulle sans le congé & bon plaisir de la volonté.

Que l'expulsion de l'vrine soit volontaire & action animale, entre plusieurs au-tres choses, celle-cy le témoigne, c'est que nous pouuons selon qu'il nous plaist, la rendre tantost plus tardiue, tantost plus hastiue, quelquesfois plus forte, & quelquesfois plus foible : Ioint qu'elle ne se fait point sinon par l'ayde & moyen des muscles de l'epigastre. Galien soult cette difficulté, & veut que ce soit vne

action meslée : que la retention soit vne action animale & volontaire, d'autant qu'elle se fait par le moyen du muscle sphincter: mais que l'expulsion soit vne action naturelle, parce qu'elle se fait par le ministere de la faculté expultrice.

Pour mon regard, i'estime que toutes ces deux actions, tant la retention que l'expulsion sont meslées, en parties naturelles, & en parties animales : mais que la retention est plus animale que naturelle, & l'expulsion plus naturelle qu'anima-le. L'vrine est retenuë au fond de la vesie, par le moyen des fibres obliques : or cette retention là est naturelle : elle est aussi retenuë selon le commandement de la volonté, par le muscle portier nommé *sphincter,* & cette retention est pure-ment animale & volontaire.

L'vrine est chassée hors par la faculté expultrice, qui est implantée en la vesie, laquelle vesie est stimulée & aiguillonnée à la mettre hors, parce qu'elle luy est nuisible & qu'elle l'irrite, ou à raison de sa quantité, ou à raison de son acrimo-nie : & cette excretion est totalement naturelle. Elle est aussi chassée hors, par le commandement de la volonté, par l'aide des muscles de l'abdomen, qui pres-sent tout le ventre inferieur : & quelques vns ont mesme voulu, que les petits muscles de l'epigastre nommez *succenturiaux,* seruissent seulement à cette expulsion. Il s'ensuit donc que toutes ces deux actions sont meslées de la naturelle & de l'animale. Quelques-vns objectent que l'expulsion n'est en aucune maniere naturelle : parce que nous ne cesserions de pisser, veu que les actions naturelles sont perpetuelles & ne cessent iamais. Galien répond, *que toute vrine n'est point l'obiet de la faculté expultrice, mais celle la seulement qui mord, ou fait distension, c'est à dire, qui irrite par sa qualité ou par sa quantité.*

Fin du sixiéme Liure.

SEPTIESME LIVRE
DES OEVVRES
ANATOMIQVES,

Auquel premierement l'histoire des parties genitales, tant des hommes que des
femmes eft exactement defcrite, & puis apres les controuerfes
qui fe rencontrent en icelle expliquées.

HISTOIRE ANATOMIQVE.

De la necessité des parties dediées à la generation.

CHAPITRE PREMIER.

I ppocrate, Ariftote, Galien & tous les Philofophes & Medecins afferment d'vn commun confentement, *que tout ce qui eft fous la volte du Ciel, en la terre,
en l'air & en l'eau eft fuiet à corruption, & à la mort.* Car
tout indiuidu eft ou inanimé ou animé : s'il eft inanimé,
il fouffre diuers changemens à raifon de la matiere, tant
premiere que feconde. Car la premiere defire toufiours
vne forme nouuelle, & par confequent la ruine de la for-
me premiere : & la feconde qui vient des élemens, à caufe de leur inteftine inimitié (car ils font contraires, or toute corruption fe fait par le contraire) entreprend
fecrettement la diffolution du corps mixte : & les élemens eftans hors de leurs
lieux naturels, combien qu'ils y foient naturellement : fi eft-il eftans retenus au
corps par quelque force & contrainte, qu'ils defirent retourner en leur liberté &
propre demeure. Que fi l'indiuidu eft animé, outre les chofes mentionnées, il a
encore d'autres caufes de fa mort, qui naiffent auec luy, lefquelles nul artifice ny
induftrie humaine ne peuuent éuiter ny mefme deftournet : tellement que les
corps de toutes les chofes animées, mais principalement ceux des animaux font
fujets & de nature & de neceffité à la mort. De nature certes à caufe de la confom-
ption de l'humidité radicale par la chaleur élementaire, & de la diffipation continuelle des trois fubftances dont ils font compofez. Et de neceffité, à raifon du
meflange des alimens & de l'abondance des excremens, la fuppreffion defquels
opprime les parties, caufe vne infinité de maladies & en fuitte la mort. Nature
donc

l. de diæta.
l. de long. &
bre. vit.
l. de fanit.
tuend.
*Tous indiui-
dus pourquoy
& comment
fuiets au chan-
gement.*

*Les corps des
animaux en
combien de
forte fuiets à
alteration.*

donc, laquelle Hippocrate dit, *qu'elle fait fort bien ce qu'il faut, encore qu'elle n'ait point esté apprinse*, & laquelle il appelle ailleurs *prouuoyante*, d'icy la prouidence des Stoïciens, & quelquesfois *l'ordinaire puissance de Dieu* ; Nature (di-ie) soigneuse de sa conseruation a engraué en chaque chose vn desir d'éternité, à laquelle ne pouuant paruenir par l'indiuidu, à raison que sa condition est mortelle, elle s'efforce d'y attaindre par la propagation des formes & de l'espece. Pour cette fin, la multiplication des formes se fait aux élemens par transmutation, aux metaux par apposition, & aux animaux par generation : car ainsi chaque indiuidu, comme rajeunissant par la procreation de son semblable, est en quelque façon rendu immortel. Le pere vit en son fils, & celuy ne meurt point qui laisse apres sa mort vne image viue de soy. Or la generation des animaux parfaits s'acheue par la semoison des masles & la conception des femelles. Pour cet vsage Nature a creé en l'vn & l'autre sexe, les parties qui ministrent à la generation, & a engraué en tous animaux, vn desir incroyable de procréer son semblable ; & pour les inuiter encore dauantage à la copulation par le plaisir, elle a rendu les parties genitales d'vn sentiment fort exquis ; afin qu'estans aiguillonnez par le chatoüillement d'vne extréme volupté, ils viennent aux accollades amoureuses, & habitent l'vn auec l'autre. Autrement qui est celuy, ie vous prie, qui rechercheroit auec tant de peine, & embrasseroit auec tant d'affection vne chose si sale comme est la copulation ? auec quel visage cet animal diuin plein de conseil & de raison, que nous appellons *l'homme*, manieroit-il les parties honteuses de la femme, soüillées de tant d'infections & renuoyées pour cette raison au plus bas lieu, comme en l'égoust & sentine de tout le corps ? Qui est la femme qui se voudroit laisser aller aux embrassemens de l'homme, veu que la grossesse de neuf mois est laborieuse, l'enfantement accompagné de dangers & douleurs cruelles, & la nourriture de l'enfant plein de trauail, de soucy & de chagrin, si les parties qui seruent à la generation, n'estoient piquées des aiguillons d'vne volupté effrenée ? Or nous auons deliberé de décrire en ce liure l'histoire de ces parties ; & afin de le faire plus clairement, nous les diuiserons en sorte que les vnes soyent des hommes, & les autres des femmes : Celles des hommes sont certes diuerses, mais elles visent toutes à vne mesme fin, qui est de produire & verser hors de soy quelque chose qui tienne lieu de principe, par lequel & duquel, vn homme nouueau puisse estre engendré. La semence est telle, laquelle contenant en soy l'idée de toutes les parties & la necessité fatale de viure & de mourir, a eu besoin de diuerses preparations, coctions & r'affinemens : l'apprest donc des parties des hommes, qui sont ordonnées pour l'engendrement de la semence, est fort beau & leur artifice fort singulier. Car aux vnes, a seulement esté donnée la charge de la preparer & de luy donner les premiers traicts ; comme aux veines & arteres spermatiques, lesquelles par vne implication admirable ressemblant aux tendons ou fleaux de la vigne ou du lierre, font vn entrelassement quasi semblable à vn reths ; les autres la cuisent à perfection, comme l'epididyme ; les autres la rendent feconde & luy donnent la faculté prolifique, l'enrichissant de sa forme vraye & essentielle comme les testicules ; les autres la transportent estant cuitte, & apres auoir receu sa derniere perfection, comme les deux vaisseaux éjaculatoires ; les autres la reçoiuent, contiennent & gardent pour la necessité, comme grand nombre de petites vessies, & les prostates glanduleux situez aupres du col de la vessie de l'vrine ; & les autres finalement la versent aux cachots de la matrice, comme dans vn jardin tres-fertile, comme la verge. Des parties de la femme, les vnes prepa-

Nature com-
bien soigneuse
de sa conser-
uation.
l. 6. epidem.
sect. 5.
l. de diæta.

Comment les
indiuidus, de-
uiennent eter-
nels.

Les parties ge-
nitales pour-
quoy creées.

Pourquoy
doüées d'vn
sentiment si
exquis.

Diuision des
parties dediées
à la genera-
tion, en

celles des hom-
mes.

Et en celles des femmes. rent là femence ; comme les veines & arteres fpermatiques ; les autres la cuifent comme l'epididyme & les tefticules ; les autres l'éjaculent comme les deux vaiffeaux éjaculatoires ; les autres la reçoiuent, contiennent & fomentent pour la conception, comme la matrice. Or elles different de celles des hommes non feulement en fituation (comme ont cuidé les anciens) mais auffi en nombre, compofition & figure. Commençons maintenant par celles des hommes.

Des parties genitales des hommes : Et premierement des vaiffeaux
qui preparent la femence.

CHAPITRE II.

Defcription des veines fpermatiques.

LE s vaiffeaux qui preparent la femence nommez *fpermatiques & preparans* font quatre ; deux veines & autant d'arteres. Des veines la droite naîft immediatement du tronc de la caue defcendante, & la gauche de l'émulgente. Le fang de la premiere eft plus pur & mieux élaboré, & celuy de la derniere plus aqueux & detrempé de beaucoup de ferofité. A cette caufe les anciens ont fort bien dit *que les fils font engendrez aux parties dextres, & des dextres ; & les filles aux*

1. 6. epid.fect. 4.

gauches, & des gauches. Nous auons le texte d'Hippocrate, qui y eft exprés. *Celuy qui commence à bouquiner, s'il a le tefticule droit plus*

Pourquoy la gauche naîft de l'emulgente.

gros, il engendre vn fils, fi c'eft le gauche vne fille. Or ce que la veine gauche naîft de l'émulgente & non du tronc de la caue, comme la dextre, a efté (à mon aduis) fait par vne prouidence admirable de Nature, d'autant que le tronc de la grande artere declinant à gauche, & agité perpetuellement de fon diaftole & fyftole eut peu rompre ce petit vaiffeau. Ces deux veines ayant donc ainfi prins leur origine, couchées fur le peritoine & attachées à iceluy, fortent auec les deux arteres hors de la capacité du ventre inferieur, & accompagnées du mufcle *cremafter*, font portées par la production du peritoine à l'epididyme & au tefticule : mais auant que d'y venir, les vaiffeaux qui auparauant eftoient feparez s'vniffent : & par vn entrelaffement admirable, reffemblant aux entortillemens des tendons & fleaux de la vigne ou du lierre, degenerent en vn corps variqueux. Ces vaiffeaux entortil-

Vaiffeaux pâpiniformes ou variqueux.

lez de tant de ronds & deftours, font nommez par le vulgaire *pampiniformes & hederiformes.* Il y en a qui ayment mieux les nommer *entrelaffeure retiforme.* En ces entrelaffemens labyrinthiques, eft apparente l'anaftomofe & abbouchement

Leurs vfages.

des vaiffeaux, fi excellente & tant loüangée par les Anciens. A ces veines a efté donnée la charge d'ébaucher la femence & de luy bailler fes premiers crayons; mais le fang eft principalement blanchy dans ces deftroits & entrelaffemens de chemins, & y eft fait comme vn commencement de femence future, non tant par la vertu naturelle & propre des vaiffeaux, que par l'influence & irradiation des tefticules. Ces entrelaffemens ont encore vn autre vfage, pour garder que l'homme ne foit continuellement aiguillonné à la copulation, non autrement que les boyaux ont efté entortillez de plufieurs ronds dedaliques, *de peur* (comme dit Platon) *qu'il ne fuft contraint de manger à toutes heures, & par ainfi empefché de*

s'employer à la contemplation & à l'estude de la Philosophie. Il y a pareil nombre *Les arteres spermatiques.*
d'arteres spermatiques qui apportent l'esprit vital aux testicules ; elles naissent
toutes deux du tronc de la grande artere descendante.

Des parties qui cuisent & paracheuent la semence : c'est
à sçauoir de l'Epididyme.

CHAPITRE III.

Es quatre vaisseaux entrelaçez par vn artifice admirable *Epididyme que*
ne sont rien qu'vn corps variqueux, blanc & longuet, le- *c'est.*
quel d'autant qu'il est adherent au testicule & couché sur
iceluy, est coustumierement nommé *épididyme.* La plus-
part des Anatomistes les appellent *parastates variqueux; Les parastates*
parastates,* parce qu'ils assistent aux testicules ; & *vari- variqueux.*
queux,* parce qu'ils sont diuersement entortillez comme
des varices ; combien que les *parastates variqueux,* selon
Herophile, *soient ces petites vessies assises ioignant le col de la vessie, dans lesquelles*
les vaisseaux éiaculatoires déchargent la semence. L'épididyme donc est *vn corps*
longuet adherent à la teste des deux testicules, estant quelque peu entr'ouuert en son
milieu, dedié pour parcuire & blanchir la semence. Ce corps icy par vn bout reçoit
dans soy les quatre vaisseaux preparans, & par l'autre il donne issuë aux deux éjaculatoires, & est de nature moyenne entre les vaisseaux & les testicules ; car en sa
superficie il apparoit membraneux ; mais par dedans il est glanduleux & cauerneux. Il est presques tout à fait separé des testicules, & neanmoins il a continuité
auec iceux par l'entremise de quelques petits tuyaux, par le moyen desquels il reçoit des testicules la faculté d'engendrer la semence. Au reste, comme dans la substance du foye les veines sont fort déliées, afin que le sang contenu en icelles soit
plus aisément alteré & cuit par le parenchyme ; tout de mesme les tuniques des
vaisseaux qui sont dans l'épididyme sont fort minces, afin que la puissance & vertu
procreatrice de la semence influë plus promptement des testicules en iceux.

Des Testicules.

CHAPITRE IIII.

A semence ainsi preparée decoule de l'épididyme par des
meats & tuyaux fort petits, dans la substance friable &
cauerneuse des testicules ; où elle reçoit sa forme ; perfe- *Excellence des*
ction & fecondité ; d'où les testicules à raison de cette fa- *testicules.*
culté qu'ils ont d'engendrer la semence (laquelle ne se
trouue point ailleurs qu'en eux) sont tenus pour les premiers organes de la generation, & décorez du tiltre de
parties nobles. Et de fait ils ont vne vertu & puissance
fort grande & quasi incroyable, non seulement pour la fecondité, mais aussi
pour changer le temperament, l'habitude, la substance propre & les mœurs : car
estans couppez, torts ou refroidis, toute la virilité perit, l'amour enuers les fem-

Leurs noms. mes s'esteint, & le desir de copulation demeure amorty. Les Grecs les nomment *orcheis & didymoi*, parce qu'ils sont gemeaux ; d'où nous lisons aux histoires des Grecs, qu'vn certain ioüeur d'instrumens nommé Didyme, estant surprins en adultere fut pendu à cause de son nom. Les Latins les nomment *testes*, c'est à dire

Pourquoy deux. *tesmoins*, parce qu'ils rendent témoignage de la virilité, &c. Ils sont deux pour la fecondité. Hippocrate appelle le dextre *engendre-masles*, & le senestre *engendre-femelles* ; d'autant que la semence du premier est plus chaude & mieux élaborée,

Où place. *l. 1. de gen.* *ani. ca. 4.* & celle du dernier plus froide & plus sereuse. Leur situation aux hommes paroist à tout le monde, car ils pendent au dehors : Aristote & Galien en rapportent la cause à la chasteté. Les animaux qui font plusieurs petits & qui s'accouplent souuent, comme les oyseaux ; les ont cachez au dedans : or ils font plusieurs petits,

De quelle fi- *gure.* parce qu'ils sont de plus courte vie. Leur figure est ronde, mais vn peu plus lon-gue qu'elle n'est ou large ou profonde : les Arabes leur donnent non impertinem-

De combien de tuniques cou-uerts. ment la figure d'vne ouale. Ils sont couuerts & enueloppez de plusieurs tuniques, touchant le nombre desquelles les Anatomistes ne s'accordent pas. Nous voulons que les vnes soient communes & les autres propres ; les communes sont deux, des-quelles les Grecs nomment la premiere *oscheon*, c'est à dire *bourse*, & le vulgaire *scrotum* ou *scortum*, d'autant qu'elle ressemble à vn sac de cuir : car les Anciens ap-pelloient *scortea*, tout ce qui se faisoit de cuir ou de peau. Or la peau du *scrotum*, ou bourse est fort ridée & assez déliée, composée de la cuticule & du vray cuir.

l. 2. de appel. *part. corp.* *hum.c.15.l.6.* *cap. 65.* L'autre prend son origine du pannicule charneux, Rufus & Æginete l'appellent *dartos*, parce qu'elle se separe aisément d'auec le *scrotum* externe, & les autres membranes. Les propres sont pareillement deux, l'vne externe & l'autre interne : aucuns nomment l'externe *erythroide*, parce qu'estant parsemée de fibres char-neux elle paroist rouge : & d'autres plus proprement *éluthroide*, parce qu'elle res-semble à vne gaine : car le testicule est enfermé en icelle, comme dans vne gousse ou vn estuy : Æginete l'appelle *élicoide*, parce qu'elle naist de la membrane, en la-quelle sont les entrelaçemens des veines & arteres spermatiques, qui fait que quel-ques-vns la nomment *capreolaris*. L'interne dure & solide enueloppe immediate-ment la substance des testicules. Galien l'appelle *dartos*, Rufus Ephesien *membra-ne nerueuse*, & Vesale *épididyme*, mais mal comme Fallope le monstre fort bien. Au reste cette membrane est épaisse & dure, tant pour appuyer la chair lasche & molle des testicules, que pour les joindre & attacher auec les vases spermati-

Quelle est leur *substance.* ques. Ces quatre tuniques leuées, la substance molle, spongieuse & glanduleuse des testicules vient à se découurir : c'est dans icelle que la semence se parcuit & acquiert sa perfection, non autrement que le laict dans les mammelles, l'esprit animal dans la substance du cerueau, & le sang au parenchyme du foye. Ils sont de temperament chaud & humide. Il y a vn fort grand consentement entre iceux

l. 2. epid. sect. *I.* *Leurs muscles.* & les parties superieures ; de là cette vieille sentence d'Hippocrate, *Quand le testi-cule s'enfle à raison de la toux, il fait ressouuenir de la societé qui est entre la poictrine, les mammelles, la geniture & la voix.* La partie superieure des testicules est dite *la teste*, & l'inferieure *le fonds ou bout.* Ils ont des muscles propres, que les Grecs nomment *cremasteres*, & les Latins *suspensores*, pour empescher qu'ils n'esten-

Leurs vais-seaux. dent par trop les vaisseaux spermatiques par leur pesanteur ; des nerfs qui leur viennent du costal & des lombaires, & des veines & arteres, des spermatiques.

Des Vaisseaux qui portent la semence nommez Eiaculatoires.

CHAPITRE V.

A semence cuite & élaborée à perfection dans l'epididyme & les testicules, est finalement enuoyée dans deux
vaisseaux qui sont continus à l'epididyme & qui sortent
d'iceluy. Les Latins nomment ces vaisseaux *defferentia* ou
eiaculatoria, c'est à dire *porteurs* ou *eiaculatoires* ; & les
Grecs *pores spermatiques*. En leur origine ils sont assez *vaisseaux eia-*
culatoires.
gros, spongieux, entrelassez & fort entortillez aupres du
fonds & partie inferieure des testicules ; mais estans vn
peu éloignez des testicules, ils apparoissent ronds & blancs comme des gros
nerfs, ayans vne cauité fort petite & qui ne se void quasi point : car la semence
estant de nature ignée & aërée, à raison des esprits dont elle est toute pleine,
elle passe facilement à trauers d'iceux. Ces vaisseaux icy montent par le mesme *Leur chemin*
& progrés.
chemin que descendent les preparans, à sçauoir par la production du peritoine,
d'où estans portez par vn chemin oblique & tortueux à la partie posterieure &
externe de la vesie de l'vrine, ils deuiennent plus gros & plus amples, & se cachent & perdent tout à fait en certaines petites vesies que nous décrirons cy-
apres. Ils n'ont qu'vn seul vsage, qui est de transporter la semence de l'epididyme *Leur vsage.*
& des testicules aux petites vesies, comme dans vn magazin & reseruoir, pour
estre preste en la necessité ; car on ne leur donne point la faculté de cuire ny d'alterer la semence.

Des parties qui reçoiuent & gardent la semence.

CHAPITRE VI.

A semence ornée de sa vraye forme & enrichie de la
faculté d'engendrer le semblable à l'indiuidu, d'où
elle prouient est receuë & gardée pour les vsages necessaires, non seulement aux deux corps glanduleux,
situez au col de la vesie joignant le muscle sphin-
cter, lesquels ont esté décrits par quasi tous les Ana- *Les prostates*
glanduleux.
tomistes, & nommez *prostates glanduleux* : mais aussi
en grand nombre de petites vesies, lesquelles ont
esté connuës de fort peu de gens, & à mon aduis remarquées, premierement par Herophile fort exer-
cé en l'Anatomie, lequel les a nommez *parastates variqueux*. Entre les Modernes *Les parastates*
variqueux,
&
Rondelet le premier & Fallope apres luy, les ont décrites fort élegamment. Il y
a donc deux sortes de parties qui sont ordonnées pour recueillir & contenir la
semence ; à sçauoir ces petites vesies & les prostastes glanduleux. Les petites *leur descri-*
ption.
vesies assises au commencement du col de la vesie, entre la vesie & le boyau

rectum, semblent estre des productions & rejectons des vaisseaux éjaculatoires. Ces vessicules ne sont à la verité que deux, membraneuses & fort remarquables; mais elles sont faites & composées de plusieurs cauitez & destours anfractueux, & entortillées de diuers tournoyemens comme des varices; tellement qu'elles semblent estre en plus grand nombre; ce qui a esté fait pour empescher que la semence ne s'escoulle toute à la premiere charge. Elles sont tousiours grosses & pleines de semence laquelle elles expriment peu à peu comme par des tuyaux (comme le laict est espreint des mammelles) au col de la vessie; là où elle est receuë par deux corps glanduleux tres-blancs lesquels les Anatomistes appellent *prostates*

Les prostates glanduleux. *glanduleux*, qui la contiennent & gardent pour la necessité. Ces deux corps glanduleux sont couuerts d'vne membrane desliée, laquelle est percée de force trous, qui sont si petits qu'ils ne se voyent quasi point, pour garder que la semence ne s'escoulle d'elle mesme, mais qu'elle puisse estre épreinte comme grain à grain.

Leurs vsages. Les vsages de ces prostates glanduleux sont diuers. 1. Pour contenir la semence & l'amasser en telle quantité, qu'il y en ait suffisamment pour vne charge; car si elle n'estoit ainsi recueillie & reseruée en quelque endroit, elle ne pourroit pas estre éjaculée au fonds de la matrice, ains elle distilleroit peu à peu comme si la verge ne faisoit que larmoyer. 2. Pour époissir la semence & luy donner vne plus grande perfection; car aux autres parties elle est encore claire & sereuse; mais icy elle est plus épaisse & plus blanche. 3. Pour arrouser le conduit de la verge d'vne humidité huileuse & comme d'vne saliue, de peur qu'il ne soit offencé par l'acrimonie de l'vrine. 4. Pour accroistre le plaisir en la copulation; car ils engendrent continuellement vne humeur subtile laquelle en passant excite vn prurit & chatoüillement.

De la Verge.

Chapitre VII.

A semence recueillie & gardée aux prostates glanduleux, enflant par son abondance & demangeant & chatoüillant par sa qualité cherche à sortir : elle presente des objets voluptueux à l'imagination, & finalement par la presence & iouyssance de la chose desirée, est versée par vn canal long & creux comme vn tuyau, dans la cauité de la matrice : comme dans vn jardin tres-fertile. Car nous ne voulons pas, comme font plu-

La verge à deux vsages. *1. l'Emission de la semence. 2. De l'vrine.* sieurs, que le principal vsage de ce canal, soit de seruir à l'excretion de l'vrine; veu que les Eunuques ne laissent pas de bien pisser encor qu'on leur ait osté la verge auec les testicules, mais à l'éjaculation de la semence en la matrice : de là vient que les anciens Grecs & Latins, l'ont decoré de plusieurs noms, à raison de son admirable fœcondité à cultiuer & arrouser les champs de la matrice, & n'y a pas iusques aux maquereaux, bordeliers, putains & femmelettes, qu'ils ne luy ayent donné des noms à leurs plaisirs. Les Latins,

Ses noms. afin que ie taise les noms Grecs, l'ont nommé *penis*, *hasta*, *muto*, *verpa*, *mentula*, *priapus*, *scapus*, *veretrum*, *coles*, *caulis*, *virga*, *fascinus virilis*, *cauda*, *salax*, *neruus fistularis*, *genitale* : mais par excellence il a esté nommé de tous en Grec *morion*, en Latin *membrum virile*, en François *le membre*,

l'antiquité luy ayant donné ce nom à raifon de fa fecondité. Sa fituation eft ap- fa fituation,
parente à tout le monde, car il occupe la partie exterieure & derniere du ventre
inferieur : eftant premierement adherent par fa racine à l'os du penil ; & comme fiché au petit ventre , hors duquel puis apres il fort & pendille. Les Grecs
nomment la partie d'iceluy qui eft joignant le ventre , & qui ne pendille point,
hypoftema, & celle qui eft pendante *ftema*. Sa ftructure eft telle qu'il eftoit requis
pour la copulation, pour l'éjaculation de la femence ; & pour les amorces de la
volupté : Car elle eft compofée par vn artifice vrayement admirable de deux fa compofition,
nerfs caues, d'vn conduit membraneux commun à la femence & à l'vrine, de
quatre mufcles, de grand nombre de veines, arteres & nerfs, d'vne membrane
nerueufe ; & de la peau. La raifon de toute cette compofition eft fort belle : Il & raifon d'i-
eftoit neceffaire que le membre viril, pour faire éjaculation de la femence droit & telle.
auec impetuofité en l'orifice interne de la matrice, fuft fait de quelque partie laquelle fe peuft enfler & bander auec dureté fans offençer la matrice, & auffi fe
fleftrir & abbaiffer. A faire cela l'os n'eftoit nullement propre , car il eft trop Pourquoy elle
dur & n'obeit point ; & partant s'il ne déchiroit la matrice, tout le meilleur mar- n'eft point ef-
ché c'eft qu'il la blefferoit fort , & ne luy donneroit aucun plaifir, joint qu'il eft feufe.
fans efprit & fentiment : or la femence veut eftre éjaculée auec vne extreme volupté. Ie tais combien il euft efté incommode & malfeant d'auoir toufiours la
verge roide & bandée. L'artere euft parauanture efté plus propre à cela, car elle Pourquoy elle
eft creufe & fa tunique eft épaiffe & dure, laquelle s'emplit foudain de fang & n'eft point fai-
d'efprits, & tout foudain auffi fe defemplit & defenfle. Mais le mouuement per- te d'vne arte-
petuel de dilatation & de conftriction qui accompagne cette partie n'eft point en re,
noftre puiffance pour nous obeïr. La veine n'a point à la verité de mouuement, d'vne veine,
mais n'ayant qu'vne tunique fimple & déliée, elle ne fçauroit fupporter vne telle
diftenfion comme il eft icy requis : il reftoit qu'il fuft compofé d'vne fubftance
nerueufe. Or y ayant trois fortes de nerfs, le volontaire qui vient du cerueau & de ny de nerfs
la moëlle dorfale : Le tendon qui naift des extremitez des mufcles , & le ligament communs,
qui fort des os, le volontaire parce qu'il eft moëlleux & trop mol n'eftoit point
propre à faire cette tenfion, le ligamét n'ayant aucun fentiment ne pourroit point
exciter ce chatoüillement qu'on fent durant le coït : & le tendon n'a point de cauité pour éjaculer la femence. Il a donc fallu créer vn corps particulier, nerueux ains de nerfs
toutesfois, qui fuft & caue & de grand fentiment, caue afin qu'emply de fang & propres, eftant
d'efprits il s'enflaft & roidift, & vuide d'iceux il s'amollift & relafchaft, & de grand compofée
fentiment afin que le coït fuft accompagné de plaifir. Tout le corps de la verge eft
donc compofé de deux nerfs caues, vn de chaque cofté, & d'vn canal qui eft entre
deux. Les nerfs ayans prins naiffance à la maniere des ligamens, de l'inferieure par- de deux nerfs
tie de l'os du penil, & de la fuperieure de l'ifchion, eftans premierement feparez & cauerneux.
puis s'vniffans s'en vont iufques au gland , & la fubftance charneufe d'iceluy les
couure par le bout. Toute la fubftance interne de ces nerfs, caue comme vn tuyau,
noiraftre & fpongieufe, fe void remplie d'vn gros fang noir, comme fi on faifoit
des rets d'vne infinité de fcions de veines, d'arteres & de nerfs. Et c'eft parauanture
ce qu'a voulu Hippocrate, foit que ç'ait efté luy ou Polybius, quand il a écrit *que les* l. de genitura.
veines & nerfs de tout le corps fe terminent à la verge. Entre ces deux corps fe void D'vn canal
le conduit commun à la femence & à l'vrine, nommé des Grecs *ouretra*, & des La- commun à la
tins *fiftula vrinaria*, qui n'eft autre chofe que la fubftance de la veffie allongée femence &
iufqu'au bout de la verge, ou fi tu l'aimes mieux *le col de la veffie allongé*. Enfui- l'vrine.
uent en la compofition de la verge quatre mufcles , deux defquels ayant prins De quatre
mufcles.

NN iiij

naiſſance de la ſuperieure partie de l'iſchion ſont portez ſelon ſa longueur & partie poſterieure : & les deux autres ſortis des coſtez de l'os pubis, s'en vont aux coſtez d'icelle : Ceux-là ſeruent à l'excretion de la ſemence, & ceux-cy en quelque
façon à l'erection de la verge. Que ces muſcles ſeruent à l'excretion de la ſemence,
cecy entre les autres choſes le témoigne, c'eſt qu'en l'epilepſie ces muſcles eſtans
preſſez par la conuulſion, ils preſſent les glandules & font ſortir la ſemence inuolontairement. Il y a auſſi grand nombre de veines & d'arteres qui portent le

Il y a auſſi
grand nombre
de veines &
arteres.
ſang & l'eſprit, afin qu'au temps du coït la verge qui eſtoit flacque & molle puiſ-
De quelques
nerfs.
ſe tendre & bander: & quelques petits ſcions de nerfs que la moëlle de l'os ſacrum
D'vne mem-
brane neruen-
ſe, & de la
peau.
luy fournit. Tout ce corps compoſé par vn artifice ſi admirable, eſt couuert d'v-
ne membrane nerueuſe de la peau & de la cuticule : car de graiſſe il ne s'y en void
point du tout de peur que la verge ne creuſt en vne groſſeur démeſurée, & qu'el-
Pourquoy
l'homme l'a
plus courte.
le ne nuiſiſt par ſa molleſſe à la tenſion. L'homme à la verge plus courte que les
autres animaux, à raiſon de la façon qu'il tient en la copulation : car les brutes
s'accouplent par derriere & ne s'embraſſent point comme font les hommes. Les
bonnes femmes diſent que la verge deuient plus longue ſi les vaiſſeaux du nombril ſont liez vn peu loing du ventre par la ſage femme auſſi toſt que l'enfant eſt
né : Ce qui ne ſemble pas hors de raiſon, car l'ourachos eſt continu à la veſſie, &
le conduit commun à la ſemence & à l'vrine qui eſt vne des principales pieces
du baſtiment de la verge, n'eſt rien que le col de la veſſie allongé. Au bout du
Le gland.
membre viril ſe void le balanus ou gland, qui eſt la teſte & partie charnuë d'iceluy, il eſt plus mol que le reſte de peur qu'il ne bleſſe la matrice, il ſe termine vn
peu en pointe afin qu'il entre mieux, & eſt d'vn ſentiment fort vif pour accroiſtre par ſon chatoüillement le plaiſir en la copulation. Quand le ſang & les eſprits
le rempliſſent, il s'enfle & deuient plus dur & plus rouge, mais quand ils ſe retirent, il ſe fleſtrit & demeure paſle & blancheaſtre. Il a cecy de particulier, que
bien qu'on l'eſtreigne & preſſe auec les doigts il n'en reſent point de douleur,
ains au contraire plus de volupté, ouurage à mon aduis, que Nature a fait en s'é-
gayant. La ſubſtance de ce gland eſt ſpongieuſe, & touteſfois elle n'eſt point caue par dedans mais ſolide & entiere. Le gland n'eſt point immediatement couuert de la peau, comme ſont les nerfs caues : mais d'vne membrane tres-deſliée,
laquelle eſt recouuerte par deſſus de la peau de la verge, qui s'allonge & rebrouſ-
ſe pour couurir & deſcouurir le gland. Les Latins nomment cette peau *prepu-*
Le prepuce.
tium à putando, c'eſt à dire *coupper*, les Grecs *poſthé*, & les François *le prepuce*. Il y
a vn ligament qui attache le gland au prepuce, que les Grecs appellent *cyon &*
Le frain.
cynodeſmon, c'eſt à dire *chien & lien de chien*, & d'autres *chalinos*, c'eſt à dire *frein*,
La couronne.
agraphe & bouton. Les Grecs nomment *ſtephané, couronne* le cercle qui ceint com-
La couſture.
me vne couronne tout le gland, & *raphé* c'eſt à dire *couſture*, l'inferieure partie de
la verge qui ſe traine ſelon toute ſa longueur : car quant à celle qui s'auance iuſques au ſiege, ils l'appellent *tauros* & les Latins *taurus*. Finalement l'eſpace qui
eſt entre la verge & le fondement, eſt dit des Grecs *perinaïon*, des Latins *femen*
L'entreſeſſon.
ou *inter fœmineum*, & des François, *le perinaie* ou *l'entreſeſſon*.

CONTROVERSES ANATOMIQVES.

A sçauoir si les testicules sont parties nobles.

QVESTION PREMIERE.

L E s Peripateticiens ne reconnoissent qu'vn seul principe en l'œconomie & gouuernement du corps humain, mais il y a jà passé long-temps que leur opinion a esté bannie des escoles de Medecine. Plusieurs
accusent Galien d'inconstance & de legereté à definir
le nombre des parties nobles : d'autant qu'il dit tantost que les testicules doiuent estre décorez du tiltre
de noblesse & principauté, & tantost qu'il le nie : mais
il ne sera point mal-aisé d'accorder ces passages, qui
en apparence semblent se contredire. Les testicules
entant que principaux organes de la procreation, par laquelle l'espece est conseruée, doiuent estre honorez du tiltre de parties nobles : & sont parauenture en
ce regard d'autant plus excellens que le cœur, que l'espece est plus noble que l'indiuidu. Certes la puissance des testicules est tres-grande & quasi incroyable,
non seulement pour la fecondité, mais aussi pour changer la temperature, l'habitude, la propre substance & les mœurs. C'est en eux que Galien met *vne seconde fontaine de la chaleur naturelle*, & veut *qu'ils soient comme le foyer pour res-
chauffer tout le corps.* Pour cette cause, les Egyptiens pour signifier qu'on leur
auoit osté leur Roy, & que toutes ses forces estoient perduës, ils peignoient en
leurs Hieroglyfiques vn Typhon chastré. Qu'ils ayent la puissance de changer la
temperature, non seulement estans couppez, mais aussi quand ils sont tors, froissez & refroidis, ou qu'ils souffrent conuulsion, on le void parce qu'il se fait aussi
tost vn changement de la temperature chaude en vne autre toute contraire. Et
de fait leur amputation estoit anciennement vn remede singulier aux lepreux,
& les épithemes appliquez sur iceux fortifient merueilleusement. D'iceux les
bonnes femmes tirent de grands indices de santé ou de mort : & le souuerain
Dictateur escrit que *la conuulsion des testicules & parties honteuses est chose mortelle.* Mais il se fait aussi aux énuques & chastrez vn changement de toute leur habitude & substance propre : car ils engraissent dauantage, ils n'ont point par tout
de poil, ils perdent leur couleur vermeille, leurs veines s'estrecissent, bref en eux
s'esteint & amortit tout desir de copulation, leurs chairs acquierent aussi vne
odeur & saueur toute nouuelle : car celles des animaux chastrez sont plus plaisantes à manger, au lieu que celles des entiers sentent tousiours le boucquin. Touchant le changement des mœurs, nous auons ce que l'Arabe Auenzoar en a laissé par escrit. *Aux énuques* (dit-il) *nous oyons vne voix graisle, nous y reconnoissons des mauuaises mœurs, ils ont la raison fort mauuaise, & ne s'est quasi trouué
aucun chastré de bonne foy & conscience, & sans auoir l'entendement affoibly.* Le
Poëte Claudian parle d'eux à plus prés en cette façon.

    Ioint que la pieté le chastré point ne touche,
     Qu'il n'a soin de parens, ny d'enfans.

*Galien accusé
& deffendu.
l. de rem. &c.
9. art. paruæ.
l. 6. de vsu par.
c. 7.
l. 6. de placit.
c. 10.*

*Les testicules
ont vne tres-
grande force à
changer.
l. 1. de semin.*

In prognost.

L'habitude,

& les mœurs,

Des parties Genitales,

I.7. de pœdia. cyri.

D'où vient ce changement.
Opinion d'A-riftote.

Toutesfois Xenophon escrit, que *ce geure d'hommes est paisible, attentif aux affaires, & sur tout loyal & fort fidelle.* Mais d'où vient vn si subit changement d'habitude, de temperature & de mœurs ? Aristote veut que les testicules tendent & bandent le cœur, & partant iceux estant coupez, que le cœur, qui est le principe commun, se relasche & en demeure affoibly, parce que les forces des parties nerueuses sont relaschées en leur principe, comme il se void aux cordes des instrumens, lesquelles estant tenduës, rendent vn son plus hautain. Il dit donc que les chastrez deuiennent & de voix & de forme semblables aux femmes, à raison que le cœur est affecté & affoibly, car vne partie necessaire estant changée, il s'en ensuit vn total changement de la forme de l'animal : d'autant que le principe bien que petit en masse, est nean-

Li. de femine.

moins tres-grand en vertu & efficace. Mais Galien monstre fort bien que cette opinion est totalement ridicule, & nous le monstrerons plus au long en la prochaine question, car ny la force du cœur ne dépend point de cette imagi-naire tension faite par les testicules ; mais de sa propre temperature : & mesmes si le cœur eust eu besoin de tension ; les testicules n'eussent pas peu seruir

La commune.

à cela. L'opinion commune est que tout le corps est reschauffé par les testi-cules, comme par vne certaine reuerberation de chaleur : mais leur substance estant molle & rare, & la forte reflexion ne se faisant que par les corps denses & caues : ie ne voy point comment vne petite & legere reflexion puisse estre

Celle de Galien.
Li. de femine.
De l'autheur.

cause d'vne si grande chaleur. Galien en rapporte la cause à la temperature naturelle des testicules : car il met en iceux vne seconde fontaine de la cha-leur natiue. Pour mon regard, ie croirois volontiers que d'eux-mesmes & de leur propre temperature ils ne sont point tant chauds ; car ils sont exan-gues & semblables à des glandes, comme ils sont par la chaleur qui influë en eux d'ailleurs, & à raison de la femence qu'ils contiennent, laquelle par sa presence reschauffe tout le corps, le chatoüille & rend comme furieux. Or *la femence* (selon Hippocrate) *est ignée & aërée* : partant la qualité de la fe-mence change en vn moment tout le corps, non autrement qu'vn poison mortel prins en quelque petite quantité que ce soit. Ioint que les animaux entiers se mouuent dauantage : or le mouuement réueille & accroist la cha-leur, laquelle s'hebete par l'oysiueté & le repos. Mais i'en voy qui objectent

Obiection.

Galien à Galien. Si les testicules (disent-ils) ont tant de pouuoir à changer toute l'habitude & temperature ; d'où vient en baillant les signes de toutes les parties chaudes, froides, seiches & humides, qu'il n'attribuë cette faculté de changer tout le corps qu'au foye & au cœur, & iamais aux testicules ? car voi-

c.37. & 29. ar. par.
Solution.

cy comme il en parle. *Ceux qui ont le foye chaud ont toute l'habitude chaude, sinon que le cœur empesche.* Item, *Ceux qui ont le cœur chaud, ont toute l'habitu-de chaude, sinon que le foye y repugne grandement.* Mais des testicules pas vn mot. Il leur faut (à mon aduis) respondre que la chaleur influë en deux manieres, immediatement & mediatement. Or le sang & les esprits influent immedia-tement du foye & du cœur par les veines & arteres dans tout le corps : mais des testicules, bien qu'il influë à la verité quelque chaleur dans tout le corps, que c'est toutesfois par le moyen du cœur, du foye & des vaisseaux com-muns. Car ils n'ont point de vaisseaux particuliers qui s'épandent dans toutes les parties, mais ils communiquent la puissance qu'ils ont d'alterer le corps, au cœur par les arteres, & au foye par les veines, par lesquels tout le corps est en apres alteré & reschauffé. Tu objecteras que cette faculté

Obiection.

influë des teſticules actiuement & non corporellement : & partant qu'il n'eſt point beſoin de canal ny de vaiſſeau. Ie reſpondray que les facultez n'influét point que par le moyen des eſprits, leſquels bien qu'ils courent & vaguent par tout le corps, ont neanmoins beſoin de receptacles & vaiſſeaux, nerfs, veines & arteres pour eſtre diſtribuez aux parties. Ainſi le venin encores que par ſa forme ſpecifique il ſoit ennemy du cœur, ſi eſt-il porté en vn moment & par le moyen d'vne quantité inſenſible de matiere par les arteres & les eſprits droit au cœur. Voilà donc quelle eſt l'excellence des teſticules & la puiſſance admirable qu'ils ont, tant à engendrer la ſemence, comme nous monſtrerons plus au long en la queſtion ſuiuante, comme à changer l'habitude, la temperature & les mœurs, qui eſt la raiſon pourquoy Galien les a mis au nombre des parties nobles. Or quand il eſcrit qu'ils ſont plus excellens que le cœur, parce que bien viure eſt choſe plus excellente que viure ſimplement : c'eſt vn ſophiſme & vn argument captieux, ainſi que nous auons monſtré ailleurs. Il y a toutesfois quelques aduerſaires qui s'efforcent par quelques legeres raiſons de leur oſter leur nobleſſe, & à cela ſe ſeruent de l'authorité de Galien : Car il definit la partie noble par la neceſſité, ou par la communication de quelque faculté ou matiere à tout le corps. Or les teſticules ne ſont point neceſſaires à la vie, car les chaſtrez viuent bien ſans iceux ; ils ne donnent point auſſi de faculté à tout le corps, car le cerueau luy enuoye l'animale, le cœur la vitale, & le foye la naturelle, laquelle comprend ſous ſoy la procreatrice. Ils ne luy fourniſſent point auſſi de matiere ny d'eſprits & n'ont point de vaiſſeaux qui s'épandent dans toutes les parties. Mais ces choſes ſont pueriles. Nous confeſſons qu'ils ne ſont point neceſſaires, ny à la vie, ny à la conſeruation de l'indiuidu, mais ſeulement pour la propagation de l'eſpece, & partant qu'ils ne ſont point dits parties nobles, en conſideration de l'indiuidu, mais de l'eſpece : car la propagation de l'eſpece ne ſe fait que par la procreation, & la procreation par le moyen de la ſemence : or la ſemence prend ſa forme aux teſticules, auſquels miniſtrent les vaiſſeaux ſpermatiques, tant preparans comme éjaculatoires. Mais i'oy de tous coſtez les Peripateticiens qui crient au contraire, & qui denient aux teſticules cette faculté procreatrice de la ſemence : c'eſt donc contre iceux qu'il nous conuient à cette heure tourner nos armes.

marginal notes: Solution. L'argument de Galien au 1. liu. de la ſemé-ce eſt captieux. l. 1. queſt. 4. Que les teſticules ne ſont point parties nobles. 1.6. de vſu par. 7. & l. 6. de placit. Reſponce.

De l'vſage des Teſticules.

QVESTION DEVXIESME.

IL y a vne grande diuerſité & contrarieté d'opinions touchant l'vſage des teſticules. Ariſtote leur oſte la faculté d'engendrer la ſemence, & ne l'a donne qu'aux vaiſſeaux ſpermatiques. 1. Parce qu'il ſe trouue pluſieurs animaux qui engendrent encores qu'ils n'ayent point de teſticules, comme les poiſſons & les ſerpents. 2. Parce qu'vn taureau ſaillit vne vache tout auſſi toſt qu'il euſt eſté chaſtré. 3. Et parce qu'ils ne ſont aucune partie des vaiſſeaux, c'eſt à dire qu'ils n'ont nulle communication auec les vaſes ſpermatiques. Il leur donne donc trois autres vſages. 1. Pour rendre le mouuement de la ſemence plus ſtable, & eſtans pendus aux vaiſſeaux entortillez par vn artifice

marginal notes: Ariſtote oſte aux teſticules la faculté d'engendrer la ſemence. 3. de hiſt. ani. c. 1. 1. de gener. anim. c. 4. Or leur donne trois autres vſages.

admirable de les affermir & rendre plus larges & plus ouuerts, non autrement que les tisserans pendent des poids à leurs toiles. De là vient estant couppez, que les vaisseaux spermatiques s'estreciffent, & que leurs conduits se ferment en sorte que la semence ne peut plus passer par iceux. 2. Pour la force du cœur : car ils le tiennent bandé, comme si c'estoient des contrepoids, à cette cause iceux estans couppez, il s'en suit vn changement d'habitude & de temperature, les resnes estans laschées & la force du cœur quasi comme toute ruinée. 3. Ie recueille le troisiéme de ses Problémes, qui est pour aider par leur pesanteur à l'erection de la verge. Telle donc est l'opinion d'Aristote, laquelle il nous faut maintenant examiner au niueau de la verité & comme on dit à la pierre de touche. Et pour impugner le premier vsage : Ie soustiens que les vaisseaux spermatiques ne peuuent deuenir ny plus larges ny plus ouuers par la pesanteur des testicules, car ils sont entortillez par vn artifice merueilleux & entrelassez de tant d'anfractuositez dedaliques, que s'ils estoient estendus ils descendroient iusques aux orteils joint qu'ils sont si bien attachez aux parties voisines qu'il est impossible qu'ils se puissent estendre ny allonger : Et qui est plus, tant s'en faut qu'ils deuinssent plus larges par cette tension, que au contraire elle les rendroit plus estroits : car estans allongez ils s'vniroient, & leur cauité s'estreciroit. Il eust plustost fallu asseoir l'vn au deuant & l'autre au derriere, afin de rendre par ce moyen leur capacité plus large : Mais quel besoin est-il de cette largeur & cauité sensible aux vaisseaux spermatiques pour l'excretion de la semence : n'est-elle pas contenuë en l'epididyme & aux testicules, ausquels il n'y a point de cauité manifeste ? N'est-elle pas portée par les vaisseaux éjaculatoires aux petites vessies & prostates, & gardée en icelles sans cauité : Certes elle est toute plaine d'esprits *lesquels*, selon Hippocrate, *font effort*. Tu objecteras que la semence est plus épaisse que le sang arterieux, & que le sang arterieux a besoin d'vn canal pour estre distribué par tout le corps. Ie répondray que le sang arterieux & la semence, ne sont point l'vn comme l'autre. Car le sang arterieux doit estre en grande abondance, esclairer continuellement les parties par son influence & influer copieusement & soudainement : Or vne abondante, continuelle & soudaine influence ne se peut faire sinon par des conduits fort larges. Ainsi Nature a creé la veine arterieuse grosse & ample, afin qu'elle fust capable pour nourrir le poulmon rare & agité de mouuemens perpetuels. Mais quant à la semence elle decoule petit à petit aux vaisseaux spermatiques, aux entrelasseures desquels elle est premierement preparée, puis elle est portée par des conduits, qui sont comme des tuyaux fort petits dans la substance des testicules, & est finalement chassée hors par les vases éjaculatoires, lesquels sont veritablement cauerneux & spongieux, mais sans cauité sensible ny apparente. Donc cette rectitude, largeur & amplification des vaisseaux, qu'Aristote a songé, n'est point necessaire pour la coction & éjaculation de la semence : mais continuons à le presser. Ceux qui ont les testicules froissez, escachez & refroidis, ne sont point propres aux charges de Venus, encore qu'ils les ayent pendillans : Il y a aussi des animaux qui les ont interieurement attachez au dos, & ceux des femmes sont cachez au dedans & ne pendent dehors en nulle façon. Mais aussi s'ils auoient esté faits pour tenir comme des poids, les chemins de la semence ouuers, il faudroit qu'ils descendissent au temps du coït & de l'éjaculation de la semence, car ainsi ils élargiroient dauantage les vaisseaux : Or on void tout au contraire, qu'ils se retirent & montent en haut en la copulation. Dont s'ensuit qu'ils n'ont point esté faits pour l'vsage que leur assigne Aristote. Auerroës

Problem. 24.
sect. 4.
L'autheur le
refute.

Les vases éia-
culatoires n'ôt
point besoin de
cauité sensi-
ble.

Obiection.

Response.

rhoës ne voyant point de moyen d'échapper la force de ces raisons, quitte en ce poinct le party d'Aristote, & accorde aux testicules la faculté d'engendrer la semence. Le second vsage qu'Aristote leur donne, qui est de bander le cœur, & le rendre plus fort, est encore tres-absurde: car ils ne sont de guere grande pesanteur, & ne sont en nulle façon pendus au cœur, si ce n'est par les arteres, & icelles non droites, mais obliques & attachées aux prochaines. Outre-plus il faudroit que ceux qui les ont plus pendans & relaschez, fussent plus robustes & courageux, d'autant qu'ils auroient le cœur plus bandé; & cependant les femmes trouuent tout le contraire, & tiennent que telles gens sont éneruez & inutiles aux charges d'amour. Dauantage si le cœur auoit besoin de cette tension, ne seroit-il point bandé plus roide par des ligamens attachez à l'espine & au dos? Quoy? le foye qui est fort proche en situation, tres-grand en masse, & qui est attaché à iceluy par le tronc ascendant de la veine caue, ne seroit-il point plus propre pour le bander que le testicule qui est vn corps fort petit? Les vaisseaux qui s'en vont aux testicules sont tellement entortillez, que s'ils estoient estendus de leur longueur, ils descendroient plus bas que les genoüils. Les femmes & les animaux qui les ont cachez aux dedans, auroient tousiours le cœur foible & languide. Bref, il s'ensuiuroit que les forces du cœur seroient violentes & qu'elles viendroient d'ailleurs; ce qui ne se pourroit dire de ce membre tres-noble sans vne bien grande absurdité. Et partant concluons que cette opinion est ridicule, & indigne d'vn si grand personnage. Quant au troisiéme vsage qui est de seruir à l'érection de la verge, il n'a point besoin de nostre refutation: car la tension de la verge est en partie naturelle, faite par vne grande quantité de vents & d'esprits, remplissans les nerfs cauerneux; & en partie animale dépendante de l'appetit qui meut les muscles destinez à cette tension. Chassons donc de nos Escoles l'opinion d'Aristote touchant l'vsage des testicules, & celle-là aussi qui leur oste la faculté procreatrice de la semence: car ce qu'ils objectent des animaux qui engendrent, encores qu'ils n'ayent point de testicules, est de nulle valeur: veu que ce sont animaux imparfaits, desquels la maniere d'engendrer est manque & imparfaite. Ce qu'ils alleguent du taureau, nous le nions tout à plat, & ne nous pouuons persuader qu'il ait voulu monter la ienice aussi-tost qu'il fut chastré: car l'incision de ces parties qui ont le sentiment fort vif estoit suffisante de luy rabattre sa colere & l'empescher de monter. Ou bien on peut dire qu'il fit éjection de quelque portion de semence qui auoit desià esté élaborée aux testicules, & qui estoit reseruée aux parastates.

Refutation du second vsage.

Du troisiéme.

Responce aux raisons.

Des parties Genitales,

L'opinion des Medecins & la noſtre touchant l'vſagé des Teſticules.

QVESTION TROISIESME.

Autre opinion.

IL ſe trouue encores quelques hommes doctes entre les Medecins, qui nient que les teſticules ayent la vertu d'engendrer la ſemence, & ne la donnent qu'aux vaiſſeaux preparans & à l'épididyme : d'autant qu'il n'y a point de chemins par leſquels elle puiſſe eſtre portée des entrelaçemens variqueux aux teſticules: car on peut ſeparer d'auec iceux, & l'épididyme, les vaiſſeaux, tant preparans qu'éjaculatoires entiers & ſans les déchirer, & meſmes on remarque touſiours en l'épididyme de la ſemence blanche, ce qui ne ſe void point ou rarement aux teſticules. Ils veulent donc qu'ils ſeruent pour attirer & contenir l'humeür ſereuſe & les excremens de la ſemence, & que ce ſoit la raiſon pourquoy leur ſubſtance a eſté faite glanduleuſe : car *l'vſage des glandes* (ſelon Hippocrate) *eſt de receuoir les ſuperfluitez des parties.* Ainſi le cerueau, le cœur & le foye ont leurs émonctoi-

Refutée.

res. Mais ie ne voy point pourquoy l'excrement de la ſemence entre pluſtoſt dans la ſubſtance des teſticules, que la ſemence meſme qui eſt toute pleine d'eſprits. Les teſticules ſont ſpongieux, & ont force petits tuyaux qui s'en vont des vaiſſeaux rendre en leur ſubſtance : ils ſuccent donc par ces petits tuyaux & attirent à eux par vne proprieté, qui leur eſt naturelle, la ſemence : Car s'ils ne laiſſent point d'attirer le ſang pour leur nourriture, encore qu'on ne voye point en leur ſubſtance de vaiſſeaux apparents pour le porter, qui empeſchera qu'ils ne reçoiuent pareillement la ſemence? leur ſubſtance eſt veritablement glanduleuſe, mais ils ne doiuent point pour cela eſtre nommez *glandes,* comme nous

Troiſiéme opinion.

monſtrerons en la prochaine queſtion. La troiſiéme opinion leur oſte pareillement la puiſſance d'engendrer la ſemence, & veut qu'ils ſeruent ſeulement pour affermir & appuyer les vaiſſeaux, comme quelque cuiſſinet ou de la lictiere molle : car *Nature* (ce diſent-ils) *a mis des glandes par tout où les vaiſſeaux ſe fourchent & diuiſent :* Ainſi le *pancreas* ſe void en la diuiſion de la veine porte, grand nombre de glandes en la diſtribution des veines meſaraïques, le corps glanduleux nommé *thymus* ou *fagoüe* au rameau ſouſclauier, & force glandules aux veines axillaire & crurale; ainſi les teſticules ont eſté appoſez aux vaiſſeaux ſperma-

Confutée.

tiques pour leur deffence & ſeureté. Mais l'ignorance de l'Anatomie a enfanté cette nouuelle & totalement abſurde opinion. Car les glandes appliquées aux diuiſions des vaiſſeaux les appuyent, affermiſſent & ſouſtiennent de toutes parts : mais les teſticules ſont ſeulement pendus aux vaſes ſpermatiques. Il y a

Opinion des Medecins.

bien plus d'apparence en l'opinion d'Hippocrate, de Galien & de quaſi tous les Medecins, qui leur aſſignent la puiſſance de faire la ſemence & le commandement ſur la generation : Et de fait ils ont beaucoup de puiſſance pour changer l'habitude, la temperature & les mœurs. Les animaux qui ont fait long-temps

l. 1. de gener. ani. c. 4.

trefue auec Venus, ont les teſticules gros & tous pleins de ſemence, leſquels leur diminuënt par la copulation apres l'éjection d'icelle. Et c'eſt ce qu'Ariſtote meſine confeſſe quand il écrit, *que les oyſeaux & quelques animaux à quatre pieds l. 3. de hiſt.* *ani. c. 1.* *en certain temps, quand ils doiuent vacquer au coit, ont les teſticules beaucoup plus gros: mais ce temps-là eſtant paſſé, qu'ils paroiſſent ſi petits qu'on pourroit douter s'ils en ont ou non.* Le refroidiſſement des teſticules cauſe la ſterilité. Que ſi tu conſideres toutes les coctions qui ſe font au corps, tu verras que la preparation s'en fait aux vaiſſeaux & l'élaboration parfaite en la ſubſtance de quelque partie. L'eſprit animal eſt preparé aux entrelaſſemens labyrinthiques des petites arteres, il prend ſa forme & ſon idée aux ventricules & en la ſubſtance moëlleuſe du cerueau. Le laict eſt preparé aux veines & blanchy aux glandes des mammelles. Le ſang eſt encommencé aux veines du meſentere, & prend ſa rougeur & ſa forme au parenchyme du foye. Aux petites veines de chaque partie ſe fait la preparation de la troiſiéme concoction, & l'aſſimilation en la ſubſtance de la partie meſme. Ainſi la preparation de la ſemence ſe fait aux vaiſſeaux ſpermatiques, que Nature a entortillez d'vn artifice admirable, afin que le ſang & les eſprits ſe meſlent plus exactement en ces anfractuoſitez, & à cette fin la veine s'abbouche dans l'artere, & l'artere dans la veine : Eſtant ainſi preparée les teſticules la tirent pour leur nourriture, & luy donnent la forme, la perfection & la fertilité : eſtant ſaoulez, ils en rejectent finalement les reſtes dans les vaſes éjaculatoires, leſquels ſe déchargent dans les paraſtates variqueux & les proſtates glanduleux, où la ſemence eſt gardée & conſeruée pour les vſages neceſſaires.

De la ſubſtance des Teſticules & de leurs Tuniques.

QVESTION QVATRIESME.

Sçauoir ſi les teſticules ſont glandes.
l. 3. de alim.
l. de glandul.

ALIEN met les teſticules au nombre des glandes, & Hippocrate décriuant la nature des glandes, dit *qu'elles ſont ſpongieuſes, parce que leur ſubſtance eſt rare, graſſe & friable.* Or la nature des teſticules eſt telle; ils doiuent donc eſtre mis au nombre des glandes. Mais comme ainſi ſoit, ſelon Galien & les Anciens, que les glandes ne facent ſeulement qu'vn vſage, & qu'elles n'ayent point d'action : Comment les teſticules auſquels nous donnons vne ſi excellente action, comme eſt la generation de la ſemence, pourront-ils eſtre rangez entre les glandes ? Il eſt icy beſoin de diſtinction. Galien met difference entre glande & corps glandu- *Diſtinction entre glande & corps glanduleux.* leux : les reins ſont corps glanduleux, c'eſt à dire, ils reſſemblent aux glandes: Et le *cerueau,* ſelon Hippocrate, *eſt blanc & friable ;* mais qui oſeroit pour cela *l. 16. de vſu* appeller ce viſcere tres-noble ſiege des facultez princeſſes, du nom de *glandule,* *part. c. 2.* ſinon par abuſion ? Et de fait auſſi, Hippocrate ne l'appelle point abſoluëment *l. de glandul.* *glande,* mais il dit qu'il eſt ſemblable à vne glande. Les teſticules tout de meſme, *Des tuniques des teſticules.* peuuent eſtre dits & nommez *glandes,* c'eſt à dire *corps glanduleux* ou *reſſemblans aux glandes.* Ils ne ſont pas couuerts comme les glandes d'vne ſeule tunique; mais de pluſieurs : du nombre deſquelles les Anatomiſtes ſont en debat, les vns en mettans plus & les autres moins. Nous leur en donnons quatre, deux communes, *Erreur de Ve-* le *ſcrotum* & le *darton,* & deux propres l'*eluthroïde,* & la membrane nerueuſe que *ſale touchant* Veſale nomme *epididyme:* mais Fallope le refute doctement : car l'epididyme eſt *l'epididyme.*

vn corps longuet & blanc adherent à l'vn & l'autre testicule, dans lequel se terminent les replis des vaisseaux spermatiques. L'etymologie du mot & l'authorité de Galien le prouue suffisamment. Epididyme signifie *petit testicule*, comme epiglotte *petite langue*, & epiderme *petite peau*. Et Galien dit que *l'epididyme est vne particule adherente à la teste des testicules*. Ailleurs il écrit que *les testicules des femmes ont le dartoss* or il appelle *dartos* la tunique qui enueloppe immediatement le testicule. Mais en vn autre lieu il veut que *les testicules des femmes n'ayent point d'epididyme, ou s'ils en ont, qu'il soit si petit, qu'il ne se void quasi point.* Il appert donc que l'epididyme n'est point vne membrane, mais vn corps adherent au testicule, & comme vn troisiéme petit testicule fait par l'élaboration de la semence.

l. 1. de sem. c.
15. & 16.
l. de vcri dissect.
l. 14. de vsu
part. c. 14.

De la sympathie d'entre les Testicules & la Poictriné.

QVESTION CINQVIESME.

l. 2. epidem.
sect. 1.

Ombien grande & admirable est la communion des testicules & des parties qui sont au dessus du diaphragme, Hippocrate a esté le premier qui l'a exprimée fort élegamment en cette belle sentence, *quand le testicule s'enfle à raison de la toux, il renouuelle le souuenir de la societé de la poictrine, des mammelles, de la geniture,* c'est à dire *des parties genitales & de la voix.* En l'explication de laquelle ie me veux quelque peu arrester. La verité de cette sentence & la societé de la poictrine & des testicules nous sont assez données à connoistre par le frequent changement de la toux en l'inflammation des testicules, & au rebours de l'inflammation des testicules en la toux. Nous auons en practiquant la Medecine fort souuent remarqué ce changement, & nostre Hippocrate le confirme en ces mots, *Il suruenoit à plusieurs des toux seiches, & à quelques vns d'iceux, long temps apres des inflammations auec douleur à l'vn des testicules, aux autres à tous les deux ensemble.* Item, *Les vieilles toux, suruenant tumeur aux testicules, prennent fin* Or pourquoy & comment cela se fait, il le nous faut maintenant declarer. La toux seiche (selon mon aduis) est non pas celle qui est sans matiere, qui reconnoit pour sa cause vne intemperature nuë, comme il s'en fait quand la bize souffle, ou l'inégalité & aspreté de l'artere trachée, ou vne simple sympathie des parties nerueuses; car comment pourroit-elle faire abscez & tumeur? mais vne toux auec matiere, la cause de laquelle est vne humeur subtile qui échappe à la vapeur fumeuse & aux poulmons qui font effort pour la chasser hors; ou bien vne humeur épaisse qui n'obeït point à l'expulsion. Hippocrate veut que cette toux se purge par les apostemes des parties inferieures, Nature transportant l'humeur creuë, qui faisoit la toux aux testicules & sur les parties qui ont vne estroite communication auec la poictrine: & cette transposition est proprement nommée *diadoché:* car elle se fait vers bas & sur vne partie capable de receuoir toute l'humeur faisant la maladie. Or par quels chemins se fait cette expurgation & transport d'humeur, il n'est pas aisé à declarer: i'en diray toutesfois mon aduis, & plus briesuement que ne peut estre dite vne chose si grande. Il y a trois sortes de vaisseaux aux testicules, des nerfs, des veines & des arteres: de tous lesquels les chemins ouuerts, se vont rendre de la poictrine aux testicules: Car du rameau costal, lequel s'épand entre les costes, il y a plusieurs gros nerfs portez aux testicules. Il y a semblablement vne

Explication du passage d'Hippocrate.

l. 1. epid. sec. 1.

l. 2. epid. sec. 1.

Toux seiche.

Toux auec matiere.

Chemins de la poictrine aux testicules.

veine naiſſante de l'azygos & perçant le diaphragme, qui ſe rend dans la renale & la ſpermatique. Or il n'y a point d'artere qui aille du poulmon (aux tuyaux duquel la matiere de la toux eſt contenuë) à la grand artere : mais rien n'empeſche que l'humeur peccante n'entre par l'artere veineuſe au ventricule gauche du cœur, & d'iceluy dans la grand artere & ſes rameaux. Ainſi le pus des empyiques, pleuritiques & peripneumoniques eſt ſouuent purgé par les vrines, les ſelles & les apoſtemes des parties inferieures, comme nous monſtrerons en vn autre lieu. Telle donc eſt la communion de la poictrine & des teſticules, à raiſon de laquelle les toux ſeches ceſſent quand les teſticules s'apoſtument. Quant à celle des mammelles & des parties genitales, Hippocrate & Galien en ont écrit beaucoup de choſes, & nous-meſmes l'auons deſia touchée au liure precedent. Cependant nous notterons en paſſant qu'Hippocrate au paſſage allegué par le mot de *geniture*, n'entend point ſeulement la ſemence, mais auſſi les parties genitales & la matrice : Et Galien expoſe le mot *geniture*, pour les parties genitales, aux femmes la matrice, & aux hommes les vaſes ſpermatiques. Finalement Hippocrate exprime plus clairement la ſocieté des teſticules & de la voix, quand il dit : *La varice ſuruenant au teſticule gauche, ou au droit, guarit la voix graiſle, ſans l'vn d'iceux à peine peut elle guarir.* Galien recognoit la cauſe de la voix claire & graiſle, eſtre la petiteſſe des organes, & l'indiſpoſition des muſcles du larynx. Suruenant donc varice à l'vn, ou à tous les deux teſticules, c'eſt à dire, les vaſes ſpermatiques entortillez en forme de varice, venans à enfler, à raiſon de l'abondance de la ſemence, la voix graiſle ceſſe : car tout le corps eſtant réchauffé par le reflux de la chaleur, les vaiſſeaux ſe dilatent, & les humeurs froides abbreuuans les muſcles du larynx ſe reſoudent & deſſeichent. Et de fait, auſſi-toſt que les maſles ſont paruenus en l'âge de puberté, qu'ils commencent d'auoir du poil aux parties honteuſes & à ietter de la ſemence, la voix leur change, & deuient plus groſſe & plus rude, & c'eſt ce qu'Hippocrate appelle *tragan*, & les Latins *hircire*, c'eſt à dire *bouquiner*. Mais de ces choſes, aſſez & plus que nous ne nous eſtions propoſé.

l. 9. quæſt. 12.

k 1. de morb. mul.
Aph 27.28.& 29.ſect. 5.
l. 4. de vſu part. c. 8. in quæſtione 7.
l. 2. epid. ſect. 5.

Comment la varice guarit la gracilité de la voix.

A ſçauoir ſi l'érection de la verge eſt naturelle ou animale.

QVESTION SIXIESME.

OVTE action, ſelon Galien, eſt ou naturelle ou animale. Il appelle *naturelle*, celle qui n'eſt point volontaire, & ainſi la vitale peut auſſi eſtre dite *naturelle*. L'inflation de la verge eſt vne action, car elle ſe fait par mouuement local ; elle eſt donc ou naturelle, ou animale, ou meſlée. Qu'elle ſoit totalement animale, ces raiſons le ſemblent prouuer. Toutes les facultez animales, l'imaginatrice, la motrice & la ſenſitiue concurrent pour faire cette action. L'imagination de la choſe venerienne, ſoit ou que nous dormions ou veillions, precede touſiours l'érection de la verge. Et certes l'imagination de ceux qui ſont éueillez eſt auec choix & volonté ; mais en ceux qui dorment elle eſt ſemblable à celle des brutes, & ſuit l'eſpece & idée de la ſemence qui chatoüille & qui fait diſtenſion : car comme en ſongeant la pituite repreſente des pluyes

Que la tenſion de la verge eſt animale, à cauſe que l'imagination la precede.

Des parties Genitales,

& rauines d'eaux à l'imagination ; la bile tres-chaude & furieuse, des embrasemens, & que la melancolie, humeur ennemie de la lumiere, & contraire aux
deux principes de la vie l'obscurcit de tenebres, & engendre en nous des songes
plains de crainte & de frayeur : Ainsi la semence contenuë aux prostates, les enflant par son abondance, demangeant par sa qualité, & chatoüillant à cause de la
continuité des nerfs, esmeut des images & ressemblances de choses voluptueuses
en la phantasie de ceux qui dorment. Dont s'ensuit que l'erection de la verge ne
se fait point sans l'imagination. L'imagination commande à la faculté motrice,
laquelle ne manque à luy obeïr aussi-tost, & de là s'ensuit l'inflation de la verge.

qu'elle se fait
par les muscles A cette faculté motrice ministrent quatre muscles, deux desquels s'inserent aux
costez de la verge : Or le mouuement de tous les muscles est volontaire, parce
accompagnée
de volonté. qu'on les definit estre *les organes du mouuement volontaire.* Cette inflation est
jointe & accompagnée de volupté ; la volupté n'est point sans sentiment. Il s'ensuit donc que toutes les facultez animales, l'imaginatrice, la motrice & la sensitiue concurrent à faire l'erection de la verge, & par consequent qu'elle est action
volontaire & purement animale. Voilà les raisons de ce party.

Que l'erection
de la verge est
naturelle. Les autres, qui soustiennent au contraire qu'elle est totalement naturelle, le
veulent prouuer comme ensuit. Toutes les causes de cette distension, tant instrumentaires qu'efficientes & finales sont naturelles : Elle est donc action naturelle.
Parce que les
organes sont
naturels. Les organes sont naturels, sçauoir est deux ligamens, cauerneux, spongieux &
noirastres, lesquels bien qu'ils soient nommez *nerfs*, ne sont point toutesfois
nerfs volontaires & sensitifs. Ils naissent des os de l'ischion & du penil, & non
La cause effi-
ciente natu-
relle. de la moëlle du cerueau, ny de celle de l'espine. La cause efficiente n'est point la
volonté ; car nous ne sçaurions bander toutes & quantesfois que nous voulons,
au lieu que nous mouuons bien les bras, cuisses & yeux au plaisir & commandement de la volonté : mais la cause qui fait bander, c'est la chaleur, les esprits & les
vents, qui remplissent les deux nerfs cauerneux entretissus comme vne rets d'vne
milliace de veines & arteres. Ainsi toutes choses chaudes, vaporeuses & flatueu-
ses font estendre & roidir la verge.

Et la finale na-
turelle. La finale, c'est la procreation, laquelle se rapporte, non à la faculté animale,
mais à la naturelle. Ils concluent donc qu'elle est totalement naturelle. Pour resolution de cette difficulté, nous disons qu'elle n'est point totalement ny animale
Que c'est vne
action meslée. ny naturelle, mais meslée : car eu égard à l'imagination & au sentiment, elle est
tout à fait animale ; car la verge ne bande iamais que l'imagination n'ait precedé.
Ioint que le bander d'icelle est tousiours auec plaisir & volupté. Mais à raison du
mouuement elle est plustost naturelle, aidée toutefois quelque peu de l'animale :
car comme l'appetit qui se fait en l'orifice superieur du ventricule est animal, à
cause du sentiment de diuulsion ; & le mouuement par lequel l'estomach affamé
arrache de la bouche les viandes, non encores bien maschées, est naturel : Ainsi
l'erection de la verge entant qu'elle est auec sentiment, & qu'elle ne se fait point
que l'imagination n'ait precedé, peut estre dite animale : mais le mouuement local, par lequel elle deuient plus grosse & tenduë, est vne action naturelle, & faite
par vne proprieté qui est speciale aux nerfs cauerneux, tel qu'est le mouuement de la matrice & du cœur. De la matrice, quand elle tire la semence, &
du cœur, quand il s'emplit d'air & de sang. Ie ne voudrois pas toutesfois nier
que ce mouuement naturel ne fut quelque peu aidé par le volontaire, veu
que les quatre petits muscles seruent à amplifier la verge qui est desià tenduë,
& la tenir quelque temps en cet estat. Mais on objectera que l'imagination ne

precede pas tousiours l'érection de la verge, & mesme que l'érection n'est point tousiours auec volupté. Car ceux qui ont la chaude-pisse bandent contre leur *obiection.* volonté, & qui plus est auec douleur. Ie répondray auec Galien, que l'érection de la verge est de deux sortes, naturelle & contre nature. Celle-là se fait par la fa- *Solution.* culté innée des nerfs cauerneux, & celle-cy contre nostre volonté. Celle-là est *l. 6. de loc. af.* auec volupté, & celle-cy sans plaisir. En celle-là la verge bande premierement, *cap. vltimo.* & puis apres se remplit d'vn esprit vaporeux : mais en celle-cy elle s'emplit pre- mier, & puis apres elle bande & roidit. Bref la raison & nature de ces deux infla- tions est semblable à celle du double mouuement du cœur. Car en son mouue- ment naturel, qui se fait par la faculté vitale, il s'emplit d'air & de sang parce qu'il se dilate, & se desemplit parce qu'il se reserre : mais au mouuement depraué qu'on appelle *palpitation*, il se dilate parce qu'il s'emplit. Ainsi les soufflets des Forge- rons parce qu'on les dilate & ouure, ils s'emplissent soudain d'air & de vent, pour éuiter le vuide : mais les oires & peaux se dilatent, parce qu'on les emplit de vin ou d'huile. Concluons donc que l'érection naturelle de la verge est tousiours fai- te par l'imagination qui precede, & accompagnée perpetuellement de volupté, & c'est d'icelle que nous entendons parler en la presente question. Mais celle qui est maladiue & contre nature, que Galien nomme *priapisme*, se fait sans volupté & d'elle-mesme par vn gros vent, remplissant les nerfs cauerneux, ainsi qu'on peut recueillir par la vitesse du mouuement : car tout mouuement soudain & violent se fait comme enseigne Galien, non par les humeurs, mais par les esprits *l. de palpita-* & les vents. Ce vent icy, ou il s'engendre dans les ligamens cauerneux, ou bien *tione.* il y est transporté par les orifices larges des arteres : & la vapeur s'engendre des grosses humeurs. Ainsi les melancoliques & les lepreux sont souuent vexez de ce mal, qui est la raison pourquoy les Anciens ont nommé le priapisme *satyriasis.*

De la situation des prostates glanduleux,

QVESTION SEPTIESME.

 E s Anatomistes sont en debat touchant la situation des prostates glanduleux ? les vns veulent qu'ils soient situez au dessous du muscle sphincter, & les autres au *Que les glan-* dessus. Pour mon regard, guidé par le sens & la rai- *des prostates* son ; ie souscris à l'opinion des derniers. Car s'ils *sont situées au* estoient placez au dessous du sphincter. 1. On ne *dessus du* pourroit iamais éjaculer la semence, qu'on ne fut *sphincter.* quant & quant forcé de pisser. 2. En la gonorrhée & chaude-pisse l'vrine couleroit tousiours auec la se- mence, le sphincter qui fait office de portier pour la retenir estant ouuert. 3. L'v- rine flotteroit continuellement dessus ces corps glanduleux, lesquels en fin elle rongeroit & interesseroit par son acrimonie. Nous concluons donc que ces glandules que les Anatomistes nomment prostastes glanduleux (l'inflammation & vlceration desquels cause & fait la chaude-pisse) sont situez au dessus du mus- cle sphincter. Lisez ce que nous en auons cy deuant escrit contre Vesale. *l. 5. quæst. 11.*

HISTOIRE ANATOMIQVE.

Des parties genitales des femmes : Et premierement des vaiſſeaux
qui preparent la ſemence.

CHAPITRE VIII.

Comment les partie genitales des hommes & des femmes different.

E s Anciens ont eſtimé que les parties des femmes qui miniſtrent à la generation, different ſeulement de celles des hommes en ſituation, entant à ſçauoir que celles des hommes pendent au dehors ; au lieu que celles des femmes, à raiſon de leur debilité naturelle & de leur complexion plus froide, demeurent cachées au dedans. Pour noſtre regard nous maintenõs qu'elles ne different point ſeulement en ſituation, mais auſſi & en compoſition & en nombre. Car ny la diſtribution des vaiſſeaux preparans n'eſt point ſemblable, ny l'inſertion des éjaculatoires n'eſt pas auſſi de meſme. Ioint que la figure, magnitude, ſubſtance & temperature des teſticules ſont fort diſſemblables. Et partant il eſt neceſſaire ayant cy deuant traitté des parties genitales des hommes de deſcrire icy particulierement l'hiſtoire de celles des femmes. Or leurs parties genitales ſont les vaſes ſpermatiques tant preparans comme éjaculatoires, les teſticules & la matrice. Leurs vaiſſeaux preparans ſont quatre, comme aux hõmes : deux veines & autant d'arteres, l'origine deſquels eſt ſemblable en tous les deux ſexes : car les deux arteres naiſſent du tronc ; & les veines, la dextre ſort du tronc de la caue deſcendante, & la ſeneſtre de l'émulgente : mais la maniere de leur diſtribution eſt fort diſſemblable : car ils ne s'en vont point tout au teſticule & à l'épididyme, comme ils font aux hommes, ains aux femmes tant la veine que l'artere ſe diuiſent en deux. D'icelles la plus grande portion ſe perd au teſticule & à l'épididyme, & la moindre s'épand au fond de la matrice. Cette premiere partie-là eſt entrelaçée de force replis & anfractuoſitez pour l'ébauchement & delineation de la ſemence, & fait finalement l'épididyme, qui eſt vn corps variqueux, mol & glanduleux.

Les vaiſſeaux preparans ſont quatre.

Leur diſtribution.

L'épididyme.

Des vaiſſeaux éiaculatoires.

CHAPITRE IX.

Les vaiſſeaux éiaculatoires.

E ces quatre vaiſſeaux preparans, en naiſſent deux nommez *porteurs* ou *éiaculatoires*, leſquels ſont plus tortueux & plus entrelaçez qu'aux hommes : afin que la briefueté du chemin ſoit recompenſée par le nombre des tours & anfractuoſitez. Ils ſont larges & fort amples auprés des teſticules, mais quand ils en ſont vn peu éloignez ils s'eſtreciſſent peu à peu, puis deuenus derechef plus larges, ils s'en vont inſerer, non comme aux hommes, au col de la veſſie, mais à la matrice. Or leur inſertion eſt fort belle. Car ils ne ſe perdent point tout à fait, comme croyent tous les Anatomiſtes, aux cornes de la

Leur inſertion.

matrice : mais ils se diuisent comme en deux rameaux, desquels le plus gros mais plus court, est porté aux costez & parties plus éminentes de la matrice, qu'on appelle *les cornes* : l'autre plus estroit, mais plus long, décendant par les costez du corps de la matrice entre les membranes, se termine au bout de l'orifice interne, ou bien au commencement du col de la matrice. Par ce premier-là, les femmes non enceintes font éjaculation de leur semence au fond de la matrice, & par ce dernier, lors qu'estant grosses leur matrice est fermée elles la versent au col d'icelle. Car la femme grosse pouuant auoir la compagnie de l'homme tous les iours & faire éjaculation de sa semence : si elle la faisoit dans le fonds de la matrice elle n'auroit point de sortie ; car il n'y a point d'apparence que son orifice interne s'ouure tous les iours & à toute heure pour luy donner issuë : or est-il qu'elle ne peut estre retenuë là dedans sans danger, car hors de ces vaisseaux si elle n'est conceuë, elle se putrefie incontinent & prend nature de venin : il falloit donc faire vn canal qui s'en allast rendre non au fonds, mais au col de la matrice, afin qu'elle fut chassée hors par iceluy. Ce canal icy, en celles qui n'ont point conçeu est si petit, qu'il ne se voit point si on ne regarde fort exactement en faisant la dissection : mais en celles qui sont enceintes il est fort gros, & croy que c'est la cause pourquoy les femmes ont plus de plaisir au coït estant grosses : car la semence passant par ce canal qui est plus long, & qui se traine le long du col de la matrice, lequel est membraneux & d'vn sentiment fort exquis, leur donne plus de chatoüillement & de volupté. Ie l'ay décrit tout le premier, & l'ay remarqué en plusieurs cadauers, & à Monpellier auec mosieur Cabrol & à Paris chez Monsieur Seguin Medecin tres-docte & Professeur du Roy, en la presence de plusieurs grands & celebres personnages.

Belle obseruation de l'Autheur.

Ce canal pourquoy necessaire aux femmes enceintes.

Des Testicules des Femmes.

CHAPITRE X.

ES testicules sont assis au costez de la matrice, vn de chaque costé, lesquels different en figure, situation, grosseur, substance, temperament & composition de ceux des hommes. 1. En figure, parce qu'ils sont plus longuets & applatis par deuât & par derriere. 2. En assiette, parce qu'ils sont couchez sur les muscles des lombes, & ne pendent point dehors la capacité du ventre. 3. En grosseur, parce qu'ils sont moindres. 4. En substance, parce qu'ils sont plus mols & pleins de force petites vessies qui s'entretiennent en façon presques d'vn corps variqueux. 5. En temperature, parce qu'ils sont plus froids. 6. Et en composition parce qu'ils ne sont couuers que d'vne seule tunique & non de quatre comme ceux des hommes : & que leur épididyme est plus mol. Ils ont esté faits de nature pour cuire & élaborer la semence : car les femmes quoy que les peripateticiens dient au contraire, iettent vne semence prolifique & feconde aussi bien que les hommes, mais plus froide. Or ils sont cachez au dedans afin de les rendre & plus chauds & plus fertiles. Au reste les femmes n'ont point ces petites vessies que Herophile a nommées *parastates variqueux*, ny de prostates glanduleux.

Les testicules des homes different de ceux des femmes.

En figure.

En situation.

En magnitude.

En substance.

En temperature.

& en composition

Leur vsage.

Pourquoy ils sont cachez au dedans.

CHAPITRE XI.

l. 1. de diæt. &
l. de nat. pueri.

'ADMIRABLE Hippocrate a fort bien écrit, que pour la generation parfaite, il est necessaire qu'il se fasse assemblage & meslange des deux semences : & qu'en icelle est contenuë, non point actuellement, mais potentiellement, l'idée de toutes les parties. Cette faculté cachée & comme qui diroit endormie, a besoin d'vn autre principe pour estre resueillée & amenée de puissance en action, mais à ce que les semences se puisse meslanger, il faut qu'elles soyent semées en

Necessité de la matrice.
La femme peut viure sans matrice.
l. 3. c. 72. &
Oribase.
l. 24. collect.
c. 3 l.

quelque lieu, comme dans vn champ ou jardin tres-fertile. Il a donc esté necessaire que la femme eut vn lieu propre pour les receuoir, conceuoir & nourrit : or la matrice est telle laquelle ores qu'elle ne soit point necessaire pour la conseruation de l'indiuidu, *car elle peut* (dit Æginete) *estre tout à fait extirpée, sans que la femme en meure* : elle l'est neanmoins grandement pour la conseruation de l'espece, & pour amener ce qui est conçeu à sa perfection. Les Grecs luy ont donné diuers noms que ie tais, pour dire qu'Hippocrate l'appelle, *le lieu où se fait la conception*, quelquesfois *geniture*, & quelquesfois *vaisseau*. Les

ses noms.

Anciens l'ont nommée *mere & derniere* : mere & matrice, parce qu'elle est mere des enfans qui naissent d'elle, ou en elle, ou bien parce qu'elle fait meres celles qui l'ont : Et derniere, non point qu'elle soit engendrée la derniere (Car elle est formée au mesme temps, que toutes les autres parties) mais parce qu'en situation elle est la derniere des visceres. Il y en a qui l'appellent *phusis*, du verbe *phuestai*, parce qu'estant bien cultiuée, & receuant par certains interualles de temps la semence, elle produit tousiours quelque chose de soy. Les Latins la nomment *vterus*, Pline *vtriculus*, parce que l'enfant est contenu dans icelle comme dans vne oire & peau. Les autres *vulua*, comme qui diroit *volua*, c'est à dire *enuelop-poir*, ou *valua* qui signifie *vne portelette*. Lucilius l'appelle *bulga*, c'est à dire

La matrice que c'est.

bourcette ou *bougette*. Aristote la nomme tantost *lieux* & tantost *membre seruile*. Or la matrice est comme vn champ ou jardin tres-fertile, ordonné pour receuoir les deux semences, afin de multiplier la lignée. Cette partie est tres-noble, & comme vn brasier caché sous la cendre chaude, dont sont tirez les thresors cachez de nature : d'où Platon l'appelle *animal plein de concupiscence*, parce qu'en

l. 2. cauf. & signis acut. morb. c. 11.

rassasiant son appetit, elle engendre vn animal. Pytagore dit *que c'est vn animal distingué de par soy-mesme*. Et Arethée, que *c'est vn viscere quasi animé, & comme quelque animal dans l'animal*. Or nous allons presentement descrire la composition & l'artifice singulier de cette partie.

Tous animaux ont leur matrice cachée au dedans, parce que la semence receuë en icelle a besoin de beaucoup de chaleur pour estre réueillée, conçeuë, formée & entretenuë : car les parties externes sont par trop exposées aux iniu-

Sa situation
Pourquoy en-tre la vessie & le rectum.

res & dangers. Sa situation en toutes les bestes à quatre pieds, est au dessous du diaphragme. En la femme, elle est en l'hypogastre en cette grande capacité des anches, entre la vessie & le boyau rectum ; la vessie luy seruant par deuant & le boyau par derriere de cuissin & lictiere, pour garder que l'enfant tendret ne soit offencé par la dureté des os. Nous auons quelquesfois veu l'epiploon tombé entre la matrice & la vessie, chose qui a esté tout premierement remarquée

par noftre Hippocrate, & mife par luy entre les caufes de la fterilité. Cette fitua- *Aph. 46. l. 5.*
tion eft fort commode tant pour la copulation venerienne (car elle eft éloignée
du vifage & de la forterefse de la raifon) comme aufsi pour l'accroifsement de l'enfant, & l'enfantement d'iceluy quand il a attaint fa perfection. Or elle occupe
iuftement le milieu, & non vn cofté plus que l'autre: afin que le corps foit en
équilibre & bien contrepefé. En celles qui ne font point grofses à peine monte-
elle plus haut que l'os du penil & la vefsie, mais en celles qui font enceintes, elle
s'eftend iufques aux iles & occupe quelquesfois plus vn cofté que l'autre, felon la
diuerfité du fexe de l'enfant qui eft porté en icelle. Elle differe en magnitude fe- *Sa grandeur.*
lon la difference de l'âge, du temperament de l'vfage venerien, des purgations
menftruelles, de la grandeur du corps & de la portée des enfans. Car les accouchées l'ont moindre que celles qui font enceintes: les vierges vieillotes & fteriles,
que celles qui font en porteure d'enfans. Elle eft de figure ronde, mais vn peu *Sa figure.*
longuette & afsez femblable à vne grofse poire, ou bien (comme veut Soranus)
à vne ventoufe, qui eft vne figure fort propre pour faire l'attraction necefsaire à
cette partie: car d'vn fonds rond & large elle fe termine peu à peu en vne entrée
ou orifice eftroit. Sa fubftance eft membraneufe, afin qu'elle fe puifse fermer *Sa fubftance.*
pour la conception, eftendre pour l'accroifsement de l'enfant, & refserrer pour en
l'enfantement chafser hors ce qu'elle contient, comme l'enfant, l'arrierefaix, &
autres chofes contre nature: car ces conditions n'ont efté données qu'aux membranes feulement. Toute la compofition de la matrice eft de diuerfes parties fi- *Sa côpofition.*
milaires, de tuniques, de veines, d'arteres, de nerfs & de ligamens. 1. Les tuniques *Ses tuniques.*
font deux, defquelles l'exterieure nommée commune, eft la plus épaifse de celles
qui naifsent du peritoine: mais l'interne furpafse en épaifseur toutes celles du ventre inferieur, & toutesfois elle n'eft pas également épaifse par tout: Car elle eft
fort épaifse à l'entrée du fonds, mais là où elle finit en des angles mouces elle paroit plus déliée. Cette derniere eft entretifsuë de trois fortes de fibres; elle a pre- *Ses fibres.*
mierement les droits qui font fort apparens, par lefquels elle tire la femence de fon
col, comme le cerf par l'infpiration de fes nazeaux, le ferpent du profond de fes
cachots: puis les obliques par lefquels elle retient le fœtus, & finalement les tranfuerfaux & ronds qui feruent à mettre hors l'enfant & les ordures en l'enfantemét:
elle eft aufsi fort charnuë pour augmenter la chaleur de la matrice, pour faire la
conception. L'épaifseur de ces membranes croift ou diminuë, non feulement *L'épaifseur des*
felon la diuerfité de l'âge, mais mefme felon les diuers temps des purgations men- *tuniques.*
ftruelles & des graifses. Car les fillettes les ont déliées, celles qui font reglées de
leurs mois les ont plus épaifses, & celles qui ont eu des enfans tres épaifses. Or
aux femmes enceintes (chofe émerueillable, & qui n'a point efté connuë aux *Belle obferua-*
Anciens) la fubftance de la matrice ne paroit plus membraneufe, mais quafi *tion.*
toute charnëufe, cauernëufe, femblable à vne éponge, & fe diuifant facilement
comme vn champignon en plufieurs écorces: afin de contenir dauantage de fang
& d'efprits pour la vie & la nourriture de l'enfant. Ces deux tuniques ne perdent
point (comme penfent quafi tous les Medecins) de leur épaifseur, tout autant
comme la cauité de la matrice s'amplifie & aggrandit iournellement; à mefure
que l'enfant croift en hauteur, largeur & épaifseur: ains au contraire elles en deuiennent plus épaifses par la dilatation, tellement qu'és derniers mois de la grof-
fefse, elles ayent quafi l'épaifseur de deux doigts. 2. Les vaifseaux de la matrice
font quatre, deux veines & deux arteres: des veines l'vne vient de la fpermatique, *Les veines.*
& l'autre de l'hypogaftrique: celle-là eft moindre, & celle-cy plus grofse: celle-là

descend & celle-cy monte, quelques petits rameaux de celle-là s'vniſſent auec
quelques branches de celle-cy, & eſt leur communication plus apparente aux
femmes groſſes, & en celles qui ont leurs purgations ou qui ſont ſur le poinct de
les auoir. Elles ſe trainent toutes deux entre les deux tuniques, mais les branches
dont la ſpermatique arrouſe la ſubſtance de la matrice, ſont plus menuës que celles que l'hypogaſtrique épand non ſeulement à la partie externe, mais meſme à la
face interieure tant du fonds que du col de la matrice, & ce ſont les orifices de
cette derniere, que les Anciens ont appellez *cotyledons & acetables*, par leſquels
l'enfant eſt joint & a vnion auec les veines de la matrice, & tire pour ſon nourriſſement ce qu'elles ont de plus doux. Il y a auſſi quelques branchettes de ces ruiſſeaux qui s'auancent iuſques au bout du col de la matrice, par leſquelles les femmes enceintes & les pucelles ont quelquesfois vn peu de leurs purgations. Il y a

Les arteres.   pareil nombre d'arteres, mais moindres qui accompagnent ces veines & luy ap-
Les nerfs.   portent l'eſprit vital. 3. Elle reçoit auſſi pluſieurs nerfs de la ſixiéme coniugaiſon,
& de la moëlle des lombes & de l'os ſacrum : & c'eſt de là que vient la ſympathie
admirable de la matrice auec le cerueau, mais principalement auec le derriere
Les ligamens.   de la teſte. 4. Finalement il y a quatre ligamens propres qui concurrent au baſtiment de cette partie, deux ſuperieurs & deux inferieurs : ceux-là s'inſerent au
fonds de la matrice auprés des cornes : Ils ſont larges & membraneux, & ceux-
cy ronds & rougeaſtres, comme des muſcles (d'où quelques-vns les nomment
les *cremaſteres* ou *ſuſpenſoires* de la matrice) montans des coſtez de la matrice aux
Ou l'hergne   aines, & perçans les extremitez des muſcles de l'épigaſtre, & le peritoine, ſont
de l'aine.   portez aux os du penil, & ſe cachent en la graiſſe & aux membranes qui couurent
Leur vſage.   les os. Ils ſe dilatent par fois en telle ſorte qu'ils font le *bubonocele*. L'vſage de ces
liens eſt admirable. Car comme ainſi ſoit que la matrice quand elle eſt ſterile
erre & vague ſouuent par tout le ventre, montant tantoſt vers le diaphragme &
le foye fontaine de la vapeur gratieuſe, courant tantoſt vers les coſtez, & tantoſt
auſſi agitée des fureurs d'amour deſcendant vers bas : il a eſté neceſſaire de reprimer ſes courſes déreglées par le moyen de ces attaches, comme auec vn frein, &
lier tout ſon corps aux parties voiſines par ces forts ligamens, de peur qu'il ne
tombe & ſorte tout à fait dehors, eſtant emporté bas par la peſanteur de l'enfant
deſia grand, ou des gemeaux durant la groſſeſſe : ou pouſſé hors aux grands efforts
Ces ligamens   que la femme fait à trauailler en l'enfantement ; ces ligamens toutesfois ſont tous
pourquoy laſ-   laſches, afin qu'ils puiſſent preſter & s'eſtendre auec le viſcere, & le ſuiure par
ches.   tout ſans ſe déchirer : car il falloit que la matrice d'vne capacité fort ample ſe
changeaſt tout à coup, & deuint fort eſtroitte & petite. Elle eſt donc attachée
Ligamens   aux os voiſins par ces ligamens propres : mais elle a auſſi connexion auec tout le
communs.   corps par le moyen des ligamens communs : auec le foye certes, & le genre veineux, par les veines ſpermatiques & hypogaſtriques : auec le cœur & les arteres,
par les arteres qui ſont en pareil nombre que les veines, auec le cerueau & la moëlle de l'eſpine, par les nerfs : auec le boyau rectum & la veſſie, par grand nombre
de fibres, & de là vient le teneſme & la ſtrangurie à l'inflammation de la matrice,
l. 1. de morb.   dont Hippocrate fait mention. Voilà toutes les particules ſimilaires, deſquelles
mul.   eſt compoſé tout le corps de la matrice.

Des parties diſſimilaires de la Matrice.

CHAPITRE XII.

PAR le nom de matrice, i'entends tout ce qui s'eſtend depuis la partie honteuſe externe iuſques au fonds, dans lequel ſe fait la conception. Or depuis la partie honteuſe iuſques au fonds, il n'y a certes qu'vn ſeul & vnique chemin, & iceluy aſſez large & ſpacieux ; mais on y rencontre, tant dés l'entrée comme par tout le reſte d'iceluy, vne grande diuerſité de parties, pluſieurs cauitez, diuerſes chambrettes & anti-chambres, qui monſtrent le ſingulier artifice de Nature en la nature *Ce qu'il faut entendre par le mot de matrice.* meſme : car les anciens appelloient la matrice de ce nom. Or pour expliquer toutes ces choſes exactement, nous diuiſerons toute la matrice en quatre parties diſſimilaires & compoſées. 1. Au fonds qui eſt le propre còrps de l'amarry. 2. En l'orifice ou bouche interne. 3. Au col. 4. Et en la partie honteuſe ou orifice externe. Cette derniere partie icy entant qu'elle ſe preſente la premiere en faiſant la diſſection, doit auſſi eſtre décrite la premiere. Doncques la partie honteuſe fait la premiere partie de la matrice ; en icelle ſe rencontrent diuerſes particules, les vnes certes dés l'entrée & meſme ſans diſſection, & les autres plus auant & cachées ſous les premieres. Celles qui ſe preſentent au dehors ſans diſſection, ſont *le penil, la motte, les deux léures & la grande fente* ; & celles qui ſont cachées ſous celles-cy, ſont *les aiſles, les nymphes, les quatre caruncules, le clitoris & le conduit de l'vrine.* Le penil nommé des Latins *pubes & pe&en,* eſt ſitué en la partie anterieure des os barrez. La motte releuée comme vne montagnette & decorée de poil, eſt appelée *le mont de Venus.* Les deux léures ſont cuiraſſées & peauſſaires ; mais ſpongieuſes & fort pleines de graiſſe ; elles ſont ſituées aux coſtez de la grande fente, & touchent aux os du penil. La grande fente ou fiſſure eſt plus longue que le trou qui reçoit le membre viril, parce que la peau eſtant plus épaiſſe que les membranes, elle n'euſt peu s'eſtendre & preſter aſſez en l'enfantement. Les léures eſtant quelque peu ſeparées & ouuertes on voit les aiſles molles & ſpongieuſes qui pendent quelquesfois dehors en telle ſorte que les femmes, principalement les Égyptiennes, ſont contraintes de ſe les faire couper. Leur vſage eſt de deffendre la matrice & la veſſie du froid & des iniures externes : elles ſeruent auſſi à conduire l'vrine, comme entre deux parois, l'ayant receuë du fonds de la fente en telle ſorte, que bien ſouuent elle ſort ſans moüiller les bords de la partie honteuſe. Quelques vns les ont appellées *nymphes,* d'autant qu'elles preſident aux eaux, ſçauoir eſt au conduit de l'vrine, d'où elle decoulle comme d'vne fontaine. Les autres ayment mieux appeller du nom de *nymphes,* les caruncules que nous allons décrire preſentement. Au deſſous des aiſles paroiſſent des caruncules, comme des petites valuules ou portillons, leſquelles aux pucelles ſont quatre qui s'vniſſent par le moyen de certaines petites membranes. D'icelles l'vne eſt anterieure, ſituée droict au deuant, elle conure le conduit de la veſſie ; l'autre eſt poſterieure, & les deux autres ſont laterales, ſituées non tranſuerſalement, mais de long.

Elle ſe diuiſe en quatre parties.

En la premiere on conſidere,

Le penil,
La motte,
Les léures,

La fendaſſe,

Les aiſles,

Les nymphes,

Les quatre caruncules.

Des parties Genitales,

Ces quatre caruncules, comme remarque fort bien monsieur Pineau, font la fleur virginale, qui ressemble à vn œillet non encore espanoüy : mais entr'ouuert seulement, & qui est la closture virginale & l'hymen ou pucelage tant celebré : or les petites membranes estant déchirées & les caruncules comme froissées, la fleur perit, encore que les mesmes caruncules demeurent, mais separées & retirées en sorte qu'on diroit qu'elles n'auroient iamais esté jointes ensemble. Elles seruent pour deffendre la matrice de l'air, de la poussiere & des autres petits corps externes, & pour chatoüiller le membre viril en la copulation ; car estant échauffées & remplies d'esprits, elles embrassent & serrent la verge ; non *Le conduit de* autrement que si on l'empoignoit & estreignoit de toutes parts auec la main. En *l'vrine.* cet endroit est aussi apparent le conduit de l'vrine, lequel comme nous auons dit, est couuert par la caruncule anterieure. Finalement au feste de la partie superieure & anterieure de la vulue, se voit vne certaine petite partie, que Fallope le premier entre les Modernes a décrite elegamment. Elle n'auoit point toutesfois esté inconnuë aux Anciens, car Auicenne la nomme *albatra,* c'est à dire *la* *Le clitoris.* *verge,* Albucasis *tentigo,* Fallope *clitoris,* Colomb *amour & douceur de Venus :* & nous, nous l'appellons *la mentule* ou *verge de la femme.* Cette particule à deux ligamens cauerneux qui naissent des os du penil, qui sont spongieux par dedans & remplis d'vn gros sang noirastre, & quatre petits muscles : elle a aussi en son bout quelque chose qui ressemble au balanus ou gland, qui est couuerte d'vne peau fort desliée, comme d'vn prepuce. Elle differe toutesfois du membre viril en ce qu'elle n'a point de conduit pour l'excretion de la semence. Son vsage (à mon aduis) est de réueiller la faculté assoupie, alors qu'elle est frottée par la verge de l'homme en la copulation. Elle croit en quelques vnes si démesurément, qu'elle pend hors de la fente comme la verge d'vn homme, & les femmes qui sont telles se ioüent auec les autres, & sont à cette cause appellées *tribades & frica-* *trices.* Cette particule est cachée en la partie plus grasse du penil, & demande vne *La seconde* main habile pour en faire la section. La seconde partie de la matrice, c'est son col; *partie.* sous lequel nous comprenons tout ce qui s'estend depuis les quatre caruncules iusques à l'orifice interne. Fallope aime mieux les nommer *le sein de la vergogne,* que *le col :* car d'vne entrée estroicte, elle se termine en vne cauité fort grande. Galien & Soranus l'appellent aussi, *colpos gynekeios,* c'est à dire *le sein de la femme.* C'est vn canal long comme vne gaine, & le receptacle du membre viril. La substance de ce col est plus delicate aux vierges, plus dure & plus calleuse aux femmes, & quasi cartilagineuse aux vieilles ; car elle deuient en fin dure & calleuse par le frayement & la frequente collision en la copulation. Ce col estant entrefermé, paroit ridé comme le palais d'vn bœuf, mais quand il est tendu & dilaté, il est fort poly & glissant, afin de mieux embrasser & succer le membre viril : il s'accourfit tantost ou allonge, & tantost il s'estressit ou dilate en la copulation; afin ou d'obeyr à la verge estant trop longue, ou luy aller au deuant quand elle *L'Hymen ne* est trop courte. Plusieurs écriuent qu'il se trouue quasi à my-chemin de ce col *se trouue point.* aux vierges, vne certaine membrane desliée, percée au milieu, qui est coustumierement rompuë auec effusion de sang en la premiere copulation, les Grecs & les Latins la nomment *Hymen.* Pour mon regard i'estime que cette membrane transuersiere, si elle se trouue, soit au milieu du col ou au commencement d'iceluy, est tousiours outre l'institution de nature ; car i'ay veu plusieurs & pucelles & enfans abortifs, qui n'auoient point cette membrane. Car quel seroit son vsage ? Ensuit la troisiéme partie que nous appellons auec Hippocrate l'orifice ou bouche interne de la matrice. C'est vn conduit assez estroit auquel le corps *Et lors nos sa-* large de la matrice en s'estrecissant vient en fin à se terminer. Fallope veut que ce *ges femmes di-* soit *le col de la matrice* : Ainsi Galien appelle *cols* les parties plus menuës & estroit- *sent que l'en-* tes des os. Si tu regardes cet orifice icy par sa partie exterieure, tu verras qu'il res- *fant est au cou-* semble fort bien à la gueule d'vne tanche, ou au museau d'vn petit chien nou- *ronnement.* ueau-né ; ou comme veut Galien *au gland du membre viril.* En l'attouchement il deuient tout rond comme vne couronne. C'est par iceluy que la matrice tire la semence de l'homme, apres la conception de laquelle il se ferme si exactement, selon Hippocrate, que la pointe d'vne aiguille ou d'vne sonde n'y sçauroit entrer. *Aph.* 51. l. 5. La substance de cet orifice est épaisse, mais quelque peu de temps deuant le ter- me de l'enfantement elle deuient plus épaisse, & s'amasse peu à peu sur icelle par vne prouidence admirable de nature vne certaine substance visqueuse semblable à de la glu, qui sert afin qu'elle puisse mieux prester & s'estendre en l'accouche- ment sans se déchirer. Cet orifice en celles qui ne sont point grosses est tousiours entre-fermé, mais non pas exactement, si ce n'est ou quand il doit receuoir la se- mence de l'homme, ou bien donner issuë à l'enfant ou aux fleurs. Or l'action par laquelle il s'ouure & ferme est totalement naturelle & non volontaire ; car si elle dépendoit de la volonté, les femmes au grand preiudice de l'espece humaine ne voudroient ny conçeuoir la semence, ny la fomenter & nourrir estant conçeuë : & ce genre de femme fort suiet à caution en feroit souuent accroire aux maris. Finalement se presente la derniere partie, qui est la plus noble de toutes, ordon- *La quatriéme.* née pour receuoir & conçeuoir la semence, & pour la contenir & la fomenter afin de seruir à la generation de l'homme ; nous l'appellons *le fonds* ou *le corps de la ma-trice*, dans lequel l'embryon vit, se nourrit & prend accroissement ; non autre- ment que le chyle se cuit au fonds du ventricule, & que l'vrine est contenuë dans la capacité de la vessie. C'est la partie la plus haute & la plus large de la matrice, couchée sous le fonds de la vessie, non toutesfois attachée à iceluy, mais totale- ment libre, afin qu'elle se puisse estendre facilement à mesure que l'enfant croist, & se reserrer apres l'enfantement. En ce fonds ne se trouue qu'vne seule cauité, laquelle toutesfois est ordinairement diuisée en partie dextre & senestre. La dex- tre est nommée *masculine*, & la senestre *féminine*, parce que les fils sont conçeus *Aph.* 48. l. 5. au costé droit, & les filles au gauche, selon nostre Hippocrate ; & Parmenides qui dit en ces termes.

Au dextre sont les fils, & au gauche les filles.

Or Hippocrate rapporte la dignité de cette conception des fils à la chaleur des parties dextres. Ces deux parties ne sont point separées par aucune cloison, mais seulement distinguées par vne certaine ligne qu'Aristote appelle *dicroon*, c'est à dire *mediane*, qui ressemble à celle qui se void au mitan du scrotum & de la langue. D'icy il est aisé de recueillir que ceux se trompent qui mettent en l'amarry de la femme plusieurs cellules & chambrettes ; & ceux aussi qui veulent qu'il y en ait deux. Cette cauité est fort petite, afin qu'elle puisse comprendre & embrasser bien iustement la semence en quelque petite quantité qu'elle soit ; non lisse ny glissante, de peur qu'elle ne la laisse aussi-tost écouler qu'elle l'auroit receuë, mais rude & inégale, afin qu'elle s'y attache plus facilement. Aux deux costez de ce fonds paroissent deux apophyses & éminences qui inclinent quelque peu vers les iles, lesquelles aux brutes ressemblent aux bouts des mammelles. Le vulgaire *Cornes de la* les nomme *cornes*, & Diocles a esté le premier qui les a appellées de ce nom, parce *matrice.*

qu'elles ont de la reſſemblance auec les cõrnes des veaux qui ne ſont encore que ſortir. C'eſt en ces apophyſes, leſquelles ne ſont point ſi apparentes aux femmes qu'aux brutes, que la femme verſe ſa ſemence, parce que les vaiſſeaux éjaculatoires ſe terminent en icelles. Voilà donc toutes les parties & ſimilaires & diſſimilaires dont eſt compoſé tout le corps de la matrice.

CONTROVERSES ANATOMIQVES.

A ſçauoir ſi les parties genitales des femmes ne different de celles des hommes qu'en ſituation, & ſi la femme peut eſtre changée en homme.

QVESTION HVICTIESME.

Que les parties genitales des hõmes & des femmes ne different qu'en ſituation.

'OPINION des Anciens, confirmée par l'authorité des hommes doctes & les eſcrits de quaſi tous les Anatomiſtes, eſt, que les parties des femmes qui ſeruent à la generation ne different de celles des hommes qu'en ſituation, parce que les parties des femmes demeurent cachées au dedans, à cauſe de leur debilité naturelle & de leur temperature plus froide, là où celles des hommes ſortent & pendent dehors. Car elles ont les vaſes ſpermatiques, tant preparans comme éjaculatoires, & les teſticules & la verge, laquelle ils veulent eſtre fort bien repreſentée par la matrice renuerſée. Car le long col d'icelle reſſemble au membre viril; & le fonds ſeparé par la ligne mediane au ſcrotum. C'eſt ce que Galien repete ſouuent en ſes eſcrits, qu'Æginete, Auicenne, Rhaſis, & bref tous les Grecs & Arabes témoignent en leurs œuures, & que les Anatomiſtes afferment quaſi tous d'vne bouche. Pour l'éclairciſſement de laquelle, on allegue ordinairement que pluſieurs femmes ont eſté changées en hommes par la ſeule force de la chaleur, pouſſant hors les parties genitales qui reſtoient cachées au dedans, à raiſon de l'imbecilité d'icelle; & concluent de là, qu'elles ne differoient donc point en forme, mais ſeulement en ſituation. Nous

Hiſtoire des femmes changées en hõmes.

liſons que durant le Conſulat de Licinius Craſſus & Caſſius Longinus, vne fille de Curſula deuint garçon, & fut confinée en vne iſle inhabitée par arreſt des Aruſpices. Lucinius Mutianus dit auoir veu à Argos vn nommé Areſcon, qui auoit autrefois eſté marié pour femme ayant à nom Areſcuſa, mais que par trait de temps la barbe & le membre viril luy vint & print depuis femme comme vn homme naturel. Il dit auſſi auoir cognu à Smyrne vn garçon à qui il en eſtoit ar-

l. 7. cap. 4.

riué tout de meſme qu'à l'autre. Pline afferme auoir veu en Afrique Lucius Coſſitius bourgeois de Triſdita, lequel auoit eſté changé de femelle en maſle le iour

l. 8. cap. 30.
l. 15 Metamo.

meſme de ſes nopces. Il eſcrit auſſi que l'Hyene animal cruel & fin change de deux en deux ans de ſexe. Ouide en parle en cette façon,

Nous admirons l'Hyene animal qui n'agu ere
Femelle receuoit le maſle par derriere,
Eſtre maintenant maſle, & couurir à ſon tour
Celles qui parauant le montoient par amour.

l. 9. Metamor-
phoſ. verſu
794.

Il raconte le meſme d'Iphis, dont voicy les vers,
Il rend ſes vœux garçon qu'il auoit fait fillette.

Volaterran Cardinal sous Alexandre sixiéme, témoigne auoir veu à Rome, **l. 24. cap. 13.** vne fille à qui le membre viril sortit soudain le propre iour de ses nopces; L'autheur de l'Antimæologe, raconte qu'il a veu à Aux en Gascongne vn homme âgé de plus de soixante ans tout chenu, robuste & fort velu, qui auoit esté fille iusques à quinze ans, & que par vne cheute les petits ligamens s'estans rompus, le membre viril luy sortit & changea ainsi de sexe, n'ayant iamais eu ses fleurs aparauant. Nous lisons dans Pontanus, qu'à Cajete la femme d'vn pescheur, quatorze **l. 10. rerum.** ans apres estre mariée, fut soudain changée en homme. Il en arriua de mesme à **celest. c. 5.** Emilie femme d'Antoine Spense apres auoir esté douze ans en mariage. Du regne de Ferdinand premier de ce nom Roy de Naples, Charlotte & Françoise filles de Louys Quarne de Salerne âgées de quinze ans deuindrent masles. Et **Cent. 2. curat.** Aimé Portugais certifie auoir veu le mesme aupres de Conimbrice ville de Por- **39.** tugal. Nous auons dans nostre Hippocrate vne fort belle histoire faisant à ce su- **l. 6. epidem.** ject, de Phaëtusa, laquelle s'affligea en sorte pour le bannissement de son mary, **sect. 8.** qu'elle en perdit ses purgations auant le temps; & lors le corps luy deuint comme celuy d'vn homme tout velu, la barbe luy sortit, & la voix luy vint plus grosse & plus rude. Il écrit, qu'il en aduint tout autant à Namysie femme de Gorgippus. Doncques si la femme se change quelquesfois en homme, & si ses parties genitales cachées au dedans peuuent sortir & pendre dehors comme aux masles; il s'ensuit fort bien qu'elles different seulement en situation. L'antiquité l'a tousiours creu ainsi, & les Medecins sont presques encore auiourd'huy tous de mesme aduis. Quant à moy i'ay tousiours beaucoup prisé les Anciens, & neanmoins **Cette opinion** n'estant point obligé par serment aux opinions d'autruy, guidé par le sens & la **est refutée.** raison, qui sont les instrumens dont les Philosophes se seruent pour rechercher les causes de toutes choses, ie diray icy en peu de mots, quelle est mon opinion touchant cette question.

Les parties genitales des hommes & des femmes ne different point seulement **Les parties ge-** en situation, mais aussi en nombre, en forme & en composition. En nombre, **nitales des hô-** parce que les femmes n'ont point les parastates variqueux, ny les prostates glan- **mes & des** duleux situez à la racine de la verge & au col de la vessie, dans lesquels la semence **femmes diffe-rent.** est reseruée pour la necessité. Or maintenant quand ils disent que le col de la **En nombre,** matrice renuersé, ressemble au membre viril, c'est vne chose tres-absurde; car **En figure.** ledit col n'a qu'vne seule cauité & est vn long canal, comme qui diroit vne gaine; dediée pour receuoir le membre viril; mais la verge virile est composée de deux **En composi-** nerfs cauerneux, d'vn conduit commun à la semence & à l'vrine, & de quatre **tion.** muscles; & mesme cette grande cauité qui est au col de la matrice, ne se remarque point au membre viril. Ioint que le col de la vessie en la femme, n'accompagne point tout le col de la matrice, comme il fait toute la verge. En quelque maniere donc, que tu renuerses le col de la matrice, tu n'en formeras iamais la verge virile; car d'vn seul corps caue, on n'en sçauroit faire trois : or la verge est faite de trois corps caues, sçauoir est des deux ligamens cauerneux & du conduit de l'vrine. Tu objecteras parauanture le clitoris qui ressemble fort bien au membre viril, **Obiection.** comme celuy qui est composé de deux nerfs cauerneux & de quatre petits muscles; mais regarde combien il y a de difference entre ces deux parties. Le clitoris est vn petit corps, qui n'est en aucune façon contenu à la vessie, & lequel n'a pas de conduit pour seruir à l'excretion de la semence; mais la verge de l'homme est longue, & à en son milieu vn canal par lequel elle verse la semence au col de l'amarry; Il n'y a point non plus de ressemblance entre le fonds de la matrice renuersé, & le

Des parties Genitales,

scrotum, comme ont creu les Anciens; car le *scrotum* est vne peau ridée, & le fonds de la matrice vne membrane fort épaisse, toute charneuse par dedans & entre-tissuë de toutes sortes de fibres. Bref l'insertion des vaisseaux spermatiques, la fi-gure, grosseur, substance & composition des testicules des hommes, different grandement de ceux des femmes. Dechassons donc ces nuages de nos entende-mens; & concluons que les parties feminines different des masculines, non seu-lement en situation, mais aussi en nombre, en figure & en composition : comme nous auons plus au long declaré en l'histoire Anatomique.

Aduis de l'au-theur touchant les femmes changées en hommes.

Mais que dirons-nous des femmes, qui ont esté changées en hommes. Certes ie tiens que c'est chose monstrueuse & fort difficile à croire. Que si elle arriue quelquefois, il est vray-semblable, que telles gens ont les parties genitales des deux sexes, lesquelles en leur petit âge demeurent cachées au dedans à raison de la foiblesse de la chaleur naturelle ; laquelle venant par l'âge à croistre & à éclater, les chasse en fin dehors. Ou bien il faut penser, qu'il y a des femmes, de comple-xion fort chaudes de leur premiere naissance, & formées de Nature en sorte que leur clitoris pende hors de la fente, en maniere de verge, & ainsi abuse ceux qui n'y regarde point de trop prés, à raison qu'il ressemble fort à la verge de l'hom-me, & qu'il bande & flestrit non autrement que le membre viril. Mais il est aussi fort à propos de remarquer, que les sages femmes se trompent bien souuent au-tour des enfans, à raison de la mauuaise conformation des parties genitales; sça-uoir est de la verge trop courte & comme cachée dans vne fente, & des testicules n'apparoissans pas bien au dehors, tellement qu'elles ne peuuent pas bien discer-ner, si l'enfant est fils ou fille. Monsieur Pineau écrit qu'en l'an 1577. en la ruë saint Denis à Paris, vne femme accoucha de nuict d'vn garçon, lequel à raison de sa foiblesse, fut à la haste baptisé pour fille & nommé Ieanne, lequel peu de iours apres fut reconnu pour vn fils, premierement par la mere & puis par les assistans, non sans grande admiration & le nommerent Iean. Il est donc aisé à croire, que le commun peuple se trompe aisément en telles occasions. Au reste toutes celles à qui il vient de la barbe, qui ont la voix plus grosse & le corps comme celuy d'vn homme, ne doiuent pas estre tenuës pour hommes, ny croire que leurs parties genitales pendent dehors. Car cette Phaëtusa dont parle Hippocrate, à raison de la fascherie qu'elle print du bannissement de son mary, eut de la barbe & de-uint toute veluë; & toutesfois nous ne lisons point qu'il y eust rien de changé en la situation de ses parties genitales, comme il est aisé de recueillir du texte du mesme Hippocrate qui dit, *Quand nous eusmes fait tout ce qui pouuoit seruir à luy prouoquer ses fleurs, nous ne profitasmes rien, mais elle mourut.* Elle auoit donc en-core ses parties genitales, à sçauoir la matrice & autres parties destinées à l'expur-gation des menstruës, encore qu'elle eust tout le corps semblable à celuy d'vn homme.

A ſçauoir ſi le mouuement de la Matrice eſt naturel ou animal.

QVESTION NEVFIESME.

V E la matrice ſe mouue d'vn mouuement local, tan- **La matrice ſe**
toſt vers bas, tantoſt vers haut, tantoſt vers les coſtez, **meut**
& qu'elle ſe pourmeine & diuague ſouuent par tout le
ventre inferieur, quand elle eſt infructueuſe & ſterile,
c'eſt choſe ſi notoire qu'il n'eſt point beſoin de long
diſcours pour le prouuer. Elle ſe meut vers bas, tant **vers bas,**
pour attirer la ſemence que pour chaſſer dehors l'enfant & l'arriere-faix en l'enfantement, & ce quelquesfois auec telle impetuoſité qu'elle tombe & ſe precipite
tout à fait dehors. Qu'elle monte en haut vers le foye, fontaine de l'humeur gra- **vers haut, &**
tieuſe, & quelquesfois vers les hypochondres:Hippocrate l'a enſeigné le premier **vers les coſtez.**
en ces mots. *Les matrices changeant de lieux, courent ſus au foye & ſe iettent vers* **l. de natura.**
les hypochondres : car elles montent en haut à l'humidité, eſtant trop deſſeichées par le **mul.**
trauail. Or le foye eſt la fontaine de la vapeur gratieuſe. Galien reprend icy ſon mai- **l. 1. de morb.**
ſtre Hippocrate & ne croit point que les matrices deſſeichées montent en haut **l. 6. de loc.**
afin d'eſtre humectées. Il y en a qui expoſent Hippocrate,comme s'il diſoit qu'el- **aff. c. 5.**
les montent vers le foye & les hypochondres abuſiuement, & non point par vn
mouuement local,entant à ſçauoir qu'elles attirent du foye vne fort grande abondance d'humidité, qui ſeroit vn attouchement phyſique & non corporel. Ainſi
Galien expliquant cette ſentence d'Hippocrate. *La cholere tire le cœur & les poul-* **com. ad ſect.**
mons en eux-meſmes & vers la teſte, interprete le verbe *attirer,* diſant qu'Hippo- **5. l. 6. epid.**
crate s'en ſert abuſiuement,& que ce n'eſt point pource que le poulmon & le cœur
ſoyent tirez vers la teſte, mais pource qu'ils tirent à eux des parties inferieures, la
chaleur & l'humidité qu'ils communiquent par apres par les arteres à la teſte.Mais **l de natura**
il ſemble que ces interpretations ſont fort éloignées de l'intention d'Hippocrate: **mul.**
car il veut que la matrice deſſeichée ſe mouue d'vn mouuement local vers le foye,
& les paroles ſuiuantes le monſtrent clairement : *car les matrices ont le lieu aſſez li-*
bre & ſpacieux pour ſe mouuoir & tourner, le ventre eſtant vuide. Item, *ſi les ma-*
trices montent haut au foye, la femme perd tout ſoudain la parole, & lors qu'elle eſt en
cet eſtat, l'ayant repouſſée bas auec la main, il la faut lier auec vne bande au deſſous du
foye ou des hypochondres, & luy ayant ouuert la bouche luy faire aualler du vin fort
odorant. Elle ſe meut donc vers haut afin d'eſtre humectée: car comme quand elle
appete la ſemence, elle décend quelquesfois auec telle impetuoſité qu'elle tombe
en bas, de meſme eſtant deſſeichée & ayant ſoif, pourquoy ne montera-elle point
à la ſource & fontaine de la vapeur gratieuſe qui eſt le foye : Qu'elle ſe mouue
auſſi vers les coſtez, les flancs & les anches, le meſme Hippocrate l'enſeigne aux
lieux alleguez, de ſorte qu'il ne faut point douter de confeſſer qu'elle ſe meut
d'vn mouuement local. Mais ſçauoir ſi le mouuement eſt animal ou naturel,
c'eſt choſe qui n'eſt point ſans controuerſe. Platon veut qu'il ſoit animal, quand **l. 2. de cauſ. &**
il dit, *Que la matrice eſt vn animal plein de concupiſcence.* Il a eſté ſuiuy par Arethée, **ſignis acut.**
a. orb. c. 11.

Des parties Genitales,

Medecin fort ancien, lequel l'appelle *viscere quasi animé, & comme vn autre animal dans l'animal*. Outre-plus, que son mouuement soit animal on le peut monstrer parce qu'elle prend plaisir aux choses ioyeuses, & se trouue mal de celles qui sont tristes : car la tristesse & l'ennuy causent des accidents de matrice fort fascheux, & parce qu'elle ayme les odeurs bonnes & suaues & fuit les puantes,

comme le Castor & l'Asse fœtide. Mais Galien refute cette opinion, parce que c'est vne absurdité de penser qu'vn animal soit composé de plusieurs animaux, & parce aussi que tout mouuement animal se fait par les muscles : Or il n'y a point de muscles en la matrice. Pourquoy les choses tristes ou ioyeuses l'affligent ou contentent, & comme elle sent les odeurs, nous en traitterons en la prochaine question.

Quant au mouuement de la matrice nous estimons qu'il le faut considerer de trois sortes : l'vn totalement naturel, l'autre du tout symptomatique & conuulsif, & le troisiéme meslé. Le naturel se fait par l'ame seule, le symptomatique & conuulsif par vne cause contre Nature, & le meslé partie par l'ame & partie par la cause contre Nature. Son mouuement est naturel quand elle attire la semence de son col dans sa cauité, & qu'elle luy court tout au deuant, quand elle se ferme pour la conception, & quand elle se reserre afin de pousser hors l'enfant, l'arriere-faix & autres choses estranges en l'enfantement : ce qu'elle fait par le moyen de ses fibres droicts & circulaires. Or ce mouuement luy estoit totalement necessaire, comme expose fort bien Aristote : car le fonds de la matrice estant trop eslongné pour pouuoir attirer la semence de l'entrée, il a esté besoin qu'elle s'auançast & luy allast au deuant pour la receuoir. Le symptomatique se fait seulement par vne cause morbifique & contre Nature, sçauoir est par la conuulsion. Ce mouuement est apparent en la suffocation de matrice : car elle se meut en haut, parce que elle endure conuulsion : Or cette conuulsion vient ou de repletion ou d'inanition, les ligamens estans ou trop desseichez ou abbreuuez de trop d'humidité, & quelquefois aussi d'vne vapeur maligne & veneneuse qui prouient & s'esleue de la suppression du sang menstruel & de la semence, & d'icy la suffocation & par fois la surprinse totale de la respiration. Les causes finales, organiques & efficientes de la respiration estant ostées, la respiration seroit inutile & n'auroit point d'vsage en la suffocation de matrice, parce que la chaleur du cœur est si affoiblie & petite, qu'elle se contente de la seule transpiration : Le diaphragme principal organe de la respiration libre est pressé & empesché : & le cerueau siege de la faculté animale, qui est la cause efficiente de la respiration, est tiré en la sympathie & contagion de la matrice indisposée.

Au reste i'appelle ce mouuement *conuulsif*, & non point proprement *conuulsion* : d'autant que la conuulsion est *vn mouuement inuolontaire des parties qui se mouuent volontairement*. Or la matrice ne se meut point volontairement, & par consequent elle ne peut endurer la conuulsion, mais les muscles seulement. Ainsi Hippocrate appelle souuent par abus le sanglot *conuulsion*. La matrice a encor vn troisiéme mouuement, qui est fait partie par la faculté de l'ame & partie par la cause morbifique, comme quand estant desseichée & ayant soif elle court & monte vers le foye fontaine de l'humidité gratieuse. L'intemperie seiche acquise par vn trauail immoderé est la cause morbifique, mais ce qu'elle monte vers la source de l'humeur gratieuse se fait par l'appetit naturel: car les parties affamées & qui ont soif desirent d'estre humectées Ainsi la matrice comme enragée, eſtant fort alterée & deſireuſe de la ſemence ſe iette ſouuent en bas : & ce partie par la faculté & partie par la cauſe morbifique. Or toutes ces trois ſortes de mouuemens ne ſe font iamais ſuyuant le commandement de la volonté, dont s'enſuit qu'ils ne peuuent iamais eſtre dits *vo-lontaires*.

Pourquoy & comment la matrice ſent les odeurs.

QVESTION DIXÌESME.

 VE la matrice ſoit affectée par les odeurs, & qu'elle s'en offençe quelquesfois en telle ſorte qu'il en arriue diuers ſymptomes fort faſcheux, l'experience quotidienne, & les authoritez d'Hippocrate, Ariſtote & Galien en rendent aſſez ſuffiſant témoignage. Mais comment elle ſent les odeurs, & par quelle faculté, perſonne ne l'a encore donné à entendre : i'en diray icy franchement & en peu de mots mon opinion.

Que la matrice eſt émeuë par les odeurs

Aph.28.& 59. ſect. 5. l. 1. de morb. mul. & l. de nat. mul. l.8. de hiſt. ani. c. 24.

Comme la couleur eſt l'object de la veuë ſeule, ainſi l'odeur l'eſt du flair ſeul : Et comme la veuë a vn organe particulier qui eſt l'œil. Ainſi, ſelon les Philoſophes & Medecins, *le nez interne, qui eſt compoſé de l'os cribreux & des apophyſes mammillaires, eſt l'organe particulier du flair.* Tout ainſi donc qu'il n'y a que l'œil ſeul qui void, auſſi n'y a-il que le nez ſeul qui flaire & ſente les odeurs. C'eſt donc vne abſurdité bien grande d'eſtimer que la matrice ſente les odeurs ſous l'eſpece d'odeur, veu qu'elle n'eſt point l'organe du flair: elle eſt neanmoins affectée par icelles, mais c'eſt ſeulement à raiſon de quelque vapeur & matiere fort ſubtile qui ſort & exhale des corps odorans. Ainſi les choſes d'odeur ſuaue & agreable, confortent & réjoüiſſent tous les eſprits, non point pource qu'elles ſont odorantes, mais parce que d'icelles il exhale & ſort quelque vapeur aërée & fort ſubtile, qui leur eſt familiere & ſociable, & leur ſert de nourriture conuenable & propre. Pluſieurs choſes ſont dites alterer abuſiuement nos corps par les Medecins, parce qu'elles l'affectent, non ſous leur propre eſpece, mais ſous quelqu'autre. Ainſi Galien dit que l'humeur melancolique couure par ſa noirceur l'imagination de tenebres, combien toutesfois qu'elle ne faſſe point cela par ſa couleur noire, mais par ſa temperature froide, d'autant que le cerueau ne void point ſans les yeux. Ainſi il faut croire que la matrice eſt affectée par les odeurs, non point ſous l'eſpece d'odeur, mais de quelqu'autre comme d'vne vapeur ou d'vn air tres-ſubtil, qui accompagne l'odeur. Or elle eſt fort promptement affectée par cette vapeur, d'autant qu'elle eſt de ſentiment fort exquis. Et de fait Nature a donné aux parties genitales vn ſentiment fort vif, pour les attirer par le plaiſir à la copulation, afin de conſeruer & multiplier l'eſpece. Car qui eſt (ie vous prie) l'homme qui voudroit rechercher & prendre plaiſir à la copulation, qui eſt vne choſe ſi brutale & vilaine, s'il n'auoit les parties genitales piquées des aiguillons d'vne volupté effrenée ? Mais tu demanderas ſi la matrice ne ſent point les odeurs ſous leurs propres eſpeces : d'où vient

Comment elle les ſent.

Pourquoy la matrice eſt d'vn ſentimēt fort vif.
Pourquoy elle prend plaiſir aux bonnes odeurs.
Reſponce.

qu'elle prend plaifir aux bonnes & fuit les mauuaifes ? Ie te répondray, que les chofes puantes ne font point cuittes, digerées ny bien meflées, qui fait qu'elles alterent inégalement le fentiment, ou bien qu'elles infectent & fouïllent les efprits par le meflange de quelques vapeurs puantes & malignes : de là vient la lipothymie & la fyncope. Or que les parties genitales foient toutes plaines d'efprits, c'eft chofe qui eft notoire à tout le monde. Ainfi Ariftote efcrit, *que les femmes groffes & les iuments auortent à l'odeur d'vne chandelle efteinte.* A raifon que les efprits de la mere, que le fœtus tire par les arteres vmbilicales, en font fouïllez & rendus impurs. Il ne refte plus icy qu'vne difficulté qui a fort long-temps gehenné les efprits de plufieurs doctes perfonnages. Si la matrice prend plaifir aux bonnes odeurs, d'où vient que les chofes odoriferantes, comme le mufc & l'ambre-gris caufent les fuffocations de matrice? & au contraire, d'où vient que celles qui font puantes, comme l'affe fœtide, le caftor & femblables la deliurent de ce mal? Nous eftimons auec les plus doctes qu'il faut foudre cette difficulté, en difant : Que toutes les femmes pour fentir des bonnes odeurs ne tombent point en fuffocation, mais celles-là feulement qui font indifpofées de la matrice. Doncques les chofes odorantes eftant bien cuittes & fort aiguës alterent prémierement le cerueau & frappent fes membranes. La matrice partie membraneufe eft auffi-toft attirée en la fympathie du cerueau : icelle eftant irritée, les vapeurs malignes qui auparauant demeuroient cachées & affoupies en icelle, s'éueillent & montent par les arteres & autres conduits fecrets au diaphragme, au cœur & au cerueau : & de là fe fait la fuffocation. Mais les chofes puantes, parce qu'elles font cruës & mal meflangées, bouſchent les chemins du cerueau, & n'irritent point les membranes. Or elles font ceffer l'accez hyfterique, parce que ces vapeurs puantes font contraires à noftre nature. Doncques la Nature irritée fe fouſleue contre icelles, comme contre fes ennemis mortels, & demeurant victorieufe en ce conflict, elle difcute & chaffe hors auec les vapeurs malignes, les humeurs corrompuës qui eftoient en la matrice. Ainfi Nature agaffée par la mauuaife qualité des humeurs morbifiques, en entrepend & fait l'excretion par les cryfes : Ainfi irritée & piccotée par la qualité du medicament purgatif qui luy eft nuifible, elle fait les purgations.

Marginal notes:
- l.8.hift.anim. c.24. l'line l.7.c.7.
- *Pourquoy les chofes de bonne odeur caufent les fuffocations de matrice.*
- *Refponce.*

De la fympathie admirable qui eft entre la matrice & quaf toutes les parties du corps.

QVESTION VNZIESME.

Marginal note: Les matrices caufes de toutes les maladies des femmes.

E STANT, il n'y a point long-temps, entré dans les jardins & vergers floriffans d'Hippocrate, non comme fugitif, mais comme infpecteur, pour voir fi i'y pourrois cueillir quelque chofe qui feroit à nous faire connoiftre la fympathie & communication admirable qui eft entre la matrice & quafi toutes les parties du corps, ie rencontray finalement cette briefue fentence,

Les matrices font caufes de toutes les maladies des femmes. Car la matrice eftant in- l. de loc. in hom.
difpofée, tout le corps eft tiré en communication & contagion, & fe voyent les
fignes de la mauuaife difpofition de toutes les parties du cerueau, du cœur, du
foye, des reins, de la veffie, des boyaux, des os du penil & de l'imbecillité &
ruine des trois facultez, animale, vitale & naturelle. La fympathie du cerueau auec La fympathie qu'a à la matrice auec le cerueau.
la matrice eft tres-grande & fe fait tant par les nerfs que par les membranes qui
enueloppent la moëlle dorfale, & c'eft d'icy que vient la douleur au derriere de Com. ad l. 6. epid.
la tefte, aux affections de matrice, ainfi qu'enfeigne Galien : & que toutes les
facultez animales, princeffes, motrices & fenfitiues, font bleffées en la ftrangulation hyfterique. Les motrices certes, en la conuulfion qui eft vn mouuement
depraué : les fenfitiues en l'éblouïffement des yeux, aux fifflemens des oreilles
& en la priuation qui fe fait du fentiment par tout le corps : Et quant aux actions
princeffes, elles font femblablement touchées, mais en diuerfes manieres felon la diuerfe complexion & condition des malades : Car les vnes content des
fornettes & difent des plus grandes folies du monde : les autres ne peuuent parler, quelques-vnes font tranfportées de haine & dédain contre les affiftans, &
deuiennent quelquesfois infenfées, iufques à fe precipiter elles-mefmes dans
des puits : comme enfeigne Hippocrate, il y en a d'autres qui ont le courage fi l. de morb. virgin.
abbatu qu'elles craignent toutes chofes, voire iufques aux plus affeurées, le viure
mefmes leur eftant ennuyeux, encores qu'elles craignent merueilleufement de
mourir. La communication qui eft entre le cœur & la matrice, qui fe fait tant Auec le cœur.
par les arteres fpermatiques comme hypogaftriques, eft admirable. C'eft à raifon d'icelle qu'en la fuffocation de matrice, viennent les éuanoüiffemens, la fyncope, la priuation du poulx & de la refpiration : l'vfage de l'vn & de l'autre eftant
ofté par la refolution de la chaleur du cœur faite par quelque air veneneux. Nous Auec le foye.
auons cy deuant traitté de la fympathie qui eft entre le foye & la matrice : car
eftant deffeichée & ayant foif elle monte en haut vers le foye, fontaine de l'humeur gratieufe, & eftant indifpofée elle caufe fouuent la iauniffe ; les paffes-
couleurs & l'hydropifie.

Les fymptomes qui aduiennent aux femmes enceintes & aux filles quand el- Auec les reins.
les ont leurs purgations, comme font douleurs & trenchées qu'elles fentent le
trauers des lombes, donnent affez à connoiftre la focieté qui eft entre icelle & les
roignons. Or cette focieté fe fait par les veines fpermatiques, defquelles la fene-
ftre prend fon origine de l'émulgente. Mais il y a auffi vne tres-grande alliance Auec la veffie, & le rectum.
entre elle, la veffie & le boyau rectum : car quand elle fouffre inflammation, il
furuient, comme écrit Hyppocrate, *vne enuie continuelle d'affeller & d'vriner*, à l. 1 de morb. mul. Aph. 98. fect. 5.
raifon que la tumeur preffe l'vn & l'autre, & les contraint à chaque moment de
pouffer hors leurs excremens : Or cette communion fe fait, partie par le voifinage
& partie par la connexion, la connexion fe fait & par les membranes du peritoine qui attachent la matrice à ces parties, & par les vaiffeaux communs qui font les
veines & les arteres. Car il y a grand nombre de fcions qui s'en vont du rameau
hypogaftrique, les vns à la veffie, les autres à la matrice & les autres au rectum.
Et ne faut auffi oublier la connexion de la matrice auec les os du penil & les aines, Auec les aines & l'os barré.
qui fe fait par le moyen de deux forts ligamens : & c'eft à raifon d'icelle que nous
appliquons aux ftrangulations hyfteriques des ventoufes aux aines & aux coftez
des os barrez, afin de retirer en bas par ces attaches & liens, comme auec des cor- Trait digne d'eftre noté pour la pra-tique.
des, la matrice qui monte en haut : Telle certes, eft la focieté commune qui eft
entre la matrice & quafi toutes les parties du corps. Mais celle qu'elle a particu-

liere auec les mammelles, surpasse toute admiration : elle se manifeste assez par la transposition frequente des humeurs qui se fait de la matrice aux mammelles & des mammelles à la matrice : par les signes des maladies de la matrice qui se prennent de l'inspection des mammelles & tetins : par la curation commune aux indispositions de ces deux parties, & finalement par la connoissance qu'on en tire, tant du sexe de l'enfant porté en la matrice, que de sa santé & disposition : Ainsi que ie m'en vay maintenant monstrer par les témoignages de nostre grand Hippocrate. Il a fort bien exprimé le reflux des humeurs qui se fait de la matrice aux mammelles & au rebours, en ces mots. *Les mammelles sont aussi & souffrent des tumeurs & des inflammations qui corrompent le laict : or les seruices des mammelles sont semblables à ceux des autres glandes susdites, & reçoiuent les humeurs superfluës du reste du corps : ce qui se connoist par les femmes qui ont perdu les mammelles par maladie ou par quelque autre occasion. Car la voix leur deuient plus grosse, & les humeurs leur montent à la gorge & crachent beaucoup, & sont trauaillées de douleur de teste & en deuiennent maladiues.* Il en rend les raisons : *car le laict venant & retournant de la matrice, comme aussi il estoit dés auparauant porté aux vaisseaux superieurs, n'ayant plus maintenant ses propres receptacles, il se déborde sur les parties nobles du corps sçauoir est, sur le cœur & le poulmon, & ainsi il les suffoque.*

I'ay ouy dire à plusieurs femmes, qu'ayant leurs mois arrestez elles rendoient par certains periodes & circuit de temps quantité de sang par les tetins : le sang qui se deuoit purger par bas, remontant en haut pour trouuer issuë & c'est pour cette mesme raison que les femmes n'ont point coustumierement leurs purgations cependant qu'elles allaictent, le sang qui se déchargeoit tous les mois par la matrice, estant renuoyé aux mammelles pour la generation du laict. Aimé portugais écrit auoir connu deux femmes qui rendoient ainsi le sang par les mammelles : & nostre Hippocrate dit en ces termes exprez, *qu'alors qu'il s'amasse du sang aux mammelles des femmes, c'est signe qu'elles doiuent tomber en fureur.* Brassauolus raconte auoir veu vne femme des mammelles de laquelle decoulloit du sang au lieu de laict.

I'ay aussi connu plusieurs femmes qui rendoient durant leurs couches du laict en grande abondance par la matrice & la vesie. Doncques la transpiration des humeurs de la matrice aux mammelles, & des mammelles à la matrice est fort frequente, & sert beaucoup à monstrer la communion grande qui est entre ces deux parties. Or que les maladies de la matrice se puissent connoistre par l'inspection des mammelles : Hippocrate l'escrit en ces termes : *si les bouts des mammelles & ce qui paroit rouge en icelles deuient pasle, le vaisseau est maladif.* Or par le vaisseau il entend la matrice : car le mot *angos* dont il vse, signifie *receptacle.* I'ay aussi dit que la maniere de guarir les maladies de ces deux parties, demonstre la mesme sympathie. Hippocrate nous l'enseigne quand il dit : *Si tu veux arrester les fleurs à vne femme applique luy vne grande ventouse sur les mammelles.* Finalement le mesme Hippocrate nous enseigne à connoistre l'âge, le sexe & la santé de l'enfant emprisonné en la matrice par la contemplation des mammelles, où il dit, *Quand l'enfant commence à se mouuoir, alors le laict donne connoissance de soy à la mere : car les mammelles viennent à grossir & leur bout à s'enfler.* Que si elles monstrent le temps du mouuement de l'enfant, aussi font-elles donc son aage : car le masle se meut à trois mois, & la fille à quatre.

Elles declarent pareillement le sexe : car tout ainsi que si la mammelle dextre deuient graisle & plus menuë, elle desnote l'auortement d'vn fils, & si c'est la gauche,
che,

che, d'vne fille : ainſi ſi la droite eſt plus groſſe & pleine, c'eſt ſigne que la femme eſt enceinte d'vn fils; & ſi c'eſt la gauche, d'vne fille. Finalement nous apprenons d'icelles la bonne ou mauuaiſe diſpoſition de l'enfant pendant qu'il eſt en la matrice : Car ſi les mammelles de la femme enceinte amenuiſent tout à coup, elle auorte & perd ſon fruict. Voilà des argumens tres-certains de la communion qui eſt entre les mammelles & la matrice. Mais comme ainſi ſoit que toute ſympathie ſimple ſe faſſe quaſi touſiours par la communion des vaiſſeaux; il reſte que nous declarions en peu de paroles comment les vaiſſeaux de ces deux parties communiquent entr'eux. Tous les Anatomiſtes preſques veulent que les rameaux de l'epigaſtrique aſcendante s'vniſſent auec les ruiſſeaux de la mammaire deſcendante, & qu'il ſe faſſe pluſieurs anaſto-moſes & emboucheures des branches de ces deux veines. Ie ne veux point nier que ces deux veines n'ayent de la communication, ainſi que i'ay monſtré ailleurs : mais ie trouue des chemins & plus courts & plus amples ſeruans à cela, que ceux qu'ils nous repreſentent. Car l'epigaſtrique ne s'épand point dans la matrice, & meſmes elle vient le plus ſouuent de la crurale; & la mammaire ne fait auſſi que ſe trainer ſous le ſternon, pour nourrir le muſcle trian-gulaire, ſans enuoyer aucun ruiſſeau aux mammelles, ſi ce ne ſont parauan-ture quelques venules capillaires. Ieſtime donc que le ſang, le laict & les humeurs regorgent par l'hipogaſtrique & la ſpermatique, qui ſont les veines particulieres de la matrice, au tronc de la veine caue, du tronc puis apres en l'axillaire, de laquelle viennent les deux thoraciques qui arrouſent les muſ-cles de la poictrine & les mammelles. Et au contraire, que le laict retourne des veines thoraciques en l'axillaire; d'icelle au tronc de la veine caue, d'où il deſcend par la ſpermatique à la matrice, & par l'hypogaſtrique tantoſt à la matrice & tantoſt à la veſſie. De là vient que les femmes rendent ſouuent apres leurs couches leurs vrines toutes laicteuſes. Il y a encor vn plus court chemin pour l'expurgation du laict par les vrines, à ſçauoir les veines émul-gentes.

Par quels che-mins ſe fait la comunion des mammelles & de la matrice.

li. 6. quæſt. 7.

Des Acetables, Cornes & Tuniques de la Matrice.

QVESTION DOVZIESME.

NOVS auons enſeigné cy deuant qu'il y a deux bran-ches de veines répanduës dans la matrice, deſquelles l'vne vient de la ſpermatique & l'autre de l'hypoga-ſtrique, & que les extremitez d'icelles s'abouchans auec les orifices des veines qui naiſſent de l'vmbili-cale, font la ſymphyſe & vnion de l'enfant & de la mere. Les anciens Grecs ont nommé les orifices de ces veines de la matrice *cotyledons*, & les Latins *ace-tables*, à cauſe qu'ils reſſemblent à l'herbe nommée *vmbilicus veneris*, & au vaiſſeau nommé *acetable*. Hippocrate a eſté le pre-mier qui a vſé du mot de *cotyledon*. Les Anatomiſtes Modernes nient que les

Cotyledons ou acetables de la matrice. Aph. 45. l. 5.

QQ

Des parties Génitales,

l.1. de morb. mul.
l. de nat. mul.
l. 2. de gener. anima. cap. 7.
lib. 3. de hift. anim. cap. 1.

matrices des femmes ayent ces cotyledons, & veulent qu'ils fe trouuent feulement aux brebis & aux chéures : & Ariftote efcrit femblablement *qu'ils ne fe trouuent qu'aux beftes cornues.* Pour deffendre Hippocrate de leurs calomnies nous difons auec Galien, que la fignification du mot *cotyledon*, ou *acetable*, eft

Le mot acetable fe prend en trois fignifications.

triple. 1. Car ou il fe prend pour les feins & cauitez apparentes qui reffemblent à *l'vmbilicus veneris*, aufquelles aboutiffent les vaiffeaux de la matrice : & à le prendre en cette fignification, la femme n'a point de cotyledons, mais ils font fort apparents aux brebis & aux chéures. 2. Ou il denote les orifices des vaiffeaux qui aduancent vn peu en dehors, comme les bouts des mammelles. 3. Ou finalement il fignifie les orifices des vaiffeaux qui fe terminent en la matrice, & qui s'vniffent auec les veines de l'enfant. A le prendre en cette derniere fignification, qui ofera nier que la matrice de la femme n'ait ces cotyledons ou acetables ? Si ces orifices de vaiffeaux s'empliffent d'vne humeur muqueufe, *ils font*

Aph. 45. l. 5.

caufe (dit Hippocrate) *que la femme perd fon fruict, parce qu'ils rompent l'vnion & continuité d'entre la matrice & le fœtus.* Touchant les cornes de la matrice qui

Les cornes de la matrice.

font aux coftez de fon fonds : Diocles a efté le premier qui les a remarquées & appellées *cornes*, d'autant qu'elles reffemblent aux cornes qui ne font que fortir aux agneaux. Herophile les accompare à vn demy cercle couppé. Galien & quafi tous les Anatomiftes veulent qu'elles fe trouuent aux matrices des femmes : mais fi nous aimons la verité, elles paroiffent feulement aux beftes, & principalement aux brebis, chéures & vaches. Il eft bien vray que les coftez de la matrice de la femme, à l'endroit où fe terminent les vaiffeaux éjaculatoires, font quelque peu plus releuez, mais ils ne reffemblent en rien à des cornes, ny aux apophyfes mammillaires.

Accord des paffages de Galien.
l. 14. de vfu part. c. 14.
l. 3. de fac. nat.
l. de vter. diff.

Il ne fera point mal-aifé d'accorder les paffages de Galien, qui femblent fe contredire touchant les tuniques de la matrice : car quand il efcrit *qu'elle n'a qu'vne tunique*, il parle de celle qui luy eft propre, laquelle eft la plus épaiffe de toutes celles qui font au corps. Mais quand il dit *qu'elle eft compofée de deux, l'vne externe qui eft nerueufe, & l'autre interne qui eft veineufe : & que l'externe eft fimple & l'interne double.* Outre la tunique propre, il comprend auffi la commune qui prend fon origine du peritoine.

De l'Hymen & des marques de la Virginité.

QVESTION TREIZIESME.

Opinion des Anciens touchant l'hymen ou pucelage.

N a jadis efté en difpute pour vne chofe dont on debat encores auiourd'huy, à fçauoir s'il y a quelques marques pour cognoiftre le pucelage. La plufpart des Medecins eftiment qu'il fe trouue aux pucelles vne certaine membrane déliée, qui eft fituée de trauers, aux vnes certes, enuiron le milieu du col de la matrice, & aux autres immediatement au dedans du conduit de l'vrine, & l'appellent *hymen*. Cette membrane (difent aucuns)

eſt perçée en ſon mitan d'vn fort petit trou, ou bien (comme veulent d'autres) elle eſt perçée comme vn crible, pour donner paſſage tous les mois aux
purgations menſtruelles. Or ils veulent qu'elle ſe déchire & rompe par l'effort
qui ſe fait en la premiere copulation, qui eſt la raiſon pourquoy ils la nomment *la cloſture virginale*, & *la garde de la virginité*. Ils alleguent quelques teſmoignages de la ſainĉte Bible. Car les Hebrieux auoient accouſtumé   *Deuteronome chap.22.*
de mettre la premiere nuiĉt des nopces vn linge ſous la fille, pour en iceluy
recueillir le ſang, & ce linge eſtoit baillé à ſes parens pour leur ſeruir de
teſmoignage comme elle auoit gardé ſa virginité iuſques à ce iour-là : Fallope
& Colomb veulent qu'elle ſe trouue. Or pour en dire franchement mon ad-   *Aduis de l'Autheur.*
uis, i'ay diligemment conſideré des filles nées auant terme, d'autres qui n'a-
uoient que trois mois, d'autres trois, quatre, ſix & ſept ans, auſquelles ayant
mis la ſonde iuſques à l'orifice interne, ie n'ay rien trouué au col de la matrice qui reſiſtaſt. Que s'il y auoit à my-chemin de ce conduit, ou à l'entrée
d'iceluy quelque membrane tranſuerſale, comme ils diſent, il ſeroit aiſé de la
trouuer auec l'eſprouuette. Outre-plus, ſi tu remplis de vent auec vn chalumeau
les parties externes de la partie honteuſe, tu verras & les aiſles & les caruncules ſe retirer, & tout le col de la matrice ſe dilater & ouurir en ſorte, que le
chemin eſt libre de l'orifice externe, qu'on appelle *la vulue*, tout iuſques à l'en-
trée interieure de la matrice. Ce ſont donc pures niaizeries ce que pluſieurs   *Qu'elle ne ſe trouue point.*
ont eſcrit de cette membrane : Car Nature ne faiſant rien en vain, quel (ie
vous prie) ſeroit ſon vſage ? Mais ne croirons-nous pas Fallope & Colomb
qui dépoſent l'auoir veuë ? Ie ne nie point qu'on trouue quelquesfois quelque
membrane en cette partie, mais ſoit qu'elle ſoit ſituée tranſuerſalement au milieu du col, ou bien qu'elle ſoit à l'entrée d'iceluy, ie dis qu'elle eſt touſiours
contre le deſſein de Nature, & maladie organique en la mauuaiſe formation.

Ainſi il s'engendre ſouuent, ores vne membrane, ores vne carnoſité à l'en-
trée du col de la matrice, & fait la maladie qu'Auicenne nomme *clauſura*, Albu-   *Femmes bou-clées.*
caſis *alratica*, & les Grecs *phymoſis*, comme qui diroit *boucleure* & *cloſture*, on
appelle les femmes qui ont cette maladie *atretai*, c'eſt à dire, *non trouées*. Or ce
mal aduient aux vnes dés leur naiſſance, & aux autres par accident, comme à
raiſon d'vn vlcere, inflammation & tumeur contre Nature. Voy ce qu'Aëce,   Tetrab.4.ſer. 4.c.96. l.6.cap.72. l.7.cap.28.& l.2. l.24.colleĉt. c.33.
Æginete, Celſe & Albucaſis en ont eſcrit plus au long.

Doncques il ne faut point receuoir cette membrane, pourueu que le corps
ſoit bien & naturellement formé. Oribaſe nie qu'elle ſe trouue, quand il dit,
*Eſtimer qu'il y ait vne membrane déliée qui ferme le conduit de la matrice, c'eſt
choſe fauſſe.* Il faut donc trouuer quelque autre cloiſon gardienne de la virginité. Il y en a qui veulent que les coſtez du col de la matrice, en celles qui   *Autre opinio.*
n'ont point cognu d'hommes, ſoient collez enſemble, & qu'ils ſe ſeparent
auec douleur en la premiere copulation. Almanſor eſcrit que *les vierges ont le
col de la matrice fort eſtroit & ridé, & que ces rides ou rugoſitez ſont parſemées de
force petites veines & arteres, leſquelles ſe dérompent en la premiere iouſte &
charge Venerienne.* Pour mon regard ie tiens qu'aux pucelles les quatre caruncules deſcrites en l'hiſtoire de la matrice, & ſituées, non de trauers, mais en long,
s'vniſſent & aſſemblent en telle ſorte par le moyen de quelques petites membranes fort déliées, qu'en vn coït violent les caruncules ſont froiſſées,

Des parties Genitales,

les membranes déchirées, non sans douleur & quelque perte de sang. Monsieur
Pineau Chyrurgien du Roy en vn liure qu'il a fait des marques du pucelage, appelle l'vnion & assemblement de ces quatre caruncules , *la fleur virginale* , d'autant qu'elle ressemble fort bien au bouton d'vn œillet qui n'est point encores
tout espanoüy : Or ces caruncules estant déjointes , separées & froissées, la fleur
virginale perit.

Fin du septiéme Liure.

LE HVITIESME LIVRE DES OEVVRES ANATOMIQVES,

Auquel l'Hiftoire du Fœtus eft exactement defcrite, & les principes de la Generation, la Conception, la Conformation, la Nutrition, la Vie, le Mouuement & l'Enfantement font expliquez autant que faire fe peut,
felon l'intention & volonté d'Hippocrate.

HISTOIRE ANATOMIQVE.

Quelles chofes font requifes à la parfaite Generation.

CHAPITRE PREMIER.

OMME la propagation des efpeces fe fait aux Elements
par tranfmutation, & aux metaux par appofition : ainfi
aux animaux elle fe fait par generation. Or la maniere
de cette generation n'eft pas vne & femblable en tous :
car aux vns elle fe fait fans copulation par la feule affrica-
tion, aux autres par la reception des parties genitales de
la femelle ; en quelques-vns fans l'aide du mafle ; il y en a
d'autres qui font engendrez par putrefaction feulement,
& iamais par production ou part de femblables ; & d'autres qui font engendrez
tantoft de matiere pourrie & tantoft de femence : Mais la façon d'engendrer en
tous ces animaux eft manque & imparfaite ; à cette caufe ils font nommez *animaux exangues, infectes* ou *infectiles.* La generation de l'homme & des autres animaux parfaits eft beaucoup plus noble ; comme celle en laquelle ces trois chofes
font neceffairement requifes. 1. La diuerfité des fexes. 2. Leur conjonction.
3. Et le meflange de quelque matiere prouenante de l'vn & de l'autre ; qui contienne potentiellement en foy l'idée de toutes les parties, & la neceffité fatale de
viure & de mourir. La diuerfité des fexes eft en premier lieu neceffaire ; parce
que la generation ne fe fait point finon par les femences ; lefquelles doiuent eftre
iettées & femées en quelque lieu, comme dans vn champ, afin que leur faculté
cachée & comme endormie puiffe eftre éueillée, & que ce qui a efté conçeu foit
échauffé, nourry & amené à perfection ; & d'autant que le mafle ne peut faire cela,

*La generation
fe fait en di-
uerfes manie-
res.*

*Trois chofes
font requifes à
la parfaite.*

*La diuerfité du
fexe pourquoy
neceffaire.*

QQ iij

parce qu'il eſt trop chaud (car il ne luy reſte aucuns excremens vtiles pour la nourriture du fœtus) il a fallu neceſſairement que la femme fuſt creée, laquelle

Pourquoy la femme a eſté creée. fournit & de lieu pour receuoir & conçeuoir la ſemence, & de matiere pour l'échauffer, nourrir & accroiſtre. Les deux ſexes ne different point d'eſpece eſſentielle, forme ny perfection, mais ſeulement en accidents ; ſçauoir eſt en temperature, & en la compoſition & ſituation des parties qui miniſtrent à la genera-

En quoy le maſle differe de la femelle. tion. Le ſexe de la femelle n'eſt pas moins perfection de ſon eſpece que celuy du maſle ; & la femme ne doit point eſtre appellée *animal octaſionné* ou *accidental* (comme parlent les Barbares) *mais creature neceſſaire, inſtituée de Nature premie-*

Definition du maſle & de la femelle. *rement & de ſoy.* Ceux donc ſe trompent qui l'appellent *maſle imparfait & erreur, faute & ioüet de Nature.* Les Anciens l'ont beaucoup mieux definie, *vn animal qui engendre en ſoy* ; & le maſle *vn animal qui engendre en autruy.* Nature a donné

La copulation neceſſaire à la generation. à chaque ſexe, pour l'inciter à la procreation, des aiguillons de volupté & vn deſir admirable de copulation. Eſtans donc leurrez & allechez par ces amorces, comme s'ils eſtoient picquez d'vn than ou d'vn aiguillon, ils ſe iettent aux embraſſemens amoureux, & habitent l'vn auec l'autre. Ce mutuel embraſſement ne ſuffit pas à la parfaite generation, il faut qu'il y ait vn troiſiéme prouenant de l'vn &

Et l'effuſion des ſemences. de l'autre, par lequel & duquel ſoit engendré vn homme nouueau. L'effuſion des ſemences (qui tiennent nature de principe) eſt donc neceſſaire en la copulation. Et partant nous concluons qu'il faut que ces trois choſes concurrent à la generation parfaite, la diuerſité des ſexes, leur copulation & l'effuſion des ſemences.

CONTROVERSES ANATOMIQVES.

De la diuerſité des Sexés.

QVESTION PREMIERE.

La diſtinction des ſexes eſt neceſſaire.  VE la diuerſité des ſexes ſoit requiſe à la parfaite generation, Ariſtote le témoigne en pluſieurs endroits, & la cauſe finale la plus noble de toutes, comme celle qui meut les autres, ſans eſtre meuë, le perſuade ſuffiſamment. Car comme en la ſemence de la plante eſt contenuë la faculté de toute la plante potentiellement, laquelle toutesfois ne ſort iamais en action, ſinon qu'elle ſoit réueillée par la tiedeur de la terre : Ainſi les ſemences des parens, qui contiennent en elles l'idée de toutes les parties, ne ſortiront iamais en action, & ne manifeſteront point leurs puiſſances ſi elles n'eſtoient verſées & comme ſemées au champ ou iardin tres-fer-

Que c'eſt que le maſle & la femelle. tile de Nature. Il eſt donc neceſſaire qu'il y ait deux animaux, l'vn qui engendre en autruy, & l'autre qui engendre dans ſoy : cettuy-là s'appelle *le maſle* & cettuy-cy *la femelle.* Le maſle plus chaud d'origine fournit le premier principe efficient & quaſi toute la faculté formatrice : & la femelle plus froide, fournit & le lieu pour conçeuoir la ſemence, & la matiere pour nourrir ce qui eſt conçeu. Ce lieu-là c'eſt la matrice, laquelle réueille la faculté cachée en la ſemence, comme en luy oſtant ſes fers : car en quelque autre partie que ce ſoit qu'on la ſeme, elle ne ſera point conçeuë, ains ſe corrompra incontinent : & la matiere c'eſt le ſang menſtruel, ex-

crement de la derniere nourriture des parties charnuës. Ces diuersitez de sexes ne Les differentes essentielles de sexe.
font point des differences essentielles d'animal, tant pource qu'elles ne se trouuent
point, comme témoigne Aristote, en tous animaux, que pource que les differen-
ces essentielles constituent des natures differentes d'espece. Or le masle & la fe- l. 1. de gener. anima. cap. 2. & 23. & lib. 4. de hist. ani-
melle sont tousiours en vne mesme espece, selon Aristote en sa Metaphysique.
Les deux sexes different seulement en quelques accidens. Mais quelles sont ces mal cap. 11.
differences accidentelles, on n'en est pas bien d'accord. Les Peripateticiens disent Opinion d'A-
que Nature tend tousiours à la generation d'vn masle, mais que la femelle est engendrée ristote touchãt la Nature de
par accident d'vne semence plus debile, qui n'a peu paruenir à la perfection d'vn masle. la femme.
Le Philosophe veut donc que la femelle soit l'erreur de Nature, & l'appelle παράβασιν
parabasin, d'vne Metaphore prise des voyageurs qui se detraquent & sortent de
leur chemin. Et d'autant que les Monstres sont comme les fautes de Nature & Quel est le pre-
contre sa premiere institution, il estime que la femme est quelque chose de sem- mier monstre en Nature.
blable & le premier Monstre en Nature. Galien suiuant Aristote, escrit que la Opinion de
faculté formatrice en la semence humaine n'estant qu'vne, ne tend aussi qu'à vn, à sça- Galien liu. 14. de l'vsage des
uoir à la generation de l'homme: que s'il arriue qu'elle se fouruoye & égare de cette part. chap. 5.
intention, & ne puisse engendrer vn homme, qu'elle produit vne femme, la & 6.
premiere imperfection de l'homme, laquelle il appelle pour cette raison animal
mutilé, occasionné & accidental. Or il estime qu'elle differe de l'homme; en ce
que les parties qui seruent à la generation pendent dehors aux hommes, & aux
femmes qu'elles demeurent cachées au dedans, à cause de la foiblesse de la chaleur qui ne les peut chasser dehors. Il veut donc que le col de l'amarry renuer- Elles sont re-
sé represente le membre viril, & le fonds d'iceluy le scrotum. Mais nous ne futées par
sçaurions approuuer ces opinions, ains au contraire nous croyons que Nature l'Autheur.
tend & vise aussi bien à la generation de la femme comme de l'homme: & que
c'est chose indigne d'vn Philosophe d'appeller la femme erreur & faute de Nature. Car la perfection des choses naturelles se doit prendre de leur fin: or il
estoit necessaire que la femme fut ainsi formée, autrement la generation des
animaux parfaits ne se feroit iamais. Quant à ce que Galien allegue de la semblance des parties genitales, & qu'il veut qu'elles ne different qu'en situation: ce sont
choses tres-absurdes & peu Anatomiques, ainsi que nous auons monstré bien au
long au liure precedent. Car il n'y a point de similitude entre le col de la ma- Il n'y a point
trice renuersé & la verge de l'homme: ny entre le fonds d'icelle & le scrotum: de semblance entre les par-
La composition, figure & magnitude des testicules ne sont pas semblables: com- ties genitales
me aussi n'est pas la distribution & l'insertion des vaisseaux spermatiques. Il ne des deux sexes.
faut donc pas estimer que l'homme differe de la femme, parce que la femme
est vn homme imparfait, ny penser que les parties genitales de la femme soient
semblables à celles des hommes, & qu'elles ne different qu'en situation seulement. Pour mon regard ie croy que l'vn & l'autre sexe ne differe point en for- Comment
me essentielle; ny en perfection, mais en la composition des parties ministran- l'homme diffe-re de la femme.
tes à la generation & en temperature. La femme a la matrice comme vn
champ institué de Nature pour receuoir, conceuoir & échauffer la semence
& la temperature de tout le corps plus froide que l'homme, parce qu'il falloit
qu'elle fournist la matiere propre pour la nourriture du fœtus. Il semble qu'Aristote au chapitre deuxiéme du premier liure de la generation des animaux, incline en cette opinion, Le masle & la femelle different (ce dit-il) tant en raison comme
en sens. En raison entant qu'ils concurrent en diuerse maniere à la generation: car
ce qui engendre en soy, c'est la femelle; & ce qui engendre en autruy, le masle.

De la Generation de l'Homme,

Et en sens, par certaines parties : car les parties genitales des femmes sont les matrices,
& des masles la verge & les testicules.

De la temperature des femmes, à sçauoir si elles sont plus chaudes
ou plus froides que les hommes.

QVESTION DEVXIESME.

A controuerse touchant le temperament des hommes & des femmes est tres-belle : que si on me la propose comme à vn arbitre ou censeur, i'en diray briefuement ce que i'en ay puisé aux fontaines des Grecs
& des Arabes. Il y en a qui disent que les femmes sont
plus chaudes que les hommes : les autres au contraire
soustiennent que les hommes les surmontent de beaucoup en excez de chaleur. Les vns & les autres ont
leurs raisons dont ils se fortifient, lesquelles ie m'en
vay icy examiner par le menu. Si les édits de nostre

souuerain dictateur nous sont perpetuellement pour loy, les hommes pour le certain perdront leur cause : car il declare en termes tres-clairs que les femmes sont
plus chaudes que les hommes. Voicy ses propres mots : *Ie dis que la femme a la*
chair plus rare que l'homme. Or la rareté (selon les Philosophes) est vn des effets
de la chaleur, sçauoir est la qualité secondaire d'icelle : & comme le propre du
froid est de condenser, ainsi de la chaleur d'éclaircir & de rarefier. Il dit dauantage que *le corps de la femme attire du ventre l'humidité & plus promptement & en*
plus grande abondance que celuy de l'homme. Or l'attraction plus grande & plus
prompte ne se fait pas sans l'aide d'vne chaleur tres-puissante : Car ainsi les chairs
parce qu'elles sont tres-chaudes sont dites *attractrices* par Hippocrate, où il escrit
que *les chairs attirent du ventre & de dehors.* Mais voyons ce qu'il conclud en fin
par cette rareté de chair & puissante attraction d'humidité. *La femme a le sang plus*
chaud, & pour cette cause elle est plus chaude que l'homme. Que pourroit-il dire plus
clairement ou plus ouuertement ? Parmenides a esté de la mesme opinion, ainsi
que recite Aristote. Mais appuyons cette opinion de tres-fortes raisons. Il faut
selon Galien faire iugement de la temperature de tout le corps, par le temperament des parties nobles, mais principalement par celuy du cœur & du foye. *Ceux,*
dit-il, *qui ont le cœur chaud, ont toute l'habitude du corps chaude, sinon que le foye y*
resiste : & ceux qui ont le foye chaud, ont toute l'habitude du corps chaude, sinon que le
cœur y repugne. Que si ces deux visceres conspirent en vn mesme temperament, la
temperature de tout le corps sera aussi totalement semblable. Or les femmes ont
& le cœur & le foye plus chauds que les hommes : Il s'ensuit donc aussi fort bien
qu'elles ont tout le corps plus chaud. Que les femmes ayent le cœur plus chaud
que les hommes, on le prouue en cette maniere. Le temperament de toutes les
parties se connoit principalement par la force de leurs actions. Or les actions &
facultez du cœur sont deux : la vitale selon les Medecins, & l'irascible selon les
Platoniciens. Elles sont toutes deux plus robustes aux femmes qu'aux hommes.
La vitale reluit principalement aux poulx : Mais les femmes ont le poulx plus frequent, & les hommes plus rare & plus tardif, comme enseignent Galien &
Auerrhoës en plusieurs endroits. Or la frequence & vitesse demonstrent la force de la chaleur. Car comme le propre du froid est de rendre les parties pesantes

& pareſſeuſes à ſe mouuoir : ainſi le propre de la chaleur eſt de mouuoir continuellement & ne donner quaſi aucun relaſche ny repos. Mais elles ont auſſi la *Elles ſont plus coleres.*
faculté qu'on appelle *iraſcible* plus puiſſante, car elles ſe courroucent plus ſoudainement que les hommes & ſe colerent quaſi pour rien : & ſelon Galien *la co-* *cap. 29. art.* *paruæ.*
lere eſt ſigne d'vn cœur tres-chaud. Elles ſont auſſi plus courageuſes, plus fieres & *Plus courageu-* *ſes.*
plus cruelles. Ainſi entre les beſtes rauiſſantes, la tigreſſe, l'ourſe, la lionne,
ſont au rapport des veneurs, plus felonnes que les maſles. Or ie m'en vay prou-
uer par vne demonſtration ſemblable qu'elles ont auſſi le foye plus chaud. La *Elles ont auſſi le foye plus chaud.*
faculté naturelle qui a ſon ſiege au foye, & qui eſt compriſe ſous l'auctrice, l'al-
trice & la procreatrice, eſt plus puiſſante aux femmes qu'aux hommes. Car *Elles croiſſent pluſtoſt.*
quand elles ſont nées, elles croiſſent pluſtoſt & paruiennent plus viſtement à
leur grandeur : elles ont pluſtoſt du poil aux parties honteuſes & jettent plu- *Elles engen-* *drent pluſtoſt.*
ſtoſt de la ſemence, qui eſt vn des effects de la faculté procreatrice : elles ſont *Elles ſont plus enclines au me-*
auſſi plus enclines au meſtier de Venus, & ont les teſticules (auſquels Galien *ſtier de Venus.*
met vne ſeconde fontaine de la chaleur naturelle) cachez au dedans, par le voi-
ſinage deſquels tout le corps eſt rechauffé. Or la faculté nutritiue, plus parfai- *Elles ont la fa-* *culté nutritiue*
te en la femme qu'en l'homme, demonſtre éuidemment qu'elle a le foye plus *plus puiſſante.*
chaud : car la femme engendre du ſang dauantage : or nous auons autant de
chaleur que de ſang. Et ce ſang ne peche pas en qualité : mais ſeulement en quan- *Ont plus de ſang.*
tité. Elle a auſſi l'habitude du corps plus delicate & graſſette, & n'eſt pas veluë *Le corps plus delicat.*
comme l'homme. Finalement toutes les facultez animales ſont tres-parfaites *Les ſens aigus.*
aux femmes : elles ont les ſens fort aigus : les muſcles fort agiles & ſouples à *Les mouue-* *mens agiles.*
mouuoir les parties : la memoire plus heureuſe, l'inuention plus ſubtile, & plus *La memoire heureuſe.*
grande abondance de paroles pour exprimer leurs conceptions & volontez. Si *L'inuention ſubtile.*
donc les femmes font toutes les actions & vitales & naturelles & animales plus *La parole prompte.*
parfaitement que les hommes, qui oſera nier qu'elles ne ſoyent auſſi plus chau- *Macr. libr. 7.*
des ? & ne faut paſſer ſous ſilence ce que Macrobe a remarqué *au temps qu'on* *Saturnal. c. 7.*
bruſloit les corps, qu'on auoit accouſtumé d'adiouſter à dix corps d'hommes, vn corps *& Plutarque*
de femme pour les faire bruſler plus viſtement. Ces choſes ont veritablement quel- *au 3. liure des* *propoſddi table,*
que apparence de probabilité & ſont cachées du voile de la verité : mais ſi on *queſt. 4.*
les poiſe au trébuchet de Philoſophie & à la balance de Medecine, on les trouuera fauſſes & toutes plaines d'erreurs. Il vaut donc mieux ſuiure le party con-
traire, & affermer que les hommes ſont en general plus chauds que les femmes, *Les hommes* *ſõt plus chauds*
choſe que nous confirmerons par pluſieurs bonnes raiſons, & par les auctori- *que les ſem-*
tez des hommes les plus doctes. Beaucoup de choſes prouuent l'homme eſtre *mes, parce*
plus chaud que la femme ; mais entre les autres les principes de ſa generation,
le lieu auquel & duquel il eſt engendré, les temps de ſa conformation, de ſon
mouuement, de ſon enfantement & de la purgation de ſa mere apres l'accouchement : la ſtructure & l'habitude de toutes les parties de ſon corps, la maniere de ſon viure & de ſon occupation, & finalement la cauſe finale le monſtrent
bien manifeſtement, ainſi que ie m'en vay le declarer briefuement & par le me-
nu. Si tu regardes les principes de la generation, les maſles ſont engendrez d'vne *qu'ils ſont en-* *gendrez d'vne*
ſemence plus chaude, ainſi qu'enſeigne tres-bien Hippocrate. Car reconnoiſ- *ſemence plus*
ſant en chaque ſexe deux ſortes de ſemence, l'vne maſculine & l'autre feminine : *chaude.*
il veut qu'ils ſoyent engendrez de la maſculine, c'eſt à dire, de celle qui eſt la plus *l. 1. de diæta.*
puiſſante & la plus efficace, & les femmes de la feminine, c'eſt à dire de celle *En vn lieu* *plus chaud par*
qui eſt la moins puiſſante & plus debile. Mais ils ſont auſſi engendrez en vn *l'Aph 48. de*
lieu plus chaud, *les fils* (dit Hippocrate) *ſont plus ordinairement portez en la partie* *la 5 ſect.*

Arift. l. 2. de
part. Animal.
cap. 2.

dextre de la matrice, & les filles en la feneftre : Or les parties dextres font plus chaudes que les feneftres : Et mefme ils ne font pas feulement engendrez aux parties dextres, mais auffi des parties dextres fuiuant la fentence d'Hippocra-te. *Celuy qui commence à s'échauffer, s'il a le tefticule droit plus gros, il engendre vn fils, fi c'eft le gauche, vne fille.* Et pour cette caufe il appelle le droit *engendre mafles* & le gauche *engendre femelles*, d'autant que la femence de ceftuy-là eft tres-chaude, exactement élaborée & engendrée d'vn fang plus pur : là où celle de ceftuy-cy eft plus froide & plus fereufe, à raifon que la fpermatique gauche prend fon origine de l'émulgente, & non pas du tronc de la veine caue comme fait la droite. Et c'eft la raifon pourquoy les villageois pour auoir des geniffes lient le coüillon droit aux taureaux, afin que la femence ne decoulle que du gau-

lib. de fuper.
fœt.

che. Ce qu'ils ont apprins du mefme Hippocrate, qui dit *quand on voudra en-gendrer des filles, on liera le tefticule dextre, & quand on voudra auoir des fils, le feneftre.*

Qu'ils font
pluftoft formés.
l. 1. de diæta.

Or maintenant fi tu confideres le temps de la conformation des deux fe-xes, l'homme eft pluftoft formé & dearticulé en la matrice. Car felon Hippo-crate, *il eft formé entre trente iours, & les femmes en quarante.* Or la formation eft

Qu'ils fe meu-
uent pluftoft
& plus fort.

ouurage de la chaleur. Il fe meut auffi pluftoft, fçauoir eft au troifiéme mois, là où les filles ne fe mouuent point auant le quatriéme : & fes mouuemens font &

Qu'ils font
viables à fept
mois.

plus drus & plus forts : qui font tous indices d'vne chaleur tres-grande. Ioint que les fils font viables à fept mois, ce que ne font pas ordinairement les filles. Mais les vuidanges qui fortent apres l'enfantement (on les nomme *lochies*) témoi-

Que leurs me-
res fe purgent
en moins de
temps.

gnent auffi de la chaleur des mafles. Car la femme qui a enfanté vne fille fe pur-ge plus long temps que celle qui a fait vn fils. Parce que le mafle plus chaud épui-fe & confomme dauantage des reliques du fang fuprimé. Hippocrate l'enfei-

lib. de morb.
mul.

gne en termes expres, où il dit *apres l'accouchement d'vne fille, la purgation la plus longue fe fait en quarante deux iours : mais apres l'enfantement d'vn fils, elle fe fait en trente iours, qui eft le temps le plus long* Que fi tu examines foigneufement l'habitude & la compofition des parties des deux fexes, tu trouueras fans doubte plus de marques de chaleur aux hommes qu'aux femmes. Car les femmes ont l'ha-bitude du corps plus graffette, plus lafche & plus molle : or la greffe ne s'engendre

Qu'ils ont le
corps plus foli-
de.
Les vaiffeaux
plus grands.
Aph. 43. fe. 7.

point finon par vne chaleur debile. Elles ont auffi les parties toutes nuës & dé-couuertes de poil : là où les hommes ont la chair plus folide, les vaiffeaux plus lar-ges & la voix plus groffe. Or c'eft le propre de la chaleur de dilatter : comme du froid d'eftreffir. La femme en Hippocrate n'eft point ambi-dextre, c'eft à dire *elle ne fe peut feruir des deux mains auffi habillement comme de la droite*, à raifon de l'imbecilité de la chaleur. Mais auffi les hommes, tant à raifon de leur façon de viure, comme de la maniere de leur occupation, font plus chauds que les fem-mes. *Car les hommes* (felon Hippocrate) *vfent d'vne maniere de viure plus labo-*

Et tiennent
vne loy de vi-
ure plus chau-
de.

rieufe, afin de deuenir plus chauds & plus fecs : & les femmes de viandes plus humi-des & menent vne vie fedentaire & oyfeufe. Ioint à toutes ces chofes la neceffité de la caufe finale. Il falloit que l'homme fut plus chaud, parce qu'il falloit qu'il eut vn corps propre pour fupporter le trauail & la peine, & vn courage inuincible & fans peur aux dangers. Mais à la femme laquelle deuoit receuoir & conceuoir la femence de l'homme : auoir foin de fon mefnage & de la nourriture de fes enfans & de fa famille : paffer fa vie fous le couuert de fa maifon, & récréer fon ma-ry fatigué & laffé des labeurs & trauaux, a efté donnée vne temperature plus froide, vne chaleur plus remife & vn corps mol, humide, tendre, delicat & découuert de poil. Doncques fi tu confideres les principes & le lieu de la generation, la formation, le mouuement, l'enfantemeht, les purgations aprés l'enfantement, l'habitude de tout le corps, la composition des parties, la façon de viure & la caufe finale, tu trouueras que les hommes font plus chauds que les femmes. Que fi les aduerfaires ne fe contentent point de ces raifons qui font autant de demonftrations, qu'ils écoutent à tout le moins toute la famille des Grecs tant Medecins comme Philofophes qui l'enfeignent tres-clairement. L'admirable Hippocrate auant la naiffance de la Philofophie, infpiré d'vn efprit diuin a efté le premier qui l'a dit, non point obfcurement, mais en termes tres-exprés en ces mots : *Les hommes font en general plus chauds & plus fecs : les femmes plus froides & plus humides.* Ariftote veut que les hommes, parce qu'ils font plus chauds foient de plus longue vie ; qu'ils foient plus robuftes & plus courageux, & qu'ils foient plus excellents en toutes actions que les femmes. Il demande auffi pourquoy les hommes en Hyuer & les femmes en Efté font plus enclins aux combats Veneriens. Il répond, que c'eft parce que les hommes plus chauds & plus fecs font rompus en Efté par la chaleur, & que les femmes plus froides & plus humides ont en Hyuer à raifon du defaut de la chaleur, l'humeur toute congelée. Galien l'a dit en fix cens endroits : mais principalement lors qu'il veut que les femmes foient moins parfaites que les hommes, parce qu'elles font plus froides. Or de toutes les qualitez la chaleur eft la plus efficace. De ces chofes vn chacun peut voir clairement que les hommes font en general plus chauds que les femmes, & que ceux s'égarent & déuoyent de l'ancienne & vraye Philofophie qui fouftiennent opiniaftrement le contraire. Mais il femble que nous n'auançons pas beaucoup par nos authoritez & raifons, fi nous ne payons & fouldons les contraires. Commençons donc par l'auctorité d'Hippocrate. Et d'autant que ce feroit vne impieté d'abandonner ce diuin parent de la Medecine, nous interpreterons fes paroles à la maniere qui s'enfuit. Quand il efcrit, *que la femme a la chair plus rare,* il abufe du mot *rare,* pour ce qui eft lafche & mol, & non pas pour ce qui eft plein de meats & conduits : car en cette fignification l'homme a le corps plus rare & plus plein de pores & de meats que la femme : à cette caufe il fuë & plus facilement & plus abondamment. Les femmes font donc plus rares, c'eft à dire plus lafches & plus molles. Ce que le mefme Hippocrate a remarqué, quand il dit : *Il confte que la femme a la poictrine & les mammelles & tout le corps lafche & mol.* Et vn peu deuant (car il auoit efcrit auparauant) *Car l'homme eft plein & denfe comme vn veftement à celuy qui le voit & qui le touche, & la femme rare & lafche & comme fluide à celuy qui la voit & qui la touche.* Or la lafcheté demonftre la foibleffe de la chaleur, qui ne peut digerer, confommer & refoudre l'humidité fuperfluë : la folidité au contraire prouient de la parfaite affimilation, de l'aliment bien cuit & digeré : or les hommes ont les chairs plus folides. Quand il efcrit *que les femmes attirent plus d'aliment,* il abufe auffi du mot *attirer,* pour ce qui eft *receuoir & contenir :* car le corps de la femme eftant plus lafche reçoit & contient dauantage de fang. Or que ce foit-là l'intention d'Hippocrate, ie le recueille de fon texte mefme : car il éclaircit cette fentence d'vne tres-belle fimilitude. *Si quelqu'vn* (dit-il) *met & expofe la nuict à l'air & à la rofée des laines tres-molles, & vn accouftrement tres-bien tiffu, qui foient de pareille pefanteur : il trouuera que les laines feront beaucoup plus pefantes, parce qu'eftant plus lafches & plus molles, elles contiennent dauantage d'humidité.* Il y a donc de l'apparence que les chairs des femmes eftant plus lafches reçoiuent & contiennent plus de fang que ne font celles des hommes, qui

Authorité d'Hippocrate, l. 1. de diæta.

D'Arift. lib. de long. & breuit. vitæ. au 3. liure des part. des anim. au 1. des polit. chap. 1. & 8. & au probleme 27. de la fection. de Gal. c. 6. lib. 14. de vfu partium.

Solution des raifons de la premiere opinion.

Interpretation du paffage d'Hippocrate.

Comment fe doit entendre que la femme a la chair plus rare.

1. de glandul.

Qu'eft-ce qu'Hippocrate entend par le mot attraction.

Paſſage d'Hippocrate reietté.

ſont plus denſes & plus ſolides. Pour le regard de ce qui ſe lit au meſme paſſage, *le ſang de la femme eſt plus chaud, & pour cette cauſe elle eſt plus chaude que l'homme :* ie croy que cela a eſté adiouſté par quelque Commentateur, & qu'il n'eſt point d'Hippocrate, & l'ay autrefois ouy auſſi affermer à Maiſtre Louys Duret mon Precepteur, homme tres-docte, lors qu'il interpretoit publiquement ce paſſage : de l'opinion duquel eſt auſſi Chriſtofle à Veiga en ſes Commentai-

L'interpretation de Cordeus reprouuée. Videeius com. ad ſent. 5. l. 1. de morb. mul. Hippocrat. pag. 17. 18.

res ſur les prognoſtics d'Hippocrate. Et partant ie ne ſçaurois approuuer l'interpretation de Cordeus, qui eſtime que le ſang de la femme eſtant ſupprimé & arreſté, acquiert à faute de tranſpiration vne chaleur eſtrangere & fiéureuſe, & qu'à cette raiſon il eſt plus chaud que celuy de l'homme. Car la comparaiſon de la femme malade auec l'homme ſain ſeroit inepte & indigne d'Hippocrate. Que ſi tu compares le ſang de l'homme malade, auec celuy de la femme malade, la chaleur ſera plus grande en l'homme qu'en la femme, parce qu'elle a la ſeichereſſe pour compagne : or *la ſeichereſſe,* ſelon Auerrhoës, *eſt la lime de la chaleur,* & ainſi ie penſe auoir ſatisfait à l'auctorité d'Hippocrate. Peſons main-

Pourquoy les femmes ont le poulx plus frequens.

tenant diligemment leurs raiſons. Les femmes ont le poulx plus frequent, elles ſont donc plus chaudes : parce que la frequence & viteſſe du poulx prouient de la chaleur. Nous répondons qu'elles ont le poulx plus viſte, non point pource qu'elles ſont plus chaudes, mais pource qu'elles ont les organes plus eſtroits. Car leurs arteres petites & eſtroittes eſtans oppteſſées par l'abondance des humeurs cruës & froides, ne ſe peuuent autant eſtendre & dilater comme requiert leur chaleur bien que debile ; il eſt donc raiſonnable pour égaler cette neceſſité qu'il ſoit viſte & plus frequent aux femmes qu'aux hommes. Ainſi la petiteſſe du poulx, qui vient de ce que les organes ſont eſtroits, eſt recompenſée de Nature par la frequence & la viteſſe. Or le poulx des hommes eſt fort à raiſon que la faculté vitale eſt forte : & grand, parce que l'artere tres-ample s'eſtend & dilate en toutes les dimenſions. Ce qu'ils objectent de la faculté iraſ-

Pourquoy elles ſont plus aiſées à ſe colerer.

cible, nous le ſoudrons comme s'enſuit. Il y a grande difference ſelon Hippocrate & Galien, entre ὀργυθυμία, qui eſt vne colere pour rien, ou peu de choſe : & entre θυμὸς, qui eſt à dire, *ire & courroux.* Car le premier eſt vne affection d'vn courage vil & bas, qui ſe courrouce pour vn rien, & qui ne ſe peut commander : telles ſont les femmes, les enfans & les hommes de peu de courage. Mais le dernier ne s'entend que de ceux qui ſont magnanimes & courageux. Galien op-

Comment. 2. in lib. 1. Epidem.

poſe *oxuthumous, thumodeſi,* c'eſt à dire, ceux qui ſe colerent à tous propos pour neant, à ceux qui ſe courroucent ſur quelque ſujet qui le merite : parce que ceux-cy ont le courage maſle & mépriſant les choſes baſſes, mais ceux-là au contraire ont le cœur vil & puſillanime. La temperature des vns eſt diuerſe de celle des autres : car ceux qui ſe colerent pour rien ſont d'vn temperament froid : mais ceux qui ne ſe courroucent que ſur de bons ſujets & à bon eſcient, ſont de complexion chaude. Pourtant donc ſi les femmes ſont iracondes, & ſi elles ſe colerent pour ouy ou non, elles ont cela de leur temperature froide, & de l'impuiſſance de leur ame, parce qu'elles ne ſe peuuent commander. Quand

c. 29. art. medic. ſect. 4. lib. 6. Epid.

Galien met *oxuthumia* entre les ſignes d'vn cœur chaud, il abuſe du mot *oxuthumia.* Or que *oxuthumia* ſoit ſigne d'vne habitude froide, Hippocrate l'enſeigne où il dit, *ceux qui ont le ventre chaud, ont les chairs froides, ils ſont déliez, ils ont les veines groſſes & ſe colerent aiſément.* Les femmes ſont

lib. de morb. virginum.

donc iracondes, c'eſt à dire, elles ſe corroucent pour rien, mais elles ne ſont point courageuſes, *la nature de la femme* (dit Hippocrate) *eſt d'vn courage*

vil

vil & abiect. A ce qu'ils difent qu'entre les beftes rauiffantes, les femelles font plus fortes; nous répondons que l'amour qu'elles portent à leurs faons & petits, leur augmente le courage; & pourtant qu'on doit pluftoft appeller cela ferocité ou fierté, que fortitude ou vaillance. Il y a des animaux qui pour eftre forcenez monftrent quelque apparence de hardieffe, comme les femelles de l'Elephant, il y en a d'autres aufquels la crainte d'vne pire condition redouble le courage & l'audace, comme aux Pantheres. Au chien la loyauté en partie, & en partie l'enuie engendre la ferocité. Réponds donc que les femelles font plus felonnes, plus fieres & plus farouches: mais qu'elles ne font pas plus fortes ny plus courageufes. Or maintenant ce qu'ils mettent en auant de la force des facultez naturelles auctrice, altrice & procreatrice, eft de petite confequence. Les femmes (difent-ils) croiffent & engendrent pluftoft, elles font donc plus chaudes. Au contraire ce font des indices tres-certains d'vne temperature froide. Car & elles croiffent & engendrent pluftoft, parce qu'elles ont leur fin plus proche; à raifon qu'elles ont les principes de la vie plus debiles. Car comme vne maladie courte & aiguë paffe & court viftement fes quatre temps; ainfi les femmes eftant de plus courte vie, parce qu'elles font plus froides, ont pluftoft du poil aux parties honteufes, elles croiffent pluftoft & vieilliffent pluftoft que les hommes. Et felon Ariftote, *les chofes moindres & plus debiles, comme aux œuures de l'art, ainfi celles de Nature paruiennent plus viftement à leur fin & perfection* Ce qu'elles font plus enclines aux exercices de Venus, nous eftimons que cela leur arriue à caufe de l'impuiffance de leur ame. Car l'imagination des femmes addonnées aux combats veneriens eft femblable à celle des Beftes brutes, parce qu'elle n'eft point contredite par la raifon: ainfi les hommes brutaux ne font pas plus paillards, parce qu'ils font plus chauds, mais parce qu'ils font plus brutaux. Les hommes brutaux s'accouplent non pas pour engendrer: mais pour affouuir leur appetit: & les fages s'accouplent afin qu'ils ne s'accouplent point. Ce qu'elles ont les tefticules cachez, cela demonftre leur temperie froide, car il falloit qu'ils fuffent muffez au dedans, parce qu'ils font froids. Finalement nous leur accordons qu'elles amaffent plus de fang, mais non pas qu'elles en engendrent dauantage; or elles en amaffent plus à raifon de leur temperature froide qui ne peut digerer & confommer les reliques & fuperfluitez de l'aliment. Ioint auffi qu'elles ont le fang plus froid & plus crud. Concluons donc que les hommes font en general plus chauds que les femmes, tant par leur temperature naturelle que par l'acquife; fçauoir eft à raifon de leur maniere de viure & de la condition de leur trauail & exercice.

Que les femelles des beftes ne font pas plus fortes, mais plus cruelles, & pourquoy.

Pourquoy la femme croift & engendre pluftoft.

l. 4 de gener. anim cap 6.

Pourquoy elles font plus enclines au meftier de Venus.

Pourquoy elles ont les tefticules muffez dans le corps

Pourquoy elles amaffent plus de fang.

HISTOIRE ANATOMIQVE.

Des parties de la generation ; de la semence & du sang.

CHAPITRE II.

Les principes de la generatiõ sont deux.

COMME *ainsi soit* (selon le témoignage du Philosophe) *que tout ce qui est engendré, soit engendré de quelque matiere par quelque cause efficiente*, les Anciens ont fort bien dit, que ces deux principes, la semence & le sang maternel conçuroient à la generation des animaux parfaits. La semence est *le principe par lequel, comme par la cause efficiente, la formation est parfaite & duquel, comme de la matiere, les parties spermatiques sont engendrées* : & le sang est seulement *matiere de la generation & principe passif* (qu'il me soit permis d'vser des termes des Escholes parce qu'ils expriment mieux la chose) *duquel & les parties charnuës sont engendrées, & tant les spermatiques comme les charnuës, nourries & conseruées.* La nature de ces deux principes tres-obscure, nous essayerons de l'expliquer

Que c'est que la semence.

en la maniere que s'ensuit. La semence qu'Hippocrate & Galien appellent tantost *geniture* & tantost *sperme*, nonobstant qu'Aristote distingue quelquesfois ces deux noms, est diuersement definie par diuers autheurs. Nous la definirons *vn corps humide, chaud, écumeux & blanc, engendré aux testicules des reliques de la derniere nourriture & du meslange des esprits qui vaguent par tout le corps, pour la generation parfaite de l'homme.* Cette definition cy exprime fort bien la forme, la ma-

Sa forme.
Comment humide.
Arist. l. 3. de hist. anim. ca. 22. & l. 2. de gen. ani. c. 2.

tiere, la cause efficiente & la finale de la semence. L'humidité, la chaleur, la spumosité & la blancheur designent sa forme. Elle est humide & de puissance & de consistence. Ctesias Medecin du Roy Artaxerxes se trompoit donc, en ce qu'il estimoit que la semence de l'Elephant se desséchoit en sorte qu'elle deuenoit semblable à l'ambre iaune. Or il falloit qu'elle fust humide, partie afin de pouuoir estre facilement terminée par l'agent, & partie afin de contenir l'idée & forme specifique de toutes les parties Elle est chaude, afin de tirer au iour ces formes-là ; car le

Pourquoy chaude
Pourquoy écumeuse.

froid n'entre pas en la generation, si ce n'est par accident. Elle est écumeuse à raison du meslange des esprits & du mouuement : d'où Venus nommée par les Poëtes *Aphrodite*, est dite auoir esté engendrée de l'écume de la mer : & c'est à raison de la dissipation de ces esprits, que la masse de la semence diminuë aussi tost que sortie de ses vaisseaux elle vient à sentir l'air, là où la pituite & la morue qui ont peu

Pourquoy blanche.

d'esprits gardent long temps leur quantité & grosseur. Elle est blanche tant parce qu'elle est élaborée aux testicules & vases spermatiques, la face ou superficie interieure desquels est blanche, que pource qu'elle contient en soy beaucoup d'air &

Arist. l. 3 de histor. anim. c 22
Sa matiere.
Le sang &

d'esprits, tellement qu'il ne faille point écouter Herodote, qui vouloit que les Æthiopiens eussent leur semence noire. La matiere de la seméce est double ; le residu de la derniere nourriture & les esprits. Ce residu là est le sang, nõ pas alteré & bláchy aux parties solides, cõme ont pensé les anciens, ains rouge, pur & net, porté du trõc de la veine caue, par les veines spermatiques, aux vases preparás & aux testicules. De là vient que ceux qui s'addonnét outre mesure au mestier de Venus, jettent bien souuét la semence sanglante, & quelquesfois aussi le sang tout pur. Et Soranus vouloit que la femence fut engendrée du fang, & c'eft la raifon pourquoy les Anciens appelloient les parens & coufins *confanguineos*, comme qui diroit *d'vn mefme fang*. La femence eft encor engendrée d'vne autre matiere, laquelle fait qu'elle eft feconde, c'eft à fçauoir des efprits errans & femez par tout le corps, lefquels contenans en eux potentiellement l'idée & forme de toutes les parties (car ils font & aërez & humides, receuans facilement les autres formes) font portez par les arteres fpermatiques aux vaiffeaux labyrinthiques, à l'épididyme & aux tefticules; où ils font exactement meflez auec le fang, & des deux eft fait vn feul corps, comme de la veine & de l'artere fpermatique fe fait vn feul vaiffeau dans cet admirable enlaçement dedalé. Hippocrate a recognu cette double matiere de la femence, quand il l'appelle tantoft ignée & tantoft aqueufe; elle eft ignée à raifon des efprits qui font effort; & à raifon du fang & de la corpulence (donnez ce mot au Philofophe) elle eft aqueufe. Nous auons dans noftre Hippocrate vn fort beau paffage qui feruira pour l'éclairciffement de cette matiere. *L'ame*, dit-il, *fe gliffe dans l'homme, ayant acquis vne commoderation de feu & d'eau.* Par *l'ame*, il entend la femence qu'il appelle ailleurs *animée*; par *le feu*, les efprits & la chaleur naturelle; & par *l'eau*, l'humidité alimentaire à fçauoir le fang. *Le feu*, dit-il, *meut tout par tout, & l'eau nourrit tout par tout.* Or la femence eu égard à cette double matiere, tient lieu de principe materiel & d'efficient; de materiel certes à raifon de fon corps épais & groffier duquel les parties fpermatiques font engendrées; & d'efficient & formel à raifon des efprits dont elle eft groffe & toute pleine. I'ay dit qu'elle eft appelée principe efficient & formel, parce que la caufe efficiente & la forme font deux quand à la raifon, mais elles ne different point de fait. Car la forme entant qu'infufe par toute la matiere fait eftre la chofe ce qu'elle eft appelée εἶδος & ἐντελέχεια, qui vaut autant comme qui diroit *forme & eftre parfait*; mais entant qu'elle altere, meut, difpofe, baftit & façonne la matiere pour luy eftre vn domicile propre & commode, elle peut eftre dite caufe efficiente & agente. La femence à raifon de fon corps ne prouient feulement que des vaiffeaux; mais à raifon des efprits qui courent & vaguent par tout le corps elle peut prouenir de toutes les parties. Voilà donc les deux matieres de la femence, le fang & les efprits. Or elle eft engendrée par les tefticules feuls, car c'eft à eux feuls que nous donnons la faculté d'engendrer la femence premierement & de foy; & aux vafes fpermatiques fecondairement & par l'influence & irradiation d'iceux. La derniere parcelle de noftre definition defigne la caufe finale de la femence; fçauoir eft la generation de l'homme & la nutrition des tefticules. Il s'enfuit donc que cette definition eft effentielle & parfaite. Au refte il y a (quoy que dient les Peripateticiens) deux fortes de femence; l'vne de l'homme & l'autre de la femme: car on trouue auffi bien en vn fexe comme en l'autre les organes qui la preparent, élaborent & portent; ils ont tous deux vn femblable chatoüillement aux parties honteufes en la copulation & vn femblable plaifir. Mais la femence de l'homme a le premier principe de la generation, & celle de la femme le fecond. La femence de l'homme a le principe efficient plus puiffant que celle de la femme, & neanmoins tant l'vne comme l'autre eft fertile & tres-puiffante pour engendrer. Derechef Hippocrate recognoit en chaque fexe deux fortes de femence, l'vne plus puiffante & plus chaude, & l'autre plus debile & plus froide: il appelle celle-là mafculine, & celle-cy feminine, du diuers meflange & de la victoire defquelles il veut que les mafles & femelles foient engendrez. Voilà le premier principe de la generation.

Des efprits.

La femence comme ignée. Comment aqueufe. Beau paffage d'Hippocrate au l. 1. νⲟᵗⲉⲧⲁ. Expofition d'iceluy.

Comment la femence eft principe materiel & efficient. La forme & la caufe efficiente comment different.

Comment la femence decoule de toutes les parties du corps. Les autheurs ou la caufe efficiente de la femence. La caufe finale. La femence eft double, l'vne de l'homme & l'autre de la femme. Comment elle differe.

En chaque fexe deux fortes de femence felon Hippocrate au l. de la diæt.

CONTROVERSES ANATOMIQVES.

Qu'est-ce que Semence.

QVESTION TROISIESME.

Les mots de geniture, sperme & semence signifient vne mesme chose.

Au comment. sur l'Aphor. 62. de la 5. section.

l. 2. de morb. Comment.in progn.

Arist. cap. 18. lib. 1. de la generat. des animaux, distinction entre geniture & semence.

Diuerses definitions de semence.

Celle d'Hippocrate au liu. de la geniture.

De Pithagore.

De Platon.

D'Alcmeon.

De Zenon.

D'Epicure.

De quelques anciens.

D'Aristote. 1. de la generat. des anim. chap. 18.

De Fernel cap. 1. lib. 7. Physiolog.

Elles sont toutes reiettées.

DE l'epithete qu'Homere auoit accoustumé bailler aux pieds des montagnes, quand il les appelle *polypidacas*, c'est à dire *ayant plusieurs sources*, pourra à bon droit estre décorée nostre dispute de la semence. Car elle sera fertile & arrousée de plusieurs sources de fontaines. Et afin que le tout se traitte par ordre, nous expliquerons premierement que signifie le mot de *semence*. *Geniture*, *sperme* & *semence* ne signifient qu'vne mesme chose entre les Medecins. Hippocrate a escrit vn liuret qu'il a intitulé *de la geniture*, & Galien deux qu'il a inscripts *du sperme*. Hippocrate en son liuret appelle ordinairement la geniture *sperme*, comme quand il dit: *Il y a comme en l'homme, ainsi aussi en la femme vn sperme*, c'est à dire, *vne semence masculine & vne feminine* Et Galien en termes exprés, *nous appellons le sperme, goné & gonos*, c'est à dire *geniture*. Le mot *thoros* en Hippocrate signifie quelquesfois la semence genitale & la geniture, comme quand il dit *la semence genitale* (il vse du mot thoros) *luy sort en grande abondance & liquide*. Toutesfois Galien met difference entre *thoros* & *sperme*, parce que *thoros* signifie proprement *l'excretion de la semence*. Aristote met aussi distinction entre la geniture & la semence, parce que la geniture est vn ens imparfait & l'vn des principes de la generation seulement: mais la semence est vn ens parfait composé des deux principes. Pour nostre regard il ne nous chaut si tu l'appelles *geniture*, *sperme* ou *semence*, combien que le nom *sperme* & *semence* soit plus frequent & vsité que celuy de *geniture*. Personne, au moins que ie sçache, n'a encore exprimé la nature de la semence par vne definition essentielle & parfaite. Hippocrate la definit *vne portion tres-bonne & tres-puissante de toute l'humeur qui est contenuë dans tout le corps*. Pithagore, *l'écume du sang tres loüable*. Platon, *vne effluxion ou decoulement de la medulle spinale*. Alcmeon, *vne petite portion du cerueau*. Zenon, *l'esprit de l'homme lequel il iette auec les humeurs, rapine & despoüille d'vne partie de l'ame*. Epicure, *vn fragment de l'ame & du corps*. Quelques-vns des Anciens la definissent *vn esprit chaud en l'humidité, mobile de soy, ayant la puissance d'engendrer vn corps semblable à celuy dont il prouient*. Aristote la definit *l'excrement de la derniere nourriture des parties solides*. Et quelquesfois *excrement vtile*. Et Fernel, *ce dont prennent leur origine premierement les corps qui sont engendrez naturellement; non pas comme de la matiere, mais comme du principe efficient du mouuement*. Mais il n'y a pas vne de ces definitions qui exprime la nature de la semence. Les cinq premieres sont tres-absurdes, & pourtant ie ne m'arresteray point à les refuter. Celle d'Aristote declare bien la matiere de la semence, qui est le residu de la derniere nourriture, mais elle n'explique point la forme ny la cause efficiente d'icelle; & mesmes elle n'exprime pas toute la matiere, car elle est double, sçauoir est le sang & les esprits, ainsi que nous monstrerons incontinent. Et pourtant appeller la semence *l'excrement de la derniere nourriture*, est autant comme si tu la definissois estre le sang. Qui a-il ie vous prie plus absurde que cela? La definition de Fernel n'explique ny la forme ny la matiere ; elle ne luy donne aussi que la faculté efficiente en la generation ; encore qu'elle soit aussi principe materiel. Celle que nous allons bailler est (si ie ne me trompe) parfaite & accomplie de tous poincts. *La semence est vn corps humide, écumeux & blanc, cuit & élaboré par la seule faculté des testicules, des reliques de la derniere nourriture & du meslange des esprits qui vaguent par tout le corps, & ce pour la generation parfaite de l'animal.* Nous auons exposé en nostre histoire toutes les particules de cette definition, il ne reste plus, sinon que nous declarions icy vn peu plus exactement la matiere dont elle est engendrée. Or cette matiere est double, l'excrement de la derniere nourriture & les esprits. Que ce soit vn excrement, Aristote l'enseigne par vne belle induction. Tout ce qui est contenu au corps, est ou partie du corps, ou aliment, ou colliquament, ou excrement. La semence n'est point partie du corps, ny aliment, ny colliquament : il reste donc qu'elle soit excrement. Elle n'est point partie du corps, parce que rien n'est fait d'icelle retenant sa Nature. Ioint que si elle estoit partie du corps, autant de fois que l'animal ietteroit de la semence, autant de fois il seroit mutilé. Elle n'est point aliment, car elle ne seroit pas chassée hors. Elle n'est point aussi colliquament, car la colliquation est contre Nature, & la semence est quelque chose naturelle. Les choses grasses se liquefient dauantage. Or ceux qui sont fort gras n'ont gueres de semence. La colliquation prouient de toutes les humiditez du corps, & n'a point de lieu particulier pour la receuoir; la semence a ses propres vaisseaux & receptacles. La colliquation blesse tousiours, là où l'excretion de la semence est quelquesfois profitable. Il s'ensuit donc que la semence est excrement. Mais quel? On trouue en tous animaux, qui font leurs petits viuans, deux sortes d'excremens, l'vn vtile & selon Nature, & l'autre inutile. Le premier, comme enseigne Galien, est vtile à quelque chose, ou à nourrir le corps, ou à engendrer, ou à nourrir les petits. Le dernier comme dissemblable, ne peut iamais estre assimilé pour nourrir le corps. Cettuy-là est seulement superflu à raison de son abondance, & est dit excrement par sa quantité : mais cettuy-cy est nuisible par toute sa qualité. Le chyle qui est engendré au ventricule, est agreable au ventricule pendant qu'il le cuit & élabore, mais il est à la parfin chassé dans les boyaux comme excrement. Ce qui estoit excrement au ventricule est fait aliment au foye. Le foye saoullé du sang, enuoye ce qui reste comme superflu dans les grandes veines : ainsi l'excrement du foye, c'est à dire le sang qui est superflu, est fait aliment conuenable de toutes les parties. Les parties & charnuës & solides rassasiées de ce sang, laissent le residu comme superflu dans les veines ; ce residu-cy est peu à peu attiré par les testicules qui le changent finalement en semence. Et voilà comment elle est dite estre excrement de la derniere nourriture, parce qu'elle est engendrée des restes de l'aliment des parties. Or ces restes là, c'est le sang non pas alteré ny blanchy aux parties solides ; car il n'y a seulement que les vases spermatiques & les testicules qui donnent la blancheur à la semence; ains qui est porté rouge & pur du tronc de la veine caue par les veines spermatiques ausdits testicules. Chose qui nous est bien clairement demonstrée par les enfans & vieillards decrepits qui ne iettent point de semence; à cause qu'il ne leur reste point d'aliment superflu, & par ceux qui s'adonnent outre mesure au mestier de Venus, lesquels la rendent bien souuent toute sanglante, n'estant encore en aucune maniere alterée par les vases spermatiques & les testicules. Il y a encore vne seconde matiere dont

Definition de l'autheur parfaite.

La matiere de la semence est double.

Au lieu allegué.

Elle n'est point partie du corps.

Elle n'est point aliment, ny colliquament.

Elle est donc excrement.

Deux sortes d'excremens. Comment. in aph. 39. sect. 5.

La semence comment differe excrement.

la semence est engendrée, qui est la plus noble & qui fait que les semences sont fecondes; à sçauoir les esprits portez par les arteres spermatiques aux testicules, lesquels estans de Nature de feu & d'air, & vaguans par tout le corps contiennent en eux l'idée de toutes les parties; & non pas seulement la forme de l'homme ou de la femme, mais aussi la necessité fatale de viure & de mourir. C'est à raison de ces esprits, que la semence est dicte *principe efficient & formel*. Car l'esprit est l'organe propre & immediat de Nature, par lequel cette excellente ouuriere estend les membranes, allonge les canaux & les perce comme en soufflant. Voilà donc les deux matieres de la semence le sang & les esprits; pour raison desquelles les Philosophes afferment la Nature de la semence estre double; l'vne aërée & écumeuse & l'autre aqueuse & humide. La semence, entant qu'elle est aërée ne se congele point, mais entant qu'elle est aqueuse elle se liquefie aussi tost qu'elle est exposée à l'air, à raison de la dissipation des esprits dont elle est remplie. Aristote écrit aussi que la semence est semblable à la pituite & à l'eau, non en espece, mais en couleur; car en vn autre lieu il refute ceux qui afferment qu'elle est totalement aqueuse, parce qu'elle est blanche & de couleur semblable à l'eau, & qu'estant refroidie elle s'en retourne en eau. *La Nature de la semence* (dit-il) *& de l'eau est fort diuerse; car l'eau ne s'épaissit pas par la chaleur comme la semence: & toutes choses aqueuses se figent & congelent par le froid, là où la semence exposée à l'air, s'humecte & liquefie.* Cette matiere double se meslinge aux entrelassemens & anfractuositez labyrinthiques, ausquelles la veine entre dans l'artere & l'artere dans la veine, & font l'anastomose des vaisseaux si excellente & tant celebrée par les Anciens. Et tout ainsi que des deux vaisseaux de la veine & de l'artere se fait vn seul vaisseau, ainsi des deux matieres, du sang & des esprits vn seul corps. Le sang & les esprits ainsi meslez, acquierent quelque commencement de semence en ces vaisseaux preparans, non pas tant par la faculté innée des vaisseaux, que par l'influence & irradiation des testicules. Elle est puis apres élaborée & parfaite en l'epididyme & aux testicules, par vne vertu qui leur est innée & particuliere: d'où elle est en fin chassée aux vaisseaux éjaculatoires, comme vne chose superfluë & l'excrement particulier des testicules. De ces choses chacun voit manifestement que la semence fertile & prolifique ne prouient pas de toutes les parties du corps: mais des testicules seuls; comme nous monstrerons en la question suiuante.

Les esprits qui sont en la semence.

La Nature de la semence est double, aërée & aqueuse.

Au probleme 51. de la 1. section.

l. 2. de gen. anima. 2.

Comment la double matiere de la semence est meslée & elaborée.

A sçauoir si la semence prouient de toutes les parties du corps.

QVESTION QVATRIESME.

Opiniõ d'Hippocrate au liu. de la maladie sacrée & des airs, lieux & eaux, que la semence prouient de toutes les parties.

 L se presente icy vn beau champ pour disputer, auquel i'ay deliberé me pourmener quelque temps. Les anciens ont tenu que la semence decoulloit de toutes les parties: & entre les autres nostre Hippocrate, quand il veut *qu'elle prouienne de tout l'humide qui est contenu au corps.* Et en vn autre lieu, il écrit en termes exprés, *qu'elle vient de toutes les parties, la saine des saines & la maladiue des maladiues,*

&.que c'eſt la raiſon pourquoy les manchots engendrent des manchots, les chauues des chauues, & les ſpleniques des ſpleniques, &c. Cette opinion ſe peut confirmer par quatre raiſons. 1. En l'acte Venerien tout le corps reçoit du plaiſir, & fretillant de volupté ſouffre comme vne conuulſion : A cette cauſe Democrite appelloit le coït vne petite epilepſie. 2. Les boiteux engendrent des boiteux & les manchots des manchots : d'icy viennent les maladies hereditaires. 3. Ceux qui s'addonnent demeſurément aux combats & exercices de Venus, amaigriſſent & deuiennent tabidés. 4. Les enfans ſont de toutes parts ſemblables à leurs parens. Nous liſons vne Hiſtoire fort memorable d'vn enfant de Calcedoine, lequel apporta du ventre de ſa mere les ſignes & marques qui auoient eſté empreintes au bras droit de ſon pere, au meſme bras. Mais Ariſtote & Fernel refutent cette opinion par pluſieurs bons argumens, leſquels ie paſſeray ſous ſilence afin d'éuiter prolixité, & renuoyant le Lecteur curieux auſdits Autheurs, ie me contenteray de ſatisfaire aux raiſons alleguées. La raiſon tirée du plaiſir & du chatoüillement qu'on ſent par tout le corps en l'acte Venerien eſt nulle : car en la démangeaiſon on ſent vn chatoüillement vniuerſel, combien qu'il n'y ait qu'vne ſeule partie qui ſoit affectée par la deſmangeure. Dauantage, ſi on ſentoit le plaiſir & la volupté : parce que la ſemence decoulle peu à peu de tout le corps, on ne le ſentiroit point par tout le corps tout à vn coup mais, peu à peu & à meſure qu'elle deſcoulleroit d'vne partie en l'autre : car il n'eſt pas croyable qu'elle découlle en vn moment de toutes les parties du corps aux teſticules & vaiſſeaux éjaculatoires. Nous reconnoiſſons donc vne autre cauſe de cette volupté dont tout le corps fretille en la copulation : ſçauoir eſt la ſemence tres-chaude, écumeuſe & toute pleine de chaleur & d'eſprits, laquelle chatoüillant tout à coup par ſon mouuement les parties genitales doüées d'vn ſentiment tres-aigu & tres-exquis, & excitant comme vne démangeaiſon, attire tout le corps en ſympathie. Car tout ainſi qu'vne membrane eſtant affectée, toutes les parties membraneuſes ſentent douleur: ainſi la meſme membrane eſtant chatoüillée, tout le corps fretille & eſt émeu du meſme chatoüillement. Que les boiteux engendrent des boiteux, & les manchots des manchots, ce ſont choſes qui ne ſont point perpetuellement veritables : car pluſieurs manchots engendrent des enfans bien parfaits, & ceux à qui on a couppé les oreilles n'engendrent pas des enfans eſſorillez. Quant à ce que tout le corps amaigrit & deuient tabide par le coït démeſuré, cela arriue parce que l'vſage immoderé de Venus épuiſe les reſtes de l'aliment & les eſprits, tellement que les autres parties qui ſont defraudées de leur nourriture ne font rien que languir & amaigrir. C'eſt ce qui a induit Auicenne à écrire, que l'euacuation de la ſemence debilite le corps quarante fois plus que celle du ſang. Finalement ce qu'ils alleguent de la ſemblance des enfans eſt d'vne plus haute contemplation, ainſi que nous monſtrerons en ſon lieu. Cependant toutesfois ie leur feray cette reſponce, que la ſimilitude ne procede pas tant de la matiere groſſiere de la ſemence comme de la faculté formatrice, qui eſt implantée en toutes les parties du corps, & communiquée en fin à la ſemence & aux teſticules par les eſprits mobiles & influens; leſquels ſont fort familiers à ceux qui ſont implantez en la ſubſtance des parties ſolides. Chaſſons donc de nos eſcholes cette vieille opinion qui ſouſtient que la ſemence prouient de toutes les parties du corps. Il y en a d'autres qui deriuent la plus grande partie de la ſemence du cerueau & de la moëlle de l'eſpine. Nous appuyerons leur opinion d'authoritez, d'exemples & de raiſon. Hippocrate écrit au liure de la geniture, que la ſemence

De la Generation de l'Homme,

II. de ossium natura.

descend du cerueau aux lumbes & à la moëlle dorsale, & de là aux reins, & des reins par le trauers des testicules aux parties genitales. Il écrit aussi ailleurs que les veines nommées iugulaires descendent d'vn costé & d'autre de la teste aux testicules, & qu'elles y portent la semence. Il donne donc deux chemins à la semence pour aller du cerueau aux testicules : sçauoir est la moëlle de l'espine & les veines qui sont derriere les oreilles. Platon definit la semence vne effluxion de la

De Platon en son Timée.

moëlle de l'espine, & Alcmeon vne petite portion du cerueau, d'où le vulgaire croit que les cerueaux & les moëlles des os seruent pour engendrer quantité de semence. Nous trouuons dans nostre Hippocrate des Histoires tres-belles

Par Histoires tirées du mesme Hippocrate lib. de aëre. loc. & aquis. la premiere est des Macrocephales.

confirmatiues de cette opinion : l'vne est des Macrocephales & l'autre des Scythes. Il y eut jadis entre certains peuples de l'Europe des Macrocephales dont on faisoit grand estat : car ceux d'entre eux qui auoient la teste longue estoient tenus pour nobles & genereux. Les nourrices auoient donc de coustume de presser auec des bandes les testes des enfans nouueaux-nez afin de les allonger, & aduint finalement que les testes qui au commencement estoient telles par coustume, deuindrent longues de Nature & de conformation : & que les Macrocephales (c'est à dire ceux qui auoient la teste longue) engendroient des

La seconde est des Scythes.

Macrocephales. Or les Scythes n'ayans aucun art de monter à cheual & cheuauchans sans estriers, estoyent quasi tous vexez de la scyathique, & pour remedier à ce mal ils se faisoient ouurir les veines qui sont derriere les oreilles, & ainsi ils deuenoient steriles. La cicatrice venant à fermer (comme l'interpretoient quelques-vns) les chemins à la semence qui descend du cerueau. A cette histoire vn certain Iurisconsulte faisant parauanture allusion, escrit qu'on couppoit les oreilles aux larrons de peur qu'ils n'engendrassent des larronneaux. Il s'ensuit donc que la meilleure partie de la semence prouient du cer-

& par deux raisons. La premiere.

ueau & de la moëlle de l'espine. Cela se peut aussi prouuer par quelques legeres raisons. 1. Le cerueau, la moëlle de l'espine & les yeux sont les parties les premieres & les plus grandement debilitées par le coït : & arriue sou-

In epidem. & lib. de internis affectib.

uent (comme Hippocrate remarque) que l'espine du dos deuient tabide à ceux qui trauaillent outre mesure à l'acte Venerien. Albert le Grand raconte que ayant ouuert la teste à vn certain joüeur de farces qui auoit esté fort lascif & paillard, on ne luy trouua plus qu'vne bien petite portion de cer-

La seconde.

ueau. 2. Le coït immoderé fait deuenir les hommes chauues, or la chaueté prouient du deffaut de l'humeur chaude & grasse qui a esté consommée par le coït excessif. Et personne (dit Aristote) ne denient chauue auant l'vsage de Venus. On le reprocha mille fois à Cæsar triomphant pour auoir subiugué

Refutée par l'Autheur.

les Gaules : Bourgeois gardez vos femmes nous amenons vn paillard chauue. Plusieurs donc persuadez par ces raisons, histoires & authoritez, sont d'opinion que la semence decoule du cerueau aux testicules. Or pour dire li-

Hippocrate excusé.

brement ce que i'en pense : Ie confesse certes qu'Hippocrate a eu vn esprit fort heureux & totalement diuin, lequel (comme écrit Macrobe) n'a iamais peu ny tromper ny estre trompé. Il le faut toutesfois excuser en cecy, parce que l'Anatomie estoit encores grossiere & quasi inconnuë en son temps : à cette cause il a escrit plusieurs choses touchant la dissection qu'on ne sçauroit ny entendre ny expliquer. Il n'y a point croyez-moy de conduits apparens qui

Il n'y a point de chemins qui aillent du cerueau aux testicules.

aillent du cerueau ou de la moëlle dorsale aux testicules, sinon parauanture quelques petits nerfs qui portent seulement les esprits & non la semence : il n'y a point aussi de veines qui soyent portées de la iugulaire externe aux testicules, sinon entant que toutes les veines sont continuës. C'est donc vne absurdité d'estimer que la semence élaborée & parfaite soit portée du cerueau par les veines qui sont derriere les oreilles aux testicules. Pour le fait de ce qu'ils objectent des Scythes, lesquels s'estans faits ouurir les veines qui sont derriere les oreilles deuenoient steriles : Ils ont (si ie ne me trompe) ignoré la vraye cause de cette sterilité. Aucuns ont estimé que la cicatrice qui se faisoit sur l'ouuerture des veines fermoit le passage à la semence. Auicenne a voulu que cela se fist à raison que le chemin estoit fermé à l'esprit animal : & les autres pensent qu'en ouurant la veine on coupoit aussi l'artere, & ainsi que l'esprit vital estoit empesché de monter au cerueau. Mais toutes ces raisons sont tresineptes & peu Anatomiques : car les veines & les arteres qui sont derriere les oreilles ne sont qu'externes : il y a les vaisseaux internes qui sont beaucoup plus gros, qui entrent par les trous du crane pour arrouser le cerueau, par lesquels la semence decouleroit bien plustost que par les externes qui ne touchent en aucune sorte au cerueau. Mais accordons-leur que la semence soit portée par ces veines externes, la cicatrice pourra-elle bien fermer le chemin à la semence & aux esprits ? non. Car si elle n'empesche pas que le sang plus grossier ne passe & repasse aisément par ces vaisseaux, comment empeschera-elle que la semence qui est toute pleine d'esprits n'y puisse aussi passer librement ? Il faut donc rechercher vne autre cause de la sterilité des Scythes, que l'empeschement des chemins. Nous en recueillons trois du mesme Hippocrate. 1. Vne frequente équitation. 2. Vne goutte scyathique. 3. Et vne desmesurée profusion de sang. Aller souuent à cheual debilite les lumbes, les reins & les vaisseaux spermatiques : Or les Scythes cheuauchoient continuellement & sans estriers. Or que l'aller souuent à cheual les rendit steriles, Hippocrate l'enseigne quand il dit, *qu'entre les Scythes les plus riches & nobles estoient plus suiets à cette affection, que n'estoient ceux de basse condition, & que ceux qui excelloient en noblesse & en force souffroient ces choses, parce qu'ils alloient souuent à cheual : & les ignobles non, parce qu'ils ne cheuauchoient pas si ordinairement.* Pour aller souuent à cheual ils estoient vexez de la scyathique, qui est la seconde cause de leur sterilité. Car il n'y a rien qui debilite autant le corps, ny qui adiouste à la debilité la corruption des humeurs que fait la douleur. Or pour guarir cette douleur scyathique ils se faisoient ouurir les veines qui sont derriere les oreilles, desquelles ils laissoient couler vne tres-grande quantité de sang, & voilà la troisiéme cause. Car par vne éuacuation desmesurée de sang qui est le thresor de Nature, le cerueau partie noble est refroidy en la sympathie duquel le cœur & le foye sont incontinent attirez, qui rendoient leur semence aqueuse, sterile & infeconde : car les parties nobles sont jointes entre-elles d'vne amitié si estroitte, que l'vne d'icelles ne peut defaillir que les autres ne meurent ensemblément. Que leur cerueau fut refroidy par vn flux de sang immoderé, Hippocrate l'explique en ces mots: *Quand la maladie commence, ils se font ouurir les veines qui sont derriere les oreilles, & aptes auoir perdu beaucoup de sang, ils s'endorment de foiblesse.* On peut donc voir de ces choses que la cause de la sterilité n'estoit pas l'empeschement des chemins, mais vne frequente équitation, vne douleur scyathique & le refroidissement du cerueau par vne perte desmesurée de sang : Ce qu'on allegue des Macrocephales, demonstre veritablement que la faculté formatrice influë du cerueau aux testicules, mais il ne prouue pas que la semence blanche

La cause de la sterilité des Scythes n'est pas la section des veines de derriere les oreilles.

L'Autheur en reconnoit trois. 1'ne frequente équitation.

Vne douleur scyathique,

& vn refroidissement de cerueau à raison a'vne profusion immoderée de sang.

Solution de ce qui a esté allegué des Macrocephales.

& feconde en decoule auffi. A ce que le cerueau & la moëlle de l'efpine font principalement offençez par le coït, nous difons que cela arriue, parce que leur fubftance molle refifte moins à l'attraction des tefticules : & qu'elle eft pluftoft épuifée que n'eft celle des autres parties plus folides. Adioufte que le cerueau eft l'extremité, & que l'attraction des tefticules ceffe & finit en iceluy. Empedocles (comme efcrit Galien) nioit que la femence decoulaft de toutes les parties, mais il vouloit que chacun des parens en fournit la moitié feulement, & que les plus nobles parties vinffent du pere, & les moins nobles de la mere : Mais il n'eft ja befoin de nous arrefter à refuter ces refueries. Il y a eu encores vne quatriéme opinion, qui tenoit que la femence blanche & fertile prouenoit de toutes les parties folides, & que d'icelles elle regorgeoit par les petites veines dans les grandes, & nageoit comme vne nuë fur les autres humeurs, d'où elle eftoit finalement attirée par les tefticules : mais ils ont efté refutez par Ariftote & Galien aux lieux alleguez. Le prince des Arabes Auicenne fouftient que la matiere de la femence procede des trois parties nobles, du cerueau, du cœur & du foye, & a efté fuiuy d'vn grand nombre de Modernes : & cette Philofophie n'a pas mefmes efté inconnuë aux Poëtes, mais ils l'ont voilée & couuerte comme vne chofe facré-fainte de plufieurs fables obfcures, de peur qu'elle ne fuft commune au vulgaire, & contaminée par les attouchemens impurs d'iceluy : car ils penfoient commettre vn grand peché lors qu'ils diuulgoient temerairement les fecrets de la Philofophie. Ils feignoient donc que Mars & Venus couchez enfemble furent veus par Mercure, Neptune & Apollon. Apollon les éclairoit par fes rayons : Or par Apollon ils entendoient le cœur, l'affinité duquel auec le Soleil eft fi grande, qu'ils appelloient le Soleil *le cœur du monde*, & le cœur *le foleil de l'homme*. Neptune auquel eft écheu en partage la charge & le gouuernement de la mer & des eaux, reprefentoit le foye, fontaine de l'humeur gratieufe: & par Mercure, fin & ingenieux, eftoit defigné le cerueau. Ces trois principes affiftoient donc à la copulation de Mars & de Venus, c'eft à dire à noftre procreation.

Nous auons iufques icy recité les diuerfes opinions, tant des Anciens comme des Modernes touchant cette queftion : il refte que nous declarions maintenant la noftre en peu de paroles. Nous difons donc que la femence, c'eft à dire ce corps humide, écumeux & blanc, qui eft fait du meflange du fang & des efprits, ne vient que des tefticules feuls : & nions que la faculté feminifique ayt efté donnée à d'autres parties qu'aux tefticules & à leurs vaiffeaux. Et la matiere de la femence eftant double, le fang & les efprits, nous croyons que le fang rouge, & qui n'a efté en aucune forte alteré aux parties folides decoule feulement des veines : mais que les efprits qui font aërez, tres-fubtils & tres-viftes en foudaineté, vaguans par tout le corps & contenans en eux, à raifon de la familiarité qu'ils ont auec ceux qui font implantez, l'idée de toutes les parties & la faculté formatrice, influent de tout le corps aux tefticules. Et en cette maniere on pourra parauanture accorder que la femence prouient de toutes les parties du corps. Mais quelqu'vn demandera fi elle ne vient que des tefticules feuls, comment eftce qu'eftans fi petits ils peuuent engendrer vne fi grande quantité ? Ie réponds que Nature a fort bien ordonné que les parties qui font des actions officiales & communes n'attirent pas feulement l'aliment qui leur eft propre & neceffaire,

L'opinion d'Empedocles recitée par Galien. 2. de femine 3. & par Ariftote 1. de generat. animal. 18.

L'opinion de ceux qui veulent que la femece prouienne feulement des parties folides.

Celle d'Auicenne.

Belle mythologie.

Celle de l'Autheur, qu'elle prouient des feuls tefticules.

Queftion.

Solution.

mais auſſi autant & en telle quantité qu'il y en a ſuffiſamment pour les autres vſages. Ainſi le foye attire plus de ſang par les veines du meſentere, qu'il n'en conuertit en ſa propre ſubſtance. Ainſi le cœur engendre des eſprits en tres-grande abondance, non ſeulement pour ſoy, mais pour tout le corps. Les teſti-cules donc, parties qui ont vne action officiale, & les premiers organes de la ge-neration attirent plus de ſang qu'il ne leur en faut pour leur nourriture particu-liere, & trauaillent perpetuellement à faire de la ſemence.

A ſçauoir ſi les femmes iettent de la ſemence.

QVESTION CINQVIESME.

Es Peripateticiens & les Medecins ſe querellent tou-chant la ſemence des femmes : Cette controuerſe a eſté fort doctement agitée par Galien. Nous ferons icy comme vne recapitulation des choſes qui ont eſté bien au long expliquées par iceluy, & departirons toute cette diſpute en trois. 1. Nous propoſerons les raiſons des Peripateticiens. 2. Nous éclaircirons l'o-pinion des Medecins. 3. Finalement nous ſoudrons les raiſons des aduerſaires. Ariſtote pour prouuer que les femmes n'ont point de ſemence, & qu'elles n'en iettent point en la copulation, ſe ſert de ces raiſons. 1. C'eſt vne abſurdité de penſer que la femme faſſe deux excretions tout à vn coup, ſçauoir eſt de la ſemence & du ſang. 2. Les femmes ſont ſemblables & de voix & de poil & d'habitude de corps aux enfans : or les enfans n'engendrent point de ſemen-ce. 3. Les femmes conçoiuent quelquefois ſans volupté & contre leur volonté. A ce propos Auerrhoës raconte qu'vne certaine femme conçeut en vn bain. 4. La femme eſt vn maſle imparfait n'ayant aucune faculté agente, mais la paſ-ſiue ſeulement. 5. Si les femmes iettoient de la ſemence, veu qu'elles ont l'autre principe de la generation, à ſçauoir le ſang, elles pourroient engendrer ſans la compagnie de l'homme. Voilà les raiſons des Peripateticiens. Les Medecins prouuent au contraire par des raiſons meilleures & plus fortes, qu'elles iettent de la ſemence : Hippocrate ne veut pas ſeulement qu'elles ayent de la ſemence, ains meſme que chaque ſexe en ayt de deux ſortes : l'vne plus puiſſante, & l'autre plus debile. Ariſtote eſt auſſi contraint de confeſſer que le meſlange des deux ſemences eſt neceſſaire à la conception. Galien a tellement trauaillé ſur cette queſtion qu'il a rauy la gloire & oſté le moyen de faire mieux à la poſterité. Nous prouuerons par les demonſtrations irrefragables que la femme engendre de la ſemence. 1. C'eſt choſe dont les Philoſophes & les Medecins ſont d'accord entr'eux, *Que Nature ne fait rien temerairement ny en vain* : Mais tous les orga-nes dediez pour engendrer, élaborer & porter la ſemence ſe trouuent aux fem-mes : ce qui s'enſuit, vn chacun le peut voir. Les vaiſſeaux qui la preparent ſont quatre, deux veines & deux arteres. Ceux qui l'élaborent & rendent parfaite

En ſes liu de la ſemence & ais 14. de l'v-ſage des par-ties.

Opinion d'A-riſtote au 2 li. de la gener des animaux ch. 4. confirmée par 5 raiſons. La premiere. La ſeconde.

La troiſieme. 2. collig. cap. 10.

La quatriéme La cinquiéme

L'opinion des Medecins con-firmée par les authoritez d'Hippocrate au liure de la geniture, & au 1 liure de la diete. d'Ariſtote 10. de huit. anim. c. 2 & 3. De Galien aux lieux alleguez. Et par ſix rai-ſons. La premiere

font les tefticules. Ceux qui la portent font les deux vaiſſeaux éjaculatoires. Or toutes ces parties (felon le rapport de tous les Anatomiſtes) ſe trouuent auſſi bien aux femmes qu'aux hommes. Ie ſçay que les Peripateticiens reſpondent que ce *Subterfuge des Peripateticiens.* qui eſt contenu en ces vaiſſeaux eſt aqueux ; ſereux & crud, & non pas cuit ny elaboré : & que les tefticules donnent vn vſage femblable aux femmes, que font les mammelles aux hommes. Mais combien ils ſe trompent pauurement, ils l'apprendront par ce qu'enſuit. Si ces vaiſſeaux preparans ne font ſeulement que contenir vne humeur creuë & ſereuſe, pour quelle fin ont-ils eſté entortillez de tant de ronds & impliquez de tant de deſtours & anfractuoſitez ? Car Nature n'a iamais fait ces entrelaſſemens en aucune partie, ſinon pour quelque élaboration nouuelle. Adiouſte que ſi ces vaiſſeaux-là ne rendent rien qu'vne humeur aqueuſe & ſereuſe, pourquoy la veine ſpermatique entre-elle dans l'artere, & des deux n'en eſt-il fait qu'vn ſeul vaiſſeau comme aux hommes ? Eſt-ce point afin que la double matiere de la ſemence ſe puiſſe meſler, & que du ſang & des eſprits il ne s'en faſſe qu'vn ſeul corps ? Or la raiſon des tefticules aux femmes, & des mammelles aux hommes eſt fort diſſemblable : car les mammelles ont eſté données aux hommes pour ornement & la deffence, mais les tefticules des femmes ſont ſans vſage, ſinon qu'on confeſſe qu'ils ont eſté dediez pour élaborer la ſemence. Les mammelles des hommes ne font point glanduleuſes & n'engendrent point de laict, mais les tefticules des femmes ſont glanduleux, & leur ſubſtance eſt friable & cauerneuſe comme aux hommes. Outre-plus, pourquoy les femmes ont-elles les vaiſſeaux éjaculateurs qui ſe rendent des tefticules aux coſtez de la matrice (on les appelle cornes) plus entortillez que les hommes, n'eſt-ce pas afin que la briefueté des chemins ſoit recompenſée par la diuerſité & multitude des entrelaſſemens ? Qu'eſtoit-il beſoin d'vn ſi grand artifice pour l'ejaculation d'vne humeur cruë & ſereuſe ? Cette demonſtration eſt certes trespuiſſante, ſi ſera-elle encore renforcée par celle qui ſuit. 2. C'eſt vne choſe trescertaine que les femmes en la copulation jettent quelque choſe, de là leur vient le plaiſir & le chatoüillement. Or ce qu'elles jettent, ou c'eſt du ſang, ou quelque humeur ſubtile & ſereuſe, ou de la ſemence elaborée & parfaite. Que ce ſoit du ſang, perſonne ne le dira, s'il n'eſt ſans iugement : car quand elles ont leurs mois elles ne ſentent chatoüillement ny plaiſir aucun : au contraire pluſieurs d'entr'elles ſont affligées de cruelles douleurs. Que ce ne ſoit pas vne humeur cruë ny ſereuſe, la compoſition admirable & les entrelaſſemens des vaiſſeaux le conuainquent manifeſtement. Il reſte donc que ce ſoit quelque choſe bien elaborée & parfaite. Que ce ſoit de la ſemence, & ſa couleur blanche & ſon épaiſſeur & l'abondance des eſprits deſquels elle eſt remplie le declarent ſuffiſamment. *La troiſiéme.* 3. Si on fait diſſection des femmes qui ont fait long-temps treſue auec Venus, on verra qu'elles ont les tefticules & vaiſſeaux ſpermatiques tous pleins de ſe- *La quatriéme.* mence. 4. Quoy ? celles qui ſont fort voluptueuſes, & qui ſe ſont longuement abſtenuë du coït ne jettent-elles pas la nuict en ſongeant de la ſemence en gran- *La cinquiéme.* de abondance ? 5. Et les femmes ne ſont elles point bien ſouuent vexées & de la gonorrhée & du priapiſme auſſi bien que les hommes ? Et qui eſt encore plus quand elles ont les parties qui ſeruent à la generation remplies de ſemence, elles font quelquesfois tellement picquées des aiguillons de volupté qu'elles en deuiennent furieuſes & comme enragées, & ne retournent point en leur bon ſens que *La ſixiéme.* elles n'ayent jetté & vuidé cette ſemence. 6. L'experience nous apprend auſſi

La ſeconde.

tous

tous les iours que les animaux chaſtrez (i'entends les femelles) ne bruſlent plus d'aucun deſir enuers le maſle, & qu'en les chaſtrant on leur oſte auec les teſticules les aiguillons de volupté. L'opinion des Medecins a (ſans doute) ſemblé à quelques Peripateticiens appuyée ſur de ſi fortes raiſons, qu'ils ont eſté contraints d'admettre la ſemence feminine: mais afin qu'il ne ſemblaſt point qu'ils euſſent abandonné les decrets de leur maiſtre, ils ont dit que cette ſemence eſtoit infertile, & qu'elle n'auoit aucune vertu agente. Ils donnent donc toute la faculté d'engendrer au maſle; & accomparent l'homme à l'artiſan & la femme au bois, & veulent que l'homme baille l'ame & la forme; & la femme la matiere ſeulement. Les Princes de cette ſecte ſont Auerrhoës & Albert le Grand. Car comme ainſi ſoit (diſent-ils) que quelque patient doiue naturellement répondre à quelque agent, comme écrit Ariſtote; il y a de l'apparence que la faculté paſſiue a eſté donnée à la femme pour répondre à la faculté agente de l'homme: & de fait receuoir & conceuoir la ſemence, porter & nourrir l'enfant monſtrent la faculté paſſiue de la femme. Ils cuident par cette inuention controuuée, auoir échappé les traits des Medecins, encores qu'ils s'enfondrent dauantage au meſme bourbier. Car jetter de la ſemence blanche, écumeuſe & élaborée, eſt tout autant qu'auoir quelque faculté efficiente. Car les eſprits portez par les arteres ſpermatiques, & meſlez exactement aux entrelaſſemens labyrinthiques auec le ſang, demeureront-ils oyſeux en la premiere conformation? ou bien les parties ſpermatiques ſeront-elles engendrées d'iceux comme de la matiere? la ſemence de la femme aura donc quelque faculté agente en la generation, mais plus foible & debile que celle de l'homme; parce qu'elle eſt moins chaude, & qu'elle n'a pas tant d'eſprits. I'ameneray vn argument ou deux de Galien pour demonſtrer la fecondité de la ſemence de la femme. 1. Que les enfans reſſemblent tantoſt au pere & tantoſt à la mere, c'eſt choſe connuë à tout le monde. Cette ſimilitude vient ou de la ſemence ou du ſang menſtruel; ce n'eſt pas du ſang ſeul, parce qu'ils reſſembleroient touſiours à la mere; ny de la ſeule ſemence du pere; parce qu'ils ſeroient touſiours ſemblables au pere: il s'enſuit donc que c'eſt d'vne cauſe commune qui procede de l'vn & de l'autre: Or cette cauſe commune c'eſt la ſemence. Les Peripateticiens répondront que les enfans reſſemblent quelquesfois à leurs ayeuls ou biſayeuls, leſquels n'ont rien contribué ny actiuement ny paſſiuement à la generation. 2. Mais ie ne voy pas ce qu'ils peuuent répondre aux maladies hereditaires. La femme ſujette à la gouſte, à l'epileſie ou au calcul, engendre des enfans goutteux; epileptiques ou calculeux: non pas à raiſon du vice du ſang; Car qui a iamais dit que le ſang menſtruel contient en ſoy l'idée de toutes les parties? vn ſang impur pourra bien rendre l'enfant debile & maladif, mais d'imprimer aux roignons ou aux jointures vne indiſpoſition d'engendrer la grauelle ou d'eſtre ſubjets à la goutte, cela n'a eſté donné qu'à la ſemence, qui contient en ſoy la neceſſité fatale de viure & de mourir. 3. Mais auſſi & la formation & la diſtinction de l'eſpece ſe fait par la ſemence, & non par le ſang. Car la matiere, entant qu'elle eſt matiere, ne peut pas changer l'eſpece. Or le fœtus pour le regard de l'eſpece reſſemble pluſtoſt à la mere qu'au pere. Car ſi vn bouc couure vne brebis il engendre(dit Athenée)vne brebis qui a la laine plus dure; ſi c'eſt vn belier qui couure vne chéure, il engendre vne chéure qui a le poil plus mol. Dont s'enſuit qu'il prouient quelque faculté formatrice de la mere, laquelle n'eſt pas cotenuë au ſang, ains en la ſemence. Mais il ſemble que le paſſage de Galien nous ſoit contraire, où il denie la faculté procreatrice à la ſemence de la femme. La femme (dit-il)

SS

Quelques Peripateticiens admettent la ſemence feminine, mais ils nient qu'elle ſoit feconde.

Au lieu allegué.

1.3. de anima.

L'autheur prouue que la ſemence de la femme a la vertu efficiente.

Raiſon premiere de Galien.

Raiſon ſeconde.

Raiſon troiſiéme.

l.4. de vſu par.

*à cauſe qu'elle eſt plus froide que l'homme, contient dans ſes paraſtates vne humeur cruë & ſereuſe, laquelle ne ſert de rien à la generation, & partant ayant deſia fait ſon deuoir, elle eſt chaſſée hors, & vne autre eſt attirée dans la matrice, à ſçauoir la ſe-*mence de l'homme. Mais il faut interpreter ce paſſage en diſant : Que la femme ou-

Interpretation du paſſage de Galien.

tre la ſemence a encore vne autre humeur *aqueuſe* qui la delecte, chatoüille & arrouſe : Mais qu'elle ne ſert de rien à la generation. Car voicy comme il en par-

Les vſages de la ſemence de la femme ſelon Gal. liu 14. de l'vſage des parties ch. 11.

le vn peu apres : *Mais au coît elle decoulle ſoudain & enſemblement auec la ſemence, & pour cette cauſe elle donne vn ſentiment de ſoy : Or hors le coît elle ſort peu à peu, & par fois ſans qu'on la ſente.* Concluons donc que les femmes iettent vne ſemen-ce doüée de quelque vertu agente. Les vſages de cette ſemence, ſelon Galien, ſont diuers. 1. Pour la generation ; car par icelle iointe à celle de l'homme, com-

Le premier.

me par vn maiſtre architecte, ſont figurées les parties ; & d'icelle comme de la matiere, ſont engendrées les membranes qui enueloppent le fœtus. 2. Pour ſer-

Le ſecond. 1. de aliment.

uir de paſture à celle de l'homme, qui eſt plus chaude. Car ſelon Hippocrate

Le troiſiéme.

tout chaud eſt nourry par vn froid moderé. 3. Pour arrouſer les parois de la matri-ce ; Car toutes les parties d'icelle ne pouuoient pas eſtre humectées par la ſemen-

Le quatriéme.

ce de l'homme. 4. Pour ouurir (comme veut Galien) le col de la matrice. Argen-tier ſe mocque de ces vſages, parce que rien ne ſe nourrit, s'il ne vit ; Or la ſemen-ce ne vit point ; puis apres l'éjaculation de la ſemence de la femme ne ſe fait pas aux coſtez de la matrice ; parce que la matrice de la femme n'a pas les cornes com-me ont celles des beſtes. Mais ces choſes ſont ridicules. Car la ſemence animée potentiellement eſtant receuë en la matrice & réueillée par la chaleur d'icelle, exerce auſſi toſt les functions de l'ame, & forme & dearticule les parties : Or il n'y a rien d'animé qui n'ait quant & quant vie. La ſemence vit donc, mais à la ma-niere des plantes. Quand Galien écrit que *la ſemence de l'homme ſe nourrit de celle de la femme,* Il n'entend pas vne parfaite nutrition, qui ſe fait par aſſimilation : Car parce que la ſemence de l'homme eſt plus chaude & plus épaiſſe, il falloit qu'el-le fuſt contemperée & detrempée par celle de la femme qui eſt plus froide & plus aqueuſe. Ainſi les eſprits ſont dits ſe nourrir de l'air ; *Ainſi tout chaud,* ſelon Hip-pocrate, *eſt nourry par vn froid moderé.* Que l'éjaculation de la ſemence de la fem-me ſe faſſe aux coſtez de la matrice, c'eſt choſe qui eſt tres-notoire. Ayant ainſi ar-

L'autheur ſoult les rai-ſons des peri-pateticiens. La premiere.

reſté ces choſes il ne reſte plus rien, ſinon que nous refutions les raiſons des ad-uerſaires. Nous ne voulons pas que les deux ſeparations ſe faſſent enſemble & à vn coup, mais en diuers temps, ſçauoir eſt de la ſemence en la copulation & conce-

La ſeconde.

ption, & du ſang apres la premiere delineation des parties ſpermatiques. La rai-ſon des femmes & des enfans n'eſt point ſemblable : Car aux enfans il ne reſte point de ſang ſuperflu dont la ſemence puiſſe eſtre engendrée, parce qu'vne par-tie du ſang eſt employée à la nutrition & l'autre à l'accroiſſement : Mais aux fem-mes le ſang ſurabonde en tres-grande quantité. Celles qui conçoiuent ſans dele-

La tierce.

ction ont la matrice mal diſpoſée. A l'hiſtoire d'Auerrhoës nous répondons que

La quarte. La derniere.

c'eſt vne fable. Que la femme ne ſoit pas vn homme imparfaict, mais vne perfe-ction de ſon eſpece, nous l'auons monſtré cy-deſſus. A la raiſon d'Ariſtote qui ſemble la plus forte de toutes, ie réponds que bien que la femme contienne en ſoy la matiere & la cauſe efficiente de la generatió, que neanmoins elle ne peut engen-drer vne creature parfaite ſans la compagnie de l'homme, parce que ſa ſemence eſt trop de bile & trop froide. Ainſi les œufs que les poulles ponnét ſans l'aide du coq, ont bié leur figure, mais ils ſont inutiles pour engendrer : Nous remarquons auſſi que ceux que les coqs ponnent, ne ſont pas ſecóds. Il s'enſuit donc que la ſemence

des deux parens eſt requiſe à la generation. Ie n'approuue pas la reſponce de Va- l. Controu. 7.
leſius qui dit, ſi la femme eſt de temperature froide, que la ſemence qu'elle jette
eſt trop debile pour entreprendre la formation des parties toute ſeule : & ſi elle
eſt plus chaude, qu'elle a bien vne ſemence fertile & aſſez puiſſante pour engendrer de ſoy-meſme, mais qu'elle n'a pas de ſang ſuperflu pour nourrir la ſemence
conceuë & formée en la matrice. Il dit donc que la femme de complexion tres-
chaude peut engendrer ſans la compagnie de l'homme, mais qu'elle ne peut
nourrir ny paracheuer ce qu'elle a conceu. Que ſi cela eſtoit vray, les femmes robuſtes & tres-chaudes, auroient ſouuent des décharges, ſans auoir eu compagnie
d'homme, & on auroit quelquefois remarqué la geniture deſià dearticulée s'eſtre
écoulée au ſeptiéme iour; en laquelle on auroit peu voir les principes des parties
nobles, & les premiers filets de toutes les parties ſpermatiques. Car ce ſont icy
les ouurages de la ſemence ſeule, & non pas du ſang lequel ne fournit rien à la
formation & delineation des parties, & n'afflue point en la matrice, ſinon apres
que la deſcription des parties ſpermatiques a eſté encommencée.

De l'excretion de la ſemence, par quelle faculté elle ſe fait.

QVESTION SIXIESME.

 L reſte encor deux difficultez à vuider touchant l'excre-
tion de la ſemence. 1. Par quelle faculté, ſi c'eſt par la
naturelle ou par l'animale qu'elle ſe fait. 2. Pourquoy
on ſent vne ſi grande volupté en l'émiſſion d'icelle. Ces
deux queſtions n'ont rien qui ſoit fort difficile à expliquer; afin toutesfois qu'il ne ſemble pas que nous ayons
rien oublié qui ſoit digne de conſideration en cette matiere; Nous les éplucherons l'vne apres l'autre par le
menu. Et pour commencer par l'excretion de la ſemence, on peut monſtrer *Que l'excre-*
qu'elle eſt totalement naturelle. 1. Parce que tout excrement eſt chaſſé hors *tion de la ſe-*
mence eſt na-
par la faculté expultrice; or la ſemence eſt excrement. Ainſi le ſang menſtruel *turelle.*
excrement vtile de la derniere nourriture des parties charnuës, eſt par certaines *Raiſon pre-*
miere.
periodes de temps, purgé par la matrice; Ainſi le chyle excrement du ventricule;
(combien qu'il ſoit vtile) eſt chaſſé dans les boyaux; Ainſi les matieres fecales &
l'vrine ſont éuacuées, & le tout par la vertu expultrice de Nature. 2. Il n'y a point *ſeconde.*
de muſcles deſtinez pour faire l'excretion de la ſemence, car il ne s'en trouue
point, ny aux vaiſſeaux ſpermatiques, ny aux teſticules, ny aux glandes proſtates.
Tu diras parauanture que les muſcles cremaſteres preſſent les vaiſſeaux éjacula- *Obiection.*
teurs, & que par leur compreſſion ils font l'expreſſion de la ſemence. Mais nous *Solution.*
ne donnons pas cet vſage aux ſuſpenſoires, car les femmes n'en ont point, leſquelles ne laiſſent pas pour cela de jetter auſſi bien de la ſemence que les hommes.
Ioint l'authorité d'Hippocrate, ou pour le moins de Polybius, rapportant la cau- *Authorité*
d'Hippocrate
ſe de l'excretion de la ſemence à la nature ſpumeuſe d'icelle, laquelle eſtant groſſe l. de genitura.
& pleine d'eſprits, & ne pouuant à grand' peine demeurer ſtable en vn lieu, ſe fait
voye pour ſortir. Au contraire les raiſons ſuiuantes prouuent qu'elle eſt anima- *Qu'elle eſt ani-*
male.
le. 1. Parce qu'elle ne ſe fait iamais, ſoit ou que nous veillions ou dormions, ſinon *Raiſon pre-*
miere.
que l'imagination ait precedé. 2. Parce qu'en l'excretion d'icelle il ſe fait vne *Seconde.*
contraction des bras & des cuiſſes, & que tout le corps ſe retire comme s'il eſtoit

en conuulfion. Qui eft la caufe pourquoy Democrite appelloit le coït *petite epilepfie*. 3. Parce que nous rendons cette excretion felon le plaifir de la volonté, tantoft plus tardiue & tantoft plus hatiue. 4. Parce qu'elle eft toufiours auec volupté & plaifir : Or la volupté eft vne affection de la faculté fenfitiue. Nous difons que l'excretion de la femence, autant que nous auons dit de l'érection de la verge; fçauoir eft que c'eft vne action meflée de l'animale & de la naturelle. Elle eft animale, parce qu'elle ne fe fait pas que l'imagination n'ait precedé, & qu'elle eft toufiours accompagnée de volupté. Elle eft naturelle parce qu'elle fe fait par Nature eftant irritée, ou par la qualité de la femence qui chatoüille & demange, ou par la quantité qui furcharge, & ce fans l'aide d'aucun mufcle. Au refte nous parlons icy de l'excretion de la femence qui eft felon Nature. Car celle qui eft Symptomatique & contre Nature (on l'appelle Gonorrhée) n'eft pas precedée par l'imagination, elle n'eft pas accompagnée de volupté, & n'eft point faite par la force de Nature expellante ce qui la furcharge, ains reconnoit pour fa caufe l'acrimonie de la femence, l'imbecilité & conuulfion des vafes fpermatiques & l'inflammation des parties voifines, elle amaigrit auffi finalement tout le corps & le rend tabide. Ce fatyre en Thafos furnommé Grypalopez en eft témoin, lequel âgé de vingt-cinq ans, & rendant continuellement de la femence, deuint tabide au trentiéme & mourut.

Les caufes de la Gonorrhée.

Hiftoire d'Hippocrate en la fect. dub. des Epidem.

Troifiéme.

Quatriéme.

Abus de l'Autheur.

D'où vient la volupté en l'emiffion de la femence.

QVESTION SEPTIESME.

La caufe finale de la grande volupté qu'on fent en la copulation & en l'emiffion des femences.

'Admirable prouidence de Nature voyant l'indiuidu eftre mortel, à celle fin de conferuer l'efpece, a engraué en chaque animal des aiguillons de volupté, & vn defir incroyable de copulation. Car qui eft, ie vous prie, celuy qui rechercheroit auec tant de trauail, & embrafferoit auec tant de contentement vne chofe fi vilaine, comme eft la copulation; ainfi que nous auós defià dit cy-deuant? auec quel vifage cet animal plein de confeil & de raifon, que nous appellons *homme*, manieroit-il les parties honteufes de la femme foüillées de tant d'infections & renuoyées pour ce regard au plus bas lieu, comme en l'efgouft & fentine de tout le corps? D'autre part qui eft la femme qui fe voudroit foufmettre aux embraffemens de l'homme, veu que la groffeffe de neuf mois eft laborieufe, l'accouchement accompagné de cruelles douleurs & fouuentesfois mortel, & la nourriture de l'enfant pleine de chagrin & de foucy, fi leurs parties genitales n'eftoient piquées des aiguillons d'vne volupté effrenée ? La conferuation de l'efpece eft donc la feule caufe finale de cette grande volupté qu'on fent durant tout le temps de la copulation, mais principalement en l'emiffion de la femence. Or les caufes efficientes de cette volupté font affignées diuerfes par diuers autheurs. Quant à nous delaiffant leurs opinions à part, nous en reconnoiffons trois principales & immediates. 1. Le chatoüillement que fait la femence en rempliffant les parties genitales par fa quantité, & leur caufant comme vne démangeaifon par fa qualité. Or elle les remplit, parce qu'elle eft groffe & toute pleine d'efprits, qui font effort; car celle qui eft fans efprits, que rendent couftumiere-

Les caufes efficientes d'icelle font trois. La premiere.

ment ceux qui ont les gonorrhoës, ne cause point de semblable volupté. Et c'est aussi la raison pourquoy ceux qui abusent du mestier de Venus n'ont pas tant de plaisir en la copulation, que ceux qui en vsent moderément & loin à loin, car leur semence est plus cruë & moins spiritueuse. Cette cause seule ne suffit pas pour exciter cette grande volupté, il en faut vne seconde. 2. qui est la vitesse du mouuement de la semence en son excretion. Car comme la douleur ne se fait iamais sans que l'alteration soit grande & soudaine : ainsi on ne sent pas de plaisir en l'acte venerien quand la semence decoule peu à peu, & comme si la verge ne faisoit que larmoyer & degouster. 3. le sentiment tres-exquis des parties genitales s'assemble auec les deux precedentes, comme fait aussi l'angustie & estrecissure des chemins. Car les parties ainsi chatoüillées, & les vaisseaux qui estoient estendus reuenans à leur situation & constitution naturelle, il se fait vne volupté incroyable.

La deuxiéme.

La troisiéme.

Au reste, afin d'éclaircir ces choses dauantage, nous agiterons icy deux problemes. 1. Pourquoy les esprits vaguans & courans par les autres parties auec le sang & les autres humeurs, comme par les veines, arteres & nerfs, parties membraneuses & de grand sentiment, n'excitent point vne pareille volupté qu'ils font aux parties genitales ? Est-ce pource que ce sentiment n'a esté, par vne prouidence merueilleuse de Nature, donné qu'aux seules parties qui seruent à la generation, pour la conseruation de l'espece : Tout ainsi que Nature n'a implanté qu'au seul orifice du ventricule le sentiment de la faim & l'appetit de boire & de manger. Ou bien est-ce pource qu'aux autres vaisseaux, il ne se fait pas vne effusion d'humeurs ou d'esprits meslez ensemble si viste & si soudaine ? 2. Pourquoy ceux qui dorment sentent-ils de la volupté en leurs pollutions, veu que les facultez sensitiues chomment & demeurent oyseuses au dormir : & que le dormir, selon le Philosophe, *est le repos du premier organe des sens* ? Est-ce pource que l'imagination de ceux qui dorment est plus puissante que de ceux qui veillent : comme il appert en ceux qui cheminent en dormant ? Ou bien est-ce pource que les sens ne sont pas tellement liez ny assoupis par le dormir, que la presence d'vn objet violent ne les éueille ? Ainsi ceux qui dorment retirent leurs membres quand on les pique, & le son d'vn grand bruit les fait réueiller. Or l'excretion de la semence en songeant est vn object tres-puissant aux parties qui engendrent la semence. Voilà donc les causes de la volupté en l'émission de la semence. Or de rechercher si le plaisir de l'homme est plus grand en l'acte venerien que celuy de la femme, est vne chose ridicule. Les femmes pour le certain reçoiuent du contentement au coït en plus de façons : car & elles iettent leur semence, & attirent celle de l'homme : & peut-estre que Tiresias, qui auoit esté des deux sexes, & éprouué le plaisir que l'vn & l'autre peut receuoir, voulut pour cette raison tenir le party des femmes. Mais la volupté de l'homme est plus grande, parce que sa semence est plus chaude & plus spiritueuse, & qu'il l'éjacule & iette plus soudainement, & comme auec vn certain sault & bondissement.

Probleme premier pourquoy les esprits ne donnent point vn sentiment de volupté aux autres parties. Solution d'iceluy.

Probleme second pourquoy ceux qui dorment sentent cette volupté en leurs pollutions. Solution d'iceluy.

A sçauoir si le plaisir de l'homme est plus grand au coït que celuy de la femme.

HISTOIRE ANATOMIQVE.

Du sang maternel, second principe de la generation.

CHAPITRE III.

'AVTRE principe de nostre generation, c'est le sang maternel, auquel nous ne donnons que la faculté passiue. Car d'iceluy sont engendrez les parenchymes des visceres & les chairs des muscles : & du mesme prennent aussi leur nourriture, accroissement & perfection toutes les parties tant spermatiques que chatnuës. Or nous disons que ce sang est de mesme nature & totalement semblable à celuy que Nature par certains interualles & periodes fixes chasse & iette hors chacun mois par la matrice. Qui est la raison pourquoy Hippocrate le premier l'a appel-

Qu'est ce que le sang menstruel.

lé en son langage *sang menstruel*. La nature de ce sang enueloppée de mille difficultez sera declarée par cette briefue definition, *Le sang menstruel est l'excrement de la derniere nourriture des parties charnuës, lequel par certains temps & periodes fixes est en moderée quantité purgé par la matrice, pour la generation & la nourriture de l'animal.* Cette definition exprime six poincts touchant la purgation men-

Six chefs, considerables en iceluy

struelle des femmes. 1. La matiere, 2. la cause efficiente, 3. le temps vniuersel & particulier de cette purgation, 4. la quantité, 5. les chemins, 6. & l'vsage qui

La matiere du sang mestruel.

tient lieu de cause finale. La matiere des fleurs ou du sang menstruel est le residu du dernier aliment, c'est à sçauoir le sang superflu qui redonde coustumierement

Pourquoy il redonde en la femme.

aux corps des femmes, tant à raison de leur chaleur debile, laquelle ne peut digerer les restes de l'aliment, que de la mollesse & lascheté de leurs chairs, qui fait qu'elles

l. 1. de diæta.

ont le corps de difficile transpiration ; comme aussi de leur maniere de viure & de leur exercice. Car & elles viuent de viandes plus humides, & aiment les bains d'eau tiede, & dorment toute la nuict auec vne grande partie du iour, & meinent vne vie oysiue & sedentaire. Et de là vient qu'entre tous les animaux il n'y a quasi que la femme qui soit sujette à cete éuacuation. La matiere de ce sang est dite

Pourquoy dit excrement.

excrement, non pas qu'il ne puisse bien estre assimilé, ou qu'il ait en soy quelque qualité nuisible, comme ont les excremens inutiles. Mais pource que croissant en trop grande quantité, il est rejetté & vomy par les chairs desià remplies & comme saoullées dans les grosses veines. Icy se peut voir le flux & reflux d'Hippocrate : Car le sang affluë premierement des veines remplies, dans les chairs chaudes & qui attirent : puis incontinent apres les chairs estant remplies & rassasiées, il retourne comme par vn certain reflus dans les veines. Ce sang est donc

li. 1. de morb. mul. sent. 15.

loüable & alimentaire, & comme nostre Hippocrate a remarqué, *Il decoule rouge & vermeil comme d'vne victime, & se fige incontinent, pourueu que la femme soit saine.* Les veines remplies de ces reliques de la nourriture, & surchargées par la

La cause efficiente de la purgation menstruelle.

quantité & pesanteur de ce sang, incitent Nature à l'excretion d'iceluy. Nature donc qui est soigneuse de sa conseruation, le chasse hors par le moyen de la faculté expultrice : & comme il arriue à ceux qui sont mutilez de l'vne ou de toutes les deux iambes, des dysenteries sanglantes (le foye venant à se decharger du

ſang ſuperflu & qui n'a peu eſtre conſommé, à raiſon que la partie qui a eſté ex- Les temps
tirpée n'en dépend plus) ſinon qu'ils retranchent quelque choſe de leur façon
de viure accouſtumée : ainſi cette éuacuation menſtruelle ſe fait par la ſeule force de Nature. Et d'autant que Nature ne fait point ſes actions, ſinon auec certaines loix : c'eſt pourquoy elle ne tente ny entreprend pas de faire ny en tout âge,
ny en tout temps, ny en tous iours cette éuacuation, mais par certains temps &
periodes fixes & arreſtées, qu'elle ne paſſe ny viole iamais de ſoy, ſinon qu'elle
ſoit ou irritée ou empeſchée. Ces temps icy ſont vniuerſels & particuliers. Touchant le temps vniuerſel tous en parlent en cette maniere, qu'elle commence le Vniuerſels.
plus ſouuent au ſecond ſeptenaire, c'eſt à dire à quatorze ans, & finit au ſeptiéme,
c'eſt à dire à quarante neuf ou cinquante ans. Or pourquoy les fleurs ne fluent Pourquoy les
point auant quatorze ans, c'eſt parce que les vaiſſeaux ſont trop eſtroits, & que filles n'ont pas
la chaleur comme ſuffoquée par l'abondance de l'humidité ne peut chaſſer hors leurs fleurs de-
les reliques & ſuperfluitez. Ioint qu'en l'enfance la meilleure partie du ſang eſt uant quatorze
conſommée en l'accroiſſement du corps : & que Nature ne donne pas aux filles ans.
cette éuacuation menſtruelle, ſinon alors qu'elles ſont en âge & capables d'engendrer. Or au ſecond ſeptenaire la chaleur commence à ſe manifeſter & à dominer, & alors elle dilate les vaiſſeaux, elle échauffe, attenuë & meut les humeurs,
& rend la faculté expultrice plus forte & puiſſante. Et c'eſt auſſi alors que les hommes commencent à muer leurs voix, & s'addonner aux exercices de Venus. Et
pour le regard des filles, les mammelles leur groſſiſſent, tout le corps leur demange & fretille de volupté, & leurs parties genitales ſe couurent d'vne toiſon nouuelle. Or les fleurs ceſſent apres cinquante ans, parce que la chaleur affoiblie ne Et pourquoy
peut plus engendrer de ſang loüable ſuperflu : & meſme s'il en reſte, elle n'eſt pas elles les quit-
aſſez puiſſante pour le chaſſer dehors : ie tais que la faculté de conceuoir venant tent à cin-
alors à ceſſer, la neceſſité de nourrir le fœtus ceſſe auſſi. Quant au temps particu- quante.
lier, Ariſtote eſcrit qu'il ne peut eſtre definy ny limité au certain, à iceluy s'accor- Les particu-
dent auſſi quaſi tous les hommes doctes. Nous diſons toutesfois que les mouue- liers.
mens de Nature ſont fixes, & ſes loix (qui nous ſont inconnuës) certaines : leſquelles elle garde inuiolables & ſans y rien changer : ſinon que les deſtroits des
chemins & l'épaiſſeur des humeurs la retardent : ou que l'acrimonie des humeurs
ou quelque autre irritement venant de dehors la contraignent de la deuancer
auant le temps ordinaire & accouſtumé. Pour cette raiſon elle ne fait cette éuacuation qu'vne fois le mois, tantoſt en la plaine Lune, & tantoſt au decours d'icelle : & ce aux femmes robuſtes par trois iours, & à celles qui ſont molles & oyſiues
(leſquelles Hippocrate appelle *Hydatodeas,* comme qui diroit *humides & aqueu-* L. 1. de diætæ
ſes) par l'eſpace d'vne ſepmaine. Car il eſcrit en termes exprés en la 1. ſect. du 6.
liure des Epidem. *que les fleurs aux femmes humides fluent & durent plus long-temps.*
Et à celles qui ſont mediocres par quatre iours, qui ſont les temps particuliers.
La quantité de ce ſang menſtruel ne peut eſtre definie, car comme a remarqué La quantité.
noſtre Hippocrate, il fluë tantoſt en plus grande & tantoſt en moindre quantité, Lib. 1. de na-
ſelon la diuerſité de la couleur, du temperament, de l'âge, de l'habitude & des ſai- tur. mulieb.
ſons de l'année. Les blanchettes ſont ſi plaines d'humeurs qu'elles decoulent de
toutes parts : à celles-cy ſont oppoſées les brunettes, leſquelles ſont plus ſeiches &
ont les conduits plus ſerrez. Il veut qu'aux femmes mediocres & bien ſaines il
coule iuſques à la meſure de deux cotyles Attiques, qui ſont enuiron vne liure & Lib. 1. de
demie ou quelque peu plus. Les chemins dediez à cette éuacuation ſont les veines morb. mul.
de la matrice & la matrice meſme. Les veines ſe trainent du rameau hypogaſtri- ſent. 15.
Les chemins.

La cause fi-
nale. que & du spermatique au fonds & au col de la matrice. Aux femmes enceintes ce sang coule par les veines du col de la matrice : mais aux vierges & à celles qui ne sont point grosses par celles du fonds, & ce non par diapedeze, ains par ana-stomose. Or pourquoy ce sang est purgé par la matrice, ie croy que cela a esté fait par vne prouidence admirable de Nature, à sçauoir afin qu'estant accoustu-mée à ce chemin ; aussi-tost que la conception est faite, le sang descende & ac-coure pour la nourriture & l'engendrement du fœtus. D'icy nous recueillons la cause finale du sang menstruel estre double, la generation des parenchymes & des chairs, & la nutrition de l'enfançon tant dehors comme dedans la matrice. Car d'où la semence conceuë prendroit-elle sa nourriture & son accroissement si ce sang icy ne prenoit son cours vers la matrice: & l'enfant sorty au monde est nourry du mesme sang qui a esté blanchy aux mammelles. Telle est la nature du sang menstruel.

CONTROVERSES ANATOMIQVES.

A sçauoir si le sang menstruel peche en qualité.

QVESTION HVITIESME.

N a esté iadis en debat touchant la nature du sang men-struel, & on en debat encore auiourd'huy auec tant d'ins-tance aux escoles des Medecins, que ie serois honteux de transcrire icy le tout par le menu. Afin toutesfois qu'il ne semble pas que nous ayons rien laissé qui serue à l'éclair-cissement de ce sujet, nous poursuiurons icy les princi-paux poincts de ces disputes, & commencerons par la ma-

De la matiere tiere du sang menstruel. C'est chose dont on demeure d'accord que ce sang est
du sang men- excrement, car il est chassé hors & éuacué chacun mois par la matrice, comme
struel. vne chose redondante & superfluë. Mais comme ainsi soit qu'il y ait deux sortes

Qu'il peche d'excremens, l'vn naturel & vtile, & l'autre inutile & totalement dissemblable: Il
en qualité, on nous faut rechercher de quelle nature est cettuy-cy. Que ce sang soit excrement
le prouue par & pechant en qualité, l'authorité des hommes doctes & la raison le semblent assez
les authoritez persuader. Hippocrate declare sa malignité en ces mots, *Et il ratisse la terre comme*
d'Hippocrate, *du vinaigre, & mord la femme en quelque partie qu'il la touche, & vlcere les matri-*
1. de morb. *ces.* Aristote veut que ce genre de sang soit vitieux & maladif. Galien dit *qu'vne*
mulierum. *portion du sang inutile & superfluë, non seulement en quantité mais aussi en qualité est*
D'Arist au *éuacuée par chacun mois* Florus en Plutarque en ses conuiues afferme que ce sang est
3. de l'Hist des vitieux & corrompu. Il estoit defendu par édict du souuerain legislateur Moyse,
anim ch 19. comme témoignét les saincts cahiers, aux femmes ayant leurs fleurs d'entrer dans
De Gal. ch. 8. le Temple: *Elle ne touchera rien de saint, & n'entrera pas au sanctuaire iusques à ce que*
du liu. de atra *les iours de sa purification soient accomplis.* Par les loix des Zabroriens à la femme
bili. de Florus ayant ses fleurs estoit interdite la compagnie & frequentation des hommes, &
quæst. 2. l. 7. brusloient les lieux où elle auoit marché. Hesiode deffend que personne n'entre
De Moyse au aux bains où les femmes ayans leurs ...is se seront lauées. Pline & Columelle esti-
12 chap du ment que ce sang n'est pas seulement corrompu mais mesme veneneux, & que
Leuitique. par l'attouchement d'iceluy les bourgeons des vignes meurent, les herbes des
Par les loix des
Zabroriens.
D'Hesiode.
De Pline li. 7.
cap. 15. & lib.
28. cap. 7. de
Columella.

Iardins seichent, & les miroirs sont tachez comme de quelque corruption. Les chiens ayans gousté de ce sang enragent, & les femmes auec iceluy ensorcelent coustumierement leurs amoureux : d'où le poëte l'appelle *Lunare virus*. Il s'ensuit donc que cet excrement ne peche pas seulement en quantité, mais aussi qu'il est nuisible de toute sa qualité. Les femmes éprouuent tous les iours sa malice & venenosité, car estant supprimé, c'est chose incroyable combien il en sourd de symptomes diuers. *S'il demeure*, dit Hippocrate, *au tour de la matrice & des lieux, il engendre des phlegmons, des chancres, des erisipeles & des scirrhes : s'il monte vers les parties superieures, il en naist des maladies qui suiuent la nature de la partie qu'il assiege & de l'humeur peccante. Au foye il fait la cachexie, la iaunisse & l'hydropisie : en la ratte il fait des oppilations & des scirrhes : au ventricule il depraue l'apperit & cause des degoustemens au cœur, il fait des palpitations & des syncopes : au poulmon des vlceres, & rend les personnes tabides : au cerueau il apporte l'epilepsie & la melancholie.* Et entre les Modernes le tres-docte Fernel soustient que ce sang icy n'est point alimentaire ny de mesme nature auec celuy dont le fœtus se nourrit en la matrice : & pour cette cause il estime qu'il peche aussi bien en qualité qu'en quantité. Nous au contraire appuyez sur des fondemens plus fermes & soustenus de meilleures raisons, maintenons que ce sang que les femmes vuident par certaines periodes de temps de la matrice est totalement semblable à celuy duquel sont engendrez les parenchymes des visceres, & dont le fœtus se nourrist en la matrice : & ainsi nous estimons qu'il est loüable de sa nature & qu'il peche seulement en quantité. Et c'est-là que nous meinent les authoritez d'Hippocrate & de Galien : *Le sang* (dit Hippocrate) *coule de la femme comme d'vne victime & se fige aussi tost, s'elle est saine.* Or les conditions du sang loüable sont qu'il soit vermeil & qu'il se fige promptement. Galien écrit aussi *que ce sang n'est pas contre nature & qu'il ne peche qu'en quantité.* Cela se peut aussi prouuer par plusieurs raisons. 1. Ce sang en la femme saine (car en celle qui est maladiue, toute la masse du sang est corrompuë) ce sang, dis-ie, lequel Nature met hors tous les mois, est engendré par les mesmes causes qu'est tout le reste de la masse dont les chairs se nourrissent : car la matiere est vne & mesme, la chaleur du foye vne & mesme : & les veines qui le conseruent mesmes & semblables : pourquoy donc sera la qualité de l'vn dissemblable de celle de l'autre. 2. Si la cause finale (comme écrit souuent le Philosophe) est la plus noble & vainc toutes les autres és œuures de Nature : d'où vient que ce sang superflu redonde en la nature froide de la femme, sinon afin qu'il se donne en nourriture au fœtus ? pourquoy est-il plustost purgé par la matrice que par le nez comme aux hommes, sinon afin que Nature estant accoustumée à ce chemin il y accoure incontinent apres la conception, pour la nourriture & generation de l'embryon ? Car c'est là la cause finale du sang menstruel, selon Hippocrate, Aristote, Galien & tous les Medecins. *La Nature des femmes* (dit Aristote) *est telle que leur sang prend perpetuellement son cours vers les lieux & la matrice, & pourtant si elles se portent bien, elles n'ont pas accoustumé d'auoir autre chose que leurs mois, & ne sont iamais vexées de varices, d'hemorrhoïdes, ny de flux de sang du nez.* Que si ce sang icy ne prend pas son chemin vers la matrice pour autre fin que pour nourrir le fœtus, y aura-il quelqu'vn qui ose nier qu'il soit benin & alimentaire : Car Hippocrate a laissé par écrit *que le fœtus se nourrit de la portion plus pure & plus douce du sang.* Item que la femme enceinte est toute passe, parce que tout son meilleur sang est employé en la nutrition & en l'augmentation du fœtus. 3. Que ce sang que Nature chasse hors par la matrice, quand la femme

Lucain liu. 6. au ver. 670.

Par la raison & l'experience.
lib. de morb. mulier.

Li. 7. Physiol. cap. 7.

Opinion de l'Autheur qu'il peche seulement en quantité, confirmée par les authoritez d'Hippocrate
1. de morbis mulierum, & lib. de natura pueri.
De Galien 3. de sympt. causis.
Et par ces raisons.
La premiere.

La seconde.

c. 19 lib. 3. de hist. animal.

Lib. de nat. pueri : & 1. de morb. mul.

La troisiéme.

eſt ſaine ſoit pur & alimentaire : cecy le témoigne ſuffiſamment : c'eſt que le lait s'engendre d'iceluy quand il monte & regorge aux mammelles. Or Hippocrate témoigne que le lait s'engendre du ſang tres-pur. Et Ariſtote tient que le lait & le ſang menſtruel ſont de meſme nature, & que c'eſt la raiſon pourquoy celles qui allaittent n'ont pas leurs fleurs , & qu'elles ne conçoiuent point : & ſi elles conçoiuent, qu'elles perdent leur lait. Ioint que ſi l'impureté de ce ſang eſtoit ſi grande comme feignent pluſieurs , il faudroit que les femmes groſſes fuſſent plus griefuement malades que celles qui ont leurs mois retenus pour quelque autre occaſion : car l'enfançon ayant attiré la partie la plus dure de ce ſang, le reſte comme effrené & veneneux demeureroit dans les veines. Mais auſſi les accidens ſeroient plus griefs les derniers mois de la groſſe : ce que l'expérience enſeigne eſtre faux. Il s'enſuit donc que le ſang menſtruel en la femme ſaine peche ſeulement en quantité, & qu'il eſt de meſme nature, couleur & temperature que le reſte qui eſt contenu au tronc de la veine caue, & duquel les parties charnuës ſe nourriſſent. Il eſt toutesfois dit excrement par abuſion, parce que les chairs ſaoulles & remplies d'iceluy rejettent & vomiſſent celuy qui reſte dans les veines. Ainſi le ventricule raſſaſié du chyle le pouſſe bas dans les boyaux. Mais Auicenne demande ſi ce ſang eſt excrement de la ſeconde ou de la tierce coction? Nous le pouuons dire excrement de l'vne & de l'autre, mais pour diuerſes raiſons. Il eſt excrement de la ſeconde, parce que tout le ſang eſt premierement engendré au foye, & que du foye il eſt chaſſé comme redondant & ſuperflu au tronc de la veine caue. Il eſt excrement de la troiſiéme , parce qu'il eſt rejetté par les chairs ſaoullées apres la tierce coction. Quand aux raiſons amenées contre la verité de cette opinion elles ſont de peu de poids. Car comme nous confeſſons que toutes les incommoditez qu'ils alleguent peuuent aduenir à raiſon du ſang menſtruel quand la femme eſt cacochymé & maladiue : ainſi nous le nions en celle qui eſt ſaine & bien diſpoſée. Que ſi la ſuppreſſion d'iceluy cauſe quelquesfois des ſymptomes faſcheux en la femme ſaine, il fait cela par ſa longue retention,& demeure, ou pource que les humeurs ſuperfluës ſont portées de tout le corps auec le ſang à la matrice , partie ſeruile, & qui eſt comme la ſentine & l'eſgout de tout le corps, par le meſlange deſquelles il acquiert quelque qualité maligne. Or maintenant les incommoditez qu'on allegue du ſang menſtruel demonſtrent la pureté d'iceluy : car les choſes plus elles ſont bonnes, & plus elles ſe corrompent promptement & deuiennent tres-mauuaiſes. Ainſi les ſymptomes qui prouiennent de la ſuppreſſion de la ſemence ſont plus pernicieux que ceux du ſang menſtruel ſupprimé : parce que la ſemence eſt & plus pure & plus ſpiritueuſe. Ainſi le corps d'vn homme mort venant à ſe corrompre eſt beaucoup plus puant que ceux des autres animaux : parce qu'il eſt le plus temperé de tous. Et ſelon Hippocrate, *Les alimens d'autant qu'ils ſont meilleurs & plus propres pour nourrir : s'ils ſe corrompent , leur corruption eſt d'autant pire que celle des viandes qui nourriſſent moins & qui ſont moins bonnes.*

Lib. de nat. pueri. lib. 4. cap. 1. de genera. animal.

A ſçauoir ſi le ſang menſtruel eſt excrement de la 2. ou de la 3. coction. Solution.

Solution des raiſons contraires.

Les incommoditez qu'apporte le ſang menſtruel, témoignent la pureté d'iceluy. lib. de affectionibus.

A sçauoir si le sang menstruel est la cause des verolles & rougeolles qui ont accoustumé de molester vne fois en la vie.

QVESTION NEVFIESME.

IE ne veux point traitter icy de la nature, des differences ny de toutes les causes des verolles : n'y rechercher si la nature des *verolles, rougeolles, exanthemes, ecthymes, phlysachion, phlicbenidon & papules* est semblable. I'ay seulement deliberé poursuiure icy les choses qui regardent le sujet que nous auons en main. C'est vne question tres-obscure qui a gehenné les esprits de plusieurs fort long-temps, à sçauoir, *Si la verolle qui afflige coustumierement tous les hommes vne fois en leur vie vient de l'impureté du sang menstruel.* Ie n'ameneray pas icy auec vn long circuit de paroles les diuerses opinions des Autheurs : ie me contenteray d'en dire clairement & en peu de mots mon opinion. C'est chose tres-notoire qu'à grande peine se peut-il trouuer vn homme entre dix-mille qui n'éprouue vne fois en sa vie la malignité de cette infection : si quelqu'vn le nie, il est digne de la punition du sentiment. Auenzoar écrit que c'est comme vn miracle quand quelqu'vn eschape sans en estre contaminé. C'est donc vne maladie commune, parce qu'elle s'attaque à tous en general. Or selon la doctrine d'Hippocrate, les maladies communes ont vne cause commune. *Quand plusieurs,* dit-il, *sont malades en vn mesme temps d'vne mesme maladie, il en faut mettre vne cause commune :* Or quelle peut estre cette cause commune à tous l'air ? Ce n'est pas l'air ; car tous n'attirent point tousiours vn mesme air : Cestuy-cy en attire vn qui est pur, & cestuy-là vn autre qui est impur : celuy-cy habite au Septentrion, & cestuy-là au Midy. Il s'en-suit donc qu'il faut assigner à cette maladie commune vn'autre principe comun que l'air. Les Arabes, Auicenne, Auenzoar, Haliabbas, Auerrhoës disent que c'est le sang menstruel duquel sont engendrés les parenchymes des visceres, & dont toutes les patties du fœtus se nourrissent, croissent & prennent leur perfection. Car combien que ce sang icy soit pur & loüable, si est-ce qu'il deuient impur par le meslange des humeurs corrompuës qui se purgent par la matrice, qui est comme l'égout de tout le corps : de là vient que toutes les parties tant les solides comme les charnuës contaminées de cette infection ont besoin d'estre purifiées vne fois en la vie, non autrement que le vin a accoustumé de se purifier en boüillant dans les tonneaux. Mais afin que la verité de cette opinion apparoisse plus clairement, il nous faut examiner par le menu tout ce qui semble luy estre contraire. 1. Le fœtus se nourrit du sang trespur, *Et attire* (dit Hippocrate) *la portion la plus douce qui est au sang.* Il ne peut donc imprimer aucune tasche ny soüilleure aux parties. Ie réponds auec Galien que le fœtus encore petit attire les premiers mois vn sang trespur, mais estant deuenu plus grand qu'il tire le pur & l'impur tout ensemble : ou bien ie dy que le sang dont le fœtus se nourrist & qu'il tire des veines est pur de sa nature, mais qu'il est soüillé & rendu impur pat le meslange des humeurs qui se purgent coustumierement par la matrice, qui est selon Aristote, vn

Que tous hommes sont suiets d'auoir vne fois en leur vie la verolle.

Lib. de natu-hominis.

L'opinion des Arabes que la verolle pro-uient de l'im-pureté du sang menstruel.

L'Autheur allegue toutes les raisons qu'on peut al-leguer contre la verité de cette opinion, & les soult puis apr. La premiere. Sa solution. l. 10 de hist. anim. 1.

La seconde. membre seruile fait pour porter hors les superfluitez de tout le corps. 2. Si la verolle prouient de l'impureté du sang menstruel, d'où vient que cette ébullition de
sang ne se fait pas tousiours les premiers ans & mois : lors à sçauoir que l'enfant
est encore foible, tendret & fort disposé à cela : mais qu'elle est quelquesfois re-
tardée apres plusieurs maladies, & bien souuent iusques à la vieillesse ? Comment
Sa solution. cette infection ne se purge-elle point par les fiéures aiguës ? réponds (selon Hippocrate) que l'aage differe de l'aage, & la nature de la nature. Le poison demeure
par fois caché plusieurs années au corps : lequel enfin se manifeste à son temps
pour opprimer ou retourner. Ainsi le venin de la maladie venerienne, & l'infection des ladres demeurent cachez par quelques années : comme aussi fait le ve-
La troisiéme. nin du chien enragé. 3. Plusieurs sont repris deux ou trois fois de la verolle, il
s'ensuit donc qu'elle vient d'ailleurs que de la corruption du sang menstruel.
Sa solution. Mais c'est vne raison puerile : Car cette maladie retourne, parce parauanture
qu'il est demeuré quelques restes de ce sang impur, à raison de la foiblesse de la
Aph. 12. se. 7. faculté expultrice, *Car les reliquats des maladies* (dit nostre Hippocrate) *sont cou-*
La quatriéme. *stumierement les recheutes.* 4. Le sang menstruel a esté changé par la nutrition en
la substance des parties. Or ce ne sont pas les parties qui souffrent l'ebullition :
c'est donc vne absurdité d'estimer que les verolles soyent engendrées de leur
Sa solution. ébullition & feruear. Ie réponds que les parties à la verité ne souffrent pas d'é-
bullition : mais elles infectent les humeurs auec la qualité maligne qu'elles ont
acquises de l'impureté du sang menstruel : lesquelles humeurs venant à bouïllir
dans les vaisseaux & à molester Nature sont chassées à la peau : tellement que par
l'ébullition faite au sang, les parties soyent aussi purifiées & nettoyées. Ainsi le
vaisseau moisi, dit Auenzoar, souïlle & gaste le vin, mais si le vin bout en iceluy,
La cinquiéme. il nettoye le ponçon. 5. Si les verolles viennét à raison de l'impureté du sang menstruel, d'où vient qu'elles ne prennent point les femmes toutes les fois que leurs
Sa solution. mois sont arrestez ? Réponds que ce sang suprimé est seulement contenu aux
vaisseaux, & qu'il ne s'épand point dans la substance des parties, & partant qu'il
La sixiéme. n'imprime point sa qualité maligne aux parties solides. 6. D'où vient que les bestes brutes sanguines qui sont sujettes aux purgations menstruelles, & ont & la
Sa solution. matiere & la chaleur efficiente des verolles ne sont point trauaillées de ce mal ? Est-
ce pource qu'elles vsent d'vne façon de viure seiche, & qu'elles sont en trauail
& exercices continuels qui dissipent & digerent les reliques de ce sang impur ? Au
lieu que l'homme en son enfance ne cesse de tetter sa mere, estant seuré ne cesse iamais de manger, & passe le premier septenaire de son aage quasi en oysiueté.
La septiéme. 7. Comme ainsi soit que l'impureté & vice du sang menstruel ait esté perpetuel
depuis le commencement du monde iusqu'à ce iour : il s'ensuit que cette maladie
Sa solution. deuroit estre fort ancienne : Or Hippocrate, Galien ny pas vn des Grecs n'en ont
parlé : il semble donc qu'elle soit nouuelle & qu'elle ait seulement esté connuë des
Arabes. Dont s'ensuit qu'elle ne prouient pas de l'impureté du sang menstruel.
Certainement il est croyable que cette maladie est tres-ancienne : mais i'estime
qu'elle ne faisoit pas vn tel rauage aux premiers siecles, comme elle fait auiour-
d'huy : d'autant que les hommes estoient plus continens & plus sobres. Hipp.
fait souuent mention en ses Epidemies *de certaines pustules rouges rondes & petites.*
Et Aëce écrit qu'il sort des pustules par tout le corps des enfans. Ie croy donc que
cette maladie n'a pas esté totalemét inconnuë aux Grecs, mais parauanture qu'ils
ne l'ont pas descrite si exactemét que les Arabes, parce qu'en leur temps elle estoit
plus benigne, à raison de l'exacte maniere de viure qui s'obseruoit alors. Nous
remar-

remarquons encor auiourd'huy plufieurs auoir les verolles qui n'ont ny fiéure, ny vomiffement, ny aucun mauuais fymptome. Ceux qui rapportent la caufe de cette maladie à vne qualité maligne de l'air fe trompent (à mon aduis) grande-ment : Car puis que ce mal attaque & prend en tout temps, mois & iours les en-fans, nous ferions forçez de confeffer que l'air feroit toufiours malin & corrom-pu ; & mefme elle n'attaqueroit pas feulement les enfans, mais tous les hommes également comme la pefte, & n'affligeroit pas vne fois en la vie, mais toutesfois & quantes que l'air feroit infecté de cette malignité, comme font les autres ma-ladies peftilentielles.

L'opinion de Fernel. Refutée.

Le tres-docte Mercurial foud plufieurs problemes tres-obfcurs touchant la nature & les caufes des verolles : mais en ce qu'il leur affigne vne nouuelle caufe, & icelle differente de celle que nous auons entenduë cy deffus, il erre (comme i'eftime) lourdement. Il veut que les verolles foient vne maladie nouuelle & in-cognuë aux anciens Grecs, qui ait premierement commencé par le vice du ciel & de l'air, & qui fe foit attaquée quafi à tous les hommes, lefquels ayent par apres transporté cette infection comme vne proprieté paternelle à leurs fils leurs heri-tiers : Car comme vn goutteux engendre des enfans goutteux, vn lepreux des le-preux, & vn épileptique des épileptiques, pourquoy celuy qui aura vne fois eu les verolles, ne communiquera-il pas auffi cette difpofition à fes enfans ? Ces chofes pourront parauanture fembler probables à plufieurs, mais fi on les épluche de prés & fur l'ongle, à grand' peine le bon Medecin les voudra-il receuoir. Car pour le coupper court, toutes les maladies hereditaires ne fe communiquent pas aux enfans finon par les femences, lefquelles contiennent potentiellement l'idée, la forme & les proprietez de toutes les parties. Ainfi celle d'vn goutteux, ou d'vn graueleux contient en foy la difpofition goutteufe des iointures, ou graueleufe des roignons des parens. Il faut donc que cette difpofition foit aux parties fo-lides des parens. Mais ceux qui ont eu les verolles, & qui en ont efté parfaicte-ment guaris, il ne leur refte plus aucune telle foüilleure, & n'ont en eux aucune telle difpofition pour la communiquer à leurs enfans : Car elle a efté toute pur-gée par l'éruption & fortie des puftules & par l'éuacuation crytique, autrement il faudroit craindre la recheutte. Comment donc les parens communiqueront-ils à leurs enfans la difpofition qu'ils n'ont pas maintenant en leurs parties ny charnuës ny folides ? Et qui plus eft, toutes les maladies ne font pas hereditaires, mais celles-là feulement qui font faites : Ainfi les fiéures putrides & autres ma-ladies qui font *in fieri*, c'eft à dire, qui s'engendrent & font encore, ne fe com-muniquent pas aux enfans. Au temps que cette maladie commença premiere-ment, s'il faut s'arrefter aux principes de Mercurial, elle eftoit *in fieri*, ayant fon fiege & foyer en l'amas des humeurs corrompuës : elle n'a donc peu eftre com-muniquée aux enfans. Dauantage fi ces chofes eftoient vrayes, il s'enfuiuroit que nous ferions tous vne fois prins en noftre vie de la pefte, auffi bien que des verolles. Car on a quelquefois remarqué des peftes fi cruelles, qu'il n'eftoit refté que peu de perfonnes qui n'euffent éprouué fa malice. La pefte, comme les verolles, eft vne maladie commune prouenant du vice & de la corruption de l'air, laquelle attaque quelquefois quafi tous les hommes : D'où vient donc que nos parens ne nous ont point communiqué cette qualité peftilentielle, comme ils ont fait l'infection des verolles ? Concluons donc felon les decrets des Arabes, que la caufe des verolles eft l'impureté du fang menftruel, duquel le foetus fe nourrit, laquelle il a acquife par vne trop longue retention en la matrice, & par le

L'opinion de Mercurial. cap. 2. li. 1. de mor. pueror.

Eft refutée. Raifon pre-miere de l'au-theur.

Raifon fecon-de.

Conclufion.

meſlangé des humeurs qui y accourent continuellement, comme à l'égouſt de
tout le corps.

Des cauſes de l'excretion periodique des fleurs.

QVESTION DIXIESME.

Pourquoy le ſang menſtruel n'eſt point éuacué tous les iours.

QVE le ſang menſtruel ſoit purgé par la matrice, &
chaſſé hors par certaines periodes & circuits fixes, c'eſt
choſe que perſonne ne reuoque en doute : mais expliquer la cauſe de ces circuits & de cette excretion perio-
dique , c'eſt choſe tres-difficile. Pluſieurs s'émerueil-
lent, veu que tous les autres excremens ſont purgez
par chacun iour, pourquoy ce ſang icy excrement de
la derniere nourriture, n'eſt éuacué qu'vne ſeule fois le
mois. Les excremens groſſiers de la premiere coction
comme ils s'engendrent tous les iours, auſſi ſont-ils tous les iours vuidez par le
ſiege; la bile eſt tous les iours enuoyée du foye à la veſſicule & au boyau *duodenum;*
la ſeroſité decoule iournellement des roignons en la veſſie ; les ſuperfluitez de la
troiſiéme cuiſſon, comme celles de toute l'habitude du corps ſe digerent & reſol-
uent continuellement par les ſueurs, les vapeurs, la tranſpiration inſenſible, le
poil, les ſordicies, & autres ordures de la peau ; celles du cerueau ſe purgent par le
palais, le nez, les oreilles & les yeux ; celles de la poictrine par les crachats & la
toux. Or le ſang menſtruel, veu qu'il s'engendre continuellement, d'où vient
qu'il ne ſe purge pas auſſi tous les iours, mais vne fois ſeulement en vn mois?

Reſponce.

I'eſtime qu'on en doit rapporter la cauſe à la prouidence ſinguliere de Nature,
& à la cauſe finale qui eſt la plus noble de toutes. Car ſi ce ſang decouloit continuellement par la matrice, la conception ne ſe feroit iamais, & les hommes fui-
roient la compagnie des femmes : la conception ne ſe feroit point, parce que la
ſemence verſée en la cauité de la matrice s'écouleroit incontinent, ou bien elle
reſteroit ſuffoquée ; les tuniques d'icelle eſtant arrouſées , moüillées & comme

Aph. 62. de la 5. ſect.

enyurées par la deſcente perpetuelle de ce ſang. *Celles*, dit Hippocrate, *qui ont les
matrices trop humides ne conçoiuent pas, car la geniture s'eſteint en icelles.* D'ailleurs,
qui eſt celuy qui voudroit toucher à la femme, & qui deſireroit auoir ſa compagnie, ſi elle auoit touſiours ſes parties honteuſes ſoüillées de ſang ? Il s'enſuit donc
qu'il ne falloit pas pour la propagation de l'eſpece que ce ſang fut éuacué tous les
iours, mais ſeulement par des temps certains & definis, ſçauoir eſt chacun mois
vne fois. Mais pourquoy c'eſt que cette éuacuation ſe fait tous les mois, on en eſt

Pourquoy cette purgation ſe fait tous les mois.
Opinion d'A-riſtote 2. de gener. anim. cap. 4. & 4. eiuſdem.

en debat. Ariſtote en rapporte la cauſe au mouuement de la Lune, & veut que les
femmes ſoient principalement purgées au decours d'icelle : parce que l'air eſtant
alors plus froid & plus humide, fait que cette humeur cruë & froide abonde dauantage : Mais on luy objecte que l'humidité s'accroiſt en la pleine Lune, & que
toutes choſes ſont plus humides en ce temps-là qu'au decours, comme on peut
voir aux poiſſons qui ont coquille. Les Peripateticiens répondent qu'il y a deux
ſortes d'humidité; l'vne viuifiante & l'autre excrementitieuſe : celle-là augmente
en la pleine Lune, parce qu'en ce temps elle a plus de clarté & de chaleur : Mais
celle-cy croiſt au decours, parce que l'air eſt alors plus froid : Or le ſang menſtruel
s'engendre par vne chaleur debile. Les Arabes donnent diuers temps à cette

pûrgation ſelon la diuerſité des aages, & veulent que les ieunes ayent leurs mois L'opinion des Arabes. en la nouuelle Lune, & lés vieilles quand elle eſt au decours : de là vient ce dire commun.

Luna vetus vetulas, iuuenes noua Luna repurgat.
La Lune purge en ſon decours les vieilles,
Et au croiſſant les ieunes & pucelles.

Il y en a qui la rapportent à la proprieté du mois, comme ſi le mois ainſi que le Autre opiniõ. lib. de lepti-meſt. partu. iour auoit quelque puiſſance particuliere. I'ameneray à ce propos vn fort beau paſſage d'Hippocrate, *Les meſmes choſes ſe font aux mois comme aux iours, par vne raiſon certaine & droite ; Car les femmes ſaines ont leurs fleurs tous les mois, comme ſi le mois auoit quelque vertu ou puiſſance particuliere ſur les corps.* Pour mon regard ie Opinion de l'Autheur. confeſſe que la Lune a beaucoup de puiſſance ſur les corps inferieurs, mais ie n'ay iamais peu me perſuader pour cela qu'on d'euſt rapporter la cauſe des iours cryti-ques, ou de l'éuacuation des fleurs au mouuement d'icelle. Ie ne nie pas que beau-coup de choſes ne ſoient diſpenſées par les nombres & les mois ; mais attribuër à la quantité & au nombre, entât qu'il eſt nombre, quelque vertu actiue, c'eſt cho-ſe indigne d'vn Philoſophe. I'eſtime donc que la cauſe de cette éuacuation fixe & qui retourne touſiours en meſme temps, doit eſtre attribuée aux mouuemens definis de Nature & à ſes loix qui nous ſont inconnuës, leſquelles elle n'outrepaſ-ſe iamais & garde inuiolablement & ſans y rien changer, ſinon qu'elle ſoit ou irri-tée ou empeſchée. Eſtant irritée elle deuance l'éuacuation & purge auant le temps accouſtumé. Ainſi combien qu'il n'y ait ſeulement que les ſeptenaires qui ſoient vrayement crytiques, ſi eſt-il que Nature ne laiſſe pas d'entreprendre des éuacua-tions, & chaſſer hors les humeurs aux iours qui eſchéent entre-deux & auant le temps, à cauſe qu'elle eſt irritée par quelque cauſe exterieure. Or eſtant empeſchée ou à cauſe des deſtroits des chemins, ou de l'eſpaiſſeur des humeuts, elle retarde ſouuent l'éuacuation accouſtumée Et c'eſt la cauſe pourquoy quelques femmes ont leurs fleurs deux fois le mois, & que les autres ne les ont à grand peine pas au quarantiéme iour. Or pourquoy le ſang ne decoulle qu'vne fois le mois, pluſtoſt .ὐ̓εχ \: \: que deux ou trois fois, & pourquoy les ſeptenaires ſont pluſtoſt crytiques que les ſenaires, ce ſont choſes qui excedent la portée de l'entendement humain. Hippo- ſur la fin du liure des prin-cipes. crate a quelquefois promis d'expliquer la neceſſité de Nature, pourquoy toutes choſes ſont ainſi diſpenſées par ſeptenaires ; mais effrayé (comme il eſt croyable) par la difficulté de la choſe, il ne l'a pas fait en aucun endroit. Mais de ces choſes plus amplement en nos liures des iours crytiques.

HISTOIRE ANATOMIQVE.

De la Conception.

CHAPITRE IV.

 A ſeparation des deux ſemences & du ſang menſtruel (qui ſont Le ſang & la ſemêe ne ſont point excerné's enſemble en la copulation. les deux principes de la generation (ne ſe fait pas enſemble & à vne fois en la copulation : & la delineation des parties ſpermati-ques & charnuës ne ſe fait pas auſſi en vn meſme temps. Mais ſi la generation ſe doit faire, il faut premierement que les ſemences

fecondes & pures foyent verfées en la matrice, comme au champ & jardin tres-fertile de Nature : puis apres quand les filets des parties folides font tracez & encommencez, que le fang afflué pour l'engendrement des parenchymes & le nourriffement de tout le corps. Donc l'homme & la femme jôints par le lien facré-fainct du mariage, & defireux d'auoir lignée quand ils viennent aux embraffemens amoureux, verfent leurs femences enfemble pour eftre receuës & fomentées en vn lieu commun. L'homme ayant la verge tenduë & roide la darde directethent & auec impetuofité au col de la matrice ; & la femme au mefme inftant ne jette pas feulemeht fa femence en foy-mefme, mais auffi fa matrice (animal remply de côncupifcence) ardante du defir d'attirer la femence qui luy eft fort agreable & familiere, reçoit & arrache auec fon orifice interieur, comme auec vne main la femence de l'homme, & la muffe & ferre dans fa cauité. Ces femences receuës au fond de la matrice font auffi toft meflées exactement enfemble; autremènt comme remarque Hippocrate, *Elles ne feroient ny nourries, ny viuifiées enfemblement. Car comme il remarque ailleurs, fi quelqu'vn nie que l'ame fe mefle auec l'ame, qu'il foit tenu pour fol.* Or par *l'ame*, il entend la femence qu'il appelle partout ailleurs animée. Ce meflange des femences eft le premier ouurage de Nature en la generation; car foudain qu'elles font meflées, la matrice fe ferre, & pour vfer du mot de l'Arabe, fe fronce & retire en forte qu'elle ne laiffe aucune efpace vuide dans foy. Or elle fait cela eftant fort defireufe de contenir, foimenter & conceuoir la geniture: & pour empefcher que la femence defià receuë ne tombe & s'écoulle elle ferme fon orifice fi exactement que la pointe d'vne aiguille ou le bout d'vne éprouuette n'y fçauroit entrer. Cela fait, la matrice commence à réueiller les facultez des femences qui eftoient comme affoupies & cachées, & fait fortir en acte ce qui auparauant eftoit feulement en puiffance, & c'eft cette action de la matrice, que nous appellons proprement *conception*, combien que Galien vueille que le mot *conception* foit tiré de *comprehenfion*. La conception eft donc *la viuification de la femence fœconde pour la formation du fœtus, dépendante d'vne proprieté qui eft fpeciale au corps de la matrice.* Hippocrate baille certains fignes pour fçauoir fi vne femme a conçeu ou non. Il y en a qui les prennent de quafi toutes les parties du corps. Nous eftimons qu'elle a conçeu ; 1. Si au rencontre des femences elle a fenty partout le corps comme vn petit frifonnement. 2. Si elle a fenty fa matrice fe referrer auec quelque chatoüillement. 3. Si la femence receuë auec volupté h'eft point retombée. 4. Si l'orifice interne de la matrice s'eft exactement fermé. 5. Si elle apperçoit quelque leger fentiment de douleur vaguant autour du nombril & du ventre inferieur. 6. Si fes fleurs s'arreftent. 7. Si fes mammelles durciffent, groffiffent & fon douloureufes. 8. Si l'appetit venerien fe refroidit. 9. Si elle fe refiouyt & attrifte tout à coup. 10. Finalement fi elle a des degouftemens. Or fi elle groffe d'vn fils ou d'vne fille, c'eft chofe difficile à difcerner : on le pourra toutesfois conjecturer fuiuant la doctrine d'Hippocrate. 1. Parce que celle qui eft enceinte d'vn fils eft bien colorée ; & au contraire celle qui eft groffe d'vne fille a le teinct mauuais. 2. Que les fils font pluftoft portez au cofté droit, & les filles au gauche. 3. Que celle qui porte vn fils, a la mammelle dextre plus groffe ; & celle qui eft enceinte d'vne fille, la gauche. Mais ce ne font que conictures & non pas fignes certains & neceffaires.

Comment tant l'homme que la femme verfent leur femence.

Le meflange des femences. l. 1. de nat. pueri.

l. 1. de diæta.

La contraction ou referrement de la matrice.

Que c'eft que la conception. l. 1. de femine.

Signes de la conception.

Aph. 42. fc. 5.
Aph. 48. fc. 5.
Aph. 38. fc. 5.

CONTROVERSES ANATOMIQVES.

A ſçauoir s'il faut pour faire la conception que les ſemences ſoient iettées enſemble, auec volupté, & meſlées incontinent.

QVESTION VNZIESME.

VE les deux ſemences de l'homme & de la femme ſoient ne-ceſſairement requiſes à la generation parfaite, nous l'auons drouué cy deſſus : Mais nous n'auons pas encore monſtré ſi elles doiuent eſtre verſées enſemble, & en vn meſme inſtant en la copulation. Auerrhoës ſouſtient que l'éjaculation de la ſemen-ce en la matrice n'eſt pas touſiours neceſſaire, & veut que la femme puiſſe conçeuoir ſans aucir la compagnie de l'homme : & à ce propos il allegue l'hiſtoire d'vne femme, laquelle il dit auoir conçeu en vn bain, auquel vn homme auoit laiſſé ſa ſemence, tant fut grande la faculté de la matrice à attirer la ſemence. Mais ie m'émerueille qu'vn Philoſophe ait bronché ſi pauurement en vne choſe ſi claire, & ait eſté ſi credule que d'adiouſter foy aux contes des bonnes femmes : Car il dit que cela luy fut rapporté par vne ſienne voiſine. Ne te ſouuient-il point, ô Auerrhoës, que ton maiſtre a laiſſé par eſcrit, que la ſe-mence eſt toute aërée & écumeuſe, & qu'auſſi-toſt qu'elle ſent l'air, elle ſe lique-fie, deuient eau & perd ſa fecondité ? Mais il écrit auſſi que les animaux qui ont la verge trop longue ſont infeconds, parce que la ſemence ſe refroidit, à raiſon de la longitude des chemins ; que ſi elle ſe refroidit en ſon propre canal, combien pluſtoſt eſtant répanduë à l'air ou dans l'eau d'vn bain ? Ceux qui ont le canal commun à l'vrine & à la ſemence percé non droit au milieu du gland, mais au deſſous du frein, ou qui ont ce canal tortu, à raiſon que le frein trop court tire la verge & la tord de coſté ou d'autre, ne peuuent engendrer ; non point pource qu'ils manquent de ſemence feconde, mais pource que s'arreſtant quelque peu aux deſtours de la verge, elle ne peut eſtre portée tout droit. Hippocrate ne re-cognoiſt-il pas ſemblablement vne des cauſes de la ſterilité eſtre la peruerſion & tortuoſité de l'amarry, qui empeſche que la ſemence virile ne ſoit portée droit à l'orifice interieur d'icelle ? L'éjaculation de la ſemence virile faite directement & auec impetuoſité au col de la matrice eſt donc, ô Auerrhoës, neceſſaire à la conception. Et d'autant que cette éjaculation de la ſemence qui ſe doit faire di-rectement ſe fait mieux par les beſtes brutes ; Car elles s'accouplent par derrie-re ; de là vient qu'elles conçoiuent quaſi touſiours à la premiere charge : ce que les femmes font plus rarement. Cette éjaculation de la ſemence eſt auſſi empeſ-chée de ce faire directement au col de la matrice par le mouuement ; au lieu que les brutes, inſtruites de nature, demeurent au coït ſans bouger. Que ſi la femme iette ſa ſemence au meſme temps que l'homme fait la ſienne, la conception s'en fera & plus promptement & plus heureuſement, parce que la matrice échauffée par le plaiſir, attirera & embraſſera la ſemence plus auidement. Hippocrate nous enſeigne cela, quand il dit, *Si la ſemence qui ſort de l'homme enſemble & directe-ment rencontre celle qui eſt iettée par la femme, elle conceura plus promptement.* Il vſe du mot (*Homorrothé*) qui eſt vne metaphore priſe des forçaires, leſquels d'vn

Opinion d'A-uerrhoës à col-lig 10 touchât l'éiaculation des ſemences.

Reſutée pour trois raiſons.

La premiere. l. 2. de genera anim. 2.

La ſeconde. l. 1. de gene. animal. 7.

La troiſiéme. li. 1. de morb. mul.

li. 1. de morbi mulier.

mesme effort & consentement, & en vn mesme temps rehaussent & plongent leurs auirons en la mer. Or ce qu'Hippocrate écrit, qu'elle conçoit plus vistemét, cela demonstre qu'il n'est pas perpetuellement necessaire à la conception que l'éjaculation des deux semences se fasse tout ensemble & en vn mesme temps : mais qu'elle se peut faire bien que plus tardiue, si l'émission de l'vne se fait vn peu deuant, ou vn peu apres l'autre. Que si l'homme iette sa semence long temps deuant ou apres la femme, les esprits estans éuanouys & dissipez, la conception ne se fera point. Aristote a voulu le mesme, *Il y en a*, dit-il, *qui pensent que la conception ne se peut faire, sinon qu'il se fasse émission de la semence, de part & d'autre en vn mesme temps ; ils se trompent, parce qu'vn corps de bonne habitude là iette plustost: Comme ainsi soit donc que cette semence soit tres-puissante, elle ne se corrompt pas, mais estant attirée par la matrice, est gardée pour le meslange qui se doit faire incontinent apres.* On peut donc voir de ces choses que pour conçeuoir simplement, il n'est pas besoin que l'éjaculation des deux semences se fasse tousiours en vn mesme instant, ains seulement pour conçeuoir plus promptement. Mais à sçauoir si la femme peut conçeuoir sans volupté, c'est chose qui n'est point bien resolué. Tu en trouueras auiourd'huy plusieurs qui affermeront n'auoir senty vne seule estincelle de chatoüillement alors qu'elles ont conçeu. Dinus estime que l'émission de la semence & la conception ne se font pas tousiours auec volupté, lors à sçauoir que l'éjaculation de la semence ne se fait pas à l'entrée ou orifice de la matrice, ains au fonds d'icelle, le sentiment duquel est obtus & plus grossier. Mais ce bon homme-là se trompe : Car le plaisir ne prouient pas de ce que la semence est iettée à l'orifice interieur de la matrice, ains parce qu'elle passe par les vaisseaux spermatiques, qui sont d'vn sentiment tres-exquis ; autrement les femmes enceintes qui ne iettent pas leur semence en l'orifice interieur, mais au milieu du col, ne sentiroient aucune delectation ; Et neanmoins il est tout notoire qu'elles ont plus de contentement au coït que les autres, parce que leur semence passe par des chemins plus longs, comme nous monstrerons cy apres quand nous parlerons de la superfœtation. Hippocrate soult cette question, car ayant baillé quelques signes pour recognoistre si la femme a conçeu, il écrit que ces signes n'aduiennent pas à toutes, mais à celles-là seulement qui ont le corps pur, & qu'à celles qui l'ont impur & remply d'excremens froids & visqueux il n'arriue rien de semblable. Qu'il nous soit permis de dire le mesme de la volupté. La femme bien saine ne conçoit iamais sans volupté, mais celle qui a le corps impur & remply d'humeurs froides & visqueuses peut encharger sans aucun sentiment de plaisir. Quelques-vns finalement doutent si le meslange des semences est requis à la conception, parce que c'est vne absurdité d'estimer que les especes se meslent : puis apres si les especes se mesloient, il faudroit que les essences souffrissent intension & remission : Or toute essence est impartible & indiuisible. Outre-plus de deux ens de soy, vn ens de soy ne peut estre fait. Mais comme ainsi soit que les semences ne sont point actuellement animées, & que d'elles-mesmes chacune à part, elles ne font pas vne espece d'animal; & mesme qu'elles sont, selon les decrets du Philosophe, des ens imparfaits : il faut necessairement qu'elles se meslent ensemble, autrement elles ne pourront pas ny estre nourries, ny estre animées ensemblement, ainsi qu'écrit Hippocrate, lequel blasme ceux qui doutent si de deux feux, ils en fait vn troisiéme : *Si quelqu'vn*, dit-il, *nie que l'ame ne se mesle auec l'ame*, c'est à dire, la semence auec la semence, *qu'il soit tenu pour fol.* Item, *Si la geniture des deux parens demeure en la matrice de la femme, elle se mesle premierement ensemble.*

Il n'est pas necessaire que l'éjaculation des deux semences se fasse ensemble.

cap. 3. l. 10. de hist. animal.

A sçauoir si la femme peut conçeuoir sans volupté.

Opinion de Dinus.

Est reiettée.

Solution de la question prise du liure des principes.

A sçauoir si les semences se meslent.

Liure de la nature de l'enfant & au 1. de la diete.

A sçauoir si la matrice a quelque faculté agente en la formation du fœtus.

QVESTION DOVZIESME.

A solution de cette question n'a rien de difficile à expliquer : car comme ainsi soit , selon la doctrine du Philosophe, que l'agent soit double, l'vn principal, & l'autre qui ne fait seulement qu'aider & auançer l'œuure : personne ne dira que la matrice soit l'agent principal : Car ainsi la femme seule pourroit conçeuoir sans les embrassemens de l'homme, & n'engendreroit iamais que des filles. La matrice agit donc côme cause sans laquelle la formation ne se feroit point , parce qu'elle réueille la faculté de la semence qui estoit assoupie, & la fait sortir en action. Les Medecins font trois sortes de causes efficientes : Car ou elle est principale, ou adiuuante, ou sans laquelle rien ne se fait. Ainsi aux medicamens purgatifs la principale cause de la purgation, c'est la propriété du medicament, L'adiuuante c'est sa temperature chaude , & celle sans laquelle elle ne se feroit pas, c'est nostre chaleur naturelle sans l'aide de laquelle la faculté endormie du medicament ne sortiroit iamais en action. De mesme en la formation du fœtus, la cause principale c'est la semence, i'entends les esprits qui sont en icelle, desquels cette noble artisanne (à sçauoir l'ame) se sert pour se bastir vn logis propre pour faire ses functions : l'adiuuante , c'est la temperature loüable des deux semences & de la matrice : & celle sans laquelle elle ne se feroit pas , c'est la matrice. Car comme ainsi soit que les semences soient seulement animées par puissance, elles ont necessairement besoin d'vn principe venant d'ailleurs pour les réueiller : la matrice agit donc en plusieurs façons. 1. Elle attire la semence virile de son col en sa cauité , comme le cerf par l'inspiration de ses nazeaux le serpent du profond de ses cachots : Car l'homme n'éiacule point sa semence iusques dans la cauité de l'amarry, comme ont songé quelques-vns des Anciens, mais seulement au col : la matrice luy court donc au deuant , & auec son orifice interieur comme auec vne main l'attire & musse dans sa cauité. Et tout ainsi que le ventricule affamé accourt , comme écrit Galien, auec son fonds à l'orifice superieur & se sert d'iceluy comme d'vne main pour attirer la viande : Ainsi la matrice qui est le champ de la concupiscence desireuse & comme affamée de la semence, luy court tout au deuant vers la partie honteuse. Telle donc est la premiere action de la matrice, sçauoir est l'attraction de la semence virile. La seconde, c'est le meslange des deux semences. Car ou elles se meslent d'elles-mesmes, ou bien elles sont meslées par quelqu'autre : elles ne se meslent point d'elles-mesmes, parce qu'elles ne sont point tousiours éiaculées toutes deux en vn mesme temps : comme nous auons prouué par les authoritez d'Hippocrate & Aristote en la question precedente, ny en vn mesme lieu : Car l'homme verse la sienne au col, & la femme la sienne par les costez de la matrice (on les appelle cornes) dans la cauité d'icelle. Dont il s'ensuit que le meslange des semences, que les Barbares appellent Aggregation , se fait par la matrice. La troisiéme, c'est la retention des semences, en

L'agent est double.

Trois sortes de causes efficientes selon les Medecins.

En combien de sortes la matrice agit.

Liure premier de la semence.

laquelle la femme sent la matrice se mouuoir manifestement : Car elle se reserre
& retire, & ferme son entrée interieure si exactement que la pointe d'vne aiguille n'y sçauroit entrer. La derniere, c'est la suscitation & réueillement des semences, qu'on appelle *conception* : Or elles sont réueillées non pas tant par la chaleur, que par la proprieté innée & naturelle de la matrice : Car en quelqu'autre
partie du corps que la semence soit versée , bien qu'elle soit plus chaude que la
matrice, elle n'y sera pas toutesfois conçeuë , ains elle s'y corrompra. La conception paracheuée, l'action de la matrice cesse, & la faculté d'agir, former, nourrir & accroistre est totalement delaissée au fœtus : la matrice ne faisant plus alors
que le contenir, échauffer & conseruer : parce que le lieu est la conseruation du
locat, c'est à dire, de la chose qu'il enferme & contient.

Des conceptions vitieuses , & principalement de la masse.

QVESTION TREIZIESME.

Q VE la conception se fasse par vne proprieté qui est
naturelle & particuliere à la matrice, cecy entre les autres choses le témoigne suffisamment : c'est que la faculté de la semence en quelque autre cauité du corps
qu'elle soit versée, ne sera point réueillée & ne sortira
iamais en action : tellement que la conception soit l'a-
ction propre de la matrice, comme la chylification du
ventricule. Or à ce qu'il se fasse vne conception parfaite, il faut premierement que les semences pures &

Quelles choses sont requises à la parfaite conception.

fecondes soient versées & retenuës en la matrice. I'appelle auec Hippocrate semences pures celles qui ne sont point maladiues ny meslées d'aucun sang : Car le
sang ne doit pas affluer pour la generation, sinon apres la delineation des parties
spermatiques , autrement la semence suffoquée par l'abondance du sang ne
pourroit ny encommencer son ouurage, ny le paracheuer en l'ayant encommencé. Que si les semences sont infecondes, quelle portée en peut-on esperer:
outre ces choses la temperature loüable de la matrice est aussi requise à la par-

Aph.62.se.5.

faite conception. Car celles (selon Hippocrate) *qui ont leurs matrices trop chaudes , froides , seiches ou humides ne conçoiuent point.* Si ces choses defaillent on
ne peut attendre de conception legitime : mais ou il ne s'en fera point du
tout, ou bien elle sera deprauée & vitieuse telle qu'est (selon la confession de
tous) la masse qu'on appelle ordinairement *mole & faux germe.* Or Nature

*Pourquoy na-
ture ayme
mieux faire
vne conception
vitieuse , que
de n'en point
faire du tout.*

ayme quelquesfois mieux faire vne conception vitieuse que de n'en faire
point : parce qu'elle est si desireuse d'éternité & de multiplier l'espece, & si soigneuse de sa conseruation, qu'elle ayme mieux créer quelque chose d'imparfait
& nuisible à nostre nature , que de ne rien faire du tout. Ainsi quand elle engendre des vers dans le ventricule & les boyaux , elle fait mieux que si elle
n'engendroit rien, parce que d'vne chose immobile elle en fait vne qui a mouuement de soy : & d'vne humeur putride vn animal. Or nous allons maintenant rechercher icy la nature & les causes de cette vitieuse conception.
Ce que nous appellons *mole, masse & faux germe :* les Latins le nomment *mola,*

*Les noms de
la masse.*

& les Grecs μύλη & μύλικος, *mulé & mulicos.* Il y en a qui veulent qu'elle soit
ainsi dite, parce qu'elle est dure & de figure ronde comme la meulle d'vn

moulin. (*Moli*) en la langue Perſienne ſignifie vne choſe informe. Le poëte Afranius l'appelle (*molucrum*) Ariſtote la nomme ſouuent μόλυνσις , parce que c'eſt comme vne choſe cruë. Galien la definit *vne chair oyſeuſe & imparfaite.* Mais cette definition n'exprime pas toute ſa nature. Car il ſe peut engendrer quelque chair informe, & qui n'a point de mouuement au corps, qui ne ſera pas pour cela vne mole : il s'engendre des carnoſitez par toutes les parties du corps, leſquelles toutesfois perſonne ne dira deuoir eſtre appellées de ce nom. Nous la definirons plus parfaitement comme enſuit , *La mole eſt vne chair oyſeuſe, inſforme & dure , engendrée en la ſeule matrice de la femme d'vne ſemence trop debile , laquelle entreprend bien la formation , mais eſtant ſuffoquée par vne trop grande abondance du ſang ne la peut parâcheuer ny paruenir à ſa fin, & au lieu d'vn animal engendre vne chair.* Il nous faut à cett'heure examiner toutes les parties de cette definition par le menu. *La mole eſt vne chair,* parce que ſa ſubſtance apparoiſt charneuſe & de couleur rouge ſemblable à du ſang figé : *Elle eſt oyſeuſe,* c'eſt à dire ſans aucun mouuement volontaire : car elle ne ſe meut pas ſinon au mouuement de la matrice : *informe,* non pas qu'elle ſoit ſans forme, car elle a (comme parlent les Philoſophes) ſon eſtre : mais parce qu'elle n'a ny l'eſpece ny la forme d'animal: *Elle ne s'engendre qu'en la ſeule matrice de la femme,* parce (comme écrit Ariſtote) qu'il n'y a que la femme ſeule qui abonde en ſang menſtruel , à raiſon de ſa façon de viure & de ſes exercices. Ce qu'on dit que l'Ourſe fait touſiours ſes ourſats informes, & qu'elle les parfait en les léchant , eſt fabuleux : ou bien nous diſons qu'ils apparoiſſent informes, mais qu'ils ne le ſont pas de fait, parce qu'en demeurant tout l'hyuer dans leurs tanieres ils ſe rempliſſent de beaucoup de pituite viſqueuſe, laquelle eſtant lechée par la mere, la forme des ourſats qui eſtoit cachée ſous icelle vient à ſe deſcoûrir. Les autres parcelles de noſtre definition expliquent fort bien les cauſes de la mole , & la maniere de ſa generation. Ie ſçay que les opinions des anciens touchant ſa generation ſont diuerſes. Plutarque veut qu'elle puiſſe eſtre engendrée ſans la compagnie de l'homme, il a eſté ſuiuy de ceux qui eſtiment qu'elle ſe fait de la ſeule ſemence de la femme & du ſang menſtruel affluant en grande quantité. Cette opinion eſt rejettée par Galien , car il declare en termes expres qu'il ne ſe peut iamais faire aux animaux parfaits aucune conception pour vitieuſe qu'elle puiſſe eſtre ſans la ſemence du maſle : veu que le principe de la formation en prouient, comme de celle qui contient en ſoy le premier principe de la generation. Ioint ſi la mole s'engendroit de la ſeule ſemence de la femme, que les vierges qui ont les pollutions nocturnes en porteroient auſſi bien que les femmes: qui eſt choſe qui n'a iamais eſté veuë ny remarquée. Dont s'enſuit que la maſſe ne s'engendre pas ſans la compagnie de l'hôme. D'autres eſtiment qu'elle ſe fait comme les autres chairs du ſang ſeul, lequel affluant en grande quantité en la matrice s'y caille & épaiſſit par la chaleur. Mais le ſang n'ayant aucune faculté agente mais paſſiue ſeulement : ie ne voy pas cóment la maſſe puiſſe eſtre engendrée du ſang ſeul: veu qu'elle eſt attachée à la matrice par des ligamés, & reueſtuë de membranes qui ſont les premiers commencemens de la formation. Il ne faut pas auſſi eſcouter ceux qui diſent qu'elle ne s'engendre que des ſemences cruës & vitieuſes : ou bien alors que celle de la femme eſt plus puiſſante que celle de l'homme. Le diuin Hippocrate à fort bien exprimé la maniere de la generation d'icelle en ces mots, leſquels ie veux tranſcrire icy cóme eſtans venus de quelque oracle, *Touchant la conception de la mole en voicy la vraye maniere.*

La definition de Galien au 14. de l'uſage des parties ch. 7. eſt imparfaite.

Definition de l'autheur parfaite.

C'eſt vne chair. Oyſeuſe.

Informe.

Engendrée en la ſeule matrice de la femme, & pourquoy. Ariſt. l. 2. de hiſt. animal. cap. 36. Plin. lib. 8. cap. 36.

Opinion de Plutarque. Reſutée par Galien au lieu cité cy deſſus.

Opinion de Mercurial.

Reſutée.

Opinion d'Hippocrate au premier liure des maladies des femmes, & au liure des ſteriles.

quand vne grande quantité de sang reçoit peu de semence & icelle maladiue, il ne se fait point de conception legitime : le ventre neanmoins grossit comme si la femme estoit enceinte. Que pouuoit-on dire plus briefuement ou plus clairement : Hippocrate requiert deux choses à la generation de la masse. 1. La semence virile, mais en petite quantité & maladiue. 2. Vne grande quantité de sang. La semence en petite quantité & vicieuse entreprend bien la formation & façonne les membranes : car la masse est quasi tousiours couuerte de membranes & de fibres : mais voulant acheuer son ouurage encommencé, la delineation des parties est empeschée par l'affluence trop abondante du sang : car le sang n'y doit point affluer, comme nous auons fait voir cy dessus que la delineation des parties spermatiques ne soit acheuée & parfaite : pource donc que le sang vient à dominer sur la semence, la conception qui se fait est illegitime, & au lieu d'vn animal qui estoit la premiere intention de Nature, il s'engendre vne chair informe, ayant quelques principes de vie, mais si debiles qu'ils sont incontinent suffoquez, car ce que la masse croist & augmente, ce n'est pas par nutrition, mais par apposition de matiere. Il y en a qui veulent que cette chair ne soit point totalement inanimée, ains qu'elle soit demy-viuante. Hippocrate n'a donc iamais voulu que la mole fut engendrée sans la semence de l'homme, mais au contraire il a voulu que le principe de sa formation dependit d'icelle. Actuarius confirme le mesme quand il la definit, *Vne tumeur charneuse prenant son commencement, & ce qu'elle a de compacte de la semence feconde* : mais cecy soit dit touchant la nature & les causes de la masse. Monstrons maintenant par quelles marques on la peut distinguer d'auec la vraye conception. Hippocrate les tire de quatre choses. 1. De la tumeur du ventre. 2. Du mouuement. 3. Du lait. 4. Du temps qu'on porte les enfans. Et premierement de l'enfleure & tumeur du ventre, car la masse le grossit & enfle plus promptement & auec plus de dureté que ne fait la vraye conception, & est aussi portée auec plus de peine & de trauail. Secondement du mouuement, car si apres le trois ou quatriéme mois la femme ne sent point de mouuement, c'est signe que la conception est vicieuse. Car *les fils* (dit Hippocrate) *se mouuent à trois mois, & les filles à quatre:* là où la masse est totalement immobile & ne se meut point sinon par accident auec la matrice. Que si la femme sent quelque mouuement tremblant & palpitant, nous disons que ce n'est pas tant la masse qui le fait que la matrice qui tasche de secoüer & mettre bas le fardeau inutile qui la surcharge. Or maintenant le mouuement de l'enfant est totalement dissemblable de celuy de la mole, car l'enfant se tourne & meut de son propre mouuement de tous costez, mais la masse roulle côme vne boulle, & tombe tantost vers le costé droit, & tantost vers le gauche, selon que la matrice incline plus vers l'vn que vers l'autre: la masse pressée auec la main cede soudain & quitte sa place, mais elle y retourne promptement: l'enfant comme il ne cede point, ainsi ne retourne-il point. Tiercement de la nature du lait, car voicy comme Hip. en parle, *Voicy vn signe tresgrand & tres-certain pour connoistre la masse, c'est qu'il ne se fait point de lait aux mammelles* : mais si la conception est legitime, il s'y en engendre, car dit le mesme Autheur, *Incontinent que le fœtus commence à se mouuoir, alors le lait donne connoissance de soy à la mere.* Or il ne s'engendre point de lait aux mammelles quant la femme porte vne mole, parce que la cause finale qui est le nourrissement de l'enfant defaut. Quartement du temps de la grossesse, qui est selon Hip. le dernier signe, mais le plus certain de tous : car si la tumeur du ventre continuë apres l'vnziéme

Expliquée.

Definition d'Actuarius au 2. ch du 1. liu. de sa Methode. Les signes pour connoistre la masse au 1. des maladies des femmes. Se prennent de la tumeur du ventre.

Du mouuement.

Du lait.

Et du temps de la grossesse.

mois, qui eſt le plus long terme de la portée des enfans, & qu'il n'apparoiſſe aucuns ſignes d'hydropiſie: il faut tenir pour choſe tres-certaine que la femme porte vne mole & non point vn vray enfant. *Car la maſſe (dit noſtre Maiſtre) peut eſtre portée deux & trois ans entiers.* Et Ariſtote, *La mole dure en la matrice par quatre ans, & quelquesfois auſſi toute la vie, en ſorte qu'elle vieilliſſe & meure auec la femme.* Il en rend ailleurs la raiſon, parce que n'eſtant point vn animal, elle ne ſe meut point & ne moleſte pas la matrice comme fait l'enfant, lequel en pietinant & regimbant cherche le moyen de ſortir. Outre-plus la maſſe ne reſpire point & n'a pas beſoin d'air pour ſon rafraichiſſement: elle ne deſire donc pas de ſortir pour iouyr d'iceluy plus librement. Les Modernes adiouſtent que celle qui porte vne maſſe eſt toute paſle & découlourée, & que tout le corps luy fond, amaigrit & deuient comme tabide.

Cap. 7. lib. 4: de generat. animalium. Li. 10. de hiſt. animal. c. 7.

Des Monſtres & Hermaphrodites.

QVESTION QVATORZIESME.

NOVs mettons les Monſtres au rang des conceptions vitieuſes & illegitimes: & partant nous ne nous reculerons pas beaucoup de noſtre deſſein ſi nous en diſons quelque peu de choſe en paſſant. Ariſtote appelle les Monſtres en ſa langue παρεκβάσεις & πάρεργα, *parecbáſeis & párerga*, que les interpretes tournent en Latin, *excurſiones & digreſſiones Natura*, comme qui diroit *erreurs, courſes & digreſſions de Nature*, eſtant vne metaphore priſe des voyageurs qui perdent leur chemin & ſe fouruoyent: car Nature ne pouuant faire ce qu'elle veut & pretend, afin de ne point demeurer oyſiue & ſans rien faire, elle fait ce qu'elle peut. Or il definit le Monſtre, *l'erreur & faute de Nature agiſſante pour quelque fin, de laquelle elle eſt toutesfois fruſtrée à raiſon de la corruption de quelque principe.* Les Monſtres ſe font en pluſieurs manieres, & leurs differences ſont infinies: ie pourſuiuray ſeulement en ce lieu les principales: Les Monſtres ſe font ou au ſexe, ou en la mauuaiſe conformation: au ſexe, quand le ſexe eſt incertain, tellement qu'on doute s'il eſt maſle ou femelle, ou bien quand il a l'vn & l'autre comme les Hermaphrodites: cela ſe fait aux hommes en trois manieres. 1. Quand on voit au perinée ou entrefeſſon vne petite fente ſemblable à la partie honteuſe de la femme. 2. Quand on voit la meſme fente au *ſcrotum* ou bourſe ſans que par icelle il en decoule aucuns excremens. 3. Et quand par icelle fente eſtant au *ſcrotum* l'vrine ſort & decoule: mais aux femmes cela ne ſe fait qu'en vne ſeule façon, ſçauoir eſt quand au *clitoris* vn peu au deſſus de la fente & partie baſſe du penil, il luy ſort comme vn membre viril. Aucuns adiouſtent encore pour les hommes, quand on leur trouue au deſſus de la racine de la verge la nature de la femme: & aux femmes quand la verge leur ſort vers les aiſnes ou au perinée. Les Monſtres en la conformation ſe voyent fort ſouuent, ie rapporte à la conformation la figure, la magnitude, la ſituation & le nombre. Les Monſtres en la figure ſont ſi l'homme a la figure courbée comme les beſtes à quatre pieds, & s'il a le viſage comme vn chien, vn loup, vn renard, &c. En la magnitude excedante ou deffaillante, ſi la proportion de ſes parties eſt inégale, comme la teſte tres-groſſe ou tellement menuë qu'elle ne ſe rapporte pas auec les autres parties. En la ſituation, comme s'il auoit les yeux au mitan du front, le nez aux coſtez

Definition de Monſtre baillée par Ariſtote au 2. liure de ſa Phyſique, chap. 8. text B2

Differences des Monſtres. Au ſexe, & de là pluſieurs ſortes d'Hermaphrodites.

En la conformation, à laquelle on rapporte. La figure.

La magnitude.

La ſituation.

Et le nombre. de la teſte, les oreilles au derriere, & ſemblables. Au nombre excedant, s'il a deux corps, deux teſtes, quatre bras, &c. Au nombre defaillant, s'il n'a qu'vn œil, point d'oreilles, & autres ſemblables. Touchant les cauſes des Monſtres,

Les cauſes des Monſtres. diuers en penſent diuerſement. Les Theologiens les rapportent à la vengeance de Dieu ; les Aſtrologues aux Aſtres. Alchabitius dit qu'il y a certains degrez eſquels la Lune ſe trouuant à l'heure de la conception ; l'enfant qui en naiſt eſt monſtrueux. Aucuns attribuent au feu la generation de ces formes hydeuſes & difformes, c'eſt à dire, à la mobilité ignée comme à l'artiſan qui façonne les corps & leur imprime leur figure. Nous eſtimons qu'il les faut rapporter à la cauſe materielle & à l'efficiente de la generation. La matiere c'eſt la ſemence : &

Ils ſont engen-dreʒ par le vi-ce de la matie-re ou la cauſe efficiente ou agente eſt ou principale & premiere, & icelle double, à ſçauoir la faculté formatrice & l'imagination, ou inſtrumentaire ; à ſçauoir le lieu & certaines qualitez comme la chaleur : la matiere peut eſtre cauſe de la ge-

qui defaut, ou neration des Monſtres en trois manieres, car ou elle defaut, ou elle ſurabonde, ou elle eſt diuerſement meſlangée. S'il y a faute de ſemence, les Monſtres ſeront

qui abonde trop, deffectueux en magnitude & en nombre : ſi elle ſurabonde ils auront deux teſtes,

ou qui eſt con-fuſe, & diuer-ſement meſ-langée, quatre bras, &c. S'il y a confuſion & meſlange de diuerſes ſemences, ils ſeront de pluſieurs & diuerſes eſpeces. Ainſi les Sodomites & ceux qui ſe meſlent auec les beſtes, engendrent ſouuenteſfois des Monſtres épouuentables. Ariſtote écrit qu'en l'Egypte & l'Afrique ſe voyent force Monſtres, à raiſon du meſlan-ge & de l'accouplement des beſtes de diuerſes eſpeces. Voilà donc comme les Monſtres s'engendrent à raiſon du vice de la matiere. Ils peuuent auſſi eſtre en-

ou par l'erreur de la cauſe agente. gendrez en diuerſes manieres par la faute de la cauſe agente : l'agent premier & principal eſt ou la faculté formatrice, ou l'imagination : quand aux forces de l'imagination nous en parlerons en ſon lieu : qu'il ſuffiſe de noter icy, ſelon la doctrine des Arabes, qu'vne forte imagination peut produire des formes, non autrement que les intelligences ſuperieures produiſent les formes des me-

Hiſtoire. taux, des plantes & des animaux. Nous liſons qu'aux enuirons de Piſe vne fem-me accoucha d'vne fille toute couuerte de poils ſemblables à ceux d'vn chameau, parce qu'elle auoit continuellement vne image de ſainct Iean Baptiſte deuant ſes yeux. L'agent inſtrumentaire c'eſt la chaleur & le lieu de la conception. La cha-leur par ſa mobilité ignée fait ſouuenteſfois des choſes admirables : le peruertiſſe-ment & la mauuaiſe conformation de la matrice, qui eſt le lieu de la conception, peut auſſi rendre la figure laide & difforme. Quant aux raiſons Theologales & Metaphyſicales nous les paſſons ſous ſilence : parce que nous traittons ſeulement en ces liures les choſes naturelles.

HISTOIRE

HISTOIRE ANATOMIQVE.

De la formation des parties.

CHAPITRE V.

A faculté formatrice qui eſtoit aſſoupie en la ſemence, & comme empeſchée, eſtant réueillée par la chaleur & la proprieté naturelle de la matrice, ſort quant
& quant en action. Alors cette noble & diuine arti-
ſanne commence ſon edifice, & ſe baſtit vn logis propre pour faire & exercer ſes fonctions. Or ne pouuant
faire cela ſans inſtrumens elle ſe ſert de l'eſprit, dont
tout le corps de la ſemence eſt remply, comme d'vn
manouurier ou d'vn peintre pour traçer & figurer
toutes les parties du corps. Cet eſprit icy court & vague par tout le corps de la ſemence, & ſe répand en toutes les parties d'icelle. C'eſt luy qui baſtit, eſtend &
perçe comme en ſoufflant, ainſi que font les verriers, les parties ſimilaires. C'eſt
à iceluy que le Philoſophe donne la puiſſance de diſpoſer, ſeparer, amaſſer, condenſer, rarefier & reſerrer. Galien l'appelle l'artiſan qui façonne, engendre & forme les parties du corps humain: & comme diſoit Mercure Triſmegiſte, *L'eſprit*
viuifie toutes les eſpeces qui ſont au monde, diſpenſant & gouuernant toutes choſes ſelon
la dignité de chacune d'icelles. Doncques l'eſprit premier & plus prochain inſtrument de l'ame, courant par toute la maſſe de la ſemence, traçe & forme premierement, comme vn peintre d'vn gros crayon, toutes les parties tant ſimilaires
comme organiques, deſquelles il contient l'idée en ſoy; puis apres il les enrichit
de diuerſes ſortes de couleurs, paracheuant par ordre tantoſt l'vne & puis apres
l'autre. L'admirable Hippocrate, comme recite Galien, a departy tout l'ouurage
de la formation en quatre temps. Il appelle le premier, auquel la forme de ſemence apparoit encore *Goné,* c'eſt à dire, *geniture.* Car on ne voit encore autre choſe
que les ſemences coagulées & couuertes d'vne crouſte. Il nomme le deuxiéme
Cuèma, c'eſt à dire *conception.* En iceluy ſe voit vne delineation groſſiere de toutes les parties & comme vne maſſe charneuſe. Il appelle le troiſiéme *Embryon,*
lors on peut voir les premiers eſtains & filets des trois parties nobles, & de toutes les parties ſpermatiques. Et le quatriéme & dernier, quand la deſcription &
delineation de toutes les parties eſt paracheuée, *Paidion & Couros,* c'eſt à dire
enfant. Ces choſes ſont tres-belles, afin que ie ne die diuines, mais trop obſcures
pour les ieunes & apprentifs: Nous les expliquerons donc icy vn peu plus clairement, & monſtrerons par quel ordre toutes les parties ſont & commencées à
former, & parfaites.

L'eſprit, organe de l'ame, commençant à trauailler ſur la ſemence, qui au
ſens apparoit vniforme & ſimilaire, bien qu'actuellement & de fait elle ſoit diſſimilaire; ſepare premierement les parties diſſemblables qui ſont en icelle, ca-
chant & r'enfermant les plus ſubtiles, les plus nobles & plus ſpiritueuſes au

Que c'eſt que
l'eſprit, organe
de l'ame, fait
en la genera-
tion.

2. de ſemine.

Hippocrate a
departy l'ou-
urage de la cō-
formation en
quatre temps.
Le premier.
Le ſecond.
Le troiſiéme,

Le dernier.

L'ordre de la
generation des
parties.

milieu, & les enuironnant exterieurement de celles qui font plus groffieres, plus froides & plus vifqueufes, (lefquelles la femence de la femme fournit qua-fi toufiours) comme d'vne couuerture ou d'vn rampart. Il commence la forma-tion par celles-cy qui font plus froides & plus vifqueufes, defquelles par vne prouidence vrayement admirable, il fait & eftend les membranes, lefquelles comme des ramparts, coûurent la plus noble partie de la femence & r'enfer-ment les efprits au dedans, lefquels autrement s'éuanouyroient à raifon de leur fubtilité. Ioint, fi ces membranes n'eftoient les premieres formées, que l'Em-bryon tendret & delicat feroit offencé par la dureté de la matrice : Car comme le fouuerain Createur de l'Vniuers qui eft tout bon & tout puiffant, a feparé le feu de la terre, en mettant l'air & l'eau entre-deux ; ainfi Nature imitatrice des ouurages diuins, a feparé par le moyen de ces membranes, l'enfant d'auec la matrice. Combien feroit toufiours trifte & plaintiue la vie de l'enfançon, fi le mol eftoit continuellement froiffé contre le dur ? Ces membranes ne font point en pareil nombre au fœtus humain, & en ceux des brutes ; car aux brutes, principalement en celles qui ont des cornes, nous en auons fouuent remarqué trois, *le Chorion*, *l'Amnios* & *l'Allantoïde*. Le Chorion eft tout adherent à la matrice, par le moyen des veines & des arteres vmbilicales, & en iceluy font apparents les cotyledons faits d'vne fubftance charnuë & fpongieufe. L'Amnios plus defliée que le Chorion enueloppe tous le fœtus, & eft tenuë pour eftre le receptacle de la fuëur. La troifieme dite *Allantoïde*, parce qu'elle a la figure d'vne fauciffe ou d'vne andoüille, ne couure point le fœtus par tout, ains le ceint feulement comme vne ceinture ou vne large bande, depuis le cartilage xiphoïde, iufques au bas des iles ; & eft dite feruir pour contenir l'vrine : mais au fœtus humain fe trouuent feulement deux membranes, *le Chorion & l'Am-nios*. La premiere eft nerueufe & forte, & enueloppe tout le fœtus : elle appuye comme de la lictiere ou vn cuiffin mollet, les veines & les arteres vmbilicales; car ce n'eftoit pas chofe feure de laiffer faire vn long chemin fans efcorte & deffen-ce, aux vaiffeaux du fœtus fortans du nombril. Elle n'a point en la femme de co-tyledons, c'eft à dire de tubercules reffemblans aux bouts des mammelles, comme aux brutes ; ains au lieu d'iceux on y trouue vne certaine maffe de chair tiffuë & compofée d'vne infinité de branchettes de veines & d'arteres, entre-laffées par vn artifice merueilleux & d'vn fang qui s'eft comme figé autour. Les Modernes l'appellent *placenta*, *affufio orbicularis*, *vterinum hepar*, gafteau, tout-te, foye vterin ou de la matrice, & veulent que fon vfage foit de preparer & élaborer le fang comme vn autre foye pour la nourriture du fœtus. Pour mon regard ie nommerois pluftoft ce corps rond & rougeaftre reffemblant à vne pleine Lune, & n'eftant attaché qu'à vn des coftez de la matrice, lequel n'en-uironne point tout le fœtus, ie le nommerois, dis-ie, pluftoft *pancreas* & *calli-creas*, & luy attribuërois le mefme vfage qu'au pancras, fçauoir eft d'appuyer les vaiffeaux vmbilicaux répandus par vne ramification infinie dans le chorion, & leur feruir comme de cuiffin. Mais pourquoy le fœtus humain n'a-il point ces cotyledons ou acetables qui attachent fermement le chorion à la matrice? Eft-ce pource que la femme ne porte point tant d'enfans d'vne ventrée ? ou bien eft-ce pource que la matrice des beftes à quatre pieds s'auance dauantage en dehors, laquelle pour cette raifon ne pourroit pas, finon à grande diffi-culté porter le fœtus, fi elle n'eftoit attachée par des liens forts & puiffants; L'autre tunique enueloppant immediatement l'enfançon, eft nommée à rai-

Les membra-nes de l'arriere-faix font en-gendrées les premieres, & pourquoy.

Elles font trois aux brutes.

Le chorion.

l'Amnios.

l'Allantoyde.

Mais deux feu-lement aux hommes.

Vne maffe charnuë au lieu des coty-ledons.

Son vfage fe-lon les moder-nes.

Aduis de l'autheur tou-chant le nom & l'vfage de cette maffe charnuë.

Pourquoy le fœtus humain n'a point de co-tyledons com-me les brutes.

fon de fa molleſſe & ſubtilité, des Grecs *amnios*, des Latins *agnina*, des autres
conceptus armatura, carta virginea, induſium, & des Arabes *abigas*. Elle eſt par tout
libre de connexion, horſmis à l'endroit où eſt le placenta, où elle eſt tellement
adherente au chorion, qu'elle n'en peut eſtre ſeparée qu'auec beaucoup de difficulté: Elle eſt le receptacle de l'vrine & de la ſueur, d'où il ne prouient pas peu de
commodité à l'enfançon, cat il nage dans ces eaux, & eſt aſſis dans icelles ſans receuoir aucune incommodité, comme dans vn baing: elles rendent auſſi l'enfantement plus facile en moüillant & lubrefiant l'orifice de la matrice. Ces membranes & couuertures icy eſtant adherentes les vnes aux autres ſemblent n'en faire
qu'vne, que les Grecs nomment *deuterion & hyſteron*, les Latins *ſecunda*, & *ſe-*
cundina, nous la nommons en François *l'arriere-faix*. Or elle a eſté ainſi appellée, ou pourcé qu'en l'enfantement elle ſort la derniere, ou pource qu'elle eſt le
ſecond domicile du fœtus apres la matrice. La partie interieure & plus noble de la
ſemence couuerte & remparée de ces tuniques, entreprend plus hardiment la
formation des parties. Alors l'eſprit vague & court par toute la maſſe de la ſemence: & comme ainſi ſoit qu'il y a deux facultez, l'alteratrice & la conformatrice,
qui miniſtrent à la procreatrice: la matiere de la ſemence eſt premierement alterée & diſpoſée, & puis quaſi au meſme inſtant ſont traçez enſemble & à vne
fois, comme de gros crayons, les premiers eſtains & filets de toutes les parties
ſpermatiques: on peut alors voir trois cloches comme gouttes reluiſantes, ſemblables aux boüillons que la pluye fait en tombant dans vne riuiere, qui ſont les
commencemens des trois parties nobles, & mille filamens de vaiſſeaux, & les premiers filets & eſtains des parties ſpermatiques: Tellement qu'il y ait bien de l'apparence à ce qu'Hippocrate inſpiré de quelque diuinité a laiſſé par eſcrit, *Que tou-*
tes les parties ſont encommençées enſemble, mais qu'elles n'apparoiſſent point, & ne ſont
point parfaites toutes enſemble & en vn meſme temps.. Or ſi elles commencent à
eſtre figurées au cinq ou ſeptiéme iour, il n'y a que le ſeul Createur qui a formé
l'enfant, qui le cognoiſſe: & touteſfois ſi on veut adiouſter foy à Hippocrate, & à
l'experience, *La geniture au ſeptiéme iour a tout ce que le corps doit auoir*, c'eſt à dire,
comme ie l'interprete; Au ſeptiéme iour apparoiſſent les premiers commencemens de toutes les parties ſpermatiques, leſquels tu verras facilement, ſi les ayant
iettez dans de l'eau tu les conſideres attentiuement. Les fondemens des parties
ſpermatiques eſtans ainſi poſez, leſdites parties ſont puis apres acheuées & parfaites chacune ſelon ſon rang. Les plus nobles & les plus neceſſaires les premieres,
comme les trois principes ou parties nobles; & les parties qui naiſſent d'icelles, à
ſçauoir les veines, arteres & nerfs. Les veines s'en vont du foye au chorion, & les
arteres ſe trainent des rameaux iliaques iuſques à la meſme membrane, & s'vniſſent tant les veines que les arteres, auec les orifices des vaiſſeaux de la matrice,
tellement que ces vaiſſeaux nommez *vmbilicaux*, par leſquels l'enfançon attiré
le ſang & l'eſprit, ſoient contre l'opinion du vulgaire, rameaux & productions
des vaiſſeaux interieurs du fœtus. Quant aux parties plus dures & plus ſolides, elles ſont bien figurées enſemble, mais elles ne ſont point parfaites en vn meſme
temps: car des os les vns obtiennent leur perfection pluſtoſt, & les autres plus
tard. Les coſtes, la maſchoire inferieure, les oſſelets des oreilles, les clauicules &
l'os hyoïde acquierent dés les premiers iours la nature d'os; les os du bras, de la
iambe & de la cuiſſe ont leurs epiphyſes imparfaites & totalement cartilagineuſes; les os de la maſchoire de haut, ceux des mains, de l'eſpine & du ſternon ne
ſont ſeulement que cartilages. La cauſe de leur formation & perfection plus

prompte doit estre rapportée à l'vsage, c'est à dire, à la necessité de la cause finale.
Car les costes, parce qu'elles forment la cauité orbiculaire & ronde du thorax,
deuoient estre dés le commencement osseuses pour empescher que les visceres
ne fussent pressez ; la maschoire inferieure estoit necessaire à l'enfant dés le premier iour de sa naissance, pour le succement & le mouuement ; les osselets des
oreilles pour mieux resonner deuoient estre secs & durs ; les clefs qui attachent le
bras & l'omoplatte au tronc deuoient estre formées osseuses ; & l'os hyoïde aussi,
parce qu'il sert pour affermir & appuyer la langue. Il en faut dire autant des autres parties, en la delineation desquelles la faculté formatrice trauaille perpetuellement sans se reposer, iusques à ce que la formation en soit paracheuée ; ce qui
arriue, selon Hippocrate, aux fils certes au trentiéme iour, & aux filles au qua-

*Le quatriéme
iour est ache-
uée la forma-
tion des par-
ties spermati-
ques.*
*l.de nat. puer.
& lib. de se-
ptim. partu.
l. 7. de hist.
animal. 3.*
rantiéme ou quarante-deuxiéme. Car voicy comme il en parle, *La fille atteint sa
premiere conformation en quarante & deux iours , qui est le terme le plus long , &
le fils pour le plus tard en trente.* Telle donc est la premiere conformation du fœtus , laquelle est toute faite du corps de la semence, & qui n'excede pas la masse
& quantité d'icelle. Car comme écrit le Philosophe, si on la iette dans de l'eau
froide à peine passera-elle en grosseur vne grande formy. I'ay toutesfois souuent
remarqué le fœtus de quarante iours exceder la grandeur du petit doigt. Il y a

*La seconde
conformation
du fœtus se
fait du sang.*
encore vne seconde conformation qui se fait de l'autre principe de la generation,
à sçauoir du sang, duquel les parties charnuës sont formées comme les spermatiques de la semence. Ce sang icy, quoy que dient les Anciens, n'affluë point que
toutes les parties spermatiques ne soient figurées. Or il affluë par la veine vmbilicale, qui est vn rameau de la veine porte, pour remplir les espaces vuides, qui

*Par quel ordre
les chairs sont
formées.*
sont comme fentes entre les fibres des parties spermatiques. Au reste comme
ainsi soit qu'il y ait trois sortes de chair, l'vne qui naist & s'engendre autour des
visceres, on l'appelle *parenchyme* ; l'autre qui adhere aux fibres des muscles, on la
nomme absoluëment *chair* ; & la troisiéme qui est particuliere à chaque partie :
nous voulons que ces trois sortes de chair ne soient pas engendrées ensemble ny
à vne fois, mais par ordre : & estimons que les parenchymes sont faits les premiers, puis apres la chair qui est propre à chaque partie, & finalement celle des

*Le foye est en-
gendré le pre-
mier des pa-
renchymes.*
muscles. La premiere de tous les parenchymes est celle du foye, parce que la veine vmbilicale verse là premierement le sang, puis celle du cœur, & finalement
celle des autres visceres. Telle donc est toute la formation du fœtus & de chacune
de ses parties.

CONTROVERSES ANATOMIQVES.

A sçauoir si toutes les parties du corps sont formées ensemble.

QVESTION QVINZIESME.

CETTE question est si difficile & enueloppée de tant d'obscuritez que Galien confesse franchement qu'il n'y a que Dieu seul & Nature qui la connoissent, car qu'y a-il de plus diuin, de plus admirable & de plus caché que la premiere formation de l'homme? Il semble que le Prophete Royal remply du sainct Esprit, nous ait voulu enseigner cela quand il chante:

Tu possedes mes reins, tout chaud tu m'as receu
Du ventre de ma mere: ô Dieu ie le confesse
Que l'art est merueilleux dont tes doigts m'ont tissu:
Merueilleux sont tes faits d'admirable hautesse,
Et mon ame, ô Seigneur, l'a trop bien apperceu.
   Vn seul de tous mes os à ton œil curieux
Ne dérobe sa forme en secret compassée,
Ma substance, ô Seigneur, tu l'as faite aux bas lieux,
Et de mon imparfaict l'œuure à peine tracée
Matiere encore informe est visible à tes yeux.

Difficulté de la question. *li. An omnes partes simul fiant.*

Pseaume 138

Vers de Desportes.

D'autant donc que la solution de cette question excede la capacité de l'entendement humain, enfermé en l'obscure prison de ce corps: si ie propose quelque chose vn peu plus librement en l'explication d'icelle; ie conjure tous les amateurs de la Medecine de n'attribuer pas cela tant à la petitesse de mon esprit, comme à la grandeur du sujet. Et pource que des écarmouches des opinions contraires est tirée la verité, comme le feu du frayement & de la collision mutuelle des pierres, Voyons premierement quelles ont esté les opinions des anciens, touchant cette question.

Alcmeon veut que le cerueau soit le premier formé, parce qu'il est le siege de la raison & le logis de l'ame; & parce qu'aux petits enfans la grosseur de la teste & du cerueau excede la grandeur de toutes les autres parties. Il auoit parauanture leu dans Hippocrate, qu'il faut estimer la grandeur des os & de tout le corps par la grosseur de la teste, comme si toutes les parties estoient formées selon la teste & en dépendoient. Pelops (comme recite Galien) enseignoit publiquement que tous les vaisseaux prenoient leur origine du cerueau; ce qu'a aussi voulu ce Philosophe de Perse, qu'Auicenne appelle *le Thesée Persean* & les autres *Syarmor Cabronensis*: Mais comme ainsi soit que le cerueau seulement autheur du mouuement, du sentiment & des facultez Princesses; & que ces facultez ne soyent pas necessaires en la premiere formation; ie ne voy point pourquoy il doiue estre formé premier que les autres parties spermatiques. Democrite (comme raconte Aristote) estimoit que les parties exterieures estoient premiere-

L'opinion d'Alcmeon.

l. 6. epi. sec. 6.

de Pelops. cap. 2. li. 6. de placit.

De Democrite.

c. 4. lib. 2. de
gener anim.
d'Orphée.
d'Empedocles.
des Stoïciens.
d'Arist. 2. de
gener. anim.
c. 4.
ment faites, & les interieures par apres, comme si les animaux estoient faits de
bois & de pierre. Orphée vouloit que l'animal fut fait comme vne reth maille
apres maille & par ordre. Empedocles pensoit que le foye sust le premier formé.
Les Stoïciens soustenoient que toutes les parties estoient faites ensemblement.
Aristote veut que le cœur soit le premier engendré, & que toutes les autres parties soient creées par iceluy; & qu'il regisse comme vn fils émancipé du pere tout
le corps. Il écrit qu'il est le premier & vnique Prince, & le premier autheur de la
vie, du mouuement & de la sanguification; parce qu'il meurt le dernier : or ce
qui meurt le dernier doit viure le premier. Qu'il meure le dernier, l'experience &

e. 5. de loc.
aff. 1.
l'authorité de Galien, qui dit, *qu'il est impossible que l'homme meure que le cœur ne*
soit affecté, le persuadent suffisamment. Il est donc necessaire que l'ouurier public,
à sçauoir le cœur, soit engendré premier que le dispensateur, à sçauoir le foye.

d'Auicenne.
Il semble que l'Arabe Auicenne ait suiuy la mesme opinion, laquelle il appuye de
quelques raisons. 1. L'animal ne peut estre nourry sinon qu'il viue, & qu'il participe de l'influence de la chaleur; or le cœur en est la fontaine tres-abondante.
2. La faculté formatrice n'a pas besoin de nourriture tous les premiers iours, parce qu'en ce temps-là les parties ne souffrent point de grande resolution, mais elle a tousiours mestier de l'influence de la chaleur & de l'esprit vital ; le cœur doit

L'opinion
d'Aristote
est resutée.
donc estre formé premier que le foye : mais il y a desià long temps que ces decrets
d'Aristote ont esté chassez des escholes des Medecins. Car que le cœur ne soit pas
vnique ny premier Prince nous l'auons prouué au long & au large en la seconde
question de nostre premier liure, & qu'il ne soit point engendré le premier, on
le peut monstrer & par le sens & par la raison, qui sont les iuges & criteres de tou-

Par le sens.
tes choses. 1. Par le sens, certes parce que les trois clochettes, qui sont les principes
des trois parties nobles apparoissent tousiours ensemble, & n'y a personne qui en

Par la raison.
aye iamais remarqué vne qui fut seule & premiere que les autres. 2. Par la raison,
parce que l'embryon les premiers iours n'a pas besoin de l'action du cœur : car viuant à la maniere des plantes, il n'a point mestier ny du battement du cœur, ny de
la respiration, ny de l'influence de la chaleur ; il s'entretient assez par sa chaleur

Le cœur n'est
point le pre-
mier viuant.
& son esprit inné & naturel. Et pour le regard de ce qu'il dit qu'il est le premier
viuant, parce qu'il est le dernier mourant, nous en nions la consequence. Car les
choses qui sont premieres en la generation ne sont pas tousiours dernieres en la
dissolution. Ainsi en la generation du corps mixte la matiere precede la forme, &
toutesfois l'abolition de la forme est la corruption du corps mixte. Doncques
les anguilles & les serpens auront le principe de leur vie en la queuë, parce que les
autres parties estant mortes & du tout immobiles, la queuë vit & meut encore
quelque temps apres. Nous confessons veritablement que le cœur meurt le dernier, parce que la chaleur vitale en l'homme parfait ne peut influër d'ailleurs que

Qu'est-ce que
viure.
du cœur qui en est la fontaine ; mais qu'il viue le premier nous le nions tout à
plat, parce que viure est, ou estre nourry, ou estre animé, le cœur n'est ny le
premier nourry, ny le premier animé : car la nutrition se fait du sang, le sang n'est
point porté sinon par les veines ; or toutes les veines prennent leur origine du
foye. Et qui plus est, la veine ombilicale, nourrice de l'embryon, porte & verse
le sang au parenchyme du foye premier, qu'en celuy du cœur. Il n'est pas aussi le
premier animé, parce qu'alors que la semence sort en action & qu'elle commence la formation, elle est toute animée actuellement ; dont s'ensuit que toutes les
parties d'icelle viuent actuellement par la seule participation de la chaleur de-
meurante en l'humidité : Et pourtant qu'Aristote, Chrysippe, les Stoïciens, &

toùs ceux qui difent le cœur eftre le premier viuant & le premier fanguifiant, s'en aillent en bonne paix. Il femble que Galien n'ait pas efté bien refolu touchant la formation des parties. Car il dit tantoft que le cœur & le foye font formez enfemble, tantoft il veut que le foye foit le premier engendré, & tantoft que ce foit la veine vmbilicale. Il demeure toutesfois fermé à ce point, que les parties font engendrées fucceffiuement, & non pas toutes enfemble, ny à vne fois. Il efclaircit fon opinion par l'exéple des chofes qui fe font par art. Car on ne baftit pas vne maifon tout à vn coup, mais on jette premierement les fondemens, puis on dreffe des parois, & finalement on leue le comble. Tout de mefme auffi au fœtus, vne partie eft formée premier que l'autre: celle-là à fçauoir qui eft plus neceffaire à l'embryon. Or il eftime que le foye eft tel, parce que le fœtus vit les premiers iours la vie des plantes, & qu'il a feulement affaire de nourriffement comme la plante: Or le foye eft la boutique de l'aliment & du fang. Tout ainfi donc que la plante n'a que faire de l'aide du cœur, auffi n'a le fœtus les premiers iours. Outre-plus que le foye foit engendré le premier, la grandeur d'iceluy & la facilité de fa generation le monftrent clairement: car il eft engendré d'vn fang qui eft feulement figé & épaiffi. Ioint que la veine vmbilicale s'en va rendre au foye premier qu'au cœur. Et que tout cela foit vray, Galien l'enfeigne, parce que les facultez naturelles, comme eftant les premieres, qui font les plus puiffantes aux enfans: les vitales qui prouiennent du cœur font plus debiles: & les animales qui fe font par le cerueau tres-debiles. Ioint que toute generation fe fait de l'imparfait au parfait. Le foye eft donc formé le premier, puis apres le cœur, & le cerueau le dernier. Voilà l'opinion de Galien & de quafi tous les Medecins & Anciens & Modernes, fur la conformation des parties. Quand pour mon regard i'ay efté tel iufques à prefent, que ie n'ay pas voulu iurer aux paroles d'aucun Maiftre. Et combien que i'aye toufiours beaucoup honoré les anciens, ainfi qu'il eft bien raifonnable, comme ceux que ie reconnois pour mes Maiftres: fi eft-ce que ie n'ay point de honte d'abandonner leurs decrets quand ils efcriuent quelque chofe contraire à la raifon. Ie ne croy donc pas que le foye, quoy que die Galien, foit premier engendré que les autres parties. Parce que le fœtus n'a pas befoin de l'aide d'iceluy que la delineation des parties fpermatiques ne foit acheuée: Car le fang ne doit point affluer finon apres qu'elles ont efté circomfcriptes, autrement il fuffoqueroit la femence, & au lieu d'vne vraye conception il s'engendreroit vne mole. Quand à la nutrition & augmentation que Galien dit eftre faites du fang, tant s'en faut que nous accordions qu'elles foyent neceffaires à la premiere formation, que nous fouftenons au contraire auec Hippocrate & Ariftote qu'elles y feroient totalement nuifibles, de forte qu'on peut jetter contre Galien les mefmes traits qu'il a tirez contre Ariftote. Le fœtus, difoit Galien, n'a que faire de l'aide du cœur: il ne doit donc pas eftre formé premier que le foye. Le fœtus, difons-nous, n'a point befoin de l'aide du foye, parce qu'il ne fe nourrit point finon apres que la delineation des parties fpermatiques eft paracheuée: le foye ne doit donc pas eftré formé premier que le cœur ou le cerueau. Tu objecteras pour Galien que fa vie fe definit par la nutrition, doncques fi l'embryon vit, il s'enfuit qu'il a befoin de nourriffement. Ie réponds que les animaux parfaits ne viuent point qu'ils ne fe nourriffent: mais que ceux qui font imparfaits & exangues peuuent viure quelque temps fans aliment. Ainfi quelques petits animaux demeurent tout l'hyuer dans leurs cachots fans manger: & les plantes ne fe nourriffent pas l'hyuer, ce leur eft affez fi elles fe viuifient & conferuent. L'embryon tendret

L'opinion de Galien.

Que les parties font engendrées fucceffiuement, & non pas toutes enfemble.

Que le foye eft engendré le premier.

Cap 3. lib. de form. fœtus.

L'Autheur reiette l'opinion de Galien.

Ses raifons.

Obiection.

Solution.

& tout exangue vit donc les premiers iours, & toutesfois il ne se nourrist point parce qu'il n'a pas besoin de nourrissement ; entant que son corps ne souffre poins de perte en sa substance. Il reste maintenant que nous disions clairement & en peu de mots nostre opinion touchant l'ordre de la formation. Et afin que les escholiers & apprentifs la puissent comprendre plus facilement, nous apporterons premierement les distinctions qui ensuiuent. 1. Des parties les vnes sont propres au fœtus, desquelles il se sert durant toute sa vie: & les autres luy seruent seulement durant qu'il est en la matrice: telles sont les tuniques & membranes de l'arriere-faix. 2. Des parties les vnes sont spermatiques qui sont engendrées de la semence, & les autres charnuës, l'origine desquelles doit estre immediatement rapportée au sang. Or les charnuës sont de trois sortes, car ou c'est la chair des visceres, on l'appelle *parenchyme*: ou la chair des muscles, qu'Hippocrate appelle proprement & absoluëment *chair*: ou la chair qui est particuliere à chaque partie, laquelle n'a point encore de nom propre. Ces choses ainsi arrestées nous disons que les membranes, l'amnios & le chorion sont les premieres engendrées de toutes les parties: parce qu'il falloit que la partie interieure & plus noble de la semence fut couuerte & enuironnée par icelles, comme nous monstrerons plus au long en la question suiuante. Ces tuniques estant formées nous voulons que les filets & premiers estains de toutes les parties spermatiques soyent jertez & formez ensemble, & en vn mesme temps: parce que la matiere desia disposée & alterée par la chaleur est vne & mesme: que c'est vn mesme ouurier à sçauoir l'esprit respandu par toute la masse de la semence: & vne mesme cause finale, qui est l'vsage des parties, car le fœtus n'ayant point besoin en la premiere conformation de la nourriture qui prouient du foye, ny de l'influence & barrement du cœur, ny du sentiment du cerueau: ains s'entretenant par sa chaleur propre: pourquoy estimerons-nous que cette partie-cy soit formee premier que celle-là ? Si lors que Nature entreprend la coction du *pus*, elle ameine ensemble toute la matiere à égallité, & s'insinuë semblablement & égallement en toutes les parties d'icelle: pourquoy la faculté formatrice en la premiere delineation des parties spermatiques, ne commencera-elle point tout ensemble & à vn coup la description de toutes les parties, desquelles elle contient l'idée en soy: Cette opinion n'est pas mienne, mais de nostre venerable vieillard, *Toutes les parties* (dit-il) *sont formées, & s'augmentent ensemble, & non pas les vnes deuant ny apres les autres: mais celles qui sont plus grandes de Nature, apparoissent premier que les moindres.* Item, *Il me semble qu'il n'y a aucun principe au corps, mais que toutes les parties sont égallement, & principe & fin.* Que se pouuoit-il, ie vous prie, dire plus proprement plus briefuement, ou plus diuinement ? Les parties spermatiques solides & premieres sont donc encommencées & formées toutes ensemble & à vne fois, mais puis apres elles sont acheuées chacune selon son rang & degré: à sçauoir les plus nobles & plus necessaires les premieres, & les moins nobles & moins necessaires les dernieres. Apres la delineation des parties spermatiques sont formées les charnuës, & entre icelles les chairs des parenchymes les premieres: puis apres la chair qui est particulieres à chaque partie: & finalement les espaces qui sont entre les fibres des muscles se remplissent. Nous voulons aussi qu'entre les parenchymes le foye soit le premier formé, parce que la veine vmbilicale verse là premierement le sang, lequel en se figeant & caillant engendre la chair d'iceluy. Et c'est peut-estre ce qu'a voulu entendre Galien, quand il écrit que le foye est le premier engendré. Car nous n'auons point d'autre moyen pour l'excuser.

Aduis de l'Autheur. Differentes des parties.

Les membranes sont les premieres engendrées.

Toutes les parties sont formées ensemble.

Opinió d'Hippocrate au li. de la Diete, & au li. des lieux en l'homme.

Les charnuës sont dernieres formées.

Galien est excusé.

A sçauoir si les membranes qui enueloppent le fœtus sont les premieres faites de toutes les parties : si c'est par la faculté formatrice , & si c'est de la semence de la femme.

QVESTION SEIZIESME.

N OV s rechercherons icy briefuement trois choses toū- chant les membranes qui enueloppent le fœtus. 1. A sçauoir si la faculté formatrice commence la forma- tion des parties par icelles , c'est à dire, à sçauoir si elles sont les premieres formées de toutes les parties. Pour mon regard persuadé & par l'experience & par la rai- son , ie tiens qu'elles sont les premieres formées. I'a- meneray l'experience d'Hippocrate , d'Aristote , de Galien , & la mienne. *La geniture* (dit Hippocrate)

L'Autheur prouue que les mebranes qui sont l'arriere faix sont les premieres for- mées.
Par l'expe- rience.

ayant esté meslée & retenuë en la matrice , en quelque iour & heure qu'elle soit reiettée, se voit perpetuellement couuerte d'vne pellicule comme d'vne crouste. Aristote & Galien escriuent le mesme. Quand à moy ie puis asseurer auoir veu par plusieurs fois la geniture conceuë estre seulement couuerte de ses membranes. Qui a iamais veu la conception pour vitieuse qu'elle fut, sans estre reuestuë de quelque pellicu- le comme d'vne couuerture ? La mole combien que ce ne soit qu'vne chair infor- me, est tousiours enueloppée de sa membrane : signe éuident que la faculté for- matrice en toute conception commence perpetuellement son ouurage par là. La raison consent à l'experience, il falloit que les membranes fussent les premieres engendrées. 1. Afin que la semence couuerte par icelles comme d'vne escorce, peust plus hardiment entreprendre son ouurage & faire ses functions. 2. Pour empescher la dissipation des esprits interieurs. 3. Pour garder que le fœtus delicat & tendret ne fut durant les premiers iours froissé par la dureté de la matrice.

Cap. 7. l. 7. de hist. animal. l. 1. de semin
Et par la̧ rai- son.

La seconde est plus obscure & raboteuse , à sçauoir si ces enueloppes & cou- uertures sont engendrées par la faculté formatrice : Car il y en a qui veulent que ce soit par la seule chaleur de la matrice, estans induits à croire cela par l'autho- rité d'Hippocrate & quelque raison. Hippocrate écrit *que la geniture estant es- chauffée & enflée en la matrice, se couure d'vne pellicule comme le pain se couure d'vne crouste quand on le cuit.* Or cette crouste se fait au pain & aux dessertes en leur su- perficie par la seule chaleur du feu. Leur raison est telle. La semence contient seulement en soy l'idée des parties desquelles elle prouient : Or ces membranes icy ne se trouuent pas aux parens : comment donc aura-elle la faculté de les for- mer ? Pour mon regard ie croy que ces membranes sont engendrées par la fa- culté formatrice de la semence, & non par la chaleur de l'amarry : car elle n'est pas si grande qu'elle puisse en rotissant la superficie de la semence les engendrer en si peu de temps. Que si la matrice venoit vne fois à ce degré de chaleur , la conception ne se feroit iamais. *Celles* (dit Hippocrate) *qui ont les matrices tres- chaudes ne conçoiuent point.* Parce qu'elles rotissent & bruslent la semence. L'au- thorité d'Hippocrate ne contrarie point en nostre opinion. Car il ne fait rien qu'éclaircir par vne similitude & exemple vne chose qui autrement est ob- scure. Comme s'il disoit : Tout ainsi que le pain est couuert d'vne crouste, ainsi le fœtus est enuironné d'vne pellicule. Mais il ne dit pas que la maniere de leur generation soit semblable. A ce qu'ils disent que la semence ne contient

Question 2 à sçauoir si les membranes sont faites par la faculté for- matrice.
Authorité d'Hippocrate au liure de la nature de l'en- fant.
Raison.
Opinion de l'Autheur qu'elles sont faites par la faculté for- matrice.
Aph. 62. se. 5.
Il expose l'au- thorité d'Hip- pocrate.

De la Generation de l'Homme,

il fould leurs raifons.

feulement en foy que l'idée des parties dont elle prouient, & que ces membranes ne font point actuellement aux parens. Ie réponds que les puiffances de la faculté formatrice font fi grandes & fi diuines, qu'elle les verfe d'vne femence en l'autre. Car fi les marques des ayeuls reluifent & apparoiffent fouuentesfois apres vne longue fuite, & plufieurs degrez d'affinité aux nepueux : qui empefchera que la vertu plafmatiue n'imprime en la femence la puiffance que les parens ont euë autresfois en eux pendant qu'ils eftoient en la matrice : l'adioufte la neceffité de la caufe finale : il falloit que le fœtus fuft reueftu de ces membranes : il s'enfuit donc que c'eft la faculté formatrice qui les façonne & baftit. Mais voyons maintenant

Queftion 3. à fçauoir fi elles font engendrées de la femence virile ou de la feminine.

fi ces membranes font engendrées de la femence de la femme ou de celle de l'homme, qui eft le troifiéme poinct que nous auons à rechercher. Les Anciens ont voulu qu'il n'y euft que la feule femence de la femme qui fut la matiere de ces membranes, parce qu'elle eft plus froide & moins feconde. Car Nature cache & muffe les plus nobles parties de la femence au dedans, & les enuironne par dehors des moins nobles comme d'vn rampart : Or celle de la femme eft la moins noble. Outre-plus la maffe & quantité de la femence virile eftant tres-petite ne peut fuffire pour engendrer & former toutes les parties tant internes qu'externes : Elle a donc befoin de l'aide de celle de la femme. Pour mon fait i'eftime

Aduis de l'Autheur.

qu'elles font le plus fouuent engendrées de celle de la femme : mais qu'il n'y ait qu'elles feules qui en foient engendrées, comme ils difent, ie le nie tout à plat. Car fi la femence virile qui eft en fi petite quantité fuffit pour former tous les membres du fœtus, comment fera-elle eftimée fuffifante pour engendrer le chorion feul : & fi la femence de la femme n'engendre feulement que les membranes, comment par la victoire d'icelle fur la femence de l'homme feront engen-

l. 1. de diæta.

drées (comme écrit Hippocrate) trois fortes de femelles ? Au meflange des femences celle de la femme ne vainc-elle pas bien fouuent celle de l'homme ? Pourquoy donc ne luy donnera-on que la feule puiffance d'engendrer les membranes, & à celle de l'homme plus debile la faculté de former tout le fœtus ? Concluons donc que ces membranes peuuent eftre engendrées auffi bien de la femence virile comme de la feminine, mais que le plus fouuent elles font faites de celle de la femme : Et non feulement ces tayes & enueloppes, mais auffi toutes les autres

Opinion d'Arantius en fon liuret du fœtus humain rejettée par l'Autheur.

parties fpermatiques en peuuent eftre engendrées. Arantius fouftient que les membranes Amnios & Chorion ne font point les premieres engendrées, ains veut qu'elles naiffent des tuniques interieures : fçauoir eft l'Amnios de la membrane charnuë, & le Chorion du peritoine. Chofes qui repugnent totalement, & à l'experience & à la raifon, comme nous auons monftré dés l'entrée de cette queftion.

Du nombre des vaisseaux vmbilicaux.

QVESTION DIXSEPTIESME.

EN l'hiſtoire des vaiſſeaux vmbilicaux ſe preſentent deux difficultez : l'vne ſur leur nombre & l'autre ſur leur origine. Touchant leur nombre les Anatomiſtes ne ſe peuuent accorder : les vns n'en mettent que trois, les autres quatre, & les autres cinq. Ceux qui n'en mettent que trois, veulent qu'il n'y ait qu'vne veine & deux arteres: ceux qui en admettent quatre, adiouſtent *l'hourachos* à ces trois : & ceux qui en reconnoiſſent cinq mettent deux veines, autant d'arteres & *l'ourachos*. Pour mon particulier & aux hommes & aux brutes, i'en ay touſiours remarqué quatre. Le premier c'eſt la veine nourrice de l'embryon, laquelle vnique & ſimple eſt portée de la ſciſſure du foye au nombril : Mais quand elle eſt ſortie hors du nombril, elle ſe fend auſſi toſt en deux rameaux, & ces deux en pluſieurs autres, leſquels eſtant appuyés par la membrane chorion s'en vont ioindre & abboucher auec les orifices des veines de la matrice, aux brebis & aux truyes par cotyledons & acetables qui ont la figure d'vn nombril, & aux femmes par le moyen de la maſſe de chair, que les Anatomiſtes modernes ont appellée, ie ne ſçay pour quelle raiſon, *tourte, gaſteau &* *foye d'amarry.* Car ie ne penſe pas que le ſang ſoit preparé ny raffiné en icelle, ains ie croy que ſon vſage eſt ſemblable à celuy que les anciens ont aſſigné au corps glanduleux nommé *pancreas :* ſçauoir eſt d'appuyer comme vn cuiſſin les vaiſſeaux qui s'en vont au chorion. La veine donc depuis le foye du fœtus iuſques au nombril eſt vnique & ſeule, mais ſortie du nombril elle ſe fend incontinent en deux & apparoiſt double. Et par ce moyen ſeront conciliez les lieux de Galien, qui écrit tantoſt qu'il n'y a qu'vne veine vmbilicale, & tantoſt qu'elles ſont deux. Les arteres vmbilicales ſont deux : vne de chaque coſté, leſquelles ne viennent point du cœur, mais des rameaux de la grande artere décedante nommez *Iliaques.* Il reſte le quatriéme vaiſſeau auquel giſt toute la difficulté : les anciens l'ont appellé *Ourachos :* parce que le fœtus verſe par ce canal ſon vrine en la membrane. La pluſpart des Anatomiſtes modernes le nie au fœtus humain, & ſouſtient qu'il ſe trouue ſeulement aux brutes, combien que ie l'aye touſiours remarqué en l'homme. Car il n'y a point (ce croy-ie) d'Anatomiſte qui oſe nier qu'il n'y ait vne production nerueuſe qui ſoit portée auſſi bien aux hommes qu'aux brutes du fond de la veſſie au nombril ? A quelle fin cette production au fœtus humain : ce n'eſt pas pour ſeruir ſeulement de ligament, car la veſſie eſt eſtroittement attachée aux parties voiſines par le moyen de pluſieurs filets qui prennent leur origine du peritoine, mais afin de porter comme elle fait aux brutes l'vrine en l'arriere-faix. Mon opinion a eſté confirmée par l'hiſtoire d'vne certaine fille, laquelle ayant vne ſuppreſſion d'vrine par pluſieurs iours la rendit en fin par le nombril. Monſieur Cabrol Chyrurgien tres-expert ſoit mon amy & diſſecteur ordinaire de noſtre Vniuerſité me la racontée pluſieurs fois en nos eſcholes. Monſieur Fernel rapporte vne hiſtoire toute ſemblable. *Vn certain*

Diuerſes opinions touchant le nombre des vaiſſeaux vmbilicaux.
Ruffus ca. 37. l. 1. de appell. part. corp. hu. veut que ces vaiſſeaux ſoyent cinq. Celle de l'Autheur.
Il décrit la veine vmbilicale.

Et monſtre comment il faut entendre Galien quand il dit cette veine eſtre ſimple ou double.
Les arteres ſont deux.
L'ourachos.

Belle hiſtoire, Autre hiſtoire de Monſieur Fernel, au 13. chap. du 6 liure de ſa Pathol.

homme aagé de trente ans, ayant *vne obstruction* au col de la *veßie* rendit en grande abondance comme s'il eust pißé son *vrine* durant plusieurs mois par le nombril, *& ce sans tumeur, sans aucun amas d'eau* dans le *ventre* ny aucune incommodité de sa santé. Sur ce que beaucoup de gens s'émerueilloient de ce cas si rare *& inaccoustumé, & qu'on* me contast qu'à sa naißance il auoit eu le nombril mal lié, lequel ne s'estoit iamais bien reprins, *& que d'iceluy* il en auoit tousiours distillé quelque chose: ie iugeay que l'oura-

Comment les vaißeaux du nombril sont aßemblés.

chos n'estoit pas encore desseiché ny consolidé, *& que l'vrine* remontoit de la *veßie* par iceluy au nombril comme elle faisoit alors qu'il estoit en la matrice. Les vaißeaux vmbilicaux sont donc quatre : vne veine, deux arteres, & l'ourachos : lesquels s'assemblent enuiron le nombril, & sont enfermez comme dans vn canal long, nerueux & tortueux, on l'appelle *funiculus, laqueus, intestinulum,* comme qui diroit *petite corde, lacs ou petit boyau,* pour empescher qu'ils ne flottent deçà & delà d'vn mouuement vagabond & incertain, ou qu'ils ne se rompent, ou bien qu'ils ne se meslent & entrelassent. Ces quatre vaißeaux icy apres que l'enfant est nay comme flestris & retirées degenerent en vn ligament. On a toutesfois remarqué la veine vmbilicale en quelques personnes d'aage s'estre derechef changée en vne veine

Obseruation rare de la veine vmbilicale.

tres-lasche. Chose que Volcherus Coiter écrit auoir veüe à Noremberg en vne fille aagée de trente-quatre ans.

De l'origine des *vaißeaux vmbilicaux.*

QVESTION DIX-HVITIESME.

L E debat touchant l'origine de ces vaißeaux n'est pas moindre que de leur nombre. Aucuns veulent qu'ils prennent leur origine des vaißeaux de la matrice, parce qu'ils y sont continus, & qu'ils s'arrachent du fœtus premier que de la matrice. Et semble que Galien ait esté de cet aduis quand il dit, *Ce qui donne commencement au vaißeau qui est au chorion, est la fin de celuy qui se respand dans la matrice, de sorte qu'il semble que ces deux ne soyent*

Le paßage de Galien au liu. de la dißect. de la matrice, touchant l'origine de la veine vmbilicale est expliqué. Cap. 8. lib. 7. de hist. anim.

qu'vn : Car ils s'vnißent tellement par leurs orifices que la veine puise le sang de la veine, & l'artere l'esprit de l'artere. Aristote en a écrit tout autant en ces mots, *Le nombril est comme vne coquille autour des veines, l'origine desquelles est de la matrice : & certes aux animaux qui ont des acetables, elles naißent des acetables, & en ceux qui n'en ont point, de la veine mesme.* Mais ie croy que Galien parle icy vn peu plus librement, & à la façon du vulgaire, & non pas selon son opinion : Car pour monstrer l'vnion, & comme la continuité des vaißeaux, il dit que la fin de l'vn est le commencement & principe de l'autre : principe disie non pas physical d'origine mais mathematical, c'est à dire comme parlent les Barbares, quantitatif. D'autres veulent que les veines & arteres vmbilicales

L'Autheur refute ceux qui tiennent que la veine vmbilicale est la premiere de toutes.

soyent les premieres engendrées, & qu'elles soyent les racines de toutes les autres veines & arteres : parce que les veines procedent du foye, & les arteres du cœur. Or la veine vmbilicale est formée premier que le foye, Car les parenchymes ne sont pas engendrés sans le sang, & le sang n'est point porté sinon par les veines : il falloit donc que la veine vmbilicale fut formée premier que le foye. Cette opinion m'a autrefois semblé probable, mais venant à considerer toutes choses vn peu plus exactement, i'ay trouué qu'elle est fausse & erronée. Car

comment

comment vn si grand nombre de grosses racines de veines qui sont répanduës
par tout le parenchyme du foye pourront-elles naistre d'vn si petit rameau ? Les
parties qui prennent leur origine d'autres parties doiuent estre continuës à icelles ; Or la veine caue n'a pas de continuité auec l'vmbilicale , si ce n'est par les
anastomoses des racines de la porte. Qui a-il ie vous prie plus absurde que d'estimer que le parenchyme du foye soit premierement formé par la veine vmbilicale , & puis tout soudain que les racines de toutes les veines procedent d'iceluy;
Quoy les parties spermatiques ne sont-elles pas formées premier que les charnuës ? Or maintenant qui est celuy qui dira que toutes les arteres naissent des
vmbilicales, veu qu'elles ne s'en vont pas droit au cœur , mais aux rameaux iliaques? Loüeroit-on l'œconome ou architecte qui bastiroit les parois premier que
les fondemens? Ie sçay qu'ils répondent que ces vaisseaux sont les racines par lesquelles le fœtus se nourrit à la façon des plantes : & que les racines sont les premieres formées. Mais qu'ils apprennent que le fœtus ne se nourrit point iusques
à tant que toutes les parties spermatiques soient formées , parce qu'il n'a pas besoin de nourrissement. Concluons donc que ces vaisseaux sont encommencez *Conclusions*
& formez ensemble auec toutes les parties spermatiques, & que la veine vmbilicale est vn des rameaux de la veine porte à laquelle elle est continuë : que les
deux arteres sont ruisseaux des rameaux iliaques de la grand' artere descendante;
Et que l'ourachos monte du fonds de la vessie au nombril. I'estime toutesfois
que la veine & les arteres vmbilicales sont parfaites premier que les autres vaisseaux, parce qu'elles sont plus necessaires pour la generation des chairs.

Des temps de la formation des fils & des filles.

QVESTION DIX-NEVFIESME.

V I est le premier iour de la formation, & qui est aussi
le dernier, il n'y a seulement que le Createur qui a formé l'homme qui le cognoisse. Et toutesfois si on peut
arrester quelque chose de certain touchant cette question, i'estime qu'il ne la faut pas puiser d'ailleurs que
des viues fontaines de nostre Hippocrate. Or il veut
que les commencemens de toutes les parties spermati- *lib. de natura*
ques apparoissent au septiéme iour, & que la forma- *pueri & li. de*
tion & dearticulation parfaite soit acheuée aux filles *principiis.*
au quarante & deuxiéme iour,& aux fils au trentiéme, qui sont les termes les plus
longs. Or nous estimons que cela se doit seulement entendre de la premiere formation : Car nous ne voulons pas que les chairs des muscles soient parfaitement
formées auant le temps que l'enfant commence d'auoir mouuement, qui est enuiron le troisiéme ou quatriéme mois; tellement que nous mettons deux forma- *La conforma-*
tions , l'vne de la semence & l'autre du sang; celle-là precede, & pour cette raison *tion est double.*
Hippocrate l'appelle *premiere conformation;* Et celle-cy vient apres ne faisant seulement que remplir & farcir les espaces vuides qui sont entre les fibres. Straton
Peripateticien & Diocles Caristien faisans allusion à la maiesté Platonique du *L'opinion &*
demonstration
septenaire , ont dispensé toute la fabrique & formation du fœtus par semaines *de Diocles.*

de iours. Les autres mettent quarante-cinq iours pour le plus long terme de la formation. Car ils en baillent six à la fpumification , quatre à la delineation, huict à la repletion de la delineation , quatorze à la carnification , & treize à la conformation : & veulent que le moindre terme foit de trente iours , defquels ils en attribuent six à la fpumification , deux à la delineation , quatre au rempliffement de la delineation , neuf à la carnification , & autant à la formation.

> *Sex in laƈte dies , ter funt in fanguine terni,*
> *Bis feni carnem , ter feni membra figurant.*

c'eſt à dire,

> *Elle eſt six iours en laiƈt blanc,*
> *Et neuf en forme de fang,*
> *Douze aux chairs la forme donnent,*
> *Dix-huiƈt les membres façonnent.*

Pourquoy le maſle eſt pluſtoſt formé en la matrice. Hippocrate a bien écrit plus diuinement, que les fils font formez au trentiéme iour, & les filles au quarantiéme ou quarante-deuxiéme. Or pourquoy le maſle eſt pluſtoſt formé en la matrice que la fille : & au contraire , la fille hors de la matrice croiſt & eſt pluſtoſt parfaite que l'homme : c'eſt vne chofe qui eſt bien *Seƈt. 2. lib. 6. Epid.* digne d'eſtre recherchée. Hippocrate a laiſſé cela par écrit en ces mots , *Il eſt articulé, il s'arreſte ; il fe meut pluſtoſt , & croiſt plus tard & plus long temps.* Et en *Seƈt. 3. lib. 2. Epid.* vn autre endroit, *Ce qui fe meut, & eſt formé pluſtoſt, croiſt derechef plus tard, & *Li. 1. de diæta.* plus long temps.* La demonſtration de cela doit eſtre priſe du meſme Hippocrate. Le maſle eſt pluſtoſt formé en la matrice, parce qu'il eſt plus chaud ; Or la formation eſt ouurage de la chaleur. Les fils font engendrez d'vne femence plus chaude, & les filles d'vne autre plus froide. Et ailleurs en termes exprés. La cau- *Lib. de natur. pueri.* fe pourquoy la fille eſt & formée & dearticulée plus tard , eſt telle ; parce que la femence dont elle eſt engendrée eſt plus debile , & plus humide Ioint la nature & condition *Aph. 48. fec. 5.* du lieu ; *Car les garçons font le plus fouuent portez en la partie dextre de la matrice,* *Pourquoy la fille hors de la matrice croiſt pluſtoſt.* *& les filles en la gauche.* Or les parties dextres font plus chaudes que les feneſtres. Mais pourquoy la fille hors de la matrice vient pluſtoſt à fa perfeƈtion, il en faut *l. 2. de gen. & corru. c. 10. &* prendre la demonſtration d'Ariſtote ; les temps de la perfeƈtion & de l'imperfe- *l. 4. de gener. animal. c. 6.* ƈtion doiuent refpondre les vns aux autres en proportion ; la corruption eſt l'imperfeƈtion, mais l'accroiſſement & la generation font dites efpeces de perfeƈtion. Tout ce qui meurt pluſtoſt, vient auſſi pluſtoſt à fa perfeƈtion : Ainſi la maladie aiguë & courte paſſe fort viſtement fes quatre temps , & paruient pluſtoſt à fon eſtat & vigueur, que ne fait la tardiue & longue. Or les femmes en general meurent pluſtoſt, & font de plus courte vie que les hommes , à raifon qu'elles ont les principes de la vie plus debiles, & pourtant elles croiſſent pluſtoſt. Ioint la molleſſe de leur corps qui rend l'extenſion & plus facile & plus prompte. *li. de feptim. eſt partu.* Hippocrate , auquel rien n'a eſté caché , nous declare ces chofes clairement & en peu de paroles , quand il dit : *Apres que filles font feparées de la mere , elles viennent en puberté pluſtoſt que les garçons , font pluſtoſt fages , & vieilliſſent pluſtoſt, tant à raifon de l'imbecilité de leurs corps , qu'à raifon de leur façon de viure.* Il re- *Hippocrate recognoiſt 2. cau- fes pourquoy les filles hors de la matrice croiſſent plus viſtement.* cognoit donc deux caufes de cecy. 1. L'imbecilité, tellement que ce qui eſtoit caufe de la conformation & du mouuement plus tardifs en la matrice, foit maintenant caufe de la perfeƈtion plus prompte hors d'icelle. Car la femme eſt vne creature moins parfaiƈte que l'homme , & a fa fin plus prochaine , & pourtant elle n'a pas befoin de tant de façon. 2. C'eſt la façon de viure , car

elles viuent en oyſiueté & ſans rien faire : *Or la pareſſe* (dit Celſe) *rend le corps* **Lib. 1. cap. 1.**
laſche & peſant, & le trauail le rend fort & vigoureux ; Celle-là haſte la vieilleſſe,
& cettuy-cy conſerue longuement la ieuneſſe : Et n'eſt pas poſſible (dit le ſouuerain **L. de vict. rat.**
dictateur) *que l'homme qui ne trauaille point, puiſſe iouyr d'vne ſanté aſſeurée.* **in acut.**
Item, *C'eſt vne bonne reigle pour l'entretien de la ſanté, de manger ſans ſe ſaouller,* **lib. 6. Epid.**
& n'eſtre point pareſſeux au trauail. **ſect. 4.**

De la ſemblance des enfans.

QVESTION VINGTIESME.

OMME la forme de chaque animal eſt triple, ſelon les **Comme il y a**
Philoſophes, de l'eſpece, du ſexe & de l'indiuidu, par la- **trois ſortes de**
quelle la choſe eſt dite ce qu'elle eſt ; ainſi la ſimilitude **formes, auſſi y**
ou reſſemblance eſt triple, ſelon les Medecins, en l'eſpece, **a il trois ſortes**
au ſexe & en l'effigie ; c'eſt à dire en la forme & figure in- **de ſemblances.**
diuiduelle. On appelle ſimilitude d'eſpece, quand vne **Qu'eſt-ce que**
choſe engendre ſon ſemblable ; comme quand vn hom- **ſimilitude**
me engendre vn homme, & vn chien, vn chien : Car tout agent n'agit pas en **d'eſpece, &**
tout patient, ny tout patient ne patit pas de tout agent, ains tout agent agit en **d'où elle pro-**
quelque patient certain & determiné : qui eſt la raiſon pourquoy de la ſemence **uient.**
& du ſang de l'homme il ne s'engendre ſeulement qu'vn homme. En cette ſimilitude ſpecifique on attribuë beaucoup à la cauſe materielle ; Et pour cette cauſe le fruict reſſemble en general pluſtoſt à la mere qu'au pere ; Car la mere fournit plus de matiere à la generation que ne fait le pere. Ainſi d'vne chéure & d'vn
belier, s'engendre vne chéure : & d'vne brebis & d'vn bouc, vne brebis. La ſi- **Qu'eſt-ce que**
militude du ſexe, (c'eſt à dire, Pourquoy le maſle ou la femelle ſont engendrez) **ſimilitude de**
a pour cauſe la temperature, victoire & meſlange de la ſemence : Car ſi la ſe- **ſexe, & d'où**
mence des deux parens eſt tres-chaude, elle engendrera des maſles, mais ſi elle **c'eſt qu'elle**
eſt froide des femelles. Si au meſlange des ſemences la maſculine vaincq & eſt **prouient.**
plus puiſſante, il s'engendrera vn maſle, ſi c'eſt la feminine, vne femelle. Hip- **l. 1. de. diæta.**
pocrate nous a le premier enſeigné cecy, car en chaque ſexe il reconnoit deux **La generation**
ſortes de ſemence, l'vne maſculine plus chaude & plus puiſſante, & l'autre femi- **tant des fils**
nine plus froide & plus debile, du diuers meſlange deſquelles il veut que les maſles & les femelles ſoyent engendrez. Il diſtingue donc la triple generation des
maſles & des femelles en cette maniere. Si la ſemence qui eſt verſée par les deux
parens eſt maſculine, il s'engendrera des hommes braues & valeureux. Si la ſemence de l'homme eſt maſculine, & celle de la femme feminine, & que la maſculine ſoit plus puiſſante, il s'engendrera des hommes, mais moins illuſtres &
braues que les premiers. Que ſi la ſemence maſculine vient de la femme & la
feminine de l'homme, & que la maſculine ſoit plus puiſſante, il s'engendrera des
maſles, mais mols, de petit courage & effeminez. La generation des femmes eſt
ſemblable. Car ſi la ſemence prouenante des deux parens eſt feminine, il en nai- **Comme des**
ſtra des femmes tres-delicates & tres-debiles, leſquelles il appelle ailleurs *aqueu-* **filles eſt triple.**
ſes & humides. Si celle de la femme eſt feminine, & celle de l'homme maſculine, **l. 6. epi. ſect. 1.**

De la Generation de l'Homme,

& que la feminine ait la victoire, il s'engendrera des femmes courageuſes & mo-
deſtes. Que ſi la ſemence feminine prouient de l'homme, & la maſculine de la femme, & que la feminine ſoit plus puiſſante, les femmes qui en naiſtront ſeront fieres & robuſtes. Dont s'enſuit que la cauſe de la ſimilitude du ſexe, c'eſt à dire,
pourquoy vn fils eſt engendré pluſtoſt qu'vne fille, & au contraire; eſt la temperature de la ſemence, & la victoire au meſlange d'icelles, qui ne ſont pas peu
aidées par la temperature de la matrice & la condition du lieu : *Car les maſles,*
comme i'ay deſià dit, *ſont le plus ſouuent engendrez du coſté droit, & les femelles du*
gauche. Il reſte la troiſiéme ſimilitude, laquelle conſiſte toute en l'effigie, forme
& accidens de l'indiuidu. Galien veut qu'elle giſe aux differences des parties &
en la formation des membres. C'eſt par icelle que l'vn eſt blanc, l'autre noir;
cettuy-cy a le nez aquilin, l'autre l'a camart; cettuy-cy a les yeux verds, & cet autre les a noirs. C'eſt en cette ſimilitude indiuiduelle que conſiſte toute la difficulté de cette queſtion, laquelle ie m'en vay examiner par le menu, en prenant d'icy
mon commencement. L'enfant reſſemble quelquefois du tout au pere, quelquefois du tout à la mere, & quelquefois à l'vn & à l'autre : c'eſt à dire, par quelques
parties au pere, & par d'autres à la mere. Bien ſouuent auſſi qu'il ne reſſemble
ny au pere ny à la mere, mais à l'ayeul ou biſayeul : Et quelquefois meſme à quelque amy ou quelque inconnu, comme pour exemple à vn Ethiopien, lequel
n'aura rien contribué à la generation. Nous trouuons pluſieurs exemples de ces
reſemblances dans les bons Autheurs. Les peuples de Cammate ont leurs femmes en commun, & chacun reconnoit ſes enfans à la reſſemblance qu'ils ont
auec leurs peres. Entre les Chinois, les enfans ont le nez, les yeux, le front & la
barbe ſemblables à leurs peres. Il y a eu de certaines races qui apportoient dés
leur naiſſance des marques en leurs corps qui eſtoient communes a tous les deſ-
cendans; Ainſi les Spartes Thebains apportoient vne lance, d'autres vne eſtoille,
& Thyeſtes vne écreuiſſe : leſquelles par fois ſe perdoient aux fils & proches ne-
ueux, & apparoiſſoient derechef long temps apres aux parens plus eſloignez. A
Deleucus, & à toute ſa poſterité ſe voyoit en la cuiſſe la figure d'vn anchre : &
Iulie fille d'Auguſte, combien qu'elle euſt pluſieurs adulteres & ruffiens, neanmoins ſes enfans reſſembloient tous à ſon mary : enquiſe comment cela ſe faiſoit,
répondit plaiſamment qu'elle n'admettoit point de paſſager que la nauire ne fut
pleine. Ie tais ce qu'on allegue ordinairement des Lentules & des Macrocephales,
pour venir à la recherche des cauſes de cette ſimilitude tant differente, d'autant
que les Autheurs n'en ſont pas bien d'accord entr'eux. Empedocles Pythagorien
la rapporte à la ſeule imagination, la puiſſance de laquelle eſt ſi grande, que comme elle change ſouuent le corps de celuy qui penſe & imagine; auſſi imprime-
elle ſa puiſſance en la ſemence conceuë. Les Arabes luy ont donné tant de pouuoir, qu'ils ont eſtimé que l'ame par la vertu d'icelle ſe pouuoit éleuer en ſorte,
qu'elle pouuoit agir, non ſeulement en ſon propre corps, mais meſme en celuy
d'autruy; & que les ames ainſi annoblies, pouuoient tranſmuer les élemens, guarir les malades, debiliter les ſains, faire des miracles, bref auoir domination ſur
toute choſe materielle. Il ſemble qu'Ariſtote ait reconnu cette puiſſance de l'imagination en la conception, quand il demande pourquoy les enfans de l'homme
ſont ſi differens entr'eux? Et qu'il répond, que la viteſſe des imaginations de l'homme empraint des marques differentes, & de pluſieurs ſortes en la ſemence. Voicy
ce qu'en écrit Galien. *Ie donnay conſeil à vn Æthiopien pour auoir de beaux enfans,*
qu'il mit vne belle image aux pieds de ſa couche, & que ſa femme la regardaſt fort.

Marginal notes:

Qu'eſt-ce que la ſimilitude indiuiduelle.

2. de ſemine.

Diuers exem-ples de reſem-blance.

Opinion I. de ceux qui rap-portent la cau-ſe de la reſem-blance à la ſeu-le imagination.

Ce qu'en pen-ſent les Ara-bes.

Ce qu'en pen-ſe Ariſtote, pro. 12. ſe. 10.

Ce qu'en penſe Galien lib. de theriaca ad piſon. cap. 11.

attentiuement au temps de la copulation, il obeyt à mon conseil, & ne fut point deçeu de l'éuenement. Pour cette raison Hesiode deffendoit aux mariez retournans des funerailles, de trauailler pour auoir lignée, mais reuenans des festins & des jeux. A ce propos nous auons l'histoire de la femme d'vn nommé Sabinus mise en vers latins par Thomas Morus, qui sert pour l'éclaircissement de ce suject. Sainct Hierosme raconte qu'vne femme soupçonnée d'adultere, pour auoir accouché d'vn enfant qui ne ressembloit nullement à son mary, s'exempta du soupçon par cette fourbe, elle remonstra qu'elle auoit en sa chambre vn pourtraict qui rapportoit assez bien à l'enfant. Iacob vsant iadis de cet artifice, & mettant des verges de diuerses couleurs deuant le bercail & en semant par tout, rendit la plus grande partie du troupeau marquetée de diuerses couleurs. Pline raconte beaucoup de choses touchant cette matiere : & monsieur Fernel recognoit cette imagination pour vnique cause de cette diuersité de similitudes & rapports, & veut que la faculté formatrice soit conduite & regie par icelle. Mais il n'y a gueres d'apparence de mettre l'imagination pour vnique cause de la ressemblance. Car l'imagination & toute autre faculté qui est auec cognoissance, n'agit point sinon qu'elle ait l'object present par lequel elle soit meuë & incitée à agir ; Mais l'enfant ressemble bien souuent à vn incognu. Outre-plus les facultez animales sont quasi toutes interceptes en la copulation, de sorte qu'à peine la faculté formatrice peut elle conçeuoir & apprehender ces images & representations. Ioint si l'imagination seule estoit cause de la ressemblance, qu'il ne naistroit point d'enfans difformes, ny sujets aux maladies hereditaires ; Car la mere ne souhaitte rien de mal à ses enfans. Les Astrologues rapportent la cause de la similitude aux astres, Et veulent que lors que le Soleil est au centre de l'horoscope en l'accouchement qui se fait de iour, les fils ressemblent à leurs peres, & les filles à leurs meres quand la Lune en l'accouchement qui se fait la nuict, & Venus en celuy qui se fait le iour, est au centre de l'horoscope. Mais ce sont pures niaizeries. Il y a encore vne autre opinion qui rapporte la cause de la ressemblance au seul mouuement de la semence, & à la faculté formatrice, de laquelle ont esté Aristote & Galien. La Philosophie d'Aristote est tres-belle, mais fort obscure; Car il met plusieurs mouuemens en la semence, desquels les vns sont actuellement, & les autres potentiellement ; ceux-là derechef sont ou vniuersels, lesquels à sçauoir engendrent vn animal ou vn homme : ou particuliers lesquels engendrent & des hommes & tels, c'est à dire, de telle figure, forme, magnitude, traits & habitude. Les mouuemens qui sont potentiellement en la semence viennent des ayeuls, bisayeuls & de la mere. Si quelqu'vn de ces mouuemens est empesché, celuy à sçauoir qui est le plus prochain & particulier, il se fera passement au mouuement prochain; si cettuy-cy defaut, il se fera passement au mouuement contraire, & finalement en celuy qui est vniuersel. Ces choses qui semblent embroüillées & assez obscures seront éclaircies par cet exemple. En la semence de Socrate est la faculté d'engendrer vn homme totalement semblable à Socrate : Cette semence se meut donc pour acquerir la forme de Socrate. Si ce mouuement est empesché ou par la semence de la femme, laquelle est parauanture plus puissante, ou par la frigidité de la matrice, ou par quelque autre cause; le premier mouuement du pere qui estoit actuellement en Socrate est délié & rompu, & se fait passement au mouuement de l'ayeul ou bisayeul, qui n'estoit qu'en puissance, & de là sont engendrez des garçons ressemblans à leurs ayeuls ou bi-

Belle histoire.

Quest. super Genesim.

Au 3. de la Genese.

Cap. 1. & 12. l. 7.
Cap. 12. lib. 7. physiol.
Qu'elle ne se fait pas par l'imagination seule.

L'opinion des Astrologues.

Opinion 2. de ceux qui rapportent toutes choses au mouuement de la semence.
l. 4. de gener. animal. c. 3.

Explication des diuers mouuemens de la semence.

ſayeuls. Que ſi ce ſecond mouuement eſt encore rompu, il ſe fera paſſement au mouuement contraire, ſçauoir eſt au mouuement de la mere, qu'Ariſtote appelle contraire ; parce que Nature premierement & de ſoy tend touſiours à la generation du maſle : Et pourtant au lieu d'vn garçon elle engendrera vne fille reſſemblant à ſa mere, à ſon ayeule ou biſayeule, deſquelles la ſemence de la femme contient en ſoy potentiellement l'effigie & ſemblance : ſi ce troiſiéme mouuement eſt auſſi empeſché, il ſe fera en fin paſſement au mouuement vniuerſel, & s'engendrera vn homme qui ne reſſemblera en rien à ſes parens. Ga-

L'opinion de Galien au liu. 2. de la ſemence.
D'Eraſtus, voy la premiere partie de ſes diſputes contre Paracelſe fueſllet 83. &c.

lien ne recognoit pas tant de diuers mouuemens en la ſemence : Mais il rapporte la cauſe de la ſimilitude à la temperature, au diuers meſlange de la ſemence & à la force & puiſſance de la vertu formatrice. Le tres-docte Eraſtus ne recognoit qu'vne ſeule cauſe de cette effigie ou ſemblance indiuiduelle, à ſçauoir la faculté formatrice : & rejette les puiſſances de l'imagination, parce que les animaux aueugles engendrent des petits ſemblables aux maſles. *La faculté formatrice n'a point*, dit-il, *beſoin d'exemplaire ou patron. Car comme la faculté formatrice, qui eſt en la ſemence de la laituë, engendre & forme vne laituë ſans modelle ny patron : ainſi en la ſemence de l'homme elle n'a pas beſoin de modelle pour parachever ſon ouurage.* Mais que répondra-il à cette femme blanche, laquelle en regardant attentiuement le pourtraict d'vn Indien, engendra vn naigre ? Et à celle-là qui

Opinion de l'Autheur.

pour auoir touſiours deuant ſes yeux l'image de ſainct Iean enfanta vne fille toute veluë ? Or pour nous retirer du milieu des vagues de ces doutes en vn port tranquille & aſſeuré, nous diſons que les cauſes de cette ſemblance ſi diuerſe qui conſiſte en l'effigie, forme & accidens de l'indiuidu ſont deux ; l'vne ordinaire qui agit perpetuellement, ſinon qu'elle ſoit empeſchée ; à ſçauoir la faculté formatrice, reſidente en la ſemence ; l'autre extraordinaire, laquelle n'interuient point touſiours à la generation, ains venant d'ailleurs, & eſtant plus noble que la premiere, imprime le plus ſouuent ſa reſſemblance au fœtus tendret, nous l'appellons *l'imagination, penſée & phantaſie.* La premiere, à ſçauoir la faculté for-

Que peut la vertu formatrice pour la ſimilitude.

matrice, comme ainſi ſoit qu'elle contienne en ſoy l'idée de toutes les parties, ſi elle agit librement, & que durant tout le temps de la conformation elle ne ſoit point empeſchée d'aucun, comme aux plantes & aux brutes, elle imprimera perpetuellement au fœtus la faculté qui eſt naturellement en la ſemence : & partant les enfans retireront touſiours à leurs parens, au pere, ſi la ſemence de l'homme vainc de toutes parts : & à la mere, ſi celle de la femme eſt la plus puiſſante ; & par quelques parties au pere & par d'autres à la mere, ſi vne portion de la ſemence eſt vaincuë par l'autre ſemence. Car combien que la ſemence apparoiſſe ſimilaire & de meſme nature, ſi eſt-ce qu'elle a des parties plus groſſieres ou plus ſubtiles les vnes que les autres. L'enfant retire quelquesfois à ſes ayeuls ou bi-

Pourquoy les enfans reſſemblent à leur pere, mere, ayeuls ou biſayeuls.

ſayeuls, parce qu'il reſte encore quelque faculté des ayeuls ou biſayeuls cachée en la ſemence du pere. Et Ariſtote veut que les eſpeces des parens s'eſtendent iuſques à la quatriéme generation. Car comme l'aymant répand ſa faculté du long des aiguilles jointes par ordre iuſques à la quatriéme & plus outre, ainſi la faculté formatrice eſt tranſmiſe d'vne ſemence en l'autre. Ainſi nous liſons qu'Helide

Hiſtoires, voy Ariſtote cap. 18. l. 1. de gen. animal. & Pline cap. 12. lib. 7.

qui auoit eſté engroſſie par vn Æthiopien, engendra vne fille qui n'eſtoit pas Æthiopienne, mais que le fils qui naſquit en apres de ladite fille fut Æthiopien. Et le Poëte Nicée Bizantin engendré de parens blancs deuint more, comme auoit eſté ſon ayeul. Pourtant donc ſi la faculté formatrice agit librement, elle engendrera touſiours des enfans ſemblables à leurs parens : mais ſi au commencement de la conception ou de la conformation elle vient à eſtre empeſchée par quelque cauſe ſuperieure & plus diuine, comme par l'imagination, l'impreſſion de la reſſemblance ne ſe fera point par la faculté formatrice, mais par la fantaſie & l'imagination, & ainſi les enfans ne reſſembleront point à leurs parens. Car l'imagination eſt par deſſus la faculté formatrice, parce que la faculté formatrice, eſpece de la procreatrice, ſe rapporte à la naturelle, là où l'imagination eſt l'vne des facultez princeſſes. Or combien l'imagination a de pouuoir en la premiere conformation & apres icelle, nous l'auons deſià monſtré : à quoy nous adiouſterons pour la fin de cette queſtion, Que la figure de la choſe qui a eſté ardamment deſirée par la femme enceinte eſt ſouuent emprainte au fœtus encore mollet : ce qu'on doit rapporter à la ſeule fantaſie : Car l'eſpece reelle d'vne figue ou d'vne meure n'eſt pas portée à la matrice, mais la ſpirituelle ſeulement : or elle eſt imprimée au fœtus pluſtoſt qu'en la matrice, parce que l'impreſſion ſe fait plus aiſément en de la cire molle qu'en de l'acier tres-dur. Or Auicenne declare la maniere de cette impreſſion en ces mots. Vne forte imagination meut ſoudainement tous les eſprits qui ſont aërez & mobiles de leur nature, & engraue en iceux l'eſpece de la choſe deſirée : les eſprits meſlangez auec le ſang, aliment tres-prochain du fœtus, luy impriment en le nourriſſant la meſme figure. Or comment l'eſprit reçoit les ſemblances de l'imagination ſi promptement, c'eſt choſe qui eſt d'vne plus haute contemplation. Pour mon regard i'eſtime que les formes de l'imagination ſont engrauées aux eſprits aërez à la maniere que la faculté formatrice des Cieux eſt imprimée en l'air, pour la production des animaux deſquels la generation eſt équiuoque. Tout ainſi donc que l'air eſt plain de formes, comme nous monſtrerons ailleurs plus au long, de meſme nos eſprits reçoiuent facilement toutes eſpeces & figures. Ainſi la ſemence à raiſon des eſprits vaguans par toutes les parties du corps contient (comme nous auons enſeigné cy deuant) en ſoy l'idée & la figure de toutes les parties.

Que peut l'imagination pour la reſſemblance.

Comment & pourquoy l'impreſſion d'vne choſe ardamment deſirée par la mere ſe fait ſur l'enfant. l. 5. de anim.

l. 11. quæſt. 2.

Comment s'engendrent les gemeaux & pluſieurs enfans d'vne ventrée.

QVESTION VINGT-VNIESME.

'IMMORTELLE Prouidence de Dieu a donné à quaſi tous les animaux (parce qu'ils ſont & de plus courte vie ; & qu'ils ſeruent non ſeulement pour nourrir & veſtir l'homme, mais meſme qu'ils ſont la proye & le butin les vns des autres) pour la conſeruation de leurs eſpeces la puiſſance d'engendrer pluſieurs petits d'vne portée : mais l'homme qui eſt le plus temperé de tous, & qui vit le plus long-temps, n'en doit ſelon la loy de Nature engendrer à la fois qu'vn ou deux pour le plus : parce qu'il n'y a qu'vne cauité dans la matrice de la femme & deux parties ſeulement, la dextre & la ſeneſtre qui ne ſont diuiſées d'aucune ſeparation, & qu'elle n'a que deux mammelles dediées pour nourrir les gemeaux. Que ſi elle en fait dauantage, c'eſt

Pourquoy l'homme ne fais point pluſieurs enfans d'vne ventrée comme les brutes.

De la Generation de l'Homme,

Histoires de plusieurs enfans d'vne ventrée.
Voy Pline c. 3. lib. 7. cap. 4. lib. 7. de hist. animal.

chose (selon les Philosophes) qui est contre Nature & comme monstrueuse. Nous trouuons dans les Autheurs de fort belles histoires touchant la portée de plusieurs enfans d'vne ventrée. En Ægypte arrousée du Nil fertile naissent des triples gemeaux. Aristote asseure qu'vne femme en quatre couches fit vingt enfans, lesquels pouuoient viure & deuenir en hommes parfaits. On en a veu en la Morée qui par quatre fois en ont enfanté cinq. Trogus escrit qu'en l'Ægypte elles en portent sept à la fois. Albert recite qu'vne femme en Allemagne auorta de vingt-deux petits corps d'enfans qui estoient desià tous formez. Et qu'vne autre en ietta dans vn bassin cent cinquante qui estoient de la grandeur du petit doigt. On lit aux Histoires que Marguerite Comtesse d'Hollande accoucha d'vne ventrée de trois cens soixante & quatre enfans viuans, lesquels moururent soudain apres auoir esté baptisez, & que tous les garçons furent nommez Iean & les filles Elizabeth : on voit encore son sepulchre royal taillé de marbre en vn certain Monastere de femmes en Hollande. On trouue beaucoup de tels exemples rares que ie passe volontiers sous silence, aimant

Les causes de la generation des gemeaux.

mieux employer le temps en la recherche des causes. Plusieurs des Anciens rapportent la cause des gemeaux & de plusieurs enfans d'vne portée à la diuersité & au nombre des chambrettes & cabinets : car ils en mettent sept en la matrice de la femme, trois en la partie dextre dediées pour la generation des fils, autant en la senestre pour les filles, & la septiéme au mitan, où s'en-

La diuersité des cellules en la matrice est reiettée.

gendrent les Hermaphrodites. Mais ce sont vrayes fables & contes de serées: Car il n'y a qu'vne seule cauité en la matrice non plus qu'au ventricule, laquelle est toutesfois diuisée en partie dextre & senestre : lesquelles deux parties (quoy que dient Auicenne, Haliabbas & plusieurs autres Anatomistes) ne sont pas separées par aucune cloison comme elles sont aux brebis, mais distinguées seulement par vne certaine ligne qu'Aristote appelle *auxẽõ dicroun*, c'est à dire, *mediane* ou *moyenne*, ayant pris ce nom d'Hippocrate en ses coaques: mais aussi que la diuersité des cellules & chambrettes ne soit pas cause de l'engendrement de plusieurs enfans d'vne ventrée, cecy entre les autres choses le monstre manifestement : parce qu'il s'est veu des femmes qui en ont fait vingt & trente d'vne seule couche. Or il n'y a pas si grand nombre de cellules en la matrice : & mesmes aux autres animaux on ne trouue pas tant de logettes en leurs matrices comme ils font ordinairement de petits. Cela se void assez clairement aux poissons ausquels on ne remarque point de separations metoyennes : Iaçoit ce qu'ils contiennent en eux vn nombre infiny de petits. Erasistrate rapporte la cause des gemeaux à la conception redoublée & reïterée. Empedocles à l'abondance de la semence : Ptolomée aux positions diuerses des Planettes:

La cause des gemeaux selon Hippocrate au 1. liure de la diete.

Hippocrate à la diuision de la semence, quand il dit, *Ainsi il est necessaire que la semence soit également versée en l'vne & l'autre partie de la matrice :* Car il arriue souuent que toute la semence en l'acte de la generation n'est point eiaculée à vne fois mais à plusieurs. Vne portion de la semence peut donc estre portée en vne partie de la matrice, & l'autre portion en l'autre partie, d'où s'engendreront

Selon Asclepiades.

deux enfans. Asclepiades la rapporte à l'excellence de la semence, car si elle est puissante & valide elle suffit pour engendrer plusieurs petits. Adioustons en-

Selon Auicenne.

core selon l'opinion d'Auicenne le mouuement de la matrice qui attire la semence de l'homme & la meslange diuersement, & pourtant elle en cache vne partie en vn costé & le reste en l'autre, d'où s'engendrent plusieurs enfans. Voilà en general toutes les causes de la generation des gemeaux : mais afin que le moyen qu'ils sont conçeus & formez apparoisse plus clairement nous agiterons auant que de clorre cette dispute trois petites questions. 1. A sçauoir si d'vne mesme copulation on peut engendrer fils & fille. 2. A sçauoir si les gemeaux sont contenus en vn mesme arriere-faix, & s'ils sont portez en diuers lieux de la matrice. 3. Pourquoy ils s'entre-resemblent ordinairement, Desquelles nous tirerons la solution de la doctrine d'Hippocrate en la maniere qu'ensuit. On peut conceuoir deux fils, deux filles, vn fils & vne fille d'vne mesme copulation. Hippocrate en exprime la façon, quand il dit; *Si la semence qui vient des deux parens est masculine il s'engendrera deux fils, si elle est feminine deux filles : que si elle est en partie masculine & en partie feminine, de la premiere portion il s'engendrera vn fils (&) de l'autre vne fille.* Au reste les fils gemeaux ou les filles gemelles viuent quasi tousiours : mais si d'vne mesme conception il s'engendre fils & fille, à grande peine la fille viura-elle, ou pour le moins elle sera foiblette & languissante, parce qu'elle ne peut estre conformée ny parfaite au mesme temps que le garçon. Aristote exprime cela encore plus clairement, quand il dit, *Si les gemeaux sont fils & fille ils viuent rarement : car aux hommes ce concours est contre Nature, d'autant que le fils & la fille ne sont point formez en mesme espace de temps, mais il est necessaire ou que le fils soit retardé, ou que la fille soit auancée.* Touchant la seconde question Hippocrate dit, *Que celle qui est grosse de deux enfans accouche de tous deux en vn mesme iour, & qu'ils sont contenus tous deux en vn mesme arriere-faix.* Et pourtant si les gemeaux sont de mesme sexe ils sont enueloppez d'vne mesme secondine, ayans neanmoins chacun ses vaisseaux vmbilicaux propres : mais s'ils sont de diuers sexes ils ont chacun leur arriere-faix separé : Item ceux qui sont de mesme sexe sont portez en vn mesme costé de la matrice, sçauoir est les deux fils au droit, & les deux filles au gauche : que s'ils sont de diuers sexe, le garçon sera porté en la partie dextre & la fille en la senestre. La troisiéme question estoit pourquoy ils s'entre-resemblent ordinairement : Hippocrate en reconnoist trois causes. Premierement dit-il, *les lieux où ils prennent leur accroissement, soit ou qu'ils soyent conçeus en la partie droite ou en la gauche sont égaux :* parce que les parties dextres sont par vne prouidence de Nature admirable égales aux senestres, à fin de rendre le corps en équilibre & bien contrepesé. Secondement, *ils sont conçeus & formez ensemble :* Et finalement, *ils vsent d'vne mesme nourriture,* ils succent vn mesme sang, & iouïssent d'vn mesme esprit qu'ils tirent de la mere par les veines & les arteres vmbilicales. Ce qui soit dit des gemeaux, parlons maintenant de la superfœtation.

A sçauoir si d'vne mesme copulation on peut faire fils & fille. l. 1. de diæta.

A sçauoir si les gemeaux sont contenus en vn mesme arriere-faix. l. b. de superfœta.

Et pourquoy il s'entreressemblent. L. 1. de diæta.

Comment se fait la surconception : pourquoy il n'y a quasi que la seule femme estant enceinte qui appete la copulation, & par quels chemins elle éiacule sa semence.

QVESTION VINGT-DEVXIESME.

A Nature de la superfœtation ou surconception, & la maniere qu'elle se fait sont enueloppées de tant d'obscuritez que plusieurs ont estimé qu'elle estoit impossible : mais il ne les en faut pas croire. Car, & Hppocrate en a fait vn liuret exprès, & au 5. des Epidem. nous en trouuons vn exemple notable en cette

Que la surcon-
ception se peut
faire.
Cap. 5. lib. 4.
de generat.
animal. &
cap. 4. l. 7.
de hist. anim.
l. 7. hist. ani-
mal. 4.

femme de Laryssée , laquelle quarante iours apres son enfantement jetta ce
qu'elle auoit surconçeu. Ce que tesmoignent aussi les exemples de plusieurs, comme d'Hercule & d'Iphicle freres. Aristote a laissé par écrit qu'entre les animaux
les vns surconçoiuent & les autres non : & que de ceux qui surconçoiuent , les
vns peuuent nourrir leurs conceptions , les autres quelquesfois , & les autres iamais. Et en vn autre endroit il allegue quelques exemples de femmes qui auoient
surconçeu. Vne putain (dit-il enfanta deux enfans, l'vn ressemblant à son mary,
& l'autre à son ruffien : & vne autre femme estant enceinté de deux enfans, en
conceut encore vn troisiéme. Vne autre ayant accouché premierement d'vn enfant au septiéme mois qui mourut , elle en enfanta incontinent apres deux au-

22. continent.

tres au bout du terme accoustumé qui vescurent. Galien fait rarement mention
de la surconception : Rhasis , Alzarauius & Auicenne veulent que les femmes
qui ont leur flux menstruel durant leur grossesse soyent sujettes à surconçeuoir.

Pline cap. 11.
lib. 7.

Pline écrit qu'vne seruante de la grossesse d'vn mesme iour, enfanta vn enfant
ressemblant à son maistre & l'autre à son Procureur : & qu'vne autre accoucha
d'vn enfant à terme, & d'vn autre qui n'estoit qu'à cinq mois: & derechef qu'vne
autre s'estant deliurée d'vn enfant à sept mois , accoucha les mois suiuans de

Annotatio
ad. c. 110. li-
bri benuenij
obseruat.
Qu'est-ce que
la surconce-
ption.
l. 4 de gener.
animal. c. 5.

deux gemeaux. Dodoneus raconte en ses obseruations vne histoire quasi semblable. Dont s'ensuit que la superfœtation est possible. Or la superfœtation ou
surconception que les Grecs appellent *epicuesin*, n'est rien autre chose qu'vne seconde conception, quand la femme desia grosse ayant la compagnie de l'homme conçoit tout de nouueau : comme si c'estoit vne nouuelle charge ou conception par dessus l'enfant desià conçeu. Aristote écrit qu'elle n'est point propre à
tous animaux, ains veut que la femme y soit plus sujette qu'aucun autre , hors-

Pourquoy la
femme surcon-
çoit plus sou-
uent que les
brutes.
Pourquoy les
brutes ayans
chargé n'ad-
mettent plus
le masle
Opinion de
Dinus.

mis les liéures & les truyes. Elle est neanmoins tousiours contre l'institution de
Nature. Or la femme surconçoit plus ordinairement que les autres animaux,
parce qu'il n'y a quasi qu'elle seule qui appete la compagnie du masle ayant le ventre plain : car les autres animaux ayans chargé ne reçoiuent iamais le masle ou
fort rarement. Or pourquoy c'est qu'ils ne veulent plus admettre le masle comme fait la femme : c'est vne difficulté dont il nous faut icy rechercher la cause
auant que passer plus outre. Dinus estime que les bestes ayant chargé n'appetent
plus le masle, parce que toute la matiere de la semence est employée à la nourriture du fœtus, qui fait qu'elles ne sont plus piquées des aiguillons de volupté,
chose qui n'aduient pas à la femme à raison qu'elle abonde en humidité & qu'elle
a ses vaisseaux spermatiques remplis de beaucoup de semence qui luy donne vn

est reiettée.

certain chatoüillement aux parties genitales. Mais nous ne sçaurions approuuer cette raison : car encores que le fœtus consomme quasi toutes les reliques
du sang, si est-il qu'il ne defraude pas les parties de la mere de leur nourisse-
ment, & n'oste pas aux testicules la faculté d'attirer le sang & de le conuertir en
semence. Ainsi il ne reste plus aucun sang superflu aux femmes sexagenaires:
de là vient qu'elles perdent leurs fleurs : elles ne laissent pas toutesfois d'engendrer de la semence iusques à leur derniere vieillesse, car elles en jettent en la
copulation : & combien que cette semence ne soit pas puissante pour engendrer, elle est neanmoins suffisante pour les chatoüiller & les inciter aux com-

Lactantius.
lib. de vero
cultu.
Les vrayes
causes.
La premiere.

bats veneriens. Il nous faut donc pour souldre cette difficulté rechercher d'autres causes & icelles naturelles, car nous ne parlerons pas des morales desquelles Lactance traitte , nous les laisserons aux Theologiens. Nous en rapportons
donc la premiere cause à la situation & conformation de la matrice : car aux

brutes plaines elle auançe fort & pend quaſi toute en dehors, tellement qu'elle
eſt fort prochaine de l'orifice externe : elles ne peuuent donc receuoir le membre long du maſle ſans vne grande ſecouſſe & percuſſion de la matrice : de la
percuſſion vient la douleur, & de la douleur la fuitte de la copulation : mais en
la femme la matrice eſt cachée plus profondement & ne pend pas tant en dehors
comme aux brutes, elle endure donc & ſupporte plus aiſément les embraſſemens de l'homme. 2. Le ſentiment du plaiſir en la copulation n'a eſté donné *La ſeconde.*
aux beſtes que pour la conſeruation de leur eſpece, & pourtant quand elles ont
chargé, parce que la cauſe finale defaut, l'appetit & deſir de copulation ſe perd
auſſi incontinent : mais les aiguillons & amorces de la volupté venerienne & le
deſir de la copulation ont eſté données à l'homme, non ſeulement pour la propagation de l'eſpece, ains auſſi pour adoucir les miſeres de la vie humaine. Ie
laiſſe la gentille reſponce de Poppie fille de M. Agrippa, laquelle reſpondit que *Facetieuſe*
les brutes eſtant plaines n'admettent point le maſle, parce qu'elles ſont brutes: *reſponce.*
pour reprendre mon propos. La femme ſurconçoit plus ſouuent que les autres
animaux, parce qu'eſtant enceinte elle ne refuſe point les embraſſemens de
l'homme. Or comment la ſurconception ſe fait, il nous le faut à cette heure *Comment la*
rechercher. C'eſt choſe tres-certaine que la matrice deſireuſe d'embraſſer la *ſurconception*
ſemence ſe reſſerre incontinent que la conception eſt faite en telle ſorte qu'elle *ſe fait.*
ne laiſſe dans ſoy aucune eſpace vuide, & ſon orifice interieur ſe ferme ſi exactement qu'il n'entrebaaille en aucune façon. Galien enſeigne cecy en ſix cens
endroits, & noſtre Hippocrate en ces mots, *A celles qui ont conçeu l'orifice de la* *Aph.51.lib.51*
matrice ſe reſerre. Comment donc la ſemence de l'homme pourra-elle eſtre portée au fonds d'icelle pour faire vne ſeconde conception? pluſieurs d'entre les Anciens ont penſé que la matrice par vne prouidence merueilleuſe de Nature, s'ou- *Opinion pre-*
uriroit par certains interualles de temps pour vuider & chaſſer hors les excremens *miere.*
inutiles contenus en icelle, & vouloient ſi la femme à cette heure-là auoit la
compagnie de l'homme, que la matrice ouuerte attiraſt la ſemence & qu'il ſe fiſt
vne ſeconde conception: mais ce ſont pures réueries & contes faits à plaiſir : car *Refutées*
ſi durant tout le temps de la groſſeſſe la matrice s'ouuroit par certain temps
pour vuider les ſuperfluitez, pourquoy les lochies & vuidanges ſeroient-elles
retenuës durant tout l'eſpace des neuf mois ? quoy la matrice pourroit-elle attirer la ſemence pour la conception au meſme temps qu'elle met hors les excremens: la geniture ſans doute ſeroit eſteinte & ſuffoquée par les humeurs pluſtoſt
que conçeuë. D'autres entre les Modernes tiennent que la matrice eſt touſiours *Opinion ſe-*
entr'ouuerte, & qu'elle ne ſe ferme iamais exactement : & appuyent leur opinion *conde.*
de ces raiſons. 1. Les femmes enceintes ont bien ſouuent leurs purgations menſtruelles: or ce qu'elles iettent eſtoit retenu & caché dans la matrice : doncques
ſon orifice n'eſt point exactement fermé durant toute la groſſeſſe. 2. La femme
enceinte en la copulation iette de la ſemence qu'elle ſent decouler par la partie
honteuſe. Or elle ne ſçauroit ſortir par la partie honteuſe ſinon qu'elle y fuſt
decoulée du fonds de la matrice par ſon orifice: parce que la femme iette ſa ſemence par les cornes, c'eſt à dire par les coſtez de la matrice au fonds & cauité
d'icelle. Il s'enſuit donc que ledit orifice eſt touſiours entr'ouuert, & que la ſurconception ſe peut pour cette raiſon faire facilement. Ils penſent par ces raiſons auoir fait quelque grand coup, combien toutesfois qu'ils obſcurciſſent de *Refutée.*
tenebres la lumiere Hippocratique, pour n'eſtre bien verſez en l'Anatomie.

Car pour confuter leur premiere raifon ignorent-ils qu'il y a deux branches de veines refpanduës en la matrice, & que d'icelles l'vne eft portée à la cauité interieure de la matrice pour nourrir l'enfant, & l'autre à la partie exterieure au col, & iufques à la partie honteufe : or qui gardera que le fang ne fe purge durant tout le temps de la groffeffe par les branches de cette derniere icy, fans que pour cela l'orifice interieur de la matrice foit en acune façon ouuert ny entrebaaillé : leur derniere raifon prefferoit dauantage fi nous n'auions remarqué deux conduits dediez pour l'excretion de la femence de la femme. Le premier s'en va rendre aux cornes, c'eft à dire aux parties laterales plus éminentes de la matrice, par lequel la femme n'eftant point enceinte éjacule fa femence au fonds de la matrice : Car c'eft le chemin le plus court & le plus ouuert. L'autre qui a efté

Obferuation belle de l'Autheur.

inconnu aux Anciens & aux Modernes mefine, que nous auons fouuent remarqué aux diffections publiques eft continu au premier, mais quelque peu plus long, il s'en va terminer par les coftez de la matrice au col d'icelle & à la partie honteufe. Or nous eftimons que la femme groffe iette fa femence par ce dernier, & que c'eft la raifon pourquoy elle fent plus de plaifir en la copulation eftant enceinte qu'alors qu'elle eft deliure : car ces vaiffeaux-cy par lefquels paffe la femence font plus longs & defcendent du long du col membraneux de l'amarry, qui eft d'vn fentiment fort exquis. Doncques que ceux qui renuerfent la doctrine des Anciens s'en aillent en paix, & que leur opinion touchant la fur-

La façon que la furconception fe fait, felon Hippocrate lib. de fuperfœt.

conception foit pour iamais chaffée des efcoles de Medecine. Au refte Hippocrate a efté le premier qui a declaré le moyen que fe fait la fuperfœtation, quand il dit : *Ces femmes-là furconçoiuent à qui l'orifice de la matrice ne fe ferme point exactement apres la premiere conception.* Car fi en ce temps-là elles viennent derechef à auoir la compagnie de l'homme, elles reçoiuent aifément la femence virile & la cachent dans la cauité de la matrice d'où il fe fait vne feconde conception. Or ce paffage-là fe doit entendre du trois ou quatriéme iour d'apres la premiere conception : car la matrice ne peut pas demeurer entr'ouuerte durant tout le temps de la formation. Mais à fçauoir fi la fuperfœtation fe peut faire vn, deux ou

A fçauoir fi le 2. ou 3. mois d'apres la conception la matrice fe peut ouurir.

trois mois apres la premiere conception, ainfi que témoignent plufieurs & par efcrits & par exemples : Elle fe peut à mon aduis faire mais rarement, car la matrice échauffée d'vne grande volupté en l'acte venerien fe peut derechef ouurir pour receuoir la femence, fans que pour cela le premier enfant defia formé & grandelet foit ietté hors, pourueu que la femme foit faine & le fœtus fort & vigoureux : tant pour ce qu'il eft fermement attaché à la matrice par les orifices des vaiffeaux, que pource qu'il ne fait point d'effort pour fortir : chofe que nous auons quelquefois experimentée aux gemeaux. I'ay veu vne certaine

Belle hiftoire.

Damoifelle groffe de deux enfans, laquelle accoucha d'vn garçon mort le premier iour du neufiéme mois, & le feptiéme iour enfuiuant d'vn autre viuant. Telle eft l'hiftoire recitée par Hippocrate au feptiéme des Epidem. duquel voicy les mots : *La mere de Terpidas de Dorifque ayant auorté au cinquiéme mois de deux gemeaux à raifon d'vne cheute; de l'vn certes qui eftoit comme en vne tunique, elle en fut deliurée incontinent : & de l'autre deuant ou apres, c'eft à dire enuiron quarante iours.* Dont s'enfuit que l'orifice interieur de la matrice fe peut ouurir fans qu'il foit neceffaire que le fruit forte ou tombe. Nous

Authorité d'Hippocrate. Aph.38.lib.5

auons pour confirmer noftre opinion l'Aph. d'Hippocrate. *La femme qui porte des gemeaux, fi l'vne de fes mammelles deuient plus menuë, elle auorte*

de l'vn

de l'vn ou de l'autre: sic est la droite d'vn fils, & sic est la gauche d'vne fille. Le sœtus peut donc estre retenu en la matrice, encore que son orifice se soit entrebaaillé. Et combien qu'il se fasse vne seconde conception, le troisiéme ou quatriéme mois d'apres la premiere, il n'est pas pour cela necessaire que la premiere tombe. Au reste les secondes conceptions sont rarement vitales, principalement si elles se font long temps apres les premieres, parce que le premier sœtus desia grand, épuise & consomme tout le sang, qui est cause que le dernier priué de sa nourriture meurt, & est jetté hors auant le terme.

Les secondes conceptions rarement vitales.

HISTOIRE ANATOMIQVE.

De la nutrition du fœtus, & comment il exerce les facultez naturelles.

CHAPITRE VI.

COMME aux ouurages de l'Art, ainsi en ceux de Nature, *le mouuement s'auance de l'imparfait au parfait.* Parquoy l'embryon tendret vit premierement la vie tres-imparfaite des plantes; puis apres la vie d'animal, & finalement celle de l'homme: & c'est ce qu'entend le Philosophe, quand il dit, *Car il n'est pas fait animal & homme tout ensemble.* Or cela ne se fait point à raison de la forme (parce qu'elle est simple & indiuisible) mais de la matiere, c'est à dire des organes dont cette noble entelechie se sert pour faire ses functions. La premiere vie du fœtus, les premiers iours d'apres la conception est tres-simple, & se fait sans nourriture: car quel besoin est-il de nourrissement, où les parties ne souffrent point de perte en leurs substances? le fœtus s'entretient & conserue assez par sa chaleur & ses esprits innez. Mais apres que les parties sont circomscriptes & formées, alors il commence à se nourrir & à croistre. Or cette nutritió ne se fait point au fœtus enfermé en la matrice, comme en l'enfant qui est desia sorty au monde: car estant nay il succe & tire sa nourriture par la bouche, mais en la matrice (quoy qu'en dient Democrite & Epicure) il la tire seulement par le nombril. *Le plus vieil aliment* (dit nostre Hippocrate) *est l'vmbilic par l'abdomen.* Estant nay il fourre toutes sortes de viandes dans son estomach, mais en la matrice il ne tire rien que le sang, & iceluy tres-bien purifié, qu'il verse au foye. *Il attire,* dit le mesme Hipp. *la plus douce partie du sang.* Estant nay il altere & change la viande qui prend en diuerses sortes, la tournant premierement en chyle, puis en sang, duquel en fin il se nourrit: mais en la matrice, comme il n'attire que le sang, aussi ne luy donne-il point d'autre forme nouuelle, ains seulement quelque élaboration & temperature semblable à soy. D'où nous concluons que le fœtus ne fait pas les deux premieres coctions, à sçauoir la chylification & la sanguification, mais la troisiéme seulement, qui est la nutrition particuliere de toutes les parties. Or voicy comment il fait cette troisiéme & vnique coctió. Estant attaché par le moyen des vaisseaux vmbilicaux & des membranes de l'arriere-faix à la matrice de la mere, il tire par les orifices des veines

2. de genera. animal. c. 3.

La vie premiere du fœtus est tres-simple.

La maniere que le fœtus se nourrit en la matrice est differente de celle de l'enfant desia nay; l. de aliment.

lib. de natura pueri.

Le fœtus ne fait qu'vne coction. Comment il se nourrit.

vmbilicales qui s'abbouchent par vn artifice admirable auec les orifices des veines de la matrice, le sang le plus pur & le plus doux de la mere, lequel il verse par la
veine vmbilicale (qui est vn rameau de la porte, & s'en va cacher en la scissure du
foye) dans tout le corps du foye, où il est de plus en plus raffiné & élaboré. La
portion plus cruë & plus grossiere d'iceluy est puis apres distribuée par les racines de la veine porte au ventricule, à la ratte & aux boyaux ; les reliques duquel
sont enuoyées par le rameau splenique & le mesenterique, en la cauité des intestins, où ils s'amassent petit à petit, & par la longue demeure qu'ils y font, se dessechent tellement qu'ils acquierent vne épaisseur & couleur semblable au meco-
nion. Mais la portion plus pure & mieux élaborée est versée dans le tronc de la
veine caue, & puis apres distribuée par les branches d'icelle, dans toutes les par-

Ses excremens. ties du corps. Et d'autant que le sang n'est point sans sa serosité, qui luy sert comme de chariot ; icelle ayant fait sa charge est en partie digerée par les sueurs & l'habitude du corps, & en partie tirée par les roignons, desquels elle decoulle par les
vreteres dans la vessie. Nature a dedié pour receuoir & côtenir l'vrine & la sueur,
la membrane amnios. Au reste il ne verse pas son vrine dans cette membrane par
la verge, mais par l'ourachos, qui est vn canal long & exangue, qui s'en va du
fonds de la vessie au nôbril. Nature n'a point apposé de muscle à ce conduit, parce qu'il n'y auoit point de temps incommode au fœtus, pour chasser hors ces excremens, comme il y en a pour ceux qui sont desia nais & parfaits.

CONTROVERSES ANATOMIQVES,

A sçauoir si le fœtus tire sa nourriture par la bouche, s'il ne se nourrit que du
sang, & s'il ne fait qu'vne coction.

QVESTION VINGT-TROISIESME.

Par quels che-
mins le fœtus
attire son ali-
ment.

Opinion
d'Alcmeon.

NOvs comprendrons toute cette dispute qui est de la
nourriture du fœtus, sous trois points. 1. Nous declarerons les chemins par lesquels il tire son nourrissement. 2. Nous monstrerons quel est ce nourrissement. 3. Nous dirons comment ce nourrissement est
alteré, & s'il passe par trois coctions. Pour le regard
du premier, Alcmeon pensoit que l'aliment fut attiré
par tout le corps qui est rare & spongieux : & que tout
ainsi que les éponges tirent & boiuent l'eau de tous
costez, que le fœtus attirast semblablement de toutes parts le sang des veines de

De Demetrite,
& d'Epicure,
l. 5. de placit.
Philosophor.
cap. 16.

la mere & de la substance de la matrice : Democrite & Epicure, comme recite Plutarque, disoient qu'il tiroit son aliment par la bouche : ce qu'a aussi voulu Hippocrate, où il dit, *L'enfant en la matrice serrât les léures succe de la matrice de la mere, tant*
l'aliment que l'esprit, pour le cœur, quand la mere a respiré. Il confirme son opinion

Au liure des
Principes.

par deux raisons. 1. Parce que les enfans, quand ils naissent ont les boyaux remplis
de matieres fecales. 2. Parce qu'ils tettent aussi tost qu'ils sont nays, à raison qu'ils

Excusé pour
Hippocrate.

auoient accoustumé de tetter en la matrice. Hippocrate pour vray a esté vn diuin personnage, pour cette cause nous le deuons admirer quasi en toutes choses,
& le reuerer comme pere de la Medecine, il le nous faut donc icy excuser, & dire

que cela luy eſt arriué parce que la cognoiſſance de l'Anatomie eſtoit encore
groſſiere en ſon temps : ou bien croire, comme il y a bien de l'apparence, que ce
paſſage, comme pluſieurs autres, a eſté adiouſté à ſes écrits. Car au liuret de l'ali- *et ſon opinion*
ment, qui eſt du tout diuin & plein d'énigmes, il dit, *que le plus vieil aliment eſt le*
nombril par l'abdomen : comme s'il diſoit, le fœtus attire ſon premier aliment par le
nombril, qui eſt ſitué au milieu de l'abdomen & ventre. Car comment l'attire-
roit-il par la bouche, veu qu'il n'y a point de vaiſſeaux qui y ſoient portez ? & que
le fœtus n'a aucune vnion auec la mere, ſinon par les exttremitez des vaiſſeaux qui
ſe terminent tous au nombril ? mais il écrit auſſi en termes exprés que le fœtus at- *Lib. de natur.*
tire l'eſprit & l'aliment par le nombril, quand il dit, *Au milieu de la chair ſe ſepare* *pueri.*
le nombril, par leqüel le fœtus reſpire & prend ſon accroiſſement. Item, *Le nombril qui* *lib. de octim.*
eſt le chemin & l'entrée à l'aliment & à l'air pour nourrir, eſt ſeul de tout le reſte du *partu.*
corps adherent à la mere, & par ce chemin le fœtus eſt fait participant de ce qui entre au
corps d'icelle. Item, *Les ſages femmes auſſi toſt que l'enfant eſt ſorty luy lient le nombril,* *lib. de natur.*
comme n'eſtant plus neceſſaire pour le nourrir, & au meſme temps luy ouurent la bou- *pueri.*
che, pour luy monſtrer vne autre façon de prendre ſa nourriture. Comme ainſi ſoit
donc qu'Hippocrate ait écrit en tous ces paſſages que le fœtus tire l'aliment & *Le paſſage cy*
l'eſprit par le nombril & non par la bouche : il ne faut pas douter que le lieu cy *deſſus allegué*
deſſus allegué n'ait eſté adjouſté à ſon liure : car meſme les raiſós qui luy ſont fauſ- *du liure des*
ſemét attribuées ne reſſentent pas la doctrine d'vn tel perſonnage. Car l'enfant ne *Principes n'eſt*
point d'Hippo-
ſucce point le laict par la bouche incontinét qu'il eſt né, pource qu'il ſouloit tetter *crate.*
en la matrice ; mais parce qu'il eſt enſeigné de Nature (qui n'a point eſté enſei-
gnée) à ce faire. *Nature,* dit il, *n'ayant point eſté enſeignée, fait neanmoins fort bien* *l. 6. epi. ſect. 5.*
ce qu'elle n'a pas appris. Item, *Les Natures de tous qui n'ont point eſté enſeignées de per-* *l. de aliment.*
ſonne. Doncques l'enfant tette auſſi toſt qu'il eſt né, non pource qu'il auoit accou- *Pourquoy l'en-*
ſtumé de tetter, mais y eſtant induit ou de Nature, ou de la volonté qui pro- *fant tette in-*
continent qu'il
uient de l'inſtinct. Car quand il ſera grand, il ſera le meſme, s'il en a beſoin auec *eſt nay.*
eſlection & choix ; parce, comme écrit le tres-ſubtil de l'Eſcale, que c'eſt vne
meſme faculté qui miniſtre à l'ame pour le bien & la commodité du corps, & qui *Exercit. 239.*
a jointe auec ſoy l'eſpece de ſa conſeruation. Quant aux excremens que l'enfant *contre Car-*
dan.
rend par le ſiege incontinent qu'il eſt né, ils ne ſont pas excremens de la premiere coction, ſçauoir eſt de la chyliſication, & pourtant ils ne doiuent point *Ce que l'en-*
fant nouueau
eſtre dits fientes ou matieres fœcales ; ains ce ſont les reliques & ſuperfluitez du *nay rend par le*
ſang impur dont il a eſté nourry, leſquelles ſont enuoyées de la ratelle par le ra- *ſiege ne ſont*
pas fientes.
meau ſplenique & meſenterique aux boyaux, où elles ſe deſſechent par la chaleur,
y eſtant longuement retenuës. Concluons donc que le fœtus n'attire point ſa
nourriture par la bouche, mais ſeulement par le nombril.

A ſçauoir ſi le fœtus ne ſe nourrit que du ſang, & s'il ne
fait qu'vne coction.

QVESTION VINGT-QVATRIESME.

OVCHANT la nature & l'eſpece de l'aliment dont le fœtus ſe nour- *Que le fœtus ſe*
rit durant qu'il eſt en la matrice, il y a vne controuerſe qui n'eſt pas pe- *nourrit du ſág*
tite. Hippocrate veut que ce ſoit du plus pur du ſang de la mere, *pur. Opinion*
d'Hippocrate.
quand il dit ; *La femme enceinte deuient toute paſle & de mauuaiſe couleur :* Il adiouſte *1. de morb.*
la raiſon, *parce que ſon meilleur ſang,* il l'appelle ailleurs *tres-doux, eſt iournelle-* *mulierum.*

1. de sympt.
cauf. 7.

ment tiré de son corps, & descend pour la nourriture du fœtus. Galien écrit que le fœtus encore petit & tendret tire les premiers mois le sang tres-pur; mais estant deuenu plus grand, qu'il attire ensemble & le pur & l'impur. Hippocrate au liuret de la nature de l'enfant, a laissé par écrit beaucoup de choses, & icelles tres-obscures, touchant l'aliment du fœtus : Car il le recognoist de deux sortes; le sang & le laict : Il estime qu'il se nourrit les premiers mois du sang pur, mais il veut lors qu'il commence d'auoir mouuement, qu'vne portion du sang monte aux mammelles & qu'elle soit là changée en laict, & puis apres qu'elle descende des mammelles à la matrice pour la nourriture d'iceluy. Et l'enfant, dit-il, iouyt vn peu de ce laict. Mais ie ne voy point comment & pourquoy il s'en puisse nourrir, veu que tout son aliment est porté par les veines au foye ; sinon que tu veilles dire, que l'enfant deuenu desià plus grand iouyt du laict, c'est à dire, du sang contenu aux veines des mammelles, lequel approche de fort prés de la nature du laict. Car le sang des premieres veines, c'est à dire, de celles qui sont proches de la matrice estát épuisé, il attire celuy des autres plus esloignées, mais principalement de celles qui ont plus de communion & qui sont plus amples. Or la societé des veines de la matrice & des mammelles est admirable. Quelqu'vn parauanture demandera icy comment le fœtus attire le sang pur, veu qu'il est destrempé de beaucoup de megue & de serosité, comme on peut recueillir par la collection de l'vrine. Ie respons que la serosité naturelle n'oste point la pureté au sang ; au contraire s'il estoit sans megue il seroit vicieux. Hippocrate blasme tousiours le sang pur & non meslé. Il reste le troisiéme poinct à rechercher, comment l'aliment du fœtus s'altere & change : à sçauoir s'il souffre trois coctions, ou deux, ou vn seulement? Il y en a qui veulent que le sang soit porté par la veine vmbilicale aux rameaux de la veine porte, d'iceux au ventricule, où il soit changé en chyle, puis de là qu'il soit transporté par les veines du mesentere au foye, & tourné en sang, tellement que le fœtus exerce en la matrice les trois coctions, ne plus ne moins qu'il fait estant sorty au monde. Car si on aualle du sang, & qu'il soit receu dans le ventricule, on voit comme dépoüillant sa premiere forme, il prend celle de chyle. Quant à moy pour dire librement mon aduis, ie ne recognois qu'vne coction au fœtus ; car quel besoin a-il de la chylification ou d'vne nouuelle sanguification, veu qu'il attire la partie la plus pure du sang de la mere ? Ie confesse bien que ce sang reçoit quelque élaboration plus grande aux veines du fœtus, afin qu'il ait plus grande similitude auec iceluy, mais qu'il prenne quelque forme nouuelle, ie le nie tout à plat, car c'est tousiours vn mesme sang, doüé d'vne mesme faculté de nourrir: il differe seulement en perfection & en quelques accidens. Or la chylification n'estoit point necessaire au fœtus, parce que les excremens du chyle qui sont grossieres & terrestres chargeroient trop par leur masse & pesanteur, & seroient fort ennuyeux au fœtus, d'autant que Nature n'a point dedié de membranes pour les receuoir & contenir. Adjoustes-y, si tu veux, la puanteur des matieres fœcales.

& nó du laict.

Explication du
passage d'Hippocrate.

Demande.

Responce.

A sçauoir si le
fœtus fait trois
coctions en la
matrice.

Qu'il n'en fait
qu'vne.

HISTOIRE ANATOMIQVE.

Comment le fœtus exerce les facultez vitales.

CHAPITRE VII.

'ENFANT vit en la matrice d'vne toute autre façon *L'enfant vit* qu'il ne fait estant sorty au monde : car il ne dilatte ny *en la matrice* ne referre point la poitrine, parce qu'il ne tire point *autremét qu'il* d'air par la bouche : il n'engendre point d'esprits vi- *nay.* taux, parce qu'il puise ceux de la mere : Et n'a point be- soin du mouuement, ny de l'action du cœur, ny des poulmons ; parce que la chaleur naturelle de toutes ses parties se conserue ; restaure & maintient suffisam- ment par la transpiration & le battement des arteres.

Or cette vie comme elle est dissemblable, aussi a-elle des organes dissemblables en composition, substance & vsage : lesquels ayans esté inconnus à quasi tous les Anatomistes de ce siecle, & décrits premierement par Galien fort exactement, *Obseruation* mais trop obscurement, nous tascherons d'expliquer icy clairement & en peu de *admirable de* paroles. En la base du cœur apparoissent quatre vaisseaux notables ; deux au ven- *chant l'vnion* tricule droit, la veine caue & la veine arterieuse ; & autant au gauche, la grande ar- *des vaisseaux* tere & l'artere veineuse. L'vsage de ces vaisseaux ; apres que nous sommes nays, *t.u.* est tel. La veine caue (laquelle entrebaaille d'vne ouuerture tres-grande au cœur) *l. 6. de vsu* verse le sang au ventricule dextre, comme dans vne cisterne, là où il est élaboré & *part. c. 20.* raffiné pour seruir tant à la generation de l'esprit vital, comme au nourrissement *part c. 6.* des poulmons. Et pourtant vne portion d'iceluy exude & passe à trauers du *septum* *L'vsage des* *medium* au ventricule gauche, & l'autre est portée par la veine arterieuse en la sub- *cœur en ceux* stance molle ; rare & spongieuse des poulmons. L'artere veineuse porte l'air atti- *qui sont nays* ré par l'inspiration, & preparé dans les poulmons, au ventricule gauche du cœur, où il est meslé auec le sang, & de ce meslange est engendré l'esprit vital. Le cœur enuoye puis apres cet esprit au tronc de la grande artere, & en ses canaux pour le distribuër à toutes les parties. Toutes ces choses sont d'vne autre façon au fœtus ; *au fœtus.* & l'vsage de ces vaisseaux totalement different. Car la veine caue ne verse point le sang au ventre droit du cœur, parce que le poulmon qui est rouge, grossier & immobile au fœtus, n'a point besoin d'vn sang subtil pour sa nourriture, & que le cœur n'engendre point d'esprits vitaux. L'artere veineuse ne porte point l'air au ventre gauche, parce que le fœtus ne respire point, & qu'il ne fait seulement que transpirer. La grande artere ne reçoit point l'esprit vital du cœur ; ains des arteres vmbilicales : Doncques la veine arterieuse ne fait pas office de veine, mais d'artere, car elle porte l'esprit vital & non le sang. Et l'artere veineuse fait office de veine, & contient vn sang rouge & grossier pour la nourriture des poulmons. Et pource qu'il n'y auoit point de conduits qui allassent de la veine caue à l'artere veineuse, Nature a conjoinct ces deux vaisseaux qui estoient contigus, par le moyen d'vn grand trou ou pertuis rond, afin que le sang par iceluy peut passer librement de la veine caue à l'artere veineuse : or pour empescher que le mesme sang ne retour- nast de l'artere veineuse en la veine caue, elle a mis au detant de ce trou vne membrane defliée & diaphane, comme vn couuercle & volet, laquelle s'ouure & obeït au fang voulant entrer de la caue en l'artere veineufe, mais elle fe ferme quand le mefme fang veut retourner de l'artere veineufe en la caue : elle fert auffi pour faire que ce trou fe reünifle & agglutine plus viftement apres l'enfantement, en commençant la confolidation par la bafe d'icelle : mais d'autant que la veine arterieufe & la grâde artere eftoient quelque peu efloignées l'vne de l'autre, elle les a conjoint obliquement par le moyen d'vn troifiéme canal arterieux, afin que l'efprit vital puiffe aller librement par iceluy de la grande artere à la veine arterieufe.

Chofe admira-
ble, comment
les vaiffeaux
du cœur fe fer-
ment & deffe-
chent l'enfant
eftant forty au
monde. Voilà l'vnion admirable des vaiffeaux du cœur au fœtus, à fçauoir de la veine caue auec l'artere veineufe, & de la grande artere auec la veine arterieufe. Mais l'abolifferment, preclufion & reficcation de ces vaiffeaux, peu de iours apres l'enfantement furpaffe toute admiration : car le grand trou rond fe ferme & fe perd en forte qu'il ne refte aucune trace ny veftige : & le canal arterieux apparoit les premiers iours tout ridé & fleftry, & en fin deuient fi petit, que tu dirois qu'il n'auroit iamais efté. De ces chofes chacun voit clairemét que le fœtus tire par les arteres vmbilicales l'efprit de la mere, & qu'il vit content du feul battement des arteres, tellement qu'il n'ait que faire de l'aide ny du mouuement du cœur.

CONTROVERSES ANATOMIQVES.

De la communion qui eft entre les quatre vaiffeaux du cœur au fœtus.

QVESTION VINGT-CINQVIESME.

Exercitation premiere, en laquelle la verité de la demonftration
de Galien eft efclaircie.

l. 6. c. 20. & l.
15. c. 6. de vfu
part.  ALIEN a décrit fi exactement & élegamment la communion admirable des vaiffeaux du cœur qui fe voit au fœtus, fçauoir eft de la veine caue auec l'artere veineufe, & de la grande artere auec la veine arterieufe, que ie ne penfe pas qu'il ait rien dit en tout fon long œuure de l'vfage des parties plus clairement ou diuinement : mais il femble n'auoir pas en expliquant l'vfage de ces anaftomofes affez bien donné à entendre fon intention. Car au 15. liure, il eftime que toutes les deux anaftomofes ont feulement efté faites pour les poulmons : mais il écrit au 6. qu'elles feruent auffi en quelque façon au cœur pour faire les actions de la faculté vitale. D'autant donc qu'en diuers paffages il a dit des chofes diuerfes, non pas toutesfois diametralement contraires, il a apprefté occafion de calomnier à tous ceux qui, ou par vn defir de contredire, ou par vn aiguillon d'ambition, ou par ie ne fçay quelle veine parade d'efprit, rejettans la doctrine des anciens, cherchent les fruits d'vne vraye & folide Philo-

Belle demon-
ftration de Ga-
lien, touchant
la communion
des vaiffeaux
du cœur. fophie és champs fteriles des Modernes. Quand à moy, combien que i'aye efté tel iufques à cette heure, que ie n'aye point iuré aux paroles d'aucun maiftre, i'ayme mieux toutesfois fuiure les veftiges des anciens, quand leur doctrine eft conforme à la verité, que de foufcrire aux decrets noueaux & faux des ieunes. Or combien la demonftration de Galien eft exacte & elegante, ie m'en vay commencer à l'expliquer. Il demande au sixiéme chapitre du quinziéme liure de l'vsage des parties. Pourquoy le poulmon au fœtus apparoist rouge & non pas blancheastre comme il fait apres qu'il est né. Il répond que c'est pource qu'il se nourrist d'vn sang rouge & épais, qui luy est porté par les vaisseaux qui n'ont qu'vne simple tunique, c'est à dire par les veines : Or il n'y auoit point de conduits qui allassent de la veine caue aux poulmons : Il a donc necessairement fallu percer ladite veine caue dans l'artere veineuse. Voilà donc le principal vsage de ce trou. Et pour le regard de l'vsage de l'autre communion qui se fait de la grande artere dans la veine arterieuse par le moyen d'vn canal arterieux, il estime qu'il-le faut rapporter à la vie du poulmon. Car la vie de toutes les parties dépend de l'esprit vi- tal & du sang arterieux : les arteres portent l'vn & l'autre, lesquelles comme ainsi soit qu'elles n'attouchent en aucune maniere au poulmon : il a fallu que la grande artere fust vnie auec la veine arterieuse. Voilà la demonstration de Galien, laquel- le parauanture semblera obscure à plusieurs , mais ie feray en sorte qu'elle de- Esclaircie par l'Autheur. uiendra plus claire que le soleil en plain midy. Le poulmon du fœtus est rouge, resemblant à la chair du foye , & plus grossier qu'il n'est apres qu'il est né : Il est rouge certes parce qu'il est & engendré & nourry d'vn sang rouge & grossier, par- ce qu'il n'est ny attenué par l'air inspiré ny agité d'aucun mouuement : Car le fœ- tus ne remuë la poitrine en aucune façon. Or il n'y a point d'apparence que le poul- mon puisse dilater & reserrer la poitrine demeurant sans mouuement : parce que le poulmon ne se meust point par vne faculté qui luy soit propre, ny par la facul- Le premier vsage des ana- stomoses du cœur est la nu- trition des poulmons. té pulsifique du cœur, ny par le cerueau : Mais au mouuement de la poitrine pour empescher le vuide. Mais quand l'enfant est né il deuient incontinent plus rare, plus deslié & quasi blancheastre , parce qu'il est attenué par le continuel mou- uement & le meslange de l'air attiré par l'inspiration. La substance du poulmon n'est donc pas semblable en l'enfant prisonnier en la matrice : comme elle est apres qu'il est sorty d'icelle & qu'il a commencé à iouyr de l'air & de la lumiere: dont s'ensuit aussi que son nourrissement n'est pas semblable. Le poulmon rare & deslié a besoin d'vn sang tres-subtil elaboré au ventre dextre du cœur, qui est la raison pourquoy Galien estime que ce ventre a seulement esté creé pour le poul- mon : & que les animaux (comme Aristote a remarqué le premier) qui n'ont point de poulmon , n'ont point aussi de ventricule dextre au cœur. Là où celuy du fœtus qui est grossier, rougeastre & immobile n'a pas besoin d'vn sang ainsi raffiné, ains se contente de celuy qui est grossier & semblable à soy, lequel n'estât porté que par les veines seules, comment pourra-il estre enuoyé de la veine caue aux poulmons, veu qu'il n'y a pas vn des rameaux de cette veine qui se distribuë en iceux : Car les vaisseaux des poulmons sont seulement trois , l'artere veineuse, la veine arterieuse & la trachée artere. Nature a donc percé par vn artifice mer- ueilleux la veine caue dans l'artere veineuse qui luy estoit contiguë , afin que le sang peut passer librement de la caue dans ladite artere pour le nourrissement & l'accroissement des poulmons : tellement que l'artere veineuse au fœtus fait seu- lement office de veine, & peut estre absoluëment dite veine, tant à raison de son office que de sa composition. Tel donc est l'vsage de ce grand trou rond, & telle la necessité de cette excellente anastomose. Le Prince des Arabes Auicenne con- Opinion d'A- uicenne tou- chant l'vsage des anastomo- ses. firme la demonstration de Galien, quand il dit : Le poulmon n'est point autre que rouge au fœtus tendret , parce qu'il ne respire point & rien ne le blanchit sinon le mes- lange de l'air attiré par l'inspiration : il est donc nourry d'vn sang rouge, & pour cette cause a esté fait vn trou qui s'en va d'vn vaisseau en l'autre, lequel se bouche aussi tost

Y Y iiij

Le second. que l'enfant est né. Mais cette anastomose n'a pas esté faite seulement pour la nourriture des poulmons, ains aussi pour la premiere generation d'iceux. Car c'est vne chose notoire que les chairs de tous les visceres sont creés d'vn sang épaissi & figé. Ce sang rouge n'est point contenu ailleurs que dans les veines : Or il n'y a point de chemins qui aillent de la veine caue au poulmon : pour cette fin donc a esté fait ce trou tres-ample allant de ladite veine en l'artere veineuse. I'adiouste-

Le troisiéme. ray vn troisiéme vsage de cette communion, qui est afin que l'artere veineuse fut faite par la veine caue : Car vn vaisseau deslié & veineux ne pouuoit pas naistre du ventre gauche du cœur qui est tres-dense & tres-épais : Or il falloit que ce vaisseau fut au ventricule senestre, & qu'il fut deslié pour receuoir fort promptement l'air quand nous inspirons & chasser hors les vapeurs fumeuses quand nous expirons. Il a donc fallu que la veine caue fut jointe auec l'artere veineuse : tellement qu'il semble que l'artere veineuse soit vne branche de la veine caue, & qu'elle naisse non du cœur comme pense le vulgaire, ains du foye par la conti-

Le premier vsage de l'autre canal. nuité de la veine caue. Quand à l'autre communion qui se fait de la grande artere dans la veine arterieuse, voicy comme ie l'éclaircy & donne à entendre. Le poulmon du fœtus vit, il a donc besoin de l'esprit vital & du sang arterieux pour sa conseruation. Il n'y a seulement que les ruisseaux de la grande artere qui portent le sang vital : Or de la grande artere il n'y a point de ruisseau qui abbreuue le poulmon : Nature a donc formé vn canal arterieux qui est percé de la grande artere en la veine arterieuse pour verser en la substance des poulmons vne portion du sang arterieux & de l'esprit vital, & empescher qu'ils ne soyent defraudez de ce nectar viuifiant. Ie donne encore vn autre vsage à cette communion, afin que

Le second. la veine arterieuse puisse naistre de la grande artere. Car il falloit que la veine du dextre ventricule fut arterieuse, c'est à dire qu'elle eust vne tunique tres-épaisse comme les arteres : Or l'origine de toutes les arteres estoit au ventre senestre. Doncques la grande artere se prouigne & produit de soy vn canal qu'elle enuoye au ventricule droit pour en former la veine arterieuse : tellement que la veine arterieuse soit vne branche de la grande artere, comme l'artere veineuse est vn scion de la veine caue. Telle donc est la disposition des vaisseaux des poulmons au fœtus, de sorte que l'artere veineuse fasse office de veine : la veine arterieuse d'artere : & que la trachée artere demeure oyseuse & sans rendre aucun seruice. Voilà la vraye demonstration de cette double communion.

Confutation de la nouuelle demonstration de M. Simon Pietre Medecin de Paris, touchant l'vsage des deux communions des vaisseaux du cœur.

EXERCITATION DEVXIESMÉ.

Opinion de Monsieur Pietre. R maintenant afin d'éclaircir dauantage la verité de la demonstration de Galien, il nous faut examiner à la pierre de touche, comme l'on dit les choses qui ont esté mises en auant par les Modernes touchant l'vsage de ces anastomoses. Monsieur Pietre estime que l'on doit plustost rapporter leur action à l'vsage du cœur & de tout le corps, qu'à la nutrition & vie du poulmon. Or voicy le sommaire de sa nouuelle demonstration exprimé en ces mots, car ie recite ses propres paroles sans y rien changer.

Le but & premier deſſein de Nature eſt de faire toutes choſes parfaitement: Mais elle
ne peut pas touſiours paruenir à cette perfection à laquelle elle viſe, à raiſon de la mauuaiſe diſpoſition de la matiere qui eſt la neceſſité hypothetique & materielle poſée par
Ariſtote. Mais quelle neceſſité à côtraint Nature à faire les anaſtomoſes de ces vaiſſeaux?
Grande certes: ſans la connoiſſance de laquelle à grand peine aucun pourra-il entendre
l'hiſtoire d'icelles. L'vſage & l'action ſont la fin de Nature engendrant quelque choſe,
& le ſcope ou but du Medecin recherchant les œuures de Nature ſans la connoiſſance duquel vſage toute l'Anatomie eſt incertaine & l'inſpection des parties obſcure. Ariſtote
nous aduertit ſouuent que les inſtrumens ſont faits pour l'vſage, & non l'vſage pour
les inſtrumens. D'où Galien propoſe en premier lieu l'vſage, afin d'examiner ſur iceluy
la compoſition & conformation de chaque partie. Ie m'en vay donc expliquer l'vſage
& la neceſſité des anaſtomoſes des vaiſſeaux du cœur. Les arteres vmbilicales tranſportent le ſang arterieux & vital de la mere au fœtus, aux arteres iliaques duquel elles
s'implantent & inſerent: de ces arteres iliaques le ſang monte au tronc de la grande artere, voire meſme iuſques à ſon orifice qui eſt en la baſe du cœur: mais il eſt de neceſſité
qu'il s'arreſte-là, d'autant que Nature a fermé ledit orifice & luy a mis au deuant trois
valuules ou portelettes comme vn verroüil, pour faire que le paſſage ſoit ouuert au ſang
ſortant du cœur pour entrer en la grande artere, & fermé quand il veut rentrer de la
grande artere au cœur. Nature a apporté vn ſoudain remede à cette incômodité ou obſta-
cle: Car voyant que ce ſang preparé & élaboré au ventricule du cœur de la mere eſtoit à
raiſon de la longueur du chemin deuenu propre pour nourrir les poulmons, elle a donné ordre de le faire entrer en la veine arterieuſe qui eſt dediée au nourriſſement d'iceux. Et
pour cette fin elle a fait vn conduit cômun à la grande artere & à la veine arterieuſe, qui
eſt apparent au deſſus de la baſe du cœur lequel nous appellons anaſtomoſe. Il reſte que
nous paſſions à la demonſtration de l'autre. Nous auons monſtré que le ſang arterieux que
le fœtus attire par les arteres vmbilicales qui s'inſerent aux iliaques eſt conſommé &
employé en la nourriture des poulmons: Il nous faut maintenant declarer côment le ſang
vital qui doit eſtre répandu en toutes les parties du fœtus peut eſtre engendré: Car il n'y
a point d'air qui ſoit porté par l'artere veineuſe au ventricule gauche du cœur: Car le fœtus ne reſpire point en la matrice: Il n'entre rien auſſi au cœur par la grande artere, car les
valuules dont nous auons parlé, leſquelles regardent de dedans en dehors ne permettent
point que rien y puiſſe entrer. Le ventre gauche du cœur reſtoit donc inutile à faute de matiere & pour l'incommodité des lieux, ſi Nature, ſans auoir eſté enſeignée de perſonne, ne
ſe fut trouué des chemins faciles, & n'euſt fait vne autre anaſtomoſe excedant tôute admiration qui s'en va de la veine caue dans l'artere veineuſe, par laquelle anaſtomoſe le
ſang ſuperflu qui reſte apres la nourriture du poulmon eſt cômodément tranſporté au ventricule gauche du cœur, où il eſt élaboré, raffiné & y reçoit le ſceau de la faculté vitale,
d'où puis apres il prend ſon chemin dans la grande artere qui luy eſt contiguë & voiſine,
pour par icelle eſtre diſtribué à tout le corps. Quât à moy i'eſtime cette demonſtration eſtre
tres-vraye: tellement que ces anaſtomoſes ſe rapportêt pluſtoſt à l'vſage de tout le corps,
que non pas au profit & à la nutrition du ſeul poulmon, & iceluy alors inutile: & ne
voy point pourquoy le poulmon aye à cette heure-là beſoin de plus d'aliment & de ſang,
veu qu'eſtant immobile il n'a ſeulement égard qu'à ſa conſeruation: Que lors que l'enfant eſt né, quand pour faire ſon action publique à ſçauoir la reſpiration, il eſt agité d'vn
mouuement perennel. Car ſi ces anaſtomoſes-là eſtoient faites pour le poulmon ſeul, glou-
ton il épuiſeroit de ces grands conduits-là tout le ſang, lequel il tire ſeulement, en ceux qui
ſont nés, de la veine arterieuſe. Dauantage il s'enſuiuroit cette abſurdité que la faculté
vitale du cœur ſeroit oyſeuſe & ceſſeroit au fœtus durant tout le temps de la groſſeſſe:

Voilà la demonſtration de M. Pietre, par laquelle (pour le coupper court)

De la Generation de l'Homme,

il pretend prouuer deux chofes. 1. Que le canal arterieux a efté fait pour verfer le fang arterieux & vital , lequel le fœtus attire par les arteres vmbilicales dans le poulmon feul : Tellement que les deux arteres vmbilicales à ce qu'il veut, ayent efté conftruites non pour le feruice de tout le corps, ains du feul poulmon. 2. Que les poulmons ne font point nourris du fang porté du trou de la veine caue en l'artere veineufe, ains que tout ce fang-là eft tranfporté au feneftre ventricule du cœur pour la generation de l'efprit vital. Or combien ces deux

L'Autheur impugne l'opinion de M. Pietre.

chofes font abfurdes, tant s'en faut qu'elles ne foient que cachées du manteau de la verité, ie m'en vay le monftrer par la raifon & le fens, qui font les criteres trescertains de toutes chofes. En l'vfage de cette communion-là qui fe fait de la grande artere en la veine arterieufe par le canal arterieux : ie remarque beaucoup de contradictions, & encore plus grand nombre de fauffetez & d'abfurditez. Car

Contradiction en la demonftration de M. Pietre.

tu veux maintenant (ô Pietre) que toutes les deux anaftomofes ayent efté faites non pour le feruice du feul poulmon , ains pour l'vfage de tout le corps : puis par tout ton efcrit tu fouftiens que le canal qui s'en va de la grande artere à la veine arterieufe ne fert rien qu'au poulmon feulement. Il te falloit ainfi conclurre à ce que la demonftration demeuraft conftante que des anaftomofes celle qui s'en va de la veine caue à l'artere veineufe fe doit rapporter à l'vfage de tout le corps : & que celle qui de la grande artere fe rend en la veine arterieufe eft faite pour la nourriture du feul poulmon. Il y a donc vne contradiction

Il appelle mal proprement le conduit anaftomofe.

manifefte. Ie tais combien tu appelles mal & improprement le conduit & canal arterieux *anaftomofe*. Car Ariftote eftime que la recherche trop curieufe des mots eft indigne d'vn homme fage. Galien certes a voulu qu'il fe fit plufieurs anaftomofes & emboufeheures de veines & d'arteres. *Anaftomofe* (felon le mefme Galien) *eft l'ouuerture de l'orifice des vaiffeaux : & les medicamens font nommez anaftomotiques , lefquels ont la faculté d'ouurir les vaiffeaux.* Anaftomofe

Au liure du monde.

fe peut auffi entendre de la confluxion des humeurs qui fe fait par l'ouuerture d'vn vaiffeau en l'autre. Ariftote vfe de ce mot en vne autre fignification quand il dit ὠκεανὸν ἀνεςομωμένον, que Budée vertit *oceanum in fauces fe comprimentem:* comme qui diroit vn deftroit de mer. Mais d'appeller vn conduit *vn canal ,* & le vaiffeau mefme *anaftomofe:* c'eft vn monftre en la Grammaire, en la Philofophie & en la Medecine. Or voicy tes propres mots. *A cette fin elle a fait vn conduit commun à la grande artere & à la veine arterieufe , qui eft apparent au deffus de la bafe du cœur, lequel nous nommons anaftomofe.* Regarde où le defir de noueauté t'emporte. Mais ce ne font icy que chofes legeres, joignons maintenant de plus prés, & demeflons cet affaire auec de plus fortes armes. Tu efcrits

Il eftime que les arteres vmbilicales ont efté faites pour le feul poulmon mais mal. Lib. de natur. pueri de octi. meft. partu.

que le fang arterieux, lequel le fœtus attire par les arteres vmbilicales, eft tout employé en la nourriture des poulmons, & que ces grandes arteres-là ont efté faites pour l'amour d'eux feulement. Que fe pouuoit il dire ou penfer de plus abfurde que cela ? Fueillette tous les efcrits des Grecs , Arabes & Latins , tu verras que les arteres vmbilicales ont efté conftruittes pour le feruice de tout le corps, & non du poulmon feul. Car tout le fœtus tranfpire par icelles , & attire l'efprit de la mere & non le poulmon feul. Doncques l'vfage de ces arteres

L'vfage des arteres vmbilicales eft commun.

eft commun. L'admirable Hippocrate nous a declaré cela en ces mots : *Au milieu de la chair fe fepare le nombril , par lequel tout le fœtus tranfpire & prend fon accroiffement.* Mais les arteres n'attirent-elles pas l'air au diaftole, & ne chaffent-elles pas les vapeurs fumeufes au fyftole ? Il fe fait grand nombre d'anaftomofes des arteres dans les veines : Doncques l'air eft porté des arteres dans les veines , & non des veines dans les arteres. Galien au quatriéme & fixiéme

des parties malades , au liuret de l'vfage du poulx, au commentaire fur la 6. fection du 6. liure des Epidem. enfeigne que la tranfpiration fe fait par les arteres &
non par les veines. Et au 2. liure de la femence. *Le trou des membranes enuiron le*
nombril eft (dit-il) *toufiours ouuert pour la tranfmiffion du fang & de l'efprit: Car le fang*
influë des veines, & l'efprit auec vn peu de fang fubtil & chaud des arteres. Que pouuoit-il dire plus clairement ou plus ouuertement? Le Prince des Arabes Auicenne a voulu le mefme, & toute la famille des Grecs & des Arabes y foubfcrit, les
decrets defquels nous font & ont toufiours efté pour loy , & toy tout le premier
& tout feul accufes l'authorité de la doctrine ancienne en cette matiere d'erreur.
Ie n'agiray donc plus contre toy par authoritez mais par raifons. C'eft vn axiome
d'Ariftote *que tous les animaux viuans refpirent.* Car comme la flamme enfermée
en vn lieu petit & eftroit, & n'eftant plus ventilée ny rafraichie par l'air fe fuffoque: ainfi noftre chaleur natiue s'efteint faute d'eftre contemperée par la refpira-
tion de l'air comme d'vn efuentoir. Or cette refpiration eft de deux fortes, l'vne   *La refpiration de deux fortes.*
infenfible qui eft dite tranfpiration, laquelle fe fait par les arteres & foufpirails
obfcurs : & l'autre manifefte, laquelle fe fait par des conduits apparens, à fça-
uoir par la bouche & le nez : Galien l'appelle proprement *refpiration.* Que le fœ-   *Le fœtus né refpire point.*
tus ne refpire pas en la matrice, parce qu'il ne le doit ny ne le peut , c'eft chofe
tres-certaine comme nous prouuerons en la queftion fuiuante. Il tranfpire donc:
non par la veine vmbilicale, non par l'ourachos : il s'enfuit donc que c'eft par les
deux arteres : Car nous ne reconnoiffons que ces quatre vaiffeaux au nombril.
L'vfage defdites arteres eft donc commun à tout le fœtus, & non pas particulier
au feul poulmon. Or maintenant l'infpection oculaire nous apprend que les arteres ne contiennent pas feulement vn air, ainfi que vouloit Erafiftrate, ains auffi
vn efprit vital & vn fang arterieux. Ce fang arterieux-là que le fœtus attire de la   *Le fang arte-rieux n'eft point tout em-ployé en la nu-trition du poul-mon.*
mere par les arteres vmbilicales n'eft-il pas deftiné pour la vie de tout l'embryon
& pour la conferuation de fa chaleur natiue? Le parenchyme rouge du poulmon
qui eft groffier & qui n'eft agité d'aucun mouuement a-il befoin d'vne fi grande
quantité de fang fubtil & arterieux? Si vne veine feule qu'on appelle la nourrice
de l'embryon fuffit pour nourrir tout le fœtus, pourquoy vne feule artere & icelle petite ne fuffira-elle point à nourrir & entretenir le poulmon ? Or Nature a
fait deux arteres vmbilicales & icelles fort notables, lefquelles fe diftribuent par
vn nombre infiny de rameaux par tout le chorion. Outre-plus fi tout ce fang que
le fœtus attire par les arteres vmbilicales eft employé en la nourriture du poulmon ; ces abfurditez icy s'enfuiuront : que le poulmon ne fera pas nourry ny
d'vn fang femblable à foy, ny d'iceluy pur : Car les arteres vmbilicales verfent
ce fang aux rameaux iliaques, & d'iceux au tronc de la grande artere : le fang arterieux de la mere fe meflera donc auec le fang arterieux du fœtus ; lequel tu veux
eftre engendré au ventricule gauche du cœur, & de là diftribué aux tuyaux de
la grande artere : Ainfi l'vn nuira & empefchera l'autre, & en vn mefme vaiffeau il y aura perpetuellement enfemble & en vn mefme temps deux mouuemens contraires : du fang montant des rameaux iliaques au poulmon , & du
fang arterieux defcendant du cœur aux rameaux iliaques. Chofe que comme
nous confeffons bien fe pouuoir quelquefois faire aux éuacuations crytiques
& grands efforts de Nature ; ainfi nions nous tout à plat qu'elles puiffent eftre
perpetuelles. Chaffons donc ces tenebres obfcures de nos entendemens , &
concluons que les deux arteres vmbilicales ont efté conftruites pour le feruice de

tout le corps & non pour l'amour du seul poulmon. Venons maintenant à l'vsage de l'autre anastomose. Tu veux que la veine caue soit troüée dans l'artere
veineuse, afin que le sang soit versé au senestre ventricule du cœur pour la generation de l'esprit vital, & ne donnes aucun autre vsage à ce trou. Pour mon
regard i'estime auec Galien qu'il a esté fait pour l'engendrement & la nutrition
du poulmon. Car si du sang porté par la veine caue il se fait vne nouuelle generation d'esprit vital au ventricule gauche du cœur, comme tu affermes au certain, quel besoin estoit-il de ce trou-là? La veine caue ne s'ouure elle pas d'vne
ouuerture tres-grande au cœur, par laquelle elle verse le sang au ventre dextre
comme dans vne cisterne? Pourquoy est-ce que le sang ne sera pas élaboré &
raffiné en iceluy, & qu'il ne passera pas puis apres par les trous du *septum* au gauche pour là receuoir la forme & le seau de l'esprit vital? Ce sang ainsi attenué au
ventricule dextre, sera plus pur & mieux defequé que s'il estoit versé de la veine
caue par cette anastomose au ventre senestre. Ce trou icy n'estoit point donc
necessaire pour la generation de l'esprit vital: mais il estoit grandement pour le
nourrissement du poulmon. Dauantage c'est vn axiome de Medecine & de Philosophie repeté en mille lieux par Galien, *qu'il ne se fait iamais d'élaboration par-*
faite que la preparation n'ait precedé: Ainsi l'esprit animal est preparé aux entrelassemens labyrinthiques du cerueau: la semence est encommencée aux vases
spermatiques entortillez par vn artifice merueilleux: le sang prend quelque
commencement aux veines du mesentere, & la preparation de la troisiéme coction se fait aux petites venules de chaque partie: mais si le sang, suiuant ton hy-
pothese, est versé de la veine caue dans l'artere veineuse qui luy est contiguë, &
d'icelle au ventre gauche du cœur, où est-ce qu'il sera preparé & raffiné: Il y auroit bien plus d'apparence de dire (si ainsi estoit qu'il fallut admettre cette nouuelle generation d'esprit vital au fœtus) que le sang est versé de la veine caue au
dextre ventre du cœur: & qu'il est là preparé, veu qu'il n'y a point de valuules
& membranes qui empeschent: & que le *septum* est percé de part en part de
grand nombre de fossez & pertuis. Car tous les doctes veulent que le ventricule droit soit dedié à la preparation de l'esprit vital. C'est aussi vne chose tres-
certaine que la matiere de l'esprit vital est double, l'air & le sang: Or tu ne veux
pas que l'air soit porté au cœur d'autant que le fœtus ne respire point en l'amarry: comment est-ce donc que l'esprit vital sera engendré & conserué? Sans doute il languira ou bien il s'esteindra estant priué de sa pasture conuenable: *Car*
tout chaud (dit nostre Hippocrate) *est nourry par vn froid moderé.* Certes la transpiration suffit bien pour conseruer vne petite chaleur: mais pour la generation
continuelle de l'esprit vital aux animaux sanguins, il est besoin d'vne grande
abondance d'air, qui ne peut estre fournie que par la respiration. Mais continuons de presser ces calomniateurs de Galien. Si nous aduoüons que ce trou n'a
point esté fait pour d'autre vsage que pour porter tout le sang de la veine caue par
l'artere veineuse au ventricule gauche du cœur, de quel sang se nourrira le poulmon: declare-nous ces chemins-là, & nous monstre la veine du poulmon? Car
selon ton assertion l'artere veineuse est toute occuppée à porter le sang de la
veine caue au cœur, & la veine arterieuse ne porte rien que l'esprit vital & le
sang arterieux qu'elle reçoit de la grande artere par le petit canal arterieux. Le
poulmon restera-il sans nourriture? Tu réponds qu'il se nourrit du sang arterieux
de la mere, & qu'à cette fin ont esté construites les deux arteres vmbilicales.

Mais

L'vsage de la
seconde anasto-
mose est impu-
gné.

Raison pre-
miere.

seconde.

Troisiéme.

lib. de natur.
pueri.
Quatriéme.

Mais ignores-tu que toutes les parties ont befoin de deux fortes de fang, & du veineux & de l'arterieux ? Le veineux fe conuertit par vraye affimilation en la fubftance des parties, & l'arterieux eft deftiné pour conferuer, reparer & entretenir leur chaleur natiue qui fe perd & diffipe facilement. Ie confeffe bien qu'vne portion du fang arteriel maternel eft portée par le canal arteriel au poulmon pour luy donner la vie & luy conferuer fa chaleur naturelle, mais qu'il s'en nourriffe, ie le nie tout à plat. Car le poulmon du fœtus eft plus groffier, plus denfe & plus pefant, qu'il n'eft alors qu'il eft né : Il fe veut donc nourrir d'vn fang plus groffier. Car cet axiome eft perpetuellement veritable, que *nous fommes nourris de chofes femblables.* Tu renuerfes de fond en comble cette loy de Nature par ta nouuelle demonftration; parce que tu donnes au poulmon rouge, pefant & groffier du fœtus vn fang plus fubtil, qu'à celuy de la mere, lequel tu ne nieras pas eftre blancheaftre & plus rare. Car le poulmon de la mere fe nourrit d'vn fang attenué au ventre dextre du cœur, lequel luy eft porté par la veine arterieufe : & toy tu fouftiens opiniaftrement que celuy du fœtus ne fe nourrit point d'autre fang que de l'arterieux élaboré au ventricule gauche du cœur de la mere; & porté par les arteres vmbilicales, afin à fçauoir de recompenfer l'incommodité qu'il a d'eftre immobile. Il y a icy vne contradiction apparente. Tu confeffes que le poulmon de l'enfant qui eft né, eft plus rare & plus fubtil, & celuy du fœtus plus groffier, & toutesfois tu veux qu'au fœtus il fe nourriffe d'vn fang aëré, fpiritueux & arterieux; & en l'enfant né, d'vn fang groffier & veineux. Quand appuyé fur l'authorité de Galien tu veux que le poulmon foit fait de l'écume du fang, & par confequent qu'il fe doit nourrir d'vn fang fubtil & arterieux : tu ne vois pas que ce paffage là fe doit entendre du poulmon de l'animal qui eft né : Car au fœtus il n'eft ny écumeux ny blancheaftre, ains rouge, pefant & denfe; & non feulement le poulmon eft rougeaftre & pefant au fœtus, mais auffi aux enfans nouueaux nés : Et de là vient que plufieurs demeurent fuffoquez les premiers iours, parce que le poulmon ne fe peut librement élargir ny dilater, ou à raifon qu'ils font mal couchez fur le dos, ou à caufe de la compreffion de la poictrine; on doit donc tenir la tefte haute aux enfans, afin que le poulmon obeïffe plus aifément à la dilatation & conftriction du thorax. Si on ouure ceux qui meurent ainfi fuffoquez, on leur trouue des poulmons pleins d'vn fang groffier, & teints d'vn rouge fort chargé. Efcoute Galien décriuant bien exactement le poulmon du fœtus tendret au 6. chapitre du 15. liure de l'vfage des parties, où de propos deliberé il décrit l'hiftoire du fœtus. *Pourquoy eft-ce que le poulmon eft rouge au fœtus, & non blancheaftre comme en l'animal quand il eft né? C'eft pource qu'il fe nourrit d'vn fang porté par les veines qui n'ont qu'vne fimple tunique :* Puis il adioufte. *Quand l'animal commence à refpirer, il eft agité d'vn perpetuel mouuement : de là vient que le fang rendu plus fubtil par l'efprit, deuient par ce double mouuement encore plus fubtil qu'il n'eftoit & plus mol & comme écumeux : & pour cette caufe la chair du poulmon rouge, pefante & denfe, deuient blanche, legere & rare.* Que fe pouuoit-il dire plus clairement, ou plus ouuertement? La chair du poulmon au fœtus eft rouge, pefante & denfe, laquelle en apres deuient plus legere & comme écumeufe. Doncques le poulmon du fœtus a befoin pour fa nourriture d'vn fang rouge & groffier; il n'y a que les veines qui portent ce fang, car les arteres ne le contiennent point : Or de la veine caue il n'y auoit point de veine qui allaft au poulmon, Nature a donc fait cette anaftomofe admirable pour le nourriffement d'iceluy. C'eft ainfi qu'il te falloit philofopher, & non pas alleguer de la nutrition du poul-

Contradiction en la demonftration de Monfieur Pietre.

Le poulmon du fœtus & de l'enfant nouueau né eft rouge.
Trait digne d'eftre bien remarqué.

mon du fœtus, ce que Galien écrit touchant la nourriture du poulmon de l'enfant defià né. Que fi tu ne veux point ceder à ces raifons qui font autant de demonftrations, ie t'adiourne deuant le tribunal de verité, & de venir à l'infpection oculaire. Si tu diffeques le poulmon d'vn fœtus, tu trouueras tous les ruiffeaux de l'artere veineufe remplis d'vn fang rouge & groffier. D'où, ie te prie, ce fang là, finon de l'ouuerture & trou de la veine caue ? Ie conclus donc que cette excellente anaftomofe n'a pas efté faite pour l'élaboration de l'efprit vital, mais pour la generation, la nourriture & l'accroiffement du poulmon. Tu vois, docte Pietre, combien c'eft chofe dure de regimber contre l'aiguillon de la verité. Au refte fi tu penfes que i'aye dit ou écrit quelque chofe vn peu trop librement en cette mienne exercitation, ie te prie par la candeur de ton efprit, de ne la prendre en mauuaife part, & me pardonner cette franchife dont i'ay vfé felon les prerogatiues de noftre milice Philofophique. Ie dois cela à mon maiftre Galien, ie le dois à la verité de laquelle i'ay toufiours efté & feray defenfeur tres-affectionné.

Demonftration nouuelle de M. François Rouffet Medecin du Roy, touchant l'vfage des anaftomofes.

EXERCITATION TROISIESME.

Opinion de Monfieur Rouffet touchant l'vfage des anaftomofes.

MAISTRE François Rouffet Medecin du Roy, renommé pour fa doctrine, pour la fubtilité de fon efprit, & pour fon experience ; ayant veu nos opinions totalement contraires touchant l'vfage de ces anaftomofes, m'écriuit qu'il auoit trouué vn nouueau vfage à cette double communion, & par vn mefme, m'enuoya vne petite table, que i'ay fait adioufter icy. Il eftime que toutes les deux anaftomofes ont efté dediées pour porter l'air feul, pour le conduire au poulmon auant qu'il entre au cœur, & pour le mefler auec le fang & veineux & arterieux defià preparez au foye & en la ratte. Car comme l'air externe, quand nous fommes nés, n'entre pas au cœur tout crud & fans eftre preparé, ains porté par la trachée artere, eft preparé en la fubftance rare des poulmons, & rendu confociable & familier au cœur : ainfi en ceux qui ne font point encore nés, il faut pour la mefme fin que l'air interne foit porté aux mefmes poulmons, afin de reccuoir là vne correction & preparation particuliere auant qu'entrer au cœur. Outre-plus les poulmons reçoiuent ce profit de la fubtilité de cet air & du battement du cœur ; que leur parenchyme & leurs vaiffeaux internes s'accouftument peu à peu à eftre plus fouples & obeïffans aux mouuemens alternatifs en l'enfant qui doit naiftre peu de temps apres. Car cet air amplifie les meats & canaux des poulmons, qui doiuent eftre par apres neceffaires pour les pleurs & la voix. Les deux anaftomofes font donc au fœtus, & la trachée artere en ceux qui font nés, comme Caftor & Pollux, defquels le deftin eftoit que l'vn venant à viure, l'autre mourut.

AV PETIT ENFANT.

QVI DOIT NAISTRE,		QVI EST NE'.	
Operent.	*Reposent.*	*Operent.*	*Reposent.*
1. Le chorion, & le ventricule ne fait rien.	1. Le ventricule , & le chorion opere.	1. Le ventricule , & le chorion ne fait rien.	1. Le chorion, & le ventricule opere.
2. Les vaisseaux vmbilicaux , & les vaisseaux du mesentere sont oyseux.	2. Les vaisseaux du mesentere, & les vaisseaux vmbilicaux operent.	2. Les vaisseaux du mesentere , & ceux du nombril sont oyseux.	2. Les vaisseaux vmbilicaux , & ceux du mesentere trauaillent.
3. L'ourachos, & le conduit de la verge demeure sans rien faire.	3. Le conduit de la verge , & l'ourachos opere.	3. Le conduit de la verge , & l'ourachos demeure oyseux.	3. L'ourachos , & le conduit de la verge opere.
4. Les anastomoses du cœur , & la trachée artere cesse.	4. La trachée artere, & les anastomoses cardiaques operent.	4. La trachée artere , & les anastomoses cardiaques cessent.	4. Les anastomoses cardiaques , & la trachée artere opere.

Exposition de la precedente Table.

Tout ainsi donc que des trois premiers, sçauoir est du chorion, des vaisseaux vmbilicaux & de l'ourachos, auec les trois autres premiers qui leur sont opposez; à sçauoir le ventricule , les vaisseaux du mesentere & l'ouretra ou conduit de la verge : l'operation vne & mesme a chacun auec son compagnon ou vicaire , & commune & répondante l'vn à l'autre en diuers temps est necessaire en vne mesme chose pour la vie ; comme aussi le repos de chacun d'iceux apres son ouurage fait se répondant en diuers temps : Ainsi de cette quatriéme & posthume association, & comme vicariat alternatif (à sçauoir des anastomoses cardiaques & de la trachée artere) succedans l'vne à l'autre au ministere d'vne mesme chose necessaire à la vie , mesme est aussi , non toutesfois en mesmes temps, tant l'operation, comme le repos.

Car comme ainsi soit qu'on ne puisse rien imaginer en tout le corps, au fœtus, qui soit pour suppléer au defaut de l'office totalement necessaire à la vie de la trachée artere cessante en la matrice, horsmis ces anastomoses cardiaques, lesquelles certes sont alors operantes, mais qui doiuent cesser de leur operation incontinent apres l'enfantement , la trachée artere prenant à cette heure-là à son tour la charge de l'action : il s'ensuit que l'vsage desdites anastomoses auparauant en la matrice a esté totalement semblable à celuy qu'on attribuë d'vn commun con-sentement à la trachée artere apres l'enfantement. C'est à sçauoir de transporter l'air de quelque part qu'il vienne aux poulmons du fœtus. Car l'operation ou pour mieux dire le ministere & seruice de la trachée artere, est sans aucune controuerse en ceux qui sont nés de receuoir & conduire l'air externe, aux poulmons pour le preparer , d'autant que le cœur a besoin que l'air soit ainsi preparé auant que de luy estre porté. Le vray office des anastomoses qui sont seulement vtiles en ceux qui sont encor en la matrice, sera donc de transporter le mesme air, mais alors interne & venant de la matrice de la mere par le chorion & les vases de l'vmbilic aux mesmes poulmons du fœtus pour le preparer au cœur. Voilà l'opinion de M. Roußet, lequel maintient que les deux anastomoses ont esté seule- *Est impugnée.* ment dediées pour porter l'air aux poulmons, que le fœtus respire par le moyen d'icelles, & que ses poulmons se mouuent pour engendrer vn esprit vital nouueau. Pour mon regard ie soustiens que le fœtus ne respire point, & qu'il ne fait

que tranfpirer, comme ie monftreray en la queftion fuiuante : & mefme quand il
faudroit que l'air fut porté aux poulmons, ie ne penfe pas qu'il fut befoin de fi
grandes anaftomofes pour faire cela ; car comme ainfi foit qu'aux animaux parfaits & qui fe feruent de la voix, la trachée artere feule fuffife, pourquoy vne feule
anaftomofe ne fuffira-elle point au fœtus encor imparfait & qui ne s'aide point
de la voix ? Il y euft eu bien plus d'apparence de dire, que des deux anaftomofes,
l'vne eft dediée à conduire l'air, & l'autre à porter le fang. Dauantage, s'il n'y a
que l'air feul qui foit porté aux vaiffeaux des poulmons par ces anaftomofes, d'où
vient que l'artere veineufe apparoit remplie d'vn fang rouge, & qu'on trouue vn
fang arterieux & fpiritueux en la veine arterieufe? De quel fang fe nourrira le poulmon rouge, groffier & épais? Au fœtus mol & tendret la tranfpiration qui fe fait
par les arteres & les foufpirails occultes fuffit pour conferuer & entretenir la cha-

Conclufion. leur petite d'iceluy. Concluons donc que toutes les deux anaftomofes ont efté
principalement côftruites pour la generation & le nourriffement des poulmons;
parce que le poulmon du fœtus, different en couleur, épaiffeur & denfité, du poulmon de ceux qui font nays, auoit aufsi befoin d'vn aliment diffemblable.

A fçauoir fi le fœtus refpire en la matrice, & s'il a befoin de l'action du poulmon.

QVESTION VINGT-SIXIESME.

Comment.in
li. de falubri.
diæta.
Qu' ft-ce que
la refpiration.

OVS parlerons exprés de la nature de la refpiration au neufiéme
liure, & fuffira de noter icy que Galien décrit la refpiration,
quand l'air eft porté dedans & dehors par la bouche: Tellement qu'il
foit neceffaire que le thorax fe dilatte & referre, & que le poulmon fe mouue pour faire la refpiration. Et partant fi ie prouue
vne fois que le fœtus ne tire point d'air par la bouche & qu'il ne
meut ny les poulmons, ny la poitrine; il s'enfuiura tres-bien qu'il ne refpire point

Le fœtus ne aufsi, & qu'il tranfpire feulement. La faculté vitale aux animaux fanguins & qui
refpire point, ont beaucoup de chaleur a befoin de deux aides pour fa conferuation, de la refpi-
il ne fait que ration & du poulx. Mais les exangues, imparfaits & qui n'ont gueres de chaleur
tranfpirer. viuent contens de la pulfation des arteres & de la tranfpiration. Ainfi les infectes
& les animaux qui demeurent tout l'hyuer en leurs cachots ne font que tranfpirer
& ne refpirent point ; ainfi les femmes hyfteriques qui ont la chaleur du cœur
languide & refoulte par les vapeurs veneneufes qui s'efleuét de la corruption de la
femence, viuent quelque temps fans refpirer, & plufieurs d'icelles ont efté empor-
tées pour mortes, qui viuoient encore. Le fœtus parce qu'il n'a gueres de chaleur
& qu'il eft en l'amarry auant le iour de l'enfantement, comme vn animal imparfait, eft content de la feule tranfpiration : il n'attire donc point d'air par la bouche,
& ne s'aide point de l'action des poulmons ny de la poictrine. Outre-plus la refpiration n'a efté ordonnée que pour rafraifchir le cœur par l'infpiratiõ de l'air froid,
& purifier la fubftance fpiritueufe contenuë au ventricule gauche d'iceluy. Or le
fœtus n'engendre point d'efprit vital durant qu'il eft en la matrice, & fon cœur
n'eft pas agité d'aucun mouuement ainfi que nous monftrerons en la prochaine
queftion; dont s'enfuit qu'il n'a point befoin de la refpiration: Car quand la caufe
finale laquelle meut les autres, defaut, la fage Nature n'entreprend iamais rien.

Il ne peut ny Doncques le fœtus ne refpire point parce qu'il ne doit pas refpirer; & mefme qu'il
ne doit point ne peut. Car eftant enfermé en la matrice & enueloppé des membranes de l'ar-
refpirer.

riere-faix, quand il viendroit à ouurir la bouche pour refpirer, auec l'air il attireroit les eaux dans lefquelles il nage, & feroit fuffoqué à la premiere infpiration,
tout de mefme que ceux qui fe noyent en vne riuiere. Ioint qu'il n'y a pas d'air en
la matrice qu'il puiffe tirer par la bouche, car il n'y a pas d'efpace vuide en icelle
qu'il n'occupe, & fon orifice interieur eft fi exactement fermé, qu'il eft impoffible qu'il y en puiffe entrer. Mais la fubftance & la couleur des poulmons témoignent affez que le fœtus n'attire point d'air par la bouche ny par le nez : Car les
animaux qui l'attirent par la bouche les ont blancheaftres & rares; Or au fœtus les
poulmons font rouges & groffiers, & fe nourriffent d'vn fang épais qui leur eft
porté par les vaiffeaux qui n'ont qu'vne fimple tunique. Le fœtus ne refpire donc
point en la matrice, parce qu'il ne doit ny ne peut refpirer. M. Rouffet objecté *L'argument de*
qu'vne grande quantité d'air eft portée aux poulmons par les deux anaftomofes; *M. Rouffet.*
lequel dilate & referre le thorax. Mais fi cela eftoit vray, il s'enfuiuroit que le tho- *Eft refuté.*
rax fe mouueroit en fuiuant le mouuement du poulmon : Car le poulmon eftant
remply d'air attiré par l'infpiration, il amplifieroit & dilatteroit le thorax; & en fe
defempliffant lors qu'il chaffe hors l'air par l'expiration, il l'abbaifferoit & referre-
roit : & ainfi le thorax ne s'empliroit pas d'air comme font les foufflets, parce qu'il
feroit dilatté : mais parce qu'il feroit remply ; il fe dilatteroit à la façon des peaux.
Chofe que Galien enfeigne en mille endroits eftre tres-abfurde : Car le poulmon
fuit le mouuement du thorax, & fe meut pour faire qu'il n'y ait point de vuide en
la capacité de la poictrine, comme nous monftrerons plus au long au 9. liure. Et *La refpiration*
mefme la dilatation & conftriction du thorax n'eft pas fimplement neceffaire à *n'eft point ab-*
la vie : Car & les animaux exangues; & les femmes hyfteriques viuent bien fans *folument ne-*
mouuoir la poictrine. Dont s'enfuit que le fœtus n'a point befoin de la refpira- *ceffaire à la vie.*
tion. Il y en a toutesfois qui veulent que le fœtus refpire, à l'exemple de ceux qui *Que le fœtus*
fe plongent nageans entre deux eaux par l'efpace de quelques heures pour faire *refpire.*
leur pefche : Car ayant demeuré quelque temps fous les eaux, ils en refortent tout
gaillards & chargez de poiffons. Qui empefchera, difent-ils, que le fœtus tout
chaudelet n'en faffe autant ou dauantage en la matrice, la trachée artere obeïffant
quelque peu à cela ; fi le pefcheur demy tranfi de froid, eftant enuironné de toutes
pars d'eau froide, attite l'air de foy par fa propre bouche? Ils confirment le mefme
par les authoritez des hommes doctes : D'Hippocrate quand il dit, *premierement* *...rité*
la refpiration eft petite, & le fang eft attiré en petite quantité de la matrice, mais la refpi- *d'Hippocrate,*
ration deuient plus grande quand le fang eft dauantage attiré & qu'il defcend en plus *lib. de natur.*
grande abondance en la matrice. De Galien qui écrit, *qu'il faut de neceffité que l'hom-* *De Galien,*
me meure incontinent, fi le cœur eft priué de refpiration. Et le fœtus n'eft-il pas vn *lib. de loc.*
homme ? Dauantage les meres fentent mouuoir leurs enfans en leurs ventres *affect.*
d'vn mouuement animal & volontaire, pourquoy donc le poulmon & le cœur *Raifon.*
ne fe mouueront-ils point auffi ? Tout ainfi donc que le fœtus commençant les
premiers mois à fe mouuoir, ne fe meut pas moins? Ainfi refpirant obfcurement
il ne doit pas moins eftre dit refpirer. Galien écrit que le poulx aux femmes en- *lib.4. de cauf.*
ceintes deuient plus grand, plus frequent & plus vifte, parce qu'elles font con- *pulf.*
traintes non feulemét de refpirer pour elles, mais auffi pour leurs petits. Mais cela *Solution.*
ne prouue rien finon que le fœtus tranfpire, & non pas qu'il refpire ? Car en la
refpiration le thorax fe dilate & fe referre, & l'air eft infpiré & attiré par la bouche
& par le nez : mais nous auons defia monftré que le fœtus ne meut pas la poictrine,
& qu'il n'attire point d'air par la bouche. L'air auec le fang fpiritueux eft porté par
les arteres vmbilicales dans tout le corps, & des arteres il fe fait grand nombre

d'anaſtomoſes dans les veines ; d'où ſe fait que quand les arteres ſont liées, l'ani-mal ne meurt pas incontinent.

Paradoxe, A ſçauoir ſi la faculté procreatrice de l'eſprit vital eſt oyſeuſe au fœtus,
& ſi le cœur ſe meut par vne faculté qui luy ſoit propre.

QVESTION VINGT-SEPTIESME.

TOVCHANT la vie du fœtus, & comment il exerce les facul-tez vitales, nous examinerons icy vne opinion nouuelle ; c'eſt à dire, vn paradoxe ; lequel parauanture de prime-face ſemblera abſurde à pluſieurs : mais ceux qui le balanceront vn peu plus exactement, le trouueront ſi ferme & appuyé de ſi fortes de-monſtrations, qu'ils iugeront qu'il n'eſt point poſſible de le ren-

Paradoxe que
la faculté vi-
tale du cœur
ſeſte & chom-
me au fœtus.
Demonſtration.
uerſer par aucun effort fait au contraire. Le paradoxe eſt tel. *Le fœtus n'a point beſoin des poulmons ny du cœur, parce qu'il exerce les fonctions de la vie, ſans l'a-ction officiale de ces deux parties.* Que ſi ie proue vne fois cela, on verra crouller toute la doctrine d'Ariſtote & des Peripateticiens touchant la principauté du cœur. La demonſtration de ce nouueau paradoxe ſera toute tirée de la Philoſo-phie & de l'Anatomie. Les facultez de l'ame, ſelon Ariſtote, ſont trois ; la vege-tatiue, la ſenſitiue & l'intelligente ; ſelon les Medecins, elles ſont auſſi trois, mais appellées d'autres noms, la naturelle, la vitale & l'animale. La faculté vegetatiue, ſelon les Peripateticiens, ne differe point de la naturelle. Car comme la naturelle

1. 2. de anim.
eſt compriſe ſous l'auctrice & la procreatrice : Ainſi le Philoſophe veut que les

La faculté ve-
getatiue diffe-
re de la faculté
vitale des Me-
decins.
meſmes facultez miniſtrent à la vegetatiue. La faculté vegetatiue eſt propre à toutes les choſes animées ; Car elles ſe nourriſſent toutes : mais la vitale des Me-decins, procreatrice des eſprits, laquelle reluit en la reſpiration & au poux, n'ap-paroit point aux plantes & aux animaux exangues, parce que leurs eſprits qui ſont froids & groſſiers ne ſouffrent quaſi aucune deperdition. Aux animaux plus chauds eſtoit neceſſaire vn foyer, afin que la chaleur fuyarde de chaque partie fuſt recrée & réjouye par l'influence de l'autre. Or ce nectar viuifiant là, c'eſt l'eſprit vital, lequel le cœur principe de la chaleur & de la vie, engendre conti-nuellement par ſon mouuement du ſang & de l'air meſlez enſemble. Nous eſti-mons que cette faculté vitale des Medecins ne reluit point au fœtus. Que ſon cœur ne ſe meut point par aucune faculté qui luy ſoit propre, & neanmoins qu'il

Raiſon pre-
miere.
ne laiſſe pas de viure : eſtans perſuadez par ces raiſons. 1. Le cœur ſe meut pour engendrer l'eſprit vital, lequel il répand de ſon ventricule ſeneſtre comme d'vne fontaine qui ne tarit iamais, dans les ruiſſeaux de la grande artere, pour conſeruer

Neceſſité du
mouuement du
cœur.
la vie fuyarde de toutes les parties. Voilà la neceſſité & la cauſe finale de ſon mou-uement continuel. Or il ne s'engendre point d'eſprit vital au cœur du fœtus, & il ne s'en répand point du cœur d'iceluy dans ſes arteres ; Dont s'enſuit qu'il n'a point de mouuement & meſme qu'il n'en a que faire. La propoſition majeure eſt tres-claire par ſa lumiere naturelle. Car qui ne voit point que l'air & le ſang matieres de l'eſprit ſont attirez dans le cœur en ſon diaſtole ? L'air par l'artere veineuſe au ventricule gauche, & le ſang par la veine caue au droit ? Et qu'en ſon ſyſtole les vapeurs fuligineuſes ſont chaſſées hors dans l'artere veineuſe, & l'eſprit vital en-uoyé dans les canaux de la grande artere ? Tellement qu'il ſemble que le cœur n'ait point d'autre action officiale que la generation des eſprits, laquelle il parfait par

ſon mouuement continuel. La mineure ſe confirme en cette maniere. L'eſprit vital eſt engendré de l'air & du ſang meſlez enſemble : or l'air & le ſang ont beſoin de preparation auant qu'eſtre portez au ſeneſtre ventre du cœur. L'air reçoit dans le poulmon par vne petite demeure qu'il y fait, vne qualité familiere à l'eſprit inné, & le ſang eſt preparé au ventre dextre, qu'on appelle veineux & ſanguin. Or auſſi long temps que le fœtus demeure en la matrice, l'air n'eſt pas porté au poulmon, car la trachée artere ceſſe & repoſe : ny le ſang au ventricule dextre du cœur, dont s'enſuit qu'il ne s'engendre point d'eſprit vital au cœur du fœtus. Que l'air ny le ſang ne ſoient point portez aux ventres du cœur, la ſtructure des vaiſſeaux au fœtus le declare ouuertement, car ces vaiſſeaux s'vniſſent, la veine caue & l'artere veineuſe par vn grand trou, & la grande artere & la veine arterieuſe par vn canal arterieux. Pourtant donc la veine caue ne verſe point alors, comme elle fait apres que nous ſommes nés, le ſang au ventre dextre, mais en l'artere veineuſe par le grand trou pour le nourriſſement du poulmon : l'artere veineuſe ne porte point l'air mais le ſang groſlier : la grande artere ne puiſe point l'eſprit du ventre gauche du cœur mais des arteres vmbilicales, lequel elle verſe par le canal arterieux en la veine arterieuſe. Que ſi l'eſprit vital s'engendroit au ventre gauche du cœur, quel beſoin ſeroit-il de ce canal, veu qu'au cœur il y a vn tres-grand vaiſſeau répandu dans toute la chair du poulmon, i'entends l'artere veineuſe : Cette demonſtration certes eſt tres-forte, & la force d'icelle ne pourra pas eſtre bien entenduë de perſonne, ſinon qu'il ſoit bon Anatomiſte : car elle dépend toute de la demonſtration oculaire & de la foy des ſens : mais fortifions-là d'autres raiſons. Le fœtus n'a point beſoin de cette commune boutique & generation d'eſprits, car les deux arteres vmbilicales luy fourniſſent le ſang arterieux, & auec iceluy l'eſprit vital en grande quantité. Rien ne s'ingere fortuitement en la ſtructure du corps : pourquoy donc Nature a-elle fait ces arteres, deux, & icelles aſſez groſſes, s'il eſtoit neceſſaire qu'il s'engendraſt vn ſang arterieux nouueau au cœur : Tu diras que le ſang arterieux de la mere eſt inutile, & non aſſez propre pour conſeruer la vie du fœtus, & partant qu'il a beſoin d'vne nouuelle coction au cœur d'iceluy. Mais monſtre-nous les chemins par où le ſang arterieux puiſſe eſtre tranſmis au ſeneſtre ventricule du cœur : car il n'y peut eſtre tout porté par l'orifice de la grande artere, d'autant que Nature y a appoſé trois valuules comme vn verroüil, leſquelles regardent du dedans en dehors, combien que nous eſtimions auec Galien qu'vne bien petite portion de ce ſang entre dans le cœur pour ſeruir à la vie & à la nutrition d'iceluy. Il entrera certes bien librement de la grande artere par le canal arterieux dans la veine arterieuſe, mais de la veine arterieuſe il n'y a point de chemins ouuerts dans le cœur : car les valuules & petites membranes de ce vaiſſeau ſont ouuertes par dehors & fermées par dedans, leſquelles s'ouurent bien pour laiſſer paſſer le ſang ſortant, mais elles ſe ferment quand le meſme ſang veut rentrer. Comme ainſi ſoit donc que ce ſang arterieux-là n'abandonne iamais les arteres, & qu'il n'ait point de chemin pour entrer au ventricule gauche du cœur, nous concluons qu'il ne s'en fait point de nouueau au fœtus. Or maintenant ſi l'eſprit & le ſang arterieux de la mere eſt propre pour nourrir le poulmon & conſeruer ſa chaleur natiue, ainſi que ſouſtient M. Pietre, pourquoy les autres parties du corps ne viuront-elles point par l'influence & illuſtration d'iceluy ? ou bien ſi le cœur du fœtus engendre vn eſprit vital pour la conſeruation de la vie du reſte du corps, pourquoy l'eſtimerons-nous

Raiſon ſeconde.

Que le fœtus n'a pas beſoin d'vn eſprit vital nouueau.

Raiſon troiſiéme.

insuffisant à conseruer le poulmon : Le fœtus vit donc par sa vie propre, mais il n'engendre point d'esprits noueaux, & ne se sert point de mouuement du cœur, & toutesfois son cœur ne doit pas pour cela estre dit oyseux, parce que cela est oyseux, selon les Philosophes, qui n'agit point quand il doit ou peut agir. Le cœur du fœtus ne doit ny ne peut engendrer d'esprit vital noueau. Il n'en doit point engendrer, parce que les deux arteres luy en fournissent de tres-purs, & en tres-grande quantité : il ne peut point aussi faute de matiere, car il n'a point d'air qu'il puisse attirer. Tout ainsi donc que nous ne reconnoissons point de chylification ny de sanguification noueelle au fœtus : car où seroient gardez les excremens de la chylification & sanguification durant sept ou neuf mois : Aussi ne faisons-nous pas de noueelle generation d'esprits vitaux. Tu objecteras que les arteres du fœtus battent & se mouuent, & que leur mouue-ment dépend du cœur : car elles luy sont continuës. Donecques si les arteres se mouuent ensemble auec le cœur, il s'ensuit qu'il faut necessairement admettre au fœtus la faculté vitale procreatrice des esprits. Ie responds que veritablement

les arteres du fœtus se mouuent, mais que leur mouuement vient de celles de la mere, tellement que les arteres du fœtus battent non par aucune faculté qui leur soit propre & naturelle, ny par aucune faculté prouenante du cœur d'iceluy, ains par vne faculté qui leur est transmise du cœur & des arteres de la mere. Et

de cecy en voicy (si ie ne me trompe) vne belle demonstration. C'est vne chose tres-certaine que les veines & les arteres de la matrice sont adherentes aux vei-nes & arteres du chorion : en sorte que le sang, & le veineux & l'arterieux trans-fluë & entre de celles de la mere en celles du chorion. Galien fait souuent men-

tion de la symphyse & continuité de ces vaisseaux, comme quand il dit, *La fin du vaisseau qui se distribuë dans la matrice donne le commencement à celuy qui est au chorion, tellement que l'on peut dire ces deux vaisseaux n'estre qu'vn. Car ils s'vnissent par leurs orifices, en sorte que la veine puise le sang de la veine, & l'ar-tere l'esprit de l'artere.* Que s'il est vray que ces arteres s'abouchent ainsi les vnes auec les autres par leurs orifices : il faut necessairement que la fin de l'ar-tere de la matrice de la mere venant à battre, qu'elle pousse & chasse le sang arterieux dans la partie de l'artere du chorion qui luy est continuë, autrement ce sang arterieux ou retourneroit dans la matrice d'où il est venu, ou bien il se feroit ensemble & à vne fois, en vn mesme lieu & temps, conculcation de deux corps confus & s'entrepenetrans mutuellement par tout. Dont vient qu'en concedant la dilatation diastolique, il faut aussi accorder la compression systo-

lique. Dauantage ce que le Philosophe dit tant de fois en tant de lieux n'est-il pas vray qu'en mouuant vne partie du continu le tout se meut, pourueu qu'il n'y ait rien qui empesche : Les arteres du fœtus sont continuës à celles de la mere. Donecques quand les arteres de la mere se dilattent, il est necessaire que celles du chorion se dilattent aussi. Que s'il falloit que la faculté pulsifique prouint du cœur du fœtus, & que l'esprit vital qui est tousiours accompagné du sang arterieux influast & decoulast du ventricule gauche d'iceluy dans ces arteres : le sang arterieux de la mere se meslangeroit tousiours auec le sang ar-terieux du fœtus, & aux arteres du fœtus il y auroit deux mouuemens, l'vn prou-enant du cœur du fœtus, & l'autre des arteres de la mere, lesquels ne répon-droient point l'vn à l'autre. Concluons donc que les arteres du fœtus se mou-uent au mouuement de celles de la mere, ausquelles elles sont continuës : & partant que l'on ne doit pas admettre au fœtus la faculté procreatrice des es-

prits & du fang arterielx. Galien a efté quelquesfois de cet aduis, quand il écrit, L'opinion de Galien l.b. de form. fœtus.
Que le fœtus vit à la maniere de la plante, & qu'à cette caufe il n'a point befoin de
l'action du cœur ny du cerueau, non plus que de celle des oreilles & des yeux. Tout
ainfi donc que la plante doit tout à la terre, ainfi le fœtus à fa mere. Il veut auffi
quelquesfois que le fœtus foit comme vne partie du corps de la mere. Tout ainfi
donc qu'vne partie du corps n'a pas befoin d'vne refpiration particuliere, ny de
l'action du ventricule, & neanmoins le battement des arteres luy eft neceffaire:
Ainfi auffi le fœtus vit content de la feule tranfpiration qui fe fait par le diaftole &
le fyftole des arteres. *Il ne fe faut pas* (dit-il) *efmerueiller dauantage fi le cœur au fœtus* Cap. 21.lib.6. de vfu part.
n'enuoye point de fang ny d'efprit aux poulmons, & s'il n'en fournit point aux arteres
de tout le corps, comme il fait aux hommes parfaits, veu que pour viure en la ma-
trice il n'a affaire que d'vn bien peu d'efprit, lequel il pouuoit mefme tirer de la gran-
de artere. Car les valuules & petites portelettes n'empefchent pas que rien du tout
n'entre en iceluy, mais qu'il n'y entre point en abondance ny tout à coup. Il femble Opinion con- traire que les arteres du fœ- tus fe mouuent par la faculté prouenante du cœur d'iceluy. cap. 22. l. 7. de vfu part. c. 21. l. 6. eiuf- dem.
toutesfois deffendre l'opinion contraire en beaucoup de lieux, & dire que les
arteres du fœtus fe mouuent par vne faculté qui leur eft tranfmife du cœur, &
mefme auffi que fon cœur eft agité par vn mouuement qui luy eft propre &
inné. *Le cœur* (dit-il) *non feulement aux animaux parfaits, mais auffi au fœtus,*
donne aux arteres la faculté par laquelle elles fe mouuent. Item, *Si au fœtus pendant*
qu'il eft en la matrice tu lies auec vn fil les arteres qui font au nombril, toutes celles qui
font en l'arriere-faix demeureront auffi toft priuées de battement, fans que celles du fœ-
tus ceffent de battre. Que fi tu lies auffi les veines qui font au nombril, les arteres
qui font au fœtus ne battront plus. D'où il appert que la faculté qui meut les arteres de l'arriere-faix prouient du cœur du fœtus: & que les arteres du fœtus pren-
nent & reçoiuent leur efprit des veines par les anaftomofes. Item, *Le cœur au fœ-* Au mefme liure. cap. 9. lib. de form. fœtus.
tus s'eftant dilaté attire l'efprit & le fang de l'artere-veinale. Ailleurs, *Auffi toft que*
le cœur a des ventricules, & qu'il reçoit le fang tant veineux qu'arterieux, il bat
& meut les arteres enfemble auec foy, tellement que le fœtus ne fe gouuerne plus com-
me plante feulement, mais mefme auffi comme animal. Cette opinion peut eftre confirmée par raifons. 1. Comme ainfi foit que le cœur foit tres-chaud, & comme Raifon pre- miere.
le foyer du feu, fi tu le priues de mouuemét, il n'aura point d'où il fe puiffe rafraifchir, car il n'obtiendra pas cela de la tranfpiration feule, veu qu'il eft enfermé en
vn lieu chaud & eftroit, ny par l'abord de l'air externe, car l'épaiffeur des membranes dont il eft enueloppé l'empefche : Ioint que les excremens aqueux dans
lefquels il nage empefchent la tranfpiration. Et mefme le cœur du fœtus ne peut
pas receuoir aucun rafraifchiffement des arteres de la mere, par l'accez & appulfion d'vne matiere nouuelle ou de quelque efprit : car rien ne peut entrer des arteres du fœtus dans le cœur d'iceluy, à raifon des petites membranes qui font à
l'orifice de la grande artere : dont s'enfuit que le mouuement eft neceffaire au
cœur, tant pour attirer à foy le fang & l'efprit, comme pour le communiquer puis
apres à tout le corps. Les hiftoires accroiffent & fortifient la foy de cette opinion,
car elles témoignent comme plufieurs enfans ont efté tirez viuans du ventre de
leurs meres mortes: Comme entre les autres Scipion & Manilius. Les Iurifcon- Raifó fecon- de.
fultes condamnent, comme homicide, celuy qui fait enterrer vne femme enceinte fans en extraire l'enfant : parce qu'auec la mere il femble auoir fait mourir l'efperance qu'on auoit de la furuiuance de l'enfant. Cette loy ayant efté donnée du confentement des Medecins demonftre affez que le fœtus peut furuiure
à fa mere. On raconte que Gorgias Epirote nacquit viuant de fa mere morte, &

Plusieurs ont esté tirez viuans du ventre de leurs meres mortes.

Responce aux choses alleguées.

qui auoit defia efté enleuée pour enterrer : chofe qui ne fut iamais arriuée, fi le cœur du fœtus n'auoit la faculté vitale pour la communiquer, bien que pour vn bien petit de temps , à tout le corps , fans l'aide & communion du cœur de la mere : Mais i'eftime qu'il eft facile de fatisfaire à toutes ces chofes. Premierement l'authorité de Galien eft de peu de poids , veu qu'il n'eft point toufiours femblable à foy en cette difficulté , & que fera-ce fi ie dy que fon experience eft du nombre des chofes impoffibles : car à grand peine pourras-tu lier les veines & les arteres vmbilicales du fœtus , fans que fa mere foit morte & qu'on luy ait ouuert le ventre & la matrice , mais alors le fœtus refpire & ne tranfpire plus. Le cœur, difent-ils , n'aura point d'où il fe puiffe rafraifchit , finon qu'il fe moue par fa faculté propre & naturelle. Ie réponds que le fœtus renfermé aux cachots de la matrice, non autrement que les animaux qui fe retirent durant l'hyuer aux lieux fouſterrains : a affez de quoy conferuer fa vie des arteres de la mere: puis apres, comme ainfi foit qu'il nage dans les eaux , & foit affis en icelles comme dans vn bain, fans en receuoit aucun dommage, il eft quelque peu rafraifchy par la tiedeur d'icelles. La derniere raifon femblera parauanture à quelques-vns preffer dauantage, à fçauoir que plufieurs font fortis ou ont efté tirez viuans de leur mere morte, mais la refponce eft toute prefte: que cette faculté vitale refpanduë par toutes les arteres , fe peut conferuer foy-mefme pour vn bien petit de temps, mefme fans l'aide & communion du cœur. *Nous auons veu* (dit Galien) *vne victime cheminer apres qu'on luy euſt arraché le cœur* : chofe que nous auons auffi fouuentesfois efprouué aux chiens. Que fera-ce fi ie dy ces meres-là auoir efté enleuées pour mortes, lefquelles toutesfois viuoient encore, comme il arriue fouuent en la ftrangulation hyfterique : Que la verité de noftre opinion demeure donc ferme , à fçauoir que le cœur & les arteres du fœtus battent, par la faculté decoullante du cœur & des arteres de la mere , & non pas par aucune faculté qui leur foit propre & naturelle : & qu'il ne s'engendre point de fang arterieux nouueau au ventricule gauche du fœtus: veu que les arteres de la mere luy en fourniffent beaucoup & de tres-pur. Que les Peripateticiens apprennent d'icy, Combien Ariftote a mal appellé le cœur le premier viuant , mouuant & fanguifiant, car & les arteres du fœtus fe mouuent premier que le cœur, & le cœur vit par le feul battement des arteres. Bref nous eftimons qu'auffi long-temps qu'il eft en la matrice, il ne s'engendre point de fang ny d'efprit vital au cœur.

2. de placit.

Conclufion.

La doctrine des Peripateticiens touchant la principauté du cœur eft renuerfée,

---

HISTOIRE ANATOMIQVE.

Du mouuement & de la fituation de l'enfant en la matrice , qui font les facultez animales.

CHAPITRE VIII.

 'AMB eftant l'entelechie , c'eft à dire l'acte, forme & perfection du corps naturel organique, elle ne fait point fes functions fans inftrumens propres & conuenables. Partant le fœtus tendret ne peut les premiers mois , à raifon de l'imbecilité de fon cerueau & de la molleffe de fes nerfs , manier fes membres;

mais quand les os commencent à s'affermir, & les nerfs, membranes & ligamens remplis d'vne humeur lente & glaireuse à se desseicher, alors il commence à pietiner & à se mouuoir. Le premier terme de ce mouuement (selon Hippocrate) au fils est le troisiéme mois, & aux filles le quatriéme : tellement que la proportion de la formation & du mouuement soit certaine & deffinie : & qu'il entreuienne quasi tousiours deux fois autant de temps entre la conformation & le mouuement, comme il y en a entre la conception & la formation. Et partant les masles, pource qu'ils sont formez au trentiéme iour, se mouuent au nonantiéme : or le nonantiéme iour accomplit le troisiéme mois : & les filles, parce qu'elles sont formées au quarante-deuxiéme iour, se mouuent au cent-vingtiéme. Ce mouuement icy n'est pas naturel mais volontaire, car il se fait par l'action & ministere des muscles qui se retirent, ils se retirent par le commandement de l'ame : le nerf porte ce commandement par le moyen d'vn esprit corporel qui est continuellement engendré aux ventricules du cerueau de l'esprit vital qui leur est porté par les arteres vmbilicales. A cette faculté motrice se doit rapporter la situation de l'enfant dans la matrice. Car Hippocrate rapporte la situation du malade & son coucher à l'enuers sur le ventre, ou les costez, à la force ou foiblesse de cette faculté. Or le mesme Hippocrate décrit la situation naturelle du fœtus en ces mots : *L'enfant comme il est situé en la matrice a ses mains sur ses genoux & sa teste aupres de ses pieds.* Estant donc comme tout retrait & amassé en rond, il est assis en la matrice, empoignant ses genoux auec ses mains, entre lesquels il baisse la teste en sorte que ses yeux sont comme attachez aux poulces de ses mains, & son nez repose entre ses genoux. Cette figure icy combien qu'elle ne soit pas exactement moyenne, elle en approche neanmoins de fort prés : pour cette cause elle n'est point moleste ny laborieuse au fœtus : mais vtile premierement à la femme enceinte, parce qu'elle occupe moins de place & qu'elle ne monte point tant en haut qu'elle puisse presser le diaphragme ou le ventricule & puis apres au fœtus cherchant à sortir : car il se tourne plus facilement & est porté la teste deuant.

Le premier terme du mouuement, selon Hippocrate, l.de nat. puer. aux fils & aux filles.

Leur mouuement est volontaire.

La situation de l'enfant en l'amarry. En ses prognostics. l.de nat.puer.

CONTROVERSES ANATOMIQVES.

De la generation de l'esprit animal au fœtus, & de sa situation en la matrice.

QVESTION VINGT-HVITIESME.

 A faculté motrice influë du cerueau par les nerfs qui sont comme cordelettes dans les chairs des muscles, non par vne seule irradiation & simple qualité, mais par vne substance corporelle que les Medecins appellent *esprit animal.* Comme ainsi soit donc que le fœtus se mouue volontairement en la matrice, & qu'il se tourne tantost au costé droit, tantost vers le gauche, & qu'il remuë à toutes heures ses pieds, il faut necessairement conclurre qu'il a des esprits animaux. Mais sçauoir s'il les tire de la matrice de sa mere, comme il fait les vitaux, ou bien s'il les engendre en son cerueau : c'est chose dont on a iadis esté en doute. Pour mon regard i'estime qu'il les engendre en son cer-

Generation de l'esprit animal au fœtus.

ueau, estant persuadé à le croire ainsi par cette raison : C'est que les nerfs de la matrice n'ont point d'vnion ny de communion auec ceux du fœtus, comme ont les veines & les arteres. Or il n'y a que le seul nerf qui porte l'esprit animal. Tu

objecteras que cet esprit a besoin d'air pour estre conserué & purifié, & que le

fœtus n'en inspire point aussi long temps qu'il est en la matrice. Ie respondray qu'il est entretenu, conserué & purifié par la transpiration qui se fait par les arteres vmbilicales, & qu'il s'engendre au fœtus tout de la mesme façon qu'il fait

quand il est sorty au monde. Car il est premierement preparé en l'entrelaçeure labyrinthique, faite de petites arteres qu'on appelle *reths admirable & choroïde*, puis il est cuit au troisiéme ventricule, & prend finalement sa perfection au quatriéme, d'où il decoule dans la moëlle de l'épine & les nerfs. Au reste il semble

qu'Hippocrate n'ait pas esté bien resolu touchant le temps du mouuement : car tantost il met le troisiéme mois au fils & le quatriéme aux filles, pour premier terme du mouuement : & tantost il écrit que le fœtus a mouuement au septantiéme iour, en ces mots. *Tout ce qui se meut au septantiéme iour est parfait en trois fois autant de temps.* Item, *Trente Soleils forment l'enfant, septante le font mou-*

uoir, & deux cens dix le rendent parfait. Ces passages seront (à mon aduis) accordez, si on dit que des mouuemens l'vn est obscur, l'autre manifeste, en sorte qu'il peut estre veu par celuy qui regarde, & senty par celuy qui met la main sur le ventre. Le fœtus se peut mouuoir au septantiéme iour : mais son mouuement ne peut estre ny veu ny senty, sinon apres le trois ou quatriéme mois. Il nous faut encore concilier quelques passages qui semblent se contrarier, touchant la situation de l'enfant en la matrice, qu'on rapporte à la faculté motrice. Hippocrate

veut qu'il soit situé en sorte qu'il ait la teste aupres des pieds, quand il escrit, *Tu*

ne sçaurois iuger au vray, bien que tu voyes l'enfant en la matrice mesme, s'il a la teste en haut ou en bas. Mais en vn autre lieu il écrit qu'il a la teste en haut, en ces mots. *Ils sont tous engendrez ayans la teste vers haut.* Aristote semble accorder

ces passages en cette façon. *En tous animaux,* dit-il, *la teste les premiers mois est la plus haute, mais quand ils sont deuenus grands & qu'ils desirent sortir, elle est ame-*

née vers bas. Derechef au liure de la nature de l'enfant on lit en quasi tous les exemplaires. *L'enfant situé en la matrice a ses mains à ses maschoires :* Combien que tous les Interpretes tournent *à ses genoux.* I'estime que toutes les deux leçons se peuuent deffendre. Car l'enfant a ses mains & aupres des genoux & aupres des maschoires, car auec la paulme & partie interne de la main il empoigne ses genoux, & par l'externe il touche à ses maschoires : car si l'homme estant (comme écrit Aristote au lieu allegué) amoncelé en soy-mesme en rond est situé en sorte qu'il ait son nez entre ses genoux, ses yeux sur ses genoux, ses oreilles hors de ses genoux, & qu'auec ses mains il empoigne ses genoux, il faut sans point de doute qu'il appuye ses ioües ou maschoires sur ses deux mains. Au reste ce qu'on écrit

coustumierement de la diuerse situation des fils & des filles sont contes faits pour le plaisir : mais ce qu'Aristote a laissé par écrit touchant la situation diuerse des animaux en la matrice est fort beau : ie ne le transcriray pas toutesfois icy, renuoyant le Lecteur pour le lire sur lieu.

HISTOIRE

HISTOIRE ANATOMIQVE.

De l'Enfantement.

CHAPITRE XI.

TOVTES les parties du fœtus estant fermes & parfai- *Causes de l'en-* tes, iceluy deuenant de iour en iour plus grand & plus *fantement.* chaud, demande de la nourriture en plus grande abon- dance, & ne se contentant plus de la transpiration, de- sire iouyr d'vn air plus ample & plus libre. La mere ne pouuant luy fournir par les veines & les arteres vmbi- licales de l'vn ny de l'autre aliment, sçauoir est du spi- ritueux & du solide en quantité suffisante pour le nourrir & le rafraichir, desirant saillir dehors les ca- chots de la matrice, il rompt en regimbant les mem- branes dont il est enueloppé, & se tournant auec impetuosité, se fait voye & cher- che yssuë auec autant d'effort qu'il luy est possible. Et la matrice portant cette di- stension auec fascherie, & surchargée par la pesanteur de l'enfant deuenu desia grand, taschant de tout son pouuoir de mettre bas son fardeau, s'efforce par le moyen de sa faculté expultrice à le chasser dehors, & alors par vn commun effort de l'enfant & de la matrice, l'enfant sort au monde, non pas les pieds deuant ny de trauers, Mais *la teste deuant* (dit le diuin vieillard) *pourueu qu'il sorte naturellement.* *En quelle sor-* *Car les parties superieures estant souspenduës par le nombril, comme de quelque balance* *me l'enfant* *tres-iuste sont plus pesantes, & emportent les inferieures.* Or cet effort commun de *sort.* l'enfant & de la matrice est aidé tant par l'effort volontaire que la femme qui tra- *l.de nat.puer.* uaille fait en retenant son haleine, & en poussant le diaphragme vers bas: Com- *Le deuoir de la* me par la main industrieuse de la sage-femme, laquelle met la femme qui trauaille *sage-femme.* en situation commode, reçoit mollement l'enfant qui sort comme il faut, redresse celuy qui se presente autrement qu'il ne doit, & separe doucement l'arriere-faix qui est encor adherent à l'amarry. Icy Galien admire l'immortelle prouidence de *Miracle de na-* Dieu; car l'orifice de la matrice qui auoit esté fermé si exactement durant tout le *ture en l'en-* temps de la grossesse, s'ouure maintenant en sorte, que l'enfant sort par iceluy, sans *fantement.* que les os du penil & des iles (comme aucuns se font accroire) se separent ou des- *l. 15. de vsu* joignent en aucune façon. Cet enfantement icy n'a point de saison certaine & de- *part. 7.* finie en l'homme, comme aux autres animaux, mais il se fait par toute l'année & *Le terme d'en-* en toute saison; parce qu'il n'a pas de temps designé pour la copulation, comme *fanter incer-* ont les brutes, ains qu'il s'exerce aux combats de Venus à toutes les heures du iour *tain en l'hom-* & de la nuict. Toutes les bestes se saoullent en fin du coït, & l'homme quasi ia- *me.* mais; joint que les autres animaux vsent tousiours d'vne mesme façon de viure, là où l'homme mange & à toutes heures, & d'vne diuersité presques infinie de via- des. Ie tais les puissances de l'imagination & des perturbations de l'ame (desquel- les il est à toute heure agité comme de furies) à changer & alterer le corps. Or les *Le temps de* temps de l'enfantement humain sont le sept, le huit, le neuf, le dix & l'vnziéme *l'enfantement.*

mois. Le feptiéme eſt le premier terme, auant léquel l'enfant n'eſt point vital, & ne merite point le nom d'enfantement, ains d'auortement ; & l'vnziéme le dernier. Que s'il arriue que quelqu'vne die l'auoir paſſé, elle s'eſt trompée au temps de la conception & en la ſupputation des iours : les termes moyens ſont le neuf &

lib. de feptim. partu.

le dixiéme. Or nous entendons icy, auec Hippocrate, le mois Solaire, qui eſt de trente iours: *Le Soleil*, dit le Philoſophe, *& l'homme engendrent vn homme*. Non pas que pour cela il faille que les enfantemens de ſept, neuf & dix mois, accompliſſent ſept, neuf & dix mois entiers : Car la latitude du ſeptiéme mois, comme auſſi du dixiéme eſt tres-grande, & celuy qui naiſt au commencement, au milieu,

Au lieu allegué.
Au liure des Principes.

ou à la fin du feptiéme mois, doit eſtre dit à ſept mois. Hippocrate a deſigné le commencement du ſeptiéme mois, quand il dit, *Que les enfans à ſept mois naiſſent en cent & octante iours, auec vne partie d'vn iour*: Et la fin du meſme mois, quand il écrit, *Que les enfans qui naiſſent à ſept mois ont trois dixaines de ſepmaines*, c'eſt à dire, *deux cens & dix iours*. Car ſept fois trente ſont le nombre dit. Les enfans ne

Pourquoy les enfans ſôt viables à 7 mois, & non à huit.

viuent iamais à huit mois, ſi ce n'eſt parauanture en Egypte, à raiſon de la benignté de l'air & de la bonté de la terre. L'enfantement de neuf mois eſt le plus ordinaire de tous, & fort familier à la Nature : celuy du dixiéme mois eſt aſſez frequent, mais celuy de l'vnziéme eſt tres-rare. Or la raiſon pourquoy les enfans viuent à ſept & à neuf mois, & qu'ils ne viuent pas à huit, eſt rapportée par les Pytagoriciens à l'excellence & puiſſance des nombres : Par les Geometriens à la double proportion de la formation au mouuement, & à la triple proportion du mouuement à l'enfantement : Par les Aſtrologues aux diuers aſpects des planet-

Raiſons des Medecins.

tes : mais ce ne ſont que vanitez & pures folies. Les Medecins diſent que les loix de Nature ſont certaines, & ſes circuits fixes, leſquels elle n'outrepaſſe iamais, ſinon qu'elle ſoit irritée ou empeſchée. Comme ainſi ſoit donc que l'enfant ſoit parfait à ſept mois, & qu'il ne luy defaille rien quand à la perfection de ſes parties, s'il eſt aſſez fort en ce mois-là il rompra les membranes, ſe fera voye, & viura (parce qu'il eſt parfait) & principalement ſi c'eſt vn fils. Mais s'il ſort à huit mois (encore qu'il ſoit parfait) il ne viura point ; parce qu'il ne peut ſupporter deux afflictions qui ſuccedent de ſi prés l'vne à l'autre: Car il a fait vn grand effort au ſeptiéme mois, maintenant il reïtere le meſme effort auant qu'auoir repris ſes forces, il faut donc neceſſairement qu'il ſuccombe. Outre-plus l'enfant à huit mois n'eſt point vital, parce qu'il vient apres le iour de l'enfantement qui deuoit auoir eſté à ſept mois, & deuant le iour de celuy qui doit eſtre à neuf, d'où l'on doit eſtimer qu'il eſt aduenu quelque choſe de ſiniſtre qui a retardé l'enfantement du ſeptiéme mois, ou haſté celuy du neufiéme.

CONTROVERSES ANATOMIQVES.

De la nature & des differences de l'enfantement.

QVESTION VINGT-NEVFIESME.

ETTE mer touchant la diſpute de la Nature, des temps & des cauſes de l'enfantement humain, eſt vaſte & admirable, en laquelle ſi nous couppons vne fois les voiles, il nous faudra parauanture endurer vne

HISTOIRE ANATOMIQVE.

De l'Enfantement.

CHAPITRE XI.

TOVTES les parties du fœtus estant fermes & parfaites, iceluy deuenant de iour en iour plus grand & plus chaud, demande de la nourriture en plus grande abondance, & ne se contentant plus de la transpiration, desire iouyr d'vn air plus ample & plus libre. La mere ne pouuant luy fournir par les veines & les arteres vmbilicales de l'vn ny de l'autre aliment, sçauoir est du spiritueux & du solide en quantité, suffisante pour le nourrir & le rafraichir, desirant saillir dehors les cachots de la matrice, il rompt en regimbant les membranes dont il est enueloppé, & se tournant auec impetuosité, se fait voye & cherche yssuë auec autant d'effort qu'il luy est possible. Et la matrice portant cette distension auec fascherie, & surchargée par la pesanteur de l'enfant deuenu desià grand, taschant de tout son pouuoir de mettre bas son fardeau, s'efforce par le moyen de sa faculté expultrice à le chasser dehors, & alors par vn commun effort de l'enfant & de la matrice, l'enfant sort au monde, non pas les pieds deuant ny de trauers, Mais *la teste deuant* (dit le diuin vieillard) *pourueu qu'il sorte naturellement. Car les parties superieures estant souspenduës par le nombril, comme de quelque balance tres-iuste sont plus pesantes, & emportent les inferieures.* Or cet effort commun de l'enfant & de la matrice est aidé tant par l'effort volontaire que la femme qui trauaille fait en retenant son haleine, & en poussant le diaphragme vers bas: Comme par la main industrieuse de la sage-femme, laquelle met la femme qui trauaille en situation commode, reçoit mollement l'enfant qui sort comme il faut, redresse celuy qui se presente autrement qu'il ne doit, & separe doucement l'arriere-faix qui est encor adherent à l'amarry. Icy Galien admire l'immortelle prouidence de Dieu; car l'orifice de la matrice qui auoit esté fermé si exactement durant tout le temps de la grossesse, s'ouure maintenant en sorte, que l'enfant sort par iceluy, sans que les os du penil & des iles (comme aucuns se font accroire) se separent ou desjoignent en aucune façon. Cet enfantement icy n'a point de saison certaine & definie en l'homme, comme aux autres animaux, mais il se fait par toute l'année & en toute saison; parce qu'il n'a pas de temps designé pour la copulation, comme ont les brutes, ains qu'il s'exerce aux combats de Venus à toutes les heures du iour & de la nuict. Toutes les bestes se saoullent en fin du coït, & l'homme quasi iamais; joint que les autres animaux vsent tousiours d'vne mesme façon de viure, là où l'homme mange & à toutes heures, & d'vne diuersité presques infinie de viandes. Ie tais les puissances de l'imagination & des perturbations de l'ame (desquelles il est à toute heure agité comme de furies) à changer & alterer le corps. Or les temps de l'enfantement humain sont le sept, le huit, le neuf, le dix & l'vnziéme

Causes de l'enfantemens.

En quelle forme l'enfant sort.
l.de nat. puer.

Le deuoir de la sage-femme.

Miracle de nature en l'enfantement.
l. 15. de vsu part. 7.

Le terme d'enfanter incertain en l'homme.

Le temps de l'enfantement.

mois. Le septiéme est le premier terme, auant léquel l'enfant n'est point vital, & ne merite point le nom d'enfantement, ains d'auortement ; & l'vnziéme le dernier. Que s'il arriue que quelqu'vne die l'auoir passé, elle s'est trompée au temps de la conception & en la supputation des iours : les termes moyens sont le neuf & le dixiéme. Or nous entendons icy, auec Hippocrate, le mois Solaire, qui est de trente iours : *Le Soleil*, dit le Philosophe, *& l'homme engendrent vn homme.* Non pas que pour cela il faille que les enfantemens de sept, neuf & dix mois, accomplissent sept, neuf & dix mois entiers : Car la latitude du septiéme mois, comme aussi du dixiéme est tres-grande, & celuy qui naist au commencement, au milieu, ou à la fin du septiéme mois, doit estre dit à sept mois. Hippocrate a designé le commencement du septiéme mois, quand il dit, *Que les enfans à sept mois naissent en cent & octante iours, auec vne partie d'vn iour:* Et la fin du mesme mois, quand il écrit ; *Que les enfans qui naissent à sept mois ont trois dixaines de sepmaines ;* c'est à dire, *deux cens & dix iours.* Car sept fois trente sont le nombre dit. Les enfans ne viuent iamais à huit mois, si ce n'est parauanture en Egypte, à raison de la benignité de l'air & de la bonté de la terre. L'enfantement de neuf mois est le plus ordinaire de tous, & fort familier à la Nature : celuy du dixiéme mois est assez frequent, mais celuy de l'vnziéme est tres-rare. Or la raison pourquoy les enfans viuent à sept & à neuf mois, & qu'ils ne viuent pas a huit, est rapportée par les Pytagoriciens à l'excellence & puissance des nombres : Par les Geometriens à la double proportion de la formation au mouuement, & à la triple proportion du mouuement à l'enfantement : Par les Astrologues aux diuers aspects des planettes : mais ce ne sont que vanitez & pures folies. Les Medecins disent que les loix de Nature sont certaines, & ses circuits fixes, lesquels elle n'outrepasse iamais, sinon qu'elle soit irritée ou empeschée. Comme ainsi soit donc que l'enfant soit parfait à sept mois, & qu'il ne luy defaille rien quand à la perfection de ses parties, s'il est assez fort en ce mois-là il rompra les membranes, se fera voye, & viura (parce qu'il est parfait) & principalement si c'est vn fils. Mais s'il sort à huit mois (encore qu'il soit parfait) il ne viura point ; parce qu'il ne peut supporter deux afflictions qui succedent de si prés l'vne à l'autre : Car il a fait vn grand effort au septiéme mois, maintenant il reïtere le mesme effort auant qu'auoir repris ses forces, il faut donc necessairement qu'il succombe. Outre-plus l'enfant à huit mois n'est point vital, parce qu'il vient apres le iour de l'enfantement qui deuoit auoir esté à sept mois, & deuant le iour de celuy qui doit estre à neuf, d'où l'on doit estimer qu'il est aduenu quelque chose de sinistre qui a retardé l'enfantement du septiéme mois, ou hasté celuy du neufiéme.

(marginal notes:)
lib. de septim. partu.

Au lieu allegué.

Au liure des Principes.

Pourquoy les enfans sôt viables à 7 mois, & non à huit.

Raisons des Medecins.

CONTROVERSES ANATOMIQVES.

De la nature & des differences de l'enfantement.

QVESTION VINGT-NEVFIESME.

 ETTE mer touchant la dispute de la Nature, des temps & des causes de l'enfantement humain, est vaste & admirable, en laquelle si nous coupons vne fois les voiles, il nous faudra parauanture endurer vne longue & fafcheufe nauigation, à raifon de la contrarieté des opinions. Car (bon Dieu) combien fe prefentent icy de flots d'opinions contraires ? combien d'empefchemens en la fupputation des mois & des iours ? combien de bancs en la recherche des caufes ? combien de rochers dans lefquels on s'embarafera facilement & auec vn danger manifefte, finon que l'on prenne la raifon pour gouuernail ? mais d'autre part cette nauigation eft fi profitable & neceffaire que nous y fommes, voire mefme contre noftre volonté, emportez : Hazardons-nous donc courageufement & fans crainte quelque temps, & poffible que quelque eftoille fauorable & falutaire nous apparoiftra au milieu de noftre courfe, laquelle par fa clarté nous redreffera le courage. Nous auons vn pilote & tres-bon guide, le diuin Hippocrate, lequel, comme dit Macrobe, n'a iamais peu tromper ny eftre trompé : des écrits duquel nous puiferons nos demonftrations. Or afin que toute cette difpute marche d'vn bon ordre, & pour ne point embroüiller les efprits des ieunes, nous la departirons en trois. 1. Nous declarerons la Nature & toutes les differences de l'enfantement. 2. Nous expliquerons combien & quels font les termes de l'enfantement humain, & monftrerons comment il faut conter les ans, les mois & les iours en la groffeffe. 3. Nous demonftrerons les caufes generales & particulieres : celles qu'alleguét les Philofophes, les Medecins, les Arithmeticiens, les Geometriens & les Aftrologues, de la diuerfité de l'enfantement humain. Et pour commençer par le premier, nous definirons l'enfantement, *Edition & fortie de l'enfant parfait & accomply de toutes fes parties en la matrice.* De forte qu'en quelque mois, iour & heure que l'enfant forte au monde parfait, cette fortie puiffe eftre vrayement & proprement dite part & enfantement. Or à cette perfection n'eft pas feulement requife la delineation des parties : car ainfi la fortie du fœtus au quatriéme mois feroit appellée enfantement : mais auffi que lefdites parties foient fortes, fournies & corpulentes, ce que l'enfant n'acquiert point auant le feptiéme mois, & partant on ne peut appeller la fortie de l'enfant auant le feptiéme mois, enfantement, mais auortement ou écoulement. Definiffons donc l'auortement, la fortie du fœtus imparfait, & non encore venu à fa maturité, ou bien mort d'iceluy en la matrice. Il y en a qui ne veulent pas qu'on le nomme fœtus ou fruict abortif, iufques à tant qu'il ait eu mouuement; de forte qu'il ne doiue eftre appellé auortement que depuis le troifiéme mois iufques au feptiéme, & veulent qu'auant le mouuement on le nomme effluxion & écoulement, mais ils femblent n'auoir point comprins l'intention d'Hippocrate ; car & deuant & àpres le mouuement, fi le fœtus eftant formé fort auant le terme, il l'appelle auortement, quand il dit : *Celles qui font trop extenuées auortent à deux mois.* Item, *Celles qui font difpofées felon la Nature auortent à trois mois.* Que fi la geniture eft rejettée auant la formation, elle ne doit pas eftre proprement dite auortement, mais écoulement. Hippocrate enfeigne cela en termes exprés, *Les corruptions*, dit-il, *qui fe font les premiers iours d'apres la conception fe nomment proprement écoulemens & non point auortemens.* Et Ariftote appelle les corruptions qui arriuent deuant la parfaicte formation, effluxions. Hippocrate ne doit donc pas eftre accufé d'impieté, ny d'auoir contreuenu à fon ferment, quand il a confeillé à cette chambriere chanterefe de fe faire auorter : car elle ne ietta pas vn fœtus abortif, mais vn écoulement, c'est à fçauoir vne geniture qui n'eftoit point encore formée. Or nous n'appellons pas feulement icy, comme fait le vulgaire, auortement, la fortie du fœtus imparfaict auant le terme : mais nous croyons mefme

Il se fait auortement, encore que le fœtus ne sorte pas.

que les femmes peuuent auorter en la matrice, combien que le fœtus ne sorte pas dehors. Hippocrate a voulu cela quand il dit, *Lors que la femme auorte, & que l'enfant n'est point chassé hors, &c.* De sorte que l'auortement ne denote point seulement l'exclusion & sortie du fœtus auant le terme : mais aussi la mort & l'extinction d'iceluy en la matrice auant le temps. Car le fœtus, bien que mort, peut

Authorité d'Hippocrate au 1. liure des maladies des femmes.

estre porté par plusieurs ans en la matrice comme témoignent les exemples de plusieurs : mais entre les autres, celle-là est monstrueuse, en laquelle l'embryon

Histoire prodigieuse.

estant conuerty en pierre fut porté par l'espace de vingt-huit ans en la matrice, comme on peut voir au discours qu'en a fait M. d'Aliboux Medecin du Roy tres-docte. Nous auons, à mon aduis, iusques icy suffisamment declaré par la doctrine d'Hippocrate que c'est qu'enfantement, auortement & écoulement. L'enfantement est, *l'édition & sortie de l'enfant parfaict en la matrice, soit qu'il*

L'enfantemēt octimestre, encore qu'il ne soit point viable, ne doit pas estre dit auortement.

sorte vital ou autrement. D'où ceux n'errent point petitement qui appellent l'enfantement du huictiéme mois, auortement, parce qu'il n'est point vital : car ce n'est pas chose qui soit simplement & absoluëment de l'essence de l'enfantement, que l'enfant soit vital, mais qu'il sorte parfaict : Or celuy de huict mois est parfaict. Estre vital, non vital ; legitime, ou non legitime, ce sont differences d'enfantemens, comme nous monstrerons cy apres. L'auortement est, *la sortie ou l'extinction du fœtus imparfaict :* & l'effluxion ou écoulement est, *l'exclusion de la geniture auant la parfaicte conformation.* Ayant expliqué la nature de l'enfantement, il nous faut à cette heure declarer ses differences. Des

Les differences de l'enfantement.

enfantemens, l'vn est naturel, l'autre non naturel ; l'vn legitime, & l'autre illegitime. A ce que l'enfantement soit naturel sont requises trois choses. 1. Que

Trois cōditions requises à l'enfantement naturel.

l'effort de l'enfant & de la matrice soit égal & commun : car cette action est commune à l'vn & à l'autre. Or auquel des deux on doit attribuër le commen-

La premiere. Commen. ad Aph. 37. sec. 5.

cement de l'enfantement, ou à la matrice, ou à l'enfant, Galien l'expose en ces mots, *L'enfant apporte à la mere le commencement de l'enfantement, car ayant besoin, lors qu'il est deuenu plus grand & plus chaud, de dauantage de nourriture & d'esprits, il rompt par vne frequente agitation de ses mains & de ses pieds les membranes dont il est enueloppé : & la matrice surchargée desirant mettre bas son fardeau, se resserre tout, afin de pousser l'enfant dehors, & partant l'enfantemens naturel se fait par cet effort commun de la mere & de l'enfant.* Que si l'effort de tous les deux, ou de l'vn manque, l'enfantement sera non naturel : car si toute la charge est delaissée à la femme enceinte, l'enfantement sera laborieux & difficile. Or cela

l. 1. de morb. mulier.

arriue quand l'enfant est debile, paralytique, ou mort. Ce qu'Hippocrate exprime en ces mots, *La cause principale de l'enfantement laborieux, est si l'enfant sort ou mort ou apoplectique,* c'est à dire priué de mouuement & de sentiment.

La seconde condition. 1. de morb. mul. l. de nat. pueri. & de octim. partu.

2. Qu'il sorte au monde en la figure & situation qui est selon Nature. Or Hippocrate la décrit quand il dit, *L'enfant se presente la teste deuant pourueu qu'il sorte naturellement.* Or pourquoy cette figure & forme de sortir est selon Nature, il en rend la raison, *Parce que les parties superieures de l'enfant sont plus pesantes estant penduës par le nombril, comme de quelque balance tres-iuste.* Et pourtant il se tourne plus viftement. Ioint s'il sort la teste la premiere, que ses membres qui sont mols & aisez à ployer ne donnent aucun empeschement à l'enfant sortant : mais s'il sort les pieds les premiers, les bras se peuuent estendre

l. de octimest. partu.

& ouurir en sorte qu'ils ferment le passage au reste du corps. Voicy les propres mots d'Hippocrate, *Les parties du corps faciles à ployer ne donnent point* d'empefchement à l'enfant, fortant la tefte deuant, mais s'il fort fur les pieds, il fe fait des empefchemens & arrefts qui bouchent le paffage. Or que cette figure par laquelle l'enfant fort la tefte la premiere foit naturelle & vitale, Pline le confirme où il dit, lib.7. cap.8. Que les anciens auoient de couftume de porter les morts les pieds deuant, parce que la mort eft contraire à la vie. Tout ainfi donc que l'homme naift au monde la tefte la premiere, ainfi eftant mort il doit eftre porté au fepulchre les pieds deuant. Tous les enfantemens qui fe font en autre pofture doiuent eftre dits non naturels. Or il y a plufieurs fortes & figures de l'enfantement contre nature; mais on en a re-marqué trois principales; fçauoir eft celle qui fe fait les pieds deuant, ou fur le cofté, ou eftant ployé en deux : lefquelles ont efté exprimées par Hippocrate en i. de morb. ces termes, C'eft chofe bien perilleufe quand l'enfant fort les pieds deuant, car fouuent mul. & lib. de en vn tel enfantement la mere meurt, ou l'enfant, où tous deux enfemble. Les Ro-natur. pueri. mains auoient bafty deux autels aux deux Carmentes, pour deftourner & em-16.c.16. pefcher ce danger, defquelles ils nommoient l'vne Pofiuerta, & l'autre Profa, Ces noms leur ayans efté impofez à raifon de la puiffance qu'elles auoient fur les enfantemens droits ou renuerfez. Le vulgaire appelle les enfans qui naiffent ainfi Agrippas, comme qui diroit enfantez à peine. Neron nafquit de cette façon, com-Troifiéme cóme l'écrit Agrippine fa mere. Il y vne troifiéme condition de l'enfantement na-dition. turel, c'eft à fçauoir qu'il foit court, aifé & fans mauuais accidens. J'appelle en-L'enfantemēt fantement legitime celuy qui vient au terme; & illegitime celuy qui vient deuant legitime. ou apres. Celuy de huit mois eft illegitime, parce qu'il deuance celuy qui deuroit Non legitime eftre à neuf, ou qu'il retarde celuy qui deuoit auoir efté à fept. Voilà donc la na-ture de l'enfantement & toutes fes differences.

Combien & quels font les termes de l'enfantement humain.

QVESTION TRENTIESME.

L E grand interprete de la Nature, Ariftote, a fort bien cap. 4. li.7. de écrit que Nature a limité à quafi tous les animaux, vn hift. animal. certain temps pour porter & produire leurs petits, mais Les termes de qu'elle a donné à l'homme diuers tetmes, & pour por-l'enfantement ter & pour enfanter. Les pigeons cafaniers font & nour-humain, diuers riffent des petits tous les mois. Le chien fait toufiours & incertains fes petits à quatre mois. La jument à neuf, & l'Elephant la feconde année. Il n'y a que l'homme feul qui ait di-uers temps pour enfanter : car il produit fon fruict le fept, le huit, le neuf, le dix & l'vnziéme mois : Les femmes le prefchent ainfi par tout, aufquelles, com-me experimentées, Hippocrate veut qu'on adioufte foy. L'authorité des plus lib. de feptimi grands perfonnages, comme d'Hippocrate, d'Ariftote, de Plutarque, de Ga-partu. lien & d'Aphrodifée : & finalement les loix des Romains perfuadent le mef-me plus que fuffifamment. Le feptiéme mois eft le premier terme de l'enfan-Le 7. mois eft tement humain, & n'y a point d'enfans qui foyent vitaux auant iceluy : Com-le premier ter-bien que quelques-vns racontent des Egyptiens, les Poëtes de ceux de Naxe, me.

& l'onzième le dernier. & quelques autres des Espagnols, qui les enfantent vitaux au sixiéme. Et le dernier c'est l'onziéme. Ceux d'entre-deux sont le neuf & le dixiéme. Que l'enfan-

L'enfantemēt septimestre est vital. tement de sept mois soit vital, Hippocrate l'enseigne en ces mots : *L'enfant nay*

Au liure des Principes.
Au lieu alle-gué.
En ses Proble-mes.
Au commen-taire sur le liu. de l'enfante-ment septimestre.
lib. 7. cap. 5.
2. Obiection.
Au lieu alle-gué.
Solution. *à sept mois est à terme, & vit.* Or il est à terme, parce qu'il ne luy manque rien quand à la perfection de ses parties ; car Nature n'adiouste rien les deux mois ensuiuans, à la perfection des parties, mais aux forces. Aristote afferme que les enfans sont vitaux à sept mois : ce que font aussi Aphrodisée & Galien. Outre-plus il fut arresté par les loix des Romains, à raison de l'authorité du grand Hippocrate, que l'enfantement de sept mois estoit vital. Pline raconte que Sem-pronius & Corbulo Consuls, furent enfantez par leur mere Vestilia à sept mois. Que si tu objectes, Hippocrate écriuant qu'il y a peu d'enfans qui naissent à sept mois, & que de ce peu là qu'il en meurt plusieurs : & qu'Aristote pour cet-te cause commande de les enuelopper de langes de laines, & les lier de bandes.

Diuersité de l'enfantement septimestre. Ie te répondray qu'il y a plusieurs sortes d'enfantemens à sept mois ; parce que le septiéme mois a vne fort grande estenduë. Ceux qui naissent au commence-ment du septiéme sont veritablement vitaux, mais tres-debiles & maladifs tous les quarante premiers iours, & c'est de ceux-cy dont parle Hippocrate, car il veut qu'ils naissent le cent quatre-vint & deuxiéme iour, auec vne partie d'vn autre. Or cent quatre-vingts & deux iours ne sont seulement que le commen-cement du septiéme mois : mais ceux qui naissent à la fin d'iceluy, à sçauoir le deux cens dixiéme iour sont forts, & peu d'iceux meurent. Et c'est en faueur de

Au liure des Principes. ceux-cy qu'Hippocrate a prononcé cet arrest, *Que les enfans a sept mois sont à terme, & qu'ils viuent, parce qu'ils ont trois dixaines de sepmaines.* Or chaque dixaine est de septante iours. Derechef l'enfant qui naist à sept mois, est ou fils ou fille ; le fils, parce qu'il est formé, qu'il se meut & est parfait en la matrice plustost que la fille, s'il sort à sept mois il sera vital : mais la fille, parce qu'elle ne garde point la proportion requise à la formation, au mouuement & à l'en-fantement ; si elle sort à sept mois, elle sera veritablement vitale, mais elle ne vi-ura pas long temps. Que ce soit donc icy le premier Arrest, que les enfans septimestres sont legitimes & vitaux, & que le septiéme mois est le premier ter-me de l'enfantement humain. L'enfantement octimestre, c'est à dire de huit

L'enfantemēt octimestre n'est point vital.
lib. de Princi.
lib. de octim.
partu, & l. de aliment. mois, merite le nom *d'enfantement* & non *d'auortement*, mais il ne doit pas estre dit vital ny legitime. *Nul enfant* (dit Hippocrate) *nay à huit mois, n'est vital.* Item, *L'enfantement de deux cens & quarante iours* (or tel est celuy de huict mois) *est, & n'est point.* Comme s'il disoit qu'il naist veritablement le huitiéme mois,

En Egypte les enfans naissent viables à huit mois. mais comme s'il ne naissoit point, parce qu'il n'est pas pour viure. Plusieurs ont écrit qu'en Egypte arrousée du Nil fertile, & en Espagne, à raison de la facilité d'enfanter, & de la douceur & benignité de l'air & de la terre, il y naist quelques enfans qui viuent à huit mois. Asclepiades écrit que les femmes de Naxe qui ac-couchent à huit mois font leurs enfans vitaux, soit ou à raison de la faueur que Iunon Lucine porte au bon pere Denis, ou pource que Bacchus naquist en ce mois-là, du nom duquel ils ont aussi appellé l'isle de Naxe Dionisienne : mais ce sont choses qui arriuent rarement & contre les loix de la nature vniuerselle, com-

Comment les femmes se trompent au temps de la conception. me parlent les Philosophes. Ioint que les femmes se trompent souuent en la sup-putation des mois, tellement qu'elles pensent enfanter à huit mois, combien que ce soit au neufiéme, car aucunes ont leurs fleurs le deuxiéme mois d'apres la con-ception, & pour cela ne pensent pas estre enceintes : combien toutesfois qu'elles le soyent. Et Aristote declare en termes tres-clairs qu'il aduient plusieurs erreurs l. 10. de hist. animal. c. 3. au temps de la conception. *Il y en a* (dit-il) *qui estiment qu'on ne peut conceuoir, sinon qu'il se fasse éiaculation de la semence de part & d'autre en vn mesme temps :* Or elles se trompent, parce qu'vn corps de bonne habitude la jette plustost. Comme ainsi soit donc que cette semence soit tres-puissante, elle ne se corrompt pas, ains estant attirée par la matrice est gardée pour le meslange qui se doit faire peu apres. Mais celles-là se trompent aussi, lesquelles ne pensent point auoir conçeu, sinon que leur matrice demeure seiche, & qu'elles n'ayent retenu toute la semence : parce que la matrice de beaucoup de semence qui vient tant de l'homme que de la femme n'en attire qu'autant qu'elle peut , & puis qu'autant qu'elle en doit attirer. Plusieurs ont donc desia conçeu, lesquelles toutesfois ne pensent point estre enceintes : & qui empeschera qu'elles ne comptent six pour sept, & huit pour neuf, bien que faussement. L'enfantement du neufiéme mois est le plus vital & legitime de tous : comme celuy qui tient le milieu entre les extremitez , & fort familier & ordinaire à Nature. Touchant celuy du dixiéme Hippocrate en parle amplement aux liures de la nature de l'enfant , & de l'enfantement septimestre. Neptune dans Homere parle ainsi à sa Nymphe. Plusieurs sont grosses qui ne pensent pas auoir conçeu. L'infantemét nonimestre est le plus legitime. Le decimestre est vital. Au liure vnzième de l'Odissée.

> *Femme resiouys-toy, l'An ayant fait son tour*
> *Tu feras deux beaux fils gages de nostre amour :*
> *Car des Dieux point ne sont les embrassemens vains.*

C'est à dire au bout de dix mois. Car l'an des Aeoliens & des anciens Romains estoit seulement de dix mois : Or qu'Homere fut Aeolien , c'est chose tres-certaine. Mais à sçauoir s'il se peut faire l'vnziéme mois, on en est en vn tres-grand debat : Hippocrate semble auoir eu diuerses opinions touchant iceluy. Car il met au liure de la nature de l'enfant, le dixiéme mois pour le plus long terme de la grossesse , quand il dit : *L'enfant naist dans dix mois qui est le terme le plus long.* Or celles qui pensent porter vnze mois , se trompent au nombre des iours & au temps de la conception. Car la matrice est par fois remplie de vents & donne vne fausse apparence de conception : la matrice s'enfle aussi souuentefois à cause de la suppression des fleurs, & lors elles pensent auoir conçeu, & comptent le iour de leur grossesse de l'heure de la suppression de leurs mois. Aristote (lequel a pris d'Hippocrate la pluspart de ce qu'il a écrit de la nature des animaux ; combien que tres-ingrat il n'ait fait aucune mention de luy) reproue les femmes qui disent auoir porté leurs enfans vnze & douze mois. *Le commencement de la conception est* (dit-il) *caché aux femmes, si ayant auparauant la matrice enflée, elles viennent par apres à auoir habitation & à conceuoir : Car elles cuident que ce soit le commencement de la conception, encore que ce ne le soit point.* Hippocrate a donc mis pour le plus long terme, le dixiéme mois. Et Vlpian n'admet point à la succession legitime ceux qui naissent apres le dixiéme mois. Mais au liure de l'enfantement septimestre & octimestre il reconnoist l'vnziéme. On pourra peut-estre accorder ces passages, si on dit que le dixiéme mois entier & parfait est le terme le plus long de la grossesse, & que la femme ne peut porter vnze mois accomplis : que si elle enfante quelquefois en l'vnziéme mois, que c'est les premiers iours seulement. Et c'est ce qu'a voulu Hippocrate quand il écrit que quelques femmes paruiennent iusques à l'vnziéme mois, c'est à dire au commencement de l'vnziéme. Il y en a qui veulent qu'elles puissent porter douze , treize & quatorze mois. Massurius écrit que L. Papirius Preteur condamna par arrest le se- Celuy d'vnze mois est en controuerse. Comment les femmes se trôpent au temps de la conception. Aristote ingrat enuers Hippocrate. Lib. 7 c. 4. de hist. animali. Conciliation des passages d'Hippocrate. lib. de octim. partu. Que les femmes peuuent porter 13 mois, authorité de Massurius, voy Pline c. 5. l. 7.

cond heritier, sur le rapport que fist la mere du posthume de l'auoir porté treize
mois parce qu'il ne semble pas qu'il ait esté limité aucun terme à l'homme
pour porter ses enfans. Auicenne dit auoir veu vn enfant nay au quatorziéme.
Mais si ces choses arriuent quelquefois, il faut croire qu'elles sont rares & hors de
la consideration de la Medecine. Concluons donc que le premier terme de l'enfantement humain est le septiéme mois, & le dernier l'vnziéme, & ceux d'entre-
deux, le neuf & le dixiéme. Voyons maintenant quels sont les enfantemens de
sept, d'huit, de neuf & de dix mois: combien ils doiuent auoir de iours, & comment il faut compter les mois & les iours de la grossesse. Car c'est sur ce piuot que
tourne toute la dispute: & ce labyrinthe est enuironné d'vn si grand nombre de
destours, qu'à peine aucun s'en pourra-il despestrer s'il ignore la nature des mois,
dixaines, semaines & iours Hippocratiques. Entendez donc en peu de mots ce
qu'il en faut sçauoir. Le mois selon les Astrologues est diuers: l'vn est Solaire,
l'autre est Lunaire, & l'autre Commun, c'est à sçauoir le mois du Calandrier de
Iulian. Ce mois-là est dit Solaire, durant lequel le Soleil fait trente degrez du Zodiaque: & est tousiours de trente iours. Le mois Lunaire selon Galien, est de deux
sortes, l'vne d'apparition & l'autre de progression: Il appelle mois de progression
toute l'espace qui est depuis vne conjonction de la Lune auec le Soleil iusques à
l'autre, & est de vingt-neuf iours & demy. Le mois d'apparition a seulement
vingt-sept iours, parce qu'on en oste les trois iours que la Lune comme cachée,
ne nous departit point sa clarté. Le mois commun du Calendrier n'est pas tousiours composé d'vn pareil nombre de iours: Car Feurier n'en a que vingt-huit,
Auril trente, & Iuillet trente & vn. Telle est la diuersité des mois. Or quel est le
mois Hippocratique, c'est chose qui n'est pas encor assez bien resoluë. Il y en a
qui ne reconnoissent que le mois Lunaire, & celuy de progression en la supputation de l'enfantement. Cette opinion peut estre confirmée par l'authorité d'Hippocrate. Car incontinent des l'entrée du liure de l'enfantement du septiéme mois
il écrit que deux mois sont composez de cinquante neuf iours: & que cinq mois
font cent quarante sept iours & demy. Or cinq fois vingt-neuf font cent quarante cinq, ausquels si tu adioustes deux iours & demy, tu feras cent quarante sept
iours & demy, tellement que chaque mois soit de vingt-neuf iours & demy. Galien ne reconnoist ny aux iours crytiques ny en l'enfantement que les mois Lu-
naires. Et au commentaire sur le liure de l'enfantement septimestre, il estime que
les enfans ne viuent point apres les deux cens & quatriéme iour. Moy au contraire ie prouue par la supputation du mesme Hippocrate, que les mois Hippocratiques sont solaires & de trente iours. Car il écrit *que l'enfantement à sept mois a*
trois dixaines de semaines: En chaque dixaine il y a soixante & dix iours. Or trois
dixaines de semaines font en tout deux cent dix iours. Et pourtant si l'enfantemét
septimestre est de deux cens dix iours, chaque mois sera de trente, parce que sept
fois trente font deux cens dix. Dauantage il écrit au mesme liure *qu'il se fait enfan-*
tement parfait à neuf mois & dix iours. Or neuf fois trente font deux cens soixante
& dix iours: que si tu y en adioustes encore dix, tu auras deux cens quatre vingts
iours. Il écrit semblablement *que l'enfantement de deux cens & quarante iours, que*
tous disent estre de huit mois, est & n'est point. Or deux cens & quarante iours accomplissent huit mois solaires. Outre-plus tout ce qui meut en septante iours est
parfait en trois fois autant de temps. Or trois fois septante font deux cens dix
iours, qui sont sept mois accomplis. Finalement que la supputation des mois en
la grossesse se doiue faire par les mois Solaires de trente iours, il l'enseigne tres-

Auicenne dit
auoir veu vn
enfant nay à
quatorze mois.
Conclusion.

Qui sont les en-
fans de 7. 8. 9.
10. & 11. mois.

Le mois est ou

Solaire, ou

Lunaire, ou

Commun.

Aucuns veu-
lent que le mois
Hippocratique
soit Lunaire.

L'autheur au
contraire qu'il
soit Solaire.
l. de princip.

li. do alimen.

Sect. 3. lib. 2.
epidem.

lib. de octim. partu.

clairement quand il dit, *La nouuelle Lune est vn iour, & la trentiéme partie d'vn mois: deux iours sont la quinziéme partie d'vn mois, ainsi que trois iours font la dixié-me.* Les mois de l'enfantement sont donc (à mon aduis) plustost Solaires que Lunaires. Et de fait le Soleil a plus de puissance pour la generation que la Lune, d'où Aristote le nomme *estoille salutaire & procreatrice*, parce qu'il engendre & produit toutes choses. *Le Soleil, dit-il, & l'homme engendrent vn homme.* Quant aux dixaines & septaines d'Hippocrate, il n'y a rien qui nous doiue retarder: Car ce sont choses plus claires que le Soleil. Chaque dixaine est de soixante & dix iours, & chaque semaine de sept. Il ne reste plus qu'vne difficulté à oster, laquelle m'a trauaillé fort long temps : sçauoir est, pourquoy la supputation des iours qui accomplissent l'enfantement du septiéme mois n'est point tousiours semblable en Hippocrate. Car au liure des chairs, il veut qu'il soit enfanté le deux cens dixiéme iour ; & de cet aduis est aussi le Prince des Arabes. Mais au li-ure de l'enfantement septimestre tout dés le commencement il dit, *que les enfans à sept mois naissent en cent quatre-vingts & deux iours auec vne partie d'vn iour.* Il repete le mesme au liure de l'enfantement octimestre : où il veut que les enfans à sept mois naissent en demy an & vne partie d'vn iour, qui sont octante deux iours & quinze heures. Quelques Interpretes pour se despestrer de ces lacs ont dit hardiment que le liure de l'enfantement septimestre n'estoit point d'Hippo-crate ; ou à tout le moins que ce passage estoit corrompu. Nous au contraire disons plus hardiment qu'il est vrayement d'Hippocrate, car Galien l'a esclaircy de commentaires, desquels i'ay encore chez moy quelques fragmens : Et les Iu-risconsultes au temps que les bonnes lettres florissoient tant à Rome comme à Athenes ont transcript cette sentence en leurs sanctions, comme elle se lit au-iourd'huy. Ie veux donc interpreter ces passages diuers non toutefois contrai-res en la maniere qu'ensuit : La latitude du septiéme mois est tres-grande , & tous les enfans naissans à sept mois ne naissent point en vn mesme iour : Il y a le septiéme mois commençant , & le septiéme mois parfait, Le septiéme mois commençant est de cent quatre-vingts iours auec vne partie d'vn iour, & le par-faict est de deux cens dix iours. Deuant cent quatre-vingts deux iours les en-fans de sept mois ne viuent pas, tellement que ce soit-là le premier terme de l'en-fantement à sept mois: & apres deux cens dix iours il ne doit plus estre dit à sept mois. Ces premiers enfantemens-là sont agannis, languides & debiles, mais vitaux toutesfois ; & ces derniers cy forts & robustes. Hippocrate a donc ex-primé aux deux passages alleguez , les deux extremitez de l'enfantement à sept mois , à sçauoir le premier & le dernier terme. Il n'a point fait mention de ceux qui aduiennent entre-deux comme le deux cens quatriéme iour, parce qu'ils se connoissent suffisamment par la nature des deux extremitez. Cette interpreta-tion n'est pas de moy, mais du mesme Hippocrate. Car comme au liure de l'octi-mestre, ceux-là sont dits estre nés à dix mois, non seulement qui ont dix mois accomplis, mais qui ont attaint quelques iours du dixiéme. Ainsi ceux doiuent estre dits à sept mois, lesquels auec six mois entiers, ont attaint quelques iours dans le septiéme. Il s'explique plus clairement au liuret de l'aliment: car apres auoir décrit les enfantemens du sept, huit, neuf & dixiéme mois, il tient en fin ce lan-gage. *Ils sont engendrez en ces mois & plus & moins, selon leur tout & selon leurs parties, ou en vne partie du mois ou en tout le mois parfait.* Et ailleurs il veut que les cinq mois qui sont entre le premier & le septiéme soient comptez entiers , mais qu'il n'importe si le premier & le septiéme ne sont point parfaits. Ainsi en la

Pourquoy Hip-pocrate en la supputation des iours qui accomplissent l'enfantement septimestre est diuers.

Le liure de l'enfantement septim. est vrayement d'Hippocrate.

Interpretation des passages d'Hippocrate.

lib. de septim. partu.

Aux crises les iours d'en-tre le premier & le dern.er doiuent estre comptez en-tiers.

supputation des iours crytiques, ceux qui precedent la cryse se doiuent compter entiers, mais le iour auquel Nature fait la cryse a vne estenduë fort grande: Car la cryse & icelle salutaire se peut faire au commencement & au milieu & à la fin du sept ou du quatorziéme iour. Il faut donc que les mois qui precedent l'enfantement soient entiers, horsmis le premier. Mais celuy auquel il se fait, lequel répond en proportion au iour crytique, a deux extremitez & plusieurs termes moyens: en tous lesquels si l'enfant sort il peut estre vital. Voilà (à mon aduis) comment il se faut dépestrer de ces sentiers épineux des mois & des iours de la grossesse.

Quelles sont les causes generales & particulieres de l'enfantement

QVESTION TRENTE-ET-VNIESME.

EMOCRITE premier Philosophe de son temps se plaint que la verité est cachée au profond d'vn puys: Et les Pyrrhoniens disent que tout aduient à l'auanture, & qu'on ne sçauroit auoir la connoissance certaine d'aucune chose. Aristote a beaucoup mieux philosophé, quand il a dit. *De toutes les choses qui se font selon les loix de Nature, les causes en sont naturelles connuës aux seuls Philosophes:* Ce que l'admirable Hippocrate auant la naissance de la Philosophie

lib. de Aere, loc. & aquis.

auoit laissé par écrit en ces mots. *Rien ne se fait en Nature sans Nature,* c'est à dire sans vne cause naturelle. Si quelqu'vn nie les causes auec Heraclite, il entre en vn labyrinthe d'absurditez, & bannit toute science & demonstration de l'vniuers. Car sçauoir (dit le Philosophe) *est connoistre la chose par sa cause.* Comme ainsi soit donc que l'enfantement soit vne action naturelle, & que les termes d'iceluy soient si diuers, il nous faut arrester quelque peu pour en rechercher les causes. Or des

Les causes vniuerselles de l'enfantement. Sont deux.

causes de l'enfantement les vnes sont generales, les autres particulieres. Des generales, lesquelles ne sont pas seulement communes à l'homme, mais aussi à tous les animaux: les vnes sont du costé de l'enfant, & les autres du costé de la matrice? parce que l'enfantement se fait par vn effort commun de l'enfant & de la mere. Hippocrate exprime fort bien la cause qui est du costé de l'enfant, sçauoir est le

l.de nat. puer.
La premiere est du costé de l'enfant.

defaut de l'aliment solide & spirituel, quand il dit: *Lors que l'enfant est deuenu plus grand, la mere ne luy peut plus fournir de nourriture suffisante & propre, parquoy cherchant de l'aliment en plus grande quantité, en pietinant & regimbant, il déchire les membranes, & estant ainsi dépestré de ces liens il sort dehors.* La masse qui est vne chair oyseuse & informe, se peut porter dix-huit ans, d'autant qu'elle ne se nourrist ny ne respire point: Elle ne desire donc ny ne cherche point d'aliment ny d'air, ny par consequent de sortir. Il s'engendre quelquefois en la matrice de la femme des monstres & des animaux estranges, comme des serpens & des taulpes, lesquels d'autant qu'ils sont exangues & qu'ils n'ont gueres de chaleur, contens de la seule transpiration, demeurent aux cachettes de la matrice par plusieurs années, & n'en sortiroient iamais de leur bon gré, s'ils n'estoient chassez hors ou par la force de la matrice, ou par l'aide de la Medecine. Le defaut & la disette de nourriture est donc la premiere cause generale de l'enfantement.

Et la seconde du costé de la matrice.

Il y en a vne seconde qui est du costé de la matrice: Car ayant vne quantité & magnitude determinée, outre laquelle elle ne se peut estendre ny dilater: si

elle eſt vne fois paruenuë à icelle par l'accroiſſement de l'enfant, eſtant en fin
chargée d'vn trop lourd fardeau, elle taſche de le mettre bas. Ainſi le diuin Hippocrate dit que les auortemens arriuent à raiſon de la petiteſſe de l'amarry, lors à   1. de morb.
ſçauoir que l'enfant eſt tant accreu que la matrice ne le peut plus contenir. *Les*   mulier.
matrices (dit-il) *ont des natures particulieres, leſquelles cauſent les auortemens* : Or
entre ces natures-là il met la petiteſſe de l'amarry. Doncques l'enfant demandant
de la nourriture plus largement, & la matrice ne pouuant porter plus long temps
cette extreme diſtenſion, font l'enfantement.

Les cauſes particulieres regardent l'enfantement humain, parce qu'il n'y a   *Les cauſes*
que la femme ſeule qui ait des termes diuers & incertains pour porter & enfan-   *particulieres.*
ter : Or de cette diuerſité les cauſes ſont fort diuerſes. 1. C'eſt choſe notoire que les beſtes ne ſont pas agitées des aiguillons d'amour qu'en certains
temps : tout ainſi donc qu'elles ont certains temps pour la copulation, auſſi
ont elles pour porter & deſcharger leur ventre. Mais la femme comme elle ſe
jette en tout temps, iours & heures aux embraſſemens, auſſi enfante-elle en
toutes les ſaiſons de l'année. Or les termes de porter les enfans ſont pluſieurs
& diuers en l'homme, non point du coſté de la cauſe agente vniuerſelle, c'eſt
à dire de Nature. Car la faculté de Nature eſt vne & meſme en l'homme & aux
beſtes, ſes mouuemens pareils & ſes loix ſemblables : mais à raiſon de la diuerſité de la matiere, laquelle ſouffre plus d'alterations & de changemens en
l'homme qu'aux beſtes. 2. Les beſtes víent touſiours d'vne meſme façon de viure : là où l'homme vſe d'vne diette fort diuerſe & extra-ordinaïre. 3. Les beſtes ayans vne fois chargé ne veulent plus admettre le maſle, mais la femme
bien qu'enceinte ne refuſe iamais les embraſſemens de l'homme, qui ne cauſe
point vne petite alteration au fœtus tendret. 4. Les beſtes ne ſont point agitées
des paſſions de l'ame : Or combien elles ſont nuiſibles à l'homme, chacun   *Au charmi-*
l'eſprouue iournellement en ſoy-meſme : Et Platon écrit fort bien *que la plus*   *des.*
grande partie des maux que le corps endure viennent de l'ame. 5. Il y en a qui la rapportent à la diuerſe nature de la ſemence, de ſorte que l'vne s'auance pluſtoſt,
& l'autre plus tard. 6. Adjouſtons encore à ces raiſons la prouidence ſinguliе-
re de Nature à conſeruer l'eſpece humaine qui eſt la cauſe finale : Car comme
elle eſt plus ſoigneuſe de l'homme (lequel Pline appelle les delices de la Nature)
que des brutes, auſſi luy a elle donné pluſieurs termes & de porter & d'accou-
cher. Or les termes d'accoucher ſont le ſept, le huit, le neuf, le dix & l'vnziéme   *Pourquoy l'en-*
mois. Mais pourquoy les enfans viuent à ſept & à neuf mois & non à huit : c'eſt   *fant ſeptime-*
comme on dit ; où giſt toute la difficulté. Car les opinions des Pythagoriciens,   *ſtre eſt viable*
Geometriens, Aſtrologues & Medecins ſont fort diuerſes ſur cette queſtion,   *& l'octimeſtre*
leſquelles à raiſon de leur diuerſité & de la beauté du ſujet, ie delibere éplucher &   *non.*
deſcrire icy par le menu.

Les Pythagoriciens & Arithmeticiens rapportent toutes choſes aux nombres.   *Opinion des*
Car ils mettent trois ordres & degrez aux choſes : des eſpeces, des figures & des   *Pithagoriciens*
nombres : entre leſquels les nombres s'attribuent le premier lieu, & meſmes   *touchant les*
nous liſons aux ſaints cahiers de la bible, que toutes choſes ont eſté diſpenſées   *nombres.*
par *nombre, poids & meſure.* Des nombres les vns ſont pairs, les autres impairs. Ils
appellent les pairs femelles & les impairs maſles. Ils veulent que ceux-là ſoyent
imparfaits, diuiſibles & ſteriles : & ceux-cy parfaits, fertiles & indiuiſibles : &
que pour cette raiſon ils tiennent nature de principe. Car de deux impairs, le pair ·

De la Generation de l'Homme,

L'excellence du septenaire. eſt engendré : mais le pair n'engendre iamais l'impair. Or entre les impairs le ſeptenaire ſe vendique le premier lieu : la majeſté & diuinité duquel a eſté en ſi grande eſtime entre les Anciens, qu'ils ſont nommé *ſacré & venerable*. Et meſme les Mages des Indes & les Preſtres Egyptiens le nommoient *le nombre du* li. de mundo. *grand & du petit monde*. Philon Iuif luy donne la prerogatiue, que ſeul entre tous, *il n'engendre pas, & n'eſt pas engendré*. Car des autres nombres qui ſont au deſſous de dix, les vns engendrent & ne ſont point engendrez ; comme l'vnité : les autres ſont engendrez & n'engendrent point comme l'octonaire ou le huit : & les autres engendrent & ſont engendrez, comme le quartenaire ou quatriéme : il n'y a que le ſeptenaire qui n'eſt point engendré & n'engendre point. Et d'icy vient ſa dignité & ſa perfection. Car ce qui n'engendre pas & n'eſt pas engendré, demeure immobile. Les Pythagoriciens l'appelloient *le lien & nœud de la vie hu-* In ſomno Scipionis. *maine* : Et Ciceron approuuant ce nœud diſoit qu'il eſtoit *le nœud de toutes choſes*. Ce nombre icy eſt fort harmonieux & comme la ſource d'vne tres-belle figure, parce qu'il contient tous les accords de muſique, le Diateſſaron, le Diapenté, le Diapaſon, & toutes les proportions, Aritmetique, Geometrique & Harmoni- *Opinions des Theologiens touchant iceluy.* que. Les Theologiens l'appellent *nombre de perfection*, à cauſe que toutes choſes furent paracheuées au ſeptiéme iour d'où ils appellent la ſemaine *Teleſphoron*, c'eſt à dire amenant à ſa fin & perfection : *Nombre de repos*, pource que Dieu ſe repoſa de ſes œuures au ſeptiéme iour. *Nombre de ſanctification*, parce que Moyſe le recommanda aux enfans d'Iſraël comme le plus celebre : *Nombre de vengeance : Nombre de penitence : Nombre de beatitude :* De-là eſt tirée ce dire commun, *O trois & quatre fois heureux*. Des loüanges du ſeptenaire, Philon Iuif & Linus poëte tres-ancien en ont écrit beaucoup de choſes. Ie paſſe expres pluſieurs ſemblables contemplations qui ont eſté remarquées à la loüange de ce nombre, comme qu'il y a ſept merueilles au monde : que les ſages de la Grece ont eſté ſept : que les grands & petits Septentrions ſont au Ciel le meſme nombre : que le Ciel eſt enuironné de ſept cercles ou ceintures : qu'il y a ſept eſtoilles errantes : que l'ourſe eſt faite de ſept eſtoilles : que les cœurs des Pleyades ſont compoſez de ſept eſtoilles : que les choſes qui ſe voyent ſont ſept : que les changemens de la voix ſont ſept : que les mouuemens Phyſiques & naturels ſont ſept : que les Grecs ont ſept voyelles : qu'il y a ſept aages, que le ſeptiéme, l'aage doré eſt encor à venir : que le Nil à ſept bouches : qu'il y a ſept metaux ; ſept ars liberaux, ſept feneſtres en la teſte, ſacrée for18tereſſe de Pallas : ſept cauſes des actions humaines : ſept villes qui querellent pour la naiſſance d'Homere . que le ſeptiéme fils par vne proprieté admirable & occulte guarit les écroüelles : que la ſeptiéme fille aide & facilite l'enfantement par ſa preſence : que l'herbe nommée Heptaphylon, c'eſt à dire à ſept fueilles, reſiſte aux poiſons. Ie paſſe dis-ie toutes ces choſes exprés, parce que ſous le pretexte des nombres pluſieurs ſuperſtitions & badineries ſe ſont fourrées & miſes en vogue parmy le peuple trop credule, pour venir aux demonſtrations des Philoſophes & des Medecins. C'eſt vne choſe digne de memoire qu'ils *L'opinion des Philoſophes, & des Medecins.* l. de princip. ont remarqué que noſtre vie eſt diſpenſée par ſeptenaires. *Que l'aage de l'homme* (dit Hippocrate) *ſoit diſpenſé par le nombre ſeptenaire de iours, il ſe peut auſſi reconnoiſtre, parce que de ceux qui ne veulent point du tout manger ne boire par ſept iours, pluſieurs meurent dans ces iours-là : Il y en a qui les paſſent, & toutesfois ils ne laiſſent point de mourir : par ce que le boyau ieiunum ſe retire, & que le ventricule pour auoir eſté long temps ſans rien faire, ne ſe reſouuient plus de ce qui eſt de ſon deuoir.* La ſemence

mence qui n'eſt point rejettée dans ſept heures apres que l'homme en a fait l'éjaculation, eſt dite auoir vie. Au ſeptiéme iour d'apres la conception apparoiſſent
les rudimens & premiers filets de toutes les parties ſpermatiques, *& la geniture*
(dit le ſouuerain dictateur) *a au ſeptiéme iour tout ce que le corps doit auoir.* Les
enfans viuent à ſept mois & non pas à huict. Le ſeptiéme iour d'apres ſa naiſſance il iette les reſtes de ſon nombril. Apres deux fois ſept iours il commence à
mouuoir ſes yeux à la lumiere ; apres ſept fois ſept iours il tourne librement &
ſes prunelles & tout ſon viſage pour ſuiure tous les mouuemens. Les dents luy
commencent à ſortir à ſept mois ; apres deux fois ſept mois il demeure aſſis ſans
crainte de tomber : apres trois fois ſept mois il forme & dearticule ſes paroles ;
apres quatre fois ſept mois il marche ; apres cinq fois ſept mois il commence à
hayr le tetin. A ſept ans les dents luy tombent, & ſe fait, comme écrit Hippocrate, la troiſiéme generation des dents par les alimens ſolides ; alors il a la parole parfaicte, d'où les ſept voyelles entre les Grecs. Deux fois ſept ans paſſez,
apparoiſſent les marques de puberté : Car les filles ont leurs fleurs, les mammelles leur groſſiſſent, leurs parties honteuſes ſe couurent d'vne nouuelle toiſon, &
tout le corps leur fretille de volupté. Et pour le regard des maſles, il commencent à s'échauffer, qu'on appelle bouquiner, à muër la voix, & à eſtre piquez
des aiguillons de la volupté venerienne, à cauſe que la chaleur naturelle vient à
éclatter & à dominer. Apres le troiſiéme ſeptenaire ils paruiennent à l'âge ferme. Au quatriéme, cinquiéme & ſixiéme ſeptenaires les forces demeurent fermes en leur vigueur, & cet âge-là eſt dit l'âge viril & conſtant. Le ſeptiéme ſeptenaire eſt le nombre quarré. Le neufiéme eſt l'an climateric, lequel eſt eſtimé *L'an clima-*
tres-dangereux & fatal. Car on a remarqué de fort long-temps (comme écrit *teric.* *lib. 15. cap. 7.*
Aule Gelle) en pluſieurs anciennes perſonnes, que cet an vient ordinairement
auec peril & perte ou de la vie, ou de la ſanté du corps ou de l'eſprit. Touchant
cet an climateric, on trouue dans ledit Autheur vne belle congratulation de *Epiſtre d'Au-*
l'Empereur Auguſte à ſon nepueu Caius, *Dieu te garde,* dit-il, *mon Caius, petit* *guſte à ſon* *nepueu Caius.*
œil de qui dépend tout mon contentement, lequel certes ie ſouhaitte touſiours quand tu
es abſent de moy : mais principalement en tels iours, comme eſt celuy d'auiourd'huy :
mes yeux regrettent mon Caius, qui en quelque endroit que tu ſois, as (comme ie croy)
ioyeux & ſain celebré ma natiuité de l'an ſoixante & quatre : Car comme tu vois i'ay
échappé l'an climateric & danger commun de tous les vieillards, à ſçauoir l'an ſoixan-
te & troiſiéme. Le dixiéme ſeptenaire qui fait l'an ſeptantiéme eſt eſtimé la borne & fin de la vie ; Ce que le Prophete Royal remply du ſainct Eſprit ſemble nous
auoir chanté en ces termes.

> *Les iours humains volontiers ne reuiennent*
> *Qu'à ſeptante ans, & ceux-là qui paruiennent*
> *A quatre-vingts, acheuent languiſſans*
> *Par maints trauaux le reſte de leurs ans.*

Pſal. 90.

Tous les iours, mois & ans ſeptenaires (leſquels on appelle *Hebdomaticos*)
ſont donc bien à conſiderer, parce qu'en iceux arriuent aux corps des inſignes
changemens & mutations : & pour cette raiſon Marcille Ficin grand Platonicien aduertit ceux qui deſirent prolonger leur vie, de conſulter tous les ſept ans
les Aſtrologues & Medecins ; les Aſtrologues certes, afin d'apprendre d'iceux
les dangers qui les menaçent ; & les Medecins afin qu'en leur preſcriuant vne

De la Generation de l'Homme,

bonne maniere de viure ils éuitent les menaces & forces malefiques des aftres:

7. de hift. ani. Ariftote attribuë au feptenaire cecy, comme bien notable, c'eft qu'en chaque feptenaire il arriue de tres-grandes mutations aux corps. Et Galien baillant les preceptes de la fanté, diftingue les differences des âges par les feptenaires. A bon droit donc les Pythagoriciens ont-ils nommé le feptenaire *le principe de toutes chofes:* Ciceron *le nœud & lien de toutes chofes:* Car il a double puiffance de lier: & les Medecins perfuadez par vne experience certaine, l'ont nommé *Roy entre les iours crytiques.* C'eft pour raifon de la dignité de ce nombre que les Pythagoriciens & les Arithmeticiens veulent que les enfans foient vitaux à fept mois, parce qu'ils ont vn nombre impair, & iceluy tres-parfait: & femble qu'Hip-

li. de feptim. partu. pocrate ait mefme recognu cela, quand il veut *Que les enfantemens à fept mois foient vitaux, parce qu'ils ont attaint vn nombre entier & parfait de fepmaines. Et que ceux qui naiffent à huiĉt ne le foient point, parce qu'ils n'ont point acheué les*

l. de princip. *dixaines entieres de fepmaines.* Il écrit auffi *que les conceptions, auortemens & en-fantemens fe iugent aux mefmes termes que les maladies.* Or toutes les maladies prefques fe iugent aux iours impairs, & n'y a que les feptenaires qui foient vraye-

Le dixiéme eft vn nombre parfaiĉt. ment crytiques. Que fi tu objeĉtes le dixiéme mois, auquel bien qu'impair & femelle, l'enfantement ne laiffe pas d'eftre vital & legitime. Les Pythagoriciens répondent que le dix eft la perfeĉtion de tous les nombres, & qu'il contient en foy tous les nombres parfaits. Telle donc eft l'opinion des Pythagoriciens & Arithmeticiens touchant la caufe de l'enfantement à fept & à huiĉt mois, rap-

Aduis de l'au-theur fur les nombres. In Metaphyf. portans toutes chofes à la puiffance des nombres. Quant à moy ie croy auec Ariftote que le nombre n'a aucune faculté aĉtiue de foy: Car c'eft vne quanti-té: Mais la raifon du nombre, qui eft comme vne certaine forme du temps de-terminant & paracheuant toutes les œuures de Nature, fait des chofes admi-

Sur la fin du li. des Principes. rables & grandes. Hippocrate a quelquesfois promis d'expliquer cette rai-

L'opinion des Aftrologues touchans les enfans à fept mois. Saturne. fon, & comme neceffité de Nature. Les Aftrologues & faifeurs de natiuité rapportent la caufe de l'enfantement de fept, huiĉt & neuf mois aux diuers afpeĉts des planettes: Car ils donnent à chacun d'iceux la domination & le gouuernement d'vn des mois de la groffeffe, & veulent que Saturne domine au premier, lequel par fa frigidité & fa fechereffe retient la femence liquide & humide, & l'épaiffit pour la conception: Iuppin prefide au deuxiéme, lequel

Iuppiter. par fa tiedeur & fa chaleur viuifiante donne l'accroiffement: Mars au troi-

Mars. fiéme, lequel par fa chaleur & fa fechereffe commence à mouuoir & manier les membres: Le Soleil au quatriéme, qui par fa chaleur grande élargit &

Le Soleil. accroift tous les meats & conduits: Venus au cinquiéme, qui concilie la beauté

Venus. Mercure. La Lune. & la bonne grace à l'enfant: Mercure au fixiéme, lequel ajance, polit & rend parfaits les organes du mouuement. Et la Lune au feptiéme, laquelle remplit de chair & de graiffe les efpaces d'entre les fibres, & relafche par fon humidi-té l'orifice de la matrice pour rendre l'enfantement plus facile. L'enfant orné des dons de ces planettes, s'il fort au feptiéme mois, fera vital: que fi à raifon de fa foibleffe, il ne peut fortir hors des cachots de la matrice: le malefique Sa-turne, ennemy des principes de la vie, vient derechef à dominer, par la domi-nation, ou pluftoft tyrannie duquel l'enfant eft retenu captif: Et pourtant s'il fort en ce mois, il meurt incontinent, eftant deftitué & priué de la chaleur. Ioint qu'il ne peut fupporter vn changement fi foudain de la Lune à Saturne, comme du plus bas efchelon de l'efchelle au plus haut: Car *tout foudain chan-gement eft ennemy de Nature.* Que fi l'enfant paffe le huiĉtiéme mois, le benin

Iuppiter retourne en quartier, lequel par son regard amiable, chasse & efface tous les malefices de Saturne. Et c'est la raison pourquoy il sort vital au neusiéme mois, comme il fait aussi au dixiéme & vnziéme ; à raison de l'alliance & proximité qu'ont Mars & le Soleil auec les principes de la vie. Telle donc est l'opinion des Astrologues sur les causes de l'enfantement, laquelle est elegante & de belle monstre, mais totalement pleine d'erreur ; & de laquelle, Picus Prince de la Mirande, refute la vanité en vn liure qu'il a fait exprez contre iceux. Car comment se peut-il faire que Saturne domine tousiours au premier & au huitiéme mois, veu que la femme peut conceuoir en toutes les saisons, iours & heures de l'an ? Pourquoy est-ce que les Cerfs, comme écrit Aristote, sont tousiours vitaux à huit mois. Pline estime qu'il n'y a seulement des enfans à sept mois ; que ceux-là qui soyent vitaux ; lesquels ont esté conceus le iour de deuant ou celuy d'apres la pleine Lune, ou bien au temps d'entre la vieille & la nouuelle Lune. Mais ce sont choses feintes à plaisir. Les Geometriens rapportent la cause de l'enfantement à la proportion de la conformation & du mouuement ; Car ils veulent qu'il y ait vne proportion double de temps, de la conformation au mouuement, & vne triple du mouuement à l'enfantement. Ils disent donc que si l'enfant garde cette proportion, qu'il sera vital. Ainsi ceux qui naissent à sept mois sont vitaux, parce qu'ils sont formez à trente cinq iours, qu'ils ont mouuement à septante, & qu'ils naissent au deux cens dixiéme. Cette opinion peut estre confirmée par l'authorité d'Hippocrate, quand il dit, *Que tout ce qui se meut au septantiéme iour, est parfait en trois fois autant de temps.* Mais Auicenne la refutte : Car si cette seule proportion du temps de la conformation, du mouuement & de l'enfantement estoit cause que l'enfant fut vital, ceux qui naissent à huit mois seroient vitaux, aussi bien que ceux qui naissent à sept, parce qu'ils gardent la mesme proportion. Car posons que l'enfant soit formé à quarante iours, il aura mouuement à octante, & sortira au monde le deux cens quarantiéme : La proportion sera exactement gardée en cet enfantement, parce que deux fois quarante font octante ; & trois fois octante, deux cens quarante : & toutefois *l'enfantement de deux cens quarante iours.* Lequel tous les interpretes disent estre celuy de huit mois *est & n'est point.* L'authorité d'Hippocrate n'est pas contraire à nostre opinion. Car il n'a iamais voulu que cette proportion fut cause que l'enfant est vital : Mais il dit simplement & absoluëment, qu'il y a vne certaine proportion entre la formation, le mouuement & l'enfantement ; chose que personne ne reuoque en doubte. Il reste maintenant que nous declarions les causes des Philosophes & des Medecins.

Nature, combien qu'elle n'ait point esté enseignée, a certaines loix qu'elle s'est elle mesme imposée, elle a des mouuemens definis, lesquels elle suit & garde tousiours sans rien innouer ny changer en son ordre ; sinon qu'elle soit empeschée par quelque cause interne ou externe. Tout ainsi donc qu'elle n'entreprend iamais les cryses parfaites, sinon que l'humeur peccante soit alterée & preparée; aussi n'entreprend-elle iamais l'enfantement legitime, sinon que l'enfant soit parfait & accomply de toutes ses parties. Et comme quand les humeurs sont cruës, il ne faut pas (selon Hippocrate) esperer de cryse parfaite. Ainsi l'enfantement ne peut estre legitime ny vital, auant que l'enfant ait atteint sa perfection : Car l'enfantement selon Galien est comme vne certaine cryse. Or auant le septiéme mois, l'enfant ne peut estre parfait ; Il s'ensuit donc qu'il n'y peut auoir d'enfantement vital auant ce temps-là. Or si l'enfant est fort & puissant

Est refuttée. lib. aduersus Astrologos.

lib. 6. de hist anim. cap. 29. L'opinion de Pline au 7. liu. chap. 5.

L'opinion des Geometriens.

sect. 3. lib. 2. epid. Est refutées

li. de aliment. Le passage d'Hippocrate est expliqué.

L'opinion des Philosophes & Medecins.

au septiéme mois il déchirera les membranes, il se fera sortie & viura, parce qu'il est parfait; & principalement si c'est vn fils. Mais il ne viura point à huit mois, encore qu'il soit parfait, parce qu'il ne peut supporter deux efforts qui s'entresuiuent de si prés. Car il a fait vn grand effort pour sortir le septiéme mois, maintenant il reïtere le mesme effort auant qu'auoir reprins ses forces. C'est l'opinion d'Hippocrate, quand il dit, *Touchant l'enfantement de huit mois en voicy mon opinion. L'enfant n'est point assez fort pour endurer deux afflictions qui s'entresuiuent de si prés. Et pour cette cause naissant à huit mois il ne vit point.* Car il aduient qu'ils sont affligez deux fois, & qu'ils sont derechef tourmentez, quand outre les maux qu'ils ont soufferts en la matrice, ils sont aussi contraints d'endurer les douleurs de l'enfantement. Outre-plus l'enfantement octimestre n'est point vital, pource qu'il vient apres le iour de celuy qui deuoit auoir esté à sept, & deuant celuy qui deuoit venir à neuf. D'où l'on doit presumer qu'il est aduenu quelque chose de sinistre ou à la femme enceinte, ou à l'enfant, qui a retardé l'enfantement de sept mois, ou deuancé celuy de neuf. Et c'est là que regarde la sentence de nostre bon vieillard. *Celles*, dit-il, *à qui il ne suruient rien en dedans le terme prescrit pour enfanter, tout ce qu'elles enfanteront sera vital.* Au reste pourquoy la femme ne peut porter plus outre que le dix ou vnziéme mois, Hippocrate en rapporte la cause à *la disette de l'aliment.* Or l'aliment defaut tant pource que la plus grande partie du sang remonte aux mammelles pour l'engendrement du laict, que pource que l'enfant ne se nourrit que du sang doux & pur, lequel la mere ne luy peut plus fournir en quantité suffisante. Et ne faut passer soubs silence, ce qu'Hippocrate remarque au mesme lieu, que l'aliment defaut aux vnes plustost qu'aux autres; Celles qui n'ont point encore eu d'enfans, ont moins de nourriture; parce que le sang n'a point accoustumé de prendre son cours vers la matrice. Il defaut aussi plustost à celles qui ont leurs fleurs & du laict en petite quantité. Mais c'est aussi vne chose bien digne d'estre notée, que les animaux plus grands portent leurs petits plus long temps, parce qu'ils paruiennent plus tard à leur perfection & grandeur. Ainsi l'Elephant ne se décharge qu'au bout de deux ans, au lieu que les pigeons casaniers font tous les mois des petits; mais Nature a donné à l'homme, le plus parfait, le plus sage & le plus temperé de tous les animaux, & qui sert de mesure aux autres, des termes mediocres & pour porter & pour enfanter, c'est à sçauoir le sept & le neufiéme mois; pourueu que toutes choses se fassent naturellement, & qu'il n'arriue rien de sinistre dans le temps prescrit & limité.

A ſçauoir ſi en l'enfautement deſeſperé on doit tenter la ſeƈtion Cæſarienne.

QVESTION TRENTE-DEVXIESME.

A RISTOTE a laiſſé par écrit qu'entre tous les enfantemens, celuy de l'homme eſt le plus laborieux, tant pource qu'il vit plus delicatement, & qu'il mene vne vie ſedentaire, que pource qu'il a le cerueau plus grãd & la teſte plus groſſe, auſſi long temps principalement qu'il eſt dans la matrice : Or l'homme naiſt ordinairement la teſte deuant. Cet enfantement ſurpaſſe, comme recite Galien, toutes les merueilles de Nature : Car l'orifice de la matrice, lequel durant tout le temps de ſa groſſeſſe eſtoit tellement ſerré & ſi exactement fermé que la pointe d'vne aiguille n'y euſt ſçeu entrer, s'ouure maintenant en ſorte que l'enfant vient au monde par iceluy. Mais il ſe rencontre ſouuentesfois pluſieurs empeſchemens & arreſts qui ferment & barrent cette ſortie naturelle, comme ſont la groſſeur & grandeur de l'enfant, le col & orifice de la matrice trop eſtroits de Nature, leur diſtortion & inflammation : Comme auſſi quelque tumeur, carnoſité, ou cicatrice qui y eſt ſuruenuë, & la vicieuſe conformation des os du penil. Car on trouue bien ſouuent en la partie interieure de l'os barré vne apophyſe ſtyloïde qui ferme le chemin à l'enfant qui ſe preſente pour ſortir. Alors on ne peut eſperer d'enfantement, & partant ou l'enfant meurt, ou la mere, ou tous les deux enſemble. En ce deſeſpoir que faut-il faire ? Si la mere eſt morte, & que l'enfant viue encore, il faut ſans tarder ouurir la mere : Et ceux qui naiſſent de cette façon ſont nommez *Cæſars & Cæſons*; Et de là eſt venu le nom des *Cæſars*, Pline écrit que Scipion l'Afriquain l'aiſné, Iules Cæſar & Manlius naſquirent ainſi. Que ſi la mere eſt encore viuante, & que l'enfant ne puiſſe en aucune maniere ſortir par la voye ordinaire, la meſme ſection peut auſſi eſtre adminiſtrée ſans danger de mort. Car l'experience nous apprend iournellement que les playes des muſcles de l'épigaſtre & du peritoine ne ſont point mortelles, & l'authorité des anciens Medecins nous le perſuade auſſi. Hippocrate commande *d'ouurir incontinent les hydropiques* : Or cette inciſion ſe fait auec playe des muſcles de l'abdomen & du peritoine. Mais auſſi que les playes de la matrice ne ſoient pas mortelles, Æginete l'enſeigne, quand il écrit, *que toute la matrice peut eſtre couppée hors ſans que la mort en enſuiue.* Touchant cette ſection ou enfantement Cæſarien, M. François Rouſſet Medecin du Roy en a fait vn fort beau liuret, qu'il a éclarcy d'hiſtoires & de raiſons en ſorte que de les vouloir repeter icy, ce ſeroit à faire à vn homme abuſant du loiſir & des lettres.

c. 9. lib. 7. de hiſt. anim. Pourquoy l'enfantement de l'homme eſt ſi laborieux.

Miracle de nature en l'enfantement. cap. 7. li. 15. de vſu part. Pourquoy l'enfant ne peut naiſtre.

Il faut ouurir la matrice ſoudain que la mere eſt morte. cap 6. lib. 7. Et vient qu'elle viue r. n. n'empeſche qu'on ne la puiſſe ouurir. Sec. 3. l. 6. Epi.

lib. 3 cap. 72. Voy bonuenu. s. li. exépl. Medicinal. c. 11.

De la Generation de l'Homme,

A sçauoir si en l'enfantement les os du penil & des iles se desioingnent.

QVESTION TRENTE-TROISIESME.

ES œuures de Nature en la formation, vie & nutrition du fœtus sont certes admirables : Mais l'effort dernier qu'elle fait en l'enfantement d'iceluy surpasse toute admiration. Car l'orifice interieur de la matrice, lequel apres la reception des semences & la premiere conception, s'estoit fermé si exactement qu'il ne pouuoit pas seulement receuoir la pointe d'vne éprouuette, vient maintenant à se relascher en sorte, l'enfant se faisant voye pour sortir en se tournant, pietinant & déchirant ses membranes & enueloppes, qu'il s'ouure d'vne ouuerture tres-parente & tres-grande. Or comme ainsi soit que Nature ne fasse rien sans quelque moyen, quand ce vient aux derniers mois de la grossesse, elle couure la superficie interieure de cet orifice d'vne certaine humeur lente & glaireuse, afin qu'estant rendu plus épais & plus mol, il se puisse plus facilement dilatter & élargir sans se déchirer. Et d'autant que la matrice est contenuë en la cauité tres-ample qui est entre les os Ilion & Ischion, & qu'elle est enuironnée d'os de tous costez, comme ramparts, ayant pardeuant l'os du penil, par derriere l'os sacrum & le coccyx, & par les costez les os des Iles : desquels les vns se ioignent par sinarthrose, c'est à dire, par vne articulation serrée & immobile, & les autres par symphyse, sçauoir est par synchondrose. A sçauoir si ces os cy se desioingnent & separent en l'enfantement, c'est vne question qui n'est pas sans quelque difficulté. Quelques doctes personnages estiment que tant les os des iles que ceux du penil se diuisent & separent, & peut leur opinion estre confirmée par les authoritez des hommes doctes, & par quelques raisons qui ont quelque apparence de verité. Hippocrate a laissé par écrit, *Qu'en l'enfantement tout le corps se deult, & principalement les lumbes & les anches, parce que les anches se desioingnent & separent.* Auicenne, *Quand l'enfant se separe, la matrice, dit-il, s'ouure d'vne telle ouuerture, qu'elle n'en peut pas faire de semblable en aucune autre heure : & est necessaire que quelques iointures se separent, & soient soustenuës par l'aide de Dieu tres-haut qui les prepare & dispose à cela, & puis apres les fait retourner à leur continuité naturelle : Et cette action là est la plus violente de toutes les operations de Nature.* Zoar Rabby. *A grande difficulté trouueras-tu rien plus admirable és œuures de Nature, que la distraction des os du penil, qui se fait aux femmes qui trauaillent, par l'aide de Nature, ou plustost par la prouidence de Dieu auquel la Nature ministre : Car elle ne se peut faire par aucune violence ou effort pour grand qu'il soit ; non plus qu'aux cornes des cerfs qui leur tombent & renaissent tous les ans.* M. Seuerin Pineau est de cette opinion, laquelle il appuye de quelques raisons. 1. Auant le septiéme mois, la matrice & le fœtus auec icelle montent tousiours en haut, mais apres le septiéme mois l'enfant descend en se preparant peu à peu chemin pour sortir. Alors les parties genitales de la femme enceinte s'abbreuuent d'vne humeur glaireuse, qui sert à dilatter & relascher lesdites parties : & les cartilages de l'os du penil s'humectent peu à peu de cette humeur, afin qu'ils deuiennent plus lasches au temps de l'enfantement. 2. Dauantage tous les cartilages presques venans à se dessecher par laps de temps deuiennent osseux, comme on peut voir au menton : Mais celuy qui conjoint les os du penil, demeure tousiours cartilagineux & ne deuient iamais osseux,

---

Admirable effort de Nature en l'enfantement.

Que les os se separent en l'enfantement preuué par

Authoritez d'Hippocrate sur la fin du liure de la nature de l'enfant. d'Auicenne liu. 3. fen. 21. traicté 1. ch. 3. De Zoar Rabby simeonis ben. in.1. cap. Exodi.

De M. Seuerin Pineau In opere Physiol. & Anatomico. Par raisons. La premiere.

La seconde.

parce qu'il falloit qu'il se relaschast, estendist & amplifiast en l'enfantement.

3. Mais aussi si tu regardes les ieunes filles de saize ou dix-huit ans, apres qu'elles *La troisiéme.* ont conçeu, tu verras que leurs iles & flancs se dilattent, que le bas du ventre leur grandit, & que leurs fesses deuiennent plus larges, & ce principalement quand le terme d'enfanter est prochain. Il s'ensuit donc que ces parties se dilatteut.

4. Outre-plus les filles vieilles enfantent auec plus de peine & de trauail que les *La quatriéme.* ieunes : parce que leurs cartilages trop desseichez ne se relaschent que fort difficilement. 5. Finalement celles qui n'ont iamais porté d'enfans ont ces cartilages *La cinquiéme.* plus tenuës, & celles qui ont enfanté plusieurs fois les ont plus épais, & les iles plus amples. Doncques en l'enfantement les os du penil s'arrachent & separent *Et par experience.* l'vn d'auec l'autre, & les os des iles d'auec l'os sacrum. Il allegue aussi pour confirmation de cette opinion l'histoire d'vne certaine femme qui fut penduë peu *rience.* apres estre accouchée, en laquelle les os du penil estoient tellement separez, que l'vne de ses anches se haussoit & l'autre s'abbaissoit aisément.

Or pour dire franchement mon aduis sur cette difficulté, ie ne croy pas que *Opinion de* les os des iles & du penil se puissent desioindre en l'enfantement, car ils sont joints *l'autheur, que* & vnis en sorte qu'ils ne peuuent estre separez par aucun effort. Que s'ils estoient *les os du penil* vne fois separez, par quel moyen seroient-ils rejoints : par quelle colle pourroient-*ne se desioin-* ils estre resoudez & reünis : car il ne se peut faire de nouuelle synchondrose. Que *gnent point.* si tu veux, auec Hippocrate, qu'ils entrebaaillent quelque peu, ie n'y contrediray point : mais i'estime que le bout cartilagineux de l'os sacrum, qu'on appelle coccyx, & les François le croupion, se recule tout en dehors, & obeït tellement à l'enfant qui sort auec impetuosité, qu'il luy laisse le passage plus ample & plus large. Or il faut soudre par ordre toutes les raisons de M. Pineau en cette maniere : *Solution des* Il y a veritablement vne certaine humeur visqueuse, qui les derniers mois de la *raisons de M.* grossesse est portée, ou des vaisseaux de la matrice, ou des humeurs redondantes *Pineau* au corps, ou des excremens du fœtus, à l'orifice interieur de la matrice, laquelle *De la premiere.* l'abbreuue & humecte : mais cette humeur-là n'est pas portée aux os du penil, & *re.* aux cartilages d'entre-deux, ny aux os des iles : parce que la matrice ne touche point immediatement lesdits os du penil, à raison que la vessie cachée entre les deux tuniques du peritoine, & renfermée de tous costez dans iceluy comme dans vn sac, est entre-deux. Quant à ce que le cartilage, qui conjoint les os du *De la 2.* penil, ne deuient iamais osseux aux femmes, ains demeure tousiours cartilagineux : c'est vne raison fort legere : car aussi ne deuient-il iamais osseux aux hommes. Quand les ieunes femmes ont conçeu, leurs flancs s'estendent, & le ventre *De la 3.* leur deuient plus ample & plus capable, parce qu'en ce temps-là tout le corps leur croist, & que la chaleur qui auparauant estoit suffoquée par l'abondance des humeurs, vient à reluire & à dominer. Les vieillottes enfantent auec plus de peine *De la 4.* que les ieunes, non pas pource que les cartilages sont plus secs, mais parce que la matrice est plus seiche & plus dure : car celles qui ont accoustumé de conçeuoir & de porter ont les matrices plus humides, les vaisseaux plus larges, & les cauitez plus amples, & partant enfantent plus facilement. La foy d'vne seule histoire ne nous émeut pas beaucoup : car nous auons veu plusieurs femmes mortes en accouchant, ausquelles nous n'auons rien veu de semblable, & auons remarqué les femmes enceintes en leur trauail & accouchement se plaindre plus souuent de douleur enuiron le coccyx & l'os sacrum, que non pas au penil.

Fin du huitiéme Liure.

NEVFIESME LIVRE
DES OEVVRES
ANATOMIQVES,

DE M. ANDRE' DV LAVRENS, CONSEILLER
ET PREMIER MEDECIN DV ROY, &c.

Auquel les parties vitales font defcriptes : fçauoir eft ; Les organes du poux &
de la refpiration : Et plufieurs difficultez dont les Medecins
font en debat, exactement expliquées.

HISTOIRE ANATOMIQVE.

Briefue defcription de toutes les parties de la poictrine.

CHAPITRE PREMIER.

Ovs auons, ce me femble, recherché affez exactement aux liures fix & feptiéme, toutes les parties du ventre inferieur dediées à la nutrition & à la procreation. L'ordre anatomique femble maintenant requerir que nous adiouftions en cettuy-cy la defcription de la region moyenne ou vitale:ce que nous deuons faire d'autant plus alaigrement, que cette region eft plus noble & excellente que la premiere. Or comme les Cofmographes comprennét en vne petite carte tout le circuit du monde, tous les Royaumes, les ifles, les promontoires, les ports, plaines & vallées : Ainfi comprendrons-nous en ce chapitre la magnitude , la compofition , la fituation , la figure & toutes les parties tant externes qu'internes, contenantes, que contenuës, de cette region ; lefquelles nous expliquerons puis apres vn peu plus exactement,en reprenant chacune en fon propre lieu.Les Grecs ont nommé toute cette region *Thórax*,du verbe *thoro*,qui fignifie fauter ou faillir,parce que le cœur enfermé en icelle eft agité d'vn mouuement continuel,ou bien de πας ὰ τὸ θεῖον ωρειν, parce qu'elle enferre l'entendement,partie diuine de l'ame. Il appert ceux-là auoir efté Stoïciens, qui ont logé les facultez princeffes au cœur. Il eft nommé des

La fignification du mot thorax , felon les Grecs.

autres *Thorax*, parce qu'il meut toutes chofes comme auec quelque impetuofité, *Selon Hippocrate, Ariftote & Ruffus,*
& de Galien κɪθάρα. Le mot *Thorax* en Hippocrate au liure de l'Art, en Ariftote
au liure du monde, & en Ruffus, denote le tronc de tout le corps qu'ils appellent *Oribafe collect.l.25.c.1.*
holmos, quand ils efcriuent que le foye eft fitué dans le *Thorax*. Quand pour no- *Selon l'autheur.*
ftre regard, nous ne comprenons fous le nom de Thorax, que ce qui eft eftendu *theur.*
depuis les clauicules iufques au cartilage xiphoïde & au diaphragme, de forte que *Les bornes & fins du thorax.*
cette region foit circumfcripte par haut des clauicules, par bas du diaphragme,
par deuant du fternon, par derriere des vertebres du dos, & par les coftez dex- *Sa figure.*
tre & feneftre des douze coftes, comme de fes fins & limites. Nature luy a donné la figure la plus belle, la plus capable & la plus forte de toutes, à fçauoir la
ronde, laquelle toutesfois n'eft point parfaitement ronde comme vne boule,
mais vn peu longuette: eftant par le deuant & le derriere plus large en l'homme
qu'aux autres animaux, qui ont le dos & la poictrine faits en dos d'afne, ou comme le fond d'vn nauire, à fin de laiffer plus d'efpace au poulmon & au cœur: d'autant que l'homme auoit befoin d'vne tres-grande quantité d'air & d'efprit pour
fon rafraifchiffement. La fuperficie exterieure d'iceluy, que quelques-vns nom- *Sa compofition.*
ment *le vaiffeau & coffre contenant les vifceres*, n'eft point enuironnée d'os de
toutes parts comme la region fuperieure, ny toute mufculeufe, comme le deuant *Pourquoy en partie offeufe.*
de l'inferieure: mais elle eft en partie offeufe, & en partie charneufe: offeufe, *Et en partie charneufe.*
certes pour la deffence du cœur vifcere tres-noble, & pour figurer la cauité: &
charneufe, pour rendre le mouuement de diaftole & de fyftole plus facile. Il a *Sa fituation.*
efté fitué entre la region fuperieure & l'inferieure, afin de diftribuer également
à toutes les parties du corps la chaleur naturelle & le nectar viuifiant, dont il contient en foy la fontaine tres-abondante. Ce ventre peut donc à bon droit, tant à
raifon de fa compofition que de fa fituation, eftre appellé *moyen*, combien
qu'Hippocrate l'ait quelquesfois nommé *ventre fuperieur*. Des parties du tho- *l. 7: Aph. 38.*
rax les vnes font contenantes, & les autres contenuës. Des contenantes les vnes *Dénombrement de toutes les parties du thorax.*
font communes, & les autres propres. Les communes font cinq; la cuticule, la
peau, la graiffe, le pannicule nerueux & la membrane commune à tous les muf- *Les contenantes communes.*
cles: lefquelles ont efté fuffifamment expliquées au fixiéme liure. Quand aux *Les contenantes propres.*
propres, elles font de diuerfes fortes, mais pour rendre cette doctrine plus facile
nous les diftinguerons en trois ordres. Car d'icelles les vnes font molles & char-
nuës, qui font celles qui fe prefentent les premieres au dehors: les autres font of- *1. Sont ou charnuës,*
feufes ou cartilagineufes, elles occupent le milieu, & les autres mébraneufes. Les
charnuës font, grand nombre de mufcles fituez au thorax, foit ou qu'ils prennent leur origine d'iceluy, ou qu'ils y ayent leur infertion, comme font tous
ceux qui feruent à la refpiration, la plufpart de ceux des efpaules, & quelques-
vns de ceux du bras. Ie rapporteray à ce genre des parties charnuës, les mam- *2. ou offeufes, & icelles ou anterieures.*
melles, d'autant qu'Hippocrate appelle fouuent les glandes, *corps charneux*. Les
parties offeufes du thorax font ou anterieures, ou pofterieures, ou laterales. Les
Grecs appellent proprement la partie anterieure ςῆθος *fléthos*, Les Latins *pectus*,
& les François *la poictrine*. Combien que l'acception de ce mot foit diuerfe en la
doctrine d'Hippocrate. Car il vfe quelquesfois du nom *fléthos* proprement, quel- *L'acception du nom de poictrine diuerfe en la doctrine d'Hippocrate.*
quesfois par fynecdoche & quelquesfois auffi par metonymie. Il en vfe propre-
ment pour fignifier toute la partie anterieure de la poictrine, en l'Aph. 23. de la 3.
fection. Il en vfe par fynecdoche, pour la partie du milieu d'icelle qu'on appelle
fternon, ou bien pour bout d'iceluy qui eft le cartilage enfiforme. Il en vfe par
metonymie, pour denoter l'orifice fuperieur du ventricule qui eft fitué fous ce

cartilage : comme quand il dit en ses Coaques, *Mordication & amertume du sté̄oi ou sternon*, c'est à dire de l'orifice superieur du ventricule : tellement qu'en ce passage mordication du sternon, signifie autant que *Cardiogmos*. Doncques le sternon est proprement la partie anterieure du thorax ou poitrine : Les parties laterales sont nommées les costes : la partie posterieure est appellée le dos : les parties laterales du dos sont dites omoplates, épaules, aisles & palerons. La description de toutes lesquelles a esté faite exactement au deuxiéme liure. Il reste le troisiéme ordre des parties contenantes, qui est des membranes : en ce nombre-là nous mettons la membrane qui est estenduë sous les costez, nommée *pleura*, & celles que le vulgaire appelle *mediastin*. Voilà vne briefue representation de toutes les parties contenantes, communes & propres de la poitrine. Or des contenuës le nombre est fort petit : car on ne trouue en cette region que les organes vitaux, à sçauoir le cœur, le poulmon, la veine caue ascendante, la grande artere, la veine arterieuse, l'artere veineuse, la trachée artere, l'œsophage, & vn nerf de la sixiémé coniugaison, dit recurrent. Or ie m'en vay descrire toutes ces parties tant contenantes que contenuës l'vne apres l'autre, & par le menu, & en gardant par tout l'ordre anatomique.

Marginalia:
ou laterales. ou posterieures.
3. ou membraneuses.
Les parties contenuës.

Des mammelles.

CHAPITRE II.

DEs parties contenantes propres de la poitrine, les mammelles sont celles qui se presentent les premieres. Les Grecs les nomment μαζοὶ & Μαζοὶ, d'vn verbe qui signifie *chercher*, parce que les enfans y cherchent du laict. Et τιτθαὶ, τιτθοι, τιτθία. D'icy est tiré le nom τιτθαι, qui signifie *les nourrices*; lesquelles sont ainsi nommées des Grecs, parce qu'elles donnent leurs mammelles aux enfans à succer. Les Latins les appellent *mamma*, & d'vn nom diminutif *mammilla*, & *vbera*. La raison, la composition & l'vsage des mammelles, ne sont point semblables aux hommes & aux femmes. Car aux hommes elles sont imparfaites, & sont seulement composées de peau, de graisse, & de bouts pour la deffence des parties contenuës, pour l'ornement, & pour le chatoüillement : de peur que la femme se vantast d'auoir des mammelles, que Nature n'auroit point donné aux hommes : mais elles n'ont point ces glandes qui ont la faculté d'engendrer le laict, qui fait aussi qu'elles n'en engendrent point, au moins qui soit vray & alimentaire. Les mammelles des femmes sont construites par vn plus grand artifice : car outre la graisse elles ont des corps glanduleux, entretissus d'vn nombre infiny de vaisseaux, ausquels corps a esté donnée la faculté d'engendrer le laict, comme aux testicules de faire la semence. En plusieurs animaux ce corps glanduleux est vnique & continu en chaque mammelle : mais aux femmes il est fait de plusieurs glandes, entre lesquelles toutesfois il y en à vne au centré du mammelon, qui est beaucoup plus grosse que les autres, à laquelle les autres qui sont moindres, & qui ressemblent aux amendes pelées, semblent estre assubjetties. Les pucelles les ont petites & dures, & assez semblables à vne moitié de boulle ; les femmes enceintes & celles qui alaitent, les ont plus grosses ; & les vieilles les ont molles & toutes flestries. Elles reçoiuent

Marginalia:
Les noms des mammelles.
En quoy different celles des hommes auec celles des femmes.

vn fort grand nombre de veines & d'arteres, defquelles les plus groffes & externes viennent du rameau axillaire, & les petites & internes du fouſclauier: c'est par le moyen d'icelles que fe fait la fympathie & communication admirable qui eſt entre la matrice & les mammelles, & qui fait qu'eſtant maniées & chatoüillées elles incitent aux combats de Venus. Or ces veines & arteres font fort entrelaçées & font diuers deſtours, afin de cuire & élaborer le fang plus parfaictement. Les nerfs qui y font manifeſtes & fort remarquables naiſſent du coſtal, & d'iceux prouient leur fentiment & chatoüillement tres-exquis. Elles font fituées au deuant de la poictrine, & couchées fur les mufcles du bras, nommez *pectoraux*. 1. Pour la deffence du cœur viſcere tres-noble. 2. Pource que les veines thoraciques verſent vne tres-grande quantité de fang en cet endroit. 3. Et pource que cette region eſtant tres-chaude elle aide beaucoup à la generation du laict. Et pourtant les mammelles font vn feruice au cœur, entant qu'elles le deffendent des iniures externes, & le cœur leur rend ce bienfait, en haſtant par fa chaleur la generation du laict. Plutarque ameſne encore vne autre cauſe de cette fituation des mammelles, qui eſt afin que la mere puiſſe tout à vne fois alaitter, embraſſer & baifotter fon enfant. Les autres animaux ne les ont point en la poictrine, mais fous le ventre, tant pource qu'ils ont la poictrine plus eſtroitte & faite en dos d'afne, que pource qu'ils marchent à quatre pieds, qui fait qu'ils ont le ventre & la partie de deſſous plus commode pour nourrir leurs petits : là où la femme a la poictrine plus large, & marche fe tenant debout fur fes deux pieds, afin que l'enfant ne pouuant cheminer elle le porte entre fes bras. Elles n'ont feulement que deux mammelles, parce que felon l'ordonnance de Nature elles ne doiuent porter que deux enfans d'vne ventrée. Les animaux qui font pluſieurs petits d'vne portée, ont auſſi pluſieurs mammelles. Or leur vfage aux femmes eſt diuers. 1. Pour l'engendrement du laict & la nourriture de l'enfançon : pour cette cauſe le fang remonte par vne prouidence admirable de la matrice aux mammelles, lefquelles ont pour cette meſme fin leur fubſtance fort raré, comme vne efponge, & capable de contenir beaucoup d'humeur. 2. Pour la deffence des viſceres contenus. 3. Pour l'ornement, & pour les delices de l'homme. Hippocrate leur en attribuë vn quatriéme, pour receuoir l'humeur excrementitieuſe, quand il dit, *Et elles reçoiuent les ſuperfluitez de tout le corps. Que s'il arriue que quelque maladie ou quelque autre accident les oſte aux femmes, leur voix en deuient plus rude, elles crachent beaucoup, & font vexées de la douleur de teſte.* Les bouts des mammelles, nommez des Grecs θηλαι, des Latins *papillæ* ou *papullæ*, & des François *le tetin* ou *mammelon*, font de fubſtance fpongieufe, comme celle du gland de la verge : leur couleur eſt vermeille aux pucelles & pouſſent vn peu en dehors comme vne fraize meure : elle eſt liuide & ternie aux femmes qui nourriſſent, & noiraſtre aux vieillottes. Hippocrate eſtime qu'on peut connoiſtre les indiſpoſitions de la matrice par la couleur des tettons, quand il dit, *Si les bouts des mammelles, & ce qui eſt rouge en icelles deuiennent paſles, le vaiſſeau eſt malade.* Or par *le vaiſſeau* il entend la matrice, car le mot Grec dont il vfe, fignifie receptacle & vaiſſeau. L'vfage de ces mammelons eſt afin que l'enfançon qui ne peut prendre auec fa bouchette toute la mammelle, puiſſe empoigner ce petit canal, & en fuccer le laict. Le cercle & tour noiraſtre enuironnant le mammellon eſt dit des Latins, *Areola.* Les Grecs appellent le premier accroiſſement des mammelles κυκμός, c'eſt à dire, *vne febue*, d'où eſt tiré le verbe κυκμιζα, id eſt, *catullio*, & les mammelles des filles font dites

Les mammelles pourquoy fituées en la poictrine.

Au liure de l'amour & charité naturelle des parés vers leurs enfans.

Pourquoy deux feulement.

Leurs vfages.

lib. de glandulis.

Le mammelon.

fect. 5. lib. 6. epidem.

Leur vfage.

seurer, & celles des garçons frerer, parce que comme deux sœurs, ou deux freres gemeaux, elles naiſſent & croiſſent enſemblement. La communion d'entre
les mammelles & la matrice eſt admirable, comme nous auons monſtré au 7.
liure, en l'hiſtoire de la matrice & en nos controuerſes.

*La ſocieté &
communion
des mammel-
les.*

CONTROVERSES ANATOMIQVES.

De l'action & vſage des mammelles.

QVESTION PREMIERE.

Queſtion.

V E les mammelles ayent la faculté d'engendrer le
laict, c'eſt choſe (ce crois-ie) connuë à tout le monde. On peut ſeulement faire cette queſtion : Comment les mammelles, que tous reconnoiſſent pour
glandes, font cette action officiale qui ſe fait par alteration & coction, veu que Galien denie & oſte toute action aux glandes, & qu'il leur laiſſe ſeulement
vn vſage : Or que les mammelles ſoient du nombre
des glandes, leur ſubſtance & leur vſage le demon-

*Les mammel-
les ſont glan-
des.*

ſtrent clairement. Leur ſubſtance eſt rare, friable & ſpongieuſe : quant à leur
vſage, Hippocrate veut qu'il ſoit ſemblable à celuy des autres glandes, car voicy comme il en parle, *Les vſages des mammelles & des glandes ſuſdites ſont ſemblables, car elles boiuent les ſuperfluitez de tout le corps.* Pour ſoudre cette queſtion,
nous mettons, ſelon la doctrine de Galien, deux ſortes de glandes. Car il y en
a qui ne ſeruent que pour affermir les vaiſſeaux, ou receuoir les humeurs excrementitieuſes, ou arrouſer certaines parties : il y en a d'autres qui ſont deſtinées
de Nature pour engendrer des ſucs vtiles à l'animal. Celles-là n'ont ny veines,
ny arteres, ny nerfs : mais celles-cy ont des vaiſſeaux apparens, & le ſentiment
tres-exquis : celles-là ſont vrayement & proprement nommées *glandes,* & celles-cy *corps glanduleux.* Ainſi Galien appelle les teſticules & les roignons *corps
glanduleux :* & Hippocrate veut que le cerueau, à raiſon de ſa ſubſtance, ſoit
glanduleux. Celles-là ont ſeulement vn vſage, mais celles-cy (au nombre deſquelles nous logeons les mammelles) ont & action & vſage. Et pour le regard
de ce qu'Hippocrate écrit qu'elles reçoiuent les humeurs excrementitieuſes,
nous ne voulons pas que ce ſoit leur premier & principal vſage, mais le ſecondaire : car Nature abuſe ſouuent d'vne meſme partie à diuers vſages. Ainſi le
cerueau attire comme vne ventouſe, & reçoit les exhalaiſons & vapeurs des parties inferieures, combien qu'il ait bien vn autre vſage plus diuin. Ainſi Nature abuſe ſouuenteſfois des boyaux pour purger tout le corps, d'où ils ſont dits
lieux commodes pour l'éuacuation : Combien que premierement & de ſoy ils
n'ayent pas eſté faits pour cet vſage. Les mammelles ont donc vne action propre, & vn vſage. Leur action c'eſt la generation du laict qui ſe fait par vne chaleur & coction égale & moderée. Quant à leur vſage, l'vn eſt premier, & l'autre ſecondaire. Galien veut que le premier ſoit la generation du laict, & Ariſtote la deffence du viſcere tres-noble, induit, à mon aduis, par cette raiſon, que les hommes n'engendrent point de laict, & neanmoins ont des
mammelles.

*lib. de glan-
dulis.
Solution.*

*Deux ſortes de
glandules.
l. 16. de vſu
part. c. 2.*

*† Les teſticules
ſont corps glã-
duleux, &
non glandes.
l. 16. c. 2. de
vſu part.
Au lieu alle-
gué.
Receuoir les
humeurs ſu-
perfluës eſt
l'vſage ſecon-
daire des mã-
melles.*

*L'action des
mammelles.
Leur premier
vſage.
l. 4. de part.
animal. c. 10.*

mammelles. I'eftime auec Galien, que ces corps glanduleux enuironnez de beaucoup de graiffe & entretiffus d'vn nombre infiny de vaiffeaux ont efté créez premierement & de foy , pour la generation du laict : Or ils ne fe trouuent pas aux
hommes comme aux femmes : mais ie croy qu'elles ont efté fituées en la poitrine pluftoft pour la deffence des vifceres que pour l'engendrement du laict ; car en
plufieurs animaux elles engendrent, encore qu'elles foient placées ailleurs. Tu
accorderas donc Ariftote auec Galien , en difant que les mammelles ont efté faites premierement pour la generation du laict, & fecondairement pour la deffence du cœur . mais qu'elles ont efté affifes en la poitrine , premierement pour la
deffence du cœur, & fecondairement pour la generation du laict.

Conciliation
d'Ariftote,
& de Galien.

A fçauoir s'il fe peut engendrer du laict auant la conception.

QVESTION DEVXIESMÉ.

N a jadis efté en doubte d'vne chofe, dont le peuple eft encore auiourd'huy en debat. A fçauoir fi les filles ou femmes peuuent engendrer du laict deuant que d'eftre enceintes. Les paffages contraires qui fe trouuent dans Hippocrate & Ariftote, ont donné occafion de faire ce doubte.
Hippocrate recherchant les fignes pour connoiftre la maffe, met cettuy-cy entre les principaux, *Qu'il ne s'engendre*
pas de laict aux mammelles. Doncques la generation du laict fera à Hippocrate vn
figne tres-certain d'vne vraye conception. Ariftote confirme le mefme, quand il
écrit, *Que les animaux n'engendrent point de laict, que premierement ils n'ayent char-*
gé. D'icy les Logiciens ont tiré leurs conclufions vulgaires, *Elle a du laict, elle a donc*
enfanté, ou pour le moins elle a eu compagnie d'homme. La raifon confent à l'authorité:
car fi Nature ne fait iamais rien pour neant, mais toutes chofes pour quelque fin,
qu'eft-il befoin de laict auant que l'enfant foit parfait, veu qu'il n'eft engendré que
pour le nourrir? Il femble toutesfois qu'Hippocrate ait voulu le contraire, quand
il dit, Si la femme, fans eftre groffe, ou auoir enfanté a du laict, elle a perdu fes fleurs. Et
Ariftote afferme qu'il fe peut mefme engendrer du laict aux mammelles des hommes. Ce que témoignent auffi Albert & Auicenne. Cardan écrit auoir veu vn hôme aagé de trente quatre ans, des mamelles duquel decoulloit vne fi grande abondance de laict , qu'il eut quafi peu nourrir vn enfant. Ceux qui ont voyagé aux
Indes & terres nouuellement découuertes, racontent que les hommes de ce pays
là ont quafi tous du laict en grande quantité aux mammelles. Et partant fi les
hommes peuuent engendrer du laict : à plus forte raifon les femmes & pucelles
qui n'ont point conçeu : veu qu'elles ont les mammelles plus fpongieufes & plus
capables , & qu'elles ont aufsi beaucoup de fang fuperflu. La raifon eft toute conforme à cette opinion. Car où la caufe materielle du laict eft prefente, & la caufe
efficiente puiffante; qu'eft-ce qui en empefchera la generation? Or les filles defià
grandes ont beaucoup de fang dans les veines qui arroufent les mammelles, & les
glandes ont la faculté de cuire & alterer le fang & de le changer en laict affez forte
& puiffante. *Car quand elles ont attaint l'aage de 14. ans, le fein leur groffit,* dit Hipp.

Qu'il ne s'en-
gendre point
de laict auant
la conception.
l. 1. de morb
mulier.

l. 3. de hift.
animal.

Qu'il s'en peut
engendrer.
Authorité.
Aph. 19 fe 5.
Au lieu alle-
gué.
Hiftoire liure
12 de la fubti-
lité.

Raifons.

CCc

leurs tetins s'enflent, *& alors elles sont dites frerer.* Il s'enfuit donc qu'elles pourront quelquesfois engendrer du laict, & principalement, comme écrit Hippocrate, si elles n'ont point leurs fleurs. Nous concilierons ces passages d'Hippocrate par le mesme Hippocrate. Car la generation & la nature du laict (selon iceluy) est double : l'vn est le laict vray & loüable, & l'autre non vray, ny parfai-
rement élaboré. Cettuy-là est engendré par vne grande alteration, & vraye coction des mammelles, & icelle officiale & non priuée : Cettuy-cy est fait des reliques de l'aliment particulier des mammelles. Cettuy-là est exactement blanc,
doux, mediocrement épais, & propre pour nourrir l'enfant : Cettuy-cy est veri-
rablement blanc, parce qu'il represente la couleur & l'idée de la partie, de laquelle il prouient, mais il n'a point le suc, la douceur, ny les facultez de celuy qui est
alimentaire, & pourtant il ne merite le nom de laict qu'à raison de sa couleur, &
non pas à raison de ses qualitez, ny de sa forme specifique : car il est subtil, fort
aqueux, & inepte pour nourrir. Cettuy-là s'engendre par l'expression & le reflux du sang qui se fait de la matrice aux mammelles, & par leur attraction :
Cettuy-cy ne s'engendre que par l'attraction seule qu'elles font de leur propre
aliment. Cettuy-là ne s'engendre iamais sinon apres vne vraye conception, parce qu'il n'auroit point d'vsage : mais rien n'empesche que cetty-cy ne s'engendre
en tout temps aux filles desia grandes, & qui abondent en sang ; & mesme qui est
dauantage, aux hommes qui sont remplis de beaucoup de suc. Ie recueille cette
double generation du laict d'Hippocrate, quand il dit, *Les mammelles des femmes sont rares de leur nature, & changent l'aliment qu'elles attirent en laict.* Voilà la
maniere de la generation du laict crud & non vray. Il décrit la generation de l'autre en ces mots, *Le laict monte de la matrice aux mammelles, lequel apres l'enfantement doit seruir de nourriture à l'enfant : Or l'omentum l'exprime & fait monter en
haut estant pressé par le fœtus deuenu desia grand.* Il dit donc que le sang aux femmes
enceintes est par vne prouidence admirable de Nature exprimé vers haut, & qu'il
monte de la matrice aux mammelles tout incontinent que l'enfant commence à
se mouuoir. Or l'enfant estant né, il n'est plus exprimé aux mammelles, mais
il y accourt de son bon gré, à cause qu'il auoit accoustumé ce mouuement. Ce
que le mesme Hippocrate declare en ces termes, *Quand la femme a enfanté, le
commencement du mouuement estant desia fait, le laict est porté aux mammelles, pourueu que la femme alaitte.* Tellement que le sang soit porté aux mammelles apres
l'enfantement, parce qu'il auoit accoustumé de se mouuoir, & prendre son cours
vers icelles, quand la femme estoit enceinte. Or il n'y accourt pas seulement de
son bon gré, mais il y est aussi attiré par les mammelles en plus grande abondance qu'il n'est besoin, pour leur nourriture particuliere. Les causes de cette attraction sont diuerses, le succement de l'enfant, la largeur des vaisseaux, le mouuement & exercice des mammelles, & finalement la fuitte du vuide. Car les veines
des mammelles estant épuisées par le succement de l'enfant, elles attirent le sang
des autres parties pour se remplir. Concluons donc qu'il est impossible qu'il
s'engendre du laict vray & parfaitement élaboré deuant la conception : mais
qu'il se peut bien engendrer vn laict crud & aqueux, des reliques de l'aliment
des mammelles.

Marginal notes:

Conciliation.
Deux sortes de laict, & quelle difference il y a entre icelles.

Lib. de nat. pueri, & lib. de glandulis.
Au mesme lieu.

Au mesme lieu.

Comment, & pourquoy le laict est porté aux mammelles.

Conclusion.

La solution de deux problemes touchant la generation du laict.

QVESTION TROISIESME.

NOVS auons l'Edict du souuerain Dictateur, touchant le temps de la premiere generation du laict. *Inconti-* *nent, dit-il, que l'enfant commence à se mouuoir, alors* *le laict donne cognoissance de soy à la mere.* Or pour l'ex- plication & plus facile intelligence de cette sentence, il nous faut icy agiter deux problemes. 1. Pourquoy le laict commence à venir en ce temps-là. 2. Pour- quoy l'enfant ne se nourrit pas d'vn mesme aliment, & dedans & dehors la matrice. La solution du pre- mier est difficile. Car comme ainsi soit que le laict ait seulement esté fait pour la nourriture, & que l'enfant ne s'en nourrisse point en la matrice, mais alors seulement qu'il est sorty au monde; pourquoy est-il engendré auant le septiéme mois, veu qu'il n'est point necessaire auant ce temps-là? ou pourquoy ce reflux du sang de la matrice aux mammelles ne se fait-il point dés les premiers iours & mois d'apres la conception, comme il se fait au trois & quatriéme? Hippo- crate répond, *Que le foetus deuenu plus grand au trois & quatriéme mois, presse les* *vaisseaux remplis de sang, & que cette compression le fait remonter aux parties supe-* *rieures.* Cette raison est veritable, mais tres-obscure; il nous la faut donc éclair- cir. Nature dépend & employe, les premiers mois de la grossesse, beaucoup de sang, tant en la generation des parenchymes, & autres parties charnuës & mus- culeuses; qu'en leur nutrition & augmentation : de sorte qu'à peine en peut-il rester de superflu : mais quand le foetus commence à se mouuoir, d'autant que la formation de toutes les parties est paracheuée, Nature n'a plus autre soing qu'à les nourrir. Cette nutrition n'a besoin que d'vne bien petite quantité de sang, parce que les parties ne souffrent quasi nulle deperdition en leur triple substan- ce. Le sang redonde donc aux veines de la matrice. Or ces veines estant pressées par le foetus desia grand, & commençant à se mouuoir & regimber, expriment le sang qu'elles contiennent aux parties superieures, mais aux mammelles plustost qu'aux autres parties, tant à raison de la largeur & facilité des chemins, que pour raison de la societé qui est entre icelles & la matrice. Ioint aussi qu'il est là ren- uoyé par vne prouidence admirable, qui est la cause finale, afin d'accoustumer peu à peu Nature à y transporter le sang pour l'engendrement du laict, & seruir de nourriture conuenable à l'enfant qui doit naistre quelque temps apres. Ainsi le sang prend aux femmes son cours à la matrice plustost qu'au nez, ou aux hæ- morrhoïdes, à raison de la cause finale qui est la generation & nutrition du foetus. Adioustons encore vne autre cause de ce reflux qui se fait de la matrice aux mammelles, qui est pour donner occasion à l'enfant de chercher à sortir. Car si tout le sang estoit gardé aux veines de la matrice, sans qu'vne portion d'iceluy montast aux mammelles, l'enfant ne s'efforceroit iamais de sortir, parce qu'il auroit tousiours de l'aliment en quantité suffisante pour se nourrir & entrete- nir. Car *la cause principale de l'enfantement,* selon Hippocrate, *est la disette de*

La premiere generation du laict, selon Hippocrate. l. de nat. puer.

Pourquoy le laict commen- ce à estre en- gendré au trois ou quatriéme mois.

Responce.

Explication.

Pourquoy le sang reflue aux mammel- les plustost qu'ailleurs.

nourriture. Il eſtoit donc neceſſaire que Nature tranſportaſt petit à petit, au troi-ſiéme & quatriéme mois le ſang de la matrice aux mammelles, afin de l'accouſtu-mer à y prendre ſon cours pour la nutrition de l'enfant eſtant né, & le priuer en la matrice, eſtant defià deuenu grandelet, de ſa nourriture pour le contraindre à ſortir. Il y en a qui veulent que le ſang monte aux mammelles quand l'enfant commence à ſe mouuoir, afin qu'il ſoit là gardé comme quelque prouiſion pour le fœtus quand il eſt affamé, c'eſt à dire, afin que par les ieunes il puiſſe artirer ce

l. de nat. puer.

ſang blanchy pour ſon nourriſſement. Et ſemble qu'Hippocrate ait eſté de cet aduis, quand il dit, *Et l'enfant iouyt quelque peu de ce laict dans la matrice.* Ce que

Comment doit eſtre entendu que l'enfant eſt en la matrice nourry de laict.

ie veux interpreter, comme s'il diſoit, L'enfant ſe nourrit du laict, c'eſt à dire, du ſang contenu aux veines des mammelles, lequel eſt l'eſtoffe & matiere prochaine du laict, ou bien s'il eſt fort affamé auant le iour de l'enfantement, que le laict blanc peut refluër des mammelles dans les vaiſſeaux, & eſtre derechef cuit & changé en ſang, par la faculté ſanguifique des veines qui ne ceſſent iamais. Or que le laict puiſſe refluër des mammelles dans les vaiſſeaux, & eſtre derechef con-uerty en ſang, les nourrices & femmes accouchées l'experimentent iournelle-ment. Le ſecond probleme eſtoit, pourquoy l'enfant né ne ſe nourrit pas de meſ-

Autre que-ſtion, pourquoy l'enfant né ne ſe nourrit pas de ſang, com-me il faiſoit en la matrice

me aliment dont il ſe nourriſſoit en la matrice. Car il ſe nourriſſoit en la matrice d'vn ſang tres-pur, & hors d'icelle il ſe nourrit d'vn laict tres-doux. Dinus répond,

Reſponce de Dinus.

Que ſi le ſang qui eſt plus chaud que le laict, paſſoit par trois coctions, il ſeroit inepte pour nourrir, parce qu'il deuiendroit amer par trop de chaleur: mais que le laict qui eſt de temperament plus froid, eſt plus facilement cuit, & ne deuient point amer, paſſant par les trois coctions. Mais regarde ſi ce ne ſeroit pas vne choſe inhumaine & bru-

Autre reſpon-ce.

tale, que les enfans deuoraſſent ainſi le ſang: Ou bien, s'il faut répondre, qu'il ne falloit pas que l'enfant ſe nourriſt de ſang hors la matrice, de crainte que les orifices des veines ne vinſſent à s'ouurir par le ſuccement, & ainſi que le ſang

Note.

threſor de Nature, ne s'écoulaſt & perdiſt. Quant à ce qu'aucuns alleguent qu'il faut, lors que nous ſommes nés, qu'il ſe faſſe en nous trois coctions; & que du ſang il ne s'en peut faire de chyle, & partant qu'il eſt neceſſaire que l'enfant ſe nourriſſe de laict & non de ſang, eſt vne choſe fauſſe & erronnée. Car tout ce qui deſcend au ventricule, pourueu qu'il ſe puiſſe aſſimiler, eſt changé & conuerty en vne ſubſtance ſemblable à de la chreſme, comme on peut voir en ceux qui boiuent & aualent du ſang de chéure ou de pourceau, leſquels en iettent les ex-cremens & fientes par les boyaux & le ſiege. Or les fientes ſont les excremens de la ſeule chylification. Ie paſſe exprés les autres difficultez qui concernent la ge-neration du laict, parce qu'elles ſont communes & cognuës de tout le monde.

HISTOIRE ·ANATOMIQVE.

Des mufcles de la Poitrine.

CHAPITRE III.

E N la poitrine fe trouuent plufieurs mufcles qui font du nombre des parties contenantes d'icelle. D'iceux les vns mouuent la poitrine, & font dits mufcles propres du thorax ; les autres font bien fituez en la poitrine, mais ils feruent à d'autres parties, comme au bras & à l'omoplate. Ainfi en la partie anterieure de la poitrine fe trouuent le pectoral qui meut le bras, & le petit dentelé qui meut l'omoplate en deuant : & en la pofterieure le trapeze, le premier de tous & exterieur, meut l'omoplate en haut & en arriere ; le Rhomboïde la meut en arriere, & vne portion du tres-large vers bas. Tous ces mufcles icy font externes & couchez fur ceux qui feruent à la refpiration ; il les faut donc leuer les premiers, & en faire la demonftration auant que toucher à ceux de la refpiration. Or nous auons décrit l'hiftoire tant des vns comme des autres, au cinquiéme liure ; que le Lecteur curieux la reprenne donc de là.

Du Diaphragme.

CHAPITRE IV.

L Es organes qui font le mouuement de la refpiration font diftinguez par Galien, en forte que les vns feruent à la refpiration libre, & les autres à celle qui eft forcée & violente. J'appelle *refpiration libre* celle qui par fon vfage paifible de refpirer eft quafi infenfible. Et violente celle en laquelle *l'infpiration eft puiffante & la diftention & contraction de toute la poitrine apparente* : Celle-là fe fait par le mouuement du feul diaphragme, & celle-cy par l'aide & miniftere de tous les foixante quatre mufcles defià décrits. Le diaphragme eft donc le premier & principal inftrument de la refpiration libre. Les anciens Philofophes & Poëtes l'ont nommé φρένες, *Phrenes*, comme fi cette partie eftoit le fiege de la prudence, ou le domicile de l'entendement & de l'ame. Hippocrate l'appelle toufiours de ce nom, non pas qu'il ait opinion qu'elle foit douée de fageffe, ou qu'elle ferue de quelque chofe à la prudence ; mais à raifon de la fympathie admirable qu'elle a auec le cerueau, & pource que l'inflammation d'icelle eft incontinent fuiuie d'vn delire continuel, qui eft diftingué de la vraye

Diftinction des organes faifans le mouuement de la refpiration. Refpiration libre, que c'eft.

Que c'eft que le diaphragme. Ses noms, & pourquoy les anciens l'ont nommé φρένες.

phrenefie, par la refpiration frequente & petite, par la voix aiguë, & par la con‐
traction des hypochondres en dedans vers haut. Platon a efté le premier, com‐
me enfeigne Galien, qui l'a nommée *diaphragme*, d'vn verbe Grec qui fignifie
diuifer & *feparer*. Ie ne trouue point le mot *diaphragme* aux écrits d'Hippocrate:
mais bien celuy de *diaphraxis*, où il dit, *Quand l'orifice de la matrice n'eft point ou‐*
uert, & que le fang affluë en plus grande abondance qu'il n'eft befoin pour la nourritu‐
re & l'accroiffement du corps, alors n'ayant point d'iffuë libre, il reiaillit & monte
vers haut au cœur & au diaphraxin. Hippocrate l'a donc nommé *diaphraxis*, qui
vaut tout autant que *diaphragme.* Ariftote l'appelle Διάζωμα, περίζωμα & ὑπέζωμα,
Que les Latins tournent *cinctum* ou *cingulum.* Macrobe *diffeptum.* Et Celfe *feptum*
tranfuerfum, il l'appelle *feptum* pource qu'il fepare comme vne paroy metoyen‐
ne, le ventre moyen d'auec l'inferieur, & les organes vitaux des naturels; &
tranfuerfum, à raifon de fa fituation : car il s'en va de la partie anterieure du tho‐
rax à la pofterieure. Et pour cette caufe Hippocrate ayant égard à fa fituation le
nomme *diatafis*, & à fon office, *l'éuentoir du ventre.* Quelques-vns, parce qu'il
eft voifin du cœur, & qu'il eft eftendu au deuant de luy, l'ont nommé *præcordia.*
La figure de ce mufcle eft ronde, reprefentant exactement le poiffon qu'on ap‐
pelle rhaye. Sa fituation eft tranfuerfale & oblique, car il s'en va rendre du fter‐
non par les extremitez des fauffes coftes aux lumbes. Cette fituation eft tres‐
commode, tant pour la refpiration libre (car ce feroit vne chofe trop laborieu‐
fe de mouuoir perpetuellement toutes les coftes) & la feparation du ventre
moyen d'auec l'inferieur, que pour chaffer bas les matieres fecales, & aider le
mouuement naturel des boyaux, dit *periftaltique.* Tout le corps du diaphragme
eft compofé de deux cercles, l'vn membraneux, & l'autre charneux, de deux
veines, d'autant d'arteres, & de deux nerfs de chaque cofté. Il eft auffi couuert de
deux tuniques, & percé de deux trous : de forte que ce mufcle foit par tout dou‐
ble en fa compofition, & qu'il faffe auffi deux actions, à fçauoir l'infpiration &
l'expiration. Le premier des cercles eft nerueux, fitué au milieu comme au cen‐
tre, duquel grand nombre de fibres s'en vont à la circumference. Tous les Ana‐
tomiftes mettent icy fon principe & fa tefte, moy au contraire i'eftime que c'eft
fa fin & fa queuë. L'autre cercle eft totalement charneux enuironnant le premier
de toutes parts, il eft attaché par fa partie anterieure au fternon & aux fauffes
coftes, & par derriere aux vertebres fuperieures des lumbes par le moyen de
deux tendons. Les tuniques qui couurent le diaphragme font deux, car il eft re‐
ueftu par fa partie fuperieure de la pleure, & par l'inferieure du peritoine. Les
veines qui prennent leur origine du tronc de la veine caue afcendante, font
deux, appellées *phreniques*; il y a pareil nombre d'arteres qui accompagne ces
veines, & deux nerfs de chacun cofté, lefquels naiffans de la moëlle du dos, à
fçauoir de la quarte & quinte vertebres du col, font portez comme cordelettes
au cercle nerueux. Il y a finalement deux trous defquels l'vn donne paffage à l'œ‐
fophage, & l'autre à la veine caue montante au cœur. Les Modernes en ont ad‐
joufté vn troifiéme, qu'ils difent feruir à la grande artere defcendante, mais nous
ne le receuons point ; car la grande artere defcend bas, eftant adherente aux
corps des vertebres, qui fait que le diaphragme les embraffe tous deux. Les opi‐
nions des Autheurs font diuerfes, & du tout diffemblables entr'elles, touchant
l'vfage de cette partie. Platon ne luy en donne qu'vn feul, qui eft de feparer, com‐
me vne forte paroy, l'ame irafcible de la concupifcible, qui eft la raifon pour‐
quôy il la nomme diaphragme. Ariftote veut que cette feparation ait efté mife

Platon l'appel‐
le diaphragme,
& pourquoy.
lib. 5. de loc.
affect. 3.
Et Hippocrate
diaphraxis.
lib. de morb.
virgin.

Les noms
d'Ariftote.
Les noms des
Autheurs La‐
tins.
li. 1. in proë‐
mio & lib. 4.
c. 1.
Comme Hip‐
pocrate la nom‐
mé en fes Coa‐
ques.
l. 1. de morb.
mul.
La figure du
diaphragme.
Sa fituation.

Sa compofition
eft,

de deux cer‐
cles,

de deux mem‐
branes,
de deux vei‐
nes,
de deux arte‐
res,
& de quelques
nerfs.

Ses deux trous.

L'vfage du
diaphragme
felon Platon.

entre le cœur & la boutique des alimens, pour empefcher que le cœur fiege des facultez Princeffes ne foit troublé par les mauuaifes vapeurs & odeurs qui s'efleuent de la cuifine. Pline rapporte la fubtilité de l'entendement à cette partie, & loge le principal fiege de la ioye en icelle, ce qui fe reconnoift principalement par le chatoüillement: pour cette caufe eftant percée de quelque coup aux combats & fpectacles des gladiateurs & efcrimeurs elle fait mourir ceux qui font ainfi naurez en riant. Les Medecins luy donnent des vfages beaucoup plus excellens. 1. Pour feruir à la refpiration libre en faifant l'infpiration & l'expiration : il fe bande en l'expiration, & lafche en l'infpiration. Ce qui fe peut facilement remarquer aux animaux morts, aufquels le diaphragme apparoift toufiours retiré & tendu : Or la vie ceffe par l'expiration. 2. Pour éuenter les hypochondres & principalement le foye, lequel n'a point d'arteres en fa partie fuperieure & gibbeufe. Hippocrate a le premier reconnu cecy, quand il l'appelle *l'éuentoir du ventre inferieur*. 3. Pour ayder à l'excretion des matieres fecales par le fiege. Car fi ce mufcle ne preffoit comme auec des mains, les boyaux par deffus, les excremens feroient auffi toft chaffés hors par haut que par bas.

Selon Ariftote au cap.10. lib. 3. de partibus animal. Selon Pline.

Selon les Medecins.

Au lieu allegué.

CONTROVERSES ANATOMIQVES.

Demonftration Anatomique, de la phrenefie du Diaphragme.

QVESTION QVATRIESME.

E nom de diaphragme n'eftoit point en vfage auant le temps de Platon : Car les anciens Medecins appelloient cette haie qui fepare les organes vitaux d'auec les naturels *Phrenes* : non qu'elle participe de la prudence, ou ferue de rien pour eftre plus fage : Car l'Autheur du liure de la maladie facrée, foit que ce foit Hippocrate ou quelque autre, fe moque de ceux qui croyent cela quand il dit, *Le nom Phrenes luy a efté impofé fortuitement & par accouftumance, non pas que fa nature foit telle*. Car ie n'ay iamais peu connoiftre que cette partie ait quelque faculté pour la fageffe ou l'intelligence. Ariftote a voulu le mefme où il dit. *Elles font nommées Phrenes, comme fi elles eftoient participantes de prudence : Or elles n'en font nullement participantes, mais pource qu'elles font voifines des parties qui ont cette faculté là, elles manifeftent les changemens & alterations de l'ame & de la raifon*. Hippocrate n'a donc pas appellé le diaphragme, *Phrenes* : pource qu'il eft le fiege de la fageffe, mais pource que l'inflammation de cette partie eft incontinent fuiuie de la phrenefie, c'eft à dire d'vn delire continuel ioint auec vne fiéure aiguë, & de veilles affiduelles. Les inflammations de beaucoup d'autres parties comme du foye, du ventricule, des poulmons caufent bien vn delire, mais il n'eft point de durée : Il n'y a feulement que celle du diaphragme qui foit accompagnée de refueries continuelles. Et ces refueries reffemblent tellement à la vraye phrenefie

Pourquoy les anciens nommoient le diaphragme Φρένες.

Ariftote. cap 10. lib. 3. de part. animal.

qui vient de l'inflammation du cerueau & de ses membranes, qu'elles ne peuuent estre discernées sinon par ceux qui sont doctes & bien exercez en la pratique de la medecine. Or Hippocrate l'a tres-bien descrite, où il dit, *Les phrenesies naissent aussi d'autres parties, & arriue que les malades souffrent ces choses: ils se pleignent de la douleur du diaphragme en sorte qu'ils ne se laissent point toucher.* Galien a aussi écrit beaucoup de choses touchant cette phrenesie ; auquel nous renuoyons le lecteur : n'ayant point deliberé pour l'heure d'expliquer autre chose que les signes par lesquels on peut distinguer ces deux especes de phrenesies l'vne d'auec l'autre ; & en bailler les demonstrations anatomiques. Or elles se peuuent distinguer par la respiration, par la voix & par la contraction des hypochondres. Et premierement par la respiration. Car en la vraye phrenesie elle est grande & par longs interualles, c'est à dire, elle est rare selon Hippocrate en ses prognost. coaques & prorrhetiques. Mais en la phrenesie du diaphragme, elle est petite & frequente : petite certes, à raison de l'inflammation de l'organe de la respiration, qui empesche le thorax de s'amplifier en toutes les dimensions, & de se reserrer librement pour faire l'inspiration & l'expiration, comme en la vraye phrenesie où les organes de la respiration ne sont point empeschez : mais elle est frequente pour subuenir à la necessité & à l'embrasement de la fiéure, qui fait que la petitesse est recompensée par la frequence. Secondement par la voix : Car en la vraye phrenesie la voix est pesante, les malades crient, regimbent & mordent ceux qui s'approchent d'eux : au contraire en la phrenesie du diaphragme, la voix est aiguë, parce que le principal organe de la respiration est affecté & retiré vers haut par l'inflammation, d'où le thorax est rendu plus serré & plus estroit. Car la magnitude & grosseur de la voix suit la disposition de l'organe. Tiercement par la contraction des hypochondres. Car Hippocrate en l'aph. 55. de ses coaques, baille ce signe qui est tres-propre & tres-certain. *A ceux-cy* (dit-il) *les hypochondres apparoissent retirez en dedans vers haut.* Or la demonstratió de ce signe doit estre tirée de l'anatomie. Le diaphragme par sa partie superieure est couuert de la pleure, & par l'inferieure du peritoine, lequel comme vn sac, comprend & contient tous les organes naturels & toutes les parties contenuës au ventre inferieur, & leur donne à chacune vne tunique propre. Doncques le diaphragme souffrant l'inflammation se retire vers haut, & emmeine auec luy le peritoine : auec le peritoine sont aussi tirez les hypochondres, le foye, la ratelle, le ventricule & tous les visceres : & d'icy vient la contraction des hypochondres en dedans vers haut. Voilà donc trois signes propres & certains pour connoistre la vraye phrenesie d'auec celle qui vient de l'inflammation du diaphragme, la respiration petite & frequente, la voix aiguë, & la contraction des hypochondres en dedans vers haut. Or pourquoy la phrenesie suruient à l'inflammation du diaphragme, il nous en faut icy rechercher la raison. Aucuns veulent que le diaphragme estant enflammé, le cerueau soit aussi incontinent assiegé d'inflammation. Car l'inflammation du diaphragme empeschant la respiration, la chaleur s'accroist au thorax & au cœur, le sang deuient plus subtil & plus bilieux, & est rauy au cerueau où il fait erisipele. Mais ce sont choses ridicules. Car en l'inflammation des poulmons il se feroit semblablement vn delire perpetuel, parce qu'en icelle la respiration est blessée & difficile, & que le poulmon se nourrist d'vn sang bilieux, c'est à dire tres-subtil. Puis apres s'il se faisoit erisipele au cerueau, ce seroit vne vraye phrenesie & non pas vne phrenesie sympathique. Les autres en rapportent la cause à l'analogie qui est entre la sub-

La phrenesie du diaphragme.
li. 3. de morb. cap. 3. lib. 5. de loc. affect.

Signes pour discerner ces deux especes de phrenesies.
Le 1. est prins de la respiration.

Le 2. de la parole.

Le 3. par la contraction des hypochondres. Demonstration anatomique d'iceluy.

Pourquoy la phrenesie suruient aux inflammatiós du diaphragme.

ftance du diaphragme & du cerueau : Mais la moëlle de l'efpine ayant plus d'analogie & de reffemblance auec le cerueau, & l'inflammation d'icelle n'eftant pas
toufiours fuiuie d'vn delire continuel : cela fait qu'il nous en faut rechercher d'autres caufes. Or nous eftimons qu'elles font deux, c'eft à fçauoir la connexion &
focieté admirable qui eft entre ces deux parties, & puis le mouuement perpetuel
du diaphragme : La focieté fe fait par les nerfs notables qui portent & la chaleur
& l'efprit vaporeux au cerueau : & le mouuement perpetuel du diaphragme pouffe les vapeurs fumeufes, & comme vn foufflet, les transporte comme auec la main
au cerueau. Car fi tu ne reçois que la feule fympathie des nerfs, d'où vient en
l'inflammation de l'orifice du ventricule, lequel reçoit des nerfs notables nommez *ftomachiques*, qu'il ne furuient point vne telle phrenefie.

HISTOIRE ANATOMIQVE.

De la pleure & du mediaftin.

CHAPITRE V.

 E qu'eft en la region inferieure le peritoine, eft en la
moyenne & vitale la membrane, nommée des Grecs *pleu-
ra*, pource qu'elle eft eftenduë fous toutes les coftes; &
du vulgaire *fuccingente*. Car comme le peritoine enuironne tous les organes naturels, eftant eftendu autour d'i-
ceux, d'où il a efté nommé peritoine, d'vn verbe Grec
qui fignifie *eftendre tout autour* : Ainfi la pleure ceint &
embraffe toutes les parties contenuës au ventre moyen. La figure & magnitude
de cette membrane ne different pas de celles du thorax, ny fa fubftance de celle
du peritoine : Car elle eft déliée, mais tres-forte. Sa fuperficie exterieure apparoift inégale & rabboteufe, & l'interieure polie & comme couuerte d'vne humidité *aqueufe*. Elle reçoit des veines du rameau intercoftal & de l'azygos, qui font,
accompagnées d'autant d'arteres, & plufieurs nerfs de la fixiéme coniugaifon du
cerueau, & quelques-vns des nerfs de l'efpine. Cette membrane n'eft point fimple, comme ont voulu les Anciens, mais manifeftement double par tout : elle eft
toutesfois plus épaiffe aupres du dos où elle eft attachée aux ligamens des vertebres. Galien veut que par la partie qu'elle couure les coftes, elle ferue comme de
deffence aux poulmons, pour garder quand ils fe dilattent en l'infpiration, qu'ils
ne foient offençez par la dureté des coftes & des cartilages : mais par la partie
qu'elle ceint les efpaces d'entre les coftes, qu'elle ait efté faite pour l'amour des
mufcles & des vaiffeaux, en donnant vne tunique aux mufcles & en appuyant
& affermiffant les vaiffeaux qui fe trainent par les entre-deux des coftes : Elle a
encor vn fecond vfage, c'eft de reueftir & affembler toutes les parties contenuës
dans la poictrine, Car elle leur donne à toutes vne tunique commune. A ces
deux on en peut adioufter vn troifiéme, pour empefcher que le poulmon en faifant fon mouuement ne s'infinuë aux efpaces d'entre les coftes. Quand cette
membrane-cy eft venuë quafi à la moitié du thorax, elle fe redouble de cofté &
d'autre, & s'en va de l'efpine au fternon, diuifant la cauité de la poictrine & les
poulmons en deux parties dextre & feneftre : Le vulgaire appelle ces membra-

*Les noms de
la pleure.*

*Sa figure.
Magnitude.
Subftance.*

*Ses veines.
Arteres.
Et nerfs.*

*Elle eft dou-
ble.
Son vfage pre-
mier.*

Deuxiéme.

Troifiéme.

*Que c'eft que
le mediaftin.*

nes ainſi redoublées *le mediaſtin*. Or la longueur de ce mediaſtin s'eſtend des claⁱ uicules iuſques au diaphragme, & la largeur du ſternon iuſques aux corps des ver- tebres. Icy ſe peut voir vne cauité notable enuironnée de fibres nerueux, qu'au- cuns penſent ſeruir à former la voix. L'vſage de ce mediaſtin eſt ou premier ou ſecond: Le premier eſt pour ſouſpendre les viſceres, de peur qu'ils ne tombent vers les coſtez ou en arriere, & pour affermir & appuyer les vaiſſeaux: le ſecond eſt pour empeſcher qu'vne partie du thorax eſtant bleſſée, le mal ne ſe communi- que à l'autre.

ſon vſage. (marginal note)

Briefue énumeration des parties contenuës au thorax.

CHAPITRE VI.

Comment tou- tes les parties du thorax mi- niſtrent au cœur. (marginal note)

OMME les organes naturels dediés à la nutrition & à la pro- creation ſont contenus au ventre inferieur: ainſi les vitaux ſeruans à la reſpiration & au poulx, au moyen. Le cœur eſt le premier autheur de la reſpiration & du poulx, auquel, comme au Roy, miniſtrent toutes les autres parties conte- nuës en la poictrine. Le poulmon boutique de l'eſprit, luy prepare l'air attiré par la reſpiration, & rafraiſchit par ſon mouuement, comme vn éuentail, la chaleur immoderée d'iceluy. La trachée ar- tere luy porte l'air conuenable pour le réjoüir, purifier & rafraiſchir: Le tronc de la veine caue luy verſe par vne tres-grande ouuerture le ſang au ventricule droit, comme dans vne ciſterne, pour la generation de l'eſprit vital: & la grande artere reçoit du ventricule gauche l'eſprit vital & le diſtribuë par ſes rameaux, comme par des tuyaux, dans tout le corps. Voilà comment toutes les parties contenuës en la poictrine miniſtrent au cœur: il nous faudroit donc ſuiuant l'ordre de dignité & de la doctrine commencer par l'hiſtoire d'iceluy: Mais d'autant que nous ſuy- uons icy l'ordre de diſſection, nous décrirons & demonſtrerons premierement les vaiſſeaux, & puis apres nous viendrons aux viſceres: Car on ne ſçauroit faire la demonſtration du cœur ſans ouurir les ventricules d'iceluy, & les quatre vaiſſeaux qui s'abbouchent en iceux, leſquels eſtans couppez tout le ſang s'écoule en ſorte, qu'il eſt impoſſible de voir les ruiſſeaux & diſtributions des veines & des arteres.

La diſtribution de la veine caue aſcendante.

CHAPITRE VII.

Quatre veines naiſſent du tronc de la ca- ue aſcendante. La phrenique. La coronaire. (marginal note)

L'Azygos. (marginal note)

A veine caue ſortant de la partie gibbeuſe du foye perçeant le diaphragme par ſon tronc, que le vulgaire nomme *aſcendant*, monte iuſques aux clauicules. De ce tronc ſortent quatre vei- nes, la phrenique, la coronaire, l'azygos & l'intercoſtale. La phrenique ſe traine par tout le corps du diaphragme, & en- uoye quelques branchettes au pericarde & au mediaſtin. La coronaire ceint toute la baſe du cœur, comme vne couronne: elle eſt le plus ſouuent ſim- ple & rarement double, & reſpand de part & d'autre des ſcions par toute la ſubſtance du cœur pour luy porter ſa nourriture. L'azygos, c'eſt à dire, ſans pareille, parce qu'elle ſe trouue ſeulement au coſté dextre, produit huict ſcions, qui s'en vont auſsi bien au coſté gauche comme au droit nourrir les huit coſtes inferieures, & les eſpaces qui ſont entre icelles, enuoyant cependant à l'œſophage des branchettes fort menuës, mais en bien grand nombre. Les anatomiſtes modernes ont remarqué vne double communion de cette veine ſans pair: l'vne eſt auec les veines thoraciques qui naiſſent de l'axillaire, de là vient que la ſeignée en la pleureſie faite du coſté meſme de la douleur aide merueilleuſement. L'autre eſt auec l'adipeuſe & l'émulgente par vn rameau fort petit, & c'eſt par iceluy que Fallope veut que le pus amaſſé dans le thorax ſe purge par les vrines. Quand aux petites membranes qu'Amé Portugais dit eſtre comme petites portelettes aux rameaux de l'azygos, pour empeſcher le retour du ſang, ie n'ay encore peu les voir, & meſme ie n'ay veu perſonne qui m'aſſeuraſt les auoir veuës: qui me fait croire que ce ne ſont que pures folies. La derniere eſt dite *intercoſtale*, pource qu'elle nourriſt les eſpaces qui ſont entre les trois ou quatre coſtes ſuperieures: Nous auons pluſieurs fois remarqué que cette veine defailloit: mais alors l'azygos faiſoit office d'intercoſtale, & enuoyoit vn rameau aux coſtes ſuperieures. Le tronc de la veine caue aſcendante ayant produit ces quatre ſcions ſe fend tout en deux fort gros rameaux, leſquels à raiſon de leur ſituation & de la nature de la partie, ſont nommez *ſouſclauiers*, Car ils ſont ſituez au deſſous des clauicules. Vne partie de ces rameaux eſt cachée dans la cauité de la poitrine, & l'autre ſortant dehors du thorax eſt portée aux aiſſelles, & eſt appellée *axillaire* De la partie qui eſt cachée dans la poitrine naiſſent cinq veines. La mammaire, la tymique, la capſulaire, la ceruicale & la muſcule. La mammaire deſcend par deſſous le ſternon, & enuoye en paſſant des branchettes aux muſcles thoraciques & aux mammelles: mais auec la plus grande partie elle ſort à la partie interne du muſcle droit, où quelques-vns de ſes ſcions rencontrent vn peu au deſſus du nombril, autant de ruiſſelets de la veine epygaſtrique aſcendante. La thymique ſe reſpand par tout le corps glanduleux, qu'on appelle *thymus*: Elle arrouſe auſſi le mediaſtin. La capſulaire remarquée de peu d'Anatomiſtes ſe traine par le pericarde, & s'en va rencontrer les phreniques aſcendantes, tellement qu'il ſemble que ce ſoyent meſmes vaiſſeaux. La ceruicale entre au cerueau ayant paſſé par les trous des apophyſes tranſuerſes des vertebres du col, & enuoyé en paſſant des branchettes aux muſcles voiſins. La derniere eſt la muſcule, laquelle eſtant ſortie deuant le muſcle ſcaleine, eſt portée aux muſcles épineux tant de la nuque, que du haut du thorax. L'autre partie du rameau ſouſclauier ſortie de la cauité du thorax, & venuë iuſques aux aiſſelles, eſt dite *Axillaire*. De ce rameau naiſſent trois veines, la thoracique, la baſilique & la cephalique. La thoracique eſt iumelle de chaque coſté: l'vne d'icelles ſe diſtribuë aux mammelles & aux muſcles anterieurs du thorax, comme au pectoral & au petit dentelé: & l'autre aux poſterieurs. Trois ou quatre branchettes de ces veines s'vniſſent auec trois ou quatre ſcions de la veine ſans pair, qui eſt vne obſeruation nouuelle & tres-belle. De la baſilique & de la cephalique qui ſont les veines particulieres du bras, nous en parlerons en l'hiſtoire des iointures. Voilà donc quelle eſt la diſtribution du rameau ſouſclauier.

L'intercoſtale.

Les ruiſſeaux du rameau ſouſclauier.

La mammaire.

La thymique.

La capſulaire

La ceruicale.

La muſcule.

Du rameau axillaire naiſſent,

La thoracique.,

La baſilique & la cephalique.

Des parties Vitales,

De la grande artere afcendante.

CHAPITRE VIII.

Les arteres co-
ronaires.

'Artere faillant hors du ventricule gauche du cœur, renuoye incon-
tinent deux arteres, qui font nommées *coronaires*, à la bafe & à l'en-
tour d'iceluy : puis elle fe fend toute en deux , eftant comme diuifée
en deux fort gros rameaux : l'vn d'iceux décend vers bas du long des
vertebres des lumbes , & l'autre monte en haut aux clauicules, où il fe

Le rameau
foufclauier.
L'intercoftale.
La mammaire.
La ceruicale.
La mufcule.
La carotide.
diuife en deux notables rameaux , nommez *foufclauiers.* Du foufclauier dextre
fortent cinq arteres, l'intercoftale fuperieure qui eft portée aux coftes fuperieures : la mammaire qui s'en va à la partie interne du fternon : La ceruicale qui entre au cerueau par les trous des apophyfes tranfuerfes des vertebres de la nuque.
La mufcule qui fe répand dans les mufcles de la nuque : & la carotide (nommée
auffi *lethargique & apopleČtique* , parce qu'eftant liée, elle caufe la lethargie & l'a-
poplexie , en deniant le paffage à l'efprit vital, qui fournit de matiere à l'efprit
animal) qui monte par les coftez de la trachée artere en haut , accompagnée de
la iugulaire interne. La diftribution de la foufclauiere feneftre eft femblable, excepté qu'elle ne produit point de carotide. Tu trouueras vne defcription plus
exacte des veines & des arteres au quatriéme liure.

Du Pericarde.

CHAPITRE IX.

Les noms du
pericarde.
lib. de corde.

E cœur vifcere tres-noble eft enueloppé d'vne membrane,
que les Grecs nomment *Pericardion* , & les Latins *cordis inuolu-*
crum, capfam, cafulam, arculam: comme qui diroit *l'enueloppoir,*
caffe, boëfte ou coffret du cœur. Hippocrate l'appelle κουλεόν qui fi-

Sa figure &
magnitude.
gnifie vne *gaine.* La figure de cette membrane eft pointuë, comme eft auffi celle du cœur : Car d'vne bafe plus large elle fe termine peu à peu en vne pointe aiguë. Elle ne touche point immediatemét au cœur,
ains elle en eft autant reculée comme il eftoit befoin pour luy laiffer fon mouue-

Vfage de l'eau
du pericarde.
ment libre. Et afin qu'il n'y euft rien de vuide entre-deux, Nature y a mis vne humeur femblable à du megue ou à de l'vrine, pour rafraifchir & humeČter le cœur,
& empefcher qu'il ne s'enflamme à raifon de fon mouuement continuel , comme
auffi pour faire qu'en nageant en cette humidité il foit plus leger & moins en-

Origin du pe-
ricarde.
nuyeux à l'animal. Elle prend fon origine des membranes des quatre vaiffeaux , à

Sa fituation.
fçauoir de la veine caue, de la veine arterieufe, de la grande artere, & de l'artere veineufe, qui font en la bafe du cœur. Sa fituation eft femblable à celle du cœur : Car
par fa bafe elle occuppe exaČtement le mitan du thorax, mais par fa pointe elle
incline vn peu vers le cofté gauche, & s'auance tellement en deuant qu'elle touche
aux cartilages du fternon : Outre-plus elle eft eftroitement attachée au cercle

Sa fubftance.
nerueux du diaphragme. Sa fubftance eft toute membraneufe , dure , épaiffe &
moyenne entre la fubftance des os & du poulmon. Elle eft toute contenuë a foy
excepté en fa bafe, où elle eft troüée, pour donner paffage aux vaiffeaux fortans du
cœur.

cœur. Elle a des veines communes qui viennent des phreniques, & vne propre *ses veines.*
du rameau fousclauier, nommée *Capsulaire*. Elle reçoit auffi quelques petits nerfs *Et nerfs.*
du recurrent gauche. Nous ne luy donnons qu'vn feul vfage, pour deffendre le *son vfage.*
cœur des iniures externes en le couurant comme vn rampart ou boulleuart.

CONTROVERSES ANATOMIQVES.

De l'eau du Pericarde: A fçauoir fi elle fe trouue aux corps viuans:
& d'où vient fa generation.

QVESTION CINQVIESME.

 L n'y a perfonne pour peu auançé qu'il foit en l'Ana-
tomie qui n'ait fouuent remarqué en la diffection du
corps humain , & de quafi tous les autres animaux,
vne eau femblable à du megue ou à de l'vrine, conte-
nuë en l'enueloppe du cœur. Mais à fçauoir fi cette eau *A fçauoir fi*
fe trouue aux corps viuans comme elle fait aux morts, *l'eau du Peri-*
on n'en eft pas encore bien refolu. Il y en a qui affer- *carde fe trou-*
ment qu'elle fe trouue feulement aux corps morts, par- *ue aux corps*
ce que la chaleur du cœur venant alors à fe refoudre *viuans.*
& efteindre , le froid condenfe & conuertit les vapeurs en eau. Le docte Veiga *Opinion de*
rapporte la generation de ces eaux aux corps morts , à la chaleur du cœur & des *Veiga.*
parties voifines , laquelle fous la nature de chaleur pure , fond la graiffe & la tour- *Com. ad c. 1.*
ne en eau. Or par la chaleur pure , il entend (à ce que ie penfe) la chaleur élemen- *l. 5. de loc. aff.*
taire qui n'eft plus regie par l'ame. Mais ie ne croy point qu'il y puiffe auoir vne *Reiettée.*
chaleur affez grande aux corps n'agueres morts, pour fondre la graiffe , veu mefme que celle qui eft autour du cœur & de fes membranes ne peut eftre fonduë
par noftre feu, finon auec vn affez long efpace de temps.

Quelques autres confeffent bien que cette humeur aqueufe s'engendre aux *Autre opi-*
viuans, mais feulement aux malades, & aux melancoliques qui abondent en fe- *nion nulle.*
rofitez, & qui font ordinairement vexez de palpitations de cœur; d'où Hippocrate appelle couftumierement cette humeur-cy *Hydor* , c'eft à dire, *eau*. Pour *Opinion de*
noftre regard nous tenons que cette humeur s'engendre auffi bien aux corps *l'autheur*
fains, comme aux malades : mais que ceux-cy en engendrent dauantage., Nous *qu'elle fe trou-*
confirmerons noftre opinion par authorité , par le fens & par la raifon. L'autho- *ue en tous corps*
rité eft de noftre Hippocrate, où il dit, *Il y a en cette tunique vn peu d'humidité* *viuans confir-*
mée par autho-
comme de l'vrine , tellement qu'il femble que le cœur foit logé dans vne veffie. Galien *rité d'Hippo-*
a voulu le mefme, & la veuë le conuainc auffi : Car fi on fait diffection des ani- *crate au liu. du*
maux viuans on leur trouuera quelque peu d'humidité dans le Pericarde. Et aux *cœur, &*
faintes Efcritures vn Gendarme ayāt percé le cofté de noftre Sauueur Iefus-Chrift *De Galien*
auec vne lance il en fortit fang & eau. Mais l'vfage ne manque pas auffi à cette hu- *Par le fens de*
la veuë.
meur fereufe, qui eft la caufe finale : car elle fert pour humecter le cœur, & em- *S. Iean ch. 19.*
pefcher qu'il ne s'enflamme à raifon de fes mouuemens continuels. *La genera-* *Et par raifon.*
L'vfage ou
tion de cette humeur fe fait (dit Hippocrate) *afin que le cœur floriffe fain en fa cufto-* *caufe finale*
de. Concluons donc que cette humeur s'engendre aux corps viuans tant fains *d'icelle.*
comme malades pour rafraifchir & humecter le cœur. Mais dequoy eft-elle *Au lieu alle-*
engendrée ? Il y en a qui veulent que ce foit des vapeurs du cœur condenfées & *gué.*

D'où & de-
quoy cette hu-
meur eft en-
gendrée.

conuerties en eau par la frigidité des membranes : non autrement que les vapeurs éleuées des viſceres échauffez, & portées au cerueau, ſont condenſées & tournées en eau par la frigidité d'iceluy. Les autres diſent que c'eſt de la ſeroſité qui exude à trauers des tuniques des quatre vaiſſeaux du cœur : Car les veines & les arteres en contiennent beaucoup. Les autres finalement eſtiment qu'vne portion de ce que nous beuuons échappe par les coſtez de la trachée artere dans les

Au lieu cotté. poulmons, & d'iceux dans la cauité du pericarde. De laquelle opinion ſemble auoir eſté Hippocrate où il dit, *Le cœur piſſe & rend cette humeur en la prenant & conſommant en beuuant, ſçauoir eſt en leſchant le breuuage du poulmon.* Ie ſouſcris à toutes ces trois opinions, & croy que cette humeur peut eſtre engendrée, & des vapeurs condenſées en eau, & des ſeroſitez des vaiſſeaux, qui exudent à trauers des tuniques, & d'vne portion du breuuage qui coule dans le thorax. Mais à ſçauoir ſi quelque portion de ce que nous beuuons deſcend dans les poulmons, nous en diſputerons exprés en l'hiſtoire des poulmons.

HISTOIRE ANATOMIQVE.

Du Cœur.

CHAPITRE X.

1. de diæta.

'AM E de l'homme ſimple & indiuiſible de ſoy, laquelle Hippocrate appelle *Nature inuiſible*, combien qu'elle ſoit toute au tout, & toute en chaque petite partie du corps ; ſi eſt-ce qu'elle ſemble diuiſible & diuerſe à raiſon de la diuerſité de ſes facultez, & reluit plus en quelques parties qu'aux autres, à raiſon de la differente

Les trois facul-
tez de l'ame
ſont ſeparées
des lieux.

compoſition de ſes inſtruments. Les differences de ſes facultez ſont trois en general ; la naturelle, la vitale & l'animale, leſquelles ſous leur conduite & gouuernement entretiennent & conſeruent tout le corps en ſon entier. Les Medecins leur ont aſſigné à chacune ſon propre ſiege au lieu où les effets de leurs

L'animale eſt
logée au cer-
ueau.

actions reluiſent plus manifeſtement. Ils ont logé l'animale, qui eſt le principe du ſentiment & du mouuement au lieu le plus éleué de tout le corps : c'eſt à ſçauoir au cerueau couuert de toutes parts du Crane comme d'vn rampart. La Na-

La naturelle
fait ſa reſiden-
ce au foye.
Et la vitale
tient ſon ſiege
au cœur.
L'excellence
du cœur &
ſon vſage.

turelle qui eſt compriſe ſous l'auctrice, l'altrice & la procreatrice, au foye, boutique de la ſanguification : & la vitale, laquelle reluit au poulx & en la reſpiration, au cœur comme en la fortereſſe & retraitte la plus aſſeurée. Doncques *le cœur* (ſelon Platon) eſt le ſiege de la faculté iraſcible : & ſelon les Medecins, il eſt le domicile de la faculté vitale, le principe de la vie, la fontaine de la chaleur, & du nectar viuifiant, la racine & ſource des arteres, le premier autheur du poux & de la reſpiration, lequel eſtant vigoureux rend toutes choſes vigoureuſes, ou languiſſant toutes choſes languiſſent, ou mourant toutes choſes meurent auec luy. C'eſt icy qu'eſt encloſe le feu artificiel de Zenon, c'eſt icy qu'eſt caché le feu diuin & celeſte que Promethée déroba au Ciel pour animer l'homme. Et de fait il falloit que ce viſcere ſeruiſt comme de foyer pour conſeruer la chaleur naturelle de toutes les parties, & reſtaurer leur vie fuyarde & caduque par ſon influence ; qui eſt la rai-

fon pourquoy Theophrafte l'a nommé ϲυϜϜ૦ύ∤, qui vaut autant à dire qu'influence,
Quand à la dignité de ce viſcere, elle eſt moindre (quoy que diſent les Peripateticiens) que celle du cerueau ; mais il eſt beaucoup plus neceſſaire. Car il n'y a que ce
feul viſcere qui ne ſoit point long temps trauaillé de maladies, qui ne prolonge
point les griefs tourmens de la vie, & qui eſtant vne fois bleſſé, apporte vne mort
foudaine. *La mort*, dit Galien, *ne vient iamai: ſinon aux intemperatures immoderées*
du cœur ; & felon Ariſtote, *Il ne s'eſt iamais trouué d'animal ſans cœur: encore qu'il y*
en ait pluſieurs qui n'ayent point de roignons, de veſſie, ny de rattelle. Or ie m'en vay
maintenant commencer à décrire la compoſition admirable de ce viſcere.

Combien il eſt neceſſaire.
l. 5. de loc. aff
c. 1.
4. de generat.
animalium.

Les Grecs ont nommé le cœur *Cardia & Cradia* d'vn certain verbe qui ſignifie
darder, pource qu'il eſt agité d'vn mouuement perpetuel. Chryſippe l'appelle *Car-*
dia, comme qui diroit *Cratia*, qui eſt à dire *principauté*. Les anciens Grecs l'ont
nommé par excellence *Splanchnon*, c'eſt à dire *viſcere* ; & Sophocles appelle vn
poltron & coüard, *aſplanchnos*, comme qui diroit *vn homme ſans cœur ny viſcere*.
Sa figure eſt pyramidale & aſſez ſemblable à celle d'vne noix de pin : car d'vne
baſe large il ſe termine doucement en vne pointe aiguë comme vne toupie. Les
Grecs appellent la baſe *cephalé*, c'eſt à dire *la teſte du cœur*, & la pointe *puthmé*. Hippocrate l'a nommé *Ourachon*. Mais il faut peut-eſtre lire *Ouriachon*, qui eſt le fer
fiché au bout du bas d'vn épieu, ou bien *Ouragion*, qui ſignifie *bout ou queuë*. Nature luy a donné cette figure, non point comme veulent quelques reſueurs, à raiſon du feu, car ſi ainſi eſtoit, il faudroit qu'il euſt la pointe tournée vers haut, mais
pource que la figure pyramidale eſt oblongue & quelque peu ronde. La longitude aide à l'attraction, & la rondeur pour le rendre plus capable, plus fort & moins
expoſé aux iniures. Or l'vn & l'autre eſtoit neceſſaire au cœur. Ioint qu'en cette figure pointuë les fibres du cœur qui ſont en vn mouuement perpetuel ont vn principe immobile, ſur lequel ils s'appuyent, à ſçauoir la pointe. Ie laiſſe que le cœur
feroit trop peſant, & qu'il ne ſe pourroit pas dillatte ny reſerrer ſi facilement, s'il
ne ſe terminoit en vne pointe aiguë. Cette figure neanmoins approche de fort
prés à la ſphærique, qui eſt la plus capable de toutes, tellement que le cœur en
ſes grandes dilatations apparoiſſe tout rond. La ſuperficie exterieure de ce viſcere depuis la baſe iuſqu'à la pointe apparoit vnie & polie excepté que les veines & arteres coronaires remplies de beaucoup de ſang, & la graiſſe dont il eſt enuironné, luy cauſent quelque inégalité. Il eſt ſitué au milieu de la poitrine, pour
diſtribuer également, comme vne eſtoille ſalutaire, l'eſprit vital & le nectar viuifiant aux extremitez. Or nous conſiderons icy le milieu plus groſſierement que
les Mathematiciens. Car s'il faut parler proprement, il n'y a ſeulement que la baſe
qui occupe le mitan. Car le thorax eſtant borné du ſternon par deuant, des vertebres du dos par derriere, des clefs par haut, du diaphragme par bas, & des douze
coſtes par les coſtez droit & gauche, comme de ſes fins & limites, on trouue que la
baſe eſt autant recullée du ſternon que du corps des vertebres ; des clauicules que
du diaphragme & finalement des coſtes dextres que des ſeneſtres. La baſe occupe cette ſituation, parce que la partie la plus noble du cœur commiſe ſur l'origine & implantation des quatre vaiſſeaux deuoit eſtre ſitué au lieu le plus ſeur & le
plus digne. Le reſte de ſon corps s'auance par ſa pointe doucement en deuant, &
vers le coſté gauche au deſſous de la mammelle ſeneſtre, où nous ſentons en touchant auec la main vn manifeſte battement : en deuant certes, pour rendre par
cette ſituation la partie vers laquelle ſe fait le mouuement plus chaude ; Or l'homme ſe meut touſiours en deuant, & pour empeſcher que la baſe du cœur ou ſes

Les noms du cœur.

Sa figure.

li. de corde.

Pourquoy Py-ramidale.

Sa ſituation pourquoy au milieu du thorax.

ventricules ne soyent offencez aux mouuemens violens par la dureté des os. Et
vers le costé gauche plustost que vers le droit, tant à raison de la veine caue ascendante qui est toute au costé dextre, qu'à raison du foye qui y est aussi situé. Or il ne
falloit pas que le cœur descédit droit en bas, ains qu'il inclinast d'vn costé ou d'autre, pour garder qu'il ne donnast empeschement au diaphragme, organe princi-

pal de la respiration, qui est agité d'vn mouuement continuel. Il est petit afin que
le mouuement de diastole & de systole soit plus facile; & pource que les principes
sont petits en masse, mais tres-grands en vertu & efficace. Il n'est toutefois de
pareille grandeur en tous animaux, mais ceux qui sont paoureux l'ont plus grand?
Or ils sont paoureux, pource qu'vne chaleur petite se dissipe facilement en vn
grand receptacle. Ainsi les lieures, les cerfs, les pantheres, les bellettes & les asnes
l'ont fort grand. Il est vray que si nous adioustons foy aux écrits d'Aristote, que
l'homme selon sa proportion l'a plus grand que pas vn des autres animaux. Ce
que les Egyptiens content touchant la magnitude & l'accroissement du cœur, sont

choses feintes à plaisir. En ses qualitez actiues il est chaud, voire le plus chaud de
tous les visceres; & aux passiues il est plus humide que la peau, mais plus sec que les

autres visceres. Cet organe tres-noble est composé de plusieurs parties similaires.

Toute sa structure est donc faite de chair, de graisse, de veines, d'arteres, de nerfs
& d'vne tunique propre. Cette chair est dure, dense & solide; qui est la raison
pourquoy Hippocrate appelle le cœur par abusion *muscle tres-fort; non point,* dit-
il, *qu'il ait des nerfs ny des tendons, mais à raison qu'il a sa chair fort dense & fort soli-*

de. Or il falloit que sa chair fut ainsi dense & dure, à raison de la feruer de la chaleur naturelle, de la subtilité des esprits contenus en ses ventricules, & de l'agitatió
perpetuelle de son mouuement necessaire à la vie. De sorte qu'il y ait mesme raison du cœur à l'esprit qu'il contient, cóme du fourneau auec le feu qui est en iceluy : Or on fait ordinairement le fourneau de brique. Mais aussi cette chair appa-

roit plus solide en la pointe qu'en la baze, tant pource que tous les fibres se terminent en cet endroit, que pour garder qu'en heurtant aux mouuemens violens có-
tre le sternon, duquel elle n'est point beaucoup eslongnée, elle ne soit offencée par
la dureté d'iceluy, & ainsi que le cœur ne soit forcé de violer & rompre l'ordre &

la durée de son mouuement continuel. Cette chair est entretissuë de trois sortes de
fibres. Elle a premierement les droits qui s'en vont de la baze iusques au bout de la
pointe ; puis apres les obliques, qui s'auancent obliquement selon la longitude
du cœur: & finalement les transuersaux, qui ceingnent & enuironnent en rond le
cœur & ses ventricules : & sont ces trois sortes de fibres tellemét entrelassées, qu'à
grand peine les sçauroit-on separer entiers. Le cœur en son diastole attire par les
fibres droits le sang de la veine caue dans son ventricule dextre, & l'air de l'artere
veineuse dans le gauche ; Il retient par les obliques ce qu'il a attiré en son diastole, il s'en recrée & rassasie; & par les transuersaux qui le reserrent & estrecissent, il
chasse le sang par la veine arterieuse dans les poulmons, l'esprit vital dans la gran-

de artere, & les excremens fuligineux dans l'artere veineuse. On ne doit pas moins
admirer le mouuement perpetuel & naturel du cœur, que celuy de l'Euripe en
l'Isle de Negrepont qui flotte & reflotte sept fois en vingt-quatre heures. Car par
ce mouuement perpetuel il se fait vne generation continuelle d'esprits, & n'y a
rien de fertile en l'animal parfait, sinon que la faculté tres-puissante du cœur luy
donne la fecondité. Au diastole les extremitez se froncent & rident, & la pointe
se retire vers la baze, & alors le cœur deuient plus court, mais ses costez s'eslargis-
sent en sorte qu'il apparoit quasi tout rond : & au systole il deuient à la verité plus

long,mais en échange il deuient plus eſtroit & plus menu. Voilà donc la chair du cœur qui fait la plus grand' partie de ce viſcere,à raiſon de laquelle il eſt nommé *viſcere charneux*.Outre cette chair il a des veines qui le nourriſſent,des arteres qui conſeruent ſa chaleur naturelle , & des nerfs. Les Anatomiſtes appellent la veine, *Coronaire* , parce qu'elle ceint toute la baſe & circonference d'iceluy, comme vne couronne;elle enuoye ſes branchettes de coſté & d'autre,mais celles qu'elle donne au coſté gauche ſont plus groſſes & en plus grand nombre , que celles du droit; parce que la partie ſeneſtre comme elle eſt denſe & plus ſolide que la dextre, auſſi a-il beſoin de plus grand' quantité de ſang pour ſa nourriture : cette veine eſt le plus ſouuent ſimple & fort rarement double. Il y a auſſi les arteres coronaires qui ſont ordinairement deux,leſquelles ſe trainent par toute la baſe d'iceluy : & quelques nerfs fort petits qui luy viennent de la ſixiéme coniugaiſon. Car quel beſoin a-il de cette grande bande de nerfs que Fallope luy donne , veu que ſon mouuement n'eſt point volontaire,mais naturel? Tout ce corps icy eſt couuert d'vne tunique propre qui conſerue toute la ſubſtance du cœur, & la rend plus ferme. Finalement la ſuperficie d'iceluy eſt quaſi toute couuerte de beaucoup de graiſſe, pour empeſcher qu'il ne s'enflamme à raiſon de ſon mouuement continuel,tellement que nous deuons icy admirer la prouidence ſinguliere de Nature , laquelle contre ſes propres loix engendre de la graiſſe en vne partie tres-chaude.

La veine du cœur.

Ses arteres.

Ses nerfs.

Sa tunique.

Sa graiſſe.

Des ventricules , oreillettes, vaiſſeaux & petites membranes du Cœur.

CHAPITRE XI.

Ombien que le cœur en tous animaux ne ſoit qu'vn,ſi eſt-il couſtumierement diuiſé en partie dextre & ſeneſtre. Hippocrate les appellé *ventres*, Galien, *cauitez*, Iulius Pollux , *ſeins ou ſinuoſitez*. Le ventre dextre nommé *ſanguin & veneux*, parce qu'il contient vn ſang groſſier, ne ſemble auoir eſté fait que pour l'amour des poulmons:d'autãt qu'il ne ſe trouue point aux animaux qui n'ont point de poulmons,car la ſubſtance des poulmons eſtant legere, rare & ſpongieuſe,elle auoit beſoin d'vn ſag ſubtil pour ſa nourriture,lequel pour cette raiſon deuoit eſtre raffiné au ventricule droit du cœur. Or ce ventre icy ne deſcend point iuſques au bout de la pointe , & n'eſt pas enuironné d'vne patoy ſi épaiſſe que le gauche. Il puiſe par l'ouuerture tres-large de la veine caue au diaſtole vn ſang groſſier qu'il ſubtiliſe & raffine aux foſſettes qui ſont en iceluy.Vne portion de ce ſang ainſi raffiné exude & paſſe à trauers du *ſeptum medium* au ventricule gauche, & l'autre eſt portée par la veine arterieuſe à la ſubſtance des poulmons pour leur nourriture. Le ventricule gauche appellé *arterieux & ſpiritueux*,parce qu'il attire l'air, & qu'il contient en ſoy l'eſprit vital, deſcend tout iuſques à l'extremité de la pointe,& eſt ceint d'vne paroy trois fois plus épaiſſe que le droit, pour empeſcher la diſſipation du ſang ſpiritueux, & pour recõpenſer par ſon épaiſſeur la peſanteur du ſang groſſier contenu au ventre dextre,& ainſi faire que le cœur ſoit en æquilibre,& non point plus peſant d'vn coſté que d'autre.De là vient qu'il n'incline ny deçà ny delà,encore qu'il ne ſoit pas attaché par aucun ligament aux parties voiſines.La ſuperficie interne de ces deux ventricules,encore qu'elle ſoit fort inégale & toute enuironnée de pluſieurs foſſettes entaillées en la ſubſtance charneuſe d'iceux;ſi eſt-ce que cette inégalité eſt beaucoup plus grande au gauche, afin de contenir & élaborer l'air & l'eſprit,& empeſcher qu'il ne ſe diſſipe & exhale facilemẽti

Le cœur ſe diuiſe.
lib. de corde.

Au ventricule dextre.

Et au ſeneſtre.

lib. de corde.

comme Hippocrate le premier a remarqué en ces mots. *Tous les deux ventres font rudes, & comme s'ils eftoient quelque peu rongez par dedans, mais le gauche plus que le droit.* Ces deux ventricules font feparez par vne certaine paroy metoyenne,

Le septum medium. que le vulgaire appelle *feptum medium*, pour empefcher que ce qui eft contenu en iceux ne fe confonde & meflange. Cette paroy au premier regard apparoit épaiffe & folide, mais celuy qui la regarde attentiuement de prés, la trouue percée de tant de petits trous, que le paffage (quoy que les Modernes crient contre Galien) eft facile du ventricule dextre au feneftre. Aux coftes des ventricules apparoiffent des appendices membraneufes, qu'Hippocrate appelle *corps mols & cauerneux*, lefquelles ont efté nommées, non point de leur vfage & action, mais

Les oreillettes. de leur figure *oreilles* ou *oreillettes*. La droite eft affife à la bouche & ouuerture de la veine caue, & la gauche à l'orifice de l'artere veineufe: la dextre eft plus grande, parce qu'elle fert de receptacle au fang groffier & épais; & la feneftre moindre, parce qu'elle ne contient rien que l'air. La fuperficie exterieure de ces oreillettes eft égale & polie; quand elle eft remplie, elle s'éleue & deuient gibbeufe; & quand elle s'abbaiffe & eft vuidée, elle fe ride & fléftrit. Mais l'interieure eft in-

Leur vfage premier. égale & pleine de foffettes & d'entrelaçeures fibreufes. Leurs vfages font diuers & admirables. 1. Ils feruent comme de receptacles pour receuoir l'air & le fang qui veulent entrer tout à coup auec effort aux ventricules, de peur qu'en vne contraction foudaine le cœur ne foit fuffoqué par vne grande oppreffion, & rompu

Le deuxiéme. par les chofes qui viennent en abondance de dehors. 2. Ils empefchent que la veine caue & l'artere veineufe ne fe rompent & déchirent aux mouuemens violens: Car le cœur peut attirer auec beaucoup de force & l'air & le fang : Doncques s'il faifoit vn grand effort pour les attirer, lors qu'il a befoin de rafraifchiffement, les vaiffeaux courroient le hazard de fe rompre, fi les oreillettes comme des foffes & des cifternes n'y eftoient point pour les receuoir. 3. Hippocrate leur en attribuë

Le troifiéme. encor vn autre, pour contemperer & rafraifchir le cœur comme des foufflets.

Le quatriéme. 4. Il y en a qui veulent que l'air & le fang matiere de l'efprit vital foient preparez en icelles. Le mouuement de ces oreillettes & celuy du cœur ne font pas femblables: Car le cœur fe remplit, parce qu'il fe dilate : mais les oreilles fe dilatent, parce qu'elles s'empliffent. Chofe qu'Hippocrate nous a tacitement monftré en ces

Aut. allegut. mots. *Le cœur eft agité de toute fa nature, mais les oreilles s'enflent & abbaiffent particulierement.* En la bafe du cœur apparoiffent quatre grands vaiffeaux auec leurs

Les quatre vaiffeaux, qui font orifices en pareil nombre, deux au ventre droit, & autant au gauche : au dextre font deux veines, la veine caue & la veine arterieufe: & au feneftre deux arteres, la

La veine caue, grande artere, & l'artere veineufe. La veine caue paffant à trauers du diaphragme s'ouure au ventricule droit du cœur d'vne ouuerture tres-grande, pour y verfer du fang en tres-grande abondance pour la nutrition des poulmons, & la generation de l'efprit vital. Ce fang cuit & attenué aux foffettes qui font audit ventricule fort par vn autre vaiffeau, fçauoir eft par la veine arterieufe, & fe répand dans toute la

La veine arterieufe, fubftance des poulmons pour leur nourriture. Cette veine icy eft dite *arterieufe*, à raifon de fa compofition, car elle a vne tunique épaiffe & denfe comme les arteres; & *veine*, à raifon de fon office, parce qu'elle porte le fang comme les autres

L'artere veineufe, veines. L'artere veineufe apparente au ventricule gauche fe répand par vne infinité de rameaux par tout le corps des poulmons; elle fert à porter l'air preparé dans lefdits poulmons au ventricule gauche, & à reporter hors du cœur les vapeurs fuligineufes, auec vne portion de l'efprit vital aux poulmons. Elle eft dite *artere* de fon office, parce qu'elle contient l'air & l'efprit; & *veineufe*, à raifon de fa cópofition,

parce qu'elle n'a qu'vne tunique mince & déliée comme les veines. Il reste le quatriéme vaisseau, appellé *grand artere*, à raison de sa largeur & grosseur. Ce vaisseau reçoit l'esprit vital, fait & élaboré au ventricule senestre du meslange du
sang & de l'air, & le distribuë par ses rameaux, comme par des tuyaux & aquæducts, dans toutes les parties du corps. *Voicy* (dit le souuerain Dictateur) *les*
fontaines de la nature humaine, & les fleuues par lesquels tout le corps est arrousé.

Or la raison pourquoy Nature a fait la veine des poulmons arterieuse, & l'artere
veineuse, me semble estre pource que le poulmon n'a point de mouuement de
soy, & qu'il ne se dilate que suiuant le mouuement du thorax : Il falloit donc que
son artere fust molle & déliée, pour puiser l'air promptement quand nous inspirons, & chasser hors les vapeurs fumeuses, quand nous expirons. Et quant à la
veine, il falloit qu'elle fust tres-épaisse & arterieuse, pour empescher la dissipation
du sang tres-subtil contenu en icelle, pour le nourrissement des poulmons, viscere tres-mol, tres-rare & spongieux. Cette veine icy est d'vne grosseur notable,
non pour la preparation de l'esprit vital, ains pour recompenser autant par sa
largeur, comme elle desrobe à la nourriture des poulmons, par l'épaisseur de sa
tunique. Voilà donc les quatre vaisseaux du cœur, la veine caue, la veine arterieuse, la grande artere, & l'artere veineuse. Aux orifices de ces vaisseaux naissent certaines membranes, qui peuuent estre indifferemment nommées *valuu-*
les, portes ou portelettes. Hippocrate les appelle *membranes :* Herophile *petits corps*
nerueux, Et Galien *épiphyses des membranes.* Leur vsage est, pour empescher que
ce qui est vne fois entré au cœur n'en puisse plus sortir : ou que ce qui en est vne
fois sorty n'y puisse plus rentrer par les mesmes vaisseaux : autrement le mouuement du cœur se feroit en vain & pour neant. Or ces valuules sont vnze en nombre, car il y a trois vaisseaux qui en ont chacun trois, mais l'artere veineuse n'en
a que deux. Or d'icelles les vnes regardent de dehors au dedans, c'est à dire, elles
sont ouuertes par dehors, & fermées par dedans, elles introduisent la matiere
dans le cœur. Les autres au contraire regardent de dedans au dehors, c'est à dire,
elles sont ouuertes par dedans & fermées par dehors, lesquelles versent la matiere hors du cœur dans les vaisseaux. La figure de ces deux sortes de valuules n'est
point semblable, car les premieres ont vne infinité de filets, comme musculeux
& charneux, qui s'en vont tout iusques au bas de la pointe du cœur, & font comme vne pointe triangulaire, qui est la raison pourquoy les Grecs les ont nommées τριγλωκίνας, *triglochinas :* c'est à dire, ayans trois pointes ou aiguillons. Aristote s'est parauanture icy trompé, quand il a mis le cœur pour principe des
nerfs, ayans prins ces fibres & filets pour des nerfs. Les dernieres ont la figure
d'vn demy cercle ou d'vn croissant : Les Grecs les nomment *sygmoïdes,* & sont
toutes situées dans le tronc du vaisseau. Il y a trois de ces portelettes en l'orifice
de la veine caue, ouuertes par dehors & fermées par dedans, lesquelles donnent
entrée au sang dans le ventricule droit du cœur : mais elles empeschent qu'il
ne puisse rentrer dans la veine caue : elles sont triangulaires. Il y en a pareillement trois en l'orifice de la veine arterieuse, ouuertes par dedans, & fermées
par dehors, lesquelles s'ouurent pour donner sortie au sang qui va du ventre
droit aux poulmons : mais le mesme sang voulant rentrer des poulmons au ventricule dextre, elles se ferment : elles sont demy-circulaires. Il n'y en a que deux
en l'orifice de l'artere veineuse, ouuertes par dehors, & fermées par dedans,
parce qu'il ne falloit point que ce vaisseau fust exactement fermé, afin que les vapeurs fumeuses eussent tousiours la sortie libre : elles sont triangulaires. Il y en a

trois à l'entrée de la grande artere demy-circulaires, ouuertes par dedans, pour donner yssuë à l'esprit vital, & fermées par dehors, pour empescher que le mesme esprit ne rentre & retourne au ventricule gauche, dont il est sorty. Au diastole du cœur toutes ces portelettes se dilatent, & par cette dilatation les triangulaires font comme plusieurs fentes, & les demy-circulaires ferment les extremitez & orifices de leurs vaisseaux. Au systole au contraire toutes les portelettes se retirent, & lors les triangulaires ferment toutes les fentes qu'elles faisoient, estant dilatées, & les demy-circulaires venans comme à se froncer & rider font des fissures ou fendasses, par lesquelles le sang sort librement. Voilà les secrets admirables de Nature en la structure & composition du cœur. Enodons maintenant les controuerses qui se rencontrent en l'histoire d'iceluy.

Comment ces portelettes s'ouurent & ferment au mouuement du cœur.

CONTROVERSES ANATOMIQVES.

A sçauoir si le cœur est le siege de la faculté vitale, & à quelle faculté de l'ame on la doit rapporter.

QVESTION SIXIESME.

QVE l'ame noble entelechie, ornée de ses trois facultez gouuerne & dispense toute l'œconomie du corps humain, c'est chose (ce crois-ie) qui est connuë à tout le monde. Ces facultez, selon le diuin Platon, voulant former les mœurs de l'homme font trois, l'irascible, la concupiscible & la rationelle: selon Aristote, Interprete de Nature recherchant les especes de toutes les choses animées, elles font aussi trois: la vegetatiue, la sensitiue & l'intelligente : Et selon Galien & les Medecins s'arrestans à la contemplation du corps humain, elles font semblablement trois, la naturelle, la vitale & l'animale, lesquelles ils veulent estre separées de lieux & sieges, & logent chaque faculté à l'endroit où ses puissances & actions reluisent plus manifestement. Or les principes de la vie apparoissent plus clairement au cœur fontaine tres-abondante de la chaleur naturelle, qu'aux autres parties : Ils logent donc en iceluy, comme en vne citadelle, la faculté vitale. Or ils appellent *faculté vitale* celle-là qui engendre les esprits vitaux, & les répand dans toutes les parties du corps. Il y en a, lesquels estans plus curieux des mots que des choses, qui aiment mieux la nommer *faculté spirituelle*. Ces esprits icy font engendrez par le moyen du poux & de la respiration, tellement que ces deux actions seruent & ministrent à la faculté vitale. Cette faculté n'est pas commune à toutes les choses animées, car les plantes & les animaux exangues viuent sans son aide, d'autant que leurs esprits froids & grossiers ne se dissipent point facilement : mais les animaux parfaits & tres-chauds, auoient besoin d'auoir en eux vn foyer & reseruoir, dont la chaleur viuifiante & l'esprit vital sourdissent continuellement. Nous auons donc en nous vne certaine faculté particuliere procreatiue des esprits vitaux, par le moyen de laquelle nostre vie est conseruée, laquelle toutesfois n'est point la vie. Que nous ayons en nous vne telle faculté, les Medecins le recueillent. 1. De la necessité que nous en auons. 2. Et de la composition des

La faculté vitale, que c'est

Elle n'est point commune à toutes choses animées.

Qu'elle se trouue aux animaux parfaits.

inftrumens feruans à icelle. La neceffité nous eft demonftrée parce que la vie des
animaux eft fuyarde, & qu'il fe fait vne perpetuelle diffipation de la chaleur naturelle: & partant s'il n'y auoit quelque certaine fubftance viuifiante qui fut continuellement remife au lieu de celle qui a efté diffipée, & fi les efprits n'eftoient
reftaurez par la prefence de quelque nectar nouueau, il feroit impoffible que l'animal tres-chaud peut long temps demeurer en fon eftre. Or ce nectar viuifiant,
c'eft l'efprit vital, qui eft perpetuellement engendré au cœur par la faculté particuliere & par fon mouuement propre, du meflange de l'air & du fang. Dauantage la compofition de tant de diuerfes parties & inftrumens qui fe voyent au cœur,
monftre qu'il faut neceffairement admettre cette faculté procreatiue de l'efprit vital. Car pour quelle fin, deux foffes au cœur, fi ce n'eft pour la generation des efprits: Pourquoy tant d'arteres refpanduës par tout le corps, fi ce n'eft pour les diftribuer & porter à toutes les parties: Et pourquoy le poulmon receptacle & boutique de l'air a il efté mis aupres du cœur, fi ce n'eft afin de luy preparer l'air, pour
eftre matiere propre à la generation d'iceux: Receuons donc cette faculté vitale,
car elle eft totalement neceffaire à l'animal parfait & fort femblable à la vertu celefte: Car comme le ciel eft dit conferuateur des corps inferieurs & qu'il promeut
& auance toutes leurs actions: Ainfi la faculté vitale conferue la chaleur naturelle de toutes les parties, & la réueille eftant comme endormie & languiffante. Le
ciel agit aux corps inferieurs par fa lumiere & par fon mouuement: le cœur par
fon mouuement continuel & par fon efprit (comme par vne lumiere celefte éclaire & viuifie toutes les parties du corps. La chaleur celefte produit diuers effets felon la diuerfité du fujet. Cet efprit vital fait toutes les functions du corps viuant,
encores qu'elles foyent diuerfes. Finalement comme la lumiere & le mouuement
aux corps fuperieurs, font les inftrumens des intelligences & du ciel: des intelligences certes, comme du premier mouuant immobile, & du ciel, comme du premier mouuant, qui eft meu. Ainfi l'efprit vital & le battement du cœur font les
inftrumens de l'ame & du cœur: de l'ame, comme du mouuant qui n'eft point
meu: & du cœur, comme du mouuant qui eft meu par l'ame.

Comparaifon de la faculté vitale auec la vertu celefte.

　　Mais on eft en grand debat pour fçauoir à quelle faculté de l'ame on doit
rapporter la vitale. Les Peripateticiens attribuent trois facultez à l'ame, la fenfitiue, l'intelligente, & la vegetatiue. On ne la fçauroit rapporter à la fenfitiue:
Car la faculté fenfitiue (comme enfeigne le Philofophe) eft toufiours auec apprehenfion & connoiffance de fon objet: & la vitale eft fans connoiffance. La
faculté fenfitiue ceffe & repôfe par le dormir: Mais c'eft alors que la vitale eft
plus forte & puiffante. On ne dira point auffi qu'elle doiue eftre rapportée à la
faculté animale motiue: Car le mouuement animal fuit toufiours l'appetit, & eft
volontaire, mais le mouuement du cœur & des arteres n'eft point en noftre puiffance pour nous obeïr. La faculté motiue n'agit point neceffairement, mais librement, au lieu que cette faculté pulfifique agit neceffairement, & n'y a que la
feule neceffité qui la puiffe hafter. La faculté motiue fe laiffe à la fin, & a befoin de
repos: mais la pulfifique ne fe repofe iamais tant que l'homme eft viuant. Il refte
donc qu'on la rapporte à la vegetatiue. Mais plufieurs y contredifent. 1. Parce que
les plantes ont la faculté vegetatiue, lefquelles n'ont point la vitale. 2. Parce que
la vegetatiue ne s'occuppe qu'autour de l'aliment, & eft definie par la nutrition: au lieu que la vitale s'occuppe à la generation des efprits. 3. Parce qu'en l'A-
trophie le corps ne fe nourrit point, lequel toutefois ne laiffe pas de viure par l'influence de cette faculté. Quand à nous (fuiuant la doctrine d'Ariftote) nous ne

La faculté vitale ne peut eftre rappor-tée.

A la fenfi-tiue.

Ny à la mo-tiue.

Refte donc que ce foit à la ve-getatiue, & comment.

diſtinguons point la faculté vitale de la vegetatiue : Mais nous donnons auec les doctes deux operations à la vegetatiue. La premiere eſt en l'aliment ſolide, pour la reſtauration des parties tant ſpermatiques que charnuës : & la derniere en l'air qui nous enuironne, & en la plus ſubtile partie du ſang pour la reparation des eſprits. Et pourtant aux plantes & animaux imparfaits qui ont leurs parties toutes aqueuſes & terreſtres, cette faculté s'occuppe ſeulement autour de l'aliment liquide & ſolide : mais aux animaux parfaits & tres-chauds leſquels abondent en eſprits, elle altere & change trois ſortes d'alimens, le ſolide, l'humide & le ſpiritueux : & pource que la ſubſtance aërée & ſpiritueuſe ſe diſſipe continuellement, il eſt auſsi beſoin d'vn perpetuel mouuement du cœur, & d'vne continuelle generation d'eſprits pour la reparer & remettre. Concluons donc que la faculté vitale doit eſtre rapportée à la vegetatiue & nutritiue. Galien a toutesfois diſtingué la vitale de la naturelle, parce qu'il ſemble qu'elle a quelque choſe de particulier, outre la nutrition commune, qui ſe fait par aſsimilation, combien qu'elles ne ſoyent point diſtinguées de fait. Car la generation des eſprits eſt vne certaine eſpece de coction : & la ſubſtance ſpiritueuſe des parties eſt reparée par l'eſprit vital, comme par ſon aliment propre, comme l'humide par le bruuage, & la ſolide par la viande. Mais quelques-vns ſont en doute, à ſçauoir ſi la faculté vitale differe de la pulſifique. Pour mon regard i'eſtime que la pulſifique miniſtre à la vitale, & qu'elles ne ſont diſtingtées que de functions & de latitude de ſujet. L'office de la faculté pulſifique eſt de battre : & de la vitale d'engendrer les eſprits. La faculté vitale exerce ſes puiſſances par tout le corps, mais il n'y a ſeulement que le cœur & les arteres qui battent. Les Medecins toutesfois confondent ces deux facultez, parce que la vie ne ſe peut connoiſtre que par le poux. Quand Galien loge la faculté iraſcible au cœur & la concupiſcible au foye : par la concupiſcible il n'entend point vn appetit qui ſoit porté auec connoiſſance à l'objet, mais vn appetit, par lequel on eſt naturellement porté à boire & à manger : lequel encores qu'il ſoit implanté en toutes les parties, eſt neanmoins ſpecialement attribué au foye boutique de la ſanguification. Or quand il met l'iraſcible au cœur, ce n'eſt pas qu'il penſe que ce ſoit encore quelque faculté particuliere de l'ame : Mais il le fait, parce que la chaleur exceſſiue du cœur, rend l'homme prompt & enclin à ſe courroucer.

La vegetatiue a deux actions.

A ſçauoir ſi la faculté vitale differe de la pulſifique.

Galien eſt expliqué touchât la faculté iraſcible & concupiſcible.
3. de loc. aff. & l. de plac. cap. 3.

Du mouuement du cœur.

QVESTION SEPTIESME.

VE le cœur viſcere tres-chaud ſoit agité d'vn mouuement continuel, perſonne ne le niera s'il n'eſt fol & priué de iugement : Car auſsi long temps que l'homme vit, ſi tu mets la main ſur ſa mammelle gauche tu y ſentiras vn battement perpetuel & manifeſte. Mais la nature & la cauſe de ce mouuement perennel eſt enueloppée de tant de difficultez, que le docte Fracaſtor eſtime qu'il n'y a que Dieu & Nature qui la connoiſſent. Pour noſtre regard nous eſtimons que la Nature de ce mouuement ne nous doit pas moins rauir que le flux & le reflux du deſtroit de l'Euripe en l'Iſle de Negrepont qui ſe fait ſept fois en vingt-quatre heures : la cauſe duquel, Ariſtote eſtant banny en Cal-

La cauſe du mouuement du cœur eſt tres-obſcure.
cap. 15. li. de ſympathia. & antipathia.

chide, ne pouuant trouuer, aucuns efcriuent qu'il en deuint hectique & qu'il mourut de regret : nous en dirons icy briefuement noftre opinion. Le mouue- *Le mouuemēt du cœur eſt de deux ſortes.* ment du cœur, felon Galien, eſt de deux ſortes, l'vn naturel & l'autre depraué : Il appelle le naturel *poux*, & celuy qui eſt depraué *palpitation* : cettuy-là prouient de la faculté, & cettuy-cy d'vne cauſe contre nature · Il nomme cettuy-là *action du cœur*, & cettuy-cy *paſſion*, *affection & maladie*. Or nous ne traittons point icy de la palpitation, mais du mouuement propre & naturel du cœur, lequel ſe fait du diaſtole, du ſyſtole & d'vn double repos, les cauſes duquel, bien que tres-obſcures, nous allons icy rechercher.

Ariſtote ne reconnoit qu'vne ſeule cauſe de ce mouuement continuel, à ſça- *Opinion d'A-riſtote au 20. chap. du liuret de la reſpira-tion.* uoir la chaleur : & d'autant que durant noſtre vie il y a quelque humidité qui eſt touſiours portée au cœur, & qui eſt touſiours enflammée : de là vient qu'il ſe di-late, & qu'il ſe reſerre perpetuellement. Car il enſeigne qu'il arriue trois choſes au cœur, la palpitation, le poux & la reſpiration : & veut que le poux ſoit fait par l'ebullition du ſang, lequel boüillonnant occupe dauantage de lieu, remplit les ventricules & les dilate. Il veut donc que le cœur ſoit dilaté par la chaleur & re-ſerré par l'inſpiration de l'air froid. Il éclaircit ſon dire par l'exemple de l'eau. *Eſclaircie d'vn exemple.* Car l'eau qui bout s'enfle & occupe plus de place : mais quand l'air froid vient à ſouffler dedans, elle ſe defenfle & abbaiſſe incontinent. Ainſi les ieunes gens ont le poux plus fort & vigoureux que les vieillards : Ceux qui dorment que ceux qui veillent : & ceux qui ſont ſains & gaillards, que ceux qui ſont malades : parce qu'ils ont la chaleur plus grande, & le ſang plus chaud & boüillant. Voilà l'opi-nion du Philoſophe, laquelle a ſemblé problable à pluſieurs, & entr'autres à *eſt refutée.* Turiſan : mais nous qui peſons toutes choſes à la balançe de medecine, nous la trouuons fauſſe & erronnée. Ariſtote ſe trompe en ce qu'il veut que le cœur ſe di- *Gal. c.21. li.6. de vſu part.* late, parce qu'il ſe remplit : car le Medecin tient au contraire qu'il ſe remplit, parce qu'il ſe dilate. Au mouuement depraué, comme eſt la palpitation, le cœur veritablement ſe dilate, parce qu'il ſe remplit ou d'air ou d'eau : mais au mouuement propre & naturel eſtant dilaté par la faculté il puiſe & attire le ſang & l'air, & ainſi il ſe remplit. Ainſi les ſoufflets des mareſchaux eſtans dilatez, ſe rempliſſent d'air : mais les peaux eſtans remplies, ſe dilatent & eſtendent, comme nous monſtrerons plus au long en la queſtion ſuiuante. Quelques-vns veulent que Galien ait eſté de meſme aduis, à ſçauoir que le cœur ſoit dilaté par la chaleur. *Le cœur* (dit-il) *ſe meut continuellement comme vne grande flamme.* *li.1. de ſemin. li 6. de placit. cap. 4. & cap. 6. ciuſdem.* Item, *Le ſang qui vient du ventricule ſemeſtre eſt ſpiritueux & plus chaud, tellement meſme qu'on voit battre ſes receptacles.* Item, *Le cœur eſt fort chaud, le foye n'eſt pas ſi chaud : Car ſi le foye eſtoit le principe de cette chaleur boüillonnante, ſes veines ne ſe-roient point priuées de battement.* Mais toutes ces choſes prouuent ſeulement la chaleur eſtre la cauſe impellente, & non point la cauſe efficiente principale & premiere du battement du cœur, comme affirmoit Ariſtote. Car comme ceux-là bronchent lourdement qui eſtiment que la nutrition ſe fait par la ſeule cha-leur, jaçoit ce qu'elle ne ſe puiſſe faire ſans icelle : ainſi ceux-là ſe trompent leſ-quels veulent que ce mouuement ſoit fait par la ſeule chaleur, combien qu'il ne ſe faſſe pas ſans icelle. Eraſiſtrate & Heraclides Erithreus, vouloient que le mou-uement du cœur ſe fit par la faculté animale & la vitale enſemblement. Auer- *Opinion d'A-uerrhoës.* rhoës eſtime qu'il prouient de l'ame appetitiue & ſenſitiue. Il écrit que le cœur eſt vne machine & vn organe, duquel l'appetit ſe ſert pour mouuoir. Car comme

Arift. lib. de
anima moti.
cap. 1. & li. 3.
de anima.
Gal. l. de mo-
tu mufculo-
rum.
eft refutée.
c. 5. li. 2. de
motu mufcu-
lorum.
ainfi foit qu'en tout mouuement volontaire, il foit neceffaire comme enfeignent Ariftote & Galien, qu'vne partie ne bouge & que l'autre fe remuë, & qu'en l'organe du mouuement il y ait quelque corps conuexe & vouté qui fe meuue, & quelque corps concaue fur lequel le corps qui fe meut foit appuyé : Il tient le cœur eftre cet organe, & veut qu'il foit agité d'vn mouuement volontaire, mais il s'eft pauurement trompé. 1. *Car nous pouuons (felon Galien) ceffer le mouuement volontaire quand il fe fait, ou le faire quand il ne fe fait point: & eft en noftre puiffance de le rendre plus tardif ou plus vifte, & plus rare ou plus frequent:* mais le mouuement du cœur n'eft pas en noftre puiffance pour nous obeïr. 2. Le mouuement volontaire n'eft iamais fans connoiffance & apprehenfion de fon objet: or le mouuement du cœur n'eft pas tel. Tu diras pour Auerrhoës que Galien ap-

Obiection.
Solution.
pelle quelquesfois le poux *action libre*, & par confequent volontaire. Mais regarde ce que Galien entend par le mot *libre*. Il appelle le poux *action libre*, parce

Opinion troi-
fiéme.
qu'il fe fait de fon bon gré & propre mouuement, & non pas felon noftre volonté & plaifir. Aucuns eftiment que le cœur eft meu & agité par nature feule, par-

Opinion qua-
triéme.
ce que c'eft elle qui (felon les Philofophes) eft le principe du mouuement aux chofes qui fe meuuent: Les autres difent que la dilatation du cœur fe fait par l'ame, & la conftriction par nature: les parois du cœur venans à s'abbaiffer par leur pefanteur: car les chofes pefantes s'abbaiffent & tombent vers bas par l'inclination de leur propre pefanteur : mais elles font releuées par vne caufe meilleure.

Refutée.
Ainfi au tremblement la faculté hauffe le bras & fa pefanteur l'abbaiffe. Mais le mouuement du cœur n'eft point tremblotant, & la pefanteur d'iceluy ne fait point la contraction: Car par la contraction il fe fait expulfion des vapeurs fuligineufes en l'artere veineufe, & de l'efprit vital en la grande artere : il y a donc de la force en la contraction du cœur & non point de la debilité. Voilà comment diuers ont diuerfement philofophé fur la caufe de ce mouuement. Pour noftre re-

Opinion de
l'autheur.
Le mouuement
violent.
Le mouuement
volontaire.
c. 5. de li. 2.
de motu muf.
Le mouuement
naturel.
gard nous en dirons auffi fort hardiment ce que nous en penfons, apres que nous aurons ietté quelques fondemens. Le mouuement (felon Galien) eft triple, violent, animal & naturel: de violent il n'y en a point qui foit perpetuel: à iceluy eft oppofé le naturel. Tout mouuement animal eft volontaire. Galien le defcrit fort bien, quand il dit: *Si tu peux faire ceffer ceux qui fe font quand tu veux; & faire ceux qui ne fe font point, ces mouuemens-là font volontaires: dauantage fi tu les peux rendre plus viftes ou plus tardifs, plus frequents ou plus rares : ces actions-là miniftrent à la volonté.* Il y a plufieurs fortes de mouuement naturel, ainfi que naturel fe peut dire en plufieurs manieres. Il y a le mouuement naturel fimple, qui fe fait par la feule nature & forme élémentaire : par iceluy les chofes pefantes tendent en bas, & celles qui font legeres en haut. 2. Galien appelle mouuement naturel celuy qui eft oppofé au violent. De cette façon le mouuement des mufcles, combien qu'il foit volontaire peut neanmoins eftre dit naturel, quand il fe fait naturellement.

Au lieu alle-
gué & au 9.
chap. du 7. liu.
de l'vfage des
parts.
3. Le mouuement eft dit naturel, lequel n'eft point animal, c'eft à dire, volontaire. Ainfi Galien nie que le mouuement du cœur & des arteres foit ouurage de l'ame, c'eft à dire, de la volonté, mais de Nature: & ailleurs il veut que le mouuement du cœur fe faffe par Nature, & celuy de la poictrine par l'ame. Ainfi quand

Comment fe
doit entendre
que le mouue-
ment du cœur
eft naturel.
Galien ne met feulement que deux fortes de facultez, la naturelle & l'animale: par la naturelle il entend toute celle qui n'eft point volontaire, & ainfi il comprend la vitale fous la naturelle. Ayant ietté ces fondemens, nous difons que le mouuement du cœur eft naturel, fuiuant la troifiéme acception, c'eft à dire

qu'il

qu'il ne dépend point simplement de nature, ny de la volonté, mais de la faculté vitale de l'ame, qui est naturelle. Il ne dépend point de la volonté, parce qu'il n'est point en nostre puissance de l'arrester ny de le haster; il ne dépend point aussi simplement de nature; Car il n'y a rien que l'ame qui moue au corps animé, autrement il y auroit en iceluy plusieurs formes & plusieurs principes, chose que la vraye Philosophie ne peut souffrir. L'ame est la nature à l'animal, laquelle, afin de conseruer son vnion auec le corps meut le cœur, faict vne coction au ventricule, & en faict vne seconde au foye, laquelle elle parfaict dans les veines. Le mouuement du cœur est donc naturel, c'est à dire, il est faict par vne faculté de l'ame qui est naturelle, & qui ne dépend point de la volonté. Or que ce mouuement soit naturel, toutes les causes d'iceluy le monstrent manifestement. Les causes du poulx sont trois; l'efficiente, la finale & l'instrumentaire; Or elles sont toutes naturelles. La cause efficiente c'est la faculté vitale, laquelle est toute occupée à la generation des esprits: Or elle les engendre par ce mouuement continuel. Car au diastole le cœur attire le sang & l'air; & au systole il chasse hors & les esprits & les excremens des esprits. La cause finale laquelle tu peux indifferemment appeler vsage ou necessité, est triple. 1. La nutrition de la substance spiritueuse qui est contenuë au ventricule gauche du cœur. 2. Le rafraichissement du cœur; Car il estoit à craindre que cette partie ne s'enflammast à raison de ses mouuemens continuels, si elle n'estoit rafraichie par l'air inspiré, comme par vn éuentoir. 3. Et l'expurgation des vapeurs fuligineuses. Les instrumens qui font ce mouuement sont naturels, & non pas volontaires. Galien appelle les muscles & les nerfs, *organes volontaires*. Or le cœur ne peut estre dit muscle, si ce n'est par abusion, à raison de la dureté & couleur de sa chair. Il n'y a point aussi de nerfs qui soient portez aux ventricules du cœur; il y a bien vn petit nerf au pericarde & à la baze du cœur, lequel prend sa naissance de la sixiéme coniugaison qui engendre le nerf recurrent; mais il ne sert de rien au cœur pour faire son mouuement: Car encore qu'il soit surpris ou lié, ou à tout le moins son principe qui se voit aux costez de la trachée artere, le cœur ne laisse point pourtant de faire & continuer ses mouuemens : comme nous en auons plusieurs fois fait l'épreuue sur des chiens. Comme ainsi soit donc que toutes les causes du mouuement du cœur soient naturelles; nous concluons fort bien qu'il est naturel & qu'il prouient de la faculté vitale qui n'est point volontaire. Mais afin que la verité de cette conclusion apparoisse plus clairement, il nous faut oster quelques empeschemens qui pourroient donner de la fascherie aux ieunes & moins aduancez. 1. Tout mouuement naturel (disent aucuns) est continuel, mais le mouuement du cœur est entrecoupé par vn double repos, il n'est donc pas naturel. Nous confessons bien que le mouuement naturel, pourueu qu'il soit vn & simple, est continuel: mais quand il y a deux mouuemens & iceux contraires, il est besoin qu'il y ait vn repos entredeux. 2. Nul mouuement naturel n'est composé: Or le mouuement du cœur est composé: Il n'est donc point naturel. Responds que le mouuement du cœur n'est point composé, mais que les mouuemens du cœur sont deux: parce qu'vn mouuement ne peut estre fait de deux mouuemens contraires: & que le mouuement n'est pas fait de plusieurs mouuemens, comme la figure de plusieurs lignes. 3. Tout ce qui est meu par Nature, est meu selon Aristote pour quelque fin, à laquelle estant paruenu & l'ayant acquise, il cesse & se repose, ainsi l'eau chaude se refroidit par sa propre forme, & ne s'échauffe iamais par icelle. Si le cœur se meut naturellement, c'est donc pour se dilatter ou pour se reserrer. Estant dilatté pour-

Il est naturel, parce

Que sa cause efficiente est naturelle.

Sa cause finale naturelle.

Et les organes naturels.

Qu'il n'est point naturel. Raison premiere.

Seconde.

Troisiéme.

quoy eſt-ce qu'il ſe reſerre;ou eſtant reſerré pourquoy eſt-ce qu'il ſe dilatte?Reſ-
ponds que cela eſt veritable au mouuement purement naturel , mais le mouuement du cœur eſt fait par l'ame & par la faculté pulſifique , laquelle a vne cognoiſſance naturelle de ſon vſage & neceſſité, & meut le cœur diuerſement ſelon les diuers appetits.Car quand le cœur eſt reſerré,il appete de ſe dilatter pour
attirer l'air froid;& quand il eſt dilatté,il deſire de ſe reſerrer pour chaſſer hors les
excremens fuligineux : & ainſi la faculté vitale meut perpetuellement le cœur de
diuers mouuemens ſelon la neceſſité qui le preſſe. Et c'eſt enquoy ce mouuement
naturel du cœur differe des autres mouuemens naturels de l'ame,comme de ceux
de la matrice & du ventricule ; Car les mouuemens de ces parties ne ſont point
perpetuels,parce qu'elles n'ont point l'objet perpetuellement preſent ; que la neceſſité ne les preſſe point touſiouts;& que la cauſe finale n'eſt pas touſiours pre-
ſente:au lieu que le cœur a perpetuellement l'objet preſent;Car il a touſiours beſoin d'eſtre nourry,rafraichy & purifié de ſes excremens. 4.Les mouuemens qui

Quatriéme.

ſe font aux parties oppoſites,comme ſont ceux du cœur,ne ſont point naturels,
ains ſont faits par la ſeule faculté animale. Ainſi le bras ſe meut vers haut & vers
bas, ſelon qu'il plaiſt à la volonté: Les choſes inanimées n'ont veritablement
qu'vn ſeul & ſimple mouuement : Mais rien n'empeſche que le mouuement aux
parties oppoſites ne conuienne à toutes choſes animées, voire meſme aux plantes. Et qui plus eſt vn mouuement ſeul ne conuient iamais à l'ame,qu'il n'ait incontinent vn contraire. Comme en la faculté nutritiue,l'attraction de l'aliment

L'âme eſtant eſt de l'ame, & l'expulſion tout de meſme. L'ame certes eſt vne choſe ſi diuine
vnique fait qu'elle ne fait pas ſeulement pluſieurs choſes contre les loix des autres formes;
des choſes con- mais elle peut meſme faire des mouuemens contraires : Car elle meut vers haut,
traires. vers bas; & outre la nature commune des élemens à droit, à gauche & en rond.
Le mouuement de la terre n'eſt qu'vn & ſimple , mais celuy de l'ame eſt de pluſieurs ſortes;parce que la forme de la terre eſt vne,ſimple, & meut ſimplement;
& l'ame ſimple,diuerſe & meut diuerſement,elle eſt ſimple d'eſſence, diuerſe de
puiſſance,& meut diuerſement, à raiſon de la cognoiſſance des objets de diuerſes ſortes , deſquels ſont tirées les actions. Concluons donc que le mouuement
du cœur eſt naturel,& qu'il prouient de la faculté vitale à cauſe de la fin & neceſ-

Que le mouue- ſité. Qu'il prouienne de quelque faculté de l'ame,ces deux choſes le demonſtrent
ment prouient tres-bien. 1. C'eſt qu'au diaſtole le ſang & l'air determinez, ſont touſiours atti-
de la faculté rez par meſmes vaiſſeaux,& au ſyſtole l'air fuligineux,& les eſprits chaſſez hors
vitale. par certains vaiſſeaux. 2. C'eſt que la chair du cœur eſt entretiſſuë de toutes les
trois ſortes de fibres. Et pourtant ſi aux autres parties ils reſerrent, attirent &
relaſchent; il faut ou qu'ils ſoient ſuperflus au cœur , ou bien dire qu'ils y ont le
meſme vſage. I'ay dit à cauſe de la fin; parce que cette faculté vitale n'agit point
volontairement, comme l'animale, ny pour raiſon de la puiſſance agente au paſſif, mais ſeulement à raiſon de la neceſſité. Le ventricule ſans eſtre preſſé de la
faim digerera autant d'aliment, comme tu luy en fourniras & autant qu'il pourra. Mais le cœur ne ſe meut point,ſinon qu'il ſoit preſſé par la neceſſité, en rendant le poulx tantoſt plus viſte,& tantoſt plus lent,ſelon que l'vſage & la neceſſité croiſſent ou diminuent.

Comment le cœur se meut, & si c'est en son systole ou diastole qu'il frappe la poictrine.

QVESTION HVICTIESME.

Ovs auons (ce croy-ie) iusques icy assez clairement expliqué la cause du mouuement du cœur ; nous allons à cette heure decla-rer comment il se fait, ainsi que nous l'auons appris par l'inspe-ction oculaire. Les mouuemens du cœur sont deux, le diastole & le systole, lesquels sont receus par vn double repos. Car deux mouuemens contraires ne succedent point immediatement l'vn à l'autre; ains tout ce qui se meut, se repose necessairemét au poinct de sa reflectió. Ce qu'Aristote monstre par cette raison. Tout mobile se repose necessairement au poinct dont il se sert pour commencement & pour fin, & duquel il s'approche en sorte, qu'il s'en recule & eslongne par apres. Or tout ce qui se meut du mouue-ment de reflexion, se sert du poinct de la reflection pour deux; sçauoir est pour le commencement & pour la fin de son mouuement, & paruient necessairement à ce poinct de reflection & s'en recule puis apres. Ergo tout ce qui se meut par refle-xion, se repose au poinct de la reflection. Au diastole le cœur attire le sang par l'o-rifice de la veine caue en son ventre droit, & l'air par l'artere veineuse au gauche. Au systole il chasse hors l'esprit vital dans la grande artere, & les vapeurs fuligi-neuses auec quelque portion dudit esprit en l'artere veineuse. Au diastole les deux bouts du cœur, la baze & la pointe se retirent l'vn vers l'autre, & ainsi il deuient plus court quand à sa longueur; mais ses ventricules & costez se dilatent & am-plifient en sorte que la figure d'iceluy approche plus prés de la ronde, qui est la plus capable de toutes. Au systole au contraire les extremitez du cœur s'eslong-gnent, mais les costez & ventres s'abbaissent, & deuiénent comme ridez, & alors le cœur deuient plus long, mais plus estroit. Ces deux mouuemens-cy se font par le moyen des fibres : Car les droits qui s'en vont de la baze iusques à la pointe, venans à se retirer, font la dilatation ; & les transuersaux & circulaires venans à serrer les costez & ventricules font la contraction; & pour le regard des obliques, ils ont esté seulement faits pour la retention & le double repos. Au diastole toutes les valuules se dilatent, & par leur dilatation les triangulaires font comme plu-sieurs fentes, & les demy-circulaires ferment les orifices de leurs vaisseaux. Au systole au contraire elles se retirent, & alors les triangulaires ferment les fentes qu'elles faisoient en leur dilatation ; & les demy-circulaires estant comme ridées & froncées font des fendasses, par lesquelles le sang sort librement. La dilatation du cœur est premiere de temps que la contraction ; Car il est necessaire que l'air soit attiré, premier qu'il soit besoin de chasser hors les fuliginositez & excremés d'iceluy : outre-plus il faut suiuant la doctrine d'Aristote que l'inspiration soit premiere, parce que la vie finit par l'expiration. A ce qu'aucuns demandent si l'inspiration est plus necessaire que l'expiration. Nous répondons qu'en ceux qui sont sains l'vne est autant necessaire que l'autre: mais qu'aux febricitans, & nom-mément en ceux qui ont vne fiéure putride, l'expiratió est plus necessaire: & c'est la raison pourquoy l'expiration de ceux qui se meurent est plus grande, que n'est l'inspiratió; parce que Nature est plus soigneuse de chasser hors les choses qui luy sont nuisantes, que d'attirer celles qui luy sont vtiles. L'air qui est tiré par l'inspi-ration est vtile & familier au cœur, & la fuliginosité qui est chassée hors luy est nuisible & dommageable. Au reste comme ainsi soit que la pointe du cœur in-

Les mouue-mens du cœur sont deux.

Il faut neces-sairemét qu'vn repos reçoiue deux mouue-mens côtraires.

Qu'est ce que le cœur fait en son diastole.
Qu'est-ce qu'il fait en son sy-stole.

La dilatation du cœur est premiere que la contraction.

A sçauoir si l'inspiration est plus necessaire que l'expiratió.

A sçauoir si c'est en se dilatant ou en se reserrant que le cœur frappe la poictrine.

cline quelque peu à gauche, & qu'en mettant la main sur la mammelle seneſtre on y sente son mouuement; il reſte à rechercher ſi c'eſt en ſa dilatation ou en ſa contraction qu'il frappe la poictrine. Il semble que Galien n'ait pas eſté bien re-ſolu touchant cette difficulté: Car au liuret du poulx il eſtime que le cœur frappe auec ſa poincte la poictrine en ſa contraction. Voicy ſes propres termes. *Or il ad-uient ainſi qu'ayant attiré l'air du poulmon, & s'eſtant remply de toutes parts, il s'auance vers les coſtez, & emporte beaucoup d'eſprit de la poictrine; & quand derechef le cœur eſt vuidé & qu'il s'en retourne en ſa figure naturelle, alors il heurte contre la poictrine, & fait vn battement, & ainſi s'abbaiſſant il fait le poulx.* Cette raiſon ſemble fauoriſer à

Qu'il la frappe en ſon ſyſtole ou contraction.

l'auctorité. 1. Quand le cœur ſe dilatte, il s'accourcit, & quand il ſe reſerre, il s'alon-ge. Ergo quand il ſe dilatte, il ſe recule de la poictrine, & quand il ſe reſerre, il s'en approche & la frappe. 2. Tous les Anatomiſtes preſques diſent que la chair du

Qu'il la frappe en ſon diaſtole, raiſon premie-re.

cœur eſt plus dure & plus ſolide en ſa pointe qu'en ſa baze, pour la garder qu'en heurtant aux mouuemens violens à l'os de la poictrine, dont elle n'eſt pas beau-coup eſlongnée, elle ne fuſt aiſément offencée; & ainſi que le cœur ne fuſt con-traint de violer l'ordre & la durée continuelle de ſon mouuement. Dont s'enſuit qu'il frappe la poictrine par ſa pointe. Cette opinion m'a autresfois ſemblé pro-bable, mais épluchãt toutes choſes vn peu plus exactement, & éſtant aduerty par l'epiſtre élegante & docte que m'écriuit François Roſelle Eſpagnol, de Bar-celonne, Medecin tres-docte & fort expert en l'Anatomie, i'ay changé de conſeil, & afferme à cette heure conſtamment que le cœur frappe la poictrine en ſon dia-ſtole. En voicy les raiſons. 1. Si on touche la poictrine d'vne main, & le carpe de l'autre en vn meſme temps; on trouuera le battement eſtre au meſme inſtant par tout ſemblable. Galien remarque cela en pluſieurs endroits, & nous meſmes l'a-uons auſſi experimenté aux animaux viuans. Or c'eſt choſe tres-certaine que le frappement de l'artere ſe fait à la fin de la dilatation; Car on ne ſent pas la fin de la contraction. Ergo le battement du cœur ſera à la fin de ſa dilatation, & non pas de

Obiection.

ſa contraction. Les aduerſaires diront que le cœur ſe reſerre lors que les arteres ſe dilattent; & au contraire que les arteres ſe dilattent quand le cœur ſe reſerre: Ergo ſi on ſent auec la main appliquée ſur le carpe ou les temples le coup de l'ar-tere, au meſme moment qu'on ſent le battement de la poictrine de l'autre main; il eſt neceſſaire que le cœur ſe reſerre quand les arteres ſe dilattent. Mais nous re-

La ſolution renuoyée à la prochaine que-ſtiõ deuxieſme.

futerons cette opinion en la prochaine queſtion. Car le cœur & les arteres ſe di-lattent en vn meſme temps & d'vn meſme mouuement. 3. Si le cœur en ſa con-traction frappoit la poictrine auec ſa pointe, on ne ſentiroit pas le coup enuirõ la mammelle gauche, mais vn peu au deſſous. Car la pointe du cœur deſcend auſſi bas que l'endroit où s'inſere le diaphragme. Ergo le cœur ne frappe pas la poictri-ne par ſa pointe, mais par ſon ventre gauche eſtant dilatté, lequel eſt le principe des arteres. Car lorſqu'au diaſtole la pointe du cœur ſe retire vers ſa baze, le cœur deuient plus ample & plus large; & ainſi il frappe la poictrine à la mammelle gau-che. Mais quand il ſe reſerre, il deuient plus long & plus eſtroit; & ainſi il ſe recule

Auctoritez de Galien au 7. des adminiſtra-tions Anato-miques, & au 2 ch. du 6. liu. de l'vſage des parties.

de la poictrine. C'eſt l'opiniõ de Galien, où il dit: *Il eſt vtile de voir à nud le cœur aux animaux, pour voir comment il bat, & ſi en ſe dilattant il frappe le thorax en s'approchant de l'os de la poictrine.* Item, *Aucuns eſtiment que le cœur n'eſt pas exactement aſſis au mi-lieu, ains qu'il incline quelque peu à gauche, eſtans trompez par le battement du ventricule ſeneſtre qu'on ſent à la mammelle gauche, lequel ventricule, qui eſt l'origine de toutes les ar-teres, eſt ſitué enuiron cette partie.* Il ſemble donc que Galien vueille monſtrer que le cœur en ſa dilatation & non en ſa contraction frappe la poictrine, le ventricule

gauche d'iceluy deuenant plus ample & plus large. Les autres difficultez qui concernent le mouuement du cœur seront expliquées en la question suiuante.

Par quelle faculté se mouuent les arteres.

QVESTION NEVFIESME.

VE les arteres naissent du ventre gauche du cœur, & qu'elles y
soient continuës, c'est chose dont les Peripateticiens demeurent
d'accord auec les Medecins. Or personne ne niera leur mouuement continuel, s'il touche ou le carpe, ou les temples auec la
main. Hippocrate a esté le premier, comme écrit Galien, qui a
nommé ce battemét, *poux*. Et combien qu'il n'ait rien écrit touchant cette science, si est-il qu'il ne l'a point totalement ignorée, comme luy im-
posent quelques Modernes, ainsi qu'on peut recueillir de plusieurs endroits de ses
écrits, lesquels ie tais pour estre plus brief, & pour vous dire que ce mouuement
est semblable à celuy du cœur; car il est fait du diastole, du systole & du double repos. Au diastole les arteres attirent & s'emplissent; & au systole elles chassent hors
& se vuident. Ces mouuemens contraires sont receus par vn double repos. Car ils
ne succedent point immediatement l'vn à l'autre, quand Nature fait ses actions
naturellement. I'ay dit *naturellement*, parce qu'estant irritée par vn objet violent, ou
par quelque cause externe, rien n'empesche qu'elles ne se mouuent sans repos aucun, au moins qu'il soit sensible: comme il appert au poux nommé *diocrotos* & *vi-
brans*. Ainsi vne pierre iettée par force en haut, si elle rencontre vne tour tomban-
te, elle est estimée redescendre sans aucun repos: encore qu'Aristote ait voulu le
contraire. L'vsage de ce poux & battement est double; l'vn plus grand, & l'autre
moindre. Le plus grand est pour conseruer la chaleur naturelle tant du cœur,
comme des autres parties: Car les arteres chassent hors en leur contraction tout
ce qu'il y a de fumeux, & empeschent par ce moyen la suffocation de la chaleur innée, & par leur dilatation elles attirét l'air externe dans le corps, pour empescher
la dissolution de la chaleur. L'autre vsage & iceluy moindre, est pour engendrer
l'esprit animal au cerueau: Car l'esprit vital par le moyen de ce battement des arteres, est porté au plexus choroïde. Donc le poux & la respiration font mesme
vsage: mais ce que la respiration fait au cœur, le battement des arteres le fait
aux autres parties, lesquelles, comme elles ont besoin de moins de chaleur que le
cœur, ainsi sont-elles plus tardiuement offencées: Car si le cœur est priué de la
respiration, l'animal meurt soudainement: mais si quelque partie est destituée
du battement des arteres, elle ne meurt point pour cela incontinent. La nature
de ce mouuement des arteres est tres-obscure, pour l'éclaircissement de laquelle
nous rechercherons icy. 1. Par qui les arteres sont meuës, si c'est par elles mesmes,
ou par quelque autre. Praxagore vouloit que les arteres battissent de leur bon
gré, & qu'elles eussent la faculté pulsifique innée aussi bien que le cœur, & non
point influente d'ailleurs. Mais l'obseruation de Galien le refute manifestement. *Si on couppe*, dit-il, *vne artere par le trauers, la partie qui est continuë au cœur
battra, mais celle qui en est separée demeurera priuée de battement.* L'opinion d'Erasistrate estoit que les arteres ne battoient point par vne faculté qui leur fut propre, mais par l'impulsion du cœur. Or il entend vne impulsion non de la faculté,
mais de la seule matiere. Aristote estimoit que les arteres se mouuoient à rai-

*Hippocrate a
esté le premier
qui a nommé le
battement des
arteres, poux
comme escrit
Galien au 1. li-
ure des differé-
ces des poux.*

*L'vsage du
batiement des
arteres est dou-
ble.*

*L'vsage du
poux & de la
respiration est
semblable.*

*Par qui sont
menées les arte-
res.
Opinion de
Praxagore.*

d'Erasistrate.

d'Aristote.

De Turisan.

d'Athenée.
1.st refutée.

Raison premiere.

Seconde.

Troisiéme.

Quatriéme.

Cinquiéme.

Sixiéme.

Opinion d'Asclepias.

d'Herophile.

son de la feruëur & de l'ebullition du sang qu'elles contiennent : Il a esté suiuy de Turysan, estant induit par cette raison, parce que les esprits font effort, & que les veines qui font continuës au cœur ne battent point, d'autant qu'elles ne font pas remplies de l'esprit vital & du sang tres-chaud, comme les arteres. Athenée a aussi esté de la mesme opinion. Mais ny la chaleur, ny l'esprit, ny le sang tres-chaud, ne font point la cause prochaine & immediate de ce mouuement continuel ; Car la chaleur est ou corporelle, ou incorporelle: si elle est corporelle, il faudroit que les arteres se dilatassent d'autant plus vistemét qu'elles font plus prochaines du cœur. Que si ce n'est seulement qu'vne qualité nuë, elle échauffera les parties prochaines premier que celles qui font plus esloignées ; Car la chaleur n'est pas du nombre des formes qui se peuuent répandre en vn moment, comme est la lumiere; mais le froid luy est opposé, lequel doit estre chassé hors du sujet, premier que la chaleur y puisse estre receuë: mais la vertu pulsifique est portée en vn moment dans toutes les arteres ; dont s'ensuit que le mouuement des arteres ne prouient pas de la seule chaleur. Il ne prouient pas aussi du sang écumeux, parce que là où le sang seroit en plus grande abondance, & plus chaud, là le poux seroit plus viste & plus grand, dont s'ensuiuroit que les battemens des grandes arteres seroient plus frequens que des petites. Mais l'experience nous enseigne que toutes les arteres & les grosses & les menuës se mouuent d'vn mesme mouuement, pourueu qu'il n'y ait rien qui empesche. Il s'ensuit donc qu'elles ne battent point à raison du sang contenu en icelles. 3. Outre-plus si on bouche ou lie quelque artere, la partie qui est au dessous de la ligature bien que pleine d'esprits & de sang tres-subtil, ne bat point, parce que la continuité de la faculté auec le cœur est empeschée. 4. Mais encore qu'on mette vne canule dans l'artere, & qu'on lie l'artere par dessus, elle ne battra toutesfois plus, encore que le sang & l'esprit puissent librement aller & venir par la canule, & que l'artere en soit toute pleine. 5. Item si on lie l'artere, le poux cessera soudainement, & si on la deslie, il retournera tout aussi tost : Or la chaleur & l'humeur ne peuuent en vn moment estre portées du cœur aux arteres les plus esloignées. 6. Ioint que si les arteres battoient à raison du sang contenu, que le poux grand seroit tousiours auec vehemence. Or Galien écrit qu'il se peut trouuer vn poux petit, mais vehement; & aussi qu'il se peut trouuer vn poux grand, mais languide : qui est vne diuersité qui ne peut prouenir de la chaleur. Asclepias recognoist aux mouuemens des arteres quelque faculté ; mais comme ainsi soit que leurs mouuemens se fassent par distension & contraction; Il veut que la dilatation soit faite par la faculté, & la contraction par Nature, c'est à dire, par l'élement predominant & par la pesanteur; parce que les arteres s'abbatent d'elles-mesmes & par leur pesanteur, alors que l'animal est mort. Ainsi les peaux se dilattent si on les emplit, mais quand on les vuide, elles s'abbaissent d'elles-mesmes, & tous corps ronds & caues estans dilattez par quelque faculté, s'ils font abandonnez de ladite faculté, ils se referrent & abbatent puis apres par la pesanteur de leurs parties. Et au contraire ceux qui font referrez par quelque faculté, estans laissez libres, ils se dilattent. Doncques si les arteres font dilattées par la faculté, elles font referrées par leur pesanteur; & au contraire: & pour cette raison elles n'ont point besoin de la faculté pour faire les deux mouuemens ; assauoir la dilatation ou la contraction, mais pour faire l'vne seulement. Herophile veut au contraire que la contraction soit faite par la faculté, & que la dilatation soit le retour de l'artere à la situation naturelle; parce que les arteres des cadauers, lesquelles ne peuuent estre dilattées par aucune faculté de l'ame, encore qu'on

les mettre dans de l'eau chaude, & qu'elles acquierent le mesme degré de chaleur
qu'elles auoient aux corps viuans, elles ne s'abbaissent toutesfois point, ains demeurent tousiours dilattées. Mais Asclepias & Herophile se trompét tous deux: *Refutées.*
Car si tant le diastole comme le systole n'estoient ouurages de la faculté, & qu'elles se fissent par la seule disposition de l'artere : le poux seroit tousiours d'vne
mesme grandeur & d'vne pareille vehemence en son battement : mais le poux
est tantost plus grand & tantost plus petit, selon que les forces sont ou plus valides, ou plus debiles, & le systole est parfois plus grand que le diastole : & au contraire, selon que la necessité de l'vn ou de l'autre croist ou diminuë. Il y en a qui
soustiennent que le mouuement des arteres prouient du cerueau, estans ap-
puyez sur vne seule authorité de Galien, *Quand le poux commence à deuenir conuulsif* *Autreopinion.*
à quelqu'vn, il tombe soudainement en conuulsion. Ce qui semble monstrer l'origine *De causis*
de cette faculté motrice des arteres estre vn & mesme, que de celle à laquelle se *pulsuum.*
rapporte la conuulsion. Mais l'obseruation du mesme Galien confute la vanité
de cette opinion. Car si le cerueau est pressé, le mouuement & le sentiment pe- *Refutées.*
rissent sans que le battement des arteres soit empesché. Si on couppe ou lie le
nerf qui est porté du cerueau au cœur, l'animal deuiendra seulement muet, sans
que les arteres perdent leur mouuement. Comme ainsi soit donc que les arteres
ne battent point par vne faculté qui leur soit propre, ny par leur forme elementaire, ny par la seule chaleur, ny par l'esprit & sang spumeux contenus en icelles:
il reste que se soit par la faculté pulsifique du cœur. Car si elles estoient meuës par *Opinion de*
quelque autre cause que par ladite faculté, leur mouuement seroit violent & non *l'autheur.*
point continuel : & il ne se feroit point d'attraction d'air au diastole, parce que
le sang boüillonnant occuperoit toute la place. Or cette puissance & faculté *La faculté pul-*
pulsifique est portée en vn moment non point par la cauité des arteres, ains par *sifique est por-*
leurs tuniques. Qu'elle soit portée en vn moment cecy le prouue, c'est que tou- *tée en vn mo-*
tes les arteres se mouuent & sont agitées ensemble d'vn mesme mouuement que *ment.*
le cœur. Tu objecteras l'authorité de Galien, où parlant de ceux qui ont le cœur *Obiection.*
chaud & les arteres froides, ausquels les parties de l'artere les plus proches du
cœur se dilatent les premieres, & puis apres celles qui en sont plus eslongnées,
il est contraint de confesser que la faculté pulsifique se meut peu à peu & lente-
ment dans les arteres. Ie répondray qu'elle influë en vn instant, sinon qu'il y ait *Solution.*
quelque chose qui l'empesche. Or elle est empeschée ou par son vice propre, ou
par celuy de ses organes: par le sien, quand la chaleur est debile: & par celuy de ses
organes, quand les arteres sont froides, molles ou oppilées. Elle influë donc en
vn instant, non par la cauité, ains par les tuniques des arteres. Galien produit *Par les tuni-*
vne experience. Si on met vne canule dans l'artere encor que la canule soit tou- *ques des arte-*
te bouchée, si est-ce que l'artere battra non moins qu'auparauant : mais si on *res & non par*
estreint les tuniques auec vn fil, leur battement cessera à l'instant. Quelqu'vn pa- *leurs cauitez.*
rauanture objectera que les arteres ne se mouuent point par aucune faculté in- *Obiection.*
fluente du cœur, mais par l'esprit : parce qu'elles battent premier que le cœur. *l. 8. qu. 27.*
Car elles battent au *fœtus*, alors que le cœur n'a encore aucun mouuement: com- *Solution.*
me nous auons prouué ailleurs. Mais la réponce est aisée, à sçauoir que les arteres du *fœtus* battent par la faculté influente du cœur de la mere, parce qu'elles
sont contenuës à celles de la matrice.

EEe iiij

Des parties Vitales,

*A ſçauoir ſi les arteres ſe dilattent, quand le cœur ſe dilatte: ou au contraire,
ſi quand il ſe dilatte, elles ſe reſerrent.*

QVESTION DIXIESME.

IL ſe preſente maintenant vne difficulté beaucoup plus obſcure &
épineuſe: à ſçauoir ſi le cœur & les arteres ſe mouuent d'vn meſme
mouuement. Pour l'explication de laquelle il faut premierement tenir pour tout certain que les arteres s'empliſſent quand elles ſe dilattent, & vuident quand elles ſe reſerrent; qu'elles attirent quand elles ſe dilattent, & mettent hors ce qu'elles contiennent, quand elles ſe reſerrent. La raiſon
en eſt éuidente. Car les vaiſſeaux attirent par le mouuement, qu'ils ſont rendus
plus preſts pour receuoir: mais les vaiſſeaux d'autant qu'ils ſont plus larges, d'autant ſont-ils plus capables : or ils deuiennent plus larges, & par conſequent plus
capables par la dilatation. Doncques quand les arteres ſe dilattent, elles attirent & ſe rempliſſent. Tellement qu'il ne faille point écouter Archigene qui
veut qu'elles attirent & s'empliſſent au ſyſtole, & qu'au diaſtole elles vuident ce
qu'elles contiennent, induit par cette raiſon, que l'inſpiration ſe fait en reſer-
rant les léures & le nez. Mais à ſçauoir ſi la dilatation des arteres ſe fait enſemble & au meſme temps que la dilatation du cœur, c'eſt choſe dont on eſt en
grand debat. Eraſiſtrate a eſté le premier qui a voulu que le mouuement du
cœur & des arteres fut contraire: car il penſoit lors que le cœur ſe dilattoit, que
les arteres ſe reſerroient, & au contraire. Entre les modernes Fernel, Colomb,
Cardan, & Scaliger ont ſuiuy la meſme opinion. Elle peut eſtre confirmée par
authoritez & par raiſons. Galien eſcrit que la faculté vitale meut de diuers
mouuemens en vn meſme temps diuers mobiles. Ce qui ſe doit entendre du diuers mouuement du cœur & des arteres. Auicenne afferme que la faculté vitale
reſerre & dilatte en vn meſme temps. Voicy les raiſons. 1. Le cœur attire en
ſon diaſtole le ſang par la veine caue dans ſon ventre droit, & l'air par l'artere
veineuſe au gauche : dont s'enſuit qu'il ſe remplit en ſon diaſtole, & que les
vaiſſeaux ſe vuident & deſ-empliſſent : Au contraire au ſyſtole le cœur chaſſe
hors l'eſprit vital dans les arteres. Le cœur donc ſe vuide au ſyſtole & les arteres s'empliſſent. Or quand les arteres s'empliſſent, elles ſe dilattent: & quand
elles ſe vuident, elles ſe reſerrent & abbaiſſent. Dont s'enſuit que les arteres
ſe reſerrent lors que le cœur ſe dilatte : & au contraire quand il ſe reſerre, que
les arteres ſe dilattent. 2. Il faut que le mouuement du cœur & des arteres ſoit
ſemblable à celuy du cœur & des oreillettes : mais c'eſt choſe tres-certaine, &
la veue meſme l'enſeigne, que le mouuement du cœur & des oreillettes eſt diuers : Car quand le cœur ſe dilatte, les oreillettes s'abbaiſſent, & quand le cœur
ſe reſerre, les oreillettes ſe dilattent & empliſſent. Doncques le cœur & les arteres ſe mouuent de mouuemens contraires. 3. Comme les attractions & ex-
pulſions ſe font aux autres parties, il eſt vray-ſemblable qu'elles ſe font toutes
de meſme au cœur : Or quand le ventricule chaſſe le chyle, les veines du meſentere l'attirent. Ergo quand le cœur chaſſe hors de ſoy le ſang & l'eſprit vital, les arteres les attirent : & ainſi leurs mouuemens ſont contraires. 4. Quand
le cœur ſe dilatte, il deuient plus court, & attire à ſoy les arteres qui luy ſont
continuës, & ainſi il les rend plus eſtroites : mais quand il ſe reſerre, les arteres
ſe dilattent & deuiennent plus longues. 5. Si on met vne main ſur la poictri-

*Les arteres
s'empliſſent
quand elles ſe
dilattent.*

*Archigene re-
futé.*

*Que le mouue-
ment du cœur
& des arteres
eſt contraire,
prouué par
Authorité.
cap. 1. lib. de
pulſibus. ad
tyrones.
li. 1. fen. cap.
4. doct. 6.
par raiſons.*

La premiere.

Deuxiéme.

Troiſiéme.

Quatriéme.

Cinquiéme.

ne, & l'autre fur le carpe, on trouuera par tout vn femblable battement en vn
mefme temps : or le cœur frappe la poictrine quand il fe referre : car en fe referrant, il s'approche de la poictrine & la frappe, & en fe dilattant il s'accourcit &
s'en recule. Or le battement & coup de l'artere fe fait par la dilatation d'icelle.
Il s'enfuit dont que le cœur & les arteres battent de mouuemens contraires.
Nous eftimons auec Galien que le cœur & les arteres fe mouuent d'vn mefme   Opinion de l'autheur.
mouuement, eftans premierement enfeignez par l'experience, & puis apres
perfuadez par plufieurs bonnes raifons. Galien allegue vne experience de laquelle vn chacun peut faire l'effay fur foy mefme : Car s'il met vne main fur la   Experience.
poictrine, & que de l'autre il touche l'artere qui bat au carpe, il fentira que le
coup eft par tout femblable. Et mefme nous auons fouuent remarqué aux diffections des animaux vifs, que le mouuement du cœur n'eft en rien different de
celuy des arteres. Les raifons fuiuantes fauorifent l'experience. 1. Ce qui meut   Raifon pre-miere.
les arteres, n'eft pas (comme nous auons defia enfeigné) l'impulfion du fang, ny
la feruer ou bouillonnement d'iceluy : mais la faculté pulfifique qui ne leur eft
point propre : mais qui influë du cœur en icelles : elles fe referrent donc par la faculté qui referre le cœur, & fe dilattent auffi par la mefme faculté, qui le dilatte.
Que s'ils fe mouuoient de diuers mouuemens, il s'enfuiuroit que la faculté dilat-
tante les arteres, prouiendroit du cœur au mefme moment que le cœur fe refer-
reroit. Ce que le Philofophe ne receura iamais. 2. Le mouuement eft vn & mef-   Seconde.
me, qui a vne mefme caufe efficiente & finale. Mais la faculté qui fait battre le
cœur & les arteres eft vne & mefme, & la fin femblable, à fçauoir la nutrition des
efprits, le rafraichiffement & l'expurgation des fuliginofitez. 3. Le mouuement   Troifiéme.
du tout & d'vne partie eft vn mefme mouuement, & vne partie du continu fe
mouuant, le tout fe meut auffi : or les arteres font continuës au cœur. Et pourtant fi le cœur les meut, comme il eft tres-certain : il faut qu'elles fe mouuent
enfemble, & à vn coup d'vn mefme mouuement auec iceluy. 4. Si les arteres ne   Quatriéme.
fe dilattoient & referroient enfemble, & au mefme temps que le cœur : il ne fe
rafraichiroit point en fon diaftole, parce que les arteres fe referrans, elles chaf-
feroient les vapeurs fuligineufes au ventricule gauche, & par ainfi le cœur &
les arteres combattroient l'vn contre l'autre, & leur mouuement fe feroit pour
neant. 5. Ioint qu'il s'enfuiuroit, que le cœur en fon fyftole attireroit l'air des ar-   Cinquiéme.
teres dilattées : Car l'vfage de la refpiration eftant quelquefois ofté, comme
aux fuffocations de la matrice, le cœur ne tire point l'air des poulmons ny de
l'artere veineufe, parce que la bouche ny le nez n'en attirent point, & neantmoins tant luy comme les arteres battent & mouuent. Or le cœur fe meut pour
la generation de l'efprit vital : cette generation ne fe peut faire fans le meflange
de l'air : il l'attire donc des arteres, non point referrées, parce que l'expulfion des
fuliginofitez fe fait alors, mais dilattées : or fi le cœur fe referre, lors que les arteres fe dilattent, il s'enfuit que le cœur referré attirera des arteres dilattées, & ainfi les mouuemens du cœur feront contraires. 6. Cette faculté   Sixiéme.
eft incorporelle fe communiquant en vn inftant, & pourtant au mefme temps
qu'elle commence à dilatter le cœur, elle dilatte toutes les arteres, & au contraire. 7. Les poux qui fe font aux choleres, aux trifteffes & violentes paffions de l'a-   Septiéme.
me, monftrent affez que le cœur & les arteres fe mouuent en vn mefme temps :
Car fi les arteres fe referroient alors que le cœur fe dilatte, il faudroit que le poux
fut petit en la cholere, & grand en la trifteffe, parce que le cœur fe referre fort
peu en la cholere & beaucoup en la trifteffe : d'où il feroit neceffaire que les ar-   Conclufion.

teres se dilatassent bien peu en la cholere, & beaucoup en la tristesse : ce qui est faux. Demeurons dons fermes en la doctrine de Galien, & concluons qué les arteres se dilattent & referrent ensemble, & au mesme moment que le cœur.

Erreur des modernes. Ceux qui tiennent le party contraire ont esté deceuz par la composition des vaisseaux du cœur, & par la maniere de son mouuement qui est tres-obscure. Car comme ainsi soit qu'il y ait quatre grands vaisseaux en la baze du cœur, la veine caue, la veine arterieuse, la grosse artere, & l'artere veineuse : ils ont estimé que le cœur attiroit en son diastole, quelque chose de tous ces quatre vaisseaux: & aussi qu'il chassoit en son systole quelque chose dans tous les quatre vaisseaux : & ainsi que tous les quatre vaisseaux se vuidoient au diastole du cœur pour le remplir : & au systole du cœur, qu'ils s'emplissoient, parce que le cœur

Les arteres ne se dilattent point, parce qu'elles s'emplissent, mais elles s'emplissent, parce qu'elles se dilattent. le vuidoit. Ils semblent aussi auoir ignoré la cause efficiente du mouuement du cœur & des arteres, quand ils veulent qu'ils se dilattent, parce qu'ils se remplissent d'air & de sang : car les arteres ne se dilattent point : parce qu'elles s'emplissent : ains elles s'emplissent, parce qu'elles se dilattent. Or il n'y a que la seule faculté pulsifique prouenante du cœur qui les dilate, & le sang qui est contenu en icelles ne peut faire cela. Car soit ou qu'elles se dilattent, ou qu'elles se referrent, elles sont tousiours pleines de sang. Que si tu estimes qu'elles se dilattent parce qu'elles se remplissent de sang : il sera impossible qu'elles se dilattent toutes en vn mesme moment. Car comment vn sang corporel sera-il porté en vn moment du cœur tout iusques au bout des orteils : l'ameneray pour l'es-

Exemple familier. claircissement de cette matiere vn exemple familier. Les soufflets des mareschaux se remplissent de vent, parce qu'ils sont dilattez : & le thorax se remplit aussi, parce qu'il est dilatté par la faculté animale. Mais les peaux, sacs, bourses & vessies se dilattent parce qu'on les emplit d'huyle, de vin, d'air ou de quelque autre matiere. Des quatre vaisseaux du cœur il n'y a seulement que les arteres qui s'emplissent, parce qu'elles sont dilattées. Car les autres trois se dilattent, quand ils s'emplissent, & s'abbaissent quand ils se vuident: parce qu'il n'y a que les arteres qui reçoiuent le mouuement de diastole & de systole de la faculté pulsifique du cœur, les autres trois vaisseaux demeurent immobiles & sans bat-

Pourquoy le cœur estant referré l'oreillette senestre se dilatte. tement. Et c'est icy la raison pourquoy le cœur se referrant, l'oreillette senestre se dilatte, pource que l'oreillette sert comme d'vn certain receptacle à l'air & au sang qui entrent tout à coup: de laquelle quand le cœur en tire le sang & l'esprit, il faut necessairement qu'elle se desenfle & abbaisse. Ces choses ainsi arrestées, il est aisé de satisfaire aux objections faites au contraire. Les authoritez de Galien & d'Auicenne ne contrarient point à nostre opinion: car ils appellent le cœur & les arteres *diuers mobiles*, parce qu'en vn mesme temps ils sont agitez de diuers mouuemens, estant dilattez & referrez ensemble, & à vn coup, par vne mesme

Solution des obiectiōs faites au contraire. faculté. Ie croy que Galien & Auicenne ont dit cela contre les anciens qui affermoient que la dilatation se faisoit par la faculté, & la contraction par la forme élementaire & la pesanteur. On soudra les raisons en cette maniere. Les arteres ne se dilattent pas, parce qu'elles se remplissent, mais elles se remplissent, parce qu'elles se dilattent. Les arteres ne s'abbatent point tout à fait quãd elles se referrent, ains elles retiennent encore leurs cauitez. Et la matiere qui sort d'icelles est en plus grande quantité que celle qu'elles reçoiuent, dont s'ensuit qu'elles ne se dilattent point à raison de la matiere qu'elles reçoiuent du cœur. La seconde raison du mouuement du cœur & de ses oreillettes n'est pas semblable : car les oreillettes ne chassent rien hors en leur contraction, là où les arteres mettent

plus de matiere dehors qu'elles n'en reçoiuent. Outre-plus les oreillettes se dilattent, parce qu'elles s'empliffent, & le cœur & les arteres au contraire, s'empliffent, parce qu'ils se dilattent. C'eft ce que Hippocrate nous a voulu tacitement monftrer, quand il dit, *le cœur se meut, & eft agité de toute sa nature,* c'eft à
dire, par sa faculté propre : *mais les oreillettes s'enflent & abbaiffent particulierement,*
c'eft à dire felon qu'elles s'empliffent ou vuident d'air & de fang. Ie refponds à la
troifiéme que les facultez attractrice & expultrice font implantées aux autres
parties : mais que la dilatation & la contraction influent d'ailleurs dans les arteres. La quatriéme prouue feulement vne legere contraction qui se fait felon la
longueur, & non felon la largeur. La derniere eft contraire à l'experience. Car
nous auons monftré cy-deffus que le cœur frappe la poictrine en sa dilatation,
lors à fçauoir que son ventricule gauche eft fort eflargy & dilatté.

Le mouuement du cœur & des oreillettes eft diffemblable.

l. 9. queft. 8.

*De la generation de l'efprit vital : & par quels chemins le fang eft porté du
ventricule droit du cœur au gauche.*

QVESTION ONZIESME.

NOVS auons monftré que le mouuement du cœur &
des arteres eft perpetuel & du tout femblable l'vn à
l'autre, & auons declaré les caufes, bien que tres-obfcures, de ce mouuement : & d'autant qu'il eft tout notoire que Nature a ordonné ce mouuement pour engendrer l'efprit vital, il fera fort à propos en cotinuant
noftre deffein de rapporter icy quelque peu de chofe
touchant la generation d'iceluy. Qu'il y ait en nous vn
efprit vital, perfonne que ie fçache ne l'a encore nié.
C'eft l'opinion d'Hippocrate, de Galien & d'Auicenne, à laquelle finalemét s'accordent tous les Medecins tant Grecs comme Arabes : & combien que plufieurs
d'être les modernes rayét le naturel & l'animal : fi eft-ce qu'ils ont efté tous forcez
d'admettre le vital. Il y a donc en nous vn certain efprit vital, lequel eftant contenu au ventricule gauche du cœur comme en sa forge & boutique, eft de là répandu par les arteres, comme par des canaux & aqueducts dans tout le corps. Cet efprit entretient & conferue la chaleur innée de toutes les parties, il la réueille eftát
endormie, il la manifefte eftant cachée, & la repare eftant épuifée. Pendant que
cet efprit reluit, & qu'il épand sa clairté par tout le theatre du corps, il réplit tout
de ioye, & donne à toutes les parties ce beau teint vermeil qui accompagne les
corps bien fains & téperez. Au contraire, quand il se retire au profond du corps,
ou qu'il eft furprins ou fuffoqué par quelque occafion, toutes chofes deuiénent
affreufes, liuides & meurent. Les puiffances de cet efprit viuifiant font fi admirables, que le diuin vieillard s'accommodant à la portée du vulgaire (comme il fait
fouuent, ainfi qu'enfeigne Galien) l'appelle *l'ame,* c'eft à dire, le premier inftrumét
d'icelle, quand il dit. *Car l'ame de l'homme eft logée au ventre gauche : or elle ne se nourrit
pas des viandes ou bruuages du ventre inferieur, mais d'vne fubftance tres-pure & tres-
nette engendrée de la feparatió du fang.* Il entend donc par l'ame l'efprit vital, lequel eft
nourry, c'eft à dire, reftauré d'vn fang tres-pur & elaboré. Les yfages de cet efprit

Qu'il y a en nous vn efprit vital.

Ses vertus.

Hippocrate l'appelle l'ame au li. du cœur.

font prefques diuins & dans & hors le cœur : dans le cœur pour eftre le principal organe des functions du cœur & conferuer la faculté irafcible hors du cœur
il a deux vfages. 1.Pour eftre le fujet de la chaleur influente du cœur. 2.Pour eftre
la matiere de l'efprit animal. La matiere dont il eft engendré eft double , l'vne

Il eft engendré de l'air, & du fang defquels, 7. de placit.

aërée & fpiritueufe, & l'autre fanguine. Car il eft engendré comme efcrit Galien,de l'air & du fang meflez enfemble. Qu'il foit fait de l'air, Hippocrate l'enfeigne, quand il dit, *tel qu'eft l'air, tels font les efprits, les temps nubileux & pleins de*
brouillarts engendrent les efprits nubileux & groffiers. Pour cette caufe, *les vents meri-*
dionaux hebetent l'ouye, rendent la veüe obfcure, la tefte pefante, & les membres lafches &
engourdis. Cette fubftance aërée feule ne fuffit point pour retenir la chaleur vitale

Aph.5. fe.3.

au corps, le meflange de quelque fang tres-fubtil y eft donc neceffaire pour brider l'effort,& empefcher la diffipation de l'air. Cette double matiere fçauoir eft
l'air & le fang, a befoin de preparation auant qu'eftre portée au ventricule gauche du cœur. L'air infpiré par la bouche,& le nez eft preparé dans les vaiffeaux,
& toute la fubftance molle, rare & fpongieufe des poulmons, où il acquiert par
vne petite demeure qu'il y fait vne qualité familiere à l'efprit inné, puis de là il
eft porté par l'artere veineufe au ventricule gauche. Voila la preparation de l'air,
& les conduits par lefquels il eft porté au cœur. Mais de la preparation du fang,
en quel lieu elle fe fait & par quels chemins il entre au ventre feneftre, c'eft chofe

L'air eft prepa-ré aux poul-mons.
Et le fang fe-lon Galien au ventre dextre du cœur.

qui eft en grand debat. I'ay leu & fueilleté les efcrits de tous les Anatomiftes, tant
anciens que modernes, & ay finalement trouué quatre opinions contraires touchant cette queftion. La premiere & plus ancienne eft celle de Galien. Il eftime
que le fang eft defchargé par la veine caue dans le ventre droit du cœur, comme
dás vne cifterne, là où il eft cuit, attenué & elaboré: & puis apres qu'vne portion
d'iceluy eft portée par la veine arterieufe pour nourrir les poulmons, & que l'autre paffe à trauers *du feptum medium* (lequel comme vne parois mettoyenne fepare le cœur en deux finuofitez) dans le ventricule gauche, où eftant meflé auec l'air
par la faculté qui eft particuliere au cœur, & par la chaleur & l'efprit inné d'iceluy, il prend & reçoit non autrement qu'en vne fournaife, la forme d'efprit vital,
cette opinion, encore qu'elle foit la plus veritable de toutes, a neantmoins efté
blafmée par plufieurs des modernes. Car ils eftiment qu'il eft impoffible qu'vne
fi grande quantité de fang, comme eft celle qui eft requife pour la generation de
l'efprit vital, puiffe exuder & paffer en fi peu de temps du ventricule dextre à trauers du *feptum medium* dás le gauche, veu que cette cloifon eft fort époiffe, & qu'il
n'appert point qu'il y ait aucuns conduits fenfibles & manifeftes en iceluy. Ils di-

Les modernes contre Galien.

fent auffi que le fang ne peut eftre porté du ventre droit au gauche, par le *feptum*
medium, parce que l'action du cœur fe feroit pour neant: car qui empefchera que
le mefme fang ne retourne du gauche au droit, veu que le mefme chemin & les
mefmes conduits font toufiours ouuerts, & qu'il n'y a point de portelettes pour
empefcher ce retour ? Mais ces chofes font trop legeres pour enfraindre l'authorité d'vn fi excellent perfonnage. Galien n'ignoroit pas qu'il y en auroit qui luy
feroient ces objections pueriles: & pourtant il s'eft expliqué en termes tres-beaux

cap. 15. li. 3.
de fac. natur.

& tres-clairs, quand il dit. *Ce qui eft tres-fubtil au fang eft attiré du ventre dextre par les*
trous du feptum, defquels à grád peine peut-on voir les extremitez, parce qu'aux morts tou-
tes chofes s'abbattent. Or que le fang paffe par ces trous du ventre dextre au gauche, il ap-
pert, parce que Nature ne fait iamais rien en vain. Or il y a grand nombre de foffettes &
des finuofitez profondes au feptum, lefquelles en s'eftreciffans peu à peu fe terminent au
ventricule gauche. Galien veut donc que ces foffettes fe terminent eñ des trous

fort

fort petits, par lefquels le fang foit porté ferrement ; & en grande abondance au ventre feneftre du cœur. Or pourquoy le mefme fang ne
retourne point par les mefmes trous, du ventre feneftre au droit ; i'en
rapporte la caufe à la faculté particuliere du cœur. Le ventricule gauche tire ce fang & le retient par vne faculté innée & naturelle, il s'é-
iouyt quelque temps de fa prefence ; & le chaffe à la parfin hors dans
les tuyaux de la groffe artere. Ainfi le fang qui exude à trauers des tuniques des veines, ou qui fe répand par leurs orifices dans la fubftance
de quelque partie ne rentre plus en icelles, ains eft là retenu & changé
en la fubftance de la partie. Or combien que la verité de cette opinion
foit tres-claire par fa clarté naturelle, fi eft-ce qu'elle apparoiftra encore
plus clairement apres que nous aurons propofé & examiné par le menu
les opinions contraires.

Pourquoy le
fang ne retour-
ne pas du ven-
tre feneftre au
dextre.

La feconde opinion eft de Colomb ; lequel confeffe bien que le fang
eft attenué & preparé au ventricule droit, mais il veut qu'il foit porté par
d'autres conduits que par les trous du *feptum* (lefquels il nie tout à plat)
au ventricule feneftre. Il dit donc que le fang fubtilizé & preparé au
ventre droit eft tout porté par la veine arterieufe aux poulmons ; & qu'v-
ne partie d'iceluy eft diftribuée dans la fubftance des poulmons pour leur
nourriture particuliere : & l'autre verfée dans l'artere veineufe, & par
icelle portée au ventre gauche du cœur auec l'air pour la generation
de l'efprit vital. Il appuye cette fienne opinion de deux raifons. 1. La
veine arterieufe eft plus groffe qu'il n'eft befoin pour nourrir les poulmons. Il eft donc veritable qu'elle ne fert pas feulement pour leur porter la
nourriture, mais auffi pour porter le fang neceffaire à la generation de l'efprit
vital. 2. En l'artere veineufe eft toufiours contenu vn fang tres-fubtil &
arterieux ; or elle ne reçoit point de fang du ventre gauche, car les valuules
triangulaires empefchent qu'elle ne le faffe ; il refte donc que ce foit de la
veine des poulmons. Ces chofes font veritablement probables & cachées du voile de la verité ; elles ne font pas toutesfois receuables. Car
ce qu'il dit que la veine arterieufe eft plus groffe qu'il n'eft requis pour
nourrir le petit corps du poulmon, nous le nions tout à fait. Car
la fubftance des poulmons eft rare & fpongieufe ; elle fe diffipe donc
facilement ; elle eft agitée d'vn mouuement continuel, & à raifon de
la proximité du cœur elle s'échauffe promptement ; de là vient qu'elle
fouffre vne grande & continuelle diffipation en fa triple fubftance ; Or il
faut que la reparation foit egale à la diffipation. Vne grande quantité de
fang ne peut affluër abondamment que par vn gros vaiffeau, il falloit donc
que la veine arterieufe nourrice des poulmons fut tres-groffe & tres-ample. Outre-plus Nature a fait cette veine groffe, comme écrit Galien,
afin qu'elle recompenfaft autant par fa groffeur, comme elle defroboit à
la nourriture neceffaire des poulmons par fon époiffeur. Nous répondons à la feconde, que le fang qu'on trouue en l'artere veineufe eft vne
portion de l'efprit vital & du fang arterieux que le cœur enuoye
aux poulmons. Car comme ainfi foit que la vie de toutes les parties prouienne du cœur par le moyen de l'efprit vital, & que les
poulmons ne reçoiuent nuls ruiffeaux de la groffe artere ; il eft vray-

Opinion de
Colomb.

Sa raifon pre-
miere.

Deuxiéme.

Reiettée par
l'Autheur, le-
quel fatisfait
aux raifons.
à la premiere.

à la deuxiéme.

Des parties Vitales,

femblable , ou pour.mieux dire neceffaire , que cet efprit leur eft porté par l'artere veineufe : & ne fert d'oppofer les valuules triangulaires : car il n'y en a que deux en l'orifice de ce vaiffeau , d'autant qu'il ne falloit point qu'il fuft exactement fermé comme les autres. Ils objecteront parauanture les mouuemens contraires , & le meflange des vapeurs fuligineufes auec les efprits ; Mais ils donnent bien peu à la prouidence de Nature, & ignorent ce que peuuent les diuers appetits & attractions des parties. La diftribution du chyle des boyaux au foye , & du fang du foye aux boyaux fe fait enfemble & en vn mefme temps par les veines du mefentere. Le laict paffant des mammelles par tout le tronc de la veine caue ; eft rendu par les vrines fans eftre teint ny meflé d'aucun fang. Et comme nous monftrerons en la queftion fuiuante , le pus des Empyiques paffant par le ventricule gauche du cœur & les arteres , eft déchargé dans les reins & la veffie , & purgé par les vrines , & toutesfois l'efprit vital n'en eft point foüillé ny infecté, pourueu que le tout fe faffe felon Nature. Que Colomb s'en aille donc en paix , & qu'il prenne fon inuention pour luy.

La troifiéme opinion eft celle de M. Botal Medecin du Roy, lequel fe vante d'auoir trouué vn conduit incogneu à tous les Anatomiftes ; qui va de l'oreille dextre du cœur à la gauche , & fert à porter le fang preparé au ventre droit dans le feneftre. Or il veut que ce conduit foit affez remarquable aux veaux & ieunes animaux ; mais non fi apparent aux hommes & animaux plus aagez. Cette opinion n'eftant point appuyée d'aucune raifon fe ruine affez d'elle mefme. Car fi Nature a fait ce canal pour porter le fang du ventre droit au gauche ; il faut qu'il fe trouue en tous temps & aages en l'animal parfait , & qu'iceluy venant à croiftre , & la chaleur du cœur à augmenter , qu'il croiffe & augmente femblablement. Mais il veut qu'il n'apparoiffe point aux bœufs, ny aux animaux venus en leur perfection. Dauantage ce conduit eft en l'orifice de la veine caue , comment pourra donc le fang attenué & preparé au ventre droit retourner par iceluy dans la veine caue , veu qu'elle a trois portelettes en fon orifice , lefquelles eftant ouuertes par dehors & fermées par dedans , laiffent bien entrer le fang au ventre dextre du cœur, mais empefchent qu'il ne puiffe plus retourner dans la veine caue. Ce bon homme a ignoré l'vfage de ce trou, lequel auoit efté fort bien décrit par Galien. Nous l'auons fouuent veu & remarqué , auec vn autre canal arterieux ; mais ils ne feruent au fœtus qu'auffi long-temps qu'il eft en la matrice , parce qu'il vit alors & fe nourrit d'vne toute autre façon qu'il ne fait eftant nay. Pour cette caufe incontinent qu'il eft forty au monde ce trou fe bouche tout à fait , & le canal arterieux fe deffeche en forte que tu dirois qu'ils n'auroient iamais efté. Nous auons décrit l'hiftoire de ces conduits au huictiéme liure , que le Lecteur la reprenne donc de là.

La derniere opinion eft celle de M. de l'Orme Medecin de Poictiers, lequel en vn liuret qu'il a mis en lumiere, veut que le fang arterieux foit élaboré & preparé en la ratte, puis porté au tronc de la groffe artere, & de là au ventricule gauche du cœur , où il foit par vn grand myftere de Nature meflé auec l'air preparé aux poulmons. Cette opinion (pour

marginal notes:
Obiection.
Solution.
Opinion de Botal.
Refutée.
Opinion de Monfieur de l'Orme.

le confeſſer franchement) m'a beaucoup pleu, tant à raiſon de ſa nouueau-
té, comme de la grande ſubtilité que l'Autheur d'icelle demonſtre en ſes argumens. Mais pource que pour confirmer ſon nouueau dogme, il s'appuye
ſur des principes faux qui obſcurciſſent toute la ſplendeur de l'Anatomie;
ie veux icy éplucher les principaux poincts d'icelle, & les refutter par le menu. 1. Il veut que le ſang ne puiſſe eſtre porté du ventre droit du cœur au
gauche par le trauers du *ſeptum medium*, parce que ſi ce chemin ne ſuffiſoit
point au *fœtus* tendret, lequel a les vaiſſeaux plus laſches, & le *ſeptum* plus
rare & plus mince, & lequel ne ſouffre point vne ſi grande diſſipation d'eſprits:
il ne ſuffira point auſſi en l'homme grand & parfait. Or ce chemin ne ſuffit
pas au *fœtus*, ains Nature luy en a fait vn autre, à ſçauoir deux arteres qui s'en
vont du nombril aux arteres crurales d'iceluy. Il eſt donc neceſſaire qu'il y
ait auſſi d'autres chemins plus larges en l'homme parfait. Cet argument eſt
certes tres-ſubtil, mais faux & plein d'erreur. Car le ſang ne paſſe point du
ventre droit du *fœtus* au gauche, parce que le cœur du *fœtus* n'engendre point
d'eſprit vital; Car il attire celuy de la mere par les arteres vmbilicales, lequel il diſtribuë dans tous les ruiſſeaux de la grande artere. Le poulmon
ne ſe nourrit pas auſſi d'vn ſang deſlié & ſubtil, mais d'vn ſang épois qui
eſt porté par la veine caue; & pour cet effect il y a vn trou qui s'en va de
la veine caue rendre dans l'artere veineuſe; & vn canal apparent qui s'en va
de la grande artere à la veine arterieuſe, par le moyen duquel s'vniſſent
les vaiſſeaux du cœur au *fœtus*. Son hypotheſe eſt donc fauſſe, parce qu'il ne
s'engendre point d'eſprit vital au *fœtus*, & que la veine caue ne verſe point de
ſang au ventre droit du cœur d'iceluy; veu, comme écrit Galien, qu'il a le
poulmon rouge, groſſier, immobile & ſe nourriſſant d'vn ſang craſſe & eſpois. Ce que nous auons remarqué du meſme Galien au huictiéme liure
de ces œuures ſeruira pour l'éclairciſſement de cette matiere. 2. Il nie que les
valuules ou petites portes membraneuſes aſſiſes en l'orifice de la grande
artere (il les appelle mal triangulaire; car il n'y a que celles de la veine caue
& de l'artere veineuſe qui ſoient telles, les autres ſont demi-circulaires) ayent
eſté faites pour empeſcher le ſang d'entrer de la grande artere dans le cœur;
parce qu'alors que l'enfant eſtoit en la matrice, elles n'empeſchoient point
que le ſang arterieux n'entraſt d'icelle au ventre gauche. Tu retombes au
meſme erreur; Car il n'entre rien par les bouches des quatre vaiſſeaux dans
les ventricules du cœur du *fœtus* : il n'y entre point de ſang par la veine caue,
car quel beſoin eſt-il qu'il en prepare, veu que le poulmon ſe nourrit alors
de celuy qui eſt groſſier? ny d'air par l'artere veineuſe, car le *fœtus* ne reſpire point : ny de ſang arterieux par la groſſe artere, car ce labeur ſeroit
inutile, veu qu'il ſeroit en vn moment repouſſé dans le meſme vaiſſeau.
Ioint que le canal arterieux qui s'en va de la grande artere, à la veine arterieuſe, (lequel, comme ie puis voir, t'a eſté incogneu auſſi bien qu'aux autres Anatomiſtes) auroit eſté fait en vain, & n'auroit point d'vſage.
3. Quand de l'Orme s'accorde auec Botal & qu'il aſſigne vn vſage controuué par luy à ce trou, il ſe veautre au meſme bourbier que Botal, &
eſt digne de la meſme reprehenſion. Il ſe monſtre tres-ſubtil à refuter
Colomb, finalement il produit l'opinion qu'il enfantoit auec tant de trauail,
à ſçauoir que le ſang arterieux eſt preparé en la ratelle, parce qu'elle eſt toute

Refutée par
l'autheur.

tiſſuë de veines & d'arteres ; eſtant là preparé qu'il eſt ſuccé & attiré par les petites arteres, & porté au tronc de la grande artere, & de là au ventre gauche du cœur. Mais que cela ſe faſſe comme veut de l'Orme, il y a pluſieurs choſes qui empeſchent. 1. Il y a en l'orifice de la groſſe artere trois portelettes fermées par dehors qui empeſchent que le ſang arterieux n'entre dans le cœur, choſe que la veuë enſeigne, & que le ſouuerain dictateur témoigne en mots exprés. De l'Orme niera que ces portelettes ayent eſté faites pour cet vſage : il ne dira point toutesfois qu'elles ayent eſté creées en vain. Que ſi elles ne ferment pas tout à fait le paſſage au ſang entrant ou ſortant, elles rompent à tout le moins & arreſtent (ainſi qu'il eſt meſme contraint de confeſſer) l'effort & impetuoſité d'iceluy voulant entrer tout à coup & en abondance au cœur. Que ſi cela eſt vray, toute la matiere de l'eſprit vital ne pourra pas eſtre portée de la ratelle par la grande artere au ventre gauche du cœur. Parce qu'il faut que la generation des eſprits ſe faſſe ſoudainement & abondamment ; & pourtant il faut que la matiere pour l'engendrer affluë & entre abondamment & à coup. Or les petites membranes qui ſont comme portelettes rompent l'impetuoſité de cette matiere, & empeſchent qu'elle n'entre à coup dans le cœur. 2. C'eſt vn ſingulier artifice de Nature en la compoſition du cœur, qu'il attiré par vn vaiſſeau & met hors par l'autre : il attire le ſang par la veine caue, & le met hors par la veine arterieuſe ; il attire l'air par l'artere veineuſe, lequel il meſle auec le ſang, & chaſſe hors l'eſprit vital dans la grande artere. Que s'il attiroit la matiere de l'eſprit vital par la grande artere, & renuoyoit quaſi au meſme moment l'eſprit dans le meſme vaiſſeau ; il ſe feroit vn meſlange de ces ſucs, & il y auroit touſiours deux mouuemens contraires en l'artere ; c'eſt à ſçauoir, du ſang montant de la ratte au cœur, & du ſang arterieux deſcendant du cœur à la ratte Or comme nous confeſſons que ces mouuemens contraires ſe peuuent quelquesfois faire aux éuacuations crytiques & grands efforts de Nature, mais pour vn petit de temps ? auſſi nions-nous qu'ils puiſſent eſtre perpetuels. Or la generation des eſprits ſe doit faire continuellement. De l'Orme nous objectera l'artere veineuſe qui conduit au cœur l'air preparé aux poulmons,& rapporte du cœur aux poulmons les vapeurs fuligineuſes auec quelque portion de l'eſprit vital. Mais la raiſon du ſang & de l'air n'eſt point ſemblable. L'air peut paſſer, à raiſon de ſa ſubtilité, par le trauers du ſang & des tuniques, ce que le ſang ne peut pas faire. 3. Si le ſang arterieux n'eſt pas preparé au ventre droit du cœur, comme veut Galien, mais en la ratte ſelon l'aduis de l'Orme ; pourquoy la veine caue s'ouure-elle d'vne ſi grande ouuerture au ventricule dextre du cœur ? Eſt-ce ſeulement pour nourrir les poulmons ? nenny certes ; Car, comme écrit Galien, l'orifice de la veine caue eſt beaucoup plus ample que l'entrée de la veine arterieuſe. Eſt-ce pour la nourriture du cœur ? rien moins ; car il a ſa veine particuliere qui luy porte ſon nourriſſement. C'eſt donc pour verſer le ſang au ventre droit pour l'engendrement de l'eſprit vital. 4. Que la ratte n'ait pas eſté pour la preparation des eſprits vitaux, ie le recueille parce qu'elle eſt fort ſuiette aux obſtructions ; ce n'eſt pas à raiſon de ſes vaiſſeaux qui ſont tres-larges, ny de ſon parenchyme qui eſt rare & ſpongieux : il reſte donc que ce ſoit à raiſon de l'humeur excrementitieuſe & groſſiere qu'elle reçoit & contient. Mais comment pourra-elle ſeruir à l'expurgation des humeurs superfluës, & à la preparation du sang ? Touchant l'vsage de la ratte nous en auons disputé contre de l'Orme au sixiéme liure. Concluons donc que le sang est preparé pour la generation de l'esprit vital au ventricule droit du cœur, & qu'il est porté par les trous & fossettes du *septum medium* au gauche, où estant meslé auec l'air, & dépoüillant sa premiere forme, il est changé en esprit vital.

A sçauoir si le pus des Empyiques peut estre purgé par le ventre gauche du cœur, & comment il est éuacué par les vrines, le siege & les abscez.

QVESTION DOVZIESME.

ETTE question en a gehenné plusieurs fort long-temps, ie m'efforceray toutesfois, selon les forces de mon petit entendement, de l'éclaircir. I'appelle Empyiques auec Hippocrate, ceux ausquels vne apostume ou du costé, ou des poulmons s'estant rompuë, le *pus* s'épand en la cauité de la poictrine, & est là croupissant & flottant en sorte que le poulmon soit quasi tout abbreuué de son infection. Cette matiere purulente, suiuant la doctrine de nostre Hippocrate, peut estre purgée *par les crachats, par les vrines, par les selles, & par les abscez des parties inferieures.* L'expurgation qui s'en fait par la bouche, & les crachats, se fait par l'effort & le mouuement propre du thorax chassant hors ce qui luy est nuisible : & est fort familiere à Nature & la plus souhaitable de toutes, d'autant qu'elle se fait par les lieux deputez de Nature à cela, & monstre que toutes les facultèz sont fortes & puissantes. C'est la cryse ordinaire des pleuritiques, empyiques & peripneumoniques : & à icelle est deuë la premiere loüange. Mais si Nature ne la peut paracheuer, ou à raison de l'époisseur du pus qui n'obeït point à la concussion du thorax ; ou bien à raison de la debilité des muscles : elle cherche vn autre chemin & trouue d'autres voyes pour se despestrer & de la maladie, & de sa cause : & pourtant elle purge quelquefois cette infection purulente par les vrines, quelquesfois par les abscez, & quelquesfois aussi, mais rarement, par vn cours de ventre. Que cette bouë puisse estre purgée par les vrines, l'experience nous l'enseigne, & l'auctorité des hommes doctes le confirme. Voicy vn fort beau passage d'Hippocrate. *Plusieurs (dit-il) rendoient auec douleur des vrines bilieuses, aqueuses, purulentes, abradentes, strangurieuses, lesquelles toutesfois n'estoient point nephritiques,* c'est à dire, elles n'estoient point telles par le vice des reins & de la veslie, *mais à ceux-cy les vns pour les autres.* Item, *On auoit peu d'esperance à plusieurs Empyiques, ausquels apparut grand espoir de guarison, quand tout à coup, il se fit changement en vne strangurie.* Galien a remarqué sur ce passage, que les vices de tout le corps, se peuuent aussi bien purger par les vrines que par les selles. Hippocrate écrit qu'en vne saison pestilentielle, *il se faisoit descente de toutes les choses qui estoient autour des poulmons aux parties inferieures.* Galien confirme cette expurgation du *pus* par les vrines en ces mots. *Il y en a qui nient qu'en l'apostume du poulmon la bouë se puisse purger par les reins. Pour nostre regard nous l'auons remarqué par plusieurs fois.* Et au commentaire sur cet Aphorisme, *Si quelqu'vn pisse du sang ou*

Qui sont les Empyiques.

Ils sont purgez.

par les crachats.

par les vrines.

Sect. 2. l. 1. epidem.

En la mesme section.

Comment. ad hanc sent. Sect. 3. l. 3. epidem.

cap. 4. l. 6. de locis. affect.

Aph.75.sect. 4.

du pus cela démonstre qu'il y a vlcere aux reins ou à la veßie. Pisser du *pus*, dit Galien, n'est point absoluëment ny tousiours signe de l'vlcere des reins, car on rend souuentesfois du *pus* auec les vrines, par le vice des parties superieures : mais si quelqu'vn pisse, c'est à dire, s'il continuë à en pisser tousiours. Auicenne, Æginete & Mesué ont aussi voulu le mesme. Il appert donc assez clairement, par ce que nous venons de déduire, que la matiere purulente contenuë au thorax se peut purger par les vrines ; Elle se peut aussi purger par les diarrhoées & cours de

par les selles.

ventre. Nous auons l'arrest de nostre Hippocrate. *C'est chose mortelle aux Empyiques de rendre le pus du poulmon par les selles.* Et Galien dit qu'il ne se faut pas

en ses coaques l.6.de loc.aff. c.4.

émerueiller si des parties qui sont au dessus du diaphragme, la bouë decoulle dans les boyaux. Elle se peut finalement purger par les apostumes des parties superieures

Par les abscés. En ses prorrbetiques.

ou inferieures. *Les peripneumoniques*, dit Hippocrate, *à qui il suruient des abscez derriere les oreilles, ou aux parties inferieures, qui viennent à suppuration échappent.* Et en ses coaques, *Les abscez qui se font aux cuisses des peripneumoniques sont tous vtiles.* L'expurgation du *pus* contenu dans la capacité de la poictrine se peut donc faire selon la doctrine d'Hippocrate par la bouche, les reins, les boyaux & les abscez. Celle qui se fait par la bouche est la meilleure ; puis apres celle qui se faict par les vrines, parce qu'elle n'apporte point d'incommodité à l'œconomie naturelle, estant seulement ennuyeuse, à raison d'vne douleur strangurieuse qui se passe incontinent. Mais celle qui se fait par le ventre & les boyaux, est perilleuse & la pire de toutes : Car elle rompt les facultez du ventricule & des boyaux, elle cause vne dysenterie quasi incurable, & cette excretion du *pus* des Empyiques par le ventre n'est point moins pernicieuse, que du phlegmon de l'hypochondriaque qui répand le *pus* au dedans. Quand pour le regard de celle qui se fait par les apostumes elle est salutaire, si elle tombe sur les parties inferieures : car elle se fait loing de la maladie, & selon la dignité d'icelle. Or l'abscez loüable & legitime se doit faire vers bas, loin de la partie affectée, & en vn lieu capable de toute la matiere, selon la rectitude, & apres la concoction de

Li.1.de cauf. & sig.diutur. morb.c.9. par la matrice.

la maladie. Arethée adiouste que le *pus* des poulmons & du thorax se purge quelquesfois aux femmes par la matrice. Nous auons maintenant declaré en combien de manieres se peut faire l'expurgation de la bouë contenuë en la cauité de la poictrine, mais monstrer par quels chemins Nature l'a fait, ce sera parauanture chose de plus grand trauail & de plus haute contempla-

Par quels chemins se fait la purgation de ce pus, par la bouche.

tion. Que l'expurgation par la bouche se fasse par la trachée artere, c'est chose dont tous sont bien d'accord. Car quand le thorax est dilatté, le poulmon s'enflant, succe & boit comme vne éponge la bouë épanduë en la capacité de la poictrine, & quand le thorax vient à se reserrer, le poulmon s'abbaissant chasse auec les fuliginositez la matiere purulente dans la trachée artere, de laquelle, à raison de sa continuité, elle est en apres portée à la bouche, & chassée hors en toussant. Mais par quels chemins c'est que le

Par les vrines.

pus est porté aux roignons & à la vessie, c'est chose fort controuerse. Erasi-

Opinion d'Erasistrate.

strate estime qu'il decoulle par le ventre droit du cœur dans la veine caue, & d'icelle aux reins. Il veut donc qu'il soit premierement succé par la chair rare & spongieuse du poulmon : en apres qu'il soit porté par la veine arterieuse au ventricule dextre du cœur, d'iceluy au tronc de la veine caue, & de là par les émul-

Reiettée.

gentes aux reins & à la vessie. Mais cette opinion n'est point receuable ; Car il n'entre rien par la veine arterieuse au ventre dextre du cœur à raison des valuules fermées par dehors : du ventre dextre du cœur dans la veine caue à

raifon des portelettes triangulaires fermées par dedans. Mefué veut que cette ex- Reiettées.
purgation fe faffe par les veines, quand il dit. *Apres la rupture de l'apoftume du tho-* Celle de Mefué,
rax, en quelques-uns la fanie attirée par le poulmon eft crachée en touffant: & à ceux à qui au chapitre de
elle diftille dans la cauité de la poictrine, où elle defcend par la veine chylis à la partie ca- la pleurifie.
ue du foye, & de là eft purgée par les venules des boyaux, auec les excremens du ventre,
ou bien elle eft portée à la partie gibbeufe du foye, d'où elle peut decouler par les veines émul-
gentes, aux reins & à la veffie. Fallope fe vante d'auoir trouué vn plus court che- De Fallope: en
min, & defcrit vn petit rameau, lequel de l'azygos fe trainant le long des coftes, fes obfervations
& perçeant le diaphragme, s'vnift auec l'adipeufe & la renale. Pour mon regard anatomiques.
ie ne nie pas abfoluëment que cette expurgation fe puiffe faire par les veines : ie
croy toutesfois que c'eft rarement : parce que les veines ne s'ouurent point dans
la cauité de la poictrine, & qu'elles ne font point agitées d'aucun mouuement, par
lequel elles puiffent fuccer & attirer la purulence. Or que le pus épois & vifqueux
puiffe exuder & paffer à trauers de leurs tuniques, c'eft chofe qui eft tres-difficile. Il y en a qui s'imaginent & forgent des chemins occultes pour faire cette éuacuation, parce qu'aux corps viuans tous les chemins font patents & ouuers, &
que tout le corps eft tranfpirable & dedans & dehors. Chofe que nous accordons
volontairement. Car Hippocrate nous apprend que Nature fait des abfcez à De quelques
trauers des os: que les eaux des Hydropiques refluent dans le ventre, & qu'elles autres.
font éuacuées par les conduits vrinaires: que l'vrine coule à trauers des chairs
des roignons: que la femence paffe par dedans la fubftance des tefticules: que
les tumeurs pituiteufes des iointures après les frictions mercuriales fe déchargent
quelquefois dans le ventre, & quelquefois auffi par vn flux de faliue par la bouche. Nous receuons dis-ie toutes ces chofes. Mais pourquoy chercherons-nous des li. 2. epidem.
chemins infenfibles pour l'expurgation de la boüe des Empyiques par les vrines, fect. 1. Aph.
veu que nous en auons de manifeftes? Mais qui font ces conduits manifeftes? écou- 54. fect. 7.
tons Galien qui nous les monftre en ces mots. *Cette queftion ne preffe pas peu les fe-* De l'autheur.
ctateurs d'Erafiftrate, comme ceux qui penfent que les arteres ne contiennent rien feule- li. 6. de loc.
ment que les efprits: mais à nous elle ne nous apporte aucune difficulté, connoiffans que l'ar- aff. 4.
tere veineufe peut tranfporter des poulmons au ventre gauche du cœur, tout autant de pus,
comme elle en reçoit de l'apoftume rompuë, lequel decoulle par apres dudit ventricule gau-
che par la groffe artere aux roignons. Il veut donc que le pus foit fuccé par le poulmon,
& porté en l'artere veineufe, d'icelle qu'il paffe au ventricule gauche du cœur, &
d'iceluy au tronc de la grande artere & aux émulgentes qui fe terminent aux
reins. Et auant luy, Diocles auoit bien reconnu cette expurgation du pus par les
arteres, quand il dit: *Et les éruptions purulentes qui font au thorax, quand elles entrent*
dans l'artere qui meine aux reins & à la veffie, elles fe purgent par icelle auec les vrines. Il
fait bon icy ouyr crier les modernes contre Galien. Comment fe peut-il faire (di- Les modernes
fent-ils) que cette infection purulente paffe par le ventre feneftre du cœur bou- contre Galien.
tique de l'efprit vital, & par les arteres receptacles d'iceluy, fans la ruine totale des
affaires du malade? Quoy les efprits tres-purs feront-ils point infectez par le meflange de cette purulence: Car s'il aduient que quelque vapeur maligne ou quelque air veneneux foient portez par la bouche, les arteres, les veines, ou autres conduits occultes iufques au cœur: nous tombons incontinent en pafmoi-
fon ou en fyncope. Qui empefchera donc que le pus infect & puant ne faffe de
mefme? Nature fage & prouuoyante n'a point de couftume de faire fes éuacuations finon par des lieux conuenables. Or qui eft celuy qui dira que le cœur & les
arteres foient lieux propres & dediez à telles éuacuations? Voilà les raifons qu'al-

L'autheur pour Galien.

leguent ceux qui ne veulent point admettre les chemins & conduits affignez par Galien. Mais ils ne voyent pas que c'eft autre chofe quand vne éuacuation eft faite crytiquement, & autre chofe quand elle eft faite fymptomatiquement : autre chofe quand elle eft faite par l'effort de Nature puiffante, & autre chofe quand elle eft faite par la violence & la rebellion de la maladie : autre chofe quand elle eft faite par la faculté : & autre chofe quand elle eft faite par la maladie : bref que c'eft autre chofe quand elle eft faite par la faculté forte & puiffante : & autre chofe quand elle eft faite par la mefme faculté eftant debile. Cette expurgation du *pus* par le ventre gauche du cœur, fi elle eft crytique, & que les forces foient baftantes & entieres, fe peut faire fans endommager le malade : Car Nature retient & conferue les efprits, & ne chaffe hors que les chofes qui luy font nuifantes. Mais fi les forces font debiles, le malade meurt en cette expurgation, & eftant ouuert on luy trouue tout le ventre gauche du cœur remply de matiere purulente : ce qui trompe bien fouuent les groffiers qui penfent auoir trouué vn abfcez au cœur. Or que ce *pus* puiffe eftre purgé par le ventricule gauche & les arteres, outre l'auctorité de Galien & la demonftration Anatomique, ie le confirmeray par deux Hiftoires. Hollier raconte la premiere en ces termes. *Vne femme rendoit vne vrine purulente auec douleur intolerable, eftant morte apres auoir languy quatre mois, & l'ayant fait ouurir on luy trouua deux calculs au cœur auec plufieurs petits abfcez, les reins & tous les chemins dediez à l'vrine eftans entiers.* Cette infection purulente fe purgeoit donc par la groffe artere. Ie fuis témoin oculaire de l'autre. Vn honnefte Citoyen de Montpellier auoit efté trauaillé l'efpace de trois ans d'vne melancholie hypochondriaque & icelle tres-cruelle, laquelle en fin, furuenant vne fiéure aiguë, rompift le fil qui retenoit l'ame auec le corps : toutesfois vn mois entier auant qu'il mourut, il auoit deux fois le iour vne fyncope legere, & qui fe paffoit incontinent, auec vne petite ardeur d'vrine & vne enuie extréme de piffer. Or ayant rendu vne vrine fort rouge & puante, il reuenoit incontinent à foy : le corps eftant ouuert nous trouuons quafi toute la capacité de la poictrine remplie d'vne humeur fubtile & tres-puante : le ventre gauche du cœur eftoit auffi remply de la mefme humeur. Ayant quelque temps contemplé cela, non fans grand eftonnement, le lieu cité de Galien me vint foudain en memoire, & monftray en la prefence de plufieurs maiftres Chyrurgiens & écholiers en Medecine, que la caufe de cette defaillance tant frequente & de cette legere ftrangurie & enuie frequente de piffer deuoit eftre rapportée à cette matiere purulente laquelle trauerfant par le ventricule gauche du cœur s'en alloit par les arteres aux roignons : & de là à la veffie. Mon opinion fut approuuée de tous : parce que la couleur de l'humeur contenuë en la poictrine, & celle de l'vrine qu'il rendoit en la defaillance eftoit femblable, la fubftance femblable, & la puanteur femblable. Nous auons ce me femble maintenant affez éclaircy l'opinion de Galien, il nous faut à cette heure acheminer noftre propos ailleurs.

Belles hiftoires pour la deffence de Galien.
En fes fcholies fur le chap. 50 de fa pratique, & au 3. li. de fes com. fur la 2. fect. de fes coaques à la fet. 52. f. 648.
Cette mefme hiftoire eft rapportée par l'autheur en fon difcours François de la melancholie chapitre 14.

Du temperament du cœur.

QVESTION TRAIZIESME.

L Es Medecins font en contention touchant le temperament du cœur : les vns le mettent froid aux qualitez actiues, & les autres chaud : il y en a quelques-vns
qui difent qu'il eſt fec aux paſſiues, & les autres qu'il
eſt humide. Or premier qu'amener toutes les raiſons
qui peuuent eſtre alleguées de part & d'autre, nous
expliquerons en combien de manieres vne choſe peut
eſtre dite chaude, froide, ſeiche & humide : Car ainſi
l'homonimie & ambiguité des dictions eſtant oſtée,
l'explication de la queſtió propoſée en ſera beaucoup
plus facile. Vne choſe ſe peut dire chaude, froide, ſeiche & humide, en trois manieres ſelon Galien. 1. Simplement & abſoluëment : Ainſi les corps premiers &
tres-ſimples, à ſçauoir les élemens de l'vniuers, ſont dits ſimplement tels : & en
la doctrine d'Hippocrate, d'Ariſtote & de Galien, par les mots *chaud*, *froid*,
ſec & *humide* ſont deſignez les corps tres-ſimples, à ſçauoir les élemens. 2. Par
la domination de l'élement qui maiſtriſe & ſeigneurie en la mixtion : Ainſi les
os ſont dits froids & ſecs par Galien, à raiſon que la terre domine en leur compoſition. 3. Par comparaiſon qui ſe fait à quelque moyen, qui eſt comme vne
reigle de Polyclete : duquel moyen les choſes qui en ſont reculées ſont dites eſtre
telles, c'eſt à dire, chaudes ou froides, &c. Or ce moyen eſt de deux ſortes, l'vn
du genre & l'autre de l'eſpece : Celuy du genre, eſt l'homme entre les animaux :
Car il eſt le plus remperé de tous : & le cuir entre les parties du corps humain,
comme eſtant le plus temperé de toutes, & tenant le milieu entre les extremitez.
D'où il eſt dit eſtre le iuge de l'attouchement. Le moyen de l'eſpece doit eſtre
conſideré en chaque ſorte de partie : Car en l'eſpece du cœur ou du cerueau, on
met vn cœur ou cerueau temperé : & vn autre cœur ou cerueau plus chaud, ou
plus froid. Galien recherchant les ſignes par leſquels on connoiſt vn cœur chaud
ou froid, il compare la temperature du cœur non pas au moyen du genre, qui
eſt la peau : ny aux autres parties : Car ainſi il n'y auroit point de cœur froid : Mais
au moyen de l'eſpece, c'eſt à dire, au cœur de Socrate, lequel eſt temperé eu eſgard à celuy de Platon ou d'Ariſtote, deſquels ceſtuy-là peut eſtre plus froid, &
ceſtuy-cy plus chaud que celuy qui eſt temperé. Galien s'explique ſoy-meſme.
Car il veut que le cœur le plus froid, ſoit de ſa nature plus chaud que le cerueau
le plus chaud : pourueu que l'intemperie ſoit ſaine, & qu'elle demeure dans l'e-
ſtenduë de la ſanté : Car il pourroit bien arriuer par maladie que le cerueau ſeroit
plus chaud que quelque certain cœur. Ainſi ceux qui ſe meurent & qui ont deſia
l'haleine froide, ont le cœur plus froid que n'eſt vn cerueau occupé d'vn eriſipelle ou d'vne inflammation comme ont les phrenetiques. Or quand on demande icy ſi le cœur eſt chaud ou froid, la comparaiſon ne ſe doit pas faire au
moyen de l'eſpece, mais à celuy du genre, ſçauoir eſt à la peau, à laquelle Galien
collationne la temperature de toutes les parties, ou bien à la nature de la qualité
qui domine. Mais ces choſes ſont parauanture hors de propos, retournons en la
diſpute encommencée.

Chaud, froid,
ſec & humide
ſe dis en trois
manieres.
l. 1. de temp.
c. 2.
La premiere.

La deuxiéme.
l. de oſsibus.

La troiſiéme.

Le moyen eſt
double.

Du genre. Et
de l'eſpece.
cap. 28. artis
paruæ.

Au lieu cotté.

l. 1. de temp.
9.

Auerrhoës cha.
3 du 2.liu.col-
liget. met le
cœur froid.

Auerrhoës souſtient que le cœur de ſoy & de ſa nature eſt froid, parce qu'il eſt pour la plus part compoſé de parties froides : c'eſt à ſçauoir d'vn nombre infiny de fibres, de quatre grands vaiſſeaux, qui ſont la veine caue, la veine arterieuſe, la groſſe artere,& l'artere veineuſe, qui ſont toutes parties ſpermatiques exangues & froides : Mais qu'il eſt chaud par accident tant à raiſon du ſang arterieux & de l'eſprit vital tres-chauds, contenus en ſes ventricules, comme de ſon mouuement perpetuel. Ceux qui ſuiuent l'opinion d'Auerrhoës la fortifient de ces raiſons. 1. Parce que la chair du cœur eſt denſe, ſolide & peſante, nourrie d'vn ſang froid eſpois & melancholic. 2. Parce qu'il s'engendre & amaſſe grande quantité de graiſſe autour de la baze, qui eſt la partie la plus noble d'iceluy, la cauſe efficiente de laquelle, ſelon Galien, eſt le froid. 3. Et parce qu'il eſt le receptacle du ſang, d'où Galien l'appelle *viſcere ſanguin.* Or le ſang, ſelon Hippocrate, eſt froid : Car incontinent qu'il eſt ſorty des veines il ſe fige & caille en grumeaux. Nous monſtrerons au contraire par auctoritez, par raiſons & par experience qu'il eſt tres-chaud. Nous auons l'auctorité de noſtre Hippocrate qui dit. *Il y a beaucoup de chaleur au cœur, comme en celuy qui eſt le plus chaud de toutes les parties. Le ſang* (dit Galien) *prend ſa chaleur du cœur, car ce viſcere de ſa nature eſt le plus chaud de tous.* L'authorité eſt confirmée par la raiſon. Le cœur eſt le principe & la fontaine de la chaleur & du nectar viuifiant, il engendre le ſang arterieux, il attenuë & prepare le veineux pour nourrir le poulmon, il élabore l'eſprit vital qui eſt le plus chaud de tous : bref il eſt le foyer & l'arcenal qui conſerue, fomente & reſtaure la chaleur naturelle de toutes les parties. A toutes ces choſes s'accorde l'experience : Car ſi tu mets (comme eſcrit Galien) le doigt dans les ventricules du cœur eſtans tout fraiſchement ouuers, tu y ſentiras vne chaleur ſi grande qu'elle ſemblera bruſler. Il écrit auſſi ailleurs que la chaleur qui eſt naturelle au cœur n'eſt point ſemblable à celle qui eſt aux autres parties, d'autant qu'il eſt neceſſaire que le cœur ſoit touſiours tres-chaud, comme celuy qui ſe meut & échauffe & ſoy-meſme & les autres parties. Reſpondons maintenant aux objections faites au contraire. Qu'il y ait des fibres & quatre grands vaiſſeaux au cœur, nous ne le nions point : mais ces parties-là ne ſont pas toute la ſubſtance du cœur : Car la chair eſt la principale partie d'iceluy, à raiſon de laquelle il eſt dit par Ariſtote & Galien *viſcere charneux.* Or cette chair eſt tres-chaude, d'autant qu'elle eſt engendrée d'vn ſang tres-chaud, condenſé & époiſſi par la chaleur. Hippocrate nous enſeigne cela en termes tres-clairs, où il dit. *Le cœur échauffé par la chaleur deuient vne chair dure.* Pour le regard de la ſolidité & denſité de la chair du cœur qu'ils oppoſent, nous diſons que ce ſont effets de la chaleur qui épuiſe & reſoult l'humidité : comme la laſcheté & molleſſe du froid. Ainſi les hommes ont les chairs plus ſolides que les femmes. Ce qu'ils objectent de la generation de la graiſſe au tour de la baze du cœur, a eſté expliqué bien au long au ſixiéme liure. Car elle ne s'engendre pas ny aux ventres du cœur, ny autour de la chair d'iceluy, mais ſeulement ſur les membranes qui ſont parties moins chaudes. La cauſe finale de la generation de cette graiſſe ſurmonte & vainc icy toutes les autres cauſes : Car elle ſert pour contemperer le cœur & empeſcher qu'il ne ſoit roſty & bruſlé par vne chaleur aſſiduelle. A ce qu'ils appellent le cœur *viſcere ſanguin,* & qu'ils veulent que le ſang ſoit naturellement froid ; Nous répondons apres Galien qu'il y a deux ſortes de ſang, l'vn veineux, & l'autre arterieux : deſquels ceſtuy-là eſt moins chaud, & ceſtuy-cy tres-chaud : Or le cœur eſt la bouti-

Raiſons qui
prouuent le
meſme.
La premiere.
Seconde.

Troiſiéme.
l. 1. de temp.
10.
l. de corde.
L'autheur mö-
ſtre au contrai-
re qu'il eſt
chaud par l'au-
ctorité d'Hip-
pocrate au liure
des principes.
Et par celle de
Galien.
l. 1. de temp.
10.
Par la raiſon.
Et par l'expe-
rience.
li. de fœtus
format. & 1.
de femine.
li.2.de temp.
& l.de vſu. p.
contre Galien.

Il reſpond à ce
qui a eſté alle-
gué au contrai-
re.

Au liure des
principes.

c.8.l.6. de pl.
& l. de form.
fœtus.

que du dernier & non pas le premier. Concluons donc que du cœur aux qua- Conclusion.
litez actiues n'est pas seulement chaud, ains qu'il est le plus chaud de tous les
visceres. Mais premier que nous retirer d'icy il nous faut briefuement recher- A sçauoir si l'esprit est plus chaud que le cœur.
cher s'il se trouue rien au corps viuant plus chaud que le cœur : Car s'il est le
feure & la forge de la chaleur, & si l'esprit vital est engendré par iceluy, il ne
semble pas qu'on puisse trouuer rien plus chaud que le cœur. Hippocrate tou- Au lieu dernier cotté. Fen. 1. lib. 1. doct. 3. ca. 2.
tesfois veut que l'esprit soit le plus chaud de tout ce qui est contenu au corps:
ce qu'ont aussi voulu Auicenne & Auerrhoës. Aucuns respondent que les es- 2. collig. c. 2. & 3.
prits ne sont point parties du corps : & que le cœur est dit le plus chaud de tou- Responce.
tes les parties & des visceres. D'autres reconnoissent les esprits pour estre plus
chauds que le cœur, parce qu'ils sont subtils & desliez : Car ils s'épandent en
vn moment, d'où Hippocrate dit qu'ils font effort. Le degré de chaleur est lib. 6. epid, sect. 8.
donc plus grand aux esprits, mais la chaleur au cœur est plus acre & échauffe
plus puissamment, à raison qu'elle est contenuë en vn suiet plus solide & plus
dense. Ainsi le feu allumé en de la paille & de l'esteuille, & la flamme mesme
ne bruslent pas beaucoup : encore qu'ils ayent vn degré souuerain de chaleur:
car on passe aisement la main au trauers sans estre offencé : mais le fer rouge &
embrazé, combien qu'il n'ait pas le mesme degré de chaleur, brusle toutesfois
plus puissamment. Or ils en disent tout autant de la chaleur du cœur & des es-
prits, & disent la verité. Mais ce n'est point sans laisser quelque difficulté. Car D'où l'esprit prend ce degré de chaleur.
puis que c'est le cœur qui engendre les esprits, & qu'ils prennent leur chaleur
de la chaleur d'iceluy ; Où ont ils prins ce degré plus intense & plus grand de
chaleur pour estre plus chauds que le cœur : Car selon la doctrine du Philosophe, *l'agent est tousiours plus puissant & plus excellent que le patient* : Et ce pourquoy vne
chose est telle, il faut qu'il le soit dauantage, Nous répondons, si l'agent est simi- Responce.
laire qu'il est tousiours plus puissant que son patient : Mais s'il est dissimilaire,
rien n'empesche que son effet & patient ne soit plus puissant & plus intense
que tout l'agent ensemble. Il ne sera pas toutesfois plus intense ny puissant que
la partie de l'agent dissimilaire tres-intense & tres-puissante, de laquelle procede l'effet. Le cœur est vn agent dissimilaire, composé de trois substances, de la
spiritueuse, de l'humide & de la solide : la partie du cœur tres-chaude & spiritueuse engendre les esprits, lesquels sont veritablement plus chauds que tout le
cœur : mais non pas plus que la partie d'iceluy, par laquelle ils sont engendrez.
Or qu'il se trouue au corps mixte & composé vne partie plus chaude que l'autre,
& plus chaude que tout le corps mixte : Galien le monstre par l'exemple du lait:
Car tout le lait est froid, ou à tout le moins temperé : Mais la partie grasse &
butireuse du lait est plus chaude que tout le lait. Ainsi tout le cœur est veritablement chaud de sa nature, mais la substance spiritueuse d'iceluy est plus chaude que tout le cœur : & c'est d'icelle que les esprits prennent leur degré tres-intense de chaleur. Quelque petit ergotté objectera parauanture icy que les esprits Obiection.
ne sont point tres-chauds, parce qu'ils sont temperez. Car Galien dit *que l'es-* Comment. ad Aph. 14. & 15. sec. 1.
sence de la chaleur naturelle est bien temperée. Or la chaleur naturelle n'est autre cho-
se que l'humeur radicale remplie de toutes parts de l'esprit inné & de la chaleur. Responce.
Répons que la chaleur naturelle est temperée si on la compare auec la chaleur
de la fiéure qui est acre & mordicante, & qui frappe l'attouchement par son
acrimonie : ou bien dy qu'elle est temperée à iustice. Mais cecy soit dit des
qualitez actiues. La controuerse touchant les passiues n'est gueres moindre.
Auicenne veut que le cœur soit sec : Galien écrit le mesme affermant que la

Auicenne se.
1. li. 1. doct.
3. cap. 2.
veut que le
cœur soit sec.
1. 2. de temp.
c. 3. & 12. &
li. 3. de alim.
facult.
Et Auerrhoës
qu'il soit hu-
mide.
c. vlt. li. 1. de
temperam.
Opinion de
Pantheny.
2. de temp.

chair d'iceluy est dure & solide. Or c'est vn axiome perpetuellement veritable: que *tout ce qui est dur au tact au corps viuant & sec* : Parce qu'il n'y a point de partie en nous qui soit dure par concretion ou tension. Auerrhoës tient au contraire toute la substance du cœur estre humide, parce que la vie consiste en la chaleur & en l'humidité : & que le cœur est le principe de la vie & la boutique de l'humide. Galien l'appelle *viscere sanguin* : s'il est sanguin, il s'ensuit donc qu'il est humide. Item *le cœur est vn peu moins dur que la peau,* Il est donc plus humide qu'icelle. S'il faut rapporter le temperament de toutes les parties au moyen du genre, comme nous enseigne Galien, & s'il s'en faut croire au rapport de l'attouchement; sans doute le cœur doit estre dit humide : Car il est plus humide que la peau, d'autant qu'il est plus mol. Quand Galien écrit que la chair du cœur est dure & solide, il ne la compare pas auec la peau, mais aux chairs des autres visceres : comme de la ratte, des reins, du poulmon & du foye : chose qui se peut facilement recueillir de ses paroles que voicy. *La chair du cœur est d'autant plus seiche que la chair de la ratte & des reins, qu'elle est plus dure.*

De la nourriture du cœur, A sçauoir s'il se nourrist du sang veineux, ou bien de celuy qui est contenu en ses ventricules.

QVESTION QVATORZIESME.

Le cœur selon
Galien se nour-
rist d'vn sang
veineux.
Raisons.
Premiere.

Deuxième.

'Opinion de Galien est, *que le cœur se nourrist d'vn sang veineux & grossier,* laquelle à mon aduis doit estre appuyée des raisons suiuantes. 1. C'est vne reigle vniuerselle que *les choses se nourrissent & conseruent par leurs semblables* : La chair du cœur est dure, dense & solide : elle doit donc se nourrir d'vn sang grossier & semblable à soy. 2. La veine coronaire, ainsi nommée, parce qu'elle ceint & enuironne toute la baze du cœur comme vne couronne, répand vn grand nombre de branchettes par toute la substance du cœur. Or Nature prouuoyante n'a iamais rien fait en vain ny temerairement : Il s'ensuit donc que c'est pour luy porter sa nourriture. Adioustons vne demonstration oculaire qui ne peut estre enfrainte par

Troisième.
aucune raison. 3. Les branches de la veine coronaire sont & plus grosses & en plus grand nombre en la partie gauche du cœur, qu'en la dextre, parce que la chair de ce costé-là estant plus espoisse & plus dense a besoin de plus grande quantité de sang pour sa nourriture. Quelques vns voyans ces choses, & ne pouuans

Subterfuge
d'ancuns.
fuir la force de ces raisons, veulent qu'il n'y ait seulement que la superficie externe du cœur qui se nourrisse du sang porté par les branches de la veine coronaire, & afferment que l'interne se nourrist de celuy qui est contenu aux ventricules. Car cette veine (ce leur semble) est trop petite pour fournir de nourriture à ce viscere tres-chaud & qui est agité de mouuemens perpetuels. Ioint que ses brancheages ne font seulement que se trainer par la superficie exterieure, & ne

Reiettée.
penetrent point aux ventricules. Mais ie ne voy point quelle est cette petitesse de vaisseaux qu'ils nous décriuent : Car la coronaire est assez grande. Le cœur est veritablement agité d'vn mouuement continuel, mais il y a beaucoup de choses qui empeschent qu'il ne s'embrase & deseiche, & que son humidité

dité ne fe confomme. Car il eft enduit par dehors de beaucoup de graiffe, il eft
enuironné de l'eau du pericarde, & contient beaucoup d'humidité en fes ventricules, de laquelle encore qu'il ne s'en nourriffe point, fi en eft-il humecté &
rafraichy. Ils difent que les rameaux de la veine coronaire ne penetrent pas dans
la fubftance interieure du cœur. Mais les autres veines ne s'épandent pas aufli
dans la fubftance profonde des os ny des mufcles. *Les chairs* (dit Hippocrate)
attirent leur aliment des vaiffeaux prochains. Pour concilier les modernes auec Galien, tu diras que les parties internes parauanture fe nourriffent du fang contenu aux ventricules, auant qu'il foit attenué & raffiné : Car pourquoy les parties
internes fe nourriront-elles d'vn fang fubtil, & les externes d'vn fang épois &
groffier, veu qu'elles ne different en rien les vnes des autres?

De la fubftance & chair du Cœur.

QVESTION QVINZIESME.

L nous faut examiner deux difficultez touchant la
fubftance du cœur. 1. Quelle elle eft. 2. Pourquoy
elle eft fibreufe. Pour le regard de la premiere, le fens
mefme témoigne qu'elle eft charneufe ; Car elle eft
rouge, & comme écrit Hippocrate, de couleur de *l. de corde.*
pourpre, engendrée de la portion plus chaude du *cap. 6. l. 1. de facult. natur.*
fang. Mais comme ainfi foit qu'il y ait trois fortes
de chair felon Galien, la 1. eft celle des vifceres, la 2.
eft celle des mufcles, & la 3. eft celle qui eft particu-
liere à chaque partie, lefquelles font toutes trois fimples: on eft en doute à laquelle de ces trois on doit rapporter celle du cœur. Beaucoup de chofes prouuent *Que la chair*
qu'elle eft mufculeufe. 1. Il y a l'auctorité d'Hippocrate qui dit que *le cœur eft vn* *du cœur eft*
mufcle tres-fort. 2. Le cœur fe meut localement ; Car il fe dilatte & ferre : Or *Au lieu alle-*
cette faculté n'a point efté donnée à la chair des vifceres, comme au foye, à la ratte *gué.*
ou aux reins; mais feulement à la mufculeufe. 3. La chair des vifceres eft fimple
& toute fimilaire ; mais la chair du cœur, felon Galien, n'eft pas fimple, ains elle *Cap. 3. l. 2. de*
eft toute entretiffuë de fibres comme eft celle des mufcles. Dont s'enfuit que la *temperam.*
chair du cœur eft mufculeufe. Galien defend le contraire quand il écrit que ceux *Qu'elle n'eft*
là fe trompent qui difent le cœur eftre vn mufcle; parce que les fibres des mufcles *leufe.*
font fimples, au lieu que ceux du cœur font de plufieurs fortes: & que les mufcles *6. de vfu. part.*
n'ont qu'vn feul & fimple mouuement, car ils fléchiffent ou eftendent, ils leuent *minift. anat.*
ou abbaiffent, là où le cœur fait des mouuemens diuers, & iceux contraires. Cette
raifon eft veritablement tres-forte, & toutesfois il y en a qui tafchent de l'enfrain- *Contre Galien.*
dre, parce qu'il fe trouue plufieurs mufcles qui ont diuerfes fortes de fibres, &
qu'il s'en trouue aufli qui font des mouuemens diuers & contraires; Ils alleguent
le pectoral & le trapefe qui font tiffus de fibres de diuerfes fortes, defquels le premier meut le bras en haut, en bas, & en deuant; & le dernier tire l'efpaule en haut,
en bas, & en arriere. Dont il s'enfuit que la diuerfité des fibres ny la varieté des
mouuemens n'excluënt point la chair du cœur de la nature du mufcle. A ces objections, ie répondray pour Galien que le pectoral & le trapeze font diuers mou- *Pour Galien.*
uemens, non point par vne mefme partie du mufcle, mais par diuerfes parties, en
tant qu'ils ont plufieurs, & diuers principes. Car le trapeze prend fon origine de

l'os occipital & des vertebres du dos ; par la partie qu'il naist de l'occiput il meut en haut, & par l'autre en bas. Le pectoral prend semblablement ses origines de diuerses parties; Car il naist de la clauicule & de quasi tout le sternon. Il appert donc que ces muscles ne leuent pas par la mesme partie qu'ils abbaissent : mais le cœur se dilate par la mesme partie qu'il se reserre. Dont s'ensuit que la raison & maniere du mouuement du cœur & des muscles est diuerse. La texture & l'entrelassement des fibres est pareillement dissemblable. Car encore que le pectoral & le trapeze ayent des fibres de diuerses sortes ; si est-il qu'ils apparoissent distincts & separez; Mais ceux du cœur sont meslez & confondus en sorte qu'ils ne peuuent en aucune maniere estre separez. Les fibres du trapeze & du pectoral sont en diuerses parties du muscle, mais en vne mesme partie du cœur pour petite qu'elle soit on y en trouue de toutes les sortes. Que la chair du cœur ne soit pas musculeuse, Ga-

Seconde raison.
C: p. 8. l. 7. de
anat. admi-
nistrat.
Raisons d'A-
uicenne.

lien l'enseigne aussi, parce que la chair du cœur differe en goust de celle des muscles. Auicenne amene deux raisons pour prouuer que le cœur n'est point vn muscle. 1. Les mouuemens des muscles chomment par fois, & estans laissez ils se reposent: Mais ceux du cœur, soit que nous dormions ou veillions sont perpetuels. Mais cet argument ne me semble point de mise. Car le diaphragme est vn muscle, lequel neanmoins est agité d'vn mouuement continuel à raison de la necessité de la respiration. L'autre raison est plus forte. 2. Le cœur n'est point vn muscle, parce qu'il ne se meut point volontairement: Car il n'est pas en nostre puissance de haster ny retarder son mouuement, ny de le rendre plus viste ou plus lent, plus rare ou plus frequent; comme nous faisons celuy du diaphragme & des autres muscles.

Conclusion.
1. de facult.
natu. cap. 6.
Explication
du passage
d'Hippocrate.

Concluons donc auec Galien que la chair du cœur n'est point musculeuse, mais vne affusió de sang qu'Erasistrate appelle *parenchyme* : ou bien que c'est vne chair qui luy est particuliere. Quand Hippocrate l'appelle *muscle*, c'est par abusion, à raisó de l'analogie & similitude qui est entre le cœur & le muscle: Car il a sa chair rouge & fibreuse comme les muscles. Ainsi il appelle le sanglot *conuulsion*, à raison de la similitude qui est entre ces deux mouuemens. Il ne veut pas qu'il soit l'organe du mouuement volontaire ny vn vray muscle; Car voicy comme il en parle. Le cœur est vn muscle tres-fort non pas à raison des nerfs ou des tendons, mais à raison qu'il a la chair solide & dense. Il oste donc les nerfs & les tendons au cœur, &

Responce aux
obiections.

ainsi il nie qu'il soit vn vray muscle; parce qu'il n'y a point de muscle sans nerfs, ou filets de nerfs. Leur premiere objection estoit que le cœur se mouuoit d'vn mouuement local, & partant qu'il falloit que sa chair fut musculeuse. Mais tout ce qui se meut localement, ne se meut pas volontairement ny par le moyen des muscles. Pour exemple la matrice se ferme pour la conception, elle se dilate pour l'accroissement de l'enfant, & se reserre pour l'enfantement, sans l'aide d'aucun muscle ; & les boyaux ont vn mouuement local dit *Peristaltique*, lequel nul n'oseroit affermer estre volontaire. Ils opposoient aussi que la chair des visceres est simple & non fibreuse, mais que le cœur est tissu de plusieurs sortes de fibres, non autrement que les chairs des muscles. Nous répondons que la chair du cœur est simple, encore qu'elle soit fibreuse; parce que les fibres sont dé mesme nature auec le reste de sa substance; comme sont ceux du ventricule, de la matrice & des boyaux : au lieu que les fibres des muscles different de la nature de la chair desdits muscles.

2. de temper.

Car ce sont parcelles de nerfs, & tendons. Le cœur, dit Galien, a des fibres, comme les muscles, mais ils ne sont pas de mesme genre; Car ceux des muscles sont parcelles de nerf, & de ligamens, au lieu que ceux du cœur sont d'vne espece à part comme sont ceux des tuniques du ventricule, de la matrice, des veines & des arteres.

Il eft toutesfois bien vray que les fibres du cœur font plus forts & plus durs que ceux des autres parties, parce qu'il n'y a pas d'organe qui ait befoin d'autant de force à faire fes actions comme a le cœur, & partant il eftoit fort raifonnable qu'il euft fa chair plus dure & plus folide, & pour la force & pour la feureté. Concluós que la fubftance du cœur eft charneufe, & icelle non mufculeufe, mais du genre des parenchymes. L'autre chef de la difpute eftoit pourquoy cette chair outre la nature des autres parenchymes, a tant de differentes fortes de fibres. Galien ré-pond que c'eft pour l'attraction, la retention & l'expulfion ; Car en fon diaftole il attire par les droits & retient par les obliques ; & en fon fyftole il chaffe hors ce qui eft contenu en fes ventricules par les tranfuerfaux & ronds qui le referrent & eftreciffent. Quelques Sophiftes ne veulent pas receuoir ces vfages que Galien attribuë aux fibres du cœur ; parce que l'attraction, retention & expulfion font actions fimilaires ; & que les actions fimilaires font commencées & parfaites en chaque particule de la partie par la temperature d'icelle. Ainfi les os atti-rent & cuifent leur aliment, & en chaffent hors les excremens fans ayde d'aucuns fibres, comme font aufsi le poulmon, le foye & la rattelle. La refponce vul-gaire eft que des actions fimilaires les vnes font propres & les autres commu-nes & officiales : Ainfi l'action officiale de la matrice, c'eft la conception ; du ven-tricule, la chylification ; du cœur, la generation de l'efprit vital : Mais l'action par-ticuliere c'eft la nutrition. Les actions propres fe font par la chaleur naturelle & la temperature, & n'ont point meftier de fibres : Mais les officiales, qui fe font par vn mouuement local, ne fe font iamais fans le feruice d'iceux. Tu objecteras que la fanguification eft vne action officiale, & toutesfois que le foye n'a pas de fibres. Ie réponds que la fanguification ne fe fait pas par vn mouuement local, mais par vne fimple alteration, d'autant que le foye ne fe referre ny dilatte point comme font le cœur, la matrice, le ventricule & les boyaux. Aucuns répondent que l'alte-ration de fort peu d'aliment fe peut faire par vn petit efpace par la feule tempera-ture fans fibres, mais non point par vn long efpace & interualle. Ainfi la faculté fenfitiue peut eftre portée par vn petit interualle fans nerfs, mais non point par vne longue diftance. Or le cœur attire perpetuellement, & des parties tres-efloi-gnées, non feulement l'air, mais aufsi le fang épois & groffier.

Du nombre & du temperament des ventricules du cœur.

QVESTION SEIZIESME.

Es Peripateticiens & les Medecins fe querellent fur le nombre des ventres du cœur. Ariftote veut que les grands animaux en ayent trois, & les petits deux. Il en met donc au cœur de l'homme trois, vn droit, vn gau-che, & vn moyen. En cet erreur eft aufsi tombé Pline, quand il dit, *que le cœur aux grands animaux a trois caui-tez, & qu'aux autres il n'y en a piece qui n'en ait deux.* L'o-pinion de Galien eft que les animaux qui ont des poul-mons, ont deux ventricules au cœur, & que ceux qui n'en ont point, n'en ont feulement qu'vn, tellement qu'il femble que le ventre dextre ait efté feulement fait pour le poulmon. L'opinion d'Ariftote eft réfutée par la raifon & par le fens. Car la grandeur ou petiteffe des animaux n'eft pas cau-

Pourquoy la chair du cœur eft fibreufe.

Refponce.

Obiection.

Refponce.

Obiection.

Solution.

Autre raifon.

Opinion d'A-riftote lib. 3. c. 4. de part. a-nimal. & l. 1. de hift. anim. ca. 17. & l. 3. de hift. anim. cap. 3.

De Galien lib. 6. de vfu. par. cap. 8. & l. 8. eiufdem. c. 2. Ariftote re-futé par la raifon &

Par la veuë.

se de changer le nombre des ventricules ou la forme des organes, mais la seule diuersité des actions. Et pour le regard du sens, la veuë n'en trouue ny aux hommes ni aux cheuaux, ny aux elephans que deux, qui sont separés d'vne cloison metoyenne. La partie du ventre droit qui incline vers le gauche, & qui represente comme vn autre ventricule, a fait broncher ce grand Philosophe qui n'estoit pas assez bien versé en l'Anatomie. L'opinion de Galien a semblé suspecte à quelques

Galien reprins par quelques vns.

vns. Car si le ventricule dextre a esté seulement fait pour l'amour du poulmon, & s'il n'a point d'autre vsage, pourquoy veut-il que le sang soit preparé en iceluy pour la generation de l'esprit vital? Car il est mestier de plus grande quantité de sang pour engendrer les esprits, que pour nourrir le poulmon. Nous répondons

Deffendu par l'autheur.

pour Galien, que les animaux qui n'ont point de poulmons sont froids & exangues, & qu'ils n'ont point besoin de cet esprit vital attenué, comme ont ceux qui sont parfaits; mais d'vn sang fort épois. Or les animaux qui n'ôt pas de poulmons sont froids, & exangues, parce qu'ils ne font que transpirer, & ne respirent point. D'autant donc que tous ceux qui ont des poulmons ont besoin d'vn esprit vital attenué, & de quelque lieu pour en preparer la matiere; Galien a fort bien dit que le ventricule droit a esté fait pour l'amour des poulmons. Pour fin Aristote &

De la temperature des ventricules.

Galien sont en discord touchant la temperature de ces ventricules. Aristote veut que le droit soit le plus chaud, & Galien que ce soit le gauche. Nous donnons nostre voix à Galien, parce que le gauche est aeré & spiritueux, & le dextre veineux. Or l'esprit est plus chaud que le sang.

A sçauoir si le ventricule gauche est plus noble que le droit.

QVESTION DIX-SEPTIESME.

Que le ventre dextre est plus noble que le gauche.
Auctorité d'Aristote au 3. liu. de anim. chap. 3. & 5.

A controuerse touchant l'excellence des ventres du cœur n'est point petite: Les vns soustiennent que le droit est plus noble que le gauche; & alleguent à ce propos l'auctorité d'Aristote qui dit, *D'autant que la partie anterieure est plus excellente que la posterieure, la dextre que la senestre, d'autant est la veine caue situee en la partie anterieure & dextre plus noble que la grosse artere.* Or la grosse artere est au ventricule gauche du cœur, & la veine caue au droit. Il s'ensuit donc que le ventricule droit est plus noble que le gauche. Telle estoit aussi

1. 3. de anim.
Raison premiere.

l'opinion d'Auicenne, laquelle peut estre confirmée par ces raisons. 1. Entre les autres choses celle-cy rend assez bon témoignage de la dignité du cœur, c'est qu'il meurt le dernier de toutes les parties: Or il faut au semblable mettre au cœur cette partie-là pour la plus noble, en laquelle la vie & le mouuement finissent dernierement. Or le ventre dextre est tel. Car si on ouure des animaux viuans, on verra qu'il bat le dernier. 2. On trouue à ceux qui ont esté suffoquez &

Seconde.

estranglez tout le sang dans les veines, au lieu que les arteres mesmes selon le té-

li. de corde.
Opinion de l'autheur confirmée par l'authorité d'Hippocrate au liu. du cœur.

moignage de nostre Hippocrate, se voyent vuides & desolées; indice tres-certain que le sang & les esprits se retirent à la partie dextre plus noble, comme en la forteresse & retraite la plus asseurée. Nous au contraire tenons auec Hippocrate, Galien, & quasi tous les Medecins, que le gauche est le plus noble. Car Hippocrate *loge l'ame de l'homme,* c'est à dire, comme ie l'expose, la chaleur naturelle pre-

mier inftrument de l'ame *en iceluy*. Et Galien l'appelle *la boutique & le Feure de* _Et de Galien_
l'efprit vital. 1. L'époiffeur de la chair de ce ventricule nous monftre auffi le lib. 6. de vfu.
femblable ; Car il eft reueftu d'vne paroy trois fois plus époiffe que le droit, pour part.cap. 7.
empefcher que les efprits contenus en iceluy ne s'éuanouyffent, à raifon de leur _Et par 4. rai-_
fubtilité. D'autant donc que l'efprit eft plus noble que le fang, d'autant eft le _fons:_
ventre gauche fpiritueux plus digne que le dextre fanguin. 2. Le ventre dextre _La deuxiéme._
n'a efté fait que pour l'amour du poulmon ; là où le gauche fait vne action commune & neceffaire à tout le corps. Car il communique la faculté pulfifique aux
arteres, par le moyen de laquelle la chaleur de toutes les parties eft refiouye,
entretenuë & conferuée. 3. Le droit miniftre au gauche en luy preparant le _La troifiéme._
fang pour la generation de l'efprit vital. 4.Les playes du gauche apportent vne _Quatriéme._
mort plus foudaine que celles du droit. Les raifons alleguées au contraire _Il fatisfait aux_
font aifées à foudre. Nous confeffons que les parties dextres, eu égard à la fi- _raifons con-_
tuation, font plus dignes que les feneftres; Mais nous ne recherchons pas icy la _A l'authorité_
dignité de la fituation, ains de l'office & de l'action. Autrement le nombril, _d'Ariftote._
parce qu'il occupe exactement le mitan du corps, feroit plus noble que le cœur.
Or le ventre gauche du cœur arterieux & fpiritueux ne pouuoit occuper le _Pourquoy le_
cofté dextre, parce que la veine caue fortant de la partie gibbeufe du foye, _ventre fpiri-_
y eftoit ; Car il falloit de neceffité qu'elle verfaft le fang au dextre ventricule _pas le cofté_
pour la preparation de l'efprit vital, & la nutrition des poulmons. Mais afin de _droit._
recompenfer ce defaut de fituation, Nature a fait le gauche vn peu plus efleué
que le droit. A ce qu'ils difent que le dextre bat le dernier, & par confequent
qu'il eft plus noble, Nous répondons que c'eft chofe qui a befoin d'interpreta- _A la raifon_
tion. Le mouuement ceffe premierement au gauche,ou pour le moins il n'y eft _premiere._
pas fi apparent, parce que la chair d'iceluy eft plus denfe & plus époiffe. Car la
faculte meut plus facilement vne partie legere, que le membre qui eft lourd & pefant. Ainfi ceux qui tirent à la fin & qui font prochains de rendre l'efprit, mouuent bien les yeux, la langue & les léures ; Mais ils ne peuuent remuër les membres plus pefans. Que fi on veut recueillir la dignité du ventre dextre de ce qu'il _Pourquoy le_
fe meut le dernier, Il s'enfuiura que les oreillettes feront les plus nobles parties _ventre & les_
du cœur, parce qu'elles fe mouuent les dernieres : chofe (ce croy-ie) que per- _blent fe mou-_
fonne ne voudroit affermer s'il n'auoit perdu le fens. Or elles fe mouuent les _uoir les derme-_
dernieres, parce qu'elles font les parties les plus legeres & plus molles d'i- _Similitude._
celuy. Adiouftons pour l'éclairciffement de cette difficulté vne belle
fimilitude de Veiga. Quand quelqu'vn, dit-il, marche fur vn planché,
il fait mouuoir toutes les chofes qui font penduës aux paroys, encore que
le planché, & les paroys femblent ne fe point mouuoir ; & toutesfois les
chofes penduës aux paroys ne fe mouueroient point, fi les paroys ne bran-
loient. Airfi le mouuement du ventricule gauche ne fe voit quafi point
à raifon de l'époiffeur & denfité de fa chair, combien que le mouuement
des chofes qui font pendantes à iceluy, comme des oreillettes & du ventre
droit foit apparent & manifefte à caufe de leur tenuité & legereté. Il y en a qui
difent que ce que le ventre gauche ceffe fon mouuement le premier, eft vne
marque de fon excellence. Car eftant plus noble que le dextre, il ne peut fi _A la feconde._
long-temps fupporter le mal. A ce qu'ils alleguent par leur derniere raifon,
qu'on trouue à ceux qui ont efté eftranglez & fuffoquez grand abondance de
fang dans les veines & fort peu dans les arteres : la refponce eft, que les efprits
s'éuanouyffent facilement à raifon de leur fubtilité, ce que ne fait pas le fang

plus groſſier ; & qu'à cette cauſe ceux qui ſont morts ont les arteres vuides , & les veines toutes pleines de ſang.

A ſçauoir ſi le cœur peut ſouffrir abſcez , ſolution de continuité ; & autres grandes maladies.

QVESTION DIX-HVICTIESME.

Le cœur endu-
re toutes ſortes
de maladies.

O M B I E N que l'experience témoigne que le cœur ſoit expoſé & ſubiet aux meſmes eſpeces de maladies que les autres parties ; Car il eſt ſouuent trauaillé d'intempera-ture , nommément de la chaude , & de maladies inſtru-mentaires , comme auſſi de ſolution de continuité ; moins ſouuent toutesfois & moins longuement que des autres . Si eſt-il que les opinions des plus doctes perſon-nages ſe trouuent icy fort differentes , leſquelles nous eſ-

Que le cœur ne
peut ſupporter
ancune grande
maladie.
Auctorité
d'Hippocrate.
li.4.de morb.
d'Ariſtote. 3.
de part.anim.
cap. 4.
d'Aphrodiſée.
De Galien au
1. liu des part.
malad.cap.5.
De Paul Ægi-
nete.
Li. 3. cap. 34.
De Pinel.l 11.
chap. 34.
3. de ſimplic.
medic.facult.
cap. 18.

ſayerons expliquer en peu de mots. Hippocrate nie qu'il ſuruienne aucune ma-ladie au cœur , quand il dit : *Le cœur eſt denſe & maſſif en ſorte qu'il n'eſt point malade par les humeurs;pour cette cauſe il ne ſe fait point de maladie en iceluy.* Ariſtote écrit que le cœur ne peut endurer aucune griefue maladie , comme font les autres viſceres , parce qu'il eſt le principe de la vie.Aphrodiſée eſtime qu'il ne ſe peut faire de ma-ladie au cœur , parce que la mort ſuruient premier qu'elle ſe puiſſe manifeſter.Ga-lien écrit qu'il eſt impoſſible que le cœur ſouffre abſcés.Paul Æginete veut que les affections du cœur nous precipitent en vne mort ſoudaine. *Ce ſeul viſcere (*dit Pli-ne) *ne languiſt point long temps par maladie, & ne prolonge point les griefs tourmens de la vie.Car dés auſſi toſt qu'il eſt bleſſé il apporte la mort ſur le champ.* La dignité & neceſſi-té de ce viſcere ſont ſi grandes , comme écrit Galien , que l'animal ne peut mourir qu'il ne ceſſe de ſon action.Voilà de belles auctoritez,& des plus grands Philoſo-phes & Medecins qui ayent iamais eſté. Elles ſont toutesfois contraires & à l'ex-

Opinion con-
traire appuyée
de l'auctorité
de Galien.
2.de placitis.
cap. 7.
Hiſtoires rares.
7.de anatom.
adminiſtrat.
5.de loc. aff.
c. 1.
Aux ſcholies
ſur le ch. 50.de
ſa pratique.

perience,& aux Hiſtoires atteſtées par pluſieurs perſonnages dignes de foy.Ga-lien fait mention d'vne victime qui chemina encore apres qu'on luy euſt arraché le cœur : Choſe que moy meſme ay auſſi experimentée pluſieurs fois. Il allegue ſemblablement l'exemple de Marulle fils d'vn compoſeur de farces,lequel ſurué-cuſt ayant le cœur tout à fait découuert. Il dit auſſi que *ſi la playe ne penetre point iuſques aux ventricules,& qu'elle ſoit ſeulement en la ſubſtance du cœur ; que de ceux qui ſont ainſi bleſſez les vns ſuruiuent non ſeulement le iour qu'ils ont eſté bleſſez , mais meſme la nuit ſuiuante.* Beniuenius écrit auoir veu pluſieurs abſcez au cœur. Hollier ra-conte auoir trouué deux pierres aux ventricules d'iceluy auec pluſieurs abſcez.

Conciliation.

Matthias Cornax Medecin de l'Empereur Maximilian écrit qu'ayant fait ouurir vn Libraire de Vienne , il luy trouua le cœur plus que demy mangé de pourritu-re.Et Veiga écrit qu'vn cerf fut prins,lequel ayant eſté long temps bleſſé au cœur d'vne fléche , la portoit encore en iceluy. Ces paſſages ſeront conciliez ſi on dit que le cœur peut ſouffrir toutes ſortes de maladies,mais non pas long-temps.Ou bien qu'il peut eſtre trauaillé de toutes ſortes de maladies , mais non pas des plus grandes. Exemple. Le cœur peut endurer toutes ſortes d'intemperatures , mais

l.5.de loc.aff
1.

l'homme eſt incontinent emporté par celle qui eſt grande. *La mort ,* dit Galien , *ſuit touſiours aux intemperatures immoderées du cœur.*QuandGalien écrit que le cœur n'endure point d'abſcez , il entend de ceux qui ſe font par tranſmutation des phlegmons : car l'homme meurt premier que l'inflammation puiſſe venir à ſuppuration. Or les abſcez trouuez par Beniuenius, Hollier & Cornax, eſtoient pituiteux. Ou bien ie réponds que les choſes rares ne ſont point de l'art : ou auec Aueŕrhoës qu'il ſe fait ſouuent des monſtres auſſi bien aux maladies comme en la Nature. Que l'animal chemine & crie apres qu'on luy a arraché le cœur , c'eſt choſe veritable, mais cela ſe fait par le benefice du cœur: ſçauoir eſt des eſprits qui ſont encore épandus par tout le corps:car auſſi-toſt qu'ils ſont diſſipez,la prouiſion n'eſtant plus fournie,il meurt auſſi-toſt. Pendant que i'acheuois de relire ces choſes , il ſe preſenta en la Cour du Roy vne cauſe nouuelle & non encore ouye d'vne mort ſoudaine. Le noble Cheualier Guichardin Ambaſſadeur pour le *Hiſtoire rare* grand Duc de Toſcane aupres de ſa Majeſté,ſe portant aſſez bien,& deuiſant familierement en ſe pourmenant auec quelques Seigneurs,tomba priué au meſme inſtant de reſpiration, de poux & de vie : on accourt au Roy,les vns rapportent qu'il eſtoit mort , & les autres penſans qu'il fut apopleĉtique ou épileptique ne deſeſperoient point totalement de ſa vie. Le Roy me commande incontinent de voir ce qu'il ſeroit beſoin de faire , i'accours & trouue que l'ame auoit abandonné le corps. Alors i'aſſeuray en la preſence de pluſieurs,non ſans grande admiration,que la cauſe de cette mort ſi ſoudaine, n'eſtoit point au cerueau, comme aucuns diſoient, mais au cœur. Le lendemain ayant fait ouuerture du corps on luy trouua le cœur, comme vne choſe prodigieuſe , eſtre accreu en vne telle grandeur qu'il rempliſſoit quaſi toute la poiĉtrine. Les ventricules eſtans ouuers il en ſortit incontinent vne tres-grande quantité de ſang , comme de trois à quatre liures,& l'orifice de la veine caue ſe trouua rompu,& toutes les petites valuules triangulaires déchirées. Et pour le regard de l'orifice de la groſſe artere , il eſtoit tellement ouuert & dilatté qu'il égalloit la groſſeur du bras. Toutes les portelettes eſtant donc ouuertes & relaſchées , il ſe fit tout à coup vne ſi grande effuſion de ſang aux deux ventricules, que la dilatation & contraĉtion du cœur ne ſe pouuant plus faire,il fut à l'inſtant ſuffoqué. Voilà la cauſe de cette mort ſi ſoudaine & precipitée , en laquelle on ſe peut émerueiller comment ce grand vaiſſeau ſe peut déchirer & rompre,ſans qu'aucune cauſe externe violente, comme coup, cheute, effort à crier, ou cholere eut precedé.

HISTOIRE ANATOMIQVE.

Des poulmons.

CHAPITRE XII.

E cœur eſt bien le premier Autheur de la reſpiration , parce qu'elle a eſté donnée aux animaux parfaits pour contemperer la chaleur naturelle , laquelle ard comme vne grande flamme au ventricule gauche d'iceluy, pour la purifier & pour la nourrir & fomenter. Mais ne pouuant tout ſeul par ſon mouuement, & celuy des arteres attirer aſſez grande quantité d'air pour faire cela : il a fallu conſtruïre les organes qui ſeruent particulierement à faire cette aĉtion, &

les loges, ou dans la poictrine aupres du cœur, ou non loin d'icelle. Or ces

Les organes de la respiration combien & quels.

organes pour le faire court font de trois fortes : les vns font le mouuement, les autres portent l'air, & les autres le reçoiuent. Ceux qui font le mouuement, font les foixante & cinq mufcles qui dilattent & referrent la poictrine. Car l'air n'eft pas attiré, ny la vapeur fuligineufe chaffée hors fans le mouuement du thorax. Ceux qui portent l'air, font le larynx & la trachée artere : & ceux qui le reçoiuent, font les poulmons. Nous auons defcrit l'hiftoire des mufcles au cinquiéme liure, il refte que nous baillons icy celle des poulmons, de l'artere trachée, & du larynx. Le poulmon eft donc l'organe de la refpiration & de la voix, & la boutique de l'efprit : car il reçoit l'air attiré par l'infpiration, il l'attenuë & le prepare au cœur. Les Grecs le nomment πνευμων

Les noms du poulmon.

pneumon d'vn verbe qui fignifie respirer, ou bien d'vn nom qui vaut autant que vent ou esprit. Les Philofophes l'appellent l'éuentoir du cœur : Auicenne, le lict du cœur : Hippocrate, tendre & mol : & Platon alma malacon, c'eft à dire, fault

Sa situation.

mollet. Il eft fitué aux deux cauitez de la poictrine entre les coftes, & l'vne des membranes du mediaftin. Or il eft quelque peu reculté de la bouche, pour garder qu'il ne foit trop foudainement refroidy par l'entrée de l'air froid, & ainfi que l'animal ne vieillit trop toft. Il emplit toute la cauité de la poictrine, pour empefcher qu'il n'y ait rien de vuide en icelle quand elle fe dilatte : mais quand elle fe referre, il s'abbaiffe & deuient mol & flétry, non toutesfois comme aux corps morts. Il eft de tous coftez libre de connexion, afin qu'il fe puiffe mou-

Sa figure.

uoir plus librement : il eft toutesfois foufpendu par le moyen de fes vaiffeaux &

I. de refect. corporis.

de l'artere trachée, pour garder qu'il ne tombe vers bas. Hippocrate luy donne la figure d'vne tortuë : Nous la reconnoiffons eftre diuerfe & de plufieurs fortes, felon la figure des parties fur lefquelles il eft couché : car où les fieges des cauitez font profonds, là le poulmon eft gibbeux : & où ils font éminents & gibbeux, là le poulmon apparoit caue : & toutesfois la partie dextre d'iceluy affemblée auec la feneftre reprefente la forme d'vn pied de bœuf, de cerf, ou de quelque autre animal qui a le pied fourchu. A cette figure regardent auffi

Ses lobes.

tous les lobes d'iceluy, lefquels ont efté créés de Dieu, pour garder que fa chair ne foit comprimée & derompuë, quand nous courbons le dos : qui eft la raifon pourquoy ces diuifions apparoiffent plus en la partie anterieure qu'en la

Leur vfage.

pofterieure. Quelques vns veulent que les lobes ayent efté faits, afin que le poulmon fe dilatte plus facilement : les autres afin qu'il reçoiue & contienne plus grande quantité d'air, & les autres difent que ç'a efté pour la feureté, & pour garder qu'vne partie eftant bleffée, les autres ne foient fi facilement offencées. Mais regarde fi vne partie entiere & contenuë ne fe rempliroit point plus promptement : Et fi le poulmon ne recëueroit & contiendroit point autant d'air, s'il eftoit tout contenu & d'vne piece ? Et pource que ces lobes fe dilattent, eftendent & retirent, comme des aifles, ils ont eft nommez par fimilitude Ala, c'eft à dire des aifles. Il y en a qui les appellent fibres, aifterons & fommitez. Hippocrate les nomme ἀσρεα, & non pas ἀρρεα comme lit le vulgaire. On trouue plus grand nombre de lobes aux beftes qu'aux hommes, parce qu'elles font courbées vers la terre, & qu'il n'y a que l'homme qui ait la figure droite & efleuée vers le Ciel. Ainfi les beftes ont le foye diuifé en plufieurs lobes, & celuy

Sa grandeur.

de l'homme eft tout contenu. La quantité du poulmon eft grande, afin qu'il puiffe contenir autant d'air qu'il en eft befoin pour plufieurs battemens de cœur : car nous fommes fouuentesfois contraints en vn difcours qui fe fait tout d'vne haleine, comme aussi aux chants & cris de ne point respirer : dauantage nous retenons nostre haleine quand nous voulons éuiter quelques mauuaises odeurs, quand nous nageons, ou que nous nous plongeons sous l'eau. Que si le poulmon n'estoit tres-grand il ne suffiroit pas pour rafraischir le cœur, le nourrir & le purger de ses excremens fuligineux, & serions contraints d'interrompre à chaque moment ces actions si nobles & necessaires, le parler, le chanter, & le plonger sous l'eau. Le poulmon est chaud aux qualitez actiues, & humide aux passiues. Il a son mouuement non pas du cœur, parce qu'il n'est point perpetuel: ny du cerueau, parce qu'il n'est point volontaire : ny d'aucune faculté qui luy soit particuliere, mais du thorax duquel il suit la dilatation & constriction pour faire qu'il n'y ait rien de vuide en iceluy. Il a fort peu de sentiment pour garder qu'il ne soit en continuelles douleurs, à raison de ses mouuemens perpetuels. Et d'autant que le poulmon est vne partie dissimilaire, il est composé d'vne chair qui luy est particuliere, de trois sortes de vaisseaux, & d'vne tunique fort dessliée qui le couure par tout. La chair fait la propre & la plus grande partie de ce viscere, d'où il est dit *viscere charneux & parenchyme*. Cette chair est legere, rare, spongieuse, & comme coagulée d'vn sang écumeux. Elle est legere afin de s'abbaisser & releuer facilement, & ainsi obeïr promptement aux mouuemens du thorax, Elle est rare & spongieuse pour receuoir plus soudainement & en plus grande abondance, comme vn soufflet, l'air attiré par l'inspiration, & donner passage aux vapeurs fuligineuses en l'expiration. Cette chair est de couleur rouge au *fœtus*, parce que son poulmon est immobile, & qu'il n'attire point d'air : mais estát nay elle deuient iaunastre à raison de son mouuement perpetuel & des esprits contenus en icelle. Elle est appuyée & soustenuë par le moyen de trois sortes de vaisseaux, de la veine arterieuse, de l'artere veineuse, & de la trachée artere. La veine arterieuse, sortie du ventricule dextre du cœur répand plusieurs ruisseaux par toute la substáce des poulmons, & porte vn sang tres-subtil pour leur nourriture. L'artere veineuse esparse dans toutes les parties du poulmon, entre par vn tronc vnique au ventre seneftre du cœur : elle reçoit l'air preparé aux poulmons, qu'elle porte audit ventricule, & raporte hors les vapeurs fuligineuses, auec vnê portion de l'esprit vital, & du sang arterieux aux poulmons. La trachée artere descend de la gorge dans tout le corps du poulmon, & est dediée pour porter l'air de la bouche aux poulmons, & rapporter les vapeurs fuligineuses des poulmons à la bouche pour les chasser dehors. Ces trois vaisseaux sont distribuez par tout le corps du poulmon iusques à la superficie d'iceluy, en sorte que la trachée artere soit au mitan, la veine arterieuse en la partie posterieure & l'artere veineuse en l'anterieure : Or les orifices de l'artere veineuse s'vnissent & assemblent auec les orifices de la trachée artere par vn tel artifice, qu'ils laissent l'entrée & la sortie libre à l'air & aux vapeurs, & non point au sang ny aux autres humeurs, si ce n'est auec effort, comme en toussant : & de là vient qu'aux corps dont on fait dissection, la trachée artere n'apparoit iamais sanglante. Au reste ces vaisseaux ont esté faits plus gros que ne requeroit la masse des poulmons, à raison de la perpetuité de leur mouuement, & de la continuelle perte & dissipation de leur substance. Tout ce corps est couuert d'vne tunique qui a esté faite fort dessliée, de peur qu'elle ne le rendit trop pesant, & pour faire que le pus estant comme succé par le poulmon, peut passer aisément à trauers d'icelle. Cette tunique a quelques petits nerfs de la sixiéme coniugaison, mais il n'y en a pas vn qui s'épande dans la substance des poulmons. Ils ont grande connexion auec le cœur, à raison de leur

Son tempera-ment.

Son mouuemét. Son sentiment.

Sa composition est de chair.

De trois sortes de vaisseaux, sçauoir est de la veine arterieuse. de l'artere veineuse.

& de la trachée artere.

D'vne membrane de nerfs. La connexion des poulmons.

voifinage & de la communion des vaiffeaux:car ils font attachez au cœur par le moyen de la veine arterieufe & de l'artere veineufe , & au dos par la trachée arte-re. Leurs vfages font diuers, & iceux admirables. Platon veut qu'ils ayent efté créez pour rafraifchir le cœur lors qu'il ard & boüillonne de cholere. Les Dieux (dit-il) connoiffans que le cœur s'épouuenteroit par l'objet de chofes terribles, & qu'il brufleroit fouuent de cholere : afin de contemperer cette ardeur ils luy ont baillé le poulmon, lequel eft premierement mol & exangue, puis percé en fa chair de force trous par dehors comme vne éponge, afin qu'en attirant l'air & le boire il attiediffe par vne telle refpiration l'ardeur du cœur. Les anciens ont lo-gé l'orgueil & le faft en iceluy : de là vient le dire des Grecs μέγακτῶν,& le prouerbe Latin de pulmone reuellere , c'eft à dire , arracher de l'efprit quelque fotte & arro-gante opinion. Les Medecins veulent qu'il ait efté créé. 1. Pour aider au batte-ment du cœur, car l'air externe eft gardé au poulmon, comme dans vne boüet-te pour eftre diftribué au cœur peu à peu. 2. Pour le rafraifchir, car ce vifcere eftant tres-chaud & en continuel mouuement , il s'enflammeroit facilement s'il n'eftoit éuenté & rafraifchy par le moyen des poulmons, comme d'vn éuentail. 3.Pour former la voix:car les animaux qui n'ont point de poulmons n'ont point auffi de voix. 4. Pour feruir comme d'appuy & de defence au cœur, & empef-cher que l'homme eftant furpris de frayeur où tranfporté de cholere il ne vien-ne à heurter par deuant au fternon, & par derriere à l'épine. 5. Pour preparer l'air,car l'air externe, impur, & entrant foudainement au cœur ne pouuoit eftre fait pafture conuenable à l'efprit interne:il falloit donc qu'il fut petit à petit al-teré aux poulmons,& qu'il print par vn peu de fejour qu'il fait en iceux,vne qua-lité familiere à noftre efprit interieur. Colomb luy en donne encore vne autre, qui eft de preparer le fang pour l'engendrement de l'efprit vital:mais nous auons difputé contre luy en nos controuerfes.

Leurs vfages, felon Platon. (margin)

felon les Me-decins. (margin)

CONTROVERSES ANATOMIQVES.

De la nature de la refpiration : que c'eft , & quelles font fes caufes.

QVESTION DIX-NEVFIESME.

lib. de natur. pueri. li. de vfu ref-pirat. (margin)

Noftre cha-leur fe meut de deux mouue-mens. (margin)

I L y a vne belle fentence dans noftre Hippocrate qui porte *que le chaud eft nourry, fomenté & conferué par vn froid mode-ré.* Laquelle Galien a fort doctement expofé en ces mots. *Tout ainfi que la flamme enfermée dans vn petit cabinet : & qui n'eft pas ventilée par l'air, s'eftouffe incontinent : ainfi noftre cha-leur naturelle par le defaut du froid languit, diminuë, & finale-ment s'eftaint.*Car noftre chaleur,comme vne grande flam-me fe meut continuellement de deux mouuemens en haut & en bas, en dedans & en dehors: En haut & en dehors parce qu'elle eft legere, car elle tiét de la nature du feu & de l'air : en bas & dedás pour raifon de fa nourri-ture.Si ces deux mouuemens luy font empefchez,elle languit ou elle s'eftaint:elle lãguit faute de nourriture, parce qu'elle ne se peut mouuoir vers bas ny en dedãs: elles s'estaint & estouffe, parce qu'elle est empeschée de se mouuoir vers haut & en dehors, & de se rafraichir. L'inspiration du froid est donc necessaire pour la conseruation de la chaleur naturelle. Or ce froid là est l'air ou l'eau: l'air est plus propre & idoine aux animaux sanguins & parfaits: parce qu'ayans le poulmon rare & spongieux, il faut qu'il s'emplisse tout à coup & abondamment: quand le thorax se dilatte, pour empescher qu'il n'y ait du vuide. Or l'air est porté en vn moment, ce que n'est pas l'eau. Outre-plus le cœur estãt tres-chaud, il a besoin d'vne prompte refrigeration: L'air à raison de sa subtilité entre facilement par tous les souspirails, ce que l'eau ne peut pas faire à raison de sa densité. L'air nous circuit & environne de tous costez, mais nous n'auons pas tousiours l'eau presente: Car nous ne viuons pas dans l'eau. L'air remplissant les poulmons les rend plus legers à se mouuoir, & l'eau au contraire en les remplissant, nuit à leur mouuement. L'air comme on l'attire promptemét en l'inspiration, aussi le reiette-on facilement en l'expiration: Nous attirons veritablement l'eau bien viftement par l'inspiration: mais nous ne la pouuons pas rendre ainsi facilement par l'expiration, dont s'ensuit que l'air est plus propre pour la respiration, que n'est pas l'eau. Cette inspiration de l'air est de deux sortes, l'vne insensible, & l'autre apparente & manifeste: Hippo. & Galien appellent propremét la premiere *prespiration & transpiration*, & la derniere *respiratiõ*: Celle là se fait par les pores & meats occultes de la peau, d'où les Grecs l'ont nommé ἀδηλος, c'est à dire *insensible* & non *apparente*, & celle-cy par des conduits sensibles & manifestes, sçauoir est par la bouche & le nez. Nous recueillons ces choses de Gal. qui dit, *l'appelle respiration quand l'air est porté par la bouche dedans & dehors: & transpiration quand il est attiré & chassé par les pores qui sont par tout le corps.* Les animaux qui ont la chaleur naturelle debile & languide viuent contens de la seule transpiration: ainsi les insectiles qui n'on point de sang, & le fœtus pendant qu'il est en la matrice ne sont rien que transpirer: & les femmes hysteriques viuent sans respirer, contentes pour vn temps de la transpiration, à raison qu'elles ont la chaleur natiue resoute & dissipée par les chaleurs veneneuses qui expirent de la corruption de la semence en la matrice. Mais les hommes & les autres animaux parfaits, qui ont la chaleur naturelle grande & qui brusle comme vne grande flamme, ne peuuent estre suffisamment rafraischis par la transpiration & le battement des arteres, ains ils ont besoin d'vn plus grãd ayde, comme d'vn éuentail pour leur rafraischissement, sçauoir est de la respiration. Les Grecs appellent donc proprement cette respiration *anapnoé*. Hippocrate la nomme bien souuent *pneuma*, qui signifie *vent* ou *esprit*, comme quand il dit, *La respiration (il vse du mot pneuma) frequente & petite denote l'inflammation & douleur des parties nobles.* Item *Les esprits petits, frequents, grands, rares*: c'est à dire, *les respirations.* Or ie m'en vay maintenant rechercher la nature de cette respiration.

La respiration comme le poux est composée de deux mouuemens, sçauoir est de la dilatation & de la contraction du thorax: Et partant elle a deux parties, l'inspiration & l'expiration: par l'inspiration l'air est attiré aux poulmons, & par l'expiration les excremens fuligineux sont chassez hors par la bouche: L'inspiration ressemble au diastole, & l'expiration au systole. Chacun de ses mouuemens est receu par son repos. Le premier reçoit l'inspiration, & le dernier l'expiration. Definissons donc la respiration, *Vne action en partie animale & en partie naturelle, par laquelle la poictrine se dilattât, l'air est attiré au poulmon: & la mesme se reserrant, la vapeur fuligineuse est chassée hors par la bouche: & ce pour la conseruation*

L'inspiration du froid necessaire.
Pourquoy l'air est plus propre pour la respiration que l'eau.

Que c'est transpiration & respiration, & en quoy elles different.
Comment. in l. de sal. dieta.

l. 6. epidem. sect. 2.

La respiration a deux parties. L'inspiration & L'expiration.

Que c'est que la respiration.

de la chaleur naturelle & la generation de l'esprit vital. Cette definition exprime

La cause effi-
ciente d'icelle
est en partie
l'ame, & en
partie Nature.

fort bien toutes les causes continentes de la respiration, à sçauoir l'efficiente, la finale, & l'instrumentaire. La cause efficiente est *l'Ame* en partie, & *la Nature* en partie. *La Nature*, c'est à dire, la faculté naturelle de l'ame procreatrice des esprits qui reluit principalement au cœur (les Medecins la nomment *vitale*) est le principe du mouuement: car la respiration a esté premierement instituée pour l'amour & le seruice du cœur. *L'ame*, c'est à dire, la faculté volontaire aiguillon-née par la necessité de l'action, meut les muscles de la poictrine, & fait la disten-tion & la contraction, l'inspiration & l'expiration. C'est donc vne action mixte, non autrement que l'excretion de l'vrine & des fientes. Tellement que ie pour-rois dire à bonne raison auec Nemesius *que l'action de l'ame est iointe auec*

La volonté de
deux sortes.

celle de Nature. Or par l'ame i'entends vne action animale & volontaire. Le tres-subtil de l'Escale fait deux *volontez*, l'vne qui est auec eslection, laquelle reluit en ceux qui veillent, & ne se trouue qu'aux animaux raisonnables, & est appellée proprement *volonté*. La seconde prouient de *l'instinct*, elle ap-patoist en ceux qui dorment, & aux brutes. Or que cette faculté de l'ame qui est volontaire, soit necessaire à la respiration, entre les autres choses celle-cy témoigne : c'est que la respiration est blessée en toutes les affections du cer-ueau. Ainsi les phrenitiques ont la respiration grande, & qui se fait par longs

La cause finale
quelle.

interualles. La cause finale de la respiration est diuerse. Asclepiades veut qu'el-le ait esté ordonnée pour la generation de l'ame. Nicarque & Praxagore pour la force & la deffence de l'ame. Philiston & Diocles par la ventilation & le rafraischissement. Erasistrate pour garder qu'il n'y ait rien de vuide, & que les arteres se puissent remplir d'air : car il veut que les arteres ne contiennent rien autre chose. Aristote nie que l'air soit inspiré pour la nutrition. 1. Parce que estant attiré par l'inspiration, il ne seroit pas chassé par l'expiration : or il est re-ietté en aussi grande quantité comme il a esté attiré. 2. Parce que l'air est vn corps simple, & l'esprit vne chose mixte. 3. Parce que l'esprit n'est pas engen-dré de l'air, mais de l'aliment porté par les veines: tout ainsi que le feu n'est point engendré de l'air, mais des choses qui sont aptes à brusler. Il veut donc que la respiration ne serue pas de nourriture au feu, mais de rafraischissement.

L'vsage de la
respiration est
premier,
ou secondaire.

Nous disons auec Hippocrate & Galien que la respiration a deux vsages, l'vn premier, & l'autre secondaire. Le premier & plus grand est la conseruation de la chaleur naturelle, laquelle ard & brusle au cœur, comme vne grande flam-me : le secondaire & moindre est la generation & la nutrition de l'esprit tant vital qu'animal. La conseruation de la chaleur natiue se fait par refrigeration & disslation, ou par expurgation. La refrigeration estoit necessaire, parce qu'il estoit à craindre que le cœur ne s'enflammast à raison de ses mouuemens continuels, s'il n'estoit esuenté par l'air froid, comme par vn éuentail. Nostre chaleur natiue benigne, suaue & viuifiante degencreroit en chaleur estrange, & deuiendroit en fin febrile, si elle n'estoit continuellement rafraischie par l'inspiration. Or la respiration, comme enseigne Galien, rafraischit le cœur

La respiration
refroidit le
cœur en deux
façons.
8. de vsu. par.
cap.
L'expurgation
conserue la
chaleur.

en deux manieres, en luy portant & fournissant en l'inspiration vne qualité froide : & en chassant hors en l'expiration, ce qui est échauffé. La chaleur est aussi conseruée par l'expurgation des fuliginositez & par la ventilation : car si elle n'estoit continuellement repurgée, & si les vapeurs fuligineuses n'auoient l'issuë libre, le cœur seroit incontinent suffoqué par oppression, comme ap-pert en ceux qu'on estrangle, lesquels ont les veines tenduës, le visage bouffi,

& les

& les yeux prominents comme s'ils leur vouloient fortir de la teste. Car comme vne groſſe & époiſſe fumée eſtaint & étouffe la flamme ; Ainſi les vapeurs fumeuſes ſuffoquent le cœur. Quelqu'vn parauanture obiectera que la respiration n'a point eſté ordonnée pour la refrigeration, parce que ceux qui ſe meurent & qui ont deſia l'haleine froide, inſpirent, encore qu'ils ayent la chaleur ſi languide qu'elle ſemble du tout eſtainte. Ie réponds qu'ils inſpirent pour expirer : Car ils ont beſoin de l'expiration afin de chaſſer hors les vapeurs fumeuſes, mais ils n'ont que faire de l'inſpiration pour le rafraichiſſement : c'eſt pourquoy l'expiration de ceux qui tirent à la fin eſt touſiours beaucoup plus grande que l'inſpiration. Le premier vſage de la respiration eſt donc la conſeruation de la chaleur du cœur, qui ſe fait par refrigeration & par expurgation. Le ſecond eſt la nutrition & generation de l'eſprit animal & vital ; Car ils ſont tous deux engendrez du meſlange de l'air & du ſang : Noſtre chaleur eſt aërée, elle doit donc eſtre reparée par vn air qui luy ſoit ſemblable & conſociable. C'eſt ce qu'Hippocrate nous enſeigne quand il dit, *Le commencement de l'aliment de l'eſprit ſont le nez, la bouche, le poulmon, & le reſte de la respiration.* Ariſtote obiecte que la ſubſtance de l'air n'eſt point neceſſaire, mais la qualité ſeulement, ce qui peut auſſi eſtre confirmé par l'authorité de Galien, où il dit, *Il ſort tout autant de l'air inſpiré en l'expiration, comme il en eſt entré en l'inſpiration.* Mais nous répondons que tout l'air inſpiré n'eſt point rechaſſé, & que ce n'eſt pas le meſme air qui a eſté attiré par l'inſpiration : car c'eſt vne vapeur fumeuſe engendrée du meſlange du ſang & de l'air qui eſt chaſſée hors. Ioint que l'air qui eſt chaſſé hors en l'expiration eſt plus groſſier que celuy qui a eſté attiré en l'inſpiration. Voilà à mon aduis ce qu'il faut tenir touchant la cauſe finale. Pour le regard des inſtrumens dediez à faire la respiration ils ſont, pour le faire court, de trois ſortes. Les vns portent l'air matiere de la respiration, comme le larynx & la traché artere ; les autres le reçoiuent & preparent, comme le poulmon ; & les autres ſeruent au mouuement, comme les ſoixante & cinq muſcles, deſquels les vns miniſtrent à la respiration libre, & les autres à celle qui eſt violente & contrainte. Il appert de ces choſes que la respiration & le poux conuiennent en beaucoup de choſes, & qu'ils different auſſi en beaucoup. Ils conuiennent. 1. En ce qu'ils miniſtrent tous deux à vne meſme faculté, à ſçauoir à la vitale ; car ces deux actions ont eſté deſtinées au ſeruice du cœur. 2. En ce que la cauſe finale de l'vn & de l'autre eſt ſemblable, & la triple neceſſité ſemblable. 3. En la nature de leur mouuement, car ils ſont tous deux compoſez du diaſtole, du ſyſtole & du repos double. Mais ils different. 1. En ce que le poux eſt vn mouuement du tout naturel & iceluy continu, non interrompu & hors de la puiſſance de la volonté, là où la respiration eſt vne action libre laquelle nous pouuons arreſter & ceſſer ſelon qu'il plaiſt à la volonté. 2. En ce que la cauſe efficiente du poux eſt la ſeule nature, & de la respiration l'ame ioincte auec la nature. 3. En ce que les organes du poux ſont le cœur & les arteres, & les muſcles de la respiration. 4. En ce que le poux eſt fait par le cœur, là où la respiration n'eſt point faite par le cœur, mais pour l'amour d'iceluy. 5. En ce que le cœur frappe cinq fois en l'interualle d'vne respiration. Or afin de ne rien obmettre de ce qui concerne la cognoiſſance parfaite de la respiration, nous rechercherons icy briefuement deux choſes, l'vne à ſçauoir ſi le poux eſt plus neceſſaire que la respiration : l'autre à ſçauoir ſi le poux eſt plus noble que la respiration. Galien écrit que la respiration eſt d'autant plus neceſſaire *que le poux, que la chaleur du cœur eſt plus neceſſaire à la vie que la chaleur des membres.* Il écrit auſſi qu'il

Obiection.

Reſponce.

Lib. 3. de aliᵗ mento.

Obiection.

Li. de vſu. reſpirationis, & l. 8. de vſu part c. 2. Solution.

Les organes de la reſpiration ſont de trois ſortes.

En quoy conuiennent le poux & la reſpiration, &

en quoy ils different.

A ſçauoir ſi nous auons plus beſoin du poux que de la reſpiration. 4. de loc. aff. cap. 8.

est impossible que l'animal puisse viure priué de la respiration. Au contraire les femmes hystteriques viuent sans respirer, le fœtus ne respire point en la matrice, & quelques apoplectiques ne respirent point aussi ; mais sans le poux & battement du cœur, la vie ne peut subsister vn seul moment de temps. Ie réponds que le poux est ou des arteres, ou du cœur : Or celuy du cœur est plus necessaire à la vie que la respiration , mais la respiration est plus necessaire que le battement particulier des arteres. Car l'animal ne cessera pas de viure pour auoir les arteres liées ou surprises, mais estant priué de la respiration, il mourra incontinent. Au reste le poux est plus noble que la respiration, tant pource que le cœur organe du poux est plus noble, que pource que la fin est plus noble que les choses par lesquelles on paruient à icelle ; Or la respiration a esté ordonnée pour la conseruation du poux. Ioint que l'esprit est plus excellent & plus digne que l'air.

Responce.

Le poux est plus noble que la respiration.

A sçauoir si la respiration est vne action animale ou naturelle.

QVESTION VINGTIESME.

Es Philosophes & les Medecins sont en vn tres-grand debat , touchant la cause efficiente de la respiration : car aucuns estiment qu'elle est faite par Nature seule, & les autres veulent qu'elle dépende seulement de l'ame : ceux-là soustiennent que c'est vne action inuolontaire ; & ceux-cy qu'elle est volontaire. Les vns ne les autres ne sont point dépourueus de raisons & de deffences. Aristote estime qu'elle est totalement naturelle & inuolontaire : il a esté suiuy d'Auerrhoës, de Turisan, & de grand nombre d'autres Grecs , Arabes & Latins. Ie m'en vay appuyer leur opinion de raisons assez valides & voilées de l'apparence de la verité. 1. Toute action volontaire dépend de l'esselection, & est auec cognoissance de son obiect : or ceux qui dorment n'ont point d'esselection ny de volonté. 2. Toutes les facultez animales reposent & cessent par le dormir ; Or nous respirons aussi bien en dormant qu'en veillant, & la respiration soit ou que nous dormions, ou que nous veillions, est égalle & tousiours semblable à soy. Elle n'est donc point action de l'ame ; Car il n'y a point d'action animale qui soit aussi parfaite en dormant qu'en veillant. 3. Les Carotiques n'exercent point les facultez animales ; car Galien definit le caros *priuation de l'animalité :* Et toutesfois la respiration leur demeure libre. 4. Les apoplectiques ne peuuent rien faire volontairement, car l'apoplexie est *vne resolution de tout le corps*, c'est à dire , du cerueau & de tous les nerfs. Doncques toute la faculté influente du cerueau est estainte en sorte qu'ils ne sentent rien encore qu'on les brusle ou qu'on les pique. Le sentiment estant perdu il est impossible que le mouuement volontaire demeure entier : or les apoplectiques respirent. Il s'ensuit donc que la respiration prouient d'ailleurs que du cerueau. 5. En l'epilepsie il y a vne conuulsion de tout le corps , auec priuation de la raison & du sentiment , & toutesfois la respiration demeure aucunement libre. 6. Si la respiration estoit volontaire elle se lasseroit en fin comme font toutes les autres actions animales ; or l'animal ne se lasse point de

Les Philosophes soustiennent que la respiration est naturelle : voicy leurs raisons.

La premiere.

La deuxiéme.

La troisiéme.

La quatriéme.

La cinquiéme.

La sixiéme.

refpirer : au contraire s'il ne refpire pas librement, il fe laffe : elle eft donc action naturelle & non animale. 7. Si la refpiration eftoit volontaire nous penferions La feptiéme. quelquesfois fi nous deurions refpirer ou non ; Or nous ne deliberons point fur la refpiration. 8. Le mouuement volontaire & le mouuement perpetuel font La huitiéme. contraires. Or la refpiration eft perpetuelle, & aux animaux parfaits elle eft infeparable de la vie ; car le cœur, comme écrit Galien, auffi toft qu'il eft priué de la refpiration, ceffe fon mouuement. 9. Si la refpiration eftoit volontaire, d'autant La neufiéme. que nous la pouuons rendre plus vifte & plus lente, il faudroit pour la mefme raifon, dire que le mouuement du cœur & des arteres fut volontaire : Car nous pouuons felon qu'il nous plaift, faire noftre poux plus rare, plus denfe, plus vifte ou plus tardif. Car fi nous nous courrouçons, ou fi nous nous exerçons violentement le poux croiftra, & fi nous retenons noftre haleine il diminuëra. 10. Nous La dixiéme. pouuons arrefter & ceffer les actions animales felon qu'il nous plaift, mais quand le cœur boüillonne de colere, quand il eft trauaillé d'inflammation, quand il eft affiegé de quelque fiéure ardante, la refpiration eft fi frequente que nous ne luy fçaurions commander, & les afthmatiques, pleuritiques & orthopnoïques font contraints bon gré mal gré d'ainfi refpirer ; elle n'eft donc point volontaire. 11. La refpiration miniftre à la faculté vitale, car elle a feulement efté ordonnée L'vnziéme. pour la nutrition, la refrigeration & l'expurgation, & inftituée pour le foulagement de la pulfation : d'où le cœur eft dit par Galien, *l'organe principal de la refpiration* : Or la faculté vitale n'eft point volontaire, mais purement naturelle. 12. La caufe efficiente du poux & de la refpiration eft vne & mefme, parce que l'vn La douziéme. & l'autre croift ou diminuë, non pas felon qu'il plaift à la volonté, mais felon que l'vfage & la neceffité croiffent ou diminuënt. Ainfi les febricitans & ceux qui courent ont mefme contre leur volonté la refpiration plus grande & plus frequente, d'autant que la chaleur du cœur eft accrue & augmentée. 13. Galien La treiziéme. difputant contre Archigene prouue que le cerueau & non le cœur eft le fiege des facultez animales par cette raifon. Parce que l'imagination, la memoire & les facultez princeffes eftant bleffées, on applique les remedes fur le cerueau & non fur le cœur, Qu'il nous foit permis d'argumenter de mefme. La refpiration eftant bleffée on n'applique pas les remedes fur le cerueau, mais fur le thorax & le cœur. Il s'enfuit donc que la refpiration eft vne action du cœur & non du cerueau, & par confequent qu'elle eft naturelle & non point animale. Adiouftós Authorité de Galien. 2. de anatom. adminift. à toutes ces raifons l'authorité de Galien qui dit en termes exprés. Que la refpiration eft vne action naturelle. Item que perfonne ne fçauroit empefcher ny retenir fon haleine. Et ailleurs. *Tout le corps* (c'eft à dire, toutes les parties lib. de vfu. refpirat. du corps) *iouyt d'vne refpiration moderée par les arteres, horfmis le cœur & le cerueau, parce que le cœur en iouyt par les poulmons, & le cerueau par le nez.* Il femble donc qu'elle eft naturelle. Ils concluent par ces raifons & auctoritez que la refpiration eft vne action non de l'ame, mais de nature, c'eft à dire, faite par le cœur & pour l'amour du cœur. Ceux qui ont iuré contre cette opinion veulent au contraire qu'elle foit totalement animale & volontaire, eftans comme i'eftime perfuadez par ces raifons. 1. L'action (fuiuant la doctrine de Galien) eft volonQue la refpiration eft totalement animale. Raifons. Premiere. taire, laquelle on peut ceffer quand on veut, & faire quand elle ne fe fait point. Or la refpiration eft telle. Car nous pouuons arrefter noftre haleine Hiftoires de plufieurs qui ont efté fuffoquez en retenant volontairement leur haleine. quand nous voulons, & la rendre plus rare, plus frequente, plus haftiue ou plus tardiue. On trouue à ce propos plufieurs hiftoires memorables confirmatiues de cecy. Car plufieurs en retenant opiniaftrement & longuement

l. 2. de motu muscul.
leur haleine se sont donnez la mort, témoin ce seruiteur barbare dont parle
Galien, lequel transporté de colere, resolut de se faire mourir ; ce qu'il executa
en cette sorte, s'estant couché contre terre & retenant son vent demeura long-
temps sans se remuër, puis en se roullant vn peu, rendit l'esprit. C. Licinius Macer

Valerius ma-
ximus.l.9.ca.
12.
Preteur, estant accusé de peculat & adiourné pour rendre compte, lors qu'on re-
cueilloit les voix, monta en vne suspente ou gallerie, & s'estant bouché la bouche
d'vn mouchoir, que d'aduanture il tenoit en la main, & retenant son haleine, il

Ibidem.
preuint la punition par sa mort. Coma frere de Diogenes grand Capitaine
de voleurs, comme on l'interrogeoit des forces & desseins des fugitifs, ayant
prins temps pour se recognoistre, il couurit sa teste, & appuyé sur ses genoux,
retint son vent, & mourut entre les mains de ses gardes. Caton le ieune qui

Plutarque en
la vie de Caton
d'Vtique.
fut surnommé d'Vtique, comme il redemandoit son espée qu'on luy auoit cachée, & voyant que ses seruiteurs ne la luy vouloient pas rendre, les exhorta
de ne pas craindre de la luy rebailler, & qu'il ne s'en vouloit point seruir pour se
tuër, mais pour se deffendre ; d'autant que s'il se vouloit faire mourir, il ne luy
manqueroit point d'autres moyens, comme de se rompre la teste contre les paroys, ou en retenant vn bien peu de temps son haleine se suffoquer. Hippocrate

Authorité
d'Hippocrate
en la 3. sect. du
3.liure des epi-
dem.
Plato in con-
uiuio in fine
collaudatio-
nis Pausaniæ.
escrit que la guarison des continuels baaillemens est vne grande & longue respiration. Le sanglot se guarit aussi selon le mesme Autheur en retenant l'haleine.
Et de cecy nous en auons vn bel exemple dans Platon, Aristophanes se rompoit
de sangloter, & pour cette cause s'estant tourné vers Eryximaque Medecin, luy
dit, c'est à toy ou de guarir ce sanglot, ou de parler pour moy : auquel Eryximaque
répondit, prenant ta place ie parleray pour toy, & toy apres que le hoquet t'aura
quitté, tu parleras pour moy ; & cependant que ie parle, si tu veux quelque temps
retenir ton haleine, le sanglot cessera. Dont s'ensuit qu'il est en nostre liberté
de retenir nostre haleine, & que l'action par laquelle nous inspirons & expirons

Deuxiéme.
est libre & en nostre puissance. 2. La respiration se fait par instrumens ministrans à la faculté animale ; car la dilatation & la constriction de la poictrine se
font par le moyen des muscles intercostaux, du diaphragme & des nerfs : dont

Troisiéme.
s'ensuit qu'elle est action animale. Le cerueaux & les facultez princesses estant
blessées, la respiration est vitiée, sans que le cœur & le poulmon soient offencez.
Ainsi les phrenetiques ont la respiration grande & rare, parce qu'ils ont la raison
malade, & que la faculté animale ne se porte pas bien. Vous voyez, ce croy-ie les
deux armées rangées prestes à se choquer, nous ne sçaurions tenir les deux par-
tys, ny les deffendre auec leur souuerain droit, mais s'ils en veulent quitter quel-

Conciliation
des opinions.
que chose, il ne sera pas difficile de les appointer : Ce que nous essayerons faire
en la maniere qui s'ensuit. Des actions les vnes sont purement & simplement

Differences des
actions.
naturelles, comme la concoction & la distribution de l'aliment, les autres sont
totalement animales & volontaires comme parler, marcher, &c. les autres
meslées, c'est à dire, en partie naturelles & en partie animales ; comme l'expulsion
de l'vrine & des fientes. Touchant ces dernieres actions-cy, Nemesius a fort

l. 6. de loc. aff.
cap. 4.
l. 2. de motu.
musc. cap. 6.
bien dit *que l'action de l'ame estoit iointe auec celle de Nature. Ceux se trompent,*
dit Galien, *qui pensent que l'excretion de l'vrine & des matieres fecales depende toute*
de la volonté, comme font aussi ceux-là qui la reçoiuent pour action totalement naturelle,
Car elle participe & de l'vne & de l'autre. Or il veut ailleurs que la nature de la

La respiration
est vne action
meslée.
respiration & de l'excretion de l'vrine soit semblable : dont s'ensuit que la respiration est vne action meslée de la naturelle auec l'animale ; de la naturelle à raison de sa cause finale & de la necessité ; & de l'animale à raison des muscles qui

dilattent & reserrent la poictrine. Ceux qu'on estrangle ne respirent pas, parce qu'ils ne peuuent animalement, les muscles & nerfs estans serrez & empeschez par la corde : quelques femmes hysteriques ne respirent point aussi, parce qu'elles ne peuuent naturellement ; car l'vsage de la respiration est nul , la necessité ne les presse point , & les instrumens sont libres. Il y en a qui distinguent les mouuemens volontaires, en sorte que les vns soient du tout & absoluëment libres, lesquels nous pouuons faire toutesfois & quantes, & aussi long temps qu'il nous plaist sans que nous y soyons contraints par aucune necessité : les autres sont veritablement libres, mais estans poussez & irritez par quelque necessité & affection du corps : & veulent que la respiration soit telle. I'aymerois mieux dire que la respiration est vne action meslée ; car le mouuement, entant que fait par les muscles, est totalement volontaire ; mais la cause impellente est du tout naturelle. Ainsi l'excretion de l'vrine est purement naturelle, & la retention d'icelle purement animale. Or il falloit que la respiration fut en quelque façon animale & volontaire, parce qu'il est quelquefois vtile de retenir son haleine & quelquesfois aussi de la haster. Si on veut escouter attentiuement quelque chose, si on veut passer par des lieux pleins de mauuaises odeurs, si on se veut plonger en l'eau, il est tres-vtile de retenir l'haleine : Au contraire si on veut allumer le feu, & si on veut emplir quelque chose de vent, il est de besoin de la haster & redoubler. Ceux donc se trompent qui veulent qu'elle soit totalement volontaire, & ceux-là se mécontent aussi qui soustiennent qu'elle est purement naturelle; car tous les organes de la respiration ne sont pas animaux & volontaires, témoin le poulmon qui est vn organe naturel dedié de nature pour faire la respiration. Or il ne sera pas difficile de satisfaire aux raisons. 1. Ceux qui dorment (disent-ils) respirent, or ils n'ont point de chois ny d'election : nous répondons que la volonté est double, l'vne de l'election & l'autre de l'instinct : celle-cy est en ceux qui dorment & aux brutes. 2. Nous nions que toutes les facultez animales cessent au dormir : il se fait bien, dit Galien, vne remission des facultez, mais non pas vne totale intermission. Car & les muscles font le mouuement tonique, lequel apparoit en toutes les parties , mais principalement aux sphincteres du siege & de la vessie, & nous cheminons & parlons quelquesfois en dormant ; or qui est celuy qui dira que ces actions, bien qu'elles ne se fassent pas par election, soient naturelles. 3. 4. 5. Les Carotiques, Epileptiques & Apoplectiques respirent, parce qu'il y a encore quelque petit reste de la faculté caché aux nerfs & aux muscles, qui est réueillé par la necessité, & y a encore ausdites parties des vestiges d'animalité. Car si l'apoplexie est tres-forte, comme écrit Galien, le principe superieur, à sçauoir le cerueau estant seul affecté, l'homme meurt soudainement: parce que les muscles priuez de la faculté de mouuoir, qui influë du cerueau, ne peuuent plus leuer le thorax. Car si les deux principes joints ensemble ne concurroient pour faire la respiration, quelqu'vn auroit esté veu viure priué du principe superieur. 6. La respiration ne se lasse point, comme les autres actions volontaires, parce que son vsage est perpetuel & necessaire. Que si ie dis qu'elle ne se lasse point quand elle est paisible; mais qu'elle se lasse quand elle est contrainte & forcée ? 7. Il n'est pas besoin de deliberation, & de conseil en toute action volontaire. Car nous tournons les yeux de costé & d'autre, bien que l'esprit soit occupé en autre chose. 8. Nous ne voulons pas que l'action animale & l'action perpetuelle soient contraires. 9. Quand à ce qu'ils alleguent du mouuement du cœur & des arteres, lequel la volonté rend ou plus viste ou plus tardif, est chose

La respiration pourquoy volontaire.

Solution des raisons de la premiere opinion.
De la premiere de la seconde.

De la tierce, quarte & quinte.

5. de loc. aff.

de la sixiéme.

de la septiéme.

de la huitiéme.

de la neufiéme.

tres-legere. Car nous confeſſons bien que le poux eſt changé, mais nous nions que ce ſoit immédiatement, parce qu'il faut que la chaleur du cœur croiſſe ou diminuë premierement: là où la volonté rend en vn momẽt & comme il luy plaiſt, la reſpiration plus tardiue ou plus frequenté ſans que l'vſage ſoit changé, ny la

De la 10. 11. & 12. chaleur du cœur accruë ou diminuée. Les raiſons 10. 11. & 12. concluent que la reſpiration n'eſt pas totalement volontaire, choſe que nous leur accordons; mais

De la traizieſme. elles ne prouuent pas qu'elle ſoit totalement naturelle. 1. La neceſſité du poux & de la reſpiration (ie le conſeſſe) pareille, & la cauſe finale ſemblable; à ſçauoir la nutrition, le rafraichiſſement & l'expurgation: mais ils ont leurs organes

De la dernière. du mouuement diuers. Nous nions qu'il faille touſiours appliquer les remedes ſur la region du cœur & du thorax, quand la reſpiration eſt bleſſée, car ſi le principe commun des nerfs eſt affecté, & ſi la medulle ſpinale & les nerfs de la nuque ſont offencez, il ne ſeruira de rien d'appliquer les medicamens ſur le thorax. Les

Interpretation des paſſages de Galien. authoritez de Galien ont beſoin d'interpretation, il n'eſtime pas qu'on puiſſe totalement retenir Phaleine ſans mort; car le mouuement volontaire eſt vaincu par le naturel. Quand il écrit que tout le corps reſpire par le moyen des arteres: par la reſpiration, il entend non ſeulement le mouuement volontaire qui ſe fait par les muſcles, mais auſſi le naturel qui eſt fait par les arteres, duquel parle Hippocrate,

Sect 6. lib. 6. epidem.
Solution des raiſons de la dernière. où il dit *que tout le corps eſt inſpirant ou expirant.* Ie penſe auoir ſatisfait aux raiſons de la premiere opinion. Voicy comme on payera celles de la ſeconde qui tient que la reſpiration eſt totalement & abſoluëment volontaire. Certes ce mouuement-là doit eſtre dit abſoluëment & ſimplement volontaire, lequel peut eſtre arreſté, quand il ſe fait, ou fait quand il s'arreſte, ſelon qu'il plaiſt à la volonté. Or la reſpiration n'eſt point telle; car ſi on la retient tout à fait: l'animal mourra ſuffoqué, ainſi que témoignent les hiſtoires de pluſieurs; & pourtant elle ne pourra plus eſtre recommencée. Et pour le dire en vn mot. Les trois raiſons prouuent bien qu'il y a quelque choſe de volontaire en la reſpiration; mais elles ne prouuent

Concluſion. pas qu'il n'y ait rien de naturel. Quand pour noſtre regard nous concluons que c'eſt vne action meſlée, & eſtimons auec Galien, que les deux principes, le cerueau & le cœur, la faculté animale & la naturelle concurrent pour la faire.

Du mouuement & de l'vſage de l'artere veineuſe.

QVESTION VINGT-ET-VNIESME.

A ſçauoir ſi l'artere veineuſe ſe meut au mouuement du poulmon.
l. de vii part. cap. 9.
L'artere veineuſe ne ſe meut point du meſme mouuement que les arteres. ES vaiſſeaux du poulmon ſont trois, la trachée artere, la veine arterieuſe & l'artere veineuſe; du mouuement deſquels les Anatomiſtes ne ſont pas bien d'accord entr'eux. Les vns veulent qu'ils ſe mouuent tous trois au mouuement du poulmon, & les autres que ce ſoit au mouuement du cœur. Galien écrit qu'il n'y a que la trachée artere qui ſe dilatte à la dilatation des poulmons, en ces mots. *L'animal eſtant mort ſi tu ſouffles du vent par le larynx dans la poictrine, tu rempliras les arteres trachées, & verras le poulmon s'enfler, les autres veines & arteres retenans la meſme grandeur qu'elles auoient auparauant.* Dont s'enſuit que l'artere veineuſe, & la veine arterieuſe ne ſe mouuent point au mouuement du poulmon. Elles ne ſe mouuent point auſſi du meſme mouuement que font le cœur & les arteres. Car elles ne s'empliſſent pas, parce qu'elles ſe dilattent, mais elles ſe dilattent parce qu'elles

fe rempliffent, & s'abbaiffent parce qu'elles fe vuident, comme font les deux
oreillettes du cœur. Car le cœur en fon diaftole attire l'air de l'artere veineufe:&
en fon fyftole il chaffe les vapeurs fuligineufes dans la mefme artere : elle fe vuide donc alors que le cœur attire, & s'emplit alors que le cœur chaffe hors & fe
vuide:tellement qu'elle fe mouue bien au mouuement du cœur,mais non pas du
mefme mouuement, ny par la mefme faculté que font les arteres. Tu diras que *Obiection.*
l'artere veineufe eft contenuë au cœur, & qu'elle prend fon origine du ventricule feneftre d'iceluy, auquel refide la faculté pulfifique, non autrement que fait la
grande artere. Mais fi tu confideres bien attentiuement fa premiere naiffance, *Solution.*
tu verras qu'elle fort pluftoft du ventre dextre; & que c'eft vn fcion de la veine
caue, de laquelle elle retient encore la ftruture & la compofition : fa tunique
eftant fimple & defliée,& non pas tres-époiffe, comme celle des arteres.

Or quel eft l'vfage de ce vaiffeau, nous en dirons icy noftre aduis en peu de *Les vfages de*
mots. Les Anatomiftes ne luy en donnent que deux. 1. De porter l'air preparé *l'artere veineu-*
par les poulmons au ventricule gauche du cœur. 2. Et de porter hors les vapeurs *fe : le premier.*
fumeufes & excremens des efprits. Aufquels i'en adioufte vn troifiéme, de por- *Le fecond.*
ter quelque petite portion de l'efprit vital & du fang arterieux pour conferuer la *Le troifiéme.*
vie aux poulmons. Car la vie eft entretenuë en toutes les parties par le moyen de
l'efprit vital & du fang arterieux, lequel acquiert fa perfection au feneftre ventricule du cœur. Il femble que Galien nous ait voulu monftrer cela;quand il dit, *7. de vfu par.*
Ce que les veines, à raifon de leur efpoiffeur & denfité ne luy peuuent fournir affez d'ali- *cap.8.*
ment,les arteres compenfent tout cela en luy diftribuant abondamment vn fang fubtil,pur
& vaporeux. Item,*Les arteres polies du poulmon* (c'eft à dire les rameaux de l'artere
veineufe)*contiennent vn fang pur & vaporeux:Car fi elles eftoient totalement vuides de* *lib. 6. de vfu*
fang:pourquoy les arteres rudes (c'eft à dire les branches de la trachée artere) *ne s'en* *part.*
iroient-elles pas droit au cœur?Car la trachée artere pourroit & porter l'air au cœur,& re-
porter hors les vapeurs fumeufes. Colomb eftime que ce fang tres-fubtil qui fe trou- *Opinion de*
ue en l'artere veineufe n'eft point vne portion de l'efprit vital : & que ce fang ne *Colomb tou-*
luy eft point enuoyé du ventre feneftre du cœur, mais du dextre par la veine ar- *chant l'vfage*
terieufe,afin que le poulmon le prepare pour la generation de l'efprit vital. Mais *de l'artere vei-*
il fe trompe.Car fi le fang euft deu eftre porté de la veine arterieufe dans l'artere *neufe.*
veineufe pour la preparation de l'efprit vital, il euft fallu que les veines & les ar- *Eft refutée.*
teres fe fuffent accompagnées les vnes les autres, en forte que iointes enfemble
elles fe fuffent vnies par anaftomofe, afin de faire entrer le fang de la veine arterieufe en l'artere veineufe. Or ces deux vaiffeaux icy ne s'entre-touchent point,
ains font répandus de tous coftez iufqu'à la fuperficie extreme des poulmons,
en forte que la trachée artere foit au mitan; la veine arterieufe en la partie pofterieure, & l'artere veineufe en l'anterieure.

HHh iiij

Des parties Vitales,

De la temperature des poulmons.

QVESTION VINGT-DEVXIESME.

Que le poulmon est froid.
Raisons.
Premiere.

Deuxième.

Troisième.

Quatrième.

Et par les qulernez d'Hippocrate au liu. du cœur, et liure de l'aliments.

Et de Galien l. de Anato. viuorum.
Que le poulmon est chaud.
Raison premiere.
Deuxième.

Troisième.

Quatrième.

Solution des raisons contraires.
De la premiere.
De la seconde.

De la tierce.

De la quarte.

Aph.38 sect. 7.

Interpretation du passage d'Hippocrate.

E s Medecins sont en querelle pour la temperature du poulmon. Les vns le disent froid aux qualitez actiues, & le prouuent. 1. Par sa composition qui est de parties spermatiques, à sçauoir de la trachée artere, de la veine arterieuse, & de l'artere veineuse. 2. Par son vsage, car il a esté creé pour rafraischir le cœur. 3. Par les maladies qui luy suruiennent, qui sont froides pour la plufpart, comme obstructions, tubercules & difficultez en la respiration que les Grecs nomment, *Asthma* & *Dyspnœa.* 4. Par ses excremens, car il abonde en humeurs phlegmatiques & froides, & tout ce qui est reietté par la toux est quasi pituiteux. Or la pituite est engendrée par vne chaleur debile. 5. Par auctoritez. Hippocrate escrit *que le poulmon est froid de sa nature, & qu'il est aussi refroidy par l'inspiration.* Il dit aussi ailleurs *que le poulmon attire vn aliment contraire au corps, & que toutes les autres parties attirent celuy qui leur est semblable.* Or si le poulmon attire vn nourrissement contraire, il faut de necessité qu'il soit froid : Car il attire vn sang tres-chaud, qui a esté attenué & élaboré au ventre dextre du cœur dont il se nourrit. Galien veut aussi que le poulmon soit blanc à cause de la domination de l'eau & du froid, & l'appelle *le siege de l'eau.* Nous tenons au contraire qu'il est chaud, & le prouuons par sa substance, par sa nutrition & par son vsage. 1. Sa substance est charneuse, mais molle, legere & spongieuse, laquelle Galien dit estre comme l'escume du sang. 2. Il se nourrist d'vn sang aëré, spiritueux, & qui a esté raffiné au ventricule dextre du cœur, de sorte qu'il semble que ce ventricule n'ait esté fait que pour l'amour de luy. 3. Il ne falloit point que la partie qui doit continuellement receuoir le premier abbord de l'air froid, fut de temperature froide. 4. L'air est preparé en la substance du poulmon, & par vn petit seiour qu'il y fait, il reçoit vne qualité familiere à l'esprit vital tres-chaud. Dont s'ensuit que le poulmon est chaud aux qualitez actiues. On soudra les raisons contraires en cette façon. Le poulmon est composé de vaisseaux spermatiques, mais sa propre substance est charneuse & tres-rare. Quand à ce qu'il rafraischit le cœur, il ne le fait point par son temperament, mais pource qu'il reçoit l'air externe, lequel bien qu'il soit chaud, quand on l'attire, est neanmoins tousiours, voire au mitan de l'esté, plus froid que le cœur. Le poulmon (ie le confesse) est sujet aux maladies froides, comme aux obstructions, à raison de ses vaisseaux lesquels estant diuersement entrelassez s'oppilent facilement : Mais la chair d'iceluy est souuent trauaillée d'inflammations, & semblables maladies chaudes. La pituite qu'on iette en grande abondance par la toux, n'est point engendrée aux poulmons à cause de leur temperature, mais elle y distille continuellement du cerueau qui est le siege du froid : & c'est ce que veut dire Hippocrate quand il écrit, *qu'il se fait des catharres frequens dans le ventre superieur,* c'est à dire, dans le thorax. Ioint aussi que du ventricule & des hypochondres il s'esleue continuellement plusieurs vapeurs, lesquelles se meslent par le mouuement continuel du poulmon auec l'humeur, & de là vient leur blancheur. Quand Hip-

pocrate dit que le poulmon est *froid*, il compare la temperature d'iceluy auec celle du cœur. Et de fait le poulmon comparé au cœur est froid, aussi bien que l'air
en Esté. Quand il est écrit que le poulmon attire vn nourrissement contraire au
corps, il parle de l'air, & non du sang : & ainsi il afferme qu'il est chaud. Car le
mouuement de l'air & du sang est contraire : Veu que l'air qui est l'aliment de
l'esprit, est tiré par la circumference du corps, au poulmon & au cœur : & que le
sang est attiré du foye comme d'vn magazin interieur iusques aux extremitez de
toutes les parties du corps. Galien rapporte cette contrarieté d'aliment à la constitution du poulmon, & à la forme de ses vaisseaux. Car les autres parties se nourrissent d'vn sang grossier, & le poulmon d'vn sang tres-subtil élaboré au ventre
dextre du cœur. Les veines des autres parties, n'ont qu'vne tunique simple, &
desliée, & leurs arteres en ont vne tres-époisse : Mais les poulmons ont vne veine
tres-époisse, & vne artere tres-desliée : Doncques les vaisseaux des poulmons, &
des autres parties, sont contraires, & leur aliment dissemblable. Le passage allegué de Galien n'est point de luy, & le liure d'où il est tiré luy est faussement attribué. Concluons donc que le poulmon aux qualitez actiues est chaud. On debat aussi touchant les passiues. On pourroit prouuer qu'il est sec par ses raisons.
1. Le poulmon est percé par dedans, & ses trous ne s'abbattent iamais : chose qui
rend témoignage de la dureté & secheresse de sa substance. 2. Il se nourrist, comme enseigne Galien, d'vn sang bilieux qui est sec. 3. Il est le siege de la soif : Car
Hippocrate veut que le foyer de la foy soit double, l'vn au ventricule, & l'autre au
poulmon, & à ce propos il a prononcé cet arrest solemnel. *Boire de l'eau froide, & in-*
spirer de l'air froid, estanchent & appaisent la soif. Or la soif est vn appetit du froid, &
de l'humide. Galien lequel nous suiuons comme nostre chef, veut au contraire
qu'il soit humide, quand il dit. *Le corps du cerueau & du poulmon approche en humidi-*
té de la graisse. Item, *La chair du poulmon est moins humide que la graisse.* L'authorité est
confirmée par la raison. Comme la dureté est signe de secheresse, ainsi la mollesse, d'humidité : Or la chair des poulmons est molle & lasche, chose qui se connoist
au toucher, & qui nous est monstrée par Galien en ces mots. *La chair de la ratte,*
encore qu'elle soit molle & lasche, si est-ce que celle du poulmon la surpasse beaucoup. Car elle
est tres-lasche, tres-molle & tres-legere. Auicenne nie que le poulmon soit mol de sa
nature, mais par accident, parce qu'il est perpetuellement moüillé & abbreuué
d'humeurs découlantes du cerueau : & pour cette cause il ayme mieux l'appeller
moüillé, que mol. Mais si le poulmon n'estoit mol, qu'entant qu'il est moüillé, il
deuiendroit quelquefois dur apres que l'humidité dont il auroit esté abbreuué
seroit consommée & desechée. Mais il ne durcit iamais, sinon qu'il soit rosty au
feu. Il s'ensuit donc qu'il n'est pas seulement humide par accident, mais aussi de sa
propre nature, & qu'il est d'autant plus humide que le foye qu'il est plus mol qu'i-
celuy. Quand à ce que les aduersaires obiectent en faueur de la secheresse ; il est
aisé d'y satisfaire. Car le cerueau a aussi ses cauitez, lesquelles en ses mouuemens
tres-violens, comme en l'Esternument & en l'Epilepsie ne s'abbattét point : Tout
ainsi donc que le cerueau est plus dur aux bords de ses ventricules, d'où les Anatomistes appellent cette partie là, *corps callèux :* Ainsi le poulmon est quelque peu
plus dur que la partie qui enuironne les vaisseaux, qu'au reste de son corps. Galien a quelquefois dit qu'il se nourrissoit d'vn sang bilieux, mais par le sang bilieux, il entend vn sang tres-subtil qui est raffiné au ventre dextre du cœur, lequel
personne ne dira estre sec, ains tres-humide, comme estant tout remply d'vne
humidité aërienne. Quand à ce que ce sang-là est iaune, cela demonstre qu'il

Le poulmon at-
tire vn aliment
contraire.

Conclusion.

Que le poul-
mon est sec.
Raison pre-
miere.
Seconde.
Troisiéme.

Qu'il est hu-
mide.
2. de temper.
cap. 3.
1. de temper.
c. vltimo.
Raison.
4. de vsu par.

Fen. 1. lib. 1.
doct. 3. c. 2.

Solution des
raisons con-
traires.

eſt meſlangé non pas auec la bile, mais auec l'eſprit vital. Le poulmon eſt le foyer de la ſoif, pourueu qu'il ſoit échauffé : parce qu'il épuiſe & conſomme l'humidité du cœur & des parties voiſines : Mais s'il ſe porte bien, il ne cauſe point la ſoif.

Du mouuement des poulmons.

QVESTION VINGT-TROISIESME.

Opinion d'A-riſtote touchant le mouuement du poulmon.

 VE le poulmon ſe mouue d'vn mouuement local, & qu'il ſe dilatte par l'inſpiration, & reſerre par l'expiration : ſi quel-qu'vn le nie, qu'il ſoit digne de la peine du ſens : Mais la na-ture & la cauſe efficiente de ce mouuement ſont en contro-uerſe entre les Medecins & les Peripateticiens. Ariſtote veut que le poulmon prenne le principe de ſon mouuement du cœur : Car la chaleur d'iceluy eſtant accruë, elle eſleue par ſa force les poulmons & les dilatte, & alors l'air entre en iceux pour empeſcher qu'il n'y ait rien de vuide : Or l'air eſtant entré, il appaiſe par ſa frigidité la cha-leur boüillonnante de cœur, non autrement que l'eau boüillante s'abbaiſſe en y verſant de l'eau froide : Tout ainſi donc que par la dilatation de la chaleur, le poulmon ſe dilatoit, ainſi il ſe reſerre, quand la meſme chaleur vient à s'ab-

d'Auerrhoës.

baiſſer, & lors ſe fait l'expreſſion ou expiration de l'air. Auerrhoës reconnoiſt bien auec Ariſtote, le cœur pour autheur de la reſpiration, mais il tient que le poulmon ſe meut par ſon propre mouuement, & qu'il ne ſuit point celuy du tho-rax : Parce qu'il y auroit quelque mouuement violent perpetuel. Or il veut qu'il y ait vn conſentement meruerilleux entre le thorax & les poulmons, qui ſoit cauſe que l'vn ne ſe peut mouuoir ny repoſer, que l'autre ne ſe mouue & repoſe enſemblement : & neanmoins que pas vn d'eux ne donne à l'autre le principe & la cauſe du mouuement. Nous diſons auec Galien, & tous les Medecins que

De l'autheur.

le poulmon ne ſe meut point par aucun mouuement qui luy ſoit propre : Car où ſont les fibres & nerfs pour faire ce mouuement : Ny par la faculté pulſifique du cœur laquelle meut les arteres : Car le mouuement du poulmon s'interrompt quelquefois, & peut eſtre rendu plus rare, plus frequent, plus viſte ou plus tar-dif, ſelon qu'il plaiſt à la volonté : ny par la faculté animale, parce qu'il n'a point de muſcles : mais par vn mouuement accidentaire, entant qu'il ſuit le mouue-ment du thorax, pour empeſcher qu'il n'y ait rien de vuide. Car le thorax ſe

Confirmée par raiſon.
Et par
Experience.

dilattant le poulmon s'emplit d'air, & deuient plus ample : Et quand il ſe reſerre il ſe deſ-emplit & abbaiſſe. Galien appuye ſon opinion de cette raiſon, c'eſt qu'il eſt impoſſible de trouuer aucune diſpoſition, en laquelle les poulmons ſe mou-uent le thorax demeurant immobile. Le meſme ſe confirme auſſi par experien-ce : Car ſi le thorax eſt percé en ſorte que l'air puiſſe entrer par la playe, le poul-mon demeure ſans mouuement, à raiſon qu'il ne peut plus ſuiure la dilatation du thorax, parce que l'air entrant dans la cauité de la poitrine par l'ouuerture, remplit tout l'eſpace vuide & les poulmons. Car le thorax eſtant ſain & entier il

Reſponſe à l'obiection d'Auerrhoës.

faut neceſſairemet, ledit thorax venant à ſe dilatter, que le poulmon ſe dilatte auſſi pour empeſcher qu'il n'y ait du vuide. Quand à l'obiection d'Auerrhoës, qu'il n'y a point de mouuement violent, qui foit perpetuel, & que celuy du poul-, mon feroit violent s'il fuiuoit la dilatation & conctriction du thorax, elle eft tres-abfurde. Car tout ce qui fe meut au mouuement de quelque autre chofe n'eft pas violent, autrement les os fe mouueroient violentment: Or le poulmon ne fe laffe point par ce mouuement perpetuel, parce qu'il eft quafi priué de tout fentiment.

A fçauoir fi la toux eft vn mouuement des poulmons & de la poictrine, naturel ou animal.

QVESTION VINGT-QVATRIESME.

Ovs connoiffons par experience que la toux furuient aux affections de quafi toutes les parties de la poictri-ne, comme à celles de la pleure, du mediaftin, du poulmon & de fes vaiffeaux. Car la pleurifie, la pe-ripneumonie, l'afthme, & l'vlcere des poulmons font ordinairement accompagnez d'vne toux continuelle & tres-fafcheufe. Mais à quelle faculté on doit rappor- *Que la toux* ter l'action de la toux, c'eft chofe qui n'eft point bien *eft vne action* refoluë. On peut prouuer qu'elle eft animale & volon- *animale.* taire, d'autant que la toux n'eft rien autre chofe qu'vne forte efflation ou expira- *2. de fympt.* tion: Or l'efflation fe fait par le moyen de tous les mufcles qui referrent la poictri- *cauf. 4.* ne: Et Galien parlant de l'efternument, de la toux & du vomiffement, veut que le vomiffement foit vn fymptome de la faculté naturelle, & la toux de l'animale. D'autres fouftiennent au contraire que c'eft vn mouuement naturel, parce que *Que c'eft vne* la toux eft vn mouuement concuffif, & qu'elle fe fait par le feul effort de nature *action natu-* qui tafche de chaffer hors ce qui la fafche & irrite. Or tous les mouuemens con- *relle.* cuffifs font naturels. Car les parties qui font bien & naturellement difpofées, ont toutes leurs concuffions, quand elles fe fecoüent & ébranlent pour chaffer hors ce qui leur eft nuifible. Telle eft la concuffion du cerueau en l'efternument: du ventricule au hoquet: de la veffie en l'exclufion de la pierre: de toute l'habitude & du pannicule nerueux au tremblement, & du thorax en la toux. Outre-plus nous touffons le plus fouuent contre noftre volonté, & n'eft pas toufiours en no- *Conciliation.* ftre puiffance de nous en empefcher. On pourra accorder ces deux opinions en difant que la toux eft vne action meflée de l'animale & de la naturelle, comme la refpiration. Le mouuement eft animal: Car il fe fait par le moyen des muf- cles: mais la caufe impellente & mouuante eft naturelle: Car la toux ne fe fait pas fans l'effort de la faculté expultrice. On fait encore vne autre demande fur *A fçauoir fi la* ce fujet, à fçauoir fi la toux eft vne affection felon nature, ou bien con- *toux eft vne* tre nature. Galien veut que l'efternument, la toux, le fanglot, & le baaille- *affection na-* ment foient œuures de Nature. Il femble toutesfois qu'il foit de contrai- *turelle ou con-* re opinion au liure de la tremeur, & de la palpitation, où il fait quatre fortes *tre nature.* de mouuemens déprauez, le concuffif, le conuulfif, le tremblottant & le pal- *2. de fympt.* pitant: Car il met la toux, le hoquet & l'efternument entre les concuffifs: Or *cauf. 4.* tout mouuement depraué eft contre nature. On conciliera ces paffages fi on *Conciliation* dit que la toux à raifon de la faculté eft vne affection naturelle, car le principe *des paffages* de ce mouuement c'eft nature, c'eft à dire, la faculté expultrice: Mais à raifon *de Galien.* de la raifon morbifique, qu'elle eft contre nature. Ainfi Galien nous apprend en plusieurs endroits que tous mouuemens concussifs sont faits partie par la faculté, & partie par la cause morbifique: laquelle toutesfois est maistrisée par la nature.

A sçauoir si le breuuage est porté aux poulmons.

QVESTION VINGT-CINQVIESME.

VE le ventricule soit le receptacle du boire & du manger, c'est chose qu'Hippocrate, Galien & tous les Medecins ont dit en tant de lieux, que celuy commettoit vn grand peché qui ne la croiroit point. C'est donc vne chose ridicule de demander s'il y a d'autres chemins destinez pour les viandes solides que pour les liquides : Car il n'y a qu'vn seul canal, par lequel les vnes & les autres décendent au ventricule, qu'on appelle l'œsophage ou le gosier. Mais à sçauoir s'il décend quelque portion de ce que nous beuuons par la trachée artere dans les poulmons, c'est vne question qui n'est point hors la contemplation du Medecin. Hippocrate a esté le premier qui a donné occasion de faire ce doubte : Car tantost il veut que le breuuage décende au poulmon, & tantost il le nie. Nous agiterons premierement cette question d'vn costé & d'autre, & puis nous concilierons les passages d'Hippocrate par les decrets de Galien. Hippocrate enseigne en termes exprez qu'vne portion du breuuage décend aux poulmons, car voicy cóme il en parle. *La plus grande partie de ce que l'homme boit, tombe dans le ventricule : Car l'œsophage ou estomach reçoit comme vn entonnoir, la boisson, & tout ce que nous auallons. Il en décend aussi en beuuant dans le larynx, & la trachée artere, mais moins & autant qu'il en peut échapper par la fente : Car le couuercle qui ferme exactement la trachée artere, on le nomme l'epiglote, ne permet point qu'il y entre plus largement. Ce qui se connoist si on donne à boire à vne beste fort alterée quelque eau bleuë, principalement à vn pourceau (car cet animal n'est ny net ny curieux) Puis comme il boit encore, si on luy couppe le larynx ou sifflet auec vn rasoir, on luy trouuera toute la trachée artere teinte de cette couleur. Il ne faut donc* point douter qu'vne partie du boire ne soit portée dans la trachée artere & les poulmons. Il écrit aussi que l'eau du pericarde est engendrée de la boisson qui decoule par la trachée aux poulmons. Galien ne nie point que quelque portion du breuuage n'aille aux poulmons: Car il commande pour guarir les vlceres de la trachée artere, qu'estans couchez à l'enuers, on tienne les medicamens fort long temps en la bouche, & qu'on relasche tous les muscles qui sont en ces parties, à fin qu'il en decoulle tout bellement quelque portion dans l'artere. Car (dit-il) quand l'homme est sain il échappe quelque peu de la boisson dans les poulmons. Il se faut toutesfois garder tant en la santé qu'en la maladie, qu'il n'entre quelque chose trop abondamment dás le larynx, parce que cela feroit toussir. Ce qu'Hippocrate nous auoit aussi enseigné long temps deuát Galien. Cette opinion se peut confirmer par plusieurs raisons tirées de l'Anatomie, & par les obseruations qui se font iournellement. 1. L'epiglotte que les Anatomistes appellent le couuercle du larynx, est tousiours entrebaaillé pour dóner passage à l'air & aux vapeurs fumeuses,

Que la boisson descend aux poulmons.
Auctorité d'Hippocrate au liure du cœur.

Aa mesme liure.
2. de simpl. med. fac. c. 17.

Raison premiere.

meufes, & ne s'abbaiffe iamais pour fermer ce chemin, finon qu'elle foit deprimée par la pefanteur de la viande. (Car nous ne receuons pas les mufcles qu'aucuns difent feruir à la fermer & ouurir) qui empefchera donc fi l'Epiglotte ne s'abbaiffe point finon par la pefanteur de la viande, qu'vn peu de ce que nous beuuons non affez pefant pour faire baiffer l'Epiglotte ne puiffe entrer par les fentes & coftez du larynx dans les fluttes des poulmons, & d'icelles eftre porté ou au pericarde, ou au cœur, ou dans les arteres? 2. Les arteres comme nous auons Deuxiéme. enfeigné au fixiéme liure, contiennent plus de ferofité que les veines, dont s'enfuit qu'vne portion de l'aliment plus liquide decoulle par les poulmons au cœur & aux arteres, & d'icelles par les émulgentes aux reins : Car ie ne voy point pourquoy les arteres émulgentes ayent efté faites ainfi grandes, finon pour feruir à l'expurgation de l'humeur fereufe. 3. Les Medecins ordonnent couftumierement Troifiéme. aux maladies de la poitrine, & des poulmons des lohots, fyrops, & tablettes pour eftre portez par la trachée artere aux poulmós, & prouoquer les crachats. 4. Nous Quatriéme. auons remarqué plufieurs fois aux playes du thorax en fortir vne quantité incroyable de ferofité & de pus par la bleffe, laquelle ne pouuoit eftre l'excrement du poulmon feul, parce que la maffe d'iceluy n'eft pas affez grande pour engendrer vne telle quantité d'excremens. Il eft donc vray-femblable, qu'il decoulle quelque portion de ce que nous beuuons dans les poulmons. C'a efté l'opinion de Voy Plutarque au 7 liure question 1. des propos de table.
Macrobe au 7. li. chap 15. &
Aulle gelle au 17. liu. chap. 11. tous les Philofophes anciens, vn feul Ariftote excepté : quand ie dy les anciens, i'entens Platon, Philifton, Locrus, Dioxippus Hippocratique, Plutarque, & femblables. Que fi nous voulôs entrer aux vergers floriffans des Poëtes Grecs, nous y cueillirons beaucoup de chofes qui feruiront pour l'éclarciffement de cette opinion. On trouue vn diftich d'Alceus entre les Odes d'Anacreon dont la fubftance eft telle.

Trempe de vin ton poulmon affeché,
Voicy leuer la chaude canicule,
Temps importun auquel tout deffeché,
Par la chaleur alteré de foif brufle.

Eraftotene a efté du mefme aduis, comme a auffi efté Homere parlant du Cyclope : & comme raconte Eupolis, *Protagoras commandoit de boire afin d'auoir le poulmon mouillé auãt le leuer de la canicule.* Il femble toutesfois qu'Hippocrate défende le contraire, quand il refutte par plufieurs bonnes raifons ceux qui affermoient que la boiffon defcendoit aux poulmons. Voicy fes raifons. 1. Le poulmon eft tout cauerneux, & eft l'inftrument de la voix & de la refpiration, & pourtant fi la boiffon entroit dans le poulmon, eftant remply, il ne pourroit plus ny contenir l'air, ny former la voix. Chofe que nous experimentons tous les iours en *l'Afthma*, & aux obftructions des poulmons : Car le poulmon eftant appefanty, il n'obeit plus au mouuement de la poitrine : D'icy viennent bien fouuent les Au 4. liure de l'Ѳ diffet.
l. 4. de morb.
Opinion contraire.
Authorité d'Hippocrate.
Ses raifons.
Premiere. *dyfpnoës, ortopnoës, & apnoës.* 2. Si la boiffon eftoit portée au poulmon, les viandes folides fe deffecheroient au ventricule, & ne fe digereroient point facilement. Deuxiéme. 3. Les medicamens purgatifs ne purgeroient point ny par haut, ny par bas, Or Troifiéme. tous medicamens purgatifs purgent ou par le vomiffement, ou par les felles. 4. Les Quatriéme. medicamens purgatifs vlceroient les poulmons, parce qu'ils font acres, & le poulmon rare & mol, s'vlcerant facilement & pour peu d'occafion, comme a raifon de quelque defluxion de pituite decoullante du cerueau fur iceluy. 5. Si la boiffon defcendoit dans la trachée artere & les poulmons, elle feroit touffir, parce Cinquiéme.

que s'il decoulle vn tant soit peu de pituite dans le larynx, elle cause soudain vne toux tres-fascheuse. Hippocrate allegue ces raisons auec plusieurs autres, lesquel-les semblent contrarier à la premiere opinion. Mais nous les accorderons facile-ment si nous adioustons pour la fin l'opinion de Galien. *Si Platon*, dit-il, *estime que nous tirions tout ce que nous beuuons dans le poulmon , il doit à bonne raison estre accusé , comme ignorant vne chose tres claire: Mais s'il pense que quelque petite por-tion de la boisson tombe par la trachée artere dans le poulmon , il dit quelque chose de probable.* Or Galien au mesme lieu soult les argumens d'Hippocrate, en adiou-stant cette distinction: *Si beaucoup de boisson decoulle abondamment dans le poul-mon de sorte qu'elle empesche les chemins de la respiration , elle fera toussir , elle empes-chera la parole , & rendra la respiration difficile : Mais si elle y decoulle tout bellement, & en petite quantité par les costez de la trachée artere, elle ne fera rien de semblable.* Et c'est aussi l'aduis & intention d'Hippocrate, quand il écrit qu'il n'y a seulement qu'vne partie bien petite de ce que nous beuuons qui descend aux poulmons. Mais au liure des maladies, il refutte ceux qui afferment que le tout y va. Or s'il y a tant peu que ce soit de l'aliment solide qui entre dans la trachée artere, cela apporte vn peril éminent de suffocation. Ainsi le Poëte Anacreon fut suffoqué par vn grain de raisin: & le Senateur Fabius mourut estranglé d'vn poil en beu-uant du laict. Alexandre Benedict raconte qu'vne Dame Bressienne poussa par force auec son doigt à son fils dans la trachée artere vne pilule qu'il ne vouloit pas aualler, dont il mourut tout soudain.

Au liuret du cœur.

HISTOIRE ANATOMIQVE.

Du col & de ses parties.

CHAPITRE XIII.

Le col fait pour le seruice du thorax.

QVE le col ait esté fait pour l'amour de la poitrine & des poulmons, cecy entre les autres choses le témoi-gne : c'est que les animaux qui n'ont point de poul-mons comme les poissons , & ceux qui n'ont pas la voix articulée n'ont point eu de col. I'ay donc mieux aymé rapporter son histoire au thorax & aux organes vitaux qu'à la teste. Les Grecs appellent le col *trachi-los & auchen*, & les Latins *collum* du verbe *colo*, qui si-gnifie *parer & orner*, parce qu'on pare & orne cette partie de joyaux & de carquans. Des parties d'iceluy les vnes sont externes & les autres internes. Les externes sont ou anterieures , ou posterieures , ou laterales. La partie anterieure est dite des Grecs *laimos & leiré*, & des Latins *guttur , gula & ingulus* nous la nommons en François *la gorge* : Or les Grecs appellent la partie superieure d'icelle *bronchos*, & les autres la nomment *le morceau ou la pomme d'A-dam:* Et l'inferieure est dite par Pollux *Hypodeiris* , de laquelle la partie de deuant par où elle se joint enuiron les clauicules auec la poitrine est nommée *Catacleis & parasphragis*, parce qu'elle est joignant les clauicules ; & pour le regard de la caui-té qui est entre les deux clefs, les Grecs la nomment *sphangé*, & les Latins *iugulum*

Les noms du col.

Ses parties ex-ternes.

La partie an-terieure du col.

du verbe *Iugulo*, qui fignifie *coupper la gorge à quelqu'vn*, parce que cet endroit
eſt fort propre à cela. La partie poſterieure du col eſt dite en Grec , *auchen* , en *La partie poſte-*
rieure.
Latin *ceruix*, & en François *la nuque* ou *le chaignon du col*. Elle a la partie ſuperieure & l'inferieure ; la ſuperieure prochaine de *l'occiput* eſt nommée par Ruffus
tenon , & par les Latins *tendo*, parce qu'elle bande & tend aux mouuemens de la
teſte. Les Grecs la nomment auſſi *lophos*, & *lophia*. Il y a vne cauité entre la premiere & la ſeconde vertebre, que les Grecs appellent *epiſphageus à cæde*, parce que
l'homme meurt ſoudain ayant le col rompu en cet endroit ; les Latins la nomment auſſi *fouea* , c'eſt à dire, *foſſette*. Or l'inferieure par laquelle le col eſt attaché au dos, eſt dite *epomis*. Les parties laterales du col qui commencent deſſous *Les parties la-*
terales.
les oreilles ſont nommées *parotides* ; les parties qui s'en vont des parotides aux
coſtez de la trachée artere *terthra*, c'eſt à dire, *cornes*, & les parties laterales gibbeuſes & charnuës qui ſont adherentes aux vertebres , *paralophiay*. Voilà tous
les noms des parties exterieures du col. Les internes qui ſont couuertes de la peau *Les parties in-*
ternes du col.
& de la graiſſe ſont ou anterieures ou poſterieures. Les anterieures ſont en grand
nombre, la trachée artere, le larynx & ſes muſcles, les veines iugulaires, les arteres carotides, le nerf de la ſixiéme coniugaiſon auec le recurrent, l'œſophage
& quelques muſcles de la teſte & du col. Les poſterieures ſont les muſcles qui
eſtendent la teſte & le col, & quelques-vns de ceux des eſpaules, comme le trapeze & les releueurs ; les ſept vertebres, la medule ſpinale & grand nombre de
vaiſſeaux.

De la trachée artere.

CHAPITRE XIIII.

A trachée artere eſt la principale partie du col, pour le
ſeruice de laquelle il ſemble auoir eſté fait. Le vulgaire *Les noms de la*
trachée artere.
l'appelle par ſynecdoche *bronchos* : jaçoit que ce mot en
Hippocrate ſe prenne quelquefois pour les corps cartila- *1. de princip.*
gineux , par leſquels l'air & l'odeur ſont attirez au cerueau, &c. Hippocrate appelle ſouuent la trachée artere
ſimplement *artere* : comme quand il dit , *Reſpirant à pei-*
ne, l'artere faiſoit vn certain ſifflement. Nous l'appellerons *7. epidem.*
auec Galien & tous les Anatomiſtes , à raiſon de ſon aſpreté & dureté , *trachée*,
c'eſt à dire , *rude, aſpre & rabboteuſe*. Lactance la nomme *fiſtula ſpiritualis*. Elle
ſert donc comme vn canal ou tuyau à porter l'air aux poulmons & receuoir les
vapeurs fuligineuſes pour les mettre hors par la bouche ; qui eſt la raiſon pourquoy elle eſt dite eſtre l'organe de la reſpiration & de la voix. Toute ſa compoſi- *ſa compoſition.*
tion eſt de cartilages, de membranes, de veines, d'arteres & de nerfs. Les cartilages ont la forme d'vn anneau , mais ils ne ſont point vn cercle entier ; d'où les
Grecs les ont nommez *ſigmoïdes* , c'eſt à dire, *demy-circulaires* , & en cela il faut
admirer la prouidence ſinguliere de Nature : Car le cartilage eſt vn inſtrument *Pourquoy car-*
tilagineuſe.
fort propre pour former la voix ; parce qu'il eſt de nature moyenne entre le mol
& le dur. Les corps mols, à raiſon de leur debilité frappent l'air trop laſchement,
& ceux qui ſont durs le peruertiſſent facilement. Il falloit donc pour la formation
de la voix que toute l'artere fut cartilagineuſe : Mais pource qu'il eſtoit beſoin
tantoſt qu'elle ſe reſerraſt ou dilataſt, & tantoſt qu'elle s'accourcit ou allongeaſt

Des parties Vitales,

pour faire l'infpiration & l'expiration : C'eft la raifon pourquoy Nature ne l'a point faite toute cartilagineufe, ains qu'elle a feparé les cartilages en mettant entre-deux des membranes, lefquelles aux beftes apparoiffent exangues, mais aux hommes (ce que perfonne n'a encore remarqué) elles font mufculeufes, tellement qu'il femble que les entre-deux des anneaux cartilagineux foient remplis de petits mufcles s'entre-coupans en forme de croix Bourguignonne, non autrement que les intercoftaux. Or la raifon pourquoy ces cartilages font feulement fituez en la partie anterieure & qu'ils ne font point vn cercle entier par le cofté qu'ils touchent l'œfophage, eft triple felon Galien. 1. Pour garder que l'œfophage mol ne foit bleffé par la dureté du cartilage. 2. Pour empefcher que l'artere ne foit par deuant tant expofée aux iniures externes. 3. Et pour garder qu'elle n'empefche la deglutition des viandes. Car nous aualons quelquefois des chofes dures, rudes & mal mafchées; lefquelles nous ne pourrions tranfglutir, fi l'artere n'obeïffoit à l'œfophage. Tu objecteras que le corps du larynx eft tout cartilagineux, & toutesfois qu'il ne donne point d'empefchement à l'œfophage. Mais regarde combien la raifon eft diffemblable. Car en la deglutition, l'œfophage fe tire vers bas, & le larynx recourt en haut : dont s'enfuit que la fituation de ces deux parties fe change en forte que le commencement de l'œfophage foit enuiron la trachée artere ; & le larynx recoure vers haut à l'entrée de la gorge. Au refte ces cartilages ne font demy-circulaires qu'en la partie fuperieure feulement & iufques aux clauicules. Car où ils ne touchent point l'œfophage, & qu'ils entrent dans les poulmons ils font vn cercle entier; d'autant qu'il falloit que l'artere fut toufiours ouuerte dans les poulmons pour l'attraction & l'expulfion de l'air & des vapeurs fuligineufes : Ils font auffi quelquefois quarrez. Cette artere eft reueftuë de deux tuniques, defquelles l'vne eft interieure commune à l'œfophage, à la langue, au palais & à la bouche; & l'autre exterieure : celle-cy eft plus molle & plus déliée; & celle-là plus épaiffe, pour empefcher qu'elle ne foit offencée par l'acrimonie de l'humeur qui decoule du cerueau, & mediocrement feche pour rendre la voix plus refonnante, car eftant trop humide elle la rend enroüée, ou trop feche comme en la fiéure & aux vieilles gens éclatante. Il y a quelques petits vaiffeaux qui arroufent toute l'artere. Voilà donc la compofition de cette partie, par le moyen de laquelle les animaux infpirent, expirent, forment la voix & la mettent hors. Quand l'artere eft defcenduë auffi bas que les clauicules, eftant diuifée en deux, elle fe répand par vne infinité de branches dans le poulmon entre la veine arterieufe & l'artere veineufe, pour attirer le fang de la veine, & porter l'air dans l'artere & receuoir d'icelle les vapeurs fuligineufes pour les chaffer dehors par la bouche. Nous auons quelquefois remarqué aux canaux de la trachée artere des petites glandes qui feruent en partie pour l'appuyer, & en partie pour l'humecter.

Du Larynx.

CHAPITRE XV.

A teſte où le coũuercle de la trachée artere, appellée le *larynx* eſt vn corps cartilagineux compoſé par vn artifice merueilleux de pluſieurs muſcles, nerfs, veines & arteres pour former la voix. Il a eſté fait cartilagineux, tant pource qu'il eſt l'organe de la reſpiration (il faut donc qu'il ſoit touſiours ouuert pour donner libre entrée & ſortie à l'air) que pource qu'il eſt l'inſtrument de la voix. Or il faut que ce qui reſonne ſoit vny, c'eſt à dire poly & ſolide ; parce que la voix eſt vne percuſſion de l'air : Or l'air ne ſe rompt point ſi ce n'eſt contre vn corps ſolide, dur & poli. Il eſt compoſé de trois cartilages ; ou pluſtoſt (ſi nous aimons la verité) de quatre, qui ſont attachez l'vn à l'autre, en ſorte que par le moyen d'iceux il ſe peut élargir & reſſerrer, ouurir & fermer facilemẽt. Les Grecs nomment le premier, qui eſt le plus large & le plus grand de tous, *thyroïde*, c'eſt à dire *ſcutiforme*, parce qu'il reſſemble à vn écuſſon quarré; ils l'appellent auſſi *anterieur*, parce qu'il eſt ſeulement ſitué au deuant; Il eſt gibbeux en dehors, & caue par dedans; il eſt quelquesfois double, principalement aux femmes auſquelles il n'auance pas tant en dehors & en deuant comme aux hommes. Le ſecond qui n'a point eu de nom entre les anciens, a eſté nommé des modernes *cricoïde*, c'eſt à dire *Annulaire*, parce qu'il reſſemble à l'anneau que les Turcs mettent au poulce droiſt quand ils veulent tirer de l'arc; Il eſt plus eſtroit par ſa partie inferieure & anterieure, & plus large par la poſterieure repreſentant la teſte ou le chaton d'vn anneau. Il ſert de baze aux autres cartilages : & d'autant qu'il eſt tout rond faiſant vn cercle entier, il tient touſiours l'artere ouuerte, & empeſche que les autres qui ne ſont que demy-circulaires ne ſoyent preſſez par le larynx alors qu'il fait ſes mouuemens. Le troiſiéme eſt nommé *Arytenoïde*, parce qu'il a la figure d'vne aiguiere dont on verſe l'eau pour lauer les mains ; ou bien pource qu'il repreſente l'orifice d'vn vaiſſeau à huile ; Car le mot *arytaina*, ſignifie cela. Il eſt auſſi dit *poſterieur*, parce qu'il eſt ſitué en la partie poſterieure. Les parties d'iceluy ſont aſſemblées par le moyen de certaines membranes & liens, & eſtans jointes enſemble font cette fente qui eſt deſtinée à la modulation de la voix, & eſt proprement nommée la *Glotte*, laquelle aydée de *l'Epiglotte* fermant plus ou moins l'arytenoïde, fait la voix aiguë ou peſante. Au reſte Colomb erre quand il met ces cartilages au nombre des os ; Car encore qu'en quelques vieilles gens ils apparoiſſent oſſeux, ils ſont neanmoins tout le reſte de la vie cartilagineux. Voilà la deſcription des cartilages du larynx, deſquels il n'y a que deux qui ſe mouuent pour former la voix, l'annulaire demeurant immobile. A faire ce mouuement ont eſté deſtinez grand nombre de muſcles : nous en reconnoiſſons quatorze, deſquels les vns ſont communs & les autres propres. I'appelle *communs* ceux qui prennent leur origine d'autres parties que du larynx, & *propres* ceux qui naiſſans du larynx ont leur inſertion en iceluy. C'eſt par le moyen de ces muſcles que le larynx ſe dilatte, reſerre, ferme & ouure. Or voicy comment ces

Le larynx eſt côpoſé de quatre cartilages,

Et pourquoy.

Le cartilage ſcutiforme.

l'Annulaire.

l'Arytenoïde

Erreur de Colomb.

De quatorze muſcles.

III iij

De quatre communs. mouuemens se font. Les muscles communs sont quatre, les deux premiers sont nommez *bronchij*, parce qu'ils sont portez par les costez de la trachée artere. Ils naissent de la partie superieure & interieure du sternon, & montans du long des cartilages de la trachée artere s'en vont inserer en la partie inferieure du cartilage thyroïde; Ils tirent le larynx vers bas, & quand ils reserrent les parties inferieures du thyroïde, ils dilattent les superieures. Les deux autres opposez aux premiers sortans des costez de l'os hyoïde, s'en vont inserer par des fibres droits en la partie inferieure du thyroïde, & le tirent vers haut, & quand ils reserrent les

Erreur des Anatomistes. parties superieures du larynx, ils dilattent les inferieures. Tous les Anatomistes presques en adioustent encore deux communs qu'ils disent prendre leur origine de l'œsophage, & s'inserer aux costez du thyroïde : Mais ie croy qu'ils sont plustost muscles de l'œsophage, que du larynx, & qu'ils seruent à la deglutition; par-

Et dix propres. ce qu'ils ceignent & enuironnent l'œsophage de toutes parts. Les propres sont dix tous forts petits, cinq de chaque costé. Le premier ayant prins son origine de la partie anterieure du cartilage sans nom, est porté obliquement, & par des fibres obliques à la partie anterieure & inferieure du thyroïde, & quand il la reserre, il dilatte la partie superieure du larynx. Le second plus large & plus long ayant prins naissance de la partie posterieure de l'annulaire, montant droit en haut, se termine à l'aritenoïde, & est estimé ouurir la glotte. Le troisiéme de la partie anterieure, & interne de l'annulaire est porté obliquement en l'aritenoïde, il dilatte les parties posterieures de la glotte, & reserre les anterieures. Le quatriéme faisant vne action contraire au troisiéme, de la partie interieure du thyroïde s'insere obliquement en l'aritenoïde. Le dernier & moindre de tous, du milieu de l'arytenoïde s'insere aux costez d'iceluy, & ouure le conduit. Dans ces

De plusieurs brochettes du nerf recurrent. muscles sont semez plusieurs scions du nerf recurrent, en quoy l'on doit admirer l'artifice singulier de Nature : car d'autant que tous les muscles presques du larynx naissoient ou des parties inferieures, ou du milieu de la base du thyroïde, & qu'il falloit que le nerf s'inseraft ou à la teste, ou au ventre, & non pas à la queuë du muscle : il a fallu que les nerfs montassent des parties inferieures, & non qu'ils vinssent de la medulle spinale, parce que l'origine des nerfs naissans d'icelle est oblique. Il falloit donc qu'ils naquissent du cerueau, & qu'ils se recourbassent comme vne corde passée sur le rond d'vne poullie, pour estre plus secs & plus valides.

De grand nõbre de veines & arteres. Et de quelques glandes. En iceux sont aussi répandus grand nombre de ruisseaux de veines, & d'arteres des iugulaires & des carotides. Or aux costez du larynx se trouuent des glandes qui arrousent les parties subjacentes de leur humidité.

De l'Epiglotte & de la Glotte.

CHAPITRE XVI.

Les noms de l'Epiglotte. A partie superieure ou entrée du larynx est fermée d'vn corps cartilagineux que les Grecs nomment *Epiglotte*, Pline & Celse la nõment *minorem linguam*, & Gaza *ligulam*, parce qu'elle a la forme d'vne languette, combien qu'il soit mieux nómé Epiglotte, d'autant qu'il est couché sur la fente du larynx, laquelle Galien appelle *Glotte*. Car la Glotte est vne petite fente, faite des deux procez du cartilage aritenoïde, laquelle resemble à la languette, faite de lames de rozeaux joints ensem-

ôle, qu'on adapte aux fluttes. Elle fert merueilleufement à former la voix, & Ga- La glotte que c'eſt.
lien l'eſtime eſtre le principal organe d'icelle. Entre la Glotte & l'Epiglotte apparoiſſent des finuoſitez membraneuſes qui n'ont point eſté deſcrites par les anciens, leſquelles ſeruent de receptacles à l'air : Doncques l'Epiglotte qui eſt cou- Son vſage.
chée ſur la fendaſſe de la Glotte repreſente la figure d'vne fueille de lierre, ſe terminant peu à peu d'vne baſe large & ample en vne pointe qui n'eſt point fort ai-
guë. La baſe ſe voit en la region ſuperieure & interieure du cartilage tyroïde, & Entre la glotte & l'epiglotte ſe voyent des finuoſitez.
la pointe incline vers le palais. Or il falloit que l'Epiglotte fut cartilagineuſe, &
non oſſeuſe ny membraneuſe, pour s'abbaiſſer viſtement quand le boire & le Deſcription de l'epiglotte.
manger deſcendent au ventricule, & ſe releuer incontinent pour l'inſpiration Pourquoy elle eſt cartilagi-
de l'air. Les corps mols comme les charneux & les membraneux s'abbaiſſent à la neuſe.
verité facilement, mais eſtans vne fois abbaiſſez, ils ſe releuent difficilement : &
les oſſeux ne plient point, ains ils demeurent touſiours droits, là où le cartilage
fait l'vn & l'autre fort commodement. Les vſages de l'Epiglotte ſont deux, 1. Pour
former & couurir le larynx de peur qu'en prenant le repas, le boire & le manger
n'entre dans l'artere & les poulmons. 2. Pour frapper l'air pouſſé par force & impetuoſité par les poulmons pour en former la voix. Ce cartilage ſoit que nous in- Ses vſages.
ſpirions ou expirions eſt touſiours entre-ouuert & ne s'abbaiſſe iamais de ſon
bon gré, comme ont voulu quelques-vns, mais ſeulement par la peſanteur de la
viande en auallant. Il ne ſe ferme toutesfois point ſi exactement qu'il ne laiſſe
échapper par la Glotte quelque petite portion d'humidité en beuuant dans la
trachée artere.

De l'œſophage.

CHAPITRE XVII.

E que les Grecs appellent *œſophage*, les Latins *gula*, les Ara- Les noms de l'œſophage.
bes *meri*, & Lactance *cibaria fiſtula*, eſt couſtumierement
nommé *ſtomach* : Ainſi Ciceron fait l'eſtomach eſtre adherent aux racines de la langue, & Celſe écrit qu'il eſt au
deſſous de l'entrée de la gorge, & qu'il reçoit la viande.
L'œſophage doncques eſt comme vn canal & conduit deſcendant de la gorge au ventricule, par lequel le boire &
le manger pouſſez premierement vers bas par les agitations & mouuemens de la
langue, tombent dans le ventricule comme en leur receptacle. Ce canal eſtant Sa ſituatiett.
couché ſous la trachée artere, deſcend droit vers bas iuſques à la cinquiéme vertebre du thorax : là il incline vn peu à droit pour faire place à la grande artere : &
puis auſſi toſt couché ſur la grande artere, il decline obliquement à gauche pour
faire place au foye : là paſſant à trauers du diaphragme, il ſe termine à l'orifice ſuperieur du ventricule. Sa figure eſt ronde, longue & aſſez capable, comme quel- Sa figure.
que boyau fort rouge. Elle eſt ronde pour la ſeureté & pour la capacité : longue
parce que l'entrée de la gorge eſt éloignée d'vn aſſez long interualle du ventricule : & capable & large pour faire que les viandes tardent moins à paſſer, & qu'elles n'empeſchent point la reſpiration. Toute ſa compoſition eſt faite de deux

de deux mem-
branes propres

membranes propres, de veines, d'arteres & de nerfs. Des membranes l'vne eft externe, & l'autre interne : celle là eft quafi toute charneufe & eft tiffuë de fibres tranfuerfaux & circulaires, par le moyen defquels l'œfophage chaffe les viandes bas au ventricule, & rechaffe hors par le vomiffement les chofes nuifibles conte-nuës en iceluy. Or il fait ces actions contraires par vne mefme membrane & par le moyen de mefmes fibres en diuerfe maniere. Car fi la membrane commence la conftriction de fes fibres circulaires dés la bouche, elle fert à la deglutition: mais fi elle la commence à l'orifice du ventricule, ou vomiffement. La membra-ne interne plus épaiffe & plus nerueufe, commune à la langue, à la bouche & au

d'vne troifié-
me commune,
de plufieurs
veines arteres,
nerfs, & glan-
dules.

palais, a des fibres droits par lefquels elle attire la viande. Ces deux membranes propres font reueftuës exterieurement d'vne troifiéme commune qui prend fon origine des ligamens des vertebres. L'œfophage a plufieurs veines de la caue, & quelques branches de la coronaire du ventricule, comme auffi des arteres des ruiffeaux de la grande artere defcendante, & des nerfs notables de la fixiéme con-iugaifon du ceruceau, lefquels font nommez *ftomachiques.* Il a auffi des glandes quafi à my-chemin de fon conduit qui luy feruent comme de cuiffinets pour em-pefcher qu'il ne roulle facilement de cofté ou d'autre, & pour l'arroufer de quel-que humidité, afin qu'eftant rendu comme gliffant, les viandes feiches puiffent

Et de deux
mufcles.

paffer & defcendre plus promptement au ventricule. Il a deux mufcles, lefquels ayans prins leur naiffance des coftez du cartilage fcutiforme, s'en vont inferer en

La deglutition
eft vne action
mefléedela na-
turelle & de
l'animale,
Connexion,

la partie moyenne d'iceluy, qui eft diuifée par vne certaine ligne blanche. Ils em-braffent & ceingnent l'œfophage de toutes parts, & feruent à la deglutition : de forte que la deglutition foit vne action mefléede la naturelle & de l'animale. Car il ne falloit point que la premiere entrée de la nourriture, ny la derniere fortie des excremens fuffent perpetuelles, mais dépendantes de la volonté de l'animal. L'œfophage a connexion auec la bouche & le ventricule par la continuité de fon corps auec la trachée artere, le dos & les parties voifines par le moyen des fibres, des membranes & des vaiffeaux. Voilà donc toutes les particules anterieures du col. Les pofterieures font fept vertebres & les mufcles qui eftendent la tefte & le col. Nous auons décrit les vertebres en l'ofteologie au deuxiéme liure, & les muf-cles au cinquiéme, que le Lecteur les reprenne de là.

CONTROVERSES ANATOMIQVES.

De la deglutition: à fçauoir fi c'eft vne action animale ou naturelle: & pourquoy
c'eft que nous auallons quelquesfois mieux & plus facilement
les chofes folides que les liquides.

QVESTION VINGT-SIXIESME.

Que la deglu-
tition eft natu-
relle,

Raifons.

 V E la deglutition foit l'action de l'œfophage ou du gofier, c'eft chofe que perfonne ne reuoque en doute: Mais on eft en grand debat, pour fçauoir fi cette deglutition fe fait par l'ame ou par nature, c'eft à dire, fi elle eft animale ou naturelle. Aucuns veu-lent qu'elle foit naturelle. 1. Parce que les Anatomiftes ne def-criuent point de mufcles qui enuironnent & ceingnent l'œfo-

phage. 2. Parce qu'il y a des fibres circulaires & tranfuerfaux qui embraffent la tunique externe du gofier, par le moyen defquels il pouffe les viandes bas au ventricule, & chaffe hors par les vomiffemens ce qu'il y a d'eftrange & de nuifible contenu en iceluy. 3. Et finalement parce qu'en vne grande faim, le ventricule 3. de facult. natur. accourt & monte vers haut & arrache (comme écrit Galien) la viande de la bouche : tellement que la deglutition fe faffe par le ventricule attirant, & par les fibres circulaires du gofier fe referrans du haut vers bas. Les autres veulent qu'elle foit Qu'elle eft animale, totalement animale. 1. Parce que nous aualons les viandes quand il nous plaift. 2. Et que nous ne pouuons qu'à grande peine tranfglutir lors que l'imagination ou que la faculté animale appetitiue font bleffées. Ainfi la deglutition des chofes de mauuais gouft, comme des pilules & medecines eft fort difficile, encore que les organes & les chemins foient ouuerts & libres. Pour noftre regard nous Qu'elle eft meflée, de la naturelle croyons que c'eft vne action meflée de l'animale & de la naturelle. Elle eft naturelle, parce qu'elle fe fait par expulfion & par attraction, qui font actions qui miniftrent à la faculté nutritiue qui eft naturelle : l'expulfion fe fait par les fibres circulaires, lefquels embraffent la tunique externe de l'œfophage, par le miniftere defquels elle fait des actions contraires. Car fi la membrane commence à referrer fes fibres circulaires dés la bouche en menant vers bas, elle fera la deglutition : mais fi elle commence à les referrer à l'orifice du ventricule en menant vers haut, elle feruira au vomiffement. Il y a donc quelque chofe naturelle en la deglutition. Il y a auffi quelque chofe de volontaire : car d'autant que l'homme & de l'animale, & pourquoy. eftoit vn animal politique, né pour la contemplation & l'action : Il ne falloit point que la premiere entrée de la viande, ny la derniere fortie des excremens fuffent perpetuelles, comme elles font aux plantes, mais dependantes de la volonté & de fon bon plaifir. Tout ainfi donc que Nature a appofé des mufcles au bout de l'inteftin *rectum* pour fermer la fortie aux matieres fecales, de peur que l'excretion d'icelle fe fit contre noftre volonté : auffi a-elle pofé dans la bouche & la gorge des mufcles feruans à la deglutition, lefquels auoient efté reconnus par Auicenne, car il en fait mention, & décrits depuis fort élegamment par Fallope. Or Mufcles feruans à la deglutition. quant aux mufcles de l'œfophage, perfonne ne les a encore décrits. Pour mon regard ie croy que des fix mufcles communs, qui font dits feruir aux mouuemens du larynx, les deux derniers miniftrent à l'œfophage, & non au larynx : & ne fuis point de l'aduis des Anatomiftes qui difent qu'ils naiffent de l'œfophage, & qu'ils s'implantent aux coftez du cartilage tyroïde, ains pluftoft qu'ils prennent leur naiffance des parties laterales dudit cartilage tyroïde, qu'ils enuironnent l'œfophage de toutes parts, & qu'ils s'implantent en la partie moyenne d'iceluy qui eft feparée par vne ligne blanche. Et d'autant que nous fommes tombez fur ce propos de la nature de la deglutition, premier que clorre cette queftion, il nous faut rechercher pourquoy c'eft qu'on n'auale pas quelquesfois les chofes liquides Pourquoy c'eft que quelquesfois nous aualons auec plus de peine les chofes liquides que les folides, les caufes font auffi facilement que les folides : Car nous auons remarqué plufieurs perfonnes aualer facilement les viandes folides, bien que plus groffes & plus corpulentes : & rejetter par le nez les liquides & la boiffon. Les caufes de ce fymptome font diuerfes. 1. L'erofion de l'épiglotte. 2. La paralyfie ou refolution des mufcles de l'os hyoïde. 3. Vne tumeur & inflammation des glandules qui font à l'entrée de la gorge & de l'œfophage. 4. Et certaines excreffences de chair molles L'erofion de l'épiglotte. & fpongieufes qui naiffent bien fouuent au dedans du gofier. 1. Si quelque petite portion de l'épiglotte eft deperie par erofion ou autrement, elle ne laiffe pas pour cela de s'abbaiffer facilement par la pefanteur de la viande folide à laquelle par ce moyen l'entrée est libre pour descendre dans le gosier, mais les choses liquides decoulent & échappent par le defaut & l'erosion qui est en l'epiglotte (qui empesche qu'elle ne couure & ferme bien exactement la glotte) dans la trachée artere, & venant à rencontrer les vapeurs fuligineuses qui veulent sortir, elles sont repoussées en haut dans le nez. 2. Si les muscles de l'os hyoïde ou du larynx tombent en paralysie ou en conuulsion, on auale plus aisément les choses solides que les liquides, parce que les solides font par leur pesanteur & resistence quelque force aux muscles pour se faire voye : ce que ne peuuent pas faire les liquides. 3. S'il aduient que les glandes qui sont situées aux deux costez de l'entrée du gosier & de l'œsophage, & qui seruent à arrouser ces parties de quelque humidité, soient abbreuuées de trop d'humeur ou occupées d'inflammation, elles ferment le chemin aux choses liquides, parce que la boisson venant à abbreuuer ces glandes les enfle dauantage, là où les viandes solides & seiches se font, en les pressant, de la voye pour passer. 4. S'il s'engendre au dedans de la gorge & de l'œsophage quelque chair superfluë, à raison d'vn vlcere qui n'a point esté bien guary : Cette carnosité qui ressemble (comme i'ay remarqué en deux personnes) à vn champignon, vient quand on boit à s'enfler en telle sorte qu'elle bouche tout le conduit, & lors ce que l'on pense boire est remis par le nez : mais les alimens solides pressent la carnosité & ne s'arrestent point au chemin.

La paralysie ou conuulsion des muscles.

L'irflamation des glandes.

Vne excrescence de chair.

Depuis trois mois vne fille du bourg d'Enuremeur âgée d'enuiron 20. ans, m'est venuë consulter pour vne semblable indisposition qui l'a trauaillé il y a plus d'vn an. Elle auale fort bien & sans peine toutes sortes de viandes solides : mais quand elle cuide predre de la boisson quelle qu'elle soit, elle luy reuient toute par le nez. Elle dit ne sentir autre douleur, qu'vne petite acuité ou pointure à l'entrée & partie gauche du gosier.

Fin du neufiéme Liure.

LE
DIXIESME LIVRE
DES OEVVRES
ANATOMIQVES,

DE M. ANDRE' DV LAVRENS, CONSEILLER
ET PREMIER MEDECIN DV ROY, &c.

Auquel font defcrits les organes de la faculté animale, à fçauoir le
cerueau & les parties qui naiffent de luy.

HISTOIRE ANATOMIQVE.

De la figure & fituation & magnitude de la tefte.

CHAPITRE PREMIER.

Ov s auons iufques icy expliqué deux regions, la naturelle & la vitale, qui miniftrent à l'animale, comme à la plus noble : l'ordre de diffection requiert que
nous entrions maintenant au facré chafteau de Pallas
& que nous defcriuions cette maifon royalle équip-
pée de tous fes officiers & feruiteurs, à fçauoir des organes des fens. Les Grecs ont nommé cette region
Cephalé, Carion & Carenon &c. Les Latins *Caput*, à
caufe que tous les fens prennent leur commencement
d'icelle, & les François *la tefte*. Or la fignification du mot de *tefte* eft double entre
les Medecins : l'vne ferrée & plus eftroite, & l'autre plus ample & plus large. En fa
fignification plus eftroite elle eft élegamment defcrite par Celfe (lequel a ptins fa
defcription d'Hippocrate) en ces termes. La tefte eft le domicile & la forterefle
du cerueau, de laquelle le crane ou teft tiffu d'vn os double, entretiffu du diploë,
complanté de caruncules & veinules, & couuert par deffus de pericrane reueftu
de la peau cheueluë, & par deffous il eft adjacent à la dure meninge : & c'eft en
cette fignification que les anciens l'ont appellée *le vaiffeau & receptacle du cerueau.*
Mais par fa fignification plus ample & plus vfitée, on entend tout ce qui eft comprins depuis la premiere vertebre du col, iufques au fommet de la tefte. Et c'eft

La tefte fe
prend
eftroitement
I.8. cap. 1.
l. des plajes de
tefte.

largement.

de celle-cy que ie m'en vay à ce coup décrire la figure, la situation, la magnitude, la composition, le mouuement & toutes les parties.

Sa figure pour-quoy ronde. La figure de la teste est ronde. 1. Pour la capacité, afin de contenir toute la grande masse du cerueau : car entre toutes les figures, la ronde est la plus capable. 2. Pour la seureté, afin qu'elle soit moins exposée aux iniures, & qu'elle ne reçoiue point si aisémét les coups : Car de toutes les figures, la ronde est la plus forte, comme celle en laquelle il n'y a rien de rabboteux, rien à quoy on puisse heurter, rien clos ny fermé de coins, elle est toute continuë & d'vne ligne, & n'a aucun point qui puisse estre le principe & commencement de dissolution. 3. Pour la facilité du mouuement, afin qu'elle se puisse tourner plus legerement de tous costez. Les Platoniciens veulent que la teste soit ronde, parçe que c'est le siege de l'ame : Or l'ame est infuse dans hous du Ciel qui est rond. Ioint qu'à la partie la plus noble, est Pourquoy ap-platie par les costez auec deux éminences, l'vne au deuãt & l'au-treau derriere. aussi deuë la figure la plus noble. Or jaçoit que cette figure soit ronde, si est-ce qu'elle n'est point exactement sphærique, mais aucunement oblongue, esleuée par deux éminences & applatie par les costez : elle est oblongue pour contenir le grand & le petit cerueau : elle a deux éminences, l'vne au deuant à raison des apophyses mammillaires principaux organes du flair, & l'autre au derriere à raison de la medulle spinale qui prend là son origine. Et est applatie par les costez, mais quelque peu dauantage vers le deuant : tant pource que l'éminence de derriere est plus grosse que celle de deuant : que pource qu'en cette figure il se fait vne cauité, dans laquelle entre & se rend l'air qui vient de deuant. Ioint aussi que les os des temples estans ainsi applatis sur le deuant, ils n'empeschent point que les yeux ne voyent plus loing autour d'eux & vers les costez. Et finalement pour faire que le derriere de la teste demeure en æquilibré dessus le dos, à cause que le deuant est plus pesant, à raison des os de la maschoire superieure qui sont en grand nombre. Or ie parle icy de la figure naturelle de la teste : Car La figure non naturelle de la teste. celle qui n'est pas naturelle est ou exactement ronde ou pointuë, les Grecs appellent la ronde *strongulon* parce qu'elle n'a point d'éminence ny au deuant ny au derriere : & la pointuë, telle qu'estoit celle de Thersite en Homere *phoxon*, La grosseur de la teste. &c. La magnitude de la teste n'est point pareille en tous animaux, mais l'homme l'a beaucoup plus grosse qu'aucun autre, parce qu'il a le cerueau plus grand. La petite pour-quoy blasmée, La petite teste est tousiours blasmée, parce qu'elle demonstre l'imbecillité de la faculté formatrice & la disette de matiere spermatique. Pour cette raison ceux qui ont écrit de la physiognomie disent qu'elle demonstre vn esprit volage & temeraire, à cause de la petite quantité d'esprits, qui estans renfermez en vne cauité estroite, s'échauffent outre mesure & ne se peuuent pourmener librement. La grosse pour-quoy loüée. l. 6. epidem. sect. 6. La grosse teste est loüée, pourueu que tous les autres os & parties y respondent en proportion : touchant laquelle il y a vn fort beau passage dans Hippocrate qui porte *qu'il faut estimer la nature des os par la grosseur de la teste:* non pas que les os prennent leur origine de la teste, mais pource qu'ils doiuent respondre en proportion à ceux ausquels ils sont articulez, à sçauoir les os du bras à l'humerus, l'os de l'anche à l'os sacrum, l'os sacrum aux vertebres, les vertebres à Probleme 3. de la sect 30. la moëlle de l'espine, celle-cy au cerueau & le cerueau au crane. Toutesfois Aristote dit l'homme estre le plus prudent de tous les animaux, parce qu'il a la teste petite & courte. Mais par la petitesse il entend la tenureté exterieure des os & de la La situation de la teste pour-quoy en haut. chair, & non pas la cauité interne. La teste est située au lieu le plus esleué de tout le corps, d'autant qu'il falloit suiuant la doctrine des Platoniciens, que la raison comme Reyne & Princesse fut logée en haut, afin que les facultez irascible &

concu-

concupifcible luy fuſſent aſſujetties comme chambrieres , & qu'elles dépendiſ-
ſent de ſon gouuernement. Galien n'a point penſé , comme Auerrhoës luy im-
poſe fauſſement, que la teſte eut eſté faite pour l'amour des yeux (car elle a ſeulement eſté creée pour le ceruean) mais il écrit qu'elle occupe le lieu le plus éleué,
à cauſe des yeux : Car eſtans comme ſentinelles faiſans continuellement le guet
pour noſtre ſeureté , il falloit qu'ils fuſſent ſituez au plus haut endroit de tout le
corps. Et d'autant que la veuë auoit beſoin d'vn nerf tres-mol & tres-court , il a
eſté neceſſaire de loger le ceruean (principe des nerfs) aupres des yeux , de peur
qu'vne partie ſi molle & delicate , comme eſt le nerf optique , ne courut hazard
en traüerſant vn long chemin. Or cette ſituation éleuée de la teſte n'eſt pas ſeulement vtile & commode aux yeux , mais auſſi aux autres ſens : car le flairer en
reçoit mieux les vapeurs qui portent l'odeur, pource qu'elles montent touſiours,
& la voix s'entend auſſi mieux de haut.

Briefue deſcription de toutes les parties de la teſte.

CHAPITRE II.

OVTE cette region ſuperieure qui s'eſtend depuis la *Diuiſion de la* premiere vertebre du col , iuſques au ſommet de la *teſte en la par-* teſte, eſt couſtumierement diuiſée en deux parties; en *tie cheuelue,* la cheueluë, & en celle qui eſt ſans cheueux. Ariſtote *& en celle qui* appelle la premiere *trichoton,* & les Latins *Caluaria,* & *eſt ſans che-* la derniere eſt nommée des Grecs *proſopon & proſo-* *ueux.* *pſis,* des Latins *facies & vultus,* & des François *la* face & le viſage. La circumference & tour de la par- *Les parties de* tie cheueluë eſt nommée *couronne ;* elle a ſes parties *la cheuelue, &* anterieure, poſterieure, moyenne & laterales. Les *leurs noms.*
Grecs nomment l'anterieure *bregma,* parce qu'elle eſt tres-humide & tres-molle,
& les Latins *ſinciput :* comme qui diroit *ſummum caput,* c'eſt à dire , *le ſommet de*
la teſte. La poſterieure eſt dite des Grecs *Inion,* parce qu'elle eſt fibreuſe & nerueuſe : car il y a pluſieurs tendons qui ſont portez au derriere de la teſte : joint
que l'origine de quaſi tous les nerfs eſt de cet endroit ; & des Latins *occiput.* Hippocrate la nomme *cotis.* La moyenne eſt nommée des Grecs *coruphé, meſocranon,*
beligmos, & des Latins *vertex à vertendo,* parce que les cheueux en cette partie-
là ſe tournent en rond. Les parties laterales ſont dites des Grecs *crótaphoi, círſai*
& *córrai,* des Latins *tempora,* parce qu'elles demonſtrent l'âge & la vieilleſſe par
leur blancheur : les François les nomment *les temples.* Derechef des parties du *Les parties*
Caluaire, les vnes ſont contenantes, & les autres contenuës ; des contenantes les *contenantes*
vnes ſont communes, & les autres propres. Les communes ſont les cheueux, la *& contenuës* *du crane.*
peau & le panicule charneux : les propres ſont le pericrane, les os du caluaire ou
crane, & les deux meninges , la dure & la déliée. Les parties contenuës ſont le
grand & le petit ceruean, & les nerfs qui naiſſent d'iceux. Or nous décrirons en
ce liure l'hiſtoire de toutes ces parties exactement & par le menu.

CHAPITRE III.

E N l'histoire du Caluaire les cheueux se presentent les premiers, lesquels ie mets au nombre des parties contenantes communes; parce qu'ils naissent en plusieurs parties du corps. Car ainsi qu'écrit Aristote, *Ou ils sont engendrez auec l'homme en la matrice, comme sont ceux de la teste, des sourcils & des paupieres; ou bien ils naissent long temps apres qu'il est né, comme sont ceux du penil, des aisselles & du menton.* Ie laisseray icy les diuerses appellations Grecques & Latines du poil & des cheueux, d'autant que ceux qui seront curieux de les sçauoir, les trouueront en l'œuure Latin distinguées bien exactement. Or ie n'ay point deliberé de m'arrester icy long temps sur la nature & la maniere de la generation du poil, ie diray seulement en passant en faueur des ieunes & apprentifs, qu'il faut que qua-

Quatre causes concurrent à la generation du poil.

La materielle.

tre sortes de causes concurrent à la generation d'iceluy; la materielle, l'efficiente, la formelle & la finale. La materielle est double, de laquelle & en laquelle: la matiere de laquelle ils sont engendrez, c'est l'excrement de la troisiéme concoction; à sçauoir la vapeur fuligineuse qui sort par les meats & souspirails estroits de la peau: & celle en laquelle ils sont engendrez, c'est la peau mediocrement seche & rare. Car comme il ne s'engendre rien en vne terre marécageuse & trop humide, ny en celle qui est trop seche & aride; Ainsi le poil ne peut sortir ny croistre en la peau qui est trop humide ou trop seche. Hippocrate a fort bien exprimé com-

Lib. de nat. pueri.

bien la rarité de la peau est necessaire à la generation d'iceluy, quand il dit: *Il naist beaucoup de poil & de tres-grand en la partie du corps où la peau est tres-rare; & où elle deuient rare la derniere, le poil s'y engendre aussi le dernier, comme au menton*

L'efficiente.

& au penil. La cause efficiente est vne chaleur moderée qui pousse & chasse les vapeurs fuligineuses aux pores de la peau, & les desseche en sorte qu'elles pren-

La formelle.

nent la nature & la forme de cheueux. Or leur forme est coustumierement designée par certains accidens, comme par la couleur, la figure, & semblables qualitez. La couleur du poil est semblable à l'humeur qui domine: car tout excrement represente l'idée de l'humeur dont il est excrement. Ainsi les bilieux ont le poil iaune, les pituiteux blanc, & les melancoliques noir. Or les cheueux crespe-

Lib. 2. de tép. c. 6.

lus, droits ou tortus, suiuent (selon Galien) la disposition de la peau plus seche ou plus humide, & de la chaleur plus forte ou plus debile, & de la matiere plus

Et la finale.

chaude ou plus froide. La cause finale est triple, 1. la deffence, 2. l'embellissement des parties, 3. l'expurgation des excremens fuligineux.

De la cuticule, de la peau & du pannicule charneux de la teſte.

CHAPITRE IV.

L n'y a rien de particulier en la deſcription de ces parties; horſmis que la cuticule eſt icy plus épaiſſe, & que la peau ne ſent pas ſi exactement, comme elle fait au thorax & au ventre inferieur; d'autant qu'elle eſt adherente aux autres parties à la membrane nerueuſe; & icy à la muſculeuſe; dont vient qu'elle ſe meut volontairement en la teſte, là où par tout ailleurs elle eſt totalement immobile. Elle eſt auſſi priuée de graiſſe, ſi ce n'eſt enuiron le derriere de la teſte, partie parce qu'elle ne reçoit que des vaiſſeaux fort menus, & partie afin qu'elle ne nuiſe point au mouuement.

Des parties contenantes propres, & premierement du pericrane.

CHAPITRE V.

Es parties contenantes propres ſont le pericrane, le crane & les meninges. Le pericrane eſt vne membrane denſe & ſolide, la- *Le pericrane.* quelle pource qu'elle couure le crane exterieurement, eſt icy dite proprement *pericrane*, & aux autres parties communément *perioſte*: Car ie ne veux pas que le pericrane & le perioſte ſoyent deux membranes differentes, comme font pluſieurs. L'épaiſ- ſeur du pericrane les a parauanture trompez, laquelle eſtoit icy neceſſaire pour la deffence de l'os tres-noble. Il eſt dit naiſtre de la dure meninge, laquelle eſtant *ſon origine.* attachée par pluſieurs filets aux ſutures du crane, & ſortant dehors par icelles, ſe dilatte & eſtend en ſorte qu'elle engendre cette membrane; & par ainſi la dure meninge eſt ſuſpenduë au crane par le moyen du pericrane. En cette membrane *Belle obſerua-* ſe void vne choſe digne d'obſeruation, laquelle a eſté remarquée de peu de gens; *tion.* c'eſt qu'elle couure le crane par tout, excepté en la partie que le muſcle temporal prend ſon origine: car elle paſſe par deſſus ce muſcle & deſcend iuſqu'au zygo- ma. Cette partie du pericrane couurant ce muſcle en a fait broncher pluſieurs, qui luy donnent deux tendons, l'vn interne, & l'autre externe.

Du Crane.

CHAPITRE VI.

'Os qui eſt couuert de cette membrane eſt nommé des Grecs *Le crane pour-* *Cranion*, parce qu'il couure le cerueau comme vn heaume & ca- *quoy.* baſſet; des Latins *Calua & Caluaria*, & des François *le tez de la* *teſte*. Or ce crane deuoit eſtre oſſeux pour l'amour du cetueau; car *oſſeux.* il falloit que cette partie-là de l'homme, qui eſt participante de

raifon & le fiege de l'ame, fut remparée & defenduë d'vn toict & couuerture folide à l'encontre des iniures externes? Au refte il a efté creé par vne prouidence
admirable de Nature épais & rare; épais certes, parce que l'épaiffeur refifte mieux
aux iniures & rencontres exterieures ; & rare , c'eft à dire lafche & percé de force
petits trous & pertuis. 1. Pour garder qu'il ne preffe le cerueau par fa pefanteur.
2. Pour contenir vn fuc pour fa nourriture. 3. Pour la tranfpiration & pour donner iffuë aux vapeurs. Car la tefte eftant comme la cheminée de tout le corps,
& attirant continuellement comme vne ventoufe (de laquelle fe reprefente la
figure en fe terminant d'vne grande largeur en vne fin eftroicte) & receuant les
exhalaifons des parties inferieures , le cerueau s'abbreuueroit & enyureroit par
l'attraction & reception affiduelle des vapeurs, fi les os du crane ne leur donnoient iffuë par ces petits trous & pores cauerneux. Or ce crane eft compofé de
plufieurs os , lefquels different & en épaiffeur, & en rarité , & en folidité , à raifon de la diuerfité des fonctions du cerueau, & de la fubftance moëlleufe d'iceluy. Ces os font huit en nombre, à fçauoir l'os du front , les deux parietaux, les
deux os des temples, l'os occipital , le fphœnoïde & l'ethmoïde : lefquels ne font
pas joints ny affemblez par diarthrofe, mais par articulation compacte & immobile ; c'eft à fçauoir par des futures, defquelles les vnes font propres, les autres communes ; les vnes vrayes , & les autres mendeufes & fauffes. Nous auons
décrit exactement l'hiftoire de ces os au deuxiéme liure, que le Lecteur curieux
la reprenne donc de là.

Pourquoy épais & rare. (margin)

Il eft compofé de huit os. (margin)

Des membranes qui couurent le cerueau ; & premierèment
de la dure meninge.

CHAPITRE VII.

'O's du crane eftant leué fe prefentent deux membranes, lefquelles les Arabes ont nommées *meres*, & les
anciens Grecs *meninges* , &c. Hippocrate écrit que la
membrane épaiffe du cerueau par traict de temps deuient tunique ; comme fi la membrane differoit de la
tunique en ce que la membrane fut engendrée d'vne
matiere plus fubtile , & la tunique d'vne fubftance
plus groffiere. La defcription de ces membranes en-
uelopantes le cerueau de tous coftez eft tres-belle.
L'exterieure à raifon de fon épaiffeur eft dite dure,
épaiffe & peauffaire. Sa figure & magnitude répond en proportion aux os du
crane; car il n'y a point de cauité, ny de finuofité en iceluy, qu'elle ne rempliffe,
de forte qu'elle foit en cette region fuperieure, comme eft la pleure en la moyenne , & le peritoine en l'inferieure. Elle eft par tout double, d'où quelques-vns
des modernes ont écrit qu'il y auoit deux dures meninges, l'vne interne plus
blanche, & comme enduite d'vne humeur aqueufe, laquelle regarde la meninge
defliée ; & l'autre externe contiguë à l'os du crane. Pour mon regard ie n'en reconnois qu'vne, qui eft toute continuë à foy, encore qu'elle fe puiffe diuifer en
deux : Ainfi le peritoine au ventre inferieur n'eft qu'vne feule tunique, combien
qu'il foit double ; & toutes les membranes du corps pour minces qu'elles foyent

Les meninges. 1. de princip. (margin)

La figure & magnitude de la membrane épaiffe. (margin)

Elle eft par tout double. (margin)

se peuuent diuiser semblablement. Cette dure meninge est fort adherente à la　*Sa connexion.*
base du crane, excepté en la partie où est située la glande pituitaire, mais par haut
elle est autant recullée du crane qu'il estoit besoin pour la dilatation & la constriction libre du cerueau. Elle est toutesfois attachée à iceluy par le moyen de plusieurs fibres, lesquels sortans hors par les sutures, & se dilatans engendrent le
pericrane. Or elle est attachée à la membrane déliée par le moyen des veines, à
l'aide desquelles le cerueau est affermy. Cette membrane est perçée de plusieurs
trous pour transmettre les veines, arteres & nerfs du cerueau à l'entonnoir & à la
moëlle du dos. Elle se redouble au sommet de la teste, & separe la partie dextre
du cerueau de la senestte, non pas qu'elle descende iusques à la base d'iceluy, mais
seulement iusques à la moitié. Cette doubleure ou redoublement ressemble à
vne faucille, dont on moissonne les grains, d'où les Latins l'ont nommé *falx*. Et　*La faucille.*
en la partie posterieure elle se quadruple & separe, non pas tout à fait, mais pour
la plus grande partie, le grand cerueau d'auec le petit. Entre ses duplicatures ou
redoublemens de la dure meninge se voyent quatre *sinus*, lesquels comme cer-　*Les quatre*
tains canaux, & au lieu de vaisseaux répandent le sang de tous costez en la sub-　*sinus qui se*
stance du cerueau. Pelops s'estant parauanture icy trompé, soustenoit que tous　*voyent entre*
les vaisseaux prenoient leur origine du cerueau. C'est en ces *sinus* qu'aboutissent　*les redouble-*
les iugulaires internes, & qu'elles déchargent le sang. Car la masse du cerueau　*mens de la du-*
estant tres-grande, & les troncs des veines ne pouuans aller iusques à icelle, Na-　*re meninge.*
ture a fait ces ruisseaux comme des aquæducts & tuyaux, afin que les veines dé-
chargeassent en iceux le sang en grande abondance pour la nutrition du cerueau
& la generation de l'esprit animal. De ces *sinus* les deux premiers sont lateraux, &
leur origine est à la base du cerueau aupres du grand trou de *l'occiput*, là où les iugulaires internes ont leur chemin ouuert pour entrer au crane; & se terminent
enuiron le commencement de la future lambdoïde, là où ils s'assemblent en vn, &
de ce rencontre, assemblage & vnion, se fait le troisiéme *sinus*, lequel se trainant
selon la longueur de la future sagitale, s'en va rendre aux os des narines. De ce
troisiéme *sinus* vne infinité de venules se répandent de costé & d'autre dans la
meninge déliée. Herophile le nomme *lenos*, & les Latins *torcular*, parce que
d'iceluy comme d'vn pressoir ou d'vne cisterne le sang est exprimé & enuoyé　*Le pressoir.*
par tout le corps du cerueau. Il y en a qui aiment mieux nommer *torcular* &
pressoir l'vnion & concurrence des quatre *sinus*. Ce troisiéme *sinus* icy s'auance
iusques aux extremitez du front; qui a fait dire (comme ie pense) à Hippocrate　*Pourquoy c'est*
qu'entre toutes les parties du crane, il n'y a que le front seul estant blessé qui soit　*qu'Hippocrate*
suject à inflammation; parce qu'il n'y a que luy qui soit contenu & qui ne con-　*que le front*
tienne point. Or l'inflammation se fait quand la partie contenante se décharge　*seul qui ne soit*
sur celle qui est contenuë. Que le front soit contenu, sa situation basse, & la pro-　*point contenu.*
duction de quasi tous les vaisseaux qui abboutissent à iceluy, le demonstrent clai-　*Au liure des*
rement. Le quatriéme *sinus* le plus court de tous, porté entre le grand & le petit　*playes de la*
cerueau, finit aux fesses du cerueau. Doncques l'vsage de ces *sinus*, & la distribu-　*teste*
tion des veines qui sortent d'iceux comme d'vne fontaine viue, sont admirables.　*Le quatriéme*
Car aux autres parties du corps les veines sont si proches des arteres, qu'elles　*sinus.*
s'entretouchent, & chaque veine a tousiours vne artere pour compagne : mais au
cerueau & en ses membranes la distribution des veines & des arteres est dissemblable : car les orifices des veines regardent vers bas, & ceux des arteres vers haut,
d'autant que les veines atrousent le cerueau d'vn suc loüable pour sa nourriture,
& les arteres contiennent l'esprit vital, lequel monte facilement en haut à raison

de ſa tenuité. Or à ce que les veines euſſent leurs orifices regardans vers bas, il falloit qu'elles euſſent monté premierement non pas du long de la peau externe, ny du long des os, ny par la moëlle interieure du cerueau, reſte donc que ç'euſt *Les vſages de* eſté par les duplicateurs de cette dure meninge. Les ſeruices & vſages de cette *la dure mere.* membrane épaiſſe ſont diuers. 1. Pour enuelopper le cerueau & la medulle ſpinale, & par ce moyen les deffendre des iniures externes. 2. Pour ſeparer le cerueau en dextre & ſeneſtre, & en anterieur & poſterieur. 3. Pour receuoir toutes les veines qui nourriſſent le crane, & pour ſeruir comme de bouteille au cerueau & à la membrane déliée, de laquelle ils puiſſent attirer le ſang quand ils en ont beſoin.

De la meninge déliée.

CHAPITRE VIII.

La pie mere  .YANT leué la dure membrane, la pie mere, appellée *pourquoy faite* à raiſon de ſa ſubtilité & molleſſe *meninge déliée*, vient *mince & dé-* à ſe manifeſter. Or elle a eſté faite deliée : 1. Afin *liée.* qu'elle ſe puiſſe inſinuer dans toutes les anfractuoſitez & *ſinus* du cerueau. 2. Pour empeſcher qu'elle ne preſſe le cerueau par ſa peſanteur. 3. Pour conduire les vaiſſeaux par tout le corps du cerueau, qui eſt la raiſon pourquoy les Grecs l'ont auſſi nommée *choroïde*, c'eſt à dire, *ſecondine*. Cette meninge eſt le propre & immediat enueloppoir du cerueau, qui ne couure pas ſeulement ſa ſuperficie exterieure, mais qui deſcend meſme iuſques dans ſes deſtours plus profonds. Car elle eſt portée tout iuſques aux ventricules, non pas des parties ſuperieures du cerueau, comme eſtime le vulgaire, mais des inferieures : Car elle monte par la partie où eſt l'entonnoir, & auec elle par les coſtez du ſphenoïde pluſieurs petites arteres, des carotides & ceruicales. En la ſituation de ces deux membranes qui n'admirera la prouidence ſinguliere de Nature ? Car comme Dieu createur de toutes choſes a ſeparé le feu tres-ſubtil, tres-leger, tres-rare & tres-luiſant, de la terre tres-denſe, tres-peſante, tres-groſſiere & tres-opaque en mettant l'air & l'eau entre-deux : Ainſi Nature imitatrice des ouurages diuins a ſeparé le crane tres-dur d'auec le cerueau tres-mol par le moyen de ces deux membranes. O combien triſte & plaintiue ſeroit touſiours la vie de l'homme, ſi le mol eſtoit continuellement froiſſé contre le dur !

Annotation.

 N cette Hiſtoire des parties contenantes de la teſte ne s'eſt rien preſenté de controuerſe, qui n'ait eſté bien au long expliqué par nous au deuxiéme liure de ces œuures. Car ce qu'on ameine couſtumierement contre Galien touchant la ſituation & l'vſage de la teſte, ſera accordé ſi on dit qu'aux animaux parfaicts, la teſte a eſté faicte pour l'amour du cerueau ſeul, mais qu'elle occupe le plus haut lieu du corps pour le seruice des yeux & la commodité des autres sens. Il y a vne question tres-obscure touchant le mouuement de la teste, mais nous l'auons exposée en Posteologie, où nous auons deffendu Galien contre les impostures des Modernes. Touchant la generation des cheueux, à sçauoir s'ils sont parties animées & s'ils se nourrissent, nous n'en auons rien dit : parce que ce sont choses vulgaires & connuës de tout le monde. Il se trouue quelques difficultez en l'histoire de la dure meninge, mais assez legeres. Colomb veut qu'il y ait deux meninges dures, parce qu'elle est double. Ie soustiens que toutes les membranes du corps sont doubles, & la meninge déliée mesme, sans que pour cela il y ait deux pleures, deux peritoines, &c. Ainsi la cornée tunique de l'œil se peut diuiser en quatre ou cinq lames, & toutesfois personne ne dira qu'il y ait cinq cornées. Les Anatomistes sont en debat pour sçauoir s'il y a quelques veines qui soient portées aux *sinus* & doubleures de la dure meninge, ou bien si ces *sinus* sont seulement des canaux receuans le sang de tous costez. Aucuns estiment qu'il y a des veines qui passent par dedans ces *sinus*, & que le sang n'est pas contenu hors de ses vaisseaux qui sont les veines, d'autant qu'il se fige & pourrist aussi-tost qu'il est sorty de ses receptacles : Parce que *le lieu est la conseruation du locat*. Ie n'ay iamais remarqué de veines dans la cauité interieure de ses *sinus*, & toutesfois ie croy que le sang est contenu en iceux comme en ses vaisseaux, qui est cause qu'il ne s'y putrefie & qu'il ne s'y caille point.

Erreur de Colomb au liu. 8. chap. 1.

De l'excellence, situation, figure, magnitude, substance, temperature, mouuement, sentiment & vsage du cerueau.

CHAPITRE IX.

N OVS auons dit cy deuant, l'homme, à raison de la majesté de Nature, auoir esté appellé par les prestres des Ægyptiens, *Merueille des merueilles*, *Animal adorable & venerable*. Or combien que l'image, & le vif caractere de cette Majesté se fassent voir en toutes les parties de son corps : Si est-ce que les rayons & estincelles de cette diuinité & de la principauté de l'ame reluisent plus clairement en la teste qu'en aucune autre partie. Qu'est-ce de l'homme sans la teste ? Certainement il demeure sans nom, sans honneur comme vn tronc de nulle valeur. Il n'y a que les testes des Princes & Roys taillées en or, cuiure ou marbre qui soient en estime. Les Anciens iuroient par la teste, & confirmoient tous leurs accords & pactions auec icelle. Or la teste a seulement esté faite pour l'amour du cerueau : Car Hippocrate l'appelle *le domicile & la forteresse du cerueau*. D'autant donc que la chose contenuë est plus noble que celle qui contient, d'autant est le cerueau plus excellent que la teste. Ce viscere est le plus haut éleué de tous & le plus prochain du Ciel : c'est le chasteau où sont logez tous les sens, c'est la haute tour, le dongeon & le gouuernement de l'ame. Le cerueau n'est pas seulement le siege des sens & l'autheur du mouuement volontaire, tirant non sans grande admiration, les lourdes masses des membres & les pesants corps des muscles auec des filets de nerfs comme auec des cordelettes : mais il est aussi le domicile de l'ame, de la memoire,

Dignité de la teste.

Excellence du cerueau.

la raifon & des imaginations, par lefquelles l'homme eft rendu fort femblable à fon Createur. Platon l'appelle *membre tres-diuin,* & non feulement principal, mais auffi tout au corps. Homere le nomme ὀυράιος, c'eft à dire, *ciel,* parce que de l'influence & lumiere d'iceluy comme du premier ciel, toutes les parties inferieures ont leur mouuement & fentiment. Les Poëtes mettent icy le chafteau facré de Pallas, quand ils feignent qu'elle a prins naiffance du cerueau de Iupiter : & c'eft la raifon pourquoy les anciens ne mangeoient point de la ceruelle des animaux comme d'vne chofe facrée : & qu'ils beniffoient ceux qui efternuoient. Finalement ce que le ciel eft au monde, le cerueau l'eft en l'homme : Le ciel eft la demeure des intelligences; & le cerueau le domicile de la raifon. Voilà certes des argumens tres-certains de la diuinité de cette partie, mais entre les autres cettuy-cy

Toutes les parties du corps faictes pour l'amour de luy.

nous monftre plainement fa dignité : C'eft que toutes les autres parties ont efté creées pour l'amour du cerueau, & luy miniftrent comme à leur Roy & Monarque. L'homme ne differe des beftes que par la raifon. Or le fiege de la raifon c'eft le cerueau. Il faut que la raifon contemple les images & efpeces des chofes qui luy font prefentées par l'imagination : l'imagination ne les peut apprehender fans l'aide des fens, qui font comme les vrays efpions & fidelles rapporteurs de l'ame : Et pourtant tous les fens ont efté logez en la maifon royale de la tefte, & comme en veuë de la raifon : Et à ce que les fens peuffent reconnoiftre la diuerfité infinie des objets, l'homme auoit befoin d'vn mouuement local : Car ne bougeant d'vne place, les fens ne rapporteroient que bien peu de chofe à fon imagination : & à cette fin ont efté faits les mufcles, les tendons & les nerfs, pour l'appuy & fouftien defquels ont auffi efté formez les os. L'ame ne pouuoit faire fes actions fans la chaleur, laquelle comme elle s'épuife iournellement, auffi doit-elle eftre remife & reparée continuellement : pour cette caufe ont efté faites les deux fontaines de la chaleur, le cœur & le foye : Au cœur miniftrent les arteres & le poulmon : & les veines & autres organes naturels au foye. Concluons donc que toutes les parties du corps ont efté faites pour le feruice du cerueau. Voilà l'excellence de ce vifcere, voilà fa dignité. Mais fi tu regardes la ioliueté de fa compofition & la diligence induftrieufe de Nature au baftiment de cette partie, fi tu confideres les colonnes de ce palais Royal, les voûtes lambriffées fouftenans la lourde maffe de ce fuperbe edifice : Si tu contemples les fales, les chambres, les quatre *finus,* qui font comme quatre petites dépenfes, le miroir tranfparent, les entrelaçemens & rhets labyrintiques faits d'vne infinité de petites arteres, les anfractuofitez & circonuolutions du cerueau, & fon admirable fecondité en la production des nerfs, fans doute tu demeureras eftonné, & t'écrieras auec Zoroaftre *ô homme miracle de Nature hardie!* Mais à quoy m'arrefté-ie? Pourquoy ne defcris-ie point l'hiftoire admirable de cette partie? Ie m'en vay donc commencer.

Les noms du cerueau.

Cette partie participante de diuinité n'a point eu de nom propre parmy les anciens Grecs, ains eftoit nommée à raifon de la fituation *encephalos,* d'autant qu'elle eft contenuë ὠ τῆ κεφαλῆ, c'eft à dire, *en la tefte.* Platon la nomme à caufe de fa fubftance *muelos,* qui fignifie moëlle. Aucuns pour éuiter l'ambiguité ne l'ont pas appellée fimplement *muelos,* mais ont adioufté *encephalités,* comme qui diroit la moëlle de la tefte, pour le difcerner d'auec celle de l'efpine. Apollodore Athenien eftime que le mot de cerueau ne fe trouue point aux efcrits d'aucun des Anciens, & que c'eft la raifon pourquoy Sophocle a mieux aimé le nommer *muelos leucòs,* c'eft à dire, *moëlle blanche.* Nous retiendrons les noms des Anciens, & l'appellerons en Grec *encephalos,* en Latin *cerebrum,* & en François

le ceruéau & la ceruelle, deſignans par ce nom tout ce qui eſt contenu dans la capa- Sa ſituation.
cité du crane & enueloppé des deux meninges. Or le ceruéau eſt ſitué au lieu le plus
eſleué de tout le corps, comme en vne fortereſſe & citadelle tres-aſſeurée: & eſt
enuironné d'os de tous coſtez comme de rampars; afin qu'il ſoit moins expoſé
aux iniures externes. Car il falloit que la partie de l'homme, qui eſt participante
de raiſon & le ſiege de l'ame, fut ſituée au lieu le plus haut, afin d'eſtre moins expoſée aux rencontres nuiſibles; & deffenduë d'vn teéſt ſolide pour garder qu'elle
ne fut offencée par les iniures qui viennent de dehors. Nature luy a donné cette
ſituation eſleuée pour l'amour des yeux: Car eſtant comme guettes & ſentinelles, il falloit qu'ils fuſſent placez en vn lieu haut & éminét pour deſcouurir de plus
loin. Sa figure reſemble à celle du crane qui le contient, & exprime fort bien Sa figure.
toute la forme interieure d'iceluy. Il eſt rond tant afin qu'il ſoit plus capable, com- Pourquoy ronde.
me pour faire qu'il ſoit moins expoſé aux rencontres dommageables. Ioint qu'au
membre le plus diuin eſtoit deuë la forme la plus parfaite. Il eſt toutesfois aucu- Sa grandeur.
nement oblong, eſleué de deux éminences, & aplaty par les coſtez. Sa quantité Pourquoy plus grands qu'aux brutes.
eſt grande, mais l'homme ſelon ſa proportion en a beaucoup plus que les autres
animaux: tellement que le ceruéau d'vn ſeul homme ſoit plus grand que deux cerueaux de bœufs. Ce qui a eſté fait à raiſon de la diuerſité & de la perfeéſtion des
fonéſtions animales. Les beſtes brutes ont bien le ſentiment, mais il leur a ſeulement eſté donné pour l'appetit: Pour deffendre leur vie & fuir ce qui leur eſt nuiſible & dommageable. L'homme a les ſens beaucoup plus parfaits, & luy ont eſté
donnez non ſeulement pour fuir le mal, ou pour ſuiure le bien, mais auſſi comme écrit Ariſtote, pour connoiſtre la diuerſité des choſes & iuger des differences
des objets. Ioint que la varieté des facultez princeſſes, auoit meſtier d'vne grande
quantité d'eſprits: Or beaucoup d'eſprit ne pouuoit eſtre engendré ſinon d'vne
grande abondance de ſang, & beaucoup de ſang ne pouuoit eſtre comprins en vn
petit corps. La ſubſtance du ceruéau eſt molle, blanche & moëlleuſe, engendrée Sa ſubſtance.
de la plus pure portion de la ſemence & des eſprits, propres toutesfois à ſoy, & telle qu'il ne s'en trouue point de ſemblable au reſte du corps: Car elle ne reſemble
pas à la moëlle qui eſt contenuë dans la cauité des os, parce qu'elle ne ſe fond point
au feu, qu'elle ne diminuë point par les ieuſnes, qu'elle ne ſe conſomme point par
les ardeurs de la fiéure, & qu'elle n'eſt point contenuë au crane pour luy ſeruir de
nourriture, ains pluſtoſt le crane ſe nourriſt afin de la contenir. *La moëlle des os* l. 1. de motu muſcul.
(dit Galien) *eſt fluide & coulante, elle reſemble à la graiſſe, elle n'eſt point couuerte de*
membranes, elle n'eſt point parſemée de veines & d'arteres, & n'a point de communion
auec les muſcles ou les nerfs, comme celle du ceruéau. Cette ſubſtance à fort peu de
gras, mais beaucoup de gluant & viſqueux. Hippocrate l'appelle *glanduleuſe,* l. de Glan.
quand il dit. *Le ceruéau reſemble à vne glandule, parce qu'il eſt blanc & friable, &*
qu'il donne les meſmes vſages à la teſte, que les glandules aux autres parties. Car il eſt
aſſis ſur le tronc de tout le corps comme vne ventouſe, & attire à ſoy les vapeurs
des parties inferieures, pour l'exhalaiſon, & tranſpiration deſquelles ſi le crane n'eſtoit entr'ouuert, le ceruéau s'en enyureroit en les receuant aſſiduellement:
Il eſt toutesfois plus grand que le reſte des glandes. Cette ſubſtance eſt mol- Pourquoy molle.
le, afin de receuoir plus promptement, l'impreſſion des images des objets, afin de
rendre les nerfs plus faciles à ſe plier & fléchir, & afin d'empeſcher qu'elle ne preſſe
trop par ſa peſanteur & dureté. Et blanche tant à cauſe de la matiere qui eſt ſper- Pourquoy blanche.
matique, comme à raiſon de ſa fin, qui eſt de rendre les eſprits animaux tres-purs,
& tres-limpides; & non obſcurs ny tenebreux comme ſont ceux des melancho-

Sa temperatu-
re.
l. de princip.
Pourquoy
froide.

liques. De cette substance molle & moëlleuse il est aisé de recueillir que la temperature du cerueau est froide & humide, d'où nostre Hippocrate l'appelle *le sie-*
ge de la froideur & de l'humidité visqueuse. Or il falloit qu'il fut froid & humide,
pour garder que ce membre occupé à vne perpetuelle imagination, ne s'embrase: & empescher que les esprits animaux tres-subtils ne se dissipent & éuanouys-
sent si facilement. En vn cerueau tres-chaud les mouuemens sont desreiglez &
temeraires, & les sentimens égarez comme sont ceux des phrenetiques. Ioint
qu'on ne dormiroit iamais d'vn paisible somme, qui est le repos des facultez animales: & que les esprits ne seroient iamais tres-purs & tres-limpides, d'autant
que le propre de la chaleur est de troubler toutes choses. Aristote ne donne qu'vn

Ses vsages.
l. 2. de part.
animal. 7.
l. 8. de vsu
part. c. 2. & 3.

seul vsage au cerueau, qui est de rafraichir le cœur: mais Galien monstre bien
qu'il n'a point esté creé pour cette fin, mais pour faire les fonctions princesses de
l'ame, & pour engendrer l'esprit animal. Car s'il n'auoit esté fait que pour rafraichir le cœur, quel besoin estoit-il qu'il fut composé d'vn si grand artifice, &
qu'il eut tant de ventricules, d'entrelassemens de nerfs, & vn corps voûté? Il se

Son mouue-
ment.

meut non point d'vn mouuement volontaire, ny d'vn mouuement violent: mais
d'vn mouuement naturel, qu'il a en partie de soy pour la generation, le rafraichissement & l'expurgation de l'esprit animal: & en partie des arteres. Car tantost il se dilate de son bon gré, & tantost il se reserre: en sa dilatation il attire
l'esprit de la reth admirable & l'air des narines: & quand il se reserre, il estrecit
ses ventricules interieurs, & verse l'esprit animal des deux ventricules superieurs

Son sentiment.

au troisiéme & quatriéme, & aux organes des sens. Il sent actiuement, & non
point passiuement, c'est à dire il est l'autheur de tous les sens, & toutesfois il n'a
point de sentiment: d'autant qu'il est le siege du sens commun, & qu'il iuge de
tous les sens. Or il faut que l'organe & iuge soit exempt & depoüillé de toutes
qualitez & passions. Tout ainsi donc que le cerueau ne voit, ny oit point, aussi
ne sent-il point les qualitez traitables.

De toutes les parties du Cerueau.

CHAPITRE X.

l. 8. & 9. de
vsu part.

Diuision du
cerueau.

C OMME ce membre diuin est autheur de diuerses fonctions, à sçauoir motrices, sensitiues & princesses: aussi
a-il esté formé par vne composition admirable de parties de diuers genre, lesquelles ont esté descrites par Galien & Vesale, mais assez confusément. Nous tascherons
donc de les representer icy par bon ordre telles qu'elles
se monstrent à celuy qui en fait la dissection. Nous appellons donc tout ce corps, qui est contenu dans le crane,

cerueau, & le diuisons en anterieur & posterieur, l'anterieur à raison de sa grandeur retient le nom du tout, & est proprement appellé *le cerueau & le grand cer-*
ueau, & le posterieur est nommé des Latins *Cerebellum* qui est à dire *petit cerueau.*
Ils sont separez l'vn de l'autre par la duplicature de la dure meninge, non pas tout

Diuision du
cerueau ante-
rieur.

à fait, mais seulement par la partie superieure: car par l'inferieure & la moyenne le petit cerueau est continu au grand. Le cerueau anterieur est derechef diuisé

en partie dextre & feneftre par la partie de la dure meninge, que le vulgaire appelle à raifon de fa figure *falx mefforia*, ou *faucille*. Or cela (à mon aduis) a efté fait pour rendre le mouuement du cerueau plus facile, & fon corps plus leger: Comme auffi pour faire que la moëlle interieure puiffe plus aifément attirer fa nourriture. Ie ne veux point toutesfois que tu penfes (ce que quelques-vns ont fongé) que le cerueau foit feparé depuis le haut iufques au bas: Car par la partie où fe void le corps calleux, & en fa bafe il eft tout continu à foy: & non pas feulement à foy, ains auffi à la moëlle de l'efpine, & par icelle au petit cerueau. La fuperficie exterieure de ce cerueau apparoift pluftoft de couleur cendrée & grife que blanche. Il y en a qui accomparent non ineptement la figure de cette fuperficie aux ronds, & anfractuofitez des menus boyaux qui fe voyent apres que l'épiploon eft leué: Car elle a vne infinité de deftours & circumuolutions, defquelles il y en a quelques-vnes qui defcendent affez auant dans la fubftance du cerueau, qui eft caufe qu'elle a efté nommée *variqueufe*. Ceux-là fans doute doiuent eftre mocquez, lefquels penfent auec Erafiftrate que ces anfractuofitez ont efté faites pour feruir à la raifon & au difcours: Car s'il eftoit ainfi, les afnes ratiocineroient auffi bien que les hommes, d'autant que ces circumuolutions fe voyent auffi bien aux cerueaux des vns que des autres. Nous difons auec Galien qu'elles ont efté faites à fin que la meninge déliée, dediée pour nourrir le cerueau, & pour appuyer fes vaiffeaux, puiffe defcendre & s'infinuer plus profondement en la fubftance d'iceluy. Car la maffe du cerueau eftant fort grande, comment les veines & les arteres qui font feulement répanduës en la fuperficie d'iceluy, pourroient-elles fuffire pour le nourrir & luy entretenir fa chaleur naturelle? Il y en a d'autres qui eftiment que ces ronds tortueux ont efté faits pour rendre le cerueau plus leger, & fon mouuement plus facile. Les autres difent que c'eft pour appuyer & fouftenir la fubftance molle & humide du cerueau, & empefcher qu'elle ne coule deçà ou delà. Les autres, que c'eft pour recréer le fang & les efprits, de peur que la chaleur ne fe fuffoque au diaftole, & en la pleine Lune: & les autres finalement que c'eft pour garder que les vaiffeaux ne fe rompent aux continuels mouuemens du cerueau. Ayant quelque temps contemplé cette fuperficie exterieure, fi tu couppes de la moëlle du cerueau enuiron l'épaiffeur de deux ou trois doigts, tu trouueras vne autre partie plus blanche & plus dure que celle de deffus, en laquelle il n'y a point de veines ny d'arteres, au moins qui foient fenfibles, & laquelle n'eft en aucune façon touchée par la meninge déliée. Les anciens Grecs l'ont nommée *Sôma tylodes*, & les Latins *corpus collafum*, comme qui diroit vn corps calleux & dur. C'eft par le moyen de ce corps que les parties du cerueau dextre & feneftre, qui auparauant eftoient feparées, font renduës continuës. Puis foudain ce corps calleux au mitan prefques du cerueau (i'entends le mitan entre le haut & le bas) apparoift caué de deux ventricules, l'vn droit & l'autre gauche. Ce font icy les premiers ventricules du cerueau, lefquels Galien appelle *anterieurs*: nous les nommerons plus proprement *fuperieurs*. Ils font les plus grands de tous, femblables en figure, fituation, magnitude, vfage & toutes autres chofes. Ils reprefentent la figure d'vn demy cercle ou d'vn croiffant: i'aimerois mieux dire qu'ils reffemblent à l'oreille exterieure de l'homme. Ils font fituez au milieu du cerueau: Car ils font autant reculez du front que de l'occiput, & quafi autant de la bafe que du fommet de la tefte, qui eft caufe qu'ils font mieux nommez *premiers* ou *fuperieurs* qu'*anterieurs*. Ils font

Pourquoy ainfi diuifé.

Figure exterieure.

Pourquoy faite anfractueufe.

Le corps calleux.

Les premiers ventricules.

Leur figure.

Leur fituation.

Leur grädeur.
Pourquoy ge-
neraux.

tous deux de mefme grandeur, & les plus grands de tous, parce qu'ils contiennent l'efprit encore groflier: & gemeaux pour garder, l'vn d'iceux eftant affecté,
que la function de l'autre tant neceflaire à la vie ne foit empefchée. Car quand
il n'y en a qu'vn blefté, le danger eft moindre que s'ils l'eftoient tous deux. Ce
ieune homme Smyrneen en eft tefmoin, lequel ayant receu vne playe penetran-
te iufqu'au ventricule droit, échapa: Or il n'en fut pas échappé, comme efcrit

l.8.de vfu par.
c.10.
Leur vfage.

Galien, fi tous les deux euflent efté bleflez. L'vfage de ces ventricules eft triple.
1. Pour la preparation de l'efprit animal encommencé. 2. Pour l'infpiration &
l'expiration du cerueau. 3. Pour la reception des odeurs. Pour preparer l'efprit
animal ont efté faites certaines entrelaçeures ou reths: & pour infpirer & receuoir les odeurs, les deux procez ou apophyfes mammillaires. Les entrelaçeures

Le plexus cho-
royde.

fituées aux ventricules fuperieurs, appellées des Latins *plexus choroïdes*, font
certains lacis & entretiflemens labyrinthiques faits de petites veines & arteres,
fe trainans dans vne petite portion de la meninge déliée qui monte en haut,

Les proce?
mammillaires.

dans lefquels l'efprit animal eft cuit, preparé & raffiné. Or les deux procez ou
apophyfes mammillaires s'en vont de la partie inferieure de ces ventricules, ou
pour le moins de la partie fort prochaine d'iceux, aboutir aux os du nez qui
font perçez comme vn crible: Ils font feulement reueftus de la meninge déliée,
& ne fortent point hors du crane, qui eft la caufe qu'ils ne font point comptez
au nombre des nerfs. C'eft par ces procez que l'air, & les efpeces des odeurs
font portées au cerueau, d'où ils font nommez *les organes du flairer*: chofe

1. de princip.

qu'Hippocrate nous a declaré en ces mots. *Le cerueau eftant humide fent & flai-*
re l'odeur des chofes feches, en l'attirant auec l'air par des petits corps. Que s'il arriue quelquefois que le cerueau foit remply d'excremens pituiteux, ils diftillent
par ces procez dans les narines. Ces deux ventricules font feparez par vne petite portion du cerueau tres-mince & tres-déliée, laquelle à raifon qu'elle eft diaphane, & comme tranfparente, a efté nommée des Latins *feptum lucidum*, *fpe-*

Le miroir
tranfparent.

culum lucidum, *& lapis fpecularis.* On la pourroit nommer en François *le miroir*
tranfparent. Au deflous de ces deux ventricules *Arantius* en met deux autres,
qu'il dit reffembler aux vers qui font la foye: Mais ie penfe que ce font parties
des fuperieurs, Car ils font plus grands qu'on ne demonftre couftumierement.

Le corps voû-
té.

Enfuit le troifiéme ventricule, fur lequel toutesfois fe void premierement couché vn corps, fait comme vne voûte, & porté comme fur trois colomnes ou
pilliers: La cauité de ce corps voûté, reprefente par tout vne figure triangulaire à coftez inégaux: Car il eft fouftenu de deux arches par derriere, & d'vne

Son vfage.

feule par deuant. Son vfage eft icy femblable à celuy des voûtes qu'on fait aux
baftimens, d'où il eft auffi nommé en Latin *Fornix & teftudo*: Car il fouftient comme vn Athlas, toute la lourde mafle du cerueau, pour garder qu'elle

Le troifiéme
ventricule.

ne preffe & offufque le troifiéme ventricule. Sous ce corps voûté apparoift
ce troifiéme ventricule, qui n'eft rien autre chofe que l'aflemblement des deux
fuperieurs, qui finiflent & s'ouurent par leur partie inferieure en cette cauité
commune. Galien l'appelle *ventre moyen*, ou pource qu'il eft fitué entre les
deux fuperieurs, & le quatriéme inferieur: ou bien pource qu'il occuppe quafi
le centre du cerueau: Car il eft autant éloigné de l'occiput que de l'os du front.

A deux con-
duits.

Ce ventricule produit de foy deux conduits, defquels l'vn defcend à la bafe du
cerueau, & l'autre s'en va rendre au quatriéme ventricule. Ce premier-là de la
partie plus baffe du troifiéme ventricule s'auançe en deuant: au bout d'iceluy

fe void

se void vne petite portion de la meninge desliée, qui est large par haut, & s'e-
strecit peu à peu en bas comme vn entonnoir, qui est la cause que les Grecs l'ont *L'entonnoir.*
nommée *choáne &) puélos*, les Latins *peluis & infundibulum*, & les François l'en-
tonnoir. C'est par iceluy comme par vne manche à hypocras que la pituite du cer- *La glande pi-*
ueau decoulle petit à petit en la glande pituitaire, qui est assise droit dessous, la- *tuitaire.*
quelle reçoit en sa chair poreuse, & qui boit l'humidité comme vne éponge, les
excremens sereux du cerueau, lesquels finalement elle laisse tout doucement di-
stiller par les trous de l'os sphenoïde au palais pour estre vuidez par la bouche.
Or aux parties laterales des apophyses clynoïdes se void l'entrelasseure que Ga- *La reths ad-*
lien nomme *reths admirable*; l'aymerois mieux appeller de ce nom auec les mo- *mirable de Ga-*
dernes, le *plexus choroïde*, qui se void aux ventricules superieurs. On ne sçauroit *lien.*
faire demonstration de ces trois petites parties icy, c'est à sçauoir de l'entonnoir,
de la grande pituitaire, & de la reths admirable que l'on n'ait premierement leué
toute la moëlle du cerueau. Le second conduit du troisiéme ventricule plus grand *Le second con-*
que le premier, s'en va tout droit rendre au quatriéme ventricule & est le chemin *duit.*
qui meine du troisiéme à ce quatriéme. Dans ce conduit se presentent quelques
particules, & premierement vne glandule de figure pointuë & assez semblable à
vne noix de pin, laquelle a esté nommée des Grecs *conoïde & conarion*; Elle est *Le conarion.*
estimée seruir, comme font les autres glandes, pour affermir les veines & arte-
res qui sont répanduës dans le cerueau, afin que l'esprit animal ait le chemin li-
bre & ouuert pour aller du troisiéme ventricule au quatriéme. Au *Conarion*, par
derriere sont contigus de part & d'autre, certains petits corps ronds & durs qui
sont dits de leur forme en Grec *gloütia*, en Latin *nates*, c'est à dire *les fesses*; au *Les fesses.*
dessous desquelles apparoissent les testicules nómez des Grecs *orcheis & didumoi*, *Les testicules.*
& des Latins *testes.* Leur vsage est de former le canal qui s'en va du troisiéme ven-
tricule au quatriéme, & de donner sauf-conduit (comme on parle) à l'esprit ani-
mal. En fin se presente le quatriéme ventricule, commun au petit cerueau, & à *Le quatriéme*
la moëlle de l'espine; lequel est le plus petit & le plus solide de tous. Ce ventricule *ventricule.*
estant premierement plus large, s'estrecit tout doucement iusques à tant qu'il se
termine en vne pointe, comme à vne plume à écrire, d'où Herophile l'appelle *Plume.*
calamus. Quant aux *epiphyses vermiformes*, elles ne sont point parties du grand
cerueau, mais du petit, & tiennent le chemin ouuert du troisiéme ventre au qua-
triéme. Ceux-là faillent donc qui estiment que c'est la meninge destiée qui est
froncée & retirée, & qu'il estoit necessaire qu'elle s'estendist en la dilatation, &
qu'elle se fronçeast & pliast en la contraction du cerueau. Voilà vne briefue des-
cription du cerueau anterieur, & de toutes les parties d'iceluy.

Du petit cerueau.

CHAPITRE XI.

 E s Latins ont appellé le cerueau posterieur *Cerebellum*, c'est à
dire, *petit cerueau* ou *ceruelet.* Il semble auoir esté creé de Nature *Le ceruelet &*
pour l'ayde & le soulagement du grand, afin de sçauoir conseruer *son vsage.*
l'esprit animal qui luy est enuoyé des ventricules du cerueau, &
de l'approprier & distribuer à la medulle spinale. Il est plus large

Sa couleur.
Sa substance.

Sa grandeur.
Situation.

Ses parties.

qu'il n'est ou long ou épeis, & represente la figure d'vne large boule. Il est couuert des deux meninges, mais non pas toutesfois par tout : Car il est continu à la
partie inferieure du grand cerueau. Il est de couleur cendrée & grisatre : sa substance est plus dure & plus épaisse, ses ronds & anfractuositez sont seulement su-
perficiels, & ne descendent point profondement dans la moëlle. Il est dix fois
moindre que le grand cerueau, & est situé en la partie du crane qui est circonscripte par les deux fosses de l'occiput, & toutesfois il n'occupe pas l'occiput. Il est
tout fait de quatre parties, desquelles les deux sont laterales, & sont comme deux
boulles jointes ensemble. Les deux autres sont situées au milieu, & sont comme
procez ou epiphyses d'iceluy ayans la figure de vers ; d'où elles sont dites *epiphyses*
vermiformes, l'vne d'icelle qui est anterieure, tient le conduit qui meine du troisième ventricule au quatrième tousiours ouuert : & l'autre est couchée sur la partie posterieure de la moëlle de l'espine, & se replie vers le quatrième ventricule
pour le tenir ouuert.

De la moëlle de l'espine.

CHAPITRE XII.

Les noms de
la medulle spi-
nale.

Au cha. 12 de
l'Ecclesiaste.

Sa dignité.

DE la substance du grand & du petit cerueau, comme
vn tronc de sa racine, naist la moëlle de l'espine, que
quelques-vns ont nommée *cerueau oblong*. Le Sage
sous vne belle allegorie, mais obscure, l'appelle *corde*
ou *cable d'argent*. Quelques-vns nomment son receptacle, *tuyau sacré* Il y en a qui tiennent cette moëlle
pour vne dependance du cerueau, & l'appellent son
vicaire ou lieutenant. Sa dignité est quasi semblable
à celle du cerueau, & Nature ne s'est pas monstrée
moins soigneuse de la conseruation de l'vne que de l'autre : Car comme elle a
remparé le cerueau de tous costez des os du crane, & reuestu de deux tuniques,
Aussi a-elle enfermé cette medulle spinale dans les vertebres comme dans vn
rampart osseux, & l'a enueloppée des deux meninges. Cette moëlle ne peut
souffrir de longue compression, & les Anciens ont estimé que la luxation parfaite d'vne vertebre apportoit vne mort soudaine. Il estoit necessaire que cette
medulle fut creée, d'autant que tous les nerfs ne pouuoient pas estre portez du
cerueau par tout le corps ; ny celuy de la sixième coniugaison fort petit seulement enuoyé aux jambes, aux pieds & à tous les muscles, ny mouuoir les lourdes masses des membres. Dieu donc a creé cette medulle (de laquelle la fecondité en la production des nerfs est admirable) afin qu'elle fut en aide & soulagement au cerueau. Le vulgaire estime qu'elle prend son origine du petit cerueau, mais moy ie croy qu'elle la prend en partie du petit, & en partie du grand.
Car comme ainsi soit qu'il faille que l'esprit animal, lequel prend sa perfection
aux ventricules du cerueau, soit versé par cette medulle spinale, comme par
quelque officine, & aqueduc commun dans tous les nerfs, comme dans des
tuyaux, pour estre par iceux en apres distribué à toutes les parties du corps. Il a
esté necessaire de mettre son origine & principe tout joignant la boutique dudit
esprit ; Or cet esprit estant parfait, tres-pur & totalement nettoyé de ces fæces
& excremens est contenu au troisième & quatrième ventricule. La moëlle de-

Sa necessité.

Son origine.

l'espine est donc faite comme de quatre grosses racines ; desquelles les deux plus
grosses sortent vne de chaque costé des deux parties du cerueau : & les deux autres moindres du ceruelet; desquelles quatre racines jointes ensemble en sont faites deux qui forment le corps de la moëlle dorsale. De cette medulle spinale naifsent vn nombre presques infiny de branches & de scions, qui se répandent au
long & au large dans quasi toutes les parties du corps, lesquels ont esté distinguez
par les anciens Anatomistes, en certains couples & coniugaisons. Pour nostre
regard, nous diuisons la moëlle, en sorte que l'vne soit comprise dans le crane, & *sa diuision.*
l'autre dans les vertebres. De celle qui est contenuë dans le crane, naissent les sept
paires de nerfs décrits au quatriéme liure, & les procez mammillaires qui sont les
organes principaux du flair. Quant à celle qui est enfermée dans les vertebres, elle
n'a point le mouuement de diastole & de systole comme a la substance du cerueau; elle est seulement contenuë dans des os qui ont mouuement. Or comment
tous les nerfs qui se distribuent aux bras, aux cuisses, & parties inferieures pren- *Comment les*
nent d'icelle leur origine, ie m'en vay le declarer en peu de paroles. La medulle *nerfs.s.a.ssent*
spinale est enueloppée immediatement de la meninge déliée, & est quelque peu *d'icelle.*
reculée de la dure & épaisse : dans la déliée sont semées plusieurs petites veines &
arteres diuersement entrelacées qui nourrissent la moëlle, & luy portent l'esprit
de vie. Elle sort par le trou ample & rond du crane, estant en son commencement
fort grosse, mais à mesure qu'elle descend & qu'elle se recule de son origine, elle
s'amenuise & diminuë peu à peu ; c'est à dire, elle perd peu à peu sa substance medullaire, mais non pas sa masse & grosseur corporelle, laquelle elle garde & retient par tout semblable : finalement quand elle est venuë aussi bas que la fin du
dos, elle se diuise & perd toute en des cordelettes & filamens, qui ressemblent
quasi à vne queuë de cheual. Or les nerfs qui sortent de cette moëlle sont veritablement infinis ; Mais pource qu'alors qu'ils sortent par les trous des vertebres,
en se joignans ensemble ils ne font qu'vn corps, les Anatomistes ont compté
autant de paires de nerfs, comme les vertebres sont de trous. Tout nerf a donc
en son origine grand nombre de filets, composez de la substance moëlleuse, & de
la meninge déliée, lesquels en descendant se separent peu à peu de la moëlle, &
quand ils sont venus aussi bas que les trous des vertebres, par lesquels ils doiuent
sortir, ils se reuestent de la dure meninge, & s'assemblans en vn corps, font vn
nerf, lequel apres qu'il est sorty hors par son trou, se diuise derechef aux mesmes cordelettes & filets. Et d'autant plus que la moëlle dorsale descend bas, de
tant plus haut les filets des nerfs prennent-ils les principes de leur naissance. Tellement que si tu y regardes bien attentiuement, tu verras que quelques-vns des
nerfs du dos & des lumbes naissent de la moëlle de la nucque du col. Depuis le
commencement des lumbes iusqu'au bout de l'os *sacrum,* les cordelettes sont &
en plus grand nombre & plus grosses; elles s'assemblent toutesfois enuiron les
trous des vertebres en vn corps, à la mesme façon des autres. Car l'espine se
courbant & fléchissant fort en deuant & en derriere, principalement en cet *Pourquoy elle*
endroit-là, il a esté necessaire pour empescher que la moëlle ne fut ou pressée ou *se perd & con-*
rompuë, qu'elle se diuisast & consommast en filamens & cordelettes. Le reste *somme en ces*
a esté expliqué au quatriéme liure. *filets.*

CONTROVERSES ANATOMIQVES.

A sçauoir si le cerueau est le siege des facultez princesses.

QVESTION PREMIERE.

Diuision des facultez animales.
La faculté sensitiue est double.

Es Medecins distinguent les facultez animales en *sensitiues, motrices & princesses*. La faculté sensitiue est double; l'vne externe, de laquelle l'objet est singulier, & l'autre interne, de laquelle l'objet est commun : les Philosophes l'appellent *sens premier, & sens commun*, lequel iuge de toutes les differences des objets : Car estant assis en la substance du cerueau comme en vn siege iudicial, il contemple les especes des choses qui luy sont portées par les sens externes, & discerne le doux de l'amer, & le blanc d'auec le noir. Aristote l'accompare au centre d'vn cercle, d'autant que les images des choses externes luy sont portées par les sens, comme à quelque Iuge ou Censeur. Les facultez princesses suiuent cette faculté sensitiue interne de prés ; & premierement

L'imagination.

l'imagination, laquelle conçoit, apprehende & retient les mesmes especes que le sens commun, mais plus pures, & separées de la communion & presence de la matiere, afin que les objets qui émouuoient les sens, s'estans écoulez, leurs vestiges & semblances puissent neanmoins subsister en nous, quelque temps. Nous appellons cette conception & apprehension des images, & especes des objets sensibles, *phantasie & imagination*. C'est par le moyen d'icelle que la faculté

La raison.

intelligente, c'est à dire la raison, est réueillée & incitée à contempler les idées des choses vniuerselles ; lesquelles finalement elle baille à la memoire, comme à

La memoire.

la gardienne tres-fidelle de toutes les notions. Voilà toutes les facultez nobles de l'ame, selon les Philosophes & les Medecins, touchant lesquelles il nous faut rechercher trois poincts. 1. A sçauoir si elles sont toutes logées au cerueau. 2. A sçauoir si chacune a son logis à part, ou si elles sont logées toutes trois ensemblément. 3. A sçauoir si elles sont faites par la temperature ou par la conformation du cerueau, & si elles sont similaires ou organiques. Les opinions des Philo-

Diuerses opinions touchant le siege de l'ame raisonna-ble.

losophes & Medecins touchant le siege de l'ame raisonnable, sont fort diuerses. Herophile la loge en la base du cerueau, Xenocrate au sommet de la teste, Erasistrate aux membranes du cerueau, Empedocles auec les Epicuriens & Egyptiens dans toute l'estenduë de la poictrine, Moschion dans tout le corps, Heraclite en l'agitation & circumference exterieure, Herodote aux oreilles, Blemor Arabe, & Sienensis Medecin de Cypre aux yeux. Parce que les yeux sont les messagers de l'ame, & qu'ils sont tellement disposez à toutes les affections d'icelle, qu'ils semblent estre vne seconde ame : Car quand nous les baisons, il nous semble que nous baisons l'ame mesme. Straton Philosophe aux sourcils : Car c'est là que l'orgueil & la superbe font leur demeure, d'où les Poëtes par les sourcils entendent quelquefois le fast & l'orgueil ; & les Physiognomes des poils des sourcils, prennent leurs signes pour cognoistre les mœurs de l'ame : Car s'ils sont droits, ils signifient la personne estre molle & lasche ; s'ils sont pliez auprés du nez, ils denotent vn homme auftere, s'ils font pliez aupres des temples vn moqueur & diffimulé, s'ils font tout à fait pendans vers bas vn enuieux. Et les Peripateticiens Celle des Peripateticiens. & Stoïques au cœur. 1. Parce que ce qui eft le principe du mouuement, l'eft auffi du fentiment; Or le cœur eft le principe du mouuement, comme celuy qui eft le plus chaud de tous les vifceres, & la fontaine tres-abondante de la chaleur naturelle. 2. Parce qu'aux perturbations de l'ame, comme en la peur, en l'agonie, aux defaillances de cœur & femblables, la chaleur & les efprits fe retirent au cœur comme en leur principe. 3. Hippocrate dit que *l'ame de l'homme eft logée au ventre* l. de corde. *feneftre du cœur, & qu'elle commande au refte de l'ame, Mais qu'elle ne fe nourrit point des viandes ou bruuages du ventre, ains d'vne fubftance pure & nette de la feparation du fang.* Nous voulons auec Hippocrate, Galien, Platon & tous les Medecins, Celles des Medecins. que le cerueau foit le fiege de toutes les facultez animales; Car eftant bleffé, refroidy, comprimé, ou fouffrant inflammation, comme en la phrenefie, en la melancolie, au caros, au catoché & en l'epilepfie; on void vne lefion manifefte de toutes les fonctions animales, & les remedes appliquez au cerueau, & non au cœur, apportent la guarifon. Que fi le cœur eftoit le fiege des facultez princeffes, il s'enfuiuroit, alors qu'il eft affecté, & fon temperament fort depraué, que toutes les fonctions animales feroient bleffées; d'autant que l'action prouient de la temperature; Or en la fiéure hectique, en laquelle le cœur eft fort alié de fon temperament, les facultez volontaires & princeffes demeurent fans eftre offencées. Aux mouuemens du cœur qui font contre nature, comme en la palpitation, le mouuement volontaire des parties n'eft point depraué, ny la raifon auffi. Qui niera que la faculté vitale ne foit attaquée & combattuë aux fiéures peftilentielles, aux morfures des beftes venimeufes, & aux poifons prins interieurement? Or ceux qui font ainfi affectez ont le fentiment bon, & la raifon faine & entiere. *Si* l. 2. de placit. *tu defcouures le cœur,* dit Galien, *& que tu l'abbaiffes & eftreignes, tu verras que l'animal ne fera pas empefché de crier, de refpirer, ou de faire toutes les actions qui dependent de la volonté.* Quand Hippocrate loge l'ame de l'homme au cœur, ou il parle Explication du paffage d'Hippocrate. à la façon du vulgaire, comme il fait fouuent; or le vulgaire la met au cœur: Ainfi l. de morbo facro. il appelle le diaphragme *phrenés*, combien qu'il confeffe luy mefme que le diaphragme n'a aucune faculté par laquelle l'homme puiffe auoir connoiffance ou intelligence; Ou bien par *l'ame* il entend le principal inftrument d'icelle, à fçauoir Par l'ame il entend fouuent la chaleur naturelle. la chaleur, comme il fait quafi par tout : Comme quand il dit, *l'ame de l'homme croift toufiours iufqu'à la mort.* Item, *L'ame fe gliffe dans l'homme ayant acquis vne cõ-* l. 6. epi. fect. 5. *moderation de feu & d'eau, partie du corps humain.* Par *l'ame* i'entends la chaleur na- l. 1. de diæta. turelle arroufée de l'humidité radicale & des efprits. Or qu'il entende la chaleur, par *l'ame*, au paffage allegué par les Peripateticiens, le texte le demonftre clairement; Car il y a que *l'ame fe nourrit du fang tres-pur & feparé de fes excremens*; Or il l. 1. de diæta. écrit ailleurs que *l'ame ne peut eftre alterée par les viandes & les breuuages.* Mais Beau paffage d'Hippocrate touchant l'immortalité de l'ame. d'autant que cette fentence eft plus claire que le foleil, & digne d'eftre grauée en lettres d'or, ie la tranfcriray icy tout du long. *De toutes les chofes par lefquelles l'ame eft alterée, la caufe en doit eftre rapportée à la nature des meats par lefquels elle paffe: car felon que les vaiffeaux dans lefquels elle fe retire, & dans lefquels elle va, & aufquels elle fe mefle, font affectez ils ont vne telle intelligence: pour cette caufe nous ne pouuons changer telles chofes par la façon de viure: Car il eft impoffible de pouuoir changer & alterer la nature inuifible.* Il afferme auffi en vn autre endroit que le l. de morbo facro. cœur n'a aucune intelligence, & veut que toutes chofes foyent au pouuoir du cerueau. *Par le cerueau* (dit-il) *nous raifonnons, nous réuons & deuenons infenfez, quand*

Galien prouue au l. 3. de plac. lib. 3. de loc. affect. c. 4.

il eſt ou trop chaud, ou trop ſec, ou trop froid. Galien prouue par pluſieurs bonnes raiſons que le cerueau eſt le domicile de toutes les facultez animales ; & appelle ſelon la façon de parler du vulgaire, vn homme fol, lequel n'a point de cerueau.

Que le cerueau eſt le ſiege de la faculté anima-le.

Adiouſtons pour l'éclairciſſement de cette opinion, vn fort bel argument de Philon. *Quand on void les gardes & officiers d'vn Roy, on iuge qu'il n'eſt pas logé loin de là: Or tous les Satellites & Officiers de l'ame, à ſçauoir les organes des ſens ſont logez en la teſte. Il s'enſuit donc que ſa principale demeure y eſt auſſi.* Que ſi la faculté

Argument de Philon.

ſenſitiue eſt reſidente au cerueau, auſſi eſt donc l'intelligente ; parce qu'il faut (comme enſeigne le Philoſophe) que la raiſon contemple les Eſpeces, Idoles & Images des objets ſenſibles. Concluons donc que le cerueau eſt le ſiege de toutes les facultez animales, ſenſitiues & princeſſes.

A ſçauoir ſi les facultez princeſſes ſont diſtinguées de lieux.

QVESTION DEVXIESME.

Que c'eſt que faculté prin-ceſſe.

COMME ainſi ſoit donc que les facultez princeſſes ſoient trois, l'imagination, la raiſon & la memoire . & qu'elles ſoyent toutes trois logées au cerueau: il nous faut mainte-nant voir ſi elles demeurent enſemble, ou bien ſi elles ſont logées ſeparément, & en diuers lieux. Galien definit les facultez princeſſes, *qui prouiennent du ſeul principe.* Item, *qui ne ſont point faites par aucune autre partie, comme par quelque inſtrument.* Et ailleurs, *qui ſont faites au ſeul cerueau, & non point aux*

Opinion des Arabes que les facultez princeſſes ſont ſeparées des lieux.

autres inſtrumens, comme ſont le ſentiment & le mouuement. Toute l'eſchole des Arabes met pluſieurs demeures au cerueau, & aſſigne à chaque faculté ſon ſie-ge particulier. C'eſt l'opinion d'Auicenne & d'Auerrhoës. Ils logent donc l'ima-gination aux ventricules de deuant, la raiſon en celuy du mitan & la memoire en celuy de derriere. Cette opinion peut eſtre confirmée par ces raiſons. 1. Les

Leurs raiſons. Fen. 1. l. 1. doct. 6. c. 5. 12. colli c. 10.
Premiere.

ſens ſont quaſi tous aſſis au deuant de la teſte, l'imagination conçoit & appre-hende les eſpeces des objets, qui luy ſont portées par les ſens ; Il faut donc qu'el-le ſoit logée au deuant de la teſte auprez des ſens. L'imagination preſente ces eſ-peces ſeparées des objets, à la raiſon qui les rend immaterielles & vniuerſelles; il faut donc que ſon logis ſoit prochain de celuy de l'imagination, & qu'il ſoit & tres-digne & bien aſſeuré: Or tel eſt le troiſiéme ventricule. La raiſon ayant ſe-paré les idées des objets, elle les baille en garde à la memoire, laquelle les cache comme en vn threſor, les contient & garde pour quelque eſpace de temps: Il faut donc qu'elle ſoit au derriere logée au quatriéme ventricule qui eſt le plus ſec de

Seconde.

tous. 2. L'imagination ſe faiſant par reception, doit auoir ſon ſiege en la plus molle partie du cerueau ; parce que l'impreſſion des Images ſe fait plus aiſément en vn corps mol : La memoire qui doit retenir & conſeruer les eſpeces, en la plus dure : autrement l'image ſeroit auſſi toſt effacée que tracée : & la raiſon en celle qui eſt temperée: Or la partie anterieure du cerueau eſt la plus molle, celle de der-riere la plus dure, & celle du milieu moyenne entre l'vne & l'autre. Il faut donc croire, que l'imagination eſt reſidente aux ventricules de deuant, la raiſon en ce-luy du milieu, & la memoire au derriere. 3. L'vne de ces trois facultez peut eſtre

Troiſiéme.

bleſſée, ſans que les deux autres ſoyent en rien offencées ; Car l'imagination eſt
quelquesfois deprauée, la raiſon demeurant ſaine & entiere. Comme ainſi ſoit
donc que ces trois facultez ſubſiſtent ſeparément, il ſemble bien qu'elles doiuent
differer par leurs premiers ſujets. Pour confirmation·de cette opinion, on trouue des hiſtoires fort belles dans Galien : Theophile ayant la raiſon & le diſcours *Hiſtoires.*
tres-bon, auoit neanmoins l'imagination deprauée, & penſoit qu'il y eut des *lib. 1. de diff.*
joüeurs d'inſtrumens en ſa chambre, & crioit ſans ceſſe qu'on les chaſſaſt dehors. *ſympt. cap. 3.*
lib. 4. de loc.
Vn autre phrenetique ayant barré les portes par dedans, portoit tous les meu- *affect. c.*
bles à la feneſtre, leſquels il deſignoit par leurs noms propres, & demandoit aux
paſſans s'ils vouloient qu'il les jettaſt bas : Thucidide raconte qu'au temps que la
peſte exerçoit ſa rage ſi furieuſement par toute la Grece & le Peloponeſe, il y eut
pluſieurs perſonnes qui oublierent tout ce qu'ils ſçauoient auparauant, iuſques
à ne connoiſtre plus leurs parens & amis. En ceux-cy donc il n'y auoit que la
memoire offencée : en Theophile l'imagination, & au phrenetique la raiſon.
4. Si les facultez princeſſes ne ſont pas ſeparées des lieux : pourquoy ont eſté faits *Quatriéme.*
tant de ventricules au cerueau : pourquoy les vns ſont-ils plus nobles que les autres, ſinon pource qu'ils ſont les demeures des facultez plus nobles.5. Les Phiſiog- *Cinquiéme.*
nomes diſent que ceux qui ont le derriere de la teſte bien éminent, ont la memoire fort heureuſe : ceux qui ont le front grand & eſleué, ont l'imagination
tres-belle : & ceux à qui les deux éminences defaillent, ſelon l'opinion du vulgaire meſme, ſont ſtupides & fols. Voilà la philoſophie des Arabes, par laquelle ils
concluent que ces trois princeſſes ſont logées chacune à ſon à part. Venons maintenant aux Grecs. Galien Prince & port'-enſeigne de cette ſecte, veut que ces *Opinion de Ga-*
trois facultez ſoyent toutes logées en vn lieu, qu'elles s'occupent autour de meſ- *lien qu'elles ne*
ſont point ſe-
mes objets, & qu'elles ſe ſeruent d'vn meſme inſtrument, c'eſt à ſçauoir du cer- *parées.*
ueau : & toutesfois qu'elles different en la maniere de faire leurs actions : Car ſous
le mot *hegemonicon*, il comprend toutes les trois facultez princeſſes, & enſeigne
qu'elles ſont reſidentes par tout le corps du cerueau. Il écrit encor en vn autre endroit, qu'elles ne ſont point ſeulement renfermées aux ventricules, ains qu'elles
ſont auſſi répanduës par tout le corps du cerueau : Car pour quelle fin auroit eſté
faite toute la ſubſtance moëlleuſe d'iceluy. Il enſeigne pareillement que l'vn des *l. 3. de placit.*
c. 8.
ventricules ne peut eſte bleſſé que toutes les facultez princeſſes ne ſoyent affectées : choſe que l'experience nous monſtre auſſi tous les iours : Car en l'epilepſie apparoit vne læſion manifeſte de toutes ces trois facultez & de tous les ſens :
& toutesfois l'obſtruction n'occupe pas tous les ventricules. La phreneſie eſt vne
inflammation du cerueau & de ſes membranes, laquelle toutesfois ne bleſſe tantoſt que la raiſon ou l'imagination, & tantoſt la memoire. Et qui dira qu'il n'y ait
en la phreneſie qu'vn ſeul ventricule aſſiegé par l'inflammation ? En la melancholie qui ſe fait par le propre vice du cerueau, laquelle n'eſt autre choſe qu'vne intemperature froide & ſeiche de cette partie, il n'y a parfois qu'vne ſeule faculté
qui ſoit affectée, tantoſt la raiſon, & tantoſt l'imagination. Dont s'enſuit que ces
facultez princeſſes ſont répanduës par tous les ventricules & toute la ſubſtance
du cerueau, & qu'elles ſont toutes en vne meſme particule du ſujet, combien
qu'elles different beaucoup l'vne de l'autre. Mais l'ame eſtant vnique, ſe ſeruant
de diuers·moyens & diuers temperamens, fait les actions de diuerſes facultez :
Ainſi en vne meſme particule d'os ſe trouuent diuerſes facultez : l'attractrice, la
retentrice, l'aſſimilatrice & l'expultrice : leſquelles bien que l'vne puiſſe eſtre bleſſée ſans que les autres le ſoyent, ſi eſt-il que le Medecin ne dira pas qu'elles ſoyent

feparées de lieux, ny de propres fujets. Tout ainfi donc que diuerfes facultez font bleffées dans le ventricule par diuerfes intemperatures, à fçauoir la retentrice par l'humide, & l'affimilatrice par la feiche : fans que pour cela le fiege de l'vne diffe-re de celuy de l'autre : auffi croyons nous auec Galien que l'vne de ces trois facul-tez princeffes peut eftre deprauée, les autres deux demeurantes faines : fans qu'il foit befoin pour cela de les loger feparément. Et pourtant nous concluons qu'el-les refident dans toute la fubftance du cerueau, laquelle fi elle eft plus feche, elle fait que la memoire eft plus heureufe : & fi elle eft plus humide, l'homme en ima-

Objeƈtion pre-
miere.
gine mieux. Ceux qui fuiuent le party des Arabes nous objeƈtent Galien pour

Reſponce.
Objeƈtion fe-
conde.
Solution.
li. 13. meth.
c. 22.
fauteur de leur opinion : car au liuret des yeux, il loge l'imagination au deuant de la tefte, la raifon au milieu, & la memoire au derriere. Nous leur répondons que ce liuret n'eft pas de Galien. Ils objeƈtent fecondement que le mefme Galien ap-plique les remedes fur le front & le deuant de la tefte, quand l'imagination eft bleffée, d'autant que le fiege de l'imagination eft en cet endroit-là : mais ils ne voyent point qu'il fait le mefme en quafi toutes les maladies du cerueau : comme au caros, en l'apoplexie, en la phrenefie & en la melancolie : non point à raifon des diuerfes demeures des facultez, ains afin que la vertu des medicamens puiffe penetrer & defcendre plus promptement aux parties internes : Or eftans appli-quez fur le deuant de la tefte, ils penetrent plus profondement, à raifon de la te-nuité & delicateffe du crane, & de la rarité & lafcheté de la future coronale. Ce

Objeƈtion troi-
fiéme.
lib. 4. de loc.
affeƈt. 2.
Cóment. 27.
feƈt. 1.prorrh.
paffage pourra par-aduanture mieux fauorifer leur opinion, où Galien dit : *Si la partie anterieure du cerueau eft bleffée, il eft neceffaire que le troifiéme ventricule foit offencé par communication, & que la raifon foit deprauée.* Il femble donc qu'il vueil-le dire que la raifon ne peut eftre bleffée que le troifiéme ventricule ne foit affe-ƈté. Item, *Si quelque humeur s'arrefte en quelque partie du cerueau, il en prouiendra quelque efpece de fymptome, laquelle aura affinité auec la nature de la partie, & auec l'humeur : comme fi l'humeur s'arrefte en la partie anterieure du cerueau, elle fera vne phrenefie, en laquelle l'imagination fera offencée.* Galien adioufte, *Quand l'humeur transfluë au cerueau d'vne partie en l'autre, l'efpece de la maladie demeure toufiours femblable, mais les fymptomes changent felon la diuerfité de la partie ; tellement que l'i-magination foit tantoft bleffée, & tantoft que ce foit la raifon.* Nous voulons que

Reſponce.
toutes les facultez princeffes foyent veritablement répanduës par tout le cer-ueau, mais nous ne nions pas que l'vne n'apparoiffe plus manifeftement en vn ventricule qu'en l'autre, felon que les efprits y font plus fubtils, plus parfaits, & mieux élaborez. Ils objeƈtent finalement fi les facultez princeffes ne font

Quatriéme.
point logées feparément, pourquoy des ventricules, les vns font-ils plus no-

lib. 3. de loc.
affeƈt. c. 5.
l.8.de vfu par.
c. 11.
l. 7. de placit
c. 6.
bles que les autres ? Galien defere la principauté à celuy de derriere, puis à ce-luy du mitan, & veut que ceux de deuant foyent les moins nobles. Il veut auf-fi ailleurs que les playes des ventres anterieurs foyent dangereufes, celles du ventre moyen plus dangereufes, & celles du ventricule de derriere tres-dange-reufes. Ce qui ne femble point aduenir, à raifon de la compofition, tempera-ture ou fubftance du cerueau, veu qu'elles font par tout femblables : mais à rai-

Solution.
fon des facultez contenuës aux ventricules. Nous répondons que le troifiéme & le quatriéme ventricules font les plus nobles, non pas pource qu'ils font les de-meures des facultez plus nobles, mais pource que l'efprit animal fe parfait en iceux. Tellement que d'autant que le foye eft plus digne que le ventricule, le cœur que le poulmon, & au cœur le ventre gauche que le droit : d'autant foyent

Conclufion.
les ventricules de derriere du cerueau plus nobles que ceux de deuant. Concluons

donc auec Galien , que les facultez princesses sont toutes logées en vn mesme lieu, & qu'elles se seruent toutes d'vn mesme organe corporel, à sçauoir de la substance du cerueau : & toutesfois qu'elles font leurs operations en diuerse maniere, selon la diuersité de la temperature & du moyen.

A sçauoir si les facultez princesses dépendent de la temperature ou de la conformation du cerueau, c'est à dire, si elles sont actions similaires ou organiques.

QVESTION TROISIESME.

'E s t vne question tres-obscure, à sçauoir si le cerueau fait les facultez princesses par sa temperature, ou par sa composition tant admirable. Aucuns estiment qu'il les fait par sa conformation, & le confirment par authoritez & par raisons. Galien escrit *que la cause de la prudence en l'homme, est la diuersité de la composition du cerueau, & la magnitude d'iceluy.* *Que le cerueau fait les actions princesses par sa conformation. Authorité.*

1. La figure de la teste (selon Hippocrate & Galien) si elle est naturelle, ronde, oblongue, éminente par deuant & par derriere, & applatie par les costez, est signe d'vn homme prudent. Au contraire, la pointuë, comme estoit celle de Thersite, dont parle Homere, demonstre l'homme estre fol, stupide & sans iugement. 2. La conformation du cerueau estant blessée, toutes les facultez nobles perissent soudainement : combien que la temperature d'iceluy ne soit point encore vitiée : comme il appert en l'apoplexie, l'épilepsie, & aux playes de teste : & ce à raison que les ventricules du cerueau sont ou remplis, ou pressez. Car comment pourroit la temperature du cerueau estre changée en vn moment aux fractures du crane, & en la repletion des ventricules faite par quelque humeur ? Il faut donc tenir pour chose tres-veritable, qu'elles sont faites par la seule composition & conformation du cerueau, puis qu'elles sont offençées soudain que la conformation est vitiée. Les autres reconnoissent au contraire, la temperature de la substance moëlleuse, & des esprits du cerueau, pour cause principale & immediate de ces trois facultez. Escoutons le diuin Hippocrate, l'enseignant en termes tres-clairs : où il dit, *Quand au corps, la partie tres-humide du feu, & la partie tres seche de l'eau sont également temperées, les hommes naissent tres-prudens.* Voici les propres paroles du diuin Platon. *L'ame ne se porte pas bien en vn cerueau dense ou plain d'excremens, ny en celuy qui est trop mol, ou trop dur : car le cerueau mol rend bien les hommes soudains à comprendre, mais il les fait aussi oublieux : le dur les fait long temps ressouuenir, mais ineptes à comprendre : le dense rend les images obscures* Il seroit meilleur (dit Galien) de croire que la raison suit, non pas la diuersité de la composition, mais la temperature loüable du cerueau : car il ne faut pas tant attribuer la perfection de la raison à la quantité de l'esprit qu'à sa qualité. Il rapporte semblablement l'entendement à la substance tenuë ou grossiere du cerueau. Or il appelle entendement ce que nous nommons ingeniosité, dexterité & subtilité d'esprit, qui est definie *vne promptitude & facilité d'inuenter & de comprendre.* Il dit aussi que *la facilité d'apprendre* monstre la substance du cerueau estre molle & humide : *& la difficulté,* au contraire qu'elle est seche & dure. La memoire heureuse demonstre le mesme. Ceux qui sont legers & inconstans en leurs opinions, ont quasi tous le cerueau chaud, d'autant que la châleur s'accroist par la mobilité : mais ceux qui sont opiniastres l'ont froid, parce que le froid

Raison premiere.

L'opinion contraire.

Authorité d'Hippocrate. l. 1. de diæta.

De Platon. in Theæteto.

De Galien. l. 8. de vsu par. c. 14. C 11. Art. par.

rend les corps paresseux : & si la secheresse accompagne le froid, ils seront encore plus opiniastres : d'icy vient que les autheurs & fauteurs des sectes sont pour
la pluspart melancoliques. Galien appelle aussi l'ame *vn accord des qualitez*, &

*Galien appelle
l'ame vne tem-
perature pour-
quoy & com-
ment.*
*L. quod ani-
mi mores se-
quuntur tép.
corpor.*
*Com. in se. 8.
l. 6. epidem.*
*Com. in Aph.
6. l. 2.*
*L. 3. de loc. aff.
c. 6.*

semble qu'il ne la distingue point d'auec la temperature : car mesme en vn autre
endroit il appelle la temperie du cerueau *l'ame*, expliquant l'aphorisme d'Hippocrate, *Les melancoliques deuiennent épileptiques, & les épileptiques melancoliques*,
en cette façon. *Selon que l'humeur se glisse en cette partie cy, ou en celle là, il se fait
transmutation de ces deux maladies, & transposition de l'humeur. Car si l'humeur s'é-
pand dans la substance & les ventres du cerueau, ils deuiennent épileptiques, si dans
l'ame, melancoliques.* Or par l'ame, il entend *la temperature* : car la melancolie
est vne intemperature froide & seche du cerueau. Au reste, quand Galien appelle l'ame *temperament*, il ne veut pas que la temperature soit la forme de l'homme
raisonnable, mais la forme medicinale, laquelle seule tombe en la consideration
du Medecin. Car ce qui ne peut estre gardé estant present, ny restitué estant absent, ne tombe point en la contemplation du Medecin. Or l'ame raisonnable ne
peut estre retenuë estant presente, ny restituée estant absente : & n'y a que le
seul temperament qui puisse estre retenu estant present, ou restitué estant perdu. Donc le temperament seul est la forme medicinale de l'homme : parce que
le Medecin ne considere point le corps humain, entant qu'il est naturel, composé de matiere & de forme : mais entant qu'il est sujet à la santé & à la maladie.

*Opinion de
l'Autheur.*

De ces choses aucuns concluent que les facultez princesses de l'ame sont faites par
la temperature du cerueau, & non par sa conformation. Nous disons de cette
question, que la cause efficiente de ces functions n'est point la temperature du
cerueau seule, ny semblablement la composition d'iceluy seule, mais l'ame raisonnable, laquelle toutesfois se sert de ces deux causes : tant de l'organique, c'est
à sçauoir de la grandeur du cerueau, de ses ventricules & esprits : comme de la
similaire, sçauoir est de la temperature & du cerueau & de ses esprits. D'où il
faut recueillir que la raison est vne action, non absoluëment organique : parce
qu'elle est blessée aux melancoliques & phrenetiques, sans que la composition
du cerueau soit offençée, ny purement similaire, parce qu'elle est depraué lors
que les ventricules sont froissez ou pressez, le temperament n'estant point encor
alteré. Outre-plus, elle n'est point commençée ny acheuée par la temperature
seule, & n'est point parfaictement faite par châque particule de la partie : ains
c'est vne action meslée de l'organique & de la similaire : telle qu'est l'action du
cœur & du ventricule : Car le cœur se meut & bat par sa faculté innée & temperature particuliere, mais il se reserre & dilate, parce qu'il a des ventricules.

De l'vsage du cerueau, contre Aristote.

QVESTION QVATRIESME.

*Opinion d'A-
ristote touchât
l'vsage du cer-
ueau, mon-
strueuse.*
*L. 2. de part.
animal. c. 7.*
*Refutée par
Galien.*
*L. 8. de vsu
part. c. 2. & 3.*

I iamais ce grand interprete de Nature & prince des Peripateticiens Aristote a rien proferé d'absurde en l'Anatomie,
certes ce qu'il a laissé par escrit touchant l'vsage du cerueau,
semblera à tous ceux qui le liront monstrueux : Car il veut qu'il
ait esté creé pour refroidir le cœur, d'autant qu'il est exangue
& sans veines : & que l'homme l'ait tres-grand, parce qu'il a le
cœur tres-chaud. Galien le refute brauement par ces raisons. 1. Le cerueau

eſt actuellement plus chaud que l'air qui nous enuironne, voire meſme au milieu de l'Eſté : Comment donc pourra-il rafraiſchir le cœur : ne ſera-il pas plus
commodément rafraiſchi par l'inſpiration de l'air : Si les Peripateticiens répondent que l'air externe ne ſuffit pas pour refroidir le cœur, mais qu'il a beſoin de
quelque viſcere interieur. Ie leur répondray que le cerueau eſt reculé du cœur
d'vn fort long interualle, & qu'il eſt enuironné de toutes parts des os du crane.
Il faudroit certes ou qu'il fut logé dans la poitrine, ou bien qu'il n'en fut pas ſi
eſlongné. *Le talon* (dit Galien) *a plus de pouuoir pour refroidir le cœur, que n'a le*   Loco citato.
cerueau : car eſtant refroidy ou moüillé, le froid ſe communique incontinent à tout le
corps : ce qui ne ſe fait quand le cerueau eſt refroidy. 2. Le cœur échauffera pluſtoſt le
cerueau, que le cerueau ne refroidira le cœur : parce qu'il s'eſleue continuellement
du cœur & des autres viſceres, des vapeurs tres-chaudes, leſquelles eſtant tres-
legeres de leur nature, montent touſiours en haut, & échauffent le cerueau.
3. Adjouſtons encore cette raiſon tres-forte, laquelle boulcuerſe de fonds en
comble les decrets d'Ariſtote & de ſes ſectateurs. Si le cerueau n'eſt fait que pour
refroidir le cœur, quel beſoin a-il d'vne ſtructure ſi admirable ? Pour quelle fin
ſont faits les quatres ventricules, le corps voûté, les entrelaſſemens labyrinthiques, le conarion, les feſſes, l'epiphyſe vermiforme, la medulle ſpinale, & tant de
couples de nerfs. 4. Le lyon, le plus chaud de tous les animaux, auroit le cerueau
plus grand que l'homme : & les hommes qui ſont touſiours plus chauds que les
femmes, auroient auſſi touſiours le cerueau plus grand. Ces choſes doncques
eſtant totalement contraires au ſens & à la raiſon, il ne faut doûter de confeſſer
que le cerueau n'ait eſté creé pour d'autres vſages plus nobles & plus diuins. Or   Son vray vſa-
tout le corps du cerueau a eſté formé pour faire les fonctions princeſſes, ſenſiti-   ge.
ues & motrices : & a eſté caué de tant de ventricules, & entretiſſu d'vn ſi grand
nombre d'entrelaſſeures pour engendrer l'eſprit animal, duquel la preparation ſe
fait aux ventricules ſuperieurs, l'elaboration, au moyen, la perfection, en celuy
de derriere, & la diſtribution par les nerfs dans tout le corps, pour faire le mouuement & le ſentiment. Auerrhoës ſectateur d'Ariſtote, & ennemy iuré des Me-   opinion d'A-
decins, taſche d'excuſer ſon maiſtre : & veut que le cerueau rafraiſchiſſe le cœur,   uerrhoës.
d'autant qu'il contempere les eſprits vitaux tres-chauds. Mais accordons luy   l. 2. collig. c.
qu'il les contempere : ſi ne refroidira-il point pour celà ceux qui ſont contenus au   Reiettée.
cœur & aux grandes arteres : mais ceux-là ſeulement qu'il contiendra dans ſa
ſubſtance & en ſes membranes : leſquels veu qu'ils ne retournent plus au cœur,
comment contempereront-ils la chaleur d'iceluy : Alexandre Benedict ſemble
auoir ſuiuy la meſme opinion. Mais Albert le Grand, perſonnage plus docte   li. 12. animal.
que poli, combien qu'en pluſieurs choſes il ſoit Peripateticien, abandonne tou-   li. 4. c. 2.
tesfois en cecy la doctrine d'Ariſtote : & veut que la frigidité du cerueau contempere autant la chaleur du cœur, comme la ſeichereſſe du cœur contempere
l'humidité du cerueau.

Du Cerueau,

Pourquoy la partie dextre de la teste ou du cerueau estant blessée, ou souffrant inflam-
mation la conuulsion suruient-elle à la partie opposite?

QVESTION CINQVIESME.

IL faut icy examiner deux problémes. 1. Pourquoy la partie dextre de la teste estant blessée ou assiegée d'vne inflã-
mation, il arriue souuent que les parties senestres du corps
tombent en conuulsion. 2. Pourquoy vne partie du cerueau estant ou frappée, ou oppilée, le costé opposite à la
partie affectée deuient quelquesfois paralytique. La solution de ces deux questions est pleine de plusieurs nœuds
fort difficiles à expliquer. Car les affections de quasi tou-

Les affections
des parties se
communiquent
ordinairement
selon la recti-
tude.

tes les parties du corps, se communiquent ordinairemēt selon la rectitude, & non
pas aux parties opposites: parce que les parties dextres sont de mesme tribut que
les dextres, & les senestres que les senestres. Ainsi aux affections de la rattelle, la
douleur attaque le costé gauche de la teste, comme en l'inflammation du foye le
droit : & en la seconde section du 6. liure des Epidemies. *La douleur des costez qui*
se fait vis à vis, la tension des hypothondres, la tumeur de la ratelle, & l'eruption qui se
fait par les narines. Ie diray premierement mon aduis de la conuulsion, & puis

Que les parties
opposites tom-
bent en con-
uulsion
Authorité
d'Hippocrate.

apres ie parleray de la paralysie. Que les *parties opposites tōbent en conuulsion,* Hippocrate l'a le premier enseigné au liure des playes de teste. Or par *les parties oppo-*
tes, il entend tantost *les parties de la teste seule,* & tantost *de tout le corps.* De la teste
seule, quand il escrit, *Qu'il se faut garder de couper les veines qui passent par les tem-*
ples, parce qu'il y a danger de conuulsion, de la partie dextre, si on couppe les veines sene-
stres & au contraire. Et de tout le corps quand il dit : *Si l'os a suppuré, il s'esleue des*
pustules sur la langue, le blessé meurt auec resueries, & la conuulsion en saisit plusieurs en
l'autre partie du corps : comme si la partie dextre de la teste est blessée, la conuulsion oc-
cuppe le costé senestre du corps, & au contraire. Au 5. liure des Epidemies, vne seruante d'Omilée tomba au milieu de l'esté en conuulsion de la main gauche, combien
qu'elle eust esté blessée au costé droit de la teste. Et Autonomus qui auoit esté
frappé d'vn coup de pierre au mitan du parietal, tomba en conuulsion des deux
mains. Au 7. liure des Epidemies, en l'histoire des fils de Phanias & Euergus,
blessez en la teste. *A tels* (dit-il) *arriue qu'il leur suruient des vomissemens & des*
conuulsions & ce aux parties dextres, si l'vlcere (c'est à dire la playe) est au costé gauche
de la teste: & aux senestres, s'il est au droit. Ie recueille donc deux choses d'Hippocrate. 1. Que la conuulsion ne suruient pas tousiours, mais lors seulement que la
suppuration se fait, ou qu'elle est faite : ou bien quand il y a vne grande inflammation. 2. Que tous ceux qui sont blessez à la teste, ne tombent point en conuulsion, mais la plufpart : tellement que ce ne soit pas chose qui soit perpetuellement vraye, que les playes de la teste soyent tousiours suiuies de la conuulsion des
parties opposites. Or d'assigner la cause de la premiere conuulsion, ce n'est point

Pourquoy le
muscle tempo-
ral droit estant
blessé le sene-
stre tombe en
conuulsion.

chose qui soit fort difficile. Car le muscle temporal dextre estant couppé, ou paralytique, la conuulsion proprement dite ne tōbe pas premierement, & de soy, sur
le muscle du costé opposite, mais par accident : d'autant que tous les muscles sont
ou antagonistes ou congeneres, c'est à dire d'vn mesme genre s'ils sont congeneres, la paralysie ou diuision de l'vn fait la conuulsion de l'autre : que s'ils sont anta-

gonistes

gonistes & contraires, tellement que leurs mouuemens succedent l'vn à l'autre:
l'vn d'iceux perissant, il faut de necessité que l'autre soit osté : car si le muscle qui
estend est couppé, la partie veritablement se fléchira, mais elle demeurera tousiours fléchie, d'autant qu'elle ne peut plus estre estenduë, & partant cette espece de conuulsion est accidentaire & impropre. Mais de la conuulsion qui est des
autres parties du corps, & non de celles de la teste seule, la raison en est vn peu
plus obscure. Il semble toutesfois qu'Hippocrate aux lieux alleguez recognoisse
la cause d'icelle estre la qualité maligne du pus, laquelle lancinant les membranes qui sont de sentiment tres-exact, & piquant le principe des nerfs fait & excite
ce mouuement depraué. Or de la partie blessée est portée à la partie saine, tantost vne vapeur seule, & tantost vne portion de quelque Ichor malin. La vapeur
est portée par des chemins & conduits insensibles : mais comment l'Ichor est porté de la partie blessée en la partie saine opposite, c'est chose qui n'est point si aisée
à declarer. Au reste il faut, ou qu'il y soit transmis, ou qu'il y tombe, ou qu'il s'y
répande, ou bien qu'il y soit exprimé. Qu'il soit transmis & enuoyé de la partie
naurée en celle qui est saine, personne ne le dira : Car la partie la plus foible n'a
point accoustumé de se décharger sur la plus robuste. Il n'y tombe pas aussi, parce que toute cheute & descente se fait tout droit & perpendiculairement : Car
elle suit le mouuement de l'humeur, lequel comme ainsi soit qu'il dépende (selon
les Philosophes) de la forme élementaire, il sera simple & tout droit. Il reste donc
qu'il s'y répande, ou qu'il y soit exprimé. Ie recognois icy l'vn & l'autre : Car il
s'y répand s'il est en trop grande abondance, s'il est de substance tres-subtile, &
tres-acre en qualité. Ainsi la bile de temperament tres-chaude & comme furieuse, quand elle engendre des érysipeles des parties internes, elle se répand bien
quelquesfois en sorte qu'elle se manifeste aux parties externes. En l'esquinance
du larynx, le sternon & la nuque du col, selon Hippocrate, rougissent quelquesfois par propagation de l'humeur. Qui empeschera donc que l'Ichor tres-subtil
ne se répande par toute la membrane si l'inflammation est paruenuë à son degré
souuerain? Que si l'Ichor n'est pas en telle quantité qu'il se puisse répandre, il
pourra à tout le moins estre épraint de la partie dextre en la senestre, comme il se
fait souuent expression des parties inferieures aux superieures. Or il est exprimé
par compression, la compression se fait par la suppuration, laquelle pendant
qu'elle se fait, estend les parties voisines, d'autant que l'humeur bouïllonnante
occupe d'auantage de lieu : & d'icy naissent *les douleurs & les fiéures*. Pour cette
cause Hippocrate a dit que la conuulsion se fait lors principalement que la suppuration se fait, ou qu'elle est faite. A la pucelle d'Omilée, il est vray-semblable que
l'Ichor ne se répandit point, ains qu'il fust exprimé de la partie malade en l'opposite saine : Car l'os estant leué la membrane rendoit peu de bouë, de pus & de sang:
vne goutelette d'Ichor, aussi bien qu'vn air ou vapeur maligne, peut exciter la
conuulsion quand elle agace & piquotte les membranes des nerfs qui sont de
tres-exquis sentiment. Doncques l'humeur qui cause la conuulsion est souuent
exprimée ou répanduë de la partie malade en celle qui est saine : I'ay dit *souuent*,
parce qu'il n'est pas tousiours necessaire que ce soit vn Ichor qui soit exprimé ou
répandu, veu qu'vn vent ou vne vapeur maligne qui expire & est portée de la partie naurée en la saine en peut bien faire tout autant. Mais il se presente icy deux
grandes difficultez. 1. Comment l'Ichor de la partie blessée peut estre porté en la
partie opposite, veu que le cerueau est separé en dextre & senestre par vn diaphragme ou vne separation propre & tres-épaisse; c'est à sçauoir par la duplica-

*La cause de la
conuulsion de
la partie oppo-
site est vne
qualité ma-
ligne.*

ture de la dure meninge nommée *falx* & *faucille*, parce qu'elle ressemble à vne faucille dequoy on moissonne les grains. 2. Pourquoy puis que le mesme pus piquotte par son acrimonie les membranes du costé blessé, n'excite-il pas aussi bien la conuulsion au mesme costé, comme il fait en l'opposite. La solution de la

Comment il est porté à la partie opposite.

première doit estre tirée de l'Anatomie. La dure meninge contiguë au crane est toute continuë à soy par sa partie superieure & exterieure, & comme toute enduite d'vne humidité aqueuse. Entre cette membrane & l'os de la teste croupit la matiere purulente, laquelle à raison de la continuité de la meninge peut estre facilement & exprimée & répanduë de la partie dextre de la teste à la senestre, la figure ronde de la teste aidant en quelque façon à cela. Cette portion d'Ichor estant exprimée de la partie malade sur la saine, exude tantost à raison de sa subtilité par le trauers des membranes en la moëlle du cerueau ; & d'icelle dans les nerfs, dont prouient l'inflammation d'iceux; tantost aussi elle tombe par la partie externe de ladite membrane en la medulle spinale, laquelle est enueloppée de la mesme meninge : Là où piquant & irritant le principe des nerfs, elle cause vne conuulsion simpathique, de sorte que le spasme arriue plustost par la poincture & l'inflammation des membranes, que par l'affection de la substance interne & medulaire des nerfs. Or pourquoy le costé opposite tombe en conuul-

Pourquoy le costé blessé ne tombe point en conuulsion.

sion, & non pas celuy qui est blessé, c'est ce que nous allons à cette heure rechercher. On a quelquesfois remarqué qu'aux playes de la partie dextre de la teste, les parties dextres du corps souffroient aussi conuulsion : quelquesfois qu'il n'y auoit seulement que les opposites, & bien souuent les vnes & les autres tout ensemble, alors, dit Galien, *que l'inflammation touche la principauté.* Ce n'est donc pas chose perpetuelle qu'vn costé de la teste estant nauré, la partie opposite tombe en spasme & conuulsion : Mais d'autant que cela arriue fort souuent, ie m'en vay en rechercher la cause à la maniere qu'ensuit. La partie opposite tombe souuent en conuulsion, & non pas la blessee, parce que le pus épandu de la partie malade en la saine ne trouue point d'issuë, & croupit-là & prend inflammation, d'où vient la conuulsion : Mais la bouë qui regorge en la partie naurée a l'issuë libre par la playe & l'ouuerture de l'os, & par ce moyen est éuitée l'affection de la membrane & la conuulsion. Et c'est parauanture ce qu'a voulu Hippocrate, quand il dit en l'histoire de la fille mentionnée cy dessus, *que les parties senestres souffroient conuulsion,* parce que la blesseure & le trou estoient plustost aux parties dextres. On peut encore assigner vne autre cause bien probable de cette conuulsion. La partie blessee ne tombe point en spasme, mais l'opposite; parce qu'en icelle la faculté est esteinte & totalement resoute, & la temperature qui est la cause de toutes les actions grandement blessee, & partant estant piquée & aiguillonnée elle ne se réueille point & ne fait aucun mouuement ny effort. Or la partie naurée est quasi toute morte & esteinte, à raison de la suppuration, & de la grande inflammation, comme a fort bien declaré Hippocrate en son liure des playes de teste. Mais la partie opposite parce qu'elle est doüée d'vn sentiment tres-exquis, estant piquée elle se retire incontinent & tire en simpathie tous les nerfs de la mesme partie, faisant par ce moyen vne conuulsion des parties qui sont vis à vis. Hippocrate confirme cette mienne conjecture au lieu allegué. Car quand la conuulsion tombe sur la partie opposite toutes choses sont desesperées. *Il s'élene,* dit-il, *des pustules sur la langue, & le blessé meurt auec réueries.*

Pourquoy la partie dextre de la teste eſtant bleſſéé ou oppilée, la ſeneſtre deuient paralytique.

QVESTION SIXIESME.

A difficulté touchant la paralyſie eſt plus obſcure & raboteuſe ; pourquoy l'vne des parties de la teſte eſtant bleſſée, ou l'vn des ventricules eſtant oppilé ou comprimé, les parties oppoſites tombent paralytiques ? Que cela ſoit tres-veritable, les exemples de pluſieurs le témoignent, & quaſi tous les Medecins, tant anciens que modernes, l'ont ainſi laiſſé par écrit. Hippocrate a quelquesfois fait mention de cette paralyſie : Comme quand il dit, *Tous ceux qui deuiennent impuiſſans à raiſon des bleſſeures de la teſte, guariſſent ſi la fiéure ſuruient ſans horreur ou friſſonnement: autrement ils deuiennent apoplectiques des parties dextres ou ſeneſtres*, c'eſt à dire paralytiques. Car Hippocrate dit ſouuent la jambe eſtre apoplectique, au lieu de dire paralytique. En l'hiſtoire des fils de Phanias & d'Euergus, il écrit que *ceux deuiennent impotens, ſil' vlcere eſt au coſté droit de la teſte de la partie ſeneſtre, & s'il eſt au coſté gauche de la dextre*. Arethæe eſt du meſme aduis quand il écrit : *Si la teſte eſt bleſſée en la partie dextre, les malades tomberont paralytiques des nerfs gauches: & ſi c'eſt en la ſeneſtre, des nerfs droits*. Salicet allegue ce theoreme vniuerſel. *Toutesfois & quantes que quelqu'vn eſt bleſſé à la teſte, en ſorte qu'il ſuruient paralyſie, ſi la bleſſeure eſt en la partie dextre de la teſte, la paralyſie ſe fera au coſté gauche du corps, & au contraire*. Iean de Vigo & Hollier ont auſſi remarqué le meſme, & nous l'auons pareillement obſerué en pluſieurs bleſſez. On ne doute donc point que cela n'arriue, mais pourquoy & comment il ſe fait, on en eſt en vn debat tres-grand. Il y en a qui eſtiment que les nerfs ſont tellement intriquez & entrelaſſez en leur origine, que les dextres s'en vont aux parties ſeneſtres, & les ſeneſtres aux dextres, & qu'ils s'entrecouppent en forme de croix; & qu'à cette cauſe les parties dextres eſtant bleſſées, oppilées ou en quelque maniere affectées, les ſeneſtres tombent tantoſt en conuulſion, & tantoſt en paralyſie, & au contraire, d'autāt que leur principe eſt affecté. C'a eſté l'opinion de Caſſius & d'Arethæe. Caſſius eſtime que les nerfs tirent leur origine de la baſe du cerueau : en ſorte que ceux qui naiſſent de la partie dextre ſoyent portez en la ſeneſtre, & ceux qui ſortent de la ſeneſtre en la dextre en s'entrecroiſant. Arethæe veut le meſme que Caſſius, quand il dit, *Les nerfs dextres ne ſont point portez iuſques aux extremitez ſelon la rectitude aux parties dextres, ains incontinent qu'ils ont prins naiſſance de leur principe, ils paſſent aux parties oppoſites, & ſe changent eux-meſmes en la figure de la lettre X*. Mais la legereté de cette opinion n'a point beſoin de noſtre reprehenſion : car la veuë nous enſeigne que tous les nerfs qui naiſſent de la moëlle du cerueau ſont diſtincts & totalement ſeparez en leur origine, progrez & inſertion, horſmis les optiques, leſquels s'vniſſent quaſi à demy-chemin ; & falloit qu'ils s'vniſſent ainſi, afin d'eſtre portez à la prunelle : car il eſtoit à craindre

L.7. epidem

L. 1. de cauſ. & ſign. diuturn morb. c. 7.

Comment.In coac. pren.

Et comment.

Opinion de Caſſius & d'Aretæe.
Caſſius au 41. probleme.
Au lieu deſiá coſté.

Eſt reiettet

MMm ij

en trauerfant vn long chemin qu'ils ne vinffent à raifon de leur molleffe à fe lafcher, & ne demeuraffent point toufiours en vn mefme plan & affiette, & qu'ainfi
les yeux trompez ne iugeaffent les objets fimples eftre doubles. Mefme que cette
vnion eftoit neceffaire, afin d'affembler & vnir les formes & reffemblances des
objets vifibles. Il n'y a donc que les optiques feuls qui s'vniffent, mais c'eft en forte
qu'ils ne s'entrecouppent iamais. Nous auons n'agueres remarqué les nerfs de la
feconde coniugaifon eftre continus en leur origine. Quand aux nerfs de la medulle fpinale, les dextres font feparez des feneftres, & ne s'entrecouppent en nulle
façon. C'eft donc vne abfurdité de rapporter la caufe de la conuulfion & de la pa-

ralyfie qui fe fait du cofté oppofite à l'interfection des nerfs & permutation d'i-
ceux, comme parle Arethæe, veu que ce qu'ils alleguent ne font que fictions &

pures folies. Il y en a d'autres qui veulent que ce ne foyent pas les nerfs, mais les
veines & petites arteres du cerueau qui s'entrelaffent premierement à la bafe du
cerueau, & puis apres aux entrelaffemens labyrinthiques : (i'entends au coroide
& en la reths admirable) en telle façon que de la partie dextre elles foyent diftri-
buées en la feneftre, & de la feneftre en la dextre. Ils penfent donc que les ventricules & parties dextres du cerueau eftát preffées ou oppilées, les parties feneftres
du corps tombent en conuulfion, ou en paralyfie ; à raifon qu'elles font empef-
chées de receuoir des efprits par la compreffion & l'obftruction de leur fontaine
commune, & par l'empefchement que les efprits trouuent en leurs chemins ; lefquels efprits (comme ils fe perfuadent) fe répandent dans tout le corps non point
par la fubftance interieure & medullaire des nerfs, mais par les petites arteres qui

font en leurs tuniques, comme par des tuyaux & aqueducts. Cette opinion certes
me femble ingenieufe & cachée de quelque apparence de verité : mais elle eft cótraire aux principes de l'Anatomie. Car pour abreger, elle fouftient deux chofes.
1. Que les vaiffeaux s'entrecouppent. 2. Et que l'efprit animal eft porté par les vaiffeaux, & non pas par la moëlle. Or combien elles font effóignées de la verité, nous
le monftrerons par le fens & la raifon (qui font les deux criteres de toutes chofes,
& les chiens dont les Philofophes fe feruent pour faire la chaffe, & recherche des

caufes) en la maniere qu'enfuit. Tous les vaiffeaux qui arroufent tout le corps du
cerueau & fes membranes, naiffent de la iugulaire interne, & des arteres carotides & ceruicales. Or la diftribution de ces vaiffeaux, entant que nous l'auons peu
remarquer par la veuë, eft telle qui enfuit. La iugulaire dextre verfe & décharge le
fang au *finus* dextre de la dure meninge comme dans vne cifterne, & la feneftre
dans le feneftre. De la concurrence ou rencontre de ces *finus* dextre & feneftre eft
formé le troifiéme *finus*, lequel s'auançeant en deuant felon la longitude de la future fagittale eft porté aux extremitez des narines. De ce troifiéme *finus* vn nóbre
infiny de venules éparfes de cofté & d'autre fe répandent dans la meninge defliée.
Et le quatriéme *finus*, porté entre le grand & le petit cerueau, aboutit aux feffes
du cerueau. Ces *finus* icy comme des ruiffeaux, & vicaires des vaiffeaux portent &
répandent le fang de tous coftez ; & d'iceux le fang qui leur a efté déchargé par les
iugulaires, eft exprimé comme d'vn preffoir dans tout le corps du cerueau. Partant donc les rameaux & veines iugulaires s'affemblent au troifiéme & quatriéme *finus* de la dure meninge, mais ils ne s'entrelaffent point en telle forte que les
dextres foyent portez aux parties gauches, ny les feneftres aux droites ; & ces veines ne s'entrecouppent ny entrecroifent en nulle façó. Et pour le regard des arteres carotides elles ne s'entrecroifent point, non plus les dextres auec les feneftres ;
d'autant qu'elles ne verfent point l'efprit vital aux *finus* de la dure meninge, com-

me les veines font le fang ; & les dextres ne s'entrelaçent point auſſi auec les feneſtres, mais chaque artere fait l'entrelaçement de ſon coſté, la dextre le dextre, &
la ſeneſtre le ſeneſtre ; leſquels entrelaçemens apparens aux ventricules ſuperieurs, ne ſe croiſent ny entretouchent iamais, en ſorte que le dextre puiſſe eſtre
porté aux parties ſeneſtres, & le ſeneſtre aux parties dextres : car les ventricules
ſuperieurs ſont ſeparez par vn entre-deux metoyen. Que ſi tu veux que les arteres carotides s'entrelaçent & entrecouppent à la baſe du cerueau aux coſtez
des apophyſes clinoïdes : Ie confeſſeray bien que les arteres du meſme coſté s'en- *Les arteres du cerueau ne s'é- trecouppent point.*
trelaçent , c'eſt à dire, qu'elles s'entortillent d'vn nombre quaſi infiny de tours
& ronds reſſemblans aux tendrons de la vigne ou du lierre ; mais qu'elles s'entrecouppent, & que des parties dextres elles ſoient portées aux ſeneſtres, ie le nie-
ray tout à plat. Car les trous des apophyſes clinoïdes , par leſquels les arteres
montent à la baſe du cerueau, & de là droit aux ventres ſuperieurs, ſont diſtans
& éloignez l'vn de l'autre d'vn aſſez notable interuale. Que ſi tu ne m'en veux *Raiſon.*
point croire, fais-en toy-meſme l'experience en cette maniere. Mets vne canule
dans la carotide dextre , & ſouffle auec la bouche, tu verras alors que les petites
arteres des parties dextres ſe rempliront & dilateront plus que celles des parties
gauches. Chaſſons donc de nos eſprits ces tenebres , & explodons cette interſection de vaiſſeaux, qui eſt totalement contraire au ſens de la veuë. A l'expe- *Experience.*
rience conſent & fauoriſe la raiſon. Car ſi on admettoit cette interſection de
vaiſſeaux, il faudroit que ce fuſt vne choſe perpetuelle aux parties ſeneſtres de
deuenir paralytiques, alors que les dextres ſeroient preſſées ou oppilées, à raiſon
que le chemin ſeroit fermé à l'eſprit. Or on a ſouuentesfois remarqué la repletion du ventricule dextre auoir apporté la paralyſie des nerfs du meſme coſté.
Mais ſoit, poſons & ne concedons pas, que les arteres & les entrelaçemens s'en- *Les arteres ne portent point l'eſprit ani- mal.*
trecouppent, s'enſuiura-il pour cela que la compreſſion d'iceux cauſe la paraly-
ſie des parties oppoſites ? Les arteres ne ſont rien que les receptacles de l'eſprit
vital, lequel ne fait ſeulement qu'exercer les actions de la vie, conſeruer, fomenter & reparer la chaleur innée de chacune partie : il ne ſert de rien au mouuement & ſentiment. Mais en la paralyſie, la partie vit, eſtant totalement priuée
du mouuement & du ſentiment : dont s'enſuit que l'eſprit animal autheur du
mouuement & du ſentiment, n'eſt point porté par les arteres. Ie ſçay bien que
l'obſtruction des veines iugulaires & des arteres carotides cauſe l'apoplexie , la
lethargie & le caros : mais cette apoplexie-là n'eſt point de durée, & n'arriue que
par accident, à raiſon que l'eſprit vital qui fournit de matiere pour la generation
de l'eſprit animal , eſt empeſché par l'obſtruction de monter au cerueau. Or en
cette queſtion icy, il s'agit de la vraye paralyſie, qui ſe fait par la reſolution, ma-
defaction & mollification des nerfs , ou par l'obſtruction & interception des
chemins de l'eſprit animal. Or ces chemins icy , ce ſont les nerfs leſquels combien qu'ils n'ayent point de cauité manifeſte, ſi eſt-il que leur ſubſtance interieure eſt toute ſpongieuſe, par laquelle la faculté animale & l'eſprit vont & viennent
facilement. Pluſieurs doctes perſonnages ne veulent point admettre cela ; & en- *Opinion de Rondelet.*
tre les Modernes, le tres-docte Rondelet maintient que l'eſprit animal n'eſt pas
porté par la moëlle des nerfs, mais par les petites arteres des tuniques d'iceux : &
ne donne à ladite moëlle que ce ſeul vſage, qui eſt d'appuyer & ſouſtenir, comme de la bourre, les petits vaiſſeaux. Argentier veut que l'eſprit n'abandonne ia- *D'Argentier.*
mais les arteres. L'opinion de Praxagore (comme rapporte Galien) eſtoit que les

De Praxagore.
l. 1. de placit.
c. 7.
Reiettée.
nerfs font continus aux arteres, & qu'ils ne font rien autre chofe qu'artères deuenuës plus menuës. Mais la legereté de fon opinion eft conuaincuë; parce que les arteres intercoftales font fort déliées, & celles qui font les entrelaçemens du cerueau tres-eftroittes, lefquelles toutesfois perfonne n'oferoit appeller *nerfs*. Mais nous auons traicté cette queftion plus au long au quatriéme liure, qu'il

Que l'efprit animal n'eft point porté par les arteres.
suffife d'auoir dit en paffant que l'efprit animal ne peut eftre porté par les arteres; d'autant qu'elles font dediées pour diftribuer l'efprit vital: Or deux efprits differens d'efpece & de forme, ne peuuent eftre portez par mefmes vaiffeaux. Le nerf optique eftant oppilé, la veuë perit: eft-ce à raifon de l'interception des petites arteres? nenny certes: car la partie mourroit du tout, n'eftant plus éclairée des rayons de l'efprit vital: il refte donc que ce foit par l'affection de la fubftance moëlleufe. En la luxation des vertebres, le corps tombe quelquesfois en paralyfie, parce que la moëlle du nerf eft preffée; par la compreffion de laquelle le paffage eft fermé à l'efprit animal. Ceux qui ont vne pierre dans le roignon, fentent vne ftupidité & vn endormiffement en la cuiffe qui eft vis à vis, à raifon de la compreffion des nerfs & mufcles dediez au fléchiffement de la cuiffe, fur lefquels font couchez les roignons. Les petites arteres qui fe trainent dans les tuniques des nerfs, portent bien l'efprit vital aux nerfs; mais elles ne leur portent pas la faculté de fentir & de mouuoir. Les arteres du cerueau & des nerfs ne different point d'efpece de celles des autres parties: or aux autres parties elles n'engendrent ny ne contiennent point l'efprit animal: joint que la forme propre de chaque chofe foit aliment ou efprit, luy eft donné par la fubftance feule de la partie; les entrelaçemens des vaiffeaux ayans feulement efté faits pour la preparation & delineation de l'efprit, lequel reçoit fa forme de la feule fubftance medulaire au troifiéme & quatriéme ventricule, autrement les quatre ventricules du cerueau auroient efté créez en vain, lefquels tous recognoiffent eftre les plus nobles parties d'iceluy. Finablement comme le cerueau eft dit cerueau par fa fubftance medulaire, & que cette fubftance medulaire eft la principale partie de cet organe tres-noble, fiege de la memoire, de la raifon & des imaginations: ainfi la moëlle eft la principale partie du nerf, laquelle porte l'empire & le commandement de la faculté fenfitiue & motrice, non point par vne irradiation feu-

l. 8. de vfu par.
le, mais par vn efprit corporel. Pour cette caufe, Galien appelle le cerueau vn nerf tres-grand & tres-mol, & le nerf vn petit cerueau, plus fec & plus dur. Que fi la partie interieure du nerf eftoit feulement dediée (comme veut Rondelet) pour appuyer & affermir les petites arteres, il s'enfuiuroit qu'elle feroit la partie la moins noble & digne du nerf. Concluons donc felon la doctrine de Galien, & des Anciens, Que l'efprit animal eft porté par la fubftance interieure & moël-

Caufe de la paralyfie qui fe fait au cofté oppofite.
leufe du nerf. Ces chofes ainfi arreftées, il refte que nous declarions la caufe de la paralyfie, qui fe fait au cofté oppofite de la partie naurée. Vne portion de l'Ichor peut tomber de la partie dextre bleffée, droit dans le ventricule dextre fuperieur. Or d'iceluy il y a vn conduit apparent, qui mene au troifiéme ventricule, qui eft la cauité commune: (Galien l'appelle le ventricule moyen, ou pource qu'il occupe quafi le centre du cerueau, ou bien pource qu'il eft fitué entre les deux fuperieurs & le quatriéme inferieur.) L'humeur qui eft contenuë en ce ventricule, eft comme au centre du cerueau; & pourtant fi elle fuit le mouuement de fa forme élémentaire, elle tombera au lieu le plus pendant & le plus bas. Or la partie faine eft couftumierement plus panchante & baffe, d'autant que le

bleſſé, craignant la douleur ſe couche ſur le coſté ſain, & non pas ſur le malade. Qui empeſchera donc que l'humeur ne puiſſe quelquefois du troiſiéme ventricule tomber au quatriéme, & d'iceluy ſur la medule ſpinale qui eſt du coſté oppoſite de la partie bleſſée, & cauſer la paralyſie? Le cerueau n'eſt pas (comme veulent quelques-vns) diuiſé & ſeparé depuis le haut iuſques au bas de ſa baſe. Les ventricules ſuperieurs ſe terminent en vne cauité commune, dans laquelle ils déchargent leurs excremens & ſuperfluitez. Cette cauité commune icy s'en va rendre droit au quatriéme ventricule, qui eſt commun au petit cerueau, & à la moëlle de l'eſpine. Ce n'eſt donc pas choſe qui contrarie aux principes de l'Anatomie, que le pus, la pituite, ou le ſang puiſſe paſſer du ventre ſuperieur dextre au troiſiéme, & d'iceluy par le quatriéme dans diuerſes parties de la moëlle de l'eſpine, tantoſt dans la dextre, & tantoſt dans la ſeneſtre, ſelon que l'vne ſera ou plus penchante, ou plus debile que l'autre. On peut encor alleguer cette autre *Autre raiſon* raiſon, qui eſt que Nature a de couſtume de chaſſer & mettre hors l'humeur excrementitieuſe, partie par la playe, partie par le flux de ſang, partie par l'excretion du pus, & partie par les medicamens qui attirent & épuiſent l'humidité: de ſorte que la partie bleſſée ſe purge & mundifie tres-bien. Mais la partie oppoſite qui ne ſe décharge & purge point, eſt facilement affectée, ou par ſympathie, ou par tranſport ou deſcente de matiere ſur icelle. Il y en a d'autres qui veulent que quaſi tous les eſprits accourent à la partie bleſſée ou aſſiegée de tumeur & d'inflammation, qui fait que les parties oppoſites en eſtant priuées ſe paralyſent facilement.

De l'eſprit animal, quelle eſt ſa nature, & quelle la maniere
& le lieu de ſa generation.

QVESTION SEPTIESME.

 OVS auons prouué par des raiſons irrefragables, qu'à faire le mouuement & le ſentiment, il eſtoit neceſſairement beſoin qu'il influaſt du cerueau dans les nerfs, non vne faculté ſeule, mais quelque eſprit corporel. Il nous faut maintenant expliquer de quel nom cet eſprit doit eſtre appellé, quelle eſt ſa nature, & quelle la maniere & le lieu de ſa generation. Galien l'appelle par tout *eſprit animal*, d'autant que l'ame s'en ſert comme d'vn organe, *Qu'eſt-ce que l'eſprit animal,* pour faire toutes les functions animales, ſenſitiues, motrices & princeſſes; & le *1.5.de vſu pars* definit *vne exhalaiſon du ſang bening*. Aucuns veulent que cet eſprit ſoit vne partie viuante du cerueau, & ſimilaire & organique: ſimilaire entant qu'il eſt orné d'vne certaine temperature. Et organique entant qu'il eſt ſubtil, luiſant, pur & mobile. Quelques-vns eſtiment qu'il ne differe pas d'eſpece & de nature de *Qu'il differe* l'eſprit vital, mais ſeulement en accidens, comme en temperature, en lieu, au *de l'eſprit vital en forme* principe dont il dépend, & en la maniere de ſa diſtribution. Car l'eſprit animal *& eſpece.* eſt plus humide, & plus temperé: le vital plus chaud: l'animal prouient du cerueau, le vital du cœur: l'animal ſe répand par les nerfs pour faire le mouuement & le ſentiment, & le vital par les arteres, pour donner la vie à tout le corps. Nous voulons au contraire que l'eſpece & la forme de ces deux eſprits ſoient

diuerfes, ainfi que la chylification eft diuerfe de la fanguification : Car les organes font diuers, leurs facultez diuerfes, & la maniere de leur generation diſ-ſemblable. Et comme l'aliment par vne nouuelle coction, prend vne nouuelle forme, & par confequent vne nouuelle denomination : Ainſi en eſt-il de l'efprit.

l. 12. method. cap. 5.
Galien a diſtingué ces deux efprits en mille endroits, quoy que quelques Modernes alleguent au contraire. *Nous auons*, dit-il, *enfeigné que le cerueau eſt la fontaine de l'efprit animal, la demonſtration du vital n'eſt point ſi éuidente : Il n'eſt pas toutesfois éloingné de raifon, qu'il ſoit contenu au cœur & aux arteres : que s'il y a quelque efprit naturel, il eſt logé au foye & aux veines.* Ailleurs, *L'épilepſie ſe fait au*

l. 3. de loc. aff. cap. 5. lib. 16. de vſu part. part. 10. l. 7. de placit. cap. 3.
cerueau par vne humeur qui empefche que l'efprit animal contenu aux ventres d'iceluy ne puiſſe ſortir. En vn autre endroit, *Les arteres tiſſuës en forme de reths nourriſſent l'efprit animal contenu au cerueau, lequel certes differe grandement de la nature des autres efprits.* Item, *L'efprit contenu aux arteres eſt appellé vital, & celuy qui eſt au cerueau animal, non qu'il ſoit la ſubſtance de l'ame, mais ſon premier inſtrument.* Il en eſcrit tout autant en pluſieurs autres endroits, defquels on peut recueillir que Galien a mis diſtinction entre l'efprit animal & le vital. Et de fait cet

L'vfage & neceſſité de l'efprit animal.
efprit animal eſtoit neceſſaire. 1. Pour porter la faculté de ſentir & de mouuoir aux parties. 2. Pour faire apprehender plus facilement les objets externes. Car d'autant qu'il faut que les organes des ſens ſoient en vn moment alterez par les objets, il eſt vray-femblable qu'ils le feront plus promptement, eſtant plains d'efprits, que s'ils eſtoient totalement ſolides. 3. Pour porter les efpeces des objets apperçeuës par les ſens externes, au cerueau comme au Iuge & Cenſeur, & les y engrauer & conſeruer : tellement que l'efprit animal puiſſe eſtre dit *le lieu &*

La nature du vertige.
le magazin des efpeces des objets. Ainſi au vertige ce n'eſt pas l'objet ny ſon efpece qui tourne, il n'y a feulement que l'efprit animal qui ſe mouue ainſi circulairement, & toutesfois il femble que toutes choſes virent & tournent en rond : dont s'enfuit que cet efprit eſt neceſſaire au mouuement & au ſentiment. Le cerueau s'en ſert auſſi pour faire les facultez princeſſes, tellement qu'il agiſſe & dans & hors le cerueau : dans le cerueau pour faire les facultez princeſſes, & hors du cerueau, pour faire le mouuement & le ſentiment. Or il n'eſt pas ſeulement contenu aux ventricules, mais auſſi aux pores, & en toute la ſubſtance medullaire du cerueau : de forte qu'entant qu'il eſt contenu aux pores du cerueau, il ſerue aux facultez princeſſes, & entant qu'il eſt contenu aux ventricules, au ſentiment & au

Comment l'efprit animal eſt dit auoir pluſieurs differences.
mouuement. Au reſte, cet efprit organe immediat du mouuement, du ſentiment & des facultez princeſſes, n'eſt certes qu'vn en efpece : Il eſt toutesfois dit eſtre de pluſieurs differences, à raiſon de la varieté des objets & des organes, choſe qu'Ariſtote enfeigne fort élegamment. *Il y a pareille raiſon de l'efprit aux ouurages que Nature fait, comme du marteau en l'art de forger : eſtant vn inſtrument vtile à pluſieurs actions.* Actuarius allegue l'exemple des rayons du Soleil, lefquels bien qu'ils ne ſoient pas diſſemblables, ſi eſt-il qu'ils ſont rendus differens & diuerſe-ment coulourez, ſelon la diuerſité des couleurs.

La matiere de l'efprit animal.
Il nous faut maintenant expliquer la nature de l'efprit animal, & la maniere de ſa generation. La matiere dont il eſt engendré eſt double, l'air & l'efprit vital : l'air eſt infpiré par le nez, & l'efprit vital porté par les arteres carotydes & ceruicales à la baſe du cerueau. Cet efprit icy ſe nourriſt d'air : de là vient que Galien reconnoit l'vfage de la refpiration eſtre double : la conſeruation de la chaleur naturelle, & la nutrition ou generation de l'efprit animal. Si le chemin eſt fermé à cette double matiere, ou que l'vne ou l'autre ſoit empeſchée de

monter au cerueau : Il ne s'engendrera point d'esprit animal. Les carotides estant liées slippume deuient apoplectique. Les narines estant fermées, & la respiration empeschée, il meurt & reste priué de sentiment & de mouuement. Il semble toutesfois que Galien se soit icy contredit, & partant il nous le faut concilier. *Conciliation des passages de Galien.* Il écrit au liure de la respiration auoir lié à vne beste viuante les arteres carotides, & que neanmoins elle ne mourut point pour cela : dont s'ensuit que l'esprit animal ne se nourrist que de l'air seul, & non point de l'esprit vital. Or au troisiéme des decrets, & au neufiéme de l'vsage des parties il écrit que l'esprit animal peut estre conserué du vital porté par les arteres, sans faire aucune mention de l'air. Disons qu'il peut estre conserué quelque peu de temps encore qu'il soit priué de l'vn de ses deux alimens, d'autant qu'il reste encore quelque prouision aux entrelassemens choroïde & admirable : Mais qu'il ne peut pas estre longtemps. Au reste la preparation d'iceluy se fait aux entrelasseures labyrinthiques faites d'vne infinité de petites arteres, la coction aux ventricules, & la distribution dans tout le corps du cerueau & les nerfs. Ceux donc se mécontent qui estiment qu'il prend sa forme & son espece aux entrelasseures. Car les entrelasseures, & aux testicules & aux autres parties, ont seulement esté faites pour la preparation, & faut que la forme soit donnée tant à l'aliment comme à l'esprit, par la substance de quelque partie. Ioint que les arteres du cerueau ne different point d'espece de celles des autres parties : Or aux autres parties, elles n'engendrent point l'esprit animal. Il s'ensuit donc que ces entrelasseures ont seulement esté faites pour la preparation de cet esprit, & que la coction & perfection d'iceluy se fait aux quatre ventricules : autrement ces parties qui sont tenuës pour les plus nobles du cerueau (veu que la compression & les playes d'icelles apportent vne mort soudaine) auroient esté creées en vain, & pour neant.

Refutation de l'opinion d'Argentier touchant l'esprit animal.

QVESTION HVITIESME.

Rgentier homme certes tres-subtil, mais grand ennemy de Galien, soustient qu'il n'y a qu'vn seul esprit au corps, à sçauoir le vital, & partant qu'il ne faut pas admettre l'animal. Il se jette premierement selon sa coustume à belles iniures sur son maistre Galien, l'accusant maintenant de legereté & inconstance, & tantost d'ignorance : d'inconstance certes, en assignant la matiere de l'esprit animal, & le lieu de sa generation. En assignant la matiere, parce qu'il veut tantost qu'il soit engendré de l'air inspiré, tantost de l'esprit vital, & quelquesfois aussi du sang. En assignant le lieu de sa generation, pource qu'il écrit tantost qu'il est engendré aux entrelasseures labyrinthiques, tantost aux ventricules anterieurs, & tantost en ceux de derriere : & tantost qu'il est contenu en la substance & au corps du cerueau. Mais ny Argentier n'a pas comprins l'intention de Galien : ny Galien ne s'est point contredit. Car la matiere la plus esloignée de l'esprit animal, c'est le sang : la prochaine & moyenne, c'est l'esprit vital, & la plus prochaine, c'est l'air attiré par les apophyses mammillaires, & porté non pas aux entrelasseures, ains aux ventres superieurs.

Argentier ac cuse Galien d'inconstance.

Mais il n'a point entendu l'intention d'iceluy.

Le lieu de la generation est semblablement diuers : Car il est preparé aux entre-laſſemens labyrinthiques & aux ventres ſuperieurs, il est elaboré au troiſiéme & parfait en celuy de derriere, d'où finalement il est répandu dans tout le corps du cerueau, & les nerfs. Or il l'accuſe d'ignorance pour auoir recueilly qu'il y a vn eſprit animal, par l'entrelaſſeuré retiforme, veu que cette reths n'apparoiſt point au corps humain : & meſme qu'il n'eſt pas beſoin d'entrelaſſeuré pour la generation des autres eſprits: Car il ne s'en trouue pas vn au cœur. Mais Galien n'a iamais voulu qu'il y euſt en nous vn eſprit animal, d'autant qu'il y a des entre-laſſemens au cerueau : Il a tant ſeulement écrit que cet eſprit animal eſtoit nourry & reparé, de ce qui luy eſtoit fourny par l'entrelaſſeure retiforme. Mais accordons qu'il l'ayt ainſi voulu, dirons-nous pour cela qu'il ait proferé quelque abſurdité. Nature n'a point accouſtumé de faire ces entrelaſſeures ſinon pour quelque élaboration nouuelle : On trouue au cerueau vn entrelaſſement fort notable nommé *choroïde*. Il s'enſuit donc que c'eſt pour la preparation de quelque eſprit nouueau. A ce qu'Argentier objecte que l'eſprit vital eſt engendré au ventricule gauche du cœur, ſans qu'il y ait aucun entrelaſſement de vaiſſeaux, en iceluy : Nous répondons que les entrelaſſeures n'eſtoient pas neceſſaires au cœur : d'autant que les eſprits vitaux eſtans beaucoup plus neceſſaires que les animaux, il falloit qu'ils fuſſent engendrés en plus grande abondance, ce qui n'euſt peu eſtre fait par ces vaiſſeaux tres-eſtroits. Car les fonctions animales ne ſont point perpetuelles, & chomment quand nous dormons, là où les vitales ſe renforcent au dormir. D'auantage toutes les parties du corps comme les os, cartilages & ligamens n'ont point le ſentiment : Mais elles viuent toutes par l'influence de l'eſprit vital : Et pourtant comme ainſi ſoit qu'il ſe faſſe vne diſſipation plus grande d'eſprits vitaux que des animaux, il s'enſuit fort bien que la reparation s'en doit auſſi faire plus abondamment. Ioint que l'eſprit vital ne fait point ſeulement les actions de la vie, mais auſſi il fourniſt de matiere à l'engendrement de l'eſprit animal : Il doit donc eſtre engendré en tres-grande quantité. Or cela ne ſe pouuoit faire aux petites arteres & cauitez tres-eſtroites. Finalement le cœur le plus chaud de tous les viſceres, cuit & parfait en bien peu de temps les eſprits, encore qu'il ne ſe faſſe point d'attouchement aux plus petites parcelles d'iceux : ce qui ne peut pas faire le cerueau plus froid. Et partant nous concluons que l'vſage des entrelaſſeures, n'eſtoit point neceſſaire au cœur, comme il eſt au cerueau. Argentier continue à preſſer Galien. Pourquoy (demande-il) l'eſprit animal ſera-il engendré aux entrelaſſeures du cerueau, veu que les arteres du cerueau ne different point de celles des autres parties : Or elles n'engendrent pas d'eſprits animaux aux autres parties, n'auſſi ne feront-elles donc point au cerueau. Ie réponds que l'eſprit animal ne prend pas ſa forme aux entrelaſſemens, mais aux ventricules : & qui prend ſeulement en paſſant par ces eſtreciſſures & deſtroits de chemin, quelque preparation & commencement d'eſprit animal non pas tant par la proprieté des arteres, comme par la faculté & l'irradiation du cerueau. Ainſi la ſemence eſt preparée & encommencée aux vaiſſeaux preparans par l'irradiation des teſticules, & le ſang preparé aux veines du meſentere par l'irradiation du foye : & Galien n'a iamais atttribué aucun autre vſage à ces entrelaſſemens que l'elaboration & raffinement de l'eſprit vital, & la preparation de l'eſprit animal. 4. Il prouue par cet argument qu'il n'y a point d'eſprit animal. S'il y auoit quelque eſprit contenu au cerueau, les ſens & imaginations ne feſteroient iamais, d'autant que les facultez de l'ame ſont touſiours preſentes. Ie ré-

Il accuſe auſſi d'ignorance.

Mais il eſt defendu par l'autheur.

Obiection.

Reſponce.

Raiſons pourquoy il n'y a point d'entre-laſſement au cœur comme au cerueau.

Autre obiection.

Reſponce.

Quatrième raiſon d'Argentier. Solution.

ſons que l'ame ne trauaille point touſiours, encore qu'elle ait ſon organe preſent; parce que l'organe eſt ſouuentesfois empeſché par la retraite de la chaleur naturelle qui ſe fait au centre du corps, comme par le dormir. Dauantage l'eſprit animal n'eſt pas touſiours preſent en quantité ſuffiſante, pour faire les actions animales, qui eſt la raiſon qu'elles ne ſont point perpetuelles, ains qu'elles chomment & ceſſent par le dormir. Et c'eſt icy la cauſe finale du dormir ſelon les Medecins, c'eſt à ſçauoir la reparation de l'eſprit animal. 5. Il objecte que bien qu'on *Cinquiéme.* admette vn eſprit animal, qu'il ne pourra pas pourtant deſcendre aux bouts des orteils, parce qu'il eſt de nature ignée & aërienne. Nous auons deſià ſatisfait à *Solution.* cet argument, & auons dit que les eſprits de leur mouuement propre ſont touſiours portez en haut & en dehors : mais alors qu'ils ſont regis & gouuernez par l'ame, qu'ils ſont enuoyez par toutes les parties, comme il luy plaiſt : Ainſi le bras eſt abbaiſſé par ſa forme élementaire, car il eſt peſant : mais il eſt releué par l'ame, pour le ſeruice de laquelle la chaleur naturelle & les eſprits ſe répandent par tout le corps. 6. S'il y auoit pluſieurs eſprits au corps ; ils ſe meſleroient & confon- *ſixiéme.* droient, & eſtans ainſi peſle-meſlez les actions ne ſe feroient point. Mais accor- *Solution.* dons qu'ils ſe confondent, choſe touteſfois qui n'eſt pas veritable, laiſſeront-ils pour cela de faire chacun leur action particuliere : Qui gardera que le vital ne faſſe les actions de la vie, & que l'animal ne donne le ſentiment & le mouuement ? Ces eſprits ne ſont pas contraires pour amoindrir les forces les vns des autres par leur meſlinge. 7. La dilatation de la prunelle ſe fait par l'eſprit des arteres : or ce- *Septiéme.* luy des arteres eſt vital & non point animal. Nous diſons qu'il n'eſt pas poſſible *Solution.* que la dilatation de la prunelle, l'autre œil eſtant fermé, ſe puiſſe faire en vn moment par l'eſprit des arteres, d'autant que les arteres des yeux ne s'vniſſent point, comme font les nerfs optiques : Ains ſont beaucoup éloignées les vnes des autres : Or l'eſprit vital ne peut retourner auec le ſang arterieux en vn moment d'vn œil à l'autre par des vaiſſeaux ſi éloignez. 8. L'influence de l'eſprit ani- *Huictiéme.* mal n'eſt pas neceſſaire, il eſt beſoin ſeulement d'vne qualité pour ſe communiquer en vn inſtant aux organes animaux, à la maniere des rayons ſolaires : car rien de corporel ne ſe meut en vn inſtant. Or les muſcles obeiſſent aux commandemens de la volonté, & auſſi-toſt qu'il nous plaiſt nous mouuons la derniere jointure du pied. Nous répondons que l'eſprit, organe de l'ame, obeyt *Solution.* ſoudain à ſes commandemens ; & qu'il y en a touſiours de contenu dans les nerfs, qui eſt reparé par celuy qui influë du cerueau, dont vient qu'auant que le premier ſoit épuiſé, le cerueau en fournit continuellement de nouueau. Ce que le Poëte Lucrece a chanté en ces vers :

> *Donc quand noſtre ame veut s'ébatre & pourmener,*
> *Soudain la faculté qui nous fait cheminer*
> *Et mouuoir tout le corps, laquelle eſt répanduë*
> *Dans les membres & ioints, le pouſſe & le remuë*
> *En diuerſes façons : & le fait aiſément*
> *Pour eſtre iointe à eux inſeparablement.*

En fin il conclud qu'il n'y a qu'vn ſeul eſprit influent, parce qu'il n'y a qu'vne *Concluſion* ſeule ame, vne ſeule chaleur influente ; vn ſeul aliment des parties, à ſçauoir le *d'Argentier.* ſang, & vn ſeul air que nous attirons par la reſpiration. Voilà les traits tirez par Argentier contre le diuin Galien : combien ils ſont foibles, legers, & peu reſentans ſon Medecin : i'en laiſſeray le iugement aux Doctes. Il n'y a veritablement qu'vne feule ame au corps, mais elle eſt ornée de diuerſes facultez : il n'y a qu'vn ſeul aliment, mais il reçoit par diuerſes coctions, diuerſes formes: Il n'y a auſſi qu'vn ſeul air, mais il prend diuerſes formes & eſpeces, ſelon la ſubſtance des parties. Tout ainſi donc que les facultez de l'ame ſont trois, la naturelle, la vitale & l'animale : Qu'il y a trois principes, le cerueau, le cœur & le foye : Qu'il y a trois ſortes d'organes miniſtrans à ces trois parties nobles, les veines, les arteres & les nerfs : Ainſi concluons-nous qu'il y a trois eſprits qui different entre-eux d'eſpece & de forme : Autrement toutes choſes ne ſeroient qu'vne choſe, d'autant qu'elles n'auroient qu'vne meſme & commune matiere. Nous pourrions attaquer la fortereſſe de Galien tres-bien couuerte de terraſſes, foſſez & ramparts, auec des machines & des traits beaucoup plus forts, & du tout effaçer cet eſprit animal du roolle des eſprits : nous le darderons donc par forme d'exercice en cette maniere. 1. Tout eſprit qui eſt contenu dans la cauité des arteres, doit eſtre appellé vital : mais tout eſprit qui eſt contenu au cerueau, eſt enfermé dans des arteres, & ne les abandonne iamais : Donc tout eſprit qui eſt contenu au cerueau, eſt vital & non animal. La propoſition mineure ſe confirme en cette ſorte. Si l'eſprit ſort vne fois des arteres, il ſe répandra ou dans les ventricules ou dans la ſubſtance du cerueau: que ſi tu l'accordes, il s'enſuiura qu'il ſe condenſera incontinent : Car les vapeurs tres-chaudes éleuées des viſceres échauffez, leſquelles ſont encores plus ſubtiles que les eſprits, ſe condenſent auſſi-toſt qu'elles rencontrent le cerueau, à raiſon de la frigidité d'iceluy. Que la vapeur ſoit plus ſubtile que les eſprits, il appert parce que la vapeur exhale, & ſort du corps, là où les eſprits demeurent retenus au dedans. Reſpond que la nature des eſprits & des vapeurs eſt bien diuerſe : les eſprits ſont retenus par l'ame parce qu'ils luy ſont familiers, mais les vapeurs ſont eſtrangeres & ennemies, & comme Agar auec Iſmaël, & pourtant elles s'exhalent & condenſent. 2. Si l'eſprit du cerueau abandonne les arteres, & s'épand dans les ventricules, veu qu'il y a deux conduits au troiſiéme ventricule, l'vn anterieur, l'autre poſterieur : pourquoy ſera-il pluſtoſt porté à cettuy-cy qu'à cettuy-là ? Qui ſeront les ſattelites qui l'accompagneront, à fin qu'eſtant ſorty des arteres, il ſoit mené doucement, & pas à pas comme vne ſimple vierge pour s'aller rendre droit au quatriéme ventricule ? Reſpond que l'eſprit, organe de l'ame, eſt dirigé par icelle, & qu'il ſe rend en cette partie-cy pluſtoſt qu'en celle-là, parce que tel eſt ſon bon plaiſir. 3. C'eſt choſe qui ne ſemble point conforme à la raiſon, qu'aucun eſprit puiſſe eſtre engendré ou contenu aux ventres du cerueau, veu qu'ils ſont deſtinez à l'expurgation des excremens. Reſpond que Nature ſe ſert d'vne meſme partie à diuers vſages : Car comme les narines ont eſté faites premierement pour le flair & l'inſpiration de l'air, & ſecondairement pour l'expurgation des ſuperfluitez : Ainſi les ventricules anterieurs ont eſté faits premierement pour la preparation de l'eſprit animal, & ſecondairement pour l'expurgation des humeurs excrementitieuſes. 4. La dilatation d'vne prunelle en tenant l'autre œil fermé, monſtre que les eſprits ſont portez par les arteres & non point par les nerfs. Car les optiques ne vont pas iuſques à la prunelle, & meſme il y a pluſieurs corps fort épais entre la prunelle & les optiques, à ſçauoir l'humeur cryſtalline & l'aqueuſe, à trauers deſquels l'eſprit ne ſçauroit penetrer en vn moment. Car s'il ne peut paſſer à trauers d'vne gouttelette de pituite en l'opilation de l'optique qui fait la goutte ſereine, comment penetrera-il à trauers l'épaiſſeur du cryſtallin : Il s'enſuit donc que l'eſprit paſſe par les petites arteres

qui

Concluſion de l'Autheur.

Autres pour prouuer qu'il n'y a point d'eſprit animal.

La premiere.

Reſponce.

Seconde.

Reſponce.

Troiſiéme.

Reſponce.

Quatriéme.

qui font portées à la prunelle auec la tunique vuée. Cette raifon certes nous *Reſponce.*
preſſeroit fi nous n'auions appris par l'Anatomie, que le nerf optique ne fe termine pas auſſi toſt qu'il touche le cryſtallin ; ains fe dilatant, qu'il fait la tunique
reticulaire, laquelle s'en va tout iufques à la prunelle. 5. Les efprits font les por- *Cinquiéme.*
teurs des facultez ; mais il n'y a point de faculté animale influente : la faculté eſt
vne proprieté de l'ame ; Or la proprieté eſt infeparable de la chofe dont elle eſt
proprieté ; par tout donc où fera l'ame, là auſſi fera la faculté : Or l'ame eſt toute
au tout : il s'enfuit donc que fa faculté eſt auſſi par tout le corps. Le Philofophe ré- *Reſponce.*
pond que l'eſſence de l'ame ornée de toutes fes facultez eſt par tout, mais qu'elle
n'agiſt ny opere pas par tout, parce qu'elle n'a point par tout des organes propres : l'ame ne meut ny ne fent point fans l'efprit animal ; non plus qu'elle ne
void point fans les yeux. Concluons donc qu'il y a en nous vn certain efprit ani- *Concluſion.*
mal, lequel prend fon commencement aux entrelaſſeures, & fa perfection aux
ventricules ; d'où il fe répand par toute la fubſtance du cerueau pour faire les
actions princeſſes, & dans la moëlle dorfalle & les nerfs pour faire le fentiment
& le mouuement.

Du mouuement du cerueau.

QVESTION NEVFIESME.

'EST vne queſtion arduë, haute & fort difficile ; à fça- *Que le cerueau ſe meut.*
uoir fi le cerueau fe meut d'vn mouuement qui luy foit
propre & naturel, ou par quelque autre accidentaire.
Qu'il fe moue, perfonne ne le niera, s'il n'eſt fans iugement, & du tout ignorant en l'Anatomie : Car aux
playes de teſte, quand il y a fracture au crane, & que les
meninges font découuertes, fon mouuement fe void fort
manifeſtement : & aux petits enfans le cerueau anterieur
bat fi apparemment, qu'il fait mefme mouuoir les os, lefquels font tres-mols en
ce petit aage-là. Mais comme ainfi foit qu'il y ait trois fortes de mouuemens felon les Philofophes, le naturel, le volontaire & le violent ; on eſt en debat pour
fçauoir quel eſt celuy du cerueau. Aucuns eſtiment que le cerueau ne feroit point *Aucuns veu-lent que fon mouuement foit volontaire.*
le principe du mouuement animal, fi luy-mefme ne fe mouuoit volontaire-
ment : Car ce feroit vne abfurdité bien grande qu'vne faculté influaſt du cerueau dans tout le corps, finon qu'elle fuſt premierement en iceluy, comme en fa
fource & fontaine. Cette opinion n'eſtant point appuyée d'aucunes raifons, n'a *Mais leur opi-nion eſt reiet-tée.*
point eu de vogue au lycée de Medecine. Car tout mouuement animal eſt volon-
taire, & nous le pouuons haſter, retarder & ceſſer quand il nous plaiſt : or le mouuement du cerueau n'eſt point en noſtre puiſſance : dont s'enfuit qu'il n'eſt point
volontaire. Perfonne ne dira auſſi qu'il foit violent, car le violent eſt oppofé par *Son mouuemēt n'eſt point vio-lent.*
Ariſtote à celuy qui eſt felon nature. Il reſte donc qu'il foit naturel. I'entends icy *Il eſt naturel.*
par *naturel*, tout mouuement qui n'eſt pas volontaire, encore qu'il foit regy par
l'ame. Mais à fçauoir fi ce mouuement eſt de tout le corps du cerueau, ou feulement de quelques parties : & fi le cerueau fe meut par fon mouuement propre,
ou bien par quelque autre, comme par celuy des arteres & des efprits : C'eſt chofe dont on eſt en vn tres-grand debat. Galien écrit qu'aucuns ont voulu qu'il n'y

euft que les membranes du cerueau qui battiffent : les autres, qu'il n'y euft feulement que le corps du cerueau, & les autres finalement ont eftimé que tant le cerueau comme fes membranes fe mouuoient enfemblement. Il y en a encore d'autres qui tiennent qu'il n'y a feulement que l'efprit animal qui fe moue, & que le corps du cerueau eft fans mouuement; ce qu'ils éclairciffent par l'exemple du vertige, auquel toutes chofes femblent tournoyer, à raifon du mouuement confus & déreglé des efprits. L'opinion vulgaire eft, que le cerueau n'a point de

Opinion premiere que le cerueau fe meut par le mouuemet des arteres.

mouuement qui luy foit propre, mais qu'il fuit celuy des arteres : Elle nie auffi que le cerueau refpire, ainfi que veut Galien, & que fes ventricules fe dilatent ou refferrent : ce qu'elle s'efforce prouuer par ces raifons. 1. Il faut que le principe du mouuement foit exempt de mouuement, comme celuy du fentiment eft

Raifon premiere.

exempt de fentiment; veu felon Ariftote, que l'organe doit eftre dépoüillé de toute qualité & paffion. Or le corps du cerueau eft exempt de fentiment, auffi doit-il donc eftre de mouuement. 2. Si le cerueau refpiroit par quelque mou-

Seconde.

uement qui luy fut propre, veu qu'il eft mol, & la membrane qui enuironne fes ventricules tres-defliée, il y auroit danger que ladite membrane ne fe déchiraft

Tierce.

en la dilatation & contraction. 3. Le troifiéme & le quatriéme ventricules ne different pas en fubftance ny en temperature des deux anterieurs, & l'vfage de tous les quatre eft quafi femblable : mais le troifiéme & quatriéme ne refpirent

Quarte.

point, n'auffi ne font donc point les deux anterieurs. 4. Le cerueau eftant découuert aux playes de tefte, fon mouuement n'apparoit point different de celuy des arteres, & qui plus eft, les accords & nombres des battemens répondent les vns aux autres. Que fi le cerueau battoit par vn mouuement qui luy fut propre & naturel, il arriueroit quelquesfois que fon mouuement feroit different de celuy des arteres, & qu'il ne fe feroient pas toufiours en vn mefme temps & de compa-

Quinte.

gnie. 5. Il ne fe fait point d'attraction ny d'expulfion fans l'aide des fibres, ainfi le cœur a fes fibres, comme ont auffi le ventricule, les boyaux, les veines & les arteres : or il ne fe trouue point de fibres au cerueau; dont s'enfuit qu'il n'a point de mouuement de diaftole & de fyftole qui luy foit propre. Ces raifons font fans point de doute fi puiffantes qu'elles m'ont autresfois contraint de foufcrire à cette opinion. Mais refueilletant vn peu plus diligemment les écrits de Galien, & confiderant attentiuement à part moy ce qu'il a laiffé par écrit aux liures de l'organe du flair, de l'vfage des parties & des decrets, i'ay en fin changé de confeil & d'o-

Que le cerueau refpire & bat par fon propre mouuement.

pinion. Ie croy donc que le cerueau fe meut d'vn mouuement naturel & qui luy eft particulier. Efcoutons Galien, l'enfeignant en parolles formelles. *Nature n'a*

Authorité de Galien au dernier chapit. du liure de l'organe du flair.

point priué le cerueau de mouuement, par lequel il peut attirer l'air pour fe rafraichir & nourrir, & le reietter pour chaffer hors les excremens. Item, *Ce n'eft point chofe*

Au mefme lieu, chap. 4.

impoffible que le cerueau fe puiffe donner quelque certain mouuement, & iceluy trespetit, quelquesfois dans foy-mefme, & quelquesfois de foy-mefme : tellement qu'il foit

Raifon premiere.

plus preffé quand il fe refferre, & plus répandu quand il fe dilate de toutes parts. Voilà ce qu'en dit Galié, l'authorité duquel peut eftre appuyée de ces raifons. 1. Il confte que l'efprit animal eft premierement engendré aux ventricules fuperieurs du cerueau, & qu'eftant de fa nature aërien & tres-chaud, il a befoin de l'air tant pour fa nourriture que pour fon rafraichiffement : Et pourtant quand nous infpirons, l'air eft attiré au cerueau, & quand nous expirons, la vapeur fuligineufe excrement de l'efprit animal, eft chaffée hors par la bouche. Hippocrate a fort bien

l. 1. de morbo facro.

exprimé cecy, où il dit, *Quand l'homme infpire l'air par la bouche & le nez, il va premierement au cerueau.* Or cette infpiration d'air qui fe fait aux ventricules fuperieurs, & l'expiration du mesme ne se fait pas par les arteres, ains par les procez mammillaires qui sont les organes du flairer : & pourtant le mouuement par lequel le cerueau inspire & expire, dépend du cerueau, & non point des arteres. Que l'air soit inspiré & porté par ces apophyses au cerueau, on le prouue ainsi. L'air & l'odeur sont portez ensemble par mesmes conduits : car on ne fleure iamais l'odeur pour impetueusement qu'elle soit poussée dans les nazeaux, sinon que l'air soit attiré au cerueau par l'inspiration. Or l'odeur est portée par les procez mammillaires, & non point par les arteres : Aussi est donc l'air attiré par lesdits procez mammillaires aux ventricules anterieurs du cerueau. 2. Si le mou- *Deuxiéme.* uement du cerueau suit celuy des arteres, & s'il ne se meut point par vn mouuement qui luy soit propre pour la generation de l'esprit animal, pourquoy la medulle spinale ne se meut-elle pas aussi ? Tu diras parauanture qu'elle n'a pas si grand nombre d'arteres comme le cerueau : mais la grandeur de ces deux parties n'est pas aussi semblable. Que si tu conferes ces deux corps l'vn auec l'autre, tu trouueras que les arteres répanduës aux membranes qui enueloppent la moëlle dorsale répondent en proportion à celles qui sont semées dans les meninges du cerueau. Dont s'ensuit que la moëlle de l'espine ne se meut point, non pas pource qu'elle n'a pas si grand nombre d'arteres que le cerueau, mais pource qu'il ne s'engendre point d'esprits en icelle, comme il se fait au cerueau. 3. Le cerueau *Troisiéme.* est quelque peu reculé de la dure meninge, non point pour faire le diastole & le systole des arteres, car elles ne s'éleuent point tant : ce n'est point aussi pour la seureté, car la membrane déliée est entre-deux : il reste donc que ce soit pour le mouuement de tout le cerueau. Ainsi le pericarde est quelque peu reculé du cœur, afin de luy laisser son mouuement plus libre. 4. Comment les petites ar- *Quatriéme.* teres du cerueau pourront-elles dilater & reserrer toute la grande masse d'iceluy (car i'appelle petites arteres celles qui sont répanduës par tout le corps du cerueau) veu que celles qui sont semées dans le corps petit, rare & spongieux de la ratte, lesquelles sont grandes & quasi innombrables, ne la peuuent pas seulement remuër ? 5. Si le mouuement du cerueau est le mesme mouuement des arteres, *Cinquiéme.* & non pas de la substance medulaire, ce sera vne chose ridicule & inepte de dire que le cerueau se meut, d'autant que ses arteres se mouuent : car le ventricule, les boyaux, la ratte & les reins se mouueront aussi bien que le cerueau, parce que les arteres battent par tout. Que si tu estimes que la moëlle du cerueau se mouue, & soit agitée par le diastole des arteres, qui gardera que toutes les autres parties du corps ne soient agitées & meuës semblablement ? 6. Le procez vermiforme, le *sixiéme.* conarion, & les fesses du cerueau, monstrent que le cerueau a vn certain mouuement particulier different de celuy des arteres. Car l'épiphyse vermiforme deuenant plus courte, ouure le chemin qui meine du trois au quatriéme ventricule, & quand elle s'allonge, elle ferme la fente, pour empescher que l'esprit ne rentre aux ventricules superieurs; Tellement qu'il semble que l'vsage de cette épiphyse vermiforme soit semblable à celuy des valuules qui sont à l'orifice de la grande artere. Or l'ouurir & fermer de cette fente ne se fait point par les arteres, mais par le mouuemét & la faculté particuliere & innée du cerueau mesme. Concluons donc *Conclusion.* auec Galien que le cerueau se meut par vn mouuement qui luy est naturel & propre pour engendrer, purifier & contemperer l'esprit animal. Or la maniere que son mouuement se fait est telle. Quand le cerueau se dilate, il attire l'air par le nez *Comment se* & les procez mammillaires, & les esprits vitaux des entrelacemens des arteres, *fait le mouue-* lesquels il mesle ensemble en son repos : mais quand il se reserre en son systole, *ment au cerueau.*

en comprimant ſes coſtez, il eſtrecit ſes ventres inferieurs, & épreint l'eſprit animal des ventricules ſuperieurs dans ceux de derriere. Il ſe preſente toutesfois icy
vne difficulté qui n'eſt point petite : A ſçauoir ſi l'air eſt porté au cerueau quand
il ſe dilate, ou bien ſi c'eſt quand il ſe reſſerre : Il ſemble que l'air ſoit attiré en la
conſtriction : car quand le cerueau ſe reſſerre, il ſe recule quelque peu du crane,
lequel parce qu'il eſt immobile ne ſuit point la contraction du cerueau. Il eſt donc
neceſſaire qu'on accorde qu'il y a quelque lieu vuide entre le crane & le cerueau,
ou bien dire que l'air eſt attiré pour remplir cet eſpace vuide. Pour noſtre regard,
nous diſons que l'air eſt inſpiré en la dilatation du cerueau, & nions qu'il y ait
pour cela aucune eſpace vuide au crane en la contraction, parce qu'en la contra-

Solution des raiſons con-traires.
ction il ſe fait expreſſion de l'air & des vapeurs fuligineuſes vers les ſutures. Répondons maintenant aux objections faites au contraire. 1. Ils objectent que le

De la premie-re.
cerueau principe du mouuement doit eſtre priué de mouuement : Nous répondons que veritablement il doit eſtre exempt du meſme mouuement dont il meut
les parties : il donne vn mouuement volontaire aux parties, mais luy il eſt agité
d'vn mouuement qui eſt naturel. Il ſe meut à la maniere qu'il ſent : or il ſent d'vn
ſentiment naturel comme font les os & les viſceres, par lequel eſtans irritez, ils
expulſent leurs ſuperfluitez, comme il fait en l'eſternuëment & au haut mal : Il ſe

De la deuxié-me.
meut pour la generation de l'eſprit animal. 2. Ils diſoient que les ventres du cerueau ne reſpirent point, parce qu'il y auroit danger que la meninge déliée dont
ils ſont enuironnez ne ſe déchiraſt en cette diſtenſion perpetuelle. Mais ils ne
voyent pas que la contraction du cerueau eſt plus forte & violente en l'eſternuëment & en l'epilepſie, qu'elle n'eſt pas en ſon mouuement ordinaire, & toutesfois
qu'elle ne ſe déchire point. Le cerueau en l'eſternuëment ſe retire tout en ſoy, &
ſe reſſerre pour chaſſer hors ce qui luy eſt nuiſible : car telle qu'eſt la toux au thorax, & le ſanglot au ventricule, tel eſt l'eſternuëment au cerueau; & en l'épilepſie

De la troiſié-me.
il ſe ride & reſſerre tout pour faire le meſme. 3. Ils alleguent que les ventres de
derriere ne reſpirent point, & concluent, ceux de deuant ne reſpirent donc point
auſſi. Ie ne ſçay par quel moyen ils ont peu remarquer que ces ventricules icy ne
reſpirent point pluſtoſt que ceux-là. Mais accordons-leur que ceux de derriere
ne reſpirent point; nous nions leur conſequence : Car les ventres de deuant ont
beſoin d'vn mouuement plus grand, ou pour le moins plus apparent que ceux de
derriere : parce que les eſprits ſont preparez & raffinez en ceux de deuant, ceux

De la quatrié-me.
de derriere ne font rien que les receuoir & contenir, eſtans deſià purifiez. 4. Le
mouuement du cerueau & des arteres n'apparoit, diſent-ils, pas diſſemblable. Ie
réponds qu'il n'eſt pas diſſemblable, parce que l'vſage n'eſt point diſſemblable,
la cauſe finale du mouuement de l'vn & des autres eſtant la generation & l'expur-

De la cinquié-me.
gation des eſprits. 5. Ils nient que le cerueau ſe mouue par vn mouuement qui luy
ſoit propre, d'autant qu'il n'a point de fibres. Nous répondons que les os attirent leur aliment, & rejettent leurs excremens ſans l'aide des fibres. Outre-plus,
la raiſon du cœur & du cerueau n'eſt point ſemblable, car le cœur a beſoin de fibres, non pas pour l'attraction ou l'expulſion de l'air, mais du ſang. Le cœur attire le ſang au diaſtole par les fibres droits, il le chaſſe hors en ſon ſyſtole par les
tranſuerſaux : mais quand le cerueau ſe meut, il ne fait qu'attirer l'air & l'eſprit
vital tres-ſubtil, pour l'attraction deſquels il n'a que faire de fibres. De ces choſes on peut voir aſſez clairement que le cerueau ſe meut par vn mouuement qui
luy eſt propre & naturel, & non pas par celuy des arteres.

Du sentiment du cerueau.

QVESTION DIXIESME.

N eſt en debat touchant le ſentiment du cerueau; Car les *Que le cerueau*
vns luy en donnent, & les autres le luy oſtent. Les pre- *a ſentiment.*
miers ſe fortifient d'authoritez, d'experience & de raiſons. *Authorité*.
Hippocrate afferme qu'il a ſentiment, quand il dit, *le cer-* li. de vulneri.
ueau ſent fort toſt, & principalement enuiron le deuant, les cap.
douleurs qui ſe font en la chair & en l'os. Galien écrit auſſi lib. de plenit.
que le cerueau & la moëlle de l'eſpine ſont miſes au nombre des gano odorat.
parties qui ont le ſentiment. *Que ſi on ne ſent point de douleur*
en la phreneſie, c'eſt à cauſe que la raiſon eſt malade. Le meſme eſt confirmé par l'ex- *Experience.*
perience. Galien raconte qu'ayant commandé à vn *cuidam* de prendre par la bou-
che & le nez de la nielle battuë fort ſubtilement & incorporée auec vieux huile,
qu'il en ſentit vne faſcheuſe mordication au cerueau, qui eſtoit dit-il, vn ſigne
manifeſte que quelque petite portion de la nielle eſtoit montée iuſqu'aux ventricules du cerueau, laquelle s'eſtant attachée ou à la meninge deſliée, ou parauanti-
re au cerueau meſme, cauſoit cette douleur. Le meſme peut auſſi eſtre prouué *Raiſons.*
par ces raiſons. 1. Le cerueau eſt la fontaine & la ſource du ſentiment, il doit donc *Premiere.*
luy-meſme ſentir, puis qu'il eſt la cauſe pour laquelle toutes les autres parties ſentent. Car c'eſt vn axiome de logique *que ce pourquoy vne choſe eſt telle, retiens cette*
puiſſance plus grande en ſoy qu'il ne la donne pas. 2. Si le cerueau eſtoit priué de tout *Deuxiéme.*
ſentiment, il ne pourroit point ſentir ce qui luy eſt nuiſible, ny s'efforcer pour le
chaſſer hors. Car comment ſe pourroit-il ſecoüer en l'eſternuëment & au haut
mal, pour mettre hors l'humeur ou la vapeur qui l'irritent, ſinon qu'il les ſentit
venir? L'opinion contraire ſouſtient tout de meſme par authorité, experience & *Que le cerueau*
raiſon qu'il n'a point de ſentiment. Ariſtote écrit que le cerueau & la moëlle ſont *n'a point de*
ſentiment.
priuées du ſens de l'attouchement. Galien dit que le cerueau n'a pas eſté ordonné *Authorité*.
pour ſentir, mais pour donner la faculté de ſentir aux organes des ſens, qui eſt
cauſe qu'il l'appelle *organe ſans ſentiment.* L'experience témoigne le ſemblable. Car *Experience.*
aux bleſſeures du cerueau, il ne ſent point quand on le preſſe, ou qu'on le couppe,
choſe qui s'eſprouue iournellement. Finalement la raiſon prouue le meſme. 1. Tout *Raiſons.*
organe (ſelon le Philoſophe) doit eſtre exempt de toute qualité eſtrange, Ainſi il *Premiere.*
n'y a point de couleur particuliere au cryſtallin; Aux oreilles il n'y a point de ſons,
en la langue point de ſaueurs; & la peau, iuge des qualitez qui alterent l'attouchement eſt temperée. Le cerueau eſt le ſiege du ſens commun & le iuge de tous les
ſens, il doit donc eſtre priué de tout ſentiment. 2. Le cerueau ne doit pas ſentir, *Deuxiéme.*
parce qu'eſtant ſitué au plus haut de tout le corps; comme ainſi ſoit qu'il attire
comme vne ventouſe & reçoiue les exhalaiſons des parties inferieures, il ſeroit affecté en les receuant continuellement & ſeroit en perpetuelle douleur. 3. La ſub- *Troiſiéme.*
ſtance des autres viſceres comme du foye, de la ratte, des poulmons eſt ſans ſentiment, auſſi eſt donc celle du cerueau. Ie donne ma voix à cette derniere opinion, *L'autheur*
parce que c'eſt celle de Galien, lequel veut que le cerueau ne ſente point, & qu'il *ſoubſcrit à cet-*
te opinion, &
diſcerne ſeulement toutes les differences des objets. Quand au choſes alleguées au *ſouit les rai-*
contraire, elles me ſemblent aſſez legeres. Hippocrate a dit que le cerueau ſent les *ſont de la pre-*
miere.

douleurs qui se font en la chair & en l'os, c'est à dire qu'il est affecté & alteré par icelles. Il dit semblablement que les os sentent la rigueur du froid, c'est à dire qu'ils sont alterez par iceluy. Il abuse donc du mot sentir, pour affecter & alterer. Galien donne le sentiment, non pas à la moëlle du cerueau, qui est la source & la fontaine de toutes les fonctions animales ; mais à la meninge desliée qui s'insiuë & entre aux destours plus profonds d'iceluy. L'axiome de logique est seulement veritable aux causes de mesme genre & icelles conjointes, car le Soleil n'est point chaud & neanmoins il échauffe. A ce qu'ils disent que le cerueau se meut & ébranle pour chasser hors ce qui luy est nuisible, & partant qu'il faut qu'il le sente, Nous répondons que toutes les parties ont vne faculté innée par laquelle elles expulsent ce qui leur est ennemy, les vnes auec sentiment animal, & les autres sans sentiment. Ainsi les os ont la faculté expultrice, comme ont aussi les chairs de quasi tous les visceres, lesquelles apprehendent sans sentiment ce qui leur est nuisible, & le chassent hors. Il y a certaines simpathies & antipathies occultes en nature. L'opinion de Fernel, touchant le mouuement & le sentiment du cerueau, est inaudite & nouuelle. Il estime que tout le mouuement prouient de la moëlle, & tout le sentiment des meninges ; parce que la moëlle priuée de sentiment est agitée d'vn continuel mouuement ; & les meninges au contraire destituées de mouuement, ont le sentiment tres-exquis. Ainsi la réuerie & la lethargie qui sont affections du cerueau sont sans douleur : mais si quelque humeur acre, ou quelque vapeur frappe les meninges, on sent des douleurs tres-grandes. Or l'espine & les nerfs prennent leur moëlle du cerueau, laquelle est reuestuë des deux meninges, qui est cause que ces parties retiennent la mesme faculté & nature qu'elles ont prins de leur principe. Doncques le principe anterieur est le principe des sens, le posterieur du mouuement ; & les meninges de l'attouchement : les nerfs qui sont farcis de beaucoup de moëlle sont les organes du mouuement, & ceux qui sont pour la plus grande partie faits des meninges de l'attouchement. Voilà les paroles de Fernel, ausquelles (ie le dis auec l'honneur & reuerence deuë à vn si excellent personnage) ie trouue plusieurs absurditez. 1. Il veut que le mouuement volontaire vienne de la moëlle du cerueau, parce qu'elle se meut perpetuellement ; comme si le mouuement du cerueau estoit semblable à celuy des nerfs & des muscles. Le mouuement du cerueau est naturel, car il est composé du diastole, du double repos & du systole, pour la generation de l'esprit animal : mais celuy des nerfs & des muscles est volontaire. 2. C'est vne absurdité tres-grande, d'estimer que les nerfs soyent d'autant plus aptes à faire le mouuement qu'ils sont plus moëlleux : car tout au rebours, ceux qui sont plus durs, sont plus propres pour mouuoir, & ceux qui sont plus mols pour sentir, d'autant que le sentiment se fait par passion, & le mouuement par action ; & l'optique est le plus mol de tous les nerfs, & plus moëlleux que ceux de la seconde coniugaison ; il est toutesfois destiné pour faire le sens de la veuë, & ceux-cy pour mouuoir les yeux. Il y auroit plus d'apparence d'assigner le mouuement aux membranes qu'à la moëlle, parce que la moëlle coulle & se répand, là où les meninges se peuuent bander & relascher facilement. Ainsi les nerfs des enfans foibles & tres-mols sont ineptes pour faire le mouuement. Adjoustons à ces choses l'authorité de Galien qui veut *que toute la faculté (☜) de sentir & de mouuoir, soit contenuë en la medulle du cerueau, & que les membranes n'ayent esté faites que pour la couurir & nourrir.* Chassons donc ce nouueau paradoxe, & concluons que la moëlle du cerueau priuée de tout sentiment & mouuement animal & volontaire, est toutesfois le principe, la source

& la fontaine de tout mouuement & sentiment animal : du sentiment certes parce qu'elle apprehende, & connoist l'impression de tous les objets sensibles: & du mouuement, parce qu'elle commande de fuir ce qui est dommageable & de pourfuiure ce qui est vtile. De-là vient le cerueau estant affecté, que toutes les parties qui sont au dessous demeurent priuées de sentiment & de mouuement.

De la temperature du cerueau.

QVESTION ONZIESME.

Es Medecins & les Peripateticiens sont d'accord. Que le cerueau aux qualitez actiues est froid, & aux passiues, humide. Mais ils different en ce qu'Aristote veut qu'il soit actuellement froid & creé seulement pour rafraischir le cœur ; là où les Medecins tiennent qu'il est actuellement chaud. Car Galien écrit qu'il est plus chaud que l'air, voire mesme au plus chaud de l'Esté. Aucuns pour concilier Aristote auec Galien, disent que la temperature du cerueau est double, l'vne innée & naturelle, & l'autre influente. *l. 8. de placit. Conciliation des passages d'Aristote & Galien.*

Ils veulent donc que par sa temperature innée, sa composition & sa substance moëlleuse il soit tres-froid : mais que par sa temperature influente il soit chaud : car il est tout remply d'esprits & parsemé d'vne infinité de petites arteres. Si tu regardes la temperature innée, celle du cerueau & de la medulle spinale est semblable, parce que la substance de l'vne & de l'autre est semblable : mais si tu regardes l'influente, le cerueau est plus chaud que l'espine, parce qu'il a plus grand nombre d'arteres, & qu'il reçoit continuellement des exhalaisons chaudes des parties inferieures. D'autres disent que le cerueau est simplement & absoluëment chaud, mais qu'il est dit froid par comparaison : car c'est le plus froid de tous les visceres. Et Galien écrit *que le cerueau pour chaud qu'il puisse estre, est tousjours plus froid, que le cœur le plus froid.* Qui est la raison pourquoy Hippocrate l'appelle le *siege du froid.* Mais nous ne sçaurions approuuer cette opinion : Car si le cerueau est plus froid que la peau qui tient le mitan entre les extremitez : il doit par consequent estre plustost dit simplement froid que chaud. Or Galien enseigne qu'il est plus froid que la peau. Tu objecteras que le cerueau estant découuert est incontinent refroidy par l'air, là où la peau n'est point alterée par iceluy: Ie répons que le cerueau est offencé, parce qu'il n'est pas accoustumé à l'air, ny au froid côme la peau. Ainsi les dents accoustumées à l'air, ne se noircissent pas comme font les autres os estans découuers. Ou bien ie répons que le cerueau apparoist plus chaud au toucher que la peau, à raison qu'il est couuert du crane & des deux meninges, & qu'il a plusieurs entrelassemens d'arteres. Concluons donc que le cerueau par sa temperature innée, est plus froid que la peau, & par l'influente plus chaud. Or il falloit que le cerueau fut froid, pour empescher que cette partie adonnée à vne perpetuelle imagination ne s'embrasast, que les esprits animaux tressubtils ne se dissipassent, que les mouuemens ne fussent desreiglez, & les sentimens égarez, comme sont ceux des phrenetiques. Tu objecteras derechef si le cerueau est froid comment engendre-il l'esprit animal, & raffine-il le vital : car ce sont actions qui n'appartiennent qu'à vne grande chaleur : Ie répons que l'esprit

cap. 28. art. paruæ. li. de gland.
A sçauoir si le cerueau est plus froid que la peau.
li. 2. de tempi c. 4.
Objection.
Solution.
Pourquoy il estoit necessaire que le cerueau fut froid.
Objection.
Response.

NNn iiij

vital eſt attenué aux entrelaſſeures faites des petites arteres, & rendu animal, nõ tant par vne qualité manifeſte, comme par vne proprieté ſecrette & naturelle du cerueau. Or pourquoy les eſprits du cœur tres-chaud, ſont plus groſſiers que ceux du cerueau tres-froid : cela ne doit pas eſtre rapporté à la debilité de la chaleur agente, ains à la diſpoſition de la matiere patiente. Le cœur engendre l'eſprit vi- *Pourquoy les eſprits du cœur tres-chaud ſõt plus craſſes que ceux du cerueau.* tal d'vn ſang groſſier porté par la veine caue en ſes ventricules : mais le cerueau engendre l'eſprit animal de l'eſprit vital qui luy eſt porté par les arteres carotides, lequel eſt tres-ſubtil. Ainſi vne chaleur debile cuit & digere facilement vne vian-de tenuë & aiſée à digerer, là où vne grande & puiſſante ne peut à grand peine cuire celle qui eſt groſſiere. Concluons donc que le cerueau en ſes qualitez actiues eſt froid. Or qu'il ſoit humide aux paſſiues, tant par ſa temperature innée com- *Pourquoy le cerueau eſt hu-mide.* me par l'influente, c'eſt choſe dont perſonne ne doute. Car il apparoiſt mol au toucher. Il a eſté creé humide. 1. Pour la perfection des ſens : car le ſentiment ſe fait par paſſion & reception : or les choſes humides reçoiuent plus aiſément les images des objets. 2. Pour la naiſſance & pa propagation des nerfs, leſquels eſtans mols ſe fléchiſſent plus facilement. 3. Pour garder qu'il ne charge & preſſe trop par ſa dureté & peſanteur. 4. Pour empeſcher que ce membre occuppé en des mouuemens, ſentimens & imaginations perpetuelles ne s'enflamme incontinent. Or ſi tu conferes ces deux qualitez entre-elles, tu trouueras que le cerueau eſt plus humide que froid : car entre les parties humides il tient le troiſiéme rang, & en-tre les froides quaſi le dernier.

Pourquoy le cerueau abon-de en excre-mens.

 E cerueau de ſubſtance moëlleux, de temperament froid & humide : comme ainſi ſoit qu'il ſe nourriſſe d'vn ſang phleg-matique, amaſſe de ſoy & de ſa propre nature, des reſtes de ſon aliment, vne tres-grande abondance d'excremens. Mais com-me ainſi ſoit auſſi qu'il ſerue comme de ſouſpirail & de che-minée au corps, & qu'il ſoit aſſis comme vne grande ventouſe (la figure de laquelle en s'eſtreciſſant peu à peu il repreſente aſſez bien) ſur le tronc d'iceluy, attirant & receuant continuellement les vapeurs & exhalaiſons des parties inferieures, comme remarque tres-bien Hippocrate. Il ne faut pas *1. de glandu-lis.* douter qu'eſtant remply de ces vapeurs & comme enyuré en les receuant aſſiduel-lement, il ne contienne en ſoy beaucoup de ſuperfluitez : tellement qu'il abonde & de ſoy, parce qu'il eſt froid & humide : & par accident à raiſon de ſa ſituation eſleuée en excremens. Or ces excremens ſi nous croyons Hippocrate & Galien *Ces excremens de deux ſortes, ſubtils &* ſont en general de deux ſortes : les vns ſubtils, les autres groſſiers. Ceux qui ſont ſubtils montent en haut comme vne vapeur ou fumée, & ſortent par des conduits *Groſſiers.* quaſi inſenſibles. Ceux qui ſont groſſiers, deſcendent en bas, & ſont purgez par des meats ouuers & apparens. Le cerueau n'abonde en excremens ſubtils & va-poreux qu'à raiſon de ſa ſituation, car les vapeurs montent touſiours en haut, & pluſieurs ruiſſeaux de veines & d'arteres ſe terminent à la teſte : mais il eſt rem-ply de groſſiers plus qu'aucun autre viſcere, à raiſon de ſa temperature froide &

humide. Or des excremens grossiers les vns sont pituiteux, aqueux & sereux : les autres bilieux, & les autres melancoliques. Les aqueux sont engendrez des reliques du sang pituiteux & plus crud : & les bilieux & les melancoliques de la portion terrestre de l'aliment bruslée par la chaleur, qui est la cause qu'ils sont amers. Argentier estime que l'humeur aqueuse & la morue que nous rendons par le nez & la bouche ne sont pas excremens propres du cerueau, parce que plusieurs n'en iettent aucunement : c'est à dire, ils ne se mouchent ny crachent. Il veut donc qu'engendrées au foye elles se meslent auec le sang dans les veines, & soient portées au cerueau : mais ne pouuant estre assimilées ny conuerties en la substance du cerueau, à raison de l'imbecillité de la faculté concoctrice, ou de l'intemperature froide de la partie, qu'elles soient là amassées comme superfluës, puis éuacuées par la bouche & le nez. Que si ces choses sont vrayes, pour quelle fin la glande pituitaire, qui a sa chair poreuse & propre à receuoir les humiditez comme vne esponge, a elle esté assise en la selle du sphenoïde ? quoy, n'a-elle pas esté destinée de nature pour receuoir ces excremens ? si cette humeur phlegmatique s'engendre seulement aux cerueaux intemperez, quel sera l'vsage de cette glande qui se trouue en tous cerueaux pour sains & bien temperez qu'ils puissent estre ? Nature industrieuse & prouoyante n'a pas accoustumé de rien créer en vain : mais en la doctrine d'Argentier, l'entonnoir & la glande pituitaire n'ont point d'vsage au cerueau bien temperé. Dauantage il nous impose faussement que ceux qui ont le cerueau bien temperé ne mouchent ny crachent iamais : Car Galien enseigne que les excremens au cerueau bien temperé qui sont éuacuez par le nez & le palais (or les aqueux & morueux sont tels) sont en petite quantité : & mesme nous estimons qu'il ne faut pas attribuer à vne parfaite santé de ne rien purger par le nez & la bouche. Ces excremens pituiteux & morueux sont donc (quoy qu'en die Argentier) excremens propres du cerueau, veu qu'ils ont leurs propres conduits & canaux par lesquels ils sont purgez, dediez à cette seule éuacuation. Ayant ainsi arresté ces choses, touchant les differences des excremens du cerueau, il nous faut à cette heure declarer par quels conduits ils sont éuacuez. Les subtils & fuligineux d'autant qu'ils montent tousiours en haut, à raison de leur legereté, s'éuaporent & sortent à trauers des meninges, du crane & de la peau : à trauers des meninges & de la peau par des conduits insensibles : car la substance de ces parties au corps viuant est percée d'vne infinité de petits trous & pertuis : mais d'autant qu'ils ne peuuent passer à trauers de l'os dense & épais, le crane est diuisé par plusieurs sutures, & percé d'vn nombre infiny de cauernositez au diploë. Mais les excremens grossiers, comme ainsi soit qu'ils descendent tousiours à raison de leur pesanteur vers bas, ils ont eu des canaux apparens & ouuerts : touchant lesquels les Medecins ne sont pas encore bien d'accord. Hippocrate en reconnoit sept, les oreilles, les yeux, le nez, le palais, dans la trachée artere & l'œsophage, par les veines dans la moëlle de l'espine & le sang. Galien en met quelquesfois quatre : le palais, le nez, les oreilles & les yeux : & quelquesfois qu'il n'en met que deux, la bouche & le nez. Il veut aussi quelquesfois qu'il n'y ait que le palais qui soit lieu idoine pour l'expurgation de ces excremens, quand l'homme cuit & digere bien : & que les narines ayent seulement esté dediées pour l'inspiration de l'air & des odeurs. Il écrit ailleurs que l'expurgation par les oreilles n'est point selon nature, excepté aux enfans, le cerueau desquels se purge & descharge par là. Il nie aussi en vn autre lieu que l'éuacuation par les yeux soit naturelle. Ainsi donc il semble que Galien n'ait

Combien il y en a de grossiers.

Erreur d'Argentier touchant les excremens pituiteux du cerueau.

Cap. 13. art. patuæ.

Comment & par quels conduits sont éuacuez les excremens subtils.
Par quels chemins sont éuacuez les grossiers
selon Hip. l. de loc. in Hom.
& l. de gland.
Galien a en diuerses opinions.
Cap. 13. art.
par. & l. 2. de loc. aff. c. 3.
Com. ad Aph.
21. sect. 1. & l.
9. de vsu part.
l. l. 8. de vsu
part. c. 6.
Com. ad Aph.
24. sect. 3.
Co. ad prog.
20. sect. 1.

Du Cerueau,

Conciliation des passages de Galien.

pas esté bien resolu touchant les conduits destinez à l'euacuation des excremens du cerueau. Or pour concilier ces passages & dire franchement ce qu'il en faut tenir, nous estimons que les diuers excremens du cerueau, pituiteux, bilieux & melancoliques sont purgez par diuers canaux : & que d'iceux les vns sont ordinaires, & fort familiers & coustumiers à Nature, & les autres extraordinaires & qui ne sont pas si conuenables. Les conduits ordinaires dediez à purger la pituite, sont le palais & les narines, le palais toutesfois dauantage : d'autant que les narines ont esté faites premierement & de soy pour le flairer. L'Anatomie nous apprend qu'il y a vn canal apparent qui s'en va du troisiéme ventricule à la partie anterieure de la base du cerueau, au bout duquel apparoist vne petite portion de la meninge déliée qui est largé par le haut, & va tousiours en s'estrecissant comme vn entonnoir, par lequel l'humeur pituiteuse distille peu à peu, comme par vne manche à hyppocras sur la glande pituitaire, qui la reçoit comme vne esponge, & la laisse par apres decouler tout bellement par les trous de l'os sphenoïde dans la bouche & le palais. Que s'il aduient quelquesfois que les ventricules superieurs soient trop remplis d'excremens morueux, ils decoulent par les apophyses mammillaires dans l'os cribreux & les narines. Les bilieux sont continuellement éuacuez par les oreilles. Aucuns disent qu'ils sont purgez par-là, afin de conseruer par la chaleur & secheresse la siccité des os des oreilles, & les rendre plus resonnans : & que les pituiteux sont purgez par la bouche & le nez, afin d'empescher par leur humidité que ces conduits qui sont tousiours ouuerts ne se desseichent & creuassent. Ces canaux sont donc ordinaires & familiers, par lesquels les excremens du cerueau sont naturellement éuacuez. Il y en a d'autres extraordinaires, par lesquels le cerueau estant pressé de la quantité des humeurs se descharge quelquesfois : tels sont les yeux, la moëlle de l'espine & les nerfs, dont vient la paralysie. Les humeurs descendent aussi quelquesfois par les veines & les arteres derriere les oreilles, & font des tumeurs appellées *parotides*. Mais ce ne sont pas, à parler proprement, les excremens du cerueau, c'est à dire, de la substance moëlleuse d'iceluy, ny de ses ventricules : ains plustost de ces vaisseaux, à sçauoir des veines & des arteres, dont sont faites les tumeurs des glandes, & les inflammations d'yeux & d'oreilles. Au reste, ces excremens sont mediocres en substance, quantité, qualité & temps d'excretion aux cerueaux bien temperez. En substance, parce qu'ils ne sont ny trop épais, ny trop fluides : en quantité, parce qu'ils ne sont point en trop grande abondance : en qualité, ils ne sont ny acres ny salez. En temps d'excretion, s'ils sont éuacuez apres la concoction. Il ne reste plus qu'vne difficulté, par quels chemins sont éuacuez les excremens du petit cerueau & du quatriéme ventricule. Nous respondons que leurs excremens sont en petite quantité, tant à raison de la dureté du ceruelet, que pource qu'en ce quatriéme ventricule sont contenus les esprits tres-subtils & purifiez de leurs excremens : & partant le peu d'excremens qu'ils amassent se digere & resoult facilement. Mais le cerueau anterieur tres-grand en quantité, & tres-humide en temperature, en amasse beaucoup, lesquels doiuent estre éuacuez par des canaux apparens.

Des conduits, les vns ordinaires, les autres extraordinaires.

Les conduits de la pituite.

Les excremens bilieux si purgent par les oreilles.

Les chemins extraordinaires.

Par quels chemins sont éuacuez les excremens du cerebellum, & du quatriéme ventre.

Du nombre & de l'vsage des ventricules du cerueau.

QVESTION TREIZIESME.

IL se rencontre plusieurs difficultez en l'histoire des ven-tricules du cerueau : & premierement il semble que les Anatomistes ne s'accordent point touchant leur nom-bre. Galien en met quatre, deux superieurs, qu'il nom-me *anterieurs*, vn moyen qui est la cauité commune, & celuy de derriere. Auicenne n'en compte que trois, vn su-perieur, vn moyen & vn posterieur : mais il ne prend les deux superieurs que pour vn : d'autant qu'ils sont sembla-bles en figure, magnitude, situation, structure & vsage. Arantius en met deux au dessous des deux superieurs, lesquels il nomme de leur figure *hippocampi*, c'est à dire *vers à soye* : mais ie croy que ce sont parties des superieurs, parce qu'ils sont si amples, qu'on n'en demonstre pas à grande peine la troisiéme partie aux disse-ctions publiques. Vesale reprend Galien en l'vsage des ventricules superieurs, *Vesale répond à Galien.* pource qu'il dit qu'ils sont les organes de l'odorat, & que la pituite decoule d'i-ceux par les procez mammillaires en l'os cribreux. Nous répondons pour Ga- *Il est deffendu par l'autheur.* lien que les ventricules anterieurs sont dits organes de l'odorat, parce que les odeurs, desquelles ils sont les iuges, sont portées à iceux : ou bien pource que les procez mammillaires, principaux organes de l'odorat, sortent d'iceux. Or qu'est-ce qui empeschera que la pituite ne decoule de ces ventricules par les apophyses mammillaires aux os ethmoïdes, si le cerueau est rempli d'excremens, veu qu'elle se répand bien quelquesfois par tout le corps du cerueau, comme appert en l'a-poplexie, & dans la moëlle de l'espine & les nerfs, comme en la paralysie. Tu di- *Obiection. Solutions.* ras que si la pituite decoule par ces apophyses, qu'elle esteindra l'odorat. Réponds que veritablement l'odorat perit quand elle decoule long temps & en abondan-ce par-là, non pas tant à cause de l'obstruction des apophyses, que pour ce que les trous de l'os ethmoïde sont bouchez. Quelques modernes soustiennent que les ventres superieurs ne sont point dediez pour preparer & élaborer les esprits : tant pource qu'ils sont les receptacles des excremens, que pource que l'esprit ani-mal n'a pas besoin de cauité sensible. Mais Galien répond qu'ils seruent & à la preparation des esprits, & à l'expurgation des excremens. Ainsi & les odeurs montent au cerueau par l'os ethmoïde, & les superfluitez sont éuacuées par le mesme. Tout ainsi donc que les excremens qui sont iournellement purgez par la bouche & le nez ne blessent point le flairer ny le gouster, pourueu qu'ils soyent mediocres en quantité & substance : autant en faut-il dire des excremens du cerueau.

Du Cerueau,

De l'excellence des ventricules du cerueau.

QVESTION QVATORZIESME.

Des ventricu-
les du cerueau.

li. 7. ca. 3. de
placit.

IL nous faut concilier quelques passages de Galien, touchant la dignité des ventricules du cerueau. C'est chose tres-certaine qu'entre les parties du cerueau, la principauté doit estre deferée aux ventricules, non pas qu'ils soyent les demeures particulieres des facultez princesses, mais pource que la generation des esprits animaux se fait en iceux. Galien nous enseigne cela, quand il dit, *Le cerueau estant couppé en quelque façon que ce soit, l'animal ne perdra point le sentiment ny le mouuement, que tu n'ayes penetré iusques à l'vn des ventricules.* Mais ces ventricules estant quatre, ou demande lequel d'iceux est le plus noble. Galien monstre que les deux superieurs sont les moins nobles, par l'exemple d'vn ieune homme de Smyrne en Ionie, lequel ayant receu vne playe en l'vn des ventres superieurs, fut finalement guary. Il semble que Galien ne soit pas bien resolu touchant la dignité du troisiéme & quatriéme : Car il defere quelquesfois la primauté au dernier, quand il dit *l'esprit animal est contenu aux ventricules du cerueau, & principalement en celuy de derriere :* combien qu'il ne faille pas mespriser le moyen, comme s'il n'estoit point le plus noble : car nous sommes induits pour plusieurs raisons d'embrasser cestuy-cy, & d'abandonner les deux superieurs. En vn autre lieu il dit *que les blesseures du dernier ventricule entre toutes les playes du cerueau, offencent l'animal, puis apres celles du moyen ; mais que celles des anterieurs ne sont pas si dangereuses.* La raison fauorise à toutes ces authoritez : car les ventres sont tousiours d'autant plus nobles qu'ils sont plus petits. Or le quatriéme est le plus petit & le plus estroit de tous, & contient l'esprit animal net, pur & separé de tous excremens, là où les deux autres ne font seulement que le preparer : dont s'ensuit que le quatriéme est le plus noble de tous. Il semble neanmoins que Galien ait autresfois esté de contraire opinion, & qu'il ait preferé le troisiéme à tous les autres, quand il dit : S'il arriue quelquesfois que toute la partie anterieure du cerueau soit affectée, il faut necessairement que les parties qui sont enuiron le ventre superieur y communiquent, (or par le ventre superieur il entend icy ie ne sçay pour quelle raison le moyen) & que la raison soit blessée. Que si le discours & la raison est au ventre moyen, il s'ensuit qu'il est le plus noble. Et en vn autre endroit, expliquant le sens moral de la fable qui feint Minerue estre née du sommet de la teste de Iuppiter. *Les Poëtes* (dit-il) *feignent que Pallas est née du sommet de la teste, parce que le ventre moyen, qui est le plus digne & la fontaine de la sagesse & de la raison, est droit sous iceluy.* Outreplus, la structure admirable de ce ventricule troisiéme, demonstre la dignité d'iceluy, ce que fait aussi le danger moins grand des playes du derriere de la teste que du deuant. Car selon Hippocrate, plus grand nombre échapent la mort estant blessez au derriere, qu'au deuant de la teste. Ces passages seront accordez si on dit qu'alors qu'il écrit que le quatriéme ventricule est le plus noble, qu'il parle selon son opinion : mais quand il veut que ce soit le troisiéme, qu'il parle selon l'auis des autres, comme d'Herophile. Car Galien n'a iamais assigné de demeures particulieres aux facultez princesses,

comme

Les deux supe-
rieurs sont les
moins nobles.
lib. 8. de vsu
part. 10.
l. 3. de loc. aff.
c. 5.
l. 7. de placit.
3.

Et le quatrié-
me le plus no-
ble.

Conciliation
des passages de
Galien.

comme nous auons prouué ailleurs. Le quatriéme ventricule est rarement affecté par les playes de l'occiput, car la chair qui est en bonne quantité en cet endroit, & l'épaisseur & dureté de l'os empeschent qu'elles ne profondent iusques à luy, ce que ne peuuent pas faire les os du deuant de la teste, qui sont plus minces & tenuës. Ie ne voy point que Galien ait bronché en toute l'histoire du cerueau, sinon en sa reths admirable : car en l'homme elle est si petite, qu'elle ne se voit quasi point. I'aimerois mieux appeller auec les Modernes de ce nom l'entrelaçement choroïde, qui se voit aux ventres superieurs : car l'esprit vital est attenué & raffiné en iceluy, & l'esprit animal y est ébauché & encommençé.

Erreur de Galien en la rets admirable.

Fin du dixiéme Liure.

LE
VNZIESME LIVRE
DES OEVVRES
ANATOMIQVES,

DE M. ANDRE' DV LAVRENS, CONSEILLER
ET PREMIER MEDECIN DV ROY, &c.

Auquel sont décrits les organes des sens, & plusieurs choses controuerses
entre les Philosophes & Medecins expliquées.

HISTOIRE ANATOMIQVE.

De la dignité de la face, & de ses parties.

CHAPITRE PREMIER,

La face ou le visage.

Propre à l'homme, Pline li. 9. ch. 37.

NOVS auons, à mon aduis, assez exactement décrit la partie de la teste, que nous auons, apres Aristote, nommée *cheueluë :* Commençons maintenant à expliquer celle qui est au dessous du crane, découerte de cheueux. Les Grecs la nomment *prósopon,* les Latins *facies,* & les François *la face.* Les Autheurs veulent qu'elle soit propre à l'homme, & que Nature ait donné aux autres animaux vne gueule, vn museau, ou vn bec. En icelle sont logez les organes de tous les sens,

les yeux, le nez, les oreilles & la langue, qui est la cause qu'on l'appelle coustu-

Pourquoy image de l'ame.

mierement *l'image de l'ame :* Car aux sourcils habite l'audace, aux iouës lahonte, au menton la maiesté, au front la sagesse, au visage la beauté, & aux iouës auec le menton l'honnesteté. C'est cette face seule qui émeut & attire les yeux de tous: c'est elle qui la premiere frappe & delecte la veuë, qui la premiere aggrée & plaist: c'est par elle que nous apparoissons suppliants, ioyeux, tristes, éleuez ou abbatus: c'est elle qui demonstre le sexe, l'âge, la beauté, la race & la temperature de tout le

Porte les signes de la santé.

Au prognostic.

corps : c'est en elle que les signes de la santé ou de la mort reluisent manifeste-ment, & qui pour cette raison a induit Hippocrate de commander au Medecin de regarder premierement la face pour voir si elle est semblable à soy, ou bien si elle est beaucoup changée en couleur, figure & grandeur.

Les parties de toute la face sont deux, la superieure & l'inferieure. La superieu- *Les parties sont ou superieure qui est*
re s'estend depuis le haut du front iusques aux sourcils, & l'inferieure depuis les
sourcils iusques au bout du menton. La superieure est nommée des Grecs *méto-* *Le front, les extremitez duquel*
pon, des Latins *frons*, & des François *le front*, du verbe latin *fero*, qui signifie por-
ter, d'autant qu'elle porte en soy, & represente les diuerses passions de l'ame ; Car
le front est le messager de la tristesse, de la ioye, de la clemence, de la honte & de
la seuerité. De là est venu le prouerbe *frontem perfricare*, qui se dit de ceux qui ont
perdu toute honte, & sont deuenus impudés. Les extremitez du front sont nom- *sont les sourcils.*
mées *les sourcils*, lesquels selon les affections diuerses de l'ame tantost se haussent,
& tantost s'abbaissent : qui a donné occasion aux Poëtes d'entendre le fast &
l'arrogance par les sourcils. La partie inferieure de la face a diuerses particules, *ou inferieure qui contient diuerses parties.*
comme sont les paupieres, les deux angles des yeux, les narines, les oreilles exter-
nes, les maschoires, les léures, la bouche & le menton, lesquelles seront décrites cy
apres vne chacune en son lieu. Derechef des parties de la face les vnes sont con- *Autre diuision de la face en parties contenantes, & icelles ou communes comme aux autres parties.*
tenantes, & les autres contenuës. Des contenantes les vnes sont communes & les
autres propres. Les communes qui sont la cuticule, la peau, la graisse, & la mem-
brane charnuë se trouuent par tout. La peau de la face a cecy de particulier, c'est *La peau qu'ist-ce qu'elle a de particulier.*
qu'elle est diuersement troüée aux yeux, aux oreilles, au nez & à la bouche, telle-
ment qu'il y ait sept fenestres au sacré chasteau de Pallas. Et pour le regard de la *La membrane charnuë.*
membrane, combien que par tout le reste du corps elle soit nerueuse, elle est
toutesfois icy vrayement charnuë & musculeuse, & est tellement adherente à la
peau, qu'elle n'en peut à grand' peine estre separée ; de là vient qu'il n'y a de toute
la peau, que celle de la face qui se mouue volontairement. Les parties propres *ou propres qui sont les muscles.*
sont les muscles qui mouuent la face & les os. Plusieurs ont estimé que la face
auoit tout son mouuement du pannicule charneux seul, lequel à cette occasion
ils ont nommé *muscle large & peausier* ; Mais la diuersité des fibres, & la varieté
des mouuemens nous demonstrent qu'elle a des muscles particuliers destinez au
mouuement de diuerses parties. Doncques le front, les paupieres, les narines &
les léures ont leurs muscles propres, lesquels ont esté décrits au cinquiéme liure.
Quant aux parties contenuës en la face, elles sont tres-nobles, & sont les orga- *Et en partie contenuës.*
nes des sens exterieurs, de la veuë, de l'ouye, de l'odorat & du goust ; les yeux, les
oreilles, le nez & la langue, desquels il nous faut icy traitter par le menu.

Que tous les sens ont esté logez en la face : pourquoy ils sont seulement cinq,
& quelle est l'excellence de la veuë.

CHAPITRE II.

 'AME de l'homme, la plus noble de toutes les formes qui *L'Ame a besoin de l'ayde des sens.*
sont sous la voûte du Ciel, combien qu'elle soit indiuisible
& non suiette à alteration ; si est-il estant enfermée en la
prison obscure de ce corps, qu'elle ne peut ny raisonner,
ny discourir, ny comprendre aucune chose sans l'aide des
sens ; d'où le Philosophe a tres-bien dit, *qu'il n'y a rien en*
l'intellect qui n'ait eu besoin de l'aide & ministere des sens
pour y estre porté. Tout ainsi donc que la teste est le siege
des facultez animales, & le palais royal de la raison ; Ainsi les sens comme vrays
officiers & fidelles messagers de l'ame, ont aussi esté quasi tous logez en ce palais,

Qui font cinq. Raifon pre-miere. & en veuë de la raifon. Ces fens font cinq. 1. Parce que felon la doctrine des Philofophes, qu'il y a cinq corps fimples dont eft compofé l'Vniuers, le Ciel, & les quatre Elemens. La veuë felon les Platoniciens répond en proportion à l'élement des eftoilles ; car fon objet eft luifant & ne bruflant point. L'objet de l'odorat eft de nature ignée ; Car toutes les chofes aromatiques & de bonne odeur font chaudes : l'object de l'ouye eft aërien ; celuy du gouft aqueux, & celuy du toucher ter-

Deuxiéme. reftre. 2. Mais auffi en l'vniuers que nous voyons de nos yeux, il n'y a feulement que cinq objets propres, les couleurs, les fons, les odeurs, les faueurs & les quali-

Troifiéme. tez tractables premieres & fecondes. 3. Ioint que les moyens par lefquels nous

l. 3. de anim. fentons, ne peuuent (felon Ariftote) eftre alterez qu'en cinq manieres : le moyen des fens eft externe ou interne, l'externe eft l'air ou l'eau : & l'interne, la chair & la membrane. L'air & l'eau fon alterez par les objets externes, ou entant qu'ils font diaphanes & luifans, & lors ils feruent à la veuë ; ou entant qu'ils font rares & mobiles, & lors ils miniftrent à l'ouye ; ou entant qu'humides meflangez auec le fec, & lors ils font fujets à l'odorat. La chair & la membrane, ou elles fuiuent la temperature des premieres qualitez, ou le meflange du fec & de l'humide : En la premiere

Quatriéme. maniere elles font l'objet du toucher, & en la derniere, du goufter. Finalement il

Il n'y a que cinq fés necef-faires, deux abfoluëmét ne-ceffaires pour viure, le tact & le gouft : & les trois autres feulemét pour mieux viure. n'y a feulement que cinq fens, parce qu'il n'y en a que cinq feulement qui foyent neceffaires ; les vns certes fimplement & abfoluëment, & les autres pour la douceur de la vie. Ceux qui font abfoluëment neceffaires pour viure, font le tact & le gouft. Le tact eft le fondement de l'animalité, & le gouft eft ordonné pour la nutrition, fans laquelle l'animal ne pourroit eftre conferué en vie. La veuë, l'ouye & l'odora font mieux viure, & rendent la vie plus douce & agreable. Les premiers à fçauoir le tact & le gouft, ont eu à raifon qu'ils font totalement neceffaires à la confervation de l'animal, vn moyen interne, & iceluy tellement conjoinct auec leur organe, qu'ils ne peuuent eftre feparez que par la raifon : Mais le moyen des trois derniers eft externe. Il n'y a donc que cinq fens exterieurs feulement ; entre lefquels la veuë a efté iugée par tous les bons Philofophes tenir le premier

L'excellence de la veuë fur les autres fens eft demonftrée. lieu en dignité. Or fon excellence nous eft demonftrée par vne infinité de chofes, mais par ces quatre principalement. 1. Par la diuerfité des chofes qu'elle reprefente à l'ame. 2. Par la maniere de fon operation qui eft tres-noble & toute fpirituelle. 3. Par l'excellence de fon objet particulier, qui eft la lumiere la plus diuine & plus parfaite de toutes les qualitez. 4. Et par la certitude de fon action. Et

parce qu'elle nous fait con-noiftre plus de difference d'obiets. premierement la veuë nous monftre & fait connoiftre plus de differences d'objets que nul des autres fens, à raifon que les corps naturels font quafi tous coulorez, ou pour le moins ils font vifibles ; là où ils ne tombent pas tous fous le tact ny fous l'ouye : & qu'outre fon objet propre qui eft la couleur, elle en a plufieurs communs, comme la figure, la magnitude, le nombre, le mouuement, le repos, la fituation, la diftance & femblables : d'où elle a efté dite *fens propre pour l'inuen-*

Patce que la maniere de fon action eft plus excellente, car elle *tion des fciences.* Or maintenant la maniere de fon action eft beaucoup plus excellente que des autres fens : Car la veuë fe fait en vn inftant, fans mouuement local, & iufques aux lieux plus élongnez, qui fait qu'elle approche de fort prez à la nature de l'intellect. Car l'intellect apprehende & reçoit les idées & efpeces des

approche de la nature de l'in-tellect objets feparées de toute communication de matiere : & la veuë reçoit feulement les efpeces incorporelles, que les Barbares appellent *intentionelles :* l'intellect apprehende en vn mefme temps deux contraires, & difcerne le vray d'auec le faux, & la veuë en vn mefme inftant iuge le blanc & le noir, & quand elle connoit vn des contraires, elle n'eft pas empefchée de la parfaite connoiffance de l'autre.

L'intellect a fa volonté libre & qui ne peut eftre forcée, & la veuë monftre en fon action vne certaine apparence de liberté, que Nature a déniée aux autres fens. *Et eft tres-libre.* Car les oreilles font toufiours ouuertes, comme font aufli les narines : mais les yeux ont leurs paupieres, par le moyen defquelles l'homme s'il veut, peut ne point voir. La certitude de la veuë demonftre aufli fon excellence : car comme on dit communément, vn témoin qui raconte ce qu'il a veu, eft plus croyable que dix *Parce qu'elle eft la plus certaine.* autres qui ne depofent que par ouy dire : & Thales difoit qu'il y auoit autant de difference entre les yeux & les oreilles, comme entre le vray & le faux. Finalement *Et parce que fon object eft le plus noble de tous.* l'object de la veuë demonftre femblablement l'excelience d'icelle : car la lumiere eft la plus noble, la plus commune, & la plus cognuë de toutes les qualitez : qui a efté, à mon aduis, la raifon pourquoy Theophrafte a dit que la veuë eftoit la forme de l'homme, & qu'Anaxagore affermoit que les hommes naiffoient pour voir.

De l'excellence des yeux.

CHAPITRE III.

 OMME la veuë eft admirable en fon action, ainfi l'organe *L'œil admirable en fa compofition.* qui luy eft dedié furpaffe toute admiration : car il eft compofé auec tant d'artifice, & d'vn fi grand nombre de belles parties, que ie ne fçay fi ie dois auec Plotin & Synefius appeller la Nature *magicienne*, pour auoir en vn fi petit corps compris & enfermé tant de parties de diuerfes natures, comme font les tuniques, les mufcles, les humeurs, les nerfs, veines & arteres dont il eft fi artiftement façonné. Les Egyptiens adoroient le Soleil, & l'appelloient *le fils vifible de Dieu inuifible.* Les yeux qui font les deux *Plus excellent que le Soleil.* luminaires du microcofme, & comme les aftres brillans d'iceluy, ne cedent point au Soleil en vfage & en dignité. Le grand Soleil par l'eftenduë de fes rayons illumine veritablement tout l'vniuers, mais il ne reçoit point de contentement ny de commodité de ce feruice : les yeux en reprefentant à l'ame les idoles de toutes les chofes vifibles, fe réjouyffent auec elle, & apprehendent la forme, la grandeur & la diftance des objets, chofe qui n'a point efté donnée à aucun autre fens. Platon appelle l'œil partie diuine & celefte : *Les yeux*, dit-il, *font participans & remplis du feu celefte, lequel ne brufle point, mais en illuminant doucement apporte le iour au monde.* Orphée l'appelle *le miroir de Nature :* Hefichius *les portes du Soleil :* & Alexandre Peripateticien *les feneftres de l'ame.* Car les yeux font les truchemens de l'ame, & découurent toutes fes plus fecrettes *Demonftre toutes les paffions de l'ame.* paffions, ainfi que la face en eft la vraye image & la viue reprefentation. L'ame *Pline liure 9. chap. 37.* habite aux yeux, c'eft elle qui voit & qui oit tout, & par les yeux, comme par vne feneftre, nous penetrons iufques au plus fecret cabinet d'icelle : de forte que quelqu'vn ait bien dit que *les yeux font le miroir de l'ame.* Les yeux admirent, aiment & conuoitent : on remarque en iceux l'amour, la haine, la fureur, la pitié & la vengeance. Ils s'éleuent en l'audace, ils s'abbaiffent en l'humilité, ils flattent en l'amour, ils s'effarouchent en la haine, ils foufrient en la ioye, ils languiffent en la trifteffe, ils s'enaigriffent en la colere, & demeurent fichez & immobiles aux foucis & penfers, eftans comme penfifs & ententifs auec l'ame, &c. Bref, ils font tellement difpofez à fuiure les mouuemens de l'ame, reprefentans l'image d'icelle,

en telle forte qu'ils femblent eftre comme vne feconde ame. Car en les baifant
ou mignardant, il nous eft aduis que nous baifons & mignardons l'ame mefme:
qui a efté, à mon opinion, la raifon pourquoy l'Arabe Blemor, & Sienenfe Medecin Cyprien mettoient le fiege de l'ame en iceux. Galien les appelle tantoft *or-*
ganes luifans & tranfparens, tantoft *partie folaire de l'hôme,* tantoft *membre plein de*
diuinité, & defere tant aux yeux, qu'il penfe le cerueau auoir efté fait & creé feulement pour l'amour d'iceux. Venons maintenant au tribunal de la verité à Hippocrate, lequel en peu de paroles nous monftre leur dignité: *Tout ainfi,* dit-il, *que*
fe portent les yeux, ainfi fe porte tout le refte du corps. Et defait on en tire des indices
tres-grands, & de la fanté & de la mort: d'autant que la force ou la foibleffe de la
faculté qui gouuerne tout le corps reluit en iceux comme en vn miroir. Car comme vne tafche, pour petite qu'elle foit, eft fort apparente fur vn accouftrement
bien net: ainfi en l'œil pur & luifant vn petit changement apparoit foudain, & fe
monftre à la veuë. Doncques quand la faculté des yeux eft ferme & conftante, &
les yeux clairs & bien luifans, ils donnent bonne efperance: mais s'ils font impurs
& tenebreux, ils demonftrent l'impureté des efprits: Ce que le fouuerain Dictateur nous a declaré en mots exprés. *La pureté des yeux eft chofe vtile, mais leur obfcu-*
rité n'eft pas bonne. Ariftote recueille des yeux certains fignes de fecondité. Car fi
on diftille quelque liqueur amere en l'angle de l'œil, & que la langue foit incontinent abbreuuée de cette faueur, c'eft vn figne de fecondité. *Les yeux font auffi,*
dit le mefme, *remplis d'efprits & de femence, qui eft la caufe que les nouueaux mariez*
les ont tout abbatus & languiffans. Les Iurifconfultes tiennent qu'vn aueugle ne
peut poftuler, d'autant qu'il ne peut voir les marques du magiftrat. Les loüanges des yeux font donc excellentes, afin que ie ne die diuines. Voyons maintenant leur compofition.

Marginalia:
- *Eft le fiege de l'ame.*
- *feft. 4. liure des Epidem.*
- *In prognoft. & coacis.*
- *Liure 2. de la generation des animaux, chap. 7.*

De la compofition des yeux en general.

CHAPITRE IIII.

Marginalia:
- *Les noms des yeux.*
- *Leurs vfages.*
- *Figure pour-quoy ronde & oblongue.*

ES yeüx font nommez par les Grecs *ómmata, ophthal-*
moi & illoi, & par les Latins *oculi ab oculendo,* parce
qu'ils font muffez fous les cils, & cachez comme dans
vne valée tortueufe & profonde. Les Hebrieux les ont
appellez d'vn nom qui fignifie *haut,* pour nous faire
reffouuenir qu'ils nous ont efté donnez pour contempler les chofes celeftes. Ils ont deux vfages, l'vn commun aux hommes & aux beftes, pour feruir comme de
fentinelles, afin de les aduertir de ce qui les peut en-
dommager, pour l'éuiter, & de ce qui leur eft profitable, pour le pourfuiure. L'autre eft plus diuin, & eft particulier à l'homme, la cognoiffance des chofes, la contemplation de Dieu inuifible par les chofes vifibles; & à peine que ie n'ay dit, la
mefme beatitude: car receuant l'efpece du ciel, l'intellect augmentant & s'anno-
bliffant, il deuient fort femblable à fon createur. Pour l'vne & l'autre raifon, l'œil
eft eftimé feruir & à la neceffité & à la perfection & douceur de la vie. Sa figure eft
ronde, mais vn peu oblongue & pyramidale, ayant fa bafe en dehors, & fa pointe
en dedás vers le nerf optique. Cette figure luy a efté donnée pour la capacité, pour
la force, & pour l'agilité. Les optiques affeurent, fi l'œil n'euft efté rond, qu'il

n'euſt point eſté capable de comprendre la grádeur des objets,& qu'il n'euſt ſçeu
comprendre ſinon ceux qui luy euſſent eſte égaux : mais eſtant rond,de quelque
coſté que les rayons ſe rencontrent , ils ſont portez droit à la prunelle. On dit
auſſi que cette rondeur ſert à l'œil pour rendre ſes mouuemens plus agiles , & faire qu'il puiſſe mieux & plus promptement comprendre pluſieurs objets d'vne
veuë, car les corps ronds ſe mouuent & tournent facilement : & de fait les yeux
ſe mouuent d'vne viteſſe incroyable. Ils ſont placez au plus haut du corps, en de- *Situation pourquoy en haut.*
uant, & dans vn vallon : au plus haut certes, afin que comme guettes veillans iour
& nuiĉt pour noſtre conſeruation, ils découurent de loin ce qui nous peut eſtre
dommageable ou profitable : en deuant, tant pource que nous marchons or- *En deuant &*
dinairement deuant, il nous faut dōc voir les choſes qui ſe preſentent à nous,
que pource que la veuë auoit beſoin d'vn nerf tres-mol, lequel ne pouuoit nai-
ſtre du petit cerueau, qui eſt trop dur & trop ſec. Ils ſont finalement cachez dans *dans vne ca- uité.*
vne foſſe creuſe, comme dans vn vallon tortueux & cauité profonde (on l'ap-
pelle *orbite*) pour leur ſeureté , & pour empeſcher la diſſipation des eſprits. Et
pour les garder des iniures qui viennent de dehors , ils ont eſté enuironnez de *Leurs deffen- ces.*
toutes parts d'os, & de paupieres , comme de ramparts : car d'vn coſté les os de
la maſchoire d'enhaut qui touchent à la pommette s'éleuent, & auancent en dehors : de l'autre coſté eſt le nez, comme vne forte muraille qui les ſepare l'vn de
l'autre : Au deſſus ſe voyent l'os du front , & les ſourcils, comme vn vallon : au
deſſous, l'os de la maſchoire ſuperieure auance en dehors , & par deuant ils ſont
couuerts des deux paupieres. Les yeux ſont deux, à raiſon de la neceſſité de leur *Nombre,pour- quoy deux.*
aĉtion : car Nature par tout où elle à peu a fait le corps double : Ainſi elle a fait
deux oreilles, deux narines, deux yeux, deux mains, deux pieds, &c. Ce ſont
donc fiĉtions ce que les Poëtes racontent des Cyclopes & Ariſmaſpes, leſquels
Ariſtides appelloit *monommátous*, & Eſchylus *monopas*, c'eſt à dire , *n'ayans
qu'vn œil.* Les yeux ont vne ſympathie admirable entr'eux, car l'vn eſtant ma- *Sympathie.*
lade, l'autre eſt ſoudainement affeĉté, & ſe mouuent tous deux d'vn ſeul & meſ- *Se mouuent touſiours d'vn meſme mouue- ment,& pour- quoy.*
me mouuement tout enſemble & à vne fois, ce que i'eſtime auoir eſté fait pour
la perfeĉtion de la veuë : car ſi l'vn ſe hauſſoit au meſme temps que l'autre s'abbaiſſe, l'objeĉt qui de ſoy eſt ſimple apparoiſtroit touſiours double, d'autant
qu'il faut que les eſſieux des angles viſoires ſoient en vn meſme plan. Ioint que
le nerf de la ſeconde coniugaiſon qui meut les yeux eſt continu en ſon origine,
ce que peu de gens ont remarqué. La magnitude des yeux eſt auſſi grande qu'il *Grandeur.*
eſtoit neceſſaire pour receuoir les objeĉts. Leur nature eſt quaſi toute aqueuſe, *Nature pour- quoy aqueuſe*
molle, gliſſante, reſplendiſſante & diaphane,afin de receuoir plus promptement
les eſpeces, couleurs & reſſemblances des objeĉts. Il n'y a que l'homme entre tous *couleur. Voy Pline liu. 9.ch.37.*
les animaux qui les ait de diuerſes couleurs : car les beſtes les ont touſiours ſem-
blables en leur eſpece : ainſi les bœufs les ont noirs,les brebis de couleur d'eau, &
la pluſpart des autres roux. Ils ſont de complexion froide & humide, & ſont fa- *Température.*
cilement offencez par les cauſes qui ſont ſemblables à leur nature, & ſe trouuent
bien de l'vſage moderé de celles qui ſont contraires. Ils ſont attachez au cerueau *Connexion.*
par le nerf optique : de là vient la grande communication qui eſt entre ces deux
parties. Ils ſont d'vn ſentiment tres-exquis, qui eſt cauſe qu'ils ſont facilement *Sentiment.*
deprauez. Car le ſentiment, ſelon Ariſtote au 2. liure de l'ame, fait que les animaux ſont de plus courte vie.

De toutes les parties de l'œil & premierement des mufcles.

CHAPITRE V.

OVT le corps de l'œil eft compofé de fix mufcles, de fix tuniques, de trois humeurs, de deux nerfs, de grand nombre de veines & d'arteres, & de beaucoup de graiffe. Les mufcles tournent l'œil de tous coftez d'vne viteffe incroyable. De ces mufcles il y en a quatre droits, deftinez à faire les mouuemens droits de l'œil, & deux obliques. Le premier des droits le meut en haut, le fecond en bas, le troifiéme le tire à gauche, & le quatriéme à

Les mufcles des yeux font fix, quatre droits. Leur origine.

droit. Ces quatre mufcles ne different point beaucoup en compofition, & leurs principes ne font gueres éloignez les vns des autres : car ils naiffent quafi tous d'vn mefme principe : fçauoir eft de la partie interieure & plus profonde de l'orbite, laquelle eft faite d'vne portion du fphemoïde, d'où ils s'en vont inferer par vn tendon large & affez nerueux en diuerfes parties de la tunique blanche ou conjonctiue. Or ils ont des tendons, combien qu'ils foient fort petits, à

Pourquoy ont des tendons.

raifon de la continuité de leur mouuement : parce que l'œil fe mouuant fort fouuent, auoit befoin d'vn moteur fort & robufte. Ceux donc fe trompent qui penfent que les mufcles de l'œil naiffent de la partie interne de la dure mere qui enuironne le nerf optique : car cela contrarie totalement au fens. Et mefme ils ne deuoient ny pouuoient pas le faire. Ils ne deuoient, parce que la membrane eftant fort fenfible, & enuironnant le nerf optique, quand les mufcles feroient leur action, ils prefferoient le nerf optique, & nuiroient à la veuë. Ils ne le pouuoient pas auffi, d'autant qu'ils ne feroient pas appuyez fur vne bafe affez ferme & folide. Que fi ces quatre mufcles icy font leur action tous enfem-

Et deux obliques.

blément, ils tirent l'œil en dedans, & l'arreftent. Les deux obliques tournent l'œil obliquement, l'vn en haut, & l'autre en bas : le premier prenant fon origine de la mefme partie que font les quatre droits, eft porté au grand angle, & fe terminant là en vne corde menuë, qui a efté inconnuë aux Anciens, & defcrite premierement par Fallope, il la paffe dans la poulie, & s'infere enfin obli-

La poulie.

quement aux coftez de la conjonctiue. l'appelle *poulie* ce cartilage qui a vn canal par lequel paffe ladite corde : lequel cartilage eft pendu à l'angle de l'œil par vn ligament membraneux, en forte qu'il reffemble totalement à vne poulie. Quand ce mufcle fe retire en dedans vers fon principe, il tourne auec fa corde l'œil vers le grand angle, luy faifant faire vn mouuement quafi circulaire. Le dernier ayant prins fon origine du grand angle, & de cette fente qui joint les deux os de la mafchoire fuperieure enfemble, ayant embraffé l'œil tranfuerfalement,

Erreur de Colomb.

s'en va inferer au petit angle. Colomb a eftimé qu'il naiffoit de l'œil, & qu'il s'y inferoit : mais il a efté parauanture defceu par fa fituation qui eft oblique &

Le feptiéme mufcle defcrit par Vefale ne fe trouue point en l'homme.

quafi toute cachée parmy les autres. Quant au feptiéme que defcriuent quafi tous les Anatomiftes, & Vefale mefme, qu'ils difent enuironner le nerf optique, & affermir l'œil pour garder qu'il ne forte de fon orbite, il fe trouue feulement aux beftes à quatre pieds, lefquelles regardent toufiours en bas, & iamais en l'œil

Noms des mufcles de l'œil.

humain. Les mufcles des yeux font donc feulement fix, aufquels les Anatomiftes ont donné des noms plaifans, & ont appellé le premier *hauffeur, orgueilleux & fuperbe*, le deuxiéme *abbaiffeur & humble*, le troifiéme *ameneur & beuueur*, le quatriéme, *emmeneur & dédaigneux*, & les deux obliques *roüeurs, circulaires & amoureux* : d'autant qu'ils sont comme messagers & guides en l'amour.

Des tuniques de l'œil.

CHAPITRE VI.

'O EI L estant diaphane & de nature d'eau, pour estre tenu ferme en son lieu, & empescher qu'il ne coulle, a eu besoin d'estre contenu par quelque corps solide : & à cette fin ont esté faites les six tuniques qui contiennent & enuironnent les humeurs aqueuse, crystalline & vitrée, lesquelles n'aident point peu à faire la veuë. Car d'icelles les vnes attachent l'œil à la teste, les autres par leur lueur & transparence reçoiuent & donnent entrée aux especes des objets visibles, les autres conseruent les esprits & rompent l'abord de la lumiere externe, & les autres finalement fournissent de nourriture conuenable aux humeurs. Le nombre de ces tuniques n'est pas bien resolu : Nous en mettons seulement six, desquelles la premiere en situation est la conjonctiue, les Grecs l'appellent *epipephucos*, parce qu'elle attache l'œil, & empesche qu'il ne sorte de son orbite : & les Latins *coniunctiua, adnata, inhærens, candida, pinguis, consolidatiua* : Ils l'appellent *conionctiue*, parce qu'elle joint & attache l'œil aux parties voisines & *albumen oculi*, c'est à dire *le blanc de l'œil*, d'autant qu'elle apparoist blanche & calleuse par dehors. Alexandre Benedict la nomme *funda*, comme qui diroit *vne fonde*, ou pource qu'elle n'est point tout à fait ronde, ains quelque peu longue comme vne fonde dont on jette des pierres, ou pource qu'estant faite & entretissuë de grand nombre de petites veines & arteres elle ressemble à vne fonde. Elle naist des extremitez du pericrane, & ne couure point l'œil par tout, car elle est seulement portée iusques au cercle qu'on appelle *la ligne orbiculaire*. On l'appelle aussi *Iris*, à raison de la diuersité de ses couleurs. Ses vsages sont trois. 1. Pour empescher que l'œil ne soit offencé par la dureté des os. 2. Pour l'attacher à la teste & empescher qu'il ne sorte de son lieu aux violens mouuemens. 3. Pour asseurer & tenir les muscles de l'œil en leurs propres lieux. La deuxiéme tunique est la cornée, ainsi dite parce qu'elle est claire, dure & fort polie comme vne corne bien vnie & desliée : Ou comme veut Ruffus, pource qu'elle se peut partir & diuiser en plusieurs lames comme vne corne : Car il semble qu'elle soit faite comme de plusieurs escorces. Elle prend son origine de la dure meninge qui enueloppe le nerf optique, & couure l'œil tout à fait. Sa substance est dure & dense pour resister aux iniures externes : non trop épaisse, afin d'admettre les especes des objets, & faire que la lumiere externe puisse percer plus soudainement iusques au crystallin : non opaque ny obscure, mais reluisante & diaphane, pour garder que l'œil ne soit couuert de perpetuelles tenebres : exempte de toute couleur estrange : & bref estant de toutes pars égalle, lisse & nette, pour l'emission plus parfaite de la lumiere interne. Elle n'a point aussi de veines, d'arteres, ny de nerfs, car elles nuiroyent à la veuë, mais elle tire sa nourriture de l'vuée qui luy est prochaine. Ses vsages sont deux. 1. Elle sert de rempart au crystallin, & le defend du froid & de la chaleur de l'air. 2. Elle contient & embrasse les autres tuniques plus desliées & toutes les humeurs. Il y en a qui tiennent qu'elle est double, l'vne anterieure qu'ils

Les tuniques des yeux pourquoy faites.

Elles sont six.
La conionctiue, ses noms.

Son origine.

Ses vsages.

La cornée, pourquoy ainsi nommée.

Son origine.
Sa substance est dure.
Non trop épesse.
Non opaque.

Non coulorée.
Polie & égale.

Sans vaisseaux.
A deux vsages.

nomment *cornée* : & l'autre posterieure qu'ils nomment *dure*. La troisiéme est

La ragoïde ou vuée. nommée des Grecs *ragoïde & choroïde* : *ragoïde*, parce qu'elle ressemble en figure, couleur, subtilité & polisseure exterieure à la peau d'vn grain de raisin, duquel on a arraché la queuë : & *choroïde*, parce qu'elle appuye & contient, comme le *chorion*, tous les vaisseaux qui nourrissent les autres tuniques : ou bien pource qu'el-

Sa substance. le naist de la meninge desliée qu'on nomme *choroïde*. Sa substance est desliée mais quelque peu plus épaisse qu'au cerueau, pour defendre l'humeur crystalli-

Son origine. ne & les autres parties qui sont au dessous d'icelle. Elle prend son origine de la meninge desliée qui enuironne & enueloppe le nerf optique : car estant dilatée elle enuironne tout l'œil comme vn cercle, horsmis par deuant où elle est quelque peu enfoncée, & percée d'vn petit trou rond, nommé des Grecs *chorè*, & des

Sa connexion. Latins *la prunelle ou fenestre de l'œil*. Elle est attachée par derriere au nerf optique, à la tunique reticulaire, par plusieurs liens fibreux : & est adherente à la cornée iusques à l'iris, mais non pas beaucoup fort : par deuant elle est libre de toutes parts, afin de se pouuoir dilater par l'affluence des esprits & l'abord de la lumiere.

Sa couleur pourquoy diuerse. Il n'y a que cette tunique entre toutes celles de l'œil qui soit de diuerses couleurs, mais elle n'est pas par tout d'vne mesme couleur : car la partie anterieure qui regarde l'humeur aqueuse & crystalline est brune & noirastre : l'exterieure qui fait l'iris apparoît tantost verte, tantost bleuë, & tantost noire selon la diuerse temperature du cerueau & des yeux : mais la posterieure est par dedans de diuerses couleurs. 1. blancheastre. 2. verte. 3. bleuë, mais par dehors qu'elle regarde la

Ses vsages. cornée elle est obscure & noire : Les seruices de l'vuée sont diuers. 1. Elle defend l'humeur crystalline qu'elle ne soit offencée par la dureté de la cornée. 2. Elle fournit de nourriture à la reticulaire & à la cornée, laquelle n'a point de veines ny d'arteres. 3. Elle recrée & ramasse par sa couleur noire & bleuë les esprits dissipez, & rompt la splendeur de la clairté exterieure. Elle sert donc pour recréer le crystallin, comme vn miroüer : qui est la cause pourquoy Nature la faite molle, parsemée de veines de diuerses couleurs & troüée. La quatriéme est nommée

L'Aranoïde. *Aranoïde*, parce qu'elle ressemble aux toiles des araignes en subtilité, elle enueloppe & enuironne immediatement le crystallin : pour cette cause elle a esté faite desliée & diaphane, pour garder qu'elle ne nuisist à la veuë par son épaisseur. Cette tunique est le propre enueloppoir du crystallin, lequel elle attache par le moyé de la tunique ciliaire, aux parties voisines : elle n'a pas de veines, mais elle est

La reticulaire. nourrie par la ciliaire. La cinquiéme est *la reticulaire* ainsi nommée, parce qu'elle ressemble à vne rets : elle est faite de la substance moëlleuse du nerf optique dilatée, qui est la cause qu'elle est molle, blanche, & ressemblant à la substance du cerueau dissoute dans de l'eau. Galien dit qu'elle n'est pas à proprement parler vne tunique : car ny sa substance, ny sa couleur n'ont rien de semblable, mais vne moëlle dilatée. 1. Elle apporte & répand les esprits visoires dans le crystallin &

Ses vsages. tout l'œil. 2. Elle apprehende l'alteration du crystallin. 3. Et porte les images des objets au cerueau comme au luge. La derniere inconnuë aux anciens est nommée

La vitrée. *vitrée*, parce qu'elle enueloppe l'humeur vitreuse de tous costez : au milieu d'icelle se voit la tunique ciliaire, que les Latins appellent *ciliare interstitium*, parce qu'elle represente la figure de la paupiere, & est vne production de l'vuée attachant le crystallin fort estroittement à l'vuée : d'où Fallope l'appelle *lien & ligament*. Mais elle separe aussi l'humeur aqueuse de la vitreuse, de peur qu'elles ne se confondent ensemble. Aucuns en adioustent vne septiéme qu'ils disent estre faite des tendons des muscles.

Des humeurs de l'œil.

CHAPITRE VII.

LEs tuniques ou tayes estant leuées, les parties les plus nobles de l'œil viennent incontinent à se manifester, c'est à sçauoir les humeurs aqueuse, crystalline & vitreuse : mais le principal honneur est deu à la crystalline, car elle est plus riche qu'aucun diamant, & plus reluisante qu'aucune pierre precieuse, qui est la raison pourquoy elle est appellée *l'ame de l'œil, le miroir interieur & le centre de l'œil*. Il n'y a que cette seule humeur qui soit alterée par les couleurs & qui reçoiue les semblances des objets visibles : & quand les deux lumieres l'interne & l'externe sont empeschées de paruenir iusques à elle, l'interne certes en la goutte sereine, & l'externe en la suffusion, que les Arabes nomment *gutta caliginosa*, la veuë perit comme si la chandelle estoit esteinte. Cette humeur estant posée, la faculté de voir est posée : car toutes les autres parties seruent ou à conseruer la veuë, ou à la rendre plus parfaite : bref à icelle comme à la princesse ministrent toutes les parties qui sont en l'œil. Car le crystallin se sert de la cornée comme d'vne glace pour l'émission plus parfaite de la lumiere : il est recreé par l'vuée comme par la veuë d'vn iardin tres-plaisant & agreable, à raison de la diuersité de ses couleurs : la prunelle luy sert d'vne fenestre. L'Aranoïde retient les especes, & empesche qu'elles ne s'écoulent, comme fait le plomb aux miroirs. L'humeur aqueuse comme vn bouleuart rompt la splendeur de la lumiere externe, & sert comme de moyen pour luy porter les images des objets : la vitrée comme vn cuisinier luy prepare sa nourriture. Le nerf optique luy apporte les esprits visoires, & reporte les especes des objets d'iceluy au cerueau comme au iuge & censeur : les muscles & le nerf de la deuxiéme coniugaison comme des cheuaux tournent le crystallin & tout l'œil de tous costez : & ainsi toutes les parties de l'œil seruent au crystallin, duquel ie m'en vay exposer l'histoire, apres que i'auray descrit l'humeur aqueuse, parce que c'est celle qui se presente la premiere à la veuë. L'humeur aqueuse, autrement dite *albugineuse* & *subtile*, est ainsi nommée, pource qu'elle a la consistence & pureté d'eau, ou bien pource qu'elle ressemble à vn aubin d'œuf. Auicenne l'appelle *l'excrement glacial*, ou *du crystallin*, mais mal. Elle est située au deuant du crystallin. 1. Pour luy seruir de rampart & empescher qu'il ne soit offencé par la dureté des membranes. 2. Pour faire que les premieres rencontres des objets & de la lumiere externe soyent vn peu rompuës & arrestées iusques à ce que la clairté exterieure ayt prins accointance, & se soit renduë familiere à l'interne, car elle sert comme de moyen pour porter les images au crystallin. 3. Pour arrouser continuellement le crystallin & la partie interne de l'vuée, laquelle en moiteur est semblable à vne esponge, & ainsi empescher qu'ils ne se dessechent trop à raison de leurs continuels mouuemens. 4. Pour porter comme des lunettes les images des objets au crystallin, & empescher que les esprits visoires ne se dissipent. Ie tais qu'elle separe l'vuée du crystallin, & qu'elle tient tousiours la cornée tenduë, lesquelles venans à se lascher & affesser perdroient la veuë. Cette humeur est vne partie de l'œil spermatique & viuante, & non pas excrement du crystallin. La seconde humeur est appellée par Galien *crystalline* & *glaciale*, parce qu'elle ressemble à de la glace,

Loüanges du crystallin.

A iceluy ministrent toutes les parties de l'œil, & comment.

L'humeur aqueuse.

Sa situation, & ses vsages.

La crystalline.

& qu'elle est reluisante comme du crystal. Auicenne la nomme *gutta & grando:* Aëtius l'appelle *phacoide,* parce qu'elle a la figure d'vne lentille ; & quelques autres *discoïde,* parce qu'elle ressemble à vn plat. Il y en a qui la nomment *le centre de l'œil, l'ame de l'œil, la lunette interieure.* Sa substance est toute aqueuse, elle ne coule toutefois pas comme la vitrée ou l'aqueuse, mais elle est épaisse & condensée comme du crystal, afin d'arrester les images : elle est diaphane, & non obscure, afin que par la lueur de sa clairté naturelle elle se puisse aisément associer & familiariser auec la clairté externe : elle est tenuë, & non épaisse, afin de receuoir promptement la lumiere tant l'interne comme l'externe : & finalement elle est exempte de toute couleur, afin de les receuoir toutes indifferemment. Sa figure est ronde, mais non du tout sphærique, pour garder qu'elle ne flottast deçà ou delà, & qu'elle ne bougeast de sa place aux mouuemens violens, qui est la raison qu'elle apparoit plus platte par le costé qu'elle regarde la prunelle, & plus plaine par celuy qu'elle est enfoncée dans l'humeur vitrée. Elle est située quasi au milieu de l'œil comme au centre, afin de receuoir également les deux lumieres, & l'interne & l'externe, & qu'elle ne s'accoustume point plus à l'vne qu'à l'autre. Elle est attachée par deuant à l'aqueuse : par derriere il semble qu'elle nage dans la vitrée : & par les deux costez elle est attachée à l'vuée par le moyen de la tunique ciliaire. Elle est couuerte d'vne tunique tres-déliée, nommée *aranoïde.* Bref elle est le principal organe de la veuë : Car il n'y a qu'elle qui soit alterée par les couleurs externes. La troisiéme humeur, nommée *vitrée,* est semblable en épaisseur & consistence à du verre fondu : mais en couleur & transparence elle ressemble totalement au verre desià épaissi & refroidi. Elle est située au derriere du crystallin & le reçoit comme dans soy : pour cette cause elle est caue en son milieu. Sa substance est plus molle que le crystallin, moins fluide toutefois que l'aqueuse. Les Anciens ne luy ont donné qu'vn seul vsage, jaçoit ce qu'elle en ait plusieurs. 1. C'est de preparer l'aliment au crystallin, car il ne se nourrit point de la substance d'icelle. 2. C'est de le conseruer & empescher qu'il ne soit blessé par la dureté des membranes. 3. C'est de contenir les esprits visoires pour rendre le crystallin plus clair & plus reluisant.

Marginalia:
- Sa substance.
- Sa figure.
- Sa situation.
- La vitreuse.
- Sa situation.
- Sa substance. Ses vsages.

Des autres parties de l'œil : des nerfs, veines, arteres, esprits, graisse & glandes.

CHAPITRE VIII.

L'OEIL est encore composé d'autres parties, à sçauoir de deux nerfs, de plusieurs veines & arteres, de graisse & de glandes. Des nerfs l'vn sert à la veuë, & l'autre au mouuement de l'œil ; ce premier là est nommé *optique,* & est le premier paire des nerfs qui naissent de la moëlle qui est contenuë dans le crane. Ce nerf est le plus mol & le plus gros de tous, separé en son origine, & porté obliquement en deuant s'assemble & vnit quasi à my chemin enuiron la selle du sphenoïde, non point par intersection ou croisement ny par attouchement simple, mais par la confusion de leur moëlle, en telle façon qu'ils ne peuuent en nulle maniere estre separez l'vn d'auec l'autre. Or il falloit que les nerfs optiques s'vnissent ainsi, partie pour leur seureté, de peur

Marginalia:
- Le nerf optique.
- Son vnion, ou, comment & pourquoy faite.

peut, qu'en faifant vn long chemin, ils ne vinffent à fléchir à raifon de leur molleffe ; partie pour les faire garder vn mefme plan en la prunelle , car ils fe réculleroient quelquesfois fans cet embraffement , & les yeux ainfi trompez, iugeroient l'obiect fimple eftre double ; partie pour vnir les formes des ob-jects ; partie pour les faire fortir plus commodement par les trous du crane, & faire qu'ils foient portez droit aux yeux : & finalement pour faire que l'efprit vifoire puiffe en vn moment paffer d'vn œil à l'autre pour la perfection de la veuë: Car ainfi en fermant vn œil nous voyons plus exactement de l'autre. Les optiques eftans donc ainfi confus & vnis fe feparent auffi-toft , & font portez par les trous du crane au centre de l'œil. Leur fubftance interieure molle & moëlleufe, eftant paruenuë au cryftallin fe dilate & répand les efprits vifoires par tout l'œil, faifant par fa dilatation la tunique reticulaire : & l'exterieure qui eft faite des deux meninges de l'épaiffe & de la déliée , fe perd à faire l'vuée & la cornée, dont fe fait que l'efprit animal eft porté par la continuité de l'optique en vn inftant iufques à la prunelle. Herophile appelle ces nerfs _pores. & meats vifoires._ Pour mon regard ie n'y ay iamais remarqué de cauité fenfible & manifefte, mais ie confeffe bien qu'ils font les plus mols & fpon-gieux de tous , d'autant qu'ils portent l'efprit vifoire en tres-grande quantité. Que s'il aduient que ces nerfs foyent oppilez comme en la goutte ferene des Arabes, la veuë perit. L'autre paire de nerfs meut l'œil, & d'iceluy naiffent grand nombre de filets qui fe répandent diuerfement dans tous les mufcles des yeux. Ces nerfs motifs font continus en leur origine, en forte qu'ils ne font qu'vne corde, d'où vient qu'on ne fçauroit mouuoir vn œil d'vn cofté que l'autre ne fuyue neceffairement fon mouuement, qui eft vne obferuation nouuelle & tres-belle. Les yeux ont auffi grand nombre de veines & d'arteres, celles-là naiffent des iugulaires, & celles-cy des carotides. Par ces nerfs, vei-nes & arteres font portez plufieurs efprits aux yeux , les vifoires , les naturels & les vitaux, qui eft caufe que leur magnitude n'eft pas toufiours fembla-ble, ny leur clarté pareille, ains qu'ils apparoiffent quelquesfois tres-petits, languiffans & obfcurs, comme à ceux qui s'en vont mourir , & qui abufent par trop du meftier de Venus , & quelquesfois plus grands, plus alaigres & plus reluifans. Outre-plus , auffi long-temps que l'homme eft viuant il a des yeux bien tendus & remplis, aufquels n'apparoiffent aucuns plis ny rides : mais eftant mort , encore qu'il n'en foit pas forty aucune humeur, ils deuiennent plus petits, plus lafches & ridez. Finalement l'vn des yeux eftant clos la pru-nelle de l'autre fe dilate en vn moment, à raifon d'vne plus grande quantité d'ef-prits qui tombe par la reticulaire dans l'vuée. Il y a auffi beaucoup de graiffe qui enuironne l'œil, laquelle empefche qu'il ne s'échauffe & deffeche à raifon de fes mouuemens continuels, elle le deffend auffi du froid : c'eft pourquoy il ne friffonne iamais. Il y a finalement tout auprès des yeux des petites chairs & glan-des. Celles qui font au grand angle de l'œil, gardent que les larmes ou quelque autre humeur falée ne decoule fur les iouës, & deffendent cet angle qu'il ne foit bleffé par l'acrymonie des larmes & de la chaffie. Car quand nous fermons les paupieres pour garder & deffendre l'œil des iniures externes, tout ce qu'il y a d'eftrange en iceluy eft chaffé & renuoyé au grand angle, qui eft la raifon pour-quoy il ne fe trouue pas de femblable chair au petit coing. Quant aux petites glandes fituées aux coings des yeux , elles reçoiuent l'humeur decoulante du ceruceau, elles arroufent les yeux, & les rendent plus aptes à faire leurs mouue-

PPp

Iln'a point de cauité manife-fte.

Le nerf mou-uant l'œil.

Belle obferua-tion.

Les vaiffeaux des yeux.

Que les yeux font remplis de beaucoup d'ef-prits.

La graiffe des yeux pourquoy faite.

Les caruncules & glandules des yeux.

mens. C'eſt auſſi par icelles que decoulent & s'éuacuent les humeurs du cerueau & les larmes.

Des parties externes de l'œil, & premierement des paupieres.

CHAPITRE IX.

L'uſage des paupieres.

POVR faire que les yeux fuſſent moins expoſez aux iniures externes, Nature les a remparez d'os de tous coſtez comme de baſtions, les a muſſez dans vn creux, comme dans vne vallée profonde, qu'on appelle *orbite*. Mais d'autant que la partie anterieure d'iceux, qui eſt la plus noble, eſtoit expoſée à la lumiere externe, à l'air, au vent, à la fumée, à la pouſſiere, aux petits beſtions & corps ſemblables, pour garder qu'ils ne fuſſent bleſſez par le rencontre d'iceux, elle les a couuerts & munis de paupieres, comme d'vne couuerture & pont-leuis. Ioint que par le moyen deſdites paupieres, la veuë demonſtre en ſon operation vne apparence de liberté, car les narines ſont touſiours ouuertes, comme ſont pareillement les oreilles: mais les yeux ont les paupieres, par le moyen deſquelles l'homme s'il veut, peut ne voir point. Les paupieres ſont dites des Latins *palpebræ à palpitando*, & des Grecs *blephara & elutra*, parce qu'elles ſont comme les couuertures & les fueilles des yeux. Les beſtes à quatre pieds n'ont des paupieres qu'en haut, les oyſeaux n'en ont qu'en bas, excepté l'auſtruche qui en a comme l'homme en haut & en bas. Leur compoſition eſt d'vne ſubſtance peauſſaire, cartilagineuſe & muſculeuſe: la peau eſt aſſez laſche, afin qu'elle ſe puiſſe froncer & retirer. Le cartilage y eſtoit neceſſaire, partie pour rendre le mouuement plus aiſé, car par le moyen d'iceluy l'œil s'ouure & ferme également; partie pour mieux reſiſter aux iniures externes, & partie pour faire que le poil des cils ſoit fermement fiché en iceluy comme en vn rocher dur & ſolide. Si les paupieres eſtoient molles, compoſées de chair & de membranes ſeulement, elles s'abbatroient pour peu d'occaſion: Car les choſes molles s'abbaiſſent & fleſtriſſent incontinent: & ſi elles eſtoient dures & totalement oſſeuſes, elles ne ſe mouueroient pas ſi facilement, & bleſſeroient par leur dureté les tuniques de l'œil qui ſont fort ſenſibles. Elles ſont donc cartilagineuſes, & falloit qu'elles le fuſſent: mais ce cartilage eſt tenuë & délié tant pour la legereté comme pour tranſmettre quelque petite ombre de la lumiere externe à l'œil. Il n'eſt point attaché aux os, & eſt de figure demy-circulaire, eſtant couuert par dedans d'vne membrane déliée, & par dehors de la peau. Finalement à leur compoſition concurrent quelques muſcles, leſquels eſtoient neceſſaires pour ouurir & clorre l'œil: Car les yeux eſtans clos, ils ne pourroient iamais receuoir les eſpeces des objets; & eſtans touſiours ouuerts, ils ſeroient en danger d'eſtre offençez par les iniures externes, & ſeroient incontinent deprauez, d'autant qu'il ſe feroit vne diſſipation tres-grande d'eſprits & de la lumiere interieure. Il falloit donc qu'ils s'ouuriſſent & fermaſſent alternatiuement ſelon que la neceſſité le requeroit. Les paupieres ſont deux, la ſuperieure & l'inferieure; la premiere eſt plus grande en l'homme & aux animaux qui ont l'inferieure immobile: Aux oyſeaux au contraire, l'inferieure eſt plus grande que la ſuperieure. Or combien qu'elles ſoient deux, ſi eſt-il que Nature n'en a fait

Leurs noms.

Pline l.9.c.37.

Leur compoſition eſt d'vne peau, d'vn cartilage

& de quelques muſcles.

Leur nombre.

qu'vne mobile, à ſçauoir la ſuperieure : car quel beſoin eſtoit-il du mouuement *Il n'y a que celle de deſſus qui ſoit mobile, & eſt ouuerte par vn muſcle, &*
de l'inferieure, veu que par le mouuement de la ſuperieure vers bas, l'œil eſt fermé, & ouuert par le mouuement de la meſme paupiere vers haut ? La ſuperieure
ſe meut donc vers haut & vers bas : vers haut par le moyen d'vn muſcle qui naiſt
de la partie interne de l'orbite, quaſi du meſme principe que fait celuy qui meut
l'œil en haut, & ſe terminant en vn tendon aſſez large s'inſere au tarſe de la paupiere de deſſus, & la leuant vers haut découure l'œil : & vers bas par deux muſ- *Fermée par deux.*
cles, l'vn iſſu du grand angle enuironne tout le cil comme vn ſphincter, l'autre
iſſu du meſme angle & de la racine du nez s'inſere au tarſe. Les bords & extremitez des paupieres qui ſe ioingnent enſemble quand nous dormons, ſont nommées par Ruffus *chelai & vngula*.

Des cils & angles ou coings des yeux.

CHAPITRE X.

A Vx bords des paupieres naiſſent des poils qu'on ap-
pelle *cils* : Pollux les nomme *tarſoi*, parce qu'ils ſont *Le poil des paupieres.*
rangez en fort bel ordre : & c'eſt auſſi à raiſon de l'ar-
rangement & diſpoſition de ces poils qui reſſemble
aux auirons d'vne galere, que les cartilages auſquels
ils ſont fichez & attachez ſont nommez *tarſoi*. On
tient que ces poils icy ſeruent comme d'vn rampart *Leur vſage.*
pour addreſſer les eſprits viſoires & les rayons qui
ſortent des yeux. Ils deffendent auſſi enſemble auec
les paupieres les yeux contre les beſtions, la poudre & ſemblables ordures. On
les cille & clignote auſſi fort ſouuent en veillant, tant pour recréer la veuë, que
pour empeſcher qu'il n'entre rien dans les yeux auec impetuoſité. Les poils de la
paupiere ſuperieure ſont vn peu courbez vers haut : car s'ils eſtoient tous droits,
ils feroient de l'ombrage aux yeux, & empeſcheroient que nous ne viſſions en
haut : mais ceux de l'inferieure ſont courbez vers bas. Les parties communes
aux paupieres où elles s'aſſemblent & aboutiſſent toutes deux, ſont dites des
Grecs *Canthoi*, & des Latins *anguli*; les François les nomment *les angles & coings* *Les coings ou angles.*
des yeux : Ils ſont deux, l'vn aupres du nez, & l'autre vers les temples : cettuy-là,
parce qu'il eſt le plus grand, eſt nommé *le grand angle & angle interne*, & cettuy-cy *angle petit & externe*.

Des ſourcils.

CHAPITRE XI.

F INALEMENT pour la deffence des yeux ont eſté faits les
ſourcils : les Latins les nomment *ſupercilia*, d'autant qu'ils ſont *Les noms des ſourcils.*
ſituez au deſſus des cils; ce ſont les extremitez du front couuer-
tes de poils, ou bien des poils naiſſans au deſſus de l'œil. La
partie d'iceux qui eſt prochaine du nez eſt dite *la teſte des ſour-*

cils, celle qui eſt vers les temples *la fin ou la queuë*, & l'eſpace moyen d'entre les deux, qui eſt l'endroit où iadis Straton mettoit le ſiege de l'ame *intercilium & glabellum*. Or comme ainſi ſoit que les ſourcils ſe hauſſent ou abbaiſſent ſelon la

Qu'eſt-ce que les Poëtes entendent par les ſourcils.

diuerſité des paſſions de l'ame, c'eſt la cauſe pourquoy les Poëtes par les ſourcils ont entendu le faſt, l'orgueil & l'arrogance, Pline dit que l'arrogance & l'orgueil habitent en iceux, jaçoit ce qu'ils ayent ailleurs leur naiſſance & commencement.

Liu. 9. ch. 37.
Leur vſage.
Leur compoſition eſt d'vne peau dure

Leur vſage, ſelon Galien, eſt de receuoir l'effort & rencontre des corps lourds & peſans qui tombent d'en haut ſur les yeux. Toute leur compoſition eſt d'vne peau entretiſſuë de beaucoup de fibres charneux qui viennent du muſcle du front, de graiſſe, & de poils naiſſans de la peau. La peau en cet endroit eſt plus épaiſſe & plus dure: plus épaiſſe pour mieux deffendre & couurir les yeux comme vne ſeuronde: & plus dure, afin que les poils ſoient égaux en nombre, & qu'ils ne croiſſent en vne grandeur demeſurée. Car comme en vne terre marécageuſe & fangeuſe il ne s'engendre rien, ny auſſi en celle qui eſt trop dure & trop ſeiche: tout de meſme en la peau trop ſeiche ou trop humide il ne s'engendre

& muſculeuſe, & de poil. Son vſage.

point de poils. Or cette peau eſt muſculeuſe & laſche, parce qu'il falloit qu'elle ſe meut promptement & laſchement. Les Medecins nomment les poils des ſourcils *tuloi*. Leur vſage eſt de repouſſer comme vn rampart les choſes qui ſont contraires aux yeux, & entre les autres celles-là qui decoulent & tombent du front & de la teſte. Ils ſont égaux en longueur, en nombre & en épaiſſeur: car s'ils eſtoient plus courts, moins en nombre, & plus clairs & rares, ils ne deffendroient pas ſi bien les yeux des choſes externes: & s'ils eſtoient plus longs, & épais & drus, ils couuriroient les prunelles, & nuiroient à la veuë. Or leur inſertion n'eſt pas droite, mais oblique, afin de deſtourner plus facilement toutes choſes arriere des yeux. Voilà vne fidelle deſcription de l'œil & de chacune de ſes parties: examinons à cette heure les controuerſes.

CONTROVERSES ANATOMIQVES.

A ſçauoir ſi la veuë ſe fait par émiſſion ou reception, où la nature de la veuë eſt expliquée bien exactement.

QVESTION PREMIERE.

Trois opinions touchant la nature de la veuë.

La premiere eſt qu'elle ſe fait par émiſ-

Ly a vne belle diſpute touchant la nature & le moyen que ſe fait la veuë, qui touche plus à la Philoſophie qu'à la Medecine: d'autant toutesfois que Galien l'agite fort élegamment en ſes liures de l'vſage des parties & des decrets d'Hippocrate & de Platon, nous ne nous égarerons pas beaucoup de noſtre deſſein ſi en paſſant nous en tirons au iour quelques points puiſez des myſteres plus ſecrets de la Philoſophie. On trouue trois principales opinions entre les Philoſophes touchant la maniere que la veuë ſe fait. Car aucuns eſtiment qu'elle ſe fait par émiſſion, les autres par reception, & les autres en partie par émiſſion & en partie par reception. Les autheurs de la premiere ſont diuers, leſquels ont tous quelque chofe de particulier. Les optiques difent qu'il fort des rayons des yeux qui fion, telle eſt celle font portez iufques à l'objet, & que la figure des rayons eſt pyramidale, ayant leur Des optiques. pointe aux yeux, & leur baſe en l'objet. Pythagore eſtime que la veuë ſe fait par De Pythagore. émiffion de la clarté des yeux à l'objet, de laquelle clarté il ſe fait reflexion derechef de l'objet aux yeux ; non autrement qu'vne bale frappée de la main contre vne paroy, eſtant refrappée par la paroy rebôdit & retourne auffi viſte à la main. Empedocle, Hipparque & Nicée veulent qu'elle ſe faſſe par la ſortie & l'émiffion D'empedocle. des rayons & de la lumiere tout enſemble. Platon penſe que ce ne ſont pas des De Platon. rayons qui ſortent des yeux, mais vne lumiere, laquelle n'eſt pas portée iuſques à l'objet, mais iuſques à vne certaine eſpace du chemin qui eſt entre les yeux & l'objet. Democrite, Leucippe & l'Athenien Epicure ont cuidé que les images ſor- De Democrite. toyent des objets par le moyen de certains petits corps qu'ils appellent Atomes. Chryſippe & toute l'eſchole ſtoïque eſtiment qu'vn certain eſprit eſt porté du De Chryſippe. cœur à la prunelle des yeux, lequel ſe continuë & eſtend iuſques à l'objet. Cette Er eſt fortifiée des raiſons ſui- uantes. premiere opinion tient donc qu'il ſort quelque choſe des yeux, qui eſt portée iuſques à l'objet, laquelle les Platoniciens appuyent des raiſons qui enſuiuent. 1. Les ſorciers charment par leur regard, de là le Poëte. 1.

Ie ne ſçay pas quel œil charme mes agneaux tendres?

2. Le baſilic empoiſonne & tuë l'homme en le regardant. 3. La femme ayant 2. 3. ſes fleurs, tache les miroüers ſur leſquels elle jette les yeux, comme de quelque venin. 4. Les loups rendent ceux qu'ils regardent enroüez. 5. Tibere Cæſar 4. 5. 6. eſtonna vn ſoldat de ſon regard ſeul. 6. Ariſtote raconte qu'Antipheron voyoit touſiours ſon image deuant ſes yeux. 7. Pourquoy eſt-ce quand nous voulons l.3.Meteorol. c. 4. voir plus ſubtilement que nous clignons les yeux & eſtreciſſons la prunelle? n'eſt- 7. ce pas afin que les rayons & les eſprits qui ſortent des yeux ſoyent mieux joints & vnis? 8. Pourquoy ſe laſſe & affoiblit l'œil en regardant, ſi ce n'eſt parce qu'il 8. en ſort quelque choſe. 9. Si la veuë ſe faiſoit par reception & non par émiffion, 9. il ne faudroit point tourner l'œil vers l'objet, & ne regardans point nous verrions. 10. La magnitude ny la figure ne ſe verroient point ; car l'œil eſtant petit, 10. il ne pourroit pas receuoir les choſes plus grandes que luy. 11. La prunelle eſtant 11. dilatée nous verrions mieux, parce que la reception ſe feroit mieux. 12. Les eſ- 12. peces contraires ſeroient receuës enſemble & à vn coup en vn meſme œil, parce que l'œil regarde deux objets contraires le blanc & le noir à vn coup. 13. Les ob- 13. jets tres-petits ſe verroient auffi bien que ceux qui ſont tres-grands, ce qui eſt faux ; Car on ne voit point la pointe d'vne aiguille dreſſée en haut, parce que les rayons diſperſez ne peuuent s'vnir à raiſon de la petiteſſe de l'objet, que ſi nous la voulons voir, il faut que nous la regardions par le trauers. Finalement les yeux ſont de nature de feu, car leur figure eſt pyramidale, ils ſe mouuent continuellement, & ne friſſonnent iamais. Or c'eſt le propre du feu de produire touſiours quelque choſe de ſoy, comme de la lumiere, des rayons & de la chaleur. Voilà les principales raiſons des Platoniciens & des Optiques. Le prince & chef La ſeconde eſt qu'elle ſe fait de l'autre ſecte, c'eſt Ariſtote, lequel a eſté ſuiuy de quaſi tous les Peripateticiens, ſeulement par reception & eſt celle des Pe- ripateticiens. d'Alexandre, de Themiſtius & d'Auerrhoës. Ils veulent donc que la veuë ſe faſſe par reception & non pas par émiffion. 1. Parce que tout ſentiment eſtant paſ- ſion, ſe doit faire par reception ; Ainſi l'ouye ſe fait par la reception des ſons, le Et s'appuyent ſur ces raiſons. 1. flairer, par la reception des odeurs ; le gouſter, des ſaueurs ; & l'attouchement, 2. des qualitez traictables. 2. Ceux qui ont les yeux humides voyent les objets plus grands qu'ils ne ſont, parce que l'humidité rend les eſpeces plus grands & plus

3.
4.
5.
6.
7.

grosses. 3. Tout objet excellent destruit le sens. 4. Nous voyons au miroüer l'image & representation de la chose qui est vis à vis ; ce qui ne se feroit pas, sinon que la semblance de la chose fut multipliée de l'objet iusques au moyen & au miroüer. 5. Aristote demande pourquoy la main droicte fait ses operations plus parfaitement que la gauche, mais que les yeux & les oreilles voyent & oyent égallement. Il répond que les actions des mains se font en agissant, & celles des yeux & des oreilles en patissant ; or en la veuë & en l'ouye les deux organes patissent égallement. 6. Les vieillards voyent mieux les objets de loing que de prez, ce n'est pas à raison de la lumiere, ou des rayons, ou des esprits sortans des yeux ; car leurs esprits sont impurs, tenebreux & en petite quantité ; mais parce que l'espece prouenant d'vn objet fort élongné se rend plus subtile, plus spirituelle & plus apte à estre receuë. 7. Les plus petites estoilles se peuuent voir les nuicts sereines en Hyuer & nòn point en Esté, parce qu'en Hyuer les especes de ces estoilles receuës en vn air plus crasse & plus grossier se terminent & multiplient, là où en Esté à raison de la subtilité de l'air ; elles ne peuuent estre receuës terminatiuemét (comme on parle aux escholes) ny se multiplier. Galien tasche d'accorder ces deux parties, & veut que la veuë se fasse en partie par émission, & en partie par reception. Quand à moy i'honore Galien comme mon maistre & precepteur ; il n'a point besoin de ma deffence estant assez grand de luy mesme : mais comme il souloit dire ordinairement *vincat vtilitas*, ainsi nous disons *vincat veritas*. I'abandonneray donc pour ce coup les decrets de Galien, & suiuray l'opinion d'Aristote (lequel ie peux nommer vne seconde nature, mais tres-éloquente) comme celle qui est la plus veritable, à sçauoir que la veuë se fait par la seule reception, & que rien n'est enuoyé hors de l'œil à l'objet qui puisse seruir à la veuë, c'est à dire, qu'il ne sort rien de l'œil, ny rayon de lumiere, ny esprit. La verité de cette opinion doit estre appuyée de ces raisons. 1. L'organe de la veuë est de nature d'eau, or le propre de l'eau c'est de receuoir. Qu'il soit de nature d'eau, on le prouue en cette façon ; l'organe de la veuë doit estre diaphane, afin qu'il y ait quelque analogie entre l'objet, le medium & l'organe, & entre l'agent & le patient ; or des corps diaphanes & reluisans les vns sont rares, les autres denses : les rares reçoiuent facilemét les especes, mais ils ne les retiennent pas, ainsi l'air est tout plein d'especes & de formes, mais elles s'écoullent incontinent, & ne se voyent point en iceluy à raison de sa rareté & subtilité, & qui est plus, on ne peut pas voir les images dans le verre ny dans les miroüers, sinó qu'elles soyent retenuës auec du plomb ou quelque autre corps dense. A ce donc que les especes des objets visibles soyent retenuës en l'œil, il est besoin qu'il y ait vn corps diaphane & dense : or il n'y a que l'eau qui soit tel ; car le feu & l'air sont diaphanes, mais ils sont subtils & rares. Il s'ensuit que l'organe de la veuë est de nature d'eau, mais les principales parties de l'œil sont semblablement aqueuses. I'allegueray vn bel argument d'Alexandre. Ce qui sort des yeux, dit-il, est ou corporel, ou incorporel, il n'est pas incorporel, parce que les choses incorporelles ne peuuent ny sortir, ny changer de place, ny estre en l'œil, comme en leur lieu : il n'est pas aussi corporel, parce qu'en vn seul iour l'œil seroit dissipé & destruit, & qu'il ne pourroit pas en vn instant estre porté iusqu'au Ciel, veu que nul corps ne se meut en vn instant. Ioint que ce corps-là seroit baffoüé & dissipé par les vents, & qu'il faudroit conceder la penetration des corps. Que si tu dis que l'air cede & fait place aux corps sortans des yeux ; ie te répondray que la veuë ne se feroit iamais pour tout cela, d'autant que ce qui se mettra entre-deux, empeschera que le rayon ne garde sa con-

La troisième est qu'elle se fait & par émission & par reception, & est celle de Galien.
Celle de l'Autheur qu'elle se fait par reception & ses raisons.
L'organe de la veuë est de nature d'eau & pourquoy.

La seconde qui est prise d'Alexandre.

tinuité auec l'œil. Quand aux raisons alleguées par les Platoniciens & les Opti- [Responce aux raisons de la premiere opinion.
ques, il les faut soudre chacune par ordre en cette maniere.

1. Nous nions qu'on puisse ensorceler par le regard seul, si ce n'est par art magique. 2.&3. Le basilic & la femme qui a ses fleurs n'infectent point par leur regard,
mais par quelque vapeur maligne & veneneuse, laquelle leur sortant du corps par
la bouche, les yeux, le nez & autres parties infecte l'air ; & est par la continuation
d'iceluy portée iusques à nous. Ce qu'ils objectent des loups est ridicule. 5. Tibere n'épouuenta pas le soldat par les rayons sortans de ses yeux, mais par vn regard
horrible & affreux. 6. Antipheron, à ce qu'on dit, estoit fol : le vice n'estoit donc
pas aux yeux, mais au cerueau. 7. Nous estrecissons la prunelle pour empescher
que les esprits internes ne soyent dissipez par la lumiere externe. 8. L'œil se lasse en
regardant, à raison de l'effort que fait la faculté à l'affermir & arrester. 9. Il faut que
l'œil soit tourné vers l'objet, parce que la veuë ne se fait point sinon par droite ligne. 10. La magnitude n'est pas receuë, mais l'espece seulement, laquelle estant
immaterielle, peut estre toute receuë. 11. La dilatation de la prunelle dissipe les esprits qui sont necessaires à la reception. 12. Le blanc & le noir sont receus ensemble & en vn mesme temps par l'œil, parce qu'ils sont seulement receus par vne espece intentionnelle, immaterielle & incorporelle. 13. On ne voit point la pointe
d'vne aiguille dressée en haut, parce qu'il n'y a point de proportion entre l'objet
& le sens. De ces choses chacun voit clairement que la veuë ne se fait point par
émission, mais par reception. Or la nature de cette reception estant fort obscure,
& enueloppée de plusieurs difficultez, nous essayerons de l'éclaircir par la recherche & l'examen des quatre points suiuans. 1. Que c'est que l'œil reçoit. 2. En quel-
le partie se fait la reception. 3. Quand elle se fait. 4. Et comment. Touchant le Que c'est que l'œil reçoit.
premier, Democrite & Leucippe ont creu qu'il reçoit des corps : Epicure les rayós
de l'objet visible : Alexandre l'image de l'objet, non pas comme estant en son sujet,
mais comme en vn miroüer : Et nous auec Aristote croyons qu'il reçoit seulemét
l'espece. Or cette espece est vne qualité incorporelle, immaterielle, indiuisible,
laquelle les Philosophes appellent *intentionelle*, & qui est produite & multipliée
au moyen & en l'organe par vne simple émanation : non autrement que la lumiere sort du Soleil & l'ombre du corps. Cette espece cy ne se voit point, mais c'est
elle qui nous fait voir, car il n'y a seulement que l'objet qui se voye : & pourtant
il semble que l'œil soit semblable au miroüer qui reçoit les images des choses
qui sont mises vis à vis de luy : car le miroüer reçoit toutes les especes sans aucune émission : l'œil toutesfois differe du miroüer en ce que le miroüer n'a point de
faculté qui puisse transporter l'espece receuë à vn autre comme au iuge, ainsi
qu'à l'œil. Mais quelqu'vn parauanture demandera icy, si l'espece que l'œil re- Obiection.
çoit est immaterielle, comment est-ce qu'elle affecte & altere l'œil & la veuë en
separant ou vnissant les esprits : Ie réponds que l'œil n'est pas alteré par l'espece, Solution.
mais par la couleur entant qu'elle est plus ou moins lumineuse. Car toutes choses lumineuses dissipent la veuë, parce que nos esprits aërez, tres-subtils & tres-
purs sortent pour se joindre à la lumiere exterieure qui leur est consociable &
fort familiere. Ainsi les objets blancs parce qu'ils ont beaucoup de clairté dissipent les esprits, les noirs au contraire les vnissent, parce qu'ils leur sont ennemis.
Ainsi en la nuit & aux tenebres la chaleur se retire du dehors au dedans & com-
me enseigne Galien le dormir en hyuer est tres-long, parce que les nuits sont Commen. ad aph. 15. sect. 1.
tres-longues. Les objets blancs & lumineux blessent donc la veuë, voire mesme
ils l'estaignent souuentesfois, parce que les esprits visoires estans attirez par

Autre obie-
ction.

similitude , sortent de l'œil auec tel effort , qu'ils desrompent ou alterent ou la substance du crystallin, ou la tunique vuée , ou quelque autre chose. Tu obje-cteras derechef, si la reception de l'espece est immaterielle, d'où vient que l'œil se lasse & affoiblit en regardant, & que les yeux gros & prominens ne voyent point mieux que les petits & enfoncez, veu qu'ils reçoiuent mieux les especes des objets.

Solution.

Ie réponds que les yeux se lassent non pas à raison de l'impression & reception des especes , mais de l'effort que la faculté fait pour arrester & tenir l'œil ferme, & pour retenir les esprits. Or les yeux gros & esleuez ne voyent pas si bien parce que les esprits se dissipent en iceux , lesquels sont necessaires pour faire la veuë, afin qu'estans conjoints & vnis auec la lumiere externe , ils transportent les especes au sens interieur. Le second point estoit du lieu où la reception des especes se fait,

En quelle par-
tie se fait la re-
ception.

c'est à dire en quelle partie de l'œil. Touchant iceluy les Philosophes & les Mede-cins ne sont point d'accord : Il y en a qui veulent que les especes soyent receuës en la substance du cerueau : parce que le cerueau selon la doctrine de Galien est l'origine de tous les sens. Aristote veut que ce soit en la prunelle (or par la prunel-le il entend le crystallin) Galien veut tantost que ce soit au crystallin , & tantost en la tunique Aranoïde , laquelle il dit estre plus polie & plus nette qu'vn mi-roüer. Auicenne veut que ce soit en l'vnion des optiques , & que ce soit la cause pourquoy l'objet n'apparoit point double , les especes des objets s'vnissans en l'vnion & embrassement de ces nerfs. Quant à nous , nous estimons qu'elles sont receuës au crystallin, parce que c'est le plus noble & principal organe de la veuë, situé au centre de l'œil, de substance, figure & qualitez different des autres par-ties de l'œil. Toutesfois si tu les veux tous accorder , dy que la reception s'en fait au crystallin , la refraction aux tuniques , la perfection en l'vnion des optiques,

Du temps de
la reception.

& l'apprehension & iugement au cerueau. Pour le regard du temps de la rece-ption, ils accordent tous que la veuë se fait auec l'apprehension & perception des especes : or les especes sont apprehendées en vn instant : Car nous voyons le ciel tout à coup, parce que la lumiere tirant hors les especes visibles des objets, se ré-pand elle mesme, & les ayant trasportées par l'air iusques à la superficie d'iceluy qui touche la paupiere, incontinent que la paupiere s'ouure , l'espece se presente à la prunelle , & se joint à icelle en vn tres-petit moment de temps. Or voicy le vray moyen comment elle se fait. La veuë se fait par la reception des especes vi-

La maniere
que la rece-
ption se fait.

sibles , & non pas des corps. Or ces especes iaçoit qu'elles resentent la nature & condition de la matiere, si est-il qu'elles ne sont point materiellement, & comme corps, mais comme vestiges & ombres des corps, portées de l'objet visible par droite ligne tout au trauers de l'air à la prunelle. Qui en voudra connoistre da-uantage lise Alexandre , & Simonius Medecin & Philosophe excellent en ses commentaires sur les liures d'Aristote *de sensu & sensili.*

A ſçauoir ſi on peut voir quelque choſe dans l'œil : & à ſçauoir ſi on la voit ſous ſa pro-
pre eſpece ou ſous quelque autre, où pluſieurs choſes ſont expliquées touchant
la nature de la ſuffuſion, & des viſions.

QVESTION DEVXIESME.

FIN qu'il ne manque rien à la connoiſſance parfaite de la veuë nous expliquerons icy briefuement deux poinćts. 1. Si on peut voir quelque choſe dans l'œil. 2. Si ce qu'on voit dans l'œil ſe voit ſous ſon eſpece propre, ou ſous quelque autre. Qu'on ne puiſſe rien voir dans l'œil, on le peut prouuer en cette maniere. 1. Ariſtote eſcrit que l'objet mis deſſus l'organe du ſens ne fait pas le ſentiment. 2. Si on voyoit quelque choſe dans l'œil, il s'enſuiuroit que l'inſtrument de la veuë, & ſon objet ne ſeroient qu'vn & meſme. 3. Le Philoſophe enſeigne que trois choſes ſont requiſes à la veuë, l'objet, le medium & l'inſtrument. 4. La veuë ſe fait par la reception des eſpeces qui ſont produites & multipliées en l'air : or ſi on voyoit quelque choſe dans l'œil, la veuë ne ſe feroit point par l'eſpece, mais par l'objet réel. 5. Si on voyoit quelque choſe dans l'œil, on pourroit voir l'vuée qui eſt de diuerſes couleurs, mais on ne la voit pas : Il s'enſuit donc qu'on ne peut rien voir dans l'œil.

L'authorité & l'experience prouuent au contraire, que nous pouuons voir quelque choſe dans l'œil. L'authorité eſt d'Ariſtote, eſcriuant qu'on voit quelque choſe dans l'œil, quand on le tourne & le remuë en vn lieu tenebreux. Elle eſt confirmée par l'experience : Car aux imaginations qui ont accouſtumé preceder les ſuffuſions, on voit des figures, magnitudes, ſituations & couleurs de diuerſes ſortes, leſquelles ſont au dedans de l'œil, & non en l'air : d'autant qu'vn chacun les verroit. Et en l'æmorragie crytique qui eſt ſur le poinćt de ſe faire, on voit voleter deuant les yeux des corps rouges, que les Grecs nomment *marmariges*. Mais afin d'éclaircir dauantage ce poinćt, nous toucherons en paſſant quelque peu de choſe touchant la nature des viſions ou imaginations. Des viſions (ſelon Galien) les vnes ſont de ceux qui reſuent à raiſon du mouuement vague & incertain des idoles & des eſpeces. Ainſi les phrenetiques chaſſent aux mouches, ils cueillent des floccons de laine, ils arrachent des feſtus, ils treſſaillent de crainte, & ſont épouuantez par des fauſſes imaginations. Or ces viſions icy ne ſont pas des ſymptomes de l'œil, mais du cerueau & de l'imagination. Il y en a d'autres qui ſont propres aux yeux & à la faculté ſenſitiue externe : quand il ſe preſente des imaginations & viſions aux yeux de ceux qui regardent, leſquels (comme eſcrit Auicenne) penſent voir en l'air des franfreluches & diuerſes couleurs meſlées, qui toutesfois n'y ſont point. Cette maniere de viſion eſt appellée des Barbares *imagination*. Or Galien la definit *vne apparition exterieure qui ſe fait à raiſon d'vne vapeur opaque & ſombre, ſituée entre le cryſtallin & la cornée.* C'eſt vn ſymptome de la veuë deprauée : Car les choſes externes apparoiſſent coulorées, leſquelles toutefois ne le ſont point, & l'œil iuge au dehors ce qui eſt au dedans. Tous les Autheurs reconnoiſſent pour la cauſe de ce ſymptome vne vapeur opaque, qui ſe met entre la cornée & le cryſtallin : I'ay dit *opaque*, c'eſt à dire, comme parlent les Barbares, qui n'eſt point tranſparente ny diaphane : Car ſi ce corps qui ſe met entre-deux eſtoit

Des organes des Sens,

Le lieu de la vapeur.

diaphane, ces visions ne se presenteroient pas aux yeux, mais les especes des objets pures & non meslangées seroient portées au crystallin. Or le lieu où se met la vapeur ou le petit corps, c'est tout l'espace qui est depuis la cornée iusques au cryftallin : car s'ils estoient contenus entre le cryftallin & l'vnion des optiques, ils ne causeroient point cette imagination, veu que la reception des especes se fait au cryftallin. Mais s'il aduient que la vapeur se mesle auec l'humeur vitrée, & qu'elle empefche l'abbord de la lumiere interne, elle ne fera que diminuer la veuë, ou bien elle l'esteindra tout à fait. C'est donc vne chose constante qu'on voit voller deuant les yeux au commencement des suffusions, au flux de sang crytique, au vertige, en l'inflammation des poulmons, aux vomissemens, & aux enuies de vomir, des moucherons & autres semblables corps voletans, lesquels ne sont point en l'air, car vn chacun les verroit, mais dans l'œil : Concluons donc touchant cette question, qu'on peut voir quelque chose dans l'œil. 1. Parce que l'objet y est, à sçauoir quelque petit corps interposé. 2. Le medium diaphane, à sçauoir l'humeur aqueuë. 3. Et le principal outil de la veuë, à sçauoir l'humeur cryftalline : mais nous disons que cette façon de voir est imparfaite. Pour le regard des raisons & authoritez alleguées au contraire, elles doiuent estre entenduës de la veuë parfaite. Il sourd d'icy vne autre question beaucoup plus obscure : A sçauoir si ce qu'on voit dans l'œil, quand on le pense voir en l'air, si on le voit sous sa propre espece, ou sous quelqu'vne de celles qui sont en l'air : Ie dy qu'on le voit sous vne autre. Car on ne voit pas la vapeur contenuë entre la cornée & le cryftallin sous l'espece & forme de vapeur, mais sous l'espece de quelqu'vne des choses qui sont en l'air. Il est bien vray toutesfois que cette espece externe, quand on la reçoit en l'œil, suit la nature, couleur, magnitude & figure de la vapeur qui est en l'œil. Ainsi si la vapeur est bleuë ou iaune, elle represente au cryftallin l'espece de l'objet externe, comme de la parois, ou du liure, estre ou iaune ou bleuë. Si la vapeur est petite & répanduë, on verra comme des mouches volletter deuant les yeux : si elle est estenduë en long, on verra comme des cheuux. Que si ce qui est en l'œil se voyoit sous sa propre espece, on verroit l'vuée qui est de diuerses couleurs. Il ne reste plus qu'vn seul doute, pourquoy ce qui est dedans l'œil apparoist & semble estre dehors : Ie réponds que le cryftallin accoustumé de voir ce qui est externe, iuge ce qui est au dedans estre au dehors.

Resolution de l'Autheur.

A sçauoir ce qu'on voit en l'œil, si on le voit sous sa propre espece. Solution.

Pourquoy ce qui est au dedans apparoist au dehors.

A sçauoir si l'organe de la veuë est de nature de feu ou d'eau.

QVESTION TROIZIESME.

Platon veut que l'œil soit de nature ignée. In Timæo.

Trois sortes de feu. lib 3. de vsu part. 8. Ses raisons.

LEs Platoniciens & Peripateticiens sont en debat touchant la nature des yeux. Platon d'autant qu'il estime que la veuë se fait par émission de la lumiere, il veut que l'œil soit de nature de feu. *Les yeux*, dit-il, *sont participans de ce feu qui ne brusle point, mais qui en illuminant doucement apporte le iour au monde.* Or les Platoniciens font trois sortes de feu, vn qui luit & brusle, l'autre qui luit & ne brusle point, & le troisiéme qui brusle & ne luit point. Galien semble auoir suiuy l'opinion de Platon, quand il appelle l'œil *organe luisant, & particule solaire des animaux.* Voicy leurs raisons.

1. Les yeux de certaines beftes, comme des hiboux & des chats reluifent & éclairent de nuict. 2. Aucuns eftans tranfportez de colere ont les yeux flamboyans. 3. Quand on tort l'œil, il en fort comme du feu & de la lueur, & quand on le frotte aux tenebres, il eftincelle. 4. Ariftote efcrit qu'Antipheron voyoit toufiours fa propre figure deuant fes yeux. Pline raconte femblablement plufieurs chofes de Tibere. 5. Galien recite qu'vn quidam plufieurs nuicts auant que perdre la veuë, voyoit fortir de la lumiere en grande abondance de fes yeux. 6. Les yeux font agiles & fort mobiles : or la mobilité vient de la chaleur. 7. Ils font luifants, de figure pyramidale & fort fpiritueux, d'autant qu'ils font leur action en vn inftant. 8. Au plus noble inftrument des fens, eft deu le plus noble élement : or le feu eft tel. 9. Tels font les fens, quels font leurs objets : or la couleur eft de nature ignée : Car Platon la definit *vne flamme yffant de tous les corps*. 10. Les yeux n'ont iamais froid comme les autres parties. Il s'enfuit donc qu'ils font de nature de feu. Ariftote & toute la bande Peripatetique fouftiennent au contraire qu'ils font de nature d'eau. Lifez ce qu'il en a efcrit au liure *de fenfu & fenfili* contre les Platoniques. Nous foufcriuons à cette derniere opinion. C'a efté la volonté d'Hippocrate quand il efcrit *que la veuë fe nourrit de l'humidité du cerueau.* C'a efté l'opinion de Democrite, comme recite Ariftote au liure des fens. Bref l'anatomie & toute la compofition de l'œil nous enfeignent le mefme. Car la partie princeffe d'iceluy, laquelle fait la veuë premierement & de foy, eft toute glacée, la mefme eft plongée dans l'humeur vitrée, & par deuant elle a l'humeur aqueufe qui luy fert comme de bouleuart. Que s'il eft bleffé par playe, tout ce qui en decoule eft aqueux. Il y en a qui s'efforçent d'accorder Ariftote auec Platon, & difent qu'il faut confiderer deux chofes en l'œil qui font la veuë, l'efprit vifoire tres-lumineux qui decoule du cerueau par les nerfs optiques, & l'humeur cryftalline : & veulent qu'à raifon de l'efprit & de la lumiere interne, comme auffi de l'objet lumineux, que l'œil foit de nature de feu, mais aqueux à raifon du cryftallin. Mais il femble que cette diftinction ne foit point receuable : Car fi ainfi eftoit, les organes de tous les fens feroient de nature de feu, parce qu'ils ont tous des efprits animaux de mefme nature, fubtilité & fplendeur que l'œil, car il n'y a point plufieurs fortes d'efprits animaux, à ce que les vns foient deftinez à la veuë, & les autres à l'ouye. Il vaut donc mieux affermer auec Ariftote & la verité mefme, que l'organe de la veuë eft de nature d'eau. Pour le regard des raifons alleguées en faueur des Platoniciens, elle ne font d'aucun poids : Les yeux reluifent, & en fort fouuent comme vne lumiere, non pas qu'il y ait en iceux du feu; mais parce que le cryftallin & les tuniques font diaphanes, pellucides & fort polies : Car tout ce qui eft fort poly & bien net, comme la corne, reluit aux tenebres. Ioint que la clairté externe que le cryftallin reçoit ne s'éuanoüit point auffi toft qu'elle eft receuë. Les yeux font mobiles, & pour cette caufe les Poëtes les nomment *faciles*, non point que leur mobilité dépende de la chaleur, mais en partie de l'abondance de l'humidité & des efprits ; & en partie de l'action des fix mufcles, aufquels eft chofe aifée de mouuoir vn petit membre, tel qu'eft l'œil. Les yeux font dits *fpirituels*, à raifon de leur action : Car ils agiffent en vn inftant, d'autant qu'ils reçoiuent les efpeces incorporelles & immaterielles ; lefquelles eftant répanduës par tout l'air fe prefentent perpetuellement à la prunelle. Les yeux ne friffonnent iamais, non pource qu'ils font de nature ignée, mais comme enfeigne Ariftote, parce qu'ils font enuironnez de beaucoup de graiffe,

1.
2.
3.
4.
l. 3 Meteor. 4.
l. 11. nat. hift.
5.
l. 7. de placit.
6.
7.
8.
9.
10.
Ar. ftote au contraire veut qu'ils foient de nature aqueufe.
Authorité d'Hippocrate.
li. de tous in homine.

Capiutier veut accorder Platon auec Ariftote.

Mais fon aduis eft rejetté.

Solution des raifons des Platoniciens.
Pourquoy les yeux reluifent.

Pourquoy ils font mobiles.

Pourquoy dits fpirituels.
Pourquoy ils ne friffonnent iamais.
Problem. 23.
fect. 31.

laquelle bien qu'elle foit engendrée par vne chaleur debile , augmenté neantmoins leur chaleur par reflexion, & par fa vifquofité empefche que le froid
n'entre pour les offençer. Ioint qu'ils font remplis de beaucoup d'efprits, &
qu'ils font en vn perpetuel mouuement, chofes qui accroiffent leur chaleur.

Pourquoy les yeux font de diuerfes couleurs.

QVESTION QVATRIESME.

I.2.de Anima.

RISTOTE efcrit que les organes des fens doiuent eftre
exempts de toute paffion, de peur qu'ils ne iugent les objets de la mefme qualité qu'ils ont en eux. Les yeux font
les outils de la veuë : Il s'enfuit donc qu'ils ne doiuent
point auoir de couleur propre : Autrement ils iugeront
les chofes eftre de la mefme couleur. Ainfi les Ophthalmiques & ceux qui ont le mal que les Grecs nomment
hypofphagma, iugent tout ce qu'ils voyent eftre rouge : &
les Icteriques qui ont les yeux teints d'vne bile iaune, eftiment tous les objets eftre
de femblable couleur. Au contraire les yeux mefmes iugent que les yeux font coulorez : Car aucuns les ont pers, plufieurs les ont noirs, & les autres verds & de couleur de ciel. Difons que le nom de *couleur*, felon la doctrine d'Ariftote, fe prend
quelquefois largement, & quelquefois eftroittement. Par la premiere acception
tout ce qui eft vifible, eft dit eftre coloré. Ainfi les corps diaphanes, encore qu'ils
ne foient point terminez, font coulorez : & Ariftote appelle l'air blanc , & le feu
rouge. Mais par la derniere & plus eftroite, par laquelle la couleur eft definie,
l'extremité du corps luifant terminé, il n'y a que les corps terminez feulement qui
puiffent eftre dits *coulorez*. Or par la premiere fignification tout l'œil eft coloré,
& toutes fes parties colorées, parce qu'elles font toutes vifibles : mais par la derniere il n'y a feulement que la conjonctiue & l'vuée qui le foient : Car la conjonti-
ue eft blanche, & l'vuée de diuerfes couleurs, noire, bleuë & verde, & ce 1. Pour recueillir & vnir les efprits diffipez. 2. Pour rompre la trop grande fplendeur de
l'air. & 3. Pour recréer par cette diuerfité de couleurs l'humeur cryftalline comme
vn miroir. Mais la partie princeffe de l'œil qui reçoit les efpeces des objets, & qui
eft alterée par les couleurs, n'eft point colorée, mais feulement lucide : Or la lueur
& clairté font natures communes à toutes chofes vifibles, lefquelles aident l'apprehenfion des objets. Ariftote a remarqué, & Pline apres luy, qu'il n'y a que
l'homme qui ait les yeux de couleurs diuerfes, & que les autres animaux les ont
toufiours femblables à leurs efpeces. Ainfi les bœufs les ont noirs , les brebis
de couleur d'eau, & les autres animaux roux, excepté le cheual, qui les a quelquesfois pers : mais l'homme les a de diuerfes couleurs. Or des couleurs des
yeux, les vnes font extrémes, & les autres moyennes : Les extrémes, felon Ariftote, Galien & Auicenne, font deux, la perfe & la noire : La perfe eft aucunement blancheaftre, & femble qu'Ariftote & Galien l'oppofent à la noire. Les
Grecs appellent la perfe *glaucos*, du chat-huant ou hibou, qu'ils appellent en leur
langue *glaux*, parce qu'il a les yeux verds, auec vne blancheur qui les fait reluire.
Aucuns confondent que les couleurs que les Grecs nomment *glaucon & charopon*,
combien qu'elles different l'vne de l'autre : Car combien que toutes les deux
tendent

I.5.de genera. animal.c.1.
l.11.cap.37.
Differences des couleurs des yeux.
I.5.de genera. animal.1.
Cap. 27. Ariis par.

Couleur fe prend en deux fignifications.

Comment l'œil doit eftre dit coulore.

tendent à la verde, ſi eſt-ce que celle que les Grecs nomment *glaucon*, & les
François *perſe*, eſt plus approchante de la blanche ; & celle qu'ils appellent *Cha-*
ropon de la rouſſe. Ariſtote dit que la couleur perſe des yeux, eſt ſigne d'vn hom- l. de phyſiog:
cap. 6.
me coüard, & la rouſſe d'vn courage hardy : pour cette raiſon les yeux des lyons
& des aigles ſont (à parler proprement) roux, & ceux des vieilles gens & des
enfans pers. Toutes ces deux couleurs icy reluiſent, mais la lueur aux yeux
pers eſt blancheaſtre, comme aux écailles des poiſſons ; là où aux yeux roux
elle eſt ignée, & telle qu'on la voit aux charbons ardans. Quant aux couleurs
moyennes des yeux, elles ſont diuerſes, ſelon le diuers mélange des couleurs
extrêmes. Touchant les cauſes de ces couleurs, diuers en parlent diuerſement. Cauſes de la
varieté des
couleurs des
yeux.
Empedocles compoſoit l'œil d'eau & de feu ; & pourtant il vouloit que la couleur perſe d'iceluy prouint de la domination du feu ; & la noire, de l'abondance
d'humidité. Ariſtote en rapporte la cauſe à l'abondance ou defaut des hu- l. 5. de gener.
animal. c. 1.
meurs : Il éclaircit ſon dire par l'exemple de l'air & de l'eau : Car ſi on regarde vne eau fort profonde, ou beaucoup d'air, l'vn & l'autre ſemblent noirs & obſcurs ; mais ſi on n'en regarde qu'vn peu, la couleur en apparoit perſe & luiſan-
te. Il veut donc que l'œil noir ſoit fait d'vne abondance d'humidité, & le pers
au contraire, du defaut. Auerrhoës penſe que la blancheur de l'œil prouient du
froid, pource que les parties blanches ſont pour la pluſpart froides, comme le
cerueau, la graiſſe, la moëlle, les os, & les membranes, & la noirceur de la chaleur. Mais Galien rapporte la cauſe de cette varieté des couleurs de l'œil à l'a- Opinion de
Galien.
Cap. 17. art.
paruæ.
bondance, ſplendeur & ſituation des humeurs cryſtalline & aqueuſe. *L'œil eſt*
pers, dit-il, *a raiſon ou de l'abondance, ou de la ſplendeur, ou de la ſituation promi-*
nente du cryſtallin : Comme auſſi à raiſon de la paucité & pureté de l'humeur aqueu-
ſe. Mais il eſt noir à cauſe de la petiteſſe du cryſtallin, ou de ſa ſituation trop profon-
de, ou pource qu'il n'eſt pas bien luiſant, ou bien pource que l'humeur aqueuſe eſt en
trop grande quantité, & qu'elle n'eſt pas aſſez pure. Voila ce qu'en dit Galien.
Auicenne la rapporte à la tunique vuée, laquelle comme elle eſt diuerſement De l'Auicenne.
colorée, auſſi fait-elle diuerſes couleurs en l'œil ; eſtant noire, elle le rend noir ;
& perſe, pers. Il a eſté ſuiuy de Veſale. Or pour accorder ces opinions, nous De l'autheur.
reconnoiſſons trois cauſes de cette diuerſité de couleurs aux yeux, les humeurs,
les tuniques, & les eſprits. Les humeurs de l'œil ſont trois ; l'aqueuſe, la cryſtalline & la vitrée. Cette derniere icy (parce qu'elle ne ſe peut voir, & qu'elle eſt ſituée au derriere de l'œil) n'aide en rien, ou certes bien peu, à la varieté des couleurs : Et pour cette raiſon toute la cauſe en doit eſtre rapportée à
la cryſtalline & à l'aqueuſe. Il faut conſiderer trois choſes en ces humeurs ;
leur ſubſtance, leur quantité & leur ſituation. Par la ſubſtance, j'entends la
pureté ou impureté, la ſplendeur ou obſcurité, & la craſſitude ou tenuité :
La quantité denote l'abondance ou paucité : Et pour le regard de la ſituation,
elle eſt ou plus profonde, ou plus prominente. Et pourtant la cauſe de la cou- Cauſes de la
couleur perſe
de la part du
cryſtallin.
leur perſe & blanche de l'œil du coſté du cryſtallin, ſont trois. 1. L'abondance. 2. La pureté ou ſplendeur. 3. & La ſituation prominente ; Car ainſi le
cryſtallin par ſa pureté & ſplendeur naturelle & propre, éclaircit & illumine
tout l'œil. Les cauſes de la meſme couleur du coſté de l'humeur aqueuſe ſont De la partie
de l'humeur
aqueuſe.
deux. 1. La ſplendeur. 2. La paucité : Car cette humeur eſtant en petite quantité & bien pure, elle empeſche moins la lueur & clarté du cryſtallin. Les cauſes
de la noirceur de l'œil ſont toutes contraires. A ſçauoir du coſté du cryſtallin.

1. La paucité. 2. L'impureté, & 3. La situation profonde: Et de la part de l'humeur aqueuse. 1. L'abondance, & 2. L'impureté. Mais il pourra parauanture sembler qu'Aristote nous soit contraire, quand il escrit que les Ethyopiens ont les yeux noirs, & les Septentrionaux blancs. Or les Ethyopiens ont moins d'humeur aqueuse, à raison de la chaleur excessiue, qui en dessechant l'épuise & tarit, que les Septentrionaux qui habitent en vn air froid & humide. Ie réponds que les Mores ont les yeux noirs, à raison de la paucité des esprits visoires, lesquels sont dissipez par la chaleur; la clarté & splendeur desquels venant à manquer, font que l'œil se monstre sombre & obscur: mais les Septentrionaux abondent en es- prits; de là vient qu'ils ont les yeux blancs & lumineux. Les couleurs moyennes

dépendent des causes qui sont moyennes. Nous donnons la seconde à la tunique vuée, parce qu'il n'y a qu'elle seule qui estant diuersement coulorée, puisse ren- dre l'œil de diuerses couleurs: Ainsi au cercle de l'œil (on l'appelle *Iris*) appa- roissent diuerses couleurs, parce que l'vuée est diuersement coulorée en cette partie. Et la troisiéme, aux esprits visoires; Car les esprits subtils, purs, luisans

& en grande quantité, peuuent estre causes de la couleur perse: au contraire,

estant crasses, grossiers, impurs, sombres & en petite quantité, de la noire. Or qu'aux yeux, il y ait des esprits, ces choses le monstrent; c'est que pendant que l'homme vit, il a l'œil fort tendu, & qu'on ne voit point aucune partie d'iceluy qui soit lasche, ny ridée; & mesme qu'en fermant l'vn des yeux, la prunelle de l'autre se dilate en vn instant, à raison de l'esprit qui descend en plus grande quantité par la reticulaire dans l'vuée: Ioinct que les yeux apparoissent quelquesfois lan- guides & obscurs, & quelquesfois alaigres & reluisans.

Des muscles des yeux, & de leur mouuement.

QVESTION CINQVIESME.

COMME ainsi soit que les yeux soyent comme guettes veillans continuellement pour nostre conseruation; Il falloit qu'ils se meussent de tous costez, afin de tourner aisément leur regard par tout. A ces mouuemens icy seruent le nerf de la seconde coniugaison, & six muscles, desquels le premier hausse l'œil, le second l'abbaisse, le troisiéme l'amene vers le nez, le quatriéme le tire vers les temples, & les deux autres le mouuent obliquement, & en rond. Or tous ces muscles agissans ensemblément, & bandans également leurs fibres, arrestent l'œil, & le tiennent immobile. Car il n'est pas affermy (comme a pensé Galien, & apres luy quasi tous les Anatomistes) par le septiéme muscle enuironnant le nerf optique, pource qu'il ne se trouue point en l'homme comme aux bestes à quatre pieds, lesquelles regardans tousiours en terre, auoient

besoin d'iceluy pour empescher que l'œil ne sortit de son lieu. Ce mouuement qui tient l'œil ferme, est par les Medecins nommé *tonique*: & est de deux sortes: l'vn selon nature, quand les fibres des muscles bandent également: tellement mefme qu'il femble qu'ils agiffent au repos : l'autre contre nature, quand outre noftre volonté les yeux demeurent du tout inmobiles, & fe fait lors que la faculté qui meut les mufcles de l'œil eft affoiblie, refoute ou efteinte, ou bien pource que les mufcles bandent également & fe retirent vers leurs principes. Or cette affection eft contraire au branflement de l'œil, que les Grecs nomment *hippos*, par lequel les yeux n'eftans point tenus fermes par les mufcles debiles mouuent & branflent continuellement comme s'ils trembloient. Il s'enfuit donc que les mufcles des yeux font feulement fix & non fept, defquels quatre font ordonnez pour faire les mouuemens droits, & les deux autres pour faire les obliques & circulaires. Par ce moyen pourront eftre conciliez les paffages de Galien. Car aux liures de l'vfage des parties, il veut que les mouuemens des yeux ne foient que quatre : mais aux liures des parties malades, il leur en donne fix. Les Anatomi- lib. 10. de vfu part. 8. ftes ne font point bien d'accord touchant l'origine de ces mufcles. Aucuns efti- l. 4. de loc. aff. c. 1. ment qu'ils naiffent tous du dedans de la dure meninge. Mais enfeignez par l'experience & la veuë, nous difons que les quatre droits auec la poulie fortent de la partie interne de l'orbite, qui eft faite d'vne portion du fphœnoïde. Or ils ne doiuent ny ne peuuent naiftre de la dure mere : ils ne doiuent, parce que la membrane, qui eft d'vn fentiment tres-exquis, enuironne le nerf optique, & partant les mufcles faifans leurs mouuemens prefferoient ledit nerf, & nuiroient à la veuë; ils ne le peuuent pas auffi, parce qu'ils ne feroient pas appuyez fur vne bafe affez ferme.

Solution de deux problémes tres-obfcurs touchant le mouuement des yeux.

QVESTION SIXIESME.

VR le mouuement des yeux il nous faut examiner vn probléme tres-obfcur, & qui n'a point (que ie fçache) encore efté dénoüé de perfonne. Pourquoy les *Pourquoy les yeux mouuent enfemble d'vn mefme mouue- ment.* yeux, veu qu'ils ont leurs nerfs & leurs mufcles diftincts & differens, ne fe mouuent point l'vn fans l'autre, ny de mouuemens differens, ains qu'ils font toufiours portez enfemble & à vne feule fois par vn feul & mefme mouuement. Car il eft hors de noftre puiffance de mouuoir l'œil droit fans remuër le gauche, ny de hauffer le dextre, & d'abbaiffer le feneftre au mefme temps : Chofe qui n'a point efté donnée à aucune autre partie qu'aux yeux. Car il eft en ma liberté de hauffer le bras droit, & d'abbaiffer le gauche au mefme inftant. Ariftote propofe *Solution d'A- riftote.* cette queftion, & tafche de la foudre en cette maniere; Combien, dit-il, *que les yeux* Probl. 7. fect. 31. *foient deux, fi eft-il qu'ils n'ont qu'vn feul principe & origine de leur mouuement, qui eft en l'vnion des optiques*. Il en rapporte donc la caufe à l'embraffement des nerfs optiques. Il femble qu'Auicenne ait fuiuy la mefme opinion; & Galien eftime que lib. 10. de vfu part. c. 14. les optiques s'affemblent & vniffent pour garder qu'vn objet n'apparoiffe double. Certes ces chofes font probables, mais elles ne nous contentent point. Car *Reiettées* les nerfs optiques ny leur vnion ne feruent de rien au mouuement des yeux. Ils ne font feulement qu'apporter l'efprit vifoire au cryftallin pour faire la veuë, & ne

s'inferent point aux mufcles, cette charge de mouuoir les yeux ayant efté delaif-
fée aux nerfs de la feconde coniugaifon. En l'opilation du nerf optique, & en
cette maladie, que les Arabes appellent *goutte fereine*, la veuë perit totalement,
& neanmoins les yeux ne perdent point leurs mouuemens, qui monftre clairement que l'vnion des optiques ne fert de rien aux mouuemens des yeux. Il y en a
qui ont remarqué en plufieurs hommes (lefquels ne s'eftoient iamais plaints durant leur vie d'aucun empefchement en la veuë) les optiques eftre formez en forte qu'eftans totalement feparez, ils n'auoient iamais efté vnis ny joints enfemble.
C'eft donc vne abfurdité d'eftimer que les yeux fe mouuent enfemble, parce
qu'ils ont vn commun principe de leur mouuement en l'vnion des optiques, veu
que cette vnion, ny le nerf optique mefme, ne feruent de rien à leur mouuement.
Nous recognoiffons deux caufes de ce mouuement, la finale & l'inftrumentaire.

Vraye folu-
tion.

La finale, c'eft la perfection de la veuë : Or fa perfection gift en ce que l'object
apparoiffe tel qu'il eft : que fi les yeux fe mouuoient de diuers mouuemens, de
forte que l'vn fuft porté vers haut, & l'autre vers bas en vn mefme temps; fans
doute, l'object qui eft vnique & fimple de fa nature apparoiftroit toufiours double, & ainfi le fens le plus noble fe tromperoit toufiours, & fon action feroit imparfaicte. Que fi tu ne veux point adioufter foy à mes paroles, tu en verras la
preuue, fi tu hauffes ou abbaiffes l'vn des yeux en le preffant auec le doigt : car tu
verras tous les objects fe doubler & l'vn eftre plus haut que l'autre, d'autant que
l'vn des yeux eft hauffé & l'autre abbaiffé : que fi tu enfermes l'vn, l'apparition de
l'object double s'éuanouyra incontinent, combien que tu preffes l'œil auec le
doigt : que fi tu tournes l'œil à dextre ou à feneftre, l'object n'apparoiftra pas double, parce que les deux prunelles font en mefme ligne & plan. Or pourquoy les

Queftion.

objects fe doublent à raifon du diuers mouuement des yeux ; c'eft chofe digne

Solution.
lib. 10. de vfu
part. 13.

d'eftre recherchée. Galien écrit qu'il faut que les effieux des angles vifoires foient
affis en vn mefme plan, de peur que l'object fimple n'apparoiffe double. Or s'il
arriue que l'vn des yeux foit hauffé & l'autre abbaiffé, les prunelles des yeux ne
feront point en vn mefme plan ny en vne mefme fuperficie, & par ainfi l'object
apparoiftra double. Car d'autant qu'alors le rayon d'vne prunelle ne touche
point l'object également, ny au mefme inftant que le rayon de l'autre, le fens qui
apprehende deux fois l'object fimple, penfe apprehender comme deux objects.
Il en arriue de mefme à l'attouchement : car fi vn doigt eft tellement entrelacé
par deffus vn autre doigt, qu'ils touchent la pierre par enfemble, le tact iuge ce
qui n'eft qu'vn eftre deux. Il aduient fouuent qu'en la paralyfie & conuulfion
des mufcles des yeux les objects femblent doubles, parce que les yeux ne font
point en vn mefme plan. Semblablement les optiques eftans relafchez, ou fouffrans conuulfion, les prunelles ne demeurent plus en vne mefme fuperficie, qui
fait que tous les objects apparoiffent doubles : Ainfi les yurongnes iugent quelquesfois les objects eftre doubles, & les bigles penfent toufiours voir deux objects au lieu d'vn, d'autant qu'vne des prunelles eft ou trop hauffée ou trop abbaiffée. Que fi les yeux font en vn mefme plan, encores qu'ils foient deux, fi eft-il
que l'object n'apparoiftra qu'vn & fimple, parce que l'efpece & magnitude d'i-
celuy font en vn mefme inftant receuës par les deux yeux, & prefentées enfem-

Conclufion.

blément au fens commun, lequel ne difcerne que les objects prefens. Concluons
donc que c'eft premierement à raifon de la caufe finale (laquelle, comme nous
auons fouuent repeté d'Ariftote, eft la premiere & principale aux ouurages de
Nature) que les yeux fe mouuent enfemble & à vn coup; c'eft à dire, pour la per-

section de la veuë. A la cause finale (il n'importe de rien si tu la nommes *usage* ou *necessité*) Nature a accoustumé d'approprier les instrumens. Et c'est la cause pourquoy elle a construit les nerfs de la deuxiéme coniugaison (qui portent l'em- pire du mouuement & l'esprit animal aux muscles des yeux) en sorte qu'ils sont continus en leur origine, ne faisans qu'vne seule corde; d'où vient que l'œil dex- tre ne se peut mouuoir que le senestre ne suiue son mouuement, qui est vne ob- seruation nouuelle & tres-belle. Nous tirons le deuxiéme probléme de Cassius, pourquoy est-il plus ennuyeux de n'auoir mal qu'à vn œil, qu'à tous deux? Est-ce pource que l'œil sain se mouuant de diuers mouuemens, fait que le malade se meut auec luy, & que ce mouuement irrite & accroit son mal; car le membre malade desire le repos. Mais si tous les deux sont affectez en mesme tems, le mal est plus supportable, d'autant qu'ils se reposent tous deux ensemble, qui fait qu'ils font pluftost guaris.

second proble- me pourquoy la mal d'vn œil est plus grief que des deux. Cassius prob. 14.

A sçauoir si les humeurs des yeux sont parties animées:

QVESTION SEPTIESME.

Es humeurs de l'œil sont trois, la crystalline, l'aqueuse & la vitrée. Que la crystalline soit le principal orga- ne de la veuë, Galien l'enseigne en plusieurs endroits, & ces choses, entre les autres, le temoignent. 1. Par- ce qu'elle est la plus luisante de toutes, & située au milieu de l'œil. 2. Parce qu'il n'y a qu'elle seule qui re- çoiue les especes & images des objets. 3. Et qui soit al- terée par les couleurs. 4. Et pource qu'en icelle se fait le rencontre des deux lumieres de l'interne & de l'externe, qui est la cause qu'aux suffusions & aux ob- structions des nerfs optiques, quand l'vne ou l'autre lumiere est empeschée de venir au crystallin, la veuë perit, comme si la chandelle estoit soufflée. Touchant cette humeur, on peut faire trois demandes. 1. A sçauoir si c'est vne partie ani- mée & viuante. 2. A sçauoir si elle est partie similaire ou organique. 3. A sça- uoir si elle fait l'action par sa temperature, ou par sa conformation. Que ce soit vne partie du corps animée & viuante, on le peut prouuer par authorité & par rai- sons : Car Galien la met au nombre des parties: & la raison le persuade aussi, car elle fait l'action de la veuë premierement & de soy : Or les actions ne se font point que par les parties; elle vit, elle se nourrit, & est engendrée dans la matrice auec les autres parties; elle a aussi vne circonscription propre : bref, c'est vn corps adherent au tout, joint d'vne vie commune à iceluy, fait pour son action & vsage. On debat aussi à sçauoir si elle est partie similaire ou organique; car il y en a qui tiennent qu'elle n'est point similaire, parce qu'elle n'est ny os, ny cartilage, ny li- gament, ny membrane, ny aucune des douze décrites par Galien. Mais on prou- ue au contraire par le mesme Galien qu'elle est partie similaire; car voicy com- me il en parle : *Les parties sont dites similaires qui se diuisent en parties semblables à elles, comme l'humeur crystalline & la vitrée en l'œil.* Et ailleurs il veut qu'il y ait en tout organe parfait vne partie similaire qui soit cause principale de

Que le cryftal- lin est le prin- cipal organe de la veuë. L. 1. Method. cap. 6. & L. 2. Method. cap. 6. L. de instru. odorat. L. 10. de vsu part. c. 1. L. de sympt. causf. c. 2.

Qu'elle est par- tie du corps. Par authorité l. 1. meth. c. 6. Par raison.

L. de inæq. int. c. 2. Et icelle simi- laire. l. 1. Meth. c. 6.

Eft organique. l'action, comme le cryftallin en l'œil. Qu'elle foit partie organique, fa fituation au milieu des autres humeurs, fa figure femblable à vn grain de lentille, & fa magnitude, qui font trois chofes qui font de l'effence de l'organe, le demonftrent clairement. Ie répons que fimilaire & organique ne font point oppofez; & partant il n'importe rien fi on appelle l'humeur cryftalline partie & fimilaire & organique: elle eft fimilaire, à raifon de fa fubftance & de fa temperature, car elle eft aqueufe, luyfante & toute femblable à foy: & organique à raifon de fa fi-

l. 1. de Sympt. cauf. 2.
gure. D'où les maladies du cryftallin, felon Galien, font ou fimilaires, comme l'intemperature feche, qui fait le glaucoma, & l'humide qui caufe la nyctalopie, ou organiques, comme quand il eft forty de fon lieu vers haut, vers bas, aux coftez, en dedans ou en dehors, la magnitude, la petiteffe & la folution de conti-

L. de Inæq. Intemp. 2.
nuité. Quand Galien ne met que douze parties fimilaires, il parle feulement de celles qui font communes, & qui fe trouuent quafi par tout le corps: Car & la moëlle du cerueau & de l'efpine, & les humeurs de l'œil font parties fimilaires, lef-quelles toutesfois ne peuuent eftre rapportées à icelles. Mais à fçauoir fi cette hu-

A fçauoir fi le cryftallin fait fon action par fa temperature oto par fa conformation.
meur fait la veuë entant qu'elle eft partie organique, ou entant qu'elle eft fimi-laire, c'eft à dire par fa temperature, ou bien par fa figure & conformation, c'eft vne queftion de plus haute contemplation. Il femble toutesfois que Galien le rap-

L. 1. method. cap. 6.
porte à la temperature, quand il dit, *Le cryftallin eft le principal inftrument de la veuë, parce qu'il eft alteré par les couleurs.* Il eft alteré, parce qu'il eft pur & luifant, or il eft pur & luifant de fon temperament: la magnitude, l'vnité, la figure en for-me de lentille, & la fituation d'iceluy au milieu des humeurs de l'œil, n'ont pas certes efté faites en vain, mais elles preftent le mefme vfage à la veuë, que font les autres humeurs & membranes, c'eft à dire elles la rendent plus parfaite. Con-cluons donc que l'humeur cryftalline eft vne partie de l'œil. Touchant la vitrée

A fçauoir fi l'humeur vi-trée eft partie. Lib. 10. de vfu part. cap. 1.
& l'aqueufe, la difficulté eft encore plus grande: Car tous les anciens ont eftimé que celle-là eftoit l'aliment de la cryftalline, & celle-cy fon excrement. Galien veut que la vitrée cede en nourriture au cryftallin, quand il écrit, *L'humeur cry-ftalline qui eft blanche, claire & luifante, ne peut eftre nourrie du fang, parce qu'elle differe par trop d'iceluy en qualitez, mais de quelque autre aliment plus familier: & à cette caufe l'humeur vitrée luy eft écheuë, & luy a efté ordonnée de Nature pour aliment conuenable, laquelle d'autant qu'elle eft plus épaiffe & plus blanche que le fang, d'au-tant eft-elle furmontée en humidité & blancheur par la cryftalline.* Si le cryftallin fe nourrit de la vitrée, il s'enfuit qu'elle n'eft point partie animée, parce qu'il n'y a

l. 1. meth. c. 6. l. 10. de vfu part. 1. Elle eft vrayement partie.
point de partie qui fe donne pour la nourriture des autres. Galien la met nean-moins au catalogue des parties fimilaires, & veut mefme qu'elle fe nourriffe par tranfcolation de la tunique qui l'enuironne: fi elle fe nourrit, il s'enfuit que c'eft vne partie. Pour noftre regard, nous eftimons qu'elle n'eft pas moins partie ani-mée de l'œil que la cryftalline: car elle a vne circonfcription propre, elle eft en-gendrée en la matrice de la plus pure portion de la femence, elle croit auec les au-tres parties, elle fe nourrit de fang, & à cette fin, elle reçoit des venules de la tu-nique ciliaire, elle eft couuerte d'vne taye qui luy eft particuliere: & eftant vne

Comment il faut entendre que le cryftal-lin fe nourrit de l'humeur vitrée. lib. de oculis.
fois épanduë, elle ne s'engendre iamais. Ceux qui difent que l'humeur cryftalline fe nourrit de la vitrée, parlent improprement: elle prepare veritablement le fang pour nourrir le cryftallin, & luy ofte fa rougeur, de peur qu'il ne teigne le cry-ftallin, qui doit eftre exempt de toute couleur: mais fa fubftance ne fe conuertit point en celle du cryftallin, & ne luy eft iamais affimilée. *L'humeur vitrée,* dit Galien, *fert au cryftallin comme fait le ventricule au foye, or le ventricule comme vn*

cuifinier prepare la viande au foye, ainfi fait auffi l'humeur vitrée à la cryſtalline.
Auicenne eſtime que l'humeur aqueufe eſt l'excrement du cryſtallin & pour cette caufe il nie qu'elle foit partie viuante & animée. Ioint qu'elle coulle comme le
fang & qu'elle n'a point de circonſcription propre.Nous difons que c'eſt vne partie, parce qu'elle garde touſiours les mefmes conditions de figure, pureté & quantité : qu'elle donne vn vfage à la veuë, car elle fert de bouleuart au cryſtallin & luy
porte comme vne lunette, les efpeces des objets , d'où Ariſtote l'appelle *delator*
imaginum. Que s'il aduient qu'elle s'écoule & perde , à grand peine peut-elle
eſtre iamais reparée, & eſteint la veuë totalement , qui font conditions qui ne
conuiennent point aux excremens. Mais auſſi qu'elle ne foit point l'excrement
du cryſtallin, la feparation d'icelle d'auec les deux autres humeurs qui fe fait par
le moyen de la tunique Aranoïde le monftre fuffifamment. Ils difent qu'elle
coulle comme le fang & qu'elle n'eſt point adherente au tout : ie réponds qu'elle
coulle eſtant hors de l'œil, mais dans l'œil non, car elle ne change point de place,
ains demeure touſiours ferme en fon lieu.

L'humeur a-
queufe ſelon
Auicenne
n'eſt point par-
tie du corps.
Il eſt refuté.

De l'origine, vnion & infertion des nerfs optiques.

QVESTION HVITIESME.

Velques vns ont eſtimé que le nerf optique ne cedoit
point en dignité, vfage & necefſité au cryſtallin : Auicenne veut que les efpeces des objets vifibles foyent
receuës en iceluy. Mais nous auons enfeigné auec Galien que le cryſtallin eſt le principal organe de la veuë
& que l'optique ne fait feulement que luy apporter la
faculté & l'efprit vifoire. Or afin que l'hiſtoire du
nerf optique foit connuë de tout le monde , il nous
faut icy rechercher quatre points. 1. Quelle eſt fon ori-
gine. 2. Quelle fon infertion. 3. Comment il s'vnit. 4. Et à fçauoir s'il eſt caue. Les
opinions touchant fon origine font diuerfes : Auicenne veut qu'il naiſſe des ventricules anterieurs du cerueau, les autres du milieu du cerueau, & quelques-vns
du *cerebellum*. Nous auós remarqué qu'il fort de la partie inferieure & poſterieu-
te du cerueau, là où la moëlle dorfale prend fon commencement : ou pour dire
mieux comme nous auons deſià noté de la portion de la medulle fpinale qui eſt
couuerte du crane. Il ne peut pas naiſtre des ventricules anterieurs, parce que les
procez mammillaires y font : ny du milieu de la bafe du cerueau, car ce lieu eſt
ordonné pour le purger : ny finalement du *cerebellum*, pource que la veuë a befoin d'vn nerf tres-mol : or le *cerebellum* eſt trop dur, & n'eſt point affez blanc : il
teſte donc qu'il naiſſe de la partie inferieure & poſterieure du cerueau, vn de chaque coſté, lefquels s'auanceant obliquement & feparément viennent à s'vnir enfemble, ayans fait quaſi la moitié du chemin. On fait ordinairement deux demandes touchant leur vnion. 1. Comment ils s'vniſſent. 2. Et pourquoy. La maniere
de leur vnion n'a pas eſté bien connuë de tous : Car les anciens veulent qu'ils s'entre-couppent en forme de croix (ils appellent cette entre-couppeure *chiaſmos*) &
que le nerf droit foit porté à l'œil gauche, & le nerf gauche à l'œil droit : les

autres nient qu'ils s'entre-croisent & veulent qu'ils ne fassent seulement que
Vraye opinion. s'entre-toucher obliquement. Mais ayant curieusement consideré la maniere de
leur vnion. I'ay trouué que la moëlle se mesle & confond au milieu des deux
nerfs : car s'ils n'estoient que contigus seulement, & non confondus & meslez, la
prunelle d'vn des yeux ne se pourroit pas dilater en vn moment l'autre œil estant
fermé : dont s'ensuit que les optiques s'vnissent & se meslent à demy chemin, si
bien qu'on ne sçauroit en aucune maniere les separer l'vn d'auec l'autre. Voilà
la maniere de leur vnion, recherchons à cette heure la cause finale d'icelle, c'est
à dire pourquoy c'est qu'ils s'vnissent & assemblent. Cette vnion est necessaire.
Pourquoy ils 1. Pour rendre les nerfs optiques plus forts & asseurez, & empescher par cet
s'vnissent. embrassement qu'ils ne souffrent quelque dommage ayans à trauerser vn si long
chemin : car estans les plus mols de tous les nerfs, & trauersans vne si longue
estenduë, ils gauchiroient & ne seroient point portez droit aux prunelles, s'ils
n'estoient renforcez à my-chemin par cet embrassement : Ainsi nature renforce & affermit coustumierement les parties molles & debiles, en leur faisant
comme des entre-nœuds au mitan, comme il appert aux muscles droits de l'épigastre. 2. Pour leur faire garder vne mesme egallité & superficie en la prunelle,
car s'ils ne s'vnissoient point en quelque endroit, ils se pourroient quelquefois
detraquer de cette egallité, & les yeux ainsi trompez iugeroient l'objet simple
l. 10. de vsu estre double. Car il faut ainsi que nous auons cy-dessus enseigné apres Galien,
part. c. 13. que les essieux des prunelles soyent situez en vn mesme plan, autrement l'objet
li. 10. de vsu qui est vnique & simple apparoistroit double. 3. Pour faire (comme veut Ga-
part. c.14. lien) que les especes des objets se puissent vnir, car encor qu'elles soyent portées
par deux organes, elles apparoissent toutesfois simples & non doubles, parce
Ploblem. 7. qu'elles s'vnissent en cet embrassement. C'est aussi ce qu'a voulu Aristote quand
sect. 31. il demande pourquoy les yeux se mouuent tous deux ensemble & à vn coup :
pource répond-il qu'ils ont vn principe commun de leur mouuement, à sçauoir
l'vnion des optiques : Auicenne a aussi suiuy le mesme aduis. Mais ie ne sçaurois
approuuer cette raison. 1. Car Vesale écrit auoir remarqué en vn ieune homme
les nerfs optiques n'estre en nul endroit joints ny entre-croisez, lequel ne s'e-
l. 2. de anima. stoit iamais plaint d'aucun vice ou empeschement à la veuë. 2. Aristote écrit que
les sens ne se trompent iamais sur leurs propres objets : quel besoin est-il donc
de cette vnion. 3. Si l'assemblement des nerfs optiques est cause que les especes
portées par les deux s'vnissent, pourquoy est-ce quand on regarde plusieurs
choses ensemble qu'elles n'apparoissent point vne. 4. Combien que les narines
& les oreilles soyent deux, si est-ce que leurs objets ne paroissent point estre
plus d'vn. Disons donc que ce n'est pas à cause que les optiques s'vnissent que
les objets apparoissent simples, mais pource que les prunelles des yeux sont situées en vn mesme plan, & qu'elles regardent l'objet en vn mesme instant.
5. Les optiques s'vnissent (comme veulent aucuns) pour sortir plus commodément par les trous du crane & se rendre droit aux yeux. 6. Pour faire que l'esprit visoire puisse en vn moment passer d'vn œil à l'autre, pour rendre la veuë
plus parfaite : car par ce moyen fermant l'vn des yeux nous voyons plus subtilement. Telles sont toutes les causes de l'vnion des optiques, voyons mainte-
Leur insertion. nant qu'elle est leur insertion. Le nerf optique est composé de deux substances,
l'vne interieure qui est moëlleuse, & l'autre exterieure qui est membraneuse, la
moëlle interieure venant au crystallin se dilate & ainsi répand l'esprit visoire
par tout l'œil : de cette dilatation est faite la tunique reticulaire, laquelle com-

me enfeigne Galien ne merite ny à raifon de fa couleur, ny à raifon de fa fubftan- *Cap.2. lib.10.*
ce, le nom de *tunique :* mais fi l'ayant feparée tu la iettes dans de l'eau, tu penferas *de vfu part.*
voir quelque portion de la fubftance du cerueau. Or la partie externe du nerf
optique eft faite de deux tuniques, defquelles l'vne naift de la pie mere & l'autre
de la dure : celle-là fait la tunique vuée, & celle-cy la cornée : de là vient que l'efprit animal eft porté en vn moment par la continuité du nerf optique iufques à
la prunelle. Touchant la cauité interieure des optiques, Galien veut qu'ils foient *De leur cauité.*
manifeftement caues, & que ç'ait efté la caufe qu'Herophile les a appellez *pores.* *lib. 10. de vfu*
Mais s'il faut parler auec la verité, ils n'ont point de cauité fenfible, ains font feu- *part. 12.*
lement poreux. Or ils ont efté créez tres-mols & plus fpongieux que les autres
nerfs, parce qu'il falloit qu'ils portaffent l'efprit animal en tres-grande abondance aux yeux pour faire la veuë.

HISTOIRE ANATOMIQVE.

De l'organe de l'ouye, & premierement de l'oreille externe qu'on appelle l'oreillette.

CHAPITRE XII.

 OMME la veuë entre tous les fens eft la plus neceffaire *Excellence de*
pour la douceur & pour la commodité de la vie, ainfi l'ouye *l'ouye.*
emporte l'honneur pour comprendre les fciences & la fa-
pience, d'où le Philofophe l'appelle *le fens de la difcipline.*
Celle-là eft neceffaire pour l'inuention, & celle-cy pour la
communication. C'eft chofe quafi incroyable combien ce
fens émeut merueilleufement l'ame, qui eft caufe que Theo-
phrafte l'appelle *le fens des paffions* : & qu'Herodote veut que la colere habite aux
oreilles. L'inftrument de la veuë, compofé de diuerfes particules de mufcles, tayes,
humeurs, nerfs, veines & arteres, furpaffe toute admiration : & celuy de l'ouye,
façonné par vn artifice merueilleux de plufieurs labyrinthes, d'vne coquille, de
deux feneftres, d'vn tambour, de trois conduits & trois offelets, eftonne tous
ceux qui le confiderent. Les Grecs appellent cet organe qui fert à l'ouye *oiies, ota* *Noms de l'o-*
& *oüata.* Les Latins *aures,* & les François *les oreilles.* Or les oreilles font affifes aux *reille.*
parties plus hautes de tout le corps, d'autant qu'elles font ordonnées pour receuoir les voix & les fons, qui de leur nature montent toufiours à mont : & fituées *Situation.*
aux deux coftez de la tefte en mefme ligne que les yeux. Elles font toufiours ouuertes, parce qu'elles feruent à la feureté de ceux mefme qui dorment pour les réueiller par le bruit, afin de leur donner moyen de fe mettre en deffence : & ont efté
faites deux pour la neceffité. L'oreille en Hippocrate eft ou externe ou interne : *L'oreille ex-*
l'externe eft proprement appellée *l'oreillette,* & c'eft d'icelle qu'il parle en fon pro- *terne.*
gnoftique, quand il dit *que les oreilles froides, pellucides & renuerfées font mortel-*
les. Leur fubftance eft moyenne entre les os & les chairs, à fçauoir cartilagineufe *Sa fubftance.*
& arroufée de fort peu de fang : Car fi elles eftoient offeufes, elles fe romproient
facilement, & nuiroient en dormant : & fi elles eftoient molles & charnuës,
elles ne garderoient point la forme de voûte ou de coquille, & empefcheroient

l'entrée à l'air : Car la chair s'abbat facilement, & est aisée à froisser & meuttrit, & ne repousse point le son. D'autant donc qu'elles sont cartilagineuses elles rompent le rencontre des choses externes, & forment vne cauité assez ample qui reçoit le son de l'air. Leur magnitude n'est point pareille en tous animaux, mais entre iceux l'homme les a fort petites , tant pour la beauté , comme pource qu'il falloit qu'il couurist sa teste d'vn bonnet : mais il fait aussi à noter que tous animaux n'ont pas des oreillettes. Car ceux qui sont couuerts de plumes , d'escorces ou d'escailles , parce qu'ils ont le cuir dur, n'ont qu'vn trou qui est tousiours ouuert : il en est de mesme des oyseaux. Leur figure est quasi demy-circulaire & cauée au dedans comme vne fosse. Elles n'ont point esté creées pour l'ornement seul comme ont pensé quelques-vns , mais pour receuoir l'air auec le son & le rejetter en deuant , si d'auanture il estoit échappé sans entrer au conduit de l'ouye. Ainsi l'Empereur Adrian mettoit ses mains deuant ses oreilles pour mieux ouyr. Galien raconte que le Consul Arianus oyant vn peu dur , mettoit ses mains au deuant de ses oreilles , & qu'il entendoit mieux : & ceux qui ont perdu les oreilles par blesseure ou par quelque autre occasion, oyent les sons & les paroles articulées, comme si c'estoit le murmure d'vne eau courante ou le chant d'vne cigale.

Magnitude.

Figure.

Vsage.

lib. 11. de vsu part. c. 12.

Les parties de ces oreillettes sont en grand nombre, le bout de haut est nommé des Grecs *pterigoma* , c'est à dire , *aisle* : le bord ou tour qui est recoquillé ou recourbé de deuant en dedans est appellé *gibbeux* ou *cubiforme* : le demy rond ou demy-cercle qui est au dessous de ce tour , & qui est rond & s'éleuant en pointe est dit des Grecs *Xuster*. Toute la cauité interieure est nommée des Grecs *conché & conchion* , & des Latins *conchula* , comme qui diroit *vne petite coquille*. La cauité qui est joignant le meat auditoire , en laquelle s'amassent les excremens comme dans vne ruche, est dite des Grecs *cupsele*, & des Latins *aluearium*, & Æginete appelle les excremens qui se trouuent en ladite cauité, *rupous en tois osi*, c'est à dire, *les sordices & ordures qui sont dans les oreilles,* desquelles l'vsage selon Ciceron, est afin que si quelque bestion veut entrer dans l'oreille il soit prins & arresté en icelles comme dans de la glu. La partie inferieure plus grasse & plus charnuë, laquelle pend à l'aisle, est dite en Grec *lobos* du verbe *lambanein,* ainsi qu'affermét aucuns , parce que nous tirons cette partie quand nous voulons aduertir quelqu'vn de son deuoir : & c'est parauanture la raison pourquoy l'oreille a esté consacrée à la memoire : ou bien comme veut Meletius du verbe *lobein* , comme qui diroit *villener, enlaidir* ou *coupper*. Cette partie rougit ordinairement en la honte ou vergongne : or elle a deux parties , l'vne superieure & l'autre inferieure , cellecy est dite *prolobion* , & celle-là *antilobion*. Or tout le contour des oreillettes est appellé des Grecs *hélix* , par lequel nom est signifié *entortillement* , & la partie opposite *antélix*. Ces oreillettes en l'homme sont quasi tousiours immobiles au contraire des autres animaux qui le mouuent en diuerses façons. Que s'il arriue toutesfois que quelqu'vn les mouue , comme i'ay quelquesfois remarqué , il faut croire que cela se fait par le moyen de quelques petits muscles , desquels le premier situé en la partie anterieure, ayant prins son origine du bout extreme & superieur du muscle du front, se termine en la partie de l'oreillette que nous auons dite estre nommée *antilobion*, & tire toute l'oreillette en haut & en deuant. Le second naist de l'os occipital par vn principe estroit, & deuenant plus large s'insere au derriere de l'oreillette, & la tire en arriere. Le troisiéme est vne petite portion du tres-large & peaussier qui s'estend iusques à icelles.

Toutes les parties des oreillettes.

lib. de natura deorum.

Les oreillettes sont ordinairement immobiles.

En quelquesvus elles se mouuent volontairement par le moyen de certains muscles.

De l'oreille interne vray organe de l'ouye.

CHAPITRE XIII.

'OREILLE interne vray organe de l'ouye, est si- *Situation de*
tuée en l'os petreux, entre les apophyses mammillai- *l'oreille inter-*
res appellées des Grecs *mastoïdes*, & l'apophyse qui *ne.*
fait vne portion du zygoma, & est faite de quatre *Elle est faite*
de quatre con-
conduits que nous allons décrire par ordre ; & l'vn *duits.*
apres l'autre. Le premier qui paroist dehors à la veuë, *Le premier.*
& qui est tousiours ouuert est le meat appellé *auditoi-*
re, ou *le conduit de l'ouye* : il est tortueux, oblique, rond
& estroit. Tortueux, pour empescher que l'air externe
entrant à coup & auec violence ne blesse la membra-
ne : oblique, pour rabattre par son obliquité la vehemence des sons & les vnir :
rond, pour contenir l'air en plus grande quantité, & estroit pour empescher l'entrée aux choses estranges & petits bestions qui font de grandes & cruelles douleurs. Or ce conduit icy ne va point obliquement vers bas, ains obliquement
vers haut, afin que s'il entre quelque chose d'estrange en iceluy, elle puisse re-
tomber plus facilement. Au bout de ce conduit se void vn entre-deux qui separe *Le tambour.*
comme vne parois, ce premier conduit d'auec le second : cet entre-deux icy n'est
point osseux, parce qu'il empescheroit l'air externe de se ioindre & vnir à l'interieur : ny charneux, parce qu'il seroit trop rare, mais membraneux : on l'appelle
en Latin *tympanum*, c'est à dire *tambour*, à cause qu'il est tendu & qu'il resonne
comme vn tambourin. Or cette membrane est mince, dense, seiche, diaphane & *Description du*
d'vn sentiment tres-exquis : mince pour receuoir & donner passage plus facile au *tambour.*
son & à l'air exterieur : dense, pour resister aux iniures externes : & seiche, pour
mieux resonner. Hippocrate a esté le premier qui l'a bien elegamment decri-
te quand il dit, *La membrane ou pellicule qui est en l'oreille aupres de l'os petreux est* *L. de princip.*
destiée comme vne toille d'araigne, & la plus seiche de toutes les pellicules, or que ce qui *Sa situation.*
est tres-sec soit fort resonnant, il y a plusieurs signes qui le monstrent. Sa situation est
oblique pour empescher que l'air ou les corps exterieurs ne la heurtent & frappent
directement. Elle prend son origine non point de la pie mere ny du nerf de la *Son origine.*
cinquiéme coniugaison dilaté comme ont voulu quelques-vns, mais d'vne petite portion de la dure meninge, la nature de laquelle elle represente exactement.
Il faut icy remarquer que cette membrane estant trop épaisse & trop dense en la *Cause de la*
premiere conformation est cause d'vne sourdesse incurable : que s'il aduient aus- *surdité.*
si quelquesfois qu'elle soit abreuuée de quelque defluxion d'humeurs, elle depraue l'ouye & la rend difficile. Tout aupres & ioignant cette membrane se void le *Second con-*
second conduit (qu'Aristote appelle *cochlea*, c'est à dire *coquille de limaçon*, & les *duit.*
L'air naturel
autres *peluis*, c'est à dire *bassin*) auquel est enfermé l'air naturel & interne consociable à l'exterieur, lequel le Philosophe appelle *immobile*, & le vulgaire *le prin-*
cipal organe de l'ouye, comme le crystallin de la veuë. En ce second conduit se *Parties qui*
presentent plusieurs parties inconnuës aux anciens Anatomistes, lesquelles ont *sont au second*
conduit.
esté elegamment décrites par les Modernes, & nommément par Eustache &
Volcher. Car d'autant qu'il falloit que l'air interieur fut premierement frappé

par l'externe, puis estant frappé qu'il portast l'espece du son au nerf auditoire, &
finalement qu'il fut espuré & nettoyé : à cette cause ont esté faits en cette seconde cauité les organes propres à la pulsation de l'air interieur, à la rejection ou
passage des sons au nerf auditoire, & à la purification ou expurgation dudit air
interne. A la pulsation seruent les trois osselets, la corde & quelques petits muscles : à la trajection les deux fenestres, & à l'expurgation le conduit qui se rend au
Les trois osse- pallais. On a donné des noms à ces trois osselets, qui ont esté prins de leur for-
lets. me plustost que de leur office & vsage. Le premier ressemblant à vn marteau est
nommé *malleolus :* le second est nommé *incus,* parce qu'il a la figure d'vne enclume, & le troisiéme *stapes,* d'autant qu'il ressemble aux estriers dont se seruoient les anciens, car il est triangulaire & semblable à la lettre Grecque Δ. Ils
ont esté creés fort solides, pour mieux resonner, & qui est chose émerueillable,
Leur articula- aussi grands aux enfans nouueaux nez, qu'aux vieillards. Ils sont tous trois logez
tion. au dedans ou dessus de la membrane nommée *le tambour,* & sont joints & articulez en sorte que le marteau pende par son apophyse à la membrane, & qu'il
soit articulé par sa teste dans la cauité de l'enclume. Or l'enclume ressemblant
(comme veulent aucuns) vne des dents maschelieres est appuyée sur deux jambes : par la plus courte desquelles elle est affermie sur le tympanum, & par la plus
longue elle est attachée à l'estrier. L'estrier enfoncé par sa base plus large dans la
fenestre ouale reçoit par sa partie haute & pointuë le tubercule tres-petit de l'enclume. Ces trois petits os sont attachez au tambour par le moyen d'vne corde
La corde ten- tres-desliée & menuë qui est tenduë sur toute la membrane à la maniere de celle
duë sur le tam- d'vn tambour de guerre. Cette corde est si desliée qu'on n'a peu encore bien re-
bour. connoistre que c'est, si c'est vn nerf, vne veine, ou vne artere. Il y a encore outre
Petits muscles. ces parties, des muscles si petits qu'ils ne se voyent quasi point, lesquels seruent
aussi à la pulsation. Arantius estime des trois osselets qu'il n'y a seulement que le
marteau qui se mouue, & que les deux autres sont immobiles : le marteau se
meut par vn mouuement double, de flux & de reflux suiuant celuy du *tympa-*
num : le flux se fait par la force & l'impetuosité de l'air frappant & poussant la
membrane : & le reflux par le moyen d'vn muscle. Ces petits os auec la corde
estant dardez & lancez par l'abbord & entrée de l'air externe seruent autant à la
distinction des sons comme font les dents à l'explanation de la voix. Or ceux-là
errent qui pensent que ces osselets se mouuent en sortent que frappans l'vn contre l'autre ils fassent vn bruit : car ce bruit ou son interieur confondroit l'externe. Ioint que les mouuemens violens qui se font aux grandes articulations se
L'vsage des font sans bruit aucun. Doncques l'vsage de ces trois petits os, est d'aider à ce
trois osselets. que l'espece soit receuë, & qu'elle passe au nerf auditoire, & pour tenir le chemin tousiours ouuert aux excremens de l'oreille, car l'estrier fermant la fenestre
superieure est meu par l'enclume, l'enclume par le marteau, & le marteau par
l'entrée & abbord de l'air externe. Voilà donc les instrumens de la pulsation, les
Les deux fene- trois osselets, la membrane & les muscles. L'air implanté & interne estant frap-
stres. pé & alteré par l'externe doit passer les especes & images des sons au nerf auditoire : à cette delation ou passage sont dediez deux petits trous, comme deux petites fenestres : la superieure est nommée *ouale,* mais l'inferieure n'a point encor de nom. Entre ces deux petites fenestres se voit vne tuberosité ou émi-
Vn petit con- nence. Finalement pour l'expurgation de l'air interieur, Nature a fait vn petit
duit allant de canal qui s'en va rendre au palais, ce canal est cartilagineux, & a vne certai-
l'oreille au pa- ne pellicule ou petite membrane comme vne languette pour ouurir le chemin
lais.
de l'oreille

de l'oreille dans la bouche, & laiſſer ſortir par iceluy les excremens de l'air interieur, & empeſcher que les meſmes excremens n'y puiſſent plus rentrer. Il y en a
qui luy attribuent encore d'autres vſages, comme de réjouyr l'air interne, par
celuy qui eſt attiré par l'inſpiration, & donner libre iſſuë à l'externe entrant trop
impetueuſement comme aux coups de canon. Voilà toutes les particules de ce
deuxiéme conduit leſquelles demandent vne main induſtrieuſe & habille pour
eſtre demonſtrées. Enſuit le troiſiéme conduit, qu'on appelle *labyrinthe*; d'au- *Le troiſiéme*
tant qu'il a pluſieurs petits deſtours & chambrettes ſecrettes, l'vſage deſquels eſt *conduit.*
de rendre l'air paſſant par ces deſtroits plus éclatant, & empeſcher qu'il ne ſe diſ-
ſippe point. Le dernier conduit eſt nommé par Fallope *coquille*, d'autant qu'il *Le quatriéme*
reſſemble à la coquille d'vn limaçon; il y en a qui le nomment *trou aueugle*: Au *conduit.*
bout d'iceluy apparoit le nerf auditoire venant de la cinquiéme coniugaiſon; le- *Le nerf audi-*
quel porte les eſpeces des ſons au ſens commun, comme au iuge ou cenſeur. Voi- *toire.*
là vne briefue deſcription des oreilles tant exterieures comme interieures, au
deſſous & derriere deſquelles ſe trouuent certaines glandes nommées *parotides*, *Les glandes*
ſur leſquelles, le cerueau eſtant remply, vient bien ſouuent à ſe décharger, qui *parotides.*
eſt la cauſe que le vulgaire les nomme *les émunctoires du cerueau*, & qu'Hippocrate appelle les tumeurs qui ſuruiennent à ces parties, *parotides*.

CONTROVERSES ANATOMIQVES.

De la maniere que ſe fait l'ouyë.

QVESTION NEVFIESME.

L E s opinions des Philoſophes ont eſté diuerſes touchant *Diuerſes opi-*
le moyen que l'ouye ſe fait. Alcmeon penſoit que nous *nions.*
oyons parce que nous auons les oreilles vuides, d'autant
que toutes choſes vuides reſonnent. Diogenes vouloit
qu'il y euſt de l'air enfermé au cerueau qui fut frappé par
les voix & les ſons. Et cette opinion eſtoit deſià en vogue
du temps d'Hippocrate, car il la refute quand il dit, *Il y* *l. de princip.*
en a qui écriuans de la nature ont dit que le cerueau reſonnoit:
or cela ne ſe peut faire, car le cerueau eſt humide, & rien d'humide ne reſonne. Platon a laiſſé par écrit que nous oyons par la pulſation de l'air interne. Mais de-
laiſſans toutes ces opinions nous declarerons clairement & en peu de mots la nature de l'ouye, & la maniere qu'elle ſe fait. Or comme ainſi ſoit que l'inſtrument
de l'ouye, compoſé ſi artificiellement d'vn grand nombre de particules, ait eſté
incognu aux anciens Philoſophes & Medecins (i'entends Ariſtote & Galien) il
s'enſuit que nous ne ſçaurions tirer la parfaite cognoiſſance d'icelle de leurs eſcrits: à cette cauſe nous dirons icy briefuement ce que l'Anatomie & la recherche curieuſe nous en ont apprins,

Ariſtote enſeigne que trois choſes ſont neceſſaires aux ſens, l'objeſt, le moyen *Comment*
& l'organe: l'objeſt de l'ouye c'eſt le ſon, comme la couleur de la veuë: ie ne me *l'ouye ſe fait.*
veux point icy arreſter à diſcourir de la nature des ſons, car c'eſt choſe qui doit *l.2. de anima.*

Qu'est ce que son.

estre puisée des principes des Physiciens ; ie remarqueray seulement en passant que le son est vne qualité engendrée de la fraction de l'air, qui se fait en la collision de deux corps durs & solides, car les choses molles cedent facilement & ne

Le moyen de son organe.

resistent point à l'effort du corps qui frappe. Le moyen est l'air externe : Aristote a douté de l'eau, à sçauoir si la voix s'entend en icelle ; mais celuy qui s'est trouué à la pesche du mullet qui se fait la nuict sçait que les poissons oyent tres-bien : l'instrument c'est l'oreille interne composée de quatre conduits & de plusieurs

La vraye maniere qu'elle se fait.

particules qui ont esté incognuës aux Anciens. Voicy donc comme elle se fait. L'air externe frappé par les corps durs & solides, & alteré par la qualité du son, altere l'air voisin ; cettuy-cy altere semblablement celuy qui luy est prochain iusqu'à ce que par vne certaine continuation il paruienne à l'oreille. Car comme quand on iette vne pierre dans vne eau il se fait des cercles & ronds, desquels les vns en font & excitent d'autres ; ainsi de la percussion de l'air, il s'engendre comme des cercles dans l'air, lesquels se continuent iusques à ce que par succession ils soient paruenus à l'organe de l'ouye. Auicenne appelle assez proprement cette percussion de l'air *onde resonnante*. Or ce mouuement de l'air frappé & alteré par le son ne se fait point en vn instant, mais auec le temps, qui fait qu'on n'oyt pas de loing le son incontinent que le coup est donné. L'air imbu de la qualité du son entrant par le conduit de l'ouye qui est tousiours ouuert, frappe premierement la membrane qui est tres-seche & fort resonnante (on l'appelle pour cette cause *tambour*) laquelle estant frappée elle vient à pousser & mouuoir les trois osselets, & leur imprime en vn moment le caractere & l'espece du son, qui est incontinent receuë par l'air interne & implanté, lequel la porte par les deux petites fenestres cy dessus descrites, aux conduits tortueux & au labyrinthe, de là à la coquille, de laquelle il passe au nerf auditoire, & d'iceluy au sens commun comme au iuge & censeur : & telle est la vraye maniere que l'ouye se fait. Quant aux autres questions qui se debattent aux escoles de la Philosophie touchant le medium ou moyen de l'ouye, la nature du son, & l'organe, à sçauoir s'il est de nature d'air, d'eau ou de terre, ie les laisse aux Physiciens à éplucher, n'ayant deliberé traitter en ces liures que celles qui appartiennent à la Medecine & à l'Anatomie.

A sçauoir si l'air interne & implanté contenu en l'oreille est le premier & principal instrument de l'ouye.

QVESTION DIXIESME.

Que l'air implanté n'est point le principal organe de l'ouye.

E N la seconde cauité de l'oreille, qu'Aristote appelle *cochlea*, est contenu vn air naturel & implanté, que le mesme Aristote appelle *inedifié & immobile* : quelques-vns interpretent le mot *immobile*, parce que cet air n'est point meu par aucun autre, mais qu'il demeure tousiours vn mesme dans l'oreille. Les autres le nomment *immobile*, parce qu'il n'a aucun son naturel, mais qu'il les peut tous receuoir indifferemment. Les Anciens ont estimé que cet air estoit le premier & principal organe de l'ouye, & Aristote à raison d'iceluy veut que l'ouye soit de nature d'air. Pour mon regard ie confesse bien qu'il est tres-

neceſſaire à l'ouye & qu'à grand' peine ſe pourroit-elle faire ſans luy, mais qu'il *Raiſons de l'autheur.*
en ſoit le principal organe ie ne me le perſuaderay iamais; c'eſt vn theoreme vniuerſel & qui eſt touſiours veritable, qu'en tout organe parfait il y a vne certaine
partie ſimilaire, à laquelle comme principale eſt deuë l'action : Ainſi au foye, le *Premiere de-*
parenchyme fait la ſanguification; en l'œil, le cryſtallin fait la veuë; au muſcle, la *monſtration.*
chair fait le mouuement; aux natines, les apophyſes mammillaires le flair : mais
cet air implanté n'eſt point vne partie ſimilaire, dont s'enſuit que l'action de
l'ouye ne luy appartient pas comme la principale partie. Qu'il ne ſoit point partie, on le prouue ainſi. Toute partie ſimilaire eſt ou ſpermatique ou charnuë, or *Que l'air im-*
cet air n'eſt pas engendré ny de la ſemence, ny du ſang. Tu diras peut-eſtre que *planté n'eſt*
ce n'eſt pas vn air ſimple, ains quelque certain eſprit, mais il ne peut auſſi eſtre *point partie.*
dit eſprit; car ſi tu dis qu'il eſt vital, le vital n'abandonne iamais les arteres : ſi tu
dis qu'il eſt animal, il faudra donc ſemblablement mettre aux autres ſens vn eſprit animal pour leur principal organe. L'eſprit veritablement eſt l'inſtrument
tres-commun dont l'ame ſe ſert pour faire toutes les fonctions : mais comme il y
a en l'œil vne partie propre qui fait la veuë premierement, à ſçauoir le cryſtallin:
ainſi faut-il mettre en l'oreille quelque certaine partie ſimilaire qui faſſe l'ouye:
or cet air interne n'eſt point tel, d'autant qu'il ne differe de l'externe, ſinon entant qu'il eſt plus pur & en repos: car il eſt engendré de l'externe non pas par concoction ny élaboration comme l'eſprit, ny par aucune action de l'ame, mais par
vne continuelle appulſion d'air nouueau, qui eſt en partie porté par le trou de
l'oreille qui eſt tortueux & touſiours ouuert, & en partie par vn certain petit
canal qui s'en va rendre de la bouche au ſecond conduit. Secondement, *Ce qui eſt* *ſeconde.*
ſans ame ne peut,* ſelon Ariſtote, *eſtre organe des ſentimens* : or l'air implanté eſt *L. 2. de anim.*
ſans ame, parce que l'ame n'eſt point acte ny forme d'vn corps ſimple, & parce
auſſi qu'il n'a point les organes de l'ame. Car pourquoy cet air, veu qu'il eſt engendré de l'externe, & qu'il n'eſt point élaboré par aucune faculté de l'ame, ſera *Pourquoy cet*
il pluſtoſt animé que celuy qui eſt contenu aux autres cauitez? Or cet air ſe repo- *air eſt en repos.*
ſe & eſt immobile en l'oreille, & non aux autres cauitez, d'autant qu'il eſt enfermé en vn lieu eſtroit, & qu'il ne peut pas ſi facilement ſortir à raiſon des anfractuoſitez du trou aueugle. Il s'enſuit donc qu'il ne doit pas eſtre dit l'organe de
l'ouye, ains pluſtoſt le moyen interne d'icelle. Car comme l'air exterieur eſt frap- *Il eſt le moyen*
pé par la colliſion des corps, ainſi cet air interne eſt frappé par l'externe, & ce par *interne de*
le moyen & interjection du tambour, de la corde, & des trois oſſelets. Or cet air *l'ouye.*
interne ainſi frappé & alteré par l'externe porte le charactere du ſon dénué & dépoüillé de toute matiere au nerf de la cinquiéme coniugaiſon qui ſe répand dans
les oreilles, & eſt le principal organe de l'ouye, comme les apophyſes mammillaires du flair. Or que ce moyen interne ſoit requis en tous ſens, on le prouue par
exemple. L'humeur aqueuſe, eſt le moyen interne de la veuë, la ſaliue, du gouſt;
la cuticule, de l'attouchement : & les os ſpongieux du flair, dans leſquels moyens
internes les formes ſe dépoüillent des corps, & eſtant ainſi dépoüillées ſont portées au principal organe des ſens.

Des organes des Sens,

De l'admirable sympathie qui est entre les oreilles & le palais, &
entre la langue & le larynx.

QVESTION VNZIESME.

La sympathie
d'être les oreil-
les & les in-
struments de la
voix.
En la 32. par-
tie de ses pro-
blémes.

PLVSIEVRS choses declarent l'admirable communication qui est entre les organes de l'ouye & ceux de
la voix, lesquelles ont esté élegamment décrites par
ce grand secretaire de la Nature Aristote; car voulans
écouter attentiuement nous retenons nostre haleine,
& en baaillant nous n'oyons pas si exactement ; si on
piquote le tambour auec vne éprouuette ou cureoreil-
le on excite incontinent vne toux seche : Ceux qui
oyent dur parlent du nez & auec peine : ceux qui sont
nays sourds, sont aussi muets : bref si quelqu'vn auec les dents & la bouche prend
vne harpe & bouche ses oreilles, il orra plus subtilement: de là vient que les sourds
oyent mieux par la bouche que par les oreilles. Ce sont icy certes des argumens
tres-certains de la communion qui est entre les oreilles & les organes de la voix,
la bouche, la langue & le larynx, mais la maniere comment cette communion se

Comment elle
se fait.

fait n'est point connuë à tous. Il y en a qui estiment que le nerf de la cinquiéme
coniugaison qui sert à l'ouye, & celuy de la septiéme seruant au mouuement de
la langue, sont reuestus en leur origine d'vne mesme tunique, & que c'est la cause
que les affections de ces parties se communiquent facilement des vnes aux autres.
Mais la veuë monstre le contraire : Car les chemins de ces deux coniugaisons sont

La cause d'i-
celle est dou-
ble.
La premiere.

diuers, & sont separées l'vne de l'autre d'vn assez long interualle. Nous reconnoissons deux causes de cette communion, desquelles l'vne doit estre rapportée
au nerf auditoire, & l'autre au petit canal qui a esté inconnu aux Anciens. Le nerf
de la cinquiéme coniugaison produit de soy plusieurs scions : le plus grand s'en
va dans l'oreille & à la membrane nómée *le tambour*, qui est d'vn sentiment tres-
exquis, pour porter les especes des sons au cerueau. Le moindre s'en va à la langue
& au larynx, & de là vient que les affections des oreilles, & de la langue se communiquent facilement d'vne partie à l'autre [Car *la communion des vaisseaux*, selon
Hippocrate & Galien, *est l'vnique cause de la simple sympathie*] & que la membrane estant piquotée, cause vne toux seche, de laquelle Auicenne fait mention, &
que ceux qui sont sourds sont quasi tous muets, ou au moins qu'ils parlent auec
peine, le nerf auditoire qui est impliqué auec la septiéme coniugaison estant affecté. Car ie n'approuue point l'opinion vulgaire qui tiét que les sourds sont muets,

Les sourds ne
sont muets par-
ce qu'ils ne
peuuet appren-
dre à parler.

parce qu'ils ne peuuent apprendre aucune langue estans priuez de l'ouye qui est le
sens des disciplines. Car si les sourds ne sont muets que pource qu'ils ne peuuent
apprendre à parler, pourquoy est-ce qu'ils gemissent & souspirent auec peine,
veu que les gemissemens & les souspirs sont affections naturelles? ne pourroient
ils point controuuer des mots, comme les premiers inuenteurs des choses pour
exprimer les conceptions & pensées de leur entendement , s'ils les pouuoient
prononcer? Car Nature a donné à l'homme pour sourd qu'il puisse estre la rai-

La deuxiéme.

son pour l'inuention. Il y a encore vne autre cause de cette communion, laquelle
se fait par le petit canal cartilagineux, qui est comme vn conduit qui s'en va de la

feconde cauité de l'oreille à la bouche & au palais. Ce conduit icy a efté ordonné pour épurer l'air interne, mettre hors les excremens de l'oreille, réjouir l'air implanté par l'appulfion d'vn air nouueau infpiré par la bouche, & tenir le paffage ouuert à l'air externe entrant auec impetuofité, comme aux coups de canon, afin qu'il puiffe fortir par iceluy. L'air donc paffe & repaffe librement de la bouche à l'oreille, & de l'oreille à la bouche par ce canal, & de là vient que retenons noftre haleine pour mieux ouyr, de peur que l'air attiré en trop grande abondance dans la bouche ne rempliffe la coquille & tende le tambour : or en baaillant nous n'oyons pas bien, parce que le tambour eft tellement tendu & enflé par le baaillement, qu'il ne peut receuoir les fons : finalement en curant & nettoyant nos oreilles nous fommes prouoquez à cracher, parce que par la compreffion du tambour qui fe fait auec le cure-oreille, il fe fait expreffion des ordures dans le canal cartilagineux, & d'iceluy fur la langue.

HISTOIRE ANATOMIQVE.

De l'organe du flair.

CHAPITRE XIIII.

OMME les guettes montans en haut découurent de plus loing, & iugent mieux les differences des objects vifibles; & comme les voix & fons s'entendent mieux d'en haut que d'en bas : Ainfi le flair reçoit mieux la vapeur qui monte, à raifon qu'elle eft de nature de feu, que celle qui defcend. Tout ainfi donc que les organes de la veuë & de l'ouye, à fçauoir les yeux & les oreilles, ont efté logez au lieu le plus éminent de tout le corps : l'inftrument du flair eft femblablement plaçé au palais de la tefte comme dans vne forte citadelle. Cet inftrument eft nommé par les Grecs *rís*, parauanture parce qu'il fert à la purgation des excremens du cerueau qui decoulent par là : Ariftote l'appelle *muẽter*, les autres *muxoter à mucore* : les Latins le nomment *nafus*, & les François *le nez*. En iceluy apparoit la bonne grace, & ie ne fçay quoy de Royal, comme fi en luy reluifoit quelque particuliere dexterité de commander. Les Ægyptiens en leurs Hieroglyphiques, par le nez denotoient vn homme fage & bien aduifé : & Feftus appelle ceux qui font prudens *nafutos*, & de là vient qu'on dit les vns eftre *obefa naris*, & les autres *emuncta naris*, entendans par les premiers des lourdauts & ftupides, & par les derniers des gens fins & cauteleux. Il n'y a que l'homme qui ait le nez prominent & éleué pour l'ornement & la beauté : fon vfage felon les Medecins eft diuers. 1. Il porte les efpeces des odeurs au cerueau, comme declare Hippocrate en ces mots, *Le cerueau eftant humide, flaire, attirant l'odeur des chofes feches auec l'air par les petits corps cartilagineux.* 2. Il porte l'air tant au cerueau comme au poulmon pour la generation de l'efprit vital & animal. 3 Il vuide & purge les excremens pituiteux du cerueau. Ie tais qu'il fert à former la voix, & à l'ornement & embelliffement du vifage. A raifon de ces vfages fi neceffaires, jaçoit ce que le nez ne foit qu'vn affis au milieu de la face, fi eft-ce que les narines

L'organe du flair ou fitué.

Comment nommé.

Au nez fe remarque ie ne fçay quoy de royal.

L'ufage du nez premier.

1. *de princip.*

fecond.

Troifiéme.

Nombre

ont esté faites deux, afin que s'il aduenoit que l'vne fust bouchée, l'autre demeuraft ouuerte. Ie departiray l'hiftoire du nez comme celle de l'oreille, tellement
que comme nous auons diuifé l'oreille en externe & interne, ainfi nous diuife-
rons le-nez en exterieur & interieur.

Diuifion du nez.

Le nez externe fitué au milieu du vifage ; & s'auançant en deuant apparoit à
tout le monde : il commence aux coings internes des yeux, par vn pointe aſſez
aiguë, & finit quaſi au commencement des leures. Il eft fait de pluſieurs parties,
d'os, cartilages, muſcles, veines, arteres, nerfs, membranes & peau. Les os ſont
trois, vn de chaque cofté, qui ſont ſeparez par vn troiſiéme naiſſant de l'os ethmoïde, comme d'vne paroy. Ces os ne defcendent que iuſqu'à la moitié du nez,
tout le reſte eft cartilagineux : car il ne falloit pas qu'il fut tout oſſeux, de peur
qu'en tombant ou en receuant quelque coup il ne ſe rompit facilement; il ſuffiſoit
qu'il le fut en ſa baſe, pour former la cauité, & que le bout fut cartilagineux.
1. Pour le moucher plus commodément. 2. Pour le dilater plus aiſément, pour
inſpirer & expirer. 3. Pour le fermer plus promptement quand nous voulons
éuiter quelque mauuaiſe odeur, & 4. Pour le rendre moins expoſé aux efforts
externes qui froiſſent & écachent, &c. Les cartilages ſont cinq, deux plus hauts
adherens aux os rudes du nez, & trois plus bas, deſquels les deux des coſtez qui
ont la forme d'vn tuyau, & qui ſe mouuent en reſpirant, ſont appellez *les aiſles
du nez*, & celuy du mitan qui ſepare comme vne paroy les deux autres, *diaphragme*. Or les deux trous ſont nommez par Ariſtote *ocheúmata*, comme qui diroit
les conduits de l'air & de la morue. Les aiſles du nez ſe mouuent volontairement,
& ce par le moyen de quelques petits muſcles, deſquels deux les dilatent, leſquels
naiſſent du front par vn principe aigu & charneux, & deux autres le reſſerrent,
leſquels ſont continus à ceux des leures : de là vient que toutes les fois que nous
attirons quelque choſe dans le nez, nous ſommes contraints de ſerrer la leure de
haut. Le nez a des veines qui viennent des iugulaires, comme ſont celles qu'on
ouure entre les aiſles ; des arteres qui viennent des carotides, & des nerfs de la
troiſiéme coniugaiſon. Tout ce corps compoſé d'os, de cartilages & de vaiſſeaux
eft couuert & reueſtu de deux membranes, deſquelles l'vne eft externe & l'autre
interne : celle-là c'eft la peau qui eft icy ſans graiſſe, pour garder que le nez croiſſe en vne grandeur demeſurée, qui ſeroit vne choſe fort difforme ; & celle-cy eft
épaiſſe, tant pour tenir touſiours les narines ouuertes, de peur que la chair croiſſant en icelles ne les eſtreciſt, que pour les rendre lubriques & gliſſantes en la
defcente des excremens du cerueau qui ſe purgent par icelles. Feſtus appelle *vi-
briſſa* le poil qui vient dans le nez, parce qu'arraché par force il fait branſler la
teſte.

*Le nez exter-
ne.*
*Toutes ſes par-
ties*
Les os.

Les cartilages.

Les muſcles.

Les veines.
Les arteres.
Les nerfs.

*La peau pour-
quoy ſans
graiſſe.*
*La membrane
interne.*

Du nez interieur.

CHAPITRE XV.

L E nez interieur, vray organe du flair, eft compoſé de deux parties,
de l'os ethmoïde & des apophyſes mammillaires. L'os ethmoïde,
fitué au milieu de la baſe du front, eft porté iuſques au haut de la
racine du nez rempliſſant quaſi toute la cauité des narines. Il a des
parties de nature diſſemblables, qui ſont appellées de noms diuers.
La premiere qui eft interieure & perçée comme vn crible de force petits trous,

*Deſcription du
nez interne.*
*Deſcription de
l'os ethmoïde.*

doit proprement eftre nommée *cribreufe*. La feconde, contenuë hors de la bafe du crane dans la cauité des narines, eft fpongieufe: on la nomme *os fpongieux*. La troifiéme eft tenuë, folide & polie: Fallope l'appelle *planaplate*. La partie cribreu-fe a force trous & pertuis, & iceux petits & obliques: Petits, pour garder que quelque corps dur & épais ne foit porté de dehors au cerueau: & obliques, pour empefcher que l'air impur entrant à coup n'aille droit aux ventricules du cerueau. L'vfage de ces trous eft ou premier ou fecondaire. Le premier eft double, l'vn pour l'infpiration de l'air, l'autre pour porter auec l'air les efpeces des odeurs au cerueau. Le fecondaire eft l'expurgation du cerueau. Car combien que la pitui-te decoule par l'entonnoir, comme par vne manche à hypocras, en la glande pi-tuitaire; fi eft-il neanmoins que fi les ventres fuperieurs font remplis de beau-coup d'excremens fereux, qu'ils diftillent par les procez mammillaires en l'os cribreux, & de là dans les narines. L'autre partie de l'os eft rare, lafche, poreufe comme vne efponge, ou vne pierre ponce, d'où elle eft dite *os fpongieux* : elle remplit de part & d'autre la cauité des narines. Il y a de l'apparence que l'air inf-piré auec les odeurs, eft quelque peu alteré en icelle, ainfi que l'air auditoire eft preparé dans la coquille & le labyrinthe de l'oreille. Or l'air eftant alteré en ces anfractuofitez, eft porté auec l'efpece de l'odeur aux procez mammillaires, qui font des nerfs tres-mols naiffans du cerueau, lefquels ne font point reueftus de la dure & pie mere comme les autres. Ces procez icy, d'autant qu'ils ont leur na-ture, figure & compofition particuliere, & que les os, cartilages & membra-nes font par tout femblables, font tenus pour les principaux organes du flair. Ioint qu'au nez il n'y a point de partie qui puiffe fi facilement eftre alterée par les odeurs: car eftans remplis de beaucoup d'efprit, & eftans fort vaporeux, ils reçoiuent aifément les efpeces & images des odeurs: & participans de la nature des nerfs, ils connoiffent & diftinguent promptement la qualité receuë & ap-prehendée.

La partie cri-breufe.

Pourquoy ainfi trouée.

La partie fpon-gieufe.

L'vfage des apophyfes mā-millaires.

CONTROVERSES ANATOMIQVES.

Du vray & principal organe du flair contre Ariftote.

QVESTION DOVZIESME.

G ALIEN enfeigne en plufieurs endroits qu'il faut confide-rer diuerfes fortes de parties en tout organe parfaict. Or de ces parties les vnes font principales, aufquelles l'action ap-partient premierement & de foy: Il y en a qui rendent l'action meilleure, & d'autres qui la conferuent. Que le nez foit l'or-gane du flair, perfonne ne le nie : Mais comme ainfi foit qu'il foit compofé de diuerfes parties, d'os, de cartilages, de mufcles, de petits nerfs, de membranes, & des apophyfes mammillaires: à laquelle de ces parties, com-me princeffe, appartient l'action de flairer : c'eft chofe en quoy les Medecins & Peripateticiens ne font point bien d'accord. Ariftote met le nez externe le-quel apparoift au vifage pour organe principal de l'odorat, dans lequel il dit eftre vn couuercle, comme vne portelette qui ne s'ouure iamais, finon quand nous infpirons, qui eft la caufe qu'on ne fent point les odeurs qu'en infpirant.

Ariftote met le nez externe pour organe principal du flair.
l.2.de animal.

Galien le re-
fute.
l. de odorat.
organo.
Raiſons d'ice-
luy.
Premiere.
Mais Galien le refute, & enſeigne que veritablement le nez externe aide au
flair, mais que le principal inſtrument de l'odorat eſt logé dans le crane. Or voicy
la belle demonſtration de Galien, priſe de l'enumeration de toutes les parties du
nez : ny les os, ny les cartilages, ny les membranes, ny le nerf répandu par les
membranes ne peuuent eſtre le vray organe du flair : dont s'enſuit que ce n'eſt
aucune partie du nez externe. Les os & cartilages ne ſont pas ſeulement priuez
du ſens du flair, mais auſſi de l'attouchement : ils ſont donc ineptes pour eſtre

Seconde.
l'organe du flairer. Ioint que les organes des ſentimens doiuent communiquer
en nature & compoſition auec leurs objects, afin qu'ils puiſſent eſtre facilement alterez par iceux : Or rien ne communique auec l'odeur, ſinon ce qui
eſt vaporeux, de laquelle nature les os & cartilages ſont fort éloingnez. La
membrane qui reueſt les narines par dedans, eſt bien doüée d'vn ſentiment
tres-exquis, mais elle eſt trop groſſiere pour receuoir les eſpeces des odeurs.
Outre-plus, cette membrane eſt commune à la langue, à la bouche & au palais:
Or en ces parties elle ne flaire point. Mais auſſi ſi elle eſtoit l'organe du flair, elle
ſentiroit touſiours les odeurs : or l'apprehenſion des odeurs ne ſe fait point, ſinon quand nous inſpirons : Car ſi tu remplis toute la cauité des narines de
muſc, ambre-gris, & ſemblables choſes de bonne odeur, & ſi tu frottes toute
cette membrane d'huiles de ſenteurs, tu n'en ſentiras point pour cela l'odeur,
ſinon que tu attires l'air par l'inſpiration. Il s'enſuit donc qu'il ne faut pas mettre le principal organe du flair en l'os, au cartilage, en la membrane, ny en aucu-

La portelette
d'Ariſtote ne
ſe trouue
point.
ne partie du nez externe. Et pour le regard du couuercle ou portelette qu'a ſongé
Ariſtote, qu'il dit s'ouurir quand nous inſpirons, & fermer quand nous n'inſpirons plus : Galien ne le reçoit point, & le bon Anatomiſte ne le receura iamais
auſſi. Mais donnons-luy qu'il y en ait vn au profond des narines, & que tantoſt
il s'ouure pour donner entrée à l'air & aux vapeurs, & que tantoſt il ſe ferme quãd
nous n'inſpirons plus : Il faudra ſans doute que le mouuement de ce couuercle
ſoit, ou volontaire, ou naturel, ou violent : perſonne ne dira qu'il ſoit volontaire, parce qu'il n'eſt point beſoin de portelette pour faire le mouuement animal,
& que tout mouuement animal obtempere aux mandemens de l'ame, & obeït
à la volonté : Or cette portelette icy ne s'ouure iamais, ſinon quand nous inſpirons l'air. Ioint que le muſcle eſt l'organe immediat du mouuement volontaire:
Or il ne s'en trouue point dans la cauité des narines. Il n'eſt pas auſſi naturel,
comme celuy des portelettes du cœur, d'autant que le mouuement du cœur eſt
perpetuel, & qu'il ne ſe fait point ſelon noſtre volonté. Si tu dis qu'il eſt vio-

Belle obſer-
uation de Ga-
lien.
lent & meu par l'air inſpiré : Eſcoute l'obſeruation de Galien, qui dement ton
opinion. Si ayant mis vn tuyau dans les narines de quelqu'vn, en luy faiſant
retenir ſon haleine, tu fais entrer grande quantité d'air ou de liqueur, qui empeſchera que cette portelette ne s'ouure, s'il y en a quelqu'vne, & que l'appre-

Obiection.
henſion des odeurs ne ſe faſſe aux narines ? Quelque Peripateticien voudra parauanture repliquer, & nous battre de nos propres armes : ſi les apophyſes mam-

Solution.
millaires ſont les principaux organes du flair, pourquoy eſt-ce que l'air portant
l'odeur, pouſſé par force & violence par la canule ou tuyau, n'eſt point appre-

Pourquoy on
ne ſent point
l'odeur, ſinon
que l'air ſoit
attiré au cer-
ueau par l'in-
ſpiration.
hendé ? Galien répond que l'air pouſſé par la canule, ſi on retient l'haleine, ne
patuient iamais iuſques au cerueau, parce que toutes les cauitez ſont deſià remplies d'air, le cerueau s'eſtant reſſerré par l'expiration : Mais quand il ſe dilate,
toutes les cauitez d'iceluy ſe dilatent; & alors pour fuyr le vuide, elles ſe rempliſſent de l'air attiré par l'inſpiration. Il s'enſuit donc que l'air n'eſt iamais

porté aux apophyfes mammillaires, ny aux ventres du cerueau, finon qu'il y foit attiré par l'infpiration : Car fi les parties ne fe dilatent point, comment eft-ce que l'air pourra entrer dans les pores & conduits qui en font defia pleins ? Que s'il ne peut eftre porté aux apophyfes mammillaires, finon qu'il y foit attiré par l'infpiration, n'auffi ne pourront point les efpeces des odeurs : Car comme le charactere du fon ne paffe point à l'organe de l'ouye, finon par le moyen de l'air qui eft entre-deux, ainfi la qualité de l'odeur n'eft pas portée à l'organe de l'odorat, finon auec l'air. Qu'Ariftote s'en aille donc auec fon inuention controuuée.

Nous voulons auec Galien & tous les Medecins, que le principal organe du flairer foit logé dans le crane, & que ce foit vne portion du cerueau, à fçauoir les apophyfes mammillaires, qui font fituées vis à vis de l'os fuperieur du nez. L'admirable Hippocrate l'a laiffé par écrit en ces mots. *Le cerueau flaire l'odeur des chófes arides, en l'attirant auec l'air par les petits corps cartilagineux* Galien le témoigne en plufieurs endroits, & les raifons fuiuantes le prouuent. 1. Cette partie-là doit eftre eftimée princeffe, felon Galien, laquelle a vne fubftance, figure & compofition particulieres : mais entre toutes les parties du nez, ces apophyfes icy ont vne fubftance, figure & compofition particulieres, qui ne fe trouuent point ailleurs : là où les os, cartilages & membranes ne fe trouuent par tout femblables : il leur faut donc attribuer la principale caufe de l'action du flair. 2. Il n'y a point d'autre partie au nez qui puiffe eftre alterée par les odeurs, que ces apophyfes, lefquelles eftant vaporeufes & plaines d'efprits, reçoiuent facilement les efpeces des odeurs : & refentans la nature des nerfs, elles difcernent la qualité receuë. Auerrhoës, ennemy iuré des Medecins, voulant deffendre Ariftote, tafche de renuerfer l'opinion de Galien par quelques legers argumens. 1. Si les apophyfes mammillaires (dit-il) eftoient les organes de l'odorement, elles fentiroient l'odeur des chofes qu'on mafche en la bouche, encore que les narines fuffent bouchées, parce que le chemin eft ouuert à l'air pour monter de la bouche & du palais à ces apophyfes. 2. On fentiroit l'odeur des viandes contenuës au ventricule. Car durant tout le temps de la digeftion, les vapeurs montent du ventricule au cerueau. 3. Les animaux qui n'ont point ces apophyfes, ne flaireroient point. Mais i'eftime qu'il leur faut fatisfaire en cette maniere. On ne flaire pas l'odeur des chofes qu'on mafche en la bouche, ou qui font contenuës au ventricule, lors que les narines font fermées, encores que le chemin foit ouuert de la bouche aux apophyfes mammillaires, parce qu'il faut que l'odeur paffe premierement par le nez & qu'elle foit preparée en iceluy : ainfi la veuë ne fe fait point fans l'humeur aqueufe : & toutesfois perfonne ne dira qu'elle foit le principal organe d'icelle. Il y a encore vne autre raifon pourquoy le nez eftant bouché on ne fent point l'odeur de ce qu'on mafche, ou de ce qui eft contenu dans l'eftomach : c'eft pource que l'odeur arroufée par la trop grande humidité du ventricule & de la bouche ne fe peut manifefter ny imprimer fon efpece au fens : *Car l'odeur* (felon le Philofophe) *prouient de la feichereffe, comme la faueur de l'humidité.* Ainfi ceux qui font trauaillés d'vne defluxion fur les narines (que les Medecins appellent *coryza*) ne fentent point les odeurs. Dauantage on ne fent point la vapeur odoriferante qui eft portée du ventricule au cerueau, parce qu'elle s'eft renduë trop familiere, confociable & comme naturelle : & pour cette caufe n'altere point le fens. Quant à ce qu'Auerrhoës objecte à la fin que plufieurs animaux flairent fans ces apophyfes, n'eft point contraire à Galien : car il parle des animaux parfaits, & non des imparfaits : lefquels comme ils fe tiennent bien debout fans os,

Les apophyfes mammillaires, vrayes organes de l'odorement.
Authoritez.
Hipp. lib. de princip.
Gal. lib. de odoratus organ. lib. 8. de vfu part. 6. & lib. 1. de fymp. caufis.
Raifons.
Premiere.
Lib. 6. de placit.
Deuxiéme.

Raifons d'Auerrhoës contre Galien.

Refponce aux raifons d'Auerrhoës.

Des organes des Sens,

Conclusion. & viuent sans poulmons: ainsi rien n'empesche qu'ils ne respirent & flairent sans nez ny apophyses mammillaires. Concluons donc que les procez ou apophyses mammillaires sont les principaux organes du flair, & toutesfois que l'apprehension des odeurs ne se feroit point sans nez & l'os spongieux, dont a esté cy deuant parlé. Touchant la nature des odeurs, & la maniere que se fait le flairer: à sçauoir s'il ne sort de l'objet odorant qu'vne qualité réelle seulement, comme a voulu Plotin: ou quelque chose corporelle, comme a pensé Heraclite: ou l'image ge & espece seule des odeurs, comme estiment les Peripateticiens: Ce n'est point icy le lieu ny le temps d'en discourir dauantage.

HISTOIRE ANATOMIQVE.

Des autres parties externes de la face: des maschoires, des léures, & du menton.

CHAPITRE XVI.

L se presente encor en la partie externe de la face plusieurs particules, & premierement les deux maschoires, la superieure & l'inferieure: la partie superieure de celle-là, faisant vne petite éminence ronde au dessous des yeux, entre le nez & l'oreille, qui rougit comme vne pomme, est le siege de la honte: & est nommée des Grecs *melon*, des Latins *malum*, & des François *la pommette de la ioüe*. Le poil qui couure le premier le visage est nommé en Grec *iouloi*, d'vn certain ver qui se traine & rampe auec vn nombre infiny de pieds: & l'inferieure plus lasche, laquelle s'enfle quand nous soufflons, est dite des Latins *bucca*, c'est à dire *bouffe*. La partie qui est au dessous du nez, qui touche à la léure superieure, où le poil sort premierement, est nommée *moustache à mucore uarium*, à raison de la morue ou pituite du nez, qui decoule par là. Et la cauité ou le petit rayon qui ressemble à vn petit valon, est nommé des Grecs *philtron l'amorce de Venus*: & c'est en cet endroit où le poil naist le premier, qui fait que les Latins l'appellent *probarbium*: & quand ledit poil est long & rude, tant les Grecs que les Latins le nomment *mystaces*. Ensuiuent les léures, qui sont les extremitez musculeuses de la bouche, qui la ferment & ouurent: elles sont deux, l'vne superieure, & l'autre inferieure, &c. Or le trou qu'elles font quand elles se separent, est dit en Gree *stoma*, c'est à dire *la bouche*. La partie de la léure inferieure se terminant en pointe, est nommée *le menton*, & *la fossette* qui a esté imprimée en iceluy, pour l'ornement *nymphé*, &c. Finalement au menton se voit la barbe, laquelle quand elle commence à sortir, est dite des Latins *lanugo*, & en François *poil follet*: & quand elle est parcruë & grande, elle est proprement appellée *la barbe*, & les poils d'icelle sont dits des Grecs *geneiades*.

La ioüe.

Le poil.

La moustache.

Ruffus lib. 1.
de appel. cor.
hum. c. 4.

Les léures.

La bouche.

Le menton.

La barbe.

De la bouche, & des parties contenuës en icelle.

CHAPITRE XVII.

LA bouche dite des Grecs *stoma*, est situ^{ee} vn peu au deſſous *vſages de la bouche.* du nez, ſon vſage eſt ou premier ou ſecondaire : le premier eſt double, l'vn pour donner entrée aux viandes pour paſſer au ventricule, & luy preparer le chyle : l'autre pour porter l'air au poulmon, tant pour former la voix, que pour nourrir, temperer & viuifier l'eſprit vital. Le ſecondaire eſt pour rejetter les excremens du ventricule par le vomiſſement, & ceux de la poitrine & des poulmons par les crachats. La bouche eſtant ouuerte, apparoiſſent pluſieurs parties en icelle : comme les genciues, les dents, le palais, la luette, la lan- *Ses parties ſont* gue, la gorge, & les pariſthmies. Les genciues ſont chairs immobiles, faites *Les genciues.* pour contenir fermement les dents en leurs mortaiſes : Nous auons deſcrit l'hi- *Les dents.* ſtoire des dents en l'oſteologie. Elles ſont ſaize en chaque maſchoire, deſquelles quatre ſont dites inciſoires, deux canines, & dix maſchelieres. Or elles ne ſont point tout à fait nuës & deſcouuertes, ains Nature pouruoyant à la beauté de la bouche, & à la ſanté des dents, les a munies de genciues, afin qu'elles n'apparoiſſent point ſi laides & effroyables, & les a couuertes par dehors des léures, bien que mollaſſes, comme d'vn bouclier, afin de leur ſeruir comme d'vne cloſture, pour empeſcher l'air trop froid d'entrer, qu'il n'ait eſté premierement quelque peu alteré & rompu. Le palais eſt la partie ſuperieure de la bouche : au *Le palais.* fond d'iceluy ſe voyent deux trous, par leſquels ſe fait la communication du nez & du palais. La luette eſt vne petite chair ſpongieuſe, qui pend du palais aupres *La luette.* des conduits des narines dans la bouche. Quand elle eſt ſaine & en ſon naturel, elle s'appelle *gurgulio* & *plectrum* : mais quand elle eſt mal affectée, ſi elle eſt plus menuë par haut, & plus groſſe par bas, comme vn grain de raiſin pendant de ſa grappe, les Grecs la nomment *staphulé*, & les Latins *vua & vuula* : mais ſi elle eſt toute ronde, elle s'appelle en Grec *cion*, & en Latin *columella*. Son vſage, *Son vſage.* ſelon les Medecins, eſt de rompre l'abbord de l'air froid, attiré par l'inſpiration, & empeſcher qu'il n'entre à coup dans les poulmons : de là vient que la voix eſt incontinent bleſſée à ceux qui l'ont perduë : Et Alexandre demande pourquoy *En ſes probleſmes.* tous ceux preſques à qui on couppe la luette deuiennent tabides : Il reſpond que l'air froid eſt attiré droit au poulmon, lequel par ſa frigidité épaiſſit & condenſe le ſang, & rend les poulmons plus tardifs au mouuement, qui eſt cauſe que les vaiſſeaux ſe rompent par le grand effort que fait Nature à les mouuoir. Le mot Grec *pharinx*, & le Latin *fauces*, ſignifient toute la capacité qui ſe voit quand la *Le pharinx.* bouche eſt fort ouuerte. Or cette region & entrée de la gorge eſt appellée par les Grecs *iſthmos*, c'eſt à dire, *deſtroit*, à cauſe qu'elle eſt fort eſtroite, & qu'elle *L'iſthmos.* contient des inſtrumens de diuerſes ſortes. Les deux glandes aſſiſes aux deux coſtez de *l'iſthmos*, ou *deſtroit*, ſont appellées *pariſthmies* & *amygdales*. Elles fer- *Les pariſthmies.* uent pour arrouſer la gorge, la bouche & la langue de ſaliue : car le gouſt ne ſe fait point ſans quelque humidité, non-plus que la cuiſſon ou digeſtion au ventricule ſans elixation.

CHAPITRE XVIII.

La langue. A langue, organe du gouſt & de la parole, eſt dite des Grecs *gloſſa & glottos*. Varro deriue le mot de langue, de ce qu'elle lie & attire les morceaux de la viande, ou bien de ce qu'elle eſt enuironnée, & comme liée dans la cloſture des dents, comme dans vne forte muraille. Le vulgaire eſtime qu'elle eſt ainſi dite *Son excellence.* à *lingendo,* qui ſignifie *licher ou ſuccer.* Euripide l'appelle *la meſſagere de la parole.* *Epiſt. S. Iac. cap. 3.* La langue eſt certes vn bien petit membre, mais elle ſe vante de grandes choſes: *Par elle* (dit l'Apoſtre) *nous beniſſons noſtre Dieu, & par elle-meſme nous maudiſſons les hommes.* Voilà vne eſtincelle de feu, combien grand bois embraſe-elle? Les nauires, pour grandes qu'elles ſoient, ſont conduites par vn petit gouuernail par tout où deſire le pilote. Le petit corps de la langue interprete toutes les conceptions de l'ame, qui eſt cauſe que Dieu l'a enuironnée & aſſeurée de pluſieurs gardes: à ſçauoir des dents, des leures & du frein, afin qu'eſtant enfermée ſous tant de cloſtures & de treillis, la raiſon puiſſe meurement deliberer auant qu'elle ſe laſche aux diſcours, & que la parole paſſe premier par la lime que par la *Ses vſages.* langue. L'vſage de la langue eſt donc tres-noble, & quaſi diuin, propre & particulier à l'homme: d'où elle a eſté fort bien nommée *l'inſtrument de la raiſon,* & *le truchement ou meſſager des penſées & de la volonté.* Elle a encore d'autres vſages qui ſont communs à l'homme auec les autres animaux, c'eſt de diſcerner toutes les differences des ſaueurs, d'où elle eſt dite *l'organe du gouſt,* & de pouſſer bas par *Sa figure.* l'œſophage ou goſier les viandes au ventricule. Sa figure & magnitude ſont telles, qu'elle ſe peut appliquer à toutes les parties de la bouche, & ne donner aucun empeſchement à l'entrée des viandes. Et à ce qu'elle fut plus agile & prompte à faire ſes mouuemens d'vne baſe ou racine plus large, elle s'eſtrecit peu à peu, & finit en pointe: La baſe plus large eſt nommée des Grecs *hypogloſſis,* & le bout plus pointu *progloſſis,* & les cauitez qui ſont de coſté & d'autre *cheramoi & para-* *Sa ſituation.* *ſura.* Sa ſituation eſt apparente à tout le monde: ſa ſubſtance eſt charneuſe. Or *Sa ſubſtance.* *Sa compoſition* toute ſa compoſition eſt faite de pluſieurs parties: car elle eſt compoſée d'vne chair *eſt* qui luy eſt particuliere, de membranes, de trois nerfs, de pluſieurs veines & ar-*De chair.* teres, de huict muſcles, & d'vn ligament ou filet tres-fort. La chair eſt molle, rare, & laſche comme vne eſponge, tres-propre pour diſcerner les ſaueurs: en icelle ne ſe trouuent aucuns fibres, qui fait qu'elle ne peut eſtre dite muſculeuſe, ains elle luy eſt particuliere, & telle, qu'il ne s'en trouue point de ſemblable au reſte du *D'vne mem-* corps. Elle eſt couuerte d'vne tunique tres-déliée, commune à la bouche & au pa-*brane.* lais, en laquelle ſont répandus pluſieurs nerfs de la troiſiéme & quatriéme coniugaiſon. Cette membrane ou tunique connoiſt toutes les differences des ſaueurs, & eſtant abbreuuée de quelque humeur, comme en la iauniſſe, & en la fiéure, elle *De trois paires* corrompt & depraue le gouſt. Il y a trois paires de nerfs répandus par le corps de *de nerfs.* la langue: les deux premiers dans la tunique, & ſeruent au gouſt: & le dernier dans les muſcles, & ſeruent au mouuement & à la parole. Le corps de la langue eſt tout continu à ſoy, & n'eſt point diuiſé par aucune ſeparation, comme aucuns des Anciens ont eſtimé, mais ſeulement ſeparé en partie dextre & ſeneſtre,

par

par le moyen d'vne certaine ligne qu'Hippocrate a le premier nommée *dicroun*, c'eſt à dire *mediane* : duquel mot Ariſtote à ſon imitation s'eſt ſeruy puis apres. Au deſſous de la langue apparoiſſent deux veines, qui naiſſent de la iugulaire ex-terne , leſquelles le vulgaire appelle *ranines* ou *ranules* ; & ont pareil nombre d'arteres qui les accompagnent, qui prennent leur origine des carotides. Au mitan de la langue, par deſſous ſe voit vn ligament tres-fort, qui appuye & ſou-ſtient la molleſſe de la langue, & fait qu'elle eſt plus aiſément lancée & tirée de-hors, du bout duquel ſort vne cordelette , qui eſt dite *le frain de la langue* : car eſtant de ſa nature fort encline à ſe mouuoir, de peur qu'elle ne ſe laſchaſt ſans meſure aucune au caquet, elle eſt retenuë par iceluy comme par vn frein. Reſtent finalement les dix muſcles , par le moyen deſquels elle fait ſes mouuemens vers haut, vers bas , en deuant, en derriere & vers les coſtez. Elle eſt leuée par deux, leſquels prenans leur origine de l'apophyſe ſtyloïde, ont leur inſertion quaſi au mitan de la langue. Elle eſt abbaiſſée par pareil nombre, qui naiſſent de la par-tie de la maſchoire d'en bas , où ſont les dents maſchelieres. Elle eſt tirée hors de la bouche par deux , naiſſans de la partie interieure du menton , & retirée en de-dans par deux autres, iſſans de la baſe de l'os hyoïde : Il y en a vn qui la tire à droit, & vn autre à gauche , leſquels prenans leur origine , chacun de ſon coſté , des cornes ſuperieures de l'os hyoïde , s'inſerent aux parties laterales de la langue. Or ces diuers & diſſemblables mouuemens ne ſont point peu aydez par les muſcles de l'os hyoïde : La langue n'eſt point ſemblable en tous les animaux : les ſerpens l'ont tres-deſliée, & a trois pointes, ſe dardant en dehors & fort longue : les le-zards l'ont fourchuë & peluë, les veaux marins l'ont double : les poiſſons l'ont toute adherente ; les lyons & leopards fort rude comme vne lime ; l'homme entre tous les animaux l'a parfaite, tres-molle & large, pour eſtre propre à diſcerner les ſaueurs , & exprimer les lettres : Car eſtant telle, elle ſe peut plus facilement retirer, allonger & dilater. Cela ſe voit en ceux qui ne l'ont pas aſſez parfaite, leſquels en demeurent begues & parlent gras.

Fin de l'vnziéme Liure.

LE
DOVZIESME LIVRE
DES OEVVRES
ANATOMIQVES,
DE M. ANDRE' DV LAVRENS, CONSEILLER
ET PREMIER MEDECIN DV ROY, &c.

Auquel est décrite l'histoire des Iointures.

HISTOIRE ANATOMIQVE.

Briéue description des Iointures.

CHAPITRE PREMIER.

OVS auons departy tout le corps humain en trois regions & aux extremitez ; & auons recherché aussi briéuement & clairement qu'il nous a esté possible, toutes les parties & contenantes & contenuës des trois regions, naturelle, vitale & animale; reste maintenant à décrire l'histoire des extremitez. Comme les branches naissent sur le tronc de l'arbre, ainsi font les extremitez ou jointures sur le tronc du corps.

Les extremitez sont deux. Or ces extremitez sont deux, les vnes superieures & les autres inferieures. Les superieures sont nommées d'vn mot commun, *les* La main & *mains* : Car les anciens appelloient *main* tout le bras depuis l'espaule iusques aux bouts des doigts : & ce que nous nommons main, ils l'appelloient *l'extrême-main.* le pied. Les inferieures sont dites *les pieds*, desquels nous parlerons cy-apres. Hippo- La main se diuise. crate & Galien diuisent toute la main, au bras, au coulde & en l'extrême-main. Au bras, Celse nomme le bras *Humerus*, & Festus *Armus*. La teste du bras qui s'insere en l'os du pasleron est nommée par Pollux *Acromia*, & le bout *Acrolenion.* Aristote appelle la cauité qui est dessous la jointure du bras *maschalé*, Xenophon *malé*, & le vulgaire *ala*, c'est à dire *aisle* ou *aisselle*, parce qu'en icelle naist le poil comme des plumes. La deuxiéme ou moyenne partie de la main est nommée des Latins Au coude & *cubitus & vlna.* Ciceron l'appelle *lacertus.* Nous la nommons en François le *couldé.* Pollux appelle la conjonction du couldé auec le bras *bathmis*, & Ruffus appelle *ancon* l'éminence pointuë que le couldé fait en se flechissant. La troisiéme partie, c'est l'extréme-main, laquelle se diuise derechef au carpe, au metacarpe, & *En l'extreme main.* aux doigts. Et de chacune de ses parties sera-il parlé en son lieu. Voilà la diuision generale de toute la main: Poursuiuons à cette heure chaque partie d'icelle plus exactement.

Des parties de toute la main en general.

CHAPITRE II.

Es parties propres de toute la main (car ie ne parle point icy des communes, de la cuticule, de la peau, de la graisse; ny de la membrane nerueuse) sont ou vaisseaux; ou muscles, ou os. Sous le nom de *vaisseaux*, ie comprens les veines, les arteres & les nerfs. Les veines *Les veines de toute la main sont* qui sont répanduës dans toute la main, prouiennent toutes du rameau axillaire, & sont seulement deux, desquelles l'vne est portée par la partie interieure du bras, & l'autre par l'exterieure; le vulgaire nomme cel- *La basilique, qui se diuise* le-là *basilique*, & celle-cy *cephalique*. Hippocrate nomme la basilique *veine interne*, & les autres l'appellent *hepatique*, c'est à dire, *la veine du foye*. On la diuise en profonde & en superficielle. La profonde couchée sur l'artere axillaire, & le *En profonde, & en* troisiéme paire de nerfs, descend iusques au mitan du plis du couldé, enuoyant ses branches au rayon & au couldé. La superficielle se traine sous la peau, & quand *Superficielle.* elle vient à l'articulation du couldé, elle se fend en deux rameaux; desquels l'vn porté à la partie interne du couldé, s'vnit auec vn rameau de la cephalique; & de cette vnion naist vne veine commune, que le vulgaire nomme *mediane*, & les *La mediane.* Arabes *veine noire*. L'autre descend par la partie inferieure du bras, enuoyant plusieurs branchettes à la peau voisine, & aux parties de dessous. La cephalique *Et la cephalique.* ainsi dicte, parce qu'on la seigne aux maladies de la teste, appellée par Hippocrate *veine externe*, parce qu'elle se traine par le dehors du bras; & des autres *humeraire* parce qu'elle descend superficiellement du long de l'humerus entre le muscle deltoïde & le tendon du pectoral; estant venuë au plis du couldé, se fend en deux rameaux, desquels l'vn estant porté obliquement à la partie interne du couldé, s'vnit auec le rameau de la basilique, & fait la veine commune ou mediane. L'autre plus grand descend du long du rayon quasi iusques au milieu d'iceluy; de là se trainant obliquement au carpe, arrouse quasi tout le dehors de la main, & se termine par vn rameau assez apparent entre le petit doigt & l'annullaire.

L'artere sort semblablement de l'artere axillaire, mais elle est vnique, on la *Les arteres de la main.* nomme *basilique*, elle se diuise en deux rameaux, l'vn profond & l'autre superficiel, qui produisent tous deux plusieurs ruisseaux; mais entre ceux qui viennent de la superficielle, il y en a vn fort apparent au carpe à l'endroit où nous auons accoustumé de rechercher auec la main les differences du poulx. Par toute la main *Les nerfs de la main sont six* sont répandus six paires de nerfs; le premier sortant de la cinquiéme vertebre du *paires.* col se perd au muscle deltoïde & à la peau voisine. Le deuxiéme sourdant de la *Le premier.* sixiéme vertebre, est premierement porté au muscle biceps, puis il donne aussi *Le deuxiéme.*

toſt vne branche au muſcle tres-long du couldé; & eſtant finalement paruenu at
plis du couldé, il ſe fend en deux rameaux. Le troiſiéme pair meſlé auec l
deuxiéme, enuoye des ruiſſeaux au muſcle du bras, qui eſt couché ſous le biceps
Le quatriéme, le plus gros de tous, deſcendant par deſſous le meſme muſcle auec
la baſilique profonde, & l'artere interne ſe fend en diuers rameaux. Le cinquiéme
porté entre les muſcles qui eſtendent & fléchiſſent le couldé, ayant paſſé par derriere l'apophyſe interne du bras, & eſtant meſlé auec le troiſiéme pair, il ſe perd
aux doigts, enuoyant deux petits ſcions au petit doigt, deux au *medicus*, & vn ſeul
au *medius*. Le ſixiéme deſcendant par l'apophyſe interne du bras entre la peau &
la membrane nerueuſe, finit en la peau du couldé, Et telle eſt l'hiſtoire de tous
les vaiſſeaux de la main, deſquels il en conuient reprendre vne plus ample deſcription du quatriéme liure.

Les muſcles de toute la main ſont en grand nombre; car les vns mouuent le
bras, les autres le couldé, les autres le rayon, les autres le carpe, & les autres les
doigts: Nous auons traitté d'iceux au cinquiéme liure. Les os ſont ſemblablement diuers, vn au bras, deux au couldé, le couldé & le rayon: huict au carpe,
quatre au metacarpe, quinze aux doigts, auſquels on peut adiouſter les ſeſamoïdes: ils ont eſté exactement décrits au deuxiéme liure.

Marginalia: Le troiſiéme. / Le quatriéme. / Le cinquiéme. / Le ſixiéme. / Les muſcles de la main. / Les os de la main.

De l'excellence de la main.

CHAPITRE III.

DIEV a mis & expoſé l'homme, qui eſt le chef-d'œuure
de Nature, tout nud & ſans deffence aucune, au iour
de ſa naiſſance, ſur la terre nuë & deſerte, pour commençer ſa vie par les pleurs & les gemiſſemens: Mais
en recompenſe il l'a armé de deux aydes tres-fortes,
leſquelles il a déniées aux autres animaux, de la raiſon
& de la main. La raiſon eſt l'art & boutique de tous
arts, & l'art auant tous arts: & la main l'organe auant
tous organes. Car ores qu'elle ne ſoit nul des organes
qui ſont particuliers, elle eſt neanmoins capable de tous; & comme diſoit le Philoſophe, parlant de l'ame, elle eſt en quelque façon toutes choſes par puiſſance.
C'eſt par le moyen des mains que l'homme écrit les loix, dreſſe des autels, baſtit
des nauires & des maiſons, tourne des inſtrumens de muſique, & forge toutes
ſortes d'armes & de baſtons de guerre. Ie tais l'artifice excellent de peindre, pourtraire & grauer, qui s'exerçe par le moyen de cette partie. Il ſe ſert pareillement
des mains pour promettre, appeller, ennoyer, menaçer, ſupplier, deteſter, inter-
roger & monſtrer qu'il a peur. Par l'aide des mains, l'homme encore qu'il naiſſe
nud & deſarmé, s'exempte du danger des beſtes, & les animaux qui ſont les plus
forts, voire meſme ceux qui ſont les plus felons & cruels, combien qu'ils ſuppor-
tent courageuſement les iniures du ciel & de l'air, ſi eſt-il qu'ils ne ſe peuuent guarantir qu'ils ne tombent ſous la puiſſance de l'homme. Bref, l'induſtrie des mains
ſert plus à l'homme, que ne fait la force des dents, les ongles & autres deffences
des animaux: Car tout ce que cet vniuers embraſſe eſt fait ſien par la dexterité de

Marginalia: Nature a don- / né deux choſes / aux hommes, / la raiſon & la / main. / Dequoy luy / ſert la main.

ſes mains. Ce que voyant Anaxagore, & conſiderant auec combien de raiſon, & combien artiſtement Nature auoit fabriqué cette partie, dit *qu'il eſtoit impoſſible d'excogiter vn organe pour faire toute choſe quelle qu'elle fuſt, qui fuſt plus induſtrieuſement compoſé;* & ne douta point; ainſi que recite Plutarque, de dire *que l'homme eſtoit le plus ſage des animaux, à raiſon qu'il auoit des mains,* en rapportant aux mains l'origine & la cauſe de la ſageſſe humaine; choſe toutesfois que Galien reprouue, car l'homme n'eſt pas le plus ſage des animaux, parce qu'il a des mains: ains il a des mains, parce qu'il eſt le plus ſage des animaux. Et de fait ce n'ont point eſté les mains qui luy ont appris les arts & les meſtiers, mais la raiſon. Mais oultre toutes ces choſes, les mains ont encore dauantage, c'eſt qu'elles ſont les chambrieres de la raiſon, les lieutenantes de la parole, & les truchemens & interpretes des conceptions : Car par le moyen d'icelles, nous faiſons entendre à nos amis abſents les penſées de noſtre entendement par lettres, qui ſont des meſſagers muets. Numa conſacra les mains à la foy : de là vient qu'on rend tous accords, alliances & contracts fermes par l'attouchement des mains. Elles eſtoient entre les Perſes le gage tres-ſainct d'vne foy ferme & inuiolable : c'eſt pourquoy les anciens s'entre-honoroient en ſe ſaluans les vns les autres auec cette partie du corps: & ceux qui font la reuerence ont de couſtume de baiſer la main & incliner & baiſſer la teſte. Parmy les Egyptiens la main eſtoit l'hyeroglyphique de la force, & de là eſt que ceux qui cherchent du ſecours demandent la dextre. Entre les Chyromances, elle n'eſt point ſeulement l'organe des organes, mais elle eſt auſſi comme vne table demonſtratiue du temperament, de l'habitude & des mœurs de l'homme : de ſorte que la ſuperficie de la paulme de la main ſoit parmy eux telle qu'eſt la partie interne & plus cachée du cœur : Car les ſtigmates, marques & lignes des mains, ſemblent eſtre comme les impreſſions des Cieux, & les veſtiges & marques de noſtre nature; qui demonſtrent les mouuemens des rouës interieures, l'inclination naturelle, les infortunes & la longueur ou briefueté de la vie. Bref la main eſt ſi excellente, que l'homme a la figure droicte & dreſſée vers le ciel, parce qu'il a des mains.

Anaxagore luy attribue l'origine de la ſageſſe humaine.

Au traitté de l'amitié fraternelle.

l.i. de vſa par. c. 3.

Ariſt.l. 4. de part. anim. c. 10.

Mains vicaires de la parole.

Mains conſacrées à la foy.

Mains denottent la force. Et aux chyromances les mœurs.

De l'vſage, figure & compoſition de l'extreme-main.

CHAPITRE IV.

E vray office de la main, c'eſt d'empoigner & prendre, & ſon action propre, c'eſt l'apprehenſion ou priſe, d'où elle eſt ditte l'organe du prendre ou empoigner : comme le pied eſt l'organe du marcher: Donc ſon premier & principal vſage, c'eſt d'empoigner : & le ſecond, d'eſtre le iuge de l'attouchement. Car combien que l'attouchement ſoit épandu par toutes les parties du corps tant internes comme externes, parce qu'il eſt le fondement de l'animalité: ſi eſt-ce que l'extréme-main (pourueu qu'elle ne ſoit point calleuſe, comme l'ont ordinairement les manouuriers & foſſoyeurs) iuge plus parfaitement les qualitez & premieres & ſecondes qui alterent l'attouchement, que ne font les autres parties : Et c'eſt la raiſon pourquoy la peau en cette partie eſt liſſe, polie, & ſans poil. La main eſt en outre vn organe fort propre pour ſouſleuer les douleurs,

L'office de la main.

Son vſage premier, deuxiéme, &

Troiſiéme.

repouffer les iniures des chofes qui nous pourroient offencer, & deffendre le deuant du corps. C'eft pourquoy Nature luy a donné à ces vfages, & pour faire
tant de belles actions, la figure telle que nous la voyons, & vne compofition qui

Sa figure. eft totalement admirable. Quant à fa figure elle eft longuette, & diuifée en plufieurs parties, afin de pouuoir empoigner toutes les figures, la ronde, la droite &
la caue ; d'autant qu'elles font toutes faites de ces trois lignes, de la courbe, de
la caue & de la droite. Outre-plus, la main eftant de cette forme, peut également
empoigner & prendre toutes fortes de corps, & les grands auffi bien que les petits. Les petits certes, auec les bouts des deux premiers doigts, qui font le poulce
& l'index : ceux qui font vn peu plus gros, elle les prend bien auec les deux mefmes doigts, mais non auec les bouts. Ceux qui font encore plus gros, elle les
prend auec trois doigts, le poulce, l'index & le medius. Ceux qui font encore
plus gros, auec quatre, puis auec cinq, & finalement auec toute la main. Que fi
la main n'eftoit faite que d'vne feule partie, & icelle continuë, elle ne pourroit
empoigner que des corps de pareille groffeur. Mais ce n'eftoit point affez qu'elle
fut ainfi departie en plufieurs doigts, il falloit auffi que ces mefmes doigts fuffent affis en diuers rang, & non en vne mefme ligne droite, & qu'aux quatre il y
en eut vn oppofé, lequel en fe courbant d'vn fort petit fléchiffement, conferuaft
l'action de la main auec les quatre autres qui luy font oppofites. Voilà la raifon

Sa compofition. de toute la figure de la main. Que fi on confidere attentiuement fa compofition,
on y verra vn artifice de Nature totalement admirable. Car la main eftant vn inftrument tres-excellent & tres-parfait, le fouuerain Architecte de nos corps l'a
compofé de parties de diuerfe nature, toutes lefquelles, pour rendre cette doctrine plus facile, nous comprendrons fous quatre genres. Le premier fera des
parties qui premierement & d'elles mefmes font l'action : Le fecond, de celles fans
lefquelles l'action ne fe feroit point : Le troifiéme, de celles qui rendent l'action

Le mufcle eft meilleure : & le dernier de celles qui conferuent l'action. La partie princeffe de
la principale la main, qui eft caufe principale de fon action, c'eft le mufcle, parce qu'on ne
partie qui fait fçauroit rien empoigner fans mouuement, & que le mufcle eft l'organe imme-
l'action de la diat du mouuement volontaire. La partie fans laquelle elle ne fçauroit faire fon
main.
Le nerf eft la action, c'eft le nerf : car le mufcle ne meut point fans commandement : Or c'eft
partie fans la- le nerf qui porte ce commandement fellé en vn efprit tres-fubtil. Celles qui ren-
quelle elle ne dent fon action meilleure & plus parfaite, ce font les os & les ongles : car les os
feroit point fon luy donnent la force & la fermeté, & fans iceux les doigts fe pourroient bien flé-
action.
Les os & les chir & eftendre, mais ils feroient toufiours tremblottans, à raifon de leur mol-
ongles rendent leffe : & ainfi ils ne fçauroient rien tenir ny eftreindre affeurément. Et pour le
fon action plus regard des ongles, elles aident auffi beaucoup à prendre & faifir les chofes peti-
parfaite.
Et les autres la tes & menuës, qui fans icelles échapperoient facilement des doigts. Celles qui
conferuent. conferuent fon action, ce font les veines, les arteres, la peau & la graiffe. Car les
veines arroufent la main du fang nourricier, les arteres luy portent l'efprit vital,
la peau & la graiffe feruent à joindre, lier & affembler en vn toutes les particules
de cette partie.

Explication de toutes les parties fimilaires de la main.

CHAPITRE V.

E mufcle eft donc la partie princeffe de la main, auquel
l'action d'empoigner doit eftre attribuée première-
ment & de foy. Or les parties d'iceluy eftant deux prin- *Pourquoy il y*
cipales, la chair & le tendon, Nature a appofé beau- *a peu de chair*
coup de tendons & peu de chair aux doigts, parce qu'il *aux doigts.*
falloit que l'extréme-main fut enfemble & legere &
tenuë, & non pefante & épaiffe. Or ces tendons icy depuis leur origine iufqu'au lieu de leur infertion font
ronds, pour leur feureté : mais quand ils s'inferent,
ils s'applatiffent afin de rendre le mouuement plus aifé. Et d'autant que les doigts
font plufieurs fortes de mouuemens, les vns droits, comme quand ils fe fléchiffent ou eftendent : & les autres obliques, comme quand ils s'approchent ou re-
cullent les vns des autres : il a efté neceffaire qu'ils euffent de ces tendons au dedans, au dehors & aux coftez. Or quel eft le nombre de ces mufcles, quelle leur
naiffance, infertion & compofition nous l'auons enfeigné au cinquiéme liure. Il *Les nerfs.*
y a plufieurs nerfs de la quatre & cinquiéme coniugaifons du bras, répandus
dans les mufcles & la peau de la main, & des doigts qui leur fourniffent la faculté de fentir & de mouuoir. Les os de la main font ou du carpe, & font huict : ou *Les os.*
du metacarpe, & font quatre : qui font ioints par vne articulation ferrée & im- *Pourquoy les*
mobile : ou des doigts, & font quinze : qui font articulez par diarthrofe : Car il *doigts ont trois*
falloit que les doigts euffent le mouuement pour empoigner toutes fortes de figu- *os.*
res, or leurs os font feulement trois en chaque doigt, & non plus ny moins : car
vn plus grand nombre nuiroit à l'extenfion parfaite de la main, & s'ils eftoient
moins, ils ne pourroient point receuoir tant de fortes de figures particulieres : Ils
font tous ioints par ginglyme, pour rendre le mouuemét plus facile. Or la diuer- *Le cartilage.*
fité de leur mouuement eft auffi beaucoup aidée par le cartilage qui enuironne les
bouts des os, & par vne humidité graffe & huileufe qui comme de la morue couure & enduit les articulations. Et d'autant qu'on tourne & fléchit les doigts de
tous coftez felon qu'il plaift à la volonté, pour empefcher que les os ne tombent
de leurs lieux, Nature les a attachez les vns aux autres auec des ligamens, & y a ap- *Les ligamens.*
pofé des offelets qui reffemblent à la graine de fefame. Or de ces offelets ceux qui *Les fefamoi-*
font aux articulations du dedans de la main, empefchent qu'ils ne fe defloüent en *des.*
dedans quand on eftend fort la main : & ceux qui font aux iointures du dehors,
empefchent qu'ils ne fe defloüent en dehors quand on fléchit & ferme la main
bien fort. Au refte il faut reprendre l'hiftoire des os de la main du deuxiéme liure :
car ce feroit perdre le temps que de la tranfcrire icy. Doncques les os rendent
l'action de la main meilleure & plus parfaite, car fi les doigts n'en auóient point,
ils feroient feulement ces actions-là, aufquelles il faut qu'ils fe plient en rond.
Les ongles ont auffi efté faites pour rendre l'vfage & le feruice des doigts meil- *Les ongles*
leur, car quand nous voulons recueillir, prendre & tenir des corps durs & fort *pourquoy*
menus, ils échapperoient aifément, s'il n'y auoit quelque fubftance ferme & du- *faites.*
re aux bouts des doits pour appuyer & fouftenir la molleffe de la chair. Les veines,
les arteres, la peau & la graiffe conferuent l'action.

*Explication des parties dissimilaires de la main, & premierement
du Carpe & du Metacarpe.*

CHAPITRE VI.

Le Carpe.

Le metacarpe.

L'Extréme-main a trois parties dissimilaires, le carpe, le metacarpe & les doigts. Le carpe nommé des Latins *brachiale*, des Barbares *rasseta*, de quelques autres *roseta*, parce que les Anciens paroient cette partie de roses & de fleurs, & des François *le poignet*, est composé de huict os distinguez en deux rangées, lesquels n'ont point de noms propres. Le metacarpe nommé des Latins *postbrachiale*, de Celse *palma*, & des François *l'auant-poignet* & *la paume de la main*, se diuise en partie interne & externe. L'interne qui fait le creux de la main quand elle est estenduë est nommée par Hippocrate *thenar*, d'autant que c'est auec cette partie que l'on frappe, & par les Latins *palma manus*, c'est à

La paulme de la main.

dire *la paume ou le fond de la main*, & quand elle est courbée & creuse, les Grecs l'appellent *Cotyle*, & les Latins *Vola manus*, c'est à dire *le creux ou fond de la main*. L'externe qui est le dos, derriere ou reuers de la main est dite des Grecs *opisthenar* &c. En la paume se remarquent diuerses parties, car son commencement qui est quelque peu releué est dit *la racine de la main*, le milieu est nommé des Latins *interstitium*, comme qui diroit *entre-deux*: il y a dauantage des turbercules ou bosses qui font la poulpe & partie charnuë de la main, que les Chyromances appel-

Les montagnettes.

lent *montagnes* ou *montagnettes* & des lignes. Les montagnettes sont les parties plus esleuées & charnuës du fond de la main. Celle qui est sous le poulce est dite *le mont de Mars*: celle qui est sous l'index *le mont de Iupiter*: celle qui est sous le medius *le mont de Saturne*: celle qui est sous l'annulaire *le mont du Soleil*, & celle qui reste sous le petit doigt *le mont de Venus*. Or le thenar qui est cet espace qui est entre le poulce & l'index est nommé *le mont de Mercure*, & l'hypothenar *le mont de la Lune*.

Les lignes.

Quant aux lignes elles sont en grand nombre par l'inspection desquelles les Chyromances promettent merueilles & se vantent de predire la longueur ou briefueté de la vie, les infortunes, les inclinations naturelles, & tous les euenemens tant bons que mauuais. De ces lignes ils en descriuent ordinairement quatorze, entre lesquelles il y en a trois principales, desquelles la premiere entourant tout le circuit du poulce est nommée *la ligne de vie*, & par quelques-vns *la ligne du cœur & du temps*. La seconde portée transuersalement par le milieu de la paume, s'auance iusques au mont de la lune & est dite *la ligne du foye* ou *la ligne naturelle*. La troisiéme commenceant à l'hypothenar est portée à la montagne de Iupiter, ils l'appellent *la ligne mensale*, *thorale & de Venus*, &c. Il faut aussi remar-

Les mains pourquoy deux.

quer que les mains sont deux, car Nature a fait l'vne pour secourir l'autre: l'vne est dite *la main dextre*, & l'autre *la main senestre*: il y en a qui s'aident aussi bien de l'vne que de l'autre & sont nommez *Ambi-dextres*. La femme selon Hippo-

Ambi-dextres.
Aph. 43. sect. 7.

crate n'est iamais ambi-dextre & ne se peut aider également de toutes les deux mains.

Des doigts de la main.

Chapitre VII.

RESTE la derniere partie de la main qui comprend les doigts, que les Grecs nomment *dactuloi*, & leurs rangs qui sont comme disposez en bataille *phalanges*. Leur partie est ou interne, ou externe : les articulations de la partie interne sont nommées des Grecs *cutalideis & condiloi*, & des Latins *internodia*: & leurs extremitez, ou vne poulpe charnuë & ronde finit les doigts, *Rhages coruphai*, & des Latins *vuæ vertices, acini*. La partie externe a des éminences & bossettes aupres des jointures que les Grecs appellent *condyloi*, & les Latins *nodi*, c'est à dire *nœuds*. Les premieres sont nommées *procondyloi*, celles du milieu *condyloi*, & les dernieres *metacondyloi*. Or en chaque main il y a cinq doigts, & ne falloit point qu'il y en eust plus ny moins, afin d'empoigner plus parfaitement : car si tu ostes le poulce, la force de tous les autres perit : si tu ostes le petit, à grand peine la main pourra-elle empoigner les corps qui se doiuent prendre en rond. Ils sont inégaux en longueur, afin d'empoigner toutes sortes de figures, & aussi bien les corps gros que les petits. Le premier, parce qu'il égale en force tous les autres, est nommé des Latins *pollex*, c'est à dire *le poulce*. Hippocrate l'appelle *megas*, c'est à dire *grands* & *dicondylos*, parce qu'il n'a seulement que deux jointures. Ce doigt a des muscles particuliers extenseurs, fléchisseurs, ammeneurs & emmeneurs, parce qu'il a quelque chose de particulier en ses mouuemens. Le second est nommé de son vsage *index & demonstrator*, parce que nous nous seruons de luy pour monstrer quelque chose. Suetone le nomme *salutaire*: les autres *lichanos* de *leicho* qui signifie *lecher* : parce qu'on le leche apres l'auoir trempé en la sausse pour sçauoir quel goust elle à. Le troisiéme est nommé *medius, verpus, obscœnus, famosus, impudicus*, parce qu'en se voulant moquer de quelqu'vn ou le marquer d'infamie, on le monstre auec ce doigt. Les Grecs nomment le quatriéme *iatros*, Medecin, parce que les Anciens se seruoient de luy pour dissoudre & mesler les medecines: il est aussi nommé *Annulaire*, parce qu'on porte ordinairement les bagues & anneaux en ce doigt. Le cinquiéme est nommé en Grec *micros, minimus, petit*, à raison que c'est le plus court & petit de tous : on l'appelle aussi *Auricularis*, parce qu'on s'en sert à nettoyer les oreilles. Chaque doigt est composé de trois os, qui sont articulez par ginglyme, comme nous auons monstré au traitté des os. Finalement les ongles sont apposées aux bouts des doigts, & font qu'ils prennent plus parfaittement. Elles sont engendrées des excremens grossiers & terrestres de la troisiéme coction; de là vient qu'elles croissent tousiours, mais en longueur seulement comme les cheueux. Or l'accroissement des ongles est imparfait, parce qu'il ne se fait point par attraction & assimilation d'aliment, mais seulement par apposition. Elles sont mediocrement dures pour éluder les rencontres violentes des causes externes, & rondes pour la seureté. Les Grecs les appellent *onuches*, & les Latins *vngues*. Leur commencement est nommé *la racine des ongles* : la partie blanche, qui est comme vne petite lune aupres de la racine des ongles, est nommée *Anatolé exortus*, & le fin bout est dit *Acronuchia*: la pellicule qui s'engendre contre leur racine est appellée par quelques-vns *Argemoné*, les tasches blanches

Parties des doigts.

Les doigts pourquoy cinq.

Le poulce.

L'index.

Le medius.

Le medicus.

Le petit.

Les ongles.

Croissent par apposition.

Leurs parties

qui paroissent dans les ongles sont nommées *mendacia*, mensonges ou mente-
ries, & les lieux cachez sous les ongles *crupta*, cachots. Voilà en bref la description des mains, venons maintenant aux pieds.

Du pied en general, de son excellence, figure, composition & usage.

CHAPITRE VIII.

L'homme n'a que deux pieds & pourquoy.

COMME il n'y a que l'homme, parce qu'il est le plus sage des animaux qui ait des mains, qui sont l'organe
auant tous organes : aussi n'y a-il que luy entre les animaux qui ont des pieds, qui n'ait que deux pieds, & qui
ait la figure droite, parce qu'il a des mains. Car qui est
celuy qui se trainant sur le ventre ou couché à la renuerse, pourroit monter à cheual, mener vne vie pleine de
ciuilité, escrire, bastir des nauires, dresser des autels,
manier toutes sortes d'armes & exercer tant d'arts excellens & presque diuins:
Certes la figure telle qu'ont les bestes à quatre pieds estoit à l'homme totalement
inutile & fort incommode comme celle qui l'empescheroit de regarder le Ciel,
à quoy Anaxagore disoit estre nay, & de s'asseoir pour plus librement mediter & philosopher : car comme on dit ordinairement, *l'homme estant assis l'ame en
est plus prudente.* Ie tais qu'il ne pourroit point si aisément cheminer par les lieux
rabboteux, inegaux, & pendans, monter au haut des clochers, & bastir des
maisons. Ie confesse que la multitude des pieds est fort propre pour la celerité
& marcher plus viste, mais quel besoing a l'homme de cette vitesse, veu qu'il
surmonte tous animaux par son industrie : Car la raison luy sert plus que ne
fait la nature aux bestes, la vitesse de la langue & de la parole que l'vsage & legereté des plumes. Il n'a donc que deux pieds & ne falloit pas qu'il en eust dauantage : c'est pourquoy il n'y a que luy qui se puisse & tenir droit debout &

L'office du pied.

s'asseoir selon qu'il luy plaist. Le propre office du pied, c'est le cheminer & son
action le pourmenement ou cheminement, d'où il est nommé *organum am-
bulatorium*, non pas certes simplement, mais entant qu'il conuient au plus sage

Le marcher comment se fait.

animal. Or le cheminement se fait en appuyant ferme vne iambe sur la terre, &
en portant l'autre ou en auant, ou bien en deçà ou en delà. L'appuyer ferme est
à la verité l'action du pied seul : mais le porter deçà, ou delà c'est vne action qui
appartient à toute la iambe. Veu donc que le cheminer se fait par le tenir ferme, droit, debout & le mouuement : les instruments qui tiennent debout sont
les extreme-pieds, & ceux qui font le mouuement toute la iambe. A ce que les
pieds puissent tenir fermement le corps debout & faire habillement tant de
mouuemens diuers, Nature leur a donné & la figure & la composition telle
que nous la voyons : Car & ils sont departis en plusieurs iointures & orteils, &

La figure du pied commode pour marcher.

ont esté faits longuets & larges, & toutesfois ces orteils ne sont point si longs
que sont les doigts des mains : ce qui a esté fait non tant pour la beauté que
pour aider par leur effort & ferme appuy à courir plus roidement, car en pressant des orteils fermement contre la terre, il est incroyable combien tout le
corps en est plus asseurement porté en auant. Outre-plus les pieds ont esté faits

caues en leur milieu, afin qu'ils puiſſent commodément marcher par toutes ſortes de lieux : car auec la cauité qui eſt au mitan de la plante ils embraſſent les boſſes qui ſont aux chemins, & ſe ſeruent des orteils aux lieux droits, obliques, pendans & inacceſſibles. Il y a vne telle reſſemblance & rapport entre les mains & les pieds, qu'il s'en eſt veu tels qui n'ayans ne bras ne mains ne laiſſoient point de faire auec les pieds ce qu'ils euſſent deu faire auec les mains. *Reſſemblance des pieds auec les mains.*

Des parties ſimilaires de tout le pied.

CHAPITRE. IX.

E pied nommé des Grecs *pous*, & des Latins *pes*, s'eſtend depuis la jointure de l'iſchion, & de l'anche iuſques aux bouts des orteils. Il ſe diuiſe en parties ſimilaires & en diſſimilaires. Les ſimilaires comme en la main ſont ou contenantes ou contenuës. Les contenantes ſont la cuticule, la peau, la graiſſe & la membrane nerueuſe. Quand aux contenuës, ce ſont les vaiſſeaux, les muſcles & les os. Les vaiſſeaux ſont de trois ſortes, veines, arteres & nerfs. Toutes les veines *Les parties ſimilaires du pied ſont.* *Os veines.*
naiſſent de la crurale qui produit pluſieurs ſcions, qui s'épandent par vne infinité de branchettes dans la cuiſſe, la jambe & l'extréme-pied : mais entre iceux il y en a ſix forts apparens qui ſont la ſaphene, la ſcyatique mineure, la muſcule, la poplitique, la ſurale, & la ſcyatique maieure. La ſaphene autrement dite *la veine de la malleole ou cheuille du pied*, naiſſant aux glandes des aines, portée par le dedans de la cuiſſe entre la peau & la membrane charnuë, décend à la malleole interne, & ſe perd par diuerſes branchettes dans la peau du deſſus du pied. La ſciatique mineure vis à vis de la ſaphene ſe diſtribuë à la peau de deuant de l'iſchion & aux muſcles du meſme lieu. La muſcule ſe fend en deux rameaux, le moindre deſquels épand des ruiſſeaux aux muſcles extenſeurs de la jambe, & le plus grand qui eſt auſſi plus profond ſe diſtribuë dans quaſi tous les muſcles de la cuiſſe. La poplitique ou jarretiere faite de deux branches de la crurale s'vniſſans en vne, ayant enuoyé quelques ſcions à la peau du derriere de la cuiſſe décendant par le milieu du jarret ſe perd tantoſt en la peau du mollet de la jambe, tantoſt elle décend iuſqu'au talon & tantoſt elle eſt portée par la cheuille externe. La ſurale ſemée dans les muſcles du gras de la jambe & dans la peau du dedans de la jambe, ſe repliant enuiron la cheuille interne, s'en va au dedans du pied & à la peau du poulce, & fort rarement aux autres orteils : La ſcyatique maieure portée par ſa plus grande portion par les muſcles du mollet de la jambe ſe conſomme en dix ſcions, deſquels elle en departit deux à chaque orteil : par ſa plus petite portion finiſſant entre le peroné & le talon, & quelquefois ayant percé le ligament par ſon milieu ſe répand au muſcle emmeneur du doigt du pied & à la peau. L'artere crurale ſe depart en quaſi meſmes ruiſſeaux, tellement que la veine eſt touſiours accompagnée d'vne artere. Quand aux nerfs, ils ſont quatre fort notables qui viennent des trois paires inferieurs des lombes, & des quatre ſuperieurs de l'os ſacrum. Le premier ſuperieur ſorty au deſſous du peritoine auprés du petit rotateur ſe perd aux muſcles de la jambe, & à la peau tant interne qu'externe premier que venir au genoüil. Le ſecód inferieur décend auec la veine & ar- *Arteres & Nerfs.*

(marginal numbers: 1. 2. 3. 4. 5. 6. 1. 2.)

tere crurale par l'aine dans la cuisse , & enuoye vn gros rameau auec la saphene par le dedans de la cuisse iusques au pied, baillant cependant des branchettes à la peau voisine : mais la plus grande partie d'iceluy s'épand auec la veine & l'artere dans les muscles du dedans de la jambe. Le troisiéme inferieur de ceux-cy donne

3.

des filets aux muscles de la verge,& à quelques vns de ceux de la cuisse, & à la peau des aines : puis il se termine dans les muscles prochains vn peu au dessus du mitan de la jambe. Le quatriéme le plus gros, le plus sec, & le plus fort de tous,sor-

4

ty des quatre parties inferieures de l'os sacrum, entre ledit os sacrum & celuy des isles donne des branchettes aux parties voisines, comme à la peau des fesses & de la cuisse, & aux muscles de dessous : puis il se diuise en deux rameaux , le moindre desquels descendant le long du peroné donne deux scions à chaque orteil, & le plus grand répandu par la jambe & le pied baille aussi à chaque orteil deux branchettes : mais tous ces deux rameaux s'en vont en passant aux testes des mus-cles, & à la peau de la jambe & du pied. Telle est en bref la description des vais-

Ou muscles.

seaux. Quant aux muscles ils sont diuers , car les vns fléchissent, estendent, ameinent, emmeinent & tournent la cuisse en rond : les autres mouuent la jam-be des mesmes mouuemens, les autres fléchissent ou estendent le pied, & les au-tres finalement mouuent les orteils : Il en faut voir la description au cinquiéme liure. Les os sont aussi en bon nombre, vn en la cuisse, deux en la jambe, le tibia

Ou os.

& le peroné auec la rotule, sept au pedion, cinq au metapedion, & quatorze aux orteils : ausquels on peut adiouster les sesamoïdes : Nous les auons tous décrits au deuxiéme liure.

Des parties dissimilaires de tout le pied.

Chapitre X.

Les parties dissimilaires du pied sont. La cuisse.

LE grand pied se diuise comme fait aussi la main en trois parties dissimilaires, qui sont la cuisse, la jambe & le petit pied. La cuisse est nommée en Latin *femur* , du verbe Latin *fero*, parce qu'elle porte & soustient tout le corps. Ses parties charnuës sont nommées par Hippocrate *pligides & plichades* : les anterieures & externes *parameria*. La partie posterieure charnuë de l'articulation inferieure vers laquelle nous plions le genoüil est dite en Grec *ignus*, en Latin *poples* , *le iarret* , & l'antericure *gonu* en Grec , *genu* en Latin , c'est *le ge-*

La iambe.

noüil. La deuxiéme partie s'estend depuis le genoüil iusqu'au talon, les Grecs la nomment *Cnemé*, les Latins *Tibia* , & les François *la iambe*. Elle à quatre parties, l'anterieure, posterieure , interne & externe. L'anterieure denuée de chair est nommée des Latins *Antetibiale auant iambe*, & de quelques vns *espine* , parce qu'elle est taillante, c'est ce que nous appellons *la greue*. La posterieure charnuë est dite en Latin *sura* , & en François *le gras* , *le mollet & le pommeau de la iambe.*

Et l'extreme-pied qui se di-uise.

Pollux nomme l'externe *paracnemion*, & l'interne *procnemion*. Les deux apophy-ses qui sont au bout de bas découuertes de chair sont nommées *malleoles & che-uilles*. Reste la derniere partie appellée *extreme-pied* ou *petit pied* : il soustient & porte tout le corps comme vne base ou colomne , & est le vray organe du mou-uement progressif ou cheminement. Il se diuise en 3. parties comme la main au

Au pedion.

pedion, au metapedion, & aux orteils. Le pedion est composé de sept os, desquels

il y

il y en a quatre qui ont des noms particuliers, & les autres trois n'en ont point. La derniere & posterieure partie du pedion, qui est ronde est dite des Grecs *pterna*, & des Latins *calx*; & l'inferieure ou de dessous, auec laquelle nous foullons la terre *calcaneum* Le metapedion est fait de cinq os, & répond au carpe de la main : la partie de dessous est nommée *la plante du pied*, & celle de dessus voisine des orteils, est nommée *steros* en Grec, *pectus* en Latin, c'est à dire *poictrine*. Ensuiuent finalement les cinq doigts ou orteils, correspondans aux doigts de la main, lesquels ont leurs ordres, faisans trois rangées, horsmis le poulce qui n'en fait que deux. Ces os sont articulez par gynglime, & ont des sesamoïdes pour l'asseurance & fermeté de leurs articulations : car ces osselets affermissent le pied quand on est debout, ou qu'on chemine principalement par des lieux rabotteux, & empeschent que les orteils ne se renuersent & disloquent en marchant, ou se tenant debout sur des pierres, ou quelque autre chose plus haute & inégale. Telle donc est en bref la description des jointures.

Au metapedion.

Et aux orteils.

Fin du douziéme & dernier liure.

O v s voilà donc maintenant ô Dieu tout-bon & tout-puissant, venus à bout de ce grand œuure. A toy seul qui habites vne lumiere plus éclatante que toute lumiere, pour à laquelle paruenir tout chemin nous est barré, qui es comme chante Orphée; le plus vieil de tous les Poëtes, celuy

Qui donnes & naissance & fin à toutes choses,
Qui vois ce que contient tout ce grand vniuers,
Qui entends des humains tous les discours diuers,
Et qui en ton conseil toutes choses disposes.

A toy dy-je immortel soit tout honneur & loüange és siecles des siecles. Certes en toutes choses pour petites qu'elles soyent, reluisent les rayons de ta diuine Majesté; mais tu fais voir plus à découuert, & ta puissance admirable, & ta sagesse indicible, & ta bonté infinie en la fabrique du corps humain, qu'en toute autre chose: ta puissance en sa premiere formation, ta sagesse en la composition de son corps, & ta bonté en l'vsage, action & consentement de ses parties: en formant présques de rien, c'est à sçauoir de quelques gouttelettes de semence & de sang, tant de parties de diuerses sortes, comme sont les os, les cartilages, ligamens, membranes, fibres, veines, arteres & nerfs, & les disposant par vn artifice vrayement admirable, en leur donnant à chacune la figure, la situation, la grandeur, le nombre, la composition & la substance telles que leur vsage le requeroit: En estayant auec les os comme auec des pieux & colomnes, le bastiment de tout le corps, en enduisant quasi toutes les jointures auec les cartilages, en les attacheant ensemble auec les ligamens, en les reuestant auec les membranes, en tirant non sans admiration les lourdes masses des membres auec des nerfs, comme auec des cordelettes, en arrousant tout le corps auec les veines, comme auec des canaux, en luy enuoyant le sang écumeux, & l'esprit vital par le moyen des arteres, comme par des tuyaux & aqueducts, en remplissant les espaces vuides, qui sont entre les parties auec les chairs, & en les assemblant toutes en vn, par le moyen de la peau: tellement qu'il n'y a rien qui s'ingere fortuitement, en la composition du corps humain, comme le brutal Epicure vouloit faire accroire, & rien qui ne ressente la Majesté de ta souueraine sagesse. Finalement tu as donné à chaque partie son vsage & son action, & les as toutes conjointes auec vne telle conspiration, qu'il semble qu'il n'y ait qu'vn mesme conflux, vne mesme vnion, & vn mesme consentement. C'est donc à toy Dieu tout-puissant, tout sage & tout bon que nous chantons le Cantique d'action de graces & de gloire auec ce tien grand Prophete Royal.

Pseau. 138.
Heb. 139.
Des-portes.

Tu possedes mes reins, tout chaud tu m'as receu
Du ventre de ma mere: ô Dieu ie le confesse
Que l'art est merueilleux dont tes doigts m'ont tissu,
Merueilleux sont tes faits d'admirable hautesse,
Et mon ame, ô Seigneur, l'a trop bien apperçeu.

Vn seul de tous mes os à ton œil curieux
Ne derobe sa forme en secret compassée,
Ma substance, ô Seigneur, tu l'as faite aux bas lieux,
Et de mon imparfait l'œuure à peine tracée,
Matiere encore informe est visible à tes yeux.

Tout se voit en ton liure, ils y sont imprimez,
Qu'encore vn seul des iours n'éclairoit cet espace.

TABLE TRES-AMPLE DES NOMS,
MATIERES ET CHOSES NOTABLES
contenuës dans l'Anatomie.

A

Table

Table

de l'Anatomie.

Table.

Table

Table

S

Table

Table de l'Anatomie.

Fin de la Table des noms & matieres
de l'Anatomie.

LE
PREMIER LIVRE
DES CRISES
AVQVEL SONT EXPLIQVE'ES LA NATVRE DE LA
CRISE, TOVTES SES DIFFERENCES, ET
les signes critiques.

Preface en laquelle est demonstrée l'utilité de l'Histoire Critique.

NCORE qu'en la science de Medecine, il y ait plusieurs parties fort belles qui sont necessaires au Medecin, pour predire l'euenement futur des maladies, & les guarir methodiquement ; si est-il toutesfois qu'il n'y en a point qui soit plus vtile, plus copieuse, ny plus obscure, que celle qui traicte de la nature des crises & des iours critiques. Car l'office du Medecin estant de terraçer les maladies, ennemis capitaux du genre humain, par le moyen de la Diete, Pharmacie & Chyrurgie: il est impossible que celuy qui ignore la nature des signes & iours critiques, puisse bien ordonner la maniere de viure, ny exhiber les remedes à propos. Hippocrate veut que la façon de viure, soit ores plus estroite, ores plus pleine, selon les diuers temps des maladies, & qu'à l'instant de la crise elle soit tres-estroite de peur de destourner Nature de la coction & de l'expurgation de l'humeur morbifique. Nous en auons vn exemple fort memorable en la fille de Philo, laquelle semblant auoir esté mise hors de peril par vne hæmorrhagie copieuse suruenuë au septiéme iour, ne laissa point toutesfois de mourir, parce que le mesme iour elle souppa trop. Le mesme Hippocrate deffend de purger aux iours de crise, & de rien mouuoir ny innouer en iceux. Il deffend pareillement de donner des medecines purgatiues aux iours impairs, qui sont quasi tous critiques. Ceux, ce dit-il, à qui on a fait prendre des catharctiques puissans aux iours nompairs, ont esté trop purgez, & plusieurs en sont morts. Mais la cognoissance des crises & des iours critiques n'est pas seulement vtile pour la curation, elle l'est aussi pour le prognostic des maladies aiguës; car le Medecin sage & prudent doit preuoir & découurir comme du haut d'vne échauguette les tempestes des maladies auant qu'elles soient aduenuës. Quand la crise est sur le point de se faire la Nature est fort trauaillée, & la nuict qui la precede est laborieuse & fort difficile: le malade se dejette estrangement, il est agité d'vne anxieté quasi incroyable, on ne le peut assouuir de boire, la difficulté de respirer le presse,

La cognoissance des crises necessaire pour prescrire la maniere de viure.

Aux Aphorismes 7. 8. 9. 10. 11. de la 1. section.

En la premiere section du premier liure des Epidem. Aph. 20. se. 1. Li. 4. des maladies.

La cognoissance des crises vtile pour le prognostic.

Aph. 13. se. 2.

la douleur de cefte le trauaille, & le poux deuient inégal. Certes ces accidens eftonnent les malades, ceux qui les affiftent & les ignorans, & penfent que ce font les fourriers de la mort ; mais ils confolent l'expert & prudent Medecin qui fçait bien qu'ils ne font que les auant-coureurs de la crife & de la fanté. Doncques la cognoiffance des crifes eft vtile & neceffaire au Medecin pour le prognoftic & la curation des maladies. Mais en cette hiftoire fe trouuent beaucoup de chofes obfcures & fort difficiles : car combien fe prefentent icy de flots d'opinions contraires, en la fupputation des iours, combien de rochers en la recherche des caufes ? combien de bancs & d'écueils en la cognoiffance des fignes qui precedent, accompagnent ou fuiuent la crife ? Et toutesfois Hippocrate a efté le premier qui appuyé fur fon grand courage, nous a fi exactement expofé ce qui regarde cette partie de la medecine, qu'il a ofté à la pofterité tout moyen d'acquerir quelque gloire en écriuant de cette matiere. Galien eft venu plufieurs fiecles apres luy, lequel a efté le premier qui a fait ouuerture des oracles d'Hippocrate, & ce qui auoit efté baillé comme fous des Enigmes par le fouuerain Dictateur, a efté par luy éclaircy en fes doctes liures des crifes & des iours critiques. Nous recueillirons icy comme en vn fommaire & abbregé tout ce que les anciens & modernes ont fous vn long flux de paroles redigé en leurs œuures touchant la nature, les differences & les caufes de la crife : & comprenans toute cette doctrine en trois liures, declarerons au premier la nature de la crife, fes differences & les iours critiques : nous expoferons aux deuxiéme le nombre des iours critiques, & leurs puiffances ou facultez, & examinerons au troifiéme toutes les caufes defdits iours critiques,

En fon prognoftic, aux Aphorifmes, aux Epidem. & au liure des crifes & iours critiques.

Il a efcrit trois liures des crifes & trois autres des iours critiques.

Que fignifie le mot de Crife.

CHAPITRE PREMIER.

La crife vaut autant comme ingement.

Au 3. commentaire fur les prognoftics.

Rife eft vne diction Grecque que diuers expofent diuerfement. Aucuns en dériuent l'Etimologie du verbe *κρινω crino* qui fignifie en Latin *iudico & fententiam fero*, comme qui diroit *iuger & donner fentence.* Et cette expofition a mefme pleu à Galien ; car il écrit que le mot de *crife* a efté transferé du parquet en la medecine par quelqu'vn d'entre le commun peuple. Et de fait ce font chofes aucunement femblables, fe deffendre en vne caufe criminelle où la vie pend, & eftre detenu d'vne maladie aiguë : eftre trainé en iugement par l'accufateur, & eftre en danger de fa vie par la maladie. Et comme en tout procez il eft neceffaire qu'il y ait trois perfonnes, le demandeur, le deffendeur & le iuge ; ainfi on confidere icy la nature, la maladie & le iour critique. Quelques doctes n'approuuent point cette expofition ; car il n'y a point de rapport finon inepte, du ftyle de proceder en caufes criminelles, auec le combat qui eft entre la Nature & la maladie : car qui fera le iuge en ce different ? Ce ne fera point le Medecin qui n'eft feulement que miniftre & fpectateur de Nature : ce ne fera point la Nature qui bataille contre la maladie ; ce ne fera point auffi le iour critique, parce que le iour, comme enfeigne Ariftote, n'a de foy aucune vertu actiue. Ils aiment donc mieux faire defcendre le mot de *crife* du verbe *κρινειν crinein*, qui fignifie, *feparer, trier, fequeftrer* : tellement que la crife foit pluftoft vne feparation des humeurs

En fa Metaphyfique Crife fignifie fecretion ou feparation.

qu'vn iugement : & c'eſt ce que veut Galien, quand il dit que la criſe ſe fait, quand
la Nature ſepare les humeurs nuiſibles d'auec celles qui ſont bonnes, & qu'elle les prepare
à l'euacuation. D'autres diſent qu'elle eſt nommée criſe *ab excretione*, parce que la
vraye criſe ſe fait par excretion ou euacuation. Ainſi Ariſtote κỳνει τ῵ περιττ῵σιν
excernit ſuper fluitatem, & Hippocrate appelle l'excretion & ſortie des os cariez &
gaſtez du nom de *criſe*. Il y en a encore d'autres qui aiment mieux tirer le mot de
criſe de *certamen*, qui ſignifie *combat*, parce qu'entre les anciens le verbe Grec κỳνεω
crino ſignifie autant que le Latin *certo combattre*, & de fait en la criſe, ou au moins
quand elle eſt ſur le poinct de ſe faire, il y a vn fort grand combat entre la nature & la maladie. Mais à nous qui ne ſommes pas tant curieux des mots, il ne nous
importe ſi tu appelles la criſe *iugement, combat, ſeparation* ou *excretion*: il ſera peut
eſtre & plus vtile & plus difficile de declarer ſes diuerſes ſignifications, & d'expoſer ſa nature par vne definition eſſentielle.

Au Comment.
ſur l'Aphriſ-
me 13. de la
ſeEtion.
Criſe ſignifie
excretion:
Problem. 54.
ſeEt. 1. lib. de
artic.ſeEt 4.
Criſe ſignifie
combat.

Des diuerſes acceptions du nom de criſe dans Hippocrate & Galien,

CHAPITRE II.

E nom de *criſe* ſe prend diuerſement & en pluſieurs
ſignifications en la doEtrine d'Hippocrate & de Galien. 1. Pour la ſolution de quelque maladie que ce
ſoit en quelque façon qu'elle ſe faſſe, comme quand
Hippocrate dit, *telles maladies ſe iugent en vn iour & en
vne nuiEt*, c'eſt à dire, comme le traduit Celſe, *elles prennent fin*. Ainſi il definit la criſe eſtre *la ſolution de la maladie*, & ailleurs il dit, *eſtre iugé aux maladies*, c'eſt quand elles
croiſſent ou diminuent, ou changent en quelque autre eſpece,
ou ceſſent tout à fait. 2. Pour tous les grands efforts & mouuemens de Nature.
Ainſi Hippocrate appelle l'attouchement & l'auortement du nom de *criſe*,
quand il dit : *aux femmes les enfantemens & auortemens ſe iugent au meſme temps que
ſoit aux hommes & la maladie, & la ſanté, & la mort*. 3. Pour les temps & les redoublemens des maladies : Ainſi il dit *qu'il ne faut rien donner à ceux qui ont leurs accez
par certains circuits, mais leur ſouſtraire de leur manger deuant les criſes & iugemens*. Et
ce n'eſt pas ſans raiſon que la criſe ſe prend pour l'accez & redoublement de la
fiéure; parce que les criſes ne ſe font qu'en la vigueur & exacerbation ſeulement,
& iamais ou fort rarement au commencement ou en la declinaiſon. 4. Pour le
combat & l'agitation qui precede la criſe que Galien appelle *troublement ou agitation precedente*. 5. Pour toute euacuation, & c'eſt en cette ſignification qu'Hippocrate écrit, *qu'il ne faut point donner medecine à ceux qui ſe portent bien, parce qu'ils ne
purgent que bien peu*. 6. Simplement & proprement ; & ainſi elle denote ſelon Galien, celle-là qui ſe fait ou en la ſanté, ou en mieux. Item des criſes il y en a plus qui ſe terminent en mieux qu'en pis, & le nombre des malades qui guariſſent eſt plus grand que de ceux
qui meurent, ſinon que la conſtitution ſoit peſtilente. 7. Pour la mort; & Hippocrate en
vſe ſouuent en cette ſignification, comme quand il dit, *La langue qui noircit beaucoup
demonſtre la criſe future au quatorziéme iour*, c'eſt à dire, *la mort*. Item les frequentes recheutes auec vomiſſement, cauſent vn vomiſſement noir; ils deuiennent auſſi tremblotans

Premiere ſi-
gnification du
nom de criſe.
Au prognoſtic.
Li de perce-
ptionibus.
Lib. de affeEt.

Deuxième.
Lib. de ſepti-
meſtri & oEti-
meſtri partu.

Troiſiéme.
Aph. 19. ſeEt.
1.

Quatriéme.

Cinquiéme.
Lib. de loc. in
hom.
Sixiéme.
Lib. 3. de cri-
ſib. c. 2. & 7.
Commen. ad
Aph. 13. ſeEt.
2.
Septiéme.
Aux coaques.

Aux prouerbe-
tiques.

Lib.1.de die-
bus decretor.
c.1.l.3.de
crisibus ca.7.
comment.ad
Aph. 13.&
23.sect.2.

enuiron la crise. Telles sont toutes les acceptions de crise qui se trouuent dans Hippocrate & Galien : mais à parler proprement elle se definit, *vne soudaine mutation en la maladie qui se fait à la santé ou à la mort.* Et de cette definition il nous faut maintenant examiner toutes les parcelles par le menu.

La definition de crise & son exposition.

CHAPITRE III.

Il faut remar-
quer cinq cho-
ses en la crise.

LA crise est *vne soudaine mutation en la maladie qui se fait à la santé ou à la mort.* Le Philosophe remarque cinq choses au mouuement ; le terme où il commence, celuy par où il se fait, celuy où il finit, le mouuant & le mobile. La crise est vn mouuement, ou au moins elle se fait auec mouuement : il faut donc remarquer en icelle les mesmes choses qu'au mouuement. Le terme

1 Le terme au-
quel elle com-
mence.

où la crise commence c'est l'accroissement de la maladie, car elle se fait en la maladie : & partant selon la diuerse nature de la maladie la crise est ou plus hastiue, ou plus tardiue ; les maladies aiguës se iugent plustost, & les longues plus tard.

Diuision des
maladies ai-
guës.
Aph. 2.sect.
3.prognost.
Aph. 6.sect.5

Des maladies aiguës les vnes sont tres-aiguës, les autres fort aiguës, & les autres simplement aiguës. Celles qui sont tres-aiguës se iugent dans le premier quartenaire, témoin Hippocrate qui dit, *que les fieures malignes & accompagnées d'horribles symptomes tuent dans le quatriéme iour.* Item, *Ceux qui sont prins de la conuulsion nommée tetanos meurent dans quatre iours.* Les maladies fort aiguës se iugent au premier septenaire, & celles qui sont simplement aiguës dans le quatorziéme iour par l'aph.23.de la 2.section. Les longues maladies se iugent depuis le vingtiéme iour iusqu'au quarantiéme, par septenaires, & depuis le quarantiéme iusqu'au centiéme, par vingtaines ; apres le cent vingtiéme perit la force des iours, & lors les maladies sont dites se soudre & terminer par mois & années. *Il y a beaucoup de*

Aph.28.sect.
3.
2 Le terme au-
quel elle finit.
Hippocrate l.
de pasion.
3 Le terme par
lequel elle se
fait.
4 Le mouuant
qui est la Na-
ture.
Commen. ad
Aph.13.se.2.
Lib.6.Epid.
sect.5.

maladies qui se iugent, dit Hippocrate, *aux enfans les vnes certes dans quarante iours, les autres dans sept mois, & les autres dans sept ans.* Le terme où la crise finit, c'est la santé ou la mort, ou l'estat prochain, ou le changement en vne autre espece de maladie. Le terme par lequel elle se fait, c'est tout le temps auquel Nature vaque & est occupée en la coction, separation & éuacuation de la cause de la maladie. Le mouuant c'est la Nature, car c'est elle qui fait la crise, & qui cuit, separe & chasse hors l'humeur morbifique. *La crise se fait,* dit Galien, *par Nature qui purge les humeurs nuisibles d'auec celles qui sont vtiles, & les prepare à l'excretion. Les natures,* ce dit Hippocrate, *sont les Medecins des maladies. La Nature sans prendre aduis de personne trouue des chemins par lesquels elle expulse les maladies; & encore qu'elle n'ait point eu de maistre ny fait d'apprentissage, elle fait neanmoins fort bien ce qu'il faut.* Le mesme Hippocrate l'appelle *pouruoyante* & l'ordinaire puissance de Dieu. Elle est la prouidence

Lib de Diæta
l.de Aere loc.
& aq.

des Stoïciens & le feu artificiel de Zenon. C'est donc elle qui entreprend les crises & qui les auance & parfait. Ques'il aduient qu'elle soit trop foible, le Medecin luy doit prester la main; c'est pourquoy Hippocrate adiouste, *pour la secourir*

Le malade 7.
de la 3.sect.du
3.liu.des Epi-
demies.

on peut appliquer par dehors des cataplasmes, inunctions & fomentations de tout le corps ou d'vne partie. Ainsi Methon commence en vn iour critique à saigner du nez, Hippocrate luy fomente aussi tost la teste auec eau chaude, & le sang flue plus largement. Galien veut fi la crife eft imparfaite, que la Nature foit aidée par le Mede- cin, mais fi elle eft parfaite, *il deffend de rien mouuoir ou innouer.* Auicenne à l'inftant de la crife & les fignes de fueur commenceans à paroiftre, vfe de fudorifiques, & oint tout le ventre d'huile chaud. Finalement le mobile en la crife, c'eft l'humeur morbifique & nuifible; car la crife n'échet qu'aux feules maladies humorales.

Commen. ad Aph. 20. fect. 1.

5. Le mobile.

Des differences de crife.

CHAPITRE IV.

 IPPOCRATE fait quatre differences de crifes; *vne qui mene à la fanté, l'autre à la mort : l'vne en mieux & l'autre en pis.* Galien en reconnoit pareil nombre où il dit. *La crife fe fait en quatre manieres : car ou les maladies recourent foudain leur fanté, ou ils reçoiuent de l'amendement, ou ils meurent tout fubit, ou ils vont en empirant.* Mais il pourfuit bien plus exactement en vn autre lieu toutes les differences de crifes, quand il dit. 1. Que l'vne eft parfaite, en laquelle il n'y a plus aucuns reftes de la maladie ; l'autre imparfaite, en laquelle l'humeur morbifique n'a point efté tout à fait éuacuée. 2. L'vne eft fidelle, en laquelle il n'y à aucun peril de recheoir ; l'autre infidelle, laquelle menace le malade de recidiue. 3. L'vne eft manifefte, qui fe fait par excretion ou par abfcez; l'autre obfcure, qui fe fait fans éuacuation ou abfcez. 4. L'vne a efté demonftrée, laquelle a eu fon iour indice ou demonftrateur; tel eft le quatriéme, en la premiere fepmaine; l'onziéme, en la feconde; & le dixfeptiéme, en la troifiéme : l'autre n'a point efté demonftrée. 5. L'vne eft perilleufe, qui eft accompagnée de fymptomes fort fafcheux, & l'autre fans peril, qui eft fans mauuais accidens. 6. Finalement l'vne eft bonne qui mene à la fanté, & l'autre mauuaife qui conduit à la mort. 7. Nous comprendrons fous cette vnique diuifion toutes les differences de crife. Des crifes l'vne eft parfaite, & l'autre imparfaite; i'appelle *parfaite* celle qui iuge parfaitement la maladie, & eft de deux fortes; l'vne falutaire & l'autre mortelle. *L'imparfaite* eft auffi de deux fortes, l'vne auec amendement laquelle n'emporte point la maladie tout à fait, mais la diminuë & fait que le patient la fupporte plus courageufement; l'autre eft auec empirance. Or à ce qu'elle foit parfaite & falutaire il eft requis. 1. Qu'elle ait efté demonftrée par des fignes bons & falutaires : ces fignes font nommez *fignes de coction,* lefquels annoncent & le temps de la crife, & la celerité & feureté d'icelle, pourueu qu'ils apparoiffent aux iours qu'Hippocrate appelle *indices & contemplatifs :* or le quatriéme, eft indice du feptiéme; l'onziéme, du quatorziéme; & le dixfeptiéme, du vingtiéme. 2. Qu'elle foit manifefte, c'eft à dire, auec des caufes critiques, à fçauoir, excretion & abfcez. *Ceux* (ce dit Hippocrate) *que la fiéure laiffe fans fignes falutaires font en dâger de retomber. Item les maladies mortelles qui ont de l'allegement fans fignes,* (c'eft à dire fans caufes critiques) *denotent la mort.* Ailleurs *il ne fe faut point confier aux maladies qui allegent le patient fans raifon,* c'eft à dire, fans quelque éuacuation ou apofteme loüable. Et en vn autre endroit, *Tous ceux qui ont eu tremblement fans fueur, fe font fort mal trouuez.* Nous auons pour l'éclairciffement de cette matiere de belles hiftoires aux liures des maladies populaires, mais celle-cy feruira pour toutes. La fiéure quitte Hermocrates le quatorziéme iour, il ne fuë point; elle le reprend le dixfeptiéme, elle le laiffe le

Difference de crife felon Hippocrate en la 3. fect. du 1. liure des Epidem. Comment. 36 in prognoft. Li. de diebus decret. ca. 2.

Diuifion de l'autheur.

Premiere condition requife à la perfection de la crife.

Deuxiéme.

Aph. 12. fect. 3. prognoft. Sent. 16. fect. 2. l. 1. prorrhet. Aph. 27. fect. 2.

Aux coaques, Le malade 2. de la 1. fect. du 3. liu. des Epidemis.

vingtiéme, il ne fuë point; elle le rempoigne derechef le 24. Finalement il meurt le vingt-feptiéme. Doncques fi la maladie fe rompt fans caufes & fignes critiques, le malade n'eft point fans peril. Mais s'il vient à reffentir de l'allegemét auec des fignes falutaires & quelque excretion ou abfcez; il faut eftimer que la crife eft

parfaite & falutaire. 3. Qu'elle fe faffe en vn iour critique; car celles qui arriuent aux autres iours font ordinairement fufpectes. Les iours critiques font comme les arbitres & iuges des differens qui font entre la nature & la maladie. Ariftote remarque que les fiéures qui fe iugent aux iours non critiques ont vne alteration contre Nature, & celles qui finiffent aux iours critiques, felon nature. Hippocrate
blafme toufiours ce qui allege aux iours non critiques: comme quand il écrit *fi le fiéure ne relafche en vn iour fecond il faut craindre la recidiue.* Erotian expofe les iours feconds pour les non-pairs; parce que les non-pairs font quafi tous critiques &
apportent de la commodité. Item *les fiéures qui fe rompent aux iours non critiques menacent le patient de recheute.* 4. Qu'elle foit fidelle & feure. I'appelle fidelle celle qui ne laiffe aucun refte de la maladie & qui eft fans crainte de reçidiue: & feure celle
qui eft fans accidens perilleux & que le malade fupporte facilement. 5. Qu'elle foit accordant l'efpece de la maladie, & la nature, l'aage & la temperature du patient. Car les maladies aiguès fe terminent volontiers par excretion, & les longuës par abfcez. La fiéure ardante fe iuge le plus fouuent aux ieunes gens par hæ-
morrhagie, & aux vieillards par flux de ventre. Doncques pour faire court, la crife eft parfaite & falutaire, laquelle a efté demonftrée par les fignes de coction, laquelle eft manifefte, c'eft à dire, auec excretion ou abfcez, laquelle arriue en vn iour critique, fans perilleux fymptomes, en laquelle l'humeur morbifique eft tout à fait éuacuée, & laquelle finalement conuient à la nature & à l'aage du patient, & à l'efpece de la maladie. Si quelqu'vne de ces conditions manque on ne doit attendre qu'vne crife imparfaite. Au refte la table qui fuit monftre plus clairement les differences des crifes.

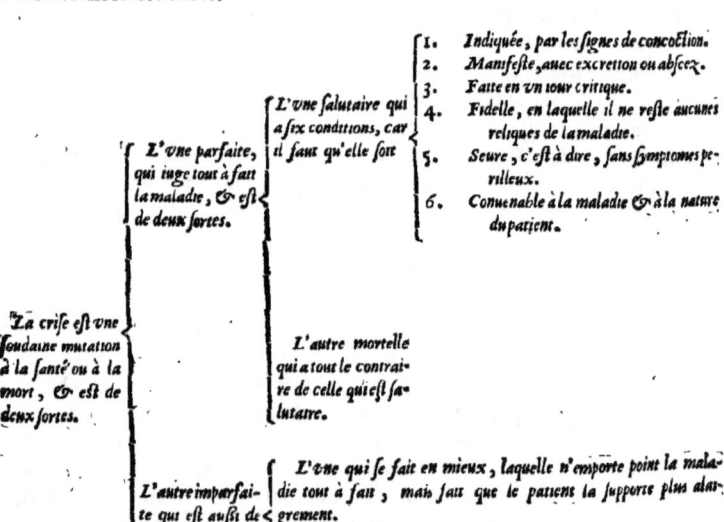

Diuiſion des ſignes critiques.

CHAPITRE V.

RES-GRANDE eſt la dignité & la neceſſité de l'hiſtoire critique en toutes maladies aiguës : car préuoir les éuenemens futurs des maladies, c'eſt choſe qui eſt toute plaine d'admiration, & qui approche quaſi de la diuination. Quiconque predira à propos la criſe qui eſt ſur les termes de ſe faire, éuitera les calomnies des aſſiſtans, rendra tout le monde eſtonné, & conſeruera l'honneur de l'art, & la dignité des remedes. Or il eſt impoſſible de préuoir ou predire la *Dignité des ſignes critiques.* criſe, ſi on ne la reconnoiſt premier par ces ſignes propres, qui ſont comme des indices & marques, à l'ayde deſquelles l'eſprit penetrant dans les choſes cachées, les deſcouure, pour enueloppées qu'elles puiſſent eſtre, en telle ſorte qu'il ſemble que l'on les ait toutes nuës deuant les yeux. Hippocrate a eſté le premier qui a traité de ces ſignes, mais par-cy, par là fort obſcurement, & comme ſous des enygmes. Nous les deſcrirons icy en faueur des moins auancez, auec autant de clairté & de facilité qu'il nous ſera poſſible, en la maniere qui enſuit.

Des ſignes critiques, les vns precedent la criſe, les autres l'accompagnent, & *Diuiſion d'iceux en Precedents,* les autres la ſuiuent. Ceux qui la precedent ſont de deux ſortes : les vns monſtrent le iour & le temps de la criſe, & la ſeureté d'icelle : tels ſont les ſignes de coction & de crudité qui paroiſſent aux vrines & aux dejections, qui ſont les excremens vniuerſels. Les autres monſtrent l'eſpece de la criſe : à ſçauoir ſi elle ſe doit faire par ſueur, hæmorrhagie, vomiſſement, ou flux de ventre & d'vrine.

Les ſignes qui accompagnent la criſe, ce ſont les cauſes critiques meſmes : ſça- *Accompagnants* uoir eſt, l'excretion, ou l'abſcez. En l'excretion, à ce qu'elle ſe faſſe conuenablement, il faut conſiderer quatre choſes. 1. La qualité loüable : car ce qui doit eſtre euacué, c'eſt l'humeur & peccante & cuite. 2. La quantité ſuffiſante : car comme *rien de peu n'eſt critique, ainſi ce qui eſt de trop eſt condamné.* 3. Le temps commode. 4. *Sect. 2. l. 6.* Et la maniere de l'euacuation, qui doit eſtre familiere à la Nature. Hippocrate *epidem.* a comprins toutes choſes en ces mots, *& quelles & quand, & par quelle partie, & autant qu'il eſt de beſoin.* Or les conditions de l'abſcez legitime ſont. 1. Qu'il ſe faſſe vers bas. 2. Selon la rectitude. 3. La maladie eſtant cuite. 4. Et ſelon la dignité de la maladie. Ce qu'il a pareillement deſigné en ces trois mots, *ou, d'où, & pourquoy.* Les ſignes qui ſuiuent la criſe, nous monſtrent ſi elle eſt parfaite, ou *Sect. 2. lib. 6.* non : & ſe prennent des actions naturelles, vitales & animales : de la qualité du *epidem. Et ſuiuants.* corps, & des excremens vniuerſels.

Les vns monstrent le temps, le iour & la celerité de la crise tels sont les signes de crudité & de coction.

Tous les signes critiques, ou

Ils precedent la crise, & sont de deux sortes.

Les autres montrent l'espece de la crise, à sçauoir,

Excretion de laquelle les especes sont,

La sueur,
Le vomissement,
Le flux de ventre,
Le flux d'vrine,
Le flux de sang du nez, de la matrice, des hemorrhoïdes.

Ou ils l'accompagnent, & sont les causes critiques mesmes,

Excretion en laquelle, à ce qu'elle se face commodémét, quatre choses sont requises:

Abscez.

La qualité, que ce soit l'humeur & peccante & cuite, qui soit euacuée.

La quantité, qu'elle ne soit ny defectueuse, ny trop copieuse.

Le temps, qui est le iour critique.

La maniere de l'excretion.

Abscez, lequel à ce qu'il soit legitime, se doit faire

Vers bas, loing, selon la rectitude, & selon la dignité de la partie.

Ou ils la suiuent & se prennent

De la qualité du corps,

En la figure.
En la couleur.
En la masse.

Des actions

Naturelle.
Vitale.
Animale.

Des excremens, comme des vrines & deiections.

Des signes antecedens, qui monstrent le temps & le iour de la crise: sçauoir est des signes de concoction.

CHAPITRE VI.

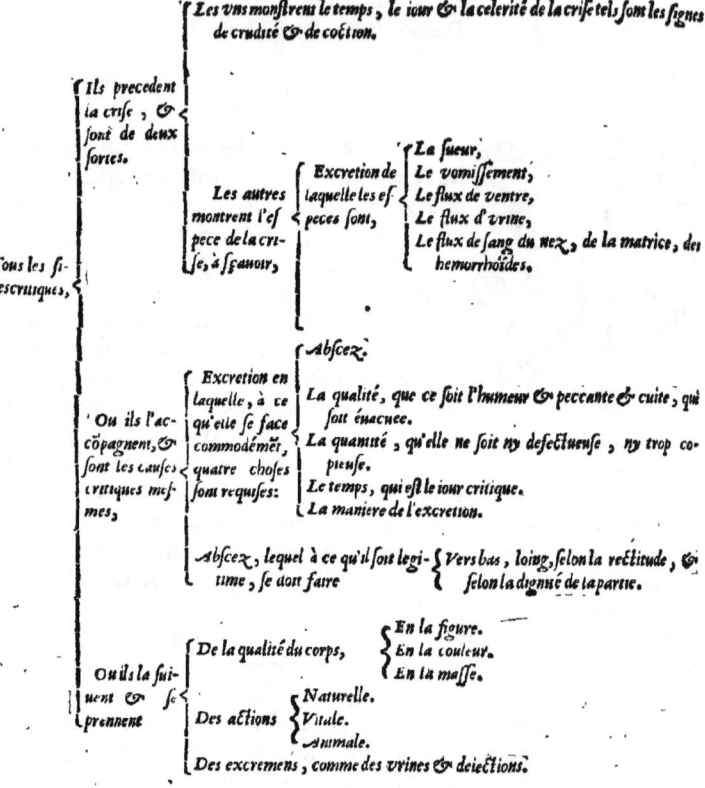

Es signes qui monstrent le temps & le iour de la crise, ce sont les signes de coction & de crudité : car ce sont eux qui nous font connoistre au certain en quel iour c'est que la maladie se doit iuger, & si la crise se doit faire tost ou tard. Que la coction monstre le iour de la crise, Hippocrate le declare, quand il dit: *A ceux qui doiuent estre iugez au septiéme iour, il apparoist au quatriéme vne nuée rouge dans l'vrine. Et ailleurs, Si on voit dans l'vrine au quatriéme iour vne hypostese blanche, vnie & égale, elle monstre que la solution de la maladie se fera au septiéme.* Car le quatriéme est indice & demonstrateur des septenaires. Galien adiouste, pourueu qu'il ne se fasse point de faute au dehors, c'est à dire, pourueu que le Medecin n'ait failly en ce qui regarde la façon de viure, que le malade, les seruiteurs & gardes fassent ce qui est de leur deuoir, & qu'il ne se commette point d'erreur aux choses externes. Ce qu'Hippo. designe pareillement au lieu allegué, quand il adiouste, & que tous les autres signes soient selon la raison. Ou, que toutes les au-

Aux Coaques.

tres choses soient disposées conuenablement. Car il peut quelquesfois arriuer, à raison de quelque cause externe, ou interne, que le quatriéme ne monstre point tousjours le septiéme : comme nous ferons entendre plus au long au deuxiéme liure, quand nous declarons la force & vertu des iours indices. Mais les signes de coction ne monstrent pas seulement le iour, mais aussi la seureté & la celerité de la crise : Il y a vn fort beau passage dans Hippocrate, qui est touché en ces termes. *Les concoctions monstrent la celerité & securité de la crise : mais les choses cruës, indigestes, & qui se sont tournées en abscez malings, menacent ou de longueur, ou de douleur, ou de mort, ou de recheute.* Item, *l'urine qui monstre vne hypostase blanche & vnie, annonce la seureté & brieueté de la maladie* : Parce, comme l'expose Galien, *que la coction ne se fait que par le moyen d'vne chaleur forte & puissante.* Or la chaleur est vne nature particuliere qui guarit les maladies. Quelque petit ergoté nous viendra parauanture obiecter le passage où Hippocrate dit, *que les signes qui iugent en mieux n'apparoissent point incontinent.* Et partant, que les signes de coction ne sont point à priser, ny les premiers iours de la maladie, ny en tout temps. La responce est aisée, & toute preste aux liures des crises de Galien, que par les signes indicatoires. Hippocrate n'entend les signes de coction : car d'iceux en voicy vn arrest solennel : *Les coctions sont tousiours opportunes.* Mais ou les signes de l'agitation critique, ou les causes critiques mesmes, à sçauoir excretion ou abscez : Car si elles paroissent au commencement de la maladie, elles monstrent plustost la sauuageté de l'humeur, que l'effort de la Nature. Tu diras *que le crachat paroissant dés le commencement de la pleuresie, signifie la maladie deuoir estre courte & salutaire.* Pourquoy n'en sera-il point de mesme de la sueur, de l'vrine, du sang, & des autres humeurs aux sieures aiguës : Galien respond que la pleuresie est vne maladie particuliere à la membrane qui couure les costes : & partant, que tant plustost que l'humeur qui fait distention à la membrane vient à exuder, & à estre éuacuée : d'autant plustost s'appaise l'inflammation : mais la matiere des sieures aiguës est contenuë dans tout le ventre veineux, laquelle doit estre alterée, cuite & separée auant que Nature la puisse éuacuer : or cela ne se peut faire les premiers iours de la maladie. Que l'arrest d'Hippocrate demeure donc ferme, *Que les signes de coction, en quelque iour de la maladie qu'ils se monstrent, sont tousiours bons & loüables.* Mais pour maintenir la verité de ce theoreme, il conuient apporter quelques distinctions. Car toute coction, de quelque humeur que ce soit, ne promet point tousiours la seureté ny la santé : Car Hippocrate a remarqué que plusieurs pleuritiques, peripneumoniques & angineux sont morts auec des crachats loüables, & bien cuits & digestes. Deux choses sont donc requises à la parfaite coction. 1. Qu'elle soit continuë. 2. Et qu'elle soit vniuerselle. J'appelle auec Hippocrate continuë, celle qui est constante, & qui demeure tousiours : & vniuerselle celle qui reluit aux excremens vniuersels, qui sont les vrines & les deiections. Que la constance & continuité soient requises en la coction, il l'enseigne en ces mots. *L'vrine est tres-bonne, quand l'hypostase ou sediment est blanc, vny & égal, durant tout le temps de la maladie, iusqu'à son iugement : Que si elle discontinuë, & qu'on la rende quelquefois pure (c'est à dire cruë) & quelquefois aussi auec quelque rassiette blanche & vnie, la maladie en est plus longue, & plus perilleuse.* L'authorité se confirme par la raison. La continuité de la coction denote que la Nature est valide & puissante, & que la chaleur domine sur les humeurs : mais si elle est entrerompuë tellement que les signes de coction se monstrent le matin, & cachent le soir, & que les vrines paroissent tantost cuites, & tantost cruës : on ne

li. 1. epidem. sect. 2.

Aph. 26. sect. 2. prognost.

Obiection. li. 2. epidem. sect. 1.

Responce.

Autre obiection. Apoph. 12. sect. 1. Solution.

Deux choses requises à la parfaite coction.

La premiere condition. Aph. 26. sect. 2. prognost.

doit efperer de crife affeurée d'vne telle concoction : d'autant que la Nature &
la maladie debattent entre-elles, fans emporter auantage l'vn fur l'autre : ce qui
met la victoire en branfle, & la rend incertaine & douteufe. La Nature encom-
La feconde mence la coction : mais eftant trop foible, elle ne la peut parachever. Ou par-
condition. auanture la malignité de l'humeur eft fi grande, qu'elle ne peut receuoir de coction : de là vient le peril & la difficulté de la crife. D'ailleurs, il faut que cette coction foit vniuerfelle, c'eft à dire, il faut quelle paroiffe aux excremens vniuerfels, tels que font l'vrine & les deiections : mais les fignes qui fe tirent des vrines,
font plus certains que ceux que l'on prend des deiections. Or quels ils font, &
que c'eft qu'ils fignifient, ie m'en vay commencer à le declarer.

Quels doiuent eftre les fignes de coction aux vrines, & comment on peut connoiftre
la crife, & tout l'euenement de la maladie par
l'infpection d'icelles.

CHAPITRE VII.

 **T**OVs les fignes, foient mortels ou falutaires, doiuent
eftre puifez comme de trois fontaines : de l'action
bleffée, de la qualité du corps, & des excremens. Et
combien qu'il y ait plufieurs fortes d'excremens, fi
eft-ce qu'on tire des indices de fanté ou de mort, de
coction, ou de crudité, & en plus grand nombre &
plus certains des vrines que de tous les autres. Il eft
impoffible de faire aucun prognoftic affeuré, de rien
faire d'excellent en la curation des maladies ; ny de
predire affeurément l'iffuë d'aucune crife, fans la connoiffance des vrines. C'eft donc à tort qu'Erafiftrate & Quintius en renuoyoient
la contemplation aux peintres & aux foullons. Nous ferons conjecture de la celerité, ou tardiueté, du peril, ou de la feureté de la crife, & de l'euenement total
de la maladie, par la contemplation des vrines, en la maniere qui enfuit.

Il faut confide- Il conuient confiderer deux chofes en l'vrine, la liqueur, & ce qui y eft con-
rer deux chofes tenu : Il faut donc tirer les fignes de coction, qui font vrayement judicatoi-
aux vrines. res & critiques de la liqueur, & des chofes contenuës en icelle. On confidere
deux chofes en la liqueur : la fubftance & la qualité. Sous le nom de *fubftance*, ie
comprens deux chofes ; le corps, & la perfpicuité, ou clairté. Si tu regardes le
corps de la liqueur, toute vrine eft ou tenuë & fubtile, ou craffe & époiffe, ou
mediocre. Si on confidere la perfpicuité : l'vne eft claire, à trauers de laquelle il
eft aifé de voir, & l'autre trouble & obfcure, à trauers de laquelle la veuë ne
Que denote fçauroit penetrer. A la qualité de la liqueur, ie rapporte feulement les couleurs,
l'vrine tenuë, tant extrêmes que moyennes, & les odeurs. Car de les goufter, comme faifoient
ou fubtile. les Arabes, c'eft chofe fordide, & qui fied mal à la dignité du Medecin. L'vrine
tenuë auec fiéure aiguë, denote toufiours la crudité des humeurs, & l'imbecil-
Aph. 30.fect. lité de la chaleur naturelle. Auffi long temps donc qu'elle paroift telle, il ne faut
2.prognoft. point attendre de crife parfaite & falutaire. Car *l'vrine tenuë demonftre la mala-*
Theorme ge- *die eftre indigefte & cruë.* Nous poferons donc pour vne regle generale, *que les vri-*
neral, touchant *nes tenuës aux fiéures aiguës, fi les forces font extremement debilitées, menacent ou de*
les vrines te- *la mort, ou d'vn peril fort grand : que fi les forces fe maintiennent, elles denoncent ou lon-*
nuës.

gitur de maladie, ou abſcez aux parties inferieures : que ſi elles ſe monſtrent telles apres la crise, il y a danger de recidiue. Touchant la longueur de la maladie nous auons cette prognoſtication aux coaques, *L'vrine tenuë & qui n'a quaſi aucun ſediment, puis cel-le qui ſe change tantoſt en mieux & tantoſt en pis, denote longueur de maladie, parce qu'el-le donne à entendre que le combat qui eſt entre la Nature & la maladie eſt douteux & in-certain.* Or qu'elle demonſtre les abſcez, Hippocrate l'enſeigne quand il dit à ceux qui continuent long temps à piſſer des vrines tenuës & cruës, il faut attendre des ab-ſcez aux parties qui ſont au deſſous du diaphragme. Et pour le regard de ce que nous auons dit qu'elle menace de recidiue : cela ſe peut éclaircir par l'hiſtoire d'Her-mocrates. La fiéure le laiſſe le quatorziéme iour, le dixſeptiéme ſes vrines ſe monſtrent tenuës, il meurt le vingt-ſeptiéme. Et pour ne le faire plus long, cette auctorité d'Hippocrate ſera le iugement de ces vrines tenuës. *Les vrines tenuës ne monſtrent rien de critique, ny rien d'vtile & ſalutaire.* Parce que la tenuité denote ou la foibleſſe de la chaleur qui ne peut ramaſſer les choſes de meſme genre, ou l'excez de la meſme chaleur qui attenuë & ſubtiliſe par trop. Ces deux cauſes ſe reconnoiſſent & diſcernent par la couleur : car celle qui eſt tenuë & de peu ou nulle couleur, eſt telle à raiſon de l'imbecillité de la chaleur : mais celle qui eſt te-nuë & coulourée eſt renduë telle par vne chaleur ignée & exceſſiue. Au reſte i'en-tens icy parler des vrines tenuës qui ſont accompagnées de fiéure continuë : Car ſi on les rend telles ſans aucune fiéure, ou par quelque fiéure legere, elles de-notent ſeulement l'obſtruction du foye, de la ratte & des conduits qui ſeruent à l'expurgation des vrines, laquelle retenant la portion plus groſſiere laiſſe ſeu-lement couller celle qui eſt plus claire & plus ſubtile. Au contraire les vrines mediocrement époiſſes promettent touſiours vne criſe ſalutaite & parfaite, d'autant qu'elles denotent que la chaleur de laquelle depend la celerité & ſecurité de la criſe, eſt valide & puiſſante. Il faut ſelon Hippocrate *que tout excrement s'époiſſiſſe lors que la maladie approche du iugement.* Et parmy les Philo-ſophes *toute coction ſe fait en époiſſiſſant.* Or cette vrine doit eſtre mediocrement époiſſe : car quand elle eſt tres-époiſſe, elle demonſtre le meſlange de forces humeurs corrompuës, ou l'oppreſſion de la chaleur naturelle, dont s'enſuit ou douleur, ou longueur de maladie, ou abſcez malings, ou recidiue. Au reſte ces deux ſortes d'vrines ſont renduës en piſſant tantoſt claires, & tantoſt troubles : d'où ſe tirent des indices certains de coction ou de crudité, de ſanté ou de mort. Galien fait trois ſortes d'vrines troubles : les vnes ſont piſſées claires, & puis apres elles ſe troublent, elles monſtrent qu'il y a jà quelque petit commence-ment de coction : les autres ſont piſſées troubles, mais en apres elles deuiennent claires, elles demonſtrent que Nature eſt victorieuſe, & toutesfois qu'il reſte en-cor quelque peu d'eſprits flatulens à ſurmonter : les autres finalement ſont piſſées troubles & demeurent telles, elles donnent à entendre qu'il y a vne fort grande agitation aux humeurs dans les veines, & que le combat d'entre la Nature & la maladie eſt incertain & douteux. Elles ſont ſemblables aux vrines des iuments & denoncent en la doctrine d'Hippocrate, *douleur de teſte, reſuerie, conuulſion & la mort.* Touchant la douleur de teſte l'Aphoriſme porte que *ceux qui font leurs vri-nes troubles comme ſont celles des iuments ont ou auront douleur de teſte.* Pour le regard de la reſuerie, i'ay remarqué pluſieurs hiſtoires aux liures des maladies populai-res, où il en eſt fait mention. La femme de Philin qui eſtoit en couche d'vn fils, tombe en reſuerie auec des vrines troubles, finalement elle meurt, la Cham-briere d'Euacelida mourut phrenetique : or durant tout le cours de ſa maladie

Au prognoſt. 34. de la 2. ſe-ction.

Le malade 2. de la 1. ſect. du 3. liu. des Epidemies. Sect. 3. lib. 3. epidem.

Que denote l'vrine époiſſe.

Aph. 16. ſect. 2. prognoſt.

Vrines trou-bles de trois ſortes.

Que denotent les vrines ſem-blables à celles des iuments. Aph. 70. ſect. 4.

Le malade 4. de la 3. ſect. du 1. liu. des Epi-demies.

fes vrines fe monftrerent troubles. Polyphantus faifant fes vrines troubles comme celles des beftes cheualines tombe en refueries, & meurt auec des conuul-
*Au commen-
taire fur l'A-
phorifme der-
nier cotté.* fions. Or pourquoy les vrines troubles denotent toutes ces chofes, Galien le
monftre fort bien quand il dit, que c'eft pource que le troublement d'vrine denote vne fort grande agitation des humeurs dans les veines, auec le meflange
d'vn efprit flatulent, dont s'efleuent tout à plein des vapeurs, qui portées à mont
à raifon de leur fubtilité, empliflent la tefte & caufent diuers accidens felon la diuerfe nature des parties qu'elles attaquent. Car fi elles occupent le facré chafteau
de Palas, c'eft à dire, fi elles changent la temperature du cerueau, que Galien qualifie du nom d'ame, elles caufent des refueries: fi elles irritent & piquotent par vne
acrimonie bilieufe le principe des nerfs, elles font des conuulfions : fi elles empliffent les veines & les arteres de la tefte & eftendent fes membranes qui ont le
fentiment fort exquis , elles excitent des douleurs de tefte grandes & violentes,
que fi les vrines font renduës claires, elles denotent la force de la chaleur naturelle & vne abondance d'efprits qui s'épandent également par tout le corps de
l'vrine. Tels font les fignes critiques tant falutaires que mortels, qui fe peuuent
tirer de la fubftance de la liqueur, c'eft à dire, des vrines tenuës ou époiffes, claires ou troubles : monftrons maintenant en peu de mots que denote la qualité de
la liqueur, & qu'elle connoiffance on peut auoir par fa couleur.

*Quels fignes de coction reluifent en la qualité de la
liqueur des vrines.*

Chapitre VIII.

*Que fignifie
l'vrine blan-
che.*

Ovs rapportons les couleurs à la qualité de la liqueur:
d'icelles les vnes font extremes & les autres moyennes. Les extremes font deux, la blanche & la noire, &
les moyennes en grand nombre, felon le diuers meflange des extremes : & toutefois d'icelles les vnes approchent plus de la blanche, & les autres de la noire.
L'vrine blanche, aqueufe & tranfparente, fi elle eft
fans fiéure, elle ne peut eftre mortelle, car elle monftre
feulement ou la crudité des humeurs, ou l'obftruction
du foye, de la ratte, & des parties dediées à feparer, conduire & porter l'vrine, ou
bien qu'on a trop beu d'eau ou de vin blanc. Mais fi elle eft auec fiéure continuë,
& icelle aiguë, finon qu'elle apparoiffe fur quelque hæmorrhagie critique ou difenterie, elle eft perpetuellement mortelle, ou au moins elle n'eft pas fans peril,
d'autant qu'elle demonftre ou que la chaleur naturelle eft fi extremement foible qu'elle ne peut ny alterer la boiffon & les humeurs, ny les meflanger, ou que
la bile eft tranfportée au cerueau, ou qu'il y a vn grand embrafement au foye
qui confomme le fang & la bile tout enfemble. Touchant le peril des vrines
blanches auec fiéure aiguë, Hippocrate en a efcrit beaucoup de chofes en fes
coaques , qui ont efté éclaircies des doctes commentaires par M. Louys Duret
Medecin & profeffeur du Roy , duquel ie repute à honneur d'auoir efté difci-
ple & auditeur. Il nous a expofé beaucoup des oracles d'Hippocrate, & expliqué les chofes qui concernent le prognoftic, en telle forte, qu'ayant chaffé les
tenebres du fiecle precedent , il a apporté vne fort belle lumiere au fuiuant. Or
d'iceux nous remarquerons en general , que les vrines blanches font perilleufes,

mais

mais qu'aux phrenetiques, elles sont perpetuellement mortelles: Ce qui se lit aussi aux Aphorismes, en ces termes. *Les vrines blanches & claires sont mauuaises, & prin-* Aph. 71. sect. 4. *cipalement aux phrenetiques :* parce que l'humeur qui deuroit descendre en bas, monte en haut à la partie enflammée ; & ainsi accroit l'erysipele du cerueau & de ses membranes. Le malade quatriéme de la seconde section du troisiéme li- Il auoit nom Philistes. ure des Epidemies, deuint sourd au deuxiéme iour, auec des vrines blanches, te- nues & claires ; il se mit à réuer sur le midy, & mourut le cinquiéme. Le malade quatriéme de la troisiéme section du mesme liure, mourut phrenetique le qua- triéme iour, auec des vrines tenues & blanches. La femme de Dealces estant phre- Le malade 15. de la 3. sect. du liure des Epi- demies. netique, & faisant des vrines blanches & tenues, mourut le vingt & vniéme iour. Doncques les vrines blanches & tenues ne monstrent aucuns signes de coction, mais de crudité seulement : & partant il ne faut point esperer de crise salutaire aussi long temps qu'elles demeurent telles.

La couleur noire, qui est diametralement contraire à la blanche, se monstrant Que denote l'vrine noire. Aph. 32. sect. 2. prognost. Aph. 21. sect. 4. aux vrines, nous épouuante dauantage, & menace d'vn plus grand peril. *Les vri- nes noires* (ce dit Hippocrate) *sont les pires de toutes, & les plus mortelles.* Et ailleurs, il condamne en general *toutes les dejections noires.* Il est aisé d'en rendre la raison, parce qu'elles demonstrent ou vn grand embrasement qui brusle & rostit tout, & le conuertit comme en cendres, ou l'extinction de la chaleur naturelle : Ainsi ceux qui tirent à la fin ont toutes les parties du corps liuides, plombées & noires: d'autant qu'elles ne sont plus éclairées des rayons de l'esprit vital. Galien nous enseigne cela par l'exemple des parties de nostre corps, qui exposées au haste im- moderé du soleil, & au froid excessif de l'air, deuiennent noires. Ainsi quand le sang se refroidit, ou qu'on le brusle, il deuient noir; or toutes les deux causes sont mortelles. Au reste, quand ie dis que les vrines noires sont mortelles, i'entends Distinction des vrines noires. parler de celles qui sont telles de liqueur & de generation : Car celles qui sont noires, à raison de quelque humeur noire, sont le plus souuent salutaires & criti- ques, tant aux maladies aiguës, comme aux chroniques & longues. Nature, ce dit Galien, décharge par icelles l'abondance des humeurs corrompuës. Que si elles paroissent noires aux femmes qui ont leurs mois arrestez, à raison que le sang regorge de la matrice aux reins & à la vessie, elles ne presagent rien de mau- uais. Nous auons souuent remarqué les splenitiques & quartenaires estre guaris l. 6. de nostre anat. quest. 27. par vne copieuse profusion d'vrines noires. Or comment, & par quels moyens cela se fait, nous l'auons declaré ailleurs. Il arriue aussi souuent que les vrines se monstrent noires, apres quelque medicament, & ce sans peril aucun, comme en- l. 1. de indic. vrinar. c. 20. seigne Actuarius en vn long discours qu'il fait d'vn sien seruiteur, à qui il en ad- uint de mesme. Mais toutes ces vrines sont noires, non de generation ny de li- queur, mais à raison du meslange d'humeurs noires & superfluës. Les vrines pa- Les vrines fort rouges. roissans fort rouges au commencement des maladies, denotent longueur, & en l'estat la mort. Voilà toutes les choses que le Medecin doit considerer en la li- queur, afin de pouuoir prédire asseurément le temps & le iour de la crise, & la seureté & celerité d'icelle : Expliquons maintenant quels signes de coction ou de crudité reluisent aux choses qui sont contenuës en icelle.

Quels fignes de coction & de crudité doiuent paroiftre aux chofes contenuës aux vrines.

CHAPITRE IX.

N tire, dans la doctrine d'Hippocrate, beaucoup plus de fignes de coction & de crudité, de fanté & de mort, de celerité & de tardiueté des crifes, des chofes contenuës aux vrines, que de leur liqueur : Car il parle rarement de la liqueur mais fort fouuent des chofes contenuës en icelle. I'appelle *chofe contenuë*, tout ce qu'il y a de plus épois & de plus corpulent aux vrines. On en fait de deux fortes : car ce qui eft contenu, eft de la fubftance mefme de l'vrine, c'eft à dire, il

Les chofes contenuës font de deux fortes. prend fon origine & perfection auec icelle, & eft nommé d'vn mot general, *hypoftafe* : ou bien il vient d'ailleurs, comme de tout le corps, ou de quelque certaine partie ; pour exemple du foye, de la ratte, de la veffie, &c. On conftituë trois differences d'hypoftafe, qui varient felon la diuerfe nature du lieu & de la fituation

L'hypoftafe eft de trois fortes. qu'elles occupent : car ou elle fe raffied au fonds, & eft proprement nommée *hypoftafe*, ou elle demeure fufpenduë au milieu, & eft nommée *eneoreme*, ou elle nage fur la fuperficie, & eft appellée *nuë* ou *nuage*, encore qu'Hippocrate les confonde toutes trois, & prenne ordinairement l'vne pour l'autre. S'il paroit de l'hypoftafe aux vrines, elle monftre que la crife ne tardera gueres à fe faire, & eft vn figne fort certain de la crife future. Il y a le texte d'Hippocrate qui porte, *que ceux font toft iugez, aux vrines defquels l'hypoftafe fe monftre toft : & ce ou à la fanté, ou à la mort : à la*

Les marques ou conditions de l'hypoftafe loüable, font quatre. *fanté, fi elle eft loüable ; & à la mort, fi elle eft mauuaife.* Lès marques de l'hypoftafe loüable font quatre, felon Hippocrate : Car pour eftre bonne, elle doit eftre blanche, vnie, égale, & mediocrement époiffe. 1. La blancheur denote la force des

La premiere, qu'elle foit blanche. parties folides : Car ces parties eftant blanches & fpermatiques, elles effayent d'affimiler cette portion époiffe & groffiere de l'aliment : mais n'en pouuât venir à bout, à raifon de la diffimilitude qui eft entre leurs fubftances, elles s'efforcent à tout le moins de la faire en couleur & qualitez : *Car tout aliment & tout excrement reprefentent*, felon Galien, *la nature, l'idée, & la couleur de la partie dont ils viennent.* L'hypoftafe vient des parties blanches & fparmatiques, & eft leur excrement : elle doit donc eftre blanche, & l'eft de fait quand tout eft bien difpofé en l'œconomie

La feconde, qu'elle foit vnie. naturelle. 2. Elle doit eftre vnie, tellement que de toutes parts elle n'ait qu'vne plaine égale, vn feul corps continu, & tout tenant à foy, fans aucune afperité, fiffure, ride ny déchirure. 3. Elle doit eftre égale & fimilaire : Cette égalité denote

La troifiéme, qu'elle foit égale. la puiffance de la chaleur naturelle qui fe répand egalement dans toutes les parties de la matiere. Au refte, i'expofe cette égalité en deux manieres. Premieremét celle-là eft égale qui eft toute fimilaire, & d'vne façon, c'eft à dire, les parties de laquelle font en tout & par tout femblables en époiffeur & couleur tellement qu'elle ne foit point plus époiffe ny plus tenuë en vn endroit qu'en l'autre. Secondement, ie dis celle-là eftre égale, qui eft conftante, & qui demeure femblable durant tout le cours de la maladie : tellement que fi elle fe monftre vne fois blanche & égale, elle continuë les iours fuiuans de mefme. Et c'eft celle qu'Hippocrate

In prognoft. defigne en fon prognoftic, en ces mots, *Cette vrine eft tres bonne, en laquelle l'hypoftafe eft blanche, vnie & égale durant tout le cours de la maladie, & iufques à ce qu'elle foit* iugée : que si elle discontinuë, la maladie en est plus longue, & moins seuere. Item, *L'vrine* In Coacis. *ayant vn bon sediment, & puis le perdant tout à coup, denote trauail & changement.* Parce que cette inegalité demonstre ou l'inegalité de la matiere de laquelle vne partie se cuit, & l'autre, à raison de sa malignité & rebellion, refuse toute coction; ou l'im- becillité de la chaleur naturelle. 4. Elle doit estre mediocrement époisse : car on Le quatriéme qu'elle soit me-diocrement époisse. recueille de son époisseur la force & puissance de la chaleur, au commandement de laquelle les choses semblables s'assemblent, & les dissemblables se separent. L'hypostase ornée de ces quatre qualitez, en quelque iour de la maladie qu'elle paroisse, est tousiours salutaire : c'est à icelle qu'est deuë la premiere loüange de la santé & de la seureté : & c'est elle (comme a fort bien remarqué Hippocrate) qui Aph. 27. sect. 2. prognost. nous demonstre la securité & la briefueté de la maladie. Il faut quasi faire mesme iugement des nuages & enoremes blanches & égales; car en icelles reluisent les signes de la coction encommencée : mais quelque peu plus debiles qu'en l'hypo- stase.

L'hypostase rouge approche fort prés de la blanche, laquelle, selon Hippocra- L'hypostase rouge. Aph. 26. sect. 2. prognost. te, monstre la maladie deuoir estre salutaire, mais vn peu plus longue : salutaire, parce qu'elle est engendrée d'vne humeur salutaire, c'est à dire, du sang redon- dant; & plus longue, d'autant que ce sang sereux ne reçoit point si tost sa coction. Touching ce sediment rouge, Hippocrate en parle en ces termes : *A ceux qui* Aph. 71. se. 4. *sont iugez au septiéme iour, paroit vne nuée rouge dans l'vrine au quatriéme.* L'hypostase L'hypostase noire. noire, rude & inégale, est tousiours tres-mauuaise. La noire denote ou vn fort grand embrasement, ou l'extinction de la chaleur naturelle. Or cela se doit enten- dre aux fiéures aiguës; Car l'hypostase noire sans fiéure-aiguë, ne menace ny de mort ny de danger, ains elle denotte le plus souuent la fiéure quarte à venir, de laquelle elle est ordinairement l'auant-coureur. Hippocrate nous a enseigné cela En ses Coaques. L'hypostase rude. L'hypostase inégale. quand il dit, *que le sediment noir aux fiéures erratiques, est le messager de la quarte.* Celle qui est rude & aspre, monstre la rebellion de l'humeur morbifique : que si elle est inégale & dissimilaire, elle denotte la difficulté de la coction. Hippocrate appelle ordinairement cette hypostase inégale, *variegata*, comme qui diroit, *variée, bigar- rée & de diuerses couleurs.* Le premier malade du premier liure des maladies popu- laires, nommé *Philiscus*, rendant vne vrine bigarrée & noire, mourut le sixiéme iour. Or i'expose cette hypostase bigarrée & noire, en trois façons; en la couleur, Trois differéces d'inégalité. en la figure, & en la consistence : en la couleur, quand elle paroit tantost blanche, tantost rouge, & tantost noire : en la figure, quand elle se monstre ores ronde, & ores separée & dispersée, ou estenduë : & en consistéce, quand elle se fait voir tan- tost époisse, & tontost renuë. Or toute cette inégalité est de difficile iugement. Et iusques icy de l'hypostase, qui prend son origine & perfection auec l'vrine, & qui Les hypostases & rasiitées qui viennent d'ail-leurs que de la substance de l'vrine. est de son essence mesme. Il en reste encore vne autre sorte, laquelle venant d'ail- leurs, se meslange auec l'vrine. Or elle vient ou de tout le corps, comme de la col- liquation des parties solides, (& d'icy procede vne fort grande diuersité d'hypo- stase, ainsi que nous allons faire voir) ou de quelque certaine partie, comme du foye, de la ratte, des reins, & de la vessie. Or les choses qui se meslent auec l'vrine, sont diuerses, comme des racleures, des poils, ou cheueux, des caruncules, des sa- bles, des écailles, du sang, de la pituite, des humeurs époisses, du pus, de la seméce, des toiles d'araignées, & semblables. La cause generale de toutes ces choses, c'est la chaleur qui liquefie, brusle, putrefie. La chaleur qui liquefie & dissout, engen- dre les vrines grasses, huileuses, celles qui ressemblent à de la boüillie, & celles qui Les vrines grasses. sont cóme pleines d'écailles : la chaleur qui brusle, engendre les sables, les pierres,

& les poils ou cheueux:& celle qui putrefie, les vrines puantes & purulentes. Les vrines graffes font le plus fouuent mortelles, parce qu'elles font fignes de la colliquation du corps: Hippocrate les appelle *peftilentes*. *L'vrine*, ce dit-il, *eft mauuaife, quand on la laiffe huileufe en vrinant*. L'hypoftafe qui reffemble à de la boüillie, fi elle vient de la colliquation des chairs, elle eft perpetuellement mortelle ; fi à raifon d'vne fort grande chaleur qui brufle le fang, elle prefage longueur de maladie. Quand les hypoftafes des vrines de ceux qui ont la fiéure font époiffes, & qu'elles reffemblent à de la groffe farine, elles denotent (felon le témoignage d'Hippocrate) que la maladie doit eftre longue. Le malade deuxiéme de la troifiéme fection du premier liure des Epidemies, nommé Silenus, rendoit des vrines auec vne hypoftafe femblable à de la groffe farine, Il mourut l'vnziéme iour. L'hypoftafe qui reffemble à des écailles, petites lames, ou feuilles, fe fait ou par colliquation, ou par érofion : celle-là eft mortelle, & celle-cy eft feulement figne d'vlceration: celle-là eft fans puanteur, & celle-cy auec puáteur extréme: Par l'Aphorifme 81.de la 4.fection, Le fediment qui reffemble à du fon de froment bien moulu, fe fait ou à raifon d'vne grande & violente chaleur, & eft mortel; ou de quelque vlcere ou fcabie qui eft en la veffie, par l'Aphorifme 77.de la mefme fection. Tels donc font tous les fignes critiques, & mortels & falutaires qui fe peuuent prendre de la liqueur & des hypoftafes des vrines. Mais d'autant que beaucoup de chofes les peuuent changer, de peur que le Medecin ne fe trompe en fon prognoftic, ou que fon iugement touchant la coction & crudité des humeurs ne foit temeraire & precipité ; il obferuera les cautions que nous allons defcrire au chap.fuiuant.

In prognoft.

Le fediment reffemblant à de la boüillie.

Aph. 31.fect. 7.

A des lames ou à des efcailles.

A du fon de froment.

Qu'eft-ce que le Medecin doit obferuer premier que donner fon iugement touchant la coction ou crudité des vrines.

CHAPITRE X.

ALIEN commande de prendre, à quelque heure du iour que ce foit, l'vrine de celuy qui eft detenu de fiéure aiguë, & ce fans en rien perdre ; puis la mettre auffi toft dans vn vrinal bien tranfparent, égal, net, exempt de toute couleur eftrange, grand & oblong : & en confiderer la liqueur, pour fçauoir fi elle eft trouble ou claire, fans que le Medecin fe hafte encore de rien dire touchant l'éuenement de la maladie ; parce qu'en icelle il y a encore beaucoup de chaleur eftrange, & que l'hypoftafe n'eft point feparée d'auec la liqueur. Il la laiffera donc repofer, & fe raffeoir l'efpace d'vne bonne heure, & ce en vn lieu temperé, non battu des vents, de peur que quelque chofe d'eftrange ne s'y mefle: non fort froid ; de peur qu'elle ne s'époiffiffe par trop ; ny expofe aux rayons du Soleil, de peur qu'ils n'en changent la couleur. Or il la regardera à toutes les heures du iour. Hippocrate en l'hiftoire d'Endemicus la regarda enuiron le Soleil leuant, & commanda de garder celle qu'il feroit tout le long du iour. Si d'auanture elle fe trouble, ou d'elle-mefme, ou par le froid, il la faudra diffoudre fur le feu : que fi elle ne fe diffout point, il y a de l'apparence qu'elle a efté faite telle. Rhafis veut qu'on les difcerne par ces fignes. Celle qui eft faite claire, & qui vient en apres à fe troubler, eft blanche & condenfe comme de la graiffe, on ne peut voir à trauers : elle s'attache aux parois l'vrinal, & les teint de

Marques pour difcerner les vrines troubles.

quelques marques qui ne font point trop obfcures, tous lefquels fignes ne conuiennent point à celle qui a efté renduë époiffe & trouble. Durant que le Medecin
contemple l'vrine, il eft bon qu'il mette fa main au derriere de l'vrinal, afin que
tous les rayons s'y recueillent comme dans vn miroir, & qu'il la regarde d'vne diftance mediocre ; Car la contemplant de trop loing, elle paroit plus tenuë ; & de
trop prés, plus époiffe. Si l'vrine paroit tenuë & blanche, auec vne nuée, ou encoreme defioints, ou fans aucune hypoftafe, il pourra dire affeurément que la maladie eft encore cruë : Que fi elle eft mediocrement époiffe, auec vne hypoftafe
blanche, vnie & égale, il affeurera que la crife fe fera toft & falutairement. Cependant que le Medecin fe donne garde qu'il ne foit trompé par les chofes qui changent ordinairement tant la liqueur que l'hypoftafe ; Car elles reçoiuent fouuent
quelque alteration par les caufes naturelles, non naturelles, & contre nature, fans
que pour cela elles denottent rien de mortel, ny de finiftre. Entre les caufes non
naturelles, nous mettons le boire & le manger. : Ainfi ceux qui mangent de la
froumentée, ou de la bouillie faite de laict, rendent par fois leurs vrines blanches
& laicteufes : & ceux qui mangent du fiué de liéure, les font noires : La rheubarbe,
le faffran & la garance, les teignent en iaune : l'afperge & la terebinthine, leur
communiquent vne odeur qui ne leur eft point propre : apres auoir beu vne fort
grande quantité d'eau, les vrines qu'on rend font fubtiles & cruës. Toutes ces
chofes n'ont rien de finiftre ny de mauuais iugement, & toutesfois elles empefchent la cognoiffance du Medecin; telle qu'il luy eft impoffible, icelles eftant pre-
fentes, de rien affeurer au certain touchant l'iffuë des maladies. Aux caufes naturelles, nous rapportons l'aage, le fexe & la temperature, qui caufent vne grande
diuerfité d'vrines : Celles des enfans font blanches, époiffes, & ont beaucoup de
fediment : Celles des ieunes gens font tenuës & iaunes : Celles des vieilles perfonnes font blanches & tenuës : Les hommes rendent leurs vrines plus teintes que
les femmes : Les fanguins les font mediocrement époiffes, les bilieux tenues, &
auec encoreme pluftoft qu'hypoftafe : Les pituiteux blanches, époiffes, & auec
force fediment ; & les melancholiques vn peu plus époiffes. Finalement, les chofes contre nature changent les vrines, comme font les vlceres des reins & de la
veffie : Car ainfi elles fe monftrent tantoft époiffes, tantoft fanglantes, & tantoft purulentes. Que fi le prudent Medecin remarque bien attentiuement toutes ces chofes, à grand' peine fe pourra-il faire qu'il s'abufe & trompe en fon
prognoftic.

Quelle precau-
tions le Mede-
cin doit appor-
ter, de peur
qu'il ne s'abufe
aux iugemens
des vrines.

Caufes non na-
turelles, qui
changent les
vrines.

Caufes natu-
relles.

Caufes contre
Nature.

b iij

Table comprenant tous les signes de coction qui reluisent aux vrines.

Les signes de coction reluisent principalement en l'vrine, en laquelle il faut remarquer

- **La liqueur, en laquelle il faut considerer**
  - **La substance, à laquelle te rapporte**
    - **Son corps, à raison duquel l'vrine est dite**
      - *Tenuë, & monstre*
        - En l'imbecillité des forces, la mort.
        - En la constance des forces, longueur, abscez ou rencheute.
      - *Espoisse.*
        - Mediocrement, & monstre la seureté.
        - Auec excez, & denote douleur ou longueur.
    - **Sa perspicuité ou clairté, de laquelle l'vrine est dite**
      - Claire, à trauers de laquelle la veuë ne penetre aisément.
      - Ou elle est pissée claire & se trouble puis apres, elle monstre vn commencement de coction.
      - *Ou trouble, & est de trois sortes.*
        - Ou elle est pissée trouble & deuient claire puis apres, elle monstre que Nature demeure victorieuse.
        - Ou elle est pissée trouble & demeure telle, elle menace de douleur de teste, resuerie & mort.
  - **La qualité qui reluit principalement en la couleur. Or les couleurs sont,**
    - *Extremes,*
      - *La blanche.*
        - Sans fiebure ne presage rien de mortel.
        - Auec fiebure elle denote l'embrasement du foye, le transport de la bile, & l'imbecillité de la chaleur.
      - *La noire, qui est telle*
        - De generation, & denote vn grand embrasement ou l'extinction de la chaleur.
        - Ou par le meslange de quelque humeur estrange, & est quelquefois salutaire.
    - *Ou moyennes comme sont*
      - La verde, la bleuë ou perse, celle qui est fort rouge.

- **L'hypostase, qui est la partie plus espoisse qui s'arreste en l'vrine, & est de deux sortes.**
  - **On de la substance de l'vrine : on en fait trois differences.**
    - *Hypostase qui se rassied au fonds, & est double.*
      - *Salutaire qui a quatre marques, car elle doit estre*
        1. Blanche, parce qu'elle vient des parties solides.
        2. Vnie & bien iointe, pour monstrer la bonté de la matiere.
        3. Egale ou similaire.
        4. Mediocrement espoisse, pour denoter la victoire de la chaleur.
      - *Mortelle qui est*
        - *Noire.* Par embrasement, par extinction de la chaleur naturelle.
        - Aspre ou rude.
        - *Inegale.*
          - En couleur quand elle est tantost noire, & tantost rouge.
          - En figure, quand elle est tantost ronde & tantost diuulse.
          - En consistence quand elle est tantost espoisse & tantost tenuë.
    - *Encoreme qui est pendante au milieu.*
    - *Et nuage qui nage sur la surface.*
  - **Ou venante d'ailleurs, comme**
    - *De tout le corps, de là vient l'hypostase.*
      - Grasse, huileuse, pultacée, lamineuse, crueuse.
    - *Ou de quelque partie, comme*
      - Du foye, de la rate, des reins, de la vessie.
      - *La cause vniuerselle de toutes ces choses c'est la chaleur.*
        - Qui liquefie, de laquelle viennent les vrines grasses, huileuses, pultacées.
        - Qui brusle, laquelle engendre les sables, pierre & poils.
        - Qui putrefie, de laquelle viennent les vrines puantes & purulentes.

Des autres signes qui monstrent le temps & le iour de la crise.

CHAPITRE XI.

NOVS auons prouué cy-deſſus que l'on peut prédire aſſeuré-ment la celerité & ſecurité de la criſe par les ſignes de coction & de crudité : il nous faut maintenant en peu de parolles de-clarer par quelles marques on peut reconnoiſtre le iour de la criſe,&ſçauoir ſi elle ſe fera en vn iour pair ou impair.On con-ſidere trois choſes en la maladie : l'idée , les mœurs & le mou- *On doit conſi-derer trois cho-ſes en la mala-die.*
uement. Les ſignes Pathognomiques deſcouurent l'idée ou eſpece : les Epi-phainomenes les mœurs : & les Epigenomenes le mouuement. Les maladies qui ont leur mouuement viſte & vehement ſe iugent promptement. Les extre-mement aiguës ſe iugent au premier quarternaire : celles qui ſont fort aiguës au premier ſeptenaire ; celles qui ſont ſimplement aiguës dans le quatorziéme iour qui eſt le terme le plus long : celles qui ſont aiguës par decidence peuuent aller iuſqu'au quarantiéme. Il s'enſuit donc que l'on peut preuoir la tardiue-té ou celerité de la criſe par le mouuement de la maladie. Le meſme mouue- *Le mouuement de la maladie monſtre ſi la criſe ſe doit fai-re en vn iour pair on non pair.*
ment monſtre auſſi au certain le iour de la criſe, & ſi elle ſe doit faire en vn iour pair ou non pair. Car puis que les criſes ne ſe font ſeulement qu'en la vigueur & aux redoublemens des accez ; & iamais au commencement ny en la decli-naiſon , certes ſi la maladie a ſes redoublemens aux iours pairs ; il faut attendre la criſe en vn iour pair , & au contraire. Hippocrate nous enſeigne cela en ces *Sect. 3. lib. 1. epidem.*
mots. *Les fiéures qui ont leurs acce{ aux iours pairs ſe iugent aux iours pairs,mais quand leurs redoublemens ſe font aux iours impairs, elles ſe iugent auſſi aux iours impairs.* Phi- *Le 1. mal. de la meſme ſect.*
liſcus fut iugé à la mort le ſixiéme iour , or il auoit (ce dit Hippocrate) ſes re- *Le 1 2. malade dela 3. ſect.du liure des Epi-demies.*
doublemens aux iours pairs. La vierge de Lariſſée fut iugée parfaitement le ſixiéme iour à la ſanté , or ſes trauaux & douleurs redoubloient aux iours pairs. *Le 3. mal. de meſme ſect.*
Pithion auoit les redoublemens de ſes accez aux iours pairs,& mourut le dixié-me iour. Et de cecy la demonſtration en eſt éuidente & claire : car y ayant en la *Demonſtra-tion.*
criſe vn aſpre combat entre la Nature & la maladie, à l'inſtar des gladiateurs , à qui demeurera victorieuſe : il eſt neceſſaire que la criſe ſe faſſe au iour auquel la maladie rengrege & ſe renforce afin d'emporter la victoire : or elle fait cela au redoublement & en la violence de l'accez. Et c'eſt ce que Galien declare en ter- *li.3.de Criſi-bus cap. 4.*
mes tres-clairs quand il dit, *La criſe eſcheoit en vn meſme temps auec l'acce{,& aduiët ſi peut ſouuët qu'elle ſe faſſe au meilleur iour,qu'Archigene en toute ſa vie ne la remarqué que deux fois, & moy iuſques à cette heure vne ſeulement.* Item *Les meilleures criſes ſe* *lin. 3. des Criſ chap. 10.*
font en l'eſtat ou vigueur :celles qui ſe font en l'accroiſſemét à ceux qui doiuent échaper ,ou elles ſont imparfaites , ou non aſſeurées : or elles ne ſe font iamais au commencement de la maladie. Adiouſtons pour l'éclairciſſement de cette matiere que deux choſes ſont requiſes à ce que la criſe ſoit parfaite, l'aiguillon ou irritement de la coction : or elles aduiennent toutes deux en l'exacerbation ou redoublement de la maladie: car Nature eſt irritée & aiguillonnée en l'accez, & l'humeur cuite & digerée en-uiron l'eſtat & vigueur de la maladie. Voilà donc les ſignes antecedens, qui apparoiſſent deuant le temps & le iour de la criſe, leſquels ſe prennent de la coction des vrines & du mouuement de la maladie : la coction monſtre la cele-rité & ſecurité de la criſe , & le mouuement ſi elle ſe doit faire en vn iour pair

ou impair. Or si le iour de la crise est tout prochain, & si elle est sur le point de se faire, on le recueille & reconnoit par les signes de l'agitation critique, lesquels varient selon la diuerse espece d'euacuation: & toutesfois ceux-cy en general precedent ordinairement la crise. Les malades ont grande douleur de teste, ils se deiettent & tourmentent fort, on ne les peut contenter de boire tant ils sont alterez, ils ont l'haleine empeschée & le poux inégal. Et c'est ce qu'Hippocrate a voulu designer par le mot *dissphoria* fascheux à supporter: où il dit *la nuict de deuant l'accez est griefue & difficile à supporter à ceux ausquels la crise se fait.* Que si ces signes paroissent le iour, la crise se fera la nuict suiuante.

Des signes antecedens qui monstrent en general l'espece de la crise.

CHAPITRE XII.

E n'est point assez que le Medecin ait predit par le mouuement de la maladie & par les signes de coction, le temps & le iour de la crise : il faut aussi qu'il en monstre l'espece par ses propres signes, comme auec le doigt. Les especes de crise ne sont pour tout que deux. 1. L'excretion ou euacuation. 2. L'abscez ou aposteme. L'excretion arriue le plus souuent aux maladies aiguës, & l'abscez aux chroniques & longues. Les differences d'excretion sont, *Le flux de sang qui se fait par le nez, la matrice, ou les hamorrhoïdes, le vomissement, la sueur, le flux de ventre & le flux d'urine.* Sous le nom d'abscez nous comprenons *toutes sortes de tubercules ou apostemes, & tout ce qui se presente au dessous de la peau.* Nous baillerons en ce chapitre les signes generaux de l'excretion, & aux suiuans ceux qui sont propres à chaque espece. Les generaux se doiuent prendre de l'espece & du mouuement de la maladie, de la partie malade, de la nature du patient, de son aage & de sa temperature. 1. Si tu consideres l'espece de la maladie: les chaudes se iugent ordinairement par excretion, & les froides par abscez, parce qu'aux chaudes reluisent toutes les opportunitez de l'excretion, là où les froides viennent plus difficilement à coction, & se mouuent plus tardiuement. Ainsi la fiéure ardante se termine selon Hippocrate par sueur ou par flux de sang du nez, & non par abscez. 2. Si le mouuement: les maladies aiguës se iugent par excretion, & les longues par abscez. Car l'essence des maladies aiguës consiste en la vehemence & vitesse du mouuement, & des longues en la pesanteur & tardiueté. Tu obiecteras que les longues se iugent souuent par excretion. Ainsi Nicodeme fut iugé le vingt-quatriéme iour par les vrines, la vierge d'Abdere le vingt-septiéme par les sueurs : Anaxion le trente-quatriéme par les sueurs : Cleanactides eut vn tremblement l'octantiéme, il sua beaucoup & fut parfaitement guary. La responce est aisée, les crises qui se font aux longues maladies par excretion ne se font point, à raison que la violence de la maladie a tousiours cheminé d'vn mesme pas, mais pource qu'ayant tantost des remissions ou relasches, & tantost des exacerbations ou redoublemens, il arriue quelquefois qu'il se fait des paroxysmes ou accez fort aigus, ausquels rien n'empesche qu'il ne se fasse vne copieuse excretion qui iuge & termine la maladie. 3. Si la partie malade: l'inflammation qui occupe la partie gibbeuse du foye se iuge par flux de sang de la narine dextre qui est vis à vis, ou par vn flux d'vrine : si elle assiege la partie caue, elle se termine plustost par flux de ventre, vomissemens ou sueurs.

ventre, vomiſſemens, ou ſueurs. Les inflammations du cerueau & de toute la teſte prennent ſouuent fin par vn flux de ſang du nez, parce que les extremitez des vaiſſeaux du cerueau aboutiſſent aux narines. Le vomiſſement & flux de ventre guariſſent les phlegmons du ventricule & du meſentere : & ſelon Hippocrate, la fiéure lypirique qui vient de l'eriſipele & inflammation du ventricule eſt terminée par vne grande & ſoudaine éuacuation d'humeurs bilieuſes par haut & par bas que les Grecs nomment *cholera*. 4. Si l'aage, aux ieunes trauaillez de fiéures ardantes, ſuruiennent le plus ſouuent des hæmorrhagies, & aux vieux des diarrhoées. Hippocrate le confirme en ces mots. *A pluſieurs ſont ſuruenuës des* **4. De l'aage.** *hæmorrhagies principalement aux adoleſcens, & à ceux qui eſtoient en fleur d'aage, & aux vieilles gens des flux de ventre & des dyſenteries.* Galien en rend la raiſon, & dit que c'eſt pource que les humeurs des ieunes gens eſtans bilieuſes, fort ſubtiles & fort acres montent aiſément en haut, là où celles des vieillards eſtant pituiteuſes & époiſſes deſcendent en bas. Tels ſont les ſignes generaux de l'excretion future, expliquons maintenant quels ſont ceux qui ſont propres à chaque eſpece.

li. 1. epidem.
ſect. 2. conſt,
temporis 3.

*Les ſignes qui apparoiſſent quand la criſe ſe doit faire
par Hæmorrhagie.*

CHAPITRE XIII.

'Admirable Hippocrate a comprins toutes les eſpeces de criſe en vn ſeul aphoriſme en ces mots. *Les maladies aiguës ſe iugent par flux de ſang du nez, par ſueurs copieuſes, vrines purulentes, diarrhoées pituiteuſes & ſanguinolentes, vomiſſemens & abſcez notables.* 2. L'hæmorrhagie eſt la premiere eſpece de criſe qui iuge parfaitement les fiéures ardantes, & les inflammations de tous les viſceres : *A ceux qui ayans fiéures aiguës, il eſt ſuruenu flux abondant & copieux de ſang par le nez, ils ſont tous échappez, & n'ay veu mourir* (ce dit Hippoc.) *aucun d'iceux en cette conſtitution-là.*

Conſt. 3. ſect.
2. li. 1. epid.
Æger. 7. ſect.
3. l. 1. epid.
Æger 12. ſe,
3. l. 3. epid.

Methon fut iugé à la ſanté le cinquiéme iour par vn flux de ſang de la narine gauche. La fille de Lariſſea detenuë d'vne fiéure ardante fut parfaitement iugée au ſixiéme iour, bien que tyran, par vne hæmorrhagie copieuſe du nez, & reſta ſans fiéure. Hippo. a eſté le premier qui nous a declaré les ſignes de cette hæmorrhagie critique qui eſt ſur le point de venir, au ſecond liure des maladies populaires, en ſes coaques & en ſon prognoſtic, quãd il dit, *A celuy qui a la fiéure, ſi le viſage luy deuient fort rouge, s'il a grande douleur de teſte, & ſi le battemét des veines redouble & renforce : il luy arriuera vn flux de ſang par le nez.* Il adiouſte en ſes liures des maladies épidemiales, *la diſtenſion de l'hypochondre, la douleur du col, la peſanteur des temples, & le vertige ou tournoyement tenebreux.* Tous leſquels ſignes il nous faut icy examiner à la pierre de touche & au niueau de la verité. Premierement *la face rougit,* parce que l'humeur eſt tranſportée des parties inferieures, & ſe fait auſſi-toſt voye pour ſortir par les narines, auſquelles aboutiſſent pluſieurs ruiſſelets des veines internes & externes. Cette rouge denotte la preſence du ſang, parce que *quelle eſt l'humeur, telle apparoit la couleur en la peau.* La teſte & le col ſont trauaillez de douleur, à raiſon du meſme tranſport de l'humeur morbifique, laquelle en ſeparant & eſtendant les parties membraneuſes qui ont le ſentiment fort vif, leur cauſe cette douleur. *Les*

Pourquoy la
face rougit en
l'hæmorrhagie
critique.
Li. de humo-
ribus.
Pourquoy la
teſte ſait mal.
Pourquoy les
arteres.

veines, c'est à dire, les arteres des temples battent d'vn mouuement extraordinaire, quand l'hæmorrhagie est prochaine, à raison qu'elles sont pressées par la particuliere repletion des veines. Ainsi les phlegmons sont tousiours accompagnez d'vne pulsation apparente à la veuë & au tact. *L'esbloüissement & l'obscurité de la veuë* precede pareillement le flux de sang critique : Alors les yeux ne peuuent suppor-ter la clairté, ils larmoyent inuolontairement, & comme écrit Hippocrate, on voit voleter deuant les yeux des marmariges. I'appelle marmariges de certains petits corps fort menus & desioints qui resemblent aux taches & marquetes qui se voyent dans le marbre. Or la cause de cette obscurité ou esbloüissement de veuë, c'est vn esprit épois & grossier qui porté en grande quantité aux parties superieures, bousche les conduits, & fermant le chemin à l'esprit animal, hebete & obscurcit la veuë : or ces petits corps & diuerses couleurs meslées paroissent estre en l'air, encore qu'ils soient au dedans de l'œil entre la cornée & le crystallin, estant là engendrez des vapeurs de l'humeur qui est transportée au cerueau, & bien qu'ils soient au dedans ils semblent neanmoins estre dehors, parce que le crystallin accoustumé à voir les objets externes iuge ce qu'il voit au dedans de l'œil estre au dehors dans l'air. Et qui est plus, ces fausses visions ne se presentent pas seulement aux yeux, mais aussi au cerueau & à l'imagination : par lesquelles le Medecin peut predire l'hæmorrhagie estre toute preste de se faire. Ainsi Galien predit qu'vn ieune homme qui auoit vne fiéure continuë & fort aiguë saigneroit du nez : à cause qu'il l'auoit veu se ietter hors du lict, pendant que les Medecins estoient à resoudre entr'eux si on luy tireroit du sang : car luy ayant demandé pourquoy il se iettoit ainsi hors du lict, veu qu'il n'y auoit que craindre en ice-luy : respondit qu'il auoit veu vn serpent rouge entrant par la couuerture de la maison & qu'il s'enfuyoit de peur qu'il ne tombast sur luy. *La distention de l'hypo-chondre* qui est de peu de durée & sans douleur, & neanmoins accompagnée de quelque difficulté de respirer, vient de ce que le foye s'enfle à raison du mouue-ment du sang, lequel commence à se mouuoir en sa fontaine & aux racines des veines : or le foye selon Hippocrate *est le receptacle du sang, la boutique de la sanguifi-cation, & la radication des veines.* La respiration en deuient difficile, parce que le sang montant aux parties superieures, vient à presser le diaphragme organe principal de la respiration libre : mais cette difficulté de respirer, non plus que la tension de l'hypochondre, n'est point de durée : car si ces deux symptomes perseueroient auec douleur, ils monstreroient que le foye souffriroit inflamma-tion. Galien en adiouste quelques autres, comme *le tintement des oreilles* qui se fait par les vapeurs qui gagnent le haut : *la tension de la nucque, le chatoüillement des na-rines :* à tous lesquels il sera à propos d'adiouster *qu'elle se fait volontiers aux ieunes gens, depuis l'age de dix-huict iusqu'à trente ans, aux bilieux, & à ceux qui sont detenus de fiéure aiguë.*

Pourquoy les yeux sont es-bloüis.
Prognosi 33. sect. 3.

Lib. de præ-noscendo.

Pourquoy l'hy-pochondre souf-fre distention.

Libel. de Ali-mento.

Des signes qui precedent la sueur critique.

CHAPITRE XIV.

L y a encore vne autre espece de crise fort familiere & or-dinaire à Nature, qui rompt souuent les fiéures ardan-tes,& termine les inflammations de tous les visceres: c'est à sçauoir *la sueur qui est chaude, copieuse & vniuerselle,* laquel-le merite beaucoup de loüange en ce qui dépend du re-couurement de la santé, pourueu qu'elle se fasse selon raison. Les signes de cette sueur critique qui est sur le point de venir sont deux, selon Hippocrate, *la suppression* *de l'vrine, & le tremblement.* Il fait mention *de la suppression de l'vrine* en son pro-gnostic, mais il la dépeint élegamment en ces mots. *Deuant le tremblement,* c'est à dire, deuant la sueur qui suit immediatement le tremblement *se font des suppres-sions d'vrines, si les crises sont salutaires.* Or pourquoy certe retention d'vrine est l'auant-coureur de la sueur, en voicy à mon aduis la raison, c'est que la matiere de l'vrine &-de la sueur est vne mesme humidité, sçauoir est la serosité ou le me-que des quatre humeurs qui sont contenuës dans les veines : & partant si la sero-sité est transportée,& s'épand dans toute l'habitude du corps, l'vrine vient à s'ar-rester, ou bien on la rend en fort petite quantité, c'est pourquoy ceux qui suent beaucoup pissent peu,& au rebours. *Le tremblement,* second signe de la sueur fu-ture, a pour sa cause l'acrimonie de l'humeur sereuse qui irrite, mord & piquot-te le pannicule nerueux (le vulgaire le nomme improprement *charneux*) qui est d'vn sentiment tres-exquis. La sueur suit en fin ce tremblement : & c'est de ce tremblement critique dont parle Hippocrate quand il écrit, *le tremblement surue-nant à fiéure ardante, rompt la fiéure,* les modernes adioustent, *que le poux est mol, flot-tant & ondoyant, les extremitez chaudes, la face rouge & vermeille,& qu'on sent vne cer-taine vapeur chaude sortir en abondance de tout le corps.* Hippocrate n'a point décrit (comme remarque Galien) ces signes critiques qui se prennent du poux, parce qu'il les ignoroit, ou bien pource qu'il les iugeoit inutiles & fort peu necessaires. Il y en a qui recueillent les signes de cette sueur prochaine *des songes des malades.* Quelques-vns, ce dit Galien, desquels la maladie se deuoit rompre par sueurs son-geoient qu'ils se baignoient & lauoient dans vn lac d'eau tiede. Ces songes sont naturels & suiuent la nature & la temperature de l'humeur qui domine au corps. Auicenne adiouste *la couleur de l'vrine fort rouge est enflammée.*

Deux signes de la sueur criti-que.

La suppression de l'vrine. Sect. 1. l. 6, epidem.

Le tremblement.

Aph. 5 8.sect. 4.

Au dernier chap. du 3.liu. des crises.

Li.de digno-tione ex in-somniis.

Des signes des vomissemens & diarrhoées critiques, qui sont sur le point de se faire.

CHAPITRE XV.

E s inflammations du ventricule, des boyaux, du mesentere & des hypochondres se guarissent souuent par *le vomissement &* *le flux de ventre :* & partant ils doiuent estre tous deux mis au nombre des especes de crises. Les signes qui les precedent & de-monstrent sont ceux-cy selon Hippocrate, *Les inquietudes, les* *morsures & douleurs de cœur, le frequent trachement de saliue, & les esblouyssemens*

Les signes du vomissement.

precedent le *vomiſſement.* Premierement les malades ſont trauaillez d'inquietudes & ſe deiettent de tous coſtez auec des nauſées & enuies de vomir, à cauſe de la bile qui croupit dans le ventricule: ce deiettement ſe fait, ce dit Galien, *quand les humeurs corrompuës viennent à mordre & piquotter l'orifice de l'eſtomach.* De la meſme

cauſe vient le *Cardiogmos* ou morſure du cœur, c'eſt à dire de l'orifice ſuperieur du ventricule, que les anciens ont nommé *le cœur,* parce qu'il y a vne fort grande ſympathie auec le cœur, & qu'il cauſe des ſymptomes ſemblables à ceux qui ſuruiennent aux affections du cœur meſme. Or i'attribuë tout cela à ſon ſentiment qu'il a fort exquis, qui luy eſt communiqué par deux nerfs notables nommez *ſtomachiques,* qu'il reçoit de la ſixiéme coniugaiſon du cerueau. Le frequent

crachement ſe fait à raiſon de l'humeur qui regorge & monte du ventricule à la bouche le long de ſa tunique interne, que l'Anatomie nous apprend eſtre continuë au ventricule & à la bouche. Les eſbloüiſſemens ſe font à raiſon des vapeurs fumeuſes qui exhalent & s'eſleuent des impuretez du ventricule. Adiouſtons-y

de noſtre part *la palpitation de la léure inferieure, l'amertume de la bouche, vne frequente viciſſitude de friſſonner & d'entre-ſuer, le refroidiſſement des parties qui ſont au deſſous des hypochondres, vne palpitation du cœur, vne difficulté de reſpirer, la durté & l'inegalité du poix, vne douleur de teſte fort aiguë,* de laquelle Galien rapporte la cauſe à l'acrimonie de la vapeur bilieuſe & à la ſympathie qui eſt entre les membranes du cerueau & tout le genre nerueux.

Les ſignes de la diarrhoée critique nous ont eſté declarez par Hippocrate en ces mots: *A ceux qui ont des rottemens, ventoſitez, & pets auec inflation au ventre, ſuruiennent flux de ventre.* Car toutes ces choſes font connoiſtre que l'humeur a eſté tranſportée des grands vaiſſeaux & de toute l'habitude du corps dans les veines du meſentere, & d'icelles dans les boyaux, où elle cauſe vn bruit & rugiſſement auec inflation. Il adiouſte ailleurs *la douleur des lombes:* Or cette douleur eſt ſympathique & ſe fait par la continuité du meſocolon, lequel naiſt des ligamens qui attachent les vertebres des lombes. Les Arabes tirent du poux & de l'vrine les ſignes de la diarrhoée future : ils veulent que le poux ſoit petit & frequent, & que les vrines apparoiſſent tenuës & blanches, à raiſon que la bile eſt tranſportée en fort grande abondance au ventre & aux boyaux : l'vrine vient auſſi quelquefois

à s'arreſter, parce que comme la miction *ou piſſer* qui a eſté copieuſe la nuict, denote que les excremens du ventre ſeront en petite quantité: ainſi ſi le ventre doit deuenir laſche, l'vrine viendra à s'arreſter, ou au moins elle diminuera & ſe rendra en petite quantité.

Des ſignes de la perirrhie ou flux d'vrine critique.

Chapitre XVI.

Ve tout le corps ſe purge par les vrines, outre l'authorité des hommes doctes, l'experience le teſmoigne ſuffiſamment. Nous auons ſouuent remarqué pluſieurs auoir eſté parfaitement guaris de fieures aiguës par vn flux d'vrine : Car nous ne voulons point (comme quelques-vns veulent faire croire) que l'vrine n'ait qu'vne ſeule matiere, à ſçauoir la boiſſon : ains diſons que ſa matiere eſt tantoſt la ſeroſité

des

des quatre humeurs, qui font contenuës dans les veines; c'eſt pourquoy Galien Qu'eſt-ce que l'vrine.
la definit eſtre *le megue des humeurs qui ſont dans les veines*, & tantoſt toute ſorte
d'humeurs bilieuſes, pituiteuſes & melancholiques. *Tout le corps* (ce dit le meſme Comment.2. in lib. 1.epid.
Autheur) *a accouſtumé de décharger la diuerſité & redondance des humeurs corrompuës*
par les vrines. Il ſe fait donc quelquesfois vn certain flux d'vrine qui eſt critique Flux d'vrine critique.
& vniuerſel, par lequel tout le corps & tout le genre veineux ſe purgent. Hippo-
crate en fait mention en ces mots, *Pluſieurs rendoient auec douleur des vrines bilieuſes,* En la 2.ſeſt.du 1.li.des Epid.
aqueuſes, abradentes, leſquelles toutesfois n'eſtoient point nephritiques ou renales, mais à
iceux les vnes pour les aures. Il y a auſſi vn certain flux d'vrine particulier qui gua-
rantit quelque partie de ſes indiſpoſitions. Ainſi nous auons veu pluſieurs qui Les indiſpoſi-tions de la rat-telle ſe guariſ-ſent par vn flux d'vrine.
ayans la ratte dure & enflée, ont eſté deliurez par vn flux copieux d'vrines noires:
or leurs vrines eſtoient noires non de generation, parce que celles qui ſont telles
entant qu'elles monſtrent ou vn grand embraſement, ou l'extinction de la chaleur natiue, ſont perpetuellement mortelles: mais à raiſon du meſlange d'vne hu-
meur noire que la ratte reiettoit dans les roignons. Des maladies de la poictrine Comme ſont auſſi pluſieurs de celles de la poictrine.
il y en a pluſieurs qui ſe iugent ſalutairement par les vrines, & la matiere de la
pleuriſie, peripneumonie, comme auſſi celle de l'Empieme ſe purge aſſez ordinairement par les reins & la veſſie. Hippocrate a remarqué qu'en vne ſaiſon pe-
ſtilentielle, *Il ſe faiſoit vne deſcente de toutes les humeurs qui eſtoient à l'enuiron des* En la 3.ſeſt.du 3.li.des Epid.
poulmons, ſur les parties inferieures. Galien confirme cette éuacuation de la poictri-
ne par les vrines en ces mots. *Aucuns nient que la bouë de l'apoſtume rompuë dans le* Lib. de loc. affect.c.4.
poulmon, ſe puiſſe purger par les reins, mais nous auons ſouuent veu le pus du poulmon eſtre
vuidé auec les vrines. Et auant Galien Diocles auoit recognu cette expurgation qui
ſe fait du pus par les reins, Meſuës & Rhaſis en ont auſſi fait mention. Or com- En la queſt. 12.du 9.liure de noſtre Ana-tomie.
ment & par quelles voyes elle ſe fait, nous l'auons enſeigné ailleurs, & monſtré
que c'eſt par les arteres & le ventricule ſeneſtre du cœur: ce que nous auons confirmé par les témoignages & hiſtoires veritables tirées des écrits de pluſieurs
perſonnages fort doctes. Concluons donc que la perirrhée eſt vne eſpece de criſe.
Or Hippocrate ne nous a laiſſé aucuns ſignes pour la recognoiſtre, nous les re-
cueillirons ſuiuant le conſeil de Galien, par l'abſence & priuation des autres eſpe- Signes de la perirrhée ou flux d'vrine critique.
ces de criſe, car s'il n'y a nulle apparence d'hæmorrhagie, ſueur, vomiſſement, &
diarrhée; & que les ſignes de coction & de perturbation ou agitation critique
ayent precedé, il eſt vray-ſemblable que la maladie ſe iugera par vn flux d'vrine,
principalement ſi le patient reſſent quelque peſanteur en l'hypogaſtre, & ardeur
au bout de la verge: comme auſſi ſi durant tout le cours de la maladie il a rendu
grande quantité d'vrines époiſſes: A quoy il conuient adiouſter l'aage declinant
à la vieilleſſe, & la ſaiſon hyuernale.

Des fignes de l'expurgation du fang par les veines de la matrice & les hæmorrhoïdes.

CHAPITRE XVII.

E STENT encore deux efpeces d'excretions critiques, *le flux menftrual & l'hæmorrhoïdal:* celuy-là iuge parfaitement plufieurs femmes trauaillées de malad.es aiguës. I'ay pour témoin noftre Hippocrate, où il dit, *Les femmes aufquelles les mois furuindrent aux iours critiques, guarirent toutes & n'en vis mourir piece de celles aufquelles cette éuacuation vint bien à propos.* Item, *le flux de fang du nez, la diarrhée bilieufe, le flux copieux d'vrine, les douleurs de genoux & le flux menftrual aux femmes rom-*

pent & terminent la fiéure. La femme malade en Thafos eft guarantie par vn flux copieux de fes fleurs, de fiéure, de cóuulfion & d'vn grand peril. La premiere eruption des fleurs, preferua de la mort la vierge de Lariffa, qui eftoit detenuë d'vne maladie aiguë. Et pour ne le faire plus long, cette excretion eft falutaire & critique, pourueu qu'elle fe faffe conuenablement. Les fignes qui la precedent (felon Hippocrate) font, *comme chaleur & pefanteur des lombes, douleur & tenfion de l'hypogaftre.* Galien adioufte que c'eft vn figne tres-certain que la crife fe fera par cette éuacuation, quand il n'apparoit aucun figne des autres excretions. Or la chaleur & pefanteur qu'elles reffentent aux lombes, vient à raifon de l'abondance du fang qui y affluë, & remolit la veine caue qui eft couchée fur les vertebres des lombes, de laquelle naiffent les deux veines, la fpermatique & l'hypogaftrique, qui arroufent tout le corps de la matrice.

L'éuacuation du fang qui fe fait par les hæmorrhoïdes n'eft point fi familiere, elle fe termine neanmoins fort fouuent toutes les maladies melancholiques & les inflámations des vifceres & de tout le genre veineux. Touchant les melancholiques, nous auons l'Aphorifme qui y eft exprés. *Les varices ou hæmorrhoïdes qui furuiennent aux maniaques melancholiques, font la guerifon de la manie.* Or que la plethore & plenitude des veines fe vuide par les hæmorrhoïdes, c'eft chofe que les Medecins ont fouuent remarquée; car des hæmorrhoïdes, ils en mettent les vnes internes & les autres externes: celles-là naiffent des rameaux de la veine porte, & celles-cy des ruiffeaux de la caue: ils difent que celles-là feruent à vuider la cacochymie, & celles-cy à décharger la plenitude: celles-là guariffent les indifpofitions du mefentere & de l'hypochondre feneftre, & celles-cy les affections de tout le genre veineux. On ne baille point de fignes pour recognoiftre cette éuacuation qui fe doit faire par les hæmorrhoïdes, & toutesfois fi les fignes de coction fe monftrent en leur iour, & que les fignes du combat ou de l'agitation critique apparoiffent defià, fans qu'on remarque aucuns fignes de fueur, vomiffement, hæmorrhagie, diarrhée, ny perirrhée; & que le malade foit fubiect aux hæmorrhoïdes, on coniecturera que la crife fe veut faire incontinent apres par icelles.

De l'autre espece de crise qui se fait par les absceʒ, & quels sont les signes qui la precedent.

CHAPITRE XVIII.

TOVTES les maladies se iugent ou par excretion, ou par abscez. Les aiguës se terminent le plus souuent par excretion, & les longues par abscez; car la matiere des fiéures aiguës est subtile, & la nature assez valide : elle éuacuë donc l'humeur morbifique tantost par dehors, par les sueurs ; tantost par dedans, par les vrines, les selles & les hæmorrhagies. Mais les maladies longues recognoissent pour leur cause ou la foiblesse de Nature qui ne peut cuire, separer, ny chasser hors l'humeur morbifique, ou l'époisseur de l'humeur : il ne faut donc point en icelles esperer d'éuacuations, ains attendre que la maladie se termine par abscez, ou qu'elle degenere en quelque autre espece. Car les causes des abscez sont deux ; l'vne de la part de l'agent, & l'autre de la part de la matiere : l'agent c'est la nature trop foible, & la matiere c'est vne humeur trop époisse, ou en trop grande abondance qui ne se laisse point gouuerner à la Nature : de l'vne d'icelles se fōt les abscez. Si les humeurs sont subtiles & chaudes il n'est point besoin que la faculté soit forte pour les expulser, mais si elles sōt époisses & froides, il est necessaire que la Nature soit puissante, autrement elle ne gagnera iamais le dessus. Que si toutes les deux se rencontrent, sçauoir est l'époisseur de l'humeur & la foiblesse grāde de Nature, il ne fera ny excretion ny abscez, mais ou le malade mourra, ou la maladie changera en vne autre espece. Nous auons cy deuant exposé toutes les especes d'excretion & les signes d'icelle, il nous faut maintenāt declarer par quelles marques le Medecin pourra recognoistre l'abscez qui est tout prest à se former, Mais d'autant que le nom *d'abscez* se prend en la doctrine d'Hippocrate en diuerses significations, de peur que l'homonimie & ambiguité de nous abuse, nous distinguerons auant que passer outre toutes les acceptions, & les exposerons l'vne apres l'autre aussi clairement qu'il nous sera possible. 1. L'abscez que les Grecs nomment *apostasis*, si on considere la signification du mot, denote tout transport d'humeur qui se fait d'vne partie sur vne autre. Or toute humeur qui est transportée, ou elle s'écoulle, ou elle tombe & descend. Il y aura donc deux sortes d'abscez, l'vn qui se fera par excretion, & l'autre par cheute ou descente de l'humeur. Et par cette ample & large signification toute excretion pourra estre nommée *abscez*, Hippocrate en ses Epidemies fait mention des abscez qui se font par excretion, quand il dit. *Ces abscez-là sont tres-bons qui se font par effluxion, comme le sang du nez, le pus de l'oreille, le crachat, l'vrine.* Item, *A iceux suruenoient des abscez ou si grands qu'ils ne pouuoient les supporter, ou moindres & si petits qu'ils ne leur profitoient de rien, or c'estoient des dysenteries, lienteries, tenesmes & sueurs.* 2. Il signifie quelquefois la trasmutation d'vne maladie en vne autre maladie, comme quand il dit, *A quelques vns qui n'estoient point en petit nōbre, des autres fiéures & maladies les absez se faisoient en fiéures quartes.* 3. Il se prend pour suppuration; comme en l'Aph. 36. de la premiere section des prognost. où il dit, *les tumeurs au ventre font moins abscez, qu'aux hypochondres,* auquel passage Galien expose abscez par suppuration. 4. Il denote toutes les indispositions qui aduiennent à la peau, & tout ce qui presente sous la peau, procedant de cause interne : tellement que la signification du mot *abscez* s'estende aussi largement que celuy de *phyma*, c'est à dire, *tumeur ou tubercule.* Et c'est en cette

La cause de la longueur de la maladie est double.

Les causes des abscez sont deux.

Diuerses significations du nom d'abscez.

La premiere.

Deux sortes d'abscez.

Lib. 2. epid. sect. 1. Lib. 1. epid. sect. 2.

La deuxième. En la mesme section du mesme liure.

La troisième.

La quatriém.

fignification que le mefme autheur en la 1.fection du 2. liure des Epidemies appelle du nom *d'abfcez*, les tubercules, puftules, verolles, froncles & femblables
qui abfcedent au deffous de la peau, & fe monftrent au dehors. 5. Mais à parler
proprement il fe prend pour vne cheute ou defcente d'humeur qui fait vne tumeur. Et c'eft en cette fignification que nous eftimons qu'il faut icy prendre le
nom *d'abfcez*, duquel nous baillerons icy premierement les fignes generaux, &
puis apres les particuliers. Hippocrate a décrit en general les fignes qui denoncent & precedent l'abfcez, en la troifiéme fection des prognoftics, aux Aphorifmes 23.24.25.& 26. *fi la maladie paffe plus outre que le vingtiéme iour, alors il faut at-*
tendre vn abfcez. Adioufte felon l'aduis du mefme autheur, *pourueu qu'il n'y ait au-*
cune douleur qui trauaille à raifon de quelque inflammation, ou de quelque autre caufe ma-
nifefte. Car la caufe du prolongement des fiéures eftant triple (comme l'expofe
Galien) 1.La partie malade qui eft de difficile curation. 2. L'époiffeur & crudité
de l'humeur morbifique. 3. Ou quelque faute commife par le malade, le Medecin, les affiftans, ou les externes: fi la partie malade n'eft point de telle condition,
& qu'il ne fe foit point commis de faute, certes la maladie eft longue à raifon de
l'époiffeur & crudité des humeurs, lefquelles Nature ne pouuant chaffer hors
par excretion, elle les décharge & poutfe fur quelque partie ignoble. Le mefme
fe trouue aux coaques, où Hippocrate écrit, *A ceux à qui la maladie eft inueterée, il*
faut attendre des abfcez douloureux aux parties inferieures, & principalement aux ieunes
gens. Et en vn autre lieu, *aux fiéures longues, ou il s'épand des tubercules par le corps, ou*
il fe fait des abfcez aux iointures. Item, *à ceux qui font detenus de fiéures longues, il vient*
des tubercules ou des douleurs aux iointures. Le fecond figne de l'abfcez futur, ce
font les vrines qui fe monftrent tenuës & cruës, auec des fignes falutaires durant
tout le cours de la maladie; par l'Aph. 34. de la 2. fection des prognoftics qui eft
tel, *A ceux qui piffent longuement des vrines tenuës & cruës, il faut attendre des ab-*
fcez aux parties qui font au deffous du diaphragme. Il conuient auffi confiderer la difpofition de l'année. *En hyuer,* ce dit Hippocrate au progn. 29. de la 3.fection, *les*
abfcez fe font plus ordinairement, ils fe terminent plus tardiuement & font moins fuiets à
rentrer: ils fe font plus fouuent en hyuer, parce que l'humeur froide domine en ce
temps-là: ils fe terminent plus tard, à raifon de la nature de l'humeur & du froid
de l'air ambient; & rentrent moins, parce que l'humeur froide eft pefante à fe
mouuoir. Mais le Medecin prédira auffi l'abfcez futur, s'il voit que la crife commencée par excretion, n'ait point efté parfaite: car Nature conuertit quelquesfois l'excretion critique en abfcez, ainfi que l'enfeigne Hippocrate en ces mots,
s'il refte quelque portion des humeurs qui fe purgent, lors la maladie fe change facilement
en abfcez. Voila en general les fignes des abfcez, voyons maintenant quelle partie ou iointure fuperieure ou inferieure les doit receuoir. *Les abfcez fe font,* ce dit
Hippocrate au prognoftic 66. de la 2. fection, *& ce certes aux parties inferieures à*
ceux qui ont les hypochondres échauffez, & aux fuperieures à ceux qui ont l'hypochondre
mol & fans douleur, & qui ayant l'haleine empefchée comme par des foufpirs & hoquets,
fe trouuent fans caufe vn peu mieux: mais cela fe doit feulement entendre des peripneumoniques. Nous ferons vne coniecture certaine par le mouuement de
l'humeur, l'impulfion de nature, la condition & fituation des chemins menans
vers haut ou vers bas, fi les abfcez feront fuperieurs ou inferieurs. Si l'humeur
eft fubtile, elle montera en haut: fi elle eft époiffe, elle defcendra en bas. Si Nature eft forte, elle la chaffera vers bas, loing, & felon la dignité de la maladie. D'ailleurs fi quelque partie auoit efté trauaillée & affoiblie auparauant, la maladie

La cinquiéme
& propre.

Les fignes vni-
uerfels des ab-
fcez.

Le premier.

Aph.44.fec̄t.
4.
Le fecond.

Le troifiéme.

Le quatriéme.

Lib. 6. epid.
fec̄t.2.

se déchargera sur icelle, par l'Aph. 33. de la 4. section. Le Medecin doit aussi regarder la condition ou situation des conduits regardans vers haut ou vers bas: car entre les parties il y a vne particuliere communion & rectitude par laquelle la cheute & descente de l'humeur a accoustumé de se faire non tant par la force de Nature que par la forme élementaire, c'est à dire, par la pesanteur de l'humeur. Or le mouuement qui suit la forme élementaire se fait tousiours à plomb ou perpendiculairement & selon la rectitude.

Cette table represente les signes de l'excretion future.

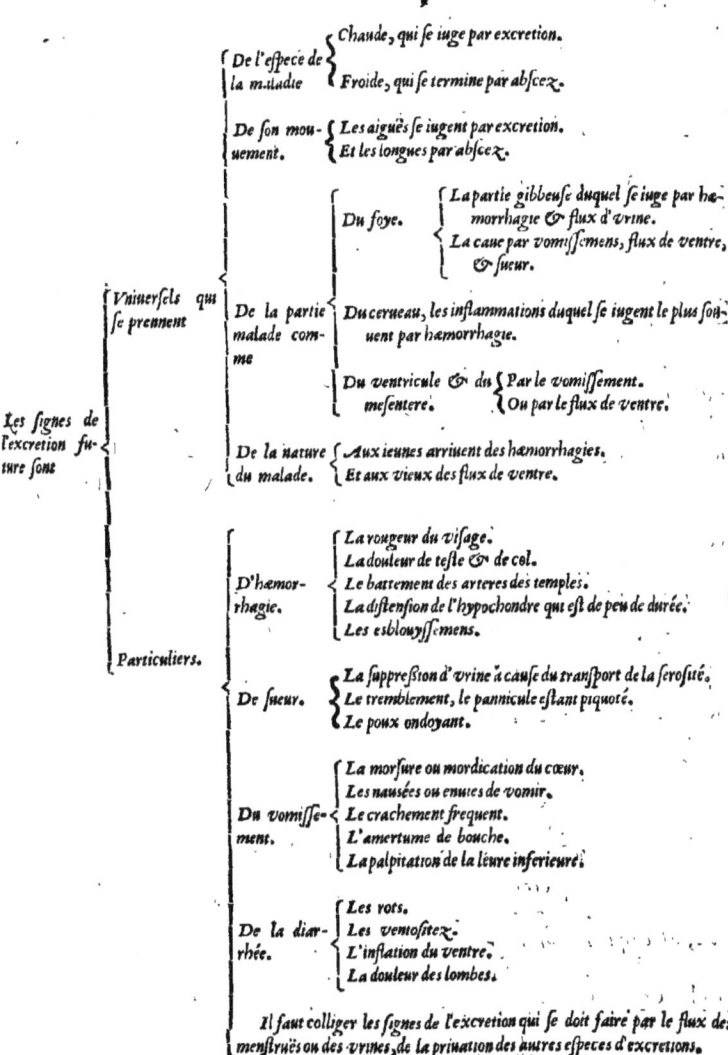

Les signes de l'excretion future sont

Vniuersels qui se prennent

De l'espece de la maladie
- Chaude, qui se iuge par excretion.
- Froide, qui se termine par abscez.

De son mouuement.
- Les aiguës se iugent par excretion.
- Et les longues par abscez.

De la partie malade comme
- Du foye.
  - La partie gibbeuse duquel se iuge par hæmorrhagie & flux d'vrine.
  - La caue par vomissemens, flux de ventre, & sueur.
- Du cerueau, les inflammations duquel se iugent le plus souuent par hæmorrhagie.
- Du ventricule & du mesentere.
  - Par le vomissement.
  - Ou par le flux de ventre.

De la nature du malade.
- Aux ieunes arriuent des hæmorrhagies.
- Et aux vieux des flux de ventre.

Particuliers.

D'hæmorrhagie.
- La rougeur du visage.
- La douleur de teste & de col.
- Le battement des arteres des temples.
- La distension de l'hypochondre qui est de peu de durée.
- Les esblouyssemens.

De sueur.
- La suppression d'vrine à cause du transport de la serosité.
- Le tremblement, le pannicule estant piquoté.
- Le poux ondoyant.

Du vomissement.
- La morsure ou mordication du cœur.
- Les nausées ou enuies de vomir.
- Le crachement frequent.
- L'amertume de bouche.
- La palpitation de la leure inferieure.

De la diarrhée.
- Les rots.
- Les ventositez.
- L'inflation du ventre.
- La douleur des lombes.

Il faut colliger les signes de l'excretion qui se doit faire par le flux des menstruës ou des vrines, de la priuation des autres especes d'excretions.

Des signes qui accompagnent la crise. Et premierement de ceux qui paroissent en l'excretion loüable pendant qu'elle se fait.

CHAPITRE XIX.

Ovs auons (ce nous semble) expliqué iusques icy tous les signes qui ont de coustume de preceder la crise, & monstré par la doctrine des Grecs & des Arabes comment le Medecin en peut préuoir le temps, le iour & l'espece. Il nous faut à cette heure passer au second genre de signes, que les Medecins nomment *comitantia* accompagnans, parce qu'ils apparoissent ensemblement auec la crise, & monstrent comme auec le doigt, lors qu'elle se fait, si elle est bonne ou mauuaise, parfaite ou imparfaite. Ces signes ne se puisent point d'ailleurs que des causes critiques, estât les causes critiques mesme. Or Hippocrate n'en recognoit que deux, *l'excretion & l'abscez*: Voyons donc quelle excretion est bonne ou mauuaise, & quel abscez est legitime ou illegitime. L'excretion est bonne & salutaire, qui se fait commodement. Or à ce qu'elle se fasse commodement, quatre choses sont requises: la qualité loüable, la quantité suffisante, le temps opportun, & la maniere de l'excretion familiere à Nature. La qualité de l'humeur qui est éuacuée est loüable, si elle est & peccante & cuite: qu'il faille que l'humeur qui est éuacuée soit peccante, Hippocrate l'enseigne quand il dit, *Aux flux de ventre & vomissemens qui viennent d'eux-mesmes, si telles humeurs sont purgées qu'il est besoin de purger, cela est profitable, & les malades le supportent bien; sinon, tout au rebours.* Et qu'il faille qu'elle soit cuite Hippocrate l'écrit en six cens endroits. Il ne faut iamais esperer de crise salutaire aussi long-temps que l'humeur demeure crüe. Ceux qui aux iours critiques ont eu des tremblemens, & puis apres ont vomy des humeurs pures, ils se sont tous portez tres-mal. Si quelqu'vn iette de la bile noire soit par haut soit par bas, c'est chose mortelle. Toutes les deiections noires, erugineuses & crües, c'est à dire, non domptées par la Nature, sont condamnées: car la malice effarouchée de ces humeurs n'est point moins pernicieuse aux parties par lesquelles elles passent, qu'elle monstre manifestement la ruine des parties desquelles elle vient. Secondement la quantité est requise à ce que l'excretion soit salutaire. L'humeur morbifique doit estre éuacuée tout à la fois, & non point par parcelles: car ce qui reste apres le iugement des maladies a accoustumé de faire les recidiues. Il faut aussi que la quantité en soit moderée, car cóme rien de peu n'est critique, ainsi ce qui est trop est condamné. Touchant le peu nous auons l'arrest solennel de Galien porté en ces mots. *Des causes critiques il n'est point bon que rien soit en petite quantité,* il adiouste la raison, *parce que ce qui est euacué en petite quátité demonstre ou que les humeurs qui sont & malignes & en grande quantité ne peuuent estre rágées sous le gouuernemét de Nature, ou bien que Nature est si fort affoiblie qu'elle ne peut paracheuer ce qu'elle a encómencé.* Auoir des petites moiteurs & legeres sueurs; perdre quelques gouttes de sang par le nez, vomir en petite quantité sont choses suspectes en la doctrine d'Hippocrate. Touchant les petites sueurs, voicy comme il en écrit en son prognostic, *Les sueurs miliaires (c'est à dire, qui sortent comme de la semence de milet) autour de la nuque du col, & des clauicules seulement, sont tres-mauuaises.* Item, *Ceux qui ont des*

petites moiteurs, auec fiéure sont en fort mauuais estat. Quant à la perte de quelques
goutelettes de sang, il y a l'Aphorisme 58. des Coaques, qui porte, *Que les pe-*
tits degouttemens de sang sont malings. En la constitution 3. du 1.liure des maladies
populaires, *il distilla quelque peu de chose du nez à Philiscus, & Paminonis & Silenus,*
& moururent. La femme qui estant en couche auec vne fiéure ardante, saigna du
nez le quatorziéme iour, elle mourut neanmoins, parce que la quantité de
l'euacuation ne correspondoit point à la grandeur de la maladie. Et pour le
regard des petits vomissemens, il faut lire l'Aphorisme 47. de la seconde section du premier des prorrhetiques, où il dit en termes formels, *que les petits*
vomissemens de matiere b.lieuse sont mauuais. Dont s'ensuit que toute excretion
qui est en petite quantité, soit qu'elle se fasse ou par les sueurs, ou par le vomissement, ou par le nez, ou par les selles, doit estre suspecte: Ce qu'Hippocrate
a comprins en vn seul Aphorisme, en ces mots: *Se monstrer en petite quantité com-*
me la perte du sang du nez, les vrines, les sueurs, les vomissemens, les selles, est pour le cer-
tain chose totalement mauuaise: mais qui est d'autant pire, qu'elle retourne plus souuet. Or
comme l'excretion qui n'est point en quantité suffisante est condamnée, ainsi
celle qui est immoderée, est reputée perilleuse: *Car tout ce qui est par trop, est* (ce
dit Hippocrate)*ennemy de Nature.* Et ailleurs: *Ceux qui en fiéure aiguë decoullent*
de beaucoup de sueur, se portent mal. Aux epidemies, toute hæmorrhagie immoderée est épouuentable: le flux d'vrine & de ventre trop copieux, a fait mourir
plusieurs personnes auant le temps. Posons donc icy pour second Arrest, *Que*
l'excretion pour estre loüable, doit estre en quantité moderée & suffisante. En troisiéme
lieu, est requis le temps, c'est à dire, le iour critique: Car celles qui se font aux
iours qui ne sont point critiques, sont suspectes: d'autant que ces iours-là sont
comme les arbitres & iuges des differens qui sont entre la Nature & la maladie:
qui est la cause qu'Hippocrate les appelle *fœcundos* fertilles. Finalement, il faut
considerer la matiere de l'excretion: Premierement, elle se doit faire ensemblément, & comme en tas, & non point à trait, & peu à peu. Secondement, elle se
doit faire par les lieux conuenables & destinez de Nature à cela. Or à cé que l'excretion se fasse par des lieux conuenables, trois choses sont necessaires. 1. Que le
lieu ne soit plus digne que le lieu de la maladie. 2. Qu'il ait de la rectitude. 3. Qu'il
ait les passages ouuers. Voicy comme i'expose la premiere: c'est qu'il ne faut
point que l'excretion se fasse par les parties nobles: car le transport qui se fait des
parties ignobles aux nobles, n'est point sans peril: La matiere & bouë des empyiques, pleuritiques & peripneumoniques, qui est contenuë dans la capacité de
la poictrine, se purge fort souuent par les arteres & le senestre ventricule du cœur
dans les reins: de là viennent les vrines abradentes & strangurieuses, mais plusieurs meurent en cette expurgation, & cela en abuse beaucoup qui se font accroire qu'il s'estoit fait vn abscez dans le cœur. Or que cette expurgation de la
bouë se fasse par le ventre gauche du cœur & les arteres, Diocles a esté le premier
qui l'a laissé par écrit, & Galien apres luy: nous en auons monstré les chemins en
vn autre lieu, & confirmé par des histoires dignes de foy. Secondement, il faut
qu'elle se fasse selon la rectitude, & vis à vis: car celle qui se fait à l'opposite,
est blasmée de tous. Ainsi par l'Aphorisme 33. de la section du premier des
prorrhetiques, *le sang coulant de la partie opposite, est chose mauuaise:* comme s'il
fluë en l'enfle & dureté de ratte de la narine dextre: il en est de mesme des
hypochondres. L'excretion qui se fait de droite ligne, monstre que la Nature
est forte & puissante: & au rebours, celle qui se fait par les parties opposites,

Le troifiéme.

Lib. 6. epid.
fect. 2.
An mefme
lieu.

denote ou la malignité des humeurs, ou l'imbecillité extréme de la partie malade. Tiercement, il eſt neceſſaire que la partie ait des chemins ouuers, c'eſt à dire, que les meats & conduits ſoient libres, & tout le corps fluide. Ce que noſtre
Hippocrate exprime en cette maniere: *Il faut que les paſſages ſoient libres & ouuers,*
comme les narines & les autres, deſquels il eſt de beſoing. Où il faut noter qu'Hippocrate monſtre tous les ſignes de l'excretion loüable, en ces mots, *Comme il faut,*
& quels, & quand, & par quelle partie, & autant qu'il eſt beſoing. La premiere parcelle *com me il faut,* deſigne la maniere de l'excretion. La deuxiéme, *& quels,* denote la qualité. La troiſiéme, *& quand,* le temps. La quatriéme, *& par quelle*
partie, la rectitude. Et la derniere, *& autant qu'il eſt beſoing,* la quantité. Au reſte, les lieux conuenables & familiers par leſquels Nature fait ordinairement les
éuacuations, ſont les oreilles, les narines, les boyaux, la matrice, les parties
honteuſes, les vaines du nez, des hœmoroides, & la peau meſme. Car par
iceux ſortent & coulent le pus, le ſang, le crachat, les vrines, les dejections, &
les ſueurs. Voilà quels ſont les ſignes generaux de l'excretion loüable : Quant
à ceux qui ſont particuliers à chaque eſpece, comme à la ſueur, aux vomiſſeméts,
aux flux d'vrine & de ventre, & à l'hæmorrhagie, il les faut puiſer du pronoſtic
d'Hippocrate. Nous les comprendrons en vn chapitre à la fin de cet œuure en
faueur des moins aduancez. A toutes ces choſes il conuient adjouſter l'eſpece de
la maladie, la nature & l'aage du patient, & la ſaiſon de l'année.

Des ſignes de l'abſcez loüable & legitime.

CHAPITRE XX.

Lib. 6. epid.
fect. 2.

IPPOCRATE exprime les conditions de l'abſcez legitime &
ſalutaire, en peu de mots, quand il dit, *Il faut conſiderer où, d'où,*
& pour quelle fin : Où, denote la partie en laquelle il ſe fait:
D'où, la partie dont il vient : *Et pour quelle fin,* monſtre la cauſe
pourquoy il ſe fait : c'eſt à dire, ſçauoir s'il ſe fait par la Nature
apres la coction de la maladie, ou pour la matiere qui trauaille
& contraint la Nature. l'humeur eſtant encore creuë & indigeſtes. Nous parlerons premierement de la condition de la partie ſur laquelle ſe fait la deſcente
de l'humeur. Il faut qu'elle ſoit inferieure, ignoble, eſlongnée de la partie malade, & capable de receuoir toute la matiere morbifique. Et partant ayant égard
à la partie receuant, l'abſcez legitime ſe doit faire vers bas, loing du foyer de
la maladie, & ſelon la dignité de la partie. Qu'il ſoit neceſſaire qu'il ſe face vers
bas & loing, Hippocrate l'enſeigne en ces mots : *Les abſcez ſe faiſans de haut*
ſur les iointures inferieures, & qui ſont au deſſous du nombril, c'eſt vn bon ſigne. Item,
Les abſcez qui viennent aux iambes en la peripneumonie violente, ſont tous vtiles Et
plus clairement au 2. des maladies populaires : *Les abſces ſont tres-bons, qui ſe*
font en bas, & fort loing au deſſous du ventre, & qui ſont fort eſloignez de la maladie.
Or qu'il ſoit neceſſaire que la partie receuante ſoit capable : le meſme Autheur
l'enſeigne aux Epidemies, Coaques & Prorrhetiques. Par la ſection. 1. du 2. liure des Epidemies, *L'abſcez legitime ſe doit faire ſelon la dignité de la maladie.* Or
cela ſe fait quand il deſcend ſur vne partie capable de receuoir toute l'humeur
morbifique : s'il aduient autrement, il eſt à craindre qu'elle ne retourne aux
parties nobles, & ne tuë promptement. Item, *Il ſe preſentoit des petits exanthemes*

Conditions de
la partie qui re-
çoit.
Elle doit eſtre
inferieure &
eſloignée.
Lib. 6. epid.
fect. 2.
Prognoſt. 67
fect. 2.
Lib. 2. epid.
fect. 1.
Elle doit eſtre
cachée.

Lib. 1. Epid.
fect. 2.

& pustules, qui ne correspondoient point dignement à l'excretion des maladies, & qui s'en
retournoient & éuanoüissoient derechef aussi tost. En la mesme section : Il se faisoit
plusieurs absce̠ ou moindres qu'ils peussent apporter aucun soulagement, ou plus grands
qu'ils les peussent supporter. Aux Prorrhetiques : Les tumeurs qui se font enuiron les
oreilles aux maniaques, sont suspectes, parce qu'elles ne correspondent point à la grandeur
de la maladie. Il se trouue pour l'éclaircissement de cette matiere de belles histoires aux liures des maladies populaires. Le malade neufiéme de la troisiéme section du premier liure, nommé Crito, eut vn absce̠ au gros doigt du pied, il resualla
nuict, & mourut le iour d'apres. En l'histoire cinquiéme particuliere de la troisiéme
section du troisiéme liure, vn nommé Caluus de Larissée, ressentit douleur en la
cuisse dextre : il mourut le quatriéme iour tres-promptement & tres-violentement. En la
premiere section du second liure, la niepce de Temenus eut vn absce̠ au doigt, à
raison d'vne maladie vehemente & fort aiguë, & la partie n'estant point capable de receuoir toute l'humeur, elle retourna aux parties superieures & nobles, & mourut. Il faut
donc considerer selon l'ordonnance d'Hippocrate, où, c'est à dire, en quelle
partie se fait l'abscez. Il faut pareillement considerer d'où, c'est à dire, de quelle
partie, dextre ou senestre il vient. Si la maladie occupe le costé droit, il faut que
l'abscez se fasse en vne partie dextre : si le gauche, en vne partie senestre. Et comme en l'excretion la rectitude est requise, aussi est-elle en l'abscez. Ainsi à Herophon, ayant la ratte enflée & dure, il se fit vn abscez en la iambe de vis à vis, &
contre esperance, recouura sa santé. Finalement, il faut considerer pour quelle fin,
c'est à dire, comme l'expose Galien : à sçauoir s'il se fait apres la coction de la maladie, ou par l'irritement de la Nature. Si les abscez naissent durant que la maladie est encore cruë, ils sont malings, & ne iugent point parfaitement la maladie. Car les choses cruës (ce dit Hippocrate) & indigestes, & qui se tournent en abscez
maling, menacent ou de longueur de maladie, ou de peril, ou de mort. Item, si le malade
ne crache point aisément, & que l'vrine n'ayt point vne hypostase loüable, il y
a danger que l'articulation ne se desloüe, à raison de quelque abscez, ou qu'elle
ne donne beaucoup de fascherie au patient. Doncques, pour le faire court, l'abscez est salutaire & legitime, qui se fait vers bas loing de la partie malade, selon
la dignité de la partie, gardant la rectitude, & la maladie estant cuite, & surmontée par la Nature.

Belles histoires.

Deuxiéme con-
dition de l'ab-
scez legitime.

Le mala. 3. de
la 3. sect. du li-
ure des Epid.
Troisiéme con-
dition.

Lib. 1. epid.
sect. 2.
Aph. 67. sect.
2. prognost.

Table comprenant tous les signes qui
accompagnent la crise.

Les signes qui accompagnent la crise sont les causes & especes critiques mesmes, qui sont deux en general.

Excretion, laquelle pour estre salutaire, requiert quatre choses.

1. *La qualité loüable, qui gist en ce que l'humeur qui doit estre éuacuée soit & cuitte & peccante.*

2. *La quantité moderée, Car*
   - *La petite est condamnée.*
     - *La perte du sang qui ne se fait que par gouttes.*
     - *Les moiteurs & petites sueurs.*
     - *Les petits vomissemens.*
   - *Celle qui est immoderée n'est point exempt de peril.*

3. *Le temps il faut qu'elle se fasse en vn iour critique, Car celle qui vient aux autres iours est ordinairement suspecte.*

4. *La maniere de l'excretion, en laquelle il faut considerer*
   - *Qu'elle se fasse abondamment, & à coup, & non peu à peu, & par parcelles.*
   - *Qu'elle se fasse par des lieux conuenables; & à cela trois choses sont requises.*
     - *Que le lieu par où elle se fait ne soit point plus digne que le lieu de la maladie.*
     - *Que le lieu ayt de la rectitude.*
     - *Et que le lieu ayt des passages ouuers.*

Abscez, auquel pour estre legitime, il faut considerer trois choses.

1. *Où, c'est à dire, en quelle partie il se fait, car la partie doit estre*
   - *Inferieure.*
   - *Ignoble.*
   - *Esloignée de la partie malade.*
   - *Capable de receuoir toute la matiere morbifique, autrement il y a danger qu'elle ne retourne.*

2. *D'où, c'est à dire de quelle partie il se fait, dextre, ou senestre: Car il faut qu'il se fasse selon la rectitude, & par droite ligne.*

3. *Pour quelle fin, à sçauoir s'il se fait, apres la coction de la maladie, ou parce que Nature est irritée; Car s'il se fait pendant que la maladie est encore cruë, il est maling.*

Des signes qui suiuent la crise.

CHAPITRE XXI.

REST E encore le troisiéme genre des signes critiques, qui monstre si la crise passée est parfaite, ou imparfaite, & si elle est fidelle, ou infidelle. Or nous appellons ces signes *consequétia*, comme qui diroit *suiuans*, parce qu'ils suiuent & viennent apres la crise: & se prennent de la qualité du corps, des actions & des excremens. La qualité du corps se considere en la couleur, figure & masse, ou grosseur de tout le corps, mais principalement de la face.

Les actions sont trois, la naturelle, la vitale & l'animale. La naturelle se parfait par la coction & distribution de l'aliment, & par l'excretion des superfluitez. La vitale reluit au poux, en la respiration, en la couleur & chaleur de tout le corps. L'animale est ou princesse, ou motrice, ou sensitiue. Par les excremens, i'entends icy les vniuersels, qui sont les vrines & les deiections. En ces trois choses se manifestent tous les signes qui viennent apres la crise, par lesquels le Medecin peut iuger si elle est parfaite, ou imparfaite, salutaire, ou mortelle. Doncques la crise s'estant faite par quelque notable éuacuation: il conuient premierement considerer la qualité du corps en la couleur & en la masse: Car si le visage est bon, & bien coulouré, c'est signe que l'excretion a esté salutaire: mais s'il est plombé, iaunastre ou noir, il denote que l'euacuation est symptomatique. Si le visage qui auparauant estoit bouffi & enflé, à raison de la maladie, & de la vehemence de la fléure, se desenfle tout soudain, la crise est parfaite. Que si la bouffissure & tumeur demeure apres la crise, & que les paupieres soient encor enflées, il y a danger de recidiue. Hippocrate nous enseigne cela, quand il dit: *Si la face, à celuy qui a la fiéure, vient au iour critique à diminuer, la maladie se rompra parfaitement le iour suiuant.* On en lit autant aux Coaques: *La face bouffie venant à s'abbaisser, la voix plus attrayante, la respiration plus facile & moins frequente, monstrent que la remission sera bonne & parfaite.* Ayant consideré la qualité du corps, il faut parcourir toutes les actions, & premierement les naturelles. Car si apres la crise le patient a l'appetit bon; s'il digere bien, & s'il descharge ses excremens à propos: & pour le dire en trois mots, *s'il ingere, digere & egere bien,* la recheute n'est point à craindre: mais s'il est trauaillé de nausées, de degoustemens, de rots aigres: si l'alteration continuë, & s'il a les hypochondres tendus, ce sont signes qu'il reste encore de grandes impuretez au ventre inferieur, & qu'il y a des reliquats de la maladie, qui sont capables de faire en bref vne recidiue. La faculté vitale reluit aux poux, en la respiration, en la couleur, & en la chaleur de tout le corps. Et partant, si le patient a le poux égal, plus remis & bien temperé: s'il respire aisément: s'il a la couleur semblable à ceux qui sont sains: si finalement il est exempt de toute chaleur estrange, & du tout sans fiéure, le Medecin asseurera la crise estre parfaite & salutaire. Que si le poux est frequent, & que la chaleur, bien que petite, irrite l'attouchement par son acrimonie; il redoutera la recidiue: Car il est resté de l'Empyreume, & de la chaleur estrange, qui tesmoigne qu'il y a encor de l'intemperature en quelque viscere, par laquelle il se fera vne nouuelle generation d'humeurs: *Or les restes qui demeurent apres les maladies sont ordinairement les recidiues.* De la faculté animale, il conuient tirer les signes suiuants. Si apres la crise le malade a l'esprit tranquille, s'il ne resue point, s'il a les sens bons, s'il se couche sur l'vn & l'autre costé, en courbant & fléchissant mediocrement les mains, pieds & cuisses, la crise est parfaite: sinon elle est imparfaite. Finalement, il faut considerer les excremens vniuersels, qui sont les vrines & les selles, pour tirer d'iceux quelques signes de la perfection ou imperfection de la crise. Si apres la crise les vrines paroissent tenuës, il y a danger de recheute. Le deuxiéme malade de la premiere section du troisiéme des Epidemies, nommé Hermocrates, est deliuré de la fiéure au quatorziéme iour, ses vrines se monstrerent tenuës au dix-septiéme, il mourut le vingt-septiéme. Les vrines qui demeurent rouges & teintes apres la crise, denotent pareillement qu'il y a encor quelques restes de la maladie. Ce sont-là tous les signes qui suiuent & viennent apres la

La qualité du corps.

Lib. 2. Epid. sect. 5.

Les actions naturelles.

Vitales.

Aph. 12. sect. 2.
Animales.

Les excremens.

Les vrines.

Le dormir. crise : mais entre iceux, le dormir tient la principale place. Quand quelqu'vn, sorty nagueres de maladie, dort doucement, c'est signe que la crise est louable, asseurée, & bien parfaite. C'est ce que nous enseigne Hippocrate en ses Coaques, en ces mots, *Le dormir profond & sans troubles ou inquietudes, signifie que la crise est ferme & stable : mais le dormir turbulent & plain de songes & inquietudes, & qui est auec douleur en quelque partie, n'est point ferme ny asseuré.* Voila quels sont tous les signes critiques, tant ceux qui precedent ou accompagnent la crise, que ceux qui suiuent & viennent apres qu'elle est faite.

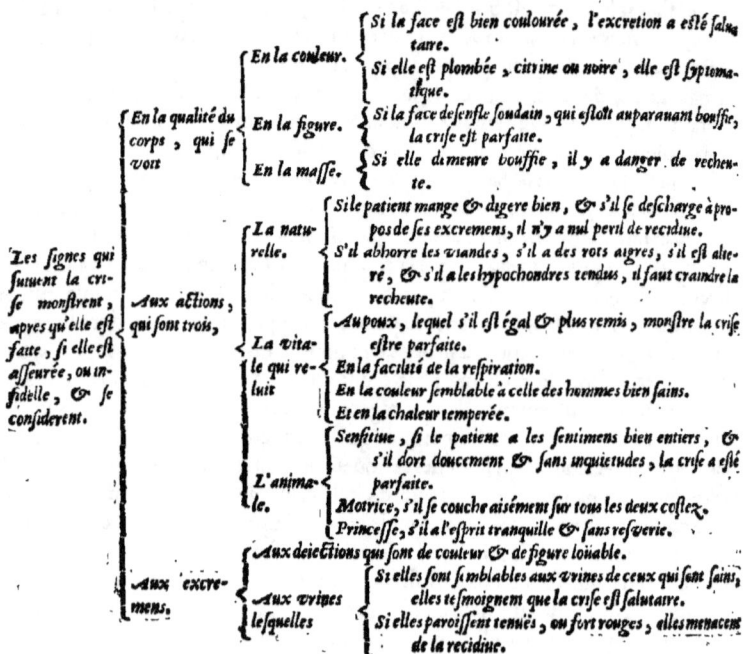

Les signes qui suiuent la crise monstrent, apres qu'elle est faite, si elle est asseurée, ou infidelle, & se considerent.

En la qualité du corps, qui se voit

En la couleur.
- Si la face est bien coulourée, l'excretion a esté salutaire.
- Si elle est plombée, citrine ou noire, elle est symptomatique.

En la figure.
- Si la face desenfle soudain, qui estoit auparauant bouffie, la crise est parfaite.

En la masse.
- Si elle demeure bouffie, il y a danger de recheute.

Aux actions, qui sont trois,

La naturelle.
- Si le patient mange & digere bien, & s'il se descharge à propos de ses excremens, il n'y a nul peril de recidine.
- S'il abhorre les viandes, s'il a des rots aigres, s'il est alteré, & s'il a les hypochondres tendus, il faut craindre la recheute.

La vitale qui reluit
- Au poux, lequel s'il est égal & plus remis, monstre la crise estre parfaite.
- En la facilité de la respiration.
- En la couleur semblable a celle des hommes bien sains.
- Et en la chaleur temperée.

L'animale.
- Sensitiue, si le patient a les sentimens bien entiers, & s'il dort doucement & sans inquietudes, la crise a esté parfaite.
- Motrice, s'il se couche aisément sur tous les deux costez.
- Princesse, s'il a l'esprit tranquille & sans resuerie.

Aux excremens,

Aux deiections qui sont de couleur & de figure loüable.

Aux vrines lesquelles
- Si elles sont semblables aux vrines de ceux qui sont sains, elles tesmoignent que la crise est salutaire.
- Si elles parroissent tenuës, ou fort rouges, elles menacent de la recidiue.

FIN DV PREMIER LIVRE DES CRISES.

L E
DEVXIESME LIVRE
DES CRISES.

AVQVEL SONT EXPLIQVE'ES TOVTES LES DIF-
FERENCES DES IOVRS CRITIQVES, ET LES
vertus d'vn chacun d'iceux.

Comment les iours Critiques ont eſté trouuez par les Medecins.

CHAPITRE PREMIER.

ES Anciens eſtoient ſi ſupeſtitieux,qu'ils croyoient
que tout eſtoit cõpoſé d'vn certain nombre de iours,
que chaque choſe en dépendoit, & que la vie de
l'homme eſtoit diſpenſée & goûuernée par iceux.
Nous liſons que les Preſtres des Egyptiens obſer-
uoient en toutes leurs actions,&priuées & politiques,
des iours particuliers. Les Grecs auoient leurs iours,
qu'ils appelloient *apophrades*,c'eſt à dire *malencontreux.*
Les Romains auoient de certains iours, leſquels ils
tenoient par ordonnance de leurs Pontifes pour
noirs,pollus & mal-heureux,autant pour les entrepriſes militaires, & les affaires
de la guerre,que pour l'aſſemblée du Conſeil, & conuocation des Eſtats. Les laboureurs & gens des champs choiſiſſent encore auiourd'huy des iours particuliers,auſquels ils couppent,plantét & entent leurs arbres & fruictiers.Les Aſtrologues & Genethliaques qui compoſent des Almanachs & natiuitez, ſont fort
grands ſpeculateurs des iours. Les mariniers ont pareillement des iours ſuſpects,auſquels ils n'oſent ſe mettre & hazarder ſur la mer. Tels ſont remarquez
au mois de Mars,le premier,le ſeptiéme,le quinziéme,le dixſeptiéme,& le vingt-
cinquiéme. En Auril,le cinquiéme,le ſixiéme,le douziéme, & le vingtiéme. En
Féurier,le ſixiéme,quinziéme, dixſeptiéme, dixneufiéme, & vingtiéme. Ils en
ont d'autres,qu'ils tiennent pour heureux (ils les nomment Alcyonides) auſquels
les vents demeurans cois,il ſe fait vn fort grand calme en la mer,& vne bonaſſe &
tranquillité.Mais tout cela n'eſt rien que ſuperſtition,vanité,incertitude & tromperie. Les Medecins enſeignez par vne certaine & longue experience,ont beaucoup plus excellemment aſſubiettila contemplation philoſophique des iouſs à la

*Les Anciens
grands obſer-
uateurs des
iours.*

Iours ſuſpects.

d

pratique de leur art. Car ayant remarqué qu'aux maladies il y a des iours qui iugent plus puiffamment les vns que les autres , & que la Nature en quafi tous les
non-pairs , fait des efforts contre la maladie , & chaffe ou par quelque excretion
notable, ou par quelque abfcez memorable, l'humeur morbifique , tantoft dehors, tantoft dedans, & tantoft en quelque autre lieu, où il eft de befoin : ils ont
eftably certains iours, qu'en general ils ont nommez *crifimes*, *critiques*, *iudicatoires*,
& decretoires, & en ont mis d'iceux les vns falutaires & heureux, & les autres mortels, malheureux & malencontreux. Hippocrate a efté le premier, au moins qui
foit venu à noftre cognoiffance, qui a traicté de cette matiere des iours critiques,
en fes liures des maladies populaires, des Aphorifmes, du Prognoftic, des Crifes,
& des iours iudicatoires, appellant à tout propos les falutaires, *ѱоιτиνε*, comme qui
voudroit dire, *feconds & fertiles*. Apres luy font venus Archigene, Diocles, Heraclide de Tarente, & Philotime. Et qui eft plus, ce grand Philofophe & genie de
Nature Ariftote, n'a point ignoré la puiffance de ces iours , car il veut *que la folu-*
tion des maladies, qui échet aux iours vrayement critiques, fe faffe par vne alteration na-
turelle : & au rebours, celle qui aduient aux autres iours, par vne alteration violente & con-
tre Nature. Finalement, apres tous les Autheurs fufdits, Galien s'eft mis à traicter de cette matiere, & a décrit de la nature de tous les iours, de leurs differences
& vertus, fi élegamment & fi exactement, qu'il eft impoffible d'y pouuoir rien
adioufter. Nous expoferons le tout vn peu plus clairement en ce deuxiéme liure, & monftrerons toutes les differences des iours critiques, leur dignité & efficace à iuger & terminer les maladies.

Du iour medical, & de fes parties.

CHAPITRE II.

AVANT que bailler les differences des iours critiques,
il nous faut premierement voir que c'eft que le iour
medicinal, & combien il a de parties. Les Aftrologues
diuifent le iour en naturel & en artificiel. Le naturel,
autrement dit *iour ciuil*, eft de vingt-quatre heures égales, que Galien appelle *heures équinoctiales*. Les parties
d'iceluy font deux : le iour, c'eft à dire, le Soleil luifant
fur la terre : & la nuict, c'eft à dire, l'ombre de la terre
diametralement eftenduë à l'oppofite du Soleil. L'ar-
tificiel dure auffi longuement que le Soleil éclaire fur la terre, & eft inégal, eftant
en Efté plus long, & en Hyuer plus court, & ayant fes heures inégales, appellées
des Grecs καιρικαὶ, c'eft à dire, *temporelles*. Le iour medical & critique eft naturel, &
eft de vingt-quatre heures. Galien nous enfeigne cela quand il dit, *l'appelle iour*
l'interualle de vingt-quatre heures équinoctiales. Ainfi l'an eft dit eftre compofé de
trois cens foixante & cinq iours, & de la quatriéme partie d'vn iour. Au refte, les
Atheniens, Perfes & Bohemiens, commencent le iour entier au Soleil couché, les
Babyloniens au Soleil leuant, les Ombriens & Arabes à Midy, les Egyptiens &
François à minuict, & les Medecins à l'heure que le patient commence à s'alicter,
& à eftre manifeftemét malade, ainfi que nous monftrerons cy apres plus au long.
Les anciens Romains decoupoient le iour naturel en vnze parties, qu'ils nom-
moient *media nox*, la minuict, *gallicinium*, le temps de la nuict où le coq chante

conticinium, le temps de la nuict que toutes choses se taisent, *crepusculum matutinum*, le crepuscule matutinal, ou auant le iour, *diluculum*, le point du iour, *aurora*, l'aurore ou l'aube du iour, *dies clarus*, le clair iour, *meridies*, le midy, *tēpus occiduum*, le soleil couchant, *suprema potestas*, apres soleil couché, & *vespera*, le vespre. Les Medecins ne le detaillent qu'en quatre, qu'ils appellent *le matin, le midy, le vespre, & la nuict*. Hippocrate nous a le premier enseigné cela en la premiere section du second liure des Epidemies, & en la premiere section du sixiéme liure; & Galien en son Commentaire sur le dernier passage cotté, où il veut que le iour corresponde à tout l'an en proportion: Car comme l'an a quatre parties, le Printemps, l'Esté, l'Automne & l'Hyuer, ainsi aussi a le iour. Le matin se rapporte au Printemps, le midy à l'Esté, le soir à l'Automne, & la nuict à l'Hyuer. Le sang domine au matin, la bile à midy, la melancholie au soir, & la pituite la nuict. Les Arabes ont remarqué que les maladies sanguines ont les redoublemens de leurs accez au matin, parce que le sang en ce temps-là a son mouuement; & pour cette raison commandent de saigner le matin. Toutes les affections melancholiques s'affligent principalement le soir, & les pituiteuses la nuict; d'où les fiéures nocturnes sont quasi toutes pituiteuses. Doncques le iour naturel en la doctrine des Grecs & des Arabes, a quatre parties; en chacune desquelles se peuuent faire les crises: mais celles qui arriuent la nuict, sont ordinairement plus perilleuses. Or maintenant ce iour-là est dit *critique*, lequel iuge la maladie, & par cette ample & large signification, tout iour peut estre ainsi qualifié, parce que la maladie se peut iuger en quelque iour que ce soit; mais celuy-là est proprement & vrayement nommé *critique*, lequel iuge la maladie souuent & asseuérment auec excretion manifeste ou abscez loüable.

Les Medecins en quatre.

Qui correspondent aux quatre saisons de l'année.

Le iour critique que c'est.

Les differences des iours critiques, selon Hippocrate.

CHAPITRE III.

 A difficulté touchant le nombre, les vertus & les differences des iours critiques, est grande, & enueloppée de beaucoup d'obscuritez, nous essayerons toutesfois d'expliquer le tout en ce liure, autant clairement comme la difficulté de la matiere le peut permettre: & pour le faire par ordre & sans confusion, nous alleguerons premierement ce qu'Hippocrate & Galien en ont laissé dans leurs écrits, & puis nous dirons en peu de mots, quelle est nostre opinion. Hippocrate parle des iours critiques autrement en ses liures des maladies populaires; & autrement en son Prognostic, & en ses Aphorismes. En la 3. section du 1. liure des Epidemies, il fait des iours, les vns non-pairs, & les autres pairs. Les pairs sont, *le quatriéme, sixiéme, huictiéme, dixiéme, quatorziéme, vingt-huictiéme, trentiéme, quarāte-huictiéme, soixantiéme, octantiéme, & centiéme*. Les impairs sont, *le troisiéme, cinquiéme septiéme, neufiéme, vnziéme, dixseptiéme, vingt & vniéme, vingt-septiéme, & trente & vniéme*. Cependant, nous corrigerons le passage d'Hippocrate aux exemplaires Grecs, ausquels on lit ἐκ τῶν δ' ἐν τῆσι περιχῆσι κρινόντων περιφάσιν. α. γ. ε. Id est: *circuituum qui indicant imparibus diebus, primus, tertius, quintus;* c'est à dire, *des circuits qui iugent aux iours impairs, le premier, le troisiéme, le cinquiéme:* tellement qu'il semble par là que le premier iour soit critique, ce qui toutesfois est faux. Car selon le mesme Autheur, ainsi que nous monstrerons en son lieu, le premier & deuxiéme iours, ne sont point decretoires: d'autant que nulle maladie, de laquelle il faut attendre

Differences des iours critiques, selon Hippoc.

Iours pairs.

Iours nō pairs.

Passage d'Hippocrate, corrigé.

Sect. 3. liure 1. des Epidemies.

la coction, ne fe peut terminer en vn iour, encore que l'on puiffe bien mourir le mefme iour que l'on eft prins, comme d'vne efquinancie violente. Il faut donc au lieu & lire πρώτη. tellement que le fens de cet Autheur foit que le premier iour impair, c'eft le troifiéme, ou que des circuits qui iugent aux iours impairs, le premier c'eft le troifiéme: tout ainfi que le quatriéme eft le premier de ceux qui iugent aux iours pairs; auffi ne fait-il point mention du deuxiéme iour en ce paffage-là. Donques, pour retourner d'où nous fommes partis, Hippocrate appelle en fes Epidemies, *critiques*, tous les iours aufquels il fe fait des crifes parfaites, parce qu'il remarquoit alors tout ce qu'il voyoit arriuer de bon ou de mauuais autour des malades, n'ayant point encor acquis vne cognoiffance des iours critiques qui fuft certaine, conftante & bien refoluë. Et de fait, comme Galien a remarqué, les liures des maladies populaires font des recueils, & comme des obferuations qu'il

Il explique les iours critiques plus exactement aux Aphorifmes & au Prognoftic.

faifoit pour foy, & non pour autruy, pour le foulagement de fa memoire. Il propofe bien plus exactement les differences de ces iours en fon Pronoftic, & en fes Aphorifmes, liures excelléts & du tout diuins, où il ne parle que de ceux qui font vrayement critiques, & aufquels les crifes, & fideles & falutaires, fe font ordinairement. Il veut donc que tous les quartenaires aux maladies aiguës, iugent puiffainment, & que le vingtiéme iour foit le terme de leur durée. Voicy comme il en

Sect. 3. Prognoft.

parle. *Le premier effort des maladies aiguës finit au quatriéme iour, le deuxiéme s'auance iufqu'au feptiéme, le troifiéme va iufqu'à l'vnziéme, le quatriéme s'eftend au quatorziéme, le cinquiéme au dixfeptiéme, & le fixiéme au vingtiéme.* Doncques tous ces efforts des maladies fe terminent par addition de quatre au vingtiéme. Il écrit quafi le mefme aux Aphorifmes.

Aph. 14. fe. 2.

Le quatriéme eft l'indice & demonftrateur des feptenaires: l'huictiéme iour eft le commencement de la deuxiéme fepmaine. Or l'vnziéme doit auffi eftre confideré: car c'eft le quatriéme de la feconde fepmaine. Derechef, le dixfeptiéme doit eftre contemplé, car il eft le quatriefme depuis le quatorziefme, & le feptiefme depuis l'vnziefme. Il y a donc depuis le premier iufqu'au vingtiéme, fix quartenaires, & trois fepmaines, qu'il conuient fupputer & compter, en forte que l'on fepare la premiere d'auec la deuxiéme, c'eft à dire, que l'huictiéme iour foit le commencement de la deuxiéme; & que l'on conioigne la troifiéme auec la feconde, c'eft à dire, que l'on compte deux fois le quatorziéme iour, afin que par ce moyen la crife échée au vingtiéme, & non au vingt & vniéme. Or il ne fait point de mention au Prognoftic, ny aux Aphorifmes, des iours intercalaires, parce que les crifes qui arriuent en ces iours, font imparfaites, & qu'elles fe font pluftoft par quelque aiguillon ou irritement venant de dehors, que fuiuant les loix & les ordonnances de Nature. Et telle eft la doctrine de l'admirable Hippocrate, touchant les differences des iours & des crifes.

Les differences des iours critiques, felon Galien.

CHAPITRE IV.

Deux ordres de iours felon Galien.

ALIEN éclaircit en fes doctes & excellents liures des crifes & iours critiques, ce qui auoit efté vn peu trop obfcurement enfeigné par le diuin Hippocrate. Il fait donc deux ordres de iours: d'iceux les vns iugent bien & parfaitement, & les autres mal & imparfaitement. De ceux qui iugent bien, il y en a de trois fortes. Les vns font nommez *princes & principaux*, lefquels ont toutes les marques requifes, pour rédre vne crife parfaite: Car ils iugent affeurément

parfaitement, manifeſtement, & ſont indiquez & demonſtrez par leur iour in-
dice:tels ſont le ſeptiéme,le quatorziéme,& le vingtiéme.Les autres approchent
de fort prés de la vertu des principaux, comme ſont le neuſiéme, l'vnziéme, & le
dixſeptiéme : & les autres iugent moins parfaitement,comme le trois, le quatre
& le cinquiéme. Ceux qui iugent mal & imparfaitement, ont pareillement leurs
degrez de dignité,ou pluſtoſt de malice.Car les vns iugent fort ſouuent, comme
le ſixiéme,lequel eſt accomparé à vn tyran : les autres moins ſouuent, comme le
huictiéme & le dixiéme, & les autres fort rarement,comme le douziéme & le ſei-
ziéme.Nous recueillons donc des écrits d'Hippocrate & de Galien,qu'il y a trois *Trois ordres de*
ordres de circuits : le premier s'eſtend iuſqu'au vingtiéme iour : le ſecond iuſques *circuits.*
au quarantiéme,& le tiers iuſqu'au centiéme. Le premier eſt compoſé de ſix quaternaires,le ſecód de trois ſeptenaires,& le tiers de trois vicenaires ou vingtaincs.
Tous les quartenaires,depuis le premier iour iuſqu'au vingtiéme, ſont critiques;
comme ſont auſſi tous les ſeptenaires,depuis le vingtiéme iuſqu'au quarantiéme,
& tous les vicenaires depuis le quarantiéme iuſqu'au centiéme. Concluons donc
qu'il y a trois circuits de iours critiques:l'vn moindre,qui eſt compoſé des quarte- *Trois circuits*
naires:l'autre plus grand,qui eſt fait des ſeptenaires:& l'autre tres-grand & tres- *de iours criti-*
parfait,lequel conſte du vingtiéme,accreu & multiplié en ſoy-meſme. Mais ces *ques : l'vn*
choſes pourront ſembler trop obſcures aux ieunes gens : nous taſcherons de les *tre plus grand,*
rendre plus claires & plus faciles par la diuiſion que nous allons propoſer au cha- *& le troſieme*
pitre ſuiuant. *tres-grand.*

Vraye & parfaite diuiſion des iours critiques.

Chapitre V.

NOvs appellons iours critiqués , ceux auſquels on voit arriuer
ſouuent des changemens aſſeurez aux maladies.Nous en faiſons *Diuiſion des*
en general de trois ſortes:les vns ſont vrayement & parfaitemét *iours.*
critiques:les autres ſont indices ou demonſtrateurs,& les autres
intercalaires. Ceux qui ſont parfaitement critiques,ſont abſo- *En vrays &*
luëment nommez *criſimes,critiques,princes,ou principaux:*& par *principaux cri-*
les Barbares,*radicaux:*d'autát que les criſes qui échéent en ces iours, ont toutes les *tiques.*
marques de perfectió. Tels ſont les trois ſeptenaires,le ſeptiéme,le quatorziéme,
& le vingtiéme. Il faut que la criſe,pour eſtre parfaite, 1.ſoit indiquée & demor-
ſtrée: Or chaque ſeptenaire a ſon indice:le ſeptiéme a le quatriéme:le quatorziéme,l'vnziéme : & le vingtiéme,le dixſeptiéme. 2. Qu'elle ſoit manifeſte, c'eſt à
dire,auec excretion loüable, ou abſcez memorable. Or Nature,ſans eſtre irritée
par aucun medicament , a accouſtumé de chaſſer hors & d'éuacuer les humeurs
peccantes au ſept,quatorze,& vingtiéme iours. 3. Qu'elle ſoit ſeure,c'eſt à dire,
ſans peril:Or par les criſes qui ſe font en ces ſeptenaires,il en guarit plus qu'il n'en
meurt : Tellement que Galien dit auoir remarqué en vn ſeul Eſté, plus de quatre *Li.2.de dieb.*
cens perſonnes parfaitement iugées de maladies aiguës au ſeptiéme iour. Ces *decretoriis.*
trois ſeptenaires icy doiuent donc eſtre nommez vrayement & abſoluëment *cri-*
tiques & principaux. Le ſecond ordre eſt de ceux qu'Hippocrate nomme *contem-* *En indices,ou*
platifs,ind'ces & demonſtratifs. Contemplatifs, parce que l'obſeruation d'iceux eſt *contemplatifs.*
neceſſaire au Medecin,pour préuoir la criſe à l'aduenir. *Indices,*parce qu'en iceux
apparoiſſent les ſignes de la criſe qui ſe doit faire au iour principal,& qu'ils indi-

d iij

quent & monstrent le iour de la crise, quand les signes de coction se monstrent
aux excremens vniuersels, & principalement aux vrines. Ainsi *l'vrine qui au qua-*
triéme iour monstre vne hypostase blanche, vnie & égale, annonce, selon Hippocrate, *la*
solution de la maladie au septiéme. Or ces iours indices ne sont que trois, non plus,
qu'il n'y a que trois sepmaines; & sont le quatriéme, l'vnziéme, & le dixseptiéme.
Le troisiéme ordre des iours critiques, est de ceux que les Grecs nomment *parem-*
piptontes, & les Latins *intercalares, intercidentes & interrepentes*, parce qu'ils tom-

Et en interca-
laires.
bent entre les vrays critiques & indices. Il y en a qui les appellent *prouocatorios, pro-*
uoqueurs & irriteurs, parce qu'ils prouoquent & irritent la Nature, & la contraignent de faire la crise, & d'expulser la matiere morbifique auant le temps. Tels
sont en la premiere sepmaine le troisiéme & le cinquiéme: en la seconde le neufiéme & le treiziéme: & en la troisiéme le dixneufiéme. Or ces iours intercalaires
ont la prerogatiue d'estre critiques aux maladies aiguës, d'autant qu'ils sont impairs: mais les crises qui se font en iceux sont imparfaites; comme celles qui ne se
font point par les mouuemens bien reglez de la Nature; ains par icelle, estant irritée & prouoquée par quelque autre cause. Concluons donc qu'il y a trois differences de iours critiques, & que les vns sont principaux, les autres indices, & les
autres intercalaires. Et pour le regard des autres iours, comme du sixiéme, huictiéme, dixiéme, douziéme, seiziéme, & dixhuictiéme, ils sont nommez par quel-

Iours vuides
& medici-
naux.
l.4. de morb.
ques doctes *iours vuides & medicinaux*: vuides, parce qu'ils ne iugent, n'indiquent,
ny ne prouoquent point: & medicinaux, parce qu'en iceux on peut donner medecine, & faire les autres remedes, sans peril. Le grand Hippocrate nous l'enseigne en termes exprés, quand il dit. *Tous ceux qui detenus de fieures continuës ont vsé*
de medecine purgatiue aux iours pairs, ils n'ont iamais esté trop purgez: mais ceux qui en
ont vsé aux iours impairs ont esté trop purgez, & plusieurs en sont morts. Aucuns les
nomment *critiques artificiels*, parce qu'ils iugent, c'est à dire, rompent la maladie
par le moyen de la science de medecine, & des remedes.

Table comprenant toutes les differences des iours.

	Les vns sont vrayement & parfaitement critiques, *& sont nommez principaux & radicaux; & de tels, il n'y en a seulement que trois.*	Le septiéme. Le quatorziéme. Le vingtiéme.
	Les autres sont indices & contemplatifs, lesquels demonstrent la crise qui se doit faire au septenaire, & les signes de coction ont accoustumé de paroistre en iceux; ils sont seulement trois, parce qu'il n'y a que trois sepmaines.	Le quatriéme indique Le septiéme pourueu qu'il ne suruienne rien de grand & de rare. L'vnziéme est indique du qua-torziéme. Le dixseptiéme du vingtié-me.
Nous posons quatre differen-ces de iours aux maladies ai-guës.	*Les autres sont intercalaires, lesquels tombent entre les iours principaux & les indices: & les crises qui se font en ces iours, se font à cause que Nature est irritée: Or tels iours sont,*	En la premiere sepmaine, le troi-siéme & le quatriéme. En la seconde, le neufiéme & le treiziéme. Et en la troisiéme, le dixneufié-me.

Les autres sont vuides & medicinaux, lesquels ne iugent, n'indiquent, ny ne prouoquent: & le Medecin peut asseurément en ces iours-là bailler medecine; Tels sont le sixiéme, le huictié-me, dixiéme, douziéme, seiziéme & dixhuictiéme.

Du commencement de la maladie & de quel iour il
faut commencer à compter.

CHAPITRE VI.

Vant qu'expofer la puiffance des iours critiques, &
quelle eft la dignité de chacun d'iceux à iuger les maladies : il nous faut premierement voir que c'eft le
commencement de la maladie : car cela ignoré, il eft
impoffible de fçauoir quel iour doit eftre dit le premier, le quatriéme ou le feptiéme. Le commencement
fe prend dans Hippocrate & Galien en diuerfes fignifications. 1. Pour le premier affaut de la maladie qui *La premiere fi-*
n'a encor aucune latitude. Ce commencement eft *gnification de*
commencemēt.
momentanée, & quafi induifible, & confifte au moment prefent & comme en
vn point. 2. Pour le premier iour que le malade prend le lict, tellement que la ma- *La deuxiéme.*
ladie foit dite commencer quãd le malade s'alicte. 3. Pour l'affaut qui s'eftend iuf- *La troifiéme.*
ques à quelque certain temps, comme iufqu'au troifiéme iour. Et en cette figni-
cation, le premier quaternaire peut eftre dit le commencement de la maladie. 4. *La quatriéme.*
Pour le premier temps de la maladie, comme quand diuifant la maladie en quatre temps, nous difons qu'elle a fon commencement, fon accroiffement, fon eftat
& fa declinaifon. 5. Pour tout le temps que la matiere demeure cruë : tellement *La cinquiéme.*
que la maladie foit dite eftre en fon commencement auffi long temps que continuë la crudité des humeurs, encore qu'elle s'eftende iufques au quatorziéme iour.
Et c'eft en cette fignification qu'Hippocrate vfe quafi par tout en fes Aphorifmes
du mot *commencement* : comme quand il dit, *Il faut purger les humeurs cuites & les* *Aph. 22. fe. 1.*
mouuoir, & non celles qui font cruës ny au commencement des maladies. Item *il faut rare-*
ment vfer de purgations aux maladies aiguës & aux commencemens, c'eft à dire, auffi *Aph. 24. fe. 1.*
long temps que l'humeur eft cruë. 6. Pour le temps auquel le patient refent vne *La fixiéme.*
manifefte lefion de fes actions, & que la fiéure offence fi manifeftement les facultez, qu'il ne peut plus fe tenir debout, ains eft forcé de prendre le lict, pourueu que
le temps, le lieu & l'occafion le permettent. Voilà toutes les acceptions de commencement qui fe trouuent dans Hipp. & Galien: Voyons maintenant comment *Comment il*
il fe doit prendre en ce traité des crifes. Il ne faut point prendre le commence- *faut icy enten-*
dre le commen-
ment de la maladie ny du premier quaternaire, ny de la crudité des humeurs car *cement.*
ainfi le troifiéme iour ne feroit point quelquefois le premier iour de la maladie,
parce que l'oppreffion de Nature & la crudité des humeurs fe peuuent eftendre
iufques à iceluy. Il ne faut point non-plus compter le premier iour de la maladie
de fon premier affaut, parce que ce commencement eft infenfible & momentanée: or le Medecin eft vn artifan fenfuel. Ny du premier iour que le patient prēd
le lict, car il fe peut faire que quelque petit mignon delicat s'alicte pour peu de
fujet & fans fiéure: & au rebours, il aduient fouuent que ceux qui font robuftes,
ou qui font occupez en des affaires de confequence, bien qu'ils ayent la fiéure, fe
mettent plus tard au lict qu'ils ne deuroient. A quoy ce faut-il donc icy arrefter?
Galien foult brauement cette queftion, & monftre qu'il faut compter le commencement de la maladie de l'heure en laquelle le patient refent vne lefion manifefte de fes actions, & que la fiéure offence fi apparemment les facultez qu'il ne

se peut plus tenir debout.Il le confirme par le tesmoignage d'Hippoc.qui dit que plusieurs apres s'estre baignez & auoir bien souppé , furent tout soudain saisis de maladies.Erasinus fut incontinent apres souppé prins de la fiéure.Pythion fut dés le premier iour affligé d'vn tremblement de mains auec fiéure aiguë. Caluus de Larissée fut incontinent saisi d'vne douleur en la cuisse dextre auec vne fiéure aiguë. Au contraire il escrit qu'à plusieurs se faisoient des tumeurs, aux vns à vne oreille , aux autres à toutes les deux , sans fiéure & sans alicter. Il escrit aussi que celuy qui estoit malade au iardin de Dealces, fut longuement affligé d'vne pesanteur de teste & de douleur à la temple dextre , que par occasion il fut prins de la fiéure & alicta. Il appert de ces choses qu'il faut compter le commencement de la maladie du mesme iour que la maladie a commencé d'auoir la fiéure, & non de l'heure qu'il a commencé à se plaindre , à sentir douleur, ou à estre trauaillé de quelques autres symptomes.

Le mal.1.de la 3.sect.du 1.li. des Epidem.
Le mal.de la 1. sect.du 3.li.des Epidem.
Le mal.5.de la 3.sect.du 3.liu. des Epidem.
Le mal.3.de la 1.sect.du 3.liu. des Epidem.

Sçauoir si en l'enfantement , il faut compter le commencement
de la maladie du iour de l'enfantement , ou
du iour de la fiéure.

CHAPITRE VII.

N fait coustumierement plusieurs objections contre la verité de la conclusion que nous venons de tirer du discours precedent, qu'il nous faut soudre auant que passer outre. Car s'il faut prendre le commencement de la maladie du iour que le malade est prins de la fiéure , il s'ensuit donc qu'il faut & en l'enfantement & aux playes de teste & aux inflammations des visceres, compter du iour de la fiéure : or la raison, l'experience & l'authorité prouuent le contraire. Nous vuiderons premierement le procez touchant l'enfantement. Hippocrate , Galien, Auicenne, bref tous les Medecins disent , comme par vne mesme bouche, qu'il faut compter le commencement de la maladie non du iour de la fiéure, mais de celuy de l'enfantemét.Hippocrate en parle en ces termes. *Selon la mesme raison les iugemens & crises se font aussi aux femmes depuis l'enfantemét.*Galien exposant cette sentence expose plus clairement l'intention d'Hippocrate où il dit. *Tu dois commécer à compter non du iour que la fiéure les a prins ,mais de celuy où elles ont enfanté.* Aux malades,dix,vnze & douziéme de la seconde section du troisiéme liure des maladies populaires,Hippocrate commence à compter dés le iour de l'enfantemét, & de cecy la demonstration en est éuidente : car le commencement de la maladie se doit prendre du iour où l'humeur commence à se mouuoir : or il commence à se mouuoir au iour de l'accouchement : car selon la doctrine du mesme autheur,l'enfantement est comme vne certaine crise : & au iour de l'enfantement il se fait vn tres-grand effort de Nature, par lequel les humeurs qui estoient cachées,commencent à estre agitées & à se mouuoir. Et partant la supputation se doit faire du iour du mouuement des humeurs & de l'effort & contention de Nature, & non point du iour de la fiéure. De mesme en toute inflammation il faut commencer à compter non du iour de la fiéure , mais de l'inflammation, d'autant que la fiéure n'est que symptomatique. Mais il semble qu'Hippocrate se contredit sur cette matiere : Car en l'histoire de la femme de Philin il

Authorité d'Hippocrate, qu'il faut compter le commencement de la maladie, non du iour de la fiéure , mais de l'enfantement.
Sent.10.sect. 3.prognost.
Demonstration.

L. de septim. partu.

Obiection. Le 4.mala. de la 3.sect.du 1. liu.des Epid.

compte le commencement non du iour de l'enfantement, mais de la fiéure quand il dit, *le quatorziéme iour d'apres son accouchement la fiéure la print, le sixiéme e le resua, & mourut le vingtiéme :* or ce vingtiéme là eſtoit le trente-quatriéme à compter de l'enfantement. La reſponſe eſt aiſée, ſi la fiéure prend apres le ſix ou Solution. le ſeptiéme, il faut commencer à compter non dés l'enfantement, mais du iour de la fiéure, d'autant que la fiéure ne vient point alors à raiſon du mouuement de l'humeur qui ſe fait ou vn peu deuant l'enfantement, ou en l'enfantemét meſ-me ; mais elle eſt parauanture cauſée par quelque cauſe externe, comme par vne cholere, triſteſſe, mauuaiſe façon de viure, ou quelque autre cauſe ſemblable.

Quelque petit ergotté nous viendra peut-eſtre icy obiecter deux hiſtoires, eſ- Obiection. quelles la fiéure ayant prins dés le deuxiéme iour d'apres l'accouchement, Hip-pocrate ne laiſſe pourtant de prendre le commencement de la maladie du iour de la fiéure & non de celuy de l'enfantement. Voy les deux hiſtoires dans l'au- Les maladès 5. & 11. de la 3. sect. du 1. li. des Epidemies. Responce. theur, car de les tranſcrire icy ce ſeroit abuſer du temps & des lettres. Le Conci-liateur répond que l'enfantement eſt ou naturel, ou non naturel : s'il eſt natu-rel il veut que l'on compte du iour de la fiéure : car il eſt vray ſemblable que la fié-ure vient non à raiſon de l'agitation des humeurs en l'enfantement : car tout y eſt diſpoſé ſelon Nature, mais par quelque cauſe externe : Mais s'il eſt non natu-rel, du iour de l'enfantement : parce qu'alors l'enfantement tient lieu de mala-die, & la fiéure ſuruenant lieu de ſymptome : Mais diſons auec Galien qu'Hip-pocrate en ſes Epidemies à peſle-meſle & confuſement remarqué beaucoup de choſes non en intention de les diuulguer, mais pour s'en ſeruir comme de notes & de recueils pour le ſoulagement de ſa memoire : & qu'en ſon Prognoſtic & en ſes Aphoriſmes, il a declaré le tout plus exactement & approprié à vne certaine regle de verité : or en ces derniers liures icy il veut qu'on commence du iour de l'enfantement pourueu que la fiéure ne vienne point de quelque autre cauſe que de l'agitation de l'humeur que l'effort de trauailler a fait en l'enfantement. Or ce que nous venons de dire de l'enfantement nous eſtimons qu'il le faut accom-moder aux playes de la teſte & des autres parties, & aux inflammations des viſ-ceres : car il faut commencer à compter non du iour de la fiéure mais de la bleſ-ſeure, comme fait Hippocrate quand il dit *plusieurs en Eſté meurent deuant le ſeptié-* Au liuret des playes de teſte. *me iour, & en hyuer deuant le quatorziéme.*

Au reſte pour ne rien obmettre de ce qui concerne la connoiſſance du com- Comment il faut compter la recheute. mencement de la maladie & de la ſupputation des iours, nous remarquerons icy pour la fin, que quand la maladie recidiue il faut ioindre la recheute auec la pre-miere maladie, ſi tant eſt qu'elle ſoit cauſée par les reliquats de la maladie & non de quelque autre cauſe. I'ay pour témoin le grand Hippocrate, lequel conioint ordinairement & la premiere maladie & la recidiue tout enſemble. La fiéure Le mala. 2. de la 1. sect. du 3. liure des Epid. quitte Hermocrates le quatorziéme iour, elle le reprend le dix-ſeptiéme, le vingtiéme elle le quitte, elle le rempoigne le vingt-quatriéme, & meurt finale-ment le vingt-ſeptiéme. Anaxion ſuë le vingtiéme iour, la fiéure le quitte tout Le mal. 8. de la 3. sect. du meſ-me liure des Epidemies. à fait : elle le reprend le vingt-ſeptiéme, le trente-quatriéme tout le corps luy de-coulle d'vne ſueur chaude, la fiéure ſe rompt & le laiſſe parfaitement guary.

Des Crises,

CHAPITRE VIII.

IL arriue souuentefois que la crise continuë & occupe plusieurs iours, tellement qu'on peut douter auquel c'est qu'on la doit rapporter: pour exemple la sueur commence au septiéme iour & finit au huictiéme : auquel de ces deux iours la rapporterons-nous ? Pour soudre briefuement cette question & oster ce qui pourroit retarder les moins aduancez, nous disons que le Medecin doit considerer trois choses au iour critique. 1. Le paroxysme,

Trois choses à considerer au iour critique. Le paroxisme.

c'est à dire, l'accez. 2. La nature du iour. 3. Et le nombre des temps critiques. 1. Si la maladie a ses paroxysmes & redoublemens aux iours non pairs : il faut rapporter la crise au iour non pair, encore qu'elle eschée au iour pair: parce (selon la doctrine du grand Hippocrate) que *les maladies se iugent aux mesmes iours qu'elles ont leurs redoublemens.* Item *les maladies qui ont leurs accez aux iours pairs, se iugent aux iours pairs, mais celles quiles ont aux non pairs, se iugent aussi aux non pairs.* 2. Il y a des

La force du iour.

iours qui iugent plus puissamment que les autres: & en quelques vns les crises qui s'y font sont fidelles & parfaites, & aux autres infidelles & imparfaites. Pour exemple posons que le malade suë le neuf & le dixiéme : si la crise est parfaite & salutaire, le neusiéme en a l'honneur : mais si elle est imparfaite on l'attribuë plustost au dixiéme. 3. Les temps critiques estant trois, le commencement de l'accez

Le nombre des têps critiques.

critique, le commencement du mouuement critique & la fin de la crise, à sçauoir la solution de la maladie. Le iour qui comprend en soy deux temps critiques se vendique l'honneur de la crise : comme si au septiéme iour Nature commence à estre agitée, & que l'excretion & la solution de la maladie aduiennent au huictiéme, la crise appartient au huictiéme iour & non au septiéme. Que s'il aduient que ces trois temps critiques eschéent en trois iours, il faut principalement attri-

Observation.

buer la crise à celuy auquel l'excretion commence, d'autant que l'excretion est le plusgrand & principal effort de la Nature. Au reste il est bon de remarquer que les maladies fort aiguës & celles qui sont vrayement aiguës parfont leur crise en vn seul iour : celles qui passent le quatorziéme iour, en deux : & celles qui vont plus outre que le vingtiéme, en trois. Hippocrate semble auoir tacitement monstré cela en ses histoires particulieres, comme Galien a fort bien remarqué:

Ca. 5. li. 2. de dieb. decret.

Car quand la crise s'acheue en vn seul iour, ce qui se fait coustumierement deuant le quatorziéme, il vse de cette façon de parler, *la maladie a esté iugée au cinq, sept, neuf ou onziéme : & ne trouue point qu'il die qu'aucun ait esté iugé enuiron le cinquiéme ou septiéme, mais simplement il a esté iugé au cinq ou septiéme iour.* Mais quand la maladie a passé le quatorziéme, d'autant que la crise occupe ordinairement plusieurs iours, il change de façon de parler, & dit *qu'elle a esté iugée enuiron le vingtiéme, trentiéme ou quarantiéme :* donnant tacitement à entendre que la crise peut estre rapportée à vn iour ou à l'autre. Voila à mon aduis comment il faut s'échapper de ces halliers épineux des iours. Voyons maintenant quelle est la dignité de chaque iour & quelle puissance il a de iuger les maladies.

Des iours vrayement critiques, & premierement du septiéme & de son excellence.

Chapitre IX.

Q VE tous les iours ne soyent point égaux en puissance, ainsi que les vns iugent plus puissamment que les autres : c'est chose qui, passez sont ia plusieurs siecles, a esté remarquée par vn long vsage & certaine experience : or que les septenaires soyent tels, Hippocrate a esté le premier qui l'a écrit, & la raison mesme le confirme : car ils ont toutes les marques necessaires pour rendre vne crise parfaite & salutaire. Car pour estre telle elle doit estre indiquée, manifeste, parfaite & seure, c'est à dire, non perilleuse : or ces conditions ne se trouuent qu'aux seuls septenaires. Dont s'ensuit qu'ils peuuent à iuste titre porter le nom de principaux & d'absoluëment critiques. Or les septenaires aux maladies aiguës sont trois, le septiéme, le quatorziéme & le vingtiéme : desquels l'ordre de la dignité & de Nature requiert que nous baillions icy la description en commençant par le septiéme. Galien le nomme à raison de son excellence le premier entre les decretoires : non certes en ordre & nombre, mais en puissance & dignité. Il l'accompare à vn Roy tres-clement & l'oppose au sixiéme qu'il dit resembler à vn tyran : Car comme vn Roy gracieux & benin pardonne à plusieurs & les renuoye sans chastiment : ainsi le septiéme iour en deliure, par quelque notable éuacuation, plusieurs de la mort. Les Ægyptiens, Chaldeens, Grecs & Arabes ont laissé beaucoup de choses par écrit touchant l'excellence du septenaire, que ie tais icy à escient pour ne charger le papier de telles badineries, qui sous ombre & pretexte des nombres ont la vogue parmy le monde. Car qu'importe au sage, s'il y a sept Pleyades, si les deux *ourses sont faites chacune de sept estoilles, s'il y a sept merueilles au monde, s'il y a sept planetes, sept hyades, si la lune a sept faces, si les septentrions grands & petits sont sept, si les changemens de la voix sont sept, s'il y a sept mouuemens naturels, si les choses qui se voyent sont sept, s'il y a sept aages, sept voïelles en la langue Grecque, sept sages, sept metaux, si le Nil a sept bouches, de là le Poëte*

   Coulant il se respand par sept bouches diuerses.

Si sept fenestres en la teste forteresse sacrée de Pallas, si

   Rome dedans son mur sept montagnes enferme.

Si sept arts liberaux, sept causes des actions humaines, sept villes qui querellent pour l'extraction & naissance d'Homere, &c. Dequoy dis-je seruent ces choses pour prouuer l'excellence du septenaire, veu que d'autres n'en disent pas moins du senaire, du ternaire & des autres nombres : il vaut mieux nous destourner dans les iardins delectables d'Hippocrate, Aristote & Galien, qui sont parsemez d'vne grande varieté de fleurs de doctrine. *L'aage* (ce dit le grand Hippocrate) *conte du nombre septenaire de iours, car plusieurs de ceux qui ont esté sept iours entiers sans boire ny manger, meurent dans ces iours-là : d'autant que le boyau ieiunum se retressit & que le ventricule pour auoir esté long-temps sans rien faire ne se resouuient plus de ce qui est de son deuoir.* La semence retenuë sept heures dans la matrice est reputée pour conceuë & auoir la vie. Au septiéme iour d'apres la conception, apparoissent les rudimens & premiers estains de toutes les partses spermatiques : *la geniture* (dit le mesme autheur) *a au septiéme iour*

Les septenaires sont vrayement critiques.

Dignité du septiéme iour. L.1.t. de dieb. decret. ca. 4.

Virg. l. 4. des Georgig. Virg. l. 6. de l'Eneide.

Obseruations medicales & Philosophiques touchant les vertus du septenaire.

tout ce que le corps doit auoir. Les enfans font vitaux à fept mois & non à huict, le feptiéme iour d'apres l'enfantement, l'enfant quitte le refte de fon nombril, Apres
deux fois fept iours il commence à tourner fes yeux vers le iour & à fuiure la
chandelle, apres fept fois fept il tourne defia librement & fes prunelles & toute
fa face à tous mouuemens, les dents luy commencent à venir à fept mois, apres
deux fois fept mois, il fe tient affis fans crainte de tomber, apres trois fois fept, il
dearticule les fons & prononce fes mots intelligiblement, apres quatre fois fept,
il marche, apres cinq fois fept, il commence à abhorrer le laict de fa nourrice, à
fept ans les dents luy tombent, & fe fait felon Hippocrate la troifiéme generation des dents par les alimens folides, & lors il parle nettement & fans begayer,
d'où les fept voyeles des Grecs. Ayant atteint deux fois fept ans, les fignes de puberté viennent à fe monftrer : car les filles commencent à auoir leurs fleurs, les
mammelles leur groffiffent, leurs parties genitales fe couurent d'vne nouuelle
toifon ou poil follet, tout le corps leur fretille de volupté : & quand aux garçons
ils commencent à bouquiner, à muer leurs voix & à vouloir s'occuper aux exercices de la belle Cypris, à raifon que la chaleur naturelle efclate & vient alors à
dominer, apres trois fois fept ans ils font en la fleur de leur aage ; au quatriéme,
cinquiéme & fixiéme feptenaires les forces fe maintiennent en leur vigueur &
font dits eftre en l'aage viril & conftant : le feptiéme feptenaire c'eft le nombre

L'an climacte-
rique.

quarré, le neufiéme eft le climacterique & eft reputé tres-perilleux : car on a de
fort long-temps experimenté, ainfi que remarque Aule Gelle, en plufieurs anciennes perfonnes, que cette année arriue aux hommes auec peril & quelque inconuenient foit au corps par quelque fafcheufe maladie, foit à la vie par la mort,
foit à l'efprit par quelque ennuy & fafcherie. Il fe trouue dans le mefme autheur
vne fort belle congratulation d'Aufte Cefar à fon nepueu Caius touchant cet
an climacteric. Le dixiéme feptenaire qui fait l'an feptantiéme, eft eftimé eftre
la borne de la vie, ce que le Prophete Royal remply du faint Efprit femble auoir
chanté quand il dit :

Pfeaume 90.

> *Car à la fin, Seigneur, dix feptaines d'années,*
> *Rendent des iours humains les bornes terminées :*
> *S'aucuns plus vigoureux viuent quatre-vingts ans*
> *Ils acheuent leurs iours chetifs & languiffans.*

Il faut donc bien & diligemment confiderer les iours, mois & ans feptiémes
qu'on appelle *hebdomatiques*, comme qui diroit *femainiers*, parce que l'on voit
ordinairement arriuer de grands changemens en iceux. A cette caufe Mar-
file Ficin grand Platonicien, confeille que ceux qui defirent de prolonger leur
vie, ayent de fept en fept ans à prendre aduis d'vn Aftrologue & d'vn Medecin;
d'vn Aftrologue certes, pour apprendre de luy de quelle part le danger les menace, & d'vn Medecin, afin qu'en nous præfcriuant la maniere de viure conuenable nous puiffions éuiter les menaces & la vertu malefique des aftres. Ariftote attribuë au feptenaire cecy comme vne chofe excellente, *c'eft que par chaque feptenaire il aduient de fort notables changemens.* Galien donnant les preceptes

L. 7. de hift.
animal.

de la fanté, conftituë les differences des aages par les feptenaires. A bon droit
donc les Pythagoriciens ont-ils nommé le feptenaire *le principe de toutes chofes,*
Ciceron *le nœud & lien de toutes chofes* (car il a double puiffance de lier) & les
Medecins enfeignez par vne longue & certaine experience, *le Roy entre les iours*
critiques.

critiques. Car le septiesme iour en iuge plusieurs parfaitement, fidellement, manifestement auec indice & demonstration precedente & sans peril. Galien recite auoir veu pour vn seul Esté plus de quatre cens hommes detenus de maladies aiguës auoir esté parfaitement iugez au septiesme iour. Au reste combien que le septiesme iour ait accoustumé de iuger le plus souuent les maladies salutairement & parfaitement; si est-il que quelques-vns, comme remarque Galien, ne laissent point de mourir en iceluy: Et mesme plusieurs receuans en ce iour vn changemét en pis, meurent en quelqu'vn des critiques suiuans. Or cela aduient ou à cause de la contumace, rebellion & malignité de la matiere morbifique, comme aux fiéures pestilentielles; ou à raison de l'imbecillité de la faculté expultrice;ou finalement à raison de l'obstruction des chemins.De ceux qui sont morts au septiesme iour nous en auons de belles histoires aux Epidemies : la femme qui demeuroit chez Pantimedes fut dés le premier iour de son auortement saisie de la fiéure, & mourut le septiesme.Vne autre estant tombée en phrenesie apres vne décharge mourut aussi au septiesme. Le ieune homme qui estoit malade au marché des menteurs mourut au septiesme. De ceux qui ayans receu de l'empirance au septiesme iour sont decedez aux iours critiques suiuans, nous en auons pareillement des histoires aux mesmes liures. Le deuxiesme malade du premier liure estant deuenu muet & ayant perdu la parole au septiesme iour, mourut l'onziesme. Le malade douziesme, toutes choses s'estant enaigries & empirées au septiesme iour, mourut l'onziesme. Tu pourras recueillir plus grand nombre de tels exemples des mesmes liures.

Seurté & perfection de la crise du septiesme iour.
Li.i.de dieb. decret.ca.4.

Touchant ceux qui meurent au septiesme iour.

Les mala. 10. & 11. de la 1.sect.du 3. li. des Epidem.

Le mal.8.de la 1.sect.du 3 liu. des Epidem.

Du quatorziesme iour qui en dignité & vertu est
le deuxiesme critique.

CHAPITRE X.

E deuxiéme iour vrayement & parfaitement critique c'est le quatorziéme. Quelques Anciens luy donnent plus de puissance & d'authorité pour iuger les maladies qu'au septiéme, prenans argument de l'opposition de la lune, auquel aspect naist vne plus grande inimitié qu'en quelque autre temps que ce soit : mais ce sont réueries & pures niaiseries. Car le septiéme & en dignité & en nombre tient le principal lieu entre tous les iours qui sont vrayemét critiques & radicaux. Mais s'il ne se fait point de crise parfaite au septiéme iour,il n'en faut point esperer de telle auant le quatorziéme,sinon que parauanture Nature soit irritée ou par la quantité, ou par la qualité de l'humeur ; ou bien qu'elle soit fort aidée par le Medecin qui est son ministre & seruiteur:car ainsi elle est contrainte de faire excretion de l'humeur auant le temps & côtre son premier dessein.Nous trouuons aux Epidemies des histoires memorables de ceux qui ont esté parfaitement iugez au quatorziéme. Et entre plusieurs autres choses celle-cy rend vn fidelle témoignage de la dignité & seureté de ce iour, c'est qu'il a son indice & demonstrateur,à sçauoir l'onziéme:or nulle crise ne doit estre dite parfaite & salutaire, sinon qu'elle ait esté demonstrée auparauant par des signes bons

Dignité du quatorziéme iour.

A sçauoir si le quatorziéme iour est pair ou non pair.

& falutaires. Mais en l'hiftoire de ce quatorziefme iour fe rencontrent plufieurs difficultez. 1. On peut demander s'il doit eftre mis au roolle des iours pairs ou des non pairs. 2. S'il eft la borne & la fin des maladies aiguës. Pour le premier point, il eft certain que le quatorziefme iour en fupputation d'Arithmetique eft du nombre des iours pairs, parce qu'il fe couppe en deux nombres égaux, & que le pair eft toufiours engendré de deux impairs tels que font les feptenaires. Ioint

Sect. 3. l. 1. epidem.

qu'Hippocrate le couche au catalogue des iours critiques pairs en la fentence 14. de la 3. fection du premier liure des maladies populaires; voicy fes propres mots. *Or le premier critique des circuits qui fe iugent aux iours pairs, c'eft le quatriéme, fixiéme, huictieme, dixiéme, quatorZiéme.* Que fi cela eft vray, il s'enfuit que le quatorziefme n'eft point parfaitement critique; parce qu'il ne fe fait point de crife parfaite finon aux iours non pairs : & comme nous auons defia fouuent remarqué, les maladies aiguës fe iugent aux mefmes iours aufquels elles ont leurs paroxyfmes & redoublemens ; or c'eft aux iours non pairs , parce que la bile eft leur

Solution de la queftion.

matiere, laquelle a fon mouuement de trois en trois iours. Pour folution de cette queftion nous difons que la fupputation & maniere de compter des Medecins eft differente de celle des Arithmeticiens, car les Medecins comptent par fepmaines, tellement que l'huictiefme iour eft le commencement de la deuxiefme fepmaine ; & le quatorziefme, le feptiefme & la fin de ladite deuxiefme fepmaine. Hippocrate enfeigne cela quand il dit, *le quatriéme eft indice des feptenaires, l'huictié-*

Aph. 24. fe. 2.

me eft le commencement de la deuxiéme fepmaine. Concluons donc que le quatorziefme iour en la fupputation des iours critiques à la maniere que les Medecins les comptent, eft du nombre des iours non pairs.

Sçauoir fi le quatorziefme iour eft le terme
des maladies aiguës.

C H A P I T R E   XI.

Paffages d'Hippocrate qui fe combattent touchant le terme des maladies aiguës. Aph. 23. fect. 2. prognoft. 143. Coac. Le mal. 3. du 1. li. des Epidem. Le mala. 4. du mefme liure. Le mala. 5. du 3. liure.

LA contrarieté qui fe trouue dans Hippocrate donne occafion de former vn doubte fur le terme des maladies aiguës : car il femble leur donner pour bornes, ores le quatorziefme iour , ores le vingtiefme & ores le quarantiefme. Touchant le quatorziefme iour voicy ce qu'il en écrit aux Aphorifmes & aux Coaques, *les maladies aiguës fe iugent dans quatorze iours.* Item *Quatorze iours iugent ceux qui font detenus de fiéures , ou à la mort, ou à la fanté.* Nous auons remarqué aux Epidemies plufieurs hiftoires de ceux qui trauaillez de maladies aiguës, ont efté iugez les vns au dixfept, & les autres au vingtiefme. Herophon fut iugé au dixfeptiefme. La femme de Philin mourut le vingtiefme. Cherion eft iugé au vingtiefme, or ils eftoient tous detenus de fiéures aiguës. En la troifiefme fection des Prognoftics il met le vingtiefme pour le terme des maladies aiguës, *Les fiéures tresmalignes* , ce dit-il, *tuent au quatriéme iour ou pluftoft. Leur premier effort finit donc ainfi : le deuxiéme fe prolonge iufques au feptiéme , le troifiéme iufques à l'onZiéme , le quatriéme iufqu'au quatorziéme, le cinquiéme iufqu'au dixfeptiéme, le fixiéme iufqu'au*

vingtiéme. Ces efforts donc finiſſent aux maladies tres-aiguës par addition de quatre au vingtiéme iour. Au meſme liure il poſe le quarantiéme pour la borne des
maladies aiguës, comme quand il dit, *la reſpiration libre & facile eſt d'vne tres-gran-*
de efficace pour la ſanté en toutes maladies aiguës qui ſont auec fiéure, & qui ſe iugent dans
quarante iours. Il ſemble donc par le rapport de ces paſſages qu'Hippocrate ait
écrit d'vn meſme ſuiet choſes contraires & qui ſe démentent. Quelques vns pour
ſe dépeſtrer de ces filets, ont voulu appointer ces paſſages en diſant, que le quatorziéme iour n'eſt point le terme des maladies aiguës, mais qu'aux maladies aiguës il n'y a ſeulement que quatorze iours critiques, ſi on compte depuis le trois
iuſques au quarantiéme. Ils cuident par cette inuention forgée en leur cerueau,
apporter quelque choſe de vray-ſemblable, combien qu'ils obſcurciſſent de tenebres la lumiere Hippocratique : Car ny Hippocrate ne ſongea iamais à cela, ny
ce qu'ils alleguent n'eſt point veritable ; car il y a ou plus ou moins de iours critiques qu'ils ne diſent depuis le premier iuſqu'au quarantiéme. Car ſi on ne prend
que ceux qui ſont vrayement critiques, il ne ſe trouuera que ſix ſeptenaires iuſqu'au quarantiéme ; à ſçauoir le ſeptiéme, quatorziéme, vingtiéme, vingt-
ſeptiéme, trente-quatriéme & quarantiéme. Que ſi on ne compte que les indices ſeuls, il n'y en aura pareillement que ſix, parce que chaque ſeptenaire n'en a
rien qu'vn : Que ſi on conioint les vrays critiques & les indices tout enſemble, ils
ne ſeront ſeulement que douze. Si à iceux on veut adiouſter les intercalaires, il y
en aura plus de quatorze. Ainſi en quelque façon qu'ils les prennent, ils en trouueront plus ou moins de quatorze. Leur interpretation eſt donc ridicule & toute
pleine de vanité. Il ne nous ſera point mal-aiſé de concilier ces paſſages, ſi nous
nous propoſons deuant les yeux la nature & les differences des maladies aiguës.
Hippocrate definit les maladies aiguës *qui ſe mouuent d'vn mouuement viſte, continu*
& vehement : de ſorte que les maladies ſoient dites aiguës à raiſon de leur mouuement. C'eſt pourquoy Galien loué Archigene en ce qu'il appelloit les maladies
ou aiguës, ou fort aiguës, non ſeulement en conſideration de la briefueté du
temps, mais principalement en conſideration de leur mouuement & nature. Car
perſonne de ſain iugement ne dira aiguë la maladie qui par vn mouuement lent,
peſant & repris par interualles s'eſtend iuſques au quarantiéme : non plus qu'on
ne doit nommer aiguë toute maladie qui ſe iuge viſtement, parce que la maladie
aiguë n'eſt point vne meſme choſe, que la maladie courte : Car ainſi la fiéure
Ephemere ſeroit vne maladie aiguë : mais il eſt requis pour rendre la maladie aiguë qu'elle ſoit viſte, continuë & vehemente. Que ſi tu obiectes que l'on oppoſe
la maladie longue à la courte, & que cette diuiſion eſt ordinaire entre les anciens
Medecins, que des maladies les vnes ſont aiguës & les autres longues. Ie répondray apres Galien que cela ſe fait à faute de mots propres, & que c'eſt par abus
qu'on oppoſe la maladie aiguë à celle qui eſt longue. Concluons donc que la nature des maladies aiguës conſiſte en la celerité, continuité & vehemence du mouuement. Au reſte il y a de deux ſortes de maladies aiguës, les vnes peraiguës (nous
les nommons fort aiguës) & les autres ſimplement aiguës. Derechef celles qui
ſont peraiguës ſont extrémement aiguës comme qui diroit tres-aiguës, aucuns
les nomment perperaiguës, ou elles ſont ſimplement peraiguës. Derechef les
vnes ſont ſimplement aiguës & les autres ſont aiguës par decidence. Galien remarque qu'elles ſeroient mieux nommées aiguës par changement de leur premier eſtat en vn autre, ou par degeneration de leur eſpece en vne autre, que non
pas aiguës par decidence. Elles ne ſont donc ſeulement que retenir le nom de

Prognoſt. 24
ſect. 1.

Explication
continuée de
quelques-vns.

Conciliation
des paſſages
d'Hippocrate.
Qu'eſt-ce que
maladie aiguë.

Li. 2. de dieb.
decret. c. 11.

Obiection.

Solution.

Differences des
maladies ai-
guës.

Aiguës par de-
cidence.

maladies aiguës, en ayant totalement perdu la nature; Car elles cheminent lente-
ment, d'où elles sont dites maladies retardées comme auec quelque bride, & qui
se mouuent tardiuement pour paruenir à leur terme. Or d'icelles les vnes sont
telles à raison de la crise qui a esté imparfaite, & les autres à raison de la vicissitude inégale de leur remission & exacerbation. Ces fondemens ainsi iettez, nous
disons que les maladies perperaiguës ou tres-aiguës se iugent au premier quartenaire : Nous auons Hippocrate pour témoin, quand il dit, *que les fiéures tres-mali-*
gnes & qui sont accompagnées d'horribles symptomes tuënt dans le quatriéme iour. Celles
qui sont simplement peraiguës se iugent dans le premier septenaire. Celles qui
sont simplement aiguës au quatorziéme iour qui est le plus long terme : tellement
que l'acuité & vehemence continuelle de la maladie ne puisse passer plus outre
que le quatorziéme iour. L'éuenement des choses nous fait tous les iours voir cela, & la raison mesme le persuade. Car les maladies aiguës estant accompagnées
de vehemence & de celerité, violentent grandement la nature : or selon les Philosophes rien de violent n'est perpetuel. Celles qui sont aiguës par decidence se peuuent prolonger iusqu'au quarantiéme iour : Et c'est d'icelles qu'il faut entendre le
passage d'Hippocrate, car il ne dit point simplement *aux maladies aiguës*, mais
auec cette clause *en celles qui se iugent au quarantiéme iour.* Et pour le regard des
maladies qui se iugent au dixsept ou vingtiéme, elles ont esté petites en leur commencement, benignes, tardiues en leur mouuement, & comme cachées : c'est
pourquoy il ne faut point commencer à compter du iour de l'aliétement ou de la
fiéure, mais du iour qu'elles se mouuent auec plus de vehemence & de vitesse, qui
est le iour auquel elles ont commencé à estre aiguës, & ainsi ce dix-sept ou vingtiéme iour est tousiours le quatorziéme. Ces choses qui pourront sembler obscures à plusieurs, seront élucidées par quelques exemples. Si quelqu'vn detenu de
fiéure deuient phrenetique sur son quatriéme iour, & que la maladie se iuge au
dixseptiéme, nous tenons que la crise s'est faite au quatorziéme, parce que la maladie a seulement commencé au quatriéme iour à se mouuoir vistement & auec
vehemence : or depuis le quatriéme iusques au dixseptiéme, il n'y a seulement que
quatorze iours. Diocles auoit recognu cela auant Galien, quand il dit que les malades ne deuiennent point phrenetiques dés le premier iour de la maladie, mais
ainsi qu'elle auance. Si quelqu'vn a passé le premier septenaire auec vne fiéure
douce & qu'il commence au septiéme iour à estre violentement trauaillé, encor
qu'il soit iugé au vingtiéme, il est croyable que la crise s'est faite au quatorziéme.
Le ieune homme de Mœlibée confirme cela. Il commence à réuer au dixiéme
iour, toutes choses empirent au quatorziéme, il est fort troublé au vingtiéme &
meurt le vingt-quatriéme : ce vingt-quatriéme est le quatorziéme à commencer
à compter du dixiéme. Concluons donc que l'arrest prononcé par la bouche du
grand Hippocrate est veritable, *Que les maladies actuellement aiguës se iugent dans le*
quatorziéme iour qui est le terme le plus long, c'est à dire, que l'acuité & violence continuée de la maladie ne peut passer outre le quatorziéme.

Vraye explica-
tion de la que-
stion.
Aph. 2. sect.
3. prognost.

Le malade der-
nier du 3. liure
des Epidem.

Du vingtiéme iour qui est le troisiéme vrayement critique & radical.

OVS mettons le vingtiéme iour pour le troisiéme entre ceux qui sont vrays critiques, car il est le septiéme d'apres le quatorziéme, il a son iour indice & demonstrateur, à sçauoir le dixseptiéme : il iuge plusieurs malades parfaitement & rend le premier circuit des iours critiques parfait & accomply : bref il est le terme & la borne des maladies aiguës ; i'entends de celles qui en leur commencement sont pesantes & tardiues à se mouuoir, ou desquelles l'acuité & violence ne continuë point tousiours du commencement iusques à la fin. Il y a vne grosse querelle entre les Medecins pour ce iour. Car il y en a qui preferent le vingt & vniéme au vingtiéme, parce que le vingt & vniéme est composé de trois septenaires parfaits, & le vingtiéme de septenaires imparfaits & non complets. Archigene & Diocles sont les Princes & Chefs de ce party. Celse rapportât les iours critiques des anciens ameine aussi le vingt & vniéme & non le vingtiéme. Hippocrate fait pareillement mention en plusieurs endroits du vingt & vniéme, comme au premier des maladies populaires quand il dit, *Que des circuits qui se iugent aux iours non pairs, le premier c'est le troisiéme, le cinquiéme, septiéme, neufiéme, onziéme, dixseptiéme & vingt & vniéme.* Comme en l'Aphorisme trente-sixiéme de la quatriéme section, où il écrit que *les sueurs qui viennent à ceux qui ont la fiéure, sont bonnes si elles commencent au troisiéme, cinquiéme, septiéme, neufiéme, onziéme, quatorziéme, dixseptiéme, vingt & vniéme iour.* Et comme au liuret des iours decretoires, où il veut que *les fiéures se iugent le premier iour, le septiéme, l'onziéme, le quatorziéme, le dixseptiéme & le vingt & vniéme.* Neanmoins persuadez par vne experience infaillible & par l'authorité du grand Hippocrate, nous donnons au vingtiéme iour la puissance de iuger parfaitement, sans toutesfois reietter ny exclurre tout à fait le vingt & vniéme du roolle des iours critiques. Que le vingtiéme doiue plustost estre dit critique que le vingt & vniéme, la raison mesme des circuits & tout l'ordre des iours le témoigne suffisamment. Car si le vingt & vniéme est vrayement critique, il s'ensuit que le dixhuictiéme est son iour indice, & qu'apres le vingt & vniéme, le vingt-cinquiéme, le vingt-huictiéme, le trente-deuxiéme, le trente-cinquiéme, le quarante-deuxiéme, le soixante-troisiéme, & l'octante & quatriéme sont critiques, desquels toutesfois Hippocrate ne fait iamais aucune mention en ses histoires ny generalles ny particulieres, ains compte tous les critiques depuis le vingtiéme iour, estre le vingt-quatriéme, le vingt-septiéme, le trente-quatriéme, le trente-septiéme, le quarantiéme, le soixantiéme, l'octantiéme & le centiéme, ausquels les crises se font bien ordinairement. Vne chacune de ces choses se peut elucider par histoires particulieres. Cherion, la femme de Philin, la fille d'Eurianactis sont iugez au vingtiéme iour. La vierge d'Abdera au vingt-quatriéme. Anaxion au trente-quatriéme. Clazomenius au quarantiéme ; comme est aussi celuy qui estoit malade au iardin de Dealces. La femme d'Iphicrates vomit le quarantiéme iour quelque peu de matiere bilieuse, elle est iugée parfaitement en l'octantiéme. Il en aduint de mes-

Autheurs qui preferent le vingt & vniéme au vingtiéme.

Que le vingtiéme est plustost critique que le vingt & vniéme, & pourquoy.

Histoires.

me à Cleanactides lequel trembla l'octantiéme iour, il sua beaucoup & fut parfaitement iugé. Heropytus est parfaitement iugé le cent vingtiéme. Qu'est-il besoin de long discours ? il ne se trouue vn seul malade (ainsi que Galien remarque) en tous les liures des maladies populaires, qui soit ou échappé, ou mort, en tout l'ordre des iours qui viennent du dixhuict & vingt & vniéme ; ains ils ont tous

esté iugez aux iours qui prennent leur ordre du dixsept & vingtiéme. Concluons donc que le vingtiéme iour & non le vingt & vniéme est vrayement critique & radical. Hippocrate en rend la raison, quand il dit, *qu'il ne faut point compter les sepmaines entieres non plus que les iours, ny les ans.* Et afin de le mieux donner à entendre, nous remarquerons qu'il y a trois ordres generaux de circuits, l'vn tres-grãd, l'autre moyen & l'autre tres-petit. Le vingtiéme est le petit : le quarantiéme le moyen : & le centiéme le grand. Le vingtiéme est composé de quaternaires : le quarantiéme de septenaires : & le centiéme de vicenaires ou vingtaines accruës & multipliées en elles mesmes. Au vingtiéme sont six quaternaires, le quatriéme iour est la fin du premier quaternaire, & le commencement du deuxiéme : l'onziéme iour parfait le troisiéme & l'huictiéme est son commencement. Le quatorziéme iour ioint auec le troisiéme septenaire finit le quatriéme : le cinquiéme se ioint auec le quatriéme & tombe au dixseptiéme iour, & le sixiéme ioint auec le cinquiéme échet au vingtiéme. Partant donc le vingtiéme iour est fait de six quaternaires & de trois septenaires ou sepmaines, desquelles la premiere est entiere, & la deuxiéme conioint auec la troisiéme. Or qu'il ne faille point compter les iours entiers, c'est chose qui se peut prouuer par la supputation des anciens Astrologues, laquelle i'ay recouuerte par le moyen de François Vertunian Medecin tres-docte des obseruations du grand Scaliger.

Le mois lunaire de progression sans les heures appendices ou accessoires.

	Iours.	Heures.	
Les iours 1.	3.	9.	Hippocrate, comme le
iudicatoi- 2.	6.	18.	vulgaire des Astrologues
res & in- 3.	10.	3.	de son tẽps, estimoit que
dicatoires 4.	13.	12.	la lune retournoit en
5.	16.	21.	vingt-sept iours entiers
6.	20.	6.	sans aucun supplement
7.	23.	15.	d'heures, au mesme point
8.	27.	0.	dont elle estoit partie premierement.

Il faut entendre ces choses en sorte que le premier iour critique ait trois iours entiers & neuf heures du quatriéme, le deuxiéme, six iours entiers & dixhuict heures du septiéme, & ainsi consequemment des autres.

Le mois lunaire de progreßion, auec les heures appendices,
remarqué par le grand Scaliger.

Iours,	heures,	appendices des heures,	
		I.	II.
1.	3.	9.	57.	33.
2.	6.	19.	55.	46.
3.	10.	5.	53.	40.
4.	13.	13.	51.	33.
5.	17.	1.	49.	26.
6.	20.	11.	47.	20.
7.	23.	21.	45.	13.
8.	27.	7.	43.	7.

Du second ordre des iours, lesquels on appelle indices & contemplatifs,
& premierement du quatriéme iour.

CHAPITRE XIII.

E second ordre des iours critiques, est de ceux qu'Hippocrate appelle *indices & contemplatifs : indices*, parce qu'ils indiquent & monstrent la crise parfaite : & *contemplatifs*, parce que l'obseruation & remarque d'iceux est necessaire au Medecin pour preuoir la crise à venir. Car si en ces iours indices les signes salutaires, comme de coction, viennent à se manifester, il y a apparence qu'il se fera vne crise parfaite & salutaire au iour critique, vray & radical. Que si les signes sont mortels, comme aux vrines l'hypostase noire : entre les deiections celles qui sont aqueuses, écumeuses, noires, vertes, liuides : aux crachats celuy qui est rond, écumeux & vert : il faut attendre que la crise qui se fera sera mortelle. Ces iours indices sont seulement trois en nombre, parce qu'il n'y a que trois septenaires : le quatriéme, l'vnziéme, & le dixseptiéme. Le quatriéme est indice du septiesme : l'vnziesme du quatorziesme : & le dixseptiesme du vingtiesme. Et mesme, on ne leur oste point la puissance de iuger : car ils iugent quelquesfois, mais moins parfaitement & plus debilement que les septenaires : c'est pourquoy ils sont mieux nommez *iours indices*, que *iours critiques*. Au reste, comme entre les vrays critiques il y a quelque ordre de dignité, ainsi aussi entre les indices. Le septiesme est le premier en vertu & en dignité entre les critiques, & le quatriesme entre les indices : car il indique mieux & plus parfaitement le septiesme, que l'vnziesme ne fait le quatorziesme. Touchant le quatriesme, voicy ce qu'en escrit Hippocrate. *Le quatriesme est indice des septenaires.* Item, *A ceux qui sont iugez au septiéme iour apparoist vne petite nuée rouge dans l'vrine au quatriesme.* Le quatriesme iour est donc premierement de soy, & de sa nature, perpetuellement indice du septiéme. Galien expose cette particule, *de soy*, fort doctement, *s'il ne suruient rien de rare & de grand*, c'est à dire, s'il n'arriue rien d'externe, ou d'interne. Car il se peut faire, à raison de quelque cause externe, ou interne, que le quatriesme n'indique point le septiesme. Sous le nom de

Pourquoy nommez indices & contemplatifs.

Dignité du quatriéme.

Aph. 24. se. 2.
Aph. 71. se. 4.

Li. 1. de dieb. decret. c. 11.

e iiij

Les causes externes sont quatre.
Aph. 1. sect. 1

caufes externes, nous comprenons ces quatre chofes, *Le Malade, le Medecin, les affiftans, & les chofes externes,* qu'Hippocrate a enclos en ce peu de mots, *Et n'eft point affez que le Medecin faffe fon deuoir, faifant ce qui eft neceffaire, il faut auffi que le malade & les affiftans faffent ce qu'ils doiuent, & que les chofes externes foient reglées & difpofées ainfi qu'il appartient.* Le Medecin peche par ignorance, par temerité, & par crainte. Parquoy s'il ne laiffe point de donner medecine au feptiéme iour, encore que les fignes de coction fe foient monftrez au quatriéme, il empefche que la crife parfaite ne fe faffe au feptiéme, ainfi que Nature s'eftoit propofé. Le malade ou il n'obeyt point aux commandemens du Medecin, ou il lafche trop la bride à fes appetits, ou il fe rend trop impatient. Les fautes des affiftans, comme des domeftiques, feruiteurs & gardes, font diuerfes. Sous les chofes externes, nous comprenons beaucoup de chofes, comme l'air, le boire & le manger, les paffions de l'efprit &c. qui font au long expliquées par Galien, au Commentaire fur le paffage allegué. Partant, s'il arriue des erreurs en ces quatre chofes, elles empefchent les mouuemens ordinaires de Nature, & peruertiffent l'ordre des crifes : dont aduient que le quatriéme iour, non premierement & de foy, mais par accident, n'eft point quelquesfois indice du feptiéme. Or maintenant il arriue auffi bien fouuent que par le rencontre des caufes internes, le quatriéme n'eft point demonftrateur du feptiéme : Cette caufe interne eft de deux fortes, la nature de la maladie & la temperature, conftitution & habitude du patient. La maladie, fi elle eft tres-aiguë (les Autheurs difent *perperacutus* per-peraiguë) elle empefche que le quatriéme n'indique le feptiéme, d'autant qu'elle fe iuge au premier quartenaire : & fi elle fe meut plus tard, elle fe termine en l'vnziéme, quatorziéme, ou vingtiéme. Il en faut dire tout autant de la nature du patient : car s'il eft ieune & bilieux, il aura pluftoft iugement que celuy qui eft vieil & pituiteux. Concluons donc, que le quatriéme iour de foy & de fa nature, eft toufiours indice du feptiéme, pourueu qu'il ne furuienne rien de grand & de rare : c'eft à dire, pourueu que le Medecin n'ait point failly à regler la façon de viure & que le patient, ou quelqu'vn des feruiteurs, n'ait point manqué à fon deuoir : & bref, s'il ne s'eft point commis de faute au dehors. Le quatriéme eft auffi quelquesfois indice du fixiéme, mais par accident : parce que fi les fignes mauuais paroiffent au quatriéme iour, le malade n'ira point iufques au feptiéme : ains il mourra au fixiéme. Le quatriéme fait auffi quelque chofe de nouueau : Car fi la maladie a fes paroxifmes au premier & au troifiéme iour, il faut attendre l'accez au cinquiéme iour, & non au quatriéme. Que s'il fe fait au quatriéme, il menace le patient de quelque chofe de nouueau & de finiftre. Le quatriéme iour doit auffi eftre mis entre les critiques : car il iuge les maladies tres-aiguës ou perperaiguës, ainfi qu'il fe peut verifier par arreft du grand Hippocrate, où il dit : *Les fiéures tres-douces, & auec fignes falutaires, finiffent au quatriéme iour, ou pluftoft : mais celles qui font fort malignes & accompagnées de fymptomes horribles, tuent au quatriéme iour, ou pluftoft.* Aux liures des maladies populaires, Pericles eft guary d'vne fiéure tres-aiguë par vne fueur vniuerfelle qui luy vient au quatriéme iour. Caluus de Lariffée eft faify d'vne douleur en la cuiffe dextre, il meurt le quatriéme iour enuiron midy. Mais les crifes du quatriéme iour font rares, car elles échéent plus ordinairement au troifiéme ou au cinquiéme, d'autant que les paroxyfmes des maladies aiguës fe font aux iours non pairs : Or les maladies, fe dit Hippocrate, fe iugent aux mefmes iours qu'elles ont leurs redoublemens. De là vient que Galien tefmoigne n'auoir veu arriuer la crife

Les internes.

Le quatriéme comment indice au fixiéme.

Le quatriéme iour eft critique. Aph. 2. fect. 3. prognoft.

Le mal. 6. de la 3. fect. du 3. liu. des Epidemies. Le mala 5. de la mefme fect.

au quatriéme iour, qu'vne feule fois, & Archigene deux. Or cela fe doit entendre aux maladies bilieufes, telles que font couftumierement quafi toutes les aiguës: car les fanguines tout ainfi qu'elles ont leurs mouuemens, auffi ont elles
leurs iugemens aux iours pairs.

De l'vnziéme iour, qui eft indice du quatorziéme.

CHAPITRE XIV.

'Vnziéme iour eft auffi indice & contemplatif (ce dit le
grand Hippocrate) parce qu'il eft le quatriéme de la feconde fepmaine: il ne demonftre toutesfois point le quatorziéme fi parfaitement, que le quatriéme le feptiéme.
Car tout ainfi que la vertu des vrays critiques diminuë &
amoindrit peu à peu, auffi fait celle des indices: & de cecy,
en voicy, ce me femble la raifon. Parce que fi Nature a
commencé au quatriéme iour à cuire l'humeur morbifi-
que, elle pourra bien en vn petit efpace de temps le dompter tout à fait, & le chaffer dehors au feptiéme. Mais fi elle n'en commence point la coction pluftoft que
l'vnziéme, eftant trop foible, elle ne pourra point toufiours en faire l'excretion
au quatorziéme, ains elle la renuoyera ou au dixfeptiéme, ou au vingtiéme. Que
fi les fignes de coction, pour petits qu'ils puiffent eftre, apparoiffent auant l'vnziéme, comme au fept ou neufiéme, & qu'ils fe manifeftent plus clairement l'vnziéme, il faut attendre la crife parfaite au quatorziéme, pourueu que le malade, le
Medecin, ny les affiftans, ne commettent aucune faute, & que les chofes exterieures foient reglées comme il appartient. L'vnziéme iour eft auffi quelquesfois critique, & en iuge d'ordinaire plufieurs tantoft à la fanté, & tantoft à la mort. Ainfi
Melidia, qui demeuroit aupres du temple de Iunon, fut parfaitement iugé l'vnziéme iour par vne grande fueur. Silenus mourut l'vnziéme iour, comme fit auffi
le malade douziéme. Galien écrit auoir remarqué qu'en vn Automne tous les
malades eftoient iugez audit vnziéme iour.

Pourquoy di-
minuë la vertu
des iours indi-
ces.

L'vnziéme
iour eft auffi
critique.
Le mal. 14 de
la 3 fect. du 1. l.
dec Epidem.
Les mala. 21
& 12. de la
mefme fect.

Du dixfeptiéme iour, qui eft indice du vingtiéme.

CHAPITRE XV.

E dixfeptiéme iour eft indice du troifiéme feptenaire, il eft
la fin du cinquiéme quaternaire, & le commencement du fixiéme. Archigene & Diocles aiment mieux donner le tiltre
d'indice au dixhuictiéme, d'autant qu'ils reconnoiffent le
vingt & vniéme pour vray critique & radical: mais comme
nous auons defia remarqué, fi on met le dixhuictiéme pour
indice & critique, tout l'ordre des iours critiques fera changé & peruerty. I'ameneray vn fort bel argument de Galien. Si ainfi eft que l'ordre des iours depen-
dans du dixfeptiéme, & montans iufques au centiéme, eft plus fort: il s'enfuit que celuy qui s'efleue & vient du dixhuictiéme, eft plus foible: & au contraire. Or il eft tout certain que l'ordre des iours qui viennent du dixfeptiéme, eft
plus puiffant: Doncques le dixfeptiéme eft pluftoft critique que le dixhuictiéme.

Belle demon-
ftration de
Galien, pour le
dixfeptiéme
iour.

Le mefme fe peut confirmer par l'authorité d'Hippocraté, & plufieurs hiftoires particulières. En fes liures des maladies populaires, il fait mention du dixfept, & non du dixhuictième : il écrit que plufieurs eftoient iugez au vingtiéme, quarantiéme, foixantiéme, octantiéme & centième: & perfonne au quarante-deux-iéme, foixante-troifiéme, ou octante-quatriéme. *Plufieurs* (ce dit-il) *eftoient iugez enuiron le vingtiéme, d'autres enuiron le quarantiéme, & quelques vns enuiron l'octantiéme.* Ce que nous auons remarqué cy-deffus au chapitre douziéme, feruira pour elucider cette matiere. Au refte, c'eft chofe digne d'eftre notée, que le dix-feptiéme indique moins parfaitement que l'vnziéme, & cettuy-cy, que le qua-triéme, mais il iuge beaucoup plus puiffamment: tellement qu'en cette confideration Galien & les autres Medecins le mettent au nombre des meilleurs & plus puiffans critiques. Heropytus eft iugé au dixfeptiéme iour. Les deux qui eftoient gifans au theatre d'Epigenis, font auffi iugez au mefme iour. Hippo-crate apres auoir difcouru beaucoup de chofes touchant le dixfeptiéme, tient en fin ce langage. *Et n'ay iamais veu aucun de ceux qui auoient efté ainfi malades, qui fut recheu en la maladie.*

Lib. 1. Epid.

Du troifiéme ordre des iours, lefquels on nomme intercalaires.

CHAPITRE XVI.

Les iours in-tercalaires, pourquoy ainfi nommez.

E troifiéme ordre des iours critiques eft de ceux qu'on appelle *in-tercalaires*, parce qu'ils tombent, & font interpofez entre les vrays critiques & les indices: D'aucuns les nomment *prouocateurs*, parce qu'ils irritent la Nature, & la contraignent de faire la crife auant le temps. Or en chaque fepmaine fe trouuent de ces iours interca-laires: & tels font en la premiere fepmaine le troifiéme & le cinquiéme: en la deuxiéme, le neufiéme & le traizième: & en la troifiéme, le dixneufiéme. Ils ont

Pourquoy cri-tiques.

cette prerogatiue d'eftre critiques, parce qu'ils font non pairs: Or les maladies aiguës, comme elles ont leurs redoublemens aux iours non pairs, auffi fe iugent

Pourquoy les crifes qui fe fē en iceux font imparfaites.

elles aux iours non pairs. Mais les crifes qui fe font aux iours intercalaires, font quafi toutes imparfaites, parce que quelque chofe que Nature faffe en ces iours là, elle le fait contre fes loix & ordonnances, eftant forcée de faire la crife pluftoft qu'elle ne doit, à raifon qu'elle eft irritée par la qualité maligne de l'humeur mor-bifique: de là vient qu'elle éuacuë & le crud & le cuit pefle-mefle, & qu'elle chaf-fe auec les humeurs peccantes celles qui font vtiles & loüables: & d'icy le danger de recheute: Car combien qu'il femble, l'humeur morbifique eftant éuacuée, que la Nature s'en trouue aucunement foulagée: fi eft-ce qu'il ne luy refte point de fuc loüable, duquel elle fe puiffe refaire & reftaurer. Hippocrate declare cela bien élegamment au liuret des humeurs, où il reconnoift trois caufes de la re-cheute. Quand les humeurs fortent prematurément, ou qu'elles font éuacuées auant le temps, ou qu'elles font delaiffées au dedans. Ce qui eft delaiffé au dedans, ou c'eft l'humeur morbifique, ou vne qualité maladiue, qu'on appelle *empyreume*. Les humeurs fortent prematurément, quand la Nature agacée, ou irritée par quelque caufe, fe precipite à faire le iugement de la maladie auant qu'il en foit temps. Cette caufe eft, ou externe, ou interne. L'externe eft diuerfe, le malade, le Medecin, les affiftās, & les chofes exterieures. L'interne, c'eft la maladie fort aiguë ladie fort aiguë & maligne, le paroxyfme & les humeurs tellement efmuës, que comme fi elles boüilloient, elles fe refpandent, & fortent auant la concoction, telle eft volontiers la bile de temperament, tres-chaude & furieufe. Alors que ces chofes ftimulent & aiguillonnent la Nature, elles la pouffent comme de fon bon gré, à faire l'excretion, d'où le crud eft enfemble éuacué auec le cuit, & d'icy la recidiue: Car il ne faut point attendre de crife parfaite, auffi long-temps que les humeurs demeurent crües & indigeftes. Or à ce que ces chofes foyent *Les crifes arri-ueut en trois manieres.* plus faciles à comprendre, il faut remarquer que les crifes fe peuuent faire en trois manieres. 1. Car ou elles fe font par la feule Nature victorieufe, laquelle ayant cuit peu à peu l'humeur, la fepare & chaffe puis apres dehors: telles font celles qui fe font aux trois feptenaires, au feptiefme, quatorziefme & vingtiefme: car Nature s'eft par vne certaine prerogatiue occulte, choifi ces iours. 2. Ou elles fe font par la Nature, tellement agacée, qu'elle eft contrainte de chaffer hors auant le iour, lequel elle-mefme (fans auoir efté enfeignée de perfonne) s'eftoit propo-fé, l'humeur non tout à fait cuite & preparée: En cette maniere le font les auor-temens. Et en cette maniere le ventricule piquotté par l'abondance, ou par l'a-crimonie de quelque qualité mordicante, eft forcé de chaffer hors le chyle, auant qu'il foit bien digeré. En cette crife imparfaite, & comme abortiue, on attribuë beaucoup à la Nature, c'eft à dire, à la faculté expultrice. 3. Ou finalement elles fe font par la feule force & violence de la maladie. Et telles crifes peuuent arriuer tous les iours, mefmes aux pairs: parce que les malades meurent indifferem-ment en tous iours.

Du troifiéme, cinquiéme, neufiéme, traiziéme & dixneufiéme iours, nommez intercalaires.

CHAPITRE XVII.

E troifiefme iour eft le premier, non feulement des inter-calaires, mais mefme des non pairs: car en iceluy les mala-dies tres-aiguës reçoiuent iugement, comme enfeigne Hippocrate aux Epidemies, & au Prognoftic: Car ce qui fe lit aux exemplaires vulgaires, que le premier iour eft critique, nous auons monftré cy-deuant comme ce texte doit eftre corrigé. Or il y en a qui veulent que le troifief-me iour ait le droit de iuger, non pour autre raifon, que *Le troifiefme iour, pourquoy critique.* pource qu'il eft impair, & que les paroxyfmes fe font en iceluy. Or le paroxyfme eft du nombre des caufes internes qui aiguillonnent la Nature. D'autres veulent que ce foit pource qu'il approche fort du quatriefme, tellement qu'il tire à foy, & s'attribuë ce que la Nature auoit entreprins de faire au quatriefme. Que fi le mou-uement de Nature eft plus tardif, il faut attendre la crife au cinquiefme. La fem-me de Thafos eft guarantie de la fiéure, & de plufieurs fafcheux fymptomes au troifiefme iour par vne grande fueur, & vn flux copieux de fes mois.

Le cinquiefme iour eft intercalaire & prouocateur. Hippocrate efcrit de luy *Le cinquiefme iour.* à plus prés en cette maniere. *Plufieurs (ce dit-il) eftoient iugez au cinquiefme iour, mais la maladie recommençoit.* Meton fut iugé au cinquiefme iour, car il faigna de la narine gauche & fua, mais la crife fut imparfaite: car comme Hippocrate remarque, il demeura fans dormir, il refua & fes vrines deuindrent tenuës. La femme qui auoit l'esquinancie chez Biton, & Philistez en Thasos, moururent au cinquiéme iour.

Le neufiéme. Le neufiéme est le plus puissant de tous les iours intercalaires, car il est placé entre le septiéme & l'vnziéme : de là vient, ou qu'il tire à soy la crise qui deuoit venir l'vnziéme, ou qu'il parfait celle qui deuoit auoir esté au septiéme. Galien le met au rolle des iours critiques du second ordre. Il semble donc, que la raison des intercalaires, & des vrays critiques & indices, soit dissemblable : car la vertu des vrays critiques, c'est à dire, des septenaires, diminuë & amoindrit peu à peu : car le septiéme iour iuge plus parfaitement que le quatorziéme, & cestuy-cy que le vingtiéme : Il en est de mesme des indices : car le quatriéme indique plus parfaitement le septiéme, que l'vnziéme le quatorziéme. Ce qui ne se peut dire des intercalaires, parce que selon les decrets de tous les anciens Medecins, le neufiéme iour, d'autant qu'il est placé entre le septiéme & l'vnziéme, iuge plus parfaitement & plus puissamment que le troisiéme, ou le cinquiéme. Herophon est iugé au neufiéme.

Le traize & dix-neufiesme. Le traiziéme, comme aussi le dix-neufiéme, sont les plus debiles de tous les intercalaires, & arriue rarement que les crises se fassent en iceux : & toutesfois le traiziéme est plus puissant que le dix-neufiéme, & Galien le reconnoist moyen entre les bons & les mauuais critiques.

Des iours vuides & medicinaux, qui sont depuis le premier iusques au vingtiéme : & premierement du sixiéme.

CHAPITRE XVIII.

 OVs auons ce me semble, iusques icy descrit assez exactement l'histoire des iours & critiques, & indices, & intercalaires : il nous faut maintenant poursuiure & exposer la nature de ceux qui sont interposez, & qui escheent entre les autres, tels que sont le sixiesme, l'huictiesme, le dixiesme, le douziesme, & le dix-huictiesme. Nous les appellons *iours vuides & medicinaux :*

Pourquoy nommez vuides & medicinaux. *vuides*, certes parce qu'ils ne iugent, n'indiquent, ny ne prouoquent : & *medi-*
Comment critiques. *cinaux*, parce qu'on peut en iceux donner medecine. Ils peuuent aussi estre nommez *critiques & decretoires*, non point simplement & absoluëment, mais auec addition de mauuais : car ils ne iugent iamais parfaitement, ny salutairement, ains mal, infidellement, & auec peril : parce que les crises qui arriuent en iceux, se font par la malignité de la maladie, & non par la nature, ou victorieuse, ou irritée. Ils ont leurs degrez de dignité, ou pour mieux dire, de malice : Car les vns iugent souuent, comme le sixiesme : les autres plus rarement, comme l'huictiesme, & le dixiesme : & les autres tres-rarement, comme le douziesme, & le saiziesme. Le sixiesme est le plus pernicieux, le plus cruel, & le plus infidelle
Le sixiéme iour est Tyran. de tous, estant totalement contraire au septiesme, qui est la cause pourquoy Galien le nomme *Tyran* : car il precipite & perd quasi tous les malades qu'il iuge, ou au moins, il les met en grand danger. *A ceux* (ce dit Hippocrate en ses Coaques) à qui il *suruient des frissons au sixiéme iour, les maladies se iugent difficilement.* Les sueurs qui viennent au sixiesme iour, sont tres-mauuaises. La iaunisse arriuant au sixiesme iour est mortelle. La femme de Dromeades frissonne au sixiesme iour & meurt. Hermocrates tombe au sixiesme iour en vne iaunisse, & meurt

meurt le feptiéme. Philifcus decede le fixiéme iour. Galien exprime la tyrannie Sa malignité.
de ce fixiéme iour, en ces mots, *Il en precipite foudain plufieurs en fyncopé, ou il les tuë* L.1. de diebi decret.c.4.
par vn flux immoderé de fang, ou par d'autres éuacuations demefurées: ou bien il les fait
tomber les vns en manie, & les autres en dès dormirs profonds, & contre nature. Il en conduit d'autres en des dangers manifeftes, les iettant en la iauniffe, ou en leur caufant des parotides malings: il enueloppe les autres de marafmes incurables. Bref quelle efpece de mal ce
iour n'apporte-il point? Il m'eft fouuent venu en l'efprit, d'accomparer le feptiéme iour à vn
Roy, & le fixiéme à vn Tyran: Car ce premier-là plus bening, à l'inftar d'vn bon Prince,
pourroit à ceux qu'il iuge, ou en amoindriffant la rigueur du fupplice, ou en les déchargeant
à pur & à plein: mais ce fixiéme icy, ou il s'efiouyt & prend plaifir en la mort, & ruine de
celuy qu'il entreprend de iuger, ou bien il eft defplaifant & marry de fon bien & falut.
Iufques icy Galien. Doncques les crifes du fixiéme iour font perilleufes, infidelles Hiftoires de
& mortelles. Tu n'en trouueras que deux aux liures des maladies populaires, qui ceux qui ont
ayent efté falutairement & parfaitement iugez en ce iour. La pucelle de Larif- efté falutaire-
fée, d'aage nubile, eftant detenuë d'vne fiéure ardante, accompagnée de mauuais ment iugez au fixiéme, &
fymptomes, eft parfaitement & falutairement iugée au fixiéme iour. Mais Ga- pourquoy.
lien publie cela comme merueilleux, & rapporte la caufe de la crife falutaire à vn
grand effort de la Nature, laquelle pour deliurer la patiente de fa maladie, & la
guarantir de la mort, fit trois notables éuacuations, l'vne par fes fleurs, la deuxiéme par vn flux copieux de fang du nez, & la troifiéme, par la fueur decoulante,
chaude, & en abondance de tout le corps. Or que cela fut vn exemple rare, les parolles d'Hippocrate le manifeftent fuffifamment; *La fiéure ne la reprit point, ains*
elle fut iugée. Or les chofes rares ne font point de l'art. Et quoy, fi nous difons que
la maladie eftoit fanguine? car elle auoit fes redoublemens & douleurs aux iours
non pairs. Les Medecins modernes ont remarqué que le fixiéme eft plus criti- Le fixiéme iour
que aux maladies du fang que le feptiéme, d'autant que les maladies fe iugent aux eft critique aux maladies fan-
mefmes iours, aufquels elles ont leurs mouuemens: Or Galien enfeigne que le guines.
fang fe meut aux iours pairs. Heraclides eftant deuenu icterique au fixiéme iour,
eft guaranty de la mort par le benefice d'vne triple éuacuation; fçauoir eft, d'vne
hæmorrhagie; d'vne diarrhée, & d'vne perirrhée. Au refte, quand Galien appelle
le fixiéme iour traiftre & dangereux, il le faut entendre aux maladies bilieufes,
qui ont leurs redoublemens aux iours impairs, & non des fanguines.

Des huict, dix, douze, feize, & dix-huictiéme iours.

CHAPITRE XIX.

'HVICTIÈSME iour imite la nature du fixiéme, il eft toutesfois L'huictiéme.
moins dangereux: il a quelquesfois le quatriéme pour indice: Car
fi au quatriéme iour fe monftrent des fignes mauuais, & que le malade ne finiffe point au fixiéme, la crife fe fait au huictiéme. Le Le dixiéme.
dixiéme eft quafi de mefme nature. Hippocrate écrit qu'il furuint
à vne femme vne grande fueur au dixiéme iour, & que Pythion de Thafos mourut au mefme iour. Le douziéme ne fert rien que de nombre, & Galien n'a ia- Le douziéme.
mais veu aucun iugé en iceluy. Le quinziéme & le feiziéme ne font d'aucune Les quinze &
confideration. Le dixhuictiéme, felon Archigene & Diocles, eft indice du vingt feiziéme. Le dixhuictié-
& vniéme; & toutefois en la doctrine d'Hippocrate & de Galien, il n'eft iamais me.
compté entre les iours critiques.

Des Crises,

CHAPITRE XX.

Le quarantiéme iour est le terme de toutes les maladies aiguës.

E vingtiéme iour est le plus long terme des maladies aiguës, i'entends de celles qui sont simplement & absolument telles. Car celles qui sont aiguës par decidence, se prolongent iusques au quarantiéme; & c'est d'icelles qu'il faut entendre le passage d'Hippocrate, qui se lit en son Prognostic : *La respiration bonne & facile est de grande efficace à salut en toutes maladies aiguës qui sont auec siéures, & qui se iugent dans quarante iours.* Or depuis le vingtiéme iusques au quarantiéme, il a trois septenaires vrayement critiques, le vingt-septiéme, le trente-quatriéme & le quarantiéme : car la vertu des quarternaires perit apres le vingtiéme. Anaxion sua le trente-quatriéme iour, & fut parfaitement iugé. Celuy qui estoit gisant au iardin de Dealces, eut au quarantiéme vne crise parfaite & salutaire. Il en aduint autant à Clazomenius, auquel des tumeurs s'e

Le malade 10. de la 3. sect. du 1. liu. des Epidemies.

stant apparuës derriere les oreilles au vingt-septiéme, finalement il fut deliuré de son mal au quarantiéme. Apres le quarantiéme iour, la vertu des septenaires cesse & perit, & lors il n'y a que les vicenaires ou vingtaines qui soient critiques, le

Les vingtaines sont toutes critiques depuis quarante iusques à cent.

soixantiéme, l'octantiéme, le centiéme, & le cent vingtiéme. Hippocrate écrit auoir veu quelques Empyiques iugez au soixantiéme. Cleonactides est iugé parfaitement l'octantiéme. Mais la femme d'Epicrates mourut au mesme iour; comme fit aussi vne autre femme en Thasos. Heropytus est salutairement & parfaitement iugé le cent vingtiéme. Et Parius de Thasos mourut au mesme iour.. Apres le cent vingtiéme perit la force des iours, & lors les crises sont dites se faire par mois & par années. Par l'Aphorisme vingt-huictiéme de la troisiéme section, *Plusieurs maladies sont iugées aux petits enfans, les vnes certes dans le quarantiéme iour, les autres dans le septiéme mois, les autres dans sept ans.* Item, *Les Epile*

Aph 7. se. 5.

psies qui prennent deuant la puberté, peuuent receuoir changement & guarison: mais ceux qui en sont prins apres vingt-cinq ans, ils meurent quasi tous auec le mal. Mais plus clairement au liuret de l'enfantement septimestre, *Aux femmes,* ce dit-il, *& la conception & l'auortement, & l'enfantement se iugent à la mesme sorte, que font à tous hommes & la maladie & la santé.* Et toutes ces choses se iugent partie par les iours, partie par les mois, partie par les quarantaines des iours, & partie par l'an. Et telle est la vraye histoire des iours critiques.

FIN DU DEUXIESME LIURE.

LE
TROISIESME LIVRE
DES CRISES
AVQVEL SONT EXPLIQVEES TOVTES LES
CAVSES DES IOVRS CRITIQVES.

Qu'il est neceſſaire d'aſſigner des cauſes aux iours critiques.

CHAPITRE PREMIER.

N a recognu, paſſez ſe ſont ja pluſieurs ſiecles, par vne longue & infaillible experience, que les maladies aiguës ont
leürs mouuemens par certains circuits àrreſtez, & temps
certains & definis, tantoſt aux iours pairs, & tantoſt aux
non-pairs. Que tous les iours ne ſoient point pareils en efficace, ains que les vns iugent plus puiſſamment que les autres; perſonne ne le niera, s'il n'eſt, ou effronté, ou totalement eſtropié d'entendement. Que les ſeptenaires iugent
très-parfaitement des maladies, apres eux les quartenaires, ou indices, & en
ſuitte, les intercalaires, c'eſt choſe qui eſt plus claire que le Soleil de midy. Que la
Nature ait de certaines loix, qu'elle garde inuiolablement, & ſans y tien innouer
ny changer, ſinon qu'elle ſoit ou empeſchée, ou irritée; c'eſt vn arreſt approuué
par le conſentement vniuerſel de tous les bons Philoſophes. Mais d'aſſigner les
cauſes de tous ces effets, c'eſt vne recherche qui ſurpaſſe les forces de l'entendement humain, renfermées dans les treillis obſcurs de cette priſon terreſtre: car elles ſont ſi ſecrettes, & tellement cachées, qu'elles tiennent, à raiſon de leur grandeur & difficulté, l'eſprit de l'homme en ſuſpens, & comme englouty d'eſtonne-
ment. *La Nature* (ce dit le Poëte Lucrece) *cache à l'homme beaucoup de choſes d'vn
voile obſcur:* C'eſt l'azyle & refuge de la foibleſſe humaine. Icy les Philoſophes
heſitent, les Medecins taſtonnent, & le prophane populas reſte non moins eſper-
du, qu'en la perquiſition des cauſes du mouuement de l'Euripe, deſtroit de mer en
l'Iſle de Negrepont, qui flotte & reflotte ſept fois en vingt-quatre heures, du flux
& reflux de l'Ocean; de la vertu par laquelle l'aimant tire le fer à ſoy: du miracle
de la Remore petit poiſſon, qui arreſte court au mitan de la mer la nauire, pour
fort qu'elle puiſſe eſtre pouſſée des vents & de la tempeſte, ou de la proprieté de la

Les mouuemës de la Nature ſont certains.

Beaucoup de choſes cachées en la Nature.

f ij

Rhabarbe, qui tire ou chasse l'humeur bilieuse. Et toutesfois de tous ces effets, les causes en sont phisiques, naturelles & certaines. Si quelqu'vn nie les causes, il s'engage auec Heraclite, dans des labyrinthes innombrables d'absurditez, & bannit toute science & demonstration de l'vniuers. Qu'il dépoüille les effets certains, reglez & ordinaires de leurs causes, abandonne toutes choses au pouuoir de la fortune, chose que la vraye Philosophie ne permettra iamais. *Rien*, ce dit le grand Hippocrate, *n'est en la Nature sans la Nature*, c'est à dire, sans vne cause naturelle. Or il est certain qu'il n'y a que les seuls septenaires, le sept, le quatorze & le vingtiéme, qui iugent parfaitement ; ny que les seuls quaternaires, le quatre, l'vnze & le dix-septiéme, qui indiquent asseurément. Il est donc necessaire que de ces effets qui arriuent constamment aux iours critiques & indices, la raison en soit constante, & les causes certaines & inuariables. Plusieurs grands personnages, tant d'entre les anciens que d'entre les modernes, se sont efforcez de les expliquer, mais leurs opinions sont si diuerses & si differentes & repugnantes les vnes aux autres, que qui entreprendroit de les rapporter toutes par ordre, comme deuant vn iuge, il s'engageroit en vn trauail fort penible, & duquel à peine en viendroit il iamais à bout. Or combien que nous sçachions que cette recherche est pour donner plus de contentement au Medecin, qu'elle n'est pour luy apporter de profit, si est-ce pour ne laisser ce discours imparfait, que nous monstrerons premierement icy quelles ont esté les opinions de tous les meilleurs Philosophes, Pythagoriciens, Arithmeticiens, Astrologues & Medecins, touchant les causes des iours critiques, & puis nous exposerons la nostre en peu de mots, & le plus succinctement qu'il nous sera possible.

marginal note: L. de Aere loc. & aq.

L'opinion des Pythagoriciens, rapportans toutes choses à la puissance des nombres.

CHAPITRE II.

marginal note: Authorité de Pythagore.

PLATON admiroit Pythagoras le plus grand Philosophe qui fut de son aage, comme vn homme diuin, & digne de veneration, d'où les Pythagoriciens estoient iadis nommez par les Grecs σεβαςικοὶ *sebasticoi*, venerables. Ciceron rapporte qu'il auoit acquis vne telle reputation parmy les siens, que s'ils affermoient quelque chose en leurs disputes, & qu'on leur demandast pourquoy il estoit ainsi, ils ne doutoient point de répondre αὐτὸς ἔφα *ipse dixit*, il l'a dit : L'opinion prejugée de la suffisance du maistre, ayant tant de puissance sur ses disciples, que mesme son simple témoignage, sans autre raison, estoit parmy eux tenu pour authentique, & digne de foy. Certes les mysteres des Pythagoriciens sont excellens; mais il se trouue en iceux plusieurs choses vaines & superstitieuses, & principalement en ce qui concerne les nombres & leurs vertus. Ils establissent trois ordres és choses, à sçauoir des especes, des figures & des nombres ; mais ils veulent qu'entre iceux les nombres soient les plus excellens, & qu'ils tiennent le haut bout; Car ils veulent que d'iceux dependent toutes choses, qu'elles subsistent en iceux, & qu'elles les re-

marginal note: Trois ordres aux choses.

cognoiffent pour leurs principes & élemens. Et qui eft plus, ils logent les nom- *Force des nom-*
bres, non feulement entre les caufes efficientes, mais auffi entre les fubftances, & *bres.*
confondent l'ens & l'vnité, fans mettre entr'eux aucune difference ny diftinctió,
& argumentent ainfi. Tout ainfi qu'en l'ordre des nombres materiels, l'vnité adiouftée à l'vnité, fait le binaire, ou le deux, & la mefme vnité adiouftée au binaire,
fait le ternaire, ou le trois, & ainfi des autres : Ainfi l'vnité fubftance adiouftée à
vne autre, la rend deux ou binaire: tellement que comme l'vnité change le nombre auquel elle eft adiouftée; ainfi la mefme vnité change & varie l'ens & fubftance à laquelle elle eft adiouftée. Or des nombres, ils veulent que les vns foient *Nombres pairs*
pairs, & les autres non-pairs. Ils appellét les pairs femelles, & les non-pairs, maffes, *& non-pairs.*
& veulent que les pairs foient imparfaits, diuifibles & fterilles, & les non-pairs
parfaits, indiuifibles & fertiles : & qu'à cette caufe ils tiennent lieu de principe.
Ils difent auffi que le non-pair eft tres-fort & tres-puiffant, & le pair tres-foible &
tres-debile. Quelques vns abufez par la fuperftitieufe credulité de ces nombres,
eftiment que l'herbe nommée des Grecs *pentaphylon*, des Latins *quinquefolium*, &
des François *quintefueille*, refifte, par vne certaine proprieté particuliere au nombre quinaire, à toutes fortes de poifons, qu'elle chaffe les demons, & qu'vne fueille
d'icelle prinfe feule deux fois le iour en breuuage, guarit la fiéure quotidienne,
trois la fiéure tierce, & quatre la quarte. Platon furhauffe tellement la dignité *Platon aloüan-*
des nombres, qu'il ne feint point de dire, qu'il eft impoffible d'eftre bon Philo- *gé les nombres.*
fophe fans en auoir la cognoiffance. Il demande, pourquoy l'homme eft le plus
fage des animaux? & répond, que c'eft pource qu'il fçait nombrer ou compter. Et
mefme il definit l'Ame eftre vn nombre, fe mouuant foy-mefme. Il y en a qui
maintiennent qu'Ariftote a auffi efté grand fauteur des nombres, d'autant qu'il
écrit que le ternaire eft la loy de Nature, felon lequel toutes les chofes naturelles
font difpofées; & que c'eft la raifon pourquoy les dimenfions des corps font trois,
& non plus; d'autant que le ternaire eft toutes chofes. Il en tire la demonftration
de la doctrine Pythagorique: Il n'y a point d'ordre aux nombres fans le ternaire:
car l'ordre Arithmetique, Geometrique & Harmonique eft parfait de trois, du
commencement, du milieu & de la fin. Le grand Hippocrate n'a point, non plus
que les autres, reietté la puiffance des nombres, car il mande à fon fils Theffalus, *Epiftola ad*
qu'il ayt à s'employer diligemment à l'eftude de la fcience des nombres; d'autant *filium Thef-*
que la cognoiffance des nombres fuffit pour luy enfeigner & les circuits des *falum.*
héures, & leurs tranfmutations qui fe font contre raifon, & les crifes des maladies
& le danger & la feureté. Les Pythagoriciens concluent donc de ces chofes, que
les nombres ont la fuperintendance des crifes, & qu'ils difpenfent, mouuent &
tiennent toutes chofes affuietties fous leur empire & gouuernement. Et quand à *Pourquoy les*
ce qu'il n'y a que les feuls feptenaires qui foient vrayement critiques, ny que les *feptenaires &*
feuls quaternaires qui foient indices des feptenaires, ils eftiment que c'eft pource *quaternaires*
que la diuinité du feptenaire eft tres-grande, & la maiefté & dignité du quater- *font critiques.*
naire quafi incroyable. Touchant la diuinité du feptenaire, nous en auons cy- *La diuinité du*
deffus remarqué beaucoup de chofes, qu'il n'eft point befoin de rebattre icy, mais *feptenaire.*
quand à fa maiefté, elle eft fi grande, que les anciens l'appelloient *facré & venera-*
ble, & les autres, *le nombre du grand & du petit monde.* Or les Pythagoriciens nom- *La dignité du*
ment le quaternaire, *le nombre de perfection*, ils iuroient par le quaternaire, & main- *quaternaire.*
tenoient que l'ame eftoit compofée de ce nombre. *Il y a quatre élemens en l'vniuers,*
quatre humeurs aux animaux qui ont fang, quatre facultez qui miniftrent à la nutrition,
quatre genres de caufes, quatre faifons en l'année, & femblables, que le curieux pourra

f iij

rechercher tout à loisir. Ils veulent donc que ce que les septenaires & quaternaires sont critiques, que ce soit à raison de la dignité de ces deux nombres : & mesme, que ce que les enfans septimestres sont vitaux, que ce ne soit point pour autre raison. Or ils recueillent que les iours non pairs sont plustost critiques que les pairs, de ce que le non pair est comme le masle, & plus prompt & puissant à agir: & partant, ils disent qu'il conuient mieux aux humeurs chaudes qui agissent, qu'aux froides, qui ne font gueres que patir: Or que l'humeur bilieuse, tres-subtile, tres-chaude & tres-acre agisse, la nature de son élement le declare manifestement: Or les maladies aiguës sont quasi toutes faites par la bile. Aux maladies longues, la matiere desquelles est époisse, froide, contumace, & plus disposée à patir qu'à agir, les crises se font aux iours pairs, d'autant que les pairs sont femelles, & nais seulement pour souffrir. Quelques doctes maintiennent que l'opinion du grand Hippocrate n'estoit point autre que celle des Pythagoriciens: car que signifient autre chose (ce demandent-ils) ce qui est souuent repeté par luy, *l'aage ou vie de l'homme est dispensée par le septenaire, Que la fieure tierce vraye est iugée en sept accez, qui est le terme le plus long. Que les sueurs qui viennent au septiéme iour sont bonnes. Que la iaunisse auant le septiéme iour, est traistresse & infidelle. Que les maladies aiguës sont iugées dans le quatorziéme iour. Que si la fieure ne laisse le patient aux iours impairs, qu'il y a danger qu'elle ne le reprenne?* Il appert donc que les Pythagoriciens ne recognoissent qu'vne seule & vnique cause des iours critiques, à sçauoir la dignité & puissance des nombres.

Pourquoy les non-pairs sont critiques.

Lin. des principes.
Aph. 59. se. 4.
Aph. 36. se. 4.
Aph. 137.
Coac.
Aph. 23. se. 2.
Aph. 61. se. 4.

Refutation de l'opinion des Pythagoriciens, & que les nombres n'ont nulle vertu agente.

CHAPITRE III.

Les nombres n'ont nulle vertu efficiente, & pourquoy.
L.12. Metap.
c.9. & 10.
L.3. de dieb.
decret. c.8.

Raisons de Galien contre les Pythagoriciens.

 Es decrets des Pythagoriciens, touchant les merueilles & puissances des nombres, sont (ie le confesse) beaux & bien specieux; mais si on les pese à la balance de Philosophie, & au trébuchet de Medecine, le lecteur équitable, & amateur de verité, les iugera faux, & pleins d'erreur & de vanité. Car pour examiner chaque chose par le menu, nous ne donnons aucune vertu efficiente aux nombres, ny nulle authorité & commandement sur la Nature. Ils ne sont point des substances, ains ils sont rapportées à la cathegorie de quantité, & icelle discrette & separée. Or la quantité, selon les Philosophes, n'a aucune puissance efficiente, & toute action est attribuée à la qualité. Aristote refute les Pythagoriciens, qui vouloient que les nombres fussent des substances separées, & les causes de tous les ens. *Tout ce que les Arithmeticiens*, ce dit Galien, *jasent, touchant la puissance des nombres, se découre si aisément estre absurde, que ie me suis souuent émerueillé, s'il a esté possible que ce Pythagoras ait peu estre ainsi sage, & croire que les nombres ayent tant de pouuoir.* Et que la cause des iours critiques ne puisse estre rapportée aux nombres, voicy comment il le prouue. 1. Si le nombre auoit de soy la puissance de iuger, & faire les crises; les maladies aiguës

feroyent toufiours iugées aux iours non pairs & iamais aux pairs : or elles font
fouuent iugées aux iours pairs : dont s'enfuit que ce n'eft point à raifon que le
nombre pair eft femelle ny le non pair mafle , que les crifes des maladies aiguës
fe font aux iours impairs. 2. La crife eft vn mouuement , car elle eft definie
vne foudaine mutation à la fanté ou à la mort : or les mutations ne fe font point
par les nombres. La mutation arriue bien à certains nombres ou à certains interualles nombrez de iours , parce que tout mouuement fe fait en temps, & que
le temps eft definy par Ariftote *le nombre du mouuement felon le paffé & l'aduenir.*
Mais le nombre entant que nombre n'agit point fur les corps naturels ny ne les
change pas. Pline redarguant la vanité fuperftitieufe des nombres s'écrie à plus *Pline contre la vanité des nombres.*
prés en cette maniere. *O fotte & vaine curiofité ! on eft toufiours apres à compter les*
iours pour en fçauoir le nombre, au lieu d'en rechercher le poids & le merite , vn iour iuge *Au liu. 7. cha. 40.*
de l'autre ; & toutefois le dernier iuge de tous , & partant il ne fe faut affeurer en piece
d'eux. Et que dirons nous de ce que les biens ne font point à parangonner aux maux , en-
core qu'ils foyent égaux en nombre , & qu'il y en ayt autant d'vn cofté que d'autre : &
qu'il n'y a lieffe pour grande qu'elle puiffe eftre qu'on doiue autant eftimer que la moin-
dre trifteffe du monde ? Ie laiffe le dire d'vn certain fage que *les nombres d'eux* *Dire d'vn certain fage contre les nombres.*
mefmes n'ont nulle dignité , d'autant que chacun louë celuy qu'il cherit le plus. Ainfi
quelques-vns content merueilles du fenaire & l'appellent γάμος & τέλιος *gamos*
& teleios nopcier & parfait ; en l'appropriant aux noptes & le recognoiffant
pour principe de toute generation , lequel toutefois eft tenu par les Medecins
pour tyran, traiftre & infidelle. Que fi nous voulons philofopher à bon efcient,
comment aura le nombre quelque puiffance fur la Nature, veu que de luy mef-
me il n'eft rien , & s'il en faut croire les Metaphyficiens, qu'il ne fubfifte point *Le nombre n'eft point vn ens de foy.*
réellement , mais feulement par le moyen de la raifon & de l'intellect ? or que *Raifon pre-miere.*
le nombre ne foit point vn ens de luy mefme , on le peut prouuer en cette ma-
niere. 1. Ce qui eft plufieurs fimplement, n'eft point vn fimplement, ny par con- *Li. 3. phyfic. cap 7.*
fequent vn ens de foy-mefme : or le nombre eft plufieurs fimplement, ainfi
qu'enfeigne Ariftote où il dit *que le nombre eft vn plufieurs* : & en vn autre endroit, *Li. 10. meta. phyf.*
où il écrit, *qu'il eft plufieurs vn.* 2. D'ailleurs , de deux ne fe fait iamais vn de foy, *Deuxiéme.*
finon qu'ils s'vniffent & conioignent entre-eux par l'vnité de continuité , ou
que l'vn foit la forme de l'autre. Or les vnitez defquelles le nombre eft compofé ne s'vniffent point entre-elles en quelque vn continu, ny l'vne des vnitez
n'eft point la forme des autres : dont s'enfuit que le nombre n'eft point vn ens
de foy. 3. Si des vnitez des fubftances , il ne fe fait point vn ens de foy , com- *Troifiéme.*
ment s'en fera-il vn des vnitez des quantitez, Mais le nombre ne doit point non *Le nombre n'eft point vn ens réel.*
plus eftre dit vn ens réel : car le nombre entant que nombre eft compofé d'vnitez,
toute vnité eft vne diuifion , toute indiuifion , eft vne negation ou priuation , &
par ainfi le nombre eft compofé de negations: or les negations ne font point ens
& ne fubfiftent point réellement. Que fi quelqu'vn obiecte que le nombre fe per- *Obiection.*
çoit par les fens,& qu'Ariftote le met au rang des obiets qui font communs à plufieurs fens: & partant qu'il a vn eftre réel, Nous répondrons felon le mefme Au- *Solution.*
theur, que les fens perçoiuent le nombre par la feule negation du continu: ainfi
ils perçoiuent les tenebres, la cecité, & quafi toutes les priuations, lefquelles toutefois ne font point des ens vrays & fubfiftans réellement. Or que le nombre
ne foit point vn ens réel , Ariftote l'enfeigne en diuers endroits: il écrit aux Ca-
thegories , qu'aux parties du nombre , il y a de l'ordre : or cela ne peut eftre , finon entant qu'il eft perceu par l'intellect. Au 8. liure de fa Metaphyfique il dit,

que le nombre n'est point vn, mais comme vn monceau, ou s'il est vn qu'il faut declarer que c'est qui le fait de plusieurs : comme s'il disoit. Si on ne donne au nombre vne derniere vnité, qui soit comme la forme des precedentes, le nombre ne sera iamais vn, certain & determiné: or cela ne se fait point, sinon en l'intellect & assez imparfaitement, c'est à dire, non point à raison de la composition, mais seulement de l'ordre qui se recueille par la raison. Au 3.liure de sa Physique, *le nombre est vn plusieurs, & quelque quantité* : doncque le nombre est vn ens rationel & non reel, non vne cause efficiente, ny vne substance, comme les Pythagoriciens veulent faire accroire, & par consequent il n'a aucune puissance d'agir. Platon defere beaucoup aux nombres, mais il est vray-semblable (& telle est l'opinion de plusieurs personnages) qu'il parle non des nombres materiels qui s'expriment par la parole, mais des rationels & formels. Quand Aristote dit le ternaire estre la loy de Nature, il ne le reconnoit point comme cause efficiente, mais (comme l'exposent tous les doctes) comme loy prouenante de la cause, ou qui est iointe auec la cause, à l'exemple duquel les choses naturelles sont disposées. Car toutes les causes mouuantes sont reduites à vn certain nombre, par le moyen duquel comme de quelque exemplaire, elles sont dispensées, meuës & gouuernées. Concluons donc que le nombre n'a aucune vertu d'agir, mais que la raison du nombre fait des merueilles qui nous sont incognües. Le septenaire entant que nombre n'a nulle faculté efficiente, mais la Nature s'est choisi ce nombre comme son mignon, elle prend vn merueilleux contentement en iceluy & s'en esiouït: de là vient qu'en chaque septenaire de iours, de mois & d'années, il arriue de tres-grandes mutations. Or pourquoy c'est que la Nature a choisi ce nombre plustost qu'vn autre. Hippocrate promet sur la fin du liure des principes, d'en rendre quelque iour la raison. Mais il ne l'a (que ie sçache) fait en aucun endroit. Disons auec les Theologiens que Dieu a beny le septiéme iour, qu'il l'a recommandé aux enfans d'Israël, & qu'il s'est en iceluy reposé de ses œures. D'où ce dire commun *numero Deus impari gaudet,*

L'imparité du nombre est agreable à Dieu

Et le vieil poëte Orphée,

A Phœbus porte trousse est le sept agreable,

Nature, di-je, que le grand Hippocrate appelle *l'ordinaire puissance de Dieu*, a choisi le septenaire comme le plus parfait de tous les nombres, tellement que la conception, la formation, le mouuement, l'enfantement, la vie & les crises soyent dispensées par septenaires au commandement de la Nature qui agit elle mesme, & non du nombre qui de soy n'a aucune vertu efficiente.

L'opinion de ceux qui rapportent la cause des iours critiques à la raison des nombres, & la refutation d'icelle.

Chapitre IV.

L s'est trouué entre les Medecins, des doctes personnages, qui ont tasché de rapporter la cause des iours critiques à la disposition arithmetique des nombres : voicy leurs principaux fondemens & raisons. 1. Toutes les maladies aiguës tendent aux nombres impairs des iours, & principalement à ceux qui vestent la nature du tout : or les nombres impairs qui vestissent la nature du tout sous le

Marginal notes

Cap. 7.

L'opinion de Platon est expliquée.

Le passage d'Aristote est exposé.

Pourquoy la nature a choisi le nombre septenaire.

Virgile eglogue 8.

L'opinion d'Anger Ferrier.

Raison premiere.

septenaire & le nouenaire:car tous les nombres estant enclos dans le denaire ou le dix , de là vient que tous les impairs qui sont dans le denaire composent ou le ternaire , ou le quinaire , ou le septenaire , ou le nouenaire : or le ternaire & le quinaire sont parties du nouenaire : il n'en reste donc plus que deux , le septenaire & le nouenaire qui n'en composent point d'autres , & partant donc les maladies aiguës seront iugées aux septenaires & nouenaires. 2. Les parties des nombres indiquent de leurs tous plus prochains: Ainsi le Charpentier des fondemens recueille les parois , & des parois le toiĉt : il arriue donc que le troisiéme indique du cinquiéme , & le cinquiéme du neufiéme : or le quatriéme n'indiquera point l'huiĉtiéme aux maladies aiguës , parce que les maladies aiguës ont leurs redoublemens aux iours non pairs , mais seulement le septiéme : parce que les parties du septenaire sont le quatre , & le trois , mais le quatre est le plus prochain: La premiere dixaine finie , la deuxiéme recommence , ou le deuxiéme quaternaire senaire & octonaire : Ainsi l'onziéme sera critique , parce qu'il est le quaternaire à compter du septiéme , & le quatorziéme sera le plus puissant & le plus parfait iudicatoire de tous les critiques , parce qu'il reçoit de la vertu de tous les deux nombres. Car à commencer du septiéme , il est le septenaire , & du neufiéme le quinaire : le dix-huiĉtiéme sera plustost critique que le dix-sept , parce qu'il est le neufiéme à compter du neuf: & le vingt & vniéme plustost que le vingtiéme , parce qu'il est le septiéme à compter du quatorziéme. Voilà leur Philosophie touchant la nature des crises aux maladies aiguës. Quand est des maladies longues , elles ont leurs mouuemens aux iours pairs , & principalement en ceux qui vestent la nature du tout. Or les pairs qui sont au dedans du denaire , sont le quatre , le six , l'huiĉt , & le dix , desquels leurs parties indiqueront : sçauoir le quatriéme du huiĉtiéme , le cinquiéme du dixiéme , le troisiéme du sixiéme , & le deuxiéme du quatriéme. Voilà l'opinion & les raisons d'Oger Ferrier Medecin & Philosophe excellent. Mais d'autant que cette doĉtrine nouuelle obscurcit toute la splendeur de la verité Hippocratique & renuerse toute la science des iours critiques , nous ne luy pouuons accorder aucune place au lycée de medecine. Car ny le trois , ny le cinquiéme ne sont point vrayement indices en la doĉtrine d'Hippocrate , mais seulement intercalaires : non plus que le quatorziéme n'est point le plus puissant de tous les critiques: Car Galien veut que le septiéme soit le premier tant en vertu qu'en dignité entre les decretoires : ny le dixhuiĉtiéme ne doit pas estre preferé au dixseptiéme , comme il soustient , car ainsi le vingt-septiéme , le trente-quatriéme , le quarantiéme , le soixantiéme , l'octantiéme & le centiéme ne seroient point critiques : lesquels toutefois iugent souuent & tres-parfaitement les maladies , ainsi que nous auons monstré au deuxiéme liure & prouué par plusieurs histoires. Renuoyons donc cette démonstration d'Arithmetique des iours critiques à son autheur , & principalement en ce qu'elle attribuë quelque vertu d'agir aux nombres: car estant des quantitez & ens imparfaits , ils n'ont aucune puissance d'agir ny de produire aucun effet.

Deuxiéme.

Pourquoy les maladies longues se iugent aux iours pairs

Refutation.

Des Crifes,

CHAPITRE V.

ES Aftrologues (qu'on nomme ordinairement *iu-diciaires*) & quafi tous les Genethliaques, c'eft à dire, faifeurs de natiuitez, rapportent la caufe non feulement des crifes, mais aufli de tous les éuenemens & actions humaines aux diuers afpects, influences & conionctions des aftres. Les Ægyptiens & les Chaldéens ont efté les premiers qui ont fait de deux fortes de planetes, les vns temperez, falubres & bien-faifans : les autres intemperez, horribles & mal-faifans.

Opinion des Ægiptiens.

Le populas des Aftrologues appelle les premiers *heureufes fortunes*, comme font Iupiter, le Soleil, Venus & Mercure : & les derniers *mauuaifes fortunes*, comme font Saturne & Mars : fi la Lune entre en conionction auec ces premiers-là, les iours feront heureux & falutaires: & fi auec ces derniers icy, ils feront malencontreux & mortels. Abraham Auenefre veut qu'il y ait fept aftres qui gouuernent le monde, lefquels courans & errans par les cieux comme inftrumens, ayans ramaffé toutes les influences des eftoilles les diftribuent & épandent fur les chofes inferieures, & eftime qu'ils doiuent vrayement eftre nommez *Medecins*, d'autant que la fanté ou la mort influë d'iceux. Mercure trifmegifte monftre en termes tres-clairs qu'aux aftres il y a de certaines facultez mal-faifantes, qui rendent les crifes imparfaites & mortelles. *Le Medecin* (ce dit-il) *doit diligemment confiderer l'alictement du patient : que s'il ne peut au certain defcouurir l'heure en laquelle il a commencé d'eftre malade, il doit regarder comment le ciel eft difpofé, & auec quelle eftoille la Lune eft en oppofition ou quadrat : Car fi elle eft difpofée auec les mal-faifantes, elle rend la maladie fafcheufe: & fi auec les bien-faifantes, falutaire. Le contournoyement*, ce dit Ptolomée, *des eftoilles erratiques & fixes fait en l'air qui nous enuironne des chaleurs, vents, neiges, &c.* Item, *Confidere aux malades les iours critiques & le progrez de la Lune aux angles de la figure des faize coftez, car où tu trouueras ces angles bien difpofez, il ira bien pour le malade: & au contraire, mal, fi tu les trouues mal-affectez.* Or des faize angles, les vns font plains qui correfpondent aux iours critiques radicaux, & font le quatre, l'huict, le douze & le faiziéme : les autres demy-plains qui correfpondent aux iours indices, & font le deux, le fix, le dix & le quatorziéme : les autres font la moitié des demy-plains qui correfpondent aux intercalaires, & font le trois, le fept, l'onze & le quinziéme : & les autres vuides comme le premier, cinquiéme, neufiéme & traiziéme. La vanité fuperftitieufe de quelques prognoftiqueurs a efté fi grande qu'ils ont affigné à chaque planete des maladies particulieres : comme à Saturne, les fiéures quartes, la lepre, le fcirrhe, le chancre, les efcroüelles, les vlceres malings, l'incube, la melancholie, & les obftructions de foye & de ratte, les hæmorrhoïdes, les varices, l'hernie & la fuffocation de matrice. A Iupiter la Cephalalgie fanguine, les fiéures fynoques & diaires, les angines, pleurifies, peripneumonies, phlegmons & apoplexies. A Mars, les fiéures tierces, hemitritées ou demytierces, la manie, l'hæmorrhagie, la maladie dite *Cholera*, la iauniffe, la dyfente-

Authorité d'Abraham Auenefre.

Mercure trifmegifte.

Ptolomée.

Maladies particulieres des planetes.
De Saturne.

De Iupiter.

De Mars.

rie, l'eriſipelle, la rougeolle & verole, les herpez & les charbons. Au Soleil, les fié- *Du Soleil.*
ures continuës & la palpitation de cœur. A Venus, les œdemes, le priapiſme, le *De Venus.*
ſatyriaſe, la gonorrhée, les pollutions nocturnes, la folie d'Amour & la maladie
venerienne. A Mercure, le vertige, les toux ſeches & les vices de la langue. A la *De Mercure.*
Lune, l'epilepſie, la goutte, l'hydropiſie, la paralyſie, la lethargie, le coma, le ca- *De la Lune.*
ros & les catharres: Mercure Triſmegiſte a voulu le meſme quand il dit: *Ceux qui* *Opinion de Triſmegiſte touchant les maladies des plantes.*
tombent en maladie ſous Saturne & Mercure ſont tardifs & foibles à mouuoir leurs mem-
bres, ils reſentent toſt le froid, fuyent la clairté, ſouſpirent ſouuent, ſont craintifs, ont la
voix aiguë & petite, le poux petit & la reſpiration petite. Ceux qui alictent ſous Mars
& le Soleil, ſont choleres, faſcheux, trauaillez de la ſoif, ont le viſage teint d'vn rouge ob-
ſcur, ont le poux deregléz & inégal, la langue rude & roullent les yeux deçà & delà auec
vne anxieté quaſi incroyable. Mais les Aſtrologues n'attribuent point ſeulement *Maladies attribuées à chaque ſigne du zodiaque.*
aux planetes, ains auſſi à chaque ſigne du Zodiaque des maladies particulieres.
Au mouton, ils rapportent l'epilepſie, les douleurs d'oreilles, de narines, d'yeux,
de dents, de bouche, la gratelle, les dartres & les puſtules. Au Taureau, toutes les
indiſpoſitions du col & du goſier, l'angine & les eſcroüelles. Aux Gemeaux, les
maladies qui ſe font du ſang aux mains, bras & épaules. Au Cancre, la deman-
geaiſon, la lepre, la perte du poil. Au Lyon, les affections du cœur & du diaphragme: A la Vierge, celles des teſticules & du ventre: & ainſi des autres. Doncques
les Aſtrologues & Genethliaques font influër & deſcendre du Ciel la felicité &
l'infelicité des iours & des heures; & attribuent au Ciel & aux Aſtres des vertus
mal-faiſantes. Quelques Medecins de ceux qui font profeſſion de l'Aſtrologie
iudiciaire, ſe ſont laiſſez aller en cette opinion ſuperſtitieuſe & plaine de vanité, & rapportent la cauſe de la criſe ſalutaire ou infidelle aux aſpects benings ou
malings des Aſtres. Auſſi-toſt donc que le malade commence à prendre le lict, *Authorité d'Hippocrate.*
ils regardent les influences des planetes & comment les eſtoilles ſont affectées.
Pour confirmer cette opinion, on peut alleguer des témoignages des plus do- *L. de Aere, aq. & loc.*
ctes Medecins & Philoſophes qui ayent iamais eſté, comme d'Hippocrate, de
Platon, d'Ariſtote, de Galien, & de pluſieurs autres. Hippocrate écrit qu'il eſt neceſſaire que le *Medecin conſidere le leuer des eſtoilles & principalement de l'Arcture,*
& le coucher des Pleiades: car les maladies tuent principalement les malades en ces iours:
mais les deux Solſtices ſont auſſi tres-dangereux, & les deux Equinoxes ſemblablement:
& partant il n'eſt point bon en ces iours-là de donner medecine, de ſaigner, cauteriſer,
ſcariſier, iuſques à ce que dix iours ou plus ſe ſoient écoullez. Item, *Il faut que le Mede-* *L. 2.*
cin connoiſſe le leuer & le coucher des Aſtres, afin de remarquer par là les mutations de
tout le monde, à raiſon deſquelles les maladies naiſſent aux perſonnes. Ailleurs, *Noſtre* *L. de princ.*
deſſein n'eſt point de parler des choſes qui ſe font là haut au ciel, ſinon entant que la ſanté
& la maladie, le bien & le mal, la vie & la mort peuuent dépendre d'icelles. Il ſemble
donc qu'Hippocrate attribuë au ciel & aux eſtoilles quelque vertu malefique & *L. 1. de Diæt.*
comme neceſſité ineuitable. *Car toutes choſes arriuent* (ce dit-il) *par vne celeſte &*
diuine neceſſité, & celles que les hommes veulent, & celles qu'ils ne veulent point. Item, *Li. de natura homin.*
Toutes choſes aduiennent par la meſme neceſſité. Et d'icy le ϑεῖον le & diuin dont Hippocrate fait mention en ſon liure des airs, lieux & eaux, & en ſon Prognoſtic.
Platon ſemble auoir ſuiuy l'aduis du grand Hippocrate en pluſieurs endroits, *De Platon.*
mais principalement en ſon Thymée: *Car il conſeille que nous prenions ſoigneu-*
ſement garde à ce qui nous peut arriuer, par le diuers rencontre, circuit & aſpect des
Aſtres: Car les vns cauſent des froidures, & les autres des chaleurs, & chaque animal
a ſon Aſtre particulier au Ciel. Ariſtote declare en termes tres-clairs que les cho- *d'Ariſtote.*

fes inferieures dependent & sont gouuernées par les superieures, & que les superieures sont
contiguës aux inferieures. Il écrit pareillement que Thales Milesien preueut par
l'obseruation des Astres la cherté de l'huile. Pline *attribuë vne faculté mal faisante*
au Ciel & aux estoilles, & ce qui est le plus digne de commemoration, c'est que la formy qui
est le moindre des animaux a sens & a cognoissance des facultez dés Astres. Marsile Ficin *establit vn Damon en ct. aqve estoile.* Doncques les Astrologues iudiciaires reiettent la cause de la crise mortelle sur l'infelicité des estoilles, & veulent que tant
nous comme nos entreprises succedent ou bien ou mal selon que les corps celestes sont ou heureusement, ou mal-heureusement placez, & soustiennent opiniastrement que par leur aspect triquetre (comme ils parlent) quadrat, sextil,
opposite, on peut découurir & predire toutes les choses futures : ils remarquent
& le iour & l'heure & les minutes que le malade a commencé d'estre malade,
& ayant dressé en ce moment-là, la figure du Ciel, egallé les quatre parties d'i-
celuy & placé les planetes en leurs lieux, ils considerent la nature & condition
des lieux aphetiques & la position & constitution du seigneur de l'ascendant, &
du signifieur de la maladie, & prenans de là iugement, deuinent si la maladie sera mortelle ou salutaire, & si elle sera longue ou courte. Or pour sçauoir si ces
choses sont vrayes ou non, il nous les faut éprouuer à la pierre de touche & les
rappeller au niueau de la verité.

De Pline.

De Marsile Fi-
cin.

Refutation de l'opinion des Astrologues, où est monstré que le Ciel & les
Astres n'ont point en eux de faculté mal-faisante, &
qu'il ne faut point adiouster de foy à
l'astrologie diuinatrice.

CHAPITRE VI.

Beau trait de
Caton contre
les deuins.

E que disoit iadis Caton des Aruspices, ie le peux dire auiourd'huy des Medecins iudiciaires & deuineurs. Caton s'é-
merueilloit qu'vn deuin ne rioit quand il voyoit vn autre
deuin. Car combien souuent voit-on arriuer ce qu'ils ont
predit : ou s'il arriue quelquefois que peut-on alleguer pour
monstrer qu'il n'aduient point par cas & fortuitement? la
vanité de l'astrologie qui deuine les euenemens futurs par
la consideration des Astres, n'est point moindre, que de la science qui fait profession de deuiner par l'inspection des entrailles des bestes. Combien de choses
me resouuien-je (ce dit Ciceron) auoir esté predites par les Chaldéens à Pompée, à Crassus, à Cæsar mesme, que piece d'eux ne mourroit sinon de vieillesse,
sinon en sa maison, sinon auec gloire : tellement que ie trouue merueilleusement estrange qu'il s'en trouue encore qui adioustent de la croyance à ceux desquels ils voyent les predictions estre iournellement refutées de fait & par euenement. Tous les meilleurs Philosophes comme Pythagore, Democrite, Platon, Panætius Stoicien, Archelaus, & Aristote ont & mesprisé cette astrologie
deuinatrice, & reietté comme fautiue, tromperesse & mensongere. Car les
fondemens de cette science sont vains, ridicules & foibles. Ils se vantent tres-
impudemment de descouurir par l'aspect des Astres tous les accidens & inconueniens de la vie humaine, & les crises des maladies : & à cette cause ils
maintien-

L.2. de Diui-
natione.

maintiennent qu'il eft neceſſaire que le Medecin remarque les Aſtres qui preſ fident & gouuernent à la natiuité d'vn chacun. Dauantage ils souſtiennent que les eſtoilles agiſſent ſur nous neceſſairement, & veulent que d'icelles les vnes ſoient bien-faiſantes & les autres mal-faiſantes : toutes leſquelles choſes nous allons monſtrer par le ſens & la raiſon (critiques tres-certains de tou- tes choſes) eſtre non ſeulement voilées du manteau de la verité, mais meſmes fauſſes & tres-abſurdes. Et pour examiner chacunes de leurs raiſons en detail; Raiſon pre- miere. Comment peuuent les éuenemens des maladies, & les accidens & inconue- niens de la vie humaine, eſtre preueus & remarquez par l'inſpection des eſtoil- les, veu que les vertus & facultez de tous les Aſtres ne ſont point bien coſ gnuës ? Car le nombre en eſt infiny, & la grandeur quaſi incroyable. Les effects des eſtoilles cognuës ne peuuent-ils point eſtre ou empeſchez ou chan- gez par l'influence des autres qui n'ont point encore eſté remarquées à vaine donc & incertaine ſera leur prédiction. Ie ſçay que les Aſtrologues reſpon- Reſponce des Aſtrologues. dent qu'ils ont mille & mille fois remarqué par l'obſeruation d'vne longue ſuite d'années les éuenemens des choſes eſtre certains & definits. Mais igno- rent-ils ce que le grand Genie de la Nature Ariſtote nous a laiſſé par écrit, que les mouuemens des Cieux ſont incommenſurables, qu'il eſt impoſſible que le Ciel monſtre ſouuent vn meſme viſage, ou que la poſition des eſtoilles ſe ren- contre ſouuent d'vne meſme façon, tellement qu'à peine ſe peut-il faire qu'vn homme puiſſe voir deux fois en ſa vie vne meſme face de tout le Ciel ? Or Deuxiéme. maintenant dequoy ſert de remarquer les Aſtres qui dominent à la naiſſance, veu que les planetes communiquent pluſtoſt leur vertu bien ou mal-faiſante au moment de la conception, ou en celuy auquel l'enfant acquiert la formation parfaite de tous ſes membres, qu'à l'heure de l'enfantement ? Car Ptolomée confeſſe qu'ils ont trop plus d'efficace en la conception qu'en l'enfantement; mais qui pourra découurir l'heure de la conception ou de la formation? *Il n'y a,* ce dit Galien, *que le ſeul Createur qui a formé l'enfant qui la cognoiſſe.* Eſt-il poſſible que Troiſiéme. le Medecin puiſſe au meſme inſtant que le patient tombe malade, remarquer les aſpects, influence & conuerſions de toutes les eſtoilles, veu que ſouuentesfois il y a de gros nuages qui les cachent, & que les mouuemens des Cieux ſont por- tez d'vne telle viteſſe, que la figure & conſtellation s'enuolle & paſſe premier qu'on la puiſſe remarquer ? mais accordons-leur qu'ils ayent vne cognoiſſance Quatriéme. certaine des vertus de toutes les eſtoilles, & qu'ils ſçachent auſſi l'heure, voire le moment que le malade a prins le lict, ſe pourra-il faire qu'ils recognoiſſent par cet aſpect & figure du Ciel, & le iour de la criſe, & l'éuenement total de la mala- die? Le Ciel, ſelon les Philſophes, eſt vne cauſe vniuerſelle, duquel bien que la puiſſance ſoit infinie, neanmoins elle eſt determinée par les cauſes particulieres & élémentaires. Le Soleil n'engendre iamais l'homme ſans l'homme, à ce que les cauſes vniuerſelles produiſent leurs effets il eſt beſoin de quelque agent parti- culier, & d'vne certaine diſpoſition & preparation de la matiere, qui altere, chan- ge & peruertit les forces & vertus de l'agent vniuerſel. Et partant le Medecin ne doit point ſeulement conſiderer les Aſtres afin de découurir les criſes à ve- nir, mais les cauſes particulieres telles que ſont la Nature & la temperature du patient, & l'idée, magnitude, mœurs & mouuemens de la maladie. Ainſi les bons Pilotes ne préuoyent point les tourmentes par l'aſpect de Iupiter, Saturne ou Mars; ains de l'air, des vents & des nuës. Ainſi les gens des champs & la- Raiſon &c. boureurs recognoiſſent les diſpoſitions de l'air, non par les eſtoilles, mais par l'air mefme : Tout ainſi donc que les laboureurs preuoyent les diſpoſitions de l'air par l'air ; de mefme les Medecins doiuent préuoir la ſanté ou la mort du patient, par les choſes qui paroiſſent en iceluy, & non par le Ciel ny par les eſtoilles.

Cinquiéme. D'ailleurs ſi on eſtablit les diuerſes influences & aſpects des eſtoilles, pour ſeule cauſe des iours critiques ; il s'enſuiura que tous ceux qui ſeront prins de maladie ſous vne meſme figure & conſtellation & à vne meſme heure, ſeront iugez d'vne meſme façon. Mais on a remarqué comme pluſieurs qui auoient eſté prins en vn meſme moment ont eu diuerſes iſſuës, les vns à la ſanté, & les autres à la mort. Combien de perſonnes (ce dit Phauorin) differentes en aage, en ſexe & en qualité, nées ſous diuerſes conſtellations, n'ont eu qu'vn meſme nauire pour ſepulchre, & vn meſme genre de mort en vn meſme moment de temps pour fin de leur vie & de leurs iours ? choſe certes qui n'aduiendroit iamais, ſi les momens de la naiſſance apportoient à chacun ſon deſtin & les loix particulieres, mais

Sixiéme. fatales & neceſſaires de la vie & de la mort. Quoy ? les gemeaux ne ſont-ils point conceus, formez & enfantez à meſme heure, & ſous meſme aſpect ? & toutefois on remarque iournellement leurs mœurs, affections, & fortunes eſtre totalement diſſemblables. Procles & Euriſtene Roys de Lacedemone eſtoient freres gemeaux, & neanmoins l'iſſue de leur vie & la gloire de leurs geſtes furent fort differentes. Vaine donc, incertaine & trompereſſe eſt la contemplation

Les Aſtres n'a- des eſtoilles pour le prognoſtic des maladies. Or c'eſt vne impieté nullement
giſſent point tolerable en l'homme Chreſtien d'aduoüer ce que cette Aſtrologie iudiciaire
neceſſairement s'efforce de maintenir, que les corps celeſtes agiſſent neceſſairement ſur nous;
ſur les hommes. *Car le ſage* (ce dit l'Eſcriture Saincte) *dominera ſur les Aſtres.* Et comme nous auons deſia monſtré, la cauſe vniuerſelle n'agit point que ſuiuant la diſpoſition de la particuliere. I'allegueray à ce propos vn fort excellent argument

Beau trait de d'vn Aſtronome Syrien nommé Bardezane, écriuant contre les influences &
Bardezane. neceſſité fatale des eſtoilles. Entre les Orientaux, ce dit-il, ſe trouue certains peuples nommez Seres qui ſont ſi ſouples & tellement obeyſſans aux loix qui leur deffendent le meurtre, la paillardiſe & l'idolatrie, que parmy eux il ne ſe voit point de temples, point de putains, point d'adulteres, & point de meurtriers, ny l'eſtoille tres-ardante de Mars n'a peu forcer la volonté d'aucun d'eux à tuër, ny Venus & Mars ioints enſemble n'ont peu induire vn ſeul d'eux à ſolliciter la femme d'autruy pour la débaucher : & neanmoins il eſt neceſſaire que l'eſtoille malicieuſe de Mars ſe monſtre tous les iours au ciel chez eux auſſi bien comme ailleurs, & qu'il naiſſe en vn ſi grand pays des hommes à chaque moment de temps, non autrement que chez leurs voiſins. Doncques ny la conſpiration des eſtoilles aux naiſſances des hommes, ne force point la volonté des Seres à eſtre homicides, ny les Brachmanes à manger de la chair ou autres corps qui ayent eu vie ; ny ne deſtourne point les Perſes de leurs nopces ſcelerates & illicites, leur eſtant permis par leurs loix d'épouſer leurs meres, filles & ſœurs ; ny les Medois d'expoſer leurs morts aux chiens; ny les Parthes d'épouſer pluſieurs femmes enſemble : car toutes les nations vſent comme elles veulent & quand elles veulent de leur liberté en ſe laiſſans conduire aux mœurs, loix & religions qui ſont en vogue aux Royaumes auſquels elles naiſſent & habitent. Socrates renommé pour ſon grand ſçauoir rapportoit tout ce qui aduenoit à l'homme, quoy que ce peuſt eſtre, non aux conſtellations, mais à l'aſſiſtance & ſage pro-

Autre beau uidence de la diuinité. Vn quidam baillant vn ſien fils à Iſocrates pour l'en-
trait d'Iſocra- doctriner, & luy demandant ce qu'il iugeoit qui luy eſtoit neceſſaire ; il luy ré-
te.

pondit qu'il auoit befoin d'entendement & de plumes à écrire. Il s'enfuit donc que les Aftres n'ont en eux nulle neceffité, & qu'ils n'agiffent fur nous que comme caufes vniuerfelles. Quand à ce qu'ils veulent que des Aftres les vns foient bien-faifans & les autres malicieux, nous croyons que c'eft vne fiction vaine, erronée & menfongere. La mort & ruine des chofes ne dépend point du Ciel, mais de la condition de la matiere élementaire, & de fes vices & defauts : les tumultes & diffentions qui font entre les corps inferieurs s'entrechoquans continuellement ne viennent iamais des corps celeftes, ains des mouuemens mal-reglez de la matiere, lefquels n'obtemperent point aux loix de l'harmonie celefte & diuine. Les maux qui aduiennent en la region fouflunaire font pluftoft des effects de la matiere feditieufe & mutine que du Ciel benin & fauorable. En l'harmonie celefte qui refulte & retentit de la confpiration de tous les luminaires, tout y refonne toufiours d'vn accord tres-bien mefuré, & rien par icelle ne fe voit iamais décordant en ce monde fouflunaire : Que fi on y oit quelquesfois des fons rudes & mal appointez, ils ne doiuent point eftre rapportez à l'attouchement du Ciel, ains aux quatre cordes de la harpe fouflunaire. Celuy qui attribuë des facultez mal-faifantes aux Cieux, & qui affigne les caufes des maladies aux Aftres, n'eft point moins digne de reprehenfion, que celuy qui rapporte à la Nature qui regit & gouuerne noftre corps la caufe de toutes les indifpofitions, veu que c'eft elle qui (au rapport du grand Hippocrate) en eft la medecine & qui les guarit. C'eft vne fureur d'accufer la benignité fauorable du Ciel de malefice. Les monftres (ce dit le Philofophe) ne fe font point par l'erreur de la faculté formatrice, ains par le vice & defaut feul de la matiere qui peche en qualité ou en quantité. Pourquoy donc accuferons-nous de malefice & condamnerons le Ciel beaucoup plus noble & plus diuin que la faculté formatrice de la femence? Quand pour le regard des qualitez élementaires qu'ils affignent aux planetes, voulans que l'vn foit chaud ou froid, & l'autre fec ou humide, finon réellement, à tout le moins actiuement, nous ne les admettons point : car comme tous les Aftres font lumineux, ainfi il eft neceffaire qu'ils échauffent tous : d'autant que les Philofophes tiennent que toute lumiere échauffe : or ils tirent tous leur clarté d'vne mefme fource & origine. Ainfi les nuicts font moins froides en la pleine Lune, parce que fa lumiere qui attiedit aucunement la froidure de la nuict eft alors tres-grande. Les Aftrologues voyans ces chofes ont efté contraints de recourir aux influences, & d'attribuër aux eftoilles des influxions outre leur lumiere & clarté : Ainfi ils confeffent que Saturne échauffe par fa lueur, mais ils veulent qu'il refroidiffe par fon influence; & par ainfi recognoiffent en chaque eftoille double faculté, l'vne commune qui eft la vertu d'éclairer & échauffer, & l'autre propre qui vient de fon influence, comme en Saturne de refroidir. Or combien ces fubtilitez font égarées de toute bonne raifon, qui eft celuy qui ne le voit? deux facultez diametralement contraires ne peuuent fubfifter en vn mefme fuiet. On trouue bien quelquesfois aux corps heterogenes & qui ont plufieurs fubftances des facultez diuerfes, mais aux corps homogenes & qui n'ont qu'vne mefme fubftance, iamais: or les Aftres font des corps tres-fimples & tout d'vne mefme nature, eftans tous benins, fauorables & bien faifans, & qui d'eux-mefmes ne font iamais malefiques. Si le temps, la maniere & la caufe de la mort des hommes font (comme remarque Aulle Gelle des difcours du Philofophe Phauorin) au Ciel & dans les Eftoilles, que diront les Aftrologues des moufcherons, vermiffeaux, heriffons & d'vne multitude infinie d'autres beftions & petits poiffons, qui fe trouuent tant fur la terre que dans la mer? quoy leurs naiffances & morts dépendent-elles auffi bien comme aux hommes, des loix fatales grauées dans le Ciel & les Eftoilles, tellement que les grenoüilles & mouscherons ont leur deftin de naiftre & de mourir des mouuemens des planetes celeftes non autrement que les hommes? que s'ils ne veulent point que cela foit, il ne femble point qu'il y ait de raifon pourquoy cette vertu celefte ait lieu fur les hommes, fi elle manque &

Les authoritez d'Hippocrate font expofées. defaut en tous les autres animaux. Pour le regard des authoritez d'Hippocrate qui ont efté alleguées au contraire & en faueur des iudiciaires, elles prouuent feulement que le Ciel agit en ce monde fouflunaire, comme caufe vniuerfelle de toutes les mutations qui y arriuent. Ariftote n'en a point dit moins, quand il écrit, que le Ciel eft contigu à ces chofes baffes non par attouchement mathematical ou corporel, mais phyfical : le mefme Philofophe tient que tous les corps celeftes agiffent fur les corps inferieurs feulement par leur mouuement & par leur lumiere? de là vient qu'Hippocrate deffend de purger, faigner, cauterifer aux equinoxes & folftices, à raifon de l'intemperature de l'air; & qu'il écrit

Aph. 5. fe. 4. que *les purgations font laborieufes & difficiles deuant & durant la Canicule*. Et quand au θεῖον τι, ce ie ne fçay quoy de diuin que le mefme autheur dit eftre aux maladies, tous les Interpretes le rapportent à la conftitution non du Ciel & des eftoilles, mais

L'Aftrologie diuinatrice doit eftre rejettée. de l'air. Chaffons donc l'opinion vaine & fuperftitieufe des Aftrologues qui attribuent aux Aftres des effects mauuais : banniffons de la compagnie des Chreftiens cette Aftrologie diuinatrice, laquelle S. Bafile appelle *vanité tres-embefongnée*, S. Ambroife *inutile & impoffible*, & S. Cyprian *vaine, fauffe & ridicule*. Car

Bel argument contre les deuineurs. ou ils predifent vn mal à venir, ou vn bien futur : fi vn bien & ils trompent, ils te rendent miferable en l'attente d'vn bien que tu n'auras iamais : fi vn mal & ils mentent, ils te bourrellent continuellement par la crainte d'vn mal qui ne t'aduiendra point. Que fi ce qu'ils predifent correfpond à la verité, & que ce foit vn mal à venir, te voilà gehenné en ton efprit, plus longuement miferable que tu n'euffes efté, & affligé auant qu'eftre affligé; que s'ils t'auifent d'vn bien & qu'il te doiue venir, lors tu en reçois double incommodité, car tu es continuellement paffionné en l'attente de ce bien; & quand tu viens à le receuoir, tu en as moins de plaifir & de contentement, pour en auoir defia englouty le fruict par efperance auant qu'il fut arriué. Il ne faut donc en nulle façon que ce foit feruir de telles gens qui promettent de predire & deuiner aux hommes les fortunes qui leur doiuent aduenir, ny fe refier aux Medecins iudiciaires lefquels fe vantent tres-impudemment de pouuoir affeurément découurir par l'afpect des Aftres & la figure du ciel, le temps de la crife, & l'euenement total de la maladie.

ii

Autre opinion de quelques Astrologues & Medecins rapportans la cause des iours critiques à la Lune seule.

CHAPITRE VII.

T R E s-grandes sont les vertus des Astres, & autres corps celestes sur toutes les choses inferieures, mais la principale authorité doit estre deferée au Soleil & à la Lune qui sont les deux luminaires & flambeaux luisans de l'vniuers, l'vn plus grand & l'autre moindre. Le Soleil gouuerne les ans & la Lune les mois: & à cette cause, aucuns veulent que le Soleil preside aux longues maladies, & la Lune à celles qui sont aiguës. Le Soleil comme il fait par son mouuement les quatre saisons, le Printemps, l'Esté, l'Automne & l'Hyuer: Ainsi change-il, en chacune de ces quatre saisons, les humeurs du corps. C'est pourquoy Hippocrate écrit que les maladies qui se mouuent non par iours, ains par mois, se terminent celles de l'Esté en Hyuer, & celles de l'Hyuer en Esté. Les effects du Soleil sont admirables & presques diuins, d'où les Anciens idolatres le tenoient pour *vn Dieu souuerain.* Heraclite le dit estre *la fontaine de la lumiere celeste.* Ciceron *le guide & moderateur des autres flambeaux.* Aristote l'appelle *estoille salutaire, fauorable & procreatrice,* parce qu'elle est la procreatrice de toutes choses. Car le Soleil par sa chaleur viuifiante resiouyt & maintient toutes choses en leur vigueur, les arbres poussent hors leurs bourgeons, la terre se pare de fleurs, tous les animaux leurrez des amorces de l'amour, viennent aux accollades amoureuses & remplissent les bois, la terre & les mers de leurs petits: bref, il n'y a rien en ce monde souslunaire de fertille, sinon que la puissance grande & vigoureuse du Soleil luy donne la fecondité. Et quant à la Lune *Elle a,* ce dit Galien, *beaucoup de puissance sur toutes les choses inferieures, & ses effects sont grands, diuers & admirables, mais qui cedent beaucoup à ceux du Soleil, & qui tiennent seulement le second lieu.* C'est elle qui agite & qui meut les humeurs, & qui tient l'Empire de toutes les choses humides. La Lune (dit Lucilius) nourrit les huîstres, emplit les herissons de mer & les rend plus charnus, elle accroit les fibres & lobes du foye des souris, il n'y a que l'oignon seul entre les plantes qui ont grosse teste, qui reçoiue accroissement en la Lune decroissante, & decroissement en la Lune croissante, comme s'il estoit touché de haine contre le cours & le mouuement de cet Astre. *Elle nourrit & saoulle,* ce dit Pline, *les terres, parce que s'approchant de nous elle emplit les corps inferieurs, & nous eslongnant elle les vuide & laisse tous flaques, quand elle est pleine les cancres, écreuisses & homars deuiennent meilleurs, plus pleins & plus gras, mesmes on tient que le sang croist ou décroist en la personne selon que sa lumiere croist ou décroist, & que les arbres & pasturages ressentent sa vertu, laquelle penetre par tout.* C'est elle qui preside aux mois: & de là ce vers d'Ouide.

Les mois sont gouuernez & bornez par la Lune.

Pour cette raison Diodore Sicilien remarque que les Anciens nommoient la Lune μήνη méné & que de ce mot est deriué le mot μὴν men qui signifie *le mois.* Philon Iuif la qualifie *la seruante & le vicaire ou successeur du Soleil.* Tres-grandes donc sont les forces de la Lune sur les corps inferieurs. *C'est elle,* ce dit Galien, *qui*

[marginalia:]
Effects admirables du Soleil.
De la Lune.
Liu.2.ch.99.
Tout à la fin du 3.li.des fastes.
Li.3. de dieb. decret.cap.2.

g iij

fournit l'accroissement à tout ce qui naist de la terre, qui engraisse les animaux, qui gouuerne le cours des purgations menstruelles des femmes, & qui aide aux circuits de ceux qui
tombent du mal caduc. Or elle fait toutes ces choses par son mouuement & sa clarté. Quant à sa clarté elle l'emprunte de toutes les estoilles qui sont au dessus d'elle, mais principalement du Soleil: de là vient que ses configurations, apparitions
& formes changent diuersement, selon qu'elle s'approche ou eslongne de luy.
Son premier changement ne donne quasi aucune clarté: or il se fait lors qu'elle
est distante du Soleil de quinze degrez, & est nommé des Grecs σύνοδος synodos,
c'est à dire, *le temps de la conionction de la Lune auec le Soleil*, & des Latins *interlu-
nium, nouilunium, intermenstruum, luna silens*, & des François *la nouuelle Lune*: il dure
l'espace d'enuiron trois iours. Estant au quatriéme iour sortie de conionction d'a-
uec le Soleil, comme rougissante de honte, elle n'ose monstrer librement sa face
à découuert, ains paroit cornuë ou courbée comme vne faucille; & lors les Grecs
la nomment μηνοειδής menoeides, comme qui diroit *le premier croissant*. Elle est reculée du Soleil de quarante-cinq degrez. Du quatriéme iour elle croist peu à peu
iusques au septiéme, & lors elle monstre peu à peu la moitié de sa face, & est nommée διχότομος ou ἡμίτομος *dichotomos & hemitomos*, comme qui diroit *demy couppée
& demy pleine*, d'autant qu'elle semble couppée iustement en deux parties égales,
& qu'elle a desia fait la moitié du chemin qu'il y a de la nouuelle Lune iusqu'à la
pleine: elle est eslongée du Soleil de nonante degrez. L'onziéme iour elle paroit
quasi toute illuminée, & ne s'en faut qu'vne assez petite partie qu'elle ne le soit
tout à fait, d'où les Grecs l'appellent ἀμφίκυρτος *amphicurtos*, c'est à dire, *gibbeuse &
courbée de part & d'autre*; comme qui diroit plus qu'à demy pleine: elle est alors
eslongnée & distante du Soleil de cent trente-cinq degrez. Finalement, au quatorziéme iour elle paroit parfaitement & de toutes parts illuminée, & monstre
la face libre & toute pleine, nommée des Grecs πανσέληνος *panselinos*, pleine Lune.
Telles sont les vicissitudes & changemens de la Lune depuis qu'elle sort de conionction d'auec le Soleil iusques à tant qu'elle soit deuenuë pleine. Derechef quand
apres la pleine Lune & ce brillant éclat de lumiere, elle s'auance pour retourner
en conionction auec le Soleil, elle nous remonstre tout autant de figures & apparitions diuerses en decroissant, comme elle a fait en croissant: Car au quatriéme
iour d'apres la pleine Lune, elle redeuient telle qu'elle estoit l'vnziéme, à sçauoir
Amphicurte, puis au troisiéme septenaire elle retourne *Dichotome*, c'est le dernier
quartier, & puis apres *Menoeide* ou vieille Lune: finalement sa clarté decroit peu
à peu iusqu'à ce qu'elle soit en conionction auec le Soleil, & que comme cachée,
elle ne nous communique plus sa clarté. Or tout ainsi que la Lune croissante toutes choses prennent accroissement, comme on peut voir aux ceruelles des animaux, aux moëlles des os, aux huitres, &c. Tout de mesme, decroissante, les humeurs des corps inferieurs decroissent, diminuent & assechent. Comme ainsi
soit donc que la Lune fasse ses mouuemens par quaternaires & septenaires, les
Astrologues veulent qu'elle soit la cause que les crises arriuent aux quatre &
septiéme iours. Car quand la Lune est portée de son premier accroissement aux
quadrangles opposites, ou aux lieux moyens des quadrangles, elle enfante de
grandes mutations: au septiéme iour il se fait vne grande mutation aux quadrangles, & au quatriéme iour au milieu des quadrangles vne autre, mais non si vehemente: mais aux oppositions la commotion qui se fait est ordinairement tres-
grande, parce que la Lune & les signes s'oppugnent mutuellement tant par les
rayons que par leurs qualitez. De ces choses les Astrologues recueillent que les

La Lune reçoit toute sa puissance du Soleil. Ses diuerses figures & apparitions.
La premiere.
La deuziéme.
La troisiéme.
La quatriéme.
La cinquiéme.
La sixiéme.
La septiéme.
La huitiéme.
La neufiéme.
Quadrangles opposites.

milieux des quadrangles qui eschéent au quatriéme iour, ont peu de vertu pour iuger, mais beaucoup pour indiquer : que les quadrangles ont plus de puissance pour iuger, & les oppositions vne puissance tres-grande. Si quelqu'vn (alleguent ils pour exemple) commence à estre malade, la Lune estant au Mouton, il souffrira au septiéme iour suiuant des grandes mutations, d'autant qu'en ce iour, la Lune entre au signe de l'Escreuisse, signe froid & humide, & diametralement contraire au Mouton, chaud & sec. Il y en a d'entre les Astrologues qui veulent que la Lune excite de notables mutations, non seulement selon ses diuerses configurations auec le Soleil & les douze signes du Zodiaque : mais ils soustiennent aussi qu'elle fait des choses admirables selon ses diuers mouuemens & positions, tant aux autres Planettes, qu'aux Estoilles fixes. Et partant que la Lune se ioignant au commencement de la maladie auec quelque planette mal faisant, ou estant en quadrature ou opposition auec iceluy, elle cause de tres-grands changemens quand elle paruient aux autres aspects hostiles, soit que cela arriue en vn iour decretoire, ou en vn autre non decretoire. Voilà ce que les Astrologues content touchant la puissance de la Lune, à quoy Galien semble auoir en quelque partie donné consentement, comme nous monstrerons en son lieu.

Opinion de quelques autres Astrologues.

Refutation de l'opinion des Astrologues, où il est monstré que la Lune n'est point de soy la cause des iours critiques.

CHAPITRE VIII.

QVE les crises eschéent seulement aux maladies humorales, c'est chose (ce croy-ie) que personne ne reuoque en doute : & que la Lune ait quelque puissance sur tous les corps humides, l'experience mesme nous en rend vn témoignage bien certain. Nous ne voulons point toutesfois que la Lune soit (comme les Astrologues nous pensent faire croire) l'vnique & seule cause des iours critiques : estans persuadez par ces raisons. La crise est vn mouuement d'humeurs, & se fait ainsi que nous auons desia remarqué, suiuant l'opinion de Galien, par la Nature qui separe les humeurs peccantes d'auec celles qui sont bonnes, & les prepare à l'excretion. Si la Lune fait ce mouuement, elle a cette puissance de mouuoir ou de soy-mesme, ou de quelque autre, comme de l'aspect, reflexion, lumiere, quadrature, ou opposition de quelque autre Planette. Si elle l'a de soy, elle ne mouuera point plustost au sept qu'au huictiéme iour : car les proprietez qui sont en quelque suiet premierement & de soy, elles y sont (ce dit le Philosophe) continuellement. Que si elle l'a de quelque autre, comme de l'opposition ou quadrature, alors la Lune mouuera seulement quand elle sera en cet aspect ou lieu : Or que Socrate tombe auiourd'huy malade, & Platon demain, ils seront l'vn & l'autre iugez au septiéme iour, encore que la Lune ne soit point en mesme aspect. Galien escrit *auoir veu en vn Esté plus de cinq cens personnes detenuës de fiéures aiguës, auoir esté iugez au septiéme :* & neantmoins elles n'estoient point tombées malades ny en vn mesme iour, ny sous vn mesme aspect. D'ailleurs, si la Lune est la cause des iours critiques, elle reçoit cette puissance ou du Soleil,

Raison premiere.

Li.2. de dieb. decret. c. 7.

Deuxiéme.

ou des signes du Zodiaque : Car Galien ne luy attribuë que deux influences, l'vne qu'elle reçoit du Soleil, & l'autre des signes du Zodiaque, lesquels elle vi-site par chacun mois en faisant son mouuement. Si elle la reçoit du Soleil, il n'y aura que les maladies qui prennent en la nouuelle Lune, qui soient iugées au septiesme iour : car autrement ny son premier quartier ne respondra point au septiesme iour, ny la plaine Lune au quatorziesme, ausquels l'aspect qua-drangulaire & opposite du Soleil esmeut & agite les humeurs. Que si elle la re-çoit des signes du Zodiaque : doncques & le sixiesme & le traiziesme seront parfaitement critiques : Car comme ainsi soit que la Lune passant par l'infe-rieure partie de son Epicycle, soit portée plus viste, elle arriue au sixiesme iour aux quadrats des signes, & quelquesfois au traiziesme des oppositions : mais quand passant par la partie superieure de son Epicycle, elle se meut plus tardi-uement, elle paroist souuentesfois l'huict ou neufiesme iour au lieu quadrangu-laire : Comme ainsi soit donc que la Lune n'ait point toutes les quartes de ses mouuemens & ses circuits égaux, il n'est point possible de rapporter la crise du quatre ou septiesme iour, à la seule Lune, comme vnique cause d'icelle. Or

Troisiéme. maintenant comment peut la Lune estre dite seule cause des iours critiques, veu qu'apres le vingtiesme iour tous les septenaires sont critiques iusques au qua-rantiesme, comme le vingt-septiesme, le trente-quatriesme, le quarantiesme, & que la puissance des quaternaires perit : Et qu'apres le quarantiesme iour, il n'y a que les vingtaines qui iugent iusques au centiesme, comme le soixantiesme, l'octantiesme, & le centiesme : les septenaires n'ayans plus aucune force ny vertu.

Quatriéme. Outre-plus, si la Lune entreprend les crises aux quatre & septiesme iours, non pour autre cause, sinon pource qu'elle fait son mouuement par quadrat & par sepmaines, pourquoy ne produit-elle point semblables effects en la genera-tion, conception, vie & nutrition des animaux ? Mais qui a iamais remarqué que le ventricule digere mieux, que la semence conceuë soit plus forte, & que les autres operations de Nature se fassent mieux & plus heureusement par cha-que septiesme iour ? que si on dit que ces mouuemens septenaires de la Lune n'exercent leur pouuoir que sur les seules maladies : ce sera merueille certes, que les quartes du Ciel soient reserrées dans des barrieres si estroites. I'allegueray

Cinquiéme. icy vn argument de Fracastor, qui est fort beau. Il est tres-certain que toute action ne se fait point sinon par attouchement : L'attouchement du Ciel n'est point mathematical ou corporel, mais physical. Dont s'ensuit que le Ciel en-uoye quelque chose, non certes corporelle : car ainsi il diminuëroit peu à peu : ains spirituelle, à sçauoir vne qualité, laquelle d'autant qu'elle n'a point de con-traire, se respand par tout en vn moment comme la lumiere. Cette qualité spi-rituelle produit ou les premieres qualitez, comme la lumiere fait la chaleur : ou quelque vertu de tirer ou de chasser arriere : Les crises ne se font point par cette faculté, parce que ces choses sont plus proprement en tous les indiuidus : c'est donc par la lumiere celeste. Mais la lumiere celeste ne fournit point plus de cha-leur en vn iour qu'en l'autre, sinon ou il se fait vne plus grande reflexion contre la terre : ce qui s'experimente au Soleil, lequel nous échauffe d'autant plus puis-samment qu'il nous œillade, ou de plus prés, ou plus directement : & en la Lune, quand elle reçoit plus de clairté du Soleil : Or elle en reçoit d'autant plus qu'elle s'eslongne plus loing de luy. Et par ainsi, estant plus eslongnée de luy au hui-ctiesme iour qu'au septiesme, & nous communiquant dauantage de lumiere & de chaleur, il s'ensuit que l'huictiesme doit plustost estre critique que le septiéme.

Finalement fi la Lune eft la caufe des iours critiques parce qu'elle fe meut par quadrats & par fepmaines, il fera neceffaire que les quadrats & fepmaines de la Lune concurrent toufiours auec les quaternaires & feptenaires des maladies. Or il arriue tres-rarement que les iours feptenaires des maladies efchéent auec les feptenaires de la Lune: & neantmoins c'eft chofe qui eft perpetuellement veritable, que tous les feptenaires font vrays critiques, & qu'ils iugent parfaitement. Il s'enfuit donc que la Lune ne peut eftre eftablie pour caufe tres-prochaine & immediate des iours critiques. Qu'elle n'ait beaucoup de puiffance fur les corps inferieurs, nous ne le nions point : mais quoy qu'elle faffe, nous difons qu'il le faut rapporter à fa lumiere & à fon mouuement. Quand à ce qu'il fait meilleur femer & planter au croiffant qu'au decours: cela fe fait d'autant que les femences repeuës d'vne plus abondante humidité, croiffent & viennent plus viftement: & au rebours, qu'il fait meilleur coupper & abbatre le bois au decours, qu'au croiffant : c'eft pource que la Lune eft alors moins humide. Hefiode loüe le neufiéme iour de la Lune pour planter arbres, & le traiziéme auffi, parce que la lumiere eftant alors plus grande, la vertu infite & vegetante s'épand mieux par toutes les racines : il blafme le faiziéme , parce que la lumiere venant à diminuer, les arbres n'ont point affez de force pour prendre terre & pouffer. Concluons donc, que tous les effects de la Lune dependent de fa clairté : Or la clairté ne peut eftre la caufe tres-prochaine & immediate des iours critiques.

L'opinion de Fracaftor , rapportant la caufe des iours critiques au mouuement de l'humeur melancholique.

CHAPITRE IX.

 E docte Fracaftor rapporte la caufe des iours critiques au mouuement de l'humeur melancholique, le propre de laquelle eftant de fe mouuoir de quatre en quatre iours, il veut que ce foit la caufe pourquoy tous les quaternaires font critiques. Voici les principaux fondemens fur lefquels il eftançonne & baftit fon opinion. Il arriue rarement que quelque vice fe gliffant aux humeurs, n'en attaque qu'vne feulement: car le plus ordinairement ou il y en a deux, ou encore plus grand nombre qui le reçoiuent & conçoiuent ou enfemblément, ou peu de temps apres. Car en la maffe du fang qui eft contenuë dans les veines, les autres humeurs, à fçauoir la bile, la pituite, & la melancholie font confufes & meflangées pefle-mefle auec le fang, mais en telle forte, qu'elles y font en partie actuellement, & en partie potentiellement: potentiellement, certes, parce qu'elles y font reduites en parties tres-petites & indiuifibles ; & actuellement , parce qu'elles y tiennent la place de leur propre genre : il aduient donc rarement, à raifon de cette confufion, que le vice de l'vne ne fe communique puis apres à l'autre. Or quand l'humeur vient à fe corrompre & pourrir , Nature en fait foudain la fecretion, & l'excretion par apres: Si l'humeur qui eft fegregée eft fimple, & qu'elle ne foit point adulterée & contaminée par quelque autre, elle ne

Sixiéme.

Fondemens de Fracaftor.

Le premier.

fera point de crife, mais feulement des paroxyfmes : & ce certes tous les iours, fi elle eft pituiteufe: de trois en trois iours fi elle eft bilieufe:& de quatre en quatre, fi elle eft melancholique. Que fi les humeurs font meflingées & confufes, elles fe mouuerôt quelquefois toutes enfemble, quelquefois qu'il n'y en aura qu'vne, & d'autresfois deux:& à cette caufe des iours les vns feront fort doux & paifibles, les autres plus griefs & fafcheux, & les autres tres-griefs. Ceux-là feront doux & fa-uorables, aufquels nulle des humeurs n'aura mouuement : Les autres feront plus difficiles, aufquels vne humeur fe mouuera : & les autres tres-difficiles aufquels toutes les humeurs agitées viendront à faire l'accez. Et ces derniers cy font fort propres aux crifes, d'autant que la Nature eft fort aiguillonnée & irritée, & que les crifes font faites par cet aiguillon & irritement.

Le fecond.

Mais d'autant que les crifes ne fe font point, finon que l'humeur foit digerée & preparée : & que la digeftion n'eft point acheuée ny parfaite, que ce qui eft plus efpais & plus pefant ne foit digeré & attenué : & que la melancholie eft la plus épaiffe & la plus pefante de toutes les humeurs: de là vient que les crifes fe font principalement viron le temps que la melancholie fait fes mouuemens, & qu'elle eft digerée. Or le mouuement de la melancholie fe fait par quaternaires: Et partant les crifes fe feront fuiuant les circuits quaternaires de l'humeur melan-cholique. Donnons pour exemple, que la bile peche en quelque malade, & qu'el-le foit meflée auec quelque peu de pituite & de melancholie : Incontinent que la bile commencera à pourrir, elle foüillera aufli les autres humeurs : & partant, le premier accez fera grief & difficile. Le deuxiéme iour fera fort paifible, parce qu'en iceluy nulle humeur n'aura fon mouuement : mais le troifiéme refentira l'accez de la bile : toutesfois il ne fe fera point de crife en iceluy, tant pource que l'aiguillon n'eft point encore tres-grand, que pource que l'humeur n'eft point encore toute digerée. Or le quatriéme iour aura le mouuement de la melan-cholie, mais affez obfcur, & non beaucoup violent, parce que ce qui fe meut alors de cette humeur, eft en petite quantité: partie certes, parce que ce n'eft point l'humeur qui a peché la premiere : & partie, parce que fa pourriture de-pend aucunement de la bile, laquelle ne fe mouuant point au quatriéme iour, la melancholie donne bien quelque mouuement, à raifon qu'elle a conçeu des fe-mences de putrefaction, mais petit & caché, d'autant que la bile de laquelle vient la pourriture, fe repofe & ne dit mot. Le cinquiéme verra le mouuement de la bile : le fixiéme ne refentira aucun accez : mais le feptiéme apportera vn pa-roxyfme tres-grief & fafcheux, à raifon que toutes les humeurs qui pechent, con-current à le faire, & la melancholie en plus grande quantité, parce qu'elle ne re-çoit point peu de mouuement & d'agitation par la contagion & impulfion de l'autre : auquel iour, parce que la melancholie eft digerée, (car elle eftoit fubti-le, & en petite quantité, difpofée à fe terminer promptement) la crife arriuera: car en iceluy la Nature eft fort viuement aiguillonnée, & toute la matiere cuite & digerée : là où aux autres iours l'aiguillon manquoit, ou la digeftion.

Le troifiéme.

Mais d'autant que cette humeur melancholique eft quelquefois en moin-dre, & quelquefois en plus grande quantité, tantoft époiffe, & tantoft plus fubtile, ores plus, & ores moins tenace, maintenant plus chaude, & maintenant plus froide : il arriue fouuent à raifon de cette diuerfité, la bile fe putrefiant, que la melancholie fe putrefie quelquefois enfemblément, & au mefme iour, & ce tantoft au commencement du paroxyfme, tantoft au milieu, & tantoft à la fin: quelquefois aufli qu'elle ne fe pourrit point enfemblément, ny au mefme iour,

mais au deuxiéme feulement : quelquesfois auffi au troifiéme feulement, & par-
aduanture mefme non deuant le quatriéme. Aux maladies aiguës, le mouuement des deux humeurs fe fait dés le premier iour, d'autant qu'elles font faites d'vne matiere plus chaude, plus fubtile, & en petite quantité : mais aux tardiues & longues, defquelles la matiere eft froide, époiffe & tenace, la melancholie
ne fe meut point auant le troifiéme iour : que fi la matiere eft tres-époiffe, par-
aduanture non deuant le quatriéme : aux maladies mediocres, defquelles la matiere eft moyenne en quantité, qualité & époiffeur, la melancholie commencera à fe mouuoir & pourrir au deuxiéme. Et partant, felon les diuers mouuemens de cette humeur melancholique, fe font diuerfes crifes, & on en peut efta-
blir trois ordres de iours critiques. Car fi dés le premier iour la melancholie
vient à fe mouuoir quant & quant la bile, ce qui aduient aux maladies aiguës : les
periodes quaternaires feront le quatriéme, feptiéme, dixiéme & traiziéme iours :
car rarement l'eftat aux maladies aiguës paffe-il plus outre. Que fi la maladie
ex extrémement aiguë, la crife tombe dans le quatriéme iour : parce que la matiere eft tres-fubtile, en tres-petite quantité, & fort chaude. Que fi elle eft
fimplement aiguë, elle fe prolonge iufques au traiziéme : mais fi elle eft moyenne
entre les extrémement aiguës, & celles qui le font fimplement, elle fe iuge au
feptiéme : & tel eft le premier ordre des iours critiques. Le deuxiéme fe doit
compter en cette maniere. Si la melancholie ne commence point à fe mouuoir
qu'au deuxiéme iour, ce qui aduient aux maladies mediocres, alors les periodes
quaternaires feront le deuxiéme, cinquiéme, huictiéme, vnziéme, quatorziéme, dixfeptiéme & vingtiéme iours : Or il arriue tres-rarement aux maladies
mediocres que l'eftat paffe plus outre, ains l'vnziéme, quatorziéme, dixfeptiéme & vingtiéme font principalement critiques. Mais fi la melancholie ne reçoit fon mouuement qu'au troifiéme iour, ce qui aduient aux maladies longues, aufquelles la matiere eft copieufe, fort époiffe & tenace : certes les periodes
feront le troifiéme, fixiéme, neufiéme, douziéme, quinziéme, dixhuictiéme,
vingt & vniéme, vingt-quatriéme, vingt-feptiéme & trentiéme : car rarement fe
fait-il des crifes plus outre : Or d'entre iceux le vingt & vniéme fera principalement critique, puis le vingt-feptiéme, & puis apres le quinziéme. Car fi la matiere eft époiffe & tenace, mais en petite quantité, l'eftat écherra au quinziéme
iour : mais fi elle eft époiffe & en fort grande quantité, au vingt-feptiéme : & fi elle
eft moyenne en époiffeur & quantité, au vingt & vniéme. Voilà l'opinion nouuelle de Fracaftor, touchant les iours critiques, laquelle, felon mon iugement,
eft affez embroüillée. Auger Ferrier la refute fort brauement par plufieurs bonnes raifons & argumens aigus & fubtils en fon liuret des iours decretoires.

Trois ordres de iours criti-ques.
Le premier.

Le deuxiéme.

Le troifiéme.

Conclufion de Fracaftor.

L'opinion de Fracaftor eft refutée.

CHAPITRE X.

 E s t merueille que ce grand & excellent Philofophe fe
foit fi pauurement abufé en iettant les fondemens de fa
nouuelle opinion, qu'il n'ayt point preueu vne infinité
de lacqs & filets defquels il fe fentira incontinent enuelopper. Car n'y ayant que deux outils neceffaires pour la
recherche des caufes, l'experience & la raifon : le iuge
équitable, & amateur de verité, iugera que tout ce qu'il
allegue touchant les iours critiques, eft totalement con-
traire à l'vne & à l'autre. Il a efté remarqué par vne longue experience, que des
iours les vns font vrayement critiques & radicaux, comme le feptiéme, le quatorziéme & le vingtiéme : les autres indices & demonftrateurs, comme le quatriéf-
me, l'vnziéme & le dixfeptiéme : & les autres intercalaires, comme le trois, le
cinq, le neuf, le traize & le dixneufiéme. Telle a efté l'opinion du grand Hippocrate, comme il fe peut recueillir de fes œuures, d'Heraclide, d'Archigene, de
Philotime, & de Galien. Or cette opinion nouuelle accufe toute la doctrine ancienne d'erreur, & forgeant vn nouuel ordre de iours critiques à fa fantaifie, ren-
uerfe de fonds en comble toute la connoiffance des crifes. Il eftablit donc trois
ordres de iours critiques : & veut que ceux du premier foient le quatre, fept, dix,
traize, faize, dixneuf, vingt-deux, vingt-cinq, & vingt-huictiéme. Ceux du
fecond, le cinq, l'huict, l'vnze, quatorze, dixfept & vingtiéme. Et ceux du troifiéme, le fix, le neuf, le douze, quinze, dixhuict, vingt & vn, vingt-quatre, vingt-
Refutation premiere.
fept & trentiéme. Qui a (ie vous prie) iamais remarqué le dix, le faize & dixneufiéme iours entre les vrays critiques qui font du premier ordre? Qui a iamais experimenté l'huict & le quatorze eftre tous deux d'vn mefme ordre? Qui des Anciens a iamais voulu que le vingt-deux & vingt-huictiéme fuffent decretoires?
Par ainfi donc cette nouuelle confufion contrarie à l'experience & à l'authorité
Deuxiéme.
de tous les Anciens : mais elle contrarie femblablement à la raifon. Car premierement Fracaftor prend comme pour accordé que les crifes ne fe font feulement
qu'aux maladies, defquelles la matiere eft contenuë dans les veines : Et qui a-il
de plus abfurde? La matiere de toutes les parties qui fouffrent phlegmon ou inflammation fe putrefie hors des veines : Or Hippocrate remarque en telles inflammations, les iours critiques & les crifes particulieres, & nous l'experimentons iournellement en faifant la medecine. Ainfi l'inflammation du foye a fa crife particuliere par les vrines, fi c'eft la partie gibbeufe qui foit affectée : ou par le
flux de ventre, fi c'eft la caue. Ainfi l'erifipele du ventricule qui fe reconnoift par
Aux Coaques.
la fiéure lipyrique, a pour fa crife propre, le *cholera*, qui eft vne éuacuation de bile
par haut & par bas : comme le declare Hippocrate en ces mots, *Les fiéures lipyri-
ques ne fe rompent point, finon que le cholera furuienne.* Qui rapportera la caufe des
crifes en ces inflammations au mouuement de l'humeur melancholique, veu que
l'erifipele eft fait d'vne bile pure & non meflangée, & le phlegmon du fang?
Quant à ce qu'il maintient, qu'au corps il ne fe trouue point d'humeur pure &
Troifiéme.
non meflée, eft faux. Car la veuë nous apprend que la veficule contient la bile toute pure & non detrempée d'aucune autre humeur, & la raifon le perfuade femblablement:

blement:Car elle est segregée d'auec la masse du sang,& tirée par la vessicule par
vne proprieté occulte, & qui nous est incognuë. D'ailleurs, quand il écrit qu'il *Quatriéme.*
est impossible qu'vne humeur se pourrisse, sans que la corruptió se communique
aussi tost à toutes les autres, il renuerse du tout la nature des paroxysmes & des
fiéures intermitrentes:Car en la fiéure tierce,il n'y a que la bile seule qui se pour-
risse:en la quotidienne,que la seule pituite:& en la quarte que la seule melancholie : Elles s'enflamment à la verité toutes,quand l'vne d'icelles vient à s'allumer,
mais il n'y a que celle-là seulement qui fait l'accez,qui se pourrisse,autrement toutes les fiéures intermittentes seroient nothes & bastardes, & on ne trouueroit iamais de tierce vraye & legitime. Or maintenant qu'est-il besoin de la coction de *Cinquiéme.*
l'humeur melancholique en toutes maladies,comme songe Fracastor?Il n'y a que
la seule humeur qui peche qui ait besoin de coction , de secretion & d'excretion:
car il n'y a qu'elle seule qui stimule la Nature à l'excretion : Or quasi toutes les
maladies aiguës sont causées de la bile , & ont leurs mouuemens aux iours impairs;dont s'ensuit qu'il n'y a qu'elle seule qui ait besoin de coction,& n'est point
necessaire pour la perfection des crises , d'attendre la coction de l'humeur melancholique. Ioint que s'il falloit tousiours attendre la coction de la melan- *Sixiéme.*
cholie,la crise ne se seroit iamais au troisiéme iour,d'autant que l'humeur melancholique ne se meut que de quatre en quatre seulement : Or les maladies extrémement aiguës se iugent seulement au troisiéme iour,& tous les Medecins le mettent pour le premier entre les intercalaires. Chassons donc des écholes ce nouueau dogme totalement repugnant à l'experience & à la raison.

L'opinion d'Hippocrate , touchant les causes de iours critiques.

CHAPITRE XI.

VELQVES Doctes estiment qu'Hippocrate rapporte la cause des iours critiques aux nombres; car au
liuret des principes, il a laissé plusieurs choses tres-excellentes par écrit, touchant les vertus du septenaire,
& veut que la vie de l'homme soit dispensée par ce
nombre. Et en vne Epistre à son fils Thessalus, il dit
en termes exprés que la cognoissance des nombres est
profitable pour entendre les crises & iugemens des
maladies. Il promet ailleurs,de declarer quelque iour
cette necessité de Nature,&pourquoy toutes ces choses aduiennent par septenai-
res:mais effrayé(comme il est vray-semblable)par la difficulté de l'entreprise, il
ne l'a point accomply. Pour moy, ie ne me suis iamais persuadé que ce grand
personnage ait eu les nombres en telle estime, qu'il leur ait voulu deferer l'honneur d'estre cause des iours critiques ; ains ay creu qu'il auroit recognu le septenaire comme vne certaine loy de Nature, selon laquelle, comme sur quelque
exemplaire & patron, elle dispense toutes choses. Ainsi Aristote appelle le ternaire,la loy de Nature, selon laquelle toutes les choses naturelles sont disposées.
Nous ne trouuons point non plus,qu'Hippocrate ait iamais rapporté cette cause *Hippocrate*
des iours critiques à la puissance de la Lune , ny au aspects des Astres ; ains *s'est conten-*
croyons auec le Prince des Arabes Auicenne,qu'il s'est contenté de la seule expe- *té de la seule ex-*
rience,pour l'explication de cette matiere. Ce grand personnage auoit remar- *perience.*

qué que les humeurs fe mouuent aux iours non pairs alorsque laNature lesregit & gouuerne felon les loix & mouuemens reglez & determinez, & ce principale-ment par l'obferuation de ces trois chofes. Premierement par celles qui arriuent tant aux iours impairs qu'aux pairs ; ayant trouué que les crifes des iouurs pairs font imparfaites, & celles des non pairs tres-parfaites. Secondement par celles qui apparoiffent aux iours indices, ayant veu que chaque feptenaire auoit fon in-dice & demonftrateur, auquel fi les fignes de coction viennent à fe monftrer, il faut attendre la crife falutaire au feptiéme fuiuant. Tiercement par l'obferua-tion des paroxyfmes, ayant veu que les maladies aiguës ont leurs redoublemens aux iours impairs ; & partant, qu'il falloit attendre la crife aux mefmes iours: D'autant que les maladies fe iugent volontiers aux mefmes iours qu'elles ont leurs actez. Il a effayé de rendre quelque raifon de fon experience au 4.liure des maladies,quand il dit, *Les maladies fe iugent aux iours non pairs,parce que le corps tire du ventricule aux iours pairs:Or fi l'homme eft fain, il expulfe aux iours impairs.*Et par-tant, l'humeur eft premierement amaffée aux malades, puis eftant amaffée, elle eft feparée, & finalement, elle eft chaffée hors. Cependant que l'humeur s'a-maffe,il n'y a point de combat:quand elle eft amaffée,elle commence defia à tra-uailler la Nature ; alors fe font les redoublemens : la Nature eft aiguillonnée à l'excretion, & la crife fe fait : à cette caufe il deffend au mefme liure , de donner medecine aux malades aux iours non pairs : *Car ceux* (ce dit-il) *qui aux iours im-pairs ont vfé de fortes medecines,ont efté trop purgez,& plufieurs font morts ; mais ceux qui en ont vfé aux iours pairs , n'ont iamais efté trop purgez.* Voila ce que dit Hippo-crate, touchant la caufe des iours critiques.

L'opinion de Galien , touchant la caufe des iours critiques.

CHAPITRE XII.

ALIEN ne fe contentant point de l'obferuation & experience d'Hippocrate , s'eft efforcé de prouuer & demonftrer la caufe des iours critiques , par les prin-cipes de l'Aftrologie,& ce pour complaire à quelques fiens amys, qui l'en auoient prié. Il eftime donc qu'il en faut rapporter la caufe au mouuement & à la clarté de la Lune , ainfi que l'on peut voir en fon troifiéme liure des iours decretoires:& veut que les afpects de la Lune foient diuers, tetragones, trigones & diame-traux : & d'autant qu'elle fait fes mouuemens par quadrats & par fepmaines, il fouftient que c'eft la raifon pourquoy les quaternaires & feptenaires iugent puif-famment aux maladies aiguës. Or pour monftrer que le vingtiéme iour eft pluftoft critique que le vingt & vniéme, il controuue & feint vn mois,qu'il nom-me *critique & medical :* & pour en auoir la cognoiffance , il conuient premiere-ment remarquer que les Aftrologues ont fait trois mois lunaires,felon la diuer-fité du mouuement de la Lune : Ils ont nommé le premier , *mois fynodal ou de conionction,*& eft tout le temps qui eft depuis vne conjonction de la Lune iufques à l'autre:les modernes tiennent qu'il eft de vingt-neuf iours,douze heures & qua-rante minutes.Ils ont appellé le deuxiéme,*mois de peragraffion ou progreffio,* & pour

Obferuation premiere.

Deuxiéme.

Troifiéme.

Pourquoy les maladies fe in-gent aux iours non pairs.

Trois mois Lu-naires.

De conion-ction.

De progreffion.

iceluy, la Lune s'esloignant d'vn poinct du Zodiaque, retourne au mesme poinct, apres auoir couru & fait le tour & circuit tout entier il est de vingt-sept iours & 8. heures. Le troisiéme est nommé *le mois d'apparition*, *d'illumination ou illustration:* C'est l'interualle qui est depuis le premier iour qu'on commence à voir la Lune naissante iusques au dernier iour qu'elle disparoit. Ce dernier mois est inégal, tantost plus long & tantost plus court : plus long d'autant que la Lune est cachée moins de temps, & plus court, qu'elle est plus longuement muslée & sans nous éclairer; & toutesfois, il est le plus communément composé de vingt. six iours & douze heures. Galien voyant qu'il ne pouuoit approprier ses iours à ces trois sortes de mois, d'autant ou qu'ils excedoient son nombre, où qu'ils ne l'accomplissoient point, & qu'il ne pouuoit par iceux rendre raison pourquoy le vingtiéme iour est plustost critique que le vingt & vniéme; il en a controuué vn quatriéme, qu'il nomme *medical*. Le mois de progression ne l'enseigne point, parce que les trois sepmaines d'iceluy sont vingt iours & douze heures, qui est vn nombre metoyen entre le vingtiéme & le vingt & vniéme : tellement que si la crise se fait alors, elle ne puisse estre dite ny de cettuy-cy, ny de cettuy-là. Le mois de conjonction ne l'enseigne non plus : car les sepmaines de ce mois sont plus longues, & trois d'icelles sont vingt-deux iours & trois heures. Quant au mois d'illumination, il l'enseigne encore moins, parce qu'il est indeterminé, estant ores plus long, & ores plus court : Il en faut donc establir vn quatriéme, composé de celuy de progression, & de celuy d'illumination ioints ensemble : car si on les conjoint, il en sourdera cinquante-trois iours & vingt heures : Si on partit trois iours en parties égales, il en naistra vn mois moyen de vingt-six iours & vingt-deux heures, duquel mois chaque sepmaine sera de six iours & dix sept heures & demie : deux sepmaines feront traize iours & vnze heures ; & les trois sepmaines vingt iours & quatre heures & demie : Et par ainsi, la fin de la troisiéme sepmaine tombera dans le vingtiéme iour, d'où le vingtiéme doit plustost estre dit critique que le vingt & vniéme. Voilà l'opinion de Galien touchant les causes des iours critiques, laquelle tous les Astrologues & Medecins reiettent comme fausse & erronée, & appellent son mois, *mois controuué & monstrueux*. Il faut lire ce qu'on écrit contre luy, touchant ce mois, le Conte de là Mirandole, le Conciliateur, Cardan, Manard & Fracastor.

Galien a feint & inuenté vn quatriéme } mois, & pourquoy.

Quelle est nostre opinion, touchant les causes des iours critiques.

CHAPITRE XIII.

ESTANT sortis de ces halliers épineux d'opinions contraires ; il est temps que nous nous mettions à l'abry dans vn port tranquille & asseuré, & que nous declarions briefuement & clairement ce qu'il faut tenir & croire touchant les causes des iours critiques. Et pour commencer, nous disons que les causes des iours critiques sont deux : l'vne materielle, & l'autre efficiente. La materielle, c'est l'humeur peccante, ou en qualité, ou en quantité, & ce non seulement la melancholique, comme veut Fracastor, mais aussi la bilieuse, la pituiteuse, & la sanguine, soit ou qu'elle soit simple & pure, ou qu'elle soit meslangée auec quelque autre : car nous croyons auec Galien & Auicenne, que la crise

Les causes des iours critiques sont deux. La materielle.

Et l'efficiente
que

Est vniuerselle
ou

Particuliere.

Proprietez ad-
mirables de
Nature.

L.1.de Diœta.
L.1.2.de dieb.
decret.

Les erreurs de
la Nature
viennent de la
matiere.

Comment les
causes efficien-
te & materiel-
le concurrent
pour faire les
crises.

D'où vient la
tardiueté ou
celerité de la
crise.

D'où vient
qu'elle se fait
au iour pair ou
non pair.

n'échet qu'aux seules maladies humorales. La cause efficiente est double, l'vne vniuerselle & tres-eslongnée, & l'autre particuliere, interne & tres-prochaine. La cause vniuerselle non seulement des crises, mais aussi de tous les mouuemens & changemens qui se font en cette region élementaire, c'est le Ciel; duquel, la Lune qui est la plus basse, & la plus prochaine de la terre, receuant toutes les facultez, nous les communique puis apres. Auerrhoës veut qu'elle ne soit quasi de nulle consideration en la medecine. La cause particuliere & plus prochaine, c'est la Nature, laquelle soit ou que tu l'appelles auec Galien *faculté qui dispense & gouuer-ne tout le corps*, ou auec Hippocrate, *chaleur implantée, ou temperature, ou esprit*, c'est chose qui n'importe de rien. Cette Nature, *combien qu'elle n'ait point eu de maistre, ny fait d'apprentissage, & qu'elle ne se gouuerne ny par conseil, ny par raison*, neantmoins elle fait ses mouuemens & operations par vn ordre certain, constant, & qui ne va-rie iamais: de sorte qu'elle semble se gouuerner par conseil & raison. *Elle contient*, ce dit Hippocrate, *la necessité fatale de viure & de mourir: C'est*, selon Galien, *vne chose reglée, qui fait ses motions par certains termes & circuits fixes & arrestez*. Cette Nature s'est à elle mesme imposé de certaines loix & ordonnances qu'elle ne trangresse iamais: ains, comme si elle auoit esté apprinse & accoustumée à la faire ainsi, elle les garde sans inconstance, & sans rien changer en leur ordre. C'est elle qui est l'vnique Medecin des maladies. C'est elle qui fait les crises en prepa-rant, segregeant & éuacuant les humeurs: car la crise se fait la Nature separant les humeurs peccantes d'auec celles qui sont vtiles, & les preparant à l'excretion. Elle trouue des chemins occultes, & qui nous sont incognus, par lesquels elle expulse les maladies: d'où Sinesius & Plotin la nomment *magicienne*, Zenon *feu artificiel*, & Anaxagore *esprit ou entendement*. Que s'il arriue quelquesfois qu'elle se déuoye & foruoye cela luy aduient à raison de la contumace, rebellion & inégalité de la matiere. Toutes les maladies qui nous aduiennent, sont plustost des effects des humeurs qui se desbordent, mutinent & defaillent, qu'elles ne sont des actions & ouurages de la Nature, sage & pouruoyante à nostre conseruation. Concluons donc que la Nature est la cause efficiente, particuliere & tres-prochaine des iours critiques, & que les humeurs, quelles qu'elles puissent estre, en sont la cause ma-terielle. Voyons à cette heure comment ces deux causes concurrent pour faire les crises & iugemens des maladies. De ce que la crise est ores plus hastiue, & ores plus tardiue, nous le rapportons partie à la cause materielle, & partie à l'efficiente. De ce qu'elle se fait tantost aux iours pairs, & tantost aux non pairs, nous l'attri-buons seulement à la cause materielle, c'est à sçauoir au mouuement particulier de l'humeur. Et de ce que les crises parfaites & salutaires ne se font qu'aux sep-tenaires seulement, nous le donnons tout à la cause efficiente, & nullement à la materielle. Mais d'autant que ces choses pourront sembler obscures à plusieurs, il nous les faut élucider auant que passer plus outre. La celerité ou tardiueté de la crise suit & la disposition de la matiere, & la puissance ou force de l'efficient. Si l'humeur est chaude, subtile & benigne, elle est plus facilement preparée & dom-ptée par la Nature, plus promptement cuitte & separée, & en suite plus vistement éuacuée par la crise: mais si elle est époisse, froide & rebelle, elle est cuite plus diffi-cilement, & par consequent plus tard éuacuée. Pareillement, si la Nature est for-te, elle cuit plus vistement. si debile, plus tardiuement. Quant à ce que la crise se fait au iour pair, ou non pair, la cause en doit estre rapportée au seul mouuement de l'humeur: car la bile se meut de trois iours en trois iours, la pituite tous les iours, & la melancholie de quatre en quatre. Et par ainsi, toutes les maladies bi-

lieufes fe iugeront aux iours non pairs , & les pituiteufes & fanguines aux pairs;
parce que les maladies fe iugent ordinairement aux mefmes iours, aufquels elles
ont leurs mouuemens;& la crife écheoit ordinairement en vn mefme temps auec
l'accez. Or pourquoy la pituite fe meut tous les iours, la bile de trois en trois, &
la melancholie de quatre en quatre, c'eft vne queftion tres-difficile à expliquer.
Alexandre Aphrodifée s'efforce d'en rendre quelque raifon : *D'autant* (ce dit-il)
qu'il y a moins de matiere, d'autant l'accez retourne-il plus tardiuement : Or la Nature a
ordonné que le fang dont nos corps fe nourriffent, fut en plus grande quantité que les autres
humeurs, & qu'en fe pourriffant, il allumaft vne fiéure continuë. La pituite tient le fecond
lieu, car elle fe peut auffi donner en nourriffemēt; la bile le troifiéme, à caufe qu'elle eft tota-
lement inutile pour fa grande acrimonie, à feruir de nourriture; & l'humeur melancholique
& atrabilaire le dernier, à raifon qu'elle eft ennemie de la Nature, & qu'elle gafte, ronge &
tuë le corps. Mais ce n'eft point icy la vraye caufe des accez qui fe font à poinct
nommé: car la quantité de l'humeur rend feulement le paroxyfme plus long ou
plus court, mais elle ne le fait point retourner au iour pair ou non pair. La bile,
en quelque grande quantité qu'elle puiffe eftre , ne fe meut point plus fouuent
qu'au troifiéme iour, ny la melancholie qu'au quatriéme: Ainfi toutes les maladies aiguës, parce qu'elles fe font le plus fouuēt par la bile, qui eft en tres-grande
abondance, combien qu'elles affligent continuellement, fi ne laiffent-elles pas
toutesfois d'auoir leurs redoublemens aux iours impairs, à raifon du mouuemēt
de la bile : Dont s'enfuit qu'il faut rapporter la caufe du mouuement qui fe fait
aux maladies, ou tous les iours, ou de trois en trois iours, ou de quatre en quatre,
à la proprieté de l'humeur. Or cette proprieté eft cachée, & n'eft pas moins digne
d'admiration que la qualité de la pierre d'aimant, & des medicamens purgatifs.
C'eft donc à raifon de la condition & du mouuement de la feule caufe materielle,
que la crife fe fait tantoft aux iours pairs, & tantoft aux non pairs. Et quant à ce
qu'il n'y a que les feuls feptenaires, qui foient parfaitement critiques, nous le rapportons totalement à la caufe efficiente. Nature s'eft choifi vn certain temps, auquel elle fait fes crifes & mouuemens, & lequel ne fe recognoift que par l'experience feule. Or l'experience nous a enfeigné que les crifes du fept , quatorze &
vingtiéme iours , font le plus fouuent parfaites & falutaires : Dont s'enfuit que
ces iours ont efté limitez & ordonnez par la Nature à cela. Or pourquoy la Nature a pluftoft choifi le feptiéme qu'vn autre nombre; combien qu'il femble que
ce foit vne queftion d'vne plus haute contemplation , fi eft-ce que nous voulons
que ce foit pource que Dieu le Pere & Createur de toutes chofes , luy a impofé
cette loy. Car il a fanctifié le feptiéme iour , il l'a recommandé aux enfans d'Ifraël, comme le plus celebre de tous, & s'eft voulu repofer en iceluy de fes œuures,
apres auoir paracheué la creation de l'Vniuers. Et partant la nature particuliere
d'vn chacun, comme chambriere & imitatrice de l'vniuerfelle, fait en chaque feptiéme iour des crifes parfaites , & n'entreprend iamais de les faire en d'autres
iours, finon qu'elle foit ou empefchée, ou irritée : car alors les crifes fe font auffi
quelquesfois aux iours intercalaires, ainfi que nous monftrerons cy-apres. Or
que cette Nature particuliere foit aidée par l'vniuerfelle & celefte , nous ne le
nions point tout à fait , ains tenons s'il arriue que les fepmaines de la Lune rencontrent auec les iours feptenaires de la maladie que la crife en fera plus facile &
plus heureufe.

g iij

Opinion d'A-
lexandre, tou-
chant le mou-
uement des hu-
meurs.

La caufe des
periodes doit
eftre rapportée
à la proprieté
de l'humeur.

Pourquoy il
n'y a que les
feuls feptenai-
res qui foient
parfaitement
critiques.

Pourquoy Na-
ture a choifi le
nombre fepte-
naire.

Pourquoy le vingtiéme iour est plustost critique que le vingt & vniéme.

CHAPITRE XIV.

- *Pourquoy le vingtiéme iour est plustost critique que le vingt & vniéme.*
Responce vulgaire.

L ne reste plus qu'vne difficulté à vuider, laquelle a fort longuement gehenné les esprits de plusieurs; pourquoy c'est, veu que tous les septenaires sont parfaitement critiques, que le vingtiéme iour est plustost critique que le vingt & vniéme. La responce vulgaire est, que le vingtiéme est la fin de la troisiéme sepmaine, parce que des trois sepmaines, il n'y a seulement que la premiere qui doiue estre comptée entiere, la deuxiéme estant iointe & assemblée auec la troisiéme, & le quatorziéme iour seruant de fin à la seconde, & de commencement à la troisiéme. D'autres disent qu'il ne faut point (selon la doctrine du grand Hippocrate) compter les sepmaines entieres, non plus que les iours ny les ans, & que c'est la raison pourquoy la fin de la troisiéme sepmaine eschet au vingtiéme iour. Mais toutes ces deux réponces & interpretations ne nous contentent point: car elles ne donnent point la raison pourquoy les deux premieres sepmaines sont entieres, & la troisiéme imparfaite, ny pourquoy la crise qui se deuroit faire au vingt & vniéme iour, qui accomplit le troisiéme septenaire, anticipe & deuance quasi tousiours au vingtiéme. Galien nous en voulant donner la demonstration, a excogité vn certain mois, qu'il nomme *critique & medical*, composé des mois de peragration & d'illumination ioints ensemble. Mais d'autant que tous les Astrologues & Medecins improuuent ce mois controuué, nous sommes pareillement forcez de l'abandonner, & de rechercher d'autres causes probables que celles que nous auons entenduës cy-dessus. Nous les rapportons donc à l'efficiente & à la matiere; & voicy comme nous l'allons prouuer. Il est tres-certain que toute crise se fait par vn mouuement naturel, car la coction, la secretion & l'excretion, ce sont des operations de la faculté naturelle. Or le mouuement naturel differe de celuy qui est animal & volontaire, en ce que celuy qui est volontaire, est plus viste en son commencement, & plus tardif en sa fin, car il se lasse peu à peu: Au contraire, le naturel est plus tardif au commencement, & plus viste à la fin. Et partant, quand la Nature a parfait les deux premieres sepmaines, elle ne paracheue point la troisiéme, ains se hastant pour paruenir à la fin, elle deuance la crise qui deuoit venir au vingt & vniéme iour, & la fait au vingtiéme. Que le mouuement naturel soit plus viste à la fin, Aristote l'enseigne en plusieurs endroits, & Straton disciple de Theophraste, l'éclaircit par deux exemples. Le premier est de l'eau decoulante d'vne couuerture, laquelle au commencement paroit continuë, mais quand elle approche de terre, elle se separe par gouttes: Or elle se separe, d'autant qu'elle descend plus vistement, & auec plus grande impetuosité, estant portée vers la fin de son mouuement. Le second est d'vne pierre, laquelle estant iettée de haut, donne vn plus grand coup à la fin de l'espace par lequel elle descend, qu'au milieu. Voilà donc la raison probable qui se peut apporter de la part de la cause efficiente, à sçauoir de la Nature. Il y en a encore vne autre de la part de la materielle. La cause morbifique estant desia au sept & quatorziéme iours attenuée, addoucie, & comme tout à fait domptée, n'attend point le

La raison de Galien est nulle.

Raisons de l'Autheur.

Le mouuement naturel est plus viste à la fin.

La deuxiéme.

vingt & vniéme iour,ains eft chaffée hors comme de fon bon gré,& fans aucun effort par la Nature au vingtiéme:comme fi quelqu'vn auoit esbranflé vn arbre par trois fois auec la main, ou donné trois coups de bellier contre vne muraille, elle vint au quatriéme à crouller comme de fon bon gré. Au refte c'eft chofe qui n'eft point perpetuellement veritable que les crifes tombent toufiours au vingtiéme iour , car il y en a eu plufieurs qui ont efté iugez parfaitement au vingt & vniéme : ce qui a fait dire à Archigene & Diocles qu'il eftoit pluftoft critique que le vingtiéme,ainfi que nous auons veu cy-deuant au fecond liure.

Quelle eft la caufe des iours indices & intercalaires.

CHAPITRE XV.

C O M M E ainfi foit que chaque feptenaire ait le quatriéme pour indice & demonftrateur ; il nous faut icy rechercher la caufe de cet effet reglé & ordinaire. C'eft vn axiome de Phyfique & d'Arithmetique, que les parties demonftrent les tous qui leur font prochains. Cecy paroit affez par l'exemple des chofes externes , lefquelles nous iugeons eftre prochaines de leur perfection,quand nous voyons toutes leurs parties prochaines : comme quand le charpentier des fondemens recueille les parois, des parois le toict,& du toict que la maifon apparoiftra incontinent paracheuée. Or il confte que les parties aufquelles le feptenaire fe refoult prochainement font deux , à fçauoir quatre & trois : mais que le quatre luy eft plus prochain, & partant le quatre demonftre le feptiéme: l'vnzieme qui eft le quatriéme de la deuxiéme fepmaine le quatorziéme : & le dixfeptiéme qui eft le quatriéme de la troifiéme fepmaine le vingtiéme. D'ailleurs le quatriéme iour eft le milieu de la fepmaine, & a vne efgale communication auec les extremes, de là vient que fi le premier iour entreprend de terminer la maladie , le quatriéme l'acheuera : que fi le premier iour n'entreprend rien,& que le quatriéme commence à vouloir iuger la maladie, le feptiéme la mettra à fin.

Touchant les caufes des iours intercalaires , nous en auons defia remarqué quelque chofe au deuxiéme liure. Toutes les crifes qui aduiennent en ces iours, fe font contre les loix & ordonnances de la Nature, les éuacuations fe faifant pluftoft qu'il ne faut,ce qu'Hippocrate,au liuret des humeurs appelle προεκριγνυσθαι *proecrignufthai*, c'eft à dire , *fortir auant le temps* , & fe fait quand la Nature agacée ou irritée par quelque caufe eft forcée de purger les humeurs prematurement. C'eftoit le premier deffein de Nature, elle s'eftoit à elle mefme impofé cette loy de ne faire aucune crife finon aux feptenaires , mais eftant forcée à raifon des mouuemens dereglez de la matiere, elle peruertit cette loy & chaffe hors aux iours nommez *intercalaires*, (tels que font le trois, le cinq, le neuf, & le traiziéme) l'humeur non encore parfaitement cuite & domptée, & ce qui eft bon & falutaire pefle-mefle auec le mauuais & corrompu : d'où la crife imparfaite, & enfuitte d'icelle la recheute: Car Hippocrate ne reconnoit feulement que trois caufes de la recidiue, quand les humeurs fortent auant le temps, ou qu'elles font éuacuées auant la coction, ou qu'elles font delaiffées au dedans. Or les caufes qui contraignent la Nature d'entreprendre les crifes auant le temps font inter-

Pourquoy le quatriéme indique le feptiéme.
Raifon premiere.

Caufes des iours intercalaires.

Trois caufes de la recheute.

Caufes qui forcent la Nature.

Externes.

nes & externes. Ces derniers cy font le Medecin, le malade, les affiftans & les chofes exterieures. Le Medecin peche fouuent par ignorance, par hardieffe temeraire ou par crainte. Le malade ou il n'obeit point au Medecin, ou il fe laiffe aller à fes appetits defordonnez. Les chofes exterieures font diuerfes, lefquelles troublent les mouuemens ordinaires de Nature, comme font les paffions de l'efprit & l'intempeftiue façon de viure. Ainfi la fille de Philon mourut, parcé qu'elle auoit trop mangé à foupper au feptiéme iour. Les caufes internes qui

Internes.

ftimulent & aiguillonnent la Nature, font trois, la maladie, la caufe de la maladie, & le paroxyfme. Si la maladie eft tres aiguë & maligne elle contraint la nature à faire la crife auant le feptiéme iour. La caufe de la maladie c'eft l'humeur, laquelle furieufe & desbordée fort auant le temps. L'accez, ainfi qu'écrit Galien au huictiéme chapitre du troifiéme liure des iours decretoires, eft auffi du nombre des chofes qui irritent & prouoquent la Nature, c'eft pourquoy les crifes fe font ordinairement aux maladies aiguës aux iours non pairs, parce qu'elles

Les iours intercalaires fe trouuent feulement aux maladies aiguës.

ont leur accez & redoublemens en iceux. Telles font toutes les caufes des iours intercalaires & des crifes qui fe font en iceux. Il ne refte plus à remarquer finon que les iours intercalaires fe trouuent feulement aux maladies aiguës, & qu'ils ne s'eftendent point outre le vingtiéme: d'autant que l'impetuofité des humeurs s'allentit & diminuë peu à peu apres le vingtiéme, & qu'elle n'eft pas plus agitée pour agacer la Nature & la prouoquer à l'excretion. Voilà quelle eft noftre opinion touchant toutes les caufes des iours & critiques & indices, & intercalaires: en l'explication defquelles s'il fe trouue quelque chofe qui offence les doctes, nous les prions & coniurons de ne la vouloir tant imputer à la petiteffe de noftre efprit, comme à la grandeur & difficulté du fubjet.

Fin du troifiéme & dernier liure des Crifes.

Laus omnipotenti Deo.

METHODE GENERALE
SERVANT AV PROGNOSTIC,
ET AVX CRISES DE TOVTES
MALADIES, MAIS PRINCIPALEMENT
DES AIGVES.

Quelles choses le Medecin doit considerer
en chaque maladie.

CHAPITRE PREMIER.

ALIEN nous enseigne en mille endroits que le Me- *Le Medecin* decin doit diligemment considerer trois choses en *doit considerer* chaque maladie, *la Diagnose, la Prognose & la Therapeie: en chaque ma-* desquelles la derniere est recherchée pour l'amour de *ladie,* soy, car l'office du Medecin *est curare apposità ad sanandum,* est de mediciner proprement pour guarir, & les deux autres pour l'amour de la troisiéme : Car le Medecin prudent n'entreprendra iamais la curation d'vne maladie qu'il ne connoist point, ou qu'il tient pour desesperée. La Diagnose s'occupe à reconnoistre la maladie, la cause de la mala- *La Diagnose,* die, & la partie malade : la Prognose monstre si la maladie doit vaincre, ou si el- *La Prognose,* le peut estre vaincuë, & la Therapeie prescrit les regles de bien & proprement *&* guarir chaque maladie par la Diæte, la Chirurgie & la Pharmacie, La Diagnose *La Diagnose* est premiere de nature & de temps que les deux autres, & comme dit Hippocrate, *marche la pre-* le Medecin qui est suffisant pour connoistre les maladies, il est pareillement suffisant pour *miere.* les panser & guarir. La Prognose est posterieure en ordre à la Diagnose, mais elle *Libelo de* est premiere en dignité, car preuoir les issuës des maladies long-temps auant *arte.* qu'elles aduiennent, c'est chose totalement admirable, & qui approche quasi *La Prognose* de la diuination. La Therapeie est la plus noble des trois, car selon les Philoso- *mais* phes *la fin est plus excellente que les moyens par lesquels elle s'acquiert.* C'est d'elle que la *La Therapeie* medecine emprunte son nom : & c'est aussi pour l'amour d'elle, que les Medecins *est tres-noble.* ont esté tenus jadis comme pour des Dieux mortels, entant à sçauoir qu'ils rendent la santé & prolongent la vie vitale aux hommes mortels.

La Diagnose recherche seulement trois choses, la maladie, la cause de la ma- *La Diagnose* ladie, & la partie malade, lesquelles se reconnoissent quelquefois par des signes *recherche.* syllogistiques & tres-certains, & quelquefois aussi par des seules coniectures artificielles. Les maladies sont ou externes, ou internes : les externes, parce

qu'elles paroiffent aux fens font connuës de tous, mefme des plus groffiers &
ignorans : mais celles qui font internes, d'autant qu'elles ne fe monftrent point
à la veuë ont befoin de l'induftrie d'vn expert & fçauant Medecin. Combien
fouuent les fimilitudes, ce dit Celfe, abufent elles les meilleurs & plus experimentez ? Et neanmoins chaque maladie a fes propres fymptomes qui découurent fon idée & efpece, lefquels ont efté bien élegamment déchiffrez par Galien
en fes liures des parties malades : car il puife tous les fignes des maladies de quatre
fontaines en general, à fçauoir *des excremens, de la proprieté de la douleur, de la fituation & des accidens propres.* Mais ce n'eft point affez au Medecin de connoiftre l'efpece de la maladie, il faut auffi qu'il connoiffe la partie malade : *Car la curation d'v-
ne mefme maladie varie felon la diuerfe nature, temperature, fubftance, dignité, fituation
& fentiment de la partie qu'elle occupe.* Or Galien tire les fignes de la partie malade,
*de l'action bleffée, de la fituation de la partie, de la proprieté de la douleur, des excremens &
des accidens propres.* Celuy qui a fort bien reconnu la maladie & la partie malade,
a defia beaucoup aduancé : mais s'il ignore la caufe de la maladie comment en
entreprendra-il la curation : car la curation eft deuë à la caufe conjointe, comme la precaution à l'antecedente. Il appert donc que le Medecin qui veut exceller en la Diagnofe doit foigneufement rechercher la maladie, la partie malade &
la caufe de la maladie. Or noftre deffein n'eft point de prefcrire icy la methode
de connoiftre & de guarir les maladies ; c'eft vn fuiet de plus longue haleine &
de plus haute contemplation : nous rechercherons feulement en ces liures ce qui
regarde le prognoftic & les crifes des maladies aiguës , & voulons monftrer
briefuement, clairement, & fuiuant la methode Hippocratique comment le
Medecin fe doit exercer au prognoftic & preuoir l'euenement non feulement
de la crife, mais auffi de toute la maladie.

L'vtilité de la Prognofe , & de quelles chofes il faut tirer
tous les fignes prognoftics.

CHAPITRE II.

COMME on tient pour bon pilote celuy qui preuoyant
comme du haut d'vne échauguette les coups de vents &
tourmentes à venir, fe retire à l'abry en quelque rade ou
havre affeuré : ainfi celuy doit eftre honoré du tiltre de
prudent Medecin , lequel découurant de loing les iffuës & crifes des maladies, monftre comme auec le doigt
de quelle part le danger menace la vie, ou bien donne
vne affeurance certaine de la fanté. Celuy qui predit
bien à propos les euenemens futurs des maladies éuite les calomnies du populas & des affiftans, fe met dans le monde en reputation & conferue l'honneur des remedes. Celfe dit *qu'il ne faut pas temerairement profaner les remedes qui
ont apporté du foulagement à plufieurs,* & fuiuant l'aduertiffement du grand Hippocrate, *il ne faut point medeciner ny entreprendre de traitter ceux qu'on tient hors de
tout efpoir de fanté:* qui fera autrement fera toufiours incertain & douteux, & fera
à chaque petit moment emporté deçà ou delà comme vne nauire qui flotte
abandonnée fans gouuernail en haute mer : à cette caufe Hippocrate écrit
qu'il iuge tres-neceffaire que le Medecin s'exerce au Prognoftic, Mais en cet art de

(marginal notes:)
La maladie.
La partie ma-
lade &
La caufe de la
maladie.
Vtilité de la
Prognofe.
Initio pro-
gnofticon.

preuoir, deuiner & predire les éuenemens & criſes des maladies ſe rencontrent ſouuent pluſieus choſes fallacieuſes, qui éludent le iugement du Medecin & le font broncher : car pendant que l'humeur eſt furieuſe, en rut & portée deçà & delà ſans s'arreſter en vn lieu, il eſt impoſſible de rien predire aſſeurément, d'autant que par le tranſport d'icelle ſur vne partie noble, la maladie qui autrement ſembloit legere s'empire, énaigrit & deuient mortelle : & au rebours par le tranſport de l'humeur d'vne partie noble ſur quelque membre ignoble & ſeruile, la maladie qu'on tenoit pour deplorée vient à receuoir guariſon. Et d'autant qu'aux naladies aiguës l'humeur eſt ſouuent en rut & furieuſe, c'eſt la raiſon pourquoy Hippocrate nous aduertit, *que les predictions de ſanté ou de mort aux maladies aiguës ne ſont point totalement certaines.* Les móſtres, ce dit Auerrhoës, ſurpaſſent & vainquent tout l'art de prognoſtiquer, or aux ſolutions & criſes des maladies arriuent ſouuentefois des monſtres. Il faut donc que le Medecin ſoit prudent en ſon prognoſtic, de peur que ſon iugement ne ſoit trouué temeraire & precipité. Galien ſe vante de ne s'eſtre iamais abuſé en ſes predictions, d'autant qu'il y apportoit touſiours de la diligence ſans ſe haſter & de la grauité ſans retardement. Hippocrate a eſté le premier de tous ceux dont la memoire eſt venuë iuſques à nous, qui pouſſé d'vn eſprit diuin a expoſé cet art de predire l'éuenement des maladies en telle ſorte, qu'on n'y ſçauroit rien deſirer de plus. Nous recueillirons icy en vn bref ſoìmmaire ce qu'il nous a laiſſé par cy par là dans ſes œuures, ſuiuant cette methode aiſée & facile.

Aph. 19. ſe. 1.

L'art prognoſtic eſt quelqueſfois fallacieux.

Tous les ſignes prognoſtics ſe doiuent puiſer *de la maladie & de la nature du malade*, comme de deux fontaines. En la maladie il faut conſiderer trois choſes l'eſpece ou idée, la magnitude & le mouuement, ou les mœurs. Les ſignes propres nommez *Pathognomiques* monſtrent l'eſpece, les *Epigenomenes* ou ſuruenans la magnitude, & les *Epiphainomenes* le mouuement & les mœurs. Au malade on conſidere pareillement trois choſes, la qualité du corps, les actions & les excremens. La qualité ſe doit conſiderer *en la couleur, en la figure & en la maſſe de tout le corps, mais particulierement du viſage.* Les actions ſont trois, la naturelle, la vitale & l'animale. La naturelle reluit principalement en la coction: la vitale au poux & en la reſpiration : l'animale eſt triple, motiue, ſenſitiue, interne & externe, & princeſſe; comme l'imagination, la memoire & la raiſon. Les excremens ſont ou vniuerſels comme les vrines, les dejections, les ſueurs & les vomiſſemens : ou particuliers, comme du cerueau, des yeux, des oreilles, de la poictrine, du ventricule, des boyaux, des rognons, de la veſſie, de la matrice, &c. Et de toutes ces choſes il faut tirer les ſignes prognoſtics ainſi que nous monſtrerons cy-apres,

Tous les ſignes prognoſtics ſe doiuent prendre de la maladie & Du malade.

Table comprenant tous les chefs des signes prognostics.

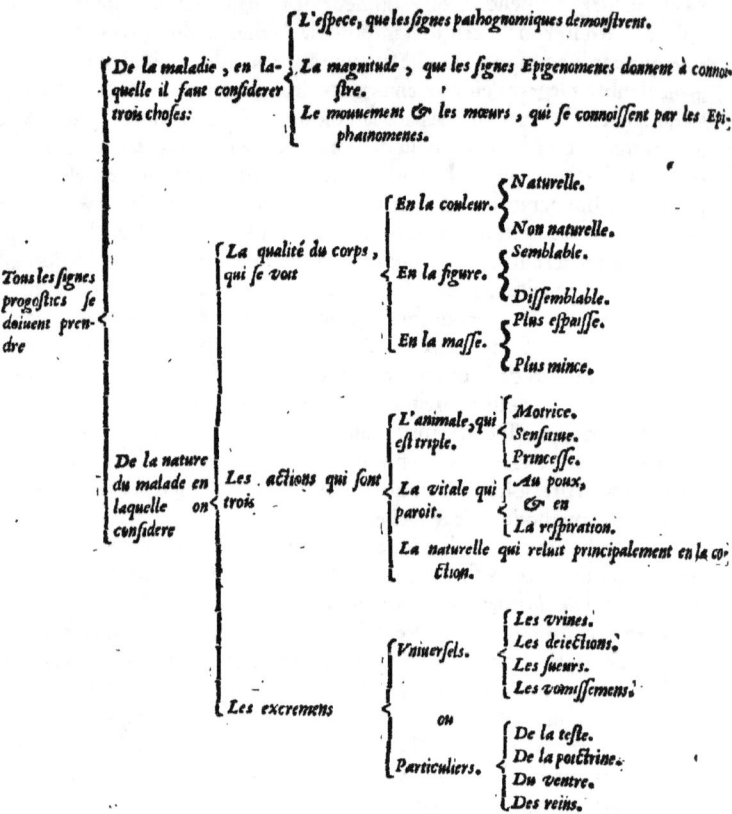

Quels prognostics se doiuent prendre de la maladie.

CHAPITRE III.

OMME le principal chef de la Diagnose consiste en la connoissance de la maladie, & comme la principale indication curatiue se doit prendre de la nature de la maladie, car elle indique son ablation par ses contraires : Ainsi la dexterité de prognostiquer depend quasi toute de l'exacte connoissance de la maladie, en laquelle on recherche l'issuë & l'éuenement futur. En la maladie il faut considerer l'espece, la magnitude & les mœurs ou mouuement. Les signes Pathognomiques découurent l'espece, les Epigenomenes la magnitude, & les Epiphainomenes les mœurs. Elucidons ces choses par l'exemple de la pleurise. Les signes Pathognomiques de la pleurise sont *douleur pongitiue au costé*, la douleur se fait à raison de l'intemperature & de la distention,

diſtention, & la ponction à raiſon de la membrane, qui eſt d'vn ſentiment fort vif. *Difficulté de reſpirer*, qui vient en partie de ce que l'inflammation redouble la neceſſité de reſpirer, & partie à raiſon que la tumeur eſtrecit & preſſe les or-ganes ordonnez à faire la reſpiration. *Dureté & inégalité au poux*, lequel frappe le tact comme vne ſcie; Il eſt dur à raiſon de l'inflammation & de la nature de la partie malade qui eſt membraneuſe & dure; & inégal, à raiſon de l'intempera-ture inégale des arteres. *Fieure continuë & icelle aiguë*, à cauſe de la vicinité du cœur. *Toux*, qui eſt cauſée par ſeroſité qui exude & paſſe aux poulmons. Tous ces ſignes demonſtrent neceſſairement l'eſpece de la maladie aſſauoir l'in-flammation de la membrane qui couure les coſtes. Les ſignes Epigenomenes, c'eſt à dire les ſimptomes ſuruenants, monſtrent la grandeur de la pleuriſie : Ils ſe font ordinairement par la propagation de l'humeur, tels ſont en cette ma-ladie, *La phreniſie, le flux de ventre, l'ortopnoée, la rougeur de la face des yeux, les taſches qui ſortent en la poictrine, & la rougeur du dos & des eſpaules*; Leſquels demonſtrent la pleuriſie eſtre tres-grande & incurable. Les Epiphainomenes manifeſtent le mouuement & les mœurs, en découurant la malice de l'humeur, & en ſuite la longueur ou briefueté de la pleuriſie : & tels ſont ceux qui ſe conſiderent aux crachats & en la couleur de la langue. *Le crachat* (ce dit Hippocrate) *apparoiſ-ſant incontinent & dés le commencement de la pleuriſie monſtre que la maladie ſera plus courte : mais apparoiſſant par apres, qu'elle ſera plus longue.* Touchant la couleur de la langue, le meſme autheur écrit que les pleuritiques qui ont la langue continuel-lement abbreuée de bile ſont iugez au ſeptiéme iour; & que ceux auſquels il ſuruient ſur la langue vne bulle ou clochette liuide, l'humectant continuelle-ment échappent difficilement. Ce que nous venons de remarquer de la pleuri-ſie, le Medecin le doit conſiderer en toutes maladies aiguës : Dont s'enſuit que les ſignes prognoſtics ſe peuuent tirer de ces trois choſes, de l'eſpece, de la ma-gnitude & des mœurs de la maladie. Si le Medecin en conſidere l'eſpece, il pre-dira la maladie eſtre ou ſalutaire ou mortelle : car il y a de certaines indiſpoſi-tions qui en leurs eſpeces ſont incurables. Ainſi dans Hippocrate, *Il eſt impoſſi-ble de guarir l'Apoplexie vehemente, & n'eſt point aiſé de guarir la petite.* Ainſi toute intemperature égale ſelon Galien, eſt incurable. I'appelle *intemperature égale cel-le en laquelle le temperament ne ſe change plus, ains eſt tout à fait alteré & changé* : & eſt de deux ſortes, l'vne vniuerſelle comme la fiéure hectique qui eſt deſia paruenuë au troiſiéme degré & la lepre, & l'autre particuliere comme la gangrene! or elle eſt incurable : parce ſelon Ariſtote, que *la ſanté ne s'engendre que de la ſanté*, mais en l'intemperature égale il ne reſte plus aucuns veſtiges de ſanté. Ioint que *de la priuation on ne retourne point à l'habitude.* Or en l'intemperature égale il y a vne parfaite alienation du temperament. Hippocrate au liure des playes de teſte, prend les principaux chefs du prognoſtic de l'eſpece de la bleſſeure, & veut que les fentes occultes ſoient fort perilleuſes, mais que la cinquiéme eſpece de fractu-re, que les modernes nomment *contrefente*, ſoit tres-dangereuſe & mortelle : qui eſt cauſe qu'il la nomme *calamité.* Les ſignes Epigenomenes ſeruent beaucoup au prognoſtic, car toutes les fois qu'ils ſuruiennent, ils demonſtrent la grandeur de la maladie : Ainſi *le flux de ventre ſuruenant en la pleuriſie & en la peripneumonie eſt choſe mortelle.* Ainſi en l'eſquinance la douleur de teſte fort violente & l'excretion in-uolontaire des matieres fecales monſtrent que l'angine eſt deſeſperée. Car la douleur ſe fait à la teſte par l'expreſſion des ſeroſitez dans les veines iugulaires & les arte-

Signes Epige-nomenes.

Les Epiphai-nomenes.

Aph.1 2.ſe.1.

Il y a des ma-ladies qui ſont incurables en leur eſpece. Aph.42.ſe 2. Intemperature égale que c'eſt.

Pourquoy in-curable.

Quels progno-ſtics ſe peuuent tirer des ſignes Epigenomenes. Aph.16.ſe.6.

i

res carotides qui aboutiſſent au cerueau : & l'excretion inuolontaire des matieres fæcales par la forte obſtruction du larynx, par laquelle la vapeur fuligineu-
ſe n'ayant point ſon iſſuë libre, ains eſtant retenuë dans la capacité de la poictrine, preſſe le diaphragme & les muſcles de l'epigaſtre. Ainſi *le ſanglot ou hoquet ſur-*
uenant en l'inflammation du foye eſt de mauuais iugement. Des ſignes Epiphainomenes ou apparoiſſans ſe tirent de tres-grands indices de ſanté ou de mort, de celerité ou tardiueté, de peril ou de ſeureté ; tels ſont les ſignes de crudité & de coction. Ainſi le crachat monſtre ſi la pleuriſie doit eſtre longue ou courte ; les dejections font le meſme aux maladies du ventre & les vrines aux indiſpoſitions
du foye & du genre veineux. Mais nous auons traicté aſſez au long de ces choſes
au premier liure des criſes.

Et des Epi-
phainomenes.

Quels prognoſtics ſe prennent de la nature du malade, & premierement
de la qualité du corps.

CHAPITRE IV.

Trois choſes à
conſiderer au
malade.

L E Medecin doit conſiderer trois choſes au malade,
la qualité du corps, les actions & les excremens. Hippocrate conſidere la qualité du corps *en la couleur, en*
la figure & en la maſſe de tout le corps, mais ſpeciale-
ment du viſage ; d'autant que c'eſt luy qui ſe preſente
à la veuë le premier. La couleur de la face eſt de
pluſieurs ſortes, mais Hippocrate en remarque
principalement trois, la rouge, la liuide & la
noire. La rougeur de la face qui ne rentre point
comme elle fait en la honte, ains qui demeure telle
quelque temps eſt de trois ſortes, l'vne naturelle & iointe auec vne naïfue beauté,
elle eſt bonne & loüable ; l'autre non naturelle, telle qu'eſt celle qui paroit peu
auant l'hæmorrhagie critique ; & la troiſiéme contre nature, laquelle Hippocrate appelle *facies vultuoſa & aſpectu terribilis,* & la iuge eſtre mortelle, d'autant
qu'elle eſt comme la fourriere de la phreneſie & de la conulſion, à raiſon qu'elle ſe fait par l'embraſement du cerueau. La couleur liuide eſt perpetuellement
mortelle tant aux parties ſolides comme aux excremens. Ainſi *les veines des yeux*
eſtant liuides ſont de preſage tres-mauuais, par le neuſiéme prognoſtic de la premiere ſection. Ainſi *la paupiere deuenant liuide eſt vn ſigne mortel,* par l'*vnziéme prognoſtic de*
la meſme ſection. Ainſi *tout ce qui deuient liuide aux fiéures,* monſtre que la mort eſt
fort proche par l'*Aph.* 68. *des Coaques :* & au meſme liure *la langue liuide eſt mortelle.*
La couleur noire menace quaſi de pareil danger, & toutesfois il eſt plus dangereux que les parties deuiennent liuides que noires, parce que la noirceur ſe peut
faire quelquesfois par l'éuacuation & preſence d'vne humeur noire, comme cela
ſe void bien ſouuent aux vrines ; mais la liuidité demonſtre touſiours l'extinction
de la chaleur naturelle.

La figure de la face eſt de deux ſortes, ſemblable & diſſemblable. *Celle qui eſt ſem-*
blable à celle des perſonnes ſaines, & principalement à ſoy-meſme eſt loüable, par l'Apho-

La couleur de
la face.

Rouge.

In coacis.

Liuide &

Noire.

La figure de la
face. Semblable

riſme 4. de la ſection 1. du prognoſtic. Celle qui eſt diſſemblable ou elle eſt deprauée,
ou elle eſt tout à fait changée & comme morte. La deprauée ſe voit quand les
yeux & le nez ſont peruertis,& c'eſt d'icelle dont parle Hippocrate en l'Aph. 49.
de la 4. ſection, quand il dit, *En la fiéure continuë ſi la léure, ou la paupiere, ou l'œil, ou le*
nez ſe peruertiſſent, la mort eſt prochaine. Il décrit celle qui eſt tout à fait changée au
commencement du prognoſtic. Or elle porte pour remarque *le nez aigu, les yeux*
enfoncez, les temples abbatuës, les oreilles froides & renuerſées, la peau du front dure &
tenduë, & la couleur noire & liuide.

La maſſe ſe doit conſiderer en l'époiſſeur & minceté du corps. Ainſi *les corps*
de ceux qui ont la fiéure aſſez vehemente demeurans en vn eſtat & ſans diminuër, ou
bien décheans & amaigriſſans plus que la raiſon ne requiert, le premier ſignifie longueur
de maladie & le dernier vne tres-grande foibleſſe : par l'Aph. 28. de la 2. ſection. *La*
face qui de bouffie qu'elle eſtoit vient à s'abbaiſſer & deſenfler eſt vn ſigne bon & ſalutai-
re : aux Coaques. *Si la face vient en vn iour critique à diminuer au febricitant, la ma-*
ladie ſe terminera parfaitement au ſuiuant : par la 5. ſection du 2. liure des maladies
populaires.

Quels prognoſtics ſe prennent des actions, & premie-
rement des animales.

CHAPITRE V.

E Medecin ayant conſideré la qualité du corps, il
doit puis apres parcourir toutes les actions. Or d'i-
celles les vnes ſont animales, les autres vitales & les
autres naturelles. Galien diſtingue les animales en
ſorte, que les vnes ſoient motrices, les autres ſenſitiues & les autres princeſſes. La faculté ſenſitiue eſt
double, l'vrine interne, de laquelle l'obiect eſt commun (les Philoſophes l'appellent *le ſens commun,* d'autant que les ſens externes luy portent les eſpeces de
tous les obiects, comme à celuy qui en eſt le iuge & le cenſeur)& l'autre externe,
de laquelle l'obiect eſt ſingulier. Les facultez princeſſes ſont trois, l'imagination
qui conçoit les eſpeces dépoüillées de toute matiere, la raiſon qui contemple les
idées des choſes vniuerſelles, & la memoire laquelle comme gardienne commune de toutes les notions, les garde & les conſerue : or de toutes ces facultez &
actions ſe tirent des ſignes prognoſtics, comme nous allons faire voir.

La faculté motrice eſt ou debile, ou deprauée. Les ſignes de la debilité
d'icelle ſe voyent au coucher & au tremblement. Le coucher eſt ou naturel,
ou contre nature. Celuy-là eſt naturel, lequel ſe fait ſur les coſtez, les mains,
pieds & cuiſſes eſtant fléchies & courbées mediocrement, comme on remarque au coucher des perſonnes ſaine, qui eſt vne figure moyenne & non extréme. Hippocrate loüe cette façon de coucher quand il dit au premier des
prognoſtics, *le coucher eſt tres-bon lequel eſt ſemblable à celuy des perſonnes ſaines.* Et
en l'Aphoriſme 6. de la 2. ſection des prognoſtics en ces mots, *il eſt bon que le*

malade se tourne facilement & qu'il soit leger à se leuer. Le coucher contre nature est celuy qui se fait ou sur le ventre, ou sur le dos. Celuy qui se fait sur le ventre est signe de delire & réuerie, pourueu qu'il ne se fasse point ou à cause de quelques tranchées & douleurs de ventre, ou par accoustumance, ou à raison de la delicatesse du patient, par l'Aphorisme 18. de la 1. section des prognostics. Celuy qui se fait sur le dos est pire, parce qu'il denote vne foiblesse tres-grande de la faculté motrice. Que si le malade se coulle vers les pieds, c'est vn signe tres-pernicieux, par l'Aphorisme 14. de la premiere section des prognostics. Car il monstre que la faculté est presques morte & esteinte tout à fait. Le tremble-

Le tremblemét. ment est aussi vn des symptomes de la faculté motrice debilitée : mais il n'y a que celuy-là qui soit mortel, lequel vient d'inanition : Ainsi ceux qui ont fiéures extrémement aiguës, & les phrenetiques meurent quasi tous auec tremblemens.

Prognostics de la faculté motrice deprauée. La conuulsion ou de tout le corps, ou de quelques parties est vn symptome de la faculté motrice deprauée. *Celle de tout le corps, si elle se fait par inanition est mortelle,* par l'*Aph.* 3. de la 5. section. Celle qui est particuliere n'est point exempte de peril: Ainsi la conuulsion des muscles temporaux qui se recognoit par vn grincement de dents est *de perilleux iugement par le prognost.* 20. de la 1. section. Auoir des grincements de dents aux fiéures, si cela n'est familier au malade dés son enfance c'est vn presage de fureur & qui est mortel : & par l'Aphorisme 60. des Coaques, ceux qui tresfaillent à la main sont en mauuais estat.

Prognostics de la faculté sensitiue. La faculté sensitiue est double, interne & externe. Les prognostics de l'interne se tirent de la priuation dü sentiment, les sens estant irritez : Ainsi les causes de douleur estant presentes ne ressentir point la douleur c'est vn signe tres-mauuais. *Par l'Aphorisme* 6. *de la* 2. *section, Ceux qui ont douleur en quelque partie du corps & ne la sentent point, ont l'entendement malade :* c'est à dire, le sens

Trois choses cõcurrent pour faire la douleur. commun. Car trois choses concurrent pour faire la douleur, l'agent, le patient & le Iuge. L'agent c'est l'obiect dolorifique, à sçauoir l'intemperature & la solution de continuité : le patient c'est la partie qui a sentiment, & le Iuge c'est le sens commun, lequel seant au cerueau comme en son throsne contemple les images des obiects qui luy ont esté portez par les sens externes. N'estre point alteré en vne cause engendrant soif est vn signe mauuais : *la soif qui s'appaise sans raison en vne maladie aiguë, est vn presage pernicieux par l'Aphorisme* 5. *des Coaques.* Ainsi les phrenetiques qui boiuent peu & loin à loin meurent finalement auec tremblemens ou conuulsions. Les signes prognostics de la faculté sensitiue externe paroissent en tous les organes des sens, comme aux yeux, aux oreilles, en la langue, &c. Ainsi *si en fiéure aiguë le malade perd la veuë ou l'ouye estant desja fort affoibly la mort est prochaine par l'Aphorisme* 49. *de la* 4. *section.* Et aux Coaques les oreilles deuenant sourdes en fiéures aiguës signifient que le patient est disposé à tomber en fureur.

Prognostics des facultez princesses. Les prognostics des facultez princesses reluisent en la constance ou inconstance de l'entendement, & en la similitude ou dissimilitude les mœurs. Ainsi *en quelque maladie que ce soit, si le patient a l'entendement sain & s'il se trouue bien des viandes qu'on luy presente c'est bon signe, si au contraire, mauuais signe, Par l'Aph.* 33. *de la* 2. *section.* Item, *les delires qui se font autour des choses necessaires sont tres-pernicieux par l'Aph.* 110. *des Coaques. Et par l'Aph.* 52. *du mesme liure, les responces farouches & fieres d'vn homme rassis sont de mauuais presage. Et par l'Aph.* 48. *du mesme, faire quelque chose outre sa coustume c'est vn signe mauuais & fort approchant de la folie.*

Qu'est-ce que le dormir. Hippocrate rapporte le dormir & le veiller à la faculté animale, & ce fort à propos : car Ariſtote definit le dormir *le repos du premier organe des ſens:*& Galien, *Prognoſtics du dormir.* *le repos des facultez animales.* Veiller de iour & dormir de nuict c'eſt vn ſigne bon & loüable, mais ne dormir ny nuict ny iour c'eſt vn preſage pernicieux, par le prognoſtic. Item, *en quelque maladie que ce ſoit ſi le dormir trauaille le malade c'eſt choſe mortelle, par l'Aph.*1.*de la*2.*ſection. Et ailleurs le dormir profond & ſans troubles ny inquietudes monſtre que la criſe eſt ferme,ſtable & ſans danger de recheute.*

Des prognoſtics qui ſe prennent de la faculté vitale.

CHAPITRE VI.

A faculté vitale procreatrice des eſprits, a beſoin aux animaux ſanguins & parfaits de deux aydes pour ſa conſeruation,aſçauoir du poux &de la reſpiration, deſquels nous tirerons les predictions comme il en-ſuit. Quand pour le regard du poux Hippocrate n'en a rien dit en ſon prognoſtic, & neanmoins il ſemble qu'il ne l'ait point ignoré, car au liuret des ali-mens,des humeurs,& au 2.des maladies,il veut que le poux ſoit ſigne &de la ſanté & de la maladie. Hero- *Hippocrate n'a point igno-ré la doctrine du poux.*

phile a exprimé par vn artifice merueilleux tous les battemens de arteres entant qu'ils ſont indices & ſignes des maladies. Galien a expoſé en dixſept liures tout *Galien à ex-cellé en cette ſcience.* ce qui regarde ce ſujet en telle ſorte qu'il ſemble s'eſtre en cela vaincu ſoy-meſ-me.Celle écrit *qu'il ne ſe faut point aſſeurer ny fier au poux,parce que c'eſt vne choſe fal-* *Le poux trom-pe ſouuent.* *lacieuſe & qui trompe ſouuent.* Et de fait (ſi nous aimons la verité) l'artere abuſe ſouuentefois ſi on n'apporte bien du iugement auant que prononcer l'arreſt & faire ſa prediction. Il y a des natures particulieres auſquelles le poux eſt fort ob-ſcur & d'autres auſquelles il ne ſe perçoit du tout point.D'ailleurs il y a beaucoup de choſes qui le peuuent changer en vn moment comme ſont toutes les paſſions de l'ame: il ne faut donc rien aſſeurer touchant le poux que l'effort des cauſes ex-ternes ne ſoit paſſé,& que l'agitatió du corps ne ſoit toute appaiſée.Premier que *Quelles cho-ſes le Medecin doit remar-quer auant que rien predi-re par le poux.* le Medecin puiſſe faire vn prognoſtic aſſeuré touchant le poux, il doit parcourir & balancer en ſon eſprit toutes les cauſes qui le peuuent alterer,qui ſont de trois ſortes, naturelles, non naturelles, & contre nature. Ie rapporte aux naturelles le ſexe,l'aage,la téperature,l'habitude du corps & la ſaiſon de l'année:les non na-turelles ſont ou neceſſaires comme l'air,le manger& le boire,le dormir &le veil-ler,le mouuement & le repos,& les paſſions de l'ame:ou non neceſſaires comme les bains, le coït & autres ſemblables. Toutes ces choſes peuuent diuerſement alterer le poux,ſelon qu'elles rendent la faculté plus forte ou plus foible,qu'elles augmentent ou diminuënt l'vſage,ou qu'elles endurciſſent ou amolliſſent l'arte-re. Car les cauſes continentes du poux ſont ſeulement trois,l'efficiente qui eſt *Les cauſes con-tinentes du poux ſont trois. Le poux meſſa-ger des forces.* la faculté vitale,la finale(Galien l'appelle vſage)qui eſt triple, la nutrition,le ra-fraichiſſement &l'expurgation,&l'inſtrumentaire à ſçauoir les arteres.Du poux ſe tirent des indices tres-certains de ſanté ou de mort, car l'homme ne peut mourir auſſi long temps que le poux demeure bon, fort & bien reglé : il eſt le seul & fidelle rapporteur de la vie du cœur , & par consequent le seul indice & témoin des forces & facultez vitales. *Le grand poux fort & vehement promet tousiours le bien : celuy qui est languide , foible & petit monstre que la faculté vitale est affoiblie & ruinée : l'inégalité du poux qui continuë est tousiours blasmée : l'intermission est tresperilleuse aux ieunes gens, car elle les menace d'vne mort subite, sinon qu'elle se fasse à raison de l'obstruction ou de l'oppression des arteres, elle est moins dangereuse aux enfans, & encore moins aux vieillards & decrepits.* Il faut recueillir le reste des écrits de Galien.

Prognostics de la respiration. La respiration ayant esté ordonnée pour estre en aide à la faculté vitale, monstre pareillement quelle elle est , & si forte ou foible. Hippocrate a écrit beaucoup de choses touchant la respiration en son Prognostic & en ses Epidemies. *La respiration facile & libre est en toutes maladies d'vn grand poids pour la santé, par l'Aph. 24. de la 2. section des prognost. La respiration frequente & petite denote ou la douleur, ou l'inflammation des parties qui sont au dessus du Diaphragme, par l'Aph. 23. de la mesme section. La respiration grande & par longs interuales est signe de réuerie. La respiration petite, rare & menuette monstre au vray que le malade tire à la fin. La respiration froide tirée par la bouche & le nez est pernicieuse & mortelle.*

Des prognostics qui se prennent de la faculté naturelle.

CHAPITRE VII.

Les Hypochondres monstrent la disposition de l'œconomie naturelle. L Es prognostics de la faculté naturelle se doiuent tirer de la coction, de laquelle les signes paroissent principalement aux vrines & aux dejections : mais entre tous les autres les Hypochondres monstrent manifestement la bonne ou mauuaise disposition de l'œconomie naturelle. Nous parlerons cy apres des vrines & des dejections, & dirons icy en peu de mots, que l'on prend de tres grands indices de santé ou de mort des Hypochondres, tellement qu'il est impossible de prédire asseurément l'issuë d'aucune maladie

Quels ils doiuent estre naturellement. sans auoir recognu par l'attouchement la constitution de ces parties. *L'Hypochondre est tres-bon lequel est mollet, égal & sans douleur, au rebours celuy qui est tendu, inégal & douloureux est mauuais par l'Aph. 26. de la 1. sect. des prognost.* Or Galien

Leur inégalité est triple. En la qualité. remarque triple inégalité aux Hypochondres en la qualité, en la quantité & en la consistence. L'inégalité en la qualité se voit quand ils sont chauds, les autres parties du corps estant froides : & c'est de cette inégalité dont parle Hippocrate en l'Aph. 4. de la 2. sect. des prognostics quand il dit, auoir la teste, les mains & les pieds froids, le ventre & les costes estas chaudes, est vn signe mauuais, mais il est tres-bon que tout

En la quantité. le corps soit égallement chaud & mollet. L'inégalité de quatité est de deux sortes, la distention & la contraction. La cause de la distention est triple, l'inflamation, l'inflation causée par vn esprit flatulent & le scirrhe. La contraction ne se fait iamais par le vice propre des Hypochondres, mais de quelque autre partie, comme du Diaphragme souffrant inflammation. Car le Diaphragme qui est reuestu en sa partie inferieure du peritoine, lequel non autrement qu'vn sac ou poche, contient dans ſoy tous les viſceres & parties contenuës au ventre inferieur, eſtant retiré par l'inflammation, il tire quant & ſoy le peritoine en haut, & auec luy tous les organes naturels, & d'icy la retraction des hypochondres en dedans vers haut.

Des prognoſtics qui ſe prennent des excremens vniuerſels,
& premierement de la ſueur.

CHAPITRE VIII.

 ESTE le troiſiéme chef des ſignes prognoſtics, qui ſe prend des excremens, leſquels ſont ou vniuerſels ou particuliers. Les vniuerſels ſont quatre, les ſueurs, les vrines, les dejections, & les vomiſſemens. En la ſueur, il faut conſiderer cinq choſes, la quantité, la qualité, le temps; la maniere de l'excretion, & le lieu. Touchant la quantité que ce ſoit icy le premier arreſt. *Tout ainſi que rien de peu n'eſt critique, tout de meſme, ce qui eſt trop eſt blaſmé.* Car l'excretion en petite quantité monſtre, ou que les humeurs ſont ſi malignes, & en ſi grande abondance, qu'elles ne ſe laiſſent point gouuerner au commandement de la Nature, ou bien que les facultez ſont extremement affoiblies, & comme ruinées. Ainſi, *Ceux qui demeurent froids apres le tremblement, & ont des petites moiteurs, meurent incontinent apres qu'ils ſe ſont reuenus à eux, par l'Aphoriſme 1. des Coaques.* Item, *Ceux qui entreſuent, & ont des petites moiteurs en la fieure, malignè habent, par l'Aph. 43. du meſme lieu.* Hippocrate conſidere la qualité de la ſueur en ce qu'elle eſt ou chaude, ou froide: pour eſtre loüable & critique, elle doit eſtre chaude, & non pas froide. Car *les ſueurs froides auec fieure aiguë, ſignifient la mort, & auec fieure plus benigne, longueur de maladie, par l'Aph. 37. de la 4. ſection.* Or il y a deux ſortes de froid, l'vn priuatif, & l'autre poſitif: le premier ſe fait par l'abſence de la chaleur natiue, à raiſon de l'interception, retraction, ou defaut. L'interception monſtre l'obſtruction, la retraction l'inflammation, & le defaut l'inanition: & chacune de ces trois cauſes eſt tres-perilleuſe. Le froid poſitif ſe fait par la preſence de l'humeur froide, telle qu'eſt la pituite acide, ou la vitrée, laquelle ne pouuant eſtre euacuée, ſinon difficilement, denote que la maladie ſera longue, & de difficile iugement. Le temps conuenable pour la ſueur, c'eſt le iour critique: Car celles qui ſe font aux autres iours, ſont ordinairement ſuſpectes. Ainſi *les ſueurs ſont bonnes, quand elles viennent aux febricitans au trois, cinq, ſept, neuf, vnze, quatorziéme iour, &c. Mais celles qui arriuent autrement, ſignifient trauail, longueur de maladies, & recheutes, par l'Aphor. 36. de la 4. ſection.* La maniere de l'excretion doit auſſi eſtre conſiderée: car pour eſtre loüable, elle doit ſortir abondamment & à coup, & non point lentement, ny peu à peu: parce que celle qui ſort peu à peu, ſe fait par exolution & foibleſſe, & au contraire, celle qui decoule abondamment par excretion, & denote que la faculté eſt forte & puiſſante. Finalement, Hippocrate conſidere le lieu de la ſueur. Celle-là eſt bonne, qui ſort par tout le corps, mais celle-là eſt mauuaiſe, qui ne fait ſeulement qu'arrouſer la teſte, le col & les clauicules, comme vne roſée. L'admirable Hippocrate a comprins toutes ces conditions en vn ſeul Aphoriſme, en ces mots, *En toutes maladies aiguës, ces ſueurs ſont tres-bonnes qui arriuent aux iours critiques: celles-là ſont pareillement loüables, qui ſortent par tout le corps: Or celles-là ſont pernicieuſes, qui ſont froides, & qui ſortent ſeulement autour de la*

Cinq choſes à conſiderer en la ſueur.

La quantité

La qualité.

Le temps.

La maniere de l'excretion, &

Le lieu.

Sect. 1. Prog.

j iiij

teſte, du viſage & du corps. Car telles ſueurs auec fiéure aiguë, denotent la mort, & auec quelque autre plus douce longueur de maladie.

Des prognoſtics qui ſe prennent des vrines.

CHAPITRE IX.

ON tire de la contemplation des vrines des ſignes tres-certains de coction & de crudité, de ſanté & de mort : de coction, certes & de crudité premierement & de ſoy : parce que l'vrine eſt l'excrement du foye & des veines : & de ſanté & de mort, par accident. Le Medecin doit conſiderer deux choſes en l'vrine, la liqueur & les choſes contenuës.

Deux choſes à conſiderer aux vrines.

En la liqueur, il doit examiner trois choſes, la ſubſtance, la quantité & la qualité. La ſubſtance eſt ou tenuë & ſubtile, ou craſſe & époiſſe, ou mediocre, & icelle ou claire ou trouble. L'vrine tenuë eſt ou auec fiéure, ou ſans fiéure. Celle qui eſt ſans fiéure denote ſeulement l'obſtruction des conduits ſeruans à l'expurgation des vrines, comme auſſi l'oppilation du foye, de la ratte & des autres viſceres : elle menace auſſi quelquefois du paroxyſme epileptique ceux qui ſont ſujets à ce mal. Celle qui eſt auec fiéure eſt en general ſigne de crudité, & ſi elle eſt iointe auec vne extréme debilité des forces, elle menace ou de la mort, ou d'vn tres-grand danger : que ſi les forces ſont bonnes, elles denoncent longueur de maladie, ou des abſcez aux parties inferieures. L'vrine époiſſe eſt telle, ou auec mediocrité, ou auec excez : celle qui eſt telle, auec de la mediocrité eſt louée, comme celle qui monſtre que la chaleur naturelle eſt forte & vigoureuſe, & qu'elle aſſemble puiſſamment les choſes homogenes & de meſme nature : L'vrine qui eſt époiſſe auec excez, ſignifie douleurs, abſcez malings, longueur de maladie & recheutes : parce qu'elle eſt telle à raiſon ou d'vne chaleur exceſſiue, ou d'vn froid immoderé, ou de la confuſion des ſubſtances de diuerſes natures. Les vrines fort troubles en fiéure, ſi les forces ſont bonnes, ſignifient longueur de maladie, & ſi elles ſont ruinées, la mort. Que ſi on les rend fort troubles en vrinant, & qu'elles demeurent telles, & ſi elles reſſemblent à celles des iumens, elles denotent douleur de teſte, reſuerie & conuulſion.

La ſubſtance tenuë de l'vrine.

La ſubſtance époiſſe.

Vrines troubles.

Prognoſtics tirez de la quantité des vrines.

Les predictions qui ſe prennent de la quantité des vrines ſont telles. L'vrine copieuſe, pourueu qu'elle ne vienne point de quelque cauſe éuidente, ou du mouuement de la Nature, comme il aduient en la perirrhœe critique, eſt touſiours mauuaiſe, & comme ſigne, & comme cauſe : comme ſigne, parce qu'elle monſtre ou vne grande abondance d'humeurs cruës, ou l'intemperature trop chaude des reins, ou leur reſolution & foibleſſe, ou finalement la colliquation de tout le corps : comme cauſe, parce qu'elle proſterne & abbat les forces, & diſſipe les eſprits & la chaleur naturelle. L'vrine en petite quantité & ſans fiéure denote ou l'obſtruction des conduits vrinaires, ou la debilité de la faculté expultrice & ſecretrice de rognons. Auec fiéure aiguë, pourueu qu'il n'y ait point d'excuſe à raiſon de quelque ſueur critique qui eſt ſur le point de ſe faire, elle monſtre ou vn grand embraſement qui eſpuiſe toute la ſeroſité, ou vne tranſlation ſymptomatique de la meſme ſeroſité aux parties ſuperieures : & toutes ces deux cauſes ſont mortelles.

De la qualité.

La qualité des vrines ſe conſidere principalement en la couleur & en l'odeur. Les couleurs ſont où extrémes ou moyennes. Les extrémes ſont deux, la blanche & la noire, & les moyennes en grand nombre. La couleur blanche ſans fiéure ne monſtre rien de mortel : auec fiéure elle eſt périlleuſe, parce qu'elle monſtre en vne extreme debilité de la chaleur naturelle, ou le tranſport de la bile à la teſte, ou vn grand embraſement au foye qui abſorbe & conſomme le ſang & la bile enſemblement. Les vrines noires ſi elles ſont telles de generation, ſont perpetuellement mortelles, parce qu'elles denotent ou l'extinction de la chaleur naturelle, ou vn tres-grand embraſement qui bruſle & roſtit tout : Si elles ſont telles par le meſlange d'vne humeur noire, elles peuuent quelquefois eſtre ſalutaires & critiques. Faut recourir à ce que nous auons dit touchant les vrines blanches & noires au chapitre huictiéme du premier liure des criſes. Celles qui ſont fort rouges, ſi elles ſont telles à raiſon de l'inflammation allumée en la ſeroſité, denotent au commencement de la fiéure longueur de maladie, & en l'eſtat la mort : que ſi elles ſont rouges par le meſlange de la bile, elles denotent ou l'inflammation du foye ou l'obſtruction des meats & conduits de la veſſicule du fiel : que ſi c'eſt à raiſon du meſlange du ſang (lors on les nomme vrines cruentes ou ſanglantes) ce ſang vient ou de tout le corps, ou des reins & de la veſſie : de tout le corps, à raiſon de la plethore, ou de la ſuppreſſion de quelque éuacuation ſolennelle, comme des menſtruës, & hæmorrhoïdes. Si des reins cela peut arriuer & par anaſtomoſe, & par diapedeſe & par diaireze: Celle qui vient par éroſion ou rupture eſt perilleuſe. Voilà ce qu'il faut remarquer en la liqueur. Quant aux prognoſtics qui ſe puiſent des choſes contenuës aux vrines, nous les auons expoſez au chapitre neufiéme du premier liure des criſes, où le lecteur aura recours.

La couleur blanche, ou

Noire des vri-nes,

La rouge,

Des prognoſtics qui ſe prennent des deiections & des vomiſſemens.

CHAPITRE. X.

 E Medecin doit remarquer cinq choſes aux deiections, la ſubſtance, la qualité, la quantité, le temps & la maniere de l'excretion. Si on regarde la ſubſtance, *les excremens du ventre ſont loüables quand ils ſont mollets, bien liez & mediocrement eſpois par l'Aph. 13. de la 2. ſection des prognoſtics.* Il adiouſte puis apres en l'Aph. 16. *que tout excrement doit s'eſpoiſſir lors que la maladie approche de la criſe.* Au contraire celuy qui eſt aqueux & liquide eſt mauuais.

Cinq choſes à conſiderer aux deiections. La ſubſtance.

La qualité ſe doit conſiderer en la couleur & en l'odeur. Touchant la varieté des couleurs qui ſe voyent aux deiections & les predictions qui s'en peuuent tirer, Hippocrate en a prononcé cet arreſt aux Aphoriſmes 20. 21. 22. & 23. de la 2. ſection des prognoſtics. *L'excrement blanc, ou verd, ou fort roux ou écumeux eſt mauuais : Celuy-là eſt encore pire & plus mortel qui eſt noir, ou gras, ou liuide, ou érugineux.* Il écrit aux Coaques que rendre de la bile pure par haut ou par bas en la fiéure eſt choſe mortelle.

La qualité.

Les excremens d'odeur fort puante ſont condamnez. Hippocrate a deſigné la quantité & le temps en l'Aph. 13. de la meſme ſection quand il veut *que la quantité des excremens correſponde en proportion au manger.* Et en l'Aph. 15. quand il dit, *qu'il faut aſſeller deux ou trois fois le iour & vne fois la nuict, ſelon la quantité des alimens qu'on a prins, mais plus le matin, comme c'eſt vne choſe ordinaire*

La quantité & le temps.

La maniere de l'excretion. & couſtumier à l'homme. Finalement il faut conſiderer la maniere de l'excretion, il conuient aſſeller non beaucoup à la fois & ſouuent : Car il ſeroit à craindre que le malade ne tombaſt en defaillance, car toute éuacuation qui eſt tout enſemble & frequente & copieuſe eſt plaine de peril: ny ſouuent & peu à chaque fois, car ſelon Hippocrate en l'Aphor. 19. de la 2. ſection des prognoſtics, le malade demeureroit recreu & laſſé, s'il eſtoit contraint de ſe releuer ſouuent, & ſeroit empeſché de ſon dormir. On trouue le meſme écrit aux Coaques, mais plus briefuement, la deiection qui ſe fait ſouuent & beaucoup à la fois, ou ſouuent & peu à la fois eſt mauuaiſe, parce que celle-cy apporte des veilles, & celle-là ruine les forces.

Le vomiſſement loüable. Il y a quaſi pareille raiſon des vomiſſemens que des deiections. Hippocrate loüe le vomiſſement qui rend de la pituite exactement meſlangée auec de la bile qui ne ſoit ny trop eſpois ny en trop grande quantité. Celuy qui eſt verd comme du ius de porreaux, ou noir, ou liuide eſt tres-mauuais. Le vomiſſement rouge eſt ſemblablement mortel, & principalement ſi le malade vomit auec peine & grand trauail. Que ſi vn meſme malade vomit de toutes ſortes de couleurs, c'eſt choſe fort pernicieuſe. Voilà ce que nous auions à dire, touchant les excremens vniuerſels & communs: leſquels apparoiſſent en toutes maladies & les rompent & terminent. Les particuliers du cerueau, des yeux, des oreilles, de la poictrine, du ventricule, des boyaux, des rognons & de la matrice, doiuent eſtre examinez au traicté particulier de ces maladies : Car décriuant ſeulement icy vne methode generale, nous nous ſommes contentez d'y comprendre les principaux chefs du prognoſtic qui ſe peuuent tirer & prendre de l'eſpece, magnitude & mouuement de la maladie & de la nature du malade, conſiderée en la qualité du corps, aux actions & aux excremens. Ce qui manque en cet abregé doit eſtre puiſé des Prognoſtics, Aphoriſmes, Prorrhetiques & Coaques du grand Hippocrate.

F I N.

TABLE DES MATIERES PRIN-
cipales, contenuës au present Traité des Crises.

Table.

Table.

K

Table.

Table.

Fin de la Table des Crises.

DISCOVRS
DES
ESCROVELLES
DIVISÉ EN DEVX
L I V R E S.

LE PREMIER TRAITE DE LA VERTV
ADMIRABLE DE GVARIR LES ESCROVELLES
par le seul attouchement, concedée diuinement aux
seuls Roys de France Tres-Chrestiens.

LE DEVXIESME EXPLIQVE LA NATVRE DES
ESCROVELLES, LEVRS DIFFERENCES, CAVSES,
signes & curation qui se fait par l'art &
industrie de la Medecine.

Composez en Latin par M. ANDRE' DV LAVRENS, sieur de Ferrieres,
Conseiller & premier Medecin du Roy, &c.

Et translatez en François par M. THEOPHILE GELEB
Medecin ordinaire de la ville de Dieppe.

Aa

LE
PREMIER LIVRE
DES ESCROVELLES,

AVQVEL IL EST PARLÉ DE LA VERTV ADMIRABLE
DE GVARIR LES ESCROVELLES, DIVINEMENT
concedée aux seuls Roys de France Tres-Chrestiens.

En quel temps & en quelle maniere le Roy touche les malades des Escroüelles:
& qu'est-ce que font en cette solennelle ceremonie & sacré mystere le
Roy, les Medecins, les malades & les assistans.

CHAPITRE PREMIER.

A Nature a caché beaucoup de choses en son secret cabinet, à la cognoissance desquelles nulle recherche humaine ne peut paruenir, qui est la raison pourquoy ce grand genie & truchement de la Nature, Aristote, les estime ἀναπόδεικτα, *anapodeicta*, & telles qu'elles ne peuuent estre ny demonstrées, ny cogneuës: & neanmoins les causes d'icelles sont constantes & certaines, *d'autant qu'il ne se fait rien en la Nature sans la Nature,* c'est à dire, sans vne cause naturelle.

Il y a beaucoup de choses en la Nature desquelles les causes nous sont cachées.

Il y a plusieurs choses (ce dit Metrius Florus dans Plutarque) desquelles bien que la verité soit certaine & bien recognuë par l'experience, si est-ce que les causes nous en sont cachées: car la Nature les couure d'vn sacré bandeau, afin de les dérober aux yeux de l'entendement humain. Il se fait iournellement beaucoup de choses par les forces de l'imagination, s'aidant du commandement de l'ame & du seruice du corps, par le mouuement confus & dereglé de la chaleur, & des esprits rappellez au dedans, & tout soudain renuoyez au dehors, lesquelles lé populas ignorant, tient pour vrays miracles: Mais le Sage en estant premierement saisi d'admiration, ne cesse puis apres, pour contenter son esprit, & repaistre sa curiosité, d'en rechercher les causes, qu'il n'obtienne la joüissance de son desir, & qu'il ne les cognoisse parfaictement. Mais celles qui sont par dessus la Nature (qui recognoissent pour leur principe la seule & absoluë volonté & puissance extraordinaire de Dieu, quelles sont celles qui se font par l'ordre miraculeux de la grace) surmontent les forces & la capacité de l'entendement humain, renfermé dans la

L. 3. sympost.

Les choses qui sont par dessus la Nature surpassent la capacité & portée de l'entendement humain.

geole obfcure de ce corps mortel: Dieu s'en eft à foy feul referué la cognoiffance, & ne l'a voulu premierement & de foy communiquer aux Anges, ny les en faire participans: Et pourquoy donc nous pauures vermiffeaux, nous fafchons-nous fi nous les ignorons? Sans doute, ceux font fols qui en telles chofes veulent eftre trop fçauans; & pour neant recherchent-ils des raifons naturelles touchant les chofes qui font metaphyfiques, & par deffus la Nature. N'eft-ce point vne chofe

Telle eft la guarifon des Efcroüelles qui fe fait par le feul attouchement.

merueilleufe qu'vne maladie rebelle & fouuentefois incurable (i'entends les Ef-croüelles, qui ont longuement trauaillé les Chirurgiens, & qui ne fe font point voulu laiffer dompter par les medicamens & les mains induftrieufes des plus ha-biles) foit parfaictement guarie par le feul attouchement du Roy Tres-Chreftien, & par quelques paroles prononcées de fa bouche? Icy les Philofophes hefitent, les Medecins taftonnent comme aueugles, le prophane populas demeure tout éper-du, & n'y a que ceux-là qui le croyent, qui eftans illuminez de la clarté de l'Euan-gile, en ont veu & recognu la verité par l'experience & les effets: Et neanmoins c'eft vne chofe tres-notoire à tous les François, Italiens & Efpagnols. Il vient par chacun an plus de cinq cens hommes d'Efpagne rechercher auec prieres & ge-miffemens, le remede de leur fanté: nous auons veu vne infinité de perfonnes, di-uerfes en âge, habitude, temperature & fexe, venuës de diuerfes regions & na-tions, toutes gaftées de tumeurs fcrophuleufes & mágées d'vlceres ordes & fales, auoir efté en diuerfes faifons de l'année parfaictement guaries par le feul attou-chement du Roy Tres-Chreftien, fans aucun fecours ny aide de la Medecine.

Le proiect & deffein de l'Autheur en cet œuure.

C'eft vn fuject fort obfcur, mais tres-beau, lequel perfonne n'a encore entre-prins de traicter: il nous conuient donc arrefter quelque peu de temps en l'expo-fition d'iceluy: Ce que nous ferons d'autant plus volontiers, que comme pre-mier Medecin du Roy, nous auons la charge de vifiter & examiner les Efcroüel-les, & de les prefenter à fa Majefté. Et à fin que ce difcours fe faffe par ordre, & fans confufion, nous reciterons premierement les chofes qui regardent la verité de l'hiftoire, c'eft à dire, ce que font en cette folennelle ceremonie le Roy, les Medecins, les malades, & les affiftans; & puis nous expliquerons comment cette guarifon fe fait, fi c'eft par vne puiffance naturelle & ordinaire, ou bien fi c'eft par quelque vertu qui furpaffe le cours reglé de la Nature commune.

Belle defcrip-tion de l'ordre qui s'obferue au toucher des Efcroüelleux.

Le Roy Tres-Chreftien a accouftumé de toucher les malades aux quatre feftes folennelles de l'an; à fçauoir à Pafques, à Pentecofte, à la Touffaincts, & à Noël: mais émeu quelquesfois de compaffion par la grande multitude des malades, il les touche auffi en quelques autres feftes A cette folennelle action accourent de tous endroits plufieurs, tant François qu'eftrágers, pour y recouurer leur fanté, qu'ils ne peuuét trouuer ailleurs: entre lefquels fe voit vn grád nóbre d'Efpagnols, Flamés, Allemans, Italiens, Lorrains, & à raifon de la commodité, de François plus que d'autres, comme ceux qui fe vendiquent à eux principalement par vn droit fpe-cial de leur Roy naturel, le don du recouurement de leur fanté. Le iour de deuant que cette ceremonie fe celebre, le Roy la commence, en fe trouuant aux prieres de Vefpre, & quelquesfois mefme à celles qui fe font auant le iour, à fin de fe rendre Dieu fauorable & propice: le lendemain apres s'eftre deuotement & humblement confeffé, il oyt la Meffe & s'arme & munit du pain Celefte & Euchariftique: Cela fait, tout bruflant du feu de charité, pour auoir receu vn fi grand Sacrement, il en-tre en vn lieu grand & fpacieux, apprefté pour receuoir commodément les mala-des: Car il nous eft fouuent aduenu d'en compter plus de quinze cens, & principa-lement enuiron la Pentecofte, où on celebre la folennité du S. Efprit, tant pource

que le S. Esprit fait abondamment decouler ses graces sur ceux qui l'inuoquent,
& les nettoye & guarit, que pource que la serenité de l'air & la tranquillité de la
mer rendent en ce temps là les chemins & passages libres aux estrangers. Or à ce
que la bien-seance requise en vne telle action éclate plus magnifiquement, & que
l'aumosne destinée aux malades des Escroüelles ne soit point destournée ailleurs
par les gueux, contrefaisans les scrophuleux : tout autant qu'il y a de malades sont
exactement, & selon que l'art le commande, visitez par le premier Medecin, &
par les autres Medecins & Chirurgiens du Roy, au rapport desquels ceux qui ne
sont point detenus des scrophules, sont deboutez auec vne telle acclamation du
peuple, que les Gardes du corps & les Archers de la garde ont assez de peine à
appaiser le bruit, & à ranger les malades en leur place. Les Espagnols, ie ne sçay
par quel priuilege, occupent tousiours les premiers rangs, les autres estrangers
les suiuent, & les François sont tous les derniers. Tous les malades estans à genoux & tenans les mains jointes & leuées vers le Ciel, & faisans forces vœux &
supplications, se iettent aux pieds de sa Majesté, attendans de luy le remede diuin de leur guarison. Estans donc tous en cet ordre disposez par rangées, le Roy
brillant du feu de charité royale, & ayant le cœur humilié, assisté des Princes du
sang, des principaux Prelats de l'Eglise Romaine, & du grand Aumosnier, commence l'action par vne priere speciale qu'il fait à Dieu ; & ayant fait le signe de la
Croix, il s'approche des malades Le premier Medecin estant debout derriere les
rangées, empoigne la teste de chacun des scrophuleux par derriere, & la presente au Roy, lequel ouurant sa main salutaire, touche premierement la face droit
en long, & puis apres de trauers en forme de Croix, en prononçant ces mots,
distillans la guarison celeste & diuine, *Le Roy te touche, & Dieu te guarit* : il y ap-
pose le signe de la Croix au mesme instant, & en fait tout autant, par ordre, à tous
les autres, en donnant congé aux malades à mesure qu'ils sont touchez, ausquels
l'aumosne est departie : Et voilà quel est l'ordre de toute la ceremonie qui s'obserue quand le Roy touche les malades. A plusieurs les douleurs tres-acerbes s'ad-
doucissent & appaisent aussi-tost : à aucuns les vlceres se desseichent, & aux autres
les tumeurs diminuent : en telle sorte, que dans peu de iours (chose merueilleuse
à dire) de mille, il y en a plus de cinq cens qui sont parfaictement guaris.

Depuis quel temps les Roys de France Tres-Chrestiens ont
commencé à guarir des Escroüelles.

CHAPITRE II.

ETTE vertu admirable de guarir les Escroüelles par le
seul attouchement, concedée de Dieu aux seuls Roys de
France, est passée de Clouis premier Roy Chrestien, par
le moyen de l'hereditaire succession du Royaume, & de
l'onction sacrée, à tous ses successeurs Roys, quoy que de
diuerses races & familles : & *Henry IIII. qui vit & re-*
gne auiourd'huy Auguste, Heureux, Inuincible, jouyt du
mesme don & priuilege de guarir, & n'a oncques denié cet aide à aucun, pour
pauure & chetif qu'il peust estre. Or Clouis fut le premier qui receut ce don gra-
tuit de guarir, ou grace donnée gratuitement, par le moyen de l'onction sacrée :
Car estant encore Payen & Idolatre, il fut tellement solicité & persuadé par les

La vertu de
guarir les Es-
croüelles à
passé de Clouis
à ses succes-
seurs.

remonftrances, exhortations & prieres de fa femme Clotilde, qui eftoit Chreftienne, qu'il fe fit baptifer, & embraffa le Chriftianifme, & fut oir.& & facré par fainct Remy Archeuefque de Rheims, auec le Chrefme qu'on dit auoir efté apporté du Ciel dans vne Ampoulle par vne Colombe. Sainct Thomas confirme cecy en ces mots. *Nous recueillons la fainEteté de l'onEtion facrée des geftes des François, & de fainEt Remy, lequel facra le Roy Clouis auec l'huille apportée du Ciel par vne Colombe, & de laquelle on a tout depuis facré fes fucceffeurs, lefquels à raifon de cette onEtion, font diuers fignes, miracles & guarifons.* Or fainct Thomas Italien de nation, viuoit du temps de fainct Louys. Genebrard rapporte ce paffage de fainct Thomas à la curation des Efcroüelles que font les Roys de France par la vertu de la fainEte onEtion. Et de fait, il eft notoire par la premiere Epiftre du Pape Hormifda à Remy Euefque de Rheims, que le facre de Clouis (qui depuis fut nommé Louys) fait par le miniftere de fainEt Remy, fut accompagné de fignes & miracles *Nous te commettons,* ce dit-il, *par ce prefent pouuoir, pour noftre Vicaire par tout le Royaume de noftre bien-aimé Fils Louys, lequel a efté depuis n'agueres, auec tout fon peuple, par toy conuerty à la Foy, à l'aide de la grace & faueur celefte, & de grand nombre de miracles accomparables à ceux qui fe faifoient du temps des Apoftres, & depuis confacré par le don du fainEt Baptefme; fauf les priuileges que l'antiquité a decerné aux Metropolitains.* Forcadet éclaircit toute cette matiere par le narré d'vne belle hiftoire à plus prés en ces mots. *A Clouis eftoit intime & tresfidelle, vn certain homme nommé Lanicet, lequel luy feruoit d'Efcuyer, & enfemble pour découurir les deffeins de fes ennemis. Ce Lanicet trauaillé des Efcroüelles-maladie & vilaine & rebelle, fçauoir eft de glandes endurcies & tumefiées autour de la gorge, apres auoir par deux fois, mais en vain, effayé le remede des païfans, rapporté par Corneille Celfe, qui eft que fi quelque malade des Efcroüelles mange vne couleuure, il guarit: & voyant d'abondant que la grandeur & rebellion de fa maladie auoit defià par tant de fois furmonté les remedes les plus efficacieux, & mefme le fer rouge: defefperé de la guarifon fe tenoit caché, & n'ofoit de la honte qu'il auoit de fon mal fe monftrer en public. Enuiron ce temps il fut aduis au Roy Clouis en dormant qu'il taftonnoit & manioit doucement la gorge de Lanicet, & que foudain la chambre fut toute remplie d'vne clarté celefte & de flammes refplendiffantes, & qu'en ce mefme lieu Lanicet deuint guary, fans qu'il luy reftaft aucune apparence de cicatrice. Le Roy plus ioyeux que de couftume, & en efmoy pour la fanté de fon amy, fe leue auffi toft qu'il voit le iour, & apres auoir prié Dieu effaye s'il pourra par fon attouchement arracher la maladie, comme certes il aduint au grand contentement de tous les affiftans, qui pour remerciement d'vn tel benefice chanterent à Dieu vn hymne tres-melodieux & conuenable au fuiet dont il s'agiffoit. Or ce benefice de Dieu tres-excellent & la vertu de guarir les Efcroüelles, ont efté tranfmis comme vn heritage par vn ordre non interrompu aux Roys fes fucceffeurs.* Les morales en la 3. partie du 13. liure, chap. 49. & Robert Cœnal au 1. liure de l'hiftoire de France, fommaire 14. de la defcription de la Gaule, & quelques autres gens de bien afferment que ce priuilege de guarir les Efcroüelles, dont nos Roys iouyffent, leur a efté octroyé de Dieu aux prieres de fainct Marcouf, & que de là eft venüe la couftume qui s'obferue par nos Roys, d'aller vifiter le temple dudit Sainct, qui eft au terroüer de Lan en Lanois, auffi-toft qu'ils ont efté facrez. Mais nous ne fçaurions confentir à cette opinion, d'autant que ce fainct Marcouf n'eftoit point du temps de Clouis, mais feulement de Childebert & de Clotaire, comme il appert des Chroniques de Sigebert. Le Roy fainct Louys adjoufta du fien à cette ceremonie le figne de la Croix, ainfi que recite Guillaume

Li. 2. de regimine principum.

L.3. Chronic.

L. 1. de imperio & Philofophia Gallorum.

Lib. 5. cap. 28.

Sainct Louys adioufta le figne de la Croix.

Nangius en la vie d'iceluy en ces mots, *Au toucher des maladies qu'on appelle vul-*
gairement les Escroüelles que les Roys de France guarissent par vne grace speciale qui leur
a esté donnée de par l'Eternel, ce deuot Roy voulut obseruer outre & par dessus ce que
faisoient ses predecesseurs cette façon : Car les autres Roys ses deuanciers ne faisans
seulement en touchant le lieu de la maladie que prononçer certaines paroles sainctes
& Catholiques, & ne faisans aucun signe de Croix : luy outre l'ordinaire des autres y
adiousta cecy, c'est qu'en prononçant les paroles il imprimoit le signe de la Croix, à fin
que la guarison qui s'ensuiuoit fut plustost rapportée à la vertu de la Croix qu'à la dignité royale. Et de fait la vertu de ce signe est admirable & diuine ainsi que témoignent les choses recitées par Nicephore au 18 liure de son histoire Ecclesiastique.   *Vertus admi-*
rables de la
Cosroës (ce dit-il) ayant emporté vne victoire signalée sur les Perses, & faisant pre-   *Croix.*
sent à Maurice Empereur de l'Orient de plusieurs Turcs prins en la iournée, Maurice les
voyant tous marquez au front du signe de la Croix, leur demanda pourquoy ils por-
toyent sur eux vn signe qu'ils ne reueroient point. On dit que leur responce fut qu'estans
grandement affligez de la peste, ils auoient esté conseillez par vn Chrestien de se pré-
munir d'vn tel signe, & que l'ayans fait ils auoient esté totalement deliurez de la
cruauté de la maladie. Boniface en la Canonization de sainct Louys dit *qu'entre*   *Diuers Au-*
autres miracles il employoit le don de guarison aux scrophuleux. Touchant cette ver-   *theurs parlans*
de cette guari-
tu admirable de guarir les Escroüelles, & comment cette puissance passe par   *son.*
vn droit hereditaire aux Roys successeurs parlent Iean le Moyne, & Domini-
que au chap. 1 des Prebendes, Iean de Selua au liure 2. des Benefices, L. Paschal
Robin, Guillaume Benedicti Conseiller de la ville de Roüen, sous le regne du
Roy Louys XI. Iean Louys Viualde du mont royal à Louys XII. Barthelemy
Cassané President d'Aix au liure qui a pour tiltre le Catalogue de la gloire du
monde, Charles de Grassatio liure 1. droit 4. des regales de France, Vincent Si-
gonius aux allegations sur la guerre d'Italie, chap. 8. Iaques Bonaud en son Pa-
negyric au Roy François I. Papirius Masson au liure 3. des Gestes des François,
François Marchis, Gilles en la Vie de Louys IX. Antoine Corcete, de la Puissance royale; Antoine du Moulin, Guide Cauliac Medecin du Pape Vrbain V.   *Cardan liu. 2.*
& Iean Tagault au liure premier de sa Chirurgie, chap. 13. de sorte qu'il ne faut   *traitté 2. des*
contradict.
douter de dire & confesser franchement que cette vertu de guarir les Escroüelles   *de Med. con-*
a esté par vn droit hereditaire concedée aux seuls Roys de France Tres-Chre-   *tradict. 7.*
stiens, encore qu'vn certain Guillaume Toker Anglois, en vn liure par luy inti-   *Erreur de*
Guillaume Toi-
tulé *Le don de guarison,* s'efforce d'arracher à nos Roys la splendeur de cet ancien   *ker ou Toquer.*
priuilege : nous n'auons peu encore voir ce liure encore que nous l'ayons bien diligemment recherché, & toutesfois nous auons ouy dire qu'il contient plusieurs
choses absurdes & totalement ridicules, entre lesquelles est sot & inepte ce qu'il
dit *que les Roys de France ont receu des Roys d'Angleterre par vn certain prouignement*
cette faculté de guarir, d'autant que le Royaume de France a esté autrefois quasi tout
subiugué par eux : car nos Roys guarissoyent des Escroüelles long-temps auant
que les Anglois enuahissent la France. Polydore Virgile se trompe aussi quand   *Polydore Vir-*
il attribuë la curation de cette maladie aux Roys d'Angleterre. Nous trouuons   *gile refuté.*
bien qu'Edoüard a guary vne femme des scrophules, mais non pas que cette
vertu ayt passé à ses successeurs: & estimons que cela fut octroyé aux merites de
ce Roy qui pour sa grande pieté fut mis au Catalogue des Saincts : car il ne se lit
rien autre chose en la bulle de la canonization de cet Edoüard ny en sa vie descrite par Rhinardis, sinon qu'il guarit vne femme des Escroüelles. Ainsi L. Paschal
recite que sainct Marcouf guarit vne femme scrophuleuse & vn certain homme

Ce qu'on conte des feptiémes maſles eſt reietté.

nommé Robert , car le Seigneur eſt admirable en ſes Sainⅽts. Ce ſont auſſi des contes ce que le populas conte, que tous les ſeptiémes fils qui naiſſent par toutes les terres & ſeigneuries du Roy de France , ſans qu'aucune fille vienne entredeux , guariſſent des Eſcroüelles au nom de Dieu & de ſainⅽt Marcouf s'ils les touchent à jeun par trois ou neuf matins conſecutifs: comme eſtant, dit Paſchal, *vne marque diuine de la loy Salique qui deboutte & forcloſt les femmes de la Couronne*. Nous n'approuuons point non plus ce qui ſe dit du Baron d'Aulmont Comte de Chaſteauroux , ſçauoir eſt que le fils aiſné de cette maiſon guarit les Eſcroüelles non point par attouchement, mais auec le pain benit, d'autant que les reliques des trois Roys ſe repoſerent auprés d'vne fontaine qui eſt ſur ſes terres.

Que la vertu de guarir les Eſcroüelles a eſté donnée aux ſeuls Roys de France.

Cette vertu a ſeulement eſté concedée aux Roys de France , par le moyen de l'hereditaire ſucceſſion du Royaume & de la ſainⅽte Onⅽtion. C'eſt choſe que tous les François , Italiens , Allemans , Portugais , & entre les autres les Eſpagnols publient & confeſſent comme ceux qui experimentent iournellement la main ſalutaire du Roy. I'ay apprins de gens dignes de foy que le Roy François I. durant ſa priſon guariſoit les Eſpagnols , & indifferemment tous ceux qui ſe preſentoient à luy : Ce que Laſcaris a laiſſé par eſcrit en des vers Latins que nous auons traduit en François le moins mal qu'il nous a eſté poſſible , comme il enſuit.

Doncques le Roy guarit de ſa main en touchant,
Les Eſcroüelles , & captif eſt agreable
A Dieu, non autrement qu'il eſtoit parauant:
Par cela peux-ie voir Roy qui n'as ton ſemblable
Que ceux-là ſont hays des hommes & des Dieux
Qui empeſchent ainſi ton retour gracieux.

Voilà ce que nous auons par cy par là recueilly pour ſeruir à la foy de l'hiſtoire, & pour élucider la verité de ce ſacré myſtere , ce qu'aucuns parauanture n'approuueront point : mais qu'ils ſçachent que nous n'eſcriuons point icy vne hiſtoire, & que noſtre intention en ces deux chapitres a ſeulement eſté de monſtrer que les Roys de France guariſſent les Eſcroüelles par leur ſeul attouchement, & auec quelques paroles prononçées de leur bouche: Et d'autant que la verité de cette aⅽtion eſt aſſez connuë de tous , il reſte que nous expoſions maintenant comment cela ſe fait , & ſi c'eſt par vne vertu & faculté naturelle ou par quelque autre qui ſurpaſſe de beaucoup le cours ordinaire de la Nature. Le Roy guarit les Eſcroüelles , ou par vne prerogatiue royale , ou par quelque certaine vertu commune & naturelle à la race de nos Roys: ou par ſon attouchement, car il touche le ſcrophuleux ; ou par ſes paroles , parce qu'il en prononçe quelquesvnes : ou par les forces de ſon imagination : ou par quelque autre faculté plus haute & qui eſt par deſſus la nature de laquelle il n'y a ſeulement que Dieu ou le diable qui en puiſſent eſtre les autheurs. Or nous allons examiner & peſer vne chacune de ces choſes par le menu & ce non à vne balance populaire, triuiale & commune, ains à vn trébuchet fort iuſte & Philoſophique.

Sçauoir si c'est par vne seule prerogatiue royale que le Roy de France Tres-Chrestien guarit les Escroüelles : ou les guarisons de quelques maladies, faites par Vespasian, Adrian, Pyrrhus, & quelques autres Roys, & tenuës communément pour miracles, sont examinées & resutées.

CHAPITRE III.

 A dignité royale a tousiours esté aux anciens, *auguste, sacrée & venerable :* Car les Perses tenoient que le *Roy estoit l'image du Dieu gardien & protecteur de toutes choses :* à cette cause le Roy venant à mourir, les loix se taisoient par cinq iours entiers, & y auoit par tout le Royaume vne confusion & troublement de toutes choses, à fin que le peuple apprint de là combien ce sont choses bonnes & excellentes que le Roy & la Loy. Homere appelle les Roys, *enfans & nourrissons de Iupiter, conducteurs & pasteurs des peuples :* Car le Roy est le lien par lequel la republique subsiste & se maintient : C'est l'esprit vital par lequel tant de milliers d'hommes viuent & respirent : sans Roy le peuple est comme vn corps tronqué sans teste, sans vie & sans nom : C'est pourquoy les Cappadoces (comme recite Iustin) ayans eu par decret du Senat, la permission de viure sans Roy, nierent le pouuoir faire, d'autant que le Roy est le pere de ses Citoyens & l'ame du Royaume. Et de fait les Dieux ont eu tousiours vn soin special des Roys, ils les ont fort cheris, & les ont eu comme en delices : d'où les Dieux sont nommez dans Herodote *Royaux :* dans Plutarque, *tuteurs & gardiens des Roys :* & dans Lucian Iupiter est nommé *basileios,* c'est à dire, *Royal.* D'icy aussi aux sainctes Escritures il est dit que *le cœur du Roy est en la main de Dieu,* & Themistius Euphractes escrit *que le cœur du Roy est enuironné par la main de Dieu, comme par vne forte garde,* & dit que c'est vne escriture syriaque. Le Psalmiste appelle quelquefois les Roys *Dieux,* & S. Paul escrit, *que qui resiste à la puissance & à l'authorité du Roy, resiste à l'ordonnance de Dieu.* Le nom de Roy est si sainct & Auguste que l'on croit qu'à plusieurs d'iceux a esté par vne prerogatiue royale, donnée comme vne certaine vertu celeste & faculté diuine de guarir quelques maladies, comme à Vespasian, Adrian & Aurelian Empereurs, à Pyrrhus Roy des Epirotes, & aux Roys de France, d'Espagne, d'Angleterre, & de Hongrie. Touchant Vespasian voicy ce qu'en escriuent Suetone en la vie d'iceluy, & Corneille Tacite au 4. liure de ses Annales, *vn quidam d'entre la populace assez connu pour l'infirmité de ses yeux, estant aduerti en songe par le Dieu Serapis, lequel cette nation addonnée aux superstitions adore par dessus tous les autres, se prosterna aux pieds de l'Empereur, & demandant auec larmes le remede de sa santé, le supplioit de vouloir arrouser & moüiller les paupieres & les prunelles de ses yeux de sa saliue. Vn autre qui auoit la main demeurée le prioit de marcher dessus & la fouller du pied. Du commencement Vespasian s'en rioit & n'en tenoit conte, mais se voyant instamment pressé par eux, il commande qu'ils soient visitez par les Medecins pour sçauoir si vn tel aueuglement & vne telle debilité de iointures estoient guarissables par remedes humains : en fin Vespasian croyant que toutes choses cedoient à sa bonne fortune, d'vn visage tout gay & ioyeux execute ce dont il estoit prié, cestuy-cy recouure tout soudain l'vsage & action de sa main, & l'aueugle le contentement de voir la lumiere.* Quant à l'Empereur Adrian, voicy ce qu'Ælius Spartianus en

[marginal notes:]
Dignité des Roys.
Loy des Perses.

Lib. 12. Geograph.

Rois cheris des Dieux.

In Alexandro.
Prouerb. 21.

Psalmo 82.

Rom. 13.

Vespasian ouure les yeux d'vn aueugle, & guarit vn manchot.

Adrian gua-
rit des mala-
des.
efcrit ? En ce temps vint vne femme, laquelle fe difoit auoir efté aduertie en fonge de dire à Adrian qu'il ne fe tuaft point, d'autant qu'il retourneroit en fanté, ce que n'ayant point fait elle deuint aueugle : mais que derechef elle auoit efté commandée de le dire à Adrian, & de luy baifer les genoux, & qu'en ce faifant elle recouureroit la veuë, & ayant accomply fon fonge, fes yeux luy furent ouuerts apres qu'elle les eut lauez de l'eau qui eftoit au temple d'où elle eftoit venuë. Il vint auffi de Pannonie vn homme aueugle-né vers Adrian qui auoit la fiéure & le toucha, quoy fait l'aueu-gle receut la veuë, & la fiéure quitta Adrian. Dion Caffius raconte qu'Adrian guarit vn hydropique. Voicy ce que Vopifcus dit d'Aurelian : Qui a-il de plus fainct, de plus venerable, de plus recommandable ou diuin entre les hommes que ce per-fonnage ? il a fait reuiure les morts, & a fait & dit beaucoup de chofes outre & plus que ne fçauroient les hommes. Plutarque efcrit en la vie de Pyrrhus non loing du

Pyrrhus gua-
riffoit du mal
de la ratte.
commencement, qu'on auoit opinion que Pyrrhus guariffoit du mal de la ratte, quand apres auoir facrifié vn coq blanc, il preffoit doucement auec le pied dextre la re-gion de la ratte, les malades eftans couchez fur le dos : & n'y auoit fi pauure ou malotru qui le requift, auquel il n'accordaft le remede de fa guarifon : le facrifice paracheué il prenoit le coq & luy eftoit ce prefent tres-agreable. On tient que le poulce de fon pied droit auoit quelque vertu diuine & qu'il fut trouué entier & fans eftre endommagé du feu apres que fon corps euft efté bruflé. Cela mefme eft confirmé par Pline au 2. chap. de fon 7. liure. Les Roys d'Angleterre iffus en ligne directe des anciens

Les Roys
d'Angleterre
guariffoient du
mal caduc.
Comtes d'Anjou, guariffoient du mal caduc auec des anneaux qu'ils donnoient aux Epileptiques pour porter comme des preferuatifs contre cette maladie : & dit-on qu'il fe trouue encore auiourd'huy quelques-vns de ces anneaux en plu-fieurs threfors de France. Polydore Virgile efcrit que l'anneau d'Edoüard re-donnoit la fanté aux membres engourdis & paralyfez : & que la couftume que les Roys d'Angleterre ont de confacrer auec beaucoup de ceremonies des an-neaux, le Vendredy Sainct eft venu de là. On trouue auffi aux Annalles d'An-gleterre que cet anneau royal eft gardé au threfor du temple de Vveftmonftier, & que la vertu d'iceluy eft procedée de Iofeph d'Arimathée hofte & patron d'Angleterre, lequel chaffoit les Diables par le moyen de tels anneaux & par la vertu de quelques herbes comme faifoit iadis le Roy Salomon : ainfi que Iofephe

L. 8. antiquit.
ludaic. c. 11.
témoigne quand il dit, I'ay veu vn Iuif nommé Eleazar qui en la prefence de Vefpa-fian, & de plufieurs autres chaffa vn diable en attachant au nez de celuy qui en eftoit pof-fedé vn anneau, fous le feau duquel il auoit enchafé vne racine, laquelle auoit efté enfei-gnée par Salomon. Et certes aucuns efcriuent qu'il fe faifoit iadis des anneaux ornez de vertus admirables, & que les Roys s'en feruoient anciennement pour guarir

Anneaux
doüés de gran-
des vertus.
certaines maladies, & pour affeurer leur authorité : Ainfi Dion Caffius recite

Diodore Sici-
lien tout à la
fin du 17 li.
de fes hiftoires.
qu'Agrippa guariffoit des maladies tres-griefues auec l'anneau qu'Octauius Au-gufte luy auoit donné. Alexandre le Grand choifit Perdiccas pour fucceder à l'Empire en luy donnant fon anneau. On lit dans Iofephe que Moyfe forgeoit des anneaux d'amour & d'oubly. Les Cyreniens gardoient chez eux l'anneau de Battus qui auoit pour deuife la gratitude & l'honneur. Le Philofophe Euda-mus en faifoit contre les morfures des ferpents, & dans Platon l'anneau de

Les Roys de
Hongrie gua-
riffint de la
iauniffe, &
ceux d'Efpa-
gne chaffent
les Diables.
Gyges Roy des Indes eftoit d'vne vertu admirable. Le Pape Alexandre III. octroya au Duc de Venife le pouuoir de porter vn anneau d'or. Mais ces chofes font parauanture hors de propos, retournons aux curations merueilleufes des Roys. On tient que les Roys de Hongrie guariffent de la iauniffe : Caffanée & Charles Tapia efcriuent que les Roys d'Efpagne chaffent les Diables auec le

figne de la Croix Gregoire de Tours teftifie que le Roy Gontran guariffoit ceux qui auoient la pefte en l'aine & la fiéure quarte, en ces mots, *il eftoit fort grand au-mofnier & affidu en veilles & ieufnes: car alors il eftoit bruit que Marfeille eftoit gran-dement affligée & comme deuerx deferte à raifon de la pefte inguinaire: mais le Roy com-me vn bon preftre pouruoyant aux remedes neceffaires pour leur guarifon, commanda que tout le peuple eut à s'affembler dans l'Eglife, & qu'il ne print autre chofe pour fon viure que du pain d'orge & de l'eau, & qu'il veillaft inftamment & fans ceffe: ce qui fut fait ainfi qu'il auoit ordonné, & la pefte ceffa.* En ce mefme temps on tenoit parmy les fidelles pour vne chofe notoire qu'vne femme qui auoit fon fils detenu au lict fort malade d'vne fiéure quarte, s'approcha parmy la foulle du peuple iufques contre le dos du Roy, & rompit fans qu'aucun s'en apperçeut de la frange du veftement royal, qu'elle fit tremper dans de l'eau laquelle elle donna à boire à fon fils, & foudain la fiéure s'eftai-gnit & fut guary. Quelques-vns donc ont eu cette opinion, que la vertu de gua-rir auoit efté concedée à quelques Roys par vne feule prerogatiue royale, & que les Roys eftoient anciennement tout enfemble & Roys & Sacrificateurs, & qu'à cette caufe ils auoient la puiffance de guarir de certaines maladies.

Anius Roy du peuple & preftre de Phebus.

Les Roys de Perfe ne feparoient point la royauté de la facrificature, d'où le Sophy retient encore ce nom, à raifon d'vn accouftrement de tefte qui eft tiffu de laine, lequel ils ont en eftime non pour fa valeur, mais pour l'opinion d'vne fain-cteté admirable qu'ils croyent eftre en luy. *Melchifedech eftoit Roy de Salem & Sa-crificateur du Dieu tres-haut.* Augufte ne voulut point feparer la dignité du Sacer-doce d'auec la Royauté, & mefme on tient que les Sacrificateurs auoient le gou-uernement de toutes chofes en la ville de Hierufalem. Quand pour noftre regard nous ne croyons point que le don de guarifon concedé aux Roys de France tres-Chreftiens puiffe eftre rapporté à la feule condition de là dignité royale: car pour-quoy auroit-il efté denié aux autres Roys? & toutefois cette condition y eft ne-ceffaire, d'autant que cette vertu de guarir n'a point efté donnée ny aux freres ny aux fils des Roys. La prerogatiue royale feule ne peut rien de foy pour chaf-fer les maladies, finon par aduanture par accident ou par quelque autre caufe plus haute, ainfi que nous ferons voir cy apres. Car quant aux miracles qu'on nous raconte auoir efté faits par Vefpafian, Adrian, Aurelian, Pyrrhus, & autres, par aduanture ne font-ils point vrays, ains forgez à plaifir: car les flatteurs fous efperance du gain & d'eftre en la bonne grace des Grands ne craignent point de mentir, & de dire & efcrire à la loüange des Princes beaucoup de chofes qui ne furent iamais, & les Princes de leur part pour fe concilier de l'authorité & la bien-veillance de leurs fubjets font par ces artifices publier des guarifons apoftées & feintes à plaifir. Mais examinons le miracle de Vefpafian Il a guary vn aueugle, & quelle merueille? peut-eftre que la caufe de l'aueuglement eftoit legere & faci-le à chaffer, comme quelque vapeur obfcurciffant les efprits vifoires, laquelle a peu eftre attenuée & difcutée par la fiance & credulité du malade, & par vne forte imagination en agitant les efprits. Il a guary vn manchot, & que s'enfuit-il de là? n'auons-nous point veu des paralytiques frappez d'eftonnement foudain & fremiffans de colere auoir efté fubitement guarantis par vne grande commotion des efprits & des humeurs, toutes les facultez du corps venans à fe ramaffer en vn? Car qu'eft-ce que ne peut point le pouuoir de l'ame commandant au corps, & le mouuant à fon plaifir? Combien font eftranges les effets de la chaleur na-turelle r'appellée au dedans, & puis tout foudain renuoyée au dehors? Le fils

Adrian guarit des malades.

efcrit ? *En ce temps vint vne femme, laquelle fe difoit auoir esté aduertie en fonge de dire à Adrian qu'il ne fe tuaft point, d'autant qu'il retourneroit en fanté, ce que n'ayant point fait elle deuint aueugle : mais que derechef elle auoit esté commandée de le dire à Adrian, & de luy baifer les genoux, & qu'en ce faifant elle recouureroit la veuë, & ayant accomply fon fonge, fes yeux luy furent ouuerts apres qu'elle les eut lauez de l'eau qui estoit au temple d'où elle estoit venuë. Il vint auffi de Pannonie vn homme aueugle-né vers Adrian qui auoit la fiéure & le toucha, quoy fait l'aueugle receut la veuë, & la fiéure quitta Adrian.* Dion Caffius raconte qu'*Adrian guarit vn hydropique.* Voicy ce que Vopifcus dit d'Aurelian : *Qui a-il de plus fainct, de plus venerable, de plus recommandable ou diuin entre les hommes que ce perfonnage ? il a fait reuiure les morts, & a fait & dit beaucoup de chofes outre & plus que ne fçauroient les hommes.* Plutarque efcrit en la vie de Pyrrhus non loing du

Pyrrhus guariffoit du mal de la ratte.

commencement, *qu'on auoit opinion que Pyrrhus guariffoit du mal de la ratte, quand apres auoir facrifié vn coq blanc, il preffoit doucement auec le pied dextre la region de la ratte, les malades eftans couchez fur le dos: & n'y auoit fi pauure ou malotru qui le requift, auquel il n'accordaft le remede de fa guarifon : le facrifice paracheué il prenoit le coq & luy eftoit ce prefent tres-agreable. On tient que le poulce de fon pied droit auoit quelque vertu diuine & qu'il fut trouué entier & fans eftre endommagé du feu apres que fon corps euft esté bruflé.* Cela mefme eft confirmé par Pline au 2. chap. de fon 7. liure. Les Roys d'Angleterre iffus en ligne directe des anciens

Les Roys d'Angleterre guariffoient du mal caduc.

Comtes d'Anjou, guariffoient du mal caduc auec des anneaux qu'ils donnoient aux Epileptiques pour porter comme des preferuatifs contre cette maladie : & dit-on qu'il fe trouue encore auiourd'huy quelques-vns de ces anneaux en plufieurs threfors de France. Polydore Virgile efcrit que l'anneau d'Edoüard redonnoit la fanté aux membres engourdis & paralyfez : & que la couftume que les Roys d'Angleterre ont de confacrer auec beaucoup de ceremonies des anneaux, le Vendredy Sainct eft venu de là. On trouue auffi aux Annalles d'Angleterre que cet anneau royal eft gardé au threfor du temple de Vveftmonftier, & que la vertu d'iceluy eft procedée de Iofeph d'Arimathée hofte & patron d'Angleterre, lequel chaffoit les Diables par le moyen de tels anneaux & par la vertu de quelques herbes comme faifoit iadis le Roy Salomon : ainfi que Iofephe

L. 8. antiquit. Iudaic. c. 11.

témoigne quand il dit, *I'ay veu vn Iuif nommé Eleazar qui en la prefence de Vefpafian, & de plufieurs autres chaffa vn diable en attachant au nez de celuy qui en eftoit poffedé vn anneau, fous le feau duquel il auoit enchaffé vne racine, laquelle auoit esté enfeignée par Salomon.* Et certes aucuns efcriuent qu'il fe faifoit iadis des anneaux ornez de vertus admirables, & que les Roys s'en feruoient anciennement pour guarir

Anneaux doüés de grandes vertus. Diodore Sicilien tout à la fin du 17. liu. de fes hiftoires.

certaines maladies, & pour affeurer leur authorité : Ainfi Dion Caffius recite qu'Agrippa guariffoit des maladies tres-griefues auec l'anneau qu'Octauius Augufte luy auoit donné. Alexandre le Grand choifit Perdiccas pour fucceder à l'Empire en luy donnant fon anneau. On lit dans Iofephe que Moyfe forgeoit des anneaux d'amour & d'oubly. Les Cyreniens gardoient chez eux l'anneau de Battus qui auoit pour deuife la gratitude & l'honneur. Le Philofophe Eudamus en faifoit contre les morfures des ferpents, & dans Platon l'anneau de

Les Roys de Hongrie guariffent de la iauniffe, & ceux d'Efpagne chaffent les Diables.

Gyges Roy des Indes eftoit d'vne vertu admirable. Le Pape Alexandre III. octroya au Duc de Venife le pouuoir de porter vn anneau d'or. Mais ces chofes font parauanture hors de propos, retournons aux curations merueilleufes des Roys. On tient que les Roys de Hongrie guariffent de la iauniffe : Caffanée & Charles Tapia efcriuent que les Roys d'Efpagne chaffent les Diables auec le

Histoire du fils de Crœsus, qui muet émeu de colere & de peur parla tout soudain. muet de Crœsus en rend vne preuue suffisante, car voyant vn gendarme Persien se ruer sur son pere pour le tuer, & craignant qu'il ne luy mesaduint, émeu de colere & d'estonnement s'écria, ô homme ne le tuë point, c'est le Roy *Crœsus*, parole qui fut la premiere que prononça celuy qui auparauant estoit muet, & qui tousiours depuis tant qu'il vescut parla bien distinctement : parce que l'ame émeuë par la colere & l'apprehension, & la chaleur naturelle s'estant accruë, elle osta & destacha les empeschemens de sa langue. Mais qui est plus, les malades presentez à Vespasian n'estoient point incurables, car ayant esté visitez par le commandement de l'Empereur, les Medecins (comme Tacite témoigne) rapporterent que la faculté *visoire* n'estoit point totalement esteinte au premier, & qu'il recouureroit la veuë, pourueu qu'on en dechassast les empeschemens, & que le dernier qui auoit les iointures hors de leurs places pouuoit estre guary si on y apportoit les remedes necessaires. Si ces choses ne contentent, nous répondons que ces guarisons estoient fein-

Ennead. 7. lib. 3. tés & faites par l'astuce & les prestiges de l'esprit maling, ce qu'Antoine Sabellic testifie en ces mots : *Il est incroyable combien d'impostures & illusions les esprits ma-*

Les guarisons de Vespasian ont esté contrefaites par le Diable. *lings firent voir pour éblouyr les yeux de l'Empereur & de ceux qui estoient prés de luy durant le seiour qu'il fit en Alexandrie. Car son affranchi Basilides qui estoit absent fut veu le seruir ainsi qu'il sacrifioit, & quelque peu apres comme il seoit en son trosne, deux hommes d'entre le menu populaire se presenterent à luy, le suppliant de leur octroyer le secours qui leur auoit esté enseigné par Serapis : Car le Diable lequel l'Ægypte adoroit sous le nom de Serapis, craignoit que l'Eglise des fidelles qui estoit-là dressée ne le chassast de son ancienne demeure, & ayant préueu comme ces deux malades deuoient estre deliurez de leurs infirmitez, il les induist d'implorer l'aide de Vespasian, à fin que la chose reüssissant comme il auoit predit, cela seruit pour accroistre la gloire*

Comme ont aussi esté celles d'Adrian. *& maiesté de l'oracle par la faueur de celuy qui deuoit dominer.* Quant aux cura-

Comment le Diable fait l'aueuglement. tions qu'on dit auoir esté faites par Adrian, l'historien Marinus Maximus estime qu'elles estoient fausses : Car en re toutes les maladies l'aueuglement est aisé à contrefaire, & le Diable peut quasi en vn instant aueugler vne personne en empeschant la lumiere interne de se rendre au cristallin, & en bouschant les chemins par lesquels les esprits visoires passent à la prunelle. D'ailleurs on tient qu'Adrian estoit Medecin & Philosophe excellent, il a donc peu guarir quelques malades par l'aide de la medecine & par des moyens naturels. D'autres disent qu'il estoit Magicien, d'autant (comme raconte Dion Cassius) qu'il vuidoit par charmes & enchantemens les eaux du ventre des hydropiques. Le

Examen du miracle de Pyrrhus. Comte de la Mirandole se moque du miracle de Pyrrhus comme d'vn conte faux & controuué. Les Theologiens ne reconnoissent point la main de Dieu en telles curations, mais celle du Diable : car les œuures des infidelles (selon sainct Augustin) procedent des esprits immundes plustost que de Dieu. Pour

Comment il guarissoit ceux qui auoient mal à la ratte. nostre regard, s'il est ainsi que Pyrrhus ait guary quelques malades de la ratte, nous en rapportons la cause non point à l'attouchement du poulce de son pied, ains à l'imagination des malades & au mouuement de la chaleur & des esprits: Car ceux qui ont la ratte enflée sont pour la pluspart melancoliques & égarez en leurs imaginations. La phantasie a donc beaucoup de pouuoir sur eux en épandant, reserrant, subtiliant, dissipant, assemblant & dissoudant les esprits qui sont les premiers instrumens de l'ame. Ou bien nous disons que ce que Pyrrhus guarissoit, c'estoit par l'astuce & ruse du Diable, car & il immoloit vn coq blanc, & le sacrifice paracheué il prenoit ledit coq. Quant au fait des Roys d'Hongrie qu'on dit guarir de la iaunisse, c'est chose non assez

reconnuë

reconnuë pour y adjoufter quelque creance : & touchant les Roys d'Efpagne qu'on dit chaffer les Diables auec le figne de la Croix, c'eft chofe dont les Efpagnols mefmes ne font point bien affeurez. Aucuns ont écrit que les Roys d'Angleterre guariffent du mal caduc en donnant des anneaux, mais qu'ils nous en alleguent des exemples. Et quoy fi nous difons que cela fe peut faire par des facultez naturelles bien que fecrettes & cachées : *Car l'anneau fait de l'ongle du pied de l'Alce ou Eland, eft eftimé guarantir de l'Epilepfie, on attribuë mefme vertu à la racine de peone, & à plufieurs autres chofes qu'on pend au col comme antidotes & preferuatifs contre cette maladie.*

Que le mal caduc fe peut guarir par anneaux.

Comme ainfi foit donc, afin de faire vn fommaire de tout le difcours precedent, que les curations attribuées à Vefpafian, Adrian, Pyrrhus & à quelques certains Roys, foient aduenuës fort peu fouuent, & que d'icelles on en puiffe rendre quelque raifon probable, nous ne nous laiffons point facilement aller en l'opinion de ceux qui les tiennent pour des miracles. Il n'y a point de reffemblance entre ces guarifons incertaines & qui ne font iamais arriuées ou peu fouuent, & celles que le Roy Tres-Chreftien exerce ordinairement enuers les affligez des Efcroüelles, quand il en guarit chacun an vne infinité de diuerfe habitude, âge, fexe & temperature, & en diuerfes faifons de l'année, voire iufques-là qu'il ne s'eft quafi trouué perfonne qui n'ait receu quelque foulagement par l'attouchement du Roy. Ioint que cette vertu de guarir paffe aux fucceffeurs tellement que ce ne foit point vne proprieté particuliere à vne perfonne ou indiuidu, parce qu'elle n'a point efté donnée à vn feul, mais du Roy ; ny du Roy fimplement, parce qu'elle n'a point efté donnée à Pharamond ny aux autres Roys payens, mais du Roy Chreftien : ny du Roy Chreftien feulement, parce qu'elle n'a point efté donnée aux autres Roys Chreftiens comme d'Efpagne, d'Angleterre & d'Hongrie, mais du Roy de France Tres-Chreftien. Doncques pour guarir les Efcroüelles, la dignité Royale eft neceffaire, mais non feule.

Conclufion de toute la difpute.

Sçauoir fi comme les facultez de guarir & de charmer font dites innées & naturelles à certaines familles & indiuidus, ainfi auffi la vertu de guarir les Efcroüelles eft concedée aux Roys de France Tres-Chreftiens par vn certain priuilege propre à leur race, & commun à tous les defcendans d'icelle, ou bien par vne proprieté qui leur foit innée & naiffante auec eux.

CHAPITRE IIII.

COMME on voit dés la premiere naiffance en certaines races & familles paroiftre de certaines marques qui leur font propres, & communes à tous les defcendans legitimes de la maifon, comme la figure d'vne lance aux Spartes Thebains, d'vne anchre en la cuiffe à Deleucus & à fa pofterité ; d'vne écreuiffe aux defcendans de Thieftes ; d'vne lentille aux Lentules, d'vn pois cice aux Cicerons, & à la famille des Lepides vne petite taye couurant l'œil dextre : Ainfi quelques-vns ont eu opinion qu'en plufieurs fe trouuoient de certaines proprietez merueilleufes & cachées, & icelles bien ou mal-faifantes, lefquelles excedoient la nature commune de

Marques naturelles à certaines races. Plutarq. au traitté pourquoy la iuftice diuine differe la punit. des mal.

l'espece. Les Platoniciens rapportent ces proprietez aux idées formatrices de toutes choses, les Hermetiques & Astrologues aux influences des estoilles, les Arabes aux intelligences, Zoroastre les appelloit *attrayemens diuins*, & Synesius *alléchemens symboliques*. En ces effets admirables qui surpassent la portée de l'entendement humain les Philosophes ne voyent non plus que des aueugles, & croyent en la recherche de leurs causes que la vraye sagesse est de ne point vouloir estre trop sages. D'autant toutesfois *que les nerfs de la sagesse sont de ne rien croire de leger*, nous amenerons premierement ce qui a esté écrit touchant les familles de ceux qui charment & ensorcellent,& de ceux aussi qui guarissent de certaines maladies, & puis nous les examinerons à la regle & au niueau de la verité.

Races sorcieres. Isigonus & Memphodorus racontent *qu'en Afrique il y a de certaines races qui ensorcellent par leur seule parole.* Plutarque & Philarque asseurent *qu'au Royaume de Ponte il se trouue des gens qui par leur seul regard font deuenir les personnes tabides, seches & ethiques.* Apollonides dit *qu'en la Scithie il y a des femmes nommées Bithies qui en font tout autant.* Solin recite *que les Triballes & les Illyriens ont naturellement en eux la vertu d'ensorceler.* On conte que les Telchines peuples de l'Isle de Rhodes, changeoient toutes choses en pis par leur regard, & qu'à cette occasion ils furent submergez en la mer par Iupiter. Olaus Magnus rapporte que les

Lib. 9. cap. 4. Biarmes & Amaxobiens sont fort grands sorciers. Aule Gelle écrit *qu'il y a des races lesquelles si d'auanture elles loüangent beaucoup les beaux arbres, les bons grains, les enfans de belle venuë, les meilleurs cheuaux & le bestial bien gras, qu'elles les font mourir.* Et voilà pour les familles de ceux qui ont esté tenus pour auoir la puissance

Races qui guarissent. d'ensorceler. Il y en a d'autres qu'on a creu estre doüez d'vne vertu totalement *Les Psylliens* contraire : Car les Psylliens habitans en la region de Libye nommée *Marmarica, en la Barbarie.* lesquels sont issus de la race du Roy Psyllus, estoient naturellement armez d'vne vertu contraire au venin des serpents de Barbarie : de là le Poëte Lucain,

Lib. 9. verso 894.

> Les Psylliens sont seuls des peuples de la terre,
> Qui sans danger aucun font aux serpents la guerre
> Ne craignans leur morsure.

Lib. 6. Cæsar fit venir de ces Psylliens vers Cleopatra piquée des serpents pour voir si on luy pourroit sauuer la vie,comme il se voit dans Paul Orose où il dit, *Quand Cleopatra eut entendu qu'on la reseruoit pour le triomphe d'Auguste, elle recherche les moyens de se faire mourir & fut trouuée sans vie piquée au bras senestre, Cæsar y faisant, mais en vain, venir des Psylliës qui ont accoustumé de succer & tirer tout le venin des playes*

Lib. 7. cap. 2. *& morsures de serpents.* Pline recite que les Marses en faisoient de mesme,touchät *Les Marses en Italie.* lesquels voicy ce qu'Aule Gelle en écrit. *La race des Marses en Italie est estimée descen-*
Lib. 16.ca. 11. *duë de Marsus fils de Circé, & qu'à cette cause il a esté donné par vne certaine vertu naturelle à ceux d'entr'eux, desquels les familles ne sont point encore meslangées & polluës par alliances estrangeres de dompter & faire mourir les serpents venimeux, & de faire force miracles de guarisons par enchantemens & ius d'herbes.* Crates Pergamenien dit
Les Ophiogenes. *qu'aux enuirons de Patadiso les Ophiogenes soulagent ceux qui sont mordus des serpents par leur attouchement, & qu'en touchät seulement la playe auec la main, ils en tirent tout*
Plin. l.28 c.3. *le venin.* Et de fait, vn Ambassadeur de cette race nommé *Exagon* fut mis par le commandemét des Consuls däs vne cuue pleine de serpents pour esprouuer si ce qu'on en disoit estoit vray mais les serpents le lechans doucemét & sans luy faire aucun mal,leur fit voir le miracle & cognoistre la verité du fait. Strabon fait mention d'iceux quand il dit

ou a controuué que les *Anguigenes* en *Paradiso* ont quelque *cognation & familiarité* auec
les *serpents* : car on a écrit que les *masles* en *guarissent* les *morsures* comme *si c'estoient des*
enchanteurs , pourueu qu'ils les touchent aussi-tost qu'elles ont esté *faites* , & qu'ils en
ostent premierement la *meurtrisseure & la noirceur*, & puis apres qu'ils en appaisent l'inflammation & la douleur. Les Tentyrites habitans en vne Isle du Nil dite Tenty-
ris, ont vn priuilege merueilleux contre les Crocodiles, comme recite le mesme
autheur en ces mots. *Il y en a qui disent que comme les Psylliens au pays des Cireniens*
ont naturellement en eux la vertu de faire fuir & mourir les serpents, qu'ainsi aussi les
Tentyrites l'ont de chasser & tuer les Crocodiles, tellement qu'ils ne peuuent estre offen-
cez par iceux, ains ils nagent outre la riuiere sans crainte aucune, ce qu'aucun autre n'o-
seroit faire. En Ethiopie ceux qui habitent du long du fleuue Hidaspe mangent
des scorpions & serpents sans danger, à raison de quelque naturel special & de
quelque vertu cachée qui est en eux. Agatarchides, Diodore & Strabon écriuent
qu'il y a des peuples nommez *Acridophages qui viuent de sauterelles.* On trouue encore en Italie des personnes qui se disent de la race de *sainct Paul*, & d'autres en Espagne qui se disent estre de celle de *saincte Catherine*, lesquelles se vantent d'auoir le
don de guarison : on dit que les premiers portent empreinte en leurs corps la figure d'vn serpent, & les derniers d'vne roüe : Ceux-là manient les serpents sans danger, & ceux-cy empoignent auec la main nuë les charbons vifs sans se brusler. Il y a
aussi en France plusieurs personnes qui se disent de la race de *sainct Hubert* , & se
vantent de guarir ceux qui ont esté mordus des chiens enragez. En Flandres les fils
masles naissans en la sixième serie de la preparation sont estimez guarir les fiéures
tierces & quartes Non loing de la ville de Rome au territoire des Falisques, *il y a*
de certaines gens qu'on nomme Hirpiens, lesquels tous les ans, au sacrifice qui se celebre au
mont S. Syluestre à l'honneur d'Apollon, marchent à pieds nuds sur les feux de ioye qu'on
y fait sans se brusler. Les Espagnols cognoissent des hommes qu'ils appellent *Za-*
huru, & *nous Lincées qui voyent les choses cachées aux entrailles plus profondes de la*
terre, les veines d'eaux & de metaux & les cadauers gisans sous leurs cercueils. Iules
Alexandrin écrit qu'en Espagne il y a des hommes nommez *Saludadores* ou *Ensal-*
madores, cette difference de nomination venant de ce que les premiers se disent
guarir *par le moyen de leur saliue & haleine qu'ils soufflent sur le malade,* & les derniers
par l'efficace de leurs prieres & oraisons. On dit qu'ils portent en quelque partie du
corps vne marque comme d'vne roüe demy rompuë qui y est empreinte dés leur
naissance, & qu'ils ont tous naturellement en eux la vertu de guarir ceux qui ont
esté mordus des chiens enragez Pour discerner s'ils sont legitimes ou bastards, ils
les éprouuent par le feu, lequel ceux qui sont legitimes endurēt sans en estre offencez. Mais ce qui est encore plus estrange c'est que ces proprietez ne sont point
seulement naturelles à de certaines familles, ains aussi qu'elles apparoissent plus
grandes & plus efficaces en quelques indiuidus , que celles qui dépendent de
l'espece, lesquelles ces indiuidus ont receuës ou de quelque proprieté occulte, ou
bien de l'aspect, position & conjonction des estoilles : Ainsi *Athenagore Argien ne*
peut iamais estre piqué des scorpions. Albert le Grand recite *qu'il a veu vne fille qui*
prenoit vn singulier plaisir à manger des araignes. Philostrate en la vie d'Apollonius
fait métion d'*vn Saturne Ephesien qui non autremēt que le Basilic tuoit de sa veuë tous*
ceux qu'il regardoit. Auicenne raconte qu'en la ville de Damas *il y auoit vn homme*
qui se faisoit deuenir paralytique quand il vouloit, & que les bestes venimeuses ne le pi-
quoient point sinon quād il les y forçoit. S. Augustin écrit auoir veu vn hōme qui suoit
quand il vouloit. Albert le Grand raconte *qu'il fut trouué deux freres qui passans par*

des huis clos les ouuroient par vne proprieté merueilleuse qui sortoit de leurs costez. Pline

Lib. 7. cap. 2. escrit qu'il y a des gens qui naissent auec des membres qui font des effets estranges & merueilleux, comme estoit le poulce du pied droit de Pyrrhus, duquel il guarissoit ceux qui
auoient mal à la ratte en les touchant seulement : on tient que ce poulce ne peut estre bruslé
auec le reste du corps, & qu'il fut serré dans vn coffret ou petit cercueil dans le temple
pour relique. Il conte par authorité irrefragable de l'Escriture saincte, que Samson

Iuges 16. auoit vne vertu merueilleuse en ses cheueux par laquelle il pouuoit resister à tout ce qui
luy estoit contraire & ennemy. Tout ainsi donc qu'il y en a qui sont disposez par vne
certaine vertu bien que secrette & cachée, en telle sorte, qu'ils peuuent nuire & ensorceler : de mesme il y en peut auoir d'autres par les mesmes principes naturels qui
sont disposez en telle sorte qu'ils peuuent soulager & guarir : Car si Nature a fait

Que la ver-
tu de guarir
qu'ont les Roys
de France ne
vient point de
la famille, &
qu'elle n'est
point naturelle
à la race roya-
le. l'vn des contraires, aussi a-elle fait l'autre pour la perfection de son ouurage. Nous
monstrerons cy dessous quelle est nostre opinion touchant cette matiere : & cependant concluons que la vertu admirable de guarir qu'ont les Roys Tres-Chrestiens ne naist point naturellement auec eux, & qu'elle ne decoule point en eux
comme vne proprieté particuliere à leur famille, & commune à tous les descendans d'icelle : car les races & familles de nos Roys ont esté diuerses depuis Clouis
iusques à Henry IIII. auiourd'huy regnant, & neanmoins cette vertu de guarir
leur est tousiours demeurée. Tous ceux qui sont du sang Royal n'ont point ce

Clouis estoit
le cinquiéme
Roy de la ra-
ce des Mero-
uingiens, la-
quelle estein-
te en Chilpe-
ric troisiéme
porta la Cou-
ronne Fran-
çoise à la race
des Carolo-
uingiens, qui
finissant en
Louys cin-
quiéme la
laissa aux Ca-
peuingiens
qui regnent
auiourd'huy
heureusemét. priuilege, mais celuy-là seulement qui porte le Sceptre & tient le gouuernail de
la monarchie Françoise, lequel decedé, celuy qui luy succede, soit frere, fils ou
nepueu reçoit le mesme don de guarir les Escroüelles par son seul attouchement.
Que si cette proprieté decouloit du pere aux enfans, elle paroistroit plus éuidemment en celuy qui en figure, rapport & mœurs ressembleroit le plus à son pere, ce
que l'experience enseigne estre faux : dont il s'ensuit que ce priuilege n'est point
special à vne race & commun à tous les descendans d'icelle, & qu'il n'est point attaché à vne famille particuliere, ny mesme qu'il n'est point particulier à vn indiuidu & nay naturellemét auec luy, car les proprietez qui sont naturellement innées
se font paroistre en tous temps, âge & lieu pourueu qu'il n'y ait rien qui les em-

Les proprietez
qui procedent
de l'Idiosyn-
crasie.
Exercit. 274. pesche, telles sont celles qui procedent de l'idiosyncrasie ou temperature particuliere à vn chacun, & de la proportion certaine & definie du meslange des quatre
élemens & des qualitez élémentaires. Ainsi l'vn abhorre le fromage, vn autre hait
le vin, cettuy-cy à l'odeur d'vne rose ou d'vne pomme tombe en defaillance, &
cettuy-là voyát vne souris ou quelqu'autre beste qu'il a en abomination, ou l'oyát
seulement nommer en demeure tout épouuanté : à plusieurs le vinaigre arreste le
vomissement, & à d'autres il le prouoque. Scaliger confesse qu'il trembloit de telle
sorte à voir du cresson, qu'esbranlé de frayeur il estoit contraint de quitter la place. Iacques de Forli Medecin fort renómé, escrit qu'il n'estoit point moins tourmenté ayant
mangé de l'ail, que s'il eut aualé vn poison. Cette proprieté est inseparable de celuy
auquel elle est premierement & de soy, & celuy qui peut naturellement quelque
chose, il l'a peut souuent & toutesfois & quantes qu'il luy plaist : mais la vertu de
guarir les Escroüelles commence seulement à se manifester alors que le Roy a esté
couróné & oinct du S. Chresme & qu'il commande aux François, tellement que
ce soit vne proprieté non point particuliere à vne personne seule, ou à vne famille,

Refutation de
ce qui a esté dit
des races qui
guarissent ou
ensorcellent. mais de la dignité Royale & de l'onction. Car quant à ce qui a esté recité touchant
les familles de ceux qui ensorcellent ou qui guarissent, le bon Philosophe ne fait
que s'en mocquer comme de choses ridicules & vaines, mais le Theologien croit
qu'elles se font par l'entremise des malins esprits. Pour nostre regard nous disós de

ces choſes, què les vnes ſont fabuleuſes, ſuperſtitieuſes & fauſſes: car Pline a tranſ-
crit beaucoup de niaiſeries des Grecs qui ſont tenus pour hardis menteurs, & n'y
a menterie ſi impudente qui ne trouue des témoins: les autres ſont veritablement
vrayes & naturelles, mais déguiſées par impoſtures & tromperies: & les autres finalement ſe font par l'aſtuce & artifice du diable. Beaucoup d'impoſteurs abuſent
le populas par leurs illuſions & charlataneries, & font par habileté qu'on penſe
voir ce qui n'eſt point & qui ne peut eſtre. Nicephore Gregoras raconte, que du
temps du pere Andronicus, il vint des charlatans à Conſtantinople qui faiſoient
des miracles non auparauant veus ou ouys, leſquels toutesfois n'eſtoient rien que
des ſubtilitez induſtrieuſes de gens qui s'eſtoient par vn fort long-temps exercez
en telles pratiques. Ainſi ceux qui ſe vantent d'eſtre de la race *de ſainct Paul & de
ſainčte Catherine* ſont des impoſteurs, & les ſignes qu'ils monſtrent en leurs corps
ne ſont point naturels ains contrefaits : Et pour le regard de ceux *qui manient les*
charbons ardans ſans ſe bruſler, ils oingnent auparauant leurs mains de quelques ius
qui les guarantiſſent pour quelque temps d'eſtre brûlez. Pline dit *qu'il y a vne telle*
proprieté au blanc d'œuf que le bois qui en eſt enduit ne s'enflamme point. Archelaus lieutenant de Mithridates fit cognoiſtre par experience en la tour de bois qu'il dreſſa
contre Sylla, *que le bois frotté & enduit d'Alun ne bruſle point. Les ſucs muſcilagineux*
& viſqueux de la mauue, guimauue, pourpier & mercuriale empeſchent l'action du feu:
à cette cauſe Albert écrit que ceux qui enduiſent leurs mains *de ius de guimauue,*
blanc d'œuf, alun & vinaigre peuuent manier du feu ſans en eſtre offencez. Si quelqu'vn
laue ſes mains auec argent vif eſteint auec le vinaigre & l'aubin d'œuf, le feu ne
l'offencera point. Ceux qui à la veuë du commun peuple *auallent des poiſons*, enduiſent, graiſſent & oingnent auparauant les tuniques internes de leur eſtomach
auec force huille & beurre frais. ou bien ils ſe prémuniſſent de bons alexiteres &
contrepoiſons, & ainſi ces impoſteurs en font accroire aux ſimples & ignorans.
Les lincées qui ſont entre les Eſpagnols reſtreignét & limitent la puiſſance qu'ils
ont de voir ſous terre à des iours certains, qui eſt vn ſigne manifeſte du pact & accord ſecret qu'ils ont auec le diable *Les ſaludadores & enſalmadores* obſeruent en
l'attouchement des malades de certaines façons, des nombres & beaucoup d'autres choſes ſuperſtitieuſes, & ont en quelque partie du corps vne marque comme
d'vne roüe demy rompuë, qui parauanture y a eſté imprimée par le diable. On a
penſé que les *Triballes & les Illiriens* enforcelloient les enfans par leur ſeul regard,
parce parauanture qu'eſtans terribles ils les épouuantoient en les regardant furieuſement, & n'eſt point choſe impoſſible que les enfans tombent en maladie eſtans
épouuantez par le regard horrible & affreux de quelque vieille Megere colerée.
Les Marſes, comme raconte Aule Gelle, ſe ſeruoient d'enchantement & ius
d'herbes. Ce qu'on conte des Ophiogenes & Tentyrides, Strabon eſtime que
ce ſont fables & choſes feintes à plaiſir. Lucian nomme les Pſylliens nation
ſorciere; & Corneille Celſe *nie qu'ils facent ce qu'on dit d'eux par aucune proprie-*
té qui leur ſoit innée & naturelle, ains par vne audace enhardie par l'vſage. Ainſi
on en trouue auiourd'huy pluſieurs aux enuirons de Poictiers qui manient les
viperes ſans en eſtre offencez. Ceux qui mangent des araignes, ſcorpions &
ſauterelles le ſont d'autant qu'ils y ſont accouſtumez, car la couſtume, comme écrit Galien, & la nature acquiſe par vn long vſage peuuent beaucoup: Ainſi
cette vieille d'Athenes ſe nourriſſoit de ciguë & les preſtres d'Ægypte ſe cha-
ſtroyent ſans peril en beuuant quelque petite quantité de ſon ius. L'opium eſt
familier & en vſage ordinaire parmy les Turcs & en mangent iuſques au poids

Par quels
moyens on peut
manier à bil-
les mains des
charbons ar-
dans ſans ſe
bruſler.
Lib. 29. cap. 3.

Ceux qui à la
veuë du peuple
auallent des
poiſons ſont des
impoſteurs.

Les Triballes
enforcelans.

Les Marſes à
Ophiogenes.
Pſylliens.
Lib. 5. cap. 27.

Par accouſtu-
mance les poi-
ſons deuien-
nent familiers.

Diuers exem-
ples.

d'vne ou de pluſieurs dragmes à la fois , là où nous n'oſerions en donner plus de deux ou trois grains. Sextus Empiricus parle d'vne vieille qui beuuoit trente dragmes de ciguë ſans s'en trouuer mal, il parle auſſi d'vn nommé Lyſides qui mangeoit quatre dragmes d'opium. Eudemus de l'iſle de Chios ſe vantoit d'auoir prins en vn iour vingt & deux traicts ou doſes d'helebore, & Theophraſte écrit qu'vn autre en mangea tant qu'il en conſuma pluſieurs poignées ſans en receuoir dommage en ſa ſanté. Auicenne & Ruffus racontent d'vne fille qui auoit eſté tellement accouſtumée à manger du Napellus, poiſon tres-violent, qu'elle faiſoit mourir les beſtes en crachant ſeulement de ſa ſaliue deſſus elles: parauanture eſt-ce celle là qui fut enuoyée à Alexandre le Grand par vn cauteleux Roy Indien, de laquelle Ariſtote ayant veu les yeux eſtincelans & clignottans ſouuent à la maniere de ceux des ſerpents, s'écria ô *Alexandre, garde-toy de cette fille, car elle nourrit dans ſoy vn venin tres-peſtilentiel auec lequel on pretend te faire mourir*, & l'euenement ne trompa le iugement de ce grand Philoſophe, car pluſieurs moururent empoiſonnez par ſon attouchement. Les hiſtoires des Indes nous rapportent que le Roy de Cambaïa s'eſtoit tellement accouſtumé aux venins, que les mouſches qui ſucceoient ſa peau en mouroient empoiſonnées, encore qu'il fut ſain de ſa perſonne & qu'il ſe portaſt bien. Et de fait, la force de l'accouſtumance eſt admirable, car le corps qui s'eſt accouſtumé aux poiſons, ou il acquiert vne faculté qui corrompt & deſtruit le poiſon, ou vne faculté qui luy eſt familiere & amie. D'ailleurs il ſe peut faire que le cœur armé & muni de bons antidotes reſiſte aux venins, & par cette ruſe les charlatans & batteleurs pipent le populas & font quelquesfois vn grand gain. Ainſi Mithridates Roy de Ponte auoit tellement diſpoſé ſon corps par l'vſage ordinaire de la compoſition qui de ſon nom eſt encore auiourd'huy nommée *Mithridat*, que le voulant faire mourir par poiſon, il ne peut : qui a eſté le ſuiect de cet epigramme de Martial.

Fille nourrie de Nappellus tuant ceux qu'elle touchoit.

Le Pape Leon 10. ſauua du gibet vn criminel pource qu'il aualloit quaſi vne once d'Arſenic ſans en reſentir aucune offence, encore qu'il ne print aucun preſeruatif. Cardan li. 2. traicté 2. des contradi. de Medecine, contradict. 7.

Le cœur armé de contrepoiſõs reſiſte aux venins.

Lib. 5. Epigr.

> *Mithridates fit tant par le frequent vſage*
> *Des venins qu'il prenoit fort ordinairement,*
> *Qu'en fin ſur les poiſons il eut cet aduantage*
> *Qu'ils ne le pouuoient plus bleſſer aucunement.*

Antidotes contre les venins des ſerpents.

Lib. 4. cap. 23.

Les anciens écriuent que la ſaliue d'vn homme à ieun eſt poiſon à la vipere & au ſerpent, & qu'elle leur reſiſte, ce qu'vn certain villageois m'a aſſeuré eſtre veritable, & diſoit l'auoir experimenté: tellement qu'il ſemble que la Nature par vne prouidence ſinguliere ait armé l'homme d'vn remede ſpecial contre les venins des ſerpents, deſquels il eſt mortellement hay. La ſeconde eſpece d'orcannette nommée *onochilos*, a la proprieté au rapport de Dioſcoride de tuer les ſerpents, ſi l'ayant maſchée on luy en crache dans la gorge: la poudre de la *terre Melienne*, iettée dans la gorge d'vn ſerpent le fait mourir tout ſubitement. En Arabie où le baume oriental croiſt, on eſt hors du ſoupçon des poiſons & perſonne n'y meurt piqué des beſtes venimeuſes. Aëce écrit que ceux qui ont laué leurs mains *de ſuc de ruë ſauuage*, peuuent ſans danger manier toutes ſortes de beſtes veneneuſes. Comme ainſi ſoit donc que ce qu'on conte des familles de ceux qui guariſſent par quelque proprieté ſpeciale, ſoit ou fabuleux, ou contrefait par les impoſteurs, ou fait par l'aſtuce & ruſe du diable, nous concluons que l'homme n'a point naturellement en ſoy la vertu de guarir ou d'enſorceler.

Sçauoir fi l'attouchement du Roy Tres-Chreſtien (car il touche les malades) ſert de quelque choſe à la guariſon des Eſcroüelles : où il eſt traitté au long & braue-ment des choſes qui agiſſent par attouchement , & des billets qu'on pend à quelques parties du corps.

CHAPITRE V.

 OMME la Nature a donné la veuë à l'homme pour luy ſeruir à la douceur de ſa vie : ainſi luy a-elle donné l'attou-chement pour luy ſeruir à la conſeruation d'icelle : La veuë reçoit les eſpeces immaterielles , & l'attouchement plongé dans la matiere donne aux corps diuerſes pro-prietez ſelon le diuers & determiné meſlange des qua-tre ſubſtances ſimples , deſquelles ils ſont compoſez. Or les effets de ces proprietez ſont quelquesfois ſi admirables , qu'en la conſidera-tion d'iceux les hommes ne voyent bien ſouuent non-plus que les hiboux en plain midy , d'autant que leurs cauſes ſont cachées & ſecrettes : & toutesfois ces effets ſe font auec raiſon par vne cauſe tres-ſage , mais par vn conſeil ſecret & caché. Ne vous ſemble-il point que ce que les anciens & modernes écriuent touchant les choſes qui agiſſent par le ſeul attouchement , ſoit eſtrange & mer-ueilleux : Cette proprieté ſe trouue en quelques plantes , pierres , animaux & hommes , ainſi que ie m'en vay à raiſon de la varieté & beauté du ſuject éclaircir par le menu.

La racine de Baara , au rapport de Ioſephe , eſtoit admirable pour les purifi-cations , tellement qu'elle deliuroit tout ſoudain ceux qui eſtoient detenus des eſprits immundes. La racine de l'herbe dite *leontopodium* ou *pied de lyon* , penduë au col , ſert , ſelon Dioſcoride , à faire aimer : les racines d'oſeille & de plantain penduës au col , font reſoudre les Eſcroüelles : les racines d'aſperges liées ſur les dents , les font tomber ſans douleur : la racine de la peone , tant maſle que fe-melle , eſt eſtimée guarir du haut mal. On dit qu'il ſe trouue vne racine qui ac-croiſt la force du corps à ceux qui la portent , & la diminuë à ceux auec leſquels ils cheminent , & qu'il en aduient tout autant aux gens de cheual , ſi on la pend aux creins du cheual ſur lequel on eſt monté. En la ville d'Hermopolis de The-baïde , ſe trouuoit vn arbre , duquel ſi on pendoit au col quelque fruict , fueille ou partie de l'écorce , il aidoit beaucoup à la guariſon des maladies. Les écri-uains de l'hiſtoire Eccleſiaſtique , racontent qu'en la ville de Ceſarée il y auoit vne image , ſous le pied de laquelle naiſſoit vne herbe , qui par ſon ſeul attou-chement & regard eſtoit vn remede fort preſent & ſoudain contre toutes ſortes de maladies. Pline écrit que l'*Achimenis* ietté dans l'armée des ennemis , les fait trembler de peur , & tourner le dos. Le meſme Autheur raconte que l'herbe nommée *concurdum* , autrement dite *ſolſtiale* , laquelle porte des fleurs rouges , ſert à reprimer les Eſcroüelles. La perſicaire qui a des taſches au mitan de ſes fueilles tenuë en la main , arreſte le flux de ſang du nez : la iuſquiaſme penduë au col d'vne femme , garde qu'elle puiſſe conçeuoir. Diodore Sicilien écrit , ſui-uant le rapport d'vn marchand nommé Iambolus , qu'en l'Arabie heureuſe il y a vne plante qui endort ceux qui ſe couchent deſſus d'vn ſommeil ſi agreable,

Plantes fai-ſans choſes eſtranges par leur attou-chement.
Lib. 7. belli Iudaic. cap. 3. Lib. 4. c. 126. Lib. 2. c. 108, & 119.

Euſeb. lib. 7. cap. 14.

Lib. 26. c. 4

Et cap. 5.

Bb iiij

En l'Epiſtre qui eſt au deuant de ſes Commentaires.

Au traitté pourquoy la Iuſtice diuine differe par fois la punition des malefices.

qu'ils en meurent : Democrite & Theophraſte diſent que l'herbe **nommée** *Aëthiopis* ouure toutes ſerrures en les touchant ſeulement, & Matthiole aſſeure qu'à Veniſe il vid vn homme condamné à eſtre pendu, auquel toutes les portes furent ouuertes, & les ſerrures rompuës de cette façon. L'herbe dite *Alyſſum* guarit du hoquet ceux qui la tiennent en la main. Plutarque écrit *que ſi vne chéure prend en ſa bouche de l'eringe, (c'eſt le chardon à cent teſtes) tout le troupeau s'arreſte comme eſtonné, & ne deſmarche point iuſques à ce que le chéurier vienne oſter cette herbe à celle qui la tient en la gueule.* L'œnothora (ſi Cratreua en doit eſtre creu) attachée au col des animaux farouches & ſauuages dompte toute leur fe-

Dioſcoride liu.2. c.167.

rocité, & les rend doux & traitables. La ſcyle penduë au linteau de la porte, empeſché que veneſice ou enchantement ne nuiſe à la maiſon. Le Moly guarantit Vlyſſe des embuſches de Circé. Antoine Muſa Medecin fort renommé, qui eſtoit à l'Empereur Auguſte, écrit que la betoine portée ſur ſoy, preſerue l'ame & le corps, & empeſche que les hommes cheminans de nuict ne ſoient offençez des ſorciers. On dit que l'herbe Bacchar, qui eſt d'odeur fort ſouëfue, penduë au col, preſerue des charmes : de là Virgile

Eclogue 7.

Entourez-moy le chef de Bacchar, que nuiſante
Au Poëte ne ſoit la langue meſdiſante.

Le cheſne marin porté ſur ſoy, procure la conception, & chaſſe tout enſorcellement. Galien fait mention d'vne herbe qui eſt ſans nom, laquelle de ſon ſeul attouchement, tire le ſang du corps : il y en a vne autre qui tout ſoudain rend

Lib.16.cap.4.

affamez ceux qui marchent deſſus : Au contraire, Pline raconte que les Roys de Perſe quand ils deſpeſchoient des Ambaſſadeurs, leur donnoient vne herbe nommée *latacé*, à fin qu'en quelque part qu'ils arriuaſſent, ils euſſent abondance de toutes choſes. Les herboriſtes deſcriuent vne eſpece de lunaire, nommée dès Italiens *Sferracaualo*, qui deſferre ſoudain les cheuaux qui marchent deſſus.

Dioſcoride l. 4. c. 75.

L'ombre de l'if eſt ſi venimeuſe, que ceux qui demeurent aſſis, ou s'endorment deſſous, en deuiennent malades, & bien ſouuent en meurent : L'armoiſe, le rhamnus & l'hypericon, portez en la main, chaſſent les beſtes rauiſſantes & les malings eſprits : la ruë ſauuage contregarde les hommes qui s'en entourent la teſte, d'enchantement & ſorcellerie : l'œillet deffend l'ame & le corps d'enſorcellemens : la vipere touchée d'vne branchette de fouteau, ou frappée d'vn roſeau, demeure engourdie, ſans ſe bouger : la chauue-ſouris touchée des fueilles du platane, en ſouffre tout autant : la couleuure touchée des fueilles du cheſne, meurt : le taureau eſtant attaché à vn figuier, s'addoucit tout auſſi-toſt,

Pline liu. 23. chap. 8.

quelque échauffé & furieux qu'il puiſſe eſtre : les pigeons, pour preſeruatif contre les charmes, portent des branchettes de laurier dans leurs nids : à cette meſme fin les tourterelles y portent du glajeul, les griues du myrthe, les cygnes

Agnus caſtus.

de la plante chaſte, & les aigles le callitrichon ou adianton : Bref, des plantes il ſe prepare vne infinité d'amuletes, qu'on pend à quelques parties du corps, leſquels par leur attouchement chaſſent les maladies, & font beaucoup d'autres

Proprietez eſtranges des pierres qui agiſſent par leur ſeul attouchement.

effets eſtranges & merueilleux. On tient que les pierres ne ſont point deſpourueuës de ſemblables proprietez : & nous en rapporterons icy, pour contenter les curieux, pluſieurs exemples, que nous auons tirez des eſcrits de ceux qui ont traitté de cette matiere. La pierre nommée *ſelenités*, arreſte le ſang de quelque partie que ce ſoit, en touchant ſeulement la peau : l'eſmeraude, ſelon Ariſtote & Albert, portée penduë au col, deliure de l'accez épileptique : c'eſt pourquoy les gens de moyens en pendent volontiers à leurs enfans : on dit auſſi qu'elle ſert à la chasteté. La pierre *alectoire* est dite rendre ceux qui la portent aimables, gracieux, constans, hardis, & propres à traitter les choses sacrées de Venus La Calcedoine penduë au col, sert contre les phantosmes & illusions qui viennent de l'humeur melancolique: La pierre *d'Aigle*, portée au bras gauche contre la chair, empesche l'auortement, & concilie l'amitié entre le mary & la femme: que si la femme enfante à grand peine, elle rend son enfantement plus aisé, si on l'attache à la cuisse: mais il faut estre soigneux de l'oster aussi-tost qu'elle est deliurée: car on tient qu'elle seroit sortir la matrice, si on ne la destachoit soudain apres l'enfantement. *Le Gée*

Vainc les enchantemens, & resoult tous les charmes.

L'Onix portée

Represente en dormant mille choses hideuses.

La pierre *pyrophite* a vne merueilleuse proprieté contre les poisons, & rend celuy qui la porte honoré & redouté de ses ennemis: La *crapaudine* resoult les enfleures causées par les morsures des bestes venimeuses, en la posant dessus: La pierre qui se trouue dans la teste des limaces tenuë dans la bouche, estanche la soif: Le *iaspe* pendu au col, & touchant l'orifice du ventricule, sert à le fortifier: il arreste aussi le sang, réjouyt le cœur, & rend la personne chaste: La *sardoine* liée sur le ventre, retient l'enfant, & empesche l'auortement: La *Galactite* penduë au col, resiste aux charmes & ensorcellemens: Le *lyncurium* chasse des yeux toutes illusions: L'*heliotropium* éblouyt la veuë: La *cassidoine* & la *chrisolite* garantissent de sorcelleries: La *turquoise* portée en anneau, est reconnuë par experience certaine, preseruer ceux qui tombent de s'offencer: La pierre *nephritique* liée sur la region du rein malade appaise les douleurs nephritiques, & fait ietter la pierre & les sables: La pierre *hysterique*, qui depuis n'agueres a esté apportée des Indes, guarit les suffocations de matrice par son seul attouchement: L'*amethiste* empesche l'enyurement, & la pierre nommée *calcophanos* rend la voix nette, claire & douce. Democrite se seruoit contre les charmes de la pierre *cathochitis*: Trasillus escrit (comme le rapporte Stobeus) qu'au Nil se trouue vne pierre fort ressemblante à vne febue, laquelle apposée au nez, chasse les diables de ceux qui en sont possedez. La mesme faculté de guarir ou de blesser par le seul attouchement, se trouue aussi en quelques animaux: aux vns certes, en leur tout, & aux autres, en quelques-vnes de leurs parties. La *torpille* cause vn endormissement à tout le corps par son seul attouchement: Le *basilic* est si pernicieux, qu'il tuë en vn moment ceux qui non seulement qui le touchent de quelque partie de leur corps mais mesme auec vne houssine: La *pastenague* a vn aiguillon au bout de sa queuë qui est si mortel, que si elle en touche, soit viue ou morte, les plantes ou animaux, ils meurent tout soudain: ainsi que rapportent Nicandre, Opian & Aëlian: L'*hiene* par son attouchement, garde les chiens d'abbayer: La *chauue-souris* touchant les œufs de la cicongne, les rend infeconds: La *peau de loup* mise sur ceux qui ont esté mordus des chiens enragez, addoucit la rage: L'*ongle de l'alce ou Eland* guarit par son attouchement du mal caduc: vn morceau de *la dent de l'hippopotame* arreste le sang en touchant seulement la partie de laquelle il coule: Le *pied d'vn loup* lié sur le ventre, guarit la colique: L'anneau fait de *la corne du pied d'vn asne* & porté, rompt les charmes qui rendent les hommes impuissants aux charges de Venus, tellement qu'il semble que le naturel de la beste soit en quelque façon passé aux pieds, qui excite à ceux qui en portent de la corne, de merueilleux aiguillons de volupté: La *dent du taisson & son pied gauche* attachez au

Les Autheurs disent qu'elle s'engēdre dans l'estomach d'vn coq.

L'Oniche.

Pline tiẽt que c'est l'ambre iaune, au l. 37. c. 3.

La pierre nōmée pantarbe preserua Chariclea qu'elle ne fut offencée par la violence du feu.

Heliodore liu. 8. de l'histoire Æthiopique.

Faculté admirables des animaux agissants par leur attouchement.

L'oiseau nōmé lauriot guarit la iaunice, & en deliurant le patient, il attire sur soy la maladie en le regardant.

C'est la tare ronde, qui est vn poisson plat.

C'est le cheual aquatique.

C'est le Blaireau.

bras droit, fortifient la memoire: *La ratte d'vne befte* appliquée fur le flanc gauche, foulage ceux qui ont enfleure, durté & douleur de ratte: *L'os d'vn homme*
pendu au col, fert contre les douleurs de ventre qui retournent par interualles:
Le foye d'vn chameleon rofti & pendu au col, deffait toute Necromantie: *Le pied*
d'vne tortuë addoucit les douleurs de goutte: Si quelqu'vn touche de la main,
ou d'vne gaule, *vn liéure marin*, il tombe en defaillance: *Le cœur d'vn chat-huant*
mis fur la mammelle gauche d'vne femme qui dort, luy fait reculer tout fon fecret: *La peau de l'hiene* refifte aux enforcellemens: *Le crapaut* a vn os qui enflamme les perfonnes à l'amour: Et *la remore*, poiffon fort petit, arrefte court par
fon attouchement les nauires pour grandes qu'elles foient, encores qu'elles
foient pouffées d'vn vent fort & puiffant. Finalement, aucuns ont eftimé que
cette vertu admirable de guarir ou de bleffer, fe trouuoit auffi en quelques hommes: Car tout ainfi qu'il y en a qui enforcellent & bleffent ceux qui font fains
par le feul attouchement & regard, ainfi des mefmes principes il y en peut auffi
auoir d'autres qui guariffent par leur feul attouchement ceux qui font malades
& indifpofez Michel Medina raconte qu'vn ieune enfant de Salamanque guariffoit plufieurs malades pour vn temps, lefquels par apres rechéoient & eftoient
plus mal menez qu'auparauant. Les Saludadores & Enfalmadores Efpagnols,
obferuent de certaines manieres de toucher les infirmes. Le Roy Pyrrhus guariffoit les malades de la ratte, en les touchant feulement du poulce de fon pied
droit: Les Ophiogenes addouciffoient les morfures des ferpents en les touchant.
Le menu peuple croit que le feptiéme fils, fans qu'il y ait eu de filles entre-deux,
guarit des Efcroüelles par fon feul attouchement. On dit que la main d'vn auorton fert à guarir les orillons, le goëttre & les Efcroüelles. Albert raconte auoit
veu en Allemagne deux freres nais d'vne ventrée, defquels l'vn ouuroit toutes
ferrures par le feul attouchement de fon bras dextre, & l'autre les fermoit en les
touchant auec fon bras feneftre. En Italie il fe trouue des foldats qui guariffent
les playes les plus dangereufes, en medicamentant feulement la chemife au lieu
du bleffé: & appellent cela l'art de fainct Anfelme. Sozomene dit qu'vn certain
Moyne, nommé Benjamin, viuant du temps de l'Empereur Valens, guariffoit
toutes fortes de maladies en les touchant feulement auec la main, & que Copras
auoit auffi le don de guarifon. Doncques, comme aux plantes, pierres & animaux, fe trouuent des facultez fecretes par lefquelles ils guariffent: auffi fe trou-
uent-elles en quelques hommes. Telle a efté l'opinion de Pomponatius. *Rien*
n'empefche (ce dit-il) *qu'en toute l'efpece humaine ne fe trouuent les mefmes facultez*
qu'aux plantes, pierres & animaux: tellement que cet homme ait en foy la vertu de
cette pierre, & cet autre la vertu de cette plante, ou animal. Cecy, pour dire vray,
femble voilé de quelque apparence de verité: Car l'homme par puiffance, eft en
quelque façon toutes chofes, comme celuy qui en fon corps contient les facultez
de tous les corps, & en fon ame, celles de toutes les chofes animées, qui eft peftri
d'vne matiere fufceptible de toutes les formes, & qui feul (chofe eftrange à dire)
contient en foy toute la temperature de tous les animaux: Cettuy-cy a des yeux
de bafilic, cettuy-là de catoblepas: l'vn a le temperament d'vn lyon ou d'vn afne,
& l'autre de cette plante-cy, ou de celle là. *C'eft grand cas*, ce dit Pline, *que la*
Nature ait fait à quelques hommes tout le corps venimeux, & à d'autres les yeux,
comme fi elle eut voulu qu'il n'y eut forte de mal au monde qui ne fe peut trouuer en
luy. Mais ces chofes fe voyent rarement, & n'ont efté données qu'à des particuliers par quelque priuilege fpecial. Comme ainfi foit donc que cette vertu de

Et felon Aëce, elle garde d'enrager ceux qui ont efté mor-dus des chiens enragez.

Exemples ra-res d'hommes guariffans par leur feul at-touchement.

Opinion de Pomponatius. Lib. de In-cantat. c. 3. L'homme eft toutes chofes par puiffance.

Pline parle du bafilic & du catoblepas au cha. 21. du 8. liure. Lib.7. cap.2.

guarir fe trouue en quelques indiuidus, pourquoy non auffi au Roy de France
Tres-Chreftien: Or pour dire librement quelle eft noftre opinion, nous ne reconnoiffons point en l'efpece humaine cette faculté de guarir par le feul attouchement: Car *les proprietez qui conuiennent à l'efpece, conuiennent à toute l'efpece, à
elle feule, & en tout temps:* Mais tout homme, ny luy feul, ny en tout temps ne
guarit point en vne mefme façon: Et mefme cette proprieté ne peut eftre à quelque indiuidu, comme eftime Pomponatius. Car ce qu'il dit, *que quelques-vns
rendent malades ceux qu'ils ne font feulement que toucher, & partant qu'il y en peut
auoir d'autres qui des mefmes principes naturels guariffent auffi par leur feul attouchement.* C'eft vne conclufion tres-abfurde & indigne d'vn Philofophe. L'attouchement a efté donné à l'homme pour fa conferuation, & fon organe eft temperé: il
n'a donc en foy naturellement rien de mal-faifant: Les proprietez qui font naturelles à quelque indiuidu, monftrent leurs puiffances le plus fouuent, & toutesfois & quantes qu'il plaift à celuy en qui elles font: or ceux dont nous auons
parlé cy deffus, ne bleffent, ny ne guariffent point toutesfois & quantes qu'ils
veulent. Nous ne nions point que plufieurs maladies ne fe faffent par attouchement: car toutes les maladies contagieufes viennent de là: mais celuy qui bleffe
par attouchement, porte dedans foy, & fomente le virus peftiferé, & les allu-
mettes de la maladie: Que s'il eft bien fain, comment pourra-il faire les hommes
malades par des principes naturels & nais auec luy? Mais accordons à Pomponatius que l'attouchement puiffe caufer des maladies, s'enfuiura il de là qu'il
puiffe auffi caufer la fanté? nenny certes: *parce* (felon Ariftote & Galien) *que plus
de chofes font requifes pour faire la fanté que la maladie: le mal peut naiftre par le defaut de la moindre des chofes neceffaires à la fanté, mais la fanté ne peut eftre reftituée
que par le concours vniuerfel des caufes dont elle dépend:* Plus de chofes font requifes pour baftir que pour démolir: car vne feule fuffit pour démolir, mais plufieurs
font requifes pour édifier & baftir: c'eft pourquoy la fanté ne fe communique
point comme fait la maladie. Les maladies contagieufes, comme la pefte, la verole, la lepre, & la fiévre peftilentielle & maligne, s'épandent & communiquent
aifément: mais la fanté ne s'acquiert point par le feul attouchement, d'autant
que la fanté confifte au repos, *& la maladie au mouuement: la fanté a fon effence en
vne harmonie & accord, & la maladie en vne difcordance & folution phyficale &
mathematicale.* Quand à ce que Pomponatius dit apres Ariftote, *que l'homme eft
en quelque façon toute chofe,* cela fe doit entendre non materiellement, comme
faifoit Empedocles, mais analogiquement par la reception des efpeces, non du
corps, mais de l'ame, laquelle eft dite eftre le lieu & le referuoir de toutes chofes:
car les efpeces fenfibles s'effaçent en l'organe: il n'y a que l'ame feule qui les conferue. Les Theologiens appellent *l'homme toute creature,* non point pource qu'il
ait en foy les proprietez de toutes chofes, mais pource *qu'il a l'eftre auec les pierres, l'ame vegetatiue auec les plantes, la fenfitiue auec les brutes, & l'intelligente ou
raifonnable auec les Anges.* Que fi les vertus plus fecrettes des plantes, pierres &
animaux, eftoient innées & naturelles aux hommes, parce qu'il eft toutes chofes
par puiffance, elles feroient communes, & fe trouueroient indifferemment en
tous Concluons donc que l'homme n'a point naturellement en foy la puiffance de guarir par attouchement: & partant, que le Roy Tres-Chreftien ne guarit
point les fcrophuleux par vn attouchement qui foit feulement naturel, & par
vne proprieté qu'il ait apportée auec luy à fa naiffance. Et pour fatisfaire à ce
qui a efté allegué des plantes, pierres & animaux qui font des effets eftranges

Opinion de l'Autheur touchant les plantes & les pierres qui agiffent par attouchement.
Qu'eft-ce que fuperftition.

& merueilleux par leur feul attouchement : Nous difons que de ces chofes les vnes font vaines, fauffes, fuperftitieufes & impies, & que les autres fe font non fans la Nature, c'eft à dire, non fans vne caufe naturelle : il faut fuyr & éuiter les premieres, mais le Medecin fe peut feruir des dernieres, quand par experience il aura connu qu'elles font falutaires. C'eft fuperftition, quand on attribuë aux chofes des vertus qu'elles ne peuuent auoir felon leur nature : C'eft fuperftition quand on croit que ces vertus dépendent de la fituation des eftoilles, des paroles barbottées, & des figures & caracteres, ces façons de faire n'eftant rien autre chofe que des fignes exterieurs du pact fait & de l'alliance contractée auec les diables. Or maintenant ce qu'on nous conte des plantes & pierres portées fur quelques parties, ou penduës au col, ou maniées, ne peut-il point eftre faux, auffi bien que ce que les anciens racontent du Bieure preffé des chaffeurs, s'arrachant & couppant les genitoires auec les dents, de l'auftruche digerant le fer, de l'ourfe faifant fes ourfats fans forme, & du chameleon ne viuant que d'air, ce qu'vn chacun de nous experimente tous les iours eftre faux & controuué? Nous reconnoiffons qu'il y a beaucoup de chofes cachées en la maiefté de la Nature, lefquelles viennent de principes purement naturels qui produifent des effets admirables, par lefquels elles attirent la curiofité de plufieurs, mais elles ne font point ces effets eftranges fans la Nature, c'eft à dire, fans vne caufe naturelle, laquelle bien qu'elle nous foit inconnuë, elle ne laiffe point pour cela (comme dit Platon) d'eftre tres-bien connuë au fouuerain Createur de toutes chofes : & c'eft ce que les Sages appellent *magie naturelle.* Les plantes, pierres & animaux ont entre-eux des proprietez naturelles d'amitié, ou de haine, par le moyen defquelles ils s'alterent & changent mutuellement les vns les autres, mefme fans aucun attouchement

Les anciens ont tenu pour vrayes beaucoup de chofes fauffes.
Pline liu. 8. c. 30. & Apulée l. 1. de l'afne doré.

Qu'eft-ce que fympathie.

Qu'eft-ce que antipathie.

mathematical. Cette amitié ou *fympathie n'eft rien autre chofe qu'vne certaine harmonie & confentement de Nature, & comme vn appetit d'vne chofe en certaine maniere difpofée enuers vne autre : comme l'antipathie, quand l'vn eft hoftilement affecté & alteré par vn autre à la reffemblance d'vne haine totalement irreconciliable :* Or l'vne & l'autre dépendent de la temperature, qui eft la forme des corps mixtes, & laquelle ne finit iamais que le corps mixte ne foit deftruit. Et combien qu'entre les animaux il y ait des amitiez, fi eft-ce qu'elles ne font point en iceux, entant qu'ils font animaux, mais entant qu'ils ont la Nature. Des plantes penduës

Les plantes & animaux peuuent agir par le moyen des vapeurs & exhalaifons qui fortent de leurs corps.

au col, portées fur foy, ou maniées, il en peut fortir quelque vapeur tres-fubtile, qui portée iufques au cœur & au cerueau, peut debeller les indifpofitions de ces parties. Des animaux, il en peut auffi fortir vn efprit tres-fubtil par la bouche, le nez, & les autres foufpirails occultes, lequel eftant comme vn air porté au dedans des corps, peut ou les faire choir en maladies, ou leur redonner leur fanté. Les exhalaifons & vapeurs qui fortent des corps, ont tant d'efficace (ce dit Plutarque) qu'à la façon du feu, elles paiffent & confument les chofes prochaines, & les difperfent. Touchant les pierres qui font des corps tres-denfes & tres-folides, il eft vn peu plus mal-aifé d'en rendre la raifon : Car il ne fe fait aucune éuaporation de leur fubftance, & rien n'en peut exhaler, qui puiffe entrer fecretement par les pores de la peau, ou eftre tiré auec l'haleine par l'infpiration, ou fe gliffer en façon de vapeur dans quelques parties, & toutesfois elles ont ces proprietez de leur efpece, & d'vn certain meflange des elemens qui eft inconnu aux hommes. Ces chofes ainfi arreftées, il fera aifé de vuider la queftion fi fouuent debattuë aux efcoles touchant les chofes qu'on pend au col, ou qu'on applique fur certaines parties. Ce que les Grecs nomment *periapta, periammata,*

& les

& les Latins *amuleta*, sont ou physiques & naturels, ou superstitieux : Les Physiques aident & guarissent par vne vertu naturelle : car ou de la substance d'iceux exhalent des vapeurs, lesquelles tirées aux parties internes, reparent les forces du corps & les alterent ; ou sans attouchement mathematical, ny qu'il exhale d'iceux aucune chose, ils déployent leurs vertus, & guarissent les maladies par vne proprieté qui nous est cachée ; mais cognuë à la Nature. Or l'antiquité n'a point reprouué cette espece d'amulettes naturels : *Il se faut* (dit Galien) *fier sur iceux en telle sorte qu'on croye que c'est leur substance qui guarit, & non les paroles :* Et le Philosophe Bion (comme recite Diogenes Laertius) estant malade, fut induit de se pendre des amulettes au col. Ainsi nous auons quelquefois remarqué ceux qu'on appliquoit aux poignets & aux plantes des pieds, auoir apporté quelque soulagement aux maladies : car ou ils contemperent la chaleur febrile, comme ceux qui *sont composez de vinaigre, aubins d'œufs, & fueilles de laictuës, de morelle & lis d'estang :* ou ils font reuulsion des vapeurs qui sont portées au cœur & au cerueau, comme *les fueilles du choux rouge, la grande chelidoine auec du sel, les poulles & les pigeons vifs ouuerts par la moitié, la ruë pillée auec du leuain & du sel, la tanche, &* semblables. Mais les Amuletes superstitieux ; ausquels on obserue de certaines façons de toucher, la situation des planettes, les aspects des estoilles, & lesquels se pendent au col auec des figures, characteres, oraisons & paroles barbottées entre les dents, sont vains, impies, & totalement condamnez des gens de bien L'Empereur Caracalla (comme témoigne Ælius Spartianus) *vouloit qu'on chastiast ceux qui portoient des billets contre les fiéures tierces & quartes.* Plutarque écrit que *Pericles estant malade, monstra à vn sien amy qui le visitoit vn Amulete que quelques femmes luy auoient mis au col, voulant qu'il coniecturast de là combien il auoit esté violemment agité de maladie, que de s'estre laissé pendre de telles niaiseries au col.* Au reste, tout ce qui a esté allegué des hommes guarissans par leur seul attouchement, ce sont choses totalement fausses, ou qui le font par le ministere du diable. Et de fait, les guarisons des Ensalmadores se font (selon nostre opinion) par magie & enchantement Et pour le regard des gens-d'armes de sainct Anselme, c'est vne inuention impie & detestable, controuuée par ce grand sorcier & magicien de Parme nommé Anselme. Que les personnages Saincts & Religieux ayent guary plusieurs malades par leur seul attouchement, c'est chose que nous ne nions point ; mais ce n'a point esté par vne vertu naturelle sortant de leurs corps, ains cela s'est fait par vne cause plus haute, plus excellente & diuine, & par vne grace donnée gratuitement.

Marginalia:
Ils entendent par ces mots tout ce qu'on pend au col, ou à quelque autre partie du corps, comme billets, fermeillets, preseruatifs, &c.

Au 4. liure en la vie de Bió.

Applications faites aux poignets & plantes des pieds.

On l'appelle aux boutiques nymphea ou nenuphar.

Les Amuletes superstitieux sont condamnez.

En la vie de Pericles.

Sçauoir si les paroles que le Roy Tres-Chrestien prononce ont d'elles mesmes quelque vertu de guarir : où il est disputé de la puissance qu'ont les paroles.

CHAPITRE VI.

 OMME les plantes, les pierres & les animaux ont naturellement en eux des facultez cachées, qui sont fort admirables : Ainsi les Platoniciens & les Pythagoriciens ont estimé que les paroles estoient douées de quelque vertu efficiente, & qu'elles auoient quelque puissance d'agir. Cette mer de dispute est large en laquelle nous desirons cingler quelque

C

temps, & nous hazarder: parauanture que la clarté de quelque eftoille falutaire &
fauorable viendra à nous releuer le courage, abbattu par la contrarieté des vents
& des flots, & nous fera finalement furgir à vn port tranquille & affeuré. Les paroles s'écriuent, ou elles fe prononcét: or ces paroles foyent ou écrites ou prononcées, font ou fimples ou compofées Les fimples ou elles font barbares, c'eft à dire,
elles n'ont nulle fignification, ou bien elles fignifient quelque chofe. Les compofées font agencées en oraifon & difcours, & iceluy ou en profe, ou en carmes. Les
paroles écrites fe pendent au col, aux bras, à la tefte, fur les reins, fur la matrice, fur
la partie inferieure du ventre, ou fur quelques autres parties. Celles qui font pro-
noncées fe proferent en diuerfes manieres, fçauoir eft en murmurant & grommelant entre les dents, à baffe voix, à haute voix, en chantant, en priant, & en
mots mefurez · & toutes ces paroles, en quelque façon qu'elles foyent prononcées, font ou facrées, ou prophanes L'antiquité a tenu que toutes ces differences
de paroles auoient en elles des facultez merueilleufes de bleffer ou de guarir, & le
populas ignorant, le croit encore auiourd'huy. Nous éclaircirons vne chacune
de ces chofes par exemples, & puis apres nous examinerons, fçauoir fi elles fe font
& en quelle maniere. C'eftoit vne chofe vfitée entre les Iuifs, de pendre au col des
billets contenans certains mots lefquels (au dire de Rabi Hama) auoient en eux
tant de vertu, qu'ils feruoient de remede contre toutes les indifpofitions des
hommes Q. Serenus Sammonicus écrit que ce mot *Abracadabra* pendu au col,
guarit ceux qui font trauaillez de la fieure Hemitritée. Marcus Seruilius Nouia-
nus, vn des principaux de la ville de Rome, *pour fe garder d'auoir les yeux chaffieux,*
écriuoit dans vn billet ces deux lettres Grecques P & A, *& l'ayant enueloppé dans vn*
petit linge, le portoit pendu au col il y en a qui difent que pendant au col cet écrit ridicule, *ftrigiles falcefque dentata*, qu'il guarit du mal des dents. L'Imperatrice Eu-
doxia eftant fort malade en vn enfantement, voulut qu'on luy mit des lettres ma-
giciennes fur la region de la matrice, pour la faire deliurer de l'enfant qu'elle portoit mort dans fon ventre. On dit que les ferpents ne fe iettent point dans les
colombiers, fi on engraue aux quatre coings ce mot *Adam*. Anaxila écrit qu'vn
quidam auoit dans des morceaux de parchemin des lettres Ephefiennes fort bien
peintes, auec lefquelles il promettoit tout bon-heur à ceux qui les portoient Euftache loüange les lettres Ephefiennes qui eftoient comme des petites notes &
voix magiques, lefquelles promettoient heureufe iffuë aux affaires, & victoire de
quelque chofe que ce fut à ceux qui les portoient fur eux. Attalus maintient que
fi quelqu'vn voyant vn fcorpion dit ce mot *duo*, qui l'arrefte tout coy, & empefche qu'il ne pique. Si quelqu'vn, dit Pamphilus, entrant en vn lieu où il y a des
puces, prononce ces mots, *och, och,* il n'en fera iamais offencé. Caton guariffoit les
diflocations auec ces paroles *Danata, Daries, Dardaries, Aftararies.* Varro fe feruoit contre la goutte fciatique de ceux-cy, *fifta, pifta, rifta, xifta:* & en vn grand
mal de dents, il repetoit par trois fois ces mots barbares, & qui n'ont nulle fignification. *Anafages, Anafages, Anafages* Nicephore écrit qu'il y auoit de certains vocables Hebrieux qu'on auoit accouftumé de propofer à ceux qu'on commençoit
d'inftituer & endoctriner aux myfteres de la religion, pour leur donner quelque crainte & frayeur. Porphyre demandoit pourquoy les Preftres & Sacrificateurs vfoient le plus fouuent de mots eftranges, & qui ne fignifioient rien: Iam-
blique répond que ces mots qui font incognus aux hommes, ne laiffent pas d'a-
uoir leurs fignifications, & que Dieu & les Demons les entendent fort bien Mar-
cellus écrit que les ordures qui font entrées dans les yeux & les horgeols en font

Diuifion des paroles.

Paroles écrites penduës au col.

Parlant de la fieure Hemi-tritée en fes preceptes de la medecine. Pline liu. 28. c. 2.

Pline au lieu cotté.

En fon der-nier l. de l'A-griculture.

En fon 4. liu.

Paroles barbo-tées.
En fon liure des medica-mens cha. 8.

tirez en grommelant quelques paroles en baſſe n̄ote, & entre les dents: & que ſi Et au chap. 15. du meſme li. quelque choſe s'eſt arreſtée & fichée dans le goſier, qu'elle en peut tout de meſme eſtre tirée par paroles. Les vers ſont tuez dans les boyaux, les douleurs de dents ſont appaiſées, les taureaux échauffez & furieux ſont addoucis, & les chiens em-peſchez de japper & abbayer par paroles dites à baſſe voix. On propoſe beau-coup de telles paroles en proſe: Ainſi il y en a qui diſent que pour eſtancher le Paroles pro-noncées en pro-ſe. ſang, il ne faut que prononçer ces paroles: *de latere eius exiuit ſanguis & aqua: ſanguis mane fixus, ſicut Chriſtus fuit crucifixus.* Demócrite dit que ſi vn homme qui a eſté piqué d'vn ſcorpion parle tout auſſi-toſt à vn aſne, & luy dit *vn ſcor-pion m'a piqué*, qu'il ne ſentira aucune douleur de ſa piqueure, ains que la dou-leur paſſera à l'aſne Mais tous ont eſtimé que les carmes auoient en eux de tres- Paroles pro-noncées en car-mes. grandes vertus, & c'eſt d'iceux que les enchanteurs & charmeurs ont prins leurs nominations; car ils ſont nommez en Grec *épodos*, & en Latin *incantator &* *incantatrix*, d'autant qu'ils chantent de telles ſortes de vers & carmes. Mais il faut que ces carmes ou charmes ſoient proferez par vne affection vehemente, auec vne façon harmonieuſe, viuante, chaude, doüée de ſentiment, conçeuë par la raiſon, & compoſée de ces articles. Homere feint en ſon Odyſſée qu'Vliſſe Liure 19. eſtant bleſſé, le ſang de la playe fut étanché par carmes.

> *Les fils d'Autholicus le penſent promptement,*
> *Et puis ayans bandé ſa playe dextrement,*
> *Ils arreſtent le ſang par paroles & charmes.*

Heliodore témoigne *qu'Oroodantes ſaignant beaucoup par ſa playe*, le Roy Hi- Hiſtoire Æ-thiop. l. 9. daſpes le fit étancher par certains enchantemens.

> *La Lune de ſon ciel ſe peut tirer par charmes,* Virg. eclog. 8.
> *Par vers Circé change d'Vlyſſe les gens-d'armes.*

Ariſtophanes fait mention des ſorcieres de Theſſalie, & dit que par leurs char-mes elles faiſoient des choſes eſtranges & merueilleuſes.

> *Elles ſe vont vantant de pouuoir dégager* Virgile l. 4. Æneid.
> *Les cœurs qu'elles voudront, & les autres plonger*
> *En des tourmens cruels, faire deuers leurs ſources*
> *Les fleuues remonter, & aux Aſtres leurs courſes*
> *Changer tout au rebours.*

Dans Ouide au troiſiéme liure des Amours.

> *Par charme le froment gaſté herbe deuient,*
> *Par charme l'eau tarie aux ſources plus ne vient.*

Apulée écrit que par grommellemens & incantations magiques le Soleil eſt Au 1. liu. de l'Aſne doré, dés le com-mencement. empeſché de ramener le iour, la Lune écumée, les eſtoilles arrachées, & le iour conuerti en nuiĉt. Le Poëte Lucain en dit tout autant en ces vers,

> *Ceſſauére vices rerum, dilatáque longa*
> *Hæſit noĉte dies, legi non paruit æther,* l. 6. verſu 461.
> *Torpuit & præceps audito carmine mundus.*

Entre les remedes contre les ſorciers & enchantemens, les anciens auoient accouſtumé d'employer ce carme Grec,

> · Φεύγετε κανθαρίδες, λύκος ἄγριος ὕμμε διώκει.

Lequel l'Autheur repreſente ainſi en Latin,

> . *Fugite Cantharides, lupus crudelis vos perſequitur.*

Qui vaut autant comme qui diroit,

Cantarides fuyez, car le loup vous pourfuit.

Pluſieurs écriuent que les vers d'Homere ont en eux quelque certaine vertu ſecrette decharmer, & nient que ceux qui font profeſſion de boire à qui mieux, ſe puiſſent enyurer, ſi aux premiers coups ils prononcent ce carme,

L. 6. Iliad. *Iuppin tonna trois fois des crouppes Idaiennes.*

Et diſent que cettuy-cy pendu à vn arbre,

L. 5. Iliad. *Fut treize mois lié en geole de cuiure,*

Fait qu'il retient ſon fruict, & qu'il ne le laiſſe perdre, pour ſi mauuais temps qu'il puiſſe faire: Ils diſent auſſi que celuy qui ſuit ſert pour addoucir les douleurs de goutte,

L. 2. Iliad. *Le conſeil fut remply de tumulte, & la terre,*

Gemiſſoit ſous le faix de tant de gens de guerre.

Pauſanias tém oigne auoir veu des hommes qui deſtournoient la greſle par

Pline li. 28. c. 2. ſacrifices & par charmes. On dit que Cæſar s'eſtant vne fois trouué en peril à cauſe de ſa caroſſe qui verſa, auſſi toſt qu'il eſtoit entré dedans, & qu'il auroit prins ſa place auant que déloger, auoit accouſtumé de dire par trois fois vn certain carme, & croyoit apres cela qu'il ne luy pouuoit meſaduenir par le chemin. Suidas parle d'vn certain Ægyptien qui contempèroit l'ardeur de la canicule auec des enchantemens, & qui guarantit

Charmes contre les diſlocations & ſciatiques. l'Ægypte de la peſte par vn ſemblable moyen. Caton & Theophraſte diſent qu'il y a des charmes pour guarir les diſlocations & les ſciatiques, & Varro pour les au-

Lib. 9. cap. 4. tres gouttes. Galien a écrit vn liure des proprietez ſecrettes des choſes, lequel ne

Le coït peut eſtre empeſché par charmes. ſe trouue point auiourd'huy. toutesfois Trallian l'allegue, & veut qu'il approuue en iceluy les carmes Homeriques. Pluſieurs ont laiſſé par écrit que les hom-

Sur la fin de ſon ſecond liure. mes peuuent eſtre empeſchez d'auoir habitation auec leurs femmes par charmes & ſortileges. Dans Corneille Tacite, *Namantina femme de Syluanus fut accuſée d'auoir par enchantement rendu ſon mary fol & inſenſé.* Herodote raconte que *le Roy Amaſis fut par charmes magiques quelque temps empeſché d'auoir la compagnie de Ladice ſa femme.* Hierocles, qui eſtoit vn des mignons d'Heliogabale, voyant que l'Empereur prenoit vn certain Aurelius en amitié, & craignant d'eſtre meſpriſé au prix de luy, le rendit effeminé par ſortileges: Le Roy Theodoric ayant prins Hermemberge à femme, ne peut iamais cueillir la fleur de ſa virginité, en eſtant

En la 3. partie de ſes Annales, parlant de l'Empereur Romain Argyropile. empeſché par les malefices & charmes de ſes concubines: L'Empereur Romain Argyropile tomba (ce dit Zonare) en vne maladie qu'on croyoit luy auoir eſté enuoyée par ſorcelleries. Admirables donc & eſtranges ſont les choſes qu'on raconte des vers & charmes On ne donne point moins de puiſſance aux prie-

Au liu. 6. de l'Aſne doré. res, aux chants, & aux accords harmonieux. Aëce recite que les Eſcroüelles & l'vuule relaſchée ſont guaries par certaines oraiſons. Dans Apulée Pſyché prie Ceres *par ſa main qui donne en abondance le froment aux humains, par les ceremonies recreatiues des moiſſons, par ſon chariot tiré par les dragons vollans, par les ſillons de la Sicile, par le chariot rauiſſeur, par la terre tenace, par les deſcentes il-luminées des nopces de ſa fille Proſerpine, & par tous les myſteres ſecrets qu'Eleuſis*

Les chats ſont des effits ſi eſtranges, que les brutes en ſont touchées. *ville d'Attique tient cachez ſous ſilence* Les chants & accords harmonieux des voix ne touchent point ſeulement les hommes, ils émeuuent les brutes meſmes: les oyſeaux ſe laiſſent prendre aux chants des oyſeleurs: les voix organiſées ad-douciſſent & appriuoiſent les Elephants: le ſon de la harpe attire les Cygnes: les chameaux portans leurs fardeaux ſont recréez & ſoulagez par le chant de leurs conducteurs: le Dauphin eſt attiré par le ſon de la harpe, ainſi qu'il

Voy Plutarq̃ au banquet des sept Sages, & Ouide l. 2. des Fastes.

se prouue par la fable d'Arion, lequel se voyant tout prest d'estre ietté en la mer par les matelots Corinthiens, obtint d'eux le loisir de chanter sur sa harpe quelque chanson auant que mourir, mais vn Dauphin le receut, & le porta sur son dos, le rendant sain & sauf en terre, aupres du cap de Tenare: Pythiocaris ioüeur de fluste, chantant vn iour auec beaucoup de vehemence & d'affection des carmes, & mariant sa voix au son de son instrument, reprima (ce dit Ælian) la ferocité des loups qui le vouloient offençer: les iuments Lybiennes prennent tant de contentement à ouyr ioüer de la fluste, qu'elles se laissent dompter: Euripide écrit que certains pasteurs échaufferent au son de leurs flustes les iuments à l'amour, & en apres, qu'ils inciterent les cheuaux à les couurir: Les Pagres se laissent prendre à la douceur des chants, & les enfans endormir par le chant de leurs nourrices. Terpandre assopit vne mutinerie entre les Lacedemoniens, par la douceur harmonieuse de ses chansons: Thales chassa la peste de Crete à force de chanter, Et

Par carmes dans les prez le serpent froid se creut.

Virgil. eclog. 8.

Maladies guaries par chansons.

Aule Gelle écrit, que ceux qui ont la sciatique, lors qu'ils sont le plus vexez, sont soulagez, & que leurs douleurs amoindrissent à ouyr quelques chants melodieux: Theophraste veut qu'vn son de flustes bien harmonieux guarisse les morsures des serpens: Xenocrates guarantissoit par chansons & instrumens de musique ceux qui estoient troublez de sens: On dit que Thales de Crete & Asclepiades guarissoient les phrenetiques, & chassoient les autres maladies par chansons: Pythagore appaisoit les troubles de l'esprit auec le son de sa harpe: Ismenias ioüeur de fluste, estoit coustumier de guarir la sciatique par carmes & musique: Herophile disoit que les poulx & battement des arteres se faisoient par accords de musique: Timothée mettoit Alexandre le Grand en fureur, & le reprimoit & appaisoit par la musique: Dauid addoucissoit l'esprit furieux de Saul en sonnant de sa harpe: Orphée, Amphion & Empedocles faisoient des choses estranges auec leurs voix & sons d'instrumens. Albert Krantzs raconte qu'Erric Roy de Dannemarch, fut par vn certain Musicien ietté en fureur par le son de son luth, & remis en son bon sens, quand il cessa de ioüer. On trouue en la Poüille vne sorte d'aragnées que les Italiens nomment *tarantoles*, qui sont extrêmement venimeuses durant les grádes chaleurs, que si quelqu'vn en est piqué, on guarit la blesseure à force de chanter. Merueilleuse donc (s'il en faut croire les autheurs) est la vertu des paroles simples, composées, significatiues, non significatiues, écrites ou prononçées en carmes, en prose, en chácant, en murmurant, ou en priant. Adjoustons encore ce mot, selon que recite Pline, qu'il y a trois sortes de paroles: les vnes sont propres pour demander & impetrer quelque chose de Dieu: les autres seruent à destourner son ire, & les autres seruent seulement de meditation ou de contemplation: Les premieres sont celles par lesquelles nous obtenons quelque chose de la Nature souueraine, en l'a luy demandant par prieres & supplications. *Ainsi la Nonnain Tuscia obtint par exorcismes pour faire apparoir de sa virginité, qu'aucuns mettoient en soupçon, de porter de l'eau dans vn crible:* Les deuxiémes sont celles dont on se sert pour destourner & chasser quelque mal: ainsi Caton a écrit qu'il y a des carmes pour guarir les dislocations: La troisiéme sorte sert à interpreter quelque chose qui est à venir: ainsi les absens se doutent qu'on parle d'eux, quand les oreilles leur tintent & cornent. Voilà les choses que l'antiquité trop legere à croire nous a laissé par écrit touchant les paroles, lesquelles, certes, sont ridicules, friuoles, & fort semblables aux contes que les vieilles font en leurs serées. Car

1. Samuel 16.

Trois sortes de paroles, selon Pline, l. 28. c. 2

touchant les paroles, nous fommes de mefme opinion qu'eftoit Auerrhoës écriuant contre Algazel des caracteres, fignes & figures: à fçauoir que d'elles-mefmes elles n'ont aucune puiffance ny vertu, finon entant qu'elles font des marques
du pact, accord & confœderation qu'ont auec les diables ceux qui les écriuent
ou prononçent. Il n'eft point vray que l'homme puiffe nuire à l'homme par paroles, car qui luy auroit enfeigné ces paroles? Non vn autre homme, car de qui
les auroit-il apprifes? Non vn bon Ange, car qui l'oferoit faire autheur de forcel-
lerie & enchantemens? Refte donc que ç'ait efté le diable: non point pour rendre l'homme plus puiffant ny plus heureux, mais pour le deçeuoir par fa credulité, & l'auoir pour compagnon, tant de fon impieté, que de fon éternelle damnation. Le Rabi Moyfe Ægyptien maintient que ceux-là font des effrontez menteurs, ou bien qu'ils font hors de leur bon fens, qui attribuent vne fi grande vertu
aux feules paroles & voix qui naiffent de la percuffion & fraction de l'air. *L'anti-*
quité ignorante & groffiere croyoit (ce dit Seneque) que les pluyes eftoient & attirées
& deftournées par charmes: Or que rien de cela fe puiffe faire, c'eft chofe fi notoire, que
pour s'en éclaircir, il n'eft point befoin d'aller en l'efcole d'aucun Philofophe. Nous lifons que les Atheniens auoient deffendu par Edict public, *que nul n'euft à guarir*
par paroles, & que leur ayant efté rapporté qu'vne femme d'Achaie faifoit profeffion
de guarir par cette façon, ils la condamnerent à eftre lapidée, difans que les Dieux im-
mortels auoient donné la vertu de guarir non aux paroles, mais aux plantes, pierres

& animaux. Les loix des douze Tables auoient eftably peine *contre ceux qui char-*
ment les bleds aux champs, & generalement contre tous forciers qui vfent de charmes
pernicieux. Dans Sophocles Aiax nie que ce foit fait en fage Medecin, que des'a-
mufer à contreluiter les maladies par incantations, & quand le mal requiert le
fer, que le Medecin eft vain & inutile qui le veut guarir par charmes. Que peuuent donc les paroles, & pourquoy leur attribuë-on tant de puiffances & de vertus? Nous difons que les paroles d'elles-mefmes n'ont nulle force ny vertu d'agir,
mais que par icelles, comme par quelques fignes & marques, les diables font at-

tirez & forcez d'agir, à raifon de l'accord qu'ils ont contracté auec les hommes.
Or cet accord ou pact eft ou exprimé ou tacite: L'accord exprimé & manifefte,
c'eft quand les forciers donnent & leurs noms & leurs perfonnes au diable, &
les feruent & adorent au lieu de Dieu: L'accord ou pache tacite & fecrette, c'eft
quand en faifant autre chofe, & fans y penfer, comme en fe feruant de paroles,
figures ou caracteres, les hommes fe iettent aux filets & pieges du diable. Ceux
donc qui prononçent de telles paroles barbares, & qui n'ont aucune fignification, ou d'autres qui fignifient quelque chofe s'obligent aux diables par icelles,

comme par de certains fermens, de les feruir. Or que les paroles n'ayent d'elles-
mefmes aucune puiffance actiue, nous le prouuons par les raifons qui fuiuent.
1. Les paroles font quantitez: or la quantité n'a nulle vertu d'agir. 2. Les paroles ou elles s'écriuent, ou elles fe prononçent: celles qui font écrites font vne
chofe morte, fans ame & fans vie: celles qui font prononçées ont feulement la
puiffance de frapper l'air: Or le fon ne peut point plus alterer & changer l'attouchement, que la couleur, l'ouye: & partant eftant neceffaire pour guarir, que
l'attouchement foit alteré & changé, il s'enfuit que les paroles ne peuuent natu-

rellement aucune chofe pour la guarifon des maladies. 3. Si les paroles auoient
en elles quelque vertu, elles la receuroient ou de leur forme, ou de leur matiere:
elles ne la reçoiuent point de leur forme, parce qu'elle eft artificielle, & dépend
du bon plaifir & de l'ordonnance des hommes, & partant cognuë feulement à

ceux qui en sont les autheurs ; & quant à leur matiere, c'est vne vapeur, vn air,
vne haleine qui selon la diuerse temperature du cœur, des poulmons & autres organes seruans à former la voix, acquiert vne nature differente, & n'est point tousiours d'vne mesme sorte & façon. 4. Toute action se fait par les contraires: tout *Quatriéme.*
ainsi donc que ny la couleur n'agit point en la saueur, ny la saueur en l'odeur, ny
le son en la figure, n'aussi ne font point non plus les paroles en la maladie. 5. Si *Cinquiéme.*
les paroles ont quelque puissance, elles l'ont ou de la nature, ou de l'ordonnance
des hommes : si de la nature il s'ensuit qu'elles auront par toutes les nations du
monde vne mesme signification, parce que la nature est vne & par tout semblable
ble tant en Delos & en Scithie, comme en Europe & en Afrique : or diuers peuples n'vsent point seulement de diuers mots pour signifier vne mesme chose, ains
aussi mesmes mots entre diuerses nations signifient des choses totalement diffé-
rentes : que si c'est de l'ordonnance & institution des hommes qu'elles peuuent
quelque chose, elles ne peuuent point auoir d'autre proprieté que d'exprimer &
faire entendre les pensées de l'ame & conceptions de l'esprit, & partant elles sont
seulement signes & marques qui expriment & declarent les conceptions des
hommes. Tu objecteras que les paroles ont beaucoup de puissance sur les esprits *Obiection.*
des hommes, & qu'elles alterent & changent diuersement leurs affections &
passions. *La langue* (ce dit l'Apostre) *est vn petit membre, mais elle se vante de* S. Iacques 3.
grandes choses : voilà vn petit feu combien grand bois allume-il ? les nauires sont me-
nées çà & là d'vn petit gouuernail, mais le petit corps de la langue meut & agite en di-
uerses manieres toutes les affections de l'ame : elle est vn mal qui ne se peut reprimer
& est plaine de venin mortel. Nous respondrons que les paroles émeuuent les *Responce.*
affections & changent les volontez non d'elles-mesmes : mais à raison de ce qu'el- *Comment les*
les signifient, par le poids des sentences, l'efficace & consequence des raisons, & *paroles chan-*
les tons & accents de la voix : de sorte que comme la parole diserte & éloquente *ges.*
peut beaucoup pour mener les esprits des hommes où il luy plaist (& cette élo-
quence ensuccrée sortant d'vne bouché d'or & fléchissant les courages des audi-
teurs à sa volonté, est la Pythosuadela des anciens, la Deesse de persuasion & la
chaine d'or de l'Hercule Gaullois) ainsi ce n'est point chose qui soit du tout hors
de raison, que les maladies qui affligent grandement l'esprit, soient soulagées &
addoucies par vers, carmes, rithmes & chansons : mais les paroles que proferent
les sorciers & enchanteurs sont le plus souuent barbares, ridicules, sans signification, sans accords & sans mesures, & partant elles ne peuuent toucher ny émouuoir les courages, ny alterer & changer les corps. Comme ainsi soit donc que les
paroles d'elles-mesmes n'ayent aucune vertu actiue, il n'y a point d'apparence
que les paroles que le Roy Tres-Chrestien prononce en touchant les malades
guarissent seules & d'elles-mesmes les Escroüelles, ains il faut que cela se fasse par
vne vertu plus haute & plus excellente comme nous declarerons cy apres.

Des Escroüelles,

Sçauoir si l'imagination peut quelque chose en cette curation admirable des Escroüelles : où il est au long discouru touchant les forces de l'imagination.

CHAPITRE VII.

Ovs en reconnoissons plusieurs, nourris par aduanture en l'escole des Arabes, lesquels s'efforçans d'eluder le miracle du Roy Tres-Chrestien, soustiennent que la cause de cette curation prodigieuse & admirable peut estre rapportée à quelqu'vne des facultez de l'ame ou de la Nature, & principalement à l'imagination, & appuyent leur opinion de plusieurs raisons voilées de quelque apparence de verité, ainsi que nous allons faire voir. L'imagination (selon Aristote) *est vn*

mouuement du sentiment fait en l'acte : ou bien c'est vn acte de l'ame representant à l'intellect ou à la raison les especes des objets apprehendées par les sens externes Et d'autant que la veuë est la plus noble de tous les sens (car elle nous monstre & fait connoistre vne plus grande diuersité d'objets qu'aucun des autres) & que la veuë ne se fait point sans la lumiere, qui est nommée des Grecs *phôs* : c'est de ce sens de la veuë que l'imagination a esté nommée par excellence en Grec *phantasia*. Or la puissance de cette phantasie est si admirable, & a en soy vne si grande liberté de feindre & imaginer qu'elle ne chomme ny ne cesse iamais, car & veillant & songeant en dormant elle fait, pense & dit quelquesfois des choses qui semblent estre diuines & par dessus la portée des forces de l'entendement humain. Ainsi ceux qui cheminent la nuict en dormant, montent sur les couuertures des maisons, marchent sur les poutres, les lambris, & n'y a rien qu'ils ne fassent sans crainte, & ceux qui songent préuoyent & prédisent quelquesfois les choses à venir. A cette faculté, parce qu'elle est du nombre des princesses, ministrent & seruent toutes les autres inferieures, comme les seruantes font à leur maistresse. Elle meut tous les esprits & les humeurs fort soudainement, de là vient que nous baaillons tout aussi-tost que nous voyons vn autre qui baaille : si quelqu'vn mange quelque chose d'aigre ou mal-plaisante, la saliue nous en vient tout soudain à la bouche : si nous voyons vn autre pisser, il nous prend à l'instant enuie d'en faire tout autant : pensant & resuant à quelque belle nymphe la verge vient à bander, & la semence contenuë aux prostates remplissant par sa quantité & demangeant & charoüillant par sa qualité, à estre iettée hors : & si quelqu'vn hayt les exercices de la belle Cypris, où s'il se défie de pouuoir fournir à la coruée, la verge luy deuient flaque, & ainsi il est rendu inhabile à courir à la carriere de l'Amour. La puissance de l'imagination est si grande que quelques Arabes ont estimé que l'ame par le moyen d'icelle se pouuoit éleuer en telle sorte, qu'elle agissoit non seulement sur son propre corps, mais mesme en celuy d'autruy, & disoient que les ames ainsi annoblies changeoient les élemens, causoient les tourmentes des vents, allumoient les feux, dardoient les foudres & les tonnerres, guarissoient ceux qu'ils vouloient, & bref auoient toute puissance sur toute chose materielle : de sorte que tous les cas estranges & prodigieux

[marginalia:]
Qu'est-ce que l'imagination. L. 3. de anim. c. 3.

Et pourquoy nommée phantasie. Ses effects.

L'imagination de ceux qui dorment.

Toutes les facultez inferieures ministrent à l'imagination.

Opinion des Arabes touchant les forces de l'imagination.

qu'on raconte d'Appollonius Thianée, de Pythagoras, d'Empedocles, de Philolaus & femblables ayent efté faits par la force de la feule imagination. D'autres ont voulu que toutes les chofes qui font au deffous de la Lune obeiffent à l'imagination comme à vne Intelligence celefte, & que la phantafie contreignit le Ciel & les eftoilles & qu'elle s'en feruit à fon plaifir. Aucuns ont eu opinion que de l'imagination fortoient des efprits, lefquels non autrement que quelque Aftre doüé de raifon, refpandoient en quelque chofe que ce fut felon qu'il plaifoit à la volonté de celuy qui imaginoit, des rayons tantoft falutaires & tantoft nuifibles & pernicieux. Auicenne, Algazel, Gazen & Pomponatius croyoient que noftre ame approchoit de fort pres de la nature des Intelligences qui mouuent & regiffent les orbes celeftes, & qu'à icelle obeiffoit totalement la matiere de ce monde elementaire. Tout ainfi donc que les Intelligences fuperieures produifent les formes des animaux, des metaux & des plantes: car felon Arifto- *Que l'imagination a puiffance d'agir fur le corps d'autruy.*
to l'Intelligence du Soleil ne façonne point feulement le corps de la fouris, mais elle luy donne auffi l'ame & la viuifie dans le fumier: Tout de mefme *Que les images des chofes defirées par les meres ou aufquelles elles auront attentiuemét penfé, s'imprimét au fœtus tendre.*
auffi noftre ame peut, par la force de fon imagination, produire les formes & agir non feulement fur fon corps propre, mais auffi fur celuy d'autruy. Cela eft fuffifamment prouué par les exemples vulgaires des femmes enceintes, car les images & reffemblances des chofes imaginées & ardamment defirées par les meres, font facilement imprimées en l'enfançon qui eft mol & tendret pendant qu'il eft en la matrice: de là viennent les ftigmates, tafches & marques de diuerfes figures que les enfans apportent du ventre de leurs meres. Si la femme eftant *Diuers exemples.*
groffe s'imagine quelque liéure en la phantafie, ou fi elle a enuie d'en manger, l'enfant qui naiftra aura la léure de deffus fenduë en maniere de bec de liéure, & fi elle regarde fort ententifuement le pourtraict de quelque more elle enfantera vn enfant naigre. Vne certaine femme qui aymoit & cheriffoit fort vne guenon qu'elle auoit, enfanta vne fille qui fe tapiffoit & faifoit mille mines, actions *Perfina Royne d'Æthiopie, noire, enfanta Chariclea blanche, pource que durát qu'el? fon mary l'ébraffa elle auoit deuant fes yeux la pourtraiture d'Andromeda toute nuë. Voy le 4. li. de l'hift. Æthiopique.*
& tours ridicules & plaifans comme vne mone ou guenon: vne autre accoucha d'vne fille toute veluë, parce qu'enuiron le temps qu'elle conçeut, elle auoit fouuent deuant elle l'image de faint Iean Baptifte, & vne autre enfanta vn fils qui auoit les ongles crochuës comme vn ours, parce qu'il y auoit vn ours peint contre la parois de fa chambre, lequel elle auoit fouuent confideré auec attention. Auicenne & Albert racontent qu'il nacquit vn poullet qui auoit le col comme vn faucon ou oifeau de proie, parce que la poulle eùt peur d'vn tel oifeau en le couuant: Ainfi les femmes groffes engendrent quelquefois des enfans monftrueux & de forme eftrange, à raifon qu'elles ont eu des imaginations monftrueufes en les portant. Mais pourquoy recherché-je des exemples forains veu que nous en auons affez de domeftiques? d'entre plufieurs ien allegueray vn qui eft rare, & tel qu'on n'a iamais ouy parler d'vn femblable. *Vne honnefte femme de Paris accoucha ces années paffées d'vn garçonnet qui auoit le vifage tout à fait double: les medecins s'enquerans des parens de la caufe d'vn tel effet, la mere refpondit qu'elle auoit accouftumé de fe mirer tous les iours dans vn miroir caffé & fendu par la moitié, lequel reprefentoit toutes les chofes doubles:* Maiftre Iean Martin Medecin du Roy & de la Royne fort renommé pour fa doctrine & pour fon experience, qui a veu l'enfant m'a conté cette hiftoire & affeuré qu'elle eft veritable. Pendant que le paon couue fes œufs, fi on le couüre d'vn linge blanc, il *Hiftoire rare & prodigieufe.*
fait fes poullets tous blancs: & aux lieux qui font quafi toufiours couüerts de neige comme en la Scithie, aux Alpes, & en Noruegue les oifeaux de

Des Escroüelles,

Genese 30. proye, les ours, les liéures, les perdrix, tourterelles & pans y sont blancs. Iacob vsant jadis de cet artifice & mettant des verges de diuerses couleurs deuant le bercail rendit la plus grande part du troupeau marquetée & bigarrée de diuerses couleurs. Les pigeons deuiennent de diuers plumages si on couure & enuiron-ne les femelles en couuant, de tapis & couuertures de diuerses couleurs & bigar-rures, comme a bien chanté Opian en ces vers,

> *Atque columbarum pullos hac arte figurant,*
> *Stragula flammeolis oculis rubrosque tapetes*
> *Et vestes ostro persusas obijcit Auceps:*
> *Sicque oculos pascens animos eludit amantes,*
> *Et pullos edit rubro discrimine misto.*

Plutarque écrit que l'enuie par le moyen de l'imagination desseiche son pro-pre corps & le fait deuenir ethique, & qu'elle contamine & infecte celuy d'au-truy. Comme ainsi soit donc que les effets de l'imagination soient si admira-bles, c'est chose qui ne semble point trop éloignée de la raison que quelqu'vn puisse par la vertu d'icelle mouuoir le corps d'autruy, l'ensorceler & le guarir.

Combien peut l'imagination du malade. Que si cette imagination vient à rencontrer vn suject bien disposé, c'est à dire, si l'imagination du malade concourt & seconde celle de son Medecin il faut esperer que la santé s'en ensuiura entiere & parfaicte : car il arriue souuent que ceux qui croyent fermement prennent les images & les apparences pour les choses mesmes. Hippocrate estimoit que la confiance du malade seruoit beaucoup à la depulsion de sa maladie : *Celuy en guarit plus grand nombre auquel plusieurs se confient : Et Auicenne prefere la bonne esperance du patient à tous les aides de l'art de Medecine.* Seneque écrit que l'opinion nous fait bien souuent plus de mal, que ne fait la chose mesme, & que les choses qui nous espouuantent sont en plus Les maladies melancoliques pourquoy re-belles. grand nombre que celles qui nous pressent. C'est pourquoy toutes les maladies me-lancoliques sont contumaces & rebelles, parce que les melancoliques ont tousiours le courage abbatu, ils desesperent le plus du temps de leur santé & se proposent toutes choses sous le masque du mal & du faux, & non sous l'apparence du vray & du bien : de là vient qu'ils prennent les tenebres au lieu du iour, le faux pour le vray, & les choses contrefaites & déguisées au lieu des legitimes & naturelles : & partant ils pensent, disent & font des choses les plus absurdes du monde, comme s'ils estoient metamorphosez en bestes brutes, & n'auoient plus rien de l'homme que l'apparence & la figu-re exterieure. Allez maintenant ô mortels & remplissez vos cœurs de desseins & pensées magnifiques, en combien petit moment de temps est desplacé, tiré bas de son siege & reduit à neant le Paladium sacré de la raison, ce diuin entendement Roy & moderateur de la vie humaine, sur lequel appuyez, nous deuenons si fiers, si arrogans & si insolens ? Voilà ce que les Arabes nous ont laissé par écrit touchant les forces de l'imagination : il reste que nous declarions en peu de mots & clairement ce qu'elle peut en la curation des maladies, & si elle peut auoir quelque puissance & seruir de quelque chose Que l'imagi-nation ne peut riē sur le corps d'autruy. en cet attouchement des Escroüelles. Les puissances de l'imagination sont ou de la part de l'agent, c'est à dire, de la part de celuy qui est reputé guarir: ou de la part du patient, c'est à dire, de la part de celuy qui est guary. L'ima-gination du Roy Tres-Chrestien qui guarit les scrophuleux ne peut rien sur les malades : Car l'imagination estant vne faculté de l'ame, & l'ame estant de-*Raison pre-miere.* finie *l'entelechie, c'est à dire, l'acte premier du corps organique*, il s'ensuit qu'elle exer-ce seulement ses puissances sur le corps qu'elle informe & parfait & non sur celuy d'autruy. Car qu'est-ce que l'ame peut enuoyer hors de son propre corps, sinon *Que nuls ra-yons ne sortent de l'imagina-tion.* ou des rayons, ou vn esprit tres-subtil, ou des especes immaterielles : Les peripa-teticiens n'adouëront iamais que des rayons puissent sortir de l'imagination, si ce n'est parauanture analogiquement : Car si Aristote ne veut point que des yeux qui sont corporels, il en sorte ny lumiere ny rayons, & qu'il estime pour cette raison que la veuë se fait non point par émission, ains par reception : comment accorderoit-il qu'il sortit des rayons de l'imagination, veu mesme qu'ils ne se-roient d'aucun seruice hors de leur propre corps ? les esprits corporels sortis *Les esprits hors du corps ne sôt plus regis par l'ame.* hors de leurs propres corps ne sont plus instrumens de l'ame, & partant ils ne sont plus sujets à son commandement, ains ils vaguent & tracassent deçà & de-là, & d'autant qu'ils tiennent de la nature du feu ils sont portez où leur forme élementaire les meine, ou bien ils sont baffouez & chassez au gré de l'air & du vent qui les maistrisent. D'ailleurs ces esprits icy sont naturels, & par vne fa-culté naturelle non autrement qu'vn air corrompu ou vne exhalaison veneneu-se peuuent nuire & causer des maladies, & ne blessent point certains hommes seulement, mais indifferemment tous ceux qui se rencontrent : & de là les ma-ladies contagieuses : Ainsi la vapeur qui exhale & sort des yeux trauaillez d'in-flammation engendre l'ophthalmie à ceux qui les regardent, & l'haleine putri-de qui expire par la bouche & par les souspiraux occultes qui sont en la peau, cause les fiéures malignes & pestilentielles : mais cet esprit naturel ne peut point donner ny communiquer la santé, parce comme nous auons desia enseigné cy-dessus que la santé ne se communique point comme fait la maladie. Les es-peces d'autant qu'elles ne retiennent point la nature & condition de la matie-re ne peuuent point introduire aucune alteration materielle au corps & ne peu-uent le mouuoir par autre chose que par leur rencontre & representation. Que *Comment les especes alterent les corps.* si tu objectes qu'Aristote escrit que les especes de l'imagination alterent nos corps : ie respondray que cela se fait par éuenement, quand en presentant des choses plaisantes ou tristes, elles mouuent l'appetit, lequel vient en apres ou à pourchasser celles qui sont vtiles, ou à fuir & esuiter celles qui sont dommagea-bles, & ainsi elle meut les esprits qui sont les principaux instrumens de l'ame & les humeurs. Or maintenant si cette faculté ne peut faire en son propre corps *Raison secon-de.* tout ce qu'elle conçoit, comment le fera-elle en celuy d'autruy ? Car *tout agent agit mieux en l'obiet prochain qu'en celuy qui est eslongné* : & partant l'imagination doit faire paroistre les forces qu'elle a de nuire ou de guarir plustost au corps propre de celuy qui imagine, que sur celuy de son voisin : or en la paralysie ou resolution parfaite, pourquoy n'agite-elle point la partie paralysée, pourquoy ne la mouue-elle point, & pourquoy ne luy donne-elle point le sentiment & le mouuement ? en la gangrene particuliere qui se fait par l'extinction, intercep-tion & strangulation de la chaleur naturelle, pourquoy n'espand elle point les esprits vitaux & rayons salutaires dans les veines & les arteres ? D'auantage *toute* *Troisiéme* *action & passion selon les Peripateticiens se fait par attouchement :* or les especes receuës en l'imagination ne touchent point les objets externes. Outre-plus l'imagina- *Quatriéme* tion (selon les Philosophes) denote seulement trois choses, sçauoir est cette *L'imagina-tion ne signifie que trois cho-ses.* puissance de l'ame qui est ordonnée pour feindre les phantosmes & idoles : ou l'image & simulacre conceu, c'est à dire, l'espece imaginée ; ou l'action mesme : Car tout ainſi qu'il y a trois choſes au ſentiment, la faculté ſenſitiue, l'objet ſenſible & la maniere que ſe fait le ſentiment : & qu'en l'intellect il y en a pareil nombre, l'intellect, l'intelligible & l'intelligence : Ainſi en l'imagination il y a la vertu imaginatrice, l'objet imaginable & l'imagination. La faculté ſeule ſans l'eſpece peut le meſme que l'œil endormy ou priué de lumiere : les eſpeces repreſentent ſeulement les ſimulacres & reſſemblances des choſes & non les choſes meſmes, comme aux miroirs qui reçoiuent non les choſes, mais ſeulement leurs ombres, or les reſſemblances peuuent fort peu de choſes : Ainſi l'eſpece d'vn cheual imaginé n'engendre point vn cheual, & celuy qui conçoit l'eſpece du feu en ſon imagination ne peut point eſchauffer le corps d'autruy. Les eſpeces ne peuuent rien produire par deſſus leur nature, elles peuuent ſeulement ſignifier, figurer & repreſenter. L'acte de l'imagination eſt vn & meſme auec la choſe imaginée, elle ne meut donc point le corps ſinon entant que par la repréſentation des eſpeces & images, elle incite l'appetit à fuir ou embraſſer les choſes, &

Cinquiéme. d'icy viennent les diuers mouuemens des eſprits & diuerſes maladies. D'ailleurs il n'y a ſeulement que ces actions-là qui puiſſent agir & faire quelque choſe hors de leur efficient, leſquelles ne demeurent point en iceluy, ains paſſent au paſſif ou patient : l'imagination eſt vn acte qui demeure en celuy qui imagine, car c'eſt vn certain ſentiment : & ne change aucune choſe, comme l'œil ne change point la couleur qu'il regarde. Ioint que ſi l'imagination auoit la force d'agir ſur

Sixiéme. le corps d'autruy, elle pourroit ſans attouchement alterer l'objet élongné, & ainſi elle agiroit en l'infiny : Car pourquoy n'agira point en quelque diſtance que ce ſoit, ce qui n'a point beſoin d'attouchement pour agir ? Car *en toute action naturelle eſt requiſe quelque meſure, interualle & diſtance.* Finalement ſi ce que les

Septiéme. Arabes content des vertus de l'imagination eſtoit vray, cette faculté ne ſeroit point ſeulement la plus noble entre toutes les choſes naturelles : ains elle ſeroit totalement diuine & plus excellente beaucoup que l'intellect : car ce n'eſt point pource que l'intellect afferme la choſe eſtre ou n'eſtre point, que la choſe eſt ou n'eſt point : Mais ſi l'imagination faiſoit ou mouuoit les choſes, elle ſeroit ſemblable à Dieu qui a créé toutes choſes par ſa ſeule parole. Concluons donc

Rifutation des raiſons contraires. que l'imagination n'a aucun pouuoir ſur le corps d'autruy Les raiſons alleguées au contraire ſont trop legeres, pour renuerſer cette verité. L'imagination de la mere enceinte imprime bien diuerſes marques en l'enfant tendret

L'enfant en la matrice eſt vne partie de la mere. dont elle eſt groſſe ? Car l'enfant enfermé dans la matrice de ſa mere eſt vne partie de la mere, & il ſe nourrit, vit & tranſpire par le moyen du ſang & de l'eſprit qu'il reçoit d'icelle. Mais pourquoy la marque de ce que la mere a deſiré

Pourquoy la marque de la choſe deſirée s'imprime pluſtoſt ſur l'enfant que ſur la mere. s'imprime elle pluſtoſt en l'enfant qu'en la mere meſme : C'eſt parce que les images & repreſentations des choſes ſe grauent plus ayſément ſur la cire molle que ſur de l'acier dur & ſolide : or les membres du fœtus ſont plus mols que ceux de la mere, car meſme leurs os (ſelon Galien) ſont ſemblables à du beurre

Le ſang & les eſprits ſont pouſſez. ou à du fromage caillé. Ioint qu'il ſe fait vne plus abondante influence d'humeurs & d'eſprits ſur le fœtus pendant qu'il eſt dans la matrice que ſur les autres parties de la mere : d'autant qu'ils ſont & pouſſez & attirez auec plus d'effort : ils ſont pouſſez par vne prouidence admirable de Nature, afin qu'ils ſoyent reſeruez dans la ſubſtance de la matrice comme dans vne ſeconde officine & boutique du nourriſſement pour ſeruir à la vie & nourriture du fœtus, de là vient que la membrane de la matrice deuient les derniers mois de la groſſe (contre la croyance du vulgaire des Anatomiſtes d'auiourd'huy & de

tous

tous les anciens) tres-époisse, charnuë, poreuse, semblable à vne éponge & se diuisant facilement comme vn champignon en plusieurs écorces. Ils sont attirez *Ils sont aussi attirez.* par le fœtus, car comme dit Hippocrate, *l'enfant tire ce qu'il y a de plus doux au sang:* de là vient que la femme enceinte demeure toute pasle & decoulourée, d'autant que la portion la plus pure de son sang est continuellement épuisée. Or la *Comment les images de la chose desirée, sont grauées au fœtus.* maniere que les marques de la chose ardamment desirée par la mere, sont empreintes & grauées sur le fœtus, a esté fort élegamment exprimée par Auicenne au liure des animaux, quand il dit, *vne forte imagination meut soudain les esprits aërez & qui sont fort mobiles de leur nature, & imprime en iceux la figure de la chose dont la mere a enuie: & puis apres les esprits impriment la mesme figure au sang qui est le plus prochain aliment dont le fœtus se nourrit: & tout ainsi que le Soleil & le Ciel communiquent & impriment en l'air l'espece de la faculté formatrice des animaux desquels la generation est équiuoque: tout de mesme l'imagination imprime aux esprits aërez les images & figures des choses imaginées.* Tout ainsi donc que l'air est tout plein de formes, de là vient que la veuë & la reception des especes se fait en vn instant: Ainsi nos esprits reçoiuent facilement toutes especes & figures: & partant quand l'imagination de la mere agit sur le fœtus tendret, elle n'agit point sur le corps d'autruy, mais sur le sien propre. D'ailleurs les stigmates & marques qui se voyent au fœtus ne viennent point tousiours de l'imagination de la mere, mais le plus souuent de quelque cheute, ou grand épouuantement: car l'animal tressaut & tremble estant frappé d'vne frayeur soudaine. Ces choses estant ainsi, nous concluons que l'imagination du Roy Tres-Chrestien, pour forte qu'elle puisse estre ne peut agir sur le corps d'autruy ny sur les scrophuleux: reste maintenant à voir que peut la fantasie du malade, c'est à dire de celuy qui attend & desire tres-ardamment sa santé. L'imagination peut sur le corps de celuy qui *Que peut l'imagination sur son corps propre.* imagine, toutes les choses qui ont vne ordination naturelle auec l'imagination: c'est à dire, tout ce que le mouuement de la chaleur, des esprits & des humeurs peut apporter de bien ou de mal, tout cela mesme peut l'imagination en nous: or les mouuemens des esprits sont diuers & iceux ou ordinaires, ou extraordinai- *Les mouuemés des esprits sont diuers.* res, ou naturels, ou violents: les ordinaires viennent tantost d'vn principe inné & naturel, & tantost d'vn principe estranger: par le principe inné & naturel, ils se mouuent comme la flamme en haut, en bas, en dedans & en dehors: en haut & en dehors, parce qu'ils sont legers, & en bas & en dedans, à raison de leur pasture: Ils se mouuent aussi par vn principe estranger & venant d'ailleurs, sçauoir est quand ils sont ou poussez ou tirez: ils sont poussez, les naturels par le foye, les vitaux par le cœur, & les animaux par le cerueau lors qu'il vient à se reserrer & comprimer: ils sont aussi tirez, les naturels par les veines, les vitaux par chaque partie, & les animaux rarement sinon que la partie soit touchée de douleur ou de volupté. Les mouuemens extraordinaires des esprits sont diuers, estant le plus souuent émeus & agitez par quelque cause externe, & sont tantost simples & tantost meslangez & turbulents, qui a occasionné Hippocrate de les appeller *ormônta & enormônta;* Car ils se referrent, se dilattent, s'épaississent, se rassemblent & se dissoluent fort soudainement. Partant donc selon les mouuemens *Symptomes naissans à raison de diuers mouuemens des esprits.* diuers, déreglez & turbulents que l'imagination cause aux esprits, il en naist diuers symptomes: tellement que la mort s'en ensuit quelquesfois inopinément, & quelquesfois aussi la santé retourne de laquelle on n'auoit plus aucune espe- *Qu'est-ce que fait la peur.* rance. Ainsi la peur rend les extremitez froides, le visage pasle, & les forces abatuës, à raison que toute la chaleur s'est retirée au profond. La confiance rend *La confiance.*

à la chaleur & aux efprits les paffages libres pour fe répandre pat tout, empefche l'impetuofité des humeurs & rend la nature plus ferme & plus forte pour mieux refifter. La colere fait accourir auec grand effort la chaleur & les efprits du profond du corps aux parties externes : de là vient qu'elle eft quelquesfois falutaire aux maladies froides & qu'elle deftache les empefchemens des yeux, des oreilles & de la langue, comme il apparut iadis au fils muet de Crœfus. Combien font violentes les ardeurs qu'allume l'appetit de vengeance au cœur, ou de volupté au foye? la ioye foudaine tranfportant en vn moment les efprits du centre à la circonference, les épand & diffoult, & ruine tout à coup la faculté vitale : Ainfi *Chilon Lacedemonien & Diagoras moururent de ioye en embraffant leurs fils qui retournoient couronnez pour auoir emporté les prix és tournois & ieux du mont Olympe.* Philipides Poëte renommé, Philemon, Marc Iuuentio Conful, Sophocle, Denys le Tyran, Policrate Damoifelle natifue de l'ifle de Naxe, & deux autres Dames Romaines moururent femblablement de ioye foudaine & trop demefurée. Les efprits ont encore d'autres mouuemens meflangez & confus qui font fort perilleux, comme quand ils font tout à coup portez aux parties internes, & puis retournent tout foudain & en gros aux externes, comme en la honte : Ainfi Pline efcrit qu'vn nommé Diodore Dialecticien mourut de honte, pour n'auoir fçeu refpondre fur le champ à vne demande qui luy auoit efté faite. L'imagination a beaucoup de puiffance fur les maladies aiguës qui ont leurs mouuemens viftes, continuels & vehements : & aux maladies defquelles la matiere eft vne humeur vaguante dans les veines, & qui n'eft point encore arreftée, l'imagination du malade, l'efperance qu'il a du recouurement de fa fanté, & la bonne opinion qu'il conçoit de la fuffifance de fon Medecin ont beaucoup de pouuoir : car elles réueillent la chaleur naturelle & aiguillonnent la Nature (laquelle eft celle qui guarit les maladies) à faire la coction, la fecretion & l'excretion des humeurs morbifiques. Aux affections melancoliques, & en celles qui troublent & agitent grandement l'efprit, la force de la phantafie fe monftre eftre admirable : car l'ame eftant touchée & meuë par l'imagination, & l'harmonie & temperature de fon organe eftant diffoulte, l'homme fait & lafche beaucoup de difcours à la volée & fort temerairement. Mais aux maladies confirmées & defquelles la caufe eft vne humeur froide, époiffe, fe mouuant difficilement & qui remplit & farcit la fubftance des parties, & en celles-là auffi aufquelles il n'y a point d'efperance de crife par quelque excretion des humeurs ou mouuement des efprits, la feule confiance du malade fert & profite de fort peu. Or que les Efcroüelles foient du nombre de ces dernieres, c'eft chofe recognuë de tout le monde, car (felon Æginete) ce font glandes endurcies qui font engendrées d'vne pituite époiffe qui s'eft deffechée & endurcie en icelles, laquelle toutesfois eft rarement fimple, ains eft le plus fouuent meflangée auec quelque autre humeur, & contenuë dans fon propre follicule ou chyfte. Ioint que les fcrophuleux de diuerfe habitude, âge, temperature & fexe, eftans touchez en diuerfes faifons par le Roy, recouurent leur fanté parfaicte dans peu de iours apres. Il s'enfuit donc que cette guarifon ne fe fait point par l'imagination mouuant & difpofant les efprits & les humeurs.

La colere.

Morts de ioye foudaine Voy Pline liu. 5. c. 53. Valere le grand liu. 9. chap. 12 & Aule Gelle l. 3. chap. 15.

Morts de honte. Lib. 7. cap. 53. Valere le grand raconte au lieu cotté, qu'Homere mourut de honte & regret pour n'auoir peu foudre vne queftion qui luy auoit efté propofée par des pefcheurs. L'imagination a beaucoup de pouuoir aux maladies aiguës. Qu'eft-ce qu'elle peut aux maladies melancoliques. Que l'imagination peut fort peu fur les maladies confirmées & froides.

Sçauoir si les Espagnols & estrangers malades des Escroüelles recoüurent leur santé, non point pource qu'ils sont touchez par le Roy Tres-Chrestien, ains pource qu'ils changent d'air, de pays & de façon de viure; contre certains Calomniateurs.

CHAPITRE VIII.

E v x qui s'efforcent d'arracher aux Roys de France la gloire & splendeur de cet ancien priuilege de guarir les Escroüelles, afin de trouuer des échapatoires confessent que c'est la verité que les Espagnols & estrangers guarissent quasi tous, mais ils veulent que cela se fasse par le changement d'air & de nourriture. Car *si l'epilepsie, selon Hippocrate, reçoit guarison par le changement de l'air & de la façon de viure, & si* (selon le mesme autheur) *la mutation de l'air & des alimens est fort vtile aux longues maladies:* pourquoy non aussi aux indispositions scrophuleuses? La goutte reçoit bien souuent guarison en changeant de maniere de viure & d'occupation. Po!phyre raconte en la vie de Plotin, *que Rogatian Senateur Romain estoit si griefuement tourmenté de douleurs de gouttes aux pieds & aux mains auec contorsion de ses membres & iointures, qu'il se resolut de ne faire plus aucun conte de sa vie, & là dessus ayant pourueu aux affaires de sa maison, & reietté toute façon de viure delicate & affectée, se rendit en la maison de Plotin Philosophe Platonicien afin de mitiguer & addoucir les tourmens iournaliers de son corps par l'endoctrinement de son esprit, comme auec vne pasture tres-sauoureuse: il ne mangeoit qu'vne fois le iour & encore fort sobrement, & ne beuuoit point de vin, & ayant constamment gardé cette façon de viure quelque espace de temps il se trouua à la parfin parfaictement guaranty de la goutte, & deuenu bon & excellent Philosophe.* Sainct Hierosme écrit que quelques-vns malades des gouttes en ont esté guaris, pour auoir esté par la confiscation de leurs biens reduits à vne table simple, & à manger des viandes de peu de coust & appest, car ils estoient déchargez du soin des affaires domestiques, & de la frequentation ordinaire des festins & banquets qui sont deux choses qui rompent & affoiblissent le corps & l'ame. Partant donc si les goutteux reçoiuent guarison par la mutation de la nourriture & de l'air, pourquoy non aussi les scrophuleux? ces choses pour le certain pourront parauanture sembler probables à plusieurs, mais si on les examine (comme on dit) à la touche, & si on les niuelle à la regle de verité, on verra qu'elles ne sont d'aucun poids en la matiere dont il est icy question. L'epilepsie se guarit par la mutation de l'aage & de la nourriture, *les loix de la contrarieté gardées:* car l'intemperature humide du ceruueau-procreatrice de la pituite, qui a de coustume d'accompagner les personnes en leur enfance (de là vient que cette indisposition est nommée maladie puerile) cette intemperature dy-ie est changée par la mutation de l'aage en vn contraire; d'autant que la chaleur naturelle venant à reluire & à éclater aux ieunes gens, consume & desseche l'humidité superfluë: mais la cause des Escroüelles estant le plus souuent vne humeur pituiteuse,

D d ij

doit par les loix de Nature augmenter par l'échange d'vn air chaud & sec en vn autre plus froid & plus humide : or qui ne sçait que l'air & pays dont viennent les Espagnols sont plus chauds & secs qu'en la France? Tu objecteras que les Escroüelles des Espagnols ne sont point engendrées d'vne pituite simple, ains meslée de sucs bilieux & atrabilaires : de là vient qu'elles abondent en vlceres, & qu'à cette cause la douceur & benignité de l'air François mitigue & adoucit l'acrimonie de ces heumeurs. Mais que le seul changement d'air ne soit point la cause de cette guarison, il appert de ce qu'il arriue souuentesfois que les Espagnols tardent long temps en ce pays auant pouuoir estre touchez à raison que le Roy, ou pour raison des affaires de son estat, ou pour l'indisposition de sa personne les remet à vn autre temps; & toutesfois encore qu'ils iouyssent de mesme air, si est-il qu'ils ne guarissent point que premierement ils ne soyent touchez par le Roy. Cette curation ne peut point non plus estre rapportée à la façon de viure ny à la temperature de nostre air, parce que beaucoup d'estrangers & grand nombre d'Espagnols tres-pauures, demandans leur pain de porte en porte, se nourrissans de mauuaises viandes, demeurans à l'air exposez aux iniures du temps, & bien souuent engloutis de froid accumulent & amassent grande abon-dance d'humeurs cruës & corrompuës qui seruent à accroistre & fomenter la maladie. Mais aussi que les Espagnols changent en tel air qu'ils voudront, qu'ils courent iusques aux bouts du monde s'exposans aux hazards des feux, des mers & des rochers, & qu'ils vsent d'vne façon de viure dessechante, attenuante, tem-perée, ou telle autre qu'ils iugeront plus conuenable pour leur santé, si ne seront ils point si promptement guaris de leurs Escroüelles. D'ailleurs les mœurs, ha-bitude & temperature des Espagnols, Italiens & Flamens sont diuerses, & leur diete dissemblable tant en ce qui concerne leur maniere de viure qu'en ce qui re-garde leurs exercices & occupatiós, & toutesfois ils sont quasi tous guaris par vne semblable façon, sçauoir est par l'attouchement du Roy. Nous ne nions point que la façon de viure bien reglée ne soit de tres-grand' efficace en la precaution & curation des Escroüelles, mais elle ne peut alterer le temperament ny changer l'habitude sinon peu à peu & par vn long interualle de temps, là où ces estrangers ayans esté touchez par le Roy se trouuent peu de iours apres guaris parfaicte-ment. Mais que pourront alleguer ces calomniateurs sur la guarison des Fran-çois? car ils ne changent ny d'air, ny de pays, ny de nourriture : & neanmoins le Roy en guarit à chaque fois vn nombre quasi infiny par son seul attouchement. Adiouste que chaque malade a sa diete & maniere de viure à part & dissembla-ble des autres, & toutesfois la guarison qui se fait par l'attouchement royal est vnique & semblable en tout & par tout. Concluons donc en vn mot qu'elle ne se fait point par la mutation de l'air & de la façon de viure.

Que la vertu admirable de guarir les Escroüelles concedée aux Roys de France, vient
de quelque cause superieure & qui est par dessus la Nature, & qu'elle ne procede
point du diable : où plusieurs choses sont discouruës touchant les demons,
& est monstré en combien de manieres ils peuuent causer
les maladies ou les guarir.

CHAPITRE IX.

 COMME ainsi soit donc que chacun puisse voir par ce que nous auons traitté cy-dessus, que le Roy Tres-Chrestien guarit les Escroüelles, non point par vne seule prerogatiue royale, non point par vne proprieté qui soit particuliere & naturelle à la famille de nos Roys & commune à tous les descendans d'icelle, non point par son seul attouchement & iceluy naturel, non point par ses paroles, lesquelles seules & d'elles-mesmes n'ont nulle puissance d'agir, non point par son imagination, ny (pour dire en vn mot) par aucune faculté de l'ame ou de Nature : il ne faut point douter de dire franchement qu'il fait cela par vne cause plus sublime & plus haute, qui est ou Dieu ou le diable.

Il se fait beaucoup de guarisons & de deliurances par art magique, par le moyen desquelles le diable trompe & deçoit les hommes en diuerses manieres, non autrement que par ses rufes, prestiges & artifices il se fait plusieurs & diuerses maladies : or comment il fait cela ie m'en vay commencer à le monstrer. Le diable ayant esté chassé & banny à iamais du Ciel à raison de son orgueil & impieté, & par ce moyen priué de la lumiere de la grace, & voyant que l'homme creé à l'image de Dieu deuoit quelque iour remplir les places qu'il auoit laissées au Ciel vuides par son apostasie, enflambé de desir de vengeance, s'est declaré ennemy irreconciliable du genre humain, luy dresse perpetuellement des embusches & portant enuie à son bon-heur, Dieu venant quelquesfois à luy lascher les resnes, vomit contre luy toute la rage de sa fureur : & c'est pour cette cause que l'Escriture saincte luy a baillé diuers noms afin de nous mieux faire entendre sa malice desesperée. Les Hebreux l'ont nommé *sathan*, c'est à dire, *ennemy ou aduersaire* : les Grecs *diabolos*, diable, c'est à dire, *calomniateur* : quelquesfois *lion rugissant, tracassant de tous costez & cherchant qui il pourra deuorer* : *dragon, aspic, basilic, serpent*, à raison qu'il est venimeux, *prince des tenebres & de toutes les tempestes de l'air* : *vaisseau de fureur & d'ire* dans Esaye & Ieremie : *vaisseau de mort* dans le Psalmiste, *guetteur, fuyant la lumiere & prestigiateur*, d'autant qu'il se presente pour seduire sous diuerses formes & vaines apparences de fantosmes. Doncques il dégorge & vomit tantost sur l'ame & tantost sur le corps, par mille fraudes & tromperies, & mesme quelquesfois sous apparence & pretexte du bien, le venin pestifere de sa malice afin de trainer quant & soy les hommes en éternelle damnation. Il a mille moyens de nuire, d'autant que son pouuoir est merueilleux, d'où il est nommé dans Platon suyuant l'aduis d'Hesiode *demon*, à raison de l'exacte connoissance qu'il a de toutes choses, & sainct Augustin l'appelle *multiscius*,

Le diable ennemy de l'homme & pourquoy.

Diuers noms donnez au diable pour mieux exprimer sa malice. 1. Pierre 5.

Il est nommé demon à raison de l'exacte cognoissance qu'il a de toutes choses.

c'eſt à dire, *ſçauant*, ou *qui ſçait beaucoup*, d'autant que par la viuacité de ſon eſprit cauteleux, il cognoit par les meſlanges conuenables des élemens, les vertus ſeminales de toutes choſes qui ſont cachées & incognuës aux hommes. Il n'y a point (ce dit Iob) de puiſſance ſur la terre à comparer à celuy, duquel le naturel eſt de ne craindre perſonne. Or de monſtrer en combien de manieres diuerſes il dreſſe des embuſches & tend des laqs & pieges à nos ames, c'eſt choſe qui appartient proprement aux Theologiens, & qui n'eſt point du ſujeƈt que nous traittons: nous monſtrerons ſeulement icy ce qu'il peut ſur les corps & ſur les facultez corporelles de l'ame.

C'eſt vn poinƈt dont tous demeurent d'accord, que le diable fait des choſes eſtranges & merueilleuſes en trois manieres: 1. En mouuant d'vne viteſſe incroyable tous les corps d'vn lieu à l'autre: 2. En appliquant viſtement, ingenieuſement & efficacement les aƈtifs aux paſſifs: 3. & en trompant & abuſant les ſens: car il ſçait comme vn prothée ſe déguiſer & prendre telle forme qu'il luy plaiſt, & comme dit le Poëte,

Il ſe transforme en toute face eſtrange.

Touchant le mouuement & tranſport d'vn lieu à l'autre, il eſt tout certain que les diables peuuent mouuoir les corps d'vn mouuement auſſi viſte & rapide comme nous voyons le Ciel ſe mouuoir: & meſme cela ne repugne point aux maximes des Peripateticiens: car ſi ſelon Ariſtote chaque Intelligence meut ſon Ciel ou ſa ſphere, pourquoy non auſſi le diable plus noble & plus excellent que les Intelligences des Peripateticiens? Car il eſt du nombre des Hierarchies ſuperieures, & n'a point perdu par ſa cheute la nature Angelique, mais ſeulement la lumieré de la grace & faueur diuine. Si l'appetit peut quaſi en vn moment par le moyen des eſprits animaux qui ſont totalement corporels mouuoir le bras en haut, en bas, à dextre, à ſeneſtre & en rond: & ſi par le ſeul commandement de l'ame & contre l'inclination de leur forme elementaire les choſes peſantes montent en haut, pourquoy auſſi le diable ne mouuera il point d'vne viteſſe incroyable tous les corps pour lourds & peſants qu'ils puiſſent eſtre? Le diable dy-ie lequel n'eſt point empeſché par organes corporels, ains ſe gliſſe & inſinuë dans quelque corps que ce ſoit, l'ebranſle, le transforme, le compoſe, le diuiſe, & ſe ſepare & retire de dedans luy quand il luy plaiſt. *Tel fut le transport & rauiſſement de l'Apoſtre Philippe en Azote, mais fait par les bons Anges: d'Ezechiel & Abacuc de Iudée en Babilone: & le Fils de Dieu meſme Ieſus-Chriſt homme, le diable ne le transporta-il point par l'air ſur les couppeaux des montagnes & le pinacle du temple?* Doncques le diable peut mouuoir tous les corps d'vne viteſſe indicible ſelon ſon bon plaiſir: & combien que ce mouuement ſemble eſtre contre nature à vn corps peſant, il n'eſt point toutesfois contre nature au corps auquel il aſſiſte: *la viteſſe d'iceluy (ce dit Tertullian) eſt reputée diuinité, d'autant que ſa ſubſtance n'eſt point cognuë:* & toutesfois il ne ſçauroit mouuoir toute la terre, d'autant qu'il ne peut deſtruire l'ordre de Nature. Secondement le diable fait des choſes prodigieuſes & eſtranges en appliquant dextrement les agents qu'il cognoit aux paſſifs propres: car il a naturellement en ſoy les eſpeces de toutes les choſes qui ſont contenuës ſous la loy & l'empire de la Nature, c'eſt pourquoy il cognoit parfaiƈtement toutes les choſes tant vniuerſelles que particulieres ou indiuiduelles, les vertus des Cieux, des élemens, des plantes, pierres, metaux & animaux: & n'a point beſoin de l'intelleƈt agent, parce que la cognoiſſance qu'il a de toutes choſes ne dépend point des ſens: Il preuoit

Il fait des choſes eſtranges en trois manieres.

L. 4. Georgic.

1. *Tranſportāt les corps d'vn lieu en l'autre.*

Aƈtes 8.
*Ezechiel 8.
& l'hiſtoire de l'Idole Bel.
Matt. & Luc. 4.*

2. *En appliquant dextrement les aƈtifs aux paſſifs.*

donc les choses futures par la subtilité de son entendement, par son experience, par son habilité & industrie tromperesse, & par la hantise & la communication qu'il a auec les bons Anges, ausquels Dieu les a reuelées : & mesme il s'attribuë fort souuent, afin de mieux tromper les hommes sous vne fausse apparence de diuinité, par ses responces ambiguës & douteuses, la connoissance de l'aduenir, laquelle Dieu s'est reseruée à soy seul. Il se sert donc des agens & causes naturelles, comme d'instrumens, & en produit des effets beaucoup plus admirables que ne pourroit faire la Nature mesme.

Comment le diable preuoit les choses à venir.

Ainsi la chaleur elementaire seruant à la forme élementaire, ne fait seulement qu'échauffer, subtilier, rarefier & assembler les choses de mesme genre: mais estant assujettie, & ministrant à vne forme plus noble, à sçauoir à l'ame, elle produit des effets plus nobles & plus diuins : car c'est par son moyen que les arbres poussent hors leurs bourgeons, & se reuestent de la verdure de leurs fueilles, que la terre se pare de fleurs, que tous les animaux se iettent aux embrassemens amoureux, & que l'homme a intelligence, raisonne, se meut, a sentiment, & fait toutes les actions & functions de l'ame.

La chaleur assujettie à vne forme plus noble, produit des effets plus nobles.

Finalement les diables sont admirables en leurs prestiges & illusions : car ils trompent nos sens, & comme ils veulent, & quand ils veulent, & principalement la veuë, en changeant le moyen, l'organe & l'objet. Ainsi les Bothniciens, qui sont certains peuples demeurans vers le Septentrion, sçauoient (comme le rapporte Olaus Magnus) tromper les yeux en telle sorte qu'ils cachoient leurs faces & celles des autres, sous les apparences de diuers fantosmes & representations. Ils changent le moyen, à sçauoir l'air, l'eau, ou le corps diaphane & transparent quand ils le teingnent de quelque qualité & couleur estrange, faisans par ce moyen, que tout ce qui se presente à la veuë, se monstre sous vne autre forme que celle qui luy est naturelle: quand ils mouuent l'air, qu'ils multiplient les especes, & empeschent qu'elles ne soyent portées aux yeux. Ils affectent l'organe quand ils peruertissent & changent sa situation, car il faut que les prunelles soyent en vn mesme plan, autrement toutes choses paroissent gemelles & doubles, quand ils denient le passage à l'esprit visoire & à la lumiere interne, & empeschent qu'ils n'aillent iusques aux nerfs optiques & au crystallin, qui est le principal instrument de la veuë. Mais quand ce vient à l'objet, c'est là où ils se font voir souples & habiles à le changer en diuerses façons, car ils le mouuent d'vn lieu en vn autre par vne vitesse incroyable, ils le cachent, ils le monstrent, ils en presentent vn nouueau, ils le reprennent, ils le transmuent & changent, & forment des corps de l'eau, de l'air, & des autres elemens, selon qu'il leur plaist : tellement qu'il semble que ce soyent choses non totalement controuuées & fausses: ce que les Poëtes feingnent de Saturne changé en cheual, Philomele en rossignol, Io en genisse, Daphné en laurier, Clitie en soucy, Arethuse en fontaine, Hecube en chien, Acteon en cerf, & Calisto en ourse. Or les Anges & les diables peuuent aussi facilement vestir & prendre vn corps naturel, comme la matiere receuoir la forme équiuoque : car si l'intelligence du Soleil ne figure & façonne point seulement le corps de la souris, mais aussi luy donne l'ame dans le fumier : combien plus soudainement, plus facilement & plus promptement l'Ange se formera-il vn corps de quelle matiere qu'il voudra, veu qu'il est plus noble que l'intelligence du Soleil, estant comme nous auons desia dit, d'entre les Hierarchies & Principautez superieures? Partant donc ce prestigiateur maling se presente aux hommes sous diuerses formes & fan-

3. Et en trompant les sens par leurs illusions : en changeant.

Le moyen:

L'organe:

Et l'objet.

Les demons se peuuent former des corps.

tofmes, voire mefme en plain midy, d'où le Pfalmiste le ñomme par fois le *dé-mon de midy*. Que fi les charlatans & batteleurs peuuent faire par habileté & foupplesse beaucoup de tours de passe-passe, que le populas tient pour miracles: combien sera-il plus aisé (ce dit sainct Augustin) au diable & à ses Anges, de faire des corps aërez des élemens corporels qui tireront l'homme à les admirer? ou bien par inspirations occultes fabriquer des fantofmes propres à tromper les sens, afin de deçeuoir ceux qui veillent aussi bien que ceux qui dorment?

Bateleurs fai-
sans des choses
estranges.
Nous sçauons qu'anciennement il y a eu des prestigiateurs merueilleux, nom-mez des Grecs *Goetai, Agyrtai & Thaumatopoioi*, lesquels faisoient voir des

Apulée l.1. de
l'Asne doré.
choses estranges & incroyables, comme de sauter & danser sur des espées: aual-ler des poignards & des espieux, ietter des flammes de feu par la bouche, & verser & rendre du vin en grande quantité de la bouche comme s'ils l'eussent puisé dans vn tonneau, desquelles Xenophon recite la premiere en son banquet, Plu-tarque la deuxiéme au traitté des dits notables des Lacedemoniens, & Athe-née les autres : lesquelles toutesfois n'estoient rien autre chose que des effets de l'industrie des gens qui s'estoient longuement exercez en l'vsage & pratique de telles galanteries. Doncques si les charlatans & batteleurs peuuent trom-per les yeux du peuple, & faire par leurs artifices qu'on pense voir des choses qui ne sont point, & qui ne peuuent estre : combien le diable pourra-il faire plus promptement & plus facilement, veu qu'il est fort rusé & adextre à cacher ses fraudes & tromperies? Grande donc & quasi incroyable, est la puissance du diable, à mouuoir les corps d'vn lieu à l'autre, à appliquer dextrement les agents aux passifs, & à tromper & abuser les sens par prestiges & illusions : & toutesfois il ne fait rien qui ne soit possible d'estre fait, car la puissance d'vne chacune chose est definie & limitée, & ne peut naturellement rien agir ou pâtir par dessus icelle: C'est pourquoy les choses que le diable fait, sont plustost pro-digieuses que miraculeuses, & doiuent plustost estre dites contre Nature, que

Dieu seul peut
faire des mi-
racles vrays.
surnaturelles : D'autant qu'il n'y a que Dieu seul qui fait des miracles vrays, ceux que le diable fait estans faux & contrefaits. Mais afin de donner vn plus grand esclaircissement à ces choses, il conuient remarquer qu'en Dieu il y a

Double puis-
sance en Dieu,
l'vne ordinai-
re, & l'autre
double puissance, ordinaire & extraordinaire: La puissance ordinaire n'est rien autre chose que l'ordre qu'il a establi en la Nature, par lequel il veut que de la matiere meslangée en certaine maniere, par vn agent determiné, fut par vn mouuement fait en temps, produit vn effet certain & determiné. La puis-

Extraordinai-
re.
sance extraordinaire a deux ordres : le premier est miraculeux, le principe duquel n'est point la Nature de la chose indiuiduelle ou singuliere, ains la seule & absoluë volonté de Dieu : Le second & prodigieux, lequel de fait n'excede point les bornes de l'ordre naturel, mais seulement la raison de la maniere la-quelle est ignorée de plusieurs. Le diable esmeut les tourmentes, embrase le feu, lance le foudre, non pource qu'il crée la matiere des orages, vents, feux & foudres: car comme dit le Prophete Roy, *il n'y a que Dieu seul qui lasche les vents de ses thrésors* : mais pource qu'il tire & met hors les semences de toutes les choses qu'il connoit estre propres pour nuire, & qu'il applique dextrement & promptement les agents qu'il reconnoit conuenables aux passifs. Il n'y a que la puissance qui est infinie, qui fasse des miracles : Il n'y a que Dieu seul qui soit infiny : Il n'y a donc que luy seul qui fasse des miracles vrays, parce qu'il

Dieu seul peut
creer quelque
chose.
n'y a que luy seul qui puisse creer & changer la Nature contre & par dessus sa Nature. Or il crée ou vrayement, quand de rien il fait quelque chose, ou

improprement, quand d'vn sujet, ou en vn sujet, il fait soudainement, & sans aucune alteration precedente, quelque chose à quoy elle n'estoit point disposée de sa nature. Le diable ne crée rien, & ne peut donner à la matiere aucune forme qu'elle n'eust auparauant en soy potentiellement, ny la changer autrement que comme de sa nature elle est disposée à estre changée : Car il n'y a que l'autheur de la Nature qui puisse changer l'ordre de Nature. Doncques le diable ne fait point tout ce qu'il veut de quelque matiere que ce soit, il ne peut introduire le vuide, il ne peut produire vn acte infiny, ny apres vne priuation parfaite, redonner l'habitude. D'ailleurs, toute la puissance qu'il a luy est limitée de par Dieu, en telle sorte, qu'il ne peut arracher vn cheueu de nostre teste, ny nuire, sinon (comme parlent les Theologiens) entant qu'il luy permet, ou comme veut Damascene, *dispensatoriè*, & Chrisostome, *par vne puissance limitée*. Or Dieu permet au diable de nuire, afin d'éprouuer les gens de bien, ou pour chastier les meschants : car Dieu se sert souuentesfois du diable pour punir les iniquitez des hommes : C'est pourquoy il est dit *l'Ange de la Iustice diuine, & le vengeur des forfaits des hommes*. Mais ie voy que ie me suis emporté plus loing que ie ne m'estois proposé d'entrée, & d'estre parauanture entré vn peu trop librement aux champs des Theologiens : Ie baisse donc les voiles, & à ce que la fin corresponde au commencement : Ie dis que les diables ennemis capitaux du genre humain, peuuent causer des maladies en diuerses manieres & façons. Premierement en mouuant & agitant les causes internes, qui autrement fussent demeurées assopies & cachées par plusieurs années : Ainsi en resueillant la melancolie, ils peuuent exciter & causer des delires & resueries melancoliques : en liquefiant & fondant la pituite du cerueau, qui est le siege du froid & du visqueux, si elle tombe dans la poitrine, & sur les poulmons, ils font des catarrhes suffoquans : si dans les ventricules du cerueau, des conuulsions épileptiques : si dans toute la substance du cerueau, des apoplexies : si dans les anfractuositez des oreilles, la surdité : si dans l'origine des nerfs, la paralysie : & si dans les nerfs optiques, la goutte serene. Il y a encore vne seconde maniere assez frequente & ordinaire, par laquelle les diables causent des maladies griefues : Car s'ils voyent que dans le corps & les veines il n'y ait point d'humeurs peccantes, ny en qualité, ny en quantité, qui soyent suffisantes en engendrer des maladies : eux-mesmes, à la façon d'vn serpent venimeux, infectent le corps d'vn poison naturel, foüillans & corrompans en vn moment les esprits & les humeurs : Car ils tirent des thresors de la Nature les semences des choses qu'ils sçauent estre propres pour nuire, & les employent pour offencer & blesser les hommes : ils sçauent qu'en certains pays se trouuent des eaux, desquelles il s'esleue des fumées, exhalaisons & vapeurs venimeuses, comme l'Auerne en Italie : la mer morte en Iudée, le lac Lerna entre les Citez d'Argos & de Mycene, la fosse qui est aupres d'Hieropolis de Syrie, qui rend vne odeur fort puante & mortelle : de sorte que les animaux qui inspirent vne telle haleine, meurent sur le champ : Tout de mesme ils connoissent qu'il y a des sources & fontaines mortelles au mont Berosus, qui est au mont Taurus, au Royaume de Crobus, en la Thessalie, en l'Arcadie, aupres du fleuue Pheneus, en la Thrace, aupres de Cychros, en la Poüille, au mont Soracte, dit auiourd'huy le mont sainct Siluestre, qui est au territoire des Phalisques, en la Macedoine, non loing du sepulchre du Poëte Euripide, & les fontaines mortelles de Terracine Ils connoissent aussi les lieux où croissent les plantes venimeuses, telles que sont l'Aconit,

Le diable ne peut faire ce qu'il veut de quelque matiere que ce soit.

Toute la puissance qu'il a, luy est donnée & limitée de par Dieu.

Les diables peuuent causer des maladies en trois façons. 1. En mouuant & agitant les causes internes.

2. En infectant les humeurs & les esprits.

Eaux venimeuses & mortelles connuës aux diables.

Plantes venimeuses.

le Napellus, & la racine de Thelephonia reprefentans la figure de la mort, comme fi elles en eftoient le vray Hierogliphique. Ils connoiffent qu'en la Nubie il fe trouue vn poifon fi violent, qu'il tuë à l'inftant ceux qui en prennent la pefanteur d'vn grain feulement, & qu'entre les Perfeans & les Turcs il y a des poifons qui tuënt par leur feul attouchement. Ils puifent donc & tirent de ces chofes des efprits virulens, ils les feparent d'auec le corps groffier de la matiere, les ayant ramaffez, ils les gardent & les foufflent tantoft dans les corps tendrets des enfants, d'où ils deuiennent languides, maigres & tabides, & tantoft ils rendent l'air morbide & contagieux, en efpandant en iceluy les femences des maladies qu'ils ont ramaffées de tous coftez : & ainfi ils caufent des peftes tresgriefues, ou d'autres maladies populaires qui en font defcendre en la foffe vn nombre infiny dans peu de temps. En cette maniere il infecta en vn moment

les humeurs de Iob, perfonnage iufte & pieux, & eftant en plaine fanté, il le frappa d'vn vlcere tres-maling depuis la plante des pieds iufques au coupper de la tefte. Finalement le diable caufe des maladies, empefchant l'influence des efprits animaux, vitaux & naturels qui font les premiers & les principaux organes de l'ame, ou en les rappellant & retirant au dedans. Ainfi il peut rendre les perfonnes fteriles en fermant les chemins à la femence, & empefchant l'influence de l'efprit genital : Ainfi il les aueugle quand il garde que l'efprit animal n'influë & defcende dans les nerfs optiques : Ainfi il a mille moyens de nuire & d'incommoder les hommes en leur fanté. Or tout ainfi qu'il s'engendre plufieurs maladies par la malice & les artifices de l'efprit maling : auffi fe fait-il plufieurs deliurances & guarifons par art magique & enchantement, lefquelles le diable entreprend & fait quelquefois par foy-mefme, & quelquefois par fes miniftres & feruiteurs. Et de fait, il a quafi toufiours eu fes expiateurs, impofteurs & magiciens, defquels parle Hippocrate, quand il dit, *Ces gens nomment l'Epilepfie maladie facrée & tafchent de la guarir par expiations & enchantemens : Ils fe vantent de pouuoir cacher la Lune, obfcurcir le Soleil, faire les tempeftes & le beautemps, émouuoir les vents, darder le foudre, & autres telles chofes : ils propofent des luftrations & purifications, mais ce font des mefchans & des impofteurs.* Or le diable guarit en trois manieres. Premierement par remedes naturels : car ayant vne exacte connoiffance de toutes les chofes de l'Vniuers, & connoiffant parfaitement la caufe de la maladie, la partie indifpofée, la nature du patient, fa temperature, fon habitude & fes forces, il employe en l'vfage & pratique de la medecine, & fe fert en fes curations de beaucoup de remedes qui font cachez aux threfors de la Nature, & inconnus aux hommes, defquels neantmoins il a fort bien remarqué les proprietez par vne longue experience, & par la viuacité de fon efprit rufé & trompeur, tels que font beaucoup de racines, femences, fleurs, fucs d'herbes, poudres & parfums, & pour dire beaucoup en peu de mots, il fçait & proprement & promptement appliquer & marier les actifs aux paffifs : tellement que ce que peuuent faire ou la Nature toute feule & d'elle-mefme, ou les Medecins qui font fes miniftres & feruiteurs fucceffiuement, peu à peu, & auec le temps, ceftuy-cy le fait *tout d'vn faut*, pour vfer des termes de S. Auguftin, & plus viftement & excellentement par vne acceleration & auancement extraordinaire des ouurages de la Nature. Le Roy Tres-Chreftien a veu vn payfan qui auec le parfum d'vne certaine herbe guariffoit quafi en vn moment toutes les Efcroüelles, il faifoit vomir les malades, lefquels rendoient beaucoup d'excremens pituiteux, & auec iceux des petits animaux & beftions qu'il difoit eftre les germes

& semences de cette maladie : Ie l'ay plusieurs & diuerses fois oüy de la propre bouche du Roy, qui me demandoit par quelle cause cela se pouuoit faire : Monsieur de Lomenie Secretaire du Roy, & Conseiller en son Conseil Priué, Monsieur de Frontenac, François Martel premier Chirurgien du Roy, & plusieurs autres Officiers de sa Maison, ont aussi veu le mesme paysan faisant ses cures prodigieuses. Pour moy, i'ay tousiours creu qu'il faisoit cela par l'aide du diable, & n'en ay point esté trompé : car peu de iours apres ce villageois ne se trouua plus, & n'a point esté veu depuis, quelque songneuse recherche qu'en ayent sçeu faire ses parens & amis. Secondement le diable guarit, quand il oste & soustrait la cause du mal, laquelle il auoit luy-mesme fournie : & ainsi ce qu'on repute soulagement & guarison, n'est rien autre chose qu'vne deception & tromperie couuerte, car il ne guarit point réellement & de fait, mais le diable qui blessoit, cesse de tourmenter le malade. *Il blesse premierement*, ce dit Tertullian, *& puis apres il appreste le remede, & quand il cesse de blesser, il est creu auoir guary*. Ainsi les prodigieuses guarisons de la peste qui se lisent dans les Autheurs, descouurent assez les tromperies & artifices de Sathan : D'entre plusieurs, i'en reciteray vne histoire. La peste auoit desià affligé la ville de Rome par l'espace de trois ans : ayant consulté les liures, on a aduis qu'il faut de Raguse faire venir Æsculape à Rome : A cet effet vn Ambassadeur y est enuoyé pour le querir, & de l'image du Dieu sortit vn grand serpent, qui s'embarqua dans le nauire, pour y estre mené : mais comme il montoit le Tybre, il descendit en vne Isle, ou ayant édifié vn Temple à Æsculape, la contagion cessa tout aussi-tost. Que pouuoit ce serpent : & que pouuoit l'image muette & insensible d'Æsculape pour la curation de la peste ? Que dirons-nous donc ? Le diable vint à oster & soustraire la cause qui fomentoit & entretenoit la maladie, laquelle luy-mesme auoit allumée dans la ville, afin que par cette ruse, il se fit reuerer & adorer comme Dieu. Il guarit donc quand il oste la cause du mal, duquel il estoit luy-mesme l'autheur. Finalement, il guarit par illusions : car il fait voir des fantosmes par lesquelles il abuse les esprits & les yeux des regardans, & leur presente des ombres au lieu des choses mesmes : C'est pourquoy il ne permet point obliger à son seruice par serment, sinon ceux qu'il sçait estre faineants, prompts à croire de leger, & ignorans : Au contraire, il fuit les Doctes, les hommes constans & magnanimes, & ceux qui sont vrayement Chrestiens. On dit qu'aupres de Patras, il y auoit vn Temple de Minerue, auec vne fontaine propre à telles illusions : Car si le malade, apres auoir sacrifié, descendoit vn miroir dans ladite fontaine, il paroissoit sur le champ, par les prestiges & illusions de Sathan, tout tel qu'il deuoit estre à la fin de la maladie. En Achaie : deuant le Temple de Ceres, il y auoit vne fontaine semblable, où le diable respondoit aux demandes qu'on luy faisoit touchant le succez & les éuenemens des maladies, & par ses tromperies & illusions en guarissoit plusieurs. Mais toutes ces façons de guarir sont feintes, fausses & contrefaites par les esprits malings, pour attirer & enuelopper les hommes curieux dedans leurs rets & filets, & different des guarisons diuines, en ce qu'aux ouurages de Dieu toutes choses y sont fort bien reglées & ordonnées, & qu'entre iceux il y a vn fort beau rapport & accord : Là où les ouurages diaboliques sont sans ordre, sans ordonnances, & toutes plaines de confusion, d'illusions & impostures. Dieu guarit les maladies parfaitement, & le diable imparfaitement : car ceux qu'il a guaris sont ordinaires de recheoir en leur mal : Et encores que le diable peut guarit & oster entierement

2. *En cessant de blesser, & ostant la cause du mal duquel il il fournissoit.*

Tite Liue à la fin du 10. l. de la 1. decade. Ouide au 15. liu. de sa Metamorphose.

L'an 1522. sous Adrian VI. la ville de Rome estant fort affligée de peste, vn Grec nommé Demetrio Spartano entreprit de l'apaiser en cette façon. Il coupa la moitié de la corne droite à vn Taureau sauuage, & ayant proferé quelque charme dans son oreille dextre en vn instant le redit si priué, que luy ayant ietté vn fil deslié à la corne entiere il le mena par tout où il voulut, & iusques au colisée où il l'immola pour appaiser la fureur de cette pestilece. En quoy il ne trompa en tout l'esperance de la credule multitud de : parce que depuis la belle liation de ce vain Sacrifice la contagion comença de s'adoucir. Paul Ioue au 21. liure de ses histoires. 3. *Par illusions. Les guarisons diaboliques en quoy different des diuines.*

la maladie, si est-ce qu'il ne veut point conferer vn si grand benefice à l'homme, lequel il poursuit d'vne enuie & haine perpetuelle & irreconciliable. Or la guarison qui est faite par le Roy Tres-Chrestien n'est point tromperesse, frauduleuse, ny contrefaite: parce qu'il ne se sert point de prestiges ny illusions, & qu'il n'employe point de remedes naturels pour y paruenir: & parce aussi qu'il n'oste ny ne souftrait point la cause qui fomente & entretient la maladie, d'autant qu'il n'a point fait le mal. Concluons donc qu'elle ne se fait point par le diable.

Que la vertu admirable de guarir les Escroüelles, concedée aux seuls Roys de France, est vne grace qui leur a esté donnée de Dieu gratuitement.

CHAPITRE X.

'AVTANT que des remedes qui sont outre ou par dessus l'ordre de la Nature, les vns sont magiques, desquels le diable est l'autheur, & les autres diuins, lesquels dépendent de Dieu: & que nous auons prouué cy-dessus que le diable n'est point l'autheur de cette curation admirable des Escroüelles: il s'ensuit necessairement que la puissance de guarir cette maladie, concedée aux Roys de France Tres-Chrestiens, vient & decoule de la seule munificence & liberalité celeste, & de la pure grace & misericordieuse bonté de Dieu enuers le genre humain: Car comme chante le Prophete Roy, *C'est luy qui guarit toutes nos infirmitez par la parole efficasse de sa vertu.* Or il fait cela tantost sans la Nature, c'est à dire, sans y employer les causes secondes, & cette puissance est dite extraordinaire: & tantost auec la Nature, c'est à dire, en se seruant des causes secondes, & cette puissance est dite ordinaire & reglée. Dieu exerce quelquesfois la premiere par le ministere des Anges, Prophetes, Apostres, Saincts & hommes priuez: & la derniere par des moyens naturels, & par le ministere des Medecins, qui se seruent à cette fin diuersement des plantes, pierres, metaux & animaux: *Car le treshaut a creé du Ciel la medecine pour l'vsage de l'homme:* & à cette cause l'homme est dit estre la fin de toutes choses, auquel toutes les choses qui sont sous la Lune seruent & ministrent, & luy à nulle, sinon parauanture l'homme à l'homme. Dieu doncques guarit toutes sortes de maladies & langueurs, tantost par les Anges: *Ainsi l'Ange restitua la veuë au bon Tobie: Et en S. Iean vn Ange troubloit l'eau qui estoit au lauoir du marché aux moutons, & le premier qui descendoit au lauoir apres le troublement de l'eau, estoit guary & guaranty de quelque maladie qu'il fust detenu.* Tantost par les Prophetes, Ainsi *Elisée deliura Naaman Syrien de sa lepre.* Quelquesfois par les Apostres, Ainsi *S. Pierre fit cheminer le boiteux, & son ombre guarissoit toutes sortes de malades.* Quelquesfois par des gens de vie sainte & pieuse, car il est admirable en ses Saints: & quelquesfois aussi par des hommes priuez & choisis, afin de leur acquerir de l'authorité & de faire voir à tout le monde qu'il les aime & cherit. Ce don de conserer la santé, c'est vn don surnaturel, & vne grace donnée de Dieu gratuitement *Ils imposeront* (dit S Marc) *les mains sur les malades, & ils se porteront bien:* Et S. Paul, *Aux vns est donnée la parole de sapience par l'esprit, & aux autres la parole de science, selon le mesme esprit, aux autres la prophetie, aux autres l'operation des vertus, aux autres la grace & le don de guarison par le mesme esprit.* Les Apostres disoient, *Estends tes mains pour guarir, & signes & miracles se*

feront

(marginal notes)

Dieu guarit par sa parole. Psalme 103.

La puissance de Dieu ordinaire & extraordinaire.

Dieu guarit par le ministere des Anges. Tobie 11. Ioan. 5. *Des Prophetes.* 2. Roys 5. *Des Apostres.* Actes 3. & 5. *Des Saincts. Et des hommes priuez. Le don de guarison est vn don surnaturel.* Marc 16. 18. 1. Corinth. 12.

feront. Pierre de blois en parle en ces termes. *Ie confeſſe que c'eſt vne choſe ſainĉte que d'aſſiſter au Roy monſeigneur, car il eſt le Sainĉt & l'Oinĉt de l'Eternel, & n'a point en vain receu le Sacrement de l'Onĉtion Royale: que ſi quelqu'vn ignore ou reuoque en doute la vertu de cette Onĉtion il doit eſtre pleinement perſuadé de la verité d'icelle par la ceſſation de la peſte inguinaire, & la curation des Eſcroüelles.* Iacques Valdeſi Eſpagnol, en vn traitté qu'il a fait de la dignité des Roys & Royaume d'Eſpagne, combien qu'il s'efforce de dépoüiller les Roys de France de pluſieurs priuileges à eux octroyez par les Pontifes Romains, & ratifiez par vn conſentement commun de toutes les nations, ſi eſt-ce qu'en parlant des Eſcroüelles, la verité luy arrache ces paroles: *Il y en a qui voulans diminuer quelque choſe de la gloire des François, diſent que cela ſe fait à l'occaſion de l'air de France ſalubre & propre à la curation des Eſcroüelles, & ainſi maintiennent que tous ceux qui changeans d'air viennent en France, y recouurent leur ſanté. Mais i'ay opinion que cela arriue par vne grace ſpeciale concedée de Dieu aux Roys de France qui ſont vrays & fidelles Chreſtiens, & principalement à S. Louys: tellement qu'à Poblete, ville en la Catalongne, prouince d'Eſpagne, où le bras dudit Sainĉt eſt reueré, ce bras par ſon attouchement redonne la ſanté aux malades des Eſcroüles.* Petrus Pomponatius, encore qu'il maintienne que tous les effects que le vulgaire admire ſe puiſſent rapporter à quelque faculté Lib. 3. de Incantationibus. de l'ame ou de la Nature, neanmoins il eſtime que la guariſon des Eſcroüelles au ſeul toucher des Roys de France, ſe fait par le miniſtere des bons Anges, & que ce don leur a eſté octroyé à cauſe des biens par eux faits à l'Egliſe, qui eſt la cauſe qu'entre tous les Roys il n'y a qu'eux ſeuls qui ſoint nommez Tres-Chreſtiens. Doncques la puiſſance de guarir des Eſcroüelles par attouchement, eſt vne grace donnée gratuitemét, & par vne prerogatiue celeſte premierement communiquée à Clouis, qui d'entre les Roys de France fuſt le premier Chreſtien: car eſtant Clouis a eſté le premier qui a receu de Dieu cette vertu de guarir. Idolatre & Payen, perſuadé par les remonſtrances & exhortations de ſa femme Clotilde qui eſtoit Chreſtienne, il ſe fit baptiſer, & fut oinĉt & conſacré par le miniſtere de S. Remy auec le Chreſme apporté du Ciel, & lors apparurent des ſignes, miracles & prodiges, ainſi qu'il appert de l'Epiſtre du Pape Hormiſda à S. Remy Eueſque de Rheims, de laquelle nous auons parlé cy deſſus. Il eſt donc vray-ſemblable que ce S. Chreſme qu'on dit auoir eſté apporté du Ciel par vne Colombe, a diſtillé ſur les Roys de France cette vertu celeſte & miraculeuſe de guarir les Eſcroüelles: & de faict, tout depuis ce temps-là ils ont eſté nommez Tres-Chreſtiens, & commencerent dés lors à guarir cette maladie, ainſi que nous auons monſtré cy deuant par l'hiſtoire de Lanicet, & l'authorité de S. Thomas. L'onĉtion eſtoit jadis entre les Hebrieux & Iuifs (comme rapporte S. Hieroſme) vne marque de l'authorité Royale, & ce mot *Chriſt*, qui ſignifie autant L'Onĉtion marque de Royauté. comme *oinĉt*, n'eſt point, ſelon Lactance, vn nom propre d'homme, mais vn terme qui emporte puiſſance & Royauté. Dieu a eu touſiours ſes Oinĉts fort Pſalme 105. chers & en grande recommandation: *Ne touchez*, ce dit-il, *à mes Oinĉts.* Or ſous On n'oignoit anciennement que les Sacrificateurs, Prophetes & Rois. l'ancien Teſtament on oignoit ſeulement les Sacrificateurs, les Prophetes & les Roys. Ainſi *Moyſe épandit l'huyle de l'Onĉtion ſur le chef d'Aaron, & l'oignit pour le* Leuit. 8. *conſacrer.* Ainſi *l'Eternel commanda à Elie d'oindre Eliſée fils de Saphat pour Prophete au lieu de luy.* Ainſi Samuël receut commandement d'oindre Saül Pour Roy 1. Rovs. 19. 1. Samuel. 9. & 10. ſur Iſraël, *Demain à cette heure ie t'enuoyeray vn homme de la terre de Beniamin, tu l'oindras pour eſtre gouuerneur ſur mon peuple d'Iſraël.* Et Samuël obeyſſant à l'ordonnance de l'Eternel, *print vne fiole d'huile & l'eſpandit ſur la teſte d'iceluy, & le baiſa.* L'Eternel dit à Elie *tu oindras Hazael pour Roy ſur Syrie & Iehu fils de Namſi* 1. Rovs 19.

pour Roy en Ifraël. Et dans Efaye, *Voicy que dit l'Eternel à Cyrus fon Oinct.* On oignoit donc anciennement les Roys, & on les oinct encore à prefent en plu-

Clouis fut oinct d'huile apportée du Ciel.

fieurs Royaumes : Mais comme remarque Sebaftien Campegius, d'huile d'o-liues confacrée : Clouis fut tout le premier qui oinct d'vne huile celefte, répandit cette vertu diuine de guarir les maladies des Efcroüelles à fes fucceffeurs Roys de France. C'eft vne chofe que quafi tous les Hiftoriens qui ont écrit l'hiftoire de France confeffent pour veritable, ainfi que témoignent entre les Efcriuains Fran-çois Floard Chanoine de Rheims, qui viuoit du temps de Charles le Simple, & l'Archeuefque Hincmar; & que quafi tous les eftrangers confirment, & entre les autres Nauclere en fa Chronologie, Surius en la vie de S. Remy, Anthonin Ar-cheuefque de Floréce, Raphaël de Volterre & François Petrarque; & que toute l'Eglife Gallicane reçoit & approuue. Sainct Thomas qui viuoit du temps de fainct Louys en a parlé en cette façon, ainfi que nous auons fait voir cy-deffus. *Nous recueillons la fainéteté de l'onction des geftes des François & de S. Remy, lequel facra le Roy Clouis auec de l'huile apportée du Ciel par vne colombe, & de laquelle on a depuis cófacré fes fucceffeurs Rois, lefquels à raifon de cette onction, font force fignes, mira-cles & guarifons* Iean Gerfon, perfonnage recómandable pour fa doctrine & pieté, & fort feuer censeur des fuperftitions, en vn fermon touchant S. Remy, en parle en cette maniere. *Noftre Remy, Archeuefque de Rheims, baptifant Clouis auec le faint Chrefme enuoyé du Ciel, touché d'vn efprit prophetique, pronóça ces mots, que le Royau-me de France, & fes Rois feroient renommez, & regneroient affeurément auffi long-*

Li. 1. de rebus Gothicis.

temps qu'ils demeureroient fermes en cette confeffion de foy. Agatias écriuain Grec, dit qu'entre tous les Chreftiens, les François tiennent droictement & purement ce qui eft de la doctrine de la Foy, & eftime à cette caufe que leur Empire fera tres-grand, tres-ferme & de tres-longue durée. D'ailleurs, durant le paganifme, il n'y auoit peuple en tout le monde plus religieux enuers fes Dieux que les François, ainfi que témoigne Cæfar au fixiéme liure des guerres des Gaules; & mefme il

Armoiries des anciens François.

femble que leurs armoiries ayent monftré cela, car elles portoient vn autel auec deux taureaux blancs, tous prefts d'immoler, ayans les cornes dorées & couron-nées de tortis de chefne & feftons de fleurs de toutes fortes & couleurs : Mainte-nant ils ont pour leurs armes trois fleurs de lys d'or, qui éclattent d'vne fplendeur admirable dans vn champ d'azur, & qui refpirent quelque chofe de celefte & di-uin C'a donc efté à raifon de la pieté & de la vraye Religion que le Royaume de France a toufiours reluy par deffus tous les autres Royaumes, & que fes Roys ont efté dits & nommez Tres-Chreftiens. A ce propos fainct Hierofme difoit qu'il n'y auoit que la France qui euft efté fans monftres, & qui euft toufiours foifonné en hommes braues, vaillans & éloquens. Gregoire le Grand confirme braue-ment la dignité & excellence de ce Royaume & de fes Roys, écriuant au Roy Childebert en ces mots, *D'autant que la dignité Royale furpaffe en excellence tous les autres hommes, d'autant furpaffe voftre Royaume en gloire & maiefté tous les autres Royaumes de la terre; Car qu'il y ait en iceluy vn Roy, ce n'eft point chofe dont on fe doiue émerueiller, parce que les autres en ont pareillement: mais que ce Roy foit Catholique & Chreftien, ce que les autres ne meritent point, c'eft chofe qui fuffit. Car comme la clarté d'vn gros flambeau reluit & paroit par la fplendeur de fa lumiere en l'obfcurité des te-nebres de cette terre de mort; Ainfi l'excellence de voftre Foy rayonne & refplendit parmy la perfidie fombre des autres nations. Or vous auez tout ce que les autres Rois fe vantent d'auoir, mais les autres Rois font beaucoup furmontez par vous, en ce qu'ils n'ont point ce bien principal lequel vous auez.* Gregoire IX. appelle le Roy de

France *Tres-Chrestien*. Innocent IIII. le nomme *Prince Catholique*, & *Prince* *Pourquoy le tiltre de Tres-Chrestien a esté donné aux Rois de France plustost qu'aux Empereurs.*
Tres-Chrestien. Vrbain IIII. le fils aisné de l'Eglise, gend'arme excellent de Christ,
& Roy *Tres-Chrestien*. Mais pourquoy le nom de Tres-Chrestien a-il esté plustost
donné à nos Roys qu'aux Empereurs? Car il semble que ce tiltre pouuoit à bon
droit estre accordé à Constantin & autres Empereurs, qui ont esté les premiers
Princes qui ont embrassé le Christianisme. I'estime que cela ne s'est point fait sãs
quelque bonne & iuste raison: Car encor que Constantin connust Christ en son
cœur, qu'il le confessast de bouche, & qu'il fit ouuertement profession du nom
de Iesus, si est-ce qu'il differa son baptesme, qui est le caractere & la marque du
vray Chrestien, iusques au iour de sa mort, comme témoignent Eusebe, Socrate
& Sozomene à plus prés en ces mots. *Partant d'Helenopolis, il s'achemina à Nico-
medie, & estant saisy d'une grieue maladie aux faux-bourgs, demanda d'estre baptisé:
& un peu de temps apres, ayant fait son testament, tout gay & remply d'une ioye
quasi incroyable, s'endormit au Seigneur.* Depuis Constantin il y eut quelques Empereurs, & mesme plusieurs autres Chrestiens, qui ne se faisoient baptiser, sinon
quand ils se voyoient à l'article de la mort, lesquels furent à bon droit códamnez
par S. Ambroise, exposant ce passage de S. Paul, *I'ay combatu le bon combat. La* *2. Thimot. 5.*
couronne de iustice (ce dit Ambroise) *n'est point apprestée pour tous, mais pour celuy
qui peut dire, i'ay combatu le bon combat: ce que i'ay pensé ne deuoir estre teu ny obmis,
d'autant que ie sçay qu'aucuns disent qu'ils reseruent & gardent la grace du baptesme &
la penitence pour le iour de leur deceds: Premierement que sçais-tu si en cette nuict prochaine on te redemãdera ton ame? Puis pourquoy estimes-tu que toutes choses te puissent
estre rapportées, veu que tu es oyseux & sans rien faire?* Et S. Augustin exposant
ce dire du Seigneur, *Si tu sçauois le don de Dieu. Tous*, ce dit-il, *ne sçauent point le* *Iean 4.*
*don de Dieu, parce que tous n'appetent point l'eau de vie: car s'ils la desiroient, ils ne
differeroient point de se faire baptiser. Telles gens prononcent donc sentence contre eux-
mesmes, & perdent le témoignage d'auoir bien vescu quand ils veulent estre baptisez
plus tard, afin qu'ils commettent plus de meschancetez. O homme, ne differe point le remede de ton salut, car tu ne sçais pas quand ton ame te sera redemandée.* Nostre Clouis ne voulut point, selon la coustume de ces Empereurs, differer son baptesme,
ains aussi-tost qu'il eut embrassé la foy Chrestienne, tout bruslant de feu de charité & d'humilité, il demanda d'estre baptisé: Et comme recite Gregoire de *Lib. 2. histo.*
Tours, *Il s'en alla au lauoir, pour y effacer la maladie de sa vieille lepre, & y lauer
d'une eau nouuelle les taches & souilleures de ses faits passez: Lors S. Remy commença
à luy dire d'une bouche faconde, baisse le col, sicambre debonnaire, Adore ce que tu as
bruslé & brusle ce que tu as adoré:* Or Remy estoit Euesque de grand sçauoir, & fort *Loüange de sainct Remy.*
versé aux estudes de rethorique, mais il excelloit aussi en saincteté en telle façon qu'en
vertu il estoit parangonné à Siluestre. Touchant S. Remy, voicy ce qu'en écrit *Li. 6. Epist. 7.*
Apollinaris Sidonius, *Il a de la proprieté en ses epithetes, de la grace en ses figures,
du poids en ses sentences, un fleuue en ses paroles, un foudre en ses clauses: son discours
est net, sans sendasse ny empeschement, & au bien de la conscience il marie & ioint
l'ornement du langage.* D'ailleurs, les premiers Empereurs Chrestiens retenoient
encore en leur sacre & couronnement des façons qui ressentoient le paganisme,
lesquelles furent premierement & refusées & abolies par Gratian: mais aussi-tost
que nos Roys eurent embrassé la Religion Chrestienne, ils n'eurent plus rien
de commun auec les Idolatres Payens. I'adiouteray encore, que quelques Empereurs, par certains interualles de temps, se sont soustraits de la foy de l'Eglise
Romaine, & de l'obeyssance des Papes, là où les Roys de France ont tousiours

combatu pour maintenir la foy Catholique & defendre l'authorité tant de l'E-
glife que du fouuerain Pontife, & mefme qu'ils n'ont pas feulement receu hu-
mainement plufieurs defdits Pontifes qui auoient efté exilez & chaffez par les
Empereurs, mais auffi qu'ils les ont protegez, defendus & remis en leurs charges & pleine authorité. De cela peuuent rendre vn certain témoignage Vrbain II.
Gelafe II. Pafchal II. Alexandre III. Honoré III. & Gregoire IX. C'eft donc
à caufe & en confideration de leurs bien-faits & merites enuers l'Eglife Romaine, que les Roys de France ont efté, & font encore auiourd'huy nommez Tres-
Chreftiens, & les fils aifnez de l'Eglife. Baldus Italien de nation écrit *que le Roy*
de France porte la Couronne de liberté & de gloire par deffus tous les autres Roys, &
que fes Enfeignes font les premieres. Et en l'authentique il dit, *que le Roy de France*
eft comme vn Dieu corporel en fon Royaume, & que ce que le Roy fait, il le fait non
comme Roy, mais comme Dieu, d'autant que Dieu parle par la bouche du Prince, &
ce qu'il fait, il le fait par l'infpiration de Dieu. De ces chofes il appert à mon aduis
fuffifamment que Dieu a toufiours eu vn foing fpecial de ce Royaume, & que les
Roys de France ont efté par deffus tous les autres, cheris & aimez de luy, qui
eft la caufe qui leur a donné par vn priuilege extraordinaire la vertu & puiffance de guarir les Efcroüelles par leur feul attouchement. Doncques pour faire vn
sommaire abregé de toute cette difpute, nous concluons que cette vertu de guarir les fcrophuleux par attouchement eft vn don furnaturel, que Dieu par vne
grace finguliere & liberalité celefte, confere & donne par le moyen de l'hereditaire fucceffion du Royaume, & de l'onction aux Roys de France Tres-Chreftiens, à caufe de leurs merites, & bien-faits enuers l'Eglife fainte & Catholique, lefquels ouurans la main falutaire, prononçent en François ces paroles qui
diftillent la guarifon celefte, *Le Roy te touche, & Dieu te guarit:* Et appofans au
mefme temps le figne de la Croix, confeffent publiquement que cette vertu
vient & dériue de Dieu, qui eft vn en Trinité. Or cette faculté éclate & reluit
en noftre Roy *Henry IIII.* d'autant plus magnifiquement, qu'il excelle par
deffus tous fes predeceffeurs & deuanciers en magnanimité & clemence finguliere: Car il en guarit tous les ans plus de quinze cens. *Qu'il viue donc toufiours*
Augufte, Heureux, Inuincible & chery de Dieu: l'Eternel le vueille benir & fa
femence à tout iamais. Ainfi foit-il.

(marginal note:) Conclufion de
tout ce liure.

Fin du premier Liure.

LE
DEVXIESME LIVRE
DES ESCROVELLES,

AVQVEL IL EST TRAITTE' DE LA NATVRE
DES ESCROVELLES , DE LA MANIERE DE LEVR
generation , de leurs differences , causes , signes & curation
qui se fait par l'art & industrie de la Medecine.

Les glandes , à raison de leur foiblesse naturelle , sont suiettes à beaucoup
de maladies , mais les Escroüelles sont indispositions
qui leur sont particulieres.

CHAPITRE PREMIER.

OMME toutes les especes de maladies peuuent arriuer aux hommes en tous aages , natures & saisons , mais qu'aucunes se font & redoubles dauantages , & plus ordinairement en quelques vnes d'icelles : Ainsi toutes les parties du corps humain sont exposées aux traicts de toutes les maladies , mais elles n'ont point toutes vne mesme disposition à receuoir les causes morbifiques , ny vne pareille force , pour en repousser les iniures , & s'en *Les maladies se font en tous temps , aages, & natures. Toutes les parties sont suiettes à toutes les maladies, mais les vnes plus que les autres.*

guarantir. Car celles desquelles la Nature est exangue , la temperature froide, la situation exterieure , la substance rare , la composition lasche & l'action ignoble ou nulle , sont facilement offencées , tant par les excremens inutiles qui s'engendrent au dedans , que par les causes morbifiques externes. La peau d'autant qu'elle occupe la superficie du corps , & qu'elle n'a seulement qu'vn vsage commun , sans faire aucune action officiale : Les glandes , parce qu'elles sont rares & spongieuses : & les iointures , parce qu'elles sont exangues & lasches , reçoiuent aisément les superfluitez de tout le corps , & les humeurs qui redondent autour des visceres & dans les vaisseaux. La peau est blessée par les humeurs chaudes , les glandes par les froides , & les iointures par toutes indifferemment, & icelles rarement pures & simples , ains le plus souuent confuses & meslangées. La peau reçoit les impuretez de toutes les visceres , mais principalement du foye , comme monstrent les indispositions qui se font en icelles , telles que sont la galle , la gratelle , les harpes , la ladrerie , & autres semblables. *Comme la peau. Les glandes & les iointures. La peau reçoit aisément les impuretez du foye.*

E e iij

Des Eſcroüelles,

Les glandes, les excremens du cerueau. Lib. de Glandulis. Et les iointures. Ceux du cerueau, du foye & des vaiſſeaux.

Les glandes oſtent la redondance de tout le corps, (ce dit Hippocrate) mais plus ordinairement celle du cerueau, & de toutes les parties qui de leur nature ſont humides & marécageuſes : & les iointures plus laſches, quelles ſont celles quis'aſſemblent par diarthroſe, reçoiuent du cerueau, du foye & des vaiſſeaux remplis de ſang, de bile, & de feroſitez, les cauſes des douleurs, tumeurs & inflammations: Et pour ne le faire plus long, s'il s'eſt fait quelque faute & commis quelque deſordre en l'œconomie naturelle, & aux coctions publiques ou priuées, incontinent la peau, les glandes & les iointures en portent la folle enchere, & ſouffrent la peine pour tout le corps : & comme chante Horace,

Lib. 2. epiſt. 2.

Des fautes de leurs Roys les Grecs portent la peine.

La peau, les iointures & les glades ſont les plus foibles de toutes les parties de noſtre corps, & pourquoy.

Car la peau, les iointures & les glandes, de leur nature & premiere formation, ſont les plus foibles de toutes les parties du corps. La peau eſt debile, à raiſon de ſa ſituation, & par la production des vaiſſeaux : c'eſt pourquoy elle eſt dite eſtre *l'emunction de tout le corps*, & eſt miſe par Galien entre les lieux & parties profitables aux éuacuations: Car à icelle abboutiſſent les extremitez de tous les vaiſſeaux. Mais Nature l'a récompenſée de l'incommodité de ſa foibleſſe, en la troüant par tout de force petits pertuits & ſouſpirails, parleſquels la tranſpiration ſe peut faire librement, & en la poſant au dehors, afin qu'on la puiſſe plus aiſément medicamenter & penſer. Les iointures reçoiuent facilement les defluxions, parce qu'elles ſont debiles, & qu'elles ſont laſches : debiles à raiſon du defaut & de la diſette de la chaleur naturelle, car elles ſont exangues & compoſées de parties oſſeuſes, nerueuſes & membraneuſes, & leurs vaiſſeaux ſont fort petits, leſquels ne contiennent gueres de ſang & d'eſprits : & laſches pour le

Hipp. lib. de glandul.

mouuement. La nature des glandes eſt ſpongieuſe, car elles ſont rares & graſſes, ce que tu remarqueras facilement, ſi tu les preſſes fort entre les doigts, car elles rendront vne humeur huileuſe, & en ſortira vn ſang blancheaſtre comme de la pituite. Ces glandes reçoiuent & boiuent comme des éponges la pituite, la feroſité & les humeurs ſuperfluës : c'eſt pourquoy elles ſont de figure ronde & longuette, & ſe trouuent en plus grand nombre & plus groſſes aux parties caues, & principalement en celles qui ſont naturellement humides & pleines de ſang, que non pas aux ſolides & moins abondantes en ſucs & humiditez. Ainſi il y a des glandes inſignes & notables derriere les oreilles & au col, où ſont les veines iugulaires : aux aiſſelles, où eſt le rameau axillaire, & aux aines, où ſe voit la veine crurale, leſquelles reçoiuent les excremens des trois parties nobles,

Les maladies des glades ſont germes des viſceres mal affectez. Sect. 2. l. 6. Epidem.

& ſont à raiſon de ce ſeruice nommées par le vulgaire *Emunctoires* Que ſi elles ſont indiſpoſées, ou qu'elles viennent à s'enfler, elles donnent à connoiſtre l'intemperature & mauuaiſe diatheſe de quelque viſcere. *Les abſcez, ce dit Hippocrate, comme les tumeurs des glandes, monſtrent la diſpoſition des parties dont ils germent & dont ils naiſſent comme iettons, comme auſſi des autres parties, & principalement des viſceres.* Doncques la peau, les iointures & les glandes ſont à raiſon de

Deſſein de l'Autheur, & pourquoy il traitte des Eſcroüelles.

leur foibleſſe naturelle fort fertiles en maladies. Nous n'auons point deliberé de traitter icy des maladies de la peau & des iointures, ny meſme d'expliquer toutes celles qui aduiennent aux glandules; noſtre deſſein eſt ſeulement de décrire cette eſpece de tumeur, que les Grecs nomment *choriades*, les Latins *ſtrumæ & ſcrophulæ*, & les François *Eſcroüelles & ſcrophules*. Ce que nous ferons principalement pour

I. de Gland. Commen. ad Aph. 26. ſec. 3.

quatre raiſons. Premierement, parce que cette maladie, ſelon Hippocrate, eſt particuliere aux glandes ; ce qui eſt auſſi confirmé par Galien en ces mots,

L'escroüelle est pareillement vne indisposition des glandules. Secondement parce que ce genre de maladie est maling & fort rebelle, & qu'il demáde selon le témoigna-ge du mesme Hippocrate vne main industrieuse & habile pour le penser : car comme dit Celse l'Escroüelle ne suppure point aisement *et* soit qu'on la guarisse auec le fer ou par medicamens, le plus souuent elle renaist *et* pululle tout de nouueau aux enuirons des cicatrices mesmes. Tiercement parce que cette indisposition est assez frequente & commune, & qu'elle s'épand contre la coustume parmy la populace de ce Royaume. Et finalement parce que nous auons vn remede prompt & effi-cace en la main de nostre Roy Tres-Chrestien, lequel par son seul attouche-ment & quelques paroles prononcées, guarit (par vne vertu dependante de la succession hereditaire du Royaume & de l'onction sacrée) au nom du Dieu Tout-puissant & en apposant le signe de la Croix, tous les malades des Escroüelles, pourueu qu'ils croyent & qu'ils soyent fidelles & vrays Chrestiens.

Que les Escroüelles sont du nombre des maladies nommées endemiennes (*comme qui diroit locales, nationnelles & affectées à certain peuple, pays & nation*) *& qu'elles sont ordinaires aux Espagnols à raison des eaux gastées & vitieuses dont ils boi-uent, qui est la raison qu'ils viennent vers nostre Roy pour y recouurer leur santé qu'ils ne peuuent trouuer ailleurs : où plusieurs choses non vulgaires sont discouruës touchant les maladies endemiennes.*

CHAPITRE II.

OMME les mœurs des hommes varient selon la diuerse constitution & temperature de l'air & des pays où ils habi-tent, & comme elles changent, selon la maniere dissem-blable de leur nourriture & occupations : Ainsi selon la na-ture de l'air, des eaux & des alimens, & selon la situation de la contrée & les vents qui y soufflent, naissent des mala-dies particulieres à vn peuple & nation, appellées des Grecs *Endemiennes :* comme qui diroit locales & nationnelles. L'admirable Hippocra-te nous enseigne cela bien au long en son liure des airs, lieux & eaux. Car pour-quoy les Europeans sont-ils belliqueux, les Asiens effeminez, les Africains trom-peurs, les Liguriens montagnars, sauuages & robustes, les Campaniens super-bes, les Espagnols cauteleux, les Alexandrins fallacieux, dissimulez & fougueux, les Ægyptiens furibonds, vanteurs & amateurs de nouueautez, les Siciliens subtils & ingenieux, les Perses jaloux, les Pannoniens vaillans, mais grossiers, les Anglois mal traittans les estrangers, les Portugaix volages & inconstans, les Scythes sordides & choleres, les Atheniens enclins à cholere & à pitié ; les Cretes subtils à inuenter toutes sortes de tromperies, les Albanois habitans au-pres du mont de Caucase simples & non dissimulez, les Syriens auares & cau-teleux, les Grecs muables, menteurs & legers à croire sinon de la nature de leur pays & de la maniere de leur viure, exercices & occupations : Car com-me ainsi soit que les mœurs de l'ame suiuent la temperature du corps, & que cette temperature soit diuersement alterée par l'abbord des humeurs & l'in-fluence des esprits, & que la matiere plus prochaine des esprits, ce soit l'air

Au liu. cotté. Lib. 5. cap. 28.

D'où s'engen-drent les ma-ladies ende-miennes.

Pourquoy en diuerses na-tions diuerses mœurs.

Les mœurs de l'ame suiuent la temperature du corps.

Forces de l'air à changer les mœurs. tiré par la bouche, le nez. & les soufpirails occultes qui font en la peau : il eft vray-femblable que la douceur & benignité ou la rudefſe & inclemence de l'air ont beaucoup de pouuoir pour changer les mœurs. Platon écrit que la fre-
L. 5. de legib. quence & varieté des vents rendent les hommes faſcheux & violents. Et le poëte Lucain.

> *La clemence de l'air difſoult & effemine,*
> *Toutes les nations, qui ont leur origine*
> *Vers le Soleil leuant & le midy ardent.*

Car quel eft l'air, tels font aufſi les efprits qui font les premiers inſtrumens de l'a-me : de l'air pur & net font engendrez des efprits purs & nets, & au rebours de ce-luy qui eft efpais & obfcur des efprits obfcurs & tenebreux : or les efprits bien de-fequez & fort lucides rendent les imaginations plus fubtiles, & ceux qui font im-purs & tenebreux couurent de tenebres la phantafie, l'office de laquelle eft de refueiller la raiſon faculté fouueraine de l'ame, & de l'aiguillonner à contempler les idées des chofes vniuerfelles. Car il faut (ce dit le Philofophe) que celuy qui a intelligence contemple les efpeces imaginables.

Forces des eaux à changer les mœurs. Les eaux n'ont pas moins de puifſance à changer les mœurs que l'air, & n'y a prefque aucune partie en la nature où il fe fafſe des chofes plus eftranges ny plus plaines d'admiration qu'en icelles.

Ouid. l. 15. de la metamor-pho.
> *Il fe trouue des eaux par qui non feulement,*
> *Le corps eft changé, mais aufſi l'entendement.*

Il y a vne fontaine en l'Ifle Chios qui ofte l'efprit & rend infenfez ceux qui en boiuent. En la Boëtie aupres du fleuue Orchoménus fe voyent deux fontaines defquelles l'vne augmente la memoire & l'autre la fait perdre. Varro écrit qu'en l'Ifle Ceos il y a vne fontaine qui hebete ceux qui en boiuent, & en Paphlagonie il y en a vne qui ennyure, comme au contraire l'eau du Lac Clitorium fait haïr le vin.

Ouide au liu. allegué.
> *Quiconque a beu du clitorin ruifſeau,*
> *Hait le vin & fe contente d'eau.*

Iſidore écrit qu'en la Boëtie il y a vn certain lac qui tranfporte ceux qui en boi-uent de rage & forcenerie d'amour. En la Sicile aupres de la ville Iufgum il y a vne fontaine qui aiguife l'efprit & les fens. Mutianus écrit que l'eau de la fontaine de Cupido qui eft à Spiga fait perdre tous aiguillons veneriens à ceux qui en boiuēt.

Forces des ali-mens à chan-ger les mœurs. Or les alimens comme ils ont beaucoup de pouuoir pour alterer la temperature, aufſi ont ils pour changer les mœurs : & partant comme la diuerfité des airs, lieux & eaux peut beaucoup pour changer les mœurs, tout de mefme il s'engendre vne grande varieté de maladies felon la diuerfe nature de l'air, des lieux & des eaux.

Comment l'air engendre les maladies.
Au l. allegué. L'air enfante les maladies par l'excez & immoderation de fes qualitez, par le vice & la corruption de fa fubftance & par la mutation des temps & faifons. L'air froid, grofſier & impur, rend felon Hippocrate, les perfonnes enroüées : Celuy qui eft fort chaud abbat & profterne les forces, à cette caufe Ariftote tient que les Æthiopiens & les Lybiens font de plus courte vie. Or la mutation de l'air & des temps fe fait le plus fouuent par les vents, defquels les vns font propres, naturels & familiers à certains lieux & pays, lefquels ne viennent point des poles de l'vni-uers ou des folftices, ains ont leur fouffle & mouuement de la pofition du lieu
Vents particu-liers à certains lieux. & de la region : Ainfi le vent Atabulus gafte & molefte la Poüille : Iapix la Cala-bre, Scyros Athenes, Chagenus la Pamphilie, Olympias l'Euboée, & Cirfius qui ne cede à aucun autre en violence la prouince Narbonoife. Les vents fepten-

trionaux font tres-froids , l'Africain eft humide , Corus & Vulturnus font fecs, l'Aquilon neigeux , & Fauonius chaud. *Le vent Auftral ou de midy hebete l'ouye,* Aph.5.f.ct 3. *obfcurcit la veuë , appefantit la tefte & rend les corps lafches : le vent Aquilon, autre-ment dit boreas ou la bife , caufe des toux & des douleurs de gorge , il rend le ventre fec & dur , & fi quelque douleur occupe la poitrine il l'augmente & accroift.* Ainfi felon l'air & les vents qui tirent & foufflent en chaque region s'engendrent diuerfes maladies. Or combien les facultez des eaux font diuerfes & admirables, & com- Comment les eaux procréent les maladies. bien elles ont de pouuoir à procréer les maladies & à changer l'habitude, la cou-leur & la temperature de tout le corps, ce font chofes qui font bien au long re-citées par Theophrafte, Herodote, Poffidonius, Metrodore, Vitruue, Pline, Pline l.31.c.2. Varro , Seneque, & entre tous exactement & veritablement par le diuin Hip-pocrate. L'eau du fleuue Cratis blanchit, & au contraire celle de la riuiere Syba-ris noircit non feulement la bouuine & la moutonnaille , mais auffi les hommes: tellement que ceux qui boiuent ordinairement de l'eau de Sybaris font plus noirs, plus durs,& ont les cheueux plus crefpes & frifez que les autres : au rebours ceux qui vfent de l'eau de la riuiere Cratis font plus blancs , & ont la cheueleure plus longue & plus eftenduë. Pareillement en Macedoine ceux qui veulent que leurs beftiaux foient blancs les abbreuuent au fleuue Alialmon , & ceux qui les veulent noirs ou roux au fleuue Axius. Au territoire de Montefiafcon toute l'eau rend les bœufs qui en boiuent blancs , & au contraire le fleuue Melas les rend noirs & la moutonnaille pareillement. Virgile recommande le fleuue Cli-tomne , d'autant que les taureaux que l'on fait paiftre & engraiffer à la riue d'i-celuy pour les facrifier puis apres, deuiennent blancs en beuuans de fon eau.

> *D'icy les blancs trouppeaux & le puiffant taureau*
> *Fort fouuent arroufez Clitomne de ton eau,*
> *Pour victime ont-efté par les Romains triomphes*
> *Mis aux temples des Dieux.*

Liu. 2. des Georgiq.

· On dit qu'aupres de Nonacris en Arcadie, il y a vne fontaine nommée Styx Pline l. 2. c. 104. fort belle à voir & n'ayant aucun déboire , de laquelle l'eau foudain qu'elle eft beuë fe congele, endurcit & ferre les entrailles , non autrement que fi c'eftoit du plaftre. Le fleuue Sile qui eft par delà Sorento conuertit en pierre les branches & fueilles des arbres qui tombent en iceluy. En la region où habitent les peuples nommez Ciconiens, il y a vn fleuue qui couure & enduit tout le bois qu'on iette dedans d'vne croufte de pierre : c'eft d'iceluy dont parle Ouide quand il dit,

> *On trouue vn fleuue au pays des Cicones,*
> *Duquel l'eau beuë empierre les perfonnes,*
> *Et conuertit tout corps entierement*
> *En marbre dur, par fon attouchement.*

Au li. quotté.

On tient qu'à Sufan fejour ordinaire des Roys de Perfe, il y a vne petite fon-taine qui fait tomber les dents à ceux qui en boiuent. Il y a des eaux que les anciens ont nommées indomptables , lefquelles ne font point éclairées par le Soleil & ne coulent point vers l'Orient. On trouue pareillement au rapport de Theophrafte, de Vitruue, Pline & Seneque des eaux venimeufes & mortelles. Eaux perni-cieufes & mortelles. En la Romanie aupres de Cichros, il y a vne fontaine qui fait mourir non feulement ceux qui boiuent de son eau, mais ceux aussi qui s'en lauent & baignent. En la Thessalie il y a vne fontaine de laquelle nul bestail n'approche ou boit sans mort. Au Royaume de Crobus se trouue vne eau qui fait tout soudain mourir ceux qui en boiuent: La fontaine de Neptune tuë soudain ceux qui en boiuent imprudemment: à cette cause il fut ordonné par arrest public qu'elle seroit bouschée. D'vn rocher qui est le long du fleuue Pheneus en Arcadie, sourd vne eau qui tuë soudainemét ceux qui en boiuent, d'où elle a esté nómée Stix. Au mont Soractes qui est en la Toscane, il y a vne fontaine de largeur de quatre pieds: aupres de laquelle on trouue les oiseaux morts qui en ont beu. Nous auons veu par plusieurs fois vne semblable fontaine au territoire de Montpellier aupres d'vn village nommé *peraut*, laquelle les paysans appellent en leur langage *le boullidou* d'autant qu'il semble qu'elle boüille continuellement. Aupres du sepulchre du poëte Euripide qui est en la Macedoine, il y a vn fleuue duquel l'eau beuë est extrémement venimeuse. Au mont Berosus y a trois fontaines qui font irremediablement mourir ceux qui en boiuent sans sentir aucune douleur. Solin écrit que le lac Gelonius ne permet qu'on en approche à raison de la puanteur qui en sort. Le lac Amsanctus, qui est au cœur de l'Italie, rend vne odeur si venimeuse & mortelle que les oiseaux qui vollent par dessus en meurent. Il y a vn lac (ce dit Strabo) en la region de Gedara qui fait tomber le poil, les ongles & les cornes aux bestes qui en boiuent. Au desert de Chermain qui est en la Perse, il y a vn lac qui engendre des flux à ceux qui en boiuent seulement vne goutte. Il sourd des eaux en Islande qui tuent ceux qui en boiuent comme feroit du poison. Pomponius Mela écrit qu'aux Isles fortunées il y a vne fontaine qui fait mourir ceux qui en boiuent de force de rire. Mais ces choses sont parauanture pour la plus part mensongeres, fabuleuses & transcriptes des escriuains Grecs gens & prompts à croire de leger, & sujets à mentir hardiment: mais celles-là sont tres-vrayes qui ont esté laissees par écrit par nostre Hippocrate en son liure des airs, lieux & eaux.

Eaux marescageuses fort mal-saines.

Les eaux marecageuses & croupissantes sont necessairement en Esté chaudes, espaisses & puantes, & en hyuer glacées froides & troubles, à raison de la neige & de la gelée: tellement qu'elles sont fort propres à procréer abôdance de pituite & à rendre la voix rauque & enroüée: elles causent des enfleures & duretez de ratte & des hydropisies. aux enfans

Les eaux des glaces fonduës pourquoy mauuaises.
Pline l. 2. c. 60.

des hergnes & aux hommes des varices & des vlceres aux iambes. Et au mesme liure la boisson faite d'eau de neige & de glace est extrémement mal-saine, parce que ce qu'il y auoit en elle de plus subtil en a esté retiré. Et de fait que toute liqueur diminuë à la gelée c'est chose qui est bien facile à remarquer: Car emplissant quelques vaisseaux d'eau & les exposans à l'air pour la faire prendre & geler: & puis le lendemain portans les mesmes vaisseaux en vn lieu chaud afin que la glace se fonde, on ne trouuera iamais la mesure de l'eau telle qu'elle estoit auant qu'estre gelée, qui est signe que ce qu'il y auoit en elle de plus subtil & de plus leger en a esté tiré & s'est euanouy en se gelant. Aristote demande en ses problemes pourquoy les eaux de glaces fonduës sont vicieuses & mal-saines. Est-ce pource, ce dit-il, que la portion la plus subtile & legere de quelque eau que ce soit, s'exhale & éuapore en se congelant? Pour signe de cela, c'est qu'estant fonduë elle n'est plus en quantité si grande qu'elle estoit auparauant. Comme ainsi soit donc que ce qui estoit en elle de meilleur & de plus salubre ce soit esuanouy, il faut de necessité que ce qui reste soit pire & plus mal-sain. Galien tesmoigne que les eaux froides & glacées sont ennemies des arteres, des nerfs, du cerueau, & des glandules. Ceux ce dit Athenée, qui desirent viure longuement,

& qui font fongneux de leur fanté doiuent laiffer les neiges aux arbres , bleds
& riuieres pour les faire enfler, aufquelles il eſt tout notoire qu'elles font tres-
vtiles & tres-profitables. Toutes les eaux qui participent de la qualité virulente du vif argent affoibliſſent le ceruveau , & cauſent force fluxions dans la gorge & fur les glandes. Pline écrit qu'en l'armée de Cæſar Germanicus naſquirent Liu.25.c.3.
deux maladies nouuelles par l'vſage & boiſſon de l'eau d'vne fontaine pernicieuſe, deſquelles l'vne eſtoit vn mal de bouche accompagné de puanteur & de
pourriture, lequel ils nommoient *ſtomacacé:* & l'autre bleſſoit les iambes & les
cuiſſes en telle forte que les genoux en reſtoient ſi laſches & deſnoüez qu'ils
ne pouuoient ſe ſouſtenir, & l'appelloient pour cette raiſon *ſceletribé.* Tout ainſi
donc que la bonté des eaux eſt d'vne tres-grande importance pour la conſeruation de la ſanté, tellement que Pindare ait tres-bien dit *que l'eau eſt vne choſe
tres bonne & tres-excellente:* Ainſi les eaux corrompuës & mauuaiſes engendrent l'vſage des
alimens cor-
rompus engen-
dre les mala-
dies.
L. 6. Epidem.
ſect. 4.
à ceux qui en vſent diuerſes ſortes de maladies : ce que fait pareillement l'vſage
des alimens gaſtez & vicieux, ainſi qu'on peut recueillir d'Hippocrate quand
il dit, *que l'vſage aſſidu des legumes qu'on mangeoit en Aenos à raiſon de la famine
qui y eſtoit, debilita tellement les iambes & cuiſſes que tous tant qu'ils eſtoient ne ſe pouuoient ſouſtenir deſſus.* Mais à quelle fin tout ce long diſcours touchant la nature
de l'air, des lieux, des eaux & des alimens, ſinon afin que tout le monde voye
comme par iceux & d'iceux s'engendrent des maladies diuerſes & particulieres
nommées des Grecs *endemioi, endemoi & epichorioi,* des Latins *patrij, vernaculi, na-* D'où naiſſent
les maladies
endemiennes.
talitij, regionales, indigenæ & inquilini, qui font ſpeciales & affectées à certains peuples, lieux, pays & nations: pource que chaque region a ſa conſtitution & temperature particuliere, & vne propriété qui luy eſt ſpeciale, laquelle depend du
naturel du lieu & des eaux qui y ſourdent, de la ſituation de la region & des
vents qui tirent & ſoufflent en icelle. Ainſi la lepre & meſellerie font ordinai- Enumeration
de toutes les
maladies en-
demieunes.
res aux Ægyptiens & aux Iuifs, les dragonneaux aux Mores, Arabes & Æthiopiens, le lichen ou dartre aux Aſiens, la chaſſie aux Achaiens, l'haleine puante
aux Parthes, l'hydrocelle ou hergne aqueuſe aux Landochiens, les catarrhes aux
Geneuois, la phtiſie aux Portugaix, la gibboſité & la lycantropie aux Gaſcons,
la iauniſſe aux habitans de la Poüille, la fiévre Hemitritée aux Romains, la
podagre aux Atheniens & Milanois, le varen aux Valaches, le ton aux Ameri-
cains & Breſiliens, la leucophlegmatie aux Deliens, les hæmorroïdes aux Vene-
tiens, la pleuriſie aux Tridentins, le mal caduc aux Florentins, à cette cauſe ils font
appliquer des cauteres à la teſte de leurs enfants dés incontinent qu'ils font nais
pour les en preſeruer : les hernies aux Pariſiens, les Caqueſangues aux Tholo-
ſains, les duretez de ratte aux Cariens, le plica aux Polonois, la verole aux Indiés,
le ſcorbuth aux Alemans, Flamens & Danois, les retractions des iointures aux
Illiſiens, le carboncle aux Narbonnois, le goettre aux Saüoyards, & les Eſcroüelles aux Eſpagnols & à quelques autres peuples : Ainſi vne chacune prouince
a ſes biens & ſes maux. Or pour conclurre tout ce diſcours nous diſons que les Les Eſcroüelles ſont mala-
dies endemien-
nes aux Eſpa-
gnols à cauſe
de la mauuai-
ſe qualité des
eaux dont ils
boiuent.
Eſcroüelles font du nombre des maladies endemiennes, & qu'elles font ordinaires en quelques regions de l'Eſpagne à raiſon des eaux cruës croupiſſantes &
corrompuës dont ils vſent & boiuent communement. Philarque eſcrit que les
Eſpagnols, meſmes les plus riches, boiuent des eaux cruës: or telles eaux (ſelon
Hippocrate) d'autant qu'elles ne font point fort ſublimes, & qu'elles font chaudes en Eſté & froides en Hyuer, ſe corrompent aiſément, & abbreuuent la gorge & les glandules. *Elles engendrent* (ce dit-il) *quantité de pituite & rendent la*

voix rauque. Ceux qui habitent aux lieux chauds & qui regardent vers le midy (ce dit le mesme autheur) sont à couuert des vents de bise, ils vsent d'eaux saumaches & épaisses, & sont trauaillez de maladies causées par defluxiós. Les eaux cruës abbreuuent les glandes & s'y attachent en passant à raison de leur terrestre & espoisseur. Celles qui croupissent ou coullent mollement, sont en Esté tousiours couuertes de vapeurs & brouïllars, & en Hyuer de nuages froids. Que cette maladie soit ordinaire aux Espagnols, il appert de ce qu'il en vient tous les ans plus de cinq cens vers nostre Roy, luy demander auec larmes & prieres le

Pourquoy cette maladie estoit renduë assez frequente en France durant les guerres.

remede de leur santé. Ce mal s'estoit les années passées rendu assez frequent en ce Royaume notamment à Paris, d'autant que la guerre ciuile estant allumée par tous les coings d'iceluy, la populace estoit contrainte de se nourrir d'alimés corrompus & d'eaux vicieuses, qui n'engendroient rien qu'vn sang crud & impur. Ioint que l'attouchement salutaire du Roy estoit denié à plusieurs: aux vns certes pour la difficulté des chemins & passages occupez par les gés de guerre qui pillans & rançonnans tout le mónde empeschoient les malades d'aller où estoit sa majesté, & aux autres parce qu'ils reiettoient par leur rebellion, felonnie & incredulité le remede de leur santé. Le mal prenoit donc de iour en iour accroissement ou pource qu'il se prouignoit par contagion parmy le peuple, ou pource qu'il se transportoit par les peres & les meres aux enfans qui naissoient d'eux:

L'escroüelle est vne maladie contagieuse. Distinction des Escroüelles en contagieuses & non contagieuses.

Car cette maladie est contagieuse & hereditaire. Qu'elle soit contagieuse c'est chose que beaucoup de gens esprouuent iournellement: mais il est besoing de distinction: Car des Escroüelles les vnes sont benignes & les autres malignes & de mauuaises mœurs: les benignes sont engendrez d'vne pituité simple & pure, & celles qui sont malignes d'vne pituite meslée auec la bile ou le suc melancholic: les benignes ont vne tumeur égale, ronde, circonscripte & exempte d'inflâmation & de douleur, & les malignes au rebours vne tumeur inegale & tres-dure, des vaisseaux entortillez en maniere de varices, & sont accompagnées d'inflammation de douleur & d'vlcere: les benignes ne sont point contagieuses, mais les malignes d'autant qu'elles rendent des exhalaisons & vapeurs putrides, sont capables d'infecter par leur attouchement & physical & mathematical les personnes auec lesquelles ils conuersent & hantent. Pour confirmation de ce que nous venons de dire nous alleguerons icy l'arrest donné solennellement par l'eschole de Paris sur la demande de la Cour, duquel Monsieur Iabot Doyen de la faculté de medecine nous a donné la copie telle comme elle ensuit.

Le vingt-huictiesme de Nouembre mil cinq cens soixante & dix-huict la resolution des docteurs en medecine choisis & nommez pour donner leur aduis touchant les Escroüelles fut recitée & approuuée: or elle estoit telle.

Arrest de l'Eschole de Paris touchant les Escroüelles.

La Court de Parlement ayant demandé au College des Medecins, sçauoir si les Escroüelles pouuoient infecter le pain. La responce fut que le pain pouuoit estre infecté par l'haleine de plusieurs personnes gastées d'Escroüelles, d'vlceres malings, virulens & sordides qui demeurent en vn mesme lieu. Il s'ensuit donc que c'est vne maladie conta-

L'Escroüelle est vne maladie hereditaire.

gieuse. Or qu'elle soit hereditaire, c'est à dire, qu'elle se puisse communiquer & transporter des parens aux enfans, c'est chose qui est aussi certaine que ce qui est tres-certain: parce que les indispositions d'vn cerueau foible & debile, & les vices & defauts d'vne teste mal formée, passent aisément par le moyen de la semence aux enfans. Tout ainsi donc que les Macrocephales engendrent des Macrocephales & les Epileptiques des Epileptiques, tout de mesme les Scrophuleux procréent des Scrophuleux.

Des diuers noms de cette maladie, & pourquoy ils luy ont
esté ainsi imposez.

CHAPITRE III.

E s Autheurs designent coustumierement cette maladie vilaine & rebelle par diuers noms. Les Grecs
l'appellent *choirádes* ; les Latins , *strumæ* ; *scrophulæ*,
scrophæ , *sodella* ; les François *le mal du Roy* , les *scro-*
phules , les *Escroüelles* , les Espagnols *porcellanas* , *lam-*
parones , & les Portugaix *las porcas*. Les Grecs appellent les Escroüelles *choirádes* ou de ce nom *choiros* qui
signifie vn pourceau , ou bien vn certain banc de rochers , que tant lés Latins que les Grecs nomment
cherades petras , lequel se découure quelque peu dans
la mer , & semble que ce soit vn trouppeau de poùrceaux qui nagent la teste
hors de l'eau Le mot *choiros* signifie comme nous venons de dire vn pourceau
or il y a vne fort belle analogie & rapport entre les pourceaux & les Escroüelles. 1. La truie est vn animal qui fait plusieurs petits d'vne mesme pórtée , &
l'Escroüelle ne se voit gueres souuent pour vne seule , ains d'vne seule il s'en engendre plusieurs. 2. Les pourceaux ont le col plein , gros & court , & les scrophuleux l'ont de mesme à raison de l'inégalité & multitude des tumeurs qui le
rendent tel. 3. On trouue au col des pourceaux tout à plein de tumeurs &
boullettes glanduleuses, or les Escrouëlles (comme rapporte Aëce suyuant l'o-
pinion de Leonidas) sont totalement semblables. 4. Cette maladie est ordinaire aux pourceaux à raison de leur voracité , & les Escrouëlles s'engendrent
aux hommes à cause de leur gourmandise , & notamment aux enfans qui mangent à toutes heures & amassent force pituite & cruditez. 5. Le pourceau est
vne beste sale & orde, laquelle se plaist à se veautrer dans la fange & le bourbier,
& l'Escrouëlle est vne maladie vilaine & infame: & anciennement ce qui estoit
vilain, infect & méchant, estoit appellé de ce nom: c'est pourquoy Ciceron appelle la turpitude, la vilenie & la méchanceté, les Escrouëlles de la cité, quand il
dit, *Ceux-là medecinent la republique lesquels retranchent quelque peste comme l'Es-*
croüelle de la cité. Et ce prouerbe Latin *strumam dibapho vestire*, c'est à dire, vestir
vne Escrouëlle de pourpre, se dit de ceux qui veulent cacher la turpitude de quelqu'vn sous le manteau des grands honneurs & charges qu'ils luy mettét en main.
Cette maladie est donc à bon droit nommée *choiros* à raison de la correspondance
qu'il y a entre icelle & les pourceaux, d'où les Latins l'ont aussi nommée *scrophula*
du mot *scropha*, qui selon Aule Gelle est vne porque, coche ou truye, qui a fait
par plusieurs fois des cochons. D'autres veulent que les Grecs nomment les Escrouëlles *Cherades à petris cheradibus* qui sont certains rochers noirastres cachez
sous la mer, lesquels se découurans quelque peu ressemblent à vn troupeau de
pourceaux qui nagent dans l'eau: Or cette maladie peut estre comparée à ces
rochers à raison de l'inégalité qui se remarque au doigt & à l'œil aux tumeurs
scrophuleuses. Nous lisons dans l'histoire de Callimachus , que *Cherades petræ*
estoit vne longue pointe de rochers qui s'auançoit vers l'Isle de Negrepont où
Aiax Oilien s'en retournant en son pays aprés le sac de Troye, perit par naufrage,

Noms des es-
croüelles.

Pourquoy nom-
mées cherá-
des.

Pro sestio

Pourquoy nom-
mées scrophu-
les.
L. 18. c. 6.

Cherades pe-
træ.

F f

Des Escroüelles,

Pourquoy dites strumæ.

Pallas se vengeant du tort qu'il luy auoit fait en violant Cassandre dans son temple. Mais pourquoy les Latins ont-ils nommé les Escroüelles *struma* ? parce que *Ruma* estant vne partie de la gorge, les Escroüelles qui naissent le plus souuent en cet endroit en ont esté nommées *struma*. Il y en a qui appellent *struma* les éminences & bosses qui viennent au dos ; mais ils se trompent : Car si ainsi estoit comment seroient-elles guaries par medicament fait de mauues & de saliue d'homme ainsi que veut Pline ? Car écriuant de la faculté de la mauue il en parle en ces termes *la mauue appliquée auec saliue d'homme guarit & resoult les Escroüelles & les parotides ou oreillons sans faire playe ny ouuerture à la peau.* D'ailleurs Iuuenal n'eut point parlé deux fois d'vne mesme maladie en vn seul vers quand il écrit que Néron n'auoit point rauy ny prins pour ses amoureux des ieunes gens qui eussent les iambes torses, qui eussent les Escroüelles, ou qui qui fussent bossus.

L.20.chap.21.

Satyra 10.

> *Nec prætextatum rapuit Nero loripedem : nec*
> *Strumosum, atque vtero pariter gibboque tumentem.*

Marcel écrit que le mot *struma* se prend dans Pline pour deux sortes de tumeurs, asçauoir pour celles que les Grecs nomment *Dothien & Choirades*, tellement qu'il ait traduit le mot *Dothien* par tout où il l'a rencontré dans les autheurs Grecs par celuy de *struma*, mais il se trompe & méprend : Car il tourne ordinairement le mot *Dothien* par celuy de *furunculus* qui signifie *clou ou froncle*, comme font pareillement les interpretes de Dioscoride. Et de fait *Dothien* est à parler proprement vn froncle, & dans Galien c'est vne tumeur apostemeuse qui se fait le plus souuent dans la chair d'vne humeur grossiere & épaisse, laquelle certes est benigne quand elle n'occupe que la peau, mais reuesche & maligne quand elle épand ses racines plus profondement. Guillaume de Nangi en la vie du Roy S. Louys appelle les Escroüelles *sodella*, mais ie ne sçay pour quelle raison. Le populas François les nomme *le mal du Roy*, non point à la façon que les anciens disoient la iaunisse maladie royale, car elle estoit maladie royale.

> *Molliter hic quoniam celsa curatur in aula*
> *Parce que mollement ell' se guarit en chambre.*

Pourquoy nommées le mal du Roy.

Mais pource que le Roy Tres-Chrestien par vne prerogatiue celeste & diuine guarit cette maladie rebelle par son seul attouchement : tellement que cette indisposition soit nommée *le mal du Roy* à la maniere qu'on rapporte aux Saincts plusieurs sortes de maladies : Ainsi il y a *le mal sainct Iean*, *le mal sainct Anthoine* & plusieurs autres que le commun peuple a ainsi nommez : d'autant qu'il croit qu'ils sont guaris par les suffrages & merites de ces Saincts. L'autheur du liure intitulé *Rosa anglica*, dit qu'on appelle les Escroüelles *le mal du Roy*, parce que les aides de la medecine ne profitans de rien on les enuoye au Roy, & qu'estans touchez & benits par iceluy ils recouurent leur santé.

Liu.2.chap.1.

Belle definition d'Escroüelle & son explication.

CHAPITRE IV.

IVERS ont diuerſement definy l'Eſcroüelle : l'autheur du liuret des definitions de medecine ſoit où Galien ou quelque autre, la definit, *vne chair ſeche qui ſe reſoult difficilement.* Les Eſcroüelles (ſelon Æginete) *ſont glandules endurcies :* & ſelon Aëce ce *ſont chairs blancheaſtres enfermées dans vne taye ou membrane leſquelles croiſſent & augmentent facilement.* Celſe definit l'Eſcroüelle *vne tumeur en laquelle de la bouë & du ſang s'engendrent & concréent de certains corps durs comme des glandules.* Quelques modernes baillent cette definition, *les Eſcrouelles ſont tumeurs des glandes, leſquelles eſtant abbreuuées d'vne pituite ſalée & pourrie s'enflent & ſont eſtendre & bander la membrane dans laquelle elles prennent accroiſſement, comme ſi c'eſtoit quelque mole ou maſſe de chair viuante.* Nous les definirons vn peu plus exactement en la maniere qui enſuit. *L'Eſcrouelle eſt vne tumeur des glandes endurcies, contenuës dans vne membrane ou pellicule propre, & engendrée d'vn pituite époiſſe & deſſechée, laquelle eſt rarement ſimple & pure, & le plus ſouuent ſalée & mélangée auec quelque autre humeur, & quelquesfois auſſi elle eſt engendrée d'vne chair particuliere endurcie.* Examinons maintenant toutes les parcelles de cette definition par le menu & les vnes apres les autres. La tumeur eſt vne maladie de laquelle l'eſſence conſiſte en vne magnitude & grandeur accruë outre & par deſſus celle qui eſt naturelle : mais y ayant comme écrit Hippocrate des tumeurs laſches & molles, d'autres dures, nous auons prouué cy deſſus par les authoritez de Galien & Æginete que l'Eſcroüelle eſt du nombre des dernieres, qui eſt la raiſon que pluſieurs la mettent au rang des ſcirrhes : jaçoit ce qu'on la rapporte ordinairement, eu égard à la cauſe prédominante en icelle, à la claſſe des abſcez phlegmatiques qui ſont engendrez d'vne pituite cruë & pourrie, & leſquels ſont contenus dans leurs chiſtes & propres follicules. Or la tumeur eſt dure, ou par ſechereſſe, ou par concretion, ou par tenſion : Ainſi le bois eſt dur, parce qu'il eſt ſec : la glace eſt dure, parce qu'elle eſt priſe & figée : & le tambour dur, parce qu'il eſt tendu & bandé. En l'Eſcrouelle tantoſt la pituite, la bouë, ou la chair ſe figent & concréent, tantoſt elles ſe deſſechent par le meſlange de l'humeur atrabilaire, ou par la conſomption de la partie plus coulante & plus claire, & tantoſt auſſi la ſubſtance de toute la glande qui eſt poreuſe & qui boit l'humidité comme vne éponge, eſtant abbreuuée ſe rend plus dure qu'elle ne doit eſtre naturellement : Et par ainſi il arriue que toutes les cauſes de durté ſe rencontrent & paroiſſent quelquesfois aux Eſcroüelles. Cette tumeur occupe ordinairement les glandes : de là vient qu'Hippocrate & Galien la diſent eſtre maladie propre & particuliere aux glandules. Mais d'autant qu'il y a pluſieurs ſortes de glandes, il nous faut declarer quelles ſont celles qui ſont affectées en cette maladie. Les glandes qui ſe trouuent au corps humain, ou elles ſont

D'Aeginete l. 6. c. 35.
D'Aëce, tetrab. 4. ſerm. 3. c. 5.
De Celſe. l. 5. c. 28.

De quelques modernes.

Et de l'autheur.

En combien de façons la tumeur eſt dicte dure.

L'Eſcroüelle pourquoy eſt vne tumeur dure.

Li. de gland. Commen. ad Aph. 26. ſe. 3.
Differences des glandules.

Vfages des
glandules.

engendrées enfemble auec les autres parties , ou elles naiffent outre le pr emier
deffein de nature long-temps apres fa naiffance : Celles-là rendent quelque vfage & feruice au corps , & celles-cy font totalement inutiles & fuperfluës : Celles-
là font ordonnées ou pour affeurer les diuifions des vaiffeaux , ou pour boire
les humeurs excrementitieufes , ou pour arroufer certaines parties. Celles qui
font faites pour affermir les vaiffeaux fe trouuent aux endroits où ils fe fourchent , car il falloit craindre que les vaiffeaux ne s'arrachaffent aux mouuemens
violents , ainfi que les rameaux des arbres font de leur tronc , s'ils n'eftoient
portez fur ces corps comme fur quelque cuiffin mollet. Ainfi en la diuifion de
la veine porte fe trouue vne glande notable nommée *pancreas & callicreas : en*
la feparation des veines mefaraïques , vn nombre quafi infiny de petites glandules : en la diftribution de la veine caue afcendante vn corps glanduleux nommé *Thimus ou fagouë :* aux vaiffeaux du ceruueau *le conarion :* au col, aux aiffelles &
aux aines, où les veines iugulaires, axillaires & crurales fe fourchent diuerfement
il y a plufieurs glandules qui appuyent & affeurent les vaiffeaux. Leur fecond
vfage eft de boire & receuoir les humiditez fuperfluës non autrement que des
efponges : de là vient que le vulgaire les nomme *émonctoires ,* parce (pour me feruir des termes d'Hippocrate) qu'elles oftent la redondance du refte du corps.
Le troifiéme vfage que nous auons affigné aux glandules , c'eft d'humecter &
arroufer quelques parties , & empefcher en fe deffeichant qu'elles ne deuiennent ineptes à faire leurs mouuemens : telles font celles du larynx & de la langue qui engendrent la faliue , celles qui font fituées aux angles des yeux lefquelles aident leur mouuement , les proftates qui font affis au col de la veffie , qui
arroufent le canal de la verge d'vne humidité huileufe & comme auec de la faliue , de peur qu'il ne foit offencé par l'acrimonie de l'vrine , & les glandes du mefentere qui arroufent les boyaux par leur moiteur. Hyppocrate & Galien font
quelquesfois mention d'vne autre forte de glandes : qui eft ainfi dicte, à raifon
que leur fubftance reffemble à celles des vrayes glandes , laquelle toutesfois doit

Corps glan-
duleux.

eftre pluftoft & plus veritablement nommée corps glanduleux que glande ou
glandule , d'autant qu'elles ne rendent pas feulement vn vfage & feruice au
corps , ains mefme font vne action officiale & commune: Ainfi les rognons
font dits glanduleux : Ainfi les tefticules font corps glanduleux ayans
leur fubftance molle , rare & cauerneufe : Ainfi les mammelles des femmes
font corps glanduleux qui ont naturellement en eux la faculté d'engendrer
le laict , & le ceruueau mefme felon Hippocrate eft femblable à vne glande , d'autant qu'il fe peut émier. Voilà toutes les fortes de glandes qui font
engendrées par la nature enfemble auec les autres parties dans la matrice.

Glandes qui
s'engendrent
dins nous apres
noftre naiffan-
ce.

Or il y en a encore d'autres qui outre le deffein de la nature s'engendrent
dans nous long-temps apres noftre naiffance , & ne font d'aucun vfage ou
feruice au corps , lefquelles fe peuuent engendrer dans quafi toutes les parties , le plus fouuent au mitan de la graiffe , quelquesfois parmy les chairs &
aux efpaces d'entre les mufcles , quelquesfois aux parties exangues & membraneufes , & bien fouuent aux extremitez des vaiffeaux du fang , de la pituite , de la glaire & autres humeurs fuperfluës qui s'y époiffiffent , figent &
endurciffent. Or toutes ces fortes de glandes peuuent eftre affectées de tumeurs fcrophuleufes : Car dans Aëce Meges Chirurgien dit auoir veu des
Efcroüelles aux coftez & aux mammelles des femmes. Iulius Pollux écrit

qu'elles se peuuent engendrer au mesentere, comme aussi dans la chair, la graisse & l'epiploon. Philippe Ingrasias raconte auoir trouué en la dissection d'vn corps, enuiron septante Escroüelles de diuerse grosseur dans le mesentere, & que les vnes contenoient dans leurs chistes & membranes des substances pierreuses & gipseuses, & les autres comme de la morue & de la pituite épaissie. De Langi rapporte l'histoire d'vne femme de Florence à qui il vint vne Escroüelle à la cuisse, de laquelle elle fut guarie par l'industrie de Beniuenius auec des ligatures & le cautere actuel. Nous auons connu vn gentilhomme qui estant scrophuleux depuis la teste quasi iusques aux pieds fut en moins d'vn mois parfaictement guary par l'attouchement du Roy. Nous traittons à present (ce dit Brassauole) vne certaine femme qui a quasi toutes les parties du corps iusques aux aines pleines d'Escroüelles. Tout ainsi donc qu'il se peut engendrer des glandules en presque toutes les parties du corps, aussi y peut-il naistre des Escroüelles, mais plus souent & plus ordinairement au col, aux aisselles & aux aines ; parce que ce sont les émonctoires des trois parties nobles du cerueau, du cœur & du foye. Doncques l'Escroüelle est vne tumeur dure, propre & particuliere aux glandes, *engendrée d'vne pituite épaissie & dessechée*. Cette particule icy designe la cause materielle. Hippocrate veut que cette maladie soit faicte de la pituite, quand il escrit *si la fluxion d'vne pituite lente & espaisse est copieuse elle engendre des Escroüelles, maladie du col tres-pernicieuse*. Item *le fauus & l'Escroüelle se font de la pituite*. Voicy ce qu'en dit Galien, *l'Escroüelle est aussi vne maladie des glandules, laquelle n'est point engendrée d'vne matiere chaude & venant tost & facilement à suppuration, ains pituiteuse & plus froide*. C'est pourquoy les autheurs tant anciens que modernes les ont placées en la classe des abscez phlegmatiques. Mais y ayant plusieurs differences de pituite, il faut rechercher qui est celle qui procrée cette maladie. La pituite (selon Galien) est vne humeur crue, & est de deux sortes, l'vne naturelle & l'autre excrementitieuse : la naturelle est la portion plus froide & moins cuite du sang, & comme qui diroit vn sang demy cuit, vtile toutesfois pour nourrir les parties doüées de pareil temperament. Ainsi Hippocrate veut que le cerueau se nourrisse du sang pituiteux, comme le cœur & les poulmons du bilieux, écumeux & mieux élaboré. Car tout aliment estant heterogene, c'est à dire, ayant en soy des parties de dissemblable nature plus grossieres, plus subtiles, plus chaudes & plus froides, d'autant que c'est vn corps mixte & animé, de là vient qu'au commandement d'vne mesme chaleur, il s'engendre à raison de la diuersité de la matiere diuerses substances au sang confus en vne seule masse & contenu en mesmes vaisseaux. La pituite excrementitieuse est de plusieurs sortes qui different selon le diuers degré de la chaleur, selon le diuers meslange des humeurs, & selon la diuersité de la consistence. Le degré de chaleur plus intense ou plus remis, rend la pituite douce, acide, salée: l'acide ou aigre est engendrée par vne froidure extrême de la partie qui l'engendre, c'est à dire, par vne chaleur foible & petite, car il n'y a rien de froid actuellement au corps viuant: ou bien par la crudité, à la façon des fruicts qui auant leur maturité sont acerbes, aigres & surs: la douce est engendrée par vne chaleur moderée, & la salée par vne chaleur putride & estrangere. Le diuers meslange enfante aussi les mesmes differences & imprime en icelles diuerses saueurs : Car la pituite est douce si elle est simple & non meslangée, acide si elle

En son traitté des tumeurs.

En ses epistr. medicinales.

Comment.ad Aph.25.sec.3.

Les Escroüelles s'engendrēt de la pituite. Li. des gland.

Li. des malad. Au Commen. sur l'Aph. 26. de la 3. sect.

Qu'est-ce que la pituite. Ses differences. La pituite alimentaire.

La pituite excrementitieuse.

Differences de la pituite selon le degré de la chaleur.

Selon la diuerse maniere du meslange.

eſt meſlée auec l'humeur melancolique , & lors elle fermente & fait leuer la terre comme ſi c'eſtoit du vinaigre , & ſalée par le meſlange d'vne humidité ſalée &
ſereuſe, ou d'vne bile amere , pourueu toutesfois qu'elles ſoient meſlées en telle
proportion que la pituite vainque & maiſtriſe , autrement elle ſeroit amere &

Toutes les cau-
ſes de la ſal-
leure en la pi-
tuite.
non ſalée : Car la cauſe de la ſaueur ſalée (ſelon le Philoſophe) c'eſt quand vne
vapeur chaude & bruſlée ſe meſlange & confond auec vne matiere aqueuſe.
Ainſi on tire du ſel de toutes choſes bruſlées ſoit qu'elles ſoient ou ſeiches ou humides, en verſant quelque liqueur ſur les cendres, & puis la faiſant éuaporer par
la chaleur. Doneques ces trois choſes engendrent la pituite ſalée, la pourriture,
la mixtion d'vne humidité ſalée & ſereuſe, & le meſlange de quelque mediocre
quantité de bile amere. La chaleur putride agiſſant ſur la pituite ſuſcite & fait
éleuer des vapeurs bruſlées leſquelles ſe meſlangent auec la portion aqueuſe : ce
qui fait la pourriture c'eſt l'empeſchement de la tranſpiration : La tranſpiration
eſt empeſchée par l'obſtruction , & l'obſtruction dépend de l'épaiſſeur & viſcoſité des humeurs, & de l'anguſtie des chemins & conduits. L'humidité ſalée
eſt engendrée par la chaleur agiſſant en l'humide, d'où s'éleuent tout à plein
des vapeurs bruſlées : Ainſi le poiſſon, la chair & l'eau meſme , plus on les fait
boüillir & plus ils deuiennent ſalez. La bile amere agiſſant par ſa chaleur ſur la
pituite en éleue des vapeurs aduſtes & bruſlées. Et partant en toute humeur
ſalée les parties aqueuſes eu égard à la quantité ſurmontent les autres , mais ſi
on conſidere les vertus & les qualitez elles ſont ſurmontées par les parties

Differences de
la pituite ſelon
la conſiſtence.
acres, aduſtes & bruſlées qui y ſont meſlées. Finalement la conſiſtence de la
pituite nous fournit pluſieurs differences : l'vne eſt ſubtile & claire comme l'i-
chor, l'autre mediocrement épaiſſe , laquelle deuient telle ou de ſoy, c'eſt à
dire, par le froid, duquel le propre eſt d'incraſſer & épaiſſir : ou par aduſtion,
la partie la plus aqueuſe eſtant épuiſée & conſommée , & cet eſpece produit
des effets ſemblables à la melancolie , & fait des ſcirrhes non vrays ny legitimes : l'autre vitrée laquelle en conſiſtence reſſemble au verre fondu , & l'autre
eſt gypſeuſe. Toutes ces eſpeces de pituite excrementitieuſe s'engendrent en

La pituite ex-
crementitieuſe
s'engendre en
diuerſes par-
ties.
diuerſes parties : la douce & ſereuſe s'amaſſe le plus ſouuent au cerueau & au
ventricule : au cerueau ou des reliquats de l'aliment plus crud, car il ſe nourrit
d'vn ſang crud & pituiteux, ou bien des vapeurs qui s'y épaiſſiſſent & refroi-

Li. de princip.
Lib. 1. & 4. de
morbis.
diſſent : C'eſt pourquoy Hippocrate l'appelle *le ſiege du froid* , & veut *que la teſte*
ſoit la fontaine de la pituite : Au ventricule, de la portion plus cruë du chyle : Et
Nature ſe ſert quelquesfois de cette pituite douce pour faire l'elixation. La pituite acide s'engendre ſouuent au ventricule quand il fait ſa coction impar-
faictement , ou à raiſon de la foibleſſe de la chaleur, ou à cauſe de la quantité
trop grande d'alimens cruds, ou bien parce qu'vne portion de l'humeur aigre
& melancolique regorge par le vaiſſeau veineux en iceluy. La ſalée s'engendre
le plus ſouuent dans les veines & le foye, & quelquesfois auſſi au cerueau par
pourriture. La vitrée dans les anfractuoſitez du boyau colon, & la gypſeuſe
aux articles & jointures. Auicenne eſtime que la pituite deuient excrementitieuſe & non naturelle ou de ſoy, c'eſt à dire, par le vice de ſa propre ſubſtance,
ou par le meſlange, de ſoy en trois manieres. 1. Par reſolution & rarefaction,
quand eſtant rarefiée & attenuée, ou elle ſe conuertit en eau, & fait des tumeurs
aqueuſes : ou en vents, d'où les tumeurs flatueuſes & venteuſes. 2. Par concretion, quand par vne temperature froide inſigne elle ſe condenſe, épaiſſit &

deuient mufcilagineufe, albugineufe, vitrée & gypfeufe, & celle-cy fait les apoftemes phlegmatiques. 3. Par pourriture, d'où les vlceres. Par meflange la pituite deuient non naturelle, quand auec icelle font meflangées la bile & le fuc
melancolic.

Les Efcroüelles ne fe font point de toute pituite: non de la douce, car elle eft *De quelle pi-*
capable de coction, & de fe conuertir en fang & en nourriffement: non de la *tuite s'engen-*
claire & fereufe, car elle engendre les œdèmes & tumeurs molles & lafches: *drent les Ef-*
mais de celle qui eft épaiffe & vifqueufe, tantoft fimple & deffeichée, & tantoft *croüelles.*
meflangée auec l'humeur melancolique: comme auffi de celle qui eft falée à
raifon de la pourriture & du meflange de la bile: c'eft pourquoy elle caufe quelquesfois des inflammations, des douleurs & des vlceres malings. Or cette pituite qui enfante les Efcroüelles, tantoft elle decoule fur les glandes, & tantoft elle
s'y amaffe peu à peu: Celle qui decoule, diftille le plus fouuent du cerueau peu à
peu fur les glandes, & par vn cours fi lent, que le commencement en eft obfcur
& difficile à reconnoiftre: & quelquesfois des veines, mais alors elle eft le plus
fouuent meflangée auec la bile ou la melancolie: & ainfi elle acquiert de l'acrimonie par la pourriture & par l'excez de la chaleur. Celle qui s'y amaffe peu à
peu fe fait des reliquats de l'aliment, lefquels les glandes n'ont peu digerer ny
confommer, à raifon de l'imbecilité de leur chaleur naturelle, ny chaffer arriere,
à raifon de la molleffe & lafcheté de leur fubftance: & ainfi eftant là retenus,
ils s'épaiffiffent & concréent peu à peu. Mais auffi les Efcroüelles ne s'engen- *les Efcroüel-*
drent point feulement de la pituite ou fimple ou meflée auec quelque autre hu- *les fe font quel-*
meur, ains auffi *de la chair particuliere des glandules qui s'eft endurcie & deseichée:* *quesfois de la*
ce que nous auons adjoufté en noftre definition: & lors l'Efcroüelle n'eft rien *chair endurcie.*
autre chofe qu'vne chair fuperfluë qui croift par acceffion ou addition de matiere. Et c'eft parauanture ce qu'entend l'Autheur des definitions de medecine,
quand il definit l'Efcroüelle, *vne chair feiche qui fe refoult difficilement:* & Aëce,
quand fuiuant l'opinion de Leonidas il l'a dit eftre *vne chair blancheaftre qui aug-*
mente & croift facilement. Au refte de quelque caufe & matiere que ce foit que
les Efcroüelles foient faites, elles font toufiours contenuës dans vn chifle &
propre follicule dans lequel elles prennent accroiffement comme quelque maffe
de chair viuante.

Mais comment les membranes qui font parties fpermatiques font-elles *Comment les*
engendrées de la pituite? Nous refpondons que toutes les parties prefque du *mébranes font*
corps font reueftuës de membranes qui leur font particulieres, & qu'outre *engedrées aux*
icelles, il y en a encor d'aûtres communes fort deliées. Et partant quand ces *abfceʒ pitui-*
membranes viennent à eftre eftenduës & remplies par la defluxion de la pi- *teux cerueau*
tuite, & qu'elles s'épaiffiffent par appofition de nouuelle matiere, elles reprefentent comme la forme de quelque pellicule nouuelle. Mais auffi qui empefche qu'il ne fe puiffe engendrer quelque membrane nouuelle au corps? Car
la faculté formatrice eft naturellement implantée en toutes les parties, & ne
chomme iamais pendant que l'animal eft viuant: Les os ont en eux la faculté
d'engendrer l'os, les arteres d'engendrer les arteres, & les membranes de procréer les membranes: Les parties fpermatiques fe nourriffent durant tout le
cours de la vie: Or la nutrition & l'accroiffement font efpeces de generation.
Et quoy, fi nous difons que les membranes dans lefquelles les fcrophules & autres abfcez pituiteux font enfermez & contenus, fi nous difons, dis-ie, qu'elles
font moins parfaictes que celles qui ont efté engendrées par la faculté formatrice

de la femence en la premiere formation : Car elles font plus dures, plus épaiſſes, & n'ont point le fentiment ſi vif, d'autant qu'elles ont leur origine & naiſſance d'vne humeur froide & pituiteuſe.

Toutes les differences des Eſcroüelles ſont expliquées.

CHAPITRE V.

Toutes les dif-
ferēces des Eſ-
croüelles.

Eſcroüelles
primitiues.

Eſcroüelles ſe-
condaires.

Lib. de tumo-
ribus.
Eſcroüelles en-
gendrées par
fluxion.

Lib. 6. Epid.
ſect. 2.

Par congeſtion.

Differences
priſes de la
diuerſité de la
matiere.

Lib. 5. cap. 28.

E s differences des Eſcroüelles ſe doiuent prendre de la maniere de la generation, de la diuerſité de la cauſe materielle, de la quantité continuë ou diſcrete, comme de la groſſeur, des mœurs, de la partie malade, de l'origine & de l'entrelaſſement des vaiſſeaux. De la maniere de la generation des Eſcroüelles peut eſtre tirée vne double difference : car les vnes ſont primitiues, & les autres ſecondaires : les vnes ſe font par fluxion, & les autres par collection ou congeſtion. Nous appellons primitiues celles qui s'engendrent premierement & de ſoy, & qui ne ſuruiennent point à d'autres maladies : & ſecondaires celles qui ſuruiennent à d'autres maladies, comme aux inflammations ; car les phlegmons des glandules qui n'ont peu eſtre ny reſouls, ny ſuppurez, degenerent facilement en ſcirrhes. Or Galien dit que toute inflammation endurcie, & qui eſt deuenuë ſcirrheuſe, peut eſtre nommée *Eſcroüelle*. Celles qui ſe font par fluxion tirent les principes & cauſes de leur origine d'ailleurs que de la foibleſſe de la partie. L'humeur fluë & decoule ſur les glandules le plus ſouuent de la teſte interne, externe, par la continuité des membranes interieures, exterieures, par les conduits ordinaires ou extraordinaires, les veines, les arteres & les nerfs : quelquesfois auſſi qu'elle decoule d'autres parties que de la teſte, comme du foye, des veines remplies de pituite, de ſeroſité & d'humeur melancolique, & ces Eſcroüelles ſont germes & jectons des viſceres mal affectez. C'eſt d'icelles dont parle Hippocrate quand il dit, *Les abſcez, comme les tumeurs des glandules, monſtrent la diſpoſition des parties deſquelles ils germent & naiſſent comme iettons, & des autres ſemblablement, mais principalement des viſceres.* Celles qui ſe font par congeſtions s'engendrent des reſtes de l'aliment propre des glandules, leſquels elles n'ont peu reſoudre ny digerer à raiſon de la foibleſſe de leur chaleur, ny les chaſſer arriere à cauſe de la molleſſe & laſcheté de leur ſubſtance. De la diuerſité de la matiere ſourdent diuerſes differences d'Eſcroüelles, car les vnes ſont engendrées de la pituite pure & ſimple, & les autres de la pituite meſlangée auec quelque autre humeur. Celles qui ſont faites de la pituite pure épaiſſie, ſont plus benignes, & ſourdent du cerueau, fontaine tres abondante du froid & de l'humide : mais celles qui naiſſent de la pituite meſlée auec d'autres humeurs ſont plus malignes & plus difficiles. Or les humeurs qui ſe meſlent auec la pituite ſont tantoſt le ſang, tantoſt la bile, & tantoſt la melancolie. Quand c'eſt le ſang, il fait de l'inflammation en l'Eſcroüelle & la fait quelquesfois venir à ſuppuration. Ainſi Celſe definit *l'Eſcroüelle vne tumeur en laquelle la bouë purulente & du ſang, ſe font & concréent de certains corps, comme des glandes qui cauſent des fiéures.* Si c'eſt la bile, elle rend la pituite acre & ſalée, d'où les vlceres : & ſi c'eſt l'humeur melanco-

lique & atrabilaire, il fe fait des vlceres malings, & lors les Efcroüelles deuiennent bien fouuent chancreufes autour de leurs racines. De la quantité, les Efcroüelles font dites groffes, menuës, mediocres, vne ou plufieurs: Les groffes
s'eftendent en longueur, largeur & profondeur. De Langi en décrit vne quafi
de groffeur incroyable, en ces mots, *Il fe fit à vne ieune fille Florentine en l'anche*
& cuiffe vne Efcrouelle de telle groffeur qu'elle pefoit foixante liures, la groffeur &
pefanteur de cette tumeur eftoient fi enormes qu'elles l'empefchoient de pouuoir marcher,
tellement qu'elle fut contrainte de ne bouger du lict, où elle demeura cinq ans, fouhait-
tant la mort à chaque moment: Tous les Medecins ayans perdu l'efperance de fa fanté,
le plus ieune de leur College efmeu à compaffion par les continuelles lamentations de la
miferable fille, ietta vne ligature de creins de cheual fort ferrée autour de la tumeur,
par le moyen de laquelle, & des cauteres actuels, il emporta tout à fait auec heureux
fuccez, ladite Efcrouelle, & remit la pauurette en fa premiere fanté. L'Efcroüelle eft
rarement vnique, ainf elles font le plus ordinairement plufieurs en nombre, &
fecondes en gefines, d'où les Latins l'ont nommée *fcropha*, qui felon Aule Gelle
eft vne coche qui par plufieurs fois a fait des petits: car d'vne (comme on dit
ordinairement) il s'en engendre plufieurs, non point qu'vne Efcroüelle en
produife vne autre, mais pource qu'vne glande venant à s'enfler, les autres qui
font voifines s'abbreuuent facilement en receuant vne partie de l'humeur. Des
mœurs les Efcroüelles font dites benignes ou malignes: les benignes font mediocrement dures: la tumeur eft circomfcripte, égale, ronde, fans inflammation
ny douleur: les malignes ont la tumeur inégale, & tres-dure, elles ont des vaiffeaux entrelaffez en forme de varices, elles font accompagnées d'inflammations,
de douleurs iointes auec pulfation ou battement, & d'vlceres, & s'irritent &
effarouchent non autrement que les chancres par l'attouchement des medicamens. Ces dernieres icy font pour la plufpart & le plus fouuent contagieufes, &
infectent à raifon des fumées putrides & vapeurs malignes qui fortent continuellement de l'vlcere ou de l'inflammation: mais les benignes font rarement
contagieufes, & fe communiquent peu fouuent. Du lieu fe tirent plufieurs differences, car les vnes font anterieures ou pofterieures, les autres fuperficielles ou
profondes: Il y en a d'externes qui fe découurent à la veuë & au tact, & d'internes lefquelles à grand peine peuuent-elles eftre reconnuës par aucune diligence
humaine. Les externes font ordinairement germes & iettons des internes: de
là vient que le mal repullule bien fouuent, nonobftant que celles qui paroiffent
externes ayent efté bien & parfaitement guaries. Les internes attaquent quelquesfois le mefentere: d'icelles font mention Iulius Pollux & Philippe Ingrafias
Medecin de Sicile en fon liure des tumeurs contre Nature, ainfi que nous auons
fait voir cy deffus. De l'origine, les vnes font fublimes & comme fufpenduës,
lefquelles fe mouuent aifément de-çà & de-là. De la complication des vaiffeaux,
les vnes ont des veines, des arteres & des nerfs diuerfement entrelaffez, ce que
les autres n'ont point.

Differences
prinfes de la
quantité.
Lib. 3. Epifte-
larum.

Lib. 18. c. 6.

Differences
prinfes des
mœurs.

Du lieu.

De l'origine.
De l'entrelaf-
fement.

Des caufes des Efcroüelles externes, internes, antecedentes & coniointes.

CHAPITRE VI.

 E s caufes procreatrices des Efcroüelles font externes &
internes : Les externes font plufieurs, mais entre icelles
tiennent le principal lieu, *l'air, l'eau, les excez de la bouche,
& l'vfage des alimens mauuais & corrompus.* L'air groflier,
& vaporeux, la region humide, la faifon pluuieufe, chargent & rempliffent la tefte de beaucoup d'humeur fuperfluë, affoibliffent la chaleur naturelle, & rendent les corps
mols, lafches & effeminez : Car quel eft l'air, tels font les
efprits : & quels font les efprits, telles font les humeurs : & quelles font les humeurs, tel eft auffi tout le corps : Car l'air eft la nourriture & la matiere plus prochaine des efprits, les efprits different feulement par la raifon, & non actuellement & de fait, de la chaleur innate & naturelle : la chaleur naturelle fait les di-
geftions, & engendre les humeurs, & les humeurs nourriffent tout le corps. La
vertu des eaux eft admirable pour engendrer les Efcroüelles : Celfe a remarqué
que l'eau froide & cruë eft fort apte à les procréer, d'autant que par fa crudité elle
empefche la refolution des humeurs, elle s'attache & arrefte aux mufcles du larynx & de la gorge, & s'infinuë & penetre facilement dans les glandules. Il y a de
certaines eaux & fontaines qui engendrent les Efcroüelles à ceux qui en boiuent,
Ainfi les Montagnars des Alpes abondantes en minieres & metaux, qui boiuent
des eaux qui y fourdent, font quafi tous trauaillez des Scrophules & du Goettre.
Toutes les eaux qui participent de la qualité virulente de l'argent vif, eneruent &
affoibliffent le cerueau, & trauaillent la gorge & les glandes de rheumes & défluxions : Car la proprieté fpeciale de l'argent vif eft d'empefcher la pituite de
tomber fur les iointures, & de la faire retourner fur les glandes du col, les genciues & dans la gorge. Les Efpagnols boiuent ores des eaux cruës & glacées, ores
des eaux marefcageufes qui font chaudes en Efté, & froides en Hyuer, & qui ne
font point fort fublimes, & qui pour cette caufe fe corrompent facilement, ainfi
que nous auons fait voir cy-deffus par le témoignage du grand Hippocrate : Et
c'eft à raifon de l'vfage de ces eaux que les Efcroüelles font familieres à cette nation là, & qu'elles font mifes au nombre & rang des maladies endemiennes,
comme nous auons prouué plus au long cy deffus Car chaque region a vne temperature & vne proprieté qui luy font particulieres, lefquelles dependent de la
Nature de l'air & de l'eau du lieu, de fa fituation, & des vents qui y tirent. Les
defbauches, excez & yurongneries peuuent beaucoup pour engendrer force
cruditez, & procréer les Efcroüelles, à cette caufe les pourceaux à raifon de leur
voracité, & les enfants à caufe qu'ils mangent & boiuent fans regle ny mefure,
y font fort fujets. Galien fait mention d'vn certain Nicomaque Smyrneen, lequel
pour fa gourmandife eftoit deuenu fi eftrangement gros, que la pituite amaffée en fon corps s'eftoit conuertie & endurcie en Efcroüelles. La gueulle feule
eft la mere de quafi toutes les maladies qui s'engendrent des cruditez : & à cette
occafion elle eft dite eftre la nourrice des Medecins. Les chairs de pourceau, les
graiffes, les tartres, gafteaux, patifferies, le pain non leué, les bouïllies faites de
legumes : & bref, tous alimens cruds & de mauuais fucs engendrent ordinairement cette indifpofition.

Les caufes internes des Efcroüelles font ou antecedentes ou conjointes. *Caufes inter-nes.*
Les anteeedentes font ou efficientes ou materielles. Entre les efficientes & procreatrices font comptées l'intemperature & mauuaife difpofition des vifceres,
principalement du foye, du ventricule & du cerueau: & la vicieufe formation
de la tefte. Le foye boutique où font engendrées les humeurs, s'il eft intemperé
procrée des fucs mauuais & corrompus, & d'icy la cacochymie de toute forte,
pituiteufe, bilieufe, melancolique & fereufe. Or Galien a fort bien remarqué *Les Efcroüel-les font germes de la cacochy-mie, felon Ga-lien au Com-mentaire fur l'Aph. 26. de la 2. fect*
que les Efcroüelles font des germes & jectons de la redondance des humeurs
vicieufes qui fe iettent au dehors & à la peau. Le ventricule trop debile amaffe
vne tres-grande quantité d'humeurs crües: Le cerueau mal difpofé des reftes
de fon aliment & des vapeurs qui fe refroidiffent & épaiffiffent en iceluy, en-
gendre beaucoup de pituite. Que fi cette intemperature eft accompagnée de la *La mauuaife formation de la tefte eft fort apte à engen-drer les Ef-croüelles.*
mauuaife conformation de la tefte, elle fera fort apte & difpofée à engendrer
cette indifpofition. Ainfi ceux qui ont les temples fort applaties, le front petit
& non éleué, les mafchoires larges, & le col eftroit, font facilement pris des
Efcroüelles: Car cette mauuaife formation de la tefte monftre l'imbecillité
de la faculté formatrice & de la chaleur naturelle. Or la partie qui eft foible & *Qu'elle eft la figure naturel-le de la tefte.*
debile accumule & amaffe tout à plain de fuperfluitez inutiles. Ie l'appelle mau-
uaife & inutile, parce que la figure naturelle de la tefte doit eftre ronde, mais
aucunement longuette: elle doit auoir deux auances ou éminences, l'vne au deuant, & l'autre au derriere, & eftre vn peu applatie vers les coftez. Elle doit eftre
longuette, afin de contenir le grand & le petit cerueau: Elle doit auoir vne éminence pardeuant, à raifon des apophyfes mammillaires, organes principaux de
l'odorement, lefquelles feruent auffi à purger & defcharger le cerueau; & vne
autre par derriere pour l'origine & naiffance de la medule fpinale: Elle doit pareillement eftre vn petit applatie par les coftez, de peur qu'elle ne donne de
l'empefchement aux yeux pour voir plus loing autour d'eux, & pour la fituation
plus commode des oreilles. Partant donc fi les temples font trop applaties, les
efprits renfermez dans vn lieu fort eftroit ne fe pourront librement pourmener, & ainfi la chaleur comme fuffoquée ne fera point bien la digeftion, ains engendrera tout à plain des cruditez, lefquelles le front trop eftroit ne pourra ny
receuoir ny contenir: Car les extremitez de quafi tous les vaiffeaux abboutiffent
au front, & les deux apophyfes mammillaires s'auancent par le mitan du front
iufques aux os cribreux qui font fituez au haut des narines, par lefquels les excremens decoulent du cerueau pour eftre vuidez par le nez: C'eft pourquoy *Li. de vulner. capit.*
Hippocrate veut que le front entre toutes les parties du crane foit plus fujet,
eftant bleffé, à fouffrir l'inflammation que toutes les autres parties de la tefte:
d'autant qu'il eft contenu par les autres parties & en fituation & en la production
des vaiffeaux. Comme ainfi foit donc que le front, à raifon de fa petiteffe, ne puiffe *Le front eft contenu par les autres parties de la tefte.*
receuoir ne contenir tous les excremens du cerueau, il faut de neceffité qu'il fe
defcharge par d'autres chemins fur les glandes & les mafchoires, lefquelles font *Lib. de loc. in homine & li. de glandul.*
& lafches & larges en ceux que nous venons de defcrire. Car ainfi qu'Hippo-
crate a remarqué, il y a plufieurs conduits dediez pour purger le cerueau, *l'humeur*, ce dit-il, *decoule du cerueau par les oreilles, les yeux, le palais, dans la gorge &
le gofier, par les veines fur la medulle fpinale.* Voilà donc les caufes efficientes &
procreatrices des Efcroüelles. Quant à la caufe materielle, c'eft la pituite tantoft *La caufe ma-terielle des Ef-croüelles.*
fimple, & icelle fait les Efcroüelles benignes, & tantoft meflangée auec quelque
autre humeur, comme auec le fang, la bile & l'humeur melancolique ou atra-

bilaire : & lors elle fait des Escroüelles qui font accompagnées d'inflammation, de douleurs, d'vlceres malings, & quelquefois mefme chancreux, dont aduient qu'elles font & fort belles & contagieufes. La caufe continente, c'eft l'humeur impacte & fixe en la partie, laquelle fubit diuers changemens, tellement qu'en nature & confiftence elle reffemble tantoft à du fuif tantoft à de la graiffe, tantoft à du miel, tantoft à de la boüillie, & tantoft à du plaftre. Et eft chofe eftrange comment on trouue aux abfcez qui font contenus dás des chyftes, des pierres, des charbons, des coquilles, des cornes, des cheueux, du foin, de la croye, de la chair, des cartillages, des petits beftions, & autres matieres de diuerfes fortes. Il en faut parauanture rapporter la caufe à la difpofition de la matiere, & à la puif- fance de l'efficient : la pituite eftant tantoft fimple, tantoft meflée, & tantoft pourrie, eft capable de toutes les formes. L'efficient, c'eft la faculté formatrice laquelle ne chomme iamais au corps viuant, & eft nommée d'aucuns, *l'idole ou idée de la vertu engendrante :* Cette faculté fe fert du chaud comme d'vn architecte & maiftre ouurier, & de l'efprit comme d'vn peintre & manouurier. Comme ainfi foit donc que l'homme contienne naturellement en foy les femences de toutes chofes, car (ainfi que dit le Philofophe) il eft par puiffance en quelque maniere toutes chofes, la chaleur naturelle peut introduire & engrauer diuerfes formes en la matiere qui a efté difpofée & renduë apte à les receuoir, mefme la forme des animaux imparfaits, comme des vers, grenoüilles, fcorpions, fer- pents, dragons & femblables. La caufe conjointe qui eft auffi nommée caufe continente des Efcroüelles, eft quelque fois, felon le témoignage de Celfe, vn pus & boüe concreée & endurcie, quelquefois c'eft la chair mefme de la glan- dule, c'eft à dire, felon Aëce, vne fubftance charneufe endurcie : car plufieurs des anciens ont definy la glandule vne chair entortillée & ramaffée en foy.

La cause continente.

Au lieu coté.

Par quels fignes l'Efcroüelle peut eftre difcernée d'auec plufieurs tumeurs pituiteufes auec lefquelles elle a quelque reffemblance : & comment les Efcroüelles font diftinguées les vnes des autres.

CHAPITRE VII.

PLATON efcrit que l'vn des principes de la fageffe hu- maine, c'eft de fçauoir connoiftre & difcerner entre les chofes femblables les diffemblables, & entre les dif- femblables les femblables. Combien fouuent, ce dit Celfe, les reffemblances ont-elles impofé aux meil- leurs & plus fçauans : Auerrhoës tient que la feule fa- culté de difcerner les chofes femblables des diffembla- bles, rend le Medecin & vtile & admirable à tous, par- ce que celuy qui fçait difcerner les chofes femblables & les chofes non femblables, a acquis, felon le témoignage d'Hippocrate, ce qui eft de principal en la pratique, c'eft à fçauoir l'occafion vniuerfelle de faire executer les operations de Medecine. Comme ainfi foit donc qu'il y ait beau- coup de tumeurs pituiteufes qui ayent vne tres-grande reffemblance auec les Efcroüelles, le Medecin doit fçauoir comment elles fe peuuent reconnoiftre & diftinguer les vnes d'auec les autres.

L'efcroüelle, la glande, le ganglion, le Nodus ou nœud, & prefques tous les abfcez que les praticiens nomment pituiteux ou phlegmatiques, conuiennent

en

en beaucoup de chofes, & different auffi en beaucoup Ils conuiennent en la caufe
materielle & en la forme, d'autant que fe font tumeurs pituiteufes & rondes; mais
ils different, la glandule certes de l'Efcroüelle, parce que la glandule eft plus molle   *Comment l'Ef-*
& fans douleur, & l'Efcroüelle plus dure, & fi on la touche rudement, doulou-   *croüelle eft di-*
reufe: La glande eft le plus fouuent vnique & fimple, & l'Efcroüelle font plufieurs   *la glandule.*
& fecondes en gefines: La glande eftant preffée auec le doigt, fuit & fe perd fous
le tact, & puis apres elle retourne, mais l'Efcroüelle n'obeyt point: La glande eft
ordinairement fuperficielle & fort prochaine de la peau, là où l'Efcroüelle a fes
racines profondes, & qui tiennent fermement: c'eft pourquoy Rhafis difoit que
fous la peau il s'engendre de certaines tumeurs pituiteufes femblables aux glandes, lefquelles s'enfuyent & cachent quand on les touche & mouue, & femblent
n'auoir point de racines. Le ganglion eft veritablement vn corps rond, mais il   *D'auec le gan-*
differe de l'Efcroüelle en ce qu'il occupe feulemét les parties nerueufes: c'eft pour-   *glion.*
quoy on le definit vne contraction de nerf noüeufe & dure, exempte de douleur
& de toute chaleur & couleur eftrange & contre Nature. Les nœuds, felon les   *D'auec les*
modernes, font tumeurs pituiteufes contenuës dans des membranes, lefquelles   *nœuds.*
prennent petit à petit leur accroiffement à la façon des Efcroüelles: mais ils different des Efcroüelles en ce que les Efcroüelles tiennent fort aux chairs, là où les
nœuds font feparez des parties voifines: Les Efcroüelles s'engendrent le plus fouuent aux parties glanduleufes, & les nœuds viennent également en toutes les autres parties du corps: L'efcroüelle eft rarement vnique & feule, là où le nœud eft
toufiours folitaire: Les nœuds, felon la diuerfe nature de la matiere qu'ils contiennent, font nommez *Melicerides, Atheromes & Steatomes*, car les humeurs
qui ont efté longuement retenuës en ces abfcez, fubiffent des changemens diuers
& eftranges, ainfi qu'écrit Galien: car on trouue en ces tumeurs des matieres qui   *Li. 2. ad glau-*
reffemblent à des cailloux, à du grauier, à des charbons, à de la fange, à de la lie   *con.*
d'huile, à de la boüillie, à du fuif, à du miel. &c. Mais la matiere qui eft enfermée
dans les chyftes, & enueloppes des Efcroüelles, n'eft point de tant de diuerfes
fortes ny de nature fi diffemblable. Aux nœuds peuuent eftre rapportez les
loups, les nates & femblables tumeurs qui font engendrées de la pituite cruë.
Voilà donc comme on pourra difcerner l'Efcroüelle d'auec les autres tumeurs pituiteufes: mais d'autant que nous auons remarqué plufieurs differences d'Efcroüelles, le Medecin les diftinguera les vnes d'auec les autres, en la maniere qui   *Comment les*
enfuit. Celles qui font engendrées d'vne pituite fimple & non meflangée, font   *Efcroüelles sôt*
fans douleur ny inflammation: Celles qui font faites d'vne pituite falée & meflée   *difcernées les*
auec de la bile, ou de l'humeur attrabilaire, font accompagnées d'inflammation   *vnes d'auec les*
& de douleur. Les premieres n'entament point la peau, finon rarement, mais les   *autres.*
dernieres font ordinairement iointes auec vlceres malings, lefquels deuiennent
bien fouuent chancreux. Celles qui font procreées par la pituite font blancheaftres & de mefme couleur que la peau, car la peau eft vne partie fpermatique: Or
la couleur des parties fpermatiques eft blanche, & fe monftre de plufieurs fortes
en la peau, felon les humeurs qui y affluent. *Quel eft l'humeur*, ce dit Hippocra-   *L. de humori*
te, *telle paroift la couleur en la peau*: Les bilieux l'ont pafle, les melancoliques
noiraftre, & les fanguins teinte d'vne rougeur incarnatine femblable à la rofe
vermeille, & aux paffions de l'ame comme en la cholere, ioye, honte, crainte ou
trifteffe, elle change diuerfement. Les Efcroüelles qui font engendrées de la pituite meflée auec le fang, font accompagnées de rougeur: mais celles qui font
faites de la melancholie, font liuides & noiraftres.

G g

Les prognoſtics des Eſcroüelles.

CHAPITRE VIII.

Prognoſtic pre-
mier.
Deuxiéme.

OVTES Eſcroüelles en general ſe guariſſent difficilement, parce qu'elles ſont engendrées d'vne humeur
époiſſe, parce qu'elles ſont contenuës dans des chiſtes
& enuelopées, & parce qu'elles ſont dures & ſcirrheuſes. 2. Pluſieurs Eſcroüelles ſon plus difficiles à guarir
qu'vne ſeule : celles qui ſont douloureuſes, que celles
qui ne le ſont point : celles qui ſont engendrées du ſuc
melancholic, que celles qui ſont faites de la pituite
ſeule : celles qui ſont fixes, que celles qui ſont mobiles : & celles qui ſont au deuant du col, que celles qui

Troiſiéme.
Lib. 5. cap. 28.

ſont aux autres parties. 3. Les Eſcroüelles (ce dit Celſe) donnent ordinairement beaucoup de peine aux Medecins, parce qu'elles cauſent des fiéures, &
qu'elles ne viennent iamais à vne parfaite ſuppuration : & parce ſoit qu'on les
guariſſe ou auec le fer, ou auec les medicamens, que le plus ſouuent elles repul-
lulent enuiron leurs cicatrices. 4. Les Eſcroüelles s'vlcerent ſouuent, quand

Quatriéme.

l'humeur ſe pourrit, quand elle s'échauffe, & quand ces tumeurs ſont irritées
par remedes topiques : le plus ſouuent auſſi elles degenerent en ſcirrhes, parce
que la plus ſubtile partie de l'humeur eſtant reſoute, & la plus aqueuſe conſommée, le reſte s'époiſſit comme en pierre ; & quelquesfois auſſi qu'elles ſe tournent en chancre lors, à ſçauoir qu'elles ſont engendrées d'vne pituite meſlée auec

Cinquiéme.
Aph. 26. ſe. 3.

beaucoup d'atrabile. 5. Cette maladie eſt familiere aux enfans : c'eſt pourquoy
les Eſcroüelles (comme porte l'Aphoriſme) ſe font aux enfans vn peu grandelets,
& ce pour deux cauſes. 1. A raiſon de leur voracité & gourmandiſe. 2 Parce

Sixiéme.
En ſes Coa-
ques.
Septiéme.

qu'ils ſont d'habitude rare & laſche. 6. Les Eſcroüelles s'engendrent rarement,
ſelon Hippocrate, apres quarantedeux ans. 7. Ceux qui ont le front eſtroit,
les temples applaties, les maſchoires larges & releuées, le col court & menu,
ſont fort ſubjects à cette indiſpoſition : car cette figure de teſte eſt bien propre
à exciter les defluxions, & à amaſſer tout à plein d'humeurs pituiteuſes : parce
que les eſprits enfermez en vn lieu eſtroit ne ſe peuuent pourmener librement,
& ainſi la chaleur comme ſuffoquée, ne peut bien faire ſes digeſtions, & par
ce moyen engendre force ſuperfluitez, leſquelles viennent puis apres par leur
peſanteur & forme élementaire, à tomber ſur les parties voiſines qui ſont laſches & foibles de leur nature, & qui ſont les propres émonctoires du cerueau,
ou bien elles y ſont renuoyées & chaſſées par la faculté expultrice du cerueau,

Huictiéme.

qui eſt naturelle. 8. Quand pour le regard des aages, les tubercules ſe tournent
en pus & boüe : & certes ces tubercules ſcrophuleux prénent beaucoup d'enfans,
leſquels ils quittent auſſi facilement : mais toutesfois comme ils viennent plus
rarement aux enfans plus aagez, & aux ieunes gens, auſſi s'en retournent-ils
plus difficilement : Or tels tubercules ne naiſſent point volontiers aux hommes
parfaicts.

*De la curation des Efcroüelles, & premierement quelle doit eftre
la maniere de viuré.*

CHAPITRE IX.

'ESCROÜELLE (felon Hippocrate) eft vn genre   *l. de glandul.*
de maladie fort maling & rebelle, & partant il faut le
traitter auec beaucoup de foing, de diligence & d'induftrie. Et d'autant qu'aux longues maladies, & en
celles qui naiffent à raifon des excez & cruditez, la
façon de viure tient le premier lieu entre les aides de
la medecine : à cette caufe nous commencerons à
donner la methode de guarir cette indifpofition, en
reprefentant fommairement quel doit eftre le regime
qu'il conuient obferuer pour y paruenir : Et pour ce faire plus à propos, nous
nous propoferons pour exemple l'Efcroüelle pituiteufe, pource que c'eft celle qui
fe rencontre le plus ordinairement. Doncques la maniere de viure doit en ge-
neral *deffecher, attenuer & échauffer moderément.* Et pourtant il faut choifir vn air *Quelle en gene-*
qui foit fubtil, fec, ferain, pur & ouuert vers le Soleil leuant : & au rebours, éuiter *ral doit eftre la*
celuy qui eft groffier, nebuleux, humide, pluuieux, prochain des marais, & ou- *maniere de vi-*
uert vers le Soleil couchant. Le vent de Midy remplit fort le cerueau, le vent de *ure.*
 Quel doit eftre
bife nettoye & balie l'air de fes impuretez, mais en comprimant il émeut les de- *l'air.*
fluxions. Que fi l'air ne conuient à noftre intention, il le faut corriger & rendre *L'air corrigé*
medicinal & propre par artifice, ou bien preparer quelque pomme de fenteurs *par art.*
pour deffecher & fortifier les ventricules anterieurs du cerueau par fon frequent *Pomme de fen-*
odorement. *teurs.*

Acc. *Styracis calamitæ,*	*Ligni Rhodÿ an. drac. vnam fem.*
Laudani puriff. ana vnciam fem.	*Gariophyllorum,*
Santali mufcatelini,	*Myrrhæ,*
Ligni aloës,	*Turis, ana drachmam vnam.*

Ambræ odoratæ, pro ditioribus, fcrupulum vnum.

*Excipiantur omnia aqua meliffa, & ex arte formetur globus manu geftandus & fæpè
naribus admouendus.*

Il eft vtile, felon le confeil du grand Hippocrate, de iceufner quelquesfois: car la *Il eft bon d'en-*
faim eft falutaire à ceux qui ont les chairs humides, & qui font fort phlegmatiques : car *durer la faim.*
elle deffeche le corps, d'autant que la chaleur naturelle par faute de pafture, con- *Aph. 59. fc. 7.*
fomme l'humide fuperflu, cuit & refoult les cruditez, & par la faim & la foif la pituite fe couertit en nourriture. Il faut que le pain foit bien cuit & confit auec quel- *Quel doit eftre*
que peu de feméce d'anis ou de fenoüil, & éuiter toutes fortes de gafteaux, tartes, *le pain.*
paftez, bignets & toute patifferie faite de pafte non leuée, comme les pains non
leuez & tous mets de legumes cuits en forme de boüillie ou de froumentée. Tou- *Quelles les*
tes les viandes doiuent eftre de bon fuc, & pour cette caufe il conuient fuir les ieu- *viandes.*
nes chairs, celles qui font mufcilagineufes, gluantes & graffes, comme entre les
autres la chair de pourceau, les pieds des beftes à quatre pieds, & les entrailles : on
mangera peu ou point de potages & boüillons, & plus de rofty que de bouilly,
afin de deffecher le corps par tous moyens, & confommer vne bóne portion des
humeurs par la façon de viure. Les poiffons font contraires à cette maladie, & *Les poiffons.*

ñotamment ceux qui font boüillis , qui n'ont point d'écaillettes , & qui fe nourriffent en eaux bourbeufes: on peut quelquesfois permettre ceux qui hantent &
Les fruits. fe pefchent parmy les rochers, lefquels les Latins nómentˉ *faxatiles*. Tous fruicts
cruds, & qui font meurs auant le temps, comme pareillement toutes chofes cruës,
Le boire. doiuent eftre rejettées. Il fe faut abftenir de boire beaucoup, car rien n'appefantit
tant le cerueau & tout le corps que la trop grande quantité de boiffon. Toutes les
Que les eaux eaux cruës , & celles qui font participantes de la qualité virulente de l'argent vif,
doiuent eftre affoibliffent le cerueau, & émeuuent des rheumes & defluxions dans la gorge &
cuites. fur les glandules; cóme font pareillement les eaux croupiffantes qui font froides
en Hyuer, chaudes en Efté, & qui ne font point fort fublimes, ainfi que témoigne
Hippocrate au liure cy deffus fouuent par nous allegué. Vitruue écrit qu'on
trouue des eaux nitreufes, comme à *Pinna, Veftina & Cutilia*, lefquelles beuës purgent, & paffant par le ventre, diminuent les tumeurs fcrophuleufes. Il faut donc
en la curation des Efcroüelles boire pluftoft du vin que de l'eau feule , lequel foit
Vin medical naturellement & de foy bien odorant, ou rendu medicinal par le tim, l'hyffope, le
& artificiel. rofmarin & la fauge adiouftée dans le vaiffeau pendant que le mouft boüilloit:
mais il faut fe garder des vins doux , nouueaux & non encore bien épurez & feparez de leur tartre La boiffon la plus vtile , c'eft celle qui fe peut preparer ou du
fainct bois, nommé autrement guaiac, ou de la falfeparille, ou de la racine de chine; car elle incife l'humeur pituiteufe, elle la fubtilife, deterge, deffeche & confomme les cruditez & excremens fuperflus. On la preparera comme il enfuit.
Decoction de   *Acc. Chinæ recentis minutim diffectæ vnc. duas. Infunde per diem in lib. 5. aquæ*
chine.   *puriff. dein coque ad tertiæ partis confumptionem addendo fub finem paffula-*
    rum mundat. vnciam 1. Coletur decoctum per manicam Hippocratis , con-
    diatur cinammomi electi drach. iij. Gariophyllorum drach. 1. Vtatur in
    paftu loco vini , vel faltem primo hauftu.

L'eau de lentifque fortifie toutes les parties nutritiues trop lafches , affermit
le fang & les humeurs, eft amie du cerueau & des vifceres, & rend le ventre plus
humide & plus libre à caufe dù maftich: Voicy comme il la faudra preparer.
Decoction de   *Acc. Lentifci minutim concifi vncias ij. infunde in libris viij. aquæ & coque len-*
lentifque.   *to igni ad tertiæ partis confumptionem.*
    Sumat vncias vi. mane à fomno & totidem nocte hora fomni.

Le dormir.   Il faut dormir la nuict, & loin du repas, iamais à midy: En dormant il conuient auoir la tefte haute , & eftre couché fur l'vn ou l'autre cofté , & non à l'enuers fur le dos: de peur que les excremens ne fe iettent dans la gorge, l'artere
L'exercice. trachée & fur le col. L'exercice & mouuement de tout le corps réueille la chaleur languiffante , & qui eft comme endormie , il aide la digeftion & facilite
l'expulfion des excremens : La pareffe au contraire émouce toute la vigueur du
corps, car la ceffation du mouuement priue la chaleur de fon éuantoir & aiguillon , ce qui la rend ignaue & foible en fon action: elle apporte à la chaleur
de l'impuiffance à affimiler les fucs vtiles , & à expulfer les inutiles , de là vient
que ceux-cy augmentent, & qu'vne partie de ceux-là deuient inutile : d'icy l'a-
mas des cruditez & des excremens. Si le patient ne peut exerçer tout le corps,
il faut faire de fortes frictions fur les bras & les iambes, & fur le col & les efpaules.
Le ventre doit Il eft bon que le ventre foit toufiours libre: que fi d'auanture il deuient trop pa-
eftre libre. reffeux, on l'irritera par fuppofitoires, clyfteres & pillules d'hiere, d'aloës ou
alephangines.
Les excremens   Les excremens particuliers du cerueau doiuent eftre par chacun iour def-
du cerueau

chargez par la bouche, le nez & les oreilles, & est necessaire, selon l'ordonnance doiuent estre purgez.
du grand Hippocrate, que les passages soyent libres aux excremens, afin que la
source & fontaine du catharre se puisse épuiser peu à peu. La pituite sera éua- Par la bouche
cuée par la bouche auec vne plume trempée en oximel, ou auec quelques masticatoires propres. On lauera souuent les oreilles auec eau chaude, & en ostera-on Les oreilles
songneusement les ordures & excremens. Le ius de bette auec eau de decoction
d'orge chaude tirée dans le nez, décharge doucement les superfluitez du cer- Le nez
ueau: à cela peut seruir cet Errhine.

Acc. Saluiæ,	*Bethonicæ an m. i.*
Maioranæ recentis,	*Radicis ireos Florentinæ vnc. ii*

*Terantur simul, demum affundendo vini albi vnciam vnam sem. exprimatur suc-
cus hauriatur in nares iam expurgatas.* Errhine tirant la pituite.

Il faudra se peigner songneusement tous les matins la teste, & puis la frotter
auec des linges chauds & secs, ou auec des sachets faits en cette maniere.

Acc. Foliorum maioranæ,	*Seminis anisi,*
Saluiæ,	*Fœniculi,*
Stœchados,	*Cumini, ana vnc. vnam,*
Bethonicæ, an. manip. vnum,	*Salis crassioris, vnc. semi.*
Baccharum lauri contusarum,	*Milij, vnc. iiij.*

Sachet fortifiāt le cerueau

*Torrefiant omnia in sartagine, reponantur in duobus sacculis, qui calidi applicentur
sincipiti & ceruici.*

On pourra de fois à autre prouoquer l'esternuëment, afin que par l'effort L'esternuëmēt
impetueux qui se fait en iceluy, les excremens du cerueau se puissent décharger
par le nez. Voilà les principaux chefs de la façon de viure qui doit estre obser-
uée en la curation des Escroüelles pituiteuses. Que s'il y a quelque portion d'a-
tra-bile mélée parmy la pituite, la façon de viure ne doit point estre si chaude &
seche, ains plus temperée aux qualitez actiues & passiues.

*Les deux principales indications qui sont necessaires en la curation des Escroüelles,
& quels remedes sont deus à la cause antecedente.*

CHAPITRE X.

N la curation des Escroüelles, il y a en general deux indi-
cations augustes & principales: La premiere oste ou di- La premiere indication se prend de la cause antecedente, & la seconde de la conjointe.
minuë la cause antecedente, & l'autre la conjointe, qu'aux
écholes on appellé cause continente, & laquelle si elle
n'est point elle mesme la maladie, elle est à tout le moins
inseparable d'auec icelle. La cause antecedente, c'est l'hu-
meur pituiteuse tantost simple & pur, & tantost meslan- La cause antecedente c'est la pituite.
gée auec quelque autre humeur, laquelle ou elle est erran-
te dans les veines, ou est contenuë au cerueau, lequel Hippocrate dit estre le sie-
ge de la pituite. Il faut donc tout premierement éuacuer l'humeur qui pesche, Qui doit estre éuacuée sensiblement.
soit ou en quantité ou en qualité, & puis apres corriger l'intemperature des par-
ties qui fournissent d'entretenement au mal, & engendrent les humeurs superfluës, & les ramener à leur force, vigueur & temperature naturelle.

L'éuacuation est ou sensible ou insensible: la sensible se peut faire par les vo- Par le vomissement.
missemens, par les selles, par les sueurs, & par la seignée. Le vomissement est vtile,

Gg iij •

quand le ventricule abonde en cruditez, & est remply d'humeurs pituiteuses, & peut estre prouoqué auec la decoction de raifort, de semence d'arroches, fleurs de genest & oximel, ou auec le *Diasarum* de Fernel, ou si tu l'aymes mieux auec cette potion.

> *Acc. Oxymellitis simplicis vncias duas : detocti seminis attriplicis, hordei, & florum genistæ vncias quatuor : misce, hauriat tepidè.*

Les Grecs ont en recommandation les vomissemens qui se font le matin, & à ieun, lesquels ils nomment *surmasmoi.* Ceux qui auront enuie de se faire vomir de cette façon, mangeront forces raues, cresson alenois, roquette & pourpier, & apres auoir beu quantité grande d'eau tiede, se prouoqueront à rendre leur gorge en fourrant leurs doits, ou quelque plume trempée en huile, bien auant dans leur gosier. Les anciens vsoyent d'eau miellée, nommée des Medecins *mulsa,* de suc de ptisane cuit auec eau seule, ou auec miel, & s'ils le veulent plus efficace, auec scions d'helebore blanc fichez dans vne raue : ou bien ils mangent la raue seule auec vinaigre miellé apres auoir ietté l'helebore.

Par les selles.   L'euacuation qui se fait par les selles est & plus vtile & plus commode, & se peut procurer par pillules, électuaires, poudres & potions. Les purgatifs vtiles en ce cas doiuent tirer du profond, & purger la pituite en l'attirant de tout le corps, mais principalement du cerueau.

Auec pillules.   *Acc. Aloës succo bethonicæ, & rosarum diligenter lotæ dragm. iij.*

> *Agarici recenter trochiscati dragm. 1. sem.*
> *Turbith guminosi,*
> *Pulueris foliorum sennæ,*
> *Rhei electi aqua cinammomi aspersorum, ana drach. vnam.*
> *Gingiberis,*
> *Cinammomi, ana scrupul. vnum.*
> *Trochiscorum alhandal grana quindecim.*
> *Cum oxymellite fiat massa. Dosis ad Drachmam vnam.*

En cette maladie, comme aussi en toutes les autres qui sont causées d'humeurs pituiteuses & sucs cruds & grossiers, soit ou qu'ils stabulent & soyent contenus au ventricule, aux boyaux, & au mesentere, ou qu'ils ayent leur generation locale au cerueau : nous vsons fort heureusement des pillules de salseparille, desquelles voicy la description.

> *Acc. Salsæ parillæ, libram semis : abluatur bis cum aqua & extergatur, deinde concidatur minutim in ramenta, & triduo maceretur in lib. quatuor aquæ betonicæ : postea lento igne feruefiat in vase fictili, donec ad libram vnam liquor omnis redeat. Coletur cum forti expressione, vt succis omnis extrahatur, qui postea ad ignem lentum coquatur cum infrascriptis.*

Pillules de salseparille.

Acc. Aloës puluerisatæ, vnc. 1. sem.	*Ligni aloës,*
Foliorum sennæ mundat. vnc. 1.	*Cinammomi ana drachmam 1.*
Myrræ electæ, drachmas ij.	*Croci, scrupul. vnum.*

> *Puluerisatis omnibus coquantur, donec inspissetur liquor ad mellis consistentiam.*

De cette paste ou masse on formera quatre pillules pour vne drachme, desquelles le malade continuëra l'vsage vn mois durant, en prenant deux ou trois d'icelles à chaque fois au point du iour, & ce de iour à autre seulement, à condition que durant ce temps-là il ne boiue rien autre chose que de la decoction de salseparille. On peut preparer vn électuaire purgatif pour les scrophuleux en cette maniere.

Electuaires.

Acc. Turbith gummosi,   *Lingiberis,*
   Hermodactylorum, ana drach. ii.   *Mastiches,*
   Rhabarbari electi drachm. ii. semis.   *Anisi,*
   Diagridij. drachm. vnam.   *Cinamomi,*
   Santali albi,   *Croci, ana grana octo.*
   Santali rubri ana scrupul semis.

Omnia puluerisentur ex arte, & cum sacchari in aqua bethonicæ sufficienti quantitate soluti, fiat electuarium per tabellas ponderis trium drachmarum, Capiat manè.

Plusieurs loüent la poudre de diaturbith prise de dix en dix iours au poids d'vn escu d'or, elle se compose d'égalles parties de turbith, de gingembre & de succre. Pour la mesme fin on peut ordonner des potions & syrops magistraux, la forme desquels est notoire à tout le monde. Les medicamens sudorifiques de Guaïac, salseparille, chine & sassaffras conuiennent merueilleusement en cette maladie, comme sont aussi ceux qui prouoquent les vrines: C'est pourquoy les eaux minerales comme sont les fontaines aigrettes de Spa, Pougues & saint Pardoux, & des bains de Bourbon sont fort recommandées: & ces dernieres profitent d'autant plus puissamment que par leur chaleur elles liquefient, detergent & éuacuent la pituite par les selles, les vrines & les sueurs. Or que l'vsage des diuretiques soit icy vtile, il se peut confirmer par cet Aphorisme, *ceux qu'on espere deuoir auoir des abscez ou apostumes aux iointures, en sont garantis par vne abondance d'vrines espaisses & blanches.* L'vrine blanche monstre qu'elle est faite de la pituite, & celle qui est copieuse & épaisse denote que toute la matiere se purge par là. Mais en l'vsage des diuretiques le Medecin se doit garder de ne les ordonner à ceux qui ont le corps impur ny auant la purgation. Car ainsi l'humeur se respandroit dans le foye, les roignons & le mesentere, ou elle se corromproit & feroit obstruction & inflammation. Quand est de la saignée si les Escroüelles sont faites de la pituite pure & seule nous ne l'approuuons nullement, mais si la pituite est meslée auec le sang, la bile ou l'humeur atrabilaire, & que le patient ait le foye chaud, elle peut estre seurement administrée: & ne faut mespriser l'apertion des hæmorroïdes, si la ratte & partie caue du foye sont remplies d'vn sang fæculent & bourbeux.

Le corps ayant esté purgé par les éuacuations vniuerselles, on tentera asseurément la purgation particuliere du cerueau: Et ce tantost par les voyes ordinaires & les lieux accoustumez, comme par le palais & les narines, auec masticatoires, errhines & sternuätoires: & tantost par des chemins faits par art auec cauteres appliquez à la nucque ou au bras, sinapismes & veficatoires sur le *sinciput & occiput.* Voila l'ordre & les moyens qu'il faut tenir pour éuacuer sensiblement la cause materielle & antecedente des Escroüelles: elle est encore éuacuée insensiblement par remedes qui absorbent, consomment & desseichent peu à peu la pituite contenuë au ventricule, aux veines & au cerueau. Il se trouue beaucoup de tels aides descrits dans les autheurs & anciens & modernes, lesquels sont composez de racines de scrophulaire, d'ortie morte, de filipendule, de gariophylata ou benoite, de Glais, d'Enule Campane & semblables, desquelles se pourront preparer diuerses potions, poudres, éléctuaires & opiates: ainsi que nous allons monstrer.

Acc. Radic. enulæ campanæ,   *Radic. gladioli, ana vnciam sem.*
   Radic. chinæ recentis,   *Foliorum pimpinellæ,*
   Radic. scrophulariæ minoris,   *Agrimoniæ,*

Diaturbith.

Par les sueurs & par les vrines.

Aph. 74. sect. 4.

De la saignée.

Expurgation particuliere du cerueau.

La pituite causée antece lente doit aussi estre éuacuée insensiblement.

Par Apozemes.

Filipendulæ ana Manip. *vnum.* | Florum betonicæ,
Seminum aniſi, | Roriſmarini , ana Pugill. *vnum.*
Cardui benedicti, ana drachm. iii.

Fiat decoctio. Cape de colatura libram vnam ſemis, in qua diſſolue oxymellitis ſimpli-
cis, vncias duas, ſyrupi de betonica, vnciam vnam ſemis: fiat Apozema clarum, & con-
ditum drachmis duabus aquæ ſtillatitiæ cinamomi. Capiat in quatuor doſes matutinas.

Potions.

Acc. Radic. ſcrophular. minoris, | Pimpinellæ ana Manip. *vnum.*
Filipendulæ ana *vnc.* ſemis, | Radic. rubiæ tinctor. drach. ii.
Foliorum piloſella, | Radic. raphani, drach. *vnam.*

Bulliant in vino albo & fiat potio clarificata manè haurienda in duas doſes.

On prepare auſſi des électuaires & des poudres des meſmes ſimples.

Electuaires.

Acc. Spongiæ marinæ. | Oſſis ſepiæ,
Nucum cupreſſi ana drach. ii. | Salis gemmei , ana drach. ſemis,
Rad. ſcrophulariæ minoris. | Zingiberis,
Cyperi, | Pyrethri, ana ſcrupul. ſemis.
Filipendulæ, ana drach. *vnam.*

Fiat puluis tenuiſſimus, excipatur ſaccharo violato ex ſucco violarum recenti, & for-
mentur tabellæ ponderis drachmæ vnius. Capiat tabellam vnam manè & hora ſomni.

Poudres.

Acc. Radic. ruſci, | Salſæparillæ,
Ligni ſaſſafras, ana quod ſufficit.

Fiat puluis , capiat drachmam vnam ex vino albo quotidie manè totos quadraginta
dies.

La racine de *gladiolus* ou Glais eſt fort ſinguliere en quelque façon que ce ſoit
qu'on la mette en vſage. La poudre de cette racine prinſe tous les iours à ieun au
poids d'vne dragme par quarante matins: ou la meſme racine confite auec ſuccre & prinſe à l'heure du dormir profitent merueilleuſement.

Opiate.

Acc. Radic gladioli condita, *vn. vnam.* | Cineris ſpongiarum mar. *vnc. ſem.*
Cineris viperarum, drach. ſex. | Puluer. elect. de gemmis drach. *vnam.*
Cum ſyrupo de betonica fiat opiata.

Il faut prendre la groſſeur d'vne chaſtagne de cette opiate quatre heures deuant que diſner.

Poudres.

Acc. Cineris viperarum, vnciam vnam, | Cinamomi ana drach. *vnam ſemis,*
Cornu cerui vſti, vnciam ſemis, | Salis vſti, vncias duas,
Rad. galangæ, | Piperis nigri, drach. *vnam.*
Iridis, | Fiat puluis tenuiſſimus.

On prendra vne cueillerée de cette poudre de iour à aurre quatre heures deuant diſner : on s'en pourra auſſi ſeruir à la table pour ſaler les viandes au lieu de
ſel commun en augmentant la quantité du ſel. Arnauld de Ville-neuſue priſe
fort la poudre ſuiuante pour la curation des Eſcroüelles & tumeurs froides du
col , & dit auoir guaranti pluſieurs filles par l'vſage d'icelle.

**Poudre d'Ar-
nauld de ville-
neuſue.**

Acc. Pilæ marinæ, | Cinamomi,
Spongiæ marinæ, | Salis gemmei,
Oſſis ſepiæ, | Pyrethri,
Piperis longi, | Gallarum,
Piperis nigri, | Spinæ roſarum , ana,
Zingiberis, | Quantum ſatis.

Omnia ſubtiliſſimè puluerizentur, excepta ſpongia & pilis marinis, quæ prius ſecundu[m]
artem comburantur, poſtea earum cinis cum aliis rebus puluerizatis miſceatur.

Il faut nuict & iour tenir de cette poudre dans la bouche & sous la langue: on en peut affaisonner les viandes, on en peut prendre le poids d'vn escu le matin quatre heures auant que manger: & bref on la peut reduire en électuaire auec du miel & en faire vser durant plusieurs iours. L'eau ou liqueur de viperes ont vne proprieté & vertu singuliere contre les scrophules: & Celse a remarqué que manger vne couleuure guarantit de cette maladie. La chair de vipere resoult ces tumeurs, comme font aussi les racines de la petite scrophulaire incorporées auec miel & prinses en forme de lohot, l'eau qui en est distillée en fait tout autant. Il y en a qui prennent vne couleuure ou vipere morte, ils la mettent dans vn pot de terre bien bouché, qu'ils posent dans le four iusques à tant que ce qui est dedans soit reduit en cendres, lesquelles cendres ils meslangent auec égale portion de fœnugrec, & ayant incorporé le tout ensemble auec du miel, ils le gardent pour en vser. Voilà donc comment il faut pouruoir à la cause materielle antecedente par éuacuations sensibles.

L'vsage des viperes.

Lib. 5. cap. 28.

Mais il ne suffist point d'auoir éuacué la matiere, & épuisé les sources & fonraines de la pituite, il faut aussi corriger l'intemperature du cerueau, & remettre par tous moyens, tant le cerueau que le ventricule en leur force & vigueur naturelle, autrement il se fera vne generation perpetuelle d'humeurs qui fomenteront & entretiendront la maladie. A cette fin Galien prescrit des remedes composez de force aromatiques: comme la Theriaque, le Mitridat, l'Athanasia, l'Ambrosia, & le Diacalamenthum. Car les aromatiques par leur chaleur resoudent insensiblement la matiere en vapeurs & par vne vertu specifique fortifient les visceres: pour cette intention on fera l'opiate qui suit.

Opiate fortifiant le cerueau.

Acc. Conseruæ helenij,	*Theriacæ veterü drach. tres.*
Gladioli,	*Pulueris elect. aromatici rosati,*
Ireos ana vnc. vnam.	*Diagalangæ, ana drach. vnam.*
Cons. florum betonicæ,	*Cum syrupo conser. corticis,*
Anthos, ana drach. sex.	*Citri conditi fiat opiata.*

On prendra quelque peu de cette opiate deux fois la semaine quatre heures auant disner.

Pour desseicher & fortifier le cerueau on se seruira pareillement de remedes externes, tels que sont les sachets, poudres cephaliques & parfums, desquels nous ne baillerons icy aucune description, pour estre notoires à tout le monde. Voilà quelle est la vraye methode de guarir les Escroüelles qui sont engendrées de la pituite, & desquelles la cause est vne humeur cruë contenuë au ventricule, aux veines & au cerueau. Que s'il y a quelque portion de bile ou d'humeur atrabilaire meslée parmy la pituite, les remedes ordonnez doiuent regarder à purger la Cacochymie bilieuse & melancolique, & à alterer & changer l'intemperature des visceres qui la fomente & engendre.

Par quels remedes pourra estre oppugnée la cause coniointe des Escroüelles.

CHAPITRE XI.

TOVTE tumeur (selon Galien) ou se resoult, ou suppure, ou degenere en scirrhe, ou se gangrene & mortifie. Les tumeurs chaudes se resoudent & suppurent facilement, parce que leur matiere est subtile & capable de coction: & les froides au rebours tres-difficilement.

Indication curatiue qui se prend de la cause conioincte.

Or que les Escroüelles soient de cette derniere sorte c'est chose notoire à tout le monde : Car en consideration de la cause materielle qui domine en icelles, elles sont mises au catalogue des apostemes engendrez de la pituite cruë, & qui sont contenus dans leurs chistes & propres follicules. Et toutesfois celles qui ne sont que naistre & commencer sont quelquesfois capables d'estre resoutes & suppurées, & celles qui sont confirmées se laissent quelquesfois dompter & guarir par l'vsage des remollitifs & suppuratifs. Mais celles qui ne se laissent point vaincre aux topiques qui resoudent, suppurent, ramollissent & discutent, ils les faut traitter auec le fer, le feu & les medicamens qui ont la vertu de corroder & manger. Or c'est vne loy generale & souueraine en la pratique, & qui est commandée par Hippocrate & Galien *qu'il faut commencer par les remedes les plus doux & benings*. Il conuient donc tout premierement tenter & essayer les resolutifs, & puis apres les remollitifs & discussifs : que si on n'auance rien auec ces aides

Curation des Escroüelles qui commencent.

il est necessaire de venir au fer & au feu. Les Escroüelles petites & qui ne font que commencer, & celles qui sont enueloppées d'vne membrane mince & deliée se guarissent facilement, car en les pressant, froissant & frottant auec la main iusques à ce qu'elles viennent à s'échauffer, elles se ramollissent premierement, puis apres on les frappe & bat auec quelque escuelle de bois iusqu'à tant qu'elles disparoissent : quoy fait on applique par dessus vne lame de plomb qu'on bande fort

Lib. 2. ad Glaucum.

estroittement. A celles qui sont fort grosses conuiennent premierement des resolutifs ausquels Galien meslange quelques adstringens, parce que la substance des glandes estant rare, molle & lasche reçoit facilement les defluxions. On preparera donc à cette fin des fomentations, cataplasmes, vnguents & emplastres en cette maniere.

Cataplasme pour resoudre & fortifier.

Acc. Radic. gladioli, *vncias duas*,	*Florum meliloti*,
Radic. lilior. albor. *vnc. vnam sem*.	*Chamomilæ*,
Foliorum cupressi Manip. *vnum*.	*Rosar. rubrar. ana pugill. vnum*.
Seminis fœnugr. *drach. sex*.	*Coquantur omnia, pistentur, cribentur*.
Cymini, *vnciam semis*.	

Quibus adde,

Farinæ orobi aut lupinorum *vnciam* 1.	*Olei anethini q. suff*.
Mellis optimi *vnc. vnam semis*,	*Fiat cataplasma*.

Fomentation seruant à la mesme fin.

On fomentera alternatiuement les Escroüelles auec vne decoction adstringente faite d'escorce de grenades, de myrthe & fueilles de Cyprés cuites en meslange d'eau & de vinaigre que les medecins nomment posca.

Acc. Nucum cupressi, paria *v*.	*Salis communis*,
Ficuum paria iij.	*Cineris spongiæ*,
Radicis arundinis *vnciam semis*,	*Calcytheos, ana drach. tres*.
Coquantur in oxymellite : post adde	*Redigantur in formam vnguenti*.
iuri expresso.	

Huyle resolutiue de Langius.

Langius descrit vne huyle, qui est fort excellente pour resoudre les Escroüelles.

Acc. Olei philosophorum libr. semis,	*Gummi Arabici*,
Thuris,	*Therebintinæ ana drach. tres*.
Mastiches,	

Pistata simul per alembicum distillentur : tandem adde salis ex cinere cerri modicum, & iterum distilla & in vitro serua.

Pline l. 16. c. 5. & 6.

Or le Cerrus est vn arbre portant gland ou faine. Cette huyle est fort propre pour resoudre & dissiper les Escroüelles en les oignant deux ou trois fois le iour. L'emplaftre fuiuant les refoult auffi fort puiffamment.

Emplaftre refolutif.

Acc. Maffa empl. de melil. vnc. 1. | *Olei chamemeli,*
Bdellij aceto fquill. diffol. dr. ij. | *Liliorum,*
Caftorei pinguis dr. vnam fem. | *Amygdal. amarar. ana q. fuff.*
Pulueris rad. ireos, | *Fiat maffa emplaftri.*
Pul. fol. cupreffi ana drach. 1. |

Que fi les fcrophules ne fe laiffent point refoudre par ces remedes & qu'on y
voye quelque apparence de fupuration, comme fouuentesfois il aduient en celles ou il y a quelque quantité de fang ou de bile meflée auec la pituite : il faudra
l'aider auec Diachilon, Tetrapharmacum & cataplafme fait de racines de guimauue & ozeille cuite en eau, y adiouftant de la farine de froment & des huiles,
ou bien auec l'emplaftre fuiuant.

Emplaftre fup-puratif.

Acc. Bdellij vnciam vnam, | *Aluminis, fcrupul. vnum,*
Ammoniaci pinguis vnc. fem. | *Thuris, drach. vnam femis,*
Diffol. in lixiuio claro, & adde | *Mellis optimi, vnciam femis,*
Calcis viuæ cü axungia tritæ dr. 1. | *Fermenti veteris, drach. ij.*
Sulphuris viui, drach. femis. | *Fiat emplaftrum ex arte.*

Cerat pour la mefme fin.

Acc. Mucilaginis altheæ, | *Porcinæ liquefactæ,*
Fænugreci, | *Therebintinæ claræ, ana vnc. 1. fe.*
Olei liliorum ana vnc. ij. | *Lythar. auri puluerif. vnc. iij.*
Pinguedinis gallinæ, | *Bulliant omnia fimul ad confumptionem muf-*
Anferinæ, | *cilaginis:*

Deinde addendo.

Ammoniaci, & Galbani diffol. in aceto ana vnc. 1. Coquantur omnia, & cum ceræ
noua fuffic. quantitate, fiat cerotum, ad formam diachilonis.

La tumeur venue à fupuration fera ouuerte auec la lancette ou le cautere : le
pus éuacué on mondifiera l'vlcere, & finalement on incarnera auec l'vnguent
ifidis, l'emplaftre de betoine, de tuthie & femblables.

Mais les Efcroüelles dures, fcirrheufes & qui n'ont peu eftre refoutes ny amenées à fupuration, doiuent par tous moyens eftre ramollies & difcutées. A éce
incorpore égales parties de foufre & de Galbanum auec de la refine & en fait
vn Cerat. Il incorpore femblablement de l'écorce de racine de mandragore auec
Cerat Cyprin ou Irin, & dit que c'eft vn remede tresefficace. Il puluerize des efcailles d'huiftres bruflées & calcinées, & en feme la poudre fur les tumeurs fcrophuleufes ayant auparauant craché du vin fur la partie malade apres l'auoir quelque peu tenu en la bouche, ce qu'il commande de reietter fouuent. Pour ramollir on fe feruira de l'vnguent noir de Galien, de l'emplaftre de melilot auec ammoniac, huile de lis & poudre de racine d'iris. L'huile de crapaut meflée auec
diachilon & reduite en forme de Cerat eft fort excellente. La pierre ponce broyée
auec vinaigre rompt, deffeiche & diffoult les Efcroüelles. On pourra faire quelque emplaftre fuiuant cette defcription.

Tetr. 4. ferm. 3 c. 5.

Emplaftre ra-molliffant les Efcroüelles fcirrheufes,

Acc. Rad. brioniæ, | *deinde adde*
Cyclaminis, | *Ammoniaci in aceto fquill. diffol.*
Cucumeris agreftis, | *Bdellij.*
Altheæ, | *Opopon. in oleo fefam. diffol. an. vnc. 1.*
Lilij cœleftis, ana vnc. vnam. | *Stercoris columbini,*
Coquantur perfecté in vino albo, | *Caprini, ana vnc. vnam,*

Ladani,
Styracis calamithæ, ana vnc. se.

Picis naualis quantum satis.
Fiat ex arte emplaſtrum.

L'emplaſtre de vigo auec Mercure & l'emplaſtre diuin ſont fort recommandez.

Vnguent pour la meſme intention.

Acc. Opoponacis,
Ammoniaci,
Bdellij in aceto ſquil. diſſol vnc. se.
Succi vel rad narciſſi vnc. ij.
Muſcilag. ſem. fœnugreci,

Medullæ cruris vituli,
Propoleos ana vnc. ij.
Contundantur contundenda & reducantur in
formam vnguenti.

Aucuns ordonnent la fumée du Mercure eſteint auec le vinaigre. Il y a auſſi
des remedes qui par proprieté guariſſent cette maladie.

Autre vn-
guent.

Acc. Cineris agni caſti flore cæruleo,
Senettæ ſerpentis ana vnc. 1.

Olei amygdal. amarar. vnc. 1.
Ceræ, quant ſufficit.

Fiat ad formam vnguenti.

Il ſe fait vn vnguent pour la meſme intention, auec racines de glais battuës &
incorporées auec Axunge de porc : tellement qu'il ſemble que cette racine en
quelque maniere qu'on la mette en vſage, ſoit ou qu'on la prenne par dedans
ou qu'on l'applique par dehors, conuient par proprieté contre les Eſcroüelles.
L'emplaſtre fait des limaçons cuits en vin ou en leſciue eſt d'vne vertu fort excellente. Roger loüe fort le remede ſuiuant.

Emplaſtre de
Roger.

Acc. Rad. filicis, Aſphodeli & ebulorum ana quantum voles. Coquantur in vino
optimo & tundantur in mortario, addendo ſulphuris modicum & ceræ quod ſufficit.
Fiat ex arte emplaſtrum.

Il y en a qui preparent vn vnguent auec noſtre ſcrophulaire qui y conuient
fort bien : ils cueillent en Automne telle quantité de racines de ſcrophulaire
qu'ils iugent neceſſaire, apres les auoir nettoyées, ils les battent & incorporent
dans vn mortier de marbre auec du beurre frais, & en ayant remply vn vaiſſeau
qu'ils bouchent tres-bien, ils l'enfouïſſent par quatorze iours dans le fumier:
puis apres ils le fondent à petit feu & le coulent, & y adiouſtant de l'axunge de

Lib. 6. de có-
poſit. medic.
per gener.

porc & de la cire ils en font vn vnguent. Galien deſcrit tout à plain d'autres remedes topiques contre cette maladie.

Que s'il aduient que les Eſcroüelles s'vlcerent à raiſon du meſlange de la bile noire ou iaune, ou de la pourriture de la pituite, le Chirurgien ſe ſeruira des
remedes qui s'ordonnent ordinairement pour la curation des vlceres rebelles &
malings.

De la curation des Eſcroüelles qui ſe fait auec la main & par
l'induſtrie de la chirurgie.

CHAPITRE XII.

Diuerſes indi-
cations curati-
ues prinſes des
glandules.

OMME les vſages & ſeruices des glandules ſont diuers, car
les vnes deffendent & affermiſſent les vaiſſeaux, les autres re-
çoiuent les humeurs ſuperfluës, & les autres engendrent quelque ſuc vtile : Ainſi les indications curatiues varient grandement ſelon l'vſage & excellence d'icelles. Car les glandes qui engendrent vn ſuc vtile comme les teſticules, les mammelles &
les tonſilles ou Amygdales, ſi elles ſont ſcirrheuſes & ſcrophuleuſes, doiuent

eſtre traittées non autrement que les autres parties du corps, & ne doiuent point eſtre retranchées ny extirpées, ſinon lors qu'on a perdu toute eſperance de les pouuoir conſeruer, & que la neceſſité preſſe grandement : mais celles qui appuyent les vaiſſeaux, & qui ont ſeulement eſté ordonnées pour receuoir les ſuperfluitez, peuuent eſtre extraites ſeurement enſemble auec la maladie, & ce ſans aucun detriment ou incommodité de tout le corps. Or les glandules endurcies & ſcrophuleuſes s'oſtent en trois manieres, auec le fer, le cauſtique, & la ligature: celles qui ſont mobiles, benignes & non douloureuſes qui n'ont peu eſtre curées par remollitifs & reſolutifs, doiuent eſtre guaries par inciſion : celles qui ſont immobiles, profondes, qui ſont entées & inſerées entre quelques vaiſſeaux, & qui ont leurs racines larges, doiuent eſtre curées par éroſion : & celles qui ont la racine greſle & menuë par ligature. L'inciſion demande vne main habile & aſſeurée, & ſe doit faire comme enſuit. Le patient doit eſtre couché ou aſſis en vn lieu lucide & bien clair, & puis le Chirurgien doit empoigner l'Eſcroüelle auec ſa main gauche, & la tirer à ſoy de toute ſa force, puis auec la lancette, biſtorie, ou tel autre ferrement qu'il iugera plus propre, inciſer & coupper la peau : Cette inciſion ſe fait en deux façons : car ou il ne deperit rien de la ſubſtance de la peau, ou bien on en couppe & retranche quelque portion. La premiere eſt ou ſimple ou double: La ſimple ſe fait tout droit, ſçauoir eſt de long ou de trauers : de long en quaſi toutes les parties du corps, & de trauers au col, aux aiſſelles & aux aines, d'autant que les fibres de ces parties ſont trauerſaux : or c'eſt vne loy eſtablie en la Chirurgie *que la ſection ou inciſion ſe doit faire ſelon la rectitude des fibres.* Celle qui eſt double eſt nommée *cruciale*, car elle eſt compoſée dès deux, ſçauoir eſt de celle qui ſe fait en long, & de celle qui ſe fait de trauers. La ſection en laquelle quelque portion de la peau deperit, eſt nommée *inciſion myrthine*, parce qu'en icelle la peau eſt couppée & retranchée à la façon & figure d'vne fueille de myrthe. Aux petites tumeurs il ſuffit faire l'inciſion ſimple, & aux groſſes la myrthine. L'inciſion faite en la peau, il faut peu à peu & doucement découurir les veines & les arteres, & les mettre à coſté, & auec des crochets dilater & ouurir les bords de l'inciſion, puis auec les doigts ou le manche de la biſtorie ſeparer peu à peu les membranes qui enueloppent les glandes : & quand l'eſcroüelle eſt découuerte, l'oſter & retrancher tout à fait, en ſe gardant ſongneuſement de bleſſer les gros vaiſſeaux, notamment au col, où les veines iugulaires, arteres carotides & nerfs recurrents ſe fourchent & diſtribuent diuerſement : car ces nerfs eſtant couppez, l'homme deuient muet, & les veines & arteres bleſſées, il ſe fait vne perte de ſang tres-grande & tres-perilleuſe. Galien nous enſeigne cela quand il dit, *vn quidam retrancheant des Eſcroüelles au col, & déchirant auec les ongles en faiſant ſon operation vn vaiſſeau membraneux, arracha par imprudence & mégardé les nerfs recurrents, & ainſi il guarantit l'enfant des Eſcroüelles, mais il le rendit muet.* Aime Portugaix raconte qu'*vne femme ayant vne Eſcroüelle au col qui luy eſtoit reſtée d'vne verolle, appela vn Moine contrefaiſant le Medecin pour la penſer, lequel apres s'eſtre ſeruy de pluſieurs aides, & y employant finalement le ſublimé, afin d'en retrancher les racines, corroda l'vn des nerfs recurrents, d'où tombant en vne raucité de voix, elle perdit peu à peu la parole.* Il faut donc trauailler en cette operation auec vne tres-grande attention, de peur que par non-chaloir on ne vienne à coupper quelques nerfs, ou quelque gros vaiſſeau. Et neanmoins s'il arriue quelque flux de ſang qui deſtourne l'ouurage, il faut lier le vaiſſeau, & à ce que le fil ne ſe pourriſſe ou tombe trop toſt, il eſt bon qu'il ſoit de ſoye, ou de cordes de luth : on

Les glandes ſirrheuſes s'oſtent en trois manieres.

Les mobiles auec le fer.

Celles qui ſont immobiles auec le cauſtique.

Et celles qui ont la racine menuë auec la ligature.

Comment il faut faire l'inciſion.

Inciſion en laquelle rien de la peau ne deperit.

Elle eſt ou ſimple,

Ou double.

Inciſion myrthine.

l. i. de loc. aff. 6.

Cent. 2. Cura 70.

Le ſang ſerd arreſté auec la ligature.

Ou auec le caustique. pourra aussi l'estancher en appliquant dessus les orifices des vaisseaux du cotton bruslé, ou bien on se seruira de caustiques comme de vitriol, ou finalement on semera dessus de cette poudre par nous plusieurs fois éprouuée.

Ou auec cette poudre.

Recipe Calcis viuæ	Calcanthi ana drag. ij.
Sang. draconis,	Aluminis usti
Gypsi,	Testarum ouorum ana drag. i.
Aloës,	Telæ araneæ siccatæ drag. semis.

Faut faire vne poudre de ces choses, & la garder pour s'en seruir en la necessité, ou auec aubins d'œufs en former vn emplastre.

Il faut pareillement se garder en faisant cette extirpation, qu'il ne reste quelque morceau de la glandule, ou de la pellicule, pour si petit qu'il puisse estre, autrement la maladie ne faillira point à retourner. S'il en demeure quelque portion Albucasis veut qu'on la consomme & mange en remplissant la playe de cotton trempé en eau salée, ou en ægiptiac, ou en quelque autre medicament qui ayt vertu de corroder & consommer peu à peu ce qui est resté.

Maniere de faire l'operation auec le caustique. Secondement l'Escroüelle peut estre ostée par caustiques en appliquant en son mitan vn cautere actuel & fer rouge, ou bien en y apposant des remedes corrosifs & putrefactifs, comme sont la sandaraque, l'arsenic, l'huile de vitriol, la chaux viue auec sauon, l'axunge de porc auec quelque petite quantité de sublimé, la poudre de Mercure, d'herissons bruslez, d'os de seiche & d'orpiment. Or pour deffendre les parties voisines, & empescher qu'elles n'en conçoiuent de l'inflammation ou de la pourriture, il y faut appliquer de bons defensifs. Finalement l'Escroüelle *Moyen de guarir l'Escroüelle auec la ligature.* ou glande peut estre ostée, pourueu qu'elle ait la base menuë, auec vne ligature faite de crins de cheual, de fil ou de soye de pourceau, qu'on serre & estraint de iour en iour, & de plus en plus, iusques à ce qu'elle tombe d'elle-mesme. Il y en a qui trempent vn fil trois ou quatre fois en eau d'arsenic, afin de luy acquerir vne vertu corrosiue: de ce fil ils en lient la racine de l'Escroüelle, & le serrent plus fort de iour en iour, iusques à ce que la racine estant desseichée, l'Escroüelle vienne à choir d'elle-mesme à faute de nourriture. Voilà quelle est la methode de guarir les Escroüelles.

F I N.

AV LECTEVR.

En cette version, si trouuez à reprendre,
Faites-le comme amy, & non comme enuieux:
Et en la corrigeant, taschez de faire mieux,
Pour profiter à ceux qui desirent d'apprendre.

TABLE DES NOMS, MATIERES

ET CHOSES MEMORABLES CONTENVES

DANS LE TRAITTE DES ESCROVELLES.

Table.

Table.

Table.

Table.

Table.

Fin de la Table des Escroüelles.

DISCOVRS DE
LA CONSERVATION
DE LA VEVE:

DES MALADIES MELANCHOLIQVES : DES
CATHARRES : ET DE LA VIEILLESSE.

*Composez par M. André du Laurens, Medecin ordinaire du Roy, & Professeur de
sa Maiesté en l'Vniuersité de Medecine à Montpellier.*

AA

PREMIER DISCOVRS
AVQVEL EST TRAITTE' DE L'EXCELLENCE
DE LA VEVE, ET DV MOYEN DE LA CONSERVER.

*Que le cerueau est le vray siege de l'ame : & pour cette occasion tous les
organes des sens sont logez à l'entour de luy.*

CHAPITRE PREMIER.

'AME de l'homme, la plus noble & plus parfaicte
forme qui soit sous la voûte du Ciel, portant pour
marque de son excellence la viue & vraye image de
son Createur, combien qu'elle soit toute semblable
à soy, immaterielle, indiuisible, & par consequent
toute en tout le corps, & toute en chaque partie d'i-
celuy : si est-ce que pour la diuersité de ses actions,
pour la difference des instrumens desquels elle se sert,
& pour la varieté des objects qui luy sont proposez,
elle paroist & semble au vulgaire estre en quelque façon diuisible. Les Philosophes mesmes voyans ses plus nobles puissances reluire en vn endroit plus qu'en
l'autre, l'ont voulu loger & quasi confiner en vne seule partie. Ainsi les Theologiens rauis des merueilles qui se voyent auec plus d'apparence au Ciel qu'en
aucune autre partie du monde, disent le Ciel estre le Throsne de Dieu, combien
que son essence soit infinie, incomprehensible, & qu'elle s'estende par l'estenduë de tout ce qui est. Herophile a creu que l'ame logeoit en la seule base du *Diuerses opinions du siege
de l'ame.*
cerueau : Xenocrate au sommet de la teste : Erasistrate aux deux membranes, que
les Arabes appellent *Meres* : Strato au milieu des sourcils : Empedocle assisté des
Epicuriens & Egyptiens, en la poictrine : Moschion en tout le corps, Diogene aux
arteres, Heraclite en la seule circonference, Herodote aux oreilles, Blemor
Arabe, & Sirenée Medecin Cyprien, aux yeux, pource qu'on y remarque comme
dans vn miroir toutes les passions de l'ame : mais ce ne sont, à mon ingement, *Opinion d'A-
ristote.*
que vanitez & pures folies. Il y a bien plus d'apparence à l'opinion de ce grand
interprete de la Nature Aristote, qui pense le cœur estre le vray siege de l'ame,
pource que son principal instrument, qui est la chaleur naturelle, s'y trouue. C'est,
dit-il, le premier viuant & dernier mourant, seul magazin des esprits, origine des
veines, arteres & nerfs, principal autheur de la respiration, fontaine & source viue
de toute chaléur, contenant dans ses ventres vn sang subtil & raffiné qui sert

comme de braſier pour allumer & animer tous les petits feux, bref l'vnique Soleil du petit monde. Et tout ainſi que le ciel eſt le premier principe, duquel dépendent toutes les generations & alterations élementaires : ainſi le cœur eſt le premier principe de toutes les actions & mouuemens du corps. Le ciel produit des effects merueilleux par ſon mouuement, par ſa lumiere, & par ſon influence : Le cœur par ſon mouuement continuel (qui ne nous doit pas moins rauir que le flux & reflux de l'Euripe) & par l'influence de ſon eſprit, anime toutes les parties, leur donne cette belle & vermeille couleur, entretient leur chaleur naturelle. Le mouuement & la lumiere aux corps ſuperieurs ſont inſtrumens des intelligences & du ciel : des intelligences, comme du premier mouuant immobile : du ciel, comme du premier mouuant qui eſt meu. Le mouuement du cœur, & ſon eſprit qui ſe communique quaſi en vn moment par tout comme la lumiere, ſont inſtrumens de l'ame & du cœur : de l'ame, comme du premier mouuant qui n'eſt point meu : du cœur, comme du premier mouuant qui eſt meu de l'ame. C'eſt doncques le cœur, en la doctrine des Peripateticiés, qui eſt le vray ſiege de l'ame, ſeul prince & gouuerneur en cette ſi excellente & admirable œconomie du corps. Chryſippe & tous les Stoïques ont ſuiuy le meſme aduis, & ont creu que tout l'enclos des parties que nous diſons vitales, ſe nommoit *Thorax*, παρά τὸ θεῖον ὡρεῖν, pource qu'il enſerre ce diuin entendement d'Anaxagore, cette ardante chaleur de Zenon pleine d'vn million d'artifices, cet admirable feu que Promethée pilla du ciel pour animer & viuifier l'homme, cet eſprit remuant duquel Theocrite fait tant de cas. Voilà comme ces Philoſophes ont diuerſement parlé du ſiege de l'ame. Ie ne veux point employer le temps à examiner particulierement toutes ces opinions, mon intention n'eſt pas de diſputer icy, ie me contenteray de dire ſimplement la verité. Car ie m'aſſeure qu'elle ſera aſſez forte pour renuerſer tous ces faux fondemens. Ie dis donc que le principal ſiege de l'ame eſt au cerueau, pource que ces plus belles puiſſances y logent, & ſes plus nobles effects y reluyſent le plus. Tous les organes du mouuement, ſentiment, imagination, diſcours & memoire ou ſe trouuent dans le cerueau, ou en dépendent immediatement. L'Anatomie nous monſtre à l'œil que de la baſe du cerueau ſortent ſept grands paires de nerfs qui s'en vont tout à l'inſtant apporter l'eſprit animal aux organes des ſens, & ne ſortent point hors la teſte, ſinon le ſixiéme, qui a ſon eſtenduë iuſques au bout du petit ventre. Nous voyons ſortir du derriere du cerueau (où le grand & petit cerueau ſe rencontrent) cette admirable queuë, cette belle & blanche moëlle dorſale, que le Sage en ſon eccleſiaſte appelle *chorde d'argent*, qui eſt ſoigneuſement conſeruée dans vn canal que Lactance nomme *Sacré*. D'icelle on voit naiſtre vn million de petits nerfs qui apportent la puiſſance de mouuoir & ſentir à toutes les parties qui en ſont capables. On apperçoit tout à l'entour du cerueau logez les ſens exterieurs, qui ſont comme courriers & meſſagers de l'entendement, partie ſouueraine de l'ame. Quand on découure (dit Philon) les gardes d'vn Prince, on penſe qu'il n'eſt pas loin : nous voyons tous les Satellites & miniſtres de la raiſon, les yeux, les aureilles, le nez, la langue, ſituez en la teſte : nous deuons par conſequent iuger que cette Princeſſe n'en eſt pas loin. L'experience nous faict cognoiſtre que ſi le cerueau eſt alteré en ſa temperature, s'il eſt trop échauffé, comme il arriue aux phrenetiques, ou trop refroidy, comme aux melancholiques, il corrompt tout auſſi toſt l'imagination, trouble le iugement, affoiblit la memoire : ce que n'arriue point aux maladies particulieres du cœur, comme à la fiéure hectique, & à ceux qui ſont empoiſonnez. L'ame (dit le diuin

Belle compa-
raiſon du ciel
& du cœur.

Que le cerueau
eſt le vray ſie-
ge de l'ame.

Raiſons.
Premiere.

Deuxiéme.

Troiſiéme.

Quatriéme.

Platon) ne ſe plaiſt point en vn cerueau trop mol , trop denſe , ou trop dur , elle
demande vne bonne temperature. Si la conformation de la teſte eſt tant ſoit peu
deprauée , qu'elle ſoit ou trop grande , ou trop petite , ou pointuë , comme celle
qu'on lit dans Homere de Therſite , ou du tout ronde , ſans eſtre , comme elle doit
naturellement , applatie par les coſtez , on apperçoit toutes les actions de l'ame
deprauées , on appelle ces teſtes foles , ſans iugement , ſans prudence , qui nous doit
faire croire que le cerueau eſt auſſi bien organe de toutes ces actions , comme l'œil
de la veuë. Dauantage , cette figure ronde qui eſt particuliere à l'homme , ce chef *cinquiéme.*
eſleué au ciel , cette grande quantité de cerueau , qui eſt quaſi incroyable , monſtrent bien que l'homme a quelque choſe en ſa teſte plus que les autres animaux.
Les ſages d'Egypte l'ont bien reconnu : Car ils ne iuroient que par la teſte , ils
confirmoient tous leurs accords par la teſte , & defendoient de manger le cerueau
des animaux , pour l'honneur & reuerence qu'ils portoient à cette partie. Ie croy
que le haut mal n'a eſté appellé *Sacré* des Anciens pour autre raiſon , que pource
qu'il occupe la ſouueraine & ſacrée partie du corps. Reconnoiſſons donc le cerueau pour vray ſiege de l'ame , principe du mouuement , ſentiment , & de toutes
ſes plus nobles operations. Ie ſçay bien que quelque eſprit curieux me demandera , comment eſt-il poſſible que le cerueau ſoit principe du ſentiment , veu qu'il
eſt du tout inſenſible ; comment peut-il eſtre autheur de tant de belles actions ,
veu qu'il eſt froid & que l'ame ne peut rien ſans la chaleur : Mais ie luy répondray *Pourquoy le*
que le cerueau n'a point eu de ſentiment particulier , pource qu'eſtant le ſiege du *cerueau n'a*
point de ſenti-
ſens commun , il deuoit iuger de tous les objets ſenſibles. Or vn bon Iuge doit *ment.*
eſtre exempt de toute paſſion , & tout organe (dit Ariſtote) doit eſtre ſans qualité :
ainſi le cryſtallin , principal inſtrument de la veuë , n'a point de couleur , l'aureille
n'a point de ſon particulier , la langue point de gouſt. Que s'il arriue qu'vn organe ſe laiſſe corrompre , comme ſi le cryſtallin deuient iaune , tout ce qui ſe preſentera à l'œil paroiſtra de meſme couleur. Comme doncques le cerueau ne voit ,
n'oit , ne fleure & ne gouſte rien , mais il iuge tres-bien des couleurs , des ſons , des
odeurs , des ſaueurs : Ainſi n'eſtoit-il pas raiſonnable qu'il euſt vn ſentiment particulier du tact qui luy fit reſſentir les excez des qualitez qu'on nomme tractta-
bles. Il luy ſuffiſoit d'en auoir la connoiſſance & le iugement. Quant à l'autre
poinct , ie dis que le cerueau eſt actuellement chaud , & qu'il ne peut eſtre appel- *Pourquoy le*
lé froid que par comparaiſon du cœur. Il falloit neceſſairement qu'il fuſt de cette *cerueau eſt*
temperé.
temperature , pour temperer les eſprits qui eſtoient de nature de feu , pour retenir les eſpeces , & pour les conſeruer longuement. Car ſi le cerueau eſtoit auſſi
chaud que le cœur , il y auroit touſiours du trouble & de la ſedition parmy les
plus nobles puiſſances de l'ame : tous les ſens ſeroient égarez , tous les mouuemens
déreglez , tous les diſcours temeraires & la memoire du tout volage , ainſi qu'il
arriue aux phrenetiques. Que rien donc ne nous arreſte à reconnoiſtre le cerueau
pour la plus noble partie du corps. C'eſt ce magnifique & ſuperbe edifice de l'a-
me , ce beau palais Royal , cette ſacrée maiſon de Pallas , cette tour , imprenable
enuironnée des os comme de fortes murailles , où la puiſſance ſouueraine de l'a-
me (i'entends la raiſon) qui comprend & embraſſe tout l'vniuers en vn moment
ſans y toucher , qui voltige par l'air , décend és abyſmes de la mer , & monte en
meſme inſtant ſur les planchers des cieux , ſe pourmene par leurs eſtages , meſure leurs diſtances , communique auec les Anges , penetre iuſques au throſne de
Dieu : & lors que le corps eſt endormy , ſe laiſſe par vn ſaint vol , ou par vn rauiſſement doux , tranſporter iuſques au miroüer du diuin Archetype : Bref , qui

eſt tout (dit Ariſtote) ayant tout par puiſſance : ou di-je cette grande Princeſſe s'eſt voulu loger, comme dans ſa citadelle , pour commander aux deux regions baſſes , pour tenir en bride les deux puiſſances inferieures (i'entens l'iraſcible & la concupiſcible) qui eſtoient quaſi touſiours diſpoſées à la reuolte. I'oſeray bien paſſer plus outre, & pourray peut-eſtre , des premiers dire, qu'il n'y a que le cerueau qui puiſſe veritablement eſtre appellé noble & ſouuerain au corps, que toutes les autres parties ſont faites pour le cerueau, & luy rendent tribut comme à leur Roy. Voicy ma demonſtration, qui eſt à mon aduis auſſi claire que le
Belle demon- Soleil. L'homme ne differe des beſtes que par la raiſon : le ſiege de la raiſon eſt
ſtration pour au cerueau : il faut pour raiſonner & diſcourir, que l'imagination preſente à l'en-
l'excellence du tendement des objets tous purs, immateriels, & dénuez de toutes qualitez cor-
cerueau. porelles. L'imagination ne les peut d'elle-meſme conceuoir, ſi les ſens exterieurs, qui ſont les vrays eſpions & fidelles meſſagers, ne luy rapportent. Il a donc fallu former les organes des ſens, les yeux, les aureilles, le nez, la langue, & les membranes tant internes qu'externes. Les ſens pour reconnoiſtre la diuerſité des objets ont eu beſoin d'vn mouuement local, car l'homme ne bougeant d'vn lieu, & demeurant immobile comme vne ſtatuë, ne ſçauroit rapporter que bien peu à ſon imagination. Il a donc eſté neceſſaire pour la commodité & perfection des ſens, d'auoir certains organes du mouuement : ces inſtrumens ſont deux, les nerfs & les muſcles : les nerfs pour la continuation qu'ils ont auec leur principe, comme ont les rayons auec le Soleil, apportent du cerueau le pouuoir ſeellé en vn corps bien ſubtil, qui eſt l'eſprit animal : Les muſcles comme bons ſujets, obeyſſent à ce commandement, & meuuent incontinent la partie, l'eſtendent, la fléchiſſent comme il plaiſt à l'imagination & à l'appetit. Le cerueau doncques commande, le nerf porte le commandement, le muſcle obeyt & ſe retire vers ſon principe. Et tout ainſi qu'vn adroit Eſcuyer manie auec la bride ſon cheual, le fait tourner à droit, à gauche, & comme il luy plaiſt : ainſi le cerueau par les nerfs fléchit & eſtend les muſcles. Ces deux organes du mouuement volontaire ne ſçauroient ſubſiſter ny entreprendre leur action s'il n'eſtoient appuyez ſur quelque corps ſolide & immobile. Il a donc fallu baſtir des colomnes, qui ſont les os, & les cartilages d'où naiſſent les muſcles, & où ils ſe vont inferer : Les os ne pouuoient eſtre joints ny affermis ſans liens, il les falloit auſſi couurir de leurs membranes. Toutes ces parties auoient beſoin d'vne chaleur naturelle, & de nourriture pour leur conſeruation : cette chaleur, cet aliment venant d'ailleurs, deuoient eſtre conduits par des canaux, qui ſont les veines & arteres : Les arteres puiſoient leur eſprit de quelque fontaine, qui eſt le cœur, les veines prenoient le
Concluſion. ſang au commun magaſin, qui eſt le foye. De ſorte que s'il faut remonter par la meſme échelle d'où nous venons de deſcendre, le cœur & le foye n'ont eſté faits que pour entretenir la chaleur de toutes les parties : les os & les cartilages, pour ſeruir d'appuy aux muſcles & aux nerfs, inſtrumens du mouuement volontaire : les muſcles & nerfs pour la perfection des ſens : les ſens pour repreſenter tous les objets externes à l'imagination : l'imagination pour rapporter les eſpeces dénuées de toute matiere à la raiſon qui les donne apres en garde à la memoire, comme ſa threſoriere. De ſorte que tout obeyſſant à la raiſon, & le cerueau eſtant le vray ſiege de la raiſon, il faut dire que toutes les parties du corps ont eſté faites pour le cerueau, & le doiuent reconnoiſtre pour leur ſouuerain.

I'apporteray vne autre demonſtration, qui n'eſt pas à mon aduis comme pour témoigner l'excellence de cette partie : c'eſt qu'elle donne la forme & perfection à toutes les autres. Car il eſt tout certain que de la forme & quantité du cerueau dépend la groſſeur, la grádeur, la petiteſſe, & en vn môt toute la figure de la teſte, pource que le contenant ſe rapporte touſiours au contenu comme à ſon principe. A la teſte ſe joint l'eſpine qui eſt compoſée de vingt & quatre vertebres & de l'os ſacrum, & fait ce qu'on appelle le tronc du corps. Si le trou de la teſte par où doit deſcendre la moëlle eſt grand, il faut que les vertebres ſoyent larges. Sur cette eſpine comme ſur le fond d'vn nauire ſont appuyez tous les autres os : en haut vous y verrez les eſpaules ; auſquelles les bras ſont attachez de coſté & d'autre, les douze coſtes, & en bas les os des iſles & des anches, dans leſquels s'emboiſtent les os des cuiſſes : de ſorte que ſi toutes les proportions ſont bien obſeruées, la grandeur & groſſeur des os dépend de la teſte, & par conſequent du cerueau comme du premier principe. Sur les os s'attachent les ligamens, les muſcles, & la pluſpart des autres parties s'y appuye : dans leur enclos s'enferment les plus nobles parties & les viſceres. Les os en ſomme donnét à tout le corps la forme qu'ils ont receuë du cerueau. C'eſt ce qu'a tres-bien remarqué le diuin Hippocrate au ſecond de ſes Epidemies, diſant que de la grandeur & groſſeur de la teſte le Medecin pouuoit iuger de la grandeur de tous les os & des autres parties auſſi, comme des veines, arteres & nerfs.

Concluons doncques auec la verité, que le cerueau ayant tant d'auantage ſur les autres parties doit eſtre le principal & ſouuerain ſiege de l'ame.

Comme les ſens externes, vrays meſſagers de l'ame, ſont cinq ſeulement, tous logez au dehors du cerueau.

CHAPITRE II.

PVis qu'il eſt tout certain que l'ame eſtant enferméé dans ce corps, comme dans vne priſon obſcure, ne peut ny diſcourir ny comprendre aucune choſe ſans l'aide des ſens, qui ſont comme ſes vrays miniſtres & fidelles meſſagers : il a eſté neceſſaire de loger les organes des ſens bien prés de la raiſon, & tout autour de ſa maiſon royale. Or ſes ſens que nous appellons exterieurs ſont cinq ſeulement, la veuë, l'ouye, l'odorat, le gouſt, & l'attouchement, deſquels dépend entierémét toute noſtre connoiſſance, & rien (dit le Philoſophe) ne peut entrer en l'intellect qu'il n'ait paſſé par l'vne des cinq portes. Ceux qui ont voulu rendre raiſon de ce nombre diſent qu'il n'y a que cinq ſens, pource que l'vniuers n'eſt cópoſé que de cinq corps ſimples, qui ſont les quatre élemens, & le ciel qu'ils appellent cinquiéme nature, étherée, toute pure & plaine de lumiere. La veuë, diſent les Platoniciens, qui a pour ſon inſtrument ces deux aſtres jumeaux, tous plains de rayons & d'vn feu celeſte qui luit & ne bruſle point, repreſente le ciel, & a la lumiere pour ſon objet. L'ouye qui ne reçoit que les ſons, a pour objet vn air battu, & ſon principal inſtrument, ſi nous croyons Ariſtote, eſt vn air enfermé dans vn petit labyrinthe. L'odorat tient de la nature du feu : car l'odeur ne conſiſte qu'au ſec qui eſt rendu tel par la chaleur : & nous tenons comme par maxime, que toutes choſes

Pourquoy il n'y a que cinq ſens.

Premiere raiſon.

aromatiques sont chaudes. Le goust a l'humide pour objet, & l'attouchement la terre. Les autres disent qu'il n'y a que cinq sens, pource qu'il n'y a que cinq objets propres, & que tous les accidens qui se trouuent au corps naturel, se peuuent rapporter ou aux couleurs, ou aux sons, ou aux odeurs, ou aux saueurs, ou bien aux qualitez qu'on nomme tractables tant premieres que secondes. Il y en a qui recueillent le nombre des sens de leur vsage, qui est la cause finale: Les sens sont faits pour la commodité de l'homme: l'homme est composé de deux parties, du corps & de l'ame: La veuë & l'ouye seruent plus à l'ame qu'au corps, le goust & l'attouchement seruent plus au corps qu'à l'ame: l'odorat sert à tous les deux également, recreant & purifiant les esprits: qui sont principaux instrumens de l'ame. Ie dirois que des cinq sens il y en a deux qui sont du tout necessaires pour l'estre & pour la vie simplement, les trois autres sont pour le bien estre & pour le bien viure seulement. Ceux qui sont necessaires pour l'estre sont l'attouchement & le goust. L'attouchement (si nous croyons les naturalistes) est comme le fondement de l'animalité i'vseray de ce mot pource qu'il exprime fort bien la chose, Le goust sert pour la conseruation de la vie. La veuë, l'odorat ne sont que pour le bien viure: Car l'animal peut estre & subsister sans eux. Les deux premiers pource qu'ils estoyent du tout necessaires ont eu leur moyen interieur & si conjoint auec l'organe qu'il est quasi inseparable, cár au goust & à l'attouchement, les Medecins confondent le moyen & l'instrument. Les trois autres ont eu leur moyen exterieur & separé de l'organe, comme la veuë a l'air, l'eau & tout corps diaphane pour moyen. Aristote au commencement du troisiéme liure de l'ame, a bien plus serieusement philosophé que tous ceux-cy, mais c'est auec tant d'obscurité, que quasi tous les interpretes s'y trouuent fort empeschez: de sorte qu'il semble nous auoir voulu cacher les secrets de la nature & les mysteres de sa philosophie, non pas auec vn voile fabuleux, comme les Poëtes anciens, ny auec vne superstition des nombres cóme les Pythagoriciens, mais auec vne obscure briefueté, ressemblant à la Seiche, laquelle pour ne tomber entre les mains du pescheur jette vne liqueur noire & se cache. Les sens dit Aristote, ne sont que cinq, pource que les moyens par lesquels nous sentons ne peuuent estre alterez qu'en cinq façons: Les moyens par lesquels nous sentons sont deux seulement, l'vn est exterieur, l'autre interieur: l'exterieur est l'air ou l'eau, l'interieur est la chair ou les membranes. L'air & l'eau reçoiuent les objets externes, ou comme diaphanes, & lors ils seruent à la veuë, ou comme corps mobiles & rares, & lors seruent à l'ouye, ou comme humides receuans le sec, & lors sont sujets à l'odorat. La chair ou les membranes peuuent estre considerées en deux façons, ou selon la temperature des quatre premieres qualitez, & lors elles sont sujettes à l'attouchement, ou selon la mixtion du sec & humide, & lors elles reçoiuent les saueurs pour le goust. Quoy que ce soit, il n'y a que cinq sens exterieurs qui sont tous logez au dehors du cerueau. Ce sont les vrays courriers & messagers de l'ame, ce sont les fenestres par où nous la voyons tout à clair: ce sont les gardes ou portiers qui nous font entrer en son plus secret cabinet: s'ils sont fidelles à la raison ils luy representent vn million de beaux objets, sur lesquels elle fait des discours merueilleux: Mais helas! combien de fois la trahissent-il? ô comme ils sont dangereux & suiets à corruption! Ce n'est pas sans cause que ce Mercure trois fois grand, appelle les sens tirans & bourreaux de la raison, car ils la liurent bien souuent prisonnieré aux deux puissances inferieures, ils la font de maistresse deuenir seruante, de libre qu'elle estoit ils l'asseruissent & la rendent esclaue. Elle a beau comman-

Troisiéme.

Quatriéme.

La demonstration d'Aristote sur le nombre des sens.

Les sens bourreaux de l'ame.

der pour lors, elle n'est non plus obeïe que la loy ou le magistrat en vn Estat trou-blé de dissensions ciuiles. Hé! combien d'ames ont perdu leur liberté par la veuë? Ne dit-on pas que ce petit folatre, cet aueugle archer entre dans nos cœurs par cette porte, & que l'amour se forme du rencontre des rayons qui sortent de l'œil, ou bien de l'vnion des plus subtils & deliez esprits, qui montent secrettement du cœur à l'œil par vn petit sentier, & ayans abusé ce portier, mettent l'amour de-dans, qui se rend peu à peu maistre de la place, & en met la raison dehors? Com-bien de fois la raison se laisse charmer par l'ouye? Si tu prestes l'aureille à ces lan-gues affetées, à ces voix piperesses, à ces discours artificiels plains de douceur & d'vn million d'appas, ne doute point que ta raison ne soit surprinse, les escou-tes sont endormies, l'ennemy se laisse couler tout doucement & se saisit de la for-teresse. Le sage Vlysse n'estouppa-il pas les aureilles de ses compagnons crai-gnant qu'ils ne fussent ensorcelez & endormis du chant harmonieux des Sirenes? La friandise du goust, la gourmandise, l'yurongnerie, n'ont-ils pas perdu des grands personnages? Et ce sens de l'attouchement que Nature a donné aux ani-maux pour la coseruation de leur espece, le plus grossier, le plus terrestre de tous, & par consequent le plus delicieux, ne nous fait-il pas souuent deuenir bestes? On ne surprend donc iamais la raison que par la corruption de ces portiers, on n'en-tre iamais dans son palais que par l'intelligence des gardes, pource que comme i'ay dit au commencement de ce chapitre, l'ame estant enfermée dans ce corps, ne peut rien sans le ministere des sens.

Que la veuë est le plus noble de tous les sens.

CHAPITRE III.

E N T R E tous les sens, celuy de la veuë a esté iugé par l'ad-uis commun de tous les Philosophes, le plus noble, le plus parfait, & le plus admirable. Son excellence se fait paroi-stre en vne infinité de choses: mais en quatre principale-ment, à la diuersité des objects qu'il represente à l'ame, au moyen de son operation qui est quasi tout spirituel, l'ex-cellence de son objet particulier qui est la lumiere, la plus noble & plus parfaite qualité que Dieu crea iamais, & à la certitude de son action. Premierement il n'y a point de doute que la veuë ne nous face connoistre plus de diuersitez & differences des choses que nul autre sens, car tous les corps naturels sont visibles, mais tous ne se touchent pas, de tous ne sort point vne odeur, vn goust, vn son: le ciel qui est l'ornement du monde, & le plus noble corps de l'vniuers ne se laisse pas toucher à nous, nous n'oyons pas cette douce harmonie qui procede des accords de tant de mouuemens diuers il n'y a que la veuë qui nous le face connoistre; les corps mols ne font point de son, la terre & le feu n'ont point de goust, & tout cela pourtant est visible. La veuë outre son objet propre, qui est la couleur, en a vne infinité d'autres, com-me la grandeur, le nombre, la figure, le mouuement, le repos, la situation, la distance. C'est pourquoy le Philosophe en sa Metaphysique l'appelle *sens de l'inuention*, d'autant que par son moyen toutes les plus belles sciences ont esté

inuentées. C'eſt par le moyen de ce noble ſens que nous auons commencé à philoſopher : car la philoſophie ne vient que de l'admiration, l'admiration procede
de la veuë des choſes belles. Noſtre ame donc s'éleuant en haut vers le ciel rauie
de tant de meiueilles, en a voulu rechercher la cauſe, & a commencé à philoſopher. Ie diray dauantage, que la veuë eſt le ſens de noſtre beatitude, car le ſouuerain bien de l'homme conſiſte en la connoiſſance de Dieu. Or il n'y a point
de ſens qui nous y conduiſe mieux que la veuë. Les choſes inuiſibles de Dieu, dit
l'Apoſtre, ſe connoiſſent & manifeſtent à nous par les viſibles. Cette premiere
cauſe, qui eſt incomprehenſible, ne ſe peut connoiſtre que par ſes effets. Moyſe
ne ſçeut iamais voir Dieu que par le derriere? car de ſa face ſortoit vne ſi grande
clarté qu'elle luy éblouïſſoit du tout la veuë. Vien-t'en icy, ô athée, employe ce
noble ſens à contempler cet excellent & parfait ouurage de Dieu, cet vniuers
qui contient tout. Eſleue ta veuë en haut, d'où tu as pris ton origine, regarde le
throſne de Dieu qui eſt le ciel, la plus accomplie de toutes ſes œuures ſenſibles
& corporelles : voy ce nombre infiny de feux allumez au ciel, & entre autres ces
deux grands flambeaux qui nous éclairent, l'vn le iour, l'autre la nuict : Contemple la maieſté du Soleil quand il ſe leue, comme il eſtend en vn moment ſes rayons
depuis vne extremité du monde iuſques à l'autre, & comme le ſoir il plonge ſon
char dedans l'onde. Regarde la varieté des faces & apparences de la Lune, les
diuers mouuemens des planettes qui vont continuellement auec vne viſteſſe &
égalité incroyable, & ne s'entrehcurtent iamais. Si tu as honte de regarder le
ciel, de peur d'eſtre contraint de confeſſer vne diuinité, iette ta veuë en bas vers
les eaux ou vers la terre : voy en la mer vne merueille, comment elle menace perpetuellement la terre, & ne déborde iamais : elle reçoit tous les fleuues du monde, & pour cela n'enfle point, on ne luy vid iamais paſſer ſes bornes. Regarde
comme la terre eſt ſuſpenduë en l'air, & ſe ſouſtient ſur ſa propre peſanteur : Conſidere la diuerſité des animaux qui ſont ſi accomplis en leur eſpece, la beauté des
pierres, le nombre infiny des plantes qui ſont auſſi agreables en leur varieté,
qu'admirables en leur proprieté. Si tout cela ne te peut émouuoir à reconnoiſtre cette premiere cauſe, ſi tes delices t'attirent ailleurs & te rauiſſent le temps
qu'il faudroit employer pour remarquer tant de varietez, vien-t'en icy, ie te feray voir en moins de rien l'abregé du grand monde, le chef-d'œuure de Dieu, le
tableau de l'vniuers, & lors, rauy d'vn ſi merueilleux artifice tu ſeras contraint
de t'écrier auec ce grand Magicien Zoroaſter, ô homme, miracle & effort de
nature. Ie ne te veux repreſenter pour ce coup que la teſte, d'autant que les rayons
& marques de la diuinité y reluiſent le plus. Contemple cette maiſon Royale
par dedans, par dehors, & par tout : voy l'artifice du cerueau, les trois colomnes qui ſouſtiennent tout le couuert de ce ſuperbe édifice comme vn Athlas ſouſtient le ciel de ſes eſpaules : Les quatre chambrettes où logent, ſi nous voulons
croire les Arabes, les puiſſances ſouueraines de l'ame, l'imagination aux deux
premieres, la raiſon à celle du milieu, & la memoire à celle du derriere, le miroir tranſparent, le ret admirable qui eſt comme vn labyrinthe tiſſu d'vn million de petites arteres entrelacées, où ſe preparent & raffinent les eſprits, les
ſources des nerfs, la corde d'argent, & ſon incroyable fecondité à la production
des nerfs, les canaux & aqueducts par leſquels toutes les immondices du cerueau
ſe purgent. Si tu ne te veux enfermer dans ce palais Royal, ſors dehors, tu verras
au deuant de la teſte ces deux aſtres luyſans, ces deux miroirs de l'ame qui nous
repreſentent toutes ſes paſſions : tu admireras le beau cryſtallin qui eſt plus net

Belle conſide-
ration pour les
Athées.

& plus pur que les perles Orientales la poliſſure des ſix tuniques ; la merueilleuſe agilité des ſix muſcles, & ſur tout de cette poulie amoureuſe. Tu verras à
coſté les deux oreilles qui ne te rauiront pas moins. N'eſt-ce pas vn trait bien
hardy de la nature d'auoir enfermé en vn ſi petit trou vn tambour bien tendu,
ayant par derriere deux petites cordes, trois oſſelets qui ont la forme d'vn enclume, d'vn marteau, & d'vn eſtrieu: trois petits muſcles, vn labyrinthe, qui
contient l'air interieur, deux feneſtres ouales ; vn nerf, vn canal cartilagineux
qui ſe rend au palais, & fait cette belle ſympathie des inſtrumens de l'ouye auec
ceux de la voix ? Et que diras-tu de ce petit morceau de chair, qui ſe meut en
cent mille façons comme vne anguille, i'entends la langue, qui eſt l'interprete de toutes nos conceptions, vraye meſſagere de l'ame, qui chante (comme dit
l'Apoſtre (loüange à ſon Createur, & donne ſouuent malediction aux hommes,
qui rauit, flechit, qui anime au combat les ames genereuſes, qui a le pouuoir de
perdre & renuerſer les plus floriſſans Empires & de les remettre auſſi. Bref regarde, ô Athée, en gros, ſi tu ne veux en détail, la beauté & la majeſté de
cette face qui fait trembler tous les animaux : n'y trouueras-tu pas vne eſtincelle & ie ne ſçay quel rayon de la Diuinité ? n'y verras-tu pas la marque & charactere de ſon Createur ? & ayant le tout contemplé, ne ſeras-tu pas, bon-gré
mal-gré que tu en ayes, contraint de t'eſcrier auec le Prophete Royal : Tes
mains, Seigneur m'ont formé, ie t'exalteray tout le temps de ma vie ? Combien
donc eſt noble la veuë, puis qu'en nous repreſentant tant de merueilles & tant
de diuerſitez d'objets elle nous meine à la connoiſſance de Dieu ? Le ſecond
point qui nous fait paroiſtre l'excellence de la veuë eſt le moyen de ſon operation, qui eſt tout ſpirituel : car la veuë ſe fait en vn inſtant, ſans mouuement
local, & a vne diſtance fort eſloignée. Ie veux, afin qu'vn chacun connoiſſe la
perfection de ce ſens, le parangonner, & rendre quaſi ſemblable à l'intellect.
Tout ainſi que l'intellect reçoit de l'imagination des eſpeces immaterielles: ainſi
la veuë reçoit les eſpeces ſans corps, que les Philoſophes appellent intention-
nelles. L'intellect comprend tout l'vniuers ſans qu'il occuppe aucun lieu, contient
le ciel & la terre ſans qu'ils s'y entre-empeſchent : la veuë reçoit le ciel ſans qu'il
occuppe aucune place, les plus grandes montagnes du monde entrent tout à la
fois & toutes entieres par la prunelle ſans qu'il y ait preſſe à l'entrée. L'intellect
iuge en meſme temps de deux contraires, du vray & du faux, les loge eſgalement en ſoy, les entend l'vn par l'autre, les range ſous vne meſme ſcience. L'œil
en meſme moment reçoit le noir & le blanc, & les diſcerne parfaitement ſans
que l'vn empeſche la connoiſſance de l'autre, ce qui n'arriue pas aux autres
ſens : Car ayant gouſté l'amer, on ne ſçauroit en meſme temps bien iuger &
diſcerner le doux. L'intellect voltige en vn inſtant par tout le monde : la veuë
reçoit en vn inſtant l'eſpece du ciel : Tous les autres ſens ſe meuuent auec le
temps : c'eſt pourquoy on voit l'eſclair auant qu'ouyr le tonnerre, combien
qu'ils ſe facent en meſme temps. L'intellect eſt libre de ſa nature, & a vne volonté de diſcourir ou de ne le faire pas : La veuë en ſon operation a comme vne
eſpece de liberté que nature a denié aux autres ſens : Les aureilles ſont touſ-
jours ouuertes & le nez auſſi, la peau eſt expoſée au froid & au chaud, & a toutes les iniures de l'air : mais les yeux ont des paupieres qui s'ouurent & ferment
quand nous voulons, pour voir ou ne voir point ſinon quand il nous plaiſt. Le
troiſiéme ſujet que i'ay pour témoigner l'excellence de la veuë eſt la certitude de ſon action ? Car il n'y a nul doute que ce ne ſoit le ſens le plus aſſeuré,

Le ſecōd poinct pour l'excellen- ce de la veuë.

Belle compa- raiſon de la veuë à l'intel- lect.

De l'excellence de la veuë,

& qui fe trompe le moins : Auffi a t'on accouftumé de dire quand on veut affeurer quelque chofe, qu'on l'a veuë de fes propres yeux : & le prouerbe des Anciens
eft tres-veritable, qu'il vaut mieux auoir vn témoing qui aye veu que dix qui
l'ayent ouy dire. Le Philofophe Milefien nommé Thalez difoit qu'il y auoit autant de difference en la veuë & l'ouye, comme entre le vray & le faux. Les Prophetes mefmes pour affeurer leurs propheties ne les appellent que vifions, com-

*Le troifiéme
poinct de l'ex-
cellence de la
veuë.*
me eftans chofes certaines & veritables. En fin l'excellence de la veuë fe fait paroiftre en fon objet particulier : qui eft le plus noble, le plus commun & le plus
connu de tous. Ie le dis le plus noble, pource qu'il comprend la plus belle qualité qui foit en l'vniuers : c'eft la lumiere qui a pris fa naiffance du ciel, & que les
Poëtes appellent fille aifnée de Dieu. Ie le nomme le plus commun pource qu'il
fe communique à tous indifferemment, & le plus connu de nous, d'autant que
tous les corps naturels participent de quelque couleur, & qu'il n'y a rien en l'vniuers qui ne foit vifible. Difons donc auec Theophrafte, que la veuë eft comme la
forme & perfection de l'homme : auec les Stoïques, que la veuë nous fait approcher de la diuinité, & auec le Philofophe Anaxagore qu'il femble que nous ne
fommes nais que pour voir.

De l'excellence de l'œil propre inftrument de la veuë.

CHAPITRE IIII.

*Comparaifon
du Soleil auec
l'œil.*
I le fens de la veuë eft admirable, l'organe qui luy eft dedié, furpaffe toute merueille : car il eft compofé auec tant
d'artifice & de tant belles parties, qu'il n'y a perfonne qui
n'en foit rauy : & ie ne fçay fi ie dois auec Plotin & Syne-
fius appeller la nature magicienne, pour auoir en vn fi petit aftre enfermé tant de graces, & fait vn ouurage qui furpaffe les fens ordinaires. Les Egyptiens ont autrefois adoré le Soleil, & l'ont appellé le fils vifible de Dieu inuifible :
& pourquoy n'admirerons nous l'œil, qui eft (comme chante l'ancien Poëte Orphée) le Soleil du petit monde, plus noble fans comparaifon que celuy du grand?
Le grand Soleil par l'eftenduë de fes rayons illumine tout l'vniuers, mais il ne
reçoit point de plaifir ny de commodité de ce feruice, il ne voit rien de ce qu'il
nous fait voir : L'œil qui eft le petit Soleil, en nous reprefentant tous les corps
colorez, les voit & reconnoift auffi, s'en refioüit auec l'ame, & apperçoit la
forme, la grandeur, & la diftance des objets, ce qu'aucun autre organe ne peut
faire. Platon pour honorer cette diuine partie la nomme celefte & etherée, il
croit que l'œil eft tout plain de rayons & de feu femblable à celuy des eftoilles

*Les yeux mi-
roirs de l'ame.*
qui luit & ne brufle point. Orphée appelle les yeux miroirs de la nature, Hefy-
chius portes du Soleil, Alexandre Peripateticien feneftres de l'ame, pource que
par les yeux nous la voyons tout à clair, nous penetrons iufques en fes plus
profondes penfées, nous entrons en fon plus fecret cabinet. Et tout ainfi que
la face nous reprefente la vraye & viue image de l'ame, ainfi les yeux nous def-
couurent toutes fes paffions : les yeux admirent, ayment, & font plains de concupifcence : Aux yeux tu remarques l'amour & la haine, la trifteffe & la ioye,
la hardieffe & la crainte, la pitié & la vengeance, l'efpoir & le defefpoir, la
fanté & la maladie, la vie & la mort. Regarde ie te prie comme en l'amour

les yeux

les yeux te ſçauent flatter, comme ils deuiennent doux, gracieux, affettez, at-
trayans, fretillards, enchanteurs : en la haine comme ils s'effarouchent, & de- *Toutes les paſ-*
ſions de l'ame
uiennent rudes ; en l'audace ils s'eſleuent & brillent ſans ceſſe, en la crainte, ils *ſe voyent en*
s'abaiſſent & deuiennent comme immobiles, en la ioye ils ſont rians & clairs: *l'œil,*
en la triſteſſe tous abbatus, larmoyans & tenebreux. Bref ils ſont du tout
diſpoſez à ſuiure les mouuemens de l'ame, ils ſe changent en vn moment, s'alterent & ſe paſſionnent auec elle, de ſorte que l'Arabe Blemor & Syrenée Medecin Cyprien n'auoient pas trop de tort de dire que l'ame habitoit aux yeux, &
le vulgaire le croyt encores, car en baiſant les yeux ils penſe baiſer l'ame. Te
voilà condamné Mome impudent, tu as perdu ta cauſe, viens-ten icy faire *Mome con-*
damné
amande honorable à la Nature, pour l'auoir malicieuſement & fauſſement accuſée d'erreur en la fabrique du corps humain, d'autant qu'elle n'auoit fait des
feneſtres aupres du cœur, pour voir toutes ſes paſſions. Veux-tu de plus belles feneſtres que celles des yeux ? n'y vois-tu pas comme dans vn miroir tout
ce qui eſt de plus caché dans l'ame ? le pauure criminel ne lit-il pas dans les yeux
de ſes Iuges ſon ſupplice, ou ſa grace ? Il y a (dit Theocrite) de l'œil au cœur
vn chemin tout ouuert : on a beau ſe maſquer, telle eſt la paſſion dans l'œil
comme elle eſt dans le cœur. Hà que ie trouue ces diſcours pleins de vanité
de ſouhaiter vne poictrine de cryſtal afin qu'on puiſſe voir ce qui eſt dans le
cœur, veu que nous auons ce beau & rond cryſtallin dans noſtre œil qui darde comme à trauers d'vn luyſant verre ſes plus viues lumieres. Que ſi parmy
ces fleurs philoſophiques & poëtiques il m'eſt permis d'entremeſler quelque
traict de medecine, ie diray qu'aux yeux nous y voyons l'eſtat entier de la ſanté
du corps. Ce grand oracle de Grece, que tout le monde admire encores, Hip- *Aux yeux on*
voit l'eſtat en-
tier de la
ſanté.
pocrate en ſes Epidemies l'a tres-bien remarqué, & à ſon prognoſtique il commande au Medecin quand il va viſiter ſon malade, de ietter la veuë ſur toute ſa
face, mais principalement les yeux, pource qu'on y voit comme dans vn miroüer,
& la force & la foibleſſe de toute la faculté animale : ſi l'œil eſt clair & bien luyſant, il nous donne bonne eſperance, mais s'il eſt obſcur, fletry & tenebreux,
il nous menaſe de la mort. Galien appelle l'œil membre diuin, partie ſolaire de
l'animal, & en fait ſi grand cas, qu'il croit que le cerueau ſoit fait pour les yeux
ſeulement. Les Iuriſconſultes tiennent qu'vn aueugle ne peut poſtuler, pource
qu'il ne peut voir la majeſté du Magiſtrat. Cette lumiere de nature Ariſtote
au ſecond liure de la generation des animaux, dit que des yeux on prend des ſignes
certains de la fecondité, & que diſtillant quelque liqueur amere dans l'œil de la
femme ſi la langue en eſt incontinent infectée ; c'eſt vn ſigne de fecondité. Les
yeux (dit le meſme Philoſophe) ſont pleins d'eſprits & de ſemence ; c'eſt pourquoy aux nouueaux mariez ils ſont tous abbatus & comme languiſſans. Mais
qu'eſt-il beſoing d'alleguer tant d'authoritez pour faire paroiſtre l'excellence de
ces deux Soleils, puiſque la Nature meſme la nous demonſtre aſſez ? Liſons au *Le ſoing que*
nature a eu à
conſeruer l'œil
liure de la Nature, voyons combien elle a eſté ſoigneuſe de conſeruer les yeux
comme ſes plus chers meſſagers : admirons l'artifice duquel elle a vſé pour leur
deffence, nous trouuerrons qu'elle n'y a rien oublié, non plus que ceux qui veulent fortifier vne place & la rendre imprenable Premierement elle les a logez *La fortifica-*
tion de l'œil
dans vn vallon, pour ne les expoſer aux hazards d'vn million d'iniures, & de peur
que rien ne commandaſt à ce vallon, elle a baſty tout à l'entour quatre beaux
boüleuards tous reueſtus d'os auſſi durs que pierre, qui s'aduancent en dehors,
comme ſi c'eſtoient petits tertres, pour receuoir les coups, & ſouſtenir l'effort des

ennemis qui pourroient l'aſſaillir. En haut il y a l'os du front, en bas celuy de la maſchoire ſuperieure : à dextre & à ſeneſtre les deux angles, le grand qui eſt vers le nez, & le petit qui eſt oppoſite. Et d'autant que le deuant de cette place eſtoit tout découuert, de peur que le prince qui y commande qui eſt l'œil, ne fuſt ſurprins, ou offencé d'vne trop grande clarté, du vent, du froid & de la fumée, Nature a fait comme vn pont leuis qui ſe hauſſe & s'abbaiſſe par le commandement du gouuerneur, c'eſt la paupiere qui s'ouure & ferme quand il nous plaiſt: Les chaines qui hauſſent & aualent ce pont, ſont les muſcles, inſtrumens du mouuement volontaire. Ce ſoin donc que Nature a eu à la conſeruation & deffence des yeux, nous fait aſſez paroiſtre leur excellence, & nous apprend auſſi combien nous deuons eſtre ſoigneux de les bien conſeruer.

De la compoſition de l'œil en general.

CHAPITRE V.

L eſt téps de découurir l'artifice de ces aſtres iumeaux, ie m'en vois le deſcrire ſi exactement que les plus curieux, & ceux qui ne ſont nez que pour reprédre peuteſtre, s'en contenteront, laiſſant en arriere vne infinité de belles diſputes, qui ſe peuuent émouuoir ſur les parties de l'œil, leſquelles i'ay amplement traictées en l'onziéme liure de mes œuures Anatomiques. Or tout ainſi que les Coſmographes, ou ceux qui par curioſité voiagent, s'enquerent premierement du nom des prouinces, remarquent auant qu'entrer dans les villes, l'aſſiette, la forme, la grandeur, les deffences, les aduenuës, & tout ce qu'on peut voir par dehors: Ainſi veux-ie décrire la forme, l'aſſiette, les deffences, la grandeur, l'vſage, le nombre des yeux, & tout ce qui ſe peut remarquer en gros, auant qu'entrer en vne plus particuliere recherche de toutes ſes pieces.

Les noms de l'œil.

Les yeux donc ſont appellez des Grecs ὀφθαλμοὶ, pour ce qu'ils nous font voir, & les Poëtes diſent qu'ils ſont enfans de Thea. Les Hebrieux leur ont donné le nôm de haut, pour nous faire reſſouuenir de noſtre origine, & que les yeux nous doiuent ſeruir pour contempler les choſes hautes. Les Latins les nomment *Oculos*, pource qu'ils ſont comme cachez & enfermez dans vne vallée creuſe.

La forme de l'œil

Pourquoy l'œil eſt rond.

La forme ou figure de l'œil eſt ronde, mais non pas du tout ſpherique, car elle eſt vn peu longue & comme pyramidale ayant ſa baſe en dehors, & ſa pointe en dedans vers le nerf optique. Cette figure luy a eſté tres-conuenable pour la capacité, pour l'agilité & pour la force. Les Mathematiciens croyent que la figure ronde eſt la plus capable de toutes, & les Optiques aſſeurent, que ſi l'œil n'euſt eſté rond il n'euſt iamais peu comprendre la grandeur des corps, & n'euſt ſceu voir à la fois pluſieurs objects, pource que la veuë ne ſe fait que par droicte ligne, de quel coſté donc que l'œil ſe tourne pluſieurs lignes ſe rendent tout à coup à la prunelle, qui eſt ronde, ce qui n'arriueroit pas ſi elle eſtoit plate ou quarrée. Cette figure ronde ſert auſſi à l'œil pour l'agilité, afin que plus facilement il ſe puiſſe mouuoir en haut, en bas, à dextre, à ſeneſtre & en rond; car les corps ronds ſe meuuent quaſi d'eux-meſmes n'eſtans appuyez que ſur vn poinct. Ie

croy que cette rondeur n'eſt inutile à la deffence de l'œil : car entre toutes les figures la ronde eſt la plus forte, & reſiſte plus aux iniures externes, pource qu'elle
eſt toute continuë & n'a point d'inégalité, on n'y trouue aucun angle ny aucun
point qui puiſſe eſtre principe de ſa diſſolution.

Les yeux ſont ſituez au plus haut du corps, au deuant & dans vn vallon: Au
plus haut pour découurir de loin & garder que rien ne nous aſſaille au dépourueu; ils ſeruent à l'animal de guette ou de ſentinelle, & ſont bien ſouuent appellez dans l'eſcriture ſainte *Phare*. Or a-on accouſtumé de loger les ſentinelles au
lieu le plus éminent, & de mettre au plus haut de la tour ou du nauire le phanal.
Ils ſont logez au deuant pluſtoſt qu'au derriere, pource que l'animal ſe meut en
deuant: il doit donc voir ce qui le peut offencer, les ſentinelles ne doiuent iamais
tourner le dos à l'ennemy. Les Anatomiſtes diſent qu'il falloit neceſſairement
ſituer les yeux au deuant, pource que la veuë auoit beſoin d'vn nerf fort mol &
bien moëlleux qui apportaſt ſoudainement grande quantité d'eſprits: or ce nerf
ne pouuoit ſortir du derriere, qui eſt trop dur & trop ſec. I'ay autrefois approuué cette raiſon, mais depuis ayant remarqué la ſource de tous les nerfs eſtre au
derriere, & ayant veu l'optique en ſortir auſſi bien que les autres, ie ſuis contraint de changer d'opinion. En fin les yeux ſont enfermez dans vne foſſette
creuſe, que le vulgaire appelle Orbite, pour leur plus grande ſeureté, & afin
qu'il ne ſe fiſt pas ſi grande diſſipation des eſprits. Ce vallon eſt remparé de tous
coſtez des os du front, du nez, & de la maſchoire ſuperieure, qui s'aduancent
comme petites collines: & pource que le deuant eſtoit tout découuert, Nature
l'a clos d'vne paupiere, qui s'ouure & ferme quand il nous plaiſt, de peur que
l'œil ne fuſt alteré d'vne trop grande lumiere, ou que l'œil demeurant touſiours
ouuert, ſes eſprits ne s'étanouyſſent tous, ou qu'en dormant il ne fuſt offencé
des cauſes externes. I'adiouſteray encores, que ſi l'œil ne ſe fermoit, les eſprits expoſez touſiours à la lumiere ne ſe retireroient ſi toſt à leur centre, & noſtre dormir ne ſeroit ſi paiſible: car les Philoſophes tiennent que le ſommeil ſe fait par la
retraite des eſprits au dedans.

La nature de l'œil, qu'on appelle en termes anatomiques ſubſtance, eſt toute molle, diaphane, craſſe, aqueuſe: molle pour receuoir promptement les eſpeces; diaphane afin que la lumiere la puiſſe trauerſer, & auſſi pour ce que tout organe doit auoir quelque analogie auec ſon objet? craſſe afin que les objets s'y
puiſſent arreſter: L'eau ſeule auoit toutes ces qualitez. L'œil donc eſt de nature
aqueuſe, & non point comme diſoit Platon, de nature de feu comme le diſcour-
ray au dixiéme chapitre.

L'vſage de l'œil eſt double, l'vn eſt commun à tous les animaux, qui eſt de leur
ſeruir de guide & de ſentinelle, pour découurir ce qui les peut endommager:
L'autre eſt particulier à l'homme ſeul, la connoiſſance de Dieu par les choſes viſibles, la perfection de l'intellect, & ſa beatitude; car receuant l'eſpece du ciel,
l'intellect s'ennoblit & ſe rend quaſi ſemblable à ſon Createur.

Les yeux ſont deux pour l'excellence & neceſſité de ce ſens, afin que l'vn eſtant
malade ou perdu, l'autre ſerue; ils ſont deux pour la perfection de la veuë, afin
qu'on puiſſe voir pluſieurs objets à la fois: car s'il n'y auoit qu'vn œil, & qu'il
fuſt logé au milieu du front, comme les Poëtes ont faint des Cyclopes, nous
verrions ſeulement ce qui eſt au deuant de nous, & ne verrions pas ce qui eſt
aux coſtez. Ces deux yeux, encore qu'ils ſoyent aſſez eſloignez l'vn de l'autre,
ont telle ſympathie, & s'accordent ſi bien en leur action, que l'vn ne ſe peut

La ſituation de l'œil.
Pourquoy il eſt ſitué en haut.
Pourquoy en deuant.
Pourquoy il eſt dans vn val-lon.
La ſubſtance de l'œil.
L'vſage.

Vn œil ne se peut mouuoir sans l'autre. mouuoir sans l'autre, il est hors de nostre pouuoir d'en mouuoir vn en haut & l'autre en bas, ou bien d'en mouuoir l'vn & que l'autre demeure immobile. Aristote rapporte cela à l'vnion des nerfs optiques, & croit que les yeux se meuuent ensemble, pource qu'ils ont vn principe commun de leur mouuement qui se *Erreur d'Aristote.* trouue en la conjonction de l'optique. Mais ce grand personnage s'abuse icy, comme il s'est trompé quasi en tout ce qui est de l'anatomie. Le nerf optique ne sert de rien pour le mouuement, il apporte seulement l'esprit pour la veuë, car estant bouché en la goutte sereine, la veuë se perd, & l'œil ne laisse pas de se mouuoir. Il en faut donc attribuer la cause à la fin & perfection de ce sens. Les yeux se doiuent mouuoir ensemble, afin que l'object ne paroisse double, que si nous pouuions en hausser vn & baisser l'autre en mesme temps, ce sens qui est le plus noble, se tromperoit tousiours, & seroit le plus imparfait, d'autant que l'object qui est simple, paroistroit tousiours double. Tu en verras la preuue si tu presses ton œil auec le doigt, ou en haut ou en bas.

Le temperament. Le temperament de l'œil est froid & humide.

Le sentiment. L'œil a vn sentiment tres-exquis, & à vne merueilleuse sympathie auec le cerueau.

Les couleurs des yeux. L'homme seul a diuersement les yeux colorez. Cette varieté procede ou des humeurs, ou de la tunique vuée, ou des esprits. Aux humeurs ie remarque trois choses, la situation profonde & superficielle, la substance grossiere ou subtile, claire, ou tenebreuse, & la quantité. Si l'humeur crystalline est bien nette, claire & subtile, si elle est grande & fort auancée en dehors, l'œil sera flamboyant, si au contraire elle est obscure, grosse & fort enfoncée en dedans, l'œil sera noir ou brun : la tunique vuée qui se trouue diuersement colorée est aussi cause de cette varieté, les esprits y peuuent beaucoup seruir.

Description fort particuliere de toutes les parties de l'œil, & premierement de ses six muscles.

CHAPITRE VI.

'Est-ce pas vne des merueilles du monde, que ce petit organe, qui ne paroist quasi rien, soit composé de plus de vingt parties toutes differentes, si bien vnies & rapportées ensemble, que l'entendement humain n'y peut remarquer ny defaut ny superfluité ? ie m'en vois les décrire l'vne apres l'autre, & auec l'ordre qu'on les doit *Bref dénombrement de toutes les parties de l'œil.* monstrer aux anatomies. L'œil donc est composé de six cordes de chair, qu'on appelle muscles, qui le font mouuoir en haut, en bas, à dextre, à senestre, & en rond ; de six tayes ou tuniques qui lient toutes les parties ensemble, les nourrissent, & contiennent les humeurs en leurs bornes ; de trois humeurs claires & diaphanes qui reçoiuent, alterent & gardent tous les objets visibles ; de deux nerfs, qui apportent l'esprit animal, l'vn pour la veuë, appellé optique, l'autre pour le mouuement ; de plusieurs petites veines qui apportent la nourriture ; d'autant d'arteres qui luy donnent la vie, de beaucoup de graisse qui le rend plus agile & de deux petites glandes qui l'arrousent & tiennent frais, de peur que par ces continuels mouuemens il ne s'échauffe & seiche par trop.

Description des muscles. Les muscles ont esté necessaires à l'œil pour le faire mouuoir de tous costez :

car ſi l'œil demeuroit immobile, nous ſerions contraints de tourner la teſte & le
col tout d'vne piece pour voir : mais auec ces cordes il ſe meut ſans bouger la teſte
d'vne viteſſe & agilité incroyable, c'eſt pourquoy le Poëte les appelle faciles. Les
muſcles de l'œil ſont ſix ſeulement, quatre droits & deux obliques : les droits *Les quatre*
ſeruent au mouuement droit, le premier tire l'œil en haut, le ſecond en bas, le *muſcles droits.*
tiers vers le nez, le quatriéme l'en retire. Les Anciens qui ont eſté fort groſſiers *Erreur des an-*
en l'anatomie, ont penſé que ces quatre muſcles venoient du dedans de la dure *ciens.*
mere, mais ils ſe ſont lourdement abuſez, car ils ne le doiuent & le peuuent encore moins. Ils ne le doiuent, pource que la membrane eſt trop ſenſible, & enueloppe le nerf optique : de ſorte que les muſcles faiſans leur action & ſe retirans vers
leur principe, preſſeroient le nerf, empeſcheroient le paſſage qui doit eſtre libre
à l'eſprit, & pour le ſentiment de la dure mere ; qui eſt tres-exquis, leur mouuement ſeroit touſiours douloureux. Ils ne le peuuent auſſi, pource qu'ils ne ſeroient pas appuyez ſur vne baſe aſſez ſolide, leur fondement ſeroit trop foible,
il faut que la partie qui tire ſoit plus forte que celle qui eſt tirée. Il faut donc croire que ces quatre muſcles viennent du dedans de l'orbite, & d'vne portion de l'os
ſphenoïde, & ſe vont diuerſement inſerer en la tunique blanche. Les deux autres *Les deux muſ-*
muſcles appellez obliques, meuuent l'œil obliquement & comme en rond, l'vn *cles obliques.*
en haut, l'autre en bas, touſiours en dehors, iamais en dedans, pource que l'œil n'a
rien en dedans pour voir. Le premier des obliques ſort du meſme lieu que les quatre droits, & comme il approche du grand angle, fait vne corde ronde & blanche,
laquelle paſſant dans vn petit canal ou anneau cartilagineux en forme de poulie, *La poulie a-*
fait vn mouuement à demy circulaire, & s'inſere obliquement aux coſtez de la *mouuenſe.*
conjonctiue. Cet artifice qui eſt admirable a demeuré caché iuſques à noſtre
temps, qu'vn ſubtil Anatomiſte nommé Fallope l'a deſcouuert. L'autre vient du
grand angle & s'inſere au petit, retirant l'œil obliquement vers l'aureille. Nous
donnerons pour plaiſir à chaque muſcle ſon nom : celuy qui hauſſe l'œil & l'éleue *Noms plaiſans*
s'appellera orgueilleux ou ſuperbe : l'autre qui l'abbaiſſe, humble : celuy qui l'a- *des ſix muſ-*
meine vers le nez, liſeur ou beuueur, pource qu'en beuuant ou liſant nous tour- *cles.*
nons l'œil vers le nez : l'autre qui le retire, dédaigneux ou courroucé, pource qu'il
nous fait regarder de trauers. Les deux obliques ou circulaires ſeront nommez
roüans & amoureux, pource qu'ils font mouuoir l'œil à la deſrobée, & ietter les
œillades. Tous les Anatomiſtes adiouſtent vn ſeptiéme muſcle qui enueloppe le *Erreur des an-*
nerf optique, le tient ferme, & empeſche que l'œil ne ſorte de ſa place, mais ils ſe *ciens ſur ſept*
trompent. Crr il ne ſe trouue qu'aux animaux à quatre pieds, qui ont l'œil ab- *muſcles.*
baiſſé en terre : l'homme ayant la face éleuée au ciel, n'en a pas eu beſoin. Quelques-vns penſent que ce muſcle eſt auſſi neceſſaire à l'homme qu'aux autres animaux, pour faire le mouuement tonique, & pour le tenir arreſté, quand attentiuement nous regardons quelque choſe : mais ie leur dis que le mouuement tonique ſe fait lors que tous les ſix muſcles tendent également leurs fibres, comme
quand elles laſchent, l'œil n'a point d'arreſt, & ſe meut perpetuellement. Si cela
ne les contente, qu'ils me monſtrent à l'œil de l'homme ce ſeptiéme muſcle, ie
les croiray :

Des six tuniques de l'œil.

CHAPITRE VII.

'Œ I L estant diaphane & de nature aqueuse deuoit estre retenu par quelque corps qui eust consistence, autremét les humeurs flotteroient & n'auroient point d'arrest. Nature donc pour cet vsage a fait certaines pellicules, qu'on appelle tuniques ou tayes, qui vnissent tout l'œil, contiennent les humeurs en leurs bornes, & leur apportent la nourriture. Le nombre de ces tuniques n'est pas trop resolu: les vns en mettent plus, les autres moins. Hippocrate n'en recognoist que quatre, Galien en a remarqué cinq, les Anatomistes de nostre temps en cõptent iusques à neuf. Quant à moy, apres auoir bien curieusement fueilleté le liure de Nature, ie n'en trouue que six, la blanche, la cornée, l'vuée, l'aranée, la reticulaire & la vitrée. Car celle qu'on nomme ciliere, dépend de la vitrée, & la dure est vne portion de la cornée. Quant à celle qui se fait des extremitez des muscles, il n'y a point d'apparence de la nommer tunique propre de l'œil, car si cela auoit lieu, il faudroit que la membrane commune qui couure les muscles de l'œil iouyt de mesme priuilege. La premiere doncques de toutes se nomme blanche, ou le blanc de l'œil, autrement conjonctiue: ie laisse tous les noms Grecs & Latins, qu'on les voye en mon Anatomie. Cette tunique est assez forte, & vient des extremitez du pericrane: elle n'enuironne pas l'œil par tout, mais se termine au cercle qui est diuersement coloré, & qu'on appelle pour cette occasion Iris. Ie recognoy trois vsages de cette taye; Le premier est d'empescher que l'œil ne soit offençé de la dureté des os: le second, de tenir l'œil ferme, de peur que par vn excez, ou en ses plus violens mouuemens il ne sorte de sa place: le dernier, d'asseurer tous les six muscles & leur seruir d'appuy.

La seconde membrane s'appelle cornée, pource qu'elle est claire & polie comme la corne des lanternes, ou pource qu'on la peut diuiser en plusieurs escorces & pellicules: elle est aussi nommée dure pour sa dureté, & d'autant qu'elle vient de la dure mere. Son corps est dense pour resister aux iniures externes: diaphane, afin que la lumiere le puisse soudain perçer: egal, poly, & sans aucune couleur, d'autant que seruant comme de vitre ou de lunette au cristallin, s'il eust esté teint il represénteroit tous les objects de mesme couleur: c'est pourquoy l'on n'y voit point de veines ne d'arteres. Que s'il arriue que ce corps blanchisse (comme apres vn vlcere, ou pour l'auoir trop approché du chaud, ainsi que les Turcs font à ceux qui veulent voir le sepulchre de Mahomet) la veuë se perd, la vitre est obscurcie. Cette tunique a trois vsages, car elle sert de deffence aux humeurs, elle les contient & embrasse toutes, & si sert de lunette au crystallin.

La troisiéme est l'vuée ressemblant à la peleure d'vn raisin noir, elle se nomme aussi choroïde, d'autant qu'elle contient tous les vaisseaux qui nourrissent les autres tayes, ou pource qu'elle vient de la pie mere, que Galien appelle souuent choroïde.

Cette peau enuironne l'œil tout par tout horsmis au deuant, où elle est perçée,

Pourquoy il a fallu des tuniques à l'œil.

Il n'y a que six tuniques.

La premiere est la blanche.

Trois vsages de la conionctiue.

La Cornée.

L'vsage de la Cornée.

L'vuée.

& fait vn petit trou rond, qu'on nomme prunelle, qui eſt la vraye feneſtre de l'œil, laquelle eſtant fermée aux cataractes, nous fait viure en perpetuelles tenebres : il n'y a que cette tunique qui ſoit diuerſement colorée. Au deüant elle eſt comme noire pour vnir les eſpeces, au dedans elle eſt bleuë & verte, & de diuerſes couleurs pour réjoüir le cryſtallin quand il ſeroit laſſé. L'vuée fait des ſeruices *vſages de l'v-* bien ſignalez au cryſtallin, & aux autres parties de l'œil. Premierement elle em- *uée.* peſche que la dureté de la cornée ne le bleſſe, apres elle le réjoüit par la diuerſité de ſes couleurs, retient & vnit les eſprits qui ſe diſſiperoient, en fin fournit de viures à la cornée, à la reticulaire & aux humeurs ; c'eſt pourquoy Nature l'a faite molle & pleine de vaiſſeaux.

La quatriéme ſe nomme aranoïde, pource qu'elle eſt fort déliée, & reſſemble au *L'aranoyde.* creſpe que l'araigne forfille de ſes pieds : elle enueloppe immediatement le cryſtallin, & ſert pour vnir & retenir les eſpeces, comme le plomb fait aux miroirs.

La cinquiéme eſt la reticulaire, entrelacée d'vn million de petits filets en for- *La reticulaire.* me de rêt : elle vient de la moëlle du nerf optique qui ſe dilate : c'eſt pourquoy eſtant iettée dans l'eau, on l'apperçoit toute blanche, molle, & comme moëlleuſe. Son vſage eſt d'apporter la lumiere interieure, qui eſt l'eſprit animal, au cry- *ſon vſage.* ſtallin, & de rapporter toutes les images au nerf optique, & de là au cerueau pour en iuger.

La derniere ſe nomme vitrée ; pource qu'elle contient & enueloppe l'hu- *La vitrée.* meur vitrée. Les Anciens ne l'ont pas connuë : on voit au milieu d'icelle vn cercle rond, ayant la forme de la paupiere ; ie croy que ce ſont pluſieurs petites veines qui apportent le ſang à l'humeur vitrée pour le preparer & blanchir au cryſtallin.

Des trois humeurs de l'œil, de la beauté & excellence du cryſtallin.

Chapitre VIII.

Oila toutes les enueloppes oſtées, il eſt temps de dé- *L'excellence* couurir le plus precieux threſor de l'œil, le riche diamant; *du cryſtallin.* le beau cryſtallin, qui eſt de plus grand prix que toutes les perles d'Orient : c'eſt cette humeur glacée, qui eſt le principal inſtrument de la veuë, l'ame de l'œil, la lunette interieure : c'eſt celle qui eſt ſeule alterée des couleurs, & qui en reçoit toutes les images. C'eſt en ce cryſtallin que ſe *Comme toutes* fait la rencontre des deux lumieres, de l'exterieure & de *les parties de* l'interieure : c'eſt ce ſeul cryſtallin que toutes les parties de l'œil reconnoiſſent *au cryſtallin.* pour leur ſouuerain, & luy rendent ſeruice, car la cornée luy ſert de vitre; la prunelle de feneſtre, l'vuée de iardin pour s'égayer quand il eſt trop laſſé, l'aranée de plomb pour retenir ſes eſpeces, l'humeur aqueuſe d'auantgarde pour arreſter & rompre le premier abord des objets qui voudroient tout ſoudainement entrer, l'humeur vitrée de cuiſinier, luy preparant & blanchiſſant ſa viande ; le nerf optique de courrier ordinaire, luy portant du cerueau le commandement & puiſſance de voir, & rapportant tout ſoudain ce que le cryſtallin a veu : les muſcles ſont ſes cheuaux qui le pourmenent en haut, en bas, à droit, à gauche, & par tout où il luy plaiſt. C'eſt en ſomme la partie principale de l'œil, laquelle ie décriray apres auoir monſtré celle qui eſt au deuant, i'entends l'humeur aqueuſe. Tous

De l'excellence de la veuë,

Description de l'humeur aqueuse. les Anatomistes sont d'accord qu'il y a trois humeurs en l'œil, l'aqueuse, la crystalline & la vitrée. L'aqueuse, autrement blanche, est ainsi nommée, pource
qu'elle a la consistence d'eau, & est quasi semblable au blanc d'vn œuf. Nature
Pourquoy l'hu-meur aqueuse est au deuant du crystallin. l'a logée au deuant du crystallin, pour luy seruir de rempart, afin qu'il ne sust
offencé de la dureté des membranes, & que les premieres rencontres des objets
fussent vn peu arrestées: de sorte qu'il semble estre comme vn moyen interieur,
apportant les images au crystallin. Et tout ainsi que le poulmon reçoit le premier abord de l'air, & le rend amy du cœur: ainsi l'humeur vitrée altere la lumiere qui vient de dehors, & la rend familiere à celle de dedans. Cette humeur
sert aussi pour arrouser le crystallin, & le tenir humide: car estant sec, il ne
pourroit receuoir les especes. Elle empesche que les esprits, qui de leur nature
veulent tousiours gaigner le haut & le dehors, ne se dissipent, leur estant opposé
comme vne barriere. Elle separe l'vuée du crystallin, & tient la cornée tousiours
tenduë, laquelle venant à se fleftrir ou s'affaisser, nous feroit perdre la veuë.
L'humeur aqueuse est vrayement partie. Ayant donc toutes ces perfections, il n'est pas vray-semblable qu'elle soit vn
excrement du crystallin, comme a voulu le prince des Arabes Auicenne. Ie croy
que c'est vne partie spermatique engendrée aussi-tost que le crystallin, qui a sa
quantité limitée, son siege arresté, & est separée du crystallin par deux membranes, joint qu'estant vne fois perduë, ne se restaure iamais, & nous fait perdre la veuë.

Description du crystallin. L'humeur crystalline suit apres, qui est luisante & glacée comme vn crystal
bien net: c'est le miroir de l'ame, où se fait la reception des images, & l'vnion
des deux lumieres: on pense que l'vsage des lunettes soit venu du crystallin,
pource que le mettant sur vn papier escrit, il fait paroistre la lettre deux fois
La substance du crystallin. plus grosse qu'elle n'est. Sa substance est aqueuse, mais elle ne flotte pas comme
les autres: elle est fixe, afin que les images s'y puissent arrester: diaphane &
pleine de lumiere, afin qu'elle eust quelque similitude auec son object qui est
lumineux: sans couleur, afin qu'elle les peust toutes receuoir indifferemment:
car si le crystallin estoit teint de verd, ou de rouge, ou de iaune, tous les objets
Pourquoy le crystallin ne se nourrit du sang.
La figure. paroistroient de mesme couleur. Il faut icy admirer la prouidence de Nature,
qui n'a point voulu que le crystallin fust nourry de sang comme les autres parties du corps, de peur que le sang ne le rougist, mais luy a donné l'humeur vitrée
qui le luy blanchit, & luy sert de cuisinier. Sa figure est ronde, mais non du tout
spherique: on la trouuera applatie des deux costez comme vne lentille ou vn pa-
let, c'est pourquoy les Grecs l'ont appellé φακοειδὴ, καὶ διϊσκοειδὴ. Ie croy qu'il a eu
cette forme afin qu'il demeurast plus ferme, & qu'aux mouuemens violens de
l'œil il ne sortist de sa place: car les corps exactement ronds se meuuent quasi
d'eux-mesmes, & n'ont point d'arrest, n'estans appuyez que sur vn poinct. Il
Situation du crystallin. est situé au milieu de l'œil comme au centre, afin qu'il reçoiue également les deux
lumieres: par derriere il est couché sur l'humeur vitrée, & semble quasi nager
dessus; par deuant il a l'aqueuse: il est enueloppé de sa propre tunique qui se
nomme aranoïde.

L'humeur vi-trée. La derniere humeur s'appelle vitrée, d'autant qu'elle ressemble & en couleur
& en consistence, du verre fondu. Son principal vsage est de preparer l'aliment
au crystallin, non pas que le crystallin se nourrisse de sa propre substance, comme Auicenne a creu: car vne partie ne nourrit iamais l'autre, mais elle luy blanchit le sang, & luy sert de cuisinier. Elle deffend aussi le crystallin de la dureté des
membranes, & retient les esprits.

Sa quantité eſt beaucoup plus grande que des autres, elle eſt enueloppée de
ſa propre tunique, que les anciens n'ont pas connuë.

Des nerfs, veines, arteres, & autres parties de l'œil.

CHAPITRE IX.

IL y a encores deux paires de nerfs à voir, & quelques
autres petites parties. Le premier paire ſe nomme optique, qui rapporte l'eſprit animal, & la lumiere interieure au cryſtallin. Ce nerf ne vient point des ventricules anterieurs du cerueau, comme ont voulu les
Arabes, ny du milieu de la baſe comme ont creu les
Grecs, & croyent encores tous les Anatomiſtes de noſtre temps: mais de la partie poſterieure du cerueau, où
le grand & petit cerueau s'vniſſent. Cette obſeruation
eſt nouuelle, mais tres-veritable; ie la croy pour l'auoir veuë bien ſouuent. L'optique donc venant du derriere, & ayant fait plus que la moitié du chemin, s'vnit
auec ſon compagnon, & ne s'entrecroiſent pas comme le vulgaire penſe, ny ne
ſe touchent pas ſeulement en forme de fer de moulin, mais s'entremeſlent ſi bien
qu'on ne les ſçauroit ſeparer. Cette vnion eſtoit neceſſaire, pource que les optiques eſtoyent fort mols, & ayant à trauerſer vn long chemin euſſent fléchy, &
n'euſſent iamais apporté droitement l'eſprit, ſi on ne les euſt renforcez par cet
embraſſement. Il falloit neceſſairement que ces deux nerfs ſe rendiſſent au cryſtallin, & qu'ils fuſſent ſituez en meſme plan, autrement la veuë euſt eſté touſ-
jours deprauée, & l'objet ſimple euſt touſiours paru double. Or ils ne pouuoient,
eſtans ſi longs & ſi mols garder cette égalité, s'ils ne ſe fuſſent vnis au milieu. I'adiouſteray vn autre vſage de cette vnion, qui eſt pour la perfection de la veuë, afin
que l'eſprit puiſſe en vn moment aller d'vn œil à l'autre, & que par ce moyen vn
œil eſtant renforcé & plus plein d'eſprit, puiſſe voir de plus loing: Auſſi auons
nous accouſtumé, ſi nous voulons viſer à quelque objet, de fermer vn des yeux.
Les nerfs optiques apres s'eſtre embraſſez, ſe ſeparent & s'en vont inſerer à chaque œil: La partie interieure du nerf qui eſt moëlleuſe ſe dilate, & fait la tunique reticulaire; l'exterieure fait la cornée & l'vuée. Herophile, Galien, & quaſi
tous les Anatomiſtes ont creu que ce nerf eſtoit caué, mais il eſt ſeulement poreux, & n'y voit-on aucune cauité. L'autre partie des nerfs s'en va aux muſcles de
l'œil, & ſert pour le mouuement: ſa diſtribution eſt fort gentile, car il enuoye
vn filet à chaque muſcle.

Il y a pluſieurs petites veines & arteres en l'œil qui luy apportent la nourriture & la vie: elles viennent des rameaux iugulaires & carotides.

La graiſſe qui enuironne l'œil le tient humide, & empeſche qui ne fleſtrit point:
elle le defend auſſi du froid, retenant ſa chaleur naturelle, c'eſt pourquoy l'œil ne
friſſonne iamais.

Il y a des glandes qui l'arouſent & boiuent auſſi, comme petites eſponges,
l'humidité qui tombe ordinairement du cerueau.

(marginalia :)

*Le nerf opti-
que.*

Son origine.

*Pourquoy les
nerfs optiques
s'vniſſent.*

*Raiſon pre-
miere.*

Seconde.

Troiſiéme.

*Inſcription de
l'optique.*

*Les nerfs du
mouuement.*

*Les veines &
arteres.*

La graiſſe.

Les glandes.

De l'excellence de la veuë,

CHAPITRE X.

Trois choses ne-cessaires pour la veuë.

E pense auoit assez exactement décrit l'artifice de l'œil & de toutes ses parties, voyons maintenant comme il exerce son action, qui est la veuë, & comment elle se fait. Tous les Philosophes sont bien d'accord, que pour la perfection de la veuë trois choses sont necessaires, l'organe, qui est l'œil ; l'objet, qui est la couleur ; & le moyen illuminé, qui est l'air, ou l'eau, ou quelque corps diaphane : mais quand ce vient à joindre les trois, & expliquer le moyen de cette action, qui est la plus viue & la plus soudaine de toutes les sensibles, ils s'entre-battent & ne peuuent estre d'accord. Les vns font sortir de l'œil

Platon tient que la veuë se fait par émis-sion.

vn rayon, ou vne lumiere, qui s'estend iusques à l'objet, & nous la fait voir : Les autres font venir l'objet iusques à l'œil, sans qu'il en sorte aucune chose : Ceux-là tiennent que la veuë se fait par émission seulement, ceux-cy par reception. Platon est ordinairement allegué pour Autheur & Prince de la premiere secte : Vn de

Fondement de cette opinion.

ses principaux fondemens est, que l'œil est tout plein de lumiere & de nature de feu, non pas de celuy qui brusle & luit tout ensemble, ny de celuy qui brusle & ne luit point, mais de celuy qui luit & ne brusle point, comme est le feu celeste. Ce fondement semble estre appuyé sur quelque apparence de verité. Car l'œil estant frotté, mesmes aux plus obscures tenebres, eslance quelque rayon ; on voit les

Raisons pour prouuer que l'œil est de na-ture de feu.

yeux de ceux qui sont en cholere tous flamboyans. Pline remarque que Tibere Cesar par sa seule veuë auoit épouuenté plusieurs soldats, tant elle estoit viue & pleine de lumiere. Aristote fait mention d'vn ieune homme nommé Antiphon, qui voyoit tousiours deuant luy son image par la reflexion des rayons qui sortoyent de l'œil. Galien raconte qu'vn soldat deuenant peu à peu aueugle, sentoit tous les iours sortir de ses yeux comme vne lumiere qui l'abandonoit : Et la nuict ne voyons-nous pas reluire l'œil du chat, du loup, & de plusieurs autres animaux ? Dauantage, cette promptitude & agilité quasi incroyable de l'œil, son action qui se fait en vn moment, & sans mouuement local, la figure pyramidale, témoignent bien que sa nature est subtile & pleine de feu : l'œil ne frissonne iamais, combien qu'il soit exposé au froid, pource qu'il est tout plein de flamme. En fin l'organe doit auoir quelque analogie auec son objet ; l'objet de la veuë est la couleur, que les anciens ont definy vne flamme sortant des corps ; il faut donc que l'organe soit de mesme nature. Si cela est (i'entends que l'œil soit tout plein de flamme & de rayons estincellans) il faudra croire que la veuë se fait par émission. C'est aussi la plus commune opinion, qui a esté suiuie de plusieurs grands personnages, comme de Pytagore, d'Empedocle, Hipparque, Democrite, Leucippe, Epicure, Chrysippe, Platon, & quasi de tous les optiques. Voicy leurs principales raisons.

Raisons pour prouuer que la veuë se fait par émission. Premiere.

Le Basilic infecte de sa veuë tous ceux qui le regardent : la femme ayant ses purgations naturelles, teint le mirouër sur lequel elle jette ses yeux : on dit que si le Loup apperçoit quelqu'vn le premier, il le fait deuenir rauque. Les anciens ont pensé qu'on pouuoit ensorceler & charmer par la veuë, & le Poëte s'en plaint :   *Ie ne sçay pas quel œil charme mes aigneaux tendres.*

Si tu t'approches d'vn ophtalmique, & regardes attentiuement celuy qui a
les yeux rouges, ſans doute tu prendras le meſme mal : Tout cela monſtre bien
qu'il ſort de l'œil quelque choſe.   Pourquoy eſt-ce qu'vne grande blancheur *Secõde.*
nuit à la veuë, ſinon pource qu'elle diſſipe les eſprits qui ſortent de l'œil ? Pour- *Troiſiéme.*
quoy l'œil s'affoiblit-il en voyant, ſinon pource qu'il en ſort trop de lumiere, &
que tous les eſprits s'éuanoüiſſent ? Pourquoy eſt-ce que ceux qui veulent voir *Quatriéme.*
de bien loing vn objeċt fort petit, reſſerrent les yeux, & ferment à demy les
paupieres ? N'eſt-ce pas pour vnir les rayons, & ioindre les eſprits, afin qu'on *Cinquième.*
les puiſſe plus viuement & plus droiċtement élancer ? Les chats ne vont-ils pas
la nuiċt à la chaſſe ? Ils dardent donc quelque rayon. Dauantage, ſi la veuë ne ſe *Sixiéme.*
fait par émiſſion, il ne ſera pas neceſſaire que l'œil ſe tourne vers ſon objeċt,
l'eſpece viendra aſſez à nous, nous verrons en ne voyant pas. Si nous voyons *Septiéme.*
ſeulement en receuant, les gros yeux verront mieux que les petits, pource qu'ils
reçoiuent mieux, les prunelles larges ſeront les meilleures, ce qui eſt du tout
contraire à la verité : vn petit objeċt ſera auſſi toſt veu qu'vn grand, on verra
auſſi bien de loing que de prés, ſi les eſpeces ſont toutes par l'air. Regarde (diſent *Huiċtiéme.*
les optiques) vne petite aiguille qui aye la pointe dreſſée en haut, tu ne verras
pas du premier jeċt d'œil cette pointe : mais ayant tourné l'œil de coſté & d'autre, tu la verras, pource que quelque rayon ſortant de l'œil l'aura rencontrée:
tout de meſme en eſt-il d'vn petit objeċt qui ſera en terre, on ne le ſçauroit
voir du premier coup. En fin ſi la veuë ſe faiſoit par reception, l'œil receuroit *Neuſiéme.*
en meſme temps deux contraires, qui eſt contre les loix de Nature ? & ne pourroit eſtant ſi petit, receuoir la grandeur, ny la figure des grandes montagnes:
il faut donc que la veuë ſe face par émiſſion.   Voilà toutes les plus belles forces
de ce party que ie viens de mettre en campagne : voyons maintenant les eſ- *Contraire opi-*
quadrons du party contraire. Ariſtote en eſt le chef, qui eſt ſuiuy de toute la *nion de ceux*
bande Peripatetique, d'Auerroës, Alexandre, Themiſtius, & d'vne infinité d'au- *qui tiénent que*
tres. Ils tiennent tous que la veuë ſe fait par reception, c'eſt à dire, qu'il ne ſort *la veüe ſe fait*
rien de l'œil qui ſerue pour la veuë, mais que l'obieċt ou ſon eſpece viennent à *par reception.*
l'œil. Leur fondement eſt du tout contraire à celuy des Platoniciens : Car Platon croit que l'œil eſt tout plein de flamme, & Ariſtote ſouſtient que l'œil eſt
tout plein d'eau, ſa demonſtration eſt tres belle, mais ie la veux eſclaircir. L'in- *Que l'œil eſt*
ſtrument de la veuë doit eſtre diaphane, c'eſt à dire tranſparent, afin qu'il y aie *tout d'eau bel-*
ſimilitude entre l'obieċt & l'organe, & qu'il y ait proportion de l'agent au pa- *lé demonſtra-*
tient. Cette maxime eſt toute reſoluë en la Philoſophie naturelle. Or des corps *tion.*
diaphanes les vns ſont ſubtils & rares, & les autres denſes. L'œil ne doit point
eſtre diaphane & rare, car il ne retiendroit point les eſpeces, elles s'écouleroient
& n'auroient point d'arreſts, comme les eſpeces qui ſont par l'air : & le verre
meſme des miroirs ne peut retenir les images, ſi on ne met de l'acier ou du plomb
au derriere ? il doit donc eſtre diaphane & denſe. Or il n'y a point d'Element
qui ſoit diaphane & denſe, que l'eau ; car l'air & le feu ſont diaphanes & rares. Il
s'enſuit donc que l'œil eſt de nature d'eau. Cette demonſtration eſt renforcée par
vne autre qui n'endure point de replique. La partie principale de l'œil eſt l'hu- *Autre demon-*
meur cryſtalline, qui n'eſt autre choſe qu'vne eau glacée, laquelle a au deuant *ſtration.*
l'humeur aqueuſe, & au derriere la vitrée qui le nourrit : ſi tu creues vn œil, tu
n'en verras ſortir que de l'eau ; il faut donc croire que l'œil eſt de nature d'eau,
pluſtoſt que de feu. Ce fondement eſtant ietté, il ſera aiſé d'aſſeurer tout le reſte
du baſtiment, & ſouſtenir que la veuë ſe fait par reception, pource que le propre

De l'excellence de la veuë,

Raisons pour monstrer que la veuë se fait par reception.
Premiere.

de l'humide est de receuoir. Voicy les principales raisons de cette secte. Tout sentiment est vne passion, & sentir n'est autre chose que patir : Tout sentiment donc se fera par reception, & non par émission qui est vne action; ainsi l'ouye se fait par reception des sons, l'odorat par reception des odeurs, le goust reçoit les saueurs, l'attouchement, les qualitez traictables : & pourquoy dénierons nous cette reception à l'œil?

Seconde.

Ceux (dit Aristote (qui ont les yeux fort humides, voyent les objects plus grands qu'ils ne sont, qui monstre bien que les images se reçoiuent & grauent au crystallin, car les corps paroissent tousiours plus grands dans l'eau.

Troisiéme.

Tout excellent object destruit le sens, comme vne grande blancheur esblouït la veuë : il y est donc receu auec violence

Quatriéme.

Aristote fait vne demande en ses problémes qui peut seruir icy, pourquoy la main droicte est ordinairement plus agile & plus forte que la gauche, & l'œil droict ne voit pas mieux que le gauche, ny vne oreille n'oit pas mieux que l'autre? Il répond que la puissance qui fait mouuoir les mains, s'exerce par vne action, & celle qui fait voir & ouyr, par passion: de sorte que les deux yeux & les oreilles peuuent patir & receuoir également.

Cinquiéme.

Les vieillards ordinairement voyent mieux les objects esloignez que ceux qui leur sont plus proches. Cela ne peut venir des rayons ou de la lumiere qui sort de leurs yeux pource qu'elle est fort petite & obscure, la cause doit estre rapportée à l'espece, laquelle venant d'vn object plus esloigné, se rend plus spirituelle, plus subtile, moins materielle, & par consequent plus propre pour la reception.

Sixiéme.

En Hyuer si le temps est calme & serain, on voit bien souuent en plein iour les estoilles, ce qui n'arriue iamais en Esté : pource qu'en Hyuer l'air estant plus grossier & plus dense, les especes se terminent en l'air, & s'y multiplient : Mais en Esté, pour la rarité & tenuité de l'air, les especes n'ont point d'arrest, & ne se peuuent multiplier, qui monstre bien que la veuë se fait par reception, & non par émission.

Septiéme.

Enfin, l'œil est comme le miroir qui reçoit toutes les images qu'on luy presente, sans qu'il enuoye rien du sien à l'object. Ils different seulement en vne chose c'est que le miroir n'a pas cette puissance de renuoyer l'espece à son iuge, comme fait l'œil au sens commun par le nerf optique. Voylà les deux partis formellement bandez & opposez l'vn à l'autre : ie voudrois les pouuoir accorder comme a voulu faire Galien, mais il n'y a point d'apparence : car la verité ne peut soustenir deux contraires.

Opinion de l'Autheur

Ie me rangeray donc du costé des plus forts, & soustiendray auec Aristote, que la veuë se fait par reception seulement, & qu'il ne sort rien de l'œil qui puisse seruir à la veuë.

Belle demonstration contre les Platoniciens.

I'employeray pour la premiere attaque cette raison, qui me semble assez poignante. S'il sort quelque chose de l'œil ou c'est vn corps bien subtil, comme est l'esprit animal, ou vn rayon seulement. Si c'est vn corps comment peut-il en vn moment estre porté iusques au ciel, veu que tout corps se meut auec le temps, & la veuë se fait en vn instant? Ce corps ne sera-il point batu, dissipé & baffoüé des vents auant qu'il arriue à l'obiect? Ce corps qui sortira de l'œil, ou il penetrera l'air, ou l'air luy fera place? de penetrer il ne peut, car la Nature n'endure non plus la penetration des corps que le vuide : si l'air luy fait place, la veuë ne se fera iamais, car la continuation des rayons sera empeschée, d'autant que l'air le suyura tousiours, & se mettra entre-deux. Si pour éuiter ces pointes qui sont assez viues, tu dis que ce qui sort

Ce qui sort de l'œil ne peut estre rayon.

de l'œil est vn rayon, ou vne lumiere qui penetre l'air, & se communique en vn instant par tout le moyen comme la lumiere du Soleil, qui illumine tout l'air sans mouuement : ie te presseray de plus prés, & te feray voir qu'il n'y a pas assez

de lu-

de lumiere dans l'œil , pour s'eſtendre iuſques au Ciel. Regarde comme vn flambeau ne jette ſes rayons qu'à vne diſtance proportionnelle , vne chandelle
ne peut éclairer toute vne ſale , & comme veux-tu que ce petit organe enuoye en
vn moment ſon rayon iuſqu'au ciel ? Il eſt aiſé au Soleil , qui eſt auſſi grand que
toute la terre , de jetter ſes rayons , & les reſpandre par l'vniuers ; mais à l'œil non.
Il ne peut donc rien ſortir de l'œil , qui aille iuſques à l'objet. D'auantage , ſi les
rayons qui ſortent de l'œil ſont cauſe de la veuë , il faut ou qu'ils retournent
vers l'œil , ou qu'ils demeurent en chemin , s'ils ne reuiennent ils ne rapporteront
pas l'eſpece de ce qu'ils touchent ; s'ils retournent , il n'y aura que les corps polis
qui ſe puiſſent voir , pource qu'il n'y a que ceux-là qui faſſent reflexion , & par
ce moyen vne grande montaigne ne ſe verra point. Diſons encore que ſi ces
rayons ſeruent à la veuë , il faut ou qu'ils reuiennent vuides , ou qu'ils ſoyent chargez d'eſpeces ; s'ils s'en retournent vuides , la veuë ne ſe fera pas ; s'ils rapportent les
eſpeces à l'œil , nous aurons ce que nous demandons , c'eſt à dire , que la veuë ſe
fera par reception. Quant aux fondemens des Platoniciens , il eſt aiſé de les renuerſer , ie confeſſe que l'œil a beaucoup de clairté , mais cette lumiere ne vient pas
du feu , elle vient de la clairté du cryſtalin , & de la poliſſure des tuniques , car tous
les corps qui ſont polis comme la corne luiſent aux tenebres , l'action de l'œil qui
eſt ſoudaine , & ſon agilité grande , ne nous forceront pas de croire qu'il ſoit plein
de feu , car cette action eſt ſoudaine , pource que l'œil ne reçoit que les eſpeces
immaterielles & ſans corps. Pour le regard de l'agilité , il n'eſt pas mal-aiſé à ſix cordes de mouuoir promptement vn ſi petit organe. Les yeux ne friſſonnent iamais ,
pource (dit Ariſtote en ſes Problemes) qu'ils ſont pleins de graiſſe qui les échauffe
par accident comme nos robes , ou pource qu'ils ſont en perpetuel mouuement.
Il n'y a donc point de feu dans l'œil , on n'y trouue rien que de l'eau , du cryſtal &
du verre. Quant aux raiſons qu'ils alleguent , elles ſont fort legeres. Le Baſilic &
l'optalmique ne nous infectent pas par les rayons qui ſortent de l'œil , mais par
vn corps naturel bien ſubtil , par vne vapeur qui ſort de tout le corps inſenſible-
ment & infectant l'air , eſt apportée iuſques à nous. Ce qu'on allegue du loup eſt
ridicule. Pour le charme de l'œil , nous tenons qu'il ne ſe peut faire naturellement.
Vne grande blancheur diſſipe la veuë , pource qu'elle attire tous les eſprits en dehors , qui doiuent demeurer dans l'œil pour le contenir en ſon deuoir. L'œil s'affoiblit & ſe laſſe en voyant , comme fait toute autre partie , pource que la chaleur
ſe diſſipe auec les eſprits qui trauaillent au mouuement de l'œil & à le tenir ferme.
Nous fermons l'œil à demy , ſi nous voulons voir de plus loing , non pas pour vnir
les rayons , mais afin que la lumiere exterieure n'entre ſoudainement , & ne diſſipe
l'interieure. L'œil ſe doit tourner vers l'objet , pource que la veuë ne ſe fait que
par droicte ligne. Les gros yeux & les prunelles dilatées ne voyent pas ſi bien ,
pource que les eſprits interieurs ſe perdent , qui ſont neceſſaires pour la reception.
Pour le regard de l'aiguille , ie dis que du premier coup on ne voit pas la pointe ,
pource que l'objet n'eſt pas proportionné. La reception de deux contraires &
des plus grandes montages ſe fait à l'œil , pource que l'œil ne reçoit que l'eſpece qui eſt immaterielle. Que rien donc ne nous empeſche à conclurre que la
veuë ſe fait par reception. Mais le moyen de cette reception eſt tres-difficile &
entendu de fort peu de gens : ie m'en vay donc pour l'éclaircir , rechercher , qu'eſt-
ce que l'œil reçoit ; en quelle partie ſe fait la reception , quand elle ſe fait , & comment. Pour le premier point , ie trouue des opinions fort differentes. Democrite & Leucippe croyent que nous receuons des atomes : Epicure penſe que ce

C C

font feulement les rayons de l'objet, Alexandre Peripateticien l'image de l'objet, non pas comme au fujet, mais comme en vn miroir. Ariftote fouftient que nous ne receuons que l'efpece qui eft produite de l'objet & fe multiplie par l'air comme l'ombre eft produite du corps & la lumiere du Soleil. Cette opinion eft la plus veritable, mais elle a befoin d'interpretation, car vn chacun n'eft pas ca-

Nous ne rece-
uons que l'ef-
pece.

pable du premier coup, de fçauoir que c'eft de l'efpece de l'objet. Difons donc que cette efpece n'a point fon eftre en l'entendement, & n'eft pas ce qu'en termes fcholaftiques on appelle *ens rationis*, c'eft quelque chofe realement qui eft

Que c'eft que
l'efpece de l'ob-
iect.

en l'air & en l'organe. Or tout ce qui eft realement fe doit rapporter ou à la fubftance ou à l'accident. Cette efpece ne peut eftre fubftance, pource qu'elle feroit plus noble & plus parfaite que fon objet qui eft la couleur. C'eft donc vn accident. Mais quel? l'appellerons-nous quantité? non, car il y auroit penetration des dimenfions : nous ne l'oferions nommer relation, d'autant que la relation n'a point de force d'agir, & cette efpece nous fait voir. Encore moins la reduirons-nous à l'action ; Il faut donc que ce foit vne qualité immaterielle, indiuifible, fans corps, que les Philofophes appellent intentionnelle, qui fe rapporte à l'objet, & en eft immediatement produite, comme l'ombre du corps. Cette efpece fe multiplie par tout l'air ; car l'air eftant fubtil & humide, eft capable de receuoir toutes les formes: & receuant vne partie de l'efpece, reprefente l'objet entier. Cette efpece ne fe voit pas, mais elle nous fait voir ; il n'y a que l'objet

Queftion.

qui fe voye. Quelqu'vn pourra demander, fi cette efpece eft immaterielle, comment altere-elle la veuë en vniffant ou diffipant les efprits? car la blancheur diffipe la veuë, & la noirceur l'vnit. Ie répondray que cette alteration ne vient pas

Refponce.

de l'efpece, mais de la lumiere qui fort des couleurs : Or il eft tout certain qu'vne grande lumiere diffipe la veuë, pource que nos efprits qui font tous fubtils & lumineux, fortent pour fe joindre à cette lumiere exterieure, au contraire, voyant les tenebres & vne couleur noire, fe retire fuyant leur ennemy. Il n'y a donc que l'efpece immaterielle qui foit receuë, c'eft pourquoy la veuë fe fait à l'inftant &

En quelle par-
tie de l'œil fe
fait la recep-
tion,

non point auec temps, comme les autres fens. Voyons maintenant en quel lieu, c'eft à dire en quelle partie de l'œil fe fait la reception. Il y en a qui penfent que la reception fe fait au cerueau, pource que c'eft le fiege du fens commun, & que tout le fentiment vient du cerueau. Auicenne croit que la reception fe fait à l'vnion des optiques, & que l'objet ne paroift point double, pource que les efpeces s'vniffent en cet embraffement de nerfs : les autres veulent qu'elle fe faffe à la tunique aranoïde, qui eft plus nette & plus polie qu'vn miroir. Nous tenons auec Ariftote, Galien & la verité mefmes, que la reception fe fait au cryftallin, pource que c'eft la plus noble partie de l'œil, ayant vne fubftance toute particuliere, eftant fitué au milieu de l'organe comme au centre, où fe vont rencontrer les deux lumieres : l'exterieure, qui entre par la prunelle comme par vne feneftre,

Vray moyen
comme la veuë
fe fait.

& l'interieure qui eft rapportée par le nerf optique. Toutesfois fi tu veux accorder toutes ces opinions, tu pourras dire que la reception fe fait au cryftallin, la refraction aux tuniques, la perfection en cette conjonction des optiques, la connoiffance ou iugement dans la fubftance du cerueau. De tout ce long difcours nous rapporterons, que la veuë fe fait par reception feulement, & non par émiffion, que le cryftallin (principal inftrument de la veuë) ne reçoit que les efpeces, lefquelles font comme ombres des objets vifibles, que ces efpeces eftant produites & multipliées par tout l'air, font en vn inftant receuës par la droite ligne, & non autrement. I'ay efté contraint d'adioufter cette difpute en ce petit traité

de l'œil, en ayant eſté fort ſolicité, & en ayant receu vn commandement exprés.

En combien de façons la veuë peut eſtre offençée.

CHAPITRE XI.

OVT le diſcours que ie viens de faire de l'excellence
de la veuë, de l'artifice de l'œil, & de toutes ſes parties,
outre le plaiſir qu'il apportera aux plus curieux, ne ſera pas (à mon aduis) inutile à ceux qui auront enuie
de cognoiſtre les maladies de l'œil, & qui voudront
entreprendre de les guarir. Car nous tenons pour
maxime en la Medecine, qu'on ne peut cognoiſtre ce
qui arriue contre nature à la partie, ſi on ne ſçait premierement ce qui luy eſt naturel : Le droit (dit Ariſtote au premier liure de l'ame) ſert comme de reigle
& à ſoy-meſme, & à l'oblique. Il faut donc que le Medecin cognoiſſe le naturel
de l'œil, & ce qui eſt requis pour ſon action, s'il veut ſçauoir en combien de
façons elle peut eſtre bleſſée. Toute action (comme remarque Galien en pluſieurs endroits) peut eſtre offençée en trois façons, ou elle ſe perd du tout, ou ſe
diminuë bien fort, ou s'abaſtardit & depraue. Ces trois vices peuuent arriuer à
la veuë, la diminution ou affoibliſſement eſt ordinaire aux vieilles gens ; la deprauation ſe fait, lors que l'object paroiſt autre qu'il n'eſt ; la perte totale ſe nomme aueuglement. La veuë s'affoiblit, ou par le vice de la faculté, ou par la mauuaiſe diſpoſition de l'organe. La faculté, qui eſt cette puiſſance de l'ame qui nous
fait voir, a ſon ſiege dans le cerueau : doncques ſi le cerueau eſt alteré en ſa temperature, comme quand il eſt froid, chaud, humide, ſec : ou que ſa conformation
ne ſoit loüable, tous les ſens ſentiront vne diminution notable en leur action, &
ſur tout la veuë, pource que l'œil eſtant le plus proche, & ayant vne merueilleuſe
ſympathie auec le cerueau, pâtira le premier. La mauuaiſe diſpoſition de l'œil
affoiblit bien ſouuent la veuë, encores que la faculté ſoit entiere. Cette diſpoſition ſe trouue quelquefois en tout l'œil, comme quand il eſt trop gros, ou trop
amaigry ; quelquefois à vne de ſes parties, comme aux tuniques, humeurs, muſcles, eſprits, nerfs, veines & arteres, à chacune deſquelles arriuent leurs maladies particulieres, que ie déduiray au chapitre ſuiuant.

La deprauation de la veuë ſe fait quand l'object ſe preſente d'autre couleur,
forme, quantité ou ſituation qu'il n'eſt ; comme quand ce qui eſt blanc paroiſt
iaune ou rouge, pource que l'organe eſt taint de quelque couleur ; ainſi les icteriques voyent tous les objects iaunes : quand ce qui eſt fixe ſemble ſe mouuoir,
comme aux vertiges, pour le mouuement déreiglé & extraordinaire des eſprits :
quand vn object ſimple paroiſt double. Or cela arriue ou par le vice de l'organe, ou par la mauuaiſe ſituation de l'object ou des rayons. Si les deux yeux
ne ſont en meſme plan, que l'vn ſe hauſſe & l'autre s'abaiſſe, indubitablement
tous les objects paroiſtront doubles : la paralyſie & conuulſion en eſt ſouuent
la cauſe. Le nerf optique auſſi eſtant relaſché & mollifié d'vn coſté, repreſente
tous les objects doubles, comme il arriue à ceux qui ſont yures. Si tu preſſes
vn œil auec le doigt ſans toucher l'autre, tu verras tous les corps doubles. La
ſituation donc de l'organe eſt la premiere cauſe de cette deprauation. La ſeconde

En combien de façons vne action peut eſtre offencée.

Comment la veuë affoiblit.

La deprauation de la veuë.

eſt la ſituation de l'objeƈt. Si tu meus vn baſton en rond, tu iugeras que c'eſt vn cercle ; ſi en long, vne ligne toute continuë ; cela arriue pource que l'objeƈt change ſi promptement de place, qu'auant que la premiere image ſoit effaƈée, l'autre ſe met en ſon lieu. La derniere cauſe ſe rapporte à la ſituation differente des rayons ; ſi tu te mires en vn miroir fendu, ton image te paroiſtra double.

La priuation de la veuë. La perte & priuation totale de la veuë, que nous appellons aueuglement, vient ou de la ſeichereſſe des humeurs, ou de l'empeſchement des deux lumieres, qui ne ſe peuuent rencontrer & joindre au cryſtallin : L'interieure, qui eſt l'eſprit animal, eſt empeſché par l'oppilation du nerf optique, & ſe nomme goutte ſerene ; l'exterieure eſt empeſchée par la cataraƈhte, qui ferme la prunelle, feneſtre du cryſtallin. La veuë donc ne peut eſtre offençée qu'en ces trois façons.

Bref denombrement de toutes les maladies de l'œil.

CHAPITRE XII.

 E ne veux pas m'amuſer icy à faire vne deſcription exaƈte de toutes les maladies de l'œil, l'entreprinſe ſeroit trop grande, il me faudroit pour le moins cent chapitres, car il y a bien autant de maladies particulieres de l'œil : ie me contenteray de traçer vne methode pour les plus nou-ueaux Medecins & Chirurgiens, auſquels ie dedie ce cha-*Diuiſion des maladies de l'œil.* pitre. Or doncques des maladies de l'œil, les vnes ſont communes à tout l'organe, les autres ſont propres à cha-*Maladies qui ſe rapportent à tout l'œil.* que partie. Celles qui ſe rapportent à tout l'œil, ſont ou ſimilaires, ou organiques, ou communes. Les ſimilaires ſont l'intemperature humide, ſeiche, chaude, froi-de, ſimple, compoſée, ſans matiere, & auec matiere. Les organiques paroiſſent en la mauuaiſe conformation, comme en la grandeur augmentée ou diminuée, *La groſſeur de l'œil.* & en la ſituation. Maladies en grandeur ſont quand l'œil eſt trop gros, ou trop petit ; le gros ſe nomme œil de bœuf, il nuit à l'aƈtion de l'œil, car la veuë n'en eſt pas ſi viue, pour la diſſipation trop grande des eſprits, & le mouuement n'en eſt pas ſi prompt. Cette groſſeur vient ou du vice de la premiere conformation, ou par accident, comme d'vne tumeur œdemateuſe, d'vne inflammation, & d'vne *La petiteſſe.* fort grande defluxion. La maladie contraire à cette-cy, eſt la petiteſſe de l'œil, qui vient ou de Nature, & s'appelle communément œil de cochon ; ou par quelque accident, comme par la diſſipation de la chaleur naturelle, que les douleurs ex-trémes, les grandes veilles, les defluxions acres, & fiéures continuës ont cauſé : de ſorte que tout l'œil eſtant affoibly n'attire plus l'aliment, & encore qu'il y abor-de ne le peut cuire ; on appelle cette maladie atrophie, ou extenuation de l'œil.

L'œil ſorietté. Maladie en ſituation eſt, quand l'œil eſt hors de ſa place, comme quand il ſort dehors, & quand il tombe tout en bas ; s'il ſort dehors, c'eſt vn œil forjetté, en Grec ſe nomme ἐκτίσμος. Auicenne remarque que cela arriue ou de cauſe ex-terne, comme de coup, cheute, effort, en touſſant, vomiſſant, ſoufflant : ou de cauſe interne, comme d'vne ſoudaine fluxion qui laſche tous les muſcles & tout le corps de l'œil, d'vne grande inflammation ou autre tumeur.

Solution de continuité. Maladie commune eſt la ſolution de continuité, qui paroit lors que l'œil eſt du tout creué, ou que toutes les humeurs ſont confuſes & broüillées en-ſemble.

Voila les maladies qu'on peut rapporter à tout le corps de l'œil, car le *nyctalo-pia, myopiaſis, & amblyopia*, ſont ſymptomes des eſprits & humeurs, & non de tout l'œil.

Les maladies particulieres ſont differentes, ſelon les parties de l'œil. Or à l'œil nous auons remarqué les humeurs, les tuniques, les nerfs, les muſcles : il y aura donc des maladies propres à chaque partie ; Ie commenceray à décrire celles des humeurs, comme eſtant les plus nobles parties de l'œil, & meſmes que Galien au liure des cauſes des ſymptomes a ſuiuy cette methode. *Maladies particulieres de l'œil.*

L'humeur cryſtalline peut endurer toute ſorte de maladie, mais les plus re-marquables ſont l'intemperature ſeiche, & quand il ſort de ſa place. L'intem-perature ſeiche eſt cauſe d'vn accident, que les Grecs nomment γλαύκωμα, qui eſt vne concretion & ſeichereſſe du cryſtallin deuenant comme blanc : Hip-pocrate au troiſiéme des Aphoriſmes, remarque, que cette maladie n'arriue gueres qu'aux vieilles gens ; nous la tenons pour incurable. Le cryſtallin peut ſortir de ſa place en pluſieurs façons ; car ou il ſe tourne vers les coſtez, ou il ſe hauſſe & abbaiſſe, ou il s'enfonce trop en dedans, ou s'auance trop en de-hors : En quelque façon qu'il bouge, il nuit bien fort à la veuë : S'il eſt trop en-foncé, il ne peut voir de prés, s'il eſt trop aduancé, il ne peut voir de loing, s'il eſt tourné à droict ou à gauche, tous les objets paroiſſent de coſté, s'il ſe hauſſe ou s'abbaiſſe, tous les images ſe repreſentent doubles, pource qu'ils ne ſont pas en meſme plan. *Maladie du cryſtallin.* *Ce qu'arriue quand le cry-ſtallin ſort de ſa place.*

L'humeur aqueuſe eſtant auſſi bien partie que les autres, a ſes maladies parti-culieres. Si elle eſt trop deſſeichée, comme il arriue bien ſouuent aux ſuffuſions, nous priue totalement de la veuë : ſi ſa quantité eſt fort diminuée, le cryſtallin ſe tariſt, la vuée ſe fleſtrit, la cornée s'affaiſſe, la lumiere exterieure n'eſt point rabba-tuë. Quant à l'humeur vitrée, les Autheurs n'en ont point remarqué de maladies particulieres, mais ie penſe qu'elle peut endurer meſmes affections en la tempe-rature, ſubſtance & quantité que l'aqueuſe. *Maladie de l'humeur aqueuſe.*

Les tuniques de l'œil ſont ſix, mais il n'y en a que trois auſquelles on aye ob-ſerué des maladies particulieres, ce ſont la conjonctiue, la cornée & l'vuée, car à l'aranoïde, reticulaire & vitrée on n'en remarque point. *Maladies des tuniques.*

Les maladies propres de la conjonctiue ſont trois, l'ophtalmie, l'ongle appellée *pterigium*, & la meurtriſſeure : L'ophtalmie eſt vne inflammation du blanc de l'œil, laquelle par fois eſt ſi legere, que d'elle-meſme ſe guarit : Les Grecs la nom-ment ταραξις. Sa cauſe eſt le plus ſouuent externe, comme la fumée, le vent, le Soleil, la poudre, le ſerein, l'odeur des oignons : Si cette inflammation eſt plus grande, ſe nomme abſoluëment ophtalmie : ſi elle eſt extréme, de ſorte que le blanc paroiſſe fort haut, & la prunelle en ſoit preſſé, on l'appelle χήμωσις. Il y a des ophtalmies bilieuſes, ſanguines, pituiteuſes, melancoliques : Il y en a dans Ga-lien de ſeiches & d'humides, dans Hippocrate de ſymptomatiques & de critiques, dans Tralien de tabides & non tabides : de malignes qui regnent en temps de pe-ſte & non malignes : de continuës & de periodiques. L'autre maladie ſe nomme *pterigium*. C'eſt vne chair nerueuſe qui commence ordinairement au grand coin, & s'eſtend comme vne aiſle iuſques à la prunelle, elle a auſſi la forme d'vne on-gle. Elle ſuit bien ſouuent les ophtalmies mal guaries, & eſt accompagnée d'vn prurit, d'vne petite rougeur, & de larmes. Il y en a pluſieurs differences, leſquel-les nous tirons de leur couleur, connexion, ſubſtance & quantité. Pour raiſon de la couleur, il y en a de blanches, de rouges, de jaunaſtres : de la connexion *Maladies de la conjonctiue. Ophtalmie.* *Differences d'ophtalmie.* *L'ongle.* *Differences de l'ongle.*

les vnes font fort adherentes, les autres fe feparent aifément : Si nous regardons la fubftance, il y en a d'épaiffes & de plus tenuës, de molles & de dures, de membraneufes, qui font comme peaux, d'adipeufes, qui reffemblent à la graiffe, & variqueufes, qui font comme vn ret tiffu de plufieurs petites veines & arteres. La quantité fait la derniere difference, il y en a de petites qui ne paffent pas le blanc de l'œil, il y en a de grandes qui s'eftendent iufques à la prunelle, & nuifent bien fort à la veuë. La derniere maladie de la conjonctiue fe nomme

ὑπόσφαγμα, noirceur ou meurtiiffeure de l'œil : Paul & Aëce la definiffent vne rupture des veines de l'œil, qui fait que le fang fe répand par toute la conjonctiue, & par la cornée auffi, reprefentant auffi à l'œil tous les objets rouges. Sa caufe eft ordinairement externe, coup ou cheute, quelquesfois interne, comme repletion des vaiffeaux & tenuité de fang. Il y a d'autres maladies de la tunique blanche : comme les puftules, les taches blanches en forme de cicatrice, mais elles font communes à la cornée.

Les maladies de la cornée font puftules, vlceres communes, malignes & chancreufes, la fanie retenuë dite ὑπόπιον, la cicatrice, la rupture. Les puftules font dites φλύκτιναι des Grecs, des Arabes Bothor. Ce font comme petites veffies caufées d'vne humeur fubtile & fereufe, qui fe met entre les efcorces de la

cornée, & les eftend. On prend leur difference de la couleur : il y en a de noires qui font entre la premiere & feconde peau, & de plus blanches qui font entre la troifiéme & quatriéme : De la fituation, les vnes font plus fuperficielles, les autres profondes : De la matiere, les vnes fe font d'humeur bilieufe, les au-

tres d'vne eau claire & fubtile. Ces puftules eftans percées, fi la fanie fejourne longuement, fait vn vlcere en la cornée. Les Medecins Grecs & Arabes, font fept efpeces de ces vlceres, trois internes, & quatre externes : La premiere

des internes s'appelle βόθριον, dans Paule & dans Auicenne anulus, des autres foffula, c'eft vne vlcere caue, eftroitte, petite & fans ordure : La feconde eft plus large & moins profonde, Paulus l'appelle κοιλωμα, Auicenne lilimie : La troifiéme eft fort fordide, & auec croufte : Les Grecs la nomment ϛίχϛωμα, Les Arabes

alficume. Les vlceres externes font quatre : La premiere reffemble à vne fumée épaiffe, & noircit la prunelle, on l'appelle ἄκλυς : La feconde eft plus blanche & plus profonde, & s'appelle νεφέλιον : la troifiéme eft ronde, & paroift au cercle de l'œil, c'eft ἄργεμον de Paule : La derniere eft fort fordide de couleur de cendre reffemble vn floquet de laine, c'eft pourquoy Auicenne l'appelle lanofum vlcus.

Galien le premier a remarqué toutes ces differences en vn petit liuret des yeux, mais il ne leur a point donné de non particulier, & en tout ce liuret fe trouue vne faute remarquable, car partout où il y a interne, faut lire externe ; & au comtraire Menard a voulu reprendre Auicenne en fes differences, mais c'eft fans

raifon. Ils fe font d'autres vlceres à la cornée, qui font malignes, & fe nomment νόμαι, qui mangent & cheminent iufques aux mufcles & paupieres. Il y a auffi des vlceres chancreufes accompagnées de douleurs cuifantes, elles s'engendrent

d'vne humeur acre & atrabilaire, tenant de la nature du chancre. La cicatrice eft vne maladie de la cornée, car elle luy ofte fa couleur & fa clarté, la rendant du

tout blanche ; on l'appelle λεύκωμα, ou albugo. L'hypopion en approche fort,

qui eft vn amas de matiere purulente occupant le noir de l'œil. En fin la cornée vient à fe rompre, & lors fe fait vne maladie particuliere de l'vuée, que nous décrirons cy apres.

A la tunique vuée nous confiderons vn corps & vn trou, qui eft la prunelle;

le corps de l'vuëe a vne maladie particuliere, qui eſt ſa décente : la prunelle en- *Deſcente de*
dure trois maladies remarquables, la dilatation , l'eſtreſſiſſement & la catara- *l'vuée.*
chte. La décente de l'vuée ſe nomme des Grecs πϱόπτωσις qui ne peut ariiuer
que par la ruption ou éroſion de la cornée qui luy ſert de barriere : la ruption *Quatre eſpeces*
vient quaſi touſiours de cauſe externe, l'éroſion de cauſe interne. On fait ordi- *de la deſcente.*
nairement quatre eſpeces de cette décente, qui ne different qu'en grandeur : car
s'il n'en ſort que bien peu, on l'appelle μυοκέφαλος teſte de mouche, ou dans Aui-
cienne *formicalis :* s'il en ſort dauantage, & comme de la groſſeur d'vne peau
de raiſin , on la nomme ςαφύλωμα. Si elle ſort encores plus & pend comme vne
pommette , ſe nomme μῆλον ſi auec tout cela s'endurcit & deuient calleuſe,
s'appellera ἧλος clauus.

La prunelle a trois maladies, car ou elle s'eſlargit par trop, ou deuient trop *Maladies de la*
eſtroite, ou ſe ferme du tout. La dilatation des Grecs μυδρίασις eſt maladie orga- *prunelle*
nique, pource que la cauité eſt plus grande qu'elle ne deuroit. Galien fait deux *Dilatation.*
differences de cette dilatation, l'vne eſt naturelle, l'autre vient par quelque accident , toutes deux nuiſent bien fort à la veuë, pource que la lumiere interieure ſe diſſipe trop, & comme dit Auicenne, les eſpeces ne ſont pas receuës en *Cauſes de la*
pointe : la cauſe de cette dilatation eſt la tenſion de l'vuée : elle eſt tenduë, ou *dilatation.*
par vne trop grande humidité, ou par vne extreme ſeichereſſe : l'humidité ſi elle eſt nuë, relaſche la membrane, ſi elle eſt auec matiere comme aux tumeurs de
l'œil, abſcés, & autres defluctions, la tend encores plus. La ſeichereſſe retirant les
extremitez de l'vuée élargit ſon trou, comme nous voyons au parchemin trop
ſec. La maladie contraire à cette-cy, ſe nomme des Grecs φθίσις extenuation, ou *Eſtreſſiſſement*
eſtreſſiſſement de la prunelle ; celle qui eſt naturelle eſt tres-propre pour la *de la prunelle.*
veuë, mais celle qui eſt accidentale nuit touſiours : ſa cauſe eſt la cheute de
l'vuée : elle s'affaiſſe par vne trop grande humidité qui n'eſt que du coſté du trou,
ou par la conſomption de l'humeur aqueuſe qui rempliſſoit tout cet eſpace. La *La catarachte.*
derniere maladie de la prunelle ſe nomme ὑπόχυμα des Grecs, des Arabes goutte ou eau, du vulgaire catarachte ou taye. Nous la definirons vne obſtruction
de la prunelle, cauſée d'vne humeur eſtrange, qui ayant coulé s'épaiſſit peu à
peu entre la cornée & le cryſtallin : Sa cauſe prochaine, qu'on appelle continen- *Cauſe des*
te, eſt vne humeur eſtrangere, & en cela elle differe du *glaucoma* qui ſe fait par la *tayes.*
concretion des humeurs naturelles de l'œil, cet humeur au commencement flotte, mais en fin s'épaiſſit : c'eſt pourquoy Paulus au troiſiéme liure definit la ſuffuſion par effuſion, & au ſixiéme par concretion, décriuant là celle qui commence, & icy celle qui eſt-jà faite. Cette humeur s'aſſemble, ſi nous voulons *Le lieu où ſe*
croire Haliabas, Haly, Azarauius, entre l'vuée & le cryſtallin ; ſi nous aymons *met l'humeur*
mieux croire Auicenne, Meſues, Albuchaſis, entre la cornée & l'vuée. Quand à *qui fait la taye.*
moy ie penſe qu'elle peut demeurer en tout cet eſpace, qui eſt depuis le dedans
de la cornée iuſques au cryſtallin, & ſe meſle bien ſouuent auec l'humeur aqueuſe. Cette taye empeſche la veuë en diuerſes façons : car ſi elle ferme toute la prunelle, qui eſt la feneſtre de l'œil, la veuë ſe perdra du tout, s'il n'y a qu'vne partie de la feneſtre fermée, comme la droite ou la gauche, la ſuperieure ou inferieure, l'œil verra les objets qu'on luy preſentera, mais il n'en pourra voir qu'vn
à la fois : ſi l'obſtruction eſt iuſtement au milieu de la prunelle, tous les objets
paroiſtront diuiſez & comme fendus, & ne pourra-on voir le milieu de l'ima- *Differences*
ge : ſi l'eau n'eſt encores aſſemblée, & qu'elle ſoit répanduë inegalement par-cy *des catara-*
par-là, on verra comme des mouſches voler par l'air. On tire les differences des *chtes.*

cataracthes de leur quantité, fubftance, couleur, connexion, fituation, & du moyen de leur generation : il y en a de grandes & de petites, d'épaiffes & de fub-

Les caufes in-
ternes.

tiles, de blanches, cendrées, gypfées, rouges, noires, citrines. Les caufes inter-nes font les humeurs & les vapeurs qui s'épaiffiffent ; les humeurs ou viennent du cerueau par les nerfs, veines, arteres, ou s'engendrent à la partie mefme, par la foibleffe de la faculté concoctrice & expultrice. Les cataractes ont toufiours

Les imagina-
tions qui pre-
cedent les ca-
taractes.

pour auant-coureurs certaines vifions fauffes qu'on appelle imaginations ; car on penfe voir des moufches, des poils, & filets d'araigne en l'air, qui toutesfois n'y font pas : la caufe de ces vifions eft vne vapeur opaque, qui fe met entre la cor-née & le cryftallin : Cette vapeur ne fe voit pas en fa propre efpece ; car l'vuée fe verroit auffi bien, mais en vne autre de celles qui font par l'air : Il eft vray que le cryftallin iuge ces vapeurs eftre au dehors, pource qu'il s'eft tellement accouftu-mé à voir les objets externes qu'il penfe ce qui eft au dedans eftre au dehors. Ces vapeurs s'efleuent quelquefois d'embas, quelquefois des humeurs qui font au cerueau, ou à l'œil mefme.

Maladies des
mufcles de
l'œil.
Diftortion de
l'œil.

Les maladies des mufcles de l'œil font trois principales, la diftortion de l'œil, le branlement & l'immobilité. La diftortion appellée ϛϱϵβισμὸς ou διαϛϱοφὴ vient ou de la refolution de quelques mufcles, & lors la partie malade fe meut vers la faine, comme il arriue à la paralyfie de toutes les parties qui ont des mufcles oppofites ; ou cette diftortion vient de quelques mufcles, & lors la partie faine

Differences.

fe meut vers la malade. Quoy que ce foit cette maladie vient ou de feichereffe, ou d'humidité fuperfluë : or l'œil fe tourne en beaucoup de façons, en haut & en bas, & lors on ne voit que le blanc de l'œil, Hippocrate l'appelle ἴλλωσις ou

Le branlement
de l'œil.

l'œil fe tourne vers les coftez & nous rend louches. Le branlement d'œil appellé ἵππος, eft vn vice des mufcles qui font tellement affoiblis, qu'ils ne peuuent con-

Erreur des an-
ciens.

tenir l'œil. Tous les anciens ont creu que ce branlement d'œil venoit d'vn feptié-me mufcle qu'il embraffe l'optique ; mais ils fe font abufez : car on ne le trouue point aux hommes, comme i'ay demonftré en l'hiftoire de l'œil. Ie croy donc que comme le mouuement tonique, qui tient naturellement l'œil ferme & im-mobile, fe fait lors que tous les fix mufcles tendent également leurs fibres ; auf-fi que ce branlement fe fait lors que tous fix lafchent leurs fibres. Il y a vne ma-

Immobilité
de l'œil.

ladie contraire à cette-cy, quand les yeux demeurent du tout immobiles : Hip-pocrate l'appelle πῆξιν & ϛάσιν, qui fe fait lors que les mufcles ont du tout perdu la puiffance de mouuoir, ou par l'obftruction du nerf qui apporte le mouue-ment, ou par la paralyfie d'iceluy.

Maladies du
nerf optique.
Obftruction du
nerf.
Compreffion.
Cheute.
Ruption.

Les maladies du nerf optique font l'obftruction, compreffion, paralyfie, cheu-te, ruption, fcirrhe, inflammation. L'obftruction fe fait foudainement d'vne humeur froide & craffe, pource que la cauité du nerf eft bien petite : la com-preffion fe fait de coup : la paralyfie d'humeur tenuë & fereufe qui amollit le nerf : la cheute appellée σύμπτωσις, quand les extremitez membraneufes s'approchent, & ne demeure point de place à la moëlle, la ruption vient de coup, & lors l'œil fort premierement en dehors, puis fe retire & s'amaigrit. Toutes ces maladies

La goutte fe-
reine.

de l'optique font vn fymptome commun, que les Grecs appellent ἀμαυϱωσιν les Arabes goutte fereine, c'eft comme definit tres-bien Aëce vn aueuglement en-tier fans aucun vice ou tache apparente de l'œil : cet aueuglement vient de l'em-pefchement de la lumiere interieure.

Maladies des
efprits.
Myopes.

Les plus fubtils Medecins mettent au rang des parties de l'œil les efprits, & re-connoiffent auffi leurs maladies, qui font μυώπια & καταλωπίασις. En la premiere on ne peut voir qu'en l'obſcurité comme à la pointe du iour & à l'entrée de la nuiⁱ̇ct, en plein midy on ne ſçauroit lire. En l'autre c'eſt tout au contraire, on ne peut voir qu'en vne grande clarté. On attribuë cela aux eſprits : ceux qui ont les eſprits fort ſubtils ne peuuent voir en vne grande lumiere, pource que leurs eſprits ſe diſſipent : ceux qui ont les eſprits groſſiers ont beſoin d'vne grande clarté pour eſtre illuminez. *Nyctalopes.*

Voilà en ſomme les principales maladies de l'œil, ie ne touche point à celles des paupieres, ny des coings, ny des parties voiſines ; ie crains de m'eſtre trop égaré, car mon intention n'eſtoit que de monſtrer l'excellence de la veuë, & d'apprendre le moyen de la conſeruer : Ie m'en vay donc me remettre à mon chemin.

Regime general & tres-exquis pour la conſeruation de la veuë, auquel eſt fort particulierement demonſtré tout ce qui peut nuire aux yeux, & tout ce qui leur eſt propre auſſi.

CHAPITRE XIII.

 L eſt temps de meſler l'vtile auec le delectable : Ceux qui ſentent quelque diminution à leur veuë, ou craignent de l'auoir foible, verront en ces deux chapitres tout ce qui ſe peut trouuer de plus rare dans les iardins des Medecins Grecs, Arabes & Latins, pour la conſeruation de la veuë. Ie m'y ſuis autrefois égayé, & en ay effleuré tout ce que i'y ay peu voir de plus beau. Or d'autant qu'vne des principales cauſes de l'imbecillité de la veuë (i'oſeray bien aſſeurer que c'eſt la plus commune) vient d'vne humidité ſuperfluë de l'œil, & de l'impureté de ſes eſprits : Ie dreſſeray pour cela vn regime exquis, qui ſeruira comme de patron & de modelle à toutes les autres maladies de l'œil. L'art qui enſeigne de guarir les maladies, que les Grecs appellent en vn mot Therapeutique, ſe ſert ordinairement de trois inſtrumens, de la diete, ou façon de viure, & de la chirurgie, & de la pharmacie.

La façon de viure tient touſiours le premier rang, & a eſté iugée des Anciens la plus noble partie, d'autant qu'elle eſt amie & familiere de nature, ne l'altere en aucune façon, & ne luy apporte aucun trouble, comme font les medicamens & les operations manuelles. Cette façon de viure ne conſiſte pas ſeulement au boire & au manger, comme le vulgaire penſe, mais en l'adminiſtration de ſix choſes, que les Medecins appellent non naturelles, qui ſont l'air, le boire & manger, le dormir & veiller, le mouuement & repos, l'inanition & repletion, & les paſſions de l'ame. *La diete tient le premier rãg à la curation.*

Ie commenceray mon regime par l'air, d'autant que l'animal ne s'en peut paſſer vn ſeul moment, & qu'il a vne puiſſance incroyable à changer & alterer tout ſoudain nos corps : il s'en va par le nez droit au cerueau, par la bouche droit au cœur, par les pores du cuir & par le mouuement des arteres il perçe tout le corps : il fournit de matiere & d'aliment à nos eſprits. C'eſt pourquoy le diuin Hippocrate remarque tres-bien que de la conſtitution de l'air dépend entierement la bonne & mauuaiſe diſpoſition des eſprits & des humeurs. A l'air nous deuons remarquer ſes premieres & ſecondes qualitez : les premieres ſont chaleur, froideur, humidité, ſeichereſſe, deſquelles les deux premieres ſe nomment *La force de l'air.* *Qualitez de l'air.*

ctiues, les deux dernieres paſſiues : les qualitez ſecondes ſont quand l'air eſt gros, épois, ſubtil, pur, obſcur, lumineux : or accommodons tout cela à noſtre vſage. Il faut pour la conſeruation de la veuë choiſir vn air qui ſoit temperé en ſes premieres qualitez, qui ne ſoit ny trop chaud, ny trop froid, ny trop humide. Il n'eſt pas bon de s'expoſer à l'ardeur du Soleil, ny aux rayons de la Lune ou au ſerain. Les vents Meridionaux & Septentrionaux ſont ennemis des yeux : liſez ce qu'en eſcrit Hippocrate à la troiſiéme ſection des Aphoriſmes. Le vent d'Auſtre, dit-il, rend la veuë trouble, l'ouye dure, la teſte peſante, les ſentimens hebetez, tout le corps laſche & pareſſeux, pource qu'il engendre des eſprits groſſiers : l'Aquilon eſt trop vif, & pource (dit le meſme Autheur) il mord & pique les yeux. Les lieux bas, aquatiques, humides & mareſcageux ſont du tout contraires à la veuë : il eſt beaucoup meilleur d'habiter és lieux ſecs & vn peu éleuez. Si on eſt contraint de ſe loger aux lieux humides, il faudra alterer & purifier l'air auec des feux artificiels, faits auec le bois de laurier, geneure, roſmarin, tamaris : ou bien on pourra faire ce parfum des Arabes à la chambre, à laquelle on demeure le plus. Prenez des fueilles d'euphtaſe, fenoüil, marjolaine, de chacune vne once, du bois d'aloés bien pulueriſé vne dragme, d'encens trois dragmes : meſlez le tout enſemble, & en parfumez fort ſouuent voſtre chambre.

Quant aux ſecondes qualitez, l'air gros, épois, plain de broüillars eſt contraire à la veuë, il le faut choiſir net & purgé de toutes vapeurs aigueuſes, terreſtres, nitreuſes, ſulphurées & d'autres mineraux, ſur tout de l'argent vif : la pouſſiere, le feu & la fumée nuiſent infiniment à l'œil : c'eſt pourquoy ceux qui ont la veuë debile ne doiuent iamais ſouffler l'alchymie, car ils perdroient & l'œil & la bourſe : la vapeur qui ſort des eſtangs & des corps morts eſt tres-dommageable. L'air ne doit point auſſi eſtre trop lumineux ; car vne lumiere exceſſiue diſſipe les eſprits, & fait ſouuent perdre la veuë. Nous liſons que les ſoldats de Xenophanes ayans paſſé par les neiges deuindrent quaſi tous aueugles : & Denys Tyran de Sicile aueugloit ainſi tous ſes priſonniers, car les ayans enfermez dans vn cachot obſcur, les faiſoit tout ſoudain conduire en vn lieu bien clair, & perdoient tous la veuë. A la lumiere nous rapporterons les couleurs : toutes couleurs ne ſont pas propres à la veuë, le blanc diſſipe les eſprits les attirant à ſoy, le noir les rend trop groſſiers : il n'y a que le verd, le bleu & le violet qui la réjoüiſſent bien fort. Nature nous enſeigne cela en la conformation de l'œil, car elle a teint la tunique vuée de verd & de bleu du coſté qu'elle regarde le cryſtallin. La couleur du ſaphir & de l'émeraude eſt fort propre à la veuë : ſi tu veux voir bien ſouuent ces deux couleurs meſlées. Ie t'enſeigneray vne choſe qui te ſera fort aiſée. Prens des fleurs de bourage, & des fueilles de pimpernelle, & lors que tu voudras boire iette-les dans ton verre : cela te ſeruira doublement, car la couleur réjouyra tes yeux, & les herbes rabbatront par leur proprieté la fumée du vin. Et voila quant à l'air.

Le ſecond poinct du regime conſiſte au manger & au boire : Il faut donc ſçauoir les viandes qui ſont propres, & celles qui peuuent nuire à la veuë. On ſe doit abſtenir en general de toutes viandes groſſieres, viſqueuſes, vaporeuſes, ſalées, venteuſes, douces, picquantes & plaines d'excremens : il faut s'accouſtumer à manger moins au ſouper qu'au diſner.

Le pain doit eſtre de pur froment bien leué & vn peu ſalé, auquel on y pourra mettre de l'anis ou du fenoüil : il ne le faut iamais manger chaud ny qu'il

[marginal notes:]
L'air propre pour la veuë.

Les vents contraires à la veuë.

Correction de l'air artificielle.
Parfum.

Quel doit eſtre l'air en ſes qualitez ſecondes.

La lumiere contraire à l'œil.

Les couleurs propres à la veuë.

Le boire & manger.

Le pain.

paſſe trois iours. Le pain ſans leuain nuit extremement à la veuë, & principalement s'il y a de l'yuroye : car on tient que l'vſage de l'yuroye fait perdre la veuë. I'ay autresfois leu vn plaiſant trait dans Plaute d'vn valet, qui n'oſant appeller ſon compagnon aueugle, luy reprochoit qu'il auoit mangé de l'yuroye.

Les chairs qui ſe cuiſent fort aiſément & qui n'abondent pas en humidité ſuperfluë ſont les meilleures, comme celles des poulets, chapons, gelinottes, perdrix, phaiſans, tourterelles, allouettes, pigeons ſauuages, & autres oyſeaux de montagne, leſquels on peut entrelarder de ſauge ou de l'hyſope des montagnes. Il y a certaines chairs qui ont vne proprieté de fortifier & éclaircir la veuë, comme les chairs de pie, d'arondelle, d'oye, des viperes bien preparées, de loup, des oyſeaux de proye. Les Arabes remarquent que les yeux des animaux par ie ne ſçay quelle proprieté & ſimilitude confortent la veuë, ils ſe ſeruent bien ſouuent des chairs d'arondelle & de pie ſeichées au four, & en ſaulpoudrent leurs viandes. Ils nous deffendent l'vſage des groſſes chairs, comme de pourceau, de liéure, de cerf.

Les poiſſons, ſi nous voulons croire le Prince des Arabes, ſont ennemis des *Les poiſſons.* yeux ; mais ie croy qu'il entend de ceux des eſtangs, qui ont la chair viſqueuſe, ou qui ſont ſalez, car ceux qui ont la chair ferme, comme truittes, rougets, & ſemblables, ne ſont pas contraires. Les œufs frais & mollets auec vn peu de ſucre & de canelle éclairciſſent merueilleuſement la veuë, mais s'ils ſont fricaſſez auec le beurre nuiſent infiniment.

Toute viande de paſte, paſtiſſeries & laictages nuiſent aux yeux.

Quant aux ſaleures, épiceries & ſaulſes, toutes ne ſont pas deffenduës. Nous *Sels artificiels.* faiſons des ſels artificiels qui ſeruent merueilleuſement à éclaircir la veuë : on en doit ſaler ordinairement les viandes. Le ſel theriacal eſt tres-excellent, auquel on pourra adiouſter de la noix muſcade, de ſon eſcorce qu'on appelle *macis*, du girofle & du fenoüil. Il ſe fait auſſi du ſel d'euphraſe en cette façon. Prenez ſel commun vne once, de poudre d'euphraſe deux dragmes, de canelle & d'eſcorce de muſcade le poids de demy eſcu, meſlez le tout enſemble & en ſalez vos viandes. Il y en a qui adiouſtent à ces ſels la chair de pie roſtie au four.

Les fortes eſpiceries, comme le gingembre, poiure, & mouſtarde nuiſent *Eſpiceries.* aux yeux : il ſe faudra contenter de la muſcade, girofle, canelle, auec vn peu de ſafran.

Tous legumes ſont fort contraires à la veuë, horſmis les lupins qui aydent par quelque proprieté.

Pour le regard des herbes, on recommande pour les yeux le fenoüil, la ſauge, *Les herbes.* marjolaine, roſmarin, bethoine, menthe, ſerpoulet, les aſperges, la pimpernelle, cichorée, perſil : on deffend au contraire la laictuë, le naſitort, l'aneth, le baſilic, pourpier, porée, le chou, aulx, oignons & toutes les racines qui ont bulbe, comme auſſi les truffes & champignons. Les Arabes qui ont eſté meilleurs potagers que les Grecs, recommandent les naueaux : il eſt vray qu'il y faut touſiours meſler du fenoüil ou de l'anis, pource qu'ils ſont fort venteux.

Les fruits cruds & qui ont beaucoup d'humidité nuiſent à la veuë : on pour- *Les fruits.* ra à l'entrée de table vſer de pruneaux cuits, & au deſſert d'vne poire ou d'vn coin bien cuit pour fermer l'orifice de l'eſtomach, & empeſcher que les fumées ne montent. Il ne ſera pas mauuais de prendre apres le repas vn peu de fenoüil, ou d'anis confit, vn morceau de cotignac, de mirabolans, de noix muſcade con-

De l'excellence de la veuë,

Ctiues, les deux dernieres paſſiues : les qualitez ſecondes ſont quand l'air eſt gros, épois, ſubtil, pur, obſcur, lumineux : or accommodons tout cela à noſtre vſage. Il faut pour la conſeruation de la veuë choiſir vn air qui ſoit temperé en ſes premieres qualitez, qui ne ſoit ny trop chaud, ny trop froid, ny trop humide. Il n'eſt pas bon de s'expoſer à l'ardeur du Soleil, ny aux rayons de la Lune ou au ſerain. Les vents Meridionaux & Septentrionaux ſont ennemis des yeux : liſez ce qu'en eſcrit Hippocrate à la troiſiéme ſection des Aphoriſmes. Le vent d'Auſtre, dit-il, rend la veuë trouble, l'ouye dure, la teſte peſante, les ſentimens hebetez, tout le corps laſche & pareſſeux, pource qu'il engendre des eſprits groſſiers : l'Aquilon eſt trop vif, & pource (dit le meſme Autheur) il mord & pique les yeux. Les lieux bas, aquatiques, humides & mareſcageux ſont du tout contraires à la veuë : il eſt beaucoup meilleur d'habiter és lieux ſecs & vn peu éleuez. Si on eſt contraint de ſe loger aux lieux humides, il faudra alterer & purifier l'air auec des feux artificiels, faits auec le bois de laurier, geneure, roſmarin, tamaris : ou bien on pourra faire ce parfum des Arabes à la chambre, à laquelle on demeure le plus. Prenez des fueilles d'euphtaſe, fenoüil, marjolaine, de chacune vne once, du bois d'aloës bien puluériſé vne dragme, d'encens trois dragmes : meſlez le tout enſemble, & en parfumez fort ſouuent voſtre chambre.

L'air propre pour la veuë.

Les vents contraires à la veuë.

Correction de l'air artificiel-le.

Parfum.

Quel doit eſtre l'air en ſes qualitez ſecondes. Quant aux ſecondes qualitez, l'air gros, épois, plain de broüillars eſt contraire à la veuë, il le faut choiſir net & purgé de toutes vapeurs aigueuſes, terreſtres, nitreuſes, ſulphurées & d'autres mineraux, ſur tout de l'argent vif : la pouſſiere, le feu & la fumée nuiſent infiniment à l'œil : c'eſt pourquoy ceux qui ont la veuë debile ne doiuent iamais ſouffler l'alchymie, car ils perdroient & l'œil & la bourſe : la vapeur qui ſort des eſtangs & des corps morts eſt tres-dommageable. L'air ne doit point auſſi eſtre trop lumineux ; car vne lumiere exceſſiue diſſipe les eſprits, & fait ſouuent perdre la veuë. Nous liſons que les ſoldats de Xenophanes ayans paſſé par les neiges deuindrent quaſi tous aueugles : & Denys Tyran de Sicile aueugloit ainſi tous ſes priſonniers, car les ayans enfermez dans vn cachot obſcur, les faiſoit tout ſoudain conduire en vn lieu bien clair, & perdoient tous la veuë. A la lumiere nous rapporterons les couleurs : toutes couleurs ne ſont pas propres à la veuë, le blanc diſſipe les eſprits les attirant à ſoy, le noir les rend trop groſſiers : il n'y a que le verd, le bleu & le violet qui la réjoüiſſent bien fort. Nature nous enſeigne cela en la conformation de l'œil, car elle a teint la tunique vuée de verd & de bleu du coſté qu'elle regarde le cryſtallin. La couleur du ſaphir & de l'émeraude eſt fort propre à la veuë : ſi tu veux voir bien ſouuent ces deux couleurs meſlées. Ie t'enſeigneray vne choſe qui te ſera fort aiſée. Prens des fleurs de bourage, & des fueilles de pimpernelle, & lors que tu voudras boire iette-les dans ton verre : cela te ſeruira doublement, car la couleur réjouyra tes yeux, & les herbes rabbatront par leur proprieté la fumée du vin. Et voila quant à l'air.

La lumiere contraire à l'œil.

Les couleurs propres à la veuë.

Le boire & manger. Le ſecond poinct du regime conſiſte au manger & au boire. Il faut donc ſçauoir les viandes qui ſont propres, & celles qui peuuent nuire à la veuë. On ſe doit abſtenir en general de toutes viandes groſſieres, viſqueuſes, vaporeuſes, ſalées, venteuſes, douces, picquantes & plaines d'excremens : il faut s'accouſtumer à manger moins au ſouper qu'au diſner.

Le pain. Le pain doit eſtre de pur froment bien leué & vn peu ſalé, auquel on y pourra mettre de l'anis ou du fenoüil : il ne le faut iamais manger chaud ny qu'il paſſe trois iours. Le pain ſans leuain nuit extremement à la veuë, & principalement s'il y a de l'yuroye : car on tient que l'vſage de l'yuroye fait perdre la veuë. I'ay autresfois leu vn plaiſant trait dans Plaute d'vn valet, qui n'oſant appeller ſon compagnon aueugle, luy reprochoit qu'il auoit mangé de l'yuroye.

Les chairs qui ſe cuiſent fort aiſément & qui n'abondent pas en humidité ſuperfluë ſont les meilleures, comme celles des poulets, chapons, gelinottes, perdrix, phaiſans, tourterelles, allouettes, pigeons ſauuages, & autres oyſeaux de montagne, leſquels on peut entrelarder de ſauge ou de l'hyſope des montagnes. Il y a certaines chairs qui ont vne proprieté de fortifier & éclaircir la veuë, comme les chairs de pie, d'arondelle, d'oye, des viperes bien preparées, de loup, des oyſeaux de proye. Les Arabes remarquent que les yeux des animaux par ie ne ſçay quelle proprieté & ſimilitude confortent la veuë, ils ſe ſeruent bien ſouuent des chairs d'arondelle & de pie ſeichées au four, & en ſaulpoudrent leurs viandes. Ils nous deffendent l'vſage des groſſes chairs, comme de pourceau, de liéure, de cerf.

Les poiſſons, ſi nous voulons croire le Prince des Arabes, ſont ennemis des *Les poiſſons.* yeux ; mais ie croy qu'il entend de ceux des eſtangs, qui ont la chair viſqueuſe, ou qui ſont ſalez, car ceux qui ont la chair ferme, comme truittes, rougets, & ſemblables, ne ſont pas contraires. Les œufs frais & mollets auec vn peu de ſucre & de canelle éclairciſſent merueilleuſement la veuë, mais s'ils ſont fricaſſez auec le beurre nuiſent infiniment.

Toute viande de paſte, paſtiſſeries & laictages nuiſent aux yeux.

Quant aux ſaleures, épiceries & ſaulſes, toutes ne ſont pas deffenduës. Nous *Sels artificiels.* faiſons des ſels artificiels qui ſeruent merueilleuſement à éclaircir la veuë : on en doit ſaler ordinairement les viandes. Le ſel theriacal eſt tres-excellent, auquel on pourra adiouſter de la noix muſcade, de ſon eſcorce qu'on appelle *macis*, du girofle & du fenoüil. Il ſe fait auſſi du ſel d'euphraſe en cette façon. Prenez ſel commun vne once, de poudre d'euphraſe deux dragmes, de canelle & d'eſcorce de muſcade le poids de demy eſcu, meſlez le tout enſemble & en ſalez vos viandes. Il y en a qui adiouſtent à ces ſels la chair de pie roſtie au four.

Les fortes eſpiceries, comme le gingembre, poiure, & mouſtarde nuiſent *Eſpiceries.* aux yeux : il ſe faudra contenter de la muſcade, girofle, canelle, auec vn peu de ſafran.

Tous legumes ſont fort contraires à la veuë, horſmis les lupins qui aydent par quelque proprieté.

Pour le regard des herbes, on recommande pour les yeux le fenoüil, la ſauge, *Les herbes.* marjolaine, roſmarin, bethoine, menthe, ſerpoulet, les aſperges, la pimpernelle, cichorée, perſil : on deffend au contraire la laictuë, le naſitort, l'aneth, le baſilic, pourpier, porée, le chou, aulx, oignons & toutes les racines qui ont bulbe, comme auſſi les truffes & champignons. Les Arabes qui ont eſté meilleurs potagers que les Grecs, recommandent les naueaux : il eſt vray qu'il y faut touſiours meſler du fenoüil ou de l'anis, pource qu'ils ſont fort venteux.

Les fruits cruds & qui ont beaucoup d'humidité nuiſent à la veuë : on pour- *Les fruits.* ra à l'entrée de table vſer de pruneaux cuits, & au deſſert d'vne poire ou d'vn coin bien cuit pour fermer l'orifice de l'eſtomach, & empeſcher que les fumées ne montent. Il ne ſera pas mauuais de prendre apres le repas vn peu de fenoüil, ou d'anis confit, vn morceau de cotignac, de mirabolans, de noix muſcade con-

fite. Les figues & les raifins ne font pas deffendus: fi font bien les noix, les chaftaignes, & les oliues trop meures, Voila pour le manger.

Le boire.
La quantité.
La qualité.

Quant au boire nous y deuons remarquer deux chofes, la quantité, & la qualité. Pour la quantité ce grand Medecin Archigenes difoit qu'en toutes maladies
des yeux le trop boire eftoit dommageable. Pour la qualité, Ariftote en fes Problemes écrit, que ceux qui boiuent de l'eau ont la veuë plus fubtile : Toutefois
Auicenne & Rhazis condamnent l'vfage de l'eau, & croy qu'ils ne font pas dé-
plaifir à plufieurs bons compagnons qui aimeroyent autant perdre la veuë que
le vin. Il faut pour les accorder boire le vin fort trempé & choifir vn petit vin,
qui ne foit point piquant, ny vaporeux : les vins doux & nouueaux font fort
fumeux, les gros vins arreftent trop long temps à l'eftomac, & enuoyent gran-

Vins artifi-
ciels.

de quantité de vapeurs au cerueau. Nous faifons vn vin artificiel de l'euphrafe
qui eft tres-fingulier pour la conferuation de la veuë. Arnauld de Ville-neufue
grand Medecin affeure auoir guary vn vieillard quafi du tout aueugle, auec le
feul vfage du vin d'euphrafe : ou bien on pourra jetter vn bouquet d'euphrafe
dans le vin qu'on boit ordinairement, ou comme i'ay defia dit de la pimpernelle, & des fleurs de bourage? car outre ce qu'ils refioüiffent par leur couleur la veuë,
ils feruiront à purifier les efprits, & reprimer les vapeurs du vin : ce font herbes

Hydromel.

affez communes & qu'on trouue en toute faifon. Ceux qui ne voudront boire du
vin vferont d'vn hydromel fimple, ou en compoferont vn en cette façon. Prenez quinze liures d'eau de cifterne ou de fontaine, vne liure de bon miel, meflez
le tout dans vn pot, y adiouftant du fenoüil, de l'euphrafe & du macis enueloppez dans vn noüet le poids d'vn efcu, faites cuire le tout, oftant l'efcume du miel
iufques à ce que le tiers foit confommé.

Le dormir &
veilles.

Au veiller & dormir faut garder vne mediocrité : le dormir trop profond
nuit, le dormir du midy rend le vifage bouffi, trouble la veuë, & appefantit
tout le corps : il faut dormir fur les coftez, & la tefte affez haute. Les veilles ex-
ceffiues diffipent les efprits, refroidiffent le cerueau, & nuifent infiniement à la
veuë.

Il eft bon de fe coucher trois ou quatre heures apres le fouper, & fe leuer affez matin : fe pourmener par la chambre, touffer, cracher, nettoyer les oreilles, purger le corps de fes excrements ordinaires : & apres il faut peigner la tefte
toufiours en arriere, la tenir bien nette, & ne deuons pas, comme on a accouftumé, lauer le vifage ny les yeux d'eau froide : car le froid eft ennemy des yeux &
du cerueau : il vaudra mieux y mettre vn peu de vin blanc, auec l'eau de fenoüil
& d'euphrafe tiede.

L'exercice
vniuerfel.

L'exercice moderé de tout le corps eft bon au matin, & ne peut-on viure en
fanté (comme remarque Hippocrate) fi on ne trauaille, pour diffiper les excremens de la troifiéme digeftion.

Les particuliers exercices feruiront auffi, comme les frictions des cuiffes, &
des jambes, pour diuertir les vapeurs qui montent aux yeux.

Exercice par-
ticulier des
yeux.

Les yeux ont leur particulier exercice : le mouuement trop foudain & circulaire les affoiblit : de les tenir longuement fichez en vn lieu & comme immobiles, cela les laffe encores plus, pource qu'en ce mouuement tonique toutes
les fibres des fix mufcles font également tenduës, comme nous voyons aux
oyfeaux qui fe retiennent en l'air, fans bouger. Il eft donc meilleur de les mouuoir, pource que les mufcles faifans leur action fucceffiuement, fe foulagent l'vn
l'autre. Il n'eft pas bon de lire beaucoup, principalement apres le repas, ny s'a-
mufer

muſer à quelque lettre menuë, ou à quelque autre beſongne bien deliée, pource que la faculté & l'organe trauaillent beaucoup apres ces petits objets. Il ne faut point regarder les corps qui ſe meuuent de viſteſſe, ny qui tournent en rond.

Toutes paſſions de l'ame nuiſent beaucoup à la veuë, mais entre autres la melancholie & les pleurs.   *Paſſions de l'ame.*

Le ventre doit eſtre touſiours laſche en toutes maladies des yeux ; ce qu'Hippocrate a remarqué, par l'exemple des ophtalmiques, & de ceux qui ont les yeux chaſſieux. Que s'il eſtoit trop pareſſeux, il le faudra ſolliciter auec tout plein de petits remedes benings, comme boüillons laxatifs, pruneaux & raiſins laxatifs, clyſteres lenitifs, & autres. On fait cuire les prunes de damas dans vn ſyrop auec le ſenné, l'agaric & le ſucre : on en prend quatre ou cinq deuant le repas au matin.   *Le ventre doit eſtre laſche.*

Remedes choiſis pour la conſeruation de la veuë, & l'ordre qu'on doit obſeruer en les appliquant.

CHAPITRE XIV.

'Autant que l'affoibliſſement de la veuë vient ordinairement, ou de l'intemperature du cerueau, ou de la mauuaiſe diſpoſition de l'œil : Le Medecin rationel & methodique doit touſiours auoir égard à ces deux parties : le cerueau s'il eſt trop humide doit eſtre deſſeiché, & l'œil qui eſt debile doit eſtre fortifié. Platon en vn de ſes Dialogues nous aduertit, qu'il ne faut iamais ſecher ny fortifier l'œil par remedes externes, que la teſte ne ſoit premierement purgée. Nous commencerons donc à vuider cette teſte : & pource qu'il eſt mal-aiſé de la bien purger, ſi tout le corps qui luy enuoye ordinairement des excremens n'eſt bien net, il faudra choiſir vn remede, qui puiſſe en purgeant le cerueau éuacuer doucement tout le corps, & qu'il ait auſſi quelque proprieté pour l'œil. La forme des pilules eſt la plus propre pour cet effect. Les Arabes recommandent les pilules elephangines, d'agaric, & celles qu'on appelle *lucis maiores & minores*, nous en pourrons dreſſer vne forme de cette façon.   *La purgation de tout le corps & du cerueau.*

Prenez de l'aloë bien laué en eau de fenoüil, & d'euphraſe trois dragmes, de bon agaric vne dragme & demie, de rubarbe vne dragme, d'eſcorce des mirabolans citrins frottée en huile d'amádes douces quatre ſcrupules, du ſenné deleüant bien pulueriſé vne dragme, du maſtic, gingébre & canelle, de chacun demy ſcrupule, de trochiſques alhandal cinq ou ſix grains pour ſeruir de pointe, malaxés tout cela auec le ſuc de fenoüil & le ſyrop de ſtœchas, & en faites vne maſſe, de laquelle faudra prendre vne dragme deux fois le mois, ou le ſoir, ou le matin, ou bien; Prenez de la poudre de hiere deux dragmes, de bon agaric quatre ſcrupules, du ſenné vne dragme, de ſemence d'anis, fenoüil, & ſeſeli de chacune demy ſcrupule, du macis canelle & de la mirrhe, de chacune cinq grains, auec le miel roſat, anthoſat, & l'eau de fenoüil : faites-en vne maſſe & en prenez vne dragme toutes les ſemaines. Ceux qui ne peuuent aualer de pilules vſeront de ce ſyrop magiſtral.   *Deſcription de pilules.*

Prenez racines de fenoüil, d'acorus, & d'helenium, de chacune vne once, de   *Syrop magiſtral.*

feuilles d'euphrafe, bethoine, fumetere, mercuriale, cichorée, germendrée, verbene, de chacune vne poignée, vne douzaine de raifins de damas, & autant de prunes, femences d'anis & de fenoüil deux dragmes, fleurs de fauges, ftechas, romarin, & d'euphrafe, de chacune vne petite poignée. Faites cuire le tout en eau claire, & l'ayant coulé adiouftez-y l'expreffion de trois onces de fenné, qui auront infufé long temps en la fufdite decoction tiede l'expreffion d'vn once d'agaric auec vne dragme de girofle, & autant de canelle : Faites recuire le tout auec fuffifante quantité de fucre, iufqu'à ce qu'il ait la confiftence d'vn fyrop bien cuit, aromatifez-le auec demy dragme de noix mufcade & autant de la poudre diarhodon. Si on y veut fur la fin mettre de la rhubarbe infufée & fort exprimée le poids de demy once, le firop n'en fera que meilleur. On en prendra tous les quinze iours la quantité de deux onces, plus ou moins, felon l'effect qu'on en verra, auec vn boüillon ou auec vne decoction capitale & oculaire.

Clyfteres.   Les clyfteres frequents feruent à toutes maladies des yeux, des aureilles, & de la tefte.

Decoctions fudorifiques.   Si le cerueau eftoit par trop humide, & que la temperature du corps n'y refiftaft point, l'vfage de l'efquine ou de la falfeparille feruiroit beaucoup y adiouftant des feuilles d'euphrafe & de femence de fenoüil : car en confommant les humiditez fuperfluës de tout le corps, il fortifieroit le cerueau & l'œil : ie croy que l'vfage du fafafras qui a l'odeur de l'anis, feroit encore plus propre.

Mafticatoire.   Le corps eftant purgé par ces remedes vniuerfels, on pourroit apres auec plus d'affeurance éuacuer le cerueau par la bouche & par le nez, qui font les conduits ordinaires que Nature a deftiné pour fon expurgation ; l'approuuerois bien plus les mafticatoires que les errhines, pource que le nez a vne fort grande communication auec l'œil par le trou du grand angle, de forte que tirant auec violence quelque fuc par le nez, nous pourrions attirer à l'œil qui eft la partie malade : c'eft auffi l'ordonnance de ce grand Medecin Hippocrate à la feconde fection du fixiéme des Epidemies. Il faut (dit-il) diuertir les defluxions des yeux au palais & à la bouche, il vaudroit donc mieux mafcher quelque chofe, comme des raifins de damas arroufez d'vne goutte de l'effence de fenoüil, ou bien on pourra frotter le palais auec ladite effence, & fa vapeur montant iufques au cerueau & à l'œil, les fortifiera, & ne laiffera pas d'attirer.

Frictions de la tefte.   Les frictions de la tefte faites en arriere auec des fachets, les parfuns, & les bonnets artificiels que nous defcrirons au chapitre du catharre éuacueront le cerueau par infenfible tranfpiration.

Ventoufes.   Hippocrate aux maladies des yeux applique des ventoufes au col, à l'occiput, aux efpaules & aux feffes.

Cauteres.   Il ne faut pas oublier pour l'éuacuation particuliere de la tefte les cauteres : il eft vray que les Medecins ne font pas d'accord du lieu où l'on les doit mettre. Il y en a qui les appliquent au deffus de la tefte, mais ie tiens cet endroit vn peu fufpect, & en ay veu arriuer de fafcheux accidents, à caufe du pericrane qui peut eftre bruflé fi le cauftique penetre trop : i'aymerois mieux le mettre au derriere, car la reuulfion en feroit meilleure, & puis il eft tout certain que la fource de tous *Belle obferuation de l'origine des nerfs.* les nerfs eft au derriere ; c'eft vne tres-belle obferuation, & que fort peu de gens ont remarquée, ie l'ay fouuent monftrée aux anatomies publiques & priuées. Il y a vn Medecin Italien qui fe vante d'en auoir efté le premier autheur, mais i'auois leu il y a long temps cette obferuation dans Hippocrate au liure de la nature *Lieu propre pour appli-* des os. Ce cautere fe doit appliquer non pas fur l'occiput, car il n'en fortiroit rien

mais entre la premiere & ſeconde vertebre : c'eſt là auſſi où l'on met ordinaire- *quer les cau-*
teris.
ment les ſetons. Aux maladies inueterées des yeux i'approuuerois pour la deri-
uation, les cauteres appliquez derriere l'aureille, pource que les rameaux iugulaires & carotides, d'où viennent toutes les veines & arteres externes de l'œil, paſſent par là. Voilà, à mon aduis, les moyens les plus propres pour l'éuacuation
tant ſenſible qu'inſenſible de tout le corps, de la teſte & des yeux. Ie n'ay point *La ſaignée.*
parlé de la ſaignée, pource qu'elle n'a point de lieu icy, & tant s'en faut qu'elle
puiſſe profiter à ceux qui ont la veuë debile, qu'elle l'affoiblit d'auantage, éuacuant
le ſang, qui eſt le threſor de nature & le ſuc qu'elle cherit le plus. Aux grandes douleurs, inflammations, & defluxions ſoudaines, elle peut ſeruir.

Apres l'éuacuation il faut penſer à fortifier le cerueau & l'œil, & à cela ſeruiront les opiates, tablettes, & poudres qui ont proprieté d'eſclaircir & fortifier la
veuë, la theriaque & le mithridat ſont fort recommandez à ceux qui ont le cerueau & les yeux fort humides.

Les conſerues auſſi des fleurs de bethoine, de ſauge, de romarin, & d'euphraſe. *Remedes pour*
fortifier & ai-
guiſer la veuë
opiate.
On pourra compoſer vne opiate à la façon qui s'enſuit.

Prenez des conſerues des fleurs d'euphraſe, de bethoine & de romarin, de
chacune vne once, de theriaque vieille trois dragmes, conſerue de roſes demie
once, de la poudre de diarhodon vne dragme & demie, du macis deux ſcrupules,
auec le ſyrop de conſerue de citron, en faut former vne opiate, & en prendre bien
ſouuent le matin au ſortir du lict.

On pourra auſſi faire vne confection auec deux onces de ſucre roſat, & autant de ſucre boragenat, auec deux dragmes de la poudre diarhodon, & demy
dragme de poudre d'euphraſe, bethoine & fenoüil, qu'on pourra prendre le
matin.

Le ſoir en s'allant coucher on vſera de certaines poudres, afin que leur force *Poudre pour*
prendre le
ſoir.
ſoit portée auec la vapeur des viandes. Prenez trois dragmes d'euphraſe, deux
dragmes de fenoüil, vne dragme d'anis & de ſeſeli, deux ſcrupules de macis, & autant de canelle, girofle, demy dragme de ſemence de ruë & du chamedrys, vne
dragme de ſemence de piuoine, de ſucre roſat tant qu'il en faudra : faites-en vne
poudre bien ſubtile, & en prenez vne cuillerée à l'heure de voſtre coucher.

On peut auſſi apres le repas vſer de poudres digeſtiues auec la coriandre, le *Poudre dige-*
ſtiue.
fenoüil, les roſes rouges, le corail, les perles, l'euphraſe, le macis, & le ſucre roſat, ou bien vſer de ce condit.

Prenez du fenoüil & de coriandre confits, de chacun demie once, d'eſcorce *Condit.*
de citrons, & mirabolans confits de chacun deux dragmes, de l'euphraſe ſeche
vne dragme, du macis demy dragme, du ſucre roſat tant qu'il en faudra : faites en
vn condit, duquel prendrez vne cueillerée apres chaque repas.

Les Arabes recommandent fort cette poudre pour en vſer apres les repas : Prenez vne dragme des trochiſques de viperes, quatre ſcrupules de poudre d'euphraſe, deux ſcrupules de fenoüil doux, vn ſcrupule des pierres qui ſe trouuent dans
les yeux du brochet, quatre onces de ſucre roſat, & en faites vne poudre.

Voilà quant aux remedes internes qui ſeruent pour éclaircir & fortifier la *Remedes ex-*
ternes.
veuë : il faut maintenant venir aux externes, qui ſont les eaux, collyres, vnguents.
Il y en a vne infinité de receptes, mais i'en veux mettre trois ou quatre des plus
exquiſes & qui ſont experimentées, on ſe lauera le matin les yeux de ces eaux
diſtillées.

DD ij

De l'excellence de la veuë,

Eau diftillée. Prenez les fommitez de fenoüil, de ruë, euphrafe, verueine, tormentile, bethoine, rofes fauuages, de l'anagalis mafle, pimpernelle, efclaire, agrimoine,
cheure-fueille, hyfope des montagnes, du filet des montagnes, de chacune deux
bonnes poignées, couppez toutes ces herbes bien menu, & les faites infufer premierement au vin blanc, puis en l'vrine d'vn ieune garçon bien fain, & pour la
troifiéme fois dans le laict de femme : en fin dans du bon miel, & apres faites
diftiller tout cela, & gardez bien foigneufement cette eau, jettez-en tous les matins vne goutte dans l'œil.

On pourra auffi tous les matins fe lauer les yeux d'vn vin dans lequel on aura
fait bouillir du fenoüil, de l'euphrafe, & vn peu des mirabolans chebules.

Autre eau. On fait vn eau des fucs d'anagalis mafle, de fenoüil, verueine, pimpernelle,
germandrée, efclaire, ruë : on y met apres du girofle, du macis, de la noix mufcade, deux ou trois dragmes, & ayant fait infufer le tout dans du vin blanc, on
le fait diftiller auec du bon miel.

Remede de pro-
pre pour la
veuë. Ie trouue ce remede que ie vay décrire fort bon pour conferuer & fortifier la
veuë. Prenez de l'eau d'euphrafe & de rofes dien diftillée quatre onces, ayez apres
deux ou trois petits noüets dans lefquels il y ait vne dragme & demie de tuthie
bien preparée & vn fcrupule de bon aloës : trempez ces noüets dans les eaux fuf-
dites, & en lauez tous les foirs vos yeux.

L'eau du pain
excellente. L'eau qu'on appelle du pain eft tres-excellente : on fait vne pafte auec de la farine où il y a beaucoup de fon, & de poudres de ruë, fenoüil, & de l'efclaire qu'on
appelle grande chelidoine : de cette pafte on en fait vn grand pain qu'on fait cuire au four, eftant cuit tout auffi toft on le fend en deux, & le met-on entre deux
plats d'argent ou d'eftain fort bien fermez, de forte que la vapeur n'en puiffe
fortir, il en fort vne eau que l'on doit conferuer pour les yeux, l'extraction du fe-
nogrec auec le miel eft fort recommandée.

L'eau diftillée des fleurs bleuës qu'on appelle bleuets qui croiffent parmy les
bleds eft excellente pour la conferuation de la veuë.

On prend auffi la tige du fenoüil vn peu au deffus de la racine, on la couppe &
la remplit-on de la poudre du fucre candi, il en fort vne liqueur qui eft finguliere pour les yeux.

Ie loüe fort l'vfage de cette eau que ie vay décrire.

Eau. Prenez vne liure & demie de vin blanc, & autant de bonne eau rofe, vne once
de tuthie bien preparée, demie once d'efcorce de muguette appellée macis : met-
tés tout cela enfemble dans vne fiole de verre bien bouchée, & l'expofez au foleil
ardant l'efpace de vint iours, la remuant tous les iours iufques à ce qu'elle deuienne bien claire.

Il y a vn onguent fingulier pour la conferuation des yeux.

Onguent pour
les yeux. Prenez deux onces de graiffe de pourceau bien recente, faites-la tremper dans
l'eau rofe l'efpace de fix heures, puis relauez-là par douze fois differentes, auec
du vin blanc du meilleur que pourrez trouuer, par l'efpace de cinq ou fix heures,
adiouftez apres à cette graiffe de la tuthie bien preparée & fort fubtilement pul-
uerifée vne once, de la pierre hematites bien lauée vn fcrupule, d'aloës bien laué
& puluerifé douze grains, de perles puluerifées trois grains : incorporez le tout
enfemble auec vn peu d'eau de fenoüil, & en faites vn onguent, duquel en mettrez fort peu aux deux coins des yeux. Il y a tout plain d'autres remedes externes
qui peuuent feruir aux yeux, comme collires & poudres qu'on fouffle dedans,
mais ie ne les trouue point fi à propos que les eaux.

Les Arabes vſent pour la conſeruation de la veuë des lauemens de teſte, mais il n'eſt pas trop bon au mal des yeux d'émouuoir le cerueau: le lauement ſe pourra faire en cette façon. Prenez de la lexiue faite des cendres de ſerment, de fueilles de ſtechas, bethoine, euphraſe, chelidoine, camomille, de chacune vne poignée, d'agaric & mirabolans, chebules, liez en vn drapeau, de chacun deux dragmes, faites boüillir le tout juſqu'à la conſomption de la quatriéme partie : & en lauez la teſte, ou bien prenez de l'euphraſe ſechée & la reduiſez en cendre, y'rettant de l'eau d'euphraſe, & en faites vne lexiue.

Voila les moyens auec leſquels nous conſeruerons la veuë, principalement ſi la diminution vient d'vne trop grande humidité du cerueau & des yeux, comme eſt celle de Madame la Ducheſſe d'Vſez, à qui ce diſcours eſt particulierement dedié. Ie ne décris point les remedes qui ſont appropriez à chaque maladie de l'œil, il me faudroit employer trop de temps, i'ay voulu ſeulement dreſſer ce regime general qui ſeruira de patron pour les autres maladies. Monſieur Guillemeau Chirurgien du Roy en a fait vn traitté fort docte, auquel on trouuera les plus exquis remedes des anciens & modernes autheurs : Ie renuoiray donc le lecteur à ſon liure qui eſt en langue vulgaire.

Fin du premier diſcours.

SECOND DISCOVRS
AVQVEL EST TRAICTE'
DES MALADIES MELANCHO-
LIQVES, ET DV MOYEN
de les guarir.

*Que l'homme est vn animal diuin & politique, ayant trois puissances nobles particu-
lieres, l'imagination, le discours, & la memoire.*

CHAPITRE PREMIER.

L'oüange de l'homme.

E Sarrasin Abdalas estant importuné, & comme forcé de dire, qu'est-ce qu'il trouuoit de plus admirable
au monde, répondit en fin brauement, que l'homme
seul estoit par dessus toute merueille. Responce à la
verité digne d'vn grand Philosophe, & non d'vn homme barbare: Car l'homme ayant en son ame grauée
l'image de Dieu, & representant en son corps le modelle de l'vniuers, peut en vn instant se transformer
en tout comme vn Protée, ou receuoir en vn moment
comme vn chameleon l'impression de mille couleurs.
Phauorin ne reconnoist rien de grand en la terre que l'homme: les sages d'Egypte l'ont voulu honorer du tiltre de Dieu mortel, Mercure trois fois grand l'appelle animal plein de diuinité, messager des Dieux, seigneur des choses inferieures, familier des superieures; Pythagoras, Mesure de toutes choses: Synesius, Orizon des choses corporelles & incorporelles: Zoroaster par admiration le publie
par tout, Effort & miracle de nature, Platon Merueille des merueilles: Aristote,
Animal politique plein de raison & de conseil qui est tout, ayant tout par puissance, non pas materiellement, comme vouloit Empedocle, mais par reception des
especes: Pline, ioüet de la nature, tableau de l'vniuers, abregé du grand monde.
Parmy les Theologiens il y en a qui l'ont appellé, toute creature, d'autant qu'il a
communication auec tout ce qui est creé, il a l'estre auec les pierres, la vie auec
les plantes, le sentiment auec les bestes, l'intellect auec les Anges: Les autres l'ont
honoré de ce beau tiltre de gouuerneur vniuersel, qui tient toutes les creatures
sous son Empire, à qui tout obeit, & pour qui tout l'vniuers est creé: c'est en somme le chef-d'œuure de Dieu, & le plus noble de tous les animaux. Or cette excellence qui le fait reluire sur tous, ne dépend point de son corps, encores que ce soit

D'où vient l'excellence de l'homme.

le mieux formé, le plus temperé, & le mieux proportionné qui soit au monde, seruant aux autres d'vne reigle de Polyclete, & aux architectes comme d'vn exéplaire pour tous leurs bastimens : cette noblesse, dis-ie, ne prouient pas du corps qui est materiel & corruptible, son extraction vient de plus haut ; c'est l'ame seule qui l'annoblit, forme du tout celeste & diuine, qui ne sort pas de la puissance de la matiere, comme celle des plantes & des bestes : Elle est creée de Dieu, & vient du ciel, pour gouuerner le corps aussi tost qu'il est organisé ; ses actions nous rendent assez de preuue de sa noblesse, car outre la faculté vegetatiue & sensitiue, elle a trois puissances particulieres qui l'esleuent par dessus les autres animaux, l'imagination, la raison & la memoire. La raison est la souueraine, les deux autres pource qu'elles la seruent ordinairement, l'vne de rapporteur, l'autre de greffier, iouyssent des priuileges de noblesse, logent dans la maison Royale, & tout aupres de la raison, l'vne en son anti-chambre, l'autre en son cabinet. L'imagination represente à l'intellect tous les objets qu'elle a receu du sens commun, & rapporte ce que les espions ont découuert : Sur ce rapport l'intellect prend ses conclusions, qui sont bien souuent fausses quand l'imagination rapporte infidellement. Et tout ainsi que les plus aduisez Capitaines font bien souuent de foles entreprises sur vn faux aduertissement ; ainsi la raison fait bien souuent de fols discours sur le faux rapport de la fantasie.

L'excellence de l'homme.

Les trois puissances nobles de l'ame.

L'imagination

Il y a certains Philosophes Grecs qui ont voulu oster ce tiltre de noblesse à l'imagination, & se sont efforcez de la rendre aussi vile que les autres operations sensibles : i'en ay autresfois leu deux opinions : la premiere est de ceux qui pensent que l'imagination ne differe pas du sens commun : l'autre est de ceux qui disent que l'imagination est aussi bien commune aux bestes qu'aux hommes ; cela estant, qu'on ne la doit point appeller noble. Mais ie feray voir à vn chacun comme ils se sont lourdement abusez.

Opinion des Grecs contre la noblesse de l'imagination.

Erreur de ces Philosophes.

Tous ceux qui se sont meslez de bien philosopher, tiennent pour resolu que l'imagination est quelque chose de plus que le sens commun ou interieur, qui iuge de tous les objets externes, & auquel comme au centre se rapportent toutes les especes sensibles : car le sens commun reçoit les especes en mesme temps que les sens externes, & auec la puissance (s'il faut parler en termes scholastiques) reale de l'objet, mais l'imagination les reçoit & retient sans la presence de l'objet : L'imagination compose & joint les especes ensemble, comme de l'or & de la montagne elle feint vne montagne d'or, ce que le sens commun ne peut faire : Le sens interieur ne peut comprendre que ce qui est apperceu par les sens externes, mais l'imagination passe plus outre : car la brebis ayant veu le loup, le fuit tout aussi tost, comme son ennemy : cette inimitié ne se connoist pas par le sens, ce n'est pas vn objet sensible, il n'y a que l'imagination qui la connoisse. C'est doncques vne puissance bien differente du sens commun, qui se trouue veritablement aux bestes, mais elle ne s'y trouue pas en mesme degré de perfection qu'aux hommes. Ie veux qu'vn chacun voye la difference qu'il y a entre l'imagination des bestes, & celle des hommes. L'imagination des bestes ne leur sert que pour suiure les mouuemens & passions de l'appetit, & n'est addonnée qu'à la pratique, c'est à dire, ou à la poursuite de ce qui leur sert, ou a la fuite de ce qui leur peut nuire : L'imagination de l'homme sert & à la pratique & à la contemplation. L'imagination des bestes ne peut feindre aucune image, sinon entant qu'elle luy est presente : l'homme a la liberté de conceuoir ce qui luy plaist, & encores qu'il n'ait d'objets presens, il en va prendre dans

Differences entre l'imagination & le sens commun.

Difference entre l'imagination de l'homme & celle des bestes.
Premiere.
Seconde.

Troifiéme. le threfor qui eſt la memoire tant qu'il luy plaiſt. Les beſtes imaginent feulement quand elles ſont en exercice, & non pas hors de l'œuure ; l'homme en tout

Quatriéme. temps & en toute heure peut imaginer. La beſte ayant imaginé, ſe meut tout
auſſi toſt, & pourſuit ce à quoy ſon appetit l'incite : l'homme ne ſuit pas touſiours les mouuemens de ſon appetit, il a la raiſon qui l'arreſte, & reconnoiſt

Cinquiéme. bien ſouuent ſa faute. L'imagination des beſtes ne compoſe point des montagnes d'or, ne forge point de chimeres, & d'aſnes volans, comme fait celle de

Sixiéme. l'homme. En fin l'imagination de l'homme ſemble participer de quelque diſcours auec l'intellect, car ayant veu vn lyon peint, il reconnoiſt qu'il n'en faut
auoir peur, & ſe ioignant en meſme inſtant auec la raiſon ſe raſſeure. Voila
comme l'imagination de l'homme s'eſleue ſur celle des beſtes, & pourquoy ie la

Vertus de l'i-
magination. mets au rang des puiſſances nobles de l'ame. Les Arabes l'ont tellement exaltée,
qu'ils ont creu que l'ame, par la vertu de l'imagination, pouuoit faire des miracles, percer les cieux, forcer les élemens, planer les monts, & montagner les
pleines : bref, qu'elle tenoit ſujettes & ſoubs ſon empire toutes les formes materielles, ils appelloient ces ames ennoblies : C'eſt donc la premiere puiſſance de
l'ame que l'imagination.

La ſeconde
puiſſance de
l'ame, qui eſt
l'intellect.   L'intellect ſuit apres, qui s'éueille par le rapport de l'imagination, qui rend
les choſes ſenſibles, vniuerſelles, qui diſcourt & prend les concluſions, qui procede des effets aux cauſes, & des commencemens par les moyens, iuſques aux

Intellect paſ-
ſible. fins. Les Philoſophes ont diſtingué cét intellect au paſſible, & à l'agent : le paſſible ou patient eſt celuy qui reçoit les eſpeces toutes pures & dépoüillées de

L'agent. leurs matiere, & qui eſt comme le ſujet de toutes les formes : l'agent eſt comme

La raiſon. vne lumiere qui eſclaire & parfait le patient : de ſorte que l'vn ſert comme de
matiere, & l'autre de forme, & de tous deux eſt faite la raiſon, partie ſouueraine
de l'ame, particuliere à l'homme, qui peut beaucoup ſans le corps, & à qui le
corps ſert bien ſouuent d'empeſchement ; ſeule immaterielle, impaſſible, immortelle, differente des ſens & de toutes actions corporelles, pource que le ſens
ſe corrompt par vn obiet excellent, comme l'ouye par vn ſon impetueux, le
gouſt par vne ſaueur extreme, la veuë, par vne blancheur exceſſiue, témoing

Comme la rai-
ſon differe du
ſens. en eſt le Tyran de Sicile qui aueugloit par cet artifice tous ſes priſonniers : mais
l'entendement, plus l'objet eſt excellent, plus il ſe rend parfait & s'ennoblit, la
contemplation des choſes hautes & diuines le rauit, c'eſt ſon plus grand contentement, c'eſt tout ſon ſouuerain bien. C'eſt cette ſeule puiſſance qui croiſt à
meſure que le corps decline, qui monſtre ſa vigueur lors que les membres defaillent, qui ſe tend & roidit lors que tous les ſens ſont laſchez, qui voltige par
l'air & ſe pourmene par l'vniuers lors que le corps eſt immobile, qui nous fait
en dormant bien ſouuent voir quelques rayons de ſa diuinité, prediſant les choſes futures, & ſi elle n'eſt eſtouffée des vapeurs gourmandes, s'eſleue par deſſus
tout le monde, & par deſſus ſa nature propre ; voit la gloire Angelique & les
myſteres du Ciel. En fin la raiſon ayant voltigé par tout, diſcouru & conceu vn
million de belles idées, ne les pouuant plus retenir, les donne en garde à la me-

La memoire. moire, qui eſt la fidelle greffiere, où ſont mis comme en depoſt tous les plus precieux threfors de l'ame : c'eſt cette riche treſoriere qui enferme en vn ſeul cabinet toutes les ſciences, & tout ce qui s'eſt paſſé depuis la creation du monde,
qui loge tout ſans rien confondre, qui remarque le temps, les circonſtances, &
l'ordre, & qui eſt (comme dit Platon) vn reſeruoir du flux perpetuel de l'entendement : cette puiſſance ſe nomme reminiſcence, & eſt particuliere à l'homme :

car les beftes ont bien quelque efpece de memoire, mais elles ne fe refſouuiennent pas du temps, de l'ordre & des circonftances, cela ne fe peut faire fans fyllogifme. Voila donc l'ame de l'homme accompagnée de ces trois puiffances nobles, de l'imagination, de la raifon, & de la memoire, qui fe font toutes trois logées en vn mefme palais, & dans cette tour ronde que nous appellons tefte: mais fi c'eft par tout le cerueau également, ou fi chacune a fa chambre à part, on n'en eft pas trop refolu. Ie fçay bien qu'il y a vne grande querelle entre les Medecins Grecs & Arabes pour les logis de ces trois princeffes, & qu'on ne les a point encores peu accorder: les Grecs les veulent loger par tout le cerueau: les Arabes donnent à chacune fon quartier: les Grecs fouftiennent que par tout où eft la raifon, l'imagination l'accompagne, & la memoire auffi, & que toutes trois font auffi bien au deuant qu'au derriere: bref, qu'elles font toutes par tout le cerueau, & toutes en chaque partie d'iceluy. Ils alleguent pour vne de leurs principales deffences, que l'action fimilaire eft toute par tout fon fujet, comme la nourriture eft par tout l'os également, & en quelque partie de l'os que ce foit, tu y trouueras toufiours ces quatre facultez, l'attractrice, retentrice, concoctrice & expultrice. Les Arabes veulent au contraire que chacune de ces puiffances ait fon fiege particulier: il y a de fort belles raifons pour leur party. Premierement il eft tout certain qu'il y a plufieurs chambrettes dans le cerueau, que les Anatomiftes appellent ventricules: ces chambres ne font pas inutiles, & ne peut-on penfer qu'elles foyent faites pour autre vfage que pour loger ces trois puiffances: l'imagination doit eftre logée aux premieres, la raifon à celle du milieu, la memoire à celle du derriere: l'apparence y eft fort grande: car l'imagination reçoit tous les obiets fenfibles, elle doit donc eftre fort pres du fens: or eft-il que tous les fens font au deuant de la tefte, l'imagination prefente tous ces objets à la raifon qui les rend immateriels & vniuerfels, il faut donc la loger de fuite. La raifon s'eftant quelque temps feruie de ces belles idées, les donne en garde à la memoire: il faut donc qu'elle foit au derriere & comme dans fon cabinet. Dauantage, l'imagination fe faifant par reception, doit auoir fon fiege en la plus molle partie du cerueau, d'autant que l'impreffion des images fe fait plus aifément en vn corps mol: la memoire qui doit retenir & conferuer les efpeces, demande vne partie plus dure, autrement l'image feroit auffi toft effacée que tracée: la raifon, comme la plus noble, doit eftre logée en la partie du cerueau qui eft la plus temperée. Or il n'y a point de doute que la partie anterieure du cerueau ne foit la plus molle, celle du derriere la plus dure, & celle du milieu la plus temperée: il faut donc croire que l'imagination eft au milieu, & la memoire au derriere.

Les Philofophes qui ont écrit de la phyfionomie, difent que ceux qui ont le derriere de la tefte bien éminent ont la memoire fort heureufe: ceux qui ont le front grand, fort efleué & comme en boffe, ont l'imaginatiue tres-belle: & ceux à qui les deux éminences defaillent, font ftupides, fans imagination & fans memoire. Si nous voulons (dit Ariftote en fes Problémes) bien imaginer, nous ridons le front & le retirons en haut: fi nous voulons nous refſouuenir de quelque chofe, nous baiffons la tefte, & nous frottons au derriere, qui monftre bien que l'imagination eft au deuant, & la memoire au derriere. On a bien fouuent remarqué que le derriere de la tefte eftant bleffé, la memoire s'en eft perduë tout à l'inftant. I'adioufteray pour fortifier le party des Arabes, que la forme & capacité des ventres du cerueau femble monftrer au doigt le fiege de ces trois puiffan-

[marginalia:]
Opinions differentes touchant le fiege de ces trois puiffances.
Les Grecs les logent par tout le cerueau.

Opinion des Arabes contraire Raifon.

Seconde.

Troifiéme.

Quatriéme.

Cinquiéme.

Sixiéme.

ces. Le quatriéme ventre a la forme pointuë, afin que les efpeces foyent plus vnies, & que la reflexion fe puiffe mieux faire au troifiéme, où eft la raifon : les deux premiers font les plus capables, pource qu'ils reçoiuent les premiers objets qui ne font pas encore purifiez : celuy du milieu eftoit le plus propre pour la raifon, d'autant qu'elle pourroit receuoir les images des deux premiers, & les ayant ou-

septiéme. bliés, les rechercher comme dans fes plus fecrets archifs au dernier. En fin ce qui a fait opiniaftrer les Arabes de fouftenir que ces trois puiffances auoyent leur lo-gis à part, eft qu'ils ont fouuent remarqué qu'vne des trois pouuoit eftre offen-fée, fans que l'autre le fuft ; l'imagination eft bien fouuent deprauée, la raifon demeurant en fon entier, & au contraire : combien y a-il de phrenetiques & de melancholiques qui difcourent tres-bien auec leurs folles & veines imaginations: Galien recite deux hiftoires de deux phrenetiques, l'vn defquels auoit l'imagina-tion troublée, & la raifon du tout entiere : l'autre auoit l'imagination entiere, & la raifon troublée. Nous en voyons vne infinité qui perdent du tout la memoi-re, & ne laiffent pas de bien difcourir. Thucydide raconte qu'en cette grande pefte qui depeupla quafi toute la Grece, il y en euft plus d'vn milion qui oublie-rent tout iufqu'à leur nom propre, & pour cela ils ne deuindrent pas fols. Maffa-la Coruin fortant d'vne maladie, n'eut pas fouuenáce de fon nom propre. Trape-zonce fut fort fçauant eftant ieune, mais approchant de fa vieilleffe, oublia tout entierement. Puis donc qu'vne de ces puiffances peut eftre feparément offenfée,

Conclufion. il faut croire qu'elles ont chacune leur fiege particulier. Si c'eftoit à moy à vuider cette querelle, ie dirois que les Grecs ont plus fubtilement philofophé, & que leur opinion eft la plus veritable : mais que celle des Arabes fera toufiours la plus fuiuie du vulgaire, pour auoir plus d'apparence. Ie n'enfonceray pas cette difpu-te plus auant : il me fuffit de faire voir que l'ame a trois puiffances nobles qui lo-gent toutes dans le cerueau, qui font paroiftre l'homme admirable fur toutes les creatures, qui le rendent capable de gouuerner tout le monde, & qui luy don-nent le tiltre d'animal fociable ou politique.

Que cét animal plein de diuinité s'abbaiffe par fois tellement, & fe depraue par vne infinité de maladies, qu'il deuient comme befte.

CHAPITRE II.

Mifere de l'homme.

E viens d'efleuer l'homme iufqu'au plus haut degré de fa gloire, le voila le plus accomply d'entre les animaux : ayant, comme i'ay dit, en fon ame grauée l'image de Dieu, & en fon corps le modele de l'Vniuers. Ie le veux maintenant reprefenter le plus chetif & miferable animal du monde, defpoüillé de toutes fes graces, priué de iugement, de raifon, & de confeil, ennemy des hommes & du Soleil, errant & vagabond par les lieux folitaires : bref, tellement

Deprauation de l'ame feule. depraué, qu'il n'a plus rien de l'homme. Cette deprauation fe voit bien fouuent en l'ame feule, le corps demeurant fain & fans tache : comme quand l'homme, par fa malicieufe volonté deuenu apoftat, efface le diuin charactere, & vient auec l'or-dure du peché polluër le faint temple de Dieu, quand par vn appetit déreiglé il fe laiffe tellement tranfporter à fes paffions, comme à la cholere, haine, & gour-mandife, qu'il deuient plus furieux qu'vn lyon, plus inhumain qu'vn tygre, plus ord & vilain qu'vn pourceau : Ie n'entreprens point de corriger cette deprauation, ie laiſſe ce diſcours aux Theologiens : Qu'on liſe la Philoſophie morale, on y trouuera de fort beaux enſeignemens pour moderer ces folles paſſions. Ie viens à l'autre deprauation qui eſt forcée, & qui peut arriuer aux plus religieux, quand le corps, qui eſt comme le vaiſſeau de l'ame, eſt tellement alteré & corrompu, que toutes ſes plus nobles puiſſances en ſont deprauées, les ſens paroiſſent tous égarez, les mouuemens deſreiglez, l'imagination troublée, les diſcours fols & temeraires, la memoire du tout volage. La premiere deprauation merite chaſtiment, comme eſtant malicieuſe & volontaire : mais celle-cy qui vient par force, & eſt cauſée de la violence des maladies, merite qu'vn chacun en aye compaſſion. Or les maladies qui aſſaillent plus viuement noſtre ame, & qui la rendent priſonniere aux deux puiſſances inferieures, ſont trois, la phreneſie, manie, & melancholie. Contemple les actions d'vn phrenetique, ou d'vn maniaque, tu n'y trouueras rien de l'homme, il mord, il hurle, il mugle vne voix ſauuage, roüe ſes yeux ardents, heriſſe ſes cheueux, ſe precipite partout, & bien ſouuent ſe tuë. Regarde comme vn melancholique ſe laiſſe par fois tellement abbaiſſer, qu'il ſe rend compagnon des beſtes, & n'ayme que les lieux ſolitaires. Ie m'en vay te le pourtraire au vif, & tu iugeras lors quel il eſt. Le vray melancholique (i'entends celuy qui a la maladie au cerueau) eſt ordinairement ſans cœur, touſiours craintif & tremblottant, ayant peur de tout, & ſe faiſant peur à ſoy-meſme, comme la beſte qui ſe mire ; il veut fuyr, & ne peut marcher, il va par tout ſouſpirant & ſanglottant auec vne triſteſſe inſeparable qui ſe change ſouuent en deſeſpoir, il eſt en perpetuelle inquietude de corps & d'eſprit, il a les veilles qui le conſument d'vn coſté, & le dormir qui le bourrelle de l'autre : car s'il penſe donner tréue à ſes paſſions par quelque repos, auſſi toſt qu'il veut fermer la paupiere, le voila aſſailly d'vn million de phantoſmes & ſpectres hydeux, de fantaſques chimeres, de ſonges effroyables ; s'il veut appeller quelqu'vn à ſon ſecours, la voix s'arreſte tout court, & ne peut parler qu'en begayant : il ne peut viure en compagnie ; bref, c'eſt vn animal ſauuage, ombrageux, ſoupçonneux, ſolitaire, ennemy du Soleil, à qui rien ne peut plaire que le ſeul deſplaiſir qui ſe forge mille fauſſes & vaines imaginations.

Or iuge maintenant ſi les tiltres que i'ay donné cy-deuant à l'homme, l'appellant animal diuin & politique, peuuent compatir auec le melancholique. Ne penſe point pour tout cela (ô Athée) conclurre que noſtre ame ſouffre quelque choſe en ſon eſſence, & par conſequent qu'elle ſoit corruptible : elle ne s'altere iamais, & ne peut rien patir, c'eſt ſon organe qui eſt mal diſpoſé, Tu le pourras, ſi tu le veux, entendre, par la comparaiſon du Soleil ; tout ainſi comme le Soleil ne ſent iamais diminution en ſa clarté, encore qu'il ſemble ſouuent s'obſcurcir & s'éclipſer : mais c'eſt ou l'épaiſſeur des nuës, ou la Lune qui ſe met entre-deux : ainſi noſtre ame ſemble ſouuent patir, mais c'eſt ſon inſtrument qui n'eſt pas bien diſpoſé. Il y a vn beau texte dans Hippocrate, à la fin du premier liure de la diete, qui merite d'eſtre graué en lettres d'or. Noſtre ame, dit-il, ne ſe peut changer en ſon eſſence, ny par le boire, ny par le manger, ny par aucun excez ; il faut rapporter la cauſe de toutes ſes alterations, ou aux eſprits auec leſquels elle ſe meſle, ou aux vaiſſeaux par leſquels elle s'écoule. Or l'organe de ces puiſſances nobles eſt le cerueau, qui eſt conſideré du Medecin, ou comme partie ſimilaire, & ſa ſanté conſiſte en la bonne temperature, ou comme organique, & ſa ſanté giſt en la conformation loüable de ſon corps & des cauitez.

Deprauation qui vient par le vice du corps.

Maladies qui attaquent l'ame.

Belle deſcription d'vn melancholique.

Contre les Athées qui penſent l'ame mortelle.

Beau paſſage pour l'immortalité.

Pour les actiõs de l'ame, la teperature & la conforma-tion sont requises.

Les mœurs na-turelles se peu-uent corriger par les acqui-ses.

Histoire tres-belle de Zopy-re & de So-crate.

Toutes les deux sont necessaires pour l'exercice de ces trois facultez : Il est vray que Galien attribuë plus à la temperature qu'à la conformation, & en vn liure tout entier soustient fort & ferme que les mœurs de l'ame suiuent la temperature du corps, tu le verras au chapitre suiuant. Ie ne veux pas toutesfois tant attri-buer à la temperature ou à la conformation, qu'ils puissent du tout forcer nostre ame : car ces mœurs qui sont naturelles & comme nées auec nous, se peuuent cor-riger par les mœurs que les Philosophes nomment acquises. L'histoire de Socra-te le fait assez paroistre. Zopyre grand Philosophe, qui se mesloit de iuger & connoistre à la simple veuë, les mœurs d'vn chacun, comme il eust vn iour con-templé Socrate lisant, estant fort importuné de tous les assistans de dire ce qu'il luy en sembloit, répondit en fin qu'il l'auoit reconnu pour le plus corrompu & vicieux homme du monde. Le rapport en fut soudain fait à Socrate pat l'vn de ses disciples, qui se moquoit de Zopyre. Lors Socrate par admiration s'écria, ô le grand Philosophe ! il a du tout reconnu mes humeurs, i'estois de mon naturel en-clin à tous ces vices, mais la Philosophie morale m'en a destourné : Et à la verité Socrate auoit vne teste fort longue, & mal figurée, le visage difforme, le nez re-troussé. Ces mœurs donc naturelles qui viennent de la temperature & confor-mation du corps, pourueu que ces deux vices ne soyent excessifs, comme aux melancholiques, peuuent estre domptées & corrigées par les mœurs que nous acquerons par la Philosophie morale, par la lecture des beaux liures, & par la frequentation des hommes vertueux.

Qui sont ceux qu'on appelle melancholiques, & comment on doit distinguer, les melancholiques malades d'auec les sains.

CHAPITRE III.

OVs ceux que nous appellons melancholiques ne sont pas tra-uaillez de cette miserable passion, que l'on appelle melancho-lie : il y a des complexions melancholiques qui sont dans les bornes & limites de la santé, laquelle (si nous croyons les an-ciens) a vne fort grande estenduë. Il faut donc pour traiter ce sujet methodiquement, distinguer premierement toutes les differences des melancholiques, afin que la similitude des noms ne trouble la suite de nostre discours. C'est vne chose toute resoluë en la medecine, qu'il y a quatre humeurs en nostre corps, le sang, le phlegme, la cholere, & l'humeur melancholique, qui se trouuent en tout temps, en tout aage, & en toute saison meslées, & confuses ensemble dans les veines mais inégalement : car tout ainsi qu'on ne peut trouuer vn corps auquel les quatre élemens soyent également mixtionnez, & qu'il n'y a point de temperament au monde auquel les quatre qualitez contraires soyent en tout & par tout égales, mais il faut qu'il y en ait tousiours vne qui surpasse : ainsi ne se peut-il voir vn animal parfait auquel les quatre humeurs soyent également mixtionnées ; il y en a tousiours vne qui do-mine, c'est celle qui donne le nom à la complexion : si le sang surpasse les au-tres, on appelle cette complexion sanguine : si le phlegme, phlegmatique : si la cholere, cholerique, ou bilieuse : si la melancholie, melancholique. Ces quatre humeurs, si elles ne sont pat trop excessiues, peuuent fort aisément compatir auec la santé, car elles n'offencent pas les actions du corps sensiblement. Il est

Il y a quatre humeurs en nos corps.

Il y a tousiours vne humeur qui domine.

bien

bien vray que chaque complexion produit ses effects differens, qui rendent les actions de l'ame plus viues ou plus pesantes. Les phlegmatiques sont ordinaire-ment stupides & lourds, ont le iugement tardif, & toutes les puissances nobles de l'ame comme endormies, pource que la substance de leur cerueau est trop crasse, & les esprits qui s'y engendrent trop grossiers:ceux-là ne sont point pro-pres aux grandes charges, ny capables des belles sciences, il ne leur faut qu'vn lict & vne marmite. Les sanguins sont nays par la societé, ils sont quasi tou-siours amoureux, aiment à rire & à plaisanter:c'est la plus belle complexion pour la santé & pour viure longuement, d'autant qu'elle a les deux principales de la vie, qui sont la chaleur & l'humidité,mais ils ne sont pas si capables des grandes charges ny des hautes & difficiles entreprises,pource qu'ils sont impatiens, & ne peuuent s'occuper long temps à vne chose,estans ordinairement distraits par les sens & par les delices, ausquelles naturellement ils sont adonnez. Les bilieux ou choleriques, pource qu'ils sont chauds & secs, ont l'entendement subtil & plein de gentilles inuentions:mais ils ne s'enfoncent gueres aux profondes contem-plations, il ne leur faut pas mettre en main des affaires où la longueur & le tra-uail du corps y soient requis, ils n'y sçauroient vaquer : le corps & les esprits les empeschent:leurs esprits sont dissipables pour la tenuité,&leurs corps debiles ne peuuent endurer longues veilles : I'adiousteray ce que dit Aristote en ses Mora-les,qu'ils aiment la varieté des objets : & pour cette occasion ne sont pas si pro-pres aux deliberations d'importance. Les melancholiques sont tenus pour les plus capables des grandes charges & hautes entreprises. Aristote en ses Proble-mes écrit, que les melancholiques sont les plus ingenieux, mais il faut entendre sainement ce passage,car il y a plusieurs especes de melancholie : il y en a vne qui est du tout grossiere & terrestre,froide & seiche:il y en a vne autre qui est chaude & aduste, on la nomme *attrabilis* : il y en a encore vne qui est meslée auec vn peu de sang, ayant toutesfois plus de secheresse que d'humidité. Celle qui est froide & terrestre,rend les hommes du tout grossiers & tardifs en toutes leurs actions,& du corps & de l'ame, timides, paresseux & sans entendement:on l'appelle melan-cholie asinine:celle qui est chaude & bruslée rend les hommes furieux & incapa-bles de toutes charges. Il n'y a donc que celle qui est meslée auec vn peu de sang qui rend les hommes ingenieux, & qui les fait exceller sur les autres,les raisons y sont toutes claires : le cerueau de ces melancholiques n'est ny trop mol, ny trop dur: il est vray que la secheresse y domine.Or Heraclite disoit souuent que la lu-miere seche rendoit l'ame plus sage: il y a fort peu d'excremens en leur cerueau, les esprits en sont plus nets,& ne se dissipent pas aisément, ils ne sont gueres de-stournez de leurs sens,leur imagination est fort profonde, la memoire plus fer-me, le corps robuste pour endurer du trauail: & quand cette humeur s'échauffe par les vapeurs du sang,elle fait comme vne espece de saincte fureur, qu'on ap-pelle enthousiasme,qui fait philosopher,poëtiser, & prophetiser:de sorte qu'elle semble auoir quelque chose de diuin. Voilà les effets des quatre complexions,& comme elles peuuent toutes quatre estre dans les limites de la santé.Ce n'est pas donc de ces melancholiques sains,que nous voulons parler en ce discours : nous traitterons seulement des malades,& de ceux qui sont trauaillez de cette passion, qu'on appelle melancholique,laquelle ie m'en vay d'écrire.

EE

Effets de l'hu-meur phleg-matique.

La complexion sanguine à quoy est propre.

Les choleri-ques à quoy sont propres.

Les melan-choliques inge-nieux.

Trois especes de melancholi-ques.

Pourquoy les melancholi-ques sont in-genieux.

Des maladies melancholiques,

Definition de la melancholie, & toutes ses differences.

CHAPITRE IV.

D'où est-ce que la melancholie a pris son nom.

LES maladies prennent communément leur nom ou de la partie qu'elles attaquét, ou de quelque fascheux accident qui les accompagne, ou de la cause qui les engendre : La melancholie est au rang de ces derniers, car ce nom luy a esté donné pource qu'elle est causée d'vne humeur melancholique. Nous la definirons auec les bons autheurs, vne espece de réuerie sans fiéure, accompagnée d'vne peur & tristesse ordinaire, sans aucune occasion apparente. La réuerie tient en cette definition le nom de genre, les Grecs l'appellent

Differences de réueries.

plus proprement παραφροσύνη, les Latins delyrium. Or il y a deux sortes de réueries, l'vne est auec fiéure, l'autre sans fiéure : celle qui est auec fiéure, ou est continuë, & trauaille tousiours le malade, ou elle reprend par interualles : la continuë se nomme proprement phrenesie, qui vient ou par l'inflammation du cerueau & de ses membranes, ou par l'inflammation du diaphragme : c'est pourquoy les anciens Grecs la nommoient φρενις : celle qui donne relasche, arriue ordinairement aux fiéures ardantes, & à la vigueur des fiéures tierces : on l'appelle παραφρενίτις. L'autre espece de réuerie est sans fiéure, qui est ou auec rage & furie, on la nomme manie : ou auec peur & tristesse, & s'appelle melancholie. La melancholie donc-

Qu'est-ce que réueries.

ques est vne réuerie sans fiéure auec peur & tristesse. Nous appellons réuerie lors qu'vne des puissances nobles de l'ame, comme l'imagination, ou la raison, sont deprauées. Tous les melancholiques ont l'imagination troublée, pource qu'ils se forgent mille fantasques chimeres, & des objets qui ne sont pas : ils ont

Pourquoy la melancholie est sans fiéure.

aussi bien souuent la raison deprauée. Il ne faut donc pas douter que la melancholie ne soit vne réuerie, mais elle est ordinairement sans fiéure, pource que l'humeur est seche, & a ces deux qualitez froideur & secheresse, qui resistent du tout à la pourriture : de sorte qu'il n'en peut exaler non plus que des cendres aucune vapeur pourrie qui puisse estre rapportée au cœur pour y allumer la fiéure. La peur & la tristesse sont accidens inseparables de cette miserable passion pour les raisons que ie deduiray au chapitre suiuant. Voilà la melancholie décrite comme vn symptome ou accident, qui se rapporte à l'action blessée, c'est à sçauoir à l'imagination & raison deprauée. Cet accident est comme vn effect de quelque cause, & depend immediatement d'vne maladie : car comme l'ombre suit le corps, ainsi le symptome suit & accompagne la maladie. Tous les Medecins

La melancholie est vne maladie similaire.
Le cerueau est offensé en sa temperature.

Grecs & Arabes pensent que la cause de cet accident est vne maladie similaire, c'est à sçauoir l'intemperature froide & seche du cerueau. Le cerueau donc est la partie offensée, non pas en sa conformation, car il n'y a point de tumeur contre Nature, ses ventres ne sont ny pressez, ny remplis comme à l'apoplexie & au haut mal, mais en sa propre substance & temperature : son temperamét est alteré, il est par trop desseché & refroidy. Hippocrate en ses Epidemies, & aux Aphorismes, l'a tres-bien remarqué. Les epileptiques, dit-il, deuiennent souuent melancho-

Comment les melancholiques deuiennent epileptiques.

liques, & les melancholiques epileptiques, selon que l'humeur melancholique

occupe les ventres ou la subftance du cerueau, fi cette humeur altere la temperature qu'il appelle l'ame (pource qu'il femble que les actions plus nobles de l'ame
s'exercent par cette temperature) fans doute elle caufera la melancholie: mais fi
elle fe répand dans les ventres & cauitez de cerueau, fera le haut mal d'autant que
les ventres eftans preffez, & l'efprit ne pouuant aller librement aux nerfs, le cerueau fe retire, & tire quant & foy fa grand' queuë, d'où viennét tous les nerfs, qui
eft caufe de cette contraction vniuerfelle. Ie croy la definition de la melancholie eft affez éclaircie par ce petit difcours: venós maintenant à fes differences.
Il y a trois differences de melancholie: l'vne vient par le vice propre du cerueau:
l'autre vient par fympathie de tout le corps, quand tout le temperament & toute
l'habitude eft melancholique: la derniere vient des hypochondres, c'eft à dire,
des parties qui y font contenuës, mais fur tout de la rate, du foye, & du mefentere.
La premiere s'appelle abfoluëment & fimplement melancholie, la derniere auec
addition fe nomme melancholie hypochondriaque ou venteufe: La premiere eft
la plus fafcheufe de toutes, trauaille continuellement fon fubjet, & luy donne
fort peu de relafche: l'hypochondriaque ne le traite point du tout fi rudement,
elle a fes periodes, & fait bien fouuent tréue auec fon malade. La premiere a
plufieurs degrez de malice: fi elle n'a rien d'extraordinaire, ne changera point
fon nom: mais fi elle deuient du tout fauuage, elle s'appellera lycanthropie: fi
elle vient de cette rage & violente paffion qu'on nomme Amour, erotique. L'hypochondriaque auffi a fes degrez, il y en a de bien legeres, il y en a de bien violentes. Or ie traitteray de toutes ces efpeces par ordre, commençant à celle qui a
fon fiege dans le cerueau.

Difference de
la melancholie.

De la melancholie qui a fon propre fiege au cerueau, de tous les accidens qui
l'accompagnent : & d'où viennent la peur, la trifteffe, les veilles,
les fonges horribles & autres fymptomes.

CHAPITRE V.

A melancholie qui vient par l'intemperature feche
& froide du cerueau, eft ordinairement accompagnée
de tant de diuers & fafcheux accidens, qu'elle doit
émouuoir vn chacun à compaffion ; car le corps n'en
eft pas feulement tranfi, mais l'ame en eft encores plus
gehennée. Voicy tous les tyrans & bourreaux du
melancholique: la peur l'accompagne toufiours, & le
faifit parfois d'vn tel eftonnement, qu'il fe fait peur
à foy-mefme : la trifteffe ne l'abondonne iamais, le
foupçon le talonne de prés, les foufpirs, les veilles, les fonges effroyables, le filence, la folitude, la honte, & l'horreur du Soleil, font comme accidens infeparables de cette miferable paffion. Icy nous auons vn beau champ pour philofopher : ie m'en vay pour plaifir égayer à rechercher toutes les caufes de ces accidens, commençant à la peur. Les plus grands Medecins font en difpute d'où
vient cette frayeur des melancholiques. Galien rapporte tout à la couleur de

Les accidens
qui fuiuent le
melancholique.

Pourquoy les
melancholiques

ont toufiours
peur.

l'humeur qui eft noire , & penfe que les efprits eftans rendus fauuages, & la fubftance du cerueau comme tenebreufe,tous les objets fe reprefentét hideux, l'ame
eft en perpetuelles tenebres. Et tout ainfi comme nous voyons que la nuict apporte de foy quelque effroy, non feulement aux enfans, mais quelquesfois aux
plus affeurez, ainfi les melancholiques ayans dans leur cerueau vne continuelle
nuict, font en crainte perpetuelle. Auerrhoës plus fubtil Philofophe que grand
Medecin,& ennemy iuré de Galien,fe mocque de cette raifon.La couleur, dit-il,
ne peut eftre caufe de cette peur,pource que la couleur ne peut alterer que l'œil,&
eft feulement objet de la veuë, l'ame ne peut voir fans les yeux. Or il n'y a point
d'yeux dans le cerueau : comme donc fe pourra-elle troubler de la noirceur de
l'humeur melancholique,puis qu'elle ne la peut voir?l'adioufteray pour renforcer le party d'Auerrhoës , que tant s'en faut que la couleur noire foit caufe de
cette peur aux melancholiques,que c'eft la couleur qu'ils aiment le plus, ils font
ennemis du Soleil & de la lumiere, fuiuent les tenebres par tout, recherchent les
lieux ombrageux,marchent bien fouuent la nuict,& auec plus d'affeurance que
le iour. Dauantage,la manie eft caufée d'vne humeur auffi noire , que la melancholie, car l'humeur atrabilaire eft toute noire, & luifante comme de la poix,qui
peut noircir tout de mefme les efprits & le cerueau. Or eft-il que les maniaques
ne font nullement craintifs,ils font hardis & furieux,n'apprehendent aucun danger,fe precipitent au trauers des flammes & des coufteaux.En fin fi le noir nous
épouuantoit, il faudroit que la couleur blanche nous rendift hardis : or eft-il
que ceux qui abondent en phlegmes font ordinairement timides : La couleur doncques ne peut eftre la caufe de cette peur. Il faut (dit Auerrhoës) que
ce foit la temperature de l'humeur melancholique, qui eft froide, & qui produit
des effets contraires à la chaleur. Le chaud rend les hommes hardis, remuans,&
precipitez en toutes leurs actions : Le froid au contraire les rend timides, pefans
& mornes. Tous ceux qui font d'vn temperament froid deuiennent craintifs:
les vieilles gens ordinairement font timides , & les eunuques auffi : les femmes
font toufiours plus paoureufes que les hommes, bref,les mœurs de l'ame fuiuent
le temperament du corps. Voilà ces deux grands perfonnages bien differens en
opinion,ie penfe qu'on les pourra accorder fi on joinct ces deux caufes enfemble,la temperature de l'humeur comme la principale , & la couleur noire des efprits comme celle qui peut beaucoup aider. L'humeur melancholique eftant
froide, refroidit non feulement le cerueau, mais auffi le cœur, qui eft le fiege de
cette puiffance courageufe,qu'on nomme irafcible,& abat fon ardeur;de là vient
la crainte:la mefme humeur eftant noire , rend tous les efprits animaux qui doiuent eftre purs, fubtils,clairs & lumineux,les rend,dy-ie groffiers,obfcurs, & cóme tous enfermez:or l'efprit eftant le premier & principal inftrument de l'ame,
s'il eft noircy & refroidy tout enfemble, trouble fes plus nobles puiffances,& fur
tout l'imagination:luy reprefenntant toufiours des efpeces noires,& des vifions
eftranges qui peuuent eftre veuës de l'œil encores qu'elles foient au dedans. C'eft
vne fubtilité qu'on n'a(peut-eftre)encores apperccuë, & laquelle fert infiniment
pour la deffence de Galien : l'œil ne voit point feulement ce qui eft dehors,il voit
auffi ce qui eft au dedans ; encores qu'il le iuge externe. Ceux qui ont quelque
commencement de fuffufion voyent plufieurs corps voletans comme formis,
moufches & poils longs, ceux qui vomiffent de mefme. Hippocrate & Galien
entre les fignes de flux de fang critique,mettent ces vifions fauffes, on void des
corps rouges par l'air,qui n'y font pas pourtant , car vnchacun les verroit : c'eft

Auerrhoës fe
moque de Ga-
lien.
La couleur
n'eft point cau-
fe de la peur.
Raifon pre-
miere.
Seconde.

Troifiéme.

Quatriéme.

Opinion d'A-
uerrhoës.

Opinion de
l'autheur.

Que nous
pouuons voir
quelque chofe
au dedans.

vne vapeur interieure qui se represente au crystalin selon sa propre couleur : si elle vient du sang, paroist rouge : si de la cholere, iaune : pourquoy donc la vapeur de l'humeur melancholique, & des esprits qui sont tous noirs, ne se pourra-elle voir en sa propre couleur, & se representer ordinairement à l'œil, & puis à l'imagination ? Le melancholique peut voir ce qui est dans son cerueau, mais c'est sous vne autre espece, pource que les esprits & vapeurs noires vont continuellement par les nerfs, veines & arteres du cerueau iusques à l'œil, qui luy font voir plusieurs ombres & phantosmes en l'air, de l'œil les especes sont rapportées à l'imagination, qui les ayant quasi toutes presentes, demeure tousiours en effroy. Ce qui me fait ioindre la couleur noire auec la temperature, est, que bien souuent le cerueau est refroidy, & toutesfois on n'a ny cette peur, ny ces spectres hydeux. Le phlegme est encores plus froid que l'humeur melancholique, & cependant il ne trouble pas l'imagination, pource que sa blancheur a quelque similitude auec la substance du cerueau, & auec la couleur & clarté des esprits : mais l'humeur melancholique en est du tout ennemie. Nos esprits ont la froideur & les tenebres pour aduersaires, sentans le froid, ils se retirent au dedans, & comme les tenebres arriuent s'enfuyent en leur citadelle, abandonnent les extremitez, & nous font dormir : l'humeur melancholique a tous les deux, elle est froide & tenebreuse : il ne se faut donc pas estonner si elle trouble les puissances nobles de l'ame, puis qu'elle infecte & noircit son principal organe, qui est l'esprit, lequel allant du cerueau à l'œil, & de l'œil au cerueau, peut faire ces visions noires, & les representer tousiours à l'ame. Voilà le premier accident des melancholiques : ils ont tousiours peur, craignent tout, mesme ce qui est le plus asseuré, sont sans cœur, honorent leurs ennemis, & abusent de leurs amis, apprehendent la mort, & toutesfois (ce qui est estrange) la desirent souuent, iusques à se precipiter eux-mesmes ; mais c'est lors que la crainte se tourne en desespoir : il est vray que cela n'arriue point si souuent aux melancholiques comme aux maniaques. Nous auons fort peu d'exemples des vrays melancholiques qui se soient tuez, mais des furieux, il s'en trouue beaucoup, & des plus grands personnages. Empedocle Agrigentin deuenu maniaque, se precipita dans les flammes du mont Ætna. Aiax Telamonien deuenu forcené pource qu'on luy auoit refusé les armes d'Achille, & qu'on les auoit adiugées à Vlysse, passa vne partie de sa rage sur tout le bestail qu'il trouuoit, pensant tuër Vlysse & tous ses compagnons. Cleamenes insensé se tua de son propre glaiue. Orestes ayant tué sa mere Clytemnestra, fut tellement agité de sa manie, que si son amy Pylades ne l'eust soigneusement gardé, il se fust cent fois precipité. Il arriue donc plus souuent aux maniaques qu'aux melancholiques de se tuër.

Le second accident qui n'abandonne gueres les melancholiques, est la tristesse, ils pleurent, & ne sçauent dequoy : ie croy que l'intemperature de l'humeur en est cause : car comme la ioye vient de chaleur & d'humidité temperées, ainsi la tristesse vient de deux qualitez contraires qui se trouuent en cette humeur. Les sanguins ordinairement sont ioyeux, pource qu'ils ont de l'humide meslé auec le chaud : les choleres sont chagrins & fascheux, pource que leur chaleur est seche, & a comme vne poincte : les melancholiques sont tristes & refroignez, pource qu'ils sont froids & secs. Ainsi ce pauure Bellerophon, qui est si bien décrit dans Homere, alloit errant par les deserts, se lamentant & plaignant tousiours. Et le Philosophe Ephesien nommé

L'humeur melancholique dit tout contraire à nos esprits.

Les maniaques se tuënt plus souuent que les melancholiques. Exemple.

Pourquoy les melancholiques sont tristes.

Des maladies melancholiques,

Heraclite, viuoit en perpetuelles pleurs, pource (dit Theophraste) qu'il estoit melancholique : Ses écrits tous confus & noircis d'obscurité le témoignent assez.

Pourquoy les melancholiques font foupçon-neux.

Le soupçon suit ces deux accidens de prés, le melancholique est tousiurs soupçonneux : s'il voit deux ou trois qui parlent ensemble, il pense que c'est de luy. La cause du soupçon vient de la crainte, & du discours oblique : car ayant tousiours peur, il croit qu'on luy dresse des embuscades, & qu'on le veut tuër. Les melancholiques (dit Aristote) s'abusent ordinairement aux choses qui dépendent de l'eflection, pource qu'ils oublient bien souuent les propositions vniuerselles, ausquelles consiste l'honnesteté, & suiuent plustost les mouuemens de leur folle imagination.

Pourquoy ils font en inquie-tude.

Ils font en perpetuelle inquietude & de corps & d'esprit, ils ne peuuent répondre estans interrogez, & changent souuent d'vn genre en l'autre. L'inquietude vient de la diuersité des objects qui se proposent, car receuant toutes les especes, & les imprimant en forme de déplaisir, ils font contraints de changer souuent, & d'en rechercher de nouuelles, lesquelles ne leur estant pas plus agreables que les premieres, les entretiennent en cette inquietude.

Pourquoy les melanchoi-ques foufpirent fouuent.

Les melancholiques soufpirent ordinairement, pource que l'ame estant occupée à la verité des phantosmes, ne se ressouuient pas de respirer, de façon que la Nature est contrainte de tirer en vn coup autant d'air qu'elle faisoit en deux ou trois; & cette grande respiration s'appelle soufpir, qui est comme vn redoublement d'haleine. Autant en arriue-il aux amoureux, & à tous ceux qui font attentifs à quelque profonde contemplation, les badaux mesme qui s'amusent à voir quelque belle peinture, font contraints de ietter vn grand soufpir, ayant leur volonté, qui est la cause efficiente de la respiration, du tout distraitte & occupée à cette image.

Pourquoy ils veillent & ne peuuent dor-mir.
Les causes du dormir.

Il y a vn accident bien fascheux qui consomme les pauures melancholiques, les veilles continuelles. I'en ay veu qui ont demeuré trois mois entiers sans dormir. Or les causes de ces veilles feront assez aisées à entendre, si nous sçauons ce qui nous fait dormir. On remarque au sommeil la cause materielle, finale, formelle & instrumentaire. La matiere du dormir est vne vapeur douce, qui est esleuée de la premiere & seconde digestion, laquelle venant par sa moiteur à relascher & boucher tous les nerfs, fait que tout sentiment & mouuement cesse. La cause finale est la reparation des esprits, & le repos de toutes les facultez animales, lesquelles estant lassées par vn continuel exercice, demandent vn peu de relasche : cette fin ne se peut obtenir si l'ame qui exerce toutes les actions ne iouyt de quelque tranquillité ; ainsi la pauure Didon toute troublée, ne pouuoit voir la nuict ny des yeux, ny de la poictrine : La forme du dormir consiste en la retraite des esprits, & de la chaleur naturelle du dehors au dedans, & de toute la circonference au centre. La cause instrumentaire est le cerueau, qui doit estre bien temperé : car s'il est trop chaud, comme aux phrenetiques, ou sec, comme aux viellards, le dormir ne sera iamais paisible. Aux melancholiques la matiere defaut, l'ame

Les causes des veilles aux melancholi-ques.

n'est point en repos, le cerueau est mal disposé, la matiere est vne humeur melancholique, seche comme la cendre, de laquelle ne se peut esleuer aucune vapeur douce, le cerueau est intemperé & du tout desseché, l'ame est en perpetuelle inquietude : car la peur qu'ils ont leur represente tousiours des fascheux objects qui les rongent & les empeschent de dormir. Que si par fois il arriue qu'ils soient surpris de quelque sommeil, c'est vn dormir fascheux, accompagné de mille phantosmes hideux, & de songes si effroyables, que les veilles leur sont plus agreables. La cause de tous ces songes se rapporte à la pro- *La cause des* prieté de l'humeur: car comme le phlegmatique songe ordinairement vn rauage *songes hideux.* d'eaux, le cholerique vn embrasement : ainsi le melancholique ne songe que de morts, sepulchres, & toutes choses funestes, pour ce qu'il se presente à l'imagina- tion vne espece semblable à l'humeur qui domine, de laquelle la memoire vient à s'éueiller, ou pource que les esprits estans comme sauuages, & tous noircis, voltigeans par tout le cerueau, & se pourmenant iusques à l'œil, representent à l'imagination toutes choses obscures.

Les melancholiques sont aussi ennemis du Soleil, & fuyent la lumiere, pour- *Pourquoy ils* ce qu'ils ont leurs esprits & humeurs du tout contraires à la lumiere. Le Soleil est *ayment les te-* clair & chaud, l'humeur melancholique est noire & froide. Ils aiment la solitu- *nebres.* de, pource qu'estans occupez & attentifs à leur imagination, craignent d'en estre distraits par la presence des autres & les fuyent : or ce qui les rend attentifs est qu'ils ont les esprits grossiers & comme immobiles.

Ils ont les yeux fixes & comme immobiles pour la froideur & seicheresse de l'organe, ils ont vn sifflement d'oreilles, endurent par fois le vertige : & comme *La cause de* remarque Galien: aiment infiniemnt le silence, & bien souuent ne peuuent par- *leur silence.* ler, non pas par le vice de la langue, mais plustost par ie ne sçay quelle opiniastre- té: en fin ils se forgent tousiours quelque imagination estrange, & ont quasi tous vn objet particulier qui ne se peut effacer qu'auec le temps.

D'où vient que les melancholiques ont des particuliers objets tous differents,
sur lesquels ils resuent.

CHAPITRE VI.

L'Imagination des melancholiques, selon la diuersité des suiets produit des effets si differens, qu'il ne s'é trouuera pas cinq ou six parmy dix mille : qui resuent de mesme façon: de sorte que les anciens ont tres-bien côparé cet- te humeur au vin: Car tout ainsi que le vin, selon le tem- *Comparaison* perament & les mœurs de ceux qui le boiuent, produit *du vin auec* des effets differens, fait rire les vns & pleurer les autres: *l'humeur me-* rend les vns assopis & lourds, les autres trop éueillez & *lancholique,* furieux : Ainsi cette humeur trouble en diuerses façons l'imagination. Cette di- *D'où vient la* uersité vient ou de la disposition du corps, ou de la façon de viure, & de l'estude *diuersité de ces* auquel on s'applique le plus, ou de quelque autre cause occulte. La disposition du *Spectres.* corps represent e les objets du tout semblables, ou qui en approchent de bien prés, pourueu que l'occasion, c'est à dire, quelque cause externe s'y ioigne. Ceux *Premiere cau-* qui seront d'vn temperament extrémement sec, & auront le cerueau fort aride: *se.* s'ils voyent ordinairement vne cruche ou vn verre, qui sont obiets assez frequés, penseront estre deuenus cruches ou verres. Ceux qui auront des vers en l'esto- mach ou aux intestins, s'imprimeront fort aisément, s'ils sont melancholiques, qu'ils ont vn serpent, vne vipere, ou quelque autre animal dans le ventre : ceux qui sont plains de vent penseront bié souuent voler en l'air, & estre transformez

en oifeaux : ceux qui abondent en femence deuiendront enragez apres les femmes, & auront toufiours cet objet deuant leurs yeux. Toutes ces imaginations fuiuent la difpofition du corps: & comme nous voyons qu'en dormant il nous arriue fouuent de fonger mille chofes eftranges qui fuiuent la temperature du corps,
& le naturel de l'humeur qui domine (c'eft pourquoy on appelle ces fonges, naturels) ainfi les melancholiques peuuent & en dormant & en veillant s'imprimer
mille phantofmes qui fuiuent la proprieté de l'humeur. Il y a toutesfois difference au moyen de l'impreffion, car les fpectres, qui fe reprefentent aux fains en dormant, s'écoulent & n'ont point d'arreft, pource que la difpofition eft legere: mais
aux melancholiques le cerueau femble defia auoir acquis vne habitude, & puis
l'humeur qui eft feiche & terreftre ayant en vn corps dur graué fon image, ne la
laiffe pas aifément effacer.

Seconde caufe de ces imagi-nations diuer-fes.
Il y a d'autres imaginations aux melancholiques qui ne viennent pas de la
difpofition du corps, mais de la façon de viure, & de l'eftude auquel ils fe font
le plus addonnez. Toutes les conditions des hommes & toutes leurs mœurs ne
font pas femblables, l'vn fe nourrit à l'auarice, l'autre à l'ambition: l'amour plaift
à cettuy-cy, la deuotion à celuy-là. Cette humeur doncques imprimera aux
melancholiques des objets conformes à leur condition, & à leurs actions ordinaires. S'il arriue qu'vn ambitieux deuienne melancholique, il s'imaginera
qu'il eft Roy, Empereur, Monarque: Si c'eft vn auaricieux, toute fa folie fe
tournera vers les richeffes: fi la deuotion luy plaifoit, il ne fera que barboter, &
n'abandonnera iamais les temples: Si c'eft vn amoureux il n'aura que fes amours
en idée, il courra apres fon ombre: autant en pourra-on dire de ceux qui aiment
les procez, ou de ceux qui en fanté s'eftoient paffionnez à quelque fujet particulier.

Troifiéme caufe.
En fin nous remarquons en certains melancholiques des imaginations fi
eftrangeres, qu'on ne les peut rapporter, ny à la complexion du corps ny à la
condition de leur vie, la caufe en eft inconnuë, il femble qu'il y ait quelque myftere caché. Les anciens ont creu qu'il y auoit en cette humeur θεῖόντι, quelque
chofe de diuin. Rhazis & Trallian efcriuent auoir veu plufieurs melancholiques qui ont fouuent predit ce qui eftoit depuis aduenu. Il y a vn Medecin Ara-
Comparaifon du melancholi-que au bon ve-neur.
be qui compare les melancholiques aux bons veneurs: Tout ainfi (dit-il) qu'vn
bon veneur auant que lafcher fon coup & débander fon arc s'affeure de voir
la befte par terre: ainfi le melancholique par la precipitation de fon imagination voit fouuent ce qui doit aduenir comme s'il luy eftoit prefent. Nous lifons
qu'vn Marcus & vn autre Melanthius Syracufain deuindrent bons Poëtes apres
leur melancholie. Auicenne remarque que les les melancholiques font parfois
des chofes fi eftranges, que le vulgaire penfe qu'ils foient poffedez d'vn démon.
Combien y a-il en noftre temps de grands perfonnages qui font difficulté de
condamner ces vieilles forcieres, & qui croyent que ce n'eft qu'vne humeur
melancholique, qui depraue leur imagination, & leur imprime toutes ces va-
Conclufion.
nitez? Ie ne veux point m'enfoncer plus auant en ce difcours, le fubjet meri-
teroit vn plus grand loifir. Concluons donc que la diuerfité des objets qu'vn
melancholique s'imprime, vient ou de la difpofition du corps, ou de la condition de fa vie, ou de quelque autre caufe qui eft par deffus la nature. Ceux qui
n'ont peu du premier coup comprendre toutes ces raifons, les entendront, à
mon aduis, s'ils ont la patience de lire ce petit difcours, qui feruira infiniment
pour efclaircir ce fujet, & ne fera point hors de propos. Il arriue tout de mef-

me aux melancholiques comme à ceux qui songent , & autant remarquons nous
de causes aux vns qu'aux autres : le songe se rapporte aussi bien à l'imagination *Trois differen-*
que la melancholie. Or nous faisons trois sortes de songes : les vns sont naturels: *ces des songes.*
les autres animaux : les derniers sont par dessus ces deux. Les naturels suiuent la *Songes natu-*
nature de l'humeur qui domine : Celuy qui est cholere ne songe que de feux , de *rels.*
batailles, d'embrasemens : le phlegmatique pense tousiours estre dans les eaux.
La connoissance de ces songes est necessaire au bon Medecin pour connoistre la
complexion & temperament de son malade. Hippocrate en a fait vn petit liuret, qui a esté commenté par ce grand personnage Iule Cæsar de la Scale. Galien
en a fait vn autre, auquel il enseigne que par ces songes naturels on peut predire
l'éuenement des maladies. Ceux , dit-il, qui doiuent suër, songent ordinairement qu'ils sont dans vn bain d'eau tiede, ou dans vne riuiere. Il y en eut vn qui
songea que sa cuisse estoit deuenuë de pierre, & comme il fut esueillé, la mesme *Songes ani-*
cuisse tomba en paralysie. Le second genre de songes est de ceux qu'on appelle *maux.*
animaux , qui viennent de quelque perturbation de l'ame. On definit ce songe
vne representation de ce qui a passé le iour, ou par les sens ou par l'entendement:
ce sont quasi les plus frequens : car si nous auons veu, ou pensé, ou discouru le
iour de quelque chose auec beaucoup d'affection, la nuict le mesme objet se re-
presentera. Le pescheur , dit Theocrite , songe ordinairement de poissons , de
riuieres, de reths : le soldat des alarmes, de surprise des villes, de trompettes : l'a- *Songes super-*
moureux ne resue la nuict qu'à ses amours. Le dernier genre des songes est par *naturels.*
dessus la nature, par dessus tous les sens, & par dessus l'entendement humain: *Songes diuins.*
ces songes ou sont diuins ou diaboliques : les diuins viennent de Dieu, qui nous
aduertit bien souuent de ce qui nous doit arriuer , & nous enuoye des reuela-
tions plaines de grands mysteres. Tels ont esté au vieil Testament les songes
d'Abraham, Iacob , Ioseph , Salomon , Nabuchodonosor, Pharaon, Daniel,
Mardochée: & au nouueau de saint Ioseph, des trois Roys d'Orient , de saint *Songes diabo-*
Paul. Les songes diaboliques arriuent souuent par l'astuce du malin esprit qui *liques.*
va tousiours tournoyant à l'entour de nous, & tasche de nous attraper en veillant
ou en dormant. Il nous represente donc bien souuent des choses estranges , &
nous descouure en dormant des secrets , qui semblent estre cachez à la nature
mesme, il trouble nostre imagination par vne infinité de vaines illusions. Voylà
toutes les causes des songes. Autant en pouuons nous dire des melancholiques.
Leur imagination est troublée en trois façons seulement: par la nature, c'est à di- *L'imagination*
re , par la complexion du corps : par l'ame, c'est à dire, par quelque violente pas- *des melancho-*
sion à laquelle ils s'estoient adonnez : & par l'entremise des malins demons, *liques troublée*
qui les font bien souuent predire & imaginer des choses estranges. *en trois façons.*

Des maladies melancholiques,

Histoire de certains melancholiques qui ont eu d'estranges imaginations.

CHAPITRE VII.

'Ay assez amplement décrit tous les accidens qui accompagnent les vrays melancholiques, & ay recherché les causes de toutes ces varietez : il faut maintenant qu'en ce chapitre, pour donner du plaisir au lecteur, ie propose, quelques exemples de ceux qui ont eu des plus bizarres & foles imaginations : i'en

emprunteray des Grecs, des Arabes, des Latins, & en adiousteray de celles que i'ay veu. Galien au troisiéme liure des parties malades en recite trois ou quatre assez remarquables.

Il y auoit vn melandholique qui pensoit estre deuenu cruche, & prioit tous ceux qui le venoient voir de n'approcher de luy, de peur qu'on ne le cassast. Vn
autre s'estoit imaginé qu'il estoit transformé en coq, il chantoit oyant chanter les coqs, & se frappoit de ses bras, comme les coqs se battent de leurs aisles. Vn
autre melancholique estoit en vne peine extreme craignant qu'Athlas ne se lassast en fin de soustenir le ciel, & qu'il ne le laissast tomber sur luy. Aëce fait mention d'vn qui croyoit n'auoir point de teste, & publioit par tout qu'on la luy auoit coupée pour ses tyrannies, il fut guary fort subtilement par l'artifice d'vn
Medecin nommé Philotime. Car il luy fit mettre vn bonnet de fer bien pesant sur sa teste, & lors s'écriant que la teste luy faisoit mal : fut tout soudain releué de
tous les assistans qui s'écrierent : Vous auez donc vne teste ? par ce moyen il se reconnut, & fut deliuré de cette fausse imagination. Trallien escrit auoir veu
vne femme qui pensoit auoir deuoré vn serpent, il la guarit en la faisant vomir, & iettant quant & quant vn serpent qu'il tenoit tout prest, dans le bassin. I'ay leu qu'vn ieune écholier estant dans son estude fut surpris d'vne estrange imagination, il se mit en fantasie que son nez estoit tellement grossi & allongé qu'il n'osoit bouger d'vne place, de peur qu'il ne heurtast en quelque lieu : tant plus on le pensoit dissuader, tant plus il s'opiniastroit. En fin le Medecin ayant pris vn grand morceau de chair & le tenant caché, l'asseura qu'il le guariroit sur le champ, & qu'il luy falloit oster ce grand nez : & soudain pressant vn peu son nez, & coupant cette chair qu'il auoit, luy fit croire que ce gros nez estoit couppé. Arthemidore Grammairien ayant veu vn crocodille, fut surpris d'vn telle frayeur qu'il oublia tout ce qu'il auoit iamais sçeu, & s'imprima si fort cette opinion d'auoir perdu vn bras & vne iambe, qu'on ne la luy peut iamais effacer. Il s'est veu plusieurs melancholiques qui pensoient estre morts, & ne vouloient
point manger : les Medecins vsoient de cet artifice pour les faire manger. Ils faisoient coucher quelque valet tout auprés du malade, & l'ayant instruit de faindre le mort, & ne laisser pas d'aualler lors qu'on luy mettroit de la viande à la bouche, persuadoient par cette ruse au melancholique, que les morts
mangeoient aussi bien que les vifs. Il s'est veu il n'y pas long temps vn melancholique qui se disoit le plus miserable du monde, pource qu'il n'estoit
rien. Il y a eu n'agueres vn grand seigneur qui pensoit estre de verre, & n'auoit son imagination troublée qu'en ce seul objet, car de toute autre chose il en discouroit merueilleusement bien : Il estoit ordinairement assis & prenoit grand plaisir que ses amis le visitassent, mais il les prioit qu'ils n'approchassent de luy.

Il y a encore vn tres-honneste homme, & des meilleurs Poëtes François de ce Royaume, qui est tombé depuis quelques années en vne bizarre apprehension. *Onziéme.* Estant trauaillé d'vne fiéure continuë accompagnée de grandes veillés, les Medecins luy ordonnerent vn onguent narcotique, qu'on nomme *populeum*, & luy en frottoient le nez, le front, & les temples : Il eut dés l'heure le *populeum*, en telle haine, que depuis il s'est imaginé que tous ceux qui approchent de luy le sentent : on ne peut parler à luy que de loin, si on touche à ses accoustremens, il les jette & ne les porte plus : au reste il discourt tres-bien, & ne laisse pas de composer. On a tasché par tous les artifices du monde luy oster cette folle impressió, on luy a fait voir la discretion de l'onguent, pour l'asseurer qu'il n'y entre rien de dangereux : il le sçait, il l'accorde, mais cet objet est tellement graué qu'on ne l'a sceu encore effacer.

A retée au premier liure des longues maladies dit auoir yeu vn melancholi- *Douziéme.* que qui pensoit estre de brique, & ne vouloit point boire craignant d'estre destrempé.

Vn autre s'imaginoit auoir les pieds de verre, & n'osoit cheminer de peur de *Treiziéme.* les casser.

Vn boulenger s'estoit imprimé qu'il estoit de beurre, & ne le pouuoit-on *Quatorziéme.* faire approcher du feu ny de son four, tant il auoit peur de se fondre. La plus *Quinziéme.* plaisante resuerie que i'aye iamais leu est d'vn gentil-homme Sienois qui s'estoit resolu de ne pisser point & de mourir plustost, pource qu'il s'estoit imaginé qu'aussi tost qu'il pisseroit toute sa ville seroit innondée. Les Medecins luy representans que tout son corps & cent mille cóme le sien n'estoient capables de noyer la moindre maison de la ville, ne le pouuoient diuertir de cette folle imagination. En fin voyans son opiniastreté & le danger de sa vie trouuent vne plaisante inuention, Ils font mettre le feu à la plus proche maison, font sonner toutes les cloches de la ville, attirent plusieurs valets qui crient au feu, & enuoyent les plus apparents de la ville qui demandent secours, & remonstrent au gentil-homme qu'il n'y a qu'vn moyen de sauuer sa ville, qu'il faut que promptement il pisse pour esteindre le feu. Lors ce pauure melancholique qui se retenoit de pisser, de peur de perdre sa ville, la croyant en ce peril pissa & vuida tout ce qu'il auoit dans sa vessie, & fut par ce moyen sauué.

Pour le regard de ceux qui pensent estre Roys, Empereurs, Papes, Cardinaux, telles follies sont assez communes, i'ay voulu seulement alleguer les plus rares. Et voilà quant à la melancholie qui a son siege dans le cerueau, qui est causée d'vne intemperature froide & seche, ou sans matiere, ou auec matiere. Elle suit quelquefois les maladies chaudes du cerueau, comme frenesies & fiéures ardantes, & lors le visage paroist rouge. Auicenne remarque que les begues & ceux qui ont les yeux mobiles, qui sont velus & noirs, qui ont les veines amples, les leures grosses, sont plus sujets à cette melancholie : La tristesse, la peur, les profondes meditations, l'vsage des viandes grossieres & melancholiques causent souuent cette maladie.

Des maladies melancholiques,

Regime de viure pour les melancholiques qui ont le cerueau malade.

CHAPITRE VIII.

Combien sert le regime aux vieilles maladies.

IL me semble auoir autresfois leu dans Aretée qu'aux maladies inueterées, & qui ont prins quelque habitude, la façon de viure sert plus que tout ce qu'on pourroit tirer des plus precieuses boëttes de l'apothicaire. Le Prince des Arabes Auicenne nous aduertit que la façon de viure estant mesprisée, peut corrompre la meilleure habitude du monde, & au contraire estant soigneusement obser-uée peut corriger la plus mauuaise. Ie commenceray donc la curation des melancholiques par ce regime.

L'air.   Il faut choisir vn air qui soit temperé en ses qualitez actiues, & aux passiues qui soit humide. On le pourra rendre tel par artifice, iettant dans la chambre force fleurs de roses, violes, de nenuphar, ou bien on aura vn grand vaisseau plein d'eau tiede qui humectera continuellement l'air: il faudra parfumer la chambre auec des fleurs d'oranges, escorces de citron, & vn peu de storax. La chambre doit estre claire & tournée vers le Leuant: l'air grossier, obscur, tenebreux, puant, y est fort contraire, encores que les melancholiques le suiuent par tout. Il est bon de leur faire voir des couleurs rouges, iaunes, vertes, blanches.

Les viandes.   Pour le regard des viandes, toutes celles qui sont grossieres, visqueuses, venteuses, melancholiques, & de difficile digestion, nuisent infiniment.

Le pain.   Il faut auoir du pain de bon froment, bien net, & purgé de son, sans sel, & qui soit, s'il est possible, paistry auec d'eau de pluye ou de fontaine.

Les chairs.   Les chairs les plus ieunes sont les meilleures, entre-autres celles de veau, cheureau, mouton, poulets, perdrix: au contraire les vieilles, & qui ont vn gros suc: comme celles de bœuf, pourceau, lieure, des oyseaux de riuiere, & de toutes bestes sauuages, comme sangliers, cerfs, sont du tout contraires. Galien condamne les chairs de bouc, de taureau, d'asne, de chien, de chameau, de renard: mais il n'auoit que faire de les defendre, car on ne les mangera iamais pour friandise. Les Arabes recommandent pour la melancholie les ceruaux des animaux par ie ne sçay quelle proprieté: mais ie pense qu'ils n'y sont pas trop propres, estans ennemis de l'estomach, & croy qu'ils ont esté superstitieux en vne infinité de choses.

Les poissons.   Les poissons des estangs, & ceux aussi de la mer qui ont la chair grossiere & melancholique: comme les tons, dauphins, baleine, veaux marins, & tous ceux qui ont escaille, sont contraires à cette maladie. On pourra vser des poissons qui se tiennent dans les eaux bien claires & coulantes. Les poissons salez ne valent rien.

Les œufs frais, mollets, & pochez, auec la vinette ou le verjus, sont tres-bons.

Les potages.   L'vsage des potages & bouillons est tres-necessaire, car cette humeur qui est seiche, doit estre humectée. On mettra ordinairement dans les potages de la bourrage, buglose, pimpernelle, endiue, chicorée, du houbelon & vn peu de melisse: on se gardera bien d'y mettre des choux, des blettes, de la roquette, du nasitort, des naueaux, poreaux, & des herbes trop piquantes: Les orges mondez, les dez, les amandes, & la boulie, seruiront infiniment pour enuoyer des vapeurs douces au ceruere.

On se doit abstenir de tous legumes, comme poix, féues & lentilles. *Legumes.*

Pour le regard des fruicts nous permettons les prunes, poires, grenades *Fruicts.* douces, amandes, raisins, pignons, citrons, melons, & sur tout les pommes qui ont vne merueilleuse proprieté pour l'humeur melancholique, nous deffendons les figues seches, les mesles, sorbes, chastaignes, noix, artichaux, chardes, & le formage vieux.

Quant au boire, il y a quelque different entre les Medecins, les vns accor- *Le boire.* dent le vin, les autres le deffendent. Ie pense qu'aux maniaques & à ceux qui ont beaucoup de chaleur aux hypochondres, ou au ceruere; le vin est extrémement contraire: mais aux melancholiques qui sont froids & secs, comme ceux que nous traictons icy, vn petit vin blanc ou clairet qui ne soit ny doux, ny trop gros, mediocrement trempé, est fort bon. Zeno disoit souuent que le vin addoucissoit les mœurs des hommes, comme l'eau les lupins: & Auer- rhoës écrit que le vin resiouyt l'ame & les esprits. On pourra faire au temps de *Vin artificiel.* vendanges vn vin artificiel auec la bourrage & buglose, qui est tres-singulier pour toutes maladies melancholiques, & en boira-on tousiours le premier trait, soit au disner, soit au souper. Si on craint cette senteur, on iettera seulement vn bouquet de fleurs de bourrage, & de l'herbe mesme dans le vin qu'on boit ordi- nairement.

Les veilles sont du tout ennemies de cette passion, il faudra par tous les ar- *Les veilles.* tifices qu'on pourra prouoquer le dormir: tu en verras les moyens au chapitre suiuant.

Les exercices moderez peuuent seruir beaucoup, mais il faut que te soit en *L'exercice.* lieux plaisans & delicieux; comme iardins, prairies, vergers, où il y ait plusieurs fontaines, ou quelques riuieres: on ne se doit iamais lasser en cet exercice, il faut se reposer souuent.

Les melancholiques ne doiuent iamais estre seuls, il leur faut tousiours lais- *Les passions de* ser compagnie qui leur soit agreable, il les faut par fois flatter, & leur accor- *l'ame.* der vne partie de ce qu'ils veulent, de peur que cette humeur, qui est de sa na- ture rebelle & opiniastre, ne s'effarouche: par fois il les faut tanser de leurs folles imaginations, leur reprocher & faire honte de leur couardise, les asseu- rer le plus qu'on pourra, loüer leurs actions: & s'ils ont autrefois fait quel- que chose digne de loüange, leur remettre souuent en memoire, les entrete- nir de plaisans contes: on ne doit point leur proposer aucun subjet de crainte, ny leur apporter des fascheuses nouuelles. Bref on doit les diuertir le plus qu'on pourra, & chasser de leur entendement toutes les passions de l'ame, sur tout la cholere, la peur & la tristesse: car comme dit Platon au Charmidez, la plus grande partie des maux que le corps endure, viennent de l'ame. Les Anciens recommandent entre-autres choses à toutes maladies melancholi- ques, soit chaudes, soit froides, la musique. Les Arcades adoucissoient les *La musique* mœurs de ceux qui les auoient rudes, par la musique. Empedocle Agrigentin *fort propre aux* remit vn ieune adolescent qui estoit deuenu furieux auec la douceur de son *melancholi-* chant. Clinias musicien, aussi tost qu'il se voyoit assailly de sa passion melan- *ques.* cholique prenoit sa lyre, & retenoit par ce moyen les mouuemens de cette hu- meur. Dauid auec sa harpe lors que le malin esprit saisissoit Saül, le resiouyssoit, & il sentoit de l'allegement.

FF

Le ventre doit estre lasche.

Le ventre doit estre tousiours lasche en toute maladie melancholique, il faudra donc le soliciter auec tout l'artifice qu'on pourra.

Comme il faut guarir les melancholiques qui ont la maladie grauée au cerueau.

CHAPITRE IX.

Maladies melancholiques tortes rebelle.

'EXPERIENCE nous fait tous les iours paroistre que toutes les maladies melancholiques sont rebelles, longues, & tres-difficiles à guarir, la raison y est assez apparente : car l'humeur melancholique est terrestre & grossiere, ennemie de la lumiere, contraire aux deux principes de nostre vie, qui sont chaleur & humidité ; opiniastre aux remedes, qui ne veut ouyr conseil, ny obeyr aux preceptes de medecine, c'est en somme vn vray fleau & tourment des Medecins. Aristote au septiéme des ses Ethiques dit, que les melancholiques ont tousiours quelque chose qui les mord : c'est pourquoy ils courent tousiours apres le medecin, & ne les doit-on laisser sans remede. Ie décriray en ce chapitre les plus propres remedes que i'ay peu remarquer, & la methode auec laquelle il faut traiter ces melancholiques.

Trois sortes de remedes pour les melancholiques.
L'euacuation.
La saignée vniuerselle.

Il me semble que pour la curation de la melancholie, nous auons besoin de trois genres de remedes, sçauoir est des éuacuatifs, des alteratifs & des confortatifs. Les éuacuatifs sont les saignées & la purgation. Pour le regard de la saignée vniuerselle, Galien l'ordonne à la melancholie qui a son siege dans les veines, & par toute l'habitude du corps, & veut que si le sang qu'on tire paroist beau & subtil, qu'on l'arreste quant & quant : mais à la melancholie qui a son siege dans le cerueau, & qui vient d'vne intemperature froide & seche, il la deffend tres-expressément. Les Arabes recommandent à cette melancholie les

Les saignées particulieres.

saignées particulieres, pour éuacuer la cause prochaine : ils ouurent les veines du front, du nez & des oreilles, appliquent des ventouses aux espaules auec scarification, mettent des sangsuës sur la teste & en toute melancholie, soit idiopatique, soit sympatique, font ouurir les veines hæmorrhoïdes, ayant pour fondement l'Aphorisme vnziesme du sixiesme liure qui dit, qu'aux melancholiques & maniaques les varices & hæmorrhoïdes suruenans les guarissent : mais toutes ces saignées particulieres n'ont point de lieu au commencement de cette maladie.

La purgation.
Clystere.

Il faut commencer par l'autre genre d'éuacuation, qui est la purgation. Elle se peut faire par clysteres frequents, breuuages, syrops, opiates : la forme d'vn clystere ordinaire pour les melancholiques sera telle : Prenez racine de guimauue vne once, feuilles de mauue, mercuriale, violette, houbelon, de chacune vne grande poignée : semences d'anis & de lin, de chacune deux dragmes : vne douzaine de pruneaux de damas, de fleurs de bourrage, de violes, & d'orge vne poignée : faites boüillir le tout en eau claire, & coulez-le : adjoustez-y apres vne once de casse, demy once de catholicum, deux vnces d'huile violat, & autant de muel rosat, faites-en vn clystere ordinaire.

Les Arabes vfent à la melancholie, de pillules d'aloë, de hiere & du lapis lazuli, mais ie n'approuue pas tant cette forme que la liquide : il vaudra donc mieux vfer de breuuages. Cette potion pourra feruir au commencement de minoratif.

Prenez demy once de reguiliſſe, trois dragmes de polypode de chefne, demy poignée de bourrage, buglofe, meliſſe, houbelon, vne dragme d'anis & de femence de citron, trois dragmes de fenné de leuant, vne petite poignée des trois fleurs cordiales, faites le tout boüillir : prenez de cette decoction quatre onces, & y faites infufer vne dragme & demie de rhubarbe : apres l'expreſſion diſſoluez-y vne once de fyrop rofat & autant de celuy de pommes, faites-en vn breuuage qu'il faudra prendre le matin & garder la chambre.

Potion feruant de minoratif.

Il y en a qui prennent demy once de fenné dans vn boüillon de poulet : les autres vne once de caſſe, ou bien l'infufion & expreſſion de dix dragmes de catholicum.

Cette legere purgation ayant precedé le refte de l'humeur doit eftre preparée : car de penfer l'arracher tout du premier coup par force, comme font les Empiriques, c'eft ruiner le malade : il la faut attenuër, ramolir, deftremper, & fuiure le commandement de ce grand Hippocrate qui dit en fes Aphorifmes, que lors qu'on voudra bien purger vn corps, il le faut rendre fluide. A cette preparation feruiront les apofemes & iuleps. Prenez racines de buglofe, de enula campana, d'écorce de racines de cappres, & ne tamaris, de chacune vne once, de feuilles de bourrage, houbelon, cichorée, fumeterre, *capilli veneris*, fummitez de thym, & de meliſſe, de chacune vne poignée, femences d'anis, fenoüil, & citron, chacune deux dragmes : des trois fleurs cordiales, fleurs d'orange & d'epithime, de chacune vne petite poignée : faites boüillir le tout en eau de fontaine, & apres en auoir coulé vne liure & demie adiouftez-y deux onces de fyrop d'houbelon & autant de celuy de fumeterre, & en faites vne apofeme clarifiée & aromatifée, auec vne dragme de poudre de canelle, ou de l'electuaire de gemmis : il en faudra prendre quatre matins de fuitte.

Preparation de l'humeur melancholique. Apofeme.

L'humeur eftant ainfi preparée on pourra repurger le corps auec la mefme potion ordonnée, à laquelle on adiouftera du catholicum, ou bien de la confection hamech qui purge tres-bien l'humeur melancholique : ou fi on veut on preparera vne apofeme qui purgera alternatiuement : celle mefme qui eft jà décrite feruira fi on y fait boüillir du fenné de Leuant & du polypode. Si cette humeur eft trop rebelle, & qu'elle ne fe puiſſe éuacuer par ces remedes benins, on fera contrainct de venir aux plus violens. Le Roy Ptolomée vfoit aux melancholiques rebelles du hieralogadium, mais la hiere defeche trop. Les Arabes recommandent les pillules du lapis.lazuli, des Indes, celles de fumeterre, celles du lapis Armenus. Il y en a qui font vne poudre pour les melancholiques qui eft excellente. Prenez vne once de lapis lazuli bien laué en eau de violes, deux onces de fenné de Leuant, vne once & demie de bon polypode, demy dragme de femence d'anis & citron, trois onces de fuccre candi, deux dragmes des quatre femences froides, trois dragmes de fleur de fureau : faites-en vne poudre : il en faut prendre le poids de deux éfcus. Tous les Medecins Grecs & Arabes ordonnent aux melancholies inueterées & opiniaftres l'hellebore : il eft vray qu'il y faut aller auec difcretion, & ne le donner pas en fubftance, il le faut prendre en decoction ou en in-

Medicamens plus forts pour repurger cette humeur.

Poudre purgatiue.

Vfage de l'hellebore.

fufion, & faut qu'il foit du noir bien choifi, car les Apothicaires vendent bien fouuent de l'hellebore noir, qui eft vne efpece d'aconit tres-pernicieufe, le blanc ne vaut rien icy : il faut auffi fe garder de ne mefler rien auec l'hellebore, qui ait aftriction, comme les mirabolans, de peur que cela ne le retienne trop long-temps à l'eftomach. Les anciens Poëtes ont recognu cette proprieté de l'hellebore pour les melancholiques, car ils les renuoyent ordinairement en Anticyre où croift le bon hellebore : & dans Homere à la feconde Odyffée, Melampus grand Medecin guarit auec l'hellebore les quatre filles du Roy Prœtus qui s'eftoient voulu égaler à Iuno en beauté, & pour punition eftoient deuenuës

Antimoine. folles. Il y en a qui vfent de l'antimoine preparée : mais tous ces violens remedes doiuent eftre ordonnez bien à propos & auec difcretion. I'aimerois mieux vfer des plus benins & les reïterer fouuent, comme d'vn bon fyrop magiftral, ou

Syrop magi- de quelque opiate. Le fyrop fe pourra compofer des fucs de bourrage, de bu-
ftral. glofe, & de pommes auec le fenné : ou bien on vfera du fyrop de pommes du Roy Sabor. L'opiate fe pourra faire en cette façon.

Prenez vne once & demie de bonne caffe tyrée en la vapeur de la decoction des mauues : ou fi tu veux qu'elle ait de la force dauantage, en la vapeur de la decoction de l'hellebore noir, car elle retiendra vn peu de fa vertu : apres prens vne once de tamaris, fix dragmes de catholicum, demy once de fenné, & autant d'epithyme, trois dragmes de bonne rhubarbe arrofée de l'eau d'endiue, iufques à ce qu'elle s'amoliffe : incorpore le tout & le mefle bien auec le fyrop violat ou de pommes, & en fais vne opiate : de laquelle prendras tous les quinze iours en forme de bolus la quantité d'vne once plus ou moins felon l'effect que tu en verras. Et voylà quant aux purgatifs.

Remedes alte- Le fecond genre des remedes eft de ceux qui alterent l'humeur melancholi-
ratifs. que, c'eft à dire, qui oftent fon intemperature. Cette humeur peche en froideur & fechereffe, mais plus en fechereffe, & c'eft cette qualité qui la rend ainfi rebelle & opiniaftre, fon alteration donc confiftera en l'humectation. Galien

L'humectation au troifiefme liure des parties malades & Trallian font plus de cas de ces re-
fert plus que la medes alteratifs que des éuacuatifs, & affeurent auoir plus guary de melancho-
purgation. liques en les humectant qu'en les purgeant. L'humectation fe fera par remedes internes & externes : les internes font les boüillons, apofemes, fyrops. I'ay au-

Boüillons. tresfois fait vfer à vn melancholique fort long-temps d'vn boüillon de poulet auec la bourrage, buglofe, cichorée, pimpernelle, & y faifois adioufter vn

Syrops. peu de fafafras & de fantal : il s'en trouuoit extrémement bien. Les fyrops de pommes, de buglofe, de houbelon, violat, deftrempent fort cette humeur. On pourra preparer vne apofeme auec les mefmes herbes que i'ay décrites cy-deffus. L'vfage du petit laict & du laict de chéure ou d'afneffe feruira pour humecter.

Remedes ex- Les remedes externes font ou vniuerfels, ou particuliers : les vniuerfels font
ternes. les bains. Galien fe vante d'auoir guary plufieurs melancholiques par le feul
Le bain. vfage du bain d'eau tiede : ou bien on pourra, fi tout le corps eft extrémement fec, & que la peau foit fort rude, en faire vn artificiel auec les racines de guimauue, fueilles de mauue, violettes, laictuës, cichorées, femences de melon, de courges, d'orge, fleurs de violes : on fe baignera bien fouuent, & doit-on demeurer long-temps dans le bain fans prouoquer les fuëurs. Eftant dans le bain on pourra auoir deux fachets remplis d'amandes douces & ameres pilées grof-

fierement, & de femence de melon, & s'en frotter toute la peau. Si tu veux bien
faire ton bain il faut ietter le foir l'eau chaude dans la cuue, & la laiffer fumer
toute la nuiɛ̈t, puis le matin tu t'y mettras dedans. Il y a plufieurs praticiens
qui font des bains du feul laiɛ̈t, comme on fait fouuent aux eɛ̈tiques. Au for- *Onɛ̈tions vni-*
tir du bain il y en a qui font oindre tout le corps d'huile d'amandes douces, vio- *nerfelles.*
lat, ou beurre frais. Les remedes s'appliquent fur la tefte, qui eft la partie la plus *Application*
malade, il la faut humeɛ̈ter par lauemens, embrocations, ou d'eau tiede, & des *fur la tefle.*
mefmes decoɛ̈tions, ou des huiles de femence de courge, d'amandes douces,
violat & du laiɛ̈t.

　　Le troifiéme genre des remedes propres pour la melancholie, eft de ceux *Remedes con-*
qui fortifient & refiouyffent les efprits, qui font comme dit Auicenne, rendus *fortatifs.*
fauuages & tenebreux. Il faut donc fortifier le cerueau & refiouyr le cœur: ce que
nous ferons par remedes internes & externes: les internes font fyrops, opiates, *Les internes,*
tablettes, poudres: les externes font epithemes, fachets, onguens: ie t'en donne-
ray vne forme de chacun.

　　Le fyrop le plus propre que i'aye trouué pour refiouyr & humeɛ̈ter enfemble
les melancholiques, eft celuy que ie vay décrire, qui eft de l'inuention de Monfieur Caftellan mon oncle, qui a efté des plus grands & des plus heureux Medecins de fon temps, employé ordinairement au feruice des Roys & des Roynes.

　　Prenez vne liure & demie des fucs de bourrage & buglofe, vne liure de fuc de *Syrop excellent,*
pommes bien douces, demy once de fuc de meliffe, trois dragmes de graine
d'écarlatte infufée long-temps en ces fucs, & puis fort exprimée, demy dragme
de faffran, deux liures de fuccre fin: faites-en vn fyrop parfaitement cuit, &
aromatifez-le auec vne dragme & demie de poudre de diamargaritum froid, &
quatre fcrupules de poudre de diambre: il en faut prendre & le matin & le foir
deux ou trois cuillerées.

　　Des opiates il y en a de plufieurs façons: ie me contenteray de mettre cette- *Opiates,*
cy. Prenez conferue de racinesde buglofe, & de fleur de bourrage, vne once de
chacune, conferue de mirabolans, & d'écorce de citron confit demie once de
chacune, trois dragmes de confeɛ̈tion alkermés, poudres de diamargaritum, &
de l'éleɛ̈tuaire des pierres precieufes, vne dragme de chacune auec le fyrop de
pommes: faites-en vne opiate, de laquelle faut prendre vn petit le matin, beuuant apres du vin clairet trempé en eau de buglofe. Ie décriray la forme des tablettes & des poudres au chapitre de l'hypochondriaque.

　　Les remedes externes s'appliquent fur le cerueau & fur le cœur. Sur le cerueau *Remedes ex-*
on met des poudres & des bonnets. Mais pource que la plufpart de ces chofes *ternes pour*
aromatiques font chaudes & feches, il n'en faut gueres vfer. Sur le cœur on pour- *refiouyr.*
ra plus hardiment appliquer des epithemes, fachets, onguents. Prenez des eaux *Epitheme*
de bourrage & de buglofe demy liure de chacune, des eaux de meliffe & de fca- *pour le cœur.*
bieufe, quatre onces de chacune, deux onces de bon vin blanc, vne dragme & demie de poudre de diamargaritum froid, trois dragmes de confeɛ̈tion alkermés,
femence de meliffe & de graine d'écarlatte de chacune vne dragme: meflez le tout
enfemble & en faites des epithemes qu'appliquerez fur le cœur auec vne piece
d'écarlatte. Si les epithemes liquides vous fafchent, en ferez vne folide auec les
conferues cordiales, ou bien portez des fachets fur le cœur, la forme defquels ie
mettray au chapitre de l'hypochondriaque, où ils feront mieux à propos, d'autant que les melancholiques hypochódriaques ont quafi toufiours vn battement

de cœur. Voilà les trois genres de remedes qui font à mon aduis neceſſaires pour la curation de la melancholie qui a ſon ſiege au cerueau, les purgatifs, alteratifs, & confortatifs.

Comment on remediera aux veilles.

Il nous reſte vn faſcheux accident à combattre, qui ſont les veilles, leſquelles tourmentent par fois ſi cruellement les melancholiques, qu'elles en ont mis pluſieurs en deſeſpoir. Ie m'en vois décrire tous les artifices qu'on peut inuenter pour leur ſoulagement.

Remedes internes pour faire dormir.
Orge mondé.

Nous prouoquerons le dormir auec remedes internes & externes. Des internes nous en aurons de pluſieurs façons, pource que les melancholiques ayment fort la varieté. Nous leur ferons vn orge mondé dormitif, vn condit vne opiate, vne tartre, vn reſtaurant, vne potion, vn bolus, & des pillules. L'orge mondé ſe fera auec la farine d'orge preparée comme il faut, auec les amandes qui auront infuſé en eau de roſes auec les quatre ſemences froides, la ſemence de pauot, & le ſuccre roſat.

Condit.

La forme de condit ſera telle : Prenez conſerues de fleurs de bourrage, & de bugloſes de chacunes trois dragmes, de chair de courge confite, & d'écorce de citron de chacune deux dragmes, ſemences de pauot blanc & de melon vne dragme de chacune, de ſuccre roſat ce qu'il faudra : faites-en vn condit, duquel on prendra le ſoir deux cu trois cuillerées.

Opiate.

L'opiate ſe fera de cette façon : Prenez conſerues de chair de courge, & de racine de laictuë de chacune vne once, conſerues de roſes & de nenuphar de chacune demy once, poudre de diamargaritum froid vne dragme, ſemence de pauot deux ſcrupules auec le ſyrop violat : faites-en vne opiate, de laquelle faudra prendre le ſoir la groſſeur d'vne bonne chaſtaigne.

Maſſepain.

Pour diuerſifier on pourra faire vn maſſepain : Prenez des amandes douces pelées, lauées en eau chaude, & puis infuſez en eau roſe vne liure & demie, ſemence de pauot blanc bien recente & mondée trois onces, deux liures de ſuccre fin : faites-en vne paſte & auec l'eau de roſe formez-en vn maſſepain, duquel prendrez à l'heure du dormir.

Reſumptif.

Il ſe fait auſſi des reſumptifs ou reſtaurans liquides : Prenez le blanc d'vn bon chapon, des eaux de roſes & de nenuphar vn quarteron de chacune, des eaux de bugloſe, pourpier & ozeille quatre onces de chacune, deux dragmes de poudre de diamargaritum froid : faites diſtiller tout cela au bain Marie.

Potion.

La potion ſe peut ordonner ainſi : Prenez du ſyrop violat, de pommes & de pauot de chacune demy once, de poudre de diamargaritum vn ſcrupule, auec vne decoction de laictuës & d'endiue : faites vne potion.

Bolus.

Si tu aimes mieux vn bolus en voicy la forme : Prenez trois dragmes de conſerue de roſes, vne dragme de requies de Nicolaus, & auec vn peu de ſuccre faites vn bolus : ou bien : Prenez deux dragmes de la conſerue des fleurs de pauot rouge, vne dragme de theriaque recente, & auec vn peu de ſuccre formez-en vn bolus.

Pillules.

S'ils veulent des pillules, celles-cy ſeruiront. Prenez vn ſcrupule des pillules de cynogloſſe ou de ſtyrax, & malaxez-le auec le ſyrop de pommes. Les Chymiſtes font d'vn laudanum. Or en l'vſage de tous ces medicamens narcotiques internes, il faut s'y comporter auec beaucoup de iugement, de peur qu'en voulant donner du repos au pauure melancholique, nous ne le facions dormir perpetuellement.

Les remedes externes ne sont pas du tout si dangereux ; nous en composerons de dix ou douze façons : nous ferons des poudres capitales, fronteaux, sachets, emplastres vnguents, épithemes, bouquets, pommes de senteurs, lauemens de iambes. *Remedes exterues pour faire dormir.*

Prenez des fleurs de pauot rouge, & de roses rouges, de chacune trois dragmes, semence de laictuë, pourpier, & du pauot blanc, de chacune deux dragmes, santal rouge, & semence de coriande preparée, de chacune vne dragme & demie : faites-en vne poudre que ietterez sur toute la teste, ayant rasé le poil. De cette mesme poudre on pourra faire vn frontal ; y adioustant des fleurs de nenuphar, & vn peu de marjolaine. *Poudre.* *Frontal.*

On peut faire de grands sachets en forme d'oreillers, qui seront remplis de fleurs de roses, de feuilles, & semences du blanc iosquiame. *Sachets.*

On appliquera sur la teste cette épitheme. Prenez des eaux distillées de laictuë, ozeille, & de roses, de chacune trois onces, vne dragme de poudre diamargaritum froid, deux scrupules de roses rouges, & du santal rouge, faites-en vne épitheme. *Epitheme.*

La forme de l'onguent sera telle. Prenez du populeum demy once, de l'onguent de Galien, qui se nomme refrigerant, autant, vne once d'huile rosat, meslez le tout ensemble auec vn peu de vinaigre, & en oignez la teste, le front & le nez. *Onguent.*

On pourra aussi faire cet emplastre. Prenez du castoreum vne dragme & demie, de l'opium demy scrupule, meslez-le auec vn peu d'eau de vie, & en faites deux petits emplastres, qu'appliquerez aux temples. *Emplastre.*

On fera des bouquets des fleurs de violes, roses, du saule auec vn peu de marjolaine, & les faudra tremper dans le vin-aigre rosat, & dans le jus de laictuë & de pauot, auec vn peu d'opium, & de camphre : ou bien prenez deux testes de pauot concassées & enfermées dans trois noüets, puis ayez de storax trois dragmes, & six onces d'eau rose auec vn peu d'opium, trempez ces noüets dans cette liqueur, & les approchez du nez. *Bouquets.* *Noüets.*

Il se peut faire vne pomme qu'on sentira. Prenez semence de iosquiame, escorce de racine de mandragore, semence de ciguë, de chacune vne dragme, vn scrupule d'opium, vn peu d'huile de mandragore, meslez tout cela auec les sucs de fumeterre, & de semper-viua, & en faites vne pomme, laquelle si vous sentez, vous sera quant & quant dormir : adioustez-y pour la correction vn peu d'ambre & de musc. Il y en a qui appliquent auec vn heureux succez des sangsuës derriere les aureilles, & ayant osté les sangsuës, mettent quant & quant sur la playe vn grain d'opium. *Pome à sentir.* *Sangsuës.*

Les lauemens des iambes seruent beaucoup pour faire dormir. Prenez des fueilles d'oranger & de marjolaine de chacune vne bonne poignée, deux testes de pauot blanc, de roses, fleurs de nenuphar, & camomille, de chacune vne petite poignée, faites bouillir le tout en deux parts d'eau, & vne de vin blanc : il en faudra lauer le soir les cuisses & iambes du malade chaudement : ie croy qu'auec cet artifice on fera dormir le plus esueillé melancholique du monde. Il est vray que pource que ces medicamens refroidissent trop, de peur d'esteindre ce peu de chaleur naturelle qui leur reste, il faudra leur faire par fois vser du syrop cordial, ou des opiates confortatiues. Et voilà la curation de la melancholie qui a son propre siege au cerueau : celle qui vient par l'intemperatue seche de tout le corps, se guarira quasi auec mesmes remedes. Ie viens donc à l'hypo- *Lauement des iambes.*

chondriaque, mais pource qu'il y a vne espece de cette melancholie idiopathi-
que qui vient par vne rage & folie d'amour, & qu'elle demande vne curation
particuliere, i'en feray vn petit discours.

D'vne autre espece de melancholie, qui vient de la furie d'amour.

CHAPITRE X.

Les noms de la melancholie amoureuse.

L y a vne espece de melancholie assez frequente, que les Me-
decins Grecs appellent érotique, pource qu'elle vient d'vne
rage & furie d'amour : les Arabes la nomment *ilisus*, le vulgaire, passion diuine, comme venant de ce petit Dieu que les Poëtes ont tant chanté. Cadmus Milesien (si nous croyons Suidas)en a escrit quatorze grands liures, qui ne se voyent point
auiourd'huy : i'en feray seulement deux petits chapitres, à l'vn ie descriray la maladie, & à l'autre les remedes. Ie ne veux point icy rechercher l'étimologie d'a-
mour, & pourquoy ce nom d'Eros luy a esté donné : ie n'entreprends pas de la
definir, trop de grands personages s'en sont meslez,& n'en ont sçeu venir à bout:
ie ne veux pas aussi examiner toutes ces differences,ny ces genealogies:qu'on lise ce que Platon,Plotin,Marcile, Ficin, Iean Picus Comte de la Mirandole, Ma-
rio Equicola,& Leon Hebrieu en ont escrit : ie me contenteray de faire voir vn
de ses effets parmy cent mille qu'elle produit. Ie veux qu'vn chacun connoisse
par la description de cette melancholie, combien peut vne amour violente, &
sur les corps, & sur les ames.

Comme l'amour s'engendre.

L'amour doncques ayant abusé les yeux, comme vrays espions & portiers
de l'ame, se laisse tout doucement glisser par des canaux, & cheminant insensiblement par les veines iusques au foye, imprime soudain vn desir ardant de
la chose qui est, ou paroist aimable, allume cette concupiscence, & commence
par ce desir toute la sedition : mais craignant d'estre trop foible pour renuerser
la raison, partie souueraine de l'ame, s'en va droit gaigner le cœur, duquel s'e-
stant vne fois asseurée comme de la plus forte place, attaque apres si viuement
la raison & toutes ses puissances nobles, qu'elle se les assujettit, & rend du tout
esclaues. Tout est perdu pour lors, c'est fait de l'homme, les sens sont esgarez,

Effets de l'a-mour violente.

la raison est troublée, l'imagination deprauée, les discours sont fols, le pauure
amoureux ne se represente plus rien que son idole : toutes les actions du corps
sont pareillement peruerties : il deuient palle, maigre, transi, sans appetit, ayant
les yeux caues & enfoncez,& ne peut, comme dit le Poëte, voir la nuict, ny des

Signes du me-lancholique a-moureux.

yeux, ny de la poictrine : Tu le verras pleurant, sanglottant & souspirant coup
sur coup, & en vne perpetuelle inquietude, fuyant toutes les compagnies, aymant la solitude pour entretenir ses pensées : la crainte le combat d'vn costé, &
le desespoir bien souuent de l'autre : il est, comme dit Plaute, là où il n'est pas,
ores il est tout plain de flammes, & en vn instant il se trouue plus froid que
glace: Son cœur va tousiours tremblottant, il n'y a plus de mesure à son poulx,
il est petit, inégal, frequent, & se change soudain, non seulement à la veuë, mais
au seul nom de l'obiet qui le passionne. Par tous ces signes, ce grand Medecin

Histoire d'E-rasistrate.

Erasistrate reconnut la passion d'Antioche fils du Roy Seleuque, qui s'en alloit
mourant de l'amour de Stratonique sa belle mere, car le voyant rougir, pallir,
redoubler ses souspirs, & changer si souuent de poulx à la seule veuë de Stra-

tonique, iugea qu'il auoit cette paſſion érotique, & en aduertit le pere. Galien
auec la meſme ruſe découurit la maladie de Iuſta femme de Boëce, conſul de Rome, qui bruſloit de l'amour de Pylades. Voylà les effets de cette paſſion, & tous
les accidens qui accompagnent cette melancholie amoureuſe. Qu'on ne l'appelle donc plus paſſion diuine ou ſacrée, ſi ce n'eſt qu'on vueille par ce nom repreſenter ſa grandeur : car les anciens Poëtes appelloient les grands poiſſons ſacrez,
& les Medecins ont donné ce nom à l'os ſacrum, pource que c'eſt la plus grande
vertebre du corps : qu'on ne luy donne plus ce tiltre de paſſion douce, veu que
c'eſt la plus miſerable des miſerables, & telle que toutes les gehennes dès plus ingenieux tyrans n'en ſurpaſſent iamais la cruauté. Le Philoſophe Thianée le ſçeut *La cruauté d'a-*
mour.
bien dire à ce Roy de Babylone, qui le prioit d'inuenter quelque cruel tourment
pour chaſtier vn gentil-homme qu'il auoit trouué couché auec ſa fauorite : Donne luy la vie (dit-il) & ſes amours le puniront aſſez auec le temps. Les Poëtes
nous ont tres-bien repreſenté la cruauté de cette paſſion par la fable de Tytie : car *La fable de*
pour auoir trop aymé la Deeſſe Latone, ſon foye eſt ordinairement rongé par *Tytie.*
deux vautours, & ſes fibres renaiſſent touſiours. Mais comment n'appellerons-
nous cette paſſion miſerable, puis qu'elle en a conduit pluſieurs à cette extremi- *Ceux qui ſe ſont*
té, & à ce deſeſpoir de ſe tuer ? Le Poëte Lucrece qui auoit eſcrit des remedes d'a- *tuez par l'a-*
mour, en deuint ſi enragé, qu'il ſe tua ſoy-meſme. Iphis deſeſperé pour l'amour *mour.*
d'Anaxarete, ſe pendit. Vn noble iouuenceau d'Athenes deuint ſi amoureux
d'vne ſtatuë de marbre merueilleuſement bien élaborée, que l'ayant demandée
au Senat pour l'acheter à quelque prix que ce fuſt, & le refus luy eſtant fait, auec
deffence expreſſe d'en approcher, pource que ſes folaſtres amours ſcandaliſoient
tout le peuple, vaincu de deſeſpoir ſe tua. Voilà comme l'amour depraue l'imagination, & peut eſtre cauſée d'vne melancholie ou d'vne manie : car trauaillant
& l'ame & le corps, rend les humeurs ſi ſeches, que la temperature vniuerſelle,
& principalement celle du cerueau, en eſt corrompuë.

Il y a vne autre façon de melancholie amoureuſe, qui eſt bien plus plaiſante, *Autre eſpece*
quand l'imagination eſt tellement deprauée, que le melancholique penſe touſ- *de melancholie*
iours voir ce qu'il ayme, il court touſiours apres, il baiſe cette idole en l'air, la *amoureuſe.*
careſſe comme ſi elle y eſtoit : & ce qui eſt eſtrange, encores que le ſuiet qu'il *Deſcription*
ayme ſoit laid, il ſe le repreſente comme le plus beau du monde : il eſt touſiours *d'vne parfaite*
apres à deſcrire la perfection de cette beauté, il luy ſemble voir des cheueux *beauté.*
longs & dorez, mignonnement friſez, & entortillez en mille creſpillons, vn
front voûté, reſſemblant au ciel eſclaircy, blanc & poly comme albaſtre, deux
yeux bien clairs à fleur de teſte, & aſſez fendus, qui dardent auec vne douceur
mille rayons amoureux, qui ſont autant de fléches, des ſourcils d'hebene, petits & en forme d'arc, les iouës blanches & vermeilles comme lis pourprez de
roſes, monſtrans aux coſtez vne double foſſette, la bouche de corail, dans laquelle ſe voyent deux rangées de petites perles Orientales, blanches, & bien
vnies, d'où ſort vne vapeur plus ſuaue que l'ambre & le muſc, plus fleurante que
toutes les odeurs du Liban : le menton rondement foſſelu, le teint vny, delié,
& poly comme du ſatin blanc, le col de laict, la gorge de neige, & dans le ſein
tout plain d'œillets, deux petites pommes d'albaſtre rondelettes, qui s'enflent
par petites ſecouſſes, & s'abbaiſſent tout quant & quant, repreſentans le flux &
reflux de la mer, au milieu deſquelles on void deux boutons verdelets & incar-
nadins, & entre ce mont iumelet vne large valée : la peau de tout le corps comme
iaſpe & porphyre, à trauers de laquelle paroiſſent les petites veines. Bref, ce

pauure melancholique s'en va touſiours imaginant les trente-ſix beautez qui ſont requiſes à la perfection, & la grace qui eſt par deſſus tout, reſue touſiours à cet objet, court apres ſon ombre, & n'eſt iamais en repos. I'ay veu il y a quelques années vn ieune gentil-homme trauaillé de cette eſpece de melancholie, il parloit tout ſeul à ſon ombre, il l'appelloit, la carreſſoit, la baiſottoit, couroit touſiours apres, & nous demandoit ſi nous auions iamais rien veu de ſi beau : la maladie le tint plus de trois mois, mais en fin il guarit. Ariſtote fait mention d'vn ieune homme nommé Antiphon, qui voyoit touſiours ſon image deuant ſes yeux : Quelques-vns ont voulu rapporter cela à la reflexion des rayons qui ſortoient de ſes yeux, mais ie croy que ſon imagination eſtoit troublée.

Le moyen de guarir les fols & melancholiques d'amour.

CHAPITRE XI.

Deux moyens de guarir cette maladie.
Le premier.

Hiſtoires.
Premiere.

Seconde.

Troiſiéme hiſtoire plaiſante.

I L y a deux moyens de guarir cette melancholie amoureuſe : Le premier eſt la iouyſſance de la choſe aymée, l'autre dépend de l'artifice & induſtrie d'vn bon Medecin. Quant au premier, il eſt certain qu'oſtât la cauſe principale du mal, qui eſt cet ardant deſir, le malade ſe trouuera infinimét allegé, encores qu'il reſte quelque impreſſion au corps. Ainſi Eraſiſtrate ayant deſcouuert à Seleuque la paſſion d'Antioque, qui mouroit pour l'amour de ſa belle mere, ſauua la vie à ce iouuenceau : car le pere ayant compaſſion de ſon fils, & le voyant en extréme danger de ſa vie, luy permit, comme payen, de iouyr de ſa femme propre. Diogene ayant vn fils forcené & enragé d'amour, fut contraint apres auoir conſulté l'oracle d'Apollon, de luy permettre la iouyſſance de ſes amours, & le guarir par ce moyen. I'ay autresfois leu vne plaiſante hiſtoire d'vn iouuenceau d'Egypte, qui eſtoit extrémement paſſionné de l'amour d'vne courtiſane qu'on nommoit Theognide: elle n'en faiſoit cas, & luy demandoit vne ſomme exceſſiue d'argent. Il arriue que ce pauure amoureux ſongea vne nuict qu'il tenoit ſa maiſtreſſe entre ſes bras, & qu'elle eſtoit du tout en ſa puiſſance. Comme il fut eſueillé il ſentit cette ardeur qui l'alloit conſumant du tout refroidie, & ne recherchâ plus la courtiſane, laquelle en eſtant aduertie fit appeller le ieune homme en Iuſtice, demandant ſon ſalaire, & alleguoit pour toute raiſon, qu'elle l'auoit guary. Le Iuge Bochor ordonne ſur le champ, que le ieune homme apporteroit vne bourſe plaine d'écus, & qu'il la verſeroit dans vn baſin, & que la courtiſane ſe payeroit du ſon & de la couleur des eſcus, comme le ieune homme s'eſtoit contenté de la ſeule imagination. Ce iugement fut approuué de tous, horſmis de cette grande courtiſane Lamie, laquelle remonſtra à Demetrius ſon amy, que le ſonge auoit eſteint & oſté du tout de deſir au ieune homme, mais que la veuë de l'or l'auoit allumé & augmenté dauantage à Theognide, & qu'en cela on luy auoit fait iniuſtice. I'ay voulu alleguer ces trois hiſtoires pour faire voir que cette rage & furie érotique ſe pouuoit moderer par la iouyſſance de ce qu'on ayme : Mais ce moyen ne ſe deuant

Le ſecond moyen pour guarir les melancholiques amoureux.

ny pouuant touſiours executer, comme contraire aux loix diuines & humaines, il faut recourir à l'autre, qui dépend de l'induſtrie d'vn bon Medecin. S'il arriue donc qu'vn Medecin rencontre quelqu'vn de ces melancholiques paſſionnez

& forcenez d'amour, il doit premierement tascher de le diſtraire auec belles paroles de ces foles imaginations, luy remonſtrant le danger auquel il ſe precipite, *Les paroles.*
luy propoſer des exemples de ceux qui ſe ſont ruinez, & qui en perdant la vie
ont auſſi perdu l'ame : Si tout cela ne ſert de rien, il faut auec vne autre ruſe, &
par l'entremiſe de pluſieurs perſonnes, luy faire hayr ce qui le va tourmentant,
en dire du mal, appeller ſa maiſtreſſe legere, inconſtante, folle, qui n'aime que
le changement, qui ne fait que ſe rire & moquer de ſa paſſion, qui ne reconnoiſt
point ſes merites, qui aime mieux vn valet pour aſſouuir ſon appetit brutal, que
de conſeruer vn honneſte amour : & à meſure qu'on blaſmera ſa maiſtreſſe,
il faut loüer le melancholique, publier l'excellence de ſon entendement, & la
valeur de ſes merites. Si les paroles n'ont aſſez de pouuoir de guarir ce charme,
comme à la verité elles peuuent bien peu à l'endroit des melancholiques opinia-
ſtres, faudra inuenter d'autres moyens : La fuite, c'eſt à dire, le changement d'air, *Le changement d'air.*
eſt vn des plus ſinguliers remedes, il le faut eſlongner & depayſer du tout : car la
veüe de ſa maiſtreſſe luy ralume touſiours ſon deſir, & le recit du nom ſeulement
ſert comme d'amorce à ſes ardeurs : il le faudra loger aux champs, ou en quelque maiſon plaiſante, le pourmener ſouuent, l'occuper à toute heure à quelque
ieu plaiſant, luy propoſer cent & cent differens objets, afin qu'il n'aye loiſir de
penſer à ſes amours, le mener à la chaſſe, à l'eſcrime, l'entretenir par fois de bel- *Les exercices.*
les hiſtoires & graues, par fois de fables plaiſantes, auoir de la muſique ioyeuſe : il
ne faut le nourrir trop graſſement, de peur que le ſang venant à s'échauffer, ne
reſueille la chair, & renouuelle ſes flammes. Oſtez l'oyſiueté, oſtez Bacchus &
Ceres, ſans doute Venus ſe refroidira. Les poëtes chantent par tout que Venus
n'a iamais peu attraper auec toutes ſes ruſes ces trois Deeſſes, Pallas, Diane & Veſta. Pallas repreſente la guerre, Diane la chaſſe, Veſta la ieuſne & auſterité de vie.
Si tous ces artifices & vne infinité d'autres que Nigide, Samocrate & Ouide ont
décrit en leurs liures des remedes d'amour ſont vains, & que le corps ſoit de-
uenu en telle extremité qu'il force l'ame à ſuiure ſon temperament : il faudra *Les amoureux doiuent eſtre traittez comme les vrays melācholiques.*
pour lors traitter ces amoureux comme les melancholiques que i'ay deſcrits
au chapitre precedent, & quaſi auec les meſmes remedes : faudra purger par interualles & doucement cette humeur qui a graué au ceruau vne habitude ſeche,
la faudra humecter par bains vniuerſels, & par applications particuliers, par vn
regime fort humectant : on le nourrira de bons boüillons, de laict d'amande,
d'orges mondez, de la boüillie, & du laict de chéure. Si les veilles le trauaillent,
on choiſira des remedes que i'ay deſcrits. Il faudra auſſi par fois reſioüir le cœur
& les eſprits auec quelque opiate cordiale. Il y a certains remedes, que les an- *Remedes dia-boliques & deffendus.*
ciens ont propoſé pour guarir cette paſſion érotique, mais ils ſont diaboliques,
& les Chreſtiens n'en doiuent vſer ? Ils font boire du ſang de celuy ou de celle
qui a cauſé le mal, & aſſeurent que la paſſion eſt tout incontinent amortie. I'ay *Hiſtoire de Fauſtine bien eſtrange.*
leu dans Iule Capitolin, que Fauſtine femme de Marc Aurele, fut tellement
eſpriſe de l'amour d'vn ieune gladiateur, qu'elle s'en alloit mourant : Marc Aurele reconnoiſſant ſa paſſion, fit aſſembler tous les Chaldeens, Magiciens &
Philoſophes du pays, pour auoir vn remede prompt & aſſeuré pour cette maladie : ils luy conſeillerent en fin de faire tuër ſecrettement l'eſcrimeur, de faire
boire à ſa femme de ce ſang, & de coucher le ſoir meſmes auec elle. Cela fut
executé, l'ardeur de Fauſtine fut eſtainte, mais de cet embraſement fut engendré Antonin Commode, qui fut vn des plus ſanguinaires & cruels Empereurs de Rome, qui reſſembloit plus au gladiateur qu'à ſon pere, & ne bougeoit

iamais d'auec les escrimeurs. Voila comme Satan vse touſiours de ſes malicieuſes ruſes, & comme vne infinité d'impoſteurs & affronteurs vont abuſant le monde.

De la troiſiéme eſpece de melancholie qu'on appelle hypo-
chondriaque, & ſes differences.

CHAPITRE XII.

L Y a vne troiſiéme eſpece de melancholie qui eſt la plus legere, & la moins dangereuſe de toutes, mais la plus difficile à eſtre bien reconnuë : car les plus grands Medecins ſont en doute de ſon eſſence, de ſes cauſes, & de la partie malade : on l'appelle communément hypochondriaque & venteuſe : hypochondriaque, pource qu'elle a ſon ſiege aux hypochondres : venteuſe, d'autāt qu'elle eſt touſiours accompagnée des vents. Diocles a penſé que c'eſtoit vne inflammation du pylore, qui eſt l'orifice inferieur du ventricule, d'autant que le malade ſent vne oppreſſion grande en cette partie, vne douleur & tenſion extréme dans l'eſtomach, vne ardeur & comme embraſement par tout le ventre, pluſieurs vents qui s'en eſleuent auec vne ſeroſité qui ſort ordinairement par la bouche, comme ſi c'eſtoit vne humeur decoulante du cerueau. Galien au troiſiéme liure des parties malades ſemble approuuer cette opinion, toutesfois il a eſté repris de tous les Medecins nouueaux : d'autant que s'il y auoit inflammation à l'eſtomach, elle ſeroit accompagnée d'vne fiéure continuë, & la maladie ſeroit aiguë : or nous voyons le contraire, car l'hypochondriaque eſt vne maladie cronique, & le plus ſouuent ſans fiéure. Theophile penſe que c'eſt vne inflammation du foye & des inteſtins : s'il entend que ce ſoit vne inflammation ſeiche qu'on appelle *phlogoſis*, ſon opinion eſt receuable, mais s'il veut prendre l'inflammation pour vn phlegmon, qui eſt vne tumeur contre Nature, on luy fera le meſme reproche qu'à Galien, pource que tout phlegmon du foye & des inteſtins eſt au rang des maladies aiguës. Les plus doctes Medecins de noſtre temps ont definy l'hypochondriaque, vne intemperature ſeiche & chaude des veines du meſentere, du foye & de la rate cauſée par vne obſtruction des humeurs groſſes, leſquelles venans à s'échauffer, enuoyent pluſieurs vapeurs qui cauſent tous les accidens que nous décrirons au chapitre ſuiuant. Cette definition comprend toute l'eſſence de l'hypochondriaque, puis qu'elle demonſtre les parties malades, & la cauſe de leur maladie. Les parties où s'engendre l'hypochondriaque ſont le meſentere, le foye & la ratte : le meſentere a vne fort grande eſtenduë; Car il contient vn million de veines, vn nombre infiny de glandes qui les accompagnent, & ce grand corps tout rouge qu'on appelle pancreas. Ce meſentere eſt comme vn magazin ordinaire d'vn million de maladies, & ſur tous des fiéures intermittentes. Là ſe peut arreſter & eſchauffer l'humeur qui fait l'hypochondriaque, & non ſeulement dans les veines, mais bien ſouuent dans le corps dù pancreas, qui eſt fort proche de l'eſtomach, & qui eſt couché ſur le premier inteſtin appellé *duodenum*, ou *pylorus* : & en cela pourroit-on excuſer Diocles & Galien qui ont prins le pylore pour le pancreas, d'autant que ces deux parties ſe touchent. L'autre partie qui fait l'hypochondriaque eſt le foye, quand

il eſt

Nom de l'hypo-
chondriaque.

Opinion de
Diocles.

Opinion de
Galien.

Opinion de
Theophile.

Definition de
l'hypochōdria-
que.

Les parties
malades en cet-
te affection.

Le meſentere.

Le foye.

il eſt trop échauffé, & qu'il attire de l'eſtomach les viandes à demy cuites, ou qu'il bruſle par trop les humeurs, & les retient dans ſes veines : mais celle qui engendre le plus ſouuent l'hypochondriaque eſt la ratte, d'autant que Nature l'a faire pour l'expurgation du ſuc melancholique ; de ſorte que ſi elle ne fait ſon deuoir ou de l'attirer comme il faut, ou de le purifier pour ſa nourriture, ou d'en chaſſer le ſuperflu : il ne faut pas douter que ce ſuc groſſier regorgeant par toutes les veines voiſines ne s'y échauffe, & face vn merueilleux trouble en toute l'œconomie naturelle. Voilà donc les parties malades en l'hypochondriaque, le meſentere, le foye & la ratte. La cauſe de leur maladie eſt vne obſtruction, car les veines de ces parties ſont farcies & remplies de quelque humeur. Cette humeur par fois eſt ſimple, comme vne humeur melancholique naturelle, ou vne humeur aduſte & atrabilaire, ou vne humeur phlegmatique & cruë, par fois elle eſt meſlée de deux ou trois enſemble, ce qui arriue bien plus ſouuent : mais il faut touſiours que cette humeur s'échauffe pour faire l'hypochondriaque : ſi elle eſt bilieuſe ou aduſte il luy ſera fort aiſé de s'embraſer promptement, ſi elle eſt froide de ſa nature, comme eſt la melancholie & le phlegme, le long ſejour & la tranſpiration empeſchée la pourront échauffer, ou bien il ne faudra qu'vn peu de leuain qui ſera fourny d'vne portion de cholere aduſte, pour allumer tout le feu : cette ardeur a eſté appellée des Anciens *phlogoſis*, de ſorte que nous pourrons definir l'hypochondriaque vne inflammation ſeche des veines du meſentere, du foye & de la ratte, cauſée par la ſuppreſſion de quelques humeurs groſſieres.

La ratte eſt le plus ſouuent le ſiege de cette maladie.

La cauſe de l'hypochondriaque.

De cette definition nous recueillirons toutes ces differences de l'hypochondriaque, leſquelles ſont prinſes ou de la partie malade, ou de la matiere, ou des accidens. Si nous auons égard aux parties malades, il y aura trois eſpeces de l'hypochondriaque : l'hepatique, l'eſplenique, & la meſenterique : L'hepatique vient par le vice du foye, qui attire par ſa chaleur exceſſiue trop grande quantité de cruditez de l'eſtomach, & engendre par la meſme intemperature des humeurs trop chaudes, leſquelles ou il retient dans ſes veines, qui ſont en ſi grand nombre qu'on ne les peut décrire, ou les répand par tous les rameaux de la porte. L'eſplenique vient par le vice de la ratte, quand elle ne peut attirer, purifier, & chaſſer l'humeur melancholique. Cela arriue lors qu'elle eſt trop groſſe, ou trop petite : eſtant enflée ne peut attirer ny contenir tout l'excrement : de ſorte qu'il faut qu'il regorge, & que tout le corps en amaigriſſe. Ce qu'a tres-bien remarqué Hippocrate en ſes Epidemies, quand il dit que ceux à qui la ratte fleurit, le corps deuient maigre : & l'Empereur Trajan auoit accouſtumé de comparer la ratte au fiſc : car tout ainſi que l'augmentation du fiſc eſt la ruine & appauuriſſement du peuple ; ainſi la groſſeur de la ratte extenuë le corps : la petiteſſe auſſi qui vient du vice de la conformation peut eſtre cauſe de cet accident, car ne pouuant attirer ny contenir tout ce qu'il faut d'humeur melancholique, il eſt contraint de regorger & de ſe répandre par tout le meſentere. Il y a vne certaine famille fort noble qui eſt ſujette à cette hypochondriaque, ils en ſont morts trois ou quatre à l'aage de trente-cinq ans, on n'y a ſceu reconnoiſtre autre cauſe que la petiteſſe de la ratte, car elle eſtoit ſi petite & eſtroite qu'elle ne pouuoit faire ſon office.

Difference de l'hypochondriaque.

L'hepatique.

L'eſplenique.

La derniere hypochondriaque eſt la meſenterique, qui ſe fait au pancreas, aux glandes & aux veines meſenteriques. Hippocrate & pluſieurs autres Medecins reconnoiſſent vne hypochondriaque hyſterique, qui vient de la matrice par la

La meſenterique.

GG

retention des mois, ou de quelque autre matiere : elle produict mesmes effets que les autres, & est bien souuent plus furieuse pour la merueilleuse sympathie qu'a la matrice auec toutes les parties du corps.

Seconde diffe-
rence.
    La seconde difference de l'hypochondriaque est prinse de la matiere : il y en a vne qui se fait de melancholie froide naturelle, laquelle se retenant dans les veines, & y estant pressée s'échauffe apres : l'autre se fait d'vne humeur aduste & bruslée : l'autre de gros phlegme & de cruditez, auec vn peu de cholere qui s'y entremesle.

La derniere
difference.
    La derniere difference est prinse des accidens : il y a vne hypochondriaque legere. Il y en a vne autre violente. Il y en a vne qui commence, & vne autre qui est formée.

Les signes de l'hypochondriaque, & d'où viennent tous
les accidens qui l'accompagnent.

CHAPITRE XIII.

Accidens de
l'hypochondria-
que formée.
'Hypochondriaque bien formée est ordinairement accompagnée d'vne infinité de fascheux accidens qui tiennent par fois les malades en telle angoisse, qu'ils pensent à tous coups estre morts : car outre la peur & la tristesse, qui sont accidens communs à toute melancholie, ils sentent vne ardeur aux hypochon-dres, oyent tousiours vn bruit & tintamarre par tout le ventre, poussent les vents de tous costez, ont vne oppression en la poictrine qui les contraint de redou-bler leur respiration auec vn sentiment de douleur, crachent souuent vne eau subtile & claire, ont vne fluctuation en l'estomach, comme s'il nageoit tout en eau, sentent vn mouuement violent & extraordi-naire du cœur qu'on appelle palpitation, & sur le costé de la ratte, il y a quelque chose qui les mord, & qui bat tousiours, ont des petites sueurs froides, accom-pagnées par fois d'vne legere defaillance, la face leur rougit bien souuent, & leur semble que c'est vn feu volage, ou comme vne flamme qui passe, leur poux se change, & deuient petit & frequent, sentent vne lassitude & foiblesse vniuer-selle, & sur tout aux iambes, leur ventre n'est iamais lasche : en fin ils amaigris-
Causes parti-
culieres de tous
ces accidens.
sent peu à peu. Tous ces accidens dépendent de cette cause generale que i'ay décrite, mais il en faut icy rechercher les particulieres. L'ardeur qu'ils sentent
D'où vient
l'ardeur.
du costé de la ratte, du foye, & de tout le mesentere, vient de l'embrasement de cette grosse humeur, soit phlegmatique, soit atrabilaire, laquelle venant comme
Cause des
vents.
à bouillonner, s'enfle, & enuoye ses vapeurs par toutes les parties voisines. Le bruit qu'on oyt par tout le ventre, vient de vents qui courent par tout, & ac-compagnent si bien cette melancholie, que les Anciens l'ont appellée venteu-
La cause ma-
terielle.
se : nous remarquerons à la generation de ces vents la cause materielle & effi-ciente : la materielle est vne humeur grosse, atrabilaire, ou pituiteuse. Ces deux humeurs sont quasi tousiours meslées en cette maladie, pource que le foye

eftant trop chaud (comme il eft ordinairement aux hypochondriaques) attire
& rauit de l'eftomach, qui eft fon voifin, fort proche, la viande qui n'eft qu'à
demy cuite : il fe fait donc vn amas de cruditez dans les veines par l'attraction
du foye : il fe fait auffi vne generation des humeurs , chaudes & bruflées par l'intemperature de ce vifcere : de façon qu'il y a toufiours dans les veines & du crud
& du trop cuit : le crud y a efté attiré trop toft, le bruflé s'y eft engendré.

La chaleur debile eft la caufe efficiente des vents, elle meut & agite la matie-	*La caufe effi-*
re mais n'a pas le pouuoir de la diffiper du tout , & encore que l'agent de foy-	*ciente des*
mefme foit affez fort, toutesfois n'eftant point proportionné à la matiere, peut	*vents.*
eftre appellé debile.

L'oppreffion qu'ils fentent à la poiétrine vient ou des vents , ou des vapeurs	*D'où vient*
grofferes , lefquelles preffent le diaphragme, principal inftrument de la refpi-	*l'oppreffion.*
ration, ou fe mettent entre les efpaces des mufcles intercoftaux , ou bien entre
les tuniques tant internes qu'externes : de là viennent ces grandes douleurs qui
montent iufques aux efpaules, & vont bien fouuent aux bras par la continua-
tion des membranes , & fympathie des mufcles. Cette eau que les melancholi-	*D'où viennent*
ques jettent ordinairement par la bouche, eft vn des plus affeurez fignes de	*les eaux & la*
l'hypochondriaque, fi nous voulons croire Diocles : la caufe fe doit rapporter au	*fluctuation.*
refroidiffement de l'eftomach qui engendre tout plein de cruditez. Cette froideur arriue par la chaleur exceffiue du foye qui attire le chyle tout crud, qui
confomme toute la graiffe de l'eftomach, qui rauit comme goulu toute la chaleur des parties voifines : l'adioufteray auffi que l'ebullition de l'humeur venant
à fe faire, le plus crud regorge fouuent dans l'eftomach, & le refroidit : de forte que nous y remarquons les deux froids, le priuatif & le pofitif (ainfi qu'ont
accouftumé de parler les Philofophes.) Le mouuement extraordinaire du cœur	*D'où vient la*
& de toutes les arteres vient de la vapeur qui s'efleue de cette matiere agitée, la-	*palpitation.*
quelle attaquant affez viuement le cœur, & le deffiant comme au combat, luy
fait redoubler fes pas, mais il en perd bien fouuent la cadence, & cette belle
mefure qui doit eftre au poulx, defaut quelquesfois. Les rougeurs qu'on voit au	*D'où viennent*
vifage, les palpitations vniuerfelles, & ces chatoüillemens qu'on fent par tout	*les rougeurs.*
comme petits fourmis, viennent ou des vents plus fubtils, ou des vapeurs efleuées
d'en bas. Les fueurs froides arriuent lors que les vapeurs fortans des hypochondres comme d'vne fournaife, abordent à la peau qui eft beaucoup plus froide, &
là s'époiffiffent. La laffitude qu'ils fentent par tous les membres, vient en partie	*D'où vient la*
des vapeurs qui courans parmy les efpaces des mufcles, & fe meflans dans la fub-	*laffitude.*
ftance des nerfs, les rendent plus lafches, & font comme vne ftupeur, en partie
des cruditez & ferofitez qui font auec le fang.

L'amaigriffement vient, pource qu'il n'y a pas affez de fang loüable. Le ven-	*D'où vient l'a-*
tre eft dur pour la chaleur exceffiue du foye qui confomme toute l'humidité des	*maigriffement.*
excremens.

GG ij

Des maladies melancholiques,

Hiſtoires fort remarquables de deux hypochondriaques.

CHAPITRE XIV.

*Hiſtoire pre-
miere.*

IL ſe trouue par fois des maladies ſi eſtranges en leur eſpece, que les plus habiles Medecins y perdent le iugement. I'ay veu deux hypochondriaques ſi furieuſes, que l'antiquité n'en a iamais remarqué de ſemblables, & la poſterité peut-eſtre n'en verra de long temps de telles. Il y auoit à Montpellier vn honneſte citoyen d'habitude melancholique, & d'vn temperament atrabilaire, lequel ayant eſté trauaillé par l'eſpace de deux ou trois années d'vne legere hypochondriaque, laiſſa tellement accroiſtre le mal, qu'il ſe vid en fin reduit à cette extremité ; Il ſentoit deux ou trois fois le iour vn leger mouuement par tout le ventre, & principalement ſur le coſté de la ratte : le bruit s'en émouuoit ſi grand, que non ſeulement le malade, mais tous les aſſiſtans l'oyoient : Ce tintamare duroit enuiron vn demy quart d'heure, & apres tout ſoudain la vapeur, ou le vent gaignant le diaphragme & la poictrine luy cauſoit vne oppreſſion ſi grande auec vne toux ſeche, que tous l'euſſent penſé aſtmatique. Cet accident eſtant vn peu remis, tout le reſte du corps eſtoit tellement ébranlé, qu'on l'euſt iugé ſemblable à vn nauire qui eſt agité de la plus furieuſe tempeſte : il s'aduançoit, il reculoit, on voyoit les deux bras ſe mouuoir côme s'ils euſſent enduré des conuulſions. En fin ces vents ayans couru par tout le corps, & fait vn rauage vniuerſel, ſortoyent auec ſi grande impetuoſité par la bouche, que tous les aſſiſtans en eſtoyent effrayez, lors l'accez finiſſoit, & le malade ſe ſentoit allegé. Ce n'eſt pas encores tout, deux ou trois mois auant qu'il mouruſt il auoit tous les iours deux ou trois petites ſyncopes, le cœur luy defailloit, auec vne enuie extréme de piſſer, & comme il auoit piſſé, il reuenoit à ſoy : la violence du mal fut ſi grande, que l'ame fut en fin contrainte d'abandonner ſon logis. Ie fus appellé à l'ouuerture du corps, pource que ie l'auois aſſiſté ordinairement en ſa maladie auec vn de mes collegues monſieur Hucher Chancelier de noſtre Vniuerſité, que i'ay bien voulu nommer par honneur, comme le connoiſſant vn des plus doctes & plus experimentez Medecins de noſtre temps. Ie trouuay la poictrine à demy pleine d'vne eau noiraſtre & puante, le ſeneſtre ventricule du cœur en eſtoit tout remply, & dans le tronc de la groſſe artere on y voyoit la meſme couleur. Lors me reſſouuenant d'vn beau paſſage qui eſt dans Galien au ſixiéme liure des parties malades, ie demonſtray à la compagnie que la cauſe de ces defaillemens, & de l'enuie frequente de piſſer, venoit de cette humeur maligne, laquelle trauerſant le cœur s'en alloit par les arteres aux reins, *Belle obſerua-
tion pour la
defence de Ga-
lien.* & de là à la veſſie. I'ay voulu noter cecy en paſſant pour deffendre Galien de la calomnie des Medecins, qui penſent que le pus des empyiques & des pleuretiques ne ſe peut purger par le cœur ou par les arteres. I'ay plus amplement traitté ce ſujet au neufiéme liure de mes œuures Anatomiques.

*Seconde Hi-
ſtoire.* L'autre hiſtoire eſt bien auſſi eſtrange, ie l'ay remarquée cet Hyuer à Tours, & ay eſté appellé en conſeil auec meſſieurs d'Anſelineau, Faleſeau, & Vertunian,

Medecins tres-doctes & fort experimentez. Vn ieune seigneur depuis huict ou
neuf ans est trauaillé de cette hypochondriaque : il oit tous les iours enuiron les
neuf heures du matin vn petit bruit du costé de la ratte : apres il sent esleuer vne
vapeur qui rougit toute la poictrine, toute la face, & gaigne le plus haut de la teste, les arteres des temples battent bien fort, les veines du visage sont enflées, &
au bout du front, où les veines finissent, il sent vne douleur extréme qui n'a que la
largeur d'vn sol, la rougeur court par tout le bras gauche iusqu'au bout des doigts
& represente vn feu volage ou vn erisipele, le costé droit en est du tout exempt.
Durant l'accez il est si abbattu, qu'il ne peut sonner mot, les larmes luy decoulent
en abondance, & luy sort de la bouche vne quantité incroyable d'eaux, le dehors
brusle, & le dedans est comme glacé : la jambe gauche est toute pleine de varices,
& ce que ie trouue de plus estrange à l'os gauche de la teste, qu'on appelle parietal,
il y a vne piece d'os emportée sans qu'il ait precedé aucune cause apparente, comme coup ou cheute, & ne peut endurer qu'on le touche en cet endroit : la maladie
a esté si rebelle que tous les remedes que les plus doctes Medecins luy ont ordonné ne l'ont iamais sceu abbatre. Il fut resolu en nostre conseil qu'on la combat-
troit par remedes extraordinaires, & par alexipharmaques : nous n'en auons
pas encores sceu le succez. Voilà comme ces grosses humeurs bruslées & melancholiques sejournans dans les veines du foye, de la ratte, & du mesentere, peuuent
exciter vne infinité d'accidens estranges, & sont cause d'vne sedition bien grande
en toute l'œconomie du corps.

La curation de l'hypochondriaque.

CHAPITRE XV.

POVR la curation de l'hypochondriaque, nous auons
besoin de deux sortes de remedes : les vns s'ordonnent
hors de l'accez, & sont appellez preseruatifs : les autres
sont propres au téps de l'accez, & lors que le malade est
trauaillé de tous ces accidens : ie commenceray aux premiers. La preseruation se fera par trois genres de remedes, qui sont les éuacuatifs, les alteratifs, & ceux qui
fortifient : Les éuacuatifs sont la saignée & la purgation : la saignée vniuerselle peut seruir pour corriger
l'intemperature chaude du foye, & pour vuider vne portion du sang melancholique : elle se fera de la veine basilique, que les Arabes appellent noire : les saignées
particulieres des veines hemorrhoïdales sont mises au rang des plus grands & asseurez remedes pour l'hypochondriaque, d'autant qu'elles éuacuent la rate & tout
le mesentere. Il y en a qui loüent l'ouuerture de cette veine qui va au petit doigt
de la main gauche, qu'on nomme *saluatella*. L'autre éuacuation se fera par la purgation, laquelle ne doit point estre violente, de peur que cette humeur ne s'effarouche dauantage, il faudra doncques purger tout doucement & par interualles.
Les purgatifs seront phlegmagoges & melanagoges, pource que ce sont les deux
humeurs qui pechent le plus : le senné & l'agaric tiennent le premier rang. I'ay
décrit au chapitre de la premiere melancholie les formes de plusieurs purgatifs
qui pourroient icy seruir, mais d'autant que l'humeur qui fait l'hypochondria-

Preseruation de l'hypochondriaque.
Remedes euacuatifs.

saignée.

Purgation.

GG iij

que est meslée, il en faudra décrire d'vne autre façon. I'approuue fort l'vsage des syrops magistrals & des opiates, qu'on pourra composer en cette façon.

Syrop magi-stral.

Prenez racines de buglose & d'asperges, écorces de racines de capres & de tamaris, de chacune vne once, racines & fueilles de cichorée, bourrage, buglose, houblon, fumeterre, ceterach, capilli veneris, de chacune vne poignée, d'absynthe pontic, de la melisse vne petite poignée, de regalisse, & de raisins de corinthe, lauez en eau tiede, de chacune vne once, semences de citron, de chardon benit, d'endiue, de chacune deux dragmes, des trois fleurs cordiales, des fleurs de cichorée, des sommitez du thim, & de l'epityme, de chacune vne petite poignée, faites cuire le tout en suffisante quantité d'eau claire, & l'ayant bien coulé, prenez-en deux liures, ausquelles adiousterez l'expression de quatre onces de senné de leuant, qui auront infusé en la susdite decoction, auec vne dragme de girofle, l'expression d'vne once & demie d'agaric qui aura infusé en l'eau de menthe, auec vn scrupule de gingembre, & auec suffisante quantité de succre, faites cuire le tout en vn syrop parfait, lequel garderez pour l'vsage ordinaire. Il en faudra prendre deux onces vne fois le mois, ou deux, auec vn boüillon de poulet, dans lequel on aura fait cuire de la bourrage, buglose, houblon, & des capillaires. On pourra faire vn syrop auec les sucs des mesmes herbes, & y mettre mesmes laxatifs.

Opiate.

L'opiate que i'ay desià décrite pourra seruir icy, mais il s'en peut faire d'vne autre façon, qui purge fort doucement.

Prenez du suc de la mercuriale bien épuré, ce qu'il en faudra, faites-y infuser par l'espace de vingt-quatre heures deux onces de senné de leuant, & faites les boüillir, apres exprimez-le bien fort, & ce qui sera coulé, faites-le cuire auec le sucre en forme d'electuaire, auquel adiousterez deux onces de casse recentement tirée de son canon, demy once d'epithyme, deux dragmes de girofle conquassé, & meslant bien le tout ensemble, en formerez vne opiate, de laquelle on pourra prendre demy once ou plus.

Ceux qui ne peuuent vser des breuuages, ny des opiates, prendront des pilules qu'on fera auec l'extraction du senné, de l'agaric, & de la rhubarbe, car les autres pilules ne sont pas trop propres en cette maladie.

Extraction de senné pour en former des pilules.

Prenez quatre onces de bon polypode, racines & fueilles de cichorée, buglose, fumeterre, houblon, de chacune vne poignée, vne douzaine de raisins de damas, vne poignée des trois fleurs cordiales, faites vne decoctió iusques à vne liure, dans laquelle ferez boüillir deux onces & demie de senné, six dragmes d'epithyme, & demy once de bon agaric. Tout cela ayant infusé vne nuict entiere, le coulerez & exprimerez bien fort, adioustant demy once de bonne rhubarbe, qui aura infusé en la susdite decoction, auec vn peu de canelle. Vous mettrez apres tout cela ensemble sur les cendres chaudes, le ferez secher iusques à ce qu'il ait vne consistence assez épaisse, & y adioustant trois dragmes d'epithyme, ferez vne masse de pilules qui purgera fort doucement, à la dose de quatre scrupules. Voilà les plus doux purgatifs: en adioustant les clysteres frequens, qui peuuent seruir à l'hypochondriaque. Mais d'autant que cette humeur est grosse, & bien souuent cachée dans les plus profondes veines, il est mal-aisé de bien éuacuer, si premierement elle n'est preparée: il faudra donc venir au second genre des remedes que nous

Remedes alte-ratifs internes. Apozemes.

auons appelé alteratifs. L'alteration consiste en l'humectation de cette humeur, & en l'attenuation: elle se pourra faire par remedes internes & externes: les internes sont les apozemes, qui doiuent estre mediocrement aperitiues, à cause des obstructions, & se faut bien garder d'échauffer trop. Les herbes hepatiques & spleniques y serōt fort propres, & ne faut pas oublier l'absynthe : car tous les bons praticiens asseurent que la decoction seule d'absynthe a preservé vne infinité de personnes de l'hypochondriaque. Il ne sera pas mauuais pour destremper ces grosses humeurs, & pour déboucher les conduits, de faire vser d'vne decoction de l'esquine auec vn peu de sassafras l'espace de douze ou quinze iours. Les boüillōs humectans & alteratifs, la façon de viure, & le laict, seruiront infiniement pour la preparation & humectation de cette humeur seiche. Quant aux remedes externes, les bains vniuersels tiennent le premier lieu : on fera aussi des fomentations sur la ratte & sur tout le mesentere, des onctions, des linimens. Les fomentations seront remollitiues, mediocrement aperitiues, attenuantes, & y faudra mesler quelque chose qui dissipe les vents, les formes en sont assez communes. Les huiles de capres, d'amandes ameres, de genest, de sambucin, de lis, de camomille & des graines d'hiebles sont les plus propres.

Vsage de l'esquine.

Boüillons.

Remedes alteratifs externes.

Le dernier genre des remedes est de ceux qui fortifient : car il y a ordinairement en l'hypochondriaque plusieurs parties affoiblies qui reçoiuent l'impression de cette humeur : comme le cœur, l'estomach, le cerueau. La foiblesse du cœur est cause de palpitations & de legeres defaillances, l'estomach debile engendre tout plain de cruditez, le cerueau affoibly est la cause que l'imagination & la raison sont souuent troublées en cette maladie. Il faudra donc auoir égard à ces parties. Le cœur se fortifiera par remedes internes & externes : les internes sont opiates, condits, tablettes.

Remedes confortatifs.

Moyens pour fortifier le cœur.

Prenez conserue de racine de buglose & de fleur de bourrage, de chacune vne once, de chairs de mirabolan & d'escorces de citron confites, de chacune demy once, deux dragmes de confection alkermez, des perles & de la poudre de liesse, vne dragme de chacune, auec le syrop de pommes, faites-en vne opiate, de laquelle faudra prendre deux ou trois fois la semaine, auec vn peu d'eau de buglose.

Opiate.

Prenez de la poudre de l'electuaire de gemmis & de liesse vne dragme de chacune, de confection alkermez demy dragme, de perles & d'esmeraude bien puluerisées, vn scrupule de chacune, du succre dissoult auec l'eau de buglose ou de melisse tant qu'il en faudra, faites-en des tablettes du poids de trois dragmes, il en faudra prendre le matin & le soir deux ou trois fois la semaine.

Tablettes.

Pour les delicats & plus friands on fait des muscardins : Prenez le tiers d'vne noix muscade confite, trois dragmes d'escorce de citron, & autant de mirabolan confit, demy dragme d'ambre gris & autant de musc, du succre le double de tout & auec le mussilage de la gomme tragacant tirée en eau de buglose, faites-en des muscardins. Il ne faut pas trop souuent vser de ces remedes chauds à l'hypochondriaque, de peur d'irriter & effaroucher l'humeur.

Muscardins.

Les remedes externes pour fortifier le cœur sont épithemes liquides, solides, huiles, vnguents, & sachets.

Remedes externes.

Prenez eaux de buglose, melisse, & de rose, de chacune quatre onces, du vin blanc vne once & demie, de graine d'escarlate, des fleurs cordiales, de chacune vne dragme, de poudre de diamargaritum & d'iambre, de chacune demy dragme, demy scrupule de saffran, meslez le tout & en faites des épithemes qu'appliquerez sur le cœur.

Epithemes liquides.

Prenez conserue de fleurs de bourrage, de rose & de melisse, de chacune deux

Epithemes solides.

G G iiij

onces, de la confection alkermes & de hyacinthe, de chacune deux dragmes, de la poudre de gemmes & de lieffe, de chacune demy dragme, auec l'eau de meliffe ou de fleur d'orange, faites-en vne epitheme folide en forme de cataplafme, qu'eftendrez fur vne piece d'efcarlate, & appliquerez fur le cœur.

Huiles. Prenez huile de iafmin & du coftus vne once, trois grains d'ambre gris, frottez en la region du cœur, ou ayez du baume naturel.

Vnguent. Prenez des fleurs de camomille, de romarin & d'oranger, de chacune deux dragmes, du bois d'aloës, du fantal mufcatelin, de chacun vne dragme, d'huile de iafmin, & du baume naturel, de chacun vne once, fix ou fept grains d'ambre & de mufc, & auec vn peu de cire blanche, faites-en vn vnguent duquel oindrez le cœur.

Sachets. Prenez de fueilles de meliffe, de fleurs de bourrage, buglofe, de chacun vne demy poignée, d'efcorce de citron, & de fa femence deux dragmes, femence de meliffe, & bafilic giroflé de chacune vne dragme, des poudres de perles, efmeraudes, & hiacinthes, demy dragme de chacune, de l'os du cœur de cerf, vne dragme du fantal rouge, & citrin vne dragme, quatre ou cinq grains de bon ambre: conquaffez tout cela & en faites vn fachet de taffetas rouge bien entre-pointé, ayant la forme du cœur, & portez-le ordinairement fur le cœur.

Voilà les plus propres remedes tant internes qu'externes pour fortifier le cœur, & pour empefcher les foibleffes qui arriuent ordinairement aux hypochondriaques.

Remedes pour fortifier l'eftomach. L'autre partie qu'il faut fortifier eft l'eftomach, on vfera de poudres digeftiues pour empefcher qu'il n'engendre pas tant de cruditez, & fi on l'oindra par dehors de quelques huiles propres: La poudre digeftiue ne doit point eftre trop chaude.

Poudre digeftiue. Prenez de l'anis & fenoüil confit de chacun trois dragmes, efcorce de citron confite vne dragme, de perles preparées, du corail rouge, de chacune vne demy dragme, deux fcrupules de fine canelle, de fuccre rofat quatre onces: faites-en vne poudre, de laquelle on prendra vne cueillerée apres chaque repas.

Remedes externes pour l'eftomach. On pourra par dehors fortifier l'eftomach auec l'onction des huiles de mufcade, nardin & d'abfinthe, ou auec quelque fachet fait auec l'abfynthe, la meliffe, girofle, macis, canelle, rofes rouges & femblables poudres: il eft vray qu'il fe faut bien garder de les appliquer fur le foye, d'autant que l'intemperature chaude de cette partie eft ordinairement la fource de toutes les hypochondriaques. On pourra pour cette occafion oindre le foye auec l'onguent rofat & fantalin, bien lauez en eau de cichorée: ou bien on appliquera des épithemes des eaux de cichorée, endiue, ozeille, femences d'endiue, fleurs cordiales, du fantal rouge.

Quant au cerueau qui eft debile, de peur qu'il ne reçoiue fi grande quantité de vapeurs, on le pourra fortifier auec poudres capitales & legers parfums.

Et voila quant aux remedes preferuatifs, qui fe peuuent ordonner hors de l'accez, & qui empefcheront fans doute que l'accez ne viendra point. Car oftant la caufe des accidens, il faut neceffairement que les effets ceffent.

Remede pour l'accez de l'hypochondriaque. Mais quand l'accez de l'hypochondriaque trauaillera le malade, il faut vfer d'autres remedes, lefquels le medecin diuerfifiera felon l'accident qui preffera

le plus. Si c'eſt la foibleſſe, on laiſſera tout pour fortifier le cœur, on employe- *Comme il faut remedier à la foibleſſe.*
ra des remedes que i'ay décrits cy-deſſus, on prendra de l'alkermez, du pain
trempé dans le vin, des tablettes, & opiates cordialles, d'eſcorce de cytion, on
appliquera ſur le cœur des épithemes liquides & ſeiches, d'huilles, baumes, on-
guents, ſachets. Si l'oppreſſion, qui eſt le plus commun accident de l'hypochon- *Remedes pour les vents qui preſſent.*
driaque, & qui vient de ces groſſes vapeurs, ou des vents qui preſſent le dia-
phragme, & les membranes, trauaille bien fort : il faudra faire des frictions legeres aux cuiſſes & aux jambes, donner vn clyſtere carminatif appliquer des
grandes ventouſes ſur la ratte, ſur le nombril, & ſur tout le ventre : & ſi la douleur de ces vents eſt fort grande, on pourra prendre vne cueillerée d'eau clairet-
te ou d'eau de canelle diſtillée, ou d'eau celeſte, ou bien deux ou trois gouttes
d'eſſence d'anis dans vn peu de boüillon bien chaud, ou vn peu de theriaque & de
mithridat : ſi les vents s'opiniaſtrent par trop, & ne veulent bouger de la poictrine, on les fera deſloger auec quelques ſachets bien chauds appliquez, qui ſeront
faits de fleurs de camomille, & de melilot, des ſommitez d'aneth, du millet & de
l'auoine fricaſſée.

On pourra auſſi ſur la region de la ratte appliquer des fomentations qui re-
ſoudront & diſſiperont vne partie de ces groſſes vapeurs. Voilà les trois eſpeces
de melancholie que les anciens nous ont décrites, celle qui a ſon ſiege au cerueau, celle qui vient par ſympathie de tout le corps, & celle qui s'eſleue ordinairement des hypochondres, qui eſt la plus commune, & ſi frequente en ce miſerable temps, qu'il ſe trouue fort peu de gens qui n'en reſſentent quelque attaque. Ie viens à la troiſiéme maladie de Madame la Ducheſſe d'Vzez, qui eſt le
catarrhe.

Fin du ſecond diſcours.

TROISIESME DISCOVRS
AVQVEL EST TRAITTE' DE LA
GENERATION DES CATARRHES, ET
comme il les faut guarir.

Que le cerueau est le siege du froid & de l'humide, & par conse-
quent la source des defluxions.

CHAPITRE PREMIER.

Le cerueau sie-
ge du froid &
de l'humide.

E n'est pas sans cause que ce grand oracle de Grece Hip=
pocrate a écrit en plusieurs endroits, que le cerueau
estoit le vray siege du froid & de l'humide : car si nous
regardons sa substance moëlleuse, son temperament
froid, sa forme ronde, caue & longuette comme vne
ventouse, & sa situation haute receuant toutes les vapeurs des parties basses, nous trouuerons que tout cela
est disposé pour engendrer & contenir grande quantité
d'eaux. La substance du cerueau deuoit estre molle & moëlleuse, pour receuoir
plus facilement l'impression des images, & afin que les nerfs qui en deuoient
naistre se peussent plus aisément flechir : mais cette moëlle n'est pas semblable
à celle qui est dans les cauernes des autres os : elle ne sert point d'aliment au
crane, elle ne se font point au feu, & ne se peut consumer : son origine est beaucoup plus noble, elle se forme auec les autres parties de la plus nette, & pure

Temperament
du cerueau
froid.

portion des deux semences : Le temperament du cerueau deuoit estre froid, pour
temperer les esprits animaux, pour empescher leur dissipation, & pour garder
que cette noble partie qui est ordinairement occupée à tant de belles actions, ne
s'embrasast, & rendist tous les discours temeraires, & les mouuemens desreglez

Erreur d'A-
ristote.

comme il arriue aux phrenetiques. Ie me suis bien souuent estonné comme
ce grand Philosophe Aristote a osé dire que le cerueau auoit esté creé froid,
seulement pour refroidir le cœur, & qu'il n'en reconnoissoit autre vsage.
Si le temps & le lieu me permettoient de remonstrer son erreur, ie ferois voir
que le talon a plus de force à refroidir le cœur que le cerueau : mais craignant
de m'égarer, ie renuoieray le lecteur à ce que Galien en a écrit au huictiéme

Le cerueau en-
gendre beau-
coup d'excre-
mens de soy.

liure de l'vsage des parties. Ie poursuiuray le fil de mon discours, & diray que
le cerueau estant d'vne substance molle, & d'vn temperament froid & humide (si on le veut comparer auec les autres parties du corps) engendre plusieurs
excremens, pource que se nourrissant d'vn sang froid & crud, il faut necessaire-

ment qu'il en demeure beaucoup de reste, & qu'il s'amasse quantité du superfluitez: de sorte que de soy & de sa nature propre il est tousiours disposé à engendrer
& contenir des eaux. Il en engedre aussi beaucoup par accident à cause de sa for- *Il en engendre*
me & situation : sa forme qui est ronde, caue & longue comme vne ventouse, *par accident.*
attire de toutes les parties du corps des exhalations : sa situation qui est haute les
reçoit aisément : de façon que ces vapeurs chaudes estans arriuées en vne partie
plus froide s'épaississent & conuertissent en eau, comme nous voyons que les vapeurs esleuées des hypochondres embrasez, quand elles arriuent au cuir, qui est
beaucoup plus froid, se congelent & conuertissent en sueur : ou comme les exhalations esleuées par la chaleur du Soleil en la moyenne region de l'air se condensent & conuertissent en pluye, gresle & neige. Voilà donc comme le cerueau,
& de soy, & par accident est propre à engendrer des excremens, & comme en
tout animal on le peut appeller siege principal du froid & de l'humide : mais
principalement à l'homme, d'autant que pour la varieté des fonctions animales *Deux sortes*
qu'il exerce, il a plus grande quantité de cerueau que les autres animaux. Or ces *d'excremens.*
excremens, si nous croyons Hippocrate & Galien, sont de deux façons, les vns
sont grossiers, les autres subtils. Les subtils s'éuaporent souuent par insensible
transpiration, les grossiers ont eu besoin de canaux pour leur expurgation. Na- *Conduit pour*
ture a si bien pourueu à tous les deux, qu'il faut qu'vn chacun admire icy son in- *l'expurgation*
dustrie : car pour l'exhalation des plus subtils elle a percé le crane, & a fait toutes *des excremens.*
ces sutures que nous y voyons, qui seruent au corps comme de cheminée, ou de
souspirail : & pour les plus gros excremens elle a fait deux canaux & aqueducs
particuliers, par lesquels toutes les eaux se vuident : l'vn s'en va rendre au nez, &
l'autre au palais. Celuy du palais est le plus commun, on le voit venir du troisiéme *Le canal qui*
ventricule du cerueau, il est large par le haut, & va tousiours en s'estroississant *va au palais.*
comme vn entonnoir : c'est pourquoy les anatomistes l'appellent *infundibulum.*
Par ce canal toutes les serositez des superieurs ventricules se purgent, & se vont
rendre à vne glande qu'on nomme pituitaire, qui boit comme vne petite éponge toutes les serositez, & apres les laisse tout doucement couler par plusieurs petites fentes, qui se voyent à costé de la selle de l'os sphenoïde, & s'en vont rendre
au palais. L'autre canal s'en va au nez : ce sont deux éminences du cerueau qui ont
la forme des mammelles, & s'appellent pour cette occasion procez mammillaires. Leur principal vsage est bien de receuoir les odeurs & les apporter au cer- *Le canal qui*
ueau : mais quand il y a trop grande quantité d'excremens, nature en abuse, & *va au nez.*
fait couler par ces deux apophises les serositez qui passent par vne portion de l'os
ethmoïde, qui est percé comme vn crible. Ce sont ces deux conduits, i'entens
le nez & le palais, que nature a destinez pour la purgation du cerueau. Il y en a *Conduits ex-*
d'autres extraordinaires qu'Hippocrate a remarqué au liure des glandes, com- *traordinaires.*
me les yeux, oreilles, la moëlle dorsale, les veines, les nerfs : mais ceux-cy seruent lors que tout est en desordre, & que l'œconomie naturelle du cerueau est
peruertie.

Des Catharres,

CHAPITRE II.

Que signifie le nom de catharre.

I le cerueau est bien disposé il n'engendrera que ses excremens naturels, & les purgera tous les iours par les conduits que nature luy a destiné: mais s'il est intemperé, il en amassera beaucoup plus qu'il ne faut, lesquels ou de leur pesanteur propre, qui est la forme élementaire, tomberont en bas, ou seront chassez en quelque partie par la vertu expultrice du cerueau, qui se sentira pressé de leur quantité, ou qualité maligne. Cette décente d'humeur en quelque façon qu'elle se fasse, se nomme generalement des Grecs catharre, qui signifie autant comme defluxion. Ie sçay bien qu'il y a vne plus estroitte signification de ce nom & que comme Galien remarque tres-bien au troisiéme des causes des symptomes, catharre proprement est quand l'humeur découle dans la bouche: mais ie me seruiray icy de la plus commune, & appelleray toute décente d'humeur qui vient du cerueau en quelque partie que ce soit, catharre.

Catharre est vn symptome.

Catharre, si nous croyons Galien, est vn symptome du troisiéme genre, qui est vn vice aux excremens, ce symptome ensuit ordinairement vn autre qui est l'action blessée: l'action qui est icy blessée est la coction, car le cerueau ne digerant pas bien l'aliment, engendre plus de superfluité qu'il ne faut. La coction offensée estant vn symptome, dépend immediatement de quelque

La maladie qui est cause de ce symptome.

maladie. Ie croy que c'est le plus souuent vne intemperature froide & humide: la seiche en peut estre quelquefois cause par accident, retenant les vapeurs & empeschant qu'elles ne passent outre: la chaude aussi en fondant les humeurs & attirant trop de vapeurs, mais c'est plus rarement. Le cerueau donc est la partie malade aux catharres. La maladie est vne intemperature qui blesse immediatement la coction, & de cette lesion vient le vice de l'excrement. Or pour entendre la nature du catharre, il est necessaire de philosopher en cette façon.

Definition du catharre.

Catharre ou defluxion n'est autre chose qu'vn mouuement d'humeurs d'vn lieu à l'autre, que les Philosophes appellent local. Or en tout mouuement

Il faut remarquer cinq choses au catharre.

local, Aristote en sa Physique remarque cinq choses? Le mobile, c'est à dire

1. Le mobile.

ce qui est meu; le mouuant, c'est à dire ce qui meut: & trois termes: celuy d'où commence le mouuement, celuy par où se fait le mouuement, & celuy où se finit & termine le mouuement. Aux defluxions ce qui est meu est l'humeur de quelque qualité qu'elle soit, chaude, froide, douce, aigre, salée, tenuë, crasse,

2. Le mouuant.

simple, meslée. Ce qui fait mouuoir cette humeur & luy fait changer de place,

Le mouuant interne.

qu'on appelle en vn mot le mouuant, est double: l'vn est interne, l'autre externe. L'interne derechef est double: la forme de l'humeur, & l'ame, c'est à dire la faculté expultrice: l'humeur si elle suit sa nature & sa forme élementaire, doit tousiours descendre pource qu'elle est pesante. Or il arriue souuent que l'humeur n'estant plus regie de l'ame (comme quand la faculté retentrice est du tout affoiblie) tombe d'elle-mesme & n'a point autre principe de son mouuement que sa forme propre & sa pesanteur. Ainsi voyons-nous la pluspart de ceux qui meurent, estre suffoquez d'vn catharre, le cerueau ayant du tout perdu sa force & estant

comme

comme lafche. L'autre principe interieur qui meut les humeurs, eft l'ame; car Nature a donné à toutes les parties viuantes vne vertu expultrice pour chaffer ce qui leur peut nuire. Le ceruceau donques eftant irrité ou de l'abondance de l'humeur qui l'oppreffe, ou de la qualité qui le pique, s'efforce de la chaffer, & la repouffe le plus loin qu'il peut. Le mouuant externe eft tout ce qui peut par dehors preffer, ou lafcher, ou ebranler le cerueau : l'air froid preffe le cerueau & fait defcendre les humeurs, l'air chaud, & les bains lafchent & fondent les humeurs: les coups, cheutes & les violentes paffions de l'ame peuuent esbranler l'humeur qui eft dans le cerueau, & luy faire changer de place. Voilà quant au mouuant. Refte à rechercher les termes. Celuy d'où commence l'humeur à fe mouoir eft le dedans, & le dehors du cerueau. L'humeur bien fouuent fe retient dans les ventricules & dans toute la fubftance du cerueau, & commence à partir de là : quelquefois elle fe tient hors du cerueau entre l'os & fa membrane, & fait les defluxions externes. Les lieux par où cette humeur paffe, qui eft l'autre terme, font les conduits ordinaires & extraordinaires du cerueau : les ordinaires font le nez & le palais : les extraordinaires font les yeux, oreilles, nerfs, la moëlle, les veines & arteres, & l'efpace qui eft entre l'os & les membranes ou les efpaces des mufcles. Le terme où fe finit le mouuement de l'humeur, peut eftre toute partie du corps, pourueu qu'elle foit baffe, fujette à la tefte & debile; car iamais la defluxion ne fe fera de bas en haut. Voilà la definition du catharre expliquée, venons maintenant à fes differences.

Le mouuant externe.

3. Le terme d'où commence le mouuement.

4. Le terme par où.

5. Le terme où fe finit le mouuement.

Les differences du catharre.

CHAPITRE III.

ES principales differences du catharre font prinfes de la matiere qui decoule, des parties qui enuoyent ou reçoiuent, des accidens qui les accompagnent, & du moyen de leur generation. La matiere de tous ces catharres eft vne humeur : i'appelle humeur tout ce qui eft actuellement liquide, & qui flotte. Or en l'humeur nous pouuons remarquer plufieurs chofes, la fubftance, temperament, qualité, faueur & mixtion; & de tout cela nous en tirerons quelque differences du catharre. La fubftance ou confiftence de l'humeur (ainfi ont accouftumé de parler les Medecins) eft ou tenuë & fubtile, ou groffiere & époiffe, ou mediocre. Il y a donc des catharres fubtils & tous aqueux, & d'autres plus épois. Le temperament de l'humeur eft chaud ou froid : il y a donc des catharres froids & des catharres chauds ; les froids font les plus ordinaires, & s'engendrent par vne intemperature froide & humide du cerueau: l'intemperature froide affoiblit la faculté côcoctrice, & fait que le cerueau amaffe plus d'excremens qu'il n'eft de befoin, & ne peut digerer les reftes de fon aliment froid: l'intemperature humide affoiblit la faculté retentrice, & laiffe écouler les humeurs, encores qu'elles ne foient fuperfluës. On recognoit ce catharre froid à plufieurs marques, car l'humeur qui decoulle n'eft nullement piquante, le cerueau eft endormi, les yeux troubles, l'ouye pefante, le nez bouché, tous les fentimens hebe-

Differences prinfes de la matiere.

Premiere difference tirée de la fubftance de l'humeur.

Seconde difference du temperament.

Signes du catharre froid.

HH

tez, la face palle, le corps lafche, pefant & lourd : d'autant que la force des bras &
des iambes vient de la roideur des mufcles & des nerfs. Or icy les nerfs font tous
ramollis, & comme lafchez, pource que le cerueau, qui eft leur commun principe, nage tout en eau. Le Medecin remarquera encores pour s'affeurer dauantage, le temperament, l'aage, le lieu de l'habitation, la faifon de l'année, & la façon de viure : car fi le corps eft d'vn temperament froid, s'il eft defià vieil, s'il habite aux lieux froids, aquatiques, marécageux, & que ce foit en hyuer ; s'il fe
nourrit ordinairement de fruicts, de viandes humides & froides ; & qu'il mene
vne vie oyfiue & fedentaire, il ne faut pas douter que le catharre ne foit froid. Il
y a aufsi des catharres chauds, encore que plufieurs doctes Medecins le nient,
mais l'authorité d'Hippocrate & l'experience nous affeurent du contraire. Hippocrate fait mention d'vne efquinance d'Efté, qui vient d'vne defluxion fubtile, acre & chaude, nous voyons bien fouuent fortir par le nez vne humeur
iaune & bilieufe qui écorche tout, & il s'engendre ordinairement dans le cerueau de la cholere, laquelle fe purge par les aureilles. Les Anciens ont tres-bien
remarqué qu'il s'engendre au cerueau trois fortes d'excremens, les vns font pituiteux, les autres melancholiques, les autres bilieux : Les pituiteux fe purgent par
la bouche & par le nez, les melancholiques par les yeux, les bilieux par les aureilles : nous voyons aufsi en nettoyant les aureilles tout ce qui en fort eftre iaune
& extrémement amer. Il y a donc des defluxions chaudes, lefquelles font telles,
ou de leur generation, comme fi elles fe font de cholere, ou par corruption, comme quand le phlegme fe pourrit, il acquiert vne acrimonie & deuient falé. Il
eft aifé de recognoiftre ces catharres chauds : car fi l'humeur paffe par le palais
& par la bouche, on la fent amere & piquante, elle brufle & écorche par tout où
elle paffe, le vifage en eft tout rouge & embrafé, le front extrémement chaud,
la fiéure l'accompagne ordinairement : faudra adioufter à tout cecy, le temperament chaud & bilieux, la conftitution de l'air chaude, la façon de viure, & toutes autres chofes qui font difpofées à échauffer les humeurs & à les engendrer.
Nous remarquons encore à l'humeur outre fa fubftance & temperament, fa
qualité, c'eft à dire les mœurs : il y a des humeurs malicieufes, & qui ont quelque
malignité occulte, il y en a de plus douces, il y en a de cuittes & de crües. De ces
mœurs nous tirerons vne difference des catharres : il y en a de rebelles & malins,
comme ceux qui accompagnent la verole, ou qui viennent de quelque refte
d'icelle, on ne les guarit pas auec les remedes ordinaires, il les faut combattre par
alexipharmaques : il y en a de plus doux qui fe guariffent fort aifément, & par vne
fimple purgation. Il y en a de cruds & de cuits : on recognoit s'il eft crud quand
on le voit clair, tenue, inégal, verd, iaune, amer ou piquant : au contraire s'il eft
égal, & du tout femblable à foy & vn peu épois, on iuge qu'il eft cuit.

Du gouft & faueur qui eft à l'humeur on prend quelque difference de ces defluxions, il y en a de falées, de douces, de fades. les falées font toufiours les plus
dangereufes : car fi elles tombent dans le poulmon font vn vlcere, fi dans les
boyaux vne dyfenterie : enfin nous pourrons tirer du meflange des humeurs ces
differences. Il y a des defluxions fimples qui fe font d'vne feule humeur, & d'autres qui fe font du meflange de plufieurs. Et voilà noftre premiere difference
bien particulierement recherchée, qui eft prinfe de la matiere.

La feconde fe peut recueillir des parties : or nous auons deux fortes de parties
à voir, celles qui enuoyent, & celles qui reçoiuent : celles qui enuoyent font le
dedans du cerueau ou le dehors : le dedans eft ordinairement plein d'excremens

Catharres chauds.

Signes des ca-tharres chauds.

Troifiéme dif-ference de qua-lité de l'hu-meur.

Signes du ca-tharre cuit & crud.

Quatriéme difference du gouft.

Difference prinfe des par-ties.

à cause du temperament froid & de la substance moëlleuse : au dehors aussi, comme entre le pericrane & le crane, & entre le cuir & le pericrane, se peut retenir & amasser grande quantité d'eaux, ou parce que les vapeurs, qui ne pouuans passer outre, se condensent : ou pource que des veines & arteres exude quelque serosité qui s'arreste.

De ces parties donc nous tirerons cette difference des catharres, il y en a d'externes qui viennent du dehors, & coulent par la continuité des membranes par toutes les parties externes iusques aux ioinctures, & font bien souuent la goutte: Il y en a d'internes qui viennent du dedans du cerueau & coulent, par diuerses voyes aux parties internes : s'ils prennent le chemin de la moëlle spinale seront vne apoplexie, paralysie, stupeur, tremblement : s'ils vont au dedans des yeux & des aureilles, causeront vn aueuglement & vne surdité: s'ils vont au dedans du nez, feront ce qu'on appelle coriza : si au palais & à la trachée artere, la raucité: si dans les poulmons, l'asthme, la toux, le phtisis : si dans l'estomach, vne lienterie, vn flux de ventre.

La troisiéme difference sera prinse des accidens. Il y a des catharres suffocatifs qui tuent soudainement, & sont ceux qu'Hippocrate appelle τινντόμως ἀπόλλων-τις. les autres sont sans danger, & coulent tout doucement. Il y a des catharres sans fiéure, il y en a auec fiéure : il y en a de douloureux, & d'autres qui sont sans douleur. Difference prinse des accidens.

La derniere difference est prinse du moyen de leur generation & des causes efficientes. Il y a des catharres idiopathiques qui s'engendrent par le vice particulier du cerueau, tout le reste du corps estant bien sain : Il y en a de sympathiques qui viennent de la mauuaise disposition des autres parties: comme du foye trop échauffé & d'vn estomach trop refroidy : le foye trop chaud, enuoye quantité de vapeurs au cerueau, & l'estomach refroidy engendre tout plein de cruditez. Il y a des catharres epidemiques & des sporadiques : les epidemiques ou populaires viennent de la constitution de l'air, comme a esté la coqueluche de cette année, & celle qui courut par toute l'Europe, il y a enuiron dix ans. Les sporadiques viennent de la particuliere constitution des corps, & de la façon de viure qui est particuliere à vn chacun. Derniere difference.

Des causes du catharre.

CHAPITRE IV.

ES causes du catharre sont ou externes ou internes: les externes viennent ordinairement du vice de l'air & de la façon de viure. L'air nous peut alterer par trois moyens, par ses qualitez, par sa substance, & par son soudain changement : celuy qui est trop chaud, trop froid & trop humide est propre pour engendrer les catharres: le chaud vient à dissoudre & fondre les humeurs contenuës dans le cerueau, & par ce moyen les rend plus propres à couler: le froid est cause des defluxions, pource qu'il comprime le cerueau : & tout ainsi que d'vne esponge pleine d'eau estant pressée on void ruisseler l'eau de tous costez : ainsi le cerueau estant

preſſé par le froid laiſſe découler toutes ſes humeurs : le meſme froid peut eſtre cauſe des catharres,en pouſſant & faiſant retirer la chaleur du dehors au dedans. Les vents Meridionaux & Aquilonaires émeuuent bien fort les defluxions : car ceux-là rempliſſent le cerueau & le rendent peſant:ceux-cy le preſſent.La longue demeure au Soleil & au ſerain en fait tout autant. Le changement ſoudain de l'air,& la mutation des ſaiſons ſont au rang des cauſes qui émeuuent le catharre. Si auſſi les ſaiſons ne gardent leur temperature,comme remarque tres-bien Hippocrate au troiſiéme liure des Aphoriſmes, l'année ſera toute catharreuſe. Si auec cette alteration ou alienation du temperament il y a quelque vice particulier à la ſubſtance de l'air , comme quelque corruption occulte, il s'engendrera vn catharre epidemique & peſtilentiel.La façon de viure peut auſſi eſtre au rang des cauſes externes, qui engendrent & émeuuent le catharre:le trop manger & le trop boire rempliſſent le cerueau : c'eſt pourquoy les yurongnes & ceux qui mangent trop , ſont ordinairement ſubjets aux catharres ſuffocatifs. L'abſtinence trop grande les peut émouuoir en attenuant & ſubtiliſſant les humeurs; joint que l'eſtomach eſtant vuide , & n'ayant dequoy ſe remplir , eſt contraint d'attirer les humiditez des parties voiſines. Les longues veilles , l'eſtude continuelle,les paſſions de l'ame fort violentes,pource qu'elles diſſipent la chaleur naturel , & refroidiſſent le cerueau , engendrent les catharres: de demeurer auſſi trop oiſif , cela retient tous les excremens. Les grandes éuacuations, & ſur tout les ſaignées frequentes & copieuſes vieilliſſent merueilleuſement vn corps & le rendent trop catharreux. Le trop dormir rend le corps bouffy, humide & ſur tout celuy du Midy. Voila les cauſes externes qui peuuent engendrer & émouuoir le catharre:venons maintenant aux internes.

Les cauſes internes ſont ou eſloignées ou plus prochaines : les plus eſloignées que quelques-vns aiment mieux appeller antecedentes; ſe rapportent à la mauuaiſe diſpoſition du cerueau , de la teſte, du foye , de l'eſtomach , & par fois de tout le corps. L'intemperature froide , humide & chaude du cerueau cauſent bien ſouuent les catharres, la froide & humide de ſoy,la chaude par accident : la froide affoiblit la chaleur naturelle , ne cuit pas bien l'aliment , & ne peut diſſiper les reliques:il faut donc qu'il ſe retienne beaucoup d'excrement : la chaude attire plus d'aliment qu'elle ne peut digerer , & plus de vapeurs qu'elle ne peut reſoudre. Il y en a qui ont remarqué aſſez ſubtilement que la denſité de la ſubſtance du cerueau , eſtoit bien ſouuent cauſe des defluxions,pource qu'elle retenoit les vapeurs & empeſchoit l'exhalation. La mauuaiſe conformation de la teſte ſert auſſi beaucoup pour la generation des catharres:car ceux qui ont les ſutures fort preſſées, ou qui n'en ont point du tout , comme nous en auons veu pluſieurs ſont ſubjets aux defluxions , pource que les vapeurs retenuës ſe conuertiſſent en eau : & les ſutures ont eſté faites principalement pour ſeruir de ſoûpirail & comme de cheminée au cerueau.

L'intemperature des parties baſſes,& ſur tout du foye & de l'eſtomach,eſt vne des plus ordinaires cauſes du catharre,ſi nous croyons le prince des Arabes Auicenne. Car du foye exceſſiuement chaud ſortent , comme d'vn grand braſier, pluſieurs exhalations chaudes,leſquelles par la temperature froide du cerueau ſe congelent & conuertiſſent en eau : i'adjouſteray que ceux qui ont le foye fort chaud , ont auſſi les veines bien chaudes , de ſorte que de toutes les veines s'eſleuent continuellement des vapeurs. L'intemperature froide de l'eſtomach engendrant pluſieurs cruditez, peut auſſi eſtre cauſe des catharres. Car tout le

L'intemperance du cerueau fait les catharres.

La mauuaiſe conformation.

L'intemperature des parties baſſes.

corps en est refroidy, ne pouuant la seconde digestion corriger le vice de la premiere. Que si toutes les causes s'accordent ensemble, c'est à dire, que le cerueau
soit froid & humide, le foye chaud & l'estomach froid, il ne faut pas douter qu'il
ne se fasse vne perpetuelle generation d'excremens au cerueau : & c'est ce que les
Arabes ont voulu dire, quand ils écriuent que l'intemperature inegale des visce-
res est la principale cause des defluxiós. Voilà toutes les causes les plus esloignées. *Les causes plus proches sont trois.*
Les plus proches non seulement du catharre, mais de toute autre defluxion, sont
trois, la partie qui enuoye, celle qui reçoit, & la nature de l'humeur. A la partie *La partie qui enuoye.*
qui enuoye nous remarquons sa situation haute & sa force : si elle a ces deux qualitez, elle se déchargera fort aisément sur toutes les parties basses qui luy sont
comme subiettes. Hippocrate l'a tres-bien remarqué au liure des playes de la
teste, quand il dit, qu'entre toutes les parties de la teste le front est le plus subiet
aux inflammations, pource que le front est contenu : or toute fluxion se fait de
la partie contenante à celle qui est contenuë : le front est contenu, & pour raison
de sa situation basse, & pour la production des vaisseaux. La partie reçoit l'hu-
meur, ou pource qu'elle est basse, ou pource qu'elle est debile, ou pource qu'elle *La partie rece-uante.*
l'attire. Toute partie basse peut receuoir la décharge de celle qui luy comman- *La partie de-bile.*
de : si la partie est debile elle y sera encore plus disposée. La debilité vient ou de
soy, & de sa nature propre, ou par accident : les parties rares & spongieuses sont
d'vn naturel debile, comme sont toutes les glandes, & semble que Nature les aye
industrieusement voulu créer telles, afin qu'elles receussent les excremens & superfluitez des parties nobles. Hippocrate en discourt si bien en son liure des
glandes qu'on n'y sçauroit rien adiouster. Le cuir a esté fait naturellement debile afin qu'il receust toutes les superfluitez du dedans, & pource on l'appelle
émunctoire vniuersel. Les parties peuuent aussi estre debiles par accident, comme par vn coup, cheute, ou par quelque intemperature : en quelque façon qu'elles soient foibles cela les rend disposées à receuoir la décharge de ses voisines. La
derniere cause est quand la partie attire l'humeur. Les Arabes ont recognu trois *Comment la partie attire.*
causes de cette attraction, la chaleur, la douleur, & la fuite du vuide. La chaleur
attire de soy, pource que rarifiant les parties voisines, attenuant les humeurs &
eslargissant les voyes, fait decouler l'humeur. La douleur n'attire pas propre- *Comme la dou-leur attire.*
ment, pource qu'elle est vne affection du sens : or le sens patit seulement & n'agit
point, & tout sentiment se fait par reception : mais au lieu qui sent la douleur, les
humeurs y decoulent, pour la debilité de la partie, joint que la chaleur naturelle
estant affoiblie par la douleur, ne peut pas bien cuire l'humeur, il faut donc qu'il
s'y arreste. Ceux qui disent que l'humeur decoule à la partie qui a senty la douleur, pource que Nature y enuoye pour la soulager, les esprits & le sang se trompent, à mon aduis, & font grand tort à la Nature : car si elle cognoit que la partie
a besoin des esprits & du sang, elle cognoistra aussi qu'en enuoyant ce sang, elle
n'aduancera rien & nuira plustost : la douleur donc n'attire pas proprement. La
derniere cause des defluxions se rapporte à l'humeur. Car si elle est tenuë en sa
substance, chaude en temperament, acre & piquante en sa qualité, elle sera beaucoup plus apte à fluër.

HH iij

CHAPITRE V.

E fuiuray le mefme ordre en ce regime que i'ay fait aux deux autres. Il faut difpofer toutes les fix chofes qu'on appelle non naturelles, de telle façon qu'elles puiffent non feulement empefcher la generation des catharres, mais auffi les diffiper & confommer eftans engendrez. Qu'on choififfe donc vn air qui foit temperé en fes qualitez actiues, & aux paffiues qu'il foit du tout fec : Ie dis qu'il doit eftre temperé en chaleur & froideur, pource que l'air chaud fondant les humeurs du cerueau, & le froid les preffant, les font decouler par tout. Si l'air eft trop froid, qu'on l'échauffe auec des bons feux faits de geneure, rofmarin, des bois de laurier, chefne & figuier: s'il eft exceffiuement chaud, qu'on le refroidiffe auec des herbes & fleurs qui en ayent la proprieté. Il faut fuyr les vents Meridionaux & Septentrionaux, pource que ceux-là rempliffent trop, & ceux-cy preffent. On ne fe doit gueres expofer aux rayons du Soleil, ny au ferain : les vents qu'on appelle coulis font extrémement dangereux pour les catharres. L'inégalité de l'air (comme remarque Celfe) émeut bien fort les defluxions : i'appelle vn air inégal quand il eft tantoft froid, tantoft chaud. Pour le regard des qualitez paffiues, il faut en toute defluxion que l'air foit fec ; & pource il fera bon d'habiter aux lieux effeuez & efloignez des riuieres.

Aux viandes on doit remarquer trois chofes. Aux viandes on doit remarquer trois chofes, la quantité, la qualité, & le moyen d'en vfer. Pour la quantité, toute repletion eft ennemie des complexions catharreufes : il ne fe faut iamais faouler, il vaut mieux fe leuer de table auec faim, & quand on retrancheroit vn repas fur toute la fepmaine, on ne s'en porteroit que mieux. Quant à la qualité elle doit eftre contraire à la maladie ou à fa caufe : la caufe des catharres eft vne humeur fuperfluë. Il faut donc vfer des viandes deficcatiues. Qu'on s'abftienne en general de toutes viandes vaporeufes, groffes, venteufes, pleines d'excremens, & difficiles à digerer. Au moyen d'vfer de ces viandes il faut obferuer plufieurs reigles : on ne doit iamais mettre dans l'eftomach de nouuelle viande que la premiere ne foit bien digerée : on fe doit contenter d'vne feule viande, & qui foit bonne, car la varieté engendre tout plein de cruditez, qui fe meflent auec le fang dans les veines, & fourniffent de matiere au cerueau. Il faut s'accouftumer de manger plus au difner, qu'au foupper, d'autant que le dormir qui fuit le foupper de bien prés, enuoye grande quantité de vapeurs au cerueau, lefquelles fe conuertiffent apres en eau.

Le pain. Le pain doit eftre de bon froment & fort cuit, où il y ait vn peu de fon & de fel, on ne le doit iamais manger chaud: à la fin du repas on pourra manger du bifcuit, auquel on mettra vn peu d'anis & de fenoüil.

Les chairs. Les chairs rofties font beaucoup meilleures que les boüillies, & entre autres celles qui n'abondent pas en humeurs : nous approuuons l'vfage des chapons, pigeons, perdrix, leuraux, cheureaux, cerfs, phaifans, cailles, tourterelles, & tous oifeaux de montagne, qu'on pourroit entre-larder de fauge & d'hyfope des montagnes. On deffend l'vfage des oifeaux de riuiere, des pourceaux, aigneaux, brebis, & ieunes veaux: les boüillons & potages n'y valent rien.

Les poiſſons ſont extrémement contraires. Les poiſſons.

Toute ſorte de laiſtage eſt ennemie des catharres, comme auſſi toute façon de legumes.

Pour les herbages, les Arabes recommandent la ſauge, l'yſope, menthe, ſer- Herbages. poulet, marjolaine, roſmarin, pimpernelle, cerfueil, fenoüil, coq. Aëce permet les choux & pourreaux, mais il deffend tres-expreſſement les aulx & oignons, pource qu'ils ſont trop vaporeux, & toutes herbes froides & humides, comme laiſtuës, pourpier, ozeille, & ſemblables.

Tous fruits qui abondent en humidité, comme prunes, melons, concom- Fruiſts. bres, meures, ſont deffendus. On pourra vſer de ceux qui ont vertu de ſecher, comme pignons, noiſilles, piſtaches, amandes, poires, coings, figues, raiſins ſecs, meſles, ſorbes, & ce apres le repas. Voilà pour le manger.

Quand au boire, l'eau froide & le breuuage aſtuellement froid eſt ennemy de Le boire. toute defluxion, ſi ce n'eſt qu'elle fuſt extrémement chaude, piquante, & auec ſicure: l'eau d'orge auec vn peu de ſucre & de canelle, y eſt fort propre, ou vne ptiſane, ou bien vn hydromel. Si l'eſtomach ne peut porter l'vſage de ces eaux, il faudra choiſir vn vin bien meur & petit, qui ne ſoit ny doux ny piquant. Les Le vin. vins muſquats, l'hypocras, & ſemblables vins puiſſans & forts, gaignent tout quant & quant le haut, & rempliſſent le cerueau de vapeurs.

De boire auſſi-toſt qu'on ſe met à table, eſmeut & augmente bien fort le ca- tharre: il n'y a rien ſi pernicieux à ceux qui ſont ſujets aux defluxions, que de boire lors qu'on ſe va coucher.

Le dormir exceſſif rend le corps tout peſant, & retient les excremens au de- Le dormir. dans, il ſuffira de dormir ſix ou ſept heures, & pendant ce temps on aura la teſte & les pieds couuerts: car comme remarque Ariſtote, le froid des extremitez nuit infiniment à ceux qui ont le cerueau froid & humide. On doit dormir la teſte vn peu eſleuée, & ſur les coſtez: car de dormir ſur le dos, cela eſchauffe le tronc de la groſſe veine caue, qui eſt couché ſur l'eſpine, & enuoye grande quantité de va- peurs au cerueau. Qu'on ſe garde bien de dormir au Midy, ny quant & quant apres le repas, il vaudra mieux employer le temps à vne petite pourmenade, ou à quelque plaiſant & gracieux deuis. Il ne faut pas auſſi apres le repas ſe mettre tout ſoudain à la lecture, ou à l'eſcriture, ou apres quelque profonde meditation, pource que cela deſtourneroit la chaleur naturelle, qui doit eſtre du tout occu- pée à la digeſtion. Les longues veilles peuuent autant nuire que le trop dormir, Les veilles. d'autant qu'elles diſſipent la chaleur naturelle, & refroidiſſent le cerueau.

Il eſt bon de ſe leuer matin, & de ſe pourmener par la chambre, touſſer, mou- cher & ſe purger de tous les excremens naturels.

Les exercices vniuerſels ſont fort recommandez de ce grand Medecin Hip- L'exercice. pocrate, les particuliers ſeruiront auſſi, comme les friſtions: mais ſi la teſte eſt Friſtions. debile & fort plaine, il faudra commencer les friſtions par les parties baſſes, & venir des cuiſſes à l'eſpine, de là, au bras, au col, & frotter la teſte la derniere auec des eſponges, ou ſachets artificiels.

Et pource que la teſte eſt la fontaine de toutes les defluxions, il faudra bien auoir eſgard à elle: il ne la faut pas trop charger, ny la laiſſer trop legere, il la faut mediocrement couurir, & vaut touſiours mieux y endurer du chaud que du froid: il n'eſt pas bon de la preſſer par trop, de peur que cela n'attire d'embas.

Le ventre doit eſtre touſiours laſche.

Des Catharres,

Methode generale pour la curation des defluxions.

CHAPITRE VI.

'A V T A N T qu'en toute defluxion il y a vne partie qui enuoye, & vne autre qui reçoit, il faut que le Medecin aye efgard à toutes les deux. La tefte eft la fource & fontaine de tous les catharres : il faut donc employer vne partie de noftre induftrie à vuider cette tefte, à la fecher & fortifier, de façon qu'elle ne puiffe rien engendrer de nouueau. Ie drefferay vne methode pour les defluxions froides & qui s'engendrent d'vne intemperature froide & humide du cerueau, pource que ce font les plus frequentes, & celle-là pourra feruir de reigle aux autres.

La premiere indication. La premiere indication que nous auons eft de vuider cette fource, de la fecher & tarir fi nous pouuons. Les éuacuations vniuerfelles & particulieres feruiront à cet effet : les vniuerfelles doiuent toufiours preceder. Si le corps eft pletorique, fi la defluxion eft chaude, s'il y a fiéure, & que le foye foit exceffiuement chaud, la faignée feruira beaucoup, mais tout cela defaillant, elle n'a point de lieu, & c'eft ce qu'entendent les Medecins Arabes, quand ils difent que le catharre, comme catharre, ne demande iamais la faignée, mais feulement quand il *Les purgations.* eft accompagné de quelque accident. Nous viendrons donc aux purgations : il faudra commencer par le clyftere qui purgera tout le corps & attirera auffi du cerueau.

La faignée.

Clyftere. Prens vne liure d'vne decoction commune, en laquelle tu adioufteras de la marjolaine, hyfope, fauge, de chacune vne poignée, trois dragmes de femence d'anet, de fleurs de camomille, ftechas & rofmarin vne demie poignée de chacune, ayant le tout coulé, diffouls-y vne once de la benedicte, & autant de diaphenic, vne once de miel anthofat ou mercurial, deux onces d'huile d'aneth, vn peu de fel, & en fais vn clyftere.

Pilules. *Potion.* Le lendemain on prendra vne dragme de pilules cochées, qui feruiront de minoratif, ou bien cette potion. Prenez vne dragme de bon agaric, & autant de rhubarbe, faites les infufer toute la nuict auec vn peu de canelle & de girofle dans les eaux d'yfope, ou de menthe : & apres l'expreffion faite, diffoluez-y deux dragmes de diaphœnicum, ou du diacarthami, & vne once de fyrop rofat laxatif, faites-en vn breuuage.

Preparation de l'humeur. *Apozeme.* Si les humeurs font froides, groffieres, & vifqueufes, il fera bon de les preparer auec cet apozeme. Prenez racines d'acorus, du fouchet & de galanga demy once de chacune, des fueilles de bethoine, hyfope, marjolaine, fauge, meliffe, agrimoine de chacune vne poignée, femence d'anis & fenoüil trois dragmes de chacune, fleurs de rofmarin, ftechas & de bethoine vne petite poignée, faites cuire le tout iufques à vne liure & demie, à laquelle on diffoudra trois onces de miel anthofat, ou de gros fuccre, & en fera-on vne apozeme clarifiée & aromatizée, auec vne dragme de l'aromaticum giroflé, & auec vn peu de canelle, pour en prendre quatre matinées de fuitte. Apres cela on repurgera le corps auec les mefmes pilules, ou auec les pilules d'agaric *fine quibus & fœtides,* ou auec la mefme potion augmentant vn peu la quantité. Les Arabes font vne gentille obferuation, pour le regard des pilules: ils difent qu'il faut qu'elles foient vn peu groffettes, pource qu'elles demeurent plus long temps à l'eftomach, ne fe diffoluent pas fi toft, & tirent le plus loing. Voilà les purgations propres.

Les dietes fudorifiques peuuent eftre mifes au rang des éuacuations vniuerfelles, car elles éuacuent toutes les ferofitez qui font contenuës dans les veines, & deffechent l'humidité fuperfluë qui eft dans les vifceres. Nous les ferons auec le gaiac, falceparelle, fquine & fafaffras: la forme de leur defcription & le moyen d'en vfer eft affez connu d'vn chacun. *De coctions fu-dorifiques.*

Le corps eftant purgé par ces remedes vniuerfels, on pourra éuacuer particulierement le cerueau. L'éuacuation peut eftre fenfible & infenfible : celle qui eft fenfible fe fera par errhines, mafticatoires, gargarifmes, veficatoires, finapifmes, ventoufes fcarifiées & cautheres: l'infenfible par poudres, fachets, ventoufes feches, parfums: les errhines purgent le cerueau par le nez : on en fait de plufieurs façons, de fecs & de liquides, les fecs fe font auec les poudres de poyure, & de femence de ftafifagria, de l'hellebore blanc : les liquides auec les fucs de marjolaine, de mercuriale, de l'anagalis maffe, de la bette, des chóux auec le vin blanc : il y en a qui recommandent fort l'huile de nielle, fi on frotte le dedans du nez. *Errhines.*

Les mafticatoires purgent bien fort le cerueau, on les fait auec les racines de pirethre, ou auec le maftic, la noix mufcade, les cubebes, les raifins de damas trempez en eau de fauge, ou en l'effence de fauge & de thim. Les gargarifmes ne font pas tant en vfage. *Mafticatoires.*

Les veficatoires appliquez fur la tefte éuacuant auffi fenfiblement : on les fait auec du leuain bien fort, de fiente de pigeon, des mouches cantharides auec vn peu d'eau de vie. On peut auffi faire des emplaftres qui tireront des eaux auec la racine de brionia, de tapfia, de graine de mouftarde, de l'euphorbe. Le pain fort chaud appliqué fur la tefte & fur la nuque auec vn peu d'eau de vie attire tout plain de ferofitez. Les ventoufes auec fcarification feruiront à cette éuacuation. *Veficatoires. Emplaftres. Pain chaud. Ventoufes.*

En fin aux catharres inueterez & rebelles les cauteres profitent beaucoup, pour efpuifer la fontaine, & pour diuertir l'humeur : on les applique fur la tefte, au derriere du col & au bras. *Cauteres.*

Il y a vne autre éuacuation infenfible qui fe fait lors qu'on refoult l'humeur, & qu'on la conuertit en vapeur, de forte qu'elle s'exhale apres par infenfible tranfpiration: les fachets, poudres & parfums le peuuent faire. *L'éuacuation infenfible.*

Prenez du millet & de l'auoine vne bonne poignée, du fon & du fel vne once: faites fricaffer tout cela, & enfermez-le dans vn fachet, que mettrez tout chaud fur la comiffure coronale : ou bien. *Sachets.*

Prenez femences d'anis, fenüil, & graine de laurier de chacune deux onces, de millet quatre onces, & autant de fel commun, des fummitez d'aneth, des fleurs de camomille, & rofmarin vne poignée de chacune, fricaffez tout cela, & le mettez dans des fachets qu'appliquez fur la tefte.

Les parfums qui tirent en dehors, & refoluent fe font ainfi. Prenez du ftorax, du benjoin, & de la nielle Romaine de chacune trois dragmes, du girofle, & de trofcifques de gallia mofchata de chacune vne dragme : faites-en vn parfum, duquel parfumerez les accouftremens de tefte, ou bien : Prenez de l'encens, du ladanum, du benjoin de chacun trois dragmes : de gomme de *parfums.*

lierre, de graine de genéure & du coriandre preparé, de chacune deux dragmes
mesléz tout cela pour vn parfum. Auec tous ces artifices nous pourrions accom-
plir noftre premiere intention, qui eft de nettoyer le cerueau, & efpuifer la fontaine des catharres.

L'autre indication eft de fortifier le cerueau,& ofter l'intemperature froide &
humide, qui fait vne generation perpetuelle d'excremens, & qui conuertit tout
en eau: car en vain aurions-nous efpuifé cette fource,fi nous n'empefchions qu'elle fe remplit de nouueau:à cela nous employerons des remedes internes & externes. Les internes font opiates, tablettes, poudres : la theriaque & le mithridat y
font tres-finguliers, & les conferues de bethoine, rofmarin, ftechas.

Prenez conferues de fleurs de rofmarin, de ftechas & de bethoine, de chacune deux onces, de theriaque vieille deux dragmes, de poudre d'aromaticum
rofatum, & du diagalanga de chacune vne dragme auec le fyrop de ftechas, faites-en vne opiate, de laquelle on prendra le foir à l'entrée du lict à la groffeur
d'vne petite noix.

On fera des tablettes en cette façon qui auront mefme vertu. Prenez de
poudre d'aromaticum, garyophilatum vne dragme, de diagalanga demy dragme, de noix mufcade vn fcrupule, de fuccre diffoult en eau de bethoine, ou de
meliffe ce qu'il en faudra:faites-en vne electuaire en tablettes pefant chacune trois
dragmes,& en prenez vne le matin deux heures auant difner,& vne autre le foir
vne heure auant foupper.

Vne poudre digeftiue apres le repas feruira pour fortifier le cerueau & l'eftomach.

Prenez trois dragmes d'anis confit, deux dragmes de canelle, vne dragme
de noix mufcade, deux fcrupules de corail rouge, vn fcrupule de perles preparées & autant de corne de cerf, de fuccre rofat & du fuccre blanc quatre
onces de chacun : faites-en vne poudre, de laquelle prendrez vne cueillerée
apres chaque repas. Pour les riches on y adiouftera vn peu d'ambre gris. Les
eaux celeftes, theriacales, imperiales font tres-bonnes pour fecher & fortifier
le cerueau, & principalement aux vieilles gens, & à ceux qui font d'vn temperament froid.

Les remedes externes qui fortifient le cerueau font les poudres capitales, lefquelles on iettera fur toute la tefte, ou bien on en fera des bonnets.

Prenez du girofle, du macis, du bois d'aloës de chacun deux dragmes : des
rofes rouges,& de bethoine bien feche trois dragmes de chacune : faites-en vne
poudre que ietterez ordinairement fur toute la tefte:ou bien faites vn petit bonnet en cette façon.

Prenez fueilles de bethoine,meliffe,marjolaine,menthe bien feches, de chacune trois dragmes : du girofle, macis, noix mufcade de chacune vne dragme,
de rofes rouges, fleurs de rofmarin vne dragme & demie, de graine décarlatte,
du bois d'aloës, de chacune vne dragme,faites-en vne poudre,laquelle meflerez
dans du coton pour en faire vn petit bonnet,entrepointé auec du taffetas rouge.
On fait auffi des emplaftres qu'on applique fur la tefte, qui la fortifient & defe-
chent bien fort.

Prenez du ladanum bien pur,& du maftic de chacun demy once, de l'encens
& du fandaraca de chacun trois dragmes, racine de fouchet, du girofle, d'Iris
de Forence de chacune demy dragme, fleurs de fauge & de rofmarin, de rofes
rouges de chacune demy dragme, des cubebes deux fcrupules, malaxez tout

cela auec l'huile Irin & vn peu de terebenthine, & en formez vne emplaftre.

On nous a apporté depuis quelques années des terres neuues vne gomme fort excellente qui fe nomme *tacamahaca* : on l'applique fur la tefte en forme d'emplaftre, elle fortifie le cerueau, arrefte toutes les defluxions, & a telle proprieté pour appaifer les douleurs, que le peuple des Indes s'en fert à toute forte de douleurs; fi ce n'eft qu'il y ait inflammation apparente. I'en ay veu de fort beaux effets.

Tous les vieux praticiens loüent fort pour fecher & fortifier le cerueau, les lauemens de tefte auec les herbes capitales, comme font la bethoine, meliffe, marjolaine, lauende, des fleurs de ftechas, rofmarin. On pourra faire vn fauon tres-propre en cette façon.

Prenez du bon fauon trois onces, d'agaric trois dragmes, d'Iris de Florence deux dragmes, vne dragme de girofle, & autant de macis : faites-en vn fauon.

On recommande les bains naturels la douffe qu'on appelle, pourueu qu'ils foient actuellement chauds & fulphurez, comme font ceux de Balaruc, qui font à quatre lieuës de Montpellier.

Il y en a qui mettent tous les foirs dans les oreilles quelques gouttes d'huile de terebenthine, & les bouchent apres auec du coton mufqué : ils affeurent que cela feche & fortifie fort le cerueau.

Tous ces remedes feruiront aux catharres froids, & à ceux qui ont le cerueau froid & humide. Si la defluxion eft chaude, & que le cerueau foit chaud, le Medecin aura ce iugement de diuerfifier les remedes, & les approprier à l'intemperature. Voilà les deux indications qui ont efgard à la partie qui enuoye, il la faut premierement épuifer, & puis la fortifier, de peur qu'elle n'engendre rien de nouueau.

Il faut maintenant aduifer ce qu'on doit faire à la partie qui reçoit. Toute partie baffe & debile eft fujette à receuoir, mais felon la nobleffe & neceffité de la partie, il en faudra auoir plus ou moins de foin : fi la defluxion tombe fur les yeux, i'en ay defcrit les remedes : fi fur le nez, il le faudra diuertir : fi aux dents, tu verras comme il les faut conferuer au chapitre fuiuant : fi dans l'eftomach, il fe peut vuider par le ventre. Le plus dangereux de tous eft celuy qui prend le chemin de la trachée artere, qui tombe foudain en la poictrine ou dans le poulmon. Car il empefche la refpiration, qui eft l'action la plus neceffaire, & fuffoque l'animal. A ceux-là doncques il faut promptement remedier. On employera tous les remedes que i'ay defcrits pour vuider, diuertir, & deftourner ce mouuement d'humeurs : mais s'il eft trop rapide, nous ferons contraints de l'arrefter tout court auec remedes qu'on tiendra en la bouche, & qu'on pourra aualler, commençant aux plus legers, comme font le bol d'armene, la terre figillée, le tragacanth, conferue de rofes vieilles, le fuccre rofat dequoy on pourra faire des petites formules.

Prenez de conferue de rofes vieilles vne dragme & demie, poudre de tragacanth vne dragme, de la terre figillée, & du bol de Leuant deux fcrupules de chacun, du fuccre diffoult en eau de l'infufion de la gomme tragacanth ce qu'il faudra : faites-en de petites formules. Si cela ne fert, il faudra venir aux plus forts, comme font le diacodium, la theriaque recente, les pilules de cynogloffe ou bien celles qui font defcrites des anciens, qui fe font du ftyrax, galbanum, opium, & myrrhe parties égales. Ces remedes ne fe doiuent ordonner qu'en l'extréme neceffité, & lors qu'on craint vne fuffocation foudaine,

Remedes exter-
nes qui arre-
sent le cathar-
re.

On peut auffi arrester le catharre auec remedes externes, comme parfums, emplastres: Prenez des rofes rouges, de coriandre preparé de chacun vne drag-me & demie, du maftich, fandaraca, de gomme de lierre, vn fcrupule de chacun, femence de pauot demy fcrupule, de graine de myrrhe demy dragme, faites-en vne poudre pour en parfumer la tefte, & par la bouche mefme, ou par le nez on en pourra tirer la fumée. La gomme tacamahaca, de laquelle i'ay parlé cy-deffus, eft tres-propre pour fufpendre & arrefter foudain les catharres.

Le catharre eftant vn peu arrefté, il faudra apres nettoyer ce qui eft dans la poictrine, & le vuider par remedes becchiques, & qui font touffir. Ie n'en def-criray pas icy les remedes particuliers, d'autant que ie n'enfeigne que la metho-de generale qui peut feruir aux catharres.

Le moyen de conferuer les dents.

CHAPITRE XII.

En quoy con-
fifte la beauté
des dents.

Tout ce qui
vient aux dents.

'AVTANT que les catharres tombent fouuent fur les dents, & les gaftent bien fort, ie penfe que ie ne feray pas defplaifir aux Dames fi i'enfeigne en vn petit cha-pitre le moyen de les conferuer.

Pour auoir les dents belles & faines, il faut qu'elles foient blanches, polies, dures, fermes, & que la chair des genciues foit entiere, dure, & referrée. Ie m'en vois premierement monftrer tout ce qui les peut ébranler, noircir, & roüiller: & puis ie defcriray les remedes les plus exquis qui peuuent feruir pour leur embelliffement.

L'air.

L'air froid, comme remarque Hippocrate au cinquiéme liure des Aphorif-mes, eft ennemy des dents.

Les viandes.

Toutes viandes cruës, douces, vifqueufes, aigres, graffes, dures, vaporeufes, & qui font actuellement froides, nuifent infiniment aux dents, les cruës enuoyent plufieurs vapeurs qui les noirciffent & roüillent: les douces vifqueufes, & graffes, laiffent beaucoup d'ordure: les aigres les agaffent, & font vne ftupeur à caufe de leur afpreté & inégalité, les dures les ébranlent bien fort.

Il faut vfer de chairs qui ayent bon fuc, & qui fe digerent fort aifément: car pour auoir belles dents, on doit fur tout auoir foin de l'eftomach.

L'vfage ordinaire du laict, le formage, la patifferie, les tartres, les legumes les gaftent, & le fuccre entre autres chofes les noircit. Il n'eft pas bon de mafcher d'vn cofté feulement, il faut mafcher la viande des deux coftez également, pource que les dents oifiues fe corrompent. Les chairs d'aigneau & pourceau, & toutes fritures, leur font extrémement contraires, comme auffi l'vfage ordi-naire des fruicts qui font trop humides. Les anciens remarquent que les por-reaux gaftent du tout les dents & la genciue. Il faut boire le vin bien trempé, & qu'il ne foit point doux ny trop froid: Les boüillons par trop chauds, & toute autre viande exceffiuement chaude, les gaftent. On doit eftre foigneux de les tenir bien nettes apres qu'on a mangé, & pour ce les cure-dents de len-tifques, de meurte, de rofmarin, du cyprez, & d'autres bois qui ayent quelque aftriction font tres-propres, on y peut adioufter vn peu de bois d'aloës: il ne faut pas les nettoyer auec le coulteau, auec vne efplingue, auec de l'or ou de

Le vin.

l'argent,

l'argent, comme plusieurs font, pource que cela lasche les ligamens : il ne faut pas aussi trop longuement y fouïller, principalement ceux qui sont subjets aux de-fluxions. Apres auoir bien nettoyé les dents, on les pourra lauer auec vn peu de vin trempé. L'vsage continuel & ordinaire du sublimé noircit & gaste bien fort les dents : mais si on veut empescher qu'il ne fasse aucun mal, il le faut premiere-ment bien preparer, & apres n'en vser iamais qu'il n'ait trempé dans l'eau trois ou quatre mois, changeant au premier mois tous les iours d'eau, & aux autres vne fois ou deux la sepmaine : il n'en faut aussi iamais mettre sur le visage, qu'on n'aye premierement laué la bouche & nettoyé les dents, & faut auoir de l'eau dans la bouche. Voilà tout ce qui peut nuire aux dents. *Le sublimé nuit. Comme on se peut garder qu'on n'offence les dents.*

Voyons maintenant ce qui leur est propre. Il y en a qui ont les dents bien blan-ches, mais elles ne sont pas fermes, ou pource que les ligamens sont lasches, ou pource que la genciue se décharne : les autres ont les dents bien fermes, mais elles sont noircies. Il faut donc auoir deux sortes de remedes, les vns qui blanchissent, les autres qui rafermissent les dents, & qui encharnent.

De ceux qui blanchissent, il y en a vne infinité, mais ie choisiray les plus pro-pres. Les Medecins Grecs recommandent sur tous les autres la pierre ponce bruslée & mise en poudre : leur remede ordinaire est cettuy-cy. Prenez de la pierre ponce & du sel bruslez, de chacune trois dragmes, du jonc odorant deux dragmes, de poiure vne dragme & demie, mettez tout cela en poudre, & en frot-tez les dents. *Remedes pour blanchir les dents.*

Nous ferons vne poudre qui sera, à mon aduis, tres-propres pour blanchir.

Prenez du crystal pour vne dragme & demie, du corail blanc & rouge, de cha-cun vne dragme, de pierre ponce, & d'os de seiche, de chacun deux scrupules, du marbre bien blanc, de la racine d'Iris de Florence, de canelle, & de la graine d'é-carlatte, de chacune demy dragme, du sel commun vne dragme, des perles bien preparées, vn scrupule, d'albastre, & d'alun de roche, de chacun demy dragme, de bon musc dix grains, mettez tout cela en poudre bien subtile, & en frottez les dents tous les matins, apres lauez-les auec du vin blanc. De ces mesmes poudres on peut faire des opiates, en y adioustant du miel. *Poudre.*

L'esprit de vitriol meslé auec vn peu d'eau commune, blanchit merueilleuse-ment les dents, & est vn des plus singuliers remedes : il y en a qui font grand cas de l'eau fort bien trempée auec l'eau commune : on peut faire d'vne eau distillée qui les blanchit aussi : Prenez souffre vif, alun, sel gemme, de chacun vne liure, de vinaigre quatre onces : les autres mettent au lieu de vinaigre l'esprit de vitriol, tirez-en l'eau auec vne cornuë à feu lent, afin que l'eau ne sente le souffre. Cette eau blanchit extrémement les dents, & nettoye les genciues pourries. Si les dents sont fort noires & limonneuses. *Eau distillée.*

Prenez de farine d'orge, & du sel commun deux onces, meslez cela auec du miel, & en faites comme vne paste, laquelle on mettra dans vn papier, & le fera-on secher au four. On prendra de cette poudre trois dragmes, de cancres bruslez, & pierre ponce, de coques d'œufs en poudre, d'alun, de chacun deux dragmes, d'écorce de citron seche vne dragme, on meslera tout ensemble, & en frottera-on les dents. *Poudre.*

Les racines de guimauues bien preparées nettoyent & blanchissent bien fort les dents : la façon de les preparer est telle. Prenez racines de guimauues bien nettes, mettez-les en plusieurs pieces assez longuettes, faites les boüillir dans *Racines de guimauues preparées.*

I I

Des Catharres,

l'eau auec du sel, de l'alun, & vn peu d'Iris de Florence : apres faites-les bien sechet au four, ou au Soleil, & en frottez les dents.

Pour asseurer les dents qui branslent. Si les dents ne sont asseurées & qu'elles branlent : Prenez racines de bistorte &' de pentaphyllum, de chacune vne once, racine de souchet deux dragmes, des roses rouges, d'esponge bedegar, du lentisque de chacun demy once, de sumach deux dragmes, de girofle vne dragme, faites cuire tout cela en eau ferrée, & du gros vin, & vous en lauez les genciues, adioustez-y vn peu d'alun, ou bien : Prenez du corail rouge, & de corne de cerf, d'alun de chacun vne dragme & demie, du sumach, de l'esponge bedegar, de chacun vne dragme, faites-en vne poudre, laquelle meslerez auec le suc, ou auec le vin de coings, & en mettez sur les genciues, & aux racines des dents en forme d'onguent.

Pour encharner. Si les dents sont décharnées, il faudra les encharner, & faire renaistre la chair auec les remedes suiuans. On fera vne poudre auec l'alun, le corail rouge, l'encens & son écorce, auec vn peu d'iris & d'aristoloche; ou bien : Prenez d'alun de plume, des balaustes, & du sumach, deux dragmes de chacun, du bois d'aloës, du souchet, de la myrrhe & du mastic, de chacun vne dragme, faites vne poudre : les opiates sont bien aussi propres pour incarner, & se tiennent mieux.

Opiate. Prenez d'alun de roche demy once, du sang de dragon trois dragmes, de myrrhe deux dragmes & demie, de la canelle, & du mastic, de chacun vne dragme : mettez tout cela en poudre fort subtile, & auec la quantité suffisante du miel, faites-en vne opiate, laquelle mettrez le soir sur vos genciues, & l'y laisserez toute la nuict, le lendemain matin les lauerez auec quelque decoction astringente, ou auec du gros vin. Il y en a qui prennent tous les matins vn grain de sel à la bouche, & le laissent fondre, apres ils s'en frottent les dents auec la langue mesme, & tiennent que cela blanchit & rasseure les dents, & empesche la corruption des genciues. Voilà comme on conseruera les dents.

Fin du troisiéme Discours.

QVATRIESME DISCOVRS
AVQVEL EST TRAITTE' DE LA
VIEILLESSE, ET COMME IL
la faut entretenir.

Que l'homme ne peut tousiours demeurer en un estat,
& qu'il luy est necessaire de vieillir.

CHAPITRE PREMIER.

'EST vn édict general & souuerain, publié par tout l'V- *Tout ce qui*
niuers, & prononçé par la Nature mesme, que tout ce qui *est né doit*
a prins naissance, s'il est materiel, doit auoir vne fin : Il *prendre fin.*
n'y a rien sous la voûte du Ciel (horsmis l'ame de l'hom-
me) qui ne soit sujet à changement & corruption. Tous
les grands Philosophes & Medecins ont sans contredit
signé cet arrest. Hippocrate au premier liure de la diette,
Aristote en vn liuret qu'il a fait de la longueur & briéue-
té de nostre vie, & Galien au premier liure de la santé, en ont rendu des raisons si
claires & apparentes, qu'il n'y a point de moyen de s'opiniastrer au contraire : joint
que l'experience nous en rend des preuues si asseurées, que celuy qui en douteroit
seroit tenu pour fol & dépourueu d'entendement. Nous faisons tous les iours
les funerailles de nos ancestres : Nous regrettons à toute heure auec estonnement
la perte de tant de grands personnages : Et de tout ce qui s'est passé depuis la creation du monde, il n'en est rien demeuré que ce que la memoire de l'histoire a conserué à la posterité. Ie ne veux point icy rechercher par le menu toutes les causes qui peuuent alterer & corrompre les corps naturels, ie n'ay que faire de la
transmutation des élemens, de la corruption des metaux, de la mort & vieillesse
des plantes : ie veux seulement faire voir ce qui peut alterer nos corps, & tout ce
qui les fait vieillir. Mes demonstrations seront puisées des plus viues & claires
fontaines de la Philosophie naturelle.

Les causes de nostre dissolution sont ou internes ou externes : les internes *Les causes de*
naissent auec nous, marchent tousiours auec nous, & nous accompagnent ius- *la vieillesse.*
ques au tombeau : Les externes viennent par dehors, nous enuironnent de
tous costez, & encores qu'on se puisse guarantir de quelques-vnes, il y en a neanmoins vne infinité qui sont ineuitables. Celles qui naissent auec nous sont deux, *Causes inter-*
la contrarieté des élemens, desquels nos corps sont composez, & l'action de *nes de nostre*
mort.

II ij

noſtre chaleur naturelle. Les élemens accompagnez de leur quatre qualitez contraires (qui ſont chaleur, froideur, humidité & ſechereſſe) pour ſe meſler & vnir enſemble, font comme vne eſpece d'accord, quittent chacun vn peu de leur ſouuerain droict, & ſe reduiſent à vne mediocrité ; qu'on appelle temperament: mais cette alliance ne dure gueres : car la qualité qui domine, & qui donne le nom au temperament, commence la ſedition, s'attaque à ſon contraire, qui eſt plus foible, & ne ceſſe de le combattre iuſques à ce qu'il en aye veu la diſſolution entiere: c'eſt là vne des cauſes de noſtre mort qui eſt inéuitable, & que nous portons du ventre de noſtre mere : car il ne ſe peut trouuer vn corps au monde ſi également mixtionné, qu'il n'y ait touſiours vne des quatre qualitez qui ſurpaſſe. Celuy que les Anciens ont deſcrit & appellé *ad pondus*, eſt imaginaire, ne ſert que pour reigler les autres, & ne ſe trouue non plus que la republique de Platon, & le parfait orateur de Ciceron. Cette contrarieté donc qui ſe trouue en noſtre compoſition eſt la premiere cauſe de noſtre vieilleſſe. Et c'eſt ce qu'Ariſtote a tres-bien remarqué au liure allegué, quand il dit, que par tout où il y a contrarieté, il faut que la corruption s'en enſuiue. L'autre cauſe de noſtre diſſolution eſt l'action de la chaleur naturelle. Noſtre vie eſt fondée ſur deux appuys, qui ſont la chaleur & l'humidité radicale; la chaleur eſt le principal inſtrument de l'ame, c'eſt elle qui cuit, qui diſtribuë l'aliment, qui engendre, qui eſtend & perçe les canaux, qui forme toutes les parties, qui viuifie (comme dit Triſmegiſte) toutes les eſpeces de l'Vniuers, & les gouuerne ſelon leurs dignitez.

Cette chaleur eſtant naturelle a beſoin d'aliment, l'humeur qu'on appelle radicale luy ſert de nourriture, comme l'huile qu'on met dans les lampes entretient la flamme, cette humeur venant à faillir, il faut neceſſairement que la chaleur periſſe. Or l'humeur ne peut touſiours durer, d'autant que la chaleur la va minant & conſommant tous les iours. Tu diras qu'il s'en fait vne perpetuelle reparation, & que cette chaleur & humidité influentes qui viennent du cœur, comme d'vne viue fontaine, & ſont conduites par les arteres, comme par des canaux, en peuuent autant remettre qu'il s'en eſt perdu. Mais ie veux que tu ſçaches que ce qui ſe repare ne peut eſtre ſi pur, & qu'il ne s'en remet iamais la meſme quantité. Pour la pureté, il eſt aiſé à voir que l'humeur qui ſe met à la place de celle qui eſt perduë ne peut attaindre le meſme degré de perfection : car nos parties ſolides, eſquelles conſiſte tout le fondement de la vie, ſont faites d'vne ſemence bien pure, fort élaborée & raffinée en tous ces labyrinthes qu'on voit aux vaiſſeaux ſpermatiques, & maintenant elles ſe nourriſſent ſeulement d'vn ſang qui ſe blanchit par la vertu de la partie ſolide, & qui ne paſſe point par tant de canaux: & tout ainſi que le vin tant plus que tu luy mets de l'eau, ſe rend plus aigueux, plus foible, & en fin deuient tout eau : ainſi la chaleur & humidité radicale s'affoibliſſent à toute heure par l'oppoſition du nouueau aliment qui a touſiours quelque choſe de diſſemblable. Et puis c'eſt vne maxime en la Philoſophie, que tout agent naturel patit en ſon action, & par conſequent s'affoiblit : Noſtre chaleur s'affoibliſſant tous les iours, ne peut reparer ce qui eſt perdu en meſme degré de perfection: il faut donc qu'il vieilliſſe, & apres qu'il meure du tout. Quant à la quantité de ce qui s'écoule, on ne la peut reparer du tout en meſme proportion, d'autant que la diſſipation ſe fait continuellement, & la reſtauration ne ſe peut faire que peu à peu, & apres vne infinité d'alterations. Voilà comme ce qui nous doit conſeruer nous ruine, & comme noſtre chaleur conſommant l'humidité radicale ſe tuë en fin elle-meſme. Ces deux cauſes naiſſent, croiſſent, & ſe nour-

La contrarieté des élemens.

L'action de noſtre chaleur ſeconde cauſe de la vieilleſſe.

Noſtre humidité ne ſe peut reparer en meſme quali-té.

La quantité ne peut eſtre égale.

riffent auec nous. Il n'y a Medecin au monde, fuft-ce Æfculape mefme, qui nous
en puiffe guarantir. Toutes ces liqueurs precieufes, cet or potable, ces conferues
de rubis & d'émeraudes, cet élixir de vie, cette fontaine fabuleufe de Iouuence,
ne peuuent empefcher que la chaleur en fin ne s'affoibliffe. Galien fe mocque
tres-bien d'vn Sophifte Ægyptien qui auoit fait des commentaires de l'immortalité des corps. Si on pouuoit, dit-il, apres que l'animal eft paruenu à fa perfection, le renouueller en mefme inftant, & luy faire de nouueaux principes, fans
doute le corps fe pourroit rendre immortel : mais cela ne pouuant eftre, il faut
que l'agent naturel s'affoibliffe, & que neceffairement il vieilliffe. Les Ægyptiens *Opinion des*
& Alexandrins ont creu que la caufe naturelle de la vieilleffe venoit de la diminu- *Ægyptiens*
tion du cœur : ils difoient que le cœur croiffoit iufques à cinquante ans le poids *condamnée.*
de deux dragmes chaque année, & depuis cinquante ans alloit toufiours en di-
minuant, & qu'en fin fe reduifoit en rien : mais ce ne font que vanitez & pures
folies. Nous auons fait ouurir plufieurs vieillards qui auoient le cœur auffi gros
& auffi pefant que les ieunes. Il n'y a donc que deux caufes internes de noftre
vieilleffe ; la contrarieté des principes defquels nous fommes compofez, & l'a-
ction de noftre chaleur naturelle, laquelle confommant fon humidité, va petit à
petit fechant & refroidiffant nos corps.

Il y a d'autres caufes de noftre diffolution qui font externes & inéuitables. Car *Les caufes ex-*
puis que nos corps font compofez de trois fubftances diffipables, l'vne defquelles *ternes inéui-*
eft fubtile & aërée, l'autre liquide, & la derniere folide : il faut neceffairement que *tables.*
nous ayons quelque chofe qui vienne du dehors pour les reparer : autrement noftre vie ne pafferoit iamais le feptiéme iour, car c'eft le terme qu'Hippocrate a
donné aux corps parfaits, & qui ont beaucoup de chaleur naturelle. Ce qui repare noftre fubftance s'appelle aliment, qui eft triple, l'air, le breuuage & les viandes : l'air entretient la fubftance fpiritueufe, le breuuage la liquide, & les viandes la
folide. Ce triple aliment pour net & purifié qu'il foit, a toufiours quelque chofe
de diffemblable à noftre nature qui ne fe peut affimiler : il s'en fait donc vn excrement, lequel eftant retenu, altere le corps, & fait vne infinité de maladies.
Voilà comme les viandes neceffairement nous alterent. Ie laiffe toutes autres
caufes externes, comme les exercices trop violens : la vie oyfiue & fedentaire,
les longues & continuelles veilles, les paffions de l'ame qui nous peuuent vieillir,
comme la peur & la trifteffe, d'autant que nous les pouuons aucunement éuiter.
Ie laiffe auffi toutes les caufes fortuites, & qui nous arriuent par hazard, comme
bleffeures : i'ay voulu feulement monftrer qu'il eft neceffaire à l'animal de vieillir, qu'il nourrit en foy les caufes naturelles de fa mort, & qu'il en a encore d'externes qui font inéuitables.

CHAPITRE II.

PV is qu'il est tout certain que nos corps depuis le iour de leur naissance sont subjects à plusieurs changemens & alterations; les Medecins ayans égard aux plus sensibles & apparentes mutations, ont diuisé toute la vie de l'homme en plusieurs parties, qu'ils ont appellé aages. Les Ægyptiens ont fait autant d'aages, comme il y a de septenaires enclos au nombre de cent : car ils croyoient que l'homme ne pouuoit viure que cent ans. Les Pythagoriciens qui ont esté fort superstitieux sur les nombres, ont publié par leurs escrits, que de sept en sept ans nous sentions vn changement remarquable, & en la temperature du corps, & aux mœurs de l'ame, & qu'on deuoit rapporter tout cela à l'excellence & perfection du septenaire. Ie ne veux point icy debattre la question des nombres, ie l'ay traittée assez amplement à mon troisiéme liure des iours critiques: il me suffit d'arrester auec tous les plus celebres Autheurs, que l'homme suiuant le cours naturel de sa vie, endure cinq

Cinq aages. mutations remarquables en son temperament, & passe par les cinq aages, qui sont l'enfance, l'adolescence, la ieunesse, l'aage viril ou consistant, & la vieillesse.

L'enfance. L'enfance est chaude & humide, mais l'humidité surmonte & tient la chaleur si suiette qu'elle ne peut monstrer du tout ses effets, elle dure iusques à treize ans. L'a-

L'adolescence. dolescence suit apres, qui est encore chaude & humide, mais la chaleur commence à surmonter : on voit ses estincelles briller & reluire par tout. Aux masles la voix commence à grossir, toutes les voyes se dilatét, ils iettent leur premiere laine. Aux filles les mammelles durcissent & croissent à veuë d'œil, leur sang se meut par tout le corps & se fait faire place iusques à ce qu'il ait trouué la porte : cet aage va iusques à vingt-quatre ou vingt-cinq ans, qui est le terme prefix & limité pour

La ieunesse. l'accroissance. Apres vient la ieunesse qui est chaude & seche, pleine d'ardeur & de vigueur & d'agilité : on la fait couler iusques à quarante ans. Lors le corps est par-

L'aage viril. uenu en son estat : c'est l'aage viril ou consistant, qui est le plus temperé de tous, participant des quatre extrémes également, il s'estend iusques à la cinquantié-

La vieillesse. me année. Et là commence la vieillesse, qui contient tout le reste de nostre vie.

Trois vieillesses. Or cette vieillesse se peut encores diuiser en trois : il y a la premiere vieillesse, la seconde, & la derniere. Ie laisse celle qui vient de maladie, qu'on appelle *senium*

La premiere. *ex morbo.* La premiere se nomme verte, qui est accompagnée de prudence, pleine

La seconde. d'experience, & propre pour gouuerner les republiques. La seconde commence à soixante & dix ans, & est accompagnée de plusieurs petites incommoditez, elle est desià bien froide & seche. Pour la froideur, il en a des marques si apparentes que personne ne l'a iamais mise en doute. Car si tu les touches, tu les trouueras tousiours aussi froids que glace, ils n'ont point vne viue & vermeille couleur, tous les sens sont affoiblis, & sont subiects à vne infinité de maladies froides : mais pour l'autre qualité, qui est la secheresse, quelques-vns l'ont voulu debattre : ils disent que cette vieillesse est humide, & non pas seche, pource qu'on voit les yeux des vieillards tousiours larmoyans, le nez leur decoule tousiours, il sort de leur bouche grande quantité d'eaux, ils ne font que tousser & cracher. Mais Galien répond tres-doctement au liure des temperamens, que les

vieillards font humides d'vne humidité fuperfluë, & qu'ils font fecs, de l'humidité radicale : & au premier liure de la conferuation de la fanté,il dit que les vieillards ont toutes ces parties feiches, que les enfans auoient humides, c'eft à dire,
les parties folides , defquelles dépend le temperament vniuerfel : c'eft l'opinion
la plus veritable, & que nous deuons tenir : car la maigreur, les rides , la dureté
des nerfs & de la peau , la roideur des joinctures monftrent affez ce temperamment fec: les gratelles auffi & demangeaifons vniuerfelles, les galles qu'ils ont
à la tefte nous font bien paroiftre que leur cerueau eft plein d'humeurs fallées,
& non pas d'vn flegme doux. En fin vient la derniere vieilleffe qu'on nomme
decrepite, à laquelle, comme dit le Prophete Royal, il n'y a que douleur & lan-
gueur : toutes les actions & du corps & de l'ame font affoiblies, les fentimens
font hebetez, la memoire fe perd, le iugement defaut, ils deuiennent pour lors
en enfance: Et c'eft de ceux-là que le prouerbe Grec doit eftre entendu,τὺς γέροντας
δις παῖδας, c'eft à dire , que les vieillards font deux fois enfans : Cette derniere
vieilleffe eft defcrite dans le douziéme chapitre de l'Ecclefiafte auec vne fi belle allegorie qu'il ne fe peut rien voir au monde de fi excellent. C'eft auffi le
plus grand Philofophe, & le plus grand Naturalifte qui fut iamais, qui s'en eft
meflé : c'eft ce fage Salomon qui a autrefois connu tous les fecrets & myfteres
de la Nature, qui a difcouru de toutes les plantes depuis le cedre du Liban iufques à Phyfope qui fort des murailles , c'eft à dire , depuis la plus haute iufques
à la plus petite : car pour Phyfope nous prenons vne efpece des capillaires, qui
fe nomme *faluia vita*, qui eft vne des plus menuës herbes qui fe puiffe voir.
Ie mettray cette defcription tout au long , qui nous feruira , outre fa beauté,
d'enfeignement & de remonftrance. Aye fouuenance, dit-il, de ton Createur
és iours de ta ieuneffe, auant que le Soleil, les eftoilles, la lumiere s'obfcurciffent , & que les nuës retournent apres la pluye : car lors les gardes de la maifon
trembleront, & fe courberont les hommes forts, & cefferont les machelieres, fi
feront obfcurcis les voyans par les feneftres,les portes feront fermées par dehors,
à caufe de l'abaiffement de la voix de la meule, & fe leuera à la voix de l'oyfeau : fi
feront humiliées toutes les filles chantereffes, ils craindront chofe haute: l'aman-
dier florira, la fauterelle fera engraiffée, le caprier fera fleftry, auant que la chaine d'argent s'allonge, l'aiguiere d'or fe rompe, & foit caffée la cruche à la fontaine, & que la roüe foit brifée fur la cifterne, & que la poudre retourne en terre
comme elle y a efté, & que l'efprit s'en aille à Dieu. Voilà la defcription du dernier aage qui eft admirable, & qui a befoin d'vn bon anatomifte pour eftre bien
entenduë. En la vieilleffe decrepite le Soleil & les eftoilles s'obfcurciffent, ce font
les yeux qui perdent leur lumiere. Les nuës retournent apres la pluye, c'eft à dire, apres qu'ils ont long temps pleuré, il leur paffe deuant les yeux, comme des
nuës qui font les groffes vapeurs qui s'épaififfent. Les gardes de la maifon tremblent, ce font les bras & les mains qui ont efté donnez à l'homme pour la deffence de tout le corps. Les hommes forts fe plient, c'eft à dire , les iambes qui font
les colomnes, fur lefquelles tout le baftiment eft appuyé. Les machelieres ceffent,
c'eft à dire, les dents qui nous feruent à moudre & mafcher la viande. Les voyans
s'obfcurciffent par les feneftres : ce font les yeux qui fe couurent fouuent d'vne
cataracte qui ferme la prunelle , qu'on appelle feneftre de l'œil. Les portes fe
ferment par dehors à caufe de l'abaiffement de la meule : ce font les mafchoires qui ne fe peuuent ouurir pour manger , ou les canaux de la viande qui
s'eftreciffent. Ils fe leuent à la voix de l'oyfeau,c'eft à dire,ils ne peuuent dormir &

ſont touſiours éueillez au chant du coq. Toutes les filles chantereſſes ſont humiliées : c'eſt la voix qui leur defaut. L'amandrier fleuriſt, c'eſt la teſte qui deuient
toute blanche. La ſauterelle s'engraiſſe, ce ſont les iambes qui deuiennent en-
fléïes. Le caprier ſe fletriſt, c'eſt à dire, leur appetit ſe perd : car les capres ont
proprieté d'exciter l'appetit. La chaine d'argent s'allonge, c'eſt cette belle moüelle dorſale qui va tout le long de l'eſpine, laquelle ſe laſche & ſe courbe, & leur
fait fleſchir le dos. L'aiguiere d'or ſe rompt, c'eſt le cœur qui contenoit comme
vn vaiſſeau le ſang arterial & l'eſprit vital, qui ſont aucunement iaunes & dorez,
qui ceſſe de ſe mouuoir, & qui n'en peut plus contenir comme s'il eſtoit rompu.
La cruche ſe caſſe à la fontaine, c'eſt cette groſſe veine caue qui ne peut plus puiſer de ſang au foye, qui eſt le commun magazin & la fontaine qui arrouſe tout le
corps : de ſorte qu'il ne ſert non plus qu'vne cruche caſſée. La roüe ſe briſe ſur la
ciſterne, ce ſont les reins & la veſſie qui ſont tous laſchez, & ne peuuent plus contenir l'vrine. Lors que tout cela arriue, la poudre, c'eſt à dire, le corps qui eſt
materiel, retourne en terre, & l'eſprit qui eſt venu d'enhaut retourne à Dieu.

Voilà tous les cinq âges deſcrits & limitez par les années. Ie ne veux pas pourtant qu'on s'adſtraigne tellement au nombre des années, que d'iceluy dépende
du tout la ieuneſſe & la vieilleſſe; il faut pluſtoſt regarder au temperament : car
tout homme qui ſera froid & ſec ie l'appelleray vieil : il y a beaucoup de vieillards
à quarante ans, & vne infinité de ieunes à ſoixante : il y a des complexions qui
vieilliſſent bien-toſt, & les autres plus tard. Les ſanguins vieilliſſent fort tard,
pource qu'ils ont beaucoup de chaleur & d'humidité. Les melancoliques, qui

ſont froids & ſecs, vieilliſſent pluſtoſt. Pour le regard des ſexes, le feminin vieillit touſiours pluſtoſt que le maſculin. Hippocrate l'a tres-bien remarqué à ſon
liure de l'enfantement du ſeptiéme mois. Les filles, dit-il, comme elles ſont
dans le ventre de leur mere ſe forment & croiſſent plus tard que les maſles, mais
comme elles en ſont hors croiſſent pluſtoſt, ſont pluſtoſt ſages & vieilliſſent
pluſtoſt, à cauſe de la foibleſſe du corps & de leur façon de viure. La foibleſſe les
fait pluſtoſt croiſtre & vieillir : car comme les arbres qui ſont de courte vie croiſſent tout quant & quant : ainſi les corps qui ne doiuent guere durer, paruiennent
bien-toſt à leur perfection. La façon de viure les fait auſſi vieillir, pource qu'elles demeurent quaſi touſiours oyſiues. Or il n'y a rien qui vieilliſſe tant que
l'oyſiueté.

Regime pour ſe conſeruer longuement.

CHAPITRE III.

V i s que les cauſes naturelles & inéuitables de noſtre vieilleſſe ſont trois, la contrarieté de nos principes, la diſſipation
de la chaleur & humidité radicale, & les excremens qui s'engendrent ordinairement par la nourriture : il faut ſi nous
voulons conſeruer le corps en bon eſtat, & garder qu'il vieilliſſe ſi toſt, diſpoſer ces trois choſes de telle façon, que l'accord & vnion des élemens qu'on appelle temperature, ſoit bien entretenuë, la
chaleur & humidité qui ſe diſſipent à toute heure ſoyent reparées, & les excremens qui ſe retiennent aux corps ſoyent chaſſez. Nous obtiendrons tout cela
fort aiſément auec vn bon regime ſans qu'il nous faille recourir aux medeci-

medecines. Or ce nom de regime, comme i'ay defià dit, comprend beaucoup
de chofes, qui fe rapportent toutes à fix. Les Medecins les appellent non naturelles, pource que fi elles font dextrement maniées, & qu'on s'en fçache bien
feruir, elles conferuent la fanté & peuuent eftre dites naturelles. Mais fi on en
abufe, fi elles defaillent ou excedent tant foit peu, font caufe des maladies, & peuuent eftre appellées contre nature. Ce font l'air, le boire & manger, le dormir
& veiller, le mouuement & repos, l'inanition & repletion, les paffions de l'ame,
defquelles ie m'en vay difcourir par ordre.

Quel air on doit choifir pour viure longuement, & quel eft le plus
propre pour les vieilles gens.

CHAPITRE IIII.

E NTRE toutes les caufes qui peuuent alterer nos corps, il
n'y en a point de plus neceffaire, de plus foudaine & qui
nous touche de plus prés que l'air. La neceffité fe fait affez   La neceffité
paroiftre aux maladies qui nous priuent de la refpiration: de l'air.
cat s'il arriue qu'vn des inftrumens qui font dediez, ou
pour l'entrée, ou pour la reception, ou pour la preparation de l'air, foit fort offenfé, l'animal meurt quant &
quant fuffoqué, & femble que l'air & la vie aux animaux parfaits foient comme
infeparables. La chaleur naturelle, fi nous croyons Hippocrate, fe conferue par
le froid moderé; & fi tu oftes au feu l'air qui fert comme de foufpirail, il eft incontinent eftaint & eftouffé. Nos efprits qui font inftrumens principaux de l'a-
me s'engendrent & nourriffent de l'air, ne s'entretiennent & ne fe purifient que
par l'entrée & fortie de l'air : c'eft pourquoy tout le corps eft percé, c'eft pourquoy nos arteres battent par tout, & que la nature a fait de fi belles & admirables emboucheures des deux vaiffeaux : de forte que i'oferay bien dire que l'air eft
auffi neceffaire à l'animal que fon ame mefme. Quant à fa foudaineté nous la ref-   La foudaineté
fentons tous les iours. Il monte en vn moment par le nez au cerueau, & trauer-   de l'air.
fant vn million de deftroits qui fe voyent à ce rêt admirable, s'en va iufques aux
plus fecrettes loges, il defcend auec vne legereté & viteffe incroyable par la bouche aux poulmons, & de là au cœur, il perce infenfiblement les pores du cuir, &
entre par la tranfpiration des arteres iufques aux plus profondes cachettes de
noftre corps. C'eft vn corps fi commun & fi proche de nous, qu'il nous enuironne toufiours par dehors, & ne nous abandonne vn feul moment, il le faut bon-
gré mal-gré que nous en ayons à humet toufiours. Le diuin Hippocrate ayāt fort
bien reconnu cette puiffance de l'air, dit en fes Epidemies & au fecond liure de la
diete, que de l'air dépend entierement toute la conftitution des efprits, des humeurs & du corps. Le choix doncques d'vne belle & plaifante demeure doit toufiours tenir le premier lieu en tout regime. Les Medecins reconnoiffent la bonté   En quoy conde l'air en fa fubftance & en fes qualitez : En fa fubftance quand il eft bien puri-   fifte la bonté
fié, quand il n'a aucune femence de corruption, & qu'il n'eft point infecté des   de l'air.
malignes vapeurs qui s'éleuent des corps morts, des cloaques & immondices
des villes, des eaux qui croupiffent. Il y a certaines plantes qu'on ne doit guere
approcher du logis ordinaire, pource qu'elles ont vne qualité contraire à l'efprit
animal, comme font le noyer, le figuyer, les choux, les hiebles, la roquette fau-

Moyen de cor-
riger l'air.

uage, la ciguë, & vne infinité d'autres. La vapeur auſſi des forges & des mines eſt fort ennemie du cœur, & fait, comme remarque Ariſtote, deuenir tabides la pluſpart de ceux qui y trauaillent. Si l'air eſt corrompu & qu'on ne puiſſe l'abandonner ſi promptement, il le faudra purifier auec des feux artificiels du romarin, genieure, cyprez, laurier, auec des parfums de bois d'aloë, des ſantaux de genieure, caſſolettes & autres choſes aromatiques: la vapeur du vinaigre corrige merueilleuſement la malice de l'air. Quant aux qualitez de l'air, tout excez de chaleur, froideur, humidité & ſechereſſe eſt mauuaiſe: il le faut choiſir s'il eſt poſſible bien temperé, on le reconnoiſtra eſtre tel s'il s'échauffe bien-toſt apres que le Soleil eſt leué, & s'il ſe refroidiſt promptement apres que le Soleil eſt couché: s'il ne ſe peut trouuer de cette temperature, il vaut mieux qu'il ſoit vn peu ſec que trop humide, car (comme dit Hippocrate à l'Aphoriſme quinziéme du troiſiéme liure) les ſechereſſes en general ſont touſiours plus ſaines que les humiditez.

Quel air eſt
propre pour
les vieillards.

Pour les vieillards il faut choiſir vn air chaud, & leur chambre ne doit iamais eſtre ſans feu: car il eſt tres-certain qu'ils ſe portent beaucoup mieux en Eſté, pource qu'ils traiſnent touſiours l'hyuer auec eux. Il les faut loger en vn lieu aſſez haut éleué, & leur maiſon doit eſtre percée du coſté du leuant, à fin que le Soleil entre le matin en leur chambre, & du coſté du Septentrion, pour purifier l'air & en chaſſer toutes les mauuaiſes vapeurs. A l'air ie rapporteray les odeurs qui réjouyſſent merueilleuſement le cœur & tous les eſprits. Il eſt bon de porter touſiours quelque bonne ſenteur, de ſe tenir net & propre, & changer fort ſouuent de linge. L'air donc s'il a toutes ces qualitez, ſeruira pour reparer noſtre premiere ſubſtance que les Medecins nomment ſpiritueuſe qui s'engendre, ſe nourrit & conſerue de l'air.

Les regles generales qu'on doit garder au manger & au boire
pour viure longuement.

CHAPITRE V.

E boire & le manger doiuent tenir le ſecond rang, car l'vn repare ce qui ſe perd de liquide, l'autre conſerue & entretient ce qui eſt de plus ſolide. Ie ne veux pas icy deſcrire particulierement toutes les viandes qui peuuent nuire ou profiter, qui ſont de bon ou mauuais ſuc, qu'on liſe ce que Galien en a eſcrit aux liures de la faculté des alimens, & en ſes liures de la conſeruation de la ſanté. Ie veux ſeulement en ce chapitre enſeigner les regles que i'ay tirées des Medecins, & ſur tous d'Hippocrate, qui ſeruiront à toute ſorte d'âges pour garder de vieillir bien toſt, dont la premiere ſera telle.

Premiere rei-
gle.

On ne doit iamais manger qu'on n'aye vn peu de faim. Car l'eſtomach ne fait cas des viandes qu'il n'appete pas, & bien ſouuent digere mieux les plus mauuaiſes quand il en a appetit, que les plus delicates qui ne luy plaiſent. Tu trouueras cette regle à l'Aphoriſme trente-huictiéme du ſecond liure.

ſeconde reigle.

La ſeconde regle eſt, qu'il faut bien maſcher la viande auant que l'aualler: car ſi tu l'aualle ſans maſcher, il en arriue deux incommoditez: La premiere eſt

que tu manges plus qu'il ne faut, & charges par ce moyen trop ton eftomach:
L'autre eft que ton eftomach trauaillé beaucoup à cuire ce qui n'eft pas mafché.
Les dents & la bouche feruent autant à la preparation de la premiere digeftion,
comme fait l'air à attendrir les viandes aux cuifiniers : & c'eft vne des raifons
pourquoy ceux qui ont beaucoup de dents viuent long temps, pource qu'ils
mafchent bien leur viande. Tu trouueras cette fentence à la fixiéme fection du
deuxiéme liure des Epidemies.

La troifiéme eft qu'il fe faut bien garder de remplir trop l'eftomach, & celuy *La troifiéme.*
qui veut viure longuement fe doit toufiours leuer de table auec faim. La raifon
y eft toute apparente : car fi tu charges beaucoup ton eftomach, tu trauailles par
trop fa chaleur naturelle, qui eft le principal inftrument de l'ame, & le rends en
fin tout languide, pource que tout agent naturel en agiffant repatit. Hippocrate a tres-bien noté cela au fixiéme de fes Epidemies. C'eft, dit-il, vn des principaux chefs pour la fanté, de ne fe nourrir point à fon faoul, & de n'eftre point
pareffeux au trauail.

La quatriéme regle eft ne manger que d'vne ou deux fortes de viandes, car *La quatriéme.*
la varieté nuit infiniement & ruine nos eftomachs, pource que les viandes ne
font pas d'vne mefme qualité, & par confequent vn mefme degré de chaleur
n'y fuffit pas : les vnes fe cuifent pluftoft, les autres plus tard, ainfi toute la cuifine
eft troublée : joint que mangeant diuerfité de viandes & de fauces, on eft contraint de boire plus fouuent : or ce boire empefche la digeftion, comme tu vois
qu'en mettant fouuent de l'eau dans vn pot on empefche que le boüillon ne fe
cuit pas. Il ne faut donc iamais abufer de l'eftomach, encore qu'il foit fort bon,
d'autant que fi tu fafches le cuifinier, tu difneras mal. Lis cette belle fentence
d'Hippocrate à la fection troifiéme du fixiéme liure des Epidemies. La pareffe
(dit-il) de l'eftomach eft caufe d'vn defordre vniuerfel & de l'impurité des vaiffeaux. Or comme la repletion eft dommageable, & engendre tout plain de
cruditez, auffi la trop grande abftinence peut apporter tout plain d'incommoditez à la fanté, pource que l'eftomach eftant vuide fe remplit de matuaifes humeurs, & Galien mefmes remarque qu'vn eftomach affamé fi on ne l'appaife de
quelque amiable liqueur, attire premierement du ceruecau vne infinité d'eaux,
& apres fi la neceffité le contraint, les plus gros excremens qui font contenus au
boyau ileon.

La cinquiéme eft d'obferuer en mangeant vn certain ordre qui doit eftre tel, *La cinquiéme.*
que les viandes qui fe corrompent aifément doiuent eftre les premieres, pource qu'eftans prinfes à la fin, gaftent & corrompent les autres : celles qui fe cuifent
& digerent auec moins de peine, doiuent entrer les premieres dans l'eftomach:
les groffes viandes, les dures, les pefantes feront les dernieres tout au contraire
de nos cuifines artificielles. Les viandes qui lafchent le ventre comme pruneaux,
pommes, potages, doiuent auffi eftre les premieres.

La derniere regle eft qu'il faut s'accouftumer de manger plus au fouper *fixiéme reigle*
qu'au difner : i'entens fi le corps eft bien fain & qu'il ne foit point fujet aux catharres. Les raifons y font toutes claires : car il y a plus d'interualle du fouper au
difner, que du difner au fouper : il y a donc plus de temps pour cuire & diftribuer l'aliment. Il eft tout certain que quand nous dormons la chaleur eft plus
forte, pource qu'elle fe retire tout à fon centre. I'adioufteray que pour bien digerer nous auons befoin du repos : or la nuict toutes les fonctions animales ceffent, il n'y a rien qui deftourne noftre chaleur, elle pourra donc beaucoup mieux

cuire. Tous les grands Medecins, Hippocrate, Galien, Aùicenne, l'ont ainſi ordonné. Tous les anciens l'ont ainſi pratiqué. Les Athletes, comme remarque
Galien au cinquiéme liure de la conſeruation de la ſanté, ne mangeoient iamais
de la chair qu'à leur ſoupper. Les Pythagoriciens (comme écrit Ariſtoxenus)
ne prenoient à leur diſner qu'vn peu de pain auec du miel : Et durant le ſiege de
Troye les ſoldats Grecs (ſi nous croyons ce qu'en dit Philemon) faiſoyent quatre repas le iour, mais aux trois premiers ils ne prenoient que du pain & du vin,
au dernier qui eſtoit le ſoupper ils mangeoient des chairs de porceau. Voilà les
reigles generales qu'on doit obſeruer au manger, auſquelles i'adiouſteray pour
la fin, que la vraye heure de manger eſt celle du iour, qui eſt la plus temperée,
en hyuer la plus chaude, en Eſté la plus freſche, apres auoir fait vn mediocre
exercice.

Comme il faut particulierement nourrir les vieilles gens,
& de quelles viandes.

CHAPITRE VI.

Es viandes deſquelles on veut nourrir les vieillards ſe
doiuent ordonner ſelon les degrez de leur vieilleſſe.
La premiere vieilleſſe qui eſt encore verte & vigoreu-
ſe ſe pourra ſeruir de toutes les reigles que i'ay décrites
au chapitre precedent, mais les deux autres ont beſoin
d'eſtre conduites en cette façon. Il les faut échauffer &
humecter, parce que leur temperament eſt froid &
ſec. Qu'on les loge donc treſtous en vn air bien chaud,
& que leur chámbre ne ſoit iamais ſans feu.

La quantité
des viandes. En l'adminiſtration de leur viande il faut remarquer la quantité, la qualité
& le moyen d'en vſer. Pour la quantité il ne les faut iamais charger de beaucoup
de viande, pource que comme remarque Hippocrate à l'Aphoriſme quatorziéme du premier liure, ils ont fort peu de chaleur naturelle laquelle s'eſteindroit,
comme ſi tu jettois quantité de bois à vn petit feu, joint que comme dit le meſ-
La qualité. me autheur, ils endurent fort aiſément le ieuſne. Pour la qualité il faut que leurs
viandes ſoyent de bon ſuc, de facile digeſtion, & d'vne matiere rare, d'autant
que la ſubſtance des vieillards ne ſe diſſipe gueres : on leur doit deffendre toutes
viandes viſqueuſes, groſſieres, venteuſes, phlegmatiques, melancholiques, &
qui peuuent opiler. Le moyen de leur en faire vſer eſt de les nourrir peu & ſouuent, principalement ceux qui ſont en l'aage decrepite, les autres qui ont peu de
vigueur ſe contenteront de trois repas le iour. Ainſi ſe nourriſſoient ces deux
vieillards deſquels parle Galien au cinquiéme liure de la conſeruation de la ſanté,
Antioche Medecin & Telephus Grammairien.

Leur pain doit eſtre de bon froment bien cuit & bien leué auec vn peu de
ſel : il ne le faut pas manger chaud, pource qu'il ne ſe digere pas ſi aiſément, il
altere dauantage, engendre des obſtructions & enuoye pluſieurs vapeurs au
cerueau, il doit eſtre du iour meſme, ou de deux, s'il paſſe les trois iours il deſe-
che trop & demeure trop long temps à l'eſtomach. Tous ces gaſteaux faits auec
du fourmage, du laict, du beurre, & autres pains ſans leuain, leur ſont tres-dom-
mageables.

La chair

La chair eſt vn fort bon aliment, nourrit beaucoup, & ſe conuertit aiſément en ſang. Les chairs de difficile digeſtion, & qui ſont viſqueuſes, ſont du tout *Les chairs.* contraires à cet aage, les chairs des oyſeaux ſont pluſtoſt cuites que celles des animaux à quatre pieds, & celles qui paiſſent és lieux ſecs ſont plus ſaines que les autres qu'on nourrit aux lieux aquatiques. Il faut choiſir pour les viellards vne chair de moyen aage, car les ieunes chairs ſont trop humides, & les vieilles ſont trop ſeiches. Leur nourriture doit eſtre de bons chappons, poulets, perdrix, faiſans, gelinottes, mouton, veau, francolins & pigeonnaux. Les Arabes recommandent fort la chair des tourterelles, pource qu'elle engendre vn bon ſuc, & rend tous les ſens plus ſubtils. Il y en a qui loüent la chair du pourceau, pource qu'elle approche fort du temperament de l'homme : mais ie la deffends aux vieillards, d'autant qu'elle abonde en humidité ſuperfluë. Tous les cerueaux des animaux ſont ennemis de l'eſtomach, les foyes engendrent vn gros ſang : les extremitez, comme la teſte, la queuë, les pieds, ſont de difficile digeſtion & de peu de nourriture. Les chairs d'aigneau, de bœuf, de ſanglier, & des oyſeaux de riuiere ne vallent rien pour l'eſtomach des vieillards : il leur faut faire des hachis delicats auec quelque ſauſſe, de bons conſommez, de la gelée, & du blanc manger.

Les œufs frais & mollets leur ſont tres bons, car ils nourriſſent beaucoup & *Les œufs.* promptement : s'ils ſont durcis ou fricaſſez ne valent rien, pource qu'ils engendrent vn gros ſuc, & arreſtent trop dans l'eſtomach : les œufs pochez ſont les plus ſains, & ceux qui ſe cuiſent en eau chaude (qu'Aëce appelle eſtouffer) ſont beaucoup meilleurs que ceux qu'on cuit ſur les cendres, parce qu'ils cuiſent eſgalement mais en quelque façon qu'on les mange, il y faut touſiours mettre du ſel, afin qu'ils deſcendent pluſtoſt, le blanc d'œuf nourrit fort peu, & donne de la peine à l'eſtomach.

L'vſage des poiſſons leur eſt contraire, ils pourront manger d'vn rouget d'vne *Les poiſſons.* ſole & d'vne truite, & les faudra habiller auec le ſel, la ſauge, le fenoüil & le vin.

Les viandes de haut gouſt, & qui picquent vn peu, comme auſſi les ſaleures ne leur ſont pas mauuaiſes pour ouurir l'appetit, éueiller la chaleur naturelle, & conſommer tout plein de gros phlegmes qui ſont dans leur eſtomach. Il eſt bon d'é- *Eſpices.* picer leurs viandes auec le poiure, gingembre, canelle, & vſer de la moutarde griſe. Les oignons & les aulx ne leur ſont pas mauuais, s'ils les ayment, & s'ils ont accouſtumé d'en manger.

Le fourmage ne vaut rien, le beurre leur eſt ſain, pource qu'il les humecte, les eſchauffe, & ſi adoucit la poictrine : l'huile d'oliue douce eſt auſſi tres-bonne. Le laict ſert à quelques vns mais à ceux qui ont beaucoup d'obſtruction il nuit pluſtoſt. Les Anciens ont faict grand cas du miel en cet aage, ils en mettoient à leur pain, à leurs ſauſſes, & quaſi à toutes leurs viandes.

Les fruicts cruds, & qui ſont trop humides, pource qu'ils ſe corrompent ai- *Les fruicts.* ſément ne leur ſont pas bons. Les raiſins de damas & ceux de paſſe, ſont amis du foye, de l'eſtomach, des reims & de la veſſie. Les amandes font dormir, augmentent (ſi nous croyons Auicenne) la ſubſtance du cerueau, & nettoyent les voyes de l'vrine : les piſtaches, dattes, noiſilles roſties, noix confites auec le miel, mirabolans, oliues & pignons, ſont propres pour les vieillards.

Quel breuuage eſt propre pour les vieilles gens.

Chapitre VII.

Loüange du vin.

E boire eſt autant neceſſaire & vtile aux vieillards, comme il eſt dommageable aux enfans. Il y a vn ancien prouerbe qui dit que les vieillards ne viuent que du piot, comme les vieilles aigles du ſuc des charongnes. Le vin eſt tout leur reconfort, & pource on l'appelle le laiĉt des vieilles gens, il échauffe toutes leurs parties, & purge la ſeroſité des quatre humeurs par les vrines. Platon au ſecond liure des loix eſcrit, que le vin échauffe le corps, & anime le courage des vieillards, comme le fer ſe ramolit au feu. Zeno diſoit ſouuent que le vin adouciſſoit les mœurs des plus refroignez, comme l'eau les Lupins. Vn des plus celebres Medecins qui ſont ſortis d'Arabie, nommé Rhaſis, écrit que les ieunes gens ſe doiuent abſtenir du vin, mais auſſi toſt qu'ils ont paſſé quarante ans, toutes les fois qu'ils le voyent, ou le ſentent, doiuent loüer Dieu, & luy

Quel vin eſt propre pour les vieillards. rendre graces d'auoir produit vne ſi douce & amiable liqueur. Or le vin qu'il faut choiſir pour les vieilles gens doit eſtre rouge, aſſez fort, & ſi ne leur faut gueres tremper. Les vins nouueaux doux & groſſiers ne valent rien, pource qu'ils oppilent le foye, la ratte, les voyes de l'vrine, & rendent la vieilleſſe ſubjeĉte à l'hydropiſie ou à la pierre. Il n'eſt pas bon de boire du vin à ieun, ny apres qu'on eſt fort échauffé, pource que ſa vapeur monte ſoudain au cerueau, offence les nerfs, & cauſe des conuulſions, des catharres ſoudains, & des apoplexies. Les vieillards doiuent boire peu & ſouuent. Galien recómande les vins artificiels qui ſe font de la betoine & du breſil pour la pierre & pour la goutte, l'hypocras, la maluoiſie, le vin de candie, pourueu qu'ils ne ſoient ſophiſtiqués, ne leur ſont pas contraires : l'hydromel eſt recommandé de tous, ils ſe peuuent ſeruir du commun pour la boiſſon ordinaire, & de l'autre qu'on appelle vineux qui eſt fort comme de la maluoiſie, ils en peuuent prendre le matin auec vne roſtie.

De l'exerciſſe des vieilles gens.

Chapitre VIII.

Neceſſité de l'exerciſſe.

L eſt tres-certain que tout aliment pour net & purifié qu'il ſoit a touſiours quelque choſe de diſſemblable à noſtre nature. Il faut donc qu'en toute coĉtion il s'engendre neceſſairement quelque excrement, lequel eſtant retenu, peut eſtre cauſe d'vne infinité de maladies. Les plus gros excremens ſe purgent par vne ſenſible éuacuation, mais les plus ſubtils peuuent eſtre diſſipez & reſouz par l'exerciſſe. C'eſt pourquoy le diuin Hippocrate aux liures de la diete a tres-bien diĉt que l'homme ne peut viure en ſanté, s'il ne joint le trauail auec l'aliment, pource, dit-il, que l'vn repare ce qui eſt perdu & l'autre diſſipe ce qui eſt ſuperflu. Platon en ſon Theætete écrit que l'exerciſſe entretient & conſerue

les corps, & qu'au contraire l'oyfiueté les ruine. L'exercice prins par mefure &
auec ordre, empefche la repletion mere nourriffe d'vn million de maladies, augmente la chaleur naturelle, tient tous les conduits du corps tant fenfibles qu'infenfibles ouuerts, rend le corps agile ; prepare & difpofe toutes les fuperfluitez
tant vniuerfelles que particulieres à l'excretion, fortifie merueilleufemét les nerfs,
& rend toutes les jointures plus fermes : & c'eft ce que dit Hippocrate aux Epidemies, que comme le dormir eft propre pour les vifceres, auffi le trauail fert pour la
force des jointures. Il y a vn beau traict dans Celfe que ie ne dois pas paffer fous
filence. La pareffe, dit-il, rend le corps lafche & pefant, le trauail le rend ferme &
agile, l'oyfiueté nous fait vieillir bien toft, l'exercice conferue longuement la ieu- Comme il faut faire l'exer-cice.
neffe. Or en la façon de cet exercice il s'y faut dextrement conduire. Premiere-
ment on le doit faire auant manger, pource qu'on éueille la chaleur naturelle qui
doit digerer, & par ce moyen la viande que nous prenons trouue la chaleur toute
prefte, & non point endormie. L'Aphorifme d'Hippocrate y eft tres-exprés, *La-
bores cibos præcedant*. Que le trauail precede le manger. Cet exercice doit eftre
reglé felon le manger : ceux qui mangent beaucoup en doiuent faire beaucoup :
ceux qui mangent peu en doiuent moins faire : cet exercice doit auffi eftre moderé & égal. I'appelle moderé celuy qui ne laffe point : égal celuy qui exerce toutes
les parties du corps & hautes & baffes également : l'exercice violent & inégal ruine
les corps les plus robuftes, affoiblit les jointures, & rend tous les mufcles lafches,
aufquels côfifte vne partie de l'agilité. Celuy du matin eft toufiours le meilleur, ou
bien quand les deux premieres coctions font faites : celuy qui fe fait quant & quât
apres le repas, engendre vne infinité d'obftructions, remplit les veines de cruditez, & fait trop defcendre la viande de l'eftomach. En Hyuer il faut chéminer plus
vifte, en Efté plus doucement, & doit toufiours le Medecin auoir égard à la couftume : Car côme écrit Hippocrate au fecond des Aphorifmes, Ceux qui ont accouftumé le trauail le portent plus aifément, encore qu'ils foient foibles, & qu'ils
ayent attaint l'âge de vieilleffe. Il y a des exercices vniuerfels & particuliers. Les
vniuerfels, fi on les peut faire, font les meilleurs : & entre tous ceux-là on loüe le ieu
de paulme, les pourmenades à pied, & l'aller à cheual. Les parties font les frictions
qui feruent merueilleufement pour éueiller la chaleur naturelle, pour attirer l'a-
liment à la partie, & pour diffiper les vapeurs & excremés de la troifiéme coction
qui fe retiennent fouuent dans les efpaces des mufcles & parmy les membranes.

Les veilles gens fe doiuent contenter d'vn exercice moyen, de peur que ce peu L'exercice des vieillards.
qu'ils ont de chaleur ne fe diffipe. Les frictions leur font tres-propres. Il les faut
frotter le matin apres qu'ils font éueillez, iufqu'à ce que les parties commencent
à rougir & s'échauffer. La friction doit commencer aux bras, puis il faut venir aux
efpaules, au dos, à la poictrine : de là faut defcendre aux cuiffes, & remonter aux
efpaules, la tefte doit eftre la derniere, laquelle on doit peigner & careffer tous les
matins. Il y a d'autres exercices particuliers des yeux, de la voix, & de la poictrine
qui feruent.

Quelles reigles on doit garder au dormir.

CHAPITRE IX.

 E dormir eft vn des chefs du regime. Il y a certaines reigles generales Les reigles du dormir.
que celuy qui fe veut empefcher de vieillir bien-toft doit obferuer. Il
eft bon (dit Hippocrate) de s'accouftumer à dormir feulement la nuict,

& veiller le iour. Le dormir du midy eft tres-dangereux, & rend tout le corps pefant & bouffy. Il ne faut iamais fe coucher que trois ou quatre heures apres le
fouper, & doit-on faire quelque legere pourmenade par la chambre auant que fe
mettre dans le lict. Le vray & naturel dormir doit eftre de fept heures, & ne faut
point eftre trop couuert, afin de donner paffage aux vapeurs, On doit dormir la
tefte vn peu efleuée, de peur que la viande ne remonte du fonds de l'eftomach à
fon orifice fuperieur : & ne doit-on coucher fur le dos, de peur que les excremens
ordinaires du cerueau qui fe purgent par le nez & par la bouche ne tombent fur
l'efpine, & pource auffi que couchant fur le dos, on échauffe la groffe veine caue
& la grande artere qui font appuyées fur les lombes, & ces vaiffeaux eftans ef-
chauffez augmentent la chaleur des reins, engendrent la pierre & enuoyent quantité de vapeurs au cerueau.

Il eft bon de faire fon premier fomme fur le cofté droict, de peur que le foye
ne tombe fur l'eftomach & le preffe, comme il feroit fi on fe couchoit fur la ratte,
& puis couchant fur le cofté droict, le foye fe met au deffous de l'eftomach, &
luy feruant comme de rechaud, ayde beaucoup à la digeftion. Apres cela il fe faut
tourner fur le cofté gauche, afin que les vapeurs reuenuës au cofté droit s'exhalent : & en fin on fe doit remettre fur le cofté droict, afin que ce qui fera cuit defcende plus facilement. Il ne faut pas en dormant auoir les membres eftendus du
tout, il les faut retirer mediocrement : car comme remarque Galien au premier
liure du mouuement des mufcles, le repos de tous les mufcles confifte en vne mediocre contraction : & c'eft la figure que les Anatomiftes appellent moyenne,
qui eft la plus naturelle & la moins doloreufe. Voila les regles generales du dormir que les vieillards ne fçauroient toutes obferuer. Nous leur permettons de
dormir vn peu apres le difner, d'autant qu'ils paffent quafi toutes les nuits en
veilles : on rapporte la caufe des veilles à leur temperament qui eft fec, & aux vapeurs acres qui s'efleuent ordinairement d'vn phlegme falé.

Comme il faut refiouyr les vieillards, & les deftourner de
toutes violentes paffions de l'ame.

CHAPITRE X.

Le pouuoir de
l'ame fur le
corps.

LATON en vn Dialogue qu'il nomme Carmides, écrit auec
verité, que les plus violentes & dangereufes maladies que fouffre le corps, viennent de l'ame : car l'ame, dit-il, ayant vn pouuoir fouuerain, & commandant abfoluëment au corps, le meut,
altere & change en vn moment comme il luy plaift. Combien
voyons-nous de maladies fe former & guarir foudain par la feule force de l'imagination ? Combien d'exemples auons-nous de ceux qu'vne foudaine & extréme ioye a fait mourir foudainement ? Et les ennuys, le chagrin, la trifteffe ne
nous precipitent-ils pas en vne infinité de maladies melancoliques qui feruent
de fleau aux Medecins, & tournent à leur confufion pour leur opiniaftreté?
Nous auons leu plufieurs hiftoires de certains perfonnages qui font blanchis
en vingt & quatre heures de la feule peur & apprehenfion de la mort. Celuy donc
qui voudra longuement & fainement viure, fe doit tant qu'il pourra rendre libre de toute paffion violente. Les vieillards fur tous s'en doiuent exempter : &
pource qu'ils font ordinairement plus fujets à la peur, aux ennuys, au chagrin,

à cause de leur temperament froid, & de la foiblesse de leur cerueau, on leur doit
oster toute occasion de crainte & de tristesse, de peur de les refroidir dauantage.
Il n'y a point de danger de les mettre quelquesfois en colere, pour les éueiller &
échaufier vn petit : il les faut réjouyt le plus qu'on pourra, & leur donner tout sujet de contentement. Or d'autant que tous les plaisirs & déplaisirs que nous res-
sentons en nostre ame viennent des sens qui sont ses vrays épions, & fidelles messagers, il faut si nous voulons donner du contentement aux vieillards, flatter &
mignarder leurs sens, la veuë, l'ouye, l'odorat & le goust, en proposant à chacun
des objets agreables. L'œil se delecte merueilleusement de la veuë des belles fem- *Les plaisirs de la veuë.*
mes, ie suis d'aduis que les vieillards se contentent de cela : la varieté des fleurs, la
diuersité des belles couleurs les réjoüit infiniment : ils doiuent tousiours porter
quelque riche & precieuse bague, & entr'autres le saphir & l'émeraude, pource
qu'il n'y a point de couleur qui conserue plus la veuë que le vert & le violet.
L'ouye a ses delices particuliers qui penetrent encore plus viuement, & vont iusques au plus profond de l'ame. La musique des voix & des instrumens adoucit les *Les delices de l'ouye.*
plus refroignez. Clinias, comme i'ay remarqué au discours des melancoliques,
aussi-tost qu'il se voyoit assailly de quelque passion, prenoit sa lyre, & retenoit par
ce moyen les mouuemens de son humeur. Il faut entretenir les vieillards de discours agreables, les loüer, les flatter, ne leur contredire à rien, & leur proposer
ce qui leur peut plaire, & à quoy ils ont esté nourris, comme au marchand de lu-
cre, aux guerriers leurs exploicts & faits d'armes, aux gens de lettres quelque discours docte : car cela les tient éueillez & contens : témoin en est ce bon vieillard
& grand legislateur Solon, lequel estant au lict de la mort, & voyant deux ou trois
de ses amis qui parloient bas, craignans de l'ennuyer, se leua vigoureusement, &
les pria de parler plus haut, s'estimant tres-heureux si en mourant il pouuoit apprendre quelque chose. Quant au sens de l'odorat, il est tres-certain que les bon- *Le plaisir de l'odorat.*
nes odeurs réjouyssent le cœur, & purifient tous les esprits. Ie suis donc d'aduis
que les vieillards portent tousiours quelque bonne senteur, comme chaines &
pommes musquées, qu'il y ait tousiours dans leur chambre quelque bonne cas-
solette, qu'ils se lauent la barbe, les mains, le visage auec des eaux de senteur.
Pour le goust, cela se rapporte aux viandes, il leur faut tousiours quelque frian- *Le plaisir du goust.*
dise, & quelque viande de haut goust pour éueiller leur appetit. Voilà donc en
quoy consiste tout le regime des vieilles gens : & faut pour conclusion de tout ce
discours, qu'vn chacun se rende sçauant à connoistre son naturel, & que l'experience de ce qui luy sert ou nuit, le rende maistre & Medecin de soy-mesme.

*Quels remedes sont les plus propres pour les vieilles gens, & par quel artifice
on peut corriger les incommoditez de la vieillesse.*

CHAPITRE XI.

A vieillesse apporte d'elle-mesme tant d'incommoditez, que les
Anciens ont creu qu'elle approchoit plus de la maladie que de la
santé. Tu verras ordinairement les vieillards auoir le ventre dur, *Incommoditez des vieillards.*
abonder en phlegmes & serositez acres qui leur causent des peti-
tes demangeoisons & ardeurs, en pissant, ils sont tous pleins de
vents, & sentent vne foiblesse vniuerselle, pource qu'ils ont l'estomach debile
& la chaleur de tout le corps languide : ils sont quasi tous sujets aux defluxions &

K K iij

ne ceſſent de cracher, touſſer pleurer. On peut pouruoir à toutes ces incommo-

Comme on ren-
dra le ventre
laſche.
ditez auec des remedes benins & amiables. Et premierement il leur faut rendre
le ventre bon, c'eſt à dire laſche, auec boüillons artificiels qu'on preparera en

Boüillon laxa-
tif.
pluſieurs façons. Prenez des tendrons des mauues, de la mercuriale, des épines
domeſtiques & ſauuages, & d'vne herbe qu'on appelle cynocrambe; faites
boüillir cela auec vn poulet & en prenez le matin. Le boüillon des chous rouges
auec l'huille eſt tres-bon, mais celuy de coq eſt le plus excellent de tous : on le
doit faire en cette façon.

Boüillon de
coq.
Prenez vn vieux coq, plumez-le, & le foüettez bien, apres tuez-le, & l'ayant
éuentré, lauez-le deux ou trois fois auec du vin blanc, & farciſſez le ventre d'vne
poignée de racines de perſil, de fueilles de bourrage, bugloſe, pimpernelle, mercuriale, épines domeſtiques & ſauuages, figues graſſes, raiſins de damas, dattes,
iuiubes, ſemence de carthame, hyſope, & faites cuire tout cela à perfection:
coulez-le apres proprement, & en faites prendre trois matins de ſuitte. Quelques-vns y adiouſtent vn peu de ſel de tartre pour luy donner de la pointe. Ce
boüillon ſert infiniment aux vieillards, car il tient le ventre laſche, nettoye les
voyes de l'vrine, & eſt fort propre pour la poictrine & courte haleine, à laquelle
ils ſont ſujets. Les ſuppoſitoires leur doiuent eſtre ordinaires, & les clyſteres
auſſi remollitifs. Galien ne veut pas qu'on vſe de clyſteres violents & acres : il ſe

Remedes pour
la foibleſſe d'e-
ſtomach.
contente de la ſeule huille d'oliue. Pour les laxatifs internes, i'approuue les pilules de hiere, de l'aloë bien preparé, & celles qu'on nomme maſtichines. La the-
rebintine nettoye & purge tous les viſceres ſans danger.

Pour échauffer
les vieillards.
Pour la foibleſſe de leur eſtomach, & pour diſſiper les vents qui les trauaillent, on recommande de la racine de gingembre confit, des tablettes d'aromaticum roſatum, le ſucre aniſe, l'eau de canelle, l'eſſence d'anis, de genieure, de
giroffle.

Pour éueiller la chaleur qui ſemble eſtre endormie par tout le corps ie ne trouue rien meilleur que de leur faire prendre ſouuent le poids de deux eſcus d'ambre
gris dans vn œuf bien frais. I'approuue fort auſſi l'vſage du theriaque mithridat,
confection alkermés, des eaux theriaquales, imperiales, celeſtes : les formes deſquelles ie ne décris point pour eſtre auiourd'huy trop communes. On peut auſſi
fortifier toutes les parties par remedes externes, comme le cerueau par bonnets
& poudres capitales, entre leſquelles Auenzoar loüe les girofles puluerifez mis ſur
la ſuture coronale : le cœur par emplaſtres, onguents & ſachets : l'eſtomach par
onctions & ſachets. En fin il faut croire que toutes choſes aromatiques & qui
ſentent bon ſont propres aux vieilles gens.

F I N.

TABLE DES DISCOVRS DE LA

CONSERVATION DE LA VEVE, DES
MALADIES MELANCOLIQVES, DES
Catharres & de la Vieilleſſe.

Table.

Table.

Table.

Table.

F I N.

QVELQVES

OPVSCVLES

RECVEILLIS DES

LEÇONS DE M. ANDRE'
DV LAVRENS, CONSEILLER
& premier Medecin du Roy, &c.

LORS QV'IL LISOIT PVBLIQVEMENT AVX
Chirurgiens en l'Vniuerſité de Montpellier, és années mil
cinq cens quatre-vingts ſept & huiĉt.

LESQVELS N'ONT POINT
encore eſté imprimez.

AAA

ANNOTATIONS,
SVR LE PREMIER
CHAPITRE DV SIXIESME TRAITTE'
de M. Gui de Cauliac, où il parle de la goute, & de la douleur & dureté
des jointures.

N ce chapitre noftre Gui traicte de la goutte & de la douleur & dureté des jointures , ainfi que porte le tiltre d'iceluy. En premier lieu il nous propofe la definition de la goutte afin d'expliquer fa nature & fon effence, puis il parle des differences & fignes d'icelles , & finalement il en baille la curation. Il definit la goutte *Definition de* *douleur des iointures engendrée de la defluxion des humeurs* *Gui.* *qui fe faict en icelles :* & confirme fa definition par l'authorité de Galien au commentaire fur l'Aphorifme 28.de la 6. fection, qui porte, *Que les eunuques ne font point podagres.* Mais auant que paffer outre à l'explication de cette definition, il faut premier rendre raifon du nom & de l'appellation de cette maladie. Galien nous apprend que les noms & denominations *l. 2. method.* des maladies, font tirées principalement de cinq chofes. 1. *Du fymptome ou ac-* *cap. 1.* *cident qu'on remarque le plus violent aux maladies,* comme font l'epilepfie, l'apo- *De combien de* *chofes font* plexie, la paralyfie, la conuulfion & autres : car encores que telles maladies foient *prinfes les de-* ordinairement accompagnées de beaucoup d'accidens, toutesfois pource qu'on *nominations* en voit les vns plus violens que les autres, de là eft venu qu'on leur a donné le *des maladies.* nom à raifon de ces accidens. 2 *De la partie malade ,* ainfi la pleurefie eft ainfi appellée à l'occafion de la membrane nommée *pleura* qui eft affectée : on peut dire le mefme de *l'ophtalmie,* d'autant qu'elle eft maladie des yeux, & auffi de l'inflammation du foye qu'on appelle *Hepatitis ,* à raifon de la partie qu'elle occupe. 3. *Du fymptome & de la partie bleffée tout enfemble ,* ainfi la douleur de tefte eft nommée des Grecs *cephalagie,* & la douleur des dents *odontalgie.* 4. *De la caufe effi-* *ciente ,* ainfi la melancholie & le *cholera morbus* ont tiré leurs denominations de leurs caufes efficientes : car en la melancholie la caufe efficiente c'eft l'humeur melancholique : & au *colera morbus ,* l'humeur bilieufe & cholerique. 5. *De la ref-* *femblance qu'elles ont auec les chofes externes que nous voyons à l'œil & touchons à la* *main.* Ainfi *le cancer ou chancre* a efté ainfi nommé d'autant qu'il reffemble aux efcreuiffes que les Grecs & Latins nomment *cancer :* & *l'elephantiafe* a efté ainfi

De la goutte.

dite, d'autant que ceux qui en sont detenus deuiennent hideux & monstrueux

comme elephants. Or est-il que la goutte ou Arthetique a prins son nom de la seconde source par nous mentionnee, parce qu'elle est maladie des jointures que les Latins nomment *Articulos.* Voilà donc la raison pourquoy les Grecs l'ont appellée *Arthetique* ou *Arthritis*, & les Latins *Articularis morbus* ou *Articulorum dolor.* Les Barbares & le vulgaire la nomment *goutte*, d'autant qu'ils ont estimé que l'humeur qui faisoit la goutte couloit peu à peu & goutte à goutte aux jointures. Mais quelqu'vn demandera pourquoy est-ce que la goutte est seule

appellée *Arthritis*, veu qu'il y a plusieurs autres maladies des jointures qui ne s'appellent point de ce nom, comme sont les vlceres & playes qui peuuent suruenir aux jointures ? Nous respondons que la goutte est appellée par excellence *Arthritis*, d'autant que c'est la maladie qui afflige le plus souuent & le plus cruellement les jointures, & qu'à cette cause elle a obtenu ce priuilege par dessus toutes les autres indispositions des jointures d'estre appellée du nom de la partie malade. Venons maintenant à la definition. Gui donc definit la goutte ou Arthetique *douleur des iointures engendrée de la defluxion des humeurs aux iointu-*

res. Nous expliquerons premierement cette definition, & puis nous examinerons chaque parcelle d'icelle par le menu Il definit la goutte *par douleur*, d'autant qu'en toute goutte, il y a douleur qui se fait assez cognoistre & sentir aux pauures patiens, & c'est le genre en cette definition de la goutte ; *des iointures*, c'est la seconde partie de la definition qui contient la difference & la cause formelle de la goutte : car comme ainsi soit qu'il y ait beaucoup de douleurs en plusieurs parties de nostre corps, la goutte neantmoins a cela de propre que de faire distinguer la douleur qu'elle amene de toutes autres douleurs, d'autant que la goutte est douleur des jointures. Il adjouste puis apres *engendrée de la defluxion des humeurs*, c'est icy la troisiéme partie de la definition, par laquelle l'autheur nous declare la cause efficiente de la goutte, à sçauoir qu'elle se fait par la fluxion des humeurs : car puis que la goutte est vne maladie humorale ou materielle, comme parlent les Medecins, il falloit qu'elle fut engendrée par vn decoullement d'humeurs. La derniere partie de la definition est exprimée en ces mots, *aux iointures*, par laquelle nous est monstré le subject & la partie en laquelle est logée la goutte : car puis qu'elle est accident, comme sont en general toutes les autres maladies, il falloit qu'elle fut posée en quelque subject. Doncques son propre subject & la partie qui reçoit les gouttes, ce sont les jointures, comme témoigne Galien au commentaire sur l'Aphorisme 28. de la sixiéme section, où il dit *que la podagre ne se fait point sinon que quelque humeur decoule aux iointures* : car comme il escrit en suitte, *si la matiere n'y fluoit iamais, il ne s'y feroit iamais de telle passion.* Or il faut remarquer que Galien en cet endroit a prins l'espece pour le genre, tellement que ce qu'il a dit de la podagre, doit estre semblablement en general attribué à la goutte. Voilà en somme l'explication de la definition de la goutte proposée par nostre autheur, il nous faut maintenant la considerer de plus prés & examiner toutes ses parties Gui definit la goutte premierement par la douleur,

ce qui semble repugner à l'opinion d'Hippocrate, de Galien & d'Æginete, lesquels d'vn commun accord l'ont definie par inflammation : que si le genre proposé par ces autheurs doit estre receu, il s'ensuit au contraire qu'il faut rejetter celuy qu'apporte nostre Gui quand il definit la goutte par douleur; car inflammation est maladie, & toute douleur n'est que symptome : or combien la maladie & le fymptome font differens, il n'y a perfonne qui ne le fçache, dont s'enfuit que noftre Gui ne s'accorde point auec les autheurs nommez fur le genre de la goutte Nous répondons que la goutte fe peut confiderer ou comme fymptome, ou comme maladie : fi on la confidere comme fympto- me , on trouuera que noftre Gui l'a tres-bien definie par douleur , qui eft le principal accident de la goutte : ainfi Hippocrate décrit la goutte par la chaleur & la douleur aiguë Que fi on la confidere comme maladie , elle a efté tres- bien definie par les autheurs fufmentionnez , & mefme noftre Gui en ce prefent chapitre la met au rang des Apoftemes, ce qui s'accorde à l'opinion defdits au- theurs puis que l'inflammation eft Apofteme. Que fi quelqu'vn difoit au con- traire , que la goutte felon Gui ne peut pas eftre dite inflammation , d'autant qu'il y a beaucoup de fortes d'Apoftemes , & qu'encores que Gui appelle la goutte Apofteme , il ne s'enfuit point pour cela qu'elle foit inflammation. Nous répondons que Gui n'a voulu inferer autre chofe finon que la goutte eftoit inflammation, bien qu'il ait écrit qu'elle eftoit Apofteme generalement : car il faut en cecy confiderer les éuenemens les plus frequens , & les accidens qui ont accouftumé d'accompagner le plus fouuent toutes fortes de goutte : or eft il que la plufpart des gouttes font tumeurs , où il y a chaleur, qui ne fignifie rien autre chofe qu'inflammation prinfe largement : c'eft pourquoy on peut fort bien conclurre que Gui a eftimé que la goutte eftoit inflammation , encore qu'il ait efcrit qu'elle eftoit generalement Apofteme. Mais d'autant que la definition d'Hippocrate, Galien & Æginete femble abfurde à quelques-vns, il nous la faut defendre auant que d'aller plus auant & foudre les argumens qu'on a accouftumé d'apporter au contraire. Ils difent donc , 1. Que la goutte ne peut eftre inflam- mation , d'autant qu'inflammation eft vne tumeur faite du fang pur : or la gout- te le plus fouuent eft faite de phlegme ou d'vne humeur froide & fereufe , dont aduient qu'elle s'accompagne fouuent de tophes & nœuds autour des jointures. 2. Inflammation eft maladie des parties charnuës , ou la goutte eft paffion des jointures qui font bien differentes : car les jointures font parties froides & fper- matiques , au contraire les charnuës font chaudes , humides & engendrées du fang : partant la goutte ne peut eftre definie par inflammation. 3. Si la goutte eftoit inflammation elle viendroit à fuppuration : ce qui n'aduient pas , d'au- tant qu'elle n'eft point faicte du fang qui a cela de propre de fuppurer. Nous répondons à la premiere raifon, qu'inflammation fe prend felon Galien en trois manieres. 1. Pour l'inflammation feche en laquelle fans aucune defluxion d'humeur la chaleur naturelle eft allumée , on l'appelle proprement *phlogofis*. 2. Pour toute tumeur, où il y a de la chaleur , foit qu'elle foit faicte par fluxion de fang , ou de phlegme , ou de bile , ou de melancolie 3. Proprement & ab- foluëment pour l'efpece de tumeur que Galien & les modernes appellent *phleg- mon* & inflammation, qui fe fait du fang pur decoulant aux parties charnuës Or nous difons que la goutte eft inflammation non point proprement prinfe, mais felon la feconde maniere , c'eft à dire , prinfe pour toute tumeur chaude engen- drée de quelque matiere que ce foit. Ainfi Hippocrate, Galien & Auicenne ont appellé la lethargie inflammation , encores qu'elle foit faicte de phlegme : de mefme la goutte eft dite inflammation encore qu'elle foit caufée d'vne humeur froide & fereufe. Nous répondons à leur feconde raifon par la mefme folu- tion , & difons que l'inflammation prinfe proprement & en la troifiéme figni- fication eft maladie des parties charnuës : or la goutte n'eft pas dite inflam-

La goutte fe confidere dou- blement.

Lib. de affect.

Obiection.

Refponce.

Que la goutte n'eft point in- flammation.

Raifon pre- miere.

Deuxiéme.

Troifiéme.

Refponce à la raifon premie- re.

Inflammation fe préd en trois fignifications.

A la raifon deuxiéme.

A la troifié-me. mation en cette fignification, mais en la feconde. La mefme refponce peut feruir à leur troifiéme argument, à fçauoir que l'inflammation vraye & proprement entenduë vient à fuppuration, ce que ne fait point la goutte qui eft inflammation prinfe en la feconde fignification, pour toute tumeur participant de chaleur, encores qu'on voye quelquesfois des gouttes qui fuppurent, comme celles qui font chaudes & fanguines : ce qui fe fait par accident quand la matiere chaude & humide eft chaffée par la vertu des jointures & ligamens aux parties charnuës, dans lefquelles féjournant quelque temps elle vient à fuppurer. Ce qui foit dit pour la deffence d'Hippocrate & de Galien. Refteroit maintenant à examiner les autres parties de la definition de Gui, mais d'autant que nous allons propofer vne autre definition de la goutte qui contiendra les mefmes parties, nous nous

Definition de l'autheur. referuerons à les examiner apres que nous aurons donné la noftre. Doncques *la goutte eft vne tumeur douloureufe des iointures caufée par defluxion d'humeurs & par l'imbecilité de la partie.* Cette definition eft accomplie & comprend toute l'effence

Expofition de la definition. de la goutte ainfi que nous allons faire voir. Nous la definiffons premierement

En toute goutte il y a tu-meur. par *tumeur* qui eft le genre d'icelle, car en toute goutte il faut qu'il y aye tumeur, fi elle n'eft exterieure & apparente, comme il aduient fouuent aux gouttes caufées d'humeurs chaudes & bilieufes, pour le moins elle eft interne, autrement il n'y

Comment. ad Aph. 49. fect. 6. auroit point de douleur : car comme efcrit Galien, la goutte eft accompagnée de douleurs, d'autant que les ligamens & membranes qui enuironnent les jointures font remplies de la defluxion des humeurs : il y a donc tumeur en la goutte puis qu'il y a douleur. Nous auons dit que c'eft *vne tumeur douloureufe,* & par cette particule nous diftinguons la goutte d'auec les autres tumeurs, d'autant que la goutte n'eft pas tumeur fimplement, mais conjointe auec douleur qui eft le fymptome principal & infeparable de la goutte. Nous adjouftons puis apres *des iointures,* en quoy nous accompliffons la difference de la goutte qui eft maladie

Ce qu'il faut entendre par la iointure. des jointures. Doncques la jointure eft la partie malade. Or par la jointure nous n'entendons pas feulement l'attouchement des os & l'efpace vuide en l'articulation, mais aufli tout ce qui lie & enuironne l'articulation, comme ligamens, membranes, tendons & autres parties d'alentour. Derechef d'autant qu'il y a double articulation, l'vne qui eft lafche & auec mouuement appellée *diarthrofe,* & l'autre eftroitte & fans mouuement dite *fynarthrofe* : nous tenons que la goutte fe fait

La goutte fe fait feulement aux articula-tions lafches. feulement aux articulations lafches, comme font celles du femur auec l'ifchion du bras auec le coulde, &c. & qu'elle ne fe peut faire aux articulations eftroittes. Ainfi les os de la tefte & de la machoire fuperieure font articulez eftroittement & fans mouuement, & c'eft pourquoy la goutte ne s'y fait point. Le refte de la definition comprend en general toutes les caufes de la goutte qui font deux, *la defluxion des humeurs & l'imbecilité des parties,* comme nous monftrerons au long

Obiection pre-miere, que la goutte n'eft point tumeur. quand nous parlerons des caufes de la goutte. Il refte maintenant que nous examinions les premieres parties de noftre definition. 1. On peut objecter que *la goutte n'eft point tumeur,* car fi elle eftoit tumeur elle feroit ou phlegmon, ou erifipelle, ou œdeme, ou fcirrhe qui font en general les quatre efpeces de tumeur, ainfi qu'enfeignent Galien & Gui : or eft-il que la goutte n'eft point phlegmon, d'autant qu'elle ne vient point à fuppuration, & qu'elle n'eft point toufiours auec rougeur & chaleur comme eft le phlegmon : elle n'eft point erifipelle, car elle feroit fans tumeur apparente comme l'erifipelle, elle n'eft non plus œdeme, car elle feroit fans douleur comme l'œdeme : & finalement elle n'eft point fcirrhe, autrement elle feroit toufiours jointe auec dureté, & exempte de

douleur : Il s'enfuit donc que la goutte n'est point tumeur. Nous respondons que
la goutte est tumeur prinse generalement & vniuersellement, d'autant qu'il y a
des gouttes phlegmoneuses, œdemateuses, érisipelateuses & scirreuses : c'est
pourquoy nous la definissons generalement par tumeur. 2. Contre ce que nous
auons dit que *la goutte est vne tumeur douloureuse*, on peut prouuer qu'en la
goutte il n'y a point de douleur, d'autant que la goutte est maladie des jointures : or les jointures ne sont autre chose que l'attouchement des os, qui sont
totalement insensibles : partant en la goutte il n'y aura aucune douleur. Nous
respondons que la douleur en la goutte n'y est point à raison de la jointure ou
de l'attouchement des os, mais à l'occasion des parties membraneuses ligamenteuses, tendineuses & nerueuses, qui sont de sentiment fort exquis, lesquelles
lient & enuironnent les jointures, & sont comprinses sous le nom de jointure.

Des differences de la goutte.

Es differences de la goutte sont prinses en general de
trois choses, des parties, de la matiere, & des accidens. Pour raison des parties que la goutte saisit, nous
auons trois especes principales de goutte, *la sciatique,
la podagre, & la chiragre:* Les gouttes qui suruiennent
aux autres jointures n'ont point de nom propre, ains
s'appellent toutes du nom general *arthetique* ou *goutte:* ainsi celle qui afflige le coulde ou le genoüil est appellée generalement *goutte*, encore que plusieurs autheurs nomment *gonagre* celle qui vient aux genoux.
La sciatique prend son nom de l'os ischion : Aucuns l'appellent *coxendicus dolor,*
qui est la goutte la plus cruelle de toutes : laquelle n'occupe pas seulement l'hanche, mais aussi tout le dehors de la cuisse, & les muscles de la fesse, & s'estend
iusques au gras de la iambe, & à la plante du pied : elle est rarement accompagnée de tumeur manifeste, & peu souuent de chaleur & de rougeur, à raison
qu'en cet endroit il y a fort peu de veines sous la peau. La podagre c'est la goutte
qui saisit les pieds, & notamment la jointure du gros orteil, accompagnee ordinairement de tumeur manifeste, grande inflammation & douleur vehemente.
La chiragre est la goutte qui afflige les mains & les jointures des doigts auec tumeur, grande chaleur & rougeur de la partie. Gui escrit que la chiragre n'est pas
proprement arthetique, ains enfleure phlegmatique des mains : ce qu'il ne faut
pas entendre simplement & absoluëment, mais en comparaison des autres especes de goutte, comme s'il disoit qu'en la chiragre l'enfleure est plus apparente
qu'en la podagre, qui est cause qu'il l'a dit estre enfleure phlegmatique des mains,
toutesfois il dit qu'il ne se faut pas beaucoup soucier des noms, veu que telles
differences ne seruent gueres à la curation, sauf en la sciatique, à raison de la situation de la matiere. Pour regard de la matiere, il y a des gouttes chaudes, d'autres froides, d'autres sanguines, bilieuses, pituiteuses & melancoliques. Fernel
estime que toute goutte est froide, & qu'elle se fait seulement de phlegme, ou de
serosité : & qu'il n'y en a point de sanguines, bilieuses ny meslées de diuerses humeurs. Mais il est conuaincu par authorité, raison & experience : Hippocrate dit
que la goutte se fait du meslange du phlegme auec la colere, & aux Aphoris-

mes il fait mention de la podagre auec inflammation. Galien reconnoiſt pareillement pour la cauſe des gouttes le decoulement des humeurs tantoſt ſanguines, tantoſt phlegmatiques, & tantoſt meſlées auec la colere. Le meſme eſcrit
qu'il y a de certaines maladies qui nous laiſſent en la vieilleſſe, comme la douleur chaude des reins & la goutte chaude. Paul, Auicenne, & tous les autres docteurs, font mention de la goutte ſanguine, bilieuſe, phlegmatique & melancolique. S'il eſt queſtion de confirmer l'authorité par raiſons & experience, nous
le ferons facilement. Car nous voyons bien ſouuent les gouttes guarir par la
phlebotomie & la purgation, tantoſt de la colere, & tantoſt du phlegme, il falloit donc qu'elles fuſſent cauſées tantoſt du ſang, par fois de la bile, & par fois
Aph.2. ſect.1. de la pituite : car *c'eſt lors que l'éuacuation profite quand la matiere peccante eſt tirée*
dehors. Et de fait on a veu pluſieurs femmes affligées de la goutte à cauſe de la
Aph.29. ſect.
6. ſuppreſſion de leurs mois, comme il aduient ſouuent, ſelon Hippocrate, leſquelles en ont eſté guaranties par la phlebotomie de la veine du talon. D'ailleurs
la pluſpart des gouttes eſt auec douleur aiguë, chaleur & rougeur : la rougeur
ne peut venir que du ſang qui eſt au deſſous de la peau, car la couleur apparoiſt
touſiours ſemblable à l'humeur qui eſt contenuë: puis donc qu'il y a rougeur, il
faut qu'elle vienne du ſang qui eſt rouge de ſa nature : la chaleur ne peut auſſi,
à proprement parler, venir que d'vne humeur ſanguine & colerique : & la
douleur vehemente & aiguë ne ſe fait point de matiere froide, ains chaude &
bilieuſe. Ainſi en l'œdeme & aux tumeurs œdemateuſes & froides, la douleur
qui s'y remarque eſt fort petite & lente : au contraire, en l'eriſipele & phlegmon
qui ſont tumeurs chaudes, la douleur y eſt vehemente & aiguë. Dauantage, il y
a des gouttes qui s'appaiſent par des remedes froids, & s'empirent par ceux qui
ſont chauds : & au contraire, il y en a d'autres qui ſe mitiguent par les remedes
chauds, & s'enaigriſſent par l'application de ceux qui ſont froids, comme outre
Aph. 25. ſect.
5.
3. Des accidės. l'experience on peut aiſément recueillir de la doctrine d'Hippocrate en ſes Aphoriſmes. Concluons donc que la goutte ſe peut faire de matiere chaude, & de tou-
tes ſortes d'humeurs contre l'opinion de Fernel. La troiſiéme difference des gouttes eſt priſe des accidens qui les accompagnent, leſquels encore qu'ils ſoient en
aſſez bon nombre, ſi eſt-ce toutesfois qu'on en remarque deux principaux, la
douleur & la tumeur : Et ſelon ces deux accidens, il y a des gouttes tres-doulou-
reuſes & faſcheuſes ſans tumeur beaucoup apparente, il y en a d'autres qui ſont
Quatriéme
differéce prin-
ſe du commen-
taire de Galien
ſur l'Aph.28.
de la 6.ſection. aſſez ſupportables & paiſibles auec tumeur manifeſte. Voilà les differences de la
goutte priſes en general dès parties, de la matiere & des accidens : auſquelles
nous en pouuons adjouſter vne quatriéme priſe de l'origine des gouttes, & tirée des eſcrits de Galien : c'eſt qu'il y a des gouttes hereditaires qu'on appelle naturelles, & d'autres qui viennent par accident.

Des cauſes de la goutte.

Il faut que ne-
ceſſairemét la
defluxion des
humeurs &
l'imbecilité
des iointures
ſoient iointes
enſemble pour
faire la goutte.  E s cauſes de la goutte en general ſont deux, *la defluxion des hu-*
meurs, & l'imbecilité des iointures, ainſi que nous auons remarqué
par noſtre definition. L'vne ſans l'autre n'eſt point ſuffiſante de
l'engendrer : car nous voyons ordinairement des tumeurs œdemateuſes ſuruenir aux iointures, leſquelles toutesfois ne peuuent
proprement eſtre appellées gouttes, d'autant que la debilité des iointures n'y

eſt point D'ailleurs le paroxiſme de la goutte eſtant paſſé, & la douleur appaiſée la iointure demeure foible, & toutesfois il n'y a point alors de goutte. Il faut donc de neceſſité que la defluxion des humeurs ſoit iointe auec la debilité de la ioin-ture pour engendrer la goutte. C'eſt l'opinion de Galien en pluſieurs endroits, & principalement au dixiéme liure des medicamens topiques, où il eſcrit tres-expreſſément, que les douleurs des iointures ſe font par la defluxion des hu-meurs auſdites iointures. Mais pour entendre ces deux cauſes generales de la goutte, il nous faut premierement traitter de la defluxion, & ſçauoir quelle eſt ſa nature & ſon eſſence, & puis nous l'approprierons à la goutte. *Defluxion eſt vn* *mouuement d'humeurs qui ſe fait d'vne partie haute en vne baſſe*, C'eſt dis-ie vn mouuement local, d'autant que l'humeur va d'vn lieu à l'autre. En toute deflu-xion, comme en tout mouuement local, nous deuons remarquer cinq choſes. 1. Ce qui ſe meut. 2. Ce qui meut. 3. Le lieu, autrement appellé terme d'où commence le mouuement. 4. Le lieu par où ſe fait le mouuement, c'eſt à dire, la voye par où il paſſe. 5. Et le lieu ou terme ou ſe finit le mouuement. Ce qui ſe meut en la goutte eſt toute ſorte d'humeurs chaude, froide, ſanguine, choleri-que, phlegmatique, ou melancholique. Ce qui meut & incite l'humeur à fluxion eſt le principe interieur de l'humeur, ou le principe exterieur qui vient d'ailleurs que des humeurs : nous appellons le principe interieur la forme & proprieté qui eſt en l'humeur, cauſe de ſon mouuement : Ainſi le feu de ſoy & de ſon principe interieur qui eſt la legereté, ſe meut en haut : au contraire la terre de ſon prin-cipe interieur qui eſt la peſanteur, ſe meut en bas. L'humeur donc eſtant actuel-lement liquide, tenant du naturel de l'eau, & par conſequent peſante de ſa na-ture, tombe ſouuent de ſon mouuement propre, & de ſon principe interieur aux parties baſſes : pour ce nous tenons que la fluxion ſe fait rouſiours de haut en bas, & iamais de bas en haut. Que ſi d'auanture les humeurs montent quelquesfois, & ſont portées aux parties hautes, cela ſe fait par force & par accident contre leur nature, à ſçauoir par expreſſion, ou par tranſport. Le principe externe qui meut les humeurs en toute defluxion eſt double, à ſçauoir l'expulſion & l'attraction, car tout ce qui ſe meut par autruy eſt ou pouſſé ou tiré : l'humeur eſt ſouuent pouſſée aux parties baſſes par la faculté expultrice du membre, qui eſt forte & vigoureuſe, laquelle eſtant irritée ou par la quantité des humeurs, ou par leur qualité vicieuſe, ou finalement par leur ſubſtance corrompuë, vient à les chaſſer. Quelquesfois auſſi l'humeur eſt pouſſée par vne cauſe exterieure, comme par la froidure de l'air, ou par l'vſage des medicamens repercuſſifs. Quant à l'attraction nous diſons que l'humeur eſt attirée en trois façons, ou par la ſimilitude, ou par la chaleur, ou par la douleur : Quand les parties ſe nourriſſent, elles tirent l'hu-meur alimentaire par ſimilitude, les froides la froide, les chaudes celle qui eſt chaude, & les ſanguines & temperées l'aliment mediocre & temperé : mais at-tirant quelquesfois plus qu'il ne leur en faut, cela cauſe des tumeurs. Quant à la chaleur & à la douleur, elles ſont cauſes d'attraction, non pas de ſoy, comme la ſimilitude, mais par accident : car la chaleur tire les humeurs en les fondant & attenuant, car eſtans fonduës & liquefiées, elles deuiennent plus coulantes & plus propres pour eſtre portées à raiſon de leur tenuité & legereté à la partie alterée par la chaleur. La douleur de meſme attire par accident, pource que na-ture voulant ſoulager la partie affligée de douleur, y enuoye les inſtrumens de ſon ayde & de ſon ſecours, qui ſont la chaleur naturelle & les eſprits, leſquels ayant pour ſujet & fondement le ſang, le mouuement auſſi quand & eux, &

Qu'eſt-ce que defluxion.

Il faut remar-quer cinq cho-ſes en toute defluxion.

1. Ce qui ſe meut.

2. Ce qui meut.

L'attraction ſe fait en trois façons.

le conduisent à la partie douloureuse. Le lieu d'où vient la fluxion est non seulement le cerueau & les parties de la teste, mais aussi toute autre partie du corps, pourueu qu'elle aye domination, & qu'elle soit logée en lieu esleué en comparaison de celle qui reçoit la fluxion. Les voyes par lesquelles se fait la fluxion sont

de deux sortes, ordinaires, ou extraordinaires : les ordinaires sont les vaisseaux, veines, arteres & nerfs, par lesquelles la fluxion se fait ordinairement : les extraordinaires sont le perioste, les membranes, ligamens, os & pores insensibles des

parties. Finalement le lieu où se termine la fluxion, est toute partie basse & debile de sa nature & de soy, ou par accident. Voilà en somme la nature & essence de la fluxion, & l'explication des cinq choses que nous y deuons considerer, reste auant que passer outre, d'expliquer les causes d'icelle.

Les causes de fluxion en general sont de deux sortes, externes, ou internes : les externes sont celles qui viennent d'ailleurs que du dedans du corps, que nous appellons communément primitiues & éuidentes, qui sont au nombre de quatre.

1. La constitution de l'air qui est austral, & chaud, & l'application des remedes chauds, comme onctions, fomentations, & semblables, qui sont causes de fluxion en fondant & attenuant les humeurs. 2. Le froid & l'application des remedes froids & astringents, qui excitent la defluxion en pressant & exprimant les humeurs, comme qui prendroit vne esponge trempée dans quelque liqueur, & l'espreindroit auec la main. 3. Toute chose qui fait solution de continuité, & excite douleur en quelque partie du corps, laquelle est cause externe de fluxion en remuant & agitant les humeurs. 4. Toute contusion qui cause fluxion en chassant & poussant les humeurs par vne grande violence.

Les causes internes de fluxion sont doubles, antecedentes & conjointes.

Les antecedentes sont aussi de deux sortes, principales ou instrumentaires. Nous appellons causes principales celles qui sont necessaires pour engendrer la defluxion, & sont en nombre de cinq, à sçauoir l'abondance des humeurs, l'acrimonie & mauuaise qualité d'icelles, la force de la partie mandante, l'imbecilité de la partie suscipiente, & la situation basse d'icelle. L'abondance & la mauuaise qualité des humeurs sont causes principales de fluxion, d'autant que la trop grande quantité des humeurs, ou leur qualité vicieuse, faschent & molestent la Nature, laquelle pour s'en descharger, les chasse & renuoye par apres aux autres parties. Cette quantité excessiue d'humeurs & qualité vicieuse, procedent ordinairement de l'intemperature des parties principales, comme du cerueau, de l'estomach & du foye : car le cerueau chaud attire comme vne ventouse toutes les vapeurs du corps, lesquelles estant condensées à cause de sa froideur & de l'espaisseur du crane, se conuertissent en eau & matiere propre, pour exciter la defluxion : le cerueau trop froid engendre par sa debilité quantité d'excremens & superfluitez, lesquelles puis apres il chasse sur les parties qui sont au dessous. L'estomach refroidy engendrant & amassant plusieurs cruditez, & le foye trop eschauffé enuoyant trop grande quantité de fumées au cerueau, sont causes de l'abondance & de l'acrimonie trop grande des humeurs, & en suitte causes antecedentes de fluxion. La force & vigueur de la partie mandante est la troisiéme cause principale que nous auons remarqué : car bien qu'en icelle il y aye abondance d'humeurs & qualité vicieuse d'icelles, toutesfois la defluxion ne se fera point, si la partie n'est forte & robuste, ains les humeurs venans à s'arrester en icelles, causeront vne congestion au lieu d'vne defluxion. La quatriéme c'est l'imbecilité de la partie suscipiente, car si elle n'estoit debile, elle chasseroit les

humeurs mauuaiſes : de ſorte que la fluxion ne ſe pourroit point faire ainſi que
dit Galien au Commentaire ſur l'Aphoriſme 28. de la 6. ſection. La cinquiéme
& derniere cauſe de fluxion , c'eſt la ſituation baſſe de la partie qui reçoit : car
puis que toute defluxion ſe fait de haut en bas, il faut que la partie qui reçoit la
fluxion ſoit non ſeulement debile mais auſſi ſituée en bas lieu. Ce ſont là toutes
les cauſes principales & antecedentes de toute defluxion : Venons maintenant
aux inſtrumentaires. Nous appellons cauſes inſtrumentaires de fluxion , celles
qui ne ſont point neceſſaires pour engendrer la fluxion, mais qui aduiennent &
ſeruent beaucoup à la generation d'icelle , par le moyen deſquelles la defluxion
ſe fait pluſtoſt & plus facilement , & ſont au nombre de trois : à ſçauoir la tenuité des humeurs, la largeur des conduits par où la matiere paſſe , & la laxité
& rareté de la partie ſuſcipiente : car les humeurs qui ſont plus tenuës & plus
ſubtiles cauſent plus facilement la defluxion , eſtant plus fluides & plus coulantes que celles qui ſont groſſieres & eſpaiſſes : la largeur des voyes y ſert auſſi
de beaucoup pour rendre le paſſage plus libre & plus facile à l'humeur qui decoule , & la laſcheté & rarité de la partie ſuſcipiente à la receuoir : Ainſi le poulmon
& les glandes qui ſont parties molles & laſches , ſont fort ſujettes à defluxions.
Voilà quelles ſont les cauſes antecedentes , tant principales qu'inſtrumentaires
de toute defluxion. La conjointe c'eſt l'humeur qui eſt coulée & enuoyée par ce
mouuement de defluxion. Voilà en ſomme les cauſes de la fluxion tant externes qu'internes : Il nous faut maintenant rapporter cette doctrine aux cauſes
de la goutte.

Les cauſes antecedentes & inſtrumentaires de fluxion ſont trois.

La cauſe conjointe de fluxion.

En la goutte doncques puis qu'elle ſe fait par defluxion , il faut conſiderer
cinq choſes, ce qui ſe meut, ce qui meut, le lieu d'où commence la fluxion, la
voye par où elle paſſe , & le lieu où elle ſe fait & arreſte. Ce qui ſe meut en la
goutte eſt toute ſorte d'humeurs, non pas ſeulement le phlegme & la ſeroſité,
comme nous auons deſià prouué contre Fernel, combien que plus rarement
l'humeur melancolique decoule aux jointures pour y engendrer la goutte , que
non pas par les autres humeurs : car les rateleux & melancoliques ſont rarement
ſujets aux gouttes , comme dit Auicenne. Ce qui meut en la goutte eſt ſemblable à ce qui meut en general : ce que nous auons deſià expliqué. Aux trois termes d'où , par où , & où ſe fait la fluxion en la goutte , il y a de la controuerſe
entre les Medecins anciens & les modernes, Fernel eſtime que l'humeur cauſe
de la goutte vient touſiours exterieurement de la teſte & du pericrane , & que
decoulant de là par les parties externes de noſtre corps ſous le cuir , il s'en va facilement aux jointures. Il confirme ſon opinion par deux raiſons. La premiere,
pource que beaucoup de veines qui procedent des iugulaires externes deſchar-
gent leur excrement aqueux & ſereux au pericrane & aux parties externes de
la teſte, leſquels eſtant là ramaſſez, & ne ſe pouuans éuaporer à cauſe de l'eſpaiſſeur du cuir , par la moindre occaſion du chaud, ou du froid, ou bien meſme
de quelque friction, decoulent en fin aux parties baſſes & aux jointures. Les
ſignes de ces humeurs deſià ramaſſées ſont peſanteur & douleur de teſte, aſſo-
piſſement , tumeur œdemateuſe, principalement vers l'occiput. La ſeconde eſt
parceque le cerueau & ſes ventricules ne peuuent eſtre la ſource de la defluxion,
d'autant que les excremens phlegmatiques qui ſe ramaſſent en iceux ſont chaſſez , ou bien mis dehors par le nez & par le palais , ou bien portez au dedans
par la trachée artere aux poulmons , au ventricule, & aux autres parties interieures. Mais cette opinion de Fernel eſt rejettée de tous les bons Autheurs,

*Il faut conſide-
rer cinq choſes
en la goutte.
Ce qui ſe meut.*

Ce qui meut.

*Fernel, veut
que la fluxion
en la goutte ſe
faſſe touſiours
de la teſte.
Voy le 18. cha.
du 6. liu. de ſa
pathologie.*

*Son opinion eſt
reiettée.*

comme côntraire à la raifon & à l'experience. Car pour répondre à fes raifons, nous difons à la premiere, qu'il n'eft point plus neceffaire que les iugulaires externes portent pluftoft leur excrement aux parties externes de la tefte, que beaucoup d'autres veines puiffent porter leurs excremens aux jointures : Et quand bien nous accorderions cela à Fernel, il ne s'enfuiuroit point pourtant que les excremens fe puiffent tellement ramaffer au pericrane, qu'ils en vinffent puis apres à decouler aux jointures : Car encore que le cuir de la tefte foit bien efpais & bien denfe, fi eft-ce que ces humeurs aqueufes & fereufes pour leur grande tenuité, peuuent facilement s'éuaporer & paffer à trauers de l'efpaiffeur du cuir par les pores infenfibles d'iceluy, voire mefme fe refoudre par la friction frequente. Et quant à la feconde raifon, nous accordons bien que les excremens du cerueau & de fes ventricules font chaffez au dehors par le nez & la bouche, ou bien portez au dedans par la trachée artere aux poulmons & à l'eftomach, mais cela n'empefche point qu'ils ne puiffent auffi decouler aux jointures : car les poulmons robuftes & le ventricule auffi chaffent les humeurs tantoft au dehors par le crachat, & tantoft au dedans, en les renuoyant fur d'autres parties, lefquelles fe peuuent arrefter aux jointures fi elles font foibles. Il faut donc tenir l'opinion de Fernel pour abfurde, & repugnante à la raifon & à l'experience : Car bien que fouuent les defluxions en la goutte viennent de la tefte, d'autant que les goutteux pour la plufpart font fujers aux catharres, toutesfois nous nions fort & ferme que la tefte & les parties externes d'icelle foyent toufiours la fontaine & la fource de ce mal, autrement il faudroit, felon la fuppofition de Fernel, que la pefanteur & douleur de tefte, l'affopiffement & la tumeur œdemateufe de l'occiput precedaffent toufiours la goutte, ce qui eft faux & contraire à l'experience, car nous en voyons plufieurs eftre faifis à l'inftant des gouttes, fans iamais auoir fenty nul de ces accidens. Que fi la fluxion en la goutte vient toufiours de la tefte, comme il eftime, & paffant fous le cuir du long des parties externes, eft portée aux jointures : pourquoy eft-ce qu'en ce paffage on ne fent quelque friffon, rigueur, ou horreur, veu que ces parties font extrémement fenfibles, comme mefmes on a quelquesfois remarqué aux diftillations qui fe font du long du dos, lefquelles font pour la plufpart accompagnées de ces accidens : Or eft-il que les gouttes arriuent fouuent fans aucun de

De quelles parties decoulent les humeurs qui font les gouttes.

ces accidens. Nous tenons donc que l'humeur qui fais la goutte vient le plus fouuent du cerueau, qui eft la fource & la fontaine de tous catharres, & qu'elle decoule non feulement par dehors, mais auffi par dedans, & des ventricules d'iceluy, aufquels les excremens phlegmatiques de ce membre ont accouftumé de fe ramaffer : quelquesfois auffi que l'humeur decoule d'autres parties que de la tefte & du cerueau, comme du foye, des reins, de l'eftomach, des boyaux & de

Comment. 3. in fect 4. li. 6. epidem.

la matrice, ainfi qu'Hippocrate a trefbien remarqué, comme témoigne Galien: & nous voyons iournellement par experience que les douleurs de l'eftomach, des reins, & la colique, fe changent & terminent bien fouuent en gouttes par le tranfport de l'humeur morbifique d'vne partie à l'autre. Doncques la fluxion en la goutte ne vient point toufiours de la tefte, comme a voulu dire Fernel, ou bien il faudroit de neceffité que le phlegme efpais & gluant qui caufoit ces douleurs fut premierement tranfporté à la tefte, & de là vint à couler fous la peau aux jointures, ce qui eft du tout abfurde. De la matrice auffi, par la fup-

Aph. 29. fect. 6.

preffion des mois, vient la goutte aux femmes, fans que la matiere decoule du cerueau : car les femmes (comme dit Hippocrate) font facilement faifies de

gouttes

gouttes quand leurs mois viennent à defaillir, ou bien à s'arrester : que si leurs mois sont bien reglez, & coulent selon l'ordre de nature, ou bien mesme par art, les gouttes ne leur viennent point. Quelquesfois la fluxion en la goutte nè procede point de quelque certaine partie, mais de tout le corps en general. Ainsi par la suppression des hæmorrhoïdes, ou de quelque autre éuacuation vniuersselle, les gouttes s'engendrent ; car telles éuacuations suruenantes ou par la force de nature, ou par l'aide du Medecin, alors les gouttes s'appaisent : ce qui est encores plus apparent en ce que les fiéures longues se terminent & changent souuent en gouttes : or en telles fiéures la matiere occupe toute la masse sanguinaire, & procede vniuersellement de tout le corps, & non pas de quelque certaine partie d'iceluy. Concluons donc que la fluxion en la goutte ne vient point tousiours de la teste, comme a voulu Fernel, mais aussi du cerueau, & des autres parties, comme du foye, des reins, de l'estomach, des intestins & de la matrice, & quelquesfois de tout le corps en general.

Les voyes par lesquelles passe l'humeur qui fait la goutte, sont pareilles à celles de toutes fluxions en general, lesquelles nous auons dit estre doubles, ordinaires ou extraordinaires : Les ordinaires, comme sont les veines, arteres & nerfs par lesquelles la matiere de la goutte passe ordinairement : Les extraordinaires, comme sont les membranes, ligamens, os, & les conduits insensibles des parties par lesquelles extraordinairement & plus rarement coule la matiere qui engendre les gouttes. Fernel en cet endroit est aussi de contraire opinion à celle des Medecins anciens & modernes, car il estime que la fluxion aux gouttes ne peut passer par les veines, mais son opinion est conuaincuë par beaucoup de raisons. Premierement d'autant que les fiéures se terminent en gouttes, desquelles la matiere estoit contenuë dans les veines ; & d'autant aussi que les gouttes se guarissent souuent par la phlebotomie : Il faut donc confesser que la matiere passe quelquesfois dans les veines, contre l'opinion de Fernel. Ioint aussi qu'on voit ordinairement auant l'arriuée des douleurs de la goutte, les veines voisines de la jointure se rendre plus apparentes, plus grosses & plus rouges qu'auparauant, ce qui monstre bien éuidemment que la matiere des gouttes descend bien souuent par les veines. Finalement le lieu où la matiere des gouttes est receuë, est premierement la cauité de la jointure, & puis apres toutes les parties voisines, comme ligamens, membranes, tendons, & autres qui lient & enuironnent l'articulation. Voilà en somme l'explication de l'vne des causes des gouttes, qui est la defluxion des humeurs.

L'autre cause de la goutte est l'imbecilité de la jointure, laquelle de necessité est requise pour sa generation, comme enseigne Galien, quand il dit qu'il faut necessairement auoir les pieds & les jointures debiles, auant que pouuoir estre saisi de la podagre : comme pour faire l'epilepsie, il ne suffit pas qu'il y ait de la matiere & mauuaises humeurs au cerueau, mais aussi il faut qu'il soit debile : or ce que Galien a dit de la podagre, il faut entendre de toutes sortes de gouttes : Et de là nous pouuons conclurre qu'en la generation de la goutte il faut de necessité que la debilité de la jointure y soit. La jointure est debile doublement ou de soy, ou par accident : de soy naturellement & de sa premiere conformation, retirant du vice naturel de la semence, laquelle decoulant de toutes les parties de nostre corps, sinon materiellement, au moins par efficace & vertu, retient en soy la force & la nature de toutes les parties, & par ce moyen se font toutes les maladies que nous appellons vulgairement hereditaires : Ainsi les goutteux,

Les voyes par où passe l'humeur.

Autre erreur de Fernel.

Le lieu où elle est receuë.

seconde cause des gouttes. Commen. ad Aph. 28. se. 6.

La jointure est debile doublement.

BBB

De la goutte.

calculeux, lepreux & epileptiques engendrent des enfans subjects à telles maladies. Or la jointure se rend debile par accident, encore que naturellement elle soit forte, par toute sorte d'excez, & principalement par l'vsage immoderé de la l'acte venerien, & par yurongnerie: voilà pourquoy les anciens Poëtes ont appellé la goutte fille de Bacchus & de Venus · car le vin prins outre mesure affoiblit grandement les nerfs, & generalement toutes les parties membraneuses: outre ce, il humecte & remplit par trop le cerueau: l'acte venerien de mesme affoiblit les jointures, faisant grande dissipation d'esprits par le maniement & l'agitation vniuerselle de tout le corps, d'où vient que les jointures estant renduës debiles par l'vne & l'autre occasion, sont disposées & deuiennent propres à estre saisies facilement de la goutte. C'est pourquoy Hippocrate a tres-bien dit que *les eunuques & les enfans ne sont point podagres, d'autant qu'ils n'vsent point de l'acte venerien:* Et encore entre les eunuques & les enfans, nous voyons les enfans n'en estre iamais trauaillez, mais les eunuques quelquesfois, pource qu'ils se débordent en leur viure, & peuuent boire immoderément comme vn autre, ainsi que dit Galien. Il y a plusieurs autres causes qui rendent les jointures debiles par accident, comme sont l'vsage frequent des bains chauds, lesquels en relaschant & ramollissant par trop les jointures, les rendent debiles: le mouuement excessif & tout exercice violent & immoderé affoiblissent les jointures pour la grande dissipation des esprits: les cheutes, les coups & les contusions vers les jointures sont pareillement causes de la mesme imbecillité: bref, la trop grande froidure debilite grandement les articles, car d'autant qu'elles sont parties spermatiques, elles sont facilement offencées par le froid excessif, ainsi qu'Hippocrate a tres-bien escrit, quand il dit que le froid est ennemy des os, des nerfs, des dents, du cerueau, & de l'espine du dos, pource que ce sont parties spermatiques & froides. Voilà donc les causes des gouttes en general, qui sont deux, à sçauoir la defluxion des humeurs, & l'imbecillité des jointures.

On pourroit obiecter au contraire l'Aphorisme d'Hippocrate, où il dit qu'aux grandes secheresses suruiennent douleurs de jointures, & que par consequent toute goutte ne se fait point par defluxion, comme nous auons dit. Nous répondrons à cette obiection, selon Galien au Commentaire du susdit Aphorisme, que toute douleur de jointures n'est point proprement goutte, encore que toute goutte soit jointe auec douleur de jointures; comme toute douleur de costé n'est pas proprement pleuresie, encores que toute pleuresie soit douleur de costé. Ainsi donc toute douleur de iointure n'est pas goutte, ains il faut qu'il y ait d'autres accidens qui l'accompagnent comme tumeur, chaleur, & autres. Or l'extréme secheresse cause douleur de iointures par accident, d'autant qu'ayant consumé l'humidité grasse & oleagineuse de la iointure, le mouuement se rend plus difficile, voire mesme auec douleur. On peut aussi obiecter sur les causes de la goutte desià mentionnées, que la goutte se fait quelquesfois par congestion d'humeurs, & partant que la defluxion d'humeurs ne sera point tousiours cause de la goutte. Nous répondrons à cela, que voirement il y a des gouttes qui se peuuent faire quelquesfois par congestion, mais qu'elles aduiennent rarement: or nous auons expliqué les causes de la goutte qui arriuent le plus souuent & ordinairement en la generation d'icelle: & partant nous auons tres-bien dit que la goutte se fait par defluxion d'humeurs, encores qu'elle se puisse faire quelquesfois par congestion d'iceux. Auicenne met trois causes de la goutte en general, l'vne materielle, qu'il appelle

La goutte pourquoy dite fille de Bacchus & de Venus.

Aph. 28 & 30. sect. 6.

Aph. 18. sec. 5.

Obiection. Aph. 16. sec. 3.

Responce.

Comment la secheresse cause douleur aux iointures. Autre obiection que la goutte se faict quelquesfois par congestion. Responce.

efficiente, qui est l'humeur chaude ou froide : l'autre instrumentaire, qui est la largeur des voyes par où la matiere passe : & la derniere patiente ou suspiciente, qui est la foiblesse des iointures Guidon en ce chapitre a suiuy Auicenne, & ne recognoit point d'autres causes de la goutte que ces trois-là, lesquelles s'accordent fort bien auec celles que nous auons proposées : car la premiere qui est l'efficiente, n'est autre chose que l'humeur qui se meut en la defluxion : la seconde qui est l'instrumentaire, se peut facilement rapporter aux causes instrumentaires de fluxion en general, que nous auons dict estre au nombre de trois, la tenuité des humeurs, la largeur des conduits par lesquels la matiere passe, & la laxité & rareté des parties. Finalement la troisieme cause d'Auicenne qui est patiente ou suspiciente, n'est autre chose que la deuxieme cause de la goutte par nous proposée, & que nous auons dict estre l'imbecillité des iointures.

Auicenne met trois causes de la goutte.

Des signes de la goutte.

Es signes de la goutte sont diagnostiques ou prognostiques : les diagnostiques sont ceux par lesquels nous cognoissons la goutte, & discernons ses differences, lesquels en general sont de deux sortes, les vns communs & generaux, & les autres particuliers. Les communs sont ceux qui nous monstrent la goutte en general, & sont tirez de la definition de la goutte, que nous auons dit estre *tumeur douloureuse des iointures:* Doncques les signes communs seront deux, tumeur & douleur des iointures. Les particuliers sont ceux qui nous font cognoistre les gouttes particulierement, & les distinguer les vnes des autres, lesquels Auicenne suiuant la doctrine de Galien a fort bien expliquez. Et d'autant que des gouttes les vnes sont chaudes, & les autres froides, il nous a baillé huict signes pour les recognoistre & discerner les vnes des autres. Le premier, c'est *la couleur de la partie malade,* car si la couleur est rouge ou iaunastre, sans doute la goutte est chaude, & sa cause efficiente, c'est le sang ou la bile, que si elle est pasle, la goutte est froide, d'autant que la couleur pasle vient du phlegme qui est froid. Le second, c'est *l'attouchement de la partie affligée,* car si le malade sent vne chaleur & ardeur grande en la partie, & que le Medecin la sente aussi en la touchant, la goutte est chaude, & au contraire, si le patient y sent vne froidure, & le Medecin l'apperçoiue aussi en la touchant, elle est froide. Le troisieme, c'est *l'application des remedes,* car si le malade trouue de l'allegement par l'application des remedes froids, la goutte est chaude, & au contraire : la raison est pource que toute maladie se guarit par son contraire. Il est vray que par accident il peut aduenir qu'vne goutte chaude se guarit par vn remede chaud, en resoluant la matiere chaude & subtile : & de mesme la goutte froide se peut appaiser par vn remede froid, qui sera narcotique, lequel priuant la partie de sa chaleur naturelle, qui est l'instrument de toutes les functions, luy oste quant & quant le sentiment, & en suitte la douleur. Le quatrieme, c'est *la façon de viure qui a precedé,* car si le malade s'est nourry auparauant de toutes viandes froides & crües, & a mené vne vie sedentaire & pleine de tout repos, d'où il a engendré grande quantité de phlegme,

Les signes diagnostiques de la goutte,

Sont ou communs.

Ou particuliers.

Cap. 2. lib 10. secund. locos.

Huict signes pour discerner les gouttes chaudes des froides.

De la goutte.

il eſt aiſé à coniecturer de là que ſa goutte eſt froide : que ſi au contraire il s'eſt touſiours nourry de viandes chaudes & choleriques, ayant trauaillé exceſſiuement, on peut bien dire qu'elle eſt chaude. La cinquiéme, *c'eſt la complexion & temperature du patient,* car s'il eſt ſanguin ou bilieux, la goutte eſt chaude : au contraire, s'il eſt pituiteux ou melancholique, elle eſt froide. On peut mettre en ce rang & en ce ſigne particulier, *l'aage des malades la region & le temps :* Ainſi les icunes gens ſont ordinairement vexez de gouttes chaudes, & les vieillards au contraire, de froides : & pource Galien écrit que les gouttes chaudes nous laiſſent en la vieilleſſe. Il en eſt de meſme de la region & du temps, car aux pays chauds & en Eſté les gouttes chaudes regnent dauantage : au contraire, en Hyuer & aux pays froids les gouttes froides y ont la vogue. Le ſixiéme, *c'eſt la proprieté ou le mouuement de la douleur,* car ſi la douleur trauaille plus le matin & vers le midy que le reſte du iour, indubitablement la goutte eſt chaude, & cauſée par vne humeur ſanguine & bilieuſe qui a ſon mouuement en ce temps : que ſi la douleur preſſe dauantage enuiron le ſoir & toute la nuict, elle eſt froide & cauſée d'humeur phlegmatique ou melancholique qui domine à cette heure là. Car c'eſt la proprieté des quatre humeurs de ſe mouuoir & dominer particulierement aux quatre parties du iour, comme elles ſont aux quatre ſaiſons de l'an : Ainſi le ſang ſe meut & domine le matin & au Printemps, la cholere à midy & en Eſté, la melancholie le ſoir & en Automne, & le phlegme la nuict & en Hyuer. *On peut auſſi dire ayant égard à la proprieté de la douleur, ſi elle eſt aiguë & poignante qu'elle eſt faite de matiere chaude : & au contraire, ſi elle eſt lente & plus remiſe, d'humeurs froides, parce que le froid n'a iamais tant de force à agir que le chaud.* Le ſeptiéme, *c'eſt la duration de la douleur :* car ſi le paroxiſme & accez de la douleur dure longuement, la goutte eſt froide & cauſée de matiere phlegmatique qui ne ſe peut reſoudre qu'auec longueur de temps : que ſi l'accez de la douleur paſſe promptement, elle eſt chaude & faicte de matiere cholerique, qui ſe reſoult & diſſipe bien toſt. L'huictiéme, *ce ſont les vrines & les excremens communs,* la contemplation deſquels appartient pluſtoſt au Medecin qu'au Chirurgien, & toutesfois nous en dirons vn mot en paſſant. Si les vrines des goutteux ſont en petite quantité, fort ſubtiles & iaunaſtres, ou rougeaſtres, & ſi elles ſont acres & mordicantes auec peu d'hypoſtaſe la coniecture ſera grande que la goutte eſt chaude : De meſme ſi les excremens du ventre ſont teints de couleur iaunaſtre & piquans, la matiere de la goutte eſt chaude & cholerique. Au contraire, ſi les vrines ſont en grande quantité, époiſſes & cruës, de couleur paſle & blancheaſtre auec grande hypoſtaſe, & ſi les excremens du ventre ſont groſſiers & blancheaſtres, non couuerts de cholere ny piquans, on peut recueillir que la goutte eſt froide. Voilà en general les huict ſignes particuliers des gouttes, & iceux diagnoſtics, ſelon Auicenne & Gui, auſquels nous en pouuons adiouſter deux autres tirez de la diuerſité de la tumeur & douleur qui accompagnent les gouttes. Car ſi la tumeur eſt peu apparente, ſi la tenſion eſt petite, ſi la douleur eſt vehemente, pulſatile, poignante & extrémement aiguë, nous pouuons dire la goutte eſtre chaude. Au contraire, ſi la tumeur apparoiſt grande au dehors, s'il y a grande tenſion en la partie, ſi la douleur eſt plus ſupportable & pluſtoſt tenſiue que pulſatiue ou poignāte, la goutte eſt froide. La raiſon de cela eſt d'autant que l'humeur froide & phlegmatique à cauſe de ſa froideur & époiſſeur ſeiourne aux parties externes, & ne penetre pas au dedans de la iointure, tellement qu'elle fait vne tumeur fort grande & apparente, la meſme auſſi pour ſa froideur & humidité n'excite pas beaucoup de douleur : au con-

Les humeurs ſe mouuent aux quatre parties du iour.

Autres ſignes prins de la tumeur & de la douleur.

traire, l'humeur chaude & colerique penetrant plus facilement par sa chaleur &
tenuité au plus profond de la jointure, ne fait pas vne tumeur apparente, mais
d'autant qu'elle est acre & poignante, elle excite en la partie des douleurs poi-
gnantes & aiguës.

Des signes prognostiques de la goutte.

 E s signes prognostiques des gouttes se considerent
en deux façons, ou bien auant la generation & arri-
uée de la goutte, ou apres la generation d'icelle, c'est
à dire, apres qu'elle a attaqué & saisi nostre corps. Suiuant cette diuision, nous disons que les signes prognostiques de la goutte auant sa generation, sont ceux par
lesquels nous predisons l'arriuée de la goutte, lesquels
sont tirez de quatre choses en general. La premiere est,
de la *difference du sexe*, c'est à dire, du masle & de la

*Signes progno-
stiques de la
goutte auant
sa generation.*

femelle : car encore que tout sexe soit subiect à la goutte, & que cõme dit Galien,
tout sexe, tout âge, tout temperament & toute habitude soient capables de toutes maladies, si est-ce que l'homme y est plus subiect que la femme, suiuant l'A-
phorisme 29. de la 6. section. Pource que les hommes sont plus debordez en leur
maniere de viure : outre ce, les femmes ont tous les mois vne purgation naturelle, laquelle comme témoigne Hippocrate, les preserue d'vne infinité d'accidens. La seconde est *la difference de l'âge*, car la vieillesse est plus disposée à la
goutte que tout autre, pource que le corps des vieilles gens est tout remply d'humiditez superfluës, & qu'ils ont les iointures debiles : Au contraire, les ieunes ne
sont subiects aux gouttes, d'autant que leur âge est chaud, lequel dissipe aisément
les humeurs de leurs corps. cette raison est tirée d'Hippocrate, où il escrit *que les
enfans ne podagrissent point auant l'vsage de l'acte venerien*, lequel attenuë les humeurs, ouure les pores liquefie les humeurs, & excite la defluxion sur les iointures. La troisiéme, *c'est la complexion & temperature des personnes* : Car ceux qui sont
de temperamẽt pituiteux & froid, sont plus souuent trauaillez de la goutte, comme discourt Galien, d'autãt qu'elle se fait le plus souuent de phlegme : au contraire, ceux qui sont de complexion colerique & chaude y sont moins subiects. La
quatriéme & derniere, *ce sont les saisons differentes de l'année*, car encore que la
goutte puisse venir en tout temps comme toute autre maladie, ainsi que dit Hippocrate, si est-ce qu'elle arriue plustost au Printemps, & en l'Automne, selon le
mesme autheur, où il dit *que les douleurs de la podagre s'émeuuent pour la pluspart au
Printemps & en l'Automne*, ce que Galien interprete de toute goutte en general:
& c'est la raison pourquoy le mesme Hippocrate a rapporté les douleurs des iointures au nombre des maladies du Printemps. La raison est parce que le Printemps venant par sa chaleur temperée à fondre les humeurs, excite les defluxions,
& l'Automne trouuant les pores & conduits insensibles de nostre corps ouuerts
par la chaleur de l'Esté, decharge aisément sur les iointures la defluxion des mauuaises humeurs amassées en abondance par l'vsage de toutes sortes de fruicts
qu'on mange en ce temps-là. Voila en somme les signes prognostiques de la generation de la goutte, qui sont tirez de quatre choses, du sexe, de l'âge, de la
temperature & du temps. Nous y en pouuons adiouster vn cinquiéme tiré *de la
condition diuerse des personnes*, lequel encore qu'il soit commun & populaire, n'est

*Aph. 30. sect.
6.*

*L. 10. ca. 6. de
compos. me-
dicam. secun-
dum. gener.*

*Aph. 35. sect.
6.
Comment. in
Aph. 35. sec. 6.
Aph. 20. sec. 3.*

pas pourtant à méprifer pour prédire plus facilement la goutte à venir:car les perfonnes riches (comme on dit ordinairement) font plus fubjects aux gouttes que
les pauures, & ce d'autant qu'ils ne trauaillent point tant, qu'ils menent vne vie
plus fedentaire, vfent d'vne plus grande diuerfité de viandes, & en plus grande
quantité, font moins d'exercice, & s'addonnent dauantage à l'acte venerien.

Signes progno-
ftiques de la
goutte apres fa
generation.
Les fignes prognoftics de la goutte,apres qu'elle eft engendrée,& qu'elle tour-
mente defià le corps, ce font ceux par le moyen defquels nous prédifons l'effence
de la goutte, fi elle fera de facile ou difficile curation, & quels accidens ou maladies y peuuent furuenir: or ces fignes font en general de deux fortes, à fçauoir ou
bons ou mauuais. Les fignes prognoftics bons de la goutte font ceux qui nous
prédifent la curation facile & les commoditez d'icelle goutte,lefquels il nous faut
encores diuifer en deux fortes: car d'iceux les vns font communs & generaux , &
Les fignes cö-
muns bös font
trois.
les autres particuliers. Les communs font au nombre de trois: Le premier eft,*que*
*la goutte préferue les parties de plufieurs maladies & accidens,*cóme deduit Galien au
7. de la methode, & au 4. de la fanté: car fi les humeurs fuperfluës de noftre corps
qui font la goutte eftoient retenuës & portées aux parties internes , elles exciteroient de grandes & mortelles maladies,comme pour exemple fi elles fe iettoient
aux poulmons, elles cauferoient inflammation,afthme,difficulté de refpirer, &
plufieurs autres maladies tres-dangereufes : fi dans l'eftomach , elles engendreroient des cruditez, diminution d'appetit, vomiffemens, dyfenteries & autres:fi
au foye, elles feroient inflammation & autres maladies fort grandes : fi elles demeuroient dans les grandes veines,elles engendreroient des fiéures continuës : fi
elles tomboient fur la membrane pleura qui couure les coftes, elles exciteroient
pleurefie, & ainfi des autres parties de noftre corps, lefquelles fouffriroient des
maladies plus ou moins grandes & perilleufes,felon leur office & action plus ou
moins neceffaires à la vie defquels il eft guaranty par la goutte,laquelle décharge
toutes ces humeurs fur les iointures des bras & des iambes , parties qui ne font
point neceffaires à la vie de l'homme : c'eft pourquoy on dit communément que
Aph.49.fect.
6.
la goutte fait viure longuemét. Le fecond eft fort bien expliqué par Hippocrate,
où il dit, *que toutes maladies podagres perdent leurs inflámations dans quarante iours,*
& fe guariffent: ce qu'il faut entendre de toute goutte en general , car comme dit
Galien en fon Commentaire, tout ainfi que le quatorziéme iour eft le terme des
inflammations des parties charnuës , ainfi eft le quarantiéme des nerueufes &
membraneufes. & ce pour deux raifons principales: La premiere , d'autant que
les parties charneufes ont plus de chaleur naturelle que les nerueufes & membraneufes qui font froides & exangues de leur nature: or l'abondance plus grande de chaleur naturelle refoult ou fuppure plus promptement. La feconde,d'autant que la fubftance de la chair eft de conftitution plus rare & plus poreufe que
celle des ligamens & des membranes: c'eft pourquoy la matiere qui eft dans la
chair eft bien toft affemblée, & fe peut refoudre & diffiper dans peu de temps,
mais celle qui eft aux liens & aux membranes au contraire,comme elle eft affemblée bien difficilement,auffi eft-elle bien tard refoluë & diffipée,& n'en peut eftre
tirée qu'auec longueur de temps, d'autant que la fubftance des liens & membranes eft denfe & épaiffe, & non point poreufe comme celle de la chair. Toutesfois
il ne faut point entendre ce prognoftique icy d'Hippocrate fimplement & abfoluëment, mais pour le plus fouuent, c'eft à fçauoir pour la plufpart, les gouttes
ne durent que quarante iours : car quelquesfois elles font guaries pluftoft , &
n'attendent point les quarante iours , comme celles-là defquelles la matiere eft

chaude & tenuë : quelquefois aussi elles se guarissent plus tard , comme quand
le malade ne tient point bon regime de viure , & qu'il n'est point bien pensé du
Medecin & Chirurgien : mesme la situation de la matiere prolonge quelquefois la curation apres le quarantiéme , comme quand la matiere est en vne partie basse comme à la jointure du genoüil ou sous le talon , ou en vn lieu profond
tel qu'est la jointure de la hanche & de l'ischion. Le troisiéme a esté exprimé
par Gui, quand il dit , *qu'il est bon que tumeur & varices apparoissent en la goutte.*
mais par varices il n'entend pas les veines dilatées & entortillées en façon de
villes de vignes qu'on voit le plus souuent aux cuisses & iambes , mais il entend
les veines d'alentour de la jointure goutteuse, lesquelles sont plus grosses & enflées que de coustume, tellement qu'elles s'apperçoiuent manifestement au lieu
qu'auparauant elles ne pouuoient estre veuës , ou pour le moins fort obscurement. La raison de ce prognostique est d'autant que la matiere qui estoit contenuë dans la cauité de la jointure & aux tendons & membranes est iettée aux parties externes où elle vient à enfler & dilater les veines de la jointure : chose qui
est fort à souhaitter : car alors la matiere n'est plus contenuë dans la jointure &
se peut digerer & resoudre facilement des parties externes. Pareillement il est
bon que tumeur apparoisse (comme dit Gui) d'autant que c'est vn signe qui
monstre que la matiere est tirée de la iointure aux parties externes d'où elle pourra estre chassée facilement.

Ce qu'il faut icy entendre par varices.

  Les signes prognostiques bons & particuliers de la goutte sont ceux-là qui
nous prédisent la curation facile & prompte de l'vne ou l'autre espece de goutte,
lesquels se reduisent tous en vn , c'est que les gouttes chaudes sont plustost &
plus facilement guaries que les froides , & ce d'autant que la matiere des gouttes chaudes se resoult plustost & plus facilement à raison de sa tenuité. Voilà
les signes prognostiques bons de la goutte jà engendrée tans communs que
particuliers. Les signes prognostiques mauuais sont ceux par le moyen desquels nous prédisons la curation deuoir estre difficile , & les accidens & maladies qui pourront suruenir , lesquels nous diuiserons en deux sortes comme
nous auons fait les bons , à sçauoir en communs & en particuliers. Les communs sont ceux qui nous monstrent comme par auance les maux qui peuuent
arriuer à toutes sortes de gouttes en general, lesquels nous réduirons au nombre
de huict principaux, qui ont esté fort bien exprimez en partie par Auicenne comme nostre Gui nous témoigne , & en partie par les autres autheurs tant anciens
que modernes. Le premier est que *toute goutte est mise au rang des maladies chroni-*
ques, longues & de difficile curation, comme a tresbien escrit Hippocrate au dernier
liure des maladies : elle est longue , parce que la partie malade est exangue &
froide, & a en soy peu de chaleur naturelle, car nature dit Hippocrate guerit les
maladies : or par la nature il entend la chaleur naturelle qui est son instrument:
elle est aussi de difficile curation , d'autant que l'humeur qui l'excite est pour la
plusart épaisse & froide qui n'obeyt point facilement aux remedes , & outre
ce elle est contenuë dans vne partie profonde qui est la cauité de la iointure, laquelle mesme est enuironnée de beaucoup de parties denses & épaisses comme
sont les ligamens & les membranes , à trauers desquelles il faut que la matiere
passe pour estre resoluë & digerée. Le deuxiéme est *que les vieillards ne peuuent*
iamais estre guarantis des gouttes, pource que leur âge & temperature sont froides:
or il faut que la curation se face par la chaleur naturelle , joint qu'ils ont toute
la masse sanguinaire froide , & les parties internes flestries & debilitées en telles

Les signes par-
ticuliers bons.

Les signes
comuns mau-
uais sont huict.

La goutte ma-
ladie chroni-
que & pour-
quoy.
Sect.45. lib. 6.
Epid.

De la goutte.

forte qu'elles ne peuuent eſtre rectifiées non plus qu'vn vin qui eſt au bas & deuenu aigre. Le troiſiéme eſt *que la goutte qui eſt hereditaire eſt incurable , comme*
toute autre maladie qui vient de la premiere conſtitution & conformation : la raiſon
eſt d'autant que ces vices naturels ſont tirez de la mauuaiſe complexion de la ſemence, laquelle comme elle ne peut eſtre corrigée, auſſi les maladies qui en procedent ne peuuent eſtre guaries Le quatriéme eſt *que la goutte qu'on appelle noüeu-*
ſe ne ſe peut guarir, & de celle-là ſe doit entendre le prouerbe commun , *Qu'à la*
quarte & à la goutte le Medecin ne voit goutte, & le vers d'Ouide,

> *Soluere nodoſam neſcit medicina podagram.*
> *Par medecine onc ne fut deſnoüée*
> *D'aucun goutteux la podagre noüée.*

La raiſon de ce prognoſtique eſt tirée de la qualité & de la nature de l'humeur
qui engendre les gouttes noüeuſes, laquelle d'autant qu'elle eſt endurcie comme
pierre & deſſeichée extrémement ne peut eſtre attenuée ny ſubtiliée par aucun
remede, & moins encores digerée & reſoluë : ce qui rend telles gouttes incurables. Le cinquiéme eſt *que les gouttes émeuuent bien ſouuent la fiéure & la colique,*
& c'eſt d'autant que la matiere eſt iettée tantoſt dans les veines, où elle engendre la fiéure, & tantoſt dans les inteſtins où elle fait la colique. Le ſixiéme eſt *que*
tout membre qui eſt longuement trauaillé de la goutte amaigrit & deuient en fin tabide,
ce qui arriue par la foibleſſe de la vertu concoctrice de la partie, laquelle eſtant
debilitée par la longueur du mal ne peut pas conuertir l'aliment ny l'aſſimiler à
la partie, de là vient qu'elle amaigrit neceſſairement eſtant priuée de nourriture.
Le ſeptiéme eſt *que les gouttes eſtant imprimées au membre, iaçoit ce qu'elles n'affligent*
pas plus la partie, toutesfois l'aptitude y demeure touſiours, car toute intemperature
qui demeure longuement en vne partie diminuë la force & vertu d'icelle, & ſon
action par conſequent comme dit Auicenne : & delà vient que les recheutes ſe
font ſouuent & ſoudain : car la defluxion des mauuaiſes humeurs venant à la
jointure, & la trouuant foible & debile fait renaiſtre & ſubſiſter de nouueau la
maladie. L'huictiéme & dernier a eſté fort bien exprimé par Rhaſis en ſes diuiſions, chap 102. où il dit *que la goutte ameine quelquefois aſthme, paralyſie, apoplexie,*
phreneſie & mort ſoudaine, ce qui arriue par le tranſport & reflux de la matiere aux
parties nobles, & aduient ordinairemét par l'erreur des Medecins & Chirurgiens
comme témoigne Galien . quand ils vſent par trop de remedes aſtringens & repercuſſifs pour empeſcher la fluxion des humeurs en la partie : car alors pour l'v-
ſage de tels remedes la matiere eſt renuoyée ou aux poulmons & fait l'Aſthme &
la difficulté de reſpirer, ou aux nerfs & fait la paralyſie, ou dans les ventricules du
cerueau, & fait l'apoplexie, ou finalement aux meninges & en la propre ſubſtance
dû cerueau & fait la phreneſie, qui ſont toutes maladies grandes & qui apportent
bien ſouuent vne mort ſubite. Voilà les huict ſignes prognoſtiques mauuais &
iceux communs & generaux de la goutte. Venons maintenant aux particuliers.

Les ſignes prognoſtiques mauuais de la goutte & iceux particuliers ſont
reduits au nombre de deux principaux. Le premier eſt expliqué par noſtre Gui
ſelon la doctrine d'Auicenne & eſt, *qu'entre toutes les eſpeces de la goutte, la ſciati-*
que eſt la pire & emporte le prix, tant pour eſtre la plus douloureuſe & la plus longue, que pource qu'elle cauſe de plus gráds accidens que pas vne des autres, comme fiéure, inquietude , luxation & claudication perpetuelle , émaciation ou

amaigriffement detoute la cuiffe & iambe, & quelquefois de tout le corps Elle
eft premierement la plus douloureufe, pour occafion du gros nerf venant de
l'extremité de l'os facrum qui paffe pres de cette iointure : elle eft longue pour la
fituation profonde de la partie, car c'eft la plus grande articulation & la plus
profonde qui foit au corps, la matiere donc y eftant contenuë, difficilement en
peut fortir, & les remedes mal commodément appliquez veu l'efpaiffeur de la
chair & des parties qui font au deffus de la iointure qu'ils ne peuuent aifément
penetrer, qui eft caufe que la fciatique eft la plus longue des gouttes : elle excite
pareillement fiéures & inquietudés à raifon de l'inflammation des efprits qui
font communiquez au cœur, & à caufe de la grande douleur qui fait que le patient ne peut eftre en repos, ains fe dejette continuellement & fe tourne tantoft
d'vn cofté & tantoft de l'autre. La luxation fe fait en la fciatique à raifon que
l'humeur pituiteufe relafche & ramollit les ligamens & rend les os fort gliffans
par fa vifcofité, tellement que l'os femur eft ietté par ce moyen hors de fa boëtte
& lieu naturel, dont aduient que les pauures goutteux demeurent apres claudicans tout le temps de leur vie : combien que plufieurs foyent rendus claudicans
& boiteux en la fciatique fans qu'il y ait eu luxation, ce qui fe fait à caufe que
l'humeur pituiteufe & phlegmatique propre tant pour la nourriture des iointures que pour les lubrifier & rendre plus faciles à mouuoir s'endurcit & efpaiffit
par l'inflammation qui eft en la iointure, & pareillement pource qu'elle n'eft
pas fubtiliée & attenuée par le mouuement qui auoit accouftumé d'eftre fait,
de forte que c'eft vne congeftion & vn amas d'humeurs groffieres & vifqueufes
qui empefche le mouuement lequel ne peut eftre fait & accompli, & par confequent excite vne claudication. Finalement la fciatique apporte attenuation
& amaigriffement de la cuiffe & de la iambe, d'autant que la partie eft mal
nourrie, pource que l'os fortant de fa boëtte preffe les mufcles & les veines &
les tire en bas auec foy, ce qui empefche que l'aliment ne peut eftre diftribué à
l'accouftumé & fait tomber la iambe en atrophie & amaigriffement. Quelquefois cette extenuation n'eft pas feulement en la cuiffe & iambe, mais auffi en
tout le corps & ce d'autant qu'vne chaleur eftrange fe communique aux parties
voifines & s'efpand peu à peu par tout le refte du corps Le deuxiéme progno-
fticque mauuais particulier eft *que les gouttes froides ne font pas fi toft ny fi facilement guaries que les chaudes*, & ce d'autant que les humeurs qui les engendrent
font froides & efpaiffes, & pourtant ne peuuent pas eftre digerées & refoluës
dans peu de temps : ioint auffi que par leur vifcofité elles demeurent à la partie & n'en peuuent eftre tirées qu'à grande difficulté. Ce font la les prognoftic-
ques de la goutte tant communs que particuliers, il refte maintenant à parler
de la curation.

La fciatique eft la plus dou-loureufe & la plus longue de toutes les gouttes, & pourquoy.

La luxation & claudica-tion en la fcia-tique.

L'amaigriffe-ment de la cuiffe & iambe en la fciatique.

De la curation de la gouttë.

 A curation de la goutte eft diuifée en trois parties en general :
la premiere eft de guarir la goutte quand de fait elle molefte,
& appaifer les douleurs qui l'accompagnent. La feconde confifte à preferuer le patient de la goutte auant qu'elle vienne : &
la troifiéme à fortifier & remettre la iointure en fon premier
eftat quand defia la defluxion a ceffé. Ce font là les trois parties qu'il faut
confiderer en la curation de cette maladie comme noftre Gui nous enfeigne

La curation de la goutte a trois parties.

tres expreſſément, encores que nous differions de noſtre Gui en ce qu'il met la
preſeruation pour la premiere partie de la curation, & nous conſtituons au contraire la premiere partie de la guariſon de la goutte quand elle afflige preſente-

Pourquoy l'au-
theur ne com-
mēce point par
la preſerua-
tion comme
fait Gui.
ment. Mais ce different peut eſtre facilement oſté auec cette diſtinction : Guidon en ſon Traité ſuit l'ordre de nature, de dignité, & d'enſeigner, & partant
il commence la curation de la goutte par la preſeruation, & donne les preceptes
pour empeſcher qu'elle ne vienne: mais nous ſuiuons la methode de pratiquer,
& auons égard aux éuenemens ordinaires de la pratique, où les Medecins &
Chirurgiens ſont pluſtoſt appellez pour oſter & ſoulager les douleurs preſentes,
que non pas pour empeſcher l'arriuée du mal. Or cette partie qui regarde la cu-

La curation de
la goutte eſt
ordinaire ou
extraordinai-
re.
Les intentions
en la curation
methodique
ſont quatre.
ration de la goutte que Gui appelle regime curatif, eſt de deux ſortes, l'vne methodique appellée ordinaire & legitime, & l'autre extraordinaire La premiere
guarit totalement la maladie en retranchant les cauſes, mais la derniere laiſſe la
cauſe pour venir à l'vrgent & pouruoir aux accidens. La curation methodique a
quatre intentions: la premiere regarde le regime de viure, la ſeconde l'éuacuation
de la matiere antecedente, la troiſiéme le repouſſement & éuaporation de la
matiere conjointe, & la quatriéme la correction des accidens qui accompagnent la maladie.

La premiere
intention eſt
de regler la
façon de viure.
Quel doit eſtre
l'air.
Quant à la premiere intention qui regarde le regime de viure, elle s'accomplit par vne loüable adminiſtration des ſix choſes non naturelles qui ſont l'air,
le boire & le manger, le dormir & le veiller, le mouuement & le repos, les excremens & les affections de l'ame L'air eſtant vne des cauſes commvnes de toutes
maladies & des plus puiſſantes, doit eſtre choiſi pur en ſa ſubſtance, & temperé
en chaleur & froideur, tendant toutefois plus au ſec qu'à l'humide: que ſi naturellement il n'eſt tel, on le peut rendre par artifice auec feux & parfums deſicca-
tifs. Partant veu que l'air a vne tres-grande puiſſance d'alterer nos corps, le malade des gouttes doit choiſir pour habitation ordinaire vn lieu bien ſec & non
aquatique ny expoſé aux vents marins, & éuiter l'air trop chaud & trop froid,
d'autant que celuy qui eſt trop chaud liquefie & fond les humeurs, & celuy qui
eſt trop froid les eſprend, & ainſi ſont cauſes de defluxion:joint que le grād froid
eſt ennemy mortel des jointures. Quant au boire & au manger, le patient boira

Quel le boire
& le manger.
& mangera moins que de couſtume, s'abſtenant totalement de l'vſage du vin,
au lieu duquel il vſera de melicrat ou bien d'eau ſuccrée. Que ſi d'auanture il ne
ſe peut abſtenir de vin à cauſe de ſon âge & de ſon temperament froid, il pourra vſer d'vn vin gros, couuert & fort trempé deux ou trois heures auant le boire, & ſe gardera des vins violens comme Hippocras, Maluoiſie, Muſcat, vins
clairets & blancs ſubtils, piquans & fumeux qui ſont ennemis du cerueau & des
nerfs par accident. Pour les viandes il mangera beaucoup moins que de couſtume & vſera fort peu ſouuent de chairs, ſur tout en la goutte chaude & icelles pluſtoſt roſties que boüillies, s'abſtiendra de boüillon, ou pour le moins
n'en vſera qu'vne fois le jour, au lieu dequoy on le pourra nourrir d'auenat,
d'orgemondez, de ſemoule, de ris, de boüillie & autres pour épaiſſir & incraſſer les defluxions ſubtiles. Euitera toutes choſes ſalées, eſpicées, acres & piquan-

Quel le dor-
mir & le
veiller.
Quel le mou-
uement & le
repos.
Des excre-
mens.
tes. Quand au ſommeil, il éuitera le dormir apres les veilles trop longues ſur
tout en la goutte chaude: d'autant qu'elles attenuent le ſang & les humeurs, &
par conſequent augmentent la maladie en excitant la defluxion des humeurs.
Le mouuement durant les douleurs doit eſtre deffendu, & la partie conſeruée
en repos. Le ventre doit eſtre touſiours libre, que s'il n'eſt tel de nature on le

rendra par artifice : faudra éuiter l'vsage de l'acte venerien : & éuiter toute tristesse, melancholie & autres passions d'esprit violentes. Ce sont leurs principaux points qu'il faut obseruer au regime de viure. Mais d'autant que la goutte est vne maladie longue & chronique, laquelle ne peut estre guarie par la seule raison de viure, il faut venir aux remedes. Partant pour la seconde intention qui gist en l'éuacuation & diuersion de la matiere antecedente, les vomissemens, les clysteres acres & piquans auec la benedicte & l'hyere, la purgation aussi auec les phlegmagogues ou cholagogues selon que la goutte est chaude ou froide, & la saignée sont fort conuenables. Le vomissement sur toutes autres purgations est fort profitable pour l'éuacuation de la matiere antecedente, sur tout quand la defluxion prouient du cerueau & de l'estomach. Ainsi tous les Medecins tant anciens que modernes ont fort approuué le vomissement pour éuacuer & diuertir la cause antecedente. Quant aux clysteres piquans & à la purgation faite auec medicamens qui ont la faculté de purger les humeurs qui pechent & nommément les serositez du sang, ce sont des remedes fort conuenables pour éuacuer & diuertir la matiere antecedente des gouttes, comme est aussi la saignée qui est faite de la partie contraire. Or quand nous disons qu'il faut instituer la saignée de la partie contraire, nous n'entendons pas la partie opposite selon la largeur du corps, mais plustost selon sa longueur, sçauoir est si la goutte est au pied droit, il ne faut pas saigner le patient de la partie gauche, mais du mesme costé, c'est à dire du bras droit, lequel est contraire à la partie malade selon la longitude du corps : d'autant que le pied droit est situé en bas & le bras droit d'où se fait la saignée en haut, or est-il que le haut & le bas sont contraires.

Touchant la troisiéme intention laquelle consiste au repoussement & resolution de la matiere conjointe, il faut vser au commencement de remedes repercussifs fors en la sciatique, d'autant qu'alors la matiere s'enchasseroit plus profondement dans la iointure de l'os ischion, & partant en seroit plus difficilement tirée & causeroit de plus grands accidens. Mais d'autant qu'il y a de deux sortes de repercussifs, les vns benings & les autres violens & extrémes : il ne faut point en la goutte vser des violens & extrémes, ains seulement des familiers & benings, à ce que la matiere conjointe qui est desia coulée en la iointure ne soit renuoyée aux membres principaux & aux parties nobles pour y susciter de mauuais accidens, ou bien mesme afin que ladite matiere ne s'endurcisse par trop & deuienne espaisse & desobeïssante à la resolution. Quant au second temps de la maladie qui est l'accroissement, il y faut proceder auec les repercussifs & les resolutifs meslez ensemble inégalement : c'est à dire, il faut qu'il y ait plus grande abondance de repercussifs que de resolutifs, d'autant que la matiere fluë encores à la partie & partant on a besoin de la repercuter. Quant à l'estat de la maladie, il faut mesler les repercussifs & resolutifs également, afin de repousser tousiours la defluxion des humeurs & de resoudre la cause conjointe. En la declinaison il faut vsurper de purs resolutifs : d'autant qu'alors il n'est plus besoin de repousser la fluxion, mais seulement de resoudre & digerer ce qui est contenu en la iointure : il nous faut donc former des remedes propres pour les susdites intentions qui soyent conuenables à chaque temps de la maladie. Or d'autant que les gouttes les vnes sont froides causées de matiere froide & phlegmatique, & les autres chaudes faites de matiere chaude : nous traitterons premierement les remedes de la goutte froide selon la

doctrine de noftre Gui, & ce d'autant que les gouttes froides arriuent plus fouuent que les chaudes, voilà pourquoy il eft befoin que le Chirurgien foit premierement informé & inftruit aux remedes de la froide, pluftoft qu'en ceux
qui conuiennent à la chaude : parlons donc des repercuffifs qui conuiennent
au commencement de la maladie. Gui nous en recite deux formes, l'vne d'A-
uicenne & l'autre de Rhafis, lefquelles nous fuiurons en cet endroit, & les
expliquerons plus particulierement & plus clairement à la maniere qui enfuit.

Cataplafme
repercuffif.

Recipe fol. fabinæ manipulum i. *fol. folani & plantag. ana manipulum femis, nu-*
cum cupreffi, drag. ij. Alumin. roch. drag. i. *femis, Gummi tragaganth drag. iij. muf-*
cilag. fem. Pfylij & cydonior. ana drag. i. *decoquantur omnia & piftentur. Fiat cata-*
plafma: lequel on appliquera fur la partie malade au commencement de la maladie comme a efté dit : ou bien on adjouftera au fufdit remede quelque portion
d'huile rofart & en fera-on vn mefme cataplafme. Voire mefme le remede fuiuant fera de mefme vertu fans tant de meflange.

Onction reper-
cuffiue.

Recipe olei rofati omphacin vncias iij. aut quant. fat : duquel on frottera les
jointures malades. Que fi ces remedes font trop legers pour empefcher la fluxion
on vfurpera les fuiuans.

Vnguent re-
percuffif plus
efficacieux.

Recipe olei rofati & mirthill. ana vncias ij. mirrhæ, aloës, acatiæ puluerator. ana
drag. vnam femis : incorporentur cum aqua decocti gallarum viridium, & fiat vn-
guentum, lequel on appliquera à la partie malade. Finalement on adjouftera pour
plus grande vertu au fufdit remede *aceti rofati drag. iij. camphor grana iiij.* & on
l'appliquera comme dit a efté à la jointure dolente. Voilà les remedes repercuffifs, & iceux benings & familiers qu'il faut vfurper au commencement de la
goutte froide. Venons maintenant aux repercuffifs & refolutifs qui conuiennent à l'augment. Noftre Gui nous en propofe icy deux ou trois formes, l'vne
d'Auicenne, l'autre de Rhafis, & l'autre de Din, qui ont efté grands perfonnages & braues praticiens : nous les formerons icy tant felon la doctrine de ces autheurs que felon les Medecins modernes, & premierement nous ferons vn cataplafme en la maniere qui enfuit.

Cataplafme
repercuffif &
refolutif.

Recipe ftercor. bubuli recentis libram i. *mell. rofat. vncias iij. olei rofati & acetiana*
vnciam i. *fem. mifceantur & coquantur parum : fiat cataplafma.* Lequel on appliquera à la jointure malade. Mais d'autant que ce remede pourra fembler trop
fale à quelques-vns qui font plus delicats, nous en formerons vn autre qui fera
de femblable vertu.

Fomentation
repercuffiue
& refolutiue.

Recipe faluiæ, maioranæ, abfinth. folani, plantag. ana manipulum i. *flor. camo-*
mill. & melilot ana pig. i. *fem. lini & fœnugreci ana vnciam* i. *Aceti rofati vncias ij.*
fiat omnium decoctio in duabus partibus aquæ & vna vini rubri aftringentis. De laquelle on fomentera la jointure malade deux ou trois fois le iour auec des feutres.
Pour ce mefme effet on loüe grandement le marc des oliues recent appliqué fur
les jointures malades, lequel appaife la douleur en repouffant moderement &
digerant la matiere conjointe. Les orenges feiches & boüillies en vin-aigre, puis
apres broyées & appliquées deffus la partie font auffi mefme effet. Les linimens
& vnguents font fort propres en l'augment eftant compofez d'huiles repercuffif-
ues & refolutiues en cette forte.

Liniment re-
percuffif &
refolutif.

Recipe rofati & violati ana vncias ij. decoct. maluæ. althea, violar. ana vncias
ij. fiat linimentum quo illinantur articuli affecti. L'vnguent fera fait en cette maniere.

Recipe

Recipe unguenti rosati recenter dispensati uncias iij. muscilaginis sem. psilij unciam i. sem. misceantur probè simul. Et de cet onguent on oindra les iointures.

Vnguent de mesme faculté.

Quant aux remedes de l'estat, il faut qu'ils soyent comme nous auons dit principalement resolutifs meslez auec vne partie de repercussifs, comme sont les suiuans.

Recipe rad. brion. althea, liliorum, cucumeris agrestis ana unciam vnam semis coquantur in lixiuio communi, postea pistentur & colentur per setaceum, addendo farinæ hordei & fabar. ana uncias ij. olei chamomil, quant. sat. fiat cataplasma, Lequel on appliquera sur la partie malade, ou bien on en fera vn autre semblable y adioustant *Aloës, myrrhæ ana unciam vnam, sulphuris viui & salis communis ana dragm. iij.* Que si les susdits remedes & cataplasme ne profitent pas beaucoup nous viendrions puis apres aux plus efficaces.

Cataplasme rep. reuss.f & resolutif pour l'estat.

Recipe fol. ebuli manipul. ij. decoquantur in aqua communi, pistentur, & transmittantur per setaceum, adde hermodactillor. subtiliter puluerisat.. unciam vnam, camomili uncias ij. croci dragm. i. fiat cataplasma. Duquel on vsera comme il a esté dit. Le cataplasme aussi suiuant ne sera point de moindre efficace.

Autre Cataplasme plus efficace.

Recipe micæ panis albissimi libram i. decoquatur in lacte caprino aut vaccino, post modum adde olei rosati uncias iij. butiri recentis unciam i. vitellos ouorum, numero ij fiat cataplasma. Lequel sera appliqué comme les autres. On peut aussi vser d'emplastres, vnguens & linimens.

Recipe Gummi Ammoniac. bdelli, styrac ana uncias ij. Lesquelles il faut dissoudre en vinaigre & eau de vie, & y adiouster, *Farinæ hordei & fenugreci ana unciam vnam, olei camomil. & dialtheæ ana uncias ij. ceræ quant. sat. fiat emplastrum.* Lequel on appliquera à la partie malade: ou bien on en fera vn autre qui aura vn peu plus de vertu.

Emplastre

Recipe Gummi Ammoniac. opoponac. ana uncias ij. dissolue in aceto, tum adde olei lilior. uncias iij. Axung. porci uncias ij. terebinthin. venetæ unciam i. ceræ quant. sat fiat emplastrum. Pour en vser comme a esté dit. Ces mesmes remedes seront conuenables pour le dernier temps de la goutte froide qui est la declinaison, en laquelle comme nous auons dit, il conuient vser de purs resolutifs: toutesfois d'autant qu'en ce temps icy il faut vsurper des remedes qui ayent grande vertu de resoudre, nous y employerons les suiuans.

Autre emplastre plus efficace.

Recipe rad. altheæ & lilior. ana libram sem. fol. maluæ manipul. ij. florum camomil. & melilot ana p. i. sem. lini & sœnug. ana unciam vnam, coquantur omnia & pistentur. fiat cataplasma, quod applicetur parti dolenti. Nous pourrons aussi vser de la fomentation suiuante.

Cataplasme resolutif.

Recipe rad. alth.& lilior. ana unciam vnam rad. brion.& cucumer agrest. ana uncias ij. muscilag. sem. psilij & cydonior. ana unciam vnam, maluæ, violar. ,calamenth. pulegij, origan. ana manipulum i florum violar. stecad. & centaurij minor, ana p.i. fiat omnium decoctio in duabus partibus & vna vini rubri aut albi. De laquelle decoction on fomentera la partie malade le soir & le matin auec des feutres: & pour faire la fomentation plus efficace nous y ferons adiouster, *rad. scillæ unciam i. cort. ligni guaiaci drag. vi.* On pourra aussi preparer des emplastres, vnguens & linimens qui auront plus de vertu que les susdits pour resoudre & digerer la matiere coniointe.

Fomentation

Recipe Gummi Ammoniac. bdellij, opoponac. In aceto dissolut. ana unciam vnam castorei & myrrh. ana drag. vi. Axung. gallinæ & anseris ana unciam sem. olei lilior.

Emplastre

& vulpin. ana vncias ij. fiat emplaſtrum. Lequel on appliquera à la partie malade. Mais l'emplaſtre ſuiuant eſt ſur tous les autres à remarquer.

*Autre empla-
ſtre plus effi-
cace.*

*Recipe picis naual. vncias ii. Gummi pini vnciam i. terebinth. venet. drag. vi. olei
lilior. & lumbricor. ana vncias ii. cera vnciam ſem. aqua vita vnciam i. fiat emplaſtrum.* Duquel on vſera comme eſt dit, en le continuant iuſques à ce que l'humeur ſoit du tout oſtée de la partie & que le mouuement de la iointure ſoit plus
libre. Quant aux vnguens nous vſurperons ceux qui ſuiuent.

Vnguent.

*Recipe Axung. veteris porci & anſer. ana vnciam i. mirrh. thur. ana vnciam ſem.
terebinth. drag. vi. cera quant. ſat. fiat vnguentum.* Duquel on frottera la iointure
malade. On le pourra rendre plus efficace en y adiouſtant *olei laurin. & vulpin. ana vnciam i.* Finalement les linimens ſeront faits comme enſuit.

Liniment.

Recipe olei laurin. vulpin. & rutacei. ana vnciam ſem miſc. & fiat linimentum.
Duquel on frottera la partie malade. Finalement la fiente de pigeon boüillie
aſſez longuement en vinaigre, dont en ſoit fomentée la partie eſt vn remede ſouuerain pour éuacuer la matiere conioincte de la goutte froide : comme auſſi les
veſicatoires faits de leuain bien aigre, de cantharides & vn peu d'eau de vie, ou
bien malaxez auec le vinaigre bien fort en cette maniere.

Veſicatoire.

*Recipe fermenti veteris vnciam vnam, cantharid. drag. ii. malax. cum aceto fortiſ.
formetur veſicatorium.* Lequel on appliquera à la iointure comme a eſté dit : &
les veſſies qui ſeront eſleuées en la partie par le moyen du veſicatoire ſeront laiſ-
ſées couler fort long temps. Voilà en ſomme les remedes qui ſont propres pour
repouſſer, reſoudre & digerer la matiere conioincte de la goutte froide, leſquels
les Medecins & Chirurgiens ont accouſtumé d'appeler topiques.

*Remedes de la
goutte chaude.*

Il faut maintenant parler des remedes de la goutte chaude, qui ayent meſme
intention de repouſſer & digerer la matiere conioincte, leſquels nous diuiſerons
en quatre ſortes, comme nous auons faict ceux de la goutte froide, ſelon les quatre temps de la maladie : nous parlerons donc premierement des remedes repercuſſifs qu'il faut vſurper au commencement de la goutte chaude. Noſtre Gui les
tire d'Auicenne & de Rhaſis, quant à nous, nous ſuiurons en cet endroit tant leſ-
dits autheurs, que les autres Medecins & Chirurgiens qui ont bien écrit de cette
matiere, & commencerons aux cataplaſmes, & puis nous viendrons aux linimens & vnguens.

*Cataplaſme
repercuſſif
pour le com-
mencement.*

*Recipe ſumac, plantag. & ſemperuiui maioris. ana manipulum i. mirtill. boli armen.
ana vnciam i. Acatia, balauſt, cortic. malor. granator. ana vnciam vnam ſemis : coquantur omnia ſimul & piſtentur, poſtea adde farin hordei & lentium ana vncias ii.
aqua roſar & plantag. ana vnciam i. olei roſati vncias iii. aceti roſati vnciam i. fiat cataplaſma.* Lequel on appliquera aux iointures, ou bien on vſera du ſuiuant qui
ſera de pareille vertu.

*Autre cata-
plaſme de pa-
reille vertu.*

*Recipe farin. hordei & fabar. ana vncias iii. olei roſat. vncias ii. oxycrati quant.
ſat. coquantur ſimul & fiat cataplaſma.* Mais celuy qui ſuit ſera encore de plus grand'
efficace.

*Autre plus
efficace.*

*Recipe ſucci ſemperuiui, laĉtuca, acetoſ. plantag. ana vncias ii. nucum cupreſſi, gal-
larum viridium, corti. malorum granat. ana vnciam i. muſcilag. ſem. pſilii & cydo-
niorum ana vncias ii. decoquantur omnia & piſtentur, poſtea adde olei roſati omphacin.
vncias iii. albumina ouorum numero iii. aceti quant. ſat. fiat cataplaſma.* Les linimens
ſont auſſi fort propres au commencement de la goutte chaude, leſquels nous
ferons comme enſuit.

· *Recipe succi lactucæ & solani ana uncias ii. aquæ rosarum & plantag. aña unciam* *Liniment̃*
i. albumina ouorum numero iii. agitentur omnia simul & fiat linimentum. Duquel
on frottera la partie malade : ou bien on vsera de cet autre qui est plus efficace.

Recipe aquæ solan. & plantag. ana uncias iij. olei rosati omphacini uncias ij. muscilag. *Autre plus efficace.*
sem. psilii & cidonior. extracta in prædictis aquis ana uncias ii. fiat linimentum. Duquel
on vsera comme a esté dict. Finalement les vnguents ne sont à mépriser qui
ont la faculté de repousser la matiere coniointe de la goutte chaude.

Recipe vnguenti refringerant Galeni, & rosati recens dispensati ana uncias ij. misce. *Vnguent.*
Duquel on oindra les iointures malades. Que si on veut rendre le medicament
plus repercussif on y adioustera *vnguenti populeon. unciam sem.* Mais on fait
grand cas du suiuant.

Recipe olei rosati uncias iij. ceræ alb. uncias ij. opij. scrup. ij. croci scrup. i. maceren- *Cerat plus efficace.*
tur opium & crocus in aceto fortissimo, deinde terantur & incorporentur cum cera &
oleo, & fiat ceratum. Lequel sera estendu sur vn linge & appliqué sur la partie dolente & les parties voisines, & renouuellé souuent.

Quand aux remedes de l'augment de la goutte chaude, il faut qu'ils soyent
meslez de repercussifs & resolutifs, comme nous auons veu en la goutte froide,
partant les mesmes remedes seront icy appropriez, y adioustant ceux qui suiuent.

· *Recipe fol. maluar. manipul. iii. Coquantur in aqua & pistentur, tum adde olei rosati* *Cataplasme pour l'accroisse semens.*
uncias ij. aceti unciam i. fiat cataplasma. Lequel appliqué sur la partie repoussera &
resoudra la matiere coniointe Le suiuant est fort estimé des practiciens, on prend
deux poignées de choux rouges qu'on fait cuire en eau & vinaigre, puis estant
broyez on y adiouste deux ou trois iaunes d'œufs, deux onces d'huile rosat &
trois onces de farine d'orge, & en faict-on vn cataplasme, pour appliquer à la partie malade : Galien loue grandement ce remede & en vse ordinairement aux
gouttes chaudes. On pourra aussi vser des linimens & vnguens suiuans.

Recipe muscilag sem. psilii uncias ii. farin. lini & fœnugrec. ana uncias iii. olei camo- *Liniment̃*
mili & aneth. i. ana unciam i olei rosati uncias ii. fiat linimentum. Duquel on frottera les iointures. L'vnguent se fera en cette maniere,

Recipe olei chamomili & meliloti ana uncias ii. Aloës, mirrhæ puluerisat. ana un- *Vnguent.*
ciam i. farina hordei uncias ii. cera quant. sat. fiat vnguentum. Duquel on oindra la
partie malade.

Quant aux remedes de l'estat qui doiuent estre resolutifs plustost que reper- *Remedes de l'estat.*
cussifs, nous les auons desià bien expliquez en l'estat de la goutte froide, tellement qu'on les pourra prendre de là pour en vser semblablement en la goutte
chaude. Mais d'autant que bien souuent la matiere coniointe des gouttes est fort
longue & difficile à resoudre, il nous faut parler plus amplement des remedes
resolutifs & iceux plus efficaces & principaux selon la doctrine de nostre Gui
& des Medecins tant anciens que modernes : partant nous parlerons de ceux
que les autheurs ont estimé plus rares & de plus grande vertu, comme sont *le suc*
d'hiebles meslé auec huile rosat, à la quantité de deux ou trois onces de chacun, dequoy on fera vn liniment, pour resoudre & digerer la matiere coniointe. Les
Anciens ont experimenté de longue main que *l'vnguent de limaces, de grenoüil-*
les, de tortuës, de renard, de chauue-souris, & semblables sont excellents pour resoudre la matiere coniointe des gouttes. Mais afin que le Chirurgien en vse

De la goutte.

Voy Guidon.

Vnguent de limaces.

plus sagement nous en baillerons la description & la façon d'en preparer quelques vns L'vnguent de limaces se faict simplement en les cuisant auec eau salée,
& assemblant la graisse: ou bien en les mettant auec du sel dans vn pot de terre,
auec vn autre pot entier par dessous, l'enseuelissant dans vn fumier, & ce qui en distille est gardé pour en vser. Celuy de Grenoüilles & de tortuës se faict comme

Vnguent de grenoüilles & tortuës.

ensuit. Prenez huile de la racine de concombre sauuage deux liures, huile de
marjolaine, de cire de terebenthine, de galbanum, de moëlle de cerf de chacun
trois onces, trois grenoüilles, le sang de deux tortuës, & deux dragmes de baume.
Il faut faire boüillir les grenoüilles dans le sang & les huiles, puis les couler & y
mesler les autres ingrediens, & en faire vnguent, qui est fort singulier pour digerer & resoudre la cause conionte des gouttes. L'vnguent du renard est décrit par
Mesué en la maniere qui suit.

Vnguent de renard.

Prenez vn renard tout entier, ayant arraché les entrailles, cuisez-le dans vn
vaisseau de terre auec eau salée, vin & huile (y adioustant sauge, rosmarin, geneure, origan, anet, calament, marjolaine & centaure (iusques à ce que l'eau & le vin
soyent consumez, & le renard si cuit, que la chair se separe des os, puis l'exprimez
au pressoir & le coulez, & de cette liqueur en soit faict vnguent. Celuy de chau-
uesouris est fort recommandé des Anciens notamment de Rhasis en son liure
des maladies des iointures, chap. 26 lequel il faict en cette sorte.

Vnguent de chaunes-sou-ris.

Prenez chaunes souris au nombre de sept, mettez-les en vn chauderon, & les
couurez d'eau de pluye, faictes les cuire à la consomption de la moitié de l'eau,
puis coulez-les & y mettez autant d'huile rosat & des sommitez de saule & les
cuisez iusques à la consomption du reste de l'eau, & les ayant coulez, en soit
faict vnguent. On peut adiouster en cette decoction de la sauge, rosmarin, roquette, choux, fenoüil, oignons & autres qui rendront l'vnguent de plus grande
vertu. Finalement l'vnguent faict d'vne oye bien grasse est fort recommandé
pour digerer & resoudre la matiere conionte des gouttes, lequel se prepare en la
façon suiuante.

Vnguent de l'oye.

Prenez vne oye bien grasse, ostez-luy les entrailles puis la farcissez auec euphorbe, castor & mirrhe, de chacun vne once, de graisse de chat, & de porc, de
chacune demy once, de parietaire, iue arthritique, rüe, marrube, absinthe, origan,
calament, poulliot, sel commun ou sel nitre de chacun vne poignée, qu'elle soit
mise à la broche, & rostie à petit feu, & ce qui distillera soit retenu & reduit en
vnguent duquel on frottera les iointures malades.

Remedes pour la sciatique.

Reste maintenant à parler des remedes de la sciatique en laquelle les repercussifs comme nous auons desià dit, ne sont point à propos, d'autant qu'elle occupe la iointure la plus profonde de tout le corps : tellement que la matiere s'enchasseroit plus auant en icelle par l'vsage des repercussifs, & en seroit plus difficilement & auec plus de longueur de temps tirée & resoluë : à cette cause il faut
employer les seuls resolutifs comme sont les vnguens & emplastres desià proposez, voire mesme les vesicatoires pour attirer la matiere du plus profond de
la partie.

Recipe fermenti veteris vncias ij. cantharid. drag. ij. sem. sinapi, staphisag. ana. drag.
iij. malaxentur cum aceto fortissimo & fiat vesicatorium. Lequel soit appliqué sur la

Vesicatoire.

iointure de l'os ischion. On pourra encore adiouster audit vesicatoire tapsie
drag. iij. stercoris colomb, & nidi hirundin. ana vnciam semis. Mais il faut obseruer
en l'vsage des vesicatoires que les cataplasmes, emplastres & vnguens resolutifs

ayent esté premierement appliquez sur la iointure, afin de tirer l'humeur du profond à la superficie & de le rendre mieux preparé & disposé à l'euacuation manifeste qui se faict par les vesicatoires : or les vl. eres faicts par les vessies en l'application du vesicatoire doiuent estre longuement tenus ouuerts, afin de tirer & éuacuër peu à peu l'humeur conioincte en la partie. Les grandes ventouses appliquées sur la partie auec grandes flammes, sont aussi fort propres pour tirer dehors la matiere. Que si pour tous ces remedes les pauures goutteux ne trouuent allegement de leur mal, il faut par le commandement d'Hippocrate venir à l'extréme remede, qui est de les cauteriser, specialement en la sciatique, autrement (ce dit le mesme autheur) apres auoir esté long temps affligez de ce mal, toute la iambe leur deuient tabide & seche, ils clochent à perpetuité, l'os se iette hors de sa boëtte & deuiennent boiteux. Partant il faut appliquer deux ou trois cauteres potentiels, ou bien mesme actuels si les patiens ne les refusent, autour de la iointure de l'os ischion, les faisans profonder dans la chair l'époisseur d'vn doigt ou enuiron selon que le malade sera gras ou maigre, se donnant garde de toucher les nerfs. Ou bien on appliquera les mesmes remedes quatre doigts ou enuiron au dessus des genoux au costé de la veine crurale : Et pour bien faire il faut tenir les vlceres longuement ouuerts afin de donner issuë à la matiere conioincte qui a esté de long-temps retenuë en la partie malade. Voilà les remedes qui sont propres pour la troisiéme intention de la curation de la goutte presente laquelle consiste à repousser & resoudre la matiere conioincte des gouttes.

Quant à la quatriéme intention, qui git en la correction des accidens, elle est accomplie & parfaicte par deux sortes de remedes, selon que les accidens qui ont accoustumé d'accompagner la goutte sont deux principaux, sçauoir est la douleur & dureté des iointures. Or la douleur est appaisée en deux façons vrayement auec les remedes resolutifs & éuaporatifs qui ostent & éuacuent la cause d'icelle & appaisent la douleur par leur qualité temperée, d'où vient qu'ils sont appellez Anodins : ou bien paliatiuement par l'vsage des remedes narcotiques, lesquels appaisent la douleur non pas en éuacuant la cause, mais en stupefiant & rebouchant le sentiment triste & fascheux molestant la nature : nous auons parlé amplement des remedes resolutifs en la goutte tant chaude que froide, voilà pourquoy nous viendrons aux narcotiques. Mais d'autant qu'il y a beaucoup de danger à vser des seuls narcotiques, c'est pourquoy suiuant la doctrine de nostre Gui & de tous les sages Medecins & Chirurgiens nous les meslerons auec les resolutifs, & à cette fin formerons ce cataplasme qui nous est proposé par Gui, selon la doctrine de Galien, de Rhasis & d'auicenne.

Recipe micæ panis albiss. lib.i. decoquatur in lacte vaccino aut caprino & pistentur, postea adde olei rosati omphacini vncias iij. opij. drag. 1. Croci drag. sem. vitellos ouorum numero ij. fiat cataplasma. Lequel sera appliqué à la iointure dolente. Le liniment suiuant sera aussi de grande efficace pour appaiser la douleur.

Recipe capita papauer. albi numero iiij. florum hiosciami manipulum sem. fol. sem. peruiui solani ana manipulum i. fiat omnium decoctio in aqua communi, post modum adde muscilag. sem. psilij & cidonior. ana vnciam semis, croci scrup ij. opij drag. semis fiat ad instar linimenti. Duquel on frottera la partie dolente. Mais l'vnguent suiuant est fort propre pour oster la douleur.

Recipe cassia recenter mundata vncias iij. muscilaginis sem. Psilij vncias ij. olei

Ventouses.

Cauteres, Aph. 6.se.9.

La quatriéme intention est de corriger les accidens.

La douleur est appaisée en deux manieres.

Cataplasme narcotique.

Liniment.

Vnguent.

De la goutte.

rosati omphacini vncias iiij. Rasura cucurbitæ recentis vnciam i. croti drag. i. misc. fiat
vnguentum. Duquel on oindra la partie dolente comme a esté dit deux ou trois
fois le iour. Il y en a qui loüent grandement les grenoüilles toutes viues & fenduës par le ventre, puis appliquées sur le lieu douloureux. D'autres ont trouué
que l'eau mucqueuse des limaces rouges appliquée sur la partie, sede & appaise
grandement la douleur & l'inflammation. Or on prepare cette eau comme ensuit. Prenez cinquante plus ou moins limaçons rouges & les mettez dans vn pot
de cuiure en les saupoudrant de sel commun, puis les laissez ainsi l'espace d'vn
iour entier, puis les coulez par vne estamine, & en cette colature on trempera
des drapeaux lesquels seront appliquez & renouuellez souuent. Que s'il y a grãd'
inflammation on peut faire boüillir les limaces en vin-aigre & eau rose. Ce remede est excellent ainsi que témoigne Paré, pour l'auoir experimenté plusieurs fois.
Le cataplasme fait de pommes comme ensuit est aussi fort singulier pour la
douleur.

Prenez des pommes à demy pourries, ou bien cuites à la braise, trois ou quatre; muscilages de semence de coings & psilium, de chacune vne once & demie;
eau rose & de plantin, de chacune deux onces. Faut battre tout cela ensemble
& en faire vn cataplasme pour appliquer comme dessus. Le fromage frais battu
auec huile rosat & farine d'orge, ou bien plustost auec l'eau rose seule, appaise
grandement la douleur & inflammation de la goutte: comme font pareillement
les feüilles & racines d'hiebles auec les fleurs de la iusquiame cuites en eau commune, pissées & appliquées sur la douleur : & l'huile extraict des hiebles par

Aph. 25. se. 5.
Comment l'eau
froide oste la
douleur des
iointures.

quintessence. Hippocrate & Galien escriuent que l'eau froide versée sur les iointures en grande quantité oste la douleur, pourueu qu'il n'y ait point d'vlcere:
mais cela se doit entendre des gouttes chaudes & sanguines, comme expose Galien au Commentaire, car alors l'eau profite doublement. 1. Parce qu'elle repousse les humeurs chaudes & subtiles, & partant appaise la douleur qui en estoit
l'effet. 2. Parce que la froideur de l'eau apporte vne mediocre stupeur en la partie laquelle appaise la douleur en rebouchant le sentiment. Finalement le remede suiuant est fort souuerain.

Recipe vnguenti populeon vnciam semis, opij thebaici scrupul. ij. misce. Et en frottez les parties dolentes, la douleur appaisée ostez l'vnguent tout aussi tost.

De la dureté
des iointures.

L'autre accident qui a accoustumé d'accompagner les gouttes, c'est la dureté
des iointures, laquelle iaçoit ce qu'on ne puisse point guerir & oster du tout pour
le plus souuent, comme dit Gui suiuant le prouerbe commun tiré d'Ouide, *que*
la goutte noüeuse ne se peut oster : Toutefois on la peut amender & corriger par
des remedes remollitifs & resolutifs domestiques, comme dit Gui, c'est à dire,
benins & mediocres qui sont doüez d'vne chaleur moderée conjointe auec vne
humidité : car il faut bien aduiser en l'vsage des resolutifs qu'ils ne soient point
trop vehemens, d'autant que par iceux les parties plus subtiles & plus tenuës se
resoluent & dissipent, & le reste demeure endurci & petrefié, d'où les tophes &

Remedes pour
la dureté des
iointures.

nœuds s'épaississent & dessechent dauantage Partant nous vserons de cataplasmes & fomentations d'herbes emollientes & neruales cuites auec les tripes, pieds
& testes de mouton ou d'autres animaux.

Recipe Altheæ & lilior. ana vnciam i. rad. brioniæ & cucumer. agrestis ana vn-
cias ii. corticis ligni Guaiaci vncias i. florum violar. camomill. & meliloti ana p. 1.
fol. maluarum, violar. calament. origan. ana manipulum i. sem. maluæ vnciam

semis : fiat omnium decoctio. en deux parties de broüet de tripes & de teste de mouton, & d'vne partie d'huile commune, de laquelle on fomentera la partie endurcie le matin & le soir. Le cataplasme suiuant sera aussi de grande efficace.

Recipe rad. Alth. lilior brion. ana vncias iij. maluar. violar. ana manipuli ij. deco-
quantur simul & pistentur, post modum adde olei lilior. & camomillæ ana vncias ij.
hermodactillor. subtiliter puluerisat. vnciam 1. fiat cataplasma. Les vnguents desià
mentionnez comme de renard, de tortuë & d'oye, sont aussi fort souuerains,
pour adoucir & amollir les iointures. On fait pareillement grand cas des graisses
de poissons qui sont fort remollitiues, principalement de celle de muge. Mais
nous adiousterons encore aux remedes precedens les vnguents suiuans, qui ont
vne grande vertu pour ramollir & resoudre moderément les tophes & nœuds
qui accompagnent les gouttes.

Recipe Axung Anser. & gallina ana vncias ij. medull. cruris vituli vnciam se-
mis terebinth. veneta drag. vi. olei vulpini & liliorum ana vnciam 1. semis. Ceræ
quant. sat. fiat vnguentum.

Recipe Massæ Emplast. de muscilag. & de meliloto ana vncias ij. massæ emplast.
diachylon maior. vnciam 1. medullæ cerui & axung. vrsi ana vnciam 1. semis. musci-
lag. sem. psilij, althæ & fœnugreci ana vnciam 1. malaxentur cum oleo lumbricor. vel
liliaceo, fiat massa. De laquelle on formera vn emplastre pour appliquer comme
il a esté dit. Galien fait grand cas d'vn emplastre fait d'vn fromage fort vieil, cuit
auec la decoction d'vne iambe de porc salee, lequel a grand effet comme il veut
à dissoudre les nodositez, rompre la peau, & attirer les pierres gipseuses, & ensemble à ramollir les durtez des iointures, comme il dit auoir éprouué plusieurs
fois. On pourra faire l'emplastre en cette façon. Prenez des pieds de pourceau
bien salez, trois ou quatre, ou bien vn iambon, faites-les cuire auec racines de
guimauue, de brione & de lis, de chacune vne poignée, puis coulez cela tout
ensemble, & y adioustez de graisse d'oye & de moëlle de cerf, de chacune deux
onces, & vn fromage fort vieil, & en faites vn emplastre pour en vser. Finalement apres l'vsage des remollitifs, on fera vne éuaporation auec la pierre pirites,
ou bien vne brique, & sur icelle sera ietté de bon vin-aigre & eau de vie : telles
vapeurs resoluent, subtilient, incisent & rompent la matiere gipseuse & endurcie des gouttes. Ce sont les remedes par lesquels la premiere partie de la curation
des gouttes est accomplie & parfaicte, laquelle comme nous auons dit, consi-
stoit à oster & chasser la goutte presente qui afflige de fait le patient. Maintenant il nous faut donner la maniere de preseruer le malade de la goutte auant
qu'elle vienne : & c'est la seconde partie de la curation de la goutte, ainsi que
nous auons monstré cy-deuant.

De la preseruation de la goutte.

A preseruation de la goutte que nostre Gui appelle regime
preseruatif, n'a qu'vne seule intention, *qui est de retrancher*
la cause de la goutte, qui est double, la defluxion des humeurs,
& la foiblesse des iointures. Pour empescher la defluxion des
humeurs, il y a deux intentions : la premiere regarde à empescher qu'aucune matiere superfluë & humeurs vicieuses
ne s'engendrent au corps : la seconde gist à expulser & éuacuer les humeurs jà

La preserua-
tiõ de la gout-
te n'a qu'vne
intention.

Deux inten-
tions pour em-
pescher la de-
fluxion.

De la goutte.

La premiere
s'accomplit
par le regime
de viure.

engendrées, qui font la matiere antecedente des gouttes. La premiere intention qui eft d'empefcher la generation de la matiere fuperfluë, s'accomplit par vn bon regime de viure, c'eft à dire, par vne loüable adminiftration des fix chofes non naturelles. Or le regime preferuatif eftant prefques femblable au regime cu-ratif, & ayant cy-deffus parlé affez amplement du dernier, cela eft caufe que nous ferons icy plus brefs à defcrire le preferuatif. Doncques pour empefcher le

Faut éuiter
l'air trop froid
& trop chaud
& pourquoy.

retour & la recheute de la goutte, il faut fuyr l'air trop froid, d'autant qu'il ex-prime les humeurs, & eft ennemy mortel des iointures: il faut auffi fe garder d'ex-pofer le cerueau au Soleil trop chaud, ny au ferain, de peur que l'vn fondant & attenuant, & l'autre preffant les humiditez du cerueau, ne les force de couler fur les iointures: Pareillement il faut éuiter l'air venteux, pluuieux, nébuleux & couuert de broüillars, ne point fortir de la chambre en hyuer que le Soleil ne foit leué, & n'ait diffipé les vapeurs de la nuict, ny en Efté fur le midy, & au plus fort de la chaleur.

Reigles à ob-
feruer fur la
quantité des
viandes.

Quant aux viandes, il y a deux chofes à confiderer, la quantité d'icelles, & la qualité: touchant la quantité, il y a quelques regles generales à obferuer. 1. Il faut viure fobrement, & ne fe faouller iamais, c'eft à dire, il faut manger moins que de couftume, & non iufques à fatiété, ains fe leuer de table auec appetit, afin que l'eftomach puiffe bien digerer la viande, & confommer les cruditez. 2. On ne doit longuement endurer le ieufne, de peur que l'eftomach eftant vuide, il n'at-tire de toutes pars les humeurs pour fe remplir, & ainfi que Nature n'émeuue la defluxion. 3. Le fouper doit eftre plus leger que le difner. 4. Il faut qu'il y aye in-terualle de cinq à fix heures d'vn repas à l'autre, car il n'y a rien qui trouble autant la digeftion, ny qui entaffe plus de cruditez, que mettre viandes fur viandes, & faire vn nouueau repas auant que le precedent foit cuit, & la digeftion parfaite. Qnant à la qualité des viandes, elles doiuent eftre de bonfuc & nourriture, & de facile digeftion. Premierement il faut que le pain foit fait de bonne farine de fro-ment, bien peftri, bien leué & bien cuit, & mefme en le petriffant, qu'on mette

Quelle doit
eftre la qualité
des viandes.

dedans quelque peu d'anis vert. Pour le regard des chairs, il faut éuiter celles qui font trop humides, comme d'agneau, cheureau, pourceau, & femblables, qui à raifon de leur humidité fuperfluë, font icy totalement contraires. Les meilleures font comme le mouton, le veau, les poullets, les ieunes poulles, les chappons, perdrix, becaffes, pigeons, & oifelets de montagne, lefquelles feront pluftoft ro-fties que boüillies, fi le patient eft de temperature phlegmatique: que fi au con-traire il eft cholerique ou melancholique, on les pourra faire boüillir auec l'ofeil-le, la cichorée, le perfil, l'endiue, la bourrache, la pimpernelle, & autres telles her-bes qui font diuretiques, & qui en rafraichiffant purgent les corps des goutteux par les vrines: en Hyuer il fuffira d'y adioufter vn peu d'yfoppe, de fauge & de thin. Toutesfois il conuient noter que le trop frequent vfage des potages eft nuifible, & partant qu'il fuffit d'en vfer quelquesfois feulement au matin, & iamais le foir. Les poiffons font totalemét deffendus, finon ceux qui ont la chair ferme & dure, le laict eft ennemy du cerueau & des nerfs: il fe faut abftenir de toutes viandes piquantes, falées, épicées, fricaffées, venteufes & crües. Des épices la feule canel-le & noix mufcade fe concedent: le fromage ne vaut rien. Il ne fera pas mauuais au lieu de boüillons d'vfer par fois d'orge mondé, d'amandes, de femolle, de ris & de boüillie, pour épaiffir & incraffer les défluxions fubtiles: les œufs mollers font bons: les herbes crües & falades font deffendües, fi ce n'eft la cichorée, la pimpernelle & le pourpier: les fruicts cruds tout de mefme font contraires, ex-

cepté les prunes, agriotes, forbes, néfles, raifins de damas, pommes poires &
coings cuits. Il eft bon de fe garder de manger chaftaignes, noix, artichauds,
aulx, oignons & naueaux. Il fe faut contenter de deux repas le iour, viuant fobrement, & ne faut s'accouftumer à boire le foir, ny fur le iour apres le repas Quant *De la boiffong*
au boire, il faut s'abftenir du vin s'il eft poffible, finon vfer d'vn vin couuert fort
trempé deux ou trois heures auant le boire : les vins violens comme hyppocras,
maluoifie, mufcat, clairet ou blanc fubtils & par trop fumeux, font ennemis du
cerueau & des nerfs par accident. Pour le dormir, le fommeil trop long & principalement du iour, remplit le cerueau, & engendre grande quantité d'excremens : les veilles trop trandes font perte & diffipation des efprits, il y faut donc
obferuer vne mediocrité ne dormant point incontinent apres le repas, mais attendre trois heures apres. Le mouuement moderé profite beaucoup, tant pour- *Le mouuement*
ce qu'il confume les fuperfluitez, que pour autant qu'il fortifie les iointures : &
comme dit Hippocrate aux épidemies, *fert d'aliment aux iointures*. L'exercice
vniuerfel defaillant, faudra venir au particulier, comme aux frictions legeres des
cuiffes, iambes, efpaules & bras. Il faut auffi tous les matins nettoyer la tefte.
L'exercice violent eft du tout contraire, car il lafche & debilite les parties Il faut
remarquer que la fufpenfion des iambes engendre fouuent la goutte : nous en
auons vne hiftoire dans Hippocrate, des Scithes qui alloient à cheual fans eftriers *Lib. de aere*
& deuenoient pour la plufpart goutteux. Il faut par tous moyens procurer que *aquis & locis.*
les excremens du corps fe vuident, & que le ventre foit lafche par l'vfage du ius *part. 50.*
Les excremens
des pruneaux, ou de quelques clyfteres lenitifs. Faut fuyr toutes paffions & affections de l'ame, qui peuuent émouuoir & alterer foudainement, comme la
cholere, &c. Et d'autant qu'il n'y a rien fi contraire à la goutte que l'acte venerien, il s'en faut abftenir.

L'autre intention & moyen pour empefcher la defluxion eft comme nous *La feconde in-*
auons dit, d'éuacuer & vuider la matiere qui eft defia engendrée. En l'éuacua- *tention de la*
preferuation
tion nous auons plufieurs chofes à remarquer ; la nature ou qualité de l'humeur, *de la goutte*
le temps, l'aage & la region. Pour la qualité, fi le fang domine, nous auons la *s'accomplit par*
phlebotomie qui eft le vray remede de la plethore. Le temps propre à la faignée, *éuacuation.*
felon Hippocrate & Galien, eft le Printemps & l'Automne, aufquels la goutte
regne dauantage. On difpute de quelle veine on doit faigner en la goutte : Ga- *De quelle vei-*
lien refoult la queftion, & dit que fi la goutte faifit toutes les iointures, on peut *ne il faut fai-*
gner en la
tirer de toutes les veines du corps, pourueu que le fang en forte abondamment : *goutte.*
mais il eft beaucoup plus propre d'ouurir la bafilique, pource (comme dit Galien) qu'elle éuacuë toutes les parties nobles : fi la goutte occupe les parties fuperieures ou inferieures, il faut toufiours faigner de la partie oppofite directement. Hippocrate en l'Aphorifme 22. de la 5. fection du 6. liure des Epidemics,
aux douleurs des iointures qui occupent les parties baffes, commande la faignée
des veines qui font vers l'oreille. Le mefme Autheur au liure des airs, lieux &
eaux, allegue l'exemple des Scithes, lefquels eftans ordinairement trauaillez de
la fciatique, fe faifoient ouurir les veines qui font derriere l'oreille, & la plufpart
deuenoient fteriles : ce font des rameaux venans de la iugulaire externe. Si les *Purgation par*
autres humeurs dominent, la purgation eft le fingulier remede : nous purgeons *le vomiffement*
quand vtile.
par vomiffement & par deiections : le vomiffement conuient aux gouttes des
iointures baffes pour reuulfion : le flux de ventre aux gouttes hautes. La purgation fe doit faire felon l'humeur peccante, fi le phlegme eft abondant purgez
auec vn phlegmaguogue, fi la cholere auec vn cholagogue : les pilulles vfuelles

De la goutte.

Comment il faut corriger l'imbecilité des iointures. faites auec l'aloës, l'agaric & la rhubarbe sans diagrede, prinses deux fois la sepmaine, sont approuuées & suffisantes pour preseruer de la goutte. L'autre cause, c'est l'imbecillité des iointures, & pource nous auons vne seconde intention qui est de les fortifier : premierement en retranchant tout ce qui peut affoiblir, puis auec des remedes topiques appliquez sur la iointure, comme sont fomentations, linimens & emplastres : les fomentations se feront auec *l'aluine*, *les sommitez de mirthe*, *de lentisque & les fueilles du camepithis*, *autrement iue artetique*, *les galles*, *noix de cyprez*, *licion*, *acatia, hypochistis*, ausquels on pourra adiouster vn peu de muscade & de girofle, & le tout sera fait boüillir en bon vin rouge stiptique. Les huiles propres sont l'huile nardin, d'absinthe, de mirthiles, & la quint'essence de cire appellée huile de Iacob. Pour les emplastres, celuy de mastic est le plus singulier : nous vsons d'vn emplastre fort propre fait de parties égales de poix, de resine, de mastich & de cire.

Fin du traitté des gouttes.

ANNOTATIONS SVR
LE DEVXIESME CHAPITRE
DV SIXIESME TRAITTE' DE M. GVI
DE CAVLIAC, OV IL PARLE DE LA LEPRE:
donnees par M. André du Laurens,
Conseiller & premier Medecin du Roy, &c.

De ladrerie.

 NTRE toutes les maladies qui saisissent & trauaillent le corps humain, il n'y en a point de si espouuentable ny de si déplorable que la *lepre*, laquelle plusieurs osent appel-ler *mort ciuile*, d'autant qu'vn lepreux estant separé de la societé & compagnie des hommes, est comme mort en ce monde, & ne peut estre dit homme : *si* (comme dit le Philosophe) *l'homme est vn animal sociable & politique.* Les anciens ont creu que c'estoit vne punition diuine, & en l'ancienne loy les lepreux estoient comme maudits & separez d'auec le reste du peuple. Cette maladie a esté fort frequente en Ægypte, Iudée & en Alexandrie : En Italie on ne sçauoit que c'estoit, sinon depuis le temps de Pompée le grand, ainsi que remarque Pline : & du temps d'Hippocrate il y auoit fort peu de ladres, & semble qu'il n'en aye iamais veu, tant à raison de la temperature de son pays, comme pour le bon regime de viure qui s'obseruoit en cet aage là : A present la lepre est assez commune par toute l'Europe, pour l'occasion des excez, du mauuais regime de viure, & de la verole mal guarie.

La lepre mala-die horrible, commune.

A plusieurs peuples ladis inconnuë à l'Italien.
Lib. 26. chap. 1.
Et auiour-d'huy frequen-te par toute l'Europe.

Des noms de la lepre.

 ETTE maladie est appellée *elephantiasis, leontiasis, satyriasis, her-culeus morbus, chancre vniuersel,* & du vulgaire *lepre & ladrerie.* Les Grecs l'appellent *elephantiasis* de l'animal nommé elephant, auec lequel elle a beaucoup de choses communes, ainsi que re-marque tres-bien Arethée : Car comme l'elephant est le plus grand, le plus horrible & le plus hideux animal qui marche sur la terre, plain de tuberositez & creuaces, ayant le cuir noir, dur, aspre, inegal & fronci : de mesme la lepre est la plus grande & la plus hideuse maladie qui puisse

La ladrerie pourquoy nom-mée Elephantiasis.

Arethée li. 2. des sig.& cau-ses des lon-gues mala-dies chap. 13.

suruenir à l'homme, laquelle corrompt tout le corps & rend la peau noire, dure, inégale, & plaine de tuberositez & fendaces Il faut noter en passant, que le mot *elephantiasis* est aucunement ambigu, & qu'en la doctrine des Medecins Grecs il se doit entendre autrement qu'en celle des Arabes. Dans Auicenne *elephas* ou *elephantiasis* ne signifient iamais ladrerie, mais vne tumeur particuliere des iambes

Li.2.ad Glaucon. li. de tu-morib. & lib. 11. simp.med.

faites par la dilatation des veines remplies d'humeurs mélancholiques: Dans Galien, dans Paulus, Actuarius & les autres Grecs, il signifie tousiours la drerie. Les Arabes ont appellé cette maladie proprement lepre, encore que ce soit vn mot

Lepre.

Grec: & mesmes en l'Escriture saincte on ne trouue iamais le mot *d'elephantiasis*, mais de lepre seulement Il est vray que le mot de *lepre* est autant ambigu en la doctrine des Grecs que celuy *d'elephantiasis*, car parmy eux il ne signifie autre chose que la lepre des Arabes. La lepre d'Hippocrate, de Galien & de Paulus est vne affection particuliere du cuir, & est definie proprement asperité du cuir auec prurit, elle se fait d'humeur aduste, ou de pituite salée: c'est *l'albara noir* d'Auicenne, & *l'impetigo* de Celse. Quelques-vns deriuent le mot de lepre, *apo tou lepidos*, *id-est asquammis*, c'est à dire, des escailles, parce que la peau rend continuellement vne infinité d'escaillettes: les autres du verbe *leprunomai*, qui signifie blanchir ou deuenir blanc. Galien escrit au liure 11. des simples, *que la lepre peut degenerer en elephantiase*, & en vn autre endroit il dit *que l'elephätiase se peut adoucir se conuertissant en lepre*: parquoy lepre & élephantiase dans Galien n'est pas tout vn. La matiere est bien semblable, vne humeur aduste, mais le sujet est different: La lepre est affection du cuir seulement, & l'elephantiase des chairs. Doncques si l'humeur delaisse les chairs, & va attaquer le cuir, l'elephantiase degenerera en lepre: comme au contraire, si du cuir elles'en va à la chair, la lepre degenerera en élephantiase. En la doctrine des Arabes, lepre signifie tousiours ladrerie: & pour resoudre en vn mot, la lepre des Arabes est l'elephantiase des Grecs. On appelle aussi

Leontiasis.

cette maladie *leontiasis*, comme qui diroit maladie lionine, pource que les ladres ont le visage rouge & refrongné comme vn lion rugissant, ou bien pource qu'ils ont les yeux brillans, luisans, rougissans & estincellans comme les lions. Aucuns

Satyriasis.

la nomment *satyriasis* d'autant que ceux qui en sont atteins ont tousiours le membre tendu & roide auec vn prurit & vn appetit extréme des femmes: & y a apparence qu'ils l'ont appelée ainsi, d'autant que les Poëtes anciens peignent tousiours les Satyres auec le membre roide. Paul l'appelle chancre vniuersel, parce

Chancre vni-uersel.

qu'elle occupe generalement tout le corps *&* comme escrit Archigene, *il ne faut pas penser que cette maladie là commence à s'engendrer quand les tumeurs sortent à la peau, mais plustost qu'elle se parfait: de là vient que la curation en est tres-difficile, d'autant qu'en son commencement qui est caché & inconnu, elle n'est point reprimée, ains acquiert aux parties internes du corps auant que se manifester aux externes, des forces si grandes, qu'elle ne peut par apres estre surmontée, car l'humeur vicieuse qui l'engendre acquiert sa malignité, non en la superficie du corps, mais elle la conçoit & reçoit aux visceres & entrailles internes.* Finalement les anciens l'ont nommée *morbus Herculeus*,

Et maladie Herculienne.

maladie Herculienne, pource qu'elle est la plus grande & la plus violente maladie qui soit, & qu'elle est indomptable par remedes, comme estoit Hercules par armes & par la force.

Que c'est

Que c'eſt que lepre.

E P R E ſe peut conſiderer doublement, ou comme
ſymptome, ou comme maladie, & pource on en peut
bailler double definition. Si on regarde la lepre com-
me ſymptome, nous la definirons *erreur de la faculté* *Definition de*
lepre comme
ſymptome.
aſſimilatrice par laquelle la forme des parties eſt corrompuë.
Par cette definition il eſt aiſé à voir que la lepre eſt vne *Quelle action*
eſt bleſſée en
la lepre.
action bleſſée, non point animale ny vitale, mais natu-
relle, & icelle nutritiue, à laquelle ſeruent ordinairement l'attraction, retenſion, concoction, aſſimilation
& expulſion. Or telle leſion n'eſt que deprauée, &
non perduë tout à fait: d'autant que les parties au lieu d'aſſimiler & conuertir
leur aliment en vne chair bonne & loüable en couleur & en ſubſtance, le conuertiſſent en vne chair blanche, ou noire & graueleuſe. Cette erreur n'eſt ſeulement en la troiſiéme digeſtion, mais auſſi en la ſeconde, qu'on appelle la ſanguification, car le foye au lieu d'engendrer vn bon ſang, engendre vn ſang aduſte,
feculent & melancholique, lequel eſtant diſtribué par toutes les parties, ne peut
(à raiſon de leur imbecillité & intemperature froide & ſeche) eſtre bien aſſimilé:
& c'eſt ce que veut dire noſtre Autheur, quand il met auec Auicenne l'erreur du
foye pour cauſe mediate de ladrerie.

D'autant que tout ſymptome dépend immediatement de la maladie, comme *De lepre en-*
tant que ma-
ladie.
l'effect de ſa cauſe, & l'ombre du corps, & que l'erreur de la faculté aſſimilatrice
eſt vn ſymptome, vne action bleſſée, il faut ſçauoir de quelle maladie elle dé-
pend & rechercher la definition de lepre. Fernel docte Medecin de noſtre temps *Opinon de*
Fernel.
penſe que *la ladrerie eſt vne maladie de toute la ſubſtance, occulte, maligne & contagieu-*
ſe, rendant la peau ſemblable à celle des elephants. Il l'appelle *maladie de toute la ſubſtan-*
ce, parce qu'elle deſtruit la forme & la matiere de toutes les parties: *occulte,* tant
pource qu'elle demeure longuement cachée, & qu'elle ne ſe manifeſte point au
cuir, que tout le dedans ne ſoit corrompu, que pource que ſa cauſe eſt occulte, &
que ſes remedes agiſſent par proprieté occulte: *maligne & contagieuſe,* parce que
cette maladie ne vient pas touſiours de naiſſance & generation, mais ſouuent de
communication, d'autant que l'humeur qui la cauſe acquiert en ſe putrefiant vne
venenoſité qui la rend contagieuſe & hereditaire, &c. Mais cette definition n'eſt *Reiettée.*
point receuë, d'autant qu'on a banny de noſtre eſcole toutes les maladies de la
forme; & comme en la partie ſimilaire il n'y a qu'vne ſanté, qui eſt la bonne temperature, auſſi n'y peut-il auoir qu'vne maladie qui eſt l'intemperature. Paul &
apres luy Auicenne definiſſent la lepre vn chancre vniuerſel & tumeur vniuerſel-
le cauſée d'humeur aduſte & melancholique. Il y a donc en la lepre trois genres *En la lepre il y*
a trois genres
de maladies.
de maladies, intemperature, mauuaiſe conformation & ſolution de continuité.
L'intemperature eſt double, l'vne du foye, qui eſt chaude, c'eſt elle qui bruſle le
ſang: & l'autre des parties qui eſt froide & ſeche également: & pource l'erreur de
l'aſſimilation vient tant du vice de l'aliment que de l'intemperature des parties.
La mauuaiſe conformation paroit en la quantité augmentée, & en la figure vitiée des parties par les tumeurs, nodoſitez & galles: Et finalement la ſolution de
continuité eſt apparente aux vlceres, creuaſſes, &c.

Quand la vertu digeſtiue erre en diſtribuant.

DDD

De la lepre.

En toute concoction il y faut premierement de la matiere, puis la preparation d'icelle, l'attraction, l'vnion & l'assimilation. S'il y a faute de matiere, & que le sang ne se distribuë point par tout, l'hectique se fera, c'est à dire, l'extenuation & amaigrissement de tout le corps. Galien remarque, & l'experience nous le monstre, que tous ceux qui ont les poulmons vlcerez deuiennent tabides, pource que l'vlcere gourmande & vient comme vn loup rauir & deuorer tout le sang qui est prés du cœur, de sorte que les parties en demeurent appauuries, & s'amaigrissent. Si le sang estant distribué & attiré par le membre ne peut estre vny & aggluciné à la partie pour cause de la froideur, le sera hydropisie, d'autant que la plus grande partie du sang estant hors des vaisseaux & ne pouuant s'vnir & assimiler au membre, remplit toutes les espaces d'entre les chairs, & fait vne tumeur vniuerselle & hydropisie que les Medecins appellent *anasarca & hyposarca*. Que s'il y a du vice & de la deprauation en l'assimilation, & qu'au lieu d'vne chair naturelle qui soit de bonne couleur & substance il s'engendre vne chair graueleuse & noire, si c'est en tout le corps, se fera lepre, si en vne partie, cancer ou chancre.

Pourquoy ceux qui ont vlcere aux poulmons meurent tabides.

Cause de l'hydropisie Anasarca.

Cause de la lepre.

Egale & diuerse.

Intemperature égale, comme décrit Galien, est quand toutes les parties sont également alterées en chaleur, froidure, humiditez & secheresse. Cette égalité ne se doit point entendre en mesme degré, d'autant qu'il est impossible que toutes les parties du corps puissent paruenir à vn mesme degré de chaleur, veu qu'elles sont de differente temperature: ainsi les veines, les arteres & les nerfs qui sont parties froides ne peuuent atteindre le degré du cœur en chaleur. Il faut donc entendre l'égalité d'alteration par proportion, c'est à dire, les parties en s'échauffant gardent vne égale portion, comme si le cœur s'échauffe d'vn degré plus qu'il n'estoit, la chaleur des autres parties s'augmentera pareillement d'vn degré. Cette intemperature peut estre vniuerselle, comme en la fiéure hectique: ou particuliere, comme en la gangrene: Galien la iuge totalement incurable, d'autant qu'il y a alienation totale de la temperature, & que la partie n'a point de santé: or c'est vn axiome d'Aristote que la santé ne peut venir que de la santé: & de la priuation à l'habitude il n'y a point de retour. L'intemperature inégale est lors que les parties sont inégalement alterées: elle est double, vniuerselle & particuliere: vniuerselle chaude, comme en la fiéure spiritueuse & humorale: vniuerselle froide, comme en l'hydropisie commençant: chaude & froide, en diuerses parties comme en la fiéure ardante: & en mesmes parties, comme en la fiéure que Galien appelle *epiala*. L'intemperature inégale particuliere chaude paroit au phlegmon, froide en l'œdeme. Nostre Autheur appelle la lepre intemperature égale & inégale qu'il nomme diuerse. Si on regarde le general du corps des lepreux, ils sont inégalement intemperez, d'autant qu'il y a des parties affectées en l'excez de chaleur comme le foye, & d'autres en froidure, comme les parties solides qui sont refroidies & dessechées en toute l'habitude: mais si on regarde seulement les parties solides, nous trouuerons qu'en la lepre il y a intemperature égale, parce qu'elles sont également refroidies & dessechées.

Qu'est-ce qu'intemperature égale, & comment elle se doit entendre.

Elle est vniuerselle ou particuliere.

Pourquoy incurable.

Qu'est-ce qu'intemperature inégale.

La lepre intemperature égale & inégale, & comment.

Les especes & differences de lepre.

Les differences de lepre sont prinses de la matiere & des accidens: la matiere est vne humeur aduste appellée autremét atrabilaire. Galien en fait deux especes, l'vne se fait de l'humeur melancolique naturelle qui vient à se brusler, l'autre de la colere iaune bruslée, & en fin noircie, laquelle est beaucoup plus furieuse, & a (comme dit Galien) trois choses indomptables, l'acrimonie, l'erosion & la fer-

D'où se prennent les differences de lepre.

mentation : c'eſt à dire, elle fait entr'ouurir les parties comme le leuain & le vinaigre. Auicenne penſe que toutes les humeurs ſe peuuent bruſler, & met quatre
eſpeces d'humeur atrabilaire : la premiere ſe fait du ſang bruſlé, l'autre de la colere bruſlée, la tierce de la pituite ſalée qui s'échauffe par trop, & la derniere de
l'humeur melancolique naturelle qui vient à ſe bruſler. Gui ſuiuant la doctrine
des Arabes recognoit ces quatre eſpeces d'humeur atrabilaire, & de là il continuë quatre differences de lepre, à raiſon de la matiere : la leonine qui eſt faite de
bile, l'alopecie ou renardiere du ſang, la tyrie ou ſerpentine du phlegme, & l'ele-
phantine de melancolie Les ladres qu'on appelle blancs ſe font du phlegme ſalé. Des accidens ſont prinſes pluſieurs differences : il y a lepre vlcerée & non vlcerée, auec corruption d'os, & ſans corruption d'os, recente, inueterée, noire,
blanche, &c. *Quatre diffe-
rences ſelon
les quatre hu-
meurs.*

Les cauſes de ladrerie.

Les cauſes de lepre comme des autres maladies, ſont primitiues, antecedentes
& conjointes. Les primitiues ou euidentes ſont en premier lieu la mauuaiſe diete,
c'eſt à dire, l'induë adminiſtration des ſix choſes non naturelles, l'air groſſier & nebuleux trop échauffé peut engendrer la ladrerie : voilà pourquoy ceux qui habitent les lieux maritimes ſont ſubiects à cette maladie. En Iudée, Egypte & Alexandrie elle eſt quaſi comme Endemienne. Les viandes groſſieres qui engendrēt
force humeur melancolique peuuent auſſi l'engendrer. La peur & la triſteſſe
viennent troubler le ſang & nous en voyons pluſieurs par vne grande frayeur deuenir melancoliques, & en fin lepreux. La retention des excremens ou de quelque éuacuation ordinaire, comme des menſtruës & hæmorrhoïdes, peut auſſi
eſtre cauſe de cette indiſpoſition. Bref toute diete qui peut engendrer ou retenir
l'humeur melancolique, eſt miſe au rang des cauſes euidentes L'attouchement
& conuerſation des lepreux peuuent infecter, voire l'inſpiration ſeule eſt vne des
cauſes fort euidentes. Le vice de la ſemence eſt vne cauſe des plus aſſeurées, car indubitablement ſi en la ſemence il y a quelque tache de lepre, tout ce qui en ſera
engendré ſera lepreux : & encores que le mal ne ſe manifeſte aux premieres années, ſi eſt-ce en fin qu'il ſe découure & ſe prouigne iuſques en la troiſiéme & quatriéme generation. Si la femme conçoit durant ſes menſtruës, l'enfant ſera va-
letudinaire, & peut eſtre lepreux, d'autant que ce ſang en vne femme mal-ſaine
eſt comme veneneux. On adiouſte à toutes ces cauſes l'intemperie chaude du foye,
& la foibleſſe de la ratelle, laquelle ne purge pas le ſang de l'humeur melancolique. Les cauſes antecedentes ſont les humeurs diſpoſées à la bruſleure, & la cauſe
conjointe c'eſt l'humeur aduſte & atrabilaire épanduë par tout le corps. *Les cauſes
primitiues
de lepre.*

*Les antece-
dentes.
La conioínte.*

Sur les ſignes & iugemens de la lepre.

Il n'y a perſonne qui ne tremble & n'ait frayeur de cette maladie, attendu ſa
contagion & malignité ſi grande qu'elle ſe communique non ſeulement par attouchement, mais auſſi par l'inſpiration de l'air : voilà pourquoy de tout temps il
a eſté ordonné non ſeulement par les loix humaines, mais auſſi par les diuines,
que les lepreux ſeroiét ſequeſtrez & mis hors de la compagnie des hommes ſains.
Dieu commanda aux enfans d'Iſraël de ſeparer les ladres hors de leur camp &
armée : Et en l'ancienne loy les ladres eſtoient marquez afin qu'ils fuſſent reco-
gnus, leurs veſtemens eſtoient déchirez, ils alloient la teſte nuë, & portoient vn
baſton en la main. Pour le iourd'huy en toutes les villes bien policées on baſtit
des hoſpitaux & maladeries hors des murailles pour les ladres, & pour marque
on leur baille des cliquettes & le baril. La ſeparation ne ſe peut faire que premiere- *Pourquoy on
ſequeſtre les
ladres.*

*Par quelles
marques ils
ſont diſcer-
nez d'auec le
peuple ſain.*

De la lepre.

Les Medecins & Chirurgiẽs iuges souuerains des ladres. ment ils ne soyent iugez & condamnez par les Medecins & Chirurgiens, lesquels comme tres-experts en ce faict sont Iuges souuerains, & condamnent à mort ciuile : Il faut donc qu'ils soyent exercitez & bien entendus en l'épreuue & cognoissance des ladres, & qu'ils y aillent auec bonne conscience & meure deliberation, car dèseparer vn homme de la societé & compagnie des autres sans occasion, il y a de l'impieté, & de permettre qu'vn lepreux hante & conuerse auec les sains, il y a de l'inhumanité.

Le moyen pour reconnoistre les lepreux.

Le moyen de reconnoistre les ladres.

Que doinent faire les Medecins & Chirurgiens en l'examen des ladres. Le moyen vray de reconnoistre les lepreux, est de sçauoir sur le doigt tous les signes qui accompagnent cette maladie, tant vniuoques comme æquiuoques. Apres donc auoir consolé le malade, & l'auoir fait iurer de dire verité, il se faut enquerir de luy à ses parens, voisins & amis, s'il y a quelqu'vn de sa race qui soit entasché de cette maladie, car elle se communique iusques à la troisiéme & quatriéme generation, non seulemẽt aux enfans mais aussi aux cousins & nepueux, ou bien s'il a frequenté & conuersé auec les ladres. En second lieu, il se faut enquerir du regime de vie qu'il a tenu, s'il a vsé de viandes grossieres & melancoliques, de chairs salées, de vieux poissons, & de gros vin : puis des passions de l'ame, sçauoir s'il n'a point eu quelque frayeur soudaine, ou quelque tristesse. Tiercement faut demander si quelque éuacuation ordinaire, comme hemorrhoïdes, ou menstruës est supprimée, & à quelles maladies il a esté subjet, & s'il a quelquesfois souffert fiéures quartes, melancolies, manies, morphées, & semblables indispositions melancoliques : car de ces demandes le Medecin & Chirurgien peuuent conjecturer que le patient a vne grande disposition à la lepre, & s'il n'est desià lepreux, qu'il est en voye & chemin de l'estre bien-tost.

L'acte & habitude de la lepre.

Signes vniuoques ou æquiuoques. Mais pour recognoistre l'acte ou habitude de la lepre, qui est la maladie jà faicte & confirmée, il faut remarquer plusieurs choses, & visiter toutes les parties du corps les vnes apres les autres : car par tout on y trouuera des signes ou æquiuoques, c'est à dire, communs, ou vniuoques, c'est à dire, propres & particuliers : & d'iceux les vns sont prins de toute l'habitude, & les autres de chaque partie.

Ceux qui sont prins de toute l'habitude du corps. Ceux qui sont prins de tout le corps en general, sont que les lepreux ont tous toute la couleur noirastre & liuide, à cause de l'aliment qui est de semblable couleur : par tout le corps paroissent tuberositez, roignes, dartres, creuaces, vlcerations, & squaleur de la peau : ils ont vn sentiment comme de piqueures d'aiguilles par tout le corps : le cuir exposé à l'air deuient crespe comme vne oye plumée : si on iette de l'eau sur eux, ils semblent estre oingts : ils se refroidissent aisément : par tout il y a *Pourquoy le sentiment exterieur perit aux ladres plustost que l'interieur.* perte ou diminution du sentiment, non certes de l'interieur, mais de l'exterieur, parce que les nerfs exterieurs sõt plus offencez, & que le plus grossier de l'humeur melancolique s'en va vers la peau, lequel boucheant les nerfs, & oppilant les veines & les arteres, empesche que l'esprit animal ne peut estre librement distribué : C'est aussi la raison pourquoy le mouuement demeure entier, & le sentiment interieur ne se perd du tout, parce que les nerfs qui mouuent sont plus interieurs, & pource si on les pique plus profond, ils sentent, mais ils ne sçauroient proprement designer le lieu. A ces signes faut adjouster le poux debile & frequent, les vrines subtiles, liuides, blanches & cendreuses : & en fin on obserue la qualité du sang s'il est noir, plombin, cendreux, graueleux & grumeleux. Les autres signes *Signes prins de chaque partie, comme* qui sont prins des parties paroissent principalemẽt à la teste, car estant la plus apparente en icelle reluisent plus de marques de cette maladie qu'en aucune autre partie. Doncques on regarde le poil qui est tombé, comme en l'alopecie, par *Du poil.* faute de nourriture, & pour l'acrimonie des excremens qui rongent la racine, & en sa place sort vn petit poil rarefolet signe de foiblesse; le front est ridé & fronci, *Du front.* comme aux lions pour la secheresse, tubereux pour l'erreur de l'assimilation, & reluisant comme corne, d'autant que l'humeur atrabilaire est de couleur noire, comme la poix: les oreilles sont rondes, droites & roides, à raison de la consom- *Des oreilles.* ption de la partie charneuse qui les rendoit rondes & molettes: le sourcil est éleué, *Des sourcils.* calleux, endurcy, plein de tuberositez, & du tout dénué de poil, ou s'il en a, ne se peut voir qu'au Soleil, & encores en l'arrachant se trouue du cuir ou de la chair en la racine: l'œil est rond pour la consomption des muscles & de la graisse, fixe pour *Des yeux.* la secheresse des muscles qui ne peuuent se mouuoir promptement, rouges, bril- lans & estincelans comme le feu, le blanc de l'œil paroit rouge, & toutes ses vei- nes enflées & comme variqueuses: le nez est dilaté par dehors, & restresi par de- *Du nez.* dans, auec consomption du cartilage interieur, polype & puanteur: en la bouche on remarque les léures, les genciues & la langue: les léures sont grosses; noires, *Des léures.* fenduës, ayant du tout perdu leur couleur vermeille: les genciues sont rouges & *Des genciues:* époisses: la langue grosse, noire, graueleuse, pleine de tubercules dessus & dessous, *De la langue.* & les veines dites ranules qui sont au dessous d'icelle apparoissent enflées & vari- queuses. Pour le regard de la face en general, elle est de couleur noire & liuide, *De la face.* horrible, pleine de tuberositez, roignes & furfures. La voix est rauque, tant pour *De la voix.* la secheresse & inégalité de la trachée artere, que pour les vlceres qui sont au go- sier & aux parties voisines qui corrompent l'haleine, & la rendent puante. En la poictrine on remarque les mammelles qui sont engrossies, & les veines exterieu- *Des mammel-*
les. res qui apparoissent variqueuses. Aux mains & aux pieds on remarque la consom- *Des mains &*
pieds. ption des muscles, & principalement du thenar & de l'hypotenar, laquelle est fort apparente en ces parties, pource que les muscles y sont fort apparents. Les ongles sont noirs & liuides, & y a stupeur & crampe aux extremitez. Le mem- *Des ongles.*
Et du membre
viril. bre viril est ordinairement enflé, roide & tendu auec vn desir libidineux, & cet- te maladie proprement des anciens est appellée *satyriasis*, pource que de l'humeur aduste & melancolique sont éleuées plusieurs vapeurs grossieres, lesquelles par la continuation des arteres s'en vont aux deux nerfs cauerneux, & les remplis- sent, dont s'ensuit la tension contre Nature, du tout contraire à la naturelle, pource qu'en la naturelle le membre s'estend, puis il se remplit comme on voit les soufflets: mais en l'autre il se remplit, & puis il s'estend comme aux oires, boucs & peaux où on porte l'huile. Ce sont là tous les signes qu'on peut remarquer en cette maladie, desquels les vns sont vniuoques, & les autres æquiuoques décrits fort bien par nostre Autheur.

Le prognostique de la lepre.

 A lepre de toute son essence est iugée maladie incurable: la de- *La lepre mala-*
die incurable. monstration de ce prognostique se tire d'Hippocrate, Aristo- te, Galien & Auicenne. Hippocrate écrit que *la Nature guarit les maladies*, & mesme Gui l'appelle souuent *principal agent:* si donc la nature des parties est perduë, on ne doit esperer aucu- ne santé: En la lepre il y a corruption de la forme, c'est à dire, de la *Et pourquoy.* temperature, parquoy elle sera incurable. Aristote remarque que *la santé ne peut*

De la lepre.

venir que de la partie faine, ou de celle qui a quelque efchantillon de fanté: en la lepre il n'y a point de fanté, & l'intemperature eft du tout égale. Galien a obferué en plufieurs endroits, que *les maladies qui fe manifeftent promptement, & ont demeuré longuement cachées, font incurables:* pource qu'elles fignifient que tout le dedans eft corrompu. Ainfi les accidens de la morfure d'vn chien enragé qui fe manifeftent tout à coup long-temps apres la morfure, ne reçoiuent point de curation. La verole qui a longuement couué, & tout d'vn coup apparoit, demeure incurable: Or la lepre eft mife au rang de ces maladies. Auicenne iuge la lepre incurable, pource que c'eft vn chancre vniuerfel: or fi le chancre particulier ne reçoit point de curation, pource que par les remedes violens il s'enaigrit & fe rend plus farouche, & qu'il méprife & ne cede point aux benins & legers; comment le chancre vniuerfel fe guarira-il? Concluons donc la lepre eftre de toute fon effence incurable. Ie ne veux pas oublier que la lepre eftant contagieufe & veneneufe, fi elle doit receuoir guarifon, faut que ce foit par le moyen de quelque antidote particulier: or cet antidote n'a point encore efté decouuert ny recognu, & bien qu'on nous baille la chair de vipere pour vray antidote des ladres, fi eft-il que l'vfage ordinaire nous monftre le contraire.

Pourquoy le chancre ne reçoit point de curation.

La matiere eft ia fortie des veines, & eft en la chair.

Cela fe doit entendre des groffes veines, car autrement la faignée ne feruiroit de rien: car la faignée n'éuacuë point ce qui eft hors des vaiffeaux. Mefme Galien fouuent fous l'habitude du corps comprend les petites veines.

Des deux veines organiques.

Par les deux veines organiques, faut entendre les deux iugulaires, lefquelles par leur grandeur & cauité apparente font appellées organiques: & n'eft point inconuenient qu'vne mefme partie foit fimilaire & organique en diuers refpects: La veine eft fimilaire par fa temperature, laquelle en tout & par tout eft femblable: & organique entant que c'eft vn vaiffeau rond, caue & ordonné pour porter le fang.

Qu'il en apparoiffe defaillance.

Il y a double interpretation de ce texte, les vns le rapportent aux groffes veines, d'autant que des petites on ne fçauroit tirer du fang iufques à la defaillance: & les autres l'entendent iufques à la defaillance du fang & de la couleur de la lepre.

De l'adminiftration des ferpents.

Galien en l'vnziéme liure des fimples remarque par plufieurs hiftoires memorables, que le vray antidote de la lepre eft la chair de vipere, laquelle purge & chaffe le venin par l'habitude du corps, & le met hors par le cuir: le moyen par lequel cela fe fait nous eft incognu, & le faut rapporter à vne proprieté occulte, & non point aux qualitez manifeftes, lefquelles femblent pluftoft eftre contraires & auancer la lepre. La preparation de cette chair eft amplement décrite par l'Autheur, on en doit vfer, dit-il, en toutes les façons qu'on pourra imaginer. Si pour le iourd'huy on ne voit point de tels effets de viperes, il faut rapporter cela aux viperes qu'on nous apporte, lefquelles n'ont point mefme proprieté que fur le lieu ou bien à ce qu'on entreprend par icelles guarir la ladrerie confirmée: or eft-il que la ladrerie confirmée eft du tout incurable, & fa guarifon eft pluftoft miraculeufe que naturelle.

PETIT TRAITTE'
DE LA VEROLE,

AVQVEL L'ORIGINE, ESSENCE, CAVSES,
differences, signes & curation de cette maladie sont
exactement expliquées.

Par M. ANDRE' DV LAVRENS Conseiller & premier Medecin du Roy.

*Que la verole est vne maladie nouuelle, & comment elle est distinguée d'auec
la lepre, & autres maladies auec lesquelles elle a
quelque ressemblance.*

CHAPITRE PREMIER.

 PLINE a tres-doctement remarqué que Nature produit & engendre ordinairement des maladies nouuelles & qui ont esté inconnuës aux siecles precedens. Ainsi du regne de Tibere Cesar suruint vne maladie à Rome, de laquelle on n'auoit iamais ouy parler, elle commençoit par le menton, & s'estendant par toute la face, ne laissoit rien de sain en icelle fors & reseruez les yeux. Elle se prenoit par le seul baiser & s'attaquoit aux Seigneurs, Cheualiers & autres de grande estoffe, sans toucher aux femmes, aux esclaues ny au commun peuple. Elle fut nommée *mentagra*; pource qu'elle commençoit ordinairement par le menton. Ainsi la lepre estoit inconnuë à l'Italie auant le temps de Pompée le grand. Ainsi on a remarqué en ce siecle de plusieurs differences d'ophthalmies estranges qui ont couru par toute l'Europe : & de nostre temps nous auons veu la coqueluche. Mais qu'est-il besoin de remarquer tant d'exemples, la verole seule nous doit suffire pour toutes, car elle est connuë depuis l'an mil quatre cens quatre-vingts-quinze du regne de Charles VIII. Roy de France, & du siege de Naples. Les Autheurs disputent si c'est vne maladie nouuelle, ou si on la peut rapporter à quelqu'vne des especes de maladies connuës par les anciens. Aucuns pensent qu'elle a esté connuë d'Hippocrate, pource qu'en descriuant vne certaine constitution pestilente, il dit qu'à plusieurs les os du nez & du palais venoient à se pourrir, le poil tomboit, les parties honteuses estoient vlcerées & gastées : mesmes aux Aphorismes il faict mention de la pourriture des parties genitales. Les autres estiment que la verole est vne espece de lepre, parce que la partie affectée en l'vne & l'autre est le foye,

Lib. 26. chap. 1.
Le mentagra quand commença à Rome.

Là lepre inconnuë à l'Italie auant le temps de Pompée.

La verole connuë depuis l'an 1495.
Sçauoir si la verole est vne maladie nouuelle.
Lib. 3. Epid. sect. 3.
Aph. 21. sect. 3,

DDD iiij

& qu'elles font accompagnées de mefmes accidens comme cheute de poil, crou-
ftes, vlceres, galles, &c. joint que la verole degenere quelquefois en lepre &
qu'elle eft contagieufe de mefme façon que la lepre. Il y en a qui maintiennent
la verole eftre la maladie defcrite par Pline appellée *mentagra*, plufieurs la refe-
rent au mal-mort d'Auicenne qu'il nomme en fon langage Arabe *Albiti*, &

d'autres au *pfora* des Grecs, qui eft vne galle vniuerfelle auec cheute de poil. Mais
nous eftimons la verole eftre vne maladie nouuelle, & ne fe pouuoir rapporter à
aucune des mentionnées. Les accidens remarquez par Hippocrate furuindrent
en vne faifon peftilente, laquelle par fa malignité corrompoit les os non feulement du nez & du palais, mais auffi de tout le refte du corps & les chairs mefme:
or que la pefte puiffe faire cela, la defcription de Tucidide nous en rend tefmoi-
gnage: mais il n'y a nulle apparence de conclurre de là que ce fut la verole comme
il fe peut recueillir par la defcription de fon effence, de fes accidens & de fes remedes. D'appeller la verole lepre, il n'y a point de raifon: la lepre eft toufiours

auec inégalité du cuir, la verole quafi toufiours auec égalité: la lepre ne commence iamais par les parties honteufes, la verole le plus fouuent: en la lepre il n'y a
point de douleurs, en la verole on en fent de tres-cruelles: le cuir des ladres eft
dur, noir & calleux, celuy des verolez ne l'eft point: les ladres ont quafi toufiours appetit des femmes & font trauaillez du fatyriafis. les verolez en font du
tout refroidis: aux ladres le poil des aiffelles, & des parties honteufes tombe
auffi-toft que celuy de la tefte, ce qui ne s'apperçoit point aux verolez: la lepre
fe fait d'humeur melancolique adufte, la verole de toute forte d'humeurs: bref
la lepre de toute fon effence eft incurable, la verole pour inueteree qu'elle foit fe
peut guarir: doncques la verole n'eft point la lepre encore qu'elle y puiffe degenerer eftant méprifée & mal guarie, par la putrefaction & aduftion des humeurs:
que fi ces deux maladies font contagieufes, les feminaires de leur contagion &
la malignité de leurs caufes ne laiffent point d'eftre grandement differens: &
pour la partie affectée bien que le foye foit le fujet de l'vne & l'autre, fi eft-ce que
la confequence tirée de la fimilitude n'eft point bonne, car par la mefme raifon,
l'hydropifie qui fe fait par l'erreur du foye feroit lepre auffi. On ne peut non plus

dire que c'eft le *mentagra* qui eft le *lichen* ou *impetigo* des anciens, d'autant que cette maladie commençoit par le menton, & que les femmes & le commun peuple
en eftoient exempts, là où la verole commence le plus fouuent par les parties

honteufes & faifit toutes fortes de perfonnes indifferemment. L'*Albiti* d'Auicenne, autrement dit *mal-mort*, s'attaque principalement aux iambes, & la verole à tout le corps. Au *pfora* des Grecs le poil tomboit auec la croufte, en la verole,
il tombe fans croufte: le *pfora* eft vne maladie du cuir, & la verole du foye. Concluons donc que la verole eft vne maladie nouuelle veuë & connuë en l'Europe
depuis l'an mil quatre cens quatre-vingts-quinze, que le Roy Charles VIII. fit
affieger la ville de Naples, tellement qu'à prefent il y a enuiron cent fept ans
qu'elle exerce fa tyrannie par toutes les parties de l'Europe, de l'Afie, & de l'A-
frique: Mais voyons comme elle a efté & par qui apportée en Italie, & de là femée par tout le monde.

De l'origine de la verole, & qu'elle a esté apportée des Indes:

CHAPITRE II.

Vis qu'il appert que la verole est vne maladie nouuelle, il faut sçauoir comment, & d'où elle est venuë, & en quelle façon elle s'est engendrée & répanduë par tous les coings de l'vniuers. Les Astrologues rapportent son origine aux astres, à sçauoir à vne certaine constellation & conjonction de Mars, Iupiter & Saturne, qui apparut l'an 1482. laquelle ils disent auoir esté comme le présage & l'auant-coureur de la verole future. *Opinion des Astrologues touchant l'origine de la verole.* Les autres veulent qu'elle aye esté engendrée *Autres opinions.* par le vice particulier de l'air: & les autres qu'elle aye commencé d'elle-mesme & se soit engendrée par l'infection & corruption des humeurs. Vn certain Medecin voyageant par l'Italie & passant par Naples, s'estant diligemment enquis de cette maladie, témoigne auoir entendu de son hoste âgé de quatre-vingts ans, que la famine s'estant mise aux armées, les viuandiers qui fournissoyent de viures aux gens de guerre, faisoient secrettement manger aux soldats de la chair d'hommes, & que tout aussi-tost la maladie se mit parmy le camp: de sorte que ce Medecin croit la verole estre venuë aux hommes pour auoir mangé de la chair de leurs semblables. Et pour confirmer son opinion, il dit auoir nourry plusieurs animaux, comme chiens & pourceaux de la chair d'autres chiens & pourceaux leurs semblables, & que tout aussi-tost le poil leur tomboit, qu'il leur venoit des vlceres par tout le corps, & qu'ils demeuroient tout transis. Il dit ourre-plus que cette maladie est familiere & ordinaire aux Indiens, parce que ces barbares se nourrissent de chair humaine & mangent les hommes, qui est la raison que les anciens les ont nommez *Anthropophages*, c'est à dire, viuans de chair humaine.

Nous croyons la vraye origine de la verole estre venuë des Indes, & auoir esté apportée par la nauigation des Espagnols: cette maladie est aussi frequente & commune en ce pays-là, comme la galle en cestuy-cy, & les corps y sont tellement disposez, que si vn homme habite & a la compagnie d'vne femme durant qu'elle a ses purgations, il ne faillira point d'en estre prins tout aussi-tost. *Opinion de l'autheur qu'elle a esté apportée des Indes par les Espagnols.* Les Espagnols reuenans des Indes amenerent quantité de belles femmes, mal nettes & verolées, lesquelles estant arriuées à Naples furent par la malice & ruze des Espagnols enuoyées au camp des François, auec lesquelles ils se meslerent, & tout aussi-tost la maladie se mit en l'armée: de là vient qu'on l'appelle *mal-françois, maladie de Naples & mal d'Espagne*, mal-françois, pource qu'ils en furent les premiers attrapez, mal de Naples, pource qu'il aduint durant le siege de Naples, & maladie d'Espagne, parce qu'elle fut apportée par les Espagnols reuenans des Indes. *Pourquoy la verole est nommée mal François, maladie de Naples, &c.* Aucuns la nomment maladie venerienne, en Latin *lues venerea*, parce que c'est vne maladie, & comme qui diroit, vne ordure ou soüilleure qui vient de l'acte venerien, d'autant qu'elle commence le plus souuent par les parties honteuses: quelques-vns l'appellent *pudendagra*. Fracastor luy a inuenté vn nom fort plaisant, & l'appelle *syphilis*, qui est vn nom Grec composé de *sus* qui signifie truïe, & *philis*, qui signifie amour, comme s'il vouloit dire amour de truïe, parce que cette maladie se prend pour auoir

De la verole.

couché, & hanté auec des femmes mal nettes & publiques que le vulgaire appelle truïes. Le commun peuple la nomme *grosse verole* à la difference de la petite qui vient aux petits enfants. De ce discours il est aisé de conclurre que la verole est vne maladie contagieuse qui ne se prend point sans l'attouchement d'vn corps mal net.

Qu'est ce que la verole.

CHAPITRE III.

TOVTE maladie (selon Galien) est ou similaire ou organique, ou commune Galien & tous les autres Medecins ne reconnoissent qu'vne maladie similaire qui est l'intemperature : Fernel en introduict deux nouuelles, la maladie de la forme & la maladie de la matiere : parquoy il veut que la verole soit maladie de la forme ou autrement de toute la substance, d'autant que sa cause est occulte & qu'elle ne se guarit point par remedes methodiques Mais d'autant que nous ne reconnoissons point ces maladies de la forme, nous conclurrons la verole estre vne intemperature : car encores que la cause d'icelle soit occulte & ne puisse estre rapportee à aucune qualité l'effect pourtant ne laisse d'estre sensible, & tous les accidens qui paroissent en la verole comme vlceres. tumeurs & autres peuuent estre rapportez à l'vn des trois genres de maladies. Toute intemperature est ou chaude ou froide : la verole n'est point vne intemperature chaude comme ont pensé plusieurs doctes personnages, & entre les autres Montanus, mais vne intemperature froide : ce que nous pourrons demonstrer en cette façon. Il y a deux choses qui nous descouurent l'essence & la nature d'vne maladie inconnuë, les symptomes qui l'accompagnent & le moyen de la curation. Si nous regardons les symptomes de la verole , nous les trouuerons tous froids, la douleur de teste continuelle trauaillant de nuict plus que de iour, les douleurs des iointures, le visage bouffi, la couleur blesme, la cheute du poil, les vlceres faits par vn phlegme salé, les tumeurs gommeuses & les nœuds sont symptomes qui ont accoustumé d'accompagner l'intemperature froide. La curation de la verole se fait auec des remedes chauds, sudorifiques & diuretiques, comme sont le guaiac, la schine, la salseparille & autres. Parquoy nous concluons la verole estre vne intemperature froide. Mais d'autant qu'il ne suffit point pour vne parfaite definition d'auoir trouué le genre, il nous faut rechercher la partie malade. Quelques-vns pensent que c'est le cuir, d'autres que c'est la teste ou les parties genitales. Nous tenons que le vray siege de la verole est au foye, comme en la lepre, & le reconnoissons par l'action blessée. En la verole la faculté animale & la vitale demeurent en leur entier, la faculté naturelle est offensée, les tumeurs, les douleurs de la teste, les vlceres, la cheute du poil & tous les autres symptomes le demonstrent assez Or est-il que la faculté naturelle loge au foye : c'est donc le foye qui est le siege de la verole D'ailleurs les bubons sont (comme dit Hippocrate) germes des parties nobles : en la verole paroissent ordinairement les bubons aux aines qui demonstrent le foye s'estre deschargé en ses émonctoires propres.

Marginal notes

Lib. de different. morb.

L'opinion de Fernel touchant les maladies de la forme & de la matiere. Est rejettée.

La verole est intemperature non chaude comme aucuns veulent, mais froide. Raisons qui prouuent que c'est vne intemperature froide.

Quelle partie est affectée en la verole.

Sect 2. lib.6. Epid.

Des causes de la verole.

CHAPITRE IV.

IPPOCRATE, en toutes maladies remarque deux sortes *Deux sortes de* de causes, l'vne est dite efficiente, pource qu'elle agist, & l'autre *causes en tou-* receuante, laquelle doit auoir quelque disposition pour rece- *tes maladies.* uoir l'action de l'autre : si vne de ces deux manque, il ne se peut engendrer aucune maladie : mais si auec la force & vertu de l'efficiente se trouue la disposition du sujet, l'action s'en ensuit tout aussi tost : or le sujet de toutes les maladies c'est le corps humain viuant. La cause efficiente est ou externe ou interne : l'externe est appellée des Grécs *pro-* *La cause effi-* *catartique,* & de nous *primitiue ou éuidente:* l'interne est double, *antecedente & con-* *ciente est dou-* *ioinie.* De toutes ces causes nous pouuons remarquer en la verole la cause primi- *& interne.* tiue & exterieure, qui est l'attouchement d'vn corps verolé, duquel sort vne ma- ligne & veneneuse qualité, laquelle nous est inconnuë : Cette qualité n'est point sans corps, car elle ne produiroit point tant d'effects, ains elle est accompagnée d'vne vapeur grossiere auec vne humidité subtile, laquelle vient à infecter pre- mierement la partie qu'elle touche, & de là s'en va tantost par les vaisseaux, & tantost par les conduits insensibles attaquer le foye, & se loge en cette partie : & puis par corruption & transport des humeurs, elle se communique au reste du corps. Car ayant comme infecté la masse du sang, & dissipé la chaleur naturelle & les esprits, le foye conçoit finalement vne intemperature froide. Et tout ainsi que la fiéure est vne intemperature chaude appartenante seulement au cœur, en- cores que tout le corps soit chaud : Et comme l'apoplexie & l'epilepsie sont indis- positions particulieres du cerueau, encores que la conuulsion & la resolution paroissent par tout le corps : Ainsi la verole est vne disposition particuliere du foye, encores que ses effets paroissent par tout le corps.

De l'attouchement.

CHAPITRE V.

VAND nous disons l'attouchement estre cause primitiue de *L'attouche-* la verole, il faut distinguer d'attouchement : Car il y en a vn *ment est dou-* mathematical, la nature duquel consiste en la contiguité de deux *ble, mathema-* quantitez, quand deux corps se touchent immediatement : l'au- *tical & phi-* tre est appellé physical, qui se fait par communication de quel- *sical.* que qualité & puissance, encores que les corps soyent élon- gnez. Aux premieres années la verole estoit si furieuse, qu'elle se prenoit par la *La verole* seule inspiration, si on haleinoit longuement vn verolé : mais à present la vapeur *estoit fort fu-* seule n'est point suffisante de causer la verole, il faut qu'il y ait de la liqueur, ce *rieuse les pre-* qui se peut faire sans l'attouchement immediat du corps verolé, ou de ce qu'vn *mieres annés.* corps verolé aura touché. Cette liqueur accompagnée d'vne vapeur en peti- *La verole se* te quantité produit de grands effets, comme la piquceure d'vn scorpion & la *peut prendre* morsure d'vn chien enragé. Elle agit premierement en la partie qu'elle touche, *par toutes les* & pource nous disons la verole se pouuoir prendre de toutes les parties du corps, *corps.*

La disposition du suiect necessaire pour engendrer la verole.

de la bouche par le baiser, du cuir par le toucher, des mammelles par allaicter, des mains pour tirer des enfans de la matrice d'vne femme verolée, mais principalement elle se prend des parties honteuses, d'autant qu'elles sont chaudes & humides, & par consequent fort disposées à receuoir l'infection. Les parties exterieures bien qu'elles soyent infectées ne font pour cela necessairement la verole, Car si le foye est robuste & qu'il chasse le venin dehors, le corps en sera garanti : mais si la disposition du sujet y est iointe ; de necessité s'engendrera la verole.

Des differences de la verole.

CHAPITRE VI.

Les differentes de la verole se prennent du temps. De la matiere. Des accidens. li. de luis venereæ curat. cap 5.

Es differences de la verole sont prises du temps, de la matiere & des accidens Pour raison du temps la verole est ou recente ou inueterée : ou elle se manifeste bien tost, ou elle couue quelque mois & est dangereuse. Si on a esgard à la matiere, il y a des verolez phlegmatiques, melancholiques, sanguins & bilieux. Pour le regard des accidens, Fernel met quatre especes ou degrez de la verole : Le premier est auec cheute de poil seulement : L'autre auec taschcs petites, comme lentilles tantost rouges & tantost iaunes, qui infectent toute la peau sans aucune esleuation ny tumeur : Le troisiéme auec pustules seiches & crousteuses, vlceres ronds & tumeurs noüeuses : Le quatriéme auec carie des os & corruption des parties solides, comme ligamens, tendons, membra-

& des parties. nes, nerfs & semblables. Nous y en pouuons adiouster vne quatriéme difference prinse des parties : La verole sort quelquefois sur les parties charnuës, & quelquefois aux parties solides comme aux os & cartilages.

Des signes de la verole.

CHAPITRE VII.

Les signes propres de la verole quand elle est encore recente.

Es signes de la verole sont diagnostiques ou prognostiques : Les diagnostiques sont ou propres ou communs : les propres sont les pustules tantost rouges & tantost liuides, rondes & seiches au commencement, & sans sanie : puis auec crouste, & paroissantes premierement à la face & à la teste : Les vlceres aux parties hôteuses, denses, & charneuses, à la bouche, auec relaxation de la luëtte & raucité de voix : les douleurs non point aux ioinctures mais au milieu des membres, lesquelles

sont vagues & trauaillent plus de nuict que de iour, & commencent le plus souuent par la teste : la cheute du poil non seulement de la teste, mais aussi de la barbe & du sourcil : les bubons paroissans aux aines : la gonorrhée que le vulgaire

Quand elle est inueterée. appelle pisse-chaude. Quand la verole est fort enracinée les os viennet à se carier, & principalement ceux du palais & du nez à raison de leur rarité & molesse Aux

signes communs de la verole. os apparoissent des tumeurs noüeuses, & aux autres parties des nœuds & excrescences atheromatiques. A ces signes propres nous en pouuons adiouster d'autres

tres

communs, comme vne laſſitude vniuerſelle, la peſanteur de tout le corps, la couleur bleſme & paſle, principalement du viſage, & le circuit ou tour de l'œil quaſi liuide, les ſommeils interrompus de petites fiéures, triſteſſe ordinaire & autres.

Quant au prognoſtic, la verole pour le preſent n'eſt point ſi furieuſe comme elle eſtoit és premieres années, & ſe peut entierement guarir. Les corps cacochymes en ſont plus grieſuement trauaillez, & plus difficilément guaris. Entre les complexions la melancolique en eſt plus trauaillée que nulle autre. Pour le regard des ſaiſons, la verole ſe guarit pluſtoſt au Printemps & en l'Eſté qu'en l'Automne & en Hyuer. La verole qui a deſia ſaiſi les parties plus ſolides, & qui eſt auec corruption des os, eſt incurable le plus ſouuent.

LA CVRATION DE LA VEROLE.

De la diete ou regime de viure.

CHAPITRE VII.

LA curation methodique de la verole, comme de toute autre maladie, s'accomplit par le moyen des trois inſtrumens therapeutiques, qui ſont la Diete, la Pharmacie & la Chirurgie.

La diete comprend l'adminiſtration des ſix choſes non naturelles : elle doit eſtre chaude & deſiccatiue: parquoy nous choiſirons vn air chaud & ſec, non point exceſſiuement. Les lieux humides expoſez aux vents maritimes, & les lieux froids, ſont du tout contraires à cette maladie.

Les viandes doiuent eſtre de bon ſuc, & en premier lieu le pain ſoit de bon froment, bien leué & aſſez cuit. Les chairs groſſieres & melancoliques, comme celles de bœuf, de pourceau, ſanglier, liéures, oyſeaux de riuiere, & entr'autres celles des palombes ou ramiers ſont ennemies de la verole. On vſera de chairs de mouton, chappons, poulets, perdrix, oyſeaux de montagnes, & d'icelles pluſtoſt roſties que boüillies. Les poiſſons ne ſont gueres propres, ſinon ceux qui ont la chair ſolide, comme la truite, les rougets, & autres. Le laict & tout ce qui eſt compoſé d'iceluy eſt contraire. Les fruicts ſont totalement deffendus, & principalement les pommes cruës. On pourra vſer des amandes, pignons, piſtaches, auellaines, raiſins ſecs, & ſemblables. Quant au boire, faut choiſir vn petit vin qui ne porte point beaucoup d'eau, & qui ſoit fort trempé, pour occaſion des douleurs qui accompagnent cette indiſpoſition.

Pour regard des veilles & du dormir, le ſommeil exceſſif eſt icy fort contraire, & principalement celuy du iour: il eſt vray qu'il n'y a point de danger, ſi on a paſſé la nuict ſans dormir (comme il aduient ordinairement) de repoſer quelques heures du iour. Il n'y a rien de ſi propre que le mouuement aſſidu & aſſez violent, comme le ſauter, courir, ioüer à la paulme, &c. On a veu par le moyen de l'exercice pluſieurs auoir eſté promptement guaris. Le ventre doit touſiours eſtre laſche : ſi naturellement il ne l'eſt, on le rendra par artifice auec des petits boüillons laxatifs & des clyſteres lenitifs prins en temps & lieu. Les affections de l'ame, & entre les autres la peur & la triſteſſe entretiennent ce mal : l'vſage de Venus doit eſtre interdit auſſi bien que celuy des bains.

De la Chirurgie.

CHAPITRE ·IX·

*La saignée
quand vtile
en la curation
de la verole.*

A Chirurgie a lieu en la curation de la verole, & ce par la phlebotomie, & par l'application des ventouses & des sangsuës. &c. La saignée au commencement de cette maladie est profitable : il est vray qu'auparauant icelle, nous auons accoustumé de purger le corps legerement auec vn minoratif, en forme de bol ou de potion, auec *le catholicon, la confection hamech, le diasenné solutif, le diacarthame, le diaphœnic, le de citro solutif, &c.* Il y en a qui reprouuent la saignée en la verole, pource (disent-ils) qu'elle n'y conuient point aux maladies froides. Galien & Auicenne la defendent quand il y a plusieurs cruditez dans les veines : or en la verole les humeurs sont cruës. D'ailleurs si vous saignez lors que les bubons & pustules apparoissent, vous empeschez le mouuement de Nature, chose du tout contraire à la doctrine d'Hippocrate, qui commande de laisser faire la Nature, & luy aider, plustost que de destourner son mouuement. Mais il est aisé de leur répondre. Premierement nous ne saignons point en la verole pour rafraichir, mais seulement pour éuacuer le foye & les vaisseaux. Quand Galien defend la saignée aux cruditez, cela se doit entendre aux corps fort debiles, car aux robustes il la permet. Pour le regard des bubons qui paroissent, il faut distinguer : tant que la fluxion se fait, & que le bubon croist, il ne faut point saigner : mais la fluxion estant cessée, & le bubon paruenu à son estat, nous pouuons hardiment éuacuer le corps par la saignée ; pourueu que l'âge, le temps & les forces le permettent : la saignée se doit faire de la veine basilique du bras droit, laquelle Hippocrate appelle hepatique. Les vicaires de la saignée sont les ventouses, lesquelles on peut appliquer en diuerses parties, comme aux espaules, mais principalement aux fesses & aux cuisses qui sont comme émonctoires du foye. Quelques-vns loüent l'application des sangsuës aux veines hemorrhoïdales.

*Aucuns la re-
prouuēt ; leurs
raisons.*

Aph. 21. sec. 1.

*Leur opinion
est refutée.*

*Les ventouses
vicaires de la
saignée.
Les sangsuës.*

De la Pharmacie.

CHAPITRE X.

*Medicamens
internes.*

*Alteratifs
& purgatifs.*

A R la pharmacie nous entendons l'administration des medicamens & remedes tant internes qu'externes Les internes doiuent tousiours preceder, comme estans vniuersels : sous iceux nous comprenons les purgatifs, les alteratifs, les sudorifiques, & autres qui guarissent la verole par proprieté specifique, appellez *Antidotes.* Les purgatifs sont les premiers : il est vray que pour rendre la purgation plus aisée, d'autant que l'humeur verolique est grossiere, époisse, visqueuse & rebelle, il la faut preparer & cuire auec des remedes attenuatifs, detersifs & incisifs. Cela se peut faire fort commodément auec vn apozeme de cinq ou six matins, preparant & purgeant tout ensemble en la forme qui suit.

Apozeme preparant & purgeant.

Recipe raſuræ ligni indici vnciam i. rad. cyperi, galangæ, calami aromat. ana drag. vi. herb. beton. meliſſ. camedr. camepit. polij montani, hiſopi & ſaluiæ ana m. i. ſummitt. fumar. lupuli, agrimon. & abſinthij pont. ana m. ſemis. fol. ſennæ mundat. ſem. carthami contuſi ana vncias ij. polypod. quer. recent. liquirit. paſſular. exarillat. ana drag. x. ſem. apij, petroſel. aniſi ana vnciam ſemis. hermodaƌill. n. vi. Agarici recens trochiſcat. drag. iij. zinziber. drag. i. epithimi drag. i ſemis. florum ſtœcad. ſaluiæ & ſcordij ana p.i. decoquantur omnia in aqua puriſſima: cape de colatura libram i. ſemis. in qua diſſolue ſyrupi de fumaria compoſiti & de epithimo ana vnciam i. ſemis. ſacchari quant. ſat. fiat Apozema clarum & aromatiſatum nucis moſchatæ ſcrupulum iiij. capiat in quatuor doſes mane.

. eſt vray que le Medecin en purgeant doit auoir égard au naturel, & à la complexion du malade, changer les ſimples, augmenter ou diminuer la doſe des purgatifs, ſelon qu'il trouuera eſtre neceſſaire. Apres l'vſage de l'apozeme, on purgera du tout auec potions ou pilulles : la potion ſe pourra faire en cette forme.

Potion purgatiue.

Recipe decoƌi præſcripti Apozemat. vncias iiij. in quibus diſſolue conſeƌ. hamech. & eleƌ. diaſennæ ſolut. ana drag. iij. ſyrupi roſarū ſolut. & de fumar ana drag. vi. fiat potio.

Les pilulles ſeront faictes en cette ſorte.

Pilulles purgatiues.

Recipe maſſæ pilul. de hermodaƌill. cocch. & fœtid. ana ſcrupulum i. trochiſc. alhandal vel diagridij grana tria cum aqua betonic. formentur pilulæ quinque.

L'éuacuation eſtant ainſi faicte par la ſaignée & les purgations, d'autant qu'elle n'eſt ſuffiſante de guarir la maladie, il faut venir aux vrays antidotes, & aux remedes qui ont la proprieté de chaſſer dehors le venin verolique : entre iceux le bois qu'on appelle vulgairement ſainƌ & guaiac tient le premier lieu: nous décrirons donc premierement icy ſon hiſtoire, & la façon d'en vſer en cette maladie, & puis nous parlerons briefuement de la ſalſeparille & de la chine.

L'hiſtoire du guaiac.

CHAPITRE XI.

DEs Indes Occidentales nous ont eſté apportez depuis quelques années trois ſimples, excellens & admirables en faculté, à ſçauoir *le guaiac, la chine & ſalſeparille.* Le guaiac eſt appellé au lieu où il croiſt, *guaiacum,* & de nous *lignum Indicum,* ou *lignum ſanƌum: Indicum,* pource qu'il croiſt aux Indes où la verole eſt ordinaire & epidemique ; de ſorte que Dieu a fait naiſtre le remede au lieu où eſtoit la maladie : & *ſanƌum,* pour raiſon de ſes operations quaſi diuines. Pluſieurs ont penſé que le guaiac n'eſtoit point different de l'ebene, parce qu'il eſt noir, & qu'il tombe au fonds de l'eau : mais ils ſe ſont trompez, d'autant que l'ebene eſt du tout noir, & le guaiac au milieu ſeulement: l'ebene ſe trempe & infuſe beaucoup plus aiſément, le guaiac comme il eſt plus denſe & peſant, auſſi s'infuſe-il plus difficilement. D'autres veulent que le guaiac ſoit vne eſpece de bouys, mais il y a grande difference entre l'vn & l'autre, comme peuuent témoigner ceux qui en ont veu : joint que le bouys comme plus leger flotte ſur l'eau, là où le guaiac va au fonds. Il y en a encore d'autres qui eſtiment le guaiac eſtre vn bois décrit par Auicenne nommé *racon,* lequel il dit eſtre fort propre aux douleurs des jointures, & aux paſſions des nerfs : mais du temps d'Auicenne les Indes & terres neuues n'eſtoient point] découuertes,

Noms du guaiac.

Le guaiac differe de l'ebene.

Le guaiac n'eſt point le bouys.

De la verole.

Le guaiac n'a point esté connu des anciens. Concluons donc que le guaiac a esté inconnu aux Anciens , & découuert depuis. La verole ayant esté apportée des Indes par vn Espagnol , qui ayant esté guary de cette maladie par le moyen d'iceluy , le mit en vsage & credit par toute l'Europe.

La forme du guaiac. Or le guaiac est vn arbre grand & gros, croissant de la hauteur d'vn fresne, ou d'vne sorte de chesne nommée yeuse, produisant plusieurs branches : ses feuilles sont semblables à celles de l'arbousier, il iette des fleurs iaunes, & porte vn fruict aucunement rond , ayant la forme de deux phaseols ioints ensemble. Le tronc est gros, ayant vne écorce grossiere & fort époisse, le bois est fort dur, estant noirastre au milieu , & tout à l'entour blancheastre : au reste fort gommeux, oleagi-

Le sainct bois. neux, & assez odorant. Il se trouue vn autre bois aux Indes, ayant quasi mesme vertu que le guaiac, il est plus iaunastre, plus odorant, plus gommeux, mais l'écorce n'est point si époisse : c'est le vray *lignum sanctum,* lequel n'est plus en vsage auiourd'huy : de là vient qu'on a transporté ce nom au guaiac. Quant au tempe-

Qualitez du guaiac. rament de ces deux bois, il se recognoit estre chaud , pource qu'ils échauffent la langue en les maschant, qu'estans prins en bruuage , on sent vne chaleur au ventricule , & qu'appliquez sur les vlceres, ils les échauffent. Cette chaleur est confirmée par l'odeur & par la saueur : l'odeur est aucunement aromatique, indice de chaleur , & la saueur acre & amere : mais d'autant que ces qualitez ne sont point excessiues au guaiac, nous le iugeons chaud & sec à la fin du second degré.

Les vertus & proprietez du guaiac. Les effets, proprietez & vertus de ce bois sont admirables , car il est attenuatif, incisif, detersif, solutif, roboratif, sudorifique & diuretique, propre aux intemperatures froides de l'estomach, aux obstructions des visceres , aux tumeurs froides & gommeuses, aux paralysies, tremblemens & passions des nerfs, & par vne propriété occulte chasse le venin de la verole, pource il est dit estre le vray an-

Quelles parties du guaiac viennent en l'vsage de la medecine. tidote d'icelle. De tout cet arbre nous ne mettons en besongne que le bois & l'écorce : les Indiens se seruent aussi de la fleur , des feuilles & du fruict pour pur-

Le chois du bois de guaiac. ger Le bon bois ne doit estre ny trop vieil ny trop ieune, mais de moyen aage : quand on le rape il doit ietter quelque odeur, estre gommeux, & n'auoir point de nœuds par le dedans. Le plus pesant est le meilleur, l'écorce la plus époisse & la plus gommeuse est la meilleure : elle est plus desiccatiue que le bois. Ayant trouué le bon guaiac, pour en vser il le faut preparer en la façon suiuante.

De la preparation du guaiac.

CHAPITRE XII.

La preparation du guaiac est triple. *La premiere c'est la ratissure.* *La seconde c'est l'infusion, &* A preparation du guaiac est triple : la premiere est la ratissure : aucuns le couppent par pieces, d'autres le passent au tour , & les autres le rappent, & ces deux dernieres façons sont les meilleures : Cette preparation sert au guaiac , afin qu'il puisse mieux tremper de tous costez , & laisser sa vertu dans la liqueur. La seconde c'est l'infusion : on le faict infuser l'espace de vingt-quatre heures dans l'eau claire, en mettant pour once de guaiac vne liure ou vne liure & demie d'eau : on fait ordinairement l'infusion en eau froide, mais elle se feroit mieux dans l'eau tiede. La derniere c'est la coction : on met le guaiac infuſer dans vn grand pot de terre ou de verre qui a l'entrée fort eſtroitte, & le fonds large, de peur qu'en boüillant la vapeur ne s'exhale Nous en faiſons deux decoctions: la premiere eſt la plus forte, & ſert pour faire ſuer, & en vſer au matin, on la fait cuire & reuenir iuſques à deux tiers, & quand on veut deſſecher dauantage iuſques à vn tiers. L'autre eſt plus legere, & ſert pour en boire au re-pas: on la fait de la reſidence de la premiere, & y adjouſtant grande quantité d'eau, on en fait conſumer le tiers tant ſeulement. Il y a pluſieurs façons de cuire le guaiac: nous auons des decoctions ſimples, & des decoctions compo-ſées: la ſimple ſe fait auec l'eau, le bois & l'écorce ſeulement: & la compoſée ſe fait auec l'eau, le vin blanc, ou bien auec vne infinité de ſimples & ingrediens qu'on y adjouſte pour la diuerſité des maladies. En la verole nous vſons des de-coctions ſimples.

La derniere c'eſt la coction.
Deux deco-ctions du guaiac; à quoy ſert la premiere.
A quoy ſert la ſeconde.
Decoction de guaiac eſt ſim-ple ou compo-ſite.

Le guaiac preparé, il faut ſçauoir le moyen d'en vſer: en ce moyen nous re-marquons pluſieurs choſes: premierement le temps, ſi la neceſſité le requiert, on le peut donner en tout temps, mais la ſaiſon la plus propre, c'eſt le Printemps ou l'Automne. Secondement le lieu: or il faut choiſir vne chambre petite, bien fer-mée & chaude. Tiercement les heures & la quantité du bruuage. Au matin en-uiron les cinq ou ſix heures, on prendra huict ou neuf onces de la premiere de-coction pour le plus, apres on ſe fera fort couurir, & faudra endurer la ſueur par l'eſpace d'vne ou deux heures: ſi elle ne vient de gré, on la pourra prouoquer ar-tificiellement auec des linges ou des carreaux bien chauds mis au coſtez, aux pieds, aux mains, & quaſi partout le corps. La ſueur detergée & du tout deſſe-chée, le malade ſe pourra leuer & faire quelques tours par la chambre, puis ſe re-poſer aupres du feu. Enuiron les dix ou vnze heures il diſnera, & pour ſon ordi-naire tout le long de la diete mangera des chairs roſties en petite quantité, & du pain qu'on appelle biſcuit, iuſques à quatre ou cinq onces, vſera des amandes, des raiſins ſecs, des noiſilles, piſtaches & pignons. Pour ſon bruuage il aura la ſeconde decoction de guaiac, de laquelle il boira tant qu'il voudra, meſme ſur le iour, quand il eſt alteré. Cinq heures apres le diſner il reprendra de ſa pre-miere decoction, ſe remettra dedans ſon lict, & reſuëra, mais non point tant que le matin. Trois heures apres il ſoupera obſeruant le meſme regime qu'au diſner.

Quelles choſes doiuent eſtre conſiderées en l'uſage du guaiac.

En quatriéme lieu, il faut ſçauoir combien de temps il faut vſer de cette de-coction. Pour le iourd'huy la pluſpart des Medecins voulans complaire aux ma-lades, ordonnent la diete pour quinze ou vingt iours: mais ce terme n'eſt point ſuffiſant, il faut l'ordonner pour trente ou quarante iours. Durant la diete, d'au-tant que le ventre n'eſt gueres laſche, nous auons accouſtumé de huict en huict iours purger le corps auec la potion deſſus ordonnée. Quelques-vns ne le trou-uent point bon, diſans qu'il ne faut point deux éuacuations contraires, & que la ſueur eſt ſuffiſante. Nous répondons que la ſueur éuacuë le plus ſubtil, mais le groſſier ne peut eſtre vuidé que par la purgation. Doncques la façon d'ordonner le guaiac ſera telle.

Recipe raſuræ ligni indici libram i. cortic. eiuſdem vncias iiij. macerentur & in-fundantur ſimul per ſpatium vigintiquatuor horarum in libris decem aquæ puriſſimæ, deinde coquantur & bulliant in vaſe vitreo aut terreo bene obturato lento igni ad duarum vel trium partium conſumptionem: tandem colentur per manicam hippocra-tis, capiat de colatura manè vncias octo, deinde cooperiatur & ſudet.

Formulaires pour preparer les decoctions du guaiac.

Recipe fæces præſcripti decocti addendo ligni recentis vncias ij. aquæ fontanæ li-

bras xij. decoquantur ad media partis consumptionem vel tertia, vtatur hoc decocto in pastu loco vini.

Pour ceux qui sont delicats, nous adjoustons à cette derniere decoction du succre & de la canelle pour rendre le bruuage plus plaisant.

Des racines de china & salseparille.

CHAPITRE XIII.

La racine de cina ou china d'où apportée.

EPVIS l'vsage du guaiac on nous a apporté des Indes d'autres racines, lesquelles ont quasi mesmes proprietez, & sont fort sudorifiques: on en peut vser au defaut du guaiac, mais le guaiac est tousiours preferé en ce qui regarde la verole: l'vne de ces racines est appellée *china*, & l'autre *salseparille*. La chine vient & est apportée de la region & des Isles de la Chine, & pource on la nomme proprement *china*. La plante ne nous est point décrite d'aucun, on nous apporte seulement la racine qui est semblable à celle de la bistorte, ou des roseaux & grandes cannes:

Ce n'est point l'apios de Dioscoride. l. 4. c. 70.

& pource ceux là se trompent qui estiment la chine estre *l'apios* de Dioscoride. D'autant que *l'apios* a la racine ronde comme vn naueau, du goust de la poire, & est bonne à manger. Ie sçay bien qu'aux boutiques la chine est nommée *apios*, mais c'est pource qu'elle n'a point de saueur ny de goust: car *apios* en Grec vaut

Le chois de la chine.
La matiere de sa preparation.

autant comme qui diroit sans qualité ny saueur. La bonne chine doit estre aucunement rougeastre, pesante, & sans carie ou vermoulleure. Quant à sa preparation, premierement il en faut faire des roüelles fort subtiles, puis les faire infuser dix ou douze heures pour les faire en apres cuire, en telle sorte qu'on mette pour vne once de racines trois liures d'eau ou quatre pour le plus. On en faict deux decoctions comme du guaiac, l'vne pour le matin, & l'autre pour le repas, mais la decoction ne s'en garde longuement, comme celle du guaiac, ains s'aigrit tout aussi-tost, parquoy il sera meilleur de la renouueller tous les iours, & en-

Ses qualitez & vertus.
La salseparille.

cores la tenir sur les cendres chaudes. La chine n'a point de chaleur, mais elle est fort desiccatiue L'autre racine est appellée *salseparille*, nous estimons que c'est vne espece de *similax aspera*, il est vray qu'elle a beaucoup plus de force que la nostre, sa preparation n'est point differente des autres.

Des onctions.

CHAPITRE XIIII.

Remedes empyriques.

A verole qui est inueterée, & qui a desià saisi les parties solides, ne se peut aisément guarir auec les moyens cy dessus methodiquement ordonnez, parquoy nous sommes contraints de venir à la cure empyrique, & inuenter d'autres remedes qui sont distinguez en trois ordres: le premier est des vnguents, le deuxiéme des em-

Il faut remarquer aux vnguents la matiere.

plastres, & le troisiéme des parfums. Aux vnguents nous deuons examiner trois choses, la matiere, la forme & le moyen d'en vser. l'appelle la matiere les ingrediens & ce dequoy la composition est faite. Les ingrediens sont l'argent vif, les

graisses, les moëlles, les gommes, les huiles & la cire. L'argent vif est le princi- Fernel en son 6. & 7. chap. de son traitté de la verole.
pal & sert comme de base. Plusieurs doctes Medecins de nostre temps reprou-
uent & ont en detestation son vsage, attendu les accidens & inconueniens qu'ils
en voyent tous les iours arriuer, & qu'il est ennemy du cerueau & de tout le
genre nerueux : mais estant bien contemperé auec les graisses & aucunement
corrigé par le meslange des huiles, qui fortifient le cerueau & les nerfs, nous
en pouuons vser en la necessité auec discretion & iugement : & mesme si nous
voyons que la verole ne cede à aucun autre remede. Entre les graisses qui y entrent celle du pourceau est la plus recommandée, la moëlle du veau est fort
propre, les huiles vulpin, laurin, de lumbris, d'amandes ameres, & pour les
riches l'huile de spica & de girofles sont fort bonnes.

Pour la forme des vnguents nous en auons plusieurs descriptions dans les La forme &
autheurs : les plus communes & ordinaires sont celles-cy. La premiere est plus
legere & propre pour ceux qui sont delicats.

Recipe Axung. porci libram 1. olei amigdal. amar. & lumbricor. ana vnciam 1.
semis. styrac. liquidæ drag. iiij. hydrargiri extincti vncias iiij. Ceræ quant. sat. mis-
ceantur & agitentur in pila marmorea, fiat vnguentum. Le suiuant est plus fort &
propre pour les plus robustes.

Recipe Axungia porci vncias vi. butyri recentis vncias iij. olei vulpini & lum-
bricor. ana drag. 1. semis, hydrargiri triti & extincti vncias v. Ceræ quant. sat. fiat
vnguentum. On recommande pour cet effet l'emplastre de vigo qui est tres-pro- Le moyen d'en vser.
pre. Quand au moyen d'vser de l'onction, il faut (les remedes vniuersels ayans
precedé & choisi vn lieu chaud & petit, & le matin, la digestion acheuée) oindre non pas tout le corps, comme plusieurs font, mais les paumes des mains
& plantes des pieds, les jointures & le dos. Il se faut garder de toucher les parties nobles, plustost, on les doit fortifier. L'onction estant faicte prés du feu &
bien chaudement, le malade sera enueloppé dans vn linceul & remis dans son
lict chaudement, où on le fera fort suer par l'espace d'vne heure ou de deux.
Suffira de faire l'onction vne fois le jour, & continuer iusques'à tant qu'il se presente quelque crise ou notable effet, comme flux de bouche & flux de ventre,
appaisement de douleurs, desiccation des vlceres & abbaisement des tumeurs,
ou que les forces soyent trop diminuées.

Des emplastres & parfums.

CHAPITRE **XV.**

L y en a plusieurs qui ne peuuent pour leur delicatesse
supporter les onctions, & pource on a inuenté vn autre
moyen de guarison qui se fait par emplastres, lesquels
on doit appliquer sur les jointures, & sur les parties
mesmes qui endurent l'onction, on les laisse iusques à ce
qu'il paroisse quelque crise. La forme commune & ordinaire de l'emplastre est celle cy.

Recipe mass emplast. de melilot. & oxycroc. ana libram i. Auec des fueilles de sau- ge verte.
hydrargiri extincti vncias vi. olei de spica & costini ana quant. sat. fiat massa de qua
formentur emplastra articulis applicanda. On peut pour le mesme effet vsurper
l'emplastre de Vigo.

Le dernier moyen de guarir la verole eſt par parfums, leſquels ſont tres-dangereux, pource que la vapeur s'en va droit aux parties nobles, au cœur & au cerueau. Les plus forts ſe font auec cinabre, qui eſt fait d'argent vif & de ſoulfre : les plus legers auec l'orpiment & la ſandaraque : la forme commune des parfums eſt la ſuiuante.

Recipe thur. maſtich. ana drag. iij. ſtyrac calamit. ladani puri ana drag. ij. cynabar. vncias ij. miſce fiat ſuffitus : cuius drag. ij. aut drag. iij. injiciantur ſuper prunas can- *dentes & excipiat fumum ſub conopeo.* L'heure du matin eſt la plus propre pour receuoir les parfums : on les doit continuer iuſques à ce qu'il paroiſſe flux de bouche, ou quelqu'autre criſe.

Il eſt bon & neceſſaire d'êpeſcher que les parfums ne dônent à la teſte.

De l'argent vif.

CHAPITRE XVI.

Ses noms.

'AVTANT que le principal ingredien des vnguents, emplaſtres & parfums eſt l'argent vif, il faut ſçauoir quelle proprieté il a, & s'il guarit la verole par ſes qualitez manifeſtes, ou par quelqueautre vertu occulte. L'argent vif eſt appellé des Grecs *hydragiros*, qui eſt vn mot compoſé *d'ydor*, qui ſignifie eau, & *argiros* argent, d'autant qu'en couleur il reſſemble à l'argent & qu'il eſt fort aqueux. Les Latins le nomment *Argentum viuum*, pource qu'il eſt ſi mobile qu'on diroit qu'il a vie, les Chimiſtes luy ont donné le nom de *Mercure*, pource (diſent-ils) que c'eſt la matiere commune de tous les autres metaux, comme Mercure eſt l'interprete de tous les autres Dieux. Il y a deux eſpeces d'argent vif, l'vn eſt naturel & l'autre artificiel. Le naturel croiſt és mines d'argent & de plomb & eſt metalique, pource il y en a grande quantité vers l'Alemagne : L'artificiel, comme remarque Dioſcoride, ſe fait du minium & du cinabre. Les Alchimiſtes en font pluſieurs eſpeces, & s'en aident pour la trans-formation des metaux. L'argent vif eſt en vſage de toute ancienneté, & a eſté recommandé non ſeulement des Grecs, mais auſſi des Arabes, pour la deſiccation des vlceres malings & reſolution des tumeurs dures. Pour le iourd'huy on s'en ſert & par dehors & par dedans en pilulles qu'on nomme de Mercure inuentées pour la verole. De l'argent vif ſe font trois medicamens vſuels, mais tres-dangereux : l'argent ſublimé qui ſe fait par ſublimation de ſel armoniac & de Mercure : le precipité qui ſe fait par precipitation de l'argent vif, & de l'eau ardente dite forte : & le cinabre qui ſe fait de ſoulfre & de vif argent.

Ses eſpeces.

I.j 5. cap. 70.
De quel temps employé en la medecine.

Le temperamment de l'argent vif eſt fort douteux, & a trauaillé les plus doctes Medecins de noſtre temps. Pluſieurs tiennent qu'il eſt chaud, ſe fondans ſur l'authorité de Gal'en qui le dit eſtre chaud, corroſif & de tenuë ſubſtance. Les qualitez ſecondes nous conduiſent à la connoiſſance des premieres, parce qu'elles en dépendent immediatement : Or eſt-il que les qualitez ſecondes de l'argent vif, & ſes effets nous monſtrent à l'œil ſa chaleur, il eſt de tenuë ſubſtance, il penetre promptement tous les conduits du corps, il eſt d'vne telle mobilité & legereté que ſi on en frotte la plante du pied, tout auſſi-toſt il montera au cerueau, comme l'experience ordinaire nous en rend teſmoignage, il reſoud & attenuë les tumeurs les plus dures & ſcirrheuſes : il prouoque les ſueurs, flux de

Des qualitez de l'argent vif.
Raiſons par leſquelles s'appuyent ceux qui le tiennent chaud.

bouche, flux de ventre, &c. D'ailleurs tout ce qui est fait de l'argent vif échauffe manifestement, comme l'argent sublimé, le precipité & le cinabre Outre-plus, puis qu'il guarit la verole, maladie froide, il faut de necessité qu'il soit chaud, si l'axiome therapeutique est veritable, *que toutes maladies se guarissent par leurs contraires.* Nous estans fondez & appuyez sur des meilleurs principes, tenons l'argent vif estre de temperature froide. En la generation de tous les metaux, nous remarquons deux principes, le materiel & l'efficient : la matiere de l'argent vif est vne substance aqueuse contenuë dans les cauitez de la terre : La cause efficiente c'est la froidure venant à condenser & congeler cette matiere. Si doncques suiuant la doctrine des Philosophes, *toutes choses retiennent la nature de leurs principes,* & les principes de l'argent vif sont froids, il s'ensuit aussi fort bien qu'il est froid. En second lieu, l'argent vif est froid actuellement, & n'a point cette froidure par accident, il faut donc que ses principes luy ayent imprimé cette froidure. D'ailleurs il est fort pesant qui demonstre le seulement froid auoir domination sur le chaud. Il est ennemy mortel du feu & ne s'en peut approcher. En fin tous les accidens que produit l'vsage d'iceluy sont froids, certains témoignages de sa froidure, tels sont *l'apoplexie, la paralysie, les tremblemens, vertiges, subeths ou carots, surditez, assoupissemens de tous les sens,* & autres semblables : parquoy nous concluons qu'il est froid. Quant à l'authorité de Galien, elle ne fait rien contre nous, d'autant que luy-mesme confesse en auoir ignoré la faculté, & ne l'auoir iamais mis en vsage. A ce qu'ils alleguent touchant les qualitez secondes : nous disons que l'argent vif monte au cerueau, non point par sa legereté, mais par vne inimitié & antipathie occulte : c'est vn venin particulier du cerueau, & tous les accidens qu'il produit sont maladies de cette partie. Il prouoque les sueurs par accident, par sa froidure & subtilité extreme, il purge non point par son temperament, mais par vne qualité occulte, comme aussi il guarit la verole, non point par sa chaleur ou froideur, mais par sa proprieté. Quant au sublimé, precipité & cinabre, ils sont chauds par accident & acquerent cette chaleur par l'vstion & par le meslange des choses chaudes, comme de soulfre, de l'eau de vie & de l'eau forte.

Que l'argent vif est froid. Raisons.

Responce aux raisons de la premiere opinion.

Des principaux accidens de la verole, & premierement de la pisse chaude.

CHAPITRE XVII.

L y a plusieurs accidens qui precedent, accompagnent & suiuent la verole, lesquels demandent vne curation ou correction particuliere differente de la cure generale : Nous traitterons seulement icy des principaux, comme sont pisse-chaude, les poulains, les vlceres de la verge, la cheute du poil, les douleurs, &c La pisse-chaude est appellée *gonorrhée venerienne,* & d'aucuns *ardeur d'vrine,* pource que ce qui decoule ressemble aucunement à la semence. Nous la definissons estre *vne inflammation des glandules prostates, causée par attouchement d'vn corps impur & mal net.* Par cette definition il est aisé à connoistre que la pisse-chaude est differente de la gonorrhée des Anciens, laquelle (comme discourt Galien) est vn flux inuolontaire de semence, causé par

Qu'est-ce que la pisse-chaude. Comment elle differe de la gonorrhie.

De la verole.

l'imbecilité des parties spermatiques : De sorte que ce qui decoulé en la gonorrhée est vne semence cruë & aqueuse, & ce qui decoule en la pisse-chaude non,
ains plustost vne sanie, qui au commencement vient de l'inflammation, & puis
apres de l'vlcere, pource il est de diuerses couleurs, tantost blanc, tantost verd,
tantost sanguin, selon la malignité de l'inflammation ou de l'vlcere. Galien remarque qu'en toute inflammation interieur sort quelque serosité, ainsi les pleuritiques & peripneumoniques crachent ordinairement le sang, les phrenitiques
& ophthalmiques pleurent volontairement : aux inflammations externes cela
n'apparoist point, parce que la sanie ne peut penetrer la densité du cuir. Puis donc
que la pisse-chaude est vne inflammation interne, il faut qu'il en decoule quelque sanie, auec laquelle se peut quelquesfois mesler la semence. Parquoy la pisse-
chaude & la gonorrhée different en matiere : en l'vne decoule la sanie, & en l'autre la semence : en essence, en l'vne il y a inflammation, & en l'autre il n'y en a
point : & en sujet qui est la partie malade, car en la gonorrhée les parties malades
sont les testicules & les vaisseaux spermatiques, qui sont tellement affoiblis, qu'ils
ne peuuent contenir la semence, & en la pisse-chaude les parties malades sont les
glandes prostates situées au dessous du col de la véssie. Elles different encore en
accidens, car la pisse-chaude est tousiours auec douleur, ardeur d'vrine, tension
du membre qu'on appelle priapisme : L'ardeur vient de l'inflammation & de l'ex-
siccation d'vne humidité huileuse, & comme saliuale qui arrousoit & adoucis-
soit le canal de la verge : la tension ou conuulsion du membre est sympatique venant de la douleur & des vapeurs qui enflent les deux nerfs cauerneux : en la gonorrhée ces accidens n'y sont point. Finalement elles different en causes. La pisse-chaude venerienne vient tousiours de cause externe, contagieuse & veneneuse, mais la gonorrhée se peut engendrer de cause interne.

Differences de
pisse-chaude.

Les Autheurs font trois differences de pisse-chaude, l'vne vient de repletion,
& se peut engendrer d'vn échauffement, comme pour auoir sauté, couru à cheual, & autres : l'autre d'inanition, & la troisiéme par contagion, & est appellée
venerienne, laquelle est l'auant-coureur de la verole, comme celle qui estant
mal guarie, ou supprimée intempestiuement, apporte bien souuent cette maladie, d'autant que le venin entre au dedans, & saisit le foye. Le moyen de gua-

La curation
de la pisse-
chaude.

rir la pisse-chaude venerienne, est apres auoir ordonné le regime de viure refrigerant, & apres auoir saigné si le corps est plethorique, vehir à la pharmacie &

Remedes in-
ternes.

aux remedes tant internes qu'externes. Des internes les vns sont purgatifs, & les
autres alteratifs Les purgatifs violens ne sont point icy propres, il faut vser des
plus benins, & principalement de ceux qui ont proprieté de purger & nettoyer
les reins & les conduits de l'vrine : comme sont la casse & la terebinthine prinses
en bol : la terebinthine doit estre plusieurs fois lauée auec eau de plantain : les
clysteres lenitifs & refrigerans sont propres. Les éuacuations faites, faut vser au
commencement de remedes refrigerans interieurs, comme sont apozemes,
iuleps, & émulsions, meslant tousiours quelque chose qui deterge & purge les
conduits de l'vrine : sur la fin les remedes internes doiuent estre desiccatifs & dé-

Remedes ex-
ternes.

tersifs, prins en forme de iuleps. Quant aux remedes externes, il les faut diuer-
sifier selon les temps de l'inflammation : quand la douleur & l'inflammation
sont grandes, faut vser de refrenatifs, & appliquer par dehors sur le periné,
& ietter dans la verge des injections qui se feront de laict, d'émulsions des semences froides, de suc de plantain, de morelle, & semblables. L'inflammation
passée d'autant qu'elle degenere en vlcere, il faudra vser d'injections detersiues,

& en fin de plus deficcatiues, comme font les iniections faites d'eau d'orge, de miel rofat, & autres qui conuiennent pour la deficcation des vlceres. Si la piffe-chaude dure par trop, le vray moyen de l'arrefter, eft la decoction de guaiac prinfe par l'efpace de quinze iours.

Des bubons veneriens.

CHAPITRE XVIII.

VBON proprement, felon là doctrine de Galien, eft *vne inflammation des glandules* : laquelle fi elle vient promptement à fuppuration eft appellée *phyma* : fi elle eft faite de matiere bilieufe, eft nommée *phygetlon*. Nous auons plufieurs differences de bubons : les vns font fimples, & les autres malings. Les fimples fur-uiennent aux fiéures, & aux douleurs des parties infe-rieures. Les malings participent de quelque venin, & font ou peftilentiels ou veneriens. Le venerien doit eftre pluftoft appellé bubon, pour la partie malade qui eft l'aine, que pour fon effence, car il ne fe fait point de fang pur, comme le vray phlegmon, & eft le plus fouuent fans chaleur, rougeur ny douleur. Sa matiere eft froide & pituiteufe, voila pourquoy elle fe meut tardiuement. Le bubon precede quelquesfois la ve-role, quelquesfois qu'il l'accompagne, & quelquesfois auffi qu'il preferut le ma-lade d'y tomber, & principalement quand il fe fait par la force & vertu du foye, chaffant le venin, & le déchargeant fur ces émonctoires. Le bubon venerique fe guarit par diete, pharmacie & chirurgie. La diete doit eftre temperée, la faignée eft profitable, lors que la fluxion a ceffé, & que le corps eft plethorique: la pur-gation conuient au commencement & à la fin, d'autant que la matiere le plus fouuent eft froide, & retourne difficilement au dedans. Quant aux topiques, il ne faut iamais vfer de repercuffifs, pource que la tumeur fe fait à vn émonctoire, & que la matiere eft veneneufe, & par confequent le retour d'icelle eft dangereux. L'vfage des feuls refolutifs eft auffi fort fufpect, car il eft à craindre que le plus fubtil ne fe refolue, & le groffier & terreftre ne s'endurciffe, & degenere en fcir-rhe. Il faut au commencement vfer d'attractifs, comme de l'emplaftre diachi-lon, auec les gommes, & de ventoufes, qui en ce cas font fort propres : apres on donnera lieu aux fuppuratifs, & en fin la fuppuration faite, l'ouuerture fe doit faire auec le fer, ou le cautere actuel ou potentiel. On fe doit garder de fer-mer l'vlcere, iufques à ce qu'il aye fort coullé. Si le bubon accompagne la verole, ce qui fe reconnoift par les autres fymptomes, il faut recourir à la cure generale.

Qu'eft-ce que bubon

Difference de bubons

La curation de bubon.

Remedes topi-ques.

l'imbecilité des parties spermatiques : De sorte que ce qui decoule en la gonorrhée est vne semence cruë & aqueuse, & ce qui decoule en la pisse-chaude non,
ains plustost vne sanie, qui au commencement vient de l'inflammation, & puis
apres de l'vlcere, pource il est de diuerses couleurs, tantost blanc, tantost verd,
tantost sanguin, selon la malignité de l'inflammation ou de l'vlcere. Galien remarque qu'en toute inflammation interieur sort quelque serosité, ainsi les pleuritiques & peripneumoniques crachent ordinairement le sang, les phrenitiques
& ophthalmiques pleurent volontairement : aux inflammations externes cela
n'apparoist point, parce que la sanie ne peut penetrer la densité du cuir. Puis donc
que la pisse-chaude est vne inflammation interne, il faut qu'il en decoule quelque sanie, auec laquelle se peut quelquesfois mesler la semence. Parquoy la pisse-
chaude & la gonorrhée different en matiere : en l'vne decoule la sanie, & en l'autre la semence : en essence, en l'vne il y a inflammation, & en l'autre il n'y en a
point : & en sujet qui est la partie malade, car en la gonorrhée les parties malades
sont les testicules & les vaisseaux spermatiques, qui sont tellement affoiblis, qu'ils
ne peuuent contenir la semence, & en la pisse-chaude les parties malades sont les
glandes prostates situées au dessous du col de la véssie. Elles different encore en
accidens, car la pisse-chaude est tousiours auec douleur, ardeur d'vrine, tension
du membre qu'on appelle priapisme : L'ardeur vient de l'inflammation & de l'ex-
siccation d'vne humidité huileuse, & comme saliuale qui arrousoit & adoucis-
soit le canal de la verge : la tension ou conuulsion du membre est sympatique venant de la douleur & des vapeurs qui enflent les deux nerfs cauerneux : en la gonorrhée ces accidens n'y sont point. Finalement elles different en causes. La pisse-chaude venerienne vient tousiours de cause externe, contagieuse & veneneuse, mais la gonorrhée se peut engendrer de cause interne.

Differences de pisse-chaude.

    Les Autheurs font trois differences de pisse-chaude, l'vne vient de repletion,
& se peut engendrer d'vn échauffement, comme pour auoir sauté, couru à cheual, & autres : l'autre d'inanition, & la troisiéme par contagion, & est appellée
venerienne, laquelle est l'auant-coureur de la verole, comme celle qui estant
mal guarie, ou supprimée intempestiuement, apporte bien souuent cette ma-

La curation de la pisse-chaude.

ladie, d'autant que le venin entre au dedans, & saisit le foye. Le moyen de guarir la pisse-chaude venerienne, est apres auoir ordonné le regime de viure refrigerant, & apres auoir saigné si le corps est plethorique, vehir à la pharmacie &

Remedes internes.

aux remedes tant internes qu'externes. Des internes les vns sont purgatifs, & les
autres alteratifs. Les purgatifs violens ne sont point icy propres, il faut vser des
plus benins, & principalement de ceux qui ont proprieté de purger & nettoyer
les reins & les conduits de l'vrine : comme sont la casse & la terebinthine prinses
en bol : la terebinthine doit estre plusieurs fois lauée auec eau de plantain : les
clysteres lenitifs & refrigerans sont propres. Les éuacuations faites, faut vser au
commencement de remedes refrigerans interieurs, comme sont apozemes,
iuleps, & émulsions, meslant tousiours quelque chose qui deterge & purge les
conduits de l'vrine : sur la fin les remedes internes doiuent estre desiccatifs & dé-

Remedes externes.

tersifs, prins en forme de iuleps. Quant aux remedes externes, il les faut diuer-
sifier selon les temps de l'inflammation : quand la douleur & l'inflammation
sont grandes, faut vser de refrenatifs, & appliquer par dehors sur le periné,
& ietter dans la verge des injections qui se feront de laict, d'émulsions des semences froides, de suc de plantain, de morelle, & semblables. L'inflammation
passée d'autant qu'elle degenere en vlcere, il faudra vser d'injections detersiues,

& en fin de plus deſiccatiues, comme ſont les injections faites d'eau d'orge, de miel roſat, & autres qui conuiennent pour la deſiccation des vlceres. Si la piſſe-chaude dure par trop, le vray moyen de l'arreſter, eſt la decoction de guaiac prinſe par l'eſpace de quinze iours.

Des bubons veneriens.

CHAPITRE XVIII.

VBON proprement, ſelon la doctrine de Galien, *eſt vne inflammation des glandules* : laquelle ſi elle vient promptement à ſuppuration eſt appellée *phyma* : ſi elle eſt faite de matiere bilieuſe, eſt nommée *phygetlon.* Nous auons pluſieurs differences de bubons : les vns ſont ſimples, & les autres malings. Les ſimples ſur-uiennent aux fiéures, & aux douleurs des parties infe-rieures. Les malings participent de quelque venin, & ſont ou peſtilentiels ou veneriens. Le venerien doit eſtre pluſtoſt appellé bubon, pour la partie malade qui eſt l'aine, que pour ſon eſſence, car il ne ſe fait point de ſang pur, comme le vray phlegmon, & eſt le plus ſouuent ſans chaleur, rougeur ny douleur. Sa matiere eſt froide & pituiteuſe, voila pourquoy elle ſe meut tardiuement. Le bubon precede quelquesfois la ve-role, quelquesfois qu'il l'accompagne, & quelquesfois auſſi qu'il preſerut le ma-lade d'y tomber, & principalement quand il ſe fait par la force & vertu du foye, chaſſant le venin, & le dechargeant ſur ces émonctoires. Le bubon venerique ſe guarit par diete, pharmacie & chirurgie. La diete doit eſtre temperée, la ſaignée eſt profitable, lors que la fluxion a ceſſé, & que le corps eſt plethorique : la pur-gation conuient au commencement & à la fin, d'autant que la matiere le plus ſouuent eſt froide, & retourne difficilement au dedans. Quant aux topiques, il ne faut iamais vſer de repercuſſifs, pource que la tumeur ſe fait à vn émonctoire, & que la matiere eſt veneneuſe, & par conſequent le retour d'icelle eſt dangereux. L'vſage des ſeuls reſolutifs eſt auſſi fort ſuſpect, car il eſt à craindre que le plus ſubtil ne ſe reſolue, & le groſſier & terreſtre ne s'endurciſſe, & degenere en ſcir-rhe. Il faut au commencement vſer d'attractifs, comme de l'emplaſtre diachi-lon, auec les gommes, & de ventouſes, qui en ce cas ſont fort propres : apres on donnera lieu aux ſuppuratifs, & en fin la ſuppuration faite, l'ouuerture ſe doit faire auec le fer, ou le cautere actuel ou potentiel. On ſe doit garder de fer-mer l'vlcere, iuſques à ce qu'il aye fort coullé. Si le bubon accompagne la verole, ce qui ſe reconnoiſt par les autres ſymptomes, il faut recourir à la cure generale.

De la verolé.

A LA verge furuiennent ordinairement des vlceres, quelquesfois pour le fimple attouchement d'vne femme mal nette, fans que le virus paffe plus outre: quelquesfois par la corruption & pourriture des excremens, retenus en ces parties : quelquesfois par le vice du foye, lequel ayant receu l'impreffion du venin verolique fe décharge du plus groffier aux aines, & fait le bubon, du plus fubtil aux glandes proftates, & fait la piffe-chaude, ou à la verge & fait les vl-

La curation des vlceres de la verge. ceres. Si l'vlcere fe fait par attouchement & fans verole, il fe guarit aifément, auec fomentation d'eau chaude, ou auec de l'vrine tout au commencement : finon faut venir au colyre de Lanfranc, qui eft fort deficcatif & deterfif, à l'Ægyptiac & au Mercure mefme fi befoin eft. Si les vlceres accompagnent la verole, on ne les peut guarir qu'auec les remedes generaux cy-deffus ordonnez.

Le colyre de Lanfranc fe fait de la façon.

Recip. vini albi lib. 1. aqua. planta. & rofar. an. q. 1. auripigm. vnc. ij. viridis æris, vn. i. aloes & myrrhæ an. fcrup. ij. Le tout foit pillé fubtilement & en foit fait vn colyre, recommandé de plufieurs, & approuué pour les vlceres veneriques.

Fin du traitté de la verole.

TABLE DES TRAITTEZ TANT
DE LA GOVTTE, DE LA LEPRE, DE LA
VIEILLESSE, QVE DE LA VEROLE.

F F

Table.

F I N.